杜诗全译

1

孙潜 著

东方出版中心有限公司

图书在版编目（CIP）数据

杜诗全译 / 孙潜 著. —上海：东方出版中心，2021.2（2021.7 重印）
ISBN 978-7-5473-1792-1

Ⅰ. ①杜… Ⅱ. ①孙… Ⅲ. ①杜诗－译文 Ⅳ. ①I222.742

中国版本图书馆CIP数据核字（2021）第052226号

杜诗全译

著　　者　孙　潜
策　　划　李　琳
责任编辑　李　琳
封面设计　瑶　瑶
校　　对　付裕国　邓　清　吴佳莹

出版发行　东方出版中心有限公司
地　　址　上海市仙霞路345号
邮政编码　200336
电　　话　021-62417400
印 刷 者　上海盛通时代印刷有限公司

开　　本　710mm × 1000mm　1/16
印　　张　140
字　　数　2617千字
版　　次　2021年4月第1版
印　　次　2021年7月第2次印刷
定　　价　298.00元

孙潜像

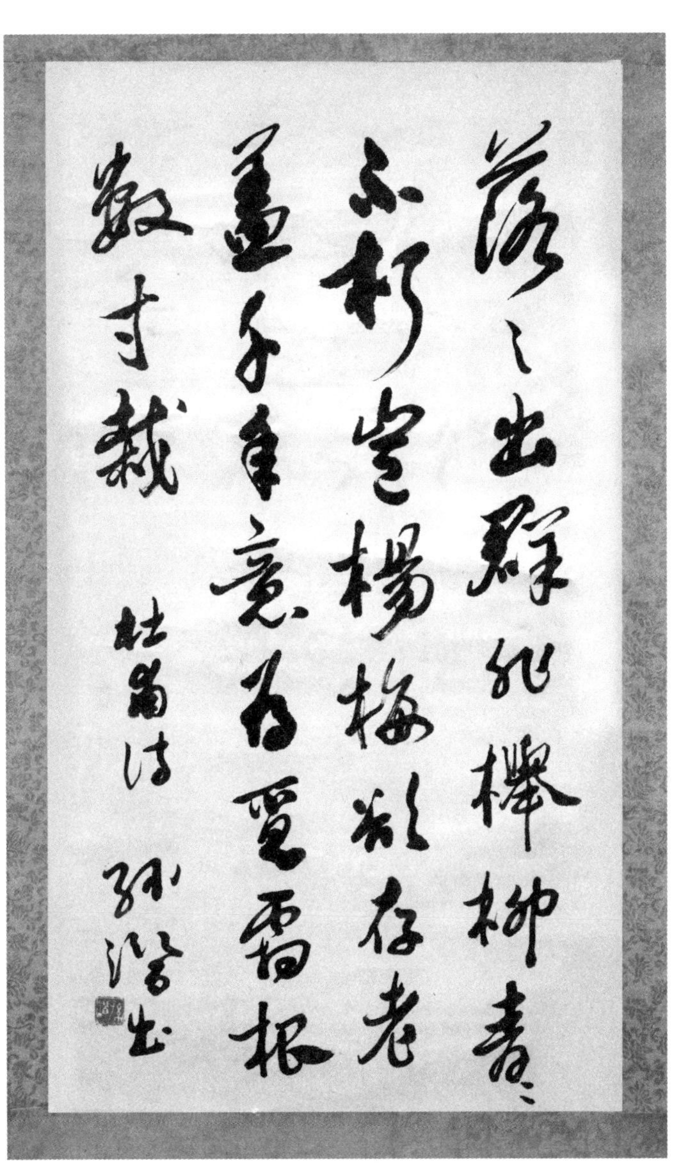

孙潜手书

《杜诗全译》说明（代序）

一、这部《杜诗全译》用现代汉语译写了全部杜诗，并附有相当详尽的注释和解说，对不惯于阅读旧注本的杜诗爱好者和有志研究杜诗的青年可能有所助益。从全部杜诗的今译中，读者能跨越过语言隔阂，从诗的社会历史内容和文化审美内容上对唐代的诗风、文化现象、心理构成进行探索，这样，这书可能将越出古典文学学习的范围，得到更多的读者。

二、本书的直接目的是使读者易于理解每首诗的完整内容，不企求对杜甫的诗作作全面的整理和校订，因此选用了流传较广、编年大体得当、注解较为详尽的清代仇兆鳌《杜诗详注》作为底本，依照原编次分为23卷。

三、全部译诗都大体押韵，除个别特别难以处理的诗句外，尽量使诗句节奏鲜明，便于朗读。译诗与原诗基本上逐行对应，译诗句子过长的分列为两行。只有少数诗句是意译的，绝大多数不难看出译诗和原诗间的对应关系。

四、每一首诗均附有注解，其中有些是题解，对一首或一组诗的写作背景、历史情况加以介绍，对诗的内容与表现形式略作说明；有些诗篇，还作了一些美学的、审美心理学的分析。注解主要是对词语和成语典故的解释，利用了《仇注》和其他旧注本的一些资料，吸收了当代学者的研究成果，也有些是根据译者的探索。注解的目的是为了说明译诗为什么这样译，也是为了使读者理解诗的深刻含意，因此引用的资料只求其确实有根据，并不求其在语言文字上与其来源一字不差。

五、杜甫的诗作有古体与近体，且有长篇排律，除了一些难于按格律来分类的诗篇（译成现代语后，格律的特点就更看不出来了），都在诗题后标注了诗体。

孙　潜

目 录

第一卷

第二卷

第三卷

第四卷

第五卷

第六卷

第七卷

第八卷

第九卷

第十卷

第十一卷

第十二卷

第十三卷

第十四卷

第十五卷

第十六卷

第十七卷

第十八卷

第十九卷

第二十卷

第二十一卷

第二十二卷

第二十三卷

第一卷

杜

◎ 游龙门奉先寺[1]（五古）

已从招提游，[2]	已经游览过佛寺了，
更宿招提境。	又住宿在这佛寺的幽境。
阴壑生虚籁，	空荡荡的山北幽谷中有声响发出，
月林散清影。	月光照射林木，撒下淡淡的影。
天阙象纬逼，[3]	龙门山双峰对峙，上逼群星，
云卧衣裳冷。	我像躺在云堆里，衣衫冷冰冰。
欲觉闻晨钟，	将醒时忽听到晨钟声，
令人发深省。[4]	激起我深深的内省。

注释：

① 杜甫幼年时曾寄住在洛阳的姑母家。开元二十三年（735 年），杜甫二十四岁，到洛阳（唐朝的东都）参加进士考试，未能及第。这首诗可能作于此时。也有人认为杜甫是在开元二十四年在长安参加进士考试的，考试落第后回到河南，此诗也可能作于开元二十四年。龙门，山名，在洛阳南二十五里许，奉先寺就建在这山上。龙门石窟共一千五百余穴，有北魏以来的造像十万余尊。唐朝时山上有许多佛寺，奉先寺是其中最大的一个，建成于唐高宗上元二年（675 年），著名的卢舍那佛巨像就在这寺里。现在，寺已不存，但巨佛犹在。这首诗避开游佛寺的情景不写，而专写夜宿佛寺的感受，使读者随着诗句进入一个清冷绝俗的境界。这大概同诗人应试失败的失望心情有关。不过，诗中所表达的对幽寂境界的体会，至今仍能引起读者心弦的共振。

② 招提，是古梵语的译音。意思是供四方僧人来寄住和修行的佛教寺院。诗中指的是奉先寺。

③ 天阙，蔡兴宗（伯世）《杜诗正异》云“世传古本作‘天闚’”。王安石谓当作“天阅”，宋代注家已辨其非。《九家注》：“按韦述《东都记》云，龙门号双阙，以与大内对峙，若天阙焉。方知老杜用‘天阙’盖指龙门也。”阙是宫门两侧相互对峙的高楼状建筑物，亦称天阙。龙门山的实际情况是，两峰相望，如宫门前的双阙。伊水从中间流过，故龙门山

又称伊阙。现在人们习惯称伊水西岸的山为龙门山。《仇注》："象纬，星象经纬也。"按我国古代称恒星为经星，行星为纬星。象纬，泛指天空群星。

④"省"当读为"醒"(xǐng)，对人生意义的省悟。

◎ 望岳[①]（五古）

岱宗夫如何?[②]	伟大的泰山是什么模样?
齐鲁青未了。[③]	从齐到鲁，连绵不断一片青。
造化钟神秀，[④]	大自然把灵气和秀美孕聚在这里，
阴阳割昏晓。[⑤]	山南山北隔开黄昏和黎明。
荡胸生曾云，[⑥]	重重叠叠的白云腾起，荡涤着我胸襟，
决眥入归鸟。[⑦]	看飞鸟归来，我用力睁大眼睛。
会当凌绝顶，	终有一天我将攀登上最高的峰顶，
一览众山小。[⑧]	看周围的群山矮小得像丘陵。

注释:

①杜甫参加进士考试落第后曾东游齐鲁，住在父亲杜闲（当时任兖州司马）处。那一次未登泰山顶，只是在山下远眺。这诗写出了当时的感受，突出地表达了感官的直觉，从主观感受中显示出泰山的雄伟气势；并抒发了诗人青年时代自负和豪迈的胸怀。

②岱宗，泰山的别名。《书·尧典》："东巡狩至于岱宗"。传："岱宗，泰山，为四岳所宗。"称泰山为"岱宗"，含有尊崇的意思。

③齐鲁，本为古代国名，诗中指周朝齐、鲁两国故地，通常以泰山之南为鲁，北为齐。齐地，相当于唐代的齐州（今山东省济南附近地方）；"鲁"地相当于兖州（在唐代曾称鲁郡：即今兖州、曲阜等地）。

④ 造化，创造与化育。《淮南子·精神》："伟哉造化者。"诗中之"造化"，即"造化者"，指创造、化育一切的大自然。

⑤ 阴阳，指山北的背阴面和山南的向阳面。割，分隔开。昏晓，原意是黄昏与黎明，也比喻光明与昏暗。这句诗是对泰山高峻的刻画。

⑥ 曾，通"层"。

⑦ 曹植《冬猎篇》："张目决眥"，"眥"音"自"（zì），上下眼睑接合处，俗称眼角。决眥，用力把眼睛睁大。

⑧《孟子·尽心下》："孔子登东山而小鲁，登泰山而小天下。"因此有人认为这里的众山指我国所有山岳。但从诗的具体意境来看，把"众山"理解为泰山周围的群山较为合理。小，指矮小。

◎ 登兖州城楼[①]（五律）

东郡趋庭日，[②]	我到这东方郡城探望父亲的时候，
南楼纵目初。	放眼远眺，初次登上这南门城楼。
浮云连海岱，	浮云从大海连到泰岳，
平野入青徐。	平原一直通向青州、徐州。
孤嶂秦碑在，[③]	峄山上歌颂秦皇的石碑还存在着，
荒城鲁殿余。[④]	荒芜的曲阜城里有鲁王宫殿残留。
从来多古意，	从古到今多少人在这里产生过怀古情，
临眺独踌躇。[⑤]	我登临远眺，不知道人生道路该怎么走。

注释：

① 杜甫的父亲杜闲于开元年间任兖州司马，这首诗当作于开元二十四年（736 年）杜甫到兖州省亲时。唐代的兖州（天宝元年改称鲁郡）治所在瑕丘县，在今山东兖州附

近。诗中所写登楼眺望所见的景物如在目前，而实际上却十分辽远，非目力之所能及。诗人凭想象在心目中看到这些，宏阔浩荡，俯仰千年。正因为这样，诗中才表达出如此深刻而惆怅的情思。

②《论语·季氏》："（孔子）尝独立，鲤趋而过庭。""鲤"是孔子的儿子孔鲤。后人往往以"过庭""趋庭""鲤趋"等语来表示儿子省亲和接受父亲的教诲等。东郡，并非兖州古代的名称，而是据其方位称呼的。

③ 孤嶂，指峄山，在邹县东南，又称邹山或邹峄山。《史记·秦始皇本纪》："二十八年，始皇东行郡县，上邹峄山。立石，与鲁诸儒生议刻石颂秦德。"其石久亡失，世传《峄山刻石》是唐末郑文宝摹刻。

④ 鲁殿，即鲁灵光殿，是汉景帝子恭王（共王）刘余所建。《后汉书》注："殿在兖州曲阜县城中。"

⑤ 踌躇，这个双声词有两种不同含意，一是犹豫不决，一是从容自得。这诗里显然是用前者。从诗人当时的境遇来看，似含有对自己前途忧虑的情绪。

◎ 题张氏隐居二首[1]（七律）

春山无伴独相求，	没人作伴，我独自到春山中访求，
伐木丁丁山更幽。[2]	铮铮伐木声使山谷显得更深幽。
涧道余寒历冰雪，	沿着冰雪未消的山涧走，感到寒意残留，
石门斜日到林丘。[3]	当夕阳斜照石门山时，我来到林木掩映的山丘。
不贪夜识金银气，[4]	不贪财的人夜晚在这里该分辨得出金银气，
远害朝看麋鹿游。	清晨，还看得见远避人害的麋鹿漫游。
乘兴杳然迷出处，[5]	我乘兴游览，昏昏懵懵地连回去的道路也迷失，
对君疑是泛虚舟。[6]	面对着您，好像坐在无人的空船上漂流。

注释:

① 这大概也是杜甫于开元二十四年（736 年）游齐鲁时所作，是游张氏隐居的山林后题写的诗。黄鹤注认为“张氏”是指张叔明。他引述《旧唐书·李白传》，说李白“少与鲁中诸生张叔明等六人隐于徂徕山，号为‘竹溪六逸’”。参看本卷《送孔巢父谢病归游江东兼呈李白》注①。他又看到杜甫的《杂述》一文中提到“鲁之张叔卿”，便认为张叔明和张叔卿是同一个人或者两人是兄弟。当代则有学者认为张氏是指张建封的父亲张玠，参看第二十三卷《别张十三建封》注①。诗中写出了初春深山访隐的独特情景和受隐者影响一时产生的出世情绪；同时也表现了山林生活的情趣和人与人之间的朴质情感。

② 丁丁，伐木声，应读如“铮铮”（zhēng zhēng），译诗中径写作“铮铮”。

③ 据山东大学《杜甫全集》校注组编写的《访古学诗万里行》一书，石门应指今曲阜城东北六十多里的石门山。林丘，指张氏隐居处。

④ 据我国古代传说，地下如有金银宝藏，就会有“气”发出，但不是一般人所能见到。这句诗包含着下列两层意思：（1）赞美张氏具有不贪财的美德；（2）赞美张氏隐居处的幽僻。

⑤ 杳然，据《说文》，“杳”可作“冥”解。“杳然”在这诗里既指景色的昏暗，也指人精神上的迷茫。出处，也有两义。如据《仇注》所引沈佺期诗“此中迷出处”中的“出处”来理解，“处”应读去声，译诗就是按此义译写的；如从更深的意义层次来看，则如《易·系辞》中“君子之道，或出或处”（“处”读上声）所用，意思是“出仕与退隐”。诗人这样写，可能故意语涉双关。

⑥《庄子·山木篇》，“方舟而济于河，有虚船来触舟，虽有褊心之人，不怒。”虚舟，无人驾驶的船。而在这诗里，则是用来赞美张氏已除尽尘俗利害的思虑，有了道家“忘机”“冲虚”的修养。

◎ 其二[1]（五律）

之子时相见，　　我常跟他见面，跟我这位朋友，
邀人晚兴留。　　天晚了，还兴致勃勃地把我挽留。
霁潭鳣发发，[2]　　雨止后，鳣鱼啪啪地在水面跳跃，
春草鹿呦呦。[3]　　山野里春草茂盛，鹿鸣呦呦。
杜酒偏劳劝，[4]　　承蒙您殷勤地劝我喝美酒，
张梨不外求。[5]　　还劝我吃梨，说是自家园里的果。
前村山路险，　　前面山村的小路崎岖难走，
归醉每无愁。　　我每次醉后回去经过那里从不发愁。

注释：

① 这首诗与前一首诗虽归在同一题下，而诗体不同，看来并非同时所作。前首诗说到“春山”，但还有“余寒”“冰雪”；这首诗说到“春草”，又提到“张梨”和水中鱼跃，似已到夏日。前一首诗蒙着一层道家的神秘气氛，这首诗则如写平民生活，张氏热情好客，如一位农家老人。这种区别表现出诗人对张氏的为人已有了进一步的理解。诗的语言朴素无华，有些简直接近口语，与诗的情感内容吻合。

② 鳣，音“沾”（zhān），古代的一种巨型鱼类。《诗·卫风》：“鳣鲔发发”。近人多认为“鳣”即今之珍贵鱼类——鲟鳇鱼。但《诗》的传、笺皆训“鲤”。在这诗中似乎还是指鲤鱼。译诗仍用了“鳣鱼”这个名称。发发，当读“拨拨”（bō bō），译为“啪啪”，是为了符合现代汉语习惯。

③“呦”音“忧”（yōu），呦呦，鹿鸣声。《诗·小雅·鹿鸣》：“呦呦鹿鸣”。在这诗中是实写山中景物，喻山深人少，十分幽静。

④ 传说酒的发明人是杜康，故古人常以“杜康”来代表美酒。这诗里的“杜酒”，正巧与诗人的姓相合，但并无特别用意，因此就译写为“美酒”。

⑤ 潘岳《闲居赋》中有“张公大谷之梨”之语。诗中所称颂的主人恰巧姓张，故称梨为“张梨”。整句诗是意译。

◎ 刘九法曹郑瑕丘石门宴集[①]（五律）

秋水清无底，	澄清的秋水深得看不见底，
萧然净客心。	多么悽清寂静，荡涤着游人的心。
掾曹乘逸兴，[②]	郡府的官员们也乘着雅兴，
鞍马到荒林。	骑马来到这深山荒林。
能吏逢联璧，	两位能干官吏相聚像一双玉璧相合，
华筵直一金。[③]	丰盛的筵席该值一两白银？
晚来横吹好，	天色晚了，听横笛吹奏得多么美，
泓下亦龙吟。[④]	潭底蛟龙好像也随着笛声啸吟。

注释：

①“刘九”的“九”字，是行第，俗称“排行”，即家族中同一辈成员依年龄大小排列的次序。唐代称呼人有时既称行第又称名，如“李十二白”“唐十五诫”等，有时只称行第，最常见的是行第与官职相联。刘九任职法曹参军，是兖州府署的属官。瑕丘是县名，唐代的兖州曾以瑕丘为治所。郑是瑕丘县令，依古代习惯可称郑瑕丘。石门，山名，见本卷《题张氏隐居二首》第一首注③。这诗约作于开元二十四年秋。

② 掾曹，古代佐治官吏称“掾”，职官治事分科称“曹”。两者常联用，指担任低级官职的人。译诗中以“官员”一语表示。

③ 一金，究竟是多少金或多少银，从来说法不一。清赵翼《陔余丛考》谓：“今人行文以白金一两为一金，盖随世俗用银以两计，古人一金非一两也。”译为“一两白银”，只不过表示筵席所费昂贵，不是实指。按唐代一般费用以钱计，一两银绝非区区小数。

④ 古代常以“龙吟”来比喻笛声的优美。马融《长笛赋》：“龙吟水中不见已，伐竹吹之声相似。”这诗里写到龙吟，既是赞美景色幽深，有龙潜藏在水底；也是赞美笛声优美，能引起潜龙啸吟。

◎ 与任城许主簿游南池[1] （五律）

秋水通沟洫，	秋水沿着沟渠流到城里，
城隅进小船。	小船划进了城角落的南池。
晚凉看洗马，	傍晚多凉爽，远看有人在洗马，
森木乱鸣蝉。	林梢头，知了正嘈杂地鸣嘶。
菱熟经时雨，	秋雨淋过的菱角已经成熟，
蒲荒八月天。	八月的菖蒲已经倒伏衰靡。
晨朝降白露，	清早看见降落在草上的露水，
遥忆旧青毡。[2]	遥念老家的旧青毡，动了乡思。

注释：

① 唐代的任城，即今山东济宁。南池，在任城东南隅。今济宁城已非唐代故城，所谓南池古迹也非故池。主簿，古代官署常设的官职，郡县中尤为普遍，掌管簿籍文书。许任职任城县主簿。宋周紫芝《竹坡诗话》联系自己的经验议论此诗说："……又暑中濒溪，与客纳凉，时夕阳在山，蝉声满树，观二人洗马于溪中曰：此少陵所谓'晚凉看洗马，森木乱鸣蝉'者也。此诗平日诵之，不见其工，惟当所见处，乃始知其为妙。作诗正要写所见耳，不必过为奇险也。"所论极是。杜甫的这类小诗，往往不受人重视，然而的确是捕捉住了瞬时感受，揭示出现实生活中平凡的美。这诗大概是开元二十五年（737 年）自兖州到任城县时所写。

②《晋书·王献之传》载：王献之"夜卧斋中，而有偷人入室盗物都尽。献之徐曰：'偷儿，青毡我家旧物，可特置之。'群盗惊走。"这故事原来是刻画王献之的淡泊性格。"青毡"这个典故用在这里，表现了诗人的联想，由秋凉想起青毡，又由青毡想起了故乡，触动了思乡之情。

◎ 对雨书怀走邀许主簿[①]（五律）

东岳云峰起，	山峰般的乌云从东岳那边涌上来了，
溶溶满太虚。	滚滚涌来，塞满了无际空间。
震雷翻幕燕，	炸雷，把栖歇在帷幕上的燕子惊坠，
骤雨落河鱼。	暴雨，吓得游鱼往水底沉潜。
座对贤人酒，[②]	我面对座上浓浊的白酒，
门听长者车。[③]	谛听着尊长们的车经过门前。
相邀愧泥泞，	我请您赏光又觉得惭愧——因为这路上太泥泞，
骑马到阶除。	就请您骑马来吧，马能一直走到阶沿。

注释：

① 这首诗与前一首诗大概写于同一时期。杜甫从兖州到任城小住，同任城许主簿时有来往。在一个雷雨天，他写了这首诗派人送给许，邀他骑马前来寓所共饮，这就是所谓“走邀”。诗中以周围自然事物因雷雨而造成的动荡不安情境来反衬诗人自己在雨天的寂寞感，并表达了对许的深厚情谊。

② 贤人酒，指浊酒，又称白酒，是一种酿造酒。旧注引《魏略》：“太祖时禁酒，而人窃饮之，故难言酒，以白酒为‘贤人’，清酒为‘圣人’。”清酒，是指蒸馏酒。

③ 凡年长者，显贵者和有德行者都可称为“长者”。这里是指显贵者。《史记·陈丞相世家》：“家乃负郭穷巷，然门多。有长者车辙。”

◎ 巳上人茅斋[①]（五律）

巳公茅屋下，	巳上人的茅屋底下，

可以赋新诗。　　是适合作新诗的地方。
枕簟入林僻，　　在僻静的树林里安下枕和席，
茶瓜留客迟。　　又是香茶，又是甜瓜，久久留着客人不放。
江莲摇白羽，　　江上莲花像白鸟摇动着翅膀，
天棘蔓青丝。[②]　　天门冬的藤蔓像青丝一样延长。
空忝许询辈，　　您把我当作许询，我怎能和他比，
难酬支遁词。[③]　　您口才犀利得像支遁，我更是应对不上。

注释：

①“上人”是对佛教僧人的尊称。“巳”是这位僧人法号的简称，全名已不可考。这首诗写诗人在巳上人茅斋受到热情款待，并写出了两人之间的相互理解和友谊。言语虽极简短，却有几层含意：从盛情接待的状况到周围幽静的风景，从言辞交谈到内心的默契和钦羡，一一得到了表达。作诗的年代较难确定，大概也是游齐赵时所作。

② 蔓，古本作“梦”，不可解，杜田《杜诗正谬》谓当作“蔓”。“天棘”是一种什么植物，众说纷纭。有人说是杨柳，有人说是天门冬。比较诸说，似以天门冬较可信。

③ 许询和支遁，都是东晋人。支遁为著名高僧，字道林，世称支公，曾在宫中讲法，善谈玄理，倾动一时。许询为学者，对道家学说和佛经都深有研究。他们曾相互设难辩论，两人口才不相上下。据《高僧传》载，支遁讲《维摩经》，每通释一义，许询无以设难；而许询每设一难，支遁也不能再作通释。诗人在诗中以支遁比巳上人，而以许询自比，但又自谦比不上许询，与巳上人谈论时不能旗鼓相当。

◎ 房兵曹胡马[①]（五律）

胡马大宛名，[②]　　西域的骏马要数大宛马最有名，
锋棱瘦骨成。　　刀锋剑棱般的筋骨又瘦又硬。

竹批双耳峻，[3]　　两耳像斜削的竹筒竖得笔直，
风入四蹄轻。　　风托住它的四蹄，跑得多么轻灵。
所向无空阔，[4]　　它奔向哪里，哪里就近在眼前，
真堪托死生。　　这样的好马，把性命托付给它也放心。
骁腾有如此，[5]　　啊，这么勇敢，这么矫健，
万里可横行。　　万里征途任它驰骋跃进。

注释：

① 兵曹，兵曹参军的简称。据《唐六典》，诸卫府州都设有此职，是掌管兵器等军用品的官员。房兵曹，不知其名。胡马，通常指西域产的良马。黄鹤据旧编次，谓此诗当作于开元二十八九年间（740年）。这首诗赞美房兵曹的一匹健壮善走的骏马，它不但形体矫健，而且神态逸纵，使人见了就对它产生信任感。显然，这首诗也是以马喻人，是对才能出众的人才和可信赖的友谊的歌颂。

② 大宛，西域诸国之一，以产马著名，所产之马称大宛马。“大宛”的“宛”字，在古汉语中音“鸳”（yuān）。

③ 贾思勰《齐民要术》：“马耳欲小而锐，状如斩竹筒。”竹批，即削竹。

④“无空阔”的意思是不论多远的地方顷刻就能跑到，喻胡马奔跑之迅速。译诗略述其意。

⑤“骁”音“消”（xiāo），骁腾，勇猛、矫健貌。

◎ 画鹰[1]（五律）

素练风霜起，　　洁白的画绢上突然起了风霜，
苍鹰画作殊。[2]　　一只苍鹰，画得活灵活现。

㧐身思狡兔，[3]	耸起了双翅，是想去捕捉狡兔，
侧目似愁胡。[4]	乜斜着眼，像胡奴那样愁眉苦脸。
絛鏇光堪摘，[5]	鹰爪上锃亮的链环一伸手可不就能摘除，
轩楹势可呼。	它站在檐柱前，那神态像正等人呼唤。
何当击凡鸟，[6]	你什么时候去攻击那些凡庸可厌的鸟雀，
毛血洒平芜。	把它们打得羽毛纷飞，鲜血点点洒向广阔草原。

注释：

① 这首诗的写作时间难以确定，但大体上应属杜甫早年作品。诗以画鹰为题材，赞美了图画形象的生动，同时又把画鹰当作真鹰对待，寄予厚望，借以抒发作者的愤慨。

② 画作殊，字面上说的是画出了苍鹰的特殊神态，实际上是说画得栩栩如生，或者是说画出了苍鹰的鲜明个性。

③ 㧐，同"竦"，音"耸"（sǒng），现代汉语中作动词用时写作"耸"。

④ 愁胡，面容愁苦的西域胡人。唐代及唐代以前的作品中不乏以"愁胡"来比喻鹰的例子，如晋孙楚《鹰赋》"深目蛾眉，状如愁胡"，李白《壁画苍鹰赞》"上有苍鹰之独立，若愁胡之攒眉"等等。按唐代官僚贵族家中多用胡人为奴隶，唐代墓葬出土的陶俑中有不少是胡奴的形象，其神情多为愁眉苦脸。因此译诗中写作"胡奴"。

⑤ 絛，音"滔"（tāo），原义是丝绳；鏇，金属转轴。"絛"用于系鹰爪，"鏇"为系"絛"之具。摘，指摘除系鹰的絛鏇。

⑥ 何当，意思就是何时。如古诗中的"何当大刀头，破镜飞上天"中的用法。杜诗中"何当"一语屡见不鲜，大都可释为"何时"。张相《诗词曲语辞汇释》云："何当，犹云合当也。"并举这诗句为例。傅庚生则认为应当作"倘能"，即一般的希幸之辞来理解。凡鸟，原应指一般鸟类，但诗人为何要以一"击"为快，甚至还要使它们"毛血洒平芜"呢？可见这里的"凡鸟"不仅是平常、凡庸而已，而且还是为歹，令人十分厌恶的。

◎ 过宋员外之问旧庄[1]（五律）

宋公旧池馆，	宋公生前住过的园林别墅，
零落首阳阿。[2]	残破零落地留在首阳山上。
枉道祇从入，[3]	只要稍绕点路就能走到，
吟诗许更过。[4]	我吟诵着他的诗，想着今后还要来拜望。
淹留问耆老，	停留了好一会儿，向老人们打听宋公旧事，
寂寞向山河。	对着大地山河，这庄院多么寂寞凄凉。
更识将军树，[5]	还看到一棵大树，使我想起另一位宋将军，
悲风日暮多。	傍晚时，风一阵接一阵，更令人感到悲伤。

注释：

① 宋之问，一名少连，字延清。武则天朝曾为宫廷侍臣，备受恩宠。武氏失势后几次被贬，玄宗先天年间赐死。因曾任考功员外郎，故诗题中称他为“宋员外”。他是唐代前期著名诗人，擅长律诗、绝句，以靡丽工整、重视声韵著称，与沈佺期（云卿）齐名，号称“沈宋”。开元二十九年（741年），杜甫曾为他的家族在偃师首阳山下造了一处名“陆浑山庄”的住宅，距宋之问的旧居不远。大概在那时，杜甫曾顺便访问了这位前辈诗人的故居。杜甫对他深致哀思，除了因为杜甫的祖父杜审言和他是同一时期共负盛名的诗人而外，也因为他在诗歌创作上确实有较高成就，不能因他的政治声名不佳而废其言。诗中所表达的哀悼、景仰的心情是深刻、真诚的。

② 首阳山，在今河南省偃师县西北。这不是伯夷、叔齐采薇的那座更著名的首阳山，那座山在甘肃省陇西县西南。阿，当读如“阿谀”之“阿”（ē），山冈。

③ 王嗣奭在《杜臆》中解释说：“其池馆路径湮废，止可纡回从他道入，正叹其零落。”浦起龙的《读杜心解》中则认为“首阳山在河南偃师县，按之问有《陆浑别业》诗……公（指杜甫）亦有陆浑庄，当相去不远也……因其废庄相近，枉道入访。”译诗从浦起龙说。

④《九家注》赵云：“凡枉道而游者犹任其入，况能吟诗者而不许其过乎？”《杜臆》

谓："须溪（指元初刘辰翁）既驳赵注，而乃云'一任作诗过之'，以为尊慕前辈可笑。"《仇注》则引杨守阯曰："言宋诗尚矣，亦许我更过而题咏乎？"并另作解释说："题诗志胜，有留连不尽之意。"诸说纷纭，似乎都不确切。我思索多年，终于发现，三、四两句诗紧紧相连，意思也相关。大意是：这次来拜望宋公故居，是顺路而来，非专诚到此，故枉道而入；既来访宋公故居，不免记起宋公的诗篇，乃一路吟咏，并想到今后有暇应该专诚再来一次，以表示对这位前辈诗人的仰慕。如此理解，不知与作者原意合否。

⑤ 诗题下旧本有所谓"原注"："员外季弟执金吾，见知于代，故有下句。"按宋之问季弟名宋之悌，曾任右羽林将军，故称"执金吾"。《后汉书·冯异传》述冯异性谦退，于行军途中宿营时，诸将常并坐论功，异独自避开，立于大树下，军中称他为"大树将军"。诗中用"将军树"一语，是表示对宋之悌的崇敬。据当代陈贻焮《杜甫评传》中的考证，当时宋之悌尚未死，正官运亨通，不应想起宋之悌而有悲凉之感。"将军"可能是指宋之问的父亲宋令文，高宗时为左骁卫郎将。旧本杜集中的"原注"有些显然是伪托的，不可尽信。陈氏之言值得参考。

◎ 夜宴左氏庄[①]（五律）

林风纤月落，[②]	晚风吹过丛林，一弯新月正徐徐下降，
衣露净琴张。[③]	衣裳被露水沾湿，卸了套的琴仍放在案上。
暗水流花径，	看不见的流水从花径旁流过，
春星带草堂。	春星从天穹垂下，连接着草堂。
检书烧烛短，	有人在翻书，蜡烛燃烧得已剩不多长，
看剑引杯长。	还有人一边鉴赏宝剑，一边一杯接一杯饮酒浆。
诗罢闻吴咏，	诗作好了，我听见有人操吴语在吟唱，
扁舟意不忘。[④]	啊，乘扁舟游江南的情怀我至今仍没有淡忘。

注释:

① 左氏庄，不知其在何处，也不知其主人为谁。从诗中所表现的豪情和“闻吴咏”而思乘“扁舟”游吴越的联想来看，可确定是杜甫早年漫游吴越若干年后的作品，黄鹤订此诗为游齐赵时所作，则当在开元最后几年（737—741年），也可能是筑陆浑山庄定居偃师首阳山之后所作，据诗中所写春日事，姑订为天宝元年（742年）春所作。诗中表现出园林中月落后的景色和与宴者的纵逸豪迈情怀，给人以鲜明而深刻的印象。

② 旧本多作“风林”，《仇注》谓“晋（后晋开运二年本）作‘林风’”。《杜臆》谓“‘风林’应作‘林风’，才与‘衣露’相偶。”从《杜臆》及《仇注》本。

③ 净琴，一作“静琴”。《杜臆》：“琴未弢衣，故用‘净’字，新而妙。”净琴张，指琴卸了套放在案上，用“净琴”比“静琴”合适。

④ 扁舟，暗示江南（吴越）之游。这句诗是说回忆起过去游吴越的事，还是说想再去一游，殊难确定。但两者有联系，可能是用意双关。

◎ 临邑舍弟书至苦雨黄河泛溢堤防之患簿领所忧因寄此诗用宽其意[①]（五排）

二仪积风雨，[②]	天地间聚集着风和雨，
百谷漏波涛。	所有的涧谷都排出滚滚波涛。
闻道洪河坼，[③]	听说黄河大堤决口了，
遥连沧海高。	河水泛滥，远连大海，跟海上波涛一样高。
职司忧悄悄，[④]	负责治水的官吏深怀忧虑，
郡国诉嗷嗷。	州郡的人民在诉苦哀号。
舍弟卑栖邑，[⑤]	舍弟在县里栖身，有个低微的位置，
防川领簿曹。	正负着河防重任，掌管主簿官曹。

尺书前日至，	给我的信前天寄到，
版筑不时操。[⑥]	说他经常在筑堤工地上亲自操劳。
难假鼋鼍力，	传说鼋鼍有神力，可没法叫它们来帮忙，
空瞻乌鹊毛。[⑦]	更盼不到天河上搭桥的乌鹊来助人一根羽毛。
燕南吹畎亩，[⑧]	燕山南面的田地都已被冲毁，
济上没蓬蒿。	济水两岸的原野上再看不见蓬蒿。
螺蚌满近郭，	城郊到处是螺蛳、蚌蛤，
蛟螭乘九皋。[⑨]	蛟龙从深泽中浮出，浮得高高。
徐关深水府，[⑩]	徐关一带成了深不可测的水府，
碣石小秋毫。[⑪]	碣石山只露出秋毫那样细细一条。
白屋留孤树，	农家的草屋不见了，水面上只剩下孤独的树木，
青天失万艘。[⑫]	青天下，千万艘船舶踪迹渺渺。
吾衰同泛梗，[⑬]	我一点气力也没有，像根树枝在水面浮漂，
利涉想蟠桃。[⑭]	却心想渡过大海去寻找仙山上的蟠桃。
却倚天涯钓，[⑮]	劝你也倚着天边的巨树垂钓，
犹能掣巨鳌。[⑯]	也许还能钓起兴风作浪的海底巨鳌。

注释：

① 临邑是唐代齐州的一个县，当时的县治在今山东省临邑县北，濒临黄河。杜甫弟杜颖任临邑县主簿，写信告诉杜甫当地发生水灾的事。这首诗据来信和想象，描绘了黄河泛滥的凄惨可怕景象。诗末以诙谐的口吻鼓励杜颖持乐观态度。有人认为，从诗的内容看来，杜甫当时对人民的疾苦不十分关切。不过应该理解诗人作这诗的目的是给杜颖一些安慰，是“用宽其意”，那么这样写也就未可厚非了。黄鹤据《唐书·五行志》的记载，开元二十九年（741 年）秋，河南、河北二十四州大水，齐州也在其中，从而断定此诗作于这一年。张綖对此表示怀疑，杜甫那时才三十岁，怎么能说“吾衰同泛梗”？这“衰”字，也可指精神颓唐，不一定是指“年衰”。又据本卷《暂如临邑至𡺼山湖亭》一诗是作于天宝四年（745 年），当时杜颖仍在临邑，可见订此诗作于开元二十九年还是合理的。

② 二仪，指天和地。成公绥《天地赋》：“何阴阳之难测，伟二仪之奓阔。”

③ 洪河，即黄河。

④ 职司，负责管理的官吏。悄悄，忧思貌。《诗·邶风·柏舟》：“忧心悄悄。”

⑤ 舍弟，指杜颖。卑栖，栖身于低下的地位，指官位很低。

⑥ 版筑，是古代筑城、筑堤的一种技术，用木板从两面夹住，填土夯实，使之坚固。也可指筑堤的工具。原诗中的“版筑”是动词“操”的宾语。译诗与原句语法结构迥异，但把原意表达了出来。

⑦ 前一句用《竹书纪年》所载周穆王至九江，叱鼋鼍为桥的故事，后一句用流传很广的牛郎织女鹊桥相会的故事。神话传说中帮助人的鼋鼍、乌鹊，在现实中却不能给人一点帮助。这两句诗含有鼓励人们自力更生之意。

⑧ 燕南，燕山南面。诗中指今河北省中南部平原。吹，在这里作冲刷解。

⑨ 乘，一作“横”，“乘”是升高的意思。《诗·豳风·七月》：“亟其乘屋。”九皋，深泽。《诗·小雅·鹤鸣》：“鹤鸣于九皋。”传：“皋，泽也。”《经典释文》：“九皋，九折之皋。”

⑩ 徐关，地名。《左传·成二年》“（齐侯）遂自徐关入”。在今山东省淄博市西，唐代属齐州。参看第十四卷《送舍弟颖赴齐州》第一首注③。

⑪ 碣石，非今河北昌黎附近之碣石，而是指古代黄河出海口处的碣石山，在今山东省无棣县境，今名马谷山。

⑫ 这句诗，旧注解说各异。萧涤非《杜甫诗选注》：“青天，是没有狂风暴雨的天，但还是有许多船只失事沉没。”译诗按字面译述，把“失”字理解为“消失”，看不见，是沉没了，还是船舶因洪水泛滥不能航行，未作断语。万艘，极言船舶之多，平日黄河上航船极多，水灾时，船都不见了。

⑬《战国策·齐策》，苏秦游说孟尝君，曾用了一个土偶人与桃梗对话的寓言，土偶嘲笑桃梗说：“降雨下，淄水至，流子而去，则子漂漂者将何如耳。”泛梗，即漂浮的桃梗，诗人以此自喻，表明自己衰弱无力，一切由环境支配。

⑭ 利涉，《易·需》：“贞吉，利涉大川。”意思是能顺利渡河。后亦泛指渡水。《北史·魏纪》：“冰草相结若浮桥，众军利涉。”《十洲记》：“东海有山名度索山，上有大桃树，蟠屈三千里，曰蟠木。”蟠桃，就是指这神话中的大桃树。

⑮“却倚”，一作“赖倚”，又作“倚赖”。天涯，意思承接上句，指倚在天涯的蟠桃神树上。

⑯《列子》中曾说过一个龙伯国的巨人一钓而连六鳌的故事。诗中运用这些神话故事，把“巨鳌”看成引起洪水泛滥的原因，钓起“巨鳌”，就能免除水患。诗人明知其虚妄，而故意用这些话来安慰由于洪水而忧心的颖弟，激发他的乐观情绪。

◎ 假山[①]（五律）

天宝初，南曹小司寇舅[②]于我太夫人[③]堂下垒土为山，一匮[④]盈尺，以代彼朽木[⑤]，承诸焚香瓷瓯，瓯甚安矣。旁植慈竹[⑥]，盖兹数峰。嵚崟婵娟[⑦]，宛有尘外致。乃不知兴之所至，而作是诗。

天宝元年，任职南曹小司寇的舅父在我母亲的庭院里用土堆了座小山，倒上一筐土，堆了尺把高，用它来代替残损破旧的木几，把烧香的瓷盅放在上面，就很稳当了。又在旁边种上了慈竹，遮住这几个小山峰。山势峻峭，竹枝轻柔，真觉得有与尘世隔绝的情趣。我不觉动了勃勃兴致，就作了这首诗。

一匮功盈尺，	一筐土倒在地上才尺把高，
三峰意出群。	也毕竟堆起三座意态超群的山峰。
望中疑在野，	一眼望去，以为自己到了野外，
幽处欲生云。	小山的幽深处似乎将有云气生成。
慈竹春阴覆，	春天，慈竹的阴影在山峰上覆盖，
香炉晓势分。	在香炉轻烟缭绕中现出了黎明。
惟南将献寿，[⑧]	它在庭院南面，就把它当作南山来祝贺母亲长寿，
佳气日氤氲。[⑨]	愿这里每天弥漫着佳气，幸福而安宁。

注释：

① 这是一首反映诗人青年时期家庭生活的诗，写了舅父积土为假山，供母亲安放香炉的事。诗中表现出家庭生活的闲适、安宁和晚辈对老人的关心和尊敬。诗人通过细腻的想象，把一个小土堆和一丛慈竹当成清幽别致的山林风景，体现出诗人对生活的热爱和审美情操。旧注认为诗前小序中说的“太夫人”是杜甫的祖母（杜审言的继室）卢氏，古今注家无异言。按我国古代习惯，称母亲才用“太夫人”。《汉书·文帝纪》：“列侯之妻称夫人；列侯死，子复为列侯，乃得称太夫人。”《称谓录》据此解释说：“今人之称其母者，亦必于父没后始加‘太’字，似本于此。”这诗序中的“太夫人”与列侯无关，而且用“太夫人”一词时，杜甫的父亲尚未死，这是因为这个称呼的运用逐渐广泛，不再受到限制之故。但“太夫人”一语总是对母亲的尊称，而不能用于祖母。第六卷《送李校书二十六韵》中有“何时太夫人，堂上会亲戚。汝翁草明光，天子正前席”等句，也是以“太夫人”称李母的，那时李校书的父亲仍在世。此可作为旁证。因为杜甫生母崔氏早死，继母卢氏，与杜审言的继室同姓，故易混淆而发生错误。

②《唐六典》：“吏部员外郎掌选院，谓之南曹。”小司寇，为负责刑狱的官员。通常称刑部侍郎为小司寇。诗序中说的“南曹小司寇”可能是指以南曹选郎身份代行小司寇职务者。

③ 太夫人，见注①。

④ 匮，同“篑”，盛土的筐。

⑤ 朽木，这个词所指不很清楚，是太夫人原用来放置香炉的某物，可能是一个枯树桩，也可能是一个破旧木几。译文用后一解释。

⑥ 慈竹，竹之一种。《竹谱详录》：“慈竹又名义竹，又名孝竹……丛生，一丛多至数十百竿。”

⑦ 嵚崟，音“钦银”（qīn yín），山高貌。婵娟，美好，秀美。前者形容土山，后者形容慈竹。

⑧ 惟南，旧注均无确切解释。惟，语助词，也有“是”的意思。这里是说假山处于庭院的南面，故可称为“南山”。《诗·小雅·天保》：“如南山之寿，不骞不崩。”后世便有“寿比南山”这样的祝寿语。因此这诗从假山联想到“献寿”。

⑨ 佳气，瑞气，含有幸福、安宁之意。氤氲，一作“氛氲”，气盛貌。

◎ 龙门[①] （五律）

龙门横野断，	龙门山横亘在大地上把原野隔断，
驿树出城来。	驿道旁的树木从城里延伸到城外。
气色皇居近，	这气派表明皇上住处离这儿不远，
金银佛寺开。[②]	金碧辉煌的佛寺在山头上排开。
往来时屡改，	我一次次在你身旁来往，时世也一次次变化，
川陆日悠哉。	可这陆地和流水却天天这样安闲自在。
相阅征途上，	我常常这样在旅途上看你，
生涯尽几回？	一生中不知一共能看你几回？

注释：

① 这首诗写诗人经过龙门山下远眺山景的感受和一时触发的情怀。江山依旧，人事已非，而诗人自己仍功名未遂，故多慨叹之语。龙门，即洛阳城南之龙门山（伊阙），参看本卷《游龙门奉先寺》注①。杜甫于开元二十九年（741 年）在偃师县筑陆浑山庄后，常往来于偃师和东都（洛阳）之间。次年（742 年），曾到东都为其姑母（裴荣期妻）服丧并作墓志。此诗当作于这一时期。

② 古代诗文中往往以金银喻佛寺之华丽，因佛教建筑物常以金银等彩色装饰。《弥陀经》：“极乐国土有七宝莲池，池底以金沙铺地。”梁元帝萧绎《梁安寺碑》：“银阙金宫，出瀛洲之下。”现代汉语则多以“金碧辉煌”喻建筑物之富丽，因此译诗中用了这一词语。

◎ 李监宅二首[①]（五律）

尚觉王孙贵，[②]	还能觉察出王孙高贵的身份，
豪家意颇浓。	豪富之家的气派也够浓。
屏开金孔雀，	金孔雀飞来了——是打开了屏风，
褥隐绣芙蓉。	叠着的被褥里藏着彩绣芙蓉。
且食双鱼美，	这两条鱼我吃了已经觉得够鲜美，
谁看异味重？[③]	谁还想再品尝珍异的佳肴一种又一种？
门阑多喜色，	难怪门户里人人喜笑颜开，
女婿近乘龙。[④]	原来新近有了个快婿乘龙。

注释：

① 这两首诗的题目又作“李盐铁”。第二首中有“盐车虽绊骥”之句，也透露出李的官职可能是盐铁使。称“李监”，大概因为他还有其他职务，如殿中监、秘书监之类，但不能确定。有的注家认为，李监就是开元中任秘书监的李令问，是唐之宗室，以好美服珍馔，尚奢侈著称，与诗中描写的情况颇相近。朱鹤龄说，后一首是从吴若本杜集所收之“逸诗”中录出，蔡梦弼《草堂诗笺》把它编入正集。仇氏《杜诗详注》依朱氏编次。两首诗反映了贵族豪家之奢靡生活，对了解唐代社会情况有一定意义。

② 王孙，古代对皇族（宗室）年轻人的称呼。

③ 重，读“崇”（chóng）意思是多重，多种多样。

④《初学记》：“黄尚为司徒，与李元礼俱娶太尉桓焉女，时人谓桓叔元两女俱乘龙，言得婿如龙也。”译诗用了“乘龙快婿”这个现代仍常用的成语。

◎ 其二（五律）

华馆春风起，	在豪华的楼馆里刮起春风，
高城烟雾开。	高高城头上的烟雾正在消散。
杂花分户映，	彩色缤纷的鲜花掩映着每个门户，
娇燕入帘回。	归来的娇燕轻轻飞进竹帘。
一见能倾座，	这里的主人能让满座宾客一见倾心，
虚怀只爱才。	他爱惜人才，对人十分恭谦。
盐车虽绊骥，[①]	他是匹千里马，纵然被盐车羁绊，
名是汉庭来。[②]	可身份毕竟不凡，他来自宫廷，来自皇帝身边。

注释：

① 盐车，参看前一首注①。《战国策·楚策》："夫骥之齿至矣，服盐车而上太行……白汗交流，中阪迁延，负辕不能上。伯乐遭之，下车攀而哭之，解纻衣以幂之。"后来遂以"盐车绊骥"喻大材小用和人才的被压制。

② 名，意思是名分，也就是身份，家庭出身。汉庭，借代唐朝的宫廷、王室。这句诗是说李监与皇帝有着密切关系，与前一首中的"王孙""豪家"相呼应。

◎ 赠李白[①]（五古）

二年客东都，[②]	在东都作客两年，
所历厌机巧。[③]	经历的一切都使我厌恶这尔虞我诈的人世。
野人对腥膻，[④]	偏要我这过惯山野生活的人天天面对着腥膻的鱼肉，
蔬食常不饱。	粗饭蔬菜却难得填饱肚皮。

岂无青精饭，⑤	难道世上没有供我服食的青精饭，
使我颜色好？	好让我的青春容颜长久保持？
苦乏大药资，⑥	可惜我没有餐金服玉的资财，
山林迹如扫。⑦	不能隐藏到深山密林里去。
李侯金闺彦，⑧	李白啊，您曾经是金马门里的俊杰，
脱身事幽讨。⑨	摆脱荣华富贵来求仙学道。
亦有梁宋游，⑩	听说您也将到梁宋一带游历，
方期拾瑶草。	正盼望跟您作伴去采集瑶草。

注释：

① 天宝三载（744 年），诗人李白在朝廷里受到杨玉环、高力士和张洎等人的谗毁排挤，向皇帝要求“还山”，诏许后，出京东游。初夏，与杜甫相遇于东都。两人时相往还，交谊颇密。当时，杜甫写了这首赠给李白的诗，邀他一起去游梁宋。诗中吐露出求仙学道与隐居山林的愿望，这是由于他感到前途渺茫，仕进无望以及看不惯官场的权诈、倾轧等阴暗现象而引起的。当然，他说这些话，也是对在政治上遭到打击的李白所表示的安慰与同情。

② 东都，即洛阳。杜甫于天宝元年起住在东都，到天宝四载才离开，再游齐鲁。

③ 机巧，古代这个词常用为贬义词，指为谋私利而采取的权变巧诈手段。

④ 野人，杜甫自称。他当时未登仕途，故以“野人”自命。腥膻，指鱼类和牛、羊肉等。杜甫在东京时与豪贵人家有交往，时常参加宴会，但他以此为苦。

⑤ 青精饭，是道家所说的一种可使人长寿的食品，以一种药用植物和米蒸煮制成。译诗中用了“服食”一语来暗示它的特殊效用。

⑥ 通常认为，“大药”就是道家所说的仙丹。曹慕樊在《杜诗杂说》中说：“所谓‘大药’，指服金、玉屑法。杜甫的诗正是说，长生，使人颜色常好的药倒是有的。苦于我没有办金、玉屑的钱，所以不能‘登峻涉险’，只有望山林而却步了。”

⑦ 山林迹如扫，是说山林中一点踪迹没有，也就是不能到山林中隐居和修炼。译诗大体从曹说。

⑧ 金闺，汉宫有金马门，简称金门，又称金闺，后世用来代指朝廷。彦，士之美称。江淹《别赋》："金闺之诸彦，兰台之群英。"天宝元年（742 年），诏李白供奉翰林，故以"金闺彦"称之。

⑨ 李白在朝中自知不为权贵所容，自请"还山"，这就是"脱身"；到远离人世的山林中求仙访道，从事修炼，这就是"幽讨"。

⑩ 梁宋，指春秋时期魏国国都大梁（今开封）、宋国国都宋州（今商丘）及附近地方。

◎ 重题郑氏东亭① （五律）

华亭入翠微，②	华美的东亭在半山烟岚中隐现，
秋日乱清晖。③	秋阳投下纷乱的光影。
崩石欹山树，④	高处崩落的石块斜靠着山树，
清涟曳水衣。⑤	清清涟漪牵动水面的藻荇。
紫鳞冲岸跃，⑥	紫玉般的游鱼冲着河岸腾跃，
苍隼护巢归。⑦	护雏的苍隼向巢边疾速飞行。
向晚寻征路，	傍晚时我摸索着道路往前走，
残云傍马飞。	马旁飞过没消散尽的残云。

注释：

① 古本诗题下有原注："在新安界。"新安，唐代属河南府，在今洛阳西面的新安县附近。黄鹤据此订此诗作于天宝三载（744 年）诗人在东都时。从诗中所述看，似乎诗人是在旅途中，经过郑氏东亭时稍稍留连，后又继续赶路。因此，可能是天宝五载（746 年）秋，某次在东都到长安的旅途中所作。郑氏不知是谁，有人说即本卷《郑驸马宅宴洞中》一诗中的郑驸马（潜曜），但无据。重题，是说用同一题目写的第二首诗，原先写的第一首未传。

②《尔雅·释山》："山未及上曰翠微。"疏："谓山未及顶上，在旁陂陀之处；一说山气青缥色，故曰翠微也。"译诗兼用这两种解释。

③ 清晖，日光通过掩映的林木投射入亭内，故曰"乱清晖"。

④ 攲，同"攲"，音"欺"（qī），倾斜貌。诗中是说崩石从山坡上滚下，被树挡住，斜靠在树上。

⑤ 水衣，水苔，水生植物，如藻荇之类。

⑥ 鳞，指鱼类。

⑦ 隼，即鹘，俗称鹞鹰，猛禽。这两句诗描写动物界的勃勃生气，暗示人类的行动反不如动物自由。

◎ 陪李北海宴历下亭[①]（五古）

东藩驻皂盖，[②]	北海太守的黑色伞盖在这里停留，
北渚凌清河。[③]	北面的洲渚下面是清澈的河流。
海右此亭古，	大海西面，要数这座亭子最古老，
济南名士多。	济南这地方，著名的才子可真多。
云山已发兴，	白云和远山已激起我们的兴致，
玉珮仍当歌。[④]	垂着玉珮的美女还在席上高歌。
修竹不受暑，	在修竹的遮阴下受不到暑热，
交流空涌波。[⑤]	汇流在一起的河水徒然涌起清波。
蕴真惬所遇，[⑥]	大自然蕴含着真意，人们不论遇见什么都快活，
落日将如何！	眼看太阳下山了，我们又能把它怎么！
贵贱俱物役，[⑦]	不分贵贱，人人都得受外物驱遣，
从公难重过。	今后怕难有机会再跟您来这里游乐。

注释：

① 历下，今山东济南市，唐时是齐州的首府，因位于历山下，故名。李北海，即李邕，唐代的著名文学家、书法家，当时任北海郡（即青州）太守。杜甫少年时代有才名，李邕曾以前辈身份去看望杜甫。本卷《奉赠韦左丞丈二十二韵》有“李邕求识面”之句。杜甫于天宝四载（745 年）再游齐鲁时，曾参加李邕在历下亭举行的宴会，写下了这首记游诗。诗中描述了宴会的环境和观赏自然景物的感受，表达了对李邕的敬爱之情。

② 藩，原指封建王侯，后来也用来指郡守、刺史一类的官。北海郡在唐京城之东，故称北海太守为“东藩”。皂盖，黑色的伞，是太守一级官吏的仪仗。

③ 渚，水边沙洲。清河，一作“清荷”，《钱笺》改为“青荷”。据杜佑《通典》，清河即济河，流经济南、北海等地。但诗中的“清河”可能不是专名，而仅是说河水清澈。

④ 玉珮，借代歌女。当歌，指当筵而歌。

⑤ 旧注引《三齐记》，谓历水与泺水同流入鹊山湖。交流，指此两水之汇流。

⑥ 这句诗的意思是：所见的一切自然景物都蕴含着某种真理，因此人们在欣赏任何自然景物时都感到愉悦、适意。

⑦ 这句诗是说，任何人都受外界环境制约，不能有真正的自由，因此不能按照自己的意愿行动。这句诗预先说明了下一句诗“从公难重过”的原因。

◎ 同李太守登历下古城员外新亭[1] （五古）

新亭结构罢，	员外的新亭构筑竣工了，
隐见清湖阴。[2]	隐隐出现在清清湖水的南岸。
迹籍台观旧，[3]	建基在古代台观的遗址上，
气冥海岳深。	云气浩渺，遥接大海和泰山。

圆荷想自昔，	水面的圆荷叶，想来从古就这样，
遗堞感至今。	遗留至今的城墙垛仍引起人感叹。
芳宴此时具，	美好的宴会今天在这里举行，
哀丝千古心。	哀怨的琴声千年万世同样拨动人们心弦。
主称寿尊客，	主人举杯向尊贵的客人祝酒，
筵秩宴北林。④	筵席已拾掇整齐，摆在北林旁边。
不阻蓬荜兴，⑤	连我这样一个寒士的兴致也不受阻碍，
得兼梁甫吟。⑥	让我也一起吟诵咏怀的诗篇。

注释：

① 旧本诗题下有原注："时李之芳自尚书郎出齐州，制此亭。"李之芳，是杜甫的好友，从青年时代直到老年，相互来往不绝。开元末，李之芳任驾部员外郎（工部属官），后来出任范阳司马。何时到齐州，史籍上无记载。他在齐州司马任内，在历下古城造了一处新的亭子供公余游憩。李邕自北海来齐州时，应李之芳之邀在新亭宴会，并作了一首诗。杜甫的这首诗是和李邕诗而作。同，也就是"和"（"唱和"）的意思。

② 原注："亭对鹊山湖。"见，同"现"。清湖，即鹊山湖。古代习惯，山北，称山阴；水南，称水阴。

③ 迹，遗迹，遗址。籍，与"藉"通。"台观"的"观"读去声（guàn），都是建筑物。新亭建在历下古城废毁台观的基础上，所以诗句这样说。

④《诗·小雅·宾之初筵》："宾之初筵，左右秩秩。"后世常以"筵秩"一语，表示筵席已摆好。北林，一作"密林"，指新亭附近的丛林。

⑤ 蓬荜，"蓬门荜户"之简称，借代贫寒人家。这里是诗人自称。

⑥ 梁甫吟，乐府楚调曲名，是古代一种民歌。《三国志·蜀书》谓诸葛亮好为《梁甫吟》。梁甫，也写作"梁父"，小山名，在泰山下。在这里，"梁甫吟"是指诗人自己所作的咏怀诗篇。

◎ 暂如临邑至䂬山湖亭奉怀李员外率尔成兴[1]（五律）

野亭逼湖水，	郊野里一座亭子紧挨着湖水，
歇马高林间。	我把马停下，停在高高的林木间。
鼍吼风奔浪，[2]	鼋鼍吼叫着，急风卷起巨浪，
鱼跳日映山。	鱼儿在跳跃，阳光映照远山。
暂游阻词伯，	我暂时去一趟，和您这位大诗人分离，
却望怀青关。[3]	回头眺望，怀念着青色城关。
霭霭生云雾，	朦胧的云雾渐渐把湖面笼罩，
惟应促驾还。[4]	我还是该早些赶着马重回您身边。

注释：

① 杜甫弟杜颖在临邑。诗人从齐州去临邑，大概是去看他的弟弟。“䂬”字，旧本都这样写，有些旧注说“䂬山湖”即“鹊山湖”。但“䂬”字音“宅”，与“鹊”字不同音。明末王道俊之《杜诗博议》认为“䂬山”是“鹊山”之误。这断言可能是正确的。鹊山湖亭，就是前一诗题所说的“员外新亭”，在鹊山湖畔。诗人到临邑去，路过此亭，想起李之芳，不觉诗兴勃发，就写了这首即兴之作。

② 鼍，音“驼”（tuó），一种形体较小的鳄鱼，大概就是今天所说的扬子鳄。古代常把它与“鼋”（音“元”[yuán]）并称，鼋是形状像鳖的巨型水生动物。古代诗文中常以鼋鼍的活动来表明水势盛大。

③《仇注》：“词伯，指李员外”，这是对的；但又说：“李在青关，故阻而怀思。关近临邑，故望其早还。”这样就把诗中的意思搅乱了。浦起龙看出了这个错误，他在《读杜心解》中说：“旧注误认青关为他郡地名，仇氏遂以‘暂游’属员外。”青关，指齐州，是以齐州一座城门来借代齐州。

④《仇注》在理解诗意上发生的错误除浦氏所指出的原因而外，也是由于对“促驾”这词语的误解而起。通常多用此语来敦促别人，是一种敬语，就是“促大驾”“促尊驾”的意思，因此《仇注》误把“促驾”当成促李之芳返驾。其实在这里，“促驾”

的意思只是“赶车马”而已，这句诗是说诗人自己要尽快驾车马归来和李之芳聚首。

◎ 赠李白[1]（七绝）

秋来相顾尚飘蓬，	秋天到了，看我们还都像枯蓬一样飘零在异乡，
未就丹砂愧葛洪。[2]	我真惭愧，至今没有去炼丹像葛洪那样。
痛饮狂歌空度日，	您总是任性地饮酒狂歌，把光阴白白浪费，
飞扬跋扈为谁雄？[3]	这样傲慢放纵究竟是要同谁争强？

注释：

① 天宝四年（745 年）秋初，杜甫在兖州，李白自任城来相会。这诗大概是这次见面时所作。诗中重提前面的五古《赠李白》中所说的“方期拾瑶草”的约言，自愧未能脱离尘世去采药炼丹，同时也对李白好强任性、桀骜不驯的行为举止提出规劝，显示了对李白的爱护与关心。

② 葛洪，东晋句容人，字稚川，葛玄之侄孙，自号抱朴子。少好神仙导引之术，受炼丹术于葛玄的弟子郑隐。先在朝廷中任职。因勾漏山出产朱砂，便要求出任勾漏（今广西北流市）令。晚年携子侄赴罗浮山炼丹，死于罗浮。时人说他“丹成尸解”，成了神仙。著有《抱朴子》《神仙传》等书。

③ 飞扬跋扈，通常是说人的态度与举止超越正常轨度，如《北史・齐高祖纪》：“（侯）景专制河南十四年矣，常有飞扬跋扈志。”这是指有叛逆之意。别处也可用于指责人的专横任性，不受节制。这诗中的含意与上述用例显然不同，是善意地指摘李白的任性与傲慢。“为谁雄”一语，从表面上看，意思是“为谁之雄”，即“在怎样的一些人中争做杰出者”，实质上却是说“与谁去争雄”。施鸿保《读杜诗说》引《左传・昭公二十三年》：“齐庄公朝，指殖绰、郭最曰：此寡人之雄也。州绰曰：君以为雄，谁敢不雄？”其中透露出了“争雄”的意味，与这诗中的“为谁雄”意思最为相合。

◎ 与李十二白同寻范十隐居[①]（五排）

李侯有佳句，[②]	李白您有些写得好的诗句，
往往似阴铿。[③]	每每同阴铿的诗相似。
余亦东蒙客，[④]	我也在东蒙山下作客，
怜君如弟兄。	跟您相亲相爱像兄弟。
醉眠秋共被，	秋夜喝醉了酒睡眠，同盖一条被，
携手日同行。	天天手搀手，一起走来走去。
更想幽期处，	还相约到一个幽静的去处，
还寻北郭生。[⑤]	去寻找住在城北的隐士。
入门高兴发，	一进门就觉得雅兴勃发，
侍立小童清。	连旁边侍立的童子也十分秀气。
落景闻寒杵，	夕阳下听见寒风送来捣衣杵声，
屯云对古城。	白云堆积，正对着古老城池。
向来吟橘颂，[⑥]	向来人们吟诵《橘颂》赞美坚贞，
谁与讨莼羹？[⑦]	谁能同张翰一样想到莼羹就决心回故乡去？
不愿论簪笏，[⑧]	我不愿计较官位高低，
悠悠沧海情。[⑨]	到无边沧海上漫游才合我的心意。

注释：

① 李白，行第十二。那时，杜甫与李白都在兖州的鲁城，他们一起访问了隐士范十，杜甫写了这首诗，时间稍迟于前一首。李白集中有《寻鲁城北范居士失道落苍耳中》一诗，“范居士”与“范十”是同一人，显然与此诗是同时所作。鲁城，兖州的曲阜县，距兖州仅数十里。李、杜多次在鲁城欢聚，最后的分别就在鲁郡东的石门山，当时李白曾作《鲁郡东石门送杜二甫》一诗。这首诗的题目虽说是“访范十隐居”，但着重写的却是与李白同游，写两人之间的亲切友情，并表达了两人共同的向往。

② 李侯，对李白的一种称呼。唐代常用“侯”作为对友人的尊称。

③ 阴铿，南朝人，历仕梁、陈、隋诸朝，善五言诗，长于写景，以风格流丽见称，与何逊齐名，世称“阴何”。有人认为以阴铿比李白是贬低了李白，这是一种误解。通常人们都以为古人胜于今人，是今人的典范，李、杜在世时未必料到自己将成为中国历史上最伟大的诗人。杜甫诗中就曾说自己“颇学阴何苦用心”（见第十七卷《解闷十二首》之第七首），可见当时把李白与阴铿相比是赞美之辞。

④ 兖州与沂州相邻，沂州有蒙山，因其地在东，故称东蒙。

⑤ 北郭生，即范十，因他住在鲁城北面，故这样称他。

⑥《楚辞》中屈原所作的《橘颂》有“受命不迁，生南国兮”等语。诗中借以赞颂李白坚持气节，蔑视权贵的品格。

⑦ 讨莼羹，是晋代张翰的故事。《晋书》载，张翰在洛阳齐王府任职时，见秋风起，思吴中菰菜、莼羹、鲈鱼鲙，就弃官还乡。译诗中写出了张翰的名字。这里是借张翰的事来赞许李白毅然离开朝廷，“还山”漫游。

⑧ 簪笏，官吏服饰用物。不同等级的官吏所用之簪笏不同，这里用来借代官位的高低。

⑨ 沧海情，指到海上漫游、避世的愿望。

◎ 郑驸马宅宴洞中[①]（七律）

主家阴洞细烟雾，[②]	公主家阴凉的窑洞里烟雾淡淡，
留客夏簟青琅玕。[③]	留客消夏坐的竹席像翠玉一般。
春酒杯浓琥珀薄，	薄薄的琥珀杯盛着浓浓春酒，
冰浆碗碧玛瑙寒。[④]	凝碧的玛瑙碗里蔗浆冰一样寒。
误疑茅堂过江麓，	我误以为这草堂飞到了江那边的山脚下，
已入风磴霾云端。[⑤]	又像已沿着石阶迎风走进阴沉沉的云端。

自是秦楼压郑谷，⑥	这简直是建造在郑家谷口的琼楼仙阁，
时闻杂佩声珊珊。⑦	听，微风中时时传来佩玉的鸣声珊珊。

注释:

① 郑驸马，指郑潜曜，唐玄宗皇甫淑妃女临晋公主之婿，封爵驸马都尉。约在天宝五载（746 年），杜甫来到长安，与广文馆博士郑虔成了好友。而郑潜曜是郑虔之侄，因此杜甫也结识了郑潜曜。他曾应郑的要求为临晋公主的母亲皇甫淑妃撰写了神道碑。碑文中提到“甫忝郑庄之宾客，游宾主之园林”，可见杜甫与郑潜曜时相来往的状况。洞，即黄土高原常见的窑洞，富贵人家也用来作为避暑的居室。这首诗作于杜甫到长安不久之后，大概是天宝五载的夏季。诗中所写的是郑驸马宅举行宴会的情况，自然是应酬诗，在杜诗中属于价值不很高的一类。但写豪贵人家避暑生活之奢靡，极尽刻画比况之能事，语言精致细腻，有助于读者审美力的发展和了解唐代上层社会生活。这首七律是拗体，与通常的七律不同。

② 主家，指临晋公主家，也就是驸马府。

③ 簟，音“店”（diàn），竹席。琅玕，外观类似珠玉的宝石。

④“春酒”“冰浆”两句，有人认为用的是我国古代的一种“互文”手法，写的都是美酒与豪华贵重的酒器。但“浆”除可理解为酒浆外，也可释为“柘浆”，唐人夏日多饮之。“柘浆”即蔗汁。译诗采取了后一种解释。

⑤“误疑”“已入”两句都是写阴洞之风凉。但不是实写，而是以主观感受到的虚幻形象来作比喻。

⑥ 秦楼，指的是秦穆公女弄玉的住所。传说周宣王时有史官名萧史，善吹箫，秦穆公以女弄玉妻之，史教弄玉吹箫，作凤鸣。数年后夫妇成仙飞升。诗中以“秦楼”借代临晋公主宅第。郑谷，用汉成帝时隐士郑朴（子真）事。郑子真隐居于谷口，人称其地为郑谷。诗中以“郑谷”隐喻郑驸马府所在之地。这样来表述是为了表示住宅的华丽与环境的清幽。译诗中以“琼楼仙阁”代替“秦楼”，以“郑家谷口”代替“郑谷”。

⑦《诗·郑风·鸡鸣》：“知子之来之，杂佩以赠之。”杂佩，是古代的一种饰物，以不同形状、不同质料的玉、石、珍珠等连缀而成。这句诗是暗示驸马府中妇女服饰华

贵，如神仙一般。

◎ 冬日有怀李白[1]（五律）

寂寞书斋里，	在这寂寞的书斋里，
终朝独尔思。	我整天地把您思念。
更寻嘉树传，	我寻思季武子借嘉树寄托的友谊，
不忘角弓诗。[2]	忘不了您像韩宣子那样吟诵角弓诗篇。
短褐风霜入，[3]	我的短布衫连风霜也遮不住，
还丹日月迟。[4]	日月流逝，迟迟不能去炼仙丹。
未因乘兴去，	可惜我没有乘兴去找您，
空有鹿门期。[5]	跟您去鹿门山隐居的约定成了空谈。

注释：

① 李白与杜甫分别后，到江东各地漫游。这首诗是杜甫自故乡偃师去长安前后怀念李白时所作，时间约在天宝四五年（745—746 年）之交。诗中所写对李白的思念和友谊十分真挚，深以不能与李白同游为憾。杜甫思想的主要方面是通过仕进之路来“致君尧舜上”，但也意识到此志难以实现，因此对李白的浪迹山林是理解的，尽管他走了一条与李白不同的路。

②《左传·昭公二年》载有晋、鲁两国友好交往的一段史实：晋国派韩宣子出访鲁国，鲁公举行宴会欢迎他。韩宣子在宴会上诵了《角弓》（《诗·小雅》篇名）；接着，季武子又举行宴会招待韩宣子，韩赞美季氏园中的嘉树，季武子说：“敢不封殖此嘉树以无忘《角弓》。”于是韩宣子又诵了《甘棠》（《诗·召南》篇名），表示不忘季氏的友谊。这诗以韩宣子和季武子间的友谊来比喻李、杜之间的友谊和两人相互赠诗的事。

③ 短褐，或作“裋褐”。“裋”音“树”（shù），粗布短衣，古代为僮仆的穿着。

④ 道家有"九转还丹"之说，诗中的"还丹"，指炼丹。

⑤ 鹿门山在襄阳境，是后汉著名隐士庞德公隐居的地方。诗中以"鹿门期"代表一起到山林隐居的约定。

◎ 春日忆李白[①]（五律）

白也诗无敌，	李白啊，您作的诗谁也不能比，
飘然思不群。	您飘逸的神思和别人不一般。
清新庾开府，[②]	诗句像庾信那样清新，
俊逸鲍参军。[③]	才情像鲍照那样脱俗超凡。
渭北春天树，	如今我在渭水北面春天的树下，
江东日暮云。[④]	也许您在江东的暮云下正把我思念。
何时一樽酒，	什么时候我们才能对着一樽酒，
重与细论文。	再一起仔细地评论诗篇。

注释：

① 这首诗作于前一首之后，根据诗题和诗中有关叙述可知作于天宝五载（746 年）春，杜甫寓居长安时。这首诗着重评价李白的诗篇，虽然只把他与南北朝时的诗人庾信、鲍照相比，但盛赞其清新、俊逸则是符合实际的。

② 庾开府，即庾信，字子山，南北朝时人。先仕梁，梁元帝派他出使西魏，梁亡，被强留在北朝。后北周朝任洛州刺史，累迁骠骑大将军，开府仪同三司，世称庾开府。他的诗作多抒写国破家亡、屈身异国的思乡之情；擅长五言，技巧精纯，对诗歌艺术的发展有很大贡献。

③ 鲍参军，即鲍照，字明远，南朝刘宋人，家世贫贱，受临川王刘义庆的赏识才登上仕途。临海王刘子顼镇荆州时，任命他为前军参军，故世称鲍参军。他的诗中抒写

理想与抱负，情调浓烈，其七言诗富独创性，对唐代的七古有积极影响。

④ 这两句诗借两地的自然景物喻两人相思之情。春树暮云，成了后世表达对友人思念之情的习用语。

◎ 送孔巢父谢病归游江东兼呈李白[①]（七古）

巢父掉头不肯住，[②]	巢父掉头就走，不肯在京城留住，
东将入海随烟雾。	要向东到海上去，跟随茫茫烟雾。
诗卷长留天地间，	他把诗卷永远留在人世间，
钓竿欲拂珊瑚树。[③]	自己却要到海上去垂钓，让钓竿拂过珊瑚树。
深山大泽龙蛇远，[④]	那里是龙蛇藏身的遥远深山大泽，
春寒野阴风景暮。	春天寒冷的旷野上已是昏昏薄暮。
蓬莱织女回云车，[⑤]	蓬莱仙山的织女为他把云车回转，
指点虚无是征路。[⑥]	指点虚无缥缈的天空说那就是他前进的路。
自是君有神仙骨，	啊，巢父，您身上自有神仙骨骼，
世人哪得知其故。	世上的人们哪里知道这个缘故。
惜君只欲苦死留，	他们爱惜您，一定要苦苦留您，
富贵何如草头露。[⑦]	您却说："人间的富贵岂非就像草上的朝露。"
蔡侯静者意有余，[⑧]	爱恬静的蔡公对友人却情意绵绵，
清夜置酒临前除。[⑨]	晴朗的夜晚，在阶前摆开了酒宴。
罢琴惆怅月照席，	停止琴声，惆怅地看月光照临座席，
几岁寄我空中书？[⑩]	巢父，您从空中寄信给我将在哪年？
南寻禹穴见李白，[⑪]	到南方去探寻禹穴时如见到李白，
道甫问讯今何如。	就说杜甫问候他如今可过得平安。

注释:

① 孔巢父，字弱翁，冀州人。早年曾与李白、韩准、裴政、张叔明、陶沔一起隐居于徂徕山，时号“竹溪六逸”。他能作诗，有《徂徕集》但未传于世。天宝六载（747年）春，以生病为借口辞官归隐去江东会稽。有位姓蔡的友人设宴为他送行，杜甫也参加了这次宴会，并写了这首送行的诗。因为孔巢父信奉道术，所以诗人在诗中运用了道家的神话传说，把巢父的江东之行描绘得迷离恍惚，带着浓烈的神秘色彩。杜甫与孔巢父看来也并不是初交，又由于孔与李白是老朋友，故诗中对孔的弃官归隐行为表示了理解。诗末请孔巢父代向李白问候，实际上这诗中的话也是对李白说的，所以诗题中写明了“兼呈李白”。如果只从这篇诗来理解孔巢父，便会把他看成一个向往神仙、决心归隐的人，但在史籍记载中，他却表现出另一种面目。他在代宗广德年以后又踏上仕途，曾授左卫兵曹参军。大历初，累授监察御史，转监中检校库部员外郎，并曾出任归州刺史。德宗建中初年，试秘书少监兼御史中丞，后拜汾州刺史，入朝为谏议大夫，迁给事中、御史大夫充魏博宣慰使。兴元元年，李怀光拥兵河中，朝廷任孔巢父为宣慰使，赴李怀光军中，于宣诏时遇害。身后赠尚书左仆射，备极哀荣。这些事实绝大部分发生于杜甫死后，杜甫并不知道。如果杜甫能多活十来年，知道了这一切，他也不会责备孔巢父背弃年轻时的志向，反而会为他高兴。因为杜甫一生想为国尽力，造福黎民，只是没有机会而已。从这首诗的内容和孔巢父后来的作为来看，便会认识到，人毕竟是随着时代和环境的变化而改变的；而且人的性格、思想也是多方面的，在不同情势下会表现出不同的方面。杜甫不能在天宝年间就看得出孔巢父后来的表现，他纵然被称为“诗史”，他的诗作也并非篇篇都反映了历史现实，这也是不言自明的。再说，杜甫一生也写过一些与这篇诗类似的带有“游仙诗”意味的诗。只不过抒发了一时的兴致和幻想，并不能代表他一生的主导思想，只能看作一时的游戏之作。这篇诗也是这样。

② 通常解释“掉头”为摇头。但“掉头”也可解释为“转头”，如说“掉头而去”，是说一转头就走，表示去意坚决。

③ 古代不知珊瑚是腔肠动物的遗骸，而误以为是植物，故称“珊瑚树”。这句诗是说将去大海上垂钓，因珊瑚产于海上，故云。

④《易·系辞》：“龙蛇之蛰，以存身也。”这句诗以龙蛇远蛰于深山大泽来比喻孔巢父之东归是为了遁世全身。

⑤ 蓬莱，道家传说的海上三仙山之一。织女，星名，传说是天帝孙女。诗中用幻想的情景来渲染孔巢父的东游和他对仙境的向往。

⑥ 是征路，古本作“是归路”，又作“引归路”。是征路，是就孔巢父之东游而言；是归路，则是着眼于孔巢父东游的目的和归宿。

⑦ 原诗句是诗人为孔巢父代言，译诗以直接引语的形式来表达。意思是说人生短暂，富贵不长，不如求仙可得长生。

⑧ 蔡侯，为孔巢父举行送别宴会的主人。意有余，蔡梦弼释为“意气有余”，意思仍不明晰。其实这里的“意”，是指情意，这句诗是赞颂蔡侯对朋友很有感情。

⑨ 除，阶沿，厅堂前的石阶。

⑩ 空中书，诸注家引证不一，总之是一种带有神话意味的传书方式。因为孔巢父是去修仙，故说他寄的信是从空中传来。

⑪ 会稽，古代郡名，今浙江绍兴附近地区。李白当时在会稽游历。传说夏帝禹死于会稽，葬于会稽山，后世称禹的葬处为“禹穴”。

◎ 今夕行[①]（七古）

今夕何夕岁云徂，[②]	今晚是哪一天晚上？是一年最后的夜晚！
更长烛明不可孤。[③]	漫长的夜晚对着烛光不能孤单单。
咸阳客舍一事无，	住在咸阳客店里没一点事儿干，
相与博塞为欢娱。[④]	你我赌个输赢，痛痛快快玩一玩！
冯陵大叫呼五白，[⑤]	“五白！”——紧逼对手大声叫喊，
袒跣不肯成枭卢。[⑥]	掷不成好彩头，急得脱掉鞋袜，露臂袒肩。
英雄有时亦如此，	英雄好汉有时也会落魄到这模样，
邂逅岂即非良图？[⑦]	难道偶然碰上就不算鸿图大展？

君莫笑，刘毅从来布衣愿，[8]	你别笑，那刘毅身为平民时，就敢想敢说立下了大志愿，
家无儋石输百万。[9]	家里不剩一担粮，赌钱却一输就是一百万！

注释：

① 据闻一多《少陵先生年谱会笺》，杜甫于天宝五载到长安后，初无定居，家仍在东都附近偃师县的陆浑庄。直到天宝十三载（754 年）春，杜甫才自东都携眷移至长安，居南城之下杜城。因此，杜甫住在咸阳客舍中的具体年代难于确定，估计应为初到长安时，当为天宝四载年底。咸阳唐时是属于京兆府的一个县城，在长安西北郊。当时，杜甫必有很不如意的事，以致除夕之夜不能归家，滞留在咸阳客舍里。诗中表现出的情绪是极端的，怀着无比的痛苦，以激愤之言曲折地控诉了唐代社会的不公正，发泄了遭逢不幸者的怨气。诗中的主体狂放不羁，置一切传统礼法于度外，但不消沉、绝望。这样的诗，不但在杜甫集中极少见，在我国所有古代诗作中也是独具一格者。

② 徂，音“粗”阳平声（cú）。意思是“往”。《诗・大雅・桑柔》：“自西徂东”。岁徂，即岁尽。

③ 更，音“庚”（gēng），古代把一夜分作五更。这里以更借代整个夜晚。更长，表示感觉夜晚的时间过得很慢。

④ 博塞，古代的一种赌博游戏。《庄子・骈姆》：“问谷奚事，则博塞以游。”

⑤ 冯陵，原意是乘势逼人，这里用来描写赌徒拼搏之态。诗中所写的赌博游戏今已失传，名为“摴蒱”，又称“六博”。五白，是这种赌博的一种彩头，即所谓“贵采”。呼五白，是表示赌博者希望得到“五白”的彩头。

⑥ 袒，音“坦”（tǎn），脱去或敞开上衣；跣，音“显”（xiǎn），光着脚。枭，是“六博”较次的“杂采”。卢，最高的“采”。不肯成枭卢，意思是什么彩头也得不到。

⑦ 邂逅，音“卸厚”（xiè hòu），不期而遇，偶然相遇。这里指偶然性的“机遇”。

⑧ 刘毅，东晋末人，性骄侈，好摴蒱，以讨桓玄立功，为冠军将军。后因故忤刘裕，刘裕出兵讨之，毅兵败而死。据《南史》载，当初桓玄闻刘毅起兵时说：“毅家无儋石之储，摴蒱一掷百万，共举大事，何谓无成。”

⑨ 儋，音“担”（dàn），是一种容器，受两斛。石，也是一种容器。《通雅》引《汉书》：“一石为石，再石为儋。”儋石，表示不很多的，有限的储粮。诗中用刘毅事来证明冒险也值得称道。这是愤激语，所表达的实际上是对当时社会现实的不满。

◎ 赠特进汝阳王二十二韵[①]（五排）

特进群公表，[②]	您这位特进是达官贵人的榜样，
天人夙德升。[③]	是杰出天才，靠平素的德行晋升。
霜蹄千里骏，	您像千里马在霜地上放蹄驰骋，
风翮九霄鹏。	像九霄的大鹏鸟乘风展翅飞腾。
服礼求毫发，	您遵守礼法，连毫发小事也不放松，
惟忠忘寝兴。	一心忠于皇上，甚至忘记按时睡眠起身。
圣情常有眷，	皇上总是眷顾您，对您宠爱，
朝退若无凭。[④]	您退朝离开皇上就觉得惶惶不宁。
仙醴来浮蚁，[⑤]	皇上赐给您泡沫飘浮的美酒，
奇毛或赐鹰。[⑥]	还曾赐给您珍奇的猎鹰。
清关尘不杂，[⑦]	您的府第门前没有尘嚣嘈杂，
中使日相乘。	皇上派遣的使臣天天光临。
晚节嬉游简，[⑧]	您上了年纪之后就不再时常嬉游，
平居孝义称。	在日常生活里以讲究孝义闻名。
自多亲棣萼，[⑨]	您自豪的是兄弟间十分和睦友爱，
谁敢问山陵。[⑩]	为让皇帝造陵寝的事谁敢向您打听？
学业醇儒富，	您学问比饱读经史的儒生还丰富，
辞华哲匠能。[⑪]	辞采比文学大师们更加高明。

笔飞鸾耸立，	大笔一挥，字迹像金鸾昂首站立，
章罢凤骞腾。[12]	整幅写成了，如彩凤在纸上飞腾。
精理通谈笑，	精妙的哲理能在谈笑间阐明，
忘形向友朋。[13]	对朋友不拘小节，流露一片真情。
寸长堪缱绻，[14]	别人的才干哪怕十分微薄，您也对他眷恋不止，
一诺岂骄矜。[15]	您实现慷慨助人的诺言，却并不因此骄矜。
已忝归曹植，[16]	我投奔您门下，自惭不如跟随曹植的王粲，
何如对李膺？[17]	可不知道像不像杜密对着李膺？
招邀恩屡至，	承您屡次邀约，深受您的厚恩，
崇重力难胜。	承您推崇看重，我的才力却难以胜任。
披雾初欢夕，[18]	记得跟您初次欢聚，初次看见您的那个夜晚，
高秋爽气澄。	高旷的秋空凉爽而又澄明。
樽罍临极浦，[19]	在遥远的水边摆开酒樽酒坛，
凫雁宿张灯。[20]	在高挂的彩灯下露宿，像一群凫雁歇在沙汀。
花月穷游宴，	花月之夜常尽情游乐欢宴，
炎天避郁蒸。	炎热的盛夏也能避开暑郁蒸熏。
砚寒金井水，	汲来金井的水把砚石浸寒，
檐动玉壶冰。[21]	微风吹动檐下玉壶中的藏冰。
瓢饮唯三径，[22]	我只有一瓢饮和一个三径就荒的小园，
岩栖在百层。[23]	与人世隔绝，如栖息在百丈高的崖顶。
谬持蠡测海，[24]	您对我的恩德海一般深，用瓠瓢来衡量怎么行，
况挹酒如渑。[25]	就连斟给我的美酒也像滔滔渑水一样饮不尽。
鸿宝宁全秘，[26]	您珍藏的鸿宝秘籍哪里会全都秘不示人，
丹梯庶可凌。[27]	说不定有座丹梯能让我登上仙境。
淮王门有客，[28]	我在您门下，有如淮南王的门客一样幸运，
终不愧孙登。[29]	决不会像嵇康那样到头来愧对孙登。

注释：

① 汝阳王李琎是宁王李宪之子。“特进”是由于特殊的功勋德业而授予的高级官位，始于汉代，在唐朝是正二品散官，无实职。这篇诗共四十四句，两句一押韵，故称“二十二韵”。旧本作“二十韵”，《仇注》本据实数改正。这诗作于杜甫旅居长安时期，但非初结识李琎时，因诗中说到他已屡次与李琎交往。诗中对李琎的品德作了多方面的歌颂，但并不是口是心非的歌功颂德之作。诗人与李琎的友谊的确比较深厚，晚年所写的《八哀诗》中有一篇《赠太子太师汝阳郡王琎》（见第十六卷）深致悼念之情。古人对杜甫的排律特别推重，认为就这种诗体来说，无人能与杜甫相比；现代人则忽视这一类诗，认为太重形式，内容殊无可取。其实，如能捐除成见，悉心领会体味，也能发现其不容抹杀的优点，如内容丰富具体、描写生动细腻、结构谨严、声韵调协等等。这种诗体无疑很容易产生内容空洞、流于形式的缺点，但杜甫所作的这类诗中，有许多篇，至少是有许多片断，是能给人们以很高审美享受的。

② 群公，指朝中的高级官吏和贵族。表，表率，榜样。

③ 天人，原指有道的人，《庄子·天下》：“不离于宗，谓之天人。”但后来兼指容貌美丽及具有天才的人。

④ 若无凭，旧注纷纭。浦起龙引郑继之曰：“若无凭，犹汉高失萧何，若失左右手意。”《仇注》也列出这条解释，但不赞成，他说：“还依王洙作‘不挟贵’为是。”所谓“不挟贵”，是不倚仗权势的意思。细玩诗意，可看出以上两说均不妥。“若无凭”所表达的是李琎不在皇帝身边时惶惶不安的心理状态。从这种状态中可看出他对皇帝的忠心和信赖。用当代流行的用语来说，“若无凭”就是“好像失去了精神支柱”。

⑤ 醴，甜酒。浮蚁，指浮着泡沫的酒。《仇注》引《释名》：“酒有泛齐、浮蚁”。又引曹植《七启》：“浮蚁鼎沸，酷列馨香。”

⑥ 毛，这里是指禽类。

⑦《九家注》赵云：“‘清关尘不杂’则形容其门墙之森严。”关，指汝阳王府门。“清”字，在古代常用来构成敬语。

⑧ 晚节，现代通常用来指人在晚年时期的行为表现，即“晚年的节操”；但古汉语中也常用“晚节”来代表人的晚年，并无其他含意。如第十八卷《遣闷戏呈路十九曹长》有“晚节渐于诗律细”之句，也是这样用的。

⑨ 自多，即“自矜”，自以为值得称誉之意。棣萼，出于《诗·小雅·常棣》：“常棣之华，萼不韡韡，凡今之人，莫如兄弟。”亲棣萼，言兄弟间的友情亲切。李琎的父亲李宪是玄宗李隆基之兄，是帝位的合法继承人。李隆基以武力取得了帝位，但对外解释说是李宪让位于弟，是出于兄弟之间的深厚情谊。诗人自然也只能随着这样说。不过，在这里也应包括李琎与其弟李瑀（陇西公，后进位汉中王）的友情，两人都与杜甫有交往。

⑩ 李宪死后，玄宗李隆基尊谥他为“让皇帝”，葬桥陵，号惠陵。李琎曾上表恳辞。诗句中的“问山陵”，大概就是指询问这件事。李琎不愿人们提起他的尊显家世和贵族地位，所以与他交游的人们也不敢向他打听这件事。王嗣奭的《杜臆》则认为：“天子友爱，则宗社自安，故曰‘谁敢问山陵’。”这样解释是把“问山陵”理解为叛乱或外族入侵，动摇唐朝的统治权。似乎嫌离题太远。

⑪ 哲匠，古代称智慧而有高超才艺者之语，可用于大臣、画家与文人等，这里指文学方面。

⑫“笔飞”“章罢”两句写李琎书法之美。章，可作辞章（从内容上看）解，也可作为书法的章法（从整篇作品的形式上看）来理解。

⑬ 忘形，原来的意思是指忘记了自己形体的存在。《庄子·让王》：“故养志者忘形。”后也用来称朋友间交谊亲密无间打破常规礼仪束缚之谓。杜甫在《醉时歌》（第三卷）中有“忘形到尔汝”之句，也是这种用法。

⑭《楚辞·卜居》：“尺有所短，寸有所长。”这里的“寸长”，意思是自谦才能微薄。

⑮《史记·季布传》：“楚人谚曰：得黄金百斤，不如季布一诺。”因而有“一诺千金”的典故。后来“一诺”这词语中便包含着助人的意思。

⑯ 曹植，三国时魏武帝曹操第三子，字子建，以能诗著名，封陈留王。王粲字仲宣，博学多识、文辞敏赡，仕魏后，与曹植交游，为建安七子之一。诗中把李琎比作曹植，诗人则以王粲自喻。译诗为表述的方便，写出了王粲这个名字。

⑰《后汉书》载，杜密与李膺俱坐党锢而名行相次，时人称为“李杜”。李膺字元礼，在东汉时负盛名，有“天下模楷李元礼”之语，士人如受他接待，则声价顿增，称为“登龙门”。诗中以李膺比李琎，而自愧不如杜密。译诗中写出了杜密的名字。

⑱《世说新语·赏誉》载卫瓘（伯玉）见乐广而奇其才，命子弟前去拜访，说：“此人，

人之水镜也，见之若披云雾睹青天。”后来遂以“披云”“披雾”为与人初次见面和对人赞扬的话。

⑲ 樽罍，都是盛酒之器。极浦，远浦。《楚辞·九歌·湘君》：“望涔阳兮极浦。”注：“极，远也；浦，水涯也。”

⑳ 旧注几乎都把“凫宿”理解为实景。如《仇注》：“初宴在秋，故见凫宿灯张。”野禽如何能这样毫不畏人地栖宿于高张的华灯之下？其实，这里的“凫雁”是隐喻，在水边夜宴的人醉后坐卧于水边沙洲上，有如凫雁之栖宿。以这样的修辞方法写出了人们秋夜豪饮放浪形骸的场景，而与真的凫雁无关。

㉑ 古人消暑，以冬季所藏之冰贮于壶中悬于檐下，称为“冰壶”。

㉒《论语·雍也》：“一箪食，一瓢饮。”疏：“言（颜）回家贫，唯有一箪食，一瓠瓢饮也。”陶渊明《归去来辞》：“三径就荒，松竹犹存。”诗中以“三径”来代表“三径就荒”的小园。这句诗用了两个典故来表示诗人的清贫生活。

㉓ 岩栖，隐士的生活。百层，喻高山。

㉔《汉书·东方朔传》：“以蠡测海。”注：“蠡，瓠瓢也。”《韩诗外传》载子贡对齐景公曰：“臣之事仲尼，譬如渴操壶杓，就江海而饮之，腹满而去，又安知江海之深乎？”

㉕ 渑，水名，临淄附近的一条小河，《左传·昭公十三年》：“有酒如渑。”形容酒源源而来喝不完，夸张之辞。

㉖《仇注》引《刘向传》：“淮南王有枕中鸿宝苑秘书。”又引《神仙传》：“淮南王（刘）安作内书二十二篇，又中篇八章，言神仙黄白之事，名为鸿宝。”这里指李琎所收藏的道家秘籍。

㉗ 丹梯，旧注引邵注：“丹梯为山上升仙之路。”这里指修炼成仙之路。

㉘ 淮南王，汉朝的宗室刘安。好神仙之术，天下方术之士多往归之。撰《淮南子》二十一卷，高诱为其作注，称为《淮南洪烈解》，是道家书，其中保留了不少古代神话传说。相传刘安成仙，白日升天。这里以淮南王比喻汝阳王李琎，诗人自比为淮南王之门客。

㉙ 据《晋书·隐逸传》，孙登居汲郡北山，好读《易》，嵇康从之游三年，问其所图，

终不答。将别时，孙登对嵇康说："子才多识寡，难免于今之世矣"。这是对嵇康的警戒。嵇康未能理解他的话，后来得罪了司马昭，被借故杀害。这句诗是表示一定要接受李琎的告诫，免蹈嵇康之覆辙。李琎可能对杜甫求官心切有过诚恳的规劝，故有此语。译诗中写出了嵇康的名字。

◎ 赠比部萧郎中十兄[①]（五排）

有美生人杰，[②]	有位德行优良的人是人中英杰，
由来积德门。	他出生在一个世代积德的家门。
汉朝丞相系，[③]	是汉朝丞相萧何的后代，
梁日帝王孙。[④]	是南朝梁代皇帝的子孙。
蕴藉为郎久，[⑤]	修养深厚，任职郎中已经长久，
魁梧秉哲尊。	身材魁梧，向来把哲理崇尊。
词华倾后辈，	华美的辞采使后辈年轻人倾慕，
风雅霭孤骞。[⑥]	直追《风雅》像鸿雁独自高飞入云。
宅相荣姻戚，[⑦]	姑母家有您这位姻亲我感到荣耀，
儿童惠讨论。	儿童时期就承您和我切磋讨论。
见知真自幼，	真的，从小您就是我的知心朋友，
谋拙愧诸昆。[⑧]	跟表兄您相比，惭愧我一事无成。
飘荡云天阔，	在广阔天地间我到处奔波飘荡，
沉埋日月奔。[⑨]	日子飞一般逝去，我默无声息地沉沦。
致君时已晚，	辅助皇上，建立功业的愿望迟迟不能实现，
怀古意空存。[⑩]	空把怀古的情意在心中留存。
中散山阳锻，[⑪]	中散大夫嵇康曾在山阳打铁，
愚公野谷村。[⑫]	齐国的愚公长住在野谷荒村。

宁纡长者辙,[13]　　怎能劳您这位长者驾来访问,
归老任乾坤。　　我将回到故乡去,在那里自由安排我的残生。

注释:

① 旧本诗题下有原注:"甫从姑之子。"从姑,现在通称堂姑母,父亲的堂姊妹。萧十,是杜甫的表兄,在萧家排行第十。他任职比部郎中,这是刑部的属官。在这首诗中,杜甫向表兄倾诉了仕途失意的痛苦,可能是杜甫于天宝六载(747年)在长安参加了由李林甫把持的无一人及第的考试后所写。萧十表兄到杜甫的寓所来慰问他,杜甫为了表示谢意,赠给表兄这一首诗。诗的前八句完全是客套话,其后着重写少年时代与萧十交游的往事及自己的困厄,情意真切,还是值得一读的。

② 有美,指萧十。生人杰,生人之杰,即人中之杰。卢元昌《杜诗阐》解释为"从姑笃,生人杰",把"有美"当作是指"从姑",理解错了。否则,下面的"由来积德门"等句就不知是说杜家还是萧家。

③ 汉朝丞相,指萧何。系,世系,家系。这句诗说萧十与萧何是同一家族。

④ 南北朝时,南朝的萧衍创建梁朝,传七世,被陈取代。这句诗与上一句诗都是对萧十家世的赞扬。

⑤《汉书·薛广德传》:"为人温雅有蕴藉。"颜师古注:"蕴,言如酝酿;藉,有所荐藉。"意思是有深厚的学识和道德修养。

⑥ 骞,鸟飞貌。旧本有作"骞"者,那是错误的。这句诗赞美萧十的"词华"能独树标格,上追《风雅》。

⑦ 据《晋书·魏舒传》,舒少孤,由舅父家(甯氏)抚养大。甯氏建宅,相宅者(据阴阳五行之说来测定宅基方位、地形与宅主祸福关系的人)说:"当出贵甥。"魏舒(他正是甯家的外甥)说:"当为外氏成此宅相。"意思是说他一定要有所作为,使相宅者的预言得以应验,光耀外祖父、母和舅父家的门楣。后来,"宅相"一语便被用来表示甥舅关系,有时径直以它代表外甥。这里的"宅相"就是指萧十,他是杜甫父辈的外甥。译诗中没有用这个词语。

⑧ 谋拙,指没有成就。依古汉语旧习,"昆"指兄长,"仲"指弟,"昆仲"指弟兄。这里"诸昆"指表兄萧十。诸,发语词,不是表示多数。

⑨ 沉埋，犹言沉沦，落到社会底层。

⑩ 怀古意，这里是指后面两句诗中所说的故事所引起的感触。

⑪ 嵇康仕魏曾授中散大夫，故称“嵇中散”。诗中的“中散”指嵇康。他隐居山阳时，曾于夏日在柳树下打铁。提起这事是说古代的优秀人物也会如此不得志，用以自慰。

⑫ 这里的“愚公”不是著名寓言《愚公移山》中的那位愚公。《说苑》中说：齐桓公打猎，逐鹿入谷见到一个自称愚公的隐士。那地方名愚公谷。译诗中特地写成“齐国的愚公”。诗人以这位愚公自比，表示甘愿在荒村野谷隐居。

⑬ 长者，指萧十，因萧十是表哥，年长于杜甫，故以长者来尊称。纡辙，犹言枉驾，是表示感谢萧十来访的敬语。

◎ 奉寄河南韦尹丈人[①]（五排）

有客传河尹，[②]	有人告诉我，您这位河南府尹，
逢人问孔融。[③]	像李膺关心孔融一样，逢人就探问我的消息。
青囊仍隐逸，[④]	问我是否仍在寻找青囊书，仍在隐居不仕，
章甫尚西东？[⑤]	还是仍旧戴一顶儒冠走东奔西？
鼎食分门户，[⑥]	您家是从列鼎而食的大族分出的门户，
词场继国风。[⑦]	您在诗坛上继承了《国风》的高尚情致。
尊荣瞻地绝，[⑧]	仰望您官位尊荣，地位高到极点，
疏放忆途穷。	竟还记起我这个穷途末路的懒散寒士。
浊酒寻陶令，[⑨]	我想在沉湎于浊酒的人群中寻觅彭泽陶令，
丹砂访葛洪。[⑩]	又想修仙炼丹，找葛洪做伴侣。
江湖漂短褐，[⑪]	我穿着短布衫在江湖上漂泊，
霜雪满飞蓬。[⑫]	满头蓬乱的白发，白得像霜雪。

牢落乾坤大,[13]	天地多么寥廓,真是无边无际,
周流道术空。[14]	我到处周游,想学道术只是空有心意。
谬惭知蓟子,[15]	真惭愧啊,您错把我看成了蓟子,
真怯笑扬雄。[16]	其实我该受人嘲笑,因为我像扬雄那样真是胆怯多疑。
盘错神明惧,[17]	您有砍断盘根错节的大才,连鬼神也畏惧,
讴歌德义丰。	人们自然都要讴歌您深厚的德义。
尸乡余土室,[18]	在我的老家尸乡只剩下个土窑洞,
谁话祝鸡翁。[19]	我这个人也像祝鸡翁那样,没有谁会再把我提起。

注释:

① 诗题下有原注:“甫故庐在偃师,承韦公频有访问,故有下句。”韦公,就是当时任河南府尹的韦济。河南府唐朝时直属中央,治洛阳,辖巩县、偃师、新安等县。据《唐书·地理志》载,天宝七载(748年)韦济因筑新路,曾到过偃师。大概就在那时,他打听过杜甫的消息。原注中的“访问”,并非亲自造访,而只是问讯,打听,这从诗中可以看出。杜甫于天宝六载在京应试遭失败后,一度回偃师陆浑庄居住,这诗大概是第二年听到韦济曾问起他的事以后所写。丈人,通常是对长辈的称呼,但也可用来尊称同辈人。诗中把对韦济的感激与颂扬跟自己的近况和心境交错地写出,似乎是有意对比,以引起韦济的同情。诗中体现的情绪仍较平静、闲适,这表明杜甫处境虽困难但生活条件还不是很苦,还没有像后来多次碰壁后那样牢骚满腹与绝望。

② 原诗句并不是独立的句子,与下一句诗相连才完整。译诗改写成一个完整的句子,和下一句分开。传,传告。河尹,河南尹之简称。

③ 据《后汉书·孔融传》,河南尹李膺不轻易接见宾客,孔融于少年时期前去访问,自称与李膺有通家之谊,李膺便接见了他。李膺问孔融李孔两家祖辈有什么关系,孔融回答说:“先君孔子与君先人李老君(老子李耳)同德比义而相师友。”李膺奇其才,遂厚遇之。诗中以这故事来表示对韦济的敬爱。

④ 青囊书,道家秘籍。《晋书·郭璞传》载,璞曾受业于郑公,得青囊书九卷,遂通阴阳五行之说。这句诗和下一句,都是韦济所关心的情况。

⑤《礼·儒行》:“孔子居宋,冠章甫之冠。”后遂以“章甫”为儒冠,是儒生特有的服饰。《庄子·逍遥游》:“宋人资章甫而适诸越,越人断发纹身,无所用之。”这句诗也含有儒术不合世用的意思。《礼·檀弓》还记载孔子说过“某也东西南北之人也”的话,诗句中的“尚东西”更表明了所说的是儒家东奔西走得不到信用的困境。

⑥ 鼎食,列鼎而食。鼎食之家专指世代高官厚禄的家族。韦济的父亲韦嗣立于武后朝累迁凤阁(即中书省)侍郎,同凤阁鸾台(即门下省)平章事,同中书门下三品、中书令;伯父韦承庆,在武后朝三掌天官选事,同样也累迁凤阁侍郎、同凤阁鸾台平章事;祖父韦思谦,赐爵博昌县男,迁凤阁鸾台三品。三人官位都达到了宰相一级。

⑦ 词场,就是诗坛。国风,《诗》中各地民歌部分。

⑧“地绝”的“绝”,意思与“极”相同。《后汉书·吴良传》:“臣苍荣宠绝矣”。仿此,这句诗是说韦济的尊荣地位高到极点。

⑨ 陶令,指陶潜,他曾任彭泽令,故称陶令。这句诗是说有意归隐。

⑩ 葛洪,见本卷《赠李白》注②。这句诗是说有意修仙。

⑪ 短褐,见本卷《冬日有怀李白》注③。

⑫ 飞蓬,即蓬草。《埤雅》:“蓬,末大于本,遇风辄拔而旋。”飞蓬之名由此而来。诗中以之比喻凌乱的头发。《诗·卫风·伯兮》:“首如飞蓬。”

⑬ 牢落,意思与寥落同,可形容心境旷然无所寄泊,也可形容空间之辽阔。这句诗里用后一义。乾坤,天地。

⑭ 周流,意思与周游相同。如孔子周游列国,《说苑》说成是“周流应聘。”道术空,是说空有学道之意而不能实现。

⑮ 这句诗的句法(语序)与通常的形式不同,意思是承您谬知我为蓟子,使我惭愧。蓟子,即蓟子训,《后汉书·方术传》载,蓟子训有神异之道,既到京师,常有公卿以下大臣数百人向他求教。

⑯ 扬雄,汉代著名辞赋家,学者。他闭户著《太玄经》,世人嘲笑他,认为他不合时宜。杜甫在这里以扬雄自喻,说自己也如扬雄之可笑,但不是像扬雄闭门著书之可笑,而是像他的胆怯可笑。《汉书·扬雄传》:“雄校书天禄阁上,治狱事使者来收

雄，雄恐不能自免，乃从阁上投下，几死。”参看第三卷《醉时歌》注⑯。

⑰ 盘错，是“盘根错节”的省称。通常用来比喻十分艰难的事。《后汉书·虞翻传》：“志不求易，事不避难，臣之职也。不遇槃根错节，何以别利器乎?”神明惧，是强调困难之大，连鬼神也不能不感到畏惧。诗中这样说是对韦济才干的高度赞扬。

⑱ 尸乡，地名，在偃师县西南。杜甫的陆浑庄即在此。

⑲ 据《列仙传》：祝鸡翁是洛阳人，住尸乡北山下，养鸡一百只，一年多以后，繁殖达千余只。鸡皆有名字，呼之即来。因为这传说中的仙人是杜甫同里人，故以之自比。这句诗是说自己默默无闻，没有人注意他。

◎ 赠韦左丞丈济[①]（五排）

左辖频虚位，[②]	左丞的官位屡次空缺无人，
今年得旧儒。[③]	今年才有位崇尚旧礼的儒生接任。
相门韦氏在，[④]	你们韦家向来是出宰相的门第，
经术汉臣需。[⑤]	精通经术，正适合做朝廷大臣。
时议归前烈，[⑥]	时下的舆论都归功您家前辈的业绩，
天伦恨莫俱。[⑦]	您却为兄长去世，不能同享今日的荣耀含恨。
鸰原荒宿草，[⑧]	鹡鸰原上隔年的野草已经荒芜，
凤沼接亨衢。[⑨]	您到了凤凰池边，前面将是更远大的前程。
有客虽安命，	我这个人虽说也安于命运，
衰容岂壮夫。	可容颜衰老哪里还说得上健壮。
家人忧几杖，[⑩]	家里人担心我劳累，要为我准备座椅手杖，
甲子混泥涂。[⑪]	我却一天又一天在泥泞路上彷徨。
不谓矜余力，[⑫]	自己没想到该爱惜残年余力，

还来谒大巫。[13]	却来拜谒您这位比我高明百倍的丞相。
岁寒仍顾遇，	岁暮天寒的时节，还承您厚待，
日暮且踟蹰。	我踌躇不安，对着这暮色苍茫。
老骥思千里，	伏枥的老骥还盼望能日行千里，
饥鹰在一呼。[14]	挨饿的猎鹰正等待一声唤就冲天飞翔。
君能微感激，[15]	如果我的处境能稍稍激起您的同情，
亦足慰榛芜。[16]	也会使我感到安慰，尽管我仍旧身在草莽。

注释：

① 韦济于天宝七载（748 年）自河南尹迁尚书左丞。唐代的左右丞设在尚书省内，辅佐左右仆射统辖各部事务。左丞所掌管的是吏、户、礼三部。这年，杜甫为了谋得一个政府职位，又从偃师来到长安。在冬季的一天，去拜谒了韦济，并写了这首诗赠给他，希望得到他的援引。这首诗显然是用于干谒的，不免要歌功颂德和表白自己的困难处境。但毕竟是诗，语言形象生动，以情感来打动受赠诗者，表现出了精湛的语言技巧和杜甫诗艺的特色。

② 因左、右丞管辖尚书省各部事务，故通常又可称之为“左、右辖”。左辖，即左丞的职位。

③ 旧儒，指尊崇儒家旧礼的士人。

④ 参看本卷《奉寄河南韦尹丈人》注⑥。

⑤ 汉代韦贤、韦玄成父子，邹人，世代治儒学，以明经术见称于世，俱官至丞相。汉臣，以韦贤父子比喻韦济家的几代人，同时，“汉臣”又指唐朝的大臣。唐代诗人常以“汉”来隐喻唐代。

⑥ 归，指归美于……，归功于……。“烈”一作“列”，“列”与“烈”通，指功业，《诗·周颂·武》：“无竞维烈”；又可作“余”解，《诗·大雅·云汉》“宣王承厉王之烈”。这句诗是说韦济之得任要职是由于前辈有功勋和继承了前人的德业。

⑦ 天伦，指家庭成员间的亲密关系。恨莫俱，惋惜韦济家人（这里是指韦济之次兄韦恒，他在这以前逝世）不能共享荣誉。

⑧《诗·小雅·常棣》："脊令在原，兄弟急难。"脊令，即鹡鸰，是一种善鸣的小鸟。后世以"鸰原"象征兄弟友谊。《礼·檀弓》："朋友之墓，有宿草而不哭焉。"这是一种古礼，友人死一年后，不必再哀哭。这里用来安慰韦济，不要再为韦恒的死而悲伤。

⑨ 唐代的中书省曾称为凤阁，省中之池遂称"凤池"。这里以"凤池"借代中书省。《易·大畜》："何天之衢亨。"以天路宏阔比喻仕途通达。

⑩《礼·月令》："仲秋之月，养衰老，授几杖。"几，这里不是指几案，而是指坐几，是一种坐具，可躺卧，类似后代的靠椅、躺椅。杖，是手杖，供老人扶持。这句诗是说诗人身体衰弱，壮年时已如老人。当时杜甫才三十七岁。

⑪"甲子""泥涂"，用《左传·襄公三十年》赵孟（赵武子）与绛县老人对话的事。绛县老人曰："臣生之岁正月甲子朔，四百有四十五甲子矣。"赵孟谢曰："使吾子辱在泥涂久矣，武之罪也。"这里的"甲子"是纪日期的干支，每年约有六个甲子日，四百四十五甲子约合七十四年。绛县老人当时约为七十四岁。诗中以此表示在困苦中生活了很久的时日。

⑫ 矜，意思是"惜"。《书·旅獒》："不矜细行"，疏："不惜细行"。余力，残年余力，承上面的"衰容""忧几杖"等语。

⑬《三国志·吴志·张纮传》注引《吴书》，陈琳至吴，见张纮，自称"小巫见大巫"，意思是说自己的才能不及张纮及张昭。其来源出于《庄子》之佚文，后代运用颇广。这里是说自己远远不如对方。

⑭"老骥"与"饥鹰"都是杜甫自况。前者是说自己虽老，仍然如"老骥伏枥，志在千里"（曹操《步出夏门行·龟虽寿》）；后者说自己只要有人呼唤，就能出力，暗示求官心切。

⑮ 感激，意思与现代汉语的"感激"完全不同，意思是感动与激发；与"同情"近义。

⑯ 榛芜，草木丛杂，与"草莽"近义。这里是比喻未授官职，身在民间，处境困苦。这句诗，一作"折骨效区区"。

◎ 奉赠韦左丞丈二十二韵[1]（五古）

纨袴不饿死，	绮衣纨裤的贵家子弟不用担心饿死，
儒冠多误身。[2]	头戴儒冠的人往往会误了自己一生。
丈人试静听，	您老人家请静下心听一听，
贱子请具陈。	听我这卑贱的后生细细陈情。
甫昔少年日，	我杜甫年轻的时候，
早充观国宾。[3]	早就由乡里推荐应考，来到东京。
读书破万卷，[4]	我勤学苦读，磨破了万卷书，
下笔如有神。[5]	写文章时笔走如飞，像有神灵。
赋料扬雄敌，[6]	我的赋想来该能跟扬雄媲美，
诗看子建亲。[7]	我的诗也许跟曹植相近。
李邕求识面，[8]	李邕听到我的名声要求跟我见面，
王翰愿为邻。[9]	王翰愿意跟我订交、结邻。
自谓颇挺出，	我自以为才能算得突出，
立登要路津。[10]	转眼间就将得到重要的任命。
致君尧舜上，[11]	决心辅佐皇上，使皇上比尧舜还要圣明，
再使风俗淳。	使民风再变得古朴淳真。
此意竟萧条，[12]	不幸我的志愿竟凋零萎谢，
行歌非隐沦。[13]	虽不是隐者，却到处漂泊歌吟。
骑驴十三载，[14]	小毛驴骑了十三年，
旅食京华春。[15]	在繁华的京城旅居。
朝扣富儿门，	清晨，到富贵人家敲门求见，
暮随肥马尘。	傍晚，跟在大官的肥马后面吃灰尘。
残杯与冷炙，	剩酒冷肉往肚子里吞咽，

到处潜悲辛。	到处默默奔走，忍受着酸辛。
主上顷见征，⑯	不久之前皇上下诏征贤，
歘然欲求伸。⑰	我以为，这一次我的志向和才能马上要展伸。
青冥却垂翅，	谁料在青天底下却垂下了双翅，
蹭蹬无纵鳞。⑱	又受到挫折，不能自在遨游像放归大海的巨鳞。
甚愧丈人厚，	您老对我的厚意使我太惭愧，
甚知丈人真。	我也深深理解您对我的一片真情。
每于百僚上，	常常在众官聚会的场合，
猥诵佳句新。⑲	承您诵读我的诗句，称赞它们清新。
窃效贡公喜，⑳	我像贡禹听到友人升官就庆幸，
难甘原宪贫。㉑	却难于学原宪甘于生活的清贫。
焉能心怏怏，㉒	可心里又哪里能怨恨不已，
只是走踆踆。㉓	只是脚下踉踉跄跄走个不停。
今欲东入海，	如今我要往东到那大海上去，
即将西去秦。	就将离开这西方的三秦。
尚怜终南山，㉔	可对这终南山仍恋恋不舍，
回首清渭滨。	将不断回头遥看这清清渭水之滨。
常拟报一饭，㉕	我本来打算像古人那样，一顿饭的恩情也要报答，
况怀辞大臣。	更何况辞别您这样的朝廷大臣。
白鸥没浩荡，㉖	白鸥飞远了，将隐没在浩荡的波涛里，
万里谁能驯？	当它飞到万里之外，谁还能再叫它驯服听命？

注释：

① 这首再一次向韦济求助的诗作于杜甫离开长安东归之前，那时大概已是天宝八载（749 年）春。这是杜甫向韦济发出的最后试探，看韦济是否挽留他，能否给他一个官职，结果终于失望，只得回洛阳偃师县。从这诗里可以看出，唐代未能登仕的儒生地位十分卑微，那种“朝扣富儿门，暮随肥马尘”的生活是可怜而又可羞的。杜

甫清醒地认识到这样的现实，并剖析了自己内心的矛盾，揭示了既自负自信，又自轻自贱、犹豫不决的心态。虽然这首诗也应归入干谒诗一类，但自有它的特点，内容以自述为主，没有一句奉承的话，而是满纸牢骚。诗末所表达的绝意仕途的决心和对长安山川的留恋同屈原在《离骚》中所抒发的眷恋故国、不忍离去的情感是相似的，大概这也是古代爱国主义思想的一种表现形式。

② 纨袴，是豪富子弟的借代语；下一句，儒冠，是儒生的借代语。译诗采取了便于理解的直接表达方式。

③ 充，充当。《易・观》："观国之光，利用宾于王。"朱熹注："其占为利于朝觐仕进。"后世便以"观光"一词指游览和观察一国、一地政教风习的行为。宾，在这句诗中用作名词，其含义则是指乡贡来京应考的人。《周礼・地官・大司徒》："以乡三物教万民而宾兴之。"注："兴，犹举也。民三事教成，乡大夫举其贤者能者，以饮酒之礼宾客之，既则献其书于王矣。"说的是古代乡贡考试之前，地方设宴款待应举之士。这句诗是指杜甫于开元二十三年（735 年）由地方推荐赴京参加进士考试的事。那次考试是在东都洛阳举行的，杜甫才二十四岁，未及第。

④ 近年有人解释"破万卷"为"突破万卷"，说读书超出万卷。恐不妥。万卷，本非实指，而是极言其多。破，当指书籍屡经翻阅而破损。

⑤ 有神，有神灵帮助。这句诗的意思是说作诗文时文思敏捷，下笔成章，连自己也不知为何能如此。与当代人说的"不知哪儿来的灵感"意思颇相近。

⑥ 汉朝的扬雄（子云）长于作赋，是一代大家。

⑦ 三国时魏国的曹植（子建）长于作诗，杜甫以这两人自比，可见他当时自负之高。

⑧ 李邕事，见本卷《陪李北海宴历下亭》注①。

⑨ 王翰，字子羽，晋阳人，睿宗景云元年（710 年）进士。性情豪放，恃才不羁，诗多慷慨壮丽之词，其最著名的诗是以"葡萄美酒夜光杯"为首句的《凉州词》。他愿与杜甫为邻事不详。愿为邻，旧本多作"愿卜邻"。

⑩《古诗十九首》："何不策高足，先据要路津。"要路津，指重要的官位。

⑪ 尧舜，古代圣君，后代帝王都以他们为最高榜样。

⑫ 萧条，本有寂寥与草木凋零两义。这里用后一义之引申义。比喻志愿之不能实现。

⑬ 桓谭《新论》："天下神人五，一曰神仙，二曰隐沦……" 这诗中的"隐沦"，正是指这种半仙半隐的人。《论语·微子》："楚狂接舆歌而过孔子。" 接舆，就是这样的一位隐者。行歌，在路上边走边歌。接舆唱的歌是："凤兮凤兮，何德之衰！往者不可谏，来者犹可追！已而，已而，今之从政者殆而！" 这诗中，以"行歌"来借代作诗。

⑭ 旧本"十三载"俱作"三十载"。《仇注》断定是错误，据卢元昌《杜诗阐》，改正为"十三载"，并解释说："公两至长安，初自开元二十三年（735 年）赴京兆之贡，后以应诏到京，在天宝六载（747 年），为十三载也。" 按杜甫第一次参加进士考试是在东都洛阳，不是在长安，又此诗当作于天宝八载，因此仇兆鳌所凑足的十三年也并不完全符合实际情况。但"三十年"更无法解释，译诗只得暂从《仇注》本，作"十三年"。

⑮ 京华，指唐代的京城长安。"春"字接在"京华"之后，似乎是指春季，但前一句说"十三年"，则此"春"字应另有解释。或谓"春"喻京都之繁华景象。

⑯ 天宝六载（747 年），诏求天下通一艺者诣京应试。杜甫参加了这次考试，同时应试者还有元结等人。结果是无一人及第，诏令应考者俱"退下"。这实际上是当时宰相李林甫一手炮制的骗人把戏，他怕应考者对策时指斥他的奸恶，所以故意留难压制。事后他反而上表皇帝"贺野无遗贤"。"顷见征"就是指这次应诏赴考。

⑰ "欻"音"忽"（hū），欻然，忽然。求伸，指求志向之实现。

⑱ "蹭蹬"音"曾（去声）邓"（cèng dèng）。《文选·海赋》注："蹭蹬，失势之貌"，也就是遭受挫折。王褒《圣主得贤臣颂》："沛乎若巨鱼之纵大壑。" 纵鳞，即巨鱼。

⑲ 猥，自谦语，用于承受别人的帮助或赞誉时。如《三国志·蜀书·诸葛亮传》："猥自枉屈，三顾臣于草庐之中"。这诗句中的用法与此相似。

⑳《汉书·王贡两龚鲍传》载，王吉与贡禹为友，王吉显贵，贡禹弹冠庆贺。俗谓"王阳（即王吉，因王吉字子阳）在位，贡公弹冠"。诗中以王吉比喻韦济，盼韦济能给诗人帮助。

㉑ 原宪，孔子门人，字子思。清静守节，安贫乐道。

㉒ 怏怏，心中不满足，怨恨。

㉓ 踆踆，音“逡逡”（qūn qūn）。踆，退行。《文选·西京赋》：“大雀踆踆”。综注：“踆踆，大雀容也。”综注：“行走貌。”后有人据“踆”字本义释为“且行且却（退）之貌”。杜甫《封西岳赋》：“骐驎踆踆而在郊”，状骐驎之行走。在诗中是形容惶惶奔走之状。因为遭遇困厄，到处飘流，走个不停，遂以“走踆踆”来表达。译诗用“踉踉跄跄”一语来表示这一行走之态。

㉔ 终南山，在长安之南。诗中以对此山的留恋来代表对京都长安的留恋。下句中的“清渭”，用意也是这样。

㉕《史记·范雎传》：“一饭之恩必偿”。《左传·宣二年》载，赵盾见一个名灵辄的人挨饿，给了他饭吃，后来晋灵公阴谋杀赵盾，灵辄奋力救盾，报一饭之恩。下句述及“辞大臣”，大臣指韦济，诗人说他的厚恩比一饭之恩更深，故于辞别时心中特别感到内疚。

㉖ 没浩荡，旧注家有不同意见。赵次公曰：“《禽经》曰：凫善浮，鸥善没，则没字是沉没之没。”苏轼《仇池笔记》中说：“白鸥没浩荡，盖没灭于烟波间。”苏说为佳。没灭，即今之所谓“隐没”。

第二卷

◎ 饮中八仙歌[1]（七古）

知章骑马似乘船，[2]	贺知章喝醉了，他骑马摇摇晃晃像乘船，
眼花落井水底眠。	眼花看不清路，落进井里还照样睡眠。
汝阳三斗始朝天，[3]	汝阳王李琎喝了三斗酒才去上朝，
道逢曲车口流涎，	路上遇见运曲的大车，还馋得直流口涎，
恨不移封向酒泉。[4]	恨不得请皇上把他的封国移往酒泉。
左相日兴费万钱，[5]	李适之那位左相，天天要花掉上万铜钱，
饮如长鲸吸百川，	饮酒像条大鲸鱼，一口吸干成百条河川，
衔杯乐圣称避贤。[6]	整天衔杯陶醉，声称要把官位让给后贤。
宗之潇洒美少年，[7]	崔宗之神态潇洒，真是个翩翩美少年，
举觞白眼望青天，[8]	举起酒杯，翻着白眼仰望青天，
皎如玉树临风前。[9]	那么白皙，就像棵玉树，摇摇摆摆在风前。
苏晋长斋绣佛前，[10]	苏晋长年吃斋念经，在他供奉的彩绣佛像前面，
醉中往往爱逃禅。[11]	可一喝醉酒，就忘掉学佛，常常逃避坐禅。
李白一斗诗百篇，[12]	李白喝下一斗酒，能写出新诗一百篇，
长安市上酒家眠。	醉了就倒在长安集市酒店里睡眠。
天子呼来不上船，	皇帝派人来呼唤，却不肯上皇帝的船，
自称臣是酒中仙。	自称是沉迷在酒中的神仙。
张旭三杯草圣传，[13]	张旭爱饮三杯美酒，草圣的大名天下传遍，
脱帽露顶王公前，[14]	醉后脱帽露出头顶，当着王公大臣的面，
挥毫落纸如云烟。	大笔挥舞，落在纸上的墨迹像云烟。
焦遂五斗方卓然，[15]	焦遂喝下五斗酒，卓越的才能才开始显现，
高谈雄辩惊四筵。	高谈阔论，使四座的酒客个个惊羡。

注释：

① 这首诗大约写于天宝五载（746 年）杜甫初到长安时。诗中所写的八位嗜酒名人当时有的已死，有的已不在长安，也有杜甫在长安新结识的朋友。这诗的内容除了部分是他亲眼所见的而外，不少来自传闻。这样，就使这诗带有民间口头文学的性质。诗的形式很特殊，抓住每一个人的最主要神态或众口流传的奇特事迹，以夸张的手法和长短不一的句子把它表达出来。这诗原是几位豪放不羁的天才在诗人头脑中留下的印象，后来诗人又把这些印象巧妙地通过诗的语言凝定下来，形成色彩鲜明的艺术形象。

② 贺知章，字季真，会稽人，自号“四明狂客”。能诗，具有很高的鉴识力。李白到长安后，最早赏识他的就是贺知章，见面就称他为“谪仙人”。传说为了款待李白，贺知章曾解下所佩金龟买酒。

③ 汝阳，指汝阳王李琎，可参看第一卷《赠特进汝阳王二十二韵》注①。

④ 封，封地，封国。封建时代帝王把土地及居住在这地区的人民一起赐给贵族或功臣，称“封”。酒泉，汉代起置郡。古代有泉，味如酒，故名。今甘肃省设有酒泉市。

⑤ 李适之于天宝元年任左丞相，受到李林甫的排斥，于天宝五载（746 年）四月罢相。他在一首诗中这样写：“避贤初罢相，乐圣且衔杯。为问门前客，今朝几个来？”杜甫在诗中运用了其中的话。同年七月，李适之贬宜春太守，到任后服毒自杀。杜甫写这诗时，大概在李死前，或尚未得到李的死讯，否则，在写到李时，不会写得这样轻松、飘逸。

⑥ 衔杯，指饮酒。“乐圣”的“圣”，是“圣人”的简称，指酒。参看第一卷《对雨书怀走邀许主簿》注②。

⑦ 崔宗之，袭爵齐国公，曾任侍御史，与李白常诗酒唱和。他潇洒风流，但又愤世嫉俗，满腹牢愁。

⑧ 晋代的阮籍，性疏放倨傲，传说他能作青、白眼。对自己喜爱的人，以青眼相看；遇到庸俗可恶的人，便对他翻白眼，以示轻蔑。这句诗说崔宗之像阮籍那样傲世。

⑨《世说新语》：“谢太傅（谢安）问诸子侄：‘子弟亦何预人事，而正欲其佳？’……车骑（谢玄）答曰：‘譬如芝兰玉树，欲使其生于阶庭耳。’”后世便以“玉树”誉人的品貌才德之美。

⑩ 苏晋，少年时即以能文著称。举进士后，曾任中书舍人、户部及吏部侍郎等职。他曾得到慧澄和尚的绣弥勒佛像一幅，十分珍爱，说“是佛好饮米汁（酒），正与吾性合，吾愿事之，他佛不爱也”。他虽长斋拜师但往往无视佛教戒规。

⑪ 王嗣奭《杜臆》：“逃禅，盖学浮屠术（佛学），而喜饮酒，自悖其教，故云。而今人以学佛者为逃禅，误矣。”译诗从王说。

⑫ 李白曾数次入长安。开元十八年（730 年）首次到长安，与贺知章、崔宗之等游。列名“饮中八仙”可能始于此时。天宝元年（742 年），李白由于道士吴筠推荐，应诏再度入京，玄宗召见，命供奉翰林。天宝三载（744 年），受高力士、杨玉环、张垍等人谗毁，诏许还山，遂出京。这一节诗中所写的轶事，就发生在这一时期。

⑬ 张旭，字伯高，吴郡人。以草书著名，唐代已称他为“草圣”。后汉张芝，也称“草圣”，这类称号，本非一人所专有，称张旭为“草圣”，并不足怪。因为他为人放荡不羁，世人又号之曰“张颠”。第二十卷《观公孙大娘弟子舞剑器行》的序中曾说到张旭见公孙大娘舞剑器草书长进的事。第十五卷《殿中杨监见示张旭草书图》一诗中对张旭的草书亦多赞美，可参看。

⑭ 脱帽露顶，是衣着随便、不拘礼法的样子。

⑮ 焦遂，是一个布衣隐士，曾与诗人孟云卿等交游。卓然，意思同“卓绝”“卓异”及现代汉语的“杰出”一词含义相似。

◎ 高都护骢马行[①]（七古）

安西都护胡青骢，[②]	安西高都护有匹西域青骢马，
声价欻然来向东。[③]	从边疆来到东方，骤然提高了身价。
此马临阵久无敌，	这匹马在沙场上征战多年，一直是所向无敌，
与人一心成大功。	和主人同心同德，立下的功劳可真大。
功成惠养随所致，	立了功就受优待，一直跟它的主人在一起，

飘飘远自流沙至。[④]	像随风飘飞一样，从遥远的沙漠来到这里。
雄姿未受伏枥恩，	看它那雄姿，好像还不愿在槽边享福，
猛气犹思战场利。	它那剽悍的气势，似乎还想到战场上去奔驰。
腕促蹄高如踣铁，[⑤]	短短的小腿，厚蹄硬得像铁，
交河几蹴曾冰裂。[⑥]	曾多少次把交河上的厚冰踏裂。
五花散作云满身，[⑦]	五色花斑撒满全身像朵朵彩云，
万里方看汗流血。[⑧]	跑上一万里，才看得出流的汗像鲜血。
长安壮儿不敢骑，	长安城里的年轻好汉谁也不敢骑，
走过掣电倾城知。	它像闪电一样跑过城市，全城人立刻就都知晓。
青丝络头为君老，	难道就这样系着青丝笼头，让你把它一直养到老？
何由却出横门道。[⑨]	啊，什么时候再让它跑出横门外的大道？

注释：

① 高都护，即高仙芝，曾任安西副都护。安西大都护府设在龟兹（在今新疆境内），管辖于阗以西广大地区。天宝六载曾出兵越葱岭而西，破小勃律，攻入吐蕃之连云堡，俘勃律王归。安史叛乱开始后，奉诏回中原御敌，兵败退守潼关，以失职罪与另一名将封常清同时被朝廷处死。天宝八载，高仙芝声望最高时曾入朝，次年又出兵讨石国。这诗大概写于高仙芝入朝时。诗中写出了骏马的矫健雄姿与不服老的壮志；同时也是以马喻人，赞扬了那些为国驰驱、奔走不息的英雄们。

② 胡青骢，指西域出产的青白色骏马。

③“欻然”的“欻”，同“忽”。声价，指名声之大小高低，现代汉语中的“身价”一词，意思与此略近似。

④ 我国西部地区的沙漠，古代称为“流沙”，原为专名，后来也用来泛指沙漠。

⑤《仇注》：“《齐民要术》：‘马腕欲促而大，其间才容靬，蹄欲得厚二三寸，硬如石。’踣，踏也。邵注：踣铁，言马蹄之坚。”按“踣”字常用义为“仆倒”，与这里的用法不合。“踣”的另一义为“踏”，如《三国志·吴书·孙破虏讨逆传》：“……坚所骑马驰还营，踣地鸣呼。”可见“踣铁”可释为“踏铁”。但在这一句诗中，“如踣

铁”与“腕促蹄高”直接连在一起，语法结构上无法解释。“踣”还有一义，即“僵硬”，此义是从“仆倒”一义引申而来，《邵注》谓“踣铁言马蹄之坚”，似亦与此义有关，译诗勉强从邵注。

⑥ 交河，河流名，也是地名，在古代中原通向西域的要道上，位于今新疆吐鲁番西。蹴，意思是“踏”。“曾”通“层”，曾冰，即层冰，厚冰。

⑦ 五花，指马毛有五色，有人说，是指把马的鬃毛修剪成五瓣。

⑧ 汗流血，指汗血马，古代西域大宛产的名马。汗色鲜红如血，故名。

⑨ 横门，唐代长安城从北向南数的第一道西城门。门外就是通往西域的大道。“横门”的“横”字，读如“光”（guāng）。

◎ 冬日洛城北谒玄元皇帝庙[①]（五排）

配极玄都閟，[②]	高如天顶的圣殿紧紧关闭，
凭高禁籞长。[③]	它居高临下，防御的竹栅绵连漫长。
守祧严具礼，[④]	遵循礼法守庙的官吏奉祀严谨，
掌节镇非常。[⑤]	怕发生意外，派来持节的将军驻防。
碧瓦初寒外，	绿瓦在初冬微寒的空中闪亮，
金茎一气旁。[⑥]	托着承露盘的铜柱直刺混茫的天上。
山河扶绣户，[⑦]	彩绘的庙门依傍着壮丽的河山，
日月近雕梁。	月亮和太阳紧挨着画栋雕梁。
仙李蟠根大，[⑧]	仙李树的根蟠曲粗壮，
猗兰奕叶光。[⑨]	猗兰殿世世代代发出辉光。
世家遗旧史，[⑩]	《史记》没把《老子传》列入世家，
道德付今王。[⑪]	他的《道德经》却传给了当代君王。

画手看前辈，	绘画的高手当然要在老一辈人里寻觅，
吴生远擅场。[12]	可吴道子的技艺远远比他们高强。
森罗移地轴，[13]	森严布列的景象有如把大地移来，
妙绝动宫墙。	多么美妙啊，宫墙上画的简直是活动的一样。
五圣联龙衮，[14]	五位圣主，龙袍连着龙袍，
千官列雁行。[15]	成千官员整整齐齐排列成行。
冕旒俱秀发，[16]	悬挂着珠串的冠冕都那么光亮，
旌旆尽飞扬。[17]	前前后后的旌旗全都迎风飘扬。
翠柏深留影，	青翠的柏树在庭院里留下深浓的阴影，
红梨迥得霜。	梨树的叶子红了，它们那么高，已经受了寒霜。
风筝吹玉柱，[18]	玉柱上，风铃被吹得叮当作响，
露井冻银床。[19]	露天的井上，结了冰的辘轳架闪着银光。
身退卑周室，[20]	老君隐退了，周王朝就逐渐衰亡，
经传拱汉皇。[21]	《道德经》传下来了，给汉王朝带来国运隆昌。
谷神如不死，[22]	如果您像谷神那样永不死灭，
养拙更何乡？[23]	如今又该默默藏身在什么地方？

注释：

① 玄元皇帝庙，即老子庙。由于老子姓李名耳，与唐皇室同姓，唐王朝遂尊老子为“太上玄元皇帝”，全国各地俱建庙奉祠。这诗中所写的老子庙在东都（洛阳）城北。天宝八载（749 年）闰六月，玄宗尊唐朝开国以来的高祖、太宗、高宗、中宗、睿宗五位皇帝为“大圣”。这诗中有“五圣联龙衮”之句，杜甫自长安回东都谒老子庙大概就在这一年的初冬。诗中描写了庙宇建筑的庄严宏伟，特别着重描述庙中吴道子所绘的壁画——“五圣图”，使读者如亲眼看到，印象鲜明。诗末的议论，含蓄而深刻，虽然是对老子及道术的赞颂，然而又带着怀疑的口吻，使人读后深思。

② 配极，据《九家注》中赵次公的解说，极，义为紫极，也就是北极；因老子庙在洛阳城北，就它的位置来说，可以说是“配极”。《仇注》引《史记》：“始皇为极庙，

象天极”。“配”字，义为“匹配”（与……相当）“配享”等。配极，也就是说和天极一般高。据《道藏》：“道君处大玄都，坐高盖天”。玄都，是老子神灵的居住处，道教神话所说的仙境。译诗中说成是圣殿。閟，音“闭”（bì），闭门。

③ 籞，音“语”（yǔ），一作“御”。《汉书·宣帝纪》注引苏林曰：“折竹以绳绵连禁御，使人不得往来，律名为‘籞’。”原指帝王园林之障蔽物，这里是指围在老子庙外的竹栅。

④ 祧，音“挑”（tiāo），始祖庙。唐皇室以老子李耳为始祖，故称老子庙为“祧”，守庙的官称“守祧”。

⑤ 节，节杖、符节、旌节之类，是皇帝赐给武将或镇守一方的官员象征权力的信物。掌节，指掌节的人，即握有军队指挥权的武将。

⑥ 汉武帝信道术，求长生，为了服食天上降下的甘露，在宫中建立了金茎承露盘，盘支于铜柱上，铜柱称“金茎”。这诗中所说的“金茎”大概是老子庙中类似的铜柱。《庄子·大宗师》：“彼方且与造物者为人，而游乎天地之一气。”道家所说的“一气”，实际上是指一种普遍的存在，它是一切事物的根本，又称“混沌之气”。译诗中以“混茫的天上”来代替“一气”。

⑦《考工记·画缋》：“画缋之事，五采备，谓之绣。”“绣”的本义就是五彩纷呈，绣户，就是彩绘的大门。

⑧ 老子姓李，传说是指李树为姓。诗中的“仙李”既指庙中的李树，又指老子的“道德”学说。

⑨ 猗兰，汉宫殿名，据说汉武帝诞生于猗兰殿。诗中以“猗兰”称老子庙的殿宇，又用它代表唐王朝的统治。奕叶，与“奕世”同义，都是“累代”“世世代代”的意思。如潘岳的《杨仲武诔》：“伊子之先，奕叶熙隆”；《后汉书·袁术传》：“奕世克昌”，都是这样用的。

⑩“遗”一作“贻”，恐非。太史公司马迁作《史记》，把孔子的传记列在“世家”中，而把老子的传记列在“列传”类中，似乎是贬低了老子的地位，故说“世家遗旧史”。

⑪ 唐王朝尊奉老子，唐玄宗后来还亲自为《道德经》作注，广为传布，故云“道德付今王”。

⑫ 诗句下有原注："庙有吴道子画《五圣图》。"吴生，指吴道子。吴道玄，字道子，唐代伟大画家。他最擅长人物、山水、佛像，世称画圣。初授瑕丘尉，后被玄宗召入宫中为内教博士。擅场，意思是压倒全场所有竞争者。张衡《东都赋》："秦政利嘴长距，终得擅场。"文中以斗鸡比喻战国七雄间的争霸，最后秦灭六国而统一中国。"擅场"一词现代多写作"擅长"，意思与"擅场"已有了很大差别。

⑬ 地轴，是我国古代对大地深层结构的一种想象，这句诗里也就是指大地，用这词来强调壁画的雄浑气势和整体性。

⑭ 五圣，见注①。联，一作"连"。

⑮ 列，一作"引"。雁群飞行时列队整齐，诗中以"雁行"来形容官员队列之整齐。

⑯ 冕，古代天子、诸侯、卿、大夫的礼冠。"旒"音"留"（liú），冕的顶部平如板，前后伸出的部分饰有悬垂的珠玉串，称为"旒"。

⑰ 旌，音"京"（jīng），旗帜之通称。旆，音"佩"（pèi），旗末端形如燕尾的部分，也称"旗尾"。有时也称小型三角旗为"旆"。

⑱ 风筝，古代建筑物的檐头或柱上悬挂的一串串金属片，风吹动即叮当作响，名为"风筝"，也称"铁马""风铃"。

⑲ 赵次公谓"露井是露地之井"。露地，现代汉语多说"露天"，露井，即不在室内的无遮蔽的井。《古乐府》："桃生露井上。""银床"之"床"，指井上的辘轳架。银，指结冰的辘轳架所呈现出的色泽。

⑳《史记·老子传》："（老子）居周久之，见周之衰，乃遂去。"诗中把周朝的式微和老子离去联系起来，认为两者之间有因果关系。

㉑《神仙传》载，汉文帝读《老子》，多不解处，有自称河上公者授素书两卷给汉文帝，这就是流传至今的《老子》河上公注本。汉文帝、景帝俱信黄老之说，诗中把汉室的巩固与《老子》的传授联系起来，用此隐喻尊奉老子也有利于唐朝的统治。

㉒《老子》中有"谷神不死，是谓玄牝"之句。王弼注："谷中央无谷也。无形无影，无逆无违，处卑不动，守静不衰，谷以之成而不见其形，此至物也。"河上公注："谷，养也，人能养神则不死，神谓五脏之神也。"又有人说，谷神是人身中空窍处，有元神，即"丹田"。后两说且置之不论，依王弼注，谷神是永生的，能创造一切的

存在，也就是老子所说的“道”。诗中的“谷神”是指老子及其“道德”学说，也是老子本人的象征。

㉓ 最后两句诗的意思是：如果老子像“谷神”一样永生不死，他就应该在某处“养拙”。而“养拙”也就是“清净无为”，决不会忙忙碌碌地干预人间政事。从这两句诗中可看出杜甫对道家学说也并非无条件地接受，而是有所保留的。

◎ 故武卫将军挽词三首[①]（五律）

严警当寒夜，	寒夜里戒备森严，
前军落大星。[②]	军营前陨落下一颗巨星。
壮夫思敢决，	战士们思念您的果敢决断，
哀诏惜精灵。	皇帝也下诏悼惜您的英灵。
王者今无战，[③]	如今圣主已停止征战，
书生已勒铭。[④]	纪功碑上，书生已为您镌刻了铭文。
封侯意疏阔，[⑤]	可惜封侯的愿望没有能实现，
编简为谁青？[⑥]	可青史上怎能不留下您的美名？

注释：

① 唐代设有左、右武卫大将军及将军各两人，统领宫禁警卫，也常用来作为一种荣誉称号。诗中所说的“武卫将军”未指明是何人，历来注家也未加考订。曹慕樊在《杜诗杂说》中说：“我认为其人是王忠嗣。”按《旧唐书·王忠嗣传》，天宝三载，王忠嗣加左武卫大将军，他曾任河西、陇右节度使，北伐突厥族的奚怒皆，战于桑干河，三败之。后反对进攻吐蕃建立在青海湖畔的石堡城，得罪玄宗，天宝六载十一月贬汉阳太守，天宝七载逝世。这些事实与诗中所赞颂的武卫将军的功勋、品德相合。“挽词”原指送葬时挽灵车者唱的哀歌，后泛指哀悼死者的诗文。三首诗从功勋、才能和广大群众的哀悼之情等不同方面来赞扬死者，感情深挚，气象宏阔。这组诗当作

于武卫将军死后不久，据前面所引曹慕樊的推断，大致可订为天宝七载（748年）冬。

② 我国古代有一种迷信观念，认为人与天上的星宿相应，人死，则天上相应的星辰陨落。这句诗所说的是武卫将军的逝世。

③ 古代有“王者之师”之说，指的是崇奉王道的君主所进行的正义征伐。诗中的“王者”，指皇帝。今无战，是说当时有一个短暂时期没有重大战事。实际上唐玄宗时对外战争频仍。

④ 古代将军建立功勋，常立碑勒铭以为纪念。这句诗是说这位武卫将军立下了巨大功勋。

⑤ 疏阔，意思是隔绝，不能达到。

⑥ 古代称竹简（竹片编联在一起组成的册籍）为“青简”，这里的“青简”即“青史”，指历史。这个反问句的意思是：历史上不记载他（武卫将军）的事迹还记载谁的事迹呢？

◎ 其二（五律）

舞剑过人绝，	精妙的剑术远远超过别人，
鸣弓射兽能。[①]	挽弓射兽的本领数您高明。
铦锋行惬顺，[②]	箭镞、剑锋往哪里去都顺您的心，
猛噬失跷腾。[③]	猛兽遇见您就不敢再腾跃逞凶。
赤羽千夫膳，[④]	您曾在红色羽旗下聚集千军会餐，
黄河十月冰。	十月冰封的黄河上曾有您的行踪。
横行沙漠外，	当年您领兵在沙漠北面驰骋，
神速至今称。	用兵神速的名声传诵至今。

注释：

① 射箭时，弓弦会发出响声，故称射箭为鸣弓。

② 铦，音“纤”（xiān），指箭镞，即箭头。锋，指剑锋。

③ 猛噬，原为猛兽的属性，这里用来借代猛兽。“跷”音“敲”（qiāo），原义为举足行高貌，跷腾，指猛兽腾跃奔跑之状。

④《孔子家语》：“子路曰：‘愿得白羽若月，赤羽若日。’”注：“羽，旗也。”千夫，指战士。《书·牧誓》中有“千夫长”“百夫长”之称。这句和下一句，都是写武卫将军在军中的情况。

◎ 其三（五律）

哀挽青门去，[①]	唱着哀歌，挽着丧车，踏上青门外的大道，
新阡绛水遥。[②]	那绛水畔的新墓道路途遥遥。
路人纷雨泣，	路上行人纷纷泪下如雨，
天意飒风飙。	老天也哀悼，卷起飒飒风飙。
部曲精仍锐，[③]	您部下的士气仍然锋锐，
匈奴气不骄。[④]	匈奴的心态依旧不敢横骄。
无由睹雄略，	您的雄才大略再也不能见到，
大树日萧萧。[⑤]	只听见将军站过的大树下风声萧萧。

注释：

① 唐代长安城从南面数起的第一道东城门名霸城门，俗称“青门”。青门去，意思是出青门而去。

② 阡，通向墓门的路，即墓道。墓道上立的华表（石柱）称“阡表”，有时也简称为“阡”。诗中的“阡”，是指墓道。古代有两条名“绛水”的河流，都在今山西省南

部，一在绛县附近，一在潞城附近。不知诗中绛水究竟是哪一处。

③ 部曲，原指将军统率下的军队组织，“部”下再分为“曲”。后来演变为私家军队、家庭奴仆队伍的专用名称。诗中用的是这词的原义。精，精力，与体质、体力有关，但主要是指精神力量，故译诗中写成“士气”。

④ 匈奴，古代中国北方的少数民族，时常入侵中原。这里借代唐代的边境民族如突厥、东胡、吐蕃等。气，这里指心态，态度。

⑤ 大树，暗示“大树将军”这个典故，见第一卷《过宋员外之问旧庄》注⑤。诗中“大树”一句，是表示对武卫将军品格的赞扬和哀悼。

◎ 赠翰林张四学士垍① （五排）

翰林逼华盖，②	您这位翰林学士离皇上的御座那么近，
鲸力破沧溟。③	您的权力有如冲破沧海的巨鲸。
天上张公子，④	您好像生活在天上的张公子，
宫中汉客星。⑤	在皇宫里，您像汉代侵入紫微座的客星。
赋诗拾翠殿，	您常常在拾翠殿里作诗，
佐酒望云亭。⑥	还常常陪皇帝在望云亭宴饮。
紫诰仍兼绾，⑦	您仍在兼管紫泥封印的诰令，
黄麻似六经。⑧	在黄麻纸上书写，像书写六经。
内颁赤金带，⑨	内府颁赏的赤金带围在腰上，
恩与荔枝青。⑩	皇恩多隆厚，赐你的荔枝壳上还带着微青。
无复随高凤，	如今我不能再攀附您高翔的凤翅，
空余泣聚萤。⑪	只能边读书边流眼泪，靠一囊萤火虫照明。
此生任春草，	让我这辈子就像春草一样被践踏，

垂老独漂萍。	年纪一天天衰老，还独自漂泊像水上浮萍。
傥忆山阳会，[12]	如果您记得起我们过去的欢聚，
悲歌在一听。	这曲悲歌就请您听一听。

注释：

① 垍，音“既”（jì）。张垍是著名宰相张说之子，与兄张均都能文，曾掌制诰。张垍还是玄宗女宁亲公主的驸马，深受玄宗宠爱。他曾谗毁过李白，安禄山叛变占领长安后，张垍与张均又一起投降了安禄山。安史兵败，长安收复后，张均被处死，张垍免死，长流岭南。一说张垍被安禄山部下杀死。杜甫困居长安，走投无路时，曾向张垍投诗求助，虽然没有得到结果，但不免成了后人指摘的把柄。这诗大概是杜甫于天宝九载（750 年）自东都再来长安时所作。

② 华盖，皇帝用的伞，又是星座名。《晋书・天文志》：“天皇大帝上九星曰华盖，所以蔽覆大帝之座也。”后来便以“华盖”喻帝王所住的地方。逼，意思是“近”。

③ 沧溟，即沧海。

④ 张公子，指汉代的张放，是汉成帝的亲信。成帝每微服出行，都带着张放一起走。以“天上”来称他，因他与皇帝接近，如在“天上”。诗中以张放来比喻张垍。

⑤ 据《后汉书・严光传》，严光（子陵）少时与光武帝刘秀同游。光武即位后，征严光出仕。严至京见帝，表白自己不愿为官。光武留他共寝宫中，严于熟睡中置足于光武身上，第二天上朝时，太史奏曰：“客星昨夜犯帝座甚急。”诗中用这典故于赠张垍的诗中，是称赞张垍地位崇高，与皇帝的关系亲密。

⑥ 拾翠殿、望云亭，都是宫内的建筑物，为皇帝及其亲属游宴之所。

⑦ 皇帝任命官爵的诏书名为“诰”，外用紫泥封印，故称“紫诰”。绾，音“晚”（wǎn），意思是系。古代官印以绶带绾系于官服上，故“绾”可转义为掌管。绾紫诰，掌管草拟诏诰的事。

⑧ 黄麻，指黄麻纸，书写诏诰的用纸。这句诗是说黄麻纸上写的诏诰文辞如儒家经典之谨严。六经，指《诗》《书》《易》《礼》《乐》（已亡失）《春秋》。

⑨ 内，指宫内；颁，一作“分”。内颁，皇帝所颁发。金带，金腰带。

⑩ 荔枝青，指荔枝带青色，看来仍很新鲜。或说是指某一珍贵荔枝品种。

⑪ 据《晋书》，车胤家贫好学，不能常得到灯油，夏季以练囊盛萤火虫照明读书。这句诗是以车胤的故事来比喻诗人自己苦学的状况。

⑫《魏氏春秋》载，嵇康寓居河内山阳，与王戎、向秀同游。嵇死后，向秀作《思旧赋》。“山阳会”指往日朋友的欢聚。诗中以此暗示杜甫与张垍往日的交往与友谊，希望张垍能念旧情给予帮助。

◎ 乐游园歌[①]（七古）

乐游古园崒森爽，[②]	高高的乐游古园林木茂盛爽朗，
烟绵碧草萋萋长。	在绵延的烟霭映带下，绿草正蓬勃茁长。
公子华筵势最高，[③]	杨公子摆开盛筵的地方地势最高，
秦川对酒平如掌。	举起酒杯面对秦川——这片平原像伸出的手掌。
长生木瓢示真率，[④]	用长生木瓢舀酒饮，多么真纯豪放，
更调鞍马狂欢赏。[⑤]	酒后又跨鞍纵马，欢快欲狂。
青春波浪芙蓉园，[⑥]	远看芙蓉园，那儿翻腾着青春的波浪，
白日雷霆夹城仗。[⑦]	仪仗引导着皇帝的车队走过夹城，如白昼雷霆震响。
阊阖晴开昳荡荡，[⑧]	天门打开了，晴朗的碧空多宽广，
曲江翠幕排银牓。[⑨]	曲江池边翠幕飘荡，撼动着华屋门上的银榜。
拂水低回舞袖翻，	翩翩舞袖轻轻拂动水面，
缘云清切歌声上。	清脆的歌声沿着云层向上。
却忆年年人醉时，	我却回忆起往昔，年年人醉的欢乐时光，
只今未醉已先悲。	可如今，我还没醉，就已经先感到悲伤。
数茎白发哪抛得，	几根白发上了头，怎能把它们抛掉，

百罚深杯辞不辞？[10]	该不该推辞呢？上百次地罚我喝满杯酒浆！
圣朝亦知贱士丑，[11]	在这圣明的朝代，我也知道儒生微贱，人们看不入眼，
一物但荷皇天慈。[12]	有杯酒喝也是靠老天爷的恩赏。
此身饮罢无归处，	喝完酒我这个人无处可去，
独立苍茫自咏诗。	独自站着咏诗，面对着暮色苍茫。

注释：

① 乐游园，又名乐游苑、乐游原，是长安城南的著名风景区，游乐胜地。在汉宣帝神爵三年（公元前59年）就已开辟为园林。《长安志》："乐游原居京城之最高，四望宽敞，京城之内，俯视如掌。"这首诗选入《文苑英华》中，题目是《晦日贺兰杨长史筵醉歌》。唐代以正月晦、三月三、九月九为令节，举行各种形式的游乐活动。唐德宗时，废正月晦，以二月朔（初一）为中和节。"晦"指月底的一天。这诗大约写于天宝十载（751年）阴历的正月底。贺兰郡杨长史邀请杜甫参加了在乐游园举行的宴会，这诗便是写这次欢聚的。但诗中所写的主要不是欢乐，而是悲怆愤慨的情怀；游宴者的欢乐正衬映出了仕途多蹇、怀才不遇者的辛酸。

② 崒，音"族"（zú），危高貌。森爽，既指树木丛生，又指地势高旷爽朗。

③ 公子，指宴会的主人杨长史。

④ 长生木，《西京杂记》载，上林苑有长生木。不知这是一种什么树，看来是较珍贵的。但比起金盏玉杯，用"长生木瓢"作为酒器还是显得很质朴。

⑤《仇注》："酌瓢之后，调马而行，得以尽览诸胜。"调马，即"走马"。施鸿保于《读杜诗说》中说："疑'鞍马'是酒令名，'调'则'调笑'之'调'。"他的理由是"方酌酒"后，"不应即说调马"，"且园即宽广，似亦非可调马而行"。酒后走马，并非不可能，第十八卷有《醉为马坠诸公携酒相看》一诗就述及诗人酒后跑马摔伤的事。乐游原之广阔如何，无法臆测。但汉唐苑囿，与近代园林格局不同，并不能断定不能跑马。还有人认为，乐游原紧靠芙蓉园，在皇帝游览的园林附近也不会容许跑马。这更无根据。乐游原为京城士女游乐之所，与御苑虽邻近，但不属御苑范围，骑马当不受限制。因此，译诗仍用仇氏之说。

⑥ 据张礼《游城南记》："芙蓉园在曲江西南，与杏园皆秦宜春下苑地。园内有池，谓

之芙蓉池，唐之苑也。”青春，就是春天，但在这诗中也隐喻游人欢乐之情态。波浪，芙蓉池水的波浪。

⑦ 雷霆，喻宫车声。《仇注》引《两京新记》：“开元二十年筑夹城入芙蓉园。自大明宫夹亘罗城复道，经通化门观，以达兴庆宫；次经春明、延喜门，至曲江芙蓉园。”夹城，就是这样一条专供皇帝游芙蓉园的通道，依城而筑，两面有墙，故称“夹城”。仗，皇帝的仪仗。夹城，一作“甲城”，恐误。

⑧ 阊阖，《离骚》：“倚阊阖而望余。”王逸注：“天门也。”常用以喻宫门。诗中可能是指自夹城入芙蓉园的大门。但整句诗说的仍只是晴空广阔之状。诛荡荡，据赵次公云：“‘诛’字原本作‘映’，又作‘昳’，应是‘诛’字。”《汉书·礼乐志》：“天门开，诛荡荡。”诛，这里应读“迭”（dié），旧注：“诛，缓也”，又注：“天体坚青之状”。又“诛”字的本义是“忘”。王先谦补注：“天体广远，言象俱忘，故曰诛荡荡。”诸注与诗中的用法俱不切合，在诗中似乎只是表示天空之广阔无际。

⑨ 翠幕，游人为设宴临时搭建的帐篷之类。《西京记》记载令节士女游乐游园的盛况时描述：“幄幕云布，车马填塞，虹彩映日，馨香满路。”翠幕，正是这种帷幕。排，在这里是“推”“挤”之义。如《礼·少仪》：“排阖脱屦”。意译为“撼动”。“银牓”的“牓”同“榜”，门上的匾额。

⑩ 深杯，即满杯。辞不辞，一作“亦不辞”。

⑪ 贱士，诗人自称。天宝九载秋，杜甫作《雕赋》投延恩匦，未得到结果；十载一月，又献《三大礼赋》。杜甫对此也不抱很大希望。他感到朝廷并不看重他这样的人。这句诗大概正是这种情绪的表现。

⑫ 一物，注家有不同的理解。《仇注》：“一物，指酒，犹陶公（陶渊明）云‘杯中物’。”卢元昌《杜诗阐》：“当此春和，一草一木，皆荷皇天之慈，忻忻然有以自乐。”译诗从仇说。

◎ 同诸公登慈恩寺塔[①]（五古）

高标跨苍穹，[②]	高高的塔顶穿越过蓝天，
烈风无时休。	猛烈的风一刻不停地狂吼。
自非旷士怀，[③]	我本来就没有高士旷达的情怀，
登兹翻百忧。	登上这高塔时心中翻腾起百般烦忧。
方知象教力，[④]	这才知道，佛教的力量竟这么巨大，
足可追冥搜。[⑤]	能任人恣意向渺茫的远方搜求。
仰穿龙蛇窟，	在塔里向上攀登，像钻过龙蛇的洞窟，
始出枝撑幽。[⑥]	直到顶层，才钻出梁柱纵横支撑的阴暗塔楼。
七星在北户，[⑦]	在北面的门洞里能看见七星连缀的北斗，
河汉声西流。[⑧]	好像听得见天河水向西哗哗奔流。
羲和鞭白日，[⑨]	羲和挥着鞭子驱赶着太阳车，
少昊行清秋。[⑩]	少昊在空中散播着凉爽的清秋。
秦山忽破碎，[⑪]	终南山被浮云遮断，好像裂成碎片，
泾渭不可求。[⑫]	也看不见泾水、渭水在何处奔流。
俯视但一气，[⑬]	向下看只见一色的云气，
焉能辨皇州。	怎能认得出这是皇上住的城州。
回首叫虞舜，[⑭]	我想起远古，回头想呼唤虞舜，
苍梧云正愁。[⑮]	苍梧山正阴云密布，令人发愁。
惜哉瑶池饮，[⑯]	多令人痛惜啊，把时光浪费在瑶池的饮酒，
日晏昆仑丘。	看夕阳已渐渐沉下昆仑山头。
黄鹄去不息，[⑰]	天空中，黄鹄不停歇地向远方飞去，
哀鸣何所投？	它们悲哀地鸣叫着将往何处奔投？
君看随阳雁，[⑱]	你看那向南方温暖处飞去的雁群，

各有稻粱谋。　　为了填饱肚子，各自在忙个不休。

注释:

①“同诸公……”的意思是说这诗是和诸公所作的同一题目的诗。诗题下有原注：“时高适、薛璩先有作。”除了这两人外，同时作诗的还有岑参和储光羲。薛璩的诗今不存，其他三人的诗都可在各人的诗集中见到。闻一多考订诸人登塔赋诗事在天宝十一载（752 年）秋，因为只有这一年，以上几个人才同时在长安。慈恩寺塔因建在慈恩寺中，故名，俗称“大雁塔”。原址在唐长安城东部的晋昌坊（现在已是西安市南郊)。寺建于贞观二十二年，是唐高宗李治为追念母亲文德皇后所建。永徽三年，在著名僧人玄奘主持下建塔，初建时五层，武后时改建为十层。杜甫等所登之塔正是十层的高塔（现在只剩七层，是后代修建的)，当时高度接近百米，所以诗中所描写的登塔俯视的情景颇有凌虚御风之概。诗人以浪漫主义的手法写出了这种感受，并借以讽喻统治者的荒淫无度，抒发对国事的忧虑和愤懑。

② 标，本义是树木最高的枝梢，后引申为事物最高处。在这诗中是指塔顶。跨，越，穿越。

③ 旷士，旷达之士的节缩语，指不受世俗利害关系拘束的人，也就是能超脱尘世的人。

④ 佛教借形象以教人，故称“象教”，也写作“像教”。王简栖《头陀寺碑》：“正法既设，象教陵夷。”象教，就是指佛教。这句诗赞美佛教的力量是从佛塔建筑高耸能供人远眺这一点上着眼的。

⑤ 黄生《杜诗说》：“冥搜犹言探幽也。登塔，则足不至而目能至之，故曰追。”杜甫诗中用“冥搜”者有多处，如“旷原延冥搜”（第四卷）《奉同郭给事汤东灵湫作》、“亦可纵冥搜”（第五卷）《送韦十六评事充同谷防御判官》等，意思都是眺望远方景物，以及由此而引起的想象活动。追，意思是“求”，也是强调主体的作用。

⑥“龙蛇窟”与“枝撑幽”，所写都是塔体内部的情形。直到最高层才可远眺，以下各层都很狭窄、阴暗，且有许多梁柱，所以诗中这样写。

⑦ 七星，北斗七星。

⑧ 河汉，即天河。天河又称“天汉”“银汉”等。

⑨ 羲和，日神。《楚辞·离骚》："吾令羲和弭节兮。"我国古代神话：日车（太阳车）驾六龙，羲和御之。

⑩ 少昊，即白帝，传说中的古代帝王，黄帝之子，名挚。按照我国古代的阴阳五行之说，说他以金德而王，故号曰金天氏。后来被说成是司秋之神。

⑪ 秦山，指终南山等山，即今秦岭山脉诸山峰。从长安南望，最高的山峰是终南山。诗中所指正是这山。"秦山"被云遮住一部分，故显得破碎。也有人认为这是象征唐代中央政权丧失统治能力，时局混乱。

⑫ 泾渭，流经长安附近的泾水和渭水。自塔上下望看不分明，故曰"不可求"。

⑬ 一气，与本卷《谒玄元皇帝庙》注⑥之"一气"不同，这里指混茫的云气，是视觉的感受。

⑭ 虞舜，继唐尧后统治中国的圣君，于南巡时死于苍梧之野。

⑮ 苍梧，山名，在今湖南南部，又名九嶷山。由于对当时现实不满，故向往于古代的圣君。

⑯ 瑶池饮，一作"瑶池宴"。瑶池，传说中的仙境，在昆仑山上，是西王母所居之地。《列子》及其他古籍中曾述周穆王乘八骏宾于西王母、觞于瑶池的故事。诗中借以讽刺唐玄宗与杨玉环的荒淫奢侈生活。

⑰"黄鹄"的"鹄"，音"胡"（hú），古代的一种天鹅，诗中用来喻正人君子。去不息，比喻他们一个一个被排斥离开了朝廷。

⑱ 随阳雁，喻趋炎附势的小人。下一句中的"稻粱谋"指只为个人利害打算而不顾国家与正义的思想行为。不过，鹄与雁也是登塔远眺时所见之物，所以这几句诗同时也是实写风景。

◎ 投简咸华两县诸子[①]（七古）

赤县官曹拥才杰，[②]　　在京郊，官署里都是些有才能的俊杰，

软裘快马当冰雪。	身穿轻软裘衣，骑着快马踏过冰雪。
长安苦寒谁独悲？	那是谁？独自在长安的严寒中悲伤叹息，
杜陵野老骨欲折。③	那是杜陵野老，全身骨骼冻得像要断折。
南山豆苗早荒秽，④	南山上种的豆苗早就荒芜了，
青门瓜地新冻裂。⑤	青门外的瓜地新近也已冻裂。
乡里儿童项领成，⑥	地方上的年轻人脖子硬了，看不起长辈，
朝廷故旧礼数绝。⑦	朝廷里做官的老朋友们连日常的交往应酬也已断绝。
自然弃掷与时异，⑧	不合时宜的人自然要被人抛弃，
况乃疏顽临事拙。	何况我生性疏懒、固执，遇事又那么笨拙。
饥卧动即向一旬，	我常常饿得躺下，一躺就是十天，
敝衣何啻联百结。⑨	破衣服补了又补，补了一百处也不止。
君不见空墙日色晚，	你们没看见斜日照在空墙上，天色已晚，
此老无声泪垂血。	我这个老头儿默默流下了血泪。

注释：

① 杜甫于天宝十载（751 年）正月献《三大礼赋》后，受到了皇帝的注意，令其待制于集贤院，命宰相试文章，而后，把他的名字送到吏部，参列选序。一直等到这年冬天，也没有得到任命。在生活极端困难的情况下他向长安附近的咸、华两县的官员献诗求助。诗中所述的不幸与悲惨的处境都是实写，都是诗人自己深切感受到的，因此十分动人。在早期编定的杜甫诗集中，此诗题为《投简成华两县诸子》，因此被梁权道误编在成都时期所作诗中，以为“成华”两县是指成都与华阳。黄鹤据诗的内容把诗题订正为《投简咸华两县诸子》，认为“咸华”是指咸阳和华原，并订此诗为天宝十载召试后送隶有司参选时所作。历代注家均认同此说。以下有关注释也从这样的见解出发。不过，此说仍有可疑之处。按唐代长安东部为京兆万年县，治永乐坊，天宝七载改名咸宁，杜甫于天宝十载左右旅居长安时，正是称咸宁的时期。因此，此诗题中之“咸”，可能是指“咸宁”，并非定为“咸阳”。咸宁县直属京兆府，故称赤县最合。至于“华”是否确指“华原”，也有可疑处，华原在长安北，今宜君县附近，距长安较远，与咸阳或咸宁并举殊不合。“华”究竟为何县之简称，尚

待考证。此外，诗中写到“豆苗”“瓜地”“乡里小儿”等，并自称“杜陵野老”，因此有人认为此诗当作于天宝十三载（754年）杜甫携全家定居下杜以后。

② 唐朝的行政区划，县一级有“赤”“畿”“望”等差别。直属京都的县称“赤县”，京城附近的县称“畿县”。咸阳、华原两县当时划归京都管理，故诗中称这两个县为“赤县”。有人说长安就是“赤县”，“赤县官曹”即长安贵人，不是指两县诸子。如果是这样，那么投简咸、华两县诸子的诗又何必在开头称颂长安的官曹？从诗歌内容的整体性来说：“赤县官曹”无疑应指“咸华两县诸子”。史籍资料上虽找不到咸阳、华原称赤县的证据，但实际情况有许多在史籍上得不到反映而在杜甫诗中却能看出的。因此宁可信这诗中所说的，而不必牵强曲解。

③ 杜陵，地名，在长安城南。周朝曾于此建杜伯国，秦代在此设杜城县。汉宣帝陵在这里建立后，又另外造了一个杜城。杜陵东南又有许后陵墓，称为少陵。唐代称秦杜城为“下杜”，又称“杜曲”；称汉杜城为“杜陵”，两地通称“杜陵”。杜甫的祖先曾在杜陵（下杜）居住，并有桑麻田在下杜。杜甫困居长安的最后三年也曾住在下杜。杜甫当时未授官职，故以“杜陵布衣”“杜陵野老”为号。又因住处离少陵也不远，故又自称“少陵野老”。骨欲折，谓痛苦之深。因前句“苦寒”，译诗遂以寒冷为“骨欲折”的原因。

④ 汉杨恽《报孙会宗书》：“田彼南山，荒秽不治；种一顷豆，落而为萁。”晋陶渊明诗亦有“种豆南山下，草盛豆苗稀”之句。

⑤ 秦东陵侯召平于秦亡后在长安青门外种瓜为生，瓜甚佳，人称“青门瓜”。诗中引用这些典故来表示诗人生活十分困苦，他当时可能在住宅附近种些瓜、豆、草药等补贴生活。

⑥ 乡里儿童，意思与“乡里小儿”相同，是古代骂无知而自恃的人的话。陶渊明就骂过到彭泽县来按察的督邮为“乡里小儿”。《后汉书·吕强传》：“群邪项领，膏唇拭舌”。注：“自恣也”。“项领”的本义是颈项，用在这里意思是妄自尊大，自以为有本领。译诗以现代相近的俗语来表达。

⑦ 朝廷故旧，指在朝廷做官的旧友。礼数，指按照通常礼法进行的一般交往。

⑧ 与时异，就是“不识时务”的意思，这句诗是诗人自谓。

⑨ 连缀残碎布片为衣曰百结衣。后谓破衣经补缀者为“百结”。

◎ 杜位宅守岁[1]（五律）

守岁阿戎家，[2]	除夕守岁，在阿戎一样聪明的杜位家，
椒盘已颂花。[3]	托着椒盘进酒献颂，赞美芳香的椒花。
盍簪喧枥马，[4]	朋友们欢聚一堂，马棚里的马也在喧闹，
列炬散林鸦。	火炬罗列，惊散林中栖歇的群鸦。
四十明朝过，[5]	到明天，我四十岁就超过了，
飞腾暮景斜。[6]	想振翅飞腾，可惜已是夕阳斜挂。
谁能更拘束，[7]	谁能再忍受拘束羁绊，
烂醉是生涯。	不如在昏昏沉醉中度过生涯。

注释：

① 杜位是杜甫的堂弟。据《新唐书·宰相世系表》，杜位出襄阳房（与杜甫相同），为考功郎中、湖州刺史。宋王应麟在《困学纪闻》中说杜位是李林甫之婿。李林甫于天宝十一载病死后，次年二月，削爵，子孙有官职者除名流放，近亲坐贬者五十余人，杜位在其中。这诗当写于天宝十载之除夕。第十卷有《寄杜位》一诗，题下有原注："位京中宅，近西曲江。"杜甫守岁的杜位宅大概即在此。后来，杜甫曾数次寄诗给杜位，但杜位对他似乎颇冷淡。近人有说杜甫堂弟杜位与李林甫婿杜位不是同一人的，但无确据。杜甫一生仕途艰难，思想中常出现矛盾，但企望积极参与政治活动的一面是主要的。这诗中表现的则是消极颓丧的一面，愿沉醉终生，不受拘束。这当然也是一时愤慨之语。

② 阿戎，一作"阿咸"。阿咸，原来指晋阮籍之侄阮咸，有才名，后世遂美称侄辈为"阿咸"。这里是美称从弟，应为"阿戎"。据朱鹤龄注："《南史》：齐王思远，小字阿戎，王晏从弟也，明帝废立，尝规切晏。及晏拜骠骑，谓思远兄思微曰：'隆昌之际，阿戎劝吾自裁，若如其言，岂得有今日。'思远曰：'如阿戎所见，尚未晚也。'诗用阿戎，盖出此耳。"但在这以前，已有以"阿戎"称弟之例。《宋书》载"谢惠连初不为父所知，族兄灵运曰：'阿戎才悟如此，而何作常儿遇之。'"又《通鉴》胡三省注："晋宋间人多谓从弟为阿戎，至唐犹然。"可见古人称弟为"阿戎"是事

实，但不是始于齐代的王思远。关于“阿戎”与“阿咸”的解释及混用，可参看第十二卷《答杨梓州》注④及第十六卷《八哀诗（七）》注㊷。

③《仇注》引崔寔《四民月令》：“过腊一日，谓之小岁，拜贺君亲，进椒酒，从小起。后世率于正月一日，以盘进椒，饮酒则撮置酒中，号椒盘焉。”又引《晋书》：“刘臻妻陈氏，元旦献椒花颂曰：标美灵葩，爰采爰献。”诗中所说的“椒盘颂花”是除夕守岁时所为，大概唐朝民俗如此。译诗把原诗句的内容大略地表达了出来。

④《易·豫》：“朋盍簪。”注：“盍，合也；簪，族也。”疏：“群朋合聚而疾来也。”程《传》则解“簪”为“聚”，“所以聚发也”。后人常用“盍簪”来表示朋友聚会。

⑤ 黄鹤注：“诗云：‘四十明朝过’，则是天宝十载为四十岁。”有人根据这句诗推断杜甫的生日是正月初一。这论断是不可靠的。因我国习惯计虚龄，于新岁元旦起增添一岁，并非元旦正巧是生日。这句诗只是说，到明天就是四十一岁，超过四十岁了。

⑥ 飞腾，指仕途腾达。景，日光。暮景斜，傍晚太阳西斜，喻年纪已老。

⑦ 拘束，指担任官职，为公务所羁绊。

◎ 敬赠郑谏议十韵[1]（五排）

谏官非不达，[2]	您是谏议大夫，仕途不算不通达，
诗义早知名。[3]	您作诗遵守义法更是早已闻名。
破的由来事，[4]	您的诗向来写得恰到好处，
先锋孰敢争。[5]	思维敏捷，谁敢和您争锋。
思飘云物外，[6]	您神思飞扬，高高越过一切景物，
律中鬼神惊。[7]	格律扣得那么准，连鬼神也吃惊。
毫发无遗憾，	您的诗没有丝毫令人惋惜的缺陷，
波澜独老成。[8]	唯有您能这样波澜起伏，功力深厚过人。
野人宁得所，	我是个草野平民哪里能有安身之地，

天意薄浮生。	老天爷有意亏待我这短暂的一生。
多病休儒服，	我常生病自然不用像儒生那样穿戴，
冥搜信客旌。⑨	任凭一面旅旗引导我去搜寻山川名胜。
筑居仙缥缈，⑩	在京都造所住宅的打算像求仙一样渺茫无望，
旅食岁峥嵘。⑪	到处奔波求食消磨尽青春。
使者求颜阖，⑫	鲁国君主曾派人寻找高士颜阖，
诸公厌祢衡。⑬	贵人们却都厌恶恃才傲世的祢衡。
将期一诺重，⑭	我正期待您重如千金的一声许诺，
欻使寸心倾。⑮	我的这颗心迅速转向您，等您回音。
君见穷途哭，	您看到有人穷途末路在哭诉，
宜忧阮步兵。⑯	该会哀怜他吧，像哀怜阮步兵。

注释：

① 谏议，是谏议大夫的简称。郑谏议，据近人研究指郑审，是郑虔之侄。《全唐文》卷341颜真卿所著《颜允南神道碑铭》中述及天宝九载谏议大夫郑审等应制及朝廷唱和事，可为证据。从这诗的内容可以看出，他善于作诗，大概曾把他所作的诗给杜甫看过。这首诗对郑谏议的诗才十分赞许，看来不会全是奉承的话。诗中还诉说自己的苦况，希望得到帮助。这并非仅仅由于郑谏议有一定地位和权力，而是把他当作诗友，才这样倾诉衷肠的。这诗大概作于天宝十一载（751—752年），杜甫献赋后待制于集贤院时。

② 谏官，指谏议大夫之职。达，指仕途通达，得到较高的官位。

③ 诗义，指《诗》之六义。《诗・大序》："诗有六义：一曰风，二曰赋，三曰比，四曰兴，五曰雅，六曰颂。"孔颖达疏："风雅颂者，诗篇之异体，赋比兴者，诗文之异辞。"义，本义是"宜"。诗义，是说诗体与文辞要用得适宜、正确，也有人称之为"义法"。

④"破的"的"的"，读"地"（dì），是"标的""目标"的意思。这里是指诗能准确地表达出诗的主旨。这句诗的译文是意译。

⑤ 先锋，指领先的地位，既指诗作得好，也指诗作得快，译诗强调其敏捷的一面。

⑥ 云物，通常泛指自然景物。第十八卷《小至》一诗有“云物不殊乡国异”之句，意思正是这样。这里指诗人的想象超出于世间万物之上。

⑦ 律，诗的格律。中，读去声。律中，即“中律”，符合格律。鬼神惊，夸张地称赞诗的精妙。《诗序》中有“动天地，感鬼神，莫近于诗”之语。

⑧《尔雅》：“大波为澜，小波为沦。”波澜，即波浪。古代常用以比喻变化不定、浩博壮阔的事物，可以用来指世事、学问、诗文等。这里是指诗的内容波澜起伏，丰富多彩。老成，通常指人办事老练，富于经验。如曹植《魏武帝诔》：“谋过老成。”这里指作诗的功力。

⑨ 冥搜，见本卷《登慈恩寺塔》注⑤。这里指探寻幽胜。客旌，旅行者所乘的车、船上插的小旗。

⑩ 这句诗从字面上看有两种解释，一是筑居室于幽深的山中，如仙人居住处的缥缈；二是筑居室的希望落空，不能实现。杜甫曾筑陆浑庄于偃师首阳山下，天宝九载以后，寓居长安，有在长安建房安居的打算，一直未能实现。看来这句诗用后一种解释为宜。

⑪ 峥嵘，本义是山势高峻貌，后引申为“深邃”“才气纵横”等各种意义。这里则是指岁月长久，人一天天衰老。《仇注》：“峥嵘，谓年齿日高”，浦起龙《读杜心解》：“旅食之余，但觉岁华山积。”译诗未直接用这个词，取意译。

⑫《庄子·让王》述鲁君求颜阖的故事，颜阖不愿见鲁君，终于逃走。诗中用这故事来表示古代国君重视人才，反衬后代不重人才的现实。

⑬ 祢衡，后汉人，有才辩，气刚傲，为曹操、刘表所恶，后被送到江夏太守黄祖处，终于被杀害。诗中用此事与上一句所说事实对比，影射仕途之艰险。

⑭《史记·季布传》：“楚人谚曰：得黄金百斤，不如季布一诺。”期一诺，就是期待帮助。

⑮ 欻，同“忽”。心倾，倾慕，这里是指期待。

⑯ 阮步兵，指三国时期魏国的阮籍，“竹林七贤”之一。性嗜酒，闻步兵厨善酿，贮酒三百斛，乃求为步兵校尉。因此人称他为“阮步兵”。常率意命驾，途穷辄痛哭而返。前一句诗中之“穷途哭”，所指即此事。杜甫当时求官未得，无路可走，故有“穷途”之感，因而以阮籍自况。

◎ 兵车行[①]（七古）

车辚辚，	兵车行进声辚辚，
马萧萧，	战马悲鸣声萧萧，
行人弓箭各在腰。[②]	从军的人们，个个弓箭挂在腰。
耶娘妻子走相送，	爷娘妻子忙着赶来送别，
尘埃不见咸阳桥。[③]	灰尘滚滚遮住了咸阳桥。
牵衣顿足拦道哭，	牵住衣角，捶胸顿足，送行人拦住道路痛哭，
哭声直上干云霄。	悲切的哭声一直冲上云霄。
道旁过者问行人，	过路人向出发的新兵打听，
行人但云点行频。[④]	那新兵只是说："征兵服役一次次太频繁。
或从十五北防河，	有人十五岁被征到北方去防守黄河，
便至四十西营田。[⑤]	到四十岁又被遣送西方去屯田。
去时里正与裹头，[⑥]	去的时候裹头还要里正帮忙，
归来头白还戍边。	回家时头发都白了，可又被征发去戍边。
边庭流血成海水，	边境上鲜血横流像海水，
武皇开边意未已。[⑦]	皇上开拓疆土的意愿仍不停止。
君不闻汉家山东二百州，[⑧]	您没听说，大唐华山以东二百来个州，
千村万落生荆杞。	千千万万村庄长满了荆棘枸杞。
纵有健妇把锄犁，	纵然健壮的农妇也能犁田锄地，
禾生陇亩无东西。[⑨]	田埂上也长出禾苗分不出东西。
况复秦兵耐苦战，[⑩]	何况关中战士最经得起苦战，
被驱不异犬与鸡。	被赶上战场，就像驱赶狗和鸡。
长者虽有问，	虽然承您老人家问起，

役夫敢申恨?	可我这服役的人哪里敢吐发心里怨气?
且如今年冬,	就比如说,今年冬季,
未休关西卒。[11]	也没有停止征召关西兵卒。
县官急索租,	县官还逼着交租税,逼得那么急,
租税从何出?	交租税的钱该到哪里去筹集?
信知生男恶,	真是生了儿子算倒霉,
反是生女好!	生了女儿倒反好些!
生女犹得嫁比邻,	生了个女儿还能嫁给近邻,
生男埋没随百草。	生了儿子送去当兵,白白送命随着百草枯死。
君不见青海头,[12]	您没看见,那荒凉的青海湖边,
古来白骨无人收。	古来多少战死者的白骨没人收殓。
新鬼烦冤旧鬼哭,	新鬼烦恼怨恨,旧鬼哭泣,
天阴雨湿声啾啾。	阴雨潮湿的天气,只听见啾啾叫声一片。”

注释:

①《通鉴》卷216:“天宝十载四月,鲜于仲通讨南诏,将兵八万,至西洱河,大败,死者六万人。制大募两京及河南北兵以击南诏。人闻云南多瘴疠,未战,士卒死者十八九,莫肯应募。杨国忠遣御史分道捕人,连枷送诣军所。于是行者愁怨,父母妻子送之,所在哭声振野。”诗中写的可能就是这件事,诗当作于天宝十载(751年)冬季。唐玄宗连年在边疆用兵,天宝六载讨小勃律,七载派哥舒翰筑神武军于青海上,八载,破吐蕃之石堡城。人民长期服役,死者无法计算;又负担着繁重的捐税,农村生产荒废,民生凋敝。诗人借一位服兵役者之口,倾诉了唐代黩武政策造成的深重苦难。在这首诗里,诗人自己的不幸被抛在一边,而让自己的诗完全作为人民的喉舌,为人民呼吁。这样的诗歌在古代文人作品中是罕见的。诗中不用一个典故,处处都是日常用语;风格质朴无华,却深深撼动着读者的心旌。

② 行人,行役之人,即应征服兵役,出发前往军中的人。

③ 咸阳桥,在渭水上,从长安西去要经过这座桥。

④ 点行，按照征兵名册点名，征集壮丁服役。

⑤ 营田，即“屯田”，驻守边疆的兵卒，平时种田，发生战争时随时上前线作战。

⑥ 里正，《通典 · 食货三》：“凡百户为一里，里置正一人，掌按比户口，课植农桑，检察是非，催驱租役。”与裹头，给应征服役的青年裹上头巾。

⑦ 钱谦益在《笺注杜工部诗集》中说：“唐人诗称明皇多云武皇”。明皇，即玄宗。译诗中写成“皇上”。

⑧ 汉家，指唐朝统治者，也指唐朝统治下的中国。译为“大唐”。山东，与今日的山东省概念不同，在唐代有几种含义，所指地区范围大小不一。这里是指华山以东的地方，与“关东”（函谷关以东）的意义相仿。王彦辅集注杜诗引《十道四蕃志》：“关以东七道，凡二百十一州。”

⑨ 在古汉语中，“陇”与“垄”可通用。陇亩，可泛指田地、田野。这句诗中，“禾生陇亩”是说禾苗生在隔开田亩（田块）的田埂（垄）上，以致田埂不能再起分隔田块的作用，诗中说的“无东西”，也就是这个意思。整句诗是表示农村缺少劳动力，搞不好田间管理。

⑩ 秦兵，指在关中地区，即长安周围一带所征的兵。

⑪ 关西，函谷关以西地区（也就是“关中”）。

⑫ 青海以西广大地区于唐高宗龙朔三年（663 年）为吐蕃所并。唐玄宗多次遣将攻破吐蕃都在青海湖西。

◎ 前出塞九首[①]（五古）

戚戚去故里，	悲切切离开了家乡，
悠悠赴交河。[②]	踏上漫长的征程去交河。
公家有程期，	官家限定日期到达，

亡命婴祸罗。[③]	开小差可要触法网遭灾祸。
君已富土境，[④]	皇上的土地已经够多够多，
开边一何多？	边疆为什么还要一次次开拓？
弃绝父母恩，	只得割断父母的恩情，
吞声行负戈。	默默地忍着悲痛，肩起干戈。

注释：

① 这是由九首各自能独立的诗连成的组诗，用了一个汉代乐府的旧题“出塞”。加上一个“前”字，是因为在这以后杜甫又另写了一组“出塞”，为了区别，就分别称为《前出塞》和《后出塞》（第四卷）。这组诗中有一个主人公，所有的诗句都出自他的口。诗中不但表达了他的思想情绪，而且揭示了他的性格和心理特征。他的内心充满矛盾，从他对战争的态度中把这些矛盾体现了出来：明知道服役是被迫的，但他也愿意做一个英勇的战士；军营中有许多不合理的地方，他对此有怨言，但也仍然乐于完成自己的使命；他想念家乡，留恋故土，但也决心为国牺牲；他并不是一个反战者，但也看出了那些战争的非正义性。正因为如此，诗中所写的一个普通服兵役青年的形象才显得如此栩栩如生，真实可信。诗中所述战士的经历前后共十余年，戍边地点为交河，唐时属陇右道。西北地区为吐蕃与唐朝累次争战处。景龙间与吐蕃和亲后，纠纷时起，开元末战事频仍，故单复编此诗于开元二十八年。但据诗中从军十年余看，当作于天宝十载（751 年）以后，姑订为 752 年所作。

② 交河，是唐朝通往西域要道上的一个地名，是水名，也是县名。在今新疆吐鲁番附近。

③ 亡命，逃离故土，不按规定服役。婴，遭受。祸罗，灾难的网。“罗”就是网，在这里是指法网。

④ 君，国君，指唐玄宗。

◎ 其二（五古）

出门日已远，	离家一天天远了，
不受徒旅欺。[①]	伙伴们已不再欺生。
骨肉恩岂断，	骨肉情深哪里真能断绝，
男儿死无时。	说不准男儿哪天就要牺牲。
走马脱辔头，[②]	放开辔头让战马奔跑，
手中挑青丝。[③]	手指上轻勾着青丝缰绳。
捷下万仞冈，[④]	一纵马，迅速冲下万仞高岗，
俯身试搴旗。[⑤]	试试看，拔敌人的军旗该这样俯下身。

注释：

①《通典》卷 149 载有这样一条军规："诸将士不得倚作主帅及恃己力强，欺傲火人，全无长幼，兼笞挞懦弱，减削粮食衣资，并军器火具恣意令擎，劳逸不等。"可见唐代军队中有军官欺兵卒，老兵欺新兵的现象。新兵经过一段时期以后，就不会再受伙伴们欺了。这里说的显然是老兵欺新兵，故译为"欺生"。

②"辔"音"配"（pèi），辔头，马口上套的嚼子和缰绳。

③ 青丝，黑色的缰绳。

④ 万仞冈，高山岗。仞，古代高度单位，约相当于七尺或八尺。

⑤ 搴旗，拔取军旗。古代以夺取敌方军旗为大功。《通典》卷 149："搴旗斩将，陷阵摧锋，上赏。"原诗记述实际动作，译诗通过心理活动来表达同一事实。

◎ 其三 （五古）

磨刀呜咽水，[①] 在水声呜咽的河边磨刀，
水赤刃伤手。 刀刃划破手，水面血迹斑斑。
欲轻肠断声， 悲痛的声音还是放轻些吧，
心绪乱已久。 我的心绪已长久得不到安恬。
丈夫誓许国， 壮士发过誓要为国献身，
愤惋复何有。 又何必再满肚皮委屈埋怨。
功名图麒麟，[②] 让那些功成名就的人在麒麟阁上留下画像吧，
战骨当速朽。 战死者的骸骨自然该快快腐烂。

注释：

① 据《三秦记》载，陇山顶有泉，清水四注，俗歌："陇头流水，鸣声呜咽，遥望秦川，肝肠断绝。"因此有人认为"呜咽水"就是陇头流水。但这诗里的"呜咽水"，并不限定是哪一条河流，而是以"呜咽"来比喻水流声，渲染出征者的悲伤情绪。

② 汉宣帝甘露三年（公元前 51 年），图画霍光、张安世、韩增、赵充国、萧望之、苏武等十一人的像于宫内的麒麟阁上，以表扬这些功臣的勋业。这句诗和下一句诗一起表达了这样一种思想：少数人成名、立功是靠了无数无名者的受苦和牺牲，也就是"一将功成万骨枯"的意思。

◎ 其四 （五古）

送徒既有长，[①] 送我们到军营的有家乡派来的领队，
远戍亦有身。[②] 到远方去戍边的有我们这些兵丁。

生死向前去，　　　　不管是死是活，只管向前进，
不劳吏怒瞋。[③]　　　　不用烦劳当官的朝我们瞪眼睛。
路逢相识人，　　　　路上遇到一位相识的人，
附书与六亲：[④]　　　　托他带封信给兄弟妻子和双亲：
“哀哉两决绝，　　　　“悲痛啊，我和你们永远分别了，
不复同苦辛。”　　　　不能再跟你们一起茹苦含辛。”

注释：

①“送徒”之“长”，指家乡派出押送兵丁的领队，是“役夫”们熟悉的人。与第四句中的“吏”不同，“吏”是征兵部门派来的监督者。

② 身，服兵役者自称。

③ 瞋，音“琛”（chēn），怒目而视。

④ 六亲：古代的解释不一致，《汉书·贾谊传》注：“应劭曰：六亲，父、母、兄、弟、妻、子也。”

◎ 其五（五古）

迢迢万里余，　　　　走过迢迢万里远的路程，
领我赴三军。[①]　　　　带领着我们到前方的军营。
军中异苦乐，　　　　军营里苦乐大不一样，
主将宁尽闻。　　　　主将哪里能事事知情。
隔河见胡骑，[②]　　　　眼见敌人的骑兵就在河对岸，
倏忽数百群。　　　　顷刻间就看见跑过了几百群。
我始为奴仆，[③]　　　　我这个新兵只能做奴仆伺候官长，

几时树功勋？　　什么时候才让我去杀敌立功勋？

注释：

① 古代的“三军”不是指军种，而是指军队建制的数量。周制，天子六军，诸侯大国三军。有时也指进攻时军队的部署，分前、中、后三军。这里泛指正在前方作战的军队。

② 河，指黄河，唐代对吐蕃的战争多在青海湖西南黄河九曲一带进行。胡骑，指吐蕃骑兵。“骑”当读“寄”（jì）。

③《通鉴》卷216：“戍边者多为边将苦役，利其死而没其财。”新兵入伍后，先受军官役使，横加虐待，故诗中说“始为奴仆”。

◎ 其六（五古）

挽弓当挽强，　　挽弓，要拣硬弓挽，
用箭当用长。　　射箭，要挑箭杆长。
射人先射马，　　射人就该先射马，
擒贼先擒王。①　　捉贼要先捉贼寇的王。
杀人亦有限，　　杀人也该有个限度，
立国自有疆。②　　国家的疆土怎能无止境地扩张。
苟能制侵陵，　　如果能制止敌人侵犯，
岂在多杀伤。　　哪里要多杀人，多让敌人死伤。

注释：

① 以上四句诗可能是当时流行的谚语歌谣，杜甫把它运用在诗里了。由此可看出杜诗中有不少直接取自民间创作的成分，杜甫重视民间创作的态度于此也可略见一斑。

② 疆，疆界。说“自有疆”，也就是说不应“无止境地扩张”。

◎ 其七（五古）

驱马天雨雪，①	飘着雪也得跟着马往前赶，
军行入高山。	队伍走啊，走啊，走进高山。
径危抱寒石，②	山路险峻，手抱寒冷的岩石攀登，
指落曾冰间。③	手指也冻落了，落在厚厚的冰间。
已去汉月远，④	家乡的月亮离我远了，
何时筑城还？⑤	什么时候筑好城堡让我回返家园？
浮云暮南征，	傍晚，浮云向南飘去，
可望不可攀。⑥	只能看着它，可没法攀住它跟着它向南。

注释：

① 驱马，通常是指“策马”，骑在马上以鞭策马。这里是写役夫的行军，似不宜用“策马”义，疑为跟在马后赶路。雨，当动词用，雨雪，即下雪。

② 浦起龙《读杜心解》：“戍守则须城筑，城筑必依山险，三四写冲寒陟苦之状，设色黯淡，苦极故思家也。”萧涤非《杜甫诗选注》：“山高所以径危。因筑城故须抱石。”这样理解恐不完全符合诗的原意。这首诗应该仍是写行军途中的苦况和思乡之情，还未到筑城之地，因此，把“抱寒石”理解为搬运石块是误解。由于“径危”，才要“抱寒石”，故知“抱寒石”为攀援登山之状。参看注⑤。

③“曾”同“层”，曾冰，厚冰。

④ 汉月，汉家明月，即故国明月、故乡明月。虽然月亮只是一个，而在去国怀乡者的眼中，异乡月与故乡月固不相同。于此也可见诗的语言与科学语言的不同。

⑤ 唐代作战在把入侵之敌驱逐出境之后，常筑城设防，以资固守。如哥舒翰于天宝七

年破吐蕃后，筑神武军于青海上。“神武军”就是城堡的名称。筑城，表明战争告一段落，出征的兵士就有回家的指望了。

⑥ 不可攀，谓“浮云”“不可攀”，而攀云的目的则在乘云南归回故乡去。最后两句诗也是表达思乡之深情。

◎ 其八（五古）

单于寇我垒，①	单于领兵向我们的营垒进犯，
百里风尘昏。	百里长的战线上风尘昏暗。
雄剑四五动，②	举起宝剑只挥动四五下，
彼军为我奔。	敌军就被我们杀得狼狈逃窜。
虏其名王归，③	把敌人著名的首领俘虏回来，
系颈授辕门。④	用绳索系住脖子，带到军营门前。
潜身备行列，⑤	在队伍里不声不响当个战士，
一胜何足论。⑥	打一次胜仗哪里就值得论功夸赞。

注释：

① 匈奴的君长称“单于”，后来“单于”成了外族首领的通称。史书上称吐蕃王也用“单于”一词。“单”音“禅”（chán）。垒，营垒，军队驻扎时临时构筑的防御工事，与前一首诗中的“筑城”的“城”不同。“城”有着较完善的生活设施和坚固的永久性壁垒。“筑城”在战胜后进行，“垒”则行军驻扎时随时构筑。

② 我国古代铸剑常常是成对的，一称雌剑，一称雄剑。这诗中的雄剑就是指通常说的宝剑，也含有暗示宝剑锋锐之意。

③ 王，指边疆民族的部落首领，不一定是君主。名王，有某种封号的王，或有一定声誉的王。译诗取后一种理解。

④ 辕门，古代军队用战车作战，宿营时把车仰放，以竖起的车辕来标示营门。后遂称营门为“辕门”。这里是指军中主将驻地的营门。

⑤ 最后两句诗是赞扬诗中主人公不居功的态度。人民大众服役，出于保卫国家的责任感，但不是为了功名。

⑥“何足论”的“论”，古代读平声（lún），意思是评功。

◎ 其九（五古）

从军十年余，	当兵当了十年多，
能无分寸功？①	功劳哪里会没有一桩半桩？
众人贵苟得，②	许多人吹嘘自己，图得到赏赐，
欲语羞雷同。③	自己表功太可耻，我想说，又不愿和他们一样。
中原有斗争，④	弄得不好中原也会发生战斗，
况在狄与戎。⑤	何况在这跟戎狄接壤的边疆。
丈夫四方志，	大丈夫应该志在四方，
安可辞固穷。⑥	怎能因为不想升官就不尽自己的力量。

注释：

① 分寸，喻微小。“分寸功”意译为“一桩半桩功劳”。

② 苟得，指不该得到的，也贪图得到。“不苟得”指的是决心依仗战功受赏，而不是“贪功”，夸大功劳。

③“欲语”的“语”指讲述自己的功劳。雷同，意思是一模一样，相同。这里是指像别人那样吹嘘自己的功劳。这两句诗是意译。

④ 这一组诗写于天宝十载左右，当时安史之乱尚未发生，中原无战事。因此，这句诗

当为假设或预言之辞。杨伦《杜诗镜铨》：“后半言穷兵不已，非特边疆多故，并恐祸起萧墙。”译诗表达了这样的含意。

⑤ 狄、戎，泛指北方边境的民族，指吐蕃、回纥等。这诗里是指边境民族居住地区。

⑥ 辞，推辞，这里指逃避为国服役，为国战斗。辞固穷，以“固穷”作借口来推托。《论语·卫灵公》：“君子固穷。”“穷”与“通达”为反义，指人的道路坎坷，不能升官发财等等。译诗中写作“不想升官”。意思是不能因为自己不想升官，抱着“君子固穷”的思想就不努力作战。

◎ 送高三十五书记十五韵[①]（五古）

崆峒小麦熟，[②]	崆峒山下的小麦熟了，
且愿休王师。	盼皇上的军队能休息些时。
请公问主将，[③]	请您问问您的主帅，
焉用穷荒为？[④]	何必要无止境地深入边疆地区？
饥鹰未饱肉，[⑤]	没吃饱肉的猎鹰感到饥饿，
侧翅随人飞。	才跟着人飞，斜张开双翅。
高生跨鞍马，	高君一跨上备了鞍的战马，
有似幽并儿。[⑥]	真像个在幽、并长大的年轻骑士。
脱身簿尉中，[⑦]	您终于摆脱县尉、主簿的官位，
始与捶楚辞。[⑧]	不用再去督责鞭打百姓。
借问今何官，	请问您如今担任什么官职，
触热向武威？[⑨]	冒着这样的炎热到武威去？
答云一书记，[⑩]	您回答说：“做一名掌书记，
所愧国士知。[⑪]	惭愧的是我竟受到国士一般的信任和待遇。”

人实不易知，[12]	一个人受到赏识可真不容易，
更须慎其仪。[13]	今后您更要谨慎自己的仪容举止。
十年出幕府，[14]	在幕府里干上十年再离开，
自可持旌麾。[15]	自然能够独自掌握指挥的旌旗。
此行既特达，	既然这次去边疆前程特别远大，
足以慰所思。[16]	也就能让惦记您的朋友感到慰藉。
男儿功名遂，	男子汉建立功勋扬名天下，
亦在老大时。[17]	也有人是在壮年、老年时期。
常恨结欢浅，	我常常怅恨没机会跟您长久欢聚，
各在天一涯。	总是各在天的一边，相互隔离。
又如参与商，[18]	又像参星和商星那样见不了面，
惨惨中肠悲。	想到这些我心中就感到悲凄。
惊风吹鸿鹄，[19]	一阵狂风把成群的鸿鹄吹散，
不得相追随，	我不能再追随在您身边和您同飞。
黄尘翳沙漠，	您那里，黄尘常把沙漠笼罩，
念子何当归。	我惦念着您，不知您哪天才能回来。
边城有余力，[20]	如果您在边境的城里还有多余精力，
早寄从军诗。	请早些寄给我您写的从军诗。

注释：

① 高适字达夫，一字仲武。杜甫赠给他这首诗时，他任河西节度使哥舒翰幕府的掌书记，他的行第为卅五，故诗题中称他为“高三十五书记”。杜甫在青年时期曾与李白、高适等同游梁、宋、齐州，可算是老朋友了。高适到四十岁后始举有道科，授封丘尉，不久后就投入哥舒翰幕中。他是唐代著名诗人，擅长七言歌行，尤以边塞诗著名。与杜甫同时的诗人中，他是担任官职较高的一个，安史之乱发生后，曾任谏议大夫、淮南节度使，后来又任蜀、彭两州刺史，西川节度使，最后任散骑常侍。他的诗文集称《高常侍集》。杜甫与他的友谊一直保持到生命的最后几年，不时有一

些诗歌相互唱和。天宝十一载，高曾陪哥舒翰入朝，此诗当作于其时。杜甫赠给他的这首诗中，既欣喜高的前程远大，又对他有所忠告、勉励，表达了真挚的友情。

② 崆峒，山名。我国以“崆峒”命名的山不止一处，这里指的是从临洮郡分出来的岷州的崆峒山，在今青海省贵德县东南，唐时属陇右道。吐蕃每每于麦熟时入侵抢粮，哥舒翰于天宝六载十月曾对入侵之敌进行伏击，使吐蕃兵不敢窥青海以东。下一句说“愿休王师”，是盼望当年麦熟时吐蕃不敢入侵，唐朝军队可以得到休息。

③ 主将，河西节度使哥舒翰，译诗依现代习惯写成“主帅”。

④ 穷，用作动词，意思是走到尽头。荒，指极遥远的边疆。《离骚》:“将往观乎四荒。”

⑤ 饥鹰，是比喻高适。当他未得志时，只能随着哥舒翰这样的武将来求得进身机会。唐代这样以物比喻人，并无侮辱、嘲讽意味。

⑥ 幽并，指幽州、并州，即今河北省中、北部及山西省太原附近地区。古代这两个地区的民俗习于骑射。

⑦ 簿尉，指主簿、县尉一类低级地方官吏。高适于进入哥舒翰幕府前任封丘县尉。

⑧ 高适于任封丘县尉时曾写过这样的诗：“只言小邑无所为，公门万事皆有期。拜迎长官心欲碎，鞭挞黎庶令人悲。”捶楚，意思与“鞭挞”相同。译诗据此把“与捶楚辞”理解为“不用再去鞭挞百姓”。有些研究者认为，唐代簿尉这种官吏也常挨鞭挞，“与捶楚辞”是指高适不再做县尉，就可以从此不受上级的鞭挞。这意见似乎深刻，但不一定真有道理。尽管簿尉挨鞭挞的史实可以从史籍中找到若干条，但这诗里显然是针对前面所引高适诗中的话说的。至于唐代官吏挨打，非独簿尉是这样，官高至刺史，也有被鞭死的例子，李邕、章彝不都是被打死的吗?

⑨ 武威，即凉州，天宝元年改武威郡，督凉、甘、肃三州。河西节度使的幕府就设在武威。

⑩ 从“一书记”起至下一句末，都是转述高适的话。书记，指“掌书记”，主将身边的最高文职官吏。

⑪《战国策》载豫让为智伯复仇的事，他谋刺赵襄子被捉住以后回答赵襄子的责问说：“范、中行氏以众人遇我，我故众人报之，智伯国士遇我，我故国士报之。”国士，指最受全国尊敬爱重的人。这句诗是说哥舒翰对高适十分尊敬、厚待，所以高适愿

为他效力。

⑫ 这句诗有两层意思，既是说一个人受到赏识不容易，同时也是说要理解别人（如主将哥舒翰）真难，弄得不好会得罪他，招来大祸。译诗只把前一层意思写出。

⑬ 仪，有多种意义，这里指“礼节”（实质上就是正确对待各种人际关系）及个人的仪容举止等。

⑭ 出幕府，不再在幕府中做掌书记、参谋等幕僚。

⑮ 持旌麾，手持指挥旗，指当主将及其他独当一面的职务。

⑯ 所思，指所思念的友人。杜甫诗集中有两首以“所思”为题的诗，都是写思友之情的诗篇。这里的“所思”，是以高适为中心的，指高适的友人，其中包括杜甫在内。

⑰ 这句和上一句诗是安慰高适，不要因为得到官职太晚而遗憾。天宝十一载哥舒翰入朝，高适随他回京，这诗大概就作于这一年，高适已五十五岁左右。

⑱ 参商，我国古代的星宿名。即西方所说的猎户座和天蝎座。经常一在西，一在东，此升彼没，故以“参商”喻人之不能相见。

⑲ 鸿，白天鹅。鹄，见本卷《登慈恩寺塔》注⑰。这句和下一句诗是说不能与高适同赴河西军中。

⑳ 余力，从事公务而外的剩余精力，这里专指作诗的精力。

◎ 奉留赠集贤院崔于二学士[①]（五排）

昭代将垂白，[②]	在这圣明年代，我头上垂下的长发已将变白，
途穷乃叫阍。[③]	实在走投无路，才来叩敲皇宫的大门。
气冲星象表，[④]	报国的雄心壮志像剑气冲上星斗，
词感帝王尊。[⑤]	我的辞赋感动了皇帝承他亲自来过问。
天老书题目，[⑥]	宰相出题目来考我，

春官验讨论。[7]	礼部尚书来审查评论。
倚风遗鹢路，[8]	凭借一阵风力，我不再跟着鹢鸟退飞，
随水到龙门。[9]	随着流水，来到等待我跳跃的龙门。
竟与蛟螭杂，[10]	没想到竟跟蛟螭混杂在一起，
空闻燕雀喧。[11]	徒然听见燕雀喧闹纷纷。
青冥犹契阔，[12]	浩瀚的青天离我依然遥远，
凌厉不飞翻。[13]	奋力冲击，也不能到空中飞腾。
儒术诚难起，[14]	儒家的学术高峰我实在攀登不上，
家声庶已存。[15]	只是家族作诗的名声还能保存。
故山多药物，[16]	故乡山野里盛产各种药材，
胜概忆桃源。[17]	回忆那里的美景，仿佛那就是桃花源。
欲整还乡旆，[18]	我将要回去，把车船上挂的小旗准备好，
长怀禁掖垣。[19]	宫墙边的集贤院将永远系住我的心魂。
谬称三赋在，[20]	承你们谬奖的三篇赋都还在这里，
难述二公恩。	实在说不完您两位对我的厚恩。

注释：

① 杜甫于天宝十载（751 年）向唐玄宗献《三大礼赋》。次年，玄宗召试文章，待制于集贤院，但迟迟未授官职。崔、于两学士大概是集贤院负责接待杜甫的官员。“崔”是崔国辅，任集贤殿直学士、礼部员外郎；“于”是于休烈，集贤殿学士。所谓集贤院，即集贤殿之书院。杜甫在集贤院等待长久以后，感到不会再有除授官职的可能，想回故乡去，便留赠这诗给崔、于，向他们道谢，并表明自己的心迹。诗题在“留赠”两字前增一“奉”字，是表示尊敬。作诗时间估计在天宝十一载（752 年）。不过，这篇留赠诗写了以后，杜甫并未离京，一直等到天宝十四载（755 年），终于得到河西尉的任命；杜甫不愿就任，后又改授右卫率府胄曹（一说为兵曹）参军。从这诗中可以看出，杜甫与崔、于有相当深厚的友谊，所表述的心理活动有层次而且十分真实，虽然没有直接诉苦，而自己的困难处境溢于言表。

② 昭代，意思是圣明的朝代，指唐玄宗在位的时期。垂白，指白发下垂，表示年龄已老。

③ 阍，音“昏”（hūn），宫门。叫阍，指杜甫向延恩匦献赋的事。

④《晋书·张华传》载有这样的传说：豫章丰城地下藏有宝剑，每夜宝剑有紫气冲天贯于牛、斗两星之间。这句诗以剑气比喻自己的郁塞之气。这“气”，也就是豪情或悲愤之类的精神力量。

⑤ 感，感动。词，杜甫所献的赋。这句诗是说玄宗看了杜甫的赋以后有了反应，诏试文章，令他待制集贤院。

⑥ 天老，黄帝的大臣名。《帝王世纪》：“黄帝以风后配上台，天老配中台，五圣配下台，谓之三公。”三公，相当于后代的宰相。这里以“天老”代表宰相。

⑦ 春官，周代有六官（又称“六卿”）：天官、地官、春官、夏官、秋官、冬官。春官又称宗伯，为掌邦礼的官，即后世之礼部。这里以“春官”代表礼部的官员。

⑧《左传·僖公十六年》：“六鹢退飞过宋都。”“鹢”也写作“鶂”，俱音“议”（yì）。鹢是一种水鸟，古代常在船头上画它的图形。“六鹢退飞”是作为反常的现象记载于史册的。这诗中就以“鶂路”借代“后退”，是“上进”“前进”的反语。这诗中是说得到人们的帮助就不会再后退，有了做官的机会。

⑨ 龙门，山名，在今山西省河津西北，跨黄河两岸。传夏禹治水时开凿此山通水流，又称禹门口。自古有鲤鱼跳龙门的传说。《三秦记》：“江海水集龙门下，登者化龙，不登者点额暴鳃而退。”后又称科举应考得中为“登龙门”。

⑩“蛟螭”与下句的“燕雀”都是指俗人。前者指希图仕进而才能不高者；后者指目光浅短者。

⑪ 空闻，一作“宁无”。

⑫ 青冥，青天。这里借喻仕途，即做官的道路。契阔，通常有两义，一为勤苦、辛苦；一为别离长久。都不能用来解释这句诗。其实，这词的深层含义是隔绝，距离遥远，前面两种解释都从这一含义引申而来。

⑬《抱朴子》：“徒闻振翅竦身，不能凌厉九霄。”凌厉，奋迅貌。在这诗中是指一种主观方面的努力，虽自己努力奋飞，但不能高高飞翔。

⑭《仇注》:“难起，谓不能奋起在位。”但在这里，似乎不能理解为“难以靠儒术来挣得官位”，而只能理解为未能精通儒术，在儒术上没有得到较高成就。

⑮ 杜甫祖父杜审言以诗著名。家声，指杜氏作诗的名声。这句诗是说自己尚能作诗，使家声不坠。

⑯ 杜甫《进三大礼赋表》中说:“顷者，卖药都市，寄食友朋。”在另外一些诗中也曾提起过种药、卖药的事，大概不是虚语。这句诗是说，故乡山中有药材，回家去可靠采药为生。

⑰ 这句诗并不是说想要到桃花源去，而是说故乡风景美如桃源，这也是想回故乡去的一个原因。

⑱ 旆，见本卷《谒玄元皇帝庙》注⑰。这里指旅人车船上的小旗。

⑲ 禁掖垣，指皇宫大门两侧的宫墙，这里是指集贤院。

⑳ 三赋，指杜甫投献延恩匦的三篇铺陈祭祀大典的赋:《朝献太清宫赋》《朝享太庙赋》和《有事于南郊赋》，合称《三大礼赋》。

◎ 贫交行[①]（七古）

翻手作云覆手雨，	翻手是云，覆手就是雨，
纷纷轻薄何须数。	世上薄情寡义的人多得不用数。
君不见管鲍贫时交，[②]	您没看见管鲍那种贫贱时结下的友谊，
此道今人弃如土。	如今被人鄙弃，被人看得像粪土。

注释:

① 这篇诗以民歌的形式对人际关系之虚伪、势利和反复无常表示了极大愤慨，向往于古代真挚质朴的贫贱之交。大概是杜甫献赋后在长安遭到冷遇时有感而作。

② 管鲍，指春秋时齐国的管仲和鲍叔牙。管仲贫贱时，鲍叔牙与他共同经商，知管仲家境困难，常把赚得的钱多分给他。后鲍叔牙事齐桓公，管仲事公子纠，公子纠反对齐桓公失败而死，管仲被囚，鲍叔牙向齐桓公推荐管仲，于是管仲受到桓公重用，助齐桓公成霸业。这里以管鲍之交喻经得起考验的真挚友谊。

◎ 送韦书记赴安西[①]（五律）

夫子欻通贵，[②]	您老先生突然高升了，
云泥相望悬。[③]	我和您天上地下距离遥远。
白头无藉在，[④]	我头发已白，还没得到一官半职，
朱绂有哀怜。[⑤]	您虽佩了朱绂，还对我同情哀怜。
书记赴三捷，[⑥]	您新任书记，还将接二连三升官，
公车留二年。[⑦]	我旅居京都等任命一等就是两年。
欲浮江海去，	有意乘船到江海上去漂泊，
此别意茫然。	如今跟您分别，我感到心绪茫然。

注释：

① 韦书记，不知是何人。他从京城到边疆的安西大都护府去任书记，投身幕府，想有一番作为。而杜甫则株守长安，等了两年仍未授给官职，故多感叹。这诗大概写于天宝十一载（752 年）。当时安西副大都护兼安西四镇节度使是封常清。

② 夫子，对韦的尊称。欻，通“忽”。通贵，指得到官职。

③《后汉书·矫慎传》：“虽乘云行泥，栖宿不同。”云泥，喻人的社会地位高低悬殊。

④《九家注》本“无藉”作“无籍”，注云：“无籍在朝列也。籍如通籍之籍。”“通籍”指在朝廷中任官职的人。原指能够出入宫门的官吏直系亲属名册，悬挂在宫门以备检核。后来用于新任官职者，言已通其名籍于朝。译诗用此解。一说“无藉

在”，指无所倚藉，意思是没有靠山。申涵光则谓“无籍在”是指“无着籍所在，如今籍贯之籍，身老无家，幸为朱绂所哀怜耳”。比较起来，还以《九家注》的解释较合诗意。

⑤《仇注》：“唐制，御史赐金印朱绂，韦书记必兼官御史，故云。”细看全诗，便会发现这样解释不妥。诗中称韦书记为“夫子”，可知韦在任安西都护府书记前没有官职。杜甫与韦的地位本来相同，韦“欻通贵”以后，两人才“云泥相望”。“朱绂”仍以理解为泛指做官的人为宜，赐朱绂者，并非只有御史这一种官职。有人认为“朱绂”指“服绯”，穿绯红色官服，唐制，五品以上官职“服绯”。

⑥《诗·小雅·采薇》：“岂敢定居，一月三捷。”原意是接连胜利，这里指接连升官，是预期和祝贺之辞。

⑦《汉书·东方朔传》注：“公车令，属卫尉，上书者所诣。”这里指杜甫献赋后在集贤院待制的事。

◎ 玄都坛歌寄元逸人①（七古）

故人昔隐东蒙峰，②	我的老朋友往年隐居在东蒙峰，
已佩含景苍精龙。③	那时他已佩上了道教符箓——含景和苍龙。
故人今居子午谷，④	如今他住在秦岭的子午谷，
独并阴崖白茅屋。	独自在山崖北面搭了座白茅屋。
屋前太古玄都坛，⑤	屋前是远古的玄都坛，
青石漠漠松风寒。⑥	只见青石一大片，寒风不停把松林摇撼。
子规夜啼山竹裂，⑦	半夜有杜鹃哀啼，山竹也悲伤得断裂，
王母昼下云旗翻。⑧	西王母白昼下降，云旗飘翻。
知君此计成长往，	我知道您住在这里是长久打算，
芝草琅玕日应长。⑨	这里的灵芝和琅玕玉石，将会一天天长大。

铁锁高垂不可攀，[10]	有铁锁链从天上垂下，凡人可不能攀住它往上爬，
致身福地何萧爽。[11]	托身在这神仙居住的好地方多么洒脱，真是无牵无挂！

注释：

① 元逸人是一位隐居山林从事修炼的道士，杜甫在游齐鲁时就与他相识。李白在诗中曾提到过一位丹丘生，即元丹丘，有人疑这位元逸人就是元丹丘。杜甫在长安待制日久，对仕途感到失望，隐居修道的思想又再度抬头，大概在天宝十一载（752 年），访问了元逸人所住的终南山子午谷后，对那里的环境和气氛倍觉神往，便写了这首歌寄给元逸人，表示羡慕他的修道生活。诗中多幻想形象，但又与现实情景有着关联，写出了一个神秘而令人向往的境界。

② 东蒙峰，沂州蒙山的山峰。见第一卷《与李十二白同寻范十隐居》注④。

③ “含景”和“苍精龙”（又名“苍龙”）是道教符箓的名称。道教有多种符箓，修道达到某种程度并掌握了某些道术以后，便可授给相应的符箓。从这句诗可看出元逸人修道已有一定成就。

④ 子午谷，地名，在长安南面的终南山（即秦岭主峰，又名南山）中。

⑤ 玄都，原为道教神话中的仙境，据《十洲记》中说：“玄洲，在北海，去岸三十六万里，上有太玄都，仙伯真公所治。”道教坛观也有称为玄都坛的。据蔡梦弼云：“玄都坛，汉武帝时所筑，在长安南山子午谷中。”诗中的“玄都坛”大概是一处古代道教坛观的遗址。

⑥ 漠漠，有两义，一为寂静，一为布列貌。这里似以用第二义为宜。青石，古玄都坛的地基。

⑦ 子规，即杜鹃。诗人把山竹看成是有生命有感情的事物，听到杜鹃悲啼，故感动得心摧肠断。这就是所谓“山竹裂”。

⑧《列仙传》载：“（周）穆王与王母会瑶池，云旗霓裳拥簇，自天而下。”诗中以这样的奇幻景象和神仙的活动来渲染玄都坛的神秘气氛。

⑨《汉武内传》：“王母曰：太上之药有黄庭芝草、碧海琅玕。”芝草即灵芝，琅玕是一

种玉石。道家认为这两者都是能使人长生的仙药。这里是说玄都坛附近出产仙药，可供服食。

⑩ 铁锁高垂，是道教神话传说中所描写的仙境景象，仙人所居的天上，与人世隔绝，非凡人所能攀登。诗中以此喻玄都坛的幽深僻远，人迹罕至。

⑪ 萧爽，与疏爽、森爽意思相近，多指自然景物与环境之清幽宜人。这诗句中用来表达人的畅爽、适意感，主要是说精神境界的无牵无挂。

◎ 曲江三章章五句[1] （七古）

曲江萧条秋气高，	高爽的秋空下，曲江冷落萧条，
菱荷枯折随风涛，	菱荷枯萎断折，在风涛里飘摇，
游子空嗟垂二毛。[2]	头发斑白的游子空叹衰老。
白石素沙亦相荡，	白色的沙、石也在水中摩擦激荡，
哀鸿独叫求其曹。	寻找伙伴的孤鸿独自在天空哀号。

注释：

① 曲江，是长安城南的风景区，在乐游原附近。芙蓉园也在曲江，但它是皇室游乐的地方，而曲江则为京都仕女的郊游胜地。曲江得名于曲江池，有人说其水曲折，故名。曲江池疏凿于开元年间，芙蓉园在它的南面，慈恩寺在它的西面。从这诗中可看出，杜甫困处长安时，其弟侄等曾来长安看他，一起游览了曲江。那时大概是天宝十一载（752 年）的秋天，风景萧瑟，心境也郁塞不欢，因此诗中多愤懑语。古代的评论家认为这一组诗继承了《诗经》中《国风》的风格。王嗣奭说："三章气脉相属，总以九回之苦心，发清商之怨调。此公学三百篇遗貌而传神者也，观命题可见。"这些话大体上是对的。学习《诗经》，在诗题和诗的情调上表现得最为明显。不过这一首诗的形式是直接取自民歌，是一种五句歌，除第四句外，其余都押韵。文人创作诗歌，极少用这形式。这一点也表明，杜甫主要不是学习《诗经》的表面形式，而是学习

古代直接从民间采风的精神。

②《礼·檀弓》："不杀厉，不获二毛。"厉，指患病的人。二毛，指人的头发有黑有白，即所谓斑白，表示人已衰老。

◎ 其二（七古）

即事非今亦非古，①	写诗就写眼前事，什么古体今体可不管，
长歌激越捎林莽，②	高歌一曲，歌声拂过草莽树林，
比屋豪华固难数。③	一家挨一家的豪华大屋实在数不清。
吾人甘作心似灰，	我们甘愿让心冷得像灰，
弟侄何伤泪如雨。	弟侄们又何必悲伤泪涟涟。

注释：

①"即事""今""古"等都是当时诗歌创作用语。即事，是以眼前所见的题材入诗；今，指近体诗，即五律、七律、排律和绝句；古，指古体诗，即五古、七古（包括杂言歌行）等。杜甫在这首诗里表明了他的一种重要的诗歌创作思想：该看重的是内容，要写当前的事，也就是要写现实生活题材；至于形式，可以不必拘泥。

② 捎，在古代可解释为"拂""掠"。如《汉书·扬雄传》："曳捎星之旃。"

③ 古代这类用法的"比"当读去声，意思是紧密排列。《诗·周颂·良耜》："其比如栉。"这句诗是说看到曲江附近富贵人家的豪华宅第如鳞次栉比，因此感到愤慨。前一句诗说"长歌激越"，后一句诗说"甘作心似灰"，都是愤慨的表现。杜甫对社会贫富悬殊、分配不合理的现象是深有感受的，在他的诗中常可看到这一类事引起的不平之鸣。

◎ 其三（七古）

原诗	译文
自断此生休问天，	我看得出自己这一辈子的命运，不用去问苍天，
杜曲幸有桑麻田，[①]	好在杜曲还留着几亩桑麻田，
故将移住南山边。[②]	所以想把家搬到南山旁边。
短衣匹马随李广，[③]	穿着短衣乘着马，就学李广那样，
看射猛虎终残年。[④]	请看我射猎猛虎，就这样度过我的残年。

注释:

① 杜曲，地名，在长安城南，也就是“下杜”（秦国造的杜城）。参看本卷《投简咸华两县诸子》注③。桑麻田，或称“桑田”，是唐代授给官吏的永业田。这桑麻田是杜甫祖先传下的，可能是朝廷授给杜甫祖父杜审言的田地。

② 南山，即终南山，杜曲近终南山。

③ 李广，汉代名将，于文、景、武三朝多次抗击匈奴屡建功勋，匈奴人畏之，号称他为飞将军。但他一直未能封侯。后来在跟随卫青出击匈奴时偶尔迷失了道路，受责，愤而自杀。李广曾一度失去官职，闲住在蓝田南山中射猎。有一次出猎，见草中石，以为是虎，就用箭射去，中石，没镞。后发现是石，再射，箭就不再能射入石中。诗中说要“随李广”并不是真的要跟随李广或与李广相似的人物，而只是要学习李广那样过退隐的生活，因为诗人自己的不得意与李广有相似处。

④ 这句诗是说自己射虎还是看别人射虎，从字面上看不出来。但与上一句诗连起来看，就可知是说自己射虎，因为既学李广，自然会学李广那样射虎而不会作旁观者。以射虎来“终残年”，也是一时愤激之辞。杜甫并不甘心从此就放弃“致君尧舜上”的志向，事实上后来也并没有这样做。

◎ 奉赠鲜于京兆二十韵[1]（五排）

原诗	译文
王国称多士，[2]	人们都说大唐人才众多，
贤良复几人？	可又有几个人称得上贤良？
异才应间出，[3]	杰出少见的人物自然也不时出现，
爽气必殊伦。[4]	他们那飒爽的气度必定非同一般。
始见张京兆，[5]	如今才见到一位张敞似的京兆尹，
宜居汉近臣。[6]	正适合在皇帝身边做亲信官员。
骅骝开道路，[7]	您像骅骝正跑上一条大道，
雕鹗离风尘。[8]	像雕鹗一样腾空而起，冲破风尘。
侯伯知何算，	封侯封伯的贵人怎能数得清，
文章实致身。	只有您是靠自己的文才得到任命。
奋飞超等级，	您向上奋飞越过层层等级，
容易失沉沦。[9]	顺利地摆脱逆境，不再沉沦。
脱略磻溪钓，[10]	像姜尚在磻溪边抛掉了钓竿，
操持郢匠斤。[11]	拿起郢匠的巨斧把本领施展。
云霄今已逼，	如今您已经接近云霄，
台衮更谁亲？[12]	还有谁比您更靠近宰相身边？
凤穴雏皆好，[13]	您家的孩子们都像雏凤一样美好，
龙门客又新。[14]	府上的贵客都是新露头角的青年。
义声纷感激，[15]	您仗义的名声使许多人感奋激动，
败绩自逡巡。[16]	我却由于屡遭失败踌躇不敢上前。
途远欲何向，	路途遥遥，不知道该往哪里去，
天高难重陈。[17]	皇天高远，想再向它陈情可真难。
学诗犹孺子，	我初学写诗时还是个童子，

乡赋忝嘉宾。[18]	后来去应考承蒙乡里推荐。
不得同晁错，[19]	可惜没能像晁错那样考中高第，
吁嗟后郤诜。[20]	也比不上郤诜那样被选中做官。
计疏疑翰墨，[21]	我的打算落了空反疑心文才无用，
时过忆松筠。[22]	盛年虽已过去，仍记得该像松竹那样耐寒。
献纳纡皇眷，[23]	当初我献赋蒙受皇上关注，
中间谒紫宸。[24]	曾经有一次让我登上了紫宸殿。
且随诸彦集，[25]	我暂时随着各位英才在一起，
方觊薄才伸。	以为自己的微薄能力将得到伸展。
破胆遭前政，[26]	以前那位执政大臣使我丧了胆，
阴谋独秉钧。[27]	他靠阴谋诡计，独揽了大权。
微生沾忌刻，[28]	我这微不足道的人遭受妒嫉中伤，
万事益酸辛。	经历过的无数事情更增添辛酸。
交合丹青地，[29]	您同朝廷上的大臣有亲密的交往，
恩倾雨露辰。	皇恩如雨露向您倾注每天每天。
有儒愁饿死，	可是有个儒生却担心自己饿死，
早晚报平津。[30]	盼您早晚就把他向平津侯推荐。

注释：

① 鲜于京兆，指鲜于仲通，当时任京兆尹，故称他“鲜于京兆”。鲜于仲通是杨国忠一党的人，天宝九载杨荐举他为剑南节度使。次年，奉杨命征兵八万攻南诏，遭到惨败，深受国人谴责。天宝十一载十一月李林甫死，杨国忠任右相，引鲜于仲通为京兆尹。据《资治通鉴》卷216所载，杨国忠为收买人心，曾建议“文部选人，无问贤不肖，选深者留之，依资据阙注官”。这样，杜甫和许多滞淹者一时有了除授官职的希望，于是向鲜于仲通献诗，希望通过他受到杨国忠的赏识而被任用。诗中公开斥责李林甫阴谋忌刻，可知这诗写在天宝十二载（753年）二月李林甫以谋反罪被开棺褫夺金紫以后。李林甫与阿布思合谋反叛是杨国忠唆使安禄山所诬陷之罪，但其他罪行

则人所共知，国人莫不切齿痛恨。杨国忠以扳倒李林甫来为自己沽名钓誉，迷惑世人，杜甫当时未能看出杨的真面目自然是可以理解的。鲜于仲通的为人可能也有可取之处，才使杜甫对他产生了好感。鲜于死后，颜真卿在为他撰写的墓碑中称赞他"轻财尚义，果于然诺，读书好观大略，方及知命，始擢一第"。这大概不全是虚语。杜甫对他有所颂扬与期望在当时自然也不是毫无缘故的，后人不应妄加责斥。在这诗中，杜甫还自述了坎坷经历和当时的思想情况，对研究杜甫也不失为一篇有参考价值的资料。

②《诗·大雅·文王》："思皇多士，生此王国。"据注疏，"多士"，指多众之士。王国，指周王之国。在这诗里，王国，指唐王朝。

③ 间，应读去声，间隔。间出，指隔一段时间出现一次，也就是不时出现的意思。

④ 爽气，高迈不群的气度，如"豪爽""飒爽"之类。

⑤ 张敞，汉代名臣，宣帝时为太仆，以切谏著名。后为京兆尹，有政声。诗中以他来比喻鲜于仲通。

⑥ 汉元帝即位后，待诏郑明推荐张敞为皇太子太傅，这是接近皇室的官，故称"近臣"。这句诗是说，鲜于仲通像张敞一样，适宜在皇帝身边做官。

⑦ 骅骝，指骏马。

⑧ 雕鹗指猛禽，与上句的"骅骝"都是比喻鲜于仲通的有才能；两句诗都是说他开始在政治上得势。

⑨ 容易，从容、顺利。沉沦，指沉于社会底层，与"沦落""沉埋"近义。

⑩ 脱略，犹言脱落，摆脱。"磻"音"盘"（pán），磻溪，在今陕西宝鸡市西南，又名璜河，璜溪，北流入渭水。传说辅佐周朝开国的太公望（吕望，又名吕尚，姜尚，俗称姜太公）曾垂钓于此，遇见了周文王，从此得到重用。这里以此喻鲜于仲通受到皇帝的知遇，被提拔重用。

⑪《庄子·徐无鬼》："郢人垩漫其鼻端，若蝇翼，使匠石斲之。匠石运斤成风，听而斲之。尽垩而鼻不伤。郢人立不失容。"这里以郢匠运斤成风的精熟技巧来比喻鲜于仲通得到了施展才能的机会。

⑫ 台衮，犹言台辅，宰相。"台"指"三台"，古代习惯以三台星代表三公之位。"衮"

为三公的官服。这里以“台衮”代指杨国忠。

⑬ 凤穴，指鲜于仲通的家。雏，凤雏，喻鲜于仲通的子女。

⑭ 李膺，东汉人，桓帝时举孝廉，累官司隶校尉。他十分重视人的品德，受到他接待的人被誉为“登龙门”。这里以“龙门”来比喻鲜于仲通的宅第。

⑮ 义声，指鲜于仲通高尚品德和行为的名声。感激，感动与激发。参看第一卷《赠韦左丞丈济》注⑮。

⑯ 败绩，大败，指杜甫屡试不第的失败。“逡”音“囷”（qūn），逡巡，有所顾虑而徘徊，踌躇。

⑰ 天高，喻皇帝高高在上，不易见到。重陈，再一次陈情。杜甫于献赋后，玄宗曾诏见，那是第一次陈情。

⑱ 嘉宾，指受举荐应试的士人。参看第一卷《奉赠韦左丞丈二十二韵》注③。

⑲ 据《汉书·晁错传》，文帝诏有司举贤良文学，参加对策者百余人，晁错被选列高第，授职中大夫。

⑳ 据《晋书》，泰始中，举贤良直言之士，郤诜（音“系深”xì shēn）以对策列上第，拜议郎。诗中以这两个人通过对策授官的事来对比杜甫诏试后迟迟未得官职的不幸遭遇。

㉑ 计疏，愿望不能实现，指献赋求官的事。翰墨，喻文才。

㉒ 时过，指诗人年龄已大，不复少壮。筠，音“云”（yún），原义是竹的青皮，常用来指青竹。松筠，即松竹，都能耐寒。忆松筠，是说还记得松竹顽强生长，不畏环境困苦的品质，愿意学习松竹的榜样。杜甫用这样的话来表明自己志向仍旧坚定，并不消沉。

㉓ 献纳，指献赋的事。唐代为了掌管延恩匦，曾设有献纳使之职。纡，意思同“枉”，用于构成敬语，在这句诗中表示蒙受恩惠。

㉔ 间，读去声。用“中间”一语，是说在献赋与待制集贤院之间，还曾有紫宸殿谒见皇帝的事。紫宸，即紫宸殿，唐朝长安宫中的内朝正殿。

㉕ 彦，《诗·郑风·羔裘》：“邦之彦兮。”传：“士之美称。”这句诗说的是在集贤院等

待授职的事。

㉖ 破胆，丧胆。前政，指前任宰相李林甫。由于李林甫的阴谋，天宝六载诏天下通一艺者应试，无一人及第，使杜甫丧气。参看第一卷《奉赠韦左丞丈二十二韵》注⑯。

㉗ 秉钧，执掌政权。“钧”的本义是制陶器的转轮，《汉书·董仲舒传》：“犹泥之在钧，唯甄者之所为。”后来用来比喻国政、政权。

㉘ 微生，杜甫自谦之辞。

㉙《文选·西京赋》：“青琐丹墀”。后来常以“丹青”喻朝廷议政之地。这句诗是说鲜于仲通与宰相杨国忠有深交。

㉚ 汉武帝时，丞相公孙弘十分重视人才，开东阁以延士，俸禄所得，尽给宾客。他封平津侯，诗中的“平津”即“平津侯”的简称，比喻杨国忠，因为他也任丞相，同时希望他也如公孙弘那样招揽人才。

◎ 白丝行[①]（七古）

缫丝须长不须白，[②]	缫丝不要颜色洁白只要长，
越罗蜀锦金粟尺。[③]	任你越罗蜀锦都得用尺量。
象床玉手乱殷红，[④]	镶象牙的织机上，白玉般的纤手把红丝线错乱交织，
万草千花动凝碧。	织出万草千花，在碧绿底色上闪闪摇晃。
已悲素质随时染，[⑤]	可叹那白丝按照时尚染色，
裂下鸣机色相射。	从织机上扯下时发出炫目的光。
美人细意熨贴平，	美人细心地把罗锦衣裳熨烫平整，
裁缝灭尽针线迹。	针线痕迹一点看不出，靠的是裁缝手艺高强。
春天衣著为君舞，	到春天，美人穿起新衣为您舞蹈，
蛱蝶飞来黄鹂语。	招惹得蛱蝶飞来，黄鹂宛转低语。

落絮游丝亦有情，	天空的飞絮游丝好像也有情意，
随风照日宜轻举。	随着微风，映着阳光，正合轻扬、高举。
香汗清尘污颜色，	香汗和微尘沾污了衣衫的颜色，
开新合故置何许。[⑥]	新装拿出来了，旧衣裳被收起，谁知道它将被扔到哪里。
君不见才士汲引难，[⑦]	您没看见，人才得到荐举多不容易，
恐惧弃捐忍羁旅。[⑧]	还担心被抛弃，宁愿忍受着离乡背井的悲凄。

注释：

① 这首诗全篇是寓言，以白丝的一生经历来比喻士子的遭遇：从缫丝、织锦、染色、制衣，一直到衣裳被穿脏穿旧，最后遭到抛弃。《淮南子・说林训》："墨子见练丝，而泣之，为其可以黄，可以黑。"在环境支配下被迫改变原有的品质，对于人来说是最大的不幸，而儒生士人为了做官却不能不忍受这样的遭遇。诗人对此感到悲痛，故借白丝来寄托自己的情感。而且，即使做成了衣裳，被人穿过一阵之后依旧会遭到抛弃。士人的命运也难免如此，这比起素丝被染的悲剧也许更甚一层吧。而士人却不顾这种可悲的结果，一味干谒请求，不惜忍受羁旅异乡之苦，这又是为了什么？杜甫实际上提出了这样的问题，但未作回答，使诗的内容更富于含蓄。这诗大概也是作于天宝十二载（753 年），在集贤院待制感到绝望和矛盾时。

②"缲"同"缫"。

③ 何逊诗："金粟裹搔头。"金粟，金粟尺，古代一种尺的名称。它上面的尺度是以粟粒般的金点标出。

④ 象，指以象牙装饰。床，指织机。象床，喻织机之贵重。殷红，指红色的丝。

⑤ 这句诗是转述墨子悲丝染之语，参看注①。染，一作"改"。

⑥ 新、故，指新衣与旧衣。何许，何处。

⑦ 才士，一作"志士"。汲引，本义为引水于井，引申为引荐人才。

⑧ 弃捐，抛弃。班婕妤《怨歌行》："弃捐箧笥中，恩情中道绝。"羁旅，羁留在异地，不能回故乡。

◎ 陪郑广文游何将军山林十首[①]（五律）

不识南塘路，	南塘一带的道路我不识，
今知第五桥。[②]	如今才知道有一座第五桥。
名园依绿水，	著名的园林紧靠在绿水边，
野竹上青霄。	野地里丛竹一直伸向云霄。
谷口旧相得，[③]	郑谷口是我多年的知心老友，
濠梁同见招。[④]	他跟我一起被邀到这园林游遨。
平生为幽兴，[⑤]	我平日最爱探访幽境，
未惜马蹄遥。	从不怕骑马路遥遥。

注释：

① 何将军，不知是何人。他有一座园林在长安城南的第五桥附近。郑广文，即郑虔，他当时任广文馆博士，故称他郑广文。约于天宝十一十二载夏，杜甫陪郑虔到何将军园林游憩了几天，写了这组纪游诗。十首律诗有头有尾，构成一个整体。有人称这种组诗为“组律”，是杜甫独创的一种形式。诗中写园林风景，也写闲适情致，既抒发流连山水的幽情，也赞赏园主淡泊的风度。全诗表达出超脱尘俗的审美追求，使读者也深受感染。

② 第五，是复姓。东汉时有个第五伦，在章帝时曾任司空。唐肃宗时有个以善于理财著称的宰相第五琦。这座第五桥，是以附近聚居村民的姓为桥名。现在西安西南郊还有两座以第五桥命名的村庄。

③ 谷口，汉代郑子真隐居处。后来人们便称郑子真为郑谷口或郑谷。因郑虔与子真同姓，故以谷口来称郑虔。参看第一卷《郑驸马宅宴洞中》注⑥。

④《庄子·秋水》：“庄子与惠子同游于濠梁之上。”这里以“濠梁”来代称园林。濠，原来指水池、小河。“梁”是桥梁。

⑤ 原诗的这句与下句合起来才是一个完整的句子，即所谓“十字句”，译诗改写为两个可以独立的句子。

◎ 其二（五律）

百顷风潭上，	广阔百顷的水潭上微风拂过，
千章夏木清。[①]	千株大树下面像一片夏日的清阴。
卑枝低结子，	伸向低处的树枝上结着果实，
接叶暗巢莺。	连接的叶丛里隐藏着巢里栖息的黄莺。
鲜鲫银丝鲙，[②]	把刚钓起的鲜鲫鱼细细切成银丝，
香芹碧涧羹。[③]	做碗碧涧羹，再撒上香芹。
翻疑舵楼底，[④]	我反疑心是坐在舵楼下的船舱里，
晚饭越中行。[⑤]	边吃晚饭，边在越中水面航行。

注释:

① 第一、二两句诗也是十字句，前一句起状语的作用，后一句则是主谓俱全的句子。夏木，并非真是夏天的树木，而是比喻的说法。这组诗所写的是春季景色。

② 古代吃鱼，常把鲜鱼切成细丝用调味料拌了吃，称为鱼鲙。鲙，音“块”（kuài），也写作“脍”，意思是细切的肉。

③《九家注》赵云：“言所煮之羹乃碧涧之香芹也。”这是把“碧涧”当作香芹之产地解。按宋代《山林清供》所述各种羹中有“碧涧羹”等十余种名称，可见“碧涧”为羹的名称，香芹是加在碧涧羹中的配料。

④ 江南一带的大航船尾部有高高的舵楼，舵楼下有客舱。

⑤ 杜甫青年时期曾游吴越，有在舵楼下边进晚饭边航行的经验，在何氏园林的一次宴游中也有类似的感受，所以诗中这样说。

◎ 其三 （五律）

万里戎王子，[①]	从万里外引种来的戎王子，
何年别月支。[②]	谁也说不清它是哪年离开了月支。
异花来绝域，	这奇异的花来自十分辽远的地方，
滋蔓匝清池。	竟也滋长蔓延，团团围住清水池。
汉使徒空到，[③]	汉朝派往西域的使者没带它回来，
神农竟不知。[④]	遍尝百草的神农氏对它竟一无所知。
露翻兼雨打，	它在露水中翻覆又受到雨淋，
开拆渐离披。[⑤]	它的花瓣散落，茎叶也渐渐萎靡。

注释：

① 原诗句是节缩句，译诗把其中的含义表达了出来。

② 月支，西域国名。也写作“月氏”，读“肉支”（ròu zhī）。诗中用来泛指西域地区。

③ 汉代张骞出使西域，除完成了政治使命而外，还带回多种植物的种子到中原一带种植。在史籍中列举的各种植物名称中，没有“戎王子”。说他“徒空到”，就是说他没带回这种花。

④ 古代传说神农氏遍尝百草，后来有人托名编了《神农本草经》一书。这书中未载“戎王子”这种植物的名称，故说“神农竟不知”。

⑤ 开拆，指花冠之裂开、散落。渐，一作“日”。离披，指茎叶的枯萎倒伏。

◎ 其四 （五律）

旁舍连高竹，[①]	高高的青竹接触到邻家的屋舍，
疏篱带晚花。[②]	稀疏的篱笆上点缀着迟开的花。
碾涡深没马，[③]	石碾压出的水洼深得能淹没马蹄，
藤蔓曲藏蛇。[④]	密密的藤蔓是蛇类藏身的家。
词赋工无益，	诗赋写得再巧妙又有什么益处，
山林迹未赊。[⑤]	足迹却不能常常在山林留下。
尽捻书籍卖，[⑥]	真想把藏书都拿出来卖掉，
来问尔东家。[⑦]	来问问你们园东的那家房屋要卖什么价。

注释：

① 旁舍，邻舍。参看注⑦。

② 晚花，迟开的花。

③《仇注》释“碾涡”说：“此言碾辙底陷处，水漩成涡。偶举所见以入诗。”碾辙中所积的水是止水，怎能“漩成涡”？仇说非是。涡，可指凹陷处，如俗说的酒涡、笑涡是。诗中说的是“水洼”，“涡”与“洼”相通。

④ 曲，曲折隐蔽处，这里是指藤蔓丛生的地方。这两句诗并非美的景色，但表现出幽僻、人迹罕至的特色。对于厌倦尘世，向往幽深山林的人们来说，这也未尝不是美的境界。

⑤ 赊，意思是“长”。诗中指时间之长久，也可指经常、常常。

⑥ 捻，《杜诗正异》作“拈”，通常解释“拈”为以指取物，与诗中的意思不合。“捻”字记的是唐代的口语词，当另有其意义。译诗中写作“拿来”，较合诗意。

⑦ 问，这里当作问售价解。表达了想买山中房舍隐居的意愿。东家，如依惯例理解为主人，在这诗中则应指何将军，但这样解释显然不合诗中的原意。这里的“东家”，是指何氏园林的东邻，也就是第一句诗中所说的“旁舍”。

◎ 其五 （五律）

剩水沧江破，①	说这是一弯小溪吧，但也像沧江的一角，
残山碣石开。②	说这是山峦的片段吧，但也像碣石山从海水中现出。
绿垂风折笋，	被风吹断的笋、带着绿箨垂下，
红绽雨肥梅。	雨水滋润的梅花已绽开了红蕾。
银甲弹筝用，③	留下这银指甲套好用它弹筝，
金鱼换酒来。④	要换酒就把佩戴的金鱼解下来。
兴移无洒扫，⑤	兴致改变了，要换地方也不用打扫，
随意坐莓苔。⑥	随便在哪儿坐下都行，到处都生长着莓苔。

注释：

① 剩水残山，通常多用来指画中山水。因为山水画的山水只是自然山水的一小部分，故这样说。也有称亡国后留下的河山是“剩水残山”的，但这与诗中的含意不合。诗中所指的是园林中的山水，可能是假山叠石和人工疏凿的池水，因此比之于图画，称它们为“剩水残山”。这样说正是赞美园林山水具有自然之美。

② 碣石，参看第一卷《临邑舍弟书至苦雨黄河泛溢》注⑫。这里是泛指伸入海中的山峰。

③ 银甲，套在指端弹拨筝弦用的银质片状物，形似指甲，故名。

④ 金鱼，是唐代与官服相配的一种饰物，可显示官职等级。据《唐书·车服志》，佩鱼始于高宗朝，武后时改佩鱼为佩龟。中宗初，又改为佩鱼。“金鱼”指的就是这种“鱼”。贺知章为了款待李白，有解下金龟换酒的故事。诗中所说的“银甲”“金鱼”，都是值钱可换酒之物，留“银甲”而舍弃“金鱼”，表示了重视音乐而轻视官位的放逸不羁的风度。

⑤“兴移”的“移”，既指兴致的改变，也指饮酒地点的移动。为什么不用洒扫，因为园中到处有莓苔，到处可坐。

⑥ 莓，意思与“苔”相同。古代作为果品的“莓”字常写作“苺”。

◎ 其六（五律）

风磴吹阴雪，	风在山北石阶上吹扬起雪片，
云门吼瀑泉。[①]	瀑布在云端吼叫着四处飞溅。
酒醒思卧簟，	酒醒后才想起自己躺在竹席上，
衣冷欲装绵。[②]	感到寒冷，真想把夹衣装上丝绵。
野老来看客，	山里的老农民来看望客人，
河鱼不收钱。	送来河鱼，却不肯收钱。
秖疑淳朴处，[③]	我疑心这种风俗淳厚的地方，
自有一山川。[④]	是另外一个世界，有着另一种山川。

注释：

①《仇注》："风磴而吹阴雪者，乃云门之吼瀑泉也。以下句解上句。盖夏季无雪，飞瀑遥溅，乍疑是雪耳。"解释得好像头头是道，但仔细想来，仍嫌拘泥，未能揭出诗句的真实含意。"阴雪""瀑泉"都是酒醒前的模糊知觉。由于山中天气变化，一时冷起来，故有这样的幻觉。

②《仇注》："酒醒方思卧簟，而衣冷反欲装绵，言夏日阴森也。"原句中的"思"字不是表示愿望，而是表示知觉。酒醒后感到冷冰冰的，才意识到自己是睡在竹席上。后一句的"欲"字才是表示愿望，但也并非真的要"装绵"，而只是强调冷的感觉。这诗所写的季节是春天，《仇注》当作"夏日"，有误。

③ 秖，"祇"的异体字，现在写作"只"。

④ 末两句诗把前两句所写野老赠鱼事的可贵之处揭示出来：这样淳朴的民风在山林中才保持着，与外面尘俗世界不同。这两句诗也是十字句。

◎ 其七（五律）

栜树寒云色，[①]	栜树像一片灰白色的寒云，
茵陈春藕香。[②]	春天的茵陈像藕一样香。
脆添生菜美，	生菜多脆爽，这样滋味才更美，
阴益食单凉。[③]	食单铺在树阴下，显得更凉。
野鹤清晨出，	清晨，野鹤从这里飞出，
山精白日藏。[④]	白昼，深山里的精怪全都躲藏。
石林蟠水府，[⑤]	像高耸的石林蟠踞在水里，
百里独苍苍。[⑥]	从百里之外就看得见树色苍苍。

注释：

① 栜树，一作“棘树”。棘，是酸枣树的矮种，灌木，与诗中所描写的完全不同。应为“栜树”。“栜”音“色”（sè）。《尔雅·释木》：“梾，赤栜，白者栜。”郝懿行义疏转引陆玑《毛诗草木鸟兽虫鱼疏》：“栜叶如柞，皮薄而白，其木理赤者为赤栜，一名梾，白者为栜。其木皆坚韧，今人以为车毂。”寒云色，灰白色，与上面所引资料所述一致。

② 茵陈，蒿类，古代当作蔬菜食用。春藕，并不是说春天的藕，而是说春末夏初食茵陈如食藕一样香，春天的茵陈，相当于夏日藕的美味，因以“春藕”称之。

③ 阴，树下遮阴处。食单，旧注有说是“箪”的，那是一种食物容器；也有人认为是铺在地面或桌上的布，食物放在它上面。译诗从后说。

④ 山精，山中的鬼物。这句诗和上一句诗都是极言山林的幽僻，上一句是实写，下一句从想象出发。

⑤ 石林，原是指石笋一类直立的柱状岩石群。但诗中所写并不真的是水面上的石林，而是指栜树林，以水面石林来比喻烟霭中的栜树。

⑥ 苍苍，指栜树远望之色，与首句“寒云色”相照应。

◎ 其八（五律）

忆过杨柳渚，	回忆起我们经过杨柳渚的情景，
走马定昆池。[①]	还曾在定昆池旁纵马驰行。
醉把青荷叶，	喝醉了酒，手里拿着绿荷叶，
狂遗白接䍦。[②]	发狂似的跑着跑掉了白头巾。
刺船思郢客，[③]	不禁想起善于撑船的荆楚人，
解水乞吴儿。[④]	还有那江南少年，他们最识水性。
坐对秦山晚，[⑤]	傍晚，面对着秦山闲坐，
江湖兴颇随。[⑥]	不觉起了漫游江湖的逸兴。

注释：

① 杨柳渚，定昆池，都是距何氏园林不远的地名。《仇注》引《唐书・安乐公主传》："尝请昆明池为私沼，不得，乃自凿定昆池。"又引张礼《游城南记》："池在韦曲之北"。杨柳渚也应在这附近。这首诗中所写的是回忆游何氏园林以前的事。由于游何氏园林而引起这种回忆并再度产生退隐山林、漫游江湖的愿望。

②《晋书・山简传》载当时儿歌："山公时一醉，迳造高阳池。日暮倒载归，酩酊无所知。复乘骢马去，倒著白接䍦。举手问葛彊，何如并州儿。"白接䍦，古代的一种便帽。三、四两句写游乐与醉态。

③ 郢客，楚人。郢，春秋战国时的楚国国都。

④ 吴儿，吴越一带青年。南方人善操舟、泅水。这两句诗也是对旧游的回忆。

⑤ 秦山，即秦岭，也指其主峰终南山，末两句总结这首诗，指出引起回忆的导因和心绪。

⑥"兴颇随"之"随"，如佛经中所说"随缘"之"随"，应外界事物之感触而起动作谓之"随缘"。这里是说见美好河山，不觉产生了隐逸的愿望。

◎ 其九（五律）

床上书连屋，	床上堆着书，堆得接连屋顶，
阶前树拂云。	阶前树木的高枝拂动浮云。
将军不好武，	这位将军偏偏不爱征战，
稚子总能文。	幼小的孩子们个个都能诗善文。
醒酒微风入，	微风吹进屋，把我从醉里唤醒，
听诗静夜分。[①]	午夜静悄悄，我听见诵诗的声音。
絺衣挂萝薜，[②]	出屋时薜萝挂住了我的麻布衫，
凉月白纷纷。	凉月一片白，洒下纷乱的光影。

注释：

① 夜分，午夜，半夜。这句诗是前面“稚子总能文”的补充。将军的孩子们半夜还在读诗，由此可见这位将军家庭中重视诗文的风气。

② 絺衣，葛布衣。葛是古代常用的一种野生植物纤维，今已不用，较近于麻类，故译诗中写作“麻布衫”。萝薜，即薜萝。

◎ 其十（五律）

幽意忽不惬，	闲适的心情忽然变得不惬意，
归期无奈何。	归期到了，真是无可奈何。
出门流水住，[①]	出门看，河水好像停止了流动，
回首白云多。[②]	回头看，天空中飘浮着白云朵朵。
自笑灯前舞，	想起灯前的醉舞自己也觉好笑，

谁怜醉后歌？	有谁能理解同情我醉后的悲歌？
只应与朋好，[3]	以后该和情投意合的朋友作伴，
风雨亦来过。	不管刮风下雨，也要到这里重游。

注释：

① 住，一作“注”。《仇注》引庾信诗：“画水流全住，图云色半轻。”其实，这诗中用“住”字别有妙趣，与庾信咏画之诗完全不同。诗人游园数日以后，即将离去，心中惘然若失，故觉“流水住”。不是流水真的停住了，而是神不守舍，感觉迟钝麻木了。

② 白云，常引起关于友谊、离别和回忆的联想。杜诗中用得颇多，如第十一卷《九日奉寄严大夫》有“回首白云间”，第十四卷《怀旧》有“归来望白云”等。

③ 最后两句诗也是十字句。

◎ 丽人行[1]（七古）

三月三日天气新，[2]	三月初三，正是天气初晴，
长安水边多丽人。	长安水边，成群结队的美人来游春。
态浓意远淑且真，	雍容华贵的仪态，高远的神情，多么娴淑纯真，
肌理细腻骨肉匀。	皮肉细嫩，身材更十分匀称。
绣罗衣裳照暮春，	绣花的锦衣罗裙映照着暮春景色，
蹙金孔雀银麒麟。[3]	绣的是金丝镶嵌的孔雀和银色麒麟。
头上何所有？	嗨，瞧那头上是什么？
翠微匐叶垂鬓唇。[4]	插在髻上的翡翠花饰直垂到双鬓。
背后何所见？	再看那背后又是什么？

珠压腰衱稳称身。[5]	缀满珍珠的宽裙带紧围住腰身。
就中云幕椒房亲，[6]	这群美人里面，白云般的帐幔围着贵妃近亲，
赐名大国虢与秦。[7]	皇上赐的封号是虢国和秦国夫人。
紫驼之峰出翠釜，[8]	紫驼峰从翠绿色的釜里取出，
水精之盘行素鳞。[9]	雪白的鱼用水晶盘来盛。
犀箸厌饫久未下，[10]	肥腻吃得太多了，手中的犀角筷迟迟不动，
鸾刀缕切空纷纶。[11]	带响铃的刀细切细割，竟是白白地忙了一阵。
黄门飞鞚不动尘，[12]	太监飞一样驾着马车，却没有扬起一点灰尘，
御厨络绎送八珍。[13]	原来是御膳房接连送来海味山珍。
箫管哀吟感鬼神，	箫笛哀怨的曲调感动鬼神，
宾从杂遝实要津。	大道也给堵住了，到处是宾客和随从们。
后来鞍马何逡巡，[14]	最后来的那位骑在马上的大官更威风凛凛，
当轩下马入锦茵。[15]	在车前下马，踏上铺地的锦茵。
杨花雪落覆白蘋，[16]	杨花雪片似的飘落，遮住水面的白蘋，
青鸟飞去衔红巾。[17]	青鸟飞走了，衔去了红丝巾。
炙手可热势绝伦，	真是谁也不敢碰啊，这样的赫赫威势谁能比，
慎莫近前丞相嗔。[18]	千万别走近，走近了丞相要叱责瞪眼睛。

注释：

① 这是一首讽刺杨国忠兄妹荒淫、奢靡和骄横的诗。杨国忠初任宰相时，还伪装关心人才来骗取信任，所以杜甫才写了前面的那首《奉赠鲜于京兆》的诗。不久之后，杨氏的丑恶面目便暴露出来了，这首诗正是从当时民众的眼光来抨击杨氏的。也正是由于这样，这首诗采用了古代乐府叙事诗的手法，铺叙游春贵人服饰的华丽、肴馔的珍美和炙手可热的神态。而且还用了一些隐晦和有所寓意的传说，不作评论，而直接从艺术形象中体现出贬刺。诗的形象斑斓多彩，带着浪漫主义的情调，但诗的内容却直接干预生活，为人民吐发出他们郁结在心中的愤慨。杜甫诗的风格是多样的，这类风格的诗在杜诗中所占的分量不大，但大体上都是艺术性很高的，有着浓烈的魅力。杨

国忠于天宝十一载十一月为右丞相，此诗当作于天宝十二载春。

② 三月三日，是唐代的令节。古代以暮春三月的上巳日（以天干地支纪日的日期中含有“巳”字者为“巳日”，每月有两三个巳日，第一个巳日称为“上巳”）为节日，举行春游。魏晋以后以三月三日为节日，不一定要取上巳日，但习惯上仍称这节日为“上巳节”。天气新，非指季节之新，因为已到暮春。新，只可能是指天空晴朗，特别是指长久阴雨后的“新晴”，初晴。

③ 唐代李肇《国史补》：“张登长于小赋，气宏而密，间不容发，有织成隐起往往蹙金之状。”蹙金，是唐代日常用语，指的是一种用金缕绣花的技术。译写为“金丝镶嵌”。“孔雀”与“麒麟”都是指衣裳上的绣花图案。

④ 翠微，一作“翠为”，意思是“翡翠制作的”，较好解释。㔩，音“厄”（è），一作“匌”，音“鸽”（gé），唐代妇女的一种头发饰品。㔩叶，叶形发饰。鬓唇，即鬓边。

⑤ 衱，音“劫”（jié），宽裙带。

⑥ 云幕，一种临时搭的帐篷或帷幕。汉代皇后居室以椒和泥涂壁，有人说这是图吉祥，如《诗·唐风·椒聊》中所说“椒聊之实，蕃衍盈升”，象征子孙蕃昌；有人说是取其温暖，辟除恶臭。后来就以“椒房”称皇后。这诗中以“椒房”来代表杨贵妃。

⑦“国夫人”是唐代妇女最尊贵的封号，《旧唐书·杨贵妃传》：“太真（杨玉环）有姊三人，皆有才貌，并封国夫人。大姨封韩国，三姨封虢国，八姨封秦国，并承恩泽，出入宫掖，势倾天下。”

⑧ 驼峰为骆驼背上之肉峰，我国古代视为珍肴。紫驼之峰，当为驼峰最珍贵的一种。翠釜，炊具之珍贵者。

⑨ 水精，即水晶。素鳞，银白色的鱼。

⑩ 犀箸，犀牛角制的筷。厌饫，饱足不想进食。

⑪《诗·小雅·信南山》：“执其鸾刀。”传：“鸾刀，刀有鸾者。”《说文》：“銮，铃也，象鸾鸟之声。”“鸾”与“銮”通。缕切，即“切缕”，切丝，参看本卷《陪郑广文游何将军山林》第二首注②。纷纶，犹纷纭、纷繁，忙乱貌。

⑫ 黄门，《汉书·百官表》注：“禁中黄门，谓阉人居禁中，在黄门之内给事者。”通常

称太监为黄门。鞚，马勒。这里用来借代马匹。

⑬ 络绎，本义为抽丝缠绕，后引申为往来连续不绝。八珍，八种珍贵的菜肴，古来有几种不同的说法，有些已仅留虚名，不知指什么实物。故不加引录。

⑭ 鞍马，借代骑马的人。逡巡，通常用来表示退却、犹豫，这里的意思比较特殊，可能是指动作徐缓以显示其威仪，意译为“威风凛凛”。

⑮ 轩，车，指虢国、秦国夫人乘的车。锦茵，彩花地毯。

⑯ 杨花，即柳絮。白蘋，漂浮水面的植物，比常见的浮萍大。《广雅》：“杨花入水化为萍。”这是我国古代对自然现象的一种非科学的解释。传说北魏胡太后曾与一个名杨白花的人私通，杨白花惧祸降梁，胡太后仍思念不已，作《杨白花》歌，其中有“秋去春来双燕子，愿衔杨花入窠里”之句。这句诗，以“杨花”隐喻杨氏姊妹，并以“覆白蘋”隐喻其荒淫生活。

⑰ 青鸟，我国古代神话，谓西王母有两青鸟随侍，是为她传递消息的使者。唐代诗歌中常以“青鸟”喻为情人传信息者。这句诗也是隐喻杨氏的淫乱生活。

⑱ 丞相，指杨国忠。杨国忠于天宝十一载十一月为右相兼文部尚书。

◎ 虢国夫人[①]（七绝）

虢国夫人承主恩，	虢国夫人得到皇上宠爱，深受皇恩，
平明上马入金门。	天才亮就跨上马走进宫门。
却嫌脂粉涴颜色，[②]	却嫌脂粉会把她的美貌污损，
淡扫蛾眉朝至尊。[③]	淡淡画了画蛾眉就去朝见至尊。

注释：

① 虢国夫人是杨玉环的三姐，参看前一首诗注⑦。这首诗以极简赅的语言表达了她恃宠取媚的神情。这首诗是否为杜甫之作是有疑问的，暂依《仇注》保存在这里。《张祜

集》中也有这首诗，是《集灵台二首》之一。《万首唐人绝句》《唐诗品汇》等唐诗选本中都作张祜作。

② 涴，音“沃”（wò），污，弄脏。动词。

③ 蛾眉，古代以眉毛似蚕蛾头上的毛角为美，故称“蛾眉”。《诗·卫风·硕人》：“螓首蛾眉。”陈奂《诗毛氏传疏》引《诗小学》云：“蛾眉古作娥眉。王逸注《离骚赋》云：‘蛾，眉好貌。’”至尊，指皇帝。

◎ 九日曲江[①]（五律）

缀席茱萸好，[②]	多么美好的茱萸点缀着酒筵，
浮舟菡萏衰。[③]	小船浮在衰残的荷花中间。
百年秋已半，[④]	我的百年生命也到了秋天，已经过去一半，
九日意兼悲。[⑤]	在这重九佳节，心里带着双重伤感。
江水清源曲，[⑥]	江水从澄清的源头流来，曲曲弯弯，
荆门此路疑。[⑦]	疑心是在荆门山的江面上行船。
晚来高兴尽，	天色晚了，亢奋高昂的心情全都消失，
摇荡菊花期。[⑧]	在这赏菊聚会的日子，我的心绪却摇荡不安。

注释：

① 九月九日是重阳节，又称“重九”，在唐代通称“九日”，这是和“上巳”“正月晦日”并称的三个令节之一，习惯上举行郊游、宴饮。这首“九日”诗是天宝十二载（753 年）杜甫游曲江时所作。这一年，他在长安待制，却看不到有什么值得高兴的前程，而朝政日非，时局动荡，因此诗中透露出萧瑟凄凉之感，既有着遭遇坎坷、壮志难酬的抑郁，也有着忧国忧民的哀痛。一年多以后，安史之乱爆发，社会的大动荡终于开始了。杜甫这时已模糊地预感到这场灾难即将来临，诗中所表达的正是

这样的预感。

② 茱萸，芸香科亚乔木，叶对生，果实紫红色，供药用。一名越椒。药用以吴地产者为佳，称“吴茱萸”。古代习俗于重九节插茱萸叶，佩盛茱萸子的囊，据说可以辟邪。

③ 菡萏，音“汉旦”（hàn dàn），荷花的别名。

④ 百年，指人之一生。秋已半，是说一年到了秋季就已过去一半。这里是以“秋已半”来比喻人的一生过半。杜甫这年四十二岁，接近百年之半，说“过半”，强调自己的衰老。这句诗又作“季秋时欲半”，似不如原句含蓄。

⑤“兼”字除可用于同时具有两种或多种事物、性质、方面等而外，还可用来表示加倍、双重等等。这句诗中的“意兼悲”，说的是“心情特别悲伤”，既悲时光的迅速流逝，也悲自己的渐趋衰老。

⑥ 江水，指曲江池水。曲江池曲折如江河，故以“江”称之。

⑦ 荆门，山名，在今湖北省宜都长江南岸。有时也用来泛称荆州附近地方。杜甫在长安待制无望，有去荆州之意，故有此语。本卷《陪郑广文游何将军山林》第八首有“刺船思郢客”之句，也是这种心情的流露。至于杜甫为什么想去荆州而不去别处等问题则尚待探讨。

⑧《荆楚岁时记》：“九日为菊花会。”诗中的“菊花期”就是指九日的聚会。

第二卷

◎ 奉陪郑驸马韦曲二首[①]（五律）

韦曲花无赖，[②]	韦曲的花这样死皮赖脸，
家家恼杀人。	开得家家户户人人心烦。
绿樽须尽日，[③]	我真想整天举起酒樽痛饮，
白发好禁春。[④]	白发老人靠它才能挨过春天。
石角钩衣破，	山石的尖角把我的衣襟钩破，
藤梢刺眼新。[⑤]	藤蔓的嫩枝鲜明得刺人眼。
何时占丛竹，[⑥]	什么时候我才能有一小片竹林，
头戴小乌巾。[⑦]	头戴小乌巾，享受生活的安闲。

注释：

① 郑驸马即郑潜曜，见第一卷《郑驸马宅宴洞中》注①。韦曲，在长安城南，下杜（杜曲）东北，是几代人做过宰相的大族韦氏聚居的地方，故名。唐代有不少贵家园林别墅建在这里。这两首诗写陪郑潜曜春游韦曲的事，大概作于天宝十三载（754年）春，那时杜甫仍在集贤院待制，一直未得到官职，心中抑郁，勉强陪贵公子饮酒作乐。所以，诗中虽描写了春日风光，但主要却是抒发自己怀才不遇，蹉跎岁月的愁思，并表达了仕途绝望后隐居山林的愿望。

②《史记·高祖纪》注："江淮间谓小儿多诈狡猾为无赖。"《史记·张释之传》注："无赖，无才可恃。"《三国志·魏书·华佗传》："彭城夫人夜之厕，虿螫其手，呻吟无赖。"可见古汉语中"无赖"一词有多义，但以上三例与这里的用法都不合。在这句诗里，是指春花盛开，好像有意撩逗人们，与人纠缠不休的样子。现代某些地区的方言中有"死皮赖脸"一语，意思颇相近，译诗中就用它来表达。

③"绿"同"醁"。"醁"为"醽醁酒"的简称。这里泛指美酒。绿樽，意思就是酒樽，而不是绿色酒樽。

④ 禁，应读阴平声，是"禁受"之"禁"，与现代汉语中的"当得起"的"当"、"受得了"的"受"同义。禁，一作"伤"。

⑤ 藤梢，又作“藤枝”“藤萝”。

⑥ 占，占有。这里指买一处园林。

⑦《仇注》引《南史》：“刘岩隐逸不仕，常著缁衣小乌巾。”小乌巾，是隐居者常戴的便帽。这句诗是指过着隐居的闲适生活。

◎ 其二（五律）

野寺垂杨里，	郊野的垂杨丛里露出一座佛寺，
春畦乱水间。	交错的河川间散布着春天的菜畦。
美花多映竹，	美艳的鲜花总是和翠竹相映成趣，
好鸟不归山。	可爱的小鸟也不愿离开飞回山里。
城郭终何事？[①]	长久居住在城里究竟是为了什么？
风尘岂驻颜。	在风尘中青春的容颜哪里能保持。
谁能与公子，[②]	可是又有谁能同公子相比，
薄暮欲俱还。	天色黄昏了，大家都想回去。

注释：

① 城郭，指长安。杜甫在长安困居多年，所以有这样的感慨。由于郊游，得自然之趣，更增添了对城郭的厌恶。

② 这句诗是一个完整的句子。“与”字在这里作“比”字解最妥。诗句富含蓄，暗示出公子无忧无虑，尽情游乐，而诗人和其他陪游的人都不可能有他那样高的兴致。公子，指郑潜曜。

◎ 重过何氏五首[①]（五律）

问讯东桥竹，[②]	我问讯东桥那片竹林长得如何，
将军有报书。	将军特地写了封回信给我。
倒衣还命驾，	他说："急切地盼望大驾光临，
高枕乃吾庐。[③]	我的草堂将供您高卧。"
花妥莺捎蝶，[④]	路上看见黄莺捕蝶碰落花朵，
溪喧獭趁鱼。[⑤]	溪边的寂静被追鱼的水獭打破。
重来休沐地，[⑥]	又一次来到将军休息度假的别墅，
真作野人居。	在这里能过真正的山野平民生活。

注释：

① 何氏，即第二卷《陪郑广文游何将军山林十首》题中的"何将军"。杜甫再一次游何氏园林，是否仍与郑虔同游，从诗的内容中看不出来。第一次游园写的十首诗描绘的是初夏风光，这五首诗则是写季春景色，应作于天宝十三载春季，着重写山林幽兴和主人的耽于野趣的品格。从第五首诗中可看出诗人对何氏有所求助，但未能如愿。既不能做官得到俸禄，更谈不上买田归隐，因此情绪消沉，在写景物时不免流露出寂寞、惆怅之感。

② 诗人以问讯竹林生长情况为由致书何氏，目的是同何将军联系，想再次到他的园林中游憩。

③《诗·齐风·东方未明》："东方未明，颠倒衣裳。"喻起床动作的急促、匆忙。《三国志·魏书·王粲传》："蔡邕闻粲在门，倒屣迎之。"喻主人对来客的尊重与欢迎。这诗句中的"倒衣"兼有这两条典故的含意。这句诗和下一句诗是何将军回信的内容。倒衣，表示热切欢迎。命驾，请诗人立即乘车马前来。高枕乃吾庐，倒装句，意思是：我的草舍是您能"高枕"的地方。高枕，指安心休息。

④ 妥，通"堕"。黄希注："《曲礼正义》云：妥，下也。"《说文通训定声》："后人谓花落曰妥。"捎，见第二卷《曲江三章章五句》之二注②，这里作掠取，捕捉解。

⑤ 何承天《纂文》:“关西以逐物为‘趁’”。“趁”的意思是追赶。

⑥《汉书·霍光传》:“光时休沐出。”王先谦补注:“汉制中朝官五日得一下里舍休沐。”休沐,指休息沐浴,即今之休假。

◎ 其二(五律)

山雨樽仍在,	山雨来了,酒樽仍在我手中,
沙沉榻未移。[①]	沙地被雨水冲得向下沉陷,我还是没有移动座榻。
犬迎曾宿客,	这里的狗也欢迎我这个曾在这里住过几夜的客人,
鸦护落巢儿。[②]	老鸦在守护着巢里的雏鸟长大。
云薄翠微寺,[③]	山顶的翠微寺紧挨着白云,
天清皇子陂。[④]	晴朗的天空倒映在皇子陂的水下。
向来幽兴极,	每当我的幽兴到了极顶,
步屧向东篱。[⑤]	总是漫步走向园东的篱笆。

注释:

①《仇注》解释这句诗说:“尘封榻上,故云沙沉。”这与诗中所写情景不合。上一句说有“山雨”,则“沙沉”由于“山雨”明甚。酒意正酣,虽雨水冲得座旁沙地沉陷,也不愿移动座榻。这正显示出诗人任性狂放的神态。

② 旧注解说不一,译诗从《仇注》:“落巢,谓新生儿落巢中。或云鸦儿落地,或云新巢落成,俱非。”诗中写“犬”写“鸦”,不外是刻画山林的幽静。

③ 翠微寺,原名翠微宫,在终南山上。

④ 皇子陂,池泽名,在韦曲西。《仇注》引《十道志》:“秦葬皇子,起冢陂北原上,故名皇子陂。”因取土建高冢,故冢旁形成一片池泽。陂,音“卑”(bēi)。《诗·陈

风·泽陂》："彼泽之陂。"传："陂，泽障也。"疏："泽障谓泽畔障水之岸"。《说文段注》："陂得训池者，陂言其外之障，池言其中所蓄之水，故曰'叔度汪汪若千顷陂'，即谓千顷池也。"

⑤ 步屧，又作"步屣""步屐"。"屧"音"替"（tì），又音"卸"（xiè），本来是指一种木制的鞋，在这里用为动词，意思是缓步。陶潜诗："采菊东篱下"。这里以"东篱"代表何氏园林中最幽僻的地方。

◎ 其三（五律）

落日平台上，	落日向平台洒下余晖，
春风啜茗时。	这正是迎着春风品茶的好时光。
石栏斜点笔，①	斜持笔杆，往石栏上的砚池濡蘸，
桐叶坐题诗。②	坐着写诗，梧桐叶正伸到我身旁。
翡翠鸣衣桁，	翡翠鸟在晾衣的木架上啼叫，
蜻蜓立钓丝。③	蜻蜓轻轻停歇在钓丝上。
自今幽兴熟，④	如今我寻幽探胜的兴致最高涨，
来往亦无期。⑤	随时随地我在园中到处来往。

注释：

① 译诗根据王嗣奭《杜臆》中的解释："砚在石栏而身坐台上，故须斜点笔。点笔，以笔濡墨也。"

② 旧注解释这句诗为"题诗于桐叶"。不题诗于纸，也不题诗于壁，而曰题诗于桐叶，大可怪。疑"桐叶"是作诗的题材，或座旁正有桐叶。译诗不从旧说。

③ 翡翠、蜻蜓两句，显示出虫鸟的悠闲。诗人能看出这样的情景，也正表明诗人之悠闲；同时，也是表明环境的幽静。

④ 前一首诗中说“幽兴极”，这里又说“幽兴熟”，都是指游览幽景时兴致很高。

⑤ 来往，不是指到何氏园来游，而是指在园中小住时在园中到处来往。无期，没有一定的时辰。

◎ 其四（五律）

颇怪朝参懒，	我曾经颇为奇怪，将军为什么懒得朝见皇上，
应耽野趣长。	如今明白了，大概是沉湎于山野景色，兴致悠长。
雨抛金锁甲，①	金锁甲丢在雨里淋，
苔卧绿沉枪。②	绿沉枪横躺在青苔上。
手自移蒲柳，③	还亲自动手移栽蒲柳，
家才足稻粱。④	也不顾家里只有够吃的米粮。
看君用幽意，⑤	看您这种爱幽静的心意，
白日到羲皇。⑥	不用夜晚进入梦乡，白昼也能到淳朴的远古徜徉。

注释：

① 金锁甲，是以金线连缀鳞状铁片制成的铠甲。

② 绿沉枪，是一种长矛，漆成深绿色，故名。这两句诗是说何将军不把习武的事放在心上，是对前一卷《游何将军山林》第九首中“将军不好武”一句诗的进一步说明。

③ 蒲柳，又名水杨，生长在水边。

④ 这句诗是说何将军并非豪富之家，只是不愁衣食而已。这也表示何将军甘于俭朴生活。

⑤ 这里的“用”字，是崇奉、尊重的意思。《书·甘誓》：“用命赏于祖，不用命戮

于社”。

⑥ 羲皇，又作“牺皇”。《帝王世纪》：“太昊帝庖牺氏取牺牲（指牛羊等家畜）以充庖厨，是为牺皇。”陶潜《与子俨等疏》：“五六月中，北窗下卧，遇凉风暂至，自谓是羲皇上人。”“羲皇上人”指伏羲氏以前的太古时代人民，淳朴恬淡，后世用来指胸无俗念、屏绝尘世的高士。诗中的“到羲皇”，指达到“羲皇上人”的境界。

◎ 其五（五律）

到此应常宿，[1]	到这里来就该留下来过几夜，
相留可判年。[2]	主人留客恨不得留上一整年。
蹉跎暮容色，	我蹉跎度日，容颜已渐渐衰老，
怅望好林泉。	怀着怅惘，看着这美好的林泉。
何日沾微禄，[3]	什么时候我才能得到一点点俸禄，
归山买薄田。	让我能退隐归山，买上几亩薄田。
斯游恐不遂，[4]	这一趟来恐怕达不到目的，
把酒意茫然。	手拿着酒杯，心意茫然。

注释：

① 常，旧本作“尝”，《仇注》据邵宝本改。其实，“常”“尝”原可相通。如《汉书·高帝纪》：“高祖常繇咸阳。”即是一例。“尝”可解释为“经历”，这里是指住宿一个时期的意思。

② 朱鹤龄注：“古音多四声互用，唐人犹知此法。如‘判’字本去声，亦读平声。《吴越春秋》‘一士判死兮而当百夫’，王筠《行路难》‘含情蓄怨判不死’，是也。音义与‘拚’（今写作‘拼’）同。杜诗‘拚’字多作‘判’。此诗‘可判年’犹云可拚却一年耳。”按现代汉语的“拚”字有两音，读“贫”的阴平声（pīn），如“拼音”

的“拼”，但在“拼命”等词语中读“盼”（pàn）。“拼”古音读“奋”，读“翻”，意思与现代的“拼”字完全不同。看来“拼命”这一类用法是后起的，现在用作“拼”的地方，唐人用“判”。

③ 禄，即俸禄，担任官职所得的报酬。这句诗和下句紧紧相连，做官求禄的目的是为了买田归隐。归隐也得有收入才能生活下去，故有“买薄田”的想法。

④“游”字在这里不是指“游览”，而是指这次访问何将军园林之行。不遂，目的未能达到。

◎ 陪诸贵公子丈八沟携妓纳凉晚际遇雨二首[①]（五律）

落日放船好，	太阳下山时正好放船行驶，
轻风生浪迟。[②]	微风吹动了，波浪慢慢生起。
竹深留客处，	竹林幽深处是留客的地方，
荷净纳凉时。	荷花多明净，这时辰纳凉最合宜。
公子调冰水，[③]	公子搅和着杯里的冰水，
佳人雪藕丝。[④]	美人切开嫩藕，拭去藕丝。
片云头上黑，	头上突然飞来一片黑云，
应是雨催诗。[⑤]	要下雨了，该是这雨催人快些作诗。

注释：

① 据黄鹤注：“丈八沟，天宝元年韦坚所通漕渠。”这是一条人工开挖的运河，在长安城郊。今西安市西南十五里处有一条古漕渠遗迹，河道两岸有四个村庄，仍名“丈八沟”，唐代的“丈八沟”可能就在那里。当时是一个竹林掩映，荷净水清的好去处，成了贵公子们泛舟纳凉的胜地。妓，唐代指歌女、舞女之类，与今日“妓女”的概念不尽相同。杜甫这诗也是困处长安时所写，他在陪同贵家公子游宴时，心中

常常是苦痛的，但有时不免也会暂时忘却烦恼而愉悦片刻。这两首诗写黄昏泛舟纳凉，遭遇暴风雨的经过，富于生活情趣，色彩和音调都比较华丽，使人感到生活的美好。诗人毕竟是诗人，与那些携妓饮酒、寻欢作乐的公子哥儿不同，他并没有沉湎于欢乐之中，而是以一个旁观者的身份注视着人们的欢乐。不然，他就不会这样生动、真实地写出这次游乐时人们的活动和心态了。这样的诗还是很有审美价值的，不应因为所写的是贵公子的生活就贬低它。旧本谓“此诗年月难考”，只订为天宝末乱时作。按天宝十四载初夏，杜甫已送家属去白水，此诗当作于天宝十三载初夏。

② 迟，在这里是指“徐缓”，既指波浪起得缓慢，逐渐形成；也指波浪不大，浪头不高。

③ 调冰水，制作加冰的饮料。古代于冬日储冰于窖中，夏日取出供食用。译诗在“冰水”前加上“杯里”作定语，是为了使意思更明晰些。

④《仇注》：“《（孔子）家语》：‘黍以雪桃’。注：‘雪，拭也’。”“雪”字作“洗刷”解，现在也仍在用，只是限于“雪耻”“雪恨”这一类用语。为了易于理解，译诗中增加“切开嫩藕”这样的话。原诗也含有此意，只是在表达时略去了。

⑤ 这句诗应这样理解：贵公子们泛舟纳凉时原约定要作诗，暴风雨一来，纳凉之游将提前结束，诗也得提前交卷，于是说成是“雨催诗”。

◎ 其二（五律）

雨来沾席上，	雨洒进船舱洒到座席上，
风急打船头。	风一阵阵紧，吹打着船头。
越女红裙湿，	南方美女的红裙沾湿了，
燕姬翠黛愁。①	北国佳人为眉上涂的翠黛发愁。
缆侵堤柳系，	把船缆系在岸上，紧挨着堤柳，

慢卷浪花浮。　　帷幔垂落水面，卷着浪花飘浮。
归路翻萧飒，[②]　　归途上反而觉得凉风飕飕，
陂塘五月秋。[③]　　五月的堤塘上好像已是初秋。

注释：

① 越女、燕姬，就是诗题中所说的“妓”，“越”“燕”是她们的籍贯，译诗中写成“南方美女”“北国佳人”，不再把具体地名写出。翠黛，古代的化妆品，是一种青黑色的矿物颜料。

② 翻，意思与“反”同。因来时天热，风雨后归途天气变凉，所以诗中这样说。

③ 陂塘，指沟旁堤岸、河塘。参看本卷《重过何氏》第二首注④。

◎ 醉时歌[①]（七古）

诸公衮衮登台省，[②]　　大人先生们接连着登上台省，
广文先生官独冷。[③]　　只有广文先生的衙门清清冷冷。
甲第纷纷厌粱肉，[④]　　高门大户人家，一个个白米肥肉还嫌不可口，
广文先生饭不足。　　广文先生连充腹的饭也不够。
先生有道出羲皇，[⑤]　　先生的品德比伏羲氏时的人还高尚，
先生有才过屈宋。[⑥]　　先生的才华超过屈原和宋玉。
德尊一代常坎轲，[⑦]　　受一代人尊敬的长者道路却总是坎坷难走，
名垂万古知何用！　　纵然名传万世又有什么用处！
杜陵野客人更嗤，[⑧]　　我这杜陵野客更是被人瞧不起，
被褐短窄鬓如丝。　　布衫又短又小，鬓发白如丝。
日籴太仓五升米，[⑨]　　每天到太仓去买五升米，

时赴郑老同襟期。[10]	情意相投的郑老不时邀请我前去。
得钱即相觅，	他有钱就来找我，
沽酒不复疑。	买酒去，从来也不迟疑。
忘形到尔汝，[11]	我和他称兄道弟没一点顾忌，
痛饮真吾师。	他的好酒量真称得上是我的老师。
清夜沉沉动春酌，	静静的春夜里动了酒兴斟酒喝，
灯前细雨檐花落。[12]	檐前飘着细雨在灯光下一闪一闪像落花。
但觉高歌有鬼神，[13]	只要大声吟唱，就不知哪来一股力量使我精神焕发，
焉知饿死填沟壑。[14]	哪里想到会饿死，会被丢弃到山沟底下。
相如逸才亲涤器，[15]	文才卓越的司马相如还曾亲自洗涤过酒器，
子云识字终投阁。[16]	懂得方言、古字的扬雄竟然被吓得从阁上跳下自杀。
先生早赋归去来，[17]	先生早就想辞官，早就动了思乡的情怀，
石田茅屋荒苍苔。[18]	老家的沙砾地和茅屋已经荒芜了，生满了苍苔。
儒术于我何有哉？	儒术对我们又有什么用处？
孔丘盗跖俱尘埃。[19]	孔丘和盗跖一样都变成尘埃。
不须闻此意惨怆，	您听了这些心里也不必凄惨伤悲，
生前相遇且衔杯。	只要我们还活着，每次见面就先干上一杯。

注释：

① 诗题下有原注："赠广文馆博士郑虔。"天宝九载（750 年）七月，国子监增设广文馆，以郑虔为博士。郑虔能诗，善书，工山水画，曾书写自作诗并画献给玄宗，玄宗大加赞赏，题了"郑虔三绝"四个字。广文馆是国子监所属管领辞藻之士的机构，但从来不受重视，形同虚设，后因房屋失修倒塌，就不再修复，郑虔只能搬到国子监里去住。杜甫在长安时和郑虔成了好朋友，时常一起饮酒往来。黄鹤据《旧唐书》中记载的"天宝十二载秋，令出太仓米"，推断："诗言'日籴太仓五升米'，正其时也。当是十三载（754 年）春作。"这一年春季，也正是杜甫自东都附近的陆浑庄移家长安，定居下杜之时，与诗中自称"杜陵野客"相合。诗题作《醉时歌》，大概

是因诗中发了不少牢骚，对唐朝政治的腐朽从侧面作了揭露，突出地反映了士大夫阶层中一部分正直而有才能的人生活困苦之状和不幸遭遇，并对儒家的传统思想表达了怀疑与否定，怕引起世人的非难，才推托为醉后所作的吧。诗的语言极为流畅自然，似乎是脱口而出的，而形象却十分鲜明，给人以深刻印象。诗中表现的情感起伏变化，令人难测，但又令人时时被感染，在读者心中复制了诗人自己的感情经验。

② 诸公，指已经担任较高官职的人士，译诗中写作“大人先生”，仍是据古代习惯用，但可能较易被当代读者接受。衮衮，接连不断，众多。台省，指朝廷中的御史台和中书、门下、尚书三省，这是唐朝政府机构的核心部分。

③ 广文先生，指广文馆博士郑虔。冷，冷落、清冷，指官职，也指官署而言。

④《史记·武帝纪》：“赐列侯甲第”，《集解》：“有甲乙次第，故曰第。”后来遂称豪门贵家的住宅为“第”。甲第，指最高大豪华的住宅。

⑤ 羲皇，见本卷《重过何氏》第四首注⑥。

⑥ 屈宋，指战国时的大辞赋家屈原和宋玉。把郑虔和屈原相比，也许对郑虔的评价太高了。但不要忘记诗题是《醉时歌》，故诗人有意作失态语和谐谑语。

⑦ 坎轲，一作“坎壈”，意思相似。现在“坎轲”写作“坎坷”，本义为道路不平坦。

⑧ 杜陵野客，与“杜陵野老”相似，杜甫自称。参看第二卷《投简咸华两县诸子》注③。

⑨ 太仓，京师储粮的仓库，唐代属司农寺管辖。参看注①。

⑩ 同襟期，有人把它理解为一个词组，意思是“襟怀性情相同”；有人把“期”字理解为“邀约”，“同襟”是“怀抱相同的人”，即知己朋友。诗句中有一动词“赴”，“赴……期”，即“赴……的约会”。只有采取后一种理解，在语法上才说得通。同襟，一作“同衾”，义相近。

⑪ 郑虔比杜甫的年龄大得多，但两人友谊亲密，不拘形迹，不讲客套，相互以平辈用的第二人称代词“尔汝”相称。译诗以“称兄道弟”来表达这种亲密关系。

⑫ 有人认为“檐花”是实说，是指屋檐下的花。王嗣奭在《杜臆》中说：“檐水落而灯光映之如银花。余亲见之，始知其妙。今注者谓近檐之花，有何意味。”译诗从

王说。

⑬ 过去的注家把这句中的“有鬼神”和“动天地，感鬼神”“惊天地，泣鬼神”等语看作同义，殊不知这诗句中的“有鬼神”并非如前面所引两语中的“鬼神”那样是被动者，而是冥冥之中推动人“高歌”的主动者，是一种超人的力量。诗人兴来高歌，亦不知其所以然，仿佛是“鬼使神差”似的。

⑭ 填沟壑，谓灾年或乱世，黎民相率饿死，无人埋葬，抛尸山沟山壑之惨事。《左传·昭十三年》：“小人老而无子，知挤于沟壑矣。”后来广泛用于表示荒乱之年人民的不幸结局。

⑮ 相如，司马相如。他与卓文君同居后，为卓父所不容，曾在临邛市集上开小酒店谋生，卓文君当垆，司马相如自己洗涤酒器食具。

⑯ 子云，汉代著名辞赋家扬雄的字。扬雄著有《方言》一书；又识古文奇字，曾教授刘歆子刘棻。后刘棻因献符命得罪，牵连到扬雄。治狱使者来收捕扬雄时，扬正在天禄阁校书，闻讯自投阁下，几死。诗中以司马相如、扬雄等有文才的人所遭遇的不幸来概括一代杰出人才的困厄和痛苦。

⑰ 晋陶潜迫于生计，曾任彭泽县令，后又决心弃官归隐，作《归去来辞》。这里以“赋归去来”表示弃官回乡的心愿。

⑱《左传·哀公十一年》：“得志于齐，犹获石田也，无所用之。”“石田”，是指多沙砾的瘦瘠田地。

⑲ 盗跖，即柳下跖。春秋末，曾聚集逃亡奴隶反对富人，当时的统治阶级称他为“盗跖”。《庄子》外篇有《盗跖篇》，其中虚构了一个孔子与盗跖打交道的故事。这诗中把统治者奉为圣人的孔丘与被当作盗贼的柳下跖并列，认为他们的德行悬殊，最后都不免一死，化为尘埃。旧时注家被杜甫这句诗吓坏，千方百计为杜甫这位诗圣辩解。其实杜甫并无贬低孔子、抬高盗跖之意，而只是表达了一种虚无的思想。何况，这不过是他一时的愤慨语而已，诗题作《醉时歌》，实际已是声明在先：诗中说的话并不能算数的。不过，对当时现实极端不满毕竟是诗人的真实思想，也不能因此而否定。

◎ 城西陂泛舟[1]（七律）

青蛾皓齿在楼船，[2]	翠眉玉齿的美人在楼船上歌舞，
横笛短箫悲远天。[3]	动听的横笛短箫声飘向远方蓝天。
春风自信牙樯动，[4]	听任春风把帆樯推动，
迟日徐看锦缆牵。[5]	在缓缓升起的太阳下看锦缆徐徐牵动游船。
鱼吹细浪摇歌扇，	鱼儿吹气掀起细浪，歌女手中的团扇轻轻摇颤，
燕蹴飞花落舞筵。[6]	飘飞的花瓣被燕子碰落在舞席前。
不有小舟能荡桨，	要没有荡着桨来回奔忙的小船，
百壶那送酒如泉。	怎能给这楼船送来百壶美酒，源源不断如涌泉。

注释：

① 城西陂，长安城西的一处池泽，有人认为就是著名的渼陂（详见下一篇诗的注①）。这诗是写在城西陂水上泛舟的情景。杜甫写这一类题材的诗，一般都写明举办游宴的主人姓名官职，有时连主要宾客也列出，这首诗却没有这样写。从诗的内容看，也不像诗人和几个好友的小游，而是宾客众多的盛大游乐活动，有歌舞伎，有送酒的小船，很难判断这次游乐的性质。诗中也没有直接写出作者的感受和评论，只是最后暗示了一个道理：这样豪华的酒宴，如果没有送酒的小船和划桨的人也没法办成。用这样两句诗来结束，便赋予全诗的内容以较深刻的意蕴，这诗当作于天宝十三载春。

② 根据下面所写到的箫、笛、歌扇，可知这里的“青娥皓齿”是指歌女、舞女等。青娥，即青黛色的娥眉，与“皓齿”同作美女的借代语用。译诗中写出“歌舞”两字，使意思更明白些。浦起龙认为，这句诗中所说的美人是“御楼船之主人”，可与《丽人行》相比，认为诗人“必隐然有所感叹矣，意盖在于诸杨也。”“隐然有所感叹”，这是自然的，但意“在于诸杨”却未必。因为诗人不是旁观者，而是城西陂泛舟游宴的参加者。这从诗题及诗的内容中可以看出。

③ 悲，言声音之美，动听感人。参看第四卷《自京赴奉先县咏怀五百字》注㉚。

④ 信，意思是“任”，任随，任便，听任。牙樯，船桅的美称，总不可能真的是用象牙来装饰桅杆的。这里是以“牙樯”来借代豪华的游船。

⑤《诗·豳风·七月》：“春日迟迟。”传：“舒缓也。”

⑥“筵”的本义是竹席，孙贻让《周礼正义》：“筵长席短，筵铺陈于下，席在上，为人所坐藉。”今称酒馔为筵席，是用“筵席”的转义。舞筵，舞蹈者脚下垫的席子。

◎ 渼陂行[①]（七古）

岑参兄弟皆好奇，[②]	岑参兄弟都喜爱奇特景色，
携我远来游渼陂。	他们带着我远道来游渼陂。
天地黤惨忽异色，[③]	天地突然变色，呈现一片阴暗，
波涛万顷堆琉璃。[④]	万顷水面上浪涛堆叠起一片片琉璃。
琉璃汗漫泛舟入，	船已经驶入琉璃般的浩瀚波涛，
事殊兴极忧思集。[⑤]	这意外危险打断游兴引起百忧交集。
鼍作鲸吞不复知，[⑥]	谁知道会不会遭到鼍、鲸的攻击，
恶风白浪何嗟及。	对着狂风恶浪心里后悔不及。
主人锦帆相为开，[⑦]	主人突然大叫“快把锦帆给我打开”，
舟子喜甚无氛埃。[⑧]	船工也高兴起来，天上不再有云霾。
凫鹥散乱棹讴发，[⑨]	水面上野鸭纷纷飞散棹歌起，
丝管啁啾空翠来。[⑩]	丝管吹奏，一片绿色光影迎面扑来。
沉竿续缦深莫测，	这陂水多深，连接起竹篙长绳也探不到底，
菱叶荷花净如拭。	菱叶、荷花像经过揩拭一样洁净。
宛在中流渤澥清，[⑪]	真像到了澄清的海湾中心，
下归无极终南黑。[⑫]	无底的深水上映出终南山的黑影。

半陂以南纯浸山，	陂池渡过一半，南边的山脚都被陂水淹浸，
影动袅窕冲融间。[13]	山影在广阔水面上动荡，徐缓轻盈。
船舷暝戛云际寺，[14]	昏暗中，船舷擦过云际寺的阴影，
水面月出蓝田关。[15]	蓝田关上升起的月亮在水面辉映。
此时骊龙亦吐珠，[16]	这时，骊龙也吐出了明珠，
冯夷击鼓群龙趋。[17]	冯夷敲起大鼓，群龙从四面八方来会聚。
湘妃汉女出歌舞，[18]	湘妃汉女一齐出水歌舞，
金支翠旗光有无。[19]	金色的旗杆翠绿的旗，像时明时灭的火炬。
咫尺但愁雷雨至，	可是那咫尺之外就是乌云，怎能不担心暴雨骤然来到，
苍茫不晓神灵意。	渺茫的神灵心意谁也不能知晓。
少壮几时奈老何，	青春怎能长在，怎能抵拒衰老到来，
向来哀乐何其多！	从来就是这样，人一生中有多少欢乐和悲哀！

注释:

①《长安志》:“渼陂，在鄠（今写作‘户’）县西五里，出终南山诸谷，合胡公泉为陂。”胡松《游记》:“渼陂上为紫阁峰，峰下陂水澄湛，环抱山麓，方广可数里，中有芙蕖凫雁之胜。”现在这个池泽已不存在，据旧注所引资料，元末由于游兵决水取鱼，陂已干涸为田地。天宝十三载（754 年）夏，岑参兄弟邀杜甫同游渼陂。意外遇到了一场暴风，陂水掀起恶浪，天空满是乌云，渼陂呈现出奇异骇人的景色，使游人感到恐怖而又奇幻。杜甫久困长安，心情抑塞，又忧心国事，对这次惊险的经历更是印象深刻，引起许多联想和想象。于是，他在这诗中把渼陂风光写得迷离恍惚，光怪陆离，壮丽而又诡异，辉煌而又阴沉恐怖，可称得上是一篇浪漫主义色彩浓烈的杰作。

② 岑参，盛唐著名诗人。天宝三载举进士，天宝八载随高仙芝去安西，任安西四镇节度使幕掌书记，次年回长安。天宝十三载三月，又随封常清去安西北庭，任北庭节度使判官。他在边疆写了不少脍炙人口的边塞诗。这首诗所述游渼陂事在岑参去北庭之前。诗中所写是夏天景象，故可订此诗作于天宝十二载（753 年）夏。岑参兄弟五人，依次为岑渭、岑况、岑参、岑秉、岑亚。其中除岑参外，只有岑况稍有文名。

因此有人认为诗中所说的“岑参兄弟”，是指岑参和岑况。好奇，不是指通常所说的好奇心，而是指爱好奇美的自然风景。

③ 黤，音“晻”（àn），阴暗不明；惨，在这里也作色暗解。按“惨”是“黪”字的通假字，“黪”的本义与“黤”相同，都是指青黑色。诗中以“黤惨”一词表示阴云密布时的天气。

④ 琉璃，汉代即有此名称，原称“璧琉璃”，是古梵文的音译。指的是一种类似玻璃的半透明软质材料，是以扁青石烧炼而成的，通常用来做灯及装饰品。诗中用来指陂池中的波浪。

⑤“兴极”的“极”不是指“最高点”，而是指穷尽、终极，也就是终止的意思。如《吕氏春秋》的《大乐》：“极则复返”，又前书《制乐》：“众人焉知其极”，都是“穷尽”的意思。在这句中，是说游兴被打断。

⑥ 鼍，即今之扬子鳄。陂池中通常不可能有鲸、鼍，这句诗说的是有覆舟丧命的危险。

⑦ 主人，指岑参兄弟。锦帆相为开，实际上是主人吩咐船工所为。译诗中用直接引语的形式来表达。

⑧ 氛，原义指凶气。氛埃，指阴云、云霾。

⑨ 凫，野鸭。鹥，也是野鸭一类的水鸟，有人说就是鸥。

⑩ 啁啾，鸟鸣声，这里指音乐声。空翠，树色山影。由于船在行进，树色山影渐渐靠近，故觉“空翠来”。

⑪ 司马相如《子虚赋》：“浮渤澥”。应劭注：“渤澥，海之别枝也。”我国现代名为“渤海”的海湾，古代称“渤澥”，原为普通名词，后来逐渐变成专名，写作“渤海”。所谓“海之别枝”，就是指面积较大的海湾，它与海的关系如支流之于大河川。

⑫ 无极，无底。终南黑，指终南山的黑色倒影。

⑬《仇注》：“袅窕，山影动摇；冲融，水波平静。”袅，音“鸟”（niǎo），与“嫋”通。窕，音“遥”（yáo），通“姚”；两字俱为柔美之貌，多用于动态美，译为“徐缓轻盈”。冲融，旧解作“弥沦布濩之状”，与“弥漫”一词近义；这里似乎是“冲瀜”的另一写法，冲瀜，水深广貌，故译为“广阔水面”。

⑭《长安志》：“云际山大定寺在鄠县东南六十里”。距渼陂很远，船不可能经过寺前。

诗中的云际寺可能是另一佛寺，施鸿保《读杜诗说》云："云际之寺，远影落波，船舷经过，如与相戛。"《仇注》："戛，轹也，谓船舷经过之声。""戛"与"透、轹、捺"诸字都是塞擦音，缘音求义，"戛"可解释为"擦过"，而不必指摩擦的声音。诗中所写是诗人的主观感受，不宜看作实际情况。

⑮ 蓝田关，在蓝田县东南，即峣关。《仇注》引《雍录》："峣关，在渼陂东南。"

⑯《庄子·列御寇》："夫千金之珠，必在九重之渊而骊龙颔下。"骊龙，就是黑龙。《仇注》解释这句诗说："红火遥映，如骊龙吐珠。"这灯火是来自何处的呢？在诗中找不到根据。前一句说"月出"，月影映于水面，这不是水中骊龙所吐之珠吗？似乎这样理解更好些。

⑰ 冯夷，水神。《山海经》及郭璞《江赋》都写作"冰夷"。因此，"冯"字似应读"凭"（凭）或"冰"。但另一些书中则有说"冯"是姓，"冯"仍应读原来的字音。

⑱ 湘妃汉女，都是神话中的水上女神。湘妃，指舜的两个妻子娥皇、女英，舜死于苍梧，两女蹈水死，后被奉为湘水之神。汉女，指汉水的女神。《诗·周南·汉广》："汉有游女，不可求思"。"游女"就是在水波上飘行的汉水女神。这里前后几句诗都写幻想境界，是苍茫暮色中的自然光影与主观幻觉的结合，表现出了一种奇幻的美。

⑲ 金支，金色的旗杆。"支"与"枝"通。"光有无"的"光"，指"金支翠旗"发出的光辉。译诗中以"火炬"作比喻。

◎ 渼陂西南台[①]（五古）

高台面苍陂，	高台正对着暗绿的陂水，
六月风日冷。	六月晴天刮风时也令人感到寒意。
蒹葭离披去，	芦苇被吹得散乱倒伏，
天水相与永。	天和水永远这样相连相依。

怀新目似击，[②]	盼望着未来的一切，好像已经看见，
接要心已领。[③]	悟出的深刻道理已显现在心里。
仿象识鲛人，[④]	借助想象，我仿佛看见水底鲛人，
空濛辨鱼艇。	迷蒙的远方能分辨出渔船的影子。
错磨终南翠，[⑤]	苍翠的终南山被水波磨荡出皱纹，
颠倒白阁影。[⑥]	白阁山颠倒过来映现在水底。
崷崒增光辉，[⑦]	高峻的山岗变得更光辉美丽，
乘陵惜俄顷。[⑧]	只可惜在登临时光阴转瞬逝去。
劳生愧严郑，[⑨]	想起严君平、郑子真，我这样忙忙碌碌实在惭愧，
外物慕张邴。[⑩]	也羡慕张仲蔚和邴曼容，他们能把身外万物抛弃。
世复轻骅骝，[⑪]	世间并不重视日行千里的骅骝，
吾甘杂蛙黾。[⑫]	我甘愿和青蛙蛤蟆混杂在一起。
知归俗所忌，[⑬]	我想归隐，这样会受世俗嫌忌，
取适事莫并。[⑭]	但什么事情能同求舒心适意相比。
身退岂待官，[⑮]	我哪里是想做了官以后再退隐，
老来苦便静。[⑯]	只是渐渐老了，有些怕清静孤寂。
况资菱芡足，[⑰]	何况也要等菱角、芡实积蓄充足，
庶结茅茨迥。[⑱]	才能到僻远地方盖座茅屋居住。
从此具扁舟，	到那时就去买下一叶扁舟，
弥年逐清景。[⑲]	整年整月去追寻清幽的景致。

注释：

① 这首诗与《渼陂行》的风格迥然不同。前一首诗是激情的，奔放的，幻想的，而这一首诗则是冷静的，严谨的和深思的。诗的前一半写在渼陂西南台上观看到的景色，后一半反省自己的立身行事，考虑今后所要走的道路。如果说《渼陂行》使我们想起屈原，想起李白的话，那么这一首诗就使我们想起谢灵运，想起陶潜。不过，杜甫毕竟是杜甫，他的作品有多样化的风格，他的思想包含着多方面的矛盾，而这一

切的总和才是杜甫本人。这首诗与《渼陂行》不是同时所作，大概写于天宝十三载（754 年）六月。

② 陶潜《癸卯岁始春怀古田舍》："平畴交远风，良苗亦怀新"。怀新，是寄希望于未来。目似击，似乎眼已看见。

③《孝经》："先王有至德要道。"接要，就是领会要道。

④ 木华《海赋》："仿像其色"。"仿像"也写作"仿象"，指在心中模拟其形象，意思与"想象"相近。据《搜神记》所述，南海有鲛人，水居如鱼，从事纺织，时常从水中出来，出售所织的绡。又说鲛人流泪成珠。这是一种半鱼半人的生物，是神话中的事物，本不可见，但水面景色激起诗人的幻想，似乎看到了"鲛人"。

⑤ 错磨，指山影受水波动荡的影响而变形。终南翠，指翠色的终南山倒影。

⑥ 白阁，即白阁峰。鄠县东南有紫阁、白阁、黄阁三峰。渼陂在白阁峰下。

⑦ 崷崪，音"酋族"（qiú zú），山势高峻貌，因为夕阳照耀山峰，故"增光辉"。

⑧ 乘，意思是升。乘陵，即登山，这里是指登渼陂西南台。俄顷，时光之短暂。

⑨ 嵇康《幽愤诗》："仰慕严郑，乐道闲居。"严，严君平，汉朝蜀人，在成都市上卖卜，日得百钱，即闭肆而读《老子》。扬雄曾称赞他"不作苟见，不治苟得，久幽而不改其操"。郑，郑子真，名朴，汉朝著名隐士。

⑩《仇注》引傅亮诗："张邴结晨轨"。又引邵注："张、邴俱汉人。张仲蔚，所居蓬蒿没人；邴曼容，免官养志自修。"两人也都是隐士。

⑪ 骅骝，良马名，传说是周穆王的八骏之一。这里是比喻杰出的人才。

⑫ 黾，古音读"毋耿切"，"梗"韵，现代读"免"（miǎn），意思是较大的蛙，有人说即青蛙，而"蛙"，则泛指蛙类，包括蟾蜍、雨蛙、山蛤等。译诗把"蛙黾"写作"青蛙蛤蟆"。在这里是指凡庸的人。这句诗的意思是，自己虽有才能，但宁愿与一般人一样生活，不愿得到高官厚禄，也含有愤慨的情绪。

⑬ 俗所忌，被世俗嫌恶。一作"俗可忽"，意思是世俗的丑恶可以不去理睬。从思想境界来看，前者似较好。

⑭ 取适，追求心意顺适。事莫并，没有其他的事可与之相比。"取适"又作"取足"，

求知足。似也以前者较好。

⑮ 这句诗中表达的思想和（本卷）《重过何氏》第五首中“何日沾微禄，归山买薄田”正相反。但这也并不奇怪，一个人在不同境遇中往往有不同的想法。

⑯ 谢灵运诗：“拙疾相倚薄，还得静者便。”“静便”“便静”相同，都由这句诗而来。原意指生活安适、恬静。这诗里以“便静”为苦，是把安适、恬静看作了孤寂，这正表达出诗人当时不甘寂寞的心态。《九家注》本“苦便静”作“若便静”，虽也可解释，但嫌勉强。

⑰ 菱、芡，都是水生植物，果实可食用，诗中借代杂粮。

⑱ 茅茨，茅舍。茨，原义是草盖的屋顶。迥，远，这里指距尘世遥远的地方。

⑲ 弥年，整年。

◎ 与鄠县源大少府宴渼陂[①]（五律）

应为西陂好，[②]	该是由于这西陂风光太美好，
金钱罄一餐。	才不惜把钱花光来大吃一餐。
饭抄云子白，[③]	匙里的饭白得像碎云母，
瓜嚼水精寒。[④]	甜瓜嚼在嘴里跟水晶一样寒。
无计回船下，	想掉转船头上岸却没办法，
空愁避酒难。	我空着急，要逃避饮酒可太难。
主人情烂熳，[⑤]	主人的情意这样深厚，
持答翠琅玕。[⑥]	答谢他就用我写下的这诗篇。

注释：

① 少府，对县尉的尊称。“源”是姓，“大”是行第，即兄弟辈中最年长者。他在渼陂

游船上设宴款待杜甫等人。岑参的诗集中也有一首《与鄠县源少府泛渼陂》，看来他也是这次游宴的参加者。作诗的时间大概与《渼陂行》同一时期，也是天宝十二载（753 年）夏季，因为次年三月，岑已去安西封长清幕，不在长安。在这首答谢诗中，诗人没有抒发自己的情怀，但写主人殷勤待客之状，从而表达了感谢之意。

② 西陂，即城西陂，渼陂的又一别名。

③ 抄，在这里是动词，即以匙取饭的动作。“匙”在今日江南一些地区的方言中仍说成“抄”。译诗中以名词“匙”来表达原诗中动词“抄”的意思。葛洪《丹经》：“云子，碎云母也。”

④ 水精，即水晶。

⑤ 烂熳，词义常因运用的不同场合而异。第五卷《彭衙行》中有“众雏烂熳睡”之句，其中的“烂熳”，意思与此相近，都是表明深度。烂熳睡，形容睡眠酣深，情烂熳，形容情意深厚。

⑥ 张衡《四愁诗》：“美人赠我青琅玕，何以报之双玉盘”。这诗中的“翠琅玕”也就是“青琅玕”，是一种深绿色的玉石，用来比喻主人深厚情意。译诗中未写出“翠琅玕”这个词。持答，即“持此答”的省略。被省略掉的“此”，就是作者所写的这首诗。

◎ 赠田九判官梁丘[①]（七律）

崆峒使节上青霄，[②]	来自崆峒山的使臣登上青云霄，
河陇降王款圣朝。[③]	一位降王到河西陇右来访问大唐。
宛马总肥秦苜蓿，[④]	秦川的苜蓿总能喂肥大宛马，
将军只数汉嫖姚。[⑤]	哥舒将军只有汉朝霍去病比得上。
陈留阮瑀谁争长，[⑥]	高适如陈留阮瑀谁能跟他争强，
京兆田郎早见招。[⑦]	您京兆田郎早把他招来荐给主将。
麾下赖君才并美，	正是靠您，主将麾下全都是美才，

独能无意向渔樵？[8]　　难道不想再到渔樵中把人才寻访？

注释：

① 田梁丘，排行第九，任哥舒翰幕府判官。哥舒翰于天宝六载（747 年）任陇右节度使，十二载（753 年）兼河西节度使。天宝十三载，吐谷浑苏毗王款塞归顺，玄宗诏令哥舒翰接应，翰迎苏毗王于磨环川。据陈廷敬考证，天宝十三载，史书未载哥舒翰入朝事，田梁丘可能是奉主将命入朝报命。杜甫与他认识了，赠给他这首诗。高适进入哥舒翰幕府，大概也是田梁丘介绍的，因此杜甫也想请田推荐，到边疆为国效力。诗中称颂哥舒翰的功勋和田梁丘所起的作用，暗示了自己的心愿。看来后面一首投赠哥舒翰的排律就是通过田梁丘送给哥舒翰的。但这一次献诗干谒并未得到结果。

② 崆峒山，唐代属陇右道，据《旧唐书》山在岷州溢乐县西二十里。在今青海省贵德县东南。诗中以崆峒山来借代哥舒翰幕府的驻地。使节，通常指皇上派驻各地的方镇重臣，但这里是指哥舒翰的判官田梁丘。这句诗中的“青霄”是指朝廷，上青霄，就是上朝廷朝见皇帝。

③ 河陇降王，指吐谷浑（音“突玉浑”tū yù hún）的苏毗王，因当时吐谷浑族的居住处接近河西、陇右一带地方，故称“河陇降王”。参看注①。苏毗王款塞事，见《唐书・王思礼传》。

④ 苜蓿，牧草名，是马的优良饲料。宛马，大宛马，这里是指田梁丘及其随从所乘的马匹。他们来到了长安，所以他们的马吃饱了秦地的苜蓿。

⑤ 汉嫖姚，指西汉名将霍去病，屡次打败匈奴，立功边境，授嫖姚校尉。诗中以霍去病比哥舒翰，用这样的方式来赞颂哥舒翰。嫖姚，《汉书》作“票姚”，《史记》作“剽姚”，意思是劲疾貌，读音也说法不一，有人说两字俱应读去声，有人认为都应读平声。

⑥ 阮瑀，字元瑜，陈留人，曾任曹操军谋祭酒，工文章，为建安七子之一。杜甫不止一次以阮瑀来借代高适，除了这首诗而外，本卷《送蔡希鲁都尉还陇右因寄高三十五书记》一诗，其中“好在阮元瑜”之句，也是以阮瑀来代表高适。

⑦ 京兆田郎，原是指东汉灵帝时的田凤，由于他容仪端正，得到灵帝的宠爱，人称之

为“京兆田郎”。这里是借用来称田梁丘，也寓赞美之意。“见招”的“见”字，在这里并非指被动的语气，而是强调其已成事实，并非说田郎被招，而是说田已招高适到哥舒翰幕府。

⑧ 这句诗是暗示盼望田梁丘向哥舒翰推荐自己。杜甫当时未授官职，故以渔樵自居。

◎ 投赠哥舒开府翰二十韵[①]（五排）

今代麒麟阁，[②]	当代如果要建麒麟阁表扬功臣，
何人第一功？	那么是谁立了第一大功？
君王自神武，	皇上原本是神武的君主，
驾驭必英雄。	他驾驭的人必定个个是英雄。
开府当朝杰，[③]	您这位开府是今天朝廷里的豪杰，
论兵迈古风。[④]	您指挥作战有古代兵家遗风。
先锋百战在，	亲自打前锋，经历过千百次战斗，
略地两隅空。[⑤]	夺取两处边境失地，把敌人一赶而空。
青海无传箭，[⑥]	青海不再传来调兵的令箭，
天山早挂弓。[⑦]	天山下的驻军早就挂起雕弓。
廉颇仍走敌，[⑧]	您像廉颇，年老了还能追逐敌兵，
魏绛已和戎。[⑨]	又像魏绛，已经安抚了西戎。
每惜河湟弃，[⑩]	我常为抛弃了河湟大片土地惋惜，
新兼节制通。[⑪]	你一兼任了节度使就把向西的道路打通。
智谋垂睿想，[⑫]	您的智谋引起了皇上的关注，
出入冠诸公。[⑬]	出入朝廷的文臣武将里您最受皇上重用。
日月低秦树，	日月向秦川的树木低倾，

乾坤绕汉宫。[14]	辽阔的天地环绕着大唐的皇宫。
胡人愁逐北，[15]	胡人担心被打败被赶得更远，
宛马又从东。[16]	大宛马又源源不断由西向东。
受命沙场远，	您奉诏在遥远的战场上御敌，
归来御席同。[17]	回朝时得到皇上赐宴的光荣。
轩墀曾宠鹤，[18]	虽然皇上曾像卫懿公那样，错误地宠爱过白鹤，
畋猎旧非熊。[19]	而您是文王打猎时遇见的姜太公。
茅土加名数，[20]	皇上赐给您土地连同在籍的农民，
山河誓始终。	指着山河发誓，始终对您信任恩宠。
策行遗战伐，	实行了您的策略就不用再征伐，
契合动昭融。[21]	君臣心意相投，国运将长久亨通。
勋业青冥上，	您的功勋业绩比青天还高，
交亲气概中。	从您的神态里，对部下亲切和融。
未为珠履客，[22]	我还不是您府上穿珠履的贵客，
已见白头翁。	可看起来已经像个白发老翁。
壮节初题柱，[23]	当初我离开家乡时曾像司马相如那样题柱立志，
生涯独转蓬。[24]	至今生活无依就像随风转的枯蓬。
几年春草歇，[25]	好几年眼看春草悄悄枯萎，
今日暮途穷。	如今更是日暮途穷。
军事留孙楚，[26]	您留下孙楚那样的人做参军，
行间识吕蒙。[27]	还从行伍里识别出吕蒙似的英雄。
防身一长剑，	我曾想靠一柄长剑来防身，
将欲倚崆峒。[28]	如今将倚靠高峻的崆峒。

注释：

① 哥舒翰是突厥族的后裔，世居安西，受过儒家的教育，好读《春秋左氏传》及《汉

书》。起初，从王忠嗣为衙将，作战骁勇，屡立战功。在对吐蕃的战争中，取得重大胜利，累擢陇右、河西节度使，进封平西郡王。天宝十一载加开府仪同三司。所谓“开府”，原来是指开设府署，设置官属，在唐代发展成为一种荣誉性的官位名称；仪同三司，指政治地位、仪仗等与太尉（或称“大司马”）、司徒、司空相同。安禄山叛变后，唐朝军队退守潼关，大将封常清与高仙芝因兵败被诛，哥舒翰奉命继守潼关。坚守数月后，被迫出关作战，全军覆没，被俘降敌，后又被叛军所杀。他的名声并不好，但史籍记载表明他也有不少优点。杜甫在这诗中对于他的称颂并非全是谀词，有些地方写得情感真挚，表明当时的确是对他存有厚望的。诗中所写的“略地两隅空”事，当包括收黄河九曲部落，置洮阳、浇河两郡的事，这事发生于天宝十二载：“茅土加名数”句是指封河西郡王的事，发生于天宝十三载。由此可以推知这首诗应写于天宝十三载（754 年）。

② 麒麟阁，见第二卷《前出塞》第三首注②。

③ 开府，指哥舒翰。参看注①。

④ 论兵，通常多指议论军事行动，但也可用来指实际指挥作战。由于哥舒翰是屡经战场的老将，因此用后一种解释为宜。

⑤ 旧注家有认为“两隅”是指河西和陇右两地的，但后面紧接着的两句分述青海和天山两地的战绩，把“两隅”理解为青海和天山较合理。略地，夺取土地。

⑥《九家注》：“赵云：胡人每起兵则传箭为号。”这诗中的“传箭”是指青海前线军队调兵增援的信号。因为敌人不敢进犯，没有军事行动，故无“传箭”。这种“传箭”的形式与通俗小说中的“令箭”类似，故译诗中用了“令箭”一词。

⑦ 挂弓，喻无战事。

⑧ 廉颇，战国时期赵国的名将，年老时尚请缨作战，赵王终因其老迈而未起用。这诗里是称赞哥舒翰虽已年老，但还担负御敌的重任。

⑨ 据《左传・襄四年》载，魏绛说晋悼公和戎有五利，悼公悦，使魏绛与戎人议和，赐女乐二八，歌钟一肆。这诗中所说的“戎”，是指吐谷浑等边疆民族。高步瀛在《唐宋诗举要》中解释这句诗和前一句时引吴曰：“此两句当一气读，言廉颇虽老，仍可走敌，而魏绛已和戎罢战矣。”并加按语：“如此解‘仍’‘已’二字，神理方合，魏绛泛指朝臣，非谓翰也。”这样来理解恐未必正确。哥舒翰虽以不惜牺牲士卒

生命进攻吐蕃著称，但他也并非没有和抚外族的事迹，如前一篇诗中说到的“降王款塞”就是一例。《仇注》认为“兼引廉、魏者，言战与和均善也。”译诗从仇说。

⑩ 河湟，指湟水和黄河上游的河曲地区。在青海湖东南，今青海省龙羊峡一带，古代称为“九曲”。唐睿宗景云年间，遣金城公主嫁吐蕃赞普和亲，以“九曲”一带国土为陪嫁的“汤沐地”。从此九曲被吐蕃占领，成为入侵中国的跳板。“河湟弃”就是指这事。天宝十二载，哥舒翰攻破吐蕃洪济、大漠门等城，收复九曲地，置洮阳、浇河二郡，筑神策、宛秀二军，河湟遂与长安相通。

⑪ 新兼节制，指天宝十二载哥舒翰加河西节度使的事。节制，指节度使。

⑫ 睿想，犹言“圣眷”，指皇帝的关心、注意。

⑬ 诸公，指文、武大臣。

⑭“日月”“乾坤”两句，象征唐朝政权的振兴、巩固。

⑮ 逐北，追逐败兵。北，战败。这句诗是说吐蕃担心战败被驱逐。

⑯《汉书·礼乐志》载《天马歌》：“天马来，历无草；经千里，循东道。”这诗中的“宛马”，即大宛马，汉武帝时称为“天马”。从东，指“循东道”而来，即自西域向东来到长安。译诗中写明“由西向东”。

⑰ 据《旧唐书》，天宝十一载冬，哥舒翰与安禄山同时来朝，玄宗为了使两人和解，派高力士为代表，在京城东崔惠童驸马山池赐宴款待两人。这就是所谓“御席同”。这句诗说的是哥舒翰深受皇帝的恩宠。

⑱ 春秋时期，卫懿公爱鹤，使鹤乘轩车。诗中借喻皇帝曾宠爱不该信任的人如安禄山等。

⑲《史记·齐世家》述周文王知遇吕望（即姜尚）事：文王出猎之前占卜，卜辞预言将遇见一“非龙非彲非虎非罴（一作‘非熊’）”之物，后果遇见吕望，载之以归。这诗中以“非熊”来代表吕望，并以吕望来比喻哥舒翰。

⑳ 古代帝王分封诸侯时，以白茅草色土壤作为土地的象征赐给诸侯，称为“茅土之荐”。名数，指与土地连在一起的“地著”之民，即不能随意离开土地，被强制为诸侯耕种土地的农民。

㉑《诗·既醉》：“昭明有融。”注：“融，长也。”天既光大汝成王以昭明之道，甚有长

也。昭融，指政权的昌明与长久。契合，谓君臣契合，相互理解信任，诗中指哥舒翰得到皇帝的信任与重用。

㉒ 楚国的春申君有门客三千人，其中最受尊敬与优待的上客脚着珠履。后遂以“珠履客”喻受到王侯优待的门客。诗中以“珠履客”喻哥舒翰幕府中受到厚遇的僚佐。

㉓《成都记》：“司马相如初西去，题升仙桥柱曰：‘不乘驷马车，不复过此桥。’后果乘传过此桥。”这里以司马相如的“题柱”来代表立定大志，不达到志愿不回故乡。

㉔ 曹植《吁嗟篇》：“吁嗟此转蓬，居世何独然？”转蓬，即飞蓬，一种野草。常用来比喻人失去根株，漂泊无定所。

㉕ 梁元帝诗：“既看春草歇，还见雁南飞。”这句诗是说虚度了几年光阴。

㉖ 据《晋书》，孙楚字子荆，为石苞参军，以能诗赋著名，《昭明文选》中录存他的题为《征西官属送于陟阳候作诗一首》的五言古诗。负才气，善机变，后因触犯了石苞而被解职。这诗中说“留孙楚”，是赞美哥舒翰爱护人才，能容人。

㉗ 据《三国志・吴书》，吕蒙在行伍之中受孙策赏识，被提拔做军官，后来成了吴国的大将。这诗中说“识吕蒙”，是称赞哥舒翰善于识别人才、提拔下属。哥舒翰曾任严武、吕諲为判官，任高适、萧昕为掌书记，并曾提拔王思礼、鲁炅、郭英乂于行伍间，后俱为大将。可见诗中赞美哥舒翰的这些话是有根据的。

㉘ 这句诗中的“崆峒”是指哥舒翰。因为河西节度使的幕府在崆峒山附近。参看前一首诗注②。诗人表示，自己本来想依靠“一长剑”防身，现在看到了高峻的崆峒山，就想把长剑靠着崆峒山放下，也就是准备依靠哥舒翰了。这是暗示希望得到哥舒翰的任用。

◎ 寄高三十五书记[①]（五律）

叹息高生老，[②]	可叹高君年纪老了，
新诗日又多。	新写的诗却一天天增多。

美名人不及，	您的美名别人比不上，
佳句法如何？[3]	您的佳句究竟怎样结构？
主将收才子，[4]	您的主将收用了您这位才子，
崆峒足凯歌。[5]	从此崆峒山下就有唱不完的凯歌。
闻君已朱绂，[6]	听说您升了官，加了朱绂，
且得慰蹉跎。	这消息也安慰了我，尽管我一年年岁月蹉跎。

注释：

① 这是杜甫托人从长安带到河西节度使幕府赠给高适的一首诗。无疑杜甫从河西来人处见到了高适的一些新作诗篇，并听到了高适升官的消息才写这诗的。诗中表达了对高的羡慕和自己长久待制的惆怅。河西来的人可能就是田梁丘，他是天宝十三载（754年）回长安的，因此这诗大概也是此时所作。

②《旧唐书》中说高适五十岁才作诗，恐不可靠。但他入哥舒翰幕府时确已年近五十，所以诗中这样说。

③ 这里的所谓“法”，不是指语法学意义的“句法”，而是指作诗的方法，不仅指格律的运用和起承转合之类，而且指诗句的类型、典故的运用等等，指诗意在诗的语言中具体表现的方法。译诗中称之为“结构”，当然也不仅是指语法结构。

④ 主将，指哥舒翰。才子，指高适。

⑤ 这句话有两层意思：一是说有了高适这样的有才能的人在幕府里就会常常打胜仗；一是说有了高适这样的诗人在幕府里就会编出许多给将士们唱的军歌。

⑥ 旧注有认为“朱绂”指“服绯”，唐代五品以上官职服绯。但高适于至德二载到成都后才赐绯，除谏仪大夫。按“绂”为祭服，非官服；它的另一义是印绶，改用朱色印绶，是表示升官。译诗取后一种解释。

◎ 送张十二参军赴蜀州因呈杨五侍御[①]（五律）

好去张公子，[②]	好好上路吧，我的张公子，
通家别恨添。[③]	世交中少了你，又增添别恨离情。
两行秦树直，	秦川道旁，两排绿树挺立，
万点蜀山尖。	到蜀地可就是千万座尖山数不清。
御史新骢马，[④]	那里，新上任的御史乘着青骢马，
参军旧紫髯。[⑤]	你像紫髯郗超，是一位有经验的参军。
皇华吾善处，[⑥]	皇上的那位使节和我很友好，
于汝定无嫌。[⑦]	他对你不会猜疑，定会心连心。

注释：

① 张十二，官职是参军，将到蜀州杨五侍御署中任职。杜甫作此诗送张十二，并请他把这诗带给杨五。看来杜甫同张、杨都比较熟悉，这首诗实际上起了介绍两人相识的作用。蜀州唐安郡，属剑南道，垂拱二年（686 年），析益州置，治崇庆县。杨五侍御在蜀州任刺史，否则诗中就不会以“皇华”来代称。按照杜诗诗题的习惯，应当在诗题中写明杨的刺史身份，却没有这样写，而是以他的京官身份“侍御”（即“侍御史”）来称他。黄鹤据旧本编次订此诗为天宝十三载作。岑仲勉在《唐人行第录》中疑此诗题中的杨五侍御即《仇注》第九卷《寄杨五桂州谭》中的杨谭，大概是对的。杜诗中还有一首《广州段功曹到得杨五长史谭书功曹却归聊寄此诗》（第十一卷），诗题中的杨五长史谭也是此人。《全唐文》卷 377 有杨谭《兵部奏剑南节度破西山贼露布》一文，天宝十三载时，他可能就在剑南一带。

② 唐代习惯以“张公子”来称呼张姓年轻人。参看第二卷《赠翰林张四学士垍》注④。

③ 通家，指世代相互有交往的家族，俗称“世交”，也常说成是“通家之好”。

④《后汉书·桓典传》：“（桓典）拜侍御史，常乘骢马，京师畏惮，为之语曰：‘行行且止，避骢马御史’。”后遂以“骢马御史”称侍御史。这诗中称“新骢马”，是表明杨五新授侍御史官职不久。这句诗还暗示杨侍御和桓典一样，威望很高。

⑤ 据《晋书·郗超传》载超多须髯，为桓温参军，府中号为“髯参军”。诗中称张十二为“旧紫髯”，是以郗超比喻张十二，表明张曾任参军多年，饶有经验。

⑥《诗·小雅》有《皇皇者华》一诗，《诗序》说这诗是写“君遣使臣”，后遂常以“皇华”来代称皇帝派遣的使臣——刺史、节度使一类官职。这里是指杨侍御。参看注①。

⑦ 嫌，猜嫌，隔阂，常用来表示人与人之间的不理解。“无嫌”是其反义，即能够相互理解。

◎ 赠陈二补阙[①]（五律）

世儒多汩没，[②]	世上的儒生有许多被埋没，
夫子独声名。	唯独您老先生享有盛名。
献纳开东观，[③]	皇上驾临东观接受您呈献的著作，
君王问长卿。[④]	他询问您的情况，像汉武帝打听司马长卿。
皂雕寒始急，[⑤]	黑雕在寒冬才迅猛腾空搏击，
天马老能行。[⑥]	大宛马到老还能长途驰行。
自到青冥里，[⑦]	您已经高高地上了青云，
休看白发生。	别在意头上生出白发几茎。

注释：

① 补阙，唐代谏官之一，有左右之分，左补阙属门下省，右补阙属中书省，掌供奉讽谏。二，是陈的行第。这位陈二补阙年老时才得到这个官职，杜甫赠这诗给他对他慰勉，希望他发挥谏官的作用。估计这诗也作于杜甫待制集贤院时，既是勉陈，也是自勉。黄鹤订此诗作于天宝十三载。

② 汩，音“古”（gǔ），汩没，犹言沉沦、埋没。

③ 东观，汉朝宫中著述及藏书之所。诗中用它来比喻唐代的集贤殿书院。献纳，指向皇帝进献诗赋等著作，陈二补阙可能是靠进献著作而得到官职的。

④ 据《汉书》载，汉武帝读了司马相如（字长卿）的《子虚赋》，十分赞赏，说："朕独不得与此人同时哉。"那时，狗监杨得意正在皇帝身旁，对皇帝说："臣邑人司马相如自言为此赋"。汉武帝便召见相如。问长卿，就是指这件事。

⑤ 皂雕，黑雕。

⑥ 天马，即大宛马。诗中用来比喻陈二补阙，鼓励陈二补阙勿因年老丧失信心。

⑦ 青冥，天空，比喻登上朝廷，做了朝官。

◎ 病后过王倚饮赠歌[①]（七古）

麟角凤嘴世莫辨，	世人不识麟角和凤嘴，
煎胶续弦奇自见。[②]	用来煎胶续弦，它们的奇效自然会呈现。
尚看王生抱此怀，	我看王倚还抱着这想法，
在于甫也何由羡。[③]	可我杜甫又有什么可称羡。
且过王生慰畴昔，[④]	且到王倚家走走，了却往日心愿，
素知贱子甘贫贱。	他向来了解我甘愿生活贫贱。
酷见冻馁不足耻，[⑤]	我深知，受冻受饿不必羞愧，
多病沉年苦无健。	苦恼的是一年到头生病失去康健。
王生怪我颜色恶，	王倚见我脸色难看感到诧异，
答云伏枕艰难遍。[⑥]	我回答他："病痛纠缠，躺在床上受够了苦难。
疟疠三秋孰可忍，[⑦]	谁受得了疟疾生了整整一个秋季，
寒热百日相交战。	身上寒热交战整整一百天。
头白眼暗坐有胝，[⑧]	头发白，两眼花，股下生褥疮，

肉黄皮皱命如线。	肉黄皮皱，生命像根将要断的线。”
唯生哀我未平复，	王倚可怜我身体没有复原，
为我力致美肴膳。	想尽方法给我张罗一顿美餐。
遣人向市赊香粳，	派人到市上赊购来香粳米，
唤妇出房亲自馔。	叫妻子出房亲自做肴馔。
长安冬菹酸且绿，⑨	长安冬咸菜又绿又酸。
金城土酥净如练。⑩	金城的萝卜白得像素绢。
兼求畜豪且割鲜，⑪	又找一家卖猪肉的割些鲜肉，
密沽斗酒谐终宴。⑫	不声不响买一斗酒，陪我快快活活喝到席散。
故人情义晚谁似？⑬	老朋友这种情谊眼下有谁能相比？
令我手足轻欲旋。⑭	这情谊多温暖，使我手脚轻捷想起来旋转。
老马为驹信不虚，⑮	我真的信了，老马又成了个小马驹，
当时得意况深眷。⑯	王倚及时懂得我心意，况且还对我怀着深深眷恋。
但使残年饱吃饭，⑰	只要我保住一条老命还能饱吃饭，
只愿无事长相见。	但愿有空常跟你见面。

注释：

① 从这诗的内容中可以看出，王倚是杜甫在长安结识的一个平民阶层的友人，没有官职，也没有诗才和渊博学识，但他很尊重杜甫，对杜甫关心体贴。杜甫在一次长久生病之后去访问他，他看到杜甫身体虚弱，就设法张罗些酒菜和粳米饭，让杜甫饱餐，让他补养身体。事情虽微小，但情义十分可感，杜甫就写了这首情感深挚、质朴的歌赠给他。黄鹤订此诗作于天宝十三载（754 年）。因杜甫集中保存有《秋述》一文，其中说：“秋，杜子卧病长安旅次，多雨生鱼，青苔及榻，常时车马之客，旧雨来，今雨不来。”文中还说“我弃物也，四十无位”等等。按天宝十载杜甫已四十岁。又据《唐书·玄宗纪》长安于天宝十二载、十三载秋俱霖雨成灾，而杜甫自东都携眷移居长安城南，依闻一多考证是在天宝十三载（754 年）春季。这诗中所说的事不大可能发生于全家定居长安，生活比较安定以后，因此，作这诗的时间以天宝十二载（753 年）初冬为宜。

② 能粘连断了的弓弦，使这弦线在张弓射箭时也不会再断绝的胶是十分珍奇稀有的，据说麒麟角和凤凰嘴所煎制的胶有这样的奇效。这只是传说而已，但它所比喻的道理是存在的：一些真正有才能、品德高尚的人在紧要关头会显露出超人的本领和崇高德行，而在平时则看不出来。一、二两句诗就是从这样的传说而来，而且可能直接引用了民间流传的谚语。

③ 这句诗和上一句诗一起该怎样理解，注家之说多异。《仇注》："王生为人，如麟角凤嘴，世莫能知，于其敦笃交情，乃见特异，如煎胶续弦，始验其奇也。'何由羡'，言不能及其高怀。"浦起龙《读杜心解》："若王生，敦笃士，寻常亦几失之，今其怀抱，于谊深胶漆，征其异矣。贫病如甫，举世所弃，亦何一可羡，而爱我如此耶?"王嗣奭《杜臆》："'麟角凤嘴'，世人莫识，'煎胶续弦'，其奇自见，以比有才略者，试之于用而后知。甫今老矣，尚看王生以此期甫，甫实无之，何足羡也?"前两说把"麟角凤嘴"看作比喻王生，是杜甫所设的比喻；后一说则看作比喻杜甫，是王生之"怀"，看法相左。关于"何由羡"，前一说，是说杜甫羡王生，后两说，是说王生羡杜甫，意思正相反。细读诗句，似以《杜臆》之说较合诗意。译诗采用此说。

④《礼记·檀弓》"予畴昔之夜"。郑注："畴，发声也；昔，犹前也。"畴昔，即往昔。在这句诗中，"畴昔"一语包含着某种具体内容，但未写出，读者据其前后文可以领会。译诗诠释了诗句中的具体含意。

⑤《仇注》："酷见，犹云惨逢。"施鸿保《读杜诗说》对此加以驳斥，并说："今按'酷'犹'甚'也……'见'犹云'知'，若曰甚知冻馁不足耻也。"这意见是对的，译诗从施说。

⑥"答云"以后，直到以下四句完，都是答语的内容，译诗把它们都放在引号内，当作直接引语来处理。伏枕，喻患病。

⑦ 三秋，这里是指孟秋、仲秋、季秋之总称，即整个秋季，而不像另一些地方作"三个秋季"即"三年"来理解。

⑧ 胝，即"胼胝"，音"骈知"（pián zhī），俗说的"趼子"，又称"老茧"。但诗中说的是"坐有胝"，与手掌足底上生的"胼胝"类似，但非同一物。久病卧床，股上易生褥疮，"胝"在这里似以解释为"褥疮"为宜。

⑨ 葅，同"菹"，音"租"（zū），酢菜，即今之酸咸菜。

⑩ 金城，唐朝县名，属京兆府，原名“始平”，景龙四年，中宗送金城公主远嫁吐蕃，别于此，因改名金城县；至德二年，又改名“兴平”。今陕西省仍有兴平市，在西安市西。土酥，旧注有异说，据王桢《农书》，说是冬季成熟的白萝卜的别名，最合这诗中的意思。

⑪ 畜豪，指猪。“豪”原指猪毛。畜豪，又作“畜豕”，旧本作“富豪”者，系误。

⑫ 密沽，旧注俱未解释。疑为沽酒不使客人知道。谐，意思是“和乐”。沽了一斗酒，可以够喝了，故能“谐终宴”。

⑬ 情义，旧本作“情味”。晚谁似，又作“晚无似”。晚，晚近。

⑭ “轻欲旋”的“旋”字，旧本作“漩”，恐误。旋，旋转，旋舞。

⑮《诗·小雅·角弓》：“老马反为驹，不顾其后。”注：“已老矣，而孩童慢之。”钱谦益据此解释说：“公（指杜甫）引此诗以见王生情义之厚，不以老而慢我。”刘须溪则摆脱《诗》义，认为这句诗是说自己能饱餐，正像“老马反如驹之健啖”。按“老马反为驹”本为俗谚，现代汉语中还有类似的说法，如“老小孩”等。人老了，反而变得天真稚气了。这样来理解诗意似较好。须溪之说较钱说为优。

⑯ 得意，与今日常说的“得意”（高兴）不同，意思是了解了对方的心意。这里是说王倚一见杜甫便知他的心意。

⑰ 饱吃饭，不是指“饭足够多，能吃饱肚子”，而是说胃口好，能够饱餐，这是身体健康的一种表现。

◎ 送裴二虬尉永嘉[1]（五律）

孤屿亭何处，[2]	孤屿亭在哪里？
天涯水气中。	在天边的迷蒙水汽中。
故人官就此，	我的老友到那里去做官，
绝境兴谁同？[3]	在那十分遥远处，谁跟他兴致相同？

隐吏逢梅福，[4]	也许能遇上梅福那样的退隐官吏，
游山忆谢公。[5]	游山时想起爱遨游的谢公。
扁舟吾已僦，[6]	我已经租赁了一条小船，
把钓待秋风。[7]	正手持着钓竿等待秋风。

注释：

① 裴虬是杜甫的老友，安史乱前就已结交，直到杜甫逝世前一年泛舟湘江上时还与他有往来。第二十二卷有《湘江宴饯裴二端公赴道州》诗，第二十三卷有《暮秋枉裴道州手札率尔遣兴》诗。后一诗中有“忆子初尉永嘉去”之句，就是说的这首诗中所述之事。据旧注，这诗写于天宝十三载。从这诗中可看出两人友谊深厚，诗人希望裴虬去永嘉后能遇到知心朋友，并从古代诗人那里得到共鸣。诗末还表达了自己也将漂泊江湖的心意。

② 孤屿，是永嘉南面江心的一个小岛。刘宋谢灵运任永嘉太守时，曾有《登江中孤屿》一诗，后人建亭其上以为纪念。

③ 绝境，这里不是指与世隔绝，而是言其距离长安极遥远，与“绝域”近义。

④ 梅福，西汉末人，曾补南昌尉。于王莽擅权时，弃妻子隐于会稽，传说他后来成了仙人。

⑤ 谢公，指南北朝时刘宋著名诗人谢灵运。他曾任永嘉太守，性爱遨游，游遍了境内著名山川。

⑥ 僦，音“就”（jiù），租赁。

⑦ 这句诗是暗示将到江海上去钓鱼，也就是表示不再谋求仕进，决意归隐。

◎ 赠献纳使起居田舍人澄[①]（七律）

献纳司存雨露边，[②]	献纳使的官署就在皇帝身边，
地分清切任才贤。[③]	地位重要、清高，只任命有才德的人做官员。
舍人退食收封事，[④]	退朝时您把进献的奏章收集起，
宫女开函捧御筵。	宫女开启函封送到皇帝的席前。
晓漏追趋青琐闼，[⑤]	天刚亮就匆忙赶到青琐门里，
晴窗检点白云篇。[⑥]	在阳光照耀的窗下，检点献给皇帝的巨制鸿篇。
扬雄更有河东赋，[⑦]	我还有篇文章像扬雄的《河东赋》，
唯待吹嘘送上天。[⑧]	就盼您说些好话把它送上青天。

注释：

①《旧唐书·职官志》："天后垂拱元年（685 年），置匦以达冤滞……天宝九载（750 年），改匦为献纳。乾元元年（758 年）复名曰匦。"田澄任献纳使，就是管理专供投献奏书、文章的"延恩匦"的官员。田又兼起居舍人，这是朝廷议政时负责记录的官。杜甫于天宝十载（751 年）投献《三大礼赋》后，又于天宝十三载献《封西岳赋》，这诗大概是那时所写。按传世的杜甫集中，除《三大礼赋》外，还有《封西岳赋》《雕赋》和《天狗赋》三赋，前两赋有进献表，都说明投延恩匦进表献纳，后一赋有序无表，可能并未献纳。这诗中对田澄多所称赞，目的是请他在皇帝面前说些好话，以便受到皇帝的重视。

② 献纳司，指献纳使的官署。雨露，比喻皇恩。雨露边，指靠近皇帝身边。

③"地分"的"分"读去声，地分，地位。清切，指地位清高而重要。

④《诗·召南·羔羊》："退食自公"。朱熹传："退朝而食于家也"。后世常以"退食"表示退朝回家。封事，指臣下给皇帝的奏章之类。《正字通》："汉制，臣下奏事，皂囊封板，以防宣泄，谓之封事。"

⑤ 晓漏，黎明时的滴漏声。铜壶中置水滴漏是古代计时的工具。诗中以"晓漏"借代清晨。青琐闼，即青琐门，从宫中正殿通往门下、中书两省之门。青琐，青色连琐

纹的简称，是宫内门户的饰纹。

⑥ 白云篇，有两种含义：(1) 由于汉武帝的《秋风词》中有“秋风起兮白云飞”之句，后世就有人用“白云”来喻皇帝御制的诗文，如张说的《扈从》诗云：“献纳纡天札，飘飘飞白云”，以“白云”比喻“天札”，也就是皇帝的笔札(书信)；(2) 在更多的情况下，一般人相互唱和的诗篇，称为“白云篇”，有赞美之意，陶渊明有诗《和郭主簿》：“遥遥望白云，怀古意何深”。后郎士元《冯翊西楼》诗即云：“陶令好文常对酒，相招一和白云篇”。在此诗中，“白云篇”是指通过献纳使献给皇帝的诗文。

⑦ 扬雄于汉成帝登西岳时，献《河东赋》。这里是以此比喻诗人自己的献赋。注家认为此诗写于献《封西岳赋》时，正是由于这句诗中的《河东赋》一语与西岳有关。

⑧ 吹嘘，宣扬人的优点。《方言》：“吹助也。”注：“吹嘘，相佐助也。”送上天，喻送到皇帝身边。

◎ 崔驸马山亭宴集[①] (五律)

萧史幽栖地，[②]	这里是驸马居住的清幽地方，
林间踏凤毛。[③]	从林里，脚下可踏到凤凰的羽毛。
洑流何处入，[④]	曲折湍急的流水从哪里流进来，
乱石闭门高。	大门紧闭，乱石堆得高高。
客醉挥金碗，[⑤]	客人醉了，手上拿着金碗挥舞，
诗成得绣袍。[⑥]	诗写成了，能得到奖赏的绣袍。
清秋多宴会，	秋高气爽的季节常有宴会，
终日困香醪。[⑦]	我整天被浓郁的美酒困扰。

注释：

① 唐玄宗两个女儿的驸马都姓崔，晋国公主嫁给崔惠童，咸宜公主嫁给崔嵩。据旧注说，这诗题中的崔驸马是指崔惠童，有山池在京城东，玄宗曾在那里宴安禄山。这首诗是穷愁潦倒的杜甫在参加这位贵家子弟的宴会时所作。他大概是不得已才写这首应酬诗的。从诗的最后两句中，可看出这样的难言之隐。这诗大约作于天宝十三载（754 年）秋，如果是十四载秋，安禄山反状已显露，长安已有所警戒，诗中不会毫无反映。

② 萧史，传说是秦穆公女弄玉之婿，参看第一卷《郑驸马宅宴洞中》注⑥。这里用以借代崔驸马。

③ 凤毛，常用来称誉子有文采，不弱于其父，参看第五卷《奉和贾至舍人早朝大明宫》注⑦。有时也与“麟角”并用比喻稀有、杰出的人物。这里的用法较特殊，是暗示驸马的身份。凤凰，指公主，“凤毛”指公主遗留的踪迹。《仇注》：“凤毛，谓林间遗迹，时公主盖已逝世矣。”译诗按字面直译。

④ 洑流，回流，曲折而湍急的水流。

⑤《仇注》引《孔氏志怪》汉代卢充与崔少府亡女结幽婚，崔女以金碗赠卢的故事，说明“此切崔而用之，并见公主已故”。按原诗只是以“金碗”来显示贵家子弟之豪奢，以“挥金碗”来表示宾客的酣醉之态。仇说似嫌穿凿。

⑥ 唐代皇帝屡次以绣袍赐给文武大臣作为奖励。武则天称帝时曾幸洛阳龙门，令从官赋诗，先成者赐以锦袍。这诗中所述可能是事实，崔驸马也曾有以绣袍赠给作诗宾客的事。

⑦ 困，酒醉困倦，并含有厌倦之意，故译为“困扰”。醪，音“劳”（láo），古代称未滤去渣滓的甜酒为“醪”。

◎ 示从孙济[①]（五古）

平明跨驴出，　　清早，跨着小毛驴出门，

未知适谁门。	还没定准到哪一家去访问。
权门多噂沓，[②]	到有钱有势的人家，听到的都是客套话，
且复寻诸孙。[③]	不如还是去看看我那侄孙。
诸孙贫无事，	侄孙家境贫穷没事儿干，
宅舍如荒村。	房舍残破，简直像座荒村。
堂前自生竹，	一丛野竹在堂前长出，
堂后自生萱。	几棵萱草在堂后滋生。
萱草秋已死，	秋天来了，萱草已经枯死，
竹枝霜不繁。	竹枝遭了霜打也不再繁盛。
淘米少汲水，	淘米可要少汲点水，
汲多井水浑。	汲多了，井水要变浑。
刈葵莫放手，[④]	割葵菜得用手扶着别放，
放手伤葵根。	放开手会伤了葵根。
阿翁懒惰久，[⑤]	叔祖父懒散得长久了，
觉儿行步奔。[⑥]	孩子们走路，我看来像是飞奔。
所来为宗族，	我来这里是因为咱们是一个宗族，
亦不为盘飧。	并不是为了吃喝一顿。
小人利口实，[⑦]	世俗小人喜欢说短道长，
薄俗难具论。	这种浇薄风气不必一一谈论。
勿受外嫌猜，	不要受外人挑拨就相互猜疑，
同姓古所敦。[⑧]	自古就都厚爱同姓的人。

注释:

①《唐书·宰相世系表》中有杜济，列为杜预的十四代（杜甫为十三代）；又颜真卿为杜济作的《神道碑》，也说他是杜预的十四代孙。这人曾任东川节度使兼京兆尹，官位显赫。这诗中说的杜济是杜甫的侄孙，与前面所说的杜济（只比杜甫小一辈）可能不是同一个人。从诗中描写的情况来看，这个杜济家境清贫，杜甫跟他谈的只是

“淘米”“刈葵”这类事，不涉及国家大事和个人的出处，完全不像个十多年后成为节度使和京兆尹的人。旧注把这个杜济当成了那位身居显位的杜济，大概是弄错了。这首诗的风格如村老娓娓谈家常，接近于某些古代民歌。无论语言形式还是思想内容都酷似出于底层群众，与其他杜诗不同。由此也可看出杜甫作诗是有意从事各种风格的尝试和展开多方向探索的。这诗的写作大概也是杜甫困居长安时，约为天宝十三载秋。

②《诗·小雅·十月之交》：“噂沓背憎”。《笺》：“噂噂沓沓，相对谈语。”“背憎，背则相憎逐。”后世称聚语杂沓，随口说些不负责任的话为“噂沓”；又因“噂沓”原是与“背憎”相联系的，因此又含有“当面说一套，背后又是一套”的意思在内。

③“诸”在这里不表示多数，而是表示非嫡系血统。诸孙，即“侄孙”。

④ 这里的“葵”，不是向日葵，而是葵菜，在古代是一种很普通的菜蔬。古诗：“采葵莫伤根，伤根葵不生；结交莫羞贫，羞贫交不成。”这些话与诗中的话都是一般的劝诫语。赵次公云：“族之有宗，犹水之有源，葵之有根也。水有源，勿浑之而已；葵有根，勿伤之而已；族有宗，则勿疏远之而已。”这解说把“井水”与“葵”当作一种比喻或象征，指出其内涵的伦理意义，可作参考。

⑤ 阿翁，杜甫自称。因为是对孙辈说的，故译诗中写作“叔祖父”。

⑥《仇注》：“卢注谓公欲警觉儿辈，故奔走而来。此说未合。公本跨驴而出，非步行而至者。行步，当就济言。”仇的意思是，“觉儿奔”不能理解为“为警觉儿辈而奔走前来”，应理解为“觉得杜济等人行路如奔走”。仇说大体是对的。但“儿辈”，是指杜济，还是指他家的孩子们，并不能肯定。“儿”似以泛指“儿童”为宜。

⑦ 口实，有两义：(1)《易·颐》：“自求口实。”疏：“自求口实者，观其自养，求其口中之实也。”这“口实”就是指食物而言。(2)《书·仲虺之诰》：“予恐来世以台为口实。”传：“恐来世论道我放天子常不去口。”这“口实”，就是所谓“话柄”。译诗采取后一种解释。

⑧《易·临》：“敦临吉”。敦，厚也。

◎ 九日寄岑参[1]（五古）

出门复入门，	一次次走出家门又走回，
雨脚但如旧。	雨还在下，雨丝依旧。
所向泥活活，[2]	往哪个方向走都一片泥泞，
思君令人瘦。	我一直想念您，人都想瘦。
沉吟坐西轩，	坐在西屋里独自沉吟，
饮食错昏昼。	连吃饭也分不清傍晚、白昼。
寸步曲江头，[3]	只要走一步路就到您住的曲江头，
难为一相就。	可是要跟您见次面也不能够。
吁嗟乎苍生，	唉，可怜苍天的子民，
稼穑不可救。	眼看庄稼淹死也没法儿救。
安得诛云师，[4]	怎样才能杀死降雨的云师，
畴能补天漏。[5]	谁能像女娲那样补天漏。
大明韬日月，[6]	普照万方的日月被云遮住，
旷野号禽兽。	旷野上到处是哀号的禽兽。
君子强逶迤，[7]	做官的乘车乘马还能勉强行走，
小人困驰骤。[8]	老百姓两条腿跑来跑去真够受。
维南有崇山，[9]	南面有座高大的山，
恐与川浸溜。[10]	担心它也会被急流冲走。
是节东篱菊，[11]	这节日菊花开在东篱下，
纷披为谁秀？[12]	开得纷繁茂盛供谁享受？
岑生多新诗，	岑君的新诗写得多，
性亦嗜醇酎。[13]	生性也爱喝上一杯老酒。
采采黄金花，[14]	啊，那金黄色的花朵真繁多，

何由满衣袖?[15]　　　　可怎能去采摘，盛满我的袖兜？

注释：

① 九日，九月九日，唐代的重要节日。岑参，见本卷《渼陂行》注②。这诗写于天宝十三载（754 年）的九日。这一年长安霖雨为灾，杜甫自偃师携家人来长安定居也是在这一年。诗中所写情景与这些情况相合。这是一首抒写雨日情怀的诗，不妨对照一下第一卷《对雨书怀走邀许主簿》一诗。那首诗的情调是高昂的，雨天的景象宏大壮美，充满生机；而这首诗却表现出抑郁的感情，行动受到限制，不得自由，还担心着灾难的扩大。即使菊花盛开，也不能采摘；即使友人近在咫尺，也不得一见。不过，诗人的抑郁又岂仅是由淫雨造成的，淫雨固然是原因，但当时政局混沌，濒临祸乱，恐怕也是在诗人意识深处起作用的一个重要因素。诗人不仅描绘了自己的心情与感受，还表现出了自己所没有明确意识到的惶恐不安，而这也正是诗人所要传达给读者的。

②“活活”的“活”，当读如“聒”（guō）。泥活活，道路泥泞的样子。

③ 曲江，见第二卷《曲江三章》注①。杜甫当时住在长安城南的下杜，靠近曲江。岑参家住曲江，两人相距不远。“寸步”，极言其近。

④ 云师，我国古代神话中司云雨的神。

⑤《列子》中载有女娲氏炼五色石补天的神话。译诗中写出了“女娲”这个名字。这两句诗是表示对长久阴雨的不能忍受。

⑥《礼・礼器》：“大明生于东”。注：“大明，日也。”又《文选・海赋》：“若乃大明摭辔于金枢之穴”，李善注：“大明，月也。”又《管子・内业》：“鉴于大清，视于大明。”注：“日月也”。“大明”可兼指日月。这诗中的“大明”是指日月所共有的普照大地的那种性质。

⑦《后汉书・儒林传序》：“建武五年，乃修起太学，服方领习矩步者，逶迤乎其中。”注：“逶迤，行貌也。”逶迤，是指规行矩步，仪态自如的意思，在这诗中，只取后一半含义。

⑧ 驰骤，原指乘车乘马，急速奔驰，在这诗里也只取后一半含意。译诗为了把原诗句的内涵较明确地表达出来，说做官的“逶迤”而行，是由于有车马可乘，而平民则困于奔走。这样的译写与“逶迤”“驰骤”的本义正好相反，但与诗意相合。这种语

言现象是很奇特的，读者可细心体会一下。

⑨ 这里说的南方的山是指终南山。

⑩“与”字，在这里用如“为”（平声，wéi）字，意思是“被”。浸溜，冲毁、冲走。

⑪ 陶潜《饮酒》（其五）：“采菊东篱下，悠然见南山。”后来文人常把“东篱”与菊花联系在一起。

⑫ 纷披，纷繁丛杂。秀，本义是禾类植物开花，后来泛指开花。

⑬《汉书·高帝纪》：“高庙酎”，注：“酎，三重酿醇酒也。”又《礼·月令》：“孟夏之月，天子饮酎。”注：“酎之言醇也，谓重酿之酒也。”酎，音“胄”（zhòu）。译诗中写作“老酒”。

⑭《诗·周南·卷耳》：“采采卷耳。”传：“采，事采之也。”解释“采采”为采集。马瑞辰《传笺通释》：“按《蒹葭》诗‘蒹葭采采’，传：‘采采，犹萋萋也。’萋萋，犹苍苍，皆谓盛也。《蜉蝣》传：‘采采，众多也。’多与盛同义。”译诗从马说。

⑮ 古人衣袖内有袋，因而可贮物袖中。译诗写作“袖兜”。

◎ 叹庭前甘菊花[①]（七古）

庭前甘菊移时晚，	庭前的甘菊花移栽得太迟了，
青蕊重阳不堪摘。[②]	重阳节才现出绿色的蕾，不能采撷。
明日萧条醉尽醒，[③]	到明天，萧瑟秋风把沉醉的人都吹醒，
残花烂熳开何益？[④]	过时的花开得繁盛又有何益？
篱边野外多众芳，	篱边野地里野花草多的是，
采撷细琐升中堂。	采一把细碎的小花登上中堂。
念兹空长大枝叶，[⑤]	想这甘菊的枝叶白白长得肥大，
结根失所缠风霜。[⑥]	生根生错地方就难免遭受风霜。

注释:

① 甘菊是菊花的一种。《群芳谱》:“甘菊，一名真菊，一名家菊，一名茶菊。花黄，小如指头……叶淡绿柔莹，味微甘。”这首诗也写于天宝十三载的重九节。诗中写种花、采花的事，也是一篇寓言：人才能否得到信任、使用，能否有成就，同花木有类似的地方，一要看是否适时，二要看生根是否得所。

② 蕊，在现代汉语中专指花冠中贮花粉的囊与囊柄，古代则兼指花与花蕾。杜诗中，“蕊”常与“蕾”通。

③ 陶潜诗:“风声自萧条”。这诗中的“萧条”是指秋风。

④ 这里的“残花”，不是指开残，而是指过时，也是指庭前的甘菊花。花开迟了重阳节后开得再烂漫也没用了，前一句有“明日”一词，这“残花”，也就是“明日黄花”。苏轼的一首诗和一首词中，“明日黄花蝶也愁”同样的句子用了两次。“明日黄花”后来成了流行甚广的成语。可能正是由这首诗启发苏轼写出这一名句的。在苏轼以前，唐末的郑谷有一首《十日菊》:“节去蜂愁蝶不知，晓庭还绕折残枝，自缘今日人心别，未必秋香一夜衰。”此“十日菊”，也就是“明日黄花”。苏轼的诗也可能是由郑谷引起的。郑谷的诗在杜甫此诗与苏轼诗之间起了一个中间环节的作用。

⑤ 兹，代词，指庭前甘菊花。

⑥《仇注》:“根失所，谓失其故处。”移栽，自然要“失其故处”。甘菊是移栽得“晚”了，并非不能移栽。失所，应指生根之地不适宜。

◎ 承沈八丈东美除膳部员外郎阻雨未遂驰贺奉寄此诗[①]（五排）

今日西京掾，[②]	今天，在西京担任掾曹职务的人们，
多除南省郎。[③]	有好多位除授了尚书郎。
通家唯沈氏，[④]	其中我家的世交只有您沈老，
谒帝似冯唐。[⑤]	进宫谒见皇帝时已像当年的冯唐。

诗律群公问，[6]	不少大人先生向您请教诗律，
儒门旧史长。[7]	您这奉儒的世家原也有治史的声望。
清秋便寓直，[8]	清朗的秋夜您安然在省署里值宿，
列宿顿辉光。	天上的星辰也会顿时分外光亮。
未暇申安慰，	还没有时机向您诉说我的欣慰，
含情空激扬。	内心的情感只能暗自激荡。
司存何所比，[9]	您担任的职务同谁一样，
膳部默凄伤。[10]	膳部员外郎这官位使我默然凄伤。
贫贱人事略，	我贫穷卑贱很少同别人来往，
经过霖潦妨。[11]	加上霖雨积水又把道路阻挡。
礼同诸父长，	按礼数，您是我父亲的同辈，
恩岂布衣忘。[12]	您的恩情我这个平民又怎能遗忘。
天路牵骐骥，[13]	骐骥已经被牵往通向青云的大路，
云台引栋梁。[14]	建造高大的云台正等待运去栋梁。
徒怀贡公喜，[15]	我像贡禹那样空怀着喜悦之情，
飒飒鬓毛苍。[16]	衰飒的鬓发已经一片苍苍。

注释：

① 沈东美，唐代早期诗人沈佺期之子。沈佺期与杜甫的祖父、著名诗人杜审言是同一辈人，故沈东美应为杜甫的父辈。沈东美排行第八，因而称他“八丈”。诗题前加上一个“承”字，也是为了表示对沈的尊敬。由于霖雨，道路泥泞难走，杜甫未能到沈家道贺，就写了这首诗寄给他。据此，可知此诗作于天宝十三载秋，显然，这诗是应酬之作，多为祝颂之辞；但诗人恰如其分地扣动了联系着两家先辈的那根友谊之弦，于是情感涌溢而出，使诗篇增添了感人的力度。

② 西京掾，指京兆府（长安）的掾曹官吏。如司录、功曹、仓曹、法曹、兵曹等一般官员，官阶通常是正七品。

③ 诗句下有原注：“府掾四人，同日拜郎。”四人中，包括沈东美。郎，指尚书省的郎

官，即所谓“尚书郎”，有郎中（从五品上）、员外郎（从六品上）之分。南省，即尚书省。据杜佑《通典》，唐时谓尚书省为“南省”，谓“门下”“中书”两省为北省。

④ 通家，世代有交往的家族，也称“世交”。

⑤ 冯唐，西汉人，他在文帝、景帝两朝都未能得到重用，武帝时求贤良，才得到荐举，受到汉武帝的召见。当时他已年逾九十，已不能再担任繁重职务。

⑥ 南朝齐梁时代的沈约是沈东美的祖上，曾撰《回声谱》，首倡声韵之说，开创“永明体”，讲求诗的声韵格律，提出“八病”之说，促进了近体诗的发展。

⑦ 沈约也是一位史家，曾著《晋书》《宋书》等史籍。沈东美的父亲沈佺期诗作也重声韵对仗，与宋之问齐名，称“沈宋体”，因此诗中说诗律与史籍是其家学，以这两句诗来颂扬沈东美。

⑧ 便，读阳平声，音 pián，安适的意思。寓直，住宿在省署中，如今之所谓“值班”。

⑨ 司存，原义指官署，这里借喻官职。

⑩ 膳部，是朝廷中掌管宴飨酒膳事务的部门，属于礼部，设有郎中与员外郎之职。杜甫的祖父曾于武后朝授膳部员外郎之职。沈东美现在也除授同一官职，故使诗人想起自己的祖父而产生凄伤之情。

⑪ 霖，霖雨。古代称持续三日以上的雨为“霖雨”。潦，因霖雨而潴积的水。

⑫ 布衣，杜甫自称，因这时他尚未授官职。

⑬ 天路，喻仕途宽广。骐骥，骏马，喻有才能的人。

⑭ 云台，是汉朝宫中的高台，东汉明帝曾绘开国功臣邓禹等二十八人图像于台上。诗中用来比喻朝廷。栋梁，指“栋梁之臣”，即在朝中担任重要职务的大臣。

⑮ 贡公喜，见第一卷《奉赠韦左丞丈二十二韵》注⑳。

⑯ 飒飒，通常多用来表示风声，在这里意思是衰飒，指头发干枯、稀疏。

◎ 苦雨奉寄陇西公兼呈王征士[1]（五古）

今秋乃淫雨，	今年秋天竟然不断下大雨，
仲月来寒风。[2]	八月里刮起了寒风。
群木水光下，	丛树矗立在雨水的闪光下，
万家云气中。	千家万户笼罩着云气蒙蒙。
所思碍行潦，[3]	我所思念的人被积水阻隔，
九里信不通。	相距只九里，信息却不能相通。
悄悄素浐路，[4]	浐水边白茫茫的路，引起我忧思悄悄，
迢迢天汉东。[5]	它被远隔在天河之东。
愿腾六尺马，	我愿乘一匹六尺长的骏马腾空，
背若孤征鸿。[6]	离开这里，像飞向远方的孤鸿。
划见公子面，[7]	蓦然飞到您身边和您见面，
超然欢笑同。[8]	同您一起欢笑，超脱尘俗的凡庸。
奋飞既胡越，[9]	振翅奋飞既然根本不能实现，
局促伤樊笼。	我只能心怀忧伤困处樊笼。
一饭四五起，[10]	一顿饭工夫要起来四五次，
凭轩心力穷。	心力用尽，整天倚在窗前遥望远空。
嘉蔬没溷浊，[11]	鲜嫩的蔬菜被浑浊泥水淹没，
时菊碎榛丛。	当令的菊花残败在荆棘丛中。
鹰隼亦屈猛，	就连鹰隼也显不出它们的勇猛，
乌鸢何所蒙。[12]	那些乌鸢又能靠什么飞上天空。
式瞻北邻居，	我抬起头向北面的邻居家眺望，
取适南巷翁。[13]	也许您能宽慰我这个住在南巷里的老翁。
挂席钓川涨，	钓鱼的小河里涨水了，真想挂上帆驾船找您，

焉知清兴终。[14]　　　　哪知道这一时的兴致顷刻就消融。

注释：

① 诗题下有原注："陇西公，即汉中王瑀。征士，琅琊王彻。"如果"原注"是可靠的，真是杜甫的自注，那么大概也是后来他自己添上去的。李瑀，初封陇西公，天宝十四载安史乱起，随玄宗入蜀，十五载，途经汉中时，才被封为汉中王。李瑀是汝阳王李琎之弟，杜甫与李琎交谊颇深，因而也与李瑀相识。琅琊，是王彻家族的郡望。秦、汉两代在今山东省南部设有琅琊郡。王彻的祖先是琅琊郡的望族，故王彻的姓名前冠以"琅琊"这个地名。称王彻为"王征士"，是因为他曾受朝廷征聘，但未就任官职，无官衔可称，故称"征士"，有时也称"征君"。从诗中所写的淫雨情况看来，大概这诗也是写在天宝十三载（754 年）秋。参看下一首诗注①。这场霖雨使诗人感到异常寂寞，因而更增添对友人的怀念，而自己的行动却受到雨潦困阻，只能借想象来满足自己的希望。诗中把这种无可奈何的情绪表达了出来。

② 仲月，指每一季之第二月。古代分每季为孟、仲、季三段，每段为一个月。这里的"仲月"指秋季的第二个月，即旧历八月。

③ 所思，指所思念的人。这里是指陇西公李瑀。行潦，指雨后积水之流动者。

④ 悄悄，《诗·邶风·柏舟》："忧心悄悄"，忧愁貌。素浐，即浐水，是经过长安附近的一条河，在长安郊外合灞水流入渭水。潘岳《西征赋》中以"玄灞素浐"并列，当是就水流颜色而言。素浐路，到陇西王瑀住处必经之路。

⑤ 天汉，天河，银河。《三辅黄图》："渭水贯都，以象天汉；横桥南渡，以法牵牛。"诗中以"天汉"比喻渭水，它把诗人与李瑀隔断。

⑥《仇注》解释此句说："此言身跨马背，若飞鸿孤征也。"按"背"字在这里不应解释为名词"马背"之"背"，从句子的结构来看，应为作动词用，是背离、离开之意，只有这样解释，在语法上才说得通。

⑦ 划，同"画"，古代读入声。可以用来比喻迅速变化、突然发生等。公子，指李瑀。

⑧ 超然，含有两层意义：一层是说超越空间的局限，一层是说两人的兴趣爱好相同，超越尘俗。译诗只写出后面一层意思。

⑨ 胡越，喻背道而驰。胡在北，越在南，方向恰恰相反。《淮南子·俶真》："是故自其异者视之，肝胆胡越。"注："肝胆喻近，胡越喻远。"这里指"困处"与"奋飞"正相反，意思是说"奋飞"完全不可能。

⑩ 古史传说谓周公为国操劳，一饭三吐哺。这里的"一饭四五起"，述心情不安之状。下一句"凭轩心力穷"，正是对这句诗内容的补充。

⑪ 溷，音"混"（hùn），意思是"厕"。这里与"混"通，"溷浊"即"混浊"，指霖雨后的泥水。

⑫《九家注》引赵云："鹰隼以苦雨犹屈其猛而不能奋飞，况琐琐如乌鸢何所蒙赖乎。此方是言君子小人皆不得其所也。""鹰"与"隼"是两物，俱为猛禽；"乌鸢"也可能是两物，即乌鸦与鸢，一说"乌鸢"是鸢的一种，体形较小。但"鸢"与"隼"通常是指同一种鸟。看来这两句诗只宜大致理解其含义，考证所述之鸟究竟为何物并无必要。

⑬"北邻""南翁"所指何人，历来有异说。赵次公云："陇西公、王征士既不见矣，姑近取北邻南巷之人而与游也。"这是把"北邻""南翁"当作"张三、李四"一样，是泛指邻人。浦起龙则认为："征士必与陇西为南北近邻，北居即指陇西，南翁当指征士。遥想两人不时往还，以形己之岑寂也。"此又一说。卢元昌注："《偪侧行》（第六卷）云，'我居巷南子巷北'，故知公（指杜甫）为南巷翁也。"则"北邻居"当指王征士。《偪侧行》作于侵占长安的安禄山叛军兵败退出，唐朝廷重回长安之后，经此巨变，邻人难道完全依旧，一无变化？卢的理由是不充分的，但他的结论却可能是对的。从全诗来看，这两句诗前面的诗句都是对李瑀说的话，也可顺便让王彻知道；诗末的四句则专是对王彻说的。凡诗题中写明寄某人兼呈别一人的诗的体例大体都是这样的。故可知"北邻居"为王彻，而"南巷翁"则为杜甫自己。与卢注的结论正合。浦说以为王彻与李瑀为近邻，杜甫诗经李瑀转示王彻，但也不一定这样，杜诗可先给近邻看过再设法投寄给李瑀。

⑭《世说新语》："王子猷居山阴，夜大雪……忽忆戴安道（戴逵），时戴在剡，即便乘小船就之。经宿方至，造门不前而返。人问其故，王曰：'吾本乘兴而来，兴尽而返，何必见戴'。"诗中用这典故来表明诗人曾有乘舟过访王彻之意。

◎ 秋雨叹三首[①]（七古）

雨中百草秋烂死，	千百种花草在秋雨中烂死了，
阶下决明颜色鲜。[②]	阶下的决明花却依然颜色鲜艳。
著叶满枝翠羽盖，	枝头生满绿叶，像撑开一把翠伞，
开花无数黄金钱。	一簇簇黄花开放，像无数铜钱。
凉风萧萧吹汝急，	飒飒凉风向你猛烈地吹袭，
恐汝后时难独立。[③]	真担心你这错过季节的花难再独立阶前。
堂上书生空白头，[④]	站在堂上的书生徒然嗟叹头发已白，
临风三嗅馨香泣。[⑤]	迎风再三嗅吸您的馨香，泪水涟涟。

注释：

①《唐书·韦见素传》："天宝十三载秋，霖雨六十余日，京师庐舍垣墙颓毁殆尽，凡一十九坊污潦。"在这个多雨的秋天，杜甫全家已移住在长安城南的下杜，写了许多篇与秋雨有关的诗。这一组七古直接以"秋雨"为题，抒写了自己困于秋雨时多方面的感受，不仅为个人的不幸遭遇而悲伤，更为社会的不安与人民生活的困苦而忧叹。三首诗所涉及的生活内容和所抒发的感情各不相同，但都与久雨的天气有关，与诗人所关心的事情有关。诗，自然是从诗人心里流出来的，但诗人心里所贮存的东西，归根到底，来源于生活；而且，还要当前的生活提供一种恰当的刺激物，诗才能流泻出来。从杜甫的诗中最能看出这一点。

② 决明，豆科植物，一年生草本。夏秋开花，花黄色。种子可作药用，有明目的功能，称"决明子"。

③ 这句诗是表示担心这株迟开的决明花在寒风中难以长久生存。既是写决明，也是诗人自况。诗人这年已四十三岁，仍未登仕途，因此也有"后时"之感。旧注有说这句诗是隐喻房琯上书言水灾遭到杨国忠打击的事，因此为房琯担忧，似嫌牵强。

④ 书生，诗人自称。

⑤ 馨香，指决明花的香气，也比喻人的才德。爱惜决明，也正是爱惜人才。

◎ 其二（七古）

阑风伏雨秋纷纷，①	无尽的风雨一个秋天纷纷扰扰不肯停，
四海八荒同一云。	无边无际的大地上笼罩着一片乌云。
去马来牛不复辨，	远处走过的是牛是马再也看不清，
浊泾清渭何当分？②	泾水浊，渭水清，几时才能分明？
禾头生耳黍穗黑，③	稻禾顶叶卷成耳，黍穗生了黑病，
农夫田父无消息。④	种田的汉子和老人看不见个人影。
城中斗米换衾裯，⑤	在城里，一斗米就能换床被褥，
相许宁论两相直。⑥	双方情愿嘛，管它这交易是不是公平。

注释：

① 阑风伏雨，一作“蘭风长雨”，一作“东风细雨”。为“阑风伏雨”找到确切的解释几乎是不可能的。如按照字面勉强来解释，“阑”有“妄”义，如《史记·汲黯传》：“阑出财物于边关”。应劭曰：“阑，妄也。”阑风，可解释为“不合时令的风”或“不该刮的风”。伏雨，似乎只能解释为“三伏天的雨”，即夏日的雨，夏天雨没有下，到秋天才纷纷不停，这也是“不合时令”的雨。旧注多采取《九家注》中的赵云：“阑珊之风，沉伏之雨，言其风雨之不已也。”为了表达的方便，据赵说的“言其风雨之不已”来译写。

②《关中记》：“泾水入渭，合流三百里，清浊不相杂。”古代诗文中说到泾水与渭水时，常用“清渭”“浊泾”来称它们，往往并不一定是为了强调其水流清浊之状。但这诗中则是强调其原来的“清浊”之分的，因长久风雨不停，水流相混，一时不再能分得出清渭浊泾。

③《朝野佥载》：“俚谚曰：春雨甲子，赤地千里。夏雨甲子，乘船入市。秋雨甲子，禾头生耳。”朱鹤龄注：“禾生耳，谓芽蘖絭卷如耳之形。”按“禾生耳”与“黍穗黑”都是由于多雨潮湿引起的农作物病害。

④ 以往的注家多认为，据《资治通鉴》卷217：“天宝十三载八月，上（玄宗）忧雨伤

稼，杨国忠取禾之善者献之，曰：雨虽多，不害稼也。上以为然。扶风太守房琯言所部灾情，国忠使御史推之。是岁，天下无敢言灾者。”这诗中的“无消息”，是指无人敢向皇帝报告灾情。但从诗句本身来看，并不包含有这样的内容。其实，不妨这样来理解：由于长久风雨，庄稼发生严重病害，收成无望，农民已放弃对田地的管理，因此田野上再看不见农人，故云“农夫田父无消息”。

⑤ 衾，音“侵”（qīn），被子。裯，音“绸”（chóu），床单。平时一副“衾裯”的价格比“斗米”贵得多，由于粮食歉收，粮价昂贵，“斗米”就能换到一副“衾裯”。

⑥“直”同“值”。两相直，两者价值相当。

◎ 其三（七古）

长安布衣谁比数，[①]	长安城里谁会想起我这平民一个，
反锁衡门守环堵。[②]	反锁上大门，守着四面矮墙头。
老夫不出长蓬蒿，	我一直不出去，蓬蒿长得遮住门口，
稚子无忧走风雨。	小儿子却冒着风雨行走无虑无忧。
雨声飕飕催早寒，	飕飕雨声催促早寒，
胡雁翅湿高飞难。[③]	胡雁翅膀潮湿高飞难。
秋来未曾见白日，	自从到秋天就没见过太阳，
泥污后土何时干？[④]	泥污的大地何时才能干？

注释：

① 杜甫于作此诗时仍未授官职，故自称“长安布衣”。《汉书·司马迁传》：“刑余之人，无所比数。”无所比数，是指世人都轻视他，不把他算是自己的同类，也含有不再提起他、不再议论他的意思。

②《诗·陈风·衡门》：“衡门之下，可以栖迟。”衡门，指横木为门，贫者所居之宅。

环堵，住屋四周的墙。《礼记·儒行》：“儒有一亩之宫，环堵之室。”以“环堵”来代表居室，也含有生活清贫的意思。

③ 这句诗既是写所见实景，同时也有自喻的意思。

④《仇注》：“帝以国事付宰相，而国忠每事务为蒙蔽，故曰‘秋来未尝见白日’。”又说：“日者，君象；土者，臣象。日暗土污，君臣俱失其道矣。”解说似嫌迂腐。原诗虽有所象征，有所寓言，但首先是纪实。如果只强调其象征义，牵强附会地解说，不如只了解其表面意思为佳。“白日”句，写实的成分重于象征；后土，与其说是“臣象”，象征大臣们，不如说是象征国家。

◎ 奉赠太常张卿垍二十韵[①]（五排）

方丈三韩外，[②]	方丈岛在三韩的那一边，
昆仑万国西。[③]	昆仑山在华夏万国西。
建标天地阔，[④]	天地多么辽阔，您登上最高处，
诣绝古今迷。	走向与人世隔绝的仙境，它曾使古今多少人着迷。
气得神仙迥，	您的气概像神仙一样清高，
恩承雨露低。	承受皇恩，像雨露降下大地。
相门清议众，[⑤]	您这个宰相世家，曾受到多少舆论赞美，
儒术大名齐。[⑥]	精通儒术的父子兄弟有着同样大的名气。
轩冕罗天阙，[⑦]	朝廷里聚集着多少显贵大臣，
琳琅识介圭。[⑧]	琳琅满目的贤才里，您像一块巨大玉圭引人注意。
伶官诗必诵，[⑨]	您属下的伶官《诗经》一定要诵读，
夔乐典犹稽。[⑩]	唐尧时夔订的乐律仍在探讨研习。
健笔凌鹦鹉，[⑪]	您的文笔雄健，超过《鹦鹉赋》，
铦锋莹鹛鹈。[⑫]	您的言辞像涂过鹛鹈膏的剑锋一样莹亮犀利。

友于皆挺拔，[13]	您的弟兄个个都杰出挺立，
公望各端倪。[14]	各人都开始显露出公卿的才具。
通籍逾青琐，[15]	您的名字上了册籍已经跨进了青琐门，
亨衢照紫泥。[16]	紫泥封印的诰令照映您前程远大无比。
灵虬传夕箭，[17]	雕镂灵虬的滴漏傍晚传出报时金箭，
归马散霜蹄。	路上已寒霜凝结，才散落您归家的马蹄。
能事闻重译，[18]	要多次转译的地方您的才能已闻名，
嘉谟及远黎。[19]	您的好谋略使边远黎民也能受益。
弼谐方一展，[20]	您辅佐皇上得到赞许，才能正开始发挥，
班序更何跻？[21]	谁能料您的官阶还要升到哪一级？
适越空颠踬，	我往年到吴越去空受了一场颠簸，
游梁竟惨凄。[22]	漫游梁宋，得到的竟是失望悲凄。
谬知终画虎，[23]	承蒙错爱，我却是画虎不成反类犬，
微分是醯鸡。[24]	命里注定像瓮底的小虫爬来爬去。
萍泛无休日，[25]	像浮萍一样飘荡一天也不停止，
桃阴想旧蹊。[26]	不由得想起桃树荫下我往日常走的那条旧蹊。
吹嘘人所羡，[27]	人们都羡慕得到您的揄扬赞许，
腾跃事仍睽。[28]	可是真正的腾跃仍然遥遥无期。
碧海真难涉，	碧海要想渡过实在太难，
青云不可梯。	想登上青云也找不到天梯。
顾深惭锻炼，[29]	您对我的关怀虽然深厚，可我缺少锻炼，自觉羞惭，
才小辱提携。	才力又微薄，怕辜负了您的提携。
槛束猿哀叫，	我像关在栅笼里的猿猴只会哀叫，
枝惊夜鹊栖。[30]	也像枝头乌鹊夜晚受到惊扰不能安栖。
几时陪羽猎，[31]	您什么时候陪皇上出外打猎？
应指钓璜溪。[32]	该会把璜溪上垂钓的老人指给皇帝。

注释：

① 旧本“张卿垍”作“张卿均”，南宋黄鹤改订为张垍。因为曾任“太常卿”的是张垍而不是张均。据新旧《唐书》中的记载，天宝十三载正月，安禄山入朝，希望得到宰相的重任，杨国忠在玄宗前议论安禄山“眼不识字”，若入相，恐四夷轻，于是玄宗只封安为左仆射。安禄山对此心怀不满。杨国忠又向玄宗说，张垍把议论安禄山的话泄露给安，玄宗大怒，把张家三兄弟都贬斥了：张均为建安太守，张垍为卢溪郡司马，张埱为宜春郡司马。也就在这一年中，均、垍又都被召还，均授大理卿，垍授太常卿。太常卿，掌宗庙礼仪的官，音乐也归他管理，诗中提到诵诗与乐典，表明这诗应为赠太常卿而非赠大理卿（管理司法），因此可肯定是赠给张垍而非赠张均的。这诗必定写在张垍被召还京授太常卿之后，故可知写作于天宝十三载（754年）。关于张垍，还可参看第二卷《赠翰林张四学士垍》注①。

② 我国古代道家传说海上有三神山，名蓬莱（又名蓬壶）、方丈、瀛洲，是仙人所居之地。三韩，指朝鲜半岛，古代曾分为“马韩、辰韩、弁韩”三部，故称“三韩”。

③ 昆仑，在我国古代道家的心目中也是仙山，为西王母所居之地。万国西，中国的西面。所谓“万国”，是指中国的各州郡及藩属诸国，故译写为“华夏万国”。

④《文选·游天台山赋》：“赤城霞起以建标”。“标”的本义是树梢，建标，意思是树立了很高的标志。“建标天地阔”是承上面两句而言，指出“方丈”与“昆仑”是中国大地东西边境的标志。但诗中更深的含义是暗示张垍兄弟能到达仙境，在道术上有极高的造诣。《通鉴》载，天宝九载十月，太白山人王元翼称曾见到玄元皇帝（即老子），并听说宝仙洞有妙宝真符。玄宗命刑部尚书张均等往求，得之。这是王元翼与张均等人串通一气骗人的把戏，杜甫把它当作真的。或采取了姑妄听之、姑妄言之的态度。张垍是否与此事有关，史无明文，但后人估计张均、张垍兄弟是一起参与此事的。有些研究者认为杜甫在诗中对张氏兄弟进行了讽刺，但看全诗，尽是颂扬及感恩、求助的话，而且态度谦卑、恳切，想来这也是杜甫当时实际思想的一个方面。

⑤ 张垍的父亲是张说，曾任中书令，封燕国公。因而称张垍的家是“相门”。清议，公正的舆论，这里是指公众舆论对张说父子的称誉、赞美。

⑥ 大名齐，指张说与张垍、张均父子兄弟在精通儒家经世治国之术上齐名。

⑦ 古代大夫以上的官员乘轩（车）服冕（冠），后世因借用“轩冕”来指官位、爵禄

显贵的人。天阙，指朝廷。

⑧ 琳琅，指珠玉等珍宝。通常称珍宝众多为“琳琅满目”。《尔雅》：“圭大尺二寸为玠。”玠，即“介圭”，是一种巨大的宝玉，上圆下方。在这里，琳琅，比喻人才。介圭，比喻张垍。

⑨ 伶官，掌管音乐的官，是太常卿的下属。诗，指作为儒家经典的《诗经》。《诗》必诵，表示尊崇古礼。

⑩ 夔，人名，传说是唐尧时掌管音乐的官。稽考唐尧时代夔所制订的乐典，也是对古礼的尊崇。

⑪《鹦鹉赋》是三国时期祢衡的著名作品，传说祢衡在黄祖的宴席上作《鹦鹉赋》，笔不停辍，文不加点。

⑫ 我国古代以鸊鹈熬油膏涂宝剑，据说可使剑锋莹亮锋利。鸊鹈，音“劈梯”（pǐ tī），一种类似野鸭的水鸟。

⑬《书·君陈》：“惟孝友于兄弟”。“于”在这里本为介词，后以“友于”连用，代表兄弟。这里是指张垍和张均。

⑭ 公望，能力足以胜任公卿大臣的声望。端倪，微始，开端。朱骏声云：“倪借为儿。耑者，草之微始，儿者，人之微始也。”

⑮《汉书·文帝纪》：“令从官给事官司马中者，得为大父母、父母、兄弟通籍。”应劭曰：“籍者，为二尺竹牒，记其年纪、名字、物色、悬之宫门，按验相应，乃得入也。”通常称在朝廷中任职取得出入宫门的资格为“通籍”。青琐，见本卷《赠献纳使起居田舍人澄》注⑤。

⑯ 亨衢，见第一卷《赠韦左丞丈济》注⑨。紫泥，见第二卷《赠翰林张四学士垍》注⑧。

⑰ 灵虬，古代计时器“滴漏铜壶”上的雕刻纹饰，借代“滴漏铜壶”。箭，铜壶中浮在水上的计时标志。也指报时用的信号，又称“筹”，多为金色，故译诗中写成“金箭”。夕箭，报告傍晚时刻到来的金箭信号。

⑱《九家注》：“师古曰：译谓传言也，道路绝远，风俗殊隔，故累译而后乃通。”又“赵云：言其所能之事闻播于重译之蛮夷矣。”据此，可知“重译”指少数民族聚居

地或少数民族所建立的部族国家。

⑲《说文》徐锴注："虑一事，画一计为谋，泛议将定其谋曰谟。"远黎，边远地区的人民。朱鹤龄解释上一句和这一句时指出："时垍自贬所召还，故有'重译''远黎'之句。"

⑳《书·皋陶谟》："谟明弼谐。"疏："辅弼和谐其政。"弼谐，是说辅弼大臣与皇帝意见一致，关系融洽。

㉑ 班序，指官阶，官员的等级。

㉒ 适越、游梁，指杜甫于开元十九年（731 年）到二十二年（734 年）的吴越之游和天宝元年（742 年）到三载（744 年）的梁宋之游。

㉓ 谬，谦词。谬知，是说承蒙张垍对自己有所了解，指杜甫与张垍早先已有交往的事，参看第二卷《赠翰林张四学士垍》一诗。马援《诫兄子严敦书》："所谓画虎不成反类狗者也。"画虎，喻事情未能得到预期的结果。

㉔《庄子·盗跖》："孔子见老聃，出，语颜回曰：'丘之道，其犹醯鸡乎？"醯鸡，注："瓮中蠛蠓也。"醯，音"希"（xī）。这句诗是说自己如醯鸡，在很有限的范围中奔忙，得不到任何出路。

㉕ 以"萍泛"喻生活不安定，漂泊无定所。

㉖《仇注》引《史记·李广传赞》："桃李不言，下自成蹊。"与这句诗的含意无关。这里只是用"桃阴旧蹊"来借代自己所留恋的故园。

㉗ 吹嘘，见本卷《赠献纳使起居田舍人澄》注⑧。

㉘ 腾跃，喻仕途通达，能登上重要官位。睽，音"奎"（kuí），隔离。

㉙ 顾深，指张垍对杜甫关怀之意深厚。张协《七命》："楚之阳剑，欧冶所营，乃锻乃炼，万辟千灌。"注："锻炼，刻苦成材之义。"与现代汉语"锻炼"之常用引申义颇近。

㉚ 上一句和这一句，借猿、鹊为喻，表明自己的无能为力和痛苦不安的心境。

㉛ 羽猎，指皇帝出外狩猎。

㉜ 璜溪，即磻溪，用周文王得姜尚（吕望）的典故。见第二卷《奉赠鲜于京兆二十韵》注⑩。这两句诗是希望张垍能向玄宗推荐自己。

◎ 上韦左相二十韵[1]（五排）

凤历轩辕纪，[2]	凤历纪年从轩辕氏开端，
龙飞四十春。[3]	皇帝登位已经过了四十个新春。
八荒开寿域，[4]	遥远边疆都出现了太平盛世的局面，
一气转洪钧。[5]	混沌之气推动天地旋转不停。
霖雨思贤佐，	像久旱盼霖雨，皇上期待贤臣辅佐，
丹青忆旧臣。[6]	看眼前的丹墀青琐想起王府的旧臣。
应图求骏马，[7]	按图形搜求骏马，
惊代获麒麟。[8]	终于获得一匹举世震惊的麒麟。
沙汰江河浊，[9]	泥沙浑浊的江河已经澄清，
调和鼎鼐新。[10]	新任命的大臣已担起治国重任。
韦贤初相汉，[11]	您像汉朝的韦贤初登相位，
范叔已归秦。[12]	像范雎投奔秦国做了客卿。
盛业今如此，	如今您的业绩这样宏伟，
传经固绝伦。[13]	传授儒家经术原本没人比得上您。
豫樟深出地，[14]	您像根深叶茂的樟树拔地而起，
沧海阔无津。	像沧海一样广阔，无际无垠。
北斗司喉舌，[15]	您像北斗星那样是皇帝的喉舌，
东方领搢绅。[16]	您任百官的首领是从兵部尚书晋升。
持衡留藻鉴，[17]	您在吏部时赢得了选才公正的美誉，
听履上星辰。[18]	皇上也听惯了您上朝时的脚步声。
独步才超古，	您的才能出众，超越古人，
余波德照邻。[19]	您继承祖上美德，光辉照映四邻。
聪明过管辂，[20]	您的智慧超过料事如神的管辂，

尺牍倒陈遵。[21]	您写的书札压倒擅长尺牍的陈遵。
岂是池中物，[22]	您哪里是长久困处池中的蛟龙，
由来席上珍。[23]	您从来应该被当作席上的奇珍。
庙堂知至理，[24]	朝廷大臣像您这样懂最根本的道理，
风俗尽还淳。	民风就完全能恢复古代的淳真。
才杰俱登用，	才能杰出的人都受到提拔任用，
愚蒙但隐沦。	只有无知愚人才无声无息地沉沦。
长卿多病久，[25]	可是司马相如却长久疾病缠身，
子夏索居频。[26]	子夏也屡屡忍受孤寂凄冷。
回首驱流俗，	回顾我自己，过着随波逐流的生活，
生涯似众人。	过的日子像人数众多的平民。
巫咸不可问，[27]	我找不到巫咸问卜，给我指点迷津，
邹鲁莫容身。[28]	甚至像孔丘那样连故乡也不能容身。
感激时将晚，	我的生命将到尽头但仍激昂奋发，
苍茫兴有神。	在苍茫中像有神灵助我的诗兴。
为公歌此曲，	为您吟诵这一篇诗歌，
涕泪在衣巾。	我泪水涟涟，沾湿了衣巾。

注释：

① 韦见素于天宝十三载八月，从文部侍郎升任武部尚书，同中书门下平章事。这一职位与宰相相当。安禄山叛变时，随唐玄宗入蜀。肃宗李亨在灵武即帝位后奉玄宗禅位宝册赴肃宗行在。至德二年，任左相。诗题中称他为“韦左相”，显然是后来编集时所改。杜甫在长安待制时献诗给他，是希望能得到他的推荐，授给官职。这诗大概写于天宝十四载（755 年）春。杜甫于这年十月被任命为河西尉，不就；旋改授右卫率府兵曹参军（一说是胄曹参军）。可能就是由于韦见素的帮助。但授给的官职很低，并不能使杜甫有施展才能、实现抱负的机会。

②《左传 · 昭十七年》：“少皞挚之立也，凤鸟适至，故纪于鸟，为鸟师而鸟名。凤鸟

氏，历正也。”历正，就是掌理历法的官。后世遂称历书为凤历。轩辕，即黄帝，是少皞的父亲。古代注家对这句诗曾有疑问：“凤历，则少皞氏之纪耳，而曰轩辕纪何邪?”（见《九家注》）其实，少皞氏任历正是在黄帝在位时，他所订的历名为“凤历”，是从轩辕氏黄帝的纪年开始的。因此诗中才这样说。这句诗以黄帝纪元的开始比喻唐朝的建立。

③ 龙飞，喻皇帝登位。这句诗是说唐玄宗登位已四十年。玄宗即位于先天元年（712年），到天宝十四载（755 年），计四十三年。说“四十年”，取成数。

④《说苑・辨物》：“八荒之内有四海，四海之内有九州，天子处中州而制八方耳。”八荒，指中国边境的广阔地域。《汉书・王吉传》：“驱一世之民，跻仁寿之域”。寿域，也就是太平盛世的意思。

⑤ 一气，见第二卷《冬日洛城北谒玄元皇帝庙》注⑥。《晋书・凉武昭王暠传论》：“若一气之生两仪”。两仪，即天地、阴阳。译诗中以“混沌之气”来代表“一气”。张华《答何邵诗》：“洪钧陶万类，大块禀群生。”翰注：“洪钧，造化也。”按“洪钧”的本义是制陶器的巨大转盘，后常用来指整个自然界，指宇宙。

⑥《九家注》赵次公曰：“言丹青，则应见于图画之间也。”把“丹青”理解为功臣的画像。这样理解不很贴切。仍以理解为“丹墀青琐”为宜。见第二卷《奉赠鲜于京兆二十韵》注㉙。旧臣，一作“老臣”。玄宗父睿宗李旦即帝位前封相王，韦见素曾在相王府任职，因此从玄宗看来，韦见素是王府中的旧臣。

⑦ 本句与“按图索骥”的内涵相同。

⑧ 麒麟，也写作“骐驎”，是骏马名。这两句诗以骏马比喻人才。

⑨ 沙汰，与今之“淘汰”同义。《晋书・孙绰传》：“沙之汰之，瓦砾在后。”由于“沙汰”，使江河不再浑浊。在韦见素任左相前，陈希烈任此职，政声不佳。这句诗喻陈希烈之罢相。江河，《文苑英华》作“江湖”，似不如“江河”之佳。

⑩《韩诗外传》：“伊尹负鼎俎，调五味，而为相”。《汉官仪》：“三公助鼎和味”。宰相治理天下，揆度百事，如鼎之调味，故以“调和鼎鼐”来比喻宰相的重任。这句诗是说韦见素新登相位。

⑪ 韦贤，于汉宣帝本始三年（公元前 71 年）代蔡义为左丞相。诗中以韦贤相汉比喻韦见素之进位同平章事。

⑫范叔，即范雎，战国时魏人。后入秦，说昭王以远交近攻之策，拜客卿，不久为相。这诗中的范雎相秦比喻韦见素之相玄宗。

⑬汉韦贤通晓《礼》《尚书》诸经，少子玄成亦以明经仕至丞相。韦见素是儒生出身，故以“传经”来赞美他。

⑭豫樟，亦作“豫章”，是形状相近的两种树木，不易区别。樟，即今之香樟树。译诗中只说“樟树”。

⑮《后汉书·李固传》：“北斗为天之喉舌，尚书亦为陛下之喉舌。”北斗，喻尚书的职位。喉舌，意思是代言人。韦见素当时以武部尚书兼任同平章事之职。

⑯《书·康王之诰》：“太保率西方诸侯入应门左，毕公率东方诸侯入应门右。”毕公，即毕公高，周文王第十五子，武王封之于毕。康王时，命毕公保厘东郊。后世固以“东方”称兵部尚书。搢绅，指朝廷百官。

⑰持衡，喻选材平允公正。“衡”的意思就是“平”。藻鉴，即“藻镜”。江总《让尚书仆射表》：“藻镜官方，品才人物。”《北史·赫连子悦子悰传论》：“子悦牧宰流誉，子悰簿领见知，及居藻镜，俱称尸禄。”前一例中，“藻镜”当动词用，指公正地铨选官职；后一例中，“藻镜”作名词用，指主管铨选的官员。后来赞誉铨选公正，也常用“藻镜”来比喻。这句诗是赞美韦见素任吏部侍郎时的政绩。

⑱《仇注》引《汉书·郑崇传》：“哀帝时为尚书仆射，每见曳革履，上笑曰：‘我识郑尚书履声。’”又云：“天子像帝座，故云上星辰。”这句诗是说皇帝对韦见素十分理解。

⑲余波，指恩德的传播，如《左传》：“波及晋国者，君之余也。”亦可泛用于有德者之流风遗泽。《论语》：“德不孤必有邻”。长安城南有韦、杜两大家族聚居地，即韦曲与杜曲，相距很近，且世代有交往，故有“德照邻”之语。

⑳管辂，三国魏人。传说他明天文地理变化之数，能言未来之事。韦见素也谈阴阳五行之术，故以管辂相比。

㉑据《汉书·陈遵传》，陈遵善书，与人尺牍，得之者藏弆以为荣。尺牍，即书信。

㉒《三国志·吴书·周瑜传》：“蛟龙得云雨，终非池中物。”池中物，指受困的蛟龙，喻不得志的人才。

㉓《礼记·儒行》："儒有席上之珍以待聘"。席，座席，谓儒者从容坐于席上，待当政者之聘用。

㉔ 庙堂，指朝廷。

㉕ 长卿，司马相如的字。相如素有消渴病（糖尿病）。从这句以下，是杜甫自谓。

㉖ 子夏，孔子弟子，姓卜名商。《礼·檀弓》："子夏曰：'吾离群而索居久矣。'"

㉗ 巫咸，古代神巫名。《列子·黄帝》："有神巫自齐来，处于郑，命曰巫咸。"又《离骚》："巫咸将夕降兮。"王逸注："名咸。殷之巫也。"不同时代的神巫都以"咸"为名。这句诗是说自己看不见前途，心中惶惶不安，找不到人为自己指点迷津。

㉘《庄子·盗跖》："孔子再逐于鲁，削迹于卫，穷于齐，困于陈蔡，不容身于天下，岂足贵耶？"按"邹鲁"，孔子故乡之地。诗中以孔子自况，表示处境十分困窘。

◎ 沙苑行[①]（七古）

君不见，	你可看见，
左辅白沙如白水，[②]	同州的那片白沙地白得像一汪水，
缭以周墙百余里。	环绕的围墙长一百多里。
龙媒昔是渥洼生，[③]	古代的天马——龙媒生长在渥洼，
汗血今称献于此。	如今的汗血马，从这里献给皇帝。
苑中騋牝三千匹，[④]	沙苑里，七尺长的母马有三千匹，
丰草青青冬不死。	丰美的牧草长青，冬天也冻不死。
食之豪健西域无，	靠它喂养的马匹比西域马还雄健，
每岁攻驹冠边鄙。[⑤]	这里训练出的马驹在京郊年年数第一。
王有虎臣司苑门，[⑥]	皇上有员虎将守着沙苑的大门，
入门天厩皆云屯。	入门只见厩里马群像白云一堆堆。

骕骦一骨独当御，[7] 其中那匹骕骦马专供皇上骑，
春秋二时归至尊。 每逢春秋两季就牵到皇帝面前。
内外马数将盈亿，[8] 宫里宫外骏马将超过十万匹，
伏枥在垧空大存。[9] 马棚里的，野地里的，再多也徒然。
逸群绝足信殊杰，[10] 那骕骦神速超群，谁也赶不上，
倜傥权奇难具论。[11] 它的敏捷机灵实在难以言传。
累累塠阜藏奔突，[12] 层层叠叠的沙丘遮蔽着骏马奔驰，
往往坡陀纵超越。[13] 到处高高低低，任它们跳越腾翻。
角壮翻腾麋鹿游，[14] 角斗、跳跃，和麋鹿同行肩并肩，
浮深簸荡鼋鼍窟。[15] 在深水里浮游搅得鼋鼍窟动荡不安。
泉出巨鱼长比人，[16] 那水底生长的大鱼像人一样长，
丹砂作尾黄金鳞。 朱砂色的尾巴，黄金色的鳞。
岂知异物同精气，[17] 谁能想到不同的物种精气却相同，
虽未成龙亦有神。 虽然还不是龙可也有龙的神灵。

注释：

① 沙苑，是一处有水有沙丘的牧马场，在同州境。唐代在那里置沙苑监，管理牧马的事。当时全国这样的牧马场有四十八处，均设监管理，并设苑总监总管其事。天宝十三载，以安禄山为总监，那时他已有叛变的打算，便在沙苑私选健马，驱赶到他任节度使的范阳郡。旧时注家多谓这篇诗的主旨就在于忧安禄山之蓄谋作乱。天宝十三载秋冬间长安因久雨乏食，杜甫率妻子家人去奉先县寄食。经过沙苑附近，因此作了这首诗。由于这诗作于叛乱发生前一年，因此诗中只能隐约其词地表达出这种忧虑。诗中关于牧马的情况描述极为生动、真实，反映了唐代养马事业的巨大规模和牧场中万马奔腾的壮观场面。

② 左辅，是汉代建立的“三辅”之一。三辅，即京兆尹、左冯翊、右扶风，是京都长安及其周围的地区。左辅，即左冯翊，唐代的同州，属左冯翊郡，即今陕西省大荔县西面一带。白沙，因当地土质为白色沙土，所以这样说。

③ 龙媒，汉朝著名的骏马名。《汉书·礼乐志》："天马徕兮龙之媒。"后遂把骏马称为"龙媒"。渥洼，地名，在今甘肃省之安西附近。据《汉书·武帝纪》，有暴利长者屯田于此，见附近的野马品质优良，便设法捕捉献给汉武帝，武帝为之作《天马歌》。

④《说文》："马七尺为騋。"牝，雌性牲畜。

⑤《周礼·夏官·廋人》注："攻驹，制其蹄啮者。"又《大戴礼·夏小正》："执陟攻驹。攻驹也者，教之服车，数舍之也。"可以看出，所谓"攻驹"是古代养育和训练幼马的一整套措施。边鄙，京城的郊外。

⑥ 旧注说这里的"虎臣"就是安禄山，或说是安禄山的部将。

⑦ 骕骦，良马名。当御，供皇上骑用。

⑧ 亿，与今日的数词"亿"含义不同。《礼·内则》："降德于众兆民"。疏："算法：'亿'之数今有大小二法，其小数以十为等，十万为亿，十亿为兆也。其大数以万为等，万至万是万万，为亿……"这句诗里的"亿"，当指十万。

⑨"伏枥"之"枥"，马槽前之木架，系马用。泛指养马之所，马棚。"坰"，音"迥"，阳平声（jiōng），郊野。赵次公云："空大存，言枥中坰外，其数空存，不如苑马之神骏也。"大体是正确的。但"枥中坰外"的马恐怕不是和"苑马"比较，而是和"骕骦"比较。

⑩ 逸群绝足，也是指"骕骦"，它在沙苑的马群中是最杰出的。

⑪《汉书·礼乐志·天马歌》："志俶傥，精权奇。"注："俶傥，卓异也。"王先谦补注："权奇者，奇谲非常之意。"意译为"敏捷机灵"。

⑫ 塠阜，即"堆阜"，意思是小土丘。

⑬ 坡陀，也写作"陂陀""陂陁""陂陀"，读"pō tuó"。如李华《含元殿赋》："靡迤秦山，陂陀汉陵。"《史记·司马相如传》："登陂陁（又作'陁'）之长阪兮。"洪兴祖补注："陂陀，不平也。"

⑭ 颜延年《赭白马赋》："纷驰迴场，角壮永埒。"角壮，竞赛。

⑮ 鼋鼍，见第一卷《暂如临邑至䗁山湖亭奉怀李员外》注②。

⑯ 唐朝避高祖李渊讳，常以"泉"字代替"渊"字。泉出，即"渊出"。渊，指水深

处。巨鱼，不知是真实有的，还是想象之物。旧注有谓“巨鱼”指安禄山。虽还没有变成龙，却有了龙一般的神通。也有人认为，古代有“鱼龙变化”之说，而“龙”又往往能变为马。

⑰《易·系辞》：“精气为物”，疏：“谓阴阳精灵之气，氤氲积聚而为万物也。”这句诗用《易》解释鱼龙变化及龙马变化的原因。

◎ 桥陵诗三十韵因呈县内诸官[1]（五排）

先帝昔晏驾，[2]	当年先帝乘龙升天，
兹山朝百灵。[3]	就在这座山上朝见各种仙灵。
崇冈拥象设，[4]	高岗上排列着一座座石雕，
沃野开天庭。	沃野里摆开了仙界的殿庭。
即事壮重险，[5]	眼前的艰巨工程令人赞叹壮观，
论功超五丁。[6]	论人工，要超过开辟蜀道的五丁。
坡陀因厚地，[7]	逶迤的丘陵在深厚的大地上起伏，
却略罗峻屏。[8]	高峻的山岭在背后展开像巨大围屏。
云阙虚冉冉，[9]	耸入天空的双阙云气缥缈，
松风肃泠泠。[10]	吹过松林，萧瑟风声像流水泠泠。
石门霜露白，	石门上蒙着一层白色霜露，
玉殿莓苔青。	玉殿的墙砌上莓苔青青。
宫女晚知曙，	守陵的宫女很迟才知道已经黎明，
祠官朝见星。	护陵官员清早看见天空的星星。
空梁簇画戟，[11]	空荡荡的殿堂梁下簇架着画戟，
阴井敲铜瓶。[12]	不见阳光的井壁碰响汲水的铜瓶。

中使日相继，	皇上派遣太监一连几天来到陵前，
惟王心不宁。	因为皇上心里失去了安宁。
岂徒恤备享，[13]	岂但是关心进供的祭品，
尚谓求无形。[14]	还说要寻求无影无踪的神灵。
孝理敦国政，	皇上倡导孝道，国政更淳厚，
神凝推道经。[15]	还聚精会神地钻研《道德经》。
瑞芝产庙柱，[16]	陵庙的石柱上生出了吉祥的灵芝，
好鸟鸣岩扃。[17]	可爱的鸟儿站在高峻的门上啼鸣。
高岳前嵂崒，[18]	高山在陵前突兀耸立，
洪河左滢濙。[19]	黄河在东面曲折回萦。
金城蓄峻趾，[20]	坚固的长城下面有深厚的基础，
沙苑交回汀。	弯曲的流水汇聚到沙苑中心。
永与奥区固，[21]	永远伴守着这形势险要的地区，
川原纷眇冥。	一道道河川流向原野远处，看不分明。
居然赤县立，[22]	直属京都的奉先县就屹立在那里，
台榭争岧亭。[23]	高高的亭台楼榭，争着向天空伸挺。
官属果称是，	那里的官员们的确胜任这里的职位，
声华真可听。	他们的声誉真的是美好中听。
王刘美竹润，[24]	王君和刘君像美丽的翠竹般莹润，
裴李春兰馨。	裴君和李君像春天兰草一样芳馨。
郑氏才振古，[25]	郑君的才能发扬了古代传统，
啖侯笔不停。[26]	啖君从事著述，挥笔书写不停。
遣词必中律，	遣词造句一定要合于格律，
利物常发硎。	语言锐利像常常磨砺的剑刃。
绮绣相展转，	文章像绮绣，被人们展转传诵，
琳琅愈青荧。	比起琳琅美玉更显得青光荧荧。

侧闻鲁恭化，[27]	听说你们像鲁恭那样推行教化，
秉德崔瑗铭。[28]	奉持德操，遵行崔瑗的座右铭。
太史候凫影，	皇上将派遣太史等候你们到临，
王乔随鹤翎。[29]	你们一个个都将像王乔驾鹤飞行。
朝仪限霄汉，	我想到朝廷上去可是被天河阻隔，
客思回林坰。[30]	怀着游子乡情回顾京郊的原野丛林。
轗轲辞下杜，[31]	我离开下杜走上崎岖的道路，
飘飖凌浊泾。	渡过泾水的浊流时心情更摇荡不定。
诸生旧短褐，[32]	穿着一身书生的旧布衫，
旅泛一浮萍。	到处漂流，像一片浮萍。
荒岁儿女瘦，	遭到荒年，儿女都已饿瘦，
暮途涕泗零。	日暮途穷，眼泪流满衣襟。
主人念老马，[33]	盼望这里的主人怜惜我这匹老马，
廨署容秋萤。	让我在县署里暂住，像秋萤暂时留停。
流寓理岂惬，	这样流寓寄居哪里能心安理得，
穷愁醉不醒。	穷困愁苦使我像酒醉不醒。
何当摆俗累，	希望有一天能摆脱俗事拖累，
浩荡乘沧溟。	乘风到浩瀚无边的大海上航行。

注释：

① 桥陵是玄宗（李隆基）的父亲睿宗（李旦）的陵墓。在长安北面的蒲城县。因为睿宗葬在这里，就把蒲城改名为奉先县，直属京兆府。天宝十三载秋大雨成灾，长安粮价腾贵，人多乏食。杜甫在长安待制长久未能授一官职，在京生活困难，就送家属到奉先县暂住，经过桥陵时，写了这首诗。由于看到桥陵建筑的宏伟，祠祀的隆盛，不免有所感触，这就成了诗前半的内容。但写这诗的目的毕竟是为了应酬，用它作为送给奉先县的官员们的一份见面礼，既要称颂，又要诉苦，还要隐约其词地提出要求，这些就成了诗后半的内容。尽管如此，诗中的形象还是很鲜明生动的，

想象丰富，有声有色；语言也精练华美，富于表现力。

② 先帝，指睿宗李旦，开元三年（715 年）六月死。古代称帝王之死曰“晏驾”。“晏驾”的本义是“车驾晚出”，讳言“死”字，故称“晏驾”。

③ 陆机《吴大帝诔》：“幽驱百灵”。这句诗是说皇帝死后仍为鬼神界的统治者。

④《楚辞·招魂》：“象设居室，静安闲些。”注：“象，法也。言为君造设屋宇，法象旧庐。”《仇注》：“象设，石马之类。”象设，指陵墓前人、兽等石象。

⑤ 即事，眼前所见之物，即所见的陵墓建筑。壮，称赞其壮美。重险，指陵墓建筑工程之艰巨宏伟。

⑥《水经·沔水注》：“秦惠王欲伐蜀而不知道，作五石牛，以金置尾下，言能屎金，蜀王负力，令五丁引之，成道。”《华阳国志》：“蜀有五丁力士，能移山举万钧，每一王死，辄为立大石，长三丈，重千钧，为墓志。”五丁，为传说中的力士。

⑦ 坡陀，见本卷《沙苑行》注⑬，这里用来作丘陵解。

⑧ 却略，后退貌。古乐府《陇西行》：“却略再拜跪，然后持一杯。”这里用以描写陵墓后面高山的形貌。峻屏，高大的屏风。

⑨ 云阙，指陵墓前高耸的双阙。冉冉，柔弱貌，言云气缥缈。

⑩ 泠泠，使人感到清凉的流水声。

⑪ 画戟，仪仗，成簇架设在陵墓寝殿中。

⑫ 阴井，陵园内的汲水井。铜瓶，汲井水的瓶。第八卷有《铜瓶》诗，可参看。

⑬ 恤，音“序”（xù），忧虑、关心。备享，用以祭祀的物品。

⑭《曲礼》：“视于无形，听于无声。”这里指睿宗的魂灵。这句诗表示玄宗对睿宗的虔诚思念和孝心。

⑮《旧唐书》载，天宝十四载，颁《御注老子道德经》并《义疏》于天下。这诗写于天宝十三载秋，在这事以前。玄宗尊老子，提倡读《道德经》早就开始。

⑯ 芝，灵芝。瑞，祥瑞，吉祥的征兆。这句诗是赞颂之词，当时不一定实有其事。

⑰ 扃，音“**坰**”（jiōng），岩扃，高峻的门户。

⑱ 嵂崒，音“律族”（lǜ zú），山势高峻貌。

⑲ 洪河，即黄河。滢濙，音“营营”（yíng yíng），“濙”与“瀯”字通，水流回旋貌。

⑳ 贾谊《过秦论》（上）：“关中之固，金城千里。”金城，指秦孝公时所筑的长城，在蒲城县东。《左传·宣十一年》：“略基趾”。注：“趾，城足”，即城基。峻趾，厚的基础。

㉑《汉书·班固传》：“防御之阻，则天地之奥区焉。”注：“奥，深也。言秦地险固为天下深奥之区域。”

㉒ 赤县，见第二卷《投简咸华两县诸子》注②。奉先县于“开元十七年制官员同赤县。”（据《旧唐书》）这句诗中的“赤县”指奉先县。

㉓ 台榭，指远望奉先县的建筑。张衡《西京赋》：“状亭亭岧岧。”岧亭，高耸貌。

㉔ 这句诗和下面几句诗中的姓氏都是指奉先县的官员，诗句都是对他们的赞颂。

㉕ 振古，意思是“自古”。《诗·周颂·载芟》：“振古如兹。”传：“振，自也。”

㉖ 啖，音“淡”（dàn），姓。以下四句诗赞美文辞之美，似乎是专门赞美“啖侯”的。啖侯，大概是几位官员中最善于作诗的一个。侯，唐代常用的尊称。

㉗ 据《后汉书》，鲁恭为中牟令，专以德化为理，不任刑罚。诗中以鲁恭喻奉先县令及其他官员。

㉘ 据《后汉书》，崔瑗举茂才，为汲县令，高于文辞，尤善为书记箴铭，所著座右铭流传于世。

㉙ 浦起龙《读杜心解》引《后汉书》：“王乔为叶令，入朝数，帝令太史候望，言有双凫飞来。”这是说王乔有仙术能以双履化凫，乘之飞行，也是说王乔以县令的身份得到了皇帝的重视。又引《列仙传》：“王子乔，周灵王太子晋也。七月七日，乘白鹤飞于缑氏山头，举手谢时人。”浦氏并加按语云：“王子乔与叶令之王乔本两人，多伪为一。”杜甫在这两句诗中也混用了两个人的事。

㉚“林坰”的“坰”，见本卷《沙苑行》注⑨。

㉛ 下杜，见第二卷《投简咸华两县诸子》注③。轗轲，通“坎坷”。《北史·文苑传》：“道轗轲而未遇。”

㉜ 诸生，未举进士，未得到官职的儒生。短褐，见第一卷《冬日有怀李白》注③。

㉝ 主人，指奉先县县令及其他官员。老马，杜甫自称，自谦之词。

◎ 送蔡希鲁都尉还陇右因寄高三十五书记[1]（五排）

蔡子勇成癖，	蔡将军的癖好是勇猛作战，
弯弓西射胡。	对着西方胡人开弓射箭。
健儿宁斗死，	好男儿宁愿战死，
壮士耻为儒。	做个儒生，壮士会感到羞惭。
官是先锋得，	他的官位是靠打前锋得到，
才缘挑战须。	练就一身本领是为向敌人挑战。
身轻一鸟过，	纵马奔驰时轻捷得像一只鸟飞过，
枪急万人呼。	疾舞长枪时千万人齐声呐喊。
云幕随开府，[2]	他的营幕随着主帅一起移动，
春城赴上都。[3]	如今来到春色满城的长安。
马头金匼匝，[4]	骏马头上羁勒金光灿灿，
驼背锦模糊。[5]	骆驼背上，锦帕五彩斑斓。
咫尺雪山路，	遥远的雪山好像近在咫尺，
归飞青海隅。	他就要飞回青海湖边。
上公犹宠锡，[6]	主帅受到皇上恩宠还要留在京都，
突将且前驱。	勇猛的将军先走一步赶回前线。
汉使黄河远，[7]	汉家的使臣在遥远的黄河边，
凉州白麦枯。	凉州的白麦已经熟透枯干。
因君问消息，	有烦将军为我问讯一声，

好在阮元瑜。⑧　　　　问问高适书记他可平安。

注释:

① 诗题下旧本有原注:“时哥舒入奏,勒蔡子先归。”据《通鉴》,天宝十四载(755年)春,哥舒翰入朝,途中得风疾,遂留在京师。这诗大概就是这时所写。蔡希鲁是武将。“都尉”是一种勋官,最高者为“上轻车都尉”(视正四品),其下各级依次为“轻东都尉”(视从四品),“上骑都尉”(视正五品)和“骑都尉”(视从五品)。蔡居何级,不能臆测。高三十五书记,指高适,可参看第二卷《送高三十五书记》注①。蔡希鲁随哥舒翰来长安,于夏末白麦枯时先回凉州。杜甫为他送行,赠给他这首诗,并请他把这诗转给高适看。蔡希鲁是靠武艺和战功升官的,不是儒生文士,因此诗中语言直率,不用典故。

② 哥舒翰于天宝十一载加开府仪同三司,参看本卷《投赠哥舒开府翰二十韵》注①。云幕,营幕之美称。这里借代蔡希鲁都尉。

③ 上都,京都。

④ 匼匝,音“科扎”(kē zā),围绕。这里用作名词,指络头、勒口等马具。

⑤《九家注》:赵云:“驼背负物而以锦帕蒙之,此之谓模糊。”“锦模糊”和上句之“匼匝”等均为唐时口头用语。

⑥ 上公,指哥舒翰。宠锡,原意是受到皇帝的恩宠,得到厚赐,这里指玄宗令哥舒翰暂留长安养病的事。

⑦ 汉使,泛指陇右节度使幕府中的官员。

⑧ 好在,朱鹤龄注:“乃存问之辞”,唐张鷟《朝野佥载》卷六:“子恭苏问家中曰:‘许侍郎好在否?’”阮元瑜,即阮瑀,借代高适。参看本卷《赠田九判官梁丘》注⑥。

◎ 醉歌行[1]（七古）

陆机二十作文赋，[2]	陆机二十岁那年写出了《文赋》，
汝更少年能缀文。	你比他更年轻时就已经能作文。
总角草书又神速，[3]	儿童时期就会草书，写得飞快，
世上儿子徒纷纷。[4]	别人家那么多孩子比不上你的才能。
骅骝作驹已汗血，	骅骝幼小时已经流血色的汗，
鸷鸟举翮连青云。	猛禽一举翅膀就飞上青云。
词源倒流三峡水，[5]	文辞源源流出，像三峡江水倾泻，
笔阵独扫千人军。[6]	写字像布阵，一支笔能横扫千军。
只今年才十六七，	可今年你才十六七岁，
射策君门期第一。[7]	到京城应试就盼望考第一。
旧穿杨叶真自知，[8]	你知道自己真有百步穿杨的本领，
暂蹶霜蹄未为失。	像骏马在霜地上跌倒一次也不算失利。
偶然擢秀非难取，	偶然考中高第也并不是难事，
会是排风有毛质。[9]	只要是飞禽总有天会乘风展开双翅。
汝身已见唾成珠，[10]	你自己嘴里吐出的都已经是珠玉，
汝伯何由发如漆。[11]	你伯父的头发哪里再能黑得像漆。
春光潭沱秦东亭，[12]	这秦东亭一片春光明媚，
渚蒲牙白水荇青。	洲渚上蒲芽白嫩，水荇青青。
风吹客衣日杲杲，[13]	灿烂的阳光下，风吹游子衣襟，
树搅离思花冥冥。	花蕾默默不语，树枝拂动离情。
酒尽沙头双玉瓶，	酒喝完了，把一对玉瓶丢在沙洲边，
众宾皆醉我独醒。[14]	客人们都已沉醉，只我一个清醒。
乃知贫贱别更苦，	如今才明白，贫穷低贱的人分别时更愁苦，

吞声踯躅涕泪零。　　我不出声地流泪，来回走个不停。

注释：

① 原注："别从侄勤落第归。"从侄，是对堂兄弟的儿子的称呼，这里是指堂侄杜勤。他参加了天宝十三载秋八月在长安举行的进士考试，落第后，于次年春回故乡去。杜甫为了安慰他，为他设酒送行，并写了这首赠别的醉歌。诗中盛赞杜勤的文才，语多夸张，从中可看出杜甫对从侄的厚爱之情。诗中强调考试能否及第完全是偶然的事，这同诗人自己多次考试失败有关，因此特别感到愤愤不平。诗末写送别时的春光和人们的情绪，清丽悱恻，有类似经历者一定会引起共鸣。

② 据《晋书》，晋灭吴后，陆机回到故乡，与弟陆云一起努力读书学习，年二十，作《文赋》，流传至今。

③《诗·齐风·甫田》："总角丱兮。"疏："总聚其发以为两角"。陈奂传疏："此总角乃男子未冠之服。"也就是男子未成年时的发式。

④ 徒纷纷，意思是多而无用。

⑤ 倒流，是说水奔泻而下如倾倒，而不是说逆向流水。

⑥《仇注》："倒三峡谓文势浩瀚；扫千军谓草字纵横。"

⑦ 射策，汉代取士的一种考试方法。《通考》："汉制取士，作简策问难，试者投射答之，谓之射策；若录政化得失显问，谓之对策。"射，指遮住试题，不使受试者看见而随手探取，取得后再看题作答。现代智力竞赛中也有采用类似方法的，诗中以此来借代唐代之进士考试。

⑧ 传说古代楚国有勇士名养由基，善射，能"百步穿杨"，即距离百步射中杨树叶的本领。这里用来比喻解答试题的能力。

⑨ 排风，意思与"乘风""驾风"相似。毛质，指禽类，与第六句诗中的"鸷鸟"呼应。

⑩《后汉书·赵壹传》："势家多所宜，咳唾自成珠。"本指言谈之可贵，后常用来喻文辞之类。

⑪ 汝伯，杜甫自称。漆，黑色而光亮。这句诗是自叹年已衰老。

⑫ 潭沱，一作“淡沲”，俱音“淡舵”（dàn duò），意思与“淡荡”相同，形容春天气候温和宜人之词。

⑬《诗・卫风・伯兮》：“其雨其雨，杲杲日出。”杲，音“稿”（gǎo），阳光明亮。

⑭ 屈原《渔父》：“众人皆醉我独醒”。意思是说对社会实际状况有了认识，不再受蒙蔽。

◎ 陪李金吾花下饮[①]（五律）

胜地初相引，	我第一次被邀请到这幽美的地方，
徐行得自娱。	慢慢走着，自己体会着一种乐趣。
见轻吹鸟毳，	鸟的羽毛真轻，一口气吹它上天，
随意数花须。[②]	随意数数这花心里有多少根花须。
细草偏称坐，	细草平铺，恰好当作座席，
香醪懒再沽。[③]	香酒喝完了，懒得再去沽取。
醉归应犯禁，	酒醉了回家，路上怕要犯宵禁，
可怕执金吾？[④]	那执金吾的将军可令人畏惧？

注释：

① 唐代设有左右金吾卫，统领府兵，各置大将军一人、将军两人。据黄鹤注，李金吾是指李嗣业，天宝末任左金吾大将军。他邀请杜甫到他家的园林中饮酒，坐于花下，故题中说“花下饮”。虽在豪贵有权势的将军家饮酒，但不失天真、自由之态，结句有谐谑意，表达了生活中的情趣。旧注编此诗于天宝十四载春。

② 浦起龙《读杜心解》：“鸟毳，即花片也。因风吹落，见其轻飏以去，而花须露矣。”似嫌牵强。《仇注》：“口吹轻飏之鸟毳，意数吐萼之花须，细写闲中玩物之趣，所谓自娱也。”译诗从仇说。按“数花须”，本来可能并不是无意义的行为，而与某种风

俗联系着。如《词苑丛读》述及丰城道中有诗妇余淑柔所题《浪淘沙》词中云："音信难觅，花须偷数卜归程"，此为宋代事，唐代或已有类似民俗。盖"数花须"计其数目单双，用来预卜自己的心愿是否能达到。这首诗中，说"随意数花须"，表明不是有目的数，而只是"随意"为之，这是悠闲的一种表现。"毳"音"翠"（cuì），鸟兽的细毛。

③ 醪，见本卷《崔驸马山亭宴集》注⑦，"细草""香醪"两句表现得随意、不拘礼数，主客关系颇见亲昵。

④《仇注》："张远（《杜诗会粹》）作'执'（金吾），诸本作'李'（金吾）。"并引《前汉书·百官志》："汉武帝更中卫尉为执金吾。"颜师古注："金吾，鸟名也，主辟不祥。天子出行，职主前导，以备非常，故执此鸟之象，因以名官。"又《后汉书·百官志》应劭注："执金革以御非常。'吾'，犹'御'也。"唐代的"金吾大将军"，汉代称"执金吾"。

◎ 官定后戏赠[①]（五律）

不作河西尉，[②]	我不愿作河西县尉，
凄凉为折腰。[③]	心里悲凄，想到要向上级弯腰。
老夫怕趋走，	我这老人最怕逢迎趋走，
率府且逍遥。[④]	还是暂且到率府去自在逍遥。
耽酒须微禄，	爱喝酒总得挣点儿俸禄，
狂歌托圣朝。	狂歌度日，好在圣明的王朝可以依靠。
故山归兴尽，	这一来，回故乡的念头都消失了，
回首向风飙。[⑤]	转过头对着天边卷起的狂飙。

注释：

① 天宝十四载（755 年）十月，杜甫被任为河西县尉，但未就任。不久改授右卫率府兵曹（一说“胄曹”）参军。诗题下的原注：“时免河西尉，为右卫率府兵曹”。《新唐书·杜甫传》作“胄曹参军。”未知孰是。这诗是杜甫决定就任率府时所作。《杜臆》：“戏赠，公自赠也。”但既称“戏赠”，必为赠人，不应有“自赠”之说。但受赠者必为杜甫十分亲近的人，特未著其名耳，疑为赠妻杨氏之作。

② 河西尉，河西县尉。闻一多《少陵先生年谱会笺》谓“河西县故城在今云南河西县境”。近年有人考证此说不确。据《旧唐书·地理志》，武德三年（620 年）分郃阳县境的夏阳置河西县，乾元三年（760 年），复为夏阳。唐代河西（夏阳）县治所在今陕西合阳以东。杜甫授河西尉时，正在河西置县时期中。

③ 折腰，用陶潜事。陶潜为彭泽令时，督邮至，吏曰：“应束带见之。”陶潜叹曰：“吾不能为五斗米折腰，拳拳事乡里小儿。”遂解印去。

④ 率府，是太子东宫官属，相当于朝廷之卫府，事务清闲。

⑤ 这句诗的含意是：杜甫虽已决定到率府任职，但官职并不真合他的心意，见狂风起，心中仍多感慨。

◎ 去矣行[①]（七古）

君不见韝上鹰，[②]	你可看见，那猎人臂套上站的鹰，
一饱即飞掣。	一吃饱就远远飞逝。
焉能作堂上燕，	怎能做屋梁上的燕子，
衔泥附炎热。	只顾衔泥做窠，趋炎附势。
野人旷荡无靦颜，	过惯草野生活的人爱豪爽，没有厚脸皮，
岂可久在王侯间。	哪里能长久和王侯们在一起。
未试囊中餐玉法，[③]	我行囊里的《餐玉法》还没有尝试，

明朝且入蓝田山。[4]　　去寻找美玉吧，明天一早就到蓝田山里去。

注释：

① 这是杜甫担任率府兵曹参军后不久写的一首诗，表明了他最后还是决定弃官而去。他是天宝十四载十月任职率府的，十一月安禄山反于范阳，反讯未传到长安时他就已弃官，可见在率府任职的时间极短。等了三四年时间才得到一个官职，勉强就任又旋即离去，他的心境一定是十分痛苦的。这首诗是他这种心境的自白。

②《史记·滑稽列传》注："鞲，捍臂也。"鞲，也写作"韝"，音"勾"（gōu），皮革制的护臂套，套于臂上供猎鹰站立。

③ 餐玉法，书名，可置于囊中，言其小也，即今之袖珍本之类。是关于道家服玉求长生之术的书籍。

④ 蓝田山，在长安东南，以产玉著名。因为想餐玉修仙，所以要到蓝田山里去采玉。实际上是说想归隐山林。

◎ 夜听许十一诵诗爱而有作[1]（五古）

许生五台宾，[2]　　许君曾经在五台山作客，
业白出石壁。[3]　　他曾在石壁寺学佛行善。
余亦师粲可，[4]　　我也曾把僧粲和慧可当作老师，
身犹缚禅寂。　　直到如今还约束自己静心学禅。
何阶子方便，[5]　　怎样的捷径使你得到了进展，
谬引为匹敌。[6]　　承蒙您把我当对手，和我切磋探研。
离索晚相逢，　　我长久孤独寂寞，同你相见恨晚，
包蒙欣有击。[7]　　欣慰的是您能启发我的无知愚顽。

诵诗浑游衍，[8]	你诵诗气势宏阔，雄浑有力，
四座皆辟易。[9]	满座的人听了都动容色变。
应手看捶钩，[10]	技巧熟练，像铁匠锤锻铁钩一样得心应手，
清心听鸣镝。[11]	大家静心谛听，像听飞鸣的响箭。
精微穿溟涬，[12]	透过迷雾，精妙的含意显露，
飞动摧霹雳。	疾速飞动，像迅雷震破青天。
陶谢不枝梧，[13]	一点也不背离陶潜和谢灵运的诗风，
风骚共推激。[14]	像《国风》《离骚》一样令人崇敬赞叹。
紫燕自超诣，[15]	紫燕马的本领自然超群出众，
翠驳谁剪剔。[16]	翠龙马的鬃毛要谁给它修剪。
君意人莫知，	您的心意人们都不能理解，
人间夜寥阒。[17]	人世间寂寂无声，正长夜漫漫。

注释:

① 许十一，不知是什么人。旧本有作“许十损”者，则其姓名应为许损。又有作“许十”者，均缺少资料，无从考证。从诗的内容看，他是一个学佛的居士，又善于诵诗。杜甫对他十分推重，并同情他的寂寞与得不到知己。杜甫似乎从许的身上看到了自己，因此才这样对他一往情深。黄鹤谓此诗作于天宝十四载。

② 五台，五台山，在今山西省繁峙县东南，著名佛教圣地。宾，寄居，暂住。

③ 佛经中有“黑业”“白业”之说，“黑业”指罪恶，“白业”指善行。诗中之“业白”，是说从事修行，一心行善事。石壁，石壁玄中寺，在汾州北山，南北朝时高僧昙鸾自梁还魏后住于此寺中。郭沫若在《李白与杜甫》一书中谈到这句诗，认为“石壁”是指禅宗始祖达摩面壁九年的事。“出石壁”是指所学佛学出于达摩创立的禅宗。这意见也可参考。

④ 粲可，指僧粲与慧可两人。达摩创立中国佛教之禅宗，达摩传慧可，慧可传粲，粲传道信，道信传弘忍。师粲可，就是说学佛学中的禅宗一派。

⑤ 应玚《侍五官中郎将作》：“良遇不可值，伸眉路何阶。”齐王融《忏悔三业门颂》：

“不勤一至，何阶四禅。”何阶，指何种路径。方便，佛经中常用此语，含意往往随用处而变，一般可作“方法”理解。结合“何阶”一词，可解释为“捷径”。

⑥ 谬，自谦之语。匹敌，指才能相当的人，对手。

⑦《易·蒙卦》：“九二包蒙，上九击蒙。”包蒙，蒙昧不明。击蒙，启发蒙昧。

⑧《诗·大雅·板》：“及尔游衍。”传：“游，行；衍，溢也。”诗中以“游衍”来表示诵诗之博大气势。

⑨《史记·项羽本纪》：“人马俱惊，辟易数里。”辟易，惊避貌。诗中指震惊，内心受到震动。

⑩《庄子·知北游》：“大马之捶钩者，年八十矣，而不失豪芒。”又《庄子·天道》：“不徐不疾，得之于手而应于心。”都是说技艺之熟练。

⑪ 清心，静心，专心。鸣镝，响箭。

⑫《淮南子·本经》：“江淮通流，四海溟涬。”注：“无岸畔也。”《论衡·谈天》：“溟涬濛澒，气未分之貌也。”诗中以“溟涬”喻迷蒙。精微，指所诵诗篇之深刻微妙含义。

⑬ 陶谢，陶潜与谢灵运，俱为晋宋间诗人。枝梧，徐灏云：“犹牴牾也。”这句诗赞美许十一所诵之诗与陶谢诗风相合。

⑭ 风骚，《诗经》中的《国风》和《楚辞》中的《离骚》。推激，推崇，激动，赞叹的神情。

⑮ 紫燕，一作“紫鸾”。杜田、蔡兴宗等家作“紫燕”。紫燕，即紫燕骝，汉文帝良马名。诗中喻许十一之才能超群。

⑯ 驳，是传说中一种形状似马的兽。翠驳，大概也是良马的名称。

⑰ 阒，音“趣”(qù)。寥阒，寂静无声。

◎ 戏简郑广文兼呈苏司业[1]（五古）

广文到官舍，	广文先生来到他的官舍，
系马堂阶下。	把马系在堂前阶下。
醉则骑马归，	醉了就骑马回家，
颇遭长官骂。	因此不少次挨长官责骂。
才名三十年，	他的才名传扬了三十年，
坐客寒无毡。	冬天，客人来了也没有御寒的坐毡。
赖有苏司业，	幸亏有一位苏司业，
时时乞酒钱。[2]	常常给他些买酒的零钱。

注释：

① 郑广文，即广文馆博士郑虔。参看本卷《醉时歌》注①。诗中抓住几点，写出他穷愁潦倒的生活。因杜甫与他是至友，所以才这样直率地写。表面上是嘲笑、挖苦，实际上是对他无限同情。苏司业，即苏源明，天宝十三载，任国子监司业，也是郑虔和杜甫的至交。杜甫对这两位友人终身不忘，怀念之情常见于诗作中。据黄鹤注，此诗作于天宝十四载。

② 据《广韵》："乞，与人也。"乞，今通常用作"求"，这里则作"与人"解，即"给"。

◎ 夏日李公见访[1]（五古）

远林暑气薄，	远郊的树林里暑气淡薄，
公子过我游。	李公子到我的住处闲游。
贫居类村坞，[2]	我这个贫穷的家像个村坞，

僻近城南楼。	地方僻静，靠近南门城楼。
傍舍颇淳朴，	邻居都是些淳朴人家，
所需亦易求。	需要些什么，也都容易到手。
隔屋唤西家：	隔着屋叫唤西面邻居：
借问有酒不？	“请问你家可有酒？”
墙头过浊醪，	就从墙头上接过浊酒，
展席俯长流。	铺开席子坐下，俯瞰滔滔水流。
清风左右至，	左右两边吹来阵阵清风，
客意已惊秋。	游子不禁惊讶：怎么已经是凉秋。
巢多众鸟斗，	树上鸟巢多，群鸟在争斗，
叶密鸣蝉稠。	密密叶丛里，鸣蝉不歇地高歌。
苦遭此物聒，[③]	这些生物吵得我心烦意乱，
孰谓吾庐幽。	谁说我这房舍清幽。
水花晚色静，	夜色中荷花静悄悄，
庶足充淹留。	为了它，也该长久停留。
预恐樽中尽，	预先提防喝空樽中酒，
更起为君谋。[④]	再站起来为您筹谋筹谋。

注释：

① 李公，一作“李家令”。所谓“家令”，即“太子家令”的简称。看来李公是皇室，至少也是贵家子弟，所以诗中称他为“公子”。当时杜甫住在下杜，作诗时间大概在天宝十四载夏末秋初。诗中写村居之乐，语言质朴，生活气息浓厚。

② 村坞，周围有厚土墙的村庄。

③ 此物，指“众鸟”与“鸣蝉”。聒，音“郭”（guō），声音嘈杂刺耳，使人厌烦。

④ 谋，是说预先设法再沽些酒来，以满足客人需要。

第四卷

杜

◎ 天育骠图歌[①]（七古）

吾闻天子之马走千里，	我听说天子的马一天能走一千里，
今之画图无乃是？	当前这画上莫不就是这样的骐骥？
是何意态雄且杰，	看它的神态多么豪雄杰出，
骏尾萧梢朔风起。[②]	鬃毛和长尾摇动着，在北风中扬起。
毛为绿缥两耳黄，[③]	淡绿色的毛，两只黄色的耳，
眼有紫焰双瞳方。[④]	一对四方形的眼里喷出紫色火光。
矫矫龙性含变化，	像龙一样矫健，变化无常，
卓立天骨森开张。[⑤]	天生的结实骨架，站立着气昂昂。
伊昔太仆张景顺，[⑥]	当年的太仆卿是张景顺，
监牧攻驹阅清峻。[⑦]	他掌管牧马、育驹，挑选瘦削壮实的体形。
遂令大奴字天育，[⑧]	于是命令牧马奴的首领管理天育厩，
别养骥子怜神骏。[⑨]	把健壮善走的马驹分开喂养，对它们特别怜爱关心。
当时四十万匹马，	当时厩里喂养着四十万匹马，
张公叹其材尽下。	张公慨叹嫌它们素质都太低下。
故独写真传世人，	就特意画幅骏马图留给世人，
见之座右久更新。	挂在这座席旁，愈久看起来却愈新！
年多物化空形影，	多少年过去了，那骏马已死去，只剩下这画上的形影，
呜呼健步无由骋。	唉！它已经不再能健步凌云！
如今岂无騕褭与骅骝？[⑩]	难道这世上不再有騕褭骅骝？
时无王良伯乐死即休！[⑪]	当代没有王良、伯乐，它们被人折磨到死才罢休！

注释：

① 这首诗和以下两首诗均作于安史之乱发生以前，大致可订为天宝十四载（755 年）。由于诗人看到一张叫“天育骠图”（一说，应作“天育骠骑”）的画，想起天育厩的骏马和倡议建立天育厩的太仆卿张景顺，有无限感慨，就写了这一首诗。“天育”是马厩的名字，“骠”音“票”（piào），意为奔走迅速。这首赞颂良马和牧马人的诗里并没有提到人才的识别培养问题，但会使人想起这个问题；最后两句诗里更有着较明显的暗示，这大概正是诗人命意之所在。

② 騣，通常写作“鬃”，即鬣毛，马脊背上的长毛。萧梢，《仇注》引颜延年《赭白马赋》：“垂梢植发”。又解释说“萧梢，鬣尾摇动之貌”。

③《说文》：“缥，青白色。”

④《相马经》：“眼欲得高，眶欲得端，光睛欲得如悬铃紫焰。”“双瞳”的“瞳”并非指“瞳人”“瞳孔”，而是指“眼眶”。

⑤ 森开张，指的是马的精神抖擞，气概豪雄，译为“气昂昂”。

⑥ 开元年间，张景顺任太仆少卿兼秦州都督。唐代有监牧之制，负责蕃殖马匹，由太仆卿掌管。

⑦ 攻驹，见第三卷《沙苑行》注⑤。《说文》：“阅，具数于门中也。”意思是一个一个点数。《易·系辞上》：“坤以简能。”虞注：“简，阅也。”“阅”，意同今日之“检阅”，兼有挑选义。

⑧ 大奴，旧注有异说。胡震亨曰：“大奴，张景顺之牧马奴耳。赵注指王毛仲。毛仲父坐事，虽尝没为官奴，然是时正以霍国公领内外闲厩，景顺乃其属也，岂得称为大奴，令之守天育乎。”这意见是对的，大奴当为牧马奴之首领。《文苑英华》，“字”作“守”。仍以作“字”为宜。“字”，本义是“乳”“养”。《左传·昭十一年》：“使字敬叔”。

⑨ 骥子，指良种马驹。神骏在这里作为形容词使用，意译为健壮善走。

⑩ 騕袅，音“咬鸟”（yǎo niǎo），传说中的神马。骅骝，传说是周穆王八骏之一。

⑪ 王良，春秋赵简子时人，善御马；伯乐，即孙阳，春秋秦穆公时人，善相马。诗中以王良、伯乐代表善于使用良马和识别良马的人。

◎ 骢马行[1]（七古）

邓公马癖人共知，[2]　　人们都知道李邓公爱马成癖，
初得花骢大宛种。　　新近得到一匹花骢马是大宛良种。
夙昔传闻思一见，　　我早已闻名，真想见一见，
牵来左右神皆竦。　　它被牵出来了，两边的人都悚然惊异。
雄姿逸态何崷崒，[3]　　它雄壮洒脱的姿态多伟峻，
顾影骄嘶自矜宠。　　看着自己的影子，骄傲自得地长嘶。
隅目青荧夹镜悬，[4]　　有一对方目，发青光，像明镜悬挂两边，
肉騣碨礧连钱动。[5]　　背上像鬃毛的肉瘤突起，满身金钱花斑颤动不止。
朝来少试华轩下，[6]　　清晨在小花厅外面试了试骑，
未觉千金满高价。　　花一千两银子买它我看也不算高价。
赤汗微生白雪毛，　　红色汗液从雪白的毛下微微渗出，
银鞍却覆香罗帕。　　镶银的马鞍上盖着一块香罗帕。
卿家旧赐公取之，[7]　　您得到的原是赐给梁卿的御马，
天厩真龙此其亚。[8]　　除了御厩里的真龙就要数它。
昼洗须腾泾渭深，[9]　　白昼还在泾渭深处腾跃洗濯，
夕趋可刷幽并夜。[10]　　夜晚就能跑到幽并把身上尘土冲刷。
吾闻良骥老始成，　　我听说良马到老年才练达，
此马数年人更惊。　　这匹马过几年会更令人震惊。
岂有四蹄疾于鸟，　　难道这四蹄奔跑比飞鸟还快的良马，
不与八骏俱先鸣？[11]　　不能同皇帝的八骏一起先嘶鸣？
时俗造次那得致，　　可是人世间哪里能轻易得到它，
云雾晦冥方降精。[12]　　云雾弥漫的阴晦天气才能降生这样的精英。
近闻下诏喧都邑，　　近来都城里传言纷纷听说下了诏令，

肯使骐驎地上行。⑬　　　　怎能让天上的麒麟在地面驰行。

注释:

① 题下有原注:“太常梁卿敕马也。李邓公爱而有之,命甫制诗。”可知这诗是应一位封邓国公的贵官李某的要求而写。他得到了皇帝原赐给姓梁的太常卿的马(自然是花钱买来的,因为杜甫原注中说“爱而有之”,而且诗中又说“未觉千金满高价”),真是得意极了,于是请许多人来看,其中也包括杜甫。但是,看了就得写首诗,不能让杜甫白看,于是“命甫制诗”。杜甫毕竟是一位大诗人,而且对骏马也感到兴趣,便写了这首诗给那位李邓公,同时也借这首诗抒发了自己的愤懑和忧虑。尽管杜甫在诗中隐约其词地表达出的思想李邓公不一定都能领会,因而不会感到不愉快,但他的笔锋意含讽刺,而且直指统治阶级中的某些人,我们在今天是能明显地觉察到的。诗题中的“骢马”,指毛色浅青的骏马,又称“青骢马”。

②《仇注》引述《晋书》:“王济解相马,又甚爱之。杜预常称济有马癖。”这诗里所写的李邓公极其爱马,故称他“马癖”。

③ 崷崒,音“求族”(qiú zú)。《文选·西都赋》:“岩峻崷崒,金石峥嵘。”注:“崷崒、峥嵘,高峻貌。”

④《仇注》引《西京赋》注:“隅目,目有角也。”又引《西都赋》注:“青荧,言色青而有光荧也。”颜延年《赭白马赋》:“垂梢植发,双瞳夹镜。”

⑤ 原诗中,“肉騣”的“騣”字本与“鬃”字同音同义,为一字异写,但既称“肉騣”,可见其并非指一般所说的“鬣毛”。译诗据意改写。碨礧,音“伟垒”(wěi lěi),也写作“碨磊”,高低不平貌。“连钱”,马毛上的斑纹。《仇注》引《尔雅注》:“马色有深浅,斑驳如鱼鳞,今连钱骢也。”

⑥《仇注》引陶潜诗“华轩盈道路”,解释说:“轩,轩车也。”按这诗句中,“轩”应作小厅解。古建筑中有俗称“小花厅”者,疑与此“华轩”近似。

⑦ 卿,指梁卿,公,指李邓公。“旧赐”,皇上往日所赐。

⑧ 天厩,指御马厩,真龙,即真龙马,指皇帝坐骑的优秀骏马。《周礼·夏官·廋人》:“马八尺以上为龙。”

⑨ 泾渭，泾水，渭水。这里借代长安附近的地方。

⑩ 幽并，指幽州（今河北省北部）、并州（今山西省太原附近）。这一句和上一句诗具体表述这匹骢马能日行千里。

⑪ 传说周穆王有八匹骏马，号称“八骏”。这句诗是说这样的骏马应当由皇帝驾驭，为皇帝所用，惋惜它落入臣下手中。其中有讽喻意。

⑫ 古代关于龙马的降生有种种神秘传说。这里的“精”，指天地灵气所钟的精英，指龙马。

⑬ 骐驎，通常写作“麒麟”，写“马”旁，专用于马名，是古代的一种良马。前一句中所说的“下诏”，是求才，还是求骏马，未写明但应指求才。这一句中的“骐驎”显然也是以骏马比喻人才。“地上”，指人间、民间。

◎ 魏将军歌[①]（七古）

将军昔著从事衫，[②] 魏将军，您往昔穿的是戎装一身，
铁马驰突重两衔。[③] 骑着两道衔口的铁甲马冲锋陷阵。
被坚执锐略西极，[④] 您披坚执锐，攻打最遥远的西方，
昆仑月窟东崭岩。[⑤] 您东面，耸立着月亮藏身的巍巍昆仑。
君门羽林万猛士，[⑥] 皇帝身边的禁卫军猛士成千上万，
恶若哮虎子所监。 那些咆哮如猛虎的汉子都归您管。
五年起家列霜戟，[⑦] 只五年您就高升，门前排列着雪亮的长戟，
一日过海收风帆。[⑧] 终于有一天渡过青海回来，收起风帆。
平生流辈徒蠢蠢，[⑨] 原来同您差不多的那些人，都只碌碌空忙了一阵，
长安少年气欲尽。[⑩] 在您面前，长安少年的盛气都将丧尽。
魏侯骨耸精爽紧，[⑪] 您魏将军瘦骨嶙峋，可精力充沛，
华岳峰尖见秋隼。[⑫] 像秋天的苍隼出现在华山尖顶。

星缠宝校金盘陀，[13]	马冠上缀着金星，铜马鞍也金光闪烁，
夜骑天驷超天河，[14]	夜半骑着天马越过天河，
欃枪荧惑不敢动，[15]	那些妖星——欃枪、荧惑不敢动，
翠蕤云旓相荡摩。[16]	绿旗和带流苏的云旗在风中摇荡相摩。
吾为子起歌都护，[17]	我站起来为您把《丁都护歌》高唱，
酒阑插剑肝胆露，[18]	酒筵将散，您插剑在地慷慨倾吐衷肠。
钩陈苍苍玄武暮。[19]	钩陈星光暗淡，玄武门上暮色苍茫。
万岁千秋奉明主，	千秋万世，您效忠英明的皇上，
临江节士安足数。[20]	跟您比，临江王的义士哪里数得上！

注释：

① 魏将军，是一位曾在西部边境立军功，后来担任禁卫军将领的武夫。他从开始投军到做将军，前后不过五年，是个勇猛豪迈的年轻人。杜甫参加了他举行的宴会，并根据他的经历和性格写了这样一首赞歌。也许这位魏将军并没有诗中所写的这样伟大，值得赞美，也许诗人写这首诗有什么隐衷，但诗中所写的英雄确实是英气勃勃，呼之欲出的。其实诗人所创造的是一个青年英雄形象，而不一定是魏将军其人。

②《仇注》："从事衫乃戎衣。"《朱子全书·礼》："隋炀帝时，始令百官戎服，唐人谓之便服，又谓之从省服，乃今之公服也。"看来，"从事衫"，原本是一种官服便装（非礼服），非军队之制服。后来才成为戎装的名称，在这诗中指作战时穿的服装。

③《说文》："铁马，赤黑色。"这是就毛色而言。诗中的"铁马"是指铁甲马。"衔"，即"衔口"，马的口勒。"重衔"，铁甲马所备的两道衔口。因战马要求衔口牢固，故用"重衔"。

④ 古汉语中的"被坚执锐"，在现代汉语中仍运用，但写为"披坚执锐"。

⑤ 月窟，同"月嶍"，喻极西之地。梁简文帝（萧纲）《大法颂》："西逾月窟，东渐扶桑。"又扬雄《长杨赋》："西压月嶍"，服虔曰："嶍音'窟'，月所出也。"崭岩，即"巉岩"（chán yán），山势高险貌。这句诗说的是魏将军所到的地方已在昆仑山以西，补充了前一句诗中"西极"的涵义。

⑥ 羽林，汉代有羽林军，为禁旅。诗中用来借代唐代的禁卫军。

⑦ 唐制，官阶三品，门列棨戟。这是一种仪仗，木制，通常套在赤黑色的缯衣里。这里的“霜戟”，似乎是金属武器，但既称“列戟”，仍当为仪仗。

⑧ 原诗句中的“海”指“青海”。这里指从青海西面渡海东归。

⑨ 蠢蠢，动貌。意译“徒蠢蠢”为“空忙了一阵”，喻有所行动，但无结果，无功效。

⑩ 前面一句诗中的“流辈”，也就指“长安少年”。“气欲尽”即现代汉语所说的“垂头丧气”。

⑪ 骨耸，犹言“骨立”，形容瘦劲。精爽，《左传·昭七年》：“用物精多则魂魄强，是以有精爽至于神明”，疏：“精亦神也，爽亦明也。精是神之未著，爽是明之未昭，言权势重，用物多，养此精爽至于神明也。”由此看来，“精爽”与强健体魄和充沛的精力相关；表现出来就是“神明”，潜伏的状态就是“精爽”。译诗据此述意。

⑫《仇注》：“华峰，比其骨耸；秋隼，比其精爽。”其实，还是把“华峰秋隼”看作整体意境为好，以此来比喻魏将军的外貌与精神状态。

⑬ 据《仇注》：“星缠宝校”的“校”当作“铰”（音“绞”jiǎo）。颜延年《赭白马赋》：“宝铰星缠，镂章霞布。”注：“以金组丹臒，饰其装具，如星霞之布，盖马装也。”或谓“宝校”，是马冠，马头上的饰物。金盘陀，《仇注》：“盖雕饰鞍勒，以铜杂金为之。”据《唐书·食货志》，“盘陀”是“镕破钱及佛像”的合金名称，其主要成分是铜。

⑭ 天驷，我国古代星名。在这一句诗中，以天象喻魏将军及部下宿卫宫禁的威严军容。

⑮《汉书·天文志》：“欃枪，妖星；荧惑，火星。”诗中以这些星象比喻敌寇和图谋不轨者。

⑯ 旓，音“梢”（shāo），旌旗的旒，即流苏。翠蕤、云旓，皆旗帜名。这些是禁卫军的仪仗。

⑰《丁都护歌》是南北朝刘宋时期流传下来的一种悲凉歌曲，列入乐府“清商曲吴声歌曲”类。李白曾用此题作诗，写漕运工人的辛苦繁重劳动。

⑱ 肝胆露，意思是披肝沥胆，坦率地倾吐衷肠。

⑲ 钩陈，《仇注》转引《晋书》："钩陈六星，在紫宫中。"并说，"故天子殿前亦有钩陈，所以法天也。"《仇注》又引王安石曰："《三辅旧事》：未央宫北有玄武阙。"玄武，也是星名，是北方七宿之总称。这句诗是表明黄昏景象并暗示禁卫军慷慨激昂的气概。译诗把"玄武"当作长安的玄武门来理解。

⑳《汉书·艺文志》载有《临江王》及《愁思节士歌》等诗目，临江王，原为汉景帝太子，被废为临江王，后进一步遭迫害自杀。节士，是何人，无可考，恐是忠于临江王而死的人。诗中借他来衬托魏将军之忠勇。

◎ 白水明府舅宅喜雨[1]（五律）

吾舅政如此，	我的舅父，您的政绩这样好，
古人谁复过。	古人又有谁能把您超过？
碧山晴又湿，	天晴不久，青山又湿了，
白水雨偏多。[2]	只有白水县雨水才这样多。
精祷既不昧，[3]	您的虔诚祈祷既已感动上苍，
欢娱将谓何？	尽情地欢乐一场又算得什么？
汤年旱颇甚，[4]	商汤时代也闹过严重干旱，
今日醉弦歌。	今天真该大醉一场，弹琴高歌。

注释：

① 本卷有《白水崔少府十九翁高斋三十韵》一诗，旧注说崔十九翁也就是这一首诗题中的"舅"。但这首诗和下一首诗中，称"白水崔明府"（"明府"，是对县令的尊称）；而不是"少府"（是对县尉的尊称）。从两诗的内容看，崔氏舅也的确是县令的身份。崔十九翁是"少府"，诗中说他"作尉穷谷僻"。为什么同一个人在相距不大的时期中从被称为"明府"变成了被称为"少府"，历来注家有不同说法，但他们都忽略了一个可能性最大的解释："白水明府舅"和崔十九翁不是同一人。他们同在

白水县任职，一为县令，一为县尉，又都姓崔，自然易混淆。参看《白水崔少府十九翁高斋三十韵》注①。这首诗把白水县得雨，旱象解除归功于县令，并说明了该欢娱祝贺的理由。这诗当为天宝十四载（755 年）秋，杜甫去奉先探亲顺便到奉先县北面的邻县白水探省舅氏时所作。可能作于后一首诗之后。

② 这句诗是说别处雨很少，旱象未解，唯有白水县雨水多。

③《仇注》引《汉明帝诏》："烦劳群司，积精祷求。"精祷，即虔诚祈祷。"昧"是"不明"，"不昧"就是"明"。老天接受人的请求终于下雨了，这就是"不昧"。

④《仇注》引述《史记·殷本纪》："汤时大旱，祷于桑林。"商汤是圣君，他的统治下还闹旱灾，则小小县令治下闹点旱灾又算什么呢。既然下雨了，那还不该弦歌醉饮来庆贺一番吗？

◎ 九日杨奉先会白水崔明府[①]（五律）

今日潘怀县，[②]	今天，杨县令像当年的潘怀县，
同时陆浚仪。[③]	同时还有崔明府，他就像陆浚仪。
坐开桑落酒，[④]	座席上打开了桑落酒，
来把菊花枝。	人们拿来了菊花枝。
天宇清霜净，	霜降后的天宇更清净，
公堂宿雾披。	公堂前宿雾渐渐散去。
晚酣留客舞，	酒酣时已很晚，又留客人舞蹈，
凫舄共差池。[⑤]	只见鞋履一起转动，参参差差。

注释：

① 九日，重阳节，这是天宝十四载九月九日。那天，奉先杨县令设宴招待白水崔县令，杜甫和他们一起在奉先县署内欢度佳节。闻一多《少陵先生年谱会笺》："《九日杨奉先会白水崔明府》之杨奉先，疑即其内家之为奉先令者。公自去秋移家来奉先，即依此人。公与杨若非亲近，则妻子岂得寄寓于廨署？"按杜甫妻姓杨，因此，闻一多认为杨奉先是杜甫的姻亲。这只是推测而已。既然这样，为何两个月之后，杜甫再度回奉先探家时，境况竟那样凄惨，甚至"幼子饿已卒"？那时安禄山开始在范阳叛乱确实消息还未传到关中，杨奉先即使调离了原职，也不会不为其姻亲稍作安排。从这诗的内容来看，只是一般应酬之作，未表达出较深的情意。

② 潘怀县，指晋代的著名诗人潘岳，曾任河阳县令和怀县令。

③ 陆浚仪，指晋代的著名诗人陆云，曾任浚仪县令。这诗中以这两位著名的县令来借代杨、崔两位县令，这是在诗中常用的一种赞美人的方式。

④《仇注》引《月令广义》："晋宣帝时，羌人献桑落酒，九日以赐百官饮。"这里为了适应重九节令，故称所饮之酒为桑落酒。

⑤ 凫舄，用叶县令王乔飞行，双舄（音"昔"，xī）化为凫的故事。参看第三卷《桥陵诗三十韵》注㉙。这里用来渲染县令宴会和酒后舞蹈的热闹场面。《诗·邶风·燕燕》："燕燕于飞，差池其羽。"差池，意思是不齐一，现代汉语多用"参差"（读 cēn cī）一语来表示。

◎ 自京赴奉先县咏怀五百字[①]（五古）

杜陵有布衣，[②]	我这个杜陵布衣，
老大意转拙。	年纪老了，心眼却变得更死。
许身一何愚，	立下的志向多么痴愚，
窃比稷与契。[③]	竟暗自和稷、契相比。
居然成濩落，[④]	就这样，变得迂阔无用，

白首甘契阔。[5]	一直到头发白，再辛苦也乐意。
盖棺事则已，	人死了盖上棺材才算完事，
此志常觊豁。[6]	活着就指望实现这个心意。
穷年忧黎元，[7]	一年到头为黎民百姓忧虑，
叹息肠内热。	肚肠里像有一团热火，常常叹息。
取笑同学翁，	招来一起读书的老先生们的嘲笑，
浩歌弥激烈。	我放声高歌，情怀更加激烈。
非无江海志，	也不是不想到江海上去，
潇洒送日月。	自由自在地消磨日月。
生逢尧舜君，[8]	我这辈子，遇到了尧舜一般的圣主，
不忍便永诀。	不忍心就这样永远诀别。
当今廊庙具，[9]	如今朝廷里各种人才都已齐备，
构厦岂云缺。	建造大厦的材料哪里还有欠缺。
葵藿倾太阳，[10]	可是葵、藿永远倾向太阳，
物性固莫夺。	这是事物本性，实在没法。
顾惟蝼蚁辈，[11]	回头想想那些蝼蛄、蚂蚁，
但自求其穴；	它们只管为自己找个巢穴；
胡为慕大鲸，	何必去羡慕巨大的鲸鱼，
辄拟偃溟渤？[12]	一定要和它们一样在大海里栖息？
以兹悟生理，	从这里我领悟了人生的道理，
独耻事干谒。[13]	只觉得奔走豪门、求托权贵可耻。
兀兀遂至今，[14]	就这样忙忙碌碌一直到今天，
忍为尘埃没？	怎能甘心像尘埃般度过一世？
终愧巢与由，[15]	比起巢父、许由我毕竟感到惭愧，
未能易其节。[16]	不能看轻他们坚持操守的气节。
沉饮聊自遣，	且沉湎在酣饮之中自我排遣，

放歌颇愁绝。	放声歌唱，打破愁思抑郁。
岁暮百草零，	已经是年底，百草凋枯萎谢，
疾风高冈裂。	狂风猛吹，高冈将被吹裂。
天衢阴峥嵘，	浓厚的乌云像峥嵘山岭把天空遮蔽，
客子中夜发。	半夜里，游子开始出发。
霜严衣带断，	寒霜多么浓，我的衣带突然断绝，
指直不能结。	手指冻僵了，不能把它系结。
凌晨过骊山，	大清早走过骊山下，
御榻在嵽嵲。[17]	就在那高峻的山岭上安置着御榻。
蚩尤塞寒空，[18]	蚩尤所作的大雾塞满严寒的天空，
蹴踏崖谷滑。	一步步走在崖谷间，脚下真滑。
瑶池气郁律，[19]	瑶池般的华清池周围云气弥漫，
羽林相摩戛。	羽林军一队一队紧挨着驻扎。
君臣留欢娱，	皇帝和官僚留在那儿寻欢作乐，
乐动殷胶葛。[20]	乐声震动天空，响亮而嘈杂。
赐浴皆长缨，[21]	蒙皇恩赐浴的都是垂长缨的大官，
与宴非短褐。[22]	御宴当然不会有穿粗布短装的参加。
彤庭所分帛，[23]	在朱红的殿庭上分给臣下的绢帛，
本自寒女出。	原本是贫穷人家的妇女织出。
鞭挞其夫家，	鞭挞她们的丈夫和家人，
聚敛贡城阙。	到处征集进贡到京城里。
圣人筐篚恩，[24]	皇帝施恩赐给臣下一筐筐财物，
实愿邦国活。	本意是希望把国家治理得有生气。
臣如忽至理，	如果臣下忽视这根本道理，
君岂弃此物？	皇帝岂不是把这些财物白白丢弃？
多士盈朝廷，	朝廷里众多有才识的人士会聚，

仁者宜战栗。[25]	有良心、爱人民的该时时战栗。
况闻内金盘，[26]	况且我还听说，皇宫里的许多金器银器，
尽在卫霍室。[27]	都转移到了卫氏、霍氏这些外戚家里。
中堂有神仙，[28]	这些人家的内堂有神仙般的美女，
烟雾蒙玉质。[29]	绡纱像烟雾笼罩着玉一般的躯体。
暖客貂鼠裘，	给客人御寒的是貂鼠裘衣，
悲管逐清瑟。[30]	动听的箫管紧跟着清亮的瑟音高低。
劝客驼蹄羹，	筵席上，劝客人品尝的是驼蹄羹，
霜橙压香橘。	还有霜打过的甜橙香橘成堆成堆。
朱门酒肉臭，	朱漆大门里酒肉吃不完，任它腐臭，
路有冻死骨。	可路边上，却横陈着冻死者的尸体！
荣枯咫尺异，	相距咫尺，幸运和惨苦这样天差地远，
惆怅难再述。	我心中惆怅，再说下去也为难。
北辕就泾渭，[31]	驾着车向北，走向泾渭合流处，
官渡又改辙。	想不到官渡口的位置又已经改变。
群水从西下，	几道河流从西面奔腾而来，
极目高崒兀。	远看去，波涛像高耸入云的山峦。
疑是崆峒来，[32]	疑心那流来的是崆峒山，
恐触天柱折。[33]	担心擎天柱也会被它碰断。
河梁幸未坼，	幸好河上的桥梁没有崩塌，
枝撑声窸窣。[34]	桥柱摇晃着，声音窸窸窣窣。
行李相攀援，[35]	行旅的人们手拉手走过桥上，
川广不可越。	河水这么宽，真担心渡不过去。
老妻寄异县，[36]	老妻寄居在外县，
十口隔风雪。	漫天风雪把我和全家十口人隔离。
谁能久不顾，	谁能忍心长久不管他们，

庶往共饥渴。	早该去和他们一起忍渴挨饥。
入门闻号咷，	踏进家门听见一片哭声，
幼子饿已卒。	原来我的小儿子刚饿死。
吾宁舍一哀，[37]	啊，我怎么能够不痛哭一场，
里巷亦呜咽。	连左邻右舍也同情地低声哭泣。
所愧为人父，	我这做父亲的该多么惭愧，
无食致夭折。	没有食物给孩子，害得他短命死去。
岂知秋禾登，	谁想得到，秋收的稻谷已经进仓，
贫窭有仓卒。[38]	穷困的人家还发生这样意想不到的惨事。
生常免租税，[39]	我这一辈子总算豁免了租税，
名不隶征伐。	名字没有列入服兵役的册籍。
抚迹犹酸辛，	看看自己的遭遇还这样辛酸，
平人固骚屑。[40]	平民百姓的痛苦不安那还用说！
默思失业徒，[41]	默想着那些失去家业没活路的人，
因念远戍卒。	又思念起在远方驻防的兵卒。
忧端齐终南，[42]	我的忧虑像终南山那样高，
澒洞不可掇。[43]	心中悲愤的浪潮汹涌澎湃，再也不能停歇。

注释：

① 天宝十四载（755 年）十一月，这是唐朝一场大风暴的开端，安禄山在渔阳开始叛乱了。当时，这消息还未传到长安。杜甫刚进率府任职不久，赶到奉先县去探望寄住在那里的家人。路上见到的，心中想到的，以及回家所遇到的事无一不与腐朽的朝廷和动摇的政局有关。尽管风暴还没有刮到长安统治者的头上，但人民早已生活在水深火热之中，杜甫也深深体会到了人民的苦难。他意识到自己毕竟出身于仕宦之家，意识到人民群众所受的苦痛比自己要深重得多，他感觉到那个社会中有许多不合理的事，但又毫无办法，只能把忧思和愤慨借诗歌表达出来。这首诗是杜甫最重要的诗作之一，在中国文学史上也是最著名的作品之一。

② 杜甫的先世曾住在长安城南杜陵，他接妻儿来长安后，也在杜陵附近定居。尽管他去奉先时已在率府任职，但地位卑微，自己也不以当官的人自居，所以仍自称杜陵布衣。

③ 稷，即后稷，原名弃。在唐尧时任稷官（司农事之官），故号曰后稷。传说他是周的始祖。契，音“屑”（xiè），是舜的大臣，佐禹治水有功，传说他是殷的始祖。诗中以稷和契来代表辅佐帝王的贤臣。杜甫曾立志以他们为榜样。

④《庄子·逍遥游》：“瓠落无所容。”濩，音“户”（hù），濩落，即“瓠落”。大而无用的意思。这诗里，是指空有大志，也就是前一句中所说的“窃比稷与契”。因此译为“迂阔无用”。

⑤《诗·击鼓》：“死生契阔。”毛传曰：“契阔，勤苦也。”“契阔”也可解作久别，这里解作勤苦。

⑥ 觊，音“记”（jì），希望；豁，这里指精神舒展、畅达，也就是指志愿的实现。

⑦《汉书·谷永传》：“使天下黎元咸安家乐业。”《诗·天保》郑笺：“黎，众也。”《后汉书·光武纪》注：“元元，谓黎庶也。”

⑧ 尧舜君，圣明如尧舜的君主，指唐玄宗李隆基。

⑨《汉书·郦陆朱刘叔孙传赞》：“廊庙之材非一木之枝。”廊庙，指朝廷。下一句中的“厦”，也是指朝廷，即政府机构。

⑩ 曹植《求通亲亲表》：“若葵藿之倾叶，太阳虽不为之回光，然终向之者，诚也。”“葵藿”并称时，多指葵菜（即冬葵、终葵）与豆叶，是古代平民常食的蔬菜。

⑪ 蝼、蚁辈，有比喻义，指只顾身家利益的人。顾惟，“顾”是回头看，“惟”是思维、想。

⑫《汉书·扬雄诗》注引《字林》：“溟渤，海别名也。”

⑬ 旧注家多认为杜甫投诗鲜于仲通、哥舒翰、张垍等人不算是干谒，因而认为这句诗的意思是自以为干谒可耻而不屑为。但也可把这句诗理解为自责之语，为自己不得不从事干谒而感到可耻。译诗按照字面译写，容许作不同的理解。

⑭ 兀兀，犹“矻矻”。《汉书·王褒传》：“终日矻矻。”应劭曰：“劳极貌。”在现代汉语中，兀，音“务”（wù），而“矻”音“枯”（kū）。

⑮ 巢与由，指巢父、许由，两人是唐尧时代的隐者，尧欲让位给他们，两人都坚决不接受。巢父年老，以树为巢，故称巢父。许由为巢父友人，不愿受尧之位遁于箕山颍水间。尧又欲招之为九州长，不欲闻，洗耳于颍水之滨。

⑯ 这句诗中的“易”字，有“变易”“改变”和“容易”“轻易”两解。因而整句诗也就有可能两种理解：一种是说作者自己不能改变自己的节操，即“窃比稷与契”的大志；一种是说不能看轻巢、由的那种坚决不与统治者合作的态度。译诗从后说，因为杜甫在这里所表达的是内心的矛盾：既耻于干谒，却又不免于干谒；既想隐居不仕，又下不了这个决心。事实上不干谒就不能做官，而退隐又没有生活来源。因此他才说“终愧巢与由”这样的话。由于儒家对隐居者向来抱轻视态度，因而也有人对巢父、许由这类人有看法，认为他们是逃避责任。“未能易其节”就是针对这种思想说的。

⑰《文选·西京赋》：“直墆霓以高居。”薛综注：“墆霓，高貌也。”墆霓、墆嵲音近，通用，读“替逆”（tì nì）。这里指高山，即骊山。每年十月起，唐玄宗与杨玉环照例到骊山行宫居住。这时他们正住在山上。

⑱ 高步瀛引吴北江曰：“古今注：蚩尤能作大雾，故谓雾为蚩尤。钱笺兵象云云非也。”并加按语：“此就雾说，与下句崖谷滑最合，但径以蚩尤为雾，古籍无征，存以备考。”其实，以作雾的蚩尤来直接表示雾，是一种常用的借代修辞法，并不足异。如以“杜康”代酒就是最常见的例子。

⑲《文选·江赋》：“气滃渤以雾杳，时郁律其如烟。”郁律，李善注：“烟上貌。”故译为“云气弥漫”。

⑳《汉书·扬雄诗》：“撠胶葛，腾九闳。”注：“‘胶葛’，上清之气也。”也就是指天空。又《史记·司马相如传》：“杂遝胶葛以方驰。”胶葛，意思是杂乱。译诗兼采两义。

㉑《韩非子·外储说左上》曰：“邹君好服长缨，左右皆服长缨甚贵。”这里的“长缨”与“璎珞”类似，是服饰的名称。借代贵人，与“请缨杀敌”的“缨”不同。

㉒ 贾谊《过秦论》：“夫寒者利裋褐。”“裋褐”一作“短褐”。“裋”音“树”（shù），粗布衣。

㉓ 班固《西都赋》：“玉阶彤庭”，指宫殿。

㉔ 圣人，唐代称皇帝为圣人。《诗序》：“《鹿鸣》，燕群臣嘉宾也，既饮食之，又实币帛筐篚以将其厚意。”筐篚恩，指皇帝对臣下的赏赐。筐篚，竹编容器，前者圆，后者方。

㉕《淮南子·人间》：“尧戒曰：战战栗栗，日慎一日。”这句诗是说当政者应十分小心谨慎，力图把国家治理好。

㉖ 内金盘，指皇宫里的金银器皿，喻皇室占有的财富。

㉗ 卫霍，汉代的卫青、霍去病，都是皇后家的亲戚，这里比喻杨贵妃的姊妹和杨国忠等人。

㉘ 神仙，指美人。

㉙ 烟雾，指绡纱衣衫，薄如烟雾。

㉚ 悲，指动听感人。这里的用法，并无悲哀之意。王充《论衡·自纪》：“师旷调音，曲无不悲。”“悲音不共声，皆快于耳。”佛经中更多这样的用例。如《伅真陀罗所问如来三昧经》：“调和其音，当令悲好。”

㉛《仇注》：“骊山在昭应（今临潼）东南二里，温泉出焉。又泾渭二水交会于昭应之北。故云‘北辕就泾渭’。”下面一句是说因河水涨落不定，渡口也随之时有改变。

㉜ 朱鹤龄注：“泾渭诸水皆从陇西而下，故疑来自崆峒也。”这是说水势大，可能发源于崆峒山。但把这句诗和上一句诗紧连起来就能看出：是“高崒兀”的水势使人“疑是崆峒来”，则“崆峒”应是波涛的比喻，而不是指水的发源地。

㉝《列子·汤问》：“共工氏与颛顼争为帝，怒而触不周之山，折天柱，绝地维。”王嗣奭曰：“天柱折乃隐语，忧国家将覆也。”

㉞《仇注》：“枝撑，河梁交柱。窸窣，桥动有声也。”

㉟《左传·僖三十年》：“行李之往来，共其乏困。”“行李”，即行旅之人。

㊱ 异县，另一个县，这里指奉先县。

㊲ 陈贻焮《杜甫评传》274 页引大历、贞元间人于鹄《悼孩子》诗，其中有“婴孩无哭仪，礼经不可逾”之句，并说：“知道唐代仍遵《礼经》规定有不哭丧婴的习俗，才算真正读懂了这句杜诗。”但这诗中所写的哀哭可能并非出于理智的考虑，而纯然

出于丧失亲人的悲痛之情。

㊳ 窭，音“巨”（jù），即贫穷。“仓卒”指幼子饥死这意外的不幸。

㊴ 杜甫是世代读书做官的人家，在唐代有免缴租税和免除服兵役的特权。

㊵ 平人即平民。唐代避唐太宗李世民的讳，“民”字多改作“人”字。刘向《九叹》：“风骚屑以摇末兮”。骚屑，动摇不安貌。

㊶ 失业，与今日“失业”之意不同，指失去谋生、求生存的手段；业指产业（财产），包括生产资料、生活资料等。

㊷ 终南，指终南山，喻忧虑之事堆积如山。

㊸ 澒洞，读“讧洞”（hòng dòng），《淮南子・精神》：“鸿蒙澒洞，莫知其门。”高诱注：“皆无形之象。”《仇注》引独孤及《观海》诗：“澒洞吞百谷，周流无四垠”，又云：“澒洞乃水势汹涌之貌。”掇，通“辍”，如左思《魏都赋》：“剞劂罔掇”，意思是中止、停止。

◎ 奉先刘少府新画山水障歌[①]（七古）

堂上不合生枫树，	厅堂上不该生长出这些枫树，
怪底江山起烟雾。[②]	真怪，是哪里的山水，升起一片烟雾。
闻君扫却赤县图，[③]	听说您大笔一挥，画好了一张奉先山水图，
乘兴遣画沧洲趣。[④]	又乘兴画出这幅风景画，写尽水边洲渚的妙趣。
画师亦无数，	世上的画师数不尽，
好手不可遇。	真的好手可不容易遇到。
对此融心神。	对着这幅画，我心神融会，
知君重毫素。[⑤]	看得出您重视用笔的技巧。
岂但祁岳与郑虔，[⑥]	岂但能和祁岳、郑虔并列，

笔迹远过杨契丹。[7]	您的笔墨比杨契丹还要高妙。
得非玄圃裂?[8]	难道这是从玄圃仙境割来?
无乃潇湘翻?	难道这是潇湘江上的波浪翻卷?
悄然坐我天姥下,[9]	我好像被引到天姥山下静静坐着,
耳边已似闻清猿。	凄清的猿啼似乎已传到我耳边。
反思前夜风雨急,	不禁回想起前夜一场急风暴雨,
乃是蒲城鬼神入。[10]	恐怕那是鬼怪神灵来到了奉先县。
元气淋漓障犹湿,[11]	雄浑的气势,淋漓酣畅,画屏上的墨迹还没干,
真宰上诉天应泣。[12]	掌管人世的神灵上天禀告,天帝也该激动得泪水涟涟。
野亭春还杂花远,	春天回到野外亭边,杂花远连天,
渔翁暝踏孤舟立。	渔翁站在孤舟上,天色将晚。
沧浪水深青溟阔,	流水又清又深,碧海无边,
欹岸侧岛秋毫末。	倾斜的岸,横侧的岛,哪怕秋毫的尖端也能看见。
不见湘妃鼓瑟时,[13]	虽然不见湘妃鼓瑟的情景,
至今斑竹临江活。	泪水点染的斑竹至今还生长在江畔。
刘侯天机精,	刘少府禀受了天地的精气,
爱画入骨髓。	爱绘画爱到了骨髓里。
自有两儿郎,	他有两个好儿子,
挥洒亦莫比。	挥笔作画,谁也不能和他们相比。
大儿聪明到,	大儿子真是够聪明,
能添老树颠崖里,	添画上一棵老树在崖顶挺立;
小儿心孔开,	小儿子也开了心窍,
貌得山僧及童子。	画出山寺里的和尚,还跟着个童子。
若耶溪,云门寺,[14]	若耶溪,云门寺,都在召唤我去,
吾独胡为在泥滓?[15]	我为什么偏要留恋污浊的尘世?
青鞋布袜从此始。[16]	穿上青鞋布袜,我的漫游生活从今开始。

注释:

①《仇注》编此诗在《自京赴奉先县咏怀五百字》后，似乎这诗是紧接上一首而作，但从诗的内容来看，与前一诗的情调有很大差别。因此，看来可能作于天宝十三载秋冬间移家属到奉先安置时。《文苑英华》所选的这首诗有注:“奉先尉刘单宅作。”则刘少府名单。“山水障”，即画了山水图的屏障，今日通称屏风，是一种家具或摆设。这首诗赞美了山水画的意境，描述了欣赏者的心理活动，运用写实与幻想相结合的手法，把诗情画意融为一体。特别是诗的开头两句，突兀而起，引起读者的惊异，从而使读者体会到观画者产生的惊奇感。这一技巧，一直为后世评论者所称道。诗的末尾则表达了诗人对浪迹山林的隐逸生活的向往。

②《仇注》:“唐方言底字作‘何’字解。《颜氏家训》、师古《匡谬》云:何物为底。”现代吴语方言中仍有此语，读音为“嗲”(diǎ)。

③《仇注》引钱笺:“刘为奉先尉，写其邑之山水，故曰赤县图。”奉先县于开元十七年升为赤县。参看第三卷《桥陵诗》注㉒。

④ 谢朓诗:“既欢怀禄情，复协沧州趣。”沧州，指隐士流连之处，多指水边洲渚或海岛仙境。这诗所写的山水画的内容有大海，有山野、河川，所谓“沧州”，指的也就是这些。

⑤ 毫素，“毫”指毛笔的笔颖，“素”指绘画的绢。这里是指笔法或笔墨，即绘画时在画绢、画纸上运用笔墨的技巧。

⑥ 祁岳、郑虔，都是唐代画家，与杜甫是同代的人。

⑦ 杨契丹，隋朝著名画家。唐代长安大云寺中有些壁画是他画的。

⑧ 玄圃，一作悬圃，在昆仑山巅，有时也与昆仑混用。是神话中的仙境。

⑨ 天姥，山名，在今浙江省。

⑩ 蒲城，奉先县原名蒲城，开元四年改名奉先。这句诗是说这幅画画得生动雄伟，技艺高超，如得鬼神之助。看到这画时才想起前夜的一场大风雨，设想鬼神就是那时随着风雨来到蒲城的。

⑪ 元气，我国古代的哲学概念，是超越于个别事物的混一、原始的存在。如《汉书·

律历志》："太极元气。"有时，也用于指人体的精气。这里兼指画家和画面流露出来的气势。淋漓，既指元气，也指笔墨。

⑫《老子》："有真宰以制万物。"这句诗里，"真宰"和"天"似分别为两物。"天"是最高的天神，而"真宰"则是主宰人世的神。天应泣，意思与"惊天地泣鬼神"相似，是对画的赞美。

⑬ 湘妃，古代传说，尧以两女娥皇、女英为舜妃，舜死后，两妃投水，为湘水之神，称湘妃或湘君。《楚辞》："使湘灵鼓瑟兮。"湘灵也是指湘妃。传说舜死后，湘妃以泪挥竹，竹尽斑，称湘妃竹。

⑭ 若耶溪，在山阴（今绍兴）若耶山下，北流入镜湖，相传为西施浣纱处，故又名浣纱溪。溪畔风景幽美，多佛寺，其中最著名的有云门寺。这句诗只举出两个专名，含有深受山阴的风景吸引，将去游览之意。

⑮ 泥滓，即泥淖，这里借代污浊的人世。

⑯ 青鞋、布袜，旅行者的打扮。杜甫作此诗时正忙于安置家属，准备赴任就职，并没有立即到山林隐居的打算。但他的内心一直有脱离尘世的愿望，只是无条件实现。见到刘单画的山水障子，不禁又动了归隐之思。

◎ 奉同郭给事汤东灵湫作[①]（五古）

东山气濛鸿，[②]	骊山上云气弥漫朦胧，
宫殿居上头。	皇帝的离宫就在上头。
君来必十月，	圣驾总是每年十月临幸，
树羽临九州。[③]	在这里竖起羽旗，君临九州。
阴火煮玉泉，[④]	地下的烈火烧煮洁白如玉的泉水，
喷薄涨岩幽。	泉水涨上幽岩，还不停地喷流。
有时浴赤日，[⑤]	有时红日的影子浸在水里，

光抱空中楼。	光焰反照，笼罩天际的高楼。
阆风入辙迹，⑥	皇帝的车迹上了峻峭的山巅，
旷原延冥搜。⑦	原野平旷，任你放眼看个够。
沸天万乘动，⑧	鼓乐震天响，皇上的车驾出发，
观水百丈湫。⑨	他想看看水势，来到这百丈深湫。
幽灵斯可怪，	这里的神灵实在令人惊异，
王命官属休。⑩	皇帝命令群臣赞美讴歌。
初闻龙用壮，⑪	听说神龙当初显露出巨大威力，
擘石摧林丘。	劈开岩石，摧毁林木山丘。
中夜窟宅改，	半夜里，它换了一处洞穴居住，
移因风雨秋。	迁移是在大风大雨的深秋。
倒悬瑶池影，⑫	如今，这里映出瑶池的倒影，
屈注沧江流。	湛蓝的江水曲折流向深湫。
味如甘露浆，	它的滋味像甘露般甜美，
挥弄滑且柔。	蘸点水挥洒，指头觉得滑腻柔和。
翠旗澹偃蹇，⑬	翠羽旗在翩翩舞动，
云车纷少留。	纷纷聚集的云车暂时停留。
箫鼓荡四溟，⑭	箫鼓声在四面云海里回荡，
异香泱漭浮。⑮	奇异的芳香在茫茫空际飘浮。
鲛人献微绡，⑯	向这灵湫献上鲛人织的轻绡，
曾祝沉豪牛。⑰	巫祝们又向水底投下牦牛。
百祥奔盛明，⑱	千百种吉祥征兆向兴盛开明的朝代呈现，
古先莫能俦。	所有过去的时代都不能同今天比侔。
坡陀金虾蟆，⑲	山坡上突然跳出个金蛤蟆，
出现盖有由。	它这时出现总该有个什么缘由。
至尊顾之笑，	皇帝看着它露出笑容，

王母不遣收。[20]	王母娘娘不让人把它抓走。
复归虚无底，	它忽然又隐入在无底的深渊，
化作长黄虬。[21]	变成了一条长长的黄虬。
飘飘青琐郎，[22]	青琐门前的郭给事神思飘逸，
文采珊瑚钩。[23]	文采斐然，像璀璨的珊瑚钩。
浩歌渌水曲，[24]	他慷慨地吟诵了一支《渌水曲》，
清绝听者愁。	多么凄凉悲怆，听的人都感到伤忧。

注释：

① 郭给事，是在门下省任给事中的一位官员。他写了一首关于汤东灵湫的诗歌。杜甫也写了同一题材的诗，因而诗题前用了“同”字。为了表示对郭给事的尊敬，诗题的前面又加上一个“奉”字。《全唐诗》有郭汭《同崔员外温泉宫即事》诗，岑仲勉《读全唐诗札记》云：“郭汭者，郭纳之讹也。”郭纳与王维于天宝末同时任给事中，《王右丞集》卷十有《酬郭给事》诗。安禄山陷两都时，郭纳任陈留太守，降贼，乾元元年春，于大理寺狱赐自尽。汤东灵湫，是指骊山温泉（唐代也称温泉为汤池）东面的一个深水潭。这诗中写了当时的一个传说：皇帝到灵湫祭祷时，看见了一个金色的虾蟆，后又没入水中化为黄虬。同时，又写了个灵湫神龙迁居的神奇故事。历来注家认为，这些怪异故事是暗示唐玄宗与杨贵妃对安禄山的宠幸，以及对安禄山可能叛乱的担忧。杜甫写这首诗表面看来是志怪，写的事情荒诞不稽，但实际上是表达了对国事深重的忧虑。作诗时间大概是天宝十四载（755 年）十月，安禄山叛乱前夕。

② 东山，即骊山。《淮南子・精神》：“未有天地之时，濛鸿澒洞，莫知其门。”《仇注》引赵注：“气濛鸿，山形如蒙云雾也。”

③ 羽，指天子的羽旗，中国古代有分为九州的说法，这里是指全中国。

④ 玉泉，指温泉。因为水温，故想象其为阴火（地下火）所烧煮。木华《海赋》：“阳冰不治，阴火潜然（燃）。”

⑤ 这句诗可能是隐喻皇帝在温泉沐浴。但译诗不能直接这样写，也不宜照字面译写，只能想象为红日映照的景象。

⑥《十洲记》："昆仑三角，其一角正北曰阆风巅。"这里是以阆风代表高峻的山巅。辙迹，指皇帝车驾经过的痕迹。

⑦ 冥搜，见第二卷《同诸公登慈恩寺塔》注⑤，以及《敬赠郑谏议》注⑨。旷原，在《穆天子传》中是专名，有"自西王母之邦北至于旷原之野"语，在这诗中宜作普通名词理解为宜。

⑧ 鲍照《燕城赋》："歌吹沸天。"沸天，这诗中指皇帝仪仗队的鼓乐声。万乘，指皇帝的车驾。

⑨ 百丈指湫的深度，这湫就是"汤东灵湫"。

⑩《杜臆》："王命官属休，谓休沐以致祭。"这里王已临湫前致祭，何待休沐？按"休"有赞美、庆祝的含义，如《国语·楚语》："无不受休"，注："休，庆也。"因此译为"赞美讴歌"。

⑪《易·大壮》："小人用壮。"《庄子·徐无鬼》："百工有器械之巧则壮。"壮，在这里是指迅猛有力。

⑫ 瑶池，借代唐玄宗在骊山的行宫。

⑬ 翠旗，天子的仪仗。《长门赋》："澹偃蹇而待曙兮。"李奇注："澹，犹动也。"《广雅》："偃蹇，夭矫也。"

⑭《文选·张协杂诗》："雨足洒四溟。"四溟，指四海。这里是指山峰四周的云雾。

⑮《文选·西京赋》："山谷原隰，泱漭无疆"，这里的"泱漭"是无际无涯貌；又《文选·（谢朓）京路夜发诗》："晨光复泱漭"，这里的"泱漭"是不明貌。

⑯ 鲛人是我国神话中的人鱼，流泪能成珠，善织绡纱。诗中说的是向灵湫献鲛绡，与今日藏族献哈达的风俗相似。

⑰ 曾祝，即"重祝"，指两个巫人。豪牛，长毛牛，牦牛。

⑱《书》："作善降之百祥。"扬雄《解嘲》："遭盛明之世。"

⑲ 坡陀，见第三卷《沙苑行》注⑬，这里作山坡解释较好。金虾蟆，作为一种怪异的形象，代表邪恶者，这里是安禄山的象征。

⑳ 王母，西王母，神话中居住昆仑山瑶池的仙人。这里用来借代杨贵妃。译诗中写为

"王母娘娘"，以表达民间传说的语气。

㉑ 虬，无角龙。传说安禄山于玄宗召宴后醉卧，化为猪身龙头之怪物。诗中说放金蛤蟆入水，又变成另一兴风作浪的祸害，是隐喻安禄山自长安回到范阳后就更难制服。

㉒ 给事是门下省的官，据《仇注》引《汉旧仪》："给事，黄门侍郎每日暮向青琐门拜，谓之夕郎。"青琐郎，就是指给事中这一官职。译诗中写出了"郭给事"的字样。

㉓《仇注》："《纂典》记相如见枚叔（枚乘）文，称曰：'如珊瑚之钩，玙璠之器，非世间寻常可见。'"

㉔ 马融《长笛赋》："取度于白雪、渌水"，注云："二曲名"。诗中借代郭给事所作关于汤东灵湫的诗。

◎ 后出塞五首[1]（五古）

男儿生世间，	男子汉生在世上，
及壮当封侯。	要趁壮年争取封侯。
战伐有功业，	去打仗就能建立功业，
焉能守旧丘。[2]	哪里能在老家困守。
召募赴蓟门，[3]	被征召到蓟门关去，
军动不可留。	军队一出发就不能再停留。
千金装马鞭，	订制根镶金马鞭花去一千金，
百金装刀头。	再花一百金装个刀头。
闾里送我行，[4]	邻居们来给我送行，
亲戚拥道周。	亲戚们团团围聚在路口。
斑白居上列，	头发花白的老人坐上席，
酒酣进庶羞。[5]	酒喝得正酣畅，又送上各种珍馐。

少年别有赠，	年轻人送给我的却是另一种礼物，
含笑看吴钩。⑥	含笑看着手里捧的宝剑——吴钩。

注释：

① 这是一组写从军生活的诗，大概写在天宝十四载（755 年）冬，安禄山叛乱开始不久时。诗中借一个应征入伍的士兵的口，叙述了被征入安禄山统率的部队时的豪情壮志与矛盾的心情，揭露了安禄山在渔阳一带的奢靡生活和骄横行为，最后叙述了逃离叛军队伍时的思想活动。由于这组出塞诗的写作时间在第二卷那组出塞诗以后，故题为《后出塞》。

② 丘，古代的土地区划单位名称。《周礼 · 地官 · 小司徒》：“四邑为丘。”注：“方四里”。后来指居住之地为“丘”。“旧丘”即故居、故园。

③ 蓟门，蓟州附近有蓟门关。诗中指范阳节度使安禄山管辖的地区，在今北京市附近。

④《周礼 · 地官 · 大司徒》：“五家为比，五比为闾。”承培元《说文引经证例》：“周制，二十五家为里，里必有门，因谓之闾，浑言则当道门亦曰闾。”后来把“闾里”用来指邻居、邻里。

⑤《仪礼》：“上大夫，庶羞二十品。”庶羞，亦作“庶馐”，即各种菜肴。“庶”是“众”的意思。

⑥ 吴钩，春秋时吴国出产的宝剑名，后来成为宝剑之通名。

◎ 其二（五古）

朝进东门营，①	早晨踏进东门的营房，
暮上河阳桥。②	傍晚出发，走上河阳桥。
落日照大旗，③	落日照耀着巨幅帅旗，
马鸣风萧萧。	马在嘶叫，风声萧萧。

平沙列万幕，	平坦的沙原上排列开成千上万的营幕，
部伍各见招。[④]	每支队伍各自被召集在一道。
中天悬明月，	半空中明月高挂，
令严夜寂寥。	军令森严，夜晚的营地静悄悄。
悲笳数声动，	几声悲凉的胡笳吹动，
壮士惨不骄。	战士们心中凄惨，不再感到自豪。
借问大将谁？	请问领兵的主将是哪一位？
恐是霍嫖姚。[⑤]	他大概是当代的霍嫖姚。

注释：

① 东门营，指洛阳东门的军营，被征士兵集中的地方。

② 河阳桥，洛阳北面黄河上的大桥，当时是浮桥。这是从中原地区通往蓟州的要道。

③ 大旗，指主将的旗帜，即俗说的“帅旗”。

④ 见招，意思是“被召集”。

⑤ 嫖，音“票”（piào），“嫖姚”又作“剽姚”“票姚”，劲捷貌。汉武帝时名将霍去病曾任嫖姚校尉，屡建奇勋。这里以霍嫖姚喻安禄山。当时，诗中的主人公尚未知安禄山的叛逆蓄谋，故仍赞美他，把他和霍去病相比。

◎ 其三（五古）

古人重守边，	古人看重驻守边疆，
今人重高勋。	如今的人们却看重巨大功勋。
岂知英雄主，	谁会想到，当今的雄武圣主，
出师亘长云。	兴兵出征，队伍连绵像长云。

六合已一家，[①]　　天下已经归属皇帝一家，
四夷且孤军。[②]　　四方边境的民族几乎只是些孤军。
遂使貔虎士，[③]　　于是让那些如罴似虎的勇士们，
奋身勇所闻。[④]　　被听到的话激发，挺身奋勇前进。
拔剑击大荒，[⑤]　　拔出长剑，攻向荒远的边疆，
日收胡马群。[⑥]　　每一天都俘获到胡人的马群。
誓开玄冥北，[⑦]　　立誓要开拓极北的土地，
持以奉吾君。　　拿来奉献给我们的国君。

注释：

① 六合，天、地和四方。《庄子·齐物论》："六合之外，圣人存而不论。"意译为天下。

② 四夷，《书·大禹谟》："无怠无荒，四夷来王。"古代把东夷、西戎、南蛮、北狄称为四夷。后来便把中国边境的各少数民族称作四夷。

③ 貔，音"皮"（pí），是"貔貅"的简称，一种猛兽。这里把它和虎并举，来比喻勇猛的战士。译诗中用"如罴似虎"来代替现代较少见的"貔、虎"。这句诗，从语法的观点看是不完整的，同下一句相连才成为完整的句子。

④ 所闻，所听到的话，指统治者灌输到战士们头脑里的思想。有人认为就是指所要开拓的边疆，即后面所说的"大荒""玄冥北"等。

⑤ 大荒，极远的地方。《山海经·大荒西经》："大荒之中，有山名大荒之山，日月所入。"

⑥ 胡，常泛指少数民族。杜诗中，有不少"胡人"是指安禄山和他的部下，但这里是指东北边境的奚和契丹等族，安禄山多次向他们进攻。

⑦《淮南子》："北方，水也，其帝颛顼，其佐玄冥。""玄冥"为北方的水神，诗中用来代替极北的地方。

◎ 其四 （五古）

献凯日继踵，	每天送捷报的人络绎不绝，
两蕃静无虞。[①]	边疆平静，奚和契丹都不用提防。
渔阳豪侠地，[②]	渔阳向来是出豪侠的地方，
击鼓吹笙竽。	如今击鼓吹笙，一片升平气象。
云帆转辽海，	运输船风帆如云，在辽海上航行，
粳稻来东吴。	从东吴运来粳稻作军粮。
越罗与楚练，	还运来楚、越生产的罗锦、练帛，
照耀舆台躯。[③]	连奴仆们身上也穿得闪闪发光。
主将位益崇，[④]	主将的爵位更加尊崇，
气骄凌上都。	骄横的气焰，直逼京都。
边人不敢议，	边境的人们谁也不敢议论，
议者死路衢。	谁议论了就要被处死在大路旁。

注释：

① 两蕃，指奚和契丹。开头两句诗是说安禄山屡屡挑起边衅，不断向皇帝报捷，宣称边境由于他的镇守而得安定。

② 渔阳郡，治蓟州，今北京市附近地方。古代的燕、赵两国民风勇悍，曾出过许多豪侠。

③ 周代封建社会中，最低的等级有“舆”“隶”“仆”“台”等名称。诗中说的是安禄山为他的许多部下请功的事，据史籍记载，当时安禄山部下授将军衔者五百余人，授中郎将者两千余人。

④《仇注》：“《唐书》：天宝七载，禄山赐铁券，封柳城郡公；九载，进爵东平郡王。所谓主将益崇也。”

◎ 其五（五古）

我本良家子，[①]	我出身世代从军的人家，
出师亦多门。	曾经多次参加军队出征。
将骄益愁思，	主将这样骄横增添了我的忧虑，
身贵不足论。	个人的富贵哪里值得谈论。
跃马二十年，	跨着战马奔腾了二十年，
恐孤明主恩。	只怕辜负了明主的厚恩。
坐见幽州骑，[②]	眼瞪瞪看着幽州的兵马，
长驱河洛昏。[③]	冲向黄河、洛水，烟尘滚滚。
中夜间道归，	半夜里我从小路逃回家乡，
故里但空村。	家乡只剩下一个空村。
恶名幸脱免，	幸而免除了参加叛乱的恶名，
穷老无儿孙。[④]	只担心一直到老年也没有个儿孙。

注释：

①《汉书·地理志》："汉兴，六郡良家子，选给羽林期门，以材力为官，名将多出焉。"如淳注："医、商、贾、百工不得豫也。"由此可见良家子有着独特的涵义，指世代以从军为业的人家，较一般人民的社会地位为高。

② 幽州，古代冀州东北地方的名称，后代所属地域日狭，唐代改称范阳郡。"幽州骑"指安禄山的部队。

③ 河洛，黄河、洛水，指洛阳附近地方。

④ 这句诗的意思是，由于遭到战乱，家中人也失散了，自己成了个孤寡的人，担心到老年没有儿孙赡养。

◎ 苏端薛复筵简薛华醉歌[1] （七古）

文章有神交有道，[2]	诗文写得精彩、生动，交友讲究旨趣高，
端复得之名誉早。	这样的好名声，苏端、薛复早就得到。
爱客满堂尽豪杰，	满堂心爱的客人都是杰出英豪，
开筵上日思芳草。[3]	正月初一的酒筵上想起芬芳的花草。
安得健步移远梅，[4]	哪来这么好的脚力从远处把梅花移来，
乱插繁花向晴昊。[5]	繁花插得乱纷纷对着晴空照耀。
千里犹残旧冰雪，	千里原野上，去年的冰雪还残留未消，
百壶且试开怀抱。[6]	试试吧，喝上一百壶酒来敞开怀抱！
垂老恶闻战鼓悲，	我已将衰老，厌恶悲凉的战鼓声，
急觞为缓忧心捣。[7]	一杯紧接一杯痛饮，想缓解忧心如捣。
少年努力纵谈笑，	年轻人该趁着青春努力，尽情谈笑，
看我形容已枯槁。	请看看我的容颜，如今已经枯槁。
座中薛华善醉歌，	座上的薛华擅长作醉歌，
歌辞自作风格老。	歌词独创，表现出成熟的技巧。
近来海内为长句，[8]	这几年全国诗人作的歌行，
汝与山东李白好。[9]	要数你和山东李白作的好。
何刘沈谢力未工，[10]	前代的何刘沈谢功力都不够，
才兼鲍照愁绝倒。[11]	才能比鲍照加倍，怕也要对你们羡慕、倾倒。
诸生颇尽新知乐，[12]	你们让我饱尝到交新朋友的快乐，
万事终伤不自保。	天下万事，不能保全自己最烦恼。
气酣日落西风来，	豪情满怀，面对着落日和西风，
愿吹野水添金杯。[13]	盼望把野外的河水也吹来，添注入我的金杯中。
如渑之酒常快意，[14]	要是美酒像渑水那样源源不绝，使我们永远快活，

亦知穷愁安在哉。	还管他世上有什么贫困愁苦存在！
忽忆雨时秋井塌，⑮	忽然想起秋雨时有座古墓崩塌，
古人白骨生苍苔，	死者的白骨上长满青苔，
如何不饮令心哀？	怎能不喝酒，让心里感到悲哀？

注释：

① 这是在安史之乱开始后的第一个新年即天宝十五载（756 年）正月初一日写的一首诗。这一天，杜甫参加了苏端、薛复举行的宴会，席上还有一位薛华，他是擅长写歌行的诗人。当时战乱初起，唐王朝的统治地位还未根本动摇，叛军的行动仍较为迟缓。因而诗中提到的战乱仍只是一个阴影，人们在筵席上谈的还是友谊、诗歌的技巧、人生的短暂无常等等。然而战乱毕竟开始了，它暗暗地影响着人们的情绪，使人们不能不为明天而忧虑。因此不论这新年宴会怎样如往常一样热闹，但忧伤的气氛一直笼罩着人们的心，构成了这首诗歌的基调。诗题中提到的几个人，都不是十分著名的人。薛复无可考；苏端后来曾任比部郎中，史籍上对他的评论不好，称他为“憸人”（不正之人），后来他由于诬陷杨绾（见第六卷《路逢襄阳杨少府入城》注①），被贬为巴州员外司马。本卷有《雨过苏端》一诗，可参看。杜甫在这首诗和另一首诗中对他颇为称扬。薛华，杜甫把他的歌行与李白的诗并称，但并无诗作传世。薛华当时一同参加宴会，诗题中曰“简薛华”，可能是宴后作此诗寄赠。《唐诗纪事》中有任华《杂言寄杜拾遗》一诗，据《唐摭言》及其他资料可知任华与杜甫、李白、高适等于天宝十载前后在长安即有交往，疑“薛华”或为“任华”之误。

② 这句诗是对苏端、薛复的赞扬。他们有两个优点：一是“文章有神”，一是“交友有道”。译诗对这两点用近似的语言表达了出来。

③ 上日，指一月一日。《书·舜典》：“正月上日，受终于文祖。”传：“上日，朔日也。”“朔日”为初一。也有人说“上日”是指正月上旬之吉日，非专指初一日。

④ 席上插有梅花，当是从远处采来，所以说“安得健步移远梅”。这并非希望之辞。

⑤ 晴昊，即“晴天”。

⑥ 开怀抱，即开怀、心胸舒畅的意思。

⑦《诗·小雅·小弁》：“我心忧伤，惄焉如捣。”现代汉语中仍保存着“忧心如捣”这

一用语。

⑧ 长句，指七言歌行。

⑨《旧唐书》谓李白父曾为任城尉。李白年轻时曾住在山东多年，故唐时人们常称他"山东李白"。元稹所作《杜工部墓志》中提到李白时也称"山东李白"。

⑩ 南朝的何逊、刘孝绰、沈约、谢朓都以诗文著名，但他们俱长五言，而不善于七言歌行。

⑪ 鲍照写过一些拟乐府的七言诗，如《行路难》等，李白受到过他的影响。《晋书·卫玠传》："琅邪王澄有高名，少所推服，每闻玠言，辄叹息绝倒。"绝倒，谓倾倒之极，意思是十分佩服。

⑫《楚辞·九歌·少司命》："乐莫乐兮新相知"。

⑬《仇注》："见风吹水动，便想添杯作酒，总是欲多饮以宽怀耳。"

⑭《左传·昭十三年》："有酒如渑。"（"渑"音"绳"shéng）。

⑮《仇注》："张綖云：井是贵者之墓，犹今言金井也。楚人皆谓楚王坟为井上。"也有些注家认为"井"就是一般水井，由于井塌，而见井下白骨，译诗从张綖说。现代考古学把古代竖式葬的墓穴称为"井"，正与张綖之说合。

◎ 晦日寻崔戢李封[1]（五古）

朝光入瓮牖，[2]	清晨的阳光射进陶瓮砌的窗户，
尸寝惊敝裘。[3]	我横躺在床上睡熟，蓦然醒来，看见身上的破裘。
起行视天宇，	起来走走，看看广阔天空，
春气渐和柔。	春天的气候已渐渐变得暖和。
兴来不暇懒，	兴致来了，就不再偷懒，
今晨梳我头。	今天早晨，我梳了梳蓬乱的头。

出门无所待，	出门也不用事先准备，
徒步觉自由。	徒步行走倒反而觉得轻松自由。
杖藜复恣意，	扶着藜杖就更加随心任意，
免值公与侯。	免得路上遇见什么公侯。
晚定崔李交，	我很迟才和崔戢、李封交上朋友，
会心真罕俦。	像他们这样理解我的人世上少有。
每过得酒倾，	每次去串门都要给我斟上酒，
二宅可淹留。	这两家宅院我乐意长久停留。
喜结仁里欢，④	和这样仁厚的邻人结交我真喜欢，
况因令节求。⑤	何况又是在佳节去他们家问候。
李生园欲荒，	李家的园里杂草将要长满，
旧竹颇修修。	多年的老竹还那么修长娟秀。
引客看扫除，	领客人游赏之前先得打扫道路，
随时成献酬。⑥	随即摆出菜肴，相互敬酒。
崔侯初筵色，⑦	酒筵刚开始，崔公的神色就有些异样，
已畏空樽愁。	已经怕把酒喝空心里发愁。
未知天下士，	我不知道天下士人里面，
至性有此不。	有谁的性情像他这样真挚淳厚。
草芽既青出，	青青的草芽从地面露出，
蜂声亦暖游。	蜜蜂也在和暖的天空中翔游。
思见农器陈，	我盼望着农家摆出农具，
何当甲兵休？	什么时候战争才能罢休？
上古葛天民，⑧	远古时代，葛天氏治下的人民，
不贻黄屋忧。⑨	从来也不会让君主心忧。
至今阮籍等，⑩	如今我却和阮籍一样，
熟醉为身谋。	常喝得醉醺醺，只为自己筹谋。

威凤高其翔，[11]	威严的凤凰已高高飞去，
长鲸吞九洲。[12]	巨大的鲸鱼想一口吞下九州。
地轴为之翻，[13]	大地也翻转了过来，
百川皆乱流。[14]	所有的河川到处乱流。
当歌欲一放，[15]	对酒当歌时真想听任感情奔放，
泪下恐莫收。	只怕眼泪一涌出就没法收。
浊醪有妙理，	浓浊的酒浆自有它的妙用，
庶用慰沉浮。[16]	好慰藉世上浮沉的人们，让他们消忧。

注释：

① 晦日，月底的一天。这里是指天宝十五载正月的月底。唐代有三个令节，即“上巳”（三月三），“九日”（重九）和“晦日”。德宗贞元五年（789 年）正月以后，以二月一日为中和节，来代替“晦日”。作此诗时，安禄山已占领洛阳，自称大燕皇帝，时局日益紧张，战乱持续发展的形势已很明显，所以诗中所抒写的情怀是抑郁的。虽然蒙崔、李二生盛情招待，杜甫却仍不能欢畅，深以不能为皇帝分忧为恨。这首诗与前一首诗都写于天宝十五载（756 年）初，相距约一月，都应该是在长安时所作。本卷有《雨过苏端》一诗。显然苏家在长安，则前一首诗所说的苏端、薛复筵亦当在长安举行明甚。有人说这诗写于奉先县，崔、李是杜甫在奉先结识的朋友恐不确。

②《礼记·儒行》：“荜门圭窦，蓬户瓮牖。”指贫苦人家的房屋。译诗照字面译写，因瓮牖也可能是实际情况。

③ 据《说文》，尸，陈也。《论语·乡党》：“寝不尸”。是说睡觉时不该手足分开横陈于榻上。尸寝，是指不顾礼节，随意躺卧的样子。

④《论语·里仁》：“里仁为美”，疏：“仁者所居处谓之里仁。”诗中以“仁里”借代“仁人”，同时也表示作者和他们住的地方相近。

⑤ 令节，见注①。

⑥ 献酬，即“献酧”。《诗·小雅·楚茨》：“献酧交错。”笺：“始主人酌宾为献，宾既

酌主人，主人又自饮酌宾曰醻。”“献酬”就是主客相互敬酒的意思。

⑦《诗·小雅》有《宾之初筵》一诗，诗中用“初筵”，表示酒宴开始不久的时候。这一句诗意思不完全，要与下面一句诗连起来看。

⑧ 葛天民，葛天氏之民的简称。指上古太平盛世之民。葛天氏，是我国古代传说中的统治者。

⑨ 黄屋，天子之车盖。这里借代天子、君主。

⑩ 据《晋书·阮籍传》，阮籍本有济世之志，但因时局多变，许多人都难于保全自己的生命，于是沉湎于酣饮。杜甫这时也有类似的心境，故以阮籍自比。

⑪ 威凤，喻正直的大臣。

⑫《仇注》：“威凤高翔，以致长鲸吞噬，盖贤人去而盗贼炽，如张九龄之罢相是也。”长鲸，喻贪得的叛贼，如安禄山辈，这里是指安禄山向长安进军。

⑬ 地轴，见第二卷《冬日洛城北谒玄元皇帝庙》注⑬。

⑭ 这句诗和上一句诗，都是隐喻安史之乱所引起的动荡不安。但“百川乱流”可能同时是实写。

⑮ 当歌，曹操《短歌行》有“对酒当歌”。一放，宾语省略，既指“放歌”，也指下一句中的“泪下”。两者都是情感的尽量抒发。

⑯ 沉浮，借代世人。在这里，主要是指自己和崔、李等人。

◎ 白水崔少府十九翁高斋三十韵[①]（五古）

客从南县来，[②]	我从南面的奉先县来到这里，
浩荡无与适。	心境空荡荡，没有人和我相知。
旅食白日长，	漂泊的生活使我觉得白天更长，
况当朱炎赫。[③]	何况这又是夏季炎热逼人的天气。

高斋坐林杪，[4]	这书斋地势高，像在林梢上，
信宿游衍阒。[5]	一连两天，我在这幽寂处恣意游逛。
清晨陪跻攀，	清晨，他陪我往高处攀登，
傲睨俯峭壁。	从峭壁上俯身向远方眺望。
崇冈相枕带，	高高的山冈相叠相连，
旷野回咫尺。	开阔的原野从远处转到近旁。
始知贤主人，[6]	我才知道这位热心主人的用意，
赠此遣愁寂。	赠给我这美景来排遣我的寂寞惆怅。
危阶根青冥，[7]	陡峭的石阶从碧树丛中升起，
层冰生淅沥。[8]	像隔着厚厚冰层听见淅沥流泉。
上有无心云，	头上，白云在空中无心地飘浮，
下有欲落石。	下面，将落未落的石块悬在崖间。
泉声闻复息，	泉声响着，忽然又静息，
动静随所激。	它冲激不同的地方，响声也随着改变。
鸟呼藏其身，	小鸟蓦然惊叫，又急忙隐藏起来，
有似惧弹射。	好像怕人向它发射弹丸。
吏隐适情性，	把做官当成归隐，正适合崔翁的性情，
兹焉其窟宅。	这里就好像他隐居的岩穴一般。
白水见舅氏，	这次我到白水来看舅父，
诸翁乃仙伯。[9]	接待我的这位年长人真是像神仙。
杖藜长松下，	在高挺的松树下他扶着藜杖，
作尉穷谷僻。	任职县尉在这深山穷谷中的小县。
为我炊雕胡，	他用雕胡米煮饭来款待我，
逍遥展良觌。[10]	安排我逍遥自在地和舅父见面。
坐久风颇怒，	坐久了，风势渐渐加强，
晚来山更碧。	傍晚时，山色显得更蓝。

相对十丈蛟，	对面空中好像有条十丈长的蛟龙，
欻翻盘涡坼。[11]	突然翻身把急流里的漩涡打成碎片。
何得空里雷，	怎么从天空传来一阵急雷，
殷殷寻地脉。[12]	隆隆响着，像在寻找龙脉，搜遍地面。
烟氛蔼崷崒，[13]	烟云笼罩着高峻的山峰，
魍魉森惨戚。[14]	山鬼水魅站在阴暗中，神色凄惨。
昆仑崆峒巅，	遥远的昆仑、崆峒峰巅，
回首如不隔。[15]	无遮无碍，一回头就能看见。
前轩颓反照，	前面轩窗里落下夕阳的光辉，
巉绝华岳赤。[16]	突兀巍峨的华山被一片鲜红渲染。
兵气涨林峦，	战争的气氛淹没了丛林和山峦，
川光杂锋镝。	流水的波光和刀光剑影错杂映现。
知是相公军，[17]	我知道那是宰相亲自率领的军队，
铁马云雾积。	铁甲马队聚集，像云雾堆积山间。
玉觞淡无味，[18]	皇上对着玉觞觉得淡然无味，
胡羯岂强敌？[19]	难道官军对付不了胡羯的挑战？
长歌激屋梁，	放声高歌，歌声震动屋梁，
泪下流衽席。[20]	眼泪流淌，座席上泪痕斑斑。
人生半哀乐，	人的一生中悲哀欢乐总是各占一半，
天地有顺逆。[21]	天地运行，有顺转也有逆转。
慨彼万国夫，[22]	那些从四面八方来的战士令我慨叹，
休明备征狄。[23]	他们已经训练好，准备和戎狄作战。
猛将纷填委，[24]	许多猛将纷纷忙碌不停，
庙谋蓄长策。	朝廷议政的大臣们有高明的打算。
东郊何时开，	都城东面的道路什么时候打通？
带甲且未释。	现在铁甲还不能卸，衣带还不能放宽。

欲告清宴罢，　　盛宴就要宣告结束了，
难拒幽明迫。[25]　　谁也没法抵拒渐渐逼近的夜晚。
三叹酒食旁，　　在美酒佳肴旁边再三长叹，
何由似平昔。　　怎么能平平安安像往年。

注释：

① 天宝十五载（756 年）夏，叛军已逼近潼关，人心惶惶。杜甫为了避兵灾，再一次离京，把家属从奉先县迁到白水县，寄居在白水县尉崔十九翁的高斋中。崔翁陪他攀山游览，又设筵宴请，对杜甫招待得十分周到。这首诗记述了这次游宴，对崔翁表示了感激之情，但想起战局又十分忧虑。诗中写了雷声、乌云等可怖的景象，并夹杂幻想的山川魍魉，以此象征时局的动荡。这位崔少府，许多注家和研究者都认为就是本卷《白水明府舅宅喜雨》《九日杨奉先会白水崔明府》两首诗题中所说的白水崔明府，也就是杜甫的舅父。但相隔不到一年，前称明府，后称少府，从县令变成了县尉。这样原地降职使用的情况古无前例，而诗中的用典和称呼又都证明诗题并没有误写，因而这疑问一直未能真正得到解答。不过，细读这一篇诗，可看出“白水见舅氏”和“诸翁乃仙伯”这两句诗可能是分说两件事，不应该把“舅氏”和“诸翁”看作一人。如果设想杜甫的舅父崔明府和另一位崔少府十九翁正好是同姓，杜甫这次再到白水，舅父偶然不在白水，或因事无暇接待他而委托县尉崔十九翁接待，不就完全说得通了吗？再说，诗中“为我炊雕胡，逍遥展良觌”这两句诗也很值得玩味，如果崔十九翁即崔氏舅，在游宴前，甥舅早就见过面，又何必在写宴会时又说“逍遥展良觌”？看来是由于有崔十九翁接待，心中便不惶急，可安心等待着和舅父见面了。这正是说“逍遥展良觌”的原因。逍遥展良觌，含有不急于见面，安心等待之意。

② 奉先县（今蒲城）在白水县的南面，故称奉先为南县。

③《仇注》引梁元帝《纂要》：“夏曰朱夏、炎夏。”赫，本义是火赤色。引申为显赫、使人惊心触目等义。

④ 高斋，过去有人把它当作室名，其实这是居室的通名，并不是专名。杜甫在许多地方寓居时都有所谓“高斋”。这里的“高斋”，分明是指书斋、客房之类。译诗中按一般习惯，把“斋”译写为“书斋”。

⑤《诗·豳风·九罭》："于汝信宿"，传："再宿曰信。"游衍，见第三卷《夜听许十一诵诗》注⑧，这里可解作恣意流连游赏。阒，寂静。

⑥ 贤主人，指崔少府。这句诗和下一句连接起来，意思才完整。

⑦ 青冥，即青天，诗中以之隐喻树色。

⑧《仇注》："青冥，言树色；层冰，比树阴。"淅沥，流泉声。

⑨ 诸，在这里用作指示代词，不是表示多数。"诸翁"即"这位老翁"，指崔少府十九翁。前一句，是说到白水县来拜见舅父，着重的是说到白水来的原因；这一句才是说到崔十九翁的为人。从这句诗更可看出"舅氏"与"崔十九翁"是两个人。

⑩ 良觌，"觌"音"狄"（dí）。《易·困》："三岁不觌。"《仪礼·聘礼》："宾奉束锦以请觌。"由此可见，"觌"作为"见"来理解，是指初见，或别离过一个时期的见面，而且专用于亲族或年轻人见长辈等场合。在这句诗里，不是说与崔翁一起宴游的事，更不是追述初见时的情况，而是指尚须稍待时日，才能同舅父崔明府见面。这也可证明崔少府十九翁与崔明府分明是两个人。又据近人研究，白水崔少府十九翁当为崔顼。《全唐文》卷503收有权德舆所作《崔述墓志铭》与《崔遴墓志铭》，两文中都提到"白水县尉顼"，据此可知《新唐书·宰相世系》中所记录的"（崔）顶，白水尉"，系"崔顼"之误。以上诸资料，无一提及崔顼曾任白水令的事，由此更有理由推测杜甫诗中的"白水明府舅"与"白水崔少府十九翁"是两个人，而非一人。

⑪ 这两句诗是对天气变化的描写。风起云涌，如十丈长的蛟龙在急流里翻动，把漩涡也搅碎。同时，也暗示安禄山的叛变所造成的混乱局势。

⑫"地脉"在我国古代文献中，有两种含义：一是指土地的脉络，《史记·蒙恬传》："起临洮属之辽东，城堑万余里，此其中不能无绝地脉"；二是指地下水流，《研北杂志》："吴兴人说久雨遇雷，地脉必开，山为之发洪。"雷导地脉之说，可能是根据民间传说对落雷这种令人骇惧的自然现象所作的解释。

⑬ 崷崒，音"酋族"（qiú zú），山势高峻貌，这里借代高山。

⑭ 魍魉，山川之精怪。这里写的是由于恐惧情绪而引起的主观幻象。

⑮ 昆仑与崆峒，都是我国西部的大山，从白水县不可能看到。这里说"回首如不隔"，也是指幻象，把重叠的云峰看成了这两座大山。

⑯ 前一句诗中的“反照”是指夕阳，这句诗是说华山被夕阳照红，也是想象所见。这景象也是象征时局的危殆。华山在潼关南面，当时潼关正遭到安禄山叛军的进攻。下一句中的“林峦”，是指眼力所及的山林。虚实相映，读者应注意区别。

⑰ 相公军，过去的注家多谓指哥舒翰的军队。但顾炎武说：“前代拜相者必封公，故称之曰相公，若封王，则称相王。”哥舒翰已于天宝十三载封平西郡王，则应称相王。当时，哥舒翰总揽军权，杨国忠怕哥舒翰反对自己，于己不利，又奏请玄宗“选监牧小儿三千于苑中训练”，并募兵万人屯灞上，名为御贼，实际上是防备哥舒翰。施鸿保说“此相公军当指杨国忠调赴潼关之兵”，这是很有道理的。

⑱《仇注》：“玉觞无味，天子旰食也。”施鸿保有不同看法，他说“今按诗意，当只自言无心饮酒耳”。译诗仍从仇说。

⑲“胡羯”指安禄山叛兵，译诗保留了这一用语。

⑳ 衽，通常作襟、袖解，但可解为“席”。如《礼·曲礼》：“安定其床衽。”

㉑ 从地球上观察天象，有些星辰的运行会有逆转与顺转的不同。“天地有顺逆”的原义应指此，这里自然也有象征的意味。

㉒ 万国，指全国的各个州郡。夫，役夫，征集到军中的战士。

㉓ 休明，《左传·宣三年》：“德之休明，虽小，重也。”“休明”是指好的品质，这里指战士的质量好，这是训练的结果。狄，与“胡羯”相同，指安禄山叛军。

㉔《南史·朱异传》：“每四方表疏，当局簿领，咨详请断，填委于前。”“填委”的意思是说诸事纷集，而不是如某些旧注所说的委派许多将领。

㉕ 幽明，指白日和夜晚。在这句诗中，应作偏义复词理解，只是说夜晚的迫近，游宴不能不告结束。

◎ 三川观水涨二十韵[①]（五古）

我经华原来，[②]　　我经过华原县来到这里，

不复见平陆。	一路上再也看不见平原。
北上惟土山，	向北走满眼都是黄土山，
连天走穷谷。	一连几天走在深山穷谷间。
火云出无时，	不时有火云悄悄出现，
飞电常在目。	闪电常常掠过人们眼前。
自多穷岫雨，[3]	自从深山里大量降雨，
行潦相豗蹙。[4]	山洪横流，相互碰撞、追赶。
蓊匌川气黄，[5]	河面上浓重的雾气呈现一片黄色，
群流会空曲。	多少水流汇聚在空荡荡的水湾。
清晨望高浪，	清早看巨浪高高卷起，
忽谓阴崖踣。[6]	忽然又像阴暗的山崖崩坍。
恐泥窜蛟龙，[7]	怕陷进泥淖的蛟龙从水里往外窜，
登危聚麋鹿。	麋鹿成群结队地登上高山。
枯查卷拔树，[8]	水上漂的枯枝同狂风吹倒的树干相互缠卷，
礧魄共充塞。[9]	大大小小的卵石挤塞在浪涛中滚翻。
声吹鬼神下，[10]	水声轰响，有如伴着鬼神下降，
势阅人代速。[11]	看它那气势，好像看着人世间一代代迅速变换。
不有万穴归，[12]	如果不是有万道泉源汇聚，
何以尊四渎？[13]	人们又怎么会尊崇江淮河汉？
及观泉源涨，	当我看到河川源头涨水，
反惧江海覆。	反而又担心下游海倒江翻。
漂沙圻岸去，[14]	堤岸边的砂砾被冲走，
漱壑松柏秃。	谷中松柏秃了头由于受了山水冲刷。
乘陵破山门，[15]	水漫上坡，土门山的那座门也被冲垮，
回斡裂地轴。	浪涛回旋，地轴仿佛要被它扭断。
交洛赴洪河，[16]	山洪和洛水汇合后再流向黄河，

及关岂信宿。[17]	不要两夜就能抵达潼关。
应沉数州没，	恐怕将要淹没几个州县，
如听万室哭。	千家万户的哭声好像已经听见。
秽浊殊未清，	污秽浑浊的河水不会很快地澄清，
风涛怒犹蓄。	狂风巨浪的愤怒还没有发泄完。
何时通舟车，	什么时候才能通车行船？
阴气不黪黩？	沉重的阴云才不这样暗惨？
浮生有荡汩，[18]	短暂的人生有动荡起伏的波涛，
吾道正羁束。[19]	我的道路正受到约束羁绊。
人寰难容身，	在人世间难找到容身的地方，
石壁滑侧足。	随时担心滑倒，仿佛厕足站立石壁间。
云雷屯不已，	乌云雷电聚集着长久不散，
艰险路更跼，	在艰险的道路上我更加局促不安。
普天无川梁，[20]	普天下，到处的河川失去桥梁，
欲济愿水缩。	想渡河的人都盼望流水变窄变浅。
因悲中林士，[21]	由此想起那些爬上树木避水的人，
未脱众鱼腹。	至今还没有脱离葬身鱼腹的危险。
举头向苍天，	抬头看着茫茫苍天，
安得骑鸿鹄？[22]	怎样才能骑上鸿鹄飞越灾难？

注释：

① 天宝十五载六月初，哥舒翰的部下在潼关外溃败后，安禄山的叛军很快进入潼关。六月十二日黎明，玄宗出奔，关中大乱。这时杜甫与家人正在白水县，闻讯仓皇奔走，经华原县往鄜州（今富县）逃亡。经过三川县（故治在今富县南面）时，正逢三川（华池水、黑水、洛水）暴涨，只能暂时停下。这首诗写出他所看到的三川涨水的情景，记述了洪水泛滥，浊流滚滚，木石漂浮的恐怖景象；并写出自己的感受和忧虑，不仅为自己的前途担心，还念及广大灾民的困苦，显示出仁者的博大胸怀。

② 华原县，在今陕西省宜君县附近。

③ 岫，音“袖”（xiù），自古有山穴、山峦两解。古人认为云雨是从山岫中飘出，故诗中称“穷岫雨”。

④ 行潦，《仇注》引《左传》：“潢汙行潦之水”，又解释说“豗，水相击；蹙，水相迫”。按潦，音“老”（lǎo），行潦，道旁横流的雨水。豗，音“灰”（huī）。

⑤ 蓊匌，音“滃格”（wěng gé），水气郁聚的样子。

⑥ 踣，音“柏”（bó），跌倒，这里指山崖崩塌。

⑦ 泥，音“逆”（nì），这里指陷入泥淖。

⑧ 查，同“楂”或“槎”，音“茶”（chá）。浮在水上的枯树枝干。

⑨ 礧磈，音“磊委”（lěi wěi），石块堆积貌。这里指水中的卵石。

⑩ 吹，读去声（chuì），泛指空气振动或水流奔激发出的声音，是不带宾语的动词。

⑪ 阅，阅历；人代速，人间代谢、世代交替的迅速。

⑫ 万穴，《仇注》引《海赋》：“江河既道，万穴俱流。”穴，指山涧，泉流。

⑬ 四渎，《封禅书》：“江河淮济也”，这是古代的解释。后来济水被黄河夺流，不再是大河，译诗中按照后来的习惯写为“江淮河汉”。

⑭ 圻，音“吟”（yín），同“垠”。圻岸，即“垠岸”，指岸边。

⑮ 华原县附近有土门山（即频山），山有二土关，状如门，故名。

⑯ 洛，指洛水。这是流入渭水的洛水，又称北洛水，与洛阳附近的洛水不是一条河。

⑰ 关，指潼关。信宿，见本卷《白水崔少府十九翁高斋》注⑤。

⑱ 荡汩，音“宕聿”（dàng yù），水流动貌。

⑲“吾道”的“道”有两义，既指具体的生活道路，也指所奉行的人生理想。

⑳ 普天，即普天之下，这里指全国。这里的“无川梁”不仅指桥梁，也指一切渡过困难的途径、手段。诗中的含意已从忧行潦、涨水扩大到忧时局，忧人民的苦难。

㉑ 中林士，通常用来指山林中隐逸之士。这里是指攀上树木避水的人，他们的处境仍很

危险，所以才有下面“未脱众鱼腹”的话。

㉒ 骑鸿鹄，紧接前面的话，目的是要逃脱水灾。但自然也有更深的寓意，指想逃脱一切人间苦难。

◎ 月夜[①]（五律）

今夜鄜州月，	今夜，鄜州天空的月亮，
闺中只独看。	闺房中她只能独自观看。
遥怜小儿女，	可怜我那远方的幼年儿女，
未解忆长安。	还不懂得该思念长安。
香雾云鬟湿，	她那被夜雾沾湿的云鬟可散发着微香？
清辉玉臂寒。[②]	她那如玉的手臂在月光下可感到轻寒？
何时倚虚幌，[③]	哪天才能一起倚着薄薄的纱幔，
双照泪痕干。	让月光把我俩面颊上的泪痕照干。

注释：

① 黄鹤注：“天宝十五载八月，公自鄜州赴行在，为贼所得，时身在长安，家在鄜州，故作此诗。”古今注家多从此说。这样来推断作诗的时间与地点，显然与诗中“未解忆长安”一句有关。人们都以为诗人身在长安，才会设想“小儿女”应该忆念长安而因年幼无知不解有此忆念。实际情况却不一定是这样。杜甫究竟在何地何时被俘，到达长安之日期为何，都无法考订。按照当时交通状况及战乱情况来说，天宝十五载中秋，杜甫可能尚未到达长安，甚至尚未被叛军所获。诗中所说的“未解忆长安”，并不一定指忆诗人自己，而只是忆在长安时全家人团聚的幸福。《九家集注杜诗》在“未解忆长安”后有赵云：“盖言儿女在鄜州不能念长安之如何与公在贼中消息也。”把“长安之如何”与“公在贼中消息”分开来说，表明赵次公不认为杜甫作此诗时已身在长安。这意见值得注意，可惜被后来的注家们忽略了。这诗应该是杜

甫于天宝十五载自鄜州赴行在途中恰逢中秋节，有感而作。诗中设想小儿女的纯真无知和月光下妻子的形象及将来夫妇会面时的情景，极为细腻、生动而又深刻、合理，表现出对妻儿的深情，不直接说自己思念妻儿，而思念之情自见。这种直接抒写夫妻怀念之情的诗在我国古代并不多见。

②“香雾”“清辉”两句，是设想的情景。原诗以叙述句的形式表达，译诗中改写为设疑句，使想象的神情显示得明晰些。

③虚幌，《仇注》引阮籍诗：“炼药照虚幌”，注：“幌，帷也。”虚幌，指帷幔轻薄、透明。

◎ 哀王孙[1]（七古）

长安城头头白乌，	长安城头上的白头乌鸦，
夜飞延秋门上呼。[2]	半夜飞到延秋门上呼唤。
又向人家啄大屋，	又飞到大户人家屋顶上把屋瓦啄响，
屋底达官走避胡。	屋下的大官们急忙奔走逃难。
金鞭折断九马死，[3]	皇上的金鞭折断，九匹骏马跑得累死，
骨肉不得同驰驱。	他的至亲骨肉也来不及和他一起奔驰。
腰下宝玦青珊瑚，[4]	腰带上挂着宝贵的玉玦和青珊瑚，
可怜王孙泣路隅。	可怜这位王孙蹲在路角哭泣。
问之不肯道姓名，	问他话，他连姓名也不肯说，
但道困苦乞为奴。	只说生活困苦，求人收他做仆役。
已经百日窜荆棘，	在遍生荆棘的荒野里已经逃窜了百来天，
身上无有完肌肤。	身上没有一处肌肤不受伤开裂。
高帝子孙尽隆准，[5]	传说高祖的子孙个个是高鼻梁，
龙种自与常人殊。[6]	龙种的相貌自然和平常人不相似。

豺狼在邑龙在野，	如今豺狼盘踞都市，龙却藏身野地，
王孙善保千金躯。	王孙啊，您得好好保重千金之躯！
不敢长语临交衢，	在这四通八达的路口不敢同您久谈，
且为王孙立斯须。	为了王孙您，我才站了这么一会。
昨夜东风吹血腥，	昨天夜晚，东风吹来血腥气，
东来橐驼满旧都。	东方来的骆驼在这旧都里到处都是。
朔方健儿好身手，[⑦]	朔方兵个个都有一身好武艺，
昔何勇锐今何愚。	以往多么勇敢善战，如今却变得愚蠢无比。
窃闻天子已传位，[⑧]	听说皇上已经传位给太子，
圣德北服南单于。[⑨]	在北方，皇上的圣德已经感服了南单于。
花门剺面请雪耻，[⑩]	回纥人也割破脸发誓，要求为皇上雪耻，
慎勿出口他人狙。[⑪]	当心千万别跟人说，有人会置您于死地。
哀哉王孙慎勿疏，	唉，王孙，您千万不能大意，
五陵佳气无时无。[⑫]	五位先帝的陵墓上空无时无刻不笼罩着佳气。

注释：

① 安禄山叛军于天宝十五载六月攻入长安后，九月间先后成批屠杀唐王朝公主、驸马、王妃、王孙、郡主等。杜甫于逃难途中被俘送到长安后，因官小名微，未受拘禁，还能到处走动，这诗是他在街头遇见一位到处逃窜的王孙有感而作。诗中说王孙"已经百日窜荆棘"，当为长安陷敌三个多月以后，可知此诗写作日期在至德元载（756 年）九十月间。诗中对王孙所表示的同情，实际是对唐朝政权的关切之情。皇室是政权的代表，而政权则又是国家的代表。尽管杜甫对唐朝的统治已很失望，但对唐朝政权的感情却不能断绝。这种感情虽不能同今天的爱国主义相比，但同爱国主义思想有着某种联系，杜甫对王孙的感情正是这种思想的反映。

② 据《旧唐书》，玄宗逃离长安时，是从宫苑西面的延秋门出城的。诗中所说的"头白乌"的呼号、啄屋等，表示出了一种不祥预兆，这当然是传说，诗人借此渲染了城陷时动荡不安的气氛。

③“金鞭”“九马”都是皇帝的御用物。这句诗和下一句诗写出了玄宗出走时匆忙和急迫的状态，也为王孙困留在长安的事找到了理由。

④ 宝玦，佩挂在腰带上的有缺口的环形宝玉。青珊瑚，珊瑚中的名贵品种，是一种珍贵饰物。

⑤《汉书·高祖纪》：“帝隆准龙颜。”诗中的高帝指唐高祖李渊，并借汉高祖的容貌特征来代表唐皇族面貌的特征。

⑥ 龙种，指皇帝的后代。这句诗和上一句诗中反映出古代人的封建迷信观念，把帝王加以神化。

⑦ 朔方健儿，指河陇、朔方兵，长安的失守，是哥舒翰所统率的河陇、朔方兵在潼关溃败、覆没的直接后果。

⑧ 天宝十五载七月，李亨（肃宗）即位于灵武，旋转移到顺化，改元“至德”。玄宗在蜀得到信息后，命韦见素、房琯、崔涣等奉宝册到顺化，禅位肃宗。

⑨ 南单于，东汉光武帝时匈奴分裂为南北两部，南匈奴单于遣使向汉朝纳贡称臣。诗中以南单于代表回纥。至德元年八月，回纥遣使来要求和亲及助战。

⑩ 花门，即回纥。西北不少民族都有“剺面”的习俗，《后汉书·耿秉传》：“匈奴闻秉卒，举国号哭，或至梨面流血。”李贤注：“梨即剺字，古通用，剺，割也。”“剺面”是为了表示决心。

⑪ 狙，伏击，这里指受到追踪、伤害。

⑫ 五陵，指唐王朝的五座帝陵：高祖的献陵、太宗的昭陵、高宗的乾陵、中宗的定陵、睿宗的桥陵。佳气，有时也称五云，预兆国运隆昌的云气。这也是古代的一种迷信说法。有佳气，即表示国运未衰，仍会复兴。诗中用这话来安慰王孙。

◎ 悲陈陶[1]（七古）

孟冬十郡良家子，[2]	在初冬，那从十郡征集来的子弟兵，
血作陈陶泽中水。	他们的血都变成了陈陶泽里的水。
野旷天清无战声，	原野宽广，天空晴朗，战斗的声音已不再听见，
四万义军同日死。	四万正义的战士在一天里全部战死。
群胡归来雪洗箭，[3]	一群群胡兵回到长安，用雪擦拭弓箭，
仍唱夷歌饮都市。	还唱着胡歌，在街头狂饮不止。
都人回面北向啼，	京都的人民转过脸，向北方啼泣，
日夜更望官军至。	日夜盼望官军打回这里。

注释：

① 至德元载（756 年）十月，宰相房琯向肃宗请求率兵收复两京，肃宗许之。房琯分兵为南、北、中三军。十月二十一日，中军、北军与敌遭遇于咸阳东面的陈陶斜。琯效古代车战之法，遭到敌军火攻，人马大乱，死伤四万余人，残存仅数千。杜甫在长安听到败讯，又亲见敌军纵酒狂歌庆祝的场面，十分悲愤，就写下这首充满悲愤的诗。陈陶斜，又名陈涛泽，是一条山沟。

② 十郡良家子，指从各州郡征来服役的兵卒。良家子，参看本卷《后出塞》第五首注①。

③ 雪洗箭，赵本作“血洗箭”。诸注对此有不同解释。《仇注》：“雪洗，雪拭也。”赵谓“洗箭上之血”。《杜臆》谓用“血洗箭”不如依旧本作“雪洗箭”。施鸿保则认为：“‘雪拭，是犹佳人雪藕丝’之雪，与洗字意复，当从赵说作血，惟非洗箭上之血，血满箭上，如以血洗也。”诸说之争，关键似乎在“雪洗”两字。其实“雪洗”是实写，当时，关中已雪，《悲青坂》云“山雪河冰”，所写之战斗在陈陶战斗两日之后。又《对雪》也是这时所写。既已落雪，以雪洗箭，有何不可，为什么必欲释“雪”为“雪拭”呢？

◎ 悲青坂[1]（七古）

我军青坂在东门，[2]	我们的军队驻在东门的青坂，
天寒饮马太白窟。[3]	多冷的天，饮马在太白山下水沟边。
黄头奚儿日向西，[4]	黄头的奚部兵天天向西侵犯，
数骑弯弓敢驰突。	几个人就敢骑马弯弓到处奔驰挑战。
山雪河冰晚萧瑟，	山上积雪，河水结冰，萧瑟的夜晚，
青是烽烟白是骨。	只见青色的烽烟，白骨亮闪闪。
焉得附书与我军，	怎样才能给我们的军队捎个信，
忍待明年莫仓卒。	千万别仓促，且忍耐着等到明年。

注释：

① 陈陶战败后两日，即至德元载十月二十三日，房琯所统率的南军（见前诗注①）与叛军再战，又大败。这诗写败后的战场形势，建议到明年再反攻，不能仓促进军，务必吸取惨败的教训。

② 青坂的地点不详。在东门，也不知指何城的东门。

③ 太白山在武功县，是房琯南军的出发地。这里是泛指长安西南的山地。窟，是山下低洼积水处，可供马饮者。古乐府有《饮马长城窟行》。

④《仇注》引《唐书》：“室韦，东方之北边黄头奚部也，奚亦东夷种。”安禄山的叛军中，有契丹、奚等东北边境民族的兵。“黄头奚”是奚族的一个部落，“黄头”是指头上戴黄色巾、帽之类。

◎ 避地[①]（五律）

避地岁时晚，	已经到年底了我还在避难，
窜身筋骨劳。	东逃西窜，全身筋骨劳顿。
诗书遂墙壁，[②]	《诗》《书》只能靠着墙壁堆放，
奴仆且旌旄。[③]	投敌的奴仆却成了掌握指挥旗的贵人。
行在仅闻信，	皇上在行都只听到传闻，
此生随所遭。	看来这辈子只得随顺命运。
神尧旧天下，[④]	这天下是高祖皇帝开创，
会见出腥臊。[⑤]	总有天会摆脱胡兵叛乱的困境。

注释：

① 这首诗，《九家注》《黄鹤补注》本不载。据说是从赵次公《杜诗注》中补入。赵本中有原注："至德二载，丁酉作"，顾宸改订为作于至德元载冬，并说"盖避地白水，鄜州间，窜归凤翔时也"。诗中说"岁时晚"，则杜甫可能已被乱军送归长安。但从诗中所述的情况看，又不似陷贼中时。因此后人多有疑此诗非杜甫所作者。清薛雪《一瓢诗话》认为此诗"不是少陵语，题下所注更不是少陵语"。在诸多疑问存在的情况下，暂编此诗在至德元载秋冬间。

②"诗书"指《诗经》《书经》等儒家经典。遂，可作"顺"字解，"遂墙壁"是说靠着墙堆放，不能放在桌上或书架上，这正是逃难的情景。

③ 奴仆，《仇注》："当是指贼党如田乾真、蔡希德、崔乾祐之徒，各拥旌旄耳。"

④ 神尧，借代唐高祖李渊。因为他像唐尧一样禅位给太宗李世民，故云。

⑤ 腥臊，指安禄山的胡兵。胡人食牛羊肉为主，故当时人常以"腥臊"称之。

◎ 对雪[①]（五律）

战哭多新鬼，	大战之后，多少新鬼在哭泣，
愁吟独老翁。	带着悲愁吟诗的唯有我这老翁。
乱云低薄暮，	傍晚时乱云压向地面，
急雪舞回风。	雪花急速飞舞，随着旋风。
瓢弃樽无绿，[②]	酒瓢丢在一旁，樽里已没有酒，
炉存火似红。	炉子还在，火光好像还红。
数州消息断，	几个州郡的消息都已断绝，
愁坐正书空。[③]	我愁闷地坐着，伸出手指画着虚空。

注释：

① 这诗写在《悲陈陶》《悲青坂》两诗之后，杜甫仍困处在叛军占领的长安城中。对雪愁吟，忧虑国事，写尽痛苦的心境。

② 绿，酒的颜色，以它借代"酒"。

③《世说新语·黜免》："殷浩坐废，终日书空，作'咄咄怪事'四字。"书空，用手指在空中写字。这是极端苦闷而又无法可想，无可作为的一种表现。

◎ 元日寄韦氏妹[①]（五律）

近闻韦氏妹，	最近听说我那嫁给韦家的妹妹，
迎在汉钟离。[②]	已经被接到钟离县安家。
郎伯殊方镇，[③]	她的夫婿镇守远方的州郡，

京华旧国移。[4]	今天这里已不再是故国的京华。
秦城回北斗，[5]	看长安城头上北斗星已转了方向，
郢树发南枝。[6]	想楚地朝南的树枝该已经发芽。
不见朝正使，[7]	看不见各地使节前来朝贺元旦，
啼痕满面垂。	一道道泪痕在我脸上垂挂。

注释：

① 至德二载（757 年）的元旦，杜甫是在叛军占领下的长安度过的。不久前他得到了嫁给韦家的妹妹的音讯，增添了对远方胞妹的怀念，又想到皇帝被赶出了长安，心中更为悲痛。这是寄给韦氏妹表达当时心境的一首诗。

② 古代有两个以“钟离”为名的县，一在今安徽省凤阳县附近，一在今湖北省汉阳附近。这里是指前者。由于是汉代设置县治的，故称为汉钟离。

③ 郎伯，指夫婿。殊方，即异地，远处。“镇”字显示出妹婿韦君是在一处地方负有军政重任的官员，如刺史、节度使、都督等，没有确实的根据，只能照字面译意。

④ 旧国，指原来的都城。京华，指皇帝实际驻地，政府所在的地方。这句诗是说，那时皇帝已不以原来的京都长安为都城了。

⑤ 秦城，一作“春城”，指长安城。“回北斗”指北斗星的斗柄转指东方，标志春季已到。

⑥ 钟离县，古代属楚国，郢为楚都，故以郢代楚。又《楚辞·哀郢》：“望长楸而太息兮，涕淫淫其若霰。”长楸，就是郢树。诗中用“郢树”，也是为了表达对国家残破的哀痛。

⑦ 朝正使，《左传·文三年》：“昔诸侯朝正于王”，注：“谓朝而受其政教也”。又《左传·文六年》：“闰月不告月，犹朝于庙。”疏：“朝庙，周礼谓之朝享，岁首为之，则谓之朝正。”《唐会要》：“天宝六载，敕中书门下省，自今以后，诸道应贺正使，并取元日，随京官例，序立便见。”“朝正”原来是指诸侯或地方负责官员进京朝见皇上，听取训示，后来则专指进京向皇上贺新年。通常也可派遣使者进贺，不一定是由方镇大员亲自回京。

◎ 春望[1]（五律）

国破山河在，	国家残破了，山河仍在眼前，
城春草木深。	春天还是来到了这城里，草木郁郁青青。
感时花溅泪，	时事使人感慨，鲜花也溅出眼泪，
恨别鸟惊心。	鸟儿飞过，我这饱尝别恨的人更感到惊心。
烽火连三月，[2]	战争烽火一直继续到暮春三月，
家书抵万金。[3]	一封家信，真抵得上万两黄金。
白头搔更短，	我时时抓搔头上白发，使它更短了，
浑欲不胜簪。	简直没法把它梳拢好插上发簪。

注释：

① 这诗也是杜甫困处长安时所作。那时已是至德二载（757 年）三月，又是草木茂盛、繁花似锦的春天，山川依旧，人事已非。国事家事，都令诗人十分担心，这诗写尽了内心的深刻痛苦和惶惶不安的心境。

② 连三月，按常例应解释为连续三个月，但从安史乱起到至德二载三月，已一年多，故不能这样解释。旧注家对此有种种说法。译诗据黄鹤注："此当是至德二载三月，陷贼营时所作。三月者，指季春三月。"

③ 万金，并非确定的数量，只是说战乱中家书之可贵。译诗中作"万两黄金"，也只是据其修辞意义理解。

◎ 得舍弟消息二首[1]（五律）

近有平阴信，[2]	近日我得到平阴带来的信，

遥怜舍弟存。	可怜我的胞弟还在那远处存身。
侧身千里道，[3]	他惶恐地走过千里长途，
寄食一家村。	寄居在一处偏僻的独家村。
烽举新酣战，	战火燃烧，新近又发生一场大战，
啼垂旧血痕。[4]	啼哭流泪，泪水流过往日的血痕。
不知临老日，[5]	不知道到了我临终的时候，
招得几时魂。[6]	招回的是何时丢失的生魂。

注释：

① 黄鹤说这诗是天宝十五载在长安时所作，但理由不充分。诗中已表达出希望兄弟团聚之意，如在叛军占领下的长安困居，不应有这种想法。这两首诗大概作于至德二载（757 年）年底，长安收复，杜甫回京之后。当时安史军势仍炽，时有战事发生，故云“烽举新酣战”。

② 平阴，地名，有两处：一是先属济州，后于天宝十三载改属郓州的平阴县；一是洛阳附近的著名古代渡口平阴津。根据诗中所述与弟难以见面的情况，可能是指前者。当时两京虽已收复，但洛阳以西形势仍较混乱，交通阻塞、危险，在西京的杜甫欲见在郓州平阴的弟弟自然是困难的。

③《仇注》：“侧身，言避寇不敢正行。”按《诗·大雅·云汉》序：“侧身脩行”，疏：“侧者，不正之言，谓反侧也。忧不自安，故处身反侧。”故以“惶恐”译“侧身”。

④ 旧血痕，即往日的血泪痕。这句诗是说新愁旧恨相积，痛苦万分。

⑤ 临老的“老”，意思是死。现代方言中犹有此说法。

⑥ 江淹《别赋》：“黯然销魂者，惟别而已矣。”销魂，也就是失去魂。这诗说的是别恨，故失魂。古代习俗，人临死时，家人要为死者招魂。由于多次因别离和其他原因失去魂魄，则招得之魂就很难说是何时所丢失的了。译诗中写作“生魂”，表明是生者的魂，以别于现代通常说的“鬼魂”。

◎ 其二（五律）

汝懦归无计，	你生性懦弱，没办法回来，
吾衰往未期。	我又衰老得不知何时能到你那里去。
浪传乌鹊喜，[①]	乌鹊报喜成了一句空话，
深负鹡鸰诗。[②]	“鹡鸰在原”的诗句使我深感惭愧。
生理何颜面，[③]	生活安排成这样，我哪里有脸面，
忧端且岁时。	只是在忧烦中度过岁月。
两京三十口，[④]	一家三十口人分住在东京、西京，
虽在命如丝。	虽然都活着，可生命危殆如丝。

注释：

①“乌鹊报喜”是俗谚，这里是指胞弟将来的消息，但后来未能成为事实，故说“鹊喜浪传”。

② 鹡鸰诗，见第一卷《赠韦左丞丈济》注⑧。

③ 生理，与生计意思相近，指大家庭生活的维持，包括经济和各种规矩、礼节等。意译为“生活安排”。颜面，与现代汉语中的面子、脸面近义。

④ 两京，指东京洛阳、西京长安。

◎ 忆幼子[①]（五律）

骥子春犹隔，	春天来了，我还不能和骥子相聚，
莺歌暖正繁。	天气已和暖，处处啼着黄莺。

原诗	译文
别离惊节换，	别离中季节的变换使我心惊，
聪慧与谁论？	我又能向谁夸赞他的聪明？
涧水空山道，[2]	记得荒凉山路旁的涧水，
柴门老树村。	记得柴门外村里的老树成荫。
忆渠愁只睡，	一想起他我就忧烦得只能呆睡，
炙背俯晴轩。	要不就坐在窗下闲眺，让太阳晒脊梁心。

注释：

① 据黄鹤说，这诗是至德二载春在长安作。当时，长安沦陷，杜甫一人困居长安，既忧心国事，又思念家人，心中十分不安。这种情绪在当时所作的一些诗篇中流露了出来。“幼子”指次子宗武，“骥子”是他的小名，最受杜甫的宠爱。

② “涧水”和“柴门”这两句诗是回忆去鄜州时路上所见和对家庭寄住的村庄——羌村的印象。这两句诗表达了对家人深切的怀念。

◎ 一百五日夜对月[1]（五律）

原诗	译文
无家对寒食，[2]	到了寒食节，一家人还没有团聚，
有泪如金波。	眼里涌出泪水，像月亮涌出金波。
斫却月中桂，	把月宫中的桂树砍去，
清光应更多。[3]	那明亮的月光不就更多？
仳离放红蕊，[4]	红花朵朵开放，人却分离依旧，
想象颦青蛾。[5]	想象中的她正双眉紧皱。
牛女漫愁思，[6]	牛郎织女啊，你们别愁苦相思，
秋期犹渡河。[7]	每年七月七你们还能渡过天河。

注释:

① 这是至德二年寒食节的晚上，杜甫在叛军占据下的长安对月思家的诗。古代有寒食节，距上一年年末的冬至节气一百零五日，传说是为了纪念春秋时晋国贤人介子推的被焚死。那天，人们不生火做饭，只吃冷食。一般是在清明节前两日。《杜臆》解释了不说“寒食节”而说“一百五日”的原因是：“盖公（指杜甫）以去年冬至弃妻出门，今计其日，见离家已久也。”其实，“一百五日”或“一百六日”也是寒食节的另一名称。不必穿凿求解。这首诗，主要是为怀念夫人杨氏而作。

② 无家，指家人不能团聚。寒食，见注①。

③ 因与家人相别多日，心中愁闷，迁怒于月，故欲斫去月宫中的桂树；可是转念一想，斫去桂树，则月光更多，泪水也应更多了。这样写是为了表示愁苦甚深。

④ 红蕊，朱注说是指月中桂树的花，恐不合。寒食节前后，春花已渐繁盛，这句诗应为实写所见。仳离，指作者与妻儿的别离。

⑤ 青蛾，即娥眉，指夫人杨氏而言。颦，蹙眉。

⑥ 这里是以牛郎织女的故事来与人的别离相比。牛女之别，每年犹能于七夕一见，而人之分离，却见面无期。以此表示乱世的人们比牛郎织女还要苦痛。

⑦ 秋期，《诗・卫风・氓》：“将子无怒，秋以为期。”这里指七夕（七月初七）。

◎ 遣兴[①]（五排）

骥子好男儿，	我的骥子真是个好男孩，
前年学语时。	前年他开始牙牙学语，
问知人客姓，[②]	那时就会问明白客人的姓，
诵得老夫诗。[③]	就能背诵我作的诗。
世乱怜渠小，	在这兵荒马乱的年头，可怜他还幼小，
家贫仰母慈。	家里贫穷，全靠母亲的爱慈。

鹿门携不遂，[4]	我不能够带他们上鹿门山去隐居，
雁足系难期。[5]	想给他们写封信也没法寄。
天地军麾满，	天地间塞满了军旗，
山河战角悲。	战斗的号角在山河间散布悲凄。
傥归免相失，	只要回家时不会找不到他们母子，
见日敢辞迟。	就是见面晚些我也决不嫌迟。

注释：

① 这是为了排遣思家的苦闷而作的诗。兴，并不总是“雅兴”“幽兴”之类，而是一时郁聚起来的情绪。旧注家订此诗作于叛军占领下的长安，然而根据诗中所说的“傥归免相失”等话来看，似乎已在投奔凤翔以后，可能作于至德二载秋，在作《得家书》一诗以前。

② 客人这个词，在古代以及现代某些地区的方言中，作“人客”。

③ 老夫，杜甫自称。

④ 鹿门携，见第一卷《冬日有怀李白》注⑤。这里是说杜甫曾打算携全家归隐山林。

⑤ 雁足系书，是我国古代传说。这里说“难期”，是说找不到传递书信的人，无法通信。

◎ 塞芦子[1]（五古）

五城何迢迢，[2]	边境的那五座城堡多么遥远，
迢迢隔河水。	多么遥远，又隔着黄河水。
边兵尽东征，	边防战士都调到东方作战去了，
城内空荆杞。	只剩下座空城，到处生长荆杞。

思明割怀卫，	史思明放弃了怀州和卫州，
秀岩西未已。[③]	高秀岩向西进犯，一直没有停止。
回略大荒来，[④]	敌人想绕过广阔的荒漠进攻，
崤函盖虚尔。[⑤]	在崤山和函谷关驻兵，只是虚张声势。
延州秦北户，	延州是关中北面的门户，
关防犹可倚。	那里的关塞还可以倚恃。
焉得一万人，	从哪里能调动一万人马，
疾驱塞芦子。	急速奔到那里去把守住芦子。
岐有薛大夫，[⑥]	扶风郡有位薛大夫，
旁制山贼起。	从侧面压制住山贼的气势。
近闻昆戎徒，[⑦]	最近听说有一支昆戎兵，
为退三百里。	被迫后退了三百来里。
芦关扼两寇，[⑧]	守住芦子关，就能把两股敌寇扼制，
深意实在此。	这个策略的深刻用意就在这里。
谁能叫帝阍，[⑨]	谁能叫开宫门去告诉皇帝，
胡行速如鬼。[⑩]	胡兵的行动像鬼一般迅速无比。

注释：

① 芦子，即芦子关，唐代属夏州，在延州西北，今之陕北靖边县附近。塞芦子，派兵驻守芦子关，阻断通行，防止安史叛军深入当时唐朝军队的后方。这诗当作于至德二载初，是杜甫在敌人占领下的长安根据战争形势提出的战略设想。

② 五城，指唐代早期为防止突厥进犯所建立的五个城堡，散布在黄河北岸，西起今宁夏回族自治区的西部，东北到今内蒙古呼和浩特西南。当时名定远（今宁夏平罗县东南）、丰安（今宁夏中卫市波坡头区）以及中、东、西三个受降城（都在今内蒙古境内）。

③ 史思明于至德二载放弃怀州（今河南沁阳）、卫州（今河南汲县），会合叛将高秀岩，移兵西北，进攻太原，有迂回包抄唐肃宗所控制的西北地区的意图。

④ 回略，即迂回进攻。大荒，指西北广大地区。

⑤ 崤函，是崤山和函谷关，当时在安史叛军占领下。

⑥ 薛大夫即薛景仙。安史乱起时，为陈仓县令。玄宗西奔，杨国忠妻、子及虢国夫人等奔陈仓，被薛景仙所杀。他又组织起一支军队抗敌，收复了长安西面的扶风郡，被任命为扶风太守兼防御使。岐，即扶风郡。至德元载七月，改称“凤翔”。

⑦ 山贼、昆戎，俱指安、史的部下。昆、戎即昆夷和犬戎，是古代西部边境的民族。安禄山、史思明的军队有些是由这些少数民族组成。

⑧ 两寇，即前面所说的史思明和高秀岩两支敌兵。

⑨ 叫帝阍，原义指叫唤宫门，这里说的是去朝廷报告皇帝。

⑩ 这句诗是说敌人行动迅速，“塞芦子”的事必须赶快进行，否则即被敌兵赶到前面，坐失战机。

◎ 哀江头[1] （七古）

少陵野老吞声哭，[2]	我这少陵野老压低哭泣的声音，
春日潜行曲江曲。	在春天曲江的曲折岸旁默默步行。
江头宫殿锁千门，	江畔的宫殿千门万户都紧紧锁闭，
细柳新蒲为谁绿。	新出芽的细柳嫩蒲为谁吐青？
忆昔霓旌下南苑，[3]	回想往昔，七彩旌旗簇拥着皇帝游南苑，
苑中万物生颜色。	苑里万物顿时生气勃勃光灿灿。
昭阳殿里第一人，[4]	昭阳殿里最受宠爱的那一位，
同辇随君侍君侧。	侍候着皇上，同车坐在皇帝身边。
辇前才人带弓箭，[5]	车驾前的才人带着弓箭，
白马嚼啮黄金勒。	白马嘴里咬着金光闪闪的马衔。

翻身向天仰射云，	蓦然一翻身，向云端射出一箭，
一笑正坠双飞翼。	一声笑，射中一双飞鸟落在马前。
明眸皓齿今何在，	那明亮的眼珠，那雪白的牙齿，如今在哪里？
血污游魂归不得。	被血迹沾污的游魂已无家可归。
清渭东流剑阁深，⑥	清清渭水向东流，剑阁山多么幽深，
去住彼此无消息。	逝去的和活着的彼此得不到消息。
人生有情泪沾臆，	人们都有情感，怎能不泪沾胸前，
江草江花岂终极。⑦	江边的花草却永远永远这样艳丽。
黄昏胡骑尘满城，	黄昏时满城骑马的胡兵扬起灰尘，
欲往城南望城北。⑧	我要到城南去，眼睛却望着城北。

注释：

① 曲江是长安城东南的一处名胜，是皇室、贵戚及官僚、文人的游乐之地。第二卷《乐游园歌》注①介绍的乐游园、注⑥介绍的芙蓉园（即南苑），都是曲江风景区的组成部分。由于这一地区有流水曲折回流，故称曲江。“哀江头”，意思是说由于看到曲江风光而引起哀思。至德二载初春的一天，困处于长安的杜甫，独自潜行到曲江边。那里虽然风景依旧，但不久以前的繁华热闹气氛却完全消失了，不禁使诗人想象起过去唐玄宗和杨贵妃同游曲江的情景。那些穷奢极侈的统治者们并不值得人们同情，可是唐王朝毕竟是一个统一的国家，那些皇帝、妃嫔是国家的象征，他们身上甚至还寄托着人们的希望和幻想。杨贵妃的死，究竟是罪有应得，还是被不公正地加上了罪名，这是很难判断的，可是用她的鲜血来洗刷统治阶级的全部腐朽、罪恶，无论如何是一场悲剧。显然，杜甫在这首诗中对杨贵妃的死是寄予同情的。如果杜甫竟和那些归罪于贵妃的人们站在一起，赞美皇帝而责骂贵妃，那么他也就不是一个伟大的诗人了。

② 少陵，参看第二卷《投简咸华两县诸子》注③。

③ 南苑，又称“芙蓉苑”或“芙蓉园”，有夹城与宫内相通连。是专供皇帝及妃嫔游乐的园林。

④ 指杨贵妃。昭阳殿为汉代的宫殿，汉成帝的宠后赵飞燕曾居昭阳殿。李白诗：“宫中

谁第一，飞燕在昭阳。”唐代诗人常以赵飞燕和昭阳宫来喻杨贵妃及其居处。

⑤ 才人，唐代宫中的女官。

⑥ 杨贵妃死于马嵬坡，其地在渭水边。因以“渭水东流”来暗示杨贵妃之死；玄宗奔蜀，因以“剑阁深”喻玄宗西行。下面一句诗中的“去住”，也是分指这两个人。

⑦ 岂终极，意思是“岂有穷尽”，也就是说永远存在，以此对比人生的短暂。

⑧ 旧注有谓“望城北”当作“忘城北”或“忘南北”者。意思是说作者十分痛苦，心目迷乱。说“欲往城南望城北”，是表示将回到城南家中去时，眼睛却仍望着城北，关心着长安城中的一切，此外还有盼望官军反攻的意思，《悲陈陶》一诗中有“都人回面向北啼，日夜更望官军至”之句，更证明了作“望城北”是有含意的。

◎ 大云寺赞公房四首[①]（五古）

心在水精域，[②]	我的心已经在水晶般明澈的境界，
衣沾春雨时。	我的衣裳已被春雨沾湿。
洞门尽徐步，[③]	缓慢的脚步在最后一道门前停止，
深院果幽期。[④]	终于实现到这深院来访问的心意。
到扉开复闭，[⑤]	到了门前，门开了，又关闭。
撞钟斋及兹。	钟撞响了，已到了斋饭时。
醍醐长发性，[⑥]	乳酪琼浆，能增进智慧、宁静，
饮食过扶衰。	这样的饮食岂仅能将养衰老的身体。
把臂有多日，	好几天这样手臂挽着手臂，
开怀无愧辞。[⑦]	敞开胸怀，没有表示惭愧的言辞。
黄鹂度结构，[⑧]	黄鹂飞越过屋顶的梁架，
紫鸽下罘罳。[⑨]	紫鸽从雕花屏门上向下低飞。

愚意会所适，	我的心思和令我惬意的事相遇，
花边行自迟。	在花丛边散步，不觉放慢了步子。
汤休起我病，[10]	赞公像惠休大师，使我的病痊愈，
微笑索题诗。	他微笑着，要我给他题诗。

注释：

① 大云寺是长安的一座佛寺，本名光明寺。武则天曾到过这座寺院，当时寺中的住持宣政和尚向她献了一部《大云经》，后遂改名为大云经寺。大云寺是大云经寺的简称。赞公，大云寺的住持，是一个参与政治活动的和尚，与杜甫有交往，后来因故贬到秦州，杜甫在秦州时常与他在一起。至德二载春，杜甫被羁留在长安，生活困苦，曾到大云寺住过几天，赞公请他题诗，就写了这样四首诗。有人说，杜甫在大云寺小住，是为逃出长安作准备。

② 水精，即水晶。江总《大庄严寺碑》："影彻琉璃之道，光遍水精之域。"水精域，比喻佛寺的清净、安宁。

③ 洞门，《仇注》引《汉书·董贤传》："重殿洞门"，注：言门门相当也。译诗写作"最后一道门"，是表示寺院深邃，重重门户。

④ 幽期，友人相聚的约定。赞公曾邀约杜甫来寺中小住，杜甫也答应过他。这次来了，就是"果幽期"，实践了以前的约言。

⑤ 这句诗是表明佛寺门户严密，与外界隔绝的情况，也反映了乱世人们疑惧恐慌的心情。

⑥《本草纲目·兽一》，引寇宗奭语："作酪时，上一重凝者为酥，酥上如油者为醍醐，熬之即出，不可多得，极甘美。"看来是一种珍贵的乳制品。译为"乳酪琼浆"。"发性"是佛经用语，《仇注》引潘鸿语："《止观辅行》云：'见是慧性，发必依观；禅是定性，发必依止。'""发性"就是指"慧性"与"定性"之被激发。译诗略述其意。

⑦ 开怀，这里不完全是指心胸舒畅，还含有类似"开怀痛饮"的意思在内，指尽情享受赞公所提供的食品。

⑧ 何晏《景福殿赋》："其结构则修梁彩制。""结构"指殿宇的梁柱之类。

⑨《雍录》："罘罳，镂木为之，其中疏通，或为方空，或为连琐，其状扶疏，故曰罘罳。又有网户者，刻为连文，递相缀属，其形如网。后世遂有直织丝网，张之檐窗，以护禽雀。"罘罳，音"扶司"（fú sī），雕空图案的木制屏风；此外，丝绳、珠串等编织的网帘等也可称为"罘罳"。这两句诗是表示寺院中殿宇之宏丽与宁静。

⑩ 汤休，南朝刘宋时著名僧人惠休，本姓汤，人称他为汤休。这里是以汤休来比喻赞公。译诗中直接写出了"惠休"这名字。

◎ 其二（五古）

细软青丝履，①	青纶鞋精致、柔软，
光明白氎巾。②	还有洁白光亮的毛巾。
深藏供老宿，③	平时藏得深深，好供应年老高僧，
取用及吾身。	我这个人竟也用上了它们。
自顾转无趣，	看看自己这样活着真没意趣，
交情何尚新。	可您和我的友谊却光耀如新。
道林才不世，④	您的才学像支道林那样世上少见，
惠远德过人。⑤	您的品德像惠远一样胜过众人。
雨泻暮檐竹，	傍晚时，雨水从檐前竹枝上泻下，
风吹青井芹。	春风吹拂着井栏旁的香芹。
天阴对图画，⑥	阴天，我看着墙壁上的图画，
最觉润龙鳞。⑦	最引我注意的是，画上的龙鳞已经湿润。

注释：

① 青丝履，指青丝纶编的鞋。《仇注》引《尔雅》："纶似纶（纶草）"，注："纶，纠青丝也，音关。"又引张华云："纶草如宛转绳。"则青丝履也可能是指"纶草"所编之鞋。

② 白氎巾，即白棉布巾。唐代棉花尚未普及，因高昌国之棉花称为白氎子（译音），棉布称白氎布，故称棉布所制巾为白氎巾。

③ 老宿，指年老而多阅历的人。这里指老僧。

④ 支道林，即支遁，见第一卷《巳上人茅斋》注③。

⑤ 惠远，一作慧远，晋代高僧。诗中以支遁、慧远喻赞公，是对赞公才德的赞誉。

⑥ 图画，指大云寺壁画。据《仇注》引张彦远《名画记》，大云寺东浮图有三宝塔，冯楞伽画车马并帐幙人物，已剥落。东壁北壁郑法轮画，西壁田僧亮画，外边四壁杨契丹画。

⑦《仇注》又引《画断》："吴道子尝画殿内五龙，鳞甲飞动，每欲大雨，即生云雾。"由于是壁画，天阴将雨，墙壁潮湿，画上龙鳞似润湿，这是写实。同时，人的主观上也可能因看到龙鳞润湿，而更觉得画龙的栩栩如生，甚至还能由此引出进一步的幻想，如画龙有破壁腾飞之势等等。

◎ 其三（五古）

灯影照无睡，	灯光照着我，使我不能入睡，
心清闻妙香。[①]	心里十分宁静，嗅到飘来的异香。
夜深殿突兀，	夜深了，殿顶显得突兀高昂，
风动金琅珰。[②]	檐角的悬铃，被风吹得叮咚作响，
天黑闭春院，	黑暗把春天的庭院紧紧锁闭，
地清栖暗芳。	芬芳的花草栖隐在清冷的地方。
玉绳迥断绝，[③]	高高的玉绳星好像将要断绝，
铁凤森翱翔。[④]	屋脊上耸立的铁凤仿佛要展翅翱翔。
梵放时出寺，[⑤]	诵经的声音时时传出寺外，

钟残仍殷床。[⑥] 我躺在床上，耳中仍充满钟声残留的余响。
明朝在沃野，[⑦] 明天我将走在原野上，
苦见尘沙黄。 又将苦于看见尘沙一片黄。

注释:

① 佛寺中夜晚仍在诵经，焚香礼佛，故闻异香。

② 金琅珰，《仇注》引《汉书·西域传》注："琅珰，长锁也。"并解说："今殿塔皆有之。一曰殿角悬铃，其声琅珰。"译为"檐角悬铃"。

③ 玉绳，星名。张融《海赋》："连瑶光而交彩，接玉绳以通华。"迥断绝，一作"回断绝"，赵次公云："回断绝，夜欲向晨也。"

④ 铁凤，屋脊上的饰物，铁制，形似凤凰。森，高耸貌。

⑤《九家注》赵云："佛寺至梵音必唱而诵之，其声高放，故寺外可闻也。"梵放，即佛教徒唱诵佛经声。

⑥ 有人认为此"床"字，当作钟座、钟架来理解。但这里是说睡在床上听钟声，释为供人睡卧的床可能更贴切。殷，《诗·国风·召南》有"殷其雷"，此处可理解为声波之振荡萦绕。

⑦ 这句诗似乎是表示明天即将离开寺院，很可能是离开长安，走向赴凤翔的长途。有人认为杜甫是得到赞公的资助，在大云寺休息了几天后，逃出长安，投奔凤翔行在的。

◎ 其四（五古）

童儿汲井华，[①] 您的童子在汲取清晨的井水，
惯捷瓶上手。 使用汲瓶的是双多么灵巧熟练的手。
沾洒不濡地， 细心喷洒，地面也没湿透，

扫除似无帚。	轻轻扫除，好像没有用扫帚。
明霞烂复阁，[②]	明亮的朝霞把重楼高阁照得绚烂，
霁雾搴高牖。[③]	雾散了，露出了高高的窗口。
侧塞被径花，[④]	伏倒在小径上的繁花快把路阻断，
飘飖委墀柳。	摇摆飘拂的是垂到阶上的杨柳。
艰难世事迫，	世上多少艰难困苦逼迫着我，
隐遁佳期后。[⑤]	隐居避世的日子只能不断推后。
晤语契深心，	和你会面交谈，感到情意很相投，
那能总钳口。[⑥]	我怎能总是紧紧闭着口。
奉辞还杖策，	告辞时又拿起了手杖，
暂别终回首。	只是暂时分别，总会回来和你聚首。
泱泱泥污人，[⑦]	到处深深的泥泞会把人沾污，
狺狺国多狗。[⑧]	这都城里这么多汪汪狂叫的狗。
既未免羁绊，[⑨]	如果不能摆脱羁绊，
时来憩奔走。	奔走劳累了，再时时来这里休息停留。
近公如白雪，	接近您好像接近白雪，
执热烦何有。[⑩]	哪里还会有炎热和烦忧。

注释：

①《仇注》引《本草》：“平旦第一汲为井华水。”所谓“第一汲”，言早晨初汲之水。古代汲水器多为陶器，故称“汲瓶”。

② 复阁，《仇注》引薛梦符曰：“《广韵》：复，重也。”

③《仇注》引梁元帝诗“能令云雾搴”，注：“搴，开也。”

④《仇注》谓“侧塞，花多貌”。按“侧”，可解为“伏”，如《淮南子·原道》：“侧谿谷之间。”侧塞，可释为“阻塞”之状。

⑤ 佳期，预定的日期，指隐居或皈依佛门之期。

⑥ 贾谊《过秦论》："钳口而不言"。王符《潜夫论》："此智士所以钳口结舌括囊共默者也。"从这句诗里可以看出杜甫在长安时处境十分危险，可参看本卷《哀王孙》中"慎勿出口他人狙"等语。

⑦《诗·小雅·瞻彼洛矣》："维水泱泱"，"注：深广貌"。

⑧ 狺，同"狺"，音"银"（yín）。《楚辞·九辩》："猛犬狺狺而迎吠兮。"狺狺，犬吠声。有人认为，"多狗"是骂那些从贼作恶的人们。然而，直接理解为到处听到狗叫，也未尝不可，那正可显示出社会不安的状态。

⑨ 既，古汉语中表示动作完成的助词，不一定是"过去完成"时态，也可用于"未来完成"时态。这里是设想出走未遂的可能，意思是万一还是没有能逃出羁绊。从这句和下一句诗可看出，杜甫的确是曾与赞公商量过投奔肃宗的计划的。

⑩ 张远云："公诗用执热，俱作热不可解。"执热，可能是唐朝的口语。最后两句诗的意思是，和赞公在一起，就如同靠近白雪，心境凉爽，不再感到热闷烦躁。

◎ 雨过苏端[1]（五古）

鸡鸣风雨交，[2]　　又是风，又是雨，听见了阵阵鸡叫，
久旱雨亦好。　　长久干旱，这样下场雨也好。
杖藜入春泥，　　扶着藜杖走在春天的泥路上，
无食起我早。　　是饥饿逼得我起身这么早。
诸家忆所历，　　想想以往访问几户人家的经历，
一饭迹便扫。[3]　　吃过他们家一顿饭就决不再去找。
苏侯得数过，　　苏君的家我却来过多次，
欢喜每倾倒。[4]　　他总是欢欢喜喜接待我，还表示对我爱慕倾倒。
也复可怜人，[5]　　他也是个可爱的人，
呼儿具梨枣。　　呼唤孩子们捧出梨和枣。

浊醪必在眼，	总要把白酒送到我眼前，
尽醉摅怀抱。	让我尽量喝够，让我倾吐怀抱。
红稠屋角花，	屋角开着繁茂的红花，
碧秀墙隅草。	墙下生着纤细的绿草。
亲宾纵谈谑，	亲戚、宾客尽情谈笑，
喧闹慰衰老。	为了安慰我这个老人，他们凑在一起热闹热闹。
况蒙霈泽垂，	何况甘霖已经降下，
粮粒或自保。	只要有几粒粮食，自己的生命或许能保。
妻孥隔军垒，⑥	妻儿们隔在战垒的那一边，
拨弃不拟道。	只能丢开不谈，不谈他倒反好。

注释：

① 这首诗当作于至德二载（757 年）春。苏端，即本卷《苏端薛复筵简薛华醉歌》中所说那个苏端。安禄山叛军占长安时，他家仍住长安，杜甫常去他家坐坐，苏端总是对杜甫盛情款待，杜甫感激不已。这诗中表达的就是这样的感情。

②《诗·郑风·风雨》：“风雨如晦，鸡鸣不已。”这里是说天刚亮时起了风雨。

③ 迹便扫，见第一卷第一首《赠李白》注⑦“迹如扫”。这里是说去过一次就不再去。

④ 倾倒，极端爱慕敬佩。有人认为这里的“倾倒”是指“倒酒”，似不合，因为在下面几句才谈到饮酒的事。

⑤《仇注》：“可怜人，言苏之情谊令人可怜，非谓苏侯怜公。”译诗据此，可怜，即可爱。其实，这里如理解为“苏侯也对杜甫怜惜”，也还是说得通的，与下一句“呼儿具梨枣”似乎连接得紧。

⑥ 隔军垒，指隔着叛军与官军之间的战线。

◎ 喜晴[1]（五古）

皇天久不雨， 老天爷长久不下雨，
既雨晴亦佳。 雨后天晴了也叫人高兴。
出郭眺西郊， 走出城到西郊远眺，
肃肃春增华。[2] 春天又迅速地增添了美景。
青荧陵陂麦， 山坡上，麦苗一片青荧，
窈窕桃李花。 桃花李花开得娇艳鲜明。
春夏各有实， 春季夏季都有果实成熟，
我饥岂无涯。 我的饥饿难道就没有止境？
干戈虽横放， 这里的刀枪虽然横放在地上，
惨澹斗龙蛇。[3] 龙蛇之间的一场恶斗还在进行。
甘泽不犹愈， 这场甘霖总算下得好，
且耕今未赊。[4] 动手耕田吧，还赶得上时令。
丈夫则带甲，[5] 男子汉虽然都去当兵了，
妇女终在家。 妇女毕竟能支持住家庭。
力难及黍稷， 没力气种黍种稷，
得种菜与麻。 种点蔬菜、麻还行。
千载商山芝，[6] 靠紫芝度日的商山隐士离开今天已经千年，
往者东门瓜。[7] 往昔还有一位在东门种瓜的邵平。
其人骨已朽， 他们的骸骨虽然早已腐朽，
此道谁疵瑕？ 他们的道路谁能指摘批评？
英贤遇轗轲，[8] 英才贤士遭到挫折不幸，
远引蟠泥沙。[9] 就远离人世，像蛟龙到泥沙中潜隐。
顾惭昧所适， 我不知道该往何处去，自觉羞惭，

回首白日斜。	回头时，看见太阳已经西倾。
汉阴有鹿门，[10]	汉阴有座鹿门山可以归隐，
沧海有灵查。[11]	沧海上有仙筏，可以乘它航行。
焉能学众口，	怎能学众人那样，
咄咄空咨嗟。	徒然绝望叹息，埋怨不停。

注释:

① 这篇诗与前一篇《雨过苏端》应是同时之作。至德二载三月，叛军占领下的长安久旱后下了一场雨，雨后天晴，似乎也带给人们一线希望。

②《仇注》引陶潜诗“肃肃其风”，解释说：“肃肃，整齐貌”。按“肃肃”也有“迅速”的意思。《诗・召南・小星》：“肃肃宵征”，《尔雅・释诂》：“肃，疾也，速也”。华，不是单纯指“花”，而是指各种景色，这从下面的诗句中可看出。

③ 旧注俱未及此句，但有难解处，“干戈横放”，当然是指停止打仗，但接下去又说“惨澹斗龙蛇”，这是不是矛盾？可能作者的意思是：长安城及其附近，虽然干戈横放，不再进行战斗，但以全国范围而论，则朝廷对安禄山叛军的斗争正在你死我活地进行。“龙”喻朝廷，“蛇”则喻叛军。

④《仇注》：“犹愈，言犹胜旱干；未赊，言锄耕未迟。”

⑤《战国策》：“带甲百万”。带甲，指从军的人，战士。

⑥《仇注》引《高士传》：“四皓避秦，入商雒山，作歌曰：‘晔晔紫芝，可以疗饥。’”

⑦《仇注》引《萧何传》：“邵平，故秦东陵侯，秦破，为布衣。贫，种瓜长安城东，甚美，世谓东陵瓜。”这一句和上一句诗是举例说明：隐居，在必要时也是一种出路。

⑧ 轗轲，同“坎坷”。

⑨“蟠泥沙”的主体是“蛟龙”，省略掉了，这里用作前一句中“英贤”的比喻。

⑩ 鹿门，见第一卷《冬日有怀李白》注⑤。汉阴，汉水的南面。入鹿门山，喻归隐。

⑪ 灵查，即“灵槎”。《博物志》云，有人居海渚者，年年八月有浮槎去来不失期。有

人乘槎而去，十余月至一处，有城郭状，宫中有织妇，见一丈夫牵牛渚次饮之，因问此是何处，答曰：访严君平则知之。后回到蜀地，问君平，知前已入天河。这诗中以“灵查”代表到仙境去的交通工具，表示相信到仙境也有办法，只要决心求仙。这里表达的是杜甫在遭遇逆境时产生的出世思想。《论语·公冶长》：“道不行，乘桴浮于海。”桴，也是槎一类航行工具。

第
五
卷

◎ 送率府程录事还乡[1]（五古）

鄙夫行衰谢，	我这浅陋的人即将衰老谢世，
抱病昏妄集。	一身病，加上糊涂和健忘聚集。
常时往还人，	平常和我有过来往的人里面，
记一不识十。	记住一个，倒有十个不认识。
程侯晚相遇，	程公近年和我相遇，
与语才杰立。	跟他一交谈，就看出他才能杰出。
薰然耳目开，[2]	他的话如馨香熏开了我的耳目，
颇觉聪明入。[3]	使我觉得眼睛明亮，耳朵听得清晰。
千载得鲍叔，[4]	鲍叔那样的人一千年才一个，
末契有所及。[5]	我年老时交的这位朋友和他相似。
意钟老柏青，	他的情意倾注，老柏也能恢复青春，
义动修蛇蛰。	他正义的言行能把蛰伏的长蛇唤起。
若人可数见，	能同这样的人常常见面，
慰我垂白泣。	我这垂着白发低泣的老人也可得到些慰藉。
告别无淹晷，[6]	告别的时辰到了，时光不会停留，
百忧复相袭。	千百种忧伤又一起向我侵袭。
内愧突不黔，[7]	心里惭愧的是我家烟囱常不冒烟，
庶羞以赒给。	您送各种菜肴来接济。
素丝挈长鱼，	白丝绳系着条长长的鱼，
碧酒随玉粒。	碧绿的酒，还有玉粒般的白米。
途穷见交态，	穷困时最容易看得出人情冷暖，
世梗悲路涩。	受到阻碍才悲叹人生道路崎岖。
东风吹春冰，	您的来访如东风吹春冰，

泱漭后土湿。[⑧]	辽阔的大地也开始润湿。
念君惜羽翮，	希望您爱惜自己的羽翼，
既饱更思戢。[⑨]	能吃饱就想把翅膀收敛。
莫作翻云鹘，[⑩]	不要学猎隼那样一直在云端翻飞，
闻呼向禽急。	听到呼唤就急忙向稚弱的鸟雀攻击。

注释：

① 这位程录事是杜甫在右卫率府任兵曹参军时结交的一位友人，他的官职是录事参军，负责统辖诸曹参军事，是杜甫的直接上级。当时杜甫生活贫困，程录事有时送给他一些酒肴。这首诗题有原注："程携酒馔相就取别。"程录事要回家乡去，带来一些酒馔到杜甫家中来共享并和他告别。这是杜甫赠给程的一首送别诗，对程的友谊表示感谢，情感朴质真实。这诗大概是写于天宝十五载（756 年）春，杜甫送家眷到奉先，又回到长安率府任职的时候。

② 薰，本义是香草名。这里指蒸熏，即香气的挥发。

③《仇注》引《韩诗外传》：齐桓公得管仲、隰朋，曰："吾得二子也，吾目加明，吾耳加聪。"

④ 鲍叔，即鲍叔牙，春秋时人，是管仲的知交，常周济管仲，后荐管仲于齐桓公，使管仲得到重用。

⑤ 末，指老年，《礼・中庸》："武王末受命。"契，指契合，交友。陆机《叹逝赋》："托末契于后生。"

⑥ 晷，音"诡"（guǐ），日影，借喻时光。淹，淹留，停留。

⑦ 突，烟突，即烟囱。《文选・答宾戏》："墨突不黔"，意思是说墨子（墨翟）存心济世，到处奔波，所住的房屋灶突未熏黑，即又他去。这句诗里用"突不黔"来表示家中贫困，不常举炊。

⑧ 泱漭，张衡《西京赋》："山谷原隰，泱漭无疆"，指土地广阔无际貌。后土，指大地。

⑨《诗・小雅・鸳鸯》："鸳鸯在梁，戢其左翼。"收敛翅膀，称为"戢翼"。

⑩ 鹘，音“胡”（hú），即隼（sǔn），是一种形体较小的猛禽，常被驯养来捕猎。古诗文中多以鹘与鹰对比，认为它的品德不如鹰之高尚。在这诗里，是以此为喻，劝程录事回乡后，不要帮助当权者推行暴政。

◎ 郑驸马池台喜遇郑广文同饮[①]（五排）

不谓生戎马，	当初从没想到会兵荒马乱，
何知共酒杯。	又怎能想到今天一起举杯。
然脐郿坞败，[②]	叛乱者像董卓，遭到最后的失败，
握节汉臣回。[③]	您像汉朝持节的苏武终于归来。
白发千茎雪，	千茎白发都已白得像雪，
丹心一寸灰。[④]	一寸丹心变成一寸死灰。
别离经死地，	别离后经历过死亡的境地，
披写忽登台。[⑤]	忽又相对吟诗，登上这池边高台。
重对秦箫发，[⑥]	又重新对着秦箫的吹奏，
俱过阮宅来。[⑦]	又同时都到令侄的住宅来。
留连春夜舞，	流连着这春夜的舞蹈，
泪落强徘徊。[⑧]	流着眼泪，勉强徘徊。

注释：

① 据旧注，这首诗写于至德二载春。这年正月，安禄山被安庆绪所杀，叛军已露败局。那时可能已放松了被强制到洛阳接受伪职官员的看管，因而郑虔有机会逃到长安，在他的侄儿郑潜曜驸马家中的园林里意外地与杜甫相见，于是杜甫就写了这首诗。关于郑驸马及郑广文，请参看第一卷《郑驸马宅宴洞中》注①及第二卷《陪郑广文游何将军山林十首》第一首注①和第三卷《醉时歌》中有关内容。又郑虔是郑潜曜的族叔。

② 东汉末董卓于众叛亲离之际，筑坞于郿，居其中；被吕布杀死后，陈尸于市，守尸吏燃火置董卓脐中，光明达曙。这里是以董卓之败死喻安、史叛军的内讧和安禄山的被杀。按至德二载（757 年）正月，安禄山被其子安庆绪杀死。

③ 西汉苏武使匈奴，被强留十九年，坚持气节，不肯投降，后终于归汉。据说郑虔受任伪职水部郎中以后称有风疾，并请人潜以密章达灵武，杜甫就认为他坚持了节气，遂以苏武来相比。这是杜甫为郑虔的附逆事开脱。

④ 通常，称“心”为“方寸之地”，称“心乱”为“寸心乱矣。”故可称“一寸丹心”。

⑤《仇注》引桓玄书：“忝任在远，是以披写事实。”写信叙事可称“披写”，故写诗也可称“披写”。按当“披写”为“披怀抒写”之节缩语，《文选·陆机·辩亡论》有“披怀虚己”语。晚于杜甫的韦应物诗有“披怀始高咏”之句。

⑥ 参看第一卷《郑驸马宅宴洞中》注⑥。传说秦穆公的女婿萧史善吹箫，曾教穆公女弄玉，后俱仙去。因郑潜曜与萧史都是驸马，故用“秦箫”来代替郑驸马宅的箫管。但也可以用“秦箫”指一般的箫管，不含其他意义。

⑦《晋书》载阮籍与兄子阮咸居道南，诸阮居道北。诗中以“阮宅”代表郑潜曜的住宅，因郑潜曜是郑虔之侄。遂以阮籍与其侄阮咸的关系借喻郑虔与郑潜曜的关系。

⑧ 末两句有作“醉连春苑夜，舞泪落徘徊”者。

◎ 自京窜至凤翔喜达行在所三首[①]（五律）

西忆岐阳信，[②]	回想当初我向西盼望凤翔来的信使，
无人遂却回。[③]	竟没有人从那里回来。
眼穿当落日，	对着落日，我望穿了双眼，
心死著寒灰。[④]	完全绝望了，心头像撒上了冷灰。
茂树行相引，	那茂盛的树林像伸出手拉我向前，
连山望忽开。[⑤]	山连山的地方，忽然有平野展开。

所亲惊老瘦，	熟悉我的人都惊讶，我竟变得这样又老又瘦，
辛苦贼中来。[6]	该知道，我是历尽辛苦，从贼兵盘踞的地方归来。

注释:

① 天宝十五载（即至德元载）七月，太子李亨即位于灵武，是为肃宗，旋移驻顺化，十月移驻彭原。至德二载二月，自彭原到达凤翔，以凤翔为行在所。不久后，杜甫潜逃出敌人占据的长安，于四月间来到凤翔，投奔肃宗，表现出坚持气节，拥护唐王朝，反对叛乱的爱国主义立场。路上的辛苦，到达时的喜悦，这是可想而知的。杜甫留下了这三首诗，使我们能体验到他那时的狂喜和兴奋之情。

② 岐阳，是凤翔的旧名。在长安之西，故说“西忆”。

③ 萧涤非在《杜甫诗选注》中解释这句诗说：“无人二字断读，是说天天盼有人来，能得到一点消息，但竟没有人来。遂却回，是说于是决意逃回来。却回二字连读。却过、却出、却入、却到、却望、却去、却寄等，皆唐人习惯语。却字有加强语气的作用。”过去注家多解作无人能自凤翔回长安来。赵次公解释说：“公在贼中引首西望，欲知凤翔行在消息，无人遂却自凤翔回得以问之也。惟其无人可问，则徒眼穿心死而已。”译诗仍从赵说。

④“眼穿”句写驻望从凤翔来的人而不得；“心死”句写绝望的心情。

⑤“茂树”“连山”两句写从长安至凤翔途中的感受，表达出了心情的变化，从绝望变成了充满希望。

⑥ 这句诗是对“惊老瘦”者的答语。

◎ 其二（五律）

愁思胡笳夕，	每天晚上听到胡笳声我总是忧愁地思量，
凄凉汉苑春。[1]	长安林苑的春天使我感到凄凉。

生还今日事，	今天总算保住性命回来，
间道暂时人。	当我穿过小路时真担心活不长。
司隶章初睹，	看到朝廷新订的典章制度，
南阳气已新。[②]	临时的京都已呈现出新气象。
喜心翻倒极，	我的心真是喜欢到了极点，
呜咽泪沾巾。	反而忍不住抽泣，泪下沾巾。

注释：

① 诗中以“汉苑”喻长安的宫苑，如芙蓉苑等，也借指整个长安城。

② 这两句诗用“司隶”“南阳”二典，是以汉光武帝刘秀借代唐肃宗李亨。《仇注》引《光武纪》：“更始（刘秀起义时原拥戴的皇帝）以帝（指刘秀）行司隶校尉，置官属，作文移，一如旧章。”又“望气者苏伯阿为王莽使，至南阳，遥望见春陵郭，唶曰：‘佳气哉，郁郁葱葱。’”春陵，是刘秀举兵起义之地。原来的“气”，有封建迷信意味，译诗完全改写了，意思有了些变化，但基本内容不变。“司隶”“南阳”这两个典故在译诗中也没有保留。

◎ 其三（五律）

死去凭谁报，	当初如果死了，又能托谁来报信？
归来始自怜。	归来后才开始觉得自己真可怜。
犹瞻太白雪，[①]	还能瞻望这太白山上的积雪，
喜遇武功天。[②]	终于欣喜地看到武功山上的蓝天。
影静千官里，	我的影子静静落在千百官员们的队伍里，
心苏七校前。[③]	在羽林军的校尉前面，我的心苏醒，感到平安。
今朝汉社稷，	如今，大唐的天下，

新数中兴年。　　　　又开始了中兴之年。

注释:

① 太白山，在唐代的凤翔府郿县（今陕西省眉县）南面。山上常年积雪。

② 武功山，在凤翔东面的武功县。诗中以见到太白山与武功山来表示到达行在所的喜悦之情。

③ 千官，泛指肃宗朝廷里的官员；七校，是汉代所设保卫京师的武官，有中垒校尉、屯骑校尉等八种，其中胡骑校尉不常置，故简称“七校”。诗中用来指肃宗的禁卫军。这两句诗是表达回到朝廷的欣慰心情。

◎ 送樊二十三侍御赴汉中判官[①]（五古）

威弧不能弦，[②]　　　　威严的弧星没有能装上弓弦，
自尔无宁岁。　　　　从那时起，岁月就失去安宁。
川谷血横流，　　　　平原、河谷，到处鲜血横流，
豺狼沸相噬。[③]　　　　豺狼吼叫着噬咬不停。
天子从北来，[④]　　　　天子从北方来，
长驱振凋敝。　　　　他的军队长驱直入，振奋了萎靡颓丧的人心。
顿兵岐梁下，[⑤]　　　　他的军队驻扎在岐山和梁山下面，
却跨沙漠裔。[⑥]　　　　大步跨越过沙漠边境。
二京陷未收，　　　　东西两京陷入敌手还没收复，
四极我得制。[⑦]　　　　四方州郡还能遵从朝廷的命令。
萧索汉水清，[⑧]　　　　祥云飘浮，汉水清清，
缅通淮湖税。[⑨]　　　　运送粮税的船只通向遥远的淮河、洞庭。

使者纷星散，	皇上的使臣纷纷派往四面八方，
王纲尚旒缀。[10]	皇上的统治还能连接成一个整体。
南伯从事贤，[11]	汉中王办事有很高的才能，
君行立谈际。	他和您站着谈了谈，就决定请您到他的幕府去。
坐知七曜历，[12]	您坐在家里就知道天象变化，
手画三军势。	动手就能画出战场上三军的形势。
冰雪净聪明，	您的智慧像冰雪一样澄澈聪明，
雷霆走精锐。	决策果断，像雷霆一样迅猛锐利。
幕府辍谏官，[13]	把谏官下放到幕府里任职，
朝廷无此例。	在朝廷里还没有过先例。
至尊方旰食，[14]	如今皇上连进餐也不能准时，
仗尔布嘉惠。	要倚仗你们把皇恩到处散布。
补阙暮征入，[15]	前一天傍晚，您被召进朝廷作补阙，
柱史晨征憩。[16]	第二天早晨就升任御史急忙出发。
正当艰难时，	这正是艰难时期，
实藉长久计。	也必须依靠一个长久之计。
回风吹独树，	旋风向孤树猛烈地吹袭，
白日照执袂。	阳光下，我们相互拉着衣袖告别。
恸哭苍烟根，	深蓝色的烟霭下面传来痛哭声，
山门万重闭。	重重山门、隘口塞满浓云。
居人莽牢落，[17]	留在这里的人感到无边寂寞，
游子方迢递。[18]	行人将要在漫长的路上前行。
徘徊悲生离，	我徘徊着，为别离伤心，
局促老一世。	恐怕一辈子都这么寸步难行。
陶唐歌遗民，[19]	我像陶唐氏的遗民那样歌吟，
后汉更列帝。[20]	大唐在这次战乱之后，该代代相传，像后汉那样复兴。
我无匡复资，	我没有振兴国家的本领，
聊欲从此逝。	只愿离开朝廷，从此退隐。

注释:

① 这是杜甫到达凤翔后，尚未任左拾遗时写的一首诗。作诗时间当在至德二载四五月间。当时，樊侍御受到汉中王李瑀的邀请，到他的幕府中去任判官。而杜甫却感到前途渺茫，一方面为樊侍御的荣膺重任而高兴，另一方面却又满腹牢骚，仍有着退隐山林的打算。

②《仇注》引《钱笺》:“《天官书》:西宫七宿觜星，东有大星曰狼，狼下四星曰弧，弧属矢，拟射于狼。弧不直狼，则盗贼起，所谓不能弦也。”这句诗是以天象比喻人世的状况，说弧星不能装上弓弦，不能射狼。这是比喻造成安史之乱发生的局势。

③ 相噬，非指“豺狼”相互噬咬，而是指豺狼咬人，喻残害人民。豺狼，比喻安史叛军。沸，形容声音嘈杂，来势凶猛。

④ 天子，唐肃宗，先驻灵武，然后经顺化、彭原到凤翔，从北南行，故曰“从北来”。

⑤ 岐梁，指岐山与梁山。岐山，在凤翔西；梁山，在乾县附近，在岐山西面。

⑥《仇注》:“沙漠裔，回纥方许驻兵也。”这一解释颇为通行，是把“沙漠裔”理解为借代回纥兵。但《仇注》又引李陵诗“径万里兮度沙漠”及“中国之有外夷，犹衣之有裔也”。这里的“裔”是“边缘”的意思，以“沙漠裔”借代回纥之说，似无据，只是以史实凑合诗句，而非从语言本身来作解释。《九家注》赵云:“自凤翔而极西，则沙漠矣，故言跨其裔。”按灵武东北、西北，俱有沙漠，自灵武至凤翔，需跨越过沙漠的边缘。赵说似较合理，译诗用赵说。

⑦ 四极，本来是指国境四方极远处，这里是指远离朝廷的各个州郡。我，指唐政府；我得制，即朝廷还能控制，各地州郡还遵从朝廷之命令。

⑧ 这里的“萧索”与一般用的“萧索”意思不同，作诗时是夏初，不宜作“萧瑟”解。《汉书·天文志》:“若烟非烟，若云非云，郁郁纷纷，萧索轮囷，是谓庆云。”“庆云”，即“卿云”“祥云”，国家兴盛之兆。故译写为“祥云飘浮”。

⑨ 缅，远也。淮湖，指淮河、洞庭湖。《仇注》引《通鉴》:“至德元载十月，第五琦请以江淮租庸，市轻货，泝江汉而上，至洋州，令汉中王瑀陆运至扶风以助军，上从之。”

⑩ 王纲，皇帝制定的法纪。《公羊传》:“君若缀旒然。”“缀旒”也就是“旒缀”，意思是连缀，比喻统治的保持。译诗直接写出诗句的内涵，未用比喻。

⑪ 南伯，指汉中王李瑀。至德元载（即天宝十五载）七月，玄宗以陇西公瑀为汉中王、梁州都督、山南西道采访防御使。从事，有人认为是指“南伯”的僚属；但也有人认为“从事”如《诗·小雅·北山》：“偕偕士子，朝夕从事”，是指“治事”。译诗从后说。

⑫ 古代记载天文现象的书籍，常以“七曜历”为名，七曜，指日、月、岁星等七个星。这里是说樊侍御通晓古代的天文学。

⑬《仇注》云“辍疑作缀”。但有人反对这样的看法。反对者认为樊是侍御史，是朝廷的谏官，到幕府去任职，表明朝廷已把他的谏官职位“停辍”，故说“辍”；《仇注》的意思是：朝廷把谏官“缀连”到幕府里去，也就是使谏官在幕府中任职。译诗中用了个当代用语“下放”，可能与原意相近。

⑭ 旰，音“干”（gàn）。旰食，至晚方食。《左传·昭二十年》：“楚大夫其旰食乎？”通常用于忧心国事。

⑮ 补阙，唐代谏官名，左补阙属门下省，右补阙属中书省，掌供奉、讽谏。

⑯ 柱史，“柱下史”之简称，原为周代官名，与唐代的侍御史官职相似，这里用它代替侍御史。这两句诗似乎是指樊侍御在肃宗朝中被任用、升级及迁官的情况，从这过程中，可看出樊侍御之受到朝廷重视以及当时政务军务紧急的状况。

⑰ 居人，指杜甫自己；牢落，即“寥落”，有孤独寂寞之意。

⑱ 游子，指樊侍御；迢递，同“迢遥”，远貌。这里指长途跋涉。

⑲ 尧初居陶丘，后徙于唐，故称陶唐氏。《左传·襄二十九年》：“季札请观周乐……为之歌唐，曰：‘思深哉，其有陶唐氏之遗民乎？’”杜甫在这里以陶唐氏之遗民自比，以表示自己有深忧。

⑳《仇注》：“后汉自光武以下凡十二帝”。这里是说唐朝自肃宗起又开始中兴，也能传许多代。

◎ 送韦十六评事充同谷防御判官[1]（五古）

昔没贼中时，	过去被困在贼兵占据的长安城里，
潜与子同游。	常偷偷和您一起闲游。
今归行在所，	如今我们回到皇帝的行都，
王事有去留。	为了国事，一个离开一个在这里逗留。
逼侧兵马间，[2]	在军情紧迫的环境里，
主忧急良筹。	皇上忧虑，急于订出妥善计谋。
子虽躯干小，	您的身躯虽然矮小，
老气横九州。[3]	自信心和气魄却天下少有。
挺身艰难际，	在艰难时刻您挺身而出，
张目视寇仇。[4]	愤怒地睁大眼睛对着敌寇。
朝廷壮其节，	朝廷赞赏这样的气节，
特诏令参谋。	特地下诏任命您做参谋。
銮舆驻凤翔，	皇上的銮驾驻在凤翔，
同谷为咽喉。	同谷正是凤翔的咽喉。
西扼弱水道，[5]	扼守着西面通向弱水的道路，
南镇枹罕陬。[6]	还控制住南面的枹罕山陬。
此邦承平日，[7]	这地方往日在太平安宁的时候，
剽劫吏所羞。	也会发生抢劫案件使地方官吏蒙羞。
况乃胡未灭，	何况如今叛军还没有消灭，
控带莽悠悠。[8]	同谷的地势关系到广大地区，茫茫看不到头。
府中韦使君，[9]	同谷幕府中的韦使君，
道足示怀柔。	品德崇高，治理人民显示出宽厚。
令侄才俊茂，[10]	您是他才能优秀的侄儿，

二美又何求。[11]	对于你们两位贤良还有什么要求。
受词太白脚，[12]	在太白山下，你们接受了皇上诏令，
走马仇池头。[13]	放马奔向仇池山头。
古色沙土裂，	古老的沙土地干燥坼裂，
积阴云雪稠。	黑沉沉的天空，阴云堆积雪花稠。
羌父豪猪靴，	年老的羌人脚穿野猪皮靴，
羌儿青兕裘。[14]	年轻的羌人身披青野牛皮裘。
吹角向月窟，[15]	向着月亮落下的遥远西方吹号角，
苍山旌旆愁。	苍山上旌旗招展，令人发愁。
鸟惊出死树，	鸟群受惊，从枯死的树丛中飞出，
龙怒拔老湫。[16]	水底的巨龙怒吼，冲出多年潜藏的深湫。
古来无人境，	这个古来没有人到的地方，
今代横戈矛。	如今人们手里拿着矛戈。
伤哉文儒士，	可叹我们这些儒生文士，
愤激驰林丘。[17]	怀着愤懑，在丛林山丘间奔走。
中原正格斗，	中原大地正发生猛烈的战斗，
后会何缘由。	以后和您见面的机会不知是否还有。
百年赋命定，	我的一生已由命运注定，
岂料沉与浮。	哪里还要预卜未来的沉浮。
且复恋良友，	且和我的好朋友流连一些时候，
握手步道周。	握着手在路旁来回行走。
论兵远壑静，	对着远方寂静的山谷谈论战争形势，
亦可纵冥搜。[18]	在这里也可以纵目远眺神游。
题诗得秀句，	往后您作诗如果有了精彩诗句，
札翰时相投。	请在信中寄给我，时时交流。

注释：

① 这诗是至德二载在凤翔时所作。天宝十四载后，在军事要地都设有防御使。韦十六原任评事，是管理刑狱之官，将到同谷郡（即成州，在今甘肃武都县东北）就任防御史幕府的判官。杜甫写这诗为他送行，鼓励他忠于职守并盼他写诗寄给自己。字里行间，表达出对韦的友谊和对国事的关注。

② 逼侧，音“逼仄”（bī zè）。《西京赋》：“骈阗逼侧”。窘迫貌。

③ 成语“老气横秋”来源于孔稚珪《北山移文》之“霜气横秋”和杜甫的这句诗。“九州”指全国、天下。

④ 这句诗及以下两句，说到了韦评事对敌斗争的一件往事，曾因此受到奖励，但叙述不详，亦无其他资料可考。

⑤ 弱水，即张掖河，俗称黑河，在今甘肃境。当时是吐蕃常入侵之处。

⑥ 枹罕县，唐代属陇右道，在今甘肃临夏回族自治州境。枹，音“浮”（fú）。陬，音“邹”（zōu），荒僻的山脚。

⑦ 这一句和下一句诗，是说同谷郡社会秩序很乱，不易治理，在未遭兵乱时也会发生剽劫事件。

⑧ 控，本义是引弓；带，在这里是连接的意思。控带，大致与控驭、控制的意思相近。这句诗和前面几句诗都是说同谷的地势十分重要。

⑨“府中”指同谷防御使幕府。韦使君，即同谷防御使，是韦评事的叔父。

⑩ 令侄，指韦评事，是侄的美称。

⑪ 二美，指韦评事和韦防御使。

⑫ 太白，即太白山，见本卷《自京窜至凤翔喜达行在所》第三首注①。“受词”的“词”，指皇帝的“制词”，即“诰命”“制书”之类。这里指接受任命。

⑬ 仇池，山名，在同谷郡南面。

⑭“羌父”“羌儿”是指同谷附近的少数民族羌人。豪猪，野猪。（参看第三卷《病后过王倚饮赠歌》注⑪，畜豪，即人饲养的猪，由此可见“豪”或“豪猪”是非人饲养的野猪。）青兕，古代文献中所说的一种野兽。据《说文》，兕如野牛，青色，皮

厚，可为铠。译为“青野牛”。这两句诗借少数民族表达出地方特色。

⑮ 月窟，见第四卷《魏将军歌》注⑤。

⑯“鸟惊”“龙怒”两句诗，写景象荒凉恐怖。

⑰《仇注》：“文士驰林，公未受职也。”当时杜甫仍未受到任命，所以仍旧有这样一些愤激之语。但这里似乎是泛指当时儒士之遭遇，非专就作者个人而言。

⑱ 冥搜，见第二卷《同诸公登慈恩寺塔》注⑤。

◎ 述怀[1]（五古）

去年潼关破，	自从去年潼关失守，
妻子隔绝久。	我和妻儿已经隔绝长久。
今夏草木长，[2]	如今又到草木茂盛的夏季，
脱身得西走。	从长安逃出，向西奔走。
麻鞋见天子，	穿着麻鞋来叩见天子，
衣袖见两肘。	衣袖磨破，露出两个胳膊肘。
朝廷慜生还，	皇上怜悯我能活着逃回来，
亲故伤老丑。	亲戚朋友叹惜我变得又老又丑。
涕泪受拾遗，	我流着眼泪，接受左拾遗的任命，
流离主恩厚。	在流亡途中，蒙受的皇恩够深厚。
柴门虽得去，	虽然已经能够去探望我那穷家，
未忍即开口。	可是还不忍心即刻向皇上请求。
寄书问三川，[3]	寄封信到三川问问消息，
不知家在否。	不知道我的家是否还在那村头。
比闻同罹祸，[4]	后来听说那里也一样遭到灾祸，

杀戮到鸡狗。	到处屠杀，连累到鸡狗。
山中漏茅屋，	在深山中那座漏雨的破茅屋里，
谁复依户牖？[⑤]	还有谁在眺望，倚着窗口？
摧颓苍松根，	在枯折凋零的苍松根下，
地冷骨未朽。	地里的白骨冷了，该还没腐朽。
几人全性命，	有几个人能保全性命？
尽室岂相偶？	难道家家夫妻都能偕老到白头？
嵚岑猛虎场，[⑥]	那险峻山岭成了猛虎横行的场所，
郁结回我首。	我转过头向那里眺望，心中聚集着忧愁。
自寄一封书，	自从那时寄出了一封信，
今已十月后。[⑦]	到现在已经是十个月之后。
反畏消息来，	反而害怕有消息传来，
寸心亦何有？	是怎样的烦忧压在我的心头？
汉运初中兴，[⑧]	大唐的国运开始中兴，
生平老耽酒。[⑨]	我平素却总是贪喝一杯酒。
沉思欢会处，	当朋友们欢聚时我却陷入沉思，
恐作穷独叟。	怕自己成了一个孤零零的老头。

注释：

① 据《钱笺》：“唐授左拾遗诰：‘襄阳杜甫，尔之才德，朕深知之。今特命为宣义（当作‘议’）郎、行在左拾遗。授职之后，宜勤是职，毋怠。命中书侍郎张镐赍符告谕。至德二载五月十六日行。’右敕用黄纸，高广皆可四尺，字大二寸许。年月有御宝，宝方五寸许。今藏湖广岳州府平江县裔孙杜富家。”授杜甫左拾遗的诰命，可能是钱谦益亲眼所见，大概非杜造。由此确可知杜甫之得到左拾遗的任命是在至德二载（757 年）五月十六日，这首诗也就是在这个时候作的。这首诗叙述授左拾遗时的心情，偏和往日他所写的那些求助、抒怀诗不同，在那些诗里，他常宣称自己救国救民的大志，而这首诗中却没有一句慷慨激昂的话。他所想念的是他的家，主要是想念他

的妻子。根据当时对鄜州情况的估计，安全的可能性不大，所以杜甫非常痛苦，流露出消极的情绪。杜甫对妻子的爱，与他对人民的爱是分不开的。他之所以歌颂唐王朝（投靠朝廷），对皇帝抱有希望，也正是由于他知道当时能够保护人民，使人民得到安定生活的唯有唐王朝的统治，尽管它多次使人民失望，但还得寄希望于它。这一首诗对理解杜甫的思想是很有价值的。

② 杜甫逃离长安，奔到凤翔在农历四月份，按我国传统的季节划分，已是夏季。

③ 杜甫安家在鄜州三川县之羌村。据《元和郡县志》："关内道鄜州三川县，古三川郡以华池水、黑源水、洛水三川同会因得名。"唐三川县在今陕西富县西。

④ 罹祸，即遭难，是指三川县一带曾被叛军占领。

⑤ 这个"谁"，是指杜甫夫人杨氏。以下几句诗所说的惨景，都是因担心妻儿遭难而起。

⑥ 嵚岑，音"钦银"（qīn yín），一作"嵚崟"，山势高峻貌。这里指处境的危险。

⑦ 十月后，指从发家书的日子到现在已十个月，据此逆算，发信时应为至德元载七月半。

⑧ 汉运，汉朝的国运，实际上是说唐朝的国运。

⑨"老耽酒"的"老"字，不是指老年，而是长期、一直的意思。如《左传·僖三十三年》："老师费财。"

◎ 得家书[1]（五排）

去凭游客寄，	寄去的信是托旅客捎带的，
来为附家书。	回的信却是特地请人送来。
今日知消息，	今天终于知道了家里的消息，
他乡且旧居。	异乡那个老地方，我的家还在。

熊儿幸无恙，[②]	熊儿总算安然无恙，
骥子最怜渠。	还有那骥子，我对他最怜爱。
临老羁孤极，	我到老年还十分孤独，羁留在外，
伤时会合疏。	一家人难得团聚，真令人伤怀。
二毛趋帐殿，[③]	来到行宫的帐殿时已头发斑白，
一命侍鸾舆。[④]	侍奉在皇帝驾旁，做个低级官员。
北阙妖氛满，[⑤]	长安的宫阙里还充满妖氛，
西郊白露初。[⑥]	京城西面已开始有白露出现。
凉风新过雁，	凉风中，刚飞过南迁的雁群，
秋雨欲生鱼。	秋雨后，池塘里的鱼苗将要繁衍。
农事空山里，	我想起荒山里该正忙着农活，
眷言终荷锄。[⑦]	我始终念念不忘的还是扛起锄头去种田。

注释：

① 这是杜甫任左拾遗以后，在凤翔接到家书时写的一首诗。那时已到秋初，大概是七月，家人总算无恙，一个人漂游在外，在朝廷做个小官，心头感凄凉，还是和家人在一起做个农民好。和上一首诗里所表达的心意相同。

② 下一句中的“骥子”，即杜甫的次子宗武，已见于第四卷《忆幼子》一诗。这一句中的“熊儿”当为杜甫的长子宗文。

③ 二毛，见第二卷《曲江三章章五句》第一首注②。帐殿，皇帝巡行在外时的帐幕，这里指肃宗在凤翔的行宫。

④ 古代官秩等级称“命”，“一命”最低，“九命”最高。《周礼·春官·大宗伯》：“以九仪之命，正邦国之位。一命受职，再命受服，三命受位，四命受器，五命赐则，六命赐官，七命赐国，八命作牧，九命作伯。”鸾舆，皇帝的车驾，借喻皇帝。

⑤ 北阙，指长安的宫阙，当时仍在叛军占领下。

⑥ 西郊，指京城西面的地方。广泛地说，可包括凤翔附近在内。这里正是指杜甫所在

的凤翔。这句诗说“白露初”，表明写诗时的季节。下面四句诗，是对秋天景象的描写，抒写秋思。

⑦ 眷，顾念。言，语助词。

◎ 送长孙九侍御赴武威判官[1] （五古）

骢马新凿蹄，[2]	青骢马刚修过马蹄，
银鞍被来好。	银鞍披在马身上也正合适。
绣衣黄白郎，[3]	挂着金、银印的郎官穿上绣衣，
骑向交河道。[4]	骑马往通向交河的大道奔驰。
问君适万里，	我要问您，您到万里之外去，
取别何草草？	为什么这样匆忙地和朋友告别？
天子忧凉州，[5]	皇上为凉州的局势忧虑，
严程到须早。	严格限期，要尽早赶到目的地。
去秋群胡反，[6]	去年秋天，那里有一群胡人叛变，
不得无电扫。	不得不闪电般地调兵把它扑灭。
此行收遗甿，[7]	这次您去安抚幸存的百姓，
风俗方再造。	要重新恢复原来的风习。
族父领元戎，[8]	我的一位叔父做了河西的主帅，
名声国中老。	他是京城里有名望的元老。
夺我同官良，	他把我一同任职的朋友夺走，
飘飖按城堡。[9]	去镇抚遥远的边境城堡。
使我不能餐，	使我吃饭也不能下咽，
令我恶怀抱。	使我的心情变得很不好。

若人才思阔，	我这位友人才思壮阔，
溟涨浸绝岛。[10]	像大海涨潮，能淹没孤岛。
樽前失诗流，[11]	酒樽前失掉作诗的伴侣，
塞上得国宝。[12]	边塞上却得到一国的瑰宝。
皇天悲送远，	老天爷好像也同情我送友人远去，
云雨白浩浩。	兴起白茫茫的云雨把大地笼罩。
东郊尚烽火，[13]	京都东面还弥漫着战火，
朝野色枯槁。	官民一样，个个面色憔悴枯槁。
西极柱亦倾，[14]	如果西面边境的撑天柱也折断，
如何正穹昊。[15]	怎样才能支持住苍天，让它不倒？

注释：

① 长孙，复姓，读“掌孙”（zhǎng sūn）。这位侍御史从凤翔到凉州武威郡去任河西节度使杜鸿渐的判官，杜甫写这诗为他送行，勉励他到边疆为国效力，也表达了和这位诗友别离的哀伤之情。杜鸿渐于至德二载五月受任河西节度使，长孙侍御大概是与他同去赴任的。因此这诗可能即作于此时。

② 古代因御史常乘青骢马，故称御史为骢马御史。这里以骢马暗指御史的身份。新凿蹄，则表示将走长途。

③《仇注》引《汉书》：“武帝遣直指使者衣绣衣，杖斧，分部逐捕群盗。”因长孙御史到河西去处理叛乱事件，故称他着“绣衣”。黄白，《仇注》引颜师古语：“银，银印也，黄，金印也。”译诗据此。

④ 交河，见第二卷《前出塞》第一首注②。武威离交河尚远，但在去交河的大道上。

⑤ 凉州，即武威郡。天子忧凉州，因有叛乱事，见注⑥。

⑥ 朱鹤龄指出，“赵次公、黄希诸注皆指吐蕃，非也。《唐书》：‘至德元载，吐蕃陷威戎等诸军，入屯石堡，此在陇右河鄯等州，而河西凉州未尝陷。’《通鉴》：‘至德二载，河西兵马使盖庭伦，与武威九姓商胡安门物等杀节度使周泌，聚众六万。武威大城之中，小城有七，贼据其五，二城坚守。度支判官崔称与中使刘日新，以二城

兵攻之，旬有七日，平之。'此云群胡反，正指其事。曰去秋者，讨平在正月，而发难则在去秋。是时武威虽复，而余乱尚有未戢者，故欲早到凉州，安黎甿而按城堡也。"

⑦ 甿，音“萌”(méng)，农户，可泛指平民。

⑧ 族父，指同族的叔父或伯父，这里指杜鸿渐。《仇注》引《唐书》：“至德二载五月，以武部侍郎杜鸿渐为河西节度使。”元戎，主帅、节度使，均可称“元戎”。

⑨ 城堡，指武威城堡，见注⑥。

⑩ 这句诗是比喻，形容前一句诗所说的“才思阔”。

⑪ 流，即“流亚”，同类。诗流，写诗的一类人，诗友。

⑫ 国宝，比喻难得的人才，指长孙侍御。

⑬ 浦起龙注：“东郊兼两京言，俱在凤翔行在之东也。”

⑭ 西极柱，指唐朝在西部地区实现统治的支柱。

⑮ 穹昊，天空，比喻唐朝的统治权。

◎ 送从弟亚赴河西判官[①]（五古）

南风作秋声，[②]	南风竟发出了肃杀的秋声，
杀气薄炎炽。	战争的火焰紧紧跟着炎热天气。
盛夏鹰隼击，[③]	夏日的酷暑中鹰隼开始出击，
时危异人至。[④]	时局危险时，优异的人才来到这里。
令弟草中来，[⑤]	我的好兄弟从民间来到行都，
苍然请论事。[⑥]	带一身征尘，请求皇帝听他的建议。
诏书引上殿，	皇帝下诏引你上殿，

奋舌动天意。[7]　　雄辩滔滔，说得皇帝赞同了你的主意。
兵法五十家，　　古代传下的兵法有五十家，
尔腹为箧笥。[8]　　你的肚子简直是装兵法书的箧子。
应对如转丸，　　回答皇上问话像弹丸转动般流利，
疏通略文字。　　条理通达，不用考虑言词文字。
经纶皆新语，[9]　　计谋、策略都是新鲜的话题，
足以正神器。[10]　　靠它们定能够巩固朝廷的统治。
宗庙尚为灰，　　京城里的宗庙如今还是一片灰烬，
君臣俱下泪。　　提到它君臣都流下眼泪。
崆峒地无轴，[11]　　崆峒山好像失去了支撑它的地轴，
青海天轩轾。[12]　　青海上的天空摇晃起来，时高时低。
西极最疮痍，　　西部边境的创伤最严重，
连山暗烽燧。[13]　　烽烟不断，连绵的山峦都被遮蔽。
帝曰大布衣，[14]　　皇帝说：“你这个了不起的布衣，
借卿佐元帅。　　我要请您去帮助元帅。
坐看清流沙，　　沙漠一带的贼兵要马上肃清，
所以子奉使。　　所以才派遣你去。
归当再前席，[15]　　等你回来我再倾听你的意见，
适远非历试。　　你这次到远方去，并不是让你去试一试。
须存武威郡，　　一定要保全武威郡，
为画长久利。　　为长远的利益全面考虑。”
孤峰石戴驿，　　你将经过的驿站在孤峰岩顶，
快马金缠辔。　　你乘着快马——辔头上黄金缠饰。
黄羊饫不膻，　　那里的黄羊肉肥嫩而没有膻气，
芦酒多还醉。[16]　　那里的芦酒喝多了可要沉醉。
踊跃常人情，　　平常人往往能一时兴奋振起，

惨淡苦士志。	可是只有那些坚贞的志士才能长期苦斗，矢志不移。
安边敌何有，	保卫边境的安宁，区区敌人算不得一回事，
反正计始遂。⑰	只有拨乱反正才能实现根本大计。
吾闻驾鼓车，⑱	我听说，驾鼓车的马匹，
不合用骐骥。	不该用日行千里的骐骥。
龙吟回其头，⑲	龙马总是要吟啸着回过头来看，
夹辅待所致。	期待着让它到朝廷里来辅佐皇帝。

注释:

① 据《旧唐书》，肃宗在灵武时，杜亚曾上书论时政，擢校书郎，不久即被河西节度使辟为从事。担任判官之职。杜甫称他为从弟，可知他与杜甫同族，但与杜甫的关系并不很密切。由于杜亚的议论得到皇帝的赞赏，官运亨通，杜甫在这诗中对他也极为称赞，并对他抱着厚望。这诗当写于至德二载夏季。杜甫在凤翔时写的一些送别诗并不是一般的官场应酬之作，而是热切地盼望和鼓舞那些身负王命的人努力工作，为打败叛逆者，振兴唐室而效力。这种感情还是真挚的，洋溢着爱国热情。

② 我国古代文化中有把自然现象与人事相互联结的学说，即所谓“天人合一”说，自然界的力量成了某种社会事件的支配者和象征。南风，是夏天的暖风，西风才应作秋声，有肃杀之气，与战争、杀人等社会事件有关联。这句诗和下面几句诗，都是强调自然现象反常，以此象征时局的重大变化，暗示官军将反攻，收复两京。

③《礼记·月令》:“立秋之日，鹰乃击。”盛夏鹰击，也表明有反常的情况发生。

④ 异人，优异的人才，指杜亚。

⑤ 令弟，称杜亚，是一种美称。草中来，是说来自草莽，来自平民中。《孟子·万章》:“在野曰草莽之臣。”

⑥《书·益稷》疏:“苍苍然生草木之处，皆是帝德所及。”“苍然”本义是指草色，后转义为丛生草木之地。诗中用“苍然”来表示从远道而来的神色。译诗用带一身征尘来表达这种神色。

⑦ 奋舌，指雄辩。“天意”指皇帝的心意。

⑧ 筐筥，方形竹制容器，放置书籍用。这句诗是赞杜亚博学。

⑨《易·屯》："君子以经纶"。后常以"经纶"比喻治国策略。

⑩《文选·东京赋》："巨猾闲亹，窃弄神器。"综注："神器，帝位也。"

⑪ 地轴，见第二卷《冬日洛城北谒玄元皇帝庙》注⑬。

⑫《诗·小雅·六月》："戎车既安，如轾如轩。"注："车后顿曰轾，前顿曰轩。"

⑬ 烽燧，亦称烽火、烽烟、狼烟。古代边关有军情，举烽燧为告警信号。

⑭"帝曰"以下，直到"为画长久利"句，为皇帝对杜亚说的话。"大布衣"是对杜亚的称呼，当时杜亚尚未授官职，是平民身份，故称"布衣"，用"大"字修饰，以示尊敬。

⑮ 前席，在座席上向前移动，喻天子专心倾听臣下议论。据《汉书·贾谊传》，汉文帝在宣室接待贾谊，问询鬼神之事，贾谊具道其所以然，至夜半，文帝前席。

⑯ 黄羊、芦酒，俱为关右塞上土产，诗中以此表示凉州武威的民俗。

⑰《汉书·高祖纪》："帝起微细，拨乱世反之正。"

⑱《仇注》引《杜诗博议》："骐骥驾鼓车，比亚不当驾鼓车。"也就是大材小用的意思。

⑲ 龙，龙马，也就是前一句诗中所说的骐骥。它不愿拉鼓车，而想着回朝廷辅佐皇帝。

◎ 送灵州李判官[1]（五律）

羯胡腥四海，[2]	羯胡把血腥气散布到四面八方，
回首一茫茫。	回顾往昔已一片茫茫。
血战乾坤赤，	战争的血污染红了天地，
氛迷日月黄。	烽烟迷漫，日月变得昏黄。

将军专策略,[3]	灵州的主将独自决定作战策略,
幕府盛才良。	幕府里人才众多,个个贤良。
近贺中兴主,	日前派人来祝贺中兴的圣主,
神兵动朔方。[4]	神武的朔方兵已出发奔向前方。

注释:

① 灵州,灵武郡首府,即灵武。李判官是灵武太守兼朔方军节度使郭子仪幕府的判官。他是奉命来凤翔向肃宗报告军情的。当他回灵武时,杜甫写了这首诗为他送行。黄鹤、朱鹤龄等编此诗于乾元二年,王嗣奭据"近贺中兴主"之句,订为至德二载在凤翔时所作。王说是可信的。

② 羯胡,指安禄山、史思明叛军。

③ 将军,指朔方军节度使郭子仪。

④ 动,指出动。朔方,指朔方军。

◎ 奉送郭中丞兼太仆卿充陇右节度使三十韵[1] (五排)

诏发山西将,[2]	皇帝下诏,调遣山西的大将,
秋屯陇右兵。[3]	秋天,在陇西聚集兵丁。
凄凉余部曲,[4]	老将军的部下至今心中仍觉凄凉,
烨赫旧家声。[5]	您的家族,还保持着煊赫的名声。
雕鹗乘时去,	时机一到,雕鹗就要高飞,
骅骝顾主鸣。[6]	骅骝总是对着主人嘶鸣。
艰难需上策,	在这艰难时刻需要最高明的策略,
容易即前程。[7]	您一定能顺利地奔向广阔前程。

斜日当轩盖，	西斜的太阳照射在车篷上，
高风卷旆旌。	秋空的烈风翻卷着旗旌。
松悲天水冷，⑧	天水郡的松树在寒冷中悲吟，
沙乱雪山清。	沙丘散乱，远处雪山明莹。
和虏犹怀惠，	对外族讲和还得给一些恩惠，
防边讵敢惊。	防卫边境哪里能惊慌不定。
古来于异域，	从古来对待边境的少数民族，
镇静示专征。⑨	掌兵权的将军应该镇静。
燕蓟奔封豕，⑩	巨大的野猪从燕山下的蓟州奔来，
周秦触骇鲸。⑪	狂暴的鲸鱼凶猛触犯东西二京。
中原何惨黩，⑫	中原陷入了怎样的混乱、黑暗，
遗孽尚纵横。⑬	叛贼的余孽还在横行。
箭入昭阳殿，⑭	飞箭射进了昭阳殿，
笳吹细柳营。⑮	细柳营里响动着胡笳的声音。
内人红袖泣，⑯	宜春院里乐伎的眼泪沾湿红袖，
王子白衣行。⑰	王子们穿了平民的布衣潜行。
宸极妖星动，⑱	妖星在皇帝宝座上蠢动，
园陵杀气平。⑲	杀气侵入陵园，淹没了陵寝。
空余金碗出，⑳	只剩下地宫里挖出的金碗，
无复穗帷轻。㉑	再看不到殿廷中纱幔轻盈。
毁庙天飞雨，㉒	太庙被捣毁时，天空大雨纷飞，
焚宫火彻明。	焚烧皇宫的火焰把天空照得通明。
罘罳朝共落，㉓	早晨，宫中的雕花屏风全都坠毁，
桷桷夜同倾。㉔	夜晚，楠木椽梁一起倒倾。
三月师逾整，㉕	过了三个月，官军更加威武雄壮，
群胡势就烹。㉖	叛变的各部胡兵眼看要束手就擒。

疮痍亲接战，[27]	将军亲自参加战斗，受了创伤，
勇决冠垂成。	在争取最后胜利时，您显得最果断英明。
妙誉期元宰，[28]	人们都赞美您，期待您担任宰相，
殊恩且列卿。[29]	皇上对您特别恩宠，已经任命您做太仆寺卿。
几时回节钺，[30]	您什么时候统率着大军回来，
戮力扫欃枪。[31]	齐心合力把叛军扫清。
圭窦三千士，[32]	儒生哪怕有三千人，也只会在圭门里读经，
云梯七十城。	使用云梯的将士却能一连攻下七十座城。
耻非齐说客，	我感到羞耻，不能像齐国的说客那样立功，
只似鲁诸生。[33]	只能做些小事，像鲁国的儒生。
通籍微班忝，[34]	我如今在朝中做一个小官，
周行独坐荣。[35]	您在满朝大臣中享有独坐的光荣。
随肩趋漏刻，[36]	清晨上朝时，我跟在大臣们肩后，
短发寄簪缨。[37]	在短发上勉强插上簪缨。
径欲依刘表，[38]	我想像王粲依附刘表那样依附于您，
还疑厌祢衡。[39]	又疑心自己像那讨人厌的祢衡。
渐衰那此别，[40]	我已渐渐衰老了，怎能受得了这样的离别，
忍泪独含情。	强忍着眼泪，独自隐藏着悲伤之情。
废邑狐狸语，	荒芜的城邑里狐狸在相互叫唤，
空村虎豹争。[41]	无人的空村中虎豹相互斗争。
人频坠涂炭，	人民一次又一次落入水深火热，
公岂忘精诚。	您当然不会丧失您的坚定决心。
元帅调新律，	元帅已经制订了新的战略，
前军压旧京。[42]	前军已经迫近原来的京城。
安边仍扈从，[43]	希望您在边境安定之后再回到皇帝身边，
莫作后功名。	千万抓紧时机，争取功名。

注释：

① 郭中丞，即郭英乂（yì）。其父郭知运为鄯州都督、陇右诸军节度大使，死于开元九年。至德初，肃宗因英乂为将门之后，任命他为秦州都督，陇右采访使。至德二载，加陇右节度使，兼御史中丞、太仆卿。这诗是至德二载杜在凤翔送郭英乂回陇右节度使幕府时所写。诗中追述叛军入京时的暴虐与惨状，激励郭英乂建立功勋，也隐约表露了作者加入陇右幕府的愿望。这首诗也与这一时期杜甫所写的其他送别诗一样，着重鼓舞对敌斗争，与安史乱前困留长安时所写的投赠诗一味赞扬称颂对方的格调不同。

②《汉书·赵充国辛庆忌传赞》：“山东出相，山西出将。”钱谦益云：“天水、陇西、安定、北地皆为山西。英乂，瓜州晋昌人，故云山西将也。”按此“山东”“山西”，是以华山为分界线。这句诗中所说的“山西将”，指郭英乂。

③《唐六典》（卷二）：“陇右道，古雍、梁二州境。今谓秦、渭、成、武、洮、岷、叠、宕、河、兰、鄯、廓（以上陇右），凉、甘、肃、瓜、沙、伊、西、北庭、安西（以上河西）。东接秦川，西逾流沙，南连蜀及吐蕃，北界沙漠。”包括今日被称为大西北的广大地区，因地处陇山之西，故称“陇右”。

④ 部曲，见第二卷《故武卫将军挽词》第三首注③。这里是指郭知运原来的部下现统属于郭英乂者。由于知运已死，故余部有凄凉之感。

⑤ 焯赫，音“阐贺”（chǎn hè），一作“烜赫”，音“选贺”（xuǎn hè），意思相同，都指声势很盛的样子。旧家声，指郭英乂继承他父亲原来的声望。

⑥ 雕鹗，猛禽；骅骝，骏马。都是比喻郭英乂的品质、才能。

⑦ 这句诗是祝郭英乂这次回到陇右幕府的旅程的顺利，但也是祝他的前程远大，官运亨通。

⑧ 天水，指天水郡，今甘肃省天水市一带。下一句的“雪山”，指祁连山。都是郭英乂归途所要经过的地方。

⑨《晋书·谢安传》：“每镇以和静。”“镇静”是对待边疆外族的策略。《竹书纪年》：“王命西伯，得专征伐。”后来常以“专征”一语代表负责一方军事指挥权的高级将领。

⑩ 燕蓟，指安禄山叛军的根据地。封豕，古代传说中危害人民的野兽，喻安禄山。

⑪ 骇鲸，也是比喻安禄山的军队。周秦，东周所在的洛阳及关中一带地方，指唐代的东京洛阳和西京长安。

⑫《文选·汉高祖功臣颂》："芒芒宇宙，上墋下黩。"注："上墋下黩，言乱常也。墋，不清澄之貌也。"墋黩，音"碜读"（chěn dú）。

⑬ 至德二载（757 年）一月，安禄山被其子安庆绪所杀。"遗孽"指安庆绪及其所统率的叛军。

⑭ 昭阳殿，见第四卷《哀江头》注④。

⑮ 细柳营，在咸阳县西南，为汉周亚夫屯兵处。

⑯《侯鲭录》卷一："女妓入宜春院谓之内人。"

⑰ 指王子在叛军占领区改穿平民衣服。即第四卷《哀王孙》中所说"王孙"的那种情况。

⑱《晋书·律历志》："圣人拟宸极以运璿玑。"本义指天帝所居处，后借喻人世的皇帝宝座。刘琨《劝进表》："援据图录，居正宸极。"这里指叛军入两京，安禄山窃据帝位。

⑲ 这句诗是说叛军气焰很高，乱兵侵入唐代历代帝王的陵园。

⑳ 金碗出，谓殉葬宝物从地下被发掘出来。据史书记载，贼将安忠顺等入长安，未尝有发陵园烧宫殿事。诗中这样写是极言唐朝王室之不能自保，备受凌辱。

㉑ 穗帷，指园陵寝殿内的细纱帷幔，即灵帷、灵帐。

㉒ 指安禄山军据太庙为营，抛弃祖先牌位的事。《旧唐书》载：东都太庙九室神主，共二十六座，禄山取太庙为军营，神主弃街巷。

㉓ 罘罳，见第四卷《大云寺赞公房》第一首注⑨。

㉔ 楩，音"伦"（lún），与黄楩木同科的树木。与樟树、楠树相似，译写为"楠"，因宫殿建筑多用楠木。桷，音"角"（jiǎo），方椽。

㉕"三月"是说从至德二载五月到八月。据卢元昌注："至德二载，肃宗至凤翔，陇右、河西、安西、西域兵皆会。时王思礼军武功，王难得军西原，郭英乂军东原。"

㉖ 群胡，指安史叛军各部。就烹，喻被歼。

㉗《仇注》："安守忠寇武功，英乂战不利，流矢贯颐而走，是'疮痍亲接战，勇决冠垂成'也。"

㉘ 元宰，百官之长，即宰相。

㉙ 朱鹤龄注："《唐志》：御史中丞二人，正四品下。太仆寺卿一人，从三品。中丞兼卿，所以为加恩。"

㉚ 据《晋书》，"汉魏故事，遣将出征，符节郎授节钺于明堂"。后来，"节钺"便成了大将的借代语。

㉛《尔雅》："彗星为欃枪。"这里以"欃枪"代叛军。

㉜《礼记·儒行》注："圭窦，门旁窬也。穿墙为之如圭矣。"指贫苦儒生的住处。三千士，喻士人之多。这句诗是说文人无用。

㉝《史记·郦生传》："上使郦生说齐王田广，乃听郦生，伏轼下齐七十余城。"云梯，攻城之械。这几句诗的意思是说，时势需要收复失地，纵不能以云梯攻城，也当如郦生之说齐王而取得七十城，但自己只是苦读的儒生，最多像鲁儒生叔孙通辈做些修订朝仪的事而已。朱鹤龄曰："齐说客，申七十城；鲁诸生，申三千士，时贼尚据长安，故用下城事。"

㉞ 通籍，见第三卷《奉赠太常张卿垍二十韵》注⑮。微班，低级官职，指杜甫之授左拾遗。

㉟《诗·国风·卷耳》："置彼周行。"毛传曰："行，列也。"《后汉书·宣秉传》："光武特诏御史中丞与司隶校尉、尚书令会同并专席而坐，故京师号曰三独坐。"郭英乂任御史中丞，故称他为独坐。

㊱ 漏刻，指上朝的时间。

㊲ 簪缨，官员的发饰。先簪发结，而后戴冠缨。

㊳《魏志·王粲传》："以西京扰乱，乃之荆州依刘表。"这句诗是说杜甫愿像王粲依刘表那样依托郭英乂。

㊴ 厌祢衡，见第二卷《敬赠郑谏议十韵》注⑬。

㊵《左传·宣二年》:“弃甲则那。”顾炎武《日知录》:“直言之曰那，长言之曰奈何，一也。”

㊶ 傅玄《放歌行》:“但见狐狸迹，虎豹自成群。”写乱世荒凉景象。

㊷ 元帅，指广平王李俶，就是后来的代宗。前军指李嗣业之军。《唐书》:“李嗣业至凤翔，上谒，肃宗喜曰:‘卿至，贤于数万众。’以为前军。”

㊸ 司马相如《上林赋》:“扈从横行，出于四校之中。”扈从，随从天子车驾。

◎ 送杨六判官使西蕃[①]（五排）

送远秋风落，	送您远去时，正秋风吹来，
西征海气寒。[②]	您往西方去，青海边的气候该已严寒。
帝京氛祲满，	敌人的凶焰还笼罩着整个京城，
人世别离难。[③]	人世间，别离最叫人伤感。
绝域遥怀怒，[④]	遥远边境外的吐蕃对叛贼也怀着愤怒，
和亲愿结欢。	要求和亲，表示出对大唐友好的意愿。
敕书怜赞普，[⑤]	皇上怜爱赞普，给他下了敕书，
兵甲望长安。	盼望他率领兵马一直开往长安。
宣命前程急，	要把诏命赶快送去，行程急迫，
惟良待士宽。[⑥]	选择一位大臣，他对待部下宏宽。
子云清自守，[⑦]	您一向像扬雄那样清贫自守，
今日起为官。	如今被起用，做了幕府的判官。
垂泪方投笔，	您忧国垂泪，正毅然抛下笔杆，
伤时即据鞍。	被艰危形势激发，立刻跨上马鞍。
儒衣山鸟怪，[⑧]	您身上的大夫官服，连山鸟看了也觉得奇怪，

汉节野童看。[9]	您手中的大唐节杖，惹得牧童们争着观看。
边酒排金碗，[10]	边疆人民摆出金碗盛的美酒欢迎，
夷歌捧玉盘。	还唱起夷歌，捧着献礼的玉盘。
草肥蕃马健，	吐蕃的牧草丰美，马匹长得健壮，
雪重拂庐干。[11]	地面积雪深厚，毡幕里却很爽干。
慎尔参筹划，	您参与幕府的筹划千万要谨慎，
从兹正羽翰。	让您的翅膀从此在正道上飞展。
归来权可取，	回来之后能得到重要的权位，
九万一朝抟。[12]	一下子高飞九万里，直上青天。

注释：

① 朱鹤龄注："《旧唐书》：至德元载，吐蕃遣使和亲，愿助国讨贼。二载三月，吐蕃遣使和亲，遣给事中南巨川报命。诗云'慎尔参筹划'，杨盖赞巨川以行。"这位杨六判官，是在南巨川幕府任职，随同他一起出使吐蕃的。诗中叙述了出使吐蕃的原委，想象去吐蕃途中的情景，并对杨六判官加以勉励。诗题中的"西蕃"，是唐代对吐蕃常用的称呼。

②《仇注》："海，谓青海。"

③《仇注》引《楚辞》："予既不难夫离别。"所谓"难"，是指情感上难以忍受，故译为"伤感"。

④《仇注》："绝域二句，谓吐蕃请讨禄山。"诗中以"绝域"借代吐蕃，译诗把"吐蕃"明白地写出。

⑤ 赞普，吐蕃王的名称。

⑥《杜诗博议》："《汉书》宣帝曰：'与我共理者，其惟良二千石乎？'此诗用'惟良'本此。"这里以"惟良"代使吐蕃的使臣，即南巨川。《仇注》："宣命唯良，指巨川为正使。"

⑦ 子云，即扬雄。《仇注》引《扬雄传》："雄三世不徙官，有以自守，泊如也。"

⑧《汉书·律历志》:“古之大夫，儒衣。”

⑨ 汉节，本指汉朝使臣手持的旌节，这里是指唐使的旌节，并借代唐朝派往吐蕃的使臣。

⑩ 边酒，指边境人民酿的酒。金碗，盛酒的碗。

⑪ 拂庐，即毡幕、蒙古包之类的帐篷。

⑫《庄子·逍遥游》:“抟扶摇而上者九万里。”这句诗是比喻杨六判官将青云直上，升到很高的官位。

◎ 哭长孙侍御[①]（五律）

道为诗书重,	《诗》《书》使您的品德崇高,
名因赋颂雄。	您的辞赋更使您的名声远传。
礼闱曾擢桂,[②]	您参加礼部考试，考中高第,
宪府屡乘骢。[③]	曾多次乘着骢马，在御史府任官。
流水生涯尽,	您的生命终于像流水一样流尽,
浮云世事空。	人世的一切像浮云一样空幻。
惟余旧台柏,[④]	只剩下御史府里的老柏树,
萧瑟九原中。[⑤]	萧瑟地摇摆着，向葬在九原的死者悼念。

注释:

① 本卷有《送长孙九侍御赴武威判官》一诗。大概与此诗中的长孙侍御是同一个人。《仇注》指出:“此诗不及离乱中语，恐非长孙九侍御也。”又此诗载高仲武《中兴间气集》中，作杜诵作。使人怀疑它是否是杜甫的作品，创作年代更无法确定，姑按旧本置于至德二载诗中。

②《资治通鉴》214 卷:“旧制，考功员外郎掌试贡举人……议者以为员外郎位卑，不能服

众，（开元二十四年）三月，壬辰，敕自今委礼部侍郎试贡举人。”礼闱，礼部主持的试场。《晋书》载郤诜对武帝云：“臣举贤良，对策为天下第一，犹桂林一枝。”

③《仇注》：“御史所居之署，汉谓之御史府，亦谓宪台。唐龙朔中，为东宫宪府。”乘骢，见本卷《送长孙九侍御赴武威判官》注②。

④《汉书·朱博传》：“御史府中，列柏树，常有野鸟数千栖宿其上。”

⑤《礼记·檀弓》：“赵文子与叔誉观乎九原。文子曰：‘死者如可作也，吾谁与归？’”九原，原指春秋时期晋大夫之墓地。后来通称墓地为九原。

◎ 奉赠严八阁老[①]（五律）

扈圣登黄阁，[②]	跟随皇上到凤翔的门下省大臣中，
明公独妙年。	只有您一个年纪最轻。
蛟龙得云雨，	您像蛟龙得到了云雨，
雕鹗在秋天。[③]	像秋空高飞的猛禽。
客礼容疏放，	您接待宾客容许不拘礼数，
官曹可接联。[④]	下属的官员们可以联句咏吟。
新诗句句好，	您新近写的诗篇句句都优美，
应任老夫传。	该允许我到处读给人们听。

注释：

① 严武，中书侍郎严挺之之子，初为太原府参军事，安史乱后，扈从肃宗。至德年间，迁给事中。杜甫任左拾遗时，与他同朝。杜甫与其父严挺之有旧，故与严武的关系也较亲近。这诗当作于至德二载在凤翔时，后来，杜甫入蜀，主要也是靠严武的照顾。唐代通常称给事中为“阁老”，诗题称严武为阁老，是表示尊敬。

②《仇注》引《困学纪闻》：“给事中，属门下省，开元曰黄门省，故曰黄阁。”扈圣，

见本卷《奉送郭中丞兼太仆卿充陇右节度使三十韵》注㊸。

③《仇注》引《吴志》："蛟龙得云雨，终非池中物。"又引《唐书》："雕鹗鹰鹯，岂众禽之偶。"蛟龙、雕鹗，都是喻严武，赞美他是时势所造就的英雄。译诗未写出"雕鹗"字样，代之以"猛禽"。

④ 旧注多谓"官曹可接联"指左拾遗属门下省，给事中亦属门下省，官署相连。但是根据上一句的"客疏放"及下一句的"新诗句句好"来看，"接联"应该是指联句作诗的事。《文心雕龙·明诗》："联句共韵，则相梁余制。""可"字，一作"许"，意思都是指严武之许可，说官署相连，不应用"可"字或"许"字。

◎ 月[①]（五律）

天上秋期近，[②]	天上，牛郎织女相会的七夕快到了，
人间月影清。	人间，月光显得格外清朗。
入河蟾不没，	月亮进入银河，月里的蟾蜍却不会被淹没，
捣药兔长生。[③]	月宫里捣药的白兔能永远生存，不会死亡。
只益丹心苦，	但这月光使我的赤心更苦痛，
能添白发明。	使我的满头白发更明亮。
干戈知满地，	月光啊，你该知道这世上到处在动刀枪，
休照国西营。[④]	你千万别去照长安城西面的营房。

注释：

① 从这诗的最后一句"休照国西营"看，可知这是在长安收复前，官军在长安以西驻扎时所作。又云"秋期近"，可知作于至德二载七月初。诗中写月光所引起愁思。军中士兵所思者为家人，诗人之愁苦，也是为了思念家人。但在这思家之情中也含有忧国之心。

② 秋期，见第四卷《一百五日夜对月》注⑦。

③ 月中有蟾蜍与玉兔，是我国古代的神话。在这诗里有所寓言。《仇注》引张綖曰："蟾兔以比近习小人。入河不没，不离君侧也。捣药长生，潜窃国柄也。丹心益苦，无路以告也。白发添明，忧思致老也。故结言休照军营，恐愈触其忧耳。"

④ 国西营，指长安以西前线唐军的营房。

◎ 留别贾严二阁老两院补阙[①]（五律）

田园须暂往，	我要回田园去住些时，
戎马惜离群。	怀着战马离群那样的心情。
去远留诗别，	将要远去了，留下一首诗来告别，
愁多任酒醺。	忧愁太多，不如尽情痛饮，喝得醉醺醺。
一秋常苦雨，	整个秋天，令人厌的雨下个不停，
今日始无云。	直到今天，天空才看不见阴云。
山路时吹角，	山路上时时会有号角吹动，
那堪处处闻。	我哪里受得了处处听见这声音。

注释:

① 至德二载，杜甫上言谏罢房琯，得罪肃宗，后来被允许回家探亲，决定于闰八月初离开凤翔去鄜州。中书舍人贾至、给事中严武与两院拾遗、补阙裴荐、韦少游、魏齐聃、孟昌浩、岑参等人为他设宴饯别。席间拈韵赋诗，得"云"字，（一作"得'闻'字"）。杜甫当时所写的就是这一首诗。诗题所说的"两院"，是指中书省和门下省，左补阙、左拾遗属门下省；右补阙、右拾遗属中书省。诗题中的"补阙"一作"遗补诸公"。"遗补"为"拾遗补阙"的略称，当以"遗补"为是。诗中表达的感情质朴而真实，非一般应酬的送行诗可比。

◎ 晚行口号① （五律）

三川不可到，②	三川县今天赶不到了，
归路晚山稠。	回家的路上，傍晚时只看见远山密密稠稠。
落雁浮寒水，	落雁浮在寒冷的河水上，
饥乌集戍楼。	饥饿的乌鸦栖歇在高高戍楼。
市朝今日异，③	如今的集市也和往日不同了，
丧乱几时休？	战争祸乱什么时候才罢休？
远愧梁江总，④	比起梁朝的江总我感到十分惭愧，
还家尚白头。	他历尽患难回家时还没有白头。

注释：

① 这诗是杜甫自凤翔回家探亲时，走到三川县附近，即兴诵出的诗。那时天色已晚，只能在一处集市小镇上过夜。看到凄凉的景色，想起丧乱未已，家人离散，备极伤痛。

② 三川，见第四卷《三川观水涨二十韵》注①。

③《周礼·地官·乡师》："凡四时之征令有常者，以木铎徇于市朝。"孙诒让正义："市谓国中及郊野之市，朝谓乡师治事之朝；市朝，众之所聚，故有征令，则以木铎巡行警告之。"这所谓"市朝"，就是有乡师管理的集市，而不是"市集与朝廷"那样的含意。

④ 浦起龙《读杜心解》："考《陈书》，江总，济阳考城人，仕梁。侯景陷台城，避难会稽，憩龙华寺。寺即其上世都阳里居旧基，故作《修心赋》曰：'是豫章之旧圃。'又曰'庶忘累于妻子'。诗所谓还家，当指此，正以自况值乱而归寓宅也。以江总十八解褐之年计之，避难时才三十余耳。而公年已望五，故曰远愧。"其他诸说，都不如浦说确切。

◎ 独酌成诗[①]（五律）

灯花何太喜，[②]	灯芯上结了花，哪来的大喜讯？
酒绿正相亲。	我正对着一杯绿酒自酌自饮。
醉里从为客，	喝醉了还管什么作客异乡，
诗成觉有神。[③]	诗作成时看看觉得还挺能传情。
兵戈犹在眼，	战斗的戈矛还在眼前，
儒术岂谋生。	靠儒家那套本领又怎能谋生？
苦被微官缚，	这小小官职束缚住我反使我苦恼，
低头愧野人。[④]	常常低头对人，真比不上个农民。

注释：

① 这诗也是至德二载秋回鄜州探亲途中所作。旅途劳顿，夜宿时饮一杯酒，随意写几句诗，未尝不也是乐事；然而一想到战乱，想到低下的官职与家庭的困苦，就不免感慨。

② 灯花，古代点油灯或点蜡烛照明，灯芯或烛芯烧成的灰聚成团，又沾上油蜡复燃，俗称灯花，传说结灯花有喜事。作者身处忧患中，见灯花，问“何太喜”，实际上是责它妄报喜讯。

③ 有神，有时指“有神助”，有时是“有精神”。这里从后一种解释较好，诗能把自己的情感表达出来，故觉其“有神”。

④ 野人，泛指不做官的人，主要指农民。诗人觉得农民还比自己自由些，自食其力，无求于人，因此自己有愧。

◎ 徒步归行[①]（七古）

明公壮年值时危，	国势艰危时您还正是壮年，
经济实借英雄姿。[②]	治国重任要由您这样的英雄负起。
国之社稷今若是，[③]	如今国运已到了这种地步，
武定祸乱非公谁？	用武力来平定祸乱，除了您还能靠谁？
凤翔千官且饱饭，	聚集在凤翔的千百官员只能吃饱肚皮，
衣马不复能轻肥。[④]	不再像从前那样——跨着骏马，身穿裘衣。
青袍朝士最困者，[⑤]	朝廷里最苦的是穿青袍的官员，
白头拾遗徒步归。	我这个白发拾遗回家探亲，只能徒步，没有马骑。
人生交契无老少，	人生交友，讲什么年纪老少，
论心何必先同调？	只要真情实意，何必先要同样的兴趣爱好？
妻子山中哭向天，	我的妻儿如今在荒山中对天哀号，
须公枥上追风骠。[⑥]	我想借您马槽里一匹追风快马，骑上它向家里奔跑。

注释：

① 诗题下的原注：“赠李特进，自凤翔赴鄜州，途经邠州作。”李特进，指李嗣业。他于天宝十二载，加骠骑大将军，是唐代名将。当时，他驻守邠州。邠（音“彬”bīn）州，就是现在的彬县，在凤翔东北。杜甫离凤翔后，向东北走，经过麟游，就到邠州。先是步行，到邠州以后，改为骑马。所乘之马是向李特进借的。这首诗就是为借马而投赠李特进的。关于“特进”，可参看第一卷《赠特进汝阳王二十二韵》注①。

②《文中子·礼乐》：“皆有经济之道”，经济，指经世济民，即治理国家。

③ 社稷，原指土、谷之神。古代的国君，立社稷（土、谷神的祭坛），以社稷之存亡，

象征国家之存亡。译为“国运”。

④ 轻肥，轻裘、肥马之简称。

⑤《仇注》：“公往行在，麻鞋谒帝，有青袍而无朝服。”也有人认为“青袍”是低级官员的朝服。唐代官服，三品以上服紫，三品以下屡有变动。高宗龙朔年间，司礼少常伯孙茂道奏称“深青乱紫，非卑品所服”。可见当时卑官有服青袍者。

⑥ 追风，快马名。《古今注》：“秦始皇七马，一曰追风。”《广韵》：“马黄白色曰骠。”骠，音“标”（biāo）。

◎ 九成宫[①]（五古）

苍山入百里，	进入苍翠的山中，走了一百来里，
崖断如杵臼。	峭壁悬崖，像杵臼一样又直又陡。
曾宫凭风回，[②]	高高的宫殿在旋风中矗立，
岌嶪土囊口。[③]	巍巍峻峻地对着土山谷口。
立神扶栋梁，[④]	供奉神灵，靠他们扶持着栋梁，
凿翠开户牖。	凿开翠绿的山岩，敞开门户和窗牖。
其阳产灵芝，	它的南面出产灵芝，
其阴宿牛斗。[⑤]	它的北面夜晚看得见牛斗。
纷披长松倒，	高大的松树有些已纷乱地倒下，
揭巕怪石走。[⑥]	多少巉岩怪石像野兽一般奔走。
哀猿啼一声，	忽然听到山猿一声哀啼，
客泪迸林薮。	过客走到这林木深处，眼泪不禁往外涌流。
荒哉隋家帝，[⑦]	真是放荡、昏乱啊，那隋朝的皇帝，
制此今颓朽。	建造的这座宫殿如今已倾颓残朽。

向使国不亡，	如果当初没有遭到亡国的惨祸，
焉为巨唐有。	这宫殿怎么会成为大唐所有。
虽无新增修，	虽然没有新扩建增修，
尚置官居守。	但也派遣了官员驻守。
巡非瑶水远，⑧	隋帝巡游并不像瑶池那么遥远，
迹是雕墙后。⑨	令人鉴戒的遗迹，就在这雕镂精致的墙后。
我行属时危，	我在国事艰危的时刻走过这里，
仰望嗟叹久。	仰望着它，嗟叹了很久。
天王守太白，⑩	想起皇上还巡狩在太白山下，
驻马更搔首。	不禁停下马沉思，抓搔着白头。

注释：

① 九成宫，在麟游县西五里。原是隋文帝开皇十三年（593 年）开始，花了两年时间，花费了大量金钱、劳力建造的仁寿宫。贞观五年（631 年），改为九成宫，太宗、高宗都曾来此避暑。杜甫去鄜州探家，经过麟游，看到九成宫的高阁雕墙、栋宇台榭，想到隋唐两朝往日盛事，感慨系之。那时唐肃宗父子尚在避贼逃亡，全国一片混乱，与隋朝灭亡时的情景相去无几。杜甫处在当时的环境中自然不能直接抨击唐帝的奢侈腐朽，但对隋朝灭亡的前车之鉴是可以直言不讳的，其实这也就是向唐朝统治者敲的警钟。不过诗的价值毕竟不同于谏表，它所具体描绘的荒芜离宫是反映国家兴亡的一幅图画，至今仍能引起人们强烈的历史感，使人们从较远的审美距离来观察历史上的一页悲剧。

②“曾”同“层”。曾宫，即层宫，有楼阁的宫殿。

③ 岌嶫，音“圾业”（jī yè），山势高壮貌。宋玉《风赋》：“夫风生于地，起于青蘋之末，侵淫谿谷，怒于土囊之口。”“土囊口”即山谷之口。

④ 王延寿《鲁灵光殿赋》：“神灵扶其栋宇。”立神，是古代工匠的迷信习俗，立神奉祀，以保建筑工程的顺利进行与坚固经久。

⑤ 牛斗，星辰，指牛宿与斗宿。这句诗是形容宫殿高耸入云。

⑥ 揭巕，通常作“揭嶭”，或“揭櫱”“揭孽”，都读“接聂”（jiē niè）。山势高峻巉岩貌。

⑦《尚书·五子之歌》：“内作色荒，外作禽荒。”荒，迷乱。

⑧ 瑶水远，指周穆王之周行天下，西达昆仑瑶池。

⑨《尚书·五子之歌》：“甘酒嗜音，峻宇雕墙。”以“雕墙”喻国君、帝王的游乐之地。

⑩ 天王，指肃宗；“守”同“狩”，帝王离开了国都皇宫，都可称“巡狩”。虽然实际上是逃亡，诗中也以“巡狩”来称它。

◎ 玉华宫[1]（五古）

溪回松风长，	小溪曲曲弯弯，松林里风声不停地响，
苍鼠窜古瓦。	苍黑色的老鼠，奔窜在古老的屋瓦上。
不知何王殿，[2]	不知道这是哪一位帝王的宫殿，
遗构绝壁下。	遗留下的建筑仍在绝壁下方。
阴房鬼火青，	阴暗的房屋里，鬼火发出青光，
坏道哀湍泻。	已毁坏的道路上，湍急的山洪哀伤地流淌。
万籁真笙竽，	自然界万物的声响汇成了笙竽一样的音乐，
秋色正萧洒。	秋天的景色使人感到爽适、舒畅。
美人成黄土，	美人变成了黄土，
况乃粉黛假。	何况她们的美貌也是靠粉黛扮装。
当时侍金舆，	当年她们侍立在皇帝车驾两边，
故物独石马。	如今，遗物只剩下石马立在道旁。
忧来藉草坐，	我心中充满忧伤，坐在草地上，

浩歌泪盈把。	一把把抹着眼泪，感慨地歌唱。
冉冉征途间，[③]	在冉冉将尽的人生道路上，
谁是长年者？[④]	谁能生活得久长？

注释：

① 杜甫离开麟游以后，到达邠州，又继续西北行，就到了宜君县。宜君县西北，有一座玉华宫，是唐太宗于贞观二十一年（647 年）所建。太宗曾来此宫避暑。高宗永徽二年（651 年）废为玉华寺。杜甫看到唐朝初年建造的这座宫殿已荒废成这样，比看到九成宫的颓倾更为激动，世事无常、人生短暂之感油然而生。古人对这诗的内容有很多议论，主要是针对“不知何王殿”一句而发。浦起龙说：“明是唐时所建，而曰‘不知何王’，正以先世卑宫遗意，子孙有愧敬承。若明言贞观之俭，则显天宝之奢矣。而况本朝旧物，一旦荒凉，又有不忍言者。”认为这诗与讽谏帝王戒奢侈有关。诗中有“浩歌泪盈把”之句，当时国事多艰，生民困苦，追念太宗的贞观盛世，自然不免悲从中来。

② 从太宗建玉华宫到杜甫看到它，大约经过 110 年，但从建宫到改寺，只经过三四年时间。因此，这座寺曾经是离宫的历史，的确不是众人皆知的。杜甫初见此建筑，不知其为何王之宫，后来看到有关碑刻，或经过问讯，才知道这就是玉华宫。这样的过程是合于情理的。自然，由于种种原因，明明知道而故意这么说，也不是不可能。这当然也与诗人的思想情况有关，而诗人的思想情况则决定于他所处的社会现实。

③ 征途，是指人生，而不是指旅途。

④ 这句诗当然是反问句，意思是任何人都不能长生。尽管如此，但也并不必然是消极思想。自觉到人生很短暂，不也就是鞭策人们珍惜时间，不让有限的生命白白浪费吗？

◎ 羌村三首[1]（五古）

峥嵘赤云西，	西面天空的红云像山岩一样峥嵘，
日脚下平地。	一道道太阳光线贴着地面散开。
柴门鸟雀噪，	柴门前面，鸟雀在嘈杂叫唤，
归客千里至。	探家的旅人，从千里外归来。
妻孥怪我在，	妻儿们诧异我竟还活在世上，
惊定还拭泪。	惊乱的心镇定之后又揩拭眼泪。
世乱遭飘荡，	在这兵荒马乱的年头全家飘散，
生还偶然遂。	能保着一条性命回来是偶然机遇。
邻人满墙头，	邻居们爬满墙头来看望我们，
感叹亦歔欷。	他们也感动得叹息，还低声抽泣。
夜阑更秉烛，	夜深了，又换上一支蜡烛点起，
相对如梦寐。	夫妻面对面坐着，像在梦中聚会。

注释：

① 羌村，在鄜州洛交县。唐代的洛交县，即今之富县（鄜县改名）。羌村在县城北三十里。杜甫于天宝十五载（756 年）夏季，安禄山叛军入潼关后，匆匆赶到白水县把家迁到鄜州羌村。后来听到肃宗在灵武登位的消息，一人离羌村去延州，打算经过芦子关去灵武。途中遭遇叛军被俘送到长安。杜甫从那时离家，到至德二载（757 年）秋季回家，相隔已一年多。尽管杜甫自长安逃到凤翔后，曾与家人联系，得到过家书，但在兵荒马乱、朝不保夕的混乱年代，这一年多的离别已恍如隔世。诗中描述家人团聚时的悲喜交集之情十分真切，至今仍使读者深深地受到感染。

◎ 其二（五古）

晚岁迫偷生，	年纪已经这么老，只能这样将就生活下去，
还家少欢趣。	虽然回到家里，也很少生活乐趣。
娇儿不离膝，	可爱的孩子们不肯从我膝前离开，
畏我复却去。①	他们怕我又要离开家往别处去。
忆昔好追凉，②	想起往日，我喜爱乘凉，
故绕池边树。	常常绕着池塘边的树荫散步。
萧萧北风劲，	如今北风吹得这样猛烈，
抚事煎百虑。	考虑着当前的事情，心里燃烧着无尽忧虑。
赖知禾黍收，	我知道家里种的禾黍倖幸已经收到手，
已觉糟床注。③	似乎看见了糟床上新酿的酒不断流泻。
如今足斟酌，	现在家里的酒已足够我喝，
且用慰迟暮。	且靠它使我的暮年得到些安慰。

注释：

①《仇注》："不离膝，乍见而喜；复却去，久视而畏。此写幼子情状最肖。"吴见思《杜诗论文》："娇儿绕膝，以抛离之久，畏我复去耳。"两种理解相差很远，一直到当代，各家的看法仍不一致。各持理由，不能一致。父子离别才一年多，且离别之日，母子之间亦必然会常常谈起父亲，归来后，似乎不应感到陌生害怕，所畏者，是父亲再离开家。再者，前面一句说"娇儿不离膝"，如解此句"却去"为娇儿离去，则前后矛盾。因此译诗从吴说而不从仇。

②"忆昔"之"昔"，当指天宝十五载夏送家人来鄜州羌村时，当时天气炎热，故好追凉；这次回来是闰八月，已到深秋，风劲天寒，国事仍令人忧心不已，故有下句。

③ 糟床，榨酒的设备。借酒浇愁，表面上是说爱喝酒，实际上是说异常忧虑，难以排遣。

◎ 其三（五古）

群鸡正乱叫，	一群鸡在咯咯乱叫，
客至鸡斗争。	当它们争斗时有客人来临。
驱鸡上树木，	把鸡群赶到树上去，
始闻扣柴荆。[①]	才听清楚敲柴门的声音。
父老四五人，	来的是四五个老人，
问我久远行。	他们来慰问我长久离家远行。
手中各有携，	每个人手里都提着些礼品，
倾榼浊复清。	倒出清酒、浊酒，和我一起痛饮。
莫辞酒味薄，[②]	“别嫌酒味淡薄，
黍地无人耕。	种黍的田地没人耕耘。
兵革既未息，	战争还没有停，
儿童尽东征。	年轻人都已从军东征。”
请为父老歌，[③]	“让我来为父老们唱一首歌吧，
艰难愧深情。[④]	生活这样艰难，真感谢你们的深情。”
歌罢仰天叹，	唱完了歌我仰天长叹，
四座涕纵横。	满座的客人都眼泪流个不停。

注释：

① 柴荆，指柴荆编制的门户，即家门。

② 这一句起的四句，是来访的父老们的话。以此简短语言，反映了乱世农村生活艰难的情况。

③ 这一句和下一句，是作者对父老们说的话。当时，在饮酒时唱歌是习俗，并非指吟这一首诗。这一首诗是事后的追述。

④ 愧，在这里宜作“感谢”解。杜甫诗中这样用的颇多。

◎ 北征[①]（五古）

皇帝二载秋，[②]	至德二载的秋季，
闰八月初吉，[③]	闰八月初一这天，
杜子将北征，	我将要向北远行，
苍茫问家室。[④]	去探望家人，怀着惶惶不安的心情。
维时遭艰虞，	这是艰辛危难的岁月，
朝野少暇日。	谁都没有闲暇，不论朝臣还是平民。
顾惭恩私被，	想到自己蒙受皇恩真是惭愧，
诏许归蓬荜。[⑤]	诏许我回家，去探望贫困的家庭。
拜辞诣阙下，	到宫门外向皇帝拜辞，
怵惕久未出。[⑥]	迟迟不敢离开，心中忐忑不宁。
虽乏谏诤姿，[⑦]	我虽然没有做谏官的能力，
恐君有遗失。	却总是担心皇帝有失误的事情。
君诚中兴主，	皇帝真是一位中兴的圣主，
经纬固密勿。[⑧]	立身行事从来十分勤谨。
东胡反未已，[⑨]	东胡造反还没有平定，
臣甫愤所切。	我这做臣下的愤恨在心。
挥涕恋行在，	我走了，还流着眼泪留恋着行都，
道途犹恍惚。	一路上恍恍惚惚，神志不清。
乾坤含疮痍，[⑩]	天地之间，创伤还没有平复，
忧虞何时毕。	我的忧虑哪一天能够消尽。

靡靡逾阡陌，[11]	步履沉重地走过纵横的道路，
人烟眇萧瑟。	到处人烟稀少，显得荒凉凄清。
所遇多被伤，	遇见的人多半受了创伤，
呻吟更流血。	他们流着血，不断呻吟。
回首凤翔县，	回头遥望那凤翔县境，
旌旗晚明灭。	傍晚的落日下，旌旗时暗时明。
前登寒山重，	向前走，登上寒风刺人的重重叠叠山冈，
屡得饮马窟。[12]	一次次遇见饮马的浅水井。
邠郊入地底，[13]	看前面邠州的郊野，像沉入地底，
泾水中荡潏。[14]	泾水从那儿流过，汹涌不停。
猛虎立我前，[15]	我好像看见猛虎站在我的面前，
苍崖吼时裂。	苍黑色的山崖坼裂，仿佛听见了猛虎吼叫的声音。
菊垂今秋花，[16]	野菊枝头垂挂着今年秋天开的花，
石戴古车辙。	山石上留着古代车轮的痕印。
青云动高兴，	天空的碧云把我的兴致激起，
幽事亦可悦。	幽美的山景也使我感到悦目赏心。
山果多琐细，	细小的山果结成一串串，
罗生杂橡栗。[17]	橡栗夹杂在一起，累累长在树顶。
或红如丹砂，	有些像朱砂一般红艳，
或黑如点漆。[18]	有些像点漆，又黑又明莹。
雨露之所濡，	只要受到雨露滋润，
甘苦齐结实。	自然会结成果实，苦的苦，甜的甜津津。
缅思桃源内，[19]	这使我想起那渺茫的桃源仙境，
益叹身世拙。	更加慨叹我一生遭受的困厄不幸。
坡陀望鄜畤，[20]	从高低起伏的山冈上看鄜州，
岩谷互出没。	山岩、山谷，交替地显露出形影。

我行已水滨,	我已经走到了水边,
我仆犹木末。[21]	我的仆役还在山头上,正绕过树顶。
鸱鸟鸣黄桑,	猫头鹰在枯黄的桑树上啼鸣,
野鼠拱乱穴。	野鼠正慌忙向乱草中的洞穴钻进。
夜深经战场,	深夜经过一处战场,
寒月照白骨。	凄凉的月光下,白骨看得分明。
潼关百万师,	守潼关的百万大军,
往者散何卒。[22]	那年突然溃败真叫人难信。
遂令半秦民,[23]	这样就害了关中的一半百姓,
残害为异物。[24]	使他们遭到残害,丢掉了性命。
况我堕胡尘,[25]	就说我自己吧,也陷在贼军里面,
及归尽华发。	逃回来时已白发满鬓。
经年至茅屋,	过了一整年才回到我家住的茅屋,
妻子衣百结。	妻子身上的衣裳,补丁连着补丁。
恸哭松声回,	痛哭声和松涛一起在空中回荡,
悲泉共幽咽。	悲伤的流泉也一起抽泣、哀吟。
平生所娇儿,	我向来宠爱的孩子们,
颜色白胜雪。	一个个面色比雪更苍白。
见耶背面啼,[26]	看见父亲却转过脸啼哭,
垢腻脚不袜。	满身污垢,光着脚板心。
床前两小女,	床前站的是两个小女儿,
补缀才过膝。	满身补补缀缀,拖挂着勉强过膝的衣襟。
海图拆波涛,	拆下帷屏上的海图波涛来补缀,
旧绣移曲折。	弯曲的花纹原是旧绣品上的图形。
天吴及紫凤,	还有天吴神和紫凤鸟,
颠倒在裋褐。[27]	颠倒补在短布衫上当补丁。

老夫情怀恶，	我看了这些心情抑郁难解，
呕泄卧数日。	上吐下泻，躺在床上生了几天病。
那无囊中帛，	我的行囊中怎么会没有绢帛，
救汝寒凛栗。	好让你们穿暖，不在寒风中颤抖。
粉黛亦解苞，[28]	解开包裹拿出脂粉、螺黛，
衾裯稍罗列。[29]	又逐一挂起床帐，铺好被褥。
瘦妻面复光，	瘦弱的妻子脸上又有了光泽，
痴女头自栉。	傻乎乎的女儿自己拿起梳子梳头。
学母无不为，	妈妈做点什么她都要学着做，
晓妆随手抹。	早晨梳妆，也随手把脂粉涂抹。
移时施朱铅，	在脸上涂脂抹粉忙了好久，
狼籍画眉阔。	眉毛乱七八糟画得那么阔。
生还对童稚，	我能活着回来看到这些孩子们，
似欲忘饥渴。	好像完全忘掉了饥渴。
问事竞挽须，	他们问这问那，还争着拉我胡须，
谁能即瞋喝。	谁忍心马上对他们瞪眼睛吆喝。
翻思在贼愁，	回想起在贼区的愁苦，
甘受杂乱聒。	我甘愿在家里忍受杂乱、噪聒。
新归且慰意，	刚回家来，且让心神舒畅几天，
生理焉得说。	哪里能去考虑今后怎么生活。
至尊尚蒙尘，	皇上至今还逃难在外没有回京，
几日休练卒。	要到哪一天才能停止练兵？
仰观天色改，[30]	仰头看天，天色已经改变，
坐觉妖气豁。	顿时觉得，妖氛很快就要扫清。
阴风西北来，[31]	阴风从西北吹来，
惨淡随回纥。	惨淡的气氛也随着回纥兵降临。

其王愿助顺，	他们的王愿意帮助平叛，
其俗善驰突。	他们的习俗善于骑马冲锋陷阵。
送兵五千人，	送来了五千名战士，
驱马一万匹。	还赶了一万匹马来。
此辈少为贵，[32]	他们把年轻力壮的人看得最宝贵，
四方服勇决。	四方的人们都佩服他们勇敢果决。
所用皆鹰腾，	选用的兵丁都像雄鹰一样善飞，
破敌过箭疾。	攻破敌阵比射箭还要迅疾。
圣心颇虚伫，	皇帝心里对他们颇为重视，等待着他们立功，
时议气欲夺。[33]	当前的舆论，想表示异议却又没有勇气。
伊洛指掌收，[34]	东都一带很快就将收复，
西京不足拔。	西京只要一出兵也就能攻下。
官军请深入，	官军请求让他们向敌区挺进，
蓄锐可俱发。	积蓄长久的锐气将猛然一下爆发。
此举开青徐，[35]	这次的行动将打通青州、徐州，
旋瞻略恒碣。[36]	眼看恒山、碣石也将要到达。
昊天积霜露，[37]	天空中聚积着霜和露，
正气有肃杀。	正气凛然，带着威严和肃杀。
祸转亡胡岁，	灾祸转了方向，到了胡兵灭亡的年头，
势成擒胡月。	看形势，正是捉拿胡兵的岁月。
胡命其能久，	胡兵的命运哪里会拖延长久，
皇纲未宜绝。	大唐朝的政权还不该绝灭。
忆昨狼狈初，[38]	回想当初皇上狼狈出奔，
事与古先别。	情况和往古有明显差别。
奸臣竟菹醢，[39]	奸臣终于受到最重的惩罚，
同恶随荡析。[40]	一同作恶的人都跟着受到清洗。

不闻夏殷衰，	从来不曾听说过，在夏朝、商朝衰败的时刻，
中自诛褒妲。[41]	朝廷主动诛杀褒姒、妲己。
周汉获再兴，[42]	周朝、汉朝终于能够再度振兴，
宣光果明哲。[43]	宣王、光武，实在明哲无比。
桓桓陈将军，[44]	威武、英勇的陈将军，
仗钺奋忠烈。[45]	举起巨斧，发扬了忠烈的气节。
微尔人尽非，[46]	要不是您，人世的情况就不会这样，
于今国犹活。	如今，国家还这样生气勃勃。
凄凉大同殿，[47]	长安的大同殿仍一片凄凉，
寂寞白兽闼。[48]	白兽门前寂寞凄清，没有人迹。
都人望翠华，[49]	京都的人民在盼望皇上的翠羽旗，
佳气向金阙。[50]	阵阵佳气吹向宫门前的金阙。
园陵固有神，	先帝的陵墓当然会有神灵保护，
扫洒数不缺。[51]	洒扫祭祀的礼数自然不会失缺。
煌煌太宗业，[52]	啊！太宗皇帝的事业多么辉煌，
树立甚宏达。	他建立的基础多么宏伟。

注释：

① 这是杜甫回鄜州羌村探家时，追述旅途经过和思想感情经历的一篇长诗，共一百四十行，是杜甫诗集中最长的一篇五言古诗。这诗在叙述旅程所见景物、家人的贫困生活及个人情感的起伏等方面都很有特色，写出了深切的感受，郁结着浓烈的哀伤但也往往显得幽默、冷静，表现出诗人的敏锐眼力和豁达的胸怀。更重要的是，在诗中贯穿着忧国忧民的精神，对唐朝的复兴抱着强烈的希望和坚定的信心。尽管杜甫对时事、人物的议论和评价并不一定都是正确的，但却代表着当时大多数人的观点，也就是说，在当时是站在进步立场上的。同时，杜甫始终是一个诗人，他的血管里流着诗人的血，因此，他在从事议论时，也是充满热情的，眼前晃动着具体的人和事，心里沸腾着真挚的爱与恨，他的笔下源源流出的是诗，不是枯燥、抽象的语言。这就是这首诗千余年来一直受到很高评价的原因。

② 皇帝二载，指肃宗至德二载（757 年）。

③ 闰八月初吉，指闰八月的第一日，即初一。这诗的开头记述年月，使整首诗显得庄重、典雅。不少研究者指出，这诗的题目显然受到后汉班彪《北征赋》的启发，而诗的开头则受班昭《东征》与潘岳《西征》的影响，两赋也都以纪年开头。还有人指出，屈原的《哀郢》中，“出国门而轸怀兮，甲之鼂（同‘朝’）吾以行”与《北征》的开头两句也极相似。这一切表明，这首诗在构成形式上有着深厚的民族文化基础；同时，也暗示了在内容上继承了中国的传统思想，特别是儒家的思想。

④ 金圣叹《杜诗解》：“苍茫二字，便将一时胸中为在为亡，无数狐疑，一并写出。”在这里，“苍茫”所表达的是一种由于前途未卜而感到惶惶不安的心理状态。

⑤ 蓬荜，即“蓬门荜户”之简称，借代贫穷人家。

⑥ 怵惕，恐惧不安貌。

⑦“姿”同“资”，指人的资质、禀赋、能力。

⑧ 经纬，指贯穿在一切行为举动中的道德准则和礼法。《左传·昭二十五年》：“礼，上下之纪，天地之经纬也。”“密勿”即“黾勉”。《诗·小雅·十月之交》：“黾勉从事”，亦作“密勿从事”，意是勤谨。

⑨ 东胡，指安史叛军。

⑩ 疮痍，即创伤。

⑪ 靡靡，走路无精打采的样子。《诗·王风·黍离》：“行迈靡靡。”阡陌，指纵横的道路。

⑫ 饮马窟，指利用山泉，掘窟积水来饮马的设施。古乐府有《饮马长城窟行》。当时军队来往频繁，饮马窟也掘得多了。以此表示乱世。

⑬ 邠州，见本卷《徒步归行》注①，邠州的土地较低平，从西南方看去，如入地下。

⑭ 潏，音“聿”（yù）。荡潏，水涌流貌。

⑮“猛虎”“苍崖”两句，有人说是实写，有人说是想象。看来还是想象说较为合理，意思是感到恐怖，似乎看到猛虎在前一样。

⑯ 当时已到深秋，菊花已非盛时，但仍为今秋所开，还是表现出了自然界的生气与活

力。同时，也是和下一句的“古车辙”相衬映。

⑰ 橡，是橡子，栎树的果实，与“栗”不同。这句诗是说“橡子”与“栗”杂生在一起。

⑱ 点漆，是一种黑色的野果。

⑲ 由山路的幽景联想到陶潜构想的桃源仙境，而自己却在乱世中飘荡，故更叹身世之不幸。

⑳ 坡陀，见第三卷《沙苑行》注⑬及《桥陵诗》注⑦。《汉书·郊祀志》：“秦文公梦黄蛇自天而下，止于鄜衍，作鄜畤，用三牲郊祀白帝。”鄜畤，是古代祭坛，这里用来指鄜州。

㉑ 这句诗是说，从水滨回头看山上，仆人还在山头的小路上走着，从低处看去，人似乎是在树梢头行走。

㉒ 往者，指天宝十五载（756 年）元月，哥舒翰与安禄山部下的崔乾祐在灵宝的一场战斗，官军大败，叛军很快进入潼关。

㉓ 秦，指关中一带，当时大约有一半陷于敌手。

㉔ 化为“异物”，即是失去生命。

㉕ 堕胡尘，指杜甫于至德元载（756 年）秋，被叛军俘送长安后的一段生活。

㉖ 耶，同“爷”。

㉗ 这四句诗是说孩子们的衣服上补缀了许多很不相称的零星旧材料。海图，指帷屏（帷幔，屏风）上的图案；旧绣，用旧的绣品；曲折，指波浪纹一类图案，如今都移补到衣服上了。天吴，是传说中的水神，紫凤，是仙鸟，都是帷屏上的图形。裋褐，一作“短褐”，见第四卷《自京赴奉先县咏怀五百字》注㉒。

㉘ 苞，一作“包”。解苞，即“解包”。

㉙ 衾，被；裯，床帐。

㉚ 这是说自然界的景象，也是比喻时局。

㉛ 以阴风之吹，兴起下一句诗中所说的“回纥”之来。

㉜ 曹慕樊在《杜诗杂说》中论“此辈少为贵”之“少”当读为“少长”之“少”（去声）甚详，可参看该书第111—114页。从诗句前后内容的贯穿及语言连缀的习惯等方面来看，“少”的确不是“多少”的“少”，而是“少长”的“少”。

㉝ 这两句诗是说肃宗对回纥期望颇深，打算依靠他们收复两京，但当时的舆论却有不同意见，只是慑于皇帝的威势，不敢公开表示。

㉞ 伊洛，伊水、洛水，俱流经洛阳，诗中以此代东都洛阳。

㉟ 青徐，即青州、徐州，指今山东中南部。

㊱ 恒碣，即恒山与碣石山，指今河北省中部和北部。

㊲ 昊天，泛指天空。积霜露，也就是下一句“正气有肃杀”的原因。

㊳ 狼狈初，指天宝十五载六月，玄宗等逃出长安的事。

㊴ 奸臣，指杨国忠。菹醢，音“租海”（zū hǎi），肉酱，这里是指一种酷刑。

㊵ 同恶，指虢国夫人等人。

㊶ 夏殷，指夏朝和商朝。褒妲，指褒姒和妲己。古代旧观点把夏、殷之衰亡归罪于女宠，褒姒是周幽王之女宠，妲己是商纣王之女宠。上一句说“夏商”，下一句说“周商”，这是古代的一种修辞方法，以此来概括表述复杂的内涵。《仇注》本把“褒妲”改为“妹妲”，因为“妹喜”是夏桀的女宠，以为这样改了才与上一句相符，论者多斥其妄。中自，是说皇帝自己。“中”指内廷。这两句诗是以夏、商、周三代的史实为例，亡国多由于女宠败坏朝政，女宠不除，国必灭亡；唐代皇帝能自除女宠，所以能够中兴。

㊷ 以“周汉”喻唐朝。

㊸ 以“（周）宣王”“（汉）光武”两位中兴之主喻唐肃宗。

㊹ 桓桓，武勇貌，指左龙武大将军陈玄礼。

㊺“仗钺”句，指马嵬坡事件。玄宗车驾自长安逃到马嵬坡时，护卫车驾的部队在陈玄礼等领导下向玄宗请愿，要求杀杨国忠及杨玉环等人。

㊻ 微，如《论语》“微管仲，吾其被发左衽矣”中的“微”，意思是无。人尽非，意思是人世的情况就完全不是这样，也就是说唐朝政权保不住了。

㊼ 大同殿，在长安南内兴庆宫勤政楼北。

㊽ 白兽闼，即白兽门，汉代的白虎殿，唐时改称白兽殿，白兽门即白兽殿门。诗中以这两处建筑的名称代替长安的宫殿。

㊾ 翠华，即翠羽旗，皇帝的象征。

㊿ 佳气，见第四卷《哀王孙》注⑫。金阙，指宫门。

51 这两句诗是说园陵（皇帝陵墓）本来就有神灵（祖先的神灵以及当地的山神地祇之类）呵护，祭扫的典礼不会断绝。这也就是意味着唐朝的统治会继续下去。

52 最后赞美唐太宗李世民，由于他所建立的国家基础巩固，因此唐朝政权能长期延续。全诗用这两句作结语，是对唐肃宗的勉励，也是表示自己对唐王朝统治者的忠诚与期望。

◎ 行次昭陵[①]（五排）

旧俗疲庸主，[②] 在庸主统治下，人民生活太困苦，
群雄问独夫。[③] 英雄们终于起来声讨那个“独夫”。
谶归龙凤质，[④] 预言说皇位将属于真命天子，
威定虎狼都。[⑤] 凭借他的神威，在地势险要的关中建立了国都。
天属尊尧典，[⑥] 遵从《尧典》，父亲禅位给太子，
神功协禹谟。[⑦] 伟大的功勋能跟大禹的政绩比侔。
风云随绝足，[⑧] 杰出的人物像骏马随着变幻的风云驰骋，
日月继高衢。[⑨] 日月相继，照耀着广阔的前途。
文物多师古，[⑩] 典章制度，大都效法古代的榜样，
朝廷半老儒。 朝廷上的大臣有半数是老儒。
直词宁戮辱， 直言劝谏哪里会遭到杀害凌辱，

贤路不崎岖。[11]　　贤才登仕的道路也并不崎岖。

往者灾犹降，　　往年的灾难还在继续降到人间，

苍生喘未苏。[12]　　黎民的生活还是十分痛苦。

指麾安率土，[13]　　在他的指挥下，全国得到了安宁，

荡涤抚洪炉。[14]　　治理国家，把污秽全荡涤扫除。

壮士悲陵邑，[15]　　来到他的陵园，志士们心中感到悲伤，

幽人拜鼎湖。[16]　　隐居不仕的人也到他的陵前拜谒。

玉衣晨自举，[17]　　传说他的玉衣，有一天早晨曾经自己站起，

石马汗常趋。[18]　　还传说，陵前的石马常常流着汗水奔驰。

松柏瞻虚殿，　　遥望松柏丛中空空的寝殿，

尘沙立暝途。　　我冒着尘沙，在苍茫暮色中停下脚步。

寂寥开国日，[19]　　那开国时的盛况再也不能看见了，

流恨满山隅。　　人们心里流出的怅恨，在这山角落里到处飘浮。

注释：

① 昭陵，是唐太宗李世民的陵墓，在礼泉县东北五十里的九嵕山，规模宏伟，周围达一百二十里。杜甫在战乱中经过昭陵，自然会对这位开国的英明君主流露出景仰思慕之情。对李世民的赞颂，实际也就是对李隆基、李亨等君主的谴责。诗中提到一些近于迷信的传说，那些是群众创造的故事，反映了人民的感情，不宜以完全鄙弃的态度来对待。旧注家都认为这诗是杜甫自凤翔回鄜州，途中经过昭陵时所写，但昭陵在麟游、邠县的西南面，并不顺路，可能只是从北面遥望昭陵。正因为如此，诗中只是书怀和赞颂，并没有具体描写陵园雄伟的景象。

② 旧俗，指过去的人民生活。庸主，《仇注》说是指六朝诸君。但也应包括隋朝的两代皇帝。也许人们觉得隋文帝杨坚还是比较好的，但在唐朝的人看来，既是被推翻了的朝代的君主，就不会承认他是圣君。

③ 群雄，指隋末大起义的首领们。独夫，指隋炀帝杨广。

④ 谶，音“趁”（chèn），古代的迷信预言。龙凤质，是迷信所说的符合做皇帝的标准

的躯体、容貌特征。译诗用了“真命天子”这一俗语来表达诗句含意。

⑤ 虎狼都，指关中地方。《仇注》引《苏秦传》：“秦，虎狼之国也。”又引述顾炎武《日知录》：“以虎狼为秦分野，盖据《天官书》，西宫参为白虎，东一星曰狼。”

⑥《仇注》：“《尧典》，《尚书》篇名。高祖谥神尧，禅位太宗，故曰尊《尧典》。”又据蔡梦弼注：“天属，父子也。”尧禅位于舜，这是让贤；唐高祖（李渊）禅位于太宗（李世民），是父让位给子，故曰“天属”。

⑦ 禹谟，即《大禹谟》，《尚书》篇名，内容主要记大禹的政治主张与谋划。

⑧ 曹丕《与孙权送马书》：“中国虽饶马，其知名绝足，亦时有之矣。”绝足，本指骏马，这里借代唐朝开国的英雄人物。风云，指变化不定的政治形势。

⑨《文选·登楼赋》李善注：“高衢谓大道也。”《仇注》引朱注：“李靖、房（玄龄）、杜（如晦）诸公，乘风云之会，依日月之光。”按这诗句中之“日月”，指唐高祖、唐太宗之相继为君。

⑩《仇注》：“师古，如制雅乐，定律令，议封建之类。”这也就是说“文物制度”模仿古代。

⑪《仇注》：“老儒，如用虞世南诸学士；直辞，如纳王珪、魏徵之谏；贤路，如召马周、刘子翼皆是。”

⑫《仇注》：“自隋末大水，饿殍满野，至贞观初年，连遭水旱，是往者之天灾犹降，而民困尚未苏也。”

⑬《诗·小雅·北山》：“率土之滨，莫非王臣。”率土，指全部国境。

⑭《九家注》：“谓陶成天下如洪炉。”也就是将“洪炉”作为政治教化的比喻。

⑮《仇注》：“壮士，指守陵者。”恐太狭隘。当泛指忧国忧民的志士。陵邑，园陵所在州县。

⑯ 古代传说黄帝铸鼎于荆山下，鼎成，有龙自天而降，黄帝即乘龙上天。后人名其地为鼎湖，并常借用鼎湖一词为皇帝逝世或埋葬的地方。

⑰ 玉衣，即金缕玉衣之类，是帝王殓葬时裹身的用具。这里所说的玉衣是指寝殿内陈列的玉衣，自己站立是指鬼神作祟。诗中引用此传说来表示已死的皇帝为国运忧心。

⑱ 石马，是据《文苑英华》订正，他本俱作“铁马”。昭陵有著名的八骏石雕，传说在潼关溃败时，曾有神军与叛军作战，陵园石马也流出汗水。诗中写了这个传说，与其说是写神灵佑国，不如说是反映了国事艰危，广大人民对此感到焦虑。

⑲ 开国日，指唐太宗贞观年间的盛世。

◎ 重经昭陵[①]（五排）

草昧英雄起，[②]	在莽荒的年代，英雄一个个崛起，
讴歌历数归。[③]	人们讴歌您这位应运而生的皇帝。
风尘三尺剑，	您在风尘中手持三尺长剑，
社稷一戎衣。	打江山靠您亲自穿一身戎衣。
翼亮贞文德，[④]	选择辅佐的人才，以文德为准则，
丕承戢武威。[⑤]	承担大业之后，收敛起您的武威。
圣图天广大，	您的图谋如天空一般广大，
宗祀日光辉。	永远享受后代的尊崇、祭祀。
陵寝盘空曲，[⑥]	您的陵寝坐落在空阔幽深的山谷，
熊罴守翠微。[⑦]	半山的烟霏里，像熊罴一样的猛士们在守卫。
再窥松柏路，	我又一次遥看那松柏掩映的墓道，
还有五云飞。[⑧]	五色祥云还在园陵上空飘飞。

注释：

① 这首诗是写了前一篇《行次昭陵》后，同年十一月，自鄜州回长安时作。所见昭陵景象，显然是自远处遥望。由于这时长安已收复，所以格调大不同于前诗，内容集中地歌颂李世民开国的功业，并对唐代的振兴表示出信心。

②《易·屯·彖传》：“天造草昧。”王辅嗣注：“造物之始，始于草昧，故曰草昧。”

《仇注》:“此言隋末之乱。”

③《论语·尧曰》:“尧曰:咨尔舜,天之历数在尔躬。”古代有君权天授的观念,认为帝王是天运所归的人。“应运而生”这个成语和这里所表达的意思较接近。

④《九家注》引赵云:“此言太宗偃武用文也。《魏志》高堂隆上书云:‘可使诸王君国典兵,镇抚皇畿,翼亮帝室。’”翼亮,意思就是辅佐。贞,正也。

⑤ 丕承,指承受天命,登皇帝位。戢,指收敛。

⑥《仇注》引《唐会要》:“昭陵因九嵕层峰,凿山南面深七十五丈为玄宫,傍岩架梁为栈道,悬绝百刃,绕回二百三十步,始达玄宫门,顶上亦起游殿。”杜甫当日所见之昭陵,这样雄伟的气象大致还存在,诗中的“盘空曲”指此。译诗只能据字面写出大意。

⑦ 熊罴,比喻守陵卫士。翠微,见第一卷《重题郑氏东亭》注②。

⑧《仇注》引张远注:“即‘五陵佳气无时无’之意。”参看第四卷《哀王孙》注⑫。

◎ 彭衙行[①] (五古)

忆昔避贼初,	回想当初逃避叛贼,
北走经艰险。	向北奔逃,经历了多少艰险。
夜深彭衙道,	深夜走在彭衙附近的路上,
月照白水山。	月光,正照射着白水山。
尽室久徒步,	全家人已徒步走了很久,
逢人多厚颜。[②]	那狼狈的样子,遇到人也不觉羞惭。
参差谷鸟吟,[③]	山谷里的飞鸟时先时后地鸣叫,
不见游子还。[④]	却看不到漂流在外的人重返家园。
痴女饥咬我,	我的傻女儿饿得要咬我,
啼畏虎狼闻。	又怕她的啼哭声被虎狼听见。

怀中掩其口，　　把她抱在怀里，掩住她的口，
反侧声愈嗔。　　她用力挣扎，声音更加愤怒。
小儿强解事，　　小儿子勉强装出懂事的模样，
故索苦李餐。　　故意要采苦李吃，说它可以当饭。
一旬半雷雨，　　十天里面，雷雨天气占一半，
泥泞相攀牵。　　在泥泞的路上，手牵手向前赶。
既无御雨备，[5]　　既没有雨靴雨伞，
径滑衣又寒。　　路滑难走，又是衣单、天寒。
有时经契阔，[6]　　有时经过的道路真是艰难，
竟日数里间。　　几里路竟走了一整天。
野果充糇粮，[7]　　采些野果当干粮，
卑枝成屋椽。　　在树下过夜，低垂的树枝就是屋椽。
早行石上水，[8]　　清早赶路，石板路上还有积水，
暮宿天边烟。　　晚上住宿，只见天边烟雾弥漫。
小留同家洼，[9]　　在同家洼曾经暂时停留，
欲出芦子关。[10]　　想从那里走出芦子关。
故人有孙宰，[11]　　有个老朋友叫作孙宰，
高义薄曾云。[12]　　他对朋友的情义高入云天。
延客已曛黑，[13]　　请我去他家时已经昏黑，
张灯启重门。　　为我打开一道道门户，点亮灯盏。
暖汤濯我足，　　烧锅热水让我们洗脚，
剪纸招我魂。[14]　　还给我们招魂，剪纸做个招魂幡。
从此出妻孥，　　后来又叫出妻儿老小，
相视涕阑干。　　两家人相见，个个泪流满面。
众雏烂熳睡，　　孩子们已经睡得酣熟，
唤起沾盘飧。　　把他们叫醒来吃点夜餐。

誓将与夫子，	孙宰说："我对您老先生发誓，
永结为弟昆。[⑮]	和您结拜兄弟，直到永远永远。"
遂空所坐堂，	接着就把平日起居的厅堂空出，
安居奉我欢。	让我们一家人安住，让我们感到喜悦、温暖。
谁肯艰难际，	谁肯在这样艰难的时刻，
豁达露心肝。	这样对人敞开胸怀，露出心肝？
别来岁月周，	和您分别已经满一年，
胡羯仍构患。	胡羯仍在制造忧患。
何当有翅翎，	什么时候我能长出一对翅膀，
飞去堕尔前。[⑯]	飞到您那儿去，落在您的面前。

注释：

① 杜甫于至德二载闰八月回鄜州探亲时，途中回想起一年前在白水时逃难的情景。这一次，他北行走过白水县东北六十里的彭衙故城（现在的地名叫彭衙堡），当年取道同家洼。在同家洼受到一位熟人孙宰的热情接待，全家人暂时安顿下来。在最困难的时刻得到这友谊的帮助，杜甫是永远不能忘却的。这首诗所写的就是在彭衙对当年逃难到同家洼时情景的回忆。诗题作《彭衙行》，意思是经过彭衙时写的一首诗。

② 仓皇奔逃，十分狼狈，如在平常，这样遇见熟人，会感到难为情；而当逃难之际，也就顾不了那么多，不觉其羞惭了。

③ 参差，不整齐。多指长短不齐，也可指时间先后不一。谷鸟，山谷中的野鸟。

④ 这句诗的意思，只看见人往外逃，看不见有人回家去。说明混乱延长，人人有家难回。

⑤ 御雨备，即今之雨具，雨鞋、雨伞等物。

⑥ 契阔，见第四卷《自京赴奉先县咏怀五百字》注⑤。

⑦ 糇，音"侯"（hóu），原写作"餱"。《诗·小雅·无羊》："或负其餱"，意思是干粮。

⑧ 因“一旬半雷雨”，路上积水。

⑨ 同家洼，即孙宰家所在地。参看注①。

⑩ 芦子关，在延州北，今靖边县附近。当时，杜甫打算出芦子关，绕道赴灵武。

⑪ 孙宰，旧注家有说孙宰是三川县令，姓孙。但多数人认为这是友人的姓名。

⑫ 曾云，同“层云”。

⑬ 曛黑，指黄昏时阴暗的天色。“曛”的本义是落日余光。

⑭ 蔡梦弼曰：“剪纸作旐，以招其魂。不必果有其事，只是多方安慰耳。”旐，就是“幡”。招生人受惊失落之魂，近世犹存此俗。蔡所说的“不必果有其事”，意思是不一定真有失魂可招之使归的事，而不是说孙宰不一定为杜甫家人招魂。杜甫所记，当是事实。

⑮ 这两句话，过去曾有误解，现已确定当为孙宰语。《杜臆》：“‘誓将与夫子，永结为弟昆’乃代述孙宰语，所谓露心肝于艰难之际者。必如此说，下面文气方顺。旧解俱云夫子指孙宰，误矣。”

⑯ 最后两句诗表达对孙宰的思念之情。

◎ 喜闻官军已临贼境二十韵[①]（五排）

胡虏潜京县，	胡人兵马已退缩到京都郊县，
官军拥贼壕。	官军正围攻叛贼的战壕。
鼎鱼犹假息，	像锅里的游鱼一样暂时还有口气，
穴蚁欲何逃。[②]	困在洞穴里的蚂蚁还想往哪里逃？
帐殿罗玄冕，[③]	皇帝的帐殿前站着穿礼服的大臣，
辕门照白袍。[④]	辕门外，阳光照射回纥兵的白袍。
秦山当警跸，[⑤]	终南山下应该已准备为御驾清道，

汉苑入旌旄。[6]	御苑里，皇帝的旌旗又将迎风飘。
路失羊肠险，	哪怕是羊肠小道，也不再令人感到艰险，
云横雉尾高。[7]	御驾经过高山，雉尾扇和山头浮云一样高。
五原空壁垒，[8]	长安城外的五原上，叛贼逃空，留下无人的堡垒，
八水散风涛。[9]	关中八条河流上已不再有风涛。
今日看天意，	今天看看老天爷的心意，
游魂贷尔曹。	暂时让叛贼活几天，性命长不了。
乞降那更得，	想投降时机已经错过，
尚诈莫徒劳。	更不用想欺骗，耍什么花招。
元帅归龙种，[10]	皇上的亲骨肉当了元帅，
司空握豹韬。[11]	决定战略的大权在司空手中握牢，
前军苏武节，[12]	前军是统率外族战士的持节使臣，
左将吕虔刀。[13]	左厢军的将领手持名贵的宝刀。
兵气回飞鸟，	高涨的士气，吓得飞鸟回飞避逃，
威声没巨鳌。	威武的呐喊，吓得巨鳌沉入波涛。
戈鋋开雪色，	长戈短矛在雪光中闪烁，
弓矢向秋毫。	弓箭射得中小如秋毫的目标。
天步艰方尽，	国运艰难的时期将要过去，
时和运更遭。	天时和顺，又遇上了好运道。
谁云遗毒螫，	谁说敌人遗留下毒刺，
已是沃腥臊。	已经洗清了一切腥臊。
睿想丹墀近，[14]	快回到长安的宫殿了，皇上的愿望将要达到，
神行羽卫牢。[15]	禁卫军飞速前进，把御驾保护好。
花门腾绝漠，[16]	回纥兵已越过辽阔的沙漠，
拓羯渡临洮。[17]	安西健儿已渡过临洮。
此辈感恩至，	他们是为报答皇上的厚恩而来，

羸俘何足操。	抓几个病弱的俘虏又何足道。
锋先衣染血，	冲锋在前的战士鲜血染红战袍，
骑突剑吹毛。[18]	突击骑兵的利剑能断毫毛。
喜觉都城动，	我带着喜悦，觉得都城已在震动，
悲怜子女号。[19]	那些被胡兵奴役的儿女们多可怜啊，他们还在哀号。
家家卖钗钏，	长安城里家家户户在变卖首饰，
只待献香醪。[20]	等待着官军来到献上香酒慰劳。

注释:

① 至德二载（757 年）八月，广平王李俶为天下兵马元帅，闰八月，打退叛军的一次进攻。九月，李俶及郭子仪统率的朔方军等及回纥、西域之众十五万人，进攻长安，大败安守忠，斩首六万。杜甫在羌村家中喜闻捷报，就写了这首诗。

② 丘迟《与陈伯之书》：“将军鱼游于沸鼎之中，燕巢于飞幕之上。”喻处境危殆。又《异苑》载晋桓谦见小人披铠持槊乘马缘几登灶的异事，蒋山道士令作沸汤浇所入处，掘之，见巨蚁成群死穴中。也是比喻叛军之必败。

③《旧唐书》载高祖武德四年制订车舆衣服法令，其中提到侍臣服有“玄冕”，为五品之服。又《周礼・春官・司服》：“祭群小祀则玄冕。”注：“玄者，衣无文，裳刺黻而已。”此为天子之服，但自上公以下，卿大夫亦皆得服之，实际上是礼服。在这里，“玄冕”是借代朝臣。

④ 白袍，有两种解释：一、《梁书・陈庆之传》载陈庆之所统之兵悉着白袍，所向披靡，以“白袍”喻常胜的军队；二、胡夏客曰：“《留花门》（见第七卷）诗云：‘百里见积雪’，知回纥兵皆衣白也。’”白袍，指回纥兵。译诗用胡说。

⑤ 秦山，指终南山等。参看第二卷《同诸公登慈恩寺塔》注⑪。《汉官仪》注：“皇帝辇左右侍帷幄者称警，出殿则传跸，止行人清道也。”

⑥ 汉苑，指长安诸御苑，辟于汉代，故称汉苑。旌旄，指皇帝仪仗队的旗帜。

⑦ 云横，指有云雾缠绕之山峦。雉尾，雉尾扇，皇帝的仪仗。

⑧ 五原，指长安及万年县附近的毕原、白鹿原、少陵原、高阳原、细柳原。壁垒，指

叛军守长安时所筑的堡垒。

⑨ 八水，指关中泾、渭、浐、灞、涝、滈、沣、潏等八条河流。散风涛，风平浪静，喻局势平定。

⑩ 元帅，指广平王李俶，是肃宗长子，故称“龙种”。

⑪ 司空，指郭子仪，当时任副元帅，在这以前已进位司空。“豹韬”为《太公六韬》之一，这里指决策、指挥之权。

⑫ 汉朝苏武，封典属国。这里以他来比喻李嗣业。据《唐书》，李嗣业统前军，阵于香积寺北，收长安。胡夏客曰：“嗣业所将，皆蕃夷四镇，故以苏武之典属国为比。”

⑬ 左将，指朔方左厢兵马使仆固怀恩。“吕虔刀”的典故出于《晋书·王祥传》所附的王览传，说吕虔有佩刀，工相之，以为必登三公可服此刀。这是说佩此刀者，将登高位。译诗未把这些意思表达出来。

⑭《仇注》：“睿想，指肃宗。”丹墀，《仇注》引《汉书·元后传》注：“尚书省中，以丹漆涂地，曰丹墀。”又引《西京赋》：“青琐丹墀。”在这诗中指天子的朝廷。

⑮ 神行，谓行进的迅速。羽卫，指护驾部队保卫圣驾。

⑯ 花门，指回纥。回纥西南千里有花门山堡，故唐代常称回纥为花门。

⑰《仇注》：“拓羯，指安西。”又引《唐·西域传》：“安西者，即康居小君长罽王故地，募勇健者为拓羯，犹中国言战士也。”

⑱《仇注》：“《晁错传》‘轻车突骑’”。师古曰：“言骁锐可用冲敌人也。”吹毛，指剑刃锋利。

⑲《左传·僖二十三年》：“子女玉帛，则君有之。”这里的子女，指少年男女，是敌人掳掠的对象。

⑳ 这两句诗是说长安人民已在准备迎接并慰劳收京官军。

◎ 收京三首[1]（五律）

仙仗离丹极，[2]	自从皇帝仪仗离开宝座，
妖星带玉除。[3]	妖星就照射到玉阶的前面。
须为下殿走，[4]	只得下殿到宫外去奔走，
不可好楼居。[5]	不能一直在高楼上流连。
暂屈汾阳驾，[6]	游历到汾阳，忘记了天下的太上皇只是暂时受些委屈，
聊飞燕将书。[7]	如今只要给叛将传封信，就能一举平定幽燕。
依然七庙略，[8]	又恢复了在太庙里决定策略的规矩，
更与万方初。[9]	再重新和全国百姓一起享受往日的幸福和平安。

注释：

① 杜甫写了前面的一首《喜闻官军已临贼境二十韵》后不久，又听到了官军收复京都长安的消息，至德二载十月，东都洛阳也收复了。肃宗于十月十九日回到长安，十一月初一下诏，表示将迎太上皇返京。作此诗前两首时（第三首作于回长安后，把三首诗编在一起恐为后来的事），杜甫仍在鄜州羌村家中，闻讯欣喜，然而又对皇室内部的矛盾（肃宗与玄宗、肃宗与李俶［后立为代宗，即李豫］之间的矛盾等）感到忧虑。诗中含有这样复杂的内容，而又不能明言，诗人只能借典故隐约、曲折地表达出自己的思想感情。

② 仙仗，皇帝的仪仗，实际上是借代皇帝。《仇注》引邵注："天子有太极殿，以丹掩泥，涂殿上地，故庭曰丹墀。"按"极"，可指君位，丹极，也就是大殿上的皇帝座位。

③ 这句话是象征叛军占据了京都长安。

④《资治通鉴》载梁武帝大通六年有民谚云："荧惑入南斗，天子下殿走。"梁武帝乃跣足下殿以禳之。因此诗中用"下殿走"一语来表达安史乱起，皇帝出京之事。

⑤《汉书·武帝纪》："公孙卿曰：'仙人好楼居'。"朱鹤龄据此对诗句解释说："玄宗晚节怠荒，沉居九重，政由妃子，以致播迁之祸。公（指杜甫）不忍显言，而寓意

于仙人之楼居，因贵妃尝为女道士，故举此况之。”楼居，在这里实际上是唐玄宗奢侈荒淫生活的借代之语。

⑥《庄子·逍遥游》：“尧治天下之民，平海内之政，往见四子藐姑射之山、汾水之阳，窅然丧其天下焉。”原来是说帝尧醉心学道，到藐姑射之山与汾水之阳访求神人，心飘世外，忘记了他所治理的天下。这里用来比喻唐玄宗之奔蜀。“暂屈”玄宗的“驾”，是说奔蜀是暂时的，终究要回到京都来。这也是从另一个侧面来表达出对收京的喜悦。

⑦ 据《史记》，战国时，燕将攻下齐国聊城，据守，齐田单围攻岁余，不克。鲁仲连写信以箭射入城内，分析燕将的处境，燕将见而自杀。《仇注》引朱注：“自香积寺北之捷，王师振威，贼徒胆落，严庄来降，思明纳款，河北事势，折简可定。故用鲁仲连射书事。”这句诗是说叛军最后的根据地蓟燕一带也即将平定。

⑧ 七庙，《仇注》引《王制》：“天子三昭三穆，与太祖之庙而七。”指皇族之祖庙。七庙略，即庙略，又称庙算。《晋书·羊祜传》：“外扬王化，内经庙略。”《孙子》：“夫未战而庙算胜者，得算多也。”张预注：“古者兴师命将，必致斋于庙，授以成算，然后遣之，故谓之庙算。”庙略、庙算，原指战略，后也可泛指一切国策、谋略。

⑨ 万方，指天子统治下的全部国土。初，指往日的承平之世。

◎ 其二（五律）

生意甘衰白，	我这一生还能想望什么，只能听任发白、衰老，
天涯更寂寥。	在远离故乡的天涯更感到寂寥。
忽闻哀痛诏，①	忽然听到了哀痛的诏书，
又下圣明朝。	又一次发自圣明的王朝。
羽翼怀商老，②	不禁想起辅佐太子的商山四皓，
文思忆帝尧。③	和那禅位的太上皇，他就像文思聪明的唐尧。

叨逢罪己日，[④]	有幸遇到皇上下诏罪己的日子，
洒涕望青霄。[⑤]	洒下眼泪，抬起头望着青霄。

注释：

① 哀痛诏，指唐肃宗回长安后十一月初一的诏书。见上一首诗的注①。前后有两个罪己的诏书，故说“又下”。《仇注》认为两次罪己诏是指这一次和肃宗于至德元载七月十三日在灵武即位时下的诏书。也有人认为是至德二载十二月，肃宗御丹凤门下的大赦诏书。但这诗应为杜甫在鄜州时所作，十二月诏下时，杜甫已回长安，因此，仇说似较可信。

② 商老，指“商山四皓”，即秦末隐于商山的东园公、角里先生、绮里季与夏黄公，年皆八十余。西汉初，高祖刘邦招之不至，吕后用张良策，令太子卑词安车，与四人游，致使高祖认为太子羽翼已成，不复想废太子立赵王如意。朱鹤龄曰：“羽翼，指广平王而言。肃宗前以（张）良娣、（李）辅国之谮，赐建宁王死。至是广平王初立大功，又为良娣所忌，潜构流言。虽李泌力为调护，而时已还山。公（指杜甫）恐复有建宁之祸，故不能无思于商老也。”张良娣，肃宗妃，后立为皇后；李辅国，与张良娣结为一党左右朝政的宦官。建宁王李倓，是广平王李俶（后改名李豫）之弟，肃宗本拟以李倓为天下兵马元帅，肃宗所信赖的山人李泌劝肃宗以此重任交给应继帝位的长子李俶，后张良娣与李辅国合谋向肃宗进谗言，赐李倓死。李俶畏两人将害己，与李泌谋除张良娣及李辅国，但李泌不敢，并于长安收复后不久要求归山。杜甫所思的羽翼太子的“商老”，正是指李泌。

③ 帝尧，喻唐玄宗。《书序》：“昔在帝尧，聪明文思，光宅天下，将逊于位，让于虞舜。”故译诗中以“文思聪明”来形容帝尧。肃宗与玄宗之间的矛盾也很大，相互猜忌，既暴露于天宝十五载逃出长安之时，更加尖锐化于收复长安、回銮之后。杜甫对肃宗的处境很担心，故有“忆帝尧”之语。朱鹤龄对此亦有论列：“肃宗之失，不在灵武即位之举，而在还京以后，失去定省，使良娣、辅国得媒孽其间，以致劫迁西内，子道不终。是年十二月，上皇（玄宗）还居兴庆宫，父子之间，猜疑未见（指尚未劫迁西内），而公于此若深有见于其微者，曰‘忆帝尧’，欲其笃于晨昏之恋也。”

④ 罪己日，指肃宗下诏的十一月初一那天。

⑤ 这句诗表达了杜甫对朝廷政策的关切，希望肃宗能处理好对父（肃宗）、对子（广平王）的关系。

◎ 其三（五律）

汗马收宫阙，[①]	经受汗马之劳的官兵收复了宫阙，
春城铲贼壕。	春意盎然的长安城里，铲平了叛贼挖掘的战壕。
赏应歌杕杜，[②]	战士们该唱着《杕杜》歌接受赏赐，
归及荐樱桃。[③]	皇上还京，能赶上向太庙敬献樱桃。
杂虏横戈数，[④]	横握戈矛的各族健儿人数真不少，
功臣甲第高。[⑤]	赐给功臣的上等宅第又大又高。
万方频送喜，	四面八方不断送来贺喜的奏表，
无乃圣躬劳。[⑥]	可不是皇上太过烦劳。

注释：

①《仇注》引《晋世家》："矢石之难，汗马之劳。"现在仍有"汗马功劳"的俗语。汗马，指战斗的辛劳。宫阙，这里借代京都。

②《诗序》："《杕杜》，劳还役也。"杕，音"第"（dì）。《杕杜》是《诗·小雅》的篇名。

③《礼记·月令》："仲夏之月，天子乃羞以含桃，先荐寝庙。"含桃，即樱桃。诗中以"荐樱桃"来概括各个节令对太庙陵寝的祭祀。

④ 杂虏，指参加收复长安的回纥及其他民族军队。

⑤ 甲第，见第三卷《醉时歌》注④。

⑥《仇注》："但恐回纥恃功邀赏，诸将僭奢无度，故又为之虑曰：今京师收复，此万方送喜之时，无乃圣躬焦劳之渐乎。"

◎ 送郑十八虔贬台州司户伤其临老陷贼之故阙为面别情见于诗[①]（七律）

郑公樗散鬓成丝，[②]	像樗树一样被弃置的郑公，鬓发已白得像蚕丝，
酒后常称老画师。	记得你在酒后，总是自称老画师。
万里伤心严谴日，	当你受到严厉谴责，被贬谪到万里外的伤心日子，
百年垂死中兴时。	你的一生已将结束，可国家正是中兴盛世。
苍惶已就长途往，	你匆匆上路，已开始了长途旅行，
邂逅无端出饯迟。[③]	我没机会和你见面，出来为你饯别已经太迟。
便与先生应永诀，	看来将从此和你永别，
九重泉路尽交期。[④]	只能在九泉之下继续我们的友谊。

注释:

①《新唐书·郑虔传》:“贼平，（虔）与张通、王维并囚宣阳里。三人者，皆善画，崔圆使绘斋壁，虔等方悸死，即极思祈解于圆，卒免死，贬台州司户参军，维止下迁。后数年卒。”郑虔贬台州，在至德二载十二月，这诗当作于是时。杜甫与郑虔友谊甚深，看第三卷《醉时歌》，第五卷《郑驸马池台喜遇郑广文同饮》等诗可知。由于郑虔遭谴，不能设宴饯行，甚至也没有亲自去送一送，只能写了这样一首情意深挚的诗赠给他。

②《庄子·逍遥游》:“吾有大树，人谓之樗，其大本拥肿而不中绳墨，其小枝卷曲而不中规矩。”《庄子·人间世》:“见栎社树，其大蔽数千牛，……散木也，……无所可用。”“樗散”是比喻“无用”，实际上是没有机会被使用。

③ 邂逅，《诗·郑风·野有蔓草》:“邂逅相遇”，意思是不期而会，有时也指一般会面。

④ 九重泉，即九泉，古代说人死归九泉，亦即地下。

◎ 腊日[1]（七律）

腊日常年暖尚遥，　　通常每年的腊祭日离天气回暖还遥遥，
今年腊日冻全消。　　今年的腊祭日，冰冻已全部解消。
侵陵雪色还萱草，　　积雪渐渐融化，地面露出了萱草，
漏泄春光有柳条。　　透露春天信息的还有发青的柳条。
纵酒欲谋良夜醉，　　尽情饮酒吧，预备醉饮一通宵，
还家初散紫宸朝。[2]　　刚从紫宸殿散朝回家，情绪正高。
口脂面药随恩泽，[3]　　皇上赐的口脂面药也有我一份，
翠管银罂下九霄。[4]　　这些盛在翠管银瓶里的来自九霄。

注释：

①《仇注》引赵大纲《测旨》："唐以大寒后辰日为腊。"由此可知，"腊日"是大寒节气后的第一个辰日。《说文》段注："腊本祭名，因呼腊月、腊日耳。"腊祭是岁终祭神灵、祖先之日。这首诗是杜甫于至德二载十二月回到长安后，于腊日在紫宸殿朝拜皇帝并接受御赐的冬季用品，喜而有作。诗中表达了感激皇恩和欢快的心情。愤懑忧虑的杜甫暂时又被表面升平气象所迷醉，一切都变得美好可喜了。这一类诗在杜甫的全部诗中显然不是主调。

② 紫宸，殿名，在宣政殿北，是内朝的正殿。

③ 口脂、面药，即今日之润肤、护肤的化妆品，是皇帝按惯例于腊日赐给群臣的。

④ 翠管、银罂是口脂、面药的容器。九霄，指皇宫。

◎ 奉和贾至舍人早朝大明宫[1]（七律）

五夜漏声催晓箭，[2]　　五更的滴漏声催促送出报晓金箭，

九重春色醉仙桃。③	像酒醉般红艳的桃花使九重深宫的春意更浓。
旌旗日暖龙蛇动，	绣着龙蛇的旌旗在温暖的阳光下飘荡，
宫殿风微燕雀高。	宫殿里春风轻柔，燕雀高高翔舞在空中。
朝罢香烟携满袖，④	退朝回家时，香气还充满衣袖，
诗成珠玉在挥毫。⑤	诗写成了，个个字像珠玉在您的笔锋转动。
欲知世掌丝纶美，⑥	看得出您家两代都擅长制作典诰，
池上于今有凤毛。⑦	如今的中书省里，真像有凤凰落在凤凰池中。

注释：

① 这诗作于乾元元年（758 年）春。在大明宫的一次早朝后，中书舍人贾至写了《早朝大明宫呈两省僚友》一诗，当时在门下省、中书省任职的王维、岑参、杜甫等都作诗唱和。这首诗写出上朝的情景，并对贾至的文才加以赞美。这诗也和前面一首诗相同，都属宫廷诗范围，作者正陶醉在宫廷臣僚的生活中，暂时抛开了忧虑。

② 五夜，古代习惯把夜晚划分为五部分，称为“五夜”，名为甲夜、乙夜、丙夜、丁夜、戊夜，与“五更”的划分相似。漏声，指古代计时器铜壶滴漏的漏水声。

③ 九重，喻皇宫的深邃，借代皇宫。仙桃，指宫中桃花。

④ 香烟，指殿上御炉所焚的香。贾至的诗中有“衣冠身惹御炉香”之句。

⑤ 曹植《与杨修书》：“人人自谓握灵蛇之珠，抱荆山之玉。”梁简文帝《答新渝侯书》：“风云吐于行间，珠玉生于字里。”珠玉，常用来比喻文辞，赞文辞之精美。

⑥《礼记·缁衣》：“王言如丝，其出如纶。”后称诏敕为丝纶。掌丝纶，指掌管起草诏令诰命之职。贾至的父亲贾曾，于睿宗景云年间（710—711 年）及玄宗开元中两次拜中书舍人。

⑦ 唐代习惯称中书省为凤凰池。凤毛，喻文才之美，多用于赞美子能继父的文才。《仇注》：“晋王劭，风姿似其父导，桓温曰：‘大奴固自有凤毛。’”贾至诗中也有“共沐恩波凤池里”之句。译诗中把“凤毛”改写作“凤凰”，为了便于理解。

第六卷

◎ 宣政殿退朝晚出左掖[①]（七律）

天门日射黄金榜，[②]　　阳光照射着宫门的黄金匾，
春殿晴曛赤羽旗。[③]　　晴朗的春天，殿前的赤羽旗被晒得暖洋洋。
宫草霏霏承委珮，[④]　　腰悬的玉珮，垂到宫里茂密的芳草地上，
炉烟细细驻游丝。[⑤]　　香炉里升起的袅袅烟气，停在半空中如游丝一样。
云近蓬莱常五色，[⑥]　　蓬莱殿近旁的浮云常显出五彩，
雪残鳷鹊亦多时。[⑦]　　鳷鹊观顶的积雪开始融化已不少时光。
侍臣缓步归青琐，[⑧]　　皇帝的侍臣们缓缓向青琐门走去，
退食从容出每迟。[⑨]　　我常这么晚下班出宫，不慌不忙。

注释：

① 宣政殿，大明宫的正殿，在含元殿后。《仇注》引《唐六典》："在宣政门内。殿东有东上阁门，殿西有西上阁门。东上阁门，门下省在焉；西上阁门，中书省在焉。"杜甫当时任左拾遗，属门下省，故退朝时从左掖门出。掖门，即正门两边的侧门，据《汉书注》，"掖门在两旁，如人之臂掖"。这首诗写杜甫任左拾遗时的朝臣生活，描述了宫廷中的气象与自己的心境。从这首诗开始的五首反映任职左省情况的诗均作于乾元元年（758 年）春。

② 天门，指宫门。黄金榜，即宫门上所悬挂的金色匾额之类。

③《仇注》引《孔子家语》："子路曰：'由愿得白羽若月，赤羽若日'。"又引陆机诗："羽旗栖琼銮。""旧注：旗画赤羽鸟，所谓朱雀也。"译诗中仍用"赤羽旗"这一名称。

④ 朝臣腰上悬有玉佩，身体稍向前倾，玉佩就垂到地面。这句诗是写宫院中朝臣在草地上站立、行走的情景。

⑤ 游丝，春天空中飘浮的一种丝状物，可能是虫类吐出者，古诗中常提到。这里比喻炉烟。

⑥ 蓬莱，指蓬莱宫，也就是贞观年间建造的永安宫，高宗龙朔三年改名为蓬莱宫，旋又改名大明宫。据《雍录》：蓬莱宫因宫后蓬莱池为名，由南向北依次为含元殿、宣

政殿、紫宸殿，最后有蓬莱殿。五色，即五云、佳气，见第四卷《哀王孙》注⑫。

⑦ 鳷鹊，汉代观名，在甘泉宫外。诗中以“雪残鳷鹊”，表明已是温暖的春天。

⑧ 青琐门，指通到左省（即门下省）的门。参看第三卷《赠献纳使起居田舍人澄》注⑤。

⑨《诗·召南·羔羊》：“退食自公。”朱传：“退朝而食于家也。”“退食”的意思与今日之“下班”相近。出每迟，指公务繁忙而迟归。这句诗写出了两省近侍官员专心公务和从容不迫的神情。

◎ 紫宸殿退朝口号[①]（七律）

户外昭容垂紫袖，[②]	阁门外，两位昭容紫袖长垂，
双瞻御座引朝仪。[③]	双双注视着御座，引导朝臣们依次上殿。
香飘合殿春风转，	炉香飘浮，随着春风把金殿转遍，
花覆千官淑影移。[④]	群臣站在花丛下，太阳的阴影渐渐移向一边。
昼漏稀闻高阁报，[⑤]	白昼，滴漏声难得听见，高阁上有人在报时，
天颜有喜近臣知。	喜色浮上皇帝的脸，近侍的朝臣都已看见。
宫中每出归东省，[⑥]	每次从宫中出来回到门下省，
会送夔龙集凤池。[⑦]	正好把中书省的官员们一起送到他们省署门前。

注释：

① 这首诗写一次紫宸殿上朝的情景，是在退朝时即兴口吟而成的，故名“口号”。紫宸殿在宣政殿之后，是内衙殿，或称内朝正殿。据杨慎和钱谦益的解说，天子平常在宣政殿（即前殿）接见群臣，这种朝见叫“常参”。前一首诗所写的就是“常参”的情况。每逢朔望（初一、十五）天子不在前殿登殿，而在内殿紫宸殿登殿。从正殿上把仪仗唤入，在前殿候朝的群臣便随仗入内殿。从前殿到后殿经过阁门（也写作

“阁门”）而入，故入内殿朝见谓之“入阁”（“入阁”）。这首诗写出了“入阁”朝见的特点；在反映时间的消逝与近臣窥探皇帝喜怒的态度上，描写颇细腻生动。

② 户外，即“阁（阁）门”外。昭容，宫内的女官，正二品。

③ 朝仪，指上朝的仪式、礼节、行次等。

④ 这一句诗写出了三个方面：殿外花枝高过人头；千官站立花下；上朝时间已相当长久，人影花影渐向东侧移去。

⑤ 吴见思云：“禁庭深邃，故昼漏罕闻，待高阁之报。”稀，旧作“声”，《千家注杜诗》订为“稀”。

⑥ 东省，即门下省。杜甫任左拾遗，属门下省。

⑦ 凤池，“凤凰池”之简称，唐代官场习惯以“凤凰池”借代中书省。“夔”“龙”是帝舜的两位大臣名，借代中书省的官员。自内殿经阁门到前殿，先走过西掖门到中书省，而后再到东掖门，至门下省。

◎ 春宿左省[①]（五律）

花隐掖垣暮，[②]	暮色把宫墙下的花丛隐没了，
啾啾栖鸟过。	回巢的鸟群啾啾叫着飞过。
星临万户动，[③]	星辰照临千门万户，它们悄悄在移动，
月傍九霄多。[④]	靠近皇帝的地方，连月光也比别处多。
不寝听金钥，[⑤]	我睡不着，听见有人打开金锁，
因风想玉珂。[⑥]	耳边传来风铃声，使我想起骑马时响动的玉珂。
明朝有封事，[⑦]	明天上朝，要呈上一封机密奏书，
数问夜如何。	夜里屡次起来询问现在什么时候。

注释:

① 这首诗写春夜在门下省值夜的情景。一个低级官员，夜晚住在宫内的省署中，听到各种声音，不能入睡；又想起明晨上朝有事上奏，更加兴奋，辗转反侧，怕错过时间。作者作为一个低级朝臣，显得拘谨，小心翼翼；但他同时又是一个伟大诗人，因此才能把这种宫中值宿的生活观察得十分细致，对自己的心态也作了准确的刻画。

② 掖垣，指宫门两边的围墙。译诗中写作“宫墙”。

③ 宫中建筑物多，故门户多。杜甫诗中常以“千门”“万户”等词语来表示宫中房屋。仰见星辰之移动，可见注视天空的长久。

④ 九霄，喻皇帝住处。

⑤ 金钥，一作“金锁”。天已将明，故有开启宫门金锁的声音。

⑥“风”由听觉而知，可能是听到了悬在屋角上的铁马、风铃一类东西的声音而觉有风，因此又联想到马头上的饰物“玉珂”的声音，联想起明晨官员乘马上朝的事。《仇注》引蔡梦弼曰：“《本草》：‘珂，贝类，可为马饰’。”

⑦《仇注》引《汉官仪》：“密奏，皂囊封版，故曰封事。”又引《唐书》：“补阙、拾遗掌供奉讽谏，大事廷诤，小则上封事。”

◎ 晚出左掖[①]（五律）

昼刻传呼浅，[②]	白昼时光在报时声中渐渐消逝，
春旗簇仗齐。[③]	春风里旌旗飘拂，仪仗队排得整整齐齐。
退朝花底散，	退朝的官员们在花荫下纷纷散去，
归院柳边迷。[④]	回院时在柳树边渐渐失去踪迹。
楼雪融城湿，[⑤]	高楼上积雪融化，城头被沾湿，
宫云去殿低。[⑥]	宫殿顶上的浮云，似乎飞得很低。

避人焚谏草，[7] 我避开人，把谏稿悄悄烧毁，
骑马欲鸡栖。 上马回去时，群鸡正要进巢栖息。

注释:

① 左掖，即左省。门下省在左侧宫墙内，故称左掖。因为公务忙，出左省时已傍晚。这诗写从散朝到出左省一段时间里的景色及晚出原因。诗中反映了宫廷官员的生活，从中可以看出诗人当时是安于这种生活的，但也透露出了某种疑虑。

② 古代时计（滴漏）的浮标上刻有时间标度，时间愈晚，水面愈浅。故诗中以“浅”表示时间已晚。传呼，指报时人的报时呼声。

③ 上朝时，有旌旗仪仗；退朝时，旗仗也要列队。“春”字表示季节，古代汉语中可灵活运用，与各种事物联在一起，而在现代汉语中，则限制较多，因此译诗中，以“春风”来表达出春天的气氛。

④ 归院，就是“归省”，省署，或称省院。迷，是说人影在昏暗中渐渐消失。《仇注》：“各归院舍，至柳边而遮迷。”

⑤《仇注》：“楼在城上，故雪融而湿。”

⑥《仇注》：“殿高逼云，故云殿若低。”

⑦ 这句诗是说谏草不愿人知，故避人焚去。鸡上巢时才骑马回去，这句诗点明了诗题中所说的“晚出”。

◎ 题省中壁[1]（七律）

掖垣竹埤梧十寻，[2] 省院有竹篱，还有棵八丈高的梧桐，
洞门对雪常阴阴。[3] 阴森森的重门像对着积雪，使人感到寒意。
落花游丝白日静， 白昼也这么安静，只看见落花和游丝，

鸣鸠乳燕青春深。	春深了，燕子在哺乳，斑鸠在啼。
腐儒衰晚谬通籍，④	我这个无用的儒生，在衰老之年侥幸做了个朝臣，
退食迟回违寸心。⑤	下班时有些犹疑，觉得这样还是违反自己心意。
衮职曾无一字补，⑥	皇上的缺失，我连一个字也没有指出，
许身愧比双南金。⑦	我不是南金一样的美才，空说许身报国觉得羞耻。

注释：

① 这是杜甫在门下省壁上题的诗。在这里任职已数月，时间过去了不少，自己却没有作出成绩，感到懊恼，因而在诗中表达了羞愧的心情。

② 埤，音“辟”（pì），竹埤，旧注有几种解释：陈敬廷认为，“埤”与“卑”同，这句诗是说“竹卑（低）梧高”，但说“埤”与“卑”同，无据；张綖认为，“竹埤”是在掖垣上以竹编为储胥（篱笆），样子像城上之“埤”（女墙）；朱鹤龄则据王褒诗《山家》“围竹茂成埤”来解释，都不能解说清楚。曹慕樊在《杜诗杂说》中说：“杜诗此句‘掖垣’一词，其实是和说‘掖省’是一样的。这个省，就是指‘西省’，‘西省’又可称‘西掖’，杜《送贾阁老出汝州》云：‘西掖梧桐树’可证。……省中有竹插短墙，叫做竹埤，这棵大梧桐就在竹篱的旁边，故曰掖垣竹埤梧十寻。”（见该书175—176页）曹说是比较合理的。但这首诗是在“左省”（门下省）中写的题壁诗，“掖垣”应指“东掖”。曹所举《送贾阁老出汝州》中的“西掖”，是指贾至任职的中书省。西掖有梧桐树，东掖也可能有。

③《仇注》据《杜诗正异》订“对雪”为“对雷”，并引杜定功语“对雷作对雪，此传写之误”。现仍作“对雪”。春深季节，不当有雪，但如作比喻看，还是说得通。《汉书·董贤传》：“重殿洞门”，注：“洞门，谓门门相当。”则“洞门”是重门，因此使人感到门户深邃阴森。

④《仇注》引孟康曰：“通籍，谓禁门之中，皆有名籍，不禁出入。”参看第三卷《奉赠太常张卿垍二十韵》注⑮。意译为“做了个朝臣”。通籍，正是指任朝臣，可进入宫廷。杜甫拜左拾遗时，年四十六岁，在古代，已可称“衰晚”。

⑤ 退食，见本卷《宣政殿退朝晚出左掖》注⑨。迟回，即迟疑、犹疑，这里是指内心不能心安理得，对自己任左拾遗缺少信心。

⑥《诗·大雅·烝民》:“衮职有缺,维仲山甫补之。”笺:“衮职者,不敢斥王之言也。”疏:“衮职,实王职也。不言王,而言衮,不敢指斥而言,犹律谓天子为乘舆也。”诗中的“衮职”指皇帝。补,指讽谏。

⑦ 张载《拟四愁诗》:“美人赠我绿绮琴,何以报之双南金。”《诗·鲁颂·泮水》:“大赂南金”。疏:“荆扬二州,于诸州最处南偏,又此二州出金,今云南金,故知荆扬也。”按后世常以“南金”比喻美才。

◎ 送贾阁老出汝州[①](五律)

西掖梧桐树,[②]	中书省院里的梧桐树,
空留一院阴。	空留下一院子的树荫。
艰难归故里,[③]	您处境艰难,将回故乡去,
去住损春心。[④]	我们和您一样,都对着这春光感到伤心。
宫殿青门隔,[⑤]	长安城的青门和宫殿从此和您隔绝,
云山紫逻深。[⑥]	只能看见紫逻山重重云山幽深。
人生五马贵,[⑦]	人世间,刺史已足够尊贵,
莫受二毛侵。[⑧]	千万不要烦忧,别让花白头发上了双鬓。

注释:

① 贾至当时任中书舍人,按唐时习惯,中书舍人有较深资历的可称“阁老”。据《唐书·肃宗本纪》,乾元二年(759 年)三月,围攻相州的九节度使兵溃,刺史贾至奔于襄、邓。可印证贾至于乾元元年春末出任汝州刺史的事。唐朝的汝州,即临汝郡,属河南道,在今河南省临汝县附近。这是杜甫为贾至写的送别诗。

② 西掖,又称西省,即中书省。人去了,空留下树荫,以此表示对贾至的友谊至深,别后将睹物思人。

③ 贾至是洛阳人，离汝州不远。贾去汝州，故可说“归故里”。贾至之出守汝州，与房琯被斥有关，因此，这里的“艰难”，主要是指贾至当时处境的艰难。

④ 去住，去者，贾至；住者，杜甫及两院友人。

⑤ 青门为长安之东门。这句诗是说贾至离开了长安城及皇宫。

⑥ 紫逻，山名，在汝州。《九域志》：“汝州梁县有紫逻山。”

⑦ 五马，太守（刺史）的美称。《汉官仪》：“太守四马，行部加一马，故称五马。”

⑧ 二毛，见第二卷《曲江三章章五句》第一首注②。

◎ 送翰林张司马南海勒碑[①]（五律）

冠冕通南极，[②]	中原的礼乐文化一直传到遥远的南方，
文章落上台。[③]	宰相制作的碑文像星辰一般从天上下降。
诏从三殿去，[④]	皇帝在麟德殿下了诏书，
碑到百蛮开。[⑤]	要立座石碑在蛮族聚居之乡。
野馆浓花发，	旅途的驿馆前该有繁花开放，
春帆细雨来。	细细的春雨将浇洒到您的船帆上。
不知沧海使，	不知道您这位远渡沧海的使臣，
天遣几时回。	老天爷让您什么时候返航？

注释：

① 这是为一位奉皇帝诏令到广州南海郡去镌刻碑文的张司马写的送行诗。唐玄宗设置了翰林院，招延善写诗文的人以及各种技艺能手待诏于此。如李白就曾待诏于翰林院。这位去南海勒碑的张司马可能是待诏于翰林的镌刻家，也可能是奉命去办理刻碑事务的使职官员。翰林院无司马之职，称张司马，或是因他曾任这种官职。至于所刻是何

碑文，所为何事，俱无可稽考。

②《风俗通》:“黄帝始制冠冕，垂衣裳。”后代“冠冕”遂有文物制度，也就是今日所谓文化、风俗习惯等含意。“冠冕”也可代表官员和绅士。但在这里以前一种解释较适合。“勒碑”一事，主要是传播文化。

③ 原注：“相国制文。”这碑文是由当时的宰相所作。上台，是三台六星中最上面的两颗星。依我国古代的说法，“三台”与人间的三公之位相应。宰相，三公之一。

④ 三殿，《仇注》引《两京新记》:“大明宫有麟德殿，在仙居殿西北。此殿三面，故以三殿为名。”

⑤ 古代称南方为“百蛮”，因南方为少数民族聚居处。

◎ 曲江陪郑八丈南史饮[①]（七律）

雀啄江头黄柳花，[②]	山雀在江边啄食黄柳开的小花，
䴔䴖鸂鶒满晴沙。[③]	交鸡、紫鸳鸯站满阳光下的平沙。
自知白发非春事，	我也知道头发白了，不该再贪图游春的欢乐，
且尽芳樽恋物华。	且把杯中的香酒喝尽，流连赏玩这自然景色的繁华。
近侍即今难浪迹，	如今我在皇帝身边做官，不能随意到处游逛，
此身哪得更无家？	可是一个人又怎能没有自己的家？
丈人才力犹强健，	您的才能体力都还很健旺，
岂傍青门学种瓜。[④]	哪里能学邵平那样去青门外种瓜。

注释：

① 郑八丈南史，不知何许人。南史，无此官职，唯《左传·襄二十五年》有“南史氏”一语：“太史书曰：‘崔杼弑其君’。崔子杀之。其弟嗣而死者二人；其弟又书，乃舍

之。南史氏闻太史尽死，执简以往；闻既书矣，乃还。”“南史”或为太史一类官职之别称。郑氏有归隐意，杜甫陪他在曲江风景区游览、饮酒，又写了这首抒怀并劝慰郑八丈的诗。

② 黄柳花，《仇注》引顾注：“柳始生嫩蕊，其色黄，故曰黄柳。未叶而先花，故雀啄之。”这句诗和下一句诗，俱写春日景物。

③ 鵁鶄，音“交京”（jiāo jīng），一种水鸟，俗称“茭鸡”或“交鸡”。鸂鶒，音“奚赤”（xī chì），形似鸳鸯，毛色稍紫，俗称“紫鸳鸯”。

④ 秦东陵侯邵平于秦亡后隐居长安青门（东门）外，种瓜为生，世称“邵侯瓜”或“青门瓜”。这句诗是劝勉郑八丈不必归隐山林。

◎ 曲江二首[①]（七律）

一片花飞减却春，	一片花瓣飞落也能使春色消减，
风飘万点正愁人。	风中飘舞着无数落花真叫人愁煞。
且看欲尽花经眼，	去多看一会儿那些即将落尽的花，
莫厌伤多酒入唇。	别因为心中的哀愁多才把酒咂。
江上小堂巢翡翠，	在江边那小厅里翡翠鸟造起了窝，
苑边高冢卧麒麟。[②]	芙蓉苑边一座高坟前的石麒麟已经倒下。
细推物理须行乐，	细细考察世事变化，真该及时行乐，
何用浮名绊此身。[③]	何必让浮名把自己牵挂。

注释：

① 杜甫于至德二载十二月回到长安以后，在朝廷里任左拾遗，上朝、值宿的生活在他的一些诗里反映了出来；另一方面，他在闲暇时也常到曲江等风景胜地游宴，欣赏自然风景，陶醉于香醪之中。但这时他的心情依然是沉重的。房琯已失去肃宗的信任，又

受到一些人的排挤，处境极为困难。贾至、杜甫等被认为是房琯一党的人，贾至已出外任，杜甫的地位也很危险。这就是他在这一个时期情绪消沉的根本原因。游曲江诸诗表达出了好景不长、应及时行乐的思想，这正是对政局不满的曲折反映。这些诗的情调不免灰暗，但毕竟还是生动地刻画出了人的精神状态和精致的自然美，有较高的审美价值。

②小堂里造起了翡翠鸟的巢；高冢前石麒麟卧倒地面，显示出战乱后的荒凉景象。苑边，指芙蓉苑边，在曲江西南。

③《杜臆》："浮名非名誉之名，乃名器之名，故用'绊'字有味。如官名拾遗，必能补衮职之阙才称，否则浮名耳，何用将此官绊其身乎？不如弃官而去也。"可参看本卷《题省中壁》最后两句，意思与此相近。

◎ 其二（七律）

朝回日日典春衣，	退朝回来我天天去典当春天的衣裳，
每日江头尽醉归。	为的是到曲江痛饮，每天大醉一场。
酒债寻常行处有，	我平日经过的地方处处欠下了酒债，
人生七十古来稀。[①]	人生活到七十岁，自古来就不算寻常。
穿花蛱蝶深深见，[②]	蛱蝶穿过花丛，在花丛深处出现，
点水蜻蜓款款飞。[③]	蜻蜓点点水又在水面缓缓飞翔。
传语风光共流转，[④]	请告诉美好的风光，请它容许我们流连游逛，
暂时相赏莫相违。	暂时停下来让我们观赏观赏，不要走得太匆忙。

注释：

①《仇注》引张远注："人生百岁，七十者稀，本古谚语。"这句古谚由于杜诗中运用了，流传更广，直到今日，仍在人们口上。这一句诗把前面三句诗所说的典衣、赊欠也要饮

酒的思想动机揭示了出来，由于感到人生短暂，所以及时行乐。但这实际是杜甫的托词。杜甫之饮酒，是由于政治上的不得志与对国事的忧虑，所谓借酒浇愁是也。

②“深深见”于花丛，表达出蛱蝶颜色的鲜艳，引人注目。

③ 款款飞，表达出环境的安恬，蜻蜓不受惊扰。

④ 末两句诗把“风光”拟人化，对它传语，嘱它“相赏莫相违”，把诗人沉醉于春光的精神状态，更生动、深刻地表达出来。

◎ 曲江对酒[①]（七律）

苑外江头坐不归，	坐在芙蓉苑外的江边，家也不想回，
水精宫殿转霏微。[②]	江边的宫殿旁，景色变得更繁美。
桃花细逐梨花落，	桃花轻轻地随着梨花飘坠，
黄鸟时兼白鸟飞。	黄色、白色的鸟时时一起翔飞。
纵饮久判人共弃，[③]	我任性饮酒，久已不怕人们鄙弃，
懒朝真与世相违。	连上朝也懒得去，真与世情相背。
吏情更觉沧洲远，[④]	忙着官务，觉得江湖上的风光离我更遥远，
老大悲伤未拂衣。[⑤]	如今年老了，徒然叹惜当年没有决心退隐回山野。

注释：

① 从诗中所表现的悔恨之情来看，这诗也应作于乾元元年（758 年）春。

② 水精宫，《仇注》引黄生注：“借言宫殿近水也。”霏微，春光掩映之貌。译诗写作“繁美”。下面两句诗所写，正是春光霏微的具体表现。

③“判”字，同“拚”。见第三卷《重过何氏五首》第五首注②。

④ 沧洲，见第四卷《奉先刘少府新画山水障歌》注④。

⑤《南史·王僧虔传》:“彼如见恶，当拂衣去耳。”拂衣，意思是坚决离开。这里指弃官归隐。

◎ 曲江对雨[①]（七律）

城上春云覆苑墙，	飘过长安城的春云遮住了芙蓉苑的围墙，
江亭晚色静年芳。[②]	一年中最美好的季节多么寂静，在夜晚的江亭旁。
林花着雨燕支湿，[③]	林中的鲜花遭了雨像胭脂沾湿，
水荇牵风翠带长。	微风牵引水荇，像长长的翠带飘扬。
龙武新军深驻辇，[④]	龙武军里都是新人了，圣驾一直留在深宫中，
芙蓉别殿漫焚香。[⑤]	芙蓉苑的别殿上却天天照常焚烧着檀香。
何时诏此金钱会，[⑥]	什么时候下诏在这里再举行金钱盛会，
暂醉佳人锦瑟旁。[⑦]	让我也一时喝得烂醉，卧倒在弹奏锦瑟的美人身旁。

注释:

① 这首诗与上一首诗是同一时期所作。诗中较明显地表达了对当时成了太上皇的唐玄宗的怀念，也从而曲折地揭示了玄宗与肃宗父子间的矛盾。

②《仇注》:“年有四时，以春为芳。沈约诗:‘丽日属元巳，年芳俱在斯’。”曲江傍晚时下了雨，一切显得更静。而在开元、天宝年间，曲江的春天十分热闹，不会这样凄凉。曲江雨景，使作者更怀念繁华的往昔。

③ 燕支，即胭脂。由“林花”联想起涂“胭脂”的美人，由“水荇”联想起舞衣的“翠带”。这当然也是由于怀旧之情而引起心理活动。

④《仇注》引《唐书·兵志》:“高宗龙朔二年，置左右羽林军，玄宗改为左右龙武军。肃宗至德二载，置左右神武军，赐名天骑。”这也就是诗中所说的“龙武新军”。但这时，它是肃帝的禁卫军，受到李辅国等人的控制，不再效命于玄宗，与当年的龙武

军大不相同了。玄宗回到长安后，表面受到肃宗的尊敬与孝养，但实际上却处于被监视的状态。“深驻辇”，正暗示了这种情况，玄宗只能深处宫中，不再能够像天宝年间那样，经过夹城来到芙蓉苑春游了。乾元元年春，肃宗正打算进一步排斥玄宗的亲信房琯等人，贾至被调出任汝州刺史，是一个开端，杜甫对此当然是明白的。这就是这一时期他的思绪阴郁、消沉的原因，同时也因此增添了对玄宗的思念和担心。

⑤ 漫焚香，是说无目的、无意义的焚香；因为玄宗皇帝已不再来苑中。

⑥《仇注》引顾注：“《旧唐书》：开元元年九月，宴王公百僚于承天门，令左右于楼下撒金钱，许中书以上五品官及诸司三品以上官争拾之。”这就是“金钱会”。这句诗问“何时”，答案实际是“永不再有”，所表达的也是对玄宗的思念。

⑦ 这句诗与上一句紧紧相连，是说在举行“金钱会”时，皇帝还赐宴臣僚，筵席上有女乐。“暂醉佳人锦瑟旁”是指赐宴时的盛况和君臣间不拘礼节、尽情欢乐的情景。

◎ 奉答岑参补阙见赠[①]（五律）

窈窕清禁闼，	静静的宫门里道路曲折幽深，
罢朝归不同。[②]	退朝出来，我和您去的地方不同。
君随丞相后，[③]	您跟随在丞相身后，
我往日华东。[④]	我却出日华门向东。
冉冉柳枝碧，	柔嫩的柳枝碧绿，
娟娟花蕊红。	娟秀的花开得鲜红。
故人得佳句，	我的老友写出了美妙的诗句，
独赠白头翁。[⑤]	不是给别人的，只赠给我这个白头老翁。

注释：

① 岑参是杜甫的挚友，从第三卷《渼陂行》《九日寄岑参》等诗中可看出他们之间友谊

的深厚。至德二载岑参经已任左拾遗的杜甫与裴休等的推荐，授右补阙。乾元元年春，岑参写了《寄左省杜拾遗》一诗赠杜甫，于是杜甫写了这首答赠的诗。

② 杜甫任左拾遗，属门下省，岑参任右补阙，属中书省，退朝后各归省院，所以说“归不同”。

③ 中书省在月华门之西。宰相退朝，经过月华门到中书省，中书省官员均随其后回省院。

④ 门下省在日华门之东。回门下省，经日华门往东。

⑤ 这里说的“赠白头翁”的“佳句”，就是指《寄左省杜拾遗》一诗：“联步趋丹陛，分曹限紫薇。晓随天仗入，暮惹御香归。白发悲花落，青云羡鸟飞。圣朝无阙事，自觉谏书稀。”

◎ 奉赠王中允维[1]（五律）

中允声名久，	您早就享有盛名，
如今契阔深。[2]	如今受的苦痛也够深。
共传收庾信，[3]	人们都说您像庾信一样被收用，
不比得陈琳。[4]	却不该把这比作曹操得到陈琳。
一病缘明主，[5]	为了忠于英明的皇上，您诈称生病，
三年独此心。[6]	三年里，一直坚持这颗赤心。
穷愁应有作，	在穷困愁苦之中您该写了些什么，
试诵白头吟。[7]	请您读给我听听您写的“白头吟”。

注释：

① 天宝末，王维任给事中，安禄山叛军陷长安时，不及逃出，被叛军所俘，遂服药致痢，又诈称瘖病。安禄山素知王维以诗著称，遣人迎至洛阳，拘于普施寺，授给伪

职。当时，王维写了一篇表明心迹的《凝碧》诗，传到了凤翔，肃宗也知道了。收复长安后，陷贼官六等定罪，但王维受到宽恕，只是降职为太子中允。这首诗是杜甫于王维降职后赠给王维的诗，表示理解王维对于唐朝的忠贞。这诗大概是在乾元元年春初写的，因为不久后，他也写了一篇《和贾至早朝大明宫》的诗，那时王维已升任中书舍人，过了些时，又恢复了给事中（正五品上，属门下省）的职位。

② 契阔，见第四卷《自京赴奉先县咏怀五百字》注⑤。这里不是指生活的辛苦，而指内心的痛苦。由于陷贼，被人误解，差一点定罪，现在虽只是遭了降职的处分，当然仍是感到痛苦的。

③ 庾信，南朝著名辞赋家，原在梁朝任职。侯景之乱时，逃奔江陵。乱定后，梁元帝继续用庾信，除授御史中丞。当时官场以庾信比喻王维，因为他也如庾信一样，乱后得到了继位皇帝的谅解。

④ 陈琳是三国时人，初事袁绍，曾为袁绍草檄声讨曹操，后袁氏败，陈琳归曹魏，仍受到了曹操的任用。陈琳反曹操于前，归降于后；而王维一贯忠于唐朝，故云“不比得陈琳”。

⑤ 一病，指服药致痢及诈称瘖病事。

⑥ 此心，忠于唐朝的心。

⑦ 传说司马相如娶卓文君后，又将聘茂陵女子为妾，文君作《白头吟》明志，相如乃止。这里以“白头吟”借代抒怀明志的诗作。

◎ 送许八拾遗归江宁觐省甫昔时尝客游此县于许生处乞瓦棺寺维摩图样志诸篇末[①]（五排）

诏许辞中禁，	皇上诏许您告别宫廷，
慈颜赴北堂。[②]	回去上北堂把慈母拜望。
圣朝新孝理，[③]	如今，圣朝振新孝道，
祖席倍辉光。[④]	您在送行筵席上该感到加倍荣光。

内帛擎偏重，	皇上赐的内廷绢帛拿在手里这样重，
宫衣著更香。	宫衣穿在身上更是遍体生香。
淮阴清夜驿，⑤	您将要在淮阴清静的驿站过夜，
京口渡江航。⑥	还要在京口乘船渡江。
竹引趋庭曙，⑦	清晨，路旁的丛竹引导您到母亲住的庭前，
山添扇枕凉。⑧	您将像黄香那样扇枕席，使您母亲感到更加清凉。
十年过父老，	已经十年没回家了，父老们都将到您家里来访问，
几日赛城隍。⑨	哪一天乡民们赛会，迎祭城隍？
看画曾饥渴，⑩	当年我在江宁曾经如饥似渴地看那幅名画，
追踪恨淼茫。	遗憾的是如今回忆往事竟这样渺茫。
虎头金粟影，⑪	顾恺之的那幅金粟如来佛像，
神妙独难忘。	多么生动、传神，直到如今我都不能遗忘。

注释：

① 许八，与杜甫一起任拾遗官职，是杜甫的同僚。岑参有《送许子擢第归江宁拜亲因寄王大昌龄》及《送许拾遗恩归江宁拜亲》诗，许八，恐即为许恩。又《全唐文》卷三六六贾至《授韦少游祠部员外郎等制》中有“守右监门卫胄曹参军许登……可右拾遗”语。因此有人认为许八拾遗是许登。未知孰是。他回江宁（今江苏省南京市）探望老母，这是一首送行的诗。杜甫于二十岁时（开元十九年，731 年），曾游江宁，到瓦棺寺看了晋代大画家顾恺之画的维摩诘像。当时杜甫还曾向许八索取了一张顾恺之画的摹品。诗中叙许八回江宁的原委，想象他的旅途生活和回家孝亲情况，语言虽很简要，但抓住了几个特点，给人留下的印象很深。这诗也是乾元元年任左拾遗时所作。

②《诗·卫风·伯兮》：“焉得谖草，言树之背。”疏：“背者，向北之义，故知在北。妇人所常处者，堂也，故知北堂。”《野客丛书》：“今人称母曰北堂，盖本于《毛诗·伯兮》。”慈颜，也是指母亲。这里的“北堂”，仍指母亲的住处。

③ 肃宗虽与玄宗有矛盾，但表面上仍很孝谨。至德二年十一月，迎玄宗返京，乾元元年正月，又加上皇尊号。这就是所谓“新孝理”，以自己的行动来提倡孝亲之道。

④《左传·昭七年》："梦襄公祖。"注："祖，祭道神。"疏："《诗》云'韩侯出祖'，'仲山甫出祖'，是出行必为祖也。"后来祖祭路神之礼演变为送行的宴筵，"祖席"即送行筵席。辉光，由于回家探亲受到皇帝赞许。从下面两句诗可看出，皇帝对许还有所赏赐。

⑤ 淮阴，今江苏省淮阴市。

⑥ 京口，今江苏省镇江市。唐代自长安赴江宁，必经此二地。

⑦ 古代对父母有晨昏省定之礼，即早晚的请安。趋庭，见第一卷《登兖州城楼》注②。通常用于对待父亲，这里活用于对母亲。

⑧ 扇枕，用《东观汉记》所载黄香孝亲事，每于夏日，香为父扇枕席。

⑨ 迎城隍赛会，是我国相传已久的风俗。

⑩ 看画，指的是看江宁瓦棺寺殿壁的维摩诘像。诗题中所说的"乞瓦棺寺维摩图样志诸篇末"，是说当年向许索取这画摹本的事。

⑪ 据张彦远《历代名画记》，顾恺之，字长康，小字虎头，晋陵无锡人，善画，尤精佛像，曾于瓦棺寺北小殿画维摩诘，画讫光彩耀目数日。又据《净名经义疏》，梵语"维摩诘"，此云"净明"，是那提之子，成佛，号金粟如来。维摩诘，也就是金粟如来。

◎ 因许八奉寄江宁旻上人[①]（七律）

不见旻公三十年，[②]	未见到旻公已经三十年，
封书寄与泪潺湲。	写封信给他，封寄时泪水涟涟。
旧来好事今能否？[③]	往年喜欢的那些事现在可还能行？
老去新诗谁与传？[④]	如今老了，新写的诗篇谁给你传？
棋局动随幽涧竹，	回想当年，他带着棋局到幽涧边的竹林里摆开，
袈裟忆上泛湖船。	还记得他曾披着袈裟，跨上游湖的小船。

问君话我为官在，　　他要问起我，你就说我还活着，在做个小官，
头白昏昏只醉眠。[5]　　头发已经白了，常常喝得醉昏昏地睡眠。

注释：

① 这首诗与上一首诗是同时作的，请许八拾遗带给江宁的一位和尚旻上人。杜甫年轻时游江宁曾与旻上人在一起下棋、泛舟游湖，至今仍在想念着他，诗中对他表达出了真挚的情意。

② 杜甫于开元十九年游江宁，到乾元元年（758 年），计二十七年，说三十年，是取整数。

③ 旧来好事，指旻上人过去所喜欢的游乐雅事，即下面三句诗中所说的作诗、下棋和泛舟。

④《仇注》："谁传，谓谁传于我。"

⑤ 最后两句诗表达了杜甫于乾元元年在长安任左拾遗时的消沉与失望的心情。可与曲江诸诗参看。

◎ 题李尊师松树障子歌[1]（七古）

老夫清晨梳白头，　　我清早起来正在梳理白发，
玄都道士来相访。[2]　　玄都观的李道士到我家来访问。
握发呼儿延入户，　　手握住散发，叫儿子请客人进屋，
手提新画青松障。　　我才看到，他手上提着一幅新绘的青松画屏。
障子松林静杳冥，　　画屏上一片松林深远幽静，
凭轩忽若无丹青。　　倚在窗下看去，好像不是画里的风景。
阴崖却承霜雪干，　　背阴的山崖，承托着饱经霜雪的树干，

偃盖反走虬龙形。	树冠倾侧向后，像虬龙的身形。
老夫生平好奇古，	我向来喜爱奇特高古的形象，
对此兴与精灵聚。③	对着这画屏，我兴致高涨，像遇见了精灵。
已知仙客意相亲，④	我知道这位仙客让我看画，是对我一片深情，
更觉良工心独苦。	更觉得那优秀的画师有着深刻独到的苦心。
松下丈人巾屦同，⑤	松树下有几个老人穿戴着同样的麻鞋、头巾，
偶坐似是商山翁。⑥	偶然在那儿闲坐，好像是隐居商山的老翁，
怅望聊歌紫芝曲，⑦	我惆怅地看着图画，只能唱起《紫芝曲》，
时危惨澹来悲风。	时局这样危险，迎面吹来一阵凄惨的悲风。

注释:

① 尊师，是对道士的尊称。这位李尊师清早拿了一幅松树挂屏到杜甫家来访问，让杜甫看他请人画的这张图。杜甫写的题画诗颇多，请他看画，实际上也就是请他题诗。杜甫生动地叙述了李尊师来访问的情景，赞美了那幅画，又从画中的“松下丈人”联想到商山四皓和不安的政局，心中产生了愁思。黄鹤订此诗作于乾元元年在长安时，这是可信的。

② 据《长安志》，长安城崇业坊有一个道观，名玄都观。李道士就是李尊师，是玄都观的道士。

③ 这句诗是说自己的思想情感被图画所吸引，凝聚于画面。诗中把这种令人惊异的艺术魅力，说成是“精灵”。

④ 仙客，指李道士。下一句中的“良工”指画师。

⑤ 巾，头巾、帽子一类东西。屦，音“巨”（jù），草、麻制的鞋。

⑥ 商山翁，即商山四皓，参看第五卷《收京三首》其二注②。联想到商山四皓，不仅是自己想避世隐居，也是忧心国事。

⑦《紫芝曲》，也就是《四皓歌》；其中有“晔晔紫芝，可以疗饥”之句。《仇注》：“忽动商山之兴，盖世乱而思高隐也。”看下面一句“时危”云云，便知诗人更有忧国深

意，不只是考虑个人的出处问题。

◎ 得舍弟消息[①]（五古）

风吹紫荆树，[②]	大风吹撼着紫荆树，
色与春庭暮。	它颜色暗淡，向春天庭院的暮色中融入。
花落辞故枝，	凋零的花朵向故枝告别，
风回返无处。[③]	它们随着风旋飞，不能再回到原处。
骨肉恩书重，	深厚的骨肉恩情使书信变得沉重，
漂泊难相遇。	连年漂泊，实在难相遇。
犹有泪成河，[④]	我只有眼泪像天河一样不停地流，
经天复东注。	横越过天空，又向东方流注。

注释：

① 这是杜甫在长安任左拾遗时，得到在洛阳附近的弟弟的来信，动了思亲之情而写的诗。古人很重视兄弟的友谊，但这里所写的离别之情与时局的动荡有关，因而也就不同于一般的思念亲人的诗篇。诗的前半以紫荆树、落花起兴，兼作比喻，如单只就形象来看，也是很精美的；末两句的夸张描写，把思念之情推到极高处，表现出强烈的艺术感染力。

②《仇注》引周景式《孝子传》："古有兄弟欲分异，出门见三荆同株，枝叶连阴，叹曰：'木犹欣聚，况我而殊哉'。"诗中以紫荆树比喻兄弟的情谊。

③ 落花被风吹散，不能返故枝，喻战乱使兄弟离散后，不再能相聚。

④ 这里的"河"，能"经天东注"，故知它是"天河"，而不是一般的河流。这样写，是极言悲伤之深。

◎ 送李校书二十六韵[1]（五古）

代北有豪鹰，[2]	代郡北面出产一种长毛鹰，
生子毛尽赤。	生的小鹰也都是红色的羽毛。
渥洼骐骥儿，[3]	渥洼长大的小骐骥，
尤异是虎脊。[4]	最优异的得了个“虎脊”的外号。
李舟名父子，[5]	李舟是一位名人的儿子，
清峻流辈伯。[6]	在同辈的人里面，他才德最高。
人间好少年，	人世间的好青年，
不必须白皙。[7]	不一定要有白皙的容貌。
十五富文史，	他十五岁时读了多少文史典籍，
十八足宾客。[8]	十八岁时，引来多少宾客求教。
十九授校书，	十九岁那年得到校书郎的官职，
二十声辉赫。	到了二十岁，名声更加烜赫辉耀。
众中每一见，	每次我在人群中瞥见他，
使我潜动魄。[9]	就觉得神魂在隐隐翻搅。
自恐二男儿，	心想我那两个儿子，
辛勤养无益。[10]	辛苦抚养大也只是徒劳。
乾元元年春，	乾元元年春季，
万姓始安宅。	百姓才开始安居。
舟也衣彩衣，	李舟穿了一身五色绸衣，
告我欲远适。	告诉我要到远方去。
倚门固有望，[11]	你的老母亲一定在倚门盼望，
敛衽就行役。[12]	你向皇上行个礼就匆匆上路。
南登吟白华，[13]	你向南登上山岗时唱着《白华》诗，

已见楚山碧。[14]	好像已经看见楚山一片碧绿。
蔼蔼咸阳都，[15]	在这人才济济的长安城里，
冠盖日云集。	达官贵人天天像白云一样会聚。
何时太夫人，	什么时候你侍奉着你的母亲，
堂上会亲戚。	在高堂上会见你家的亲戚？
汝翁草明光，[16]	你的父亲在明光殿上草拟诏书，
天子正前席。[17]	皇上注意看着，正向前移动座席。
归期岂烂漫，[18]	你回来的日子并不很遥远，
别意终感激。	可是我心中仍激荡着离别的情意。
顾我蓬屋资，	想想自己，出生贫穷的门第，
谬通金闺籍。[19]	侥幸在宫廷里得到个官职。
小来习性懒，	从小养成懒散的习性，
晚节慵转剧。	年老时懒惰得更加出奇。
每愁悔吝作，[20]	每当我发起愁来就惶恐忧虑，
如觉天地窄。	好像觉得天地变得狭窄无比。
羡君齿发新，	羡慕你齿白发黑像新生出不久，
行己能夕惕。[21]	你能克制自己的行为，时时警惕。
临岐意颇切，	在岔路口分手时我心情激动，
对酒不能吃。	对着酒，却饮不下一杯。
回身视绿野，	转身看着周围绿色的田野，
惨澹如荒泽。	暗淡凄凉像一片荒芜洼地。
老雁春忍饥，[22]	春天到了，老雁在忍着饥饿，
哀号待枯麦。	哀号着，等待着麦熟的季节。
时哉高飞燕，[23]	而那正得时的燕子却高飞天际，
绚练新羽翮。[24]	新长出的翅膀多么敏捷有力。
长云湿褒斜，[25]	连绵的白云下，褒斜道山路潮湿，

汉水饶巨石。[26]　　嘉陵江上还有着无数险滩巨石。
无令轩车迟，[27]　　别让你的轩车回来得太迟，
衰疾悲宿昔。　　我衰老多病，又常为往事伤悲。

注释:

① 李校书，指李舟。他是唐朝的宗室，年轻时就以文才著名，十九岁授校书郎（属秘书省）。杜甫是在长安朝中任左拾遗时与李舟相识的。他的父亲是李岑，曾任职眉州刺史，这时已回到朝中，母亲尚留在眉州。李舟去蜀是为了迎接母亲回长安。在走以前，杜甫写了这首为他送行的诗。

② 豪鹰，不知为何种鹰类，据字面看，当以毛长为其特色，故译为长毛鹰。代北，指代郡北面，即雁门关北。

③ 渥洼，见第三卷《沙苑行》注③。豪鹰子、骐骥儿，皆喻李舟。

④ 虎脊，古代的著名骏马。《天马歌》："虎脊两，化为鬼。"

⑤ 李舟父李岑，曾任水部郎中、眉州刺史。名父子，名父之子。

⑥ 清峻，指才德之美。流辈，指同辈人。伯，最佳者。

⑦ 从这两句诗看，李舟外貌不美。《陌上桑》："为人洁白皙。"古代以白皙为美。形貌不美，而其才质美。以下三句诗就是称赞李舟之饱学和有才能。

⑧ 宾客，指闻名而来求教以及相互切磋的人们。

⑨ 钟嵘《诗品》："陆机所拟十四首，惊心动魄。"潜动魄，有如今日之所谓"内心震动。"这也是称赞李舟的话。意思与"十分赞叹"相似，但在程度上远为超过。

⑩ 这句诗是说自己的两个儿子长大了也不会成才。这是与李舟相对比而言。李舟少年时官位已较高，才能十分突出，而杜甫的两个儿子则较平庸。

⑪《仇注》引《后汉书》："薛包事母孝，出入有时，至期，母必倚门望之，包必至矣。"倚门而望，表示慈母思子之情。倚门，也可借代慈母。

⑫《战国策·楚策》："一国之众见君，莫不敛衽而拜。""敛衽"是整敛衣襟，准备拜跪的样子。后世逐渐转化专用为指妇女之行礼。这里仍用本义。

⑬《诗经》篇名为《白华》者有二，一篇是《小雅》，《诗序》谓“周人刺幽后”，于此不合；另一篇是逸失的“笙诗”，《诗序》说：“《白华》，孝子之洁白也，有其义而亡其辞。”这里正是用这篇逸诗，说李舟孝谨，在途中也在思念着母亲。

⑭ 李舟的母亲住在眉州，是蜀境。古代泛用“楚”字，所有南方各地，都可称楚地。这里的楚山，实际是指蜀山。

⑮ 咸阳都，以古代都城咸阳来称长安，实际就是京都长安。蔼蔼，平常多作茂盛解。但这里的用法如《诗·大雅·卷阿》中的：“蔼蔼王多吉士。”传：“蔼蔼，犹济济也。”

⑯ 翁，对父亲的一种称呼。“汝翁”指李舟父李岑。汉代未央宫中有明光殿，为尚书奏事草诏之所。唐代通常由中书舍人草诏。浦起龙曰：“按《唐书》，舟父岑，不言曾掌制诰，史阙也。”

⑰ 前席，见第五卷《送从弟亚赴河西判官》注⑮。

⑱ 据沈德潜《说诗晬语》，“烂漫”与“汗漫”义同，意思是无涯际。第十九卷《驱竖子摘苍耳》中：“侵晨驱之去，烂漫任所适。”也与此同义。“烂漫”一作“烂熳”。

⑲ 金闺，汉宫有金马门，简称“金门”，亦称“金闺”。后代用以称朝廷。谢朓《始出尚书省诗》：“既通金闺籍，复酌琼筵醴。”指在尚书省任职。这里，是杜甫自述在门下省任左拾遗事。也可参看“通籍”注，见第三卷《奉赠太常张卿垍二十韵》注⑮。

⑳《易·系辞》：“悔吝者，忧虞之象也。”这句诗可以有两种理解，一种是说常常担忧将来发生悔恨；另一种是每常愁闷时就感到无穷悔恨。译诗取后一种。

㉑《易·乾》：“君子终日乾乾，夕惕若厉。”疏：“夕惕者，谓至向夕之时，犹怀忧惕。”这里泛指谨慎、警惕。

㉒ 老雁，杜甫自喻。

㉓ 飞燕，喻李舟。

㉔ 绚练，《文选·赭白马赋》：“别辈超群，绚练夐绝。”注：“绚练，疾也。”

㉕《后汉书·顺帝纪》：“罢子午道，通褒斜路。”注：“汉中谷名，南谷曰褒，北谷曰斜。”眉州在蜀中，自长安取道汉中入蜀，故须经过褒斜道。

㉖ 汉水，指西汉水，即嘉陵江上流。嘉陵江在唐代也可称“汉水”。巨石，指江中造成

险滩急流的巨大岩石。

㉗ 轩车，指有遮蔽的车。李舟奉母回京，故乘轩车。

◎ 偪侧行赠毕四曜[1]（七古）

原诗	译文
偪侧何偪侧，[2]	逼仄啊，多么逼仄！
我居巷南子巷北。	我住巷南，你住在巷北。
可怜邻里间，	虽然是邻里，却真可惜，
十日不一见颜色。	十天见面一次也难得。
自从官马送还官，[3]	自从把官马交还公家，
行路难行涩如棘。	路真难走啊，好像处处长了荆棘。
我贫无乘非无足，	我穷得没马骑，可并不是没有脚，
昔者相过今不得。	往昔能来看你，如今却看不成。
不是爱微躯，	不是爱惜我这卑微的身体，
非关足无力。	也不是由于两脚乏力。
徒步翻愁官长怒，	是怕徒步行走惹长官生气，
此心炯炯君应识。[4]	我心地光明坦率你该明白。
晓来急雨春风颠，	今天清早雨急春风狂，
睡美不闻钟鼓传。	我睡得美美的听不见钟鼓响。
东家蹇驴许借我，[5]	东面邻居答应借给我一头跛脚驴，
泥滑不敢骑朝天。	道路泥滑，可不敢骑它去见皇上。
已令请急会通籍，[6]	已经请人替我告假，在名册上注一笔，
男儿性命绝可怜。[7]	男儿的性命实在不能不爱惜。
焉能终日心拳拳，	怎能这样整天挂记在心，

忆君诵诗神凛然。	一想起您诵诗，我就精神焕然。
辛夷始花亦已落，[8]	辛夷花才开不久又凋谢，
况我与子非壮年。[9]	何况我和您都已不是青春盛年。
街头酒价常苦贵，	街市上酒价实在太昂贵，
方外酒徒稀醉眠。[10]	傲世的酒徒难得一次喝醉了睡眠。
速宜相就饮一斗，	请您快来我这里喝上一斗酒，
恰有三百青铜钱。	我手上正好有三百个青铜钱。

注释：

① 这首诗以诗开头的两个字“偪侧”为题，是每句七言为主的歌行体。《文选·（司马相如）上林赋》“偪侧泌瀄”注：“偪侧，相迫也。”《仇注》：“偪侧，谓所居密迩。”这是表面的含意，谓杜甫与毕曜的家住处相近。但“偪侧”还有精神上感到压抑的意思，也就是不舒畅，郁闷；而这种压抑感则来自政治环境和经济状况。杜甫做个从八品以上的左拾遗，地位虽低，总算是个朝臣，而且是天子身边的官员，生活竟这样窘困，生活在现代的人真难以想象。这首诗是杜甫向朋友发牢骚的记录，却留给后人以认识唐代社会生活的可贵资料。这首诗的价值也许比不上直接反映战乱中人民流离失所、备尝艰辛的诗篇，但由于写的是内心深处的苦痛，其真实性和艺术性往往非其他诗篇所能及。这自然会使它能流传后世并受到赞扬。关于毕曜这个人，杜甫诗集中还有一篇祝贺他除监察御史的诗（见第八卷《秦州见敕目薛三璩授司议郎毕四曜除监察与二子有故远喜迁官兼述所居凡三十韵》），时在乾元二年秋。《旧唐书》卷一八六《酷吏列传》中，《敬羽传》后附有毕曜事迹，与毛若虚、裴州、敬羽齐名，都是酷吏。从杜甫这首诗中看来，他似乎是一个与杜甫颇为相得的穷苦诗人（从下面一篇《赠毕四曜》中更可以进一步看出这点），后来竟以酷吏著称，留名于《酷吏传》，这也许非杜甫始料所及吧。诗中所述苦况颇不类朝官的生活状况，然而诗中有“泥滑骑朝天”句，朝天，当指面帝，亦当为乾元元年春所作。

② “偪侧”又作“偪仄”，“偪”通“逼”，因而译诗中写作“逼仄”。由于这个词意思含蓄（见注①），不宜按字面译述，所以保留了“逼仄”这个词语。

③ 杜甫上朝，本来是骑官马，不知为什么，后来官马交还了官府，就不再有马骑。《仇注》谓至德二载二月，收复两京前“尽括公私马以助军”。这诗写的是收京以后的

事，与《仇注》所述史实不合。

④《仇注》引潘岳《寡妇赋》："目炯炯而不寝"，因此有人解释这句诗为思念毕曜而失眠。但诗句中非"目炯炯"而是"心炯"，似不当用潘岳赋解释。《仇注》又说："炯炯应识，言欲见之心，毕当知我也。"这解说较合原意。

⑤《楚辞·七谏·谬谏》："驾蹇驴而无策兮"。"蹇"音"俭"（jiǎn），跛也。

⑥《仇注》："请急，请假；通籍，注籍也。《谢灵运传》：'既无表闻，又不请急。'黄庭坚曰：'书记所称取急、请急，皆谓假也。'"按"通籍"，已见第三卷《奉赠太常张卿垍二十韵》注⑮，这里说"会通籍"，是指"知会"（通知）管理"通籍"的官员，故译为"在名册上注一笔"。

⑦ 这句诗是补充说明"请急"的原因，怕在路上跌伤摔死，所以说爱惜生命最重要。

⑧ 辛夷，又名木笔花，与木兰花同科。这里借花开又很快谢去，表明时间迅速流逝。

⑨ 古代少年、壮年、老年的概念与现代这些词的概念不尽相同。为了尽量使表达符合原意，译诗中用了"青春盛年"一语。

⑩ 方外，原意是指脱离世俗的僧道，这里泛指不受世俗所拘的人，是杜甫称自己和朋友们。

◎ 赠毕四曜（五律）

才大今诗伯，①	您文才超群，是当代诗坛领袖，
家贫苦宦卑。	苦的是家境贫穷，官位又太卑微。
饥寒奴仆贱，②	忍饥受寒，像奴仆一样被人轻贱，
颜状老翁为。	容颜也像个老翁那样憔悴。
同调嗟谁惜，③	我们境遇相同，可叹有谁来怜惜，
论文笑自知。	谈论诗文时，我们会心微笑，只有自己理解自己。

流传江鲍体，[4]	我们的诗该能够像江淹、鲍照的诗一样流传，
相顾免无儿。[5]	再相互看看吧，我们毕竟也有了传代的儿子。

注释：

①“伯”的本义是“长”。《说文》段注：“凡为长者皆曰伯。”诗伯，诗人之伯，译为诗坛领袖。

② 申涵光曰：“奴仆贱主，奴仆自贱，与奴仆为人所贱，三说俱通。”译诗用第三说。

③《仇注》：“洙曰：谢灵运诗‘异代可同调’。此言己与毕才调相同也。”按这里不仅指“才调”相同，而且指处境（贫穷、宦卑）相同。

④ 江鲍体，指南朝江淹（文通）、鲍照（明远）的诗派。钟嵘《诗品》：“江文通诗，总杂善于摹拟，筋力于王微，成就于谢朓。”“鲍参军（即鲍照）诗，其源出于二张，善制形状写物之词，贵尚巧似，不避危仄。”杜甫论诗，对南朝诗人仍很尊重，常以他们为榜样，吸取其所长，并援以自比。

⑤ 这一句诗曾引起古代注家的误解。《杜臆》：“江、鲍有诗传后，必定无儿，故有下句。”意思是说，杜甫与毕曜，不但能有诗传后，而且也已经有子，能够传代，比江淹、鲍照还要幸运一些。有人指出江淹有后代，已证明王嗣奭之说武断。其实这句诗只是相互安慰之词，虽然生活贫困，官位低微，但能写一些诗，有希望流传后世，又有了儿子，也应当满足了。

◎ 题郑十八著作丈故居[1]（七排）

台州地阔海冥冥，	台州土地辽阔，大海渺冥，
云水长和岛屿青。	云水和岛屿永远同样青荧。
乱后故人双别泪，	乱后老朋友双双流着眼泪分别，
春深逐客一浮萍。	春深了，贬谪到远方的人像水上漂流的一簇浮萍。

酒酣懒舞谁相拽,	酒酣时,我懒得起舞,也不会再有谁来拉我,
诗罢能吟不复听。	写好了诗篇想吟诵,却不再有人倾听。
第五桥东流恨水,	第五桥东的流水发出了怨恨声,
皇陂岸北结愁亭。②	我的愁思萦绕着皇子陂北的野亭。
贾生对鹏伤王傅,③	贾谊做长沙王的太傅,看见了鹏鸟不免忧心,
苏武看羊陷贼庭。④	苏武被强留在匈奴境内孤独地牧放羊群。
可念此翁怀直道,	这位老人心地正直,实在值得我怀念,
也沾新国用轻刑。⑤	总算沾了皇帝新登基的光,对他的惩罚还比较轻。
祢衡实恐遭江夏,⑥	真担心他像祢衡那样在江夏遇害,
方朔虚传是岁星。⑦	东方朔死后,才恍惚传说他是天上岁星。
穷巷悄然车马绝,	这个寂静的小巷里车马已经绝迹,
案头干死读书萤。⑧	在他往日读书的案头,照明的囊萤都已经死尽。

注释:

① 这首诗的题目在旧本杜诗中作《题郑十八著作丈》,显然有缺漏,据这首诗的最后两句,知是题郑虔故居的诗。《仇注》本据《杜臆》之说在题目后缀"故居"两字。《钱笺》:"《长安志》:韩庄在韦曲之东,郑庄又在其东南,郑十八虔之居也。"杜甫在乾元元年春末,经过郑虔旧居,徘徊瞻顾,思念贬谪到台州的老友,心中的凄恻愤懑是可以想象的。当时,杜甫写了这首怀念郑虔的诗,缠绵悱恻,动人心弦。施鸿保认为:"此诗必非公作。"又说:"朱瀚历辨集中伪诗,独不及此,岂误为非律耶?"施氏主要按律诗形式来衡量这篇诗,才作出了主观的、错误的判断。其实,杜甫的诗,虽大多数可按形式来区分为律诗、古诗,但他在创作时,所首先考虑的是诗的内容,而不是形式。过于着重从形式上论杜诗,不免会陷入谬误。

②这两句诗是追忆往日与郑虔同游的事。第五桥,参看第二卷《陪郑广文游何将军山林十首》第一首。皇陂,即"皇子陂",参看第三卷《重过何氏五首》第二首。

③《史记·屈原贾生列传》:"贾生(贾谊)为长沙王太傅,三年,有鸮飞入贾生舍,止于坐隅。楚人命鸮曰服(即'鹏')。贾生既已適(谪)居长沙,长沙卑湿,自以为寿不得长,伤悼之,乃为赋以自广。"这里是以贾谊之谪长沙比喻郑虔之谪台州,

并以贾谊自己所抒发的情感来忖度郑虔被贬后的情感。

④ 汉武帝时苏武使匈奴，被迫留在匈奴放羊，前后达十九年。杜甫以苏武来比喻郑虔，认为他虽陷贼中，但未从贼，仍坚持了气节。参看第五卷《郑驸马池台喜遇郑广文同饮》注③。

⑤ 新国，指肃宗继位，还都长安。郑虔贬台州司户参军，是按次三等定罪，故曰用轻刑。

⑥ 祢衡，见第二卷《敬赠郑谏议十韵》注⑬。唐代诗人被地方官杀害者有前例，如王昌龄于安史乱起时回家乡江宁，被刺史闾丘晓所杀。杜甫担心郑虔受地方官迫害是合乎情理的。

⑦《仇注》引《汉武帝内传》："西王母使者至，（东方）朔死。使者曰：'朔是木帝精，为岁星，下游人中以观天下，非陛下臣也。'"引用这个故事是以东方朔比喻郑虔，也许要到他死后人们才能认识他的可贵。这样说是为郑虔的遭遇鸣不平。

⑧ 据《晋书》载，车胤贫不得油，夏月囊萤读书。郑虔家贫好读，但非必如车胤之囊萤读书，诗中这样说是强调郑虔之贫困勤学，并渲染睹物思人之情。

◎ 瘦马行[①]（七古）

东郊瘦马使我伤，[②]	东郊有匹瘦马，我看见感到悲伤，
骨骼硉兀如堵墙。[③]	骨骼突兀坚硬，站在那里像堵墙。
绊之欲动转欹侧，	用根绳索来套它，它侧转身体想跑动，
此岂有意仍腾骧？	看这神情可不是还想腾跃昂头向上？
细看六印带官字，[④]	细看它身上有个带"官"字的印记，
众道三军遗路旁。	人们都说它是官军丢弃在路旁。
皮干剥落杂泥滓，	皮肤干皱、剥落，有污泥涂在身上，
毛暗萧条连雪霜。	毛色暗淡、稀疏，还沾着些雪霜。

去岁奔波逐余寇，[5]	去年长途奔走，追赶残寇，
骅骝不惯不得将。[6]	有些骏马不习惯作战一时用不上。
士卒多骑内厩马，	许多兵卒当时骑的是御厩的马，
惆怅恐是病乘黄。[7]	我心里惆怅，疑心它是匹生了病的“乘黄”。
当时历块误一蹶，[8]	那时候它风驰电掣，一不小心失了足，
委弃非汝能周防。	就这样被抛弃了，这岂是你事前所能周到提防？
见人惨澹若哀诉，	看见人你露出凄惨的神情，好像要对人哀诉，
失主错莫无晶光。[9]	失去了主人，精神就萎靡不振，眼睛也不再发出亮光。
天寒远放雁为伴，	这样寒冷的天气，远远放在郊野和雁群作伴，
日暮不收乌啄疮。	天晚了，也没有人来收，任乌鸦啄它身上的创伤。
谁家且养愿终惠，	是哪家能暂时收养它，就请一直把它好好喂养，
更试明年春草长。[10]	到明年春天，再试让它奔驰在牧草茂盛的原野上。

注释:

① 乾元元年冬，杜甫已被贬官，在华州司功参军任内，他看到京城东面道旁有一匹曾参与追击叛军战斗的战马，因为受伤被官兵丢弃在那里。马又瘦又受了伤，失去了往日的雄姿，引起了杜甫无限的感慨。这诗显然是有所寓言的，马是如此，人也未尝不这样。但杜甫不以表达这种思想为满足，而是从外貌到内心，从往日到今天，细细写出瘦马的具体形象。

② 东郊，泛指长安以东的地方。这里是指华州附近。

③ 硉兀，音“律勿”（lǜ wù），原意是岩石突兀之状，这里指瘦马的骨骼从皮肉下凸现出来。在原诗中“堵”和“墙”都是名词，而在译诗中“堵”却成了量词。

④ 六印，一作“火印”。《仇注》引《唐六典》:“诸牧监，凡在牧之马，皆印。印右髆以小官字，右髀以年辰，尾侧以监名，皆依左右厢。”诗中是以此证明的确是御苑养的马。

⑤ 去岁，指至德二载。九月收复长安后，继续向东进军，十月收复洛阳。

⑥ 骅骝，古代良马名。不惯，指不惯征战。将，意思是携带。

⑦ 乘黄，古代传说的神马，又名“飞黄”。《淮南子·冥览》：“飞黄伏皂。”注：“飞黄，乘黄也，出西方，状如狐，背上有角，寿千岁。”这里用来指最珍贵的御厩马。

⑧ 王褒《圣主得贤臣颂》：“过都越国，蹶如历块。”后来“历块”成了专用来表示马行迅速的词语。“蹶”有两义，引文中的“蹶”，古汉语固卫切，音“桂”（guì），亦可读“厥”（jué），《礼·曲礼》：“足母蹶”。“蹶”释文：“行急遽貌。”诗中的“蹶”，音“厥”（jué），颠仆。《淮南子·精神》：“形劳而不休则蹶”。注：“颠也。”

⑨ 鲍照《行路难》：“今日见我颜色好，眼花错莫与先异。”错莫，形容眼神散漫，没有精神。

⑩ 这句诗是说，只要好好喂养这匹瘦马，它还能够恢复原来的体力，重新发挥作用。这也正是这首诗的主要用意所在。

◎ 义鹘行[①]（五古）

阴崖二苍鹰，	背阴的山崖上有一对苍鹰，
养子黑柏颠。	在黑柏梢头养育幼禽。
白蛇登其巢，	一条白蛇爬到它们的巢里，
吞噬恣朝餐。	大口吞噬，把雏鸟当早餐。
雄飞远求食，	雄鹰飞到远处去觅食，
雌者鸣辛酸。	雌鹰哀鸣，发出令人心酸的声音。
力强不可制，	蛇的力气强大，它没法制服，
黄口无半存。[②]	雏鸟没有一半能保住性命。
其父从西归，	它们的父亲从西方飞回，
翻身入长烟。	又一翻身飞入连绵的烟云。

斯须领健鹘，	不一会，它领来一头健鹘。
痛愤寄所宣。[③]	满腔愤怒，靠它宣泄。
斗上捩孤影，[④]	健鹘突然向上疾飞又独自扭转身影，
噭哮来九天。[⑤]	厉声哮叫，从高空向下猛冲。
修鳞脱远枝，[⑥]	那长蛇脱身逃向远处树丛，
巨颡折老拳。[⑦]	它的巨大额角已被鹘翅击碎。
高空得蹭蹬，[⑧]	长蛇被抓到空中，在空中苦苦挣扎不停，
短草辞蜿蜒。	再也别想到浅草里曲折穿行。
折尾能一掉，	折断了的尾巴还能摆动，
饱肠皆已穿。	塞饱了的肚肠已被啄出窟窿。
生虽灭众雏，	这白蛇活着虽然把群雏灭尽，
死亦垂千年。[⑨]	它的死，却能千年万世给后人教训。
物情有报复，	世上一切事情总会得到报应，
快意贵目前。[⑩]	可是也该看重眼前，这事情也真令人高兴。
兹实鸷鸟最，[⑪]	这健鹘该算得上最高尚的鸷鸟，
急难心炯然。	救人急难，心地正大光明。
功成失所往，	成功之后却不知飞到了哪里，
用舍何其贤。[⑫]	这种功成身退的品质真令人尊敬。
近经潏水湄，[⑬]	不久前我经过潏水之滨，
此事樵夫传。	一个樵夫把这故事说给我听。
飘萧觉素发，	听了之后觉得白发在飘动，
凛欲冲儒冠。[⑭]	好像要竖立起来把儒冠冲离头顶。
人生许与分，[⑮]	人生在世，该把生命奉献给谁，
只在顾盼间。	正是在转瞬之间下定决心。
聊为义鹘行，	我且写下这篇《义鹘行》，
用激壮士肝。	用它来激励壮士的心。

注释：

① 鹘，音“胡”（hú），即隼，一种猛禽。这诗记述了一头健鹘为苍鹰报杀子之仇，搏杀白蛇的故事。这是一首叙事诗，同时也是一首寓言诗，歌颂了健鹘的侠义行为和功成身退的高尚品格。诗中说“近经潏水湄”，黄鹤据此订为乾元元年在长安时作。参看注⑭。

② 黄口，指雏鸟。《淮南子·汜论》：“古之伐国，不杀黄口。”后引申用于一切幼小生命。

③《仇注》：“寄所宣，谓痛愤之心寄于宣诉之语。”这样解说与诗句前后文联接不上。按“宣”应作发散、宣泄解。“所”在此不作介词用，而为指代词，所指即“义鹘”。这句诗的意思是托“义鹘”代为宣泄痛愤。

④ 斗，同“陡”，突然的意思。

⑤ 噭，音“叫”（jiào），同“叫”。九天，与“九霄”意思相同，即高空。

⑥ 修鳞，指长蛇。

⑦ 巨颡，巨额，指蛇头。拆，裂开。老拳，据《仇注》，是“鹘翼下劲骨”。

⑧ 蹭蹬，困顿貌。

⑨ 浦起龙：“‘死垂千年’，犹所谓‘遗臭万年’也。”这样的解释，意思不对，文气也不贯串。“垂千年”应当是垂教训于后世的意思。

⑩ 这两句诗的意思是：从事物的普遍存在来说，相互报复，是某种必然性的实现，即所谓“善有善报，恶有恶报”。但从具体的事物间的关系上，从人们眼前所见的世界来说，有善恶、有是非，因而也就有感情，有喜恶。

⑪ 鸷鸟最，古汉语的副词“最”常可带有某些实词的词义，依具体运用的情况而定。这里是指“最高尚”“最伟大”一类褒义。

⑫ 用舍，与“出处”意思相同。“用”指“为世所用”，担任官职或从事其他事业；“舍”指“离开”，离开仕途，退隐山林。说的虽是“健鹘”，但同时也指人而言。

⑬《仇注》引《汉书音义》：“潏水在长安杜陵，自南山皇子陂西北流，经昆明池入渭。”

⑭ 这两句诗紧紧相连，意思是，听了义鹘为苍鹰报仇的故事，十分激动，几乎要怒发

冲冠。

⑮ 许与，意思是贡献（自己的力量、生命）。第四卷《自京赴奉先县咏怀五百字》“许身一何愚，窃比稷与契”中的“许身”也就是“献身”。分，当读去声，是“本分”“应分”的“分”，意思是行为的准则。许与分，是说决定献身准则。

◎ 画鹘行[①]（五古）

高堂见生鹘，	在高堂上我看见一头活生生的鹘，
飒爽动秋骨。	它的毛骨，在秋天显得更飒爽。
初惊无拘挛，	起初我惊讶它没有被链索锁住，
何得立突兀。[②]	怎么这样一动不动地站立在堂上？
乃知画师妙，	我终于发现这原来是画师的技巧，
巧刮造化窟。[③]	巧妙地从自然界的奥秘中掘出蕴藏。
写此神俊姿，	描绘出这样生动俊健的姿容，
充君眼中物。	把它送到你眼中供你观赏。
乌鹊满樛枝，[④]	一群乌鹊站在院子里的弯树枝上，
轩然恐其出。[⑤]	怕它出来袭击吓得乱飞乱嚷。
侧脑看青霄，	那鹘歪着头看着高高的青天，
宁为众禽没。	它哪里愿平平凡凡一直到死亡。
长翮如刀剑，	它的长翅羽像刀剑般有力，
人寰可超越。	能飞越出人世，飞到天上。
乾坤空峥嵘，[⑥]	可惜它在天地间空有峥嵘的形象，
粉墨且萧瑟。[⑦]	它毕竟是用粉墨绘的图画，看着它只是使人感到凄凉惆怅。

缅思云沙际，	遥想那云天沙漠之间，
自有烟雾质。⑧	自然会有真正的猛禽如烟似雾的身影在自由翱翔。
吾今意何伤，	现在我心中又何必这样忧伤，
顾步独纡郁。⑨	独自低着头在抑郁不欢地彷徨。

注释：

① 这是看了一幅画鹘以后写的诗。内容着重写画鹘的栩栩如生，和看此图后产生的愤懑之情。从诗本身很难确定其写作时间。旧编在乾元初。

②《仇注》："此鹘无绦镟拘挛，何以兀立不去乎？"拘挛，《后汉书·曹褒传》："帝知群寮拘挛，难与图治。"意思是拘束，这诗里是指被链索锁系。

③ 造化窟，指大自然的奥秘。

④《诗·周南·樛木》："南有樛木"。传："木下曲曰樛"。

⑤ 轩然，惊恐貌、飞举貌。

⑥《仇注》引张远注："乾坤句，即'天空任鸟飞'意，峥嵘，高旷也。"张注是值得商榷的。前一句诗，已包含张注所解说的意思，又峥嵘，也不是形容天空的高旷。"峥嵘"是形容鹘的英姿；空峥嵘，是说空有这样的英姿，因为它是画鹘，而不是真鹘。

⑦《仇注》引《汉书》所载黄琼疏："朱紫共色，粉墨杂糅。"又解说道："乃墨痕似带萧瑟，亦画鹘也。"萧瑟，应指人在看出是画鹘而非真鹘后产生的惆怅感。

⑧《仇注》引《舞鹤赋》："烟交雾凝，若无毛质。""烟雾质"是指鸟类身躯之轻捷。这里强调的是有真实的鹘存在于自然界。看到的虽是画鹘，但真的鹘也的确存在着。

⑨《仇注》："顾步，行步自顾也；纡郁，纡回郁结也。"这句诗是写自己忧伤时的外部形貌与内心痛苦。

◎ 端午日赐衣[1]（五律）

宫衣亦有名，[2]　　赏赐宫衣的名单上也有我的名字，
端午被恩荣。　　在这端午佳节受到恩赐，感到荣耀无比。
细葛含风软，　　细麻布像含着春风，十分柔软，
香罗叠雪轻。　　香罗这么轻，与一叠白雪相似。
自天题处湿，[3]　　来自皇上那里，题字处好像还潮湿，
当暑著来清。　　炎暑天气穿在身上清凉爽适。
意内称长短，　　长短合身，使我很中意，
终身荷圣情。　　皇上的恩情我将一辈子铭记。

注释：

① 这诗抒写乾元元年端午节接受御赐宫衣时的情怀。端午赐衣，这是唐代的通例。这时，杜甫仍在左拾遗任上，所以依常例得到了赏赐。但在下个月（六月），杜甫即放出为华州司功。杜甫在事前不会不预有所闻。因此，他得赏赐时多少流露出意外之感，似乎有些“受宠若惊”。

② 这句诗是说在赐衣名单上有杜甫的名字。

③《仇注》：“自天，承有名。”如果是这样，“有名”不仅表明赐衣名单上有名，而且在宫衣上也题有朝臣的姓名。自天题处湿，就是指皇帝题字处仍潮湿。这“湿”字，也含有“恩泽”的意思。

◎ 酬孟云卿[1]（五律）

乐极伤头白，　　欢乐到极点时，想起头上的白发就悲伤，

更长爱烛红。[2]	夜深了，我留恋着这蜡烛的红光。
相逢难衮衮，[3]	相见的机会不可能一次次获得，
告别莫匆匆。	这次告别可千万不要匆忙。
但恐天河落，[4]	怕的是天河斜倾，黑夜将消逝，
宁辞酒盏空。	怎能不喝空酒杯，喝个酣畅。
明朝牵世务，	明天一早又将被俗务牵绊，
挥泪各西东。	挥泪分手，各自东西去奔忙。

注释：

① 孟云卿是一位年龄比杜甫小十多岁的诗人，与杜甫、元结等友善，所作诗歌充满忧郁愤慨之情。元结于乾元三年结集的《箧中集》收其诗五首。杜甫于乾元元月六月被贬到华州，离京前与孟云卿欢聚，孟赠诗给杜甫送别，杜甫于是写了这首诗回赠。

② 更长，即更深，夜深。“更”当读平声。

③《晋书·王戎传》：“张华善说《史》《汉》，裴頠论前言往行，衮衮可听。”衮衮，连续不断貌。

④ 鲍照诗：“夜移河汉落。”天河移近地面，喻将天明。

◎ 至德二载甫自京金光门出间道归凤翔乾元初从左拾遗移华州掾与亲故别因出此门有悲往事[1]（五律）

此道昔归顺，[2]	这道路，我当年逃回行都时曾走过，
西郊胡正繁。	那时京城西郊，到处胡兵住满。
至今犹破胆，	如今我走过时还觉得胆寒，
应有未招魂。[3]	该有丢失的魂魄没有招还。

近侍归京邑，④	我这个近侍官终于回到长安，
移官岂至尊。⑤	这次遭到贬官难道是皇上的意愿？
无才日衰老，	我没有才能，年纪却日益衰老，
驻马望千门。⑥	不禁停下马，向皇宫千门万户遥看。

注释：

① 金光门，是长安外郭城的西门，在它的南面和北面还各有一道西门。杜甫于至德元载冬被叛军俘回长安，至德二载夏，逃出长安前往凤翔肃宗行在，是从金光门出城的。乾元元年六月，继房琯、贾至、严武被贬之后，杜甫被贬为华州司功参军。这是华州刺史属下的掾曹，故诗题中称“华州掾”。到华州去，应当出东门，如今却出金光门，可能是为了向亲友告别而绕道。经过金光门时，不免想起逃往凤翔的往事，杜甫就写了这首诗。

② 昔归顺，指至德二载夏回到凤翔行在的事。

③ 由于当年出城时冒着生命危险，十分害怕，因而诗中说曾丢失魂魄未能招回。参看第五卷《彭衙行》注⑭。

④《杜臆》：“‘近侍归京邑’，去拾遗而赴华州也。华阴为京师傍县，故云京邑。旧云侍从还京者非是。”其实，既贬官，不得复称“近侍”，去华州，更不得言“归”字。旧注谓“侍从还京”，是正确的。译诗从旧说。

⑤ 这句诗是说贬官由于遭谗，而不是出于皇帝本意。

⑥ 千门，指皇宫的各个建筑物的门户。这句诗表达了对皇帝依恋的心情。

◎ 寄高三十五詹事① （五律）

安稳高詹事，②	高詹事，您的日子可过得安稳？
兵戈久索居。③	战乱中，您长久离开朋友孤独生活。

时来知宦达，	该知道，时运来了仕途就会通达，
岁晚莫情疏。	年纪虽老，友情却也不该疏阔。
天上多鸿雁，④	天上能带信的鸿雁接连着飞过，
池中足鲤鱼。⑤	池里会传书的鲤鱼也够多。
相看过半百，	我们都是五十来岁的人了，
不寄一行书。	您怎么一行书信也不寄给我？

注释：

① 高适，天宝三载（744 年）曾与李白、杜甫在洛阳相识，后同游梁宋、齐州。天宝十一载，杜甫与高适又在长安相聚，曾一起登慈恩寺塔赋诗。次年初夏，高适参加了哥舒翰幕府，杜甫曾有诗赠给他。至德元载十二月，得到肃宗信任，以兼御史大夫身份出任扬州大都督府长史、淮南节度使，积极参与平定永王璘的战役。后来受到李辅国的中伤与排挤，于至德二载冬改授太子少詹事，移驻收复不久的东都洛阳。乾元二年五月出任彭州刺史。这首诗是高适任太子少詹事期间，杜甫寄给他的，时间应在乾元元年六月贬官以前。

②《仇注》引《世说》：“顾长康笺：行人安稳，布帆无恙。”“安稳”是古代人们相互问候的习用语。

③《礼·檀弓》：“吾离群而索居。”注：“索，犹散也”，意思是离开朋友而散处。

④ 我国古代有鱼雁传书之说。据《汉书·苏武传》，苏武被匈奴强留十九年，汉宣帝索苏武，匈奴诡称其已死。后汉使称曾得苏武系于雁足的帛书，单于才允许放归苏武。这就是“鸿雁传书”的来源。

⑤ 古诗：“客从远方来，遗我双鲤鱼。呼童烹鲤鱼，中有尺素书。”又李商隐“双鲤迢迢一纸书”注：“唐人寄鱼，常以尺素结成双鲤之形。”由此而有“双鲤传书”之说。这两句诗是说当时寄信已很方便，东都、西京相距不远，没有不通信的理由。诗句最后两句，又进一步提出应该多通信的原因。

◎ 赠高式颜[①]（五律）

昔别是何处，	记不起那年分别是在哪里，
相逢皆老夫。	如今相逢我们都已到了老年。
故人还寂寞，	老朋友还是这样抑郁不得意，
削迹共艰虞。[②]	长久不相互来往，却同样艰难。
自失论文友，[③]	自从失去了谈论诗文的朋友，
空知卖酒垆。[④]	只剩下那曾一起饮过酒的小酒店。
平生飞动意，[⑤]	年轻时那种奋发飞腾的意向，
见尔不能无。[⑥]	看到您不觉又重新出现。

注释：

① 高式颜是高适族侄，他于天宝初年与高适同游梁宋，与杜甫的结交大概也在那个时期。高式颜一生不得意，杜甫对他深表同情，引为知己。黄鹤编此诗于天宝十五载，《仇注》本订为乾元初，杜甫出为华州司功时。单复编在夔州诗中，订为大历年间所作。杨伦赞同此说，因诗中“自失论文友，空知卖酒垆”两句是指高适而言，作诗时高适已死（按高适卒于永泰元年，即765年正月）。

② 削迹，匿迹，意思是不到某一处地方。如《庄子·渔父》：“丘再逐于鲁，削迹于卫。”这里指“相互削迹”，即相互不交往。

③ 论文友，注家多认为是指高适。

④ 卖酒垆，出于《晋书·王戎传》，王戎有一次经过黄公酒垆下，对后车客说：“吾昔与嵇叔夜（康）、阮嗣宗（籍）酣饮于此，竹林之游，亦与其末。自嵇阮云亡，吾便为时之所羁绁，今日视之虽近，邈若山河。”与“山河依旧，人物已非”的感叹相似，所表达的是悼亡之情。这里应为对亡友高适的怀念。“酒垆”是小酒店中安放酒瓮的土墩，诗中常以此借代酒店。

⑤《仇注》：“见式（指高式颜）而意仍飞动，文酒之兴勃然也。”诗句是“平生飞动意”，不应指一时诗酒之兴，而应指“少年壮志”，主要是指政治抱负。

⑥ 见尔不能无，可以有两种理解：一是因高式颜为年轻时交的朋友，因此见了他不禁想起往日的雄心壮志；另一是高式颜年龄较轻，他的言论、思想情绪仍慷慨激昂，以致激发起了杜甫过去曾有过的壮志豪情。

◎ 题郑县亭子[①]（七律）

郑县亭子涧之滨，	郑县的这座亭子坐落在涧水滨，
户牖凭高发兴新。	站在高高窗下，激发起新的雅兴。
云断岳莲临大路，[②]	大路对面，西岳莲花峰被云烟遮断，
天晴宫柳暗长春。[③]	柳树掩映的长春宫晴天也看不分明。
巢边野雀欺群燕，	野雀在自己巢边欺侮飞过的群燕，
花底山蜂远趁人。[④]	花枝下，山蜂追人不让人走近。
更欲题诗满青竹，[⑤]	我还想写诗，把青竹简上写满，
晚来幽独恐伤神。	又怕黄昏幽静，独自一人更觉伤情。

注释：

① 郑县在今陕西省华县西北。周朝郑桓公封于此，称郑国，秦代称郑县。唐时，华州治在郑县。陆游《老学庵笔记》："先君入蜀时，至华之郑县，过西溪。……其地在官道旁七八十步，澄深可爱，亭曰西溪亭，盖杜工部诗所谓'郑县亭子涧之滨'者。……有楠木版揭梁间甚大，书杜诗，笔亦雄劲，体杂颜柳，不知何人书，墨挺然出版上甚异。或云墨着楠木皆如此。"这亭子，大概是驿亭之类。乾元元年六月，杜甫贬华州司功时，路经此亭，写了这首诗。

② 岳莲，西岳莲花峰之简称。大路，《仇注》引《通鉴注》："自渑池西入关，有两路。南路由回溪阪，自汉以前皆由之。曹公恶路险，更开北路。遂以北路为大路。"近人据此解说这诗中的"大路"是专指这条路而言，非通名。其实，入潼关之"大路"，东起渑池，西迄潼关，与郑县亭子无关。这里的大路，可能即注①所引陆游笔记中所

说的“官道”。

③ 长春宫，北周宇文护所建，唐高祖李渊起兵，渡黄河后驻此。在同州朝邑县（现并入陕西省大荔县），位于郑县之北。

④“野雀”“山峰”两句，可能是写当时所见，但显然也是一种比喻，讽刺在朝廷中排挤直臣的奸臣。

⑤《仇注》：“满青竹，刻诗于竹上。”恐非。青竹，意思同“青简”，指写诗的竹片。唐代早已不用竹简，纸已很普遍，诗中仍说“题诗青竹”，大概只是修辞手法。

◎ 望岳[①]（七律）

西岳崚嶒竦处尊，[②]	西岳高峰突兀高耸最崇尊，
诸峰罗立似儿孙。[③]	其他一些山峰围着它像它的儿孙。
安得仙人九节杖，[④]	我怎能得到一根九节仙杖，
拄到玉女洗头盆。[⑤]	拄着它上山，一直走到“玉女洗头盆”。
车箱入谷无归路，[⑥]	车箱谷，真像有个车厢驶进去不再能驶出，
箭栝通天有一门。[⑦]	箭柏丛中有一条道路通向高高的南天门。
稍待秋风凉冷后，	过些时，等秋风把天气吹得凉爽些，
高寻白帝问真源。[⑧]	再登上高峰去寻找白帝把道家的真理询问。

注释：

① 这是在华州远望西岳华山所写的诗。杜甫于乾元元年六月贬华州，这诗大概写于夏秋间，欲上华山，因天气炎热未去，只能远眺并根据别人的介绍，想象华山景物。

② 崚嶒，音“零层”（líng céng），山势高险貌，西岳指华山主峰，即莲花峰。

③ 诸峰，指东峰仙人掌、南峰落雁峰及云台、公主、毛女诸峰。此数峰环拱中峰，较

中峰低矮。

④《仇注》引《真诰》:“杨羲梦蓬莱仙翁,拄赤九节杖而视白龙。”登山须手杖,诗中说希望得到道教神话中之“仙人九节杖”,以此渲染道教的气氛。华山为道教圣地,所以诗中这样表达。

⑤《仇注》引《集仙录》:“明星玉女,居华山,服玉浆,白日升天,祠前有五石臼,号玉女洗头盆。其水碧绿澄彻,雨不加溢,旱不减耗。”这也是华山上一处与道教神话有关的自然景观。

⑥ 据山东大学《杜甫全集》校注组《访古学诗万里行》一书中的描述:“出百尺峡,过二仙桥,在桥西崖,有车箱谷,形似一辆巨大的古时候的车子,行人沿着车轮走过去。……如果世上果真有这样大的车子,而又误入了这样狭窄的山沟,可真是进退维谷了。杜甫的《望岳》诗中‘车箱入谷无归路’,即指此处。”(见该书第91页)

⑦ 旧注有说“箭栝”指箭栝峰,但华山无此峰。《仇注》:“《初学纪·事类》,亦以莲峰对柏箭,则箭栝乃柏字之讹。”按《书·禹贡·传》:“柏叶松身曰栝。”《集韵》则说“桧,柏叶松身,或作栝”。唐代华山中可能有一处桧柏聚生之处,或即在南天门附近,因此诗中才这样写。“栝”音“刮”(guā),即桧树。译诗中写成“箭柏”。

⑧ 白帝,即少昊,古代神话说他是西方之帝,据《洞天记》,少昊白帝,治西岳。《仇注》引梁刘孝仪诗:“降道访真源。”问真源,指探究道教的教义。杜甫的信仰驳杂,往往自相矛盾,也曾多次表示过想学道修仙,但这诗末句所说实际上只是登华山顶峰一览胜景的愿望。

◎ 早秋苦热堆案相仍[1](七律)

七月六日苦炎蒸,	七月六日这天又热又闷真叫人苦煞,
对食暂餐还不能。	对着饭菜想多少吃些也不行。
常愁夜来皆是蝎,[2]	夜晚还担心到处爬的蝎子,
况乃秋后转多蝇。	何况立秋之后又增多了苍蝇。

束带发狂欲大叫，[3] 系上衣带，暴躁得想大声叫喊，
簿书何急来相仍。 簿册文书频频送来，又催得很紧。
南望青松架短壑， 望南面，青松横卧在狭窄溪谷上，
安得赤脚踏层冰。[4] 恨不得赤着脚踏上厚厚的寒冰。

注释:

① 王嗣奭说："公以天子侍臣，因直言左迁州掾，长官自宜破格相待，公以六月到州，七月六日而急以簿书，是以常掾畜之，其何以堪？故借早秋之热，蝇蝎之苦，以发其郁蒸愤闷之怀，于'簿书何急'微露意焉。"杜甫初到华州，遇上了初秋的酷热，正如今日俗说的"秋老虎"天气；加上多蝇蝎，又不断有公务压下来急待料理，憋着被贬谪的一肚气的杜甫遇到这种苦事自然难忍。发而为诗，就写出这样一篇看似粗俗，实际上却真切反映他当时生活状况与思想的诗。诗题中的"堆案"，指堆在案上等待处理的公文。"相仍"的"仍"，是作动词用的，原意是累次、频频等，在唐时是口语，与今日的"麻烦"有些类似。

② 皆是，从赵注改，旧本作"自足"。多蝎，多蝇，是实际情况。

③《仇注》引陶潜诗："束带候鸡鸣。"束带，指入官署办理公务前不得不穿戴整齐。这时尚在家中，故仍可大叫泄愤。

④ 这句诗表达了在炎热中的偏激愿望。

◎ 观安西兵过赴关中待命二首[1] （五律）

四镇富精锐，[2] 安西四镇的兵又多又精锐，
摧锋皆绝伦。 冲锋陷阵的本领个个超群绝伦。
还闻献士卒，[3] 曾听说安西兵调给了皇上指挥，
足以静风尘。 依靠他们定能够平息战争风尘。

老马夜知道，	老马在夜晚还能辨识道路，
苍鹰饥著人。④	苍鹰饥饿时就紧紧跟着主人。
临危经久战，	这支军队曾面对艰危，长期战斗，
用急始如神。⑤	到紧要关头才迅猛如神。

注释：

① 安西兵，原指安西都护所属的兵。都护府在今新疆境，贞观中，平高昌后设置。当时设在交河，显庆年间平龟兹移安西都护府到龟兹。开元以后，改设安西节度使。安史乱后，唐朝驻军撤离西北地区，至德元年，更名镇西北庭行营，设节度使统之。李嗣业于乾元元年六月为怀州节度使，充镇西北庭行营节度使。这诗题中所说的安西兵，就是李嗣业统率的军队。这一年秋季，调李嗣业所部往京都长安待命，经过华州，杜甫看到了这支久经沙场的军队，把最后消灭叛军的希望寄托在他们身上，写了这两首赞颂的诗。

② 安西军驻在西北边疆时，都护下设龟兹、畋沙、疏勒、焉耆四镇都督。当李嗣业的军队驻在河南境内时，仍保留四镇的名称。

③ 献士卒，把军队交给皇上指挥。指肃宗在灵武时诏李嗣业赴行在的事。

④ 老马、饥鹰，据《仇注》，前者，“喻主将之惯战”；后者，“喻军队之敢入”。老马识途，出于《韩非子》：齐桓公伐孤竹国失道，管仲说“老马之智可用”，放老马而随之，终于找到了路。饥鹰，见第二卷《送高三十五书记》注⑤。

⑤《三国志·魏书》：“荀彧谓曹操曰：‘公用兵如神’。”如神，赞美用兵之灵活与迅猛。

◎ 其二（五律）

奇兵不在众，	用兵要指挥灵活倒不要人多，

万马救中原。[①]	有一万骑兵就能挽救中原的危险。
谈笑无河北，[②]	一边行军，一边谈笑，不把河北叛军放在眼里，
心肝奉至尊。	红心赤胆，一起向皇上奉献。
孤云随杀气，[③]	孤飞的浮云跟随着杀气腾腾的士兵们行进，
飞鸟避辕门。	连空中飞鸟也吓得离开军营门前。
竟日留欢乐，	停留下来，度过了欢乐的一天，
城池未觉喧。[④]	城池里，人们也不觉得吵嚷闹喧。

注释:

① 中原，指黄河中游两岸。当时，洛阳虽已收复，但黄河北岸叛军仍甚嚣张，威胁着唐朝的心脏地带。

② 唐朝设置河北道，领孟、怀、魏、博、相、卫、贝、澶等二十九州，相当于现在的河南省黄河以北以及山东、河北两省。当时是安史残部主力盘踞的地方。谈笑无河北，是说安西兵的士气高涨，不把河北叛军放在眼中。

③《仇注》:“云随杀气，见兵威振肃；鸟避辕门，见号令森严。”

④ 最后两句诗是赞安西兵军纪严明，不扰民，军民关系融洽。

◎ 九日蓝田崔氏庄[①]（七律）

老去悲秋强自宽，	年纪老了，到秋天不免悲愁，只是勉强把心放宽，
兴来今日尽君欢。	今天总算有了兴致，就和你们尽情欢乐一天。
羞将短发还吹帽，[②]	头发太短已使我觉得羞愧，偏偏帽子又被风吹落，
笑倩旁人为正冠。	笑着请人帮我戴好，别让它偏。
蓝水远从千涧落，[③]	成千条山涧从远山流出汇成蓝水，

玉山高并两峰寒。[④]	玉山和云台双峰一样高耸，散布着微寒。
明年此会知谁健，	明年重九再聚会时不知谁还健在，
醉把茱萸仔细看。[⑤]	带着醉意，拿起茱萸仔细观看。

注释：

① 唐代的蓝田县，属京兆府，在今陕西省蓝田县西。据黄鹤说，这诗是杜甫于乾元元年任华州司功时，至蓝田而作。唐代很重视“九日”（重九，重阳），杜诗集中九日聚会之诗很多，从中可见当时习俗。崔氏，不能确定是何人，但据推测或许是崔季重。天宝年间，崔曾任濮阳太守，王维有《崔濮阳兄季重前山兴》一诗，王维山庄在蓝田，崔是他的邻居。也有人说，崔氏是崔兴宗，是王维的表弟。长安收复以后的第一个九日，因战乱而离散的亲友们在蓝田崔氏庄欢度节日，杜甫这首诗记述了当时的盛况，但仍不能抑止心中的烦忧与萧条之感，诗中时有流露。

②《晋书·孟嘉传》：“（孟嘉）后为征西桓温参军，温甚重之。九月九日，温燕（宴）龙山，寮佐毕集。时佐吏并著戎服，有风至，吹嘉帽堕落，嘉不知觉。……（桓温）命孙盛作文嘲嘉，著嘉坐处。嘉还见，即答之，其文甚美。”杜甫在诗中用了这样一个故事，但主要却是写自己发短年衰的忧伤，似乎是写欢乐的事，但却是强作欢颜。下一句诗中之“笑倩旁人”的喜态，正是把愁闷强忍住才装出来的。这样就把悲痛的心情更深刻地表现出来。

③ 蓝水，即蓝溪，源出蓝田县东的蓝田谷，西北流入灞水。《三秦记》载：蓝田有川，方三十里，其水北流，出玉石，合溪谷之水为蓝水。也就是这条河。

④ 蓝田山，在蓝田县西三十里，又名玉山。据朱鹤龄注，“两峰”指华山东北云台山的两座山峰。

⑤ 佩茱萸囊，插茱萸叶，是唐代九日风俗，谓可去灾疫。茱萸是一种药用植物。王维《九月九日忆山东兄弟》：“独在异乡为异客，每逢佳节倍思亲。遥知兄弟登高处，遍插茱萸少一人。”这诗中则说“醉把茱萸仔细看”，意思是珍惜这个九日之会；今天看到这茱萸了，明年能否再看到，已不能断定。这反映了人生无常之感。

◎ 崔氏东山草堂[①]（七律）

爱汝玉山草堂静，[②]	我爱你家玉山草堂的宁静，
高秋爽气相鲜新。[③]	在高旷的秋空中更觉得爽适清新。
有时自发钟磬响，[④]	有时不知从哪里传来了钟磬声，
落日更见渔樵人。	落日余光下还看得见渔樵的身影。
盘剥白鸦谷口栗，	盘里盛着剥了壳的白鸦谷口栗，
饭煮青泥坊底芹。[⑤]	和米一起煮的是青泥堤下的香芹。
何为西庄王给事，[⑥]	西庄主人王给事是为了什么原因，
柴门空闭锁松筠。	空关着柴门锁住满园的松筠。

注释：

① 东山草堂，即前一首诗蓝田崔氏庄的草堂，也就是玉山草堂。杜甫在蓝田崔氏庄欢度九日之后，又留在庄中草堂小住，这诗反映了当时的生活和悠闲的心情。

② 汝，指崔氏。玉山草堂，即东山草堂。

③ 这句诗说的是“玉山草堂”与“高秋爽气”的关系。草堂不但静，在秋天的爽气中更给人以清新的感觉。

④ 王维《辋川》诗有云：“谷口疏钟动，渔樵稍欲稀。”杜甫这两句诗所写的是同样景物。

⑤ 白鸦谷、青泥坊均为地名，前者产栗，后者产芹。“坊”字，《仇注》谓“音防，与防通”，又引《说文》：“防，即堤也。”

⑥ 王给事，指王维。肃宗还京后，任太子中允，乾元初，恢复了给事中的职位。王维在蓝田山有辋川别墅，原是宋之问的旧居，在崔氏东庄西面。故诗中称王为“西庄王给事”。最后两句诗是对王维的思念，同时也是讽喻他何必留恋官位，不如早日归隐，享田园之乐。

◎ 遣兴三首[①]（五古）

我今日夜忧，	我如今日夜忧伤，
诸弟各异方。	因为弟弟们分散在不同地方。
不知死与生，	不知道他们是活着，还是已死亡，
何况道路长。	加上道路又那么漫长。
避寇一分散，	逃避贼寇，一家人分散，
饥寒永相望。	永远相互担心着饥寒，相互想望。
岂无柴门归，[②]	难道没有一个家可以回去团聚，
欲出畏虎狼。[③]	可是想出门又怕路上遇到虎狼。
仰看云中雁，	仰头看云中飞过的雁群，
禽鸟亦有行。[④]	这些禽鸟也能兄弟成行。

注释：

① 古代的所谓“兴”，是指各种各样的情绪、情感和某种短暂的文化行为冲动。有雅兴、诗兴、逸兴、归兴等。这里的“兴”，是思念诸弟与老家，是怀念往事，把这思念之情写出来，就使得抑郁愁思暂时得到排遣，因此诗题名《遣兴》。第三首有“烟尘阻长河，树羽成皋间”句，可知此三诗作于乾元元年秋，唐官军围攻相州安庆绪叛军时。

② 柴门，指杜甫在偃师县的家。杜甫三十岁时，在偃师县西北二十五里首阳山下筑陆浑山庄。

③ 虎狼，喻安史叛军。

④ 古代常以雁行比喻兄弟。这里羡慕雁飞排列成行，意思是羡慕它们能兄弟相聚。

◎ 其二（五古）

蓬生非无根，[①]	蓬草并不是没有生根，
漂荡随高风。	却被秋风吹得到处飘荡。
天寒落万里，	在寒冷天气流落到万里外，
不复归本丛。	不能再回到原来聚生的地方。
客子念故宅，[②]	漂流异乡的游子想念老家，
三年门巷空。	三年了，那里只剩下空门巷。
怅望但烽火，	向那里惆怅地看望，只看见烽火，
戎车满关东。[③]	关东一带到处是兵车来往。
生涯能几何？	人一辈子能有多长？
常在羁旅中。	却常常被困在旅途上。

注释：

① 此四句以蓬草比喻乱世的人生。

② 故宅，见上一首诗的注②。

③ 关东，函谷关以东，指洛阳附近的地方。杜甫的老家就在那里。那里还常有战事，因此他不能回家探望。

◎ 其三（五古）

昔在洛阳时，[①]	记得当年在洛阳的时候，
亲友相追攀。	亲友们常相互跟随着牵着手走。

送客东郊道，	在东郊的大路上送客，
遨游宿南山。[2]	在南山上过夜，尽情遨游。
烟尘阻长河，[3]	如今战争烟尘把黄河隔断，
树羽成皋间。[4]	战旗插遍成皋关的山头。
回首载酒地，	回想往日带着酒去游逛的地方，
岂无一日还。	难道就不会有一天再去重游？
丈夫贵壮健，	大丈夫最重视身体壮健，
惨戚非朱颜。	老是哀愁会使得红色的面颜黄瘦。

注释：

① 杜甫于开元二十九年（741 年）至天宝四载（745 年）这一段时期，除两度出游而外，常住离洛阳不远的陆浑山庄。杜甫的姑母家住在洛阳，杜甫于儿时和年轻时常住洛阳姑母家中。

② 南山，指洛阳南郊之伊阙龙门。这句诗似乎是指游宿龙门奉先寺的事，见第一卷《游龙门奉先寺》。

③ 长河，即黄河。当时黄河北岸仍在安庆绪叛军占领下。

④《仇注》引陆机《洛阳记》：“洛阳四关，东有成皋关，在汜水县东南二里。当时进攻安庆绪的官军，以洛阳附近为根据地，驻军云集。”

◎ 独立[1] （五律）

空外一鸷鸟，	天空那边，有一只猛禽，
河间双白鸥。	河心里，有一对白鸥。
飘飖搏击便，[2]	那猛禽乘着风势，随时能够搏击，

容易往来游。[3]　　那白鸥却无忧无虑往来遨游。
草露亦多湿，　　草上的露水也常会把人沾湿，
蛛丝仍未收。　　蜘蛛在吐丝结网，还没有收。
天机近人事，　　自然奥妙和人生情况多相似，
独立万端忧。[4]　　我独自站着闲眺，心里涌起万般烦忧。

注释：

① 这是一首哲理诗。从所看到的自然景物联想到人世间的情况，说明人的主观认识的局限性和社会矛盾、社会斗争的尖锐性，流露出对国事和自己处境的忧虑。旧编在乾元元年华州诗中。

②《仇注》引曹植诗“飘飖随长风”。

③ 容易，指从容、自在的心理状态。

④ 诗题的“独立”一词直到最后才揭出。前六句所写景物，是独立所见；而独立时的感触则是忧虑多端。

◎ 至日遣兴奉寄北省旧阁老两院故人二首[1]（七律）

去岁兹晨捧御床，[2]　　去年这个早晨正侍立在御榻旁，
五更三点入鹓行。[3]　　五更三点，大家整齐地排列成行。
欲知趋走伤心地，[4]　　该知道我如今在这里奔走忙碌是多么伤心，
正想氤氲满眼香。[5]　　还在想念着宫殿里弥漫着的烟香。
无路从容陪笑语，　　没法到你们身边陪你们随意谈笑，
有时颠倒著衣裳。[6]　　有时竟忙乱得颠倒穿着衣裳。
何人却忆穷愁日，　　谁还记得起我这个人在愁苦度日，

日日愁随一线长。[7]　　烦恼随着冬至后的日光一天比一天加长。

注释:

① 这诗写于乾元元年冬至日。杜甫在华州任司功，忙于应付公务，精神痛苦，想起了去年今日上朝的情景，更加郁闷，于是写了这两首《遣兴》寄给原来在门下省、中书省同事的官员们。北省，据《仇注》引《通典》，唐代人称门下、中书为北省。旧阁老，指原任给事中的严武和中书舍人的贾至。可参看第五卷《留别贾严二阁老两院补阙》注①及本卷《送贾阁老出汝州》注①。两院故人，指中书、门下两省的拾遗、补阙等官员。

② 去岁兹晨，指至德二载的冬至早晨。那时收京不久，冬至日参与早朝的多为从行在凤翔扈从肃宗回京的官员。

③ 五更三点，古代计时的时间名称，在清晨。鹓行，有时称"鹓鹭行""鸳鹭行"，《说文》："鸳鹭立有行列，故以喻朝班。"

④ 趋走，指在华州司功任内为公务忙碌。第三卷《官定后戏赠》有"老夫怕趋走，率府且逍遥"句，可参看。

⑤ 氤氲，音"因晕"(yīn yūn)，烟气弥漫的样子，此处指上朝时殿内的焚香。

⑥《诗·齐风·东方未明》："东方未明，颠倒衣裳。"诗中用"颠倒衣裳"一语来描写忙乱的情况。

⑦《仇注》："《岁时记》：'魏晋间宫中以红线量日影，冬至后日影添长一线。'《唐杂录》：'唐宫中以女工揆日之长短，比常日增一线之工。'"按冬至后，白昼渐渐增长，译诗中略述诗句之含意。

◎ 其二（七律）

忆昨逍遥供奉班，[1]　　回想往昔我在近侍行列里多逍遥，

去年今日侍龙颜。	去年今天正在殿上侍奉着皇上。
麒麟不动炉烟上,[②]	麒麟炉里，香烟笔直地向上升起，
孔雀徐开扇影还。[③]	孔雀扇慢慢分开，扇影移向一旁。
玉几由来天北极,[④]	皇帝的玉座从来是在天空的最北方，
朱衣只在殿中间。[⑤]	只有穿朱衣的大臣们站在殿中央。
孤城此日肠堪断,	我今天在这孤城里伤心得将要肠断，
愁对寒云雪满山。	忧愁地对着寒云和满山白雪眺望。

注释:

①《仇注》:“唐拾遗掌供奉讽谏。”供奉班，指皇帝的近侍诸臣。

② 麒麟，制作为麒麟形的香炉。不动，指无风，炉香直向上升。

③ 孔雀，指孔雀羽制的长柄扇。

④ 玉几，即玉座，皇帝的御座。天北极，喻地位之高。这句诗是说皇帝总是在高高的玉座上接受群臣的朝贺。

⑤《仇注》引《唐会要》:“开元二十五年，李适之奏：冬至大礼，朝参并六品清官，服朱衣，以下通服袴褶。”朱衣是六品以上大臣的礼服，而杜甫身居从八品上的左拾遗之职，是不够穿朱衣的资格的。如今，他不但无穿朱衣的资格，连站在朝上看到殿中间那些朱衣大臣们也不可能了。心情悲苦，于此可见一斑。

◎ 路逢襄阳杨少府入城戏呈杨四员外绾[①]（五律）

寄语杨员外,	请给杨员外捎个信，
山寒少茯苓。[②]	山里天气寒冷，很难采得茯苓。
归来稍暄暖,	等我回华州时天气和暖些，

当为劚青冥。[3]	一定到青葱的老松下去挖掘找寻。
翻动龙蛇窟，[4]	要把松根下的龙蛇洞窟翻遍，
封题鸟兽形。[5]	拣选像鸟兽的茯苓封好题上姓名寄给您。
兼将老藤杖，	还要带给您一根老藤手杖，
扶汝醉初醒。[6]	好让它扶着您酒醉初醒时步行。

注释：

① 杨绾，华州华阴县人。他和杜甫一样，于陷贼后冒险奔赴行在，拜起居舍人，知制诰。对杜甫来说也是“两院故人”。回京后，任司勋员外郎。杜甫贬华州时，他曾托杜甫在华州采集茯苓寄给他。旧本诗题下有原注：“甫赴华州日，许寄员外茯苓。”就是指这件事。杜甫于乾元元年年底，自华州回洛阳探家，在路上，正碰到襄阳杨少府到长安去，就请他带这首诗给杨绾。诗中免除了客套，且杂戏谑，故称“戏呈”，以表示与一般赠诗不同。

② 茯苓，一种寄生在松根上的块球状菌类，是中医常用的药材。盛产于华山、嵩山的松林中。

③《仇注》：“近日吴沅云：‘偃盖老松，下有茯苓。天色晴霁时，松下有青气一股，斜注地边，掘之可得茯苓。’此即劚青冥之说也。”《仇注》又云：“张衡《南都赋》‘青冥芊眠’，公（指杜甫）《苦竹》诗‘青冥亦自守’，又《高楠》诗‘楠树色冥冥，江边一盖青。’故知青冥为树色。”《仇注》之后一说较为合理。译诗从后说。

④《仇注》引傅玄《桃赋》：“根龙蛇而云结兮。”又引王勃《山亭序》：“征石髓于龙蛇之窟。”龙蛇窟，喻松根下茯苓生长的地方。

⑤《仇注》引陶隐居《本草》：“茯苓皮黑而皱，内坚白，形如鸟兽龟鳖者良。”

⑥ 这句诗是针对杨绾嗜酒而发，是戏谑之言。

◎ 冬末以事之东都湖城东遇孟云卿复归刘颢宅宿宴饮散因为醉歌[①]（七古）

疾风吹尘暗河县，[②]	狂风吹来的尘沙把黄河边的县城遮暗，
行子隔手不相见。	行人隔一手远就相互不能看见。
湖城城东一开眼，	在湖城城东我才睁开了双眼，
驻马偶识云卿面。[③]	停下马，偶然发现云卿就在面前。
向非刘颢为地主，[④]	假如不是知道刘颢能尽地主之谊，
懒回鞭辔成高宴。[⑤]	我才懒得回马促成这次盛宴。
刘侯欢我携客来，	刘公显得很高兴，当我带着客人来临，
置酒张灯促华馔。	张灯摆酒，催促送上丰富的肴馔。
且将款曲终今夕，	今天一整夜，要把心坎里话畅谈，
休语艰难尚酣战。	只不要提起战争还激烈，国事还很艰难。
照室红炉簇曙花，	炉火映红一室，像拂晓时丛丛鲜花绚烂，
萦窗素月垂秋练。	皎洁的秋夜月光，像白色的练帛挂在窗前。
天开地裂长安陌，	长安街头曾遇到天崩地裂的灾祸，
寒尽春生洛阳殿。[⑥]	如今严寒过去，春光又来到洛阳宫殿。
岂知驱车复同轨，[⑦]	哪里会想到乘车又走上同一条路，
可惜刻漏随更箭。[⑧]	可惜光阴消逝，随着报时更箭。
人生会合不可常，	人生不可能总是团聚在一起，
庭树鸡鸣泪如霰。	当院里树上的鸡啼时，我们的泪水如雪珠般飞溅。

注释：

① 孟云卿，于乾元元年六月曾与杜甫在长安相见，当时曾相互赠诗，参看本卷《酬孟云卿》一诗及注①。湖城，原名汉湖县，后改名为湖城县，属虢州；县早废，故城在原阌乡县城东四十里。杜甫回洛阳，经过湖城，住在友人刘颢家。第二天继续东

行，在湖城县东面的路上遇见孟云卿，又一起回到湖城，在刘颢家欢宴畅谈了一夜。这首诗就是在宴饮散后写的。

② 因为湖城县靠近黄河，故称河县。

③ 这句诗“识”字，意思不是“认识”，而是“发现”“看出”。

④ 为地主，意思不是“是地主”，而是“作地主”，“尽地主之谊”，即以本地人的身份来招待朋友。这句诗是说前一天在湖城受到当地人刘颢招待的事。

⑤ 鞭辔，马的代称。

⑥ 以长安的“天开地裂”与洛阳的“寒尽春生”来概括安史战乱形势最严重的时期和胜利的到来。

⑦ 同轨，指同一条道路，也就是指两人在途中的偶然相遇。

⑧ 刻漏、更箭，计时的铜壶滴漏与报时的信号，参看第三卷《奉赠太常张卿垍》注⑰。

◎ 阌乡姜七少府设鲙戏赠长歌[①]（七古）

姜侯设鲙当严冬，　　姜公举行鱼鲙宴的时候正是严冬，
昨日今日皆天风。　　昨天、今天，天上都在刮大风。
河冻味鱼不易得，[②]　　河水结冰，美味的鲜鱼不易得到，
凿冰恐侵河伯宫。[③]　　凿冰捕鱼怕要侵扰河伯的水晶宫。
饔人受鱼鲛人手，[④]　　厨师从渔人手里接过活鱼，
洗鱼磨刀鱼眼红。　　磨刀，洗鱼，鱼的双眼红通通。
无声细下飞碎雪，　　那细细的鱼鲙飞出像碎雪没有声音，
有骨已剁觜春葱。[⑤]　　连鱼骨也剁碎，碎片薄得像春葱。
落砧何曾白纸湿，[⑥]　　从砧板上取下放在白纸上纸也不湿，
放箸未觉金盘空。　　放下筷子时不觉金盘已经吃空。

偏劝腹腴愧年少，[7] 肚皮上的肥美处尽让我吃，我愧对满座少年，
软炊香饭缘老翁。 香饭焖得软软的，都是为了我这个老翁。
新欢便饱姜侯德，[8] 结交不久，我就饱受姜公的厚恩，
清觞异味情屡极。 清醇的酒，珍奇的美味，一次次寄托着他无限情意。
东归贪路自觉难，[9] 我要回东都去，想早点上路却感到为难，
欲别上马身无力。 告别上马时，浑身没有一点力气。
可怜为人好心事， 您的为人实在可爱，对人真是关心体贴，
于我见子真颜色。 从您对我的款待中看出您的本色。
不恨我衰子贵时， 有一天，您富贵了，我纵然衰朽也不觉得遗憾，
怅望且为今相忆。 我将惆怅地回忆今天的聚会。

注释：

① 阌乡县，在今灵宝市（原虢略镇）西北不远，现已并入灵宝市。“阌”音“文”（wén）。乾元元年年底，杜甫自华州赴东都探亲，路过阌乡县，有位姓姜的县尉专为杜甫设了一次鱼鲙宴。姜少府虽与杜甫是新交，但对杜甫的情谊十分真挚深厚，因此杜甫写了这首歌赠给他。诗中述设鱼鲙宴的情况，写出世俗之乐，用了许多俗语，故称“戏赠”。

② 各种版本的杜集中，“河冻味鱼”有异文，《仇注》：“一作‘黄河美鱼’，一作‘未渔’，一作‘冰鱼’，一作‘取鱼’；潘淳《诗话》作‘味鱼’；《朱注》作‘鮇鱼’。”译诗写作“美味的鲜鱼”。

③ 河伯，即水神。

④ 饔人，主持割烹之事的厨师。“饔”音“庸”（yōng），“饔人”又作“雍人”。潘岳《西征赋》：“雍（饔）人细切，銮刀若飞。”鲛人，在我国神话中，是一种半鱼半人的生物，居于水中，善织绡，泪水成珠。这里则是指渔人，与神话无关。

⑤ 觜，通“嘴”。《仇注》引《杜臆》：“觜春葱，啄鲙如葱之脆。‘觜’音‘追’，啄也。”又说：“胡夏客作‘胔’。胔，肉也。言去骨留肉而杂以春葱。”译诗据诗意申述，未据旧说。

⑥《仇注》引邵宝注："凡作鲙，以灰去血水，用纸以隔之。"又引《齐民要术》："切鲙不得洗，洗则鲙湿。"

⑦ 腹腴，鱼肚皮上的肥美处。因为美味独占，故愧对同席的少年人。

⑧ 新欢，表明杜甫与姜少府是新结识的友人。

⑨ 东归，指东归洛阳。贪路，指起早摸黑地赶路。这句诗说明次晨要早起赶路，姜少府盛情款待，宴会拖得很长，故感到为难。

◎ 戏赠阌乡秦少府短歌[1]（七古）

去年行宫当太白，[2]	去年，皇帝的行宫设在太白山下，
朝回君是同舍客。	我们退朝回来在同一间客舍过夜。
同心不减骨肉亲，	你的心意和我相同，对我像对骨肉一样亲近，
每语见许文章伯。	每次相谈，都称赞我的诗文第一。
今日时清两京道，	如今东京、西京都已经太平，
相逢苦觉人情好。	和您相逢时，深深感到人世间要数友情最美好。
昨夜邀欢乐更无，[3]	昨夜邀我相聚，没有比这样的宴饮更欢乐，
多才依旧能潦倒。[4]	您这样多才的人，竟然仍这样失意潦倒！

注释：

① 据《旧唐书·职官志》，诸州上县，尉两人，从九品上。前面一首诗中说的是姜少府，这首诗说的是秦少府，都是阌乡县尉。姜少府是杜甫的新交，这位秦少府则是杜甫的老朋友，在凤翔时曾住在同一官舍。这是杜甫经过阌乡时，与他欢聚时赠给他的一首短歌。秦少府，吴若本作"少公"，一作"翁"。少公，也是对县尉的尊称。

② 太白，指太白山，在凤翔附近。

③ 这句诗有两种不同的理解：一是说昨夜没有欢乐，虽然被邀参加宴饮，但心中并不高兴；二是说昨夜的宴饮是难得的欢乐。译诗从后说。

④“潦倒”有两种意思，一种是常用的，即穷愁潦倒，很不得意，如《仇注》所说：“秦抱才而为下吏，故曰依旧潦倒。”另一种是作颓唐疏放解。嵇康《与山巨源绝交书》：“足下旧知吾潦倒粗疏，不切事情。”《北史·崔瞻传》：“魏天保以后，重吏事，谓容止蕴藉者为潦倒。”《钱笺》取后一种理解。译诗从《仇注》。

◎ 李鄠县丈人胡马行① （七古）

丈人骏马名胡骝，	李公有匹骏马，名字叫“胡骝”，
前年避贼过金牛。②	前年逃避贼寇，曾骑它到过梁州。
回鞭却走见天子，③	又掉转马头跑去见皇上，
朝饮汉水暮灵州。④	早晨在汉水边饮马，傍晚就到达灵州。
自矜胡骝奇绝代，	李公为这匹绝代少有的胡骝自豪，
乘出千人万人爱。	骑它出来，人人看了都喜爱。
一闻说尽急难才，⑤	一听到它在危急时救过人性命，
转益愁向驽骀辈。⑥	回头看着那些驽钝无能的马匹，心里就更觉得可悲。
头上锐耳批秋竹，⑦	头上的尖耳朵，像斜劈断的秋竹，
脚下高蹄削寒玉。⑧	脚下像寒玉削成的马蹄生得真厚。
始知神龙别有种，	看了才知道龙马的确是特殊的种，
不比俗马空多肉。	不像凡马那样空长了一身肉。
洛阳大道时再清，⑨	如今洛阳大道上风尘已经平静，
累日喜得与东行。	真高兴，一连几天和他一起东行。
凤臆龙鬐未易识，⑩	什么凤胸龙鬐，这些特色可不容易分清，
侧身注目长风生。	我侧身注视它，只觉得四蹄下有一股风刮得强劲。

注释:

① 杜甫在乾元元年冬前往洛阳的途中结识了鄠县（今写作“户县”）的李县令，与他同行了几天。李县令有一匹名叫“胡骝”的良马，他把这匹马的长处说给杜甫听，杜甫就为他写了这首诗。“胡骝”是西域产的良马，故诗题中说是胡马。又李县令年龄较大，故尊称他为丈人。

②《旧唐书》载，梁州金牛县，汉葭萌地。武德三年，分绵谷县置，属褒州，后州废，属梁州。在今陕西省宁强县东北。金牛，也可能是指金牛栈道，即南栈道，自陕西勉县西南，通到四川剑阁。李县令曾随玄宗经过汉中入蜀，所以这句诗这样说。

③ 这句诗中的“天子”是指肃宗李亨。这句诗是说李县令又从蜀中回到肃宗的行在。

④ 汉水，指陕西省南部地区的汉水上游。灵州，即灵武，肃宗即位的地方。

⑤ 急难，指救人的危难。李县令的马曾在途中救过他的性命，详情未说明。

⑥ 因为这匹胡马有这样多长处，相形之下，其他的驽马简直不值得一提了。驽骀，音“奴台”（nú tái），劣马。

⑦ 骏马的耳朵应如“批竹”，见第一卷《房兵曹胡马》注③。

⑧ 骏马的蹄应“高”，“高”就是厚的意思，见第二卷《高都护骢马行》注⑤。“削寒玉”有两解，一是说如寒玉削成的马蹄，一是说马蹄坚硬，可削寒玉。译诗用前说。

⑨ 乾元元年冬，黄河南岸诸州已平定，九节度攻克卫州，围安庆绪于邺城。自长安通往洛阳的大道已安宁，不再有战争烽烟。

⑩ 凤臆，即凤胸。龙鬐，即龙脊上的长毛。这里用这些来形容骏马的形貌。

◎ 观兵[①]（五律）

北庭送壮士，[②]	北庭节度使送兵经过东都，
貔虎数尤多。[③]	雄健魁梧的勇士特别多。
精锐旧无敌，	这支精锐部队向来无敌，
边隅今若何。[④]	不知前方形势如今究竟如何？
妖氛拥白马，[⑤]	叛贼的头领仍然气焰很高，
元帅待琱戈。[⑥]	官兵盼望着授给元帅琱戈。
莫守邺城下，	别尽在邺城下困守，
斩鲸辽海波。[⑦]	要渡过辽海直捣敌人老巢。

注释：

① 乾元元年冬，杜甫在洛阳又看到一次军队过境，这是开到邺城前线增援的兵。乾元元年十一月以来，安庆绪的叛军被围在邺城，郭子仪、鲁炅、李嗣业、李光弼、王思礼等九节度使重兵围城，久攻不下。这次又调兵增援前方。杜甫对战局有些忧虑，并提出了自己的战略看法，主张不必强攻邺城而直捣河北叛军根据地。次年三月，史思明出兵救邺，大败官军于邺城下，九节度使兵溃，局势突变。九月，史思明又攻陷东都洛阳。在邺城败前，李光弼曾建议进攻史思明盘踞的魏州（今河北大名东北），未被采纳。杜甫在这诗中提出的主张与李光弼的建议暗合，后人因此对杜甫的预见很赞赏。不过，诗才与将才毕竟是两回事。引我们注意的倒是这样一个事实，古代的诗与现实生活结合得十分紧密，它不仅作为艺术创作来反映生活，而且也作为一种直接干预生活的手段，审美价值与实用价值紧紧地统一在一起。

② 北庭，是镇西北庭行营的简称。壮士，指李嗣业部战士。参看本卷《观安西兵过赴关中待命》第一首注①。

③ 貔，音“皮”（pí），古代的猛兽名。貔虎，喻勇猛的军队和战士。

④ 边隅，不是指边疆地区，而是指官军与叛军对垒处。朱注认为“边隅”指邺城，有人认为是泛指前线。

⑤ 侯景是南北朝时期后魏的将领，降梁，不久又叛变，围建康，陷台城，梁武帝被逼饿死。当时童谣有“青丝白马寿阳来”之句，因侯景常乘白马，后世往往以白马将军指叛将。这里借喻史思明拥兵魏州，隐伏着进攻邺城外唐朝官军的危险。

⑥ 琱戈，一作“彫戈”，“琱”“彫”俱与“雕”通。“琱戈”为雕镂之戈，是总掌兵权的象征，这里指拥有指挥全权的元帅。当时围邺城的九节度使，有许多元勋，名位相等，没有一个统帅。肃宗命宦官鱼朝恩为观军容使。由于指挥权分散，行动失调，导致邺城之败。当时舆论认为郭子仪众望所归宜任命他为统帅，但肃宗始终犹豫，未授予他元帅职位。

⑦ 鲸，喻叛军。辽海，指叛军根据地范阳一带，因它在辽海边。杜甫建议直接进攻敌人的根据地，不要在邺城下长期围困，贻误战机。

◎ 忆弟二首[①]（五律）

丧乱闻吾弟，	战乱后我得到弟弟的消息，
饥寒傍济州。[②]	他为了免除饥寒，投奔到济州。
人稀书不到，	行人稀少，信也带不到，
兵在见何由。	还在打仗，更没法和他碰头。
忆昨狂催走，[③]	回想往昔被迫匆促离开，
无时病去忧。[④]	没时间为离别的苦痛烦愁。
即今千种恨，	到如今心中才涌出千百种恨事，
惟共水东流。	只能让它伴着黄水东流。

注释：

① 原注：“时归在河南陆浑庄”。杜甫于乾元元年冬，自华州归洛阳附近偃师县西北首阳山下的陆浑山庄，探看他曾住了几年的旧居。往日曾是家人团聚之所，如今家里

空空，弟妹都看不到了。距离比较近的是杜颖，原在齐州临邑做主簿，在战乱中逃到济州。杜甫听到了他的消息，但未能通信。这是思念杜颖而写的两首诗。

② 唐朝的济州，在今山东茌平西南，天宝十三载，黄河泛滥时被淹没，所管五县并入郓州。杜颖可能是在原来的济州所属的某县。

③《仇注》："《楚辞》：狂顾南行。王逸注：'狂，犹遽也。'"催，迫使。狂催走，意思是被迫匆遽而走。

④《仇注》解释说："自昔奔走以来，忧弟而病，无能解去也。"有人对此补充说，这病，是指心病。其实，仔细分析一下这诗句的结构，就可看出：去忧，即"离忧"，指与弟弟别离的苦痛之情，"病"在这里作动词用，"去忧"是名词，作为"病"的宾语。整句的意思是：当时逃难匆遽，没有时间想到别离的痛苦，或者说，没有时间为别离而烦忧。病，意思就是为某一件事而痛苦。

◎ 其二（五律）

且喜河南定，[①]	且庆幸河南局势已经稳定，
不问邺城围。[②]	且别管那邺城的敌人仍在顽抗官兵的包围。
百战今谁在？	经过成百次战斗，有谁还活着？
三年望汝归。	已经三年了，一直在盼望你回来。
故园花自发，	老家花园里的花仍自管开，
春日鸟还飞。	到了春天，还有小鸟翔飞。
断绝人烟久，	可是道路上的人烟已长久断绝，
东西消息稀。[③]	东西两地，难得通个信息。

注释：

① 河南，指黄河南岸一带地方。

② 邺城，在今河南北部安阳附近，唐代属相州。参看本卷《观兵》注①。

③“东”指杜颖所在的济州一带，“西”指杜甫当时所在的洛阳附近。

◎ 得舍弟消息[①]（五律）

乱后谁归得，[②]	战乱后的故乡谁能回去住，
他乡胜故乡。	在异乡还比在家乡强。
直为心厄苦，	总是为心愿不能实现而痛苦，
久念与存亡。	早就想和你在一起共存亡。
汝书犹在壁，	你写的字还在墙上，
汝妾已辞房。[③]	你的妾走了，离开了你的房。
旧犬知愁恨，[④]	以前养的狗似乎懂得我的愁恨，
垂头傍我床。	低着头坐着，靠近我的卧床。

注释：

① 杜甫有颖、观、丰、占诸弟。前面的两首《忆弟》，可能是指杜颖，已见前注；这首诗中所说的是哪一个弟弟，不易确定。杜颖早在齐州临邑做小官，家中留下的当是另外几个弟弟，据第四卷《得舍弟消息二首》说有弟在平阴，并有“两京三十口”之句，那位“舍弟”，可能就是这首诗中所说的“舍弟”。以“平阴”命名的地方有两处，一是济州平阴，一是洛阳附近的平阴津，因此很难确定他是杜颖还是别人。如果不是杜颖，则可能是常住洛阳老家的杜观，后来辗转到了长安附近的蓝田，杜甫在夔州时和他联系上了，并相约到荆州聚会。（见第十八卷《得舍弟观书》，第二十一卷《舍弟观赴蓝田取妻子到江陵喜寄三首》等诗。）从这首诗中可看出杜甫兄弟的感情

深挚以及战乱对人民生活的严重影响。

② 这句诗的含意是说故居受到破坏，已不堪居住，而不是说能不能回去。

③《仇注》说："辞房即书中之语，下句因上。"这样理解，就是把前一句的"书"理解为书信了。但书信无"在壁"之理。仍以作"写的字"理解为好。这样"辞房"事，就是杜甫所了解的家中情况，要把这事告诉弟弟。

④ 旧注引陆机所畜黄犬能传家信的故事，认为这两句诗表达了杜甫当时想与诸弟通信的愿望。但据诗中所写的内容看，应为纪实，只是狗的心理状态是出于诗人想象。

◎ 不归[1]（五律）

河间尚战伐，[2]	河间一带至今还在打仗，
汝骨在空城。	你的骸骨仍留在那座荒城。
从弟人皆有，	人人都有堂兄弟，
终身恨不平。[3]	你的早死却使我抱恨终身。
数金怜俊迈，[4]	回想你幼年学会数钱时，多么伶俐，真惹人欢喜，
总角爱聪明。[5]	当你头上挽着两个发角时，大家都疼爱你聪明。
面上三年土，[6]	在你的脸上，黄土已堆积三年，
春风草又生。	当春风吹动，那里又将草色青青。

注释：

① 这诗也是杜甫于乾元二年底或次年初在偃师故居时所写。题为《不归》，实际是一首悼亡诗。杜甫的一个堂弟（诗中称"从弟"）于三年前（大概是天宝十五载，战乱初起时）死去，杜甫写了这首《不归》来悼念他。

② 河间，据《唐书》："瀛州河间郡，属河北道。"在今河北省中部河间市附近。

③ 恨不平，怅恨、遗憾不能消除。

④ 蔡梦弼曰："数金，谓幼时识数钱也。" 申涵光谓 "数金当是数龄"。用蔡说。

⑤《诗·齐风·甫田》："总角丱兮。" 疏："总聚其发以为两角"。男子未冠时的打扮。

⑥《仇注》："面上，坟土之上。" 译诗据通常的理解表述。

◎ 赠卫八处士[①] （五古）

人生不相见，	人活在世上有时却不能相见，
动如参与商。[②]	往往像参星遇不到商星那样。
今夕复何夕，	今晚是一个多么令人难忘的夜晚，
共此灯烛光。	我和您一起对着这灯烛的亮光。
少壮能几时，	青春壮年能够有多久，
鬓发各已苍。	我们都已经鬓发苍苍。
访旧半为鬼，	打听往日的老友一半已经死去，
惊呼热中肠。	我不禁惊讶地呼叫，五脏像被灼伤。
焉知二十载，	谁想到过了二十年，
重上君子堂。	重又登上您家的厅堂。
昔别君未婚，	当年分别时您还没有成婚，
男女忽成行。	如今不觉已是儿女成行。
怡然敬父执，[③]	微笑着向父亲的友人行礼，
问我来何方。	询问我来自何方。
问答未乃已，	见面时的问答还没有完，
驱儿罗酒浆。	就叫儿子快去张罗酒浆。
夜雨剪春韭，	冒着夜雨去剪园里的早春嫩韭菜，

新炊间黄粱。　　新蒸的米饭里掺和着一些黄粱。
主称会面难，　　主人说这次会面实在不容易，
一举累十觞。　　劝我喝酒，一连喝上十觞。
十觞亦不醉，　　十觞也不会喝醉，
感子故意长。　　感激您对老朋友的情意深长。
明日隔山岳，④　　到明天分别，山岳又把我们阻隔，
世事两茫茫。　　在这世上怎样生活，我们相互又将渺渺茫茫。

注释：

① 卫八处士，不知是何人，既称处士，可见他没有做官。杜甫回洛阳探亲后于乾元二年（759 年）春回华州，大概路过卫处士家，在他家投宿，受到了热情款待，就写了这首留赠的诗。诗中称二十年不见，可知他们往日相结交时大概在开元二十七年（739 年）左右。那时，杜甫游历于齐赵一带，大概也多次回巩县故乡，与住在东都洛阳附近的卫八有过来往。不过，此所谓二十年，大概是约数。这首诗写大难之后不见二十年的老友重又会面的情景，真是情深谊长，百感交集。诗句极为朴素，使读者感到十分亲切，如身历其境。这种洗练、质朴的风格，十分可贵，在杜甫诗集中也是不多的。

② 我国古代以参星（参宿七星，西名猎户座）居西方，商星（即心宿三星，西名天蝎座）居东方，一出一没，永不相见，就以参商比喻人之别后不复相见。参，音“申”（shēn）。

③《礼·曲礼》：“见父之执。”疏：“父执，谓执友与父同志者也。”也就是父亲的朋友。

④ 山岳，指西岳华山。

◎ 洗兵行[①]（七古）

中兴诸将收山东，[②]	振兴大唐的将军出兵收复华山以东，
捷书夜报清昼同。	夜里来过捷报，第二天，又有捷报传送。
河广传闻一苇过，[③]	黄河尽管宽阔，听说大军已经乘小船渡过，
胡危命在破竹中。[④]	胡兵命数垂危，攻破它们像利刃劈破竹筒。
只残邺城不日得，	只剩下一座邺城，不要几天也就能攻克，
独任朔方无限功。[⑤]	最受信任的朔方军立下无限勋功。
京师皆骑汗血马，	京城里，将士乘的都是汗血马，
回纥餧肉蒲萄宫。[⑥]	回纥兵受尽恩宠，像汉元帝接待匈奴在葡萄宫。
已喜皇威清海岱，[⑦]	可喜的是，靠皇上的威望，海岱间的青州已经平定，
常思仙仗过崆峒。[⑧]	该常想起御驾曾蒙尘经过崆峒。
三年笛里关山月，[⑨]	战场的曲调——《关山月》横笛里已吹奏了三年，
万国兵前草木风。[⑩]	各地州郡的大军都来聚焦，敌人连风吹草动也觉惊恐。
成王功大心转小，[⑪]	元帅成王功劳巨大，却更加谦虚、谨慎，
郭相谋深古来少。[⑫]	郭相国老谋深算自古也很稀少。
司徒清鉴悬明镜，[⑬]	李司徒洞察一切如明镜高悬，
尚书气与秋天杳。[⑭]	王尚书的气魄像秋空一样浩渺。
二三豪俊为时出，[⑮]	这几位豪杰的出现是时代的需要，
整顿乾坤济时了。	整顿天地间的秩序，把一切都安排好。
东走无复忆鲈鱼，[⑯]	做官的不必再像张翰那样借口想家，辞官归乡养老，
南飞觉有安巢鸟。[⑰]	连向南飞的鸟群也知道已能造个安稳的窝巢。
青春复随冠冕入，[⑱]	春光又随着大臣们走进宫殿，
紫禁正耐烟花绕。[⑲]	皇宫中正该香烟围着春花萦绕。
鹤驾通霄凤辇备，	皇帝为了准备好凤辇忙了个通宵，

鸡鸣问寝龙楼晓。[20]	清晨鸡一叫，就到龙楼门向太上皇问好。
攀龙附凤势莫当，[21]	那些攀龙附凤的人们声势显赫，谁也不能阻挡，
天下尽化为侯王。	普天下的人们似乎一下成了侯王。
汝等岂知蒙帝力，[22]	你们哪里知道一切都是靠了皇上，
时来不得夸身强。	你们时来运到，不能夸自己高强。
关中既留萧丞相，[23]	有萧何丞相那样的大臣留在关中，
幕下复用张子房。[24]	幕府里又用了张子房那样的宰相。
张公一生江海客，[25]	张公一生在江海上久经风浪，
身长九尺须眉苍。	身高九尺，须眉苍苍。
征起适遇风云会，	皇帝起用他时正逢时局动荡，
扶颠始知筹策良。	挽救了危亡，才看出他计谋精良。
青袍白马更何有，[26]	那些残寇又算得什么，
后汉今周喜再昌。[27]	大唐像汉光武和周宣王的时代一样，重新又繁昌。
寸地尺天皆入贡，	天底下每一寸土地都向皇上进贡，
奇祥异瑞争来送。[28]	种种奇异的祥瑞争着向京都传送。
不知何国致白环，	不知从哪一国送来了白玉环，
复道诸山得银瓮。	又说从哪座山里发现了一个银瓮。
隐士休歌紫芝曲，[29]	隐士们不要再唱《紫芝曲》，
词人解撰清河颂。[30]	诗人懂得该写赞美盛世的清河颂。
田家望望惜雨干，[31]	农家眼巴巴望着天空嫌雨水太少，
布谷处处催春种。	布谷鸟到处啼叫催促趁春天耕种。
淇上健儿归莫懒，[32]	淇水边的健儿们赶紧回家别再磨蹭，
城南思妇愁多梦。[33]	你们的妻子在想念你们，愁虑得夜夜做那么多梦。
安得壮士挽天河，	啊，到哪里去找个壮士来把天河拽下长空，
净洗甲兵长不用！[34]	倾倒天河的水，洗净铠甲戈矛，永远不再用！

注释：

① 这是乾元二年春季，杜甫在从洛阳回返华州以前所写的一篇重要诗篇。当时，九节度使围攻邺城虽已拖延很久，但还未看到溃败的征兆，完全有可能一举消灭叛军，恢复和平，使唐朝重新统一、振兴，因此，杜甫写了这首预祝胜利的诗。诗中热烈地歌颂皇上、元帅和朝中文武大臣，但也对佞幸之徒的妖言争宠，朝廷封爵太滥，唐皇室内部存在的矛盾及天灾、农业凋敝等感到不安。最后归结到消弭甲兵，让广大人民能休养生息、过太平生活的愿望。历来的评论家都对这诗备极称赞，认为这是杜甫诗集中最雄浑阔大的诗篇。王安石选杜诗，以此为“压卷”，可见对这诗的重视。旧题《洗兵马》，《仇注》本从《杜臆》改为《洗兵行》。

② 中兴诸将，指打败安史叛军，振兴唐朝的郭子仪、李光弼、王思礼、李嗣业等人。山东，指华山以东的地方。

③ 河，指黄河。《诗·卫风·河广》：“谁谓河广，一苇航之。”乾元元年十月，郭子仪自杏园渡黄河，叛军安太清部退守黄河北岸的卫州，不久被攻破。渡河北伐，当时以为是消灭叛军的最后战役。

④ 胡，指安庆绪和史思明部下的东胡军队。战争进展顺利，今犹称“势如破竹”。

⑤ 朔方，指郭子仪统率的朔方军。当时上自皇帝，下至平民，都寄希望于郭子仪。

⑥ 馁，同“喂”，指喂食。汉元帝曾宴匈奴单于于葡萄宫，这里以此事来比喻唐朝对回纥兵的优待。

⑦《尚书·禹贡》：“海岱唯青州。”诗中以“海岱”（指大海与泰山附近地方）代表青州，指今山东黄河以南地区。

⑧ 这里的崆峒山指今甘肃省平凉市的崆峒山。肃宗在灵武、凤翔时常经过此山。这句诗是提醒肃宗和大臣们不要忘记长安陷落，在崆峒山下过流亡生活的那段悲辛往事。

⑨ 三年，指天宝十四载（755 年）十一月安史开始作乱起到乾元二年（759 年）二月，计三年零三个月。关山月，是汉乐府横吹曲中的一首乐曲，是战歌。这句诗是说战乱延续了三年。

⑩ 宁康元年（373 年）晋秦淝水之战，苻坚大败，见八公山上草木，皆疑为晋兵。故有“风声鹤唳，草木皆兵”之语。这里说万国（指全国州郡）兵合，敌人已惊慌得感到“草木皆兵”了。

⑪ 李俶（后改名李豫，肃宗太子，即代宗）于乾元元年三月封成王，收复两京的战役中，任天下兵马大元帅。这句诗赞美李俶不自居功。

⑫ 郭相，指郭子仪，乾元元年八月，兼中书令，故称“郭相”。

⑬ 司徒，指李光弼。至德二载四月，以李光弼为司徒。至德二载十二月，史思明乞降，后又叛变。光弼曾预料史思明是诈降，后果如所料，故赞美他“清鉴”高悬。

⑭ 尚书，指王思礼，当时任兵部尚书。气与秋天杳，是赞美他气度宏阔高远。

⑮ 二三豪俊，就是指前面说到的几个人。

⑯ 忆鲈鱼，指晋张翰借口思念故乡莼羹鲈鱼回江东隐居的事。诗中用这个典故来表明：当时一般官员可安心做官，不必像张翰那样心存忧虑，图谋退路了。

⑰ 这句诗指时局安定，鸟雀可以安栖，不会再像曹操《短歌行》中所写的“月明星稀，乌鹊南飞，绕树三匝，何枝可依”那样惶惶不安。

⑱ 青春，指春季、春光。冠冕，指朝臣。从这句诗起，写京城收复后的升平气象。

⑲ 紫禁，《仇注》：“天子之宫紫微，故谓宫中为紫禁。”

⑳ 这两句诗是说肃宗与玄宗父子俩能住在一起，早晚探视孝亲了。《艺文类聚》：“太子晋乘白鹤仙去，故后世称太子之驾为鹤驾。”凤辇，皇帝乘的车。钱谦益认为鹤驾指肃宗，凤辇指玄宗；浦起龙认为鹤驾指李俶（成王），凤辇指肃宗，两句诗是说李俶随肃宗一起去探视太上皇玄宗。杨伦则说：“青春重整朝仪，人主复修子道，皆将见于寇尽之余，语亦以颂寓规。”肃宗与玄宗之间矛盾很深，终于在上元元年（760年），李辅国逼迁玄宗于西内，形同软禁。乾元年间，矛盾已很显著。杜甫这两句诗显然含有讽喻之义。

㉑ 这里是指一般小人如李辅国、王屿等，他们取媚皇帝、妃嫔，从而左右朝政；下一句是指当时封爵太滥。

㉒ 蒙帝力，斥上述的小人媚臣之无耻贪功，并暗讽肃宗的偏私，对这般人过于宠爱。

㉓ 萧丞相，萧何，指房琯。乾元元年五月，贬为邠州刺史。邠州，即今陕西省彬县，在长安西北，故说“关中既留萧丞相”。

㉔ 张子房，即张良，这里指张镐。张镐于乾元元年五月罢相，任荆州大都督府长史兼本

州防御使，身仍居幕府，故云“幕下复用张子房”。

㉕ 张公，即张镐。杜甫对张镐了解甚深，故极力推崇，对他寄予很大希望。因此又补充四句诗，来加深读者对于他的印象。按杜甫在凤翔因为房琯辩护得罪肃宗，由于张镐等大臣的求情，才免于下三司推勘。这大概也是杜甫特别推重张镐的原因之一。

㉖ 青袍白马，指叛将，主要指史思明。见本卷《观兵》注⑤。

㉗ 这句诗是以历史上的中兴之主汉光武帝和周宣王来比喻肃宗。

㉘《通鉴》卷二百二十：“上（肃宗）颇好鬼神，太常少卿王玙，专依鬼神以求媚。每议礼仪，多杂以巫祝俚俗。上悦之，以玙为中书侍郎，同平章事。”当时有不少郡县官吏也竞献祥瑞，取媚肃宗。下面两句诗就是所谓“祥瑞”的两个例子。

㉙ 紫芝曲，商山四皓唱的歌。“四皓”见第五卷《收京》第二首注②。他们避秦入商山，作《紫芝歌》：“莫莫高山，深谷逶迤。烨烨紫芝，可以疗饥。唐虞世远，吾将何归？驷马高盖，其忧甚大。富贵之畏人兮，不若贫贱之肆志。”这句诗是称赞时世圣明，贤臣不必退隐。

㉚ 清河颂，一作“河清颂”。《宋书·临川王义庆传》：“元嘉中，河济俱清，当时以为美瑞，鲍照为《河清序》，甚工。”这句诗是说文人会称颂时世圣明。这也暗含讽喻之意。

㉛ 据史载，乾元二年春有旱灾，故农民盼望落雨。

㉜ 淇上，指淇水边，是流经邺城的水。这里是嘱咐攻邺城的战士胜利后急速回家乡去务农，同时，也是为了免除家人的思念。

㉝《仇注》引曹植诗：“借问女何居，乃在城南端。”这里是以“城南思妇”泛指出征将士的妻室。

㉞《仇注》引《六韬》：“武王问太公：‘雨辎重至轸，何也？’曰：‘洗甲兵也。’”又引《说苑》：“武王伐纣，风霁而乘以大雨。散宜生：‘此非妖与？’王曰：‘非也，天洗兵也。’”杜甫把“天洗兵”解为“洗兵马而不用”，把歌颂战争的语言变成了反战的语言。最后两句诗提出作者的最大愿望，即制止战争，防止战争。杜甫认识到战争带给人民的苦难是最大的，故有此呼吁。壮士，指前面提到过的张镐等大臣。洗净甲兵，表示以后不再打仗。要做到这一点，必须政治清明，用贤臣，去奸佞小人。

杜甫提出这样的呼吁，是从广大人民的利益出发的。如果因为他的非战的理想只是一种空想，一种善良的愿望，就对他横加批判指摘，未免太过。杜甫是与人民站在一起的，他的“净洗甲兵长不用”的呼声是高亢响亮的，是人民的声音。这声音与今天世界上“保卫和平、反对战争”的呼声相隔一千多年，但仍在相互呼应。

杜诗全译

2

孙潜 著

东方出版中心有限公司

第七卷

杜

◎ 新安吏[1] （五古）

客行新安道，[2]	我赶路经过新安县的大道，
喧呼闻点兵。	听到人声喧嚷，原来是点名征兵。
借问新安吏，	向新安县的差官打听，
县小更无丁。[3]	他说："这个小县里已不再有壮丁。
府帖昨夜下，[4]	昨晚上，府里下达了征兵文书，
次选中男行。[5]	挨下来选十八岁的中男去当兵"。
中男绝短小，	这些中男实在太矮小，
何以守王城？[6]	叫他们替皇上守城怎么行？
肥男有母送，	我看到一个胖少年，有母亲送行，
瘦男独伶俜。[7]	还有个瘦的，却一个人孤零零。
白水暮东流，	暮色中河水闪着白光向东流，
青山犹哭声。[8]	青山下还听得见哭声。
莫自使眼枯，	别哭了吧，别自己把眼睛哭干，
收汝泪纵横。	忍住你的眼泪，别让它流不停。
眼枯即见骨，[9]	就是把你的眼睛哭瞎，
天地终无情。	天地终究不会有怜悯之情。
我军取相州，[10]	官军去攻打相州，
日夕望其平。	本希望早晚把残敌荡平。
岂意贼难料，	谁想到敌情叫人捉摸不定，
归军星散营。[11]	战败退回的官兵，乱纷纷到处扎营。
就粮近故垒，	挨着原来的防垒，好就近得到粮草，
练卒依旧京。[12]	训练兵卒紧靠旧京城。
掘壕不到水，	那里地势高，掘壕沟也掘不到水，

牧马役亦轻。	放牧马群的劳役也还算轻。
况乃王师顺，	何况官军名正言顺，
抚养甚分明。	爱护下属，对他们的生活够关心。
送行勿泣血，	你们来送行不用哭得眼睛流血，
仆射如父兄。⑬	仆射大人对战士像父兄一样亲。

注释：

① 这一首诗以及后面五首诗，历来特别受到重视和得到很高评价，被简称为“三吏”“三别”。这是一组反映乾元二年三月初，唐朝九节度使的军队在邺城下大败后，洛阳、潼关一带人民困苦情况的诗。那时杜甫正在从洛阳回华州的途中，旅途接触到各种各样的人，亲眼看见、亲耳听到战乱和征兵带给广大人民怎样的痛苦，他的心灵震动了。他体会到了他过去所未曾体验过的直接受战争之害的普通人民群众的感情。他的同情，他的忧虑和痛苦，越出了士大夫阶层那个狭小的圈子，不再只是对亲人、朋友的生离死别等不幸感到哀伤悲痛，而开始和人民站在一起，以一个诗人的立场来观看、感受人民的不幸。正因为这样，他的内心感到矛盾和惶惑不解。他自己无力来解救人民的苦难，他所能想到的解救人民的唯一途径只是寄希望于皇上和猛将良相，实际上却是以加重眼前人民苦难的手段来解除人民的苦难。诗人只能把这渺茫的希望献给人民，眼睁睁看着人民的苦难继续下去。杜甫不可能超越他所处的那个时代和他的社会地位、他的经历和教养来考虑问题，来感受、反映他所面临的现实，但他不愿欺骗人民，也不愿欺骗自己，更不愿欺骗后代读他的诗篇的人们，他把现实中的矛盾——统治阶级与被统治阶级的矛盾、统治阶级内部的矛盾、民族矛盾和自己思想中的矛盾一股脑地捧出来给大家看。他的最大的苦痛，正是看到了这些矛盾而无法化解这些矛盾。但他毕竟是个诗人，诗人的优越性就在于能把现实矛盾在诗的形象中推得远些，在人同人所处的现实之间制造一个审美的心理距离。这样，他便以诗人特有的方式，为人类尽了他的义务。他不是教导人们该怎样行动，而是使人们尽可能深广地认识现实，从而促使人们思考，促使人们根据自己的判断来行动。杜甫的诗的价值可能就在这里吧。新安，即今河南省新安县，在洛阳以西，步行约一日的行程。诗中所写征兵的事，是由于与新安吏谈话而了解到的，故诗题为《新安吏》。

② 客，作者所塑造的一个抒情、议论主体，是作者的化身，但不能与作者直接划等号。译诗中写成“我”，“我”是诗中的主体，并不就是杜甫。

③《杜臆》：“借问二句，公（指杜甫）问词。更无丁，言岂无余丁乎？”近代注家多从此说。但有一点被忽略了，“县小更无丁”这句诗中不能把“县小”两字撇开。如为杜甫的问话，那么有何必要说“县小”呢？“县小”分明是新安吏解释之词。“更”固然可作“岂”字解释，但更多地是作“再”字解释。因此把这句诗看作新安吏的答话更为合理。再说，“借问新安吏”是略语，问什么内容，省略了，不外是询问点兵的事，但大有伸缩余地。如果说所问的就是“县小更无丁”，那就看得太确凿了。

④ 唐代延用隋朝的府兵制，中央设有十二个卫，每卫下设四十到六十个折冲府，每一府统领卫士千人左右。折冲府设置在一部分州县，以京都长安、东都洛阳一带的折冲府最多。府帖，即折冲府的征兵名册。

⑤ 据《旧唐书·食货志》，唐代把人口按年龄大小分为几个层次，并各取一个名称，男女始生为“黄”，四岁为“小”，十六岁为“中”，二十一岁为“丁”，六十岁为“老”。天宝三载以后，改以十八岁为“中”，二十二岁为“丁”。选中男，即选十八岁到二十一岁的男子服兵役。

⑥ 王城，《仇注》说：“唐之东都，即周之王城。”恐太拘泥。这诗中所说的“王城”当为泛指，可理解为一切属于皇上的城。

⑦ 伶俜，音“灵乒”（líng pīng），《文选·寡妇赋》：“少伶俜而偏孤兮”。注：“单孑貌。”肥男、瘦男，这是在被征“中男”群中看到的两个人，以此特殊的形象来使群象具体化。

⑧“青山”“白水”两句，不是实写环境，也不是完全脱离环境的幻想。这是我国传统比兴手法的灵活运用，着重渲染人们悲痛的情绪。白水，指黄河，说它是白水，是由于河水反射日光。《仇注》：“白水流，比行者；青山哭，指居者。”只能作参考。

⑨ 即，一作“却”。古代“却”字多义，也可与“即”相通。见骨，可能是唐代口语，意译为“把眼睛哭瞎”。

⑩ 相州，即邺城。唐代的“州”“郡”是一定行政区域，其治所（政府所在地）称为“州”或“城”。

⑪ 这句诗写邺城溃败以后的事，溃败给略去了。溃败后，逃回黄河南岸的军队到处扎

营，在洛阳城东、城北一带星罗棋布。归军，指战败溃退回洛阳附近的唐官兵。

⑫ 旧京，指东都洛阳。“就粮”“练卒”两句是说征发到前方的军队仍在洛阳附近设防，军粮供应方便。这是实情，也是对应召战士家长的安慰之词。

⑬ 仆射，指郭子仪。他于至德二载四月授司空、天下兵马副元帅，与叛军战于长安城西清渠，兵败，退保武功，贬为左仆射（尚书令的副职）。乾元元年八月，郭子仪为中书令，邺城兵败后，仍居此位。诗中称郭子仪为“仆射”（音“仆夜”pú yè），可能当时民众习惯此称呼；也可能由于郭子仪又一次遭到失败，故意用被贬时的官职来称他。郭子仪爱士卒是事实，史籍有记载。

◎ 潼关吏[①]（五古）

士卒何草草，[②]	兵士们多么忙碌，
筑城潼关道。	在潼关外的大道上修筑城堡。
大城铁不如，	大城堡比铁还要坚牢，
小城万丈余。[③]	小城堡矗立山头，有万丈高。
借问潼关吏，	询问潼关的差官是怎么回事，
“修关还备胡。”[④]	他回答：“又要防备胡兵了，得赶紧把关口修好。”
要我下马行，	他让我下马步行，
为我指山隅。	指点我去看山边那些角角落落。
连云列战格，[⑤]	那里排列着栅栏一直连到云端，
飞鸟不能逾。	谁也不能越过，连飞鸟也难逃。
“胡来但自守，	“胡兵来了，只要把这里守住，
岂复忧西都。[⑥]	就不用为长安的安全心焦。
丈人视要处，	您老人家看看这险要的地方，
窄狭容单车。	多么狭窄，是只能通单车的道。

艰难奋长戟，	情况紧急就举起长矛，
万古用一夫。”⑦	自古来就这样，一个人就能把关口保牢。”
哀哉桃林战，	我却想起了桃林塞的战斗，那真令人伤心，
百万化为鱼。	百万大军变成了鱼鳖，卷进波涛。
请嘱防关将，	请转告守关的将军，
慎勿学哥舒。⑧	千万别再把哥舒翰的覆辙重蹈。

注释：

① 杜甫回华州，经过潼关时，看到关吏正督促兵士修筑防御工事。杜甫参观了潼关设防情况，看出守关将领仍有依关恃险的思想，便提出三年前潼关战役失败的历史，请他们注意接受哥舒翰的教训。

② 草草，忙碌貌。《诗·小雅·巷伯》：“劳人草草”。

③《仇注》：“铁不如，言其坚；万丈余，言其高。小城跨山，故尤见其高也。”

④《仇注》：“修关句，公问词。”吴见思《杜诗论文》：“公借问何为，吏告以备边也。”译诗从吴说。

⑤ 战格，竹木制的防御栅栏，用以阻断交通，其作用如今日的铁丝网之类。

⑥ 西都，指长安。

⑦ 这句诗的意思是说关险易守，一夫当关，万夫莫开。

⑧ 桃林塞，指灵宝至潼关一段险要通道。天宝十五载（756 年）六月，哥舒翰与安禄山部将崔乾祐大战于此。哥舒翰大败，兵士坠黄河死者数万人。据史载，哥舒翰本拟据险防守，因杨国忠唆使唐玄宗逼他出关迎战，才一败不可收拾。哥舒翰失败的教训，有认为是指放弃固守的战略轻率出战，但看这篇诗的内容，似乎并不在此。杜甫看到筑城坚固，但仍有忧虑，仅恃险固守，不免被动，仍应有外线的主动出击，才能取胜。邺城的兵溃，也有类似的教训，只围城，不主动攻击魏州的史思明军，更没有直取敌人根据地，这是导致失败的重要原因。杜甫所说的“慎勿学哥舒”意当在此。

◎ 石壕吏[1]（五古）

暮投石壕村，	傍晚时我投宿石壕村，
有吏夜捉人。	半夜里，有差官来捉人。
老翁逾墙走，	房东老汉翻过墙头逃走，
老妇出看门。[2]	那老大娘出来应付，打开了门。
吏呼一何怒，	那差官叫得多凶狠，
妇啼一何苦。	那老大娘哭得悲痛万分。
听妇前致词，	我听见她上前向差官诉说：
“三男邺城戍。	“三个儿子都应征去围邺城。
一男附书至，	有个儿子托人带信回家，
二男新战死。	说两个儿子新近在战斗中丧生。
存者且偷生，	活着的人也只是暂时保住性命，
死者长已矣。”	死了的人就永远完了，不用再问。”
“室中更无人，	“家里再没有别的男人，
惟有乳下孙。	只有一个还在吃奶的小孙孙。
有孙母未去，	正因为有个孙子，媳妇才没有离去，
出入无完裙。	走进走出，衣裙破得遮不住身。
老妪力虽衰，	我这个老太婆虽然衰老无力，
请从吏夜归。	还是让我跟您走，连夜进城。
急应河阳役，[3]	快赶上向河阳前线开拔的军队，
犹得备晨炊。”[4]	还能给士兵们烧顿早饭再动身。”
夜久语声绝，	夜深了，说话的声音已停歇，
如闻泣幽咽。	好像还听得见低低的抽泣声。
天明登前途，	天亮了，我又出发上路，

独与老翁别。　　和我告别的却只有那老汉一个人。

注释:

① 据《仇注》引王应麟语:“石壕，盖陕州陕县之石壕镇也。”今仍设有陕县，在河南省，位于潼关以东，新安以西。这首诗如一超短小说，仅120字，有情节，有人物。登场者四人，连同涉及的人物共达九人之多。诗中反映了邺城兵溃后吏役到处捉人服役的混乱状况，从一个家庭显示出人民的苦难，揭示深刻，控诉有力，可称千古绝唱。

②“出看门”原作“出门看”，《仇注》本据苏润公本改。

③ 河阳，今河南省孟州市。郭子仪于邺城战败后，断黄河上的河阳桥，固守河阳。

④ 备晨炊，这句诗是说连夜赶到开往河阳的军队里，还赶得上为士兵们烧早饭，把上一句诗中“急应”一语的意思进一步指明。

◎ 新婚别[1]（五古）

兔丝附蓬麻，[2]　　菟丝子附在蓬麻上，
引蔓故不长。　　藤蔓自然不能攀伸得很长。
嫁女与征夫，　　把女儿嫁给当兵的，
不如弃路旁。　　不如生下来就丢弃路旁。
结发为妻子，　　梳起发髻，做了您的新娘，
席不暖君床。　　连席子也没睡暖，和您同睡一床。
暮婚晨告别，　　晚上成婚，清晨就告别，
无乃太匆忙。　　这可不也太匆忙！
君行虽不远，　　您去的地方虽然不远，

守边戍河阳。[3]	只是到河阳前线驻防。
妾身未分明，[4]	可是我连家里人都认不清楚，
何以拜姑嫜。[5]	叫我怎么去拜见您的爹娘。
父母养我时，	当初我的父母养育我，
日夜令我藏。[6]	日日夜夜让我深居在闺房。
生女有所归，[7]	生了个女儿总得找个婆家，
鸡狗亦得将。[8]	嫁鸡嫁狗也得跟着，总算夫妻一场。
君今生死地，	您如今去那生死难料的地方，
沉痛迫中肠。	深深的痛苦压住我的肝肠。
誓欲随君去，	发誓要和您一起走，
形势反苍黄。[9]	又怕事情弄僵，反而不好收场。
勿为新婚念，	请您别挂念新婚的妻子，
努力事戎行。	在军营里好好当兵，努力打仗。
妇人在军中，	听说如果有妇女跟随在兵营里，
兵气恐不扬。	战士的斗志怕就不能奋发昂扬。
自嗟贫家女，	可叹我是贫穷人家的姑娘，
久致罗襦裳。[10]	好不容易才置了这身细罗衣裳。
罗襦不复施，	这身衣裳我从此不再穿它，
对君洗红妆。	当着您的面，把脸上脂粉洗光。
仰视百鸟飞，	仰望天空百鸟飞翔，
大小必双翔。	不管大小，总是成对成双。
人事多错迕，[11]	人间的事情多半不能尽如人意，
与君永相望。	但愿我和您能永远相互想望。

注释：

① 这诗通过一个新娘的独白，写出了一个新婚之夜丈夫就被强征服役的新娘的苦痛和她

对丈夫的深情。这诗与过去文人拟作的“思妇”诗在形式上有相似处，但实质完全不同。以往的“拟思妇诗”往往是寓言，而这诗则反映现实，写的是真实的人和具体的不幸。从新婚就离别的事实揭示出战争所造成的深刻苦难。

② 兔丝，是一种蔓生植物，要攀附在其他植物的枝茎上生长蔓延。蓬与麻都是草本植物，茎秆较低。开头四句诗大概是当时广泛流传的民谣，是由这四句诗引入正文，类似《诗经》“兴”的手法。

③ 河阳，见前一篇诗注③。

④《仇注》引蔡梦弼曰：“妇人嫁三日，告庙上坟，谓之成婚。婚礼既明，然后称姑嫜。今嫁未成婚而别，故曰未分明云云。”近人亦多采此说，还有人进一步把“妾身”解释为“媳妇的身份”。按古代口语中，妇人常自称“妾”或“妾身”。《尔雅·释诂》疏：“身，自谓也。”《三国志·蜀志·张飞传》中张飞有“身是张翼德也”之语。曹植《杂诗》“妾身守空闺”，江淹《古别离》“妾身长别离”，“妾身”都是妇女自称。在小说、戏曲中，“妾身”作为妇人自称语的更多。如果这样理解是对的，那么，“妾身”即“妾”，为新妇自称，而“不分明”一语也就不需借助于蔡梦弼的解释。且蔡说似亦仅属臆说之词，并无文献资料为据。译诗据字面叙述，“分明”的意思就是“认识”“认得出”，它的宾语，就是下一句诗中的“姑嫜”。这样理解最合理，与后文的联系最紧密。

⑤ 陈琳《饮马长城窟行》：“善事新姑嫜。”嫜，也可写作“章”。姑嫜，即舅姑，今称公婆。

⑥ 这句诗的意思是说父母对女儿十分爱护。

⑦ 归，嫁到婆家。《仇注》引《谷梁传》：“妇人之义，谓嫁曰归。”

⑧《仇注》：“嫁时将鸡狗以往，欲为室家长久计也。”《汉书·礼乐志》：“九夷宾将”，“将”的意思是“从”。俗语有“嫁鸡随鸡，嫁狗随狗”的话，与这诗句的意思相似。

⑨《文选·北山移文》：“岂期终始参差，苍黄反覆。”苍黄，喻翻覆变化。

⑩《仇注》引《周礼》注：“襦，细密之罗，当作繻。”译诗用了这个解释，下一句的“罗襦”借代“罗衣”。襦也可解释为短衣。

⑪《文选·风赋》："回穴错迕"，注："错杂交迕也"。"错"也有"牴牾"义，《汉书·五行志》："刘向治《谷梁》《春秋》，与仲舒错。"迕，意思是"逆"，如《汉书·广川惠王传》："莫敢复迕"，与"牴牾"也同义。

◎ 垂老别[①]（五古）

四郊未宁静，[②]	京城四郊仍然没有平静，
垂老不得安。	我已将衰老，还不能安恬。
子孙阵亡尽，	子孙都在战场上死去，
焉用身独完。	我这条老命为什么要独自保全？
投杖出门去，	丢掉手杖出门去从军，
同行为辛酸。	同行的伙伴都为我感到辛酸。
幸有牙齿存，	幸亏我的牙齿还没有脱落，
所悲骨髓干。[③]	伤心的是骨髓毕竟已经枯干。
男儿既介胄，[④]	男儿已披上了铁甲，
长揖别上官。	只能拱拱手辞别上级长官。
老妻卧路啼，	年老的妻子倒在路旁哀啼，
岁暮衣裳单。	年底已到，她身上穿的还是单衫。
孰知是死别，[⑤]	我深知，这次分别是死别，
且复伤其寒。	可还是担心她受风寒。
此去必不归，	这次离家决不会再回来，
还闻劝加餐。[⑥]	还听见她在叮嘱："每顿要多吃些饭！"
土门壁甚坚，[⑦]	河阳的土门关堡垒十分坚固，
杏园渡亦难。[⑧]	敌人想在杏园渡河也很难。

势异邺城下，[9]	形势和邺城溃败时完全两样，
纵死时犹宽。	就是战死，也不会就在眼前。
人生有离合，	人生有别离也有团圆，
岂择衰盛端。[10]	哪管你已经衰老，还是正当盛年。
忆昔少壮日，	想起年轻力壮的往日，
迟回竟长叹。	徘徊了又徘徊，最后一声长叹。
万国尽征戍，	各州郡的男儿都上了前线，
烽火被冈峦。	战争烽火笼罩着山冈峰峦。
积尸草木腥，	草木丛里堆积的尸体发出腥臭，
流血川原丹。	鲜血横流，原野染红得像朱丹。
何乡为乐土，	太平安乐的国土在什么地方？
安敢尚盘桓。	我怎能再在这里流连！
弃绝蓬室居，	永别了，我的破草屋，
塌然摧肺肝。[11]	如今我已失魂落魄，肝肠寸断。

注释：

① 这诗写一老人于子孙全都战死后奋然投军，与其老妻告别的事。明知到战场上就要死亡，明知老妻生活困苦可怜，还是去投军了。时代的痛苦，老人甘愿承担。这样的思想境界，今天的人们是不容易理解的，但在当时，社会生活的状况就是如此，支配着人们，使人不能不这样想。事实上，这位老人也不能不去投军，只是把被迫在精神上转化为自愿而已，这样当然就更可悲。杜甫这样反映现实的苦难，对现实的本质有着更深的开掘。

②《礼记·曲礼上》：“四郊多垒，此卿大夫之辱也。”四郊，指京城之外，近郊五十里，远郊百里。

③ 古人以为肢体筋骨衰弱无力是由于骨髓枯干。

④《汉书·周亚夫传》：“介胄之士不拜。”

⑤“孰”与“熟”通。孰知，即熟知、深知。

⑥《古诗十九首》：“弃捐勿复道，努力加餐饭。”古人临别时劝人保重身体，常劝“加餐”。

⑦ 土门，地名，在河阳附近。当时是唐朝官兵抗击叛军的前线。

⑧ 杏园，黄河上的渡口，在今河南汲县。

⑨ 邺城溃败事，参看第六卷《观兵》注①。

⑩《仇注》本作“衰老端”，《九家注》等作“衰盛端”。既云“择”，必有两端，自以“衰盛端”为优。

⑪ 塌然，同“嗒焉”，《庄子·齐物论》：“嗒焉似丧其耦。”颓丧貌。

◎ 无家别[①]（五古）

寂寞天宝后，[②]	天宝末年战乱发生后一片荒寂，
园庐但蒿藜。	家家田园茅舍尽长着蒿藜。
我里百余家，[③]	我们那地方原来有百来户人家，
世乱各东西。	兵荒马乱的年代各自逃奔东西。
存者无消息，	活在世上的断了音讯，
死者为尘泥。	死了的变成尘土灰泥。
贱子因阵败，[④]	我因为打了败仗队伍溃散，
归来寻旧蹊。[⑤]	就回家乡来寻找往日的足迹。
久行见空巷，	走了长久，看见的尽是无人空巷，
日瘦气惨凄。[⑥]	太阳光线黯淡，更使人悲凄。
但对狐与狸，	只有狐狸站在我的面前，

竖毛怒我啼。	竖起毛对着我发怒叫啼。
四邻何所有？	四周的邻居家里都还有谁？
一二老寡妻。	只剩下一两个年老的单身妇女。
宿鸟恋本枝，	投宿的归鸟留恋原来栖歇的树枝，
安辞且穷栖。	家乡再贫穷我也要在这里栖居。
方春独荷锄，	春耕季节到了，独自扛锄头下地，
日暮还灌畦。	傍晚时，一个人还在浇灌菜畦。
县吏知我至，	县里的差官知道我回到家里，
召令习鼓鞞。⑦	又派人来唤我去学习军事。
虽从本州役，	这次虽然是在本州服役，
内顾无所携。	看看家里，也没有什么值得带去。
近行止一身，	路程近，只是一个人去，
远去终转迷。	如果上远方，那毕竟让人感到凄迷。
家乡既荡尽，	家乡既然已经完全荒废，
远近理亦齐。	去远去近还不是一个样子。
永痛长病母，	我永远悲痛，每当想起久病的母亲，
五年委沟溪。⑧	拖了五年，还是把骸骨抛在山沟里。
生我不得力，	生了我这个儿子却得不到孝养，
终身两酸嘶。	母子俩终生感到痛苦悲戚。
人生无家别，	人活在世上，离家时竟无人告别，
何以为蒸黎。⑨	这叫黎民怎么能活得下去。

注释：

① 这首诗借一个独身汉的自述来反映安史之乱时人民生活的困苦。乡村荒废，母子不能相依，服不尽的兵役，无休无止的苦难。当一个人离家去服役时，家中竟无人可告别，这悲痛是无可比拟的。杜甫能够把人民的苦难这样深刻地反映出来，说明他对人民有深刻的了解。

② 天宝后，是指天宝末年以后。安史之乱及两京失守发生于天宝年间的最后两年，从那以后，唐朝社会就陷入动荡之中。

③“里”是“闾里”的“里”。《诗·郑风·将仲子》：“无逾我里。”传：“里，居也，二十五家为里。”按里中居户多少，因时而异。《管子·度地》：“百家为里”，与诗中所说较接近。

④ 贱子，诗中主人公之自称。阵败，指邺城下的失败。

⑤ 蹊，步行的小路，也用作动词指步行。旧蹊，旧日走过的路，通常指故乡，译为“往日的足迹。”

⑥《仇注》：“日瘦，谓日色无光，气象惨凄。”

⑦《礼·乐记》：“君子听鼓鼙之声，则思将帅之臣。”“鼙”通“鞞”。鼓、鼙皆乐器，军中常用之，因借指军事。

⑧ 五年，指天宝十四载到乾元元年，前后五年。委沟溪，犹言“填沟壑”，指人之因穷困而死亡。第三卷《醉时歌》有“焉知饿死填沟壑”句。

⑨《列子·仲尼》：“立我蒸民”，蒸民，即众民。“蒸黎”犹言蒸民、众民。

◎ 夏日叹[①]（五古）

夏日出东北，[②]　　夏天的太阳从东北方升起，
陵天经中街。[③]　　它经过黄道，横越过天上。
朱光彻厚地，　　朱红色的光，能把深厚大地射穿，
郁蒸何由开。　　这郁闷蒸热的天气何时才能凉爽？
上苍久无雷，　　苍天长久没有雷声震响，
无乃号令乖。　　难道它的号令错过了时光？
雨降不濡物，　　降了几点雨，一切都没有沾湿，

良田起黄埃。	肥沃的田野干燥得黄土飞扬。
飞鸟苦热死，	飞鸟在天上也热得十分难当，
池鱼涸其泥。	游鱼在干涸的池底卧躺。
万人尚流冗，④	千万百姓还在到处流亡，
举目惟蒿莱。⑤	抬头只看得见蒿莱生长。
至今大河北，	如今黄河背面的国土，
化作虎与豺。	成了猛虎、豺狼横行之乡。
浩荡想幽蓟，⑥	我的思念越过浩浩空间到了幽蓟，
王师安在哉。	皇上的军队如今在什么地方？
对食不能餐，	对着饭菜却吞咽不下，
我心殊未谐。	我的心实在不能安恬、舒畅。
眇然贞观初，⑦	贞观初年的太平岁月已经渺茫，
难与数子偕。⑧	再也难能遇到那时的几位好宰相。

注释：

①《仇注》引《旧唐书》："乾元二年四月癸亥，以久旱徙市，雩祭祈雨。"又引《通鉴》："时天下饥馑，九节度围邺城，诸军乏食，人思自溃。"这些记载与这诗中所反映的旱灾情况正相合，可知这诗写于乾元二年夏日，当杜甫自东都回到华州以后。诗中把自然灾害与兵乱结合在一起来观察，最后归结到对开明政治的向往。

② 由于地轴倾斜，与地球绕日轨道形成夹角，故日光射在地球上没有固定的方位。夏天的太阳，从人的感觉来看，是从东北方升起。

③ 中街，即"中道"，通常称黄道或光道，是人在地球上所观察到的太阳运行轨道。实际上是地球绕日轨道面在所谓天球面上割成的大圆。

④《汉书·成帝纪》："关东流冗者众。"流冗，指到处流徙没有定业的人民。

⑤ 蒿莱，指田野杂草。《诗·小雅·楚茨》序："田莱多荒。"后世称荒地曰"草莱""蒿莱"。

⑥ 幽蓟，指幽州和蓟州。唐代的幽州范阳郡、蓟州渔阳郡俱属河北道，是安禄山、史思明的根据地。

⑦ 眇然，遥远貌。贞观为唐太宗李世民的年号，自公元627年至649年。

⑧ 数子，指贞观初年任宰相的房玄龄、杜如晦、王珪、魏徵等人。他们当政时能改革政治，轻徭薄赋，选用廉吏，连年农业丰收，民生安定，史称“贞观之治”。最后两句，怀念贞观初年的“治世”和那时的几位贤相，也就是意味着对当时统治者的失望与不满。

◎ 夏夜叹[①]（五古）

永日不可暮，	天色迟迟不黑，白昼这么长，
炎蒸毒我肠。	炎暑蒸熏，我心里热得发慌。
安得万里风，	盼望万里外吹来一阵凉风，
飘飖吹我裳。	把我的衣裳吹得随风飘扬。
昊天出华月，[②]	夏空中，明月渐渐升上，
茂林延疏光。	茂密的林梢，迎来淡淡月光。
仲夏苦夜短，[③]	仲夏五月的夜晚实在太短，
开轩纳微凉。	我打开长窗纳凉。
虚明见纤毫，	天空透明光亮，纤细的秋毫都能清晰看见，
羽虫亦飞扬。	长着翅羽的昆虫也凌空飞翔。
物情无巨细，	不管什么生物，不管大小怎样，
自适固其常。	本性都是要追求适意舒畅。
念彼荷戈士，	想起那些扛着戈矛的战士，
穷年守边疆。	整年守卫着边疆。
何由一洗濯，	想洗个澡也没办法，

执热互相望。[4]	热不可当时无可奈何地相互看望。
竟夕击刁斗，[5]	更夫巡夜，刁斗整夜在响，
喧声连万方。	喧嚷的声音连接着四面八方。
青紫虽被体，[6]	虽然身上穿起了青紫色的官服，
不如早还乡。	还不如让他们早些回返故乡。
北城悲笳发，	北门城头上发出悲笳声，
鹳鹤号且翔。	鹳鹤一边号叫，一边飞翔。
况复烦促倦，[7]	何况烦躁不安使我更疲倦，
激烈思时康。	我思绪激荡，盼望着时世安康。

注释：

① 这首诗与上一首诗是同时所作。从物情说到人情，思念在边疆和前线作战的士卒，盼望早日实现和平。诗里贯穿着伟大的人道主义精神和反对战争、盼望和平的思想，这也正是自古以来最广大的人民群众的心愿。

②《尔雅·释天》："夏为昊天。"李巡云："夏，万物盛壮，其气昊大，故曰昊天。"

③ 我国古代习惯把每一季分成三段，依月份先后排列，称为"孟、仲、季。"仲夏，即五月份。

④《仇注》引钟惺语："盖热曰执热，犹云热不可解。"

⑤《史记·李将军传》："不击刁斗以自卫。"集解："孟康曰：'刁斗，以铜作鐎，受一斗，昼炊饭食，夜击持行。'"这里说"击刁斗"，可知是说军中打更警戒的工具。

⑥《仇注》引《通鉴》："至德二载，郭子仪败于清渠，复以官爵收散卒。由是应募入军者，一切衣金紫。"唐代贞观年间，三品以上官员服紫，所谓"紫"，即青紫色的官服。"金紫"指紫袍上加金鱼袋的佩饰。至德年以后，为了吸引人民从军，滥赏金紫，当时"至有朝士僮仆，衣金紫，称大官而执贱役者"（《通鉴》卷二一九）。

⑦《仇注》引张华诗"烦促每有余"。烦促，烦躁憋闷貌。

◎ 立秋后题[①]（五古）

日月不相饶，	日月一天天逝去可不饶人，
节序昨夜隔。[②]	从昨夜起，又换了一个节气。
玄蝉无停号，	黑蝉不停地号叫，
秋燕已如客。	秋燕像过客，也将要离去。
平生独往愿，[③]	我早就盼望着离开尘世去隐居，
惆怅年半百。[④]	快五十岁了，心中惆怅不止。
罢官亦由人，[⑤]	辞官不干，这本来也可随我的意，
何事拘形役。[⑥]	何必让形体束缚着自己。

注释：

① 这是乾元二年立秋之后的一天所写的抒怀诗。当时杜甫已下了辞去官职的决心，不久后即辞去华州司功职位到秦州去。

② 节序，指立秋。昨夜隔，这句诗是说昨夜以前还属于另一个节序，今天立秋，秋季开始了。

③《庄子》："江海之士，山谷之人，轻天地、细万物而独往也。"司马彪注："独往自然不复顾也。"独往，指脱离尘世隐居和修仙。

④ 杜甫生于玄宗先天元年（712 年），至乾元二年（759 年），为四十八岁，说五十岁，是约数。

⑤ 由人，实际上是说"由己"。这里的"人"字，不是指"别人"，而是指自己。

⑥ 陶潜《归去来兮辞》："既自以心为形役，奚惆怅而独悲。""形"指"形体"，即"肉体"，古人把人的存在看作精神，但受到肉体的拘束、制约，这就叫作"心为形役"。陶潜认识了"心为形役"是不可避免的，只能求得精神的自我超脱；杜甫在这里是以"形役"来比喻官位对自己的束缚，而这束缚是可以解脱的。

◎ 贻阮隐居[①]（五古）

陈留风俗衰，[②]	陈留郡的传统风尚已经衰退消沉，
人物世不数。	杰出的人物如今数不出几个人。
塞上得阮生，[③]	在边塞城邑遇到您这位阮生，
迥继先父祖。[④]	继承了远祖阮籍的风格和才能。
贫知静者性，	从您的贫困家境可看出您爱恬静的本性，
白益毛发古。	头发斑白，容貌更显得像古人。
车马入邻家，	车马驶近了，都是到邻家去的，
蓬蒿翳环堵。	密密的蓬蒿把您家的围墙遮隐。
清诗近道要，	您写的诗句清新，接触到最深刻的道理，
识子用心苦。	看得出您对写诗能刻苦用心。
寻我草径微，	您走过草丛中的小路来访问我，
褰裳踏寒雨。	手拉着衣裾，冒着寒雨步行。
更议居远村，	我们又谈起要迁居到更远的山村，
避喧甘猛虎。	甘愿受猛虎的威胁，也要避开人世的喧闹纠纷。
足明箕颍客，[⑤]	由此更看出，您是许由、巢父一流的人，
荣贵如粪土。	把人间的荣华富贵看得像粪土和灰尘。

注释：

① 乾元二年秋季，杜甫放弃了华州司功的职位，西去秦州。《旧唐书》说“时关辅乱离，谷食踊贵”是他离开华州的原因，《新唐书》则说“关辅饥，辄弃官去”。杜甫离开华州西去的原因可能还不仅仅是这些。秦州，即今甘肃省天水市。杜甫在秦州认识了一位隐居不仕的阮昉（音“仿”fǎng），他也能写诗，与杜甫很谈得来。这是杜甫赠给他的一首诗。

② 唐代的陈留郡，即汴州，在今开封市附近。《新唐书·艺文志》有《陈留风俗传》三

卷。魏晋时期，出了许多著名人物，如阮瑀、阮籍、阮咸等。

③ 塞上，指秦州，唐代的秦州已离边塞不远。阮生，即阮昉。

④ 先父祖，指阮昉的祖先，即指阮籍等人。

⑤ 箕颍客，在箕山、颍水上隐居的人。箕山、颍水是唐尧时的高士许由隐居处，唐尧欲让天下给他，不受；后又欲以天下让给另一隐士巢父，也未接受。后代遂以“箕颍客”来称隐士。

◎ 遣兴三首[①]（五古）

下马古战场，	在古战场的遗址下马，
四顾但茫然。	遥望四方，只见一片茫茫。
风悲浮云去，	悲风把浮云吹走，
黄叶坠我前。	黄叶飘落在我身旁。
朽骨穴蝼蚁，	蝼蚁在腐朽的骸骨上做了巢穴，
又为蔓草缠。	蔓草又把它们密密缠绑。
故老行叹息，	经历过许多往事的老人正在叹息：
今人尚开边。	“现今人们还在把国土扩张。
汉虏互胜负，[②]	汉人和少数民族互有胜败，
封疆不常全。	常常保不住边疆。”
安得廉颇将，[③]	如果有廉颇那样的人做大将，
三军同晏眠。[④]	所有的官兵就能一起安稳睡到天亮。

注释：

① 这三首遣兴诗是杜甫乾元二年秋从华州西去秦州时所作。可能是在到达秦州前的旅途

中，据所见所闻，有感而作。

② 汉虏，指汉族人与西北地区居住的吐蕃、回纥、吐谷浑等民族。

③ 廉颇是战国时赵国的名将，固守边防，不出击，以安边而不生事著称。

④ 三军，泛指唐朝全国军队。晏眠，即安眠。

◎ 其二（五古）

高秋登寒山，	深秋，我登上寒冷的山冈，
南望马邑州。[①]	向南方的马邑州眺望。
降虏东击胡，[②]	归降的部族调到东方去进攻胡兵，
壮健尽不留。	健壮的男儿一个也不留在后方。
穹庐莽牢落，[③]	圆顶帐篷里显得空荡荡，
上有行云愁。	浮云从上面飘过也感到悲凉。
老弱哭道路，	老弱的人们在路边哭泣，
愿闻甲兵休。	他们多么盼望停止打仗。
邺中事反复，[④]	邺城下的战局实在出人意外，
死人积如丘。	战死者的尸骸堆成丘冈。
诸将已茅土，[⑤]	多少将军分封了土地做了王，
载驱谁与谋。[⑥]	谁能为当前的忧患着想？

注释：

① 秦汉时代就有马邑州这地名，唐代仍有此州，属代州雁门郡，即今山西省朔县附近。但这诗中所说的马邑州，应在秦州附近。《仇注》引《唐书·地理志》：“羁縻州内有马邑州，属隶秦州，开元十七年置，在秦、成二州山谷间。”

② 降虏，西北地区少数民族有不少是在以往民族战争中失败、流散、归降于唐朝者，在秦、甘、凉等州居住者颇多。诗中所说的是指这些人。“胡”则指安史余党。

③ 穹庐，游牧民族所居住的毡帐、蒙古包之类。“牢落”与“寥落”同，在这里指空寂无人。

④ 邺中事，指邺城下的溃败，参看第六卷《观兵》注①。反复，指事情的结果与人的估计相反。

⑤ 茅土，指封王。古代举行封王的仪式时以茅草荐土赐给被封者作为封地的象征。后代封王虽不分给土地，也仍以“茅土”借代封王。这里所说的“诸将”，黄希曰：“诸将不指李（光弼）郭（子仪），如封朔方大将军孙守亮等九人为异姓王，李商臣等十三人为同姓王是也。”

⑥《诗·鄘风·载驰》中有“载驰载驱”语，写春秋时许穆夫人忧其兄弟卫戴公新丧，赶到卫国吊唁，并准备向诸大国呼吁援助的事。这诗是以许穆夫人的口气写的，前人认为作者即许穆夫人本人。这里以“载驱”来比喻国家的忧患。

◎ 其三[①]（五古）

丰年孰云迟，	只要能丰收，谁还嫌它来得晚，
甘泽不在早。	只要是甘霖，迟几天也不妨。
耕田秋雨足，	耕种的田地里秋雨下足，
禾黍已映道。	禾黍已在路旁闪亮。
春苗九月交，	春天种的苗到了九月，
颜色同日老。	同一天成熟，变得一片金黄。
劝汝衡门士，[②]	奉劝你们这些贫苦的士人，
勿悲尚枯槁。	别因为眼前的困厄悲伤。
时来展才力，	时机一到，就能施展才能，
先后无丑好。	谁先谁后还不都是一样。

但讶鹿皮翁，	不过鹿皮翁那样的隐士令人诧异，
忘机对芝草。[3]	他看着灵芝草，却不把人间的得失放在心上。

注释：

① 这一首遣兴诗的主旨与前两首不同，前两首忧国事，而这一首则对人生观问题作思考。作者以禾黍的生长成熟为喻，劝士人听天命，待时机而发挥才力；同时又举出道家鹿皮翁的超脱世情作为更高的典模。这两种思想实际上是矛盾的，但在作者笔下似乎并不矛盾，因为他自己就处在这个矛盾中。

②《诗・陈风・衡门》："衡门之下，可以栖迟。"衡门，指横木为门，言居室之陋也。这里的"衡门士"是指清贫的书生。

③ 据《列仙传》，鹿皮翁本是淄州小吏，成仙后，食芝草，饮神泉，百余年后下山卖药于市，常身着鹿皮衣，故人称之为鹿皮翁。这诗句中赞美鹿皮翁的超脱人世，对他表示了羡慕，这反映了杜甫的出世思想。

◎ 留花门[1] （五古）

花门天骄子，[2]	花门兵是天之骄子，
饱肉气勇决。[3]	肉食当口粮，勇猛又顽强。
高秋马肥健，	常常趁秋高气爽，战马肥壮，
挟矢射汉月。[4]	张弓搭箭，驰射在月光照耀的大唐土地上。
自古以为患，	自古以来把他们看作边患，
诗人厌薄伐。[5]	古代诗人也厌恶讨伐少数民族，不停地打仗。
修德使其来，	历代帝王散布恩德，吸引他们来朝拜纳贡，
羁縻固不绝。	一直在笼络他们，向来就这样。
胡为倾国至，	可为什么如今全都一下涌来？

出入暗金阙。	进进出出，遮得宫门前暗淡无光。
中原有驱除，⑥	为了赶走侵入中原的叛贼，
隐忍用此物。⑦	只得忍耐着，倚仗他们的力量。
公主歌黄鹄，⑧	下嫁外族的公主，把《黄鹄歌》哀唱，
君王指白日。⑨	君王发誓坚持友好，手指着太阳。
连云屯左辅，⑩	他们的兵像连绵不断的白云，驻扎在同州的土地上，
百里见积雪。⑪	绵延一百里，像一片积雪白茫茫。
长戟鸟休飞，	到处挥舞长戟，鸟雀也不敢飞翔，
哀笳曙幽咽。	天刚亮，悲笳就低泣似的吹响。
田家最恐惧，	种田的人家最担心害怕，
麦倒桑枝折。	麦苗被踏倒，桑枝被折断损伤。
沙苑临清渭，⑫	沙苑就在澄清的渭水旁，
泉香草丰洁。	牧草丰美，泉水甘香。
渡河不用船，	花门骑兵渡河连船也不用，
千骑常撇烈。⑬	常常千百成群腾越过水上。
胡尘逾太行，	如今胡兵又过了太行山，
杂种抵京室。⑭	史思明又在侵犯东都洛阳。
花门既须留，	花门兵还是得留下，
原野转萧瑟。⑮	这原野又将变得萧瑟凄凉。

注释：

① 花门，是唐代对回纥的别称。据《仇注》引《唐书·地理志》，在居延海北三百里有花门堡，再向东北千里，至回纥衙帐。大概唐代到内地来的回纥兵多经过花门堡来，故称回纥为花门。肃宗在灵武即位时，就定下了结好回纥的政策，利用回纥兵作为反攻安史叛军的力量。乾元元年（758 年）七月，肃宗把幼女宁国公主嫁给回纥的英武可汗，亲自送到咸阳磁门驿。反攻长安时，回纥兵发挥过作用。收京以后，回纥兵留驻在同州沙苑。邺城之役，回纥兵参战，也与九节度使的兵一起溃退，仍驻在沙苑一

带。乾元二年九月，史思明部叛军再度攻占东都洛阳，看形势唐朝还得继续依靠回纥兵的援助，他们仍将留驻在境内。这就是乾元二年秋杜甫在秦州写这首诗的背景。留下花门兵，是一大忧患，既骚扰人民，又威胁唐朝的统治；而在当时形势上，又不能不留。这首诗反映了这样的局势和广大人民群众的不安情绪。

② 天骄子，即“天之骄子”。《汉书 · 匈奴传》：“南有大汉，北有强胡，胡者，天之骄子也。”意思是说，北方强悍善战的游牧民族是天所骄纵的人。

③ 饱肉，以肉类充饥。

④ 射汉月，指对唐朝土地的侵犯。汉，实际是指唐朝。在译诗中，把“汉月”当作地点状语来处理，而不把它看作“射”的宾语。

⑤《诗 · 小雅 · 六月》：“薄伐猃狁，至于太原。”《小雅》中还有《采薇》等篇也涉及与猃狁作战的事。这些诗的作者们对进攻北方民族猃狁的态度是复杂的，不是单纯的反对或单纯的支持。杜甫在这诗中援引古代诗人“厌薄伐”的态度，是主张有理、有利、有节地调整与少数民族的关系。既不宜对外侵略扩张，但笼络、羁縻也要有限度，不能依赖、纵容，使他们践踏国境，为害人民。

⑥ 有驱除，指有敌人待驱除，敌人指安史余部。

⑦ 此物，指花门，亦即回纥。称回纥为“物”，这与中国传统思想有关，对少数民族不免抱有狭隘的轻视心理。

⑧ 这句诗是暗示宁国公主嫁回纥可汗的事。参看注①。歌黄鹄，则是用汉武帝以江东王建女细君为公主，嫁乌孙王昆莫的故事，昆莫年老，言语不通，公主悲愁作歌曰：“居常土思兮心内伤，愿为黄鹄兮归故乡。”

⑨《诗 · 王风 · 大车》：“谓予不信，有如皎日。”注：“言指白日以为盟约也。”

⑩ 左辅，见第三卷《沙苑行》注②。

⑪《仇注》引楼钥曰：“读者谓积雪止言其多，上句言云屯足矣，何必复赘此语。惟知回纥之俗，衣冠皆白，然后少陵之意焕然。”又朱鹤龄注引《旧唐书》，述回纥军于作战时曳白旗进击事，认为“回纥旗帜用白，百里积雪，当谓此耳。”两说可供参考。

⑫ 沙苑，见第三卷《沙苑行》注①，及本篇注①。

⑬ 撇烈，一作“撇捩”。《仇注》引《汉皋诗话》：“撇捩，疾貌。”与上一句连起来看，此“撇烈”（“撇捩”）言渡河的迅速，故译为“腾越”。

⑭ 胡尘、杂种，均指安史余党，主要指史思明。逾太行、抵京室，指乾元二年三月，唐军邺城失败后，史思明渡黄河向南进犯，九月攻占汴州、郑州，一直攻陷洛阳的事。洛阳为唐之东京，故亦称京室。

⑮ 这句诗把秋天萧瑟的景象与留下花门兵的唐朝局势交融为一体，既可说萧瑟的景象是时局的象征，然而同时又似乎是写实。

◎ 佳人[①]（五古）

绝代有佳人，	有个世上少见的美人，
幽居在空谷。	居住在无人的荒山深谷。
自云良家子，[②]	她自称出生在做武官的人家，
零落依草木。	遭到不幸，飘流到这山林中生活。
关中昔丧乱，[③]	往年关中遭到战乱，
兄弟遭杀戮。	哥哥弟弟们都被杀戮。
官高何足论，	他们的官位虽高，可又有什么用？
不得收骨肉。[④]	死了竟不能收殓骸骨。
世情恶衰歇，	世道就是这样，谁也看不起衰败的家族，
万事随转烛。[⑤]	万事变化不定，像风前摇闪着的灯烛。
夫婿轻薄儿，	丈夫是个轻浮薄幸的青年，
新人美如玉。	已经另外娶了个新人，据说她貌美如玉。
合昏尚知时，[⑥]	合欢花还知道按时节开放，
鸳鸯不独宿。	鸳鸯鸟总是成双成对不单独过宿。

但见新人笑，	那无情的人只看见新人的欢笑，
那闻旧人哭。	哪里会听到被遗弃者的哀哭。
在山泉水清，[7]	在山里流泻的泉水多么清澈，
出山泉水浊。	流出山谷就会变得浑浊。
侍婢卖珠回，	随身的婢女变卖了珍珠回来，
牵萝补茅屋。[8]	又扯拽一束藤萝来修补茅屋。
摘花不插发，[9]	有时采来几枝野花却不往头发上插，
采柏动盈掬。[10]	也常常采来满满一把翠柏。
天寒翠袖薄，	天气寒冷了，她的绿衣袖还这么单薄，
日暮倚修竹。	傍晚时独自倚着亭亭的青竹。

注释：

① 这诗记述了一个乱世被弃少妇的事迹。她的家庭受到战乱破坏，一个人孤独地居住深山中。题目是《佳人》，既指形貌之美，更指品德之坚贞。诗中着重写了三个方面：一是受战乱之害，二是被丈夫遗弃之苦，三是品德之高尚。从这诗的内容来看，恐非纪实，而是反映当时的社会大动乱中，从富贵生活坠落到平民困境中来的某些出身于统治阶级的妇女的典型形象。有人认为，这个“佳人”形象是有所寓意的，写的是妇女，但所指的却并非妇女，而是遭受打击、迫害的正直大臣。这诗可能引起这样的联想，也许这也正是它的一种社会效应，然而，如把这“佳人”确定为寓言，就与诗中的全部具体描写不能符合，所以还是不宜这样来理解。

② 良家子，参看第四卷《后出塞》第五首注①，这诗中的良家子，明显是世代为武将的人家。

③ 这次“丧乱”，是指安史叛军于天宝十五载六月攻陷长安的大动乱。

④ 不论古汉语还是现代汉语中，“骨肉”一词多借喻直系亲属。但这里却应按字面的直义理解，即死者的尸骸。

⑤ 蔡梦弼笺：“转烛，言世态不常也，烛影随风转而无定。”转烛，也就是“风前烛”的意思。

⑥ 合昏，即合欢花，又名夜合花，朝开暮合。

⑦ 泉水，比喻“佳人”的节操。

⑧ 卖珠，是“佳人”生活的来源。原来是富贵人家，尚有首饰可卖，可知是够窘困的了。补茅屋，更直接写出贫苦之状。但仍有侍婢跟随，犹可见往日富家生活的残影。

⑨ 摘花，仍有爱美之心；不插发，已失去打扮自己的兴致。

⑩《仇注》引古诗：“马啖柏叶，人啖柏脂。不可长饱，聊可遏饥。”贫穷的人“采柏”是供食用的；道家修仙服食，也用为药饵。这里“采柏”不过“盈掬”，恐非食用，看来也是以此见其幽静娴雅之神态。

◎ 梦李白二首[①]（五古）

死别已吞声，	死亡把人隔绝当然也就没有话说，
生别常恻恻。	活在世上相互分离就难免常令人悲痛伤忧。
江南瘴疠地，[②]	在江南那多瘴气多疫疠的地方，
逐客无消息。[③]	你这个被放逐的人却一点消息也没有。
故人入我梦，	你来到我的梦里，我的老朋友，
明我长相忆。	好像知道我一直把你记在心头。
君今在罗网，[④]	如今你陷在罗网之中，
何以有羽翼？	怎么会长出翅膀到处遨游？
恐非平生魂，	恐怕这不是活着的人的灵魂，
路远不可测。	路程这么远，这事我真没法看透。
魂来枫林青，[⑤]	你的灵魂越过青枫林飞来，
魂返关塞黑。	你的灵魂归去时，关塞一片黑暗。
落月满屋梁，	月光落下，把屋梁处处照亮，

犹疑照颜色。	我似乎感到月光还照着你的容颜。
水深波浪阔，	江水这么深，波浪滔天，
无使蛟龙得。⑥	你千万要小心，别被蛟龙伤残。

注释：

① 大诗人李白于安史之乱发生后，逃亡东南，在浔阳、金陵、宣城、当涂等地奔波，后定居庐山屏风叠。天宝十五载（至德元载）冬，原奉玄宗命令赴江陵充任山南东道、岭南、黔中、江南西道节度都使的永王李璘（肃宗李亨之弟）率水师东下，将北上讨叛军，经过九江，李白下庐山，受聘参加了永王幕府。至德二载二月由于李亨、李璘兄弟间的权势之争，永王璘被宣布为叛逆，并受到攻击，兵败被擒杀。李白亦受到牵连，一度入浔阳狱。至德二载十一月定罪，长流夜郎（今贵州桐梓境）。乾元元年溯江而上，至乾元二年二月，在巫山遇赦，放还。杜甫知道李白被定罪流放的事，但后来未得到李白的消息。当杜甫于乾元二年秋到达秦州时，消息闭塞，尚不知李白被赦放还的事，对他十分怀念，以致梦见了这位老朋友。醒来后，回忆梦境，想念友人，写下了这两首著名的诗。从诗中可看出杜甫对李白的友情之深厚。

② 李白于流放夜郎前，曾在宿松暂住，几年来他的踪迹都在今皖南一带。但诗中说的“江南”也包括“夜郎”在内，因它也在长江以南。古代因那些地方炎热多疫病，便说那里有瘴气、疫疠。

③ 逐客，指被流放的李白。

④ 罗网，李白被定了罪，故说他在“罗网”中。

⑤《楚辞·招魂》：“湛湛江水兮上有枫，目极千里兮伤春心，魂兮归来哀江南。”因此作者想象李白的灵魂飞越过枫林。作者这样想象，好像陪着李白的灵魂来去一般，体验着他的艰苦的旅程，更表达出了对李白情感之深挚。

⑥《仇注》：“水深浪阔，又恐死于溺也。”说得太实，恐怕这也是比喻之词。这两句诗是劝告李白谨慎，提防遭人陷害。

◎ 其二（五古）

浮云终日行，	浮云整天在飘个不停，
游子久不至。	漂泊者长久不来到我的身边。
三夜频梦君，	一连三夜，我屡次梦见你，
情亲见君意。	多么亲切，看得出你的情意绵绵。
告归常局促，	梦中的每次告别都那么匆促，
苦道来不易。	沉痛地诉说到这里来可真困难。
江湖多风波，	江湖上常有狂风巨浪，
舟楫恐失坠。	乘船时要担忧落水的危险。
出门搔白首，	出门时你抓搔着头上的白发，
若负平生志。	好像在怅恨一生的志愿没有实现。
冠盖满京华，①	京城里到处是达官权贵，
斯人独憔悴。②	只有这个人这样憔悴不堪。
孰云网恢恢，③	谁说天网恢恢，又大又公平，
将老身反累。④	年纪将衰老时反而遭到牵连。
千秋万岁名，	即使名声能流传到千秋万世，
寂寞身后事。	可是死后的事又怎能知道，死者还不总是感到寂寞阴暗？

注释：

①《史记·平准书》："使者分部护之，冠盖相望。"这是指官宦的冠服车盖，后常以"冠盖"借代官宦贵人。

② 斯人，指李白。因为他遭到政治牵累，长途跋涉，不免容貌憔悴。

③《老子》："天网恢恢，疏而不失。"薛蕙集解："世之禁网虽密，然人多幸免者；惟

天网恢恢广大，有若疏而不密，而为恶之人无有能逃也。”古代观念以为天对恶人施行最公正的处罚，这就是“天网”。它虽然看来很疏，但又很大，坏人决不会漏网。这句话还包含好人决不会被冤的意思在内。

④ 身反累，指因参加永王璘幕府而获罪事。李白被定罪的那年是至德二载，时年五十七岁。

◎ 有怀台州郑十八司户[①] （五古）

天台隔三江，[②]	天台山到这里隔着三道江，
风浪无晨暮。	江上风吹浪打，不分朝暮。
郑公纵得归，	郑公纵然能够被允许回来，
老病不识路。	他又老又病，怕也不认识归路。
昔如水上鸥，	往昔像水上自由飞翔的沙鸥，
今为罝中兔。[③]	如今却成了落入罗网的野兔。
性命由他人，	性命全由别人支配，
悲辛但狂顾。[④]	只能感到辛酸，只能慌张地回顾。
山鬼独一脚，[⑤]	那里有一只脚的山鬼，
蝮蛇长如树。[⑥]	有蝮蛇，站立着像一棵树。
呼号傍孤城，[⑦]	在一座荒凉的小城旁呼号，
岁月谁与度。	年年月月，谁和你一起度过？
从来御魑魅，[⑧]	自古来被流放到四方边境的人，
多为才名误。	多半是被自己的才能、名声贻误。
夫子嵇阮流，	郑夫子是嵇康、阮籍一流的人，
更被时俗恶。	自然更受到世俗的厌恶。
海隅微小吏，[⑨]	在遥远海边做个卑微小吏，

眼暗发垂素。	白发披散，眼光暗淡模糊。
鸠杖近青袍，⑩	手里拿了老人用的鸠头杖，身上却穿着青袍，
非供折腰具。⑪	它不该是见长官弯腰的扶持工具。
平生一杯酒，	他向来爱喝一杯酒，
见我故人遇。	见到我就像和老朋友相聚。
相望无所成，	看看我们两个同样都没有成就，
乾坤莽回互。⑫	茫茫天地竟把我们永远隔阻。

注释：

① 郑虔是杜甫最亲密的挚友之一，因为曾被安禄山授水部郎中，收京后，于至德二载十二月，贬台州司户参军。参看第五卷《送郑十八虔贬台州司户》一诗注①。杜甫在长安任左拾遗时，曾有《题郑十八著作丈故居》一诗（见第六卷），这又是一首怀念郑虔的诗。诗中按作者的想象和体会，写出郑虔的艰苦处境和悲痛的心情，从而表达了对郑虔的深刻怀念。估计写诗的时间在离开华州司功的官职以后，大概作于秦州。

② 天台，指天台山。隔三江，指隔长江、浙江（钱塘江）和曹娥江。

③ 罝，音“居”（jū），古代捕兔的网。

④ 这句诗和上一句诗，是描写陷入罝中的野兔的状况和神态，用来比喻郑虔的痛苦处境。

⑤《楚辞·九歌》有山鬼篇。《仇注》又引《述异纪》：“山鬼，岭南所在有之，独足反踵。”古代传说有这样的鬼怪，“独脚”是其外部特征。

⑥“长如树”之“长”，当读上声（zhǎng），意思是如树一样从地上长出来，实际是形容蝮蛇之站立。

⑦ 呼号，是想象郑虔看到前两句诗所描写的可怕景象，一定会惊慌呼叫。孤城，指台州。

⑧《左传·文十八年》：“舜流四凶族：浑敦、穷奇、梼杌、饕餮，投诸四裔，以御魑魅。”后来，称把罪人流放到边远地区为“御魑魅”。

⑨ 微小吏，指郑虔。台州司户职位低微，故这样说。

⑩《仇注》引《后汉书·礼仪志》："汉，民年至七十者授玉杖，以鸠鸟为饰，欲老人如鸠不噎也。"又引《隋书·礼仪志》："都下及外州人，年七十以上，赐鸠杖黄帽。"可知持"鸠杖"是七十以上老人的标志。青袍，低级官员的服饰。这句诗是说郑虔年老而居小吏地位，十分不相称。

⑪ 折腰，指下级官员对上级的礼节和屈从的态度。陶潜辞去彭泽令的职位，也就是为此，当郡遣督邮来县时，潜叹息曰："吾不能为五斗米折腰，拳拳事乡里小儿耶。"

⑫《仇注》引《海赋》："蛮夷乖隔，回互万里。"回互，意思是曲折、遮蔽。

◎ 遣兴五首[①]（五古）

蛰龙三冬卧，[②]	蛰伏的巨龙在冬季三个月里一直僵卧不动，
老鹤万里心。	白鹤衰老时，心里仍想念着万里长空。
昔时贤俊人，	古代有些能干聪明的人物，
未遇犹视今。	也和今天的俊才一样没有被重用。
嵇康不得死，[③]	嵇康没有得到好死，
孔明有知音。[④]	孔明却遇到知音，受到尊重。
又如垅坻松，[⑤]	这也像陇坻山上的松树，
用舍在所寻。[⑥]	要看挑选木材的匠人能不能把它选中。
大哉霜雪干，	多么粗壮巨大，那些饱经风霜的树干，
岁久为枯林。[⑦]	年岁久了，直到成了枯林也没被人选去使用。

注释：

① 这一组遣兴诗交织着议论与抒怀，主题是人才问题。第一首总论人才能否得到重用，全在于择才者，因而人才往往遭到埋没甚至残害。以下四首，具体地议论几个人的

处世态度，并对他们表示了爱慕、崇敬和悼念。从议论的主旨来看，是弃官以后的作品，历代注家均认为是杜甫于乾元二年秋旅居秦州时所作。

② 三冬，指孟、仲、季三冬，也就是指整个冬天的三个月。

③ 嵇康，仕魏任中散大夫，钟会与他有私怨，借事进谗于司马昭，终被借故杀害。

④ 孔明，即诸葛亮，刘备曾三次登门访问，请他筹划三分天下的大计，对他备极尊重。

⑤ 垅坻，即陇坻山，又名陇山、陇坂、陇首。在今陕西省陇县西北，绵亘于陕西甘肃边境。自关中去秦州，要经过陇坻山。

⑥ 所寻，不是指所寻找的材料，而是指寻找材料的是怎样的人。

⑦ 这句诗是说，（松树）成了枯林也没有被选用。喻人才到老死未能被用。

◎ 其二（五古）

昔者庞德公，[①]	从前有一位庞德公，
未曾入州府。	从来没有进过州府。
襄阳耆旧间，[②]	在襄阳郡德高望重的老人里面，
处士节独苦。	这位处士坚持节操，生活最清苦。
岂无济时策，	难道他没有救世的策略，
终竟畏罗罟。[③]	他毕竟害怕陷入人世的网罟。
林茂鸟有归，	茂盛的树林吸引鸟群去投宿，
水深鱼知聚。	鱼群也知道该聚集在水深处。
举家隐鹿门，	他全家到鹿门山里去隐居，
刘表焉得取。[④]	刘表怎么能把他招进官署。

注释：

① 庞德公，东汉末人，是一位著名的隐士。杜甫的诗中曾屡次提到他。他完全超脱了政治，丝毫无仕进之心，不但与那些借归隐来获取名声，企图引得统治者的注意，从而登上高位的假隐士不同，而且也和杜甫等既想做官，又想归隐，思想中包含着矛盾的人有很大差别。因此杜甫很崇敬他。只有效法庞德公，才能得到真正的精神解脱，不再产生怀才不遇的苦闷。尽管这样，杜甫始终不能像庞德公那样避世隐居，他从来没有能下这个决心。如果杜甫成了庞德公那样的人，他也就不会写诗了，即使写，当然也不会是现在这个样子。

② 庞德公是襄阳人，在岘山南面种田为生。耆旧，指地方上年老而又德高望重的人。《晋书·陈寿传》："寿撰《益都耆旧传》十卷。"

③ 罗罟，前者指捕鸟的网，后者指渔网。借喻人世间的种种危险，主要指政治陷害、迫害。下面两句诗，分别说及鱼和鸟，也是比喻。

④ 荆州刘表曾到庞德公家中拜访，请他参幕府，他不答应，并全家避入鹿门山，采药不返。

◎ 其三（五古）

陶潜避俗翁，	陶潜是一位逃避世俗的老人，
未必能达道。①	但他也未必能看透世界的奥妙。
观其著诗集，	看他著作的诗集，
颇亦恨枯槁。②	对自己的清苦生活也很懊恼。
达生岂是足，③	难道把人生看穿了就足够？
默识盖不早。④	可惜没有及早潜入深深的思考。
有子贤与愚，	生的孩子是聪明还是愚顽，
何其挂怀抱。⑤	他总是那样放在心上忘不掉。

注释:

① 陶潜，东晋著名诗人。他“不为五斗米折腰”，弃官归隐，饮酒赋诗，亲自锄草种豆。这些事迹表明他人格高尚，但杜甫却似乎对他仍有所苛求。按照一般看法，论超脱尘俗，杜甫远远不及陶潜；但论爱国忧民，杜甫远胜陶潜。人与人所处时代不同、经历不同，自然不能要求其思想、情趣、品格完全相似，也不能轻易定等级，分高下。杜甫在这首诗中对陶潜的议论，实际上是论述“出世”之难，即使如陶潜那样的高士，仍不免对生活、对儿女有所牵挂。他所指出的陶潜的“弱点”，也未尝不是杜甫自己的“弱点”，但这不也正是对彻底超脱尘世的思想的否定吗？杜甫在这首诗中论证，彻底超脱尘世是不可能的，连陶潜也要叹生活苦，为儿女担心。那么，所谓“道”，究竟是怎样的，也就更难理解了。超脱不可能，同流合污又不愿意，这个矛盾无法解决。矛盾不能解决，也就是不能“达道”。

② 陶潜《饮酒》诗中有“颜渊故为仁，长饥至于老。虽留身后名，一生亦枯槁。”“枯槁”与本卷《梦李白》第二首“斯人独憔悴”的“憔悴”相似，是指因生活困苦引起的形体的消瘦、早衰。

③《庄子》中有《达生》篇，主旨是“生之来不能却，其去不能止，惟善养生者能遗世”，主张顺乎天道来度过一生，不强求不能实现之事。杜甫认为，仅仅这样仍是不够的。

④《仇注》引孔融《荐祢衡表》：“弘羊潜计，安世默识。”这“默识”的“识”与“志”通，意思是记在心里不忘却。与诗中“默识”的含意不合。《庄子·在宥》：“至道之精，窈窈冥冥；至道之极，昏昏默默。”诗中的“默识”，正是指对这种精深、极致的道理的认识与思考。只有这样来“默识”至道，才能在精神上摆脱一切利害关系，获得真正的解脱。

⑤ 陶潜有《责子》诗：“白发垂两鬓，肌肤不复实。虽有五男儿，总不好纸笔。”又有《命子》诗：“夙兴夜寐，愿尔斯才。尔之不才，亦已焉哉。”所谓“挂怀抱”，就是指这些诗中所流露的思想情绪。

◎ 其四（五古）

贺公雅吴语，[①]	贺公说话素来用吴语，
在位常清狂。[②]	他做官时总那么疏狂懒散。
上疏乞骸骨，[③]	他上疏皇帝要求告老还乡，
黄冠归故乡。[④]	终于让他回去了，戴一顶道士的黄冠。
爽气不可致，[⑤]	他那种超脱的气概真不容易养成，
斯人今则亡。	可是他如今已不再活在人间。
山阴一茅宇，[⑥]	在会稽山北面留下他的一座茅屋，
江海日清凉。[⑦]	江边海上的日光也变得凄清暗淡。

注释:

① 贺公，指贺知章。他早年迁居山阴。吴越一带方言，称为“吴语”。山阴属吴语区，至今犹然。

② 贺知章曾任礼部侍郎、太子宾客、秘书监等职。任性放诞。自号“秘书外监”“四明狂客”。

③ 据《旧唐书》，贺知章于天宝三载上疏请度为道士，求还乡里，仍舍本乡宅为观。上许之。

④ 黄冠，道士冠，借代道士。

⑤《仇注》引《世说新语》：“王徽之以手板拄颊云：‘西山朝来，致有爽气耳。’”说的是山林新鲜空气引起的舒畅感觉。这诗中的“爽气”指贺知章超脱尘世的精神。

⑥ 山阴，即会稽，其地在会稽山之阴，故名，即今浙江绍兴。但在这句诗中，是说“茅宇”的所在地，不仅作为专名，也是指地点、方位。

⑦ 这句诗中的“日”字，是指日光、日色，而不是“日益”的意思。贺知章既死，如说以后“日益清凉”，没有意义，只有作日光、日色解才合理。

◎ 其五 （五古）

吾怜孟浩然，①	我怜惜孟浩然这位大诗人，
裋褐即长夜。②	他穿着粗布衫走向那永远黑暗的地方。
赋诗何必多，	写诗何必要讲数量，
往往凌鲍谢。③	他的诗往往比鲍照、谢灵运还强。
清江空旧鱼，④	清清的江水里，空留有往日的游鱼，
春雨余甘蔗。⑤	春雨后，甘蔗还一样旺盛生长。
每望东南云，⑥	每当我眺望东南方的云彩，
令人几悲咤。⑦	心头就涌起无尽的悲怆。

注释:

① 孟浩然，襄阳人，隐居鹿门山。工五言诗，风格冲淡简静。四十岁时曾游京师，应进士试不第，回襄阳后逝世。终身未任官职。

② 裋褐，见第四卷《自京赴奉先县咏怀五百字》注㉒。即长夜，指死亡，译诗仍按字面译写。

③ 鲍谢，指鲍照和谢灵运。鲍照，参看第一卷《春日忆李白》注③。谢灵运，晋宋时代的著名诗人，以五言诗著称，写了大量的山水诗，打破了东晋以来玄言诗泛滥的局面。《仇注》引黄鹤注："'赋诗何必多，往往凌鲍谢'，乃孟诗也，公（指杜甫）就举其诗以称之。"

④ 赵次公注："浩然尝有诗曰：'试垂竹竿钓，果见槎头鳊。'今言清江之内，空有旧鱼，而人不见也。"按这里的清江是指汉水，襄阳在汉水边。旧鱼，指孟浩然当年所曾经垂钓的那种鱼。

⑤ 赵次公注："王士源为浩然诗集序云：'灌园艺圃以全高'，然则'春雨余甘蔗'，岂浩然尝自营蔗区乎？惜无所明见。"这设想合理，可供参考。

⑥ 秦州在襄阳西北方，望襄阳，自应向东南望。

⑦ 吒，音“乍”（zhà），意思是愤怒。

◎ 遣兴二首[①]（五古）

天用莫如龙，[②]	在天空遨游，谁更比龙强？
有时系扶桑。[③]	可是龙有时也会被系在扶桑树上。
顿辔海徒涌，[④]	放松辔头，在海面停歇，大海只是涌起了波浪，
神人身更长。[⑤]	神人的身躯却更高更长。
性命苟不存，	如果连性命也保不住，
英雄徒自强。	自以为本领高强的英雄又能怎样？
吞声勿复道，	就忍耐着吧，什么也别说，
真宰意茫茫。[⑥]	天帝的心意难理解，真是渺渺茫茫。

注释：

① 这两首遣兴诗是通过议论来抒发感慨的。第一首写龙与神人的形象，诡异奇幻，似乎以此来说明能力的相对性，而最终的强者仍是“真宰”，人毕竟是渺小的。哪怕是人间的英雄，在宇宙长河中又算得什么。第二首的意思较明显，言才能之可贵，用人当择人才。两首诗的第一句，结构相同，有同一来源，出于《史记・平准书》：“天用莫如龙，地用莫如马，人用莫如龟。”从诗的内容来看，无法确定其写作时间。黄鹤编在乾元二年秦州诗内。

② 天用，意思是“用于天空”，也就是“行空”。这里的龙，指神话中驾日车的“六龙”。

③《仇注》引刘向《九叹》：“维六龙于扶桑”。又引《十洲记》：“扶桑在碧海中，树长数千丈，一千余围，两两同根，更相依倚，故曰扶桑。”

④ 曹植《与吴质书》：“思抑六龙之首，顿羲和之辔。”顿辔，指把辔头放松，停止前

进。这句诗是说当龙被系在扶桑上，被迫停下来时，它也就无能为力了。

⑤ 神人，指驾驶日车、御六龙的神人，即日神羲和。这句诗是说神人比龙的本领更高强。

⑥ 真宰，主宰一切的最高的神，即“天帝”。《老子》：“真宰足以制万物。”这一句总结全诗，龙、神人、英雄虽在一定范围内有巨大能力，但终仍受制于“真宰”。这种属于唯心主义体系的思想也有其积极意义，指出了任何人的主观能动性是有条件的，有限度的，自然界的总体规律和运动发展的大趋势是无可抗拒的。

◎ 其二（五古）

地用莫如马，	陆地上没啥比马更善奔驰，
无良复谁记。[①]	没这长处谁还会把它放心里。
此日千里鸣，	如今它正为日行千里得意鸣嘶，
追风可君意。	跑得比风快，该叫您满意。
君看渥洼种，[②]	您看这渥洼出的良种马，
态与驽骀异。	它的体态驽马怎么能比。
不杂蹄啮间，[③]	也不跟那些蹄足有病的马混杂一起，
逍遥有能事。[④]	跑得逍遥自在，显出了真本事。

注释：

①《仇注》：“旧注以无良为世无王良，非也。谢瞻诗：‘蹇步愧无良’。”无良，意思是无才能，无优点。而在这句诗里，“良”是指马的善于奔跑、日行千里之才。

② 渥洼，见第三卷《沙苑行》注③。

③《群经音辨》：“足相蹵曰蹄”。“蹵”的意思是“踢”，足与足相踢，相碰，这是马的

一种严重缺陷，不能快跑。啮，在这里应解释为“缺”，如《淮南子·人间》：“剑之折必有啮”。这是指马蹄有残缺破损处，也是马的严重缺陷。诗中以“蹄啮”借代有缺陷的马。

④ 有能事，指善于奔跑。

◎ 遣兴五首[①]（五古）

朔风飘胡雁，[②]	北风里飞翔着塞上来的群雁，
惨澹带砂砾。	风里夹着沙砾，天空阴惨惨。
长林何萧萧，	高高的树林被吹得窸窣响，
秋草萋更碧。	秋草却长得更茂盛，更绿艳。
北里富薰天，[③]	北面里巷的富户财气熏天，
高楼夜吹笛。	高楼上，笛声整夜向四方飘散。
焉知南邻客，	他们哪里会想到南面的邻居，
九月犹絺绤。[④]	九月还穿着一身麻布衣衫。

注释：

① 这一组遣兴诗多写京都事，有感于所见闻，发而为诗。第一首写“南邻”“北里”之贫富悬殊；第二首写贵家子弟之射猎，抨击其骄纵奢豪；第三首写萧京兆之下狱，对他表示了同情；第四首写宰杀猛虎，喻恶人之遭报；第五首写富家送葬，叹贵贱虽殊，终归一死。《仇注》：“此诗，梁权道编在乾元二年秦州诗内，今姑仍之。”从这组诗的内容来看，似应写于天宝十四载十一月安禄山叛变以前。有人认为是杜甫住在秦州时回忆往事而写，这是不可能的。在大的动乱发生以后，即使回忆乱前事，也必然会与动乱的现实相结合。第三首说“赫赫萧京兆，今为时所怜”，写诗时的那个“今”，指的是萧京兆下狱不久以后，亦不像乾元二年的事。

② 胡雁，指从北方塞外飞来的雁群。

③ 富薰天，喻富户财大气粗，声势逼人。

④ 絺绤，音“痴细”（chī xì），葛布。

◎ 其二（五古）

长陵锐头儿，[①]	长陵旁住着一个尖脑袋青年，
出猎待明发。[②]	天一亮就带着人出发去打猎。
骍弓金爪镝，[③]	灵便的角弓配上金爪箭，
白马蹴微雪。	骑着白马，踏过路上薄薄的积雪。
未知所驰逐，	不知道他们在追逐什么猎物，
但见暮光灭。[④]	只见他们一直忙到天色漆黑。
归来悬两狼，	回来时，马背上挂着两只狼，
门户有旌节。[⑤]	那大门前面竖着皇帝赐的旌节。

注释：

① 长陵是汉高祖刘邦的陵墓，在长安郊区，今咸阳市东。锐头儿，是据人的外貌特征来称呼人，这里可能是实写。《仇注》引《春秋后语》：“平原君曰：‘渑池之会，臣观武安君小头而锐，瞳子黑白分明，瞻视不常，难与争锋，惟廉颇足以当之。’”这是指有才能的人的一种特殊外貌，与诗中的用法不合。

②《诗·小雅·小宛》：“明发不寐，有怀二人。”明发，指天亮。

③《诗·小雅·角弓》：“骍骍角弓”。注：“骍骍，调利也。”意思是灵便合用。“骍”音“星”（xīng）。金爪，箭镞之装饰。镝，箭簇。

④《仇注》引梁简文帝诗：“丝条转暮光”。暮光，即黄昏的日光，暮光灭，是说天全

黑了。

⑤ 据《唐书·车服志》："大将出，赐旌以专赏，节以专杀。旌以绛帛五丈，粉画虎，有铜龙一，首缠绯幡，紫缣为袋，油囊为表。节垂画木盘三，相去数寸，隅垂尺麻，余与旌同。"门前竖旌节，是大将府第的标志。诗的最后一句点出"锐头儿"家长的身份。

◎ 其三（五古）

漆有用而割，	漆树能产漆才遭到刀割，
膏以明自煎。[①]	膏油能点亮才遭到煎熬。
兰摧白露下，	兰草在白露降后凋枯萎谢，
桂折秋风前。[②]	桂树会被秋风吹折吹倒。
府中罗旧尹，[③]	原来的京兆尹在府里下了监牢，
沙道尚依然。	城里至今还保存着他建筑的沙道。
赫赫萧京兆，	赫赫有名的萧京兆，
今为时所怜。[④]	如今却被人们可怜，真出人意料。

注释：

①"漆""膏"两句，是比喻有用之才自己招来杀身之祸。这是在一定条件下作者所生的感触，而并不是说任何情况下总是这样。

②"兰""桂"两句，是比喻品德高尚的人遭到横祸。

③ 旧尹，指"萧京兆"。据《通鉴》，天宝年间曾任京兆尹者有萧炅（音"炯"jǒng）。原来任河南尹，尝坐赃下狱，后平反，不久又任京兆尹。《仇注》引朱注："梦弼引于竞《大唐传》，天宝三年，因萧京兆炅奏，于要路筑甬道，载沙实之，属于朝堂。此诗萧京兆，承上沙道言之，其为炅发无疑。"郭曾炘并举出姚汝能《安禄山事迹》中有关资料及《旧唐书·吉温传》中有关萧炅的叙述，俱证明萧炅曾任京兆尹。这

诗为萧炅而写，似无可疑。但各种材料上都说萧炅属李林甫之党，且与酷吏吉温关系密切。而且，萧炅于任京兆尹后获罪入狱的情况、原因也无具体资料可寻。有人把“罗旧尹”解释为“京兆尹多为宰相私人，相与附丽，若炅与鲜于仲通辈皆是。”（见郭曾炘《读杜劄记》）如这样看，又与下面几句连不上。总之，由于缺少史实资料，这首诗留下了疑点。

④ 这句诗中含有出人意料的意思，译诗把它说了出来。

◎ 其四 （五古）

猛虎凭其威，	猛虎倚仗自己威力强，
往往遭急缚。	往往要遭到更紧的捆绑。
雷吼徒咆哮，	任你像雷吼一样咆哮，
枝撑已在脚。	你的腿脚已被缚上木桩。
忽看皮寝处，[①]	转眼成了人们睡的虎皮垫，
无复睛闪烁。	再也看不到虎眼闪闪发光。
人有甚于斯，	人的遭遇比这还要严酷，
足以劝元恶。[②]	巨恶元凶看了应该想一想。

注释：

①《仇注》引《左传》：“譬如禽兽，臣食其肉，而寝处其皮矣。”

②《仇注》：“借虎作比，所谓强梁者不得其死也。”《钱笺》：“此诗盖指吉温之流。温尝云：‘若遇知己，南山白额虎不足缚也’。故借以为喻。”吉温是唐代著名酷吏。元恶，似应为比酷吏的权力还要大的人。杜甫设此喻比谁人，不必臆测。

◎ 其五（五古）

朝逢富家葬，	早晨，在路上遇见富家送葬，
前后皆辉光。	前呼后拥，仪仗发出辉光。
共指亲戚大，	看的人都说这家的亲戚势力大，
缌麻百夫行。[①]	披麻戴孝的，成百人排成行。
送者各有死，	送葬的人们自己也不免于死亡，
不须羡其强。	不必羡慕这个死者的豪强。
君看束缚去，[②]	你们看，这样捆捆扎扎送走，
亦得归山冈。[③]	也一样要葬入黄土山冈。

注释：

① 缌麻，丧服名，为丧服中之最轻者。缌，音“思”（sī），细麻布，这里指一般戴孝送葬的人。译为“披麻戴孝的”，不尽合原意，但较接近于现代口语。

② 束缚，指对死者的殡殓。

③ 这句诗是说，不管谁死了，不管葬仪繁简，终归要“入土”，这是每一个人的归宿。这种富贵同归于尽的思想，曲折地表达出贫贱者对富贵者的憎恨。

◎ 秦州杂诗二十首[①]（五律）

满目悲生事，	满眼看到的都是人世间的悲凉，
因人作远游。	和别人作伴，我飘泊到这遥远地方。
迟回度陇怯，[②]	度过陇山时，我有些犹豫畏怯，

浩荡及关愁。[3]	到达了关口，又忧虑前途渺茫。
水落鱼龙夜，[4]	夜晚的鱼龙川，水位在下降，
山空鸟鼠秋。[5]	鸟鼠山的秋天，寂寞而空旷。
西征问烽火，[6]	我往西方走，问讯边塞可传来烽火，
心折此淹留。	我的心碎了，只能停留在这地方。

注释:

① 杜甫于乾元二年秋，从华州出发，西行到秦州。唐代的秦州，在今甘肃省天水市。他在秦州大约停留了三个月，于十月去成州（同谷）。在这一时期中，杜甫的创作力十分旺盛，写了许多诗篇，这一组《秦州杂诗》是到达秦州后不久所作，记秦州附近风光和偶然发生的感触。

② 陇，指陇山，参看本卷《遣兴五首》第一首注⑤。

③ 浩荡，既指忧愁的深广，也指旅途的迢遥。关，指陇山下的陇关，又名大震关。

④《仇注》引《水经注》：“汧水，出汧县西山，世谓之小陇山……一出五色鱼，俗以为龙而莫敢采捕，因谓鱼龙水，亦通谓之鱼龙川。”汧，音“千”（qiān）。汧水，今写作“千水”，在陕西西部，流经陇县、千阳等地。

⑤ 鸟鼠山，在今甘肃省陇西县西南。古代称此山鸟鼠同穴而居，故名。

⑥《仇注》：“问烽火，忧吐蕃也。秦在长安之西，故云西征。赵注谓公更欲西游者，非是。”按“西征”，指杜甫自华州向西的行程。

◎ 其二（五律）

秦州城北寺，	秦州城北有一座寺院，
胜迹隗嚣宫。[1]	原来是隗嚣宫——一处名胜古迹。

苔藓山门古，	古老的山门上苔藓斑斑，
丹青野殿空。[2]	黯淡的壁画残留在空旷的大殿里。
月明垂叶露，	月光照亮树叶上滴下的露水，
云逐度溪风。	白云追赶着微风，渡过小溪。
清渭无情极，[3]	清清的渭水真是太无情，
愁时独向东。	当我忧愁时却独自向东流去。

注释：

① 隗嚣，音“伟消”（wěi xiāo），东汉末人，据陇西，自称“西伯”，曾助汉光武帝刘秀破赤眉，后又叛汉投降公孙述。他曾以天水为都，秦州东北山上有崇宁寺，乃隗嚣旧居。

② 丹青，指佛殿内的壁画。空，是“野殿”的谓语。

③ 渭水发源于陇西首阳山，经秦州东流。渭水尚能东流长安，而人却滞留秦州不得东归，更增添人的愁思。

◎ 其三（五律）

州图领同谷，[1]	秦州的版图里包括着同谷郡，
驿道出流沙。[2]	这里的驿道一直通向流沙。
降虏兼千帐，[3]	归附的异族人搭起几千座篷帐，
居人有万家。	汉族居民有一万人家。
马骄朱汗落，[4]	健壮的骏马流的是红色汗液，
胡舞白题斜。[5]	跳胡舞的人头上白毡帽歪斜。
年少临洮子，[6]	那些从临洮来的年轻人，

西来亦自夸。　　　　他们是从西方来的，也就以此自夸。

注释：

①《仇注》："《唐书》：秦州都督府，督领天水、陇西、同谷三郡。州图，秦州之图志。"译者用了"版图"一词，既指作为文献的地图之类，又指实际的区域。

② 据《唐六典》，陇右道东接秦州，西逾流沙。流沙在沙州（今敦煌市）以北。古代通常把我国西北地区的沙漠称为流沙。

③ 降虏指经过历次战争归附唐朝的西北少数民族。参看本卷《遣兴三首》第一首注②及第二首注②。

④《诗·卫风·硕人》："四牡有骄"。骄，壮健貌。朱汗，即红色汗液，所谓汗血马，就是这样的马。

⑤《杜臆》："《代醉篇》引李元叔云：'在京师，戎骑入城，有胡人风吹毡笠堕地，后骑云：落下白题。'乃知此胡人毡笠也。"

⑥ 临洮，在秦州以西的洮河上，即今甘肃省的岷县，是秦代所筑长城的起点。这首诗反映了秦州不同民族聚居的情况和边民的风习。在文化心理上，西北少数民族在那里颇占优势。末句诗正是说的这一点，汉族年轻人从临洮来到秦州也似乎值得骄傲，因为他来自更西面的地方。

◎ 其四（五律）

鼓角缘边郡，　　　　鼓角沿着边境的州郡震响，
川原欲夜时。　　　　暮色已渐渐把原野全都罩上。
秋听殷地发，①　　　它听去像雷声，从秋天的大地上隆隆发出，
风散入云悲。　　　　被风吹入云端，到处散发着悲凉。

抱叶寒蝉静，	寒蝉抱着树叶一声不响，
归山独鸟迟。	一只归鸟向山里飞去，慢慢扑动翅膀。
万方声一概，[②]	四面八方的声音都一样，
吾道竟何之。[③]	我究竟应该走向何方？

注释：

①《诗·召南·殷其雷》："殷其雷，在南山之阳。"殷，形容雷声的词，诗中用作动词。这里用雷声来比喻鼓角声。

② 万方，指全国各地。声，指鼓角声，借喻战争。这句诗是说全国到处都不安宁，战火遍地。

③ 道，兼指路途和人所奉持的道理。这句诗反映出杜甫当时的犹豫不决。

◎ 其五（五律）

南使宜天马，[①]	南使掌管的牧马场适宜养育天马，
由来万匹强。	数目超过一万匹，一直是这样。
浮云连阵没，[②]	接连几次交战，战马成群死亡，像浮云消散，
秋草遍山长。	满山遍野的秋草却空留着，如今竟这么茂密这么长。
闻说真龙种，	听说真正的龙种良马，
仍残老骕骦。[③]	还剩下一匹衰弱的老骕骦。
哀鸣思战斗，	它哀鸣着，还想去战斗，
迥立向苍苍。	站立着眺望远方的一片苍茫。

注释：

①《仇注》本据张远改作“西使”，他本皆作“南使”，这里仍作“南使”。据郭曾炘《读杜劄记》转引《元和郡县志》：“唐世牧马四十八监，皆在秦陇左右，其牧使驻在秦州称为南使。”“贞观中，自京师东赤岸泽移马牧于秦、渭二州之北，置监牧使掌其事。南使在原州西南一百八十里，西使在临洮军西二百二十里，北使寄理原州城内，东使寄理原州城外。”关于南使的驻地，所引的两条资料不尽相同，但可知这一诗中所说的“南使”的含意。天马，即龙媒马，见第三卷《沙苑行》注③。

② 据《通鉴》，邺城兵溃时，战马万匹，唯存三千。这句诗正是说的这件事。

③ 龙种，指天马龙媒的后代。骕骦，良马名。旧注认为“龙种”“骕骦”均有所指，有些议论过于确凿。即使有所寓言，也只是泛指。这诗里有感于战马的损失，自有深刻意义。

◎ 其六（五律）

城上胡笳奏，	胡笳在城头吹奏，
山边汉节归。[①]	皇上的使节归来经过山边。
防河赴沧海，[②]	为了到海边去防守黄河，
奉诏发金微。[③]	奉诏令调集金微兵参战。
士苦形骸黑，	战士跋涉辛苦，全身晒得漆黑，
林疏鸟兽稀。	林木疏稀，连鸟兽也难得看见。
那堪往来戍，	这样来回不停地调防谁能受得了，
恨解邺城围。[④]	恨的是围攻邺城溃败的那场大战。

注释:

① 皇帝派出的使臣手中持“节”，诗中以“汉节”代替使臣。

②《仇注》:“使节归来，盖为防守河北，而发金微之兵。”又引朱注:“唐河北道沧、景等州，皆古渤海郡地，黄河于此入海。”当时，史思明攻陷东京不久，河阳一带紧急，防河，应指防卫黄河。从西部地区来看，河阳一带也已近黄河之下游，去海边不远。

③ 据《九家注本》转引《仆固怀恩传》:“贞观二十年，铁勒九姓大酋领率众降，分置瀚海、燕然、金微、幽陵等九都督府，别为蕃州，以仆骨歌滥拔延为右武卫大将军、金微都督。”金微都督府的驻地为金微山，其统属之部队号称“金微兵”。

④ 这首诗的主旨是同情战士的劳苦。由于军情变化多端，军队调动频繁。如围攻邺城能取得胜利，战争早该结束，战士也就不会有今日之苦了。因此，所引为恨事者，仍为围攻邺城之役的失败。其实，杜甫之所以西奔秦州，前途茫茫，也与邺城围溃有关，同情战士，也就是怜悯自己。杜甫的命运已与广大群众的命运联结在一起。

◎ 其七（五律）

莽莽万重山，	看远方莽莽苍苍的万道山梁，
孤城石谷间。[①]	秦州这座孤城矗立在石谷中间。
无风云出塞，[②]	不觉有风，高空浮云也向塞外飘去，
不夜月临关。[③]	月光照到关上，似乎还没到夜晚。
属国归何晚，[④]	典属国回来得怎么这样迟，
楼兰斩未还。[⑤]	是为了楼兰没有斩除才未归还？
烟尘一长望，	伫立着眺望远处的烟尘，
衰飒正摧颜。	萧瑟凄凉的景色凋伤我的容颜。

注释：

① 孤城，指秦州。石谷，一作“山谷”。

②《仇注》：“山多，故无风而云常出塞。”解释得很含糊。按近地面处与高空的气流情况不同，这诗是写作者的观察与感受，感觉不到风，而空中的云在动。

③《仇注》：“城迥，故不夜而月先临关。”《杜臆》：“边关入夜，人烟阒寂，白沙如雪，兼之秋冬草枯木脱，虽夜不黑，常如有月，故云‘不夜月临关。’”简单地说就是：边关月明之夜，有如白昼。

④“属国”为“典属国”之简称，是管理属国的大臣。汉代的苏武，自匈奴回汉后，拜典属国。

⑤ 汉代的傅介子曾多次出使西域，曾诛匈奴派往西域的使者，后又因楼兰王屡次反复，斩楼兰王首以归。于是“斩楼兰”便成为使者之豪语。这里引用这两个故事，可能因唐朝当时有使节出使回纥或吐蕃未及时回朝之故。

◎ 其八（五律）

闻道寻源使，①	听说那位探寻河源的汉代使臣，
从天此路回。	从天上下来，经过这条路回到长安城中。
牵牛去几许，	牵牛星离这儿还有多少路程？
宛马至今来。②	大宛马至今还不断往中国输送。
一望幽燕隔，③	放眼远看，幽、燕一带隔着丛山，
何时郡国开？	什么时候长安到全国州郡的道路才能畅通？
东征健儿尽，④	健儿都到东方出征去了，
羌笛暮吹哀。	只听见幽怨的羌笛在暮色中吹动。

注释:

① 汉武帝令张骞寻河源，传说曾乘槎到一处城郭，宫中有织女，河边有人牵牛饮水。后至蜀郡问严君平，君平曰：“某年月日，有客星犯牵牛宿。”这故事原出张华《博物志》，但不言张骞，《荆楚岁时记》引此，谓为张骞事。按秦州是去西域的主要通道，所以有这样的联想。

② 由于有张骞乘槎上天的传说，故有“牵牛”之问。诗中的意思是：牵牛星在天上，那是很渺茫的；但张骞通西域则是实事，自那以后，东西交通不绝，大宛马至今传到中国。以上四句诗是回顾汉朝的兴盛，抚今思昔，感慨系之。

③ 幽燕隔，既因路遥山阻，同时也暗示河北一带仍在叛军的统治下。

④《仇注》：“健儿尽，邺城方溃也。”又引赵汸注：“因秦州为西域驿道，叹汉以一使穷河源，且通大宛，如此其易。今以天下之力，不能戡定幽燕，至令壮士几尽，一何难耶，是可哀也。”所论是对的，但把“健儿尽”理解为“战士死伤殆尽”，不一定与诗的原意相合。作者所悲悯的更是眼前秦州的惨状，健儿都已征去服役了。

◎ 其九（五律）

今日明人眼，	今天我看到它，眼前顿觉光明，
临池好驿亭。	它对着池塘，好一座美丽的驿亭。
丛篁低地碧，	碧绿的丛竹，弯着腰靠近地面，
高柳半天青。	高高的柳树，把半个天空映青。
稠叠多幽事，	层层叠叠的浓绿，景物多幽美，
喧呼阅使星。[①]	可惜不断有使臣来往，喧呼不停。
老夫有如此，	我如果有这样一处房舍，
不异在郊坰。[②]	住在城边就像住在郊野的山林。

注释:

①《仇注》引《晋书·天文志》:"流星，天使也。"诗文中常以"使星"这个名称代替"使臣"。《仇注》还这样解释："惜乎稠叠幽致，徒供使客往来，若使旅人得此，虽处喧地而不异郊居，盖深羡此亭之幽胜矣。"

②《仇注》引《尔雅》:"邑外为郊，郊外为野，野外为林，林外为坰。"意译为"郊野的山林。""坰"音"扃"(jiōng)。

◎ 其十 (五律)

云气接昆仑，	云烟一直连到昆仑山，
涔涔塞雨繁。	边塞上潺潺秋雨下不完。
羌童看渭水，①	羌家的孩子看着渭水向上涨，
使客向河源。②	使臣、商贾仍在走向河源。
烟火军中幕，	烟火从军营的帷幕上升起，
牛羊岭上村。③	山岭上的村庄里，牛羊没放出栏。
所居秋草静，	这住处多么安静，遍地都是秋草，
正闭小蓬门。	我正把小屋的蓬门轻轻关掩。

注释:

① 这首诗咏秦州雨景。因淫雨不止，渭水上涨，才引起羌童的观看。

②"使客"一作"估客"。尽管天雨路难走，前往西方黄河源头去的使臣和商人还是要往那里走。这是想象之词。

③ 因天雨，不能放牧，故牛羊闭于村中。

◎ 十一（五律）

萧萧古塞冷，[①]	萧萧北风增添了古城的寒意，
漠漠秋云低。	无边的秋云沉得更低。
黄鹄翅垂雨，	雨里，黄鹄垂下双翅，
苍鹰饥啄泥。[②]	苍鹰忍着饥饿在啄食沙泥。
蓟门谁自北，[③]	是谁从蓟州向南进军？
汉将独征西。[④]	朝廷派出的大将却领兵向西。
不意书生耳，	没想到我这书生的耳朵会这样，
临衰厌鼓鼙。[⑤]	这样厌恶战鼓，啊，我已经上了年纪。

注释：

① 古塞，指秦州古城。边境筑城，本是用为防御，故城、塞可通用。

②“黄鹄”“苍鹰”两句，写久雨景象。

③ 蓟门，指仍在安史余部盘踞下的蓟州一带。自北，也就是“向南”。乾元二年九月，史思明复陷东京，十月，攻河阳，河北之敌当有南下增援者。

④ 汉将，指唐朝的大将，在这样的情况下却引兵征西，可能吐蕃又在边境骚扰。在雨天，诗人不禁忧虑起国事。

⑤ 最后两行诗原是一个句子，译诗勉强把它分成两句。写的是年老了厌恶战鼓声，实际上却是对连年战乱的控诉。

◎ 十二（五律）

山头南郭寺，[①]	这山头上的寺院是南郭寺，
水号北流泉。[②]	这溪水，人们称它北流泉。
老树空庭得，	这空空的庭院有一棵老树遮阴，
清渠一邑传。	这清清的渠水在整个州邑流遍。
秋花危石底，	秋花在高高的山石下面开放，
晚景卧钟边。[③]	傍晚的阳光照射在卧钟旁边。
俯仰悲身世，	俯仰观看，不禁为自己身世伤心，
溪风为飒然。	小溪上的秋风也为我轻轻哀叹。

注释:

① 这首诗是写南郭寺之游。“南郭寺”一作“东郭寺”。现在甘肃省天水市东南尚有南郭寺存在，应为“南郭寺”无疑。

② 北流泉，寺附近山上的一处泉水名。下面所说的“清渠”，可能就是引自这里的泉源。

③《仇注》引邵注：“晚景，向晚之景。”按“景”的本义是日光，“晚景”即夕阳。又《仇注》：“卧钟，废钟之仆卧者。”译诗中仍写作“卧钟”。

◎ 十三（五律）

传道东柯谷，[①]	听人说有个地方叫东柯谷，
深藏数十家。	深山里藏着几十户人家。

对门藤盖瓦，　　对面的屋上藤蔓遮住了瓦，
映竹水穿沙。　　映带着竹林的流水穿过平沙。
瘦地翻宜粟，　　瘦瘠的土地却正适宜种粟米，
阳坡可种瓜。　　向阳的山坡上还能够种甜瓜。
船人近相报，　　前几天，有个船工来告诉我，
但恐失桃花。[2]　　就怕我找不到这个桃花源。

注释：

① 东柯谷是秦州东南的一个山村，位于一处河谷中，距秦州约五十里。写这诗时，作者还未去，诗中所写是听人介绍的情况。

② 杜甫把东柯谷看作陶潜描绘的桃花源，失桃花，是指找不到那个地方。陶潜在《桃花源记》中，写渔人出桃源后，领人去寻找，终未能找到。

◎ 十四（五律）

万古仇池穴，[1]　　仇池山上有个洞穴，已经存在了千年万年，
潜通小有天。[2]　　从地底下能直通王屋山的小有天。
神鱼今不见，[3]　　传说中的神鱼如今已经看不见，
福地语真传。　　真是处福地，人们说的并不是虚传。
近接西南境，　　地方不远，就连着秦州西南边境，
长怀十九泉。[4]　　我一直向往着那里的十九眼清泉。
何时一茅屋，　　什么时候能让我在那里搭座茅屋，
送老白云边。　　在那里的白云下度过我的暮年。

注释:

① 仇池山，在成州西。一名百顷山。上有百顷平地，并有一水池，名仇池。杜甫在秦州听说那里景色优美，曾想到那里去养老。仇池穴，仇池山上的一个山洞。

②《仇注》引《太平御览·名山记》:“王屋山有洞，周回万里，名曰小有清虚之天。”那是一处道教的胜地。说仇池穴与小有天暗相通连，大概是民间的传说。但也可看出，仇池山也有道观之类，杜甫偶尔又产生了求仙访道的念头。

③ 仇池中产神鱼，当然也是传说，而且神鱼已不复存在，但仇池山是一处好地方，则是事实。因此，仇池山对杜甫还是有着吸引力。

④《仇注》:“仇池山上有田百顷，泉九十九眼，此云十九泉，乃诗家省字法。”《杜臆》:“今《一统志》亦称十九泉，在今成县，县隶成州。”可以肯定的是，仇池山上有许多泉水，其数难确计。就以这一点来说，也够令人向往的了。

◎ 十五（五律）

未暇泛沧海，	到沧海上去泛舟我还没有余闲，
悠悠兵马间。	兵荒马乱中，我度过一年又一年。
塞门风落木，	在边塞上，寒风吹落树叶，
客舍雨连山。	从客舍里看去，烟雨和山峦相连。
阮籍行多兴，	传说阮籍总是乘兴而走，不择方向，
庞公隐不还。[①]	还有个庞德公，隐居后不再出山。
东柯遂疏懒，[②]	如果我能在东柯谷里过上安闲疏懒的生活，
休镊鬓毛斑。[③]	我就不用再镊鬓毛了，任它白发斑斑。

注释:

①据《世说新语》，阮籍时率意独驾，不由径路，车迹所穷，辄痛哭而返。庞德公拒刘表之聘，入鹿门山隐居。这两个古人决心超脱人世，杜甫常常提起他们，对他们的行为表示钦羡之情。

② 这句诗是设想之辞，杜甫并未到东柯谷定居。

③《仇注》引《南史》:“郁林王年五岁，戏高帝傍，帝令左右镊白发。问王:‘我是谁耶?’答曰:‘太翁’。帝笑曰:‘岂有为人作曾祖而拔白发乎?’即掷镜镊。”这是一个老人镊除白发的例子。杜甫在社会上与人们交往，不能不“镊发”，他想到如果能在山村中找到一处适合的隐居之地，也就可以不再镊白发而过疏放懒散的生活了。

◎ 十六（五律）

东柯好崖谷，[1]	东柯的山崖山谷多么美好，
不与众峰群。	别处的山峰和它都不相同。
落日邀双鸟，	落日时，一对小鸟相邀归来，
晴天卷片云。	片片白云舒卷，在晴朗的天空。
野人矜绝险，	农人夸这里山势险峻，与外界隔绝，
水竹会平分。[2]	山谷里恰恰一半流水，一半竹丛。
采药吾将老，	我将在这里采药一直到老死，
儿童未遣闻。[3]	连儿童也不让他们知道我的行踪。

注释:

① 这是杜甫去东柯谷实地考察后，记所见风景和感受的诗。

② 据《杜臆》的解释:“半水半竹为平分”。

③《仇注》："采药二句，即晚唐诗'山下问童子，言师采药去'所本。"这是指贾岛的绝句《寻隐者不遇》。

◎ 十七[1]（五律）

边秋阴易夕，	边境的秋天，阴雨的日子容易晚，
不复辨晨光。	清晨也难分辨出天是不是已经亮。
檐雨乱淋幔，	檐前雨水纷纷飘洒，把帷幔淋湿，
山云低度墙。	山里的云朵低低地掠过围墙。
鸬鹚窥浅井，	井水离井口已不远，引得鸬鹚向井里窥探，
蚯蚓上深堂。[2]	蚯蚓也受不住这样潮湿，从泥土中爬上高堂。
车马何萧索，	走过的车马真稀少，
门前百草长。	门前的百草长得这么茂盛这么长。

注释：

① 这诗写杜甫在秦州居住，连日阴雨时所见的景物。由于观察细致，体贴入微，把虫鸟的活动写得饶有生趣，对比人的寂寞悲苦，就更增愁思。

② 译诗把鸬鹚窥井、蚯蚓升堂的原因写了出来。

◎ 十八（五律）

地僻秋将尽，	在这偏僻地方，秋天已快过尽，

山高客未归。　　高峻山地上的流亡者还没有回乡。
塞云多断续，　　塞上的浮云常这样时断时连，
边日少辉光。　　边境的太阳总这样暗淡无光。
警急烽常报，[①]　　烽火台常传来紧急的军情，
传闻檄屡飞。[②]　　听说调兵的文书，一次次飞速递送，十分繁忙。
西戎外甥国，[③]　　吐蕃与大唐是甥舅关系，
何得迕天威。[④]　　它哪里敢冒犯大唐威严的皇上。

注释：

① 警急，边防紧急军情。烽，指烽火台。乾元二年秋，吐蕃时有寇边事。

②《仇注》引《说文》："檄，以木简为书，长二尺，以征军也。"

③ 西戎，指吐蕃。贞观十五年（641 年），以文成公主下嫁吐蕃赞普松赞干布，景云元年（710 年），以金城公主下嫁吐蕃赞普尺带丹珠。故唐朝与吐蕃是舅甥关系。

④ 顾炎武《日知录》："《册府元龟》载吐蕃书，皆自称外甥，称上为皇帝舅。"照理，吐蕃不该违抗唐朝，但事实却与此相反。

◎ 十九（五律）

风林戈未息，[①]　　风林关下的战争还未停止，
鱼海路常难。[②]　　通往鱼海的道路总是很艰难。
候火云烽峻，　　烽火台上的浓烟像积云般高峻，
悬军幕井干。[③]　　军队已深入敌境，幕布遮盖的井水也已枯干。
风连西极动，　　风从最遥远的西方吹来，

月过北庭寒。[4]　　掠过北方边疆的月亮光色凄惨。
故老思飞将，[5]　　老人们在盼望李广那样的飞将，
何时议筑坛。[6]　　什么时候才能决定给他建筑拜帅的高坛。

注释：

①《水经·河水》注："河水又东，历凤林北；凤林，山名也。"山在今甘肃省临夏县西南，县北有凤林关。唐代为吐蕃兵出没之地。

② 鱼海，也在吐蕃与唐交界处。《仇注》引《唐书》："天宝元年，河西节度使王倕克吐蕃鱼海。"

③《仇注》引《蜀志》："郑度说刘璋曰：'左将军悬军袭我，军无辎重。'"又引："邓艾伐蜀，悬军深入。"幕井干，指军队饮水的井干枯，可见其艰苦。

④ 北庭，原指北庭都护使驻地，在今新疆境。按李嗣业任镇西北庭节度使，于乾元二年正月，卒于围邺城之军中。月寒，暗示对李嗣业的悼念。

⑤ 汉代名将李广，匈奴人畏其锋，称他为"飞将军"。这里以李广隐喻郭子仪。乾元二年七月，受鱼朝恩之谮，郭子仪罢官闲居京中。

⑥ 据《汉书·高帝纪》，汉王斋戒设坛场，拜韩信为大将军。后遂以筑坛拜将（帅）为任命军队统帅，授予指挥全权的代称。这句诗表达了民众的意愿，盼望恢复郭子仪的元帅职务，授予他指挥大权。

◎ 二十（五律）

唐尧真自圣，[1]　　皇上像唐尧那样，天生是圣人，
野老复何知。　　我这样的乡下老头又懂得什么。
晒药能无妇，　　我要忙着晒草药，没有妻室怎么成，

应门亦有儿。	而且还有几个孩子能照应开门关门。
藏书闻禹穴，②	听说禹穴收藏着许多书籍，
读记忆仇池。③	读古人记载，使我想起仇池山，也该前去访问。
为报鸳行旧，④	让我给过去同朝的旧友寄个信，
鷦鹩在一枝。⑤	我已像鷦鹩鸟有一枝能够栖身。

注释：

① 唐尧，指唐肃宗。

② 一般所说的禹穴指会稽的禹穴。《史记·太史公自序》："二十而南游江淮，上会稽，探禹穴。"《集解》说这是大禹的葬所。《清一统志》则说这是禹藏书之所。《仇注》引《杜臆》："旧注引《吴越春秋》以证大禹藏书之所，但《吴越》所记乃在会稽，而公所闻，乃蜀之石纽，禹生处也。知公适秦之初，已有入蜀之意。"按今之排印本《杜臆》只有"禹穴必非会稽者，必近秦州有之"等语。近人冯国瑞在《炳灵寺石窟考察记》中指出，此禹穴在今甘肃永靖县炳灵寺石窟中。盖西北地区黄河上游亦有大禹治水遗迹。《尚书·禹贡》："导河积石，至于龙门。"孔颖达等《正义》："积石山在金城河关县西南羌中。"《法苑珠林》卷53："晋初河州唐述窟，在今河州西北五十里，……南望名积石山，即禹贡导河之极地也。"《水经注·河水》引《秦州记》曰："河峡岸旁有二窟，一曰唐述窟，高四十丈，西二里有时亮窟，高百丈，广二十丈，深三十丈，藏古书五笥。"积石山上之唐述、时亮两窟，即今炳灵寺石窟，可见杜甫此诗中的"禹穴"确为指此无疑。

③《杜臆》："《英雄记》云：'许靖过仇池，树下有碑，一览无遗。'公之'读记'本此。"按该碑即《仇池记》，杜甫在秦州时，已先读过此"记"。仇池山亦名百顷山，在今甘肃成县西。山上有池，池水可煮盐。魏晋之世，历为氐族首领杨氏所据，后魏曾封杨千万为百顷王于此。这是陇西名胜，故诗人冀往一游。

④ 鸳行，与"鹓行""鹓鹭行"同义。见第六卷《至日遣兴奉寄北省旧阁老两院故人》第一首注③。

⑤《庄子·逍遥游》："鷦鹩巢于深林，不过一枝。"鷦鹩是小鸟，体长三寸。这句诗是说自己像鷦鹩一样有了一根能安居的树枝，指在秦州的住处。

◎ 月夜忆舍弟[1] （五律）

戍鼓断人行，	戍楼上鼓声一响，路上就断绝人行，
边秋一雁声。	边塞的秋空传来一声雁鸣。
露从今夜白，[2]	从今夜起，露水将变白，
月是故乡明。	月亮，总还是故乡的光明。
有弟皆分散，	有几个弟弟，却四处分散，
无家问死生。	连个家也没有，到哪儿去问讯他们的死生？
寄书长不达，	给他们写信也总是寄不到，
况乃未休兵。	何况如今战火还没有停。

注释：

① 杜甫诸弟如颖、观、丰、占等，分居在济州、偃师等地。乾元元年冬杜甫自华州归偃师探家时，曾得到弟弟们的一些消息，东京再度被史思明侵占后，消息又断绝。当杜甫在秦州安下家以后，不免思念诸弟，因而写了这首诗。

② 写诗的那一天正好是白露节气，所以诗中这样写。

◎ 天末怀李白[1] （五律）

凉风起天末，	天边外卷起一阵凉风，
君子意如何？	我的好朋友，你近来情绪如何？
鸿雁几时到？[2]	鸿雁几时能把你的书信带来？
江湖秋水多。	江湖里的秋水，又深又阔。

文章憎命达，[3]　　诗文写得好的人，命运总很坎坷，
魑魅喜人过。[4]　　山鬼水怪喜欢人们犯错。
应共冤魂语，[5]　　你该和屈原的冤魂一起谈话，
投诗赠汨罗。　　还该赠给他一首诗，投下汨罗。

注释：

① 参看本卷《梦李白二首》第一首注①。杜甫初到秦州时，未得到李白消息，过了些时，仍未得到消息，因此又写了这首怀念他的诗。

② 鸿雁，借代书信，我国古代有鸿雁传书的传说。

③ 译诗大致表达诗句原意。如按原诗句直译，那就是“文章（写作才能）憎厌人的命运通达。”

④ 参看本卷《有怀台州郑十八司户》注⑧。人有过错就得被贬，就得“御魑魅”，也就是要去喂这些山鬼水怪。它们当然喜爱人们犯错误。这里的魑魅也隐喻朝廷和社会上的恶人。

⑤ 冤魂，指战国时期的楚国诗人屈原。他遭谗被贬，与李白的遭遇有些相似，何况两人又都是伟大诗人，李白自应会引屈原为知己。

◎ 宿赞公房[1]（五律）

杖锡何来此？[2]　　为什么您扶着锡杖也来到这里？
秋风已飒然。　　秋风已把一切吹得萧瑟凋残。
雨荒深院菊，　　雨水太多，深院里菊花都已荒芜，
霜倒半池莲。　　受寒霜侵袭，池塘里莲花倒了一半。
放逐宁违性，[3]　　您虽遭放逐，却不会改变本性，

虚空不离禅。[④]　　　　保持着虚空的心境，不停修禅。
相逢成夜宿，　　　　和您遇见了，正好在您这里过夜，
陇月向人圆。[⑤]　　　　陇山上的月亮也正对着人圆。

注释：

① 旧本诗题下有原注："赞，京师大云寺主，谪此安置。"第四卷有《大云寺赞公房四首》，参看第一首注①。杜甫到秦州，遇见了赞公。这是在赞公住的屋里宿夜时写的一首诗。

② 佛教和尚有锡制的禅杖。扶着锡杖走路，称为"杖锡"。后以"杖锡"等语用于对和尚的尊称。《仇注》："释氏称游行僧为'飞锡'，安住僧为'挂锡'。晋庐山道人《游石门诗序》：'因咏山水，遂杖锡而游。'"这句诗含有出乎意料的意思。杜甫似乎不知道赞公到了秦州。

③ 放逐，指赞公受谪事。有人说赞公和尚在政见上也倾向于房琯、贾至等人，杜甫与赞公的交友也与政见相同有关。赞公的被谪秦州，可能是由于他属于房琯一派，因此受牵累。宁违性，意思是"不违性"，这"性"，可能也是指其政治主张。

④《仇注》引《楞严经》："虚空寂然"。"禅"是古梵语的译音，原称"禅那"，简称为"禅"，这是佛家修行的直接目标，即所谓"思维修""静虑"等品质之形成。

⑤ 这句诗，写月色，同时也暗示了杜甫与赞公在陇山下的团聚。

◎ 赤谷西崦人家[①]（五古）

跻险不自安，　　　　走在险峻山路上，心中感到不安，
出郊已清目。　　　　到了郊野，景物顿时照亮我两眼。
溪回日气暖，　　　　溪水弯弯，阳光温暖，
径转山田熟。　　　　小路随着庄稼成熟的山田回转。

鸟雀依茅茨，　　鸟雀在茅屋上做巢，
藩篱带松菊。　　松树菊花长在竹篱旁边。
如行武陵暮，　　好像黄昏时在武陵溪边赶路，
欲问桃源宿。[2]　　想就在这桃花源里借宿一晚。

注释：

① 赤谷，在秦州西南，谷中有赤谷川，故名。第八卷有《赤谷》诗，所说的是同一地方。西崦，《仇注》引《地理志》：“秦州有崦嵫山，在赤谷之西，故曰西崦。”按崦嵫（音“烟姿”，yān zī）山，在秦州西五十里，而赤谷（据《赤谷》诗注）在秦州西南七里。恐西崦与崦嵫山无关。“崦”是古代某些地区的方言，指山头，山冈。“西崦”是赤谷西面的一座山。诗题所谓“赤谷西崦”是指赤谷西面山头上的一个村庄。诗中写赤谷西崦的幽美静谧，在诗人的心目中简直如世外桃源一般。

② 用陶潜《桃花源记》故事。桃花源，在武陵郡。晋代有渔人缘武陵溪行，不觉进入桃源仙境。诗句中的“桃源”，就是指赤谷西崦上的小山村。

◎ 西枝村寻置草堂地夜宿赞公土室二首[1]（五古）

出郭眄细岑，　　出城远望那清秀的小山，
披榛得微路。　　分开荆榛找到条小路向前。
溪行一流水，　　沿着小溪走，跟随着这道流水，
曲折方屡渡。　　一次次从水上渡过，它转了一个又一个弯。
赞公汤休徒，[2]　　赞公是汤休一样的高僧，
好静心迹素。　　喜爱清静，心地纯洁、安闲。
昨枉霞上作，[3]　　昨天承他寄给我一首“霞上”诗，

盛论岩中趣。	把山岩中隐居的情趣尽情称赞。
怡然共携手，	我们愉快地手挽着手，
恣意同远步。	随意散步，一起走了很远。
扪萝涩先登，④	我手攀藤萝先克服困难上山，
陟巘眩反顾。⑤	登上高峰回头看时却感到晕眩。
要求阳冈暖，	为了得到向阳山冈上的温暖，
苦涉阴岭沍。⑥	且忍耐着在山岭北面攀登的严寒。
惆怅老大藤，	对着古老粗壮的山藤心中惆怅，
沉吟屈蟠树。	又在一棵蟠曲的大树前沉思流连。
卜居意未展，	在哪里造屋居住主意始终拿不定，
杖策回且暮。	扶着手杖往回走时天色已快晚。
层巅余落日，	落日余晖还留在高高山巅，
草蔓已多露。	露水已经沾湿了野草藤蔓。

注释：

① 西枝村是秦州城外的一处山村，在秦州南五十余里。赞公陪着杜甫想在西枝村附近寻找一处能建造草堂安家的地方，但没能找到。晚上，便住在赞公的土室里。土室，即今之窑洞。第一首诗写攀登山岭寻找造草堂的地点，第二首诗写在土室过夜和对赞公的了解与友谊。

② 汤休，即高僧惠休，俗姓汤，故称汤休。见第四卷《大云寺赞公房》第一首注⑩。

③《仇注》：“霞上作，谓身伴云霞而作书相寄。梦弼谓才思挺出云霞之外。此另一说。”疑“霞上作”，指赞公作的诗篇中以“霞上”两字起头或为题者。如第十六卷《八哀诗：（五）赠秘书监江夏李公邕》中有“慷慨嗣真作”之句，“嗣真作”指杜审言的《和李嗣真奉使河东》一诗。

④ 涩，与“蹔”通。《说文通训定声》：“《广雅释诂》：‘蹔，难也。’《石门颂》：‘道路蹔难。’”

⑤ 巘，大山上面的小山，《诗·大雅·公刘》："陟则在巘。"

⑥《左传·昭四年》："深山穷谷，固阴冱寒。"

◎ 其二（五古）

天寒鸟已归，	天气寒冷，鸟群已经归巢，
月出山更静。	月亮升起了，山里更加寂静。
土室延白光，[①]	皎洁的月光射进土室，
松门耿疏影。[②]	松树遮掩的门前横着疏淡的影。
跻攀倦日短，	攀援登山够倦了，觉得白昼太短，
语乐寄夜永。	夜晚却悠长，让我们欢谈个尽兴。
明燃林中薪，	从树林里拾来薪柴点起照明，
暗汲石底井。	再摸黑到岩石下面去汲井。
大师京国旧，	大师是京师著名的耆老，
德业天机秉。	秉持道德学业全靠自己的天性。
从来支许游，[③]	向来只和支遁、许询一样的人交游，
兴趣江湖迥。	兴趣是远离人世，到江湖上飘行。
数奇谪关塞，[④]	您的命运不好，被贬谪到边塞，
道广存箕颍。[⑤]	可是心胸宽广，处处都是箕山颍水般的幽境。
何知戎马间，	我没有想到在这战乱的年头，
复接尘事屏。[⑥]	又能同您这位弃绝尘俗的大师亲近。
寻幽岂一路，	寻找清幽的地方哪里只有一条路，
远色有诸岭。	看远方景色，那儿就有不少山岭。
晨光稍朦胧，	等清晨出现朦胧的曙光，

更越西南顶。　　再去攀越西南方的山顶。

注释:

① 承上句“月出”，故知这一句中的“白光”是指月光。

② 松门，指土室前松树排列如门或土室门前有松树掩映，译诗据后一种理解。

③ 支许，指支遁、许询，见第一卷《巳上人茅斋》注③。

④《史记·李将军列传》:“李广数奇。”“数奇”指命运不好。关塞，指秦州。

⑤ 道，指赞上人奉行的“道”。箕颍，指箕山、颍水，古代隐士许由、巢父隐居的地方。

⑥ 尘事屏，指屏弃尘事的人，这里是说赞公。屏，音“丙”（bǐng），屏弃。

◎ 寄赞上人[①]（五古）

一昨陪锡杖，[②]　　昨天，我陪着手扶锡杖的您，
卜邻南山幽。[③]　　为了选择个好住处，到南山幽深处去探寻。
年侵腰脚衰，　　年纪不饶人，腰腿已衰软无力，
未便阴崖秋。　　在山崖背阴处过秋天，实在受不了潮湿寒冷。
重冈北面起，　　看北面，重重山冈拔地而起，
竟日阳光留。　　从早到晚都有阳光照临。
茅屋买兼土，　　买一所茅屋，把土地也一起买下，
斯焉心所求。　　这就是我心中想望的事情。
近闻西枝西，[④]　　近来又听说，从西枝村再向西走，
有谷杉漆稠。　　有一处山谷，杉树漆树茂密成林。

亭午颇和暖，	中午天气颇为和暖，
石田又足收。⑤	多石砾的田地也有够好的收成。
当期塞雨干，	只要等边塞的雨期一过，
宿昔齿疾瘳。	我多年患的牙痛病不再缠身。
徘徊虎穴上，	我们就去虎穴一带走走，
面势龙泓头。⑥	去看看龙泓旁的风景。
柴荆具香茗，	到那时，在我的草堂里备好香茗，
径路通林丘。	从您的林丘通往我这里有条捷径。
与子成二老，	我和您一起，就有了两个老人，
来往亦风流。	经常相互来往，这也是一种风雅事情。

注释：

① 赞上人，即赞公。上人是对僧人的尊称。杜甫到西枝村与赞公一起寻找造草堂的地方，跑了两天，没有找到，就与赞公分别回到秦州。回去后又听说西枝村西有一处和暖的山谷，仍想去买房屋住。如能成功，与赞公住处相距也不远，两人就可经常往来了。杜甫在这首诗中，把这些想法告诉了赞公。

② 锡杖，见本卷《宿赞公房》注②。这里借代高僧，指赞公。译诗中仍把锡杖当作高僧手持的禅杖用。

③《左传·昭三年》：“非宅是卜，惟邻是卜。”卜邻，实际上是指“卜宅”，选择造屋处。因为是在赞公土室附近“卜宅”，故作“卜邻”。

④ 西枝，指西枝村。参看本卷《西枝村寻置草堂地夜宿赞公土室》注①。《仇注》引卢注：“西枝西曰有谷，定指同谷。”这话太武断，这诗中所述，不应距西枝村太远。

⑤ 石田，见第三卷《醉时歌》注⑱。

⑥ 虎穴、龙泓，大概是西枝村附近的地名。面势，原为古代工程术语，章炳麟《小学问答》中“埶”字条有专论。大意是：面势，原应为“面埶”，“埶”也写作“槸”，古文“臬”之假借字。臬，也就是现代用的铅垂线之类，是用来测构筑物之垂直或

倾斜度的。“面臬”（面势），即根据这种铅垂线来观察。后来，“面势”一词用得广了，意思也渐渐发生变化。在这诗里，“面势”的意思只是一般的观看、欣赏。

◎ 太平寺泉眼[1]（五古）

招提凭高冈，[2]	佛寺依凭着山冈建造，
疏散连草莽。	疏疏落落，连到杂草丛边。
出泉枯柳根，	一株枯柳根下有眼井，
汲引岁月古。	从这里汲水，不知已有多少年。
石间见海眼，[3]	在山石间出现了这个“海眼”，
天畔萦水府。[4]	深深的泉水萦绕在天边。
广深丈尺间，	别看它深广才一丈多，
宴息敢轻侮。	在这里闲游休息的人可不敢对它轻视侮慢。
青白二小蛇，[5]	水里一青一白两条小蛇，
幽姿可时睹。	它们深藏的形影有时能够看见。
如丝气或上，	偶尔吐出的气息像丝一样上升，
烂熳为云雨。	散开来又变成一天云雨弥漫。
山头到山下，	从山头到山脚下，
凿井不尽土。[6]	想凿井，可土却总是挖不完。
取供十方僧，	汲取这井水供各处来的僧人饮用，
香美胜牛乳。	滋味比牛乳还要香甜。
北风起寒文，[7]	北风在水面吹起寒波，
弱藻舒翠缕。	纤细的水藻，像缕缕绿丝舒卷。
明涵客衣净，	水面明亮，映出游人洁净的衣衫，

细荡林影趣。	林木的倒影轻轻荡漾，意趣盎然。
何当宅下流，⑧	什么时候在这泉水下造所住宅，
余润通药圃。	开一条小渠引水把我的药圃浇灌。
三春湿黄精，⑨	整个春季让黄精受到滋润，
一食生毛羽。⑩	吃了这仙药该能羽化登仙。

注释：

① 太平寺，是秦州附近的一座山寺，确切的地点不明。泉眼，泉水的出口。这诗描述了太平寺的泉水的特点，同时又一次表达了建房隐居的愿望。

② 招提，即佛寺，见第一卷《游龙门奉先寺》注②。

③ 海眼，当地群众对泉水的称呼，因水源源不绝，以为它与海通，故称之为“海眼”。

④《仇注》：“天畔，言其高。”水府，泛指水深的地方。

⑤ 此句及以下三句所述，是转述群众传说，把它们看作神物，甚至把它们当作了龙，所以才有“烂漫为云雨”这样的话。

⑥《仇注》：“山不尽土，则井水难得，故此泉特为可贵。”

⑦ 寒文，即“寒纹”，指水的波纹。

⑧ 下流，指比泉眼稍低的地方。这里所说的泉眼在山上，较低的地方即泉水的“下流”。

⑨ 黄精，草药名，属百合科，用其地下茎。古代传说服食黄精能长生。如《博物志》：“太阳之草名黄精，饵之长生。”又《本草》：“黄精，阳草，久服轻身延年。”

⑩ 生毛羽，就是成仙，译为“羽化登仙”。

◎ 东楼[1]（五律）

万里流沙道，[2]	通向大沙漠的是万里征程，
西行过此门。[3]	向西走的人都要经过这座城门。
但添新战骨，	这里只不断增添新战死者的骸骨，
不返旧征魂。	不见从这里飞回往日战士的英魂。
楼角凌风迥，	城楼的檐角凌风高高翘起，
城阴带水昏。	城墙北面小河流过，水边暗昏昏。
传声看驿使，[4]	听见人们在呼唤，去看路过的驿使，
送节向河源。[5]	原来是把皇帝赐的节杖送往河源。

注释：

① 这“东楼”是指秦州的东城楼，正处于通往西域、吐蕃的驿道上。曾有多少戍边士卒过此楼向西，不再回来，自然引起了诗人的感叹。

② 万里，约数，极言路远。流沙，泛指西部沙漠地区。流沙道，即通往西域的道路。

③ 此门，东楼下的城门。

④《仇注》引赵次公云：“时遣使和好吐蕃，故用张骞寻河源事。”这是不对的。这里的“驿使”是传送命令、文件的官吏，与代表皇帝出使的“使臣”“使节”不同。

⑤ 送节，只能理解为“送节杖”，皇帝任命了一位原来驻在边境的大臣做使节，授予节杖，派使者乘驿马把节杖自京城送去。河源，指黄河上游，今青海省东南一带地区。这两句诗所写是杜甫亲眼所见的事。

◎ 雨晴[1]（五律）

天外秋云薄，	天边浮着薄薄的秋云，
从西万里风。	从万里外吹来一阵阵西风。
今朝好晴景，	今早现出大晴天的景象，
久雨不妨农。	雨虽然落得长久，却不妨碍农家收种。
塞柳行疏翠，	边塞上，杨柳一行行，翠绿稀疏，
山梨结小红。	山梨树结的果那么小，颜色却鲜红。
胡笳楼上发，	城楼上发出胡笳的声音，
一雁入高空。	一只孤雁正飞上高空。

注释：

① 这首诗写的是西北边塞秋天久雨初晴的景象。秋云薄，西风吹，这是转晴的天气；柳绿、梨红，这是塞上的景物，胡笳吹动，雁入高空，表现出一种更深刻的情趣，最重要的是，久雨后放晴，不会妨碍农事了，诗人所关心的正是这点。因为放心了，才有闲情来观赏风景，所以后面一半成了纯粹写景的诗。

◎ 寓目[1]（五律）

一县蒲萄熟，[2]	全县的葡萄都已经成熟，
秋山苜蓿多。[3]	秋山上长的苜蓿可真多。
关云常带雨，[4]	飘过城关的浮云常带来雨水，
塞水不成河。[5]	塞上的涓涓细流却聚不成大河。
羌女轻烽燧，[6]	羌家妇女们不把烽烟当作一回事，

胡儿掣骆驼。	胡人家的小孩儿也会拉骆驼。
自伤迟暮眼，	老年人眼里看到这些自觉心伤，
丧乱饱经过。[7]	我真是受够战乱的苦难和折磨。

注释：

① 寓目，指眼睛所见到的一切。这诗题的含意和“即事”“即景”“即兴”类似，但“即事”，可写所听到的事，“即景”专写眼前看到的景物，“即兴”可以单写一时的主观情趣。“寓目”不限于一时所见，但必须以视觉印象为主。“寓目”的一切，都来自客观世界，处于那样的环境，才能看到那一切，才能有那样的感慨。这篇诗所写就是在秦州获得的印象。

② 一县，指秦州。

③ 苜蓿，一种优良牧草。秦州是唐代畜牧业兴盛的地区，故山多苜蓿。

④ 关云，指秦州上空的云。直译为“飘过城关的浮云。”西北地区少云，有云往往降雨。

⑤ 塞水，指秦州的山涧小溪。秦州在边塞，故称“塞水”。西北地区土地干燥，溪涧易干。

⑥ 烽燧，指烽火台上发出的报警烟火。西北常举烽燧，当地居民已习以为常。

⑦ 生长在中原地区的杜甫，年老时眼睛里竟看到上述的一切，为什么呢？是由于战乱时期过着流亡的生活，因而不禁“自伤”起来。

◎ 山寺[1]（五律）

野寺残僧少，	荒山上的寺院剩下的僧人很少，
山园细路高。	通向山园的小路渐渐升高。

麝香眠石竹，[②]	麝香鹿在石竹旁安睡，
鹦鹉啄金桃。[③]	鹦鹉正在啄食金桃。
乱石通人过，[④]	行人从乱石上走过，
悬崖置屋牢。	房屋建在悬崖上，十分坚牢。
上方重阁晚，[⑤]	傍晚，在长老住的高阁上远眺，
百里见秋毫。[⑥]	百里外秋毫一样小的东西也能看到。

注释：

① 山寺，指麦积山寺，距今天水市约一百里。据山东大学《杜甫全集》校注组编写的《访古学诗万里行》一书中说："杜甫到麦积山时，石窟规模大致已就，他在这里留下了一首《山寺》诗。在我国历代著名诗人游麦积山的诗作中，这是现存的最早的一首，除了文学上的意义外，对研究麦积山的历史，还有着非常重要的学术价值。"（该书第109页）按麦积山石窟是我国著名佛教石窟，保存着北魏时期的塑像七千余尊。在这首诗中未提及石窟与塑像，可能唐代并不以此为特别值得重视者。正如第一卷《游龙门奉先寺》一诗未提及石刻佛像一样。

② 麝香，即麝，俗名麝香鹿。

③ 金桃，不知是何种野果。《黄鹤注》所言"武林有金桃，色如杏，七八月熟"者，今谓之黄桃，恐非。

④《仇注》本作"乱水"，注"一作石"。《九家注》本作"乱石"，注"一作水"。《访古学诗万里行》引用了《秦州直隶州新志》的一段记载："玄宗开元二十二年二月，秦州地震，殷殷有声，拆而复合，经时不止，坏庐舍殆尽；压死四千余人。"并认为"这句诗作'乱石'，是可为当年地震对石窟破坏的一个旁证的。"（参看该书第111—112页）。

⑤ 上方，《仇注》引邵宝注："上方谓僧之方丈，在山顶也。"又引《维摩经》："升于上方。"上方，是指佛寺住持僧的住室，位于高处，故称"上方"，有时也可尊称住持僧为"上方"。如第十一卷有《谒文公上方》诗。

⑥ 百里见秋毫，是说天空十分晴朗，远处的景物清晰可见。

◎ 即事[1]（五律）

闻道花门破，[2]	听说回纥兵也被叛军打败，
和亲事却非。	想当初真不该跟回纥和亲。
人怜汉公主，[3]	人们都怜悯大唐的公主，
生得渡河归。[4]	总算渡河归来，保住了一条命。
秋思抛云髻，	蓬乱着发髻对着秋色愁思，
腰支剩宝衣。[5]	瘦小的腰肢上只剩下锦绣衣裙。
群凶犹索战，[6]	那些凶恶叛贼还在不断挑战，
回首意多违。[7]	回顾往昔，多少事令人烦心。

注释：

① 这首诗以“即事”为题，是对当日时事的议论。主要是由宁国公主自回纥回京引起的感想。乾元元年七月，肃宗把宁国公主嫁给回纥英武可汗（即毗迦阙可汗），乾元二年四月，英武可汗死，回纥欲以公主殡葬，公主以中原礼拒之，终依回纥俗，剺面（以刀割破面颜）而归。八月，归抵长安。杜甫听到这个消息大概是暂住在秦州的时候。

② 花门破，指回纥兵在邺城下的溃败。

③ 汉公主，喻唐朝公主，即宁国公主。

④ 渡河归，指渡过黄河归来。

⑤“云髻”“宝衣”两句，想象公主归来时的狼狈、痛苦之状。

⑥《仇注》引朱注：“是年九月，史思明分兵四道济河，李光弼弃东都，守河阳。群凶句正指其事。”

⑦ 回首，回顾往事，主要指回顾国家的决策和军事政治活动。杜甫原来对那些决策就有许多不赞成的地方，现在证明了那些的确是错误的。想起这些杜甫心中就很难过。

◎ 遣怀[①]（五律）

愁眼看霜露，	忧愁的眼睛看着霜露，
寒城菊自花。	寒冷的城里，野菊花还是开了。
天风随断柳，	空中飘来一阵风，柳枝被吹断，
客泪堕清笳。	异乡人落下眼泪，听见了清亮胡笳。
水静楼阴直，[②]	平静的水面上笔直躺着楼影，
山昏塞日斜。	边塞昏暗的山头上，落日斜挂。
夜来归鸟尽，	黑夜里，归鸟全都已回巢，
啼杀后栖鸦。[③]	那些最后栖歇的乌鸦还在拼命啼呱。

注释：

① 从诗中所写的“寒城”“清笳”“塞日”等景物看，这诗是杜甫在秦州时写的。作为一个流亡到秦州来的异乡人，面临着当时混乱的政局，心中十分悲痛，于是眼前的一切景物也就更显得萧索、凄凉。写这诗的用意是排遣心中的悲愁，因而以“遣怀”为题。

② 楼阴，楼影。直，指水面楼影直卧，非“垂直”之“直”。

③ 以“拼命啼呱”译“啼杀”。呱，现代汉语中有两种读音，这里取“瓜”（guā）音。

◎ 天河[①]（五律）

常时任显晦，	平时您的隐现谁也不在意，
秋至转分明。	到了秋天才显得特别分明。

纵被微云掩，　　纵然有时也会被微云遮掩，
终能永夜清。　　毕竟能整夜明彻清澄。
含星动双阙，[②]　　你的水波里含着星辰，在宫门双阙前摇荡，
伴月落边城。[③]　　又伴着月亮下落，在边塞的城头失去踪影。
牛女年年渡，　　牛郎织女年年从河上渡过，
何曾风浪生。　　哪里曾兴起风浪阻绝行人。

注释：

① 黄鹤据诗中“伴月落边城”之句订此诗作于秦州。又因诗以“天河”为题，且说及牛女事，故知此诗作于乾元二年七月初。人间战乱频仍，而天河清澈平静，不生风浪，真是天上人间，迥然不同。

② 双阙，指长安京城之宫门前的“双阙”。借天河表达离京之思。

③ 边城，指秦州。

◎ 初月[①]（五律）

光细弦初上，[②]　　吐着微弱的光像弓弦开始升上，
影斜轮未安。[③]　　斜斜的光影，月轮还没有站稳。
微升古塞外，　　才从古老的关塞上微微露出，
已隐暮云端。　　就已隐没在傍晚的云层里。
河汉不改色，[④]　　你没有让银河改变颜色，
关山空自寒。　　关山徒然令人感到微寒。
庭前有白露，　　庭院里已经有白露，
暗满菊花团。[⑤]　　暗暗把团团簇簇的菊花沾满。

注释：

① 初月，指初生之月，即新月。这首诗咏光度柔弱的月牙儿，虽升到天空，但还不能把一切照亮。它不像白露那样，人们没有看见它，它已把菊花沾湿。这首诗虽然是借物抒情，又有些像寓言诗。《仇注》引《山谷诗话》：“王原叔说，此诗为肃宗而作。”并指出“今按此诗，若依旧说，亦当上下分截：上四隐讽时事，下四自叹羁栖。光细，见德有亏；影斜，见心不正；升古塞，初即位于灵武也；隐暮云，旋受蔽于辅国、良娣也；河汉不改，谓山河如故；关山自寒，谓陇外凄凉；露暗花团，伤远人不蒙光被也。”这些话说得太确凿。郭曾炘《读杜劄记》说：“此诗但作写景看自好，仇注强为解释，虽愈于旧注之谬，然亦牵扯无谓。诗人即景之作，固不必句句皆有寓意也。”这位 1929 年过世的清末学者的见解是有道理的，但完全排除这诗的寓意似亦太过。

②《仇注》引《左传注》：“月体无光，待日照而光生，半则为弦，全乃成望。”

③ 古诗文中常以“轮”来喻满月（“望”），如《仇注》所引庾信诗：“桂满独轮斜。”

④ 河汉，即天河、银河。

⑤ 菊花团，《文苑英华》作“菊花栏”，这样就更容易理解。《仇注》：“或曰：《毛诗》：‘零露漙兮’。《说文》：漙，徒官切，露多貌。‘庭前有白露，暗满菊花团，疑是漙字。’”译诗仍按“菊花团”直译，译为“团团簇簇的菊花”。“菊花团”可能是唐人口语。

◎ 捣衣[1]（五律）

亦知戍不返，	也知道你驻守边疆不能回来，
秋至拭清砧。[2]	秋天到了，我还是要把捣衣砧拭擦干净。
已近苦寒月，	已接近最寒冷的月份，

况经长别心。	更不用说我和你长久别离的心情。
宁辞捣衣倦，	为你捣衣，再疲倦我也甘愿，
一寄塞垣深。[③]	且借它寄托我对边城征人的深情。
用尽闺中力，	我这深闺长大的女子用尽了力气，
君听空外音。[④]	请你听听天边外传来的砧声。

注释:

① 这也是杜甫于乾元二年秋在秦州作的诗。古人制冬衣前，必先捣练帛之类的纺织物，而后才把它们裁制成衣。古诗中常借捣衣来表达妇女对从军远戍者的思念。如李白《子夜吴歌》第三首："长安一片月，万户捣衣声。秋风吹不尽，总是玉关情。何日平胡虏，良人罢远征。"杜甫这诗也是写闺中妇女想念征人的情思，借一妇人之口来表达，如面对远离的夫婿娓娓倾诉，缠绵悱恻，感人至深。

② 砧，捣衣石。拭砧，是为捣衣作准备。

③《仇注》引蔡邕疏"秦筑长城，汉筑塞垣，所以别内外，置殊俗。"注："塞垣，长城也。""垣"指城墙。"塞垣"亦可泛指边城，这诗里是指秦州。

④ 征人离家遥远，听不到家中的砧声。诗中这样说是借征人妇之口说出的，体现出她的一往情深，如面对征人倾诉衷肠，并非实写。

◎ 归燕[①]（五律）

不独避霜雪，	你归去不仅是为了躲避霜雪，
其如俦侣稀。	在这里无奈再难找到伴侣。
四时无失序，	四季的次序绝不会改变，
八月自知归。	到八月，你自会知道南归。

春色岂相访，[②]	春色重展时你可会再来访问？
众雏还识机。[③]	你的幼雏们也一定知道时节。
故巢傥未毁，	如果你的旧巢没有被毁坏，
会傍主人飞。[④]	你一定会回来挨近户主旋飞。

注释：

① 通篇借人对南归燕子说的话来反映生物对自然规律的自发遵守。燕子的智慧比人低得多，但它们能不违反自然的本性，而人类社会却不容许人保存自己的本性。人有恋乡之情，但战乱却不容许人返回家乡。诗的主旨大体是这样。这诗也作于秦州，时间是乾元二年八月。

② 相访，一作“相误”。如作“相误”，意思就是说春天到时候一定会来，不会误时。译诗仍按“相访”的意思来表达，把“春色”理解为时间状语，主语是“燕子”，省略掉了。

③ 机，天机的省略，指自然规律在某些方面的具体表现。这里指小燕子到春天将重回到北方。

④ 最后两句诗，似乎是燕子对“主人”的回答，但仔细体会一下，才知道仍是“主人”的语气。在乱世，“主人”也不能自保，他不能保证他的家不毁于战火，又如何能保证燕巢的完好？因此，他知道，燕子的巢如未毁，也就是他自己的家未毁，那么他就能活着迎接明年春天燕子的归来。诗中表达的情绪是十分低沉的。

◎ 促织[①]（五律）

促织甚微细，	促织这小虫儿很渺小，
哀音何动人！	它的鸣声多么悲哀感人！
草根吟不稳，	它不能在草根旁安稳地吟唱，

床下意相亲。[②]	迁移到我床下来和我相亲。
久客得无泪，	久在异乡作客的人听了能不流泪？
故妻难及晨。[③]	被遗弃的妻子又怎能挨到天明？
悲丝与急管，	那悲哀的琴弦和急促的箫管，
感激异天真。[④]	也比不上这天然的声音动人感情。

注释：

① 促织，蟋蟀的别名。蟋蟀的鸣声本与人无关，但由于人世的动乱，人生的悲惨，使蟋蟀的鸣声成了人的悲痛之情的体现者，人的悲痛外化于自然界的虫鸣，于是在人听来，虫鸣声便悲切感人。蟋蟀的悲鸣，引起诗人无限感慨，这也正反映了时世的动荡不安。这诗作于乾元二年秋末。

②《诗·豳风·七月》："十月蟋蟀入我床下。"由于天气日渐寒冷，蟋蟀由草根旁迁居室内床下。

③《仇注》引顾注：故妻，指弃妇、孀妇言。直译为"被遗弃的妻子"。从某种意义上来说，孀妇，也是被抛弃在世上的；还有征人妇，事实上也是被抛弃的，只不过是由战乱所造成。

④ 天真，天然、自然的声音，这里指蟋蟀鸣声。"感激"可兼指人们听到人为的音乐（丝管）与自然音乐（虫鸣）所产生的情绪激动。但这里，紧接前句，是指"丝管"引起的"感激"；"天真"后省略了另一个"感激"，那才是指虫鸣引起的"感激"。

◎ 萤火[①]（五律）

幸因腐草出，[②]	你侥幸从腐草中生出，
敢近太阳飞。[③]	怎敢靠近太阳飞翔？

未足临书卷，[4]	借你的光看书那可太暗，
时能点客衣。[5]	有时还会玷污客子的衣裳。
随风隔幔小，	隔着帷幔随风，只是飘动的小点，
带雨傍林微。	在丛林旁带着雨微微发光。
十月清霜重，	十月里寒霜浓重，
飘零何处归？	你飘流零落，将到哪里躲藏？

注释：

① 萤火，即萤，俗称萤火虫。这首咏物诗明显是寓言诗。《仇注》："（黄）鹤注谓指李辅国辈，以宦者近君而挠政也。今按腐草喻腐刑之人，太阳乃人君之象，比义显然。"萤火，比喻阴谋诡计的小人，不一定是指谁。这首诗所写的萤火虫同今天的人们，特别是儿童们心中关于萤火虫的想象和情绪多么不同，由此可见自然美的对象的审美意义从根本上还是取决于社会生活，而不单纯来于美的形象本身。在这个问题上，这诗可给我们有益的启发。

②《礼·月令》："腐草化为萤"。这是古代人对自然现象的错误观察所得到的非科学的断语，但古代人习惯于这样的理解。

③ 这句诗是反问句还是叙述句，从句子本身看不出来。事实上根本看不到这样的现象，因而它只具有象征的意义，所以不论是反问句还是叙述句，它的效果是一样的。

④ 见第六卷《题郑十八著作丈故居》注⑧。这里是反用车胤囊萤读书的典故。

⑤ 点，点染、玷污。

◎ 蒹葭[1]（五律）

摧折不自守，	你已经被折断，不能自保，

秋风吹若何？	秋风吹来，你又能怎样？
暂时花戴雪，	开得短暂的花戴在顶上像白雪，
几处叶沉波。	几处枝叶已在波浪间沉没。
体弱春苗早，	春天苗出得太早，使你身体这样孱弱，
丛长夜露多。	一丛丛长得那样高，夜露更多。
江湖后摇落，②	在江湖上虽然你最后凋谢，
亦恐岁蹉跎。	怕你也还是浪费了岁月。

注释：

① 蒹葭，即芦荻。这也是杜甫在秦州秋冬间写的一首咏物诗。咏物，有所寓意，但不一定影射某人。寓意往往是较为广泛的。这首《蒹葭》就是这样，虽然带有自伤的意思，但毕竟是咏蒹葭。

②《仇注》："北方风气早寒，故蒹葭望秋先零，南方地气多暖，故在江湖者后落。"

◎ 苦竹① （五律）

青冥亦自守，②	伸向空中，你也能站得稳，
软弱强扶持。	勉力伸直柔弱的枝茎。
味苦夏虫避，	滋味苦涩，夏天的虫蚁只能避开你，
丛卑春鸟疑。	你的枝丛低矮，春鸟疑心不敢挨近。
轩墀曾不重，③	富贵人家的窗下阶前从来不会看重你把你栽培，
剪伐欲无辞。	人们要砍伐你，你也不想求人饶你性命。
幸近幽人屋，④	有幸靠近幽隐者的屋，
霜根结在兹。	就把你多年经霜的根在这里紧紧缠萦。

注释:

① 这也是一首咏物诗。与《蒹葭》的不同处在于，前者所咏的是一个令人同情的对象，而这一首，所咏的是一个值得尊敬的对象。在苦竹身上，体现着一个节操高尚者的品质。这首诗大概与上一首诗作于同时。

② 青冥，有时可指茂密树冠，这里仍以解作高空为是。

③《仇注》:“轩墀乃富贵家厅事。”

④ 幽人，《仇注》认为是诗人“自寓，有欲与偕隐之志”。其实也不必拘泥，诗中这样说是赞美苦竹善于择邻。

第八卷

杜

◎ 除架[1]（五律）

束薪已零落，[2]	扎缚的柴草已经散落，
瓠叶转萧疏。[3]	瓠子叶开始变得稀疏。
幸结白花了，[4]	幸好已经结过了白花瓠，
宁辞青蔓除。	怎能拒绝把青色藤蔓去除？
秋虫声不去，	秋虫仍留在这里鸣叫，
暮雀意何如？[5]	山雀为什么傍晚还在喧呼？
寒事今牢落，[6]	寒冷的季节里万物萧条零落，
人生亦有初。[7]	人生不也这样，不也有过年青、健壮的当初？

注释：

① 这是写田园生活的诗。种过了一季瓜菜，到了拆除架子的时候，种园的诗人不免有些感慨和联想。于是写了这样一首诗。旧编此诗在秦州诗中，大概是乾元二年深秋时作。

② 束薪，指搭棚架扎缚竹竿的稻草之类。《仇注》：“束薪，所以构架者。”

③ 瓠叶，指瓠瓜植株的叶子，译诗中写作“瓠子叶”。

④ 白花，从诗句内容来看，不是指瓠子开的花，而是“瓠瓜”的别名，因此译成“白花瓠”，否则，与动词“结”连不起来。

⑤ 前句写“秋虫声不去”，这句写“暮雀”，虽未明写它们的啼呼，但按照古代汉语互文的用法，也显然是指暮雀的鸣叫。问“暮雀意何如”，是因为它在呼叫不止，“意”正是指喧呼的心意，因此译诗改写为“为什么还在喧呼”。

⑥ 寒事，指寒冷季节的景物。牢落，同“寥落”。

⑦ 这句诗写从“除架”产生的联想。人的老境，类似瓠瓜除架之时；但也正像瓠瓜有过繁盛的时期一样，老人也曾有过当初的青年时代。人生，原义是人生的全过程，但在这里特指老年时期。

◎ 废畦[①]（五律）

秋蔬拥霜露，	秋天的蔬菜上霜露堆满，
岂敢惜凋残。	怎能顾惜自己的生命不愿凋残？
暮景数枝叶，	夕阳照映着剩下的几片枝叶，
天风吹汝寒。	天上吹来的风使你感觉凄寒。
绿沾泥滓尽，	绿叶沾上泥土，将全都烂尽，
香与岁时阑。	芳香伴着流逝的岁月飘散。
生意春如昨，	那充满生意的青春好像就在昨天，
悲君白玉盘。[②]	我如今对着白玉盘为你哀叹。

注释：

① 对着荒废的菜畦，诗人为凋残零落的秋蔬伤悼。诗题是《废畦》，咏叹的却是秋蔬的短暂青春。以此喻人生的短暂。这也是写田园生活的诗，写作时间、地点与前一首诗相同。

② 君，指秋蔬。畦上的秋蔬已凋零，但在白玉盘里还可以尝到它的滋味。当诗人看过废畦上秋蔬凋零之状以后，再看到白玉盘中的秋蔬，不禁想起它已逝去的青春，为它悲叹起来。《九家注》之“赵云”及《仇注》均认为“君”指“君王”，而不是指秋蔬。《仇注》所持之理由是“一诗中称汝、称君，名号迭换，恐亦未安”。其实“天风吹汝寒”句，“汝”是与“天风”相对而言的。而“悲君白玉盘”，则是以诗人的口吻来称“秋蔬”，故用“君”为代词。

◎ 夕烽[①]（五古）

夕烽来不近，	傍晚的烽火不是从近处传来，

每日报平安。	天天靠它报告边境平安。
塞上传光小，	它从塞上传到这里，光线已微弱，
云边落点残。	在云边只剩下星星点点。
照秦通警急，②	它照射到秦州，传递警急军情，
过陇自艰难。③	还要度过陇山，路途一定很艰难。
闻道蓬莱殿，④	听说长安的蓬莱殿前，
千门立马看。⑤	在宫门外，人们正驻马遥看。

注释：

① 唐代仍依靠燃点烽火来传递边境军情。据《唐六典》，每隔三十里左右，立一“烽候”（即烽火台）。每天傍晚时，放烟火一次，称为“平安火”，如“平安火”不按时传来，那就表明边境上不安宁了。秦州，是西部边境向京城传烽火必经之地，杜甫于乾元二年秋住在秦州时，看到傍晚时的烽火，不免有所感触，就写了这首诗。

② 秦，指秦州。

③ 从秦州继续向东传递烽火，要经过陇山。

④ 蓬莱殿，蓬莱宫内的主要建筑，蓬莱宫即大明宫。见第六卷《宣政殿退朝晚出左掖》注⑥。

⑤ 千门，指宫殿的千门万户，第六卷《至德二载甫自京金光门出间道归凤翔乾元初从左拾遗移华州掾与亲故别因出此门有悲往事》的最后一句诗：“驻马望千门”，可参看该诗注⑥。

◎ 秋笛① （五律）

清商欲尽奏，②	这竹笛真要把清商曲都奏完，

奏苦血沾衣。	奏得这样凄凉，听得人血泪沾湿衣裳。
他日伤心极，	使我想起那一天，人们伤心到极点，
征人白骨归。	战死者的白骨运回家乡。
相逢恐恨过，[③]	在这异地相逢，怕我悲痛太深，
故作发声微。	故意不把笛声吹得很响亮。
不见秋云动，	虽然看不见天上秋云浮动，
悲风稍稍飞。[④]	也感觉得到悲风在轻轻动荡。

注释：

① 这诗写秋日闻笛所引起的悲愁情绪。《仇注》："公在秦州，与吐蕃为邻，故时闻羌笛。"这一句解说中，包括许多不确定的臆想。秦州距吐蕃尚远，吐蕃吹笛，秦州如何得闻？再者，秦州有所谓"降虏"（已见前注）杂居，诸少数民族不也可吹羌笛？何况"笛"不一定就是羌笛，即使是羌笛，汉人也可吹奏。从诗的内容来看，是杜甫与旧友相逢，听其吹笛。笛声哀怨，因此感而有诗。

②《乐府诗集》："清商乐一曰清乐。清乐者，九代之遗声，其始即相和三调是也。并汉魏以来旧曲，其辞皆古调及魏三祖所作。"隋唐间仍有清乐流传，唐贞观年间所用的十部乐中，也包括有清乐。按以"黄钟"为宫之宫调，"太簇"为商，清商曲则以"夹钟"为宫，高于"太簇"半音，故名清商。不论从歌辞或音乐来看，清商曲都属于中国古代传留下来的，非从西域等地传来，不是胡乐。旧注多引宋玉《笛赋》："吹清商，发流徵"，把"清商"解释为悲伤的声音。但诗句云"清商欲尽奏"，似以理解为"清商曲"为宜。

③ 相逢，指杜甫与吹笛友人的相逢。第一句诗中所说"欲尽奏"清商曲的人，正是这位友人。

④ 我国古代对音乐的作用看得很重，甚至认为能影响自然事物。如《韩非子》："师旷奏清徵，有玄云从西北方起，再奏之风大至。"这里所说的"秋云动""悲风飞"，都是从笛声的作用上来着眼的，虽"不见秋云动"，但已开始出现"悲风"。诗中所写，显然不是对音乐力量的实写，而是用了一种夸张手法。

◎ 日暮[①]（五律）

日暮风亦起，	太阳落山了，又刮起了风，
城头乌尾讹。[②]	城头上乌鸦的尾巴在轻轻摇抖。
黄云高未动，	高空的黄云还没有移动，
白水已扬波。	映着白光的河水已扬起微波。
羌妇语还笑，	羌妇一边谈话，一边笑，
胡儿行且歌。	胡儿一边走，一边唱歌。
将军别换马，[③]	将军换了另一匹战马，
夜出拥雕戈。	拿起雕花柄的长戈夜晚出城巡逻。

注释:

① 这首诗从落日、晚风等自然景象写到羌妇、胡儿和将军夜巡，寥寥数笔把战时边城景象勾勒了出来。黄鹤据诗中的“羌”“胡”，定为乾元二年在秦州作。

②《诗・小雅・无羊》：“或寝或讹。”讹，动也。因为起了风，所以栖乌的尾巴也轻轻动起来。

③ 别换马，暗示将军骑马巡逻多时，马已疲倦，故另换一匹，继续巡防。这一事实表明边城形势紧张。

◎ 野望[①]（五律）

清秋望不极，	晴朗的秋空一眼望不到边，
迢递起层阴。[②]	只见遥远涌起一堆阴云。
远水兼天净，	远方的流水和天空一样明净，

孤城隐雾深。	浓浓的雾里孤城隐得深深。
叶稀风更落，	树叶已经稀少，还不断被风吹落，
山迥日初沉。	远远的山头上，太阳开始下沉。
独鹤归何晚，	这孤独的野鹤为什么这么晚才回来？
昏鸦已满林。	鸦群早已栖满黄昏的树林。

注释：

① 这是写黄昏风景的诗。黄鹤据诗中“远水”“孤城”，定为乾元二年在秦州作。诗末“独鹤”“昏鸦”两句，寄托了思归之情。昏鸦满林，是目中所见，独鹤迟归，则可能是诗人自况。

② 迢递，义同“迢遥”，远貌。谢瞻诗：“迢递封畿外。”左思《吴都赋》：“旷瞻迢递。”

◎ 空囊[①]（五律）

翠柏苦犹食，[②]	苦味的翠柏还能采来吃，
明霞高可餐。[③]	灿烂的云霞那么高，也能当餐？
世人共卤莽，[④]	世人不顾一切忙着求利，
吾道属艰难。	我奉行自己的主张，只能生活艰难。
不爨井晨冻，	井水清晨还冻结着，不能生火煮饭，
无衣床夜寒。	没有冬衣，夜晚在床上更觉得严寒。
囊空恐羞涩，	担心口袋空了，会羞愧，
留得一钱看。[⑤]	留下一个铜钱好不时看看。

注释:

① 现代汉语中至今还保留着一个成语:“囊空如洗”,意思是贫穷至极。这诗以“空囊”为题,诗人借以慨叹自己的贫困。据《新唐书・杜甫传》:“客秦州,负薪采橡栗自给。”诗中所写困苦情况,殆与此相近。黄鹤因此定为乾元二年作。

② 第七卷《佳人》有“采柏动盈掬”之句。当时穷苦人以柏叶充饥,大概是很普通的。

③“明霞”显然不能当餐,这句诗是反问句。

④《庄子・则阳》:“君为政焉勿卤莽。”司马云:“卤莽,犹麤粗也。”现代多写作“鲁莽”。从诗句的含意看,“卤莽”是指不顾一切地追逐权位和私利。

⑤《仇注》:“末作谐趣语以自解。”自解,也就是自嘲,虽看似谐谑,但透露出深刻的痛苦。

◎ 病马[1] (五律)

乘尔亦已久,	我乘坐你日子已经长久,
天寒关塞深。[2]	终于来到这寒冷遥远的塞上。
尘中老尽力,	冒着尘埃奔跑,到老还在尽力,
岁晚病伤心。	岁暮时又病了,真是叫我心伤。
毛骨岂殊众,	你的毛骨哪里与众不同,
驯良犹至今。	可到今天仍旧这么驯良。
物微意不浅,	你虽然平凡渺小,但情意深长,
感动一沉吟。	使我一时感动得默默思量。

注释:

① 黄鹤注:“诗云‘天寒关塞深’,当是乾元二年在秦州作。”病马,是杜甫乘坐的马,从华州到秦州,可能就是乘这马走的,因此对这马有深厚的情谊。

② 关塞深，是指关塞距离内地遥远。

◎ 蕃剑[①]（五律）

致此自僻远，	得到这把剑是在僻远的地方，
又非珠玉装。[②]	也没有用珍珠美玉把它装潢。
如何有奇怪，	可是怎么会有这样的奇事：
每夜吐光芒。	每天夜里吐发出耀眼的光芒。
虎气必腾上，	猛虎有威风，总要腾跃向上，
龙身宁久藏。[③]	水底的蛟龙也决不会长久隐藏。
风尘苦未息，	可恨战争烟尘至今没有停息，
持汝奉明王。	我真想把你献给英明的君王。

注释：

① 蕃剑，是少数民族工匠按照其民族传统特色炼制的宝剑，因为它非中原所产，故称“蕃剑”。据诗的内容来看，这蕃剑是杜甫在边城获得的。它的神奇之处是夜晚发光，不知究竟是怎么回事。在今天看来，当时的工艺水平，完全有可能利用荧光材料使剑发光，但古人常把这些现象神秘化，使宝剑具有传奇色彩。《杜臆》：“此诗为以貌取人者发。‘虎气’‘龙身’句，正以‘光芒’卜之。二语奇壮，言有抱负者终当自现也。”《读杜诗说》则谓“今按此诗，通首喻言，必实有其人。”这些看法不免穿凿。诗中所写得到蕃剑及其奇异现象都应是写实，但写这诗不仅仅是为蕃剑而发，由剑及人，暗含人才必能脱颖而出，终将得到重用的思想。当时杜甫还保存着乐观主义思想，可确定为居秦州时所作。

② 珠玉装，指剑柄、剑鞘等处的珠玉装饰。

③ 这两句诗是以“虎”“龙”来比喻蕃剑，说它也一定能发挥自己的作用。

◎ 铜瓶[1]（五律）

乱后碧井废，[2]	经过战乱，碧玉栏的井已经荒废，
时清瑶殿深。[3]	想那太平岁月，琼宫瑶殿多么幽深。
铜瓶未失水，	当这铜瓶没有坠落到水底，
百丈有哀音。[4]	系在百丈长的绳上，时时碰撞井壁发出哀音。
侧想美人意，	推想当年汲水美人的心意，
应悲寒甃沉。[5]	铜瓶落在冰冷的井里该多伤心。
蛟龙半缺落，[6]	这铜瓶上的蛟龙花饰已缺落一半，
犹得折黄金。[7]	它总该还能够换到一些黄金。

注释：

① 诗人得到了古代一个雕镂蛟龙的汲水铜瓶，想象当年深宫中宫人用它来汲井水的情景，不由得产生了国家兴亡的感慨。这诗与前一首《蕃剑》大概是同时所作。

② 乱后，是想象中的一次古代战乱，不是指唐朝当时的战乱。

③ 时清，指上述的古代战乱发生以前的太平岁月。

④《仇注》引《杜臆》："蜀中牵船竹绠曰百丈，此借以名汲水之绠。"按今本《杜臆》无此语。《仇注》又引鲍照诗："百丈不及泉。"可见在南北朝时期，已有称汲水之绳为"百丈"者。译诗中写为"百丈长的绳"，以见井之深。哀音，由于汲水而发出的声音，可能是指汲绠在辘轳上的摩擦声，也可能是指汲水时铜瓶的碰撞声。因为诗题是《铜瓶》，故译诗按照后一种理解来表达。

⑤《仇注》："及其（指铜瓶）沉没水中，想汲井宫人，应对寒甃而伤悲矣。"甃，音"宙"（zhòu），意思是井壁。寒甃沉，指铜瓶沉落于寒甃中，"铜瓶"一词省略。

⑥ 蛟龙，指铜瓶上的雕饰物。

⑦《仇注》引杨慎云："折，当也。"意思是以此物代彼物。现代汉语中常用的"折旧""折价"等词的"折"，仍是用此义。

◎ 送远[1]（五律）

带甲满天地，[2]	天地间到处是身披甲胄的兵卒，
胡为君远行。	为什么你要离开家远行？
亲朋尽一哭，	亲戚朋友都为你痛哭一场，
鞍马去孤城。	你终于骑着马离开了这座孤城。
草木岁月晚，	一年快过去，草木都已枯萎，
关河霜雪清。	关塞、河川上霜雪晶莹。
别离已昨日，[3]	送人离去转眼已成昨天的事，
因见古人情。[4]	我这才体会到古人送别的心情。

注释：

① 这是一首写送别的诗，与一般送别诗不同。杜甫写的送别诗很多，在诗题中一般都写明送什么人，诗的内容总与被送的人的状况、性格、成就以及相互间的友谊有关。而这首题为《送远》的诗所写的却是一般离别之情，没有抒发作者自己的感情。不过，决不因此而降低这诗的价值，因为乱世的别离正是人民群众所饱尝的一种痛苦。诗人这诗中所抒发的正是广大人民的悲痛。诗中有"孤城""关河霜雪"等语，黄鹤据此定为秦州时所作。

②《仇注》引《战国策》："带甲百万。""带甲"可借代兵卒，但译诗还是把"带甲"原来的意思写了出来。

③《杜臆》："'别离已昨日'，难解。钟云：'深甚，不在不可解，而在使人思。'终是影响（意思是这些解释如阴影，如回声，令人难以捉摸）。余谓送行在今日，而别离已在昨日，因见古人用情，非临别而后悲也。"这意思是说，古人不仅在送别时悲哀，在送别前一天就已经体味到别离之情了，这样理解仍太勉强。还是按照字面的意

思“离别已是昨天的事”为好。昨天的送别转眼已成往事！但到今天人们仍沉浸在离别的悲哀之中。

④《仇注》引江淹《古别离》：“黄云蔽千里，游子何时还？送君如昨日，檐前露已团。不惜蕙草晚，所悲道里寒。”并这样解说：“因思《古别离》有‘送君如昨日’者，知今古有同悲也。”按江淹的诗句是说别离后已过了许多时日，季节已改变，但仍觉送别就如昨日的事，主要是叹惜时光之飞逝、别离之长久，与这首诗中的意思并不同。这首诗则说沉浸于别离的情思，不觉时光之过去，与江淹诗的立意相反，而其为别离悲愁之情则一。“因见古人情”者，是指体会到古人重别离、深深为别离而痛苦之情。

◎ 送人从军[1]（五律）

弱水应无地，[2]	弱水怕已经不在地上，
阳关已近天。[3]	阳关也该已经接近天边。
今君度沙碛，[4]	如今您将越过大沙漠，
累月断人烟。	一连几个月路上见不到人烟。
好武宁论命，	喜爱打仗的人哪里管命运怎样，
封侯不计年。	为了封侯，不去考虑要过多少年。
马寒防失道，	天气寒冷，要提防战马迷路，
雪没锦鞍鞯。[5]	积雪能淹没马背上的锦鞍。

注释：

① 这首诗与上一首诗有类似处，是送人从军，而不是送朋友，也没有指出名字。这个人“好武”，想“封侯”，完全不是和杜甫意气相投的人。当时有人想趁战乱时期升官发财，以投军为进身之阶，杜甫这首诗对这种人显然有讽喻之意。诗题下的原注：“时有吐蕃之役。”如确是作者原注，不是后人伪托，诗中应有勉励之词。据诗中所送从

军者的去向，订这诗作于秦州是可信的。

② 弱水，《仇注》引《书·禹贡》："导弱水至于合黎。"弱水在今甘肃之张掖，又名张掖河、黑河，距秦州不算很远，似非诗中所指的弱水。《汉书·地理志》："金城郡临羌县有弱水"，在今青海省西宁市西；又《史记·大宛传》："条支有弱水，而未尝见。"地望不明。诗中的弱水，指遥远难到的地方，难以确指何水。无地，黄生解释为"地尽处"，意思是极遥远。

③ 阳关，玉门关南面的古关，在今甘肃省敦煌西南，是唐代通往西域之南道。诗中指出弱水与阳关，可知从军者是到西北方去，而且路途遥远。

④ 碛，音"气"（qì），原指水中之沙石堆，后用来指多石砾的沙漠。沙碛，指横亘我国北部的大沙漠，蒙古语称"戈壁"，又称"大碛""大漠"。

⑤ 鞯，原义是马鞍下的垫子，"鞍鞯"通常是指马鞍。这句诗是极写积雪深厚，道路难行。

◎ 示侄佐[1]（五律）

多病秋风落，	秋风吹动时我满身是病，
君来慰眼前。	感到很欣慰，当你来到我眼前。
自闻茅屋趣，	自从听说你的茅屋充满幽趣，
只想竹林眠。[2]	我就一直想到你那竹林里睡眠。
满谷山云起，	谷中处处都有山云升起，
侵篱涧水悬。	山巅泻下的涧水侵到了篱边。
嗣宗诸子侄，	在阮籍家的一群子侄里面，
早觉仲容贤。[3]	早就看出最好的是阮咸。

注释：

① 杜佐的父亲是曾任殿中侍御史的杜暐之子。杜暐也是晋朝当阳侯杜预的后代，与杜甫是兄弟辈，故称杜佐为侄。诗题下有原注："佐草堂在东柯谷。"参看第七卷《秦州杂诗》第十三首和第十六首，深思之后，就会发现有可疑处。当杜甫听到东柯谷那个美好的地方时，没有提到杜佐，后来打算住在东柯谷，也未提到杜佐。而这首诗及以下三首诗写杜佐的山居生活，有种黄粱已熟等话，似乎他在秦州山村已住了较长时期，而且与前述诸诗内容毫无联系。可见所谓"原注"，殊不可靠，至少也是十分可疑的。如把"原注"撇开不谈，那么理解这几首寄赠杜佐的诗就没有什么疑难存在。

② 竹林，本不需注解，但《仇注》却引了《嵇康传》中所说的"竹林七贤"。其实这里只不过是说杜佐山居附近有竹林可供憩息而已。

③ 嗣宗，阮籍的字。仲容，阮咸的字。阮咸是阮籍的侄子，少解音律、潇洒不羁，与阮籍齐名，俱列在"竹林七贤"中。这里以阮咸借代杜佐，称赞"仲容贤"，也就是称赞杜佐。

◎ 佐还山后寄三首[①]（五律）

山晚黄云合，	傍晚的山里，黄云四面聚合，
归时恐路迷。	担心你归家时山路已难辨东西。
涧寒人欲到，	涧水真寒凉，人也快到家了，
林黑鸟应栖。	丛林被黑暗笼罩，鸟群该已栖息。
野客茅茨小，	寄居山野的远客住的茅屋矮小，
田家树木低，	连农家院子里的树木也很低，
旧谙疏懒叔，	你本来就知道你叔父生性懒散，
须汝故相携。[②]	需要你帮助，特意来照顾扶持。

注释：

①仔细体会这一组诗和前面一首诗的内容，可以看出，前一首诗是杜甫为感谢杜佐前来探望而写的。杜甫曾到杜佐的山居去探望，杜佐又亲自把杜甫送回家来。这组诗是杜佐回去后，杜甫寄给他的诗。三首诗显然不是同时所写，内容也各不相同。汇集在一起成为组诗，大概是后来的编者所为。

②《仇注》：“须汝相携，欲与偕隐也。”解说牵强。携，提携，也就是搀扶。这句诗是说杜佐自山中陪送杜甫回原住处。

◎ 其二（五律）

白露黄粱熟，	到白露，黄粱就该成熟，
分张素有期。[①]	分送亲友向来都有定期。
已应舂得细，	想必已经舂得很精细，
颇觉寄来迟。	我觉得它送来似乎太迟。
味岂同金菊，[②]	它的滋味不该和金菊相配，
香宜配绿葵。[③]	那么芳香，和绿葵煮才适宜。
老人他日爱，[④]	我这老人往日最爱吃它，
正想滑流匙。[⑤]	正想着它滑腻腻地流过饭匙。

注释：

①《仇注》引钟会的檄文及后魏高允《征士颂》等用例，“分张”均作“分别”解，与这诗中的用法不合。《读杜心解》及《杜臆》均解作“分饷”。可从。曹慕樊《杜诗杂说》举王建《贺杨巨源博士拜虞部员外郎》诗“残着几丸仙药在，分张还遣病夫知”及敦煌《大目乾连冥间救母变文》“早被妻儿送坟墓，……狐狼鸦鹊竞分张”，并解释说：“‘分张’犹言‘分赠’，盖唐人俗语，与古书的‘分张’作‘分别’义者无涉。”（该书155页）。有期，即“有定期”，这大概是唐代民俗，黄粱收获后要

在一定时节分赠亲友。

② 据《群芳谱》，金菊即甘菊。叶味微甘，“撷以作羹及泛茶，极有风致。”同金菊，意思不是“与金菊相同”，而是“与金菊配食”。

③ 绿葵，又名露葵，即今湖南等省仍作蔬菜食用的冬苋菜（冬寒菜）。在唐代有用葵菜与黄粱做羹的吃法。

④ 他日，在杜诗中经常出现，作未来某日解的较少，作往日解的较多。《仇注》说“他日，言平时”。恐不确。

⑤ 滑流匙，形容黄粱羹黏稠滑腻之状。想到过去吃黄粱时的感觉，也就是表明很想吃它。

◎ 其三 （五律）

几道泉浇圃，	几道流泉浇灌着菜圃，
交横落幔坡。[1]	流泉纵横交错，菜圃像绿幔覆盖山坡。
葳蕤秋叶少，[2]	低垂的秋菜叶已变得稀少，
隐映野云多。	隐约照映山野的云彩繁多。
隔沼连香芰，[3]	香菱从这个水池里蔓延到邻池，
通林带女萝。[4]	整片树林里缠挂着女萝。
甚闻霜薤白，[5]	常听说霜打过的薤菜最白嫩，
重惠意如何？[6]	能不能请你再送一些给我？

注释：

①“落幔坡”一作“幔落坡”。《仇注》：“旧说谓泉水交横而落坡，其坡上青翠如幔。汪瑗、顾宸皆云：泉浇圃，幔落坡，乃平对之词。设幔于坡，以防鸟雀，是为瓜果而设者，交横乃坡上幔影，此另一说。”其实，“幔”可喻菜圃，落幔坡，意思是说菜

圃如幔罩在山坡上。这首诗是想起在佐侄住处所见园圃情况，并向他索薤菜。

②“葳蕤”有两解，既可释为茂盛，又可释为委顿、低垂。这里言“秋叶少”，是用其第二义。

③《仇注》引《武陵记》：“两角曰菱，三角四角曰芰。”通常不分，故译“香芰”为“香菱”。

④ 通林，指整个树林。女萝，即松萝，常攀附树上，自树梢悬垂，全体丝状，分歧甚多。

⑤ 薤，音“谢”（xiè），叶细长，有地下鳞茎，如指头大，供食用。薤的鳞茎，今称藠头（音 jiào tou）。

⑥ 杜佐在霜降前曾送过一些薤给杜甫，现在再要一些，故称“重惠”。

◎ 从人觅小胡孙许寄[①]（五律）

人说南州路，[②]	听人说南方一带州郡，
山猿树树悬。[③]	处处树上有山猿攀悬。
举家闻共爱，[④]	我们全家人听了个个喜爱，
为寄小如拳。[⑤]	请给我寄一个来，要小得像人拳。
预哂愁胡面，[⑥]	预想那愁胡般的面容就微笑，
初调见马鞭。[⑦]	开始训练时该对它挥挥马鞭。
许求聪慧者，	承您答应选一个聪明的送给我，
童稚捧应癫。	孩子们把它捧在手里会喜欢得如狂似癫。

注释：

① 这是一首代替短简的诗。杜甫请托一个友人在南方带一只“小如拳”的猴子给孩子们玩，那人答应了，杜甫就写了这首诗赠给他。黄鹤因诗中有“南州路”句，应作

于西北，故编此诗于秦州诗中。旧编在夔州诗内，那时杜甫的孩子们年龄已较大，而诗中所写则为“童稚”的神态。编在秦州诗中比较适宜。

② 南州路，《仇注》引顾注：“两粤为南州路”。这里的“南州路”似泛指南方各地。

③ 诗题中作“小胡孙”，这里说的是“山猿”，吴曾《漫录》中对此提出疑问。其实，猿、猴、胡孙，如不作科学探讨，随意称呼，本是平常的事，对诗人正不必苛责。

④《仇注》本作“若咳”，是黄山谷改订的；旧作“骇”，一作“共爱”。以“共爱”最便于理解，因此用“共爱”，并据此译写。

⑤《仇注》引《崇安志》：“武夷山多猕猴，其小者仅如拳。”

⑥ 愁胡，见第一卷《画鹰》注④。这里用来比喻“小胡孙”。

⑦ 调，指调教，即训练；见马鞭，即“示以马鞭”，威吓之使服从。

◎ 秋日阮隐居致薤三十束[1]（五律）

隐者柴门内，	在隐士居住的柴门里，
畦蔬绕舍秋。	围着房舍栽种着一畦畦秋菜。
盈筐承露薤，	满满一筐薤带着露水，
不待致书求。	不等我写信索取就给送来。
束比青刍色，	一捆捆青得像新鲜牧草，
圆齐玉筯头。	白色的鳞茎浑圆得像玉筷头。
衰年关鬲冷，[2]	老年人脏腑寒冷，
味暖并无忧。[3]	吃了这暖性蔬菜就不用担忧。

注释：

① 第七卷《贻阮隐居》中所说的阮隐居和这诗题中说的是同一个人。参看该诗注①。

阮隐居赠薤三十束给杜甫，于是杜甫写了这首向他表示答谢的诗。薤，见本卷《佐还山后寄三首》第三首注⑤。

② 鬲，与“膈”通。“关鬲”是指人身体中的一些重要部位，意译为“脏腑”。

③《仇注》引《本草》：“陶隐居曰：薤性温补，仙方及服食家皆须之。”

◎ 秦州见敕目薛三璩授司议郎毕四曜除监察与二子有故远喜迁官兼述索居凡三十韵[①]（五排）

大雅何寥阔，[②]	宏达正大的人多么稀少，
斯人尚典型。[③]	你们两位还称得上模范、典型。
交期余潦倒，[④]	和你们交游时我已经粗疏懒散，
材力尔精灵。[⑤]	论素质和能力，数你们敏捷、聪明。
二子声同日，[⑥]	你们两位在同一天升官扬名，
诸生困一经。[⑦]	我这离不开经书的儒生，熟读经书仍处在困境。
文章开窔奥，[⑧]	你们的文章阐明深奥的事理，
迁擢润朝廷。	得到提拔晋升，光耀了朝廷。
旧好何由展，	我们往日的友谊怎样才能继续，
新诗更忆听。	记得当年你们读新诗我在旁静听。
别来头并白，	分别以来，我们的头发都已斑白，
相见眼终青。[⑨]	如果再见面，你们一定对我青眼相迎。
伊昔贫皆甚，	想往昔我们都很清贫，
同忧岁不宁。	都忧虑岁月不得安宁。
栖遑分半菽，[⑩]	惶惶不安地分吃杂粮瓜菜。
浩荡逐流萍。	前途渺茫，随着水里的浮萍。

俗态犹猜忌，[11]	世人还是那样猜忌成风，
妖氛忽杳冥。[12]	妖气又突然把天地遮得昏冥。
独惭投汉阁，[13]	我们却把扬雄的投阁，看作可耻。
俱议哭秦庭。[14]	一起议论着该学习申包胥，到秦庭去哀哭，请求救兵。
还蜀只无补，	从蜀地回来的人仍是无补于事，
囚梁亦固扃。[15]	陷在洛阳的人又被严密拘禁。
华夷相混合，	华夏和少数民族混成了一团，
宇宙一膻腥。[16]	天地间到处都一片膻腥。
帝力收三统，[17]	皇上得到了天、地、人三方面的支持，
天威总四溟。[18]	靠他的威望，定会统一全部国境。
旧都俄望幸，	旧京都即将收复，期待着皇上临幸，
清庙肃惟馨。[19]	静静的太庙里弥漫着肃穆和芳馨。
杂种虽高垒，[20]	安史残部虽仍在高筑堡垒拒抗，
长驱甚建瓴。	官军长驱直入，形势赛过高屋建瓴。
焚香淑景殿，	淑景殿上又如往昔那样焚香，
涨水望云亭。[21]	望云亭前的池水也已涨平。
法驾初还日，	皇帝圣驾还都不久的那些日子，
群公若会星。[22]	大臣们会聚如璀璨的群星。
宫臣仍点染，	那时候，薛司议在遭受不白之冤，
柱史正零丁。[23]	毕监察受冷落正孤寂凄清。
官忝趋栖凤，[24]	那时我愧居近臣，在栖凤阁前奔走，
朝回叹聚萤。[25]	退朝回来，慨叹你们仍在苦读，对着囊中的萤群。
唤人看騕褭，[26]	我呼唤人们来看你们这样一些神骏，
不嫁惜娉婷。[27]	你们却像不愿出嫁的美人，爱惜自己的姿容秀俊。
掘狱知埋剑，[28]	如今你们被赏识，像丰城宝剑从狱中地下掘出，

提刀见发硎。[29]	又像宝刀提在手中，刚在磨石上磨得光亮如新。
侏儒应共饱，[30]	你们肯同侏儒们一起求一顿饱餐，
渔父忌偏醒。[31]	该记得渔父对屈原的劝告，世上最忌独自觉醒。
旅泊穷清渭，[32]	我漂泊到渭水的上游暂时停下，
长吟望浊泾。[33]	遥望着浑浊的泾水长吟。
羽书还似急，	报告军情的羽书好像还很紧急，
烽火未全停。	战争烽火一直没有全停。
师老资残寇，	官军拖得疲惫，反对残敌有利，
戎生及近坰，	东京郊外又有新的战事发生。
忠臣词愤激，	忠臣慷慨激昂地发表议论，
烈士涕飘零。	志士悲愤得泪水沾巾。
上将盈边鄙，	多少大将在前线驻守，
元勋溢鼎铭。[34]	宝鼎上铭刻不尽统帅的功勋。
仰思调玉烛，[35]	百姓盼望君王能调和四时，
谁定握青萍。[36]	不知究竟是哪一位大将，手握青萍剑，使天下太平。
陇俗轻鹦鹉，[37]	陇山下的民俗素来轻视鹦鹉，
原情类鹡鸰，[38]	我在这高原上，心里激荡着《鹡鸰》诗所抒发的兄弟之情。
秋风动关塞，	边塞上，秋风正在拂动，
高卧想仪形。[39]	我躺卧在这里，想念着你们的容貌言行。

注释：

① 敕目，皇帝除授官职的敕令诏书汇编，发到各地，用以通报信息。杜甫在秦州看到敕目里载有他的旧友薛璩、毕曜除授官职的消息，十分高兴，为他们的升官庆幸，同时又想起自己离开了朋友们孤独地住在边塞小城中，心中很难过，于是写了这首长达三十韵的诗篇。司议郎，据《唐书》，是东宫官属，掌侍从规谏、驳正启奏；监察，即监察御史，掌分察百僚，巡按州县。第二卷《同诸公登慈恩寺塔》一首，就是与薛

璩、高适等唱和的诗。薛璩有十首诗选入殷璠编《河岳英灵集》，对他评价颇高。毕曜，已见第六卷《逼侧行》注①，从那篇诗及《赠毕四曜》中可看出杜甫与他的友谊。这首诗题目中已写明“秦州”，可知作于乾元二年秋。

②《汉书·景十三王传赞》：“夫惟大雅，卓尔不群。”大雅，是赞誉人的品德、文才之辞，称其宏达雅正。寥阔，在这里与“寥落”同，意思是稀少。

③ 斯人，指薛璩和毕曜。典型，同“典刑”。《诗·大雅·荡》：“虽无老成人，尚有典刑。”笺：“犹有常事故法可案用也。”又《说文》段注：“以木为之曰模，以竹曰范，以土曰型，引申之为典型。”意思与“模范”相同。现代语中的“典型”，在一定程度上还保存着部分原义。

④ 交期，指与薛、毕两人过去在长安的交游。潦倒，见第六卷《戏赠阌乡秦少府短歌》注④，这里当取嵇康《与山巨源绝交书》中“潦倒”之意。

⑤ 唐张彦远《法书要录》：“标拔志气，黼藻精灵。”“精灵”指人的精神素质，译诗据原诗句的含意具体表达为“敏捷、聪明”。

⑥ 二子，指薛璩、毕曜。声同日，指同日除授官职，名声远传。《诗·大雅·文王有声》疏：“是令闻之声。”

⑦ 诸生，杜甫自称。据《汉书》，韦贤及子玄成，俱以明经位至宰相。谚曰：“遗子黄金满籝，不如一经。”“困一经”指读通了经书仍不能得到重用。

⑧ 窔，同“窔”，音“要”（yào），深邃貌。

⑨ 据《晋书·阮籍传》，阮籍能作青白眼，见礼俗之士，作白眼（眼珠向上，藏于睑下），表示不屑相见；见所喜爱之人，则作青眼（平视，眼珠现于眶中）。

⑩《汉书·项羽传》：“岁饥人贫，卒食半菽。”注：“士卒食蔬菜，以菽（豆类）杂半之。”

⑪《仇注》：“猜忌，指李林甫。”第二卷《奉赠鲜于京兆二十韵》有：“破胆遭前政，阴谋独秉钧。微生沾忌刻，万事益酸辛”之句。按李林甫卒于天宝十一载，三年后安禄山始叛变，不应把这句诗中的“猜忌”理解得这样狭窄，宜看作当时官场的坏风气。

⑫“妖氛”指安禄山的叛乱。

⑬ 用扬雄事，见第三卷《醉时歌》注⑯。这里不是笑扬雄畏被捕投阁之怯懦，而是以扬雄之臣事王莽为可耻。朱鹤龄注谓："投汉阁比降贼诸臣，如陈希烈及张均兄弟。"张上若云："投阁谓张均兄弟似扬雄仕莽。"这些意见可供参考。

⑭ 春秋时，吴兵攻入楚国郢都，大夫申包胥赴秦国乞求援兵，立依庭墙而哭，勺水不入口，哭了七天，秦国终于出兵救楚，恢复了楚国。《仇注》："哭秦，乞师回纥。"这里可能是借申包胥事泛指救国之策。

⑮ 据浦起龙解说："'无补'，自谦脱贼任拾遗事；'固扃'，谓二子亦尝被贼拘于洛阳也。"张上若说"还蜀谓诸臣从玄宗往蜀，固无补于恢复之事，囚梁谓郑虔、王维诸陷入贼亦不能遽脱。"类似诸说都不很确切。王嗣奭云："还蜀、囚梁，必谓二子，而事不可考。"从诗句的前后联系来看，最为恰当。两人中有一人曾赴蜀，后来北归，仍未授官职，故云"无补"；另一人陷于贼中被囚于洛阳，不得脱身，故曰"固扃"。

⑯ 膻腥，借代胡兵，这句诗是说安禄山胡兵占据中原，攻陷洛阳、长安。

⑰《汉书·艺文志》："圣王必正历数，以定三统。""三统"即天统、地统、人统。古代认为这三个方面是帝王统治的基础。

⑱ 四溟，即"四海"，指全中国。

⑲《左传·桓二年》："清庙茅屋。"注："清庙，肃然清静之称。"疏："《诗·颂·清庙》，祀文王之歌，故郑玄以文王解之；此则广指诸庙，非独文王，故以清静解之。"诗中指唐朝的太庙。

⑳ 杂种，指安庆诸、史思明的叛军。

㉑ 淑景殿、望云亭都在长安西内。这两句诗是说皇宫里已恢复了原来的状况，等待肃宗还都。

㉒ 群公，指当时朝廷中的大臣，如张镐、房琯、贾至、严武等人。

㉓ 浦起龙曰："两人尚困，故曰'点染''零丁'，为两人曾被贼拘，遂致嫌疑蹭蹬也。而曰'宫臣''柱史'者，就今日之官称之，非谓其已除官也。"旧解多混乱，浦说简明恰当，故用浦说。司议，东宫官属，故可称"宫臣"；御史，与周代之"柱下史"官职相当，故称"柱史"。

㉔ 栖凤，指栖凤阁，在大明宫内含元殿旁。左拾遗属门下省，省署近栖凤阁。

㉕《仇注》："聚萤，邸舍荒凉。"浦起龙解说："聚萤，叹二子尚微也。"联结下面的诗句，浦说似较佳。译诗用浦说，认为"聚莹"是指车胤囊萤夜读的典故。见第二卷《赠翰林张四学士垍》注⑪。

㉖ 騕褭，音"杳鸟"（yǎo niǎo），古代传说中的骏马，金喙赤毛，日行万里。诗中用来指薛璩、毕曜。

㉗ 这里以"不嫁"隐喻不愿轻易接受任命。《前汉书·蒯通传》："隐居不嫁，未尝卑节下意以求仕也。"

㉘ 据《晋书·张华传》，豫章郡丰城有剑气冲达斗牛之间，雷焕告张华，有宝剑在丰城，即补焕为丰城令。焕到县，掘狱屋基，得双剑，一名龙泉，一名太阿。自此后，斗牛间气不复见。这里以宝剑被掘出喻薛、毕两人之得到任用。

㉙《庄子·养生主》："刀刃若新发于硎。"硎，砥石，即磨刀石。这里喻薛、毕之新授官职，将发挥才智。

㉚《汉书·东方朔传》："侏儒长三尺，奉一囊粟，臣朔长九尺，亦一囊粟。侏儒饱欲死，臣朔饥欲死。"本来是嘲讽不顾实际情况，划一待遇的不合理，诗中则以"侏儒"比喻庸人，慨叹当时世风卑下，人们但求庸庸碌碌，随波逐流地混日子。

㉛《楚辞·渔父篇》："原曰：'众人皆醉吾独醒，'渔父曰：'何不餔其糟而啜其醨？'"这也是愤慨的话，意思与上一句诗大致相同。

㉜ 穷清渭，意思是把渭水走完了，也就是说走到渭水的源头，即到了秦州。

㉝ 浊泾，指泾水。长安在渭水边，泾水在长安北而流入渭水。诗中以"浊泾"代长安附近地方。

㉞ 古代在鼎、钟上铭刻文字记载功勋，相当于后代在史册上记载功勋。这句诗表面上说大将们的功勋记载不尽，实际上有讽刺之意，因当时的战局还处在逆境中。

㉟《尔雅·释天》："四气和，谓之玉烛。"疏："李巡云：'人君德美如玉而明若烛。'……是知人君若德辉动于内，则和气应于外，统而言之，谓之玉烛也。"调玉烛，喻治理国家有成效，是对英明君主的期望。

㊱ 青萍，宝剑名。《文选·答东阿王笺》："君侯体高世之才，秉青萍干将之器。"济注：

"青萍、干将皆剑名也。"李白《与韩荆州书》:"庶青萍结绿,长价于薛卞之门。""握青萍"者,指武将之能致太平者。《仇注》:"欲调玉烛,青萍谁属,言当专任李(光弼)郭(子仪),以致太平。"

㊲ 祢衡《鹦鹉赋》:"命虞人于陇坻,闭以雕笼,剪其羽翅。"秦州,恰好在陇坻(即陇山)下,故用此典,以喻有文才的人在秦州得不到人们的尊重。其实说的就是杜甫自己的遭遇困厄。

㊳ 见第一卷《赠韦左丞丈济》注⑧。这里是说对薛、毕的情谊有如兄弟,希望他们在自己困难时给予帮助。

㊴ 仪形,一作"仪刑"。《诗·大雅·文王》:"仪刑文王,万邦作孚。"这里的"仪刑",是法式、榜样的意思。仪形,亦可作仪表、威仪解。译诗用后一种解释。

◎ 寄彭州高三十五使君适虢州岑二十七长史参三十韵[①](五排)

故人何寂寞,[②]	我的老朋友们哪里会感到寂寞,
今我独凄凉。	如今只有我一个人才这么凄凉。
老去才虽尽,	虽然年纪老了,才华已经枯竭,
秋来兴甚长。	秋季来临时诗兴还是异常高涨。
物情尤可见,	世上万物的情态看得更加真切,
词客未能忘。[③]	诗人们我怎么也不能遗忘。
海内知名士,	全国著名的文士,
云端各异方。	分住在白云尽头不同的地方。
高岑殊缓步,[④]	高、岑两位的诗篇特别舒缓自在,
沈鲍得同行。[⑤]	和沈约、鲍照的风格相仿。
意惬关飞动,	情意畅适时就激发飞动的神思,
篇终接混茫。[⑥]	诗篇结束处一直通向浩渺迷茫。

举天悲富骆，	全国上下都对富、骆两位表示同情，
近代惜卢王。[⑦]	近代都惋惜意外逝去的卢、王。
似尔官仍贵，	像你们这样，官位还算显贵，
前贤命可伤。	前代有才能的人命运更令人哀伤。
诸侯非弃掷，[⑧]	做刺史还能说是被抛弃，
半刺已翱翔。[⑨]	就连长史这样的职务也已经算得腾飞翱翔。
诗好几时见，	我什么时候能看到你们写的好诗？
书成无信将。[⑩]	也许你们已给我写了信，只是没有信使把它捎上。
男儿行处是，	男子汉到处是安身的地方，
客子斗身强。	寄居异乡的人全仗身体强壮。
羁旅推贤圣，[⑪]	长年羁旅漂泊的人（孔子、孟子）也能被世人推尊为圣贤，
沉绵抵咎殃。[⑫]	一场重病，说不定能抵消祸殃。
三年犹疟疾，	我生了三年疟疾还没有痊愈，
一鬼不销亡。[⑬]	这个恶鬼就是不甘心灭亡。
隔日搜脂髓，	隔上一天，就来搜刮我身上的脂膏骨髓，
增寒抱雪霜。[⑭]	阵阵寒冷，好像抱着雪和霜。
徒然潜隙地，	任我躲到什么角落，也躲不开它，
有靦屡鲜妆。[⑮]	屡次乔装打扮，它还是紧跟不放。
何太龙钟极，	我怎么竟龙钟老迈成这样？
于今出处妨。	如今居家外出都感到不便当。
无钱居帝里，[⑯]	没有足够的钱让我能在京城里过活，
尽室在边疆。	只能全家寄居在这边境地方。
刘表虽遗恨，	虽然刘表不免感到遗憾，
庞公至死藏。[⑰]	庞德公却决心至死在深山隐藏。
心微傍鱼鸟，[⑱]	我的心意卑微，只想看看鱼鸟，

肉瘦怯豺狼。	身体瘦小，可也怕喂豺狼。
陇草萧萧白，	陇山上的野草被萧萧寒风吹白，
洮云片片黄。	洮河上漂过的浮云片片昏黄。
彭门剑阁外，[19]	彭州在剑阁的那一边，
虢略鼎湖旁。[20]	虢州在黄帝升天的鼎湖山旁。
荆玉簪头冷，[21]	簪头上的冷玉就出在荆山，
巴笺染翰光。[22]	字写在巴州的笺纸上熠熠发光。
乌麻蒸续晒，[23]	滋补的乌麻蒸熟了再晒干，
丹橘露应尝。[24]	朱红的柑橘带着露水好供人品尝。
岂异神仙宅，	这和神仙住处有什么两样，
俱兼山水乡。	又都是山清水秀的好地方。
竹斋烧药灶，	在竹斋里砌上个烧药的炉灶，
花屿读书床。[25]	在花丛里安块巨石当作读书的床。
更得清新否？	你们可又写出了一些清新的诗句？
遥知对属忙。[26]	遥想你们在吟诗，忙着推敲对仗。
旧官宁改汉，	你们居官多年，哪里会改变传统的礼仪制度，
淳俗本归唐。[27]	该恢复淳朴的风俗，像回到唐尧时代一样。
济世宜公等，	挽救世道就要靠你们这样的人，
安贫亦士常。	我这个儒生本该安于贫困不妄想。
蚩尤终戮辱，	蚩尤那样的祸首终将遭到杀戮，
胡羯漫猖狂。[28]	胡羯叛贼别想再继续猖狂。
会待妖氛静，	等到那一天，妖氛全消灭，
论文暂裹粮。[29]	再和你们一起讨论诗文，带着干粮来把你们拜访。

注释:

① 高适于至德二载冬授太子少詹事，乾元二年五月，出任彭州刺史。彭州，属剑南道，即今四川省彭州市。岑参于乾元元年三月自补阙转起居舍人，四月，署虢州长史。虢州，属河南道，即今河南省卢氏县。两人是杜甫诗友，杜甫留居秦州时，思念他们，写了这首诗。

② 何寂寞，意思是“有何寂寞”，即“不寂寞”。《仇注》:“故人何尝寂寞乎。”也是这个意思。

③ 词客，指高适、岑参，两人俱为诗人。

④《仇注》引湛方生《游园咏》:“任缓步以升降”，并解释说:“此言才若高岑，纵舒自如也。”这里是以“缓步”来比喻作诗之从容自在。

⑤ 沈鲍，指沈约、鲍照。见第四卷《苏端薛复筵简薛华醉歌》注⑩⑪。

⑥ 古代注家都极推许这两句诗，认为是赞美诗作的极好评语，有独创性。前一句指作诗时的主观心理状态，在一定情绪条件下能激发想象与创造力；后一句指诗富含蓄，余意不尽。

⑦《仇注》引《唐书》:“富嘉谟，武功人，举进士。文章本经术，人争慕之。中兴初，官监察御史，卒。又骆宾王，义乌人，七岁能诗，武后时除临海丞，弃官去。徐敬业举兵，署为府属，后亡命不知所之。又卢照邻，范阳人，为邓王典签，王重其文，待以相如。调新都尉，病，去官，自沉颍水死。又王勃，龙门人，六岁善文辞。补虢州参军，除名，渡海溺水，悸而卒。”诗中以这几位遭逢不幸的诗人来与高适、岑参对比，安慰他们总算幸运。

⑧《仇注》引曹冏《六代论》:“今之州牧郡守，古之方伯诸侯。”高适任彭州刺史，故以诸侯称之。

⑨ 庾亮《答郭豫书》:“别驾，旧与刺史别乘，其任居刺史之半，安可任非其人。”按别驾、长史、司马、治中等官职，俱为刺史的主要助手，其所担任务为刺史之半，官场习惯称“半刺”，岑参任长史，故以“半刺”称之。

⑩《仇注》引姜氏考注:“晋宋以还，将信之人即称为信。”信，即信使。

⑪ 孔子为圣人，孟子为贤人，都曾周游天下。

⑫ 沉绵，指重病。沈约《萧恤碑》："因遇沉疴，绵留气序。"古代认为人之得祸殃由于天数，不可避免，而在一切祸殃中，生病还是较轻微的，"生病免灾"，现在民间尚有此谚语。

⑬ 一鬼，就是指导致疟疾的病魔，俗谓"疟鬼"。

⑭ 搜脂髓、抱雪霜，指疟疾对人体的危害和严重的寒热。

⑮ 潜隙地、屡鲜妆，指古代民间流行的避疟疾方法。前者是易地逃避，后者改变容貌，目的都是使疟鬼找不到肆虐的对象。这种非科学的抵御疟疾的方法至今在我国偏远落后地区仍有人相信。

⑯ 帝里，皇帝所居之乡，即京都。

⑰ 刘表与庞德公事，见第七卷《遣兴五首》第二首注①及注④。

⑱ 嵇康《与山巨源绝交书》："游山水，观鱼鸟，心甚乐之。""傍鱼鸟"喻隐居不仕的生活。

⑲ 彭门，指彭州。《仇注》引《水经注》："李冰为蜀守，见氐道县有天彭山，两山相对，其形如阙，谓之天彭门，亦曰天彭阙。"从中原到彭州，要经过剑阁。

⑳ 虢略，指虢州，今河南灵宝市附近。《仇注》引《左传》"东尽虢略。"《后汉书·郡国志》："陆浑西有虢略地。"又引《唐书》："虢州，先曰鼎州，以鼎湖名。"《史记·封禅书》："黄帝采首山之铜，铸鼎于荆山下，鼎成，乘龙上仙，后人因名其处曰鼎湖。"

㉑ 荆玉，荆山产的玉。但通常所说的产玉的荆山在荆州，并非黄帝铸鼎之荆山。古诗文中用典，常不顾及实际情况，只取成语。诗中提到"荆玉"，是赞美虢州地方之富饶。

㉒ 巴笺，指巴蜀产的笺纸，借以赞美彭州物产之丰富。

㉓ 乌麻，即胡麻之黑色者，今称黑芝麻，虢州所产。陶隐居曰："胡麻当九蒸九曝，熬捣充饵，以乌者为良。"

㉔《仇注》引谢庄诗："橘露靡兮蕙烟轻。"丹橘，彭州所产。

㉕ 屿，原义为小岛，花间之屿，喻花丛巨石。

㉖ 对属，即“属对”。《仇注》引《新唐书》：“沈约、庾信，以音韵相婉附，属对精密。”对属指近体诗中之对偶、对仗。《仇注》又解说：“对属忙，身系官职也”，似又把“对属”理解为对上级的应对，指忙于公务。连接上面几句诗来看，“对属”指作诗较合。

㉗《仇注》：“宁改汉，刺史依旧汉官也。本归唐，虢州本属尧封也。”这两句诗似为颂两人政绩之词。宁改汉，指不改“汉官仪”；本归唐，指回返唐尧时代之纯朴。

㉘ 蚩尤、胡羯，均指安史余部，蚩尤指贼首，胡羯指叛众。

㉙ 暂裹粮，指携带干粮旅行。目的是去虢州、彭州，访问高、岑两位诗友。

◎ 寄岳州贾司马六丈巴州严八使君两阁老五十韵[1] （五排）

衡岳啼猿里，[2]	岳州到处是猿啼，
巴州鸟道边。[3]	巴州在只有鸟能飞越的险峻路边。
故人俱不利，	我的两位老友都遭到挫折，
谪宦两悠然。	贬谪到两处，相距遥远。
开辟乾坤正，[4]	如今天地间又重新开辟出正道，
荣枯雨露偏。[5]	可并不是人人沾到雨露，个个荣枯一般。
长沙才子远，[6]	才子贾谊，被贬到遥远的长沙，
钓濑客星悬。[7]	曾经和光武帝同床共眠的严光，重回富春江拿起钓竿。
忆昨趋行殿，[8]	回忆往年到凤翔投奔皇帝行殿，
殷忧捧御筵。[9]	在国难严重时刻追随皇帝驾前。
讨胡愁李广，[10]	令人忧虑的是当时伐叛的大将像李广被俘，

奉使待张骞。[11]	急需一位大臣出使回纥，他该像张骞一样干练。
无复云台仗，[12]	宫廷的仪仗队已不再留在云台，
虚修水战船。[13]	昆明池里的战船只是白白修建。
苍茫城七十，[14]	河北七十个州城一片昏暗，
流落剑三千。[15]	手执利剑的三千勇士已经溃散。
画角吹秦晋，[16]	秦晋两地也吹起了战争的号角，
旄头俯涧瀍，[17]	妖星向洛阳城外的涧水瀍水窥探。
小儒轻董卓，[18]	尽管董卓那样专横，也有个小小儒生敢于轻视他，
有识笑苻坚。[19]	见高识广的人自会讪笑那骄傲自大的苻坚。
浪作禽填海，[20]	就像那小鸟精卫妄想填平沧海，
那将血射天。[21]	怎能把射盛血的皮囊当作射天。
万方思助顺，	四面八方的州郡都决心帮助皇上讨平叛逆，
一鼓气无前。	战士们都一鼓作气，奋勇向前。
阴散陈仓北，[22]	在陈仓北面，阴云骤然消散，
晴曛太白巅。[23]	灿烂的阳光照暖太白山巅。
乱麻尸积卫，[24]	卫州战役打得敌人尸如乱麻一般堆积成山，
破竹势临燕。[25]	大军势如破竹，准备进攻幽燕。
法驾还双阙，[26]	圣驾终于回到长安的宫殿，
王师下八川。[27]	官兵把关中地区全部攻占。
此时沾奉引，[28]	这时，我蒙受皇恩，在驾前任职，
佳气拂周旋。[29]	一片祥云缭绕，我跟在百官身边周旋。
貔虎开金甲，[30]	如貔似虎的猛将排开，金甲光闪闪，
麒麟受玉鞭。[31]	皇帝乘坐麒麟马，手挥白玉鞭。
侍臣谙入仗，[32]	侍臣原来就熟悉侍从皇上的礼节，
厩马解登仙。[33]	内厩的骏马能翩翩舞蹈，像长了翅膀飘飘欲仙。
花动朱楼雪，	积雪未消的朱楼下春花已经萌发，

城凝碧树烟。	城里的绿树上，凝聚着一片青烟。
衣冠心惨怆，	大臣们的心里仍有着惨痛的回忆，
故老泪潺湲。	老人们想起战乱不禁泪水涟涟。
哭庙悲风急，[34]	哭祭太庙的那天，悲风猛烈，
朝正霁景鲜。[35]	正月初一举行朝贺大典，恰好雨停，晴空明艳。
月分梁汉米，[36]	官员们按月分到梁州、汉川的贡米，
春给水衡钱。[37]	新春还发给水衡令保管的铜钱。
内蕊繁于缬，[38]	内苑花朵比丝绸上的花纹还缤纷，
宫莎软胜绵。[39]	宫里的莎草比丝绵还柔软。
恩荣同拜手，	我们同受恩荣，一起拱手拜揖，
出入最随肩。	进进出出总是肩并着肩。
晚著华堂醉，	夜晚在富丽的厅堂上喝得酣醉，
寒重绣被眠。	严寒时节，盖上两层绣被睡眠。
辔齐兼秉烛，	我们常并马同行，共点一支蜡烛，
书枉满怀笺。[40]	还相互通信，满怀里揣着纸笺。
每觉升元辅，[41]	我总觉得你们即将升任宰相，
深期列大贤。[42]	衷心期望你们和伟大贤才同列朝班。
秉钧方咫尺，[43]	离掌执大权的地位只有咫尺远，
铩羽再联翩。[44]	谁料腾飞的翅膀双双折断。
禁掖朋从改，[45]	宫廷里朋友们的地位发生变化，
微班性命全。[46]	我总算保住性命，还做个小官。
青蒲甘受戮，[47]	我伏在青蒲席上进谏，甘心受戮，
白发竟谁怜。	我这白发老人到底有谁哀怜。
弟子贫原宪，[48]	像孔子的学生原宪那样终生贫贱，
诸生老服虔。[49]	像服虔那样，读书到老不做官。
师资谦未达，	我的学识没有通达，理应自谦不以师长自居，

乡党敬何先。[50]	家乡的人们为什么还对我这么尊敬。
旧好肠堪断，	想到老朋友的情谊，连肝肠也悲痛得断绝，
新愁眼欲穿。	新的愁闷使我更增想念，望眼欲穿。
翠干危栈竹，[51]	通往巴州的危险栈道旁，青青竹竿怕已经枯干，
红腻小湖莲。[52]	岳州的湖莲该开得娇小红艳。
贾笔论孤愤，[53]	贾公的文章总是那样见解独到，充满愤慨，
严诗赋几篇。	严公的诗，又不知写了多少篇。
定知深意苦，	我知道你们的用意很深很苦，
莫使众人传。	可别让这些著作在众人中流传。
贝锦无停织，[54]	诽谤者像编织贝锦一样编造谣言，
朱丝有断弦。[55]	朱丝绳拉得太紧会像琴弦般折断。
浦鸥防碎首，[56]	水上飞翔的鸥鸟得提防头颅碎裂，
霜鹘不空拳。	霜天的苍鹘打得准，不会空拳。
地僻昏炎瘴，	你们所在的地方偏僻，炎热和瘴气到处弥漫，
山稠隘石泉。	密密的山峦阻碍着岩石间的流泉。
且将棋度日，	只得借下棋来消磨日子，
应用酒为年。	该靠饮酒来度过一年年。
典郡终微眇，[57]	做个州郡的长官毕竟还太渺小，
治中实弃捐。[58]	做个司马，简直是被丢弃到一边。
安排求傲吏，[59]	该追随庄周那样的傲吏，安于命运的播弄，
比兴展归田。[60]	或者像张衡那样，比兴作诗，抒发归田的意愿。
去去才难得，	你们终于去了，去了，可惜你们都是难得的人才，
苍苍理又玄。	苍天啊，苍天，你的道理真难懂，玄而又玄。
古人称逝矣，[61]	古人见到待遇改变就说该离去了，
吾道卜终焉。	我的生活道路看来也到了终点。
陇外翻投迹，	偏偏当我投身到陇关外面，

渔阳复控弦。[62]	那渔阳的叛贼又把箭搭上弓弦。
笑为妻子累，	可笑我竟这样被妻儿拖累，
甘与岁时迁。	甘心随着岁月流逝走向暮年。
亲故行稀少，	世上的亲戚朋友们正一天天变少，
兵戈动接连。	战争却一场接一场相连。
他乡饶梦寐，	生活在异乡，夜晚常常做梦，
失侣自迍邅。[63]	失去了你们这样的伴侣，就更加困惑，步履艰难。
多病加淹泊，	我满身疾病加上漂泊多年，
长吟阻静便。[64]	又好吟咏诗词，妨碍了生活的清静安闲。
如公尽雄俊，[65]	而你们两位，才能都这么雄俊，
志在必腾骞。[66]	胸有大志，一定能展翅飞上青天。

注释：

① 贾司马，指贾至。当杜甫在门下省任左拾遗时，贾至任中书舍人，于乾元元年春末出任汝州刺史。乾元二年三月，围攻邺城的九节度使兵溃，贾至自汝州南奔襄、邓，因此受谴，贬岳州司马。严使君，指严武，在凤翔行在时，任给事中，还都长安后，拜京兆少尹，因受房琯的牵连，于乾元元年六月贬巴州刺史。两人在政见上与杜甫同属房琯一派，且为诗友，故关系密切。杜甫于乾元二年秋在秦州时，思念这两位老友，写了这首长诗。唐代的岳州属江南道，治巴陵县，即今湖南岳阳；唐代的巴州属山南道，治化城县，即今四川巴中。诗题中仍称两人为“阁老”，因为他们曾任中书舍人与给事中，按唐代习惯，可称阁老。

② 高步瀛选注的《唐宋诗举要》选了这首诗，“衡岳”作“衡狱”，明显是指南岳衡山。岳州距衡山尚远，但从远处秦州的杜甫看来，岳州与衡山在同一地区，所以可用“衡岳”来代岳州。诸旧本杜诗均作“衡岳”。译诗径写成“岳州”而不用“衡岳”一词。

③《仇注》引《南中志》：“鸟道四百里，以其险绝，特上有飞鸟之道耳。”

④ 译诗据字面译意。蔡梦弼曰：“言肃宗收复两京也。”

⑤ 荣枯，原意是植物的开花与萎谢，引申为人的富贵尊荣与蹭蹬失意。这诗句是说，两京收复，唐朝复兴了，但各人的遭遇不同，有幸有不幸。贾至、严武之被贬谪，是属于“枯”的一类。杜甫自己也属这一类。

⑥ 长沙才子，指贾谊。汉文帝时为博士，后受谗，不再用他的主张，派他到长沙，任长沙王太傅。这里以贾谊来喻贾至之被贬岳州。

⑦ 据《后汉书·逸民严光传》，严光归隐于富春江，后人称他垂钓处为严陵濑。诗中以“钓濑”来暗示严光的事。严光与光武帝有旧，光武称帝后，请严光到宫中，共卧一榻，光以足加帝腹上。明日，太史奏客星犯御座甚急。帝笑曰：朕与故人严子陵共卧耳。诗中的“客星”也是指严光。这句诗是以严光的归隐来比喻严武之被贬离京到巴州。

⑧ 趋行殿，指杜甫于至德二载到凤翔投奔肃宗行在事。

⑨ 捧御筵，指随侍皇帝，杜甫于至德二载五月，授左拾遗，成了肃宗的侍臣。

⑩ 李广为汉代名将，曾被匈奴所俘，置两马间，络而承之。这里借李广被俘暗示哥舒翰于天宝十五载六月在潼关大败后被俘的事。

⑪ 汉代张骞曾出使西域，争取乌孙诸国与汉朝建立紧密联系以“断匈奴右臂”。这里指当时唐朝亟需人出使回纥，争取回纥出兵助唐平叛。

⑫ 庾信《哀江南赋》：“非无北阙之兵，犹有云台之仗。”按“云台”为汉代宫中之台，绘有功臣像。这里以“云台”代唐朝宫室。仗，指皇帝之仪仗。《仇注》：“无台杖，明皇出奔。”

⑬《西京杂记》（卷上）：“武帝作昆明池，欲伐昆明夷，教习水战，池周回四十里。”《仇注》：“虚战船，西京失守。”

⑭《杜臆》：“‘城七十’用燕破齐事，盖禄山拥燕地，而所陷七十余城，则海岱齐地也。不欲明比之，故云‘苍茫’。”按叛军所陷之城在黄河以北，故译写作“河北七十个州城”。又“苍茫”，喻被叛军占领，一片昏暗。

⑮《仇注》：“剑三千，军士溃散。”指乾元二年三月唐军在邺城下的失败。

⑯ 这句诗是说安史叛军进攻西北，关中、河东俱受到威胁。

⑰ 旄头，妖星，这里借代叛军。涧瀍，二水名，俱流经洛阳附近。

⑱ 东汉末，董卓专权，王允与吕布谋诛卓。王允，是儒生出身。这里暗示杜甫自己不畏叛贼。蔡梦弼曰：“小儒，公（指杜甫）自谓。”

⑲ 前秦主苻坚发兵数十万攻东晋，晋遣谢石、谢玄等败坚于淝水，这就是著名的“淝水之战”。这里以苻坚来比喻安史，谓有识者能预料其必败。

⑳《山海经》述一小鸟名精卫，取西山木石填海。多用此来喻意志坚定的人。但这里却用来比喻叛乱者的妄想。

㉑《史记·殷本纪》：“帝武乙无道，为偶人，谓之天神，与之博，令人为行。天神不胜，乃僇辱之，为革囊盛血，仰而射之，命曰射天。”诗中用这个典故比喻安史的大逆不道。

㉒《元和郡县志》：“关内道凤翔府宝鸡县：陈仓山在县南十里。”诗中的“陈仓北”就是指凤翔，肃宗在那里建立了行都，故云“阴散”。

㉓ 太白，见第五卷《自京窜至凤翔喜达行在所三首》第三首注①。

㉔《史记·天官书》：“死人如乱麻。”乾元元年，郭子仪引兵渡河，在嘉获破安太清，太清退守卫州，子仪兵围卫州，安庆绪引兵来援，子仪以伏兵攻之，安庆绪大败。卫州，在黄河北岸，即今河南省之汲县，与相州相邻。

㉕ 燕，指河北范阳、渔阳一带，安史叛军的根据地。

㉖ 法驾，即御驾，借代皇帝。双阙，原意指宫门前相对的两个阙楼，这里借代皇宫。

㉗ 八川，指关中，因有泾、渭、灞、浐、酆、鄗、潦、潏等八条河川流经其地。

㉘ 杜甫时任左拾遗，随从在皇帝身边。《汉书·郊祀志》：“礼月之夕，奉引复述。”注：“韦昭曰：奉引，前导引车。”因此蔡梦弼曰：“奉引谓公为左拾遗，引导驾前还阙也。”但实际上，肃宗返京时，杜甫已去鄜州探家，十一月才回长安。因此“奉引”只是泛指侍从之臣。

㉙ 佳气，见第四卷《哀王孙》注⑫。《礼·内则》：“进退周旋慎齐”。意思是应接，与人们的相互交往。

㉚《书·牧誓》：“如虎如貔。”“貔虎”喻猛将。

㉛ 麒麟，御马名。据《杜阳杂编》（卷上），唐朝兴庆宫中藏有玉鞭，名“软玉鞭”，

为天宝年间外国所献。诗中所说，是盛称皇帝返京后的状况。

㉜ 入仗，指仪仗队进入宫中。

㉝ 钱谦益笺："上皇（指玄宗）教舞马百匹，衔杯上寿，禄山克长安，皆运载诣洛阳，收京后当复旧也。"译诗据此，就原诗句稍加申说。

㉞《仇注》引《旧唐书》："太庙为贼所焚，子仪复京师，权移神主于大内长安殿。上皇还，谒庙请罪。肃宗素服，向庙哭三日。"

㉟ 朝正，见第四卷《元日寄韦氏妹》注⑦。

㊱ 谢承《后汉书》："章帝分梁汉储米给民。"这里是指官吏的月俸米。梁汉，指梁州、汉川，米的产地。

㊲《汉书·宣帝纪》："本始二年春，以水衡钱为平陵徙民起宅第。"应劭曰："水衡与少府，皆天子私藏。"

㊳ 内蕊，宫内种的花。缬，音"谐"（xié），有花纹的丝织品。

㊴ 宫莎，宫内种的莎草。莎草，即香附子。

㊵《仇注》引赵注："书枉，言在禁掖时往来尺书也。"杜甫与贾至、严武虽同朝为官，朝夕相见，但也常通信论诗、寄诗，所以诗中这样说。

㊶ 元辅，指宰相。《尚书·大传》："古者天子必有四邻，前曰疑，后曰丞，左曰辅，右曰弼。"后遂以"辅弼元臣"来称宰相。

㊷ 大贤，指当时在朝廷掌握大权的大臣，如张镐、房琯等人。

㊸《诗·小雅·节南山》："秉国之均。"《汉书·律历志》引作"钧"。"钧"指统治权。

㊹《淮南子·览冥》："飞鸟铩羽"，许慎注："铩，残羽也。"这句诗是说贾至、严武被贬，如飞鸟折羽。联翩，指两人同时受谴贬官。

㊺ 禁掖，指中书省、门下省；朋从，指与房琯关系密切的贾至、严武和杜甫本人等。

㊻ 指杜甫被贬为华州司功的事。微班，指低级官吏。

㊼《汉书·史丹传》："上（汉元帝）寝疾，丹以亲密臣得侍视疾，候上闲独寝时，直入

卧内，顿首伏青蒲上涕泣。”注引孟康曰：“以青蒲为席，用蔽地也。”杜甫在凤翔时，为房琯辩护，曾使肃宗震怒，诏三司推问，为张镐所救解，始得免。这句诗是杜甫自述当时的心意。

㊽ 原宪，见第一卷《奉赠韦左丞丈二十二韵》注㉑。

㊾ 原作“伏虔”，显属错误，故改正为“服虔”。《后汉书·儒林传》：“服虔，字子慎，河南荥阳人也。入太学受业，有雅才，善著文论，作《春秋左氏传解》。”原宪、服虔，俱为杜甫自比。原宪贫困，服虔未能做官，杜甫的遭遇和他们相近。

㊿《论语·雍也》：“以与尔邻里乡党乎。”注：“万二千五百家为乡，五百家为党。”后多用“乡党”概称乡里。这句诗是说“家乡的人为什么要把我放在显著的地位加以尊敬”，是反问句，意思是不觉得自己有受到乡里人士尊敬的可能。

51 写蜀道之艰险，指严武之贬巴州。

52 写洞庭之美景，指贾至之贬岳州。

53 贾笔，指贾至写的散文。据《老学庵笔记》：“南朝词人谓文为笔。”贾至也能诗。这里可能是为了属对，以“贾笔”来对下面一句中的“严诗”。

54《诗·小雅·巷伯》：“萋兮斐兮，成是贝锦。”郑笺曰：“喻谗人集己过以成于罪，犹女工之集采色以成锦文。”

55 鲍照《白头吟》：“直如朱丝绳。”断弦，喻人之遭伤毁。

56 这两句诗以“浦鸥”喻贾、严等人，以“霜鹘”喻进谗陷害者。嘱两人提防被奸构陷。“不空拳”之“拳”，见第六卷《义鹘行》注⑦。

57 典郡，任州郡之长，指严武之任巴州刺史。微眇，即渺小。这是相对于严武之才能而言。严武任刺史，是大材小用了。与前一篇诗中说“诸侯非弃掷”，意在安慰者不同。

58 治中，即司马。据杜佑《通典》，隋开皇三年，改治中为司马；唐武德初，复为治中；高宗即位，改诸州治中并为司马。这是专对贾至说的，意不在安慰，而在惋惜。

59《庄子·大宗师》：“安排而去化，乃入于寥天一。”注：“安于推移而与化俱去，故乃入于寂寥而与天为一也。”郭璞诗：“漆园有傲吏”，所指即庄周。

⑥⓪《文选·归田赋》李善注："《归田赋》者，张衡仕不得志，欲归于田，因此作赋。"

⑥①《仇注》引《汉书》："楚元王敬礼穆生，常为设醴。及王戊即位，忘设醴，穆生退曰：'可以逝矣'。遂谢病去。"这句诗暗示杜甫弃华州司功官职西行的心理动机。

⑥②《仇注》："时史思明复返。"指乾元二年九月史思明之再陷东都。

⑥③《易·屯》："屯如邅如。""迍"同"屯"。《释文》："马曰：'难行不进之貌'。"

⑥④ 谢灵运《过始宁墅》诗曰："拙疾相倚薄，还得静者便。"这句诗是说，自己又好长吟，也妨碍了清闲的生活。长吟，指作排律这种格律严谨的长诗。

⑥⑤ 如，犹"而"。《大戴礼·子张问入官》："是故不赏不罚，如民咸尽力。"

⑥⑥ 腾骞，以雄鹰为喻，鼓励贾、严两人腾飞向上。

◎ 寄张十二山人彪三十韵[①]（五排）

独卧嵩阳客，[②]	您原是独自高卧在嵩山南面的隐士，
三违颍水春。[③]	离别了颍水已经三个春天。
艰难随老母，	在多灾多难的日子里跟随着老母，
惨澹向时人。[④]	忍受着艰苦、辛酸，和世上的人们周旋。
谢氏寻山屐，	您曾像谢灵运那样喜欢穿着登山屐到处游山，
陶公漉酒巾。[⑤]	也曾像陶潜那样，要滤酒就脱下头巾。
群凶弥宇宙，[⑥]	如今凶残的叛贼塞满天地之间，
此物在风尘。[⑦]	您喜爱的这些东西也跟着您在风尘中飘转。
历下辞姜被，[⑧]	记得当年在齐州，向你们友爱的兄弟告别，
关西得孟邻。[⑨]	后来到潼关西面，您又成了我的好邻居，相距不远。
早通交契密，	我们早年就是知交，友谊亲密，

晚接道流新。[10]	到老年和您来往，知道您钻研道术有了新进展。
静者心多妙，[11]	爱清静的人多半心灵聪慧，
先生艺绝伦。	先生的才艺在同辈中也很少见。
草书何太古，	草书怎么写得这样高古，
诗兴不无神。	诗兴一来，不会没有鬼神在您笔端。
曹植休前辈，[12]	曹植那样的诗人，怕也不能算作您的前辈，
张芝更后身。[13]	您作草书的本领，真像张芝再生。
数篇吟可老，	您的几篇佳作，我将会一直吟诵到老死，
一字卖堪贫。[14]	您的一个字卖了就能解救贫困。
将恐曾防寇，[15]	时时带着忧惧，提防贼寇侵袭，
深潜托所亲。	深深地潜隐，依靠着您所亲近的人。
宁闻倚门夕，[16]	晚上回家从来不太迟，免得母亲倚门等待，
尽力洁餐晨。[17]	天天尽力调理好饮食孝敬母亲。
疏懒为名误，	我生性疏懒，当初却为求功名误了青春，
驱驰丧我真。	到处奔走，丧失了我的纯真。
索居尤寂寞，	当我离群独居时特别怕寂寞，
相遇益愁辛。	可是和朋友相遇又增添愁苦悲辛。
流转依边徼，	飘流辗转来到这边塞地方寄居，
逢迎念席珍。[18]	接待过往的人们时，常想起您的才能实在值得爱珍。
时来故旧少，	在这些日子里，老朋友难得见到，
乱后别离频。	战乱之后，别离却更加频繁。
世祖修高庙，[19]	如今皇帝像光武帝那样重修祖庙，
文公赏从臣。[20]	像晋文公回国后那样，赏赐随同流亡的大臣。
商山犹入楚，	商山总是向楚地伸延，
渭水不离秦。[21]	渭水总是离不开三秦。
存想青龙秘，[22]	当您沉浸在冥想中时，有青龙把您严密守护，

骑行白鹿驯。[23]	要出门，有驯良的白鹿供您骑行。
耕岩非谷口，[24]	虽不是郑子真的谷口，岩下也有山田可供您耕种，
结草即河滨。[25]	在水边盖一座茅屋，就是河上公隐居的河滨。
肘后符应验，[26]	您收藏的肘后符一定很灵验，
囊中药未陈。[27]	您囊中的丹药还没有一一摆出来让人看清。
旅怀殊不惬，	我作客异乡感到很不惬意，
良觌眇无因。[28]	恐怕已不可能再同您相见相亲。
自古皆悲恨，	自古来人们都有悲伤和遗憾，
浮生有屈伸。	在短暂的人生旅途上有屈有伸。
此邦今尚武，[29]	这地方的人如今都崇尚武术，
何处且依仁？[30]	该到哪里去寻找我可以依赖的仁爱的人？
鼓角凌天籁，[31]	战鼓和号角声压过了自然音响，
关山倚月轮。[32]	被关山隔绝的人们，依靠这月轮传达深情。
官壕罗镇碛，[33]	市镇和沙碛上，到处是官军挖掘的壕堑，
贼火近洮岷。[34]	贼寇燃起的战火又向洮河岷山靠近。
萧瑟论兵地，[35]	这秋风萧瑟的边城，是兵家看重的战略要地，
苍茫斗将辰。[36]	这日色昏暗的天气，正是猛将鏖战的时辰。
大军多处所，	皇帝的大军在一处处地方扎营，
余孽尚纷纶。	叛贼的余孽还在纷扰不停。
高兴知笼鸟，	关在笼中的鸟雀有时也觉得高兴，
斯文起获麟。[37]	孔子看到麒麟被捕，伤心地绝笔，却从此开启后代的文明。
穷秋正摇落，	在这草木飘零的深秋时节，
回首望松筠。[38]	我回头眺望像松竹一般坚劲的您。

注释：

① 张彪，是一位从来未曾做官的隐士，故称他为山人。从这诗中可看出，杜甫年轻时代游齐鲁时就已和他结识，后来他移住嵩山颍水之间，距杜甫的家乡偃师不远。杜甫于天宝初住在陆浑山庄时，常与他来往。战乱后，避兵离开嵩颍。杜甫在秦州时得到了他的信息，就寄赠了这首诗给他。《唐诗纪事》：“彪，盖颍洛间静者，天宝末，将母避乱，尝有《北游酬孟云卿》及《神仙》等诗。”元结于乾元三年（760 年）所编的《箧中集》中也收有张彪的诗。施鸿保认为，第一卷《题张氏隐居》两首所咏的张氏，即张彪其人。在《旧唐书·李白传》及杜甫《杂述》一文中，曾提到“竹溪六逸”之一的张叔明和张叔卿，有人认为张氏即张叔明或张叔卿。从这首诗看，张彪兄弟曾同住历下（齐州），那么张彪很可能就是张叔明，因“彪”字义为“文”，与“明”相通。

② 嵩阳，嵩山之阳。嵩山，在洛阳东南，登封市北。

③ 颍水，发源于嵩山，东南流入淮河。张彪可能是在天宝十五载（756 年）六月潼关弃守前后离开颍水边的，到乾元二年（759 年），适逾三年。

④ 惨澹，指筹划之辛劳艰苦。时人，即“世人”。向时人，是说隐居好静的张彪为了奉养母亲，不得不违反本性和世俗人们打交道。

⑤ 谢灵运爱游山水，创制登山木屐；陶潜爱饮酒，常用头上戴的葛巾漉酒。诗中以此两物来表明张彪的性格与谢、陶相似。

⑥ 群凶，指安禄山、史思明辈。

⑦ 此物，指寻山屐、漉酒巾。在风尘，指逃难。

⑧ 历下，指齐州，即今之济南。《后汉书·姜肱传》载，姜肱与弟仲海、季江相友爱，常同被而眠。后世以“姜被”喻友爱的兄弟。

⑨ 浦起龙注：“关西，谓潼关以西，当指华州。朱注以为关陇之西，即指秦州，与后良觌无因相戾矣。”译诗从浦说。孟母三迁，是为了给儿子孟轲找个好的社会环境，依旧说就是选择好的邻居。后世遂以“孟邻”来称赞好邻居。又因为张彪系奉母亲同住，用“孟邻”更适合。

⑩ 道流，“道家者流”之简称，指信仰和研究道家学说的人。

⑪ 静者，隐士之别称，主要指修道者。译诗按字面写出。

⑫ 休，意思是“莫”。说曹植不能作为他的前辈，就是说他写的诗绝不比曹植差。这样的赞美，似太过分。但唐人作称颂人的诗，往往是这样夸张，大概是当时的风气。

⑬ 这句诗也就是说：“他更是张芝的后身。”后身，是佛教轮回说的用语。灵魂到人世间托附在人身上，死而不灭，再投胎转世，托附到另一人身上，前身，后身，是对同一个灵魂来说的。译诗写到“像张芝再生”，用“再生”一词，似乎比用“后身”的宗教迷信气息稍淡薄一些。张芝，字伯英，东汉书法家，擅长草书，人称草圣。

⑭《论语·雍也》：“人不堪其忧。”“堪”的意思是忍受，承担。这句诗是说靠卖字可以维持生活。

⑮《诗·邶风·谷风》：“将恐将惧。”防寇，指防安史叛军之骚扰。

⑯《战国策·齐策》：“王孙贾年十五，事闵王。王出走，失王之处。其母曰：‘女朝出而晚来，则吾倚门而望；女暮出而不还，则吾倚闾而望。’”倚门、倚闾，喻母望之切。这句诗是说张彪孝母，不会使母亲倚门而望。

⑰ 束皙补亡诗《南陔》：“馨尔夕膳，洁尔晨餐。”“馨”与“洁”，“夕”与“晨”，是互文，统言治膳之精美。这诗中仅说“洁餐晨”，实际是指奉母孝谨、治餐馨洁可口。

⑱《礼·儒行》：“儒有席上之珍以待聘。”席珍，指珍贵的人才，这里以“席珍”来称张彪。

⑲《文选·东京赋》：“我世祖忿之，乃龙飞白水，凤翔参墟。”注：“世祖，光武也。”《后汉书·光武纪》注：“礼：祖有功而宗有德，光武中兴，故庙称世祖。”又《光武纪》：“建武二年正月，立高庙于洛阳，四时祫祀。”这里，以“世祖”借代唐肃宗。乾元元年四月，建九庙成，肃宗自长安宫迎神主入新庙。

⑳ 晋公子重耳，出亡于外十九年，后还国为君，即晋文公，厚赏随从诸臣。诗中以此比喻肃宗还都后加功臣封爵的事。“世祖”“文公”两句，述战局扭转，两京收复。

㉑ 商山，即商洛山，亦名楚山，在商县东南。渭水，主要流经关中地区。这两句诗喻张彪留恋旧居之地，在两京收复后，过了一个时期又回到嵩山颍水边的故居。

㉒ 存想，是道家的一种修炼之术。《仇注》引《天隐子》：“存我之神，想我之身，闭目

即见自己之目，收心即见自己之心，则存想之术也。”看来，也是一种气功。青龙秘，也是道家之说，谓在练“存想”术时，有神物护持。《仇注》引《云笈七签》：“《老君存思图》：凡行道时所存清旦思，青云之气匝满斋室，青龙狮子备守前后。”

㉓ 道家传说，仙人常乘白鹿。以上两句诗是说张彪的修炼道术。

㉔《扬子法言》：“谷口郑子真，耕于岩石之下。”参看第一卷《郑驸马宅宴洞中》注⑥。

㉕ 据《神仙传》：河上公，不知其姓氏。汉文帝时，结草为庵于河滨，读《老子》。今传《道德经》有河上公注本。以上两句诗以道家的神仙来比喻张彪，赞美他研究道术得到很高成就。

㉖《仇注》引《神仙传》：“张道陵弟子赵升，七试皆过，乃授《肘后丹经》。”这是道术书，非医方。

㉗ 根据前面关于张彪为人的描述，“囊中药”也不应是一般医用药物，而是道家服食的丹药、仙药。

㉘ 良觌，见第四卷《白水崔少府十九翁高斋三十韵》注⑩。这里，“良觌”指与张彪的会见。

㉙ 此邦，指杜甫当时所居住的秦州。

㉚ 仁，指仁德者。依仁，与“里仁”意思相似。《论语·里仁》疏：“凡人之择居，居仁者之里，是为美也。”

㉛《庄子·齐物论》：“女闻人籁而未闻地籁，女闻地籁而未闻天籁夫?”天籁，指发于自然，不由人力、心智的各种音响，如风声、水声等。这句诗是说战争的鼓角声震天，盖过了一切自然的声音，喻战争的气氛十分浓厚。

㉜ 古有《关山月》之曲，表达征人思乡之情。这句诗是说在战乱时代，亲友多离散者，关山相隔，对月同悲。

㉝“官壕”一作“官场”。赵次公曰：“四镇皆置官场，收赋敛以供军需。”如作“官壕”，则指因战争而筑的壕堑之类。镇碛，当为“市镇”与“沙碛”（指市镇以外的沙砾荒地）。

㉞ 洮岷，指洮州、岷州或洮河、岷山，都在陇西，距秦州不远。

㉟ 论兵地，指兵家重视的险要地区。浦起龙："'论兵地'犹言当日相与聚谈处也。"这是望文生义之谈，不足取。

㊱ 斗将辰，指战争猛烈进行的时刻。施鸿保在《读杜诗说》中据《池北偶谈》所引《剧谈录》："白敏中讨吐蕃，有酋将出召汉军斗将"等资料说："此诗'斗将'，当亦然，谓两军既立，各以将出斗也。"这与小说中所描写的两军对阵，各以战将出斗的情况相同，不知符合事实否，姑存其说。

㊲《春秋》："鲁哀公十四年春，西狩获麟。"孔子作《春秋》遂于此绝笔。《仇注》："穷如获麟，可起斯文。"这样的理解是对的。但"斯文"的意思，不仅是狭义的文学，而应指全部社会文化，即"文明"。从这句诗中可看出，杜甫并不因个人之途穷而消沉，他看到社会的总的发展方向是进步，是日益光明。

㊳ 松筠，即松、竹。古代以松竹作为高风亮节者之象征。这诗里以"松筠"借代张彪。

◎ 寄李十二白二十韵[①]（五排）

昔年有狂客，[②]	当年有个人自号"四明狂客"，
号尔谪仙人。	称您是贬谪到人间来的仙人。
笔落惊风雨，	您一动笔，像疾风暴雨使人震惊，
诗成泣鬼神。[③]	写成的诗篇，能把鬼神感动得流泪呻吟。
声名从此大，	您的名声从此盛大，
汩没一朝伸。	长久被埋没的郁愤顿时消尽。
文彩承殊渥，	您靠文采得到皇上特殊的恩遇，
流传必绝伦。	流传的诗篇真是超越群伦。
龙舟移棹晚，[④]	皇上在龙船上召见您，为您延迟了启行的时刻，
兽锦夺袍新。[⑤]	御前赛诗，您夺得了簇新的兽锦袍一领。
白日来深殿，	白天，您奉召走进深深的殿廷，

青云满后尘。[6]	多少身登青云的大官紧跟在您身后趋行。
乞归优诏许，[7]	皇帝接受您的请求让您回山林，
遇我宿心亲。[8]	您初次见到我对我像老朋友一样亲近。
未负幽栖志，	您终于没有违反归隐的志愿，
兼全宠辱身。[9]	总算保全了您经受过一切宠辱的生命。
剧谈怜野逸，[10]	那样健谈，您的狂放令人爱怜，
嗜酒见天真。	又那样酷爱饮酒，显得多么天真。
醉舞梁园夜，[11]	我记得和您在梁园醉舞的夜晚，
行歌泗水春。[12]	还有那个春天，我和您在泗水边散步歌吟。
才高心不展，	您才能这么高，心情却不能舒展，
道屈善无邻。[13]	您的主张不能实现，品德再好也没人和您亲近。
处士祢衡俊，[14]	祢衡那样俊秀，却从来没有做官，
诸生原宪贫。[15]	原宪那样一辈子读书仍旧清贫。
稻粱求未足，	生活必需的稻粱还没有求得满足，
薏苡谤何频。[16]	无中生有的诽谤却接连来个不停。
五岭炎蒸地，	五岭那地方多么郁蒸炎热，
三危放逐臣。[17]	您被流放到那里像流放三危的逐臣。
几年遭鵩鸟，[18]	贾谊被贬到长沙那样的愁苦生活您将过多少年？
独泣向麒麟。[19]	您也许会像孔子那样独自流泪，对着被人捕获的麒麟。
苏武元还汉，[20]	苏武虽然被留在匈奴，但他的本心是回归大汉，
黄公岂事秦。[21]	隐居商山的夏黄公哪里肯做秦国的谋臣？
楚筵辞醴日，[22]	您一定像穆生那样，有过向楚元王辞别的念头，
梁狱上书辰。[23]	也曾像邹阳那样在狱中上书陈情。
已用当时法，	既然已经按照当时的法令定罪，
谁将此议陈？[24]	又有谁能把我的这些看法向皇上奏明？

老吟秋月下，	如今您老了，还在秋月下吟诗，
病起暮江滨。	可还能抱着病起来散步，在傍晚的江滨？
莫怪恩波隔，	别埋怨皇上的恩情被隔绝，
乘槎与问津。[25]	我要乘槎上天为您打听一条路径。

注释：

① 李白受永王璘事件牵连以后的情况，在第七卷《梦李白二首》第一首注①中已作了介绍。杜甫一直怀念李白，但仍未得到他的消息，于是在写《梦李白二首》以后又写了一首《天末怀李白》（第七卷）。至于这一首诗，旧时注家多认为也是在秦州时所作。从内容看，杜甫对李白的近况已有所了解，而且知道了他的地址，所以才写了这首寄赠给他的长诗。郭沫若在《李白与杜甫》一书中说："'老吟秋月下，病起暮江滨'两句，很明显地表明是李白在宝应元年（762 年）即行将去世的一年在当涂养病的情形。这诗毫无疑问是这一年的秋天做的。当时杜甫在梓州，但他的兄弟杜占在成都草堂，经常在成都与梓州之间往还，因此杜甫对于外界的消息是比较灵通的。"这一见解可供参考。不过，从这诗中所说情况看，似乎尚不知李白被赦的事，因此浦起龙订为乾元初作于华州，也是有道理的。总之，要确定这诗的准确写作时间、地点尚有待于进一步的研究。

② 狂客，指贺知章。《旧唐书・贺知章传》："知章自号四明狂客。"又李白《对酒忆贺监诗序》："太子宾客贺公，于紫极宫一见，呼予为谪仙人。"

③ 范传正《唐左拾遗翰林学士李公新墓碑文》（唐代宗曾授李白左拾遗，时李白已死）："贺知章吟公《乌栖曲》云：此诗可以泣鬼神矣。"古代常以"泣鬼神"来赞美人的伟大创造。如说仓颉造字时，"天雨粟，鬼夜泣"（《淮南子・本经》）等。

④ 李白于天宝元年到长安，受到唐玄宗的厚遇，做了翰林院待诏，曾出入宫廷，奉诏写了一些歌颂宫廷生活的诗篇。据范传正《新墓碑文》："玄宗泛白莲池，皇欢既洽，召公作序，时公已被酒翰苑中，命高将军扶以登舟。"这就是"龙舟移棹晚"所反映的事实。

⑤《仇注》引《旧唐书》："武后令从臣赋诗，东方虬先成，赐以锦袍。宋之问继进诗，尤工，于是夺袍赐之。"唐玄宗时，也可能有类似的赛诗活动，李白或曾有夺袍之

事，但史无记载。

⑥ 扬雄《解嘲》："当涂者升青云，失路者委沟渠。"译诗据此。但《仇注》却认为"'青云满后尘'，指文士之追随者。"紧接前一句"白日来深殿"之后，"青云"当指贵官，仇说恐误。

⑦《仇注》引《唐书》："白为高力士所谮，自知不为亲近所容，恳求还山，帝赐金放还。"

⑧ 杜甫与李白于天宝三载（744 年）在东京洛阳第一次见面，在李白"放还"以后。一见如故，故曰"宿心亲"，"宿"一作"夙"。

⑨ 宠辱，指李白之一度被唐玄宗重视和参加永王璘的幕府后所受的惩罚。

⑩《论语·雍也》："质胜文则野。""野"指朴质、任性。"逸"指不受拘束。

⑪ 梁园，汉梁孝王所筑之园，名为"兔园"，又称"梁园""梁苑"。汉枚乘，梁江淹各有《梁王兔园赋》，地点在今商丘境。

⑫ 泗水，流经兖州。李白于天宝四载（745 年）与杜甫在兖州会见，同游甚密。

⑬ 善，指品德之美。《论语·里仁》："德不孤，必有邻。"诗中则表明了相反的情况，品德虽好，却无邻。这是为李白诉冤。

⑭ 祢衡，见第二卷《敬赠郑谏议》注⑬。

⑮ 原宪，见第一卷《奉赠韦左丞丈二十二韵》注㉑。此两句以祢衡、原宪比喻杜甫。

⑯《仇注》引《马援传》："援征交趾，载薏苡种还，人谤之，以为明珠大贝。""薏苡谤"就是用这典故，译诗略去了这个典故，只用了"诽谤"一词。

⑰"五岭""三危"两句都是指李白被流放夜郎。五岭，即今南岭山脉。《书·舜典》："窜三苗于三危。"三危究竟在何处，诸说不一。诗中以"五岭""三危"来比喻李白被流放到极偏远落后的地区，并非准确指出他的放逐处所。

⑱ 遭鹏鸟，用贾谊贬长沙而悒郁事，见第六卷《题郑十八著作丈故居》注③。

⑲ 见本卷《寄张十二山人彪三十韵》注㊲。又《公羊传》："孔子反袂拭面，涕沾袍曰：'吾道穷矣。'"

⑳ 苏武，见第六卷《题郑十八著作丈故居》注④。

㉑ 黄公，指商山四皓之一的夏黄公。见第五卷《收京三首》第二首注②。这句和上一句诗是为李白参加永王璘幕府的事辩护，说他是被迫，不是出于本意。

㉒ 见本卷《寄岳州贾司马六丈巴州严八使君两阁老五十韵》注⑥①。这里用这典故，是说李白曾想离开永王璘，这也是为李白辩护之词。

㉓ 西汉邹阳，被梁孝王囚于狱中，邹阳自狱中上书自陈，终被释放。李白于至德二载（757 年）被囚浔阳狱中曾写了《狱中上崔相涣》《万愤词投魏郎中》《百忧章》等诗为自己剖白。

㉔ 这两句诗是说至德二载十一月李白被定罪长流夜郎，事已至此，上面为李白辩解的那些理由又有谁再去向皇帝奏陈呢。杜甫当然不会忘记，他就是由于为房琯辩解而得罪肃宗，遭到贬官的。

㉕“乘槎”用张骞乘槎寻河源误入天河典，见第七卷《秦州杂诗》第八首注①。这句诗是安慰李白，说要设法寻找门路，在朝廷中请人帮助改变李白的不幸处境。

◎ 所思[①]（五律）

郑老身仍窜，	郑老还在过着流放的生活，
台州信始传。	台州来的信使刚把他的消息传来。
为农山涧曲，	他在深山涧水隐曲处务农，
卧病海云边。	生了病，躺在白云下的海边。
世已疏儒素，[②]	世人早已对他这位贫苦儒生疏远，
人犹乞酒钱。[③]	可也还有人送给他买酒的钱。
徒劳望牛斗，	我徒劳地遥望冲向斗牛间的剑气，
无计斸龙泉。[④]	实在没法去挖掘那埋藏在地下的龙泉宝剑。

注释：

① 诗题下有原注："得台州司户虔消息。"郑虔于至德二载十二月贬台州司户参军。杜甫与他感情深厚，多次写诗怀念他。这是又一首怀念他的诗。旧编此诗于乾元二年。

②《续晋阳秋》："孔安国少而孤贫，能善树节，以儒素见称。"儒素，指儒生之清贫生活。

③ 第三卷《戏简郑广文兼呈苏司业》："赖有苏司业，时时乞酒钱。"乞，见该诗注②。这句诗表明，郑虔贬台州后，仍有人给他一些接济。

④ 这两句诗把郑虔比作被埋地下的宝剑，惜其有才不能见用于世。参看本卷《秦州见敕目薛三璩授司议郎毕四曜除监察与二子有故远喜迁官兼述索居凡三十韵》注㉘。

◎ 别赞上人[①]（五古）

百川日东流，	千百条河川日夜不停向东流，
客去亦不息。	远方来的客人也不断地离去。
我生苦漂荡，	我这辈子苦于长久漂流不定，
何时有终结。	不知哪天才能有个了结。
赞公释门老，	赞公是佛门的长老，
放逐来上国。[②]	遭到放逐，从京都来到这里。
还为世尘婴，[③]	他竟也陷进了尘世的罗网，
颇带憔悴色。	面容也变得这样憔悴。
杨枝晨在手，	手攀杨柳枝，好像是早晨的事，
豆子雨已熟。[④]	一阵雨下过，已到豆子成熟时节。
是身如浮云，	我们这身子也和浮云一样，
安可限南北。	怎么能限定它往南还是往北。

异县逢旧友，	在异乡遇见您这位老友，
初欣写胸臆。[5]	那时真高兴，曾写出心中的喜悦。
天长关塞寒，	天长地远，边塞多么寒冷，
岁暮饥冻逼。	年底到了，饥饿、严寒一起相逼。
野风吹征衣，	旷野上的风吹动旅人的衣衫，
欲别向曛黑。	将分别时，天色已将昏黑。
马嘶思故枥，	马在嘶叫，是思念原来的马厩？
归鸟尽敛翼。[6]	归林的鸟都已收敛起双翼。
古来聚散地，	这地方古代常有人们会聚分离，
宿昔长荆棘。[7]	几年以前却长满了荆棘。
相看俱衰年，	看看我们两个都到了衰老的年纪，
出处各努力。[8]	不论是为国效劳还是退隐，我们两个都该竭尽全力。

注释：

① 赞上人，也是因为政见与当权者有抵触而被贬谪到秦州。他和杜甫的关系是很亲密的，杜甫从叛军占领下的长安逃出来以前，曾在大云寺赞公住处小住，据说就是为逃亡作准备。杜甫到秦州后，也常和赞公来往，杜甫集中有好几篇与赞公有关的诗。参看第四卷《大云寺赞公房四首》和第七卷《宿赞公房》《西枝村寻置草堂地夜宿赞公土室二首》《寄赞上人》等诗。乾元二年十月，杜甫离开秦州到成州去，临行前写了这首向赞上人告别的诗。诗中透露出离开秦州的原因是“岁暮饥冻逼”，由此可看出杜甫当时生活的困苦。

② 来上国，意思是“来自上国”。上国，指京都长安。

③ 这句诗是说赞上人受到尘俗事情的牵累，暗示他被贬谪到秦州有政治上的原因。

④ 这两句诗都是引用佛经里的话。《华严·净行品》：“手执杨枝，当愿众生皆得妙法，究竟清净。”《华严疏钞》：“譬如春月，下诸豆子，得暖气色，寻便出土。”诗中这些话，意思是说时间过得很快。

⑤ 上一句诗和这一句诗是回忆初到秦州时杜甫与赞上人的交往和作诗赠赞上人的事，

参看注①。

⑥“马嘶”“归鸟”两句，托物比兴。人虽念故乡，思安宁，却仍要流浪奔波，不能按自己的意愿行动。

⑦秦州，在通往西域的大路上，唐代繁荣时期，秦州过往旅客很多，十分热闹，天宝乱后，与西方的交通断绝，秦州附近萧条荒芜。杜甫想到这些，有无限感慨。

⑧《仇注》：“各努力，赞善于‘处’，公难于‘出’也。”其实赞公和杜甫都有“出处”的问题。出，不仅意味着做官，赞公身在佛门，干预政事，也是“出”；杜甫虽已辞官，是“处”于山林，但他还是盼望能够“出”而济世。

◎ 两当县吴十侍御江上宅[1]（五古）

寒城朝烟淡，	寒冷的城头上笼罩着淡淡晨烟，
山谷落叶赤。	红色的落叶在山谷中堆积。
阴风千里来，	北风从千里外吹来，
吹汝江上宅。	吹过您临江的住宅。
鹍鸡号枉渚，[2]	鹍鸡在回曲的江岸上哀号，
日色傍阡陌。	日光挨着纵横的田间道路斜射。
借问持斧翁，[3]	请问您这位做过侍御的老人，
几年长沙客？[4]	在长沙已寄居了多少年月？
哀哀失木狖，[5]	失去林木的猿狖啼叫得多么悲切，
矫矫避弓翮。[6]	躲避弓箭的鸟群正向天空高飞。
亦知故乡乐，	谁都知道生活在故乡最安乐，
未敢思宿昔。	可是往事却不敢再追忆。
昔在凤翔都，	当年我们在行都凤翔，

共通金闺籍。[7]	一起在朝廷里任职。
天子犹蒙尘，[8]	皇上还在蒙难，
东郊暗长戟。[9]	行都东面长矛遮天蔽日。
兵家忌间谍，	指挥军事最嫌忌间谍，
此辈常接迹。	这种人常和良民混杂一起。
台中领举劾，[10]	御使们负责检举弹劾，
君必慎剖析。	您总是仔细小心地辨别。
不忍杀无辜，	不忍心让无辜的人被杀，
所以分白黑。	因此您一定要分清黑白。
上官权许与，	上级长官随意决断，
失意见迁斥。	不称他的心就要遭到降职逐斥。
朝廷非不知，	朝廷并不是不知道这一切，
闭口休叹息。	您就闭上嘴吧，连叹息也不必。
仲尼甘旅人，[11]	孔夫子还甘心到处飘游，
向子识损益。[12]	向子平读《易经》对“损”“益”两卦深有体会。
余时忝诤臣，[13]	那时我忝居谏官的位置，
丹陛实咫尺。	距离御座不过咫尺。
相看受狼狈，	眼看您处境十分狼狈，
至死难塞责。	这责任我至死也不能推卸。
行迈心多违，[14]	走在路上我心里惶惶不安，
出门无与适。	出门也不知该找谁，和谁在一起。
于公负明义，[15]	对您我没有能做到仗义执言，
惆怅头更白。	想起这事心中惆怅，头发就更白。

注释：

① 第十卷有《范二员外邈吴十侍御郁特枉驾阙展待聊寄此作》一诗，这诗题中的吴十

侍御，当即为吴郁。吴郁与杜甫在凤翔时同在朝中任职，当时吴因冤案受到错误处理，杜甫知情却无法援救，心中一直感到遗憾。吴郁有宅在秦州东南之两当县（属凤州）。杜甫于乾元二年十月离秦州去成州同谷县，经过两当，看到吴郁的住宅，不禁想起凤翔旧事，就写了这首诗。两当县故城在今甘肃省两当县东，与陕西凤县接界。因县境有两当水，故名。自秦州至同谷（成县），似可不经过两当，唐时交通不便，可能须绕道而行。

②“鹍鸡”“枉渚”，在《楚辞》中都出现过，但在这里只是写实，而不是用典。鹍鸡，据古注，是一种形状像鹤的黄白色的鸟。枉渚，是古代地名，这里是通名，指弯曲的河岸。

③《汉书·王䜣传》：“绣衣御史暴胜之，使持斧逐捕盗贼。”这里所说的“持斧翁”，就是指御史。

④ 长沙客，意思是客居长沙。《杜臆》据此句认为吴十侍御当时寓居长沙。也可能只是用贾谊谪长沙事。

⑤ 狖，音“又”（yòu）。即长尾猿，又名黑猿。

⑥ 翮，原义是鸟羽的根部，这里用来借代鸟。

⑦ 金闺，指“金马门”，原为汉朝的宫门名。后用来代表朝廷。谢朓《始出尚书省》诗：“既通金闺籍，复酌琼筵醴。”通金闺籍，就是指在朝廷中任官职。关于“通籍”，可参看第三卷《奉赠太常张卿垍二十韵》注⑮。

⑧ 这句诗是指安史之乱开始后，皇帝逃亡在外，不在京城宫中。

⑨ 东郊，指行都凤翔的东面。暗长戟，喻敌兵气焰逼人。

⑩ 台，指御史台。这句诗是说御史台有肃清内部暗藏的敌人间谍的任务。

⑪ 仲尼，即孔丘，孔子。孔子周游列国，诸侯各国都不任用他。

⑫《仇注》引《后汉书》：“向长，字子平，读《易》至‘损’‘益’卦，喟然叹曰：‘吾已知富不如贫，贵不如贱，但未知死何如生耳。’”这些话里，包含着辩证的观点，但也流露出对人生的消极态度。

⑬ 当时杜甫任左拾遗，是谏官。

⑭《诗·王风·黍离》："行迈靡靡"，行迈，即行走。《诗·小雅·谷风》："中心有违"，违，"离"也。意思是说自己的言行违反了自己的心意。意译为"惶惶不安"。

⑮ 明义，伸张正义。负明义，指未能伸张正义。

◎ 发秦州[①]（五古）

我衰更懒拙，	到了衰老之年我就更懒更笨拙，
生事不自谋。	谋生的本领却从来也没有。
无食问乐土，[②]	没有食粮就要另找乐土，
无衣思南州。[③]	没有衣穿就想起南方的郡州。
汉源十月交，[④]	刚到十月的嘉陵江源头，
天气如凉秋。	天气仍像凉爽的深秋。
草木未黄落，	草木还没有枯黄凋谢，
况闻山水幽。	又听说那里山清水秀。
栗亭名更嘉，[⑤]	栗亭这地名听起来就叫人喜欢，
下有良田畴。	山下有肥沃的田畴。
充肠多薯蓣，[⑥]	能充饥的薯蓣生得多，
崖蜜亦易求。	山崖间的野蜂蜜也容易寻求。
密竹复冬笋，	稠密的竹林里还有冬笋，
清池可方舟。[⑦]	清清的池水里可以并排行舟。
虽伤旅寓远，	虽然到那里旅居嫌太僻远，
庶遂平生游。	但也满足了平生愿望，能到处漫游。
此邦俯要冲，[⑧]	秦州这个城邑下临大道，
实恐人事稠。	官员频繁来往，为应酬太多发愁。

应接非本性，	接待客人不合我的本性，
登临未销忧。	登高远眺也不能消解心上的烦忧。
溪谷无异石，	这儿的溪谷里没有奇异的岩石，
塞田始微收。⑨	山田只能得到薄收。
岂复慰老夫，	这哪里能让我得到慰藉，
惘然难久留。	在这里我惘然若失，实在难久留。
日色隐孤戍，	阳光在一处戍垒后面隐没，
乌啼满城头。	啼叫的乌鸦站满城头。
中宵驱车去，	半夜里我驾着车离开，
饮马寒塘流。	在寒冷的塘边饮马，流水静悠悠。
磊落星月高，	明亮的星月高高挂在天上，
苍茫云雾浮。	云雾在苍茫的空中飘浮。
大哉乾坤内，	啊，这天地之间多么宽阔，
吾道长悠悠。	我的道路也总是这样没有尽头。

注释：

① 诗题下有原注：“乾元二年，自秦州赴同谷县纪行”。杜甫原想在秦州安居，经过三个多月，发现在秦州很难维持生活，就决定南去同谷，于十月间出发。同谷是属于成州的一个县，就是现在甘肃省成县，距秦州两百余里。杜甫一路上写了不少纪行诗，这是其中的第一首。

②《诗·魏风·硕鼠》：“逝将去汝，适彼乐土。”笺：“乐土，有德之国。”这诗句中指不愁衣食、可以安居的地方。

③ 南州，泛指南方的州郡。

④ 成州处嘉陵江的上游。嘉陵江上游又称西汉水。汉源，嘉陵江的源头。

⑤《杜臆》引《一统志》：“栗亭在成县东五十里，魏时置栗亭县。”参看第九卷《木皮岭》注②。

⑥ 薯蓣，即山药，可供馔，亦可入药。

⑦ 方舟，两船相并。《尔雅·释水》“大夫方舟”，注：“并两船”。

⑧ 此邦，指秦州。

⑨ 塞田，山田。《仇注》：“塞田带沙，故薄收。”

◎ 赤谷[①]（五古）

天寒霜雪繁，	天这样寒冷，霜雪频繁，
游子有所之。	漂泊的行人要走向自己的目的地。
岂但岁月暮，	岂但一年已将到年底，
重来未有期。[②]	什么时候再来，也遥遥无期。
晨发赤谷亭，	清晨从赤谷亭出发，
险艰方自兹。	艰险的道路，这里只不过是开始。
乱石无改辙，	到处是乱石，想另走条路也不成，
我车已载脂。[③]	我的大车要加些润滑油才能行驶。
山深苦多风，	深山里风不停地刮，真令人厌，
落日童稚饥。	太阳落山时，孩子们都叫肚饥。
悄然村墟迥，	四处静悄悄，离村落还很远，
烟火何由追。[④]	想寻找烟火，也不知该走向哪里。
贫病转零落，	又穷又病，已经失去生意，
故乡不可思。	故乡连想也不必想起。
常恐死道路，	常担心在半路上死去，
永为高人嗤。[⑤]	一直要受高人雅士们嘲笑讽刺。

注释：

①《仇注》引《一统志》："赤谷在巩昌府秦州西南七里，中有赤谷川。"据这诗中所说，赤谷又称赤谷亭。按《说文》，"亭，停也，人所停集也。凡驿亭、邮亭、园亭，并取此义为名。"又《汉书·百官公卿表》："十里一亭，十亭一乡，亭有亭长。"赤谷亭大概是一处小集镇。前一首诗说："中宵驱车去"，走了七里路到赤谷，稍休息后又从赤谷出发，故这诗中有"晨发赤谷亭"之句。第七卷《赤谷西崦人家》所写的"赤谷西崦"，距城不远，颇具田园之美，杜甫曾留在那里过夜。"西崦"大概就在这赤谷亭附近。

② 杜甫漂泊半生，行踪不定，但他始终留恋故乡，盼望有一天能回家。这句诗所说的"重来"，是说将来回乡时，还要从这条路东行，但不知在何时。

③《诗·邶风·泉水》："载脂载舝（同'辖'）"。"载脂"指在车轴加脂油以资润滑。

④《左传·宣十二年》："军行，右辕，左追蓐。"注："在左者，追求草蓐，为宿备。"诗中谓"追烟火"，指寻找人烟，也是备宿。

⑤《杜臆》："公弃官而去，意欲寻一隐居，如庞德公之鹿门，以终其身，而竟不可得，恐死道路，为高人所嗤。'高人'，正指庞公辈也。""庞公辈"高人何得嗤笑流亡道路而死的人？诗中所说的"高人"，是假隐士一流人物，说怕被他们嗤笑，实际上正是对这般"高人"的揭露。他们或者舒舒服服地在山林中归隐，或者堂堂皇皇地在朝廷上做官，决不会像杜甫这样为衣食奔走，驰驱道路。

◎ 铁堂峡[①]（五古）

山风吹游子，	阵阵山风向旅人吹来，
缥缈乘险绝。[②]	我开始向烟雾茫茫的险峻山顶攀陟。
硖形藏堂隍，[③]	峡谷像一座深藏的殿堂，
壁色立精铁。[④]	石壁陡峭，像黑亮的纯铁般矗立。
径摩穹苍蟠，	山径盘旋，一直通向苍天，

石与厚地裂。	从岩石到深厚的地层尽都坼裂。
修纤无垠竹，	纤细修长的山竹一望无边，
嵌空太始雪。⑤	嵌入天空的是亘古不融的积雪。
威迟哀壑底，⑥	在危险的深谷底迂回曲折地前进，
徒旅惨不悦。	同行的人们心中都感到凄惨抑郁。
水寒长冰横，	长长的冰块横在寒冷的水面，
我马骨正折。	我的马劳累得筋骨断折。
生涯抵弧矢，⑦	这一辈子正遇上了战乱，
盗贼殊未灭。	盗贼至今还没有消灭。
飘蓬逾三年，⑧	像蓬草一样飘转了三年多，
回首肝肺热。	回顾往事，好像烈火正烧炙我的肝肺。

注释：

① 铁堂峡是杜甫从秦州到同谷经过的一处险要山谷。石壁陡峭，色如精铁，人行谷底，如在厅堂中，故名铁堂峡。经过这个峡谷底部，然后再登上山岭。在谷中，人感到自然界对自己的威逼和压力，诗人把这种压抑感和自己的不幸遭遇结合在一起表达了出来。

② 这句诗如按正常的语序，应作“乘缥缈（之）险绝”。这是写人走过峡谷中，将要从峡谷攀登山岭。

③“硖”通“峡”。《西京杂记》：“文帝为太子立思贤苑，以招宾客。苑中有堂隍六所。”“堂隍”也可写作“堂皇”，指巨大的宫殿，有人说“室无四壁曰‘皇’”。

④ 这句是说峡谷的石壁色黑如精炼的铁。

⑤《列子·天瑞》：“太初者，气之始也；太始者，形之始也。”这里说的是高峰上从古以来堆积的雪，也就是指终年不融的雪。

⑥ 颜延之《秋胡》诗：“行路正威迟。”威迟，路远貌。也有人说是指路险。

⑦《仇注》引赵注：“抵，当也。抵弧矢，谓当用兵之时。”弧矢，星名，也称“弧”，

在狼星东南。参看第五卷《送樊二十三侍御》注②。

⑧ 从至德二载（757 年）杜甫自长安奔凤翔，乾元二年（759 年）自华州到秦州，再离秦州南行，三年间奔波不定，故说有如飘蓬。

◎ 盐井[①]（五古）

卤中草木白，[②]	盐碱地上草木白色一片，
青者官盐烟。	那青色的是煮官盐冒的烟。
官作既有程，	给官府做工有规定的限期，
煮盐烟在川。	煮盐的烟一直萦绕着川原。
汲井岁搰搰，[③]	一年到头从井里往外用力地汲水，
出车日连连。	整天来往不绝的小车忙着运盐。
自公斗三百，	从公家买来每斗三百钱，
转致斛六千。[④]	转手卖给别人每斛卖六千。
君子慎止足，[⑤]	君子该知道满足，
小人苦喧阗。	小人才吵吵嚷嚷争个没完。
我何良叹嗟，	我又何必这样长久叹息，
物理固自然。[⑥]	人世间的道理原来就是这般。

注释：

① 唐代成州有盐井。钱谦益笺引《元和郡县志》："盐井在成州长道县东三十里，水与岸齐，盐极甘美。"杜甫去成州时，从盐井旁经过，看到煮盐的繁忙景象，听到贩运者谋利的情况，有感而作此。

② 卤，据《说文》，指西方咸地，东方谓之斥，西方谓之卤，即含盐分多的土地。译诗中写作盐碱地。

③“搰”音“枯”（kū），搰搰，用力貌。《庄子・天地》：“搰搰然用力甚多而见功寡。”

④《仇注》引《玉篇》注：“十斗为斛。”古代以“十斗为斛”，后来才逐渐改变为五斗为“斛”，十斗为“石”。诗中说从公家买盐每斗三百钱，转卖价十斗六千钱，可得一倍之利。

⑤“君子”与“小人”，实际上是古代社会的两大阶级。统治者与地主、富商都是君子，广大农民与手工业者、小商贩等是小人。把持官盐买卖者是君子，从事生产食盐的劳动者是小人。

⑥ 杜甫认识到贩卖官盐加倍得利等等俱为客观存在的事实，一切存在的都是合理的，与黑格尔的著名论断相合。但杜甫对这些现象是感到愤慨的，说这是“理之固然”，不过是自解之词，因为他在这些现象前面毫无力量，不能有所作为。当杜甫这样想时，心中必然是痛苦的。

◎ 寒峡[①]（五古）

行迈日悄悄，[②]	走啊，走啊，每天心里充满忧烦，
山谷势多端。	山岭、溪谷，地势变化多端。
云门转绝岸，[③]	从云雾缭绕的峡口转向峭峻崖岸，
积阻霾天寒。	在重山阻塞、道路难行的地方，又遇上阴云密布的寒天。
寒峡不可度，	这寒峡真是没法走过，
我实衣裳单。	我身上的衣裳也实在太单。
况当仲冬交，	何况如今已到仲冬季节，
泝沿增波澜。[④]	不论逆水、顺水，波涛都更危险。
野人寻烟语，[⑤]	看到炊烟，想找个山里人谈谈，

行子傍水餐。	靠近水边，行人坐下进餐。
此生免荷殳，⑥	我这一辈子总算免去了荷戈服役，
未敢辞路难。	就别再嫌旅途上的艰难。

注释：

① 寒峡不一定是专名，杜甫自秦州去成州的途中，经过一处寒冷的峡谷，就称它为寒峡。旅途非常艰苦，但一想到战乱的年代广大人民被征服役，也就不觉其苦。从这里也可看出杜甫时时刻刻把人民疾苦放在心上。

② 行迈，见本卷《两当县吴十侍御江上宅》注⑭。《诗·邶风·柏舟》：“忧心悄悄。”悄悄，忧愁貌。

③《仇注》引《蜀都赋》：“指渠口以为云门。”云门，指山谷峡口云雾聚集的地方，不是专名。

④ 泝，逆水行。沿，顺水行。

⑤ 野人，山野之居民，多指农民。译诗中写成“山里人”。

⑥ 殳，音“书”（shū），古代的一种长柄兵器。为了理解的方便，译诗中写成“戈”，这是一种最常见的古代兵器，与“殳”不同。

◎ 法镜寺① （五古）

身危适他州，	怕保不住性命才至另一处州郡去，
勉强终劳苦。	虽然勉强支撑着，毕竟疲劳辛苦。
神伤山行深，	在深山里赶路心中感到凄凉，
愁破崖寺古。	突然看到山崖上有座古寺，我的愁思顿时破除。
婵娟碧藓净，②	碧绿的苔藓，美丽而明净，

萧摵寒箨聚。[3]	寒风把遍地竹叶笋壳吹聚到一处。
回回山根水，[4]	曲曲弯弯的涧水绕过山脚，
冉冉松上雨。	轻烟般的蒙蒙细雨笼罩着松树。
泄云蒙清晨，	清晨山谷中泄出的云雾在空中弥漫，
初日翳复吐。	它遮住初升的太阳，又把它吐出。
朱甍半光炯，[5]	朱红色的屋脊有一半炯炯发光，
户牖粲可数。	窗户也那么明亮，能一扇扇地数。
拄策忘前期，	我扶着手杖，忘记了预定的路程，
出萝已亭午。	从藤萝丛中走出时已到正午。
冥冥子规叫，	杜鹃藏在看不见的地方啼鸣，
径微不敢取。	想快些走，可又不敢走小路。

注释:

① 杜甫在艰苦的旅途中，发现不远的山崖上有一个古寺，这就是法镜寺，于是停下来遥望那里的景致。有人认为欣赏美景要有闲情逸致，否则美景当前，也会视而不见；但杜甫却写出了一个酷爱美景的人怎样被美景吸引而忘记自己当前艰难的处境。诗人总是爱美的。善于从苦难、冗繁的生活中把自己解脱出来，并用审美的眼光来观察、评价世上的一切，正是诗人必须具备的品质。

②《离骚》:“女嬃之婵娟兮。”王逸注:“婵娟，犹牵引也。”左思《吴都赋》:“檀栾婵娟，玉润碧鲜。”“婵娟”的意思是美艳，后代多用此义。

③ 摵，音“射”（shè），叶落貌。箨，音“拓”（tuò），竹笋上脱下的皮壳。

④ 回回，一作“洄洄”。山根，一作“石根”，意思相差不大。

⑤ 甍，音“萌”（méng），屋脊。

◎ 青阳峡[①]（五古）

塞外苦厌山，[②]	塞外的山多得使人厌烦，
南行道弥恶。	向南方走，才知道这里的道路更险更难。
冈峦相经亘，	一道道山冈山峦交错纵横，
云水气参错。	云烟水气上下渗透、腾翻。
林迴硖角来，	那丛林在远处展开，突然山峡的石角刺入眼帘，
天窄壁面削。	从陡峭如削的石壁间露出了狭窄的青天。
磎西五里石，	沿溪向西走，五里远的山路旁都是巨石，
奋怒向我落。	好像怀着愤怒落向我的身边。
仰看日车侧，[③]	仰看太阳已经倾斜，
俯恐坤轴弱。[④]	低头向下看，怕地面要塌陷。
魑魅啸有风，[⑤]	魑魅长啸，随着风声传布，
霜霰浩漠漠。	到处是霜霰，一眼看不到边。
昨忆踰陇坂，[⑥]	回想往日越过陇坂山，
高秋视吴岳。[⑦]	秋空高爽，吴岳也能看见。
东笑莲华卑，[⑧]	笑那东方的莲华峰实在低矮，
北知崆峒薄。[⑨]	北面的崆峒山看来也不算高险。
超然侔壮观，[⑩]	这里的山卓然超群，同样称得上壮观，
已谓殷寥廓。	我以为它已把眼前辽阔空间塞满。
突兀犹趁人，[⑪]	谁想到那突兀的山峦还追赶着人们向前走，
及兹叹冥漠。	到这里，我不禁感叹天地实在广漠无限。

注释：

① 青阳峡，是秦州、成州间的又一处险峻的峡谷。这诗着重从主观感受上来描写峡谷景象，令人惊心动魄，不得不赞叹自然力量之伟大。

② 塞外，指秦州一带。秦州以南与秦州以北，地形的区别十分显著。

③ 称太阳为日车，是据中国古代神话。日车侧，言山势高峻，刺入天际，连日车也要侧身避让。

④ 坤轴，即地轴。参看第二卷《冬日洛城北谒玄元皇帝庙》注⑬。这里是说山岭高重，担心地轴无法承受这巨大压力。

⑤ 魑魅啸，比喻风声之可怖。

⑥ 陇坂，即陇山，从关中到秦州，须经过陇坂山。参看第七卷《秦州杂诗二十首》第一首“迟回度陇怯”。

⑦ 据《旧唐书·礼仪志》，肃宗至德二载春，改汧阳郡之吴山为西岳，故可称吴山为吴岳。吴山在今陕西省陇县西南。汧阳，今千阳县。

⑧ 莲华，指华山之莲花峰。

⑨ 崆峒，指平凉县西面的崆峒山。这两句诗是说陇山突兀高耸，超过西岳华山和崆峒山。

⑩ 侔壮观，比侔陇坂之壮观。这一句说的是青阳峡附近的大山。

⑪《仇注》认为：“今到青阳，其（指陇坂山）突兀之状，犹若逐人而来，始叹冥漠之境不可穷尽也。旧注以壮观指青峡，突兀指巨石，未合诗意。”忆陇坂，不是为了再写陇坂之高，而是比喻青阳之险。“趁人”者，山峡两侧高山，绵绵不绝，如逐人行。

◎ 龙门镇[①]（五古）

细泉兼轻冰，	细小的流泉里夹杂着薄冰，
沮洳栈道湿。[②]	栈道上低洼的地方一片潮湿。
不辞辛苦行，	我不怕旅途上的辛苦，

迫此短景急。[3]	只是被这短促的白昼催促得心急。
石门云雪隘，[4]	天上堆着云，地面堆着雪，石门显得更加狭窄，
古镇峰峦集。	四面的峰峦都到这古镇旁聚集。
旌竿暮惨澹，[5]	傍晚，旗杆上的旗帜已降下，显得更凄惨，
风水白刃涩。[6]	兵士的刀刃在风雨中失去锋利。
胡马屯成皋，[7]	叛军的兵马驻扎在远远的成皋，
防虞此何及？	防备敌人的戍垒怎么设在这里？
嗟尔远戍人，	可叹你们这些远方来的驻防兵卒，
山寒夜中泣。	山上这么冷，半夜里还在哭泣。

注释：

① 据《水经注》，成县西有洛溪水从洛谷流出，往西南流与龙门水会合，流经龙门戍东。龙门镇，就是这个龙门戍。又《仇注》引《一统志》："龙门镇，在巩昌府成县东，后改府城镇。"两说不一，地望待考。杜甫经过龙门镇，看到军队的戍所，不禁为远戍的兵卒慨叹。

② 沮洳，音"具入"（jù rù），低洼积水之地。栈道，在山势陡峭难行处，架木为路以通行人，称为栈道，多集中在秦陇一带。成县附近亦有栈道通过。

③ 景，指日光。短景，是说冬季白昼短于黑夜。

④ 石门，是指龙门镇附近相对如门的石山，凡属这样的地形，多称为"石门"。这句诗是说云雪堆聚，使石门显得更窄。

⑤ 惨澹，有两义，一作辛苦解，如本卷《寄张十二山人彪三十韵》注④所解；另一义即暗淡、凄惨。这句诗中当从第二义。

⑥ 白刃涩，言刀刃失去锋利。

⑦ 成皋，见第六卷《遣兴三首》第三首注④。

◎ 石龛[1] （五古）

熊罴咆我东，	我听见熊罴咆哮，在我的东面，
虎豹号我西。	又听见虎豹怒号，在我身西。
我后鬼长啸，	身后还有山鬼长啸，
我前狨又啼。[2]	前面又有山猿哀啼。
天寒昏无日，	天气寒冷，太阳昏暗无光，
山远道路迷。	进山已经很深，道路也迷失。
驱车石龛下，	我赶着车走过石龛下面，
仲冬见虹霓。[3]	仲冬天气，空中却出现了虹霓。
伐竹者谁子？	那个砍竹竿的人是谁？
悲歌上云梯。	唱着悲歌，攀登上通天石级。
为官采美箭，[4]	他为官府采伐优良的箭竹，
五岁供梁齐。[5]	已经五年了，采来供应齐梁的军需。
苦云直簳尽，[6]	他向我诉苦，笔直的箭杆竹已采尽，
无以应提携。[7]	再没法满足他们。
奈何渔阳骑，[8]	该怎样对付那些渔阳来的胡骑？
飒飒惊蒸黎。[9]	他们像阵阵狂风暴雨，惊吓得黎民百姓不能安居。

注释：

① 这是指秦州、成州间深山中路旁的石龛，可能是人工凿出供奉佛像的石窟。有人说在今甘肃省西和县之石峡乡。诗中所咏并不是石龛，而是深山中的恐怖景象和山民采伐箭竹的事。在这样的人烟稀少的深山中，也看到战乱的烙印。诗人的眼睛是敏锐的，处处都可看见人民的痛苦和战争的灾难。

② 狨，音“戎”（róng），一种猿，体小，尾毛金黄。诗开头的四句诗主要出于主观想象，这样写的目的是极言深山空寂恐怖之状。

③ 冬季出现虹霓，是反常的现象。大概是实写，也可能故意用来渲染可怖的气氛。

④ 美箭，指供制箭杆的优良竹料。

⑤ 自战乱开始的天宝十四载（755 年）到乾元二年（759 年），前后五年，战乱未息。梁、齐指洛阳附近及齐州一带前线。

⑥ 簳，音“杆”（gǎn）。直簳，能做箭杆的直竹茎。

⑦ 提携，平常多作“扶持”解，但在这里与“提挈”通，作“拿去”“取去”解。

⑧ 安禄山曾任渔阳范阳节度使，安史叛军自渔阳来，故称安史叛军为“渔阳骑”。

⑨ 飒飒，风声、雨声。蒸，与“烝”同，原义是“众”。《诗·大雅》有《烝民》篇。

◎ 积草岭[①]（五古）

连峰积长阴，	连绵的峰峦投下长长阴影，
白日递隐见。	太阳一时隐没，一时出现。
飕飕林响交，	树林里飕飕风声响成一片，
惨惨石状变。[②]	恐怖的怪石，形状不断在改变。
山分积草岭，	这积草岭把东西山峦分开，
路异鸣水县。[③]	岭那边的道路通往鸣水县。
旅泊吾道穷，	我无路可走，只能这样漂泊，
衰年岁时倦。	衰老的人逢年过节更觉得厌倦。
卜居尚百里，[④]	距离我选中的住处还有百来里，
休驾投诸彦。	到那里我将停车，投奔到那位俊杰身边。
邑有佳主人，[⑤]	州邑里有位好主人，
情如已会面。	他对我情谊深，好像早已见过面。

来书语绝妙，	在给我的信里说得真太美妙，
远客惊深眷。	想不到他对我这远方来客深深眷恋。
食蕨不愿余，[⑥]	在那儿，只想有点野菜吃，不想过得富裕，
茅茨眼中见。	仿佛有座茅屋已在我眼前出现。

注释：

① 诗题下有原注："同谷界。"可知到了积草岭，就到了同谷县境。诗中前半写积草岭的形势，后半写同谷县有人热情相邀，对此表示了莫大的欣慰。但从后面的一些诗篇可看出，杜甫在同谷并没有得到接待，极端困苦地停留了一个月以后又继续南行。大概那位"贤主人"的来信只是敷衍杜甫的空话，而杜甫却当成了真的，不免大失所望。这是杜甫写这首诗时万万没有想到的。

② 惨，据《说文》及段注，"毒也；害也。"《汉书·陈汤传》："惨毒行于民。"这里说"石状""惨惨"，也就是说"石状"使人感到恐怖。

③《仇注》引蔡梦弼曰："从此岭分路，东则同谷，西则鸣水。"又引《旧唐书》："鸣水县属兴州，本汉沮县地，隋为鸣水县。"浦起龙曰："按鸣水，今为汉中之略阳县，在同谷东。蔡说非是。"略阳县，今在陕西省西南部，在西汉水上。

④ 卜居，指"卜居之地"，即同谷县。

⑤"彦"与"佳主人"，指的是同一个人，可能是同谷县令。以往未曾见过面，只是从他的来信中知道他热情相邀。

⑥ 蕨，一种野生植物，嫩叶可食，地下茎含有丰富淀粉。不愿余，是说"只求够吃"。

◎ 泥功山[1]（五古）

朝行青泥上，[2]	早晨在青泥岭上走，
暮在青泥中。	傍晚还是走在青泥岭中。
泥泞非一时，	长久以来这里泥泞难走，
版筑劳人功。[3]	填土夯筑要费多少人工！
不畏道途远，	不怕路程遥远，
乃将汩没同。[4]	怕的是陷没在泥泞中。
白马为铁骊，[5]	白马走过变成黑马，
小儿成老翁。	儿童走过累得像个老翁。
哀猿透却坠，[6]	可怜的猿猴腾跳过去了却又坠落，
死鹿力所穷。	鹿也累死了，再没有力气可用。
寄语北来人，	请带个信给北方的来客，
后来莫匆匆！[7]	后来者要小心，千万别急匆匆。

注释：

① 据杜甫所写的纪行诗来看，他自秦州到同谷的路线，应先自秦州西南行，而后又折向东南行，经过两当及徽县县境转到同谷东面到达同谷。这诗题中的泥功山，即青泥岭的别名。浦起龙引《元和郡县志》：“青泥岭在长举县西北五十三里，上多云雨，行者屡逢泥淖。”并说：“按长举县即长庆中（821—824 年）以鸣水县省入者，其在同谷东境无疑。”《仇注》则认为“泥功山”即《唐书》中提到的“泥公山”，在同谷西境。今人则有说泥功山即今成县境内之牛心山者。

② 诗中之“青泥”，是“青泥岭”，也就是“泥功山”。

③ 版筑，本为我国古代夯土筑墙的土建工艺。这里指夯实山上的泥土道路。“版筑”需大量人工，唐朝当时政局混乱，民不聊生，这里的山路没有条件整治，暴雨后即泥泞难行。“青泥岭”因此得名。

④《诗·邶风·谷风》有“将恐将惧”之语，“将”不但表示“且”的意思，而且也染上“恐惧”的感情色彩。这句诗中的“将”，就有着恐惧、担心的含义。汩没，音“古末”（gǔ mò），本义是“沉沦”（即被水流冲没），后来有了种种引申义。这里则是指在泥泞中“陷没”。可能泥功山曾爆发过泥石流，故行人碰上有生命危险。

⑤ 据《尔雅》，马纯黑曰骊。铁骊，指黑马。

⑥《古文苑·王孙赋》：“或群跳而电透。”谢灵运《山居赋》：“飞泳骋透”，自注云：“兽走者骋，腾者透。”杜甫《天狗赋》：“终无自私，必不虚透。”透，腾跃之状。

⑦ 这句诗是劝告行人走到这里要留心，也有警告北来行人不要走到这条险路上来的意思。此外可能还有某种寓意，以泥功山的泥泞，象征人生道路中的危难。

◎ 凤凰台[①]（五古）

亭亭凤凰台，	高高耸立的凤凰台，
北对西康州。[②]	西康州正在它的北方。
西伯今寂寞，[③]	西伯姬昌，如今已消息杳然，
凤声亦悠悠。[④]	凤凰的鸣声也早已绝响。
山峻路绝踪，	山势险峻，山路上没有人迹，
石林气高浮。	石峰丛聚如林，云气在上面浮荡。
安得万丈梯，	从哪里能找到一具万丈长梯，
为君上上头。[⑤]	让我为君王攀登到这高高台上，
恐有无母雏，	我担心有失去母亲的雏凤，
饥寒日啾啾。	又饥又寒，每天啾啾叫得悲凉。
我能剖心血，	我愿剖开我的心，让鲜血流淌，
饮啄慰孤愁。	供它饮啄，安慰它的寂寞忧伤。

心以当竹实，[⑥]	就把我的心当作竹实吃吧，
炯然无外求。	不用到别处去寻找，它就在这里，正炯炯发光。
血以当醴泉，	就把我的血当作醴泉饮吧，
岂徒比清流。[⑦]	清清的流水哪里能比得上这琼浆。
所重王者瑞，[⑧]	我敬重这雏凤，因为它是帝王的祥瑞，
敢辞微命休。	为了它，怎能顾惜我的微小生命死亡。
坐看彩翮长，	眼看它的彩色羽翼已经这么长，
举意八极周。[⑨]	正想举翅飞遍四面八方。
自天衔瑞图，[⑩]	从天宫衔来吉祥的图谶，
飞下十二楼。[⑪]	离开昆仑仙境的十二楼飞到地上。
图以奉至尊，	那图谶奉献给皇上，
凤以垂鸿猷。[⑫]	这凤凰的伟大功业万世流芳。
再光中兴业，[⑬]	让中兴大业再重新发出光芒，
一洗苍生忧。	让黎民百姓的忧虑一起扫光。
深衷正为此，	我的内心深处就是这样想，
群盗何淹留？[⑭]	可是群盗的骚扰怎么拖延得这样久长？

注释：

① 诗题下有原注："山峻，人不至高顶。"《仇注》引《方舆胜览》："凤凰台，在同谷东南十里。"据今人实地考察，在同谷县旧治（今甘肃成县县城东南十五里左右有一凤凰山，恐即杜诗中的凤凰台，附近有凤凰村）。杜甫远远看到这座以凤凰台命名的山，听到了关于山上曾有凤凰栖居的传说，有感而作这诗。杜甫愿剖心沥血，供雏凤饮食，希望凤凰能给国家带来祥瑞，使天下太平，万民安康。不管这种想法和迷信、神秘主义有着怎样的联系，但杜甫那种牺牲自己为人民的心愿是令人感动的。杜甫热爱国家坚决献身的精神在这首诗里以浪漫主义风格充分地表现了出来。

② 凤凰台在同谷县南面，所以说它的北面对着同谷县。西康州，是同谷县曾用过的名称。据《仇注》引《唐书》，武德初（618 年），以同谷置西康州，贞观中（627—

649 年）废。

③ 西伯，指周文王姬昌，商纣王封姬昌为西伯。周朝的祖先居岐山，周文王即诞生在这里。

④ 传说曾有凤鸣于岐山，于是这成了周朝兴起的预兆。凤凰台，并非岐山，但由于有凤凰之名和关于凤凰的传说，故看到凤凰台而联想到周朝兴起的历史。

⑤ 这句诗中的“君”，指国君、皇帝。这从后面的诗句中可以看出。

⑥ 传说凤凰食“竹实”。竹子开花结实是稀有的现象，故“竹实”十分珍贵。浦起龙引《诗疏》：“凤非竹实不食，非醴泉不饮。”

⑦ 这句诗是说：以血供饮，不仅能代替清泉，而且能比得上醴泉（即甜酒），译诗中增加了“琼浆”一词。

⑧ 我国古代迷信的习俗把某些事物、现象，当作吉祥、喜事的预兆，称它们为“祥瑞”或“瑞”。

⑨《淮南子》：“九州之外有八寅，八寅之外有八纮，八纮之外有八极。”八极，指八方极远之处，与“八荒”意思相似。

⑩《文苑英华》中，这诗句的“瑞图”作“图谶”。古代神话传说，帝王登位，常有天降的神奇图形或某种文字出现，表示皇帝是承受天命而登位的。历史上记载很多，但都是伪造的。凤凰衔“瑞图”或“图谶”来，就表示皇帝得到天的支持、保护。

⑪《十洲记》：“昆仑，积金为天墉城，城上安金台五所，玉楼十二所。”诗中的“十二楼”，指仙境、天界。

⑫ 鸿猷，原意是宏伟的谋划，这里指伟大业绩。

⑬ 肃宗收复了两京，这就是所谓“中兴”。当东都被史思明再次攻陷后，唐朝形势又转危急，所以这诗中提出“再光中兴业”，使这次的中兴大业能重新恢复光辉。

⑭《仇注》解释这句说：“群盗何留，安史自灭矣。”按这一句以前的诸句都属想象之辞，是杜甫的希望，但回到现实中来，却仍是“群盗淹留”，国难不止，所以为之慨叹。《仇注》所说的那种无根据的信心恐非诗句原意。

◎ 乾元中寓居同谷县作歌七首[①]（七古）

有客有客字子美，[②]	有个漂泊异乡的游子叫子美，
白头乱发垂过耳。	满头又白又乱的长发垂过耳。
岁拾橡栗随狙公，[③]	年底跟着养猿的老人拾橡栗，
天寒日暮山谷里。	天这么寒冷，傍晚还留在山谷里。
中原无书归不得，[④]	中原没有信来，自然不能回去，
手脚冻皴皮肉死。[⑤]	手脚冻得皴裂，皮肉也将坏死。
呜呼一歌兮歌已哀，	啊，我唱这第一支歌啊，就已经这样悲哀，
悲风为我从天来。	悲凉的晚风又为我从天外吹来！

注释：

① 杜甫满怀着希望从秦州来到同谷，以为可以在那里暂时安居，不知究竟发生了什么事情，他的希望落空了，比起在秦州更加孤苦无助。在极度悲愤、痛苦的心情中，他写了这组著名的《同谷七歌》。诗题中写明了“乾元中”的字样，大概是后来编诗稿时补上的。作诗时间，约在乾元二年（759 年）十一月间。这一组诗是有独创性的，是纯粹的抒情诗，内容完全取自诗人自己的生活，形式则来自《楚辞》的所谓骚体，但又朴素无华近口语，读者无不受其感动。模仿这组诗的人很多，可见它对后代文学的影响是很大的。

②《诗·周颂·有客》：“有客有客，亦白其马。”这种重叠的用法，由来已久，但在唐代诗歌中较为少见。子美，是杜甫的字。

③“岁”字，旧注多不作解释。施鸿保《读杜诗说》疑“岁”字有误，以为当如“他本作饥字”。萧涤非《杜甫诗选注》谓“岁”字指岁暮，因下句有“天寒日暮之文，故可从省”。按“岁”字古义是“谷物成熟”。《左传·哀十年》：“国人望君如望岁焉。”诗中之“岁”，指谷物成熟时节。译诗为表达方便，写成了“年底”。狙，音“居”（jū），猿类，即猕猴。狙公，养猴的老人。橡栗，橡实，富淀粉。

④“中原”指东都，杜甫偃师的家。

⑤ 皴，音“村”（cūn），皮肤因寒冷而粗糙干裂。

◎ 其二（七古）

长镵长镵白木柄，[①]	长铲啊长铲，你有个白木柄，
我生托子以为命。	我如今就靠着你来活命。
黄独无苗山雪盛，[②]	黄独的苗叶看不见，厚厚的山雪把一切遮掩，
短衣数挽不掩胫。[③]	身上的短衣拉了又拉也遮不住我的脚胫。
此时与子空归来，	这时我伴着你一无所得回家来，
男呻女吟四壁静。	除了男男女女的呻吟声，屋里一切都陷入寂静。
呜呼二歌兮歌始放，	啊，这第二支歌我刚开始唱，
闾里为我色惆怅。[④]	左邻右舍都露出同情的神色，都为我惆怅。

注释:

① 镵，《现代汉语词典》注音为 chán，解释为古代铁制刨土工具。按古音有二，其作尖锐解的音“巉”，“岑岩切，咸韵”；作掘土器解的为“乍鉴切，陷韵”，即现代汉语所说的“铲”。

②《仇注》引陈藏器《本草》：“黄独，遇霜雪，枯无苗，盖蹲鸱（芋类）之类。”原来想挖黄独充饥，因雪覆盖不见其苗，故失望空手而归。

③《论语·宪问》：“以杖叩其胫。”孔注：“脚胫”。通常膝以下至踵曰胫。

④ 闾里，这里借代邻居。

◎ 其三（七古）

有弟有弟在远方，	我的弟弟们都在远方，
三人各瘦何人强。[1]	三个人都很瘦，谁也称不上强壮。
生别展转不相见，	活在这世上却各自漂泊不能见面，
胡尘暗天道路长。	战乱的烟尘遮天蔽日道路长。
东飞驾鹅后鹙鸧，[2]	向东飞的野鹅后面是秋鸧，
安得送我置汝旁？	怎能把我送到你们身旁？
呜呼三歌兮歌三发，	啊，这第三支歌啊第三次唱出，
汝归何处收兄骨？	你们将回到哪里收埋我的白骨？

注释：

① 杜甫有四个弟弟：颖、观、丰、占。杜占跟随在杜甫身边，所以诗中只怀念在远方的另外三个。

② 驾鹅，一种比雁大的野鹅，“驾”音“加”（jiā）。“鹙鸧”音“秋仓”（qiū cāng），一种巨大的水鸟，译诗中写成“秋鸧”。看到空中鸟类飞过，因而想到借助它们到弟弟身边去。

◎ 其四（七古）

有妹有妹在钟离，[1]	我有个妹妹家在钟离，
良人早殁诸孤痴。[2]	丈夫早死了，孩子们又不懂事。
长淮浪高蛟龙怒，[3]	蛟龙发怒，淮河上浪涛高高涌起，
十年不见来何时。	已经十年不见面了，什么时候才能来到我这里。

扁舟欲往箭满眼，	想乘扁舟去找她，无奈满眼飞箭，
杳杳南国多旌旗。	那遥遥的南方到处飘着战旗。
呜呼四歌兮歌四奏，	啊，这第四支歌啊，第四回唱，
林猿为我啼清昼。	从林里的山猿白昼也为我啼叫得这样哀伤。

注释:

① 钟离，今安徽省凤阳县。见第四卷《元日寄韦氏妹》注②。

② 至德二载，杜甫在叛军占领下的长安曾得到过嫁给韦家的这个妹妹的消息，那时妹婿为“殊方镇”，还在做官，后来死了。诸孤，指妹妹的孩子，因其失去父亲，所以这样说。

③ 钟离在淮河边。“蛟龙怒”是喻淮河风浪之险。

◎ 其五（七古）

四山多风溪水急，	四周的山上风多溪水又流得急，
寒雨飒飒枯树湿。	寒雨沙沙地洒，枯树也给淋湿。
黄蒿古城云不开，[①]	长满黄蒿的古城被浓云遮住，
白狐跳梁黄狐立。[②]	白狐东蹿西跳，黄狐像人般站立。
我生何为在穷谷？	我为什么会来到这荒凉山谷生活？
中夜起坐万感集。	半夜里坐起来百感交集。
呜呼五歌兮歌正长，	啊，这第五支歌啊，歌声长，
魂招不来归故乡。[③]	这里招不到我的魂，我的魂已飞回故乡。

注释:

① 古城，指同谷城。

②"黄蒿"与"白狐""黄狐"，都是形容这古城的荒凉残破。跳梁，出于《庄子·秋水》："出跳梁乎井干之上。"即跳掷、跳跃。

③ 招魂，参看第五卷《彭衙行》注⑭。

◎ 其六（七古）

南有龙兮在山湫，[①]	南面从山中的深潭里有神龙停留，
古木巃嵸枝相樛。[②]	古树枝枝丫丫的树枝都垂下了头。
木叶黄落龙正蛰，[③]	树叶枯黄飘坠，龙正在蛰伏，
蝮蛇东来水上游。[④]	东方来的一条蝮蛇在水面浮游。
我行怪此安敢出，	我真奇怪，这时它怎么敢出来，
拔剑欲斩且复休。[⑤]	想拔剑斩它又半途停住手。
呜呼六歌兮歌思迟，	啊，这第六支歌啊唱得缓慢，
溪壑为我回春姿。[⑥]	盼山谷山涧把春色再送到我眼前。

注释：

① 同谷县东南方有万丈潭，传说有龙潜伏其中。参看本卷《万丈潭》一诗。

②"巃嵸"音"龙竦"（lóng sǒng），本来的意思是山势高峻、云气郁聚貌。这里指枝叶丛杂。《仇注》："巃嵸，楂枒貌。"译写据现代口语"枝枝丫丫"，以汉字表音。樛，音"纠"（jiū），《诗·周南》有《樛木》篇，意思是向下弯曲的树木。

③ 我国古代常以"龙"比君子，比君主。这里是比喻皇帝。

④"蝮蛇"比喻安禄山。这两句诗故意写得恍惚迷离，令人有神秘感。

⑤ 这里的"欲斩复休"，表明诗人自觉缺少力量，同时也意味着"欲说还休"。关于国家的事情，只能以这种晦暗的态度提及。

⑥ 这句诗表示了对未来美好日子的向往。

◎ 其七 （七古）

男儿生不成名身已老，	男儿活在世上，没等到成名就已经衰老，
三年饥走荒山道。[①]	三年来被饥饿逼迫，在荒山里的道路上奔跑。
长安卿相多少年，	长安城里做大官的多半是年轻人，
富贵应须致身早。[②]	要升官发财就该趁青春年少。
山中儒生旧相识，	山里有个儒生是我过去的相识，
但话宿昔伤怀抱。	只要和我谈起往事，就忍不住伤心烦恼。
呜呼七歌兮悄终曲，	啊，这第七支歌啊在忧伤里结束，
仰视皇天白日速。[③]	仰望天空，这白昼消逝得太匆促。

注释：

① 从至德二载（757 年）到乾元二年（759 年），前后三年。

② 三四两句诗是愤激之辞，并非真的为当初没有及早得到进身之阶而懊恼不已。

③ 皇天，古人把天视为神灵，故这样来称它。如《楚辞》：“皇天平分四时兮。”杜甫当时四十八岁，古代人寿命较今日短，近五十岁已可称老年。日子一天天飞速过去，更是在催人老，所以杜甫对时间十分敏感。

◎ 万丈潭[①] （五古）

青溪含冥寞，[②]	碧青的溪水里藏着无边昏暗，
神物有显晦。[③]	神物有时隐藏，有时显现。
龙依积水蟠，	潜龙在深潭的积水中蟠蜷，

窟压万丈内。	它的洞窟压在万丈深水下面。
跼步凌垠堮，[④]	一步步小心地走在陡峭崖端，
侧身下烟霭。	又侧着身走向烟雾弥漫的潭边。
前临洪涛宽，	前面是宽阔的水面，洪涛高卷，
却立苍石大。	背后矗立着巨大岩石，苍苔斑斑。
山危一径尽，	小路在险峻的山上到了终点，
岸绝两壁对。	笔直的崖岸，两爿石壁面对面。
削成根虚无，	好像是刀削成，山根下虚无缥缈，
倒影垂澹瀩。[⑤]	山崖的倒影在荡漾着的水面映现。
黑知湾澴底，[⑥]	那黑色的地方是隐藏着漩涡的深邃潭底，
清见光炯碎。	那清澈的地方，反光被波涛搅成了碎片。
孤云到来深，	一朵孤云飘进了山深处，
飞鸟不在外。[⑦]	野鸟翔飞，总是在水面上盘旋。
高萝成帷幄，	高高的藤萝像张挂起的帷幔，
寒木垒旌旆。[⑧]	寒风中的林木像树立着旌旗一杆杆。
远川曲通流，	弯曲的流水通向远处河川，
嵌窦潜泄濑。	暗暗排水的洞穴在崖岸上镶嵌。
造幽无人境，	这天造地设的幽境平日没有人迹，
发兴自我辈。	它激发起人们的兴致从我们开端。
告归遗恨多，	离开官场之后我有许多遗憾，
将老斯游最。[⑨]	到老年却经历了这次最奇的游览。
闭藏修鳞蛰，[⑩]	天地闭藏的冬季，长龙已经休眠，
出入巨石碍。	又有巨石阻碍，进出也不方便。
何当炎天过，[⑪]	最好在炎夏到这里来访问，
快意风云会。[⑫]	看见神龙乘风在云中腾飞，那才叫人快慰欢忭。

注释：

① 诗题下有原注："同谷县作。"《仇注》引《方舆胜览》："万丈潭，在同谷县东南七里。俗传有龙自潭飞出。"杜甫在同谷生活极端困苦，但还有游览胜景的兴致。这诗写出了万丈潭险绝幽深的环境，并抒发了诗人对风云际会、神龙腾飞的向往之情。由此可以看出，尽管杜甫已弃官退隐，但年轻时许身济世的大志仍时时在他胸中激荡。

② 含，一作"合"。"冥寞"犹"冥漠""冥冥"，昏晦、杳远貌。

③ 神物，就是指下一句诗中的龙。

④"跼"与"局"通。《诗·小雅·正月》："谓天盖高，不敢不局；谓地盖厚，不敢不蹐。"局蹐，戒慎恐惧貌。跼步，指走路十分小心。垠堮，音"银厄"（yínè）。《淮南子》："出于无垠堮之门。"许慎注："垠堮，端崖也。"指山崖的边缘险峭处。

⑤ 澹澍，或作"澹濑""澹沲"，音"淡队"（dàn duì）。《仇注》引《集韵》："水带沙往来貌。"与诗意并不相合，看来仍以解作水波荡漾为宜。

⑥《文选·江赋》："漩澴荥潪"，波浪回旋涌起貌。"澴"音"还"（huán），即漩澴，漩涡。

⑦"孤云""飞鸟"两句，《仇注》："形容潭之深广"。《杜臆》："形容虚明空洞，无底无边之神妙。"按前一句之"深"，指万丈潭之藏在深山中，后一句之"不在外"，指鸟一直在潭水之上飞翔。

⑧ 据《广雅·释诂》，"垒，积也，重也。"这里是指树林丛密有如重重旌旗。

⑨ 最，在古汉语中常包含着某种实词的意义在内，意义依不同的语境而定。这里是指最畅快、最奇特、最有意义等。

⑩《礼·月令》："孟冬之月，天地不通，闭塞而成冬。"闭藏，指冬季。修鳞，指龙蛇一类动物。这里指潭中的潜龙。

⑪ 何当，见第一卷《画鹰》注⑥。在这句诗中，"何当"不宜作"何时"解，依张相作"合当"解较好。

⑫ 风云会，指潜龙升天与风云际会的壮丽景象。通常多用来比喻政局大变动中英雄人物的涌现。

第九卷

杜

◎ 发同谷县[①]（五古）

贤有不黔突，	古代有个贤人总是居住不定，烟囱没熏黑就再搬迁，
圣有不暖席。[②]	孔圣人也东奔西走，往往连座席都没有坐暖。
况我饥愚人，	何况我这个饭也吃不饱的愚人，
焉能尚安宅？[③]	又怎能在一个地方安住几年？
始来兹山中，	当我初来这山里，
休驾喜地僻。	停下车，看见地方偏僻心中喜欢。
奈何迫物累，	无奈被生活重担拖累，
一岁四行役。[④]	一年里竟四次越岭翻山。
忡忡去绝境，	我心神不安地离开这与世隔绝的幽境，
杳杳更远适。	尽管前途茫茫，我还是走向遥远。
停骖龙潭云，	停车俯视龙潭里映照的云影，
回首虎崖石。[⑤]	又回头向虎崖的岩石遥看。
临岐别数子，[⑥]	在岔路口和几位朋友告别，
握手泪再滴。	握手时再一次滴下泪珠点点。
交情无旧深，	不是旧友深交，却也情意绵绵，
穷老多惨戚。	贫穷老人心里有更多的悲愁伤感。
平生懒拙意，	我生性笨拙而且懒散，
偶值栖遁迹。	偶然有机会避世栖息山间。
去住与愿违，	不能按照自己意愿决定去留，
仰惭林间翮。	仰看林中的飞鸟也感到羞惭。

注释：

① 诗题下有原注："乾元二年十二月一日，自陇右赴成都纪行。"秦州、成州（同谷县）俱属陇右。杜甫到同谷时约在十月底，在同谷住了一个月又继续南下成都。从这首

诗开始到《成都府》，都属这一组纪行诗。杜甫虽深以漂泊不定为苦，但犹能自解；而一想到身不由己，违反自己的意愿就感到苦痛难堪，不能忍受。这首诗主要表达了这样的思想感情。

②《文选·答宾戏》："圣喆之治，栖栖皇皇，孔席不暝（暖），墨突不黔。"这是说孔子与墨子存心济世，不暇安息，所居席未暖，灶突（烟囱）未黑，便又他去。诗中以圣贤的榜样来宽慰自己，不要为奔波不停而忧伤。

③ 安宅，犹言安居。《易·剥卦》："上以厚下安宅。"注："安宅者，物不失处也。"《诗·小雅·鸿雁》："虽则劬劳，其究安宅。"也是指安居。

④ 乾元二年一年中，杜甫经历了四次长途跋涉：春天，从东都回到华州；秋天，从华州迁居秦州；冬天，先从秦州迁同谷，再从同谷出发去成都。

⑤ 龙潭、虎崖，都是同谷附近的名胜。龙潭即第八卷《万丈潭》所咏的水潭；虎崖，据王嗣奭《杜臆》之说可能即第七卷《寄赞上人》诗"徘徊虎穴上"的那个"虎穴"。

⑥ 数子，杜甫在同谷新结识的友人。

◎ 木皮岭[①]（五古）

首路栗亭西，[②]	我开始上路走向栗亭的西面，
尚想凤凰村。[③]	还在想念着原来居住的凤凰村。
季冬携童稚，	冬季将尽时我携儿带女，
辛苦赴蜀门。[④]	辛辛苦苦走向通往蜀郡的剑门。
南登木皮岭，	往南走，登上了木皮岭，
艰险不易论。	说不尽路上的危险艰困。
汗流被我体，	我累得全身汗淋淋，
祁寒为之喧。	严寒天气反变得温暖如春。

远岫争辅佐，　　远处的山峦争先跟随在岭旁，
千岩自崩奔。[5]　　千万座山岩在岭下倾倒坍崩。
始知五岳外，　　我这才知道，世上除了五岳之外，
别有他山尊。　　还有别的山岭也十分雄伟高峻。
仰干塞大明，[6]　　它向上插入高空，太阳也被它阻挡，
俯入裂厚坤。[7]　　俯身深入地下，劈开厚厚的地层。
再闻虎豹斗，　　一再听到虎豹争斗的吼声，
屡跼风水昏。[8]　　屡次提心吊胆地走过险路，只觉得风狂水急，天色昏昏。
高有废阁道，[9]　　高处有一条废弃的栈道，
摧折如断辕。　　它已毁坏折断，像断了的车辕。
下有冬青林，　　下面是一片冬青林，
石上走长根。　　岩上延伸着长长的树根。
西崖特秀发，　　西面的山崖特别秀丽，
焕若灵芝繁。　　多么灿烂，似乎有灵芝繁生。
润聚金碧气，[10]　　光润得像黄金碧玉凝聚而成，
清无沙土痕。　　纯净得看不见一点泥土沙尘。
忆观昆仑图，　　不禁记起以往看过的昆仑图，
目击玄圃存。[11]　　如今我眼前可不正就是玄圃仙境。
对此欲何适，　　对着这样的美景我还要到哪里去。
默伤垂老魂。　　我这个垂老的人只能默默伤神。

注释：

①《仇注》引《方舆胜览》："木皮岭在同谷县东二十里，河池县西十里。杜甫发同谷，取路栗亭，南入郡界，历当房村，度木皮岭，由白水峡入蜀，即此。"杜甫历尽艰辛，终于登上了木皮岭，看到雄伟秀丽的山景，想起了图画中的昆仑（悬圃）仙境。置身自然美景与惨苦人生之间，诗人当然会产生无限的感触。这首诗反映了杜甫登

上木皮岭时的复杂心境。

② 栗亭，见第八卷《发秦州》注⑤。杜甫离秦州往同谷，亦因闻栗亭风土之美而来，但后来似并未住在栗亭。《集注草堂杜工部诗 · 外集 · 酬唱附录》有唐咸通年间成州刺史赵鸿《栗亭》诗："杜甫栗亭诗，诗人多在口。悠悠二甲子，题纪今何有。"后有注曰："赵鸿刻石同谷，曰工部题栗亭十韵，不复见。盖鸿时已无公诗矣。"据此，则杜甫当在栗亭住过，但已无迹可考。栗亭西，栗亭位于同谷东面，从同谷向东走，正是朝着栗亭的西面走来。

③ 凤凰村，据朱鹤龄注：当与凤凰台相近，在同谷。凤凰村就是杜甫在同谷时居住的地方，参看第八卷《凤凰台》注①。

④《仇注》引鲁訔曰："蜀门，即剑门也。"《剑阁铭》："惟蜀之门，作固作镇。"剑门，即剑门关，是入蜀必经之路。

⑤《文选 · 入彭蠡湖口诗》："洲岛骤回合，圻岸屡崩奔。"吕向注："水激其岸，崩颓奔波也。"崩奔的原意是崩毁，这诗中是以千岩崩毁倒塌的景象来对照木皮岭的厚重高峻。

⑥ 大明，见第三卷《九日寄岑参》注⑥。

⑦ 厚坤，指厚地，深厚的土地。

⑧ 踊，见第八卷《万丈潭》注④。风水昏，是节缩语，译诗稍作申说。

⑨ 阁道，即栈道。见第八卷《龙门镇》注②。

⑩《仇注》引刘孝威诗："玄圃栖金碧"。"金碧"指金马碧鸡之神。从诗句的内容来看，"金碧"是比喻山色，与下句的"沙土"相对偶，与金马碧鸡之神无关，而是"金碧辉煌"的"金碧"，只就黄金碧玉之色泽而言。下一句的"清"，指色泽之纯净，俱为岩石、树丛，不见沙土。

⑪ 玄圃，同悬圃，县圃。《楚辞 · 天问》："昆仑县圃，其凥安在？"注："昆仑，山名也；其巅曰县圃，乃上通于天也。"在我国古代神话中，昆仑与悬圃常指同一地方，是仙人所居之地。观昆仑图，是指看画，现在看到木皮岭及其附近山峰，觉得就像昆仑悬圃一般。第四卷《奉先刘少府新画山水障歌》中，有"得非玄圃裂"之句，这首诗中说"忆观昆仑图"，可能就是指在奉先县看刘少府山水障的往事。

◎ 白沙渡[1]（五古）

畏途随长江，[2]	艰险的道路沿着滔滔江水向前，
渡口下绝岸。	渡口正靠在悬崖绝壁下面。
差池上舟楫，[3]	一家人前前后后踏上小船，
杳窕入云汉。[4]	行驶在浩渺的江上像进入天河中间。
天寒荒野外，	荒漠的旷野上面是寒冷天空，
日暮中流半。	船驶过江心时太阳已开始落山。
我马向北嘶，[5]	我的马向着北方嘶鸣，
山猿饮相唤。	山猿一边饮水一边相互呼唤。
水清石礌礌，[6]	江水多么清澈，看得见卵石成堆，
沙白滩漫漫。	沙滩一片白色，伸向远远。
迥然洗愁辛，[7]	我心中的愁苦全都被洗涤干净，
多病一疏散。	浑身各种病痛也顿时消散。
高壁抵嵚崟，[8]	小船终于到达高峻的崖岸，
洪涛越凌乱。	越过了光影缭乱的巨浪狂澜。
临风独回首，	我独自迎着风回头眺望，
揽辔复三叹。	上马拉着缰绳时又再三感叹。

注释：

① 从同谷入蜀，度过木皮岭后，道路依嘉陵江上游的西汉水（唐代也称汉水）的曲折江岸南行，有时在东岸，有时在西岸，要渡江几次。白沙渡及后面一首诗所写的水会渡都是西汉水上的渡口。诗中写了渡江的情景和作者自己的感受。

② 长江，指长长的江水，不是专名。这里所说的江就是西汉水。

③《诗·邶风·燕燕》："燕燕于飞，差池其羽。"又《左传·襄二十二年》："而何敢差池。"注："差池，不齐一。"这诗中的"差池"是指人上船时有先有后。

④ 杳窕，通“窈窕”，深远貌。云汉，即天河，这里是用作比喻。

⑤《古诗》：“胡马依北风”。胡马产于北方，向北嘶鸣，也表示恋乡之情。

⑥ 礧礧，音“雷”（léi），多石貌。

⑦ 迥然，一作“翛然”，“翛”音“消”（xiāo）。《庄子・大宗师》：“翛然而往。”成玄英疏：“翛然，无系貌也。”即自由自在，不受拘束的样子。在这诗里，意思是人的情绪、心境得到了解脱，不再受愁苦困扰。

⑧ 嵚崟，音“钦吟”（qīn yín），山高貌。

◎ 水会渡[1]（五古）

山行有常程，	走山路每天有固定的行程，
中夜尚未安。	到了半夜还没到达歇宿的地点。
微月没已久，	月牙儿早已落下，
崖倾路何难。	山崖倾斜，行走真太艰难。
大江动我前，[2]	浩浩的江水又在我眼前闪动，
汹若溟渤宽。[3]	波涛汹涌，像大海般广阔无边。
篙师暗理楫，	船工们摸黑收拾好船桨，
歌笑轻波澜。	唱着，笑着，没把浪涛放在心间。
霜浓木石滑，[4]	霜这样浓，跳板、石阶都很滑，
风急手足寒。	风猛烈地吹，手脚感到刺骨寒。
入舟已千忧，	上船时心中已带着千般忧虑，
陟巘仍万盘。	攀登高峰时又左转右转，盘旋个没有完。
回眺积水外，	回头远望江水那边，
始知众星干。[5]	才知道群星灿烂处是干爽的天空，不是水面。

远游令人瘦，　　长途旅行使人变得消瘦，
衰疾惭加餐。　　我又老又病，多吃了些饭也觉得羞惭。

注释：

① 水会渡，西汉水的另一处渡口，又称水回渡，那里有一条支流汇入西汉水，故名。杜甫过渡时已到半夜，诗中写出了忧惧的心情和因此而产生的特殊的视觉感受。

② 大江，指西汉水。

③“溟”和“渤”都是指海而言。溟，指大海。渤，是大海湾，指渤海，并列使用时泛指我国大陆外的海洋。

④ 木，自岸登船时所走的长木板，今俗称“跳板”。

⑤ 这两句诗是描写渡江时忧心忡忡，以致没有分清天和水，以为星星是在水中。后来上岸登山后，才看出星星是在空中。

◎ 飞仙阁[1]（五古）

土门山行窄，[2]　　山路从土门中穿过十分狭窄，
微径缘秋毫。　　沿着山崖的小径细得像秋毫。
栈云阑干峻，[3]　　连云的栈道旁，栏杆更显得高峻，
梯石结构牢。　　石块垒砌的阶梯结构坚牢。
万壑欹疏林，　　千万道山沟里斜长着稀疏的树木，
积阴带奔涛。　　层层重叠的阴影下奔腾着浪涛。
寒日外淡泊，[4]　　山谷外，寒冷的阳光显得淡薄，
长风中怒号。　　山谷里，远方吹来的狂风在怒号。
歇鞍在地底，　　到了山下的平地下马休息，

始觉所历高。　　才觉得刚才走过的山路真高。
往来杂坐卧，　　来往的人们坐着躺着聚在一起，
人马同疲劳。　　不管是人是马都一样疲劳。
浮生有定分，　　人们短暂的一生命运，没法改变，
饥饱岂可逃。　　怎能逃脱注定的该饥该饱。
叹息谓妻子，　　我叹口气对妻儿们说：
我何随汝曹。[⑤]　　“你们怎么这样倒霉，跟着我受苦恼。”

注释：

①《仇注》引《方舆胜览》：“飞泉岭，在兴州东三十里，相传徐佐卿化鹤跧泊之地，故名‘飞仙’。上有阁道百余间，即入蜀路。”阁，即构成栈道（阁道）的建筑。兴州即今陕西略阳县。这首诗把山川之美和行旅之难作对照的描写，并把人的不幸归咎于命运，而实质上却是谴责社会的动乱。

② 这里的“土门”，不是专名，是泛指土山相夹如门的地形。

③ 称“栈道”为“栈云”，是形容栈道之高而且连绵不绝。

④“淡泊”的“泊”与“薄”通。《论衡·率性》：“气有厚泊，故性有善恶。”

⑤ 这句话是主语后置的结构，“汝曹”是主语，“我”是宾语。说这样的话，是在困苦艰难的旅途中作自解之语，带有戏谑的意味。

◎ 五盘[①]（五古）

五盘虽云险，　　尽管人们都说五盘岭险峻，
山色佳有余。　　岭上的风光却美丽无比。
仰凌栈道细，　　仰望架在高处的栈道多微细，

俯映江木疏。	俯看倒映在江水里的树木疏稀。
地僻无网罟，	这偏僻的地方没人使用网罟，
水清反多鱼。	清清的水里有许多鱼游来游去。
好鸟不妄飞，	惹人喜爱的小鸟从来不乱飞，
野人半巢居。[②]	山里人一半在悬空的窠棚里栖居。
喜见淳朴俗，	看见这淳朴的风俗我真欢喜，
坦然心神舒。	心里感到安宁，精神舒适。
东郊尚格斗，[③]	京都的东面，战斗还没有停止，
巨猾何时除？[④]	那些危害人民的巨奸何时消灭？
故乡有弟妹，	在家乡，还有我的弟妹，
流落随丘墟。	在破坏成废墟的城邑里流徙。
成都万事好，	到成都去，那里什么都好，
岂若归吾庐。	可是又怎能比得上回我的故居？

注释：

①《仇注》引《一统志》："七盘岭，在保宁府广元县北一百七十里，一名五盘岭。"又引鲁訔曰："栈道盘曲有五重"。这也是由同谷入蜀所经过的一处险途。今仍有名为七盘关的地方，在川陕两省边境，四川广元市东北。当杜甫经过这险峻山岭时，领略到了幽悄的山景和淳朴的民风；当他想到渐渐走近成都，生活条件将逐渐好转时，又引起思乡之情。诗中把这种感受的变化和心情的矛盾真实、曲折地表达了出来。

② 野人，指当地居民，西南一带原有一种少数民族僰（音"勃"bó）人居住，多在岩顶巢居，杜甫所见可能就是这种民族的人。

③ 乾元二年九月东京再度被史思明攻陷后，战争持续不断。东郊，指京都（长安）的东面。东郊尚格斗，就是指东都洛阳附近的战斗。

④ 巨猾，指安庆绪、史思明等叛军首领。

◎ 龙门阁[1]（五古）

清江下龙门，[2]	清清的江水流过龙门山，
绝壁无尺土。	那悬崖峭壁上尽是岩石，看不到一尺厚的土壤。
长风驾高浪，	远远吹来的大风扬起巨浪，
浩浩自太古。	这江水从古以来就这样浩浩荡荡。
危途中萦盘，	险峻的小径绕着山腰盘旋，
仰望垂线缕。	从下面仰望，像一缕细线垂悬在山上。
滑石欹谁凿？	山石这样滑，这样倾斜，是谁开凿？
浮梁袅相拄。[3]	终于安好支架，撑托起在空中摇荡着的木梁。
目眩陨杂花，[4]	我走在栈道上感到晕眩，眼前像有无数杂花陨落，
头风吹过雨。[5]	脑袋像遭到风吹雨打，又疼又胀。
百年不敢料，	谁也不敢预料自己能活一百年，
一坠哪得取。	可一失足坠落就不堪设想。
饱闻经瞿塘，	常听说船过瞿塘峡多么恐怖，
足见度大庾。[6]	过大庾岭又怎样难，我如今都已经能够想象。
终身历艰险，	这辈子我遭遇过多少艰险，
恐惧从此数。	从这次起，才真的体会到畏惧惊慌。

注释：

①《元和郡县志》："龙门山，在利州绵谷县东北八十二里。"《仇注》引钱笺："《寰宇志》：一名葱岭山。《梁州记》云：葱岭有石穴，高数十丈，其状如门，俗号龙门。"经过这里的栈道是最危险的，紧靠嘉陵江边，在今四川省广元市境。又成县西七十里旧有古刹，名龙门寺。当地认为即杜甫所经过的龙门镇，可能是附会。这首诗把龙门阁栈道建造的艰难、形势的危险、行人走过时的恐怖全都简洁明晰地表达了出来，给读者以深刻的印象。

② 西汉水在略阳以北汇入嘉陵江上游，这里的“清江”，已是嘉陵江。

③ 这两句诗概括地说明了龙门阁栈道的建筑和结构情况。凿石，是指在崖壁上凿孔，以安装支架，栈道的木梁就放在支架上，紧依山崖的阁道如浮桥一样悬在江上。

④《仇注》引朱鹤龄注：“花陨而目为之眩，视不及审也。”这完全不对。陨杂花，并非真的是落花，而是主观感觉，即所谓“眼冒金星”。这句诗用现代口语来表达就是“目眩眼花”。

⑤“吹过雨”一作“过飞雨”。这句诗也和上一句相似，是形容走过栈道时的惊怖之状。译诗离开了原诗的语言结构，只把诗中含意表达出来。

⑥ 这两句诗是以互文方式来表达的。“瞿塘”是危险的水道，“大庾”是艰难的山路，过去听到过这些地方如何危险难行；今天亲身经历了龙门阁的危险，则瞿塘、大庾之险就同时体会到了。

◎ 石柜阁[1]（五古）

季冬日已长，	冬季最后一个月，白昼已经变长，
山晚半天赤。	山里的傍晚，半个天空映着红光。
蜀道多早花，	蜀中的山路上早开的野花真繁多，
江间饶奇石。	又有许多瑰异的卵石在江水中央。
石柜曾波上，	石柜阁栈道，凌越过重重波涛，
临虚荡高壁。	下面是虚空，它紧靠在高峻的石壁上摇荡。
清晖回群鸥，	淡淡的日光把群鸥召唤回来，
暝色带远客。	远客的倦容映衬着暮色苍茫。
羁栖负幽意，	我一直在旅途上耽搁，不能顺着自己心意寻幽探胜，
感叹向绝迹。[2]	对着那些我不能去的地方嗟伤。

信甘孱懦婴，[3]	我实在是甘愿被孱弱怯懦束缚，
不独冻馁迫。	不仅由于被饥寒逼迫才这样。
优游谢康乐，	谢康乐尽情游山玩水多惬意，
放浪陶彭泽。[4]	陶彭泽不受世情拘束多疏放。
吾衰未自由，	我到老年都不能自由自在，
谢尔性所适。	哪里能像你们那样，随意到自己喜爱的地方。

注释:

① 石柜阁是广元附近的栈道，杜甫写这首诗着重写栈道的美景，并对不能按照自己的心意幽居山林，享受田园之乐而感到深深遗憾。

② 绝迹，指自己踪迹不到。与“扫迹”意思相近，参看第一卷《赠李白》:“山林迹如扫”句及注⑦。

③ 这句诗是从自己的主观方面寻找不能栖隐山林的原因，下一句是指出客观方面的原因。杜甫不推诿于客观条件，表明了他能深刻地剖析自己，自觉地认识自己。

④ 南朝刘宋时代的著名山水诗人谢灵运，是谢玄之孙，袭封康乐公，故称之为谢康乐；晋末伟大田园诗人陶潜，曾为彭泽令，故称之为陶彭泽。杜甫想学他们那样寄情山水、田园，但不能如愿，故深以为憾。

◎ 桔柏渡[1]（五古）

青冥寒江渡，[2]	远远的青天底下，有个渡口在寒江边，
驾竹为长桥。	那里有一座竹竿搭建的长桥。
竿湿烟漠漠，	茫茫烟雾中，竹杆湿漉漉，
江永风萧萧。	江水一直在流，风声萧萧。

连笮动嫋娜，[3]	连接在一起的竹索摇摇晃晃，
征衣飒飘飖。	行人的衣衫不停地迎着风飘。
急流鸨鹢散，[4]	水面上的鸨、鹢被急流冲散，
绝岸鼋鼍骄。[5]	陡峭的堤岸下面，鼋、鼍多么得意，多么横骄。
西辕自兹异，	从这里开始，我的大车转向西走，
东逝不可要。[6]	江水继续东流，不能邀请它再和我同道。
高通荆门路，[7]	它浩浩荡荡流向荆门，
阔会沧海潮。	还要到广阔的沧海上去汇入海潮。
孤光隐顾盼，[8]	那一线水光，随着我的一次次回顾消失，
游子怅寂寥。	漂泊者的心中感到空虚、烦恼。
无以洗心胸，[9]	不再有江水洗涤我的心胸，
前登但山椒。[10]	前面等着我去攀登的只有一座座山头，又陡又高。

注释：

① 在广元南面，有桔柏江（又称白水）自西北来和嘉陵江会合，那里有渡口名桔柏渡，在昭化县东约三里。渡过桔柏江向西南行，便可到剑门关，有大路通往成都。杜甫自同谷南行，旅程已走了大半，从此不再沿嘉陵江边走，不觉对江水产生了留恋之情。于是在这首诗中把它表达了出来。

②《仇注》：“《楚辞》：‘据青冥而摅虹。’青冥，高远之貌。”按“青冥”多指天空。这诗中是指遥远的天空下面。

③ 笮，音“昨”（zuó），竹篾制成的缆索。嫋娜，通“袅娜”。

④ 鸨，音“保”（bǎo），一种体形较大的水鸟；鹢，音“益”（yì），有时写作“鹝”，古书上常提到的一种水鸟。有人认为诗中的“鸨鹢”是指江上的航船。不过，这里说的是“鸨鹢散”，由此可看出桥下水流湍急，仍以解作水鸟为宜。

⑤ 鼋，音“元”（yuán），古代的一种巨大鳖类。鼍，音“陀”（tuó），古代称扬子鳄为鼍或鼍龙。诗中写到它们是为了表示江水势盛。

⑥ 东逝，嘉陵江水向南流，入长江后东流入海。“要”通“邀”。

⑦ 荆门，山名，在今湖北省宜都市西北长江南岸，与北岸虎牙山相对，山下水势湍急，为长江中游绝险处。另有一荆门山，在今湖北省荆门市南，但不在长江沿岸。诗中所说的荆门，当为长江流经的宜都荆门山。有时，人们也直接称荆州为“荆门”。

⑧ 从远处回顾江水，但见一线光亮，故称之为“孤光”。

⑨ 用“以洗心胸”的，是江水。过了桔柏渡后，不再沿江边走，故不再能以江水洗涤。这里的“洗心胸”，是荡涤胸怀的意思，并非实写。

⑩ 谢庄《月赋》：“菊散芳于山椒。”山椒，即山顶。

◎ 剑门[①]（五古）

惟天有设险，[②]	老天爷在地上设置了不少险阻，
剑门天下壮。	天底下就数这剑门关最雄壮。
连山抱西南，	连绵的群山环抱着它的西南，
石角皆北向。[③]	尖锐的石角都朝向北方。
两崖崇墉倚，[④]	两边的山崖像高峻城墙相互倚靠，
刻画城郭状。	自然力把它刻画成真的城郭一样。
一夫怒临关，	只要一个壮士奋勇把守关口，
百万未可傍。[⑤]	百万大军就没法走到它的近旁。
珠玉走中原，[⑥]	珍珠美玉通过这里流向中原，
岷峨气凄怆。[⑦]	岷山、峨嵋显得哀伤悲怆。
三皇五帝前，	三皇五帝以前的太古时代，
鸡犬各相放。[⑧]	各人家的鸡犬随意到处放养。
后王尚柔远，[⑨]	后来的帝王对边远地方奉行怀柔，

职贡道亦丧。	可是既要向皇上进贡，古代先王之道就已经衰亡。
至今英雄人，	到如今，一些逞英雄的人物，
高视见霸王。	目空一切，个个在称霸称王。
并吞与割据，	有的相互并吞，有的割据一方，
极力不相让。	竭力斗争，互不相让。
吾将罪真宰，⑩	我要怪罪主宰人世的天帝，
意欲铲叠嶂。	恨不得把重重叠叠的山岭铲光。
恐此复偶然，⑪	担心这里也要发生不测的战乱，
临风默惆怅。	对着风我心中默默忧伤。

注释：

① 剑门，山名，在今四川省剑阁县北。又名大剑山、梁山。山势险峻，在大剑山与小剑山之间有栈道，名剑阁，传说为三国时代诸葛亮所架设。晋张载《剑阁铭》："惟蜀之门，作固作镇，是曰剑阁，壁立千仞。"世人多称剑门为剑门关。杜甫从秦州经过同谷来到剑门关前，离目的地成都已经近了，但在这诗中并没有表达丝毫喜悦之情，而是为人世的治乱感叹。即使是治世，也要搜刮珠玉向天子纳贡，而乱世，英雄割据，战争频仍，人民就更苦了。所谓天险，究竟对谁有利？杜甫不能不为此而惆怅忧伤，这就是这首诗的主旨。

②《易·坎·彖传》："天险不可升也，地险山川丘陵也，王公设险以守其国。"这诗中把剑门之险归之于"天设"，是把它看作人力不能攻克的天险。

③ 石角北向，是说剑门关扼守北来通道，专门对付自北南犯的人。

④ 崇墉，高峻的城墙。《书·梓材》："既勤垣墉。"

⑤ 张载《剑阁铭》："一人守险，万夫趑趄。"（《文选》作"一人荷戟"。）又左思《蜀都赋》："一夫守险，万夫莫向。"李白的《蜀道难》则说："一夫当关，万夫莫开。"意思都和这两句诗相同。

⑥ 珠玉，借代蜀中丰饶珍贵的物产。走中原，就是由此流向中原，以征敛，或以进贡形式流入统治者的仓库。

⑦ 岷峨，指岷山和峨眉山，蜀境的两座大山。诗中以它们比喻蜀境广大人民的思想感情，由于丰饶的物产流出而伤心。

⑧“三皇”“鸡犬”两句是想象太古时代民风质朴时代的状况，当时不但不会有“珠玉走中原”的情况，而且土地公有，民无争执。杜甫向往古代原始社会，他并不理解当时的实际状况，只是把那时代作为现实的对立面。向往古代，正是对现实社会的不满与抨击，而不是真的要使时代后退。

⑨ 后王，泛指“三皇”以后的帝王。尚，是“崇尚”。这句和下句诗的意思是，虽然后代帝王奉行怀柔政策，但既要地方纳贡，就已丧失了先王之道。

⑩ 真宰，指天帝。

⑪《仇注》：“从古多因叠嶂凭险，恐此复有其事，故临风而生怅。”而吴北江曰：“恐此复偶然者，言此山之险或系偶然而成，本无真宰位置其间，则更无从归罪矣。此所以临风惆怅也。”《仇注》之解释优于吴说，译诗从《仇注》。杜甫预言蜀地将有动乱，后果如其言。可见诗人对唐代方镇坐大的状况与危害性是有深刻理解的。

◎ 鹿头山[①]（五古）

鹿头何亭亭，	鹿头山亭亭矗立，多么美丽，
是日慰饥渴。	我这一整天看着它，饥渴都忘记。
连山西南断，	连绵的山脉只有西南方断绝，
俯见千里豁。	看山下只见开阔平原，一望千里。
游子出京华，	当我离开京都到外地漂泊时，
剑门不可越。	曾想到过剑门关怕不容易。
及兹险阻尽，	如今走完艰险路程来到这里，
始喜原野阔。	看见宽广的原野心里开始欢喜。
殊方昔三分，[②]	这遥远的地方往古曾是三国之一，

霸气曾间发。[3]	曾断断续续在这里建立过霸业。
天下今一家，[4]	如今天下成了一家，
云端失双阙。[5]	不再有高耸入云的宫前双阙。
悠然想扬马，[6]	我神思飘飞到遥远，想起了扬雄和司马相如，
继起名硉兀。[7]	你们相继崛起，名声突出。
有文令人伤，	你们的文章还在，看了令人伤心，
何处埋尔骨。	你们的骸骨却不知埋在哪里。
纡余脂膏地，[8]	这广阔辽远的一大片的肥沃土地，
惨淡豪侠窟。[9]	六国豪侠曾在这里惨淡经营家业。
仗钺非老臣，[10]	如果不是有经验的老臣掌权镇守，
宣风岂专达。[11]	怎能让民意上达，把皇恩宣示。
冀公柱石姿，[12]	希望裴公您这位国家的柱石，
论道邦国活。[13]	讲究治理，让地方充满生机。
斯人亦何幸，[14]	这里的人民又多么幸运，
公镇逾岁月。[15]	您镇守这里已经不是很短时期。

注释：

① 鹿头山，距离成都一百余里，是成都平原的北部边界，属德阳市。到了鹿头山，南瞰成都平原的沃野，自然会想到这里的历史和历史名人，同时也会想到这里的地方负责官员。杜甫在这首诗中抒发了怀古之情和对当政者的希望，基调是喜悦、乐观的。

②《文选·两都赋》："逾昆仑，越巨海，殊方异类，至于三万里。""殊方"原指异域，海外。因蜀地距关中辽远，称之为"殊方"，只是作远方解。三分，指东汉末魏、蜀、吴之三分天下。

③ 霸气，喻割据称霸的政治局面。如东汉初的公孙述、三国时期的刘备及晋代的李雄（成汉主）都曾据成都。

④"天下一家"指唐朝的统一。

⑤ 双阙，见第八卷《寄岳州贾司马六丈巴州严八使君两阁老五十韵》注㉖。这里指割据称王者的宫殿，喻割据政权。

⑥ 扬马，指扬雄、司马相如，汉代两位著名的词赋家，都是蜀人。

⑦ 硉兀，音“律务”(lǜ wù)，崖石突兀之状。

⑧《文选·上林赋》：“纡余委蛇”，良注：“纡余，屈曲貌。”《仇注》：“高曰：‘广远貌’。”

⑨《华阳国志》：“秦克六国，辄徙其豪侠于蜀，家有盐铜之利，人擅山川之材，箫鼓歌吹，击钟肆悬，富侔公室，豪过田文。”

⑩《仇注》引《吴志》：“孙坚曰：古之名将，仗钺临众。”这诗中指奉皇帝命掌管州郡军政大权的节度使兼府尹。

⑪《仇注》引《后汉书·隗嚣传》：“威命四布，宣风中岳。”又引《周礼》：“大事则从其长，小事则专达。”又引《杜臆》：“中宗时，萧至忠为专达中丞，谓事得专达于天子，不受人节制。”排印本《杜臆》无此条。据此数条，可知这句诗是说下情能上达，政令能贯彻。这样才能政通人和。

⑫ 公，指裴冕。《仇注》引《旧唐书》：“至德二载十二月，右仆射裴冕封冀国公。乾元二年六月，拜成都尹，充剑南西川节度使。”柱石，喻国家之重臣。

⑬《书·周官》：“立太师、太傅、太保，兹惟三公，论道经邦，燮理阴阳。”《考工记·总叙》：“或坐而论道，谓之三公。”注：“论道，谓谋虑治国之政令也。”

⑭ 斯人，指蜀地人民。

⑮ 这句诗，按照字面解释，应指裴冕任成都尹已经到了第二年，但《旧唐书》则谓于当年六月任成都尹，到任才半年，不知为什么不相符合。译诗把“逾岁月”说成是“不是很短时期”，避免说得太死。

◎ 成都府[1]（五古）

翳翳桑榆日，[2]	桑榆树梢上的朦胧夕阳，
照我征衣裳。	照映着我这长途旅行者的衣裳。
我行山川异，	我走着，走着，感到山川变了样，
忽在天一方。	突然发觉已在天底下另一处地方。
但逢新人民，	遇到的人民我从来没有见过，
未卜见故乡。	真没法预料我哪年才能重见故乡。
大江东流去，[3]	宽阔的江水滔滔向东流去，
游子日月长。	游子在这里过的日月将很长很长。
曾城填华屋，[4]	一重重城墙里塞满了高大的房屋，
季冬树木苍。	冬末的树木还这样郁郁苍苍。
喧然名都会，	这个喧闹繁华的著名大城，
吹箫间笙簧。	到处是吹箫声，还夹杂着笙簧。
信美无与适，[5]	这城邑实在美，而我却无人同游，
侧身望川梁。[6]	不禁侧身眺望川上的桥梁。
鸟雀夜各归，	天黑了，鸟雀各自归巢，
中原杳茫茫。	中原已经这样遥远、渺茫。
初月出不高，	初出的月亮还升得不高，
众星尚争光。	群星闪闪，还在和月亮争光。
自古有羁旅，	从古来就有人漂泊羁留在异乡，
我何苦哀伤。	我又何必为自己的遭遇过度哀伤。

注释:

① 成都，唐代置成都府，至德二载称南京，地位与东京、京都相等。杜甫离开同谷后，就决心到这里来。他希望这里有友人帮助他使他得到安置。他的诗友高适任彭州刺史，距成都亦不远。乾元二年年底，杜甫到达成都，看到这未受战乱直接影响的城邑那样繁华，却立刻想起故乡。故乡尽管残破，却使他魂梦萦思；异乡虽美，却宁愿离去。这样的思绪是沉重的。杜甫到达成都后写的第一篇诗，竟这样哀怨抑郁，读了令人感到凄然。

② 陶潜《归去来兮辞》："景翳翳以将入"，翳翳，朦胧貌。《淮南子》："日西垂景在树端，谓之桑榆。"《后汉书 · 冯异传》："失之东隅，收之桑榆。"译诗中，桑、榆仍按其本义写出。

③ 大江，泛指流经成都的内江（郫江）与外江（锦江）。

④"曾"同"层"。曾城即"重城"。成都有太城、少城。《文选 · 蜀都赋》："亚以少城，接于其西。"

⑤《仇注》："无与适，意不自适也。"恐不妥。与适，指与友人同游。这句诗是说当时初到成都，还未安顿好，感到前途渺茫，因而情绪不安。

⑥《古诗》："携手上河梁，游子暮何之。"传说这是李陵与苏武告别的诗。这首诗古代流传很广，影响很大。杜甫在诗中所写的"侧身望川梁"，大概是由于想起了这首古诗，以此表达对别离已久的亲友的思念。

◎ 酬高使君相赠[①]（五律）

古寺僧牢落，	古寺里僧人剩下的已经不多，
空房客寓居。	空余的僧房正好供我暂住。
故人供禄米，[②]	老朋友把他的禄米给我送来，
邻舍与园蔬。	邻舍送给我园圃里种的菜蔬。

双树容听法，[3]	法师在娑罗树下讲经容许我旁听，
三车肯载书？[4]	难道还容许我赶着三辆大车满载图书？
草玄吾岂敢，[5]	您说我著作《太玄经》，我哪里敢，
赋或似相如。[6]	或许我写的赋还有点像司马相如。

注释：

① 杜甫到成都后，暂时寄住在草堂寺中。《文选·北山移文》注引梁简文帝《草堂传》说："汝南周颙，昔经在蜀，以蜀草堂寺林壑可怀，乃于钟岭雷次宗学馆立寺，固名草堂，亦号山茨。"周颙为南齐时人，可见成都之有草堂寺由来已久，并非因为杜甫曾建草堂于该处始有草堂寺之名。杜甫到成都后不久，高适赠给他一首诗，这首诗是答高适的。当时高适任彭州刺史，故称他为高使君。

②《杜臆》："故人，当指裴公。"按裴公即成都尹剑南西川节度使裴冕。禄米，官吏所得俸米。杜甫在成都的故友较多，从以后许多诗作中可以看出，送给杜甫禄米的故人可能不止一人，这里所说"故人"似即指高适而言。

③《翻译名义集》："娑罗树，东西南北四方各双，故曰双树。"又《涅槃经》："世尊在双树间演法。"后遂称高僧讲佛法的地方为"双树"。

④ 钱笺引《唐慈恩窥基传》，述玄奘欲度窥基为弟子，窥基要求以三车自随，奘许之，后发现三车中，一车载经籍，一车自乘，一车载妓女及食物，文殊菩萨化为老人诃之而止。钱解释说："言如容我双树听法，亦许我如慈恩三车自随，但我只办用以载书耳。"这句诗是答高适赠诗中的"寻经剩欲翻"之句，表示自己虽已在佛寺暂时住下，所携图书不多，无经籍可翻阅。透露出生活尚不安定。

⑤ 高适《赠杜二拾遗》诗中有"草玄今已毕，此后更何言"句。《玄》，指扬雄著的《太玄经》，是拟《易》而作的。可能杜甫过去有过著书的计划，但未实现。杜甫回答说自己没有扬雄著《太玄经》的本领。

⑥ 司马相如以辞赋著名，杜甫曾投献《三大礼赋》等辞赋给唐玄宗，故自称尚能作赋，或可与司马相如相比。

◎ 卜居[1]（七律）

浣花溪水水西头，[2]	在浣花溪溪水的西头，
主人为卜林塘幽。[3]	接待我的主人为我找的地方池塘林木清幽。
已知出郭少尘事，	已知道住在城外尘俗事少些，
更有澄江销客愁。	还有澄清的江水能清洗我客居异乡的忧愁。
无数蜻蜓齐上下，	无数蜻蜓时高时低地一起飞舞，
一双鸂鶒对沉浮。[4]	一对紫鸳鸯轮番着上下沉浮。
东行万里堪乘兴，	如果有兴致，从这里向东可直到万里之外，
须向山阴入小舟。[5]	要到山阴去也只要乘上一叶扁舟。

注释：

① 据卷十二《寄题江外草堂》一诗中“经营上元始，断手宝应年”之句，可知杜甫选定建造草堂的地方是在上元元年，即760年初。诗人带着愉快的心情，赞美了草堂地点适宜和环境的清幽。

② 浣花溪，水名，流经成都城西，一名濯锦江（简称锦江），又称百花潭。

③ 旧注谓主人指裴冕。《仇注》认为，“此说无据”，并说：“主人，公自谓。为卜者，为此而卜居也。”也不合诗意。从诗句结构来看，“主人”当指接待杜甫，并为他找住所的人，但不一定是裴冕。

④ 鸂鶒，见第六卷《曲江陪郑八丈南史饮》注③。

⑤ 最后两句诗说明了成都交通便利，水路可达到吴越一带，如有条件东下时，十分方便。这也正是草堂地点的优越性之一。《世说新语》：“王子猷居山阴，夜大雪，……忽忆戴安道，时戴在剡，即便乘小船就之。经宿方至，造门不前而返。人问其故，王曰：‘吾本乘兴而来，兴尽而返，何必见戴。’”黄生注：“此故为放言以豁其胸次，非真欲远行也。”山阴，今浙江绍兴。

◎ 王十五司马弟出郭相访遗营草堂赀[1]（五律）

客里何迁次，[2]　　作客异乡怎样才能把家安下，
江边正寂寥。　　我在这江边正孤寂、心焦。
肯来寻一老，[3]　　您肯来访问我这个老人，
愁破是今朝。　　使我今天破除了烦恼。
忧我营茅栋，　　您关心我的茅屋怎么修造，
携钱过野桥。　　带着钱来看我，走过郊外的小桥。
他乡唯表弟，　　在异乡只有表弟是我的亲人，
还往莫辞劳。　　以后请多来往，别嫌烦劳。

注释：

① 当杜甫于上元元年春开始营建草堂时，他的表弟王司马出城来拜访，并赠给他建草堂所需的资金。为了表示谢意，写了这首诗。

② 迁次，即移居。《左传·哀十五年》："一日迁次"。按"迁"为"迁移"，"次"指"定居"。在这诗中着重在"定居"。

③ 一老，杜甫自称。

◎ 萧八明府实处觅桃栽[1]（七绝）

奉乞桃栽一百根，　　想跟您讨一百根桃树苗，
春前为送浣花村。　　立春前给我送到浣花村边。
河阳县里虽无数，[2]　　您那里虽然像河阳县有无数桃树，

濯锦江边未满园。[③]	可锦江边我的园里还没有种满。

注释:

① 萧八是成都附近某县县令，故称他“明府”。杜甫营建草堂的园林，向他索桃树秧栽种。《仇注》：“桃栽二字连用，犹俗云桃秧，乃小桃之可栽者。桤栽、松栽亦然。”这首诗及以下数首诗都是以诗代简，但毕竟仍旧是诗，在语言上，在思想境界上表现出一些意趣，非一般书简之所能表达者。

② 晋代潘岳为河阳县令，令县内遍种桃李。这里以河阳县喻萧八任县令的县。

③ 濯锦江即锦江，已见前《卜居》注②。

◎ 从韦二明府续处觅绵竹[①]（七绝）

华轩蔼蔼他年到，[②]	您那浓荫覆盖的小花厅我去年曾经到过，
绵竹亭亭出县高。[③]	亭亭玉立的绵竹比县署墙头还高。
江上舍前无此物，	我江边的茅舍前却没有这种竹子，
幸分苍翠拂波涛。	希望您能分给我一些，让苍翠枝叶也拂扫锦江波涛。

注释:

① 据杨伦《杜诗镜铨》（卷七），韦续尝为绵竹令。又据蔡梦弼注，绵竹产于绵竹县之紫岩山。

② 轩，是小厅。华轩，即俗说的小花厅。蔼蔼，《文选・补亡诗》：“其林蔼蔼”，注：“茂盛貌。”这诗写于上元元年初，在这以前，杜甫到过绵竹县，可能于初入蜀时，道经绵竹而后到成都，其时当在乾元二年十二月底，因此译“他年”为“去年”。

③“出县”的“县”，指“县署”。

◎ 凭何十一少府邕觅桤木栽[①]（七绝）

草堂堑西无树林，[②]　　我的草堂水沟西面没有树林，
非子谁复见幽心。[③]　　除了您，还有谁理解我喜爱清幽的心。
饱闻桤木三年大，　　屡次听说桤树三年就能长大，
与致溪边十亩阴。　　请给我一些桤树苗，让我的溪边也遮上十亩绿阴。

注释：

① 第十卷有《赠别何邕》一诗，其中有“绵谷元通汉”之句。有人认为他可能是绵谷县尉。但绵谷（今广元市）离成都太远，向他索桤木苗似不合理，当时何邕可能在成都附近某县任县尉（少府），尚未至绵谷。杜甫托他寻求一些桤木苗栽种，给他写了这首诗。“桤”音“期”（qī），落叶乔木，是一种速生树种。宋祁的《益部方物记》中说：“桤木，蜀所宜，民家莳之，不三年可为薪，疾种亟取，里人利之。”桤木栽，即桤树苗。

②《广韵》：“堑，绕城水也。”在这诗中，指围绕草堂边界的水沟。

③ 子，指何邕。幽心，对清幽环境的喜爱之心。

◎ 凭韦少府班觅松树子栽[①]（七绝）

落落出群非榉柳，[②]　　树丛中超然出群的不是榉柳，
青青不朽岂杨梅。[③]　　整年青葱不枯，可又不是杨梅。

欲存老盖千年意，[4]　　但望我园里有几株老树像翠伞，哪怕它们千年以后才长成，
为觅霜根数寸栽。[5]　　请寻觅几寸长的经霜松根供我栽培。

注释:

① 第十二卷有《涪江泛舟送韦班归京》一诗，是杜甫在梓州时所作。涪江，流经绵州、梓州、射洪等地东南流入嘉陵江，黄鹤据诗题中的“涪江”字样定韦班为涪江县尉。不知这里的涪江是水名，非县名，而且，梓州离成都较远，觅松树苗不必定到梓州；后面一诗“乞大邑瓷碗”，大邑在成都西面，与梓州方向相反。当时韦可能在成都附近某县任县尉。从诗的内容看，所谓“松树子栽”即“松栽”，或“松树栽”，指松苗。“子”字可能是衍文。这诗虽用作短简，但含义颇深，既称颂松树之雄伟不同于榉树、杨梅，又寄厚望于数寸霜根，冀其成千年老盖，并不只是乞求松树栽而已。

② 榉柳，榆科乔木，高数丈，冬季落叶，不若松树之能耐寒不凋。

③ 杨梅，常绿树，高两丈许，不如松树之高大。这两句诗以榉柳和杨梅来衬托松树高大耐寒不凋的品质。

④ 老盖千年意，意想之中的千年老盖。老盖，指老松树之树冠，像圆车篷一样。种松树不能期望它很快长大，但千年之后，则童童如盖，遮阴甚广。杜甫暂居成都，而有如此长远的考虑，则不徒为自己谋利的思想很明白了。

⑤ 霜根，指经霜的松根，也就是已生长数年的松树苗。

◎ 又于韦处乞大邑瓷碗[1]（七绝）

大邑烧瓷轻且坚，　　大邑县烧制的瓷器又轻又牢坚，
扣如哀玉锦城传。[2]　　轻轻敲它声如哀玉，名声早在锦城流传。
君家白碗胜霜雪，　　您家的白碗比霜雪还要莹洁，

急送茅斋也可怜。[3]　　快送些到我的茅舍里来，让我也能对它表示爱怜。

注释：

① 韦班家有大邑瓷碗，杜甫曾见过。当他在成都建草堂安家时，便写诗向韦班索取。参看前面一首诗注①。

② 哀玉，声音清亮的玉玦。“哀”字，指声音美好。锦城，锦官城之省称。汉代的成都织锦业繁盛，设有管理此业的“锦官”，后代遂称成都为“锦官城”。

③ 可怜，指爱怜，喜欢。

◎ 诣徐卿觅果栽[1]（七绝）

草堂少花今欲栽，　　我的草堂缺少花果如今想栽，
不问绿李与黄梅。　　不管什么绿李、黄梅我都爱。
石笋街中却归去，[2]　　今天我回家去走过石笋街，
果园坊里为求来。[3]　　想讨些果苗，就到果园坊里来。

注释：

① 徐卿，是果园坊果园的主人。杜甫从成都城里回郊外家中去时经过果园坊附近的石笋街，就顺便到了徐卿的果园中来讨一些果树苗，当时给他写了这样一首诗。

② 石笋街，在成都西门外，古代传留下一对巨石，矗立如笋，故称石笋。第十卷有《石笋行》一诗，可参看。附近的街道取名石笋街。《仇注》：“石笋街，公归路。”石笋街离果园坊不远。

③《仇注》：“果园坊，徐住所。”

◎ 堂成[①]（七律）

背郭堂成荫白茅，[②]	背对着城郭，白茅盖的草堂已经建好，
缘江路熟俯青郊。[③]	沿江道路，我已走熟，俯看远处是青绿一片的城郊。
桤林碍日吟风叶，	桤林遮着阳光，它的枝叶好像在风中吟啸，
笼竹和烟滴露梢。[④]	笼竹被烟雾萦绕，露珠点点滴下枝梢。
暂止飞乌将数子，	乌鸦带领几只雏鸟飞来，在这里暂时栖息，
频来语燕定新巢。	常来常往的燕子呢喃着在选地方建造新巢。
旁人错比扬雄宅，	别人弄错了，把我这草堂比作扬雄的住宅，
懒惰无心作解嘲。[⑤]	可我向来懒惰，没心思像扬雄那样写篇《解嘲》。

注释：

① 上元元年（760 年）初，杜甫在成都西郊浣花溪畔选定住处后即动手盖草堂，暮春，初步建成。但直到两年后，即宝应元年（762 年），才全部竣工。第十二卷有《寄题江外草堂》一诗，其中说："经营上元始，断手宝应年。"就是指草堂营建的全过程。《仇注》引王嗣奭曰："此章与《卜居》相发，前诗写溪前外景，此诗写堂前内景，前景是天然自有者，此景则人工所致者，乃《卜居》《堂成》之别也。"这些话可供参考，但也不尽然。《堂成》主要写从堂上远近眺望之景，与《卜居》着重写位置、环境者不同，但所表达的心情却是类似的，充满了喜悦和欣慰。

② 背郭，指草堂的位置在城郭之外，靠近城郭。荫白茅，以白茅草覆盖屋面。

③ 这句诗是说，人在草堂上，可俯看沿着江边走熟了的道路和草木青葱的郊野。

④ 笼竹，旧注均谓是一种竹名。黄山谷曰："笼竹，蜀人名大竹云。"蔡梦弼曰："蜀有竹名笼籦。"朱鹤龄注："竹有数种，节间容八九寸者曰笼竹。"

⑤《汉书·扬雄传》："哀帝时，丁傅、董贤用事。雄方草《太玄》，或嘲雄以玄尚白，而雄解之，号曰《解嘲》。"按扬雄所作之《解嘲》，是模拟东方朔《答客难》的写法，表白不愿趋附权贵去做官，自甘淡泊写《太玄经》。杜甫寄居成都是由于乱世不得安居故乡，与扬雄之为蜀人而居蜀者不同，有人以杜甫之草堂比于扬雄之宅，实

不相类。然而杜甫也不想枉费心思，学扬雄那样为文以解之，因此写了这样两句诗来表明心迹。

◎ 蜀相[①]（七律）

丞相祠堂何处寻？	诸葛丞相的祠堂该到哪里去觅寻？
锦官城外柏森森。[②]	请看那锦官城外茂密的柏树林。
映阶碧草自春色，	从绿草映照的石阶上自会看出春色，
隔叶黄鹂空好音。	隔着叶簇的黄鹂空唱得那么好听。
三顾频繁天下计，[③]	想当年刘备三顾茅庐，您为他筹划三分天下的大计，
两朝开济老臣心。[④]	开创蜀国，辅佐后主，表现出您这位老臣的一片忠心。
出师未捷身先死，	出征还没有取得胜利就先死去，
长使英雄泪满襟。[⑤]	多少年来，英雄们一直为您哀痛，泪满衣襟。

注释：

① 蜀相，指三国时期蜀国丞相武乡侯诸葛亮。诸葛亮有祠堂在成都，西晋中成汉主李雄割据时建，原在少城内。后徙置城外，现在成都南郊，与刘备庙合在一起。杜甫在成都城西建的草堂距武侯祠（即诸葛亮祠）不远，前往拜谒时写下了这首悼念、赞颂并表达出深刻历史感的诗篇。

② 据四川省文史馆所编《成都城坊图考·城垣篇上》（初稿）："锦官城在笮桥南岸，即今西较场外隔江南岸地区。以其濯锦较易，故滨江水。蜀中织业发达，早在西汉，专城制造，设官管理。"成都之被称为锦城或锦官城，就是由于这缘故。但这句诗中所说的锦官城，是指后来在少城西南面修建的锦官城，这城距武侯祠就更近了。

③ 三顾，指刘备三次去南阳隆中拜访诸葛亮，请他出山相助。天下计，指诸葛亮对当

时中国形势的分析和三分天下、三国鼎立局面的预估与规划。

④ 两朝，指刘备、刘禅两代蜀主的统治。开，指蜀国的开创。济，指对蜀国的治理，可解为“治”，如《易・系辞》：“万民以济”。

⑤ 诸葛亮多次伐魏均失败，郁郁而死，使后代英雄志士常为他惋叹，乃至一洒同情之泪。

◎ 梅雨[①]（五律）

南京犀浦道，[②]	从成都通向犀浦的路上，
四月熟黄梅。	四月已是梅子黄熟的时节。
湛湛长江去，[③]	清清的江水不停地流去，
冥冥细雨来。	迷蒙的细雨一阵阵飘来。
茅茨疏易湿，	屋上茅草稀疏，容易湿透，
云雾密难开。	满天云雾浓密，真难散开。
竟日蛟龙喜，	水底的蛟龙整天都很高兴，
盘涡与岸回。[④]	它们搅起的旋涡贴着江岸回转。

注释：

① 这是上元元年初夏，杜甫在成都草堂，度过第一次黄梅时节写的诗。据《四时纂要》：“梅熟而雨曰梅雨，江东人呼为黄梅雨。”过多的雨水也给人带来麻烦，诗中所说的“茅茨疏易湿”“竟日蛟龙喜”已透露出忧虑之情。堂成的喜悦刚刚过去，以梅雨为信号的种种烦恼正相继而来。

② 犀浦，旧注说是县名，属成都府，垂拱二年（686 年）析成都县置。一说指市桥下之犀渊，传为秦代李冰置石犀以压水精处。南京，即成都，至德二载，称成都为南京。

③ 长江，泛指成都当时的内江（即郫江）、外江（即锦江）水系。

④ 盘涡，即旋涡，这是可见的；“蛟龙”则是想象之词，谓雨多，水涨，蛟龙便于兴风作浪。“蛟龙”也有某种象征义，指危害人民的势力。

◎ 为农[①]（五律）

锦里烟尘外，[②]	锦城这地方在战乱烟尘之外，
江村八九家。	江边的村落有八九户人家。
圆荷浮小叶，	水面上浮着圆圆的小荷叶，
细麦落轻花。	麦穗摆动着，轻轻散落小花。
卜宅从兹老，	把家安在这里，就在这里养老，
为农去国赊。[③]	做一个农民，远远离开京华。
远惭勾漏令，	想起古代那位勾漏县令我很惭愧，
不得问丹砂。[④]	我没有能像他那样去寻找丹砂。

注释：

① 这首诗抒写了杜甫抛弃官职后，在成都安下家，像一个普通农民那样过活的闲适心情。据诗中描写的“圆荷小叶”“细麦轻花”等自然景色，可知作于上元元年春夏间。

② 锦里，《仇注》谓指“锦城之地”。

③ 国，指京都长安。赊，远。王勃诗：“观阙长安近，江山蜀道赊。”

④《仇注》引《九域志》：“容州有古勾漏县城。”又《一统志》：“勾漏山，在今安南，古勾漏县在其下。”按勾漏山在今广西容县西南之北流市境，古勾漏县即北流市。古代对南方地理情况不明，边界也不清楚，故笼统地说在交趾。《一统志》说“在今安南”是弄错了。据《晋书·葛洪传》：“洪年老欲炼丹以求长寿，闻交趾出丹砂，固求为勾漏令。帝以洪资高，不许。洪曰：‘非欲为荣，以有丹耳。’帝从之。”勾漏

令，指葛洪。杜甫亦有炼丹之志，但不能如愿，早年所写《赠李白》（第一卷）中就已有“未就丹砂愧葛洪”之句。

◎ 有客[1]（五律）

患气经时久，[2]	我患气虚病已经很久，
临江卜宅新。	新近才把这临江的住处选定。
喧卑方避俗，[3]	这里能避开人世的庸鄙喧闹，
疏快颇宜人。	爽朗畅快，颇合我的心。
有客过茅宇，	有位客人到草堂来访问，
呼儿正葛巾。	忙叫儿子帮我戴正葛巾。
自锄稀菜甲，[4]	菜畦里稀疏的菜秧经我亲手锄过，
小摘为情亲。	稍稍采一些待客，来表示我对他的亲切友情。

注释:

① 旧本杜诗中这一首多以《宾至》为题，下面一首以《有客》为题。《仇注》本据草堂本改正。因诗中有“有客过茅宇”句，取“有客”两字为题才较合理。按杜诗写客人来访，多写出来访者的官衔、姓名等，那些诗以客人为主要对象来写，对他们表示感谢，有时还加以赞美，而这首诗则以写自己的感受和心态为主，因此诗题中不著客人姓名。作诗时间大概是上元元年春夏间。

② 患气，《仇注》引师民瞻语：“公尝有肺疾”。古代所谓肺疾包括与肺脏有关的种种疾病，与现代所说的肺病（指肺结核）不同。译诗中写成“患气虚病”。

③ 这句诗如按一般语序排列，应为：“方避喧卑俗”。“喧卑”是“俗”的定语。俗，指世俗生活。

④《说文》：“草木初生曰甲”。“菜甲”即菜秧。

◎ 宾至[1] （七律）

幽栖地僻经过少，	我这隐居处偏僻，很少有人来往，
老病人扶再拜难。[2]	如今又老又病，人扶着我连拜两下也困难。
岂有文章惊海内，[3]	哪里能说我写的诗文震惊四海，
漫劳车马驻江干。	空劳您的车马停歇在我这江边。
竟日淹留佳客坐，	留贵客小坐，不觉已经一整天，
百年粗粝腐儒餐。[4]	只能请您尝尝我这无用书生吃了一辈子的粗茶饭。
不嫌野外无供给，	如果不嫌乡下没有好的招待，
乘兴还来看药栏。[5]	有兴致请再来看看我的药草园。

注释：

① 这首诗在旧本中作《有客》，《仇注》本据草堂本改为《宾至》。这位来访的宾客似乎不是杜甫的旧交，只是由于慕杜甫的诗名而来，因此诗中说了一些客气话。也正是从这些话中，表现出杜甫的不爱奉承，甘于贫贱的傲气。这诗也为上元元年草堂建成后不久所作。

② 再拜，是古人对客人的重礼，连续两次跪拜。

③ 由于客人说了称赞杜甫诗文的话，所以诗中才这样说，表示出谦虚的态度。

④ 百年，指人的一生，一辈子。这句话反映了杜甫的贫困生活。但这也正是他的夙愿，反衬来访宾客或不习惯于此，从而表现出杜甫与来访者之间在思想上有较大的距离。

⑤ 从这句诗可看出，杜甫爱种草药，把他的药草园当作值得一看的地方，而把自己写的诗文不当一回事。此外还可以看出，来访者徒慕杜甫之名，并不真懂他的诗，因此杜甫才不对他谈诗。

◎ 狂夫[1]（七律）

万里桥西一草堂，[2]	万里桥西面有我的一座草堂，
百花潭水即沧浪。[3]	这百花潭水就是我的沧浪江。
风含翠篠娟娟净，[4]	微风中的翠竹显得更娟秀明净，
雨裛红蕖冉冉香。[5]	细雨沾湿的红荷花散发缕缕清香。
厚禄故人书断绝，	俸禄丰厚的旧友不再给我写信，
恒饥稚子色凄凉。	常常饥饿的小儿子面色凄凉。
欲填沟壑惟疏放，[6]	我这副老骨头已将丢进沟壑，只想求得清静和舒畅，
自笑狂夫老更狂。	自笑我这狂夫老年时变得更疏狂。

注释：

① 狂夫，杜甫自称。《诗·齐风·东方未明》："折柳樊圃，狂夫瞿瞿。"陈奂《诗毛氏传疏》："狂夫，谓无守之人。"诗中主要是说自己摆脱世俗鄙见，不顾物质生活的困苦，只求精神之舒畅，被人视为狂夫也心甘情愿。这诗写于上元元年在成都定居后。

② 万里桥，在成都少城西南，横跨锦江上。杜甫的草堂在万里桥西面的浣花溪旁。

③ 百花潭，有人说即浣花溪，也有人说是与浣花溪相连的一个水池。《孟子·离娄》引古歌："沧浪之水清兮，可以濯我缨；沧浪之水浊兮，可以濯我足。"表现出高人幽士不受世俗拘束，神游物外的情趣。诗中把百花潭比喻为古歌中所咏的"沧浪水"，也就是表明自己有疏放之情，不愿受拘束。

④"翠篠"的"篠"，音"小"（xiǎo），嫩竹。净，一作"静"。

⑤ 裛，音"邑"（yì），同"浥"，沾湿。蕖，音"渠"（qú），即芙蕖（fú qú），荷花。

⑥ 古代称乱世之人死于战争、饥饿为"填沟壑"，即不需埋葬，丢入荒山沟的意思。这句诗是说自己已知道在这乱世里免不了要死在异乡了，因此对一切更要看得开一些。

◎ 田舍[①]（五律）

田舍清江曲，	农家的茅舍对着清水湾，
柴门古道旁。	柴门正开在古道旁。
草深迷市井，[②]	杂草长得又密又深，看不清市集在哪里，
地僻懒衣裳。	好在地方偏僻，我也懒得整整齐齐穿好衣裳。
杨柳枝枝弱，	一根根杨柳枝这么柔弱，
枇杷对对香。[③]	一双双枇杷散发着芬芳。
鸬鹚西日照，	西斜的太阳照在一群鸬鹚身上，
晒翅满鱼梁。[④]	它们在晒翅膀，站满了通过游鱼的溪上古梁。

注释：

① 田舍，农家茅舍，这里指杜甫的草堂，以《田舍》为题是说诗人在草堂中过着普通农民一样的生活，疏懒闲适，远离人世，因而感到愉悦。这是杜甫思想情绪的一个方面；在更多场合，他总是不能忘情国事，关心民瘼，心情悲愤。对于这样一位伟大诗人，不能就一时一事作片面性的理解。这诗作于上元元年初夏。

② 市井，农村中进行交易的市集。门前草深，看不出通往市集的道路，故曰“迷市井”。

③“对对”一作“树树”。枇杷称“对”，可能因枇杷果实丛生似成双成对之故。

④ 古代为了养鱼，在溪流上筑堤，其中设空隙以通鱼之往来，称为“鱼梁”。

◎ 江村[1]（七律）

清江一曲抱村流，　　一弯澄清的江水环绕着村庄徐流，
长夏江村事事幽。[2]　　漫长夏日的江村，一切事物都显得清幽。
自去自来梁上燕，　　梁上的燕子自由地来去，
相亲相近水中鸥。　　成群沙鸥相亲相近地在水面浮游。
老妻画纸为棋局，　　我的老妻在纸上画了个棋盘，
稚子敲针作钓钩。　　我的小儿子用缝衣针敲成了一只钓鱼钩。
但有故人供禄米，[3]　　只要老朋友能经常分些禄米给我，
微躯此外更何求？[4]　　我这个人此外还有什么需求？

注释：

① 这诗反映了杜甫夏日在草堂中的闲适生活。草堂位于浣花溪畔，故称之为“江村”。这诗作于上元元年夏季。

② 因夏天白昼漫长，故称“长夏”。事事，指一切事物，包括自然界与人的生活。幽，指清静、安闲。

③《仇注》本从《文苑英华》，译诗从《仇注》。他本多作“多病所须唯药物”。

④ 微躯，杜甫自称，是谦词，与“贱子”“贱躯”同义。

◎ 江涨[1]（五律）

江涨柴门外，　　柴门外的江水在往上涨，
儿童报急流。　　孩子们来告诉我，江水真急，正汹涌地奔流。

下床高数尺，	我下床时，才涨高几尺，
倚杖没中洲。[②]	当我倚杖站在江边看时，已淹没了江心沙洲。
细动迎风燕，	迎风飞的燕子在微微动荡，
轻摇逐浪鸥。[③]	追着浪游的鸥鸟轻轻摇抖。
渔人萦小楫，[④]	捕鱼人在船上系上小桨，
容易拔船头。[⑤]	轻轻一划就掉转了船头。

注释：

① 杜甫闲住在浣花溪边，仔细地观察了江水涨潮的情况，感到一切充满生意，写下了这首有类于素描、速写的诗篇。王嗣奭在《杜臆》中说："俱眼前一时之景，却有喜意在。"的确是这样的。这诗作于上元元年夏。

② 下床时，水涨高了数尺；到倚杖而望时，江心沙洲已被淹没。所表达的是江涨之迅猛。

③"迎风燕"在空中飞，"逐浪鸥"在水中游，俱因江涨风急而轻微震动。

④ 王嗣奭释最后两句诗说："渔人系舟，必翘首于滩上。"把"萦小楫"理解为"系舟"，恐怕不对，应为把小桨系在船舷上，准备趁江涨之际出航捕鱼。

⑤ 拔，一作"捩"，指掉转船头，驶向江心。《易·乾》"确乎其不可拔"。"拔"作"移易"解，掉转船头，也正是"移易"。

◎ 野老[①]（七律）

野老篱边江岸回，	野老家的篱笆外是回曲的江岸，
柴门不正逐江开。	斜偏的柴门随着江势开辟。
渔人网集澄潭下，	渔人们把网一起撒在清澈的潭底，

估客船随反照来。	一艘艘商贾的货船随着夕阳归来。
长路关心悲剑阁，[②]	想起那漫长的路程和剑阁的险阻就感到悲伤，
片云何事傍琴台？[③]	这一片孤云为什么飞近司马相如留下的琴台？
王师未报收东郡，[④]	官军收复东方州郡的捷报至今还没有听到，
城阙秋生画角哀。[⑤]	城头上又已是一片秋色，阵阵画角声令人悲哀。

注释：

① 野老，杜甫自称。参看第四卷《哀江头》“少陵野老吞声哭”句可知。诗的开头两字是“野老”，便以“野老”为题。诗人闲眺门前景物，想到自己的漂泊羁旅和战乱未平，不禁悲从中来，就写成这样一首诗。作诗时间是上元元年初秋。

②“长路”和“剑阁”，都是自己和故乡之间的阻碍，前者漫长，后者艰险，想到它们，实际上也就是想念故乡。

③ 琴台，成都古迹。《玉垒记》：“相如琴台，在浣花溪北。”遥看片云飞近琴台，可能是实写，但“片云”同时也是诗人自己的象征，“何事傍琴台”喻自己之不得已而来蜀地。

④ 东郡指京都长安以东的州郡，其中也包括杜甫的故乡——东都洛阳附近的地方。

⑤ 原注：“至德二载，升成都为南京，故（成都）得称城阙。”这里的“城阙”指成都的城头。画角，军队专用的饰以彩绘的号角。

◎ 云山[①]（五律）

京洛云山外，[②]	京都和洛阳，在云那边，在山那边，
音书静不来。	一片沉寂，没有音信传来。
神交作赋客，[③]	我的心和作赋的司马相如在一起，

力尽望乡台。[4]	登上望乡台远眺，直到精力疲惫。
衰疾江边卧，	我衰老而且多病，如今只能躺卧在江边，
亲朋日暮回。[5]	傍晚了，来看我的亲朋得回城里去，匆匆离开。
白鸥元水宿，	白鸥原本住在水上，
何事有余哀？[6]	它们为什么也这样深切悲哀？

注释：

① 蔡梦弼曰："此诗怀京洛而作，然京洛不可见，所见者云山而已。故首句因云山起兴，遂以云山命题。"这诗作于上元元年秋，与上面一首诗同时。

② 京洛，指京都长安和洛阳。

③ 作赋客，指汉代的大辞赋家司马相如。相如，蜀人，故杜甫到成都后常常提起他。

④《仇注》引《寰宇记》："《益州记》云，升仙亭夹路有二台，一名望乡台。"又引《成都记》："望乡台，隋蜀王秀所筑。"望乡台是成都的古迹。杜甫时常到那里登台远眺中原，但所能见者，唯云山而已。

⑤ 亲朋从成都城里来浣花村草堂看望杜甫，日暮得回去，因此更增添杜甫的愁思。

⑥ 白鸥本来无所谓悲哀，因人悲哀之故，看来也觉白鸥"有余哀"了。写的虽是白鸥，实际是写人的悲愁思乡之情。

◎ 遣兴[1]（五律）

干戈犹未定，	战争至今还没有停止，
弟妹各何之？	弟妹们一个个都到了哪里？
拭泪沾襟血，	抹去眼泪，抹去沾襟的血，
梳头满面丝。	梳头时，白发披满脸像根根白丝。

地卑荒野大，　　低平的地面，广大的荒野，
天远暮江迟。　　傍晚，江水慢慢流向遥远天际。
衰疾哪能久，　　我这衰老的病人哪里能活得长久，
应无见汝期。　　大概已等不到和你们再见的日子。

注释：

① 这是一首思念弟妹的诗。骨肉情深，长久的离别和音讯不通令人难堪。这种情绪激动也是“兴”，抒发了郁聚在心中的情感，就使“兴”得到排遣。故以《遣兴》为诗题。大概也是与前面几首诗同时所作。

◎ 遣愁[1]（五律）

养拙蓬为户，[2]　　我一筹莫展地坐在蓬草门里，
茫茫何所开？[3]　　心绪茫茫，心灵的门户还为了什么敞开？
江通神女馆，[4]　　江水一直通向巫山的神女庙，
地隔望乡台。[5]　　但在望乡台上却看到大地被隔绝。
渐惜容颜老，　　我在担心，容颜已渐渐衰老，
无由弟妹来。　　弟妹们却仍旧没法到我这儿来。
兵戈与人事，　　战乱和人世间的变化，
回首一悲哀。　　每次回想起来，都使我悲哀。

注释：

① 这首诗以《遣愁》为题，较《遣兴》所表达的悲愁更深，可见杜甫当时已不胜其愁矣。诗中所写的一切，都是致愁的缘由，虽欲以作诗来排遣，仍也排遣不尽。这诗当作于上一首诗成后不久。

② 养拙，指摆脱世俗名利之争而甘于淡泊安闲的生活。参看第二卷《冬日洛城北谒玄元皇帝庙》注㉓。杜甫在草堂居住，就是“养拙”的实践。但杜甫之所以这样做，却是出于不得已，故译诗中以“一筹莫展”来表达。

③《仇注》引庾信诗：“田野正茫茫”。但诗中的“茫茫”，显然有双关含意，既指眼前景物，如田野、云山、江水等，这些俱可谓“茫茫”；同时又是指心境，如愁思等等。既然这样，“开”也就可以是实指门户的打开，也可以虚指心灵的敞开。

④《仇注》引《方舆胜览》：“神女庙在巫山县治西北二百五十步，有阳云台。”按神女即宋玉《高唐神女赋》中所说的巫山神女。从草堂经过锦江、岷江（或沱江）、长江自可到神女庙前。这句诗是说水路交通便利。但交通虽便，人却不能随意而往，这就是人不免悲愁的原因。

⑤ 这句诗进一步把上一句诗中蕴含的意思表达了出来。即使故乡可登台而望，但也不可及。

◎ 杜鹃行[①]（七古）

古时杜宇称望帝，[②]	传说古时候有位君主叫杜宇，他后来自称望帝，
魂作杜鹃何微细。	灵魂变成了杜鹃鸟，变得多么渺小微细。
跳枝窜叶树木中，	在枝头跳，在叶簇间窜，藏身在树木丛中，
抢佯瞥捩雌随雄。[③]	腾飞，急转，总是雌随着雄。
毛衣惨黑貌憔悴，	灰黑的羽毛，憔悴的姿容，
众鸟安肯相尊崇？	一般鸟雀怎么肯把它尊崇？
隳形不敢栖华屋，[④]	形状变丑了，不敢栖息在大屋上，
短翮惟愿巢深丛。	翅膀这么短，只愿做巢在深树丛。
穿皮啄朽觜欲秃，	啄树皮，啄朽木，连嘴都快磨秃，
苦饥始得食一虫。	饿得长久了，才吃到一条小虫。

谁言养雏不自哺，	谁说它生了雏鸟自己不哺育？
此语亦足为愚蒙。	说这话就足够称得上是愚蒙。
声音咽咽如有谓，⑤	它鸣声嘤嘤，好像在说些什么，
号啼略与婴儿同。	这样啼叫和婴儿倒有点相同。
口干垂血转迫促，	口叫得干裂、滴血，却叫得更加急促，
似欲上诉于苍穹。⑥	好像要飞到天上去控诉，把它的怨苦告诉天公。
蜀人闻之皆起立，	蜀地人民听到它叫唤都起立致敬，
至今相效传微风，	到如今还这样，稍稍留传下古风，
乃知变化不可穷。⑦	我这才知道世间的变化奥妙无穷。
岂思昔日居深宫，	它可还怀念往日曾住在深宫，
嫔嫱左右如花红。⑧	左右嫔妃美人簇拥，个个月貌花容？

注释：

① 这首诗的作者有异说。《文苑英华》选这首诗题名司空曙作，但注云又见《杜甫集》。在承认这诗是杜甫所作的人中，有些认为作于夔州，时间是大历初（766 年），如蔡梦弼、杨伦均主是说；也有些认为作于成都，时间是上元元年（760 年）春夏间。这诗记述了蜀地民间流传的关于杜鹃的传说，说它是古代的望帝所变成，对它仍保持着像对待帝王一般的尊敬。杜甫深受这一传说触动，对那些曾经尊贵而后来潦倒的人们抱着同情，并对人世的沧桑变化产生无限感慨。

②《仇注》引《华阳国志》："鱼凫王后，有王曰杜宇，教民务农，一号杜主。七国称王，杜宇称帝，号曰望帝。"又引《成都记》："望帝死，其魂化为鸟，名曰杜鹃，亦曰子规。"

③ 抢佯，《文苑英华》作"抢翔"。"抢佯"与"倘佯""徜徉"音近，《文选·吴都赋》："徘徊倘佯，寓目幽蔚"。李善注："倘佯，犹翱翔。"又《庄子·逍遥游》："我决起而飞，抢榆枋。""抢"的意思是突过，飞越。综合以上的解释，译"抢佯"为"腾飞"。"瞥捩"与"撇捩""撇洌"同音通假。司马相如《上林赋》："转腾撇洌"，意思是迅疾。又考虑到"捩"有"转动"之意，译"瞥捩"为"急转"。

④ 隳，音"挥"（huī），毁损。这诗里是指外貌被毁损，也就是形貌变丑陋。

⑤ 咽咽，《文苑英华》作“咽唠”，注云：“咽，平声”。《诗・鲁颂・泮水》：“鸾声哕哕”。传：“哕哕，言其声也。”咽咽，如读平声，当读“因”（yīn），亦为鸟鸣声。在现代汉语中，无与此相当的象声词。只有“嘤嘤”，还可运用，但读为“英英”（yīng yīng）。译诗不得已而用“嘤嘤”来译“咽咽”。

⑥ 苍穹，即天空，但这里是拟人化的天空，因译为“天公”。

⑦ 这一句诗是这首诗的主旨所在，意思是说宇宙间的变化莫测。虽然杜宇变化为杜鹃只是神话，是幻想中的变化而非实际的变化，但杜甫却从中认识到客观世界变化之无法探究其全部真相，这倒是和某些哲学思想一致的。

⑧ 最后两句诗是为化为杜鹃的杜宇（望帝）设想，想象它往日做皇帝时的生活，对他表示了同情和惋惜。有人认为，这首诗也有所寓言，以杜宇化为杜鹃的悲惨遭遇来比喻唐玄宗晚年的苦痛生涯。

◎ 题壁上韦偃画马歌[1]（七古）

韦侯别我有所适，	韦君向我告别说要到别处去，
知我怜渠画无敌。	他知道我怜爱他，称赞他的画无人能比。
戏拈秃笔扫骅骝，	就随手拈起秃笔挥扫画幅骅骝图，
歘见骐驎出东壁。[2]	两匹骐驎宝马立刻出现在东壁。
一匹龁草一匹嘶，	一匹在吃草，一匹在长嘶，
坐看千里当霜蹄。[3]	看来就要在千里霜雪上放蹄奔驰。
时危安得真致此，	在这危难时刻哪里能真的得到它们，
与人同生亦同死。[4]	它们能和人同生，也能和人共死。

注释：

① 朱景玄《画断》：“韦偃，京兆人，寓居于蜀。常以越笔点触鞍马，千变万态，或腾

或倚，或吃或饮，或惊或止，或走或起，或翘或跂。其小者，或头一点，或尾一抹，巧妙精奇，韩干之匹也。”有人说，韦偃当作韦鶠，写作“韦偃”，是传写错误。黄鹤编这诗在上元元年成都诗内。从诗的内容可知，杜甫与韦偃友善，韦偃将离成都，到杜甫草堂来告别，乘兴在草堂东壁上画了两匹马。这诗叙述了这件事的经过，并描摹出画中马的神态。

② 骐𬴂，泛指骏马，与前一句中的“骅骝”同义。

③ 画上的马虽一吃草，一长嘶，但能使人看出它们能践霜雪，行千里。

④ 杜甫向来爱马，不仅因马能供骑行，而且因马通人性，能与人共生死。第一卷《房兵曹胡马》中也有“真堪托死生”之句，可与此参看。

◎ 戏题王宰画山水图歌[①]（七古）

十日画一水，	十天画一泓水，
五日画一石，	五天画一块石，
能事不受相促迫，[②]	高明的技艺可不能催促，
王宰始肯留真迹。	这样王宰才肯留下真迹。
壮哉昆仑方壶图，[③]	这昆仑山、方壶岛，画得多雄伟宏壮，
挂君高堂之素壁。	挂上了您家高堂上的白墙壁。
巴陵洞庭日本东，[④]	从巴陵山下的洞庭湖到日本之东，
赤岸水与银河通，[⑤]	大地上的赤岸水和银河相通，
中有云气随飞龙。[⑥]	中间有阵阵云气，紧随着腾飞的神龙。
舟人渔子入浦溆，[⑦]	船工渔人划着小船躲进了港汊，
山木尽亚洪涛风。[⑧]	山上的树木都低下头，避让浪涛上卷起的狂风。
尤工远势古莫比，	他更擅长画远景，自古没人能和他相比，

咫尺应须论万里。	尺把长的地方可以画出遥迢万里的形势。
焉得并州快剪刀，[9]	怎能得到一把并州产的锋利剪刀，
剪取吴松半江水。[10]	让我剪下吴松江的半江水带回去。

注释：

① 王宰，唐代著名画家，贞元中犹在世。张彦远《名画记》称："王宰，蜀中人，多画蜀山，玲珑嵌空，巉嵯巧峭。"杜甫在友人家看见了王宰画的一张山水图，为画题了这首诗。诗题上标明"戏题"，表明不是严格按照图画的内容来加以介绍和赞美，而是任凭诗人的想象抒写看画的感受。

② 能事，指人所擅长的本领、技艺。《易·系辞》："天下之能事毕矣。"相促迫，即"促迫"，古汉语中的"相"并不像现代汉语中那样多表示"相互"的作用，而是表示某种语态的助词，在现代汉语中可以略去。

③ 昆仑，我国西部的大山，在古代也染上了神话色彩；方壶，古代传说中的海上三山（"方壶""蓬壶""瀛壶"，又称"方丈""蓬莱""瀛州"）之一，是海上的三个仙岛。《昆仑方壶图》就是王宰所画的这幅山水图的名称。自极西部到东海上，可见画面之宏伟壮阔。

④ 洞庭湖，在岳州的巴陵山下。画中包括中国中部的洞庭湖与海外的日本岛，由此更可看出画面之宏阔。

⑤ 赤岸，可用作专名，古籍上名为赤岸的地方有多处，但也可用作通名，泛指江海之岸。郭璞《江赋》："鼓洪涛于赤岸"，即用此义。这诗中以"赤岸水"代表大地上的水系。说地上的水与天空的银河相通，是出于我国神话，也可能由于画面上表现出天水相连的景象，故作者产生了这样的联想。

⑥ 我国古代有"风从虎，云从龙"之说，画上云气氤氲，故有龙飞的想象，并不是说画上真出现了龙的图形。

⑦ 浦溆，通常解释为水边。但从这诗中所写的情况来看，似专指小河港的水边，故译为港汊。

⑧ 朱鹤龄注："风势涌涛，山木尽为之低亚。公诗'花亚欲移竹'及'花蕊亚枝江'，皆与此同义。"亚，本义是"次"，也可作"压"解。这里是"低"的意思。

⑨ 并州，今山西省中部和北部，唐代称为并州，以产刀剪著名。

⑩ 吴松江，即今之苏州河，古代直接流入长江，水势极盛，是长江三角洲的一条重要河流。诗中这样写是表示诗人十分爱水，并从侧面显出王宰图画中的水画得极美，特别吸引人。旧注有谓其有政治寓意者，其说穿凿附会，不可取。而且，诗题中明说是“戏题”，就更应多从诗人的主观情趣方面来着眼。

◎ 戏为韦偃双松图歌[①]（七古）

天下几人画古松？	天下有几个画师能画古松？
毕宏已老韦偃少。[②]	毕宏已经老了，韦偃正青春年少。
绝笔长风起纤末，[③]	刚停笔，就卷起一阵风——从细小渐渐变得狂暴，
满堂动色嗟神妙。	满堂客人看了，都震惊变色，赞叹画得神妙。
两株惨裂苔藓皮，	两株古松，生满苔藓的树皮已经坼裂，
屈铁交错回高枝。	高处的枝茎交错盘曲，像被扭弯了的钢铁。
白摧朽骨龙虎死，	断裂处露出的白色像龙虎死后留下的朽骨，
黑入太阴雷雨垂。[④]	黑糊糊的枝叶伸入北面天空，像雷雨倾泻。
松根胡僧憩寂寞，	松根有位胡僧孤独地静坐休憩，
庞眉皓首无住著。[⑤]	又长又宽的眉毛，一头白发，神情是那样无牵无挂。
偏袒右肩露双脚，	他袒露出右肩，光着双脚，
叶里松子僧前落。	叶丛里的松子在他面前坠下。
韦侯韦侯数相见，	韦君啊，韦君，我和您屡次相见，
我有一匹好东绢，[⑥]	我这里有一匹质地优良的东绢，
重之不减锦绣段。	我看重它，把它当作锦绣一般。
已令拂拭光凌乱，[⑦]	已经叫人擦拭过，不再油光闪闪，

请公放笔为直干。[⑧]　　请您放笔画吧，画上一株挺拔的松树干。

注释：

① 韦偃，已见《题壁上韦偃画马歌》注①。这诗可能是在那篇诗以前写的，因为那诗中曾说过韦偃来告别将到别处去。这首诗咏韦偃画的一幅双松图，对画中古松盘曲偃蹇之状，写得极为生动、劲健；松下有一位静坐的胡僧，形容老迈，神情寂寞，诗中把他的形象鲜明地表达了出来，给人以深刻印象。最后再请韦偃作画，语气豪放，与全诗格调相合。

②《仇注》引封演《闻见记》："毕宏，天宝中御史，善画古松。"又引张彦远《名画记》："大历二年，毕宏为给事中，画松石于左省厅壁，好事者皆诗咏之。改京兆少尹为左庶子。树石擅名于代，树木改步变古，自宏始也。"诗中说毕宏已老，但至大历年间犹能作画。

③ 纤末，指极微小的事物。这句诗是说在画上看到了起风，风势自小而大。这状态与宋玉《风赋》中所写的"夫风生于地，起青蘋之末……"的情况极为相似。

④ 这两句诗是借发挥想象来描写画中双松的形貌。"白摧"句写松树干之干枯瘦硬；"黑入"句写松树枝叶之浓润繁密。

⑤《楞严经》："名无住行，名无著行。""无住著"即"无住无着"，指精神超脱，无所牵挂。

⑥ 东绢，唐代蜀地所产的一种名绢，产于梓州盐亭县之鹅溪，又名鹅溪绢。

⑦ 绢上有油光，不落墨，绘画前须加擦拭，去其光泽，始能作画。

⑧ 为直干，绘挺直的松树干，也就是指画松树。

◎ 北邻[①]（五律）

明府岂辞满，[②]　　您这位县令不是因为任期满了才辞官，

藏身方告劳。	是为了隐居避世，才说感到疲劳。
青钱买野竹，[③]	您花费了青铜钱来买野外的竹林，
白帻岸江皋。[④]	白头巾高高戴在后脑，在江岸上自在逍遥。
爱酒晋山简，[⑤]	您像晋朝山简那样爱喝酒，
能诗何水曹。[⑥]	诗也写得好，就像那何水曹。
时来访老疾，	时时来访问我这个生病的老人，
步屧到蓬蒿。[⑦]	脚步踏过我这荒院里的蓬蒿。

注释：

① 杜甫于上元元年在成都草堂定居以后，和邻人们开始相互往来，对他们逐渐有所了解。这首诗写他的北邻——一位退职县令的隐逸闲适生活。

② 唐代尊称县令为“明府”。辞满，指任官期满告退。

③ 青钱，即铜钱。铜钱用铜的合金铸成，含有少量铅、锡，故呈青色。以青钱买竹，是雅事。

④ 岸帻，一种戴头巾的方式。帻，是包发之巾，史游《急就章》：“冠帻，簪黄结发纽。”岸帻，把包发巾尽量戴在后脑部，是隐逸者显示悠闲、不受拘束的一种戴法。这句诗，按通常语序应为：“岸白帻（于）江皋”。江皋，江边的高地。“帻”音“泽”（zé）。

⑤ 山简，晋人，山涛（竹林七贤之一）之子，温雅有父风，性嗜酒，曾为尚书左仆射，后出任征南将军，镇襄阳。据《襄阳记》，山简常游岘山南之习家池，往往大醉乘马而归，常曰：“此我高阳池也。”城中小儿歌之曰：“山公何所往，来至高阳池。日夕倒载归，酩酊无所知。”

⑥ 何水曹，即何逊，南朝梁人，曾任建安王水曹参军，又为安西安成王记室参军事，兼尚书水部郎，故人称何水曹或何水部。诗名很盛，有《何水部集》。杜甫对他的诗极为称许，第十七卷《解闷十二首》之七有“颇学阴（阴铿）何（何逊）苦用心”之句。

⑦ 屧，同“屟”，音“卸”（xiè），古代的一种木屐。步屧，喻脚步，步行。蓬蒿，指

草堂庭院中之杂草。

◎ 南邻[1]（七律）

锦里先生乌角巾，[2]	锦里先生头上戴着黑色角巾，
园收芋栗不全贫。	园里能收到一些芋、栗，家境还不算很困贫。
惯看宾客儿童喜，	儿童们熟悉来访的宾客，看见客来都高高兴兴，
得食阶除鸟雀驯。	鸟雀在阶沿上常能得到食料，对人显得驯顺亲近。
秋水才深四五尺，	秋天的溪水只有四五尺深，
野航恰受两三人。[3]	农家的小船正好乘两三个人。
白沙翠竹江村暮，	白沙洲旁翠竹掩映的江村已傍晚，
相送柴门月色新。	送我到柴门外时新月初升。

注释：

① 南邻，居住杜甫草堂南面的邻人。顾宸注："南邻，朱山人也，后有《过朱山人水亭》诗。"顾宸之说并不可信，因为南邻不一定只有一家。这篇诗所写的南邻是一位没做过官的人，过着普通农民生活，家里种了芋栗，还有小船，生活过得还不错。诗里写了农家日常生活的情趣，使人感到亲切可喜。

② 锦里，已见本卷《为农》注②。锦里先生，是杜甫对南邻的称呼，译诗中保留了这个称呼。角巾，有方棱角的布帽。《晋书·羊祜传》："既定边事，当角巾东路，归故里。"按"角巾"为古代隐居者的服饰。

③ 航，即小舟。《方言》："舟自关而西谓之船，自关而东谓之舟，或谓之航。"

◎ 过南邻朱山人水亭[1]（五律）

相近竹参差，	和您的家靠得近，只隔着丛竹高高低低，
相过人不知。	到您家来走走，别人也不能得知。
幽花欹满树，	满树上歪歪斜斜开着幽静的鲜花，
细水曲通池。	细细的溪流曲曲折折通向水池。
归客村非远，	客人要回去，反正村庄相距不远，
残樽席更移。	还有剩酒，换个地方再喝上几杯。
看君多道气，[2]	看您身上很有些道家的气质，
从此数追随。	今后我要常常跟着您在一起。

注释：

① 这首诗写到邻家水亭游宴的事。称“山人”，因为他没有做官。这位邻居的家境似较前一首诗所写的南邻为优裕，家中有池亭，本人有道家的风度，与前一篇所写的普通农民不同。第十三卷《绝句四首》第一首有“梅熟许同朱老吃”之句，旧注家有人认为那位“朱老”，就是这首诗中所说的“朱山人”。

② 道气，修道者所表现的特殊气质与风度。徐陵《天台山馆碑》：“萧然仙才，卓矣道气。”现“道气”是对有道家修养的人的赞美之词。

◎ 因崔五侍御寄高彭州一绝[1]（五绝）

百年已过半，[2]	人生百年已过去一半，
秋至转饥寒。	秋天到了，又遭到饥寒。
为问彭州牧，[3]	请为我问一声彭州刺史，

何时救急难。　　　　什么时候来解救我的急难。

注释:

① 有一位崔侍御自成都赴彭州，杜甫托他带这诗给彭州刺史高适，请他给予物质资助。诗写得质朴直率，从中可看出杜甫的困境以及杜甫与高适之间的友谊。高适于上元元年九月由彭州刺史改任蜀州刺史，此诗当写于上元元年秋高未赴蜀州以前。

② 通常说人生百年，杜甫生于先天元年（712 年），到上元元年（760 年）四十九岁，故可云“百年过半”。

③ 这种请人寄递的诗，诗的内容与语气往往要同时照顾到寄递的人与接受的人。诗中的“为问”，是请崔侍御为作者向高适询问。

◎ 奉简高三十五使君[①]（五律）

当代论才子，[②]　　　　如果要评评当代的才子，
如公复几人。　　　　像您这样的才子又能有几个人。
骅骝开道路，　　　　您已经如骅骝一样启程登路，
鹰隼出风尘。[③]　　　　已经如鹰隼一样高高越出风尘。
行色秋将晚，[④]　　　　我将在晚秋时上路来看您，
交情老更亲。　　　　我们的友情真是愈老愈相亲。
天涯喜相见，　　　　在天涯和您见面真令我欣喜，
披豁对吾真。[⑤]　　　　您将看到我敞开胸襟向您坦露我的真心。

注释:

① 这首诗写在高适改任蜀州刺史之后。唐武后垂拱二年（686 年），析益州置蜀州，州治在今四川省崇州市。杜甫在决定秋末去蜀州看望高适之后，先给他寄去这首诗。

②“论”在这里是评价与比较的意思。

③“骅骝”与“鹰隼”都是用来比喻高适的。“骅骝”句，赞美高适的前程远大；“鹰隼”句赞美高适青云直上。

④行色，原意是说行旅的状况，《庄子·盗跖》：“车马有行色”。这里用以代指旅途、旅行。

⑤《仇注》：“披豁，即开心见诚之意。”

◎ 和裴迪登新津寺寄王侍郎[①]（五律）

何恨倚山木，	您为什么倚在山树上显得这样怨恨惆怅，
吟诗秋叶黄？[②]	吟诵着诗篇，对着秋叶枯黄？
蝉声集古寺，	多少鸣蝉聚集在这古寺边高唱，
鸟影度寒塘。[③]	飞鸟的影子悄悄掠过凄冷的池塘。
风物悲游子，[④]	这些景物引起了漂泊者的感伤，
登临忆侍郎。[⑤]	登临远眺时不禁想起了王侍郎。
老夫贪佛日，[⑥]	我这老人贪恋着佛寺里的阳光，
随意宿僧房。	任随自己心意住宿在寺里僧房。

注释：

①新津县，属蜀州，在成都西南。杜甫到新津是为了与裴迪见面，裴迪也是著名诗人，与杜甫曾多次唱和。诗题下有原注：“王时牧蜀。”《文苑英华》注：“即王蜀州。”可见他是高适前任的蜀州刺史。后回京任侍郎，故称他为王侍郎。蔡梦弼认为王侍郎即王维弟王缙，遭到钱谦益、吴缜等驳斥。近人据《新唐书》卷二〇二《王维传》中“缙为蜀州刺史未还”等语及其他资料确定王缙曾为蜀州刺史，后回京任工部侍郎、礼部侍郎等官。可知此诗题中的“王侍郎”应为王缙无疑。杜甫与裴迪同游新

津寺，裴迪先写了一首《登新津寺寄王侍郎》诗，杜甫就和作了这一首。诗中只涉及秋日景物与人的心情，并无其他用意。

②《仇注》认为开头两句诗是作者自问之词，施鸿保《读杜诗说》驳斥仇说，认为“此首二句，乃诘裴之词，言何所恨而倚木吟诗乎？必裴诗有山木落之感也。”施说较为合理。译诗从施说。

③“蝉声”“鸟影”两句是写在古诗中的见闻，独取此两物，是用来衬托秋日的愁思。

④ 风物，指上两句诗所写的景物。游子，兼言裴迪和作者自己。

⑤ 侍郎，指王侍郎。诗题中有“寄王侍郎”的字样正是由于在登临时想起了他。

⑥ 佛经中常有“佛日”一语，如《金光明经》：“佛日大悲，减一切闇。”又云“佛日辉耀，放于光明。”以“佛日”来比喻佛教教义的光辉。译诗中写成“佛寺里的阳光”，以保持隐喻的风格。

◎ 赠蜀僧闾丘师兄[①]（五古）

大师铜梁秀，[②]	大师是铜梁县的杰出人物，
籍籍名家孙。[③]	是名声卓著的世家子孙。
呜呼先博士，[④]	啊，您的祖父——原先的那位太常博士，
炳灵精气奔。[⑤]	他身上灵气辉耀，精力奔腾。
惟昔武皇后，[⑥]	想起当年的武皇后，
临轩御乾坤。	亲自坐在朝堂上掌管国政。
多士尽儒冠，[⑦]	许多官员都是儒生出身，
墨客蔼云屯。[⑧]	文人墨客像白云密密聚屯。
当时上紫殿，[⑨]	当时能登上紫宸殿的人，
不独卿相尊。	不仅仅是位居卿相的重臣。

世传闾丘笔，[⑩]	世人传颂闾丘的文笔，
峻极逾昆仑。	称赞它风格高峻，超越过昆仑。
凤藏丹霄暮，	凤凰隐去了，红色的霞光昏暗，
龙去白水浑。[⑪]	龙离开了深潭，清水也已变浑。
青荧雪岭东，[⑫]	可是在雪岭东面仍青光闪耀，
碑碣旧制存。	博士往日制作的碑文留存。
斯文散都邑，	他的文章散布在通都大邑，
高价越玙璠。[⑬]	价值高昂，赛过美玉玙璠。
晚看作者意，[⑭]	过了许多年再来看作者的立意，
妙绝与谁论？[⑮]	真是精妙到极点，谁能和它比伦？
吾祖诗冠古，[⑯]	我祖父的诗在那个时代数第一，
同年蒙主恩。[⑰]	他和您祖父同一年蒙主上厚恩。
豫章夹日月，[⑱]	他们像夹在日月旁的豫树和樟树，
岁久空深根。[⑲]	年岁久了，如今空留下地底深根。
小子思疏阔，[⑳]	我的文思粗疏愚钝，
岂能达词门？	哪里能说已进入诗坛的门？
穷秋一挥泪，	在这深秋季节我不禁挥一把热泪，
相遇即诸昆。	和您相遇就像遇见同族的弟兄。
我住锦官城，	我家住在锦官城，
兄居祇树园。[㉑]	您却栖居在佛门。
地近慰旅愁，	住处相近，可以安慰我的旅愁，
往来当丘樊。[㉒]	来往方便，只隔着篱笆和丘墩。
天涯歇滞雨，	在这遥远天涯，连绵秋雨刚停，
粳稻卧不翻。	田地里的粳稻倒伏，不能翻身。
漂然薄游倦，	这漂泊不定的旅途使我厌倦，
始与道侣敦。	又开始和修道的朋友情谊笃深。

景晏步修廊，[23] 傍晚时我在长廊上漫步，
而无车马喧。[24] 却听不见车马的喧嚣声。
夜阑接软语，[25] 夜深了，听您娓娓而谈，
落月如金盆。 下落的月亮悬在空中像个金盆。
漠漠世界黑， 茫茫的世界一片黑暗，
驱驱争夺繁。 多少争权夺利的人们在东走西奔。
惟有摩尼珠，[26] 只有像摩尼宝珠一样的佛法，
可照浊水源。[27] 能把浑浊的水源照得明澈清澄。

注释：

① 诗题下有原注："太常博士均之孙。"闾丘均，成都人，以文章著称，景龙中，拜太常博士。他与杜甫的祖父杜审言同时受到武则天的赏识，同朝任职。因此，杜甫在成都认识了皈依佛门为僧的闾丘均的孙子时，感到十分亲切，真的动了感情。他一直以有杜审言那样一位诗名卓著的祖父而自矜，而闾丘和尚和他情况相似，也为自己能文的祖父感到骄傲，两人的祖父既是同时代的俊才，他们的孙辈自然也就能相互倾慕，相互理解，成为好友。杜甫在这首赠给闾丘和尚的诗中把这样的心境和情感充分地表达了出来。闾丘，是复姓，闾丘和尚的名字法号俱不详。

② 铜梁，山名，也是县名。闾丘均的原籍是铜梁县，属合州。《旧唐书》说闾丘均是成都人，是就他后来居住的地方而言。

③ 籍籍，形容名声很盛。名家孙，著名人物的孙辈。

④ 先博士，指原太常博士闾丘均。

⑤ 左思《蜀都赋》："江汉炳灵，世载其英。"向注："言江汉明灵，故代生贤哲。"炳，意思就是"明"。这种"明灵"（译为"灵气辉耀"）是来自山川的"秀气"或"精气"，山川的灵秀聚集在人身上，使人的智慧、才能充分发挥出来。这就是"精气奔"。

⑥ 惟，意思是"思"。武皇后，武则天。

⑦ 士，天子、诸侯的辅佐。《礼·王制》："天子之元士，诸侯之上士、中士、下士。"

多士，即众士。《诗·大雅·文王》：“思皇多士，生此王国。”多士，也就是指“众官”。儒冠，指读儒家经典，学习儒术的人。

⑧ 墨客，唐代称文人为墨客。云屯，形容文人众多，宛如云集。

⑨《仇注》引《三辅黄图》，谓汉武帝于甘泉宫起紫殿。紫殿，应为“紫宸殿”之简称，是唐代内朝正殿，参看第五卷《腊日》注②及第六卷《紫宸殿退朝口号》一诗及其注①。

⑩ 南北朝时期，习惯称有韵之文为“诗”，无韵之文为“笔”。诗中所说“闾丘笔”，即闾丘均的散文著作。《唐诗纪事》谓“审言以诗，闾丘以字，同侍武后”，但据《仇注》引杜田语：“东蜀牛头山下，有闾丘均撰《瑞圣寺摩崖碑》，严政书。”可见闾丘均是碑文作者，而非书写者。即使能书，也不是以书法著名。

⑪“凤藏”“龙去”两句指闾丘均之死。《仇注》并对此解释说：“三凤、八龙，古人以比贤士，原不专指人君也。”

⑫ 青荧，喻碑文之光辉不朽。雪岭东，指蜀地。川西岷山之主峰终年积雪，也称雪山。第十六卷《八哀诗·赠左仆射郑国公严公武》有“公来雪山重，公去雪山轻”之句，可知“雪山东”指蜀地无疑。注⑩中所说到的《瑞圣寺摩崖碑》在东蜀，可能这句诗所说的就是这一碑文。

⑬ 玙、璠均为美玉，也有人认为“玙璠”为美玉的名称。这里用来比喻闾丘均之文笔。

⑭“晚看”之“晚”，意思是指以后的时期。如《汉书·郊祀志》：“虽晚周亦郊焉。”这诗中是指到了若干年以后。

⑮ 论，通“伦”，意思是伦比、比伦。

⑯ 古，不仅可泛指往古，而且可指过去某一确定的年代。这里专指杜审言以诗著名的那个时代。否则杜甫对杜审言诗的评价就太主观，而且与他在别处论诗的意见相矛盾。

⑰ 这句诗是说杜甫之祖父杜审言和闾丘和尚的祖父闾丘均同年得到皇恩，那是在武后当权时。

⑱ 豫树与樟树是形状相近的两种高大树木。夹日月，言其高大，并隐喻在皇帝身边。

⑲ 空深根，言枝叶不茂，徒有深根。喻杜甫和闾丘都遭受挫折，仕途多蹇，其祖先虽有盛名，但后辈都衰落不振。

⑳ 小子，杜甫自称。

㉑ 祇树园，又称“祇园”“独园”，“祇树给孤独园”之简称。据佛教传说，有一位名给孤独的长者购祇陀太子园林献佛，作为佛说法之所，遂称此园为“祇树给孤独园”。后世以此喻宣扬佛法的地方，常以此喻佛寺。在这句诗中，“祇树园”不是仅代表闾丘所居之佛寺，且指他所皈依的佛教，故译为“佛门”。

㉒ 丘樊，指山丘和樊篱。

㉓ 景晏，是说时光不早，到了傍晚。修廊，指佛寺中的长廊。

㉔ 这句诗是用陶潜诗《饮酒》（其五）“结庐在人境，而无车马喧”的现成句子，用来描述佛寺远离尘嚣的安静环境。

㉕ 佛经中常用软语、柔软语等词语，来表示能吸引听众的一种动听的语言。《华严经》：“菩萨摩诃萨有十种语，一者柔软语，能使一切众生得安稳。”《法华经》：“言语柔软，可悦众心。”《维摩经》：“所言诚谛，常以软语。”译诗中写作“娓娓而谈”。

㉖《翻译名义集》：“摩尼或曰逾摩，正云末尼，即珠之总名也。”因系梵语的音律，用了这样的语言更可看出与佛教教义的联系。这诗是赠给蜀僧闾丘的，因此用了“摩尼珠”一语，用它来比喻佛法，说它可把受蒙蔽的人心照亮。

㉗ 浊水源，喻世俗人心。

◎ 泛溪[①]（五古）

落景下高堂，	夕阳下我离开了高高草堂，
进舟泛回溪。	把小船划向曲折的溪上。
谁谓筑居小，	谁说我造的这所住宅太小，
未尽乔木西。	我还没走尽乔木西面的地方。
远郊信荒僻，	远离城邑的郊野实在够荒僻，

秋色有余凄。	秋天的景色竟这样凄凉。
练练峰上雪，[②]	远峰上的积雪白得像素练，
纤纤云表霓。	云层外的虹霓发出纤纤微光。
童戏左右岸，	儿童们在小溪两岸嬉戏，
罟弋毕提携。	渔网、弓箭一样样全都带上。
翻倒荷芰乱，	荷花、菱叶被碰得翻倒紊乱，
指挥径路迷。[③]	挥东指西弄得人迷失方向。
得鱼已割鳞，	鱼刚捉到手就已经忙着刮鳞，
采藕不洗泥。	采了藕也不洗，带着泥就尝。
人情逐鲜美，	鲜美的食物人人都想获得，
物贱事已睽。[④]	东西本来不值钱，行为却太荒唐。
吾村霭暝姿，	我住的村庄已被暮烟笼罩，
异舍鸡亦栖。	别人家的鸡也已进了鸡棚。
萧条欲何适，	这样萧条的景色，我将到哪里去？
出处庶可齐。[⑤]	出仕和隐居，如今对我已经一样。
衣上见新月，	我的衣衫上映照出初现的月光，
霜中登故畦。	踏上家里的菜地时已到处是霜。
浊醪自初熟，	浊酒该已开始酿熟，
东城多鼓鼙。[⑥]	东面城上仍常常传来战鼓响。

注释：

① 这首诗写了傍晚从草堂出发，乘小船在附近溪上泛游的情景。诗中写儿童无拘无束的嬉游极为生动，使人感到亲切；并以此对照作者衰老的心情和在前途抉择上的彷徨犹豫，对自己的内心作了真诚而深刻的剖析。

②《仇注》引吴均诗："练练波中白"。练，原指煮过而未染色的帛，叠用"练"字，用来形容白色。

③ 这句诗是说儿童在溪两岸捕鱼挖藕，对溪中小船的航行路线加以干涉，但这干涉是你一言我一语的。“指挥”就是指这样的干涉。这样一来，小船反而不知该怎样走了。

④ 暌，音“奎”（kuí），违也。《韵会举要》云：“日入也，日月相违。”故“暌”从“日”旁，而不是“睽”。诗中的意思是说儿童的行为违背事理，译为“荒唐”。

⑤《仇注》：“日暌返棹，犹之身老息机，故曰出处可齐。”上一句诗是隐喻诗人对前途的彷徨犹豫，这一句诗是强作自解，意思是说自己年纪老了，又到了这样的地步，不必再考虑出处问题了。

⑥ 东城，指草堂东面的城，即成都城。多鼓鼙，不一定是指作战，也可指驻兵进行作战演习。

◎ 出郭[①]（五律）

霜露晚凄凄，	霜露增添了傍晚的凄凄寒意，
高天逐望低。[②]	边走边看，高高的天空渐渐变低。
远烟盐井上，[③]	远处的青烟从盐井上升起，
斜景雪峰西。	斜阳已落在雪峰之西。
故国犹兵马，[④]	故国还是一片兵荒马乱，
他乡亦鼓鼙。[⑤]	在这异乡也仍然听得见鼓鼙。
江城今夜客，[⑥]	今夜，我这在江城客居的游子，
还与旧乌啼。	又和熟悉的乌鸦一起哀啼。

注释：

① 杜甫从草堂到城里去，傍晚时出城回家，这诗抒写了归途的感受。

②《仇注》：“‘高天逐望低’，因霜露之气所掩也。”天渐渐黑了，也就觉得天渐渐低了。

③ 左思《蜀都赋》:“家有盐泉之井。”刘注:“蜀都临邛、江阳、汉安县皆有盐井。”下一句的“雪峰”据《元和郡县志》:“雪山在松州嘉城县东,春夏积雪。”又据《图经》:“雪山在维州保宁县西。”按此雪山即岷山(又称汶山),其主峰在今四川松潘县北,一支东下称岷山山脉,有青城山、大雪山诸名,自成都能遥望见者当是青城山雪峰。岷山诸峰也称“西山”。

④ 故国,指东都洛阳及其附近地区。上元元年秋,东都仍在叛军占领下,附近时有战斗,互有胜负。

⑤ 他乡,指成都。亦鼓鼙,参看前一首诗注⑥。

⑥ 江城,指成都,因为它在锦江畔。今夜客,作者自谓。

◎ 恨别[①](七律)

洛阳一别四千里,[②]	离别洛阳之后奔走了四千里,
胡骑长驱五六年。[③]	胡骑横冲直撞也有了五六年。
草木变衰行剑外,[④]	草木凋零时节我飘流到剑门关外,
兵戈阻绝老江边。[⑤]	战乱阻隔,渐渐老去在这江边。
思家步月清宵立,	月光下散步,静夜里站立,都是在思念家园,
忆弟看云白日眠。[⑥]	想念胞弟,看看白云,我厌倦得在大白天睡眠。
闻道河阳近乘胜,	听说近来在河阳打了胜仗,官军正乘胜前进,
司徒急为破幽燕。[⑦]	李司徒啊李司徒,请您赶快进军攻破幽燕。

注释:

① 杜甫在成都草堂暂时住定下来以后,思念故乡和亲人的心有增无已。上元元年初李光弼在河阳西渚打败史思明叛军,拔怀州,六月再一次败史思明于怀州。这消息传到成都之后,思乡之心更不能抑止,深盼平叛战争获得最后胜利,早日回乡与家人团聚。

这首诗表达了这种迫切的心情。

② 杜甫于乾元二年（759 年）二月自华州回洛阳及陆浑山庄探家，不久后回华州辞去华州司功职务西去秦州，接着又南去同谷，于年底到达成都。全部旅程共约四千里。

③ 自天宝十四载（755 年）十一月安禄山起兵叛乱到上元元年（760 年）初，约经过了五六年时间。

④ 杜甫于乾元二年十二月一日自同谷出发去成都，到达剑门关南面时，蜀地草木亦已凋零。

⑤ 江边，指锦江江边。

⑥《仇注》解说五、六两句："宵立昼眠，忧而反常也。"

⑦ 上元元年一月，李光弼在河阳取得重大胜利的消息传到成都时恐已在春末夏初。李光弼于至德二载，加检校司徒衔，故称李光弼为司徒。幽燕指范阳一带，安史叛军之根据地。

◎ 散愁二首[①]（五律）

久客宜旋旆，[②]	在异乡久了，早就该回去，
兴王未息戈。	可是振兴王室的战事还没停息。
蜀星阴见少，	蜀地阴晦的天空星星显得稀少，
江雨夜闻多。[③]	夜雨落在江上，听起来更加猛烈。
百万传深入，	传说百万大军已经深入敌境，
寰区望匪它。[④]	除了这件事全国人民更没别的希冀。
司徒下燕赵，	只盼李司徒的大军攻下燕赵，
收取旧山河。	把失去的旧山河全部收取。

注释：

① 这两首诗是紧接前一首诗所写。前一首诗虽提到了洛阳战役的胜利，但着重点仍在“恨别”，在“思乡”。这两首诗则着重写听到胜利捷报后的兴奋心情，故题为《散愁》。

② 旆，是古代的一种旗帜，专用于行军和一般行旅。第二卷《奉留赠集贤院崔于二学士》有“欲整还乡旆”之句，可参看该诗注⑱。旋旆，意思就是回乡，译诗中没有用这个词语。

③《仇注》：“三、四，承首句，言作客凄凉。”

④《仇注》引《后汉书》：“自致寰区之外”。寰区，即“寰宇”，指全国范围，诗中用来借代全国人民。匪它，即“非它”。这句诗承上启下，指出人民的唯一希望就是平定战乱，收复失地。

◎ 其二（五律）

闻道并州镇，[①]	听说在北方的重镇——并州，
尚书训士齐。[②]	王尚书训练士兵有严格的要求。
几时通蓟北，[③]	什么时候打开通往蓟北的道路，
当日报关西。[④]	请当天就把捷报传送关西郡州。
恋阙丹心破，	我思念着宫阙，一颗红心已破碎，
沾衣皓首啼。	满头白发还哀啼不止，泪沾衣袖。
老魂招不得，[⑤]	我这老人的魂魄已招不回来，
归路恐长迷。	怕它永找不到归路，实在令人担忧。

注释：

① 并州，古代指太行山西面黄河东面一带地方，相当于今山西省北部、中部一带。唐代

设并州，治太原府，在今太原市北。自古以来称为军事重镇。

② 尚书，指兵部尚书王思礼。《旧唐书·王思礼传》载："光弼徙河阳，思礼代为河东节度，用法严整，人不敢犯。"训士，指练兵。齐，指纪律严格、整饬。

③ 蓟北，指唐代蓟州及其北面一带，治渔阳，是安禄山、史思明叛军的根据地，相当于今北京市以东、天津市以北一带。

④ 关西，指函谷关以西的州郡，主要指京都长安。消息到了关西，就会传到蜀中。

⑤ 参看第五卷《彭衙行》注⑭。古代迷信观念以为，人遇惊恐或意外不幸，魂魄被吓得离开躯体而迷失，故需招魂。人飘流在异乡，魂魄也会流失在异乡，找不到归路。诗中这样写，是极言离乡之痛苦与不幸。

◎ 建都十二韵[1]（五排）

苍生未苏息，	黎民百姓至今没有能喘过一口气，
胡马半乾坤。	叛军的马蹄把半个中国踏遍。
议在云台上，[2]	朝廷里多少大臣在议论国事，
谁扶黄屋尊？[3]	谁能辅佐皇上，恢复皇帝的尊严？
建都分魏阙，[4]	决定建立南都，分置政权，
下诏辟荆门。[5]	开辟荆州府的诏令已经下颁。
恐失东人望，[6]	这样做是怕失去东南人民的期望，
其如西极存。[7]	可已有了西都长安，究竟该怎么办？
时危当雪耻，	时局艰危，首先应该洗雪国耻，
计大岂轻论。	这样重大的谋划怎能轻易论断？
虽倚三阶正，[8]	虽然倚仗君臣百姓的关系摆得正，
终愁万国翻。	到底还是要提防各州郡发生变乱。

牵裾恨不死，[9]	当时我在朝廷上牵裾进谏，恨不能以一死报主，
漏网辱殊恩。[10]	蒙皇上特别开恩才免遭下刑狱惩办。
永负汉庭哭，[11]	我永远比不上贾谊，不能像他那样为汉室痛哭，
遥怜湘水魂。[12]	也深深同情魂魄飘流在遥遥湘水边的屈原。
穷冬客江剑，[13]	严寒的冬天我飘流到剑门关外的锦江边，
随事有田园。[14]	随遇而安地置了一处田园。
风断青蒲节，	像青青的蒲草被风吹断了茎节，
霜埋翠竹根。[15]	像翠绿的修竹，长根被霜雪埋掩。
衣冠空穰穰，[16]	朝廷空有那么多的大臣，
关辅久昏昏。[17]	关中三辅地方还是长久昏暗。
愿枉长安日，[18]	盼望长安的太阳稍稍移动，
光辉照北原。[19]	让光辉照临河北的广大平原。

注释：

①上元元年，吕諲为荆州刺史。他提出了在荆州建立南都的建议，肃宗听从了，于上元元年九月下诏置南都于荆州，以荆州为江陵府，吕諲为府尹。这诗是上元元年九月以后得知荆州建都消息后所作。上元二年九月，取消了南都的建制。宝应元年代宗即位后，又恢复了南都。同时建立几个京都，那是根据战乱的形势而采取的分散政治中心的权宜之计。当长安未收复之际，行在僻处西北边塞，在荆州建立一个政治中心，可调度、调节东南和中南地区的财富和人力，可能是有益的，但在长安收复以后，南北交通恢复，建立南都已无必要。建都之议，可能是某些大臣从一己私利出发的。因此杜甫在诗中反对建南都之议，主张出兵河北，彻底打败叛军，恢复国家的统一，以此为第一要务。现代学者，对唐代建立南都是否必要，以及杜甫的意见是否正确等仍有不同看法，当时朝野对此有种种不同意见，自然更不可免。我们现在的确也很难加以判断，但可看出一点，杜甫虽早已离开了朝廷，身在草野，仍这样关心国事，这种思想感情是十分可贵的。从这首诗中，我们至今还能感受到杜甫为国事而忧心的激情。

②《东观汉记》："桓谭拜议郎，诏令议云台。"云台，汉朝南宫中的台名。后常借用来指朝廷。

③ 黄屋，原来指“天子之车”，诗中用来借代天子。

④《周礼·天官》：“乃悬治象之法于象魏”，注：“象魏，宫门双阙。”象魏，又称“魏阙”，宫门外悬布法令之所。《吕氏春秋·审为》：“身在江海之上，心居乎魏阙之下。”魏阙，常用作朝廷、政权的象征。这里指建立南都，分置政权机构于荆州。

⑤ 荆门，参看本卷《桔柏渡》注⑦，这里以“荆门”称荆州。辟荆门，把荆州开辟为都城，设荆州府。

⑥ 东人，《仇注》谓指荆州以东而言，实际上包括长江中下游广大地区、东南沿海和中南部分地区，这些地区通过荆州和长安联结起来。“东人”指这一广大地区的人民，因此译诗中写作“东南人民”。

⑦ 西极，指长安这个位于西部的全国政治中心。

⑧ 三阶，又称“泰阶”，我国古代之星名，即“三台”。常用来象征宰辅大臣，有时也用来表示统治集团内部的关系。如《汉书·东方朔传》：“愿陈泰阶六符”。注：“泰阶，天之三阶也。上阶为天子，中阶为诸侯公卿大夫，下阶为士庶人。三阶平等，是为太平。”译诗把它说成是“君臣百姓的关系。”

⑨ 牵裾，魏辛毗谏文帝（曹丕）徙十万户到河南，文帝不纳，起入内，辛毗紧随帝后，牵其衣裾。诗中用这个典故来代表杜甫在凤翔任左拾遗时，直言谏贬房琯遭肃宗怒斥，险遭三司推问的事。恨不死，恨未能坚持直谏，至死无悔。

⑩ 漏网，指免遭法网。由于张镐的解救，杜甫才免罪获释。

⑪ 贾谊上汉文帝的《陈政事疏》：“臣窃惟事势，可为痛哭者一，可为流涕者二，可为长叹息者六。”杜甫以贾谊之忧国进言为自己的榜样，但自愧不如。

⑫ 屈原忧国被谗，楚襄王时被谪于江南，作《渔父》等文以明志，终沉汨罗而死。汨罗江，属湘江水系。湘水魂，指屈原。

⑬ 江剑，指锦江边的成都和剑门关。“江剑”一作“剑外”。杜甫于上元元年十二月一日自同谷出发来蜀，故说是“穷冬”。

⑭《仇注》引王褒诗“生年随事阑”。又引《杜臆》：“随事犹言随便有之。”也就是不刻意强求，随遇而安的意思。

⑮“风断”“霜埋”两句，写眼前所见园中之景物，同时又用来比喻作者自己的处境。

⑯“穰”音“瓤”(ráng)，稻秆。穰穰，原义为稻禾丰盛貌，这里用来比喻人多。

⑰关辅，指关中三辅之地，即长安及其附近州郡。这句诗是指斥当时朝廷决策不明。

⑱长安日，比喻皇帝。

⑲北原，河北广大平原。这两句诗是希望皇帝把注意力转移到收复河北失地这更重要的大事上来，不要为建都这类徒劳无益的事白费心思。

◎ 村夜[①]（五律）

风色萧萧暮，	傍晚时卷起萧萧寒风，
江头人不行。	江岸上看不见行人。
村舂雨外急，	隔着雨听见村里急促的舂米声，
邻火夜深明。	夜深了，邻舍还亮着灯。
胡羯何多难？[②]	胡羯侵扰为什么这样频繁？
樵渔寄此生。	我只得做樵夫渔民度过这一生。
中原有兄弟，	弟弟们还留在中原，
万里正含情。	我此刻正对万里外的人怀着深情。

注释：

①这诗抒写住在江边村舍中一个风雨之夜的愁思。邻舍的夜舂、战乱的纷扰、兄弟的分离，都沉重地压在诗人的心上，而诗人自己也自顾不暇，只能寄苦痛于诗中。这诗大概作于上元元年冬。参看注②。

②胡羯，指安史叛军。上元元年十一月，史思明遣田承嗣等将领分兵犯淮西及兖州、曹州等地，叛军声势又盛。

◎ 寄杨五桂州谭[1]（五律）

五岭皆炎热，[2]	五岭一带到处都很炎热，
宜人独桂林。	适宜人们居住的地方只有桂林。
梅花万里外，	距离这里万里远，可那里有梅花，
雪片一冬深。[3]	整个冬天，雪片能堆成厚厚一层。
闻此宽相忆，	听到这些，思念您的心得到宽慰，
为邦复好音。[4]	又知道您治理地方有好的名声。
江边送孙楚，[5]	我到这江边来送段参军，
远附白头吟。[6]	托他从这遥远地方带给您这篇“白头吟”。

注释：

① 杨谭，排名第五，任桂州刺史。桂州，唐代属岭南道中都督府，治桂林。杜甫在成都得到了杨谭的消息，知道他在桂林的情况，就写了这首诗，请即将到桂州赴任的一位段参军带给他。这诗大概作于上元元年。

② 五岭，指南岭山脉，其中有五个著名的山岭，如越城岭、大庾岭等，名称有各种说法。这里泛指岭南地方，也包括桂林在内。

③“梅花”“雪片”两句，是从桂州来成都的人所介绍的桂林天气情况。这是据介绍者有局限的直接经验而言，实际上桂林不是每年下雪，更少有积雪事。

④ 为邦，治理州郡。杨谭是桂州刺史，“为邦好音”是赞颂他治理地方有政绩。

⑤ 原注：“因州参军段子之任”。段君，是前往桂林赴任的桂州参军。晋代的孙楚，才藻卓绝，年四十余，始任石苞参军。后遂常以孙楚借代任参军的人，这也是一种美称。译诗中未提孙楚，直接写出了“段参军”。

⑥ 白头吟，乐府楚调曲名。据《西京杂记》，司马相如娶卓文君后又拟娶妾，卓文君作《白头吟》自绝，相如乃止。后代诗人作《白头吟》自伤者颇多。诗中用此曲名，与司马相如的故事无关，只是用它代表这首诗，因为作者已白头且很不得意。

◎ 西郊[①]（五律）

时出碧鸡坊，[②]	我出城常常经过碧鸡坊，
西郊向草堂。[③]	回到西郊走向我的草堂。
市桥官柳细，[④]	市桥边的杨柳多么纤细，
江路野梅香。	沿江路上的野梅吐发清香。
傍架齐书帙，	回家来靠在书架旁把书函理整齐，
看题检药囊。[⑤]	对照标签查看一个个药草囊。
无人觉来往，	我进城出城也没有人觉察，
疏懒意何长。	这样疏放懒散的生活意味多深长。

注释:

① 这首诗写的是从成都城里回到西郊浣花溪畔草堂途中所见和回草堂后的事情，充分表现出诗人的闲适生活和恬淡心情。“西郊”的含意，包括了西郊道上和西郊草堂两者。作诗时间当在上元二年初春。

② 碧鸡坊，是唐代成都城内的一个街坊，据《益州记》，成都之坊，百有二十，第四曰碧鸡坊。碧鸡坊在成都的西南部，出了碧鸡坊，就到西郊。

③ 这句诗按通常语序写应为：“向西郊草堂”。

④ 李膺《益州记》：“冲星桥，市桥也，在今成都县西南四里。汉旧州市在桥南，因以为名。”

⑤“齐书帙”“检药囊”两句写自成都回草堂后的活动。大概在成都买了些书和药回来

了，所以要加以整理。“帙”音“至”（zhì），书衣，古代线装书数本或十数本合装在一便于打开的布制函套内，名为“书帙”，近代多称“书函”。

◎ 和裴迪登蜀州东亭送客逢早梅相忆见寄[①]（七律）

东阁官梅动诗兴，[②]	东阁前官署的梅花激起您的诗兴，
还如何逊在扬州。[③]	就像何逊当年在扬州。
此时对雪遥相忆，	这时我对着积雪遥遥想念您，
送客逢春可自由？[④]	您送客遇到早来的春天心里可觉得自在自由？
幸不折来伤岁暮，	幸好您没有折枝梅花送来，惹得我岁暮时更加伤感，
若为看去乱乡愁。[⑤]	如果我看到它，定将撩拨起乡愁。
江边一树垂垂发，[⑥]	我这江边也有一株梅花将要开放，
朝夕催人自白头。	它每天早晚在催促我白发满头。

注释：

① 裴迪与杜甫于上元元年（760年）秋曾同游蜀州新津寺，可参看本卷《和裴迪登新津寺寄王侍郎》一诗。蜀州，见第三卷《送张十二参军赴蜀州》注①。裴迪自新津县回蜀州，杜甫亦回成都。大概在同年冬末，裴迪写了一首《登蜀州东亭送客逢早梅》的诗，把那首诗寄给了杜甫。杜甫就写了这首和诗，表达了对裴迪的相思之情。

② 东阁，即诗题中所说的“东亭”。“亭”与“阁”，现代人多从形制上加以区别，但古代却不重视这种分别，如送客的“长亭”，形制与今日园林中的“亭”迥异。可见古代“亭”“阁”通用，并不足异。官梅，与“官柳”相似，因其为公家所有，而非私人所植。为了便于表达，译写为“官署的梅花”。

③ 梁朝诗人何逊曾任建安王水曹参军，见本卷《北邻》注⑥。天监六年（507年），建安王迁使持节都督扬、南徐两州诸军事、右将军、扬州刺史。可知何逊为建安王水

曹参军时，正在扬州。《艺文类聚》卷八十六有何逊《梅花诗》，诗中有“兔园标物序，惊时最是梅”之句。当时的扬州治建康县（今南京），非今日之扬州。

④ 见到梅花，也就是见到了春天。《太平御览》引《荆州记》述陆凯寄范晔诗：“折花逢驿使，寄与陇头人。江南无所有，聊赠一枝春。”以“梅花”喻“春”，自古有此习惯。因诗题中说“逢早梅”，故译诗中写成“早来的春天”。自由，在这诗中，意思是“惬意”“自由自在”。

⑤“若为”之“为”，读阳平声（wéi），表示一般作为之词。若为看去，就是“如果看了”。“乱”的意思是“扰乱”“挑动”。

⑥《仇注》引杨慎云：“梅花放皆下垂，故云垂垂。”但诗中所说的梅花还未放，“垂垂”显然不是形容花开的状态。贯休诗有“一瓶一钵垂垂老”之句，“垂垂老”与“垂老”同义，是说“将老”。“垂垂发”也当与“垂发”同义，是说“将发”“将开”。

◎ 暮登四安寺钟楼寄裴十迪[①]（七律）

暮倚高楼对雪峰，[②]	黄昏时我倚立在高楼上面对雪峰，
僧来不语自鸣钟。[③]	僧人默默地走过来敲起了晚钟。
孤城返照红将敛，[④]	孤城上夕阳返照，红霞渐渐收起，
近市浮烟翠且重。	靠近集市，浮烟的翠绿色转浓。
多病独愁常阒寂，[⑤]	我这人多病，常在寂静中独自愁苦，
故人相见未从容。[⑥]	想和老朋友见面也不能轻易相逢。
知君苦思缘诗瘦，	知道您为写诗苦苦思索人已变瘦，
太向交游万事慵。[⑦]	您太看重友情，却懒于把万般俗事放在心中。

注释：

①《仇注》引《蜀志》：“新津县南二里有四安寺，神秀禅师所建。”杜甫于上元二年春

曾到蜀州新津县，从本卷《题新津北桥楼》及《游修觉寺》等诗可知。裴迪这时是否在新津，无法断定，蜀州治崇庆县，裴迪如在蜀州治所，离新津也不远。但从这首诗看来，杜甫很想和他一见而未能实现，不知何故。诗中表达出苦于孤寂，十分想念友人的心情。诗中所写景物对这种心情起着陪衬和烘托的作用。

②《仇注》引杨德周曰："县有修觉山，其上为宝华山，以峰顶多雪，又名雪峰。"

③ 这位僧人，近在身边，但由于不相识，无友谊，便和没有人在身边无异，反而更使人增添寂寞之感。

④ 原诗中的"红"，只是感觉到的色彩，译诗中写为"红霞"，为了易于理解。

⑤ 阒，音"去"（qù），无声貌。

⑥ 从容，这里是顺心、自由的意思。

⑦《仇注》引赵大纲曰："裴之貌瘦，虽由耽诗所致，然于故旧交情亦太疏矣。盖裴在蜀州，但寄诗而未尝一过，故公讽之如此。"这解说可以商榷。末句有"太向交游"之语，似非责裴疏于旧交。诗中责裴为诗而瘦，为"太向交游"而慵，实际上是赞裴之超脱尘俗，非讽语也。

◎ 寄赠王十将军承俊[①]（五律）

将军胆气雄，	王将军的胆气真豪雄，
臂悬两角弓。	臂膀上悬挂着两张角弓。
缠结青骢马，[②]	您的青骢马系着笼头捆着鞍荐，
出入锦城中。	进进出出走过锦官城中。
时危未授钺，[③]	在这危难时刻没有掌握兵权，
势屈难为功。	屈处在低下的地位难以立功。
宾客满堂上，	请看这满堂上的宾客，

何人高义同？[4]　　谁的崇高义行和您相同？

注释：

① 王承俊，是一位武官，在成都居住，可能是节度使部下的将军。据《资治通鉴》卷224，永泰元年闰十月严武死后，西山都知兵马使崔旰，建议由大将王崇俊任节度使，后被继任的郭英乂所杀，“承”“崇”音近，“王承俊”可能为“王崇俊”之误。杜甫怜其才高位卑，寄赠了这首诗给他。根据诗的内容，很难确定此诗作于何时。《仇注》因诗中说王将军“出入锦城”，知王住在成都，而诗题说“寄赠”，可知是杜甫于上元二年在青城作。

②《仇注》：“缠结，马上装饰。”译诗把“缠结”理解为马的笼头、鞍荐等马具，不仅起装饰的作用。

③《仇注》引挚虞《新礼仪》：“汉魏故事，遣将出征，符节郎授钺于朝堂。”钺，执法的巨斧，象征统帅军队的权力。

④ 疑这位王将军在物质上曾给杜甫帮助，故这样赞美。

◎ 奉酬李都督表丈早春作[1]（五律）

力疾坐清晓，[2]　　清晨我在病中勉强坐起，
来诗悲早春。　　您寄来了悲叹早春的诗篇。
转添愁伴客，　　这可增添了陪伴我的烦愁，
更觉老随人。　　更使我感到衰老紧随在我的身边。
红入桃花嫩，　　桃花瓣里含着娇艳的嫩红，
青归柳叶新。　　新长出的柳叶颜色碧绿鲜艳。
望乡应未已，　　料想您也该天天在想望故乡，
四海尚风尘。　　而如今四海依旧是烽烟弥漫。

注释：

① 唐代各州郡设有大都督府或都督府。睿宗景云年间（710—711 年）以后，设诸道节度使，都督之职名存实亡。杜甫称这位表丈李都督，大概这只是一个空头衔。他寄给杜甫一篇悲叹早春的诗，杜甫回赠了这篇诗给他。旧编在上元二年。

②《三国志·魏志》："（司马懿）辄力疾将兵。"力疾，带着病勉强起来。

◎ 题新津北桥楼[①]（五律）

望极春城上，	春天在城上向遥迢远方眺望，
开筵近鸟巢。	摆酒筵的地方真高，已靠近鸟巢。
白花檐外朵，	屋檐外朵朵白花开放，
青柳槛前梢。	栏杆前青青杨柳伸来枝梢。
池水观为政，[②]	看池水清澈就知道这里政治清明，
厨烟觉远庖。[③]	炊烟淡淡，使我觉察到仁人远庖厨的怀抱。
西川供客眼，	西川可供游客欣赏的景色，
惟有此江郊。[④]	看来只有这一处江郊。

注释：

① 从诗的内容可看出，杜甫于上元二年春到新津县时，新津县令曾在岷江边的北桥楼设宴款待，于是杜甫写了这首诗赞颂楼前景色和县令的政绩。诗题不记县令姓名，而作为题楼之诗，在杜诗中很少有此体例，可能因为他与县令并不熟悉之故。

② 为政，指地方官的治理。池水清澄，可以比喻为政清明。故说观池水可以看出治理的情况。

③《孟子·梁惠王（上）》："君子之于禽兽也，见其生不忍见其死，闻其声，不忍食其肉，是以君子远庖厨也。"孟子用这样的话来鼓励国君行仁政。诗中说"觉远庖"，就是说看出新津县令能行仁政。

④ 此江郊，指岷江江边。新津县傍岷江。

◎ 游修觉寺[①]（五律）

野寺江天豁，	野外寺院前江天开阔，
山扉花竹幽。	山门里的花竹也清幽。
诗应有神助，	想写诗还须请神灵来帮助，
吾得及春游。[②]	我得趁春天作一次郊游。
径石相萦带，	山径绕着岩石曲折盘旋，
川云自去留。	流水上的浮云随意去留。
禅枝宿众鸟，[③]	鸟群在禅院的树枝头栖息，
漂转暮归愁。	我却到处漂泊，傍晚回去时一路上在发愁。

注释：

① 修觉寺在新津县东南五里的修觉山上，面对岷江。杜甫曾两度到这寺院来游览，这是第一次游览后所写的诗。

② 杜甫诗中常提起"神助""有神"这一类的话，如"下笔如有神""篇什若有神""才力老益神""诗成觉有神""诗应有神助"等。看来这个"神"字和我们今天所说的"灵感"颇有相似之处。为了"有神助"，也就是为了得到灵感，就想到春游，因此说"吾得及春游"。

③ 禅枝，指佛寺之树木。

◎ 后游[①] （五律）

寺忆曾游处，	这寺院使我想起以前曾来游过，
桥怜再渡时。	这桥梁逗我爱怜，当我再一次从它上面走过时。
江山如有待，[②]	这江水，这山峰，似乎在等待着游客，
花柳更无私。	花柳对谁都一样，更不会有私心。
野润烟光薄，	田野润湿，早晨的烟光淡淡，
沙暄日色迟。[③]	沙洲多温暖，太阳正慢慢升起。
客愁全为减，	思乡的愁苦也被这美景消减了，
舍此复何之？	除了这地方，还有哪里我想去？

注释：

①《后游》，《修觉寺后游》的简称。这次游修觉寺，距前一次游览的时间很难确定，但显然不很接近。不然不会有“寺忆曾游处”的说法。前一首诗写暮归时的心境，这一首诗写早晨的野景，情调开朗，与前一首诗大不相同。

②“江山”与“河山”一样，通常当作复合词来使用，这里似宜当作并列词组“江”和“山”来理解较好，否则与下一句的“花柳”不能对偶。“江山”“花柳”两句写出自然景物的美德，与只写形貌者异趣，因此一直受重视与好评。

③“野润”与“沙暄”两句写早晨景象。

◎ 绝句漫兴九首[①] （七绝）

眼见客愁愁不醒，	当我陷在乡愁里，昏昏沉沉不能清醒，
无赖春色到江亭。[②]	那调皮任性的春色悄悄来到我江边的小亭。

即遣花开深造次，[3]　　它一来就鲁莽地命令百花开放，
便教莺语太丁宁。[4]　　还让黄莺在我耳边絮絮诉说不停。

注释：

①《杜臆》："兴之所到，率然而成，故云漫兴，亦竹枝、乐府之变体也。"《读杜心解》认为："此九首，乃累日散漫而成汇集一处者。"这些解释大体上是符合这一组诗的创作风格的。可以相互补充，帮助我们对诗的内容与艺术特点的理解。这九首绝句之所以构成一组，正是由于在内容与艺术特点上的统一，它们所写的是春色的种种表现，更重要的是写出了杜甫这样一个仕途失意、遭受战乱、流亡异乡，物质生活和精神都极端痛苦的人在春天的感受，曲折地反映出了唐代安史之乱以后社会的动荡不安。这一组诗采取了民歌的形式、大众的语言，抛弃了文人惯用的典故和起承转合的结构老套，透露出一股清新、幽默的气息，在唐诗中开创了新的境界，这组诗是上元二年春在浣花溪畔草堂所作。

② 无赖，原来是用于形容人类行为的词，多用作贬义；这里用来描写春色，使春色"人化"。这里的"无赖"有活泼、调皮、故意与人为难的意思，用这词并非取贬义，而是为了表示出一种亲昵的态度。

③《论语·里仁》："造次必于是。"疏："郑注云：'造次，仓卒也。'仓卒与急遽义同。"译为鲁莽。

④《仇注》："太丁宁，厌其繁数。"

◎ 其二（七绝）

手种桃李非无主，　　这些桃花李花都是我亲手种的，它们并不是没有主人，
野老墙低还是家。　　老农家的围墙再低到底还是个家。
恰似春风相欺得，　　真好像春风故意来欺负我，

夜来吹折数枝花。[1]　　昨天夜里吹断了我好几枝花。

注释:

① 这首诗虽以春风吹折花枝为题材，却表现了深刻的社会内容，暗示农民常受欺压，并产生了被迫害与怨愤的心态。

◎ 其三（七绝）

熟知茅斋绝低小，　　深深知道我这茅斋十分矮小，
江上燕子故来频。　　江上的燕子偏偏来得繁忙。
衔泥点污琴书内，　　衔来的泥土落下把琴和书弄脏，
更接飞虫打著人。[1]　　又接连落下飞虫打到人的身上。

注释:

①“接”的意思是“接连”。《仪礼·聘礼》：“接闻命”，注：“接，犹续也。”飞虫，指燕子衔来的飞虫。前一句有“衔泥”一语，这句诗承接上句知“飞虫”也是燕子衔来的。这首诗对燕子表示了埋怨，但诗人又怎么会不知道燕子是无知的呢？在一般诗中，燕子是可爱的生物，在这诗中，燕子也并非不可爱，但可爱的事物往往也会给人带来麻烦。这显然是有所寓意的。

◎ 其四（七绝）

二月已破三月来，[1]　　二月开了头三月就紧跟着来，

渐老逢春能几回？　　人渐渐老了，春天还能相逢几回？
莫思身外无穷事，　　别想那身外无穷无尽的事，
且尽生前有限杯。[②]　　且趁还活着把有限的酒多喝几杯。

注释：

① 二月已破，就是说已进入二月，完整的一个月已不再完整了。

② 因为人生寿命有限，故说饮酒的杯数有限。这首诗似乎是悲人生短暂，提倡及时行乐，因而可判断为消极思想，但“莫思身外无穷事”这句诗却提醒我们，诗人原来一直是为身外事，为国家，为人民而忧心不已的啊！说些消极的话，是由于不满当时的现实，而自己又毫无改变现实状况的力量。义愤出诗人，信然。

◎ 其五（七绝）

肠断江春欲尽头，　　愁肠欲断，当我看见这江上春光将到尽头，
杖藜徐步立芳洲。　　扶着藜杖慢慢走，又停留在芳草萋萋的汀洲。
颠狂柳絮随风舞，　　颠狂的柳絮还在随着风舞蹈，
轻薄桃花逐水流。[①]　　轻薄的桃花追着江水向远处漂流。

注释：

① 最后两句诗写暮春景色，诗人似乎把春天的逝去归罪于柳絮与桃花了。它们不知春归之愁，而是沉湎在欢乐与狂热的追求之中。这样的意象在我国古代诗歌中是少见的。诗人不是把主观的悲愁之情投射到柳絮与落花上，而是怨恨它们不通人意，甚至对它们的欢乐流露出嫉妒，这不是令人奇怪吗？然而这里所表现的正是“肠断”者的主观想象。“肠断”者的情绪当然是不健康的。可是又为什么“肠断”呢？这首诗最终将引起读者这样的思索。

◎ 其六 （七绝）

懒慢无堪不出村，[①]　　我太懒散、随便，不愿走出村庄，
呼儿日在掩柴门。[②]　　太阳还没落就叫儿子把柴门关上。
苍苔浊酒林中静，　　坐在苍苔上喝杯浊酒，且让我享受林中的寂静，
碧水春风野外昏。[③]　　对着碧水、春风，看野外只见一片茫茫。

注释：

① 无堪，即不堪。懒慢无堪，即懒慢不堪，极为懒慢。

② 这句诗，按照现代汉语的习惯语序应为："日在呼儿掩柴门。"日在，指太阳还未落山。

③ 野外昏，字面意思是说野外光线昏暗，景色茫茫，但更重要的却是暗示心绪茫茫，不知该怎样办。既然这样，也就不能怪诗人的"懒慢无堪"了。

◎ 其七 （七绝）

糁径杨花铺白毡，[①]　　杨花填嵌在小径的坑坑洼洼里像铺上了一条白毡，
点溪荷叶叠青钱。[②]　　小荷叶一片片散布在溪水里像聚集着一枚枚青铜钱。
笋根雉子无人见，　　竹笋根旁有一只雏雉没人看见，
沙上凫雏傍母眠。[③]　　沙滩上，小野鸭紧靠着母亲睡眠。

注释：

① 糁，音"深"（shēn），通常作碎米粒解。古代以米粮碎粒与野菜等掺和煮食，也称"糁"，在刻出的凹痕上涂以颜色粉末，亦可用"糁"字。在这句诗中，宜用后面一

种解释。

② 点溪，不是说点向溪水。而是说点缀在溪面，也就是散布于溪面的意思。

③“雊子”“凫雏”多在暮春孵化生长，杨花、小荷叶也都是暮春景物。这首诗客观地写出暮春的若干景物，似与人无关，但这样的观察与描绘，就已显示出对充满生意的大自然的热爱。

◎ 其八（七绝）

舍西柔桑叶可拈，[①]　　茅舍西面的柔嫩桑叶茁生了，手指已经能拈住它们，
江畔细麦复纤纤。　　江边的小麦苗也长得细细尖尖。
人生几何春复夏，　　人的生命有多长，春天又已经变成夏天，
不放香醪如蜜甜。[②]　　我放不下香醇美酒，它像蜜一般甜。

注释：

① 当桑芽太细小时手指还拈不住，到了初夏，桑叶虽仍很小，但手指已能拈取了。

② 醪，音“劳”（láo），浊酒，醇酒。这首诗赞颂了自然界的生命力。虽然有人生无常之感，但到底还是认为：生活是美好的。

◎ 其九（七绝）

隔户杨柳弱嫋嫋，　　门外的那株杨柳亭亭袅袅，
恰似十五女儿腰。　　正像十五岁的姑娘纤细的腰。

谁谓朝来不作意，[①]　　谁怪她一清早就心情不好，
狂风挽断最长条。[②]　　你看那狂风扯断了她最长的枝条。

注释：

① 作意，唐代的俗语，意思是高兴。不作意，即不高兴。可参看第十卷《江头五咏·花鸭》中“作意莫先鸣”之句。

② 这句诗说出了杨柳“不作意”的原因。这首诗可当作寓言诗看，杨柳被风吹折，与人之被摧残何异。诗人在春天也没有什么好情绪，不正由于他与这杨柳有同样的遭遇吗？这一组诗以此篇作结束，对照前面几首诗中流露出的“不作意”的情绪，令人三思，令人感叹。

◎ 客至[①]（七律）

舍南舍北皆春水，　　舍南舍北两面都是春水，
但见群鸥日日来。[②]　　只看见成群沙鸥天天飞来。
花径不曾缘客扫，　　花间的小路从没有为了迎接客人扫过，
蓬门今始为君开。[③]　　蓬草编的大门今天您来才第一次打开。
盘飧市远无兼味，　　离市集太远，连两样菜肴也拿不出，
樽酒家贫只旧醅。[④]　　家里虽贫穷，樽里的酒却是去年酿的陈醅。
肯与邻翁相对饮，　　您可肯和邻家老翁对饮，
隔篱呼取尽余杯。　　隔着篱笆连声高呼“干杯”。

注释：

① 诗题下有原注：“喜崔明府相过”。第四卷有《白水明府舅宅喜雨》及《九日杨奉先会白水崔明府》两诗，过去注家认为：这首诗里所说的客人与那两首诗中的崔明府

是同一个人。诗中无一字叙及往事，只写江村宁静的生活和人与人之间质朴的情谊，因此不能确定此崔明府是谁，诗题作《客至》，也可看出所写的主要是江村来客的情形，而非来客与主人的关系。黄鹤编此诗于上元二年。

② 这一句说天天来的只有鸥鸟，反衬来客极为罕见。

③“花径”“蓬门”两句有丰富的内涵，既表明江村之幽僻，又显示对来客之欢迎。更重要的是，还富有象征意味，使人感到韵味无穷。

④ 醅，指未滤过的酒，古代在饮酒时才把酒糟滤去，这就是所谓“滤酒”“筛酒”。旧醅，即陈醅。杜甫于上元元年建草堂，二年春所饮之陈酒，是指去年的“旧醅”。译诗保留了“醅”这一名称。

◎ 遣意二首[1]（五律）

啭枝黄鸟近，	在枝头宛转歌唱的黄鸟离人多近，
泛渚白鸥轻。	在水边浮游的白鸥这样轻盈。
一径野花落，	野花沿着整条小径到处飘落，
孤村春水生。	春水涨得高高的，绕着孤村。
衰年催酿黍，	我虽然衰老了，仍在催促早点酿造黍酒，
细雨更移橙。	还要趁小雨过后移种香橙。
渐喜交游绝，[2]	没有人来往，我反而渐渐喜欢，
幽居不用名。[3]	住在这样幽僻的地方，好让我隐姓埋名。

注释：

① 这两首以《遣意》为题的诗反映了杜甫在成都草堂居住时的孤寂生活和恬静心情。写自己，须从一定的心理距离之外来观察自己，自己既是反映者，又是被反映的对象，这就要求既能超脱，又能体验。体验，就产生“意”（思想、感情、意愿、情趣

之类），而超脱，就必须摆脱、排遣实际利害关系。《杜臆》解释这诗题说："意有不快，则借目前景物以遣之。"这只说了一个方面的情况，因为即使生活得愉快喜悦，诗人也必须超脱，"意"必须"遣"，才能从常人升华为诗人。

② 为什么说"渐喜"？因为开始生活在这与外界隔绝的环境中时尚不习惯；渐渐习惯了，才渐渐喜欢这种清静、寂寥。

③ 不用名，不仅意味着不需要世俗的名声，而且也表明自己并不喜欢名声。

◎ 其二（五律）

檐影微微落，[1]	屋檐的影子淡淡地落在地面，
津流脉脉斜。[2]	溪水默默斜流过渡口旁边。
野船明细火，	荒野那边，小船灯火微微闪亮，
宿鹭起圆沙。	边缘呈圆形的沙滩上，栖宿的鹭鸶飞上蓝天。
云掩初弦月，	初现的上弦月被云层掩盖，
香传小树花。	小树的花香到处传遍。
邻人有美酒，	邻人家有的是美酒，
稚子夜能赊。[3]	我的小儿子夜晚也能赊来不用付现钱。

注释：

① 这句诗是说夕阳落山时，屋檐的影子淡了，表示已到黄昏时辰。

② 津流，指浣花溪渡口附近的水流。脉脉，音"莫莫"（mò mò），含情不语貌。

③ 我国古代文人的诗写风景者多，写生活意趣者少。在这方面，杜甫是个高手。试体会这最后两句诗，包含着多么丰富、深长的言外之意。

第十卷

◎ 漫成二首[①]（五律）

野日荒荒白，[②]	旷野上，日光白茫茫一片，
春流泯泯清。[③]	春天的江水泯泯澄清。
渚蒲随地有，	洲渚上到处都看得见蒲草，
村径逐门成。	一家家门前的路连成村径。
只作披衣惯，	外衣披在身上已成了我的习惯，
常从漉酒生。[④]	每天滤酒喝就是我的营生。
眼边无俗物，[⑤]	只要眼前没有讨人厌的俗客，
多病也身轻。	纵然多病也觉得身体轻灵。

注释：

①《仇注》引《杜臆》："二诗格调疏散，非经营结构而成，故云漫成。"按此语为今本《杜臆》所无，所作解释大体是对的。在生活中有所感触，随意把它写成诗，这就是"漫成"。这两首诗抒写了在草堂居住的悠闲生活情趣。从这首诗起的抒情诗都是上元二年在浣花草堂所作。

②《诗·大雅·桑柔》："具赘卒荒。"传："荒，虚也。"在这诗中，"荒荒"作虚空貌解较合适，译为"茫茫一片"。

③ 泯泯，在古籍中多作"昏乱"解，这诗中却没有这样的意思。用于形容水清，似乎是杜甫独创，或许是唐代口语。译诗中保留"泯泯"一词，不再译写。

④ 漉酒，见第九卷《客至》注④中有关解释。

⑤ 古代疏放不羁的文人常称看重俗事的人为"俗物"。如《世说新语》中载阮籍讥笑王戎迟到的话："俗物已复来败人意"。

◎ 其二（五律）

江皋已仲春，[①]	江畔的风光已经是仲春，
花下复清晨。	我站立在花下时又正是清晨。
仰面贪看鸟，	仰头看飞鸟看得出了神，
回头错应人。[②]	有人叫唤忙应答，回头看才知是应错了人。
读书难字过，[③]	读书遇到难字就放它过去，
对酒满壶频。	有酒就一壶壶喝个不停。
近识峨眉老，[④]	近来结识一位峨眉山来的老翁，
知余懒是真。[⑤]	他懂得我的疏懒正是纯真。

注释：

①《仇注》引师氏曰："皋，缓也。江岸土性缓，故曰江皋。"按"皋"释为"缓"，是指声音而言，《礼·礼运》："皋某复"。疏："皋，引声之言。"《左传·哀二十一年》："鲁人之皋"，疏："皋者，缓声而长引之，是皋为缓也。"师氏的解释是牵强附会的。其实，"皋"也有"高"的意思。《荀子·大略》："望其圹，皋如也。"江皋，即指江岸、江畔高出江面的土地。

②"仰面""回头"两句，写疏放的神态，十分逼真。因"贪看鸟"，注意集中，以致应错了人；应错人还不自知，回过头看了才发现这错误。

③ 这句诗与陶潜的名句"好读书，不求甚解"有相似处，都是指以读书为消遣，而不是钻研学问。

④ 峨眉老，原注："东山隐者。"不知究竟是什么人，大概原籍是峨眉山附近，故以"峨眉老"称之。

⑤ 真，有两义，一为真实，一为纯真。原诗中的"真"，意思是双关的，但"纯真"的一面更为重要，因此译诗中写成"纯真"。

◎ 春夜喜雨[1]（五律）

好雨知时节，[2]	惹人喜爱的雨水知道时节，
当春乃发生。	春天一来临就飘洒纷纷。
随风潜入夜，	随着微风悄悄进入黑夜，
润物细无声。[3]	细细的雨点滋润万物，默默无声。
野径云俱黑，	田野小径和天上的云都一片漆黑，
江船火独明。[4]	只有那江上的小船还亮着灯。
晓看红湿处，	早晨，看那些红艳湿润的地方，
花重锦官城。[5]	啊，锦官城的花丛都弯下腰，显得更重更沉。

注释：

① 这首诗是流传最广的杜甫抒情诗之一，作于上元二年春，杜甫居住成都草堂时。诗题概括了诗的内容："春夜"的"雨"是自然现象，"喜"则是人的感情，而人的感情又通过各种景象表达出来。

② 好雨，是有益的雨、及时的雨，故译为"惹人喜爱的雨"。

③《仇注》评这两句诗说："潜入，细润，正状好雨发生。""曰潜，曰细，写得脉脉绵绵，于造化发生之机，最为密切。""雨"被写得像人一样细心，仁慈，对一切生命怀着亲情，却又默默无声，这正是春雨令人喜的原因。

④ 江船火独明，是说渔船趁"细雨鱼儿出"时捕鱼。这也是春雨令人喜的原因。

⑤《仇注》："言经雨红湿，花枝若重也。"译诗为了使读者更易理解，补充了"弯下了腰"等语。

◎ 春水[1]（五律）

三月桃花浪，[2]	三月，发桃花水了，
江流复旧痕。[3]	江流涨到了原来的水平线。
朝来没沙尾，	清早，那沙洲的尾端被淹没，
碧色动柴门。	绿色水波动荡，在柴门前光闪闪。
接缕垂芳饵，	接长了钓鱼线，挂上香饵，
连筒灌小园。[4]	连筒水车也转动起来灌溉小园。
已添无数鸟，	江边增添了无数小鸟，
争浴故相喧。	争着戏水，才这样喧嚷叫唤。

注释：

① 浦起龙在《读杜心解》中评这首诗说："写春雨后水涨，能一字不混入雨，能字字切春，断非他手能办。通首生趣盎然，活泼泼地。"

② 桃花浪，一作"桃花水"。《礼记·月令》："仲春之月，始雨水，桃始华。""桃花水"指春水。如说"桃花浪"，则指春水之暴涨，波浪滔滔。

③ 旧痕，指往年江水最高时在岸边留下的痕迹。

④ 连筒，西南一带农家用的圆轮水车。车骨末端系以竹筒，用之取水，故名"连筒"。

◎ 江亭[1]（五律）

坦腹江亭暖，	敞开衣襟，在和暖的江亭上，
长吟野望时。	这时，我正长吟着向旷野眺望。

水流心不竞，[②] 江水啊，你流吧，我的心并不想追逐你远去，
云在意俱迟。[③] 白云停留在天空，我疏懒的情怀也正和它相像。
寂寂春将晚， 春天，就这样将要静静消逝，
欣欣物自私。[④] 万物总是只管自己快活地生长。
故林归未得， 而我却不能回到故乡的园林，
排闷强裁诗。 只能耐着性子写诗排遣郁闷惆怅。

注释：

① 江亭是杜甫草堂一处面向浣花溪的亭榭。这首诗写在江亭上远眺的感受和情思。诗人显得异常悠闲，置身物外。然而这却非诗人之本心，由于他不能归故乡才不得已作如此冷静之态的。

② 译诗把这句原诗改为对江水的低诉，以便较清晰地表达诗中蕴藏着的思想。

③《仇注》引胡夏客云："'在'，疑作'住'。"作"住"字，意思更明显一些，但"在"，本来就含有"住""停留"的意思。"水流""云在"两句，表达了同一种精神状态，即心存虚静，无所求竞。

④ 诗中的"自私"与今日人们所说的"自私"含意不同，并非贬义词，而是说一切生物各有各的乐趣，都欣然自得。

◎ 早起[①]（五律）

春来常早起， 自从春天来了，我常早早起来，
幽事颇相关。[②] 一些不起眼的小事却总是惹我关注，放在心间。
帖石防隤岸，[③] 给江岸多叠上几块石头防它坍塌，
开林出远山。 修修林木枝梢不让它们遮住远山。

一丘藏曲折，	别看这山丘小，却藏着曲折山径，
缓步有跻攀。[④]	我慢慢走着，有时也得费力登攀。
童仆来城市，[⑤]	我看见我的童仆从城市回来了，
瓶中得酒还。	手里提的酒瓶已盛满。

注释：

① 这首诗以自己的生活为吟咏的对象。清早起来，做一些自己认为有必要做的事：补堤岸，修树木，攀山丘，伫看一早打发到城市买酒的童仆归来。从这样的行为举止中表达出诗人摆脱俗务，追求虚静的志向。

② 幽事，意味着做的事清高，也意味着不受人们注意，而这些事中蕴含着深意，因此诗人觉得有必要去做。

③ 帖，同“贴”。“隤”音“颓”（tuí），同“颓”，这里指坍塌倒毁。

④“有”通“又”。“跻”音“基”（jī），登，上升。

⑤ 诗人早起攀登山丘时，童仆已买酒归来。可以看出古代市集在清早就开市，童仆很早就离家。以此作《早起》一诗的结束，使诗中表达的生活气息更浓厚。

◎ 落日[①]（五律）

落日在帘钩，	落山的太阳照在帘钩上，
溪边春事幽。	春天，小溪边一切显得幽静安闲。
芳菲缘岸圃，	沿岸的园圃里花草飘香，
樵爨倚滩舟。	樵夫正在烧饭，把小船停靠沙滩。
啅雀争枝坠，[②]	争枝啄斗的鸟雀坠落到地面，
飞虫满院游。	飞虫来回翔游把小院飞遍。

浊醪谁造汝?[③] 浓浊的美酒啊，是谁把你创造?
一酌散千愁。 吃一瓢就能把千般忧愁驱散。

注释:

① 这首诗写落日时所见的景物，结束时想到借酒来消愁。可见诗人虽有静观一切的闲情逸致，但内心仍充满愁苦，非靠酒来驱除不可。

② 啅，同“啄”。啅雀，指互相啄斗的鸟雀。

③ 浊醪，即浊酒。见第九卷《绝句漫兴九首》第八首注②。

◎ 可惜[①]（五律）

花飞有底急?[②] 百花为什么萎谢飘飞得这么急?
老去愿春迟。 我这走向衰老的人盼春天慢些归去。
可惜欢娱地， 可惜一切欢娱游乐的地方，
都非少壮时。 对我都不适合了，我已不在少壮时期。
宽心应是酒， 能使我宽心的只有美酒，
遣兴莫过诗。 要让我得到排遣除非作诗。
此意陶潜解，[③] 陶潜啊，这心意只有您能理解，
吾生后汝期。 可惜我生在您之后，生得太迟。

注释:

① 可惜，是第三句诗的开头两字，这词语与整篇的诗的情绪正相一致，故取之为题。

② 底，古代乃至现代某些方言中可作疑问代词用。

③ 陶潜，东晋著名田园诗人，性嗜酒，曾作饮酒诗二十首。杜甫在诗中曾屡次表示了

对他的爱慕。

◎ 独酌[1]（五律）

步屧深林晚，[2]	在深林中散步很晚才归来，
开樽独酌迟。[3]	打开酒樽独自饮酒，缓慢舒徐。
仰蜂粘落絮，	向上飞的蜜蜂身上粘了柳絮，
行蚁上枯梨。	排成行的蚂蚁向枯梨树上爬去。
薄劣惭真隐，[4]	我知识浅薄才力差，比起真隐士感到惭愧，
幽僻得自怡。	可是住在这幽僻地方自己也感到怡悦欢喜。
本无轩冕意，[5]	我原来就没有做官的愿望，
不是傲当时。[6]	并不是傲慢，不把当朝大臣放在眼里。

注释：

① 这也是一首自述生活情趣和思想状况的诗，写的是独自饮酒时对景物的观察和自我剖白。

② 步屧，见第九卷《北邻》注⑦。

③《仇注》："步林向晚，独酌从容，故得详玩物情。"这句诗中的"迟"字不是说时间晚，而是说态度从容。三、四两句对生物的仔细观察，正是由于独酌时的从容态度。

④ 薄劣，指学识、才力的浅薄、拙劣。真隐，指真心避世隐居，而不是借以沽名钓誉，以退为进的假隐士，这样的真隐士是杜甫尊敬的人。

⑤ 轩冕，借代高官厚爵者。《庄子·缮性》："古之所谓得志者，非轩冕之谓也。"

⑥ 当时，指当时的执政者。

◎ 徐步[1] （五律）

整履步青芜，　　我把鞋子穿好走向青草地，
荒庭日欲晡。[2]　　将落山的太阳照在荒芜的庭院里。
芹泥随燕觜，[3]　　燕子嘴里衔着草和泥，
蕊粉上蜂须。　　花粉沾上了蜜蜂的触须。
把酒从衣湿，　　手举酒杯，任衣衫被酒淋湿，
吟诗信杖扶。　　扶着手杖信步走，嘴里吟着诗。
敢论才见忌，[4]　　我怎么敢说自己有才能遭人猜忌，
实有醉如愚。　　实情是我常喝酒，醉得如痴如愚。

注释：

① 这诗写作者于傍晚时一边散步，一边饮酒吟诗的疏放生活，故以《徐步》为题。也和前一首一样，诗中为自己的隐居作解释，表白自己并无不满情绪。杜甫在诗中一再这样自解，可能是他听到了一些对他不利的流言蜚语，于此隐约可见一个正直的人在当时处境的艰难。

②《淮南子·天文》：“日至于悲谷，是谓晡时。”晡时，即“申时”，指下午三时到五时这段时间，通常多指日将落时。

③ 觜，古代专指鸟嘴，也与“嘴”通用。音“嘴”（zuǐ）。

④ 才见忌，是“论”的宾语。“论”就是“说”。才见忌，因为有才能遭人妒忌。

◎ 寒食[1] （五律）

寒食江村路，　　寒食节的江村小路上，

风花高下飞。	落花高高低低地随风飘飞。
汀烟轻冉冉，	汀洲上轻烟袅袅升起，
竹日净晖晖。	射进竹林里的日光清朗明媚。
田父要皆去，[②]	老农邀请我，我总是答应去，
邻家问不违。[③]	邻居送给我礼物，也从不推辞。
地偏相识尽，[④]	住在这偏僻地方的人们都已相识，
鸡犬亦忘归。[⑤]	连鸡狗到邻家去也常忘记回来。

注释：

① 寒食节，我国古代的一个节日。《荆楚岁时记》："冬至后一百五日，谓之寒食，禁火三日。"注："据历，合在清明前二日，亦有去冬至一百六日者。"世多谓这个节日由于纪念介子推而产生。春秋时代的晋文公于流亡国外时，介子推出了不少力，后来晋文公归国继君位，赏从者，介子推藏绵山中，不受赏。晋文公命人焚山林，希望介子推被烟火驱出，但他始终不出来，竟抱木而死。晋文公哀悼他，命令于他的逝世日不举火，后来就演变为寒食节。寒食节，已到暮春时节。这首诗主要写诗人与群众的接近和农家的淳朴风尚。

② 要，同"邀"。

③《诗·郑风·女曰鸡鸣》："杂佩以问之"。问，馈赠。

④《仇注》引张远注："江村只八九家，故尽相识。"

⑤ 这句诗是说鸡犬也和人一样，常和邻家交往，进一步显示了邻居间往来的频繁和亲密友好。

◎ 石镜[①]（五律）

蜀王将此镜，	古代的蜀王用这面石镜，

送死置空山。　　用它来陪伴死者，把它放在这无人的荒山上。
冥寞怜香骨，　　为了让幽冥中的美人骸骨得到安慰，
提携近玉颜。[②]　　把它拿来，让它靠近如玉的面庞。
众妃无复叹，[③]　　送葬的嫔妃们不再发出哀叹，
千骑亦虚还。[④]　　成千的骑马送葬者也回去了，如今也已经音迹渺茫。
独有伤心石，　　唯有这令人伤心的巨石，
埋轮月宇间。[⑤]　　它的圆轮永埋在月光照耀的大地上。

注释：

① 据《华阳国志》及《寰宇记》等书记载，古代蜀王开明有一山精化成的美妃，死后葬在成都西北的武担山上，置一莹彻的圆形巨石于墓地，号曰石镜。有人说径五尺，亦有说径三丈五尺。今已不存。杜甫当时参观了这一古迹，产生了人生虚无的慨叹，但也对永恒的爱情表示了歌颂。

②《九家注》赵云："提携此镜以近女子之玉颜也。"

③ 众妃，指随蜀王送葬的嫔妃们。无复叹，不是说当时王妃葬后不再哀叹，而是指过了千百年后，众妃亦死，不再有叹息声。

④ 千骑，也是送葬者。虚还，既是说送葬后回去，也隐喻他们也早已死去，离开了人间。

⑤《孙子·九地》："是故方马埋轮，未足恃也。"注："埋轮，示不动也。"在这诗里借用"埋轮"一词表示石镜永置于墓上，历久未动。

◎ 琴台[①]（五律）

茂陵多病后，[②]　　当司马相如多病告退以后，

尚爱卓文君。	还是那样热烈爱恋着卓文君。
酒肆人间世，[3]	当年，他们开爿小酒店，忍受着人间的苦难，
琴台日暮云。	如今，他们留下的琴台上正飘过一片暮云。
野花留宝靥，[4]	这里的野花，难道是卓文君留下的贴面花钿？
蔓草见罗裙。	在蔓草上，我似乎看见卓文君的绿色罗裙。
归凤求凰意，[5]	曾寄托过你们深深情意的那首《凤求凰》琴曲，
寥寥不复闻。[6]	永远静息了，永远不再能听到它的声音。

注释：

① 琴台也是成都的一处著名古迹。据《益都耆旧传》，司马相如宅在成都少城中笮桥下，琴台也在附近。宋代诗人陆游的《昭君井》一诗有自注云："琴台在成都城中。"也是指少城而言。杜甫所见的琴台，当即此琴台。这是一首歌颂古代才子佳人真挚爱情的诗，在封建时代文人创作的诗歌中，实不多见。古代评论者往往囿于偏见，对诗的内容加以曲解，如《仇注》在《石镜》一诗后连带谈到这首诗说"两诗，讥古人之好色也。一则死后犹怜，一则病中尚爱。当时眷恋若此，岂知美人黄土，镜前无色，台畔无声，则痴情皆属幻相矣。"黄生则云："此诗低徊想象，若美之不容口者，其实讥世俗之好德不如好色耳。"这些道学先生们当然不能懂得诗人写这些怀古诗篇的真意。

② 司马相如，汉代蜀郡成都人，景帝时为武骑常侍，曾患消渴病，病免后，家居茂陵，后人遂以"茂陵"称相如。后与临邛人卓王孙新寡之女卓文君相慕，文君闻相如之琴声而夜奔相如，两人卖酒为生，文君当垆，相如涤器，世传为美谈。

③"酒肆"指司马相如与卓文君卖酒的事。人间世，指过人世生活，实际上是说他们饱尝了人间的痛苦。

④ 靥，音"页"（yè），意思是酒窝。宝靥，是唐代流行的妇女饰物，又称"花钿"，贴于面颊上以美容，作者设想汉代的卓文君亦有这样的饰物。

⑤ 归凤求凰，指病退归来的司马相如对卓文君的追求，也指司马相如所弹奏的琴曲《凤求凰》。传世琴曲有名《凤求凰》者。《玉台新咏》收有相如《琴歌》，其中有"凤兮凤兮归故乡，遨游四海求其凰"之句。

⑥ 寥寥不复闻，指司马相如当年弹的琴声永不能再闻，同时也叹惜世上不复有相如、文君那样深挚的爱情。

◎ 春水生二绝[①]（七绝）

二月六夜春水生，　　二月初六夜里溪水发春汛，
门前小滩浑欲平。　　水面将要和门前的小沙滩相平。
鸬鹚鸂鶒莫漫喜，[②]　　鸬鹚和紫鸳鸯啊，你们别瞎高兴，
吾与汝曹俱眼明。[③]　　我和你们一样得注视着水势，睁大一双亮眼睛。

注释：

① 这两首绝句与第九卷《绝句漫兴九首》风格相似，都是运用民歌的形式来抒写眼前所见事物引起的感受。

② 鸬鹚，一种能潜没水中捕鱼的水鸟。鸂鶒，见第六卷《曲江陪郑八丈南史饮》注③。

③ 赵次公云："二禽皆水鸟，见水生而喜，公语之以与汝曹眼俱明，则公可谓与物委蛇而同其波矣。"意思是说杜甫在这句诗中说自己也与水鸟一样感到欣喜，是顺应物情，随波逐流，表现出达观的态度。但前一句诗中说"莫漫喜"，似乎是对水鸟的警告，则"眼明"一语，就可能是指警惕而不是一般的喜悦了。译诗据后一种理解。

◎ 其二（七绝）

一夜水高二尺强，　　一夜里水涨了两尺多还往上涨，
数日不可更禁当。[①]　　再涨几天人们就更没法提防。

南市津头有船卖，　　听说南市码头上有船卖，
无钱即买系篱旁。[②]　　可叹我没钱马上买来系在篱旁。

注释：

①《仇注》：“禁当，禁止也。”按“禁当”是同义复词，“禁”与“当”同义，是“受得了”“禁受得起”的意思。不可禁当，即受不了，意译为“更没法提防”。

② 徐仁甫《杜诗注解商榷》（卷十）谓：“‘无钱即买’，义不可通。‘即’字当为‘那’字之形误。”按“即买系篱旁”连贯一气，不可分割。即，意思是“马上”“立即”，并非不可理解。

◎ 江上值水如海势聊短述[①]（七律）

为人性僻耽佳句，　　我脾气怪癖，喜欢追求精妙诗句，
语不惊人死不休。　　出语不惊人，死也不肯罢休。
老去诗篇浑漫与，　　如今老了，诗篇常常是随手写就，
春来花鸟莫深愁。[②]　　对着春天的花鸟也不用苦思深愁。
新添水槛供垂钓，[③]　　新添造的临水槛廊可供我垂钓，
故著浮槎替入舟。[④]　　还特意在水上架块木板好上小舟。
焉得思如陶谢手，[⑤]　　我多么盼望有文思如陶、谢的高手，
令渠述作与同游。[⑥]　　让他们来写诗，来和我一起遨游。

注释：

① 这首诗的题目和全诗内容都是十分特殊的。当江上涨潮如海涛汹涌时，杜甫认为这正是写诗的题材，而且应该写一篇长诗，但是他却没有写，只是写了一首短诗，内容也并非写江上涨潮，而是表白自己当时的心理活动。第一、二两句说明了他过去对写诗

的态度，刻意求佳句，求惊人；三、四两句写年老以后转变为信笔抒写，不再对景苦吟。五、六两句写近来草堂幽居的闲适；最后两句希望有陶潜、谢灵运那样的诗人来写诗，来同游。杨伦《杜诗镜铨》引吴瞻泰语：“此公（指杜甫）自负其平生有惊人句而伤老迈也。蓄意在未落笔之先，故值此奇景，不能长吟，聊为短述。”前半所述大体符合诗的原意，但后一半却不免臆测。这诗的价值在于剖白自己的创作思想和心理活动，表明了杜甫在创作道路上的彷徨和后期美学追求的目标。一个成熟的诗人到了老年，境遇虽不尽如人意，但也相当安适，斗志不再旺盛了，锐气消减了，甚至自信心也在动摇。他不但面对混乱的社会现实失去抨击、控诉的勇猛（如他写“三吏”“三别”时那样），面对自然界的雄伟、粗犷的景象也感到无能为力（我们还记得他写的《渼陂行》，见第三卷；《白水崔少府十九翁高斋三十韵》，见第四卷，等等，这样一些气势磅礴的诗篇）。他可能另有所追求了，正如他在成都草堂的毫无波澜的平静生活一样，他的创作欲望、创作冲动也平静了。他不再追求佳句与惊人之语，而是追求朴素、平淡的风格，因此，他现在是把陶潜和谢灵运看作自己的榜样与知心朋友了。这一时期，可能是杜甫创作活动的“高原期”，将在一个时期的低潮以后，再兴起令人震惊的波澜。杜甫，毕竟是杜甫，而不是陶潜和谢灵运，如海势的江潮还是使他激动了，但这激动短暂而微弱，没法写出一篇动人心魄的宏篇巨制，于是只能这样聊作“短述”。

② 这句诗自古来就有意思完全不同的解释。萧涤非《杜甫诗选注》中说：“愁，属花鸟说。诗人形容刻画，就是花鸟也要愁悔，是调笑花鸟之辞。”但从全诗来看，理解为诗人说自己不再为写花鸟而苦思苦吟似更恰当。

③ 水槛，大概是指本卷《江亭》一诗所写水亭上带栏杆的走廊。

④ 替，据成善楷笺，当用《尔雅释诂》：“替，待也”的解释，替入舟，就是“待入舟”“备入舟”。浮槎，即“浮楂”，即现代汉语口语中所说的“跳板”。

⑤ 陶谢，指陶渊明（陶潜）、谢灵运。

⑥ 关于这两句诗的含意可参看注①。

◎ 水槛遣心二首[①] （五律）

去郭轩楹敞，[②]	水亭远离城郭，槛廊敞朗，
无村眺望赊。	没有村落遮挡，视野辽阔广大。
澄江平少岸，	澄清的江水涨平堤岸，堤岸只露出一条线，
幽树晚多花。	傍晚幽深的树丛盛开着鲜花。
细雨鱼儿出，	细细的雨丝逗得鱼儿浮出水面，
微风燕子斜。	燕子在微风中斜飞，时上时下。
城中十万户，	城里面可真热闹，住户有十万，
此地两三家。[③]	这里却很清静，才两三户人家。

注释：

① 水槛，指草堂园林中的江亭，因其周围设有带栏杆的走廊，下临江水，故称水槛。到水槛上来看看风景，散散心，这就是“水槛遣心”。这两首诗是记在水槛上散心时的感受。其中“细雨鱼儿出，微风燕子斜”一联，历来受到鉴赏家的称许，缘情体物、妙趣天成。

② 这句诗的主语是“水亭”或“水槛”，但给省略掉了。轩楹，指水亭槛廊的窗、柱结构。

③ 城中，指成都城中。此地，指草堂所在之江村。

◎ 其二 （五律）

蜀天常夜雨，	蜀地天气总是这样，常常夜里下雨，
江槛已朝晴。	早晨，太阳又照临江上的槛廊。

叶润林塘密，	枝叶潮润，池塘边林木稠密，
衣干枕席清。	衣裳却干燥，枕席使人感到清凉。
不堪祇老病，[①]	衰老和病痛已使我经受不起，
何得尚浮名。[②]	哪里还会把浮名挂在心上。
浅把涓涓酒，[③]	还是浅浅斟些酒一点点喝吧，
深凭送此生。	全靠它消磨这一生剩余的时光。

注释：

① 这句诗按一般语序来写应该是这样的："祇老病不堪"，并在"不堪"前省略了"使我"等语。

② 尚，看重，可译为"挂在心上"。

③ 涓涓，原指微细的水流，含有点滴不断的意思。

◎ 江涨[①]（五律）

江发蛮夷涨，[②]	蛮夷住的山区一发水，这锦江的水也就往上涨，
山添雨雪流。[③]	高山上的雨雪增添了江水的流量。
大声吹地转，	声音这样响，大地似乎要被冲翻，
高浪蹴天浮。[④]	巨浪高卷，天空被碰撞得浮腾向上。
鱼鳖为人得，	鱼鳖冲到江边被人们捕捉到，
蛟龙不自谋。[⑤]	蛟龙也不知道该藏身在什么地方。
轻帆好去便，	趁着这水势，正好驾起轻帆远航，
吾道付沧洲。[⑥]	我要去大海上的沧洲，投入那虚无缥缈之乡。

注释:

① 这首《江涨》与本卷《春水》及《春水生二绝》所描写的景象都不相同，这里写的是夏秋之间的山洪暴发，来势猛烈，有成灾之势。但诗人却超越了现实的恐怖感，幻想乘风破浪去远离人世的海上仙境。

② 蛮夷，古代对少数民族的通称，这里指川西山区，那一带一直是彝、藏等少数民族居住地。

③ 雨雪流，指锦江上游山区的雨水和积雪融化的水汇流入江。

④ 三、四两句写江上浪涛的声势。

⑤ 五、六两句写水生动物之不得安居，显示出江涨带来的灾难。连有神灵的蛟龙也不能自保，人类的生活自然也受到了威胁。

⑥《仇注》:“沧洲，神仙境也。”

◎ 朝雨[①]（五律）

凉气晓萧萧，	清晨的凉气使我感到秋意萧萧，
江云乱眼飘。	江上阵阵乱云在我眼前飞飘。
风鸢藏近渚，[②]	狂风吹来了，鹞鹰藏身在近江的岸渚，
雨燕集深条。	燕群聚集在深林中的枝条间，躲避急雨淋浇。
黄绮终辞汉，[③]	我不禁想起那终于拒绝汉帝征召的黄、绮，
巢由不见尧。[④]	还有那巢父、许由终于躲避，不肯去见唐尧。
草堂樽酒在，	如今我的草堂上还有一樽美酒，
幸得过清朝。[⑤]	还能安闲自在度过这个美好的清早。

注释:

① 这诗写初秋清晨的雨景，并由此联想到避世全身之道和安于清贫生活的好处。杜甫在草堂中生活还算安适，又看不到在政治上有什么出路，所以才这样想。其实只是自慰之语，不是真的放弃了年轻时经国济世的理想和做官的愿望。

② 鸢，猛禽，形略似鹰，俗称鹞鹰。风鸢，是一种节缩的表述法，“风”并非“鸢”的定语，而是指“遇到狂风的鸢”。下一句诗中的“雨燕”，也应这样理解。

③ 黄绮，夏黄公和绮里季的简称，诗中举出这两个人代表“商山四皓”。另外两个人是东园公和角里先生。参看第五卷《收京三首》第二首注②。

④ 巢由，指巢父、许由。见第四卷《自京赴奉先县咏怀五百字》注⑮。

⑤ 清朝，不仅意味着是早晨，而且意味着是清闲、清静，无俗事干扰的早晨。

◎ 晚晴[①]（五律）

村晚惊风度，	傍晚时狂风掠过村庄，
庭幽过雨沾。	一阵雨沾湿了我幽静的庭院。
夕阳薰细草，	夕阳又露脸了，把小草晒暖，
江色映疏帘。	江波反光映照着稀疏竹帘。
书乱谁能帙，[②]	书乱成这样谁能给收拾整齐，
杯干自可添。	杯里喝干了我自然会把酒添满。
时闻有余论，[③]	时时听到人们随意发的议论，
未怪老夫潜。[④]	却没有人责怪我这老翁避世隐潜。

注释:

① 诗的前半写晚晴景色，后半自述思想状况。自己懒散惯了，但也得到了人们的谅解，不加责备，这样，就能更安心地长期潜藏隐居下去。但实际上，杜甫并没有放弃出

仕的打算，只是得不到机会，等严武来成都以后，他就进幕府做官了。在上元二年这一年的退隐生活中，杜甫的思想中充满矛盾，但那时只能不断为退隐寻找理由，强化避世观念，压制用世愿望。在这首诗以及同时期的其他一些诗篇中都反映出了杜甫的这种心态。

② 这句诗是反问句，并不是问谁能替他整理书籍，而是说他自己懒得整理书籍。帙，本为书衣，名词，这里当动词用，意思是把书籍收拾好。下一句诗说酒喝完自己能添，与这一句对照，衬映出懒散疏放的情态。

③ 余，既可指丰富，如《战国策·秦策》："暖衣余食。"也可指多余，微不足道，如《公羊传序》："此事之余事。"这里的"余论"，指不重要的随便发表的议论。

④ 老夫，作者自称。潜，潜隐，指避世隐居的生活。

◎ 高楠[1]（五律）

楠树色冥冥，[2]	这棵大楠树长得蓊蓊郁郁，
江边一盖青。[3]	在江边张开一把巨伞，颜色碧青。
近根开药圃，	靠近它延伸的根开辟了药圃，
接叶制茅亭。	紧接着它的枝叶建造起茅亭。
落景阴犹合，	日光斜射时树荫仍然连成一整片，
微风韵可听。	微风吹过，枝叶鸣响得真动听。
寻常绝醉困，[4]	平日我喝酒感到十分醉困的时候，
卧此片时醒。	到这树下来躺片刻就能清醒。

注释：

① 草堂江边的这棵大楠树，给蛰居在成都的杜甫不少安慰。从诗人对这树木的歌颂中，我们听到的却是他的孤独、寂寞的低诉。树对他显得这样亲切，人呢？却忘记了他。

这就是这诗的言外之意、弦外之音。

② 冥冥，原义是昏晦，这里指幽深阴暗，是从效果上反映了楠树枝叶的浓密，故译为“蓊蓊郁郁”。

③ 盖，巨伞。在这里是隐喻楠树树冠。

④ 绝醉困，酒醉后十分困倦。绝，极端。

◎ 恶树[①]（五律）

独绕虚斋径，	我独自绕着空斋的小径走，
常持小斧柯。[②]	手上常拿着一柄小斧头。
幽阴成颇杂，[③]	阴暗的树丛长得够芜杂，
恶木剪还多。[④]	恶树砍掉了又长出许多。
枸杞因吾有，[⑤]	枸杞是我故意留下来的，
鸡栖奈汝何。[⑥]	那野皂荚树我对它真无可奈何。
方知不材者，	我这才明白，那些不成材的东西，
生长漫婆娑。[⑦]	偏偏生长旺盛，枝叶婆娑。

注释：

① 这诗借恶木难除来比喻世间卑劣小人之众多，并由此暗示有才能的人反而多遭困厄，难以发展。但这诗并非简单化地以物比人，而是生动地刻画了斫除恶树时的心理活动，使读者能得到亲切的体验。

② 柯，斧柄。

③ 幽阴，借代浓密的杂树丛。

④ 剪，与“翦”通，斩断，伐除。

⑤ 枸杞，音“苟起”（gǒu qǐ），落叶灌木，果实名枸杞子，红色浆果，可入药，有滋补作用。因为它有用，故意把它保留下来，故说“因吾有”。

⑥ 鸡栖，即野皂荚树。奈汝何，是说它生命力旺盛，屡砍屡生，对它毫无办法。

⑦《诗·陈风·东门之枌》：“婆娑其下。”传：“婆娑，舞也。”引申为枝叶茂盛、生气蓬勃貌。

◎ 江畔独步寻花七绝句[①]（七绝）

江上被花恼不彻，[②]	江岸上到处覆盖着鲜花，我的烦恼却消除不尽，
无处告诉只颠狂。	这烦恼没地方诉说，简直要把我憋得发狂。
走觅南邻爱酒伴，[③]	走到南面邻家，想找我那爱酒的伴当，
经旬出饮独空床。	他出外饮酒已经十多天，家里只剩下一张空床。

注释：

① 上元二年春，杜甫闲住在他的浣花溪草堂中，感到寂寞与烦恼，尽管春光那么美，春花开得那么繁盛，大自然充满生机，却并不能使他感到欣慰和安宁。当时他刚进入五十岁，虽然口口声声说自己已经衰老，但生命力、创造力并没有衰竭，还盼望着有所作为。在当时的政治局面与种种具体条件的制约下，他一筹莫展，只能写一些咏物抒情的诗篇而已。在这样的情况下，当他在江畔独步，到处看见繁花时，又怎能安心观赏自然之美呢？他的内心矛盾，他的被压抑的愤懑，他的对生命、对美好事物的热爱交织在一起，表现在这样一组奇异的诗篇之中。他并不是一个具有闲情逸致的骚人墨客，当然也不是一个完全陷在尘网中的凡夫俗子。他在欣赏春景时不能忘怀世上的丑恶和自己的责任，但在愤怒、苦痛中又不能无视于这个世界里一切美好的东西。于是在他的诗中就出现了美与义愤的统一。有了这样的认识，就可以理解这一组看似奇异的诗了。

② 被，意思是覆盖。“恼不彻”的“彻”，据《仇注》，可作“尽”字解。

③“酒伴”后有原注：“斛斯融，吾酒徒。”本卷有《闻斛斯六官未归》，说的也就是这个斛斯融。他是杜甫的朋友，也能写文章，但杜甫在诗中只把他看成一位酒友。实际上杜甫把他引为同调，认为他也是徘徊于出世和用世之间的人。

◎ 其二 （七绝）

稠花乱蕊裹江滨，[①]	稠密纷繁的花朵裹住了江滨，
行步欹危实怕春。	我的脚步歪歪斜斜，心里对春天实在畏惧。
诗酒尚堪驱使在，[②]	能作诗，能喝酒，身子骨还挺得住，
未须料理白头人。	虽然是个白发老人，还不需要别人照顾料理。

注释：

① 花蕊，原应指花冠里的花须及其上端囊状构造，但在旧诗中，与“花”常混用。“稠花”“乱蕊”，是互文，变换了语言外壳的形式，实质上指同一物。

② 这句诗把作为主体的诗人省略了。在，实际是指诗人本身的存在，这个存在，尚堪诗酒之驱使，也就是说尚能饮酒咏诗。

◎ 其三 （七绝）

江深竹静两三家，	江边幽静竹林里住着两三户人家，
多事红花映白花。[①]	这红花真多事，硬要凑热闹映着白花吐发。
报答春光知有处，[②]	啊，我可知道了该怎样报答春光，
应须美酒送生涯。[③]	该痛饮美酒，来送走我的生涯。

注释:

① 说红花“多事”，也是“恼花”的语气，与第一首的“恼不彻”有同样的情绪。

②“有处”之“处”，不是指处所、地方，而是指方法、做法。

③ 以饮酒来消磨生命，便算是对春光的报答，这也是愤激之词，实在没法使生命发挥作用，内心十分苦痛，才沉湎于酒中。

◎ 其四 （七绝）

东望少城花满烟，①	向东看少城，满城鲜花笼罩着轻烟，
百花高楼更可怜。②	百花丛中的那座高楼更令人爱怜。
谁能载酒开金盏，	什么人能带着酒去那楼头举起金盏痛饮，
唤取佳人舞绣筵。③	还召唤美人到锦绣般的盛筵上歌舞翩翩。

注释:

① 浣花溪草堂在成都少城之西，故曰“东望少城”。

② 百花楼，是少城中一家酒楼的名称。

③ 最后两句诗表示，杜甫这样的人是不能在繁华的少城酒楼上痛饮的，但有人能够那样，在歌舞伎的轻歌曼舞之中大开酒宴。诗中的讽喻原是很明显的，但诗人的手法巧妙，用美的言辞把义愤加以遮掩，使诗意含蓄、得体，这样才有利于诗的传布。

◎ 其五（七绝）

黄师塔前江水东，[①]　　在黄师塔前，江水徐徐向东，
春光懒困倚微风。[②]　　春光使人懒困，我倚杖站立着，迎着微风。
桃花一簇开无主，　　野地里一簇桃花正烂漫盛开，
可爱深红爱浅红？[③]　　哎，你是爱深红色，还是爱浅红？

注释：

① 黄师塔，今已不存，无考，大概是一位佛教法师之瘗骨塔。江水东，从语言形式上无法断定是说"江水向东流"还是说"在江水东面"。译诗姑用前说。

② 原诗句中的主语省略了，说的当然是诗人自己。

③ 尽管诗人心中烦乱不安，但春花的美到底还是征服了他，他暂时抛开一切苦恼和忿懑来欣赏和品味色彩之美了。这种心态写得多么真实，又多么令人欣喜。但如把这一组诗中其他几首抛开而单看这一首，恐怕是难以体会到这一点的。

◎ 其六（七绝）

黄四娘家花满蹊，[①]　　黄四娘家的花可真多，一直开到路上把路全遮掩，
千朵万朵压枝低。　　千朵万朵，枝条都给压得低弯。
流连戏蝶时时舞，　　在花丛里流连不去的蝴蝶不停地翻飞戏舞，
自在娇莺恰恰啼。[②]　　自由自在的娇莺连声叫得正欢。

注释：

① 黄四娘，浣花溪草堂附近的一位居民。称"黄四娘"，是据当时的实际称呼。

② 旧注有说“恰恰”是莺啼声者。但在其他地方，这一解释却说不通。唐诗中有两例，一为王绩诗“年光恰恰来”，一为白居易《悟真寺》诗：“恰恰金碧繁”，俱不能以象声词来解释。蒋礼鸣《敦煌变文字义通释》中说，“恰恰”的意思是“多而密”。他引《降魔变文》：“便向厩中选壮象，开库纯驮紫磨金。峻岭高崖总安致，恰恰遍布不容针。”此义和王、白、杜诗中所用之义相合。故译诗中把“恰恰啼”译成“连声叫”。

◎ 其七（七绝）

不是爱花即欲死，[①]	不是我爱花爱得连性命也不要，
只恐花尽老相催。	只是怕百花凋谢尽了，也催促我的衰老到来，
繁枝容易纷纷落，	枝头上繁密的花簇纷纷从容飘落，
嫩蕊商量细细开。[②]	稚嫩的花朵儿就请慢一点吧，请商量着一朵一朵慢慢开。

注释：

① 爱花欲死，意思是“拼命爱花”，为了爱花，看花，什么也不顾。下一句诗说明了如此热烈爱花的原因，是想趁自己还没有老死时，多多欣赏一下花的美。

② 这句诗把花比拟为人，请他们打算、商量，一朵一朵依次开，以延长花期。

◎ 进艇[①]（七律）

南京久客耕南亩，[②]	在成都寄居长久了，简直成了一个种田人，
北望伤神坐北窗。	常坐在北窗下，望着北方神伤。

昼引老妻乘小艇，	白天携着老妻乘小艇泛游，
晴看稚子浴清江。	晴空下看小儿子洗浴戏水在清江。
俱飞蛱蝶元相逐，[3]	一起飞翔的蝴蝶原先在相互追逐，
并蒂芙蓉本自双。[4]	远看是并蒂莲近看却长在两根茎上。
茗饮蔗浆携所有，	家里所有的一切都带上了，有香茗，还有蔗浆，
瓷罂无谢玉为缸。[5]	都盛在瓷瓶里，它们可堪比玉缸啊。

注释：

① 这也是一首反映草堂闲适生活的诗。如果说前面的一组诗中夹杂着一些不谐和音的话，这首诗就该算得很纯净谐和了。诗里写出了家庭生活的温暖，静观自然的乐趣。经常和愁苦作伴的酒类也从诗中消失了，代替它的是妇孺咸宜的香茗和蔗浆。这样的生活虽不能和富贵人家豪华奢靡的游乐相比，但却远为天真、纯挚，表现出天伦之乐和优美情操。

② 南京，即成都府。《诗·小雅·甫田》："俶载南亩"。后来常以"南亩"来表示农业劳动，耕南亩，意思就是务农，故译为"做个农民"。

③ 蛱蝶，古代用作蝶类的通名，与"蝴蝶"相同。在现代的昆虫学中，才把它看作蝶类的一种。

④ 芙蓉，这里是指荷花，莲花。并蒂芙蓉，即俗说的"并蒂莲"，一根茎上分枝开两朵花，这是极为罕见的。这句诗是说先误看作并蒂莲了，仔细一看，原来是两根茎上开的花，并非并蒂。这样写既具体表现出观察自然景色的认知过程，也反映出人的悠闲、喜悦。上一句诗的审美效应也是如此。

⑤"罂"同"罂"，音"英"（yīng），小口大肚的瓶。瓷瓶是普通人家用的廉价器皿，玉缸是富贵人家用的珍贵器物。这句诗表达的是安于朴素、不慕荣华的思想。

◎ 一室[1]（五律）

一室他乡远，	有这么一间屋，可惜在遥远异乡，
空林暮景悬。	寂寥的丛林上，夕阳斜悬。
正愁闻塞笛，	正担心听到竹笛吹奏的塞上曲调，
独立见江船。[2]	独自站立着，注视江上航船。
巴蜀来多病，	自从到巴蜀来我就常生病，
荆蛮去几年？[3]	想到荆楚去还要再等几年？
应同王粲宅，[4]	在那里我该有所住宅像王粲那样，
留井岘山前。[5]	也留下一个水井在岘山前面。

注释：

① 一室，从字面上看是说一间住屋，实际上却是指一个家，一所住宅。这里的“一室”是指成都的草堂。杜甫在成都虽生活得较为安定，但并不是真的很安心，他又产生了一个想法，就是回原籍襄阳去。这首诗所表达的就是这个想望。

② 见江船，就是表示心随着江船一起走，想着到荆楚去。

③ 荆蛮，即荆楚。古代楚、越并称，楚即荆楚，越称蛮越，合称为荆蛮。《史记·吴世家》：“太王欲立季历以及昌，于是太伯、仲雍二人乃犇荆蛮。”这引文里的“荆蛮”是指吴越；偏用“蛮”义；诗中用的“荆蛮”偏用“荆”义，指荆楚。杜甫之远祖杜预，原籍为京兆（长安），预之少子杜尹迁居襄阳，杜甫自称是杜预十三叶孙，出襄阳房，后来才迁到巩县。故他把襄阳看作自己的故乡。襄阳，地属荆楚。

④ 王粲，字仲宣，三国高平县（在今山西省）人。博学多识，以文才著名，建安七子之一。代表作有《七哀诗》和《登楼赋》等，都是抒写乱世思乡之情。

⑤ 王粲曾寄居襄阳，在襄阳西的岘山下有王粲宅，并有井传留到后世，人称为“仲宣井”。杜甫想到襄阳去定居，故说“应同王粲宅”。他也想如王粲那样留文名于后世，说“留井岘山前”，隐喻留下文名。

◎ 所思[1]（七律）

苦忆荆州醉司马，[2]　　我在苦苦思念着您，我的荆州醉司马，
谪官樽酒定常开。[3]　　你遭到贬谪之后，酒樽一定还会常常打开。
九江日落醒何处？[4]　　夕阳落在分成九道的大江上，你酒醒时是在哪里？
一柱观头眠几回。[5]　　在一柱观的楼上你醉眠过几回。
可怜怀抱向人尽，　　真叫我关怜啊，不论对谁，你都敞开坦荡的胸怀，
欲问平安无使来。　　想问你是否平安，却没有信使前来。
故凭锦水将双泪，　　只能托锦江把我的两行眼泪，
好过瞿唐滟滪堆。[6]　　带过瞿塘峡，带过滟滪堆。

注释：

① 所思，意思是"有所思念"，也就是思念友人的意思。诗中夹有原注，这位友人是"崔吏部漪"，据《唐书·杜鸿渐传》，崔漪曾为杜鸿渐之节度判官。后来在尚书省吏部任职，因故被贬为荆州司马。杜甫于居住成都时想念着这位老友，担心他心直口快再招来什么祸事。诗中想象崔漪在荆州的生活情景和抑郁的情绪，对他表达了深挚的友情。

② 称崔漪为"醉司马"，一方面因崔喜饮酒，另一方面由于作者与他亲密无间，故作戏谑之词。

③ 谪官，指崔漪自吏部贬谪荆州司马的事。

④《书·禹贡》："荆州，九江孔殷。"孔安国传："江于此州界分为九道。"这诗中以"九江"代表荆州附近的长江是据《禹贡》而言。后代多谓长江在庐江、寻阳（即今之江西省九江市附近）分为"九派"，与这诗中说的"九江"不同。

⑤ 一柱观，是荆州江陵的一处著名古迹，据《仇注》引《诸宫故事》："宋临川王（刘）义庆镇江陵，于罗公洲立观，甚大而惟一柱。"《一统志》："在松滋县东丘家湖中。"诗人咏及此观者颇多。

⑥ 瞿塘峡在夔州，峡口有滟滪堆矗立江心。长江东流出川，必须经过这里。

◎ 闻斛斯六官未归[1]（五律）

故人南郡去，[2]	我的老友到南郡去了，
去索作碑钱。	去催讨作碑文的酬金。
本卖文为活，	他原想靠卖文章过活，
翻令室倒悬。[3]	岂料家里弄得这样困贫。
荆扉深蔓草，	荆条编的门户埋在蔓草从里，
土锉冷疏烟。[4]	土灶冷了，炊烟早已散尽。
老罢休无赖，[5]	毕竟老了，别再那样任性，
归来省醉眠。[6]	回家吧，回家来让酒醒醒。

注释：

①“斛斯六官”即斛斯融，本卷《江畔独步寻花七绝句》第一首中说到的那位“南邻爱酒伴”。浦起龙说：“今俗呼平人曰几官，想唐时已然。”这就是说，“官”是对人的一种称呼，常与排行联在一起，是民间的用法。如不这样解释，诗题的意思就是说斛斯六到别处去做官，没有回来。但这又与诗的内容不合。《杜臆》引邵云《唐史拾遗》：“斛斯子明尤工碑铭，四方以金帛求其文，岁不减十万。随得随废，家人至贫窭不给。”认为“恐不可信”。但与诗中所写的情况是一致的。杜甫对斛斯融的情况颇为关切，盼其早回。《仇注》说这是“朋友相规之义”。其实诗中所表示的是对友人的深切理解与同情。

② 南郡，秦代设置，约有今湖北省东部、南部之地，治郢。唐代改为江陵郡，曾建南都，升为江陵府。译诗中保留了“南郡”这个名称。

③《孟子·公孙丑》：“民之悦之，犹解倒悬也。”注：“倒悬，喻困苦也。”

④ 锉，音“挫”（cuò），大釜。《仇注》引《困学纪闻》：“土锉，乃黔蜀人语。”又引黄鹤云：“锉，瓦锅也。”译写为“土灶”，兼言灶与炊具。

⑤ 无赖，见第九卷《绝句漫兴九首》第一首注②。这里是指斛斯融的任性，在外漂泊不顾家庭。

⑥ 旧注都把“省”当作“节约”“减少”来理解，省醉眠，即“少喝醉昏睡”。但“省”也可读如“醒”（xǐng），作“善”字解，如《诗·大雅·皇矣》：“帝省其山”。这样就可把这句诗理解为劝斛斯融回家来料理好自己的家，安排好生活。译诗大体仍依旧解。

◎ 赴青城县出成都寄陶王二少尹[①]（五律）

老被樊笼役，[②]	年纪这样老了，还得在人世樊笼里受生活驱使，
贫嗟出入劳。	可叹我实在贫穷，才这样来来去去忙碌不停。
客情投异县，[③]	我原是在异乡作客，如今又到另一个县里去，
诗态忆吾曹。[④]	却想起我们一起作诗的情景。
东郭沧江合，[⑤]	在城东，两条清江汇合，
西山白雪高。	看西面，白雪皑皑的高峰入云。
文章差底病，[⑥]	吟诗作文能治疗什么疾苦，
回首兴滔滔。[⑦]	可回想起那些事却又大发诗兴。

注释：

① 陶、王两君是成都的两位少尹。据《唐书》，京兆（长安）、河南（洛阳）等府，有少尹两人，协助府尹掌府州之事。当时，成都为南京，称成都府，在府尹之下，也设置两少尹。从诗的内容来看，杜甫住在成都和这两位官员时有来往，曾一起作诗，但他们实际上没有给杜甫多少帮助，以致诗人又不能维持生计，才到成都西面的蜀

州青城县（后并入今灌县，故治在今灌县城西四十里）去找朋友接济。这是离成都时寄赠两人的诗，暗示自己的处境，希望得到他们的了解和资助。与两人关系不深，不便明言，才这样曲曲折折地说出了心意。

② 樊笼，喻尘世。役，指被生活驱使。

③ 异县，是对于成都府而言，指青城县。

④ 诗态，一起作诗时的情景，主要指作诗时的神情。曹慕樊说："诗态就是诗的风格"，举韩愈诗："君诗多态度"。也很有见地，可供参考。吾曹，我辈，包括杜甫自己和陶、王两少尹。

⑤ 东郭，指成都城东。《括地志》："李冰穿郫江，捡江，来自西北，合于郡之东南。"沧江合，指此。西山，指成都西北和西面的岷山（大雪山）和青城山等。青城县已在西山下。

⑥《仇注》引赵次公注："差，病除也。言虽有文章，差得何病乎，正与章首相应。""差"同"瘥"，音"柴"去声（chài），病愈。病，指痛苦，主要是指贫困。

⑦ 回首，指回顾与两位少尹一起吟诗的事。兴滔滔，指诗兴甚高。

◎ 野望因过常少仙[①]（五律）

野桥齐渡马，[②]	野外竟有这样一座两匹马能并排走的桥梁，
秋望转悠哉。	我在这桥上悠然自得地把秋天的景色眺望。
竹覆青城合，	竹林把青城县完全遮盖住，
江从灌口来。[③]	江水从灌口向这里流淌。
入村樵径引，	樵夫踏出的小径引我走进村庄，
尝果栗皱开。[④]	主人剥开带皱皮的鲜栗劝我品尝。
落尽高天日，	高空的太阳渐渐落下直到看不见，

幽人未遣回。[⑤]　　隐居的幽人还留着我不肯放。

注释：

① 常少仙，是一位居住在青城县山中的隐士。黄鹤云："少仙，当是常征君。"第十四卷有《别常征君》和《寄常征君》两诗。看两诗的内容可知杜甫和那位常征君是旧交，相知甚深，而与这位常少仙则好像是邂逅相逢，并非专程过访。《仇注》引洪迈《容斋随笔》："杜诗《过常少仙》，蜀本注云：应是言县尉也……少仙者，犹今俗呼为仙尉。"浦起龙《读杜心解》："诗云'入村'，又云'幽人'，恐是青城隐者。少仙或其名字，非尉也。"浦氏此说较为稳妥。

② 齐渡马，指桥的宽度可两马并行。

③ 这句诗是说岷江经灌口山南下，流过青城县。

④ 皱，栗壳内之皱皮，是栗的种皮。

⑤ 幽人，指常少仙。这句诗说常少仙热情留客不放。

◎ 丈人山[①]（七古）

自为青城客，　　自从我来到青城县作客，
不唾青城地。[②]　　就不向青城县的地面吐痰。
为爱丈人山，　　因为我爱这里的丈人山，
丹梯近幽意。[③]　　它是一座天梯，切近我求仙学道的心愿。
丈人祠西佳气浓，[④]　　丈人祠西面的山岚深浓，
缘云拟住最高峰。　　我想随着云上升，住在那里最高的山峰。
扫除白发黄精在，[⑤]　　那里有消除白发的黄精生长，
君看他时冰雪容。[⑥]　　您会看到我将有白如冰雪的面容。

注释:

① 丈人山，即青城山，在青城县（今灌县），距今灌县城三十里。《仇注》引《太平御览·玉匮经》:“黄帝遍历五岳，封青城山为五岳丈人。”故称“丈人山”。这是道教名山之一。杜甫到了青城县，看到这丈人山又引起了以往求仙学道的愿望。但修道也是需要钱财的，因此他只能这样幻想一下，在诗中表达一下心愿而已。

②《仇注》引《智度论》：“若入寺时，当歌呗赞叹，不唾僧地。”不唾，表示尊敬、虔诚。

③ 丹梯，即“仙梯”，把“丈人山”比喻为登仙境的阶梯。幽意，即求仙学道的心意。

④ 丈人祠，今称建福宫，始建于唐代，称“丈人观”，宋代改名为“建福宫”。佳气，指山上的烟雾，即山岚。

⑤ 黄精，百合科植物，根茎都可入药，道家说久服黄精可返老还童，视为仙药。

⑥《庄子·逍遥游》:“藐姑射之山，有神人居焉，肌肤若冰雪。”这句诗是说将来能够成仙。

◎ 寄杜位[①]（七律）

近闻宽法离新州，[②]	近来听说朝廷减轻刑罚把你迁离了新州，
想见怀归尚百忧。	料想你希望回故园，但还有着千百种烦忧。
逐客虽皆万里去，	虽然被放逐的人们都离家万里远，
悲君已是十年流。[③]	可怜你流放已十个春秋。
干戈况复尘随眼，	何况战火未停，仍然尘烟满眼，
鬓发还应雪满头。	你的鬓发变色了吧？怕已白雪满头。
玉垒题书心绪乱，[④]	在玉垒山下给你写信时心绪烦乱，
何时更得曲江游？[⑤]	我们什么时候才能到曲江同游？

注释：

① 这位杜位是杜甫的堂弟。第二卷有《杜位宅守岁》一诗，题中的杜位就是此人。他是李林甫的女婿。天宝十一载（752 年）十一月李林甫病死，次年二月，李林甫削爵，子孙有官者除名，流岭南及黔中，近亲及党羽贬谪者五十余人。杜位可能就是在这一年贬岭南新州（今广东新兴县）的。上元二年（761 年）秋，杜甫在蜀州青城县得到了杜位从新州迁到江陵的消息，给杜位写了信，并寄去这首怀念他的诗。

② 新州，远在岭南，比荆州离中原地区远得多，从岭南迁荆州，在唐代属于减轻处分的性质，故称“宽法”。

③ 从天宝十二载（753 年）春季开始流放到上元二年（761 年）秋季，前后九年，勉强可称十年。

④ 玉垒，山名，在今灌县，唐代属青城县。

⑤ 诗有原注：“位京中宅，近西曲江。”“更得曲江游”是说两人将来回长安以后再一起游曲江。

◎ 送裴五赴东川[①]（五律）

故人亦流落，	我的老友也流落在异乡，
高义动乾坤。[②]	您的高义行为能使天地震惊。
何日通燕塞，[③]	不知哪天才打通去燕北边塞的道路，
相看老蜀门。[④]	难道我们就这样相看着老死蜀境？
东行应暂别，	这次您去东川我们该只是暂分别，
北望苦销魂。[⑤]	悲痛地向北眺望，黯然伤心。
凛凛悲秋意，	这样凄凉的悲秋之情。
非君谁与论？	除了您我还能说给谁听？

注释:

① 裴五，不知何名，也是中原人，因战乱流落在成都。他要离开西川到东川去，杜甫特地写这诗送他，表达了共同的思乡之情。唐代设东川、西川、剑南三道节度使分镇蜀境，东川治梓州，西川、剑南治成都，三道时分时合。

② 高义，指裴五的义行。可能是指他对杜甫的经济支援。动乾坤，即动天地，夸张手法。

③ 上元二年秋，史朝义部尚猖獗，河北未定，燕地边塞当未通。

④ 蜀门，见第九卷《木皮岭》注④，这里借代成都。

⑤ 江淹《别赋》:“黯然销魂者，惟别而已矣。”销魂，指离别的悲痛。

◎ 送韩十四江东省觐[①] （七律）

兵戈不见老莱衣，[②]　　战乱的年头，再看不见有谁像老莱子那样讲孝道，
叹息人间万事非。　　可叹人世间的事情都颠颠倒倒。
我已无家寻弟妹，　　我已没有家，也找不到弟妹们，
君今何处访庭闱？[③]　　今天您却去探亲了，将在哪里把他们寻找？
黄牛峡静滩声转，[④]　　黄牛峡静悄悄，滩头流水不再咆哮，
白马江寒树影稀。[⑤]　　稀疏树影在白马江寒冷水面映照。
此别应须各努力，　　从此分别了，我们该各自努力，
故乡犹恐未同归。[⑥]　　只恐怕一起回乡还是不能办到。

注释:

① 韩十四，是杜甫的一位同乡。韩流落蜀地，得到父母在江东避乱的消息，决定沿江东下去探亲。杜甫作了这首诗送别。《仇注》指出，“江、淮、吴、会，皆称江东”。“江东”指今长江下游一带地方。

②《列女传》："老莱子老奉二亲，行年七十，身着五色斑斓之衣，作婴儿戏于亲侧，欲亲之喜。"诗中以"老莱衣"来代表孝行。

③ 庭闱，原指双亲之居处，后常用来借代双亲。束皙《补南陔诗》："眷恋庭闱，心不惶安。"

④ 黄牛峡在今宜昌市附近，有山名黄牛山，滩名黄牛滩。滩声转，指江流湍急的水声由强变弱，所以才说"黄牛峡静"。黄牛峡是自蜀去江东必经之地。

⑤《九家注》赵云："白马江，蜀州江名。……公诗凡寄远及送行或居此念彼必两句分言地之所在。今将经峡而往，乃自蜀州为别，故有黄牛白马之句焉。旧注引为江陵，非是。"《仇注》引《一统志》："白马在崇庆州东北十里。"崇庆，即蜀州。赵并根据这一点订此诗为上元二年作于蜀州。

⑥ 可能杜甫与韩十四曾约定同返中原，因韩已决定去江东，就不可能再践前言。

◎ 楠树为风雨所拔叹[①]（七古）

倚江楠树草堂前，	我的草堂前面有一棵楠树倚立在江边，
古老相传二百年。[②]	它很古老，相传已生存了二百年。
诛茅卜居总为此，	当初我选定这里除草建屋，就是由于看中了它，
五月仿佛闻寒蝉。[③]	五月里站在这树荫下仿佛听见了叫声微弱的寒蝉。
东南飘风动地至，[④]	一阵旋风惊天动地从东南方卷来，
江翻石走流云气。	江水翻，石块滚，云气流动汹涌澎湃。
干排云雨犹力争，	老楠树的枝干还在奋力挣扎想把云雨推开，
根断泉源岂天意？	可它的老根和泉源隔断这岂不是老天爷有意残害？
沧波老树性所爱，	蓝色的波涛，苍老的树木我生性喜爱，
浦上童童一青盖。[⑤]	它在水边矗立，像高高张开一把青色车盖。

野客频留惧雪霜,	旅客冬天经过这里，常常停留在这里避霜雪，
行人不过听竽籁。	行人听到风吹树叶声像听到笙竽吹奏不愿离开。
虎倒龙颠委榛棘，⑥	如今它倾倒了，像龙虎倒卧在荆棘丛中，
泪痕血点垂胸臆。	斑斑泪痕，点点血迹垂滴下来沾满心胸。
我有新诗何处吟?	今后我写了新诗该到哪里去吟诵?
草堂自此无颜色。	我的草堂从此失去美好姿容。

注释:

① 本卷有《高楠》一诗，所咏的就是这一棵楠树。它不幸受暴风雨摧残，被连根拔起，使诗人的感情深深受到触动，便写了这样一首哀歌。朱鹤龄谓蔡梦弼《草堂诗笺》编此诗于上元二年（761 年）成都诗内。黄鹤据史载永泰元年三月（765 年）大风拔木事，谓此诗作于其时。朱说他太泥。然杜甫正于永泰元年正月解除幕府职务归草堂，当年四月，严武死。这诗可能是纪实，同时也是暗喻失去严武的庇护。黄鹤之说也值得注意。

② 古老，一作“故老”。作“故老”，则是指地方上的老人们说这老楠树已有二百年历史；作“古老”，则是说这楠树自古以来就传说已生存了二百年。译诗据“古老”译写。

③ 寒蝉，是蝉的一种，深秋天寒则不鸣。五月尚无寒蝉。《仇注》:“五月寒蝉是咏树，不是咏蝉。树高则响细，阴多则气凉，故仿佛如听寒蝉。”

④《尔雅・释天》:“回风为飘。”回风，即旋风。

⑤ 浦，水滨。童童，一作“亭亭”。亭亭，形容直立；童童，形容枝叶茂盛，向四周伸延，遮阴很广。有时也写作“幢幢”。

⑥ 虎倒龙颠，喻高楠被拔倒卧。

◎ 茅屋为秋风所破歌[1] （七古）

八月秋高风怒号，	八月里，高旷的秋空突然狂风怒号，
卷我屋上三重茅。	卷走了我屋上盖的三层茅草。
茅飞渡江洒江郊，[2]	茅草飞过了江，洒落到江两岸，
高者挂罥长林梢，[3]	高的悬挂在丛林中的长树梢，
下者飘转沉塘坳。[4]	低的飘飘荡荡沉入了水塘、深坳。
南村群童欺我老无力，	南村的一群顽童欺负我年老没气力，
忍能对面为盗贼。[5]	当我的面就强抢硬夺，十分狠心。
公然抱茅入竹去，	他们毫不在乎地抱着茅草钻进了竹林，
唇焦口燥呼不得，	我喊叫得唇干口燥，发不出声音，
归来倚杖自叹息。	只得扶着手杖回家独自叹息不停。
俄顷风定云墨色，	过一会儿风止了，空中布满黑云，
秋天漠漠向昏黑。	秋空一片阴暗，黑夜在降临。
布衾多年冷似铁，	多年的旧布被像铁一样又冷又硬，
娇儿恶卧踏里裂。[6]	我那宝贝儿子睡相不好，一下子把被里踏裂。
床头屋漏无干处，	床头上面屋又漏了，没有一处干，
雨脚如麻未断绝。	雨水淋进屋像一根根麻线不断绝。
自经丧乱少睡眠，	自从我经历了战乱常常失眠，
长夜沾湿何由彻。[7]	这漫长的潮湿的夜晚啊，叫我怎样挨到天明。
安得广厦千万间，	啊，怎样才能有宽广的大厦千千万万间，
大庇天下寒士俱欢颜，[8]	让天下穷苦人都得到庇护，个个脸上露出笑颜，
风雨不动安如山。	哪怕在狂风暴雨的侵袭下，也安安稳稳像一座泰山。
呜呼，何时眼前突兀	唉，什么时候我的眼前能出现这样一座高大的房屋，

见此屋，

吾庐独破受冻死亦足！　我一家的草屋被风吹破，把我冻死我也心满意足！

注释：

① 这首诗是杜甫诗集中流传最广的诗篇之一，作于上元二年（761 年）秋居成都草堂时。诗从纪实开始，叙述了茅屋被秋风吹破，夜雨屋漏的具体情况，而最后以宏阔的想象结束，表达了崇高的愿望和关心广大寒士舍己为人的胸怀。

② 茅飞渡江，指茅草不仅落在江的此岸，也落在江的彼岸。江郊，指江的两岸。

③ 挂，系。罥，音“卷”（juàn）。

④《庄子 · 逍遥游》：“覆杯水于坳堂之上，则芥为之舟”。成玄英疏：“坳，污陷也，谓堂庭坳陷之地也。”“坳”与“塘”，是并列词组。坳，干的低坳处。塘，水塘，积水的坳地。

⑤ 这里的“盗贼”是指强夺的行为，“为盗贼”是说“为盗贼之事”，而不是认定“群童”是“盗贼”。

⑥ 旧注“恶”的读音有二：一为“如字切”，即读“厄”（è）；一为“乌卧切”，即读“务”（wù）。这句诗的解释也因而有两种：读 è 音，则“恶卧”为“恶的卧相”（睡相，睡貌）；读 wù 音，则“恶卧”为“厌恶卧睡”。译诗从第一种解释。

⑦《仇注》：“彻，乃彻晓，即达旦意。”

⑧ 寒士，有人解释为“贫穷的读书人”，有人解释为“穷人”。士，在古代常作人的通称，如《诗 · 郑风 · 褰裳》：“岂无他士”，笺：“他士，他人也。”又如《诗 · 郑风 · 女曰鸡鸣》：“女曰鸡鸣，士曰昧旦”，士，指男子。杜甫经历战乱之后，心目中恐不仅只有“士大夫”阶层的“士人”。因而译写为“穷苦人”。

◎ 石笋行[1]（七古）

君不见益州城西门，[2]	你可看见，在益州城的西门外，
陌上石笋双高蹲？	路边蹲着一对高大的石笋？
古来相传是海眼，[3]	古来相传那是一对海眼，
苔藓蚀尽波涛痕。[4]	层层苔藓已蚀尽石上的浪涛痕。
雨多往往得瑟瑟，[5]	雨下得多了，往往能找到绿珍珠，
此事恍惚难明论。	这些事迷离恍惚怎么能说得清。
恐是昔时卿相冢，	在我看，恐怕是古代卿相的坟墓，
立石为表今仍存。[6]	立了两块墓表一直保留到如今。
惜哉俗态好蒙蔽，	可叹世俗偏喜爱受人蒙蔽，
亦如小臣媚至尊。	正像卑鄙的小臣用谎言欺媚国君。
政化错迕失大体，[7]	政治教化违反正道，失去了义理，
坐看倾危受厚恩。	眼看那些危害国家的人反受厚恩。
嗟尔石笋擅虚名，	啊，石笋，可叹你博得了虚名，
后来未识犹骏奔。[8]	后来的人不明真相，还要前来观看你，向你飞奔。
安得壮士掷天外，	我盼望有个壮士把你抛掷到天外，
使人不疑见本根。[9]	让人们不再受欺骗，能看出真情。

注释：

① 石笋，是唐代尚存留的远古文化遗迹。原在唐代子城（即少城）西门外，早已湮没无存。现在成都大西门外有石笋街，是后代据传说取名，是否确为原来石笋所在地难于证实。石笋是矗立的巨型石块，用人力移来安放，恐是古代巨石文化遗迹。不但“海眼”之说是无稽之谈，某些古籍所述有关传说亦不可靠。诗人咏石笋，意在比喻世情国事，颠倒是非黑白者，所在多是，固宜弃掷，如弃掷关于石笋的荒谬传说一样。这诗和以下两首诗大概都是上元二年（761 年）所作。

② 益州，即成都。汉代在蜀地置益州，州治原设在雒（今广汉市）和绵竹（今德阳市北），东汉献帝兴平年间（194—195 年）徙治成都。故成都亦得称益州。

③ 海眼，古代对地球构造缺乏科学知识，见有地下水大量涌出，便称之为海眼。以为它与海通连，必须以神物镇之，始可防止海水泛滥成灾。这里说的海眼，当指石笋所镇压之处。石笋压在“海眼”上，故也称石笋所在之处为海眼。

④ 因为“石笋”是用于镇海眼的，因而也就认为石上的纹路是海水波涛印下的痕迹。石上长了苔藓，石面纹路被遮盖，因而说“波涛痕”被“苔藓蚀尽”。

⑤《叠雅》：“瑟瑟，碧珠也。”《唐书·于阗国传》：“求玉于于阗，得瑟瑟百斤。”《仇注》引《成都记》：“石笋之地，雨过必有山珠，或青黄如粟，亦有细孔，可以贯丝。”这里记的就是传说的异事，都是些虚无缥缈之谈。

⑥ 表，华表之类，是作为标志的石柱。

⑦ 错迕，乖误、违反。大体，重要的义理，全局之纲领。《史记·平原君传》：“平原君翩翩浊世佳公子也，然未睹大体。”

⑧ 张衡《温泉赋》：“殊方跋涉，骏奔来臻。”骏奔，疾速奔走。《尔雅·释诂》：“骏，速也。”

⑨ 本根，事物的本原、真相。

◎ 石犀行[①]（七古）

君不见秦时蜀太守，[②]	你可知道秦国蜀郡有位李太守，
刻石立作五犀牛。	竖立了五头巨石雕刻的犀牛。
自古虽有厌胜法，[③]	自古来虽然流传厌胜的法术，
天生江水向东流。	可也改变不了江水天性向东流。
蜀人矜夸一千载，	蜀人夸耀石犀的功劳已有一千年，

泛溢不近张仪楼。[4]	说江水纵然漫上堤岸，总也漫不到张仪楼。
今日灌口损户口，[5]	这次灌口发大水损伤了居民人口，
此事或恐为神羞。	这事恐怕李太守的神灵也要愧羞。
修筑堤防出众力，	修筑堤防要靠众人动手，
高拥木石当清秋。	秋天将来到，就早早聚集起防洪的木料和石头。
先王作法皆正道，	古代帝王订下的规矩都合正道，
诡怪何得参人谋。	怎能让怪异的传说参与人的筹谋。
嗟尔五犀不经济，[6]	可叹你们五条犀牛实在不抵事，
缺讹只与长川逝。[7]	有几头已经缺失被江水冲走。
但见元气常调和，[8]	只要国家永远元气调和，
自免洪涛恣凋瘵。[9]	自能免除江涛的恣意伤害和折磨。
安得壮士提天纲，[10]	真盼望有个壮士抓住治国总纲，
再平水土犀奔茫。[11]	重新整治水土，让人世间再也看不到这些犀牛。

注释：

① 唐代成都市桥门外市桥附近及水下有两头石犀牛，传说为秦代李冰治水时所立，目的是镇压洪水。据近人的研究，石犀可能是淘浚河底时用作深度标志的，原来并非迷信之物，后人以讹传讹，把它神化了。杜甫对这种传说很反感，他认识到治水要靠人力，要靠政治的清明，鬼神与治水是毫无关系的。当时这种反迷信、重视人力、相信人力的思想十分可贵。诗中不但表达了这种进步思想，而且洋溢着与迷信、愚昧斗争的激情，这在古诗中也是极难得的。

② 秦昭王、孝文王时（公元前254—250年）李冰为蜀郡太守，治水有显著成效，凿离堆，引水灌溉，至今仍存。

③ “厌胜”之“厌”同“压”，音压（yā）。这是古代的一种巫术，用来压伏鬼神。石犀就是用来压制水神的。

④ 成都的古城传为秦国张仪所建，城西南楼，高百余尺，临山瞰江，名张仪楼。诗中以张仪楼代表成都城。这句诗是说千余年来，蜀人自矜成都不会遭到水淹。

⑤ 灌口，山名，在今灌县西北。损户口，指洪水为灾，损害人民生命财产。上元二年秋八月，灌口附近发生水灾，这诗当写于此时。

⑥ 经济，原指“经世济民”，这里的“不经济”是指无用，无补于事。

⑦ 缺讹，指数量缺少。只与长川逝，是说石犀被江水冲走。

⑧ 王充《论衡》：“天禀元气，人受元精。”“元气”原来是指自然界初始的存在，后又指构成自然界的各种因素。我国古代天人合一的思想认为，当政者的政治清明能使元气调和达到风调水顺等等。诗中所说的“调和”，是指有贤良的宰相把国家治理好，自然因素也就可以调和。

⑨ 凋瘵，伤害。“瘵”音“债”（zhài），病。

⑩《后汉书·陈蕃传》：“志清天纲”。天纲，指“当世之纲纪”，《仇注》引《杜臆》：“天纲，谓国柄。”

⑪ 奔茫，一作“苍茫”。这句诗是说使“石犀”消失，不再在人的心中起作用。

◎ 杜鹃行[①]（七古）

君不见昔日蜀天子，	你可知道以前蜀国曾有位天子，
化为杜鹃似老乌。	他后来变成了杜鹃鸟，像只老乌。
寄巢生子不自啄，	它在别的鸟巢里下蛋生子，自己却不去喂养，
群鸟至今为哺雏。	至今别的鸟类还给它哺育幼雏。
虽同君臣有旧礼，	虽然杜鹃和群鸟还像君臣般保持旧日的礼数，
骨肉满眼身羁孤。[②]	它的后代满眼都是，可仍然感到凄凉孤苦。
业工窜伏深树里，[③]	它的本领只是窜伏在树林深处，
四月五月偏号呼。	到了四五月，就到处哀啼号呼。
其声哀痛口流血，	它的声音哀痛，嘴里流出鲜血，

所诉何事常区区。④	常这样，内心像有什么事要倾诉。
尔岂摧残始发愤，⑤	难道你受摧残之后才开始发愤，
羞带羽翮伤形愚。⑥	长出了羽毛、翅膀，变得愚蠢，才感到羞惭痛苦。
苍天变化谁料得，	苍天要这世界怎样变化谁能预料，
万事反覆何所无？⑦	万事反复无常，有什么不会发生？
万事反覆何所无，	万事反复无常，有什么不会发生，
岂忆当殿群臣趋？	你难道还在回忆当年在殿前趋走的群臣？

注释：

① 第九卷另有一首《杜鹃行》。那一首《杜鹃行》的作者有异说，但对化为杜鹃的蜀帝杜宇寄予深切同情，则两首诗是一致的。前一首着重写杜鹃生活的困苦；这一首着重写君臣间的礼数，写杜鹃内心的惨痛。据《说文》，蜀王杜宇（又称望帝）淫其宰相之妻，这是违礼的事，因此自惭而化为杜鹃鸟，而众鸟却仍以君臣之礼来对待杜鹃。这诗极写杜鹃的羞耻、痛苦和发愤，大概是针对此诗传说而发。洪迈、黄鹤、卢元昌诸人都认为这诗是为伤玄宗之被李辅国劫迁西内，肃宗不复行定省之礼而作，不是没有道理的。按李辅国逼迁玄宗（当时称太上皇），高力士及旧宫人俱不得留在他身边，形同软禁，时在上元元年七月。这诗当写于这一消息传到成都以后。

② 骨肉，指杜鹃的雏鸟。

③ 业，指职事，本领。工，意思是擅长，娴熟。

④ 区区，原义为“小”，后转变为谦词和表示诚心，《仇注》引辛延年诗：“一心抱区区”就是用其转义。

⑤ 摧残，指杜宇变为杜鹃鸟的事。

⑥ 带羽翮、形愚，都是指杜宇化为杜鹃。

⑦ 万事反覆，一切事情变化无常。这句诗重复了一遍，第一遍是反问句，实际是加以肯定；第二遍，作为进一步推理的根据，说杜鹃也有理由期待再恢复原来的身份与地位。有些杜诗版本这一句没有重复。

◎ 逢唐兴刘主簿弟[1]（五律）

分手开元末，[2]	我和您在开元末年分别，
连年绝尺书。	多少年来音信俱无。
江山且相见，	走过多少道山川，如今暂时相见，
戎马未安居。	到处兵荒马乱不能安住。
剑外官人冷，[3]	剑门关外做官的够冷落，
关中驿骑疏。[4]	连关中来的驿使也很稀疏。
轻舟下吴会，[5]	真想乘快船到吴郡会稽去，
主簿意如何？	您的意见怎样呢？我的刘主簿。

注释：

① 唐兴县，黄鹤题据《唐书》，认为是指遂州之蓬溪县，在今四川遂溪县东北。天宝元年以前，蓬溪称唐兴县。按蜀州亦有唐兴县。《元和郡县志》："郫江，一名皂江，经蜀州唐兴县东三里。"此唐兴县即崇庆县，县名屡改，造成理解困难。刘主簿任职唐兴县是县令佐官。杜甫与刘主簿关系密切，大概是亲戚，所以才称他为弟。多年分别，上元二年偶然相逢，诗中也无客套语，只是表达了东下吴会的愿望，提出来征询刘的意见。尽管如此，对刘的深情还是溢于言表的。

② 开元二十九年（741 年）是开元年间的最后一年。当时杜甫三十岁，刚结婚，住东都附近之陆浑山庄。那年与刘主簿分手，到上元二年（761 年）已二十年。

③ 据《杜诗博议》，"官人"是隋唐间的习用语，主要指州县令佐。旧注多认为"官人冷"，是说州县令佐对杜甫冷遇，因此杜甫起东下之思。但刘主簿也正是"官人"，不当对他这样说，因此可能是说做县令佐吏也很清苦、寂寞，劝他也弃官到吴会去另找出路。

④ 关中，指长安及其附近，实际上是借代朝廷。朝廷中也很少有消息传来。杜甫一直盼望着朝廷想起他这个人，给他作适当的安置，但始终失望。王嗣奭说关中驿骑疏"谓长安犹乱"，恐误。

⑤“吴会”指吴郡、会稽。

◎ 敬简王明府[①]（五律）

叶县郎官宰，[②]	您是叶县令王乔那样的官员，
周南太史公。[③]	我却像留滞在周南的太史公。
神仙才有数，	您这样神仙般的人才世上少有，
流落意无穷。	我流落异乡的愁苦却无尽无穷。
骥病思偏秣，[④]	千里马病了想得到特殊的饲料，
鹰秋怕苦笼。	雄鹰到秋天要高飞，最怕牢牢关在笼中。
看君用高义，[⑤]	相信您一定能仗义给我帮助，
耻与万人同。[⑥]	耻于和世俗的众人相同。

注释：

① 王明府，指唐兴县令王潜。大概是靠了前诗中那位刘主薄的介绍，杜甫才与王潜相识，并于上元二年（辛丑）秋分，为王潜撰写了一篇《唐兴县客馆记》。写诗撰文，目的相同，都是为了想得到王潜的帮助，可见杜甫当时在成都的生活的确是很艰难的。这诗当与上一首诗为同时所作。

② 王乔是东汉人，显宗时，为叶县令，有神术，能以履化为双凫，乘之上朝。诗中以王乔比喻王潜，借以称颂。《仇注》引《后汉书》：“湖阳公主为子求郎，明帝曰：‘郎官上应星宿，出宰百里’。”故称县令为郎官宰。

③《史记·太史公自序》：“是岁天子始建汉家之封，而太史公留滞周南，不得与从事。”集解：“古之周南，今之洛阳。”杜甫以司马迁留滞周南，不能随在天子身边参与封禅盛典事比喻自己离开了左拾遗的职位，不能追随皇帝身边，因此十分伤心。

④ 骥病，杜甫自况。思偏秣，喻希望得到特殊照顾。

⑤ 高义，指助人的行为，主要指经济上的资助。参看本卷《送裴五赴东川》注②。

⑥ 万人，指众人，即不明高义、不肯助人的人们。

◎ 重简王明府[①]（五律）

甲子西南异，[②]	西南地方，时令节气和中原两样，
冬来只薄寒。	到冬天，也只是感到微寒。
江云何夜尽，	江上的云雾哪个夜晚曾经散尽，
蜀雨几时干？	蜀地的雨水什么时候才能落完？
行李须相问，[③]	您该派遣个使者来看看我，
穷愁岂自宽。	我的穷愁自己怎么能解脱舒宽？
君听鸿雁响，	您听鸿雁在空中哀叫，
恐致稻粱难。[④]	恐怕也是为寻觅稻粱作难。

注释：

① 前一首简王明府的诗得到的效果如何，我们无法知道。这是另一首向王求助的诗，大概仍是上元二年，只是时间已到初冬。

② 甲子，由天干、地支之首一字组成，通常以一系列这样的组合形式来表示年、月、日等时序。后来又常以“甲子”这个词语来代表时令和节气等。

③《左传·僖三十年》：“行李之往来。”这里的“行李”，指使者。诗中的“行李”，是指王明府派来的人。

④ 以鸿雁觅食之难来比喻自己的困苦，希望王明府能及时给予援助。

◎ 百忧集行[①]（七古）

忆年十五心尚孩，	记得我十五岁时还怀着一颗童心，
健如黄犊走复来。	健壮得像头小黄牛，来去走个不停。
庭前八月梨枣熟，	到了八月，庭院里梨枣都已成熟，
一日上树能千回。	上树采果子，一天爬一千回也行。
即今倏忽已五十，	到如今一眨眼我已经五十岁，
坐卧只多少行立。	总是坐着躺着，难得走走站站。
强将笑语供主人，[②]	还要勉强装出笑脸来应酬接待我的主人，
悲见生涯百忧集。[③]	这种生活令人悲痛，心里无数烦忧聚成一团。
入门依旧四壁空，[④]	回家来依旧四壁空空，
老妻睹我颜色同。[⑤]	老妻看着我，一脸愁容和我相同。
痴儿不知父子礼，	傻儿子连对待父亲的礼貌也不懂，
叫怒索饭啼门东。	大叫大闹要饭吃，哭哭啼啼站在门东。

注释:

① 杜甫在成都虽建起了草堂，能够暂时定居，但生活仍没有保障，其困苦状况绝不是我们所能想象的。这一首诗是杜甫日常生活的实录，一家人忍饥受饿，烦恼不堪。他到处装出笑脸向人求助（当然也包括装出高雅、悠闲的态度来写诗赠人），但是仍得不到足够的接济。看来如果不是由于严武镇蜀，他的日子简直就没法挨下去了。诗人把这样的境遇和愁苦在这首歌行体的诗中反映了出来，称之为《百忧集行》。上元二年（761 年）十二月，严武除成都尹。这诗大概写于十二月以前。

② 主人，泛指在成都及其附近州县任地方官的人。过去注家认为是指成都尹，恐太确凿。

③ 这句诗按一般语序排列应为：“见生涯悲百忧集”。不仅为眼前的生活状况悲痛，心中还有种种烦忧聚集在一起。

④ 四壁空，指家中贫穷，屋中空空无物。

⑤ 这句诗是简缩句，意思是：老妻看到我面色愁苦，不用问，就知道我碰了壁，于是也像我一样露出愁苦的面容。

◎ 徐卿二子歌[①]（七古）

君不见徐卿二子生绝奇，	你可听说过，徐家两个孩子的出生十分奇异，
感应吉梦相追随。[②]	一个随着一个，在母亲吉祥的梦境后出世。
孔子释氏亲抱送，[③]	孔子、佛爷亲自抱着送来，
并是天上麒麟儿。[④]	都是天上麒麟的后代。
大儿九龄色清彻，	大儿子九岁了，脸色那么清秀，
秋水为神玉为骨。	神态像秋水纯净，骨骼是美玉雕镂。
小儿五岁气食牛，[⑤]	小儿子才五岁，就像个小老虎，能吞下一头牛，
满堂宾客皆回头。	吸引了满堂宾客的注视，一个个都向他转过头。
吾知徐公百不忧，	我知道徐公什么也不用愁，
积善衮衮生公侯。[⑥]	积聚了大量善行，家里一定能出公侯。
丈夫生儿有如此二雏者，	男子汉生了这样两个好儿子，
异时名位岂肯卑微休。[⑦]	将来他的官爵怎么会在卑微的地位上停留。

注释：

① 徐卿，黄鹤注："旧编在上元二年（761 年），时徐知道为西川兵马使。徐卿或即其

人。”按杜诗中称为“某卿”的，多为武官。黄鹤的猜想可能是对的。这个徐知道在次年（宝应元年，762 年）造反，兵败被杀。杜甫为饥饿所逼，不得已向这样的人献诗，真可太惨了。难道我们今天能嘲笑或责备杜甫写这样的诗吗？恐怕谁也没有这样的权利。今天我们读了这样的诗，只能同情杜甫，为他的困苦不幸感到辛酸。

② 这是一种迷信说法：伟大的人物出生前，母亲有吉梦，梦见神人送子入怀等等。在远古时代，在人类历史的开端，类似的故事是神话传说；而到了封建时期，已成了谎言。杜甫这诗中所写的异事，当然是当事人自己的编造，而不是出于杜甫的吹嘘。

③ 释氏，指释迦牟尼，佛教的创始者。两个儿子，分别由儒家和佛教的创始人送来，多么了不起！但也恰恰揭露出编造这谎言的人多么无耻。杜甫当然洞悉这一切，但也只能随声附和。这是为饥饿所驱使，不得已而为之，这难道不正是伟大诗人的悲剧吗？

④ 据《陈书》，徐陵数岁时，家人携陵去见宝志上人，宝志摩其顶曰：“天上石麒麟也。”“麒麟儿”是称赞儿童的习用语。

⑤《尸子》：“虎豹之驹，虽未成文，已有食牛之气。”

⑥ 这也是一种封建迷信观念：做了许多善事的人家，子孙也一定能兴旺发达。衮衮，见第三卷《醉时歌》注②。

⑦ 名位，指官爵名称与品位（等级）。《左传·庄十八年》：“王命诸侯，名位不同。”后多用来指官位的高低。

◎ 戏作花卿歌[①]（七古）

成都猛将有花卿，	成都的猛将里有位花卿，
学语小儿知姓名。	牙牙学语的孩子都知道他的姓名。
用如快鹘风火生，[②]	他每次出动就像迅捷的鹘鹰驾着风火飞行，
见贼惟多身始轻。	看见贼寇愈多身体愈加轻灵。

绵州副使著柘黄，[3]	绵州副使穿起黄袍想当皇帝，
我卿扫除即日平。	我们的花卿一去马上就把他扫平。
子璋髑髅血模糊，[4]	那个造反的段子璋脑袋被砍下，血肉模糊，
手提掷还崔大夫。[5]	花卿提着它，把它扔给了崔大夫。
李侯重有此节度，[6]	李公又回到绵州去当节度使，
人道我卿绝世无。	人人称道我们花卿英勇绝代无。
既称绝世无，	既然说他绝代无，
天子何不唤取守东都？[7]	皇上怎么不唤他前去守东都？

注释：

① 花卿，姓花名惊定（又作敬定），是成都尹崔光远部下的牙将。上元二年四月，梓州刺史兼东川节度副使段子璋反，袭东川节度使李奂于绵州，李奂奔成都，段子璋遂据绵州，自称梁王，以黄龙为年号，称绵州为黄龙府，置百官。五月，崔光远遣花惊定攻拔绵州，斩段子璋。花惊定及其部下恃战功大掠东蜀，危害人民颇烈。崔光远不能约制，因而去任，旋病死。当花惊定在成都气焰嚣张不可一世时，杜甫写了这首诗。当时自然不能直接抨击花卿的暴行，遂以夸张手法赞扬其勇猛，隐寓嘲讽之意。诗题称“戏作”，大概也正是因为这一点。

② 用，指“用兵”，即从事军事行动。快鹘，一种飞行迅速的猛禽。风火生，形容急疾的俗语，意思与“风驰电掣”相似。

③ 绵州副使，指段子璋。他是梓州刺史兼东川节度副使，东川节度使驻绵州，故称他为绵州副使。柘黄，赵次公说当作“赭（zhě）黄”，天子之服色。柘，音“浙”（zhè），按李时珍《本草纲目》谓“其（柘）木染黄赤色，谓之‘柘黄’”。可见作“柘黄”不误。

④ 髑髅，音“独楼”（dú lóu），本义是死人头骨。这里指被砍下来的头颅，脑袋。

⑤ 崔大夫，指成都尹崔光远。崔有御史大夫衔，故称崔大夫。

⑥ 李侯，指李奂。此节度，指东川节度使职务。

⑦ 上元二年，东都在史朝义占领下。直到次年（宝应元年）十月才收复。所谓“唤取守东都”，显然有讽刺意味。

◎ 赠花卿[①]（七绝）

锦城丝管日纷纷，	锦城弦管天天奏得这样热闹，
半入江风半入云。	一半被江风吹散，一半飞上云霄。
此曲只应天上有，[②]	这样美的曲调，只有天庭才配有，
人间能得几回闻？	人世间能够听到它几遭？

注释：

① 花卿，即前一首诗所写的花卿（花惊定）。《赠花卿》，从这诗题看应是杜甫专为赠花卿而写的诗。杜甫住在成都时，与花卿必定有过来往，参加过花卿举行的宴会也完全是可能的。杜甫对他的那种奢靡生活有意见，不能直言，只能委婉地加以讽喻。《仇注》引焦竑曰：“花卿恃功骄恣，杜公讥之，而含蓄不露，有风人言之无罪，闻者足戒之旨。公之绝句百余首，此为之冠。”又引杨慎曰：“花卿在蜀，颇用天子礼乐，子美作此讽之，最得诗人之旨。”这些评语基本上是对的。但对这位“花卿”似乎谈不上什么“言之无罪，闻者足戒”的话，这样的残暴掠夺者比起封建社会的统治者更是等而下之，胡作非为，还有什么道理好讲。不过这诗的艺术性的确值得赞美，它从极宏阔的眼界来捕捉感性形象，超越了时间和空间，超越了现实和幻想，使这首诗产生了无比的艺术魅力，蕴含着无限的情趣和哲理，永远打动着人们的心弦而不局限于某种思想意义。

② 这里的“天上”，可指仙界，则这丝管是仙乐；也可指皇宫，则这丝管是天子之乐。这句诗既是称赞音乐之美，也可以理解为斥花卿的僭妄，违背了君臣之分。

◎ 少年行二首[①]（七绝）

莫笑田家老瓦盆，　　别笑话种田人家用的这个旧瓦盆，
自从盛酒长儿孙。[②]　　自从用它盛酒多少儿孙已经长大。
倾银注玉惊人眼，[③]　　银壶贮酒往玉盏里倒，看得人眼花，
共醉终同卧竹根。[④]　　大家喝醉之后，还不同竹根杯一样躺着放下？

注释：

① 关于这两首诗，《仇注》说第一首“有达观齐物意，乃晓悟少年之词”；第二首“有及时行乐意，乃鼓舞少年之词”。总之，这些诗是专为少年人而写，故称《少年行》。《读杜心解》则谓：“两首串下，乃自伤衰迟减兴，暗用‘今我不乐，日月其除’意。以少年命题，聊尔自劝，非为少年觉悟也。”这两种意见不是不能统一起来的：既是为少年人写，也是自劝。老年与少年毕竟都是人生的阶段，两者相互间有区别，也有联系。老人与少年之感受、观点不同，才是两诗主旨之所在。不过，古代人所谓少年，是今人所说的青年，而不是十二三岁的儿童。

② 有人把这两句诗解释为：“不要笑话老瓦盆的粗陋，用它装酒可使儿孙满堂”。（见四川人民出版社《杜甫草堂诗注》第 120 页）译诗把“长”字理解为“成长”，即“长大成人”，这样理解也正是说这瓦盆已用得长久了。唐代人饮酒，有先把酒倒在盆中，而后再舀出饮用的习惯。

③ 银、玉，指“银壶”和“玉盏”。

④《仇注》引杜田《补遗》：“《酒谱》云：老杜‘共醉终同卧竹根’，盖以竹根为饮器也。”又引赵次公曰：“卧竹根，谓同醉卧根之傍。”曹慕樊主张从《钱笺》所引杜田之说，并说“古人喝酒，酒杯光了就让它躺着。所以空杯往往称眠称卧，并引黄庭坚诗：‘墙底数樽犹未眠。’‘未眠’与‘未卧’相同”。思考全诗内容，都是围绕酒器而言，曹说弥补了旧注不足之处，译诗从曹说。这首诗的主旨当在劝少年勿羡荣华富贵，勿尚奢侈，提倡质朴。从客观上来看，这诗也反映了老人与青年一代思想的差异，至于谁是谁非，实难于判定。正如今天人们所说的“代沟”，只是两代人思想的分界线，而不是是非正误的分界线一样。

◎ 其二（七绝）

巢燕引雏浑去尽，	巢里的燕子带着雏燕已将要全部飞走，
江花结子也无多。[①]	江边的野花结了种子，可是也结得不算多。
黄衫少年来宜数，[②]	穿黄衫的少年啊，你们该多来几回，
不见堂前东逝波？[③]	没看见吗？堂前滚滚东流的江波？

注释：

① 一、二句诗所写是秋季景色，同时也暗示少年的成长。但“结子无多”究竟是什么意思，却不够清楚，也许是指少年人数不多。这一点是否与长期战乱，人口减少，繁殖缓慢有关？看来必有寓意。

②《仇注》引《唐书·礼乐志》：“乐工少年姿秀者，十数人，衣黄衫，文玉带，立左右，每千秋节舞于勤政楼下。”黄色，或为唐代年轻人喜爱的服色，如今之所谓流行色。

③ 这句诗是以江水东流暗示时间飞逝。联系前一句诗的“宜来数”，是劝他们常来观赏风景呢，还是劝他们常来和老年人见面？老年人的岁月不多了，如不常来，以后就没有机会见面了。诗的内涵是复杂的，如一定要以一两句话来概括，可能失之偏颇。宁可多读几遍，多体会体会，看它能在我们的心上激起些什么思想情感，而不必去简单化地判断，选择这个或那个答案。

◎ 赠虞十五司马[①]（五排）

远师虞秘监，[②]	我遥把前代的虞秘监当作师尊，
今喜识玄孙。	今天真高兴，认识了他的玄孙。
形象丹青逼，	您的容貌同画像上虞秘监的容貌真相像，

家声器宇存。	家庭的声誉仪容还在您身上留存。
凄凉怜笔势，	令人爱慕的笔势反使我感到凄凉，
浩荡问词源。[3]	波澜壮阔的文章还须问从哪里发源。
爽气金天豁，[4]	您气度爽朗像秋空一样清旷，
清谈玉露繁。[5]	您言词绝俗像玉露般繁盛晶莹。
伫鸣南岳凤，[6]	您是伫立在南岳峰顶长鸣的凤鸟，
欲化北溟鲲。[7]	还将变化成北海上遨游的巨鲲。
交态知浮俗，[8]	从人们的交往中能看出世俗颓风，
儒流不异门。[9]	而我们都遵奉儒学，不是来自异门。
过逢连客位，	相访相逢常把座位连在一起，
日夜倒芳樽。	不管白天黑夜总要打开酒樽。
沙岸风吹叶，	沙岸上，晚风吹动落叶，
云江月上轩。	月亮照到窗上，江上正飘过白云。
百年嗟已半，	可叹我们这一生已度过一半，
四座敢辞喧。[10]	却不能不陪着四座宾客喧呼欢腾。
书籍终相与，[11]	我家里的藏书将来一定赠送给您，
青山隔故园。[12]	尽管今天青山仍遮隔住故园。

注释：

① 黄鹤据诗中“百年嗟已半”之句，定此诗作于成都，时间在上元宝应之间。《仇注》把它编在上元二年，从诗中所述自然环境来看可知是作于秋季。这位虞司马是唐朝开国名臣虞世南的玄孙，杜甫与他结识后对他十分敬佩，交游亲切，特地赠了这首诗给他，赞美他的人品和才能，充分表达了对他的友谊。

② 虞秘监，即虞世南，曾为秦王记室参军，太宗践位后，领秘书监。太宗称其德行、忠直、博学、文词、书翰为五绝。但对后代来说，他主要是以一代大书家名世。杜甫把虞世南看作自己学习的榜样，故说“远师”。

③ 从语言的表层结构看，“凄凉”是“笔势”的定语，“浩荡”是“词源”的定语，但

实际上蕴涵着远为复杂的内容。由于看到虞十五司马的书法和诗文，就联想到他的家学渊源，并引起对于虞世南的哀思，绝不是单纯对虞世南的书法与文章的赞美。

④ 金天，即“秋空”。这句诗以秋空之清旷来比喻虞司马神情气度之爽朗。

⑤ 汉董仲舒有著《春秋繁露》一书，发挥春秋之旨，多精言奥义。因而以“玉露繁”来比喻虞司马之善言。

⑥ 凤鸣于南岳，是赞美才能卓著，声誉远传。

⑦《庄子·逍遥游》：“北溟有鱼，其名为鲲。”并说它能变化为鹏鸟，飞翔高空。诗中用鲲鹏变化来比喻虞司马的前程远大，未可限量。

⑧ 这句诗是说当时世情浇薄，人与人之间缺少真挚深厚的友谊。

⑨《汉书·艺文志》称治儒学者为“儒家者流”。“儒流”即“儒家者流”的简称。这句诗是说杜甫和虞司马同属儒家，所崇尚的学术不是不同的门类。这是两人友谊的基础。

⑩ 这句诗如按通常的语序应为：“敢辞四座喧。”尽管想起自己年过半百而感叹，但也不能在满座宾客兴高采烈、畅饮喧呼之时表现出不愉快来。同时也表明杜甫与虞司马的友谊十分深挚，与一般世俗的“交态”不同。

⑪《仇注》引《魏志》：“蔡邕闻王粲在门，倒屣迎之。谓座客曰：‘此王公孙也，有异才，吾家书籍文章，尽当与之。’”诗中说“书籍终相与”，表明对虞司马的器重。虞的年龄大概比杜甫小，所以用蔡邕称许王粲的话。

⑫ 这句诗是承上句而言，如今虽流落异乡，将来回到故园后，必将实现以上的诺言。

◎ 病柏[1]（五古）

有柏生崇冈，	有株柏树生长在高冈上，
童童状车盖。[2]	树冠像个大车篷，向四面撑开。

偃蹇龙虎姿，[③] 天矫蟠曲，呈现龙虎一样的姿态，
主当风云会。[④] 好像正在迎接风云变幻的时代。
神明依正直，[⑤] 它的躯干正直，有神灵依凭，
故老多再拜。[⑥] 地方上的老年人常向它再三跪拜。
岂知千年根， 谁能想到，它的根虽然生长千年，
中路颜色坏。 却半道上枯黄了，有了病害。
出非不得地， 它生长的地方并不是不适宜，
蟠据亦高大。 盘根错节，长得也高大雄伟。
岁寒忽无凭， 寒冷的冬天来临了，它突然失去了依凭，
日夜柯叶改。 枝叶一天天变得憔悴。
丹凤领九雏， 红色的凤凰领着九只雏鸟，
哀鸣翔其外。 哀叫着，绕着它翔飞。
鸱鸮志意满，[⑦] 凶残的鸱鸮却洋洋得意，
养子穿穴内。 为了做窝养育小鸟，在树干上啄出个洞穴。
客从何乡来，[⑧] 一个过路人不知他从哪里来，
伫立久吁怪。[⑨] 站在这病柏旁久久地叹息讶怪。
静求元精理，[⑩] 我默默思索着大自然的精妙道理，
浩荡难倚赖。[⑪] 一切太渺茫，实在难以信赖。

注释：

① 这是一首寓言诗。但却不宜把它看作一个比喻，一味去探索究竟隐喻何人何事。《杜诗镜铨》引李西崖语："此伤房次律（房琯）之词。中兴名相，中外所仰，一旦竟为贺兰进明所坏也。"《仇注》引黄生曰："此喻宗社欹倾之时君子废斥在外，无从匡救，而宵小根据于内，恣为奸私，此真天理之不可问者。"这些解说都有参考价值，但都嫌穿凿，过于拘泥。寓言形象往往有着较广泛的意义，能作多种多样的解释。这首诗也应是如此。《仇注》谓梁权道及黄鹤俱把此诗及其后三首诗都编在上元二年秋，嫌根据不足。近人曹慕樊订《枯棕》作于夔州，则《病橘》亦应作于夔州，其

他两诗或为上元二年（761）作于成都，尚待研究。

② 童童，见本卷《楠树为风雨所拔叹》注⑤。

③ 偃蹇，这个词有多种解释，这里当指树姿之盘曲夭矫，如龙虎腾舞。如《淮南子·本经》："偃蹇寥纠，曲成文章。"《楚辞·九歌·东皇太一》："灵偃蹇兮姣服。"

④ 古代常以"风云会"一语来表示政局大动荡中英雄人物的崛起与聚合。《后汉书·耿纯传》："以龙虎之姿，遭风云之时，奋迅拔起，期月之间，兄弟称王。"主当，邵宝本作"正当"。

⑤ 这句诗是说当时有这样一种迷信观念：高大的树木上，常有神灵依附，其实也就是说这大柏树有神灵。

⑥ 故老再拜，表示这柏树特别受到老年人的尊敬。

⑦《杜臆》："'丹凤''鸱鸮'四句，喻正人摧折，则善类悲之，小人快之，又从而寝处之，形容痛切。"

⑧ 客，作者自谓。

⑨ 吁怪，惊怪，兼有叹息的意思。"吁"为古代的感叹词。如《书·尧典》："帝曰：吁！"又《书·吕刑》："王曰：吁！来！"

⑩"元精"指"元气"与"精气"，一切事物的根源。"元精理"指事物根本之理。

⑪《仇注》："浩荡，犹言渺茫。"难倚赖，是说诗人茫然若失，找不到可以信赖的真理。

◎ 病橘[①]（五古）

群橘少生意，	这许多橘树都失去了生机，
虽多亦奚为。	虽然多又有什么用处。
惜哉结实小，	真可惜啊，果实结得这样小，
酸涩如棠梨。[②]	滋味像棠梨又酸又涩。

剖之尽蠹蚀，	剖开来看，里面都被害虫咬烂，
采掇爽所宜。	适宜采摘的果子简直挑选不出。
纷然不适口，	一个个滋味不佳都不能进嘴，
岂只存其皮。	难道只是为了收它一层皮。
萧萧半死叶，	半死的树叶在风中萧萧作响，
未忍别故枝。	好像还舍不得离开原来的树枝。
玄冬霜雪积，[③]	隆冬天气，地面霜雪堆积，
况乃回风吹。	何况还有旋风一阵阵吹。
尝闻蓬莱殿，[④]	我曾经听说在蓬莱宫里，
罗列潇湘姿。[⑤]	这出产在湘水边的果树曾经成排地栽培。
此物岁不稔，[⑥]	今年这果物的收成不丰稔，
玉食少光辉。[⑦]	皇上享受的美味也将减少光辉。
寇盗尚凭陵，	寇盗还在到处侵扰，
当君减膳时。	这时候，皇上正食不下咽。
汝病是天意，	橘树啊，你生病原是天意，
吾愁罪有司。[⑧]	我却担心管这事的人被惩罚处理。
忆昔南海使，[⑨]	回想当年派到南海去的使臣，
奔腾献荔枝。	乘马奔驰，运送献给皇上的荔枝。
百马死山谷，	千百匹骏马在山谷里累死，
到今耆旧悲。	到如今老人们提起来还挺伤悲。

注释：

① 这首诗写因病橘而产生的种种联想。先从病橘使人受到的损失想到病橘自身的痛苦；再从病橘想到皇帝可能因此发怒而使人遭殃，最后又由今日之战乱想到天宝年间自岭南进荔枝到长安的事。总之，是担心君王无道引起人民受苦。

② 棠梨，一种野梨，果实小而酸涩。

③ 玄冬，指严寒的冬天。《吕氏春秋·有始》："北方曰玄天。"则"玄冬"，是指北方寒冷气流袭来时的严冬。

④ 蓬莱殿，即"蓬莱宫"，见第六卷《宣政殿退朝晚出左掖》注⑥。

⑤《仇注》引鲍照诗："橘生潇湘侧。"姿，同"资"。《释名·释姿容》："姿，资也；资，取也。"潇湘姿，意思是取自潇湘，指橘树，因其产地原在湘江流域。《仇注》引《太真外传》："开元末，江陵进乳柑橘，上以十枝种于蓬莱宫，天宝十载秋，结实，于是宣命赐及宰臣。"

⑥ 岁，收成，见第八卷《同谷七歌》第一首注③。稔，音"忍"（rěn），庄稼成熟。

⑦ 玉食，食美如玉，特指帝王之食。《书·洪范》："惟辟玉食。"辟，君主。

⑧ 有司，管理某种公务的官员。这里指负责向皇帝进献果物的官员。

⑨ 后汉和帝时，南海献龙眼荔枝，十里一置，五里一候，奔腾险阻，死者继路。唐天宝年间，杨贵妃嗜荔枝，以骑传送京师。有人谓唐代自涪州贡荔枝，非自南海。诗中说"南海使"，是借汉代事讽喻本朝事。

◎ 枯棕[①]（五古）

蜀门多棕榈，[②]	剑门南面有许多棕榈树，
高者十八九。	长得高大的占十之八九。
其皮割剥甚，	它生的棕皮遭到太频繁的剥割，
虽众亦易朽。	虽然生得多也还是容易枯朽。
徒布如云叶，	徒然生长出茂密如云的树叶，
青青岁寒后。	天气寒冷之后它还是绿油油。
交横集斧斤，	可是刀斧在它身上横砍竖砍，
凋丧先蒲柳。[③]	终于枯凋在柔弱的蒲柳前头。

伤时苦军乏，	可叹这年头军需十分缺乏，
一物官尽取。④	几乎每一样东西都被官府拿走。
嗟尔江汉人，⑤	可叹你们蜀地的人民，
生成复何有？⑥	生产的一切有什么归你们自己所有。
有同枯棕木，⑦	你们也和这枯棕树一样，
使我沉叹久。	使我沉吟感叹了很久。
死者即已休，	已经死去的那就只好算了，
生者何自守。	可活着的又怎样才能保住性命不丢？
啾啾黄鸟啄，	黄雀啾啾叫着在你身上乱啄，
侧见寒蓬走。	我看见你的身旁，蓬草正被寒风吹得飞走。
念尔形影干，	我在挂记着你，你的形影已变得干瘦，
摧残没藜莠。⑧	你受尽摧残，在灰藜、莠草丛中默默低着头。

注释：

① 这诗中所写的枯棕，既是那真实的，由于剥割过多而凋残枯萎的棕榈树，又象征着遭到残酷剥削压榨的广大黎民百姓。诗人在看到凋枯的棕榈时，不禁想起了战乱时代不幸的人民，于是凝聚成了这个令人同情的既是枯棕又是贫困人民的形象。

② 蜀门，见第九卷《木皮岭》注④。诗中泛指剑门关以南的蜀境。

③ 蒲柳，见第三卷《重过何氏五首》第四首注③。《晋书·顾悦之传》："悦之与简文同年而发白早，帝问其故，对曰：'松柏之姿，经霜犹茂，蒲柳常质，望秋先零'。"

④ 一物，在杜诗中屡次出现，含义不尽相同。如"一物但荷皇天慈"（第二卷《乐游园歌》），指酒；"囊无一物献尊亲"（本卷《重赠郑錬绝句》），所指不定，而这里则指每一事物。

⑤ 江汉，这里是指西汉水（元代以后始称嘉陵江）及长江上流一带地方，也就是指蜀地。

⑥ 生成，指一切生产出来的东西。

⑦ 从这一句以下，把“枯棕”和受苦人民看成同一的对象，以下各句中的“尔”同时指这两者，但着重点在人。

⑧ 藜莠，均为野草。藜，又有灰藜、红心灰藜等名。莠，音“有”（yǒu），俗称狗尾草。

◎ 枯楠[①]（五古）

楩楠枯峥嵘，[②]	这棵楠树死了，还这样峥嵘杰出，
乡党皆莫记。[③]	邻里们却都已把它忘记。
不知几百岁，	不知道它生长了几百年，
惨惨无生意。	如今显得凄惨，看不出一点生气。
上枝摩苍天，	高处的柯枝能摸着苍天，
下根蟠厚地。	蟠曲的树根深深长入地底。
巨围雷霆折，[④]	粗壮的树干被雷霆劈裂，
万孔虫蚁萃。	数不清的洞隙中虫蚁群集。
冻雨落流胶，[⑤]	夏天的暴雨把皮上流出的胶液冲落，
冲风夺佳气。[⑥]	狂风又吹走笼罩枝梢的吉祥云气。
白鹄遂不来，[⑦]	白鹄从此不再飞来，
天鸡为愁思。[⑧]	天鸡也为它忧伤地沉思。
犹含栋梁具，	它的躯体至今还是做栋梁的材料，
无复霄汉志。	但它已失去矗入霄汉的壮志。
良工古昔少，[⑨]	自古以来优秀的工匠就不多，
识者出涕泪。	能看出它是大材的人会为它流泪。
种榆水中央，[⑩]	在水中洲渚上种棵白榆树，

成长何容易。　　长大成材是多么容易。
截承金露盘，⑪　　把它锯下来做承托金露盘的柱子，
袅袅不自畏。⑫　　它那么软弱，却不怕自己承担不起。

注释：

① 枯楠，可能就是本卷《楠树为风雨所拔叹》一诗中所写到的那棵大楠树。在那首诗中，主要是惋惜那株楠树遭到意外的打击。这一篇则哀其材犹可用而得不到重视，被人遗忘。叶梦得说这诗是为房琯而作，也许是臆测，但杜甫在为这枯楠树哀叹时，不会不想起那些被摈弃不用的人才，当然可能包括房琯在内，而且也包括自己在内。人才被弃置不用，自古如此，这几乎是我国古代诗歌创作的一个永恒题材。

② 楩树和楠树相似但并非同一种树木。这里是偏义复词，“楩楠”就是指“楠树”。

③ 乡党，即“乡里”，这里指“乡里之人”。

④ 围，原指树干周围的长度，这里借代树干。

⑤ 涷，音“东”（dōng）。《尔雅·释天》注：“今江东呼夏月暴雨为涷雨。”流胶，指老树干上分泌出的胶状物。

⑥ 冲风，狂风，急风。《楚辞》：“冲风起兮水扬波”。佳气，见第一卷《假山》注⑨及第四卷《哀王孙》注⑫。

⑦ 白鹄，白天鹅。

⑧ 天鸡，古籍上所说的一种赤羽鸟。这两句诗是说楠树凋枯，连鸟类也为它悲凄。

⑨ 良工，优秀的工匠，是善于辨别木材优劣的人。

⑩ 这里的“榆”，指“白榆”。《仇注》引《齐民要术》：“榆性软弱，久无不曲例，非佳好之木。”

⑪ 西汉及以后的一些皇帝用方士之说以金盘承受露水服食，企求得到长生。金盘置于矗立的金茎（金柱）上。

⑫ 这两句诗是说截取柔弱的榆树干为“金茎”，虽力不能胜任，但榆树不自量力，不知畏惧。

◎ 不见[1]（五律）

不见李生久，	没有看见李白已经长久，
佯狂真可哀。[2]	他如今只能假装癫狂，听了这消息我心中真难受。
世人皆欲杀，[3]	人们都说他犯下死罪该杀，
吾意独怜才。	我心里却怜惜他文才少有。
敏捷诗千首，	下笔多么敏捷，诗写了一千首，
飘零酒一杯。	到处飘零，能安慰他的只有一杯酒。
匡山读书处，[4]	这匡山是他往年读书的地方，
头白好归来。	快回来吧，他如今已白发满头。

注释：

① 这是杜甫所写的最后一首怀念李白的诗。第八卷《寄李十二白二十韵》一诗把李白一生的主要经历、遭遇和自己对李白的友情都概括地写了出来，但对李白被赦放还事尚无所闻。隔了大约两年，又写了这首怀念李白的诗。尽管诗题下的原注说“近无李白消息”，诗中也未提李白遇赦放还的事，但杜甫肯定已知道李白的情况，而且还听到了人们对李白的一些议论，才写这首专门赞美他的诗才，同情他的处境和盼他回蜀的诗。诗以“不见”两字开头，因而就以此为题。诗中提到的匡山在昌明、江油县境，故梁权道编此诗为宝应元年（762 年）梓州作。黄鹤认为李白死于宝应元年十一月，此诗应作于上元二年（761 年）李白在世时。殊不知杜甫在梓州时尚不知李白死讯，在经过匡山附近时想念李白，因而作此诗是完全可能的。

② 我国古代，“佯狂”往往是指遭到困厄的圣贤不得已而采取的掩人耳目的行为。如《吴越春秋》载：“子胥之吴，乃拔发佯狂，跛足涂面，行乞于市。”又如《高士传》述春秋时楚国接舆佯狂不仕，行歌于市，人称“楚狂”等等。可见说李白“佯狂”不是贬语，而是对他表示了深刻的同情与尊敬。

③ 李白除了参加了永王璘的幕府而外，并无其他“恶行”，因此，“世人皆欲杀”不过是针对李白因永王的牵连而犯的“叛逆罪”而言。那么所谓“世人”，也就是指一般世俗的人们，而不是指有识之士。

④ 过去不少注家以为匡山是指庐山，因李白曾在庐山隐居。另一些注家认为是指绵州彰明县之大匡山。《唐诗纪事》卷十八引宋杨天惠《彰明逸事》云：“闻唐李太白本邑人，居大匡山”，并引杜甫《不见》末两句诗为证，最后说：“今大匡山犹有读书台”。彰明县唐代称昌明县，后并入江油县。匡山在今江油市境。唐代郑谷《蜀中》诗：“云藏李白读书山”，亦指大匡山。因此，“匡山”指大匡山之说可信。杜甫可能经过绵州时知李白少年曾读书于此才写此诗的。

◎ 草堂即事[①]（五律）

荒村建子月，[②]	在这新改元的第一个月，我在这荒村里居住，
独树老夫家。[③]	我这个老翁家门前面，有一棵矗立的大树。
雪里江船渡，	纷飞的雪花中，小船正在渡江，
风前竹径斜。	迎风的竹林里看得见一条斜路。
寒鱼依密藻，	畏寒的小鱼偎在稠密的水藻边，
宿雁聚圆沙。	过夜的雁群在圆圆的沙洲上集聚。
蜀酒禁愁得，[④]	蜀地的美酒能让我消愁，
无钱何处赊。	却没有钱买，哪里找得到赊酒处。

注释：

① 这首诗写草堂中冬季一天的日常生活，写眼前所见，心中所想，故题为《草堂即事》。

② 据《唐书·肃宗纪》，上元二年九月，诏去上元年号，称元年，以十一月为岁首，建

子月壬午朔。由此可知诗中所说的“建子月”，是指上元二年（761 年）十一月。这也就是这首诗写作的时间。

③《杜臆》：“‘独树’，犹云孤立，非树木也。”大概是由于草堂有许多树木，不可能是“独树”，故设此解。但此说不可从。因杜甫草堂，也并非孤独一家。何况《高楠》一诗说：“楠树色冥冥，江边一盖青。”不正是“独树”突出吗？《楠树为风雨所拔叹》一诗说“诛茅卜居总为此”，也是专说那棵楠树。那棵大楠树足以作为草堂的标志。如果说，那棵楠树已被风吹倒了，怎么还是“独树”呢？那么，定那首诗的写作时间为上元二年也许可疑，或者，那棵楠树虽已枯死，但仍矗立在那里。

④ 禁，应读阴平声。意思是能“抵当”，能“禁受住”。

◎ 徐九少尹见过[①]（五律）

晚景孤村僻，	我住的孤村在夕阳下多僻静，
行军数骑来。[②]	行军长史带着随从们骑马来临。
交新徒有喜，[③]	结交了新朋友就已经使我高兴，
礼厚愧无才。	我这无才的人更愧对您赠送的丰厚礼品。
赏静怜云竹，	您赞赏这里幽静，怜爱翠竹拂云，
忘归步月台。	乐而忘归，在露台上散步时月色光明。
何当看花蕊，	什么时候您再来看花，
欲发照江梅。[④]	梅花快开了，江水将照映它的倩影。

注释：

① 徐九是成都府少尹，他亲自到草堂来访问杜甫，而且送来礼物，当然使杜甫高兴，就写了这样一首诗。上元二年十二月，合剑南、东西川为一道，以严武为成都尹兼御史大夫镇蜀。徐少尹可能已得到这消息，他知道杜甫与严武是旧交，便赶在严武到来以

前先来看杜甫。这诗当作于上元二年（761 年）、宝应元年（762 年）冬春之际。

②《仇注》引黄鹤注："今题云'少尹'，而诗云'行军'，徐当是成都尹兼节制兵马，以时乱，故少尹兼称行军也。"按"行军"为"行军长史"简称。徐少尹，兼任节度使幕府的行军长史，故诗中以"行军"称之。

③ 这句诗按通常语序应写为"徒交新有喜"，意思是"仅仅（因为）交了新朋友（就已感到）欣喜"；接连下一句："（何况）有厚礼相赠（于是）更自愧无才。"两句连成一个复句。

④ 最后两句诗是邀约徐少尹春日梅花开后来游。

◎ 范二员外邈吴十侍御郁特枉驾阙展待聊寄此作[①]（五律）

暂往比邻去，　　正巧我到邻家去走了一趟，
空闻二妙归。[②]　　只听说两位文章妙手来过又返回。
幽栖诚简略，　　我这幽僻的地方实在简陋，
衰白已光辉。[③]　　两位驾临使我这老人的住宅增添了光辉。
野外贫家远，　　我家境贫困，又住在遥远野外，
村中好客稀。　　这村庄实在难得有佳宾到来。
论文或不愧，　　陪你们谈谈诗文我或许还行，
重肯款柴扉。[④]　　你们可肯再来敲我家的柴扉。

注释:

① 范邈，官职是员外郎；吴郁，官职是侍御。范邈不知为谁，也不知他与杜甫曾有何交往；吴郁则是杜甫在凤翔肃宗行在任左拾遗时的同僚，可参看第八卷《两当县吴十侍御江上宅》一诗及注①，这时，吴郁已自长沙来蜀，两人特地到浣花溪草堂来访问，碰巧杜甫不在家，没有能接待他们，只得写了这首诗寄给他们表示歉意并邀请他

们再来。

② 二妙，指范邈、吴郁。古代常称善文词书画者为“妙手”，如两人齐名则可合称“二妙”。《晋书·卫瓘传》：“瓘为尚书令，与尚书郎索靖俱善草书，时人号为一台二妙。”又《唐书·韦维传》：“维为户部郎中善裁剖，时员外宋之问善诗，故时称户部二妙。”简称为“二妙”。

③ 衰白，衰年白发，指老人，诗中是杜甫自命，用来借代自己的住宅。

④ 款，意思是“叩”。末两句诗邀范、吴再来访问，一起饮酒论文。

◎ 王十七侍御抡许携酒至草堂奉寄此诗便请邀高三十五使君同到[①]（七律）

老夫卧稳朝慵起，	我这老人睡得安稳，天亮了还懒得起床，
白屋寒多暖始开。[②]	白茅盖的草屋够寒冷，要等暖和一些门才能打开。
江鹳巧当幽径浴，	鹳鸟在江边洗浴，正对着幽静小路，
邻鸡还过短墙来。	邻家的鸡又飞过矮墙到我院里来。
绣衣屡许携家酝，[③]	绣衣侍御曾多次答应带着家酿美酒前来访问，
皂盖能忘折野梅。[④]	张着黑伞的使君要来折野梅的事又哪里会忘怀。
戏假霜威促山简，[⑤]	想借重侍御大人秋霜般的威严催促山简，
须成一醉习池回。[⑥]	把我的草堂当作习池园，痛饮一场之后带醉返回。

注释:

① 第十七卷有《哭王彭州抡》一诗，约作于四五年之后，那首诗对王抡的一生有简要的评述。从那诗中可看出他除侍御后又罢去职务，才参成都幕府，因此在这首诗中称他为“侍御”和“绣衣”（参看注③）；后来他出任彭州刺史，死于任所。杜甫邀请王抡到草堂来访问，并请他转邀蜀州刺史高适也同来。黄鹤编此诗于上元二年冬，

高适时任蜀州刺史，成都尹崔光远于十一月卒，适代摄其职，故至成都。

②《仇注》："白屋，白茅覆屋也。"

③《汉书·百官公卿表》："侍御史有绣衣直指，出讨奸滑，治大狱。武帝所制，不常置。"这里是以汉代的绣衣直指来称王抡侍御，因为唐代侍御史的职务与绣衣直指有相似处。

④ 皂盖，见第一卷《陪李北海宴历下亭》注②。这里是指高使君适。

⑤ 山简，见第九卷《北邻》注⑤。

⑥ 诗中以山简借代高适，以习池喻草堂。《仇注》引赵次公曰："霜威，御史有风霜之任也。"诗中戏谓王抡，请他以侍御史的威严催促高适同来。

◎ 王竟携酒高亦同过[①]（五律）

卧病荒郊远，	我卧病在荒郊，离城遥远，
通行小径难。	通到这里的小路崎岖，行走困难。
故人能领客，[②]	老朋友能为我把贵客领来，
携酒重相看。	又一次携着酒来相看。
自愧无鲑菜，[③]	惭愧的是我拿不出鱼鲜款待，
空烦卸马鞍。[④]	让你们空跑一趟，增添了麻烦。
移樽劝山简，[⑤]	且举起酒杯来劝劝高使君：
头白恐风寒。[⑥]	"多喝一杯吧，头发白了，当心遭了风寒。"

注释：

① 这首诗是紧接前一首诗所写。述王抡、高适来草堂访问的事，从戏语中表达出杜甫和他们的友谊。

②“故人”指王抡，“客”指高适。

③ 鲑，音“鞋”（xié），与现代汉语中读“规”（guī）者不同义，古代用来泛指鱼虾类菜肴。

④ 卸马鞍，指乘马来稍作停留，也就是指王、高草堂之行。

⑤ 山简，见第九卷《北邻》注⑤。这里借代高适。译诗中直接写出了“高使君”的字样。

⑥ 原注：“高每云‘汝年几小，且不必小于我，’故此句戏之。”杨伦在《杜诗镜铨》中解释说：“盖高以老戏公，公亦以老答戏也”。看来是杜甫曾先戏谓高适年老，而后高适才说：“你年纪虽小，可也不比我年纪小到哪里去。”因此杜甫又故意说高头白，要防风寒的话。译诗中用直接引语的方式来表达。

◎ 陪李七司马皂江上观造竹桥即日成往来之人免冬寒入水聊题短作简李公[①]（七律）

伐竹为桥结构同，[②]	砍下毛竹造桥，结构就和木桥、石桥一个样，
褰裳不涉往来通。	从此人们来往两岸，就不要赤脚涉水，手提衣裳。
天寒白鹤归华表，[③]	天寒时白鹤飞过，可以站在桥柱上歇脚，
日落青龙见水中。[④]	日落时，桥影就像条青龙出现在水中央。
顾我老非题柱客，[⑤]	但我年已衰老，不是在桥柱上题诗的过客，
知君才是济川功。[⑥]	却知道您是一位造桥便民的好官长。
合欢却笑千年事，[⑦]	大家聚集在一起欢庆，谈笑着千年前的事，
驱石何时到海东。[⑧]	挥神鞭赶石块到大海东面，那岂不只能空等一场。

注释：

① 李七是蜀州司马，他在蜀州唐兴县的皂江上搭建了一座竹桥，以利行人来往。杜甫当

时正在蜀州唐兴县参观了造桥的工程。最后一天，桥造成了，群众欢庆，杜甫也写了这首诗祝贺并歌颂李司马的政绩。黄鹤订此诗作于上元二年冬。

② 原诗说“结构同”，是指竹桥的结构与其他桥梁相同，译诗把作为比较的一般桥梁（石桥、木桥）写了出来。

③《仇注》引刘叔敬《异苑》：“晋太康二年冬，大雪，南州人见二白鹤语于桥下曰：‘今兹寒不减尧崩年也’。于是飞去。”这是从造桥事联想到的一个故事，与诗的内容无关，提到白鹤，只是用以形容桥景。《仇注》指出“此华表，指桥柱”，并解释说“鹤归华表，柱可栖鹤”。

④《仇注》：“龙见水中，桥影若龙也。”

⑤《仇注》引《华阳国志》：“蜀城北八十里，有升仙桥、送客观。司马相如初入长安，题其柱曰：‘大丈夫不乘赤车驷马，不过汝下’。”由于竹桥有柱，就联想起司马相如年轻时题柱立志的故事，诗人说自己“非题柱客”，表示自己年老，已不像司马相如年轻时那样心怀大志。

⑥ 济川功，建桥便民渡河之功。

⑦ 合欢，意思是聚合欢庆。《仇注》引《乐记》：“酒食者，所以合欢也。”笑千年事，就是嘲笑末句诗中所说的鞭石到海边造桥的故事。

⑧《仇注》引《齐地记》：“秦始皇作石桥，欲过海观日出处。有神人能驱石下海，石去不连，神辄鞭之，石皆流血。”这句诗是说：人们不相信这个故事，当他们靠自己的双手建成竹桥时，就感到这个故事的荒谬可笑了。

◎ 观作桥成月夜舟中有述还呈李司马[①]（五律）

把烛桥成夜，	手拿着灯烛，在竹桥建成的晚上，
回舟客坐时。	舱里客人坐着，船正在返航。
天高云去尽，	天空高旷，暮云已完全消散，

江迥月来迟。[2]	江面辽阔，迟迟才看到月光。
衰谢多扶病，	我衰老了，又常常有病，
招邀屡有期。	您却屡次邀请我游宴观赏。
异方成此兴，	在异乡竟能使我这样高兴欢畅，
乐罢不无悲。[3]	可是一场快乐之后又不能不悲伤。

注释：

① 这首诗写竹桥建成后乘船游宴观赏时的感受和心情，既向作为主人的李司马表示感谢，又倾吐了诗人内心深处的悲痛。这首诗与前一首诗当为同时所作。

② “江迥”的“迥”，不是说江流到远处，也不是说江在遥远的地方，而是说江面辽阔广远。

③ 乐，指乘船泛江观桥的欢乐。悲，指诗人当前的困难处境以及以前所遭受的挫折，而这一切又与政局的混乱有关。这一点，也正是须引起李司马关注的。

◎ 李司马桥成承高使君自成都回[1]（七绝）

向来江上手纷纷，[2]	江上多少人手几天来纷纷忙不停，
三日功成事出群。	三天就把桥造成，快得出众超群。
已传童子骑青竹，	已传说这里的童子们骑着竹马，
总拟桥东待使君。[3]	都想到桥东面去，学大人那样去迎接高使君。

注释：

① 蜀州使君高适因事到成都去，回来时，蜀州皂江上的竹桥已经建成。杜甫事前写了此诗设想地方人士迎接高刺史回州经过桥上的盛况，既是喜庆桥成，也是显示群众对高刺史的爱戴。

② 向来，指“刚过去的一段时间”，与通常作“从来”解的“向来”不同。手纷纷，指建桥的劳动。

③ 诗中所写传闻童子将骑竹马（青竹，即儿童当作马骑的青竹竿）迎刺史的事，可能是纪实，因为儿童喜模仿成人的行为。地方人士到郊外迎接刺史是常有之事，是对州郡首长的尊重，而儿童们则仅是一种游戏。诗中这样写，实际上是对高适很高的赞誉：连儿童们也知道高使君的德政了。《仇注》引用了《后汉书》中的一个故事：“郭伋为并州牧，始至行部，到河西美稷，有童儿数百，骑竹马迎之曰：‘闻使君到，喜，故来迎’。”把实事和典故结合起来，是我国古代诗歌的一种特殊艺术手法，借以把现实事件推远，使它成为一定心理距离之外的审美形象，让欣赏者对现实生活的美能获得较纯净的感受。

◎ 入奏行赠西山检察使窦侍御[1]（七古）

窦侍御，	窦侍御，
骥之子，凤之雏，	您是骐骥的后代，是凤凰的雏子，
年未三十忠义俱，	不满三十岁就忠义双全，
骨鲠绝代无。	千年万世也没有人像您这样耿直。
炯如一段清冰出万壑，[2]	您像千山万壑中涌出的一片明莹的寒冰，
置在迎风露寒之玉壶。[3]	被放在迎风殿和露寒殿的玉壶里。
蔗浆归厨金碗冻，	您把金碗中的蔗浆凝冻起来再放回御厨，
洗涤烦热足以宁君躯。[4]	定能使皇上消除烦热，感到躯体康宁安适。
政用疏通合典则，[5]	政令施行、上下通气，您使一切合乎规范、准则，

戚联豪贵耽文儒。[⑥] 您和豪贵家族联姻，又热衷于文士儒生的事业。
兵革未息人未苏， 如今战乱未停，人民还没有复苏，
天子亦念西南隅。 皇上心里也挂记着西南边地。
吐蕃凭陵气颇粗， 吐蕃侵扰，气势那么粗壮，
窦氏检察应时须。[⑦] 窦侍御来检查视察正是时势所需。
运粮绳桥壮士喜，[⑧] 您督运军粮经过绳桥向西，边防壮士心里欢喜，
斩木火井穷猿呼。[⑨] 您派人在火井旁伐木开路，狼狈的山猿惊得叫啼。
八州刺史思一战，[⑩] 西陲八个州的刺史都决心打一仗，
三城守边却可图。[⑪] 在边塞三个城设防倒是个好主意。
此行入奏计未小， 您这次向皇上面奏的绝不是小事，
密奉圣旨恩宜殊。[⑫] 您奉到密旨，也将得到特殊恩赐。
绣衣春当霄汉立，[⑬] 春天来时您该身穿绣衣朝见皇帝，
彩服日向庭闱趋。[⑭] 也能每天像老莱子那样穿起彩衣到双亲前省视。
省郎京尹必俯拾，[⑮] 省郎、府尹这些官位您一定俯拾即是，
江花未落还成都。 希望您回成都时江上繁花还没谢。
江花未落还成都，[⑯] 如果您回成都时江上繁花还没谢，
肯访浣花老翁无？ 可肯访问我这老翁来这浣花溪？
为君酤酒满眼酤，[⑰] 让我为您酤来美酒把竹筒酤满，
与奴白饭马青刍。[⑱] 让我准备好白米饭招待您的奴仆，准备好青草喂您的坐骑。

注释：

① 窦侍御兼任西山检察使，曾在成都以西的山区视察军务，将回京向皇帝禀奏边防情况，杜甫为他送行，写了这首歌行赠给他。西山，即岷山，西山地区指川西松、维、保等州，是与吐蕃交界的地方。检察使一职，黄鹤说，《新旧唐书》《唐会要》诸书均未提这个官名；《欧阳詹集》中有《送韦检察》一诗，似有此职，而史书缺载。朱鹤龄则谓《唐会要》有西山运粮使、检校户部员外郎，疑“检察使”即此官。诗中

对年轻的窦侍御备极称赞，他于入京谒帝后回蜀可能担任重要职务，杜甫于公于私，都对他寄予厚望，黄鹤编此诗于宝应元年，从诗中内容来看应为上元二年（761 年）冬日。

② 鲍照《白头吟》：“清如玉壶冰”。王昌龄《芙蓉楼送辛渐二首》第一首：“一片冰心在玉壶”。古人每以“玉壶冰”来比喻人品之高尚、纯洁。这两句诗是对窦侍御品德之赞颂。谓“一段清冰出万壑”，是说此冰来自千山万壑深处，非一般河川之冰可比。

③“迎风”“露寒”是汉宫中殿阁名，《仇注》引《汉书》：“武帝元封二年，因秦林光宫，复增通天、迎风、储胥、露寒”。又引赵次公语：“露寒，旧本作寒露，盖传写之误。公《槐叶冷淘》诗（见第十九卷）：‘万里露寒殿，开冰清玉壶。’则用字初未尝倒。”

④ 这两句诗进一步阐述“玉壶冰”的作用，以冰冻蔗浆为皇帝消除烦热隐喻窦侍御进京面奏能解皇帝之忧。

⑤“政”指朝廷对政策的确定，“用”指地方政府对政策的贯彻，上下相通，就是“疏通”。

⑥ 窦侍御与豪门贵族有姻亲关系，但并不像一般豪门子弟那样耽于逸乐，仍致志于儒家学术和文章。

⑦ 检察，指窦侍御在西山地区所作的检查军务的工作。

⑧ 绳桥，即竹索桥，西川峡谷河川岸陡水急，不能架桥多以竹索为桥。《钱笺》据《元和郡县志》，谓绳桥在茂州汶川县西北。《舆地纪胜》则谓“绳桥在维州保宁县东十五里”。诗中可能是泛称，述运粮到西部前线，战士欣喜。

⑨ 火井，指天然气井，也不确指地点，只是泛述窦侍御深入边远地区的情况。

⑩ 指西山地区的八个州。《仇注》引《旧唐书·地理志》，指出八州州名为“松、维、恭、蓬、雅、黎、姚、悉”。

⑪ 旧注对“三城”的说法各异。多数人认为是松（今松潘县）、维（今理县）、保（今理县新保关）三城。

⑫“密奉圣旨”指窦侍御西山检察之行是奉皇帝的密旨。

⑬ 绣衣，见本卷《王十七侍御抡许携酒至草堂奉寄此诗便请邀高三十五使君同到》注③。在这诗中，“绣衣”是指朝服，即官员朝见皇帝时所穿的官服。霄汉，喻朝廷。

⑭ 彩服，用老莱子彩衣娱亲典，见本卷《送韩十四江东省觐》注②。庭闱，见同诗注③。

⑮ 省郎，指尚书省的侍郎、郎中等官职。京尹，指东、西等京都大府的府尹，成都当时为南京，这里的“京尹”，主要是指成都尹之职。俯拾，喻易得。

⑯ 两句“江花未落还成都”，词语相同，但用意却不尽相同。前一句是表示希冀窦侍御之归来；后一句则是实言窦侍御之归来，请他在那时来草堂访问。

⑰《仇注》：“满眼酤，谓满前皆酒酤也。即公诗‘浊醪必在眼’意。旧注谓蜀人以竹筒沽酒，酒满筒眼，似近于俚。”译诗仍从旧注，语近于俚，正是杜诗的优点和特色。

⑱ 这句诗的结构为并列的两截，即“与（给）奴白饭”和“与（给）马青刍”。这句诗和上一句诗表示热忱地准备接待窦的来访。

◎ 得广州张判官叔卿书使还以诗代意[①]（五律）

乡关胡骑满，	家乡还到处是叛军的兵马，
宇宙蜀城偏。[②]	在宇宙间，蜀城已该算是边陲。
忽得炎州信，[③]	忽然得到南方的来信，
遥从月峡传。[④]	经过明月峡，远远传来。
云深骠骑幕，[⑤]	您在大将军幕府中，云雾深浓，
夜隔孝廉船。[⑥]	像刘惔深夜寻找孝廉船，将军对您十分厚爱。
却寄双愁眼，	如今只能把我一双充满忧愁的眼睛寄给您，
相思泪点悬。	思念您的泪水正点点悬垂。

注释:

① 张叔卿、张叔明是兄弟辈，曾住齐州，张叔明为“竹溪六逸”之一。杜甫、李白都曾与他们交往，有人疑张彪即张叔明。可参看第八卷《寄张十二山人彪三十韵》注①及第一卷《题张氏隐居二首》第一首注①。张叔卿在广州幕府中任判官，托人带信给杜甫，信使将还广州，杜甫寄这诗给他来表达对张的怀念之情。此诗当作于成都。

② 宇宙，实际上是指中国。蜀城，指成都。

③ 炎州，犹言“炎土”，指南方的州郡。江淹《思北归赋》：“况北州之贱士，为炎土之流人”。“州”与“土”为互文，可以互换。这里特指广州。

④ 月峡，即“明月峡”。蜀地有两处以“明月峡”为名，一在利州（今广元），一在渝州，为三峡之始。这里是指后者。

⑤ 汉名将霍去病为骠骑将军。诗中以“骠骑幕”代表驻广州的岭南节度使幕府，即张叔卿任职的地方。

⑥《仇注》引《世说新语》：“张凭尝谒丹阳尹刘惔（音‘谈’，tán），惔留宿，明日乃还船，须臾，惔遣传教觅张孝廉船，召与同载，时人荣之。”这里用张凭的典故，是因张叔卿与张凭同姓。诗人设想将军对张叔卿十分厚爱，有如刘惔在黑夜中遣使寻找张孝廉船一样。

◎ 魏十四侍御就敝庐相别[①]（五律）

有客骑骢马，[②]	有位客人骑着青骢马，
江边问草堂。	来到江边访问我的草堂。
远寻留药价，[③]	从远处来找我，留给我买药的钱，
惜别倒文场。[④]	告别时，又表示您多么爱重辞章。
入幕旌旗动，	您走进营幕，挥动旌旗下令出发，

归轩锦绣香。[⑤] 回京的轩车里，锦绣帷幔和座垫散发出芳香。
时应念衰疾， 您该会常常想起我这多病的老人，
书疏及沧浪。[⑥] 偶尔也请写封信寄到百花潭上。

注释：

① 魏侍御，原在成都幕府任职，后调回长安，于离开成都前专程到草堂来访问杜甫，并赠金，杜甫被这样的友情感动了，为他写了这一首诗。黄鹤订此诗作于宝应元年（762 年）。

② 侍御史常乘青骢马。参看第三卷《送张十二参军赴蜀州因呈杨五侍御》注④。这句诗是表明魏十四的侍御史身份，不一定真的是乘骢马。

③ 留药价，是托词，是借口。实际就是送钱给杜甫，在经济上给他的帮助。

④《仇注》：“倒文场，意气倾倒于文场。”意思是说魏侍御在和杜甫话别之际，表示出对诗文擅场的人十分倾倒、敬佩。也就是高度评价杜甫的诗作。

⑤ 归轩，指魏御史回长安所乘的马车。锦绣，指车上的坐具和饰物等。

⑥ 沧浪，指杜甫居住的百花潭。第九卷《狂夫》一诗有“百花潭水即沧浪”之句，可参证。

◎ 赠别何邕[①]（五律）

生死论交地，[②] 在生死间不容发处结交的友人，
何由见一人。 连一个也不能看见。
悲君随燕雀，[③] 可叹您随着不能高飞的燕雀离去，
薄宦走风尘。[④] 冒着风尘远行去做个低级官员。
绵谷元通汉，[⑤] 绵谷的水原本和汉水相连，

沱江不向秦。⑥	可惜这里的沱江不是流向长安。
五陵花满眼，⑦	遥想五陵的鲜花该已经满眼都是，
传语故乡春。	请给我捎个信说说故乡的春天。

注释：

① 第九卷《凭何十一少府邕觅桤木栽》诗题中的何少府邕，正是受赠这诗的何邕。据这诗中“绵谷元通汉”一句，可知何原任职绵谷县（唐代属利州，即今之四川广元市）。现在他随人去长安任职，杜甫写了这诗赠给他。浦起龙谓此诗当作于上元二年春（761 年）。

②《读杜心解》：“论交处着一‘地’字，指京师也。言往时彼处结交之辈，此间难得一人。”既称京师为“生死论交地”，可推知当时长安在叛军占领下，杜与何同陷贼中，才把那里看成“生死”之地。

③ 燕雀，喻胸无大志，目光浅短的人。这里所说的“燕雀”是指带着何邕去长安任僚佐的官员。杜甫这样说他，当然是有缘故的。何邕也并非不知道，不得已只能如此，诗人所以不能不为之悲叹。

④ 何邕之任低级官吏，奔走风尘，归根到底是为生活所迫。故诗人对他表示了深刻同情和惋惜。

⑤ 绵谷水，古代又称潜水，是嘉陵江的支流。嘉陵江上游，古称西汉水。诗中说“绵谷元通汉”，原意是说它可通汉水，流经襄阳（杜甫的远祖居襄阳，因而他也把襄阳当作故乡），其实是把西汉水和汉水混淆了。

⑥ 沱江，流经成都东北方，在泸州流入长江，故说它“不向秦”。《仇注》解释说：“绵谷通汉，邕可至京；沱江背秦，己犹滞蜀也。”

⑦ 五陵，在长安近郊。见第四卷《哀王孙》注⑫。

◎ 绝句[1]（七绝）

江边踏青罢，　　在江边踏青之后回来，
回首见旌旗。[2]　　蓦回头看见军旗翻飞。
风起春城暮，　　起风了，春城已被暮色笼罩，
高楼鼓角悲。　　高高城楼上，鼓角散布着凄悲。

注释：

① 这是一首无题诗，径以“绝句”为题，写的是一时感触。这感触实际上是那个兵荒马乱的时代时时刻刻压在诗人心中的一团乌云，如有相应的刺激物出现，便能随时化成一首诗流泻出来。旧编在宝应元年成都诗内。

② 旌旗，常用作旗帜之通称，但这里特指军旗。

◎ 赠别郑錬赴襄阳[1]（五律）

戎马交驰际，　　在这戎马往来奔驰的时候，
柴门老病身。　　我却又老又病，守着这柴门。
把君诗过日，　　整天捧着您的诗过日子，
念此别惊神。　　想到要和您分别就惊心伤神。
地阔峨嵋晚，[2]　　土地广阔，峨眉山暮色苍茫，
天高岘首春。[3]　　天空高旷，岘首山该已是阳春。

为于耆旧内,[4] 请您在襄阳老一辈人里面，
试觅姓庞人。[5] 试着找找看可有庞德公那样的人。

注释:

① 诗题中，郑錬不称官名，因为他决定去襄阳时已经被罢了官。后面一篇《重赠郑錬绝句》中说他“罢使臣”及“囊无一物献尊亲”等，可见他家乡在襄阳，有亲长在那里。这首诗表达了深挚的别情和对避世隐居者的敬慕。此诗当作于上元二年至宝应元年（762）冬春间。

② 峨眉山在蜀境，岘首山在襄阳，用这两句诗来表达两人分别后相互思念之情。

③ 耆旧，指襄阳地方的老年人。

④ 姓庞人，指庞德公，参看第七卷《遣兴五首》第二首及注①、④。

◎ 重赠郑錬绝句[1]（七绝）

郑子将行罢使臣，郑君将要走了，他被罢去了使臣的官职，
囊无一物献尊亲。他行囊空空，没有什么带回家奉献双亲。
江山路远羁离日，江山遥远，路上要耽搁那么多天，
裘马谁为感激人。[2] 穿裘皮、骑肥马的人们有谁心里能激起对他的同情。

注释:

① 前一首诗着重诉别情，这一首诗则盛赞郑錬的清廉。寥寥数语，写出郑錬出淤泥而不染的品质。两诗是同时所作。

② 裘马，指穿裘皮衣、骑肥马的豪贵。这句诗是反问句，实际是说豪贵中没有人被郑錬的清廉和困苦的处境感动。

◎ 江头五咏之一：丁香[1]（五古）

丁香体柔弱，	丁香的躯干柔弱，
乱结枝犹垫。[2]	还是纷乱地生了许多结，枝条向地面低弯。
细叶带浮毛，	小小的叶片上生着茸毛，
疏花披素艳。	稀疏的花朵，鲜明素淡。
深栽小斋后，	种在小斋后面的深院里，
庶使幽人占。	好让幽居的隐士独自赏玩。
晚堕兰麝中，[3]	这样也能避免落在兰花麝香堆里，
休怀粉身念。	不用担心粉身碎骨的灾难。

注释：

① 这五首诗是一组咏物诗，都是浣花溪前所见，故题为《江头五咏》。既是咏物诗，就必须写出所咏对象的特点和使人感到美的原因，并表达出诗人从它的形象上所得到的启示，也就是要有所寓意。旧编在宝应元年（762 年）。丁香，《仇注》引《齐民要术》："鸡舌香，世以其似丁子，故一名丁子香，即今丁香是也。"又引《日华子》："丁香，治口气，所以郎官含之。"又引《碎录》："丁香，一名百结，子出枝叶上，如钉，长三四分。"它既是观赏植物，又可作香料，供药用。

②"乱结"之"结"，即丁香上所生的"丁子"（见注①）。《仇注》引朱鹤龄注："陈藏器云：丁香，击之则顺理而解为两。李义山诗：'本是丁香树，春条结始生。'其合则为结也。《说文》：垫，下也。凡物之下堕，皆可云垫。"译诗中保留着"结"这一名称；并把"垫"译写为"向地面低弯"。

③ 据徐仁甫《杜诗注解商榷》，"晚"为"免"字之误。如为"晚"字，则指晚些时候，诗句是说，即使后来与兰麝等合成香料，也不必为粉身碎骨悲痛；如为"免"

字，诗意便更明晰易解。译诗从徐说。兰麝，香料。《仇注》：“若使堕入兰麝，将粉身而不保矣。”

◎ 江头五咏之二：丽春（五古）

百草竞春华，	春天，争奇斗妍的有千百种花草，
丽春应最胜。①	其中要数丽春花开得最美好。
少须颜色好，	花儿开得少，颜色显得娇，
多漫枝条剩。	开得太多，徒然挤满枝条。
纷纷桃李枝，②	你看那桃花李花在枝头纷纷扰扰，
处处总能移。③	却到处能移栽，到处有人要。
如何此贵重，	为什么这样贵重的花，
却怕有人知？④	却躲藏着怕被人知道？

注释：

①《群芳谱》：“丽春为‘罂粟’别种，根苗一类而数色咸具，即今虞美人花。”通常也把一般供欣赏的罂粟花（虞美人）称为丽春花。

②《仇注》：“旧作‘枝’，疑误。”改为“姿”。作“桃李枝”，原无不可，“桃李枝”即“桃李花”，仍从旧本。

③ 移，既可指折花插瓶，也可指移栽。译诗把双重意思一起写出。

④ 最后两句是这诗的寓意所在。杨伦云：“此公自喻。竞进者多，己独耿介自守，不移其性，故人之知公者少也。”（《杜诗镜铨》卷九）

◎ 江头五咏之三：栀子（五律）

栀子比众木，[①]	如把栀子和寻常花木相比，
人间诚未多。	人世间像它这样的花可真不多。
于身色有用，[②]	它的身躯可以当作颜色用，
与道气相和。[③]	天性与道相通，可使各种邪气调和。
红取风霜实，[④]	鲜红的是它经过风霜的果实，
青看雨露柯。	碧绿的是它雨露滋润的枝柯。
无情移得汝，	我从心里不想把它移种，
贵在映江波。[⑤]	它的可贵处正是映照着江波。

注释：

① 栀子，茜草科，常绿灌木，叶有光泽，夏日开白色花，有强烈香气。

② 栀子的果实可作黄色染料。这句诗的意思是说，它的物质存在（“身”）的“色”有用，也就是说其用即在于“色”。

③ 这一句诗和上一句诗结构全同，说的是它的某种抽象性质（“道”），可以“和气”，实际上说的是栀子的药用价值。《仇注》说“气相和”，一作“气伤和”，因为“其性极冷”。又引赵注：“《本草》称：栀子治五内邪气、胃中热气，其能理气明矣。此颂栀子之功也。作‘气相和’亦是。”

④ 栀子的果实经霜变为红色。这句和下一句言栀子形象之美。

⑤ 谢朓有《墙北栀子树》诗：“有美当阶树，霜露未能移。还思照绿水，君家无曲池。”其后梁简文帝萧纲又有诗曰：“素华偏可喜，的的半临池。”这诗中说“无情移得汝”，“移”字似应按“霜露未能移”的“移”字理解，赞美栀子意志坚定，本性不移。但谢诗又说“栀子”思“照绿水”，不满于立在阶下；萧纲诗中的栀子则较为满

意了，它已“半临池”，也就是已“照绿水”了。而杜诗的最后一句说“贵在映江波”，则栀子应更欣喜了，它不仅“临池”，而且“映江”。那么，前一句的“移”字，又似乎应理解为“移栽”，而“无情”也就是“不想”“无意”，是说诗人自己不想去移栽它，因为它已在江边，有了理想的环境。古诗用语，往往双关，且与前人的诗文相涉，的确不易深刻、准确地领会其含意。

◎ 江头五咏之四：鸂鶒[①]（五律）

故使笼宽织，	故意叫人把竹笼编得宽敞些，
须知动损毛。	该知道不当心就要损伤它的羽毛。
看云犹怅望，	它仰头看云，还流露出怅惘神色，
失水任呼号。	离开了水，只能由它叫唤呼号。
六翮曾经剪，	翅膀上的六根羽毛已被剪短，
孤飞卒未高。	即使放它独自飞走终究也飞不高。
且无鹰隼虑，	好在这里不用担心鹰隼来袭击，
留滞莫辞劳。[②]	就安心留下吧，可别太烦恼。

注释：

① 鸂鶒，音“希赤”（xī chì），水鸟，俗名紫鸳鸯。这首诗写的是一只被捕后囚在笼中的鸂鶒，虽然失去自由，不能高飞，但也可免鹰隼伤害。通篇是寓言，借鸂鶒的处境，比喻自己的留滞成都，并聊自宽慰。但也不应因此认为杜甫满足于草堂的悠闲生活，这毕竟违反了他济世救民的志向。

② 劳，指心中的苦痛。《淮南子・精神》：“好憎者使人之心劳。”这句诗肯定了“留滞者”的“心劳”，也就是说，他的内心的痛苦是不可避免的。

◎ 江头五咏之五：花鸭（五律）

花鸭无泥滓，	花鸭身上从来不沾一点儿泥，
阶前每缓行。	走过阶前总是不慌不忙地行进。
羽毛知独立，[①]	你和别的鸟儿不一样，
黑白太分明。	一身羽毛黑白太分明。
不觉群心妒，	群鸟嫉妒你，你还不曾觉察，
休牵众眼惊。[②]	它们看着眼红你可也别挂记在心。
稻粱沾汝在，	供你享受的稻粱都已准备好，
作意莫先鸣。[③]	千万留心不要率先大声啼鸣。

注释：

①《仇注》引《鹦鹉赋》："虽同族于羽毛，固殊智而异心。"这里的"羽毛"是指鸟类。独立，即突出、与众不同的意思。

② 休牵，意思是别牵挂。众眼惊，是说群鸟看见花鸭，对它有惊羡之意。用现代俗语来说即"众人红眼"。

③ 作意，即注意、留意。顾宸说："花鸭，戒多言也。"恐把这诗的含意说得太狭窄，看来主要是讽刺当时嫉妒贤才的不良社会风气。"先鸣"与屈原《离骚》："恐鹈鴂之先鸣"含意不同，这里只是诫提防引起别人嫉妒。

◎ 野望[①]（七律）

西山白雪三城戍，[②]	想念着白雪皑皑的西山地区三个边防城堡，
南浦清江万里桥。[③]	我走到城南水边，踏上跨越清江的万里桥。

海内风尘诸弟隔，　　四海之内风尘弥漫，弟弟们和我隔绝，
天涯涕泪一身遥。　　挥洒思亲的眼泪，独自一人在这里，相距遥遥。
惟将迟暮供多病，　　我这迟暮之年只能任疾病来磨折，
未有涓埃答圣朝。　　没立下点滴微功来报答圣明王朝。
跨马出郊时极目，　　骑马出城常向远处郊野眺望，
不堪人事日萧条。④　　真受不了人间一天比一天的萧条。

注释：

① 这诗黄鹤订为宝应元年，作于成都。根据诗的内容看，当时杜甫已在严武幕府中。那时他经常在成都城里住，有时到郊外远眺，想到亲人、国事和自己的老病，不免感慨多端。第二十三卷《奉赠萧十二使君》诗，在“艰危参大府，前后间清尘”句下自注：“严再领成都，余复参幕府。”（《仇注》本删去此自注），可见杜甫曾两度参严武幕。宝应元年（762 年），严到成都后不久，杜甫即入幕。

② 见本卷《入奏行赠西山检察使窦侍御》注⑪。三城距成都遥远，不能直接望见，只能思念。

③ 万里桥，在成都中和门外，横跨于锦江上。这就是杜甫野望的伫立处。

④ 人事萧条，指人世间令人悲凄的变化：老一辈的人先后离开人世，政局更加混乱。这一切使日益衰老的杜甫痛苦不堪。

◎ 畏人[1]（五律）

早花随处发，　　该早开的春花到处都开了，
春鸟异方啼。　　异乡的小鸟春天也一样啼叫。
万里清江上，　　在这离家万里的清江上，
三年落日低。　　已经三年，看下落的夕照。

畏人成小筑，[2]	我怕和人们来往，造了这座小屋，
褊性合幽栖。	性情褊狭，只合幽居在荒郊。
门径从榛草，	任门前的小径长满榛草，
无心待马蹄。[3]	我无心等待贵客骑马来到。

注释：

① 诗人在这首诗中自我剖白不愿和世人打交道的心态。这也就是他决定幽居在江畔草堂的原因。这首诗当作于宝应元年春未入严武幕时。

② 小筑，指草堂。

③ 马蹄，借代骑马来访的客人，指成都的官员们。杜甫的许多诗篇表明，他非常珍视友人来访，这里所说的来访者是指另一类官场中的人物。

◎ 屏迹三首[1]（五古）

衰年甘屏迹，[2]	年纪衰老了，甘愿躲开尘嚣，
幽事供高卧。	对着幽美的景物正好安稳睡觉。
鸟下竹根行，	鸟飞下树枝，在竹根旁行走，
龟开萍叶过。	龟拨开浮萍叶，在水上游遨。
年荒酒价乏，	年成不好，连买酒的钱也缺少，
日并园蔬课。[3]	要喝一顿酒，聚积几天卖菜的钱才能够开销。
独酌甘泉歌，[4]	独自斟一杯甘泉，边饮边歌唱，
歌长击樽破。[5]	唱了很久，酒樽击破了我还不知道。

注释：

①这三首诗写幽居草堂的生活状况和心境，作于宝应元年，也应为参加严武幕府前所作。

②衰年，《九家注》作“暮年”，又有作“颜年”者，恐误。“屏迹”之“屏”，音“丙”（bǐng）。屏迹，指屏弃形迹于人世之外，也就是指避世幽居。

③《仇注》：“日并卖蔬课钱，以充沽酒之价。”课，常用来指完成一定的任务，这里是说靠卖蔬菜来得到钱。

④因为卖园蔬的钱不够买酒之需，所以还是常喝“甘泉”。

⑤由于没有酒喝而喝“甘泉”，感慨更多，于长歌之时，不觉把盛甘泉的酒樽击破。

◎ 其二（五律）

用拙存吾道，①	处世没本领，却保住我信奉的道义，
幽居近物情。	幽静生活使我领略了事物的真情。
桑麻深雨露，	桑麻由于雨露滋润长得稠密茂盛，
燕雀半生成。②	小燕雀长得半大了，翅膀快长硬。
村鼓时时急，③	村里的鼓声时时发出一阵急响，
渔舟个个轻。	渔船在水上，个个显得轻灵。
杖藜从白首，	我白发满头，扶着藜杖随意走，
心迹喜双清。④	感到喜悦，因为我内心和行为都如水一样澄清。

注释：

①“用拙”的“用”，指出而用世，即出仕，做官。用拙，主要是指不善于和官场的人打交道。吾道，指“我的主张”，“我立身处世的原则”。

② 半生成，长得半大。译诗用“翅膀快长硬”这句话把诗句的内容具体化。

③ 村鼓，指农村祭祀敲奏的鼓声。

④ 双清，指“心”与“迹”的澄清如水。心，指内心、思想；迹，指行迹、行为表现。《仇注》引杨守阯曰：“心迹双清，言无尘俗气也。”

◎ 其三（五律）

晚起家何事，[①]	家里没有什么事做，不如晚些起床，
无营地转幽。	没有经营，土地反变得幽旷。
竹光团野色，[②]	莹润的翠竹聚集起山野秀色，
舍影漾江流。	草屋的影子在江流中荡漾。
失学从儿懒，	反正学习已经耽误了，就任儿子懒散，
长贫任妇愁。	长久贫困，老妻发愁我也没法想。
百年浑得醉，	只盼这辈子都在醉里度过，
一月不梳头。[③]	哪怕一个月不梳头也无妨。

注释：

① 家何事，意思是说家中无事可做。

② 据《广韵》：团，聚也。人与事物聚集俱可曰团。

③ 末两句是诗人的激愤之词，不是真的这样做。《仇注》：“洪（仲）注谓末联以放达寓悲凉，是也。不然，百年常醉，懒不梳头，成何人品乎。”

◎ 少年行[1]（七绝）

马上谁家白面郎，[2]　　骑在马上的不知是谁家白面郎，
临阶下马坐人床。[3]　　到阶前跨下马就坐到人家胡床上。
不通姓氏粗豪甚，　　多么放纵粗鲁，连姓氏也不说声，
指点银瓶索酒尝。　　手指指银瓶就向主人要酒尝。

注释：

① 本卷另有以《少年行》为题的诗两首。内容是对少年人说的话，这首《少年行》则以寥寥数语，生动地刻画出一个粗豪无礼的年轻人形象。旧编在宝应元年。

② 白面，《仇注》谓："一作'薄媚'，非。"仇说有误。在唐代，这两个词的语音相同或至少是近似的，是同一口语的两种写法。《游仙窟》："薄媚狂鸡，三更报晓"，以及出自敦煌的《燕子赋》："薄媚黄头鸟"，其中的"薄媚"都是放肆、捣乱的意思。前蜀王衍《甘州曲》："薄媚足精神"，意思是无拘无束。这诗中的"白面"，作"薄媚"，自无不可，即使写作"白面"，意思也与"薄媚"相同，并非"脸皮白"的意思。译诗中保持了"白面"这个词。

③ 床，指胡床，又名"绳床"，是一种活动椅，也就是俗说的"交椅"。

◎ 即事[1]（五绝）

百宝装腰带，　　腰带上装饰着各色珍宝光闪闪，
真珠络臂鞲。　　臂套上缀挂着珍珠一颗颗。
笑时花近眼，[2]　　笑时发髻上的鲜花耷拉在眉眼上，
舞罢锦缠头。[3]　　舞蹈停止，一匹匹彩锦赏作缠头。

注释:

① 这是一首写舞妓的诗。唐代歌舞妓盛行，在成都官员们盛大的宴会上，常有歌舞表演。这诗中写一舞女，描绘了服饰的奢侈和受宠之态，但并不是纵情于声色，欣赏这欢乐，而是冷眼旁观让这样的生活凸现在动乱、困苦的社会整体之前，这样也就是抨击、鞭挞了这种生活和过这种生活的人。以《即事》为题，正是把眼前的事实当作自己观察与评判的对象。这诗的写法与第二卷的《丽人行》有共同处。黄鹤依旧编在宝应元年（762 年）。

②《仇注》："花近眼，比笑容可掬。"《读杜心解》："花近眼，见含羞映花之态。"都解说得不准确。这样的绝句，语多含蓄省略，这句诗中的"花"，是插在发髻上的花，或指唐时如习俗妇人额角上所贴的"花子"之类。参看本卷《琴台》注④。当人笑时，面肌收缩，于是花与眼睛靠近了。译诗表达了这样的理解。

③《仇注》引《通鉴注》："旧俗赏歌舞人以锦彩，置之头上，谓之锦缠头。"

◎ 奉酬严公寄题野亭之作[①]（七律）

拾遗曾奏数行书，[②]	当年我任左拾遗，曾向皇帝上过几次奏书，
懒性从来水竹居。	可是我生性懒散，从来喜爱在水边竹林旁居住。
奉引滥骑沙苑马，[③]	也曾不称职地骑着沙苑御马引导皇帝大驾，
幽栖真钓锦江鱼。	如今住在幽静的锦江旁，倒是真心想钓鱼，做个渔夫。
谢安不倦登临费，[④]	您要来我这里，像谢安那样不怕登山的烦费，
阮籍焉知礼法疏。[⑤]	可是我却像阮籍，说不定会怠慢您，失了礼数。
枉沐旌麾出城府，[⑥]	承蒙您大驾光临，旌旗出了成都府，
草茅无径欲教锄。	我的草堂前，长满茅草，得快点叫人锄出一条路。

注释:

① 上元二年（761 年）十二月以御史中丞严武镇蜀，任东川节度使兼摄西川节度使。宝应元年（762 年）初，严武到成都后，写了《寄题杜二锦江野亭》一诗寄赠杜甫，劝他出仕，并表示将骑马到浣花溪边访问，杜甫便写了这首诗作答。关于严武及杜甫和严武的交往，可参看第五卷《奉赠严八阁老》及注①，《留别贾严二阁老》及注①。

② 这句诗是回忆左拾遗任内的事，当时与严武同在朝中。

③ 左拾遗掌供奉，皇帝出行，左拾遗应骑马奉引。沙苑，是唐代御马养育场所在地，参看第三卷《沙苑行》注①。

④ 据《晋书·谢安传》，谢安于东山营别墅，楼馆林竹甚盛，子侄来往游集，肴膳亦屡费百金。诗中以谢安比严武，说他爱游览风景、好客，不厌开销花费。登临费，一作“登临赏”。

⑤《三国志·阮籍传》：“籍性疏懒，礼法之士，疾之如仇。”诗中，杜甫以阮籍自比，希望严武原谅他的疏放失礼。

⑥ 最后两句诗是表示欢迎严武访问草堂，回答严武《寄题杜二锦江野亭》中提出的将访问草堂的话。“枉”是谦词，“沐”是“沐浴光辉”，意思是“屈驾光临”。旌麾，指挥旗，这里借代严武。

第十一卷

杜

◎ 严中丞枉驾见过[1]（七律）

元戎小队出郊坰，[2]	主帅带着一小队人马走出郊野，
问柳寻花到野亭。[3]	一路上看柳赏花来到我的茅亭。
川合东西瞻使节，[4]	您是东西两川人民瞻望的使节，
地分南北任流萍。[5]	我是从北向南飘来的一叶浮萍。
扁舟不独如张翰，	我也许能像张翰那样，有幸乘上贺循的扁舟，
皂帽还应似管宁。[6]	恐怕还是要一直穿戴着皂帽、像那管宁。
寂寞江天云雾里，	这寂寞的江畔，天空被云雾遮掩，
何人道有少微星？[7]	有谁会说这里还有颗少微星？

注释：

① 第十卷《奉酬严公寄题野亭之作》一诗中，曾说到严武将到草堂来访问杜甫的事，这首诗记严武的来访，并表达了诗人内心的矛盾。这首诗写于宝应元年（762年）春。

② 严武以御史中丞领剑南东西川节度使、成都尹，是蜀地最高军政统帅，故称“元戎”，译写为“主帅”。“郊坰”的“坰”，音扃（jiōng），离都城较远的野外，这里指成都郊外。

③ 野亭，指浣花溪畔的杜甫草堂。古代“堂”“亭”常通称。

④ 据卢元昌注：至德二载，玄宗自蜀还京，分剑南道为东川、西川两道，各置节度使。上元二年十二月，以严武兼东西川节度使，实际已使两川合一，到广德二年正月，才正式合为一道。这句诗是说两川人民都欢迎严武镇蜀。

⑤ 南北，指蜀、秦两地。流萍，是杜甫自喻。

⑥ 这两句诗是作者对自己前途的设想，借典故曲折表达。《仇注》引《晋书》：“张翰，字季鹰。贺循入洛，经吴阊门，于船中弹琴，翰就循言谈，相钦悦，曰：‘吾亦有事北京’，便同载而去。”诗中用这个故事来暗示杜甫想如张翰搭贺循的船那样依附严

武，但尚不知严武的意愿如何。《仇注》又引《三国志·魏书》：“管宁，字幼安。征命不就，居海上。常着皂帽、布襦袴、布裙，随时单复。”杜甫也一直想如管宁一样过隐居不仕的生活。这时他的思想中存在着出仕与继续隐居的矛盾，举棋不定，患得患失。两句诗以“不独”“还应”一对关联词语相连，似乎是递进复句，其实是两个带有疑问语气的句子，构成了选择关系的复句。杜甫是想把自己的命运交给严武来决定。他的确是把严武看成自己的知己的。

⑦《晋书·天文志》：“少微四星在太微西，士大夫之位也。一名处士。”《仇注》：“少微星，公自比。”这句诗是说自己默默无闻，不为人所知。但严武是知道他的。由此可以看出，杜甫毕竟指望严武给他帮助，使他重登仕途。

◎ 遭田父泥饮美严中丞[1]（五古）

步屧随春风，[2]	脚步随着春风往前走，
村村自花柳。	村里处处有红花绿柳。
田翁逼社日，[3]	有位老农，在将近祭社神的日子，
邀我尝春酒。	邀我到他家里去尝春酒。
酒酣夸新尹，[4]	他酒喝足了，就赞美新来的府尹，
畜眼未见有。[5]	“这样的好官，我看世上从来没有。”
回头指大男，	又转过头，指着大儿子说：
渠是弓弩手。[6]	“他是一名弓箭手。
名在飞骑籍，[7]	名字列在飞骑营的花名册上，
长番岁时久。[8]	是服长役的，岁月已经很久。
前日放营农，	前天放他回家做农活，
辛苦救衰朽。	免得辛苦了我这个衰病的老头。
差科死则已，[9]	应差，纳税，我甘愿豁上条性命，

誓不举家走。[10]	发誓不带着全家人逃走。
今年大作社，[11]	今年春社要大大热闹一番，
拾遗能住否？[12]	请拾遗大人在这里住几天可能够？”
叫妇开大瓶，	他说着又叫妻子打开大瓶，
盆中为吾取。[13]	一起倒在瓦盆里，又替我斟酒。
感此气扬扬，	看他这样意气扬扬，我心中深有感受，
须知风化首。[14]	须知靠德行感化人民才是万事之首。
语多虽杂乱，	他的话虽然又多又杂乱，
说尹终在口。	可总是把府尹的恩德挂在口头。
朝来偶然出，	我清晨偶然出来走走，
自卯将及酉。[15]	没料到卯时出门，回家已经交酉。
久客惜人情，	长久作客异乡，深感到人情可贵，
如何拒邻叟。	我怎能拒绝这位邻家老头。
高声索果栗，	他高声叫喊，叫再拿出些果栗，
欲起时被肘。	我想站起来告辞，他总是拉住我的胳臂肘。
指挥过无礼，	指挥客人这样那样实在太无礼，
未觉村野丑。	可我却不觉得这种粗野的举止丑陋。
月出遮我留，	月亮出来了，仍拦着我不让我走，
仍嗔问升斗。[16]	还生着气问我，能再喝多少酒。

注释：

① 这诗记述了一位家离草堂不很远的老农民强留杜甫饮酒，并絮絮叨叨称颂新任成都尹严武德政的事。所谓“泥饮”，即强使饮酒。“美严中丞”是指这位老农民对严中丞的赞美，杜甫乐于咏叹这件事，实际上也就是自己对严中丞的赞美。借老农之口来赞颂地方当政者，恐怕是一种最佳的赞颂方式了。据《仇注》引黄鹤语：“《旧史（旧唐书）·严武传》：既改长安，以武为京兆少尹，兼御史中丞，以史思明阻兵，不之官，出为绵州刺史，兼剑南东西节度使，兼御史中丞。东川节度治梓州。上皇诏合西

川为一道，拜成都尹，兼御史大夫。今曰严中丞，则是未为大夫时所作。”也就是宝应元年春严武第一次镇蜀时所作。

② 步屧，见第九卷《北邻》注⑦。

③ 按我国古代民俗，“社”是土地神，祭土地神之日曰“社日”。每年在立春、立秋之后各有一个“社日”，分别称为“春社”和“秋社”。

④ 新尹，指新上任的成都尹严武。

⑤“畜”通“蓄”。畜眼，意思是“自从我长眼睛以来”，也就是自我有生以来。

⑥ 渠，古汉语第三人称代词。

⑦《仇注》引《唐书・兵志》：“择材勇者为番头，习弩射。又有羽林军飞骑，亦习弩。”

⑧ 番，服役分批轮换，每批称为一番。长番，指长期服役。

⑨ 差科，各种徭役和赋税。

⑩ 唐代农户徭役赋税负担极为沉重，民不聊生，往往抛弃土地逃亡异地，以求活路。这句诗是说严武治理地方能关心人民疾苦，民心安定，虽负担重也不想逃亡。

⑪ 大作社，指社日祭祀将举行规模盛大的活动。

⑫ 拾遗，老农以杜甫原任的官职“左拾遗”来称杜甫。

⑬ 唐人饮酒，常见自瓶中倒在盆中，而后舀取入杯。

⑭ 风化，指政治领导者以自己的德行感化教育人民。《论语・颜渊》：“君子之德风，小人之德草，草上之风必偃。”疏：“在上君子为政之德若风。”风化，即“德化”。这里是歌颂严武把“以德化人”当作首要之事。

⑮ 我国古代把一昼夜分为十二时辰，各以一地支名来表示。“卯”时，约当上午5—7时；“酉”时，约当下午5—7时。民间俗语称到了某个时辰为“交”某时，译诗用了“交酉”一语。

⑯“嗔”是“生气”，但不同于愤怒，是对亲人或关系亲密者的见怪。这句诗，旧注家有人认为是老农对老妇嗔怒，因她问讯还要多少升斗的酒；也有人认为是老农对诗人所发，因诗人问已经喝了多少酒。更有“问升斗”是说问年成丰歉，口粮留下多少

的。从句子的结构和前后语气的连续性看，省略的主语仍应为老农。客人要走，不肯再喝，而主人则对客人的这种态度表示生气，一定要留他喝酒，一边斟酒，一边问要多少。译诗表达了这样的理解。

◎ 奉和严中丞西城晚眺十韵[1]（五排）

汲黯匡君切，[2]	您像汲黯一样恳切地向皇上进谏，
廉颇出将频。[3]	也像廉颇一样频频领兵出征。
直词才不世，[4]	您这样直言不讳的人世上少有，
雄略动如神。[5]	才略杰出，用兵如神。
政简移风速，	为政不烦扰人民，改变风气却迅速，
诗清立意新。	诗篇言辞简要，立意又很新颖。
层城临暇景，[6]	登上高城，面对美好的景色，
绝域望余春。	在这远离京都的地方眺望残春。
旗尾蛟龙会，[7]	旌旗尾像蛟龙一样相互缠结，
楼头燕雀驯。	楼顶的燕雀对人显得驯顺可亲。
地平江动蜀，	大地平旷，江水摇荡着蜀境，
天阔树浮秦。[8]	蓝天辽阔，远树梢头浮起的是三秦。
帝念深分阃，[9]	皇帝信任您，划出广大地区归您管，
军须远算缗。[10]	还从远处拨来供应军需的税银。
花罗封蛱蝶，	包封好绣着蛱蝶纹的花罗，
瑞锦送麒麟。[11]	还送来绣着麒麟图案的瑞锦。
辞第输高义，[12]	您辞谢了赏赐给您的高大住宅，表现出崇高的德义，
观图忆古人。[13]	常常看地图，使我想起古人言行。

征南多兴绪，[⑭]　　我的远祖征南将军建立了许多功勋，
事业闇相亲。[⑮]　　在我看来您的业绩和他倒很相近。

注释：

① 宝应元年春夏间，杜甫陪严武在成都西城楼上眺望晚景之后，严武作了一首《西城晚眺》诗。杜甫写了这首诗来和他，称颂严武的才能与品德。

② 汲黯，字长孺，西汉名臣。性倨傲，尚气节。景帝时为太子洗马，武帝时迁东海太守。后回到朝中任主爵都尉，直谏庭诤，一时风气为之改变。严武从玄宗幸蜀时，擢谏议大夫，至德初，赴肃宗行在，房琯荐为给事中，对政事提出过不少重要建议，故以汲黯比之。

③ 廉颇，战国时赵国名将。严武熟悉军事，有将才，曾指挥过对叛军的战争，后来在抵御吐蕃战役中功勋卓著，故以廉颇比之。

④“直词”句承“汲黯”句，把前一句的含意进一步阐明。

⑤“雄略”句承“廉颇”句。

⑥ 层城，高城。“暇景”之“暇”与“假”字之读“系亚切”（“夏”xià）者通。《诗·大雅》有《假乐》篇，假乐，读如“暇乐”，“假”的意思是“嘉美”。故这里的“暇景”，可释为“美景”。

⑦ 节度使兼府尹在城上远眺，故城上列旌旗。风吹旗尾缠结，如蛟龙之会。

⑧ 上一句“江动蜀”，是眼前所见之景；树浮秦，是心中想象之景。蜀，是全部蜀地，也可指成都；秦，指整个关中，即“三秦”，也可指长安。

⑨《史记·冯唐传》：“冯唐曰：‘上古王者之遣将也，跪而推毂曰：阃以内者寡人制之，阃以外者将军制之。’”“阃”的本义是门限，“阃”和“阃内”多指内室，这里是指朝廷，“阃外”则指广大国土。分阃，是说划分出一个广大地区，把治理全权委托给大臣。严武任成都尹，兼剑南东西川节度使，故说他“深分阃”。

⑩ 算缗，原是汉代的一种税收。《汉书·武帝纪》：“元狩四年，初算缗钱。”“缗”本义为丝，用以串钱。每贯千钱，出算二十。这里用“算缗”代表税收的钱款。“远算缗”为了供军需，从远方州郡调拨来税银。《仇注》引张远注：“远算缗，不事科敛

也。”不事科敛，政府、军队如何能维持。恐非。

⑪ 花罗、瑞锦，都是皇帝赏赐的丝织物；蛱蝶、麒麟，是丝织物上的花纹图案。这两句诗是说皇帝对严武的恩宠。

⑫ 辞第，指辞谢皇上赐的府第。输，意思是达，表达。《书·吕刑》：“狱成而孚，输而孚。”孙星衍《今古文注疏》：“《秦策》云：‘常以国情输楚’，‘输’犹‘达’也。”第十四卷《莫相疑行》：“当面输心背面笑”中的“输”亦用此义。

⑬ 本卷《严公厅宴同咏蜀道画图》，记严武观蜀道地图事，这句诗可能正是指这一类的事。晋裴秀《禹贡九州地域图序》述晋司马昭曾令人撰吴蜀地图，古人重视地图，于此可见。

⑭ 征南，指晋征南将军杜预，是杜甫的远祖，晋朝的元勋。诗中用来比喻严武，这是对严武的极度崇敬。

⑮ 闇，冥晦。闇相亲，是说两人虽然相距年代遥远，但其功业在实质上相近似。

◎ 中丞严公雨中垂寄见忆一绝奉答二绝[1]（七绝）

雨映行宫辱赠诗，[2]	当细雨照映着行宫时，承蒙您寄给我一首诗，
元戎肯赴野人期？	如今您大帅可肯应我这平民邀请，来游我这郊野僻地？
江边老病虽无力，	我在这江边，虽然又老又病没力气，
强拟晴天理钓丝。[3]	还想勉强振作赶晴天理理钓鱼丝。

注释：

① 严武曾于雨日寄了一首怀念杜甫的绝句给杜甫，杜甫写了这两首绝句作答，邀严武到草堂一游。

② 这句诗中的“行宫”是指玄宗于天宝末至德初幸蜀时所住的行宫。可能严武的幕府就设在那里。据《通鉴》，玄宗离蜀后，所居行宫改为道士观。又据《旧唐书·崔宁

传》郭英乂于永泰元年五月任成都尹兼西川节度使时，曾奏请改行宫旧院为军营，自居之。

③《仇注》："晴理钓丝，畜鱼待赴也。"

◎ 其二（七绝）

何日雨晴云出溪，	等哪天雨止天晴，溪上阴云离去，
白沙青石洗无泥。[①]	水边的白沙青石洗得没一点污泥。
只须伐竹开荒径，	只要再砍去乱竹开出条小径，
倚杖穿花听马嘶。[②]	我就能拄着手杖，穿过花丛，等着听您的骏马鸣嘶。

注释：

① 一、二两句诗是盼天晴，实际上也是盼望严武的光临。

② 伐竹开径，显示对严武接待的殷勤，同时也暗示草堂径荒，少有客来；听马嘶，状期待之急切。

◎ 谢严中丞送青城山道士乳酒一瓶[①]（七绝）

山瓶乳酒下青云，	这瓶乳酒来自矗入青云的高峰，
气味浓香幸见分。	感谢您让我分享它的气味香浓。
鸣鞭走送怜渔父，[②]	您怜爱我这渔翁，特地派人挥鞭走马相送，
洗盏开尝对马军。[③]	当着这位马军的面，我就洗盏开瓶来享用。

注释:

① 青城山是道教名山，见第十卷《丈人山》注①。那里的道士善酿乳酒。严武得到了这种名酒后派人骑马专程送给杜甫一瓶，可见严武对杜甫友情之深。杜甫以此绝句来表示谢意。

② 渔父，杜甫在草堂闲居时，常垂钓于浣花溪中，因为未任官职，故自称渔父，和自称野老一样。鸣鞭走送，送酒人骑马疾行之状，由此可看出严武督其速送，也间接表现出他对杜甫友情的深切。

③ 原注："军州谓驱使骑为马军。"当着送酒人就开瓶尝饮，喜悦之情，溢于言表。同时也意在言外地表达了对严武的深深谢意。

◎ 三绝句[①]（七绝）

楸树馨香倚钓矶，[②]	钓矶旁一棵楸树在散发着芳馨，
斩新花蕊未应飞。[③]	崭新的花朵该不会很快凋零。
不如醉里风吹尽，	倒不如来阵风趁我醉时把它都吹落，
何忍醒时雨打稀。[④]	等我醒来时眼看它被雨打得稀疏怎么忍心。

注释:

① 这一组绝句都是写人和自然景物之间的亲切关系的，通过这种关系反映出诗人恬静的心情和对自然美的热爱。

② 楸，音"秋"（qiū）。楸树，紫葳科梓树属乔木，夏日枝梢开穗状黄绿色细花。不是观赏花木，但热爱自然的杜甫，也欣赏它的花朵和馨香。钓矶，水边巨石，可供坐而垂钓。

③ 斩新，与"崭新"同。现代汉语中都写作"崭新"，近年来运用渐少，但在某些方言区，还用得较普遍。斩新花蕊，指新开的花。

④ 最后两句诗的意思是：花谢是自然规律，人知其不可违，但眼看着它被风雨摧残却又不忍心。许多社会现象也是如此，诗人通过惜花的心理表达出更为深广的同情心。

◎ 其二（七绝）

门外鸬鹚去不来，[①]	它走后长久不来了，门外边那一只鸬鹚，
沙头忽见眼相猜。	忽然它又在沙洲头出现，眼神里露出些猜疑。
自今已后知人意，[②]	从今以后它该懂得我的心意了，
一日须来一百回。	恐怕一天里要来上一百次。

注释:

① 鸬鹚，音“卢词”（lú cí），一种能潜水捕鱼的鸟。现在我们所看见的大都是人们驯养的，但原为野禽，这诗中所写的正是野鸬鹚。

② 当鸬鹚怕人侵害时，当然对人怀着戒心。诗人对这样的野禽却十分了解，他看出了鸬鹚眼光里的猜疑，对它显示出友好，估计它已渐渐对人有了理解，今后会常来了。这也正象征着人与人的关系。但怎样才能消除人与人之间的猜疑呢？诗句完了，余意却未尽。

◎ 其三（七绝）

无数春笋满林生，	竹林里生出了无数春笋，
柴门密掩断人行。	我把柴门关得紧紧，不让人通行。
会须上番看成竹，[①]	要看着这头一批笋长成大竹，

客至从嗔不出迎。[②]　　客人来了任他生气也不出门相迎。

注释：

①“上番”一词，历来有许多不同的解释，莫衷一是。当代研究者萧涤非在《杜甫诗选集》中说：“番字读去声，上番，亦唐人方言，犹轮番。唐时兵制，兵丁每年依道路远近要轮番去京师当宿卫。《新唐书·兵制》：“二千里外为十二番，皆一月上（十二个月轮到一次）。”译诗本拟采用此说，后来看到曹慕樊的解释，觉得更为合理，又改用曹说。曹氏引了赵次公的注：“蜀人于竹，言上番则成竹，又曰上篔笋，下番则不成竹，亦曰下篔笋。”曹又引蒋伯超《通斋诗话》（卷二）：“第二番笋不成竹”，其中引《尔雅》“仲无笐”为证（陆农师说，仲，第二番，笐，竿也）。曹氏总结说：“唐俗语的上番，意思是‘第一批’。番是批、次的意思。四川人吃笋，都吃第二批生的，第一批笋护起来（成竹）。”曹还引用其他唐代诗文为例证，说明“上番”的意思是“第一批”。曹说有根据，又最合诗的内容。（见《杜诗杂说》第195页）

② 这一句诗显示出两个方面的含意：一个方面是爱竹，要仔细护笋成竹，另一个方面是甘愿违背世情，不愿与俗客周旋。

◎ 戏为六绝句[①]（七绝）

庾信文章老更成，[②]　　庾信老年时的文章更加成熟完整，

凌云健笔意纵横。　　雄健的文笔上冲云霄，随意纵横驰骋。

今人嗤点流传赋，[③]　　当代人对他传世的词赋嗤笑指点，

不觉前贤畏后生。[④]　　没想到这位前代贤才要怕后来人。

注释：

① 这一组七绝是论诗歌创作的诗。诗人论诗，而且以诗的形式写诗论，这都是以前没有

的，此例一开，后代多仿作者，如金代元好问《论诗》三十首诗，都导源于此。前代有人说杜甫在成都时与严武幕客论诗，意见不合，因而事后写了这一组诗，这大概是推测之词，但合于情理使人相信。在这组诗中，影影绰绰地出现了几个论敌的形象，因此，虽然是议论，但仍是诗，而不是一般文艺评论。诗中意思表达得曲折委婉，有时用反语，有时用比喻，虽称为“戏作”，内容却坚守原则，十分谨严。在诗歌创作的继承与革新、诗歌的内容与形式等问题上，杜甫的意见至今仍有参考价值。

② 庾信，见第一卷《春日忆李白》注②。他于梁元帝（萧绎）承圣三年（555 年）出使西魏，到达长安后，西魏军陷江陵，便被迫留仕北朝。后期作品抒发怀念故国、感伤身世之情，悲凉苍劲。这一时期的代表作有《哀江南赋》《小园赋》《咏怀二十七首》等，传诵不衰。杜甫说他的文章“老更成”，就是指这时期的著作。

③ 嗤点，嘲笑、玷辱。译诗中译为“嗤笑指点”，指点，即为强找缺点，加以指出，这正合诗的含意。流传赋，指注②中举出的作品等。

④ 前贤，指庾信等人；后生，指与杜甫同时的轻蔑、诋毁庾信作品的年轻人。这句诗是反语，实际的意思是：庾信本不该怕这些“后生”，“后生”们是太狂妄了。

◎ 其二（七绝）

杨王卢骆当时体，[①] 王杨卢骆的诗歌，表现出他们当时的格调，
轻薄为文哂未休。[②] 轻浮浅薄的人们写些文章对他们嘲笑个不休。
尔曹身与名俱灭，[③] 你们的生命和名声将会一起泯灭，
不废江河万古流。[④] 可谁也止不住长江黄河千年万古不息地奔流。

注释：

① 杨王卢骆，指杨炯、王勃、卢照邻、骆宾王，文学史上称为初唐四杰。他们的诗文深受齐梁作者如徐陵、庾信等的影响，但也有变革的尝试，写出了一些清新、豪壮的诗文。王勃的《滕王阁序》《送杜少府之任蜀州》等诗文中有不少脍炙人口的句子，流

传至今。杨炯长于五律，其《从军行》《出塞》等诗充满建功立业的进取精神，开盛唐诗风之滥觞。卢照邻与骆宾王则以歌行著称，有不少作品也流传较广，受到后世读者的赞赏。在他们的作品中固然还存在着齐梁时期浮靡纤弱、华而不实的缺点，但不能因为有瑕疵而否定其全部价值。当时体，指由时代条件决定的格调、风格。

② 这句诗历来有两种解释，第一种以卢元昌注为代表，"谓后生自为轻薄之文，而反讥哂前辈。"当代萧涤非也这样理解："轻薄指人说，所谓轻薄子。即下'尔曹'。《贫交行》（第二卷）'纷纷轻薄何须数'，亦指人说。"第二种以《仇注》为代表："四公之文，当时杰出，今乃轻薄其文而哂笑之。"译诗据第一种解释。又《仇注》引《玉泉子》："王杨卢骆有文名，人议其疵，曰杨好用古人姓名，谓之'点鬼簿'；骆好用数目作对，谓之算博士。"从这条资料中可看出讥哂初唐四杰者的用语实在称得上"轻薄"两字。

③ 尔曹，指那些嘲笑四杰的轻薄少年。他们没有任何作品足以传世，只能"身名俱灭"。

④"杨王卢骆"的作品在文学的历史长流中始终能占一席地位，江河流不止，则四杰之名终垂不朽。现在我们看到的情况正是如此。杜甫在一千二百多年前的评价毕竟是经得起历史考验的。

◎ 其三（七绝）

纵使卢王操翰墨，	就算卢照邻、王勃挥笔写的诗文，
劣于汉魏近风骚。①	不如汉魏作者接近《国风》《离骚》。
龙文虎脊皆君驭，②	可是他们都是龙文、虎脊，都是皇帝驾驭的骏马，
历块过都见尔曹。③	你们瞧吧，他们像越过泥块一般越过大城迅速奔跑。

注释：

①"汉魏近风骚"是一个"句子形式"（子句），在诗句中是介词"于"的宾语。汉魏，指建安（东汉献帝年号，196—219 年）、黄初（魏文帝曹丕年号，220—226 年）时

期的文学，这一时期的作品反映社会现实，抨击黑暗，同情人民疾苦，一改齐梁文学的绮靡柔弱之风，涌现出曹操、曹植、王粲、刘桢、蔡琰等一批大作家。“风骚”指《诗经》中的《国风》和屈原的《离骚》。这是古代文学作品的典范。杜甫的诗评论说：汉魏文学，更接近于“风骚”，“四杰”的作品在这一点上比不上它们，但不能因此任意贬低“四杰”作品的价值。

② 龙文、虎脊，都是汉代良马之名。君驭，皇帝所驾驭的。这里是以骏马来比喻“四杰”。

③ 历块，经过一块土块。过都，经过一座都城。“过都”如“历块”一样，可见马行之速。见第六卷《瘦马行》注⑧。见尔曹，意思是向你们显示出来。这句诗是说轻薄嗤点“四杰”作品的人比起“四杰”来，更是望尘莫及。

◎ 其四（七绝）

才力应难跨数公，①	论才力，怕难比这几位前辈更高，
凡今谁是出群雄？	今天这世上谁是超群出众的雄豪？
或看翡翠兰苕上，②	有些人只看见兰苕花上的翡翠鸟，
未掣鲸鱼碧海中。③	却没能够把鲸鱼牵出碧海的波涛。

注释：

① 数公，指前面几首诗中提到的庾信和杨、王、卢、骆。杜甫当时还不能对盛唐诗歌所达到的高峰作出足够的估价，因为他身处那个时期，而且他自己就在那高峰的最高顶点，自然无法客观评价自己的成就。何况，杜甫在世时他的诗并未得到高度评价，天宝年间殷璠编的当代诗集《河岳英灵集》中未收杜甫诗。可见他对前辈诗人的尊敬，决不完全出于谦虚，也的确表达了他自己当时的认识。

② 郭璞《游仙诗》：“翡翠戏兰苕，容色更相鲜。”翡翠，是一种美丽的绿色小鸟。兰，兰花；苕，又名紫葳、凌霄，是一种柔弱的花。

③“或看”句是指一种优美但较纤弱的诗风，这只是一种美，还有更多样的美未能发掘出来，其中最重要的是一种粗犷、健壮、雄豪的诗风，这正是杜甫所向往和追求的。“未掣句”就是对这种诗风的形象化的表述。

◎ 其五（七绝）

不薄今人爱古人，	不该轻视当代的作者，可是我也爱慕古代诗人，
清词丽句必为邻。[①]	只要是清新优美的词句我就总想跟它们亲近。
窃攀屈宋宜方驾，	心里自然想高攀屈原、宋玉，盼望能和他们并驾飞奔，
恐与齐梁作后尘。[②]	却担心落在齐梁诗人后面，作他们身后的灰尘。

注释：

①《仇注》：“言今人爱慕古人，取其清词丽句，而必与为邻，我亦岂敢薄之。”这一解释至今犹有人接受。但从全诗的立意来看，是说不通的。这里的古人，指更远古的“屈宋”还是齐梁诗人与初唐四杰？一般说来，应指“屈宋”，既如此，就不能仅把“清词丽句”作为他们的长处。赵次公在一、二句后注云：“此公之志也。古人则指言屈宋也。”译诗取赵说，把“不薄今人”与“爱古人”并列，不但古人的诗要学，一切“清词丽句”都可作榜样，向其学习，不论是远古的、齐梁的、初唐的还是当代的，都一样。这当然是一种正确的态度。与后面一首中的“转益多师是汝师”的态度是一致的。曹慕樊有论“清词丽句”一文，强调“清词”“丽句”是两种不同文风，这两句诗是主张“清、丽兼收，古今并用。”（见《杜诗杂说》132—135 页）见解深刻，大有助于理解此诗。

② 屈宋，指屈原与宋玉。当代论者，特别是郭沫若，尊屈原，贬宋玉，但古代并不存在这样的观点，两人的成就高低虽有区别，但毕竟是同一流派。方驾，即并驾。学习屈宋，想达到他们的高度，几乎是一切诗人的理想，这一点当然是无可厚非的，但要

真的做到这样实在太难，弄得不好反要落在齐梁的作者之后。这不是指整个时代而言，而是指个别作者而言，当然可能是这样的。杜甫说这样的话是勉励自己，也是对轻视庾信和初唐四杰的同代人的告诫。后尘，见《文选·舞鹤赋》："逸翮后尘，翱翥先路。"李善注："言飞之疾，尘起居鹤之后，鹤飞在路之先。"译诗把"后尘"译为"身后的灰尘"，据此。

◎ 其六（七绝）

未及前贤更勿疑，	赶不上前辈贤才，那没什么可疑，
递相祖述复先谁？[①]	一代代继承学习，谁先谁后又怎么能相比？
别裁伪体亲风雅，[②]	辨别美丑，抛弃赝品，努力接近《风》和《雅》的典范，
转益多师是汝师。[③]	转向更多的诗人学习，这样才能找到你的导师。

注释：

① 第一、二句诗表达出杜甫对诗歌发展的历史观点：任何诗人只能写出他自己那个时代所能产生的诗，不可能写出超时代的诗。诗歌的发展过程只能一代一代继承下去（继承中也包含着变革），不同时代的诗不能比较其先后优劣。这也就是说，每一个时代有每一个时代的特点和长处，不能说哪一个更好。这种观点是同形而上学和主观主义大不相同的观点。杜甫有这样的认识，可见他能成为最伟大的诗人绝不是偶然的。

② 诗歌有真伪之分，"真、伪"主要是指诗中所表达的思想情感的真和伪，真的就是美的，伪的就是丑的，所以要"别裁伪体"。拟古、仿古之作，以及口是心非、装腔作势之作都是冒牌货，是"伪体"，是赝品。提倡"亲风雅"，是要学习《风》《雅》的内在精神，达到那样的创作境界、风格，而不是一味模仿形式。

③ 这句诗的意思是反对门户之见，要博采众长，才能走上正确的诗歌创作道路。从杜

甫的全部诗作来看，他的确是这样做的。诗句中的“汝”和前面的“汝曹”，都是杜甫所见到的一些自命不凡，轻视其他诗人，言必称“风雅”“屈宋”的那种人。但也未尝不包括诗人自己在内。诗人对别人的告诫同时也是自勉。

◎ 野人送朱樱[1]（七律）

西蜀樱桃也自红，	没想到西蜀的樱桃也这样红鲜，
野人相赠满筠笼。[2]	当地农人送给我满满一竹篮。
数回细写愁仍破，[3]	细心一次次移放还担心它伤破，
万颗匀圆讶许同。[4]	我真惊奇，颗颗都这么匀称浑圆。
忆昨赐沾门下省，[5]	回想起那年在门下省曾受到赏赐，
退朝擎出大明宫。[6]	退朝时捧着它走到大明宫外面。
金盘玉箸无消息，[7]	宫廷里使金盘玉箸的人没一点消息，
此日尝新任转蓬。	今天我品尝这时新果品时，像蓬草任狂风吹得到处飘转。

注释：

① 樱桃是一种蔷薇科小树，外貌酷似樱花树。春夏间开花、结实，果实是小球状的红色浆果，味甘。因为色朱红，故可称“朱樱”。古代很看重这种果实，成熟时进贡宫中，并用来献祭太庙和赏赐朝臣。杜甫在成都得到本地农民馈赠的樱桃，不免回忆起在长安任左拾遗时的往事，感慨系之。

② 野人，本义是与在朝做官的人相对的在野的人，即平民。也常用来指农民，所谓山野之人。筠笼，竹篮、竹筐之类的竹制容器。

③ 这句诗中的“写”，按《说文》的解释，意思是“置物”。徐灏笺：“古谓置物于屋下曰写，盖从他处传至此室也。”《礼记·曲礼》：“器之溉者不写，其余皆写。”注：

“谓传之器中”。这诗句中是说移置樱桃，樱桃皮薄多浆，堆置过久易破损，故须经常移置，使它通风。

④ 万颗，夸说樱桃之多。许，表示不定数量和处所的代词。这里可当“这样”解释。

⑤ 左拾遗属门下省，这句诗是说任左拾遗时曾得到皇帝赏赐的樱桃。

⑥ 大明宫是唐时长安城中东部的宫殿群，俗称“东内”，又称蓬莱宫。含元、宣政、紫宸三殿俱在其中。门下省在宣政殿东。从门下省退朝，也就是离开大明宫。可参看第六卷《宣政殿退朝晚出左掖》注①。

⑦ 金盘玉箸，是皇帝的用物，这里用来借代皇帝，杜甫早已离开了门下省，朝廷情况一无所知，故说“无消息”。有人认为这诗作于宝应元年（762 年）四月玄宗、肃宗父子相继去世之后，“金盘玉箸无消息”，暗示皇帝的逝世。

◎ 严公仲夏枉驾草堂兼携酒馔[①]（七律）

竹里行厨洗玉盘，　　在竹林里准备肴馔，清洗白玉盘，
花边立马簇金鞍。　　披着金鞍的马匹围站在花丛边。
非关使者征求急，[②]　　不是皇上的使臣急促催我去就任，
自识将军礼数宽。[③]　　我明白将军对我的礼数特别从宽。
百年地僻柴门迥，[④]　　这里是我想终身居住的偏僻草舍，
五月江深草阁寒。　　五月里，江水深阔，草阁微寒。
看弄渔舟移白日，[⑤]　　您就在这渔船上看看玩玩，消磨一个白天，
老农何有罄交欢？[⑥]　　我这老农民有什么能拿出来和您交欢？

注释：

① 严武在宝应元年仲夏（旧历五月）亲自到草堂来访问杜甫，并带来酒和菜肴设宴欢饮。杜甫在这首诗中记述了这件事并把自己当时的心理活动表达了出来。

② 使者、将军，都是指严武。《仇注》引杨慎语："使者征求，乃征聘之义。"看来这时杜甫还未参加严武幕府，严武来访，正是亲自来请他入幕。

③ 礼数宽，是说严武对待杜甫特别尊重，不拘泥于通常上级对下级的礼法。

④ 百年，喻人的一生，这里指诗人自己的残生。

⑤ 这句诗是说杜甫陪严武乘渔船在浣花溪上游乐，度过一天时光。

⑥ 老农，是杜甫自称。这句诗是说诗人没有什么可招待严武，把诗题中所说的严武来访"兼携酒馔"的意思再次点明。

◎ 严公厅宴同咏蜀道画图[①]（五律）

日临公馆静，[②]	太阳静静照着官府的厅堂，
画满地图雄。[③]	地图上满满画着雄伟的山河。
剑阁星桥北，[④]	剑阁在七星桥北面，
松州雪岭东。	那雪岭的东面是松州。
华夷山不断，[⑤]	边境内外山脉接连不断，
吴蜀水相通。	西蜀的河川连通着东吴水流。
兴与烟霞会，[⑥]	我们的兴致和画中烟霞融合，
清樽幸不空。	我们的酒樽里不断注入美酒。

注释：

① 这首诗写于宝应元年夏杜甫参加严武幕府之后。严武在幕府中宴请幕僚，同观新绘制的蜀道（指剑南东西两川地区）地图，并以观地图为题来咏诗。这是杜甫当时所咏的诗。

② 公馆，指成都尹兼节度使府署中的厅堂。

③ 地图，是就图画的种类而言；画，是就图画的内容而言。这张地图的内容，是蜀道河山。雄，是说蜀道河山的雄伟。

④ 七星桥，是剑阁南面的一处险要地方。《仇注》引《华阳国志》："李冰沿水造桥，上应七宿。世祖（汉光武帝）谓吴汉曰：'安军宜在七星连桥间。'"这一句和下一句，举出几处具体地名，来表示地图的大致内容。

⑤ 华夷，这里不是指华族与外族，而是指地域，境内为华，境外为夷，故译"华夷"为边境内外。

⑥ 这里的"兴"指人们在观看地图时激起的情绪活动。"烟霞"是指山光水色，即地图所引起的关于自然景象的遐思。古代地图与现代地图不同，图形能显示出比较具体的景物。

◎ 戏赠友二首[1]（五古）

元年建巳月，[2]	宝应元年四月里，
郎有焦校书。[3]	有位姓焦的校书郎。
自夸足膂力，	自夸气力大，
能骑生马驹。[4]	能骑没养驯的小马。
一朝被马踏，	一天竟被马踏伤，
唇裂板齿无。	嘴唇裂开，掉了门牙。
壮心不肯已，	可他还是壮心不止，
欲得东擒胡。[5]	还是要去捉叛贼，向东方进发。

注释：

① 这两首诗是杜甫参加严武幕府后，与同僚戏谑之作。一位是焦校书，骑生马驹跌落门齿；一位是王司直，马惊折断左臂。诗以打趣嘲弄的形式表示了对友人的慰问和亲密

的情谊。

②《仇注》:“《肃宗纪》,上元二年,以十一月建子为岁首月。至建巳月,帝寝疾,诏皇太子监国,改元年为宝应元年,复以正月为岁首。公诗作于未改元之时,故仍前称为建巳月。”按肃宗自上元二年十一月起去除年号,但称“元年”,以十一月为“建子月”,即“元年”的第一个月,“建巳”也就是“元年”的第六个月。后又改“元年”为“宝应元年”,恢复原来的月份名称。“元年建寅月”为宝应元年正月,“元年建巳月”便是宝应元年四月。译诗中改写为宝应元年四月,以免时间观念上有错误。

③ 唐代秘书省设校书郎之职,掌管整理校订藏书。称焦君为校书郎是称其原官,现已不在任。

④ 生马驹,未调教驯服的小马。

⑤“胡”指安史叛军。东擒胡,往东方去捉叛军,这是说焦校书犹有从军立功的壮志。

◎ 其二(五古)

元年建巳月,①	宝应元年四月里,
官有王司直。②	有位官员王司直。
马惊折左臂,	骑的马受了惊,他跌断左臂,
骨折面如墨。	骨头断了,脸色也墨一般黑。
驽骀漫深泥,③	那匹衰弱的老马陷进泥泞,
何不避雨色。	快下雨了,怎么也不避一避。
劝君休叹恨,	劝您别叹息也别怨恨,
未必不为福。④	这倒霉事儿说不定会变福气。

注释：

① 见前诗注②。

② 唐代大理寺设有司直，掌承制、出使、推覆，寺有疑狱，则参议之。又东宫亦有司直，掌纠劾各率府之兵。这位王司直也不在任，只保留官名，进了成都严武幕府。

③ 深泥，指雨后的泥泞。漫，浸没。《方言》："漫，败也，湿敝为漫。"又《荀子·荣辱》杨倞注："水冒物谓之漫。"

④《淮南子》有塞翁失马故事，喻祸福之相倚。后代流传着"塞翁失马，安知非福"的俗谚。这是《老子》："祸兮福之所倚，福兮祸之所伏"的形象化表达。

◎ 大雨[①]（五古）

西蜀冬不雪，	西蜀一冬没落雪，
春农尚嗷嗷。	到春天，农民还饿得嗷嗷哀号。
上天回哀眷，	老天总算回心转意，动了哀怜心，
朱夏云郁陶。[②]	在炎热的夏天，一阵乌云像浓烟密密笼罩。
执热乃沸鼎，[③]	太热了，一锅水不用烧也会沸腾，
纤絺成缊袍。[④]	细麻衫穿在身上像穿了件旧棉袍。
风雷飒万里，	风吼雷鸣，骤然传到万里外，
霈泽施蓬蒿。[⑤]	连野地里的蓬蒿也受到甘霖灌浇。
敢辞茅苇漏，[⑥]	我的茅草屋漏了又算什么，
已喜黍豆高。	令人高兴的是黍禾豆苗已经长高。
三日无行人，	一连三天路上没有行人，
二江声怒号。[⑦]	内江和外江涛声怒号。
流恶邑里清，[⑧]	冲走了污秽，城邑里巷变得干净，

矧兹远江皋。[9]	何况这里的江边又在远郊。
荒庭步鹳鹤，	鹳鹤在我的荒凉的庭院里散步，
隐几望波涛。[10]	我躺在椅上就能看见江中波涛。
沉疴聚药饵，[11]	长久卧病，我服了许多草药，
顿忘所进劳。[12]	一场大雨使我忘记服药的烦劳。
则知润物功，	由此知道雨水滋润万物的功效，
可以贷不毛。[13]	连不毛之地也能得到。
阴色静垄亩，[14]	阴云下面的田埂旁农人静悄悄，
劝耕自官曹。[15]	原来有人在劝耕，他来自官曹。
四邻耒耜出，	四邻都掮起犁锄下地去了，
何必吾家操。[16]	哪里只是我们一家去操劳。

注释：

① 杜甫曾写过一篇《说旱》，题下有原注：“初中丞严公节制剑南日奉此说。”文章中说“今蜀自十月不雨”，与这篇诗中所述旱情相同。可知这诗写于宝应元年初夏的大雨之后，反映了诗人自己和广大人民久旱喜雨的欢乐心情。

②《尔雅·释天》：“夏为朱明。”故可称夏季为“朱夏”。郁陶，音“育遥”（yù yáo），《书·五子之歌》：“郁陶乎予心。”“郁陶”多用于精神之愤结积聚，可指喜悦，也可指哀思。《九家注》赵次公云：“盖郁结于陶窑之义，故可使于朱夏之云。”赵氏是说“郁陶”之本义为窑上浓烟之聚集，故可以比喻夏云聚集。

③ 执热，据《左传·僖二十八年》“愿以间执谗人之口”，注：“执，塞也”。执热，即十分炎热，闷热。参看第四卷《大云寺赞公房》第四首注⑩。沸鼎，釜中水沸。这里是用夸张的手法来形容炎热。

④ 纤絺，音“先痴”（xiān chī），细葛布。缊，音“运”（yùn），新旧混合的丝绵。

⑤ 蓬蒿是杂草，连蓬蒿也受到雨水滋润，表明万物都得到雨水的润泽。

⑥ 茅苇，借代草屋，因屋上盖的是茅苇。

⑦《仇注》:“《水经注》,成都县有二江,双流郡下。故扬子云《蜀都赋》曰:两江珥其前。”《寰宇记》:“秦李冰穿二江于成都之中,皆可行舟,今谓内江,外江是也。”

⑧《仇注》:“赵曰,大雨所荡,流出秽恶也。”

⑨ 矧,音“审”(shěn),况且。江皋,江边高地,即江岸。

⑩《仇注》引《演繁露》:“几与案自是两物。几坐具也,曲木附身以自捧也。”《孟子·公孙丑》:“隐几而卧”,隐,倚也。

⑪ 聚药饵,指长期服药,药性聚积于体内。译诗为便于表达,只写出“服了许多草药”。

⑫ 所进劳,“所进”应指所服药饵;“劳”指体内聚积药性而产生之不适感。译诗勉强写为“服药的烦劳”。

⑬ 不毛,指“不毛之地”,即不长草的荒地。贷,给予。

⑭ 垄亩,指田地,这里指代农民。

⑮ 古代地方官有“劝耕”“劝农”的活动。

⑯ 何必,意思与“何独”相同。这句诗是说不仅我一家忙下地耕种,家家都如此。当代注本有解释为“不须我来操心的”,恐不妥。《论语·子罕》:“毋意毋必”,意思是“专执”,和这里的用法相合。

◎ 溪涨[①](五古)

当时浣花桥,[②]	往常,在浣花桥下,
溪水才尺余。	溪水才一尺深模样。
白石明可把,	水底白石看得清楚,伸手能摸到,
水中有行车。	大车也能在水上来往。
秋夏忽泛溢,	夏秋之交,溪水忽然泛滥,

岂惟入吾庐。	岂止是漫进了我的草堂。
蛟龙亦狼狈，	连蛟龙也感到狼狈，
况是鳖与鱼。	鱼鳖之类更不用讲。
兹晨已半落，	今天早晨水已退了一半，
归路跬步稀。③	在回家的路上，一步步小心往前蹚。
马嘶未敢动，	马嘶叫着不敢动，
前有深填淤。	前面有深深的泥塘。
青青屋东麻，	大麻在屋东面长得郁郁青青，
散乱床上书。	散乱的书籍，堆了一床。
不知远山雨，	不知远处山里是不是下了雨，
夜来复何如。④	到夜晚这里又将怎样。
我游都市间，	我往日在府城街市上游逛，
晚憩必村墟。⑤	夜晚休息总要回到我的村庄。
乃知久行客，	从此才知道，那些长久在外行旅的人，
终日思其居。⑥	定会整天思念他们居住的地方。

注释：

① 溪涨，指浣花溪涨水，泛溢到草堂的事。诗中对比了涨水前后的景象和避水离家归来时的感受。黄鹤订此诗为宝应元年成都作。

② 当时，是指写作时所回忆的溪涨前的时期，不是指某一确定的短暂时间，而是指平时。

③ 归路，指诗人进城避水后回家的路上。跬，音“傀”（kuǐ），古代指一举足落地的距离，也可用于泛指行路的步伐。稀，是指一定时间内举足跨步的次数稀少，表示走得很缓慢。

④ 这一句与上一句诗的内容紧密相连，既是问山中降雨情况，也是问浣花溪水势。从语言上看是不明确的，但从内容上可以使人理解。

⑤ 这两句诗是说平时到成都城里去游逛，夜晚总要回家休息。以此对比避水住在城里的不能安心。村墟，指草堂所在的江村。

⑥ 最后两句是说这次避水离家所得到的体会，并由此联想到一切离家漂游的人（主要当然是指因战乱而逃难异乡的人），对他们表示了深刻的同情。

◎ 大麦行[①]（七古）

大麦干枯小麦黄，	大麦干枯了，小麦已经发黄，
妇女行泣夫走藏。	妇女们边走边哭，丈夫们都逃到外地躲藏。
东至集壁西梁洋，[②]	东面到集州、壁州，西面到梁州、洋州，
问谁腰镰胡与羌。[③]	腰挂镰刀来割麦的是谁？他们都是胡和羌。
岂无蜀兵三千人，[④]	难道三千蜀兵没有调来？
部领辛苦江山长。[⑤]	那些部众正在辛苦奔走，要经过的山川道路太漫长。
安得如鸟有羽翅，	怎样能像鸟那样长出翅膀，
托身白云归故乡。[⑥]	乘着白云飞回故乡。

注释：

① 这是一首歌谣体的古诗。《后汉书·五行志》载汉桓帝时童谣：“小麦青青大麦枯，谁当获者妇与姑，丈夫何在西击胡。”这首诗所反映的社会现实有与此类似之处，故借用其形式来表达新的内容。据《旧唐书·肃宗纪》宝应元年建辰月（三月），党项、奴剌寇梁州，观察使李勉弃城走。这首诗反映了这次动乱和蜀兵奉调前往阻击入侵者的苦况与思乡之情。诗虽短，但容量大，诗人的感情也很复杂，既哀悯梁州一带人民遭受侵扰之苦，又对离乡长途跋涉御敌的士兵表示了深刻同情。

② 集、壁、梁、洋，都是唐代州名。唐代山南西道下设梁州都督府，辖梁州（今陕西南郑附近）、壁州、集州、洋州（都在今陕西南部）。

③ 胡、羌，指党项羌及奴剌等居住西北地区的少数民族。这句诗是节缩句，前四字是问，后三字是答。这是民谣常用的形式。诗中以此反映了党项、奴剌等族的侵扰和抢粮。

④ 蜀兵三千人，据朱鹤龄注："应是蜀兵调发，策应山南者。"

⑤ 部领，《仇注》本作"簿领"，注"一作部领"。施鸿保《读杜诗说》："《（仇）注》引梁简文帝书'簿领殷凑'，又李德林文'簿领纷纭，羽书交错'。今按《（仇）注》两引'簿领'，似皆簿书，与诗意不合。当从别本作'部'，'部领'，犹部曲也。"译诗采用了施鸿保的意见。部领，指将军部下的兵卒。这两句诗除同情蜀兵辛苦而外，也透露出反对远调蜀兵到山南御敌之意。

⑥ 关于最后两句诗，浦起龙《读杜心解》说："今借蜀兵之口，反其（指汉桓帝时童谣）意而歌之，谓梁州之民，被寇流亡，诸羌因粮于野，客兵难与争锋，思去而归耳。剌寇横，伤兵疲，言外无穷恺切。仇氏误认'托身归乡'为自欲避之，了无意味。且公在蜀中，与梁州风马牛不相及。"浦氏之说是正确的，译诗据浦说。

◎ 奉送严公入朝十韵[①]（五排）

鼎湖瞻望远，[②]	皇上驾崩了，从这里仰望多么遥远，
象阙宪章新。[③]	朝廷颁布了法规政令，气象更新。
四海犹多难，	全国各地还有许多灾难，
中原忆旧臣。[④]	中原人民思念您这位旧臣。
与时安反侧，[⑤]	您适时地安抚了动乱的人心，
自昔有经纶。[⑥]	从往昔起就表现出治国的才能。
感激张天步，[⑦]	您被时势激动，奋起助朝廷迈开振兴的步伐，
从容静塞尘。[⑧]	从容不迫地平息了边塞的烟尘。
南图回羽翮，[⑨]	又放下南方重任，回头向北飞翔，

北极捧星辰。⑩	到天庭去拱卫北极星辰。
漏鼓还思昼，⑪	漏鼓声中，您又在思念白昼的事，
宫莺罢啭春。⑫	春天早过去了，宫里黄莺已不再啼鸣。
空留玉帐术，⑬	这里只留下了您制定的战略，
愁杀锦城人。⑭	锦城人民为您的离去忧愁不尽。
阁道通丹地，⑮	您经过栈道，一直前往丹墀前，
江潭隐白蘋。⑯	我却仍在江潭隐居，挨着白蘋。
此生那老蜀，	我这一辈子哪里会老死蜀地，
不死会归秦。⑰	只要还活着，我一定会到长安城。
公若登台辅，⑱	如果您登上宰相的高位，
临危莫爱身。⑲	在危急关头千万别爱惜自身。

注释：

①宝应元年（762年）四月，唐玄宗、肃宗相继逝世，代宗（李豫）即位。七月，召严武还朝任京兆尹兼二圣山陵桥道使，监修玄宗和肃宗的陵墓。这首诗是杜甫于严武离蜀时所作的送别诗，歌颂了严武的功绩并表达了对他的期望。

②《史记·封禅书》："黄帝铸鼎于荆山下，鼎成，乘龙上仙，后人因名其处曰鼎湖。"后人用"鼎湖"一词来表示帝王之死。这里是指玄宗、肃宗的逝世。瞻望远，是指蜀地距离皇帝逝世的长安十分遥远。

③象阙，即"魏阙"，宫门前的阙楼，这里借代宫廷。宪章，泛指政府的法令。

④中原，中原地区，借代京都和中原一带的人士。旧臣，指严武，他曾在玄宗、肃宗朝任官。

⑤《后汉书·光武纪》："令反侧子自安"。反侧，指造反作乱，也可指危殆的局面。严武于安史之乱初起时，曾追踪玄宗入蜀，后又到灵武扈从肃宗，在收复两京，扭转唐朝垂危局面的斗争中起过较大的作用，所以诗中这样说。诗中的"安反侧"，不是指平定作乱者，而是指安定乱世的人心。

⑥《易·屯》："君子以经纶"。《礼·中庸》："惟天下至诚，为能经纶天下之大经。"朱

熹曰："经者，理其绪而分之；纶者，比其类而合之也。"后世以本义是治丝技术的"经纶"来比喻治理国家的本领。

⑦《诗·小雅·白华》："天步艰难"。《晋书·慕容時载记》："朝纲不振，天步孔艰。"天步，犹言国运。

⑧ 静塞尘，赞美严武的政绩。吐蕃乘唐朝内乱之机，先后侵占中国西北和西部边境广大地区，又占领了剑南西川边境不少地方。并时时向内地侵扰，严武镇蜀后，使边境局势稳定了下来。

⑨《庄子·逍遥游》："背负青天而莫之夭阏者，而后乃今将图南。"谓鹏鸟负青天，凌霄汉，图度南冥。后常用以比喻事业发轫。严武镇蜀不过半年，故以"南图"喻镇蜀之业。回羽翮，指掉转方向北飞，喻严武之回长安。

⑩ 北极星，喻皇帝。这句诗按通常语序排列应为："捧北极星辰"，与"拱北辰"同义，喻到皇帝身边，拱卫皇帝。

⑪ 漏鼓，指报时的鼓声。赵次公云："其得君常思日昼而朝见。"斟酌诗句的含意，应理解为夜晚不眠，听更漏响，盼天快亮去料理朝政。这句诗是赞美严武之忠心报国。

⑫《仇注》："宫莺罢啭，夏时入觐。"这句诗和上一句诗是想象严武到达长安以后的情况。

⑬《唐书·艺文志》，兵家有《玉帐经》一卷。这是一本军事书。古代兵家谓有压胜方位，主将于其方置军帐，则坚不可犯，犹玉帐然。

⑭ 锦城人，指成都人民。严武离去，恐发生动乱，因而十分担心。

⑮ 阁道，即栈道。丹地，即"丹墀"，指朝廷。《仇注》引《汉官仪》："省中皆胡粉涂壁，以丹涂地，谓之丹墀。"

⑯ 郭知达《九家注》："公自言其在草堂，盖堂之前临浣花江，近百花潭，故谓之'江潭'。《尔雅》曰：蘋，苹也，其大者曰蘋。"隐白蘋，也就是隐于水滨的意思。

⑰ 秦，指长安城。

⑱《后汉书·张奋传》："累世台辅"。"台辅"即宰辅，唐代指中书、门下、尚书三省最高长官，包括三省的"令"和同平章事、左右仆射等。

⑲ 这句诗是对严武的勖勉。身，指“自身”，莫爱身，即别顾自己；“身”也指身体、生命，“莫爱身”即不怕死。

◎ 送严侍郎到绵州同登杜使君江楼宴[①]（五排）

野兴每难尽，　　游览山野景色总是难于尽兴，
江楼延赏心。[②]　　再到这江楼上延续愉悦的心情。
归朝送使节，　　送皇上派来的使臣回朝廷去，
落景惜登临。[③]　　落山的太阳促我珍惜这次登临。
稍稍烟集渚，　　烟霭渐渐凝聚在江边的洲渚上，
微微风动襟。[④]　　微微的晚风吹动我的衣襟。
重船依浅濑，[⑤]　　载重的大船停在浅滩边，
轻鸟度层阴。　　轻捷的飞鸟越过层层阴云。
槛峻背幽谷，[⑥]　　高高槛廊后面是幽深的山谷，
窗虚交茂林。　　豁亮的窗外丛聚着茂密树林。
灯光散远近，　　点点灯光散布在远远近近，
月彩静高深。　　月光下面，高山深谷更加寂静。
城拥朝来客，[⑦]　　早晨，宾客会集在州城里，
天横醉后参。[⑧]　　如今参星横卧天际，像醉酒不醒。
穷途衰谢意，　　我如今途穷路尽，心境颓唐，
苦调短长吟。[⑨]　　不论长歌短调，吟诵的都是哀音。
此会共能几，　　这样的宴会一生能有几回，
诸孙贤至今。[⑩]　　我这位侄孙一直忙碌至今。
不劳朱户闭，[⑪]　　您不用把朱门关上挽留客人，

自待白河沉。⑫　　我们自会留下等待银河西沉。

注释:

① 杜甫送严武回长安，一直送到绵州（今四川绵阳市）。绵州杜刺史在绵州城东江楼宴请严武，杜甫也参加了这次宴会，于是写了记这次宴游的诗。诗题称严武为“侍郎”，引起历来注家的困惑。朱鹤龄说：“据《通鉴》，宝应元年六月壬戌，以兵部侍郎严武为西川节度使。”但其他史书均无严武曾任兵部侍郎的记载。有些注家如黄鹤等说严武曾任黄门侍郎，但严武奉召还京时，还未迁黄门侍郎。据诗中语知，杜使君为杜甫之孙辈，有人谓是杜济。第三卷有《示从孙济》一诗。但那诗中所写的杜济，生活清贫，不似后来官位显赫的杜济。有人疑唐代有两个同名杜济的人。可参看该诗注①。又第十二卷还有《陪王汉州留杜绵州泛房公西湖》一诗，写于广德元年（763年）春。那位杜绵州，也正是这诗题中所说的杜使君。

② 谢灵运：《拟魏太子诗序》：“天下良辰、美景、赏心、乐事四者难并。”赏心，心所喜悦的事，也可指喜悦、愉快的心境。

③“景”同“影”。落景，夕阳光。

④ 烟集渚、风动襟，俱为登楼时所见的暮景。

⑤ 黄生云：“从水路至绵州，故云重船。”按“重船”是从江楼所看到的景物，为载重之船，不一定即严武所乘之船。

⑥ 江景，是江楼前面所见，江楼的后面是幽谷。因带栏杆的走廊在高楼上，故说“槛峻”。

⑦ 朝来客，指严武、杜甫等一行人。城，指绵州城。

⑧ 参，音“身”（shēn），参宿，二十八宿之一。天将明时出现七星横列。《仇注》引《古乐府》：“月没参横，北斗阑干。”这句诗是说宴会一直延续到下半夜，黎明之前。

⑨ 乐府有《长歌行》《短歌行》等题，但途穷意衰的杜甫所写的都只能是哀歌。

⑩ 诸孙，指绵州杜使君，参看注①。这里的“贤”字，作“贤才”“善良”解似均不妥。按《诗·小雅·北山》：“大夫不均，我从事独贤。”传：“贤，劳也。”王念孙《广雅疏证》云：“贤亦劳也，贤劳犹言劬劳。”用在这里，符合诗意。因为杜使君是

主人，宴会举行了这么长久，当然劳累了主人。

⑪ 据《汉书·陈遵传》，陈遵好客，宴客辄闭门，取客车辖投井中，坚决挽留客人长饮。这里说“闭朱户”，是表示盛情留客。

⑫ 白河，即银河，银河沉，则天晓。这句诗说客人自愿长饮达旦，不劳主人闭户挽留。

◎ 奉济驿重送严公四韵[①]（五律）

远送从此别，	长途送您，到这里终于要分别了，
青山空复情。	一路上一次次看见青山，徒然一次次引起我伤情。
几时杯重把，	什么时候才能再举杯共饮，
昨夜月同行。	昨夜月亮曾伴我们同行。
列郡讴歌惜，[②]	几个州郡的人民都唱着歌惋惜您离去，
三朝出入荣。[③]	三代皇帝的朝廷上，您享有出将入相的荣幸。
江村独归处，	我将一个人回到江边的荒村，
寂寞养残生。	在寂寞里留着我的残余生命。

注释：

①《九家注》谓：“（奉济）驿去绵州三十里。”杜甫送严武回京从成都送到绵州，又从绵州送到奉济驿，由此可见杜甫对严武的深情。题称“四韵”，实际也就是五律。可能原来是想写排律，但因情感过于激动，戛然而止，才得四韵便告终结。

② 列郡，指东川、西川所属各州郡。

③ 三朝，指玄宗、肃宗、代宗三朝。出入，据《仇注》，指“迭为将相”。严武当时虽尚未拜相，但曾任给事中、御史大夫，在台省中担任主要职务，已接近宰辅之位。

◎ 送梓州李使君之任[1]（五排）

籍甚黄丞相，[2]	声名卓著的黄霸丞相，
能名自颍川。	他的贤能美名从做颍川太守时就传开。
近看除刺史，[3]	前几天看到任命刺史的名单，
还喜得吾贤。	真高兴，发现有您这样一位贤才。
五马何时到，[4]	您大驾什么时候到达任所，
双鱼会早传。[5]	相信您给我的信会很快寄来。
老思筇竹杖，[6]	我年纪老了，想有根邛都竹杖扶持，
冬要锦衾眠。	冬天怕冷，需要盖锦被才能安睡。
不作临岐恨，[7]	在临别的岔路口我不想表示怅恨，
惟听举最先。[8]	只盼早听到您被举荐为最优官吏。
火云挥汗日，	这是个满天火云、人人挥汗的热天，
山驿醒心泉。[9]	山路驿站边有处令人清心的泉水。
遇害陈公殒，[10]	陈公当年就是在射洪遇害，
于今蜀道怜。[11]	西蜀人民至今还对他怜惜不已。
君行射洪县，[12]	您出行如果走过射洪县，
为我一潸然。	请为我流一场哀悼的眼泪。

注释：

① 梓州，原来属剑南道，剑南分为东西两川后，梓州为东川节度使治所。梓州，即今四川省三台县。杜甫与梓州刺史李君是旧交，大概一起自成都出发到绵州。杜甫暂时停留下来，李使君继续东行到梓州就任，于是杜甫写了这首为他送行的诗。

②《汉书·陆贾传》："贾以此游汉庭公卿间，名声籍甚。"籍甚，谓名声很盛，纷纷称道，与"籍籍有名"之"籍籍"同义。刘师培《古文字考》谓"籍"为"唶"之借字，唶唶，大声也。黄霸，汉武帝时为河南太守丞，宣帝时，任颍川太守，深得人民

爱戴。后征入为丞相。诗中以黄霸比李使君，既祝贺他任刺史之职，并盼望他像黄霸一样从此名声日振，仕途通达。

③ 除刺史，指除授刺史的告身、敕目之类的公文。

④ 五马，太守、刺史的别称，这里指李使君。

⑤ 双鱼，指书札。古人寄书，常以尺素结成双鲤鱼形，故云。古乐府有“尺素如残雪，结成双鲤鱼”，又有“客从远方来，遗我双鲤鱼”，俱指书信。

⑥ 筇竹杖，筇竹手杖，产于邛都县。“筇”“邛”俱音“穷”（qióng）。这句和下一句诗，是向李索取土产。邛都距梓州遥远，注家有疑其讹误者。旧注从律诗的对仗特点出发，把“筇竹”理解为筇竹杖，而把“杖”当作动词“扶持”理解。

⑦ 岐，指“歧路”，分路处，也就是分别处。恨，指离别的怅恨之情。

⑧《仇注》引《汉书·京房传》：“化行县中，举最当迁。”这是汉朝开创的一种制度，长吏考绩，举其成绩优异者上报朝廷，称为“举最”。诗中的“举最先”，就是“举最”。这里是祝李使君早日被举荐到朝廷任更重要官职。

⑨ 山驿，指绵州山路上的驿站，可能就是前面一首诗题中所说的奉济驿。醒心泉，非泉水名称，而是说泉水清冽，可使人心神清甦。

⑩ 诗题下有原注：“故陈拾遗，射洪人也。篇末有云。”篇末之“陈公”，即陈拾遗，陈子昂。他是初唐时革新诗风、提倡学习汉魏风骨的著名诗人，代表作有《感遇三十八首》《蓟丘览古七首》和《登幽州台歌》等。三十八岁时，以父为县令段简所辱，归故乡射洪县，又遭诬陷，被收系狱中，忧愤而卒，年四十二。

⑪ 蜀道，剑南道，包括东西两川。这里借代蜀地人民。

⑫ 射洪县属梓州，行，指因公出行、视察地方情况等。

◎ 观打鱼歌[1]（七古）

绵州江水之东津，[2]	在绵州江东的渡口边，
鲂鱼鱍鱍色胜银。[3]	鳊鱼啪啪跳出水面闪闪像白银。
渔人漾舟沉大网，	渔夫荡着小船，把大网沉下水，
截江一拥数百鳞。	拦江一拉，几百条鲜鱼拉出江心。
众鱼常才却尽弃，	把不出众的鱼儿一起丢弃，
赤鲤腾出如有神。[4]	那红色鲤鱼跃出网外像有神灵。
潜龙无声老蛟怒，[5]	潜龙默默无声，老蛟在发怒，
回风飒飒吹沙尘。	一阵旋风飒飒响，扬起满天沙尘。
饔子左右挥霜刀，[6]	厨师左右挥动两把如霜的快刀，
鲙飞金盘白雪高。[7]	鱼片飞进金盘，像白雪堆得高高。
徐州秃尾不足忆，	不用再去想那徐州的秃尾鱼，
汉阴槎头远遁逃。[8]	汉阴的槎头鳊也要羞得远远逃跑。
鲂鱼肥美知第一，	这里的鳊鱼又肥又鲜，天下称第一，
既饱欢娱亦萧瑟。[9]	饱餐之后，欢乐的心却变得凄恻。
君不见朝来割素鬐，[10]	你没看见，早晨那条白鬐鳊鱼被宰割，
咫尺波涛永相失。[11]	咫尺外的波涛就和它永远隔绝。

注释：

① 宝应元年七月严武离成都后不久，剑南兵马使徐知道勾结邛州羌兵据西川，扼守剑阁，严武赴京之路被阻。杜甫在绵州停留了一个时期，后去梓州。自此以下六首诗俱作于绵州。这诗是杜甫在绵州观看打鱼，饱餐鱼鲙后所作。根据下面一首《又观打鱼》，可知他是应一位主人的邀请来看打鱼并宴饮的。这位主人，据黄生的推断，“必绵州杜使君”。诗中描写了捕鱼的壮观场面、厨师的精熟手艺和鲂鱼的鲜美滋味，但欢乐之后却引起凄恻的沉思，对被剥夺了生命的鲂鱼产生了同情。粗疏看来，这似乎是太迂腐了。细想之后才知这诗并不是戒杀生，而是有所寓意。

② 绵州，即今之绵阳市。涪江在绵州东面流过。

③ 鲂，音“房”（fáng），鱼名，一名鳊。《尔雅》注：“江东呼鲂鱼为鳊。”《本草纲目·鳞部》：“鲂鱼处处有之，汉沔尤多，小头缩项，穹脊阔腹，扁身细鳞，其色青白，腹内有肪，味最腴美。”鲅，音“钵”（bō），原义是鱼掉尾游行。叠用时，与“发发”“泼泼”同（都音 bō bō），可看作象声词。

④ 众鱼、赤鲤，都是鲂鱼的陪衬。众鱼弃去不捕，赤鲤则逃逸出网。

⑤ 潜龙、老蛟，以及下一句诗中的“回风”，本来与捕鱼事无关。但它们都是自然力量的代表，作为人的对立面注视着人的活动，似乎对人的捕鱼十分不满。诗人这样写，意图唤起人的自觉，对自己的行为要有所节制。

⑥“饔”音“佣”（yōng），“饔子”即饔人，主割烹之事的厨师。

⑦“鲙”同“脍”，音“快”（kuài），细切鱼肉。古代食鱼，常切成薄片供食。

⑧ 徐州秃尾、汉阴槎头，都是与鲂鱼相近或同类的鱼，但品种不同，诗中以此两者来衬托绵州鲂鱼之美味。钱谦益引《诗义疏》：“鲊似鲂而大头”，并认为即鲢或鳙，“徐州秃尾，殆指此也”。《仇注》引《襄阳耆旧传》，谓汉水产“槎头缩项鳊”，也是一种著名的鳊鱼。

⑨ 萧瑟，指人们醉饱欢娱后产生的凄凉情绪。

⑩ 素鬐，白色的鱼鬐，这里借代鳊鱼。

⑪ 这句诗是悲悯鳊鱼被杀，永不能再回到水中生活。

◎ 又观打鱼[①]（七古）

苍江渔子清晨集，　　清晨，渔夫在青色的江面聚集，
设网提纲取鱼急。　　撒网，收绳，捕鱼正忙得紧。
能者操舟急若风，　　本领高强的人驾着船，像风一般疾速航行，

撑突波涛挺叉入。[2]	冲破波涛，挺着鱼叉向前进。
小鱼脱漏不可记，	漏网逃脱的小鱼数不清，
半死半生犹戢戢。[3]	半死半活的还挤在一起喘息不停。
大鱼伤损皆垂头，	受了伤的大鱼都垂着头，
屈强泥沙有时立。	在泥沙中挣扎，有时立起在江心。
东津观鱼已再来，	到东津看打鱼这已是第二回，
主人罢鲙还倾杯。[4]	鱼鲙吃过，主人还劝我干杯。
日暮蛟龙改窟穴，[5]	暮色中，蛟龙正迁往另一处洞穴，
山根鳣鲔随云雷。[6]	山脚下，巨大的鲟鳇鱼在游动，紧紧跟随着云雷。
干戈格斗尚未已，	人世间还在动刀动枪，战斗不止，
凤凰麒麟安在哉？[7]	凤凰，麒麟，哪里能容你们存在？
吾徒胡为纵此乐，[8]	我们这些人为什么这样纵情欢乐，
暴殄天物圣所哀。[9]	任意糟蹋自然物产，圣人曾为这种行为感到悲哀。

注释：

① 杜甫应绵阳杜使君的邀请到江边观打鱼后，又一次应邀在江边宴饮，看渔人捕鱼，写了这首《又观打鱼》。这篇诗的讽喻用意较上一篇《观打鱼歌》明显，对地方官吏的奢靡生活提出了谴责。

② 撑突波涛，指渔船冲到浪涛中。挺叉，指渔人用鱼叉捕鱼。

③“戢”音“集”（jí），戢戢，与“濈濈”通用。《诗·小雅·无羊》：“尔羊来思，其角濈濈。”《经典释文》：“濈本作戢。”《太平御览》引《诗》，亦作“戢戢”。陈奂《毛传疏》：“疑后人误加水旁，戢戢有聚息义”。有人释这诗中的“戢戢”为鱼唼水貌。译诗中并取“聚息”“唼水”两义。

④ 主人，指绵州刺史杜使君。

⑤ 这句诗是说大规模的捕鱼引起了水中蛟龙的不安，因而迁居躲避。

⑥ 鳣鲔，音“沾伟”（zhān wěi）。《诗·卫风·硕人》：“鳣鲔发发。”《释文》：“鳣，大

鱼，口在颔下，长二三丈，江南呼黄鱼。”朱骏声曰：“鳣，今所谓鲟鳇鱼也。”也就是近年濒临绝灭，受到国家保护的“中华鲟”。随云雷，也是说即将远逝。

⑦《仇注》引朱鹤龄注：“即《家语》‘覆巢破卵，则凤凰不翔；剖胎刳孕，则麒麟不至’意。”这句诗承上句“干戈格斗”而言，不止是对捕鱼的感慨，也是叹息乱世民不聊生。“凤”“麟”不至，正是乱世的征象。

⑧ 吾徒，包括宴会上的全体主宾，作者也包括在内。责己劝人，使抨击的语气稍缓。

⑨ 殄，音“舔”（tiǎn）。暴殄天物，出自《书·武成》，孔安国传：“暴绝天物，言逆天也。”《礼·王制》：“田（猎）不以礼曰暴天物。”现代多作“浪费物品，无所爱惜”解。圣所哀，古代圣人为此哀痛，反对这样的行为。

◎ 越王楼歌[①]（七古）

绵州州府何磊落，[②]	绵州的府城多么高峻雄壮，
显庆年中越王作。[③]	它建造在显庆年间，建造它的人是越王。
孤城西北起高楼，	州城西北角矗立起一座高楼，
碧瓦朱甍照城郭。	绿瓦红屋脊，照映着城墙。
楼下长江百丈清，	楼下流不尽的清清江水深百丈，
山头落日半轮明。	山头上，半轮落日依旧在发光。
君王旧迹今人赏，[④]	越王的遗迹如今人们仍在观赏，
转见千秋万古情。[⑤]	可见千年万世人们的情感总一样。

注释：

①《仇注》引《绵州图经》：“越王台，在州城外西北，有台高百尺，上有楼，下瞰州城。唐高宗显庆中，太宗子越王贞为绵州刺史作。”黄鹤据新旧《唐书》注：“越王贞，太宗第八子，尝始封汉王。汉与绵为邻。”朱鹤龄注：“本传不载刺绵州，盖史

略之耳。”杜甫于宝应元年秋至绵州时，见越王遗迹，有感而作此诗。

②《仇注》“州府，府之州治也。”“州”指一州所管辖之全境，州府，指州治所在之城，俗称州治为“府城”。磊落，可用来指形体之高大雄伟。如《晋书·索靖传》：“体磊落而壮丽。”

③ 显庆，唐高宗李治年号，自656年至660年。越王，即李贞，李世民之第八子。

④ 君王，指越王李贞。

⑤《仇注》：“前王不能长享此楼，而留为今人玩赏，则知千秋万古，其情尽然。”这“情”，指古今人们爱观赏自然美景的共通情感。

◎ 海棕行[①]（七古）

左绵公馆清江溃，[②]	绵州府署在清清的江水旁边，
海棕一株高入云。	署里有一株海棕树，高耸入云。
龙鳞犀甲相错落，[③]	身上龙鳞犀甲相互交错，
苍棱白皮十抱纹。[④]	十人合抱的粗树干，白皮上突起苍绿色的斑纹。
自是众木乱纷纷，	世上各种各样的树木乱纷纷，
海棕焉知身出群。	海棕哪里知道自己超出群伦。
移栽北辰不可得，[⑤]	可要想移栽到皇帝身边却办不到，
时有西域胡僧识。[⑥]	它的底细只有当时一个西域胡僧知道。

注释：

①《仇注》：“陶宗仪《辍耕录》：‘成都有金果树，顶上叶如棕榈，皮如龙鳞，实如枣而大，番人名为苦鲁麻枣，一名万年枣。’李时珍曰：‘虽有枣名，别是一物，南番诸国多有之，即杜甫所赋海棕也。’”又引刘恂《岭表录》，谓海棕即波斯枣木。按即当代俗说的“伊拉克蜜枣”。杜甫见绵州府署中此树高大珍异，惜其不为人所知，不

得移栽御苑，不免感慨。

② 左绵，即绵州。旧注谓绵州在涪水左面，故称左绵。唐绵州，即今之绵阳，在涪水西岸，如说在涪水左面，当在东岸，于实际情况不合。也可能因绵州位于成都府东面，故称“左绵”。渍，音“焚”（fén），水滨。《诗·大雅·常武》：“铺敦淮渍。”

③ 这是说海棕树皮上的瘢痕如龙鳞犀甲。参看注①。

④ 这句诗进一步概述海棕树干的形象特征：树皮白色，上有青绿色凸起的棱纹，树干粗达十抱（即须十人伸直双臂才能环抱树干）。

⑤ 北辰，即北极星，比喻帝王所居之处。古代认为一切珍贵物品应该供皇帝享受，反过来，凡供皇帝享受的物品才是珍贵的。这海棕树是珍贵的，但不能移入御苑，因以为憾。

⑥ 我国古代有西域胡人识宝的传说。但这句诗所说的可能是实事，海棕原产中东，西域胡僧对它熟悉是很自然的。

◎ 姜楚公画角鹰歌[①]（七古）

楚公画鹰鹰戴角，	姜楚公画的雄鹰头上有个角，
杀气森森到幽朔。[②]	它一身杀气腾腾，看见它好似到了漠北。
观者贪愁掣臂飞，[③]	看画的人担心怕伸手被它拉住胳臂飞走，
画师不是无心学。[④]	画师画它可不是无心地摹写。
此鹰写真在左绵，	保存在绵州的是角鹰图，
却嗟真骨遂虚传。	却嗟叹那真的角鹰只留下空名。
梁间燕雀休惊怕，	屋梁上飞鸣的燕雀不必惊怕，
亦未抟空上九天。[⑤]	它并没有盘旋着向高空飞腾。

注释：

① 姜楚公，即姜皎。据《名画记》："姜皎，上邽人，善画鹰鸟。玄宗即位，累官至太常卿，封楚国公。"但他仕途多舛，两次被放归田里。角鹰，头上有如角的毛竖起的鹰。《仇注》引《埤雅》："鹰鹞顶有角毛微起，通谓之角鹰。"杜甫在绵州看到姜皎所绘的角鹰图，写了这首诗赞美画鹰形神逼真，并惋惜这样的真鹰不可得见。陆游有一首题为《绵州录参厅观姜楚公画鹰少陵为作诗者》长诗，其中有"巍然此壁独无恙，老槎劲翮完如新"。可见距杜甫几百年后此画仍在。

② 这句写画鹰的神情，同时也写出观者的感受。

③《后汉书·郭镇传》："舍状以探情。"注："贪与探同"。这句诗里的"贪"应作"探"字解，"贪愁"即"探手（伸手）就担心。"旧注多未得其解。如《杜臆》："贪愁二字合用妙，贪其入臂，又愁其掣臂而飞也。"解为"贪其入臂"，实在太勉强。

④ 学，不是从师学习，而是"学习自然"，故译"学"为"摹写"。如人们常说的"学帖"，实际是临摹法帖。不是无心学，指摹写非无用意，即作画有其主旨在也。

⑤ 最后两句诗是说画上的角鹰不会去侵害燕雀，也不会腾空而上，直上九霄，叹惜它是画而不是真鹰。

◎ 东津送韦讽摄阆州录事[①]（五律）

闻说江山好，[②]	听说阆州山川秀丽，
怜君吏隐兼。[③]	我爱慕您吏、隐两者能相兼。
宠行舟远泛，[④]	您得到光荣的任命泛舟远去，
惜别酒频添。	舍不得和您分别，一回回把酒增添。
推荐非承乏，[⑤]	您受到推荐并不是勉强去填空缺，
操持必去嫌。	您的操守行为一定不会引起猜嫌。

他时如按县，　　将来如果您到县里去视察，
不得慢陶潜。[⑥]　　对陶潜那样的县令千万别怠慢。

注释:

① 韦讽是杜甫所结交的年轻朋友，第十三卷《送韦讽上阆州录事参军》诗中有“韦生富春秋，洞澈有清识”之句。摄，意思是权摄、代理。韦讽到阆州去代理录事参军职务，杜甫在绵州的东津渡口送别，写了这首诗赠给他。

② 江山，指阆州的山水。

③ 一般说来，出仕和归隐山林不可得兼，但阆州山水幽美，住在阆州有隐居山林之乐，韦讽去阆州任职，故说他得兼吏隐。

④ 宠行，古代对赴任者常用的客气用语。

⑤《左传·成公二年》：“敢告不敏，摄官承乏。”注：“犹代匮也”。匮，即缺乏，指官吏有了缺额，委人暂代。承乏，通常用作得到任命者自谦之词。

⑥ 陶潜曾为彭泽县令，这里借陶潜代表担任县令职务的有才能的人。杜甫嘱韦讽要尊重贤才，不要因其处于卑位而轻视。

◎ 光禄坂行[①]（七古）

山行落日下绝壁，　　我在山路上走着，夕阳渐渐落下陡峭的崖壁，
南望千山万山赤。　　向南望去，千山万山红成一片。
树枝有鸟乱鸣时，　　树枝头群鸟正乱纷纷啼叫，
暝色无人独归客。　　我独自归去，路上寂静无人，暮色昏暗。
马惊不忧深谷坠，　　马不须担心跌下深谷却显得惊惧，
草动只怕长弓射。[②]　　草丛中一有响动，就怕隐藏的长弓射来暗箭。

安得更似开元中，[3]　　哪里能再像开元年间那样平安，
道路即今多拥隔。　　如今的道路常常被阻拦隔断。

注释：

①《仇注》引蔡梦弼曰："光禄坂，在梓州铜山县。"又引"鹤注：此是宝应元年在梓州作"。考《崔宁传》云："宝应初，蜀乱，道路不通与此诗相合。"据 1987 年《草堂》第二期刘泰焰专文的介绍，1984 年四川省盐亭县东有北宋崇宁元年（1102 年）石碑出土，碑上刻薛道祖"再按盐亭经光禄坂留题"诗一首，诗中有"光禄坂高盐亭东""少陵过后名不空"等句，可知光禄坂在盐亭县东。又据清乾隆《盐亭县志》载，盐亭县东十里有光禄山，长坂里许。旧注失考。此诗当为广德元年秋冬间诗人自阆州回梓州经过盐亭时所作。应编在第十二卷《发阆中》之后。

② 当时乱兵、散贼到处埋伏路中袭击行人，这句诗中所说暗箭射人的事实把蜀境混乱不安的情况鲜明具体地表达出来。

③ 开元年间，唐玄宗统治的前半期，自 713 年至 741 年，社会经济繁荣，民生安定。《仇注》引《唐书·玄宗本纪》："开元间，海内富安，行者虽万里，不持寸刃。"

◎ 苦战行[1]（七古）

苦战身死马将军，　　这位苦战身死的马将军，
自云伏波之子孙。[2]　　自称是后汉伏波将军的后人。
干戈未定失壮士，　　战乱未定，先失去您这位壮士，
使我叹恨伤精魂。[3]　　使我叹息，怅恨，黯然伤神。
去年江南讨狂贼，[4]　　去年您到江南去讨伐猖狂贼寇，
临江把臂难再得。　　在江边送您挽着您的手，想再一次这样已经不可能。
别时孤云今不飞，[5]　　别离时，天上的一片云如今仍停在天空没飞去，

时独看云泪横臆。　　我时时独自看着这云朵，任泪水在胸前纵横。

注释:

① 这是一首为苦战身死的马将军作的哀悼诗，故以《苦战行》为题。马将军，不知是什么人，与杜甫在成都曾有来往。上元二年四月，梓州刺史段子璋反（可参看第十卷《戏作花卿歌》注①），曾攻陷遂州、绵州一带。马将军大概是死于讨段子璋的战役。宝应元年秋，杜甫在梓州，这首诗和下面一首诗《去秋行》，可能是据所闻而作，非亲往遂州始知。马将军战死详情，促使他追写了这首悼诗。

② 伏波，指后汉马援。他曾平定交趾，立铜柱表功而还，拜伏波将军。尝谓“大丈夫为志，穷当益坚，老当益壮”；又谓“男儿要当死于边野，以马革裹尸还葬耳”。在中国历史上他是一位著名爱国将军。

③ 伤精魂，意思与黯然销魂同，表示极度悲痛。

④《仇注》本作“南行”，从《文苑英华》本改，他本多作“江南”。如果马将军确为死于讨段子璋之役，则应从成都去攻梓州，或北攻绵州，或稍稍向南攻遂州，都不宜称“南行”。唯遂州在涪江之南，把进攻遂州说成是“江南讨狂贼”尚可。

⑤ 孤云不飞，即“停云”。陶潜《停云诗序》：“停云，思亲友也。”这句诗暗用陶诗用意。所表达的是诗人的一种自我感觉：去年离别时曾见白云，今日在悼念时又见白云，于是产生“孤云不飞”的幻觉。这样的幻觉之所以产生，正由于悲痛伤神之故。

◎ 去秋行[①]（七古）

去秋涪江木落时，[②]　　去年秋天，涪江上落叶正在飘坠，
臂枪走马谁家儿。[③]　　那挺着长枪、骑马奔驰的是谁家的小伙子。
到今不知白骨处，　　到如今，还没找到他的白骨，
部曲有去皆无归。[④]　　跟着他去的部下都没有回到家里。

遂州城中汉节在，⑤	遂州城里，还竖立着当年皇帝颁赐给刺史的节杖，
遂州城外巴人稀。⑥	遂州城外，居住的人民寥落疏稀。
战场冤魂每夜哭，	战场上含恨而死的鬼魂每夜哀哭，
空令野营猛士悲。⑦	徒然使野营里的猛士们心中悲凄。

注释：

① 去秋，指上元二年秋。这也是一首哀悼战死者的悲歌。所写遂州的战事，应是上元二年平段子璋反叛的战争。但段于五月即被杀，此诗写的时间是秋季。朱鹤龄对此提出了疑问。《仇注》认为“盖至秋末而寇始削平也。且子璋反东川，陷遂州，地与诗合。其时月不符者，必属史传之误。”舍此而外，似难找到更好的解释。这首诗也是宝应元年秋在梓州作。

② 遂州，在涪江畔。木落时，已届深秋。

③ 臂枪，乘马持枪的一种姿势，是唐代口语。谁家儿，显然指年轻人。是否就是指前一首诗中所哀悼的马将军，则难以肯定或否定。

④ 部曲，见第二卷《故武卫将军挽词三首》第三首注③。

⑤“遂州”两句写叛军占据遂州时的惨状。《仇注》引鲍钦止曰：“段子璋反，遂州刺史嗣虢王巨修属郡礼出迎之，被杀。故曰‘遂州城中汉节在’，盖伤之也。”汉节，译诗中译为皇帝颁赐给刺史的节杖。

⑥ 巴人，不是指古代巴子国的后裔，只是泛指三巴居民，故译诗中未用“巴人”一词。

⑦ 最后两句诗是对军阀叛乱，造成大批无辜战士死亡表示愤慨，为他们控诉，并对他们表示深切同情。

◎ 广州段功曹到得杨五长史谭书功曹却归聊寄此诗[1]（五律）

卫青开幕府，[2]	像卫青一样的大将开设了幕府，
杨仆将楼船。[3]	像杨仆一样的将军率领楼船远航。
汉节梅花外，[4]	您随着皇帝的使节来到梅花岭外，
春城海水边。[5]	来到四季如春的城市，来到南海旁。
铜梁书远及，[6]	您的信从远方寄到铜梁山下，
珠浦使将旋。[7]	从合浦来的使者将回到南方。
贫病他乡老，	我贫病交迫，将老死在异乡，
烦君万里传。	麻烦您到万里外告诉他我的状况。

注释：

① 第九卷有《寄杨五桂州谭》一诗，写那诗时是上元元年，杜甫到成都建草堂定居还不很久。诗是托一位从成都到桂林赴任去的段参军带去的。约两年后，杨谭已调到广州任长史，又托了一位段功曹（可能那位段参军现在广州任功曹之职）带信给杜甫。段功曹回广州时，杜甫便写了这首诗寄去作为答复。这诗和下一首诗，蔡梦弼均编在梓州诗内。

② 卫青，汉代名将，诗中用他来比喻广州刺史兼岭南节度使。

③《仇注》引《汉书·南越传》：“主爵都尉杨仆为楼船将军，出豫章，下横浦。”诗中以杨仆来比喻杨谭，因姓氏相同。杨谭的来信中可能说了随主将率领楼船巡行海上的事，否则，用杨仆事的理由尚嫌不足。

④ 梅花，指梅花岭，即大庾岭，是南岭的一部分。

⑤ 春城，指广州。海水，指南海。

⑥ 铜梁，山名。《仇注》引《十道志》：铜梁，在涪江之南。此铜梁山，在梓州，不是合州的铜梁山。

⑦ 珠浦，指廉州的合浦，以产珠著名，故称珠浦。合浦在南海，因而称广州来使为

"珠浦使"，指段功曹。

◎ 送段功曹归广州[1]（五律）

南海春天外，[2]	温暖如春的南海在天边外，
功曹几月程。	您回去要经过几个月的行程。
峡云笼树小，[3]	三峡两岸云雾笼罩，树木低矮，
湖日荡船明。[4]	洞庭湖上荡漾的航船被阳光照映得颜色鲜明。
交趾丹砂重，[5]	听说交趾产的丹砂分量最重，
韶州白葛轻。[6]	韶州出的白葛布又细又轻。
幸君因旅客，	请您托付顺路的旅客，
时寄锦官城。[7]	时时寄给我一些，寄到锦官城。

注释：

① 这是送段功曹回广州所写赠别的诗。根据前诗所说"铜梁书远及"的情况，段功曹来到了梓州，故此诗也应是在梓州时所作。

②"春天"一作"青天"。《仇注》："春天，启行之时。"按"南海春"与"春城"这种表达的形式相似，是说南方一年四季温暖，而不是指段功曹启行时是春季。"南海春"也就是"春南海"，这是"天外"的主语。天外，言其遥远。

③ 段功曹回广州，取道长江，经过三峡，再经过洞庭湖向南行。

④ 这两句诗是想象其归途所见风景。

⑤ 交趾，通常指汉交趾郡，今越南北部。但我国古代所说的交趾也泛指南方各地。《礼·王制》："南方曰蛮，雕题交趾。"产朱砂的交趾并不在越南，而在今广西南部容县北流附近。

⑥ 韶州，在广州北面，在古代以产葛布著名。这两句诗是向段功曹索取土产。在唐代，向友人索取价值不昂贵的土产，是很平常的事。

⑦ 杜甫作此诗时住在梓州，他的弟弟杜占留在成都照管草堂，同时杜甫也准备随时回成都去，故嘱段功曹寄物到锦官城。

◎ 题玄武禅师屋壁[1]（五律）

何年顾虎头，[2]	顾恺之在这里时是哪一年，
满壁画沧州。[3]	他在这整堵墙壁上画了幅水畔仙洲。
赤日石林气，	鲜红的太阳光把石林笼罩，
青天江海流。[4]	青天下，江河向大海奔流。
锡飞常近鹤，	高僧常乘锡杖伴着仙鹤飞行，
杯渡不惊鸥。[5]	有时乘木杯渡水，也不惊动海鸥。
似得庐山路，	在画上我好像发现了庐山的道路，
真随惠远游。[6]	我也像真的是在随着惠远闲游。

注释：

① 玄武禅师，是佛教法师。他所住的屋壁上有顾恺之的山水画。杜甫来访问这位和尚，欣赏了顾恺之的画，并在壁上题了这首诗。梓州有中江县，县境有玄武山（又有大雄山、宜君山等名）。《潼川府志》卷六：宋人刘光祖《大雄寺记》："今中江大雄寺者，唐号乾昌，乾元二年建也。老杜有《题玄武禅师屋壁诗》，相传即其处。"又《中江县志》卷四："大雄寺，治南玄武山，唐乾元二年建。唐曰乾昌寺，宋改昌回，又改大雄，俗称玄武观。"黄鹤编此诗于梓州诗中。

② 顾虎头即顾恺之，见第六卷《送许八拾遗归江宁觐省》注⑪。

③ 沧州，见第四卷《奉先刘少府新画山水障歌》注④。

④“赤日”“青天”两句，写的是壁画上的景象。

⑤ 庾信《麦积崖佛龛铭》：“飞锡遥来，度杯远至”。古人常以“锡飞”“杯渡”赞美佛教僧人之法力。《仇注》：“《天台赋》：‘应真飞锡以蹑虚。’注：‘应真，得道人，执锡杖行于虚空，故曰飞也。’”又引《高僧传》载六朝时高僧志公（宝志，一作保志）与白鹤道人争舒州潜山故事，白鹤道人乘鹤飞往，志公飞锡前往，两人几乎同时到达。《仇注》引旧注，述刘宋时有浮木杯渡河的人，“无假风棹，轻疾如飞”。

⑥ 惠远，应作“慧远”，晋庐山东林寺高僧。当时隐士刘遗民、雷次宗等俱从之游，并结白莲社。据《莲社高贤传》载，慧远曾劝陶潜（渊明）参加白莲社，但他“攒眉而去。”《仇注》引沈氏曰：“陶渊明与惠远游，从结白莲社，公盖以陶自比也。”这话是传闻，并不正确。不过杜甫把慧远看作陶潜一流的人，并想和他同游，则的确是这诗中所表达的思想。

◎ 悲秋[①]（五律）

凉风动万里，	凉风又吹过万里长空，
群盗尚纵横。	可是盗贼却还在到处横行。
家远传书日，	给远方家人写信的日子，
秋来为客情。	秋天正来临，更触动我思乡之情。
愁窥高鸟过，[②]	瞥见高空飞鸟经过也使我愁思，
老逐众人行。	这样老了，还跟着人们奔波不停。
始欲投三峡，[③]	如今才想起该沿着三峡东下，
何由见两京。[④]	不知怎样才能回到西京东京。

注释：

① 悲秋，是我国文学中最古老的题材，战国时代宋玉所写的《九辩》开头一句就是

"悲哉！秋之为气也"。杜甫借这个老题目抒写了乱世思乡的哀愁。这诗当为宝应元年（762）秋在梓州作。

② 高鸟过，指鸿雁之类的候鸟自北向南飞。鸟之来去自由，而人却滞留天涯不能归去，因而愁思。

③ 投三峡，是说自蜀地出发，取道三峡东下到荆州，再转而向北到中原地区。

④ 两京指京师长安与东京洛阳。自蜀绕道三峡、荆州归去，路程遥远，所费浩大，不知如何才能到达。

◎ 客夜[①]（五律）

客睡何曾着，	在旅途中哪里能睡得着觉，
秋天不肯明。	秋季的黑夜久久不肯天明。
入帘残月影，	月亮将落，残光射进竹帘，
高枕远江声。	头枕得高高的，听远处江声。
计拙无衣食，	无衣无食，不知该怎么办，
穷途仗友生。	只能靠朋友接济度过困境。
老妻书数纸，[②]	给老妻写信写了几张纸，
应悉未归情。	她该能理解我没回家的原因。

注释：

① 杜甫于宝应元年七月送严武到绵州后，辗转到了梓州。离家数月以后，才迎家属来梓。这是他独自客居梓州时所作思家的诗。从诗中可看出他没有在徐知道叛乱平定后立即回成都，是为了寻求生活出路。落到这样的地步，杜甫心头的痛苦是可以想象的。

② 老妻书，是杜甫寄给妻子的信。

◎ 客亭[1]（五律）

原诗	译文
秋窗犹曙色，	秋天的曙光还留在窗外，
落木更高风。	树叶飘坠，又刮起了大风。
日出寒山外，	太阳升起来了，从寒山那边，
江流宿雾中。[2]	江水，奔流在昨夜残余的雾中。
圣朝无弃物，[3]	圣明的朝代不会把人才抛弃不用，
衰病已成翁。	可我衰弱多病，已成了老翁。
多少残生事，[4]	这辈子还有多少事待我料理，
飘零任转蓬。[5]	无奈我到处飘零像满地转的飞蓬。

注释：

① 客亭指驿亭、驿馆，是杜甫旅居梓州时住的地方。宝应元年秋，杜甫曾在梓州及附近诸州县奔波，为一家衣食到处求助。这首诗写出了诗人居住驿馆秋天将晓时的感受和思想活动。

② 前半四句，写秋晓景物，后面四句写心中感受。

③ 圣朝指杜甫生活的时代，即唐玄宗、肃宗和代宗三朝。既为“圣朝”，当然不会弃置有用的人才。然而，理应如此，并非实际如此，因此他才“衰病成翁”。这是对朝廷的怨言，但说得很委婉。

④ 残生，即“暮年”，老人本应安度晚年了，但还有许多事要忙，暗示仍必须为衣食奔走。

⑤ 任转蓬，如蓬草被风吹得到处乱转，比喻漂泊不定和不能主动。

◎ 九日登梓州城[1]（五律）

伊昔黄花酒，[2]	往年过重阳，对着黄菊花饮酒，
如今白发翁。	如今，已成了个白发老翁。
追欢筋力异，	体力已不容许我追逐欢乐，
望远岁时同。	逢年过节，眺望远方景色却都相同。
弟妹悲歌里，[3]	遥想弟妹们，他们一定在悲歌，
乾坤醉眼中。[4]	我沉醉了，茫茫天地尽在我眼中。
兵戈与关塞，	战乱不止，又加上关塞阻隔，
此日意无穷。	在这一天，我的思绪无穷。

注释:

① 九日，旧历九月初九，俗称“重九”或“重阳”，在唐代是重要节日之一。这里是指宝应元年的重阳节。九日有登高的习俗。登上梓州城头，也是登高，诗人在这天也远眺，也饮酒，但毕竟已无往日的豪情，加上世乱家贫，心绪更加不好。这首九日诗记录了杜甫当时的烦恼与忧愁。

② 黄花，指菊花。古代菊花的品种不多，一般都是黄色的，故称黄花。黄花酒，对菊饮酒。

③ 旧时习俗，重九节家人要团聚，如今弟妹分散，不能相聚，故不免悲歌。

④ 这句诗是说，虽然自己醉了，但心里还是明白的，不仅看得见眼前的景物，而且还看得见整个世界（宇宙也好，世界也好，在我国古代人的眼里，只不过是指中国而言）。正因为这样，所以才有下面两句诗。世界上有什么呢，只是“兵戈与关塞”而已。

◎ 九日奉寄严大夫[①]（五律）

九日应愁思，	在这重九日，您一定在愁思，
经时冒险艰。[②]	您已长久地经历了危险艰难。
不眠持汉节，[③]	承担使臣重任，夜里也不能安眠，
何路出巴山？[④]	不知将从哪条路走出这大巴山？
小驿香醪嫩，[⑤]	您住的小驿馆也许有新酿的香酒，
重岩细菊斑。	您走过的重重山崖，细小的野菊开得色彩斑斓。
遥知簇鞍马，	遥想您在随从的簇拥中停下马，
回首白云间。[⑥]	正回头远望白云缭绕的天边。

注释：

① 严大夫，指严武。以前写的有关诗篇中称严武为“中丞”“侍郎”，这首诗的诗题中称严武为“大夫”，大概宝应元年八九月间，严武晋升为御史大夫的消息传到了梓州。严武于宝应元年七月离成都入朝，正遇到剑南兵马使徐知道的叛变。回京的道路被阻。史书载徐知道之乱在八月平定，而这首九日诗中却说“何日出巴山”，可见到九月初自蜀赴秦道路仍未畅通。严武也是在旅途中度过这个节日的，杜甫思念严武，写了这首诗寄赠给他。

② 这句诗是说严武往日的经历，也应包括徐知道兵变后在旅途上所遭遇的险阻。

③ 汉节，借代“节仗”。持汉节，指受命皇帝，担负治理地方重任的官员。严武原任成都尹、东西川节度使，故以“持汉节”称之。

④ 巴山，即大巴山。诗中指秦蜀边境的山脉。

⑤ 这句和下三句诗是想象严武九日在旅途中的情况。香醪嫩，是说香醪（浊酒）新酿，贮藏时间不久。

⑥ 白云，喻远方，指成都及其附近的绵、梓等州。这句诗的意思是说严武也一定会想念蜀地的友人，其中也包括杜甫在内。

◎ 秋尽[①]（七律）

秋尽东行且未回，[②]	秋天过尽，我东行还没有回家，
茅斋寄在少城隈。[③]	我的茅斋还留在曲水萦回的少城外。
篱边老却陶潜菊，[④]	陶潜喜爱的篱边菊花该已衰残，
江上徒逢袁绍杯。[⑤]	而我在这江上，只是陪着袁绍那样的主人干杯。
雪岭独看西日落，	独自眺望雪岭上夕阳西落，
剑门犹阻北人来。[⑥]	剑门关还阻碍着北面的人南来。
不辞万里长为客，	我也愿意离家万里，长久作客，
怀抱何时好一开？[⑦]	可什么时候才能让我舒畅一下胸怀？

注释：

① 这是宝应元年九月底在梓州所作的一首抒写羁旅情怀的诗。杜甫在七月中到东川梓州，一直到九月底秋尽时仍未能回成都。浪费时光，心情万分苦闷，于是写了这首诗。

② 东行，指从成都向东的旅途。梓州在成都东面。

③ 茅斋，指成都草堂。少城是成都大城西面的小城。隈，音“威”（wēi），水曲、城隅，都可指。杜甫草堂在少城外的浣花溪畔，故说在“少城隈”。

④ 陶潜爱菊，有“采菊东篱下”的名句。杜甫在这里以“陶潜菊”比喻自己草堂篱边所种的菊花，以思念菊花借代对草堂的思念。

⑤《仇注》引“杨慎曰：《郑玄传》：袁绍总兵冀州，遣使要玄，大会宾客。”按此诗中以袁绍比喻梓州主人（刺史及其他地方官吏），而以郑玄自比。不难看出诗人对这样的宴请并不感兴趣，因为他们只是表面上热情款待，却不能实际上解救杜甫当时所遭遇的严重困难。

⑥ 徐知道兵变虽平，剑门仍受阻，南北交通断绝，可见蜀地局势仍未安定。杜甫也就不可能在蜀地安稳度日。

⑦ 最后两句诗的意思是：长期留住蜀地也未尝不可，只要生活有保障，心中没有烦恼忧愁。

◎ 戏题寄上汉中王三首[①]（五律）

西汉亲王子，[②]	您是大唐亲王的儿子，
成都老客星。[③]	我是寄居在成都的您的老朋友。
百年双白鬓，[④]	我们两个白鬓老人合计有一百岁，
一别五秋萤。[⑤]	一分别不觉已过了五个年头。
忍断杯中物，[⑥]	您竟下决心戒了酒，
只看座右铭。[⑦]	坚持按着座右铭做，不肯罢休。
不能随皂盖，[⑧]	我却不能跟着您这样走，
自醉逐流萍。	自己喝醉了好糊糊涂涂随着浮萍漂流。

注释：

① 汉中王即李瑀，是宁王（让皇帝）李宪之子，汝阳王李琎之弟。先封陇西郡公，玄宗幸蜀时随行，到达汉中时封他为汉中王。后因故得罪肃宗，贬到蓬州。《新唐书》说他被贬为蓬州长史。黄鹤据这首诗中以“皂盖”称李瑀，以及第十五卷《奉汉中王手札》一诗中“剖符来蜀道”之句，断定他被贬为蓬州刺史，《新唐书》的记载是错误的。唐代的蓬州在今四川仪陇县东南，与梓州相距不远。诗题下有原注：“时王在梓州，断酒不饮，篇中戏述。”看来那时李瑀曾从蓬州到梓州来小住。杜甫与他及汝阳王李琎有旧交，常一起饮酒。现在发现他戒酒不饮，故在寄赠给他的诗中作戏谑语，同时也表达了友情，向他诉说了自己的近况和心情。

② 西汉，借喻唐朝。亲王，指宁王李宪。

③ 用严光与光武帝同宿，太史观天象，发现有客星侵帝座的故事。见第二卷《赠翰林

张四学士垍》注⑤。杜甫与汉中王李瑀友情深厚，故以严光与汉光武帝的友谊相比，因而自称为“老客星”。

④ 双白鬓，指李瑀与杜甫，都是过了半百的老人。两人年龄相加已逾百岁。杜甫在宝应元年是五十一岁。

⑤ 五秋萤，指五次看见秋萤，即“五秋”，五年。据黄鹤说，杜甫于乾元元年（758年）自长安出为华州掾时与李瑀分别，至宝应元年（762 年）前后为五年。

⑥ 杯中物，指酒。陶潜《责子》诗：“天运苟如此，且尽杯中物。”

⑦ 座右铭，这里指李瑀为戒酒而作的座右铭，坚决实行，决不改变初衷。

⑧ 皀盖，见第一卷《陪李北海宴历下亭》注②。并参看本诗注①。

◎ 其二（五律）

策杖时能出，	有时我还能扶着手杖出门，
王门异昔游。[①]	可是如今和您同游，跟过去王府里的游乐大不一样。
已知嗟不起，[②]	您已知道再大声叫我也不能振作，
未许醉相留。[③]	但您还是不肯留我大醉一场。
蜀酒浓无敌，	西蜀的美酒香浓无比，
江鱼美可求。	美味的江鱼也不难弄些来尝尝。
终思一酩酊，[④]	我总想痛饮一场喝得醉醺醺，
净扫雁池头。[⑤]	希望您把雁池打扫干净，把酒筵就摆在池旁。

注释：

① 王门昔游，指第一卷《赠特进汝阳王二十二韵》中所写的那种盛大宴会的情况，可参看。但更着重的一点是往时游宴能痛饮，如今李瑀已戒酒。

②“嗟”是“嗟来”之“嗟”，呼叫，促人知觉之声。不起，指谁而言，历来有异说。《仇注》：“嗟不起，述王自叹之词。”这是据卢元昌之说，卢曰：“不起者，谓王病酒不能起，本枚乘《七发》中连用起字……此以楚太子比汉中王也。”《杜诗博议》：“旧注‘病酒不起’，可笑。《晋·殷浩传》：‘深源不起，当如苍生何。’盖用此语。”其实，不起，应该是指杜甫自己，解作“不能自己振作起来”更合诗意。

③ 醉相留，即“相留醉”，意思是留客一醉。

④ 酩酊，音 mǐng dǐng，原意是大醉。《晋书·山简传》：“日夕倒载归，酩酊无所知。”

⑤ 雁池，汉梁孝王刘武所筑之园曰兔园，又称梁园、梁苑。其中有百灵山，有雁池。王日与宫人宾客在园中游乐弋钓。枚乘、江淹各有《梁王兔园赋》。诗中以兔园中的“雁池”来代替李瑀的园林。

◎ 其三（五律）

群盗无归路，①	盗贼成群，归路已断绝，
衰颜会远方。	你我容颜衰老时又相会在远方。
尚怜诗警策，	您还是那样爱我诗中的警句，
犹记酒颠狂。	也还记得我往日酒醉后的癫狂。
鲁卫弥尊重，②	您和您的兄长都令人十分尊重，
徐陈略丧亡。③	您府上作诗的门客有些已经死亡。
空余枚叟在，④	只剩下我这个老枚乘还活着，
应念早升堂。⑤	该记得我很早就在您王府里来往。

注释：

① 这句诗中的“群盗”，不是“无归路”的主语。诗句中分述两件事：群盗，指盗贼繁多；无归路，指逃难在外的人不能回故乡。前者是因，后者是果。

② 傅亮《封诸皇弟皇子奏》："地均鲁卫，德兼贤庸。"《钱笺》："开元十四年十一月，明皇（玄宗）幸宁宪王（李宪）宅，与诸皇宴，探韵赋诗曰：'鲁卫情尤重，亲贤尚转多。'瑀为宁宪王子，故用其语。"按鲁国与卫国，是周武王封其弟周公旦与康叔之国，后世因以"鲁卫"表示王子间的关系。这诗中所说的"鲁卫"指汝阳王李琎与汉中王李瑀兄弟。

③ 徐陈，指徐干、陈琳，俱为魏文帝曹丕的门客与诗友。曹丕《与吴质书》："昔年疾疫，亲故多罹其灾，徐（干）、陈（琳）、应（玚）、刘（桢）一时俱逝。"诗中以徐干、陈琳代表往日常在汉中王兄弟府中往来的诗友。

④ 枚叟，指枚乘，汉初词赋家，曾在吴王刘濞和梁孝王刘武的宫廷中任文学侍从之臣。其代表作是《七发》。诗中杜甫以枚乘自比。

⑤ 早升堂，指早已为王府的门客。这句诗是向李瑀暗示，要求他给予照顾。

◎ 玩月呈汉中王[①]（五律）

夜深露气清，[②]	夜深了，浓厚的雾气已经变清，
江月满江城。[③]	江上的月亮照遍临江的城。
浮客转危坐，[④]	我这水上游客改变姿态坐端正，
归舟应独行。[⑤]	该告辞了，得独自乘小船转向归程。
关山同一照，	万里关山承受这同一明月的光照，
乌鹊自多惊。[⑥]	一群乌鹊自相惊扰乱飞乱鸣。
欲得淮王术，	我想把淮南王传授的法术学会，
风吹晕已生。[⑦]	瞧，夜风刚吹动，月亮已经生晕。

注释：

① 这是杜甫陪汉中王李瑀乘船在涪江中赏月时所写的诗。借月夜景物，表达出自己不安

的心情，曲折地反映出了长期战乱所造成的苦难。

② 露气，即雾气。古汉语中雾、露有时可通用。至今吴语方言中，“雾”仍称为“雾露”。宋代苏轼《赤壁赋》“白露横江”的“露”也是指雾。

③ 梓江在涪江边，故可称它为“江城”。

④“浮客”之“浮”，有双关义，既是“浮生”之“浮”，是说到处漂泊的人，也是“浮舟”的“浮”，是指船上的乘客。都是指作者自己。危坐，端坐，正坐。“浮客”将与主人分别，“危坐”是告别的礼节。

⑤ 归舟独行，是说登上自己的小船，独自乘船归去。

⑥“关山”“乌鹊”两句写月下景物，自然也有所象征，有所寓意。乌鹊，使人想起曹操《短歌行》“月明星稀，乌鹊南飞，绕树三匝，何枝可依”所描写的意境。杜甫的南来蜀境，到处漂泊，找不到安身立命之地，与这诗中乌鹊的形象有相似处。

⑦ 淮王，即汉朝淮南王刘安，好神仙之术，《淮南子》一书相传是他所作。《淮南子》中有“画芦灰而月晕缺”之说。传说月晕则多风，为了使风平浪静，就想得到淮王“画灰破晕”之术，使月晕破而风止。这也是隐喻希望得到李瑀帮助来克服生活道路上所遇到的困难。

◎ 从事行赠严二别驾[①]（七古）

我行入东川，[②]	当我向东川走时，
十步一回首。[③]	走十步就回一次头。
成都乱罢气萧索，[④]	兵乱停止了，成都仍一片凄惨，
浣花草堂亦何有。[⑤]	我那浣花溪畔的草堂里，还说得上有什么存留。
梓中豪俊大者谁？	梓州最杰出的豪俊人物是哪一个？
本州从事知名久。[⑥]	这位府里的从事生在本州，名声传扬已经长久。
把臂开樽饮我酒，	他挽着我手臂，打开酒樽请我饮酒，

酒酣击剑蛟龙吼。[⑦]	酒喝足了，挥剑作声，像蛟龙般狂吼。
乌帽拂尘青骡粟，	拂去我乌帽上的灰尘，用粟米喂饱我的青骡，
紫衣将炙绯衣走。[⑧]	穿紫衣的仆人传送烤肉，穿绯衣的仆人来回奔走。
铜盘烧蜡光吐日，	蜡烛在铜盘上燃烧，吐出的光芒像太阳，
夜如何其初促膝。[⑨]	夜多深了？正开始促膝谈得欢畅。
黄昏始扣主人门，[⑩]	黄昏时才敲开您家的门和您见面，
谁谓俄顷胶在漆。[⑪]	谁想到马上就这样胶漆相粘似的情谊深长。
万事尽付形骸外，[⑫]	世上的一切事情都不放在心上，
百年未见欢娱毕。	人生百年，别让欢乐早早收场。
神倾意豁真佳士，	情感真挚，心意爽朗，您这样的人真值得赞赏，
久客多忧今愈疾。[⑬]	我长久作客又多忧愁，今天把满身病痛一扫而光。
高视乾坤又可愁，	抬头看看天地又令人担忧，
一体交态同悠悠。[⑭]	亲如一体的友谊，怎样才能同天地一样长久。
垂老遇君未恨晚，	我垂老才遇到您也并不嫌太晚，
似君须向古人求。[⑮]	像您这样的人只能在古人中寻求。

注释：

① 这首诗的题目旧作《相从歌》或《相从行》，《仇注》据《杜臆》，改作《从事行》，因诗中有“本州从事知名久”之句。也有题为《严别驾相逢歌》的。诸旧本题下有注：“时方经崔旰之乱”，显系注家妄添，不是作者原注。因崔旰之乱发生于永泰元年（765 年），当时杜甫已到云安，而这诗中所说的严二别驾是梓州的“本州从事”，是杜甫在梓州结交的友人。别驾，是州刺史的佐吏，刺史出行时，别乘传车从行，故称“别驾”，其职务与宋代以后的“通判”相当。杜甫与严别驾相识不久，情谊却很深厚。这首诗描述了两人欢聚畅饮的情形，对友谊作了热情的歌颂。

② 入东川，指徐知道乱平后杜甫回成都迎取眷属到梓州之行。梓州为东川节度使的驻地，故称梓州为东川。

③ 这句诗表达了对成都草堂的深切留恋。

④⑤ 这两句诗是说成都草堂在徐知道叛变的动乱中遭受到损失，乱平后也不宜居住。这就是杜甫携家人到梓州暂住的原因。那时，高适已任成都尹，杜甫却没有留在成都依靠这位诗友。他与高适的关系十分微妙，表面上是相知的诗友，而在政治派系上却相互对立。因此，移家梓州别有缘故。草堂的残破恐怕只是表面上的原因。

⑥ 本州从事，指严二别驾。凡州刺史自行任用的佐吏如别驾、治中等皆称“州从事”或“从事”。本州从事，指本州人被辟为从事者。第十二卷有《行次盐亭县聊题四韵奉简严遂州蓬州两使君咨议诸昆季》一诗，严使君等与严二别驾大概是同族，都是梓州盐亭县人。

⑦《仇注》：“蛟龙吼，指舞剑言。”击剑时，呼呼作声，有如蛟龙吼叫。这是形容严二别驾之勇健豪雄。

⑧《仇注》：“紫衣者进肉，绯衣者奔走，皆席中实事。”施鸿保在《读杜诗说》中提出异议：“今按《唐书·车服志》，上元元年制，三品服紫，四品服绯，五品服浅绯。严是本州从事，据黄鹤说，则第秩六百石，何以服紫服绯者为之将炙奔走？当是其子弟授官者，非左右服事人也。”即使施说有理，但三品、四品官员多在朝中，梓州何得有这么多任三四品官的青年？按安史乱后，唐代官阶服饰十分混乱，为了扩大兵源，凡应募者，一切皆金紫，故杂役之人也有服绯服紫的可能。何况官服与平民服饰在形制上一定有所区别，杂役所服并非官服，其色用绯紫并不足异。

⑨《诗·小雅·庭燎》：“夜如何其？夜未央。”“夜如何其”是问话，回答是“夜未央。”这诗中径以“夜如何其”来表示夜已很深。促膝，指“促膝而谈”，形容谈得很投契，十分亲密。

⑩ 这句诗是说杜甫叩门求见是在当日黄昏。可见杜甫与严二别驾是初次见面。初交即相互了解，友谊很深，因此更觉得这样的友谊可贵。

⑪ 古代常以“胶漆”来形容人际关系之亲密。

⑫ 王羲之《兰亭集序》：“放浪形骸之外”。指自己的行为举止不顾世间的礼俗，不受物质世界的拘束，实质上也就是不把一切俗事放在心上。

⑬ 这句诗夸张地形容与严二别驾结交痛饮畅谈的欢乐。

⑭《仪礼·丧服》：“父子一体也，夫妻一体也，昆弟一体也。”诗中的“一体”是说两人的友谊如亲人一般密切。“悠悠”指长久。这句诗承上句“可愁”，含有疑问语气。

⑮ 这句诗是赞美严二别驾的人品难得。

◎ 赠韦赞善别[1]（五律）

扶病送君发，	勉强拖着病体送您出发，
自怜犹不归。	哀怜自己至今还不能返回故园。
只应尽客泪，	只能让思乡的眼泪流干，
复作掩荆扉。	再回家把柴门虚掩。
江汉故人少，[2]	巴蜀一带老朋友已经不多，
音书从此稀。	以后和您通信怕也很难。
往还二十载，	我们相互来往了二十年，
岁晚寸心违。[3]	晚年却离别了，违反了平日的心愿。

注释：

① 韦赞善，是杜甫结交了二十年的老朋友，应为天宝初年在东都时相识的。现在离蜀归去，使杜甫增添了思乡之情。在这首送别诗里，他的内心痛苦有着深刻的表达。赞善，是赞美大夫之简称，为东宫属官，掌传令，讽过失，赞礼仪。当为宝应元年底作。

② 江汉，指巴蜀一带。见第十卷《枯棕》注⑤。

③ 寸心违，违反心愿。这里是说与韦赞善分别不合自己的心愿。

◎ 寄高适[①]（五律）

楚隔乾坤远，[②]	楚境离中原天遥地远，
难招病客魂。[③]	要把我这病客的魂招回去可太难。
诗名惟我共，	只有您的诗名可以和我并称，
世事与谁论。[④]	除了您，世事还能和谁交谈。
北阙更新主，	北方宫阙里新皇帝已经登位，
南星落故园。[⑤]	流散到南方的星辰也将落回故园。
定知相见日，[⑥]	相信到我们相见的那天，
烂漫倒芳樽。[⑦]	一定喝个痛快，把樽里香酒喝干。

注释：

① 这首诗是北宋员安宇所搜集的杜甫逸诗之一。诗题大概是员氏所加。郭知达《九家集注杜诗》在题下注“新添”字样。历来治杜诗者对此诗争议颇多，有人认为非杜甫作，承认此诗为杜甫诗的人对作诗的时间、地点和寄赠给何人的看法亦有很大分歧。从“北阙更新主，南星落故园”两句诗来看，理解为宝应元年（762 年）代宗登帝位时为宜。受赠此诗者当为杜甫挚友流徙在南方者。诗中抒发友情，相约于归京师后欢聚痛饮。

②“楚”通常指荆湘和淮河流域。《仇注》认为也可指蜀地，第六卷《送李校书二十六韵》中有“已见楚山碧”之句。只有这样才能解释此诗为寄高适者。如此诗给何人不能确定，那么对“楚”的解释也就不必拘泥了。

③“病客”是杜甫自称。这句诗是说自己在梓州作客，又生病，又悲痛，黯然魂销，连招魂也难，强调自己的不幸遭遇与生活困苦。如这诗不是赠给高适的诗，而是赠给与杜甫相似的不得志的友人的诗，则病客也可兼指友人。

④ 从这两句诗可看出两人之间不但友谊深厚，相互了解，而且俱擅诗名。

⑤ 这两句诗是指代宗即位的事。可据此确定这诗作于宝应元年四月玄宗、肃宗父子相继死去，代宗即位以后。南星，指从中原来到南方的官员们，其中也未尝不包括杜

甫自己在内，只是不欲明言而已。故园，指长安及中原一带。

⑥ 相见日，想象未来在长安相见的日子。

⑦ 这句诗是想象回到长安后相见聚饮时的欢乐心情。当时杜甫的情绪是很乐观的，与到梓州后的失望、消沉情绪迥然不同。这只要对照一下前面的一首《赠韦赞善别》可以很清楚地看出来。

◎ 野望[①]（七律）

金华山北涪水西，[②]	在金华山北面，在涪水之西，
仲冬风日始凄凄。	十一月刮风的日子才使人感到凄凄寒意。
山连越嶲蟠三蜀，[③]	山峦连到越嶲，蟠绕着整个蜀地，
水散巴渝下五溪。[④]	在巴州、渝州散流的江水汇聚起来向东流向五溪。
独鹤不知何事舞，	一只孤单的野鹤在飞舞，不知是为了什么事，
饥乌似欲向人啼。[⑤]	还有一群饥鸦，好像要对人哀啼。
射洪春酒寒仍绿，	射洪的春酒到天寒时还这么绿，
极目伤神谁为携。[⑥]	当我伤心远望时，谁为我携一瓶来送到我手里。

注释：

① 宝应元年仲冬（旧历十一月），杜甫从梓州南行到射洪县后，在射洪郊外远眺有感而作这诗。诗中所表现的景物萧瑟，心情凄楚，使读者深深体味到一种孤独寂寞之感。

② 唐代的射洪县治在今天射洪县的金华镇。金华山在镇北半里，是一处著名的风景胜地。杜甫野望的地方，在金华山的北面和涪江的西面。

③《仇注》引《唐书》："嶲州越嶲郡，属剑南道。"即今四川省西南部越西县一带地方。在西昌市东北。常璩《蜀志》："秦置蜀郡，汉高祖置广汉郡，武帝又分置犍为郡，后人谓之三蜀。"实际上，"三蜀"就是指蜀地全境。这句诗是说野望所见之山

峦连绵不断，延伸整个蜀境直到最边远的地区。

④ 巴渝，指巴州、渝州，实际上也是指全蜀。蜀境有岷江、沱江、嘉陵江、涪江等水，而后才汇流入长江。故曰“水散巴渝”。五溪，指湘鄂边境的辰溪等水，因在川江下游，故曰“下五溪”。在射洪远眺所见的江水是涪江，但通过联想与想象，诗人看见了长江水系的众多支流汇流东下的汹涌澎湃之势。

⑤“独鹤”“饥乌”两句可能是实写所见，但也是从诗人的主观情绪出发来观察理解的，因而也含有象征的意义。

⑥ 最后两句诗是想借酒浇愁，但无人携酒来，更增添了寂寞之感。

◎ 冬到金华山观因得故拾遗陈公学堂遗迹[①]（五古）

涪右众山内，	在涪江西面的万山丛中，
金华紫崔嵬。	高耸的金华山发出紫色的光彩。
上有蔚蓝天，	上面的天空是蔚蓝色的，
垂光抱琼台。[②]	阳光向下照射，环抱着红色玉台。
系舟接绝壑，	我把船系泊在山谷的绝壁上，
杖策穷萦回。	扶着手杖，沿着曲折的山路一直向上攀登纡回。
四顾俯层巅，	从高山顶峰往四面俯视，
淡然川谷开。[③]	河川、山谷模糊地在眼前展开。
雪岭日色死，	积雪的山岭上反射的日光苍白，
霜鸿有余哀。	霜空有鸿雁飞鸣，声音多么悲哀。
焚香玉女跪，	看那山峰，就像跪拜焚香的玉女，
雾里仙人来。[④]	好像云雾里还有位仙人正在飞来。
陈公读书堂，	我看见了陈公往昔读书的厅堂，

石柱仄青苔。[5]　　石柱上斜生着一道道青苔。
悲风为我起，　　一阵悲风似乎是特为我卷起，
激烈伤雄才。[6]　　我怀着激愤的心情向这位伟大诗人致哀。

注释：

① 陈子昂（661—702 年）字伯玉，梓州射洪人，是初唐最伟大的诗人之一。他反对齐梁诗歌的“彩丽竞繁而兴寄都绝”，提倡“汉魏风骨”和“风雅寄兴”，为盛唐诗歌的大繁荣开辟了道路。参看本卷《送梓州李使君之任》注⑩。那诗的最后也提到了这位诗人，足见杜甫对他十分景仰。杜甫到射洪后，冬日登金华山，在金华山观（现在称玉京观）内找到了陈子昂年轻时读书的厅堂，写了这篇记游诗，倾吐了对陈子昂的哀悼和同情，并对唐代黑暗的政治表示了愤慨。

② 琼，赤玉。这句诗是说金华山在日光下呈红色。

③ 淡然，指看到的只是淡淡的山川轮廓，因山高，距离远，故视觉模糊。

④《仇注》：“玉女，谓烧香者，仙人，谓访道者。”恐误。这里所写的是山峰的形象，玉女、仙人，只是比喻而已。我国名山中称玉女峰、仙人峰者处处皆是。

⑤ 仄，倾侧，斜行。这句诗描写陈公读书堂之荒芜。

⑥ 激烈，指作者想起陈子昂的被诬害所产生的激愤之情。

◎ 陈拾遗故宅[1]（五古）

拾遗平昔居，　　陈拾遗生前居住的地方，
大屋尚修椽。[2]　　大屋顶下面排列着长长的木椽。
悠扬荒山日，[3]　　荒山上的阳光缓缓移动，
惨淡故园烟。　　烟霭凄惨，在他的故园上弥漫。

位下曷足伤，[④]	官位低下，他哪里会为这个哀怨，
所贵者圣贤。	值得珍贵的是崇高的品德和才干。
有才继骚雅，[⑤]	您的文才能继承《离骚》《二雅》，
哲匠不比肩。	您这样的大师谁也不能和您并肩。
公生扬马后，[⑥]	您生在扬雄和司马相如之后，
名与日月悬。	名声和他们一样，如日月高悬。
同游英俊人，	当年同您交游的都是英俊人物，
多秉辅佐权。	不少人掌握着宰辅的大权。
彦昭超玉价，	赵彦昭比和氏璧玉还要宝贵，
郭震起通泉。[⑦]	郭元震的发迹就在邻县通泉。
到今素壁滑，	到如今，这白色的墙壁还光洁，
洒翰银钩连。[⑧]	留下的字迹挥洒自如，像宛转的银钩相连。
盛事会一时，	往日的繁华盛事十分短暂，
此堂岂千年。	这座厅堂又哪里能留存千年。
终古立忠义，	而您为千年万代树立了忠义的榜样，
感遇有遗篇。[⑨]	人们永远传诵您留下来的《感遇》诗篇。

注释：

①《仇注》引杨德周曰："陈拾遗故宅，在射洪县东武山下，去县北里许。""东武山"，当为武东山之误。光绪十年刊本《射洪县志》卷三："唐陈子昂故宅，县东七里，武东山下。"称"武东"，因经武水（即涪水）之东。杜甫在射洪县时除了参观金华山观的陈公读书堂，写了前面一篇诗外，还到陈子昂故宅访问，写了这首歌颂陈子昂的诗，对他的诗作和品行作了比较全面的评价。

② 大屋，指大屋顶，"尚"的意思是"加"，如《论语·里仁》："好仁者无以尚之。"这句诗如直译，则是"大屋顶加于长椽之上"。

③ 悠扬，多用于形容声音、日光之缓慢运动。如萧子晖《冬草赋》："日悠扬而少色。"潘岳《秋兴》赋："日悠阳而浸微"，悠阳，也就是"悠扬"，李善注："悠扬，日入

貌”。日入，也是缓慢的运动。

④ 位下，指陈子昂在世时的官职低微。他先任麟台正字，再转右拾遗，官阶都是从八品。

⑤ 骚雅，指《楚辞·离骚》和《诗》的《大雅》《小雅》。

⑥ 扬马，指汉代的扬雄与司马相如。

⑦ 彦昭，指赵彦昭，郭震，指郭元震。赵彦昭曾任中书侍郎，同三品；郭元震，曾任兵部尚书，也是同三品，早年曾任梓州通泉县尉，故说他“起通泉”。两人俱为陈子昂的友人。超玉价，由“赵”的姓联想到赵王的和氏璧，说赵“超玉价”，赞其人品之高。

⑧《仇注》引《碑目》云：“陈拾遗故宅，有赵彦昭、郭元震题壁。”洒翰，指字迹。银钩，常用来形容书法笔画之秀丽遒劲。索靖《草书状》：“婉若银钩，飘若惊鸿。”

⑨ 感遇，指陈子昂的代表作《感遇篇三十八首》。参看本卷《送梓州李使君之任》注⑩。

◎ 谒文公上方[①]（五古）

野寺隐乔木，	郊野的乔木林中隐藏着佛寺，
山僧高下居。	僧人的住房随着山势高高低低。
石门日色异，[②]	日光照在石门上发出异彩，
绛气横扶疏。[③]	紫色霞光横斜过茂密的树枝。
窈窕入风磴，[④]	迎风踏着石级渐渐走进深山，
长萝纷卷舒。	长长的藤萝纷纷卷舒摇曳。
庭前猛虎卧，[⑤]	看见一处庭院前卧着猛虎，
遂得文公庐。	于是发现文公的草庐就在这里。

俯视万家邑，[⑥]	从这里俯视有一万户人家的城市，
烟尘对阶除。[⑦]	人间的烟尘腾起，正对着阶石。
吾师雨花外，[⑧]	我们这位法师除了讲经说法，
不下十年余。	已经十多年没下山去。
长者自布金，[⑨]	尽管乐善好施的长者常布施黄金，
禅龛只宴如。[⑩]	高僧仍在禅室里恬静地修持。
大珠脱玷翳，[⑪]	像摆脱掉一切玷污蒙蔽的大珠，
白月当空虚。	像白色的月光照临空虚的天际。
甫也南北人，	我杜甫是个南北飘流的游子，
芜蔓少耘锄。[⑫]	心中蔓草芜杂没有即时锄理。
久遭诗酒污，[⑬]	长久被吟诗饮酒的习惯玷污，
何事忝簪裾。[⑭]	又何必簪缨曳裙到官府里混事。
王侯与蝼蚁，	不论是王侯还是蝼蛄蚂蚁，
同尽随丘墟。	都会像城邑变成丘墟那样消逝。
愿闻第一义，[⑮]	我想听到佛学的真谛，
回向心地初。[⑯]	让我的心转回天真童稚。
金篦刮眼膜，[⑰]	它像金篦，能刮除眼上的膜翳，
价重百车渠。[⑱]	它的价值，一百个车渠也不能比。
无生有汲引，[⑲]	依靠它能引导人们走向永恒，
兹理傥吹嘘。	只要提倡、发扬这种真理。

注释：

① 文公，是一位佛教僧人。上方，原是我国道家用语，《汉书·翼奉传》：“上方之情乐也。”注：“孟康曰：上方，谓北与东也，阳气所萌生，故为上。”这是指方位。后被用于佛经译文中有了新的意义，如《维摩经》：“汝往上方界，分度四十二恒河沙佛土。”到后来，成了对佛教僧人住室的尊称。文公上方，指文公和尚的住室。这诗中的“上方”可能也是寺名。今射洪县金华镇西北仍有上方寺存在。杜甫在这诗中对

文公的潜心修禅备极赞美，并虔诚地表白了学佛的心愿。杜甫崇儒学，爱慕道家炼丹服食之术，又虔信佛教，这恰好证明他并无固定的信仰。当他表示希望修仙、学佛时，往往是他生活困苦或感到仕进无望或遭遇挫折时，可见这也只不过是不满现实的一种表现，并非真实的思想。

② 石门，杜诗中说到的“石门”颇多，有的是专名，有的是泛称岩石对峙如门阙的山形。这里恐属后者。

③ 扶疏，枝叶繁密貌。《韩非子·扬权》：“数披其木，毋使木枝扶疏。”诗中的“扶疏”用作名词，指茂密的树丛。

④ 窈窕，深远貌。如郭璞《江赋》：“幽岫窈窕。”

⑤《仇注》引《高僧传》：“惠永住庐山西林寺，屋中常有一虎。”佛教传说中常有高僧畜虎的故事，以此显示佛法之高妙。这诗句所说的恐不是纪实，而是用以形容文公的佛学修养高深。

⑥ 万家邑，如“文公上方”确在射洪，那么就是指唐代的射洪县治。

⑦ 这句诗表明“文公上方”在山上，与城邑上空升起的烟尘相对、相平。

⑧ 传说梁武帝时，云光法师在建康（今南京市）南聚宝山（今称雨花台）讲经，感天而雨花。后来就称佛教高僧讲经为“雨花”。

⑨ 长者，指信佛教的富人，即所谓“施主”。“布”即“布施”“施舍”，向佛寺捐献财物。

⑩ 龛，原义是佛塔下的小室。后用来指供佛或和尚修禅所居住的极狭小的小室。宴如，安适恬静。这句诗和上一句诗是说文公不因多金而生妄念，专心修禅。

⑪ 这句诗用不受灰尘玷污蒙蔽的大珠来比喻文公的品质高洁。佛经中有以牟尼珠喻佛性圆明的说法；在佛教所珍视的“七宝”中也有一种名“赤珠”的宝珠。

⑫ 这句诗中的“芜蔓”，是比喻杜甫自己思想的杂乱，他不是专一信佛的人，因此从佛教徒来看思想是“芜蔓”的。“耘锄”是以锄草比喻清除杂乱的思想。

⑬ 这句诗也是从佛教徒的观点来贬低、责备自己的喜爱诗酒。这种自责并不是出于杜甫的一贯思想，而只是在佛教影响下发生的一时冲动。

⑭ 簪，“簪缨”之简称，唐代官吏之冠饰。第十六卷《八哀诗（三）：赠左仆射郑国公严公武》的最后两句：“空余老宾客，身上愧簪缨”。裾，指官服之长襟。第十六卷《壮游》：“曳裾置醴地，奏赋入明光。”这句诗中，以“簪裾”代表担任官职。当时杜甫没有做官，故有此愤慨语。实际上他仍没有忘怀于仕进。一年多以后，严武回蜀，他又进入幕府，并授检校工部员外郎之职。

⑮《广弘明集》：“昭明太子答问二谛：一真谛，曰第一义谛；二俗谛，亦曰世谛。”第一义，即“第一义谛”，指佛教所崇信的真理。

⑯《华严经》：“初发心时，便成正觉。”“心地初”通常指开始立志学佛之时。立这愿时，也就要抛尽心中原来已有的种种思想杂念，故译写为“天真、童稚”。

⑰ 佛经中常以治人眼疾为喻来说明佛法的威力。《涅槃经》：“如盲目人为治目，造良医，是时良医即以金篦决其眼膜。”我国至今仍流传以金针拨白内障的治眼疾方法，即“金篦决眼膜”之类。

⑱ 车渠，即砗磲，原为热带海中一种软体动物名，其壳可为饰品。印度所产最多。佛教经籍中把它与金、银、琉璃、赤珠、珊瑚、玛瑙等并列，称为“七宝”。这里用来比喻佛学之可贵。

⑲《楞严经》：“是人即获无生法忍。”疏：“真如实相，名无生法，无漏真智为忍。”按“无生”为一种思想境界，即洞识世界的本质，脱离了现象界，达到了实体，这样人也就上升到与世界实体同一的境界，译写为“永恒”。汲引，意思就是引导。

◎ 奉赠射洪李四丈[1]（五古）

丈人屋上乌，　　您老人家住的房屋上有只乌鸦，
人好乌亦好。[2]　　您为人善良，乌鸦也令人觉得美好。
人生意气豁，[3]　　人生交友重要的是情意相投，
不在相逢早。　　倒不在乎见面是迟还是早。

南京乱初定，[④]	成都的兵变平定不久，
所向色枯槁。	到处遇见的人们都面色枯槁。
游子无根株，[⑤]	我这漂泊异乡的人没有根柢，
茅斋付秋草。[⑥]	只得任草堂院里长满了秋草。
东征下月峡，[⑦]	我想向东走出明月峡，
挂席穷海岛。[⑧]	让小船挂上帆一直驶向海岛。
万里须十金，[⑨]	万里长途要十两黄金作路费，
妻孥未相保。	而我却连妻儿的生活也供给不了。
苍茫风尘际，	在苍茫无际的风尘中漂泊，
蹭蹬麒麟老。	连麒麟也会被折磨得衰老。
志士怀感伤，[⑩]	您这位志士同情我，对我心怀感伤，
心胸已倾倒。[⑪]	这样的胸襟已令我敬佩倾倒。

注释:

① 李四，射洪人，是杜甫在射洪时结交的友人。不称官职，而仅称“丈”，因为他是平民，大概是当地富户。杜甫很敬重他的为人，所以题目前用了“奉赠”的字样。这首诗最后的几句，流露出求助之意。

② 刘向《说苑》:“太史谓武王曰：‘爱其人，兼屋上之乌。憎其人者，恶其储胥（篱笆)。’”后来就有了“爱屋及乌”的成语。诗以“屋上乌”开头，是用来作为称赞李四“人好”的衬托。

③ 豁，豁达，通达。“意气豁”即意气相通。

④ 南京，指成都。乱初定，指徐知道叛变的被平定。下面一句诗说所遇到的人个个脸色憔悴是喻人们的生活普遍困难。反映战乱影响广大人民的生活，使人们更贫困，同时也暗示了难得有人有能力给杜甫帮助。

⑤ 无根株，指生活无保障，到处漂泊。

⑥ 茅斋，指杜甫的成都草堂。他虽有草堂在成都，但寄居异乡，并无基础，兵乱虽已

平定，仍旧无法回去，只能任其荒芜。

⑦ 月峡，即明月峡。《仇注》引《十道志》："渝州有明月峡，三峡之始。"又引《寰宇记》："明月峡，在渝州巴县东八十里。"

⑧ 挂席，即挂帆。《杜臆》："'挂席穷海岛'，有长往之想矣。"海岛，指"仙岛"。古人以为有仙岛在海上，可前往修道，脱离人世。这也是愤激之词，表示要离开人世去求仙。

⑨ 十金，实际上值多少金、银，很难确定。据《史记索隐》，秦代以一镒（二十两或二十四两）为一金，现代（指二十世纪三十年代）通称银一两或银元一元为一金。参看第一卷《刘九法曹郑瑕丘石门宴集》注③。译诗写作十两黄金，是为了便于表达，并不准确。

⑩《仇注》："麒麟，自喻；志士，谓李。"蹭蹬，行道失势貌，比喻人生之遭受挫折。怀感伤，听到杜甫诉说自己的不幸而被感动伤情，即激发了同情心之谓。

⑪ 心胸，可以是指作者的，也可以是指李四丈的；倾倒，可以解释为吐尽心中的情怀，也可以解释为敬佩到极点。我国古诗的语言往往带有多义性。郭知达《九家注》卷九在这首诗的篇末注："赵云：'此三韵，公有所求于李丈矣。'"

◎ 早发射洪县南途中作[①]（五古）

将老忧贫窭，[②]	已经快老死了还要为贫穷忧虑，
筋力岂能及。	我的体力哪里能经受得起。
征途乃侵星，	出发赶路竟然冒着满天星斗，
得使诸病入。	这样会让种种疾病乘机侵袭。
鄙人寡道气，[③]	我见识浅薄，对事理缺少理解，
在困无独立。	遇到困难时就不能单靠自己。
俶装逐徒旅，[④]	整理好行装，跟着同伴赶路，

达曙凌险涩。	黎明时碰上一处艰险的地势。
寒日出雾迟，	寒天的太阳很迟才从雾里现出，
清江转山急。	绕着山转的清清江水流得湍急。
仆夫行不进，	仆役们走路走得很慢，
驽马若维絷。	老弱的马匹像被绳索捆住了四蹄。
汀洲稍疏散，	看到江边的汀洲才觉得开阔些，
风景开怏悒。	风景使我心里的郁闷得到宣泄。
空慰所尚怀，[⑤]	只是使我有所向往的情怀得到慰藉，
终非曩游集。	到底不是往日那样的游乐宴集。
衰颜偶一破，	愁苦的容颜偶尔露出短暂的笑意，
胜事难屡挹。	可是又怎么能常看到美好的景致。
茫然阮籍途，	我像阮籍一样感到前途茫茫，
更洒杨朱泣。[⑥]	又像杨朱，面对歧路要流眼泪。

注释：

① 宝应元年冬，杜甫离射洪县到通泉县去，仍是为生活而奔走。在寒冷多雾的天气，半夜里在星光下出发，山路艰险，十分辛苦，偶见美景，稍舒心怀。但终究前途茫茫，心境惨伤。这是在射洪县（今金华镇）南面的旅途中所作的一首诗，表达了诗人当时观赏风景的感受和难以排遣的痛苦。

② 作诗时杜甫五十一岁，对古人来说已进入老年。诗中所说的“将老”，是指“将死”。现代汉语某些方言中，“老”字犹有“死亡”义。窭，音“巨”（jù），贫窭，即贫穷。

③《仇注》引申涵光曰：“少时谋生颇易，然正尔负气，岂屑及此。至老方忧，已无可奈何矣。起语怅然。‘鄙人寡道气，在困无独立’，他人不肯自言，然正是高处。”按“道气”之“道”，《中庸》的解释是：“道也者，不可须臾离也。”说的是行为所必遵的“理”；朱熹的解释是：“道者，日用事物当行之理。”意思表达得更清楚。杜甫的所谓“道气”，不是道家所提倡的那种脱离现实的虚无缥缈的“道”，而是儒家所

说的道，是立身行事、待人接物所不可缺少的道理。所谓“寡道气”，实际上就是“没有务实的精神”。正因为如此，才不会谋生，一遇困难，就不能“独立”。《仇注》所引徐陵《天台山馆碑》：“萧然道气，卓矣仙才”，与这里的“道气”恐是风马牛不相及。

④《仇注》引《思玄赋》：“简元辰而俶装”，注：“俶，始也。”并不准确。这里的“俶装”就是“束装”。高翔麟《说文字通》谓“俶通束”。徒旅，指一起行路的旅伴。

⑤ 尚，在这里是喜爱、向往的意思。所尚怀，有所向往、有所希望的情怀。

⑥ 连续用阮籍、杨朱两个典故来表达作者当时的复杂心境。阮籍率意命驾，途穷则痛哭而返，这是比喻看不见前途的痛苦；参看第二卷《敬赠郑谏仪》注⑯。杨朱见路歧而泣，这是比喻无所适从的茫然心态。这两种情绪，杜甫兼而有之。

◎ 通泉驿南去通泉县十五里山水作[①]（五古）

溪行衣自湿，	沿着溪水走，衣服自会沾湿，
亭午气始散。	直到中午，雾气才消散。
冬温蚊蚋集，[②]	冬天还这样温暖，蚊蚋成群，
人远凫鸭乱。	远离人烟，野鸭乱飞乱窜。
登顿生曾阴，[③]	走走歇歇，层层山峦投下阴影，
欹倾出高岸。	沿着倾斜的山路攀上了高高崖岸。
驿楼衰柳侧，[④]	一座驿楼出现在衰枯的柳树旁，
县郭轻烟畔。[⑤]	通泉的城墙，就在淡淡烟霭那边。
一川何绮丽，	这一条溪川多么瑰丽多彩，
尽日穷壮观。[⑥]	整整一天，无数美景送到我眼前。
山色远寂寞，	遥远的山色显得寂寞凄凉，
江光夕滋漫。	夕阳的反光在江面上向四方扩散。

伤时愧孔父，[7]	比起伤时的孔子我可太羞惭，
去国同王粲。[8]	我的心情像离开了故国的王粲。
我生苦飘零，	一辈子到处漂流使我感到痛苦，
所历有嗟叹。	走过哪里都引起我嗟伤感叹。

注释：

① 唐代的通泉县在今射洪县太和镇南，洋溪镇的对岸（中隔涪江），后并入射洪县，改称通泉坝。杜甫在到达通泉驿（南距通泉县城十五里，为大堂溪与涪江汇流处）时，有感于沿途风光绮丽，而自己却苦于飘零，便写了这首诗。

② 蜹，音“瑞”（ruì），吸人畜血液的小虫，较蚊为小，我国南方多有，古代常蚊蜹并称。

③ 登顿，《仇注》引谢灵运诗“山行穷登顿”，并说：“登顿，登而且顿”，即登山途中，常常停顿少歇。这表示山路之险峻难登。曾阴，同“层阴”。《仇注》引江淹诗：“曾阴万里生。”

④ 驿楼，指通泉驿之楼。

⑤ 县郭，指通泉县城，距通泉驿十五里。从山路上远远看去，见其在轻烟笼罩中。

⑥ 尽日，整天。壮观，不是指风景之类，而是指观览的规模宏伟。一日旅途，处处是美景，故称“壮观”。穷，尽。

⑦ 孔父指孔子，孔丘。《仇注》引杜修可曰：“孔子叹凤泣麟，皆伤时之意。”

⑧ 王粲，见第十卷《一室》注④。他的《七哀诗》中有“西京乱无象，豺虎方构患。复弃中国去，远身适荆蛮”之句。他的《登楼赋》也极写思乡之情。故杜甫以他自比。

◎ 过郭代公故宅[1]（五古）

豪俊初未遇，	当英雄豪杰还没有被了解重用时，
其迹或脱略。[2]	行为举止常放纵不受拘束。
代公尉通泉，	郭代公当年做通泉县尉，
放意何自若。	多么任性，多么自由自在。
及夫登衮冕，[3]	到后来做了尚书、宰相，
直气森喷薄。	他正气凛然，像光焰喷射。
磊落见异人，	他胸怀坦荡，和别人迥然不同，
岂伊常情度。	对他哪里能按常情揣度。
定策神龙后，[4]	神龙年之后，他担负起决策重任，
宫中翕清廓。[5]	顿时把宫廷里的混乱排除。
俄顷辩尊亲，[6]	帝位和皇族关系顷刻间被确定，
指挥存顾托。[7]	他指挥一切，实现了先帝遗嘱。
群公有惭色，[8]	使得不少王公大臣显露出愧容，
王室无削弱。[9]	皇族的权力被保住，没有削弱。
迥出名臣上，	他的贡献远远超过许多名臣，
丹青照台阁。[10]	他的画像与云台、麟阁上画的汉代功臣同样光辉。
我行得遗迹，	我这次旅行看到了他的遗迹，
池馆皆疏凿。	这里的水池楼馆都是他开凿建筑。
壮公临事断，	我赞叹他临事能够决断，
顾步涕横落。	边看边走，我的眼泪不断涌出。
精魄凛如在，	他的精神魂魄凛然如在眼前，
所历终萧索。	但我看到的遗迹毕竟已凄凉冷落。
高咏宝剑篇，[11]	我大声吟诵他的《古剑歌》，

神交付冥漠。⑫　　想和他的精神交游，却只能对着无边幽暗静默。

注释：

① 郭代公，即郭震（又名元振），唐魏州贵乡人。武后时拜凉州都督，神龙年间迁安西大都护，金山道行军大总管，先天初为朔方军大总管，在边疆功勋卓著。又曾先后做过吏部尚书、兵部尚书。玄宗诛太平公主时，震率兵登城楼保睿宗，封代国公。后得罪玄宗，流新州。开元初年，死于调任饶州司马的途中。他在十八岁擢进士第后，曾任通泉县尉，有故宅在通泉。杜甫到通泉后，瞻仰了他的故宅，缅怀他一生的功勋，对他评价极高，深致崇仰之情。

② 脱略，纵任不受拘束。江淹《恨赋》："脱略公卿"。《钱笺》引张说《郭代公行状》中说，郭震"落拓不拘小节，常铸钱，掠良人财以济四方"。

③ 兖冕，是古代礼服，借代宰辅官位。

④ 神龙，唐中宗年号，705—706 年，在这期间武则天、武三思等仍擅权，郭震镇守边疆，尚未参与朝政。睿宗景云元年李隆基攻杀毒死中宗的韦后，开元元年，玄宗立后杀擅权的太平公主等重大决策是郭震所参与的。

⑤ 翕，音"西"（xī），翕忽之简语，即倏忽，迅疾貌。宫中清廓，指开元元年杀太平公主，唐朝统治大权尽入唐玄宗（李隆基）掌握的事。

⑥ 辩尊亲，指帝位和李唐王朝政权的巩固。唐高宗李治死，武则天篡权以后，先后有韦后之乱与太平公主之乱，李唐政权岌岌可危，一直到景云元年（710 年）李隆基平韦后之乱，先天元年（712 年）李隆基即帝位，开元元年（713 年）杀太平公主后，唐朝政局才告稳定。

⑦ 存顾托，指郭震受命睿宗，辅佐玄宗，巩固其统治地位。

⑧ 群公，指睿宗、玄宗朝中的一些大臣，他们犹疑不定，没有下决心除韦后和太平公主，对巩固玄宗的统治未尽全力。

⑨ 王室，指李唐王朝的统治者，即皇帝及其合法的继承者和亲王等。唐代反对武氏、韦后及太平公主的斗争都是保卫王室、加强王室统治的斗争。

⑩《仇注》引《古诗为焦仲卿妻作》"仕宦于台阁"来释"台阁"，恐不合。按"丹

青”是指郭震的画像，“台阁”当指绘功臣画像的地方。汉明帝图邓禹等功臣像于云台，汉宣帝图霍光等功臣像于麒麟阁，“台阁”可能正是指这两处。这句诗是说郭震的功绩与古代名臣前后辉映。

⑪ 宝剑篇，指郭震早年的诗作《古剑歌》，据张说所撰《行状》，武则天召见郭震时，令录旧文，乃上《古剑歌》。则天览而佳之，令写数十本，遍赐学士。这是一篇以古代宝剑比喻被弃置的人才，对它赞美、嗟叹的歌行。杜甫谒郭震故宅，诵其遗作，对他表现出无限爱慕与景仰。

⑫“冥”是幽暗，“漠”是寂静。冥漠，指地下。郭代公已死，要与他神交；只能把自己的思想情感交付给黑暗、寂静的地下世界。这句诗是哀叹不能和郭震同时生活在这世界上。

◎ 观薛稷少保书画壁[①]（五古）

少保有古风，[②]	薛少保曾写过一首古风，
得之陕郊篇。[③]	那就是他的《陕郊篇》。
惜哉功名忤，[④]	可惜他仕途受阻，身处逆境，
但见书画传。	如今只能看到他的书画留传。
我游梓州东，[⑤]	我到梓州的东面游历，
遗迹涪水边。	见到他的遗迹留在涪水旁边。
画藏青莲界，[⑥]	他作的画藏在佛寺里面，
书入金榜悬。[⑦]	他写的字在金匾上高悬。
仰看垂露姿，[⑧]	仰看书法的笔画如悬针垂露，
不崩亦不骞。[⑨]	毫不松散也毫不萎蔫。
郁郁三大字，	气势雄浑的三个大字，
蛟龙岌相缠。[⑩]	像蛟龙紧紧相互纠缠。

又挥西方变，[11]	又画出佛经变文的故事，
发地扶屋椽。	从地面一直画到屋椽。
惨淡壁飞动，	墙壁上形象飞动，费尽心力经营，
到今色未填。[12]	到如今颜色已脱落不全。
此行叠壮观，[13]	我这次旅行一再大开眼界，
郭薛俱才贤。	郭震和薛稷都是一时的才贤。
不知百载后，[14]	不知再过一百年之后，
谁复来通泉。	又将有什么伟大人物来到通泉。

注释:

① 薛稷，字嗣通。是魏徵的外孙，少时得见外祖家收藏的虞世南、褚遂良的书法，精心模仿，遂以书名天下。又善画，亦为绝品。睿宗即位后，曾任黄门侍郎、太子少保。后因太平公主、窦怀贞叛逆事被牵连，赐死万年狱。薛稷有书画遗迹在通泉，杜甫参观后写了这首诗。

② 少保，指薛稷，因他曾任太子少保。古风，指古诗。

③ 陕郊篇，即薛稷的《秋日还京陕西十里作》一诗。写秋日风景与愁思。杜甫从赞美薛稷的诗才入手，再导向对他的书画作品的欣赏。

④ 功名忤，指薛稷得罪下狱的事，参看注①。

⑤ 通泉县，在梓州东南方。游梓州东，即游通泉县。

⑥ 青莲，梵语“优钵罗”之意译，是一种形状类似莲花的花。佛经中以此花比喻佛眼，佛像及佛教建筑多以此花为装饰，后称佛教寺院为青莲界。据《仇注》引《舆地纪胜》:“薛稷书慧普寺三字，径三尺许，在通泉县庆善寺聚古堂。”所绘之画亦在此寺。均早已泯失。

⑦ 金榜，指佛寺门上的匾额。

⑧ 言书法之美者，常以“垂露”喻之。董内直《书诀》谓：“竖笔既下复上，垂而头圆，谓之垂露，如露水之垂也。”又王愔《文字志》:“垂露书如悬针而势不遒劲，阿

那如浓露之垂，故名。”

⑨《诗·小雅·天保》：“不骞不崩。”“骞”指亏、违，“崩”指毁坏、坠失。这里用来形容书法结构之谨严和有精神。

⑩《仇注》引赵曰：“稷书‘慧普寺’三字，乃真书，傍有赑屃缠捧，此其‘蛟龙岌相缠’也。”按照诗句的前后联系来看，蛟龙相缠，应指字形。楷书笔画相交集，亦可以蛟龙相缠之形作比喻，不一定非把蛟龙看作文字周围的图案装饰不可。

⑪ 西方变，根据佛经故事所编供口头宣讲用的“变文”，是一种宣扬佛教的民间说唱形式。薛稷的壁画则是根据这种“变文”中的故事来画的。

⑫《玉篇》卷二：“填，塞上，满也。”未填，可作未填色解，也可作颜色已脱落不全解。《九家注》郭云：“色未填即色未泯灭之意。”

⑬ 壮观，见本卷《通泉驿山水作》注⑥。译诗根据这句诗的结构和内容的特点译意。

⑭ 诗中说“百载后”，因不凡的人才不可能过于频繁地出现，古人常以“百载”来表示一个较长的历史时期，在百年或数百年间才能出现几个杰出的人物。末句是感慨像郭震、薛稷这样的人才真是百载难遇。

◎ 通泉县署壁后薛少保画鹤[1]（五古）

薛公十一鹤，	薛公画的十一只鹤，
皆写青田真。[2]	画的都是青田白鹤的真形。
画色久欲尽，	年代久了，画上的颜色将褪尽，
苍然犹出尘。	但那一片苍苍茫茫仍然超脱凡尘。
低昂各有意，	有的鹤低着头，有的把头昂起，各有各的神态，
磊落如长人。[3]	个个仪容俊伟，像颀长的人。
佳此志气远，	这样高远的情致使我赞美，

岂惟粉墨新。　　美好的绘画哪里只靠粉墨鲜明。
万里不以力，　　飞行万里不是靠体力，
群游森会神。　　群集在一起翔游，凝聚着心神。
威迟白凤态，④　　看样子像白凤从遥远处飞来，
非是仓庚邻。⑤　　那娇弱的黄莺怎能和它们接近。
高堂未倾覆，⑥　　这座高峻的厅堂还没有倒毁，
常得慰佳宾。　　常有宾客来临，这壁画使他们高兴。
曝露墙壁外，　　可惜它暴露在墙壁外面，
终嗟风雨频。　　风雨频繁毕竟令人嗟叹忧心。
赤霄有真骨，⑦　　霞光映红的高空中有真鹤在飞行，
耻饮洿池津。⑧　　浅狭污秽的池水，它羞于呷饮。
冥冥任所往，　　无边无际的天空任听它飞向哪里，
脱略谁能驯。⑨　　摆脱了羁绊谁还能让它俯首听命。

注释：

① 这是杜甫在通泉县县署壁上看到薛稷画的一幅鹤以后所作的诗。据诗中“曝露墙壁外”一句诗，可知这壁画不在室内，而在室外的“照壁”上。这壁在县署厅前的院子里，面对厅堂的一面有薛稷画的鹤图，另一面朝着外面，故诗题中写作“壁后画鹤”。这诗中不但以画中的鹤来比喻人的高尚品格，还设想空中有真鹤翱翔，非人之所能驯服，使诗的寓意更加鲜明。

② 青田，指白鹤。据《仇注》所引《晋永嘉郡记》，青田县沐溪野有双白鹤，年年生子，长大后离去，传为神仙所养。因此优良的白鹤品种可以用“青田”来代表。

③ 磊落，可形容人的形体的健伟。如《晋书·索靖传》：“体磊落而壮丽。”

④《文选·秋胡诗》：“行路正威迟。”善注：“毛诗曰：‘周道倭迟’，韩诗曰：‘周道威夷’，其义同。”威迟，是指经历远路。通常用的“逶迤”，和这个词同源。

⑤ 仓庚，即黄鹂，黄莺。《诗·豳风·七月》：“有鸣仓庚”。

⑥ 高堂，指通泉县署内的厅堂。历年久远，仍留存未毁，故说“未倾覆。”

⑦ 真骨，指真的鹤。比喻世上的高人隐士。

⑧“洿池”的“洿”音“乌”（wū），指低洼地的积水处，“津”指浅水。洿池水，既浅且狭，又不清澄，这里的“洿池”比喻世俗的污浊生活。

⑨ 脱略，见本卷《过郭代公故宅》注②。最后几句诗中的寓言，是比喻遗世独立的高士，也是诗人自况。

◎ 陪王侍御宴通泉东山野亭[①]（五律）

江水东流去，	江水不断向东方流去，
清樽日复斜。	手里举着酒樽，看太阳西下。
异方同宴赏，	在这异乡一起宴饮观赏，
何处是京华。	可你说哪一方是京华。
亭景临山水，	这野亭面朝着美好的山水，
村烟对浦沙。	村庄上炊烟袅袅，对着水畔平沙。
狂歌遇形胜，	每当我遇见山水胜迹就要狂歌，
得醉即为家。	在哪里喝醉，就把哪里当家。

注释：

① 这位王侍御，大概就是第十卷《王十七侍御抡许携酒至草堂》诗题中的王抡。他原在成都幕府，可能也避乱来到了梓州。可参看该诗注①。但王侍御并不像杜甫那样落魄，他到处宴游，甚至还“携美人登彩舟”（见下面一首诗）。通泉东山，在今射洪县洋溪镇南，与旧通泉县隔涪江相望，是一座独立的小山。杜甫参加了王抡举行的游宴，但心情却仍十分沉重，时时想念着故国和家园，所以这诗中流露出颓唐、无可奈何的情绪。

◎ 陪王侍御同登东山最高顶宴姚通泉晚携酒泛江[1]（七古）

姚公美政谁与俦？	谁的政绩能比得上姚公优秀？
不减昔时陈太丘。[2]	他的政绩不会低于往时的陈太丘。
邑中上客有柱史，	县里来了位贵客王侍御，
多暇日陪骢马游。[3]	姚公有的是空闲每天陪他宴游。
东山高顶罗珍羞，	在东山高峰顶摆开美味珍馐，
下顾城郭销我忧。	俯瞰城市风光使我消除了烦忧。
清江白日落欲尽，	清江上的落日将完全隐去，
复携美人登彩舟。	又携带美女登上了彩舟。
笛声愤怨哀中流，	笛声在江心倾吐着愤怒哀愁，
妙舞逶迤夜未休。	美妙的舞蹈延续到深夜还不罢休。
灯前往往大鱼出，	灯光前常有大鱼浮出水面，
听曲低昂如有求。[4]	听到乐曲摇头摆尾，好像在乞求。
三更风起寒浪涌，	三更天刮起了寒风，浪头向上涌，
取乐喧呼觉船重。[5]	人们欢乐喧呼时觉得船身变沉重。
满空星河光破碎，[6]	银河好像碎裂，星光散满天空，
四座宾客色不动。[7]	满座宾客端坐着毫不动容。
请公临深莫相违，[8]	到了深水区，请您千万别乱动，
回船罢酒上马归。	掉转船头，停止酒宴，快上马回去。
人生欢会岂有极，	人生聚会的欢乐哪里会有止境，
无使霜露沾人衣。[9]	可要当心，别让霜露沾湿人衣。

注释：

① 通泉县姚县令在通泉县东山顶上设宴招待王侍御，杜甫也被请去作陪，夜晚又带着酒乘船游江。这样的盛会在战乱时期的小县里举行，真是够引人注目的了。杜甫在这诗

中称赞了通泉县令的政绩，着重描述了泛江的感受，并对这样的奢靡游乐作了委婉的讽劝。

② 陈太丘，指后汉的著名良吏陈寔。据《后汉书》，陈寔少为县吏，桓帝时任太丘长，修德清静，百姓安宁，深得群众爱戴，卒时往吊者三万余人。以陈寔来和姚县令相比，是希望姚县令治理地方能像陈寔那样爱惜民力。

③“柱史”即“柱下史”，与“骢马”同为侍御史的代称。参看第五卷《送樊二十三侍御赴汉中判官》注⑯，及第三卷《送张十二参军赴蜀州因呈杨五侍御》注④。

④ 低昂，原意是“高下”，意译为“摇头摆尾”。这两句诗写大鱼如有所求，有所寓意，但迷离恍惚，不加写明。

⑤ 觉船重，是写乘船者的主观感受，实际上是船遇到较大风浪，前进困难。《仇注》：“船重，浪涌不行。”

⑥ 这句诗中所写的“满空星河”，实际是指映在江中的影子。

⑦ 这句诗写乘舟泛江的官员们在风浪兴起时故作镇静的神态。但实际上却是畏怯，所以急忙“回船罢酒上马归”。在这样的描写中，暗含讽刺。

⑧ 这句诗，从字面上看，是指船工对船上乘客的告诫，怕他们在船上惊慌乱动影响操船，但同时也暗含告诫当政官员要言行一致，不能危害人民。

⑨ 霜露沾人衣，也有象征的意义，比喻人的品德受到玷污。

◎ 渔阳[①]（七古）

渔阳突骑犹精锐，[②]	渔阳的突击骑兵依然很精锐，
赫赫雍王都节制。[③]	归属威名赫赫的雍王统一指挥。
猛将翻然恐后时，[④]	叛军的猛将幡然改悔怕已经太迟，
本朝不入非高计。[⑤]	不投奔大唐绝不是个高明的主意。

禄山初筑雄武城，	当初安禄山在北方建造雄武城，
旧防败走归其营。⑥	是提防失败，打算逃回这座兵营。
系书请问燕耆旧，⑦	箭上系封信射进城问声燕地父老：
今日何须十万兵？⑧	如今平定局势哪里需要十万大军？

注释：

① 宝应元年十月，以雍王李适为天下兵马元帅，统帅诸道节度使及回纥兵十余万人会集陕州，进讨史朝义。战争取得胜利，连克河阳，东京（洛阳），汴州（开封）。十一月，叛军将领薛嵩以相、卫等州降，张志忠以恒、赵等州降。史朝义向河北败退。平定河北，彻底打败叛军的局势已开始出现。当时杜甫在梓州，听到胜利喜讯，写了这首诗，向困守燕地的叛军残部发出促降的召唤。诗题取自诗句的首两字。

② 渔阳突骑，指已投降唐朝的史朝义部下的军队。安史叛军的根据地是蓟州范阳郡（以前称渔阳郡），渔阳自古以骁锐的骑兵著名，《仇注》引《后汉书》："吴汉亡命在渔阳，说太守彭宠曰：'渔阳突骑'天下所闻也。""突骑"一词，指善于攻敌陷阵的骑兵，译为"突击骑兵。"犹精锐，指投降唐朝后的渔阳突骑仍保持着原有的战斗力。

③ 参看注①。

④ 猛将，指史朝义部下的将领。翻然，指从叛逆反正投降朝廷。

⑤ 入本朝，指归降唐朝。

⑥《仇注》引《旧唐书》："禄山反时，筑垒范阳北，号雄武城，峙兵聚粮。"这是说叛军早就准备好一个最后退守的据点。

⑦ 系书，见第五卷《收京三首》第一首注⑦。这里是借用鲁仲连射书入敌占城池的典故，表明要向城中居民说明形势，以促据守的叛军投降。

⑧ 十万兵，是说雍王李适的军队兵多势强，区区蓟州城不用这么多兵就能攻下。

◎ 花底[1]（五律）

紫萼扶千蕊，[2]	成千成百紫色的花萼扶持着蓓蕾，
黄须照万花。	黄色的花须照映着无数鲜花。
忽疑行暮雨，[3]	我一时疑惑，傍晚可是下了场雨，
何事入朝霞。[4]	不知怎么的，我好像走进了朝霞。
恐是潘安县，[5]	恐怕这里的县令是潘安，
堪留卫玠车。[6]	如果卫玠经过也会把车停下。
深知好颜色，	我深知这花的颜色真美，
莫作委泥沙。[7]	但愿它别萎谢零落化作泥沙。

注释：

① 花底，现代汉语说作“花下”。这花是指桃花。黄鹤说这诗是广德元年春在梓州作，也可能是作于射洪县。诗的内容是赞叹桃花的美艳和对它的短暂生命的怜惜。

② 这里的“蕊”，指花蕾。参看第十卷《江畔独步寻花》第二首注①。

③《仇注》：“行暮雨，见花润。入朝霞，见花鲜。”

④ 这两句诗是从主观感受上来表达花的鲜艳美丽。

⑤ 晋潘安为河阳县令，满县种了桃花。这一句是说县里桃花种得多。也正由于用了“潘安县”一典，才可确定诗中所说的花是桃花。

⑥ 晋卫玠，晋安邑人。自幼风神清秀，有“玉人”之称，为中兴名士，仕太子洗马，后避乱移家建业，都人闻其姿容绝美观者如堵，使车不能行。这里用卫玠典，由于卫玠爱桃花。也因为他逃难到建业，与唐代避乱入蜀的人们相似。

⑦ 末两句为惜花而发，也是为惜卫玠那样的人而发。“莫作”的“作”，意思不是“成为”，而是指一般动作、行为，与后面的“委”，是同位语。

◎ 柳边[①]（五律）

只道梅花发，	当初我原以为只有梅花开了，
那知柳亦新。[②]	哪里知道柳树的新叶也已生长。
枝枝总到地，	如今根根枝条都垂向地面，
叶叶自开春。[③]	片片叶子在展现着春光。
紫燕时翻翼，	紫燕不时在它身边扑动着翅膀，
黄鹂不露身。	黄鹂总是在它的叶簇里躲藏。
汉南应老尽，[④]	成都的柳叶怕已经长得够老了吧，
霸上远愁人。[⑤]	霸桥的柳枝更远远牵动我的愁肠。

注释：

① 这首诗当与上面一首诗作于同时。从柳树之发芽到盛长，暗示时光之迅速流逝，因此也增添了诗人思念家国之情。

② 第一、第二句写初春新柳初发。

③ 第三四句写柳树抽枝盛长。再下面两句写到燕子黄鹂，则春已将尽了。

④ 汉南，《仇注》引庾信《枯树赋》："昔年移柳，依依汉南。"所说的"汉南"是江陵。而这诗里的"汉南"是指成都。三国时期的蜀国以成都为汉阳郡的治所。杜甫诗中也常称蜀地为"江汉"。杜甫有草堂在成都。他从宝应元年秋避乱到梓州，离成都已逾半年，草堂的柳树自然首先会引起他的思念。

⑤ 霸上，在长安城东，著名的霸桥跨渭水上，昔人送客至此常折柳赠别。诗人远思霸上之柳，自然更增愁思。

◎ 闻官军收河南河北[①]（七律）

剑外忽传收蓟北，[②]	在剑门关外忽听到收复蓟北的消息，
初闻涕泪满衣裳。	一听到就泪水流淌沾满了衣裳。
却看妻子愁何在，[③]	回头看妻儿，哪里还有忧愁存在，
漫卷诗书喜欲狂。	我随手收拾诗稿书卷，高兴得快要发狂。
白首放歌须纵酒，[④]	虽然满头白发，还想尽情歌唱，痛饮一场，
青春作伴好还乡。[⑤]	让这美好春光伴着我同返故乡。
即从巴峡穿巫峡，[⑥]	马上出发，经过巴峡再穿过巫峡，
便下襄阳向洛阳。	随即就到襄阳然后再转向洛阳。

注释：

① 广德元年正月，史朝义败走莫州（即鄚州，今河北任丘），继又逃向幽州。田承嗣于莫州降唐。幽州贼将李怀仙亦向朝廷请降，且遣兵追朝义，朝义自缢，怀仙取朝义首以献。河北全境皆定。延续七八年之久的安史之乱始告结束。诗中说“收蓟北”，诗题中说“收河南河北”，前者说的是具体战役，后者指整个形势。杜甫得到这喜讯当然十分高兴，马上准备回中原去。这首诗以明快的节奏和嘹亮的音调把喜悦之情表达了出来。尽管胜利的喜悦很快就成泡影，返回中原仍然无望，杜甫和全国人民面临的依旧是李唐王朝腐朽统治下的混乱和痛苦。但这时的诗人却全然没有预感到未来的不幸，而是唱出了最纯净的欢乐之歌。像这样的欢歌，在杜甫诗集中几乎找不出第二首。

② 蓟北，指蓟州（今北京市大兴区）及范阳郡北部一带，后来又改称幽州。这是安禄山作乱的根据地。

③ 有些人理解这句诗为诗人看自己的妻儿，看出他们已不再发愁；也有些人认为应理解为诗人看看妻儿，为自己不再发愁而高兴，因为胜利之后能回故乡，就能生活无忧。两说均有理，难置可否。

④ 白首，一作“白日”。平时多为晚上饮酒，遇喜事，白日才放歌纵酒。译诗据“白

首”译写。

⑤ 有人认为“青春”指青年人。似仍以理解为春天、春光较好。杜诗中以“青春”代表春天的很多。如第六卷《洗兵行》：“青春复随冠冕入。”第六卷《题省中壁》：“鸣鸠乳燕青春深。”第廿二卷《次空灵岸》：“青春犹无私。”等都是。

⑥ 末两句设想回故乡的路程。有人认为“巴峡”指嘉陵江入长江前的一段险峡，即俗说的“小三峡”。按巴县附近有明月峡，巴峡也可能是指明月峡，见第十卷《得广州张判官叔卿书》注④。本卷《奉赠射洪李四丈》中也有“东征下月峡”之句。译诗中保留了巴峡这个名称。

◎ 远游[①]（五律）

贱子何人记，	我这地位卑下的人谁还记得，
迷方著处家。	迷失了方向，到哪里都是我的家。
竹风连野色，	吹过竹林的风一直吹到原野上，
江沫拥春沙。	春江上泡沫浮聚，围拥着平沙。
种药扶衰病，	种些药草好扶持我的衰病身体，
吟诗解叹嗟。	靠吟诗来消解愤懑叹嗟。
似闻胡骑走，[②]	好像听说叛贼已经打败逃走，
失喜问京华。[③]	不禁一阵高兴，想回去看看京华。

注释：

① 这首《远游》诗，反映了作者飘流异乡的生活和情绪。虽听到了安史残部溃败的消息，而眼前一切如常，并无可喜的变化发生，因此对战胜的喜讯产生了怀疑，简直不知所措。这与前一篇诗中所显现出的狂喜、兴奋之情大不相同。大概这诗作于前一诗后不久，情绪渐渐冷静，事情也渐渐清楚，一切不容乐观，所以才有这样的

心态。

② 胡骑走，指史朝义的溃败。

③ 失喜，一时狂喜，失去了自我控制。指前一首诗中所表达的情绪。

◎ 春日梓州登楼二首[①]（五律）

行路难如此，	行路难竟难成了这样，
登楼望欲迷。	登楼望远方，心中感到迷惘。
身无却少壮，	年富力强的生命我不再会有了，
迹有但羁栖。[②]	踪迹却长久羁留在一个地方。
江水流城郭，	江水绕着城墙流过，
春风入鼓鼙。[③]	春风中夹杂着军鼓响。
双双新燕子，	看这一对新飞来的燕子，
依旧已衔泥。	又已经衔泥造巢和往年一样。

注释：

① 这两首诗是在梓州听到叛军溃灭的消息后，登城楼远望有感而作。远望，是由于思乡。想回去，但一切并不能顺利进行。第一首诗慨叹了行路难，第二首诗流露出去向难于确定。这表明虽然有家可回，但回去也依旧不能得到生活保障。诗中把愤懑怨恨隐藏在一种闲适和豪放的态度中曲折表达出来，但毕竟掩饰不住真实的情绪，这样表达出的痛苦就更深刻了。

② 这两句诗的词语按习惯语序排列应为：“却无少壮身，但有羁栖迹。”

③ 鼓鼙，指军营中的鼓声。虽然安史之乱已平定，但许多地方并不安定，新的军阀割据之局已成，诗人对未来新的动乱已有所预见。

◎ 其二（五律）

天畔登楼眼，	在天涯登楼放眼远望，
随春入故园。[①]	我的目光随着春色回到了草堂。
战场今始定，	连年战乱，如今才算平定，
移柳更能存？[②]	我往日移栽的柳树可还在那地方？
厌蜀交游冷，[③]	在蜀地受够冷落，已使我厌倦，
思吴胜事繁。[④]	不禁思念起秀丽繁华的吴越水乡。
应须理舟楫，	该把船和桨收拾准备妥当，
长啸下荆门。[⑤]	长啸着顺流驶向荆江。

注释：

① 这故园是指成都草堂而言。

② “移柳”是指草堂庭院及水边所移种的柳树。因为从后面的诗句中可看出，作者并不是想回中原，而是想到吴越一带去。成都草堂是作者亲自经营，虽不欲长住，却对它有情。

③ 杜甫在成都和梓州，生活一直未能得到保障，也没有得友人切实的帮助。常常参加一些酒宴，却不能解除平时一家衣食之忧，反而要强颜欢笑，所以感到厌倦。

④ 杜甫于开元十九年（731 年）至开元二十二年（734 年），在吴越一带游历了三年，不但看到江南的自然风光，也享受了江南富裕、繁华的生活，因而年老时又有游吴越的打算。

⑤ 东去吴越，必先到梓州一带。荆门，这里是指荆江，即宜昌以东的一段长江。

◎ 有感五首[①]（五律）

将帅蒙恩泽，	将帅们蒙受皇上的恩泽，
兵戈有岁年。	多少年没有放下刀枪。
至今劳圣主，	到如今还要让圣主操心，
何以报皇天。	看你们怎么对得起上苍。
白骨新交战，	新战死者的白骨还暴露在战场上，
云台旧拓边。[②]	云台上留下画像的功臣，往日曾开拓过边疆。
乘槎断消息，[③]	乘槎西去的人音讯断绝，
无处觅张骞。[④]	张骞那样的使臣如今又在何方？

注释：

① 这一组诗表达了作者对时局的感受和认识，可以说是政论诗。主要的论题是如何加强中央政权的统治，鞭挞了拥兵自重的军阀并对中央的决策提出了建议。这诗显然是在广德元年春安史之乱平定后，七月吐蕃进犯前所作。旧注多着重对各诗历史背景的探讨，往往偏执一是，难于说通；也有人着重讨论杜甫的意见是否正确，更是众说纷纭。诗毕竟是诗，只宜作诗读，既非历史，也非政治，读者主要应该体会诗中所蕴含的情绪，以及体现这些情绪的语言形象。从这样的观点来研赏就可越过种种疑难而被作者的忧国忧民之心所感动，并看出作者在错综变幻的现实生活中把握住某些本质特征的本领。

②《仇注》引《钱笺》："曰云台，思开国功臣也。"云台，参看本卷《过郭代公故宅》注⑩，及第十二卷《述古三首》第三首注⑨。提起"云台"功臣，是促使将帅认识到怎样才是为国立功，怎样才能流芳千古，但也并非主张无限扩张国境。

③ 乘槎，指下一句中的张骞。断消息，是指未听说有这样的人才。

④ 旧注有谓末两句是怀念李之芳，他出使吐蕃，被留经年，因而以张骞出使西域作比。如这样理解，这两句诗便显得很突兀，与前文无联系，整首诗失去统一。看来是反对一味在边境用武力，主张加强与边境各民族的联系，希望有张骞那样的人才出现。

◎ 其二（五律）

幽蓟余蛇豕，①	凶恶的长蛇封豕还留在幽蓟，
乾坤尚虎狼。②	天地间还有着残暴的虎狼。
诸侯春不贡，	州郡长官连春贡也没送到，
使者日相望。③	催贡的使者天天出动，前后相望。
慎勿吞青海，	千万别打算并吞青海，
无劳问越裳。④	也不用劳师动众讨伐越裳。
大君先息战，	请大唐皇帝先停止征战，
归马华山阳。⑤	把战马赶到华山南坡上去牧放。

注释：

①《左传·定四年》："吴为封豕长蛇，以荐食上国。"注："言吴贪害如蛇豕。"这句诗中的"蛇豕"指史朝义部下诸降将，降后仍留在河北，继续恃强羁据一方为害人民，后患堪忧。

② 虎狼，指吐蕃、回纥，它们时时刻刻威胁着唐朝的安全。

③ 古代封建诸侯四时向皇帝进贡地方特产，名为"职贡"。诗中说的"春贡"就属这种职贡。后代的州郡长官也称诸侯，赋税也可称为"赋贡"。《仇注》："诸侯不修职贡，致烦朝使谕旨。"又引《董仲舒传》："使者冠盖相望"。这两句诗是说州郡长官不按时向朝廷纳贡，表明地方势力坐大，不尊重朝廷。

④ 在唐朝，青海大部分地区处于吐蕃占领下。越裳，原来是古代南方的一个国家，诗中用来指南诏（今云南省大理附近）。唐玄宗于天宝年间屡次在边境用兵，多次进攻青海和南诏，致使国力衰竭。

⑤《书·武成》："乃偃武修文，归马于华山之阳，放牛于桃林之野以示弗服。"疏：

“此是战时牛马，故放之，以示天下不复乘用。”诗中用这典故是主张唐朝皇帝采取偃武修文的政策，不再对外用兵。

◎ 其三（五律）

洛下舟车入，[①]	船载车装纷纷来到东京，
天中贡赋均。[②]	这是国土的中心，各地送贡赋来是同样路程。
日闻红粟腐，[③]	常听说太仓里积贮的红粟已腐烂，
寒待翠华春。[④]	饥寒的人民等待着春天的温暖随着皇上到临。
莫取金汤固，[⑤]	别倚仗城墙堡垒固若金汤，
长令宇宙新。[⑥]	该不断改革政治，让宇宙常新。
不过行俭德，	最重要的是提倡节俭的美德，
盗贼本王臣。[⑦]	须知盗贼本来是皇上的臣民。

注释：

① 洛下，指洛阳，唐时是东都。

② 天中，是说“天下之中”，即全国中心。贡赋均，不是指负担平均，而是指运输的路程差不多。《史记》：“成王使召公复营洛邑，曰：‘此天下之中，四方入贡，道里均焉’。”

③《汉书·食货志》：“太仓之粟，陈陈相因，腐败而不可食。”诗中这样说是指国家仓库里的粮食堆积得太多，民食不足，人民负担太重。

④ 寒，指人民。翠华，天子的翠羽旗，借代皇帝。春，既指季节，也比喻温暖。

⑤《仇注》引贾谊：“金城汤池，帝王万世之业。”后世言城防之牢固，多谓“金城汤池”。这句诗是说不能仅依赖城防牢固，而是要得民心。

⑥ 长令宇宙新，用现代语言说，就是要不断使社会发展、进步。

⑦ 这句诗的意思和一句俗语相同："官逼民反。"杜甫并不赞成人民起来造反，但他反对皇帝无限度地剥削人民弄得民不聊生，逼得人民揭竿而起。因而提倡"行俭德"。

◎ 其四（五律）

丹桂风霜急，	丹桂在霜风中生命危急，
青梧日夜凋。[①]	青色的梧桐也日日夜夜在枯凋。
由来强干地，[②]	自古来那些根株强固的国度，
未有不臣朝。[③]	从来没有不守本分的大臣在朝。
授钺亲贤往，[④]	派皇族中的贤才去掌握地方大权，
卑宫制诏遥。[⑤]	宫室不妨低矮，皇帝诏令到远方要能生效。
终依古封建，[⑥]	到底还是该按古代封建制度办事，
岂独听箫韶。[⑦]	单靠圣乐箫韶哪里就能感召。

注释：

①《仇注》："上二，即景托兴，引起'强干'。""'桂'比王室，'梧'比宗藩。"诗中以丹桂、青梧比喻唐朝及皇族势力的式微。

② 强干，以树木比国家，必固其根本，才能使国家兴旺繁荣。这样，朝廷中才不会有叛臣出现。

③ 不臣，指违抗皇帝和叛逆的大臣。朝，在朝廷中。

④ 亲贤，指皇族中的贤才。授钺，授给节制一方的军政大权。

⑤ 宫，指皇帝所居之处。制诏，皇帝的命令诏书。这句诗是说宫室虽不壮丽，但因地方的统治者都是皇族中的贤才，皇帝的政令就能在全国通行。

⑥ 古封建，指古代分封国土给亲王的制度。杜甫主张恢复古封建制度，表明他的政治思想十分保守，有着严重的缺陷。

⑦ 箫韶，虞舜时代的音乐。我国的儒家认为礼乐能教化人民，但往往过于夸大礼乐的作用。这个缺点，杜甫倒是看出来了，不过，他所提出的恢复和加强封建亲王的办法却不能适应时代的发展。也是因为如此，杜甫只能成为一个伟大诗人，而不可能成为伟大政治家。

◎ 其五（五律）

胡灭人还乱，	叛军消灭了，可天下仍然混乱，
兵残将自疑。①	兵力遭受损失，将领们猜疑惧怕。
登坛名绝假，②	登坛拜将的个个得到了实封，
报主尔何迟？	可你们报答皇上为什么这样拖拉？
领郡辄无色，③	受命做郡守的人常显出惊恐神色，
之官皆有词。④	到地方赴任都要说几句埋怨的话。
愿闻哀痛诏，⑤	希望听到皇上下诏哀痛自责，
端拱问疮痍。⑥	拱手端坐，关心人民的痛苦生涯。

注释：

① 这首诗前六句所写的都是安史乱定后唐朝政局不安的情况。这一句是写投降的叛将，兵力已残，心存疑惧，怕今后受到追究处分。

② 登坛，指拜将。《汉书·韩信传》："信使人言曰：'齐边楚不为假王以镇之，其势不定。'帝曰：'大丈夫定诸侯，即为真王耳，何以假为。'"名绝假，指实封官职。三四两句诗是说平叛立功的诸道节度使，都实封了官职，不是"假节"（代理职务）。但他们也并不图报效皇上，迟迟没有以实际行动支持朝廷。

③“领郡”者指刺史等州郡长官，多半是文官，担心受到节度使等掌军权者的阻挠，不能行使权力，得罪了这些人，甚至还有杀身之祸，因此惊恐失色。

④ 之官，即“上任”。有词，是指埋怨的话和事先推卸责任的话等等。

⑤ 哀痛诏，即皇帝罪己的诏书。发了这样的诏书，才表示有改革的决心。

⑥ 端拱，指皇帝拱手端坐在朝廷上进行统治。这也就是表明皇帝能通过决策和任用大臣来治理国家，不须自己烦劳。疮痍，指百姓所受到的深重痛苦。

◎ 春日戏题恼郝使君兄[①]（七古）

使君意气凌青霄，	您这位使君雄豪的意气冲上云霄，
忆昨欢娱常见招。	想起不久前，您举行欢宴常把我招邀。
细马时鸣金騕褭，[②]	让客人骑的是时时嘶鸣的良马金騕褭，
佳人屡出董娇饶。[③]	像董娇饶一样的美人，也常常叫出来让客人瞧瞧。
东流江水西飞燕，	东流的是江水，西飞的是紫燕，
可惜春光不相见。	可惜在这春光里不能和您相见。
愿携王赵两红颜，[④]	希望您能带着王赵两位年轻美女，
再骋肌肤如素练。	再表演一次旋舞，雪白的肌肤像飞旋的素练。
通泉百里近梓州，	不过百来里路，从通泉来到梓州，
请公一来开我愁。	请您来一趟吧，让我消消忧愁。
舞处重看花满脸，[⑤]	在舞毡上让我再看看那些贴满花饰的脸，
樽前还有锦缠头。[⑥]	在酒樽前还该赏给她们彩锦作缠头。

注释：

① 郝使君是一位曾任刺史的官员，家住在通泉，仍过着十分豪华的生活。杜甫在通泉时

曾应邀参加他举行的酒宴。杜甫回到梓州后，在广德元年春天，写了这篇诗寄给他，故意惹他生气，实际上是和他开个玩笑。“恼”字，不是说杜甫对郝使君气恼，而说要“触恼”郝使君。这诗的深层含意究竟如何，是否含有规劝讽喻意味，是大可玩味一番的。

② 细马，指供贵官乘坐的精养马匹，这样说是为了与民用的、做粗活用的马相区别。骤裹，见第四卷《天育骠图歌》注⑩。这里指郝使君所畜的良种骏马。

③ 董娇饶，是古代诗歌中提到的歌伎名。《玉台新咏》中收有宋子侯的《董娇饶》诗。这里借代郝使君家中的美人。

④ 王赵两红颜，大概是郝使君家实有这样两位美人，从下面一句诗中可看出是舞女。

⑤《仇注》引《酉阳杂俎》：“今妇人饰面用花子。”参看第十卷《琴台》注④。花，即“花子”，又称“花钿”。译写为“花饰”。

⑥ 缠头，见第十卷《即事》注③。

第十二卷

杜

◎ 题郪原郭三十二明府茅屋壁[①]（五律）

江头且系船，	暂且在江边系住船，
为尔独相怜。	为了您，我对这里才特别爱怜。
云散灌坛雨，[②]	雨止云散，像当年姜尚任灌坛令，
春青彭泽田。[③]	春天的田野，像陶彭泽诗中那样生意盎然。
频惊适小国，[④]	我屡次惊诧，为什么您总是被派到小县做官，
一拟问高天。	真想去问问高高在上的苍天。
别后巴东路，[⑤]	和您分别后我将前去巴东一带，
逢人问几贤。[⑥]	逢人要打听您是怎样受人民称赞。

注释:

① 诗题中的“郪原”一作“郪县”。如为郪县，郭明府就应该是指郪县明府（县令）；如为“郪原”，则可认为郭明府非郪县之令，而只是在郪原住过，有一所茅屋在那里。郪，用为县名时，旧注“此私切，音趑（zī），支韵”。现代汉语中，“郪”音“妻”（qī）。郪县即三台县，在唐代属梓州，是刺史及东川节度使驻地。郪原，为郪县城外的一处地名，本卷有《郪城西原送李武判官》诗，郪原或即郪县西原。从诗的内容来看郭县令在郪原建有茅屋，但当时已不居住在那里。杜甫爱慕郭之贤良，特地停下船到郭氏茅屋访问，并题诗于壁。杜甫曾一度把家从梓州搬到阆州居住，乘船路过郪原，时间大概是广德元年春。

② 晋干宝《搜神记》述姜太公（姜尚）任灌坛令，西海龙王妇挟云雨归去时不敢经过灌坛县上空，乃绕道而行的故事。用这典故，一方面是写当时雨止云散的景色，另一方面是歌颂郭明府的德政。

③ 彭泽田，晋陶潜曾为彭泽令，他的《时运》（其一）中“有风自南，翼彼新苗”，《癸卯岁始春怀古田舍》（其二）中“平畴交远风，良苗亦怀新”。俱为赞美春日田中新苗的著名诗句。

④ 小国，这里指小县。郭明府曾经在几个小县做县令，杜甫认为这是屈才，才这样说。

⑤ 巴东，指夔州、云阳、巫山一带地方。东汉刘璋分巴郡为巴中、巴东、巴西三郡，称为三巴。唐代废除巴东郡，这里是从俗用旧地名。郭明府大概曾在巴东一带做过县令。

⑥ 问几贤，《仇注》释为："问如郭之贤者几人乎。"按"几"字用作表示程度的副词，古代现在均有。现代广州话和西南官话方言中，几好，意思是"多么好"，与这诗中的用法相合。

◎ 奉送崔都水翁下峡[①]（五律）

无数涪江筏，[②]	涪江上有数不清的船筏，
鸣桡总发时。[③]	一起出发时，纷纷敲击着短楫。
别离终不久，	如今分别了，但毕竟不会长久，
宗族忍相遗。[④]	是同一宗族的人怎能舍弃。
白狗黄牛峡，[⑤]	您将经过江上的白狗峡和黄牛峡，
朝云暮雨祠。[⑥]	还有那朝云暮雨的巫山神女祠。
所过凭问讯，[⑦]	让我能在您经过之处问到您的信息，
到日自题诗。[⑧]	您到达那里时请题上您写的诗。

注释：

① 杜甫的生母姓崔，崔翁可能是他的舅父一辈人。第四卷《九日杨奉先会白水崔明府》中那位崔明府或《白水崔少府十九翁高斋三十韵》那位崔十九翁或即此崔翁，至少这三个人肯定是有亲族关系的。都水，是"都水监使者"之简称，这是正五品官，总管河渠修浚灌溉。这位崔翁从梓州出发经三峡东下回到洛阳故乡去，杜甫为他送行，写了这首诗。

②《仇注》引胡夏客曰："出峡之舟，多以竹木之筏附于两旁，至今犹然。"

③ 桡，音“饶”（ráo）。据《小尔雅·广器》，楫，谓之桡，是一种短桨。众船一起出发，谓之“总发”，“鸣桡”是船出发时所发的信号。

④ 从母亲的家系来看，杜甫与崔翁是同一宗族。既是宗族就不会相互遗弃，所以前一句说“别离终不久”。

⑤《仇注》引《十道志》：“白狗峡，在归州（今湖北秭归县）”，“黄牛峡，在夷陵州（今湖北宜昌市）。”

⑥ 宋玉《高唐赋》巫山神女自述：“妾在巫山之阳，高丘之阻，旦为朝云，暮为行雨，朝朝暮暮，阳台之下。”诗中遂以“朝云暮雨祠”来代替巫山神女祠。

⑦ 这句和下一句诗，前人有不同的理解。浦起龙说：“思欲归见宗族，因嘱其随处通问，谓已即到也。”王嗣奭《杜臆》则说：“所过有相知，凭翁问讯，云‘到日自题诗’以赠也。”与浦说大致相同。《仇注》引顾宸注：“将来欲凭此以问安信，何不按日题诗留存手迹乎？”又引卢元昌注：“张籍《送远曲》：‘愿君到处自题名，他日知君从此去’，即末二句意。”仇氏评曰：“二说太曲，还从《杜臆》为当。”参考众说，似仍以顾、卢之说较合诗意。所过，指所过之处，即前面所说的“二峡”“一祠”。凭问讯，“凭”字后省略了一个宾语，即下一句中的“诗”。讯，指崔翁行踪的讯息。

⑧ 自题，这里不是指作者“自题”，而是请崔翁“自题”。不能把“自题”理解得太死。

◎ 郪城西原送李判官兄武判官弟赴成都府[①]（五律）

凭高送所亲，[②]	登上高处送别亲近的友人，
久坐惜芳辰。	久久坐在一起，珍惜这美好时辰。
远水非无浪，	远处的水面不是没有波浪，
他山自有春。	别处的山野自有它们的青春。

野花随处发，	到哪里都看得见野花开放，
官柳著行新。[3]	官道两旁的柳树排成行，长得翠嫩。
天际伤愁别，	在这天涯，离别更使我愁惨悲伤，
离筵何太频。	送别的酒宴为什么这样频频举行。

注释：

① 郪城，即郪县县城。参看本卷《题郪原郭三十二明府茅屋壁》注①。李、武两位判官大概本是成都幕府中的判官，因兵乱来梓州，成都局势澄清后，又回成都去。称李兄，称武弟，是按年龄长幼分别称呼。这诗当于广德元年春作于梓州。

② 凭高，“西原”之“原”和乐游原之“原”意思相同，是指高平之地。所以登原上可称“凭高”。

③ 官柳，官道旁种的柳树；成行排列，故云“著行”。

◎ 涪江泛舟送韦班归京[1]（五律）

追饯同舟日，[2]	那天赶上了您在船上为您饯行，
伤春一水间。[3]	在江心一起看春天逝去倍觉伤情。
飘零为客久，	飘零异乡的日子已够长久，
衰老羡君还。	我年已衰老，羡慕您能够回京。
花杂重重树，	重重叠叠的树丛中杂花鲜艳，
云轻处处山。	处处山岭上飘浮着轻云。
天涯故人少，	留在天涯的老朋友渐渐少了，
更益鬓毛斑。	这更增添我的愁思让我愁白双鬓。

注释：

① 韦班，参看第九卷《凭韦少府班觅松树子载》注①。这时韦班已经离任，故诗题中不再称“少府”。韦与杜甫是老友，也很可能是同乡，故诗中说“天涯故人少”。作诗时间是广德元年春末。

②“饯”是“饯行”。追饯，是指客已出发，送行者从后赶上去设酒筵送行。

③《古诗十九首》：“盈盈一水间，脉脉不得语。”“一水间”原来指一水相隔，这里是指江水中心。

◎ 泛舟送魏十八仓曹还京因寄岑中允参范郎中季明[①]（五律）

迟日深江水，	迟迟升起的太阳照映着深江水，
轻舟送别筵。	在轻盈的船上摆开送别的酒筵。
帝乡愁绪外，	京都离我们当前的烦愁多么遥远，
春色泪痕边。[②]	可春色，就在泪痕未干的眼边。
见酒须相忆，	盼您今后饮酒时想起我，
将诗莫浪传。[③]	我作的诗却不要随便传给别人看。
若逢岑与范，	如果岑参和范季明您能遇见，
为报各衰年。[④]	请告诉他们大家都一样到了老年。

注释：

① 魏十八原任仓曹参军，广德元年春回京都长安。杜甫在船上设宴为他送行，写了这首送别诗，并请他把这首诗带给当时在京任太子中允的岑参和另一位在尚书省任郎中的范季明。岑参是著名诗人，很早就与杜甫结交，可参看第三卷《渼陂行》注①、②。范季明，事迹无考。

② 黄鹤曰：“玄肃二宗，是年三月葬，故有‘帝乡愁绪’‘春色泪痕’之句。”显然牵

强。帝乡，即京都。愁绪外，是说在杜甫和魏仓曹舟上话别时的愁思之外。春色，即江上的春色。泪痕边，是说两人话别时悲痛流泪，而眼边正是美丽的春天。

③《仇注》："公诗多伤时语，故嘱其莫浪传以取忌。"这是一种推测。杜甫自负甚高，所作之诗只能给知己看，不愿让庸俗之士看到，这样来理解可能较合原意。

④ 杜甫嘱魏十八向岑、范说说自己衰老的情况。岑、范的年龄杜甫是记得的，都已老了，故说"各衰年"；但衰老的具体情况不一定相同，故仍要"报"。

◎ 送路六侍御入朝[①]（七律）

童稚情亲四十年，	我们在儿童时代就来往亲密，到现在已经四十年，
中间消息两茫然。	中间有个时期相互消息茫然。
更为后会知何地，	当时没法预料将来的会面在哪里，
忽漫相逢是别筵。	这次意外相逢偏又在送别的酒筵。
不分桃花红似锦，	这红如锦绣的桃花令我生厌，
生憎柳絮白于绵。[②]	这比丝绵还白的柳絮也讨人嫌。
剑南春色还无赖，[③]	剑南的春光为什么这么无赖，
触忤愁人到酒边。	触恼我这心中愁苦的人，一直追到酒樽旁边。

注释：

① 路侍御是杜甫从童稚时代起就相识的朋友。多年不见，相逢时却又已是在路侍御即将离蜀返京之时。这诗中没有多谈别离的相思，而只是提起了友谊的长久，聚散的飘忽和对一切都憎厌的痛苦心境。读者从这诗中能体会到诗人内心的深深痛苦和那个时代人民的苦难。

② 旧注对"不分""生憎"解释得都不准确。曹慕樊在《杜诗杂说》中指出："'不分''生憎'这两词，'不'字和'生'字都是词头，没有意义。所以'不分'一词，在

变文中有只用‘忿’的。如《苏武李陵执别辞》变文：‘苏大使忿见单于’。忿见即厌见。‘忿’与‘不忿’同义。”（该书第156页）按“不分”一作“不忿”。“生憎”也当这样理解，“生憎”即“憎”。

③ 剑南，剑门关以南唐代称剑南道，指全部蜀境。无赖，见第九卷《绝句漫兴九首》第一首注②。

◎ 涪城县香积寺官阁[①]（七律）

寺下春江深不流，[②]	看寺下深深的春江好像静止不流，
山腰官阁迥添愁。[③]	在山腰官阁上远眺又添了忧愁。
含风翠壁孤云细，[④]	一缕纤云下，石壁上的翠藤含着风，
背日丹枫万木稠。	背着夕阳的万株丹枫密密稠稠。
小院回廊春寂寂，	小院里，回廊环抱的春天多寂静，
浴凫飞鹭晚悠悠。	野鸭和鹭鸶在暮色中嬉水，飞翔慢悠悠。
诸天合在藤萝外，[⑤]	供奉天神的佛殿该在藤萝那边，
昏黑应须到上头。	赶快走，赶在天黑前爬上山头。

注释：

① 黄鹤注：“涪城在梓州西北五十五里。”《杜臆》：“涪城县，今入潼川县。”按涪城县于元朝始并入郪县（今三台县），废县城在今三台县北六十余里，现名涪城坝。《寰宇记》说：“香积山，在涪城县东南三里，北枕涪江，寺当在其上。据《三台县志》，菩提寺，即古之香积寺，山寺北枕涪江。”官阁，指寺中接待贵宾的楼阁。杜甫于广德元年（763年）春日傍晚登香积山，游香积寺，在官阁远眺，写了这首风景诗。

② 江不流，因官阁在山腰，距江遥远，故看不出水流之状。

③ 官阁高迥，故能远眺；由于远眺，不免想到远方，唤起乡思，故说“添愁”。

④ 石壁之所以“翠”，所以能“含风”，在于有藤蔓丛生。

⑤ 诸天，是佛教所崇奉的诸天神。这些天神原是南亚次大陆古代神话中的神，佛教兴起后，把外教的诸神吸收改造为护法之神，统称“诸天”，如韦驮、四大天王等都是。佛经中也把感性世界和学佛修禅达到的各种精神境界称为“诸天”。这诗中所说的“诸天”显然是指前者。

◎ 泛江送客[1]（五律）

二月频送客，	二月里一次又一次送客归去，
东津江欲平。	东津的江水涨得将和岸相平。
烟花山际重，	山上春花被烟雾笼罩显得沉重，
舟楫浪前轻。	小船被浪涛推动显得更轻。
泪逐劝杯下，	一边劝酒，一边流下了眼泪，
愁连吹笛生。	愁苦随着悲哀的笛音滋生。
离筵不隔日，	隔不了一天就又是送别的筵席，
那得易为情。	我怎么能轻易抑制住自己的感情。

注释：

① 黄鹤据第十一卷《观打鱼歌》中“绵州江水之东津”一句，确定这诗作于绵州。绵州后并入梓州，从宝应元年秋到广德元年春，杜甫一直来往于梓州及其诸属县。广德元年初，安史之乱平定之后，不少人回中原去，故诗中有“二月频送客”之句。这诗未写明所送何人，但所写友情及离愁别恨深挚，也仍十分感人。

◎ 双燕[①]（五律）

旅食惊双燕，[②]	在漂泊生涯中，一对燕子使我的心惊动，
衔泥入北堂。[③]	它们衔着泥飞进了北堂。
应同避燥湿，	该是和我一样要避开燥热潮湿，
且复过炎凉。[④]	也不免和我一起经历世态炎凉。
养子风尘际，	它们将在风尘中把雏燕养育大，
来时道路长。	当初飞来时经过的道路已够漫长。
今秋天地在，[⑤]	到今年秋天，只要天地没倾覆，
吾亦离殊方。[⑥]	我也要离开这不是我故土的异乡。

注释：

① 杜甫于广德元年春末夏初自梓州携家迁到阆州，见双燕入室而有感。燕子的长途飞行，造巢育儿，和自己的漂流异乡、辛苦养家是多么相似，但燕子秋天将要离去，自己是否能离去呢，还要看时局才能决定。难怪诗人看到燕子不能不有所感慨。

② 旅食，指旅居异乡的生活。第一卷《奉赠韦左丞丈二十二韵》有“旅食京华春”之句。

③ 北堂，我国古代住宅建筑中辟出一处位于北面的屋，专作妇女居处之所，因此后来称母亲为“北堂”或“高堂”。但这里却没有上述的含义。燕子造巢的屋一般都是南向的。这北堂，是指坐北朝南的厅堂。

④“燥湿”与“炎凉”，既指自然气候，又指社会生活的动荡不安与人情冷暖。所谓“世态炎凉”，已成人们的常用语。

⑤ 这句诗中的“天地”，暗示政局的变化，天下太平，“天地”才算存在。诗人担心不久又将有动乱发生，才这么说。译诗中写成“只要天地没倾覆”，意思更鲜明一些。

⑥ 殊方，常用来指遥远的异乡，是对中原一带而言。这里指蜀地。

◎ 百舌[①]（五律）

百舌来何处？	百舌，百舌，你从哪里来？
重重只报春。	一声接一声鸣叫，不断在报春。
知音兼众语，[②]	你懂而且会用各种鸟的语言说话，
整翮岂多身。[③]	你就那么一个怎么分出许多化身。
花密藏难见，	藏在密密花丛中，别人难发现你，
枝高听转新。	在高枝上歌唱，曲调听来又已翻新。
过时如发口，[④]	过了时节如果你还张口唱，
君侧有谗人。	皇帝身边就会有诬陷善良的坏人。

注释：

① 百舌，鸟名，一名“反舌”。《易纬·通卦验》：“百舌能反覆其口，随百鸟之音。”《格物总论》：“百舌春二三月鸣，至五月无声，亦候禽也。”《仇注》引《汲冢周书》：“芒种之日，螳螂生，又五日，鵙（音“抉”，jué，即伯劳鸟）始鸣。又五日，反舌无声。螳螂不生，是谓阴息；鵙始不鸣，令奸壅逼；反舌有声，佞人在侧。”黄山谷云：“予读《周书·月令》，乃解老杜‘过时如发口，君侧有谗人’之句。”《三台县志》卷十三引《益部方物略记》（宋代宋祁撰）云：“百舌出蜀中山谷间，毛彩翠碧，人多畜之，一曰翠碧鸟，善效他禽语凡数十种，非东方所谓反舌无声者。”则杜甫诗中所咏应指此鸟。但其用意，仍应如旧注所说，是提醒人们提防皇帝身边有佞臣，诬陷好人，危害国家。旧注家有谓“谗人”指程元振。他与李辅国共谋诛越王，立代宗，被封为邠国公，权倾天下，曾谮陷李光弼、来瑱、裴冕等人。广德初，程已被贬斥，杜甫作此诗时可能尚未得到这消息。他可能是有意针对程元振等的阴谋借“百舌”为题来议论的。

② 知音，指知众鸟之鸣声。众语，指各种鸟语。这句诗是说百舌善鸣叫，能学各种鸟雀的叫声。

③ 整翮，从字面上看，可以理解为整理羽毛。但后面既说“藏难见”，就不应见其“整

翮”。因而应当作“整只鸟”解。整，完整，即“一身”。翮，鸟羽，借代百舌鸟。它能作多种鸟鸣，实际只是“一身”。

④ 发口，即开口鸣叫。这两句诗的用意见注①。

◎ 上牛头寺[①]（五律）

青山意不尽，	游览了青山还没有尽兴，
衮衮上牛头。[②]	游人又一个个接连登上牛头。
无复能拘碍，[③]	什么也不能够使我再受到拘束，
真成浪出游。	真成了一次痛快任性的出游。
花浓春寺静，	花这么浓艳，春天的寺院这么静，
竹细野池幽。	竹枝纤纤，偏僻的水池多清幽。
何处啼莺切，	黄莺藏在哪里？它啼叫得多凄切，
移时独未休。[④]	一个时辰过了还独自啼叫不休。

注释：

① 据《钱笺》所引《寰宇记》的记载，牛头山在梓州郪县西南两里，高一里，形似牛头，四面孤绝，俯临州郭。现在的四川省三台县西门外不足半里处有牛头山，高约六七十米，可俯视三台县城，与前面所引资料大致符合。牛头寺，在牛头山上，现已不存。这首诗没有详写佛寺风光，只着重写了登山时的感受和畅适的心情。从这一首起的游山寺诸诗俱为广德元年作于梓州。

② 衮衮，多用来形容人多及前后连续之状。诗句中用它形容与作者同游牛头山的一行人。前面一句的“意不尽”的主体也是游人，原诗句中都省略了。《仇注》说“衮衮，连步登跻貌”。恐不确切。

③ 这句诗写作者心态。平时自己常自我拘束，不能畅所欲为，在与朋友们一起游览时，

在群体心理的影响下，往往超越出平日的谨言慎行，这就是“无复能拘碍”。

④ 这句诗写莺啼之久，也暗示了在牛头寺游览的时间已很长。

◎ 望牛头寺[1]（五律）

牛头见鹤林，[2]	在鹤林寺就看见了牛头山，
梯径绕幽深。	石级小径盘绕着幽深的山顶。
春色浮山外，	春天的景色从山里向周围浮出，
天河宿殿阴。[3]	夜晚，天河该在殿北的天空驻停。
传灯无白日，[4]	一直点着灯，分不出白昼黑夜，
布地有黄金。[5]	地面上似乎铺满了黄金。
休作狂歌老，	别再这样做一个狂歌的老者，
回看不住心。[6]	还是回过头管束住时时激动的心。

注释：

① 王嗣奭《杜臆》：“诗是登牛头而望，非望牛头，题不可晓。”施鸿保《读杜诗说》：“据注引地志，牛头寺在梓州（三台县）西南二里牛头山上，鹤林寺在梓州西七里，则牛头寺在山上，鹤林寺在平地，云见鹤林者，言牛头山寺望见于鹤林寺中也。”但诗的内容主要是写牛头寺内外的风光，还写了登山的路径，绝不是从远处所能眺望及者。因此，施氏之说不可取。诗题仍应存疑为是。

② 鹤林，指鹤林寺。佛经中有故事说：佛于婆罗双树间涅槃，双树合成一树，垂覆如来佛头上。树色变白，如白鹤群栖，号为鹤林。鹤林寺，即据此命名。对这句诗的解释，参看注①。

③ 天河宿殿阴，是夜景，这是想象之词，表示佛殿在山顶，地势高峻。

④ 传灯，即所谓长明灯，燃亮后即不会熄灭。这是佛殿里的景象。

⑤ 佛经中所描写的极乐国土有“七宝莲池”，池底“以金沙布地”。黄金布地，极言佛殿中的辉煌庄严。这两句诗是写牛头寺佛殿内所见。

⑥ 这两句诗是作者自警之词。前一首诗中说的“无复能拘碍”，这句诗中的“狂歌”，都是兴奋过度的状态。不论是狂欢之歌还是愤懑之歌，都不应逾越限度。回看，就转而自省，实行自我约束。“看”当读如“刊”（kān），看守，管束。不住心，原是佛经用语，《仇注》引《众香偈》：“转不住心，退无因果。”用在这句诗中泛指心中的激动、兴奋。

◎ 登牛头山亭子①（五律）

路出双林外，②	从佛寺出来沿着山路走，
亭窥万井中。③	来到这亭子上俯视梓州市井。
江城孤照日，	江畔孤城上日光照耀，
山谷远含风。	山风在远远的深谷中啸吟。
兵革身将老，	我在战乱中进入老境，
关河信不通。	关河阻隔，得不到亲友音信。
犹残数行泪，	只剩下几行眼泪，
忍对百花丛。	对着百花丛，强忍着悲痛的心。

注释：

① 牛头寺附近有亭子。这首诗写在亭中远眺所引起的思乡之情。

② 双林，见前一首诗注②，也可泛指佛寺，这里应是指牛头寺。

③ 万井，指梓州城中的住房和街市。人聚居的地方必有水井，故称“市井”。万井，形容人烟稠密。

◎ 上兜率寺[1]（五律）

兜率知名寺，	兜率寺是著名的寺院，
真如聚法堂。[2]	是禅宗高僧聚会的讲堂。
江山有巴蜀，[3]	巴蜀的历史和江山一样悠长，
栋宇始齐梁。[4]	这高大的栋宇，开始构筑在齐梁。
庾信哀时久，[5]	我虽像庾信那样长久为时世哀伤，
周颙好不忘。[6]	但也和周颙一般对佛法爱慕不忘。
白牛车远近，[7]	白牛宝车有时离我近，有时在远方，
且欲上慈航。[8]	我总想登上渡往彼岸的慈航。

注释：

①“兜率”的“率”字读“律”（lǜ）。兜率，是梵语的音译，意为“知足”，“喜足”，谓受乐知足而生喜足心。佛经中有所谓“兜率天”，是修佛法所达到的较高境界，有内外两院，外院为天众所居，内院为弥勒菩萨净土。“兜率寺”是以“兜率”命名的佛寺。据《仇注》引《方舆胜览》，兜率寺在梓州南山，一名“长寿寺”，隋开皇年间所建，宋代犹存。今已荡然无迹。杜甫游兜率寺后，写了这首诗，又一次表达了学佛修禅的愿望。

② 真如，佛家用语，指真实而永恒不变的存在，佛经中所谓“实相”“法性”等都与“真如”的意思类似。我国佛教有主张于静默中达到认识真如的一派，称为“禅宗”。《仇注》：“兜率知名之寺，乃真如会法之堂，见其为禅宗也。”译诗据此把诗句的含义直接表达了出来。

③ 这句诗的意思是：自从有天地以来，就有了巴蜀。以地方的悠久历史来衬托兜率寺的悠久历史。

④ 注①转引的资料谓兜率寺建于隋朝，这句诗说创始于更早的齐梁时期，当以杜甫之说为准。

⑤ 庾信，见第一卷《春日忆李白》注②及第十一卷《戏为六绝句》第一首注②。

⑥ 旧本作“何颙”，与诗的内容不合，蔡梦弼《草堂诗笺》本改为“周颙”。《文选》卷四十三《北山移文》注引梁简文帝（萧纲）《草堂传》：“汝南周颙，昔经在蜀，以蜀草堂林壑可怀，乃于钟岭雷次宗学馆立寺，因名草堂，亦号山茨。”周颙是南齐人，建元中（480 年—482 年）为始兴王前军参议，善《老》《易》，长于佛理，著有《三宗论》。孔稚圭在《北山移文》中抨击、讽刺的假隐士就是指他。他是儒生，对道家有研究，又好佛学，杜甫在爱佛学这一点上把他引为同调。

⑦《仇注》引《法华经》：“有大白牛，肥重多力，形体殊好，以驾宝车。”这里以“白牛车”为佛法的象征。《仇注》说：“车远近，谓远近俱可到。”这是按字面解释，不妥。“远近”当是指时远时近，喻真正理解佛法、皈依佛门之不易。

⑧ 佛教把人生比喻为“苦海”，把佛教教义比喻为“慈航”，可渡人往苦海之彼岸。这句诗表达了作者有皈依佛教的愿望。

◎ 望兜率寺[①]（五律）

树密当山径，	密密的树丛遮挡住登山的路径，
江深隔寺门。[②]	深深的江水就在寺门外面。
霏霏云气动，	蒙蒙云气在空中浮动，
闪闪浪花翻。	银光闪闪的浪花在翻卷。
不复知天大，	天空虽然辽阔，但我已不再看见，
空余见佛尊。[③]	心中只感到佛法的崇高庄严。
时应清盥罢，	该及时把双手盥洗干净，
随喜给孤园。[④]	跟着僧众一起踏进给孤独园。

注释：

① 王嗣奭认为此诗也是指从兜率寺远望。但从诗的内容来看，是从寺外看兜率寺。施鸿

保根据诗的前四句断言“似寺在隔江山上，四句皆江边望寺之景。”似较合理。

② 梓州东南两面临江，东门外是涪江，南门外是中江（又名大郪江）。这诗中所说的江可能是指大郪江。

③《仇注》：“到此禅林妙境，不复知天之大，而唯见佛为尊矣。”大体是对的。《仇注》为了尊杜甫之崇儒，又说“非推尊释道之大，正言其所见之小耳。”却不可取。其实凡诗中所写均为诗人一时之感触，只能代表他在一定境遇中产生的思想情绪，而不能据此确定其全部思想之主流。佛寺之清幽环境、宏伟建筑和庄严佛像等能使游人产生肃然起敬的心态，诗人准确地刻画了这种心态。

④ 给孤园，即“祇树给孤独园”，见第九卷《赠蜀僧闾丘师兄》注㉑。诗中以此喻佛寺，指兜率寺。随喜，亦佛家语，见人作善事，喜而相从之谓也。与别人一起礼佛，或与别人一起朝谒佛寺都可称随喜。

◎ 甘园[1]（五律）

春日清江岸，	这春天阳光下的清江岸畔，
千甘二顷园。	是种着一千棵柑树的两顷果园。
青云羞叶密，	青云感到羞惭，它比不上柑林绿叶的茂密，
白雪避花繁。	白雪也只能退避，它比不上柑林白花的纷繁。
结子随边使，[2]	结了果实由边地使臣带去进贡，
开笼近至尊。	带到皇帝面前才打开筐篮。
后于桃李熟，	它虽然在桃、李之后成熟，
终得献金门。[3]	但终于进入了金马门献到御座前。

注释：

① 甘，通“柑”，“甘园”即柑园。这诗所咏的柑园是梓州的柑园。据《唐书》，唐代

剑南眉、简、资等州每年都要向朝廷进贡柑橘，这柑园所产之柑可能是供进贡之用的。诗人有感于此，对柑橘之能送到皇帝身边非常羡慕，可见他一直留恋着宫廷，希望能回到朝廷里任职，贡献自己的力量。

② 边使，指州刺史。

③ 金门，即金马门，原为汉代宫门名，后常用来代表宫门。

◎ 陪李梓州王阆州苏遂州李果州四使君登惠义寺[①]（五律）

春日无人境，	这里的春天是无人的幽境，
虚空不住天。[②]	是虚空的天界，永远不停地运行。
莺花随世界，[③]	随着世界的变化出现黄莺和花朵，
楼阁倚山巅。	寺院的楼阁紧紧依偎着山巅。
迟暮身何得，[④]	我已到了晚年，不知道这辈子究竟能得到什么，
登临意惘然。	登上山寺时心中感到惶惑不安。
谁能解金印，[⑤]	请问你们谁愿意解下金印，
潇洒共安禅。[⑥]	和我一起参禅拜佛，让心地清静。

注释：

① 杜甫避乱到梓州，前一段时期是依靠梓州李使君，即第十一卷《送梓州李使君之任》诗题中的那一位梓州刺史。但鲁訔编杜甫诗把李梓州改为章梓州，关于这个问题，见下一篇诗注①。还有一位王阆州，即阆州王使君，杜甫把家安在阆州，大概就是靠他的帮助。此外还有苏遂州、李果州两位刺史，他们聚会去梓州，一起登惠义寺游览。这原本是一种欢娱的事，但杜甫却深深被佛寺的宗教气氛感染，向往学佛修禅。这可能由于梓州一带佛寺多，他受了一些僧徒的影响，更重要的恐怕还是由于他当时陷入了找不到任何出路的绝境。惠义寺，据蔡梦弼注，在梓州北面的长平山上。现在三台

县城北两里处有座琴泉寺，当地群众说是唐代惠义寺遗址。

②《仇注》引杜修可语："取佛书不住相意，谓天运无常以成四时。"据这样的解说译意。

③"莺花"句和下面的"楼阁"句一样，写惠义寺的风景，说成是"随世界"，就增添了佛门意味。"世界"一词，原为佛经用语，《楞严经》："世为迁流，界为方位。"与现代通行的"宇宙"一词相似。强调一切存在的无常，都在不停变化之中。

④ 这句诗是自省语，不是计较利害得失，而是对现实生活抱虚无的态度，认为生命的价值是可疑的。

⑤ 金印，指刺史的官印，这是权力、官位的凭证和象征。

⑥ 安禅，即投身佛门修禅。潇洒，指无牵挂，意译为"心地清静"。

◎ 数陪李梓州泛江有女乐在诸舫戏为艳曲二首赠李[1]（五律）

上客回空骑，[2]	贵客们乘的马空着牵回去了，
佳人满近船。	坐满美人的船就停在旁边。
江清歌扇底，	歌女的纨扇下是清清江水，
野旷舞衣前。	舞女的衣裾对着旷野翩翩飘旋。
玉袖凌风并，	洁白如玉的双袖迎风齐举，
金壶隐浪偏。[3]	躲避浪涛，把金壶斜抱胸前。
竞将明媚色，	一个个争把美丽的容颜呈现，
偷眼艳阳天。[4]	不时偷看头上阳光照耀的青天。

注释：

① 这两首诗写李梓州携女乐泛江游乐的奢靡生活，似乎是游戏之作，但含有讽喻之意。

古代称描写妇女容颜仪态和歌舞游乐以及男女恋情之类的诗为“艳曲”或“艳诗”。这两首诗也具有艳诗的特色，但实质上却是揭露地方官吏不顾国危民困、贪图骄奢淫逸的生活。鲁訔《编次杜工部诗》作章梓州。因在李梓州后任梓州刺史的人是章彝。章生活奢靡，诗中所写携女乐泛江事更像章之所为，故鲁訔把李梓州改为章梓州，但实际上是根据不足的。章彝如何成为梓州刺史，成了东川掌大权的人，史书不详。关于章彝，可参看本卷《陪章留后侍御宴南楼》注①。

② 回空骑，是说贵官乘马来江边作泛舟之游，登舟后命人把马匹牵回去，故说“空骑”。

③《仇注》：“舫上佳人，有歌者，有舞者，有迎风并立者，有提壶引水者，此分写佳人景态也。”译诗参考这一解说并根据诗句语言译意。

④“竞将”“偷眼”两句，《仇注》解释为“彼此凝眸，媚眼交映于春光，此合写佳人情致也”。“竞将”之“将”，可释为“奉”，意思是奉献，呈现。“偷眼”看天色，是捉摸到了什么时辰。歌女们陪贵客饮酒娱乐，强颜欢笑，盼天快黑能早些回家，这样的心态与纵情游乐的贵宾绝不相同，敏感的诗人注意到这一点并把它在诗中反映了出来。

◎ 其二（五律）

白日移歌袖，	太阳在歌舞中渐渐西斜，
青霄近笛床。[①]	笛声飞近云霄，在高空回荡。
翠眉萦度曲，[②]	歌女萦皱着翠眉歌唱，
云鬓俨成行。	舞女云鬓高耸，整齐成行。
立马千山暮，	傍晚，马匹伫立在群山下等候，
回舟一水香。	游船转头向岸边划，满江弥漫芳香。
使君自有妇，[③]	使君府上原来有妻室，

莫学野鸳鸯。　　　　可别学那野鸳鸯。

注释:

①笛床，放置笛的木架。《仇注》引《释名》:“床，装也。凡所以装载者皆谓之床，如糟床、食床、鼓床、笔床，皆此义。”这里似乎是以“笛床”来借代笛声。但这样的用法是罕见的。顾宸注:“此言响遏行云，觉青霄若与笛床相近。”也只是大概表达诗句的含意。

②《仇注》:“萦回度曲，前歌将尽也。”恐误。诗句应分解为“翠眉萦”与“度曲”两段。“翠眉”不仅是借代歌女，也直接指歌女的眉毛。翠眉萦，即萦蹙翠眉，皱着眉头。度曲，有时指编谱、作曲，有时指按曲调唱歌。这里是取后一义。

③《乐府诗集·陌上桑》:“使君自有妇，罗敷自有夫。”诗中借用古乐府中的诗来提醒参加宴游的使君们，嘱他们行为检点，不能做出丑事。这话虽以戏谑的态度表达出来，但也的确是忠告和批评。

◎ 送何侍御归朝[1]（五律）

舟楫诸侯饯，[2]　　　　刺史在船上设宴送别，
车舆使者归。[3]　　　　皇帝的使者将乘车北归。
山花相映发，　　　　山花开放，一簇簇相互映照，
水鸟自孤飞。[4]　　　　水鸟却一直是孤独地翔飞。
春日垂霜鬓，　　　　春天的阳光照在我垂下的霜鬓上，
天隅把绣衣。[5]　　　　在这天涯，我手拉着您的绣衣。
故人从此去，　　　　老朋友从此离我远去，
寥落寸心违。　　　　更寂寞了，这真不合我的心意。

注释：

① 诗题下有原注："李梓州（鲁訔《编次杜工部诗》作章梓州）泛舟筵上作。"何侍御，据诗的内容看，也是杜甫的一位老友，他奉朝廷之命来蜀处理某些事务，回朝前，梓州刺史为他举行送别宴会，杜甫也被请去参加。这首送别诗中表达了离别时的恋恋不舍之情和自己悲痛的心境。

② 诸侯，指梓州刺史。舟楫，是举行酒宴的地方。

③"何侍御"是奉诏命来蜀，故称他为"使者"。车舆，是何侍御回京的交通工具。

④ 这句诗中的"水鸟孤飞"，是眼前景色，也是诗人的自我写照，有象征意义。

⑤ 绣衣，见第十卷《王十七侍御抡许携酒至草堂》注③。把绣衣，手拉着何侍御身上的官服，表示出两人友谊亲密、临别时恋恋不舍。

◎ 江亭送眉州辛别驾升之[①]（五律）

柳影含云幕，[②]	柳树阴影下搭建起高高的篷帐，
江波近酒壶。	江上的波涛仿佛在酒壶旁回荡。
异方惊会面，	想不到会在这遥远的异乡见面，
终宴惜征途。	可惜宴会一终止您又要走向远方。
沙晚低风蝶，[③]	晚风吹过沙洲，蛱蝶贴着地飞舞，
天晴喜浴凫。	晴空下，野鸭游浴得多欢畅。
别离伤老大，	别离时为逼近的衰老感伤，
意绪日荒芜。	心绪更是一天天杂乱、颓丧。

注释：

① 辛升之是眉州（今四川省眉山市）别驾，也是杜甫过去熟悉的人。杜甫在江边为他设宴送行，写此诗表达别时情意。黄鹤据十三卷《江亭王阆州筵饯萧遂州》一诗，

断定此“江亭”即阆州之江亭，这诗是广德二年春在阆州作。

②《仇注》：“云幕，幕高如云也。”此云幕即临时搭建在江亭附近，供人举行饯行宴会用的帐篷。

③《仇注》引《古今注》：“蛱蝶，一名野蛾，一名风蝶。”据此，“风蝶”是一种蝴蝶的名称。但从语言结构来看，“风蝶”与下一句的“浴凫”对偶，“风”似为“蝶”之定语，是指在风中翔飞的蝴蝶，这样来理解可能反而好些。

◎ 行次盐亭县聊题四韵奉简严遂州蓬州两使君咨议诸昆季[①]（五律）

马首见盐亭，	盐亭县出现在马头前面，
高山拥县青。	高山围绕着城墙，一片青葱。
云溪花淡淡，	浮云下，溪边的野花淡淡，
春郭水泠泠。	城外流过的春水响声淙淙。
全蜀多名士，	全蜀境有许多著名人士，
严家聚德星。[②]	好几位贤才都出在你们严氏家族中。
长歌意无极，[③]	我放声长歌，思绪无穷，
好为老夫听。	请你们仔细听我吟诵。

注释：

① 杜甫于广德元年在梓州时，春季曾到过梓州东面的盐亭县。盐亭县出了不少人才，诗题中提到的严遂州、严蓬州两位刺史和咨议参军兄弟都是盐亭严氏族人。顾宸注引《旧唐书》：“严震，字遐闻，梓州盐亭人，至德、乾元年间屡出家财以助军需，授州长史、王府咨议参军。严武移西川，署为押衙。德宗朝累官至同平章事、检校尚书左仆射。砺，震之宗人也，累官至山南西道节度使。”广德间，严震尚在咨议参军任，

诗题中所说咨议诸昆季大概是指严震、严砺诸兄弟。第十一卷《从事行赠严二别驾》所说的“严二”是梓州人，可能也是盐亭严氏家族中人，杜甫寄诗给严氏兄弟，赞颂严氏人才济济，恐有向盐亭县的这家富豪人家求助之意。

②《仇注》引《异苑》：“陈仲弓（即东汉陈寔，人称陈太丘）与诸子侄造荀季和父子，于时德星聚，太史奏五百里内有贤人聚。”古代迷信，有天人相应之说，常从天象来观察人事。这诗中用“聚德星”一语来比喻和称颂严家出了许多有才德的人。

③《仇注》引顾宸注：“题止四韵，而曰长歌，反复长吟，意思无穷也。”按“长歌”之“长”与诗的长短无关，《礼·乐记》：“歌之为言也，长言之也。”注：“长言之，引其声也。”这诗里是说听到严家的情况而感慨长歌。因杜甫较严家兄弟年长，故自称“老夫”。

◎ 倚杖[1]（五律）

看花虽郭内，	虽然是在城里看花，
倚杖即溪边。[2]	也得扶着手杖走到溪边。
山县早休市，	山地县城的集市早就散了，
江桥春聚船。	春天的江桥下聚集着航船。
狎鸥轻白浪，	熟悉水性的鸥鸟看轻滔天白浪，
归雁喜青天。	北归的大雁喜爱晴朗的青天。
物色兼生意，[3]	一切自然景物都含有加倍的生意，
凄凉忆去年。[4]	我怀着凄凉想起了逝去的往年。

注释：

① 诗歌下有原注：“盐亭县作。”广德元年春天，杜甫曾到过盐亭县，这诗是在盐亭县城里的溪边闲眺有感而作。

② 这句诗的“即”字，作动词用，如《诗·卫风·氓》：“来即我谋”的用法，意思是走近。

③《礼·月令》：“乃命宰祝，循行牺牲，视全具，案刍豢，瞻肥瘠，察物色。”物色，本义专指动物毛色，后引申为指事物之形貌及各种物品。这诗中的“物色”，指自然界及社会中各种事物现象，包括以上各句中所述及的一切。“兼”是指加倍。如《论语·先进》：“由也兼人，故退之。”谓两人所为，一人能兼任。《三国志·魏书·胡质传》：“广农积谷，有兼年之储”，谓有两年的储备。

④ 这里的“去年”，不是过去的一年，而是泛指过去的年代。这句诗是说想起自己已逝去的年华，感到凄伤。

◎ 惠义寺送王少尹赴成都[①]（五律）

苒苒谷中寺，[②]	寺院出现在草木茂盛的山谷中，
娟娟林表峰。	从林上面耸立起秀丽的山峰。
阑干上处远，	向上走了很远才到了栏杆旁，
结构坐来重。[③]	坐下看全寺殿宇楼阁叠叠重重。
骑马行春径，[④]	贵客乘马走过春色盎然的山径，
衣冠起暮钟。[⑤]	官绅们站立起来时，正传来晚钟。
云门青寂寂，[⑥]	寺门里一片苍翠，寂静无声，
此别惜相从。[⑦]	如今和你分别了，可惜我却不能相从。

注释：

① 惠义寺，见本卷《陪四使君登惠义寺》注①。王少尹是成都府少尹。即第十卷《赴青城县出成都寄陶王二少尹》题中所说的王少尹。杜甫和他的关系可参看该诗注①。王少尹回成都去，杜甫有草堂在成都，当然也想和他一起回去，但有着某些困难存

在，使他不能成行。这诗所表达的别情中含有这样的怨怅情绪。

② 苒，音“冉”（rǎn），苒苒，草木茂盛貌。

③《仇注》：“外设阑干，中有石级，所谓结构也。前《飞仙阁》诗‘栈云阑干峻，梯石结构牢’可证。”《杜臆》则解释为：“寺前阑干，可望而见，而上处绕道甚远，虽中途亭馆结构，可以停足者，屡坐而后到也。”《仇注》不妥，“结构”的含义广泛，往往灵活运用，不可一概而论。古汉语中，“结构”可泛指建筑物。《杜臆》所释“坐来重”，似嫌曲解，不如径释为“坐看其重重叠叠”为宜。

④ 骑马者，当指贵客王少尹。

⑤ 衣冠，当指梓州地方官员士绅之参与欢送者。以此两句诗从两个角度概括送行宴会的全过程，不能把意思理解得太具体。旧注有把这两句诗理解为贵客初到时情景的，也有理解为宴后离寺情景的，俱嫌偏颇。

⑥ 云门，是山名，在今广东省乳源县北。山有云门寺，后来以文偃禅师开创的“云门宗”而著名。但唐代尚未有此宗。《杜臆》谓：“云门当在成都，今不可考。”按这诗中的云门以理解为寺院山门为宜，与其他地方无涉。云门，或也像本卷《江亭送眉州辛别驾》中的“云幕”一样，是形容寺门之高，别无他意。

⑦ 惜，本义是“吝惜”，指不愿意做某种事情。同时，也含有“叹惜”的意思，虽不愿做，又觉可惜。这句诗是说想与王同去成都而又不能与他同去。参看注①。

◎ 惠义寺园送辛员外[①]（七绝）

朱樱此日垂朱实，[②]	樱桃树上今天悬挂着朱红的果实，
郭外谁家负郭田。[③]	城外那紧挨着城墙的是谁家的田。
万里相逢贪握手，	离乡万里在这里遇见您，紧握着您的手久久不愿收回，
高才仰望足离筵。[④]	在送别筵席上，仰望高才，尽情吐露钦羡。

注释：

① 这一首和后面一首送辛员外的诗俱见于卞圜、吴若、黄鹤本。杜甫对辛员外的友谊甚深笃，但不知他是何人，在尚书省何部任员外郎。

② 朱樱，即樱桃，果实四月成熟。

③ 负郭田，因距城近，交通便利，多为良田。这句诗虽未明说田中禾苗情况，但实际是暗示了禾苗的青葱肥壮，流露出羡慕之意。

④《仇注》："足，尽也。言仰望无穷之意，尽于离筵顷刻之间。"

◎ 又送[①]（七律）

双峰寂寂对春台，[②]	两座山峰寂静地对着春天的楼台，
万竹青青照客杯。	万竿青竹照映着宾客手里的酒杯。
细草留连侵坐软，	蔓延到座席下的柔软小草令人留恋，
残花怅望近人开。	使人惆怅的残花偏靠近人开。
同舟昨日何由得，[③]	像昨天那样一起泛舟哪里还能够，
并马今朝未拟回。	今天和你并马同行仍不想转回。
直到绵州始分首，[④]	一直走到绵州我们才分手，
江边树里共谁来？[⑤]	这江边的树林我还能和谁同来？

注释：

① 这首诗和前一首诗是同时所作。不知因为什么，前一首诗匆匆刹住，虽使人感到有含蓄，但毕竟余意未尽，未能畅所欲言。这一首诗弥补了这一不足，把饯别时的情景细细写来，字里行间，洋溢着深挚的友谊。仇兆鳌说此诗"下四语，生意索然，疑非少陵手笔"。这判断缺少根据。现存杜甫诗集二王辑刻之白文本《杜工部集》收有此诗。

② 双峰，指惠义寺楼台上所见远处山峦的双峰。

③《杜臆》："前日曾与员外为泛舟之游，今不可得矣。"

④ 分首，一作"分手"，意思相同。鲁訔所编《杜甫年谱》谓："公送辛员外暂至绵"。

⑤ 这一句诗是思念往日与辛员外曾同到江边树林里散步，想到今后无人可同游，更增离别的惆怅。

◎ 巴西驿亭观江涨呈窦十五使君二首[1]（五律）

宿雨南江涨，[2]	下了一夜雨，南江涨水了，
波涛乱远峰。	波涛汹涌，使人看不清远处山峰。
孤亭凌喷薄，[3]	喷溅的浪花逼近岸边驿亭，
万井逼春容。[4]	千家万户被来去冲击的浪潮撼动。
霄汉愁高鸟，	云霄里高飞的鸟群也在愁怕，
泥沙困老龙。[5]	水底的浑浊泥沙困扰着老龙。
天边同客舍，	在这远方的客舍里我们同住一起，
携我豁心胸。	您携我来观看，使我开阔了心胸。

注释：

① 巴西，即绵州。《仇注》引朱鹤龄注："《唐书·地理志》：绵州巴西郡，治巴西县。又刘璋分三巴，巴郡阆中县，巴西郡治焉。唐先天二年，改隆州巴西郡为阆州，治阆中，盖绵、阆皆称巴西也。此诗巴西驿亭，当如旧注附绵州诗内。"杜甫可能是从梓州经过绵州到汉州去的，在绵州住在驿馆内，与窦使君相遇，故有此作。窦使君，黄鹤疑为继杜使君之任的绵州刺史。仇兆鳌反对此说，他认为根据第一首"天边同客舍"及《又呈窦使君》"同是一浮萍"等句，窦使君是寄居在绵州，非现任刺史。

②《仇注》引杨德周依据《绵州地志》所作的解释：涪水自北经城西，析而为二，安水

自东迤逦绕城东南，汇于芙溪。“南江”似应指流经绵州城南的一段安水。

③ 孤亭，指巴西驿亭。

④ 万井，指绵州城的居民住宅。舂容，通“从容”。《学记》：“待其从容”。注：“从，读如富父舂戈之舂，舂容，谓重撞击也。”疏：“言钟之为体，必待其击，每一舂而为一容，然后尽其声。”这里借言浪潮来回冲击之状。

⑤ 霄汉高鸟，惧浪潮之飞溅；涨水时泥沙泛起，江水浑浊，故老龙受困。这两句描写江水涨势猛烈，用的是夸张手法。

◎ 其二（五律）

转惊波作恶，	波涛作恶又转而使我惊惧，
即恐岸随流。	真担心这堤岸被水流冲走。
赖有杯中物，[①]	幸亏有了这杯里的美酒，
还同海上鸥。[②]	我才能逍遥自在像海上的沙鸥。
关心小剡县，[③]	关心下游的剡县怕它变得狭小，
傍眼前扬州。	好像近在眼边，前面就是扬州。
为接情人饮，[④]	由于同多情的朋友会聚畅饮，
朝来减片愁。	今天从早上起减少了一片忧愁。

注释：

① 杯中物，指酒。见第十一卷《戏题寄上汉中王》第一首注⑥。

② “海上鸥”的特点是无牵无挂，来去自由。喝了酒以后，忘记一切忧愁，因以鸥自比。

③ 剡县，在今浙江省嵊州市西南，古代属会稽郡。剡溪之美景，在古代极为著名。杜

甫于青年时代曾游历过吴越。因为它地处长江下游，上游水涨，担心它遭水淹。小，作动词用，由于洪水淹没，陆地变小。

④ 情人，即友人，这里指窦使君。译诗为了强调这个“情”字，译为“多情的朋友”。接，指与友人接交、会见。《国语·吴语》：“两君偃兵接好。”

◎ 又呈窦使君（五律）

向晚波微绿，①	天渐渐晚了，江波微微变绿，
连空岸却青。	那连接天空的江岸却一片深青。
日兼春有暮，②	既是暮春，又到了傍晚，
愁与醉无醒。	带着忧愁喝醉哪里还会清醒。
漂泊犹杯酒，	漂泊异乡还能有一杯酒喝，
踟蹰此驿亭。③	在这驿亭上我的心思犹豫不定。
相看万里外，	这里离乡万里，我们相互对看，
同是一浮萍。④	两个人同样都是一叶浮萍。

注释：

①《仇注》：“波绿岸青，水平雨止矣。”

② 这句诗的意思是“日暮”兼“春暮”，这都是使人感到愁苦的自然因素。

③ 踟蹰，犹踌躇，徘徊、犹豫貌。当时杜甫正陷于两难之境，回成都，还是去荆州，未能决定。

④ 两人都漂流异乡，故以浮萍相比。

◎ 陪王汉州留杜绵州泛房公西湖[①]（五律）

旧相恩追后，[②]	自从原来的宰相恢复官职离开后，
春池赏不稀。[③]	春天到这池上游赏的人也不稀少。
阙庭分未到，[④]	料想他如今还没有回到朝廷，
舟楫有光辉。[⑤]	这里的游船仿佛更加光辉照耀。
豉化莼丝熟，[⑥]	豆豉烂了，莼丝已经煮熟，
刀鸣鲙缕飞。	刀声中鱼鲙一缕缕往盘中飞跳。
使君双皂盖，[⑦]	两位使君张开两把黑伞，
滩浅正相依。	在浅滩边他们正紧紧相靠。

注释：

① 唐代的汉州，就是现在四川广汉市。房公西湖，即汉州的城西池。上元元年（760年）四月，房琯以礼部尚书出为晋州刺史，八月改汉州刺史。在汉州时，开凿了这个西池，故称“房公西湖”。房琯于天宝十五载（756年）扈从玄宗去蜀时，拜吏部尚书，同中书门下平章事，位登宰辅，至德二载（757年）四月罢相。宝应二年（763年，这年七月改元“广德”）四月，拜特进刑部尚书，召还京都。杜甫于广德元年春到汉州，当时的新任汉州刺史姓王，绵州杜使君时亦至汉州，王汉州邀杜使君在房公西湖泛舟，杜甫同游。杜甫对房琯回京的事显得十分欣喜和兴奋，这首诗中充分地表达了这种情绪。关于杜甫与房琯的关系，可参看第十三卷《别房太尉墓》注①。

② 旧相，指房琯。“恩追”指恢复房琯尚书职位，拜特进，召归长安的事。追，是补救的意思，以前有过不适当的处分，皇帝命令加以补救称为“恩追”。

③ 春池，指春天的房公西湖。赏不稀，是说游人并不因房琯之离去而减少。

④ 阙庭，指宫阙、朝廷。杜甫到达汉州时是春末，房琯奉诏回京在他到达前不久，估计那时房琯尚未至京。

⑤ 房琯回京在朝中任重要官职，故说房公西湖中的船有光辉，也就是使乘船者产生了

荣耀感。

⑥ 下一句是说切鱼鲙，这句诗中的豆豉和莼丝是鱼鲙的佐料。

⑦ 王汉州、杜绵州是两位使君，两人都能用“皂盖”，故以双皂盖称之。参看第一卷《陪李北海宴历下亭》注②。

◎ 得房公池鹅[1]（七绝）

房相西池鹅一群，	宰相房公在西池上养了一群鹅，
眠沙泛浦白于云。	它们比云还洁白，在沙洲上睡眠，在水上游。
凤凰池上应回首，[2]	房公啊，您在中书省的凤凰池上该想念它们，该向这池边回首，
为报笼随王右军。[3]	告诉您，王右军那样的爱鹅人已经把它们用竹笼装走。

注释：

① 杜甫在汉州买下了房琯养在西池上的一群鹅。可能因为这鹅是房琯所蓄养，故特别加以爱护。从这诗中可看出他对房琯的深情。第十一卷《奉赠射洪李四丈》有“丈人屋上乌，人好乌亦好”之句，表达了“爱人及乌”之情，这首诗表达的感情则是“爱人及鹅”。

② 凤凰池，指中书省。房琯曾授同中书门下平章事，这次回京，杜甫估计他可能还会回到中书省，故想象他在凤凰池边回顾汉州西湖及鹅群。

③ 晋代大书法家王羲之授右军将军，故世称王右军。传说他十分爱鹅，曾书《道德经》换山阴道士养的鹅群。在这诗中，杜甫以王羲之的爱鹅自况。

◎ 答杨梓州[1]（七绝）

闷到房公池水头，	我心中郁闷，来到房公池头，
坐逢杨子镇东州。[2]	正逢到杨君来镇守东川的梓州。
却向青溪不相见，[3]	到青溪那边去找您却没能见到，
回船应载阿戎游？[4]	您把船划回去了，可是要接阿戎来同游？

注释：

① 杨梓州是任梓州刺史的杨君。旧时注家对此有怀疑，前有李梓州，后有章梓州，这诗中又称“杨梓州”，一年之中，换了三个刺史，不知这是怎么一回事。这诗虽短，但存在一系列疑问，难以觅得令人满意的答案。

② 旧本作“杨公池水头”，郭知达本定作“房公”。这样的改动，使这池水的名称有了着落。但房公池在汉州，杨君镇梓州，与汉州无关，为什么要写这一句诗？浦起龙认为，旧本作“杨公”是正确的，他说《一统志》“梓州盐亭县有杨溪”，疑即杨公池。本卷有《行次盐亭》诗，这一年（广德元年）杜甫曾至盐亭，其时，杨或曾约杜甫同游杨溪，杜甫去时，杨竟去别处未到杨溪来，故答杨以此诗。东州，指梓州，当时东川节度使驻梓州。

③ 如用浦说，则青溪即杨溪，即“杨公池”。如依郭知达《九家注》，青溪或为与房公池相通连的溪水，是附属于房公池的一处风景区。杨梓州约杜甫相会于此，但杨自己却没有来。杨梓州因公来汉州，因而约杜甫游房公池。这也并非完全不可能的事。

④“阿戎”这个典故，古代用得很乱，可用来称人的弟、侄和子。第二卷《杜位宅守岁》注②，阿戎指王晏从弟王思远（小字阿戎），这是称人的弟为“阿戎”。此外，晋王浑之子王戎，为竹林七贤之一，也称“阿戎”，这是用以称人的儿子的。还有把“阿戎”写作“阿咸”的，那是指阮籍之侄阮咸，则用以称人的侄儿。因此这句诗中的“阿戎”和杨梓州是什么关系不能确定。这句诗是作者猜想杨梓州不能赴约的原因，同时也是希望杨梓州另外定一个会见的时间。

◎ 舟前小鹅儿[①]（五律）

鹅儿黄似酒，	小鹅的羽毛黄得像酒，
对酒爱新鹅。	对着酒更爱这新孵出的小鹅。
引颈嗔船逼，	船靠得太近，它们伸长脖子怒叱，
无行乱眼多。[②]	不成行列，乱纷纷显得更多。
翅开遭宿雨，	翅膀羽毛分开，昨夜挨了一场雨，
力小困沧波。[③]	力气太小，只能困守这蓝色水波。
客散层城暮，	游客散了，暮色笼罩高高城头，
狐狸奈若何？[④]	狐狸袭击时你们该往哪里藏躲？

注释：

① 原注："汉州城西北角官池作。"《仇注》："官池，即房公湖。" 小鹅儿，指孵出不久的幼鹅。游池时，有一群鹅雏在舟前游，有感而写成这首诗。

② 三、四两句描写鹅雏的神态，大概每个人都有这样的感性经验，不难体会到诗句描写的逼真和神似。

③ 五、六两句是对稚弱的鹅雏的怜悯，似有某种象征意义。翅开，不是指张开翅膀，而是说翅羽不是整齐排列，有些地方分开了。"遭宿雨" 是 "翅开" 的原因。

④ 狐狸，会袭击鹅雏，给它们伤害。自然也有象征意义。《史记·项羽纪》："虞兮虞兮奈若何。" 奈若何，表示同情而无力帮助。

◎ 官池春雁二首[①]（七绝）

自古稻粱多不足，	从古来稻粱总是不够吃，

至今鸂鶒乱为群。[②]　　如今你们又和紫鸳鸯混杂在一起。
且休怅望看春水，　　且别看着这春水惆怅不止，
更恐归飞隔暮云。[③]　　隔着满天暮云，还担心飞不回去。

注释:

① 据黄鹤注，官池，即汉州城西池。这两首诗写春天将要北归的雁群，寄寓着诗人自己的身世之感。杜甫漂流在蜀，生活无着落，有乡也难归去，因而把自己的这种痛苦之情投射到春雁的形象上，对春雁表现出关心和同情。

② 鸂鶒，见第十卷《江头五咏之四：鸂鶒》注①。春雁与鸂鶒混为一群，是为了求食，填饱肚子；诗人以此比喻自己为了衣食违心地和品格卑下的人们来往。

③ 担心春雁北归受阻，正是担心自己回中原受阻。

◎ 其二（七绝）

青春欲尽急还乡，[①]　　春天即将逝去，你们快快回乡，
紫塞宁论尚有霜。[②]　　管什么雁门关外还有残霜。
翅在云天终不远，　　只要有翅膀，隔着云天也不觉遥远，
力微矰缴绝须防。[③]　　可是你们体力微弱，飞箭一定要小心提防。

注释:

① 青春，指春季，也可喻人的青春年华。这里表面是促雁群早归，实际上也是表明自己的归心似箭。《仇注》从《杜臆》之说，改“欲尽”为“易尽”，用“欲尽”自有其理由，不必改。

②《文选·芜城赋》：“北走紫塞雁门。”《古今注》云：“秦筑长城，土色紫，汉塞亦然。一云雁门草皆紫色，故曰紫塞。”译诗中径以“雁门关外”来代替“紫塞”。

③ 矰缴，音“增啄”（zēng zhuó），古代射鸟用的一种系着丝绳的箭，缴，就是丝绳。这句诗警告归雁要提防飞箭，实际上是提醒人们要提防暗害。

◎ 投简梓州幕府兼简韦十郎官[1]（七绝）

幕下郎官安稳无？[2]	幕府里的郎官们可都还安好？
从来不奉一行书。	你们连一封信也没有给我写过。
固知贫病人须弃，	我固然明白，又穷又病的人自然会给人家抛弃，
能使韦郎迹也疏？[3]	可是难道韦郎也竟不来看看我？

注释：

① 黄鹤编这首诗在汉州诗内。这诗大概是从汉州寄到梓州去的诗。杜甫在东川行踪不定，到汉州又思回梓州，写这首代替书信的诗寄到梓州幕府，是作为一种试探，希望梓州幕府邀请他回去。韦十郎官，不详何人，从诗中的语气来看，年纪较杜甫轻，与杜甫交谊较深。

②《仇注》引黄希曰：“唐多以朝士入州幕，故云幕下郎官。”所谓朝士，即在门下、中书、尚书诸省任职的官员。安稳无，同“平安否”，是问候语。

③ 这句诗是作者专对韦十说的，责怪他也对己疏远，意思是希望他能关心自己。

◎ 汉川王大录事宅作[1]（五律）

南溪老病客，[2]	我这个从浣花溪来的老病客，
相见下肩舆。[3]	路上和您相逢于是下了肩舆。

近发看乌帽，	走近了才看出这黑色的不是头发而是乌帽，
催莼煮白鱼。	又忙着催人去准备莼菜煮白鱼。
宅中平岸水，	您的宅院里池水和岸边相平，
身外满床书。	除了躺卧的地方，床上堆满书籍。
忆尔才名叔，[④]	想起您文才著名的叔父，
含凄意有余。	我心里含有说不尽的悲凄。

注释：

① 这诗只见于郭知达《九家集注杜诗》卷二十三，其他流传诸旧本均未收。汉川，非唐代的州名，唐代只有汉川县，故治在今湖北省汉川市北。疑“汉川”为“汉州”之误。王大录事，朱鹤龄疑即第十三卷《王录事许修草堂赀不到聊小诘》诗题中的王录事，但无确据。这诗中写出了王大录事好客、爱读书的习性，颇为生动，也表达了深挚的友情。

②《仇注》据本卷《送韦郎司直归成都》中“为问南溪竹”之句，知“南溪”即浣花溪。

③ 肩舆，不是官轿，而是轻便的小轿，如今日四川山区的“滑竿”一类交通工具。从这句诗看，两人似乎是在路上偶然相逢。

④ 才名叔，指王大录事的一位以文才著名的叔父。施鸿保说：“玩‘含凄’字，似所谓才名叔者已故，公诗见王姓最多，惟摩诘（王维）当时有才名，且公旧友，录事或其犹子（侄）耶？”按王维死于上元二年（761 年）。这诗作于广德元年（763 年）春。施氏之说可信。

◎ 短歌行送祁录事归合州因寄苏使君[①]（七古）

前者途中一相见，	以前在旅途中曾和您匆匆相见，

人事经年记君面。	经过人世多少年变化，您的面容还存留在我心间。
后生相劝何寂寥，[2]	您年纪还轻，我劝您别担心一辈子默默无闻，
君有长才不贫贱。	您有擅长和才学，不会永远贫贱。
君今起舵春江流，	今天您的船在春天的江流中开航，
余亦沙边具小舟。	我也准备好一条小船系在沙洲旁。
幸为达书贤府主，[3]	请您给我带封信给您那位好府主，
江花未尽会江楼。	江边野花未落尽时，我将和他相会在江边楼上。

注释：

① 短歌行，古乐府诗题。这首歌行体短诗是赠给合州祁录事参军的，他回合州去，杜甫作这诗与他告别并请他带给合州苏使君，说自己不久即将到合州去。黄鹤说这诗“当是广德元年春梓州作”，可信。因杜甫在梓州写的许多诗中都表明了即将东下的意图，而且从梓州乘船，泛涪江直达合州，再经嘉陵江入长江东下，交通最便。

② 三、四两句似乎是过去与祁录事相见时相劝的话。那时祁录事可能还未任官职。《仇注》：“相劝后生何忧寂寥，具此长才，终当显达矣。”

③ 府主，指州郡长官，这里指合州苏刺史。

◎ 送韦郎司直归成都[1]（五律）

窜身来蜀地，	我逃难到蜀地，
同病得韦郎。[2]	遇到和我同病相怜的韦郎。
天下兵戈满，[3]	遍天下到处动刀枪，
江边岁月长。[4]	在这里江边闲住，觉得岁月悠长。
别筵花欲暮，	别筵上的鲜花渐渐融入暮色，

春日鬓俱苍。　　虽然是春天，但我们都已鬓发苍苍。
为问南溪竹，[⑤]　　请为我去看看浣花溪边的丛竹，
抽梢合过墙。　　抽出的枝梢该已高出围墙。

注释：

① 韦司直，原是京官，避乱寄寓成都，后又逃难到梓州。广德元年春，他自梓州回成都，杜甫为他送行，并托他到浣花溪草堂去看看。由此可见，杜甫虽打算东下，但对成都草堂仍念念不忘，心情十分矛盾。关于“司直”，见第十一卷《戏赠友二首》第二首注②。

② 同病，指两人都是从中原、从长安逃亡到蜀地的官员。

③ 广德元年春，安史之乱虽平，但吐蕃又不断侵扰，各地军阀多拥兵自重，伺机作乱，时局仍动荡不安。

④ 江边，指梓州的涪江边，是杜甫在梓州暂住的地方。

⑤ 南溪，即浣花溪。南溪竹，指成都草堂之竹林。末两句显露出杜甫对草堂的怀念。

◎ 寄题江外草堂[①]（五古）

我生性放诞，　　我生性散漫，放荡不羁，
雅欲逃自然。　　早就想逃出尘世，回返自然。
嗜酒爱风竹，　　嗜好喝酒，喜爱凌风的丛竹，
卜居必林泉。　　选择住处一定要有美好的林泉。
遭乱到蜀江，[②]　　自从遭兵乱来到这蜀中江边，
卧疴遣所便。[③]　　长期卧病，倒让我满足了心愿。
诛茅初一亩，[④]　　砍去茅草开荒，先开了一亩地，

广地方连延。	宽广的土地才逐渐连成一片。
经营上元始，[5]	上元初年开始动手兴建，
断手宝应年。[6]	到宝应年工程才完。
敢谋土木丽，	哪里敢谋求建筑壮丽，
自觉面势坚。[7]	只是自己觉得看起来还够牢坚。
亭台随高下，	随着地势高低造起亭台，
敞豁当清川。	开阔轩敞，正面对清溪岸边。
惟有会心侣，	只有知心的朋友前来访问，
数能同钓船。	常常和我一起乘上钓鱼船。
干戈未偃息，	如今刀枪还没有停歇，
安得酣歌眠。	怎么能畅快地歌唱醉眠。
蛟龙无定窟，	连蛟龙的洞窟也得时时搬迁，
黄鹄摩苍天。[8]	黄鹄飞行只能高高贴着苍天。
古来贤达士，	从古来那些聪明旷达的人们，
宁受外物牵。	哪里会被身外的事物挂牵。
顾惟鲁钝姿，	可是想想自己生得这样愚笨，
岂识悔吝先。[9]	怎能事先看出将来要懊悔埋怨。
偶携老妻去，	偶然有机会能带着老妻逃出，
惨淡凌风烟。	辛苦奔波，冒着荒野的风烟。
事迹无固必，	我所遭遇的一切并不都是必然，
幽贞贵双全。[10]	最好是生活幽静和操守坚贞双全。
尚念四小松，	我还挂念着堂前四棵小松树，
蔓草易拘缠。	它们容易被蔓草围困缠卷。
霜骨不堪长，[11]	实在难于长成耐霜的高大躯干，
永为邻里怜。	它将一直受到邻居们的同情哀怜。

注释：

① 江外草堂，就是成都浣花溪畔的杜甫草堂。唐代的成都有内外两江经过，外江，即锦江，内江即郫江（又称流江），从成都出西门，到草堂去，要经过横跨内江上的市桥。因此，从成都城里的人看来，草堂在江那边，故称“江外草堂”。杜甫在梓州时，思念草堂，写成这首诗，回忆了建堂的经过，表达了携家逃难离开后对草堂的思念。这诗与上一首诗大概是同时所作。

② 蜀江，泛指流经蜀地的水流。因蜀中水道四通八达，城市多临江边，故以“蜀江”借代蜀地。

③ 痾，音“婀”（ē），疾病。多指重病或慢性病。遣所便，意思是让（遣）我按照自己的意愿（所便）去生活。

④ 诛茅，锄去杂草，开荒。

⑤ 上元年号用了两年，即 760 年和 761 年，上元始，指 760 年。

⑥ 宝应年号只用了一年多（762 年 4 月—763 年 7 月），763 年 7 月改元广德。徐知道乱平后，杜甫仍流寓梓州等地，其弟杜占曾多次去成都继续管理修建草堂的工程。

⑦ 面势，见第七卷《寄赞上人》注⑥。

⑧“蛟龙”“黄鹄”两句，形容战乱的年代到处不得安宁，连深潜水底和高飞天上的动物也不能安居。

⑨《易·系辞》：“悔吝者，忧虞之象也。”疏：“悔者，其事已过意有追悔之也；吝者，当事之时可轻鄙耻，故云吝也。”按“吝”有恨惜之意。

⑩《仇注》：“幽贞谓隐居守正。”按“贞”为正直，坚持节操，有积极的意义，与退隐的幽居生活常常是矛盾的。杜甫的理想是既能行为正直，坚持气节，同时又能过幽静逸适的生活，两者双全。

⑪ 霜骨，指经历过风霜的坚强树干。不堪，意思是“不能胜任”。这句诗是说小松柔弱，很难长成大树。

◎ 陪章留后侍御宴南楼[1]（五排）

绝域长夏晚，[2]	这遥远地方的长夏将要逝去，
兹楼清宴同。	在南楼举行的盛宴仍和往日相同。
朝廷烧栈北，[3]	朝廷在北方，被烧毁的栈道阻隔，
鼓角漏天东。[4]	战鼓号角声从东方隐约向这里传送。
屡食将军第，	我曾屡次在将军府第里进餐，
仍骑御史骢。[5]	如今骑的马仍是御史大人的青骢。
本无丹灶术，[6]	我本来就没有炼丹的本领，
那免白头翁。	怎能不变成一个白头老翁。
寇盗狂歌外，	盗贼仍在肆虐，这里却在狂歌，
形骸痛饮中。[7]	仍让自己的形骸沉湎在痛饮之中。
野云低度水，	野外的低云从水面上浮过，
檐雨细随风。	檐前细雨飘洒，随着晚风。
出号江城黑，[8]	当夜晚的联络口令发出时，这江边的州城已一片昏黑，
题诗蜡炬红。	点起蜡烛题诗，烛光把满屋照红。
此身醒复醉，	我酒醒后又再次喝醉，
不拟哭途穷。[9]	但不打算痛哭一场，诉说我日暮途穷的哀痛。

注释：

① 章留后侍御，即章彝，曾任严武的判官。严武于宝应元年（762 年）七月奉诏回京，离任后不久，他在梓州一带掌握了兵权，约在广德元年（763 年）夏，代李使君为梓州刺史，且自称东川节度使留后。唐代中叶以后，节度使如遇事故，可在其部下中自择将吏来统驭军队，号称“留后”。“留后”实际上是霸据一方的武将自封的官职，非朝廷主动任命但又不得不加以认可的。章彝就是这样一个地方上的实力派。不知

何时他还得到了侍御史的官衔，因而诗题中称他为章留后侍御。章彝能驭悍将，结军心，有一定指挥才干，但奢侈无度，骄恣专横。他对杜甫颇为优待，屡次请杜甫参加他举行的宴会，邀杜甫一同游乐。杜甫集中有关章彝的诗有十一首之多，其中有不少称颂章彝的词句，虽亦有讽喻的话，但对章是十分尊敬的。广德二年（764年）春，严武回蜀担任原来的职务，章彝被罢官，于入朝前被严武杖杀。《唐书·严武传》附有章彝事迹，但略而不详。他与严武的关系以及他与杜甫的关系究竟如何，无法找到翔实的解释。南楼，是梓州的南城楼。杜甫参加了南楼上的宴会后，写了这首既向章留后表示感激同时又发泄内心痛苦的诗。

② 绝域，指边远地区。对于京都和中原地区而言，蜀地可称绝域。夏日昼长，因此旧诗中常称夏日为“长夏”。

③ 据朱鹤龄注，广德元年秋七月，吐蕃入大震关，陷洮、岷、秦、成等州。诗中所说的“烧栈”，可能是指为了防止吐蕃入侵而烧绝秦蜀间栈道的事。

④ 漏天，旧本作“满天”。《杜诗正异》及《文苑英华》皆作“漏天”。据《仇注》所引《寰宇记》：“邛都县漏天，秋夏长雨，僰道有大漏天、小漏天。”又引赵次公注：“漏天在雅州”。这样理解，把漏天看作成都西南的地名，则“漏天东”就是指成都西面即西山一带。当时徐知道已平，吐蕃入侵的范围日益扩大，故多“鼓角声”。施鸿保说，“‘天东鼓角’，或指袁晁乱言。”“漏”字是动词，这句诗是说鼓角声从“天东”传来。袁晁于宝应元年八月在台州造反，广德元年四月，被李光弼讨平。梓州夏日可能尚未得袁晁已平的消息。“烧栈”“漏天”两句是说国事仍很混乱，战争未息。这就是章彝宴客时的国内形势。杜甫把这一阴暗背景展示开来，是对举行盛宴的曲折批评。

⑤ 御史乘骢马，见第三卷《送张十二参军赴蜀州》注④。诗中是说章彝把自己的骢马给杜甫骑。这一句和上一句诗是感谢章彝对自己的厚遇。

⑥ 方士所炼的丹，服了可以长生不老，故有下句叹头白的诗。

⑦ 形骸，是指躯体，古人把精神与形骸对立，身体在痛饮，但精神却并不以为然，反而更增加痛苦。这句诗和上一句诗，揭示出自己的思想和行为的矛盾。身处在那样的环境中，不得不违心地随波逐流，真是痛苦之极。

⑧ 朱注引《通鉴》中“请号而行”的注：“凡用兵下营及攻袭，就主帅取号以备缓急相应。”“出号”之“号”，即主帅所发出的“号”，根据此“号”可认出是否为自己

人。这“号”与今日的所谓“口令”相似。江城，指梓州城。

⑨《仇注》：“穷途免哭，身托醉乡也。”似不应这样理解。尽管日暮途穷，但诗人却不想哭。这表明杜甫对前途仍抱有乐观的态度和信心，或者，他已认识到哀哭无济于事。

◎ 台上[①]（五律）

改席台能迥，[②]	筵席移到能远眺的高台上，
留门月复光。[③]	城门已奉令不关，又加上有月光。
云霄遗暑湿，	这里高入云霄，暑湿被抛在下面，
山谷进风凉。	山谷里吹来的风多么清凉。
老去一杯足，	进入老年了，有一杯酒就满足，
谁怜屡舞长。	谁爱一场场舞蹈跳了很长时光。
何须把官烛，	又何必把蜡烛高高举起，
似恼鬓毛苍。[④]	好像是恼怒烛光下的鬓发显得更加苍苍。

注释：

① 这诗与上一首诗可能为同一次宴会上所作。先在城楼里面宴饮，后来又把筵席移到楼外的高台上，宴饮延续到深夜。这首诗描述了这个过程，并把自己对这种游宴的不适应归之于年老。不难看出，诗人实际上是对地方官吏的奢靡生活不满，只是没有直接说出来而已。

② 台能迥，是说台高，能够远眺。“迥”有高和远两重含意。

③ 赵次公注：“留门，且未闭城门也。”古代晚上都要把城门关上，主帅宴客，客有住在城外的，所以特别命令推迟关城时间，使客人安心宴饮。此外，月亮又从云里出来，满台上都是月光，饮兴就更浓了。《仇注》不赞成赵说，但理由不足。近人有释

“留门”为“瑠璃”（“壁流离”之俗名）所砌之门者，似亦嫌牵强。施鸿保认为赵说是对的。译诗从赵说。

④ 末两句写诗人自己的心态颇为真切。不顾高举蜡烛，是怕它照亮了头上的苍苍鬓发。老年人最忌自己显老，但毕竟老了，诗中表达了这种无可奈何的心情。

◎ 送王十五判官扶侍还黔中[①]（七律）

大家东征逐子回，[②]	贤慧的母亲到东方去，随着儿子回乡，
风生洲渚锦帆开。	洲渚上起风了，打开了锦帆。
青青竹笋迎船出，	岸上长出的青青竹笋正迎着船，
日日江鱼入馔来。	江里的游鱼可以天天钓来佐餐。
离别不堪无限意，	和您离别的无限愁思我真难忍受，
艰危深仗济时才。	这艰危时刻全要依靠您这样的人才来解救苦难。
黔阳信使应稀少，[③]	从黔阳到这里来的信使怕很稀少，
莫怪频频劝酒杯。	别怪我这样频频举起酒杯来相劝。

注释：

① 王判官，是黔阳人，原在蜀任官职，大概在广德元年初夏，侍奉母亲回故乡去，杜甫作了这诗来送他。诗中称颂了王判官的才能，并表达了对这位朋友的留恋之情。

② “大家”的“家”应读“姑”（gū）。大家，是古代对有才德的妇女的尊称，如世称班昭（班固的妹妹，汉书的续成者，丈夫是曹世叔）为“曹大家”。这里用来称王判官的母亲。

③ 黔阳，即诗题中所说的黔中。唐代的黔州黔中郡，属江南西道，三国时代属吴国，称为黔阳郡。唐黔中郡在今湖南四川边界地区，黔州即今之四川彭水县。

◎ 喜雨[①]（五古）

春旱天地昏，	干旱的春季天昏地暗，
日色赤如血。	太阳像鲜红的血。
农事都已休，	农家停止了一切农活，
兵戎况骚屑。[②]	战乱却仍在纷扰不息。
巴人困军须，[③]	三巴人民应付不了繁重的军需，
恸哭厚土热。[④]	痛哭声使大地也变得慈悲。
沧江夜来雨，	沧江上夜里下了一场雨，
真宰罪一雪。[⑤]	天帝制造的罪孽顿时被洗雪。
谷根小苏息，	稻禾的根株稍稍舒了一口气，
沴气终不灭。[⑥]	灾害气候仍没有完全消灭。
何由见宁岁，	怎样才能看到安宁的岁月，
解我忧思结。	让我消除烦恼，解开心头郁结。
峥嵘群山云，	群山上的云朵重重叠叠显得高峻，
交会未断绝。[⑦]	阴阳交会还没有断绝。
安得鞭雷公，[⑧]	要能鞭挞雷公让他听命令多好，
滂沱洗吴越。[⑨]	那就让他下场暴雨去洗净吴越。

注释：

① 诗末有原注："时浙右多盗贼。"朱鹤龄引《旧唐书》："宝应元年八月，台州人袁晁反，陷浙东州郡。广德元年四月，李光弼讨之。"由此可见这诗大概写于广德元年春夏间。这时杜甫寄居在梓州、阆州一带。当时逢久旱后降雨，旱象仍未除尽，就希望继续大雨，以纾民困。这诗中还指出民困也来源于兵乱，希望大雨能把吴越一带的战乱冲洗净尽。杜甫把吴越的农民起义军与各地军阀的作乱混为一谈，这是杜甫和当时的人们所无法区别的，这也正是所谓历史的局限。

②《仇注》引吴均诗“仲秋黄叶下，长风正骚屑”，注曰：“骚屑，不安貌。”

③《仇注》引黄希曰：“巴人，谓三巴之人。”即蜀地人民。

④ 厚土，同“后土”，土地被神化了。大地之神听到人民的恸哭被感动了，心肠由冷酷变热。诗中这样来解释大旱后降雨的原因。

⑤ 真宰，指宇宙、自然界的最高统治者，即上帝、天神之类。久旱不雨，诗人视为真宰的罪孽。

⑥ 沴，音“利”(lì)，气不和也。《汉书·五行志》：“气相伤谓之沴”。《汉书·孔光传》注：“沴，恶气也。”又《谷永传》注：“沴，灾气也。”古代根据阴阳五行之说，谓天灾的根源是“沴气”。

⑦ 交会，指阴阳交会，古代认为这是天雨的原因。未断绝，阴阳仍在交会，仍会继续降雨。《仇注》引《周礼》：“阴阳之所交，风雨之所会。”

⑧ 我国古代神话认为雷公也是司雨之神。

⑨ 吴越，指吴越一带的造反事件，参看注①。

◎ 述古三首[①]（五古）

赤骥顿长缨，[②]	红色的骏马被驾车的绳索折磨得疲惫，
非无万里姿。	它并不是没有驰驱万里的能力。
悲鸣泪至地，	它悲痛地嘶鸣，泪水垂到地面，
为问驭者谁？	请问驾驭它的人究竟是谁？
凤凰从东来，	凤凰从东面向这儿飞来，
何意复高飞？	它又向高空飞去，这是什么用意？
竹花不结实，	这里的青竹开花却不能结实，
念子忍朝饥。[③]	可怜您清晨就忍饿挨饥。

古来君臣合，　　自古来，君臣关系的融洽，
可以物理推。　　可以用自然现象来类推。
贤人识定分，④　　有才德的人懂得什么是本分，
进退固其宜。　　不论是进是退，行动都很适宜。

注释：

① 赵次公曰："述古者，引古事以讽今也。"这三首诗是感时而作，但又不愿明言，就借古代的事来寓意。第一首诗以古代传说做比喻，论恰当地处理君臣关系的重要；第二首以虞舜时代和秦国商鞅订的政策对比，提倡立国以农为本；第三首以汉代的历史说明良相贤臣的作用至关重大。这样的诗可称为政论诗。黄鹤认为这三首诗为广德元年代宗即位后作。按宝应元年四月代宗即位，广德元年三月，玄宗、肃宗安葬。杜甫可能因此有感而作了这组议论朝政的诗。那时杜甫在梓州。

② 长缨，指"马鞅"，驾车马胸前的绳索。顿，指困顿。《荀子·仲尼》："顿穷，则从之。"前四句诗是以用马为喻，责备不善用马的人使马过于劳顿以致马不能充分发挥作用。

③ 中间四句以凤凰无食则高飞远去为喻，说明必须先养士，才能用士。

④ 后四句直接说明道理。物理，即前面"赤骥"和"凤凰"两例所显示出来的道理。主要是讽喻国君要爱护人才，要善于用才。末两句是对贤臣的劝告，要进退适度。定分，指客观规律和适应这规律的行为准则。其实这也是对国君的劝诫：如违反一定限度，就不能得到人心，贤臣也不会为他所用。

◎ 其二（五古）

市人日中集，　　太阳正中了，人们在市场上聚集，
于利竞锥刀。①　　看到利就争，哪怕它微小得像锥刀。

置膏烈火上，　　好像把油膏放在烈火上燃烧，
哀哀自煎熬。[②]　　自己苦苦地把自己煎熬。
农人望岁稔，　　农人盼望有个丰收的年成，
相率除蓬蒿。　　人人一起去铲除蓬蒿杂草。
所务谷为本，　　种稻谷比干什么都更重要，
邪赢无乃劳。[③]　　凭歪门邪道赚钱终究是徒劳。
舜举十六相，[④]　　虞舜治天下，提拔了十六个助手，
身尊道何高。　　他受人尊崇，修养和本领多高。
秦时任商鞅，[⑤]　　秦时任用商鞅来治国，
法令如牛毛。　　订的法令繁多得像牛毛。

注释：

①《左传·昭公六年》："锥刀之末，将尽争之。"《晋书·阮种传》："风俗凋敝，人失其性，锥刀之末，皆有争心。"诗中的"锥刀"，指微细的利益。

②《庄子·人间世》："膏火自煎也。"诗中说人民相互争利，如膏火自煎。意思是说一个人得到的利益，是从另一个人身上剥削来的。

③ 邪赢，靠邪路来得到利益，指从事贩卖等商业活动求得利润的行为。杜甫对社会经济的发展不能理解，仍把古代以物易物的自然经济当作唯一正确的经济活动。因此在诗中表现出重农贱商的思想。

④ 据古史传说，唐尧举虞舜使摄政，乃除四凶，举八元八恺，天下大治。"八元八恺"是舜的十六位有贤才的助手。因为他用的人好，政治就上了轨道。他并不忙碌，政令也不苛烦，故说他"身尊道高"。

⑤ 商鞅为秦孝公相，变法图强，治理十年，秦国经济得到显著发展。但他为封建贵族所忌，孝公死后被害。后世的儒家，对他常作贬抑的评价。杜甫也反对商鞅的变法，主张复古，回到上古的自然经济，故尊虞夏而斥商鞅。这种思想即使在唐朝也是落后的。唐代肃宗、代宗父子在位时，先后用第五琦、刘晏为度支、盐铁、租庸、常平诸使，开辟财源，修订税制，疏通漕运，对唐代的经济发展起了推动作用。而杜甫对进

步的经济活动不能理解。

◎ 其三（五古）

汉光得天下，[1]	东汉光武皇帝得到了天下，
祚永固有开。[2]	国运长久由于本来就有个好开头。
岂惟高祖圣，[3]	岂止是高祖皇帝一个人圣明，
功自萧曹来。[4]	当然也靠萧何、曹参大显身手。
经纶中兴业，	筹划和实现中兴大业，
何代无长才。	出色的人才哪一个时代没有。
吾慕寇邓勋，[5]	我爱慕寇恂、邓禹的功勋，
济时信良哉。	真是济世良才，谁都赞不绝口。
耿贾亦宗臣，[6]	耿弇、贾复也是国家的重臣，
羽翼共徘徊。[7]	作皇帝的羽翼，陪皇帝飞翔遨游。
休运终四百，[8]	吉祥的国运一直延续了四百年，
图画在云台。[9]	他们的画像在云台上永垂不朽。

注释：

① 汉光，东汉开国的皇帝刘秀（光武帝）。

② 祚，音“坐”（zuò），指封建国家延续的政权，即所谓“国运”。

③ 高祖，汉朝（西汉）开国的皇帝刘邦。

④ 萧曹，指萧何、曹参，刘邦的重要助手。汉朝建立后先后为相国，政策一贯，有“萧规曹随”之誉。

⑤ 寇邓，指东汉的寇恂和邓禹。寇恂从光武帝定河内，先后拜河内太守、颍川太守，

后由汝南太守入为执金吾（禁卫军将领）。颍川有骚乱，从帝出征，过颍川时，百姓遮道请愿，求“借寇君一年”。邓禹，佐刘秀起兵，下河东，入夏阳，威声大震。光武即位后，拜大司徒，明帝时，拜太傅。居云台上所绘二十八功臣之首。

⑥ 耿贾，指东汉的耿弇（音“奄”，yǎn）和贾复。耿弇从光武帝平定河北，屡破并起的群雄，因武功拜建威大将军。贾复，亦东汉开国名将。

⑦ 羽翼，喻保护者和辅佐者。《史记·留侯世家》：“彼四人辅之，羽翼已成，难动矣。”

⑧ 休运，吉祥的命运。这里是指东汉的国运。自汉高祖建国（公元前 206 年）至汉献帝被废（公元 220 年），约计四百年。

⑨ 东汉明帝在南宫云台绘二十八将像，其中包括前面所提到的邓禹、寇恂、耿弇、贾复等人。《仇注》：“其引寇、邓、耿、贾，比肃宗恢复诸将，但昔则图画云台，生享爵禄，而没垂令名，今则功臣疑忌，忠如李（光弼）、郭（子仪），尚忧谗畏讥，故借汉事以讽唐。”

◎ 陪章留后惠义寺饯嘉州崔都督赴州[①]（五排）

中军待上客，[②]	军中主将款待尊贵的宾客，
令肃事有恒。[③]	号令严肃，办事都按照常规标准。
前驱入宝地，[④]	先派随从们进入佛寺宝地，
祖帐飘金绳。[⑤]	饯行的帐幕上飘扬着金丝绳。
南陌既留欢，	在南面大道上已停下欢宴过，
兹山亦深登。	又向这座山的幽深处攀登。
清闻树杪磬，	听见树梢头传来清亮的磬声，
远谒云端僧。	还要到遥远的云端去拜谒高僧。
回策匪新岸，[⑥]	拄杖迂回走过并不陌生的崖岸，

所攀仍旧藤。	手拉着先前拉过的山藤。
耳激洞门飚，	穿过洞门的狂风在耳边激荡，
目存寒谷冰。⑦	眼睛好像看见寒谷中的冰层。
出尘閟轨躅，⑧	这里远离尘世，足迹、车辙都隔绝，
毕景遗炎蒸。⑨	阳光已收尽，消除了暑热炎蒸。
永愿坐长夏，	我愿意整个夏天都坐在这里，
将衰栖大乘。⑩	在衰老之年托身大乘佛门。
羁旅惜宴会，	我滞留旅途，珍惜这样的宴会，
艰难怀友朋。	在艰难中更怀念友人。
劳生共几何，	这辛苦的人生一共有多长久，
离恨兼相仍。⑪	偏一次又一次经受着离愁别恨。

注释:

① 唐代的嘉州，属剑南东道。《仇注》引《旧唐书》："乾元元年节度使卢元裕请升嘉州为中都督，寻罢。""都督"的意思是都督诸州军事，唐代初期有大都督府及都督府，置于各州，睿宗景云以后，设诸道节度使，都督之名遂废。后来又有在节度使下面设州都督的，但时设时废。这位崔都督是嘉州的军事统帅，将到嘉州去就任，广德元年夏，川东留后章彝在惠义寺设宴为他送行，杜甫也参加了送行的宴会。在这首诗中，关于宴会着笔不多，主要写了夏日山巅寺中的幽深清凉和登山时的心境。

② 中军，在古代是指军队发号施令之所，由主帅自己统率。因而后来称主帅、主将为"中军"。这里的"中军"，指章留后。

③《仇注》："令严事定，就设席言。"这句诗的意思是：听从主将的命令，按照一定规矩来安排这次宴会。

④ 前驱，指章留后事先派到惠义寺进行准备即所谓"打前站"的人。宝地，指寺院。

⑤ 祖帐，见第六卷《送许八拾遗归江宁觐省》注④。佛经中述佛寺景象，常用"金绳"一词，《仇注》引《观经》："下有金刚七宝金幢，擎琉璃地，琉璃地上以黄金绳杂厕间错。"这诗中的"金绳"为帐幕上的饰物，用来显示豪华，似与佛教无关。

⑥ 策，指手杖。匪新岸，指崖岸曾经到过，并非第一次到。下一句的“旧藤”，用意相同。因杜甫已去过惠义寺多次，见本卷《陪李梓州王阆州苏遂州李果州四使君登惠义寺》《惠义寺送王少尹赴成都》《惠义寺园送辛员外》诸诗。

⑦ 这句诗是写主观感受。因山巅风烈天凉，如在冬日，故眼如见寒谷之冰。

⑧ 轨躅，指车辙人迹。閟，原义是“闭”，这里可作“隔绝”解。

⑨ 毕景，指阳光消失，太阳完全落下。鲍照诗“侵星赴早路，毕景逐前俦。”遗，意思是丢弃、离开。

⑩ 大乘，是我国流行最广的佛教流派，与“小乘”相对。“小乘”是早期流行的佛教和部派佛教，把释迦奉为教主，追求个人解脱。大乘起于公元一世纪左右，自称能渡无量众生到彼岸，建立佛国净土，进一步把佛神化。《仇注》引《传灯录》：“若顿悟自心即佛，依此而修者，是最上乘禅。”又引李颙《大乘赋序》：“大乘者，如来之道场也。故缘觉声闻，谓之小乘。”

⑪ 相仍，见第六卷《早秋苦热堆案相仍》注①。

◎ 送窦九归成都[①]（五律）

文章亦不尽，[②]	写文章也不能把他的文才用尽，
窦子才纵横。	窦君有着横溢奔放的才情。
非尔更苦节，[③]	没有人像您这样坚持清苦的节操，
何人符大名。[④]	也没有人和您享有同样的美名。
读书云阁观，[⑤]	您回去将在云阁观读书，
问绢锦官城。[⑥]	在锦官城觐见您父亲。
我有浣花竹，	在浣花溪畔我有一片竹林，
题诗须一行。[⑦]	想请您题首诗，您得去走一程。

注释:

①《仇注》根据诗中有“问绢”一语（详见注⑥），确定窦九是成都窦少尹的儿子。本卷有《章梓州橘亭饯成都窦少尹》一诗。诗中盛赞窦九的品德与文才，请他去浣花溪看看竹林并题诗，流露出自己思念成都草堂之情。这诗于广德元年作于梓州。

② 这句诗，不是说“文章不尽”，应与下一句诗连成一体来看，“不尽”指“才”而言。

③ 苦节，指不愿享受，甘愿过清苦生活。如窦九确是窦少尹之子，这句诗就是赞美他不愿依靠父亲的地位享福。

④ 大名，即美名。符，相合，相似。

⑤《仇注》:“云阁观，当在成都，乃（窦九）平日读书处。”

⑥《仇注》引《三国志·魏书》:“胡质为荆州刺史，子威自京师往省，自驱驴，不止传舍，留十余日告归。父赐缣一匹，威跪问曰：‘大人清贫，何以得此?’质曰：‘此吾俸余，聊助汝粮耳。’”因此后世用“问绢”这个典故来表示儿子到父亲处探访觐省，同时也赞美父子都很清廉。

⑦ 一行，指到浣花溪去一趟，而不是指“一行”诗。这句诗和上一句诗表达了作者对窦九的两个要求：一是去浣花溪草堂看看情况，二是写首咏草堂竹林的诗。杜甫思念草堂之情，正是从这两个要求中表现出来的。

◎ 章梓州水亭[①]（五律）

城晚通云雾，	夜晚的梓州城全被云雾笼罩，
亭深到芰荷。	水亭藏在幽深处，四周都是菱荷。
吏人桥外少，[②]	站在桥这面的吏役只有少数几个，
秋水席边多。[③]	筵席旁，秋水涨平了岸坡。
近属淮王至，[④]	皇上的近亲汉中王到了，

高门蓟子过。[⑤] 道术高得像蓟子的席谦也来同游。
荆州爱山简，[⑥] 我就像荆州人民爱戴山简那样，
吾醉亦长歌。 喝醉酒之后放声唱起赞歌。

注释：

① 章彝在他的水亭里举行宴会，杜甫也应邀参加。诗题下有原注："时汉中王兼道士席谦在会，同用荷字韵。"诗中描写了宴会的高雅气氛，对贵客和主人都微寓赞颂的意思，但很自然，没有故意献媚的情态。这诗为广德元年秋作于梓州。

②《仇注》："吏人少，略去仪从。""桥"指跨在池上通向水亭之桥，桥外，即靠近水亭的一面。多数随从停留在桥的另一面，水亭附近只留下少数供使唤的人。

③ 秋水多，指秋季池塘涨水。

④ 淮王，汉淮南王刘安，这里借代汉中王李瑀。

⑤ 蓟子，即蓟子训，道教传说中的神仙。高门，《旧唐书・高祖纪》："鼎族高门，元功世胄。"通常以"高门"指显贵之家。在唐朝，特尊道教，这里的"高门"指道家。诗中以"蓟子"代替席谦，即注①所引原注中的"道士席谦"。

⑥ 山简，见第九卷《北邻》注⑤。山简镇襄阳时，常游习家池，每游辄醉饮。《襄阳记》载当时小儿传唱的儿歌："山公何所往，来至高阳池（指习池）。日夕倒载归，酩酊无所知。"从这儿歌中看不出赞颂之意，但可看出人民与他的关系十分亲密，不觉贵官之可畏，因而颂意自在其中。杜甫以山简来比章彝，而以自己的"醉歌"来比襄阳的儿歌，也就暗含着歌颂之意。

◎ 章梓州橘亭饯成都窦少尹[①]（七律）

秋日野亭千橘香， 秋天野外的亭边千株橘树飘香，
玉杯锦席高云凉。 玉酒杯，锦座席，高高的白云下面多清凉。

主人送客何所作？	主人怎样来为客人送行？
行酒赋诗殊未央。	敬酒，赋诗，久久没有收场。
衰老应为难离别，	衰老的人在离别时总感到很难受，
贤声此去有辉光。[②]	窦君的美好名声今后将更加辉光。
预传籍籍新京兆，[③]	听说成都已在盛传新府尹的大名，
青史无劳数赵张。[④]	不用再提历史上的赵广汉和张敞。

注释：

① 窦少尹是新任成都府少尹，原来住在梓州。广德元年秋，章彝在橘林里的亭子中为他饯行，杜甫参加了宴会，并写了这首赞颂窦少尹的诗。

② 贤声，指窦少尹的贤良名声，即美名、美誉。

③ 成都从至德二年起改成都府，地位与东京、西京相同，故诗中以新京兆（京兆尹）称成都府新任少尹。

④ 赵广汉和张敞都是汉代名臣，先后任京兆尹，能威服豪强，消灭盗贼，深得人民群众拥戴。这句诗是称赞窦少府，说他的声望将超过汉代的这两位名臣。

◎ 随章留后新亭会送诸君[①]（五律）

新亭有高会，	新亭上盛大的宴会正在进行，
行子得良时。[②]	行人出发，真是选择了个好天气。
日动映江幕，[③]	太阳升起，照映着江边帐幕，
风鸣排槛旗。	大风吹响排列在栏杆前的旌旗。
绝荤终不改，[④]	我戒绝荤腥的决心，始终不改变，
劝酒欲无辞。	可是劝我饮酒却不想推辞。

已堕岘山泪，[5]	这里的人民已流下襄阳人怀念羊祜的泪水，
因题零雨诗。[6]	我也像孙楚那样，作一篇送别的《零雨》诗。

注释：

① 梓州有一批官员到别处去赴任，章彝在一处新建的亭子里为他们举行送别宴会。杜甫参与了这次宴会，并照例为离梓诸君作了这首送别诗。这诗作于梓州，应为广德元年所作。

② 行子，指将离梓州的官员们。良时，指出门的好日子，主要指天气而言。

③ 江幕，指江边临时搭建的帐幕，是供举行饯别宴会用的即“祖幕”。

④ 这句和下一句诗，是说自己不吃荤腥了，但还照样饮酒。本来没有什么深奥含意，但旧注家却对此有一些解说。《仇注》：“客座必有绝荤者，故诗中及之。顾注谓指汉中王者，或然。”浦起龙则谓杜甫入梓以来，有学佛之意，故有绝荤的愿望。“绝荤”应为诗人自述，与别人无关。

⑤ 羊祜，于晋武帝时镇襄阳，对人民宽厚有恩德，后举杜预自代。死后，襄阳人在岘山上立碑来纪念他。人们看见这碑就流泪，时人称为“羊公堕泪碑”。这里是说离梓的官员有德于梓州人民，临别时群众流泪，如襄阳人怀念羊祜一样。

⑥ 晋代孙楚有《陟阳候送别诗》，其中有“晨风飘歧路，零雨被秋草”之句，后来遂以“零雨诗”来代称送别诗。

◎ 客旧馆[1]（五律）

陈迹随人事，	随着人事变迁一切成了陈迹，
初秋别此亭。	还记得我在秋初离开这个驿亭。
重来梨叶赤，	如今再来这里，梨叶已变红，
依旧竹林青。	竹林却依旧一片青青。

风幔何时卷，　　风中飘拂的帷幔什么时候卷起，
寒砧昨夜声。　　昨夜我曾听到寒风中捣衣的砧声。
无由出江汉，[②]　　真是没法离开蜀境东下，
愁绪日冥冥。　　太阳暗昏昏，我的心也烦愁不宁。

注释：

① 诗中所写的“旧馆”是杜甫在梓州时曾居住过的驿馆。广德元年秋初，杜甫离梓去阆州，冬初回梓，又在原来住过的驿馆内暂住，故说“客旧馆”。杜甫在梓州、阆州等地奔波不歇，生活困难，想离开蜀地去荆州，北上河南故乡，但一筹莫展，在驿馆愁烦难止，一切景物，都扰人思绪，便作了这首诗抒写愁绪。这诗当写于广德元年初冬。

② 江汉，指蜀地。参看第十卷《枯棕》注⑤。

◎ 戏作寄上汉中王二首[①]（七绝）

云里不闻双雁过，[②]　　听不到云中双雁带来的信息，
掌中贪看一珠新。[③]　　原来您在贪看新诞生的掌上明珠。
秋风嫋嫋吹江汉，[④]　　轻柔的秋风吹动江上波浪，
只在他乡何处人？[⑤]　　一直在异乡漂泊的人老家在何处？

注释：

① 这两首诗是广德元年秋在梓州作。目的是故意触动李瑀的乡思。那时李瑀新得一女，在蓬州生活得也较安适，故杜甫戏以乡思动之，实际上是提醒李瑀，应为促进政局的安定而尽力，不能忘记朝廷和故乡。关于李瑀，可参看第十一卷《戏题寄上汉中王三首》第一首注①。

② 双雁，用雁足寄书的故事，以“双雁过”代表寄信来。

③ 原注：“王新诞明珠”。明珠，即所谓“掌上明珠”，喻爱女。

④ 江汉，泛指蜀境江水。参看第十卷《枯棕》注⑤。

⑤ 这句诗所说的“人”，既是指诗人自己，也是指李瑀，在秋风中，漂泊异乡的人应该思乡了。问“何处人”，就是提醒人们思念故乡。

◎ 其二（七绝）

谢安舟楫风还起，[①]　　又起风了，像当年谢安乘船泛海，
梁苑池台雪欲飞。[②]　　梁王园里的池台上雪花将要飘飞。
杳杳东山携妓去，[③]　　带着歌妓去东山的谢安消息杳然，
泠泠修竹待王归。[④]　　清凉的修竹轻轻摇动等待王归来。

注释：

① 谢安曾与孙绰等泛海，大风起，同行诸人都害怕了，谢安却镇定自如。这里以谢安来比喻汉中王李瑀的临乱不惧。

② 梁苑，指汉代梁孝王的兔园（又称梁园、梁苑）。诗中以此比喻京都汉中王府中的园林。这句诗是以“雪飞”之景唤起李瑀的故园之思。

③ 谢安居东山时，常携妓宴游。这句诗是隐喻李瑀在蜀地的游乐；同时指出他长久未有信来，与前一首诗的第一句含意相同。

④ 修竹，“梁王兔园”多竹。枚乘《兔园赋》：“修竹檀栾夹池水。”这句诗中用来比喻汉中王府园中之竹，促使李瑀早日归去。

◎ 棕拂子[①]（五古）

棕拂且薄陋，	棕拂子这东西粗陋，不值钱，
岂知身效能。	哪里知道它也有功用和本领。
不堪代白羽，[②]	虽然不能代替白羽扇，
有足除苍蝇。	但足可以用来驱赶苍蝇。
荧荧金错刀，	荧荧发光的镶金刀，
濯濯朱丝绳，[③]	闪闪明亮的朱丝绳，
非独颜色好，	不独因为它们颜色美好，
亦由顾盼称。[④]	也因为人们看重才著名。
吾老抱疾病，	我年纪老了又带着一身病，
家贫卧炎蒸。	家里贫穷，只能躺着忍受热闷。
咂肤倦扑灭，	蚊蝇叮咬皮肤也懒得扑灭，
赖尔甘服膺。[⑤]	就靠你来驱赶，愿让你贴近我胸襟。
物微世竞弃，	世人随意把卑微的东西抛弃，
义在谁肯征。[⑥]	道理明明白白可谁肯承认。
三岁清秋至，[⑦]	自从我用你如今又到第三个秋天，
未敢阙缄縢。[⑧]	怎么能不把你好好收存。

注释：

① 棕拂子，是用棕榈纤维制作的日常用物，可持在手中拂拭灰尘，驱赶蚊蝇。价格低廉，但却有用处。诗人从棕拂子上得到了启示，悟出了一些人生的道理，就写了这首咏物寓言诗。黄鹤订此诗作于广德元年夏。

② 白羽，白色的羽毛扇。

③ 金错刀，镶嵌金饰的小刀。朱丝绳，红色丝绳。都是日常用物，但较精致，价值昂贵。濯濯，《诗·大雅·崧高》：“钩膺濯濯。”毛传：“濯濯，光明也。”

④ 五至八句，论述即使外观美好精致，价值昂贵的用物如金错刀与朱丝绳，也是由于人的重视才能得到美名。这道理也可用之于人，人即使有才能、有价值，但也要得到当政者的重视才能发挥作用，才能知名。

⑤《仇注》:“服膺，持拂于胸前也。”“膺”即胸。

⑥“义”的本义是“事之宜也”，又可训为“善”。这里是作“正确的道理”解，就是指前几句诗的内容，征，验证，相信。

⑦ 这诗句中的“三岁”，不是指杜甫到梓州的时间，而是指置备这个棕拂子使用的时间。

⑧ 缄縢，音“监藤”（jiān téng），封藏。

◎ 送陵州路使君之任①（五排）

王室比多难，②	王朝近年来接连遭受祸乱，
高官皆武臣。	地位高的官职都由武臣担任。
幽燕通使者，③	自从幽燕收复，皇帝派去使臣，
岳牧用词人。④	方镇、郡守开始启用文人。
国待贤良急，	国家急需贤良人才，
君当拔擢新。	您正是新近被提拔高升。
佩刀成气象，⑤	您像得到佩刀的王祥有宰相气度，
行盖出风尘。⑥	您在皂伞遮阴下出行，免遭风尘。
战伐乾坤破，	天地间已被战争弄得残破，
疮痍府库贫。⑦	百姓满身创伤，府库贫困。
众寮宜洁白，	您该告诫僚属们保持廉洁清白，
万役但平均。	各种劳役的负担只求平均、公正。

霄汉瞻佳士，[8]	眼看您这位优秀人物登上了云霄，
泥涂任此身。[9]	我却只能让自己在泥泞路上受困。
秋天正摇落，	秋天的树木正枝叶飘零，
回首大江滨。[10]	请您记住我，常回顾这里的大江滨。

注释：

① 朱注："《唐书》：陵州仁寿郡，属剑南东道，本隆山郡，天宝元年更名。"陵州即今四川省之仁寿县，在成都市南。黄鹤据诗中的"幽燕通使者"，确定这诗作于河北全部平定以后，时间当在广德元年秋。诗中为战乱的平定和路使君的赴任而高兴，但仍抑制不住自己的烦愁和愤懑。

② 王室，指唐王朝的政权。比，有每、频、近等义，这诗中是指近几年来。

③ 幽燕，指河北一带。通使者，是指皇帝能派使臣去那些地方担任州郡长官。

④ 岳牧，是唐尧虞舜时代的官职名称。《书·周官》："唐虞稽古，建官惟百，内有百揆四岳，外有州牧侯伯。"蔡传："四岳，总其方岳者；州牧，各总其州者。"

⑤《仇注》："《晋书》：吕虔为刺史，有佩刀，相者以为必三公可服，虔乃赠别驾王祥曰：'卿有公辅之望，故相与也。'"这里用王祥来比喻路使君有宰相气度，前途无限。

⑥ 行盖，刺史、太守出行时仪仗有皂盖。

⑦ 疮痍，指黎民百姓的生活、生产受到战争破坏，处处是创伤。府库贫，指政府财政困难。

⑧ 佳士，优秀人才，指路使君。霄汉，比喻官位高。

⑨ 泥涂，原义是泥泞道路，比喻困难处境。

⑩ 江滨，指梓州的涪江江边。杜甫当时仍在梓州。这句诗是表示希望路使君常思念自己。

◎ 送元二适江左[①]（五律）

乱后今相见，	叛乱平定后今天我们相见，
秋深复远行。	在这深秋，您又开始远行。
风尘为客日，	作客异乡的日子我们受尽风尘，
江海送君情。	送您时心中怀着江海般的深情。
晋室丹阳尹，[②]	担心有些官员像东晋的丹阳尹，
公孙白帝城。[③]	有些将领割据像公孙述割据白帝城。
经过自爱惜，[④]	不论到哪里您都要爱惜自己，
取次莫论兵。[⑤]	千万别到处夸谈用兵。

注释：

① 元二，不知是什么人。原注："元尝应孙吴科举"，即参加过武举考试，大概是一个深谙兵法的人。江左，即江东，长江下游的吴越一带。元二将自蜀东下，杜甫作诗送别，勉励他谨慎行事，不要受到野心家的利用。

② 晋元帝时，苏峻为安集将军，讨破王敦，累迁散骑常侍。成帝时，声威日盛，有谋反意，举兵陷京师，强迁帝于石头城，拜丹阳尹。后温峤、庾亮等会兵讨伐，败死。晋之丹阳，即建业，今南京市东南。诗中的"丹阳尹"指苏峻。

③ 西汉末东汉初，公孙述自立为蜀王，后又自称天子。白帝城是公孙述所建的城堡，在夔州长江边。公孙述后亦被讨平。以上两句诗是以古代军阀专横与武装割据的事实比喻当时隐伏的危机，来告诫元二。

④ 元二自蜀东下，将经过白帝城，可能也要到江宁（即晋之丹阳、今之南京市东南）。列举"丹阳"与"白帝城"也是指元二的旅程。"经过"兼指经过的地方和所遇到的人。杜甫劝元二要爱惜自己，当心别受人骗诱陷于不义。

⑤ 取次，《仇注》认为当是"次第"之意。也有人解作"造次""轻率"。其实，"次"可作"处所"解，"取次"即"到处"，与"造次"的意思相似。杜甫劝元二别到处谈论兵法，以免被野心家看中加以利用。

◎ 九日[①]（七律）

去年登高郪县北，[②]	去年登高在郪县城北，
今日重在涪江滨。[③]	今天又重新回到这涪江边。
苦遭白发不相放，	苦恼的是白发满头不肯放过我，
羞见黄花无数新。[④]	看见无数新开的黄花觉得羞惭。
世乱郁郁久为客，	世间骚乱，我怀着郁闷久居异乡，
路难悠悠常傍人。	漫长的艰难道路上常靠别人支援。
酒阑却忆十年事，[⑤]	酒筵将散时回忆起十年前的事，
肠断骊山清路尘。[⑥]	想起骊山下清道的情景就肝肠寸断。

注释：

① 这诗题“九日”，是指广德元年的九月九日，重九节。这是唐代很重视的节日，常例要登高饮酒。诗中提起往年唐玄宗游骊山的事，唐朝歌舞升平的岁月一去不复返了，诗人的青春和壮志也一去不复返了。诗中的哀愁是深刻的。

② 郪县，即三台县，梓州的治所。见本卷《题郪原郭三十二明府茅屋壁》注①。

③ 涪江滨，也是指梓州。杜甫于宝应元年在梓州过“九日”后，曾去阆州、盐亭、汉州等地，广德元年又回到梓州过“九日”。所以诗中说“重在涪江滨”。重，应读“崇”（chóng）。

④ 前一句说白发抓住人不放，是指年更衰老，无法可避免；因此，见新开的黄花自觉羞惭。这两句诗是自伤年迈。

⑤ 作诗时是广德元年（763 年），十年前应是天宝十三载（754 年）。但这里的“十年”是约数，“十年前”是指安史之乱爆发以前。

⑥ 清路尘，皇帝出行前进行清道，制止人行。天宝十四载冬，杜甫自京师归奉先探家，路经骊山下。当时唐玄宗正住在骊山华清宫中。可参看第四卷《自京赴奉先县咏怀五百字》中有关诗句。

◎ 对雨[1]（五律）

莽莽天涯雨，	对着这遥远地方的茫茫云雨，
江边独立时。	我正一个人在江边站立。
不愁巴道路，	担心的不是三巴道路泥泞难走，
恐湿汉旌旗。[2]	却怕这大雨要淋湿大唐的军旗。
雪岭防秋急，[3]	秋天的雪岭下边防紧急，
绳桥战胜迟。[4]	迟迟听不到绳桥战胜的消息。
西戎甥舅礼，[5]	吐蕃对唐朝该遵守甥舅礼节，
未敢背恩私。[6]	不应不顾这恩情，任意违背。

注释：

① 广德元年七月，吐蕃入寇，尽取河陇之地，十月攻入长安。蜀地西境与吐蕃相连，也发生了战斗，形势非常紧张。杜甫这时将离梓州到阆州去，对雨有感，不是为自己考虑，而是为国事忧虑，表现了“先天下之忧而忧”的爱国爱民思想。

② 汉旌旗，借代“唐旌旗”。旌旗，这里是指军旗。

③ 雪岭，松潘南面的岷山主峰。这里是指松、维、保三州的边防。

④ 绳桥，即竹索桥，也在这个地区。

⑤ 唐中宗景龙二年（708 年），唐金城公主嫁吐蕃赞普，故吐蕃与唐朝有了甥舅关系。西戎，指吐蕃。

⑥ 恩私，指国恩与亲戚（甥舅关系）两重情谊。

◎ 薄暮[1]（五律）

江水长流地，	江水永远从这里流过，
山云薄暮时。	薄暮时，云雾遮住山头。
寒花隐乱草，	畏寒的残花藏在乱草丛里，
宿鸟探深枝。[2]	过夜的鸟从深密的枝丛中探出头。
故国见何日，	故国到哪一天我才能再见，
高秋心苦悲。	高旷秋空下，我感到苦痛悲愁。
人生不再好，	人生对于我已不再美好，
鬓发自成丝。[3]	丝一样白的鬓发已经满头。

注释：

① 杜甫于广德元年重九节后去阆州，这诗大概是在阆州所作，前四句写秋日傍晚的愁惨风景，后四句写去国的忧思和垂暮之年的消沉情绪。

② 探深枝，一作“择深枝”，探，意思是“求”，与“择”相近。

③ 自成丝，一作“白成丝”。以“丝”来比喻头发，正是说头发已变成白色。

◎ 阆州奉送二十四舅使自京赴任青城[1]（五律）

闻道王乔舄，	听说王乔双履化凫的事，
名因太史传。[2]	是靠太史奏报皇帝才闻名。
如何碧鸡使，[3]	为什么您这位曾派到益州的使臣，
把诏紫微天？[4]	又从紫微殿上奉诏出任县令？

秦岭愁回首，[5]	您走过秦岭时一定会忧愁地向京城回顾，
涪江醉泛船。[6]	又将在涪江上泛船，醉意酩酊。
青城漫污杂，[7]	青城县的民风十分污杂难治，
吾舅意凄然。	我的舅父定会流露出凄伤的心情。

注释：

① 杜甫的母亲是崔氏，二十四舅也当姓崔。据诗题和诗中所述情况来看可知二十四舅曾自京师奉使到蜀地，回京后又除授青城县令，再自京来蜀赴任。县令的官位不高，青城这地方又不是富庶之地，且有少数民族混杂居住，二十四舅心情极不好，杜甫作了这首诗对他表示同情和安慰。

② 王乔，见第三卷《桥陵诗三十韵》注㉙。二十四舅除县令，故用叶县令王乔的故事。王乔以舄化凫，乘之飞行，事情被太史看破，报告了皇帝。《仇注》："王乔因太史而传，见外吏有藉于朝臣。"这两句诗是惋惜二十四舅未能与朝臣结交，因而才能未被皇上所知。

③《仇注》："《前汉·王褒传》：'益州有金马、碧鸡之神，宣帝使褒往祀焉。'公舅必先使于蜀也。"这"使臣"的职务大概不是指刺史，而是临时代表朝廷到蜀地处理某些事务。否则，从刺史改除县令，就是降级，那么诗中就应有更多的不满之词。

④《仇注》："紫微，殿名。开元四年召县令策于廷，二十四年宴新除县令于朝堂。因知除授县令，得把诏紫微也。"但从这句诗的语言中却看不出除县令的事。故《杜臆》解释说（青城）县有青城山，为第五大洞宝仙九室之天，故云"紫薇天"。以"紫微天"借代青城县。这样解释也嫌牵强。这个问题有待进一步探讨。

⑤ 秦岭，在长安南面，自京师至蜀，要越过秦岭。

⑥ 阆州不在涪江边而在嘉陵江边。因此这句诗不是说在阆州乘船泛江，而是说将乘船在涪江上航行。由此可见，二十四舅自京赴青城并未经过阆州，杜甫此诗只是闻讯而作非当面送行。

⑦ 青城县，属蜀州。杜甫于上元元年秋曾到青城县一游，第十卷有《赴青城县出成都寄陶王二少尹》及《丈人山》等诗，因为那里是道教圣地，杜甫对青城颇有好感。这诗说青城"漫污杂"，印象却很不好。《仇注》引闽中陈氏曰："污言风俗，杂言

居民。”可能二十四舅自己已表示不满意于到青城任县令，但不得不来，所以杜甫顺着他的话强调了青城县的缺点，这也是一种安慰人的方法。

◎ 王阆州筵奉酬十一舅惜别之作[①]（五排）

万壑树声满，	千万处山谷里充满树木的喧嚣，
千崖秋气高。	千万处山崖上，秋空显得更高。
浮舟出郡郭，[②]	我们一起乘船出了郡城，
别酒寄江涛。[③]	送别的酒筵随着滚滚江涛。
良会不复久，	这样好的聚会不能再延长多久，
此生何太劳？	我们一生怎么会这样忙碌烦劳？
穷愁但有骨，[④]	穷困，愁苦，只靠硬骨头撑着，
群盗尚如毛。	全国各地的盗贼还多如牛毛。
吾舅惜分手，	我的舅父为这次别离而叹惜，
使君寒赠袍。[⑤]	阆州刺史赠给他御寒的长袍。
沙头暮黄鹤，[⑥]	傍晚，沙洲头飞来一只黄鹤，
失侣亦哀号。	它失去了伴侣，也正在哀号。

注释：

① 十一舅是前一首诗中所说的二十四舅之兄，二十四舅由京直接到青城县去做县令，他也从阆州去青城与其弟会面。王阆州设筵为他送行，杜甫做了陪客。十一舅在筵上作了一首惜别的诗，杜甫便作此诗回答。

② 郡郭，阆州城墙。

③ 这句诗是说送别的酒筵在江面上举行。

④ 因为穷愁，瘦得只剩下了骨头；同时，又是靠这骨头支撑着身体。这诗句十分紧凑，而且精练含蓄，值得玩味。

⑤ 王阆州不但为十一舅设筵送别，还在筵上赠给他御寒的长袍。《仇注》："赠袍是赠自己（指杜甫），若赠舅氏，不烦公代谢矣。"恐不可取，这句诗是纪实，并非答谢之语。这句诗把王阆州对十一舅的深情鲜明地表达了出来。

⑥"黄鹤"一作"黄鹄"。可能是写实，但用意是比喻和衬托，来强化诗中所反映的送别悲伤情绪。

◎ 阆州东楼筵奉送十一舅往青城[1]（五古）

曾城有高楼，[2]	高峻的城墙上有座高楼，
制古丹雘存。[3]	古代的式样和彩色油漆依然保存。
迢迢百余尺，[4]	巍巍峻峻，有一百来尺高，
豁达开四门。	开着宽阔敞亮的四个大门。
虽有车马客，	虽有乘着车马的旅客来往，
而无人世喧。	却没有人世的嘈杂喧纷。
游目俯大江，	在这里放眼远看，俯视大江，
列筵慰别魂。	摆开筵席慰问黯然神伤的离人。
是时秋冬交，	这是秋去冬来的时刻，
节往颜色昏。[5]	节气已过了，天色昏昏。
天寒鸟兽伏，	这么寒冷，鸟兽都已潜伏，
霜露在草根。	霜露沾湿了草根。
今我送舅氏，	今天我送舅父离去，
万感集清樽。	无限感触聚集，对着酒樽。

岂伊山川间，[6]	岂但有山川把我们阻隔，
回首盗贼繁。[7]	回头看看，还到处盗贼纷纷。
高贤意不暇，[8]	德高才贤的人们可没有闲情，
王命久崩奔。[9]	肩负皇帝的使命长久东走西奔。
临风欲恸哭，	我真想对着风痛哭一场，
声出已复吞。	勉强抑制住已经发出的哭声。

注释：

① 阆州东楼，阆州东城上的城楼。杜甫在此设筵为十一舅送行，送他到青城县（见第十卷《赴青城县出成都寄陶王二少尹》注①）去与二十四舅相会。乱世别离，万感交集，诗中描写了秋冬之交的景色和临别时的思绪。

② 曾城，同“层城”，指阆州高峻的城墙。

③ 制古，形制古，指东楼的结构、形式古老；丹雘，《书·梓材》：“惟其涂丹雘”。疏：“雘是彩色之名，有青色者，有朱色者。”又据《说文段注》：“凡彩色之善者皆称雘。”“雘”音“获”（huò）。

④“迢”通“岧”。岧岧，高貌。张衡《西京赋》：“状亭亭以岧岧”，也有作“亭亭以迢迢”的。

⑤ 节往，指节气已过。前句说“秋冬交”，当指秋分已过。

⑥“间”读去声，间隔。

⑦ 广德元年七月，吐蕃入侵，河陇一带失守。又浙东一带的农民起义到这年四月才被镇压下去。杜甫把这些不加区别地一概视为“盗贼”。

⑧ 意不暇，指没有时间来考虑别的事情，一心为了国事奔忙。

⑨ 崩奔，《仇注》：“谢灵运诗：‘圻岸屡崩奔。’山下堕曰崩，水急流曰奔。此比行役之匆遽。”

◎ 放船[1]（五律）

送客苍溪县，[2]	送客人送到苍溪县，
山寒雨不开。	山被寒气笼罩，雨下个不停。
直愁骑马滑，	担心山路上骑马太滑，
故作放舟回。	回来时特意放船顺流航行。
青惜峰峦过，	可惜这青青的山峦飞快掠过，
黄知橘柚来。	一片金黄，看得出来的是橘柚林。
江流大自在，[3]	江水奔流是多么自在，
稳坐兴悠哉。	安稳地坐在船上真令人高兴。

注释：

① 这首诗写乘船的感受。尽管天雨，但坐在船上看两岸风景，兴致还是很高的。苍溪县在阆州北面，如自阆州出发，须在嘉陵江中逆流而上，才能到苍溪。但诗中所写是顺流而下的情景，也只有顺流而下，才能说是放船。因此，这诗写的是杜甫从陆路送客人到苍溪后，再乘船返阆州的航程。

② 苍溪县，阆州的属县，在阆州西北约四十里。这句诗不是说这次乘船是为了送客，而是说因送客到了苍溪县，要回阆州，所以乘船。

③ 江流，指嘉陵江。大自在，指佛教所说的“任运自在”，心离烦恼之系缚，通达无碍，原指人的心境，这里比喻江流的状态。

◎ 薄游[1]（五律）

淅淅风生砌，	淅淅风声在阶沿下作响，

团团日隐墙。	围墙已遮隐住圆圆的太阳。
遥空秋雁灭，	遥远空中的秋雁已不再能看见，
半岭暮云长。	横亘在半山间的暮云纤长。
病叶多先坠，	染了病的树叶多半先坠落，
寒花只暂香。	寒冷中开的花只能暂时芳香。
巴城添泪眼，②	巴西城里增添了一双泪眼，
今夕复清光。	月亮只对着今夜洒下清光。

注释:

①《书·益稷》:“外薄四海。”传:“薄，迫也，言至四海。”疏:“薄者，逼近之义，故云迫也。外迫四海，言从京师而至于四海也。”薄游，意思是迫于形势而作的远游，并非自愿，却漂泊不止，因此对这样的远游感到厌倦。《仇注》引周舍诗:“薄游久已倦”，也是这样的意思。

② 巴城，指阆州城。阆州，是东汉末及晋代巴西郡的治所。添泪眼，是指作者自己来到阆州。

◎ 严氏溪放歌①（七古）

天下兵马未尽销，②	世上的战乱还没有全消，
岂免沟壑常漂漂。③	到处漂泊的人们填沟壑的命运怎能脱逃。
剑南岁月不可度，	这剑门关南面的日子可真没法过，
边头公卿仍独骄。④	镇守边疆的公卿仍那么专横残暴。
费心姑息是一役，	费心讨好他们真是一趟苦差事，
肥肉大酒徒相邀。⑤	只不过是肥肉老酒请你吃个饱。

呜呼古人已粪土，⑥	唉，古人早就把这些看作粪土，
独觉志士甘渔樵。	独自觉醒的志士甘愿退隐做渔樵。
况我飘蓬无定所，	何况我像飘蓬没有地方安居，
终日戚戚忍羁旅。	滞留在异乡，整天感到悒郁悲凄。
秋宿霜溪素月高，	秋夜栖宿在霜溪上对着皎洁高悬的明月，
喜得与子长夜语。⑦	和您畅谈个通宵真使我心里欢喜。
东游西还力实倦，	东奔西走，我的体力实在疲倦不支，
从此将身更何许。	还不知今后更要流浪到哪里。
知子松根长茯苓，⑧	听说您家的松树根上生长茯苓，
迟暮有意来同煮。	我这迟暮老人想同您一起煮了服食。

注释：

① 据旧注，严氏溪在阆州。但据本卷《行次盐亭县聊题四韵奉简严遂州等》一诗，知严氏为盐亭望族，疑此严氏溪在盐亭县，诗中所述事发生在秋季，可能是广德元年秋自梓州赴阆州经过盐亭时作。大概因为这地方是严氏族人聚居之地，故以其姓氏名溪。从诗的内容来看，有一位姓严的当地人在溪边款待了杜甫，并作长夜畅谈，倾诉了对边境封疆大吏残暴骄奢的愤慨。杜甫在诗中也对他们作了愤怒的谴责，决心不再和他们来往而与渔樵为伍。放歌，就是纵情歌唱。

②“兵马”一作“兵甲”。如为“兵甲”，则与“销”字相合，意思是“销毁武器”，天下真的太平了。如作“兵马”，只能作“战乱”理解，“销”当作“消”，意思是“停止”。

③ 漂漂，指漂泊，不停地到处奔走，流亡。沟壑，见第三卷《醉时歌》注⑭。

④ 边头，边疆。对于京都及中原地区来说，蜀地也是边疆。公卿，指镇守州郡的文官武将。

⑤ 这两句诗的意思不易理解。浦起龙《读杜心解》在句后写上了“句晦”两字。王嗣奭《杜臆》：“‘费心姑息’二句，正见公卿之骄，言公卿费心，不过如小人爱人以姑息。肥肉大酒，用以相要，徒以此一役了事而已。盖有虚礼，无真情能爱人以德

也。”《仇注》从王说。施鸿保则说：“疑‘役’是‘役使’之‘役’，言其酒肉相要，犹是一番役使耳。”译诗大体参照施氏之说，把“役”当作“苦役”解，并把“姑息”，理解为对地方官吏曲意顺从的态度。费心姑息，指杜甫自己不得已而勉强和地方官吏周旋应酬，这种交际简直是一场“苦役”，所得不过是“肥肉大酒”，并不能得到实际的帮助。这样的理解在语言上是说得通的，也较合于诗所表达的情况。

⑥《仇注》解释这一句说：“因叹古之好士者不可复作，志士独向渔樵而遁迹耳。”把“粪土”看作是“化为粪土”的简语。“粪土”也可理解为“视同粪土”，连接上句，就是把“公卿”们和他们的“肥肉大酒”视同粪土，古人已有抱这样的态度的。《仇注》引《晋语》：“玉帛酒食，犹粪土也。”正是这样的意思。杜甫所景慕的嵇康、阮籍、陶潜辈也正是这样的古人。

⑦ 子，指款待杜甫的严氏溪主人。

⑧ 茯苓，见第六卷《路逢襄阳杨少府入城戏呈杨四员外绾》注②。《仇注》引《本草》：“茯苓，千岁松脂也，作丸散服，能断谷不饥。”这不是科学的叙述，而是转述我国古代道家之言。杜甫可能也相信茯苓有这样的功效，由于茯苓能使人“断谷不饥”，因而才想服食它，以除饥饿之苦。如果是这样，杜甫当时的困苦状况就可想而知了。

◎ 警急[①]（五律）

才名旧楚将，[②]	这位淮南当年的大将以文才著名，
妙略拥兵机。	又通晓神妙的兵略，擅长指挥。
玉垒虽传檄，[③]	虽然从玉垒山传来告急的警报，
松州会解围。[④]	相信松州之围一定会很快解开。
和亲知计拙，[⑤]	往昔的和亲策略实在欠妥当，
公主漫无归。[⑥]	金城公主徒然远嫁不能归来。
青海今谁得？[⑦]	试问青海如今在谁手里？

西戎实饱飞。[8]　　　　吐蕃像吃饱了的鹰到处蹿飞。

注释:

① 广德元年七月吐蕃攻陷河陇后，十月攻陷长安。郭子仪等率师在关中反攻，吐蕃西遁，又转而进犯蜀西北边境的松、维、保等州。这诗作于松州被围时，故题为《警急》。诗题下有“原注：高公适领西川节度。”杜甫相信他能战胜吐蕃，保住西川边境，所以在诗中盛赞高适的军事才能，持乐观的态度。同时也抨击了和亲策略的不当，认为与吐蕃和亲，使吐蕃势力壮大，是边境不安的根源。后来，到了广德元年年底，吐蕃终于攻陷了松、维等州，证明了高适并不真有军事才能，杜甫对他的期望落了空。

② 至德二载一月永王璘举兵东下。高适向肃宗陈述了江东的重要性和永王必败之理，得到了赞赏，被任命为扬州左都督府长史、淮南节度使。淮南，旧楚地，故称高适为旧楚将。高适是著名诗人，他是先有文名，后为大将的。杜甫与高适早就相识，常有诗唱和。杜甫赠高适的诗有第二卷《送高三十五书记》、第三卷《寄高三十五书记》《送蔡希鲁因寄高三十五书记》、第八卷《寄彭州高三十五使君适虢州岑二十七长史参》、第九卷《酬高使君相赠》《因崔五侍御寄高彭州》《奉简高三十五使君》等。

③《仇注》:“玉垒山有二，此指威州（即维州，今四川理县附近）之玉垒。”檄，一种公开文书，内容是征召军队或讨伐敌人的宣言等。这里指由于军情警急，要求调兵支援的告急文书。

④ 松州，即今四川松潘县，在维州的北面。当时已被吐蕃包围。

⑤ 景龙二年（708 年），中宗把金城公主嫁给吐蕃赞普尺带珠丹，并把黄河九曲（指黄河上游、青海湖以西的地方）作为公主妆奁给了吐蕃。这样，吐蕃占据了重要的地势，随时可截断河西走廊，孤立安西四镇，威胁秦川和西川。

⑥“漫无归”的“漫”字，《仇注》解释为“徒然”，意思是说金城公主远嫁不归，落得一场空，并未收到效果。

⑦ 青海，指青海湖西、黄河上游的广大地区，也就是指“黄河九曲”。这句诗是反问句，由于金城公主嫁吐蕃赞普，青海便归吐蕃所有。参看注⑤、⑥。

⑧《仇注》引赵次公曰："青海复为吐蕃所得，如饱鹰之不可絷绁矣。"也就是说，吐蕃以青海为根据地，水草茂盛，牧马肥壮，便能到处纵横窜扰。

◎ 王命[①]（五律）

汉北豺狼满，[②]	汉水北面到处是豺狼，
巴西道路难。[③]	西川的道路危险艰难。
血埋诸将甲，[④]	多少战将的衣甲淹没在血泊里，
骨断使臣鞍。[⑤]	奔忙的使臣在马鞍上把腰骨累断。
牢落新烧栈，[⑥]	新近被焚烧的栈道已毁坏残破，
苍茫旧筑坛。[⑦]	往日筑坛拜帅的大将消息茫然。
深怀喻蜀意，[⑧]	深深怀念司马相如对蜀人的宣慰，
恸哭望王官。[⑨]	在痛哭中期待皇上派来守土大员。

注释：

① 诗题是《王命》，意思是迫切地期待着皇上的诏令，希望皇上赶快派使臣来治理地方，统帅军事，使蜀境恢复安宁。这是在广德元年冬高适御敌失败之后写的诗。

② 汉北，指西汉水沿岸地方，当时被吐蕃兵占据。豺狼，比喻吐蕃。

③ 巴西，指西川，即蜀境西部地区，当时吐蕃进攻松、维、保等州，战局不利，故说"道路艰难"。

④《仇注》："（黄）鹤曰：'渭北兵马使吕月将，将精卒二千，与吐蕃战于盩厔（今改称'周至'，在西安市西面），兵败为贼所擒，所谓'血埋诸将甲'也。"吕月将，只是一个例子，在西川亦当有御侮死伤的将士。这句诗是说牺牲之惨重。

⑤《仇注》："赵曰：'广德元年，使李之芳、崔伦往聘吐蕃，留而不遣。'所谓'骨断使臣鞍'也。"这句诗是说使臣奔波之徒劳无功。

⑥《仇注》转引朱注上元二年奴剌、党项寇宝鸡烧大散关事。广德元年冬季吐蕃的入侵较前更深入蜀境，烧绝栈道之事当亦在所难免。

⑦ 旧筑坛，往日曾统帅军队的大将。筑坛，古代筑坛拜帅的仪式，后来便用“筑坛”借代大将。苍茫，消息茫然。《仇注》认为这大将是郭子仪，但与蜀境战争关系不密切，无提到他的必要。《钱笺》谓指严武，可信。郭曾炘亦赞同钱说。

⑧ 据《汉书·司马相如传》，唐蒙通夜郎时，征巴蜀吏卒归他调遣，并借口杀了他们的首领，引起蜀人惊恐和骚动。汉武帝遣司马相如使蜀，责唐蒙，并作《喻巴蜀檄》安抚蜀人。杜甫看到当时蜀地人心不安，故盼望皇帝派遣使臣来像司马相如那样对蜀人加以抚慰，收拾人心。

⑨ 王官，皇帝的使臣。《仇注》引朱注：“王官当指严武。吐蕃围松州，高适不能制，故蜀人思得武以代之。”

◎ 征夫[①]（五律）

十室几人在，[②]	十户人家现在还有几个人，
千山空自多。[③]	千山万山只是白白那么多。
路衢唯见哭，	道路上只看见人们哀哭，
城市不闻歌。	城市里再也听不见欢歌。
漂梗无安地，[④]	我像桃梗漂浮，没有地方安身，
衔枚有荷戈。[⑤]	征夫们默默赶路，还掮着干戈。
官军未通蜀，	官兵仍未打开中原通向蜀地的路，
吾道竟如何。[⑥]	不知有条什么道路能让我走。

注释：

① 诗中有“官军未通蜀”语，疑此诗为宝应元年（762）七月，徐知道反后以兵马扼剑

阁，杜甫留在梓州时所作。诗人又一次看到了他在天宝年间所看到的征兵惨象（参看第二卷《兵车行》中的描写），心中产生无限感慨。他哀痛人民的苦难，对自己的前途感到渺茫，看不到任何出路。这首诗反映了当时他的心境。

② 这句诗从侧面写蜀地壮丁被征发一空的情况。

③ 这句诗是叹惜蜀境山岭虽多，却无助于抵御吐蕃入侵。

④ 漂梗，同“泛梗”，见第一卷《临邑舍弟书至苦雨黄河泛溢》注⑬。

⑤《仇注》引《汉书·高帝纪》颜师古注：“枚状如箸，横衔之，结钮而绕项以止言语也。”所谓“衔枚急走”，指军纪森严，急行军时不得语言。有，通“又”。这句诗表现征夫的痛苦。

⑥“吾道”的“道”，指生活的道路，既指具体的去向，也指奉行的主张。

◎ 西山三首[①]（五律）

夷界荒山顶，[②]	荒山顶后面是夷人地界，
蕃州积雪边。[③]	吐蕃人的聚居地在积雪那边。
筑城依白帝，[④]	挨着西极的天空筑起城堡，
转粟上青天。	运粮上山就好像登上青天。
蜀将分旗鼓，[⑤]	蜀地的将领们分兵讨伐，
羌兵助铠鋋。[⑥]	羌族也派出甲兵支援。
西南背和好，[⑦]	西南边疆民族违背了和好的盟约，
杀气日相缠。	战争的烽烟天天缠结不散。

注释：

① 西山，即岷山，又名汶山，经今甘肃省之岷县入川境，主峰在松州（今四川松潘县）

北面。西山在唐代是边防前线，吐蕃侵蜀，首先就要攻西山。唐朝在西山一带设立松、维、保诸城，以资御敌。广德元年秋冬间，吐蕃进犯西山诸城，十二月松州、维州失陷。这诗写于松州被围时。

② 荒山，指西山。

③ 蕃州，指吐蕃的民族居住地区。积雪，指西山（岷山）山顶的积雪。

④ 我国古代神话说有五位天帝，“白帝”是五位天帝之一。《周礼 · 天官》：“祀五帝”，疏：“五帝者，东方青帝灵威仰，南方赤帝赤熛怒，中央黄帝含枢纽，西方白帝白招拒，北方黑帝叶光纪。”诗句中的“白帝”就是指“西方白帝白招拒”，用它来代表西方的天。

⑤ 有句成语“旗鼓相当”，其中的“旗鼓”原义是代表军事力量，代表兵力。“分旗鼓”即分出兵力。这句诗是说蜀境各地方的驻军分兵去进攻入侵之敌。

⑥ 当时西川边境有羌人聚居，服从唐朝，常出兵供唐朝调遣。铠，头盔。铤，小矛。这里用来借代兵队。

⑦ 西南，指西南边境的少数民族，即吐蕃。

◎ 其二（五律）

辛苦三城戍，[①]	战士辛辛苦苦防守三个城堡，
长防万里秋。	万里长的边防线上已是深秋。
烟尘侵火井，[②]	战争的烟尘向火井一带侵来，
雨雪闭松州。[③]	连天雨雪紧紧锁闭住松州。
风动将军幕，	大风吹撼着将军的营幕，
天寒使者裘。[④]	冒着严寒来往的使者穿上皮裘。
漫山贼营垒，[⑤]	满山是贼寇的营垒，

回首得无忧。　　回头远望怎不令人担忧。

注释：

① 三城，指西山地区的松、维、保三个州城，是西川边防要地，吐蕃屡次在这一带窜扰。

② 黄鹤引《唐书·地理志》，火井在邛州（今四川省邛崃市）。当时设有火井县。按蜀境火井有多处，距西山最近的是邛州火井。这句诗是说邛州也受到了战火的威胁。

③ 这句是写实际自然景象，但也是寓言，雨雪闭锁象征吐蕃的包围。

④ 使者，指传送公文信件的一般使者。

⑤ 这句诗是想象吐蕃兵包围松州的情景。

◎ 其三（五律）

子弟犹深入，[①]　　东川西川的子弟兵仍在挺进，
关城未解围。　　边关的城堡还没有解围。
蚕崖铁马瘦，[②]　　蚕崖关下的铁甲马已经饿瘦，
灌口米船稀。[③]　　到达灌口的运米船寥寥无几。
辩士安边策，[④]　　善辩的谋士在讨论安边的策略，
元戎决胜威。[⑤]　　统兵的主帅有决战取胜的雄威。
今朝乌鹊喜，　　今天早晨我听见乌鹊报喜，
欲报凯歌归。　　好像在预报将士唱着凯歌归来。

注释：

① 杜甫于广德二年在严武幕中时曾作有《东西两川说》一文，其中说到西山驻军情况，

除关辅山东劲卒外，还有“兼差堪战子弟向二万人”。所谓“子弟”，即“子弟兵”，地方民兵之类的武装。深入，向敌军侵占地区挺进，目的在解松州之围。

②《仇注》引《寰宇记》：“蚕崖关在导江县（属彭州）西北四十七里”。是西山后方的重要关隘，驻有军队。铁马，指该地的驻军。

③ 灌口，在岷江边，原来是青城县的一个镇，即今之灌县。“米船稀”是说到达灌口的运米船稀少，前一句诗中有“铁马瘦”等语，可见军粮不足。以上两句诗是说军队供应困难，这是唐军的弱点。

④ 辩士，指西川节度使幕府中的参谋们。

⑤ 元戎，指西川节度使。这一句和上一句诗是说唐军能够战胜的有利条件。

◎ 与严二郎奉礼别[①]（五排）

别君谁暖眼，[②]	您走后还有谁的眼光能使我温暖，
将老病缠身。	怕一直到老死我都有疾病缠身。
出涕同斜日，	在斜阳下，我们一起流下眼泪，
临风看去尘。	迎着风，看着您身后扬起的灰尘。
商歌还入夜，[③]	夜晚来临了，又听见传来悲歌声，
巴俗自为邻。[④]	和我相邻的自有这些风俗不同的巴人。
尚愧微躯在，	我这卑微的人还活着，觉得内疚，
遥闻盛礼新。[⑤]	远方将传来消息说您筹办的盛大典礼使人耳目一新。
山东群盗散，[⑥]	太行山东面的盗群都已溃散，
阙下受降频。	宫门前的受降典礼频频举行。
诸将归应尽，[⑦]	那些叛军将领该都已归顺，
题书报旅人。	请写封信告诉我这羁旅异乡的人。

注释：

①《仇注》引《唐书》："太常寺奉礼郎二人，掌君臣班位，以奉朝会祭祀之礼"。奉礼郎即后代的所谓典礼官。第十一卷《从事行赠严二别驾》中的严二可能与这个严二是同一个人，他自梓州内调京都为奉礼郎，杜甫写这诗送别。当为广德元年秋在梓州时作。

②《仇注》："谁暖眼，言冷眼者多"。这样理解，就是说严二的眼光是温暖的，严二走后，温暖目光就再看不到。另一种看法是，"谁暖眼"是说"谁的眼光使我感到温暖。"这样理解较好。

③ 旧注引《淮南子》："甯戚饭牛车下，击牛角而疾商歌。"这是指有才能的人在未得到重用时所作的哀歌。而这诗中的"商歌"，指一般的悲歌。《礼·月令》："孟秋之月，其音商"。按"商"为五音（宫商角徵羽）之金音，其音凄厉悲凉。战乱年代的民歌带着悲伤音调，故称为"商歌"。

④ 巴俗，巴人的风俗。但这里是以"巴俗"代替"巴人"，指蜀地土著居民。

⑤ 因为严二入京做奉礼郎，故诗中预祝他的工作获得成绩。典礼使人感到耳目一新，正是严二才能的表现。

⑥ 山东群盗，指太行山以东河北境内的安史残部。

⑦ 诸将，指安史残部中的将领。归，指归顺唐朝。

◎ 赠裴南部[①]（五排）

尘满莱芜甑，[②]	范莱芜的饭甑上积满灰尘，
堂横单父琴。[③]	单父宰的堂上横放着素琴。
人皆知饮水，[④]	人人都知道您和邓攸一样，只饮县境里的水，
公辈不偷金。[⑤]	您这样的人如同那直不疑，哪里会偷拿别人的黄金。
梁狱书应上，[⑥]	您该像邹阳那样在狱中上书梁王为自己辩白，

秦台镜欲临。⑦	像秦皇宝镜那样能洞察一切的按察官即将到临。
独醒时所嫉，	如今独自觉醒的人要遭人嫉恨，
群小谤能深。	卑鄙小人诽谤起好人可毒辣凶狠。
即出黄沙在，⑧	您很快就要从监狱里出来，
何须白发侵。	何必太忧愁让白发早生。
使君传旧德，⑨	使君把检察的使命交托给德行高尚的老成人，
已见直绳心。⑩	已看得出他的心正直得像朱丝绳。

注释：

① 南部，是阆州的一个县。裴南部即南部县的裴县令。他因贪污罪系狱，阆州刺史派了一位袁判官来按察（原注：闻袁判官自来，欲有按问），杜甫认为裴是受冤，故赠诗慰问。

②《仇注》引《后汉书》："范丹，字史云，为莱芜长，清贫。人歌曰：甑中生尘范史云，釜中生鱼范莱芜。"裴君为南部县令，诗中以东汉著名的清廉县令范丹来比喻，是说裴县令有"清贫"之名，为他的贪污案雪冤。

③ 单父，指宓子贱，也写作虙子贱，为孔子弟子，孔子称其才任霸王之佐。《吕氏春秋》："子贱为单父宰，弹琴不下堂而治。"诗中以孔子弟子宓子贱来比喻裴县令在南部县能以礼乐教化人民。

④《仇注》引《晋书》："邓攸为吴郡守，载米之官，俸禄无所受，饮吴水而已。"这句诗说南部县的人民都知道裴县令清廉，如邓攸在吴郡一样，只饮吴水，别无所取。

⑤《仇注》引《汉书》："直不疑（人名）为郎，其同舍有告归者，持同舍郎金去。金主意不疑（疑心是直不疑取金），不疑买金偿之。后告归者来而归金，金主大惭。"诗中所说的"不偷金"，就是直不疑的故事，用直不疑来比拟裴南部，表明他绝不是不道德的人。

⑥《仇注》引《汉书》："邹阳从梁孝王游，羊胜谗毁之，下吏，阳从狱中上书，王出之。"诗中劝裴君效法邹阳梁狱上书，为自己辩冤。

⑦《西京杂记》载汉高祖入咸阳宫，在秦府库中发现一面方镜，能照出人体心肝。这里

以“秦镜”来比喻前来按问的袁判官有洞察一切的能力，定能把裴南部的冤案查清。

⑧《仇注》：“黄沙，狱名。”引《魏志·高柔传》注：“晋武帝世为黄沙御史”。又引骆宾王《在狱书怀》诗：“青陆芳春动，黄沙旅思催。”可见“黄沙”借代监狱。即出黄沙在，意思是“出黄沙在即”，在不久的将来就要出狱。

⑨ 使君，《仇注》认为是指“袁判官”。施鸿保则认为使君应指“阆州太守”。译诗从施说。传旧德，施认为是“传闻裴之旧德”，其实“旧德”是指“袁判官”。按习惯用法“旧德”指老臣之有德望者。《晋书·何曾传》：“可谓旧德，老成，国之宗臣者也。”“传”是“授”的意思，即把“按问”的使命交给袁判官。

⑩ 直绳心，喻正直的人。鲍照《白头吟》：“直如朱丝绳”。又本卷《棕拂子》：“濯濯朱丝绳”。

◎ 巴山[①]（五律）

巴山遇中使，[②]	在巴山下遇到一位宫里来的差官，
云自陕城来。[③]	他说是从陕城来到这里。
盗贼还奔突，[④]	盗贼还在到处疯狂窜扰，
乘舆恐未回。[⑤]	恐怕皇帝的车驾至今还没有回去。
天寒邵伯树，[⑥]	邵伯的甘棠树下天气已寒冷，
地阔望仙台。[⑦]	华州的望仙台隔着辽阔的土地。
狼狈风尘里，	皇帝在风尘中处境狼狈，
群臣安在哉！[⑧]	那些大臣们现在都在哪里！

注释：

① 广德元年十月，吐蕃向奉天（今陕西乾县）、武功等地进犯，代宗出奔陕州（今河南陕县），吐蕃遂入长安。这诗作于这年冬季听到这消息后。那时杜甫在阆州。阆州旧

称巴西。大巴山脉延伸到蜀境后，自北向东南行，东达夔州附近，称为巴东；西面阆州境亦有余脉，故称巴西。因此，在阆州亦可称在巴山下。第一句诗的前两字为“巴山”，即以此为题。杜甫在阆州遇见中使，得知皇帝东奔陕州的消息，心中十分酸楚。古代把皇帝看作国家的代表，皇帝蒙难，臣民就觉得是自己遭了大难。杜甫是自小受儒家思想熏陶的人，更是忠于皇帝，不仅在理智上有如此认识，而且在感情上也会不能自已地激动起来。这诗中表达的就是这种情绪。

② 巴山，指巴山附近的阆州，参看注①。中使，皇帝身边的随从人员。

③ 陕城，即陕州城，见注①。

④ 盗贼，指进犯的吐蕃兵。

⑤“乘舆”的“乘”，读“胜”（shèng），乘舆，指皇帝乘的马车，借代皇帝。

⑥《仇注》引《九域志》：“邵伯甘棠树，在陕州府署西南隅。”召（与“邵”通）公，周文王庶子，名奭，封于召，故称召伯。他曾巡行南国，劝政治农，止舍于甘棠之下。民思其德，遂爱护此树，作《甘棠》诗（《诗·召南·甘棠》）。这句诗是怀念逃奔到陕州的代宗，因为“召伯树”在陕州。

⑦ 据《仇注》引《三辅黄图》：“望仙台，汉武帝所建，在华州华阴县。”《仇注》又引顾注：“甘棠树、望仙台，俱属陕州近境，时天子在陕，故有天寒地阔之感。”

⑧ 最后两句诗是对朝廷大臣的责备。皇帝狼狈如此，群臣都到哪里去了？为什么不能保卫京都，使皇帝能端拱而治。

◎ 早花[①]（五律）

西京安稳未？	长安的局势安定了没有？
不见一人来。	却看不见一个人从那里来。
腊日巴江曲，[②]	腊月，在巴西回曲的江边，
山花已自开。	山上的野花已经绽开。

盈盈当雪杏，　　　　娟秀的杏花对着积雪，
艳艳待春梅。　　　　艳丽的红梅在把春天等待。
直苦风尘暗，　　　　使我苦恼的是战争烟尘阴暗，
谁忧容鬓催。[③]　　　谁为鬓发一天天变白伤悲。

注释：

① 阆州气候温暖，腊月已有杏花、梅花开放。这诗是广德元年十二月所作，郭子仪率兵反攻，吐蕃撤出长安，代宗很快就回京师。杜甫在蜀，对这情况还不清楚，心中仍在焦虑，见早花开放，忧思难抑。这诗反映了伟大诗人的爱国思想，不为自己的衰老而为国家的忧患愁苦。

② 巴江曲，指阆州嘉陵江的弯曲转折处。腊日，一作“腊月”，指旧历的十二月（又称“腊月”）的日子或天气。

③ 末两句诗表明诗人心中悲苦不是为自己的日益衰老而是忧心战局和皇帝的情况，这是诗的主旨。

◎ 发阆中[①]（七古）

前有毒蛇后猛虎，[②]　　前有毒蛇，后有猛虎，
溪行尽日无村坞。[③]　　沿溪走了一整天没看见村坞。
江风萧萧云拂地，　　江上风声萧萧，云雾低拂地面，
山木惨惨天欲雨。　　山头树木阴惨惨，好像就要落雨。
女病妻忧归意急，　　女儿患病，老妻忧愁，我在焦急地赶路，
秋花锦石谁能数？[④]　　繁盛的秋花，斑斓的锦石，这时谁有兴致去数？
别家三月一书来，　　离家三个月才收到一封来信，
避地何时免愁苦。　　逃难要逃到哪天，什么时候才能不再愁苦。

注释:

① 广德元年秋末杜甫从梓州到阆州，这年年底才回梓州，在阆州停留约三个月。这诗是从阆州回梓州探家时所写。女病妻愁，他在路上焦虑不止，更无观赏一路风景的雅兴。

② 毒蛇、猛虎，是写实，也是隐喻。唐代山路上有毒蛇猛兽，是很平常的事，散兵、盗匪，亦时时扰人，自与蛇虎无异。

③ 村坞，即村庄。北方以厚土墙环绕的村庄称为“坞”。

④ 锦石，指山石之色彩斑斓者。谁能数，意思是说没有仔细观赏的兴致。冬日而有“秋花”，古代就有人提出怀疑。《九家注》引赵云：“此冬时归而言秋花，岂前日所开未谢之花耶?”浦起龙也勉强为之解释云：“归梓在冬，此云‘秋花’者，来时曾见，归路已无，途次往来，每多斯感。公是时则意急而不暇数其枯落者几处也。”“秋花”一词，可能古代传抄时有讹误。

◎ 江陵望幸[①]（五排）

雄都元壮丽，[②]	这雄伟的都城本来就很壮丽，
望幸欻威神。[③]	盼望皇帝驾临，更顿时神情振奋。
地利西通蜀，	地势便利，西面通往巴蜀，
天文北照秦。[④]	天上的星辰向北直照到三秦。
风烟含越鸟，	风烟中飞翔着越地来的鸟，
舟楫控吴人。[⑤]	驾船航行的有东吴来的人。
未枉周王驾，[⑥]	可惜周穆王巡行天下没来过这里，
终期汉武巡。[⑦]	它却始终期待着皇帝巡幸。
甲兵分圣旨，[⑧]	如今诏令分派甲兵来镇守，

居守付宗臣。[⑨]	京师里的事已交付给重臣。
早发云台仗，[⑩]	请皇上的仪仗队早早出发，
恩波起涸鳞。[⑪]	皇上的恩泽能使受难人民苏醒。

注释：

① 广德元年十月，代宗避吐蕃兵到陕州以后，曾有以江陵为行都南下江陵的打算，杜甫根据当时局势作了分析，也认为驾幸江陵是必然之事，所以写了这样一篇盼望皇帝临幸江陵的诗。这年十二月，吐蕃撤出长安不久，代宗就回到长安。江陵之行并未实现。

② 雄都，指江陵府。上元初，吕諲请建荆州为南都，于是称荆州江陵郡为江陵府，以吕諲为府尹。第九卷有《建都十二韵》，可参看。

③ 这句诗用了拟人的修辞手法。江陵府欢迎皇帝驾幸，顿时精神振奋。

④ 我国古代常把地理位置和眼睛看到的星辰位置联系起来，说某地是某星宿的分野。《仇注》："秦分野占狼弧。狼弧与南极老人星相近，是天星在南，而北照秦野也。"这就是说关中地区就在江陵北面，相距并不遥远。

⑤ 这两句诗说江陵地理位置重要，可东连吴越。

⑥ 周王，指周穆王。古史传说周穆王乘八骏周行天下，西至昆仑。但他未到过江陵。

⑦ 汉武，喻唐代宗。唐诗中常以汉皇来影射唐帝。

⑧ 广德元年冬，代宗幸陕，拜卫伯玉为江陵尹，充荆南节度观察等使，率兵镇守江陵。

⑨ 当时郭子仪已率兵攻克长安，留守京都的重臣指郭子仪。

⑩ 云台，在汉代的南宫中。云台仗，指皇帝的仪仗队。早发云台仗，是希望皇帝的车驾早日出发。

⑪ 涸鳞，借喻江陵苦难的百姓。

◎ 愁坐[1]（五律）

高斋常见野，[2]	在我的高斋里能看见田野，
愁坐更临门。	愁闷时总坐在那里，而且面对着门。
十月山寒重，	十月里，山冈显得寒冷而沉重，
孤城水气昏。	孤寂的城里水气昏昏。
葭萌氐种迥，[3]	氐族占领葭萌是古远年代的事，
左担犬戎屯。[4]	如今左担道上却有吐蕃兵驻屯。
终日忧奔走，	我整天在担忧怕再逃难，
归期未敢论。	回家乡的日期还不敢谈论。

注释：

① 这诗写于吐蕃侵扰河陇一带，汉中部分地区被侵占时。那是在广德元年秋冬间的事，杜甫住在阆州。这一年正月，当杜甫听到安史残部投降、河南河北收复的喜讯时，曾欣喜欲狂，打算马上回乡，参看第十一卷《闻官军收河南河北》。而现在，回乡的事却想也不敢想了。当他在高斋中对门愁坐时，绝望、痛苦的心情是难以言说的。这首诗以“愁坐”为题，写的正是枯坐愁思一筹莫展的情境。

② 高斋，见第四卷《白水崔少府十九翁高斋》注④。

③“氐”人曾于东晋永和六年（350 年）在长安建立前秦，苻坚就是最著名的氐人首领。东晋太元元年（376 年）氐人进入巴蜀。葭萌是剑门关北面的一个古地名，唐代属利州，在今昭化镇南，是军事要地，氐人入蜀必经之路。这句诗是说，氐人入侵是古代的事，在唐代已不足为患。当时羌、氐族人在陇、蜀边境仍有聚居者，但已作为唐朝国境内之少数民族与汉族和睦相处。

④ 左担，即“左担道”，在汉代称阴平道，在今甘肃文县和四川平武县之间，地形险要。广德元年秋吐蕃入侵河陇时被侵占。犬戎，在周朝末年常进犯中原，这里是借代吐蕃。

◎ 遣忧[①]（五律）

离乱知又甚，	知道战局又变得更加混乱、严重了，
消息苦难真。	令人苦恼的是没法知道真情。
受谏无今日，[②]	当初如果接受劝谏就不会有今天，
临危忆古人。[③]	灾难临头时才想起古人的教训。
纷纷乘白马，[④]	许多人像骑白马的侯景纷纷作乱，
攘攘著黄巾。[⑤]	更有许多人争着学张角缠上黄巾。
隋氏留宫室，[⑥]	长安的宫殿还是隋朝遗留下来的，
焚烧何太频。[⑦]	为什么频频遭到焚烧的命运。

注释：

① 在广德元年秋冬间，吐蕃侵陷长安、代宗奔逃陕州的日子里，杜甫忧国之心有增无已。这诗以《遣忧》为题，实际上是探讨唐朝造成乱局的原因，主要是从统治者的责任方面来加以追究。尽管诗中的某些论断和说法并不正确，但诗中流露出来的爱国主义精神是很感人的。

② 这两句诗所说的历史教训应该是带有普遍性的，但不一定确指某一事件。关于代宗拒谏事，《仇注》举了广德元年四月郭子仪上言的事。郭子仪数次上言吐蕃、党项不可忽，宜早为之备，代宗却一心想和好，不肯纳谏。

③ 关于“忆古人”，《钱笺》引了《剧谈录》所载唐玄宗奔蜀后回忆起张九龄曾说安禄山必反，劝早除之的事，玄宗说：“吾取张九龄言，不至于此。”古人，指张九龄。

④ 乘白马，指南北朝时降梁后又举兵造反的侯景。大同中（535—545 年）有童谣曰：“青丝白马寿阳来”，预言了侯景造反的事。

⑤ 黄巾，指东汉灵帝时张角领导的农民起义。

⑥ 长安的宫殿，大多是隋朝留下来的，有着长久的历史。诗中提到这一点，是说安史乱前，唐朝的统治很巩固，社会安定。

⑦ 长安的宫殿，迭次遭到焚烧。天宝十五载遭到安史叛军的焚烧，广德元年又遭到吐蕃的焚烧。

◎ 冬狩行[①]（七古）

君不见东川节度兵马雄，	你可看见，东川节度使的兵马多威风，
校猎亦似观成功。[②]	围猎也好像检阅战斗的勋功。
夜发猛士三千人，	半夜里，三千猛士一齐出动，
清晨合围步骤同。	清晨合围，众人的步调相同。
禽兽已毙十七八，	禽兽十之七八被击毙，
杀声落日回苍穹。	太阳下山时杀声还回响在高空。
幕前生致九青兕，[③]	活捉住九头青野牛送到营幕前面，
馲驼嵬峞垂玄熊。[④]	骆驼的高高峰背上挂着黑熊。
东西南北百里间，	东西南北一百里路之间，
仿佛蹴踏寒山空。	寒冬的深山好像已被踏遍搜空。
有鸟名鸜鹆，[⑤]	有一种小鸟名叫八哥，
力不能高飞逐走蓬。	它力小飞不高，只能跟着飘蓬。
肉味不足登鼎俎，[⑥]	肉的滋味也不能供贵官享用，
胡为见羁虞罗中。[⑦]	为什么也陷进猎手的罗网中。
春蒐冬狩侯得用，[⑧]	春冬两季狩猎的规矩诸侯也适用，
使君五马一马骢。[⑨]	刺史驾车的五匹马里还有一匹御史的青骢。
况今摄行大将权，[⑩]	何况如今又代行大将的权力，
号令颇有前贤风。	发号施令颇有前代贤才的遗风。

飘然时危一老翁，	我是危难时到处漂泊的一个老翁，
十年厌见旌旗红。	十年兵荒马乱，已厌见旌旗颜色的鲜红。
喜君士卒甚整肃，	喜的是您部下军纪十分严明，
为我回辔擒西戎。[11]	希望他们为我转过马头去擒西戎。
草中狐兔尽何益，	把草丛里的狐兔捉尽有什么用，
天子不在咸阳宫。[12]	天子如今不能安居在咸阳宫中。
朝廷虽无幽王祸，[13]	朝廷虽然没有发生周幽王遭到的那种灾祸，
得不哀痛尘再蒙！[14]	可再次逃难出皇宫怎不叫人悲痛！
呜呼，得不哀痛尘再蒙！	啊，再次逃难出皇宫，怎不叫人悲痛！

注释：

① 诗题下有原注："时梓州刺史章彝兼侍御史留后东川。"关于章彝，可参看本卷《陪章留后侍御宴南楼》注①。冬狩，指冬季的狩猎。广德元年十月，吐蕃陷京师，唐代宗出奔，国势危殆，而掌握东川军政大权的章彝却兴师动众，大举围猎，只顾一己之享乐，不顾国家忧患，杜甫对此是很愤慨的。但当时杜甫依章彝而生活，受到章彝的特殊优待，在长期奔波之后得到暂时的安居，因此又不敢触怒章彝。在这首记狩猎盛况的诗中只能委婉地规劝。即使这样小心翼翼地提意见，也已经冒着杀身的危险。我们今天对杜甫当时的处境并不能深知，但从这诗来看，他的勇气还是够大的，毕竟做到了直言不讳，为仗义执言而不顾个人的安危。

② 校猎，古代史籍的注解中有各种不同的解释。颜师古曰："校，谓以木自相贯穿为阑校耳。校猎者，大为阑校以遮禽兽而猎取也。"译为围猎，大体用颜说。《仇注》："观成功，谓兵马雄壮，似凯旋奏功。"

③ 兕，音"似"（sì），我国古代文献中的"兕"是指一种特殊的野牛，形如野牛面色青，并非现代所说的野牛。译为"青野牛"。

④ 犱驼，即骆驼。嵔峞，音"垒垂"（lěi chuí），高貌，这里指骆驼背上的驼峰。

⑤ 鸜鹆，一般写作"鸲鹆"，音"渠玉"（qú yù），鸟名。现在这种鸟称为"八哥"。

⑥ 登鼎俎，指用于贵人家的筵宴。

⑦ 虞罗，虞人的罗网。古代称守林人为虞人。

⑧ 蒐，音“搜”（sōu），春、秋季打猎称“蒐”。春蒐冬狩，本来是天子的事，但诸侯也可以这样做。唐代的刺史，权力与古代的诸侯相等，故也能以诸侯称之。

⑨ 古代制度，天子驾车用六马，三公九卿用四马。刺史地位不高于三公九卿，也应为四马；但刺史加秩二千石，可以增一马，故可用五马。章彝兼侍御史，应乘骢马，即所谓“骢马御史”。故诗中这样来称章彝。

⑩ 摄行大将权，指章彝之为“东川节度使留后”，不是由朝廷正式除授的节度使。

⑪ 西戎，喻吐蕃。

⑫ 咸阳，长安附近的一个县，秦朝的都城在咸阳。这里用来指唐朝的京城长安。

⑬ 幽王祸，指周末幽王被犬戎人杀于骊山之下的事。

⑭ 蒙尘，指天子因故逃离宫殿。安史乱起时，唐玄宗奔蜀，肃宗建行都于灵武等地，都可称为“蒙尘”，广德元年，代宗奔陕，因此说“尘再蒙”。

◎ 山寺[①]（五古）

野寺根石壁，	荒凉的佛寺依着石壁矗立，
诸龛遍崔嵬。	许多佛龛布满高峻的山崖。
前佛不复辨，	庙门前的佛像已经看不清楚，
百身一莓苔。	座座佛像身上都遮满莓苔。
虽有古殿存，	虽然还有一座古殿存在，
世尊亦尘埃。[②]	如来佛的身上也堆满了尘埃。
如闻龙象泣，[③]	好像听得见龙象在哭泣，
足令信者哀。	这已足够让信徒们感到可悲。

使君骑紫马，	章使君骑着紫红马，
捧拥从西来。	在随从簇拥下从西面走来。
树羽静千里，[④]	羽旗一竖立就千里寂静无声，
临江久徘徊。[⑤]	他面对着江水，久久徘徊。
山僧衣蓝缕，[⑥]	山僧衣裳破破烂烂，
告诉栋梁摧。	向使君诉说佛殿的栋梁已经断裂。
公为顾宾从，	使君听了回顾随从的人员，
咄嗟檀施开。[⑦]	一开口就答应布施一笔钱财。
吾知多罗树，[⑧]	我听说西方的多罗宝树，
却倚莲华台。[⑨]	靠近巨大的莲花台。
诸天必欢喜，[⑩]	使君的慷慨定能使护法的天神欢喜，
鬼物无嫌猜。[⑪]	不必担心鬼怪对你加害。
以兹抚士卒，[⑫]	能用这样的善心来安抚士卒，
孰曰非周才。[⑬]	谁说不能表现出济世的大才。
穷子失净处，[⑭]	穷困的百姓失去安定的生活，
高人忧祸胎。[⑮]	有远见的人就担心这会孕育祸胎。
岁晏风破肉，[⑯]	岁暮的大风似乎要把人的皮肉吹破，
荒林寒可回。	荒林里多么寒冷，人们都想早回。
思量入道苦，[⑰]	我思量着进入佛门的人也真艰苦，
自哂如婴孩。[⑱]	可笑自己简直像个不懂世事的婴孩。

注释：

① 这首诗述章彝游一残破山寺，施舍修寺费用的事。杜甫一同去游览，亲见章彝所作的一切，因而在这诗中对章彝提出了委婉的讽喻，希望他能如关心寺院一样关心士卒和广大人民的疾苦，诗末还写出作者的自省，承认自己对世事缺少理解。

② 世尊，佛经中常称佛为“世尊”。如《文殊传》：“世尊之座高七尺，名七宝莲花

台”。译写为“如来佛”。

③《仇注》引杜修可曰：“《传灯录》云：龙、象乃鳞毛类中最巨者，故经称僧之出类者为龙象，非指佛象也。”但诗句中有“如闻”两字，可知龙象并不是指山寺中的高僧，可能仍是指如来佛旁的其他菩萨像。佛教认为任何人认真修行都可成佛，佛与僧本无截然界限，菩萨正是修行而成。“龙象”两字，未加译述。

④ 羽，指主帅的羽旗。这句诗以夸张手法形容章彝的威严。

⑤ 这句诗是说章彝看到山寺残破，陷入沉思。

⑥ 蓝缕，在现代汉语中多写作“褴褛”，衣衫破烂。

⑦ 咄嗟，音“多阶”（duō jiē），吆喝，大声发令。檀施，即布施、施舍。《仇注》引黄希曰：“佛书注：梵语‘檀波罗蜜’，华言‘布施’，此合华梵之语而云‘檀施’。”

⑧ 多罗，梵语译音，树名。它的树叶，古代印度用来书写佛经，称为“贝多”。多罗树，即贝多树。佛教视为宝树。

⑨ 莲华台，即佛像下的莲花宝座。浦起龙曰：“‘吾知’八句（应为四句），言气象一新，诸佛必喜。”看来是想象章彝施财修寺所引起的“天界”反应，并以“多罗树”与“莲华台”来预示佛寺修复后的宏伟庄严气象。

⑩ 诸天，见本卷《涪城县香积寺官阁》注⑤。

⑪ 佛教也说有鬼物。因章彝布施修寺，行善事，故可受佛的保佑而免于鬼物的加害。

⑫ 兹，指施财修寺的善行和善心。

⑬ 周才，大才。《诗·周南·卷耳》：“置彼周行”，“周行”训“大道”。“周”有“大”的意思。这两句诗是说，如能推广修寺的善行、善心，则可安抚士卒，使士卒听命；更可用于经世济时，为国家的栋梁。这两句诗是对章彝的勉励。

⑭ 穷子，过去注家意见不一，有认为是指士卒，有认为是泛指穷人。《杜臆》：“‘穷子失净处’，用《法华（经）》语，言穷民之失所也。”净，是佛经中一个重要的概念。如称“佛国”为“净土”，称“善行”为“净业”，佛的本义是“净觉”等。“净处”是指合于佛教教义要求的生活环境。无法在译诗中准确表达，勉强写作“安定的生活”。

⑮ 高人，指见识高的人。祸胎，指灾祸爆发以前的状态和酝酿过程。这句诗是劝章彝应防患于未然。

⑯ 岁晏，即岁晚、岁暮。破肉，极写寒风凛冽。

⑰ 入道，指入佛门修禅。杜甫多次表示了想学佛修禅的意愿，今见此残破山寺情况，才知佛门中人也很痛苦。这并不是说生活贫困，而是说佛门也不免要依靠贵官富人，并不是真的能脱离尘世。认识到这一点，再回过头来看自己过去的想学佛修禅，不是很可笑吗。当然，这只是杜甫一时的感触，他后来还是常常谈起学佛的事。也可以说，当杜甫意识到自己可笑时，也还是不能真正从自己的处境中摆脱出来。不能解决他因社会地位所造成的思想矛盾。

⑱《仇注》认为："当此寒尽春来之候，方欲如婴孩之自适，岂能与山僧辈为此入道之艰苦乎。"这样来解释，不能说明"自哂"之为何事。把"自哂"理解为"自适"，是没有根据的。

◎ 桃竹杖引赠章留后[①]（七古）

江心磻石生桃竹，[②]	江心磐石上生长着桃竹，
苍波喷浸尺度足。	清清江水喷洒浸灌，高度已长足。
斩根削皮如紫玉，	斩根去皮之后就像一枝紫玉，
江妃水仙惜不得。[③]	江妃、水仙虽然爱惜它，也只得让人们拿去。
梓潼使君开一束，[④]	梓州章使君拆开了一捆，
满堂宾客皆叹息。	满堂宾客看了个个赞叹不止。
怜我老病赠两茎，	使君可怜我又老又病送给我两枝，
出入爪甲铿有声。[⑤]	抓它放它，碰上指甲铿铿发声。
老夫复欲东南征，[⑥]	我还要到东南去旅行，
乘涛鼓枻白帝城。[⑦]	将乘着风浪摇桨经过白帝城。

路幽必为鬼神夺，[8]	在幽暗的路上一定会有鬼神来抢夺，
拔剑或与蛟龙争。	为了它，必要时我将拔出剑和蛟龙斗争。
重为告曰：	让我再向你祝祷：
杖兮杖兮，	桃竹杖啊，桃竹杖，
尔之生也甚正直，	你生在世上多么正直，
慎勿见水踊跃学变化为龙，[9]	千万别看见水跳进江里变成龙，
使我不得尔之扶持，	使我失去你的支持，
灭迹于君山湖上之青峰。[10]	不能踏上洞庭湖里的君山青峰。
噫，风尘澒洞兮豺虎咬，[11]	啊，这世上风尘弥漫，豺虎逞凶，
忽失双杖兮吾将曷从。[12]	忽然丢失这一对手杖，还有谁我可以跟从。

注释：

① 桃竹，又名桃枝竹，出产于合州之铜梁山。苏轼《跋桃竹杖引后》：“桃竹，叶如棕，身如竹，密节而实中，犀理瘦骨，盖天成拄杖也。出巴渝间，郭璞有《桃竹赞》，子美有《桃竹歌》。”《杜臆》：“桃竹即棕竹，川东至今有之。”今四川三台县附近仍有少量棕竹生长，竹竿细长，皮青色，刮去青皮露出紫色，与诗中所说的“斩根削皮如紫玉”相合，章彝赠杜甫两根桃竹杖，杜甫对它们十分宝爱，在它们身上寄托着自己的信心与希望。诗中表达的形象和情绪都很神秘，其中含蕴的深意不是很容易理解的，但也能激动人心，使人产生庄严的美感。

② 江心，指嘉陵江或涪江江心。因桃竹产地合州位于嘉陵江与涪江交会处。磻石，通“盘石”。

③ 江妃、水仙，俱为水上的神。诗中这样说，是强调桃竹之可宝贵。

④ 梓潼，即梓州。唐代称梓州梓潼郡，州指州治，郡指全州管辖之地。

⑤ 出入爪甲，指手握竹杖和放下竹杖的动作。

⑥ 杜甫久有往江东的愿望。东南征，指江东（江南）之行。

⑦ 枻，音“益”（yì），就是桨。白帝城在夔州（今重庆市奉节县），乘船由长江出川必

经之地。

⑧ 这句诗所写是诗人的想象。由于战乱和社会上的凶恶势力，使杜甫对前途产生某种恐怖感。这句诗里的“鬼神”及下一句里的“蛟龙”正是这种主观意象的对象化。

⑨ 竹杖化龙，意味着曾给自己帮助的人变化为自己的对立面，变化为鬼神。这当然象征着某些社会现象，象征着人与人关系的变化。有人说这两根竹杖，一根是指章彝，一根是指严武。说得太死，不可取。这类诗的蕴涵仍是让它保持着一些模糊性较好。

⑩ 君山湖，即洞庭湖。湖中有君山，古代传说舜妃湘君曾游于此，以景色秀丽著名。灭迹，意思和“扫迹”“绝迹”相似，即不能留下脚印，也就是说不能前往登山一游。

⑪ 澒洞，音“哄洞”（hòng dòng），弥漫。豺虎，比喻世上一切凶恶残暴的人。

⑫ 这句诗比较明显地表达出，作者的心中十分害怕失去依靠。曷从，即“从谁”。杜甫自从离开华州掾的职务后，一直依靠别人生活，这是古代失意文人常常不可避免的命运。又要依靠人，又要坚持自己的政见、道德观点和独立人格，不免要发生矛盾，杜甫的悲剧的根源就在这里。

◎ 将适吴楚留别章使君留后兼幕府诸公[①]（五古）

我来入蜀门，	自从我进入蜀境，
岁月亦已久。	岁月也已经长久。
岂惟长儿童，	岂止是看见儿童们长高，
自觉成老丑。	也觉得自己变得老丑。
常恐性坦率，	常担心自己的为人太坦率，
失身为杯酒。[②]	陷入歧途可能就为贪一杯酒。
近辞痛饮徒，	近来才同终日痛饮的伴侣辞别，
折节万夫后。[③]	改变旧习惯，跟随众人身后。

昔如纵壑鱼，[4]	以往像放到山涧里的鱼一样自由，
今如丧家狗。[5]	如今，惶惶不安如丧家之狗。
既无游方恋，[6]	既不想留恋佛门想去方外云游，
行止复何有。[7]	今后的去向又能有什么想头。
相逢半新故，	遇到的人一半新交一半老友，
取别随薄厚。[8]	告别时收的赠礼有薄有厚。
不意青草湖，[9]	没有想到从那青草湖畔，
扁舟落吾手。	来的一艘扁舟竟能归我所有。
眷眷章梓州，	关心照顾我的章梓州，
开筵俯高柳。	在高楼上摆开筵席，对着楼下的高高杨柳。
楼前出骑马，	在楼前下马，把马匹牵走，
帐下罗宾友。	聚会了幕府里全部宾客僚友。
健儿簸红旗，[10]	健卒把红旗挥舞得上下翻飞，
此乐几难朽。[11]	这样的欢乐怎能不长久留在心头。
日车隐昆仑，	太阳车已隐藏到昆仑山后，
鸟雀噪户牖。	鸟雀在门窗前吱吱啾啾。
波涛未足畏，	江上的波涛不会使我畏惧，
三峡徒雷吼。	三峡的急流也徒然雷一般怒吼。
所忧盗贼多，	所担心的是盗贼众多，
重见衣冠走。	怕再次看到贵官豪绅们逃难出走。
中原消息断，	中原的消息长久断绝不通，
黄屋今安否。[12]	不知道皇上如今安顿下来没有。
终作适荆蛮，[13]	我终于还是要到荆州或吴越去，
安排用庄叟。[14]	应该听任自然的安排，学习庄周那位老叟。
随云拜东皇，[15]	随着浮云去拜见东皇太一，
挂席上南斗。[16]	挂上船帆到吴地去看南斗。

有使即寄书，	如果有信使就给你们寄封信，
无使长回首。⑰	如果没有信使，我也会想念你们，一直向西方回头。

注释：

① 杜甫在梓州刺史章彝的照顾下，生活境况有了好转，但他对章彝这个飞扬跋扈的军人一直存有戒心，对他平日所作所为也有许多不满，因此终于下了离开蜀地的决心，前往荆州或江东。章彝及梓州幕府中的同僚们依例赠给杜甫路费，并举行了送别宴会。这是杜甫在离别前所写表达谢意和自己思想状况的诗。

② 前一句的“常恐”一词，它的作用一直延伸到这一行诗中，意思是恐怕自己为了贪酒而作出错误的事。

③《后汉书·段颎传》：“颎少便习弓马，尚游侠，轻财贿，长乃折节好古学。”折节，是指决心改变原来的志向或行为。万夫，众人，指一般的人，没有特殊优点或缺点的人。

④ 纵壑鱼，喻人之自由自在。

⑤ 丧家狗，喻惶惑不安，没有归宿。

⑥ 僧人为了学佛修禅，广参众说，常出游名山大寺，称为“云游四方”或“云游方外”，简称为“游方”。杜甫居梓州时，曾有入佛门的念头。现在已不再想学佛，就决心离梓州，不复留恋梓州。因而有下一句诗。

⑦ 行止，行踪，去向。复何有，意思是不值得考虑，没有什么意义。

⑧ 取别，指远行收取别人馈赠的路费及其他用物等。

⑨ 这行诗和下一行诗联结起来，才是一个完整的句子。青草湖，在洞庭湖的南面，与洞庭湖相通。杜甫买的一艘小船，是从青草湖行驶到梓州来的。

⑩“簸旗”即舞旗，是一种军中杂技表演，巨大的旗帜，挥舞使之翻飞。

⑪ 此乐，指送别宴会上的欢饮和娱乐活动。难朽，意思是难忘。几，见本卷《题郪原郭三十二明府茅屋壁》注⑥。

⑫ 黄屋，本义是天子所乘的车，车盖为黄缯制作。这里借代皇帝。代宗因吐蕃陷京师曾

出奔陕州，故关心其“安否”。

⑬ 荆蛮，指荆楚和吴越。诗题中有“将适吴楚”的话，“吴楚”就是指“荆蛮”。《史记·吴世家》：“太王欲立季历以及昌，于是太伯、仲雍二人乃奔荆蛮。”也是指吴楚。

⑭《庄子·大宗师》：“安排而去化，乃入于寥天一。”意思是要“安于推移而与化俱去，才能入寂寥之境，与天合一。”译诗大体表达了这个意思。庄叟，即指庄周。

⑮ 东皇，指“东皇太一”，楚国人尊奉的天神。这句诗就是说要去楚地。

⑯ 南斗，据我国古代天文学，南斗当吴之分野。上南斗，指去吴地。

⑰ 无使，承接上句而言，是“有使”的相反情况，“使”指信使，是名词；但也可理解“别使得”，“使”是使令动词。长回首，一直回头西顾梓州，表示不忘梓州友人。

◎ 舍弟占归草堂检校聊示此诗[①]（五律）

久客应吾道，[②]	长久作客异乡大概是我的命运，
相随独尔来。	弟兄中只有你一个跟随我来。
孰知江路近，[③]	你熟悉江上的路程哪一条近，
频为草堂回。	一次又一次为我回草堂照料安排。
鹅鸭宜长数，	养的鹅鸭要经常点数，
柴荆莫浪开。	柴门不要随便打开。
东林竹影薄，	草堂东面林园里竹枝太稀疏，
腊月更须栽。	要趁腊月里及时补栽。

注释：

① 杜甫弟兄五人，有颖、观、丰、占四位弟弟。杜占年龄最小，一直跟在杜甫身边。杜

甫到梓州后，他曾多次去成都管理草堂事务，广德元年冬，又奉杜甫之命回成都草堂料理事务，行前，杜甫给他写了这首诗。虽然这诗中谈的是琐事，但表达出了杜甫为人的复杂性，既是操心鹅鸭的俗人，又是爱竹的雅士。从杜甫的主观意图看，只是借诗的形式来嘱咐弟弟应做的事，目的在实用；而在客观上却刻画了自己的性格，在诗的形式中留下了诗人自己的精神面貌，从而完成了艺术形象的创造。无意作诗者，往往笔下流出不朽诗句，有意作诗，想靠诗艺而传名者，却往往适得其反，不是创造了诗，而是制造了没有人要的低劣产品。

② 这里的“道”，与“运数”“命运”同义。

③ 孰，与“熟”通。近，意思含有“远近”两个方面，知道哪条路远，哪条路近，能选择近路走。

◎ 岁暮[①]（五律）

岁暮远为客，	年底时在遥远的异乡作客，
边隅还用兵。[②]	这时的边疆还在进行战争。
烟尘犯雪岭，[③]	侵略的烟尘飘越过雪岭，
鼓角动江城。[④]	鼓角声也震动了涪江畔的梓州城。
天地日流血，	天地之间每天都在流血，
朝廷谁请缨？[⑤]	有谁向朝廷请缨出征？
济时敢爱死，	为了救世我怎么能够怕死，
寂寞壮心惊。[⑥]	周围的寂寞使我的壮心震惊。

注释：

① 这诗写于广德元年年底。这时，吐蕃兵已攻陷松、维、保三州，蜀境震动。杜甫愿以死报国，但被朝廷弃掷不用，感到无限痛苦。只据这一首诗，也就可称杜甫为爱国

注释：

① 贺兰铦（“铦”音“鲜”，xiān），是杜甫青年时代结交的友人。第十四卷另有《寄贺兰铦》一诗，据那首诗中所述，可知他与贺兰铦初交于开元天宝盛时，再逢于离乱之日。诗中同情贺兰铦的默默无闻，未受重用，并抒离别之情。

②《仇注》：“黄雀，比趋势附利者。”

③ 老骥、苍鹰，《仇注》说是“比抱才不遇者。”骧首，马昂头奔驰状；饥鹰易驯，“愁易驯”的“愁”正是愁饥饿。这两句诗比喻人才之忍苦受饿，备受折磨。

④ 婴，本义为萦绕，这里引申为遭受、陷入。

⑤ 国步，即国运。这诗写于广德二年春，代宗已回京。

⑥ 湘，指长江中游、湘江流域一带，古代为楚国地；吴，长江下游，可兼指吴越。

⑦《史记·货殖传》：“吾闻汶山之下，下有蹲鸱。”正义：“蹲鸱，芋也。”汶山，即岷山。岷下芋，喻在蜀地尚能填饱肚子，免于饿死。杜甫暂时还不能离蜀，所以才这样说。

⑧ 据《晋书·张翰传》，张翰入洛，为吴王冏辟为掾，因秋风起，思吴中菰菜、莼羹、鲈鱼脍，遂返乡。“思莼”遂成思乡的借代语。

杜诗全译

3

孙潜 著

东方出版中心有限公司

第十三卷

杜

◎ 阆山歌[①]（七古）

阆州城东灵山白，[②]	阆州城东，灵山雪一般白，
阆州城北玉台碧。[③]	阆州城北，玉台山碧玉一般绿。
松浮欲尽不尽云，	松树林浮现在将散未散的云端，
江动将崩未崩石。	江涛摇撼着将落未落的岩石。
那知根无鬼神会，[④]	怎能知道山脚下有没有鬼神聚集，
已觉气与嵩华敌。[⑤]	可我已觉得它的气势能够和嵩山、华山匹敌。
中原格斗且未归，[⑥]	中原的战斗使我不能回家，
应结茅斋著青壁。[⑦]	该在这里搭所茅屋住，紧紧倚靠着这青青石壁。

注释：

① 杜甫于广德二年（764 年）初从梓州移居阆州，阆州的秀丽山水使他感到慰藉，又有了暂居阆州的打算。他写这首和下一首描写阆州山水的诗，热情地歌颂了自然山川之美。阆山，是阆中诸山之总称，包括诗中所述的灵山、玉台山、锦屏山等。

② 灵山是阆州城东北的一座山。据《仇注》所引资料，灵山又名仙穴山，山峰多杂树，古代的蜀王鳖灵曾登此山，因而名为“灵山”，现在称为“梁山”。

③ 玉台，也是阆州山名，在阆州城北。山上有玉台观，滕王亭等。碧，本义是碧玉，色浓绿，后用作颜色的名称。

④ 我国古代神话传说认为大山下有鬼神呵护，这句诗是从作者的感受中来表现山峰的高峻和山谷的幽深。

⑤ 嵩华，指嵩山和华山。杜甫的故乡偃师县，在嵩山西北麓；华山，在华州，杜甫于乾元元年（758 年）任华州司功时曾去游览。嵩山称中岳，华山称西岳，以它们来比灵山与玉台山，可以看出阆州诸山之雄伟。

⑥ 中原格斗，指吐蕃入侵长安的战争。

⑦ 茅斋，即茅屋、草堂一类房屋。这句诗表明杜甫又有暂时在阆州住下的打算。

◎ 阆水歌（七古）

嘉陵江色何所似？①　　这嘉陵江水的颜色像什么？
石黛碧玉相因依。②　　像深青石黛和明亮碧玉挨在一块。
正怜日破浪花出，　　太阳冲破浪花升起，正使我怜爱，
更复春从沙际归。　　春光又从那沙洲尽头归来。
巴童荡桨欹侧过，③　　巴蜀少年荡桨划船倾侧着驶过，
水鸡衔鱼来去飞。④　　水鸡叼着鱼在水面来回低飞。
阆中胜事可肠断，⑤　　阆州的美好风景爱得我肝肠欲断，
阆州城南天下稀。⑥　　阆州城南更有着天下罕见的秀丽。

注释：

① 阆州在嘉陵江畔，阆水就是嘉陵江。

② 石黛，是颜色的名称，深绿色。《仇注》引阮籍诗“寒鸟相因依，日出正照水”。相因依，即相互依靠。

③ 巴童，指阆州少年。《仇注》：“桨欹侧，江流急也。”

④“水鸡”的“鸡”，《仇注》：“海盐刘氏校本作‘鸟’”。秧鸡及鷉鶔（又名章渠）也称“水鸡”，都是形态与鸡近似的野鸟。

⑤ 胜事，指美景。可肠断，通常形容悲痛，但爱之极亦有痛感，如爱人之深，则曰“疼爱”。阆中，即阆州，参看注⑥。

⑥《仇注》引楼钥语：“嘉陵江至阆州西北折而南趋，横流而东，复折而北，州城三面皆水，故亦谓之阆中。地势平阔，江流舒缓，城南正当佳处，对面即锦屏山。”《仇注》还指出：“天下稀，山水堪玩。”

◎ 江亭王阆州筵饯萧遂州[①]（五律）

离亭非旧国，[②]	这送别的江亭不是长安，
春色是他乡。	这满眼春色是在异乡。
老畏歌声继，	歌声连着歌声，老年人有些怕听，
愁随舞曲长。	心中的忧愁也随着舞曲延长。
二天开宠饯，[③]	我所倚仗的王阆州举行送别盛宴，
五马烂生光。[④]	遂州萧使君满身闪亮着辉光。
川路风烟接，[⑤]	两个州郡在川东道路上风烟相连，
俱宜下凤凰。[⑥]	都治理得好，该能引凤凰下降。

注释：

① 杜甫于广德二年春天，在阆州江亭参加了阆州王使君为遂州萧使君举行的送别宴会，赞颂了两州使君的政绩和友好关系，也流露出了自己的忧愁，对歌舞喧闹的场合感到不能适应。

② 离亭，据卢元昌注，是指送别的亭子，他说："长安东都门外有祖道离亭。"旧国，即"故园"，这里是指长安。这句诗是说这阆州的送客亭不是长安的送客亭，游子的故园之思念随时随地会出现。

③《后汉书·苏章传》：章迁冀州刺史，故人为清河太守，章行部按其奸赃，乃请太守设酒甚欢。太守喜曰："人皆有一天，我独有二天。"古人把"天"当作恩人，认为一切生活来源受之于天，于是便以"二天"比喻除"天"以外的另一恩人。杜甫寓居阆州，受到王阆州的照顾，故称王为"二天"。

④ 五马，指刺史、太守，参看第十二卷《冬狩行》注⑨。

⑤ 阆州和遂州都在东川，相距不远，故说它们"风烟接"。

⑥ 下凤凰，喻地方治理得好，刺史贤良。《仇注》引贾谊赋："凤凰翔于千仞兮，览德辉而下之。"

◎ 陪王使君晦日泛江就黄家亭子二首[①] （五律）

山豁何时断，	山岭什么时候离断现出这个豁口，
江平不肯流。	江水这么平静，好像不愿向前流。
稍知花改岸，[②]	眼里的野花不同了，渐渐看出已不是原来的江岸，
始验鸟随舟。[③]	也才弄明白，空中的飞鸟原来一直跟随着小舟。
结束多红粉，[④]	这么多妆饰漂亮的年轻女郎，
欢娱恨白头。	在欢乐中惋惜自己已经白发满头。
非君爱人客，[⑤]	您这样款待我可不是爱我，
晦日更添愁。[⑥]	反而增添我正月令节的忧愁。

注释：

① 晦日，是唐代的三个“令节”之一，指每年正月最后的一天。参看第四卷《晦日寻崔戢李封》注①。这篇诗所说的晦日是广德二年的正月晦日，阆州王使君乘船游嘉陵江，并到黄家亭子宴饮，杜甫参加了这次游乐活动，写了这两首诗。第一首写泛舟的感受，第二首写在黄家亭子的游乐。

②“花改岸”的意思是看到花草变化了，才发现船在向前移动。

③ 这句诗所表达的体验和上一句相似。在发现船移动之后，才知道在船的上空飞翔的鸟并不是在原地飞翔，而是跟着船前进。

④ 红粉，年轻女郎，这里指随船的歌女舞妓。结束，指衣裳、装饰。

⑤ 人客，唐代俗语，即客人。第四卷《遣兴》中有“问知人客姓”之句。这里是杜甫自称。君，指主人王阆州。

⑥ 末两句是说王阆州热情款待客人，反而使客人更增添青春不在、故国难回的烦恼。

◎ 其二（五律）

有径金沙软，	金色沙洲上的小径踏上去真柔软，
无人碧草芳。	没有人走过，碧草正吐发芬芳。
野畦连蛱蝶，	田野菜畦上，蛱蝶翅膀连着翅膀，
江槛俯鸳鸯。	从临江栏杆旁能俯视水上鸳鸯。
日晚烟花乱，	傍晚的烟霭中花影零乱，
风生锦绣香。[①]	一阵风吹来，锦绣的衣裙飘香。
不须吹急管，	别吹奏急促哀怨的曲调，
衰老易悲伤。	衰老的人听了容易悲伤。

注释：

①《仇注》："风吹花气，故衣锦生香。"锦绣，是指歌舞女穿的锦绣衣裙。

◎ 泛江[①]（五律）

方舟不用楫，[②]	游船并排泛江不用划桨，
极目总无波。	放眼远眺到处不见波浪。
长日容杯酒，	白昼漫长，饮酒有的是时间，
深江净绮罗。[③]	绮衣罗裙映在深江里更鲜亮。
乱离还奏乐，	尽管兵荒马乱，还是在奏乐，
飘泊且听歌。	尽管漂泊异乡，暂且听听这歌唱。
故国流清渭，[④]	清清的渭水经过故国流淌，

如今花正多。　　　　　那儿的春花如今正该开得盛旺。

注释：

① 这也是一首写春日游江的诗，大概也是广德二年春在阆州所作。杜甫总是作为陪客陪伴着贵官们游乐的。诗里表达了无可奈何的心情和无穷无尽的乡思。

② 方舟，《仇注》引《尔雅》："方舟，并舟也。"

③ 净绮罗，"绮罗"是主语，"净"是谓语。绮罗，指歌舞女的衣裙。净，明净。

④ 渭水流经长安北面。见嘉陵江而思故国的渭水，见阆州的花而思长安的花，这表明乡思之深。

◎ 收京[1]（五律）

复道收京邑，　　　　又一次听说京都收复，
兼闻杀犬戎。[2]　　　同时还听说杀死不少犬戎。
衣冠却扈从，[3]　　　大臣们又跟在御驾后护送，
车驾已还宫。　　　　皇帝已经回到宫中。
克复诚如此，[4]　　　的确是打败了敌人，收复了失地，
安危在数公。　　　　几位大臣身系国家安危，责任沉重。
莫令回首地，[5]　　　千万别让我回首遥望的那地方，
恸哭起悲风。　　　　又传来痛哭声，随着刮来的悲风。

注释：

① 郭子仪率兵驱走吐蕃，收复长安，代宗回到长安是在广德元年十二月，杜甫在阆州听到这消息时已是广德二年的春天。因为唐朝政局仍旧不稳，这次胜利并没有使诗人狂

喜，他担心再发生意外的变故。把这首诗与第十一卷《闻官军收河南河北》相比，便能看出杜甫这一年来的思想变化。

② 犬戎，原为周代西部边境的民族，时时入侵中原。这里借代吐蕃兵。

③ 张相《诗词曲语辞汇释》：“却，犹还也，仍也。李白《玉阶怨》诗：‘玉阶生白露，夜久侵罗袜。却下水晶帘，玲珑望秋月。’此诗极写怨情，夜久不寐，还下帘而望月也。”这里的“却”字作“还”“又”等字解释最合。《杜臆》：“衣冠自然扈从，用‘却’字是不满诸臣之意。平日谄谀依阿，有变则奔亡坐视，及收京则扈从而回，何益于成败之数耶。”可供参考。

④“克”为克敌，“复”为收复土地。

⑤ 回首地，指长安与中原一带。最后四句诗的意思是：朝廷重臣的责任重大，虽然收复了京城，还要把国事进一步处理好，才能免于再次发生变故。

◎ 巴西闻收京阙送班司马入京二首[①]（五律）

闻道收宗庙，[②]	听说京都已经收复了，
鸣銮自陕归。[③]	皇上的舆车响着銮铃从陕县归来。
倾都看黄屋，[④]	京都居民倾城而出瞻仰御驾，
正殿引朱衣。[⑤]	朱衣侍从引导群臣上正殿朝拜。
剑外春天远，[⑥]	长安的春天离剑门关外这么遥远，
巴西敕使稀。[⑦]	奉敕令来阆州的使臣难得有几位。
念君经世乱，	我挂记您这位屡经世乱的人，
匹马向王畿。[⑧]	如今单人匹马回京城却没人伴随。

注释：

① 巴西，即阆州。详见第十二卷《巴山》注①。广德二年春，收京的消息传到阆州后，班司马很快就动身回长安去。杜甫当然很羡慕他，但自己却不能回去，只能托他向在京的旧友们致意。在这两首送别诗中表达了复杂的情感。旧本杜诗，第二首题为《送司马入京》，单复依黄鹤并合为一题，《仇注》本也这样。

② 宗庙，皇族祖先的祠庙，在京城中。诗中以“宗庙”一词代表京城长安。

③《说文》：“人君乘车，四马镳，八銮铃，象鸾鸟之声，和则敬也。”段注：“为铃系于马衔之两边，声中五音，似鸾鸟故曰銮。”诗中以“鸣銮”借代皇帝乘的马车。陕，指“陕州”。广德元年十月，代宗避吐蕃逃奔到陕州。

④ 黄屋，见第十二卷《将适吴楚留别章使君留后兼幕府诸公》注⑫。

⑤《仇注》：“朱衣，侍从之臣。”

⑥ 剑外，指剑门关南面的蜀地，这里指阆州。春天，不是说季节，而是指皇帝回京时长安人民的欢乐情绪。

⑦ 巴西，见注①。敕使，指奉皇上诏令到阆州来的使臣。

⑧ 王畿，原意是靠近天子的土地，后来泛指京都及附近地方。匹马，是说班司马没有同伴和随从。这句诗表明班司马并非声势煊赫的贵官，孤身一人长途跋涉，境况也令人怜悯。

◎ 其二（五律）

群盗至今日，	一群群盗贼一直骚乱到今天，
先朝忝从臣。①	当初在先帝朝廷里我也算个侍臣。
叹君能恋主，	赞叹您这样眷恋着皇上，
久客羡归秦。②	长久作客的人真羡慕您回京城。

黄阁长司谏，[3]	当年在门下省我一直是个谏官，
丹墀有故人。[4]	御座前面有我往年的友人。
向来论社稷，[5]	从前我曾经和他们一起议论国事，
为话涕沾巾。[6]	请告诉他们我如今常泪水沾巾。

注释：

① 杜甫曾于至德二载（757 年）五月到乾元元年（758 年）六月，在肃宗朝任左拾遗。先朝，指肃宗朝。左拾遗是皇帝身边的侍从之臣。

② 秦，原指关中之地，这里指长安城。

③ 黄阁，门下省（在开元年以前称“黄门省”）。左拾遗，是属门下省的谏官。

④ 丹墀，《文选 · 西京赋》注：“丹墀，阶也，以丹漆涂之。”通常指宫殿和御座前的阶砌。

⑤ 社稷，国家。向来，往日。

⑥“为”是介词，后面的宾语“我”被省略。话，告诉，陈说。

◎ 城上[1]（五律）

草满巴西绿，[2]	阆州原野上，已处处看见绿草，
城空白日长。	空寂的城里白昼显得更长。
风吹花片片，	风吹得花瓣片片落下，
春动水茫茫。	春水荡漾，一望茫茫。
八骏随天子，[3]	听说周穆王的八匹骏马曾随着他走遍天下，
群臣从武皇。[4]	汉武帝到泰山封禅，群臣跟着他奔忙。

遥闻出巡狩，[5]	我在这遥远处听说皇上出都巡行，
早晚遍遐荒。[6]	早晚将要走遍辽远的边疆。

注释：

① 这诗作于广德二年春杜甫初到阆州时。当时还没有得到收京的消息，在登城远眺时，不免想起出奔在外的代宗皇帝，对他的行踪十分关切，在诗中表达出了困惑不安的情绪。

② 巴西，即阆州，见第十二卷《巴山》注①。

③ 古代传说周穆王曾巡行天下，以八匹骏马驾车。

④ 武皇，指汉武帝，曾到泰山封禅，巡幸万余里。以上两句诗以古代帝王巡行天下的事比喻唐代宗之离京奔陕州，但实际情况完全不同。这样写多少含有讽刺意味。

⑤ 巡狩，古代帝王出巡各地，称为“巡狩”。代宗出奔，是避吐蕃，称之为巡狩，是掩饰之辞。当时杜甫尚不知收京事，还曾听到代宗要巡幸荆州的传说等（第十二卷《江陵望幸》一诗可参看）。

⑥ 这句诗是担心时局进一步恶化，皇帝无处安居，在关切中带有讽意。

◎ 伤春五首[1]（五排）

天下兵虽满，	虽然天下处处兵荒马乱，
春光日自浓。	春光还是一天比一天深浓。
西京疲百战，[2]	西京经过无数次战斗，军民疲惫，
北阙任群凶。[3]	宫阙前面竟任敌寇叛徒一再逞凶。
关塞三千里，[4]	从京城到这里的关塞有三千里路，
烟花一万重。	一路上烟雾笼罩的春花千重万重。

蒙尘清路急，[5]	皇帝遭难出行，自该紧急清道，
御宿且谁供。[6]	皇上的住宿和生活所需由谁供奉。
殷复前王道，	殷代的武丁能恢复先王的正道，
周迁旧国容。[7]	周平王东迁，失去了旧国仪容。
蓬莱足云气，	蓬莱宫上原来有浓厚的云气，
应合总从龙。[8]	这云气总该聚集着跟随着神龙。

注释：

① 原注：“巴阆僻远，伤春罢始知春前已收宫阙。”可见这一组诗写于阆州，在听到收京消息以前。春季的到来，常会使人感伤，一般都是由于个人的遭遇、离别、爱情的受阻挠等而烦恼，而这组以《伤春》为题的诗内容却是忧心国事，随着思绪的推移，反复咏叹，一往情深。

②《仇注》：“百战，谓长安屡陷。”“疲惫”的不是西京城，而是西京的军民。

③ 北阙，指宫门。当时的西京在吐蕃的占领下，且有投敌的文臣武将在逞凶肆虐，如泾州刺史高晖、射生将王献忠等迎吐蕃入长安，还有一个皇室后裔被立为伪帝。群凶就是指这般人。

④《仇注》：“关塞，指阆州。”自长安至阆州，约三千里路程。

⑤ 皇帝因变故而离京出奔，称为“蒙尘”。这里指代宗的奔逃陕州。皇帝出行前照例要“清道”，断绝行人。

⑥《仇注》引《汉书注》：“御宿苑在长安城南。‘羞’‘宿’声相近，故或云‘御羞’，或云‘御宿’，‘羞’者，珍羞所出，‘宿’者，止宿之义。”可见“御宿”一语不仅指皇帝的住宿而且指饮食等。

⑦ 殷高宗武丁用傅说为相，整顿国政，使殷朝再度复兴；周平王宜臼为避犬戎，东迁洛邑，自此周室式微，诸侯各自为政，进入五霸争雄的时期。诗中把殷、周两种不同的历史发展情况，作为唐朝两种可能的前途来看，勉励代宗和大臣们争取武丁中兴那样的前途。

⑧ 蓬莱，指蓬莱宫。见第六卷《宣政殿退朝晚出左掖》注⑥。“龙”喻帝王。末两句诗

是说唐朝的国运未衰，仍有复兴的希望。关于“云气”，可参看第四卷《哀王孙》注⑫。

◎ 其二（五排）

莺入新年语，	新年里，黄莺飞来啭啼，
花开满故枝。	春花开满了原来的树枝。
天青风卷幔，	天空晴朗，一阵风吹来卷起帷幔，
草碧水连池。[①]	碧绿的草地上，小溪连着水池。
牢落官军远，[②]	官军离京城还很辽远，
萧条万事危。	万物萧条衰败，隐伏着危机。
鬓毛元自白，	我的鬓发原先就已经斑白，
泪点向来垂。[③]	泪珠一直在眼眶下悬垂。
不是无兄弟，	我不是没有兄弟，
其如有别离。	无奈长久隔绝别离。
巴山春色静，[④]	这里的山岭上春色多么寂静，
北望转逶迤。[⑤]	向北望，只见漫长道路伸向天际。

注释:

① 开头四句是写诗人所见的阆州春天的景色。

② 牢落，与“辽落”通。陆机《文赋》：“心牢落而无偶。”意思是说心境辽旷，无所寄泊。但也可用来指地理的距离，与“辽远”相似。

③ 向来，是说从往昔以来。这一句和上一句诗是说心中的愁苦悲痛早就开始，不是从这个春天开始的。

④ 巴山，泛指阆州的山，包括大巴山脉西段和阆州城郊灵山、玉台山等。见第十二卷《巴山》注①及本卷《阆山歌》注②③。

⑤ 王粲《登楼赋》：“路逶迤而修迥兮”。诗中直接以“逶迤”来代表通向长安的漫长道路。

◎ 其三（五排）

日月还相斗，①	太阳和月亮还在相互斗争不息，
星辰屡合围。②	星辰屡次被月晕包围。
不成诛执法，③	不把扰乱国政的宦官诛杀，
焉得变危机。	怎能改变当前的危机。
大角缠兵气，④	大角星被兵气缠困，
钩陈出帝畿。⑤	钩陈星出现在京郊天际。
烟尘昏御道，	皇帝出巡的路上烟尘昏暗，
耆旧把天衣。⑥	老年人伸手紧紧拉住皇帝龙衣。
行在诸军缺，	护卫行宫的军队缺乏，
来朝大将稀。⑦	没有几个大将来朝见皇帝。
贤多隐屠钓，	多少贤才藏身在屠户、渔人里面，
王肯载同归？⑧	皇上可肯把他们随车带回？

注释：

① 这首诗里屡次用天象来比喻人事。这是从古代“天人相应”说出发的，当然与古代的迷信观念有牵连。由于社会中许多事实不便直接说明，用天象来隐喻就成了一种巧妙的手法。这句诗中的“日、月”，是比喻唐朝与吐蕃。古代常以“月窟”来比喻极西边境和番国；常以“日”比喻中国的皇帝。

②《仇注》引《汉书·天文志》："高祖七年，月晕，围参毕七重。是岁，上至平城，为单于所围。""参毕"俱为星宿名。这是一种少见的天象，月晕圈很大，把一些星辰也包围在里面。诗中用这天象比喻皇帝遭遇危险。

③ 据《史记·天官书》，南宫有四星，名"执法"。又据《星经》："执法四星，主刑狱之人，又为刑政之官，助宣王命，内常侍官也。"诗中以此星来影射宦宰程元振。参看第十二卷《释闷》注⑧。

④ 大角，星名，一名栋星，即天王座。《史记·天官书》："大角者，天王帝廷。"

⑤ 钩陈，星名。《星经》："钩陈六星在五帝下，为后宫，大帝正妃，又主天子六军将领，又主三公。"《仇注》引吴见思《杜诗论文》："大角属帝座，而绕兵气，则京师陷矣；钩陈属行宫，而照帝畿，则乘舆奔矣。"这两句诗是喻吐蕃陷京，代宗奔陕。

⑥ 这两句诗是想象代宗奔陕途中的状况。把天衣，表示人民群众对皇帝的关切慰问。

⑦ 行在，皇帝不在京师时的临时朝廷，即行都。据朱鹤龄注："代宗幸陕，诸镇畏程元振谗构，莫至，朝廷所恃者惟郭子仪一人。"

⑧ 古代贤者隐于屠钓的故事颇多，最著名的是太公望（即吕望，又名姜尚）钓于磻溪，后为周文王知遇，用车载他同归。旧注有说"隐屠钓"是作者自谓，恐不合，这时的杜甫已不会再这样自负，应该是泛指未受重用的贤才。

◎ 其四（五排）

再有朝廷乱，	朝廷又一次遭到祸乱，
难知消息真。	消息不知究竟是假是真。
近传王在洛，	近来传闻皇上到了洛阳，
复道使归秦。[①]	又有人说使臣已回到西京。
夺马悲公主，	魏公主马匹被逆臣强夺令人悲悯，
登车泣贵嫔。[②]	晋成帝被迫登车，嫔妃痛哭伤心。

萧关迷北上，　　汉武帝一心北上，出了萧关，
沧海欲东巡。③　　秦始皇往东走，要到沧海上巡行。
敢料安危体，④　　我怎能预料局势的安危，
犹多老大臣。⑤　　朝廷里还有许多经验丰富的大臣。
岂无嵇绍血，⑥　　难道就没人能像嵇绍勇于流血牺牲，
沾洒属车尘。⑦　　让鲜血洒向皇上车队扬起的灰尘。

注释：

① 开头四句诗是说当时阆州人民不明代宗离京奔陕州后的去向，十分担心。

②《仇注》引《通鉴》："魏高欢自晋阳出滏口，道逢北乡长公主自洛阳来，有马三百匹，尽夺而易之。"又引《晋书》："成帝咸和三年五月，苏峻逼天子迁于石头城。帝哀泣，宫中恸哭。"这两件史实都是王室在兵乱中受辱的事。由于吐蕃陷京，代宗仓皇出走，遂有这样的联想。诗人从这些历史事件中，想象到代宗可能遭受的屈辱。

③《仇注》引《汉武帝纪》："元封四年，行幸雍，祠五畤，通回中，遂北出萧关。"按萧关在今宁夏回族自治区固原县东南，是汉代西北边境。又引《史记》："秦始皇即帝位，三年，东巡郡县，祠邹峄山"及"始皇遂东游海上，行礼，祠名山大川"。这两句诗以古代君主的巡行来比喻代宗的出奔，同时也是表明对代宗的情况十分隔膜，只能这样猜想从而体现出忧虑、焦急的心情。

④ 体，指古代卜卦未来的事所得的"兆"。《诗·卫风·氓》："尔卜尔筮，体无咎言。"这里是指对代宗今后安危的预测。

⑤ 老大臣，指朝中重臣（即宗臣），也就是对国事作过重要贡献，有丰富经验的大臣。这句诗和上一句诗是说国家大事有重臣掌管，国家前途毋劳作者费心。实际上是对误了国事的大臣们的谴责。

⑥《仇注》引《晋书》："惠帝北征，王师败绩于荡阴。嵇绍以身捍卫，兵交御辇，绍遂被害，血溅帝服。"

⑦ 属车，皇帝出行的侍从之车，亦曰"副车"。这句诗是希望扈从代宗的大臣中有嵇绍那样舍身卫帝的人。

◎ 其五（五排）

闻说初东幸，[1]	听说皇上开始东巡的时候，
孤儿却走多。[2]	羽林军中有不少青年逃走。
难分太仓粟，	不能分到太仓中的粟米，
竞弃鲁阳戈。[3]	就争相抛弃保卫皇上的长戈。
胡虏登前殿，	吐蕃兵进了宫登上前殿，
王公出御河。[4]	王公大臣们沿着御河逃出虎口。
得无中夜舞，[5]	难道没有半夜闻鸡起舞的志士，
谁忆大风歌。[6]	谁还记得汉高祖的《大风歌》。
春色生烽燧，	在战争烽烟中春色又重回大地，
幽人泣薜萝。	山林中隐居的高士流泪对着薜萝。
君臣重修德，	只要君臣恢复德行，重整朝纲，
犹足见时和。[7]	就还能让时局恢复安定调和。

注释：

① 东幸，即东巡，指代宗出奔陕州。

② 孤儿，指“羽林军”中的青年战士。《仇注》引《汉纪注》：“取从军死事者之子养羽林，官教以五兵，号羽林孤儿。”诗中以“孤儿”借代唐朝的羽林军。

③《淮南子》：“鲁阳公与韩遘，战酣，日暮，援戈而挥之，日返三舍。”这是一个神话故事，鲁阳戈，即是能一挥而止日落之戈。诗中是用这著名的戈来代表武器。“羽林孤儿”平日饱餐太仓粟米，临难则弃戈而逃。这是对唐代羽林军腐败状况的揭露。

④ 登前殿、出御河，旧注均引历史故事来解释，但都不确切，其实是吐蕃陷京情况的传闻。既是传闻，也就毋庸验证其是否为事实。

⑤ 晋代著名的志士祖逖与刘焜共寝，中夜闻鸡鸣遂起舞。后遂以“闻鸡起舞”来称赞爱国志士、奋发有为的人。

⑥ 汉高祖还乡，置酒沛宫，自歌曰：“大风起兮云飞扬，威加海内兮归故乡，安得猛士兮守四方。”这句诗是希望人们不要忘记“守四方”的责任，要争当卫国“猛士”。

⑦ 时和，原意是指天时调和。古代认为天时气候调和，则政治清明，人心团结。末两句诗表达了对唐朝复兴的希望和信念。

◎ 暮寒[①]（五律）

雾隐平郊树，	大雾遮没了城外平野上的树木，
风含广岸波。	大风流动在宽阔江面的两岸之间。
沉沉春色静，	寂静的春光显得阴沉沉，
惨惨暮寒多。	暗淡的暮色更增添微寒。
戍鼓犹长击，[②]	戍鼓还在不断敲击，
林莺遂不歌。	再也听不到林中黄莺的歌声婉转。
忽思高宴会，	我忽然想起那些盛大的宴会，
朱袖拂云和。[③]	朱衣袖拂过云和瑟的弦。

注释：

① 这首诗表面上写早春暮景，但实际上却揭露了唐代乱世中的一个怪现象：戍鼓声扰乱了莺啼，但战争却没有使豪贵们停止酒肉声色之娱。这首诗作于阆州，在广德二年春未得收京消息时。

② 戍鼓长击，这是时局紧急的景象。广德二年春，吐蕃陷松、维、保等城不久，故戍鼓未静。

③《周礼·大司乐》：“奏云和之琴瑟。”注：“云和，地名，产良材，中琴瑟。”朱袖，乐伎之朱袖，借代乐伎。

◎ 游子[①]（五律）

巴蜀愁谁语，	在巴蜀，我愁闷时谁能和我谈谈，
吴门兴杳然。[②]	到吴越去的心愿也已杳然消散。
九江春草外，	九江，就在无边春草那边，
三峡暮帆前。[③]	好像黄昏时一落下帆，三峡就会出现在我眼前。
厌就成都卜，[④]	不用到成都严君平那里去卜卦，
休为吏部眠。[⑤]	也不想学毕卓吏部只顾喝酒睡眠。
蓬莱如可到，[⑥]	蓬莱岛如果能去得成，
衰白问群仙。	哪怕衰老、头白，还是要去求仙。

注释:

① 广德二年的春天，杜甫的情绪时起时落，代宗出走使他哀痛；收京后的局势仍然动荡不安，使他忧虑；他想离蜀东下，却迟迟不能实现。他的思想中的许多矛盾都爆发了出来。他感到他和世界的联系十分脆弱，没有什么东西是真正属于他的。他感到自己是个“游子”。这首诗以“游子”为题，不仅意味着他离开了故乡，在外漂泊多年；而且也意味着他的生活无着落，前途渺茫，连故乡也不是属于他的。正因为这样，他又产生了青年时代曾有过的脱离尘世求仙的想法。

② 吴门，指江东地方，即长江下游的吴、越一带。兴，指心中产生的热切愿望。杳然，意思是消失得无踪无影。

③ 这两句诗的意思是，自己想去的地方，如九江和三峡，在意识中似乎并不遥远，可朝发夕至。诗句中的“九江”，并非指今日的江西省九江市，而是指长江中游的荆州附近。参看第十卷《所思》注④。

④《仇注》引《高士传》：“严君平卖卜成都市中，日阅数人，得百钱足自养，则闭肆下帘而授《老子》。”“成都卜”指严君平一类隐于卖卜者的高士。厌就卜，表示杜甫已看穿世间的一切，不烦再预卜自己的未来。

⑤《仇注》引《晋书》：“毕卓为吏部郎，比舍郎酿熟，卓因醉夜至其瓮间盗饮之，为

掌酒者所缚。明日视之乃毕吏部也。”诗中的“吏部”，就是指毕卓。《仇注》并解释说：“愁怀非酒可解，故休学醉眠。”

⑥ 蓬莱，道家传说的海上仙山。最后两句诗表明杜甫又有了离开尘世学道求仙的念头。但这念头不像某些帝王那样希望获得长生之术，而只是走投无路时产生的幻想。

◎ 滕王亭子二首[①]（七律）

君王台榭枕巴山，[②]	滕王造的楼台亭榭紧紧挨着巴山，
万丈丹梯尚可攀。[③]	上山的万丈石阶如今还能登攀。
春日莺啼修竹里，	春天听得见黄莺在修竹丛里啼叫，
仙家犬吠白云间。[④]	白云里传来犬吠，像有仙人住在山巅。
清江锦石伤心丽，[⑤]	清清江水里锦石绚丽，看得人心疼，
嫩蕊浓花满目班。	满眼娇嫩花蕾和浓艳鲜花斑斓。
人到于今歌出牧，	人们至今仍在歌唱当年到这里做刺史的王子，
来游此地不知还。[⑥]	他只顾在这里游览忘记了归还。

注释：

① 滕王，是李元婴，李渊的第二十二子。调露元年（679年）自寿州移隆州刺史。隆州后来由于避玄宗（李隆基）讳，才改为阆州。他嗜狩猎，骄横无度，骚扰百姓；嫌隆州衙宇卑陋，大加扩建修饰，拟于宫苑，谓之“隆苑”，后改名“阆苑”。据黄鹤说，这两首诗所咏的亭子在阆州玉台山上的玉台观内，为李元婴所建，是他的游乐处，故称为“滕王亭子”。杜甫咏这亭子，主要写山川之美和叹惜人生之短暂。有人认为是对李元婴的歌颂，也有人认为是对李元婴的讽刺，恐都不是杜甫作诗之本意。

② 君王，指滕王李元婴。巴山，指阆州（巴西）的山。参看本卷《伤春五首》第二首注④。

③ 丹梯，原指登仙境之梯，这里是借用指登山石级。

④《神仙传》载淮南王服仙药白日升天的故事，临去时余药为鸡犬所舐啄，尽得升天，有“鸡鸣天上，犬吠云中”之说。这诗中所写则是住在山顶上的普通人家，因犬吠自高处传来，使人幻想山中住有仙人。

⑤ 锦石，水中的彩色卵石。伤心丽，参看本卷《阆水歌》注⑤。

⑥ 出牧，指婴王之出为州牧，任隆州刺史。这两句诗如分开来理解，就是：阆州人民至今歌颂滕王，至今还来到滕王亭子来游览，来凭吊滕王遗迹。由于滕王不是一个好的州牧，人民不会歌颂他和怀念他，杜甫也决无为一个死去多年的王子吹捧之理。因此仍是把两行诗连成一句来理解为宜，人民歌唱这王子来阆州乐而忘返的事，实际上是证明了阆州山川之美。这正是第一首诗的主旨。

◎ 其二（五律）

寂寞春山路，	如今这春天的山路显得寂寞了，
君王不复行。	滕王已不再走过这里。
古墙犹竹色，	古墙依旧映照着翠竹的颜色，
虚阁自松声。	松声仍在扰动这楼阁里的空寂。
鸟雀荒村暮，	荒村的傍晚，鸟雀栖集，
云霞过客情。	过客对着飘浮的云霞惆怅叹息。
尚思歌吹入，	还能想象当年管弦声伴着滕王回宫，
千骑拥霓旌。①	成千随从簇拥，骑着马举着彩旗。

注释：

①“歌吹”的“吹”，古代要求读去声，指合奏的乐曲。“拥霓旌”的“千骑”是指滕王的随从、仪仗等。诗中的“尚思”，并非思念滕王，而是想象当日盛况。把这两句

诗与第一二句对比，便可显然看出悼古伤今之意。这是第二首诗的主旨。然而也说不上是对滕王的歌颂还是讽刺。

◎ 玉台观二首① （七律）

中天积翠玉台遥，②	半空中松柏一片翠绿，玉台观距离人间遥遥，
上帝高居绛节朝。③	上帝住在高山顶，手持绛红节杖的仙官来上朝。
遂有冯夷来击鼓，④	于是听到河伯冯夷敲起了大鼓，
始知嬴女善吹箫。⑤	从此才知道，秦国的弄玉公主真善于吹箫。
江光隐见鼋鼍窟，	江波闪闪，鼋鼍的洞穴忽隐忽现，
石势参差乌鹊桥。⑥	崖石参差排列，像乌鹊搭成的桥。
更肯红颜生羽翼，⑦	如果年纪轻轻的人也能羽化登仙，
便应黄发老渔樵。⑧	我这黄发老人宁愿永做人间渔樵。

注释：

① 钱笺："《方舆胜览》：玉台观在阆州城北七里，唐滕王曾游，有亭及墓。"从诗的内容来看，玉台观中可能有道教神像或壁画，滕王也可能曾在这里学道修仙。有人指出因前诗有秦女，此诗有萧史，遂疑有滕王公主遗迹，但缺少可供验证的资料。第一首诗中写的情景如此渺茫，似有寓意，但不知究竟是怎么回事。第二首诗则较近于一般的怀古诗。

② 颜延之诗："积翠亦葱芊。"注："松柏重布曰积翠。"

③ 从这一句开始的三句，都是对玉台观内的神像、壁画的描写，但不是实写，而是通过作者自己的感受和想象来渲染道观的神秘气氛。上帝，即天帝，玉帝，道教所崇信的掌管仙界的最高神灵。绛节，借代手持绛色节杖的神仙、仙官。

④ 冯夷，见第三卷《渼陂行》注⑰。

⑤ 嬴女，指秦穆公女弄玉。秦国国君姓嬴。见第一卷《郑驸马宅宴洞中》注⑥。

⑥“鼋鼍”“鹊桥”两句是从玉台观眺望江水和远山之景，也是在实景中渗透了想象和幻想。鼋鼍、鹊桥，见第一卷《临邑舍弟书至苦雨黄河泛溢》注⑦。

⑦ 红颜，古汉语中可泛指年轻人，但多数用来指年轻妇女。生羽翼，即变成仙人，所谓“化鹤”，“羽化登仙”都是指成仙。参看注⑧。

⑧ 最后一句诗是作者自谓。杜甫屡有修仙之愿，但到这玉台观游览后，却自甘为渔夫樵人度过一生，不复有修仙之想。为什么会这样呢？就因为上一句中所说的“红颜生羽翼”。注①中曾提到“滕王公主”，“红颜”说不定就是那位公主。要“成仙”，也得是王侯贵官的子女，像杜甫那样的穷老头就只能隐于渔樵了。对照第一卷《赠李白》中的“苦乏大药资，山林迹如扫”，《冬日有怀李白》中的“短褐风霜入，还丹日月迟”等语，便知道修仙学道也绝非穷小子所能办到。这样来理解这最后两句才能得到较深认识。关于杜甫的宗教信仰问题，并不是从他的诗中摘录出几句来就能加以论证的。这首诗决不能证明杜甫相信道教，而只能证明他头脑中道教信仰的破产。

◎ 其二（五律）

浩劫因王造，[①]	这宽平的石级是按滕王旨意建成，
平台访古游。	如今人们登上这平台来访古游览。
彩云萧史驻，[②]	壁画上，萧史站在彩云中间，
文字鲁恭留。[③]	那书法好像鲁恭王宅中发现的古篆。
宫阙通群帝，[④]	这里的宫殿和天上群帝宫殿相连，
乾坤到十洲。[⑤]	从这里放眼看天地之间能把海上十个神洲看遍。
人传有笙鹤，	人们传说有吹笙的声音和鹤影，
时过北山头。[⑥]	时时飞越过玉台观北面的高山。

注释:

① 浩劫，佛教用语，后来道教也常加以运用。但这里却不是那个宗教用语，而是用古汉语中这个词的普通意义，如《广韵》的解释:“浩劫，宫殿大阶级也。”王，指滕王。

②《仇注》:“观有图画仙像，故云‘萧史驻’。”这句诗如按通常的语序则是“萧史驻彩云。”这是壁画的内容，可能就是前一首诗中所说的“红颜生羽翼”的故事。

③ 汉鲁恭王坏孔子旧宅，于壁中发现了以古文书写的《尚书》《论语》。“鲁恭（王）留”的“文字”，指古代书体。《仇注》说:“有滕王题咏，故云‘鲁恭留’。”恐不确。

④ 道教所说的天帝不止一人，有“五方之帝”，又有最尊的“大帝”，故称群帝。

⑤ 道教传说四方大海中有祖洲、瀛洲、玄洲、炎洲等十洲。《十洲记》，全称是《海内十洲记》，旧题东方朔撰，内容为道家夸诞之语。以上两句诗说的是玉台观殿宇之宏伟、眼界之开阔。

⑥ 末两句诗记群众传说，常有仙人吹笙乘鹤从北山上飞过。如把这两句诗和前一首诗的末两句联系起来看，可以看出杜甫并不相信这传说。用了“人传”这两个词，便已透露出杜甫对此传说抱的是姑妄听之的态度。

◎ 奉寄章十侍御[①]（七律）

淮海维扬一俊人，[②]	您是淮海扬州的一位俊杰，
金章紫绶照青春。[③]	正当青春年华就佩戴紫绶金印。
指挥能事回天地，	善于指挥，能使天地回转，
训练强兵动鬼神。[④]	训练出的强兵健卒能使鬼神震惊。
湘西不得归关羽，[⑤]	像荆州离不开关羽一样，梓州也不能没有您，
河内犹宜借寇恂。[⑥]	梓州人民想向朝廷要求留您，像河内人民要借寇恂。
朝觐从容问幽仄，[⑦]	您从容朝见皇帝时，如果皇帝问起被埋没的人才，

勿云江汉有垂纶。⑧　　可别说我这个垂钓老翁在嘉陵江滨。

注释：

① 诗题下有原注："时初罢梓州刺史、东川留后，将赴朝廷。"这诗是章彝离任回京前，杜甫所作的送行诗。这时，杜甫在阆州，故曰"奉寄"。称"侍御"，因刺史与留后的官职已罢去。新旧《唐书》都有严武杖杀章彝的记载。《旧唐书·严武传》说："武再镇蜀，恣行猛政，梓州刺史章彝初为武判官，及是小不副意，赴成都，杖杀之。"这段史实，正史上写得很简短，历代学者对此颇多怀疑。按严武之再度拜除成都尹充剑南节度使是在广德二年正月，杜甫知道这消息比较迟；章彝罢职赴朝的消息，可能反而较早传到杜甫耳中，因此诗中未提到严武。章彝任梓州刺史与东川节度使留后，是自己扩张实力造成的局面，实际上是自己封官，逼迫朝廷承认。他在梓州大肆挥霍，多行不义，这样的人是严武所决不能容许的。所以严武一回到成都，就把章彝杖杀。恐不是由于"小不副意"而起，而是严武回蜀前既定之策。杜甫当然不会知道这些。他看到章彝在梓州的所作所为，不敢与章彝过从太密，尽管章彝想利用他来增进对严武的关系，对他颇为优待。了解了以上情况，就可看出这首诗纯粹是为敷衍章彝而作，对他不着边际地吹捧了一阵，最后嘱他到京后不要向皇帝提起自己在东川的事，并不是谦虚，而是为了怕引起误解，受章的连累。照例，杜甫在诗中应该感谢章彝对自己的关怀和厚遇，并对章的前途有所颂祝，而这诗里却一字不提。这些都透露出杜甫对章彝敬而远之的态度和疑惧之心。有人根据这首诗责备杜甫没有原则地歌颂军阀，不免有些武断。其实，从这样的诗中更能使我们体会到杜甫所处境遇之可悲和埋在心坎里的痛楚。

②"维扬"即《禹贡》中所说的九州之一的扬州。《梁溪漫志》："古今称扬州为惟扬，盖取《禹贡》'淮海惟扬州'之语。今则易'惟'为'维'矣。"章彝的原籍究竟在古代扬州的哪一个县，则不可考。

③ 金章紫绶，暗示章彝所任的刺史、留后的官职。金章，即"金印"；紫绶，系印的紫色丝带。唐代三品以上的大官才佩金章紫绶。

④ 惊天地、泣鬼神，是古代形容才能及其表现的夸张用语。这两句诗赞美章彝的治军才能。

⑤ 三国时，刘备收江南诸郡，拜关羽为襄阳太守。后定益州，又以关羽督荆州军事。

湘西，当时属荆州。由于局势的需要，关羽在荆州，不能回蜀都去。这句诗以荆州离不开关羽来比喻梓州离不开章彝。

⑥“寇恂”事，见第十二卷《述古三首》第三首注⑤。

⑦“朝觐从容”的主语是“您”（指章彝），“问幽仄”的主语是“皇帝”，均略去。幽仄，与“幽侧”通，指隐居不为人知的人才。

⑧ 垂纶，钓鱼，比喻隐士。这里是说作者自己。江汉，指流经阆州的嘉陵江。

◎ 南池[①]（五古）

峥嵘巴阆间，	在巴西阆州一带到处是峥嵘高山，
所向尽山谷。	不管往哪里看都能看见山谷。
安知有苍池，	谁料到却有一泓深绿色的池水，
万顷浸坤轴。[②]	汪洋万顷，向大地深处渗入。
呀然阆城南，[③]	在阆州城南张开它的大口，
枕带巴江腹。[④]	倚靠着，紧挨着曲折江水的胸腹。
菱荷入异县，	出产的菱藕运销到其他县城，
秔稻共比屋。[⑤]	丰收的粳稻堆满一家家仓屋。
皇天不无意，	老天爷不是没有用意，
美利戒止足。	赐给人这么大的利益是劝人知足。
高田失西成，[⑥]	高田里种的旱粮秋收受了损失，
此物颇丰熟。	这些水田里的收成倒颇为丰足。
清源多众鱼，	清清的水底盛产各种鱼虾，
远岸富乔木。	远远的岸上长着许多高大树木。
独叹枫香林，	特别是那些枫香树林我最赞赏，

春时好颜色。	在春天，它的颜色多么悦目。
南有汉王祠，	池塘南面有座汉王庙，
终朝走巫祝。	巫师们整天在那里奔走忙碌。
歌舞散灵衣，	唱歌，跳舞，身上披的灵衣散乱，
荒哉旧风俗。⑦	真是太荒唐了，这种旧的风俗。
高皇亦明主，⑧	汉高祖也是个英明的皇帝，
魂魄犹正直。	他的魂灵也应该正直、规矩。
不应空陂上，	不应该在这水边空旷的坡岸上，
缥缈亲酒肉。	来无踪去无影地享受酒肉的祭祀。
淫祀自古昔，⑨	从古来就有许多滥设的神祠，
非惟一川渎。⑩	不仅这里一处江边有亵渎的事。
干戈浩茫茫，	战乱至今还茫茫没有止境，
地僻伤极目。	我在这僻远地方远眺时心中悲凄。
平生江海兴，	我早就有到江海上漫游的志向，
遭乱身局促。	遭逢战乱，使我不能满足心意。
驻马问渔舟，⑪	下马找艘渔船乘了在池中泛游，
踌躇慰羁束。⑫	我这个身处困境的人心情愉快了，得到了慰藉。

注释:

① 据《益州记》《方舆胜览》及《一统志》等书的记载，南池在阆州东南方，在高祖庙旁。从汉朝以来就形成了一个巨大水池，是筑堰蓄水而成的，与今日的“水库”相似；但规模不及现代水库之巨大。其作用也与今日之水库相同，是灌溉农田，借以扩大水稻种植面积。这首诗赞美了南池的功用与景色，并批评了迷信的民俗，抒发了自己的感慨。

② 坤轴，即“地轴”，见第二卷《冬日洛城北谒玄元皇帝庙》注⑬。这里是指地层下面。

③ 呀然，据《说文新附》，呀，张口貌；又据《玉篇》，呀，大空貌。

④ 巴江，前几篇诗中把“巴山”理解为泛指阆州诸山，这里的“巴江”也应是泛指阆州的江水。旧注引《三巴记》，谓阆、白二水入涪陵后曲折三回，有如“巴”字，故称巴江。按流经阆州的江是嘉陵江，在阆州城外绕城三面流过，故译诗中把“巴江”写作“曲折江水”。

⑤ 秔，音“惊”（jīng），现代汉语中写作“粳”。

⑥《书·尧典》：“平秩西成”。孔颖达疏：“秋位在西，于时万物成熟。”

⑦ 荒哉，见第五卷《九成宫》注⑦。这里作“荒唐”解释较合。

⑧ 高皇，即汉高祖刘邦。

⑨《仇注》引《曲礼》：“非其所祭而祭之，名曰淫祀。”

⑩《易·蒙》：“再三渎”；《左传·昭二十六年》：“国有外援，不可渎也。”渎，可作水流解，但在这里以解作亵渎、轻慢为宜。淫祀，是对于那些理应受人祭祀的神灵的亵渎。

⑪ 问渔舟，指租艘渔船游池。

⑫ 这句诗是说，乘船游池，使诗人一向受拘束的心得到了安慰，从而感到愉快、满足。

◎ 将赴荆南寄别李剑州[①]（七律）

使君高义驱今古，[②]	您高尚的德行能和古人并驾齐驱，
寥落三年坐剑州。	三年来，您一直寂寞地待在剑州。
但见文翁能化俗，[③]	只见您像文翁那样善于教化人民，
焉知李广未封侯。[④]	谁料到也像李广那样不能封侯。
路经滟滪双蓬鬓，	我的双鬓乱蓬蓬，将经过滟滪堆东下，
天入沧浪一钓舟。	驶向茫茫天际，在湛蓝的江上乘一艘渔舟。
戎马相逢更何日，	战乱不停，谁知道什么时候再见，

春风回首仲宣楼。[⑤]　　春风中我将回头看您，当我登上王粲当年登的城楼。

注释：

① 剑州，唐代属剑南道，治普安，即今之四川剑阁县。剑州李使君在杜甫旅居梓、阆期间可能给过杜甫一些帮助。广德二年春，杜甫打算离蜀东下，从阆州寄赠这首诗给李使君告别。

② 凡杜甫诗中赞人“高义”者，多指对方慷慨助人，曾给自己资助。黄生注：“驱今古，今与古并驱也。”

③ 据《汉书·循吏传》，文翁，舒人，少好学，通春秋，景帝末为蜀郡守，崇教化，兴学校，蜀境文风大振。诗中以文翁的治蜀来比拟李使君之治剑州。诗中的“化俗”，一作“化蜀”。

④ 李广，汉代名将，屡次与匈奴作战，以英勇著名，但始终未能以功勋封侯。诗中以李广的不幸遭遇比喻李剑州之未能升迁更高官位。

⑤ 仲宣楼，即荆州麦城（今湖北当阳市）城楼，魏王粲登此城楼后作了一篇著名的《登楼赋》，抒写思乡之情和怀才不遇的感慨。王粲字仲宣，麦城城楼遂被称为“王粲楼”“仲宣楼”。这句诗表明杜甫将去荆州，并对李剑州十分怀念。

◎ 奉寄别马巴州[①]（七律）

勋业终归马伏波，[②]　　总有一天您会像马伏波那样建立功勋，
功曹非复汉萧何。[③]　　我却不能做功曹，因为我再比不上汉代的萧何。
扁舟系缆沙边久，　　我的扁舟在沙滩边已系缆长久，
南国浮云水上多。[④]　　向往南国，那里的水面上到处有白云飘浮。
独把鱼竿终远去，　　我终将独自手持钓竿到远方去，
难随鸟翼一相过。　　再难随着飞鸟来访问我的老友。

知君未爱春湖色，⑤	我知道您并不爱湖上的春色，
兴在骊驹白玉珂。⑥	您的兴趣是做个京官，骑着小黑马，鸣响着白玉珂。

注释：

① 巴州，即今四川巴中市，在阆州之东。这也是广德二年春杜甫在打算离蜀东下时向友人告别的诗。马巴州是巴州刺史，姓马，名不详。诗题有原注："时甫除京兆功曹，在东川。"阆州，属东川；除京兆功曹事，新旧《唐书》的《杜甫传》中都没有写明时间，近代研究者据这诗题的原注，订为广德元年或二年，多认为是由严武推荐。刘开扬在《杜甫》一书中说："京兆尹本为刘晏，严武还朝后，刘晏让与严武，他便为吏部尚书同平章事，京兆府功曹参军这职务应是严武荐任的。"（见该书68页）但唐代的政治情况多变，杜甫究竟由谁推荐为京兆功曹，他又为何不愿去就任，殊难以究明。从这诗中只能看出他当时决心到荆州或洞庭湖南一带去，对回长安做官毫无兴趣。

② 因马巴州与马伏波同姓，便借马伏波作比，并预言他今后将建立功勋，马伏波，参看第十一卷《苦战行》注②。

③《三国志·吴书》载孙策谓虞翻曰："孤有征讨事，未得还府，卿复以功曹为吾萧何，守会稽耳。"萧何曾为汉高祖刘邦留守关中，补给兵卒粮饷，使军需无缺，孙策欲令功曹虞翻担负萧何一样的责任，所以说了以上的话。杜甫也可能是遇到了这样的事，任命他为京兆功曹，将托付给他十分重要的任务，而他却不愿接受这样的任命。

④《仇注》："时公将出峡，南国应指荆楚。""浮云"一语，有所寓意。杜甫诗中的"浮云"有各种含意，如第七卷《梦李白二首》（第二首）的"浮云终日行，游子久不至"、第二卷《前出塞》（第七首）的"浮云暮南征，可望不可攀"等都是。往往借"浮云"寄托对友人或故乡的思念。这句诗中的"浮云"，则象征着对南国的向往。

⑤《仇注》："春湖，指洞庭湖。"这句诗表明马巴州没有去荆楚、湖南一带的愿望。

⑥ 骊驹，黑色的马驹，《大戴礼》中有逸诗《骊驹》残句："骊驹在门，仆夫具存。骊驹在路，仆夫整驾。"后来称送别之歌为"骊歌"。这里"骊驹"与"玉珂"连用，是指早朝骑马之事。"玉珂"见第六卷《春宿左省》注⑥。这句诗表明作者理解马巴州之愿望是回朝廷任职。

◎ 奉待严大夫[1]（七律）

殊方又喜故人来，	在这远方我多高兴，听说我的老朋友又到来，
重镇还须济世才。	这里是一个重镇，需要能挽救局势的大才。
常怪偏裨终日待，[2]	我奇怪，您部下的将校总是天天在等待，
不知旌节隔年回。[3]	想不到您这位统帅隔一年就回来。
欲辞巴徼啼莺合，[4]	我本想在群莺聚啼的季节离开巴蜀这边地，
远下荆门去鹢催。[5]	决心远去荆州，航船已在相催。
身老时危思会面，	我老了，在艰危时刻想和您见面，
一生襟抱向谁开？	这一生中，我的胸怀除了您还能向谁敞开？

注释：

① 当杜甫已作好准备即将沿嘉陵江转长江东下时，传来了严武再度镇蜀的消息。据《资治通鉴》，严武于广德二年正月被任命为成都尹兼剑南节度使，杜甫得到这消息可能在二月间。诗题中称严武为“严大夫”，是按照严武上元二年为成都尹时兼任御史大夫官职称呼的，这表明杜甫对去年严武封郑国公的事尚无所闻。杜甫与严武关系十分亲密，严武的再次镇蜀对杜甫的前途将有很大影响，因此他放弃东下的计划，一切等严武来了以后再说。这诗中流露出的喜悦兴奋之情是杜甫这一年来少见的，诗的节奏明快，情绪开朗，充分体现出对严武的信赖。

② 偏裨，即偏将与裨将，是大将部下的将校。

③ 旌节，原指大将的军旗与皇帝授予的节杖，这里借代大将、统帅。

④ 徼，音“较”（jiào），边境。巴徼，指巴蜀地区，唐代巴蜀与吐蕃接界，故可称“巴徼”。

⑤ 鹢，音“益”（yì），一种水鸟，古代常绘于船头作装饰，后来遂常以“鹢”代表船只。

◎ 渡江[①]（五律）

春江不可渡，	春天渡江可真不容易，
二月已风涛。	二月里就已经满江风涛。
舟楫欹斜疾，	小船倾侧着急速驶过，
鱼龙偃卧高。[②]	鱼龙安稳地躺在水面上浮漂。
渚花张素锦，	沙岸上白花一大片，像铺开素锦，
汀草乱青袍。[③]	汀洲上草色青青，像身上穿的青袍。
戏问垂纶客，[④]	我嬉笑着向那些钓鱼的人问好，
悠悠见汝曹。	看你们这样悠闲，真是自在逍遥。

注释：

① 黄鹤注："此广德二年春自阆州归成都时作。"杜甫得到严武即将回成都的消息，就决定回成都草堂，据后面的一组诗，可知是从陆路走的。从阆州到成都，必先渡到嘉陵江的西岸，然后循陆路一直向西走。从这首诗中，也能体会到当时杜甫的愉快心情。

② 鱼龙，古代有鱼龙变化的戏术，在人们心目中，巨鱼可变化为龙，所谓鱼龙，就是水中的巨大鱼鳖之类。偃卧高，即"高卧"，指躺得很安稳。这句诗是想象水势的盛大。

③ 乱，意思是相互混同，也就是说两者很相似，分辨不出。

④ 垂纶客，不是喻隐居者，而是实指在水边钓鱼的渔人。有兴致向渔人问好，也正是表示诗人的心情愉悦。

◎ 自阆州领妻子却赴蜀山行三首[①]（五律）

汩汩避群盗，[②]	在避盗逃难的纷乱中，
悠悠经十年。[③]	已经过去了漫长的十年。
不成向南国，[④]	想到南方去没有去成，
复作游西川。[⑤]	却又一次来游西川。
物役水虚照，[⑥]	被生活驱使，水面波光粼粼也徒然，
魂伤山寂然。[⑦]	心里忧伤，默默对着群山。
我生无倚著，	我一生无依无靠，
尽室畏途边。	一家人随着我走在艰难的路边。

注释：

① 广德二年春，杜甫率全家老小自阆州回成都，走的是山路。在途中写了这样一组反映旅行时心情变化的诗。严武回成都，杜甫有了依靠，忐忑不安的心放下了，但生活困难，一家人拖累着他，仍不免常常感到烦恼。这三首诗总的说来依旧是使人感到压抑的，但比起前一阶段写的某些忧伤的诗篇来，已有一些生活意趣出现。

②“汩”字在现代汉语中只保留了“古”（gǔ）一个读音，同时，也只保留了“水流声”或“水流貌”这样的意思。在古代汉语中，“汩”还可读“移栗切”。除了上述意义外，还可作“乱”字解，如《书·洪范》：“汩陈其五行”就是。这诗中的“汩”，可读“古”（gǔ），意思应理解为“乱”。《仇注》：“（汩）音月，奔流貌。”不妥。

③ 十年，天宝十四载（755 年）至广德二年（764 年）。

④ 南国，指荆楚一带，参看本卷《奉寄别马巴州》注④。

⑤ 西川，指西川节度使驻地成都。

⑥ 物役，指物质生活对于人类精神的制约。

⑦ 山寂然，实际是说人对山色之美毫无反应。故译写为人默然对着群山。

◎ 其二（五律）

长林偃风色，　　大风把高高树林吹得倒向一边，
回复意犹迷。[①]　　归路上，我心里仍感到迷惘迟疑。
衫裛翠微润，[②]　　衫袖被山头雾气沾湿，
马衔青草嘶。[③]　　马嘴里嚼着青草，还不停鸣嘶。
栈悬斜避石，　　栈道悬空斜行，避开突起的岩石，
桥断却寻溪。　　桥断了，只得寻水浅处涉过小溪，
何日干戈尽，　　要到哪一天战争才能停止，
飘飘愧老妻。　　这样到处漂泊实在愧对老妻。

注释：

① 回复，指重回成都草堂。

② 裛，同"浥"，音"邑"（yì），沾湿。翠微，见第一卷《重题郑氏东亭》注②，这里是指山中雾气。

③《仇注》："马饥衔草，日晡矣。"这句诗是说天时不早，马又饥饿又疲倦。

◎ 其三（五律）

行色递隐见，[①]　　一路上远方景色相继隐灭出现，
人烟时有无。　　有时一片荒寂，有时能看见人烟。
仆夫穿竹语，　　穿过竹林时仆夫们隔着竹枝交谈，
稚子入云呼。　　小儿子走进云端高兴得叫喊。

转石惊魑魅，　　山坡上石块滚动，惊恐的人们生怕遇见鬼怪，
抨弓落狖鼯。[②]　　会把鼯鼠猿猴吓得摔下，只要空弹一下弓弦。
真供一笑乐，　　这些事真逗人发笑、叫人开心，
似欲慰穷途。　　像要给困顿的旅人一些慰勉。

注释：

①《庄子·盗跖》："车马有行色"。这"行色"是说由于行走长途而表现出的疲倦、一身尘土等等。有时也可用于指为长途旅行所作的准备，如说"以壮行色"。但这首诗中所说的"行色"却是旅行者所看到的途中风光。

② 抨，音"烹"（pēng），抨弓，拨动弓弦而不发箭。狖，音"又"（yòu），一种猿猴；"鼯"，音"无"（wú），即鼯鼠。狖、鼯都生活在高山树林中，闻弓弦声而吓得跌落，这是人们"嘲笑"这些动物的畏怯神态而产生的设想。

◎ 别房太尉墓[①]（五律）

他乡复行役，[②]　　在异乡我又要到别处去，
驻马别孤坟。　　停下马，向您的坟茔告辞。
近泪无干土，　　身边的泥土都被我的泪水浸湿，
低空有断云。[③]　　低空飘浮的白云像要断离。
对棋陪谢傅，[④]　　记得陪您下棋就像陪着谢安太傅，
把剑觅徐君。[⑤]　　现在来看您，就像季札寻觅徐君想把宝剑挂上树枝。
惟见林花落，　　眼前只看见林中残花飘落，
莺啼送客闻。[⑥]　　只有黄莺的啼声送进我耳里。

注释：

① 房太尉，即房琯，他于宝应二年（763 年）在汉州刺史任奉召回京，途中患病，广德元年（763 年）（宝应二年七月，改年号为广德）八月卒于阆州僧舍，追赠太尉。杜甫于至德二载（757 年）春奔凤翔肃宗行在，由于房琯的推荐，于五月中得到左拾遗的任命。就在同一个月，房琯因指挥军事失当，受到御史大夫贺兰进明的毁谤，又因门客著名琴师董庭兰受贿事件牵累，被罢去宰相之职，改任太子少师。杜甫以谏官身份为房琯辩护，要求肃宗"弃细录大"，触怒肃宗，下诏把杜甫交三司推问。得到宰相张镐和御史大夫韦陟的大力营救，才免于受处分，保住了左拾遗的官位。至德二载冬还都长安后，杜甫在朝中任职，与房琯、贾至、严武等人过从甚密，被认为是一派的人。乾元元年五月，房琯被排除出朝，贬邠州刺史，六月，贾至被贬为汝州刺史，严武被贬为巴州刺史。不久后杜甫也被贬，出为华州司功。杜甫对房琯一直十分崇敬，不忘他的知遇之恩。房琯在阆州逝世时，甫曾作文吊祭，广德二年（764 年）离阆去成都前，又到墓前拜别，并写了这篇悲痛、辛酸的告别诗。

② 行役，指自阆州回成都的旅行。

③ 无干土，是说流泪沾湿土地；低空断云，天色阴惨，更使人情绪抑郁。

④ 谢安是东晋著名大臣，任尚书仆射领中书令。前秦苻坚以百万大军攻晋，谢安从容指挥淝水之战，大破苻坚，安定了东晋的局势。淝水捷报传至时，安正对客弈棋，不动声色。卒后赠太傅，后世多称他谢太傅。诗中以谢安来比房琯，赞美房琯之品德高尚，器识宏旷。

⑤ 据《说苑》，吴季札聘晋经过徐国，心知徐君爱其宝剑，及还，徐已殁，遂解剑系其冢树而去。诗中以季札对徐君的深厚友情来比喻自己思对房琯有所报答。

⑥ 末两句写墓前寂寞景象，借以表达自己的哀思。

◎ 将赴成都草堂途中有作先寄严郑公五首① （七律）

得归茅屋赴成都，　　我能够回草堂，再去成都，直为文翁再剖符。[②] 都亏您再来掌握剑南节度的兵符。
但使闾阎还揖让，[③] 只要邻里们能友好往来，
敢论松竹久荒芜。 怎能管草堂前的松竹长久荒芜。
鱼知丙穴由来美，[④] 我知道邛州丙穴的鱼最鲜美，
酒忆郫筒不用酤。[⑤] 想起郫县美酒盛在筒里不用零沽。
五马旧曾谙小径，[⑥] 您这位府尹过去就熟悉通往草堂的小径，
几回书札待潜夫。[⑦] 我这隐居的人曾几次等您驾临几次接到来书。

注释：

① 这一组诗作于广德二年春自阆州赴成都途中。在到达以前预先寄给重回成都任府尹兼剑南节度使的严武，叙旧谊，回忆往昔在草堂的生活并设想今后在草堂接待严武，重叙友谊。

② 以文翁治蜀比喻严武镇蜀任成都尹。古代任命州郡长官颁给铜或竹制的“符”，“符”可分合，一半留在朝廷，一半给接受任命的人。任命官吏时给予“符”的一半，故称“剖符”。文翁，参看本卷《将赴荆南寄别李剑州》注③。

③ 闾阎，指邻里。闾，见第四卷《后出塞》第一首注④，阎，《说文》释为“里中门”，《广雅·释宫》：“阎谓之衖”。王念孙《广雅疏证》：“衖与巷同”。闾阎，与今日的“里弄”义近。揖让，古有两义：一指一般宾主相见之礼。《周礼·秋官·司仪》：“掌九仪之宾客摈相之礼，以诏仪容辞令揖让之节。”二指古代帝王以位让贤的制度，如尧以位让舜，舜以位让禹，称为“揖让”，又称“禅让”。这诗中用的是前一义。

④ 丙穴，地名，有好几处地方有这地名，都是产鱼的池潭。黄鹤注中提到了几个“丙穴”，其中有“邛州大邑县有嘉鱼穴”，《仇注》：“此诗公赴成都作，意是指邛州丙穴，盖成都西南至邛州，才百五十里耳。”

⑤《仇注》引《成都记》：“……郫县以竹筒盛美酒，号为郫筒。”酤，通“沽”，通常只解释为买酒或卖酒，其实“沽酒”专指零买零卖而言，把大容器中的酒注到顾客的小容器中名曰“沽”，所以“沽酒”既可用作卖酒，也可用作买酒。这里的“沽”，是用其本义。本卷《草堂》中的“沽酒携胡芦”，也无买卖之意，而只是注酒在葫芦中。

⑥ 五马，见第十二卷《冬狩行》注⑨，严武任成都府尹，故以“五马”称他。这句诗是说严武于宝应元年在成都时曾到过成都草堂，见第十一卷《严中丞枉驾见过》《严公仲夏枉驾草堂兼携酒馔》等诗。

⑦ 潜夫，即隐居者，杜甫自称。待潜夫，谓语放在主语前面的特殊句子结构，意思是“我”将等待。书札，指过去及不久前严武给杜甫的信。

◎ 其二（七律）

处处清江带白蘋，	处处清江上飘着白蘋，
故园犹得见残春。	回到故园时，还能见到残春。
雪山斥候无兵马，①	雪山下已没有吐蕃兵在窥察，
锦里逢迎有主人。②	锦水边的村里又有了待客的主人。
休怪儿童延俗客，	别见怪儿童把俗客引到家里，
不教鹅鸭恼比邻。③	管好鹅鸭，不要让邻人厌憎。
习池未觉风流尽，	草堂中的风雅乐事似乎没有失尽，
况复荆州赏更新。④	何况您来观赏，就更加新意纷呈。

注释：

① 雪山，指成都西北岷山的高峰。斥候，有时写作“斥堠”，指交战双方派出的武装侦察小队。这句诗是说没有吐蕃的零星兵马在雪山边境活动，蜀边局势开始稳定。

② 锦里，指位于锦水边的草堂。主人，杜甫自称。这句诗的意思是回成都后，欢迎严武来访问。

③ 五、六两句想象回草堂后的日常生活，着重考虑自己对邻人的态度问题，这表明杜甫乐于接近村民，对他们很尊重。

④ 以山简在荆州游赏习池来比喻严武的游赏草堂。关于“习池”和山简的典故，可参

看第九卷《北邻》注⑤。译诗中把“习池”和“荆州”等字样都略去了。

◎ 其三（七律）

竹寒沙碧浣花溪，①	浣花溪边的竹林微寒，沙洲凝碧，
橘刺藤梢咫尺迷。	带刺的橘树和蔓延的藤梢长遍，咫尺之间令人迷离。
过客径须愁出入，	过客进出恐怕也要担心，
居人不自解东西。	连住在这里的人也分不清东西。
书签药裹封蛛网，②	书籍的签条和药囊被蛛网封满，
野店山桥送马蹄。③	野外客店和山涧小桥一路上迎送过客马蹄。
肯藉荒庭春草色，④	您可肯坐在荒院里的青草上，
先拼一饮醉如泥。⑤	先痛饮一顿，别怕烂醉如泥。

注释：

①《仇注》：“竹映水，故见沙碧。”

② 书签，是书名签条。一种是贴于书函帙外者，另一种上端夹于书页间，字露于书外，当书籍叠放在书架上时，见此签条，便可知是何书。药裹，即贮藏药物的小包。这句诗是设想回成都后所见草堂内部情况，所藏之物唯书与药，且久已尘封未动。

③ 这是设想回草堂的路上，沿途有野店、山桥，行人不会感到寂寞。送，含有“迎送”两层意思。

④《文选·天台山赋》“藉萋萋之纤草”，李善注：“以草荐地而坐曰藉。”春草色，指绿色的春草。

⑤ 醉如泥，形容人醉倒不醒曰“烂醉如泥”，现在仍有此俗语。这句诗是说严武来到草堂，不妨先饮得大醉，其他活动等以后再说。这是表示将把严武当作最亲昵的朋友来对待。

◎ 其四（七律）

常苦沙崩损药栏，[①] 常担心沙岸崩塌损坏我的药草园，
也从江槛落风湍。[②] 江边栏杆落进风涛里也只能由它去我可没法管。
新松恨不高千尺， 恨新栽的松树不能一下长高千尺，
恶竹应须斩万竿。[③] 恶竹哪怕有一万根也要全数砍完。
生理只凭黄阁老，[④] 我的生计只能仰仗您这位黄阁老，
衰颜欲付紫金丹。[⑤] 容颜已衰老，看来只能去炼紫金丹。
三年奔走空皮骨， 三年来的奔走使我瘦得只剩皮骨，
信有人间行路难。 才知道人间的道路实在艰难。

注释：

① 药栏，药草园的围栏，借代药草园。杜甫常在所住之处种药草，供自己应用，有时也卖药补助生活。

② 从，作“任从”“听从”解。江槛落风湍，指江边亭榭的栏杆损坏被风吹落江涛中。本卷《水槛》一诗，可参看。

③“新松”“恶竹”两句是杜诗中常被引用的名联。通常只看重它们的比喻义，但在这诗里也是写杜甫回草堂后所计划从事的工作。既表明诗人的爱憎之所在，也写出荒芜的草堂园林亟须整治的状况。

④ 至德年间，杜甫与严武俱在门下省任职，严武当时任给事中，可称“阁老”。门下省也称“黄阁”，故“阁老”又称“黄阁老”。参看第五卷《奉赠严八阁老》注①、②。

⑤ 道家有炼丹服食之术，有所谓“紫金丹”，能使人长生。这句诗的意思表面上是说自己日渐衰老，只能从事炼丹，实际上是希望严武能给他帮助。

◎ 其五（七律）

锦官城西生事微，[①]	我的微薄家产在锦官城西，
乌皮几在还思归。[②]	那里的乌皮躺椅还在，我还想回到那里。
昔去为忧乱兵入，[③]	那年是怕乱兵侵扰才离去，
今来已恐邻人非。	如今归来，怕邻人已不是原来那些。
侧身天地更怀古，	托身天地间，又常有怀古的思绪，
回首风尘甘息机。[④]	回顾往日的风尘，何必再费心机。
共说总戎云鸟阵，[⑤]	人们都在谈论您这位统帅的云鸟阵法神妙，
不妨游子芰荷衣。[⑥]	我这游子不妨在这水乡闲住，穿起芰荷衣。

注释：

① 生事，指生活所需的物质资料。

② 乌皮几，是一种活动躺椅，以乌皮为面。这是杜甫所爱的生活用具，后来也一直随身带着走。第十九卷《寄刘峡州伯华使君》一诗中仍提到它，惋惜它“凭久乌皮拆”。

③ 乱兵，指宝应元年七月严武回朝后，剑南兵马使徐知道的叛乱。

④ 机，指“机心”或“心机”，应付环境所作的周密思考。《庄子·天地》：“有机械者必有机事，有机事者必有机心。”老庄哲学主张顺应自然，清静无为，故贬低“机心”。但后代往往把为了自己的利益成天算计别人的人，称为有“机心”的人。那样的“机心”毫无疑问是个贬义词。但这诗中的“息机”，是指前述的老庄哲学的那种主张。

⑤ 总戎，指镇蜀的统帅严武。云鸟阵，古代兵法中一种阵法的名称，诗中以此来称赞严武的善于用兵。

⑥ 游子，杜甫自称。芰荷衣，用屈原《离骚》中的话：“制芰荷以为衣，集芙蓉以为裳”。隐于水上的幽人高士，以菱荷之叶为服饰，表示生活悠闲安适，远远脱离尘

世。因为相信严武善指挥军事，成都可保安定无虞，故杜甫能安心在成都隐居。

◎ 春归[①]（五排）

苔径临江竹，	生满青苔的小径穿过临江竹林，
茅檐覆地花。	茅草屋檐把地面繁花遮掩。
别来频甲子，[②]	我离开这里已经过了几年，
归到忽春华。	归来时不觉又是春天。
倚杖看孤石，	倚着手杖，看独峙的巨石，
倾壶就浅沙。	倾壶畅饮，坐在浅滩旁边。
远鸥浮水静，	多么静，沙鸥浮在远处水面，
轻燕受风斜。	迎风斜着翅膀飞的是轻捷双燕。
世路虽多梗，	人世的道路虽然有许多阻碍，
吾生亦有涯。	我的生命也毕竟会有个终点。
此身醒复醉，	我这辈子总是酒醒了又喝醉，
乘兴即为家。[③]	只要兴致高，到处都是我的家园。

注释：

① 这是广德二年春天，杜甫从阆州回到草堂后所写的诗。诗中反映了初回草堂时的心境和悠闲生活。

②《左传·襄三十年》载绛县老人语："臣生之岁，正月甲子朔，四百有四十五甲子矣。"这甲子是纪日期的干支。见第一卷《赠韦左丞丈济》注⑪，但后来也用甲子代表纪年的干支，每六十年轮转一次，所谓"六十花甲子"，即六十年。诗中的"频甲子"，仍是用前一种意思。杜甫离开草堂前后三年，实际两年不足，即宝应元年（762年）七月至广德二年（764年）三月，其中的"甲子"日约十个，故云"频

甲子”。

③ 末两句诗是说回成都后又如往常一样，频频喝醉。成都虽不是故乡，但情绪好时，也就把成都当作家，忘记了故乡。

◎ 归来[①]（五律）

客里有所适，	我客居在这里，曾一度往别处去，
归来知路难。	回到这里之后才知道行路艰难。
开门野鼠走，	开门时看见野鼠四面逃散，
散帙壁鱼干。[②]	打开书函，发现蠹鱼已经枯干。
洗杓斟新酝，	洗净杯杓，斟上新酿的酒，
低头拭小盘。	低头拭擦着盛菜肴的小盘。
凭谁给麹糵，[③]	有谁能给我些酿酒的曲，
细酌老江干。	让我在江边慢慢酌酒喝度尽残年。

注释：

① 这首诗也是写广德二年春初回草堂时的生活与情绪，流露出了暮年的颓唐，但显得恬适平静，诗人似乎是在对自己的生活作冷静的观察和体验。

② 壁鱼，即蠹鱼，是一种蛀衣服和书籍的小虫。

③ 麹糵，音“曲聂”（qū niè），也写作曲糵，制酒发酵用的复合菌种，俗称酒药。有了曲，就能够自己酿酒。但这诗中可能是以它来借代酒类。这一句诗表明作者盼望能得到依靠，寄厚望于严武，但又不愿明言。

◎ 草堂[1]（五古）

昔我去草堂，[2]	那年我离开草堂，
蛮夷塞成都。[3]	蛮夷兵挤满成都。
今我归草堂，	如今我回到草堂，
成都适无虞。	成都开始安定，不用再忧虑。
请陈初乱时，	让我来说说乱事发生之初，
反覆乃须臾。	一眨眼之间，天翻地覆。
大将赴朝廷，[4]	大将奉诏到朝廷去，
群小起异图。[5]	一群卑鄙小人起了作乱的意图。
中宵斩白马，[6]	半夜里宰杀了一匹白马，
盟歃气已粗。[7]	歃血发过誓就更加气壮声粗。
西取邛南兵，[8]	向西攻占了邛南兵营，
北断剑阁隅。	向北截断剑门关的道路。
布衣数十人，	几十个平民百姓，
亦拥专城居。[9]	竟也做了地方负责官员掌管州府。
其势不两大，[10]	那形势不容许两派势力并存，
始闻蕃汉殊。[11]	于是就听说番兵汉兵合不到一处。
西卒却倒戈，[12]	西面来的羌夷兵卒倒戈反对，
贼臣互相诛。[13]	叛将间又开始相互杀戮。
焉知肘腋祸，[14]	他们哪里料到自己内部生了祸患，
自及枭獍徒。[15]	终于自相残杀成了枭獍一样的凶徒。
义士皆痛愤，	坚持正义的人都痛恨愤慨，
纪纲乱相逾。[16]	国家的纪纲竟被任意践踏抛弃。
一国实三公，[17]	叛贼内部分裂，真像一国三公，

万人欲为鱼。[18]	千万人民成了无辜遭殃的池鱼。
唱和作威福，[19]	你呼我应的匪徒们作威作福，
孰肯辨无辜。	谁肯为无罪的人们分辩申诉。
眼前列杻械，[20]	堂前摆开各种刑具，
背后吹笙竽。[21]	堂后却在寻欢作乐，吹奏笙竽。
谈笑行杀戮，	一边说笑一边进行杀戮，
溅血满长衢。	鲜血流遍了大街长衢。
到今用钺地，[22]	至今那些行刑杀人的地方，
风雨闻号呼。	刮风下雨时似乎还听见哀号悲泣。
鬼妾与鬼马，[23]	死者的妻妾，死者的马，
色悲充尔娱。	神色凄惨地供你们欢娱。
国家法令在，[24]	还口称尊崇朝廷，奉行法令，
此又足惊吁。	这样的事实在令人叹息惊奇。
贱子且奔走，[25]	我这贫贱的人只能暂时逃亡，
三年望东吴。[26]	三年来一直想望去东吴。
弧矢暗江海，[27]	弧矢星暗淡，江海上到处动乱，
难为游五湖。[28]	想去五湖游历始终没法上路。
不忍竟舍此，[29]	到底还是舍不得离开这里，
复来薙榛芜。[30]	又回来把杂草荆棘铲除。
入门四松在，[31]	一进门看见四棵松树还在，
步屟万竹疏。[32]	我又在稀疏的竹林间散步。
旧犬喜我归，	旧养的狗看见我归来显出喜悦，
低徊入衣裾。	在我身边来回走，钻进我衣裾。
邻里喜我归，	邻居们都为我的归来高兴，
沽酒携胡芦。	来慰问我，提着盛着酒的葫芦。
大官喜我来，	大官也为我的归来欣喜，

遣骑问所须。	派人骑马来问我有什么欠缺。
城郭喜我来，	住在城里的人也欢庆我归来，
宾客隘村墟。	宾客纷纷来访问，塞满村中道路。
天下尚未宁，	天下还没有完全安宁，
健儿胜腐儒。	善战的壮士胜过只懂经书的腐儒。
飘飖风尘际，	长久在风尘中漂泊不定，
何地置老夫？	我这老翁将在哪里得到安身之地？
于时见疣赘，[33]	这时刻才看出自己是个累赘，
骨髓幸未枯。[34]	幸亏我的骨髓还没有完全干枯。
饮啄愧残生，	惭愧我这残生中只能白白饮食，
食薇不敢余。[35]	连吃野菜也不敢随便剩余。

注释：

① 广德二年春，杜甫回草堂后，追述两年前徐知道在成都发动叛乱时的局势，记述所闻成都混乱的状况，对军阀祸国殃民的残忍凶暴，作了深刻的揭露，同时也表达了重回草堂时的悲喜交集之情以及对个人前途的担心。

② 研究杜甫生平的学者们认为，宝应元年七月，严武回朝，杜甫送至绵州，得知徐知道作乱的事，便没有回成都，而转往梓州、阆州等地。但根据这首诗中的叙述来看，杜甫似乎是从绵州回到成都后，目击徐知道叛乱发生，才又匆匆离成都。那时羌夷兵已进入成都，十分混乱。

③ 蛮夷，指受徐知道挑唆而参加叛变的羌族及其他少数民族兵卒。当然，这一切也可能都是听目击者所说。

④ 大将，指严武。

⑤ 群小，指徐知道及他的共谋人。

⑥ 斩白马，是为了取血盟誓。

⑦ 古代有“歃血为盟”的习俗，歃血，即以口吮血；“盟”即发誓。

⑧ 邛南兵，指成都西南方邛州的驻军。《仇注》引卢注：“公（杜甫）《上严武两川说》（即《东西两川说》）云：‘脱南蛮侵略，邛雅子弟不能独制。’邛南兵，即邛雅子弟兵也。”也有人认为是羌夷兵。总之，这不是徐知道的嫡系军队，而是以本地青壮年组成的地方武装，其中有不少羌族人。

⑨ 布衣，指原无官职的平民，实际上就是参加暴乱，被徐知道部下推举为成都府负责官员的人。古代常以“专城居”称州郡长官。汉代乐府《陌上桑》中有：“三十侍中郎，四十专城居”之句。

⑩ 两大，指番兵（少数民族的兵）和汉族叛军（以徐知道为首领）。

⑪ 两方面的叛军不能团结统一，双方互不相让，势必相争。

⑫ 西卒，即羌兵（诗中称之为“蛮夷”“蕃”），羌兵开始时被诱接受徐知道的指挥，后来了解叛乱真情便不再接受徐的命令，与徐知道的兵发生了武装冲突。倒戈，掉转戈矛来对付原来站在同一阵营的人。

⑬ 这句诗说的是，在羌兵与汉兵的冲突中，徐知道的部将李忠厚乘机把徐知道杀死。

⑭ 肘腋祸，从自己内部发生的祸乱。《三国志・蜀书》：“近则惧孙夫人生变于肘腋之下。”

⑮ 我国古代传说，“枭”是食母的鸟，“獍”是食父的兽。通常以“枭獍”比喻最凶恶残忍的人。

⑯ 纪纲，指国家的法纪与政纲。《书・五子之歌》：“今失其道，乱其纪纲。”

⑰ 国家政权不统一常以“一国三公”来比喻。《左传・僖五年》：“一国三公，吾谁适从。”

⑱ 杜弼《檄梁文》：“楚国亡猿，祸延林木；城门失火，殃及池鱼。”诗句的“万人欲为鱼”，是比喻成都广大人民无端受战乱之害，生命财产遭受损失。

⑲ 这一句诗是说叛乱者虽然相互倾轧，争夺权力，但对无辜人民的逞威迫害则是一致的，对人民毫无同情。

⑳ “杻”音“丑”（chǒu），杻械，锁足的刑具。

㉑ “眼前”“背后”，实际意思是堂前、堂后。这两句诗是说叛乱者一面残酷镇压人民，

一面寻欢作乐。

㉒ 用钺地，即刑场。钺，巨斧，是砍头的刑具。

㉓ 鬼妾、鬼马，指这场战乱中被杀死的人的妻妾和马匹。

㉔ 当时唐朝不少地方的军阀和实力派举兵作乱，做出了罪恶的事，却还自称尊奉唐朝的皇帝，服从朝廷的法令，恬不知耻，所以下一句中说“足惊吁”。

㉕ 贱子，杜甫自称。

㉖ 杜甫在梓、阆期间，一心想乘船东下，去荆楚、吴越一带。这里只提出“东吴”，代表他未能实现的“东下”之行。

㉗《史记·天官书》：“狼下有四星曰弧。”“弧”即“弧矢”，星名。《易·系辞》：“弧矢之利，以威天下”。这里以“弧矢星暗”，来比喻朝廷失去威力，各地发生动乱。

㉘《仇注》引《史记正义》，说“五湖”指太湖东岸五湾，即菱湖、游湖、莫湖、贡湖、胥湖。又引虞翻之说，因为太湖与松江等五水通连，故称“五湖”。两说均以太湖为五湖，“游五湖”即为“游东吴”。

㉙“舍此”之“此”，指草堂。

㉚ 薙，音“替”（tì），铲除野草。

㉛ 四松，是杜甫在草堂前亲手植的四棵松树，下面一首诗就是专咏四松的。

㉜ 步屧，见第九卷《北邻》注⑦。

㉝ 疣赘，又称“赘疣”，皮肤上的一种赘生物。比喻多余、累赘的人或事物。杜甫把自己看作是世间多余的人，这是十分痛苦的。

㉞ 古代认为人极衰老则“骨髓干”，指的是筋骨强直，不便于运动。第七卷《垂老别》有“幸有牙齿存，所悲骨髓干”之句，可参看。

㉟ 薇，是野菜名。末两句诗说，既然自己已是多余无用之人，则吃饭也是浪费粮食了，即使只吃些野菜，也得节约，不能吃不完丢弃造成浪费。

◎ 四松[①] （五古）

四松初移时，	当初移栽这四棵松树时，
大抵三尺强。	它们都是三尺来高的模样。
别来忽三岁，	离开它们不觉已有三年，
离立如人长。[②]	如今站成一排有人那么长。
会看根不拔，	能看到它们没有被连根拔去，
莫计枝凋伤。	就别去计较枝叶受到了残伤。
幽色幸秀发，	好在都现出了清幽的绿色，
疏柯亦昂藏。[③]	稀疏的柯枝也这么挺拔轩昂。
所插小藩篱，	我曾给它们插上矮小的篱笆，
本亦有堤防。	本也想对它们作些保护、提防。
终然振拨损，[④]	可是到底还是被碰断擦伤，
得恡千叶黄。	怎能顾惜它们有无数枝叶枯黄。
敢为故林主，	我哪里敢以这园林的原主自居，
黎庶犹未康。	广大黎民百姓的生活还没有安康。
避贼今始归，	逃避贼寇直到如今才回来，
春草满空堂。	空堂上，到处春草生长。
览物叹衰谢，[⑤]	看万物，感叹生命的衰谢难免，
及兹慰凄凉。[⑥]	但这四棵小松却使我得到安慰，不再感到凄凉。
清风为我起，	清风正为我轻轻吹动，
洒面若微霜。	吹拂在脸上，好像溅洒微霜。
足焉送老资，	有它们陪着我过晚年也就足够，
聊待偃盖张。	且等待它们长得更高大，树叶像一把大伞那样撑张。
我生无根蒂，	我终生没得到一处能生根的地方，

配尔亦茫茫。[⑦]	和你们厮守着的愿望也十分渺茫。
有情且赋诗，	一时情感激动，就写下这诗篇，
事迹可两忘。[⑧]	不过你我都该把发生过的事迹一起遗忘。
勿矜千载后，	希望你们千年之后也不要矜夸，
惨淡蟠穹苍。[⑨]	那时，经过辛苦挣扎，蟠曲的巨干一直伸到天上。

注释：

① 诗中所咏的“四松”，是杜甫手植在草堂前的四棵小松树，它们在杜甫离开草堂的两三年中，受了些伤害，但毕竟长大了，根深蒂固，可期待千年后顶天立地的伟岸风貌。诗人把它们当作自己的参照物，对比出自己备受摧残挫折却终于得不到安身立命之地，由此可见那个毁灭人才的时代所造成的悲剧和无从估计的损失。但诗的最后，却主张以“物我两忘”的态度来对待这个悲剧，超越于现实的利害悲喜之外，达到自我解脱的境界。这大概是才识过人的人们对外部环境感到完全失望而又无力来改变它时所必然会采取的一种自我安慰方法吧。

②《方言》：“罗谓之离，离谓之罗。”“离立”即“罗立”，也就是保持一定距离地排列着。

③ 昂藏，同轩昂，卓立高举、意态不凡的样子。

④《仇注》引谢惠连《祭古冢文》：“以物振拨之”。注：“南人以触拨为振”。“振”音“成”（chéng），通“枨”。

⑤ 物，指草堂中的一切事物。

⑥ 草堂中所有草木房屋都损伤残破，看了使人感叹，但这四松还存在着，使诗人凄凉寂寞的心得到了一些安慰。

⑦ 作者自觉没有生根安居之处，故知不可能常与四松在一起。

⑧ 前一句说自己被四松所感动，所以才作了这篇诗，尽管这样，但也不必常把这些放在心里。“两忘”的“两”不是指事（往事）和迹（旧迹）两者，而是指“物”（四松）和“我”（作者）两者。“两忘”是说，双方都该把所经历的一切忘记。作者在诗中一直把“四松”拟人，视同知友，所以才这么说。这两句诗，表明作者在

追求“太上忘情”的境界。参看注①。

⑨ 惨淡，并非指神色凄惨，而是指辛苦经营，也就是为生存而奋斗的情状。穹苍，指天空。

◎ 题桃树[①]（七律）

小径升堂旧不斜，	通向草堂的小径原来不歪斜，
五株桃树亦从遮。[②]	五株桃树长得这么高了，只得任它们把草堂拦遮。
高秋总馈贫人实，	秋天结了果总是馈赠穷苦人，
来岁还舒满眼花。[③]	到来年，又重新开放满眼鲜花。
帘户每宜通乳燕，	门上挂竹帘也要让乳燕能进出，
儿童莫信打慈鸦。[④]	当心别听任儿童去打白颈鸦。
寡妻群盗非今日，	今天已不会再制造寡妇和盗贼，
天下车书已一家。[⑤]	书信、车马畅通，天下已成一家。

注释：

① 杜甫重回草堂居住，一草一木，看了都使他激动。前一首咏四松，这一首咏桃花，主旨和境界各不相同。这一首诗的情绪比较开朗，但又似乎是故意作乐观语，在明快的音调中仍隐伏着焦虑不安。

② 一、二两句诗是从侧面描写五株桃树已长高长大。树冠不断伸展，树下通向草堂的小径逐渐向外移动，因而路斜了。长大的桃树把草堂遮住，草堂里的阳光也少了。虽然如此，也还是得由它们长在那里。

③ 三、四两句解答了前两句诗留下的问题。因为桃树能结实，能开花，所以任它们长在原处。

④ 信，放任。慈鸦，又称“慈乌”，即白颈鸦。五六两句写作者关心爱护弱小动物，这

也是“仁爱”之心的一种表现。对动物还这样关怀，则对广大人民自然更关切，由此引导向最后两句诗。

⑤《仇注》：“丁壮丧亡，寡妻因群盗所致。”“非今日，今无离乱也。”“末云车书一家，是时北寇（河北安史残部）平，蜀乱（徐知道之叛乱）息，而吐蕃退矣。”虽然这都是事实，但唐朝局势并未真正安定，若干隐伏着的骚乱不久又一一暴露出来。杜甫并非不知道这一切，但只能以一些好的消息来自慰。

◎ 水槛[①]（五古）

苍江多风飙，	清江上常有暴风卷起，
云雨昼夜飞。	不管白天黑夜，都会有云雨翻飞。
茅轩驾巨浪，[②]	草堂的水槛像船一样迎着巨浪，
焉得不低垂。	怎能教它不斜倾低垂。
游子久在外，	我这游子长久在外不回，
门户无人持。	草堂的门户没有人照管料理。
高岸尚为谷，	连高峻的崖岸也会变成深谷，
何伤浮柱攲。[③]	水上的木柱倾斜了又何必感喟。
扶颠有劝诫，	古人曾劝诫该扶颠济危，
恐贻识者嗤。[④]	我这样说会引得有学识的人笑嗤。
既殊大厦倾，[⑤]	但这和大厦的倾倒毕竟两样，
可以一木支。	用一根木头就能把它撑起。
临川视万里，	这里迎着江面能远眺万里，
何必栏槛为？	又何必要水槛栏杆来点缀？
人生感故物，	人生在世常会被旧事物触动，
慷慨有余悲。[⑥]	我心潮激荡，感到无限伤悲。

注释：

① 第十卷《江亭》和《水槛遣心二首》都曾写到这首诗所咏的“水槛”。“水槛”和“江亭”是同一建筑物，从整体来看，是江亭，就是建造在江边的茅亭，它是草堂的附属建筑；从局部来看，它只是草亭临江的走廊和栏杆，可称它为槛廊。槛廊是全部建在水上的，在水底树立木柱来支撑它。广德二年春，诗人回草堂后发现水槛倾斜垂悬在水面上，即将完全毁坍，于是产生感慨，作了这首诗。

② 茅轩，即水槛。江亭顶覆茅草，故称茅亭、茅轩。

③ 浮柱，在水上撑起槛廊的木柱。这句诗和上一句诗是自慰之语，崖岸尚会颓倾、风化成为低谷，木柱倾倒又算得什么。这是自然之理，故不必为此感叹。

④ 扶颠，一般多用它的比喻义，指挽救国家的危亡。《仇注》：“视修槛若扶颠，人或笑以为迂；但一木可支，此事亦易为力耳。”

⑤ 大厦倾，常用来比喻国家的倾覆。这里是双关义，既指高大建筑物之倒毁，也指国家之衰落、灭亡。

⑥ 末两句是说诗人自己虽然以旷达的态度来看待水槛的倾斜，但天生的“感故物”之情却不能摆脱，慷慨悲叹，不能自已。这诗中表达出一种哲理，把人的感情看作不是人的主观所能决定的。主观的东西不能决定于主观，那么就只能由“天”决定。这“天”是自然物、社会存在，还是上帝、理念或道，杜甫究竟是怎样理解的，那就不易推究了。

◎ 破船[①]（五古）

平生江海心，	我向来有到江海上航行的愿望，
宿昔具扁舟。	老早就置办了一条小船。
岂惟清溪上，	并不只是为了在这清溪上，
日傍柴门游。[②]	在这柴门近旁每天游转。

苍皇避乱兵，	后来匆忙逃走，躲避乱兵，
缅邈怀旧丘。[③]	在远方仍深深想念着故园。
邻人亦已非，	如今邻人已不是原来的那些，
野竹独修修。	唯有野竹却长成了高高的一片。
船舷不重扣，[④]	我不再叩击着船舷吟唱，
埋没已经秋。	那小船埋没在江边已经几个秋天。
仰看西飞翼，[⑤]	仰头艳羡天空中向西飞的鸟群，
下愧东逝流。[⑥]	低头看向东流的江水，心中羞惭。
故者或可掘，	旧船或许还能挖出来修好，
新者亦易求。	买艘新船看来也不是很难。
所悲数奔窜，	使我悲叹的是屡次逃亡奔窜，
白屋难久留。[⑦]	担心这茅屋也不能让我长久留恋。

注释：

① 杜甫于上元元年建好草堂后，就想买船。第十卷《春水生二绝》（第二首）中曾说："南市津头有船卖，无钱即买系篱旁。"上元二年夏季写《进艇》（第十卷）一诗时，就已经买到了一艘船。《进艇》写江上泛游，所乘的就是诗人自己的船。当杜甫逃难到东川去时，这艘船被埋在江边沙中。广德二年春回草堂后才把这艘船挖了出来。两三年来不免残破，这首诗就是为这破船而写。在诗中，仍旧表达了东下的意愿，对成都的局势能否长久安定还存着戒心。

② 三、四两行诗，实际是一句。"清溪上"也是"游"的处所状语。

③ 缅邈怀，《仇注》："他本作'缅怀邈'。"缅邈，意思是长远，可指时间距离，也可指空间距离。如潘岳《寡妇赋》："遥逝兮逾远，缅邈兮长乖。"陶潜《闲情赋》："悲白露之晨零，顾襟袖以缅邈。"

④ 古代文人泛舟，常"扣舷而歌"。这是豪情慷慨之态。这句诗是说不再泛舟扣舷而歌，也就是说不再有往日之豪情。

⑤ 飞翼，指鸟。鸟可自由飞翔，故仰看时心怀羡慕。

⑥ 江水东流，不能随之东下，故自觉羞惭。

⑦ 白屋，即茅屋。末两句诗明显地表达了对成都局势的担心。

◎ 奉寄高常侍[①]（七律）

汶上相逢年颇多，[②]	自从我们在汶水上相遇，到如今已经过去许多年，
飞腾无那故人何。[③]	我又能怎么办呢，老朋友在不断向上飞腾。
总戎楚蜀应全未，[④]	在淮南、西川做统帅有没有显出您的全部才能，
方驾曹刘不啻过。[⑤]	您和曹植、刘桢能并驾齐驱，或许还超过他们。
今日朝廷须汲黯，[⑥]	如今朝廷需要汲黯那样的大臣，
中原将帅忆廉颇。[⑦]	中原的将帅像赵国想念廉颇那样想念您。
天涯春色催迟暮，	这天涯春色正催促我的暮年消逝，
别泪遥添锦水波。	思念您的眼泪将使这远方的锦水变得更深。

注释：

① 这首诗的题目又作《寄高三十五大夫》。高适于宝应元年六月任成都尹，广德二年初，严武返蜀任成都尹兼剑南节度使，高适回京都任刑部侍郎，转迁散骑常侍。在这以前，高适曾任谏议大夫。两诗题各以他前后的官职来称他。高适调回京师，是由于他不善治军，抵御吐蕃失利，以致松、维、保等州失守。杜甫与高适是老友，当他得知高适奉召回朝后，就写了这首诗寄给他，盛赞他的才能，并表示思念之情，给他一些安慰。

② 据闻一多的研究，开元廿七八年间，高适曾到齐鲁，与杜甫遇见于汶水之上。那时高适尚未做官，生活困难。但已是著名诗人，其名作《燕歌行》已于开元二十六年问世。汶水，发源于莱芜市，北流入济水。

③ 无那，与“无奈”同，隋唐诗文中常以“无那”代替“无奈”。这句诗的意思是说，

因高适官运亨通，没有时间和老友同游，故感到遗憾。

④ 高适远在镇蜀以前，曾任淮南节度使，淮南，归楚地，参看第十二卷《警急》注②。应全未，通常语序是“应未全”。这句诗是说高适的治军才能未能充分发挥，暗示高适在蜀抗击吐蕃的失败不是由于高适之无能，而是由于其他多方面的因素。这话是对高适的安慰。“应全未”的“未”字，作疑问句之结束字。

⑤ 方驾，即并驾。“曹刘”指建安时期的著名诗人曹植、刘桢。这句诗赞美高适的文才。

⑥ 汲黯，见第十一卷《奉和严中丞西城晚眺》注②。

⑦ 廉颇是战国时期赵国的名将，衰老后，赵王曾想起用他，派使者去他家访问。五、六两句诗是为高适被召回朝廷一事所作的解释。这样说实际也是为了安慰高适。

◎ 赠王二十四侍御契四十韵[1]（五排）

往往虽相见，	虽然时常有机会和您相见，
飘飘愧此身。	但惭愧的是我总是漂泊不定。
不关轻绂冕，[2]	倒不是因为轻视官位，
但是避风尘。	而只是为了逃避战争风尘。
一别星桥夜，[3]	自从那年七夕和您分别，
三移斗柄春。[4]	北斗的柄已转了三次，又到了第三个阳春。
败亡非赤壁，[5]	在这里失败的不是赤壁的曹操，
奔走为黄巾。[6]	我逃难奔走倒像在逃避黄巾。
子去何潇洒，[7]	您离去后是多么自在逍遥，
余藏异隐沦。[8]	我不是有意做个隐士，可也潜藏着默默无闻。
书成无过雁，[9]	给您的信写好了却没有传书的鸿雁，

衣故有悬鹑。[10]	衣服穿旧了，破破烂烂勉强遮身。
恐惧行装数，	由于害怕战乱，屡次收拾行装，
伶俜卧疾频。[11]	孤孤单单，还常常卧床生病。
晓莺工迸泪，[12]	清晨的莺啼容易使我迸落泪珠，
秋月解伤神。	秋月似乎能理解我为什么伤心。
会面嗟黧黑，	见面时您看到我面色黝黑而嗟叹，
含凄话苦辛。	我含着悲凄向您诉说别后的酸辛。
接舆还入楚，[13]	狂人接舆还能回到故土楚国，
王粲不归秦。[14]	我却像王粲流落异乡不能归秦。
锦里残丹灶，[15]	锦官城外还存留着我的炼丹炉，
花溪得钓纶。[16]	钓鱼线也找到了，在浣花溪滨。
消中只自惜，[17]	患了消渴病只能自己照顾自己，
晚起索谁亲。[18]	常常很迟起床，反正没人和我相亲。
伏柱闻周史，[19]	您做侍御，就像周朝的柱下史老聃那样著名，
乘槎有汉臣。[20]	您奉诏出使，就像汉朝张骞乘槎把河源探寻。
鹓鸿不易狎，[21]	您像鹓雏、鸿雁，不轻易和人亲近，
龙虎未宜驯。	您像神龙、猛虎不会被人养驯。
客则挂冠至，[22]	您是抛弃官职之后来到这里，
交非倾盖新。[23]	我们的交谊不是初次见面的友情。
由来意气合，	我们从来就意气相合，
直取性情真。	最看重的是性情纯一天真。
浪迹同生死，[24]	我流浪远方，把生和死看成一样，
无心耻贱贫。	并不感到羞耻，管什么卑贱困贫。
偶然存蔗芋，[25]	碰巧储存下一些甘蔗、香芋，
幸各对松筠。[26]	有幸和您一起都面对松树竹林。
粗饭依他日，[27]	吃的是粗茶淡饭像往日一样，

穷愁怪此辰。[28]	您惊怪我如今竟这样穷苦愁闷。
女长裁褐稳，	不过女儿毕竟成人了，剪裁褐布衣时不慌不忙，
男大卷书匀。	男孩也长大了，已学会把书卷卷得均匀齐整。
漰口江如练，[29]	漰口的江涛像素绸一样白，
蚕崖雪似银。[30]	蚕崖的积雪闪闪发光像白银。
名园当翠巘，	您的有名的园林正对着翠绿山峰，
野棹没青蘋。	小船在小溪上浮泛压沉了青蘋。
屡喜王侯宅，[31]	令我欢喜的是看见您王侯般的宅第，
时邀江海人。[32]	您常常邀请我这个漂泊江海的人。
追随不觉晚，	陪伴着您不觉得天色将晚，
款曲动弥旬。[33]	转眼就十天，在一起倾诉衷情。
但使芝兰秀，[34]	只要友谊如芝草兰花一样秀发，
何须栋宇邻。	又何必要两家屋宇邻近。
山阳无俗物，[35]	您的家像山阳嵇康的住宅那样没有俗人来作客，
郑驿正留宾。[36]	也像郑当时的驿馆热心挽留佳宾。
出入并鞍马，	我和您并排骑着马进出，
光辉参席珍。[37]	荣幸地分享席上的海味山珍。
重游先主庙，	再一次同去游览先主庙，
更历少城闉。[38]	又走过了少城的瓮城。
石镜通幽魄，[39]	古代的石镜使人想起死者幽魂，
琴台隐绛唇。[40]	琴台古迹，隐现着卓文君的绛唇。
送终惟粪土，	送葬礼过后，只剩下粪土，
结爱独荆榛。	深结情爱的地方如今唯有荆榛。
置酒高林下，	在乔木林下摆开酒筵，
观棋积水滨。	看人们着棋，在积水潭滨。
区区甘累趼，[41]	我甘愿走得脚底生出一层层老茧，

稍稍息劳筋。　　只要稍稍息一下劳累的骨骼腱筋。
网聚粘圆鲫，　　渔网收拢了，裹住了滚圆的鲫鱼，
丝繁煮细莼。　　多配上些细细的莼丝来煮羹。
长歌敲柳瘿，[42]　　敲击着柳瘿杯放声歌吟，
小睡凭藤轮。[43]　　倦了就靠在藤枕上打个盹。
农月须知课，[44]　　农忙季节该按时督促做好农活，
田家敢忘勤。　　种田人哪里能忘记应该辛勤。
浮生难去食，　　生活在世上不能不进饮食，
良会惜清晨。[45]　　连欢聚时也不忘记该爱惜早晨。
列国兵戈暗，[46]　　多少州郡兵荒马乱，天昏地暗，
今王德教淳。[47]　　当今皇上用淳厚的德行教化人民。
要闻除猰貐，[48]　　希望能听到除尽害人猛兽的喜讯，
休作画麒麟。[49]　　别只图在麒麟阁上画像留名。
洗眼看轻薄，[50]　　看了世人的轻薄行为，真该把玷污的眼睛洗涤干净，
虚怀任屈伸。　　不论受屈还是得志，宽广的胸襟里一切都能容存。
莫令胶漆地，[51]　　别让人们议论情如胶漆的交谊时，
万古重雷陈。[52]　　千年万代只推重雷义、陈重的友情。

注释：

① 曾任侍御史的王契家住成都，徐知道作乱前后杜甫去东川，他也离开了成都。广德二年春杜甫回成都，王契也回来了，故友重逢，畅叙旧情，并一起到蜀州导江县（即青城县）小住，回成都后又一起游览名胜古迹。这首长达四十韵的排律把两人的友情和游览的踪迹细致地加以描述，表达了对朋友的深厚情谊。

② 绂，音“浮”（fú），古代系官印的丝绳；冕，冠，帝王及官吏的礼帽。绂冕，借代官吏。

③ 星桥，旧注多认为是“七星桥”的简称。秦代李冰曾在蜀建七星桥，但不知在何处。

“星桥”可能与牛郎织女的神话有关，“星桥夜”即七夕（七月初七）之夜。牛郎（牵牛）、织女两星每年七夕借鹊桥渡过天河相会。因此简称两星渡鹊桥之夜为“星桥夜”。按天河可称“星汉”，天河上的桥简称为“星桥”，并非不可能。杜甫是在广德元年七月离开成都的，和王契的分别在七月初七完全有可能，则“星桥夜”即“七夕”的解释就更有理由成立。

④《仇注》引《公羊传注》：“斗（北斗）指东曰春。”这句诗是说两人分别后至今已达三年。

⑤ 东汉末年孙权和刘备联军抗曹，发生了一场后世称为“赤壁之战”的激战，战败者是曹操，他是一位伟大的政治家和诗人。当时在成都败亡的叛将徐知道与曹操完全不能相比。

⑥ 唐代在安史乱后，局势有如东汉末年，所以联想到赤壁之战，想到曹操和曾受曹操等贵族武装力量镇压的黄巾军。作者把唐代作乱的军阀看得与农民起义军一样，这是由不可避免的历史条件与阶级局限性决定的。

⑦ 子，指王契侍御。潇洒，指仕途得意。

⑧ 藏，即实际上的隐居生活。隐沦，指有意避世的高士。杜甫把被弃置不用的人和隐逸之士从动机上区分了开来。

⑨ 过雁，指传书者。古代俗语说：“鱼雁传书”，故雁可借代为信使。译诗中仍保持了“鸿雁”这个名称。

⑩《荀子·大略》：“子夏贫，衣若悬鹑。”用鹑之秃尾来比喻衣服之破旧。

⑪ 伶俜，见第七卷《新安吏》注⑦。《仇注》解释这诗中的“伶俜”为“失所之貌”。可能因为杜甫与家人同在蜀，不得称为“孤单”。但这里是指与王契这样的友人分离，心中寂寞，因而仍有孤独寂寞之感。

⑫ 这句诗在语法结构上有节缩，原意是说“晓莺工于（善于）使人伤心流泪”，并非晓莺自身善于流泪。

⑬《论语·微子》：“楚狂接舆歌而过孔子。”疏：“接舆，楚人，姓陆名通，字接舆。昭王时，政令无常，乃被发佯狂不仕，时人谓之楚狂。”《仇注》：“入楚，喻回蜀。”这不是指王契回蜀，王契时仍保留有官阶，只是放弃了职位，不能以楚狂喻之。可是

说“回蜀者”指杜甫也不妥，因蜀地毕竟不是杜甫的故乡。对这句诗只能这样理解：以接舆能回故乡楚地，来对比杜甫自己之不能回中原。

⑭ 王粲，见第十卷《一室》注④。他原籍在高平（今山西高平市），但长期住在襄阳。

⑮ 锦里，锦江（浣花溪）旁的村庄，即浣花草堂所在地。丹灶，炼丹炉。杜甫是否真的有炼丹炉，不能确定，但大概是不会有的，他在漫游齐赵时就曾说过：“苦乏大药资”（见第一卷《赠李白》）。这里的“丹灶”可能只是一般炉灶的美称。

⑯ 花溪，即浣花溪。钓纶，钓鱼的丝线。

⑰《素问》：“多食数溲（小便）曰消中，即消渴。”就是现在所说的糖尿病。

⑱《仇注》：“索，求也。”这句诗是反问句，意思是无人可亲近。

⑲ 柱史，见第五卷《送樊二十三侍御赴汉中判官》注⑯。老子（李耳，又称老聃）曾在周朝任守藏室之史，即“柱下史”，伏柱周史，指老子。

⑳ 乘槎，用张骞误入天河的故事。《博物志》谓天河与海相通，有人乘槎泛海误入天河。《荆楚岁时记》转述此故事，并谓此人即汉代使西域，寻河源的张骞。王契可能执行过出使外国的任务。

㉑ 鹓，鹓雏。鸿，鸿雁。旧本“鹓”作“鸳”，《仇注》：“鸳小鸿大，两物不伦，当作鹓鸿”。《庄子・秋水》：“南方有鸟，其名鹓鸰。”成玄英疏：“鹓鸰，鸾凤之属，亦言凤子也。”

㉒ 挂冠，《后汉书・逢萌传》：“萌谓友人曰：‘三纲绝矣，不去祸将及人’。即解冠挂东都城门，归，将家属浮海。”后遂用以指自动弃官离任。客，指王契。

㉓《仇注》：“《邹阳传》：‘白头如新，倾盖如故。’注：倾盖，言交盖驻车也。”倾盖，喻新结识的友人。

㉔ 同生死，不是“同生共死”，而是“等同生死”。《仇注》：“浪迹以来，生死直可同观。”

㉕ 蔗芋，农家的普通食物。以下各句是写王契到草堂访问杜甫的情况。家中只“存蔗芋”，故只能以“蔗芋”来待客。

㉖ 各对松筠，指两人在草堂中各自观赏松树与丛竹。《仇注》：“蔗芋留客，同看松筠，

虽粗饭亦何伤乎？"

㉗ 他日，指王契没有来访问草堂的那些日子。依，照旧。这句诗是说招待王契也和平常一样，只吃些粗茶淡饭。

㉘ 此辰，指王契来访的那天，同时也是泛指杜甫回草堂后的那一段时间。

㉙ 湔口，蚕崖，都在蜀州导江县（即青城县，今四川灌县）。朱鹤龄认为"湔"当作"堋"，堋口即都安堰；浦起龙则认为"湔口"是"灌口"之误。

㉚ 王契大概是导江县人，杜甫曾到导江王契家小住。从这两句开始的十二句诗所写的正是这一段生活。

㉛《仇注》："'王侯多宅第'，本出古诗，此句王侯却指王姓，犹言李云李侯，程云程侯，不然侍御不得拟王侯也。"但也可能因为王侍御宅原为王侯旧第，或其规模宏大，装饰豪华，有类王侯宅第，诗中才这么说。

㉜ 江海人，杜甫自称，因他长久漂泊，且久已不想做官，有江海之态。

㉝ 款曲，畅谈内心中要谈的话。弥旬，满十日。

㉞《孔子家语·六本》："与善人居，如入芝兰之室，久而不闻其香，即与之化矣。"芝兰，多喻品德之高洁。这里当喻友谊之纯洁、高尚。

㉟ 山阳，指嵇康在山阳的住宅。嵇康，魏晋间人，竹林七贤之一，与阮籍、向秀等交游，愤世嫉俗，不屑与权贵来往。诗中以嵇康之宅来比喻王契的家。

㊱ 郑驿，指郑当时的驿馆，郑以好客著名。诗中以郑氏驿馆比王契家，以赞颂王契待客热情。郑当时，汉代人，字庄，孝景时为太子舍人，常置驿四郊，接待客人，客至无贵贱，皆执宾主之礼，留客住下。

㊲ 席珍，见第八卷《寄张山人彪三十韵》注⑱。但这里却是用字面上的意思，即席上之珍馐。

㊳ 上一句中的先主庙，即刘备庙，和武侯祠在一起。游武侯祠须出成都少城西门。闉，音"因"（yīn），据《说文》是指"城曲重门"。古代城门常有几重，城门之间，通道有弯曲，这样的城门结构，称"闉"，俗称瓮城。

㊴ 石镜，参看第十卷《石镜》一诗。

㊵ 琴台，参看第十卷《琴台》一诗。

㊶“趼”通“茧”，因走路长久而形成的足底厚皮。

㊷《仇注》引朱注：“瘿，颈瘤也。柳瘿，可为樽。”就是用柳树干上长的疙瘩做酒樽。这种樽称“柳瘿樽”，简称为“柳瘿”。

㊸《仇注》引王洙曰：“藤轮，蒲团也。”蒲团，即用蒲草编制的扁圆形坐垫。译写为“藤枕”。

㊹ 课，见第十卷《屏迹三首》第一首注③。

㊺《仇注》：“时当农月思为谋食计，公以力耕自任矣。”这句诗表明杜甫当时与广大农民一样，得努力从事农业经营，因而在思想上也与农民接近，大有异于一般官吏和富人了。

㊻ 列国，指各州郡。

㊼ 今王，指唐代宗李豫。

㊽ 猰貐，音“亚与”（yà yǔ），古代传说中的一种凶恶怪兽。《尔雅·释兽》：“猰貐，类貙，虎爪，食人，迅走。”《山海经》中写作窫窳，有数种，形状不同，但都食人。这里用来借代危害国家社会的巨奸和引起祸乱的恶人。

㊾ 麒麟，指汉宣帝时绘霍光、苏武等功臣像的“麒麟阁”。这句诗是讽喻朝臣只顾争名位而不为国家的安定出力。

㊿ 轻薄，指当时世上不重道德的人和他们的丑恶行为。“洗眼”是模仿“洗耳”一语而构成。《高士传》：“尧聘许由为九州长，由不欲闻，洗耳于颍水滨。”洗耳，听了尧说的话认为玷污了他的耳朵故要洗，看了俗事也污人眼，故说“洗眼”。

51《仇注》：“后汉陈重与雷义同为举辟，更相推让，乡里为之语曰：‘胶漆自为坚，不如雷与陈’。”诗中的“胶漆地”，指议论友谊的场合。

52 重雷陈，推重、赞美陈重和雷义的友谊。这两句诗是说，不要让雷、陈专美于前，也就是要让自己与王契的友谊比陈重、雷义的友谊还要深挚。

◎ 登楼[①]（七律）

花近高楼伤客心，	高楼旁的繁花触动游子悲痛的心，
万方多难此登临。	在这万方多难的时刻我来登临。
锦江春色来天地，	锦江边，春色展开一片新天地，
玉垒浮云变古今。[②]	古往今来，历史随着玉垒山头的浮云变化不停。
北极朝廷终不改，[③]	北极星下面的朝廷终于安然无恙，
西山盗寇莫相侵。[④]	西山那面的贼寇千万别再来入侵。
可怜后主还祠庙，[⑤]	可叹那无能的后主还供在庙里，
日暮聊为梁父吟。[⑥]	我在暮色中只能把《梁父》诵吟。

注释：

① 这首诗大概是作于广德二年春，杜甫初回成都时，诗中抒写他登楼远望时的感触和思绪。第十卷《江畔独步寻花七绝句》第四首有“百花高楼更可怜”之句，说的是少城的一处高楼，这首诗题中的“登楼”可能就是指的这座楼。诗人登楼远眺时的情绪是忧伤的，他不是为个人的不幸遭遇而痛苦，而是为国事愁思。正是因为这样，诗中才展现出如此宏阔混茫的气象和深沉的情感。千余年来，这诗一直在扣动着爱国志士的心弦，作为杜甫最著名的诗篇之一被人们传诵。

② 这句诗是以玉垒浮云的不停变化来比喻历史之不停发展变化。玉垒山，参看第十二卷《警急》，注③。但这诗中所说的玉垒山是位于成都西北的玉垒山。《文选·蜀都赋》“包玉垒而为宇”，刘渊林注：“玉垒，山名也，湔水出焉，在成都西北。”

③《尔雅·释天》：“北极谓之北辰”。喻皇帝所居之处。这句诗述唐朝统治的巩固。京都长安曾几次被敌寇侵占，但都收复了，始终未改变唐朝的统治。有些旧注强调帝位的未改变，吐蕃侵占长安时曾立广武王承宏为伪帝，在位十五日，吐蕃败退后，代宗还长安，赦承宏不诛。这句诗所说的“终不改”指此。这样理解似嫌拘泥。

④ 西山盗寇，指广德元年十二月占据了西山松、维、保三州的吐蕃兵。

⑤ 后主，指蜀后主刘禅。俗话说“扶不起来的阿斗”，阿斗就是刘禅。他虽然无能，蜀

国终于在他手上灭亡，但他还是被供奉在祠庙中，享受后代的祭祀。这句诗并非嘲笑刘禅，而是以刘禅的亡国来儆戒后来的统治者。高步瀛解释说："后主犹能祠庙三十余年，赖武侯为之辅耳，伤今之无人也。"祠庙，指后代帝王能守供奉祖先的宗庙，祭祀不绝，实质上就是指能保住统治地位。这一理解也可供参考。

⑥《三国志·蜀书》："（诸葛）亮躬耕陇亩，好为梁父吟。"《梁父吟》是古代歌谣，后来常用来代表隐士抒怀之歌。这里可能因前面提到"后主"，故有此联想。黄生谓"即指登楼所咏之作"，是有见识的。

◎ 寄邛州崔录事[①]（五律）

邛州崔录事，	邛州的崔录事啊，
闻在果园坊。[②]	听说您住在果园坊。
久待无消息，	等待长久了，就是得不到您的消息，
终朝有底忙。[③]	您为什么一天到晚这么忙。
应愁江树远，[④]	是嫌锦江边的树林太远，
怯见野亭荒。[⑤]	还是怕见我的草亭荒凉。
浩荡风尘际，	人们只顾在无际的风尘中奔忙，
谁知酒熟香。	谁知道新酿的酒成熟后多么醇香。

注释：

① 邛州，今四川邛崃市。崔君是邛州录事参军，与杜甫友善，从邛州来到成都，但未到浣花草堂访问。杜甫知道后便寄诗给他邀他来草堂饮酒。诗中表达出了朋友之间的无拘无束的亲密情谊。

② 果园坊，成都的一处地名。第九卷《诣徐卿觅果栽》末两句诗："石笋街中却归去，果园坊里为求来。"所写的是同一处地方。

③ 底，疑问代词。现在吴语方言中仍保有这个词。

④ 江树，指草堂江边的树，以此代草堂。

⑤ 野亭，指浣花溪草堂。古代的“亭”比现代的“亭”有着广泛得多的含义，有时也可指堂、轩、馆等建筑。

◎ 王录事许修草堂赀不到聊小诘[①]（五绝）

为嗔王录事，	王录事啊，你可是要让我生气，
不寄草堂赀。[②]	答应给我修草堂的钱至今没有寄。
昨属愁春雨，[③]	昨天又下了一场令人发愁的春雨，
能忘欲漏时？	我的草堂要漏了，难道你会忘记？

注释：

① 古代朋友之间相互帮助（包括经济上的支援）有时似乎是一种义务，不履行这义务甚至可以责问，这种情况我们今天已很难理解，但从杜甫的不少诗篇中可以看出这种情况的存在。这首小诗不仅是一封求助的短简，而且表达出了友人之间亲密无间的关系。

② 赀，同“资”。草堂赀，即诗题中所写得较明白的“修草堂赀”。

③ 属，意思是“适”，即“恰恰”。如《左传·成二年》：“下臣不幸，属当戎行。”

◎ 归雁[①]（五绝）

东来千里客，[②]	从东方，从千里外来的旅人，
乱定几年归？[③]	哪一年乱事平定你们才能回去？

肠断江城雁，[④]	看飞过江城的雁群我肝肠欲断，
高高正北飞。	它们飞得多么高啊，而且正往北飞。

注释：

① 古人常以鸿雁等定时南来北往的候鸟来对比因社会变故而流亡漂泊的人们，鸿雁能按时回到老家，而人却有家难回，难以和亲人团聚。这首诗就是以这样的手法，表达了作者的思乡之情。

② 蜀地在我国西南部，唐代避难入蜀的人多来自中原地区，在蜀地的东北方。“东来”一作“春来”，“千里”一作“万里”。

③ 这句诗有歧义：可能是说已经乱定，问何时归去；也可能是问何时乱定能归去。杜甫曾以为安史余党归降便可归故乡，而实际却不是这样。此乱才平，另一乱事又起，何时能真正“乱定”殊难预料。故这句诗作后一种解释更好些。

④《九家注》赵次公注：“江城指言梓州。”认为此诗作于广德元年得史朝义败亡消息时，《仇注》订此诗为广德二年自梓州还成都时作，“江城”指成都。殊难定是非。

◎ 绝句二首[①]（五绝）

迟日江山丽，	太阳徐徐升起，江山多美丽明朗，
春风花草香。	春风吹过，送来花草芳香。
泥融飞燕子，	冻结的泥土已融化，燕子在飞翔，
沙暖睡鸳鸯。	沙洲也晒暖了，躺着一对对鸳鸯。

注释：

① 这两首绝句写春天景色，第一首写春天生命的苏醒和安适；第二首写人的感受和乡情。黄鹤谓“当是广德二年成都作”。

◎ 其二（五绝）

江碧鸟逾白，	碧绿的江水上，鸥鸟被衬得更白，
山青花欲燃。	山色青青，花像野火快燃成一片。
今春看又过，	眼看今年的春天又快过去，
何日是归年？	回故乡的日子将在哪一年？

◎ 寄司马山人十二韵[①]（五排）

关内昔分袂，	当年在关中分别，
天边今转蓬。	如今我们都在天边外漂泊，像不停转动的飞蓬。
驱驰不可说，	旅途驰驱的辛苦没法诉说，
谈笑偶然同。	只是偶然在一起谈笑，偶然相逢。
道术曾留意，	我也曾经留心过道术，
先生早击蒙。[②]	您早就给我启了蒙。
家家迎蓟子，[③]	家家迎接您，像迎接蓟子，
处处识壶公。[④]	处处敬重您，把您当作壶公。
长啸峨嵋北，	您在峨眉山北面长啸，
潜行玉垒东。[⑤]	如今又默默来到玉垒山东。
有时骑猛虎，	有时您骑的是猛虎，
虚室使仙童。[⑥]	在虚静的室中驱使的是仙童。
发少何劳白，	头发原来就少，又何必烦劳它变白，
颜衰肯更红。[⑦]	容颜已经衰老怎能再变红。

望云悲轗轲，	望空中白云，经历坎坷令人伤心，
毕景羡冲融。⑧	阳光消尽了，羡慕您神态恬静而从容。
丧乱形仍役，⑨	遭到战乱，又被外物支配，
凄凉信不通。	常常感到凄凉，亲友连信也不通。
悬旌要路口，⑩	如今险要的路口还悬挂着旌旗，
倚剑短亭中。⑪	兵士还倚着利剑在路边凉亭中。
永作殊方客，	看来我只能永远在异乡作客，
残生一老翁。	做一个默度余年的老翁。
相哀骨可换，	如果您怜悯我帮助我脱胎换骨，
亦遣驭清风。⑫	就让我和您一样能驾驭清风。

注释:

① 司马山人是杜甫在关中结识的修道的友人。他们在成都又偶然见面，畅叙了别情，杜甫在这首诗中赞美了司马山人的道术修养，并表达了学道的愿望。

②《易·蒙卦》:“上爻，击蒙。”《经典释文》引王肃云:“击，治也。”击蒙，就是发蒙、启蒙。大概杜甫在青年时代曾从司马山人学过道术。

③ 蓟子，见第一卷《奉寄河南韦尹丈人》注⑮。

④《后汉书·方术传》载费长房学道术遇见一卖药老翁，悬一壶于肆中，市罢即跳入壶中，人称为壶公。费长房拜他为师，同他一起入壶。蓟子、壶公，都是道家所谓仙人，诗中以这两人比喻司马山人，来赞美他的道术成就。

⑤“峨嵋”“玉垒”两句写司马山人的行踪，自峨眉山来到成都一带。玉垒，见本卷《登楼》注②。

⑥ 骑猛虎、使仙童，不是写实，而只是按照道家的传说来颂扬司马山人的仙术，认为他已修炼成仙。

⑦“发少”“颜衰”两句是作者描写自己的衰老。

⑧ 毕景，见第十二卷《陪章留后惠义寺饯嘉州崔都督赴州》注⑨。冲融，原义指水气

弥漫之状，这里指修道者恬静淡泊的神情。

⑨ 形役，见第七卷《立秋后题》注⑥。

⑩ 悬旌、倚剑，是说道路上还有军队设防。

⑪ 短亭，路上供过往行人休息的亭子。《六帖》：“十里一长亭，五里一短亭。”古代防边，也有筑亭置戍卒守望的，可燃烽燧传警报，又称亭燧。这里是指供行人歇脚之亭。

⑫ 驭清风，意思是说成了仙人，能驾风而行。

◎ 黄河二首[①]（七绝）

黄河北岸海西军，[②]	黄河北岸、青海西面有军队扎营，
椎鼓鸣钟天下闻。[③]	击鼓敲钟，满天下听得见声音。
铁马长鸣不知数，	长嘶的铁甲马谁知道有多少，
胡人高鼻动成群。[④]	高鼻子胡人常常结队成群。

注释：

① 安史乱平之后，吐蕃成了唐朝的最严重边患。吐蕃虽以今之西藏为根据地，但势力一直扩张到黄河九曲、青海湖西一带，随时能东犯陇西，南下蜀境，成了搁在唐朝颈上的一支利剑，诗人对此十分忧虑，所以写了这两首诗。作诗时间可能是广德元年底吐蕃侵蜀时。

② 黄河，指经过今青海省和四川、甘肃边境的一段黄河，其北岸与青海湖西部、南部广大草原都在吐蕃控制下，驻有重兵。海西军，当指吐蕃在海西地区的驻军。旧注有认为海西军指河北安史乱军的根据地。如《九家注》引赵云：“黄河之北，大海之西，则河北一带之州郡也。”显然是弄错了。

③ 椎，同“槌”或“捶”。这句诗是夸大地描写吐蕃军队的声势。

④ 高鼻胡人，从这面貌特征上看，似乎是回纥人，吐蕃人与汉人容貌较相似。疑吐蕃兵中有回纥等民族参加。

◎ 其二（七绝）

黄河南岸是吾蜀，[①]　　黄河南岸就是我们西蜀，
欲须供给家无粟。　　要供应军需，家里却没有红粟。
愿驱众庶戴君王，[②]　　甘愿领着大家辛苦奔走拥戴皇上，
混一车书弃金玉。[③]　　哪怕舍弃金玉，也要统一车书。

注释：

① 黄河上游有一小段沿着川西北境折向西北流入青海，对于青海境内的黄河来说，蜀在南岸。这首诗是从蜀地父老的立场来写的，故称“蜀”为“吾蜀”。

② 这里的“驱”，不是指官府驱使人民，而是指蜀地父老愿驱使自己的子弟保卫朝廷和皇上。

③《礼·中庸》：“今天下车同轨，书同文。”《隋书·炀帝纪》：“汉有天下，车书混一。”混一车书，指天下统一。《老子》：“金玉满堂，莫之能守。”金玉，指财宝。这句诗是说不惜毁家纾难，使国家统一。赵次公注：“弃金玉言毋侈，如传言不宝金玉之义。”恐不准确。

◎ 扬旗[①]（五古）

江风飒长夏，　　在夏季漫长的白天江风飒飒吹响，

府中有余清。	节度使幕府里人们感到够清凉。
我公会宾客，[②]	我们的严公举行宴会招待宾客，
肃肃有异声。[③]	簌簌地传来一种特殊声响。
初筵阅军装，	筵席开始时检阅战士的武装，
罗列照广庭。	在广阔的庭院里队伍排成一行行。
庭空六马入，[④]	步兵退出后，六匹马进场，
駊騀扬旗旌。[⑤]	马头摇晃着，骑士手中旌旗飘扬。
回回偃飞盖，[⑥]	大旗回旋，像巨伞飞速起伏转动，
熠熠迸流星。	闪闪发光，像迸发出串串流星。
来冲风飙急，	冲过来，像狂风那么迅猛，
去擘山岳倾。	挥过去，像要把山岳劈倒削平。
材归俯身尽，[⑦]	弯下腰时，才显出全副本领，
妙取略地平。[⑧]	巧妙地贴着地面，和地面一样平。
虹霓就掌握，[⑨]	手持着大旗像抓住虹霓，
舒卷随人轻。	随意张开收卷，多么轻灵。
三州陷犬戎，[⑩]	西山那边三个州城被吐蕃侵占，
但见西岭青。	只看见西岭山色青青。
公来练猛士，	严公来到这里就抓紧练兵，
欲夺天边城。	要夺回天边的那些州城。
此堂不易升，[⑪]	坐在这个大堂上可真不容易啊，
庸蜀日已宁。[⑫]	眼看巴蜀已经一天比一天安宁。
吾徒且加餐，[⑬]	让我们保重身体，多多进餐，
休适荆与蛮。[⑭]	不用再到荆州、吴越去逃命。

注释：

① 诗题下有原注：“（广德）二年夏六月，成都尹严公置酒公堂，观骑士，试新旗帜。”

这诗是记述这次盛大的阅兵宴会，除检阅步兵军容外，还检阅了骑兵的马术。诗中着重描述骑兵挥舞军旗的技巧，使读者如见其形貌。严武再度镇蜀后，厉兵秣马，军民振奋，准备一举逐走吐蕃。诗中反映了当时振奋起来的军心民情，也吐露了自己放弃东行南下的打算，决心长期留在蜀境。

② 我公，指严武。

③ 肃肃，在这里用作象声词，如《诗·小雅·鸿雁》“肃肃其羽”。异声，即这种“肃肃”声，是在堂外准备进入庭中的兵士、马匹、旗帜的声音，因为只是隐约听见，而不知是什么声音，故曰“异声”。

④ 庭空，略去了列队步兵退场的叙述，只是说“庭院空了出来”。

⑤ 駊騀，音“颇我”（pō wǒ），据《说文》段注：马摇头貌。

⑥ 偃，偃仰，时起时伏的意思。盖，官员用为仪仗的锦伞。

⑦ 两句诗中的“归”“取”都没有具体的内容，只是说“才能”与“技巧”表现了出来。

⑧ 略地，夺取土地。《左传·宣十五年》：“晋侯治兵于稷，以略狄土。”

⑨ 虹霓，比喻旌旗。

⑩ 三州，指松、维、保三州，见第十二卷《警急》注①及《西山三首》第一首注①。犬戎，借代吐蕃。

⑪ 这句诗中的“升堂”，是指担任成都尹兼剑南节度使的重责。

⑫ 王莽曾改益州为庸部。蜀地，古代亦称为“庸”。庸蜀，就是指“蜀”，译写为较常用的“巴蜀”。

⑬ 吾徒，指作者自己及其同僚。古代劝人爱惜身体常用“加餐”一语。

⑭ 荆蛮，见第十二卷《将适吴楚留别章使君留后兼幕府诸公》注⑬。

◎ 绝句六首[①]（五绝）

日出篱东水，	太阳从竹篱东面的水上升起，
云生舍北泥。	云朵又浮现，屋北还泥泞满地。
竹高鸣翡翠，	翡翠鸟在高高的竹梢头叫啼，
沙僻舞鹍鸡。[②]	僻静的沙洲上，飞舞着鹍鸡。

注释：

① 这一组绝句，写诗人眼中的江村景物。一切生物，甚至也包括无生物，都表现出生活的意趣，仿佛是一个个能自主行动的主体。诗中也写到诗人自己，也如诗中所写的其他生物一样，是主体，但其主动性似乎也并不比他物为高。正是因为这样，这组诗使读者获得物我同一的感受，从而进入了静观的美学境界。

② 鹍鸡，古代诗文中常提到的一种黄白色、形状似鹤的鸟类。

◎ 其二（五绝）

蔼蔼花蕊乱，[①]	繁盛的花朵乱纷纷，
飞飞蜂蝶多。	飞来飞去的蜂蝶真多。
幽栖身懒动，	过惯幽静生活的人身体怕动，
客至欲如何。[②]	客人来了，叫我怎么去应酬。

注释：

①《文选·补亡诗》："其林蔼蔼"。注：茂盛貌。

② 这句诗以极简练的语言把幽栖者疏懒的神态鲜明地凸现了出来。

◎ 其三 （五绝）

凿井交棕叶，[1]	水井开凿在交错的棕叶底下，
开渠断竹根。	水渠挖好了，却挖断了竹根。
扁舟轻褭缆，	系住小船的缆绳在轻轻摇动，
小径曲通村。[2]	一条小径曲曲弯弯通向江村。

注释：

①《仇注》："井在棕下，故叶交加。"

② 这首诗句句写到人，但人的形影却不现出。不过诗中虽看不到人，却使读者感受到诗中所写人物的安闲生活和恬静心态。

◎ 其四 （五绝）

急雨捎溪足，	急雨刚掠过小溪的岸脚，
斜晖转树腰。[1]	斜照的日光又转过树腰。
隔巢黄鸟并，	隔着鸟巢站着一对黄鸟，
翻藻白鱼跳。[2]	白鱼跳出水面，翻乱了水藻。

注释：

①《汉书·扬雄传》："曳捎星之旃"。捎，拂过，掠过。溪足，溪岸之根部；树腰，树干中部，俱为拟人的说法。

② 一双黄鸟隔巢站着，似亲密又有距离，这是为了什么？白鱼惊跳，这又是为了什么？谁去管它，又有谁能够回答。但诗人却注意到它们，甚至心弦也给拨动了。读者从

这诗里不仅看见了鱼鸟，也看见了诗人的闲适。

◎ 其五（五绝）

舍下笋穿壁，	屋下生出的竹笋穿过土墙，
庭中藤刺檐。[①]	庭院里的藤萝一直钻到檐上。
地晴丝冉冉，[②]	地面铺着阳光，游丝在飘漾，
江白草纤纤。	小草纤纤，江水白茫茫。

注释：

① 庭院中的藤，可能是蔓生的藤本观赏植物。刺檐，指藤蔓一直延伸到屋檐上，这却不是按照人的意愿生长的。

② 丝，指暮春时节空中飘浮的游丝。古代诗文中常有这种描写。有人说是虫类所吐的丝，飞扬空际；也有人说是鸟类飞到高空，身体炸裂为细丝。冉冉，袅袅动荡之貌。这首诗所写的是一种不能压制的生命力在运动，在突破阻碍运动，在无止息地运动。在这样的运动中蕴含着执着的意志和深情。

◎ 其六（五绝）

江动月移石，	江水在波动，月光从岩石上移过，
溪虚云傍花。[①]	小溪上空荡荡的，低云挨着野花。
鸟栖知故道，	鸟群回林栖息了，它们认识归途，
帆过宿谁家？[②]	江中驶过的帆啊，你可知道将停宿在哪一家？

注释：

① 一、二句写景物之间的关系，它们离开了，它们相互挨近，这是有心的吗？这是无心的吗？又是谁让它们这样相违相亲的？在诗人的眼里，这里藏着奥秘，藏着感情和美。

② 帆，是漂泊者的象征。鸟有故林可栖，人却不知归宿何处。帆把人的忧愁表达了出来。

◎ 绝句四首① （七绝）

堂西长笋别开门，	草堂西面笋长出来了，另外开辟了一道门，
堑北行椒却背村。②	沟北的一排花椒树，在背后屏蔽着江村。
梅熟许同朱老吃，③	梅子熟了，答应过请朱老来同吃，
松高拟对阮生论。④	松树高洁，想请阮生来欣赏评论。

注释：

① 这一组绝句，作于广德二年四月。反映了杜甫回到成都草堂后的恬静生活和心情。

② 椒，指花椒，又名秦椒，木本，果实辛辣、芳香，可作药用与调味品。行椒，成排的花椒。

③④《仇注》引黄希曰："朱老当是南邻朱山人（见第九卷《南邻》及《过南邻朱山人水亭》）；阮生，岂指阮隐居（见第七卷《贻阮隐居》及第八卷《秋日阮隐居致薤三十束》）耶？阮居秦州，故云'拟对'。"黄希的解说是有道理的。朱老、阮生都不是做官的人，安于平民生活，淡泊恬静，杜甫和他们能谈得来。与朱、阮辈同处，正是杜甫当时对自己前途的设想之一，尽管他并未忘情于出仕。

◎ 其二（七绝）

欲作鱼梁云覆湍，[1]	正想动手造鱼梁，乌云遮压在湍急的流水上，
因惊四月雨声寒。	使我惊奇的是四月的阵雨声带来寒凉。
青溪先有蛟龙窟，	据说这青溪里原先有蛟龙的洞窟，
竹石如山不敢安。[2]	看着堆积如山的竹竿石块，却不敢往溪上架鱼梁。

注释：

① 鱼梁是在水上建筑的堤堰，略低于水面或下设涵洞，以通鱼之往来，也有拦截鱼游，借以捕鱼者。诗中所说的是后一种。因为有阵雨，暂时停止建造了，并从此犹豫起来，怕惹溪中蛟龙的震怒。蛟龙并不真的有，但杜甫却对某些不可知的势力感到骇怕。这是对他自己的精神状态的剖白，不仅是作鱼梁一事是这样的，其他许多事也是这样的。

② 竹石，建造鱼梁用的材料。安，意思是安放、安置，指沉竹石于溪水来建造鱼梁的操作。

◎ 其三（七绝）

两个黄鹂鸣翠柳，	两只黄鹂在翠柳上啼唤，
一行白鹭上青天。	一排白鹭正飞向青天。
窗含西岭千秋雪，[1]	千年积雪的西岭嵌含在窗间，
门泊东吴万里船。[2]	门前停泊着将驶向万里外东吴的船。

注释:

① 西岭，又称西山，指岷山诸峰。西山高峰终年积雪。参看第九卷《出郭》注③。从窗中即可望见西山雪峰，故曰“窗含”。

② 门对青溪，溪中停着船，可驶往长江下游的吴越一带，故称“东吴万里船”。这诗写在草堂闲眺所见之景物，前两句写自然界的欣欣生意，“窗含”句写时间的流逝与物质存在永恒的统一，“门泊”句写诗人的向往与空间距离的消失。一般往来吴蜀间的航船不会航行到浣花溪来，更不会停泊在草堂前面，停泊在这里的船正是杜甫准备乘它东下的船。

◎ 其四 （七绝）

药条药甲润青青，[①]	药草的茎条、嫩芽光润碧青，
色过棕亭入草亭。[②]	鲜明的颜色穿过棕亭映入草亭。
苗满空山惭取誉，[③]	空山里药苗长满，引来的赞誉使我羞惭，
根居隙地怯成形。[④]	生在地下缝隙中的药根却害怕长成人形兽形。

注释:

① 药条、药甲，指药草的茎和芽。《易解》：“雷雨作而百果、草木皆甲坼。”郑注：“皮曰甲”。“甲”的原义是“种皮”，后常用来指初出的芽。

② 棕亭，用棕皮盖的亭子。棕亭、草亭，都是属于浣花草堂的建筑。药草园在棕亭旁边，草亭在较远处，是观察者所在的地方。疑“草亭”即草堂。诗人在草堂中，可看见棕亭那边的药草园。

③ 杜甫并不想把种草药当作自己的事业，而他在草堂附近荒山上种的药草却以长得茂盛而有名，这并非诗人的愿望，故说“惭取誉”。

④《仇注》引吴论：“成形，如人参成人形，茯苓成禽兽形之类。”用地下根茎的药物，

根茎成了人兽形的便更贵重，同时也更易招来对自己的危害，故云“怯成形”。这样说显然有所寓意。

◎ 寄李十四员外布十二韵[1]（五排）

名参汉望苑，[2]	官衔同汉朝博望苑的官员相似，
职述景题舆。[3]	职务同周景在车座上题写了名字的陈蕃一般。
巫峡将之郡，[4]	您到万州上任将往巫峡那边去，
荆门好附书。	托您带封信到荆州正好顺便。
远行无自苦，	长途旅行不能让自己太受苦，
内热比何如。[5]	您的内热症近来可有些好转。
正是炎天阔，[6]	炎热天气才开始，还要热长久，
那堪野馆疏。[7]	在山野简陋驿馆住宿怎能不心烦。
黄牛平驾浪，[8]	黄牛峡波浪高得和山冈相平，
画鹢上凌虚。[9]	画船航行水面像飞上缥缈青天。
试待盘涡歇，[10]	请您再等些时，等江上旋涡消失，
方期解缆初。	再定个日子解缆开船。
闷能过小径，	如果您感到郁闷，就到我这草堂前的小径上走走，
自为摘嘉蔬。	我将摘些新鲜蔬菜供您佐餐。
渚柳元幽僻，	渚上的柳树林原来就幽深僻静，
村花不扫除。	落花也不扫，任它处处堆满。
宿阴繁素柰，[11]	长了多年的树荫里，结了许多淡绿色的小苹果，
过雨乱红蕖。[12]	一阵雨过去，红色的荷花零乱。
寂寂夏先晚，	寂静的夏天，这儿的夜晚来得早，

泠泠风有余。⑬	轻轻的凉风不停地吹真叫人喜欢。
江清心可莹，	江水这么清，人看了心也会莹明，
竹冷发堪梳。⑭	竹枝清冷，梳掠过头发令人舒坦。
直作移巾几，⑮	您索性把衣巾座椅一起搬来，
秋帆发敝庐。⑯	住到秋风起，就从我这草堂前举帆开船。

注释：

① 李布，曾在尚书省任员外郎，故称“员外”。他在广德二年夏初得到了司议郎兼万州别驾的任命，将自成都到万州就任。其时，他患病尚未痊愈，准备带病前往。诗题下的原注：“新除司议郎兼万州别驾，虽尚伏枕，已闻理装。”就是指这件事。杜甫寄给他这首诗，劝他等病体完全康复后再出发，并请他到草堂小住，等秋凉时节再上路。诗中没有一般赠诗中的客套话和颂扬语，恳挚地表达了对朋友的关怀。

②《仇注》：“《汉书》：‘戾太子冠，武帝为立博望苑，使通宾客。’唐制：司议郎，东宫官属，故用之。”诗中之“望苑”，即博望苑，是太子（东宫）的官属；唐代“司议郎”也是东宫的官属，故用“望苑”代称司议郎之职。

③《仇注》：“谢承《后汉书》：‘周景为豫州刺史，辟陈蕃为别驾，不就。景题别驾舆曰：陈仲举（陈蕃字）座也。不更辟。蕃惶恐，起视职。’职述，谓能效古人之职。”因为李布的新职务是万州别驾，故以陈蕃相比。

④ 万州，即今四川之万县，在巫峡以西。诗中所说的“巫峡”不是指经过的地方，而是指去的方向。之郡，去万州上任。

⑤ 参看注①，据原注，可知李布患内热症。何如，意译为“可好转”。

⑥ 阔，用在这里，意思是“来日方长”。

⑦ 野馆，指沿路驿馆。疏，应理解为“粗”。《礼·丧（大戴记）》：“士疏食水饮”。孔疏：“疏，麤（粗）也。”又《礼·礼器》：“牺尊疏布鼏”，疏：“疏，麤（粗）也。”诗句中的“野馆疏”，应理解为沿路馆驿设备粗陋。

⑧ 黄牛，指宜昌西面长江北岸之黄牛山，其下之滩称黄牛滩，江流纡曲湍急，舟行艰险，有“朝发黄牛，暮宿黄牛，三朝三暮，黄牛如故”之谚。到万县，不经过黄牛

峡。这里提到“黄牛”，只是说明长江水盛、浪高，行船困难。

⑨ 画鹢，鹢，是水鸟，船头上常画其形，故可借代画船，彩船。这句诗也是写水势盛，船行江中，如在天上航行。

⑩ 盘涡，江中涨水时的漩涡。

⑪ 阴，同“荫”，指树木茂密的枝叶丛。柰，音“耐”（nài），古代一种苹果的名称。

⑫ 蕖，即“芙蕖”，荷花。

⑬ 泠泠，清凉貌，声音洋溢貌。《楚辞・七谏・初放》：“下泠泠而来风”，又陆机《文赋》：“音泠泠以盈耳”，又《庄子・逍遥游》：“列子御风而行，泠然善也”。“泠然”与人的喜悦之感与价值判断有关。所以译诗中又增添了“叫人喜欢”等语。

⑭ 这句诗里的“梳”，是指竹枝掠过人的头发，而不是说真的用梳篦梳理。

⑮ 巾几，借代日常生活用品。“几”译为“坐椅”，见本卷《将赴成都草堂途中有作先寄严郑公》第五首注②。

⑯ 敝庐，杜甫对自己的浣花草堂的谦称。

◎ 军中醉歌寄沈八刘叟[1]（五律）

酒渴爱江清，	我酒后口干就更爱这江水清清，
余酣漱晚汀。	带着醉意洗漱，对着暮色中的沙汀。
软沙欹坐稳，	斜坐在软软的沙上觉得稳当，
冷石醉眠醒。	卵石冰冷，使我从醉眠中清醒。
野膳随行帐，	军营设在哪里就在哪里野餐，
华音发从伶。[2]	随军的伶人唱的是中华音韵。
数杯君不见，[3]	你们可看见，才喝了几杯，
都已遣沉冥。[4]	一个个就都已沉醉不醒。

注释：

① 据顾宸注：“《文苑英华》载畅当作。黄伯愚编为少陵诗。”这篇诗是否是杜甫所作，有疑问，但风格与杜甫的诗近似，且述军中饮酒事，与杜甫在严武幕府时的情况相合。两人都未写出官职，一以排行称呼，一以对年长者的尊称来称呼，不知他们究竟是什么人。诗中说以听“华音”而沉醉，似乎是从侧面来写思乡之情。

② 华音，《仇注》：“谓奏中华之音，见与巴渝之调不同。”唐代盛行胡乐，“华音”也可能指中原一带固有的汉族音乐。从伶，随军的乐工和戏剧演员。如把“华音发”作为“数杯”“遣沉冥”的原因，这首诗的主旨就可看作思乡了。

③ 卢元昌的理解是：“座中不见两君，故数杯便觉沉冥。”而《仇注》认为两人为幽人，原未在军中同席，自然不会“以不见为怅”，“此须依《杜臆》作十字句，言数杯之后，君不见我沉冥乎”。译诗大体据仇说。

④《法言·问明》：“蜀庄（指蜀人庄遵）沉冥，不作苟见，不治苟得，久幽而不改其操。”李轨注：“沉冥，犹玄寂，泯然无迹之貌。”“沉冥”的原义是指道德修养的一种最高境界。而诗中的意思则是指沉醉，失去理智。“遣沉冥”是说“遣于沉冥之中”，即陷入沉醉。

◎ 丹青引[①]（七古）

将军魏武之子孙，[②]	曹将军，您是魏武帝的子孙，
于今为庶为清门。[③]	如今成了个家境清寒的平民。
英雄割据虽已矣，	英雄割据的史迹虽然已经过去了，
文采风流今尚存。	但出众的才华一直到今天还留存。
学书初学卫夫人，[④]	您原先学书法，学的是卫夫人，
但恨无过王右军。[⑤]	只可惜没有能超过王右军。

丹青不知老将至，[6]	您又沉湎在绘画里，忘记了衰老即将来临，
富贵于我如浮云。	把富贵置之度外，看它如天空浮云。
开元之中常引见，	开元年间您常常受到皇上接见，
承恩数上南薰殿。[7]	好几次得到恩诏，登上了南薰殿。
凌烟功臣少颜色，[8]	凌烟阁上的功臣像颜色将要消退，
将军下笔开生面。	您曹将军挥动画笔，让它们又以崭新面貌出现。
良相头上进贤冠，[9]	贤能的宰相头上戴着进贤冠，
猛将腰间大羽箭。[10]	勇猛的将军腰下挂着大羽箭。
褒公鄂公毛发动，[11]	褒公、鄂公的头发好像正在飘动，
英姿飒爽犹酣战。	威风凛凛，像还在进行激烈搏战。
先帝御马玉花骢，[12]	已逝世的皇帝有匹御马叫玉花骢，
画工如山貌不同。[13]	多少画师画出的形貌各不相同。
是日牵来赤墀下，	这一天把它牵到殿前的丹墀下，
迥立阊阖生长风。[14]	远远站着，殿门外就卷起一阵风。
诏谓将军拂绢素，	皇上诏令将军挥毫在白绢上作画，
意匠惨淡经营中。	您精心构思、布局，沉浸在创造的想象中。
须臾九重真龙出，[15]	顷刻间，大殿上出现了一匹真龙，
一洗万古凡马空。[16]	人间从古至今的凡马被一扫而空。
玉花却在御榻上，	如今玉花骢却出现在御榻上面，
榻上庭前屹相向。	榻上的画马，阶前的真马，相对站着完全一个样。
至尊含笑催赐金，	皇上含笑催侍从拿出黄金作奖赏，
圉人太仆皆惆怅。[17]	养马人和太仆令都惊叹、迷惘。
弟子韩干早入室，[18]	弟子韩干学将军画马早就入了门，
亦能画马穷殊象。	也能画尽马的各种姿态、形象。
干惟画肉不画骨，	可惜韩干只画出马的肌肉没画骨，
忍使骅骝气凋丧。	竟使画的骅骝显不出神态昂扬。

将军画善盖有神，　　将军绘画的美妙在于能传神，
偶逢佳士亦写真。[19]　　偶遇见优秀人物也给他们写真。
即今漂泊干戈际，　　就如现在这样在战乱中漂泊，
屡貌寻常行路人。　　也还常常画一些平凡的过路人。
途穷反遭俗眼白，[20]　　穷途末路，反遭受世俗轻视，
世上未有如公贫。　　如今世上没有人像您这样贫困。
但看古来盛名下，　　请看吧，古来多少人虽享有盛名，
终日坎壈缠其身。[21]　　却整天陷在困苦中不能脱身。

注释：

① 诗题下有原注："赠曹将军霸。"曹霸是唐代大画家，开元中已负盛名，屡次奉唐玄宗诏画御马及功臣，官至武卫将军。广德二年，杜甫在成都与曹霸相遇，曾在韦讽宅看到他画的《九马图》。这首诗是看到曹霸潦倒困苦的情况有感而作，追述当年他受皇帝宠爱的情况，极言其艺术的高超，到后来却颠沛流离，途穷路尽，实在令人同情、慨叹。这样的情况从来都不是个别的，杜甫当然会在曹霸身上看见自己的影子。丹青，指绘画艺术，引，古代一种琴曲，后来发展成为一种歌行体裁。

②《名画记》谓曹霸是魏曹髦之后。曹髦是魏文帝曹丕之孙。魏武帝即曹操，是曹丕之父。故诗中说曹霸是"魏武之子孙"。

③ 清门，指寒素之家。庶，庶人，即平民。

④ 卫夫人，名铄，字茂猗，学钟繇书，得其神髓，是晋代著名书法家。王羲之曾从之学书。

⑤ 王右军，即晋代最伟大的书法家王羲之，世称书圣。

⑥ 丹青，指绘画。

⑦《仇注》引《长安志》："南内兴庆宫内正殿曰兴庆殿，前有瀛洲门，内有南薰殿，北有龙池。"

⑧《仇注》引《唐书》："贞观十七年二月，图功臣于凌烟阁。"这诗句中所说的是凌烟

阁里的功臣画像。

⑨《后汉·舆服志》："进贤冠，古缁布冠也，文儒者之服。"《唐书》："百官朝服，皆进贤冠。"

⑩《仇注》引《酉阳杂俎》："太宗好用四羽大笴长箭"。

⑪ 鄂国公尉迟敬德（尉迟恭）、褒国公段志元都是凌烟阁中画像的功臣。

⑫ 先帝，指唐玄宗李隆基。玉花骢，御马名。

⑬ 画工如山，形容画工人多。貌，绘画，作动词用。

⑭ 阊阖，宫门。见第二卷《乐游园歌》注⑧。

⑮ 九重，指皇宫，《楚辞·九辩》："君之门以九重。"注："天子有九门，谓关门、远郊门、近郊门、城门、皋门、雉门、应门、库门、路门也。"诗中以"九重"喻深宫中。真龙，指真龙马。汉代有所谓"天马"，又称"龙媒"，"龙马"即龙媒马之简称。参看第三卷《沙苑行》注③。

⑯ 这句诗的意思是说这幅马图是亘古未有的杰作。凡马，当指画得较低劣的马图。但作者有意在真马、马图之间造成界限模糊的美学效果，所以不强调真马与马图的区别，而只强调"真龙"与"凡马"的区别。下面两句诗也是这样，使这种效果加强。

⑰ 圉，音"雨"（yǔ），圉人，养马的人。太仆，即"太仆令"，掌管全国马匹饲养繁殖的官员。

⑱ 韩干，唐代著名画家，初师曹霸，后自创风格，所画之马，论者称为古今独步。杜甫在这诗中对韩干的评价可能不够客观。入室，指学生在一定程度上学到了老师的本领。《论语·先进》："由也升堂矣，未入于室也。"

⑲ 写真，指画人的肖像。肖像画也称为"写真"。

⑳ 俗眼白，俗人以白眼相对。白眼，见第八卷《秦州见敕目薛三璩授司议郎毕曜除监察》注⑨。

㉑ 坎壈，《楚辞·九辩》："坎廪兮贫士失职而志不平。"注："廪，一作壈。"《文选》五臣注："坎壈，困穷也。"

◎ 韦讽录事宅观曹将军画马图歌[1]（七古）

国初已来画鞍马，[2]	开国以来曾有多少人画鞍马，
神妙独数江都王。[3]	画得神妙的却只有江都王。
将军得名三十载，	曹将军画马得名已经三十年，
人间又见真乘黄。[4]	人间又从画上看见了真乘黄。
曾貌先帝照夜白，[5]	他曾摹写过先帝的坐骑照夜白，
龙池十日飞霹雳。[6]	十天后霹雳一声龙池里惊雷飞出。
内府殷红玛瑙盘，	内府珍藏的殷红玛瑙盘，
婕好传诏才人索。[7]	婕好传诏奖励，才人将它取来。
盘赐将军拜舞归，	将军拜舞谢恩受了赏赐归去，
轻纨细绮相追飞。[8]	身穿细绢花绸的人追随他奔走如飞。
贵戚权门得笔迹，	贵戚和权贵人家要得到他的笔迹，
始觉屏障生光辉。[9]	才觉得屏风障幔上增添了光辉。
昔日太宗拳毛騧，[10]	往昔太宗皇帝有匹骏马叫拳毛騧，
近时郭家狮子花。[11]	近时郭子仪家里有匹名马狮子花。
今之新图有二马，	曹将军新画的图上有这两匹马，
复令识者久叹嗟。	又使得识马的人们久久叹嗟。
此皆战骑一敌万，	它们都是一匹抵一万匹的好战马，
缟素漠漠开风沙。[12]	白绢上展开一片大漠扬起风沙。
其余七匹亦殊绝，	另外七匹马也都雄健绝伦，
迥若寒空杂霞雪。[13]	远看去像寒空中夹杂着霞和雪。
霜蹄蹴踏长楸间，	放开惯踏寒霜的四蹄，在高大的楸树林里奔驰，
马官厮养森成列。[14]	养马的官吏、役夫密密排成一队。
可怜九马争神骏，[15]	真可爱啊，这九匹骏马像在竞赛，

顾视清高气深稳。	左右顾盼着，意态轩昂而深沉。
借问苦心爱者谁？	请问一声，苦苦爱着它们的都是些什么人？
后有韦讽前支遁。[16]	当代是韦讽，晋朝还有个支遁。
忆昔巡幸新丰宫，[17]	我不禁想起，皇帝来到骊山上的新丰宫，
翠华拂天来向东。[18]	翠华旗拂动天空，大队人马向东。
腾骧磊落三万匹，[19]	昂头腾跃的矫健骏马有三万匹，
皆与此图筋骨同。	筋骨都和这图上画的相同。
自从献宝朝河宗，[20]	譬如河宗献宝之后穆王归天，
无复射蛟江水中。[21]	皇上再也不能到江边射水中蛟龙。
君不见金粟堆前松柏里，[22]	您没看见，那金粟山前的松柏林中，
龙媒去尽鸟呼风。[23]	龙媒马失去了影踪，只有鸟群在呼叫，迎着狂风。

注释：

① 参看第十一卷《东津送韦讽摄阆州录事》注①。广德二年韦讽已正式授阆州录事参军职，故称韦讽录事。韦的任所在阆州，住宅在成都，曹霸在他家中画了一幅《九马图》。杜甫亲眼看了曹霸作画，写了这首赞美曹霸绘画艺术的诗，并因骏马回忆起唐玄宗巡幸骊山的盛况，不胜今昔之感。

② 国初，指唐朝创立之初。

③ 江都王，即李绪，霍王李元轨之子，太宗李世民之侄，多才艺，善书画，以画鞍马著名。

④ 乘黄，见第六卷《瘦马行》注⑦。

⑤ 先帝，指唐玄宗，据《明皇杂录》，玄宗所乘的名马有“照夜白”“玉花骢”等。

⑥ 据《长安志》南内南薰殿有“龙池”，传说其上常有云气，且曾有黄龙出池中。霹雳，惊雷声。我国古代神话传说常有龙、马相互变化的故事。这句诗是强调图画的神似，引得神龙飞出池中。

⑦ 婕妤，音“节予”（jié yú），正三品女官。才人，正四品女官。

⑧ 这句诗写权贵赠礼求画的人十分多，紧紧跟在身后。“轻纨细绮”借代有钱有势的人。

⑨ 屏障，用于遮隔的设备。屏，原义是照壁墙之类，“障”的含义较广，帷幔、屏风均可称“障”。生光辉，意思是更显眼，吸引人看，由于它们上面有曹霸的画。

⑩ 唐太宗李世民有六匹著名的战马，后来在他的陵墓（昭陵）的北阙下为它们立了浮雕石像。其中第五匹名为“拳毛䯄”。“䯄”音“瓜”（guā），黑嘴的黄马。

⑪ 狮子花，郭子仪所畜的骏马名。

⑫ 缟素，白绢，画马用的绢。

⑬ 这句诗是以“杂霞雪”来比喻红色、白色的马混杂在一起。

⑭ 厮养，指养马的仆役。“厮”字的本义为析薪（劈柴）者（见《集韵》），后“厮养”一词通用于指执贱役者。

⑮ 图上共画有九匹马，故说“九马”。争神骏，谓竞赛奔驰的才能。译诗中写作“在竞赛”，省略了它的宾语。

⑯ 支遁，即支道林。见第一卷《巳上人茅斋》注③。据《世说新语》载，支遁养马数匹，有人说他是出家人不应养马，他回答说：“贫道重其神骏耳。”诗中把晋代高僧支遁之爱马与韦讽之爱马图并列，其作用有二：一方面是提高韦讽的身价；另一方面是把“爱马”与“爱马图”合一，视二者为一事。爱马图，归根到底是由于爱马。

⑰ 新丰，为京兆府之属县，骊山在其境内。诗中以地名称骊山之温泉宫。天宝年间，唐玄宗每年到骊山巡幸。

⑱ 翠华，即翠华旗，天子的仪仗。骊山在长安城东，故云“来向东”。

⑲ 腾骧，骏马昂首奔腾之状。磊落，可释为“众多貌”，也可释为“仪容俊伟”。

⑳ 河宗，古代神话中的河神。赵次公注：“朝河宗者，谓河宗朝而献宝也。”据《穆天子传》：天子西征至阳纡之山，河伯冯夷之所居，是惟河宗氏，天子沉璧礼焉。传说周穆王自河宗氏所居之地归来后即逝世，诗中因以“朝河宗”代表玄宗之死。

㉑ 汉武帝曾于元封五年自浔阳浮江，亲射蛟江中，获之。这里以“射蛟”借代玄宗的

出巡。

㉒ 唐玄宗的陵墓名“泰陵”，在奉先县东北二十里之金粟山。最后两句诗说的是泰陵前只剩下松柏、鸟鸣和风声，当年的骏马三万匹已荡然无存。

㉓ 龙媒，骏马名，见第三卷《沙苑行》注③。诗人从骏马联想到骏马的主人，从对骏马的爱重转向对死者的追思。杜甫壮年时向玄宗献赋，虽未得到任用，但他的文才受到玄宗的赏识，令待诏于集贤院，因而杜甫对玄宗始终怀有深厚的感情。

◎ 送韦讽上阆州录事参军[①]（五古）

国步犹艰难，	国运仍然十分艰难，
兵革未衰息。	战乱一直没有停。
万方尚嗷嗷，	各地人民还在饿得苦苦哀号，
十载供军食。	十年来拿出粮食供应官兵。
庶官务割剥，[②]	众多的官吏只管宰割剥削人民，
不暇忧反侧。[③]	从来没想到会激起民变为这担心。
诛求何多门，	勒索榨取的名目怎么这样多，
贤者贵为德。	贤明的人该重视做善事爱护人民。
韦生富春秋，[④]	韦君您正年轻力壮，
洞澈有清识。	又富有才识，一切事情看得清。
操持纲纪地，[⑤]	掌管一个州的纲常风纪，
喜见朱丝直。[⑥]	像朱丝绳一样正直，真令人高兴。
当令豪夺吏，	该让那些倚仗权势掠夺的官吏，
自此无颜色。[⑦]	从此收敛凶焰，再不敢横行。
必若救疮痍，	如果有决心解救人民的痛苦不幸，

先应去蝥贼。[⑧]	就该把害人民的蟊贼先除尽。
挥泪临大江,	对着大江，我挥洒泪水，
高天意凄恻。	在高旷的秋空下，怀着悲凄之情。
行行树嘉政，[⑨]	希望你去后树立良好政风，
慰我深相忆。	用这来安慰我深深思念的心。

注释:

① 浦起龙云:“‘上’恐当作‘赴’”。意思是送韦讽去阆州，赴录事参军之任。韦讽于宝应元年摄代阆州录事参军之职，第十一卷有《东津送韦讽摄阆州录事》一诗可参看。到广德二年春夏间，正式除授为阆州录事参军。诗题中不用“赴”而用“上”，可能是指“转正”(用今天我们常用的词语来表达)。杜甫在这篇送行诗中直言不讳地劝告他一定要爱惜人民，与“豪夺吏”斗争，爱民之心，溢于言表。也许根据流行的某些理论来看，这样的诗没有一点诗意，不是诉诸感性的，简直不能算是诗；但应该看到，这首诗显示在我们面前的并不只是诗中的劝告，更鲜明的却是诗人自身的形象，他仗义执言，不怕权贵豪强，为民请命，对友人披肝沥胆，倾诉衷肠，这样的形象是异常感人的。伟大的诗人不只是用语言来写诗，而且用自己的生命来写诗。这一点绝不能忽略。何况我国的诗歌传统正就是这样，只要是富于真情的语言，只要语言准确、精炼、鲜明，就是诗，就是好诗。

② 庶官，众官。

③《后汉书·光武帝纪》:“使反侧子自安。”反侧子，指图谋反对朝廷的人。诗中主要指人民的反抗。诗人没有把人民的反抗看作正义的行为，但把造成人民反抗的责任归之于统治者。

④ 富春秋，指人处于盛年时期。春秋，在这里是指年龄。《楚辞·九辩》:“春秋逴逴而日高兮。”

⑤“录事参军”的职责除掌管文书簿籍外，还要对官吏进行考察，举弹善恶，因而说韦讽处于“操持纲纪”的地位。纲纪，指纲常政纪，主要指官吏所必须遵守的行为规范。

⑥ 古人常以朱丝绳比喻人品的正直。鲍照诗:“清如玉壶冰，直如朱丝绳。”

⑦ 无颜色，因惊惧而失色，不敢再任意作恶。

⑧ 蝥，音“毛”（máo），蝥贼，指为害人民国家的人。

⑨ 行行，说到未来的事情或行为时表示希望的词语。

◎ 太子张舍人遗织成褥段[①] （五古）

客从西北来，	客人从西北方到这里来，
遗我翠织成。	赠给我一件翠绿色的毛织品。
开缄风涛涌，[②]	打开包袱仿佛看见狂风卷起浪涛，
中有掉尾鲸。	中间有一条摆动尾巴的巨鲸。
逶迤罗水族，	各种水生动物在周围排成长串，
琐细不足名。	那么繁多微细，我叫不出它们的名。
客云充君褥，[③]	客人说：“送给您做褥垫，
承君终宴荣。[④]	让它同您一直共享安乐，荣幸地陪着您。
空堂魑魅走，	空寂无人的堂上，它能惊退鬼怪，
高枕形神清。	垫着它高枕安眠，会神志安宁。”
领客珍重意，	客人的珍贵情谊我心里受领，
顾我非公卿。	可是我官职低微，不是公卿。
留之惧不祥，[⑤]	留下这贵重物品怕不吉利，
施之混柴荆。[⑥]	要用它又怕和粗草席混杂不相称。
服饰定尊卑，	尊卑不同的人应有不同的服饰，
大哉万古程。[⑦]	多么重要的规矩，从古来就这么定。
今我一贱老，	我如今是个贫贱老翁，
裋褐更无营。[⑧]	有了粗布衣裳穿就不用再操心。

煌煌珠宫物，[9] 这么璀璨的物品真像龙宫的宝贝，
寝处祸所婴。 睡在它上面怕要惹灾祸降临。
叹息当路子，[10] 可叹那些当政的大官吏，
干戈尚纵横。 不顾到处战乱蔓延至今。
掌握有权柄， 倚仗手里握着的权柄，
衣马自肥轻。 只管自己骑的马壮穿的皮裘轻。
李鼎死岐阳，[11] 岐阳死了个李鼎，
实以骄贵盈。 就因为他骄横奢侈到极顶。
来瑱赐自尽，[12] 还有个来瑱，皇上赐他自尽，
气豪直阻兵。[13] 他意气用事，靠手里兵权恣意横行。
皆闻黄金多， 听说他们都有许多黄金，
坐见悔吝生。[14] 正因为这些使他们终于产生悔恨。
奈何田舍翁， 我这个田家老翁怎么能行，
受此厚贶情。[15] 怎能接受您这厚重的礼品。
锦鲸卷还客， 卷起鲸鱼绣毯还给客人，
始觉心和平。 才觉得心里安恬平静。
振我粗席尘， 拍拍我粗草席上的灰尘，
愧客茹藜羹。[16] 惭愧我只能请客人喝碗野菜羹。

注释：

① 有一位官衔为太子舍人的张姓客人赠送了一块作垫褥用的毛毯（所谓“织成”，即毛织品、毛毯之类的东西）给杜甫。杜甫谢绝了这份厚礼，并写了这篇诗记这件事，着重说明不能接受馈赠的原因。一方面，由于古代的礼法，服饰用品有尊卑，不能僭越；另一方面，由于国家在危难中，臣民不能奢侈浪费。这些理由是杜甫拒受礼物时对客人说的话，但他心中还有没有说出的话，那就是广大人民在受苦，自己又何忍有奢华的享受。最后两句诗，把这样的心情透露了出来。

② 风涛涌，是毛毯上绣的图案。

③“客云”以下的四行，是客人说的话，译诗中以引号标明。

④ 旧注多把“宴”解释为宴会，引曹植诗：“公子敬爱客，终宴不知疲。”《仇注》：“为坐褥则当宴增荣。”总觉牵强。“宴”有安乐义。《后汉书·申屠刚传》：“刚以陇蜀未平，不宜宴安逸豫。”这诗中的“终宴”，当指此。

⑤ 不祥，即“不吉”，古人有一种信仰，以为做了不合礼法的事和其他坏事都要受到“报应”，因此说惧不祥，后面有一句“寝处祸所婴”，也是出于同一种原因。

⑥ 柴荆，原义是柴草荆条，通常指自己贫困的家庭。在这里把它具体地理解为“粗草席”更准确些。最后两句诗中提到“粗席”，恰恰与此相呼应。

⑦ 大哉，称颂之辞，可赞美事物之伟大或“重要性”。程，即规程，规矩。

⑧ 裋褐，见第四卷《自京赴奉先县咏怀》注㉒。这句诗是节缩句，所表达的意思是在“裋褐”之外“更无营”。

⑨ 赵次公曰：“珠宫，指言龙宫。”

⑩ 当路子，指在朝廷中掌握大权的官吏。当路，又称“当道”，即今之所谓“当权派”。

⑪ 李鼎，曾任羽林军大将军，凤翔尹和兴、凤、陇等州节度使，又曾为鄯州刺史、陇右节度、营田等使。他的死，史书无记载。岐阳，即凤翔。

⑫ 来瑱（“瑱”音“阵”，zhèn），是一个有军功，但十分残暴跋扈的军人。宝应元年，充山南东道节度使，倔强难制，代宗潜令裴茙图之，裴茙反为瑱所擒。宝应二年（即广德元年）正月贬播州县尉，翌日，赐死于鄠县，籍没其家。

⑬《左传·隐四年》：“阻兵而安忍”。阻兵，即“恃兵”，倚仗兵权。

⑭ 悔吝，见第十二卷《寄题江外草堂》注⑨。

⑮ 贶，与“况”通，音“况”（kuàng）。《尔雅·释诂》：“贶，赐也。”

⑯ 藜羹，野菜羹。这句诗的表面意思是“以野菜羹待客，感到惭愧”。实际上是以黎民的苦痛生活来对比官场奢靡的生活，是对统治阶级的谴责。

◎ 忆昔二首[①] （七古）

忆昔先皇巡朔方，[②]	想当年肃宗皇帝出巡朔方，
千乘万骑入咸阳。[③]	千军万马随着他进入咸阳。
阴山骄子汗血马，[④]	阴山下来的回纥兵骑着汗血马，
长驱东胡胡走藏。[⑤]	把东胡一直向东赶，赶得它们东躲西藏。
邺城反覆不足怪，[⑥]	邺城下的转胜为败并不奇怪，
关中小儿坏纪纲。[⑦]	因为李辅国那小子扰乱了纪纲。
张后不乐上为忙，[⑧]	张皇后一不高兴皇上就着忙，
至令今上犹拨乱，[⑨]	使得当今皇帝还在拨乱反正，
劳心焦思补四方。	烦心焦虑，设法拯救四面八方。
我昔近侍叨奉引，[⑩]	我往日曾任先帝近侍引导圣驾，
出兵整肃不可当。	当时出兵真是军纪严明，势不可当。
为留猛士守未央，[⑪]	由于把猛士留下守长安，
致使岐雍防西羌。[⑫]	因而西部空虚，要在岐阳、雍州防御西羌。
犬戎直来坐御床，[⑬]	那吐蕃兵一直打进宫来坐上御床，
百官跣足随天王。[⑭]	文武百官穿鞋也来不及，匆匆跟随出巡的皇上。
愿见北地傅介子，[⑮]	希望看到北地傅介子那样的勇士，
老儒不用尚书郎。[⑯]	我这个老儒生并不要做尚书郎。

注释：

① 这两首诗是广德二年六月，严武荐杜甫任节度参谋、检校工部员外郎后所作。这一官职是杜甫一生中所得到的最高官位，经过长期的闲置和极端的贫困之后，有了这样的任命，应该是非常高兴的。但杜甫却不可能再像往日那样表现出欢欣雀跃之情，而是冷静地回顾往事，希望当政者能从历史的教训中找到改革的路径。第一首诗着重回顾肃宗还都长安后的失策；第二首诗着重对比天宝末年以后的战乱与开元的盛世。杜甫

在作这样的回忆时，心情是沉重的；他现在又有了官位和俸禄，应该尽臣子的责任，但他却对未来失去了信心。又怎么可能有信心呢？他所为之效忠的王朝的式微已是不可逆转的了。他仍把希望寄托在代宗的身上，这希望却是渺茫的。从这两首诗中，我们仿佛看见杜甫的心在流血，我们仿佛看见了另一个哀郢的屈原。

② 先皇，指肃宗李亨。朔方，指灵武以北一带。肃宗即位于灵武的诏中有“朕治兵朔方”之语。

③ 咸阳，借代京都长安。这句诗说的是至德二载（757年）十二月收复长安后的还都。

④ 阴山骄子，指回纥人。在唐文宗开成四年（839年）内部发生大分裂以前，回纥人居住在横亘我国北部（今内蒙古境内）的阴山下。故称阴山骄子。后来才西迁天山山脉南北，今新疆境内。

⑤ 东胡，指安禄山、史思明的叛军。

⑥ 邺城战役，先围攻敌人，后全军崩溃。故称“反覆”。至德二载唐军大败安史叛军，收复长安、洛阳后，史思明乞降，安庆绪逃到相州（即邺郡），乾元元年九月，唐军郭子仪、李光弼等九节度使领军六十万人围攻相州，不设元帅，以宦官鱼朝恩为观军容使，实统驭诸将，诸将相互观望，未大举进攻，次年三月，史思明复叛，发兵援相州安庆绪军，值狂风骤起，天昏地暗，双方军溃，郭子仪退兵洛阳，李光弼还师太原，史思明又率兵到邺城，杀安庆绪并其众，称帝范阳。这就是所谓邺城战役。

⑦ 关中小儿，指宦官李辅国。原来是在御马厩中服役的杂差。据《通鉴》注，“凡厩牧、五坊、禁苑给使者，皆谓之小儿”。纪纲，即“纲纪”。见本卷《送韦讽上阆州录事参军》注⑤。

⑧ 张后，即肃宗皇后张良娣。她受肃宗宠幸，与李辅国勾结，干预朝政。

⑨ 今上，指代宗李豫。拨乱，即“拨乱反正”。

⑩ 近侍，杜甫曾任左拾遗之职。奉引，皇帝出行时的前导。叨，谦词。

⑪ 未央宫，汉朝长安的宫殿名。这里以它代替长安。据《唐书》，宝应元年（762年）代宗听信宦官程元振的谗言，夺郭子仪兵权，使居长安，导致吐蕃及羌兵入侵关中。

⑫ 岐，岐阳，即灵武；雍，雍州，唐代的京兆府（长安）曾用过的地名。河陇失守，岐、雍一带便成了边防前线。

⑬ 犬戎，指吐蕃。坐御床，喻广德元年十月吐蕃侵入长安的事。

⑭ 跣，音“显”(xiǎn)，赤足。这句诗反映了百官匆忙随着代宗出逃的情况。和上一句诗同样，所写的是唐朝统治者的耻辱，诗人把这当作国家的耻辱，自己也因此感到羞耻。

⑮ 傅介子，汉代著名英雄，北地郡（今宁夏回族自治区及甘肃省东北地区）人。曾出使西域，诛匈奴使者，斩楼兰王首，归封义阳侯。

⑯ 老儒，杜甫自称。他于广德二年（764 年）六月由严武推荐被任为工部员外郎，已是尚书省的郎官。尚书省各部的侍郎和员外郎都可称为尚书郎。这句诗表达了杜甫当时已不想做官，不再把个人得失放在心上。

◎ 其二（七古）

忆昔开元全盛日，	回想开元年间最繁盛的时日，
小邑犹藏万家室。	小城里的住户也还成千成万。
稻米流脂粟米白，	稻米像要流出油脂，粟米雪白，
公私仓廪俱丰实。	公私粮仓里都堆得满满。
九州道路无豺虎，[①]	全国道路畅通，没有豺虎阻拦，
远行不劳吉日出。[②]	出门远行也不用把吉日挑选。
齐纨鲁缟车班班，[③]	运送齐鲁丝绸的小车接连不断，
男耕女桑不相失。	男耕女织，从来不会误了时间。
宫中圣人奏云门，[④]	皇帝在宫中奏起了云门曲，
天下朋友皆胶漆。	全国友人情谊亲密得像胶漆一般。
百余年间未灾变，	一百多年里没有发生灾变，
叔孙礼乐萧何律。[⑤]	前代制定的礼乐、法律代代相传。

岂闻一绢直万钱，	哪里听说过一匹布卖一万个钱，
有田种谷今流血。	该种稻谷的土地如今却鲜血流遍。
洛阳宫殿烧焚尽，	洛阳的宫殿都被焚烧一尽，
宗庙新除狐兔穴。⑥	宗庙里的狐兔洞新近才全部除铲。
伤心不忍问耆旧，	心情悲痛，却不敢去访问老年人，
复恐初从乱离说。	怕他们又要从头诉说往日的离乱。
小臣鲁钝无所能，	我是个小臣又生性愚钝没有本领，
朝廷记识蒙禄秩。⑦	朝廷还记得我，给了我俸禄、官衔。
周宣中兴望我皇，⑧	盼我的皇上像周宣王一样中兴，
洒泪江汉身衰疾。⑨	尽管我年老多病，只能把热泪挥洒在这江边。

注释：

① 九州，借代全中国。豺虎，喻叛乱的军队和入侵的外敌。

② 古代迷信，选吉日（好日子）出门。这种迷信最初也是由于路途上多灾难而产生的，既然道路上“无豺虎”，故不再担心。

③ 齐纨，鲁缟，指齐、鲁两地出产的素绢，意译为“丝绸”。《后汉书·五行志》：“车班班，入河间。”班班，车声。这句诗是说开元年间的纺织业发达和商品交流频繁。

④ 圣人，指皇帝，这里说的是唐玄宗。《周礼·春官·大司乐》：“舞云门以祀天神”。云门，是古代祭祀音乐。这句诗表明当时天下安宁。

⑤ 西汉初，叔孙通制定朝仪，萧何作汉律九章。这是说唐代像汉代那样建立了一整套礼乐、法律制度，社会安定。

⑥ 吐蕃兵于广德元年十月侵入长安，宗庙荒芜，代宗回京不久，故云“新除狐兔穴”。

⑦ 禄，俸禄。秩，官位。这句诗表示感谢朝廷授给工部员外郎的职位和俸禄。

⑧ 周宣王（姬静），周厉王之子。在厉王衰废之后，励精图治，复修文、武、康、成之业，伐猃狁、征荆蛮、平淮夷，使周室中兴。在位四十六年（公元前 827—前782 年）。

⑨ 江汉，泛指蜀地江河。这句诗表达了杜甫有心爱国，无力挽救危局的痛苦心情。

第十四卷

杜

◎ 寄董卿嘉荣十韵[1] （五排）

闻道君牙帐，[2]	听说竖立牙旗的将军营帐，
防秋近赤霄。[3]	为加强秋季边防，驻扎在高峰顶接近云霄。
下临千仞雪，	下面是千仞山岭的积雪，
却背五绳桥。[4]	背后是架在急流上的绳桥。
海内久戎服，[5]	国内的人们长久身穿戎装，
京师今晏朝。[6]	京城里至今还很迟才退朝。
犬羊曾烂熳，[7]	吐蕃侵略者曾在那里肆意骚扰，
宫阙尚萧条。	宫阙里还仍然显得荒芜萧条。
猛将宜尝胆，	猛将们该下决心卧薪尝胆，
龙泉必在腰。	龙泉宝剑时刻不能离腰。
黄图遭污辱，[8]	神圣国土遭到敌人的污辱，
月窟可焚烧。[9]	该把西方敌人的巢穴焚烧。
会取干戈利，	要在战斗中取得胜利，
无令斥候骄。[10]	不能让敌人的侦察兵逞强豪。
居然双捕虏，[11]	您真该同后汉的捕虏将军齐名，
自是一嫖姚。[12]	真称得上是当代的霍嫖姚。
落日思轻骑，	在日落时我思念您轻装骑着战马，
高天忆射雕。[13]	在高旷的秋空下怀念您这位射雕英豪。
云台画形象，[14]	云台上画的那些功臣形象，
皆为扫氛妖。[15]	都因为他们曾经扫寇平妖。

注释：

① 董嘉荣是严武部下的将领，广德二年秋，率兵驻在蜀西北边境山区，防御吐蕃。杜甫诗中常称武将为“卿”。如第十卷《徐卿二子歌》《戏作花卿歌》中，“徐卿”“花

卿”均为武将。杜甫写这首诗寄到董卿的驻地，勉励他为国效力，杀敌立功。这样的诗是为当时政治服务的诗，充满爱国主义精神，只是寄希望于将领而不是广大士兵群众，这也是历史条件使然。

② 君，指董卿。牙帐，统帅军队的将领有旗帜树于营帐前，此军旗称“牙旗”，将军之营帐称为“牙帐”。

③ 吐蕃常于秋粮成熟时侵扰边境，抢掠粮食，故唐代惯例要在秋季加强防御，称为“防秋”。赤霄，言驻兵的地方在高山上，与云霄接近。

④ 千仞雪，指积雪的千仞高山。古代称七尺或八尺为一仞。五绳桥，五条竹索架成的桥。背，指绳桥在军营的后面，可见军营已深入边疆地区。这两句诗写董军驻地的险要。

⑤ 戎服，军装，这句诗是说国内战争已延续多年。

⑥《礼记·礼器》：“质明而始行事，晏朝而退。”晏朝，退朝的时间很晚，表明国家多事，朝廷忙碌。

⑦ 犬羊，指吐蕃兵。烂漫，有种种不同的含义。《庄子·在宥》：“大德不同，而性命烂漫矣。”“烂漫”作散乱解。这句诗中可用此义。译诗意译为“肆意侵扰”。

⑧ 黄图，即地图，借代国土。庾信《哀江南赋》：“拥狼望于黄图。”《唐书·艺文志》有《三辅黄图》一卷。

⑨ 月窟，见第四卷《魏将军歌》注⑤，这里是指吐蕃兵的根据地。

⑩ 斥候，见第十三卷《将赴成都草堂先寄严郑公五首》第二首注①。这诗中的“斥候”，指吐蕃侦察窜扰的零星武装力量。有人认为是指唐朝军队的侦察兵，恐误。

⑪ 马武是东汉名将，随光武帝刘秀转战各地，屡著功勋，光武帝即位后，又败庞萌，击隗嚣，累封杨虚侯，云台二十八将之一。建武四年，曾因讨刘永有功，拜捕虏将军。诗中以董嘉荣与马武相比，希望董卿可与马武并称为一双捕虏将军。居然，本义为安然。《诗·大雅·生民》：“不康禋祀，居然生子。”引申为喜出望外之辞。《世说新语·赏誉》：“居然是出群器。”

⑫ 嫖姚，即霍嫖姚，西汉名将霍去病曾任嫖姚校尉。

⑬“落日”“高天”两句都是表达对董卿的思念。轻骑、射雕，俱喻董卿。古代称精骑

射者为“射雕手”，汉名将李广就曾被这样称呼。射雕，即“射雕手”。

⑭ 东汉明帝于云台绘二十八将像，表彰他们的功勋。参看第十二卷《述古三首》第三首注⑨。

⑮ 氛妖，指盗寇。云台二十八将都以扫除敌寇立功，勉董卿效法他们杀敌立功。

◎ 立秋雨院中有作[①]（五排）

山云行绝塞，[②]　　山云飘过遥远的边塞，
大火复西流。[③]　　大火星又在西方往低处逝流。
飞雨动华屋，　　雨水在高大的屋顶上飞溅，
萧萧梁栋秋。　　萧萧秋意弥漫在柱顶梁头。
穷途愧知己，[④]　　我正无路可走，感谢知已对我这样关心，
暮齿借前筹。[⑤]　　暮年还被邀请进幕府参与筹谋。
已费清晨谒，[⑥]　　每天清晨进谒只是把光阴浪费，
那成长者谋。[⑦]　　哪里能帮助尊长实现深远的图谋。
解衣开北户，　　解开衣衫，打开北屋的门户，
高枕对南楼。　　安心躺着，面对南面的高楼。
树湿风凉进，　　树木湿润，风带着凉气进屋，
江喧水气浮。　　嘈杂的江面上，茫茫水气腾浮。
礼宽心有适，[⑧]　　优厚的待遇使我心情畅适，
节爽病微瘳。[⑨]　　病情稍稍好转，正逢凉爽的立秋。
主将归调鼎，　　主将又回到这里来立新除旧，
吾还访旧丘。[⑩]　　我也才能回来访问旧居的林丘。

注释:

① 严武于广德二年春回蜀任成都尹后，奏请任命杜甫为节度府参谋，检校工部员外郎，杜甫便从浣花溪草堂来到成都，住在成都府署里。这诗是广德二年立秋日作于府署院中。那是一个下雨、清凉的日子，杜甫躺在一间北屋里，心中闲适，想起严武的关心照顾，便写了这首表达感激之情的诗。

②“绝”谓极遥远，“塞”谓边塞，指成都西北的山区，当时是抗击吐蕃的前线。

③ 大火，即心星。《诗·豳风·七月》：“七月流火”。流，向下降行。每年阴历七月，大火星即偏西而下行。从这句诗可看出所写的时节是秋初。

④ 知己，指严武。愧，感谢。第五卷《羌村三首》第三首“艰难愧深情”之“愧”也是作“谢”解的例子。

⑤《史记·留侯世家》：“臣请借前箸为大王筹之。”筹，原义为算筹，是计数之小竹棒。后引申为筹谋、计划。张良的“借箸为筹”，“筹”字与原义有关，但同时又用了它的引申义。在这诗中，“借”的不是“箸”，而是杜甫自己，前筹，不是“借前箸”为“筹”，而是借他这个人为参谋。

⑥ 幕僚每天清晨谒见主帅，共商军政事宜。杜甫自谦，说自己不能发挥作用，不能对严武有什么帮助。

⑦ 长者，可指年辈尊长的人，也可指显贵者和有德行者。严武较杜甫年轻十四岁，可知这里的“长者”兼用后两义。

⑧ 礼宽，即“礼数宽”，指严武不要求杜甫对自己严格遵守下级对上级的礼仪。译为优厚待遇，是从广义处说，也包括上述内容。

⑨ 节，指立秋节气。瘳，音“抽”（chōu），病愈。

⑩ 对这两句诗有两种不同的理解：浦起龙说：“言主人功成内召，吾亦从之归访故乡也。”而《仇注》认为：“访旧丘，复寻花溪也。”并说：“按《破船》诗（第十三卷）云：‘缅邈怀旧丘’，本指草堂，此可相证。”严武刚从京都来蜀，百废待兴，岂可立刻又盼他回京，当以仇说为是。问题的关键在于对“归调鼎”的理解，归京，固可说是“归”；严武曾任蜀守，去而复来，自然也可说是“归”。“调鼎”通常用来代称宰辅之职，那就只能说是“回京”了。但“调鼎”也可理解为“鼎新革故”。《易·杂卦》：“革，去故也，鼎，取新也。”成都府尹，正面临“鼎新革故”的重

任，回蜀革新军政，未尝不可称“归调鼎”。杜甫离开草堂近三年，对于漂流梓、阆一带的杜甫来说，把回草堂称为“访旧丘”，当然也是可以的。

◎ 奉和严郑公军城早秋[①]（七绝）

秋风嫋嫋动高旌，	微微秋风吹动高悬着的旗旌，
玉帐分弓射虏营。[②]	玉帐中的主将分兵袭击敌寇兵营。
已收滴博云间戍，[③]	已收复了高耸入云的滴博岭哨所，
欲夺蓬婆雪外城。[④]	还要夺回蓬婆雪山那边的州城。

注释：

① 严武在前线军营中写了一首《军城早秋》，杜甫见后就写了这首诗来和他。严武的诗说：“昨夜秋风入汉关，朔云边雪满西山。更催飞将追骄虏，莫遣沙场匹马还。”慷慨御敌，充满信心。杜甫的诗与严诗的精神完全一致，庆祝已收复了一处高山哨所，并盼继续取得胜利。

② 玉帐，大将的帐幕和指挥所。参看第十一卷《奉送严公入朝十韵》注⑬。射，喻袭击，进攻。虏营，指吐蕃兵营。

③ 王应麟《困学纪闻》：“的博岭在维州。”云间戍，高山上的哨所，云间，谓山势高入云际。

④ 据《元和郡县志》，“蓬婆”是山名，“大雪山，一名蓬婆山”。这样来理解最合诗意。严武诗中说“雪满西山”，杜甫诗中说“蓬婆雪外城”，“西山”“蓬婆”都是指同一雪山，而“雪外城”，则应该是指松、维、保三州城，当时尚未收复。

◎ 院中晚晴怀西郭茅舍[1]（七律）

幕府秋风日夜清，[2]	秋风中的幕府白昼夜晚一样清凉，
淡云疏雨过高城。	淡淡的云稀疏的雨飘过高高城墙。
叶心朱实看时落，[3]	我看见叶丛中朱红的果实常常坠落，
阶面青苔老更生。	阶石上的青苔老了还在滋长。
复有楼台衔暮景，[4]	楼台上又投来一抹夕阳，
不劳钟鼓报新晴。[5]	不麻烦钟鼓声告诉我，就已知道天气开始明朗。
浣花溪里花饶笑，[6]	浣花溪畔的繁花请别嘲笑我，
肯信吾兼吏隐名。	你们该相信我，我一面做官一面还把隐士当。

注释：

① 院中，即幕府中，也就是成都府兼节度使的官署里。西郭茅舍，指位于成都西门外近郊的杜甫草堂。这首诗写秋雨后的晚晴和对草堂隐居生活的怀念，表达了身兼吏隐的心愿。

② 日夜清，有两解，一指逐渐转清凉，一指白日与夜晚都清凉。似乎后一种解释较好。

③ 叶心，指叶簇中间。看时落，也有两解：一为“看的时候落下”，强调“看时”；一为“看着（它们）到（成熟）时候落下”，强调“时落”，及时而落，考虑到与下句诗的对偶关系，译诗采用了第一种解释。下一句的“老更生”，是据《文苑英华》。他本作“先自生”，黄生订作“元自生”。

④ 暮景，即夕阳。衔暮景，所描写的是夕阳光只投射到整个楼台的一小部分上的情景。

⑤《仇注》引旧注：“俗以钟鼓声响为晴之占，故曰报新晴。”

⑥ 饶笑，《仇注》：“旧以‘饶笑’为‘多笑’；或解作‘免笑’，引公诗‘日月不相饶’”（见第七卷《立秋后题》）为证。当以解作“免笑”为好。

◎ 宿府[①]（七律）

清秋幕府井梧寒，	清凉秋天的幕府里，井边梧桐显出了寒意，
独宿江城蜡炬残。	独自在江边城里过夜，眼看蜡烛快要燃完。
永夜角声悲自语，[②]	夜晚这么长，号角这么悲凉，听了不觉自言自语，
中天月色好谁看。	当头的月光多好，可谁有心思赏玩。
风尘荏苒音书绝，[③]	战争风尘中光阴悄悄逝去，亲友的音信也已断绝，
关塞萧条行路难。[④]	在荒凉的关山间行旅又多么艰难。
已忍伶俜十年事，[⑤]	十年的孤苦寂寞已经忍受过来了，
强移栖息一枝安。[⑥]	勉强换一个枝头求得暂时的安恬。

注释：

① 这首诗反映了杜甫在严武幕府中任参谋时的孤独感和思念亲人之情，并表达了担任官职时无可奈何的心态。

②“悲”字可连接在前面，构成“永夜角声悲”这样的词组，也可连在后面，构成“悲自语”这样的词组。但根据与它对偶的下一句的结构，“悲”字必须看作连在“永夜角声”之后，作为“角声”的谓语。

③ 荏苒，多用来表示时光渐渐流逝。《文选·励志诗》：“日欤月欤，荏苒代谢。”

④ 这句诗是说家人远隔，团聚困难。

⑤ 自天宝十四载（755 年）至广德二年（764 年），已达十年。

⑥《庄子·逍遥游》：“鹪鹩巢于深林，不过一枝”。人们希望得到一个安身之地，往往以鸟类之但求一枝来比喻。

◎ 到村[①]（五排）

碧涧虽多雨，　　　这碧绿的涧水边虽然多雨，
秋沙先少泥。[②]　　　秋天的沙岸却先给冲去不少污泥。
蛟龙引子过，[③]　　　好像有蛟龙引着幼子游过，
荷芰逐花低。[④]　　　菱荷的茎叶随着花朵向下垂低。
老去参戎幕，　　　我已衰老还到幕府里去做参谋，
归来散马蹄。[⑤]　　　暂且骑马归来，回村里舒一口气。
稻粱须就列，　　　稻谷该长得成排成列，
榛草即相迷。[⑥]　　　荆棘荒草却杂乱地长满田里。
蓄积思江汉，[⑦]　　　想那江汉巨流蓄积的水多么宏阔，
疏顽惑町畦。[⑧]　　　而我却浅薄固执，只看见条条埂畔隔开田畦。
暂酬知己分，[⑨]　　　我暂时做官是为报答知己的情分，
还入故林栖。[⑩]　　　终将回到原来住的园林栖息。

注释:

① 杜甫自从于广德二年六月到成都幕府任职以来，一直住在城里，深秋才回到浣花溪草堂来度假。这诗以《到村》为题，写的是回到浣花村的感受。他在官场中感到很不适应，许多事情他都看不惯，促使他下决心要早日回到园林来隐居。这首诗所表达的就是这样的思想。

② 一、二两句是说，秋雨虽多，但把沙岸上的污泥冲洗掉了，使得沙岸更清洁，这是使人愉快的。

③“蛟龙引子过”是作者因溪水涨高而产生的想象。

④ 荷芰，指荷与菱，因着雨变重低垂。

⑤ 散马蹄，所表达的是乘马回浣花溪畔，同时也是指“散心”。

⑥ 这两句诗写回浣花村后察看所种水稻生长的情况，秧禾应该排列成行，清清楚楚，但现在却杂草丛生，分不清草和苗了。就列，会使人联想起担任官职，“榛草”与“稻梁”的关系会使人联想起小人与君子的关系。这两句诗显然有所寓意，但译诗只能照字面译写。

⑦ 司马迁《报任少卿书》：“常思奋不顾身，以徇国家之急，素所蓄积也。”蓄积是指怀有大志（远大理想）。《书·禹贡》：“江汉朝宗于海”；《诗·大雅·江汉》：“江汉汤汤，武夫洸洸；经营四方，告于成王。”这是歌颂召公奭的诗。杜甫这句诗中的“江汉”是隐喻严武，是对严武的歌颂。同时也是为了对比自己的思想状况，与下一句诗的内容相互映照。

⑧《庄子·人间世》：“彼且为无町畦，亦与之为无町畦。”李注：“町畦，畔埒也”，即田埂之类。这句诗是说，杜甫坚执“有界限”，认为在某些是非问题上应分清界限，他的这种态度与其他人（包括严武在内）不同，但他用了一个“惑”字来表示自我否定的态度：虽知自己与别人不同，是一种偏见，但却仍坚持这一见解。诗人把这样曲折的思想过程以一句简短的诗表达了出来，表现了极高明的语言技巧，使极有限的语言中蕴含着极丰富的内容。由此也可看出我国古代诗词中运用典故的原因之一。

⑨ 知己，指严武。

⑩ 故林，指浣花草堂。这次回村是暂回，但有长期居住的愿望。其原因已见于注①。

◎ 村雨[①]（五律）

雨声传两夜，	一连两夜听见雨声淅沥，
寒事飒高秋。[②]	寒冷的景色正侵蚀着深秋。
揽带看朱绂，[③]	手挽起衣带看看朱红印绶，
开箱睹黑裘。[④]	打开衣箱见到了黑皮裘。
世情只益睡，[⑤]	世态炎凉使我更想沉睡，
盗贼敢忘忧。	可我又怎能忘记盗贼骚扰的烦忧。

松菊新沾洗，	松树、菊花刚被雨水沾湿、洗濯过，
茅斋慰远游。⑥	只有这草堂能安慰我，减轻我这远游人的离愁。

注释：

① 这首诗与上一首诗写于同一时期，也是写自幕府暂回草堂时的生活和思绪。杜甫心中充满矛盾，不愿做官，但又不能不做官；想把世事完全丢开不管，然而又放不下忧国忧民的心。

② 寒事，指寒天的景物。飒，衰飒，通常作形容词用，这里用作动词，意思是“使……衰飒”。意译为“侵蚀”。

③ 朱绂，《仇注》：“员外服绯，故云朱绂。”按“绂”字有两解，一为祭服，可用来指官服，《仇注》就是这样理解的；另一是印绶，即系印的“组”（丝绳）。因诗句中有“揽带”一语，知“朱绂”指印绶，因印绶系于腰带上，揽带则绶带更近于眼。如为绯服，则不须“揽带”了。

④ 黑裘，黑色皮裘。开箱而见此物，表示这是旧藏之衣裘，见此不免有怀旧之情。

⑤ 世情，指世俗之情，内容是多方面的，但这里是指其令人感叹愤慨的方面，译诗中以“世态炎凉”当之。

⑥ 茅斋，指草堂。慰远游，慰远游人之离情。

◎ 独坐① （五律）

悲愁回白首，	转过白头眺望，这秋色令人悲伤，
倚杖背孤城。	我背对着这座城，倚着手杖。
江敛洲渚出，	江水落下去了，现出一片洲渚，
天虚风物清。	天空虚旷，景物多么清朗。

沧溟恨衰谢，[2]　　想到大海上泛舟，可惜年已衰老，
朱绂负平生。[3]　　佩朱红印绶违背我素来的愿望。
仰羡黄昏鸟，[4]　　仰望黄昏归鸟心中羡慕，
投林羽翮轻。　　它们正向故林飞回轻轻扑动翅膀。

注释：

① 这诗也写于自成都幕府回浣花草堂小住时。题目用《独坐》，因所写的愁苦之情是独坐堂上，闲眺江边景色引起的。诗中“倚杖背孤城”之句，似乎是在江边扶杖散步暂站住的情景，但老人独坐时也可扶着手杖；而“背孤城”则因草堂位于城外，坐在堂上，也正背对城墙。

② 沧溟，《仇注》说是“指江村”，无据。通常是用来指大海。如第三卷《桥陵诗三十韵因呈县内诸公》最后两句：“何当摆俗累，浩荡乘沧溟”，意思和这里相同，是指大海。

③ 朱绂，见前一首诗注③。

④ 羡鸟归林，曲折传达了思乡之心。

◎ 倦夜[1]（五律）

竹凉侵卧内，　　竹林中的凉气一直侵入卧室，
野月满庭隅。　　旷野上的月亮把庭院的角落照遍。
重露成涓滴，[2]　　露水积得太多，一滴滴向下坠落，
稀星乍有无。　　星星稀疏数点，忽隐忽现。
暗飞萤自照，　　暗处的流萤，发出微光照亮自己，
水宿鸟相呼。　　水鸟相互呼唤，栖息在江边。

万事干戈里，	世间万事都在战乱里面，
空悲清夜徂。[③]	眼看美好的夜晚渐渐逝去，为它悲叹也只是徒然。

注释：

①《仇注》引张远注："竟夕不寐，故曰倦夜。"诗中所写的的确是草堂中不眠的秋夜，非有此实际经历者，不可能体验到这样的情境。这诗也当写于广德二年秋回草堂休假时。

② 露水凝于枝叶上或石上，积多则重，便像水点一样滴落。

③ 徂，音"粗"，读第二声（cú）。《诗·大雅·桑柔》："自西徂东"。徂，意思是去、往。悲夜晚过去，也是悲生命之渐渐消逝。战乱未息，自己的任何愿望也不能实现，因此感到悲伤。

◎ 陪郑公秋晚北池临眺[①]（五排）

北池云水阔，	水面照映着云天的北池多么开阔，
华馆辟秋风。	正辟出一条通道，让华馆迎受秋风。
独鹤元依渚，	那孤独的野鹤原就站在洲渚上，
衰荷且映空。	衰枯的荷叶暂时还对着天空。
采菱寒刺上，[②]	在浮着刺的寒水上采菱角，
踏藕野泥中。	用脚探踏把鲜藕挖出泥中。
素楫分曹往，[③]	木船分成几个小队前去采集，
金盘小径通。[④]	放在金盘上走过小径向华厅传送。
萋萋露草碧，	沾着露水的茂密小草颜色碧绿，
片片晚旗红。	傍晚时，夕阳把一面面旗帜染红。

杯酒沾津吏，[5]	斟杯酒让管理渡船的吏役尝尝，
衣裳与钓翁。	送一件衣裳给那位钓鱼的老翁。
异方初艳菊，	这异地艳丽的菊花开始盛放，
故里亦高桐。[6]	家乡的梧桐该已高高矗入天空。
摇落关山思，[7]	树叶飘零，更使人思念故国关山，
淹留战伐功。[8]	我留在这里，等待战伐胜利成功。
严城殊未掩，[9]	戒备森严的府城还没把城门关上，
清宴已知终。	盛大的宴会也已该及时告终。
何补参军乏，	我在府里参谋军事没有什么用处，
欢娱到薄躬。[10]	可欢乐游赏都请我这个无用老翁。

注释：

① 北池，是成都城北一处种菱荷的大水池。严武在池边厅上举行宴会，宾主品尝现采的新鲜菱藕，杜甫也参加了这次盛宴。宴会在傍晚时举行，在厅上可遥看北池中采收菱藕的人们的活动。这是杜甫为这次宴会写的一首诗，表达了对严武的谢意，但同时也流露出了“受之有愧”的态度。

② 刺，指菱的角尖锐如刺。“菱”在水上，故水面有刺。“藕”藏泥中，故须脚踏寻觅。这句诗和下一句诗，写采菱藕的情景，这正是北池临眺所见。

③ 楫，这里代指小舟。素楫，未经油漆彩绘的木船。

④ 金盘，盛新鲜菱藕的器皿。小径通，自小径通向举行宴会的“华馆”。

⑤ 津吏，管渡口的人，实际即指摆渡的船工。这句和下一句诗，反映了严武比较愿意接近平民，施些小恩小惠，以博取仁爱的声誉。

⑥《仇注》引《杜臆》：“菊开花而吐艳，桐脱叶而枝高，‘艳、高’二字，死字活用。”（上海古籍书店排印本无此语）按“故里”当指偃师之陆浑庄。“高桐”在故里，由于离家年久，故想象它已长得更高。此间“初艳菊”，因思故里而忆“高桐”。“死字活用”之说并无深意。

⑦ 宋玉《九辩》:“萧瑟兮,草木摇落而变衰。”

⑧《仇注》:“异方淹留,身在成都。”战伐功,意思是说有待于军事上的最后胜利,才能不再淹留异乡回到故国。

⑨ 严城,指成都城,戒备严密,故称“严城”。这句诗和下一句诗是说,虽然城门还未关,宴会还是早一点散为好。《仇注》:“严城未掩,清宴知终,乐而有节,非纵逸游而忘敌忾者。”

⑩ 杜甫任节度参谋之职,他自觉对军事没有什么助益,却能享受到军中的宴乐,既表示感激,也深有愧意。

◎ 遣闷奉呈严公二十韵[①] (五排)

白水鱼竿客,[②]	我是个在清清水边持竿钓鱼的人,
清秋鹤发翁。[③]	是个像秋色一般衰飒的白发老翁。
胡为来幕下,	为什么会来到您的幕府里,
只合在舟中。	本来只配生活在漂泊的舟中。
黄卷真如律,[④]	幕府里真要照章在黄卷上记功过,
青袍也自公。[⑤]	回来穿起青袍也像当年的“退食自公”。
老妻忧坐痹,[⑥]	老妻担心我的腰腿久坐麻木疼痛,
幼女问头风。[⑦]	小女儿也常问我是不是发了头风。
平地专欹倒,	在平地上走路专会歪斜跌倒,
分曹失异同。[⑧]	和同僚们议事常与别人意见不同。
礼甘衰力就,[⑨]	您对我这样礼遇,我甘愿不顾衰老前来效力,
义忝上官通。[⑩]	何况我有幸原和您情谊相通。
畴昔论诗早,	往日我早就和您一起讨论诗篇,

光辉仗钺雄。[11]	如今蒙您光辉照耀，您已是一位做统帅的英雄。
宽容存性拙，	您对我宽容，让我保持迂拙本性，
剪拂念途穷。[12]	有时指摘我，也顾念我日暮途穷。
露裛思藤架，	可是我却思念露水滋润的紫藤架，
烟霏想桂丛。	思念那烟雾笼罩下的桂树丛。
信然龟触网，	我简直就像跌进罗网的龟，
直作鸟窥笼。[13]	像笼中小鸟窥探笼外天空。
西岭纡村北，[14]	西面的山岭曲折延伸到村北，
南江绕舍东。	南面有江水绕过我舍东。
竹皮寒旧翠，	以前种的老竹皮色苍翠显得寒凉，
椒实雨新红。	花椒新结的果实雨后一片鲜红。
浪簸船应坼，	小船长久在浪里颠簸怕已有裂缝，
杯干瓮即空。	杯里酒吃干了，瓮里的酒也将空。
藩篱生野径，	残损的篱笆墙被踏出的野径穿过，
斤斧任樵童。[15]	园里树木随意砍伐，任那些樵童。
束缚酬知己，[16]	我约束自己的行为是为报答知己，
蹉跎效小忠。	岁月蹉跎，总算对您稍稍尽忠。
周防期稍稍，	希望自己的行为还算小心周到，
太简遂匆匆。	可总是太简率，不免急急匆匆。
晓入朱扉启，[17]	清晨进幕府时朱门刚打开，
昏归画角终。[18]	傍晚画角声停了，我才走回舍中。
不成寻别业，[19]	不能够回去探望我的草堂，
未敢息微躬。	不敢让我的卑微躯体休息弛松。
乌鹊愁银汉，[20]	乌鹊担心到银河上去架桥，
驽骀怕锦幪。[21]	老弱的劣马怕披上金鞍锦幪。
会希全物色，[22]	盼望能让我保全我的本色，
时放倚梧桐。	时时让我休假回江村闲倚梧桐。

注释:

① 杜甫在严武幕府任职一段时期后，心中感到郁闷，便写了这首诗向严武吐露胸怀，时间在广德二年秋季。诗题是《遣闷》，“闷”就是蓄积阻塞在胸中的不舒畅的思想情感，“遣闷”就是把这一切发泄出来。从诗的内容看，主要是诉说自己不适宜于幕府生活，只是由于感激严武的厚待，才勉力为之，衷心仍是盼望过幽栖的生活。产生这样的思想，与杜甫往日的遭遇和已形成的性格有关，但也与严武幕府中的复杂人事状况有关；加上严武的所作所为，也不完全是杜甫所赞同的，因而杜甫进幕府两三个月后，就有了引退的打算。在这首诗中自然不能把一些具体的矛盾揭露出来。但刻画自己的心理状态却十分深入细致，语言也形象、生动。这样的诗对我们有什么教益呢？如果从急功近利的观点看，恐怕是没有的，但它能使我们认识唐代的官场状况，体会到杜甫那样一个儒士、诗人和伟大人道主义者当时的痛苦心情。这对后代的人们也不是毫无意义的。

② 这里的“白水”，是水流的通名，不是专名。因此译写为“清清水边”。但杜甫用这个词语，也是有所寓意的。《列女传》中记载甯戚对管仲说的一句话“浩浩乎白水”，管仲妾婧对此解释说：“古有《白水》之诗云：‘浩浩白水，鯈鯈之鱼。君来召我，我将安居，国家未定，我将焉如’”。甯戚提到“白水”，管仲妾说他意欲得仕于国家。杜甫虽未明白引用这传说中的古诗，但也暗示出自己像甯戚那样被任用的事。

③ 这句诗中的“清秋”不是指季节，而是人的衰老之年。喻人之年少，曰“青春”，则喻人之衰老可称“清秋”。

④ 据《唐会要》，唐代曾有“置黄卷，书阙失”的制度，由御史掌管对官吏的考核，依据“黄卷”上的记载，报请中书省加以褒贬。

⑤ 朱鹤龄注：“公时已赐绯（绯鱼袋，服绯），而云青袍者，以在幕府故耳。”恐不合。青袍，是官吏休假所穿着的便服。《诗・召南・羔羊》：“退食自公”。朱传：“退朝而食于家也。”后来就以“自公”，喻自朝中回家。杜甫把在幕府任职也看作如在朝中任职一般，故回家休假也称“自公”。这句诗是写休假时的悠闲生活，与前一句诗所写，情况相对照。

⑥ 坐痹，指腰腿疼痛麻木的病症。“痹”音“必”（bì）。

⑦ 头风，古代称一种严重的头痛病为“头风”。

⑧ 分曹，府署中官吏区分职务，各司其事，谓之“分曹”，这里是指幕府中各司其职的

同僚。异同，是指对事情的判断、评价等；失异同，就是和别人的意见不同。“异同”是偏义复词，在这里主要是指“同”。

⑨ 礼，指严武对杜甫的礼遇，即尊重与优待。

⑩ 这里的“义”，与“谊”通。孙贻让《周礼正义》：“古凡威仪字正作义，仁义字正作谊。”这里的“义”，即“谊”，指人与人之间的情感关系。这句诗也就是说“忝与上官通谊”，有幸与上级有交谊。译诗中用“您”指称严武，把“上官”一语略去。

⑪ 仗钺，借代统帅。光辉，是“承蒙照顾”的另一种表达方式，是比喻，也是敬语。

⑫ 剪拂，也可写作“翦拂”，《文选·广绝交论》：“翦拂使其长鸣”，李善注：“‘湔祓’‘翦拂’，音义同。”湔祓，犹言拂除，除垢去恶。《战国策·楚策》：“君独无意湔祓仆也。”在这句诗中，剪拂，指严武在公务上对杜甫的指摘、纠正和批评等。

⑬ 龟、鸟，都是杜甫自喻。他在幕府任职，感到十分不自由，如触网之龟与笼中鸟，想离开职位去山林隐居。

⑭ 西岭，非专名，“西”指山岭的方位，与下一句中的“南江”非专名一样。

⑮ 斤斧，都是砍柴工具，这里以它们代表“砍柴”。

⑯ 束缚，是说在幕府中任职如同受束缚一般。杜甫甘愿受拘束是为了报答严武的友谊。

⑰ 朱扉，幕府的大门。

⑱ 军营中每天黄昏吹号角，画角终，指天时已晚。

⑲ 别业，即别墅，这里指浣花溪草堂。

⑳ 这两句诗以“乌鹊”“驽骀”自比，表明自己十分怕担任职务。传说乌鹊于七夕要在银河上搭桥，马披上鞍荐就要被人骑着走，所以为此愁怕。

㉑ 骀，音“台”（tái），劣马；幪，音蒙（méng），覆盖马背的巾毯之类，这里指马鞍下的垫子。

㉒ 物色，义有多种，这里可解释为事物的本色，诗中指人的个性，天性，自然之性。“物色”的其他解释可见第十二卷《倚杖》注③。

◎ 送舍弟颖赴齐州三首[①]（五律）

岷岭南蛮北，[②]	岷山在南蛮的北面，
徐关东海西。[③]	徐关在东海的西方。
此行何日到，	你这次去哪一天才能到达，
送汝万行啼。	我送你走时，眼泪流了千行万行。
绝域惟高枕，[④]	在这边远地方，我只能静静躺着，
清风独杖藜。	有时迎着清风，独自扶着手杖。
时危暂相见，	在这艰危的时刻只能暂时见面，
衰白意都迷。	我已年衰发白，意绪都已迷惘。

注释：

① 舍弟颖，即杜甫之弟杜颖。第一卷《临邑舍弟书至苦雨黄河泛溢》一诗，就是寄给这个颖弟的。那时，杜颖任齐州临邑县主簿，后便定居齐州。第六卷《忆弟二首》（第一首），所忆的可能也是杜颖，在安史之乱发生后，避乱移居济州，济州离齐州不远，大概后来又回齐州了。据这诗中所说，杜颖自齐州到成都来探望长兄杜甫，不久即归去，这是杜甫为他送行而写的一组诗。

② 岷岭，即岷山，指成都所在之地。南蛮，泛指南方各地。《周礼·夏官·职方氏》："又其外方五百里曰蛮服"。"蛮服"又称"蛮畿"，指距京都遥远，与外族（古代称为"夷狄"）居住区接近之处。

③ 徐关，指古代典籍中所说的"徐州"，包括今江苏最北面，安徽东北及山东东部、南部地方。齐州，也可归入这一地区。东海，非今日所说的东海，而是指今日黄海北部的海岸。

④ 绝域，指蜀地。高枕，在这里不是说"高枕无忧"，而是说不能有所作为。

◎ 其二（五律）

风尘暗不开，　　风尘昏暗，道路都被遮蔽，
汝去几时来？　　不知你去后什么时候再来？
兄弟分离苦，　　兄弟分离，真令人悲苦，
形容老病催。　　又老又病，催我容颜早衰。
江通一柱观，[①]　　这里的江水一直通到一柱观，
日落望乡台。[②]　　太阳下山了，正照射着望乡台。
客意长东北，[③]　　我作客异乡，一直想念着东北方，
齐州安在哉？　　这大地上，哪里是齐州的所在？

注释：

① 一柱观，在荆州，见第十卷《所思》注⑤。杜颖回齐州，先乘船东下，将经过荆州。这句诗表达了对杜颖旅途的关切。

② 望乡台，成都的古迹之一。这句表达了作者滞留成都，怀着思乡之情。

③ 东北，指齐州，因齐州在成都的东北方。

◎ 其三（五律）

诸姑今海畔，[①]　　几位姑母如今都住在海边，
两弟亦山东。[②]　　两个弟弟也住在山东。

去傍干戈觅，	你去寻找他们得从战地经过，
来看道路通。	你再回来时要等待道路畅通。
短衣防战地，③	你身穿短衣，走过战地时得提防，
匹马逐秋风。④	单人匹马，跟随着秋风。
莫作俱流落，	可别像我也成了个流落异地的人，
长瞻碣石鸿。⑤	我在这里一直遥望碣石山的来鸿。

注释：

① 据杜甫所作《唐故范阳太君卢氏墓志》，杜甫有姑母五人，其中有三人已于天宝三载以前逝世，另外两人是杜审言继室卢氏所生。诗中所说“诸姑”，大概是指这两个姑母。

② 杜甫同胞兄弟四人，除杜颖外，最小的弟弟杜占跟随在杜甫身边，其他两弟，即杜观和杜丰。第六卷《得舍弟消息》一诗中所说的“舍弟”是指杜观，住在故乡偃师附近。第十七卷《第五弟丰独在江左近三四载寂无消息》一诗思念的是杜丰。这里所说的“山东”，是指华山以东，包括沿海地区，地域广阔，河南、江东均包括在内。

③ 短衣、匹马，都是想象杜颖在途中的情况。

④ 秋风，指西风，自蜀回齐州，往东北行，故说“逐秋风”。

⑤ 碣石，古籍上所说的碣石山有多处，一般指今河北省昌黎县附近之碣石山。据《书经传说汇纂》引《地理今释》云：“考《肇域志》，山东济南府海丰县有马谷山，即古碣石山。”这地方近齐州，可能诗中所说的“碣石”指此。鸿，“来鸿”之简语，指书信。《仇注》：“鸿雁比兄弟”，在这里恐不合。

◎ 严郑公阶下新松[①]（五律）

弱质岂自负，　　你体质这样柔弱哪里会高傲，
移根方尔瞻。　　把你移栽到阶前才被人们看见。
细声侵玉帐，[②]　　你发出声音虽细小也传进大堂，
疏翠近珠帘。　　绿叶稀疏，靠近门窗上的珠帘。
未见紫烟集，[③]　　没有紫色的烟霭聚集在你的顶上，
虚蒙清露沾。　　徒然蒙受清凉露水的润沾。
何当一百丈，　　什么时候你才能长到一百丈高，
欹盖拥高檐。[④]　　倾斜着伞一样的树冠挨着高屋檐。

注释：

① 这诗咏严武幕府中大堂阶下新栽松树，当是有感而作。未移栽的松苗在苗圃丛聚，体质柔弱，移到堂前以后，才引人注意；虽然有露水滋润，但并未受到祥云的笼罩和庇佑。不过，将来长成百丈大树，还是可以期望的。这样的形象所喻何事，不必曲为解说，但显然是有深刻含意的。这诗作于广德二年秋在成都幕府时。

② 玉帐，见第十一卷《奉送严公入朝十韵》注⑬，这里指节度使府的大堂。

③ 紫烟，即紫气，古代称紫气为祥瑞之气，有神灵护佑。

④ 盖，原义是伞盖，这里借代形状如伞的树冠。

◎ 严郑公宅同咏竹[①]（五律）

绿竹半含箨，[②]　　绿色的嫩竹有一半包在箨叶里，
新梢才出墙。　　新长的枝梢才伸出院墙。

色侵书帙晚，　　　　　　傍晚，绿色映进屋里的书帙上，
阴过酒樽凉。　　　　　　阴影移过时，酒樽显得更清凉。
雨洗娟娟净，　　　　　　雨水把它冲洗得洁净秀美，
风吹细细香。　　　　　　微风吹送着它的淡淡芳香。
但令无剪伐，　　　　　　只要别让人伤害、砍伐，
会见拂云长。[3]　　　　　一定会披空拂云向上长。

注释：

① 这是一首咏严武宅中新竹的诗。大概严武先作了一首咏宅中新竹的诗，于是杜甫又作了这同一题材的诗来奉和。诗中深寄希望于未来，富有涵蓄。

② 箨，音“拓”（tuò），竹笋外面的厚皮。半含箨，指笋长成竹后，箨仍未完全脱落。

③ 拂云长，“长”读阳平声。译诗中的“长”是“生长”之“长”。这句诗是希望竹竿长得很高。拂云，夸张的形容。

◎ 晚秋陪严郑公摩诃池泛舟[1]（五律）

湍驶风醒酒，[2]　　　　　在急流里泛舟，风从醉里吹醒我，
船回雾起堤。　　　　　　掉转船头时，夜雾从堤上升起。
高城秋自落，　　　　　　秋光不觉已降落在高城上，
杂树晚相迷。　　　　　　夜色中，丛杂的树木一片迷离。
坐触鸳鸯起，[3]　　　　　鸳鸯被碰着了吓得飞起，
巢倾翡翠低。[4]　　　　　翡翠鸟的巢也被碰斜，微微低垂。
莫须惊白鹭，　　　　　　可不要再把白鹭惊动，
为伴宿清溪。　　　　　　让它伴我们栖息在清溪。

注释:

①《仇注》引《通鉴注》:"《成都记》云:摩诃池在张仪子城(即成都少城)内,隋蜀王秀取土筑广子城,因为池。有一僧见之曰:'摩诃宫毗罗。'盖胡僧谓摩诃为大,宫毗罗为龙,谓此池广大有龙,因名摩诃池。""摩诃"为梵语音译,意思是大、多、胜等。虽然是陪严武游池泛舟,但诗中写的却是傍晚的池上景色和幽闲的心境,没有表现出任何官场应酬的俗态。

② 湍驶,在急流中行驶。摩诃池,既是水池,似不应有急流。可能是自摩诃池往回行驶时经过湍急的水道。下一句的"船回",是追述离开摩诃池返航时的情景。

③"坐触"与下一句之"巢倾"为对偶,"坐"似乎是名词,同"座"。但"座"必定在船里,又如何能触及鸳鸯。因此仍宜把"坐"字当作虚词理解为好。

④ 翡翠"巢倾"大概不是指覆巢,如为"覆巢",岂不大煞风景。因而把"倾"理解为倾斜,把"低"理解为巢向下低垂。

◎ 奉观严郑公厅事岷山沱江画图十韵[1] (五排)

沱水临中座,[2]	好像沱江流到了座席中间,
岷山到北堂。	好像岷山就在这坐北朝南的堂上。
白波吹粉壁,	白色的波浪向粉墙上冲击,
青嶂插雕梁。	青色的山峰一直刺向雕梁。
直讶松杉冷,	惊讶的是松杉林的寒气也能感到,
兼疑菱荇香。	还疑心嗅到了菱角藻荇的芳香。
云雪虚点缀,[3]	轻轻点画几笔就现出了雪和云,
沙草得微茫。[4]	添上些沙和草,就显得飘渺迷茫。
岭雁随毫末,[5]	画笔的锋毫带出了过岭的雁群,
川蜺饮练光。[6]	水上虹霓好像在饮啜绢上的闪光。

霏红洲蕊乱，	点点红斑，是洲上鲜花纷乱开放，
拂黛石萝长。	洒些黛绿，石上就垂下藤萝长长。
谷暗非关雨，	山谷暗淡却不是由于阴雨，
枫丹不为霜。	枫树一片红并没有经过风霜。
秋城玄圃外，⑦	这秋天的城仿佛离玄圃仙境不远，
景物洞庭旁。	美好的景物好像就在洞庭湖旁。
绘事功殊绝，	这样的绘画技艺真是太奇妙，
幽襟兴激昂。⑧	激起人的幽兴，使人心胸宽广昂扬。
从来谢太傅，⑨	谢安太傅从来就是这样，
丘壑道难忘。⑩	从来没有把山林丘壑的情致遗忘。

注释：

① 厅事，即厅堂。严武的厅堂上挂出了大幅的岷山沱江图，杜甫观看了这幅画，写了这首咏画的诗。诗中既赞美画中山水之美和绘画艺术的高超，又赞美严武虽身负镇守一方的重任，仍不忘情山水之乐的高尚情操。这诗当作于广德二年在成都幕府时。

② 沱水、岷山，都是成都附近的山水。诗中的前六句写画里山水如真实的江山一般，简直像把真的江山移到了堂上。

③ 点缀，指画家的有意点缀。在已大致绘成的画上轻描淡写几笔，便使画面现出了云和雪。

④ 沙草，不是一种植物名称，而是“沙”和“草”，即江畔沙洲和山上野草。这一句也是写画家的构思、布局。

⑤ 毫末，笔锋的尖端。

⑥ 川蜺，指江上之虹彩。“蜺”同“霓”，我国古代传说“虹霓”是动物，雄曰虹，雌曰蜺。虹垂川上，故说它在“饮”水。而这水，并不是水，而是画家在画面上留出的空白处。是空白处，故现出的是白色画绢自身的光泽。

⑦ 玄圃，见第九卷《木皮岭》注⑪。

⑧ 幽襟，向往幽美境界的胸怀。

⑨ 东晋谢安曾隐居东山，后担任国家重任，仍不忘山林之乐。死后赠太傅，世称谢太傅。

⑩ 丘壑，指幽美的山水。道，指人的思想、情怀。

◎ 过故斛斯校书庄二首[①]（五律）

此老已云殁，	这位老人竟离开人世了，
邻人嗟未休。	邻人们一直为他叹惜，至今未停。
竟无宣室召，[②]	在世时，始终没得到皇上的召见，
徒有茂陵求。[③]	像司马相如那样，死后才得到皇上的关心。
妻子寄他食，	妻儿离开这里寄居别处，
园林非昔游。[④]	这已不再是我昔日游赏的园林。
空余穗帷在，[⑤]	只有灵帷还悬挂着，
淅淅野风秋。	秋风吹来，窸窸窣窣发出声音。

注释：

① 斛斯校书，即斛斯融，参看第十卷《闻斛斯六官未归》注①。他死后才得到校书郎的任命，所以称他为“斛斯校书”。诗题下有原注：“老儒艰难，病于庸蜀，叹其殁后，方授一官。”杜甫自梓、阆回成都后，得知斛斯融已死，便去凭吊了他的故居。对他一生的遭遇非常同情，看到故居荒凉之状，心中更觉悲怆。诗中表达了对老友的惋惜、思念之情。

② 宣室，是汉朝长安未央宫前的正室。汉文帝曾在宣室接见贾谊，问鬼神之本。这句诗是说斛斯融生前未能被皇帝召见，未授官职。

③ 汉司马相如家居茂陵，病笃。汉武帝所遣求其著作的使者到达时，相如已死。这句

诗惋惜斛斯融除授官职时已经死去。

④ 园林，指斛斯融故庄园林，杜甫曾与他同游宴于此。

⑤ 穗，音“岁”（suì），是古代的一种稀疏的细布织物。穗帷，即细布做的帷幔，指灵帷或灵帐，人死后，张挂在堂中，前面设灵位，供祭吊之用。这句诗的意思是故庄中除了灵帷而外，看不到其他与斛斯融有关的东西了。这是十分哀痛的话。

◎ 其二（五律）

燕入非旁舍，[①]	燕子仍飞回这里不到别家去，
鸥归只故池。	沙鸥归来，因为熟悉这里的水池。
断桥无复板，	断桥上铺的板也已经失去，
卧柳自生枝。	倒在地面的柳树自己长出新枝。
遂有山阳作，[②]	于是我像向秀经过山阳嵇康故居那样作了怀旧诗，
多惭鲍叔知。[③]	真惭愧啊，你了解我像鲍叔牙对管仲那样深知。
素交零落尽，	往日的朋友们眼看全都逝去，
白首泪双垂。	我这白头老人两行热泪流淌不止。

注释：

①“非旁舍”之“旁”，旧本都作“傍”。“傍”不是“依傍”之“傍”，而是“旁”的另一写法。旁舍，即邻家。

② 晋嵇康被害后，向秀经过嵇康山阳旧居，作《思旧赋》。

③ 春秋时期，鲍叔牙与管仲为知交。管仲说过：“生我者父母，知我者鲍子也。”

◎ 怀旧[1]（五律）

地下苏司业，[2]　　在地下长眠的苏司业，
情亲独有君。　　只有您和我的感情最相亲。
那因丧乱后，　　怎么会在丧乱过后，
便有死生分。[3]　　生和死的界限就在你我之间划分。
老罢知明镜，[4]　　对着明镜，知道自己已够衰老，
归来望白云。[5]　　回到家里来总是仰望白云。
自从失辞伯，[6]　　自从失去你这位诗坛巨子，
不复更论文。　　我就不再和别人评诗论文。

注释：

① 这是广德二年杜甫听到苏源明逝世的消息后所作的一首悼诗。苏源明，是杜甫早年结识的文友，曾任东平太守，后回京任国子监司业。与杜甫结交三十年，广德二年，自秋及冬，关中发生严重饥荒，斗米千文。苏源明受饥死于秘书少监任内。第十六卷《八哀诗》（第六首）详述苏源明事迹和杜甫与他的友谊，可参阅。

② 古代谓人死则入于“地下”，所谓“九泉之下”。译诗增“长眠”一词，使意思更显著些。

③ 死生分，划分了死与生的界限。

④ 这句诗的意思是：从明镜里看出自己已很老。

⑤《庄子·天地》：“乘彼白云，至于帝乡。”望白云，是指想念已成仙升天的人，后往往用来表示对逝去友人的怀念。吕祖谦《诗律武库》卷十三述晋山涛伤嵇康之亡，哭曰：“白云央央，我心悲伤。挥泪望云，云路阻长。”这里是怀念苏源明。

⑥ 辞伯，意思是文坛前辈、文坛权威。苏源明有文百卷（见《八哀诗》第六首）。辞伯，也可写作“词伯”。

◎ 哭台州郑司户苏少监[①]（五排）

故旧谁怜我，　　在老朋友里面谁对我最怜爱，
平生郑与苏。　　一生中郑和苏对我的友谊始终不衰。
存亡不重见，　　活着的人哪里能再见到死者，
丧乱独前途。　　在这骚乱的世上，未来的路我只能独自向前迈。
豪俊何人在，　　到哪里去找你们两位杰出的人才，
文章扫地无。[②]　　到处找遍也看不见好文章存在。
羁游万里阔，　　我羁留异乡，漂泊在万里之外，
凶问一年俱。[③]　　一年里接连两次有噩耗传来。
白首中原上，[④]　　一个白发满头留在中原大地，
清秋大海隅。[⑤]　　一个在远方靠近秋空下的大海。
夜台当北斗，[⑥]　　一个消失在北斗星下面的长夜中，
泉路窅东吴。[⑦]　　一个在东吴的黄泉路上深深藏埋。
得罪台州去，　　一个被判罪贬谪到台州，
时危弃硕儒。[⑧]　　这博学儒生在艰危年代离开人世。
移官蓬阁后，[⑨]　　一个调职到秘书省之后，
谷贵殁潜夫。[⑩]　　默默挨饿，昂贵的粮价把他杀害。
流恸嗟何及，[⑪]　　可叹如今我尽情痛哭也不能补救，
衔冤有是夫。　　死者心中的怨愤竟这样无法表白。
道消诗发兴，[⑫]　　道义消亡，只能借诗抒发感慨，

心息酒为徒。[13]	壮志消失，终日留恋着酒杯。
许与才虽薄，[14]	我才学浅薄，可也曾蒙你们赞许，
追随迹未拘。[15]	让我追随在你们身后，不拘形迹。
班扬名甚盛，[16]	你们的名声像班固扬雄一样盛大，
嵇阮逸相须。[17]	也像嵇康阮籍一样清高放逸。
会取君臣合，[18]	只盼皇上和臣下融洽一致，
宁诠品命殊。[19]	哪里计较什么官位级别的高低。
贤良不必展，	有才能的人不一定能施展，
廊庙偶然趋。[20]	到朝廷上做大臣往往靠偶然机会。
胜决风尘际，[21]	胜利终于在战斗的风尘里获得，
功安造化炉。[22]	大功建立还是靠政治教化的陶冶。
从容询旧学，[23]	苏公从容接受咨询靠原有的学识，
惨淡閟阴符。[24]	郑老辛苦著述论兵的著作却不能问世。
摆落嫌疑久，[25]	我久已摆脱人世间的嫌忌猜疑，
哀伤志力输。[26]	常为心力不如往昔而伤悲。
俗依绵谷异，[27]	按照绵谷水边的异乡风俗过活，
客对雪山孤。	对着雪山，常感到客居的孤寂。
童稚思诸子，[28]	我在少年时代就思慕你们两位，
交朋列友于。[29]	后来和你们结交，亲密得像兄弟。
情乖清酒送，[30]	真是不合常情，竟没有酹杯清酒奠送你们，
望绝抚坟呼。[31]	也甚至不能盼望，有一天扑在你们的墓上哀呼。
疟病餐巴水，[32]	如今我患疟疾，仍饮着巴蜀的水，
疮痍老蜀都。	当人民遭受苦难的时刻，我却在成都府一天天老去。
飘零迷哭处，	长久飘零，痛哭时忘记身在何处，
天地日榛芜。[33]	只觉得天地间长满荆棘，道路荒芜。

注释:

① 郑司户，指郑虔。至德二载肃宗还京后，贬郑为台州司户参军，参看第五卷《送郑十八虔贬台州司户》注①。苏少监，指秘书少监苏源明，参看前一首诗注①。这是杜甫于广德二年得知两人死讯后所写的悼诗。

② 扫地，不是“斯文扫地”的意思，而是扫遍，寻遍各地的意思。《文选·羽猎赋》:“军惊师骇，刮野扫地。”注:“言杀获皆尽，野地似乎扫刮也。”与这里的意思相近。这句诗是说像郑、苏作的那种好文章在这世界上再也找不到了。

③ 凶问，即噩耗，死讯。

④ 中原，指长安，长安地处关中，属于中原地区。这句诗说的是苏源明。

⑤ 大海隅，指台州，因台州地处海边。这句诗说的是郑虔。

⑥ 夜台，指地下。《仇注》引阮瑀诗:“冥冥九泉室，漫漫长夜台。”当北斗，因京都的位置在北斗星下，故说苏源明死后进入北斗星下面的地下。

⑦ 泉路，即“九泉下的道路”，喻死亡。台州，在今浙江省，古代属吴越地区，可以“东吴”代指。窅，音“杳”(yǎo)，原义为深目貌，后引为深远貌。

⑧ 硕儒，即大儒，通儒。弃，指“弃世”，即离开人世而去，指死亡。弃硕儒，是说“硕儒弃世”，而不是说世人“抛弃硕儒”。

⑨ 蓬阁，蓬莱阁之简称，蓬莱阁是秘书省之别名。

⑩ 据《旧唐书》，广德二年秋冬间长安米贵，每斗千文，每斛一万文。第十六卷《八哀诗》(第六首)中说:“长安米万钱，凋丧尽余喘”，这诗中说“谷贵殁潜夫”，暗示苏源明是由于饥饿而死。潜夫，即默默无闻，不受人注意的人，东汉王符著《潜夫论》，他隐居著书，议当时得失，不欲彰显其名，自号“潜夫”。这诗中用“潜夫”来称苏源明。

⑪ 流恸，指哀痛而不加节制的意思。《礼·乐记》:“乐甚则流”。流，指无检束。

⑫ 这两句诗写杜甫早年在长安与苏、郑两人交友时的情况。不专指郑苏，也包括杜甫自己在内。道消，指当时社会风气颓败，正义不能伸张。

⑬ 酒为徒，用《史记·朱建传》中郦生语:“吾高阳酒徒也”。是“与酒徒为伍”之节缩语。意译为“留恋酒杯”。

⑭ 才虽薄，是杜甫自谦语。许与，是郑、苏对杜甫之称许、赞同。

⑮ 追随，指杜甫追随苏、郑之后，与他们同游。迹未拘，指郑、苏不拘于形迹，他们不认为与杜甫交游是降低自己身份，不怕受人嘲讽。《唐书·魏徵传》：“徵为人臣，不能著形迹，避嫌疑，而被飞谤，是宜责也。”著形迹，也就是“拘形迹”，检点、注意自己的形迹。

⑯ 班扬，指汉代的班固和扬雄，都是著名的文学家。

⑰ 嵇阮，指晋代的嵇康、阮籍，文才俊逸，也以放逸任诞著名。

⑱ 会取，意思就是当取。君臣合，指君臣能相互信任了解。

⑲ 诠，评定次序、高低。品命，即品位，指官位。

⑳ 廊庙，指朝廷。《文中子·礼乐》：“在山泽而有廊庙之志。”

㉑ 这句诗说的是安史之乱的平定。

㉒ 造化炉，比喻政治教化的功能。《旧唐书·郑畋传》：“鼓洪炉于圣代，成庶绩于明时。”

㉓ 询，咨询。《书·舜典》：“询于四岳。”《左传·襄四年》：“访问于善为咨，咨亲为询。”这句诗是说苏源明在秘书省任少监时，依靠他原有的丰富学识，回答皇帝和朝臣咨询，毫不觉费力。

㉔ 惨淡，即惨淡经营之意，郑虔辛苦述作，曾著《天宝军防录》一书。阴符，是古代兵书名称，这里借来代替郑虔所作论兵之书。这书不能刊印，未得公之于世，故曰“閟”。閟，即闭藏。

㉕ 嫌疑，指被人猜忌或受到错误的指责。这主要是指杜甫为房琯辩护遭斥，可能还有其他受同僚排挤之事。摆落，指脱离了人事纠纷。

㉖ 志力，心力，精神。输，逊色。

㉗ 绵谷，即绵谷水，又称绵水、绵阳河，是流经成都东北的一条河。这里用它代表成都及附近地区。

㉘ 童稚，作者称自己少年时代。诸子，指郑、苏及当时已著名的一辈人。

㉙ 友于，即兄弟。《书·君陈》：“惟孝友于兄弟”。“于”本为介词，后与“友”连为

一体，当作名词用。如《后汉书·史弼传》："陛下隆于友于。"

㉚ 情乖，乖（违背）于人情。清酒送，指人死出殡时以酒酹地奠祭。

㉛ 望绝，即绝望。抚坟呼，伏身墓上，号呼痛哭。

㉜ 杜甫患疟疾，屡愈屡发，诗集中曾多次提到。巴水，参看第十三卷《南池》注④中所引《三巴记》的话。但在这里，巴水是泛指蜀地水流。

㉝ 这句诗说人世间的道路一天比一天难走。

◎ 别唐十五诫因寄礼部贾侍郎[①]（五古）

九载一相见，[②]	分别了九年才见一次面，
百年能几何。	人生一百年能有多长。
复为万里别，	可您又要和我分别到万里外去，
送子山之阿。	我为您送行，走上这山冈。
白鹤久同林，[③]	我们像长久在同一林中栖息的白鹤，
潜鱼本同河。	也像鱼儿原在同一条河里潜藏。
未知栖集期，	不知什么时候能再聚会在一起，
衰老强高歌。	我不顾衰老，勉力为您放声歌唱。
歌罢两凄恻，	歌声停止了，两人都感到凄恻，
六龙忽蹉跎。[④]	不知不觉已到日落的时光。
相视发皓白，	相互对看，我们头发都已皓白，
况难驻羲和。[⑤]	又怎能留得住驶过天空的太阳。
胡星坠燕地，[⑥]	胡人的妖星已在燕地坠落，
汉将仍横戈。[⑦]	伐叛的将军仍旧横挺着长枪。
萧条四海内，	四海之内到处萧条荒凉，

人少豺虎多。	人烟稀少，却有成群虎狼。
少人慎莫投，	人少的地方可千万别去，
多虎信所过。	经过了才知道那真是虎多的地方。
饥有易子食，	有些饥饿的人家竟易子而食，
兽犹畏虞罗。	野兽也怕碰上人的罗网。
子负经济才，	您有着治理国家的才能，
天门郁嵯峨。[⑧]	通向朝廷的道路却险峻迷茫。
飘飘适东周，[⑨]	如今您又飘飘远去洛阳，
来往若崩波。	来往不停像奔腾的波浪。
南宫吾故人，[⑩]	礼部贾侍郎是我的老友，
白马金盘陀。[⑪]	骑在白马上，马鞍闪着金光。
雄笔映千古，	他笔下的雄文光照千古，
见贤心靡它。	一心希望看见贤才，从不往别处想。
念子善师事，	我想您会向他这位老师好好学习，
岁寒守旧柯。[⑫]	岁寒时守着旧枝柯不改变志向。
为我谢贾公，[⑬]	请您替我向贾公问候，
病肺锦江沱。[⑭]	说我肺部有病躺卧在锦江旁。

注释:

① 唐诫是杜甫很久以前就认识的朋友，到成都不久后又回到洛阳附近去。杜甫写这诗赠给他作别，并请唐诫把这诗带给礼部侍郎贾至看，并向贾至转致问候。贾至于宝应二年任尚书右丞，广德二年转礼部侍郎。这一年九月，贾至到东都（洛阳）掌进士考举，因此唐诫可在洛阳见到贾至。《仇注》引张远注：“时唐十五必往东都赴举，公故寄诗为之先容也。”这只是猜测之词，不能肯定。

② 从广德二年逆数九年，是乾元二年。乾元元年年底杜甫回故乡偃师之陆浑山庄小住，乾元二年二月到东都，初夏回华州。估计杜甫是那年在东京时与唐诫见面和分手的。

③“白鹤”“潜鱼”句，以鹤、鱼比喻，说明两人是同乡，年轻时曾长期同在一起。

④ 六龙，指太阳，传说六龙驾日车。《说文注》："日乘车，驾以六龙，羲和驭之。"蹉跎，古代常用蹉跎表示时光之白白流失。《文选 · 咏怀诗》："娱乐未终极，白日已蹉跎。"

⑤ 羲和，驭日车的神。以此借代太阳。

⑥《史记 · 天官书》"昴曰旄头，胡星也。"诗中以胡星喻史朝义。广德元年正月，史朝义自缢于幽州，河北很快就平定，因此说"胡星坠燕地"。

⑦ 广德元年九月，世袭蕃州都督的将领仆固怀恩叛变，诱回纥和吐蕃兵入侵。回纥吐蕃退兵后，仆固怀恩逃奔灵武以北。汉将，指唐朝讨伐仆固的将领。

⑧ 天门，喻宫门，借代朝廷。郁，指云气郁结。嵯峨，音"瘥蛾"（cuó é），形容高险。这句诗是说唐诫未能顺利到朝廷做官。

⑨ 东周，指洛阳。周平王东迁后，定都洛阳，故可称洛阳为东周。

⑩ 南宫，原指南方的朱鸟、太微等星座所在的空间，后来也以南宫来象征尚书省。东汉郑宏为尚书令，著有《南宫故事》一书，"南宫即指尚书省而言"。唐代仍称尚书省为"南宫"或"南省"。礼部属尚书省，贾至当时在尚书省任礼部侍郎，故称他为"南宫"。

⑪ 见第四卷《魏将军歌》注⑬。

⑫ 大概唐诫原来曾师事贾至，这句诗勉励唐诫如鸟类之坚守故枝一样坚持以贾至为师。岁寒，象征政治环境的恶化。

⑬ 谢，意思是"告诉"。《史记 · 张耳陈余传》："有厮养卒谢其舍中曰：'吾为公说燕，与赵王载归。'"下一句诗，就是所要告诉的话，同时也含有问候之意。

⑭ 沱，江水支流，这里的"江沱"就是锦江。

◎ 初冬[①]（五律）

垂老戎衣窄，[②]　　年纪老了还穿这样的紧身戎装，归休寒色深。[3]　　回家休息时只见满眼寒冬的风光。
渔舟上急水，　　渔舟逆着急流向上行驶，
猎火著高林。　　远处乔木林里闪耀着围猎的火光。
日有习池醉，[4]　　我每天像山简那样在习池痛饮，
愁来梁父吟。[5]　　忧愁时就把《梁父》吟唱。
干戈未偃息，　　刀枪还没有全都放下，
出处遂何心。[6]　　做官和归隐都不合我的愿望。

注释：

① 广德二年初冬，杜甫从幕府中回到浣花溪草堂休假，这首诗抒写他过幽闲生活时的心境。

② 杜甫在节度使幕府任参谋，故身穿狭窄的军衣。

③ 归休，意思是“回来度假”。寒色，即冬天的景色。

④ 习池醉，见第九卷《北邻》注⑤。

⑤ 梁父吟，见第十三卷《登楼》注⑥。这里以“梁父吟”喻隐居者作的诗篇。

⑥ 出处，见第一卷《题张氏隐居二首》第一首注⑤。这句诗表明杜甫并不把个人的“出处”放在心上，关心的是战乱的停止，人民的安宁。

◎ 观李固请司马弟山水图三首[1]（五律）

简易高人意，[2]　　超脱尘俗的高士喜爱简朴，
匡床竹火炉。[3]　　架子床边放个竹片络套的泥火炉。
寒天留远客，　　寒天留我这个远客过夜，
碧海挂新图。　　在墙上挂起一幅新画的碧海图。

虽对连山好，[④]	虽然眼前的连绵山峦够美好，
贪看绝岛孤。	我却贪看那海水围着的孤独岛屿。
群仙不愁思，	那里有一群无忧无虑的仙人，
冉冉下蓬壶。[⑤]	他们正徐徐地飞下蓬壶。

注释：

①《仇注》：“李固当是蜀人，其弟曾为司马，能写山水图。公至固家，固挂其图于壁，而请公题之也。黄鹤编在广德二年。”这只是据题目的文词所作的解释，并无其他根据。就这个题目的语言结构来说，如把“请”字理解为动词，“司马弟”就是“请”的宾语，“山水图”与“司马弟”的关系不明确，缺少了一个动词。看来这个题目的文字是残缺不全的。由于杜甫在严武幕府中遇到一些不愉快的事，求仙学道的思想又有所上升，当他看到一幅山水图时便不由自主地联想到仙境，从那幅画上看到了神仙的活动，并把自己对仙境的向往表达了出来。

②《后汉书·刘向传》：“向为人简易，无威仪，廉静乐道，不交接世俗。”高人，指李固。

③ 匡床，又称“筐床”或“安床”，是一种方正的床。《淮南子·主术》：“匡床蒻席，非不安也。”注：“匡，安也。”竹火炉，大概如今日华中一带农村所用陶质火炉，外面用竹片编成的空花篮状物来络套，以便提在手中。

④“连山”和“绝岛”都是“山水图”中所绘景物。诗人偏爱“绝岛”，因为他虽身在多山的蜀境，却向往着江南和海边。

⑤ 蓬壶，见第三卷《奉赠太常张卿垍二十韵》注②。冉冉，渐进貌。

◎ 其二（五律）

方丈浑连水，[①]	方丈岛四周都连着海水，
天台总映云。[②]	天台山总是被浮云掩映。

人间长见画，[3]　　世间常能看到仙境的图画，
老去恨空闻。　　可叹我到老只听见传闻。
范蠡舟偏小，[4]　　范蠡漫游五湖，乘的船嫌太小，
王乔鹤不群。[5]　　仙人王乔骑鹤，只是独自飞行。
此生随万物，[6]　　我这辈子只能随着万物衰谢，
何路出尘氛。　　去哪里能逃脱人世的尘氛。

注释：

① 方丈，也是海上的仙岛，见第三卷《奉赠太常张卿垍二十韵》注②。

② 天台，山名，在今浙江省，传说是神仙出没之地，有汉时刘晨、阮肇入天台采药，遇见仙人的故事，流传颇广。

③ 画，指仙山的图画。三、四两句是说仙境只能从图画和传说中得知，惜其难以亲见。

④ 范蠡，春秋时越王勾践的臣子，帮助勾践复兴越国，灭亡了吴国，成功之后，变易姓名，漂游于五湖之上。

⑤ 王乔，传说中的仙人，见第三卷《桥陵诗》注㉙。这两句诗是说范蠡那样的弃官而去的隐士和王乔那样的仙人都不可能带着他去归隐和登仙，也就是说归隐和求仙都不是易事。

⑥ 随万物，随万物而“化去”，意思是生命消失后复转化为非生物。这也就是死亡。既不能成仙长生，只能最后死去。另外，“随万物”也有随流俗，庸庸碌碌过一辈子的意思。不能归隐，只能做个碌碌无为的“众人”。

◎ 其三（五律）

高浪垂翻屋，[1]　　高高浪头落下，房屋也将被打翻，

崩崖欲压床。	山崖崩塌，似乎要压向卧床。
野桥分子细，②	远处桥梁画得仔细，能看得分明，
沙岸绕微茫。	海水环绕着沙岸，一片渺茫。
红浸珊瑚短，	水里浸的红珊瑚只露出短短一截，
青悬薜荔长。	悬挂在峭壁上的薜荔又绿又长。
浮查并坐得，③	浮在海上的仙槎足够两个人并坐，
仙老暂相将。④	仙人啊，请暂且把我这老人带上。

注释：

①“高浪”“崩崖”两句写画上的形象十分真实，使人误把它当作真的事物，与真事物相混在一起。

② 子细，即“仔细”。三、四两句诗写画面的细致、明晰与模糊、含蓄的相辅相成。

③ 浮查，即浮槎，指木筏或竹筏。《拾遗记》：“尧时有巨槎浮于西海，其上有光若星月。”并坐得，能容得下两人并排坐着。

④ 仙老，指“仙人”和“老翁”（杜甫自谓）。相将，相携。

◎ 至后① （七律）

冬至至后日初长，②	冬至节过后白昼开始变长，
远在剑南思洛阳。③	我在遥远的剑门关南思念洛阳。
青袍白马有何意，④	穿青袍，骑白马，这样的生活又有什么意味，
金谷铜驼非故乡。⑤	金谷园，铜驼陌，那里已经不是我的故乡。
梅花欲开不自觉，	梅花快开了，它们自己却不知道，
棣萼一别永相望。⑥	兄弟分别后却总是一直相互想望。

愁极本凭诗遣兴，	愁闷到极点时作诗本是为了排遣，
诗成吟咏转凄凉。	没想到诗作成吟咏时更觉得凄凉。

注释:

① 至后，指冬至后一日。这诗是广德二年冬至节后一日所作，故以“至后”为题。诗中抒写旅居成都思念故乡和兄弟的情怀和愁闷的无法排遣。

② 冬至，是节气名。这句诗中紧接在“冬至”一词后的“至后”意思是“到了以后”与诗题中的“至后”不同。

③ 剑南，唐代的道（一种大行政区域）名。剑南道，指今四川省剑阁以南、巫峡以西及甘肃南部、云南东北部地区。译诗中写作“剑门关南”，以便于了解。

④“青袍白马”指在节度使幕府中任职时的休假生活。参看本卷《遣闷奉呈严公二十韵》注⑤。

⑤ 金谷园和铜驼陌是洛阳的名胜古迹。晋石崇在洛阳城西北之金谷涧（又称金水）畔筑金谷园。东汉时在皇宫南置两铜驼，夹路相对，人称此路为铜驼陌。这句诗的意思是物在人非，经过安史之乱，故乡已不复是当年的故乡了。

⑥ 棣萼，借代兄弟。《诗·小雅·常棣》：“常棣之华，鄂不韡韡，凡今之人，莫如兄弟。”

◎ 寄贺兰铦[①]（五律）

朝野欢娱后，[②]	朝廷和民间欢乐的时光过去了，
乾坤震荡中。[③]	天地间正经受着巨大的震动。
相随万里日，	我和您一起流落到万里外，
总作白头翁。	如今又同样成了白发老翁。

岁晚仍分袂，	一年将尽，依然不能和您相聚，
江边更转蓬。④	我快要离开这江边，像到处飘转的飞蓬。
勿云俱异域，	请别说我们都在异乡，
饮啄几回同。⑤	在一起吃顿饭的机会也很难逢。

注释：

① 第十二卷《赠别贺兰铦》一诗，是广德二年初在阆州送别贺兰铦时所作。这诗则是同年年底在成都寄给贺兰铦的诗。诗中写别情不只是抒发个人之间的怀念，而是把友人的分别和难以聚首放在国家动乱的环境中来思考，因而深化了诗的意境。

② 朝野，指朝廷和民间。欢娱，指天宝十四载安史之乱爆发前唐朝繁荣、安定的生活。

③ 这句诗说的是安史乱后直到广德二年，唐朝的动荡不安。

④ 江边，指成都。这句诗是说还将要从成都再向远方飘流。

⑤《庄子·养生主》："泽雉十步一啄，百步一饮，不蕲畜乎樊中。"说的是自在逍遥的生活。这诗中的"饮啄"也有这样的意思，但同时也是指具体的饮食。最后两句诗是说两人都离开了故乡，但同在异乡也很难得见面。

◎ 送王侍御往东川放生池祖席①（五律）

东川诗友合，	许多诗友都聚集在东川，
此赠怯轻为。②	可不敢轻率写这篇赠给您的诗。
况复传宗匠，③	何况您又继承了大诗人的传统，
空然惜别离？④	怎能空泛地表达些惜别的情意？
梅花交近野，	不远处的郊野上株株梅花盛开，
草色向平池。⑤	草色青青，伸向水面平岸的深池。

傥忆江边卧，　　如果您挂念我这个卧病江边的人，

归期愿早知。[6]　　请早些告诉我您归来的日期。

注释：

① 杜甫在蜀时所结交的王侍御有两人，一是王二十四侍御契，一是王十七侍御抡（即王彭州抡）。不知（应以王契为合）这诗中所说的王侍御是何人，可肯定的是杜甫的一位诗友，而且是一位著名诗人的晚辈。他从成都到东川去，当时东川治梓州。“放生池祖席”，是说在成都的放生池为王侍御设宴饯行，这诗是为这次送行所写。诗中写到初春风光，可知是永泰元年（765 年）初所作。

② 此赠，指这篇赠诗。轻为，轻率的写作。怯，指心中之胆怯犹豫。前一句说“东川诗友合”，这诗必定会为许多诗友看到，因而作诗时有些胆怯。

③ 传宗匠，指王侍御的作诗是宗匠所传授。宗匠，意思是大师，这里是指大诗人。匠，旧本作“近”，《仇注》本改为“匠”。这改订是正确的，但仇氏未提出充足的理由。按《爨龙颜碑》中之“匪”字写作“逛”，“匠”写作“近”，《高猛妻元瑛墓志》中的“匹”写作“迊”，清王澍《书法剩语》中“匠”也写作“近”。可见古代把“匚”的“乚”写作“辶”是很通常的。“近”只不过是“匠”的异体字。

④ 空然，不是指送走王侍御，感到精神空虚，而是指诗的惜别内容写得太空泛。原诗句含有反问语气。

⑤ 平池，指水与岸边相平的池。

⑥ 归期，指王侍御自东川返成都的日期。

◎ 正月三日归溪上有作简院内诸公[1]（五律）

野外堂依竹，　　郊外的草堂靠近竹林，

篱边水向城。　　篱边的溪水流向府城。

蚁浮仍腊味，[②] 浮着泡沫的新酒还有腊酒的滋味，
鸥泛已春声。[③] 水上游的沙鸥已发出春天的叫声。
药许邻人斸，[④] 园里的药草让邻人随意采掘，
书从稚子擎。[⑤] 藏书任小儿子去拿不用我烦心。
白头趋幕府， 头发白了还要到幕府去任职，
深觉负平生。 深深感到这不合我的本性。

注释：

① 据前人的研究，凡杜甫诗题中写明日期的都与节气有关。这诗题中写明“正月三日”，可知这天是永泰元年（765年）的立春。杜甫终于辞去幕府职务回到草堂来住，作了这首反映草堂安恬生活和当时心情的诗寄给幕府同僚。

② 蚁浮，古代酿酒成熟，连酒面浮沫一起倾入酒盆取饮，俗称这样的浮沫为“蚁浮”。以这名称来称酒多为新酿的酒。腊味，指腊月以前酿，贮藏了一个时期的酒的独特滋味。

③《仇注》：“春声，鸥泛春水而有声也”。可能是指鸥鸟的求偶声。

④ 药，指杜甫在草堂药草园中所种的药草。斸，音“主”（zhǔ），砍，掘。

⑤ 稚子，指宗武。擎，意思与“持”相同。这句诗的意思是说允许小儿子随意把藏书拿去读。

◎ 敝庐遣兴奉寄严公[①]（五排）

野水平桥路， 郊野的溪水涨得和桥、路一般平，
春沙映竹村。 春天的沙洲映带着竹林边的江村。
风轻粉蝶喜， 风这么轻柔，粉蝶感到欣喜，

花暖蜜蜂喧。	花丛里多温暖，蜜蜂在喧腾。
把酒宜深酌，	拿起酒杯就该尽量斟满，把酒喝够，
题诗好细论。	诗想好就该写出和大家细细评论。
府中瞻暇日，[②]	在幕府里常盼望闲暇的日子，
江上忆词源。[③]	回到江边却总想起您这位擅长作诗的人。
迹忝朝廷旧，[④]	往昔有幸同您一起在朝廷里任职，
情依节制尊。[⑤]	如今您念旧情，让我依靠主帅的威望托身。
还思长者辙，[⑥]	我期望您的马车能来到这里，
恐避席为门。[⑦]	又担心您不愿来我这破席遮门的人家访问。

注释：

① 敝庐，杜甫自称他的浣花溪草堂。这首诗写永泰元年诗人辞职回草堂后的生活状况，向严武表达感激之情，并请他到草堂来一游。

② 府中，指节度使幕府。暇日，指假日。

③ 江上，指浣花溪边。词源，喻严武，因为严武也善于作诗。

④ 这句诗说的是杜甫与严武于至德二载（757 年）至乾元元年（758 年）同在朝中任职的事。

⑤ 节制，指剑南节度使这一职务，这里是指严武。

⑥ 长者，指严武。参看第一卷《对雨书怀走邀许主簿》注③。

⑦ 席为门，以草席代门的人家，指贫寒人家。《史记·陈丞相世家》：“以弊席为门，然门外多长者车辙。”这句诗反映出杜甫的疑心，怕严武不愿来访。

◎ 营屋[1]（五古）

我有阴江竹，[2]	我有一片遮阴着江边的竹园，
能令朱夏寒。[3]	夏天在那里也能使人感到微寒。
阴通积水内，[4]	阴影一直延伸到深水上面，
高入浮云端。	高高竹梢刺入飘浮的云端。
甚疑鬼物凭，[5]	真疑心有鬼怪依凭着这竹林，
不顾剪伐残。	一定得修剪，顾不得使它伤残。
东偏若面势，[6]	向东偏一些，就能顺势远眺，
户牖可永安。	门户也就可以永保平安。
爱惜已六载，	我爱护保养这竹林已经六年，
兹晨去千竿。	今天一个早晨砍掉了一千竿。
萧萧见白日，[7]	枝叶稀疏了，露出了太阳，
汹汹开奔湍。	奔腾的急流也能显露在眼前，
度堂匪华丽，[8]	当初计划造草堂时并不想华丽，
养拙异考槃。[9]	只图能安稳过活，不像古代圣贤隐居游乐在山涧边。
草茅虽薙葺，[10]	虽然割茅草盖屋顶要忙一阵，
衰疾方少宽。	身上的老毛病倒反而稍稍舒缓。
洗然顺所适，[11]	心里清净，不论怎样都觉得适意，
此足代加餐。	这样生活简直能代替加餐。
寂无斤斧响，[12]	等到刀斧声全都寂静，
庶遂憩息欢。	我就能休息得更加意满心欢。

注释：

① 营屋，指修葺草堂。诗的主要内容是整修竹林的事。自上元元年开始营建草堂，植造竹林，到永泰年初已六年，竹林长得过密过广，必须砍掉一部分。草堂上盖的茅草也

要修补一番。忙碌于这些事务，身心反觉舒畅。诗中反映了这样的心情。

② 阴，同“荫”，意思是遮掩。

③ 朱夏，即夏季。《尔雅·释天》：“夏为朱明”。汉代郊祀迎夏乐歌的歌辞是：“朱明盛长，旉与万物”。《吕氏春秋·有始》：“西南曰朱天”。注：“西南，火之季也，为少阳，故曰朱天。”按“朱”字与“火”、与“炎热”有关，故夏季称“朱夏”。

④ 阴，名词，即阴影。积水，深水，这里是指溪水中心最深处。

⑤ 古代迷信，谓树林茂密，光线阴暗处是鬼物藏身的地方。

⑥ 东偏，使竹林向东偏一些，也就是要把向西延伸的竹林砍去一部分；《仇注》引鲜于注：“若，顺也。”面势，见第七卷《寄赞上人》注⑥。下一句“户牖可永安”，因不受竹林遮阴，便可免鬼物为害。参看注⑤。

⑦ 萧萧，多用于风声，这里是稀疏貌。

⑧ 度堂，指营建草堂前的打算、规划。

⑨ 养拙，指不追求名利的清贫生活。《诗·卫风·考槃》：“考槃在涧，硕人之宽。”注：“考，成也，槃，乐也。”“美贤者隐居涧谷之间，而硕大宽广无戚戚之意也。”这诗中以“考槃”喻隐居游乐的生活。

⑩ 薙，除草。葺，以茅草盖屋。这句诗里指修葺草堂的劳动。

⑪“洗然”的“洗”，音“显”（xiǎn）。《仇注》引《潘岳传》：“吾子洗然，恬淡自逸。”洗然，指思想上的清净，无牵挂。

⑫ 无斤斧响，表示修整草堂的工作已完成。

◎ 除草[①]（五古）

草有害于人，	杂草对人有害处，
曾何生阻修。[②]	不用多久就长得道路难走。

其毒甚蜂虿，[③]	它的毒比胡蜂、毒虫还要厉害，
其多弥道周。	长得那么繁盛，长满道路四周。
清晨步前林，	清晨我到堂前的树林里散步，
江色未散忧。	江上景色也不能消除我的烦忧。
芒刺在我眼，[④]	那些毒草就像芒刺扎在我眼里，
焉能待高秋。	得马上除去，哪里能等到深秋。
霜露一沾凝，	等到霜露开始在草上凝结，
蕙叶亦难留。[⑤]	芳香的蕙草叶也就难存留。
荷锄先童稚，	我扛起锄头走在年轻人前面，
日入仍讨求。[⑥]	太阳下了山还锄个不停手。
转致水中央，[⑦]	把锄下的毒草运送到溪水中心，
岂无双钓舟。[⑧]	好在我有两艘钓舟。
顽根易滋蔓，	顽固的草根容易滋长蔓延，
敢使依旧丘。	怎能让它们挨近原来生长的山丘。
自兹藩篱旷，	从此篱笆前面显得开阔，
更觉松竹幽。	松树竹林使人更觉清幽。
芟夷不可阙，	除草的功夫就是不能缺少，
疾恶信如仇。	的确是这样，应该这样疾恶如仇。

注释：

① 这首诗写在草堂园中除草的事。原注："去蕁草也。蕁音潜，山韭"，即今之荨麻。全家动员，人人动手，把这种害草全除去了。诗人在除草的过程中体会到社会生活中也有像杂草一样的恶人，必须像厌恨杂草一样地疾恶如仇。这诗当作于广德二年秋。

② 浦起龙解释这一句说："曾何生阻修"者，言"何尝尽在辽远，虽肘腋间亦有之。"把"阻修"理解为辽远的道路。《古诗十九首·行行重行行》："道路阻且长。"于是以"阻修（长）"代替远方的道路，但这样解释很勉强。"曾何"不同于"何曾"，不能解为"何尝"，而是"曾几何时"的节缩语，而"阻修"，则是形容杂草长得阻

塞了道路。

③ 虿，音“瘥”（chài），蝎子一类毒虫。

④ 芒刺在背，今日仍为常用成语。诗中以芒刺扎眼来比喻荨麻草的生长使诗人感到不舒服，不能忍受。

⑤ 蕙，一种香草。这句诗是说，霜露凋残百草之后，便分不出香草毒草，美恶不分，无法辨别清除，一定要在霜前把毒草除尽。

⑥ 讨求，指寻找毒草，目的是把它锄去。

⑦“转致水中央”的是毒草及其宿根。丢入水中，防止它再滋生。

⑧ 双钓舟，运送毒草到溪心的两条小船，既有两条小船可用，就有条件彻底防止毒草再生长蔓延。为什么有船而不用呢，译诗把原诗的反问句改写作叙述句。

◎ 春日江村五首[①]（五律）

农务村村急，	每个村里，农活都很忙碌，
春流岸岸深。	每处岸边，春水都涨得很高。
乾坤万里眼，[②]	在天地间我常放眼万里之外，
时序百年心。[③]	看季节变换就感到人生易老。
茅屋还堪赋，[④]	这茅屋也还值得称道，
桃源自可寻。[⑤]	世外桃源那样的地方总该能找到。
艰难昧生理，	岁月艰难，我又不善谋生，
飘泊到如今。	漂泊，漂泊，一直漂泊到今朝。

注释：

① 这一组诗写于永泰元年春，反映了杜甫闲居浣花村的生活和思绪。当时杜甫尚未辞去

幕府职务，过的是“兼吏隐”的生活，但仍充满矛盾：不做官即无衣食来源，而做了官就不能闲适怡悦。最后一首诗哀贾谊有才，未获重用，王粲思乡，难归故里。实际上也正是杜甫为自己平生的最大憾事感叹。

② 由于怀念故国，所以常从江村向万里外眺望。

③ 百年，喻人之一生。心，指心中的激动感慨等。这句诗是说看见时序变化，惊叹人生之易老。

④ 赋，《楚辞·招魂》：“人有所极，同心赋些”。这里的“赋”即“诵”，意思是“言”。“堪赋”译为“值得称道”。

⑤ 这句诗表明杜甫并无终老浣花草堂之意，他还要去寻找一个“桃花源”那样的避世隐居的地方。

◎ 其二（五律）

迢递来三蜀，[①]	走过漫长的路程来到蜀地，
蹉跎又六年。[②]	又一无所成地度过了六年。
客身逢故旧，	身在异乡可也常遇见老朋友，
发兴自林泉。	雅兴勃发，全靠这幽美林泉。
过懒从衣结，[③]	实在太懒散了，任听衣裳褴褛，
频游任履穿。	常常游山玩水，不顾鞋底磨穿。
藩篱颇无限，[④]	这篱笆并不能阻挡我的视线，
恣意向江天。	可以尽兴地眺望江水和远天。

注释：

① 左思《蜀都赋》：“三蜀之豪，时来时往。”注：“三蜀，谓蜀郡、广汉郡、犍为郡也。”这诗中的“三蜀”泛指蜀地。用“三蜀”这一名称，是为了和下一句中的

"六年"对偶。

② 杜甫于乾元二年（759 年）冬入蜀，到永泰元年（765 年），已六个年头。

③"鹑衣百结"喻衣衫褴褛。衣结，意思与此相同。

④ 无限，与现代汉语中常见的"有限""无限"的意义不同，古代的"无限"，用其直义：无所限制，不受阻碍。

◎ 其三（五律）

种竹交加翠，	我种的丛竹，翠绿重重叠映，
栽桃烂漫红。	我栽的桃树，灿烂的红花盛开。
经心石镜月，①	照射到石镜上的月光使我留连，
到面雪山风。	扑面的凉风是从雪山吹来。
赤管随王命，②	按照皇上的命令赐给我赤管笔，
银章付老翁。③	还赐一颗银印给我这老翁佩戴。
岂知牙齿落，	哪里想得到当我牙齿脱落之年，
名玷荐贤中。④	荐贤的奏章上竟有我的名字在。

注释：

① 石镜，成都著名古迹。见第十卷《石镜》一诗及注①。三、四两句借写景物表明地点。

②《仇注》《汉官仪》："尚书令、仆、丞、郎，月给赤管大笔一双，椽题曰：'北宫著作'。"授赤管笔，表示得到尚书省官职的任命。

③ 银章，即银印。据汉朝制度，凡秩比两千石以上的官吏皆授银印。据《仇注》所引顾宸注："唐时无赐印者，公时已赐绯，因其有随身鱼袋而言耳。"这一句和上一句，写的都是授检校工部员外郎的事。

④ 玷，玷辱，是自谦之词。译诗没有译写出来。

◎ 其四 （五律）

扶病垂朱绂，[①]	带着病我还垂挂着朱绂，
归休步紫苔。	休假回家，在紫色苔藓上漫步。
郊扉存晚计，[②]	我原打算晚年在郊外家里闲居，
幕府愧群材。	进入幕府，对着贤才们我自愧不如。
燕外晴丝卷，[③]	晴空中，飞燕身边游丝袅袅，
鸥边水叶开。	沙鸥旁的水面上翠叶平铺。
邻家送鱼鳖，	邻人给我送来了鱼鳖，
问我数能来。[④]	还问我能不能常回家来小住。

注释:

① 垂朱绂，喻担任官职。朱绂，见本卷《村雨》注③。

② 郊扉，指郊外家中。《杜臆》:“郊扉以存晚计，已将终老于此。”

③ 晴丝，见第十三卷《绝句六首》第五首注②。

④ 数，当读“朔”（shuò），屡次，经常。

◎ 其五 （五律）

群盗哀王粲，[①]	王粲当年为群盗骚乱哀伤，

中年召贾生。[②] 贾谊中年时奉召去见皇上。
登楼初有作， 登上当阳城有感触才作赋，
前席竟为荣。 答问引得皇帝前移座席也毕竟荣光。
宅入先贤传，[③] 他们的住宅遗址载入了《先贤传》，
才高处士名。[④] 名声靠高才而不是靠官职传扬。
异时怀二子， 我和他们不是同时人却怀念他们，
春日复含情。 何况在春天，情怀就更加激荡。

注释：

① 王粲，见第十卷《一室》注④。群盗，指东汉末年混战的军阀。

② 贾生，指汉代的贾谊，二十余岁时就有才名，文帝召为博士，迁至太中大夫。后受谗谤，出为长沙王太傅。过了一年多，文帝想起了贾谊，召他到未央宫之宣室，问鬼神之本，至夜半，文帝前席。

③ 襄阳有王粲宅、井遗址；长沙有贾谊宅、井遗址。古代有《楚国先贤传》《汝南先贤传》等书，记载古代贤人事迹。他们的宅、井能留传后世，表明人民思念他们。

④《仇注》："曰处士名者，谓才名高出于处士，非指二子为处士。"解说得不清楚。按"处士"是指没有官位的人。王粲和贾谊之所以名留百世，并不是靠他们的官位，而是靠他们的才能。不依官位而能得名，与处士之得名无异。

◎ 长吟[①]（五律）

江渚翻鸥戏， 洲渚边群鸥翻飞嬉水，
官桥带柳阴。 官桥旁排开柳树的绿荫。
花飞竞渡日，[②] 龙舟竞渡的日子落花已飘飞，
草见踏青心。[③] 绿草遍地引得人们想去踏青。

已拨形骸累，[④]	我已把尘俗的牵累摆脱，
真为烂漫深。[⑤]	让我从此任意游乐玩个尽兴。
赋诗新句稳，	新写出一首诗觉得字句还妥帖，
不觉自长吟。[⑥]	不觉独自把它长久诵吟。

注释：

① 这首诗最初是卞圜本所收，后黄鹤、吴若本中也收入了。大概是永泰元年春杜甫辞去幕府官职后所作。从欣赏风景和吟诗中，表现出诗人悠闲自在的心态。

② 据《仇注》，唐代的中和节（二月初一）也举行竞渡的游戏。

③《仇注》：“‘踏青心’有两说，一云是踏青草之心，一云人有踏青之心。前说为近。”踏青，我国从古至今都有的一种活动，即春节的郊游。译诗仍按后说译写。

④ 形骸累，即世俗生活的牵累（主要指做官）。前人就是根据这句诗断定杜甫作此诗时已辞去幕府职务的。

⑤ 烂漫，指不受拘束地尽情游乐。

⑥ 最后两句诗，是说心境十分悠闲，毫无牵挂。

◎ 春远[①]（五律）

肃肃花絮晚，[②]	桃花、柳絮很快地衰残，
菲菲红素轻。[③]	红花白絮纷纷飘得轻盈。
日长惟鸟雀，	漫长的白昼，只看见鸟雀飞来，
春远独柴荆。[④]	春天渐渐远了，只留下寂寞的柴门。
数有关中乱，	关中一次接一次动乱，
何曾剑外清。[⑤]	剑门关外又哪里有过安宁。

故乡归不得，　　故乡虽在，我却不能回去，
地入亚夫营。[⑥]　　那里的土地已经圈入军营。

注释：

①《仇注》引顾宸注："春远，犹言春深也。"从字面来看，春远，是指春天去远，那么就该是初夏了，但诗中所写仍是暮春景色。事实上，是从一个季节变化为另一个季节，所谓"春远"，只是在人的主观上形成的一种感觉和情绪。这首诗虽写了自然景物，但主要的却是写人的感受，在暮春的寂寞中思念着故乡，体验着有家归不得的痛苦。这诗作于永泰元年春末夏初。

②"花絮"与"红素"所指的是同一物。红花，指桃花，白（素）絮，即柳絮。肃肃，疾速貌。《诗·召南·小星》："肃肃宵征。"《尔雅·释诂》："肃，疾也，速也。"郝懿行义疏谓"肃"与"速"通。

③ 菲菲，可用于形容香气、美丽和纷乱，这里是指纷纷飘落之状。

④ 柴荆，柴荆编的门，指家。这句诗所表达的是寂寞之感。

⑤ 剑外，指剑门关南面，即蜀境。

⑥ 亚夫营，汉代的周亚夫治军有方，曾在长安郊外之细柳驻兵，称细柳营。这里以亚夫营泛指驻军营地。故乡成了军营，可见时局仍很混乱。

◎ 绝句三首[①]（五绝）

闻道巴山里，[②]　　听说巴山里的江流，
春船正好行。　　春天，船正好乘涨水航行。
都将百年兴，[③]　　我要带着一辈子的渴望，
一望九江城。[④]　　去看看那九江边的古城。

注释:

① 这是杜甫住在成都草堂时写的一组诗，写的是春天的生活和思绪，大约是写于永泰元年春季。

② 巴山，川北有大巴山。这里是泛指巴蜀境内的山，兼指巴山地区的水流。

③ 百年兴，指一生中所一直期望的事。

④ 九江城，不是今江西省的九江市。而是指长江中游的荆江边的城市，指荆州。参看第十卷《所思》注④。

◎ 其二（五绝）

水槛温江口，[①]　　临水的栏杆正对温江口，
茅堂石笋西。[②]　　草堂坐落在石笋西面。
移船先主庙，[③]　　小船能一直划到先主庙前，
洗药浣沙溪。　　洗药就在这浣花溪边。

注释:

① 温江，是岷江的支流，流经成都西南。水槛，指杜甫草堂之水亭。参看第十三卷《水槛》注①。

② 石笋，见第十卷《石笋行》注①。

③ 先主庙，即刘备庙。参看第十三卷《赠王二十四侍御契四十韵》注㊳。

◎ 其三（五绝）

漫道春来好，　　且别夸说春天天气好，
狂风太放颠。　　春风吹起来可太狂颠。
吹花随水去，　　吹得花落尽随水流去，
翻却钓鱼船。　　连钓鱼船也被它吹翻。

◎ 三韵三篇[1]（五古）

高马勿捶面，[2]　　高头大马不能鞭挞它的脸，
长鱼无损鳞。　　长身的巨鱼可不能损伤它的鳞。
辱马马毛焦，[3]　　马受辱，毛色会变得焦黄，
困鱼鱼有神。[4]　　鱼受困，它更要焕发精神。
君看磊落士，[5]　　你看那些胸襟坦荡的男子汉，
不肯易其身。[6]　　从不肯改变他们的行为和决心。

注释：

① 这种诗的形式是较少见的，每篇六句，隔句押韵，凡三韵。以诗的形式为诗题，等于无题诗。这三首诗是以议论为主要内容的诗，风格质朴，类似古代歌谣。黄鹤订这一组诗作于永泰元年。

② 捶，通“棰”，马杖，与马鞭相似。《庄子・至乐》：“撽以马捶。”

③ 焦，焦黄色，马病则毛色发黄。

④ 鱼有神，可理解为鱼能变化为龙，显露出灵异，也可理解为更有精神，拼命挣扎。后者似乎更合于常理。

⑤ 磊落，可理解为外形的俊伟，也可理解为光明正大的胸怀。译诗从后一种理解。

⑥ 易其身，浦起龙："易，犹轻也。轻身则困辱至。"按"易"也可作"改变"解。身，指"立身行事"，也就是志向。易其身，是指改变志向。意译为"改变行为和决心。"最后两句，是这首诗立意所在。

◎ 其二（五古）

荡荡万斛船，[①]	又宽又长的万斛大船，
影若扬白虹。[②]	帆影像白虹一样在江上飘动。
起樯必椎牛，[③]	竖桅杆一定先要宰头牛，
挂席集众功。[④]	挂帆要众人合力才能成功。
自非风动天，	如果不是刮大风的日子，
莫置大水中。[⑤]	可别把这大船放进大江中。

注释：

① 荡荡，广大貌。《书·洪范》："王道荡荡，无党无偏。"蔡传："荡荡，广远也。"焦循《孟子正义》："荡荡，广远之称，广远，亦大也。"古代以十斗为"斛"，宋代以后以五斗为斛。万斛船，即"千石船"。

② 影，指帆影。

③ 起樯、挂席，都是指开船。椎牛，以巨大木椎击牛以毙之，这是古代宰牛的一种方法。

④ 这两句诗是说大船启航时的隆重仪式。

⑤ 大水，指广阔的江流。大船原泊于港内，起风才能开船，开船前要把船先移置广阔的江水中。这首诗的含意丰富，不宜简单化地说它的寓意是什么。

◎ 其三（五古）

烈士恶多门，[①]	坚持节操的人厌恶反复无常，
小人自同调。[②]	卑鄙的小人惯会投人所好。
名利苟可取，	如果名利能够得到，
杀身傍权要。	哪怕丢掉性命也要向权贵投靠。
何当官曹清，	等到官场风气变得清正，
尔辈堪一笑。[③]	你们这些人就只能落得一场讪笑。

注释：

① 烈士，一作"列士"。如作"列士"，就是泛指在朝廷中任官职的人。作"烈士"似较好，指坚持节操的人。"多门"的"门"是"五花八门"的"门"，通常指门类、派别。这里主要指政治主张的多变化，无原则，反复无常。

② 同调，同一作风，同一品格。自同调，是说对各种各样的人都能合得来，也就是能投别人之所好。

③ 尔辈，指前面所说的"小人"。一笑，指广大群众的嗤笑。这首诗的含意十分显著，揭露了趋炎附势者的丑恶嘴脸。

◎ 天边行[①]（七古）

天边老人归未得，[②]	流落在天边的老人不能回家，
日暮东临大江哭。	傍晚时面朝东对着大江哀哭。
陇右河源不种田，[③]	陇右、河源的田地没人耕种，
胡骑羌兵入巴蜀。[④]	胡人、羌人兵马如今已侵入巴蜀。

洪涛滔天风拔木，	波浪滔天，狂风拔起树木，
前飞秃鹙后鸿鹄。⑤	前面飞的是秃鹙，后面跟着鸿鹄。
九度附书向洛阳，⑥	托人带信到洛阳已经九次，
十年骨肉无消息。	十年了，至亲骨肉仍音讯全无。

注释：

① 这首诗抒写一位与家人失散十年的老人的悲痛。从这位老人的身上，可以看出天宝末年以来的战乱给人民所造成的深重苦难。用诗的最前两个字“天边”为题。从天宝十四载（755 年）安史之乱发生到永泰元年（765 年）为十年，故可订此诗为永泰元年所作。

② 天边老人，不宜看成是杜甫自己。因为诗中所写的苦难是广大人民所普遍经受的。这位老人，是诗歌中创造出的典型形象。杜甫在乾元二年（759 年）曾回到偃师县的陆浑山庄，了解了几个弟弟的情况，当时曾写了几首有关的诗（见第六卷《忆弟二首》，《得舍弟消息》）。杜颖于杜甫返成都后还到成都来探望过兄长，杜甫在本卷《送舍弟颖赴齐州三首》诗中也还曾提到其他弟弟的消息，而这篇诗的末句却说“十年骨肉无消息”。由此可见“天边老人”并非杜甫自谓。

③④ 陇右河源，指陇山西面和青海黄河上游一带。广德元年，吐蕃侵占了陇右地区。战争接连不断，所以农民无法种田。接着吐蕃兵勾结党项羌进犯蜀境西部的松、维、保三州，故说胡羌入巴蜀。

⑤ 鹙，音“秋”（qiū），古代的一种头部和颈部无毛的水鸟。这句诗是说，战乱如洪涛，如狂风，使鸟类也不得安宁，不论丑陋的鸟如秃鹙或珍贵的鸿鹄都同样被惊得飞走。

⑥ 杜甫的故乡在洛阳附近。但这里并不是指杜甫的故乡而言，而只是把它看作“天边老人”的“故乡”。

◎ 莫相疑行[1]（七古）

男儿生无所成头皓白，	男子汉没有一点成就已经头发雪白，
牙齿欲落真可惜。	牙齿也要脱落了，这真叫人叹惜。
忆献三赋蓬莱宫，[2]	回忆当年把三篇赋献到蓬莱宫，
自怪一日声烜赫。[3]	名声突然显赫，自己也觉得奇异。
集贤学士如堵墙，[4]	集贤院的学士们围聚像爿墙，
观我落笔中书堂。[5]	看我在中书省大堂上落笔书写。
往时文彩动人主，[6]	往日我的文采吸引了皇帝的注意，
此日饥寒趋路旁。[7]	如今却趋避在路边，挨冻受饥。
晚将末契托年少，[8]	晚年和年轻人交朋友对他们讲友谊，
当面输心背面笑。[9]	当面像诚心诚意背后却笑嗤。
寄谢悠悠世上儿，[10]	请传句话给世上成群结队的年轻人，
不争好恶莫相疑。[11]	我不计较对我好还是恶，请不必对我猜疑。

注释：

① 这诗以诗的最后三个字“莫相疑”为题，这也正是诗的主旨。杜甫在严武幕府中的地位不算低，从严武推荐他任工部员外郎这件事以及他赠给严武的一些诗篇来看，他在成都幕府中所受的待遇应该是比较好的。但这篇诗中却倾吐出心中郁结的苦闷，似乎受到了难以忍受的冷落和嘲笑。他写这首诗剖白自己，表明自己并不高傲，而且不和年轻人计较，只希望人们不要对他有所猜疑。这诗究竟同怎样的事情联系在一起，现在已无法知道，但杜甫的心里隐藏着深刻的痛苦则是可以肯定的。老年人和年轻人往往不能相互理解，也就是今天的所谓“代沟”，可能正表现出某种规律性吧。杜甫诗中所说的年轻人究竟是谁，是不是也包括严武在内，过去的研究者对此颇有兴趣，但谁也说不清楚。作诗时间是永泰元年。

② 杜甫于天宝十载（751 年）曾向唐玄宗献《三大礼赋》。玄宗奇其才，召试文章，命待制集贤院。结果一拖几年，未得除授官职，直到天宝十四载十月才授河西县尉，

未赴任；不久后改授右卫率府兵曹参军（一说胄曹参军）。这些情况可参看第二卷《奉留赠集贤院崔于二学士》注①和该诗中有关内容。蓬莱宫，见第六卷《宣政殿退朝晚出左掖》注⑥。

③ 烜赫，一作燀赫，又作辉赫。“燀”音“禅”（chán），“烜”音“宣”（xuān）。三个词的意思大体相同，都是说名声盛大。

④ 见注②。

⑤ 中书堂，指中书省的政事堂。

⑥ 人主，指唐玄宗。

⑦ 趋路旁，古代官吏道逢上级长官，必须急速走到路边避开。说这话是慨叹自己地位低卑。

⑧“末契”的“契”，意思是契合，指朋友或同事之间的交谊。末契，是对自己所付出的友情的谦称。陆机《叹逝赋》：“托末契于后生。”

⑨ 输心，把内心的真实思想表达出来。即诚恳对人。参看第十一卷《奉和严中丞西城晚眺十韵》注⑫。

⑩ 寄谢，“寄语致谢”之简语。悠悠，众多貌。《后汉书·朱穆传》：“悠悠者皆是。”

⑪ 卢元昌注：“此辈好恶无常，老翁漠然不与之争，彼亦何用相疑哉。”浦起龙注：“‘不争好恶’，犹言不与汝斗高低也。”译诗与上两说的理解不尽相同，可比较体会。

◎ 赤霄行[①]（七古）

孔雀未知牛有角，　　孔雀不知道牛头上长着角，
渴饮寒泉逢抵触。　　口渴时到寒泉边饮水遭到撞触。
赤霄玄圃须往来，　　它还要在赤霄和玄圃仙境间往来，

翠尾金花不辞辱。[②]	为了保住点缀着金花的翠绿尾巴，它宁可忍受侮辱。
江中淘河吓飞燕，	江里的大嘴鹈鹕吓唬飞燕，
衔泥却落羞华屋。[③]	飞燕衔着泥落下，却耻于落向富贵人家的华屋。
皇孙犹曾莲勺困，[④]	连汉朝的皇孙也曾在莲勺县受困，
卫庄见贬伤其足。[⑤]	鲍庄子含冤被贬，又被砍断两足。
老翁慎莫怪少年，	老年人千万别怪罪少年，
葛亮《贵和》书有篇。[⑥]	诸葛亮的著作里就有《贵和》篇。
丈夫垂名动万年，	大丈夫该争取名传万年，
记忆细故非高贤。	记住小仇小怨不算高贤。

注释：

① 这首诗和上一首诗作于同一时期和同一情境中。这首诗以孔雀、飞燕为喻，表明有大志者和一般人的思想状况完全不同，不愿为细故与年轻人计较。“赤霄”与“玄圃”一样，都是仙境的名称。以“赤霄”为诗题，暗示诗人赞扬崇高的思想境界，为实现大志愿忍受侮辱与困苦。

② 前四句诗，以孔雀为喻，它渴饮寒泉，却遭了牛角的触撞。孔雀为了要飞往赤霄、玄圃，就忍受了牛的侮辱。

③ 五、六两句写淘河（即今之大嘴鹈鹕）担心飞燕与它争食，而飞燕却仅仅是为了衔泥。它连落在华屋上也觉得羞耻，又怎么会与淘河相争呢。这两句诗喻俗人不能理解有大志者。

④ 皇孙，指汉宣帝刘询。他是武帝曾孙，未继承帝位时生活在民间，曾在莲勺县的盐池中做工。汉代的莲勺县，在今陕西省渭南县东北。

⑤ 卫庄，朱鹤龄谓当为“鲍庄”。据《左传·成十七年》，齐子陪鲁灵公会盟，命高无咎与鲍牵守齐；齐子归，孟子向齐子诬告高、鲍欲反叛，齐子遂刖（断足之刑）鲍而逐高无咎。孔子闻之，曰：“鲍庄子之智不如葵（植物名），葵犹能卫其足。”鲍庄子即鲍牵。这句诗是以鲍庄为例，表明人遭受冤屈是常有的事。

⑥ 葛亮，即诸葛亮。《三国志·吴书·诸葛瑾传》注引《吴书》："其先葛氏，本琅邪诸县人；后徙阳都，阳都先有葛姓者，时人谓之诸葛。""诸葛"这复姓是"诸县葛氏"之简称，因而也可单独把"葛"当作姓氏用，故可称诸葛亮为葛亮。据《三国志·蜀志·诸葛亮传》所载《诸葛亮集》目录，共二十四篇，第十一篇为《贵和》。

◎ 闻高常侍亡[①]（五律）

归朝不相见，[②]	您回朝廷后就没有同您相见，
蜀使忽传亡。[③]	忽然传来消息说您已经死亡。
虚历金华省，[④]	您到金华省任常侍如梦境般虚幻，
何殊地下郎。[⑤]	您的才能同地府中的修文郎又有什么两样。
致君丹槛折，[⑥]	您劝谏皇上，像折断栏杆的朱云，
哭友白云长。[⑦]	我痛哭友人久久向白云凝望。
独步诗名在，	您的诗歌独步一时，名声长在，
只令故旧伤。	这却只能使老朋友们哀伤。

注释：

① 高适于广德元年奉召回朝任刑部侍郎，转左散骑常侍。永泰元年（765 年）正月卒，赠礼部尚书。高适是杜甫年轻时结交的诗友，常有诗作互赠。杜甫在成都听到了高适逝世的消息，作了这首哀悼的诗。

② 见注①。

③ 因高适曾任成都尹，故称他为蜀使。

④ 汉代的金华殿，在未央宫中，为秘府藏书之地。唐代的散骑常侍，为皇帝的侍从官，左散骑常侍属中书省。诗中以金华省代指中书省。"虚历金华省"是说高适到中书省任散骑常侍为时短暂，未能施展才能。

⑤《仇注》引王隐《晋书》述苏韶死后，其侄苏节梦见苏韶，说颜回、卜商（子夏）在地下任修文郎之职。这句诗是说高适虽死，应如颜回、子夏为地下郎，这是盛赞其有文才。

⑥《仇注》："唐史称（高）适负气敢言，权贵侧目，当至德时，陈江东利害，继又抗疏陈西山三城戍，故云：'致君丹槛折'。"致君，向皇帝进谏，为皇帝效忠尽力。"丹槛折"用朱云进谏故事。据《汉书》，汉成帝时，朱云为槐里令，上书乞斩佞臣张禹。帝怒，欲诛之，令御史将朱云下。云攀殿槛，槛折，以辛庆忌请，免其罪。后常以朱云折槛喻直谏之臣。

⑦ 白云，参看本卷《怀旧》注⑤。

◎ 去蜀[①]（五律）

五载客蜀郡，	在成都我寄居了五年，
一年居梓州。[②]	还有一年是住在梓州。
如何关塞阻，[③]	关塞阻隔，没法回故乡，
转作潇湘游。[④]	只能到潇水湘江上去漫游。
万事已黄发，[⑤]	年纪老了，世上万事一概不管，
残生随白鸥。	让我的余年在江湖上伴随白鸥。
安危大臣在，	国家安危有朝廷里的大臣作主，
不必泪长流。	用不着我这老翁泪水流个不休。

注释：

① 这是永泰元年初夏杜甫决定离蜀去湖南时所作的一首诗。由于道路阻隔，不能回偃师故乡，又因为严武于四月逝世，继续留蜀不再有意义，于是决心东下，打算经过荆州去湖南。这时，杜甫已万念俱灰，只想得到一个能安居的地方，而要满足这愿望，也

不是容易的，诗中表达出了无可奈何的苦闷心情。

② 杜甫自乾元二年（759 年）底来蜀，至永泰元年（765 年），首尾七年，实际上是六年，其中广德元年，住在梓州。

③ 这句诗说的是欲归故乡而不可能，“关塞”之阻，恐是托词，一定另有原因在。

④ 潇湘，指洞庭湖以南地方，因湘江流经湖南广大地区，潇水则是湘江上游的源流之一。

⑤ 黄发，指老年人或老年时期。《诗·鲁颂·閟宫》：“黄发台背”，笺：“皆寿征也。”

◎ 喜雨[①]（五律）

南国旱无雨，	这南方的土地长久干旱不雨，
今朝江出云。	今天早晨江面上出现了阴云。
入空才漠漠，[②]	密密的云气才把天空布满，
洒迥已纷纷。[③]	从高处洒下的雨点已纷纷不停。
巢燕高飞尽，	巢里的燕子都已远飞一空，
林花润色分。	林中野花湿润，颜色更分明。
晚来声不绝，	到晚上，仍淅淅沥沥不停止，
应得夜深闻。	看来到深夜也还能听得见雨声。

注释：

① 黄鹤注：“永泰元年，自春不雨，四月己巳乃雨。诗云巢燕、林花，皆四月间事。”这首诗写出了诗人观察到的久旱始雨的景象，并从听雨中表达出喜悦的心情。这诗大概作于永泰元年四月间。

②《仇注》：“漠漠，云密貌。”

③《仇注》:“纷纷，雨多貌。”

◎ 宿青溪驿奉怀张员外十五兄之绪[1]（五古）

漾舟千山内，	小船飘荡，绕过千山万山，
日入泊枉渚。[2]	日落时停泊在弯曲的岸旁。
我生本飘飘，	我一生总是飘飘不定，
今复在何许。	不知今天又到了什么地方。
石根青枫林，	岩石下面是一片青枫林，
猿鸟聚俦侣。	猿鸟成群结队在那里聚藏。
月明游子静，	月光下，旅人们一声不响，
畏虎不得语。	不敢说话，怕引来虎狼。
中夜怀友朋，	半夜里想念着我的友人，
乾坤此深阻。	同在天地间，却这样被远远阻挡。
浩荡前后间，[3]	一前一后，隔着浩荡的波涛，
佳期赴荆楚。[4]	只能到荆州之后再欢聚一堂。

注释:

① 据旧注所引资料，张之绪原在尚书省任员外郎，由于李辅国的陷害，遭到流放。宝应元年十月，辅国败，张之绪复官。永泰元年五月，杜甫乘船离开成都，得到消息说张之绪已到荆州附近，于是想到荆州和他会面。于东下途中，夜宿于青溪驿，杜甫思念这位友人，便写了这首诗。青溪驿，据《舆地纪胜》，在嘉州犍为县，是岷江旁的一个小镇。

② 枉渚，浦起龙注:“洲渚之曲处也，非《楚辞》之枉渚。”

③ 赵次公云:“浩荡非言水之浩荡”，而是“流放之貌”。并举《楚辞》中的“怨灵修之浩荡”“志浩荡而伤怀”“心飞扬兮浩荡”等例句。但这诗中的浩荡正是指江水而

言，并非指人的精神状态。前后，谓到达荆州的时间前后不同。

④ 荆楚，即荆州。荆州，古楚国地。

◎ 狂歌行赠四兄[①]（七古）

与兄行年校一岁，[②]	和四哥相比我要小一岁，
贤者是兄愚是弟。	聪敏能干的是您，我却生得愚痴。
兄将富贵等浮云，	您把富贵看得和浮云一般，
弟窃功名好权势。[③]	我却捞取官位喜爱权势。
长安秋雨十日泥，[④]	记得长安一场秋雨后十天泥泞，
我曹鞴马听晨鸡。[⑤]	我们做小官的早备好马等待鸡啼。
公卿朱门未开锁，	公卿府第的朱漆大门还没开锁，
我曹已到肩相齐。	我们已到达肩并肩站得整整齐齐。
吾兄睡稳方舒膝，	四兄这时正睡得安稳伸开了双膝，
不袜不巾踏晓日。	不穿袜子，不戴头巾，在朝阳下多惬意。
男啼女哭莫我知，[⑥]	男孩啼女孩哭您都不理，
身上须缯腹中实。	只管自己肚子吃饱，身上穿绸衣。
今年思我来嘉州。	今年您思念我来到嘉州，
嘉州酒重花绕楼。	嘉州酒味浓厚，鲜花环绕高楼。
楼头吃酒楼下卧，	我们在楼上吃酒，在楼下躺卧，
长歌短咏迭相酬。	长歌短咏，相互酬唱一首接一首。
四时八节还拘礼，	逢年过节的礼数还是该讲究，
女拜弟妻男拜弟。[⑦]	我们夫妻两个一起向您拜贺。
幅巾鞶带不挂身，[⑧]	您只用一幅丝巾包头，大腰带却不在身上垂挂，

头脂足垢何曾洗。	也不洗洗头上的油脂和足上污垢。
吾兄吾兄巢许伦，[9]	四兄啊，四兄，您和巢父、许由是一类人，
一生喜怒长任真。	一辈子心直口快，喜怒情真。
日斜枕肘寝已熟，	太阳西斜时已睡熟，头往肘上一枕，
啾啾唧唧为何人。[10]	何必嘟嘟哝哝哀声叹息为什么人。

注释：

① 这首诗曾收在各种不同版本的杜甫诗集里，但显然不像杜甫的作品。施鸿保《杜诗杂说》中说："今按此诗非但腐气，且有俚气，与公诗大不类，疑是晚唐人诗，误编公集者。"对这首诗的评价失于主观，但否定它是杜甫的诗则是对的。郭沫若在《李白与杜甫》书中"断言《狂歌行赠四兄》决不是杜甫的诗"（该书第229页），并订此诗是岑参任嘉州刺史时所作。论据确凿，当可为定论。因为这部《杜诗全译》是按仇兆鳌《杜诗详注》的编次译写，就把这首诗也译出了。

② 行年，人所经历之年岁曰行年。《庄子·达生》："行年七十而犹有婴儿之色。"校，可指计数，《汉书·食货志》："贯朽而不可校"。这里是指"相差"。

③ 这句诗中的弟是诗作者自称，"窃功名""好权势"都是自我剖析，是以"四兄"作标准对照自己所得结论。

④ 指天宝十三载秋长安久雨的事。那年岑参正在长安。第三卷《九日寄岑参》所谈的大概就是这场雨。

⑤ 鞴，古代这个字多用作名词，解释为"车鞁"，还可与其他字相连构成名词。读音有"并肆切，音备"及"扶斛切，音茯"两种。"鞴马"与近代口语（包括戏曲道白）之"备马"意思相同。鞴，音"备"（bèi）。

⑥ 这句诗和下一句诗是"四兄"说的话。诗句中的"我"，指的是"四兄"。译诗不作直接引语处理，并把"我"改写为"您"。

⑦ 这句诗的结构是特殊的。如果直译，就是："行拜礼的那个女的，是弟妻（即作者之妻）；行拜礼的那个男的，是弟（指作者自己）。"

⑧"幅巾"的"幅"，是动词，幅巾，指以缣（绢一类的织物）全幅束头，不著冠；汉

末王公多以“幅巾”为雅。这里也以此为舒适自在。鞶带，又称“大带”，“鞶”是盛巾的革囊，与丝带连在一起，佩在腰上是古代一种礼服。

⑨ 巢许，传说中尧、舜时代的两个隐士，参看第四卷《自京赴奉先县咏怀五百字》注⑮。

⑩ 啾啾，指声音众多、杂乱。唧唧，窃语声，一说是叹息声。“为何人”之“为”，读去声。这句诗的意思是，“四兄”心无牵挂，不为俗事烦忧，因而白昼也能高枕熟睡，而世上许多人常为一些琐事唠叨不停，唉声叹气，又为的什么呢？他们是完全不能和“四兄”相比的。

◎ 宴戎州杨使君东楼[1]（五律）

胜绝惊身老，	对着这样少有的美景，猛醒悟自己已是老年，
情忘发兴奇。[2]	原以为已经忘情，如今却兴致高涨令人奇异。
座从歌妓密，	座席上只得任歌妓紧靠在身边，
乐任主人为。[3]	且听从主人的安排尽情欢娱。
重碧拈春酒，[4]	举起碧绿碧绿的春酒，
轻红擘荔枝。[5]	从枝上扯下一颗颗淡红色的荔枝。
楼高欲愁思，	高楼上，我忽然陷入愁思，
横笛未休吹。[6]	那扰人的横笛仍在吹个不息。

注释：

① 唐代的戎州，即今四川省宜宾市，旧名叙府。《仇注》引《全蜀总志》：“东楼在叙州府治东北，唐建。”戎州杨使君在东楼宴客，杜甫于永泰元年夏东下途中经过戎州，也参加了这次宴会。宴会很热闹，杜甫不觉也兴致高涨，但为时十分短暂，很快又陷入愁思。这首诗反映了诗人情绪的变化及心灵深处的痛苦。

② 情忘，即“忘情”，《晋书·王衍传》：“圣人忘情。”古代认为情感不为外物所动，是一种很高的修养。这诗中所说的“忘情”，指的是经历了许多忧患，感情麻木，不易激动。

③ 乐，是“快乐”。主人，指戎州杨使君。

④ 拈，旧作“酤”，一作“擎”。《九家注》赵次公注认为两千石（指杨使君）设筵，不会临时“沽酒”，“旧本作拈，当以为正”。并引元稹《元日》诗“羞看稚子先拈酒”，白居易《岁假》诗：“岁酒先拈辞不得”，证明“拈酒”乃唐人语。

⑤ 轻红，指的是荔枝的颜色，与前一句的“重碧”为春酒色一样。

⑥ 这句诗是说，人本来已在愁思，听了笛声更增添了痛苦之情。

◎ 渝州候严六侍御不到先下峡[①]（五律）

闻道乘骢发，[②]	听说您乘坐青骢马已经出发，
沙边待至今。	我在这沙岸边等待着直到今天。
不知云雨散，[③]	没想到满天阴云没下雨就散去，
虚费短长吟。	徒然费不少光阴在这里吟诵长短诗篇。
山带乌蛮阔，[④]	这里的山峦一直连到辽远的乌蛮，
江连白帝深。[⑤]	深深的江水通向白帝城边。
船经一柱观，[⑥]	您的船要经过荆州的一柱观，
留眼共登临。[⑦]	我将留在那儿和您一起攀登赏玩。

注释：

① 永泰元年夏杜甫离成都时曾与严六侍御约定在渝州等候他一起东下，结果严未能准时赶到，杜甫只得先向三峡出发，写了这首诗留给严侍御。渝州，即今之重庆市。“下峡”之“峡”，旧注说是渝州东八十里的明月峡。按“下”字多用此指明去向，如

“下江东”“东下”等，并不是指经过的地方，因而这里的“峡”字，仍宜理解为“三峡”为宜。

② 乘骢，乘骢马。这样说一方面指明严六的官职是侍御（参看第三卷《送张十二参军赴蜀州因呈杨五侍御》注④），一方面表明严六侍御是取道陆路到渝州。

③ 云雨散，比喻所期望的事未能实现。这里是指“渝州候严六侍御不到”的事。

④ 乌蛮，指唐代乌蛮（爨蛮之别名）族聚居的地区，即今云南省东北部的乌蒙山区。

⑤ 白帝，即白帝城，在夔州附近。

⑥ 一柱观，见第十卷《所思》注⑤。

⑦ 留眼，意思是“停留下来观看”。

◎ 拨闷[①]（七律）

闻道云安麴米春，[②]	听说云安有种名酒叫麴米春，
才倾一盏即醺人。	只要喝上一杯人就会醉得醺醺然。
乘舟取醉非难事，	坐在船上喝醉酒并不难，
下峡消愁定几巡。[③]	沿着峡江东下一定要喝上几回消解愁烦。
长年三老遥怜汝，[④]	离云安还遥远，篙师、舵手们就把你们想念，
捩舵开头捷有神。[⑤]	掌舵、撑船真快捷，个个来了精神。
已办青钱防雇直，[⑥]	我已准备好付船资的铜钱，
当令美味入吾唇。	总该能让我们尝尝这美酒。

注释：

① 这首诗作于船未到云安时。云安，即今四川云阳县。云安以产酒著名，船工们在距云安尚远时就谈论着云安的美酒，为了早些到云安喝酒，驶船就更迅速，更有精神。杜

甫在船上感到郁闷，听到船工们谈云安美酒也就很想痛饮一番，这诗写的就是这样的精神状况。诗题为《拨闷》，因为这诗反映了郁闷被排遣的经过。

② 麹米春，酒名。唐代许多地方产的美酒都以“春”字命名。如《国史补》提到的荥阳“土窟春”、富平“石冻春”、剑南“烧春”等都是。

③《左传·桓十二年》：“三巡数之。”三巡，即三遍。近代谓为座客遍斟酒一次为一巡。

④ 蔡梦弼注：“峡中以篙师为长年，舵工为三老。”怜，怜爱，想念。汝，指“麹米春”酒。

⑤ 开头，一作“鸣铙”，“开头”是指以篙撑船离开岸边的操作，鸣铙，或作“鸣桡”，第十二卷《奉送崔都翁下峡》有“鸣桡总发时”之句，可参看该诗注③。捷有神，指迅速得出乎寻常，如有神助。这句诗说的是船工们急于要到云安去喝酒，所以驶船特别卖力，特别有精神。

⑥ 青钱，青铜钱，唐代通用的货币。雇直，《仇注》引《杜臆》：“雇，谓舟费；直，谓酒资。”（按今排印本《杜臆》无此语。）按“直”通“值”，这句诗是说已准备好付给船工的工钱或付给船主的雇船费用。“雇直”似不宜分指船钱与酒钱。

◎ 宴忠州使君侄宅[①]（五律）

出守吾家侄，	这里的刺史是我们杜家侄辈，
殊方此日欢。	在遥远异乡我们欢聚一堂。
自须游阮舍，[②]	我本来该到贤侄家里来看看，
不是怕湖滩。[③]	不是怕湖滩湍急才在这里停航。
乐助长歌逸，	奏起音乐，为高歌增添逸兴，
杯饶旅思宽。	多喝几杯，让旅愁稍稍舒畅。
昔曾如意舞，[④]	记得以前你曾手挥如意舞蹈，

牵率强为看。[⑤]　　如今请勉强拖着脚步跳给我看一场。

注释:

① 忠州（今四川忠县）刺史是杜甫的族侄，不知叫什么名字。他虽曾在家中宴请杜甫，但后来并没有给他任何实际帮助。本卷《题忠州龙兴寺所居院壁》一诗中说：“空看过客泪，莫觅主人恩”，主人，当就是指这位“使君侄”。但在作这首诗时，杜甫似乎对他寄予厚望，至少未表示出任何不满。

② 据《晋书》阮咸是阮籍之侄，两人都名列竹林七贤中。咸与籍居道南，诸阮居道北。北阮富而南阮贫。阮氏居住处也就是“阮宅”。后来叔父美称族侄家常用“阮宅”“阮舍”等语。

③ 湖滩，是长江上的一处险滩，在忠州、万州（万县）之间。清代所编《一统志》说“湖滩在夔州府万县西六十里，其水甚险，春夏水泛，江面如湖。”

④《仇注》引庾信诗：“山简倒接䍦，王戎如意舞。”王戎，是晋代名相王导之侄，常持铁如意起舞。这里是说忠州杜使君曾作如意舞。

⑤《左传·襄十年》：“牵帅（同‘率’）老夫，以致于此。”又《三国志·蜀书·张翼传》：“姜维心与翼不善，然常牵率翼同行。”受人牵引或强使人受牵引，俱可用“牵率”一词。和前一句诗联系起来看，这句诗应是杜甫要求其侄勉力起舞给自己看，而不是勉强杜甫来看。

◎ 禹庙[①]（五律）

禹庙空山里，　　有座禹庙在无人的空山里，
秋风落日斜。　　秋风吹拂时正落日斜挂。
荒庭垂橘柚，　　荒凉的庭院里，树上悬垂着橘柚，
古屋画龙蛇。　　古老的大屋下有龙蛇飞舞的图画。

云气嘘青壁，[2]	青色墙壁上由于嘘气生出了云烟，
江声走白沙。	江声咆哮，冲刷着岸边白沙。
早知乘四载，[3]	我年轻时就知道大禹治水曾经乘过四种车船，
疏凿控三巴。[4]	忙着凿山导水，让江水流出三巴。

注释：

① 这诗写的是忠州附近的一所古庙，祀大禹。杜甫乘船东下时经过这座禹庙，凭吊这荒凉的庙宇，缅怀大禹治水的功绩，有感而作这诗。

② 青壁，壁画所在的青色墙壁。“嘘”云气的是前句诗中所说的“龙蛇”。云气，实际上也是画出的。嘘青壁，一作“生虚壁”，意思大体相同。

③《书·益稷》：“予乘四载。”传：“所载者四，谓水乘舟，陆乘车，泥乘輴，山乘樏。”这样说是表示当时行路十分艰难。

④《仇注》：“疏，主江言；凿，主山言；控，则引水而往。”按“控”的本义是引弓弦，引申为引导。控三巴，即引导三巴之水。三巴，见第十二卷《题郪原郭三十二明府茅屋壁》注⑤。古代治理水患是一场异常艰巨的工程，大禹不畏险阻辛苦，完成这一伟绩，诗人以最简洁的语言歌颂了大禹的功德。

◎ 题忠州龙兴寺所居院壁[1]（五律）

忠州三峡内，	忠州在三峡西面，
井邑聚云根。[2]	山头上是居民住宅聚集的地方。
小市常争米，	小市集上常有人为买米争执，
孤城早闭门。	每天老早就已经把城门关上。
空看过客泪，	经过这里的旅客徒然流几行眼泪，
莫觅主人恩。[3]	别对这里主人求什么恩赏。

淹泊仍愁虎，[④]　　停留在这地方还担心有虎狼，
深居赖独园。[⑤]　　靠这所寺院我才能安住深藏。

注释：

① 杜甫在忠州时，住在龙兴寺内。忠州是一个荒凉的小城，人民生活很贫困，因而也不可能得到这里主人的帮助。如果不是有这所寺院能寄居，甚至还要担心猛虎的侵犯。杜甫在这里住时不仅为自己的不幸而痛苦，也为人民的贫穷而悲伤。这首题壁诗表达了对穷困人民的深刻同情。

② 云根，指山的高处，王筠《开善寺碑》："修幡绕乎云根。"有时也指山上的岩石。

③ 过客，为作者自谓。主人大概是指忠州使君，那是杜甫的族侄（见本卷《宴忠州使君侄宅》）。《杜臆》："主人当是忠州使君，乃公之侄，而薄至此耶！所以前诗不著其名；而诗题院壁，犹见忠厚。"而黄生则认为："从三四读下，则此州之荒凉已极，安能为客壮行色乎。故知二语乃苦词，非怨词也。"两种不同的意见可供参考。

④《仇注》："邑近山，故愁虎。"唐代蜀地的荒凉城镇，虎患是很平常的事，如本卷《客居》中就有"人虎相半居，相伤终两存"之句，又如第十九卷《课伐木·序》中也谈到居住夔州瀼西时猛虎为患的事。这里的"虎"，不是比喻。

⑤ 独园，即"祇树给孤独园"，指佛寺，见第九卷《赠蜀僧闾丘师兄》注㉑。

◎ 哭严仆射归榇[①]（五律）

素幔随流水，[②]　　白色帷幔随着流水向前，
归舟返旧京。[③]　　驶向归途的船将返回旧京。
老亲如宿昔，[④]　　您的老母亲仍然和往日一样，
部曲异平生。[⑤]　　部下怀着和您在世时不同的心情。
风送蛟龙匣，[⑥]　　风向东吹护送您的蛟龙玉匣，

天长骠骑营。[⑦]	寥廓的天空下有您留下的兵营。
一哀三峡暮，	我放声痛哭，直到暮色笼罩三峡，
遗后见君情。[⑧]	从您遗留给后人的一切中体现着您的深情。

注释：

① 严武于永泰元年四月病逝于成都，赠尚书左仆射，这是相当于宰相的官位。他的灵柩自水上启运回故乡华阴，杜甫在东下途中迎送了严武的灵柩，作了这首哀悼的诗。

② 素幔，运柩船上张挂的白色帷幔。

③《仇注》："武本华阴人，故返于旧京。"所谓"旧京"，正如"故国""旧乡"一样，是对于一定的人而言。这里是指死者生年曾在那里任职的京都。华阴地处关中，距长安不远。

④ 老亲，指严武的老母，严武死时，她尚健在。如宿昔，主要指她的健康状况如昔。

⑤ 部曲，见第二卷《故武卫将军挽词》第三首注③。异平生，指神情惨伤，有异于平时。

⑥ 蛟龙玉匣，即金缕（或铜缕）玉衣一类殓具，以金丝或铜丝连缀小玉片为衣，直接蒙于死者身上。蛟龙，殓具外面的纹饰。

⑦ 骠骑营，指严武生时统率的部队营地。汉霍去病曾为骠骑将军，这里是以霍去病来比喻严武。

⑧ 黄生注："凡曰遗音、遗迹、遗风、遗爱，皆留遗之遗。遗后亦犹是也。"但"遗后"与前述的词语并不完全一样，它强调的不是遗留下什么，而是强调遗留了一些什么给后人。这句话表达了诗人对死者的感激。

◎ 旅夜书怀[①]（五律）

细草微风岸，	微风吹过长满细草的江岸，
危樯独夜舟。	一艘高桅船驶过夜晚的江面。
星垂平野阔，	满天星斗悬垂，原野更显得平阔，
月涌大江流。	月亮，正从奔流的大江上涌现。
名岂文章著，	我作的那些诗文哪里能使我著名，
官应老病休。	又老又病，不该再做什么官。
飘飘何所似，	我这样到处漂泊究竟像什么，
天地一沙鸥。	像一只沙鸥，飞翔在天地之间。

注释：

① 这是永泰元年秋，杜甫自成都乘舟东下时在旅途中作的一首抒情诗，大概是在到达云安前的作品。在夜晚的星空下，托身于大江孤舟中，诗人对自身的存在作了深刻的反省。他的才能，没有获得重视，他的抱负也未能实现，前途茫茫，真不知该往何处去。心情沉重、悲痛，但又超越于个人的得失，把自己当作观察和分析的对象。因此诗中表达的感情显得十分平静，同时也使人感到蕴藉、深长。

◎ 放船[①]（五律）

收帆下急水，	驶进急流了，忙放下船帆，
卷幔逐回滩。[②]	卷起布幔，看船掠过一个个险滩。
江市戎戎暗，[③]	江边的集市被浓浓烟雾遮暗，
山云淰淰寒。[④]	山上的云朵带着轻寒飘散。

荒林无径入，	那座荒芜的树林似乎没有路通达，
独鸟怪人看。	那只孤独的鸟似乎不愿人对它看。
已泊城楼底，	当小船已经停泊在城楼下面，
何曾夜色阑。[⑤]	天色还没有完全变晚。

注释：

① 放船，指放船顺流而下；特别是在急流中下驶，更多用这一词语。这诗写杜甫乘船东下，停泊在云安城下以前的一段航程中的感受。

② 卷幔，指卷起船舱上的帷幔，目的是便于眺望。回滩，指带着漩涡的急流险滩。

③ 戎戎，浓厚茂密貌。《诗·召南·何彼襛矣》传："襛，犹戎戎也。"陈奂传疏："戎戎，即茸茸也。"这诗中用来形容晚烟之浓重。

④《仇注》引董斯张曰："《礼运》：'龙以为畜，故鱼鲔不淰'，注：群队惊散貌，淰淰者，状云物散而不定。"淰，音"闪"（shǎn），又音"审"（shěn）。

⑤ 阑，意思是"尽"或"晚"。这里的"夜色阑"，不是指夜尽将晓，而是指夜深。

◎ 云安九日郑十八携酒陪诸公宴[①]（五律）

寒花开已尽，	天寒了，百花开过又都凋谢，
菊蕊独盈枝。	只有菊花还开满枝头。
旧摘人频异，[②]	往年的采菊人一批一批改变，
轻香酒暂随。	今天客人们又暂时带来飘香美酒。
地偏初衣夹，[③]	在这偏南的地方才开始穿夹衣，
山拥更登危。	群山拥聚，还得攀登更高的山头。
万国皆戎马，	全国到处仍旧兵荒马乱，

酣歌泪欲垂。	强忍着欲坠的泪珠尽情高歌。

注释：

① 郑十八，名贲，是杜甫到云安后结识的一位友人。但他不是云安本地人，本卷《赠郑十八贲》一诗，对郑的为人有较详介绍，可参看。“九日”指永泰元年的重阳节，杜甫与郑贲等一起登高，郑携酒宴款待同游的人。虽然是欢快的登高聚会，但想起国家多难就泪下难收。这首诗抒写了在这个节日所产生的感怀。

② 旧摘，指往昔采菊的人。

③《仇注》引陶潜“心远地自偏”来解释这一句的“地偏”，恐不妥。这里的“偏”，不是指“偏僻”，而是指地理位置偏于南方，因此重阳节才开始穿夹衣，不像中原地区那样早就该穿夹衣。夹，即“夹衣”。

◎ 答郑十七郎一绝[①]（五绝）

雨后过畦润，	雨停后走过湿润的田畦，
花残步屐迟。	花已残落，我的脚步慢慢向前移。
把文惊小陆，[②]	看令弟诗文觉得像陆云令我惊异，
好客见当时。[③]	您这样好客，就像汉代的郑当时。

注释：

① 郑十七与郑十八贲大概是兄弟，据排行可知，十七是兄，十八是弟，他们都是杜甫在云安结识的友人。这首诗只是一般的应酬诗，但写得清丽，毫无俗态。

② 晋代陆机、陆云兄弟并有才名，时称二陆。“大陆”指陆机，“小陆”指陆云。诗中以“小陆”比郑十七之弟郑十八贲。

③ 当时，指郑当时（即郑庄），见第十三卷《赠王二十四侍御契四十韵》注㊱。这两句

诗是称赞郑十八能为诗文，郑十七热心待客。但根据我国古代“互文”的表达方式来看，很可能是同时称赞两人既有文才，又热心待客。

◎ 别常征君[1]（五律）

儿扶犹杖策，	孩子扶着我，还要拄着手杖，
卧病一秋强。	不止一个秋天我生病躺在床上。
白发少新洗，	白发稀疏，才洗过不久，
寒衣宽总长。[2]	寒衣腰身太大又嫌太长。
故人忧见及，[3]	老朋友担心，特地来看我，
此别泪相望。[4]	这次分别后只能流着眼泪想望。
各逐萍流转，	我们各自像浮萍一样到处漂流，
来书细作行。	请给我信，细细地写上一行行。

注释：

① 征君，通常指曾应朝廷征召出任官职的隐士。常征君也就是这样的一个人。本卷《寄常征君》一诗，也是寄给他的。从那诗中可看出，当时他住在开州（今四川开县，在万县北面，离云安不远），大概是寄人篱下，担任一个低级官职。常征君是杜甫的老友，特地从开州到云安来看望杜甫。这是这次见面后杜甫赠给他的送别诗。诗的语言非常朴素，但感情十分真挚。

② 人变瘦了，而且年老背驼，因而原来的寒衣变得又长又大，不合身了。

③《仇注》：“故人忧及己病，彼此伤心。”又引黄注：“见及，恐大命之见及也。”这是说担心杜甫死。恐与原意不合。见及，也就是“及见”，意思是“到（云安）来见面”。

④ 泪相望，旧本作“泪相忘”，黄生改作“望”。

◎ 长江二首[1]（五律）

众水会涪万，[2] 许多条流水在涪陵、万州间相遇，
瞿塘争一门。[3] 争着向瞿塘峡这一道水门飞奔。
朝宗人共挹，[4] 长江一心归大海，人人向它揖拜，
盗贼尔谁尊。[5] 盗贼作乱，谁也不会把它们崇尊。
孤石隐如马，[6] 江上孤石被淹，露出水面的像马匹，
高萝垂饮猿。 群猿饮水，攀着崖上垂下的萝藤。
归心异波浪， 我思归的心和波浪并不一样，
何事即飞翻？ 为什么也像波浪般不停翻腾？

注释：

①《仇注》编此诗于云安诗内，但据诗中所写内容来看，杜甫已乘船到夔州附近，当作于将到夔州时。诗中以长江一心流归大海与背叛朝廷的盗贼（指叛乱的军阀）对比，来说明人心之向背。严武死后，蜀中爆发了汉州刺史、西山都知兵马使崔旰与新任成都尹兼剑南节度郭英乂之间的争斗，经过几次血战，英乂的军队大败，只身逃到简州（今四川简阳市以东），被普州刺史韩澄所杀，战争蔓延，蜀中大乱。杜甫的这两首《长江》诗，当是有感于军阀割据而作。

② 涪万，指涪陵与万州（今万县）。这一带除乌江外，还有许多较小的河流分别从长江南北流汇入长江。

③ 瞿塘，指“瞿塘峡”，在夔州东面不远，是三峡之入口，故以“门”比喻。

④ 朝宗，指长江流向大海。《周礼·春官·大宗伯》：“春见曰朝，夏见曰宗。”这是说诸侯朝见天子。又《书·禹贡》：“江汉朝宗于海”。这是说百川归海，正像诸侯朝见天子一样。“挹”与“揖”通。《荀子·议兵》：“拱挹指挥。”王念孙曰：“卢依

《富国篇》改‘挹’为‘揖’，按‘揖’与‘挹’通，不烦改字。”“人共挹”即“人共揖”，指众人尊敬而揖拜。

⑤ 盗贼，指军阀之割据为乱者，参看注①。尔，指“盗贼”。

⑥ 孤石，指滟滪堆，在夔州西南，当瞿塘峡之口。古代有民歌：“淫滪（即滟滪）大如马，瞿唐不可下。”新中国建立后，为使长江上游航道畅通，已把滟滪堆炸除，不复可见。

◎ 其二 （五律）

浩浩终不息，	浩浩荡荡的江水总是流个不停，
乃知东极临。	我由此知道它会流到最东的海滨。
众流归海意，	所有的河川都有流归大海的愿望，
万国奉君心。[①]	正像全国州郡都有崇奉皇帝的心。
色借潇湘阔，[②]	待湘江流入后它的波涛将更壮阔，
声驱滟滪沉。[③]	冲撞着滟滪堆，吼声变得低沉。
未辞添雾雨，	它乐意多增添一些雾气雨水，
接上过衣襟。[④]	卷起浪头迎接，浪花溅过我衣襟。

注释：

① 万国，指全国州郡。君，指皇帝。这句诗和上一句诗明显地以众川归海比喻全国拥戴皇帝，表达出诗人热切盼望国家政令统一。

② 潇湘，指湘水和湘水支流之一的潇水，通常以此代表湘江水系。色，指长江的景色气象。这句诗是想象长江中游的情景。

③ 滟滪，见上一首诗注⑥。沉，指江声的“深沉”。

④ 接上，江浪向上迎接雨雾。

◎ 承闻故房相公灵榇自阆州启殡归葬东都有作二首[①]（五律）

远闻房太尉，[②]	我在远方听说房太尉的灵榇，
归葬陆浑山。[③]	将要运回陆浑山去安葬。
一德兴王后，[④]	他一心一意为唐代的复兴献策，
孤魂久客间。	死后的孤魂却长久在异地流浪。
孔明多故事，[⑤]	他像孔明一样有许多故事流传，
安石竟崇班。[⑥]	也像谢安一样，终于享有位极人臣的荣光。
他日嘉陵泪，[⑦]	往日我在嘉陵江边为他流的眼泪，
仍沾楚水还。[⑧]	将随着川江流水送他回到故乡。

注释：

① 故房相公，指已死的宰相房琯。他于广德元年八月病逝于阆州，灵柩自阆州出发，将运回东都洛阳附近的陆浑山埋葬。杜甫在云安时得到这一讯息，作了这两首悼诗。可参看第十三卷《别房太尉墓》注①。

② 房琯死后赠太尉。译诗写明这是指房太尉的灵柩。

③ 陆浑山，在洛阳南面的偃师县境。参看第一卷《过宋员外之问旧庄》注①、③。

④ 一德，全心全意。《书·咸有一德》："惟尹躬暨汤，咸有一德。"指"纯一之德，不杂不息"（据蔡传）。"兴王后"的"王后"指诸王子。安史之乱开始后不久，房琯向玄宗建议分镇，以太子亨、永王璘、盛王琦、丰王珙分镇南北各道，节度兵马，作全盘的反攻复兴大计。分权于诸王子以图复兴，这在当时是极正确的策略，但李亨（肃宗）却急于称帝，不满意这个建议。后来房琯被借故贬逐，主要原因实在于此。杜甫把这当作房琯忠于唐朝的最重要的政绩，所以这样说。下面的"孤魂久客间"，

正是这一忠心耿耿的建议所得到的报答。杜甫把这两句诗连在一起，有着深刻的用意。

⑤ 据《三国志·蜀志》，陈寿与荀勖等定故蜀丞相诸葛亮故事二十四篇进献给晋武帝司马炎。所谓“故事”，指历史人物品德崇高，才智过人的事迹。这里以诸葛亮比房琯，是说他也有许多可为人楷模的事迹，值得后人学习效法。

⑥ 安石，指谢安。死后赠太傅，得到人臣最高的荣誉，房琯死后赠太尉，也达到了最高的地位。这句诗是以谢安作比，颂扬房琯的荣誉。

⑦ 阆州在嘉陵江边。广德二年，杜甫泣别房琯墓于阆州。第十三卷《别房太尉墓》有“近泪无干土”之句。

⑧ 楚水，指夔州以东到荆州、岳州一带的长江水。

◎ 其二（五律）

丹旐飞飞日，①	当铭旌飘飞，引导着房公的灵榇在江上航行时，
初传发阆州。	才听说送灵的船离开了阆州。
风尘终不解，②	战争风尘始终不能止歇，
江汉忽同流。③	嘉陵江水不觉已汇入长江洪流。
剑动亲身匣，④	您的佩剑还在贴身的玉匣旁跃动，
书归故国楼。⑤	您的藏书将送往东京的藏书楼。
尽哀知有处，⑥	我如今知道了该在哪里为您尽哀，
为客恐长休。⑦	只怕不能如愿，我也许会一直作客漂流。

注释：

① 丹旐，即铭旌。古代举行丧礼时，在一狭长的旐旗上写死者之姓名与官职，在灵柩前引导，称为铭旌。一、二两句诗是说，当作者听到房琯的灵柩自阆州出发时，运灵柩

的船已经在江上航行。

② 这里的风尘指崔旰之乱。见本卷《长江》第一首注①。

③ 这里的“江汉”，指长江与嘉陵江（嘉陵江的上游为西汉水，唐代习惯把嘉陵江也称汉水）。嘉陵江在重庆汇流入长江，再向东流。忽同流，指在航行中不知不觉从嘉陵江转入长江。

④《左传·哀二年》：“不设属辟”，疏：“属，次大棺，辟，亲身棺。”亲身匣，即蒙在死者身上的金缕（或铜缕）玉衣。与本卷《哭严仆射归榇》中之“蛟龙匣”相同。可参看该诗注⑥。剑，指殉葬的佩剑，置于死者身边。

⑤ 书，泛指书籍，也可能包括房琯的著作。故国楼，当指东都洛阳房琯宅中的藏书楼。

⑥ 这句诗是说知道了房琯将归葬陆浑，知其墓地所在，将来回故乡可前去谒墓尽哀悼之礼。

⑦ 长休，永远罢休，永远不能实现自己的愿望。这句诗表明杜甫虽有回故乡的心愿，但深知十分困难。他这预见果然不幸而言中。

◎ 将晓二首[①]（五律）

石城除击柝，[②]　　石头城上已不再有击柝声，
铁锁欲开关。　　快要打开了，这铁锁锁住的城关。
鼓角愁荒塞，　　荒凉的城塞上，鼓角声使人愁烦，
星河落曙山。　　银河已坠落曙光照亮的山巅。
巴人常小梗，[③]　　巴蜀常有人闹些小乱子，
蜀使动无还。[④]　　皇上的使节性命有时也难保全。
垂老孤帆色，[⑤]　　我这垂老的人靠着这一片孤帆，

飘飘犯百蛮。[⑥]　　将随风飘荡驶向百蛮居住的丛山。

注释：

① 这两首诗写天将晓时的情景。当时诗人住在江边船上，将要开船离开江畔小城。据旧注，诗中所说的“石城”是指云安，那么，这诗所写的就是杜甫离开云安的那个早晨。第一首诗反映了蜀地的动乱不安，第二首诗反映了诗人垂老的心境。

② 柝，音“拓”（tuò），古代打更用的木制的梆子。除击柝，打更人撤离了岗位。夜里，按时击柝，天明即停止。

③ 巴人，不是确指作为少数民族的巴人，也不是泛指巴蜀的居民，而是指巴蜀的某些人，主要指军阀。“小梗”的“梗”，意思是阻塞不通，这里是指军阀作乱。

④ 蜀使，指皇帝派驻蜀地使臣，如刺史、节度使、兵马使等。动无还，常常丢了性命不能回京。上元元年，梓州刺史段子璋反，兵败被杀；宝应元年，西川兵马使徐知道反，被羌兵所杀；永泰元年汉州刺史、西山都知兵马使崔旰反，杀成都尹兼剑南节度使郭英乂。

⑤ 孤帆色，乘一艘船东下，情境凄凉。

⑥ 百蛮，少数民族聚居的地区，主要指荆楚一带，即荆州以南的山区。当时，杜甫的目的地是夔州，夔州在唐代与荆州等地同属山南东道，已可算是“百蛮”地区。

◎ 其二（五律）

军吏回官烛，[①]　　军士和吏役手提着灯火回去了，
舟人自楚歌。[②]　　船工们随意唱起楚歌。
寒沙萦薄雾，　　薄雾萦聚在寒冷沙洲上，
落月去清波。　　月亮下落离开了澄清的江波。

壮惜身名晚，	回想我壮年时曾叹惜成名太晚，
衰惭应接多。[3]	衰老了却又惭愧客人来往的太多。
归朝日簪笏，[4]	如果回朝廷，天天要簪发持笏，
筋力定如何。	真不知道我的体力能不能够承受。

注释:

① 这句诗写地方官员到江边来送杜甫后回去，持“官烛”的“军吏”，是随从官员们来的人。

② 楚歌，指川江船工唱的号子。夔州，荆州，都属古代楚地，这些地方的民歌都可称楚歌。这里的“楚歌”，与楚汉相争，项羽在垓下被围时汉军唱的“楚歌”无关。

③ 应接，指应酬、接待客人。第一句诗所写地方官员的送行，正就是一种“应接”。五、六两句，对比今昔的不同心境，包含着多方面的社会的、心理的内容。

④ 上朝时，必须簪发持笏。杜甫当时保留着工部员外郎的职位，仍有回长安做朝官的可能，他也未尝不想回去，但有种种顾虑，体力不足可能只是一种托词。

◎ 怀锦水居止二首[1]（五律）

军旅西征僻，[2]	官军向偏僻的西部进发，
风尘战伐多。	战斗征伐的风尘又在增多。
犹闻蜀父老，	还听人们说起巴蜀的父老，
不忘舜讴歌。[3]	仍没忘记唱赞颂先帝的歌。
天险终难立，[4]	虽是天险，毕竟也难割据自立，
柴门岂重过。[5]	我想再回草堂可又哪里能够。
朝朝巫峡水，	天天早晨看见这巫峡的江水，

远逗锦江波。[⑥]　　它该远连着锦江的水波。

注释:

① 杜甫离开成都后，在云安曾暂住，仍十分思念成都草堂，因而作了这两首诗。居止，居住、生活的地方。第一首主要是阐述不能回成都的原因；第二首主要是回忆草堂景色。

② 永泰元年冬初，成都尹兼剑南节度使郭英乂被崔旰部下杀死后，邛州牙将柏茂琳、泸州牙将杨子琳、剑州牙将李昌夔等都起兵讨崔。夔州附近也有军队调动向西进攻崔部的。这句诗所写的正是这种情况。

③《孟子》:“讴歌者不讴歌尧之子而讴歌舜。”歌舜，指人民对英明皇帝的歌颂。这里是指对玄宗的歌颂。玄宗于安史乱后曾逃到成都，不忘舜讴歌，指蜀人仍思念着玄宗。玄宗开元年间和天宝前期是唐朝的繁盛时期。

④ 天险，指蜀地有天险，易守难攻。立，指野心军人割据蜀地，自立为王，如公孙述等人所为。唐代蜀地的军阀也有据蜀自立的图谋，但在当时条件下，也难于得逞。

⑤ 柴门，借代成都浣花溪草堂。

⑥ 远逗，一作“远远”。逗，意思是“引逗”，这里是相互通连的意思。最后两句诗是借巫峡江水与锦水的相连来比喻诗人身在巫峡，而心连草堂。

◎ 其二（五律）

万里桥西宅，[①]　　我的住宅在万里桥西，

百花潭北庄。　　百花潭北面就是那个村庄。

层轩皆面水，[②]　　一扇扇长窗都对着溪水，

老树饱经霜。　　一棵棵老树都饱经风霜。

雪岭界天白，　　天边的雪岭一片白色，
锦城曛日黄。[3]　　和暖的阳光把锦官城映黄。
惜哉形胜地，　　可惜啊，多么美好的地方，
回首一茫茫。[4]　　回顾往事，已一片茫茫。

注释：

① 万里桥，在成都城南，杜甫草堂的东面。百花潭，即浣花溪。

② 层轩，指长窗。

③ 雪岭，见第九卷《出郭》注③。锦城，见第九卷《蜀相》注②。

④ 一茫茫，完全模糊了。虽然草堂还在那里，但在那里的生活已成往事，因而不再清晰。

◎ 青丝[1]（七古）

青丝白马谁家子，[2]　　那是谁家的少年？骑着白马，手挽着青丝缰绳，
粗豪且逐风尘起。　　那么粗暴豪强，乘战乱起来横行。
不闻汉主放妃嫔，[3]　　没听说皇帝下命令打发妃嫔出宫，
近静潼关扫蜂蚁。[4]　　潼关近日已平定，贼兵已被扫清。
殿前兵马破汝时，[5]　　殿前禁军兵马打败你的日子快到，
十月即为齑粉期。[6]　　十月里你就要被粉碎，溃不成军。
不如面缚归金阙，[7]　　不如趁早自己反绑来到宫门前，
万一皇恩下玉墀。[8]　　说不定皇帝降恩会饶你一条性命。

注释：

① 这首诗以篇首两字“青丝”为题，实际是一首无题的政论诗。这首诗所写的叛乱者是谁，从诗的内容来看无法准确断定，因而它的写作时代也难确定。朱鹤龄、浦起龙均订此诗作于永泰元年。主旨是反对割据、叛乱，主张维护国家的统一，这倒是很明白的。黄鹤、钱谦益等都认为这诗所说的是仆固怀恩之乱。广德二年二月，仆固怀恩谋取太原，其子玚进围榆次。十月引吐蕃及回纥兵进逼奉天（今陕西乾县）。永泰元年九月，又诱回纥、吐蕃、党项等入寇，与诗中“十月即为齑粉期”句相合。可是诗中还有“近静潼关扫蜂蚁”之句，旧注引广德元年十月泾州刺史高晖引吐蕃攻陷长安，败退时，潼关守将李日越擒杀高晖来解释，又似乎应为广德元年的事。看来这篇诗的历史背景还有待于研究。暂依黄鹤之说编在永泰元年冬。

②《南史·侯景传》述南朝梁武帝大同年间有童谣曰“青丝白马寿阳来”。侯景叛变时即按童谣所言乘白马挽青丝缰入建康（今南京市）。后来常以“青丝白马”来表示叛将的形象。

③ 汉文帝及其后的成、哀、平等帝都曾放后宫美人媵妾出宫，这被看作皇帝崇俭修德的盛事。肃宗于收复长安后的乾元元年正月也曾放宫女三千。朱鹤龄引《旧唐书》，谓永泰元年二月，唐代宗也有出宫女千人的事。这句诗的意思是说皇帝崇尚德行，则国运必昌盛，叛逆者一定没有好下场。

④ 参看注①。不能确定潼关附近扫除的小股贼寇究竟是什么人，也无法确定其时间。只能说当时在潼关附近曾有过一次扫除敌人的胜利。

⑤ 殿前兵马，由皇帝直接指挥的禁军。实际上当时禁军掌握在宦官手中。代宗杀李辅国和罢黜程元振后，禁军兵权入鱼朝恩之手。

⑥ 从这句诗中的“十月”来看，诗写于十月以前，预言到十月即可粉碎叛军。

⑦ 面缚，《仇注》引《史记》注：“缚手于背，面向前。”金阙，指宫门。

⑧ 玉墀，殿前石阶。皇恩，指皇帝对自动投降者降恩，免除其死罪。

◎ 三绝句[①]（七绝）

前年渝州杀刺史，[②]	前年渝州刺史被杀死，
今年开州杀刺史。[③]	今年开州刺史被杀死。
群盗相随剧虎狼，[④]	盗贼接连作乱，比虎狼还凶，
食人更肯留妻子。	吃了人哪里还肯留下他的妻和子。

注释：

① 这三首绝句都是写时事和感触。残害人民的人肆无忌惮，为所欲为；而被害的人民则无力反抗，所遭受的苦难和污辱，令人闻之发指。只要写出这些事实也就够了，还能多说什么呢？用绝句的形式来写这样的诗，富于含蓄，特别锐利有力。这三首绝句应被置于杜甫最优秀的诗篇之列。

② 渝州，即今之重庆市。

③ 开州，即今之四川省开县。这两件刺史被杀的事，史书上没有记载，但都是杜甫亲耳所闻的当时事件，一定是真实的。

④ 群盗指谁，未说明，但可看出是叛乱的军阀。

◎ 其二（七律）

二十一家同入蜀，	二十一户人家一起逃到巴蜀，
惟残一人出骆谷。[①]	如今只剩一个人回去再走过骆谷。
自说二女啮臂时，[②]	他诉说着抛弃两个女儿时的惨状，
回头却向秦云哭。[③]	回过头对着秦岭天空的白云痛哭。

注释：

① 骆谷，在陕西省周至县南，是自关中入蜀境的通道。其南口在洋县，名傥谷。出骆谷，指逃到巴蜀避难的人回关中时经过骆谷。残，剩。

② 古代亲人在危难时分别常啮臂发誓，表示必欲再见，但到了这样的境况能再见面的是极少的。啮臂分别是人间最悲惨的事。三、四两句是生还骆谷者自述往事。

③ 秦云，指秦岭上空的云。骆谷是穿过秦岭的通道，走过秦岭，便到达蜀地，这时再回头看秦岭上空的云，想念失散的家人，故放声痛哭。这首诗以典型事例反映了乱世人民家破人亡的痛苦。

◎ 其三（七绝）

殿前兵马虽骁雄，①	殿前的禁军兵马虽然骁勇雄壮，
纵暴略与羌浑同。②	凶横残暴却和羌浑兵一个样。
闻道杀人汉水上，③	听说西汉水边到处乱杀人，
妇女多在官军中。④	许多妇女被掳进了官军的营帐。

注释：

① 殿前兵马，指禁军。参看本卷《青丝》注⑤。

② 据朱鹤龄引《唐书·本纪》："永泰元年九月，仆固怀恩诱党项羌、浑、奴剌寇同州及凤翔、周至。"由此可看出前一首中所说的"二十一家"入蜀的人是避羌浑人而南奔的。这诗的写作时间也由此而得到确认，即永泰元年秋冬间。

③ 汉水，指嘉陵江上游之西汉水。当时出动禁军镇乱，在西汉水畔有杀人掳掠的暴行。

④ 官军，即第一句诗中所说的"殿前兵马"。这一首诗是对禁军暴行的控诉，末两句充分揭露了杀人掳掠的罪行。由这一首诗可看出，人民逃难，不仅是避入侵者，也是避官军。

◎ 遣愤[1]（五律）

闻道花门将，[2]	听说回纥兵的将领，
论功未尽归。	评过功之后还没全部撤回去。
自从收帝里，[3]	自从收复了京城，
谁复总戎机。[4]	军权究竟掌在谁手里。
蜂虿终怀毒，[5]	黄蜂毒虫总是带着一身毒，
雷霆可震威。[6]	雷霆该显显威风，给它狠狠打击。
莫令鞭血地，	别在汉臣曾被鞭打得流血的土地上，
再湿汉臣衣。[7]	再一次让汉臣被打得鲜血沾衣。

注释：

① 据《通鉴》永泰元年十月，郭子仪与回纥联兵追击吐蕃兵，于灵台西原大破之，又破之于泾州东，回纥兵将领都禄督等两百余人入朝，前后赠缯帛十万匹，府藏为之一空。回纥之骄横，唐朝政府之懦弱，以及由此而转嫁在人民身上的苦难，都使杜甫感到愤慨，这首诗就是为排遣这样的愤慨而写的。这诗作于永泰元年冬。

② 花门，即回纥，参看第二卷《留花门》注①。

③ 帝里，皇帝居住的地方，指京都长安。广德二年十月吐蕃侵占长安，同年十二月，吐蕃被击败退走，代宗返回长安。

④ 总戎机，掌管兵权。当时宦官鱼朝恩统率神策军，郭子仪指挥军事常受其牵掣。

⑤ 蜂虿，指回纥兵。

⑥ 雷霆，比喻唐朝政府的兵力。这句诗是表示希望朝廷持强硬态度，聚集兵力来威慑回纥兵。

⑦ 宝应元年十月，雍王李适为天下兵马元帅，会诸道节度使及回纥兵讨史朝义。在这以前，李适到黄河北岸去见回纥可汗，商请回纥出兵。回纥可汗肆意对李适及从臣进行污辱，责李适不于帐前拜舞，鞭箠李适的从臣药子昂、李进、韦少华、魏琚四

人各一百，少华、琚一宿而死。"汉臣鞭血"就是指这件事。这是回纥对唐朝的极大侮辱，但朝廷竟忍受了屈辱，故诗人深为愤慨。

◎ 十二月一日三首[1]（七律）

今朝腊月春意动，	今天才进腊月就已出现了春意，
云安县前江可怜。	云安县前的江水真令人爱怜。
一声何处送书雁，[2]	从哪里来的一声雁叫，它会给人们带信，
百丈谁家上濑船。[3]	长长的竹缆牵引着上滩的，那是谁家的船。
未将梅蕊惊愁眼，[4]	梅花还没开，它还没惊扰我的愁眼，
要取椒花媚远天。[5]	该采些椒花献给还在远方的春天。
明光起草人所羡，[6]	在明光殿上起草文章真使人艳羡，
肺病几时朝日边？[7]	可我有肺病，要哪天才能回到皇帝身边？

注释：

① 杜诗诗题中记日期者均为节气或节日，如本卷《正月三日归溪上有作》中的正月三日是指立春，《云安九日郑十八携酒陪诸公宴》中的九日是指重阳等。这诗题的"十二月一日"，当指冬至。这是永泰元年的冬至。我国古代有"冬至一阳生"之说，指春天的阳气从这一天开始逐渐回到世间。因此诗中可使人感受到严冬中透露出的春意。诗人那时暂时停留在云安，虽然依然抑郁苦闷，但毕竟产生了一些乐观情绪，尽管它很快又失去了踪影。

② 古代习惯把雁和传递书信联结在一起，雁声会使人想起远方的亲友，使人希望得到亲友的音讯。

③ 唐、宋间蜀人称牵船用的竹缆为"百丈"。陆游《入蜀记》："上峡惟用艣（橹）及百丈，不用张帆。百丈，以巨竹四破为之，大如人臂。"濑，就是急滩。

④ 这句诗是省略主语的句子。将梅蕊，直译是“把梅花带来”，谁把梅花带来呢？那就是第一句诗中的“春意”。

⑤“要取”句的主语也省略了，那是诗人自己。“要取”的“要”，意思是“当”“该”。椒花，古代于腊月、除夕、元旦，有饮椒酒、颂椒花的习俗。见第二卷《杜位宅守岁》注③。远天，指正从远方走来的春天。取椒花媚远天，即以椒花遥献给即将到来的春天。

⑥ 明光，指汉代的明光宫。《雍录》：“汉明宫有三，一在北宫，与长乐相联，一在甘泉宫中，一为尚书奏事之所。”这诗中所说的明光，是指第三处。杜甫借它来代表朝廷中的尚书省。杜甫已授工部员外郎，如回朝任职，可能在尚书省任起草的工作。据《汉官仪》：“尚书郎，主作文章起草。”从这句诗可看出，杜甫对他的员外郎的官职是深以为荣的。

⑦ 日边，指皇帝身边，也可指京都、朝廷。杜甫肺病多年，不能回朝任职。这是饰词，他之不能回朝，可能还有其他原因在。

◎ 其二（七律）

寒轻市上山烟碧，	街市上已感到微寒，山头弥漫着深绿色的云烟，
日满楼前江雾黄。	楼前一片阳光，江雾也给映黄。
负盐出井此溪女，	住在这溪边的妇女，背着盐从盐井往外走，
打鼓发船何郡郎。①	不知哪儿来的年轻人，开船时把鼓打得震天响。
新亭举目风景切，②	抬头看风景感到凄切，像当年的新亭对泣，
茂陵著书消渴长。③	也和司马相如一样闭门著书，被消渴病折磨得久长。
春花不愁不烂漫，	到了春天，不愁春花不繁盛开放，
楚客惟听棹相将。④	我这异乡人只能任航船带着飘荡。

注释:

① 开头四句诗写在云安江边楼上远眺时所见的景物。前两句写自然风光，后两句写市井生活。

②《世说新语・言语》:“过江诸人，每至美日，辄相邀新亭，藉卉饮宴。周侯中坐而叹曰:‘风景不殊，正自有山河之异。’皆相视流泪。”这是写渡江南下的东晋世族于国破家亡后的悲痛情绪。后来“新亭对泣”，成了一个典故。切，据《仇注》，是“凄切之切”。

③ 茂陵，汉武帝陵墓所在地，后置茂陵县。司马相如因病退休后住在这里，世人也称他为茂陵。消渴，即今之糖尿病。杜甫也患消渴病，常以司马相如自比。

④ 最后两句诗的意思是：世上的一切都会好起来，但却无力改变自己的处境。楚客，杜甫自称。《仇注》引顾宸注:“夔为南楚，故自称楚客。”云安，是夔州的一个县，在云安，可以说是在楚地。

◎ 其三（七律）

即看燕子入山扉，	眼看燕子就要飞进山里人家，
岂有黄鹂历翠微。[①]	黄鹂哪里会这么早就在山腰林丛中出现。
短短桃花临水岸，	岸上的矮桃树将会在水边开花，
轻轻柳絮点人衣。	轻轻的柳絮将粘上人的衣衫。
春来准拟开怀久，[②]	早就想春天来了一定开怀痛饮，
老去亲知见面稀。	可人老了，连亲友也难得见面。
他日一杯难强进，	怕将来有一天连一杯酒也喝不完，
重嗟筋力故山违。[③]	筋力衰疲，又远离家乡，只能一声又一声地哀叹。

注释:

① 一至四句是预想春天的景色。翠微，见第一卷《重题郑氏东亭》注②，这里指半山腰的丛林。

② 开怀，这里指尽兴饮酒。

③ 最后两句诗叹惜自己日益衰老疲弱，恐不能回乡。

◎ 又雪[①]（五律）

南雪不到地，	南国的雪花不到地面就已不见，
青崖沾未消。	只有那沾在青色山崖上的没有消。
微微向日薄，	对着阳光，它慢慢变薄，
脉脉去人遥。	似乎含情脉脉，但又距离人遥遥。
冬热鸳鸯病，	冬天这么热，怕鸳鸯也会生病，
峡深豺虎骄。[②]	峡谷幽深，又担心虎狼凶暴。
愁边有江水，	当我发愁时就看着身边的江水，
焉得北之朝。[③]	真不知道该怎样才能北上回朝。

注释:

①《仇注》:“鹤注：当是永泰元年冬作。题曰《又雪》，前面应有雪诗一章，疑脱漏矣。”按“又雪”，并不是“又咏雪”，很可能是指又一次下雪。我国西南地区雪不多见，下过一次雪，又下雪了，故曰“又雪”。由于不习惯于南方和暖的冬天，诗人又产生回京师的心愿，但仍是一筹莫展，徒增苦闷。

②《杜臆》:“文禽（指鸳鸯）偏病，恶兽（指豺虎）偏骄，以比不利君子而独利于小人。”

④ 之朝，到朝廷去。杜甫在云安时，屡起归京之思，与在成都时的意愿又有所不同，

究竟为什么这样，现在已很难猜度。

◎ 雨[①]（五律）

冥冥甲子雨，[②]	甲子日天色阴暗雨蒙蒙，
已度立春时。[③]	好像立春已经过去几天。
轻箑烦相向，[④]	真想拿出把小扇子来扇扇，
纤絺恐自疑。[⑤]	我猜想怕已经能穿细葛衫。
烟添才有色，	烟霭给雨点增添了颜色让人看见，
风引更如丝。	风又把它拉长得像细丝一般。
直觉巫山暮，	我简直以为这是巫山的傍晚，
兼催宋玉悲。[⑥]	也促使我心里产生宋玉的悲叹。

注释：

① 黄鹤注："《旧史》（《旧唐书》）：大历元年正月丁巳朔（初一），则初八日为甲子。史又云：是春旱，至六月庚子始雨，与唐谚合。"按唐谚指《朝野佥载》所载："春雨甲子，赤地千里。"这些材料说明，这诗作于大历元年（766年）正月初八日。这正是"春雨甲子"，可能会干旱，天气又闷热得异乎寻常，杜甫不免为此担忧并想到个人遭遇，就更悲伤了。杜甫在这诗中描述了那一天的天气和自己的感受。

② 冥冥，指天色阴暗。甲子，以天干地支来表示日期，参看注①。

③ 据本卷《十二月一日》第一首注①所云，永泰元年十二月初一是冬至，则大历元年正月初八当为大寒过了不久，立春尚未到，这句诗中说"已度立春时"，是指天气温暖已如过了立春，是一种反常的天气。

④ 箑，音"霎"（shà）。《淮南子·精神》："知冬日之箑"。注："楚人谓扇为箑。"

⑤ 絺，音"痴"（chī），细葛布。纤絺，制夏衣的细葛衣料。

⑥ 宋玉《高唐赋·序》中有“妾在巫山之阳，高丘之岨，旦为朝云，暮为行雨，朝朝暮暮，阳台之下”的对话。因此后世往往把“雨”与“巫山”联系在一起，并由此联想到宋玉。宋玉的《九辩》，表达了内心的悲痛。他想对国事有所作为，但自己被小人排挤，失职穷困；他不满现实，又无力改变，只能叹老嗟卑，发出哀愁之音。杜甫常把宋玉引为知己，这诗里是以宋玉的悲痛来比喻自己的悲痛。

◎ 南楚[①]（五律）

南楚青春异，[②]	南楚的春天和故乡的春天不同，
暄寒早早分。[③]	寒冷早已离去，开始变得温暖。
无名江上草，	江边茁生的小草我叫不出名称，
随意岭头云。	岭上白云到处飘浮，任随自己心愿。
正月蜂相见，	正月就已看见蜜蜂，
非时鸟共闻。	时候没到各种鸟叫就都已听见。
杖藜妨跃马，	扶着藜杖走路会妨碍马跑，
不是故离群。[④]	我不是故意避开人群才走在路边。

注释：

① 古代的楚地面积很广，被分为三部分，分别称为西楚、东楚与南楚，所指的地区各种文献中的说法大不一致。据《汉书·高帝纪》注：江陵为南楚，吴为东楚，彭城为西楚，与这诗中所说的南楚相合。唐代的夔州，属江陵郡，据《旧唐书》，江陵郡于至德（756—757 年）后，置荆南节度使，领澧、朗、硖、夔、忠、归、万等八州。因此，可把夔州的云安县称为南楚。这诗通过写云安的特殊气候来表现自己的思乡之情和衰老的感觉。

② 青春，即春天。异，只能以比较来确定，比较的参照物是作者的故乡中原地区。

③ 暄，指温暖。这句诗是说，在云安，一到春天就已转暖，与冬日的寒冷早已隔绝。

④ 末句的“离群”，是指作者与同伴一起走路时离开了大家避到路边。这当然也可以是一种象征，有着某种寓意。上面一句则是说“离群”的原因。这两句诗既表示作者自觉衰老，行路迟缓，对骑马奔跑者的咄咄逼人，有畏惧之感；同时也表示自己已不合时宜，落落寡合。这两句诗的心理描写生动、曲折，而且十分真实。

◎ 水阁朝霁奉简云安严明府[①] （五古）

东城抱春岑，	东城被春意盎然的小山环抱，
江阁邻石面。[②]	江边水阁和一块平坦巨石相连。
崔嵬晨云白，	早晨的云朵像巍峻高山一片白色，
朝旭射芳甸。[③]	早晨的阳光射向飘香的草甸。
雨槛卧花丛，[④]	我躺卧在雨后栏杆旁的花丛中，
风床展书卷。	在迎风的床上打开了书卷。
钩帘宿鹭起，	挂竹帘时，把栖宿的白鹭惊起，
丸药流莺啭。[⑤]	一边做药丸，一边听流莺啼啭。
呼婢取酒壶，	呼唤婢女让她把酒壶取来，
续儿诵文选。[⑥]	儿子背诵《文选》，我接着他往下念。
晚交严明府，[⑦]	晚年时有幸和您这位严明府结识，
矧此数相见。	何况你又能常常和我见面。

注释：

① 这首诗生动地描写了杜甫在云安时悠闲自在的生活，心情似乎十分愉快。但要知道这是投给云安县严县令的一通诗简，作诗的目的是感谢他的照顾，因而只写出了生活中的这一面，而没有把心中的忧虑和痛苦表露出来。

② 江阁，江边的楼阁，大概是云安严明府给杜甫安排的临时住处。石面，平整的巨大石块。

③ 甸，草地。

④ 这句诗和下一句诗是共说一件事。花丛，是指栏杆旁的花木、盆景，床安放在花木、盆景旁边，人则卧于床上。

⑤“丸药”的“丸”字，作动词用。丸药，把药料制成药丸。

⑥《仇注》解释这句诗说：“子诵《文选》，断不能接，公为口续之。”这是以想象来理解诗歌内容之一例。也可想象为另一种情况，即儿子背诵完一篇，父亲又兴致勃勃地继续往下背。运用想象法，对理解诗歌来说也是不可少的。但必须从诗中所有条件出发，必须合理。

⑦ 严明府是云安县令，是杜甫到云安后才认识的友人，所以说“晚交”。

◎ 杜鹃[①]（五古）

西川有杜鹃，	我在西川曾看见杜鹃，
东川无杜鹃。	到东川时却没有看见。
涪万无杜鹃，	在涪陵、万县也没有看见，
云安有杜鹃。[②]	如今到云安，终于又看见了杜鹃。
我昔游锦城，	往年当我漂泊到锦官城，
结庐锦水边。	建了座草堂，在锦水旁边。
有竹一顷余，	有一顷多地的竹园，
乔木上参天。	乔木一直伸向蓝天。
杜鹃暮春至，	暮春时节杜鹃飞来，
哀哀叫其间。	哀哀啼叫，在竹林树丛中间。

我见常再拜，	我看见它总要向它连着跪拜两次，
重是古帝魂。[③]	这样尊敬它，因为它是古代蜀帝精魂所变。
生子百鸟巢，	它在各种鸟雀的巢里产卵，
百鸟不敢嗔。	那些鸟儿不敢对它憎厌。
仍为喂其子，	还要替它喂雏鸟，
礼若奉至尊。	讲究礼节好像是对天子奉献。
鸿雁及羔羊，	鸿雁和羔羊，
有礼太古前。	讲究礼法远在太古以前。
行飞与跪乳，[④]	飞时排成队，吃奶要下跪，
识序如知恩。	懂得长幼次序，知道亲恩如山。
圣贤古法则，	古代圣贤立下了规矩，
付与后世传。	教给后人，一代代往下传。
君看禽鸟情，	你看看禽鸟的心意，
犹解事杜鹃。	它们还懂得应该事奉杜鹃。
今忽暮春间，	如今不觉已是暮春，
值我病经年。[⑤]	我生病至今已整整一年。
身病不能拜，	身体有病痛，不能跪拜，
泪下如迸泉。[⑥]	眼泪不断流出，像涌出清泉。

注释：

① 第九卷《杜鹃行》和这诗写同一题材，但那一首诗着重写蜀王杜宇（望帝）变化为杜鹃的传说，对世界上的沧桑变化有着深长的感慨，而这首诗则主要赞美百鸟为杜鹃育雏和对杜鹃的尊敬。这首诗究竟有无寓意，或影射何事，过去的论者有不同看法，但这首诗的主旨在尊奉天子，反对一切不尊敬皇帝的行为则是可以肯定的。杜甫在这诗中表现出的思想有些迂腐，但这在八世纪的中国封建社会里是很正常的。

② 开头四句诗，风格很特别。过去的注家有人表示不能理解。所谓“有杜鹃”或“无杜鹃”，并不是一个科学判断，而只是写诗人的知觉与感受。诗人看见了杜鹃，就说

“有杜鹃”，没有看见，就说“无杜鹃”。杜甫入川以来，只是在成都时和在云阳时看到杜鹃；由于很久没有看见它（也可能是没有注意它），在云安看见它时就表现出特别的激动，所以这样写。当然，想到要作这样一首《杜鹃》诗还同当时的政治动乱有关。参看本卷《青丝》注①。

③ 参看第九卷《杜鹃行》注②。

④ 行，读“杭”（háng），雁飞成行，羔羊吮母乳时，前腿屈下，有如跪于母前。

⑤ 这诗作于云安，时间是大历元年春。永泰元年春，杜甫就开始病得较重了。那也正是杜甫辞去节度使幕府的职务回到草堂的时候。

⑥ 最后两句诗使我们联想到，杜甫屡次说因病不能回朝廷任职，并深以为憾，这诗里说因病不能拜杜鹃而泪如涌泉，不也正与思归京而不能的遗憾相同吗？

◎ 子规[①]（五律）

峡里云安县，	三峡西面的云安县，
江楼翼瓦齐。	临江的楼房，瓦片盖得整整齐齐。
两边山木合，	两边山上的树木聚合，
终日子规啼。	整天听得见子规叫啼。
眇眇春风见，[②]	春风里，它远远出现，
萧萧夜色凄。[③]	夜色笼罩萧萧丛林，它叫得悲凄。
客愁哪听此，	愁苦的异乡人怎么能听这声音，
故作傍人低。	可是它还要故意靠近人低飞。

注释：

① 子规，即杜鹃。这首诗里，杜鹃的啼声被当作引起游子乡愁的原因，实际上，杜鹃啼声的悲哀正是思乡者情思的外射和对象化。我国民间习俗有以“不如归去”来比拟

杜鹃啼声者，与这诗中所表达的思乡之情相合。

②《仇注》："眇眇，指子规；萧萧，指山林。"眇眇，远貌，《楚辞·哀郢》："眇不知所蹠。"

③ 萧萧，状山木因风而摇动，《楚辞·九歌·山鬼》："风飒飒兮木萧萧。"

◎ 客居[1]（五古）

客居所居堂，	我在这里暂时寄住的厅堂，
前江后山根。[2]	前面临江，后面紧靠山脚边。
下堑万寻岸，[3]	几千尺深的崖岸就在下面，
苍涛郁飞翻。[4]	深蓝色的波浪在林木阴影里飞翻。
葱青众木梢，	群树的枝梢青青葱葱，
邪竖杂石痕。[5]	斜一根，竖一根，和岩石上的苔痕错杂成一片。
子规昼夜啼，	子规日日夜夜啼叫，
壮士敛精魂。[6]	壮士听了也会魂惊魄敛。
峡开四千里，[7]	从三峡起开辟了四千里水道，
水合数百源。	几百条河川汇成长江的上源。
人虎相半居，	一半人、一半虎杂居在一起，
相伤终两存。[8]	相互伤害，但也都生存到今天。
蜀麻久不来，	西蜀的苧麻长久不向这里运来，
吴盐拥荆门。[9]	江南的食盐拥塞在荆州不能进川。
西南失大将，[10]	镇守西南的大将遭人杀害，
商旅自星奔。	商贾旅客各自逃命散乱奔窜。
今又降元戎，[11]	如今朝廷又任命了一位统帅，

已闻动行轩。[12] 听说他的车驾已经启程。
舟子候利涉，[13] 船工们在等待有利的时机开船，
亦凭节制尊。[14] 可也要倚仗节度使大人的威严。
我在路中央， 我停滞在半路上，
生理不得论。 谋生的事简直不能谈。
卧愁病脚废， 生病躺着，担心腿脚残废，
徐步视小园。 就慢慢迈步，去看看小园。
短畦带碧草， 短短的菜畦周围都是绿草，
怅望思王孙。[15] 不禁想起了王孙，心中愁惨。
凤随其凰去，[16] 凤随着他的凰逝去了，
篱雀暮喧繁。 篱笆上的麻雀傍晚时不停地叫唤。
览物想故国， 看着这些景物就想起了故园，
十年别荒村。[17] 我离开那个荒村已经十年。
日暮归几翼， 太阳下山了，归巢的鸟才有几只，
北林空自昏。[18] 村北的树林徒然变得昏暗。
安得覆八溟，[19] 怎样才能使所有的大海倒翻，
为君洗乾坤。[20] 为皇上把天地洗得干干净净。
稷契易为力，[21] 只要有稷、契那样的大臣就好办，
犬戎何足吞。[22] 要消灭犬戎又有什么困难。
儒生老无成，[23] 我这个儒生到老一事无成，
臣子忧四藩。[24] 做臣子总得关心四方边境的安全。
箧中有旧笔， 小竹箱里有我用旧了的笔，
情至时复援。[25] 激动时就又拿它起来抒写情感。

注释：

① 这首诗是大历元年春杜甫客居云安时所作。诗中描写了所居处的自然环境和蜀地的动

乱在小城中的反映，并表达了有家难归、救世无力的无可奈何的心境。

② 山根，即山脚，山麓。

③ 一寻，七尺或八尺。万寻，极言其深。

④ 郁，繁体字当作“鬱”，树木丛生状。《诗·秦风·晨风》：“郁彼北林。”

⑤“邪”同“斜”。邪竖，指前一句诗中的“众木梢”。

⑥ 敛精魂，指震惊、怵惕的心态。

⑦ 长江自源头至海，长一万多里，这里说“四千里”，指三峡以下的江流。三峡，是穿过山岩开辟的通道，打开这条通道，才可能有长江中下游的江流。

⑧ 这两句诗写云安一带唐代多虎的状况，同时也深蕴哲理。人虎相伤但依然能两存，而军阀害民，则只能两败俱伤。

⑨“蜀麻”“吴盐”两句，表示交通受阻，其原因在下面一句诗中说明。

⑩ 这句诗所反映的史实是指永泰元年闰十月，成都尹兼西川节度使郭英乂被西山都知兵马史、汉州刺史崔旰部下所杀的事。参看本卷《长江二首》第一首注①。

⑪ 元戎，指杜鸿渐。大历元年二月，以杜鸿渐为山南西道、剑南东西川副元帅、剑南西川节度使。

⑫ 行轩，指杜鸿渐乘坐的车。

⑬ 利涉，《易》：“利涉大川。”用在这里意思是说要等候利于航行的时机。有战乱，船停航，需时局平定，才能开船。杜甫停留在云安，也是由于战乱。

⑭ 节制，指剑南西川节度使杜鸿渐。能否开船，要等待杜鸿渐显示威力。

⑮⑯ 这两句诗究竟是什么含意殊难臆测。《仇注》：“禄山陷京，屠戮宗室，故曰‘怅望思王孙’。杨妃殁后，上皇亦亡，故曰‘凤随其凰去。’”“又按《楚辞注》：屈原，楚同姓，故称王孙；司马相如有归凤求凰之咏。此诗怅望王孙，应指屈原；凤随凰去，应指相如。”“王孙”句紧接“碧草”之后，当据《楚辞·招隐士》：“王孙游兮不归，春草生兮萋萋”来领会诗意。以“王孙”指称的人应与云安地方有较密切的关系，而“凤随凰去”则是被称为王孙的人的故事。要进一步理解这两句诗，应对云安的古迹和与云安有关的历史人物作深入的研究与发掘。

⑰ 杜甫于乾元元年（758 年）冬末回到故乡偃师附近的陆浑山庄，次年（759 年）二月离开陆浑山庄。荒村大概就是指陆浑山庄。自乾元二年二月到大历元年（766 年）春，大约八年，说十年，举其成数而言。

⑱ 北林，荒村北面的树林。前一句诗的“归几翼”，说的是归鸟，也象征归人。这两句诗是说离乡的人归去的很少。

⑲ 八溟，指四面八方的大海。

⑳ 洗乾坤，喻把国内的盗贼奸佞全部清除。

㉑ 稷契，见第四卷《自京赴奉先县咏怀》注③。

㉒ 犬戎指吐蕃。

㉓ 儒生，杜甫自谓。

㉔“藩”的本义为屏蔽，后引申为国家边境外的地区。

㉕ 复援，指又拿起笔，拿起笔是为了写诗。最后一句诗说明了写这首诗的思想动机。

◎ 石砚[①]（五古）

平公今诗伯，[②]	平侍御是当代诗坛巨子，
秀发吾所羡。	才华杰出，真使我钦羡。
奉使三峡中，	奉皇上命令出使来到三峡西面，
长啸得石砚。[③]	在休假吟啸时得到一方石砚。
巨璞禹凿余，[④]	这是大禹凿山治水遗留的一块未经雕琢的巨石，
异状君独见。	它的特异形状只有您才能发现。
其滑乃波涛，	它那么滑润，由于多年受波涛磨洗，
其光或雷电。	它那么光亮，也许凝聚着雷电。

联坳各尽墨，	几个坳池相连，都能贮存墨汁，
多水递隐见。⑤	含蓄的大量水分时隐时现。
挥洒容数人，	可以容得下几个人一起挥毫写字，
十手可对面。	十只手可以分别放在两边。
比公头上冠，	比起你头上的冠冕，
贞质未为贱。⑥	它正直、朴实，决不低贱。
当公赋佳句，⑦	您写优美的诗句时，它总对着您，
况得终清宴。⑧	何况又总是陪着您享受清闲。
公含起草姿，	您有着起草诏令的大才，
不远明光殿。⑨	不用多久就将进入明光殿。
致于丹青地，⑩	您到了青琐丹墀之间，
知汝随顾眄。⑪	当您凝望沉思时，它也在您身边。

注释：

① 诗题下有原注：“平侍御者”。这首诗是为平侍御的一块石砚而作。诗的前半，述这石砚的特色和优点；诗的后半，祝祷平侍御前程远大。因诗中有“奉使三峡中”句，黄鹤依梁权道编在云安诗内。

② 诗伯，诗坛领袖，这是对平侍御作诗才能的赞美。

③“长啸”的“啸”，意思是“吟啸”，喻闲适自在的生活。平侍御到夔州是奉使而来，但在云安时曾休假。得石砚于长啸之间，就是说石砚是在度假游憩时所得到的。

④ 璞，这里指未经雕琢的石料。禹凿余，大禹治水凿山之余。这当然是一种夸饰之词，言此石砚材料之宝贵。

⑤《仇注》引朱注：“联坳，砚穴相并；多水，砚润出水也。”

⑥ 贞，一作“正”，意思也相同。质，质朴。

⑦“当”字不是介词，而是动词。当，就是“面对着”。

⑧《汉书·诸葛丰传》：“愿赐清宴”。清宴指清闲。宴，有“安乐”义。参看第十三卷

《太子张舍人遗织成褥段》注④。

⑨ 参看本卷《十二月一日》第一首注⑥。

⑩《仇注》:“丹青地，谓丹墀青琐之间。”指到朝廷尚书省任职。

⑪ 汝，指石砚，原诗在这一句把石砚当作了说话的对象。译诗仍按原来的人称，“您”指平侍御，“它”指石砚。

◎ 赠郑十八贲[1] （五古）

温温士君子，	您是温雅恬静的高尚士人，
令我怀抱尽。	对着您，我就想把心怀吐尽。
灵芝冠众芳，	您是各种花草里最珍贵的灵芝，
安得阙亲近。	我怎能不常常和您亲近。
遭乱意不归，[2]	遭逢战乱，您并不急于想回乡，
窜身迹非隐。[3]	逃身异地，形迹并不像退隐。
细人尚姑息，[4]	无德的小人只顾眼前的利益，
吾子色愈谨。[5]	而您的仪容却更加谨慎小心。
高怀见物理，	您情怀高尚，能看清事物的道理，
识者安肯哂。	有见识的人怎么会嘲笑您。
卑飞欲何待，[6]	您在低处飞翔究竟是期待什么，
捷径应未忍。[7]	您总是不愿走一条捷径。
示我百篇文，	您给我看您写的百来篇诗文，
诗家一标准。	都能符合诗人应共守的标准。
羁离交屈宋，[8]	在流寓途中和才如屈宋的您结交，
牢落值颜闵。[9]	在感到寂寞空虚时遇见您，像遇见德行过人的颜闵。

水陆迷畏途，	水路陆路都这么难走，使我惶惑，
药饵驻修轸。⑩	为了服药治病，暂停长途旅行。
古人日已远，	古人离我们一天天遥远，
青史字不泯。⑪	但史册上的字迹不会灭泯。
步趾咏唐虞，⑫	我们一起散步，歌咏唐虞盛世，
追随饭葵堇。⑬	随着您进餐，吃些葵菜紫堇。
数杯资好事，⑭	热心人给我送来几杯美酒，
异味烦县尹。⑮	下酒的珍肴还得麻烦县令。
心虽在朝谒，	我的心愿虽然是回朝去拜谒皇帝，
力与愿矛盾。	可体力却不能让我遂心。
抱病排金门，⑯	如果抱着病推开宫门上殿，
衰容岂为敏。⑰	衰老的人这样做怎么能算聪敏。

注释：

① 郑十八贲，已见本卷《云安九日郑十八携酒陪诸公宴》注①。这首诗中，杜甫盛赞他的才能与品德，可看出他与杜甫虽为新交，但相互颇为理解。

② 从这一句起的八句，都是介绍郑十八的思想行为。

③ 迹非隐，从郑的行为举止来看，并不像一个隐士。《仇注》谓“郑盖避乱之蜀，曾为小吏者。”为小吏，当然不能算隐士。

④ 细人，即世俗小人。尚，崇尚。姑息，对人对己，都可用这个词，意思是只图眼前的利益而不顾其后果。

⑤ 色愈谨，指行为表现更加谨慎，即不苟言行的意思。

⑥ 卑飞，指担任低下的职务。

⑦ 捷径，指不正当的道路。

⑧ 这句诗以屈原、宋玉来比喻郑十八富于诗才。

⑨ 这句诗以颜渊、闵子骞（俱为孔子的弟子）来比喻郑十八德行高尚。

⑩ 轸，通“畛”，音“诊”（zhěn），井田间的道路，后通用为道路。修轸，指漫长的道路。谢灵运诗：“含酸赴修轸”。

⑪ 这句是说，从历史记载上可以看到古人的言行事迹。杜甫和郑十八都对唐朝的现实不满，向往古代淳朴的社会。

⑫ 唐虞，指古史传说中唐尧、虞舜两位领袖治理下的盛世。

⑬ 葵，一种蔬菜，即今之冬寒菜（冬苋菜）；堇，紫堇，也是一种野菜。

⑭ 好事，好事者。资，依靠。

⑮ 县尹，即县令。大概就是本卷《水阁朝霁奉简云安严明府》中所说的那位严明府。

⑯ 金门，即“金马门”，指宫门。排金门，推开金门，指到朝廷上去做官。

⑰ 敏，聪敏，明智。

◎ 别蔡十四著作[①] （五古）

贾生恸哭后，[②]　　自从忠贞的贾谊痛哭后死去，
寥落无其人。　　世上就很难遇见他那样的人。
安知蔡夫子，　　没想到还有您这位蔡夫子，
高义迈等伦。　　高尚的品行超越过同辈的人们。
献书谒皇帝，　　您向皇帝上书，到朝廷上拜谒，
志已清风尘。　　这样的志向就足以澄清乱世风尘。
流涕洒丹极，[③]　　您在御座前洒下热泪，
万乘为酸辛。　　皇帝也被你感动，心中酸辛。
天地则疮痍，　　虽然遍天下满目疮痍，

朝廷多正臣。	但是朝廷上有许多正直大臣。
异才复间出，	又有些特殊杰出的人才不时出现，
周道日惟新。④	国家恢复了正道，每天还在革新。
使蜀见知己，⑤	您出使蜀境，我见到了我的知己，
别颜始一伸。⑥	才有机会向您倾诉别离的衷情。
主人薨城府，⑦	您的主将在成都逝世，
扶榇归咸秦。⑧	如今您扶着他的灵柩回京。
巴道此相逢，⑨	这次在巴蜀的道路上相逢，
会我病江滨。	正巧我因病羁留在这江滨。
忆念凤翔都，⑩	回忆当年在行都凤翔，
聚散俄十春。⑪	那次聚会后分手，到如今十年，真像一转瞬。
我衰不足道，	我已衰老无用，不值得一谈，
但愿子意陈。⑫	但愿能向您把我的心意表明。
稍令社稷安，	要让国家能稍稍安定，
自契鱼水亲。⑬	君臣之间要契合，如鱼水相亲。
我虽消渴甚，⑭	我虽然患了严重的消渴病，
敢忘帝力勤。⑮	但怎敢忘记皇上治国的辛勤。
尚思未朽骨，	还想趁我的骸骨尚未腐朽，
复睹耕桑民。⑯	再看到过太平生活的人民。
积水驾三峡，⑰	深深的江水浸漫着三峡，
浮龙倚长津。⑱	船队像浮游的长龙，停靠在渡津。
扬舲洪涛间，⑲	驾船在洪涛巨浪中前进，
仗子济物身。	要靠您这样扶危济难的人。
鞍马下秦塞，⑳	您还要乘马走过秦岭，
王城通北辰。㉑	经过洛阳到北极星下的西京。
玄甲聚不散，㉒	披铁甲的军队仍聚集不散，
兵久食恐贫。	用兵太久，军粮缺少令人担心。

穷谷无粟帛，[23]	这深山穷谷没有粟米布帛，
使者来相因。[24]	来催税征饷的使者却继续不停。
若冯南辕吏，[25]	如果有到来南方的使者可以托付，
书札到天垠。[26]	请给我这个流落天涯的人捎封信。

注释：

① 蔡十四的官衔是秘书省著作郎，在郭英乂幕府任职，郭被杀后，蔡护送郭的灵柩回京，在云安与杜相遇。至德二载蔡十四与杜甫在灵武肃宗行在相互认识，这次相见是故人相逢。杜甫于送别时赠给他这首诗，称赞他的品德，并向他表白自己的愿望，希望蔡回京后能有所作为，造福于国家人民。

② 贾生，指贾谊。他曾向汉文帝上疏陈政事，开首就说："臣窃惟事势，可为痛哭者一，可为流涕者二，可为长太息者六。"他为梁王胜太傅，梁王堕马死，谊自伤为傅无状，常哭泣，后岁余，亦死。贾生恸哭后，就是说贾谊死后。

③ 丹极，指君位。如"登极"，就是指登位。"极"的原义是至高无上，后来渐渐对它作具体化的理解，当作皇帝的座位。因为施用朱红色油漆，故称"丹极"。

④ 周道，大道，正道。《诗·桧风·匪风》："顾瞻周道"。《诗·小雅·大东》："周道如砥。"道，指道路，也可比喻政治状况。

⑤ 旧注家有不少人认为"知己"是指郭英乂，因为后面有"主人薨城府"之语。但这样一来，"别颜始一伸"就无法解说，因此还是依《仇注》，理解为杜甫与蔡相见为宜。蔡使蜀，杜甫遇见了蔡十四这位知己。

⑥ 别颜，脸上现出的表情，其实是指心中的别情。一伸，指倾诉别情。

⑦ 主人，指郭英乂，因蔡是郭的幕僚。薨，对王侯等高级官员之死的敬称。郭英乂奔简州，被普州刺史韩澄所杀。诗中说他薨于城府，是讳言这事。城府，指成都府。

⑧ 咸秦，秦都咸阳，是长安古城所在，故以"咸秦"代长安。

⑨ 巴道，指巴蜀的路上，这里是指云安。

⑩ 至德二载，肃宗的行都在凤翔。

⑪ 至德二载（757 年）到大历元年（766 年），前后达十年。

⑫ 这句诗中，子，指蔡十四。“子”字前应有介词“向”，但原诗中省略了。

⑬ 契，契合，相互理解，思想一致。鱼水亲，比喻君臣之间的情谊。

⑭ 消渴，即糖尿病。

⑮ 古歌：“帝力于我何有哉。”帝力，指皇帝统治国家所费之心力。

⑯ 耕桑民，从事耕田种桑的人民，即过和平生活的人民。

⑰ 驾，犹陵也。《文选·七发》：“观其所驾轶者。”注：“驾轶，陵过也。”这句诗里指水涨。

⑱ 浮龙，指船。长津，指江边码头。

⑲ 舲，《仇注》引《楚辞》注：“船有窗牖者”。扬舲，即驶船。

⑳ 秦塞，指秦岭山脉。走过秦岭即可到关中，到长安。

㉑ 王城，即洛阳。周武王营洛邑以为东都，后来常以“王城”称之。北辰，北极星，喻京师。

㉒ 玄甲，铁甲，指军队。

㉓ 穷谷，指云安，因其地处山谷中。

㉔ 相因，即“相因依”之略语，意思是连接不断。

㉕“冯”与“凭”（“憑”）通。南辕吏，从京师到南方（指杜甫所旅居的地方）来的使者。

㉖ 天垠，即天边，喻杜甫所在之地距京师极远。

◎ 寄常征君[1]（七律）

白水青山空复春，　　白水流，青山青，又徒然迎来新春，
征君晚节傍风尘。[2]　　常征君，你到老年还在风尘中奔走不停。
楚妃堂上色殊众，[3]　　只有楚妃才在堂上炫耀她出众的美色，
海鹤阶前鸣向人。[4]　　海上白鹤怎么也在阶前向人哀鸣。
万事纠纷犹绝粒，　　您被繁多事务纠缠着仍旧要断粮，
一官羁绊实藏身。　　担任一个官职实际是借它藏身。
开州入夏知凉冷，　　听说开州到夏季还很凉爽，
不似云安毒热新。　　不像云安近来已经这样热煞人。

注释：

① 本卷《别常征君》一诗是永泰元年冬，常征君到云安来看杜甫，杜甫为他送别时所写；这首诗则是第二年（大历元年）春天寄给常征君的。诗中对常征君的屈处卑位，生活困贫表示了同情与安慰。

② 晚节，见第一卷《赠特进汝阳王二十二韵》注⑧。

③ 陆机诗："楚妃且勿叹，齐娥且莫讴。"楚妃、齐娥都是美人之泛称，这诗里的楚妃是比喻得宠的权贵。

④ 海鹤，比喻隐逸的高士，这里是指常征君。阶前鸣向人，是向人乞怜。"海鹤"这样做，是违反本意的。

◎ 寄岑嘉州[1]（七排）

不见故人十年余，[2]　　不见我的老朋友已经十年多，

不道故人无素书。[3]　没想到您竟没有给我写过一封信。
愿逢颜色关塞远，　想和您见面，可是关山那么遥远，
岂意出守江城居。[4]　谁知您已出京镇守这江畔的州城。
外江三峡且相接，[5]　岷江和三峡江水通连，
斗酒新诗终自疏。[6]　对着酒读您的新诗却不能和您亲近。
谢朓每篇堪讽诵，[7]　您的诗像谢朓所作，篇篇都值得反复吟诵，
冯唐已老听吹嘘。[8]　我已像冯唐一样老，只能任您把赞扬的话说尽。
泊船秋夜经春草，[9]　我的船在去年秋夜停泊在这里，如今已春草萋萋，
伏枕青枫限玉除。[10]　伏在枕上看岸上青枫，不能再跨过玉阶来看您。
眼前所寄选何物，　眼下我能选些什么作寄给您的礼品，
赠子云安双鲤鱼。[11]　就赠您一对云安鲤鱼——一封给您的书信。

注释：

① 岑参是杜甫的老朋友。第三卷《渼陂行》写与岑参兄弟同游渼陂；《九日寄岑参》诗写雨日对岑参的思念，第六卷《奉答岑参补阙见赠》一诗，是两人同在朝中任谏官时的唱和之作，可见两人友谊之深。大约在永泰、大历间，岑参出任嘉州刺史。嘉州即今四川乐山市，在岷江、青衣江、大渡河的交会处。杜甫到云安后的第二年春天，才得到岑参到嘉州的消息，收到了岑参寄给他的诗作，但两地相距较远，失去见面的机会。这是杜甫寄给岑参，抒发别情和自己心境的一首诗。

② 乾元元年（758 年）夏杜甫贬华州司功，与岑参离别，到大历元年（766 年）春不到十年。诗中所说的“十年余”，仍是约数。

③ 素书，即书信。古代在“生帛”（未经漂煮的丝织物）上写信。素，就是“生帛”。《急就篇》颜注：“素谓绢之精白者，即所用写书之素也。”

④ 江城，指嘉州。

⑤ 诗题下有原注：“州据蜀江外。”唐代称岷江为外江。

⑥ 斗酒新诗，边喝酒，边看岑参所寄来新作的诗。自疏，两人仍是距离遥远，不能亲近。

⑦ 谢朓，字玄晖，南朝齐杰出诗人，工五言，风格清丽。杜甫以谢朓的诗来比喻岑参的诗作，是对岑参诗作的高度赞美。

⑧ 冯唐，见第三卷《承沈八丈东美除膳部员外郎》注⑤。杜甫已年老，故以冯唐自比。听，任从。

⑨《仇注》:“公湖南诗有‘青草续为名。’第二十二卷《宿青草湖》‘辍棹青枫浦’，第二十二卷《双枫浦》，俱指地名。此处只泛言。”这是对的。施鸿保反对此说，认为“青草”(其实“青草［湖］”才是地名)、“青枫”俱为湖南地名，并论证这诗作于湖南，恐误。岑参是在大历三年离开嘉州刺史职位的，而杜甫的那几首“湖南诗”则作于大历四年。杜甫到云安是永泰元年秋，故云“泊船秋夜”；大历元年春仍在云安，故云“经春草”。

⑩ 青枫，云安江岸上也可能有。玉除，即“玉阶”，对别人居住处的敬称。限玉除，不能前往岑参住的地方去拜望他。

⑪ 据郭沫若在《李白与杜甫》一书中说，岑参的父亲岑植曾在云安县任县丞，因此对云安有双重的感情，在他看来，诗中的“云安双鲤鱼”，就真的是指鲤鱼（见该书第230页）。但大多数注家认为是指从云安发的书信。古代的“素书”，常常用绢结扎成双鲤鱼形。

第十五卷

杜

◎ 移居夔州作[①]（五律）

伏枕云安县，	在云安县时我一直生病卧床，
迁居白帝城。[②]	如今要迁居到白帝城。
春知催柳别，[③]	春天似乎懂事，催杨柳和我告别，
江与放船情。	将要开船时，江水也变得澄清。
农事闻人说，	听人们谈论着农家耕种的事，
山光见鸟情。	山光辉映，衬托出飞鸟的神情。
禹功饶断石，[④]	沿途有许多截断的岩石，那是大禹治水的遗迹，
且就土微平。	我暂时住在这里吧，这里的土地还比较平。

注释：

① 杜甫于大历元年春末离开云安，乘船东下夔州。这是一首在途中作的诗，写沿途见闻和移居夔州的想法。由于健康情况转好，又离开了滞留已久的云安小城，诗人的心情比较开朗，诗的情调也较明快。

② 白帝城，是一个古城，原为鱼腹县城，汉末公孙述据蜀，自号白帝，称城为白帝城，山为白帝山。三国时在蜀境，曾改称永安州。位于今重庆市奉节县（唐代称夔州）东。人们也常称夔州为白帝城。这句诗里的白帝城就是指夔州。

③ 三、四两句用的是拟人手法，借以表达诗人愉快的心情。

④ 禹功，指古代历史传说中大禹治水的工程。断石，可能是一种自然地貌或其他原因造成，附会为大禹治水的遗迹。

◎ 船下夔州郭宿雨湿不得上岸别王十二判官[1]（五律）

依沙宿舸船，	船泊在江边沙洲旁过夜，
石濑月娟娟。	石滩上月光柔和明亮。
风起春灯乱，	春风吹得灯火乱摇晃，
江鸣夜雨悬。	夜雨倾注，江潮轰轰响。
晨钟云岸湿，[2]	清晨传来钟声，阴云下的江岸已经湿透，
胜地石堂烟。[3]	烟霭笼罩着风光秀丽的石堂。
柔艣轻鸥外，[4]	橹缓缓摇，船已随轻盈沙鸥驶远，
含凄觉汝贤。[5]	我带着悲凄，想起您的善良。

注释：

① 杜甫离开云安，将前往夔州。船停在云安城外。开船前一日，上船过夜。王十二判官于当晚在月光下来拜望杜甫。夜里起了风下了大雨，天明时岸上已湿透，不能上岸与王判官告别，就写这首诗赠给他。这个诗题易引起误解。有人把“郭”理解为“夔州郭”，则已到夔州，又何必说“不得上岸别王十二判官”？“郭宿”指在“云安郭宿”，这样就不难解释后面的话。

② 云岸，旧本多作“云外”，意思是“云那边”。《仇注》本据所谓后晋开运二年本，订作“云岸”，意思较明白易解，且与诗题相应。

③ 赵次公谓“石堂”在夔州，恐误。“郭”既是云安郭，就不可能见夔州的“石堂烟”；石堂，应为云安县的石堂山。

④ 艣，即“橹”。轻鸥外，指船已离岸驶远。

⑤ 这里的“贤”，主要是指王判官对杜甫的友谊和帮助。这句诗是向王判官表示谢意。

◎ 漫成一首[1] （七绝）

江月去人只数尺，　　江上的月亮离人才几尺远，
风灯照夜欲三更。[2]　　桅灯一直亮着，夜已快到三更。
沙头宿鹭联拳静，[3]　　沙边多安静，鹭鸶栖宿缩着一条腿，
船尾跳鱼拨剌鸣。　　鱼在船尾跳跃，发出啪啦啪啦声。

注释：

① 这诗是写夜宿船上所见的情景，鲜明、亲切地写出了自己的感受。

② 风灯，即今日之所谓“桅灯”，在风中不会熄灭。

③《仇注》：“联拳，群聚貌。”恐误，但所引谢庄《玩月》诗：“水鹭足联拳”，倒是正确的。古汉语中，“联拳”与“连蜷”“联娟”“连娟”等是同一词的异写。《楚辞·招隐士》：“偃蹇连蜷兮枝相缭。”《神女赋》：“眉联娟似蛾扬兮。”《汉书·外戚传》：“美连娟以修嫮兮。”旧注都是“微曲貌”。鹭鸶栖息时一只腿站立着，另一只腿弯曲着，故称为“联拳”。

◎ 客堂[1] （五古）

忆昨离少城，[2]　　回想离开少城还是昨天的事，
而今异楚蜀。[3]　　如今在南楚，和西蜀已不是一地。
舍舟复深山，　　离开船上岸又走进深山，
窅窕一林麓。[4]　　来到一处幽深的山麓树林里。
栖泊云安县，　　我在漂泊途中曾停留在云安县，
消中内相毒。[5]　　消渴病从内里伤害我的身体。

旧疾甘载来，	我甘愿把这老病也一起带来，
衰年得无足。	年纪已这么老，难道还不满意。
死为殊方鬼，	即使死在异乡也无妨，
头白免短促。	头发都白了，已不算早死。
老马终望云，	老马总是眺望故土空中的白云，
南雁意在北。	飞到南方的雁始终把北国惦记。
别家长儿女，	离开家乡后，儿女都已经长大，
欲起惭筋力。	我真惭愧，想振作却缺少力气。
客堂序节改，	坐在客堂里看着季节变迁，
具物对羁束。⑥	身体虽然受拘束，面前也有不少事物显示。
石暄蕨芽紫，⑦	太阳晒暖的山石上蕨菜发出紫芽，
渚秀芦笋绿。⑧	芦笋一片碧绿，岸渚秀丽。
巴莺纷未稀，	东巴还有不少流莺在纷纷鸣啼，
徼麦早向熟。⑨	边塞的麦这么早就快到成熟时期。
悠悠日动江，	日光在江上缓缓移动，
漠漠春辞木。⑩	春天在默默地向林木告辞。
台郎选才俊，⑪	尚书省的郎官要挑选俊杰人才，
自顾亦已极。	看看自己，已达到极高的地位。
前辈声名人，	前辈里有些名声卓著的人，
埋没何所得。	他们又得到什么？真是埋没了一世。
居然绾章绂，⑫	我竟然也佩戴起印绶，
受性本幽独。	而我禀受的天性该独自在山林幽栖。
平生憩息地，	从来在我闲居栖息的地方，
必种数竿竹。	一定要种上几竿竹子。
事业只浊醪，	我的事业只不过是酿造些浊酒，
营葺但草屋。	要说还经营点什么，那就是把草堂修葺修葺。

上公有记者，[13]	上级长官有人挂记着我，
累奏资薄禄。	奏请皇帝赐我微薄俸禄已不是一次。
主忧岂济时，	皇上有烦忧，我却没救世的能力，
身远弥旷职。[14]	离朝廷这么远，长久旷职。
修文庙算正，[15]	如今国家崇尚文德，谋略正确，
献可天衢直。[16]	又广开言路，接受臣下的建议。
尚想趋朝廷，	我还想到朝廷上去，
毫发裨社稷。[17]	做些利国的事，哪怕像毫发般微细。
形骸今若是，[18]	我现在身体衰弱成这个样子，
进退委行色。[19]	是进是退，只能走到哪里算哪里。

注释：

① 客堂，旧注多认为是指杜甫于大历元年夏初到夔州时暂住的一处房屋。但从诗中描写的情况来看在那里已经过了几个季节，住了相当长的时间，可知此客堂在云安，即十四卷的《客居》中所说的那个“客居所居堂”。这首诗写暂时得到安居后的感触和思想状况。在云安时，杜甫在诗中就已流露出回朝的心愿，这首诗里进一步表白了这个想法，但他对此并无信心，对今后的行止，也没有确定的打算。

② 杜甫的草堂，在成都少城城外。

③ 异楚蜀，指云安和成都分属楚蜀两地。唐代的成都，属剑南道；忠县、云安、夔州等地属山南东道江陵郡，荆州大都督府，故可称“楚”。

④ 窅窕，与“窈窕”通。《文选·江赋》：“幽岫窈窕”。山水幽深貌。

⑤ 消中，即消渴病，今称糖尿病。

⑥ 羁束，指自己的行动不能自由，受环境的制约。具物，指自然景物的出现。具，当动词用，意思是“具备”“陈列”。

⑦ 蕨，一种野菜，茎紫墨色，芽为紫色。《仇注》引谢灵运诗：“野蕨渐紫苞。”

⑧ 芦笋，指芦苇的幼芽，似竹笋而小。不是现代自西方引进的食用植物芦笋（那是石

刁柏的嫩茎，与此不同）。

⑨ 徼，音“较”（jiào），边界，这里指边塞地区，夔州，在中原人的眼里是边塞，徼麦，即边塞地区生长的麦。

⑩《荀子·解蔽》：“听漠漠而以为哅哅。”注：“漠漠，无声也。”春辞木，拟人手法。

⑪ 台郎，即“省郎”。唐代称尚书省为中台，尚书省的郎官为“台郎”。杜甫为工部员外郎，属“台郎”之列。

⑫ 绾，音“晚”（wǎn），系，结。章绂，即印绶。这句诗是说，除授了工部员外郎的官职颇有些出乎意外。居然，见第十四卷《寄董卿嘉荣十韵》注⑪。

⑬ 上公，指严武。下一句是说严武屡次奏请皇帝除杜甫官职，至少有两次：一次是广德元年，严武任京兆尹时奏杜甫为京兆功曹参军，未就；另一次是广德二年六月荐杜甫为检校工部员外郎。

⑭ 杜甫身居省郎之职，但未赴朝中，故说是“旷职”。

⑮ 庙算，即“庙谋”，指朝廷的谋略。“修文”是“尚武”的反面，指推行教化，以德服人。

⑯《左传·昭二十年》：“君所谓可而有否焉，臣献其否以成其可；君所谓否而有可焉，臣献其可以去其否。”献可，就是向皇帝提出意见或建议。天衢，这里是指向皇帝提意见与建议的道路，也就是所谓“言路”。

⑰ 毫发，喻微小，裨社稷，即利国家。

⑱ 这句诗是说自己的身体衰弱。若是，像这样，指杜甫当时又老又病的身体状况。

⑲ 委，听任。行色，可解释为旅行时劳顿之状或旅行的准备状况（包括行装、路费等）。这诗中指两者，当时还不能预知一切，故对前途无法预料。

◎ 引水[1]（七古）

月峡瞿唐云作顶，[2]　　明月峡、瞿塘峡地势真高，天上的云就像它们的顶，
乱石峥嵘俗无井。[3]　　到处是峥嵘的乱石，居民家里却从来不凿水井。
云安沽水奴仆悲，[4]　　在云安，可怜奴仆们取水劳累，
鱼复移居心力省。[5]　　移居到夔州，不用再操这份心。
白帝城西万竹蟠，[6]　　白帝城西面千万根竹管曲折盘旋，
接筒引水喉不干。　　连成长筒引来泉水供人饮。
人生流滞生理难，　　我流落在异乡，生活艰难，
斗水何直百忧宽。[7]　　仅靠一斗水又怎能排除烦忧让我宽心。

注释：

① 这首诗作于大历元年夏初到夔州时。夔州民俗以竹筒引山泉供饮用。诗人在赞美引水方便之余，叹惜这一点方便并不能使自己心中的百般烦忧消除。应该看出，诗人当时绝不只是考虑自己的生活，心中想到的是广大人民的痛苦。

② 月峡，即明月峡，在渝州（今重庆市）附近。瞿唐，即瞿塘峡，在夔州。

③ 乱石峥嵘，是说夔州一带多石山，因此不便凿井，这是诗人所设想的“俗无井”的原因。黄鹤说：“夔与云安有盐井，而罕有凿井汲泉者。”地下水含盐分多，自然不适宜饮用，故“俗无井”。

④ 沽字，一般多作买、卖解；但也作“注入”解，这里是指“取水”。悲，意思是怜悯。奴仆悲，即“悲奴仆”，可怜奴仆取水辛苦。

⑤ 鱼复，古鱼复城，指夔州。

⑥ 这里的“白帝城”，不是指夔州，而是指夔州城东白帝山上的白帝城。万竹，不是指

生长着许多竹树，而是指有许多竹管连接盘绕。

⑦“直”与“值”通。

◎ 示獠奴阿段[①]（七律）

山木苍苍落日曛，	山头上树木苍苍，映着温暖夕阳，
竹竿袅袅细泉分。[②]	竹竿袅袅，引来一道细小的山泉。
郡人入夜争余沥，	天黑了，居民们还在为点滴泉水争个不休，
竖子寻源独不闻。[③]	阿段这小子却不理会这些，一个人去山里另找水源。
病渴三更回白首，[④]	我身患消渴病，三更天，白发满头在枕上辗转难眠，
传声一注湿青云。	突然一阵流水声传来，好像天上青云也沾湿遍。
曾惊陶侃胡奴异，[⑤]	陶侃家胡奴的本领曾使我惊异，
怪尔常穿虎豹群。	你也使我奇怪，常穿过成群虎豹进入深山。

注释：

① 獠，古代西南地区的一种少数民族。阿段，是獠族人，在杜甫家做仆人，故称他为“獠奴”。这诗中所写的阿段是一个勤劳勇敢的少年，杜甫写这样一首诗给他，称赞他的品质。对奴仆毫无歧视之心，表现出杜甫尊重劳动人民的思想。这是杜甫于大历元年夏到夔州后不久所作。

② 竹竿袅袅，指弯弯曲曲连接起来引水的竹管。

③ 竖子，古代对年轻人的称呼，如现代口语中的“小子”“小伙子”之类。独不闻，指不参与居民争水的喧闹。

④ 病渴，患消渴病（糖尿病）。三更，深夜。

⑤《仇注》引顾炎武曰：“子美久客四方，未必尽携经史，一时用事不免有误。陶侃胡

奴，盖谓士行（陶侃字士行）有胡奴可比阿段。胡奴乃侃子范小字，非奴也。或曰：当作陶岘胡奴。”又引陈廷敬曰：“岘，彭泽（陶潜）之孙，浮游江湖……有昆仑奴名摩诃，善泅水。后岘投剑西塞江水，命奴取，久之，奴支体磔裂，浮于水上。岘流涕回櫂，赋诗自序，不复游江湖。岘既公同时人，其友又公之友，异事新闻故公用之耳。陶奴入水，卒死蛟龙，公奴入山，宜防虎豹，事相类。侃、岘音近。但岘事僻，人因改作侃也。”顾、陈二氏之说值得参考。

◎ 上白帝城[①]（五律）

城峻随天壁，[②]	峻峭的城墙，依着高耸入云的崖壁建筑，
楼高望女墙。[③]	我站在城堞旁向高楼眺望。
江流思夏后，[④]	看着这江水不禁缅怀治水的夏禹，
风至忆襄王。[⑤]	江风吹来，想起连呼好风的楚襄王。
老去闻悲角，	我日益衰老，又听见悲凉的号角，
人扶报夕阳。	人扶着我攀登，唤我看西天夕阳。
公孙初恃险，[⑥]	当初公孙述就是倚仗这险要形势，
跃马意何长。	他骑马奔驰时是多么得意洋洋。

注释：

① 白帝城是夔州最著名的古迹，在夔州城东的白帝山上。城依山建筑，下临西陵峡口，形势险要，为汉末公孙述所建。公孙述于王莽时自立为蜀王，后又称天子，汉光武帝遣将讨平。大历元年夏杜甫到夔州后不久，登白帝城游览，写了这首诗，抒发了怀古之情。

②《仇注》：“天壁，谓壁高插天。”此“壁”指白帝山之高崖。

③ 楼，指白帝山顶最高的楼，参看本卷《白帝城最高楼》注①。女墙，即城上的

"堞"，俗称"城墙垛"。

④ 夏后，夏禹，古代的君主和大臣俱可称"后"。他以治水名垂后世，因此见长江而思夏禹。

⑤《风赋》（传说为宋玉所作）中述楚襄王游兰台与宋玉论风，襄王说"快哉此风，寡人所与庶人共者邪"，宋玉答称"大王之风"与"庶人之风"不同。这句诗，因风起而想到楚襄论风的事。

⑥ 公孙，即公孙述。公孙述是曾割据一方又终于失败的英雄。杜甫从公孙述的崛起与覆亡的历史看到唐代割据作乱者的命运，相信唐朝必然会统一振兴。

◎ 上白帝城二首[①]（五排）

江城含变态，[②]	这江边古城的风光千变万化，
一上一回新。[③]	每次登临我都产生不同的心情。
天欲今朝雨，	看天气，今天怕要落雨，
山归万古春。[④]	这山景却总是万古常春。
英雄余事业，[⑤]	古代英雄的事迹一直流传到今天，
衰迈久风尘。	我年已衰老，长久经历战争风尘。
取醉他乡客，	在这里喝醉酒的都是些异乡客，
相逢故国人。	遇见的常是些从长安来的人。
兵戈犹拥蜀，[⑥]	蜀境至今还被战乱阻塞，
赋敛强输秦。	赋税好不容易输送到京城。
不是烦形胜，[⑦]	我来游览不是故意打扰这胜地，
深愁畏损神。	实在是怕过于忧愁会损伤心神。

注释：

① 杜甫到夔州后，曾多次登白帝城游览，这两首纪游诗着重写游览的感受和自己的心情。第一首有感于游客多来自长安，因而产生忧国忧时的情怀；第二首有感于古代英雄的幻灭，感到历史发展的不能抗拒。

② 江城，指白帝城。

③ 新，是白帝城景象之新，似乎是客观的，但实际上却是游人的主观感受。在不同的季节，表现不同的景色，这是有规律的，无所谓“新”，只有对主观感受来说才可称为“新”。

④“万古春”的“春”，不是指春季，而是说景色如春。万古春，即永远是春天。

⑤ 王嗣奭云：“‘英雄余事业’亦是叹世，谓此世界英雄尽有事业可做，惜己衰迈，久溷风尘也。”这是曲解，在白帝城，所提起的“英雄”，仍当指公孙述，第二首诗中所说的“勇略今何在”，也是指公孙述而言。所谓“余事业”，就是指白帝城，这正是他的事业的遗迹和见证。这句诗，是为古代的英雄叹惜；下一句诗，是为自己的碌碌无成叹惜。情况虽迥然不同，但令人感叹则一。

⑥“兵戈”“赋敛”两句，是诗人在白帝城遇见长安来客，所听说的情况。

⑦ 形胜，风景名胜。末两句声明一再游览白帝城的目的是为了解闷消愁，从侧面反映了诗人忧国忧时之心。

◎ 其二（五排）

白帝空祠庙，[①]	如今白帝山上只剩下供神的庙宇，
孤云自往来。[②]	天空一片孤云自在地飘去飘来。
江山城宛转，[③]	城墙随着山势、江流曲折蜿蜒，
栋宇客徘徊。[④]	在高大的屋宇下游客长久徘徊。
勇略今何在，[⑤]	公孙述的英勇谋略如今在哪里，
当年亦壮哉。	看他当年的行为也真算得壮伟。

后人将酒肉，⑥　　后代的游人带着酒肉来登临，
虚殿日尘埃。　　空寂的大殿里每天增添些尘埃。
谷鸟鸣还过，　　山谷里的鸟鸣叫着飞到这里，
林花落又开。　　树林里的花谢了又再度盛开。
多惭病无力，　　我惭愧的是长久生病没有气力，
骑马入青苔。⑦　　只能骑着马，任马蹄踏过山径青苔。

注释：

① 现在的白帝庙中所祀的是刘备、诸葛亮和关羽、张飞。但古代白帝庙中祠祀的是公孙述。由于他是叛乱者，后人常不明指其名。郦道元的《水经注》中只说瞿塘滩上，有神庙甚灵，未言神名。一直到北宋时，庙中仍祀公孙述，从苏轼的《白帝庙》诗中可以看出。南宋以后才有否认祠祀公孙述之说。后来终于改祀刘备和诸葛亮。杜甫有关白帝城与白帝庙的诗中，所说的英雄都是指公逊述而言。

② 这句诗写公孙述庙之寂寞。当初跃马英豪，今日孤云来去，分明流露痛惜之情。不因公孙述之失败而诋毁他，仍把他看作英雄，这正是诗人眼光过人处。按公逊述于汉哀帝时以清水长兼摄五县事，以明察见称。王莽时自立为蜀王后又称天子，尽有益州地，聚甲兵数十万人，豪杰尽归之。后虽败亡，但其事迹有足称道者，与唐代拥兵割据的军阀不尽相同。

③ 宛转，原来的意思是指能顺应情势而曲折随顺。《晋书·皇甫谧传》：“宛转万情之形表。”这里指城墙依山势建造。

④ 客徘徊，游客缅怀古代英雄，流连不去。

⑤“勇略”“壮哉”两句，称赞公孙述。参看注②。

⑥ 后人，是对公孙述而言，指诗人所看到的当时游人。

⑦ 末两句，诗人叹惜自己年老，已不能有所作为。

◎ 陪诸公上白帝城头宴越公堂之作[①]（五排）

此堂存古制，	这座越公堂还保存着古代式样，
城上俯江郊。	它建造在城头，向下俯视江岸。
落构垂云雨，[②]	颓倾的屋檐像云雨垂向地面，
荒阶蔓草茅。	杂草蔓生，遮没了阶沿。
柱穿蜂溜蜜，	野蜂钻空的楹柱里渗出了蜂蜜，
栈缺燕添巢。	栈板缺损处，燕子窝正把它补填。
坐接春杯气，[③]	坐到席上就闻到杯中春酒的香气，
心伤艳蕊梢。[④]	开满鲜花的枝梢刺痛我的心坎。
英灵如过隙，[⑤]	杰出的英豪匆匆逝去如白驹过隙，
宴衎愿投胶。[⑥]	宴饮欢乐时愿友谊如胶漆相粘。
莫问东流水，	别去管那东流不息的江水，
生涯未即抛。[⑦]	我们还不会马上抛弃生命离开人间。

注释：

① 越公，指杨素，隋代的开国功臣，封越国公。白帝城上有堂，为杨素所建，后人称之为“越公堂”。原注云：“越公，杨素也，有堂在城上，画像尚存。”杜甫陪夔州的官员们游白帝城，参加了在越公堂上举行的宴会，写了这首诗。前面六行诗写古堂残败之貌，后面六行诗写宴饮时的欢乐之情。这诗是为游宴而作，所表达的是参加宴会者的共同情怀，而不是诗人内心的流露，所以和前面几首登白帝城的诗有着不同的情趣。从诗中所写景色看，应是春夏间，当为大历元年到夔州后不久所作。

②《仇注》：“落构，屋檐颓落。”古代建筑物上的部件俱可称“构”。

③ 春杯，指杯中春酒。

④ 这句诗是极写春花之可爱。美极，可爱之极，古人常以“伤心”来表示。如第十三卷《滕王亭子》第一首的“清江锦石伤心丽”，又如同卷《阆水歌》的“阆中胜事

可肠断”都是同样的或类似的表达手法。译诗照原诗句直译，似觉更有诗意。

⑤ 英灵，指越公楼的建造者杨素。因为他是一个有才能的人，又是一位古人，故以“英灵”称他。过隙，形容时间流逝的迅速。这里指生命的短暂。

⑥ 衎，音“看”（kàn），欢乐，多用于宴会，《诗·小雅·南有嘉鱼》：“嘉宾式燕以衎。”投胶，喻朋友情意相投。《古乐府》：“以胶投漆中，谁能别离此。”

⑦《仇注》：“生涯未抛，不能舍夔州而东下也。”恐误。生涯，当指人世生涯，即生活于世间。东流水，指时间之流逝如东流之江水，而不是指沿江东下的行程。这句诗是对参加宴会者劝慰之辞，非诗人自述心意。

◎ 白帝城最高楼[①]（七律）

城尖径仄旌旆愁，[②]	城的尖顶上路径狭窄，看那飘扬的旌旗使我发愁，
独立缥缈之飞楼。	我终于独自站上云烟缥缈的高楼。
峡坼云霾龙虎卧，[③]	峡谷裂开，云霾里像有龙虎躺卧，
江清日抱鼋鼍游。[④]	江天清朗，日光环绕着鼋鼍浮游。
扶桑西枝对断石，	海上扶桑的枝柯向西伸出对着这断石，
弱水东影随长流。[⑤]	弱水的光影永远随着长江东流。
杖藜叹世者谁子？[⑥]	那扶着藜杖为时世感叹的人是谁？
泣血迸空回白头。	他的血泪向空中迸洒，飞转过鬓发已白的头。

注释：

① 白帝城的城墙建在白帝山腰，以前几次游白帝城都未登上位于山顶的最高楼。《上白帝城》中说的“城峻随天壁，楼高望女墙”，正是指从白帝城上看白帝山的最高楼。这诗是写杖藜登山顶最高楼之游，从依据主观感受构成的虚幻形象中表达出白帝城最高楼高耸入云的雄伟气势；同时，又以观赏对象的强大雄伟对比出自己的渺小和

衰弱无力。尽管诗人克服了畏惧忧虑登上了高楼，但面对变化莫测的人世，他只能叹息，只能悲痛得迸出血泪。

② 旌旆愁，意思是“旌旆”使人发愁。因为旌旆在险峻的山顶，所以诗人发出这样的感喟。

③ 峡坼，指大地和群山裂开一个峡谷，使江水能够流过。龙虎，比喻自远处所见峡谷深处云雾遮掩下的江流。

④ 江清，是指那些没有被云雾遮掩住的江段，阳光灿烂，江波翻滚，似乎有鼋鼍在浮游。

⑤“扶桑”和“弱水”是神话传说中的地名。扶桑是东海上的巨桑树，太阳栖息之地。弱水在西方，最轻的东西如羽毛也不能在水面漂浮。举出这两地来形容楼高，眼界无限广阔，从而表现世界之巨大。

⑥ 谁子，即谁人、谁。杖藜叹世者，是作者自谓。回白头，不能再继续远眺，因而回过头来。一方面由于体力难支，另一方面由于情感激动。

◎ 武侯庙[①]（五绝）

遗庙丹青落，	古代留下来的这座庙宇，红绿色的油漆已经脱落，
空山草木长。	空寂的荒山里，草木又密又长。
犹闻辞后主，[②]	好像还听得见您向后主辞别时的叮咛，
不复卧南阳。[③]	您已经不能像往日那样高卧南阳。

注释：

① 诸葛亮，蜀国的丞相佐刘备、刘禅两代治蜀，封武乡侯。武侯庙，即诸葛亮祠。据诗的内容可知，这祠建于唐代以前，在荒山中，而不是在游人众多的白帝城里。诗中想象诸葛亮生前的活动，对他表达了崇敬仰慕之情。这首诗和下一首诗大概是大历元年

杜甫初到夔州时所作。

② 后主，指蜀后主刘禅。后主建兴五年（227 年），诸葛亮率师自成都进驻汉中，准备北伐中原，临行时向刘禅上表告辞，这就是著名的《出师表》。

③ 诸葛亮在接受刘备邀请出仕之前，在南阳隐居。这句诗是说，诸葛亮仕蜀以后，日理万机，不再能过高卧南阳的隐逸生活。杜甫在夔州时，在回京任官和归隐江湖两条道路之间犹豫不决，从这句诗里也多少反映出这样的心情。

◎ 八阵图[①]（五绝）

功盖三分国，	您的功劳在三国时代最高，
名成八阵图。	您布下的八阵图名声远传。
江流石不转，[②]	江水不停流，您堆的石块却不转动，
遗恨失吞吴。[③]	企图吞灭吴国的错误永使您遗憾。

注释：

① 据旧注所引资料，“八阵图”在夔州城西南的江边平沙上，由石块堆成，共六十四堆，夏季被水淹没，冬季水退，仍依然如故。传说是诸葛亮所为。杜甫看到这古代遗迹，缅怀诸葛亮的功业，为他未能实现统一大业感到深深遗憾。在这首短短四句诗中，表达出了深沉的哀思。

② 石不转，是说沙滩上堆的石块没有被江水冲得滚转流走。这表示遗迹仍存在，也象征着诸葛亮的功业名声传世不朽。

③ 这句诗，最早的解释认为诸葛亮以不能灭吴为恨，与诸葛亮联吴拒曹的主张不合，显然是错的。后来的注家有种种不同意见。正确的理解似应是：吴国夺取荆州，杀关羽后，刘备忿而大举攻吴，违背了诸葛亮原来制定的策略，导致三国形势的变化，因此诸葛亮一直引为恨事。浦起龙认为这句诗与上一句紧紧相连，“遗恨”是从“石

不转”生出。“云此石不为江水所转，天若欲为千载留遗此恨迹耳。如此才是咏阵图之诗。”当代萧涤非赞成此说。但所谓“恨”，则仍应是诸葛亮之恨，浦说却把“恨”的内容抛在一边了。即使用浦说，也只能作为上述解释的补充。

◎ 晓望白帝城盐山[①]（五律）

徐步携斑杖，	手持斑竹杖徐徐散步，
看山仰白头。	我仰起白头遥望白盐山。
翠深开断壁，	在峭壁断离的地方露出翠绿丛林，
红远结飞楼。	建造在远处的红楼像要飞上青天。
日出清江望，	太阳升起了，看江上景色多清朗，
暄和散旅愁。	我感到温暖，作客的愁苦都消散。
春城见松雪，[②]	在这春天的州城里看到白雪一般的盐山和松林，
始拟进归舟。[③]	我才考虑让我的归舟继续向前。

注释：

① 夔州城东面有一座白盐山，因山崖色白，远望如盐堆，故名。白盐山在夔州城东十六里距江岸不远，风景秀丽。杜甫想在那里定居，因此在清晨向盐山遥望时，对它怀着特殊的感情。在这首写景诗中把这种感情表达了出来。诗题作《晓望白帝城盐山》，似为到达白帝城前所作，当为大历元年春。

② 春城，指夔州城。松雪，远望白盐山所见景象，“松”是松树，“雪”是比喻盐山的颜色像白雪。

③ 本来打算暂时停船，因见盐山之美，才又让归舟继续前进。

◎ 滟滪堆[1]（五律）

巨石水中央，	巨大的岩石从江水中央露出，
江寒出水长。[2]	江上寒冷，水面露出的部分更长。
沉牛答云雨，[3]	云雨之后，像沉在江心的巨牛，
如马戒舟航。[4]	它像马一样大，船就得停航。
天意存倾覆，[5]	老天有时故意要造成覆灭的灾难，
神功接混茫。[6]	神灵的威力造成一片天水茫茫。
干戈连解缆，[7]	自从解缆起航，战乱接连不断，
行止忆垂堂。[8]	前进还是停下，小心提防意外的古训不能遗忘。

注释：

① 滟滪堆，已见第十四卷《长江》第一首注⑥。这首诗借滟滪堆的险礁比喻人生道路上的隐忧、灾难，促使自己和别人警惕提防。这诗当作于大历元年春末夏初杜甫的船到达夔州附近时。滟滪堆在夔州西面，见滟滪在江心，又踌躇不前。可能并不完全是怕水路危险，而是又听到了附近发生兵乱，路途不宁。当时蜀境处处动乱，夔州附近也不免有惊扰，从诗中“干戈连解缆”之句可以看出。

② 天寒水落，礁石露出水面更高。

③《仇注》：“舟人过此，必沉牛以祭者，盖见堆溺如马，而有戒心耳。”这句诗中的“沉牛”恐非指此。李肇《唐国史补》载民歌：“淫预大如马，瞿唐不可下；淫预大如牛，瞿唐不可留。”“沉牛”“如马”，都是比喻滟滪堆露出水面部分的大小，使航船者知所警惕。诗中的“答云雨”，意思是“对于云雨的回报”，在云雨之后，滟滪堆便像沉没在水中的牛那样大。

⑤ 倾覆，指翻船的灾难，但也可比喻或象征世间的灾难。把“倾覆”之灾，归之于天

意，是说这灾难是人所不能抗拒的，反映了古代宿命论的观念。

⑥ 神功，指滟滪堆的存在，是来于自然之力。混茫，指水天茫茫的景象。水势盛大时，滩险流急，航行最险。

⑦ 解缆，指杜甫乘船离开成都的时候，约在永泰元年五月间。

⑧《汉书·司马相如传》："鄙谚曰：家累千金，坐不垂堂。"注："张揖曰：'畏櫩（檐）瓦堕中人也'。"王先谦补注引沈钦韩曰："《论衡·四讳篇》：'毋承屋檐而坐，恐瓦坠击人首也。'汉时谚语，意正如此。""垂堂"之戒，就是戒人要时时提防意外的危险。

◎ 老病[①]（五律）

老病巫山里，[②]	住在巫山西面我又老又病，
稽留楚客中。	长久滞留在楚地不能出发。
药残他日裹，	往日包起来的药还有剩余，
花发去年丛。	去年花落的枝丛又开出鲜花。
夜足沾沙雨，	夜里下足了雨，沙都已沾湿，
春多逆水风。	春天的风常常自东向西逆着水刮。
合分双赐笔，[③]	早该回朝廷分得御赐的一双赤管笔，
犹作一飘蓬。	可如今还像蓬草一样飘转在天涯。

注释：

① 大历元年春末，杜甫自云安迁夔州后不久，又病倒了。他本来打算经过荆州北上回京，发病后只得留下来，迟迟不能回去。他的内心的痛苦是可以想象的。这首诗所表达的就是这样的心情。

② 巫山，在夔州以东。当时杜甫住在夔州，故称"巫山里"。

③ 双赐笔，即“赐赤管笔一双”。参看第十四卷《春日江村》第三首注②。这句诗是说照理应该回到朝廷的尚书省去任职，但这愿望不能实现。

◎ 近闻[1] （七古）

近闻犬戎远遁逃，[2]	近来听说犬戎兵已远远逃跑，
牧马不敢侵临洮。[3]	他们放牧马群已不敢侵入临洮。
渭水逶迤白日静，[4]	渭水蜿蜒曲折，阳光下真安宁，
陇山萧瑟秋云高。[5]	萧瑟的陇山上空秋云高高浮飘。
崆峒五原亦无事，[6]	崆峒山和五原也都平安无事，
北庭数有关中使。[7]	关中使臣来到天山下已不止一次。
似闻赞普更求亲，[8]	似乎听说赞普又提出和亲的要求，
舅甥和好应难弃。	甥舅和好的政策该不会轻易抛弃。

注释：

① 永泰元年十月，被仆固怀恩诱来的回纥兵听从郭子仪的建议转而助唐军攻吐蕃，吐蕃及党项、吐谷浑等被击溃逃窜，河陇一带均收复。大历元年二月，命杨济与吐蕃通好。西北边境俱恢复安宁。大历元年夏，杜甫在夔州听到这消息后写了这首诗，表现出高兴、乐观的情绪。

② 犬戎，指吐蕃兵。吐蕃兵退，见注①。

③ 临洮，在今甘肃省之岷县，是秦长城的起点，唐代这一地区长期在吐蕃占领下。

④ 这里的渭水指渭水的上游。渭水发源于鸟鼠山，在临洮以北。这句诗是说渭水上游局势平静。

⑤ 陇山，在今陕西省陇县西北。唐代陇山以西地区，称为陇右道，也长久被吐蕃占领。秋云高，是说天气晴朗，比喻局势稳定。

⑥ 以“崆峒”为名的山有多处，这里是指今甘肃省平凉市西面的崆峒山。五原，指今宁夏回族自治区盐池县境的五个“原”，即龙游原、乞地千原、青岭原、岢岚贞原和横槽原。这两处地方是屏蔽关中的要地。

⑦ 唐代在今新疆天山以北地区设北庭都护府。回纥、吐蕃入侵时，常与中原地区隔绝。关中使，指从长安派去的代表朝廷的使臣。

⑧ 赞普，是吐蕃君主的称号。唐朝曾两次嫁公主给吐蕃赞普和亲，因此吐蕃与唐朝为甥舅关系。末两句诗的意思很含蓄，初看似乎是说赞成和亲，认为吐蕃与唐朝之间一定能恢复友好关系，但从杜甫的另一些诗来看，他对和亲政策是抱怀疑甚至否定态度的，因此这两句诗所表达的并不一定是赞同和亲，而可能担心朝廷采取妥协政策，主张对吐蕃保持戒心。

◎ 负薪行[1]（七古）

夔州处女发半华，	夔州的老姑娘头发已经花白，
四十五十无夫家。	上了四十五十还没有婆家。
更遭丧乱嫁不售，	又遭到战乱更是嫁不出去，
一生抱恨长咨嗟。	怨恨一辈子，一直在叹气伤嗟。
土风坐男使女立，	这地方的风俗是男子坐着妇女站，
男当门户女出入。	男子在家里妇女进进出出忙。
十有八九负薪归，	十个妇女里有九个得上山砍柴背回，
卖薪得钱应供给。	卖柴得钱供家里的穿着、口粮。
至老双鬟只垂颈，[2]	到老年还是一对发鬟垂到颈上，
野花山叶银钗并。	还插些野花、山树叶在银钗旁。
筋力登危集市门，[3]	登山，赶集，筋力真够强壮，
死生射利兼盐井。[4]	不管死活，哪里能谋利往哪儿闯，连盐井的艰苦活

	也敢担当。
面妆首饰杂啼痕，[⑤]	我看见有一个面涂脂粉头戴首饰，脸上却现出着斑斑泪痕，
地褊衣寒困石根。	衣服单薄，疲惫地困处在一处偏僻的石山根。
若道巫山女粗丑，	如果说这是因为巫山下妇女丑陋，
何得北有昭君村？[⑥]	可为什么偏偏北岸就是那王昭君出生的山村？

注释：

① 这首诗是为夔州妇女的不幸发出的呼吁。由于战乱频仍，许多男子出征战死以及其他原因，许多女性至老不能出嫁，还要承担着养活全家人的重担，劳累不堪，精神又受到压抑，真是有苦难诉。杜甫对她们深表同情，但也只能这样在诗中为她们鸣不平。

② 陆游《入蜀记》：“峡中负物卖率多妇人。未嫁者为同心髻，高二尺，插银钗至六只，后插象牙梳如手大。”这是南宋时期的情况。这诗中所写为唐代未嫁女子的打扮，宋代仍颇相似。

③ 这句诗是说妇女的体力能从事登山、赶集。

④ 射利，即谋利，逐利。唐代夔州有盐井，这句诗是说妇女不怕艰苦，在盐井劳动谋生。

⑤ 这句和下一句诗是具体地描述一个妇女的情况，作为前面的一般描述的补充，因此译诗中用了“我看见”一语，表示是作者亲眼所见。

⑥ 昭君村，在归州（今湖北秭归县）香溪附近，在巫峡畔。昭君，指王昭君，我国古代最著名的美人之一，名王嫱，西汉元帝时的宫女，后嫁匈奴呼韩邪单于和亲。这句诗的含意是，人的素质尽管相同，但遭遇却往往大不相同；人的痛苦，并非天定，而是由人世的情况造成。这种思想在唐代是十分先进的。

◎ 最能行[①]（七古）

峡中丈夫绝轻死，	三峡里面的男子汉不把死当回事，
少在公门多在水。	在水上谋生的多，少在官府混事。
富豪有钱驾大舸，	有钱的富豪驾着大船航行，
贫穷取给行艓子。[②]	贫苦的人谋生靠划小“艓子”。
小儿学问止论语，	儿童读书只读到《论语》为止，
大儿结束随商旅。[③]	少年收拾行装上船跟随商旅一起。
欹帆侧舵入波涛，	斜扯着帆侧转舵，冲进波涛，
撇漩捎濆无险阻。[④]	避过漩涡，掠过浪头，什么险阻也不放在眼里。
朝发白帝暮江陵，	清早从白帝城开船，傍晚到江陵，
顷来目击信有征。	我到这里亲眼看见真有这么回事。
瞿唐漫天虎须怒，[⑤]	瞿塘峡波浪滔天，虎须滩江潮怒，
归州长年行最能。[⑥]	归州舵手行船的本领无人能相比。
此乡之人器量窄，	可惜这地方人的胸怀太狭窄，
误竞南风疏北客。[⑦]	偏爱南方人却怠慢了北方客。
若道士无英俊才，[⑧]	如果说这里的士人没有杰出人才，
何得山有屈原宅？[⑨]	可为什么山里却有屈原的旧宅？

注释：

① 这是一首称赞归州船工高超驶船技巧的诗。同时对夔州、归州一带的民俗也有所议论，也许其中有些是诗人的偏见；但最后也像前一首诗一样，提出了人的缺点并非地理因素所造成的观点。最能，《仇注》引《杜臆》：“刘须溪以为最能为水手之称，良是”。但今本《杜臆》的论述却有所修正，说“‘最能’当是峡中‘长年’之称。”又说“‘瞿唐’‘虎须’，此峡中最险者，则归州长年，必让‘最能’矣。”在这一段文字中，“最能”有两种含义，一种是对“长年”的称呼；一种是赞归州长年驶船技术最能（最熟练，最娴熟，最有本领）。诗题《最能行》，恐仍是用赞美长年技能

之义。

② 艓，音“碟”（dié），一种小船。《宋书·沈攸之传》：“轻艓一万。”这诗中所说的“艓子”当为夔州口语习用之词。

③“小儿”“大儿”不是指一个家庭中儿子的行第，而是一般地指称青少年年龄的大小，因此分别译为“儿童”和“少年”。学问，指读书上学。随商旅，上船当学徒。

④ 欹帆、侧舵、撇漩、捎濆，所写的都是驶船的技术。前两者从字面上可明其义。关于后两者，《仇注》引左岘曰：“蜀谚云：‘濆起如屋，漩下而井’。盖‘濆’高涌而中虚；‘漩’急转而深没。濆可避，漩不可避。行舟者遇‘漩’则撇开，遇‘濆’则捎过也。”译诗据此。濆，音“愤”（fèn），在现代汉语中，只保存“墳”（fén）一个音，意思是水滨，与此不同。

⑤ 虎须，是险滩名，在夔州城西。

⑥ 归州，今之秭归县。长年，即船工、舵手。行，指“行船”。

⑦《左传·襄十八年》：“晋人闻有楚师，师旷曰：‘不害，吾骤歌北风，又歌南风，南风不竞，多死声，楚必无功。’”师旷是从歌声中判断楚师将败退。在这诗里，以“南风”代表南方人（指楚蜀一带人），误竞南风，大意是说对本地人有偏爱，而对北方人不友好。前一句的“器量窄”，也正是指这一点。浦起龙注：“竞南疏北者，竞为南中轻生逐利之风，而疏于北方文物冠裳之客也。”这一解释也有可取处。

⑧ 士，一作“土”。译诗依“士”译写。

⑨ 传秭归县有屈原故宅。《水经注》：“秭归县，故归乡县，北一百六十里，有屈原故宅，累石为屋基，今其地曰乐平里。宅之东北六十里有女嬃庙，捣衣石犹存。”同一地区，同一自然环境，有些人器量褊狭，不愿读书；但也曾出过屈原那样的大诗人。因此不能把民俗的弱点归之于地理因素所决定。杜甫在诗中提出的问题实际上不须回答，因为他相信世风决定人心，而世风则在很大程度上取决于统治者的政治教化。

◎ 寄韦有夏郎中[①]（五排）

省郎忧病士，[②]	您这位省郎关心我这个病人，
书信有柴胡。[③]	给我寄信，还寄来药物柴胡。
饮子频通汗，[④]	饮片里有这药能使我一次次出汗，
怀君想报珠。[⑤]	真感激您，该向您献上报恩明珠。
亲知天畔少，	在这天涯，亲戚知己稀少，
药饵峡中无。	三峡里面却没有需要的药物。
归楫生衣卧，[⑥]	回乡的船躺在地上已经生苔藓，
春鸥洗翅呼。[⑦]	春江上，鸥鸟边洗翅膀边相呼。
犹闻上急水，	听说您的船还在逆着急流上驶，
早作取平涂。	盼您能早些走上平坦的陆路。
万里皇华使，[⑧]	您这位从万里外来的皇帝使臣，
为僚记腐儒。[⑨]	还记得我这个曾和你同僚的腐儒。

注释：

① 韦有夏，据今人研究，疑为韦夏有之误。《元和姓纂》卷二韦氏："……迪，户部员外，生宅相、夏有……夏有，考功郎中。"又《郎官石柱题名新著录》户部员外郎第十行有韦夏有。《全唐文》卷344颜真卿《京兆尹兼中丞杭州刺史剑南东川节度使杜公（济）墓志铭》："夫人京兆韦氏，太子中舍迪之第三女也。"可知杜甫之从孙（岑仲勉考订为从侄）杜济妻乃韦夏有之姊妹。诗中说"亲知天畔少"，亲戚关系殆指此。过去在凤翔或长安曾和杜甫同朝做官。他奉诏命出使夔州或巴蜀，先给杜甫寄了信，并寄来杜甫所需的药物柴胡，于是杜甫寄给他这篇表示感激的诗。

② 省郎，指韦有夏，他的官职只是尚书省郎中。病士，杜甫自称。

③ 柴胡，是一种能使病者出汗的药物，诗中所说的柴胡大概是此柴胡，所以要从关中带来。

④ 唐代的“饮子”，今称“饮片”，指供煎汤服用的按剂量配好的药物。

⑤《淮南子·冥览》：“隋侯之珠。”注：“隋侯见大蛇伤断，以药傅之。后蛇于江中衔大珠以报之。”后遂以“报珠”一语来表示对人的感激。译诗是按语意直译，只是增加了“报恩”一修饰语。

⑥ 归楫，指归舟。衣，指地衣，是菌与藻类共生的低等植物，即苔藓之类。杜甫于大历元年春末夏初到夔州。决定暂住夔州是以后的事情，把船从水中拖出放置岸上，并生了苔藓，需要一个时期。这首诗写到“春鸥”，恐是大历二年春所作，旧编在大历元年诗中，恐误。

⑦“春鸥”相“呼”，所表现的是愉快的神情，以此来对比诗人自己的卧病夔州，欲行不能。

⑧《诗·小雅》有《皇皇者华》一诗，《诗序》“谓君遣使臣也”。后世遂以“皇华使”称皇帝派出的使臣。

⑨ 腐儒，不通世故思想陈旧的儒生。《史记·黥布传》：“上折萧何之功，谓何为腐儒。”杜甫自称。末句说韦有夏还记得杜甫曾与他同朝为臣的往事，是表示对韦的感谢。

◎ 峡中览物[①]（七律）

曾为掾吏趋三辅，[②]	我曾经到扶风郡去做掾吏，
忆在潼关诗兴多。[③]	回忆那年经过潼关时诗写得真多。
巫峡忽如瞻华岳，	如今看见巫峡旁的山像看见了华山，
蜀江犹似见黄河。	蜀江在我眼里就好像是黄河。
舟中得病移衾枕，	在船上得了病把枕被搬到岸上，
洞口经春长薜萝。[④]	度过了一个春天，峡口长满薜萝。
形胜有余风土恶，[⑤]	这里风景够美，水土我却受不了，
几时回首一高歌。[⑥]	什么时候回想起今天再为它高歌。

注释:

① 这首诗的题目虽是《峡中览物》，却不是描写所看到的三峡里面的风景，而是写看到这风景时的思想活动，写这里的风景所引起的对往日的回忆。由于把生病和峡中的风土联系在一起了，所以虽知风景好，也没有歌咏它的情绪，真的要赞美这里的风景，那要等将来，等身体恢复健康，而且要等一定的心理距离形成以后。据“洞口经春长薜萝”句，这诗当写于大历二年春。

② 三辅，见第三卷《沙苑行》注②。杜甫于乾元元年（758 年）六月，贬华州司功。华州，属左辅扶风郡司功，是州县长官的佐吏，故称掾曹小吏。

③ 乾元元年底，杜甫回偃师陆浑山庄探家，次年（乾元二年）二月，自陆浑到东都洛阳，不久后又经过潼关回华州，一路上写了《三吏》《三别》等著名诗篇。

④ 洞口，即峡口。据《说文》，“洞”的本义是疾流。班固《西都赋》：“溃渭洞河”。泄水之河流，称洞，故可以把“洞口”解释为“峡口”。一说指夔州附近的岩洞。

⑤ 形胜，指风景美好。风土，有两义，一指民俗，一指自然环境，即“水土”。杜甫在夔州（包括云安县）多病，自己认为是由于“不服水土”，故云“风土恶”。

⑥ 几时回首，意思是“何时回想起今日”。高歌，为三峡风景放声歌唱。

◎ 忆郑南[1]（五律）

郑南伏毒寺，[2]	郑县城南有座伏毒寺，
潇洒到江心。[3]	在那里真凉爽适意好像到了江心。
石影衔珠阁，	山石的投影环抱垂挂珠帘的楼阁，
泉声带玉琴。	淙淙泉声伴随着玉琴奏鸣。
风杉曾曙倚，	我曾在曙光里倚靠风中的杉树，

云峤忆春临。[4]	还记得在那高入云端的山峰上，迎接春天来临。
万里苍茫外，[5]	如今我在万里外，只见一片苍茫，
龙蛇只自深。[6]	这里的深深江水，只能让龙蛇藏身。

注释：

① 郑南，指华州郑县城南。乾元元年六月，杜甫贬华州司功时，经过郑县。当时写了《题郑县亭子》一诗（第六卷），可参看。这诗是回忆郑县城南之游并抒写回忆时的心境。

② 伏毒寺，佛教寺院，在郑县南郊。《刘禹锡别集》云："舅氏牧华州，前后由华觐谒，陪登伏毒寺，曾题诗于梁云：'曾作关中客，频经伏毒岩。晴烟沙苑树，晓日渭川帆'。"可见伏毒寺在伏毒岩附近，在通往京都的道旁。

③ 郑县无江，"到江心"是比喻。这是杜甫到过江边之后回忆以往的感受时所作的描写。

④ 云峤，高入云际的山峰。"峤"音"乔"（qiáo），高而尖的山。

⑤ 这是写在夔州想望郑县，距离万里，云天茫茫。

⑥ 龙蛇，可能有所寓意，如喻割据州郡的军阀等等。深，指夔州的江水。

◎ 赠崔十三评事公辅[1]（五排）

飘飖西极马，[2]	您像风驰电掣的西方骏马，
来自渥洼池。[3]	从小在渥洼池里受过锻炼。
飒飘寒山桂，[4]	您像寒山上的桂树遭到狂风吹袭，
低徊风雨枝。	在风雨中来回摇摆着枝干。
我闻龙正直，[5]	我听说龙马的天性正直，

道屈尔何为。[6]	如果道义不能伸张您将怎么办。
且有元戎命，[7]	您将得到统帅的任命，
悲歌识者知。[8]	您的悲歌已得到赏识者的称赞。
官联辞冗长，[9]	如今辞去了幕府里的挂名官职，
行路徙欹危。[10]	走向宽广大道，离开了危险艰难。
脱剑主人赠，[11]	您的长官把佩剑解下送给您，
去帆春色随。	春色将在一路上伴随您的归帆。
阴沉铁凤阙，[12]	您将到那阴沉沉的铁凤阙前，
教练羽林儿。[13]	去把羽林军的健儿教练。
天子朝侵早，	皇上每天一清早就接受大臣朝见，
云台仗数移。[14]	皇宫的仪仗还曾经一再移迁。
分军应供给，[15]	军队分驻各地由各地负责供给，
百姓日支离。	百姓的生活一天苦似一天。
黠吏因封己，[16]	奸狡的官吏乘机谋取私利，
公才或守雌。[17]	有些做官的不管国事，只顾自己保全。
燕王买骏骨，[18]	古代有个燕王尊重人才，连骏马的遗骨也重金购买，
渭老得熊罴。[19]	周文王梦见熊罴，找到了老姜尚在渭水旁边。
活国名公在，[20]	挽救了国家的那位著名大臣还在位，
拜坛群寇疑。[21]	他登坛拜将，盗寇就自相猜疑人心涣散。
冰壶动瑶碧，[22]	英明的决策像冰壶里转动琼瑶碧玉，
野水失蛟螭。[23]	水里兴风作浪的蛟螭都潜藏逃窜。
入幕诸彦集，	多少俊杰聚集到主帅的幕府里，
渴贤高选宜。	在这渴望人才的时代，您应该能高高中选。
骞腾坐可致，	眼看您就要展翅腾飞，
九万起于斯。[24]	这里是九万里高飞的起点。
复进出矛戟，[25]	还要再高升，进出有矛戟开道，
昭然开鼎彝。[26]	功勋刻在鼎彝上，永远辉煌灿烂。

会看之子贵，[27]	我一定能看到您地位显贵，
叹及老夫衰。	想到自己的老弱无用不禁慨叹。
岂但江曾决，[28]	不仅过去听您的谈论像江河决口滔滔不绝，
还思雾一披。[29]	还盼望将来再看到您，如拨开云雾见青天。
暗尘生古镜，	镜上堆积了灰尘就会昏暗，
拂匣照西施。[30]	拭净镜匣就能再照出西施的美艳。
舅氏多人物，	我的舅父家里出的人才可真多，
无惭困翮垂。[31]	我虽然遭受困厄，垂下羽翼，也还不觉得羞惭。

注释：

① 崔公辅，排行十三，任职评事，是杜甫舅父家的人，他年龄较杜甫小。第二十卷有《季秋苏五弟缨江楼夜宴崔十三评事韦少府侄三首》及《戏寄崔评事表侄苏五表弟韦大少府诸侄》等诗，所说的崔十三评事应该都是指崔公辅，并可知他是杜甫的表侄。本卷《毒热寄简崔评事十六弟》中的崔十六评事是另一个人，是杜甫的表弟。第四卷《白水明府舅宅喜雨》《白水崔少府十九翁高斋三十韵》诸诗中还有杜甫的舅父辈的崔翁。可见崔氏是一个大家族。评事是属于大理寺的官，从八品下，掌平决刑狱。这位崔评事得到某一位元戎（军事长官）的推荐，回京到羽林军中任职，杜甫写了这首诗送他。大概是大历二年春时作于夔州。

② 飘飖，一作“飘飘”，飞翔貌。西极马，指遥远西方出产的骏马，即来自西域的“天马”“龙媒”。

③ 渥洼，汉代出产名马的地方，见第三卷《沙苑行》注③。开头两句诗以良种骏马来比喻崔公辅出身于望族。

④《仇注》：“《唐韵》：‘飒飁，大风也。’”飁，音“习”（xí）。桂，常用来比喻才俊之士。《晋书》载郤诜对武帝云：“臣举贤良，对策为天下第一，犹桂林一枝。”这诗里是以“寒山桂”比喻崔公辅虽然有才能，但曾处于困厄中。

⑤ 龙，指“龙马”，也是比喻崔公辅。

⑥ 道屈，有双关的含意，既指世上没有正义，也指个人的出路受阻挠。

⑦ 元戎，《杜臆》：“‘元戎’不知为谁，盖荐崔使教练羽林者。”《读杜心解》：“‘元戎’谓羽林军帅，即崔之举主。”唐代在安史乱后有所谓北衙六军，其中包括左右羽林军，军中有大将军，但实际军权在由宦官担任的六军辟仗使手中。此诗中之元戎究竟指谁难以臆断。

⑧ 识者，识才者，或赏识者，也就是上一句中的“元戎”。

⑨ 官联，指崔原来任职的幕府僚属，借指幕府。“冗长”之“长”，读 zhǎng，冗长，闲官。

⑩《仇注》：“‘徙敧危’，将出峡。”徙，指迁离。敧危，艰难崎岖的道路，指峡西山区，即夔州。

⑪ 主人，崔原来任职的幕府主帅。

⑫ 铁凤，阙顶上的鸟形装饰物，《仇注》引《西都赋》注：“圆阙上作铁凤凰，令张两翼，举头敷尾。”又引陆倕《石阙铭》：“铜雀铁凤之工”。诗中以“铁凤阙”借代宫殿。

⑬ 羽林儿，羽林军战士。

⑭ 云台仗，指宫中的仪仗，借代皇帝。数移，指皇帝几度出宫逃难。

⑮ 唐代在安史乱后，禁军人数大增，且分驻到京城以外的地方，就地索取供给，人民负担十分沉重。

⑯《国语·楚语》：“是聚民利以自封也”。封，富厚。封己，就是使自己富厚，为自己谋利。

⑰《老子》：“知其雄，守其雌，为天下谿。”吴澄注：“雄谓刚强，雌谓柔弱。”这里以“守雌”代表“保全自己”。公才，《仇注》谓“泛言在位者”，即任官职者。

⑱《战国策·燕策》载燕昭王招贤者，郭隗向昭王说了一个千金买骏骨的故事。古代有个国王命涓人以千金求千里马，涓人以五百金买了一具已死的千里马骸骨归来，王大怒，涓人解释说：“死马且买之五百金，况生马乎。天下必以王为能市马，马今至矣。”后来果然接连有人驱千里马来卖给燕王。燕昭王接受郭隗的意见，厚待郭隗，后果有许多贤才来到燕国。这里以这故事来说明尊重人才的重要。

⑲ 渭老，指渭滨垂钓的老人，即姜尚。熊罴，文王曾梦见似熊非熊、似罴非罴之猎物。

参看第三卷《投赠哥舒开府翰二十韵》注⑲。这句诗的寓意和上一句相同。

⑳ 活国名公，指当时统帅军队战胜内外诸敌的大臣，看来应该是指郭子仪。旧注多谓指前面说到的那位“元戎”。

㉑ 古代任命将帅，有登坛拜将（帅）的仪式。这句诗是说这位大将升任统帅掌握军队指挥大权之后，敌人就疑惧动摇。

㉒㉓《仇注》：“冰壶句，言将令肃清。野水句，言余孽消除。”《读杜心解》：“冰壶朗彻，使在野英俊一时奋飞。”这一解释也很值得参考。译诗从《仇注》。

㉔《庄子·逍遥游》：“抟扶摇而上者九万里”。这句诗是说崔公辅到羽林军任职后，前程远大。起于斯，斯，指羽林军的官职。顺便在这里补充说明一下，从“天子朝侵早”起，直到这一句诗，共十六句，写国政、朝廷的情况，虽然有严重的问题（前六句所写），但也有了向好处转变的趋势（中间六句所写），最后四句说明贤才腾飞有望，崔公辅到羽林军任职后可能由此步步高升。并非完全是对前面所说的“元戎”称颂之辞。

㉕《仇注》：“复进，再升迁，矛戟谓专阃。鼎彝，谓勒功。此又望其将来也。”专阃，指镇守一方的主将，主将出行，有矛戟为前导。

㉖ 鼎彝，古代祭器。古代帝王铸鼎彝赐给立大功者并铭刻功绩其上。有时受奖者自铸鼎彝纪功，作为纪念物。

㉗ 之子，意思是“这个人”。《诗·周南·桃夭》：“之子于归”。这里是指崔公辅。

㉘《仇注》：“昔听崔谈论，如悬河之注；今想其丰采，如披云见天。”江决，喻崔之口才，这是指往日与崔相处所知的情况。

㉙ 雾披，期望将来与崔之会见。《世说·赏誉》：“此人，人之水镜也，见之若披云雾睹青天。”

㉚ 照西施，这一比喻用得比较特殊。在这里，“西施”代表一般的美人，并无特殊的意义，主要是说古镜经过拂拭又能发挥作用，比喻崔公辅之被重用后能发挥其才智。

㉛ 困翮垂，杜甫以此比喻自己的困厄。谦称自己虽无才能，但因舅父家出了人才，也就感到自己有光辉，不寒碜。

◎ 奉寄李十五秘书文嶷二首[①]（五律）

避暑云安县，[②]	您为了避暑留在云安县，
秋风早下来。[③]	如今秋风已起，盼您早些下来。
暂留鱼复浦，[④]	暂时就在这夔州江边小住，
同过楚王台。[⑤]	我们同路东行，一起经过楚王台。
猿鸟千崖窄，	猿鸟在千百山崖上聚居，两岸显得狭窄，
江湖万里开。	再向东去将有万里江湖展开。
竹枝歌未好，[⑥]	这里的竹枝词未见得好听，
画舸莫迟回。[⑦]	您的画船快开吧，别再犹豫徘徊。

注释：

① 这是杜甫从夔州寄到云安给李文嶷的诗。李是皇族，在秘书省任秘书郎之职。他乘船到云安时天已炎热，就在云安上岸过夏天。杜甫寄这两首诗给他，促他快到夔州来，同路东下。这诗作于大历元年夏秋间。

② 第十四卷《寄常征君》有“开州入夏知凉冷，不似云安毒热新”之句，可知云安也很炎热，李秘书并非因为避暑才到云安，而是由于暑天乘船太热，才在云安停留的。参看注①。

③ 下来，指顺水行船到夔州。

④ 鱼复，指夔州。夔州原为汉代的鱼复县。浦，指水边。

⑤ 楚王台，即巫山之阳台，在巫山上。自夔乘船出峡，必经过巫山。参看第十四卷《雨》注⑥。

⑥ 竹枝，乐府曲名，一名《巴渝词》，是在三峡西面一带地区流传的民歌。这句诗是劝李文嶷不要在云安、夔州一带久留。

⑦ 迟回，迟疑不决貌。《后汉书·东海恭王彊传》：“光武不忍，迟回者数岁乃许焉。”

◎ 其二 （五律）

行李千金赠，[①]	您出发上路，友人们以千金相赠，
衣冠八尺身。[②]	您仪表堂堂，身躯有八尺来长。
飞腾知有策，[③]	我知道您有本领能够飞腾向上，
意度不无神。	您的襟怀气质又非凡地宽广。
班秩兼通贵，[④]	论官位等级已经既通达又显贵，
公侯出异人。[⑤]	在公侯人家显得杰出异常。
玄成负文彩，[⑥]	您有着韦玄成那样的文采，
世业岂沉沦。	先辈的事业不会在您身上沦丧。

注释：

①《左传·僖三十年》："行李之往来"，注："行李，使人"。在这诗里，作为皇帝的"使臣"或一般使者，都不可解。行李，当指"行旅"，指李文嶷之出行。千金赠，指友人给李的馈赠。古代习俗，友人远行，当赠送财物为礼。《仇注》引《杜臆》："千金赠，见交游之广"，也是这个意思。

② 衣冠，在这里是指仪表。《礼·儒行》："儒有衣冠中，动作慎。"

③ 飞腾，指升官。

④ 班，指"列"，即官位。秩，指官职，《左传·文六年》："委之常秩。"通，谓有继续晋级的希望。贵，谓官位已较高，秘书郎，从六品上，故可称"通贵"。

⑤ 李文嶷是皇族，故说他出身于公侯之家。

⑥ 玄成，韦玄成，韦贤少子，能继父业，通经籍。参看第一卷《赠韦左丞丈济》注⑤。《汉书》说他"守正持重不及于父，而文彩过之"。

◎ 雷[①]（五古）

大旱山岳焦，	这样严重的旱灾，山岳像被烧焦，
密云复无雨。	一直不落雨，密云空把天空遮住。
南方瘴疠地，	南方本来是多瘴气、多疫病的地方，
罹此农事苦。	遭了这场大旱农民劳动就更辛苦。
封内必舞雩，[②]	在这个州里有跳舞求雨的习俗，
峡中喧击鼓。	在峡江旁隆隆地敲起了大鼓。
真龙竟寂寞，[③]	真的神龙在那里，它不声不响，
土梗空偻俯。[④]	对泥胎木偶，弯腰叩头有什么用处。
吁嗟公私病，	可叹哪！公私双方都深受其害，
税敛缺不补。	赋税交不出，以后也没法偿补。
故老仰面啼，	老人们仰起头对天哀呼，
疮痍向谁数。	人们的创伤痛苦向谁一一倾诉。
暴尫或前闻，[⑤]	曾有传说，往昔焚烧鼻孔朝天的人求雨，
鞭石非稽古。[⑥]	还有鞭石求雨的故事，怕也不能证明它来自远古。
请先偃甲兵，[⑦]	我看还是请先停止动武，
处分听人主。[⑧]	究竟怎样处理大家都听从君主。
万邦但各业，[⑨]	全国州郡只要各自管好自己的事，
一物休尽取。[⑩]	人民生产的东西连一件也不拿去。
水旱其数然，[⑪]	其实水灾旱灾总要频频发生，
尧汤免亲睹。[⑫]	唐尧、商汤也难免身历目睹。
上天铄金石，[⑬]	上天把金石烧得炽热熔化，
群盗乱豺虎。	成群盗贼扰乱世间凶如豺虎。
二者存一端，	如果两种灾难必须忍受一种，

愆阳不犹愈。⑭	宁愿忍受炎热大旱的痛苦。
昨宵殷其雷，⑮	昨天夜里听到隆隆雷声，
风过齐万弩。	狂风吹过，像同时发射万支箭弩。
复吹霾翳散，	天上的浓云又被吹散，
虚觉神灵聚。⑯	猜想降雨的神灵会聚竟是错误。
气暍肠胃融，⑰	我受了暑热，患了腹泻，
汗湿衣裳污。	浑身大汗，衣裳也被沾污。
吾衰尤计拙，⑱	我这样衰弱，更是无力谋生，
失望筑场圃。⑲	收成无望了，哪里还要修筑场圃。

注释:

①《仇注》引《旧唐书》:“是年（大历元年）春，至六月庚子始雨。”这首诗所反映的是夔州遭受旱灾的情景，一夜雷声风声之后，仍未降雨。因此以《雷》为题。杜甫面对旱灾，所想的却仍是人祸，战乱造成的灾难远远超过自然灾害，如果政治清明，社会安定，克服天灾造成的困难还是容易办到的。这首诗的主旨似即在此。

② 封，疆域，这里是指州境。舞雩，古代天旱时祭神求雨的舞蹈。雩，音“于”（yú）。

③ 这句诗是说真龙不出来兴云布雨。古代以为龙是管降雨的。

④ 土梗，泥土、树梗所作的偶像。偻俯，指行礼。

⑤ 尪，音“汪”（wāng），据《说文》，是“曲胫人”。《左传·僖二十一年》:“夏旱，公欲焚巫尪，臧文仲曰：‘非旱备也。’”注：“尪者，瘠病之人，其面上向，俗谓天哀其病，恐雨入其鼻，故为之旱，所以公欲焚之。”这简直是一个大笑话，但正可见古人之迷信。

⑥ 鞭石，旧本作“鞭巫”，张远改为“石”。《仇注》引《初学杂记》:“宜都郡二大石，鞭阳石则晴，鞭阴石则雨。”“暴尪”“鞭石”两句，是把夔俗击鼓舞蹈求雨的举动看得如“暴尪”“鞭石”一样荒唐。杜甫对佛教、道教都很尊崇，甚至也很想求仙学佛，但对一切迷信习俗却坚决反对。参看第十卷《石笋行》《石犀行》等诗。这一点，与西方的一些信奉基督教的科学家有共通之处。

⑦ 偃甲兵，是说主张停止军阀间的战斗。当时蜀境的混乱，主要是起于各实力派之间的争夺。

⑧ 人主，指最高统治者皇帝。先停战，一切善后事宜听从皇上的处理。

⑨ 万邦，指各州郡。“各业”之“业”，是动词，意思是处理各自的事务。

⑩ 这里的“一物”，与第二卷《乐游园歌》中的“一物但荷皇天慈”中的“一物”不同。在那里，是指酒。这里的“一物”用于否定性的谓语之前，泛指一切事物。

⑪“数然”的“数”音“朔”（shuò），频繁，屡次。

⑫《史记》：“尧之时，用鲧治水，九年而水不息。”《说苑》：“汤之时，大旱七年，雒圻川竭。”这是古代多天灾的例子。免亲睹，意思是“岂免于亲睹”。

⑬ 铄，意思是“消”，即熔化。传说古代天上曾有十日，所谓“十日代出，流金铄石”。（《楚辞·招魂》）

⑭“愆”音“千”（qiān），愆阳，这里指阳气太盛，造成天热干旱。《左传·昭四年》：“冬无愆阳，夏无伏阴。”“愆阳”原意是指冬天太暖。

⑮《诗·召南》有《殷其雷》诗。殷，旧读“隐”（yǐn），雷声。

⑯ 神灵聚，指兴云布雨的神灵聚集。这句诗是说人们以为要降雨，但希望落了空。

⑰《仇注》：“暍，暑热也。融，谓腹泻。”暍，音“耶”（yē），中暑。

⑱ 计拙，指“生计拙”，缺乏谋生的本领。

⑲《诗·豳风·七月》：“九月筑场圃，十月纳禾稼。”筑场圃，指筑晒粮用的场地。这句诗是说收获无望，心里十分难过。

◎ 火[①]（五古）

楚山经月火，　　　　这南楚山上的大火烧了一个多月，

大旱则斯举。	遇到大旱就烧山，成了个规矩。
旧俗烧蛟龙，	旧俗以为这样做就是烧蛟龙，
惊惶致雷雨。	吓得它们惊慌就能降一场雷雨。
爆嵌魑魅泣，[②]	烧得山岩缝隙裂开，魑魅哭泣，
崩冻岚阴昈，[③]	山阴冻土崩坍，现出红光缕缕。
罗落沸百泓，[④]	周围分布的千百池潭，水面沸腾，
根源皆太古。[⑤]	道道泉源从太古起就在这里汇聚。
青林一灰烬，	青青的树林全都烧成灰烬，
云气无处所。[⑥]	云气也失去了藏身之地。
入夜殊赫然，	到夜晚那火光显得更加明亮，
新秋照牛女。	照映着初秋天空的牛郎织女。
风吹巨焰作，	风吹得火焰更旺更猛烈，
河汉腾烟柱。[⑦]	烟柱升腾，一直向银河伸去。
势欲焚昆仑，	看那气势简直要烧向昆仑山，
光弥焮洲渚。[⑧]	热光远射，将烤焦江边洲渚。
腥至焦长蛇，	传来腥气，那是长蛇被烧焦，
声吼缠猛虎。	听到吼声，那是火海缠住猛虎。
神物已高飞，[⑨]	神龙已高高飞上天空，
不见石与土。	山上再看不见岩石和泥土。
尔宁要谤讟，[⑩]	难道你们宁愿招来责怪和怨恨，
凭此近荧侮。[⑪]	靠这方法求雨简直是轻率、糊涂。
薄关长吏忧，[⑫]	也没引起地方官吏的关切、忧虑，
甚昧至精主。[⑬]	完全不懂主要该对人民真诚爱护。
远迁谁扑灭，	这大火蔓延到远处谁来扑灭，
将恐及环堵。[⑭]	担心它要波及我的住处。
流汗卧江亭，	我躺在江边亭子里满身流汗，
更深气如缕。[⑮]	夜深时呼吸仍急促微细像丝缕。

注释：

① 放火烧山，也是夔州求雨的旧俗。这首诗生动地反映了烧山的情景，并对这种迷信举动加以批评，最后把责任归之于地方“长吏”。这样的诗不但能使我们了解古代的社会习俗，也表现出了当时吏治的腐朽。这诗与上一首诗是同时所作。

② 浦起龙《读杜心解》：“嵌空之处，魑魅所藏，爆，火炽而裂也。”嵌，指岩石缝隙。爆，指烧得裂开。魑魅泣，借助幻想的形象刻画烈火之恐怖。

③《读杜心解》：“冻沍之土，岚阴为甚，崩，火力所摧也。”岚阴，指山峰背后，译为“山阴”。冻，译为“冻土”。夔州地方夏日不应有冻土，这里的描写运用了夸张的手法。《仇注》转引《文选》李善注：“《埤苍》曰：昈，赤文也。”《说文新附》则释“昈”为“明也”。昈，音“户”（hù），红色的光。

④ 百泓，指山区的众多池潭。罗落，《仇注》引《庄子·胠箧》：“削格罗落置罘之智多，则兽乱于泽矣。”引文中的“罗落”是捕兽的罗网之类的工具，与这诗中所用的“罗落”不合。按照通常的解释，“罗落”与“罗列”“散布”的意思相同。

⑤ 根源，指上一句中“百泓”的泉源。

⑥“处所”之“处”，当读上声，是动词，意思是“藏匿”。处所，藏身之地。

⑦ 旧本作“河棹”，蔡梦弼解释为“河汉之棹”（天河中的船只），赵次公定作“河棹”，《仇注》本依《杜诗正异》定作“河汉”。译诗据《仇注》本译写，较为易解。

⑧ 焮，音“欣”（xīn），烤、炙。

⑨ 神物，指龙，我国神话中把龙看作司雨之神。

⑩“谤讟”的“讟”，音“独”（dú），怨言。要，音“邀”（yāo），招致。尔，所指是谁人，旧注有不同理解。多数认为是指夔州焚山求雨的民众。也有认为是指神灵的。

⑪ 荧，荧惑，迷惑，译为“糊涂”。侮，轻侮，侮弄，译为轻率。

⑫ 薄关，蔡梦弼注为“迫近关郊”，各家都认为不合，卢元昌注：“‘薄’与‘甚’相对，言其关怀者亦薄乎云尔。”朱鹤龄注：“实因长吏薄于忧民，不知以精诚为主，尽祈救之道耳。”

⑬ 至精主，以“至精”为主。至精，是指“最精诚的心意”，这可能是对神灵而言，也可能是对人民而言。朱注取前一种理解，译诗取后一种理解，大致表达了诗句的

含意。

⑭ 环堵，原意是房屋的四面墙壁，引申为住宅，家。

⑮ 更，读阴平声（gēng），指夜晚的时间。气如缕，指呼吸困难。因为天气干燥炎热，诗人的肺部又有病。

◎ 热三首[①]（五律）

雷霆空霹雳，	雷霆霹雳只是一声空响，
云雨竟虚无。[②]	连一滴雨也没有落到人间。
炎赫衣流汗，	天气炎热，衣服上流淌着汗水，
低垂气不苏。[③]	我低垂着头，呼吸也感到困难。
乞为寒水玉，	让我变成寒水里的玉石，
愿作冷秋菰。	让我变成菰蒲，生长在凉爽秋天。
何似儿童岁，	我怎能再像儿童时期那样，
风凉出舞雩。[④]	去乘风凉，走上古代求雨的祭坛。

注释：

① 大历元年，杜甫在夔州度过了一个特别干旱炎热的夏天，这三首诗写出他自己的感觉、想象和对出征戍边者的关心。

② 云雨，偏义复词，着重“雨”字。

③ 低垂，是指“低垂着头”。

④ 舞雩，《论语·先进》：“浴乎沂，风乎舞雩。”郑注：“沂水出沂山，雩坛在其上。”刘宝楠正义：“雩坛者，雩时为坛设祭于此，有乐舞，故曰舞雩。”按“雩”为旱祭（为祈雨而祭神），这里的“舞雩”指祭坛。

◎ 其二（五律）

瘴云终不灭，[①]	散布瘴气的云雾一直不消散，
泸水复西来。[②]	江水又带着有毒的泸水从西流来。
闭户人高卧，	人们关上大门闲躺着，
归林鸟却回。[③]	归林的鸟群绕着树林旋飞。
峡中都是火，[④]	峡江旁到处像燃烧着大火，
江上只空雷。	江上只是响着不降雨的旱雷。
想见阴宫雪，[⑤]	我想去看阴宫中的冰雪，
风门飒沓开。[⑥]	阵阵凉风接连把宫门吹开。

注释：

① 我国南方多云雾，古代认为是一种能致人疾病的气，称它为“瘴气”。

② 泸水，上流古称若水，即今之雅砻江，流入金沙江后汇入长江。唐以后也有人称金沙江为泸水。《三国志·蜀志》谓诸葛亮“五月渡泸，深入不毛”，俗传泸水上有毒疠。

③“却回”之“回”与“迴”通，意思是回旋。《仇注》：“却回，鸟不安林，却转回翔也。”

④ 这火可能是指求雨烧山的火，见本卷《火》注①；也可能只是夸张地比喻天气炎热。

⑤ 阴宫，古代帝王为避暑建有阴宫，积藏冰雪。

⑥ 飒沓，梁简文帝诗：“云霞纷飒沓。”繁盛貌，也可作“频繁”理解。

◎ 其三（五律）

朱李沉不冷，[①]	朱红的李子浸在水里也不变冷，

雕胡炊屡新。[②] 雕胡饭顿顿都要新煮才能吃。
将衰骨尽病， 我将衰朽，连骨髓里都有了病，
被暍味空频。[③] 受了暑，再多美味只好放在那里。
欻翕炎蒸景，[④] 蒸腾炎热的阳光骤然收敛，
飘飖征戍人。 我忽然想起到处奔波的征戍战士。
十年可解甲，[⑤] 打了十年仗真该解甲回家了，
为尔一沾巾。 我为你们流泪，把手巾都沾湿。

注释：

① 古代人们于夏日食用瓜果多先沉浸于凉水中。曹丕《与吴质书》："沉甘瓜于清泉，浸朱李于寒水"。

② 雕胡，即菰米。古代食用菰蒲的种子，称菰米，或称雕胡，是上等粮食。现代人只食其膨胀的茎部，称为"茭白"。炊屡新，天热饭易馊，故须现吃现煮。

③ 暍，见本卷《雷》注⑰。

④ 炎蒸景，炎热的阳光。欻，音"须"（xū），突然。翕，音"西"（xī），收敛。

⑤ 这诗写于大历元年（766 年），自天宝十四载（755 年）安史之乱开始算起，已近十一年。说十年，举其整数。

◎ 夔州歌十绝句[①]（七绝）

中巴之东巴东山，[②] 中巴的东面就是巴东的山，
江水开辟流其间。 江水冲决开山岩，奔流在山间。
白帝高为三峡镇， 高高的白帝城扼踞在三峡口，
瞿唐险过百牢关。[③] 过瞿塘峡比过百牢关还艰难。

注释:

① 这是一组在夔州写的短歌，多写景色，也有写民俗和怀古之情的。黄鹤谓此诗于大历元年夏作。

② 中巴，即“巴中”，见第十二卷《题郪原郭三十二明府茅屋壁》注⑤。巴东山，巴东地区的山，指今四川省、湖北省边界的大巴山、巫山等山。

③ 百牢关，在今汉中市南郑区西南，是自秦入蜀的金牛道栈北面一处险隘关口。

◎ 其二（七绝）

白帝夔州各异城，	白帝、夔州各有各的城，
蜀江楚峡混殊名。[①]	蜀江和楚峡也常叫混了名称。
英雄割据非天意，	英雄割据一方并不是天意决定，
霸王并吞在物情。[②]	称王称霸、谁并吞谁要看当时世情。

注释:

① 夔州城与白帝城相连，但不是一个城，通常也称夔州为白帝城。蜀江指蜀境长江，楚峡指以夔州为西口的瞿塘峡、巫峡和西陵峡。常被人们叫混了名称。诗人借此比喻依靠儒家所谓“王道”统一天下的帝王和恃仗武力割据一方的军阀在本质上有区别，暗示反对割据的思想。

② 物情，指客观存在的政治形势，主要是指人心向背。译为“当时的世情”。

◎ 其三（七绝）

群雄竞起问前朝，	群雄崛起争夺天下是前代的事，
王者无外见今朝。[①]	今天皇帝已不把异族看作外人。
比讶渔阳结怨恨，[②]	直到怀恨的安禄山在渔阳造反才使人感到震惊，
元听舜日旧箫韶。[③]	他原也是听惯先帝圣乐的朝臣。

注释：

① 这首诗写由公孙述据蜀称帝这段历史引起的思考。群雄争夺天下，割据一方本来是过去历史上的（前朝的）事，而“今朝”（“朝”当读 zhāo，即今天），唐朝已是一个统一的国家。《公羊传》：“天王出居于郑，王者无外，此其言出，何不能于母弟也。”这里的“王者无外”，是说天子并不把诸侯国家当作外国。唐代，已不把少数民族统治地区当成外国，大唐帝国实际上已成了一个多民族国家。朱东润在《杜甫叙论》中说：“太宗即位以后的第四年，贞观四年（630 年）四月，西北诸蕃上太宗尊号为天可汗。从此西北诸蕃君主即位的时候，都必须得到李姓王朝的册命，李姓王朝在册命中，自称为天可汗、大唐皇帝。这就是说在六三〇这一年大唐帝国正式成立了，在这个大帝国的号令之下的有突厥、回纥、吐蕃、奚、契丹、吐谷浑、突骑施这些民族和王朝。”（该书第 4 页）这是对唐代“王者无外”的最恰当的解释。

② 渔阳，即蓟州。安禄山任范阳、平卢节度使，范阳郡治蓟州。这里以“渔阳”代表安禄山。

③ 舜日，喻唐玄宗的统治时期。箫韶，是虞舜时代的古乐，这里比喻安定的政治局面。这首诗的主旨是说要维护国家的统一局面是不容易的；唐朝虽实现了“王者无外”的局面，但后来还是群雄并起，政局混乱，人们不能不对此作深刻的反省。

◎ 其四（七绝）

赤甲白盐俱刺天，① 赤甲山、白盐山一起刺向青天，
闾阎缭绕接山巅。② 居民的房舍环绕，一直连到山巅。
枫林橘树丹青合，③ 枫林和橘树红红绿绿连成一片，
复道重楼锦绣悬。④ 双层通道、重重高楼悬挂着绣帘。

注释：

① 赤甲、白盐是夔州附近的两座山名。白盐山，见本卷《晓望白帝城盐山》注①，赤甲山呈暗红色，在长江北岸，与白帝山相接。

② 闾阎，《汉书·异姓诸侯王表》注：“师古曰：‘闾，里门也，阎，里中门也。’”后以“闾阎”代表民间和人民居住处。

③《仇注》：“丹青，谓枫橘异色。”

④ 复道重楼，指夔州建筑之宏伟。锦绣悬，指楼阁上挂着帷幔。这首诗写夔州之富庶繁华。

◎ 其五（七绝）

瀼东瀼西一万家，① 瀼水东西两岸有万户人家，
江北江南春冬花。② 大江南北春天冬天一样开花。
背飞鹤子遗琼蕊，③ 幼鹤飞去，离开洁白如玉的花朵，
相趁凫雏入蒋芽。④ 相互追逐的小野鸭躲进密密丛生的菰芽。

注释:

① 据陆游《入蜀记》，夔人谓山涧之流通江者曰“瀼”。瀼，音“让”（ràng），瀼水在夔州已成专名。夔州有三条瀼水，即东瀼、西瀼和清瀼。夔州城东不远即西瀼水，再向东北，即东瀼水。这诗中所说是西瀼水。

② 春冬花，南方温暖，冬季与春天一样，也有鲜花盛开。

③ 背飞，向相反方向飞，即飞走、飞去。“琼”为美玉，琼蕊，玉一般白的花。王粲《白鹤赋》：“食灵岳之琼蕊”，陆机《拟古》：“上山采琼蕊”，都是以“琼蕊”来称花。

④ 趁，追逐。蒋，即菰蒲。蒋芽，菰蒲的苗。这首诗写夔州自然风光，把自然界写得饶有生趣。

◎ 其六 （七绝）

东屯稻畦一百顷，[①]	东屯种水稻的田畦有一百多顷，
北有涧水通青苗。	北边有条涧水引来正好灌溉青苗。
晴浴狎鸥分处处，[②]	阳光下，不怕人的鸥鸟到处游浴，
雨随神女下朝朝。[③]	天天清早，细雨随着神女往下飘。

注释:

① 东屯，在东瀼水的东岸，那里有公田一百顷。杜甫后来曾受委托管理该处公田。

② 狎鸥，因鸥鸟与人已很熟悉，不怕人，敢与人亲近，故称为“狎鸥”。

③ 因为天天下小雨，故有巫山神女的联想，参看第十四卷《雨》注⑥。

◎ 其七（七绝）

蜀麻吴盐自古通，　　蜀盐吴麻自古相互往来运销，
万斛之舟行若风。[①]　　载运万斛的大船航行像一阵风飘。
长年三老长歌里，[②]　　篙师舵手们一路上高声唱着号子，
白昼摊钱高浪中。[③]　　白天在船上赌钱，任大船驶过高高浪涛。

注释：

① 万斛，见第十四卷《三韵三篇》第二篇注①。

② 长年三老，见第十四卷《拨闷》注④。

③ 摊钱，唐代长江上游的口语，是一种赌博的名称。这首诗写船工的熟练技巧与豪放不羁的神态，并盛称长江航运在社会经济生活中的作用。

◎ 其八（七绝）

忆昔咸阳都市合，[①]　　回想当年长安城集市上人群聚集，
山水之图张卖时。　　路边挂着一幅幅山水图出卖。
巫峡曾经宝屏见，　　我曾在一面珠玉屏风上见过巫峡，
楚宫犹对碧峰疑。[②]　　如今我面对碧绿的山峰，面对楚宫遗址还不免疑猜。

注释：

① 咸阳都，指长安城。市，进行货物交易的市场。

② 楚宫，指夔州附近的楚宫遗址。《仇注》："八章，记楚王宫也。咸阳所见者画图，夔

州所对者真境。但楚宫难觅，终成疑似，即真境亦同幻相矣。”这句诗并不是说楚宫遗址堪疑，而是说今日真的到了巫峡边，自己对这事实还有些不相信，对自己的行踪有一种意想不到的感觉。

◎ 其九 （七绝）

武侯祠堂不可忘，[①]	诸葛武侯的祠堂真令人难忘，
中有松柏参天长。	庭院里的松柏一直伸向天上。
干戈满地客愁破，[②]	尽管到处战乱，到这里就会使离乡背井的忧愁消除，
云日如火炎天凉。	哪怕夏天云端太阳如烈火，在这里也会觉得清凉。

注释:

① 武侯祠堂，即诸葛亮的祠堂。夔州有诸葛亮祠，又称孔明庙。本卷有《武侯庙》诗，本卷《古柏行》所写的古柏也在孔明庙中。

② 由于诸葛亮祠堂中松柏参天，夏日阴凉，所以能使人感到心宁神爽，一时忘记苦难的现实。

◎ 其十 （七绝）

阆风玄圃与蓬壶，[①]	著名的仙界有阆风、玄圃，还有个蓬壶岛在那东海上，
中有高堂天下无。[②]	可人世间的高唐观却是天下无双。
借问夔州压何处？	请问夔州坐落在什么地方？

峡门江腹拥城隅。[3]　　三峡口，长江腹，那里紧紧挨着它的城墙。

注释：

① 阆风玄圃，是传说中的仙山，在我国的极西地方，是昆仑山的高峰。《楚辞·哀时命》："望阆风之板桐。"洪兴祖补注："《博雅》云：'昆仑虚有三山，阆风、板桐、玄圃'。"也有说"玄圃"就是"阆风"的。蓬壶，东海上的仙山，参看第三卷《奉赠太常张卿垍二十韵》注②。

② 高唐，即"高唐观"。《文选·高唐赋序》："楚襄王与宋玉游于云梦之台，望高唐之观。"宋玉在这赋中说了一个古代楚王游高唐，梦与巫山神女相会的故事。高唐观是古代楚国的遗迹，具体地点有异说，有谓在云梦华容县，也有说在夔州境内。由于"高唐观"之名是靠宋玉的赋而流传的，所谓"高唐观"古迹，实际是后人的附会，有异说不足为怪。

③ 最后一句诗是回答前一句提出的问题，说明夔州的地理位置。由于夔州在长江三峡口，如要到高唐观去，只要上船就能到达。

◎ 毒热寄简崔评事十六弟[1]（五古）

大火运金气，[2]　　大火星在天空移动，运载着秋气，
荆扬不知秋。[3]　　可荆州和扬州还不知秋在哪里。
林下有塌翼，[4]　　树林下面，鸟儿热得垂下翅膀，
水中无行舟。　　水里也不见航船行驶。
千室但扫地，[5]　　家家户户只是扫清地面，
闭关人事休。[6]　　关上门休息，一切交往都停止。
老夫转不乐，　　我这老人变得更不惬意，
旅次兼百忧。　　耽搁在旅途上，又有无尽忧虑。

蝮蛇暮偃蹇，	天晚了，到处有蝮蛇蜷曲，
空床难暗投。	黑暗中爬上空床可要有些勇气。
炎宵恶明烛，	在炎热的深夜，明烛也使我厌恶，
况乃怀旧丘。	何况又怀着思念故乡的情意。
开襟仰内弟，⑦	我要把胸怀对您敞开，我的表弟，
执热露白头。⑧	真太热了，我扯去头巾露出白发丝。
束带负芒刺，	系上腰带就像有麦芒向腰上刺，
接居成阻修。⑨	我和您相邻，却像隔长途万里。
何当清霜飞，⑩	什么时候才清霜飞降，
会子临江楼。	我将到您的临江楼上与您欢聚。
载闻大易义，⑪	听听您讲述《易经》的深奥道理，
讽咏诗家流。⑫	和您一起吟诵继承《风骚》传统的诗。
蕴藉异时辈，⑬	您才学丰厚，同辈人不能和您比，
检身非苟求。⑭	您行为谨慎，不该得的不去求取。
皇皇使臣体，⑮	您光明正大，具有使臣的素质，
信是德业优。	您的德行政绩实在称得上优异。
楚材择杞梓，⑯	皇上要选择楚地的杞树、文梓，
汉苑归骅骝。⑰	您这骅骝般的人才将向京城驰去。
短章达我心，	就用这篇短诗来表达我的心意，
理为识者筹。⑱	只能向懂的人谈谈我所想的道理。

注释：

① 崔十六评事是杜甫的表弟，本卷《赠崔十三评事公辅》注①中曾提到与杜甫有亲戚关系的崔氏家族，可以参看。这位崔十六评事也是暂住夔州，正等待机会回京任职。杜甫在初秋酷热的天气，不能出行，心中郁闷，约崔十六评事天气凉爽后会面畅谈，先寄给他这首诗。作诗时间是大历元年初秋。

② 大火，星名，即“心宿”。《诗·豳风·七月》开头说的“七月流火”就是指这一星座。它又名“商星”。《礼·月令》：“孟秋之月，其音商。”商在五音中，是金音，其声凄厉，在季节上与秋相应。

③ 这两句诗是说，根据天象和季节来看，已到秋天，但荆州（夔州也包括在荆州的范围，扬州是陪衬，不是实指）还感觉不到秋意，天气仍和炎夏一样酷热。

④ 塌翼，指耷拉着翅膀的鸟。这句和下一句都是炎热的景象。

⑤《仇注》：“扫地，欲卧地求凉也。”现代内地小城市仍有这一习俗。

⑥ 闭关，即“闭门”。人事，指人的相互交往。

⑦ 开襟，敞开襟怀，指畅谈心事。仰，仰望，盼望。内弟，即表弟。母亲的家族，古代称为“内家”。

⑧ 执热，酷热，大概是唐代口语，杜甫诗中屡次出现。参看第四卷《大云寺赞公房》第四首注⑩，又如第七卷《夏夜叹》有“执热互相望”，第十一卷《大雨》有“执热乃沸鼎”等，意义均同。

⑨ 阻修，参看第十四卷《除草》注②。在这句诗里是比喻遥远，取《古诗》：“道路阻且长”之义。

⑩ 清霜飞，霜降，天气转寒凉。

⑪ 大易，即《五经》中的《易》。“载闻”之“载”，是用于动词前的辅助动词，意思与“乃”相似。《诗·秦风·小戎》：“载寝载兴。”

⑫ 诗家流，指继承古代诗歌主要指《诗·国风》与《离骚》等传统的诗作。

⑬ 蕴藉，与酝藉、温藉通。《后汉书·桓荣传》“温恭有蕴藉”，指学识丰富，有素养。

⑭ 检身，约束自己，行为谨慎。

⑮《诗·小雅》有《皇皇者华》篇，《诗序》谓“君遣使臣也”。皇皇，与“煌煌”通，光明貌，是赞美之词。

⑯ 楚地盛产木材，有“楚材晋用”之语。这句诗是说朝廷将选用人才。杞、梓，都是上等木材，这里用来比喻人才。

⑰ 汉苑，借代唐代朝廷。骅骝，也是比喻人才，这里专指崔十六评事。

⑱ 识者，指崔十六。筹，这里指推理，论述。

◎ 信行远修水筒[①]（五古）

汝性不茹荤，	你生来不吃荤腥，
清净仆夫内。	在我的仆役里你最清洁。
秉心识本源，	你天生懂得事物原来的道理，
于事少凝滞。[②]	不论发生什么事情很少在心里郁结。
云端水筒坼，	高入云端的山上引水竹筒破裂，
林表山石碎。	是树林外面的山石把它砸碎。
触热藉子修，	有劳你冒着暑热去修理，
通流与厨会。	又让山泉重新流到厨房里，
往来四十里，	你往来跑了四十里路，
荒险崖谷大。	走过的崖谷广阔，又危险荒僻。
日曛惊未餐，[③]	惊诧的是太阳快落山还没吃饭，
貌赤愧相对。	脸晒得这样红，面对你我心惭愧。
浮瓜供老病，	这水里浮的瓜原是我这老人吃的，
裂饼尝所爱。[④]	还要撕下一块饼，一起给我所喜爱的人吃。
于斯答恭谨，[⑤]	这样来报答你的认真负责，
足以殊殿最。[⑥]	才能让功劳大小不同人显出差别。
讵要方士符，[⑦]	哪里要靠道士的符箓来求水，
何假将军佩。[⑧]	山泉何须贰师将军的佩刀开辟。
行诸直如笔，[⑨]	信行啊信行，你的性格像笔一样直，
用意崎岖外。[⑩]	你的心意多开朗，不像世人那样处处用心机。

注释：

① 信行，杜甫在夔州用的仆役之一。本卷《示獠奴阿段》中提到过阿段，这诗中又有信行，第十九卷《课伐木·序》中还提到伯夷、辛秀等人。他们可能都是“官奴”，由夔州的当政者拨给杜甫使唤的。“修水筒”下有原注：“引泉筒”。也就是獠奴阿段去山中寻到水源后，用来引水的那种竹筒。从这首诗中可以看出杜甫对奴仆的关心爱护，尊重他们的人格，能认识他们的优良品质这一点，对于出身封建社会士大夫阶级的人来说是难能可贵的。虽然也属于儒家所说的“仁爱”，但与现代的民主思想、人道主义有相通之处。这诗大概作于大历元年夏日。

② 这两句是说，信行不是靠别人的指点，甚至也不用费力思考，就能懂得事情内部的道理，就能把问题解决，把事情做好，而不须把问题放在心里。这也就意味着，对于他来说没有什么事要忧虑。

③ 日曛，黄昏时刻。《南史·朱异传》：“每迫曛黄，虑台门将阖。”曛，日入余光。

④ 这两句诗应当作一个整体来理解。浮瓜，为了使瓜凉爽可口而浮浸于水内，这是杜甫准备自食的；饼也是自食之物，撕裂一部分给信行吃。这也就表示，那瓜也给信行吃了。这样的表达方法也是“互文”的一种形式。所爱，《仇注》引《杜臆》：“尝所爱，谓分尝所爱之饼。”但在解释中却说“裂饼分尝，公之一体待物也。”从句法分析来看，还是应把“所爱”理解为“所爱者”的节缩语，就是指信行。封建时代的文人是不愿听到诗圣杜甫把仆役称为“所爱”的。一千多年前的杜甫比后来的那些注家的思想远为开明，因而他们往往对杜甫不能理解。

⑤ 恭谨，指信行的劳动态度。

⑥ 殊，意思是“区别”。殿，最末，最低一级。最，最高，最好的一级。这句诗是说应按成绩和表现的好坏给予不同的待遇。

⑦ 方士，方术之士，道教中专门搞炼丹、长生之术的一流人。他们自称能借符箓来实现自己的意愿。《神仙传》谓葛玄取一符投水中，能使逆流而上。信行却不要靠方士之助就能把水筒修好，引水下山。

⑧“佩”字，旧本作“盖”，黄生作“拜”，《仇注》从高丽本，作“佩”。三个字，有三种解释。作“盖”，《朱注》：“言信行触热入山，不假张盖（伞）也。”作“拜”，黄生注：“后汉耿恭居围城中，穿井十五丈不得水，乃整衣拜井，井泉奔出。”作“佩”，钱笺：“赵次公引《东观汉记》：李贰师将军拔刀刺山而泉飞出。”这句诗也

是赞美信行的本领，能修复引水筒，引水下山。

⑨《仇注》：“行诸，犹云行乎，呼其名也。”直如笔，是对信行品质的赞美。

⑩ 崎岖，原义是指山路，高低不平。但这里的“崎岖”是指人的心意。“心意崎岖”是说人心中多“城府”，用“心机”对人说话绕弯子，施用阴谋诡计等等。信行不是那样的人。

◎ 催宗文树鸡栅[①]（五古）

吾衰怯行迈，[②]	我年老力衰，怕旅行，
旅次展崩迫。[③]	半路上停下，让紧张的身心休息。
愈风传乌鸡，[④]	听人说乌骨鸡能治风痛病，
秋卵方漫吃。[⑤]	要多多繁殖，秋天的蛋才随意吃。
自春生成者，	春天孵化长大的雏鸡，
随母向百翮。[⑥]	跟在老母鸡身后的将近五十只。
驱趁制不禁，	不管怎么驱赶也没法制服它们，
喧呼山腰宅。	在我的山腰宅院里喧闹鸣啼。
踏藉盘案翻，[⑦]	任意腾跃践踏，常把盘案碰翻，
终日憎赤帻。[⑧]	这些戴红巾的家伙整天使我生气。
课奴杀青竹，[⑨]	我叫奴仆砍些青竹来烤干，
塞蹊使之隔。	放在路上把路隔绝。
墙东有隙地，	墙东面有一片空地，
可以树高栅。	在那里可以竖立一排高竹篱。
织笼罗其内，	再编些竹笼排列在里面，
令入不得掷。[⑩]	把鸡关在里面不让它们跳东跳西。

稀间苦突过，　　可恼的是间隔稀，鸡还钻得过去，
觜距还污席。[11]　　它们的嘴、爪还照样能弄脏座席。
避热时来归，[12]　　为了避热我时时回来休息，
问儿所为迹。　　问问儿子他们所做的一切。
我宽蝼蚁遭，　　蝼蚁不再受伤害了，我宽了心，
彼免狐貉厄。　　这些鸡也可以免得被狐貉袭击。
应宜各长幼，　　该按大小把它们分开来养，
自此均勍敌。[13]　　从此它们相互间就势均力敌。
笼栅念有修，[14]　　想到这笼栅既已修好，
近身见损益。[15]　　走近就能看出数目有没有短缺。
明明领处分，[16]　　该做些什么事也能明白看出，
一一当剖析。　　一桩一桩都在眼前能分辨清晰。
不昧风雨晨，[17]　　不论刮风下雨一到早晨就鸣啼，
乱离减忧戚。[18]　　在兵荒马乱的日子里，听了也可减轻我心中的忧虑。
其流则凡鸟，[19]　　它们不过是一些很平凡的鸟，
其气心匪石。[20]　　可倒也有志气，坚定不移。
倚赖穷岁晏，[21]　　我的贫困生活依靠它们才安稳些，
拨烦及冰释。[22]　　排除了烦扰，厌恶之心全消失。
未似尸乡翁，　　可是我毕竟比不上尸乡老人，
拘留盖阡陌。[23]　　他不用栅笼，纵横的道路就能把鸡群约制。

注释：

① 宗文，杜甫的长子。这首诗写杜甫养乌鸡，令宗文竖栅笼的事。旧的版本中，诗句有错乱颠倒的地方，《仇注》本作了调动，文气似较顺达，译诗据《仇注》本。诗中所写是生活琐事，但通过这些琐事，作者悟出了一些道理，同时也能使今天的读者对杜甫的生活和思想得到较全面的认识。黄鹤订此诗作于大历元年，因诗中称所住处为“山腰宅”，认为就是本卷《客堂》所说的“客堂”，恐误。“山腰宅”也可能是另一

住处。诗中说到“自春生成者（指乌鸡）”，可见当年春天已定居夔州，大历元年春，杜甫尚在云安。疑此诗作于大历二年夏、秋。

②《诗·王风·黍离》：“行迈靡靡。”行迈，就是行路。

③ 次，停止。旅次，在旅途上停止下来。崩迫，意思是迫促，紧张。

④ 风，风痛病。乌鸡，即乌骨鸡，可供药用，能治多种病症。

⑤ 这句诗的意思是说，到秋天，乌鸡生的蛋才能供食用，在这以前，乌鸡生的蛋留下孵小鸡，供繁殖。

⑥《仇注》：“百翮，连母五十头。”翮，音“核”（hé），鸟羽的茎，借指鸟翅。一鸡二翅，百翮，指五十只鸡。

⑦ 盘案，放置食物的器具。案，木制，方形，有短足，与今之类似长桌的“案”不同。

⑧ 赤帻，原来是指红色头巾，这里以它代表鸡。

⑨ 课，给人分配一定任务，要求定期完成。杀青竹，以火烘烤青竹，除去水分，使之适宜制作用具。

⑩ 掷，跳掷，即跳跃。

⑪ 觜，通“嘴”，原来专指鸟喙。距，雄鸡足后方突起之锐爪，专用于争斗。

⑫ 来归，后晋本作“未归”。不论“来归”或“未归”，都表明作者曾经离开此“山腰宅”。作“未归”，是为“避热”而离家；作“来归”，似乎杜甫当时为生活所迫已担任某种职务，或作为门客住在地方军政长官府中，因避暑热才偶尔回家。其事迹无考。

⑬ 勍，音“擎”（qíng），意思是“强”。勍敌，强敌，指实力雄厚者。《左传·僖公廿八年》：“勍敌之人，隘而不利。”均勍敌，指力量相当。

⑭ 这两句应当作一个整体来理解。“念”字不仅以“笼栅有修”为其宾语，而且以“近身见损益”为其宾语。

⑮ 损益，在这里是偏义复词，指亏损，减少。说的是鸡的只数，与“道”的“损益”无关，旧注多牵强之解。

⑯“处分”“剖析”两句，也是从前两句连贯下来，说的也是修了笼栅的好处。仅仅是

谈养鸡的事，不应涉及其他。

⑰《仇注》："不昧，谓鸣不失期。"

⑱ 戚，忧伤。

⑲ 流，流辈，类。

⑳《诗·邶风·柏舟》："我心匪石，不可转也。"匪石，暗示"不可转也"，喻意志坚定不移。其用法类似今日"歇后语"。

㉑《仇注》："穷岁晏，谓贫穷岁暮。"恐误。晏，意思是"安"。《汉书·诸侯王表》："海内晏如"。"穷"是穷尽，穷岁，意思是"尽岁"，整年。这句诗是说养鸡可增加些收入，使整年的日子稍稍过得安适一些。与"贫穷""岁晏"（年底）无关。

㉒ 烦，指未修笼栅前养鸡所引起的烦扰。冰释，指对乌鸡的厌烦之情完全消除，无一点痕迹。《老子》："若冰之将释"。喻如冰之消融无迹。

㉓ 尸乡翁，即尸乡之祝鸡翁，见第一卷《奉寄河南韦尹丈人》注⑱、⑲。这两句诗的意思是说，作者养鸡须竖笼栅，而尸乡翁养鸡则靠纵横道路（阡陌）就能限制鸡的行动，不会走出纵横道路划出的一定范围。这是表示尸乡翁养鸡有术，能从内部控制鸡的自主行动，比从外部来限制远为高明。这话里显然是寓言，治理人民未尝也不是这样。这样来理解时，"盖"字不是用作动词，而是用作表示说明原因、情况的助词。

◎ 贻华阳柳少府[①]（五古）

系马乔木间，	我把马系在乔木丛中，
问人野寺门。	在野外的寺院门前向人探问。
柳侯披衣笑，	只见柳君披着衣衫，带着笑意，
见我颜色温。	一看到我，脸上带着温暖相迎。
并坐石堂下，[②]	我们并肩坐在石砌的厅堂下面，

俯视大江奔。	俯首看山下大江奔腾。
火云洗月露，[3]	月夜露水洗过的云层仍红得像火，
绝壁上朝暾。	悬崖绝壁上，朝阳正在上升。
自非晓相访，	如果不是趁清早来访问，
触热生病根。	就要犯暑热，在身体里留下病根。
南方六七月，	南方，在六七月里，
出入异中原。	出门回家不是中原那样的时辰。
老少多暍死，[4]	许多老人孩子中暑病死，
汗逾水浆翻。	汗水淋漓，赛过水浆泼了一身。
俊才得之子，	为了见到您这样的俊杰，
筋力不辞烦。	我哪里能顾筋力疲困。
指挥当世事，[5]	您议论当前的国家大事，
语及戎马存。	谈到仍有战争的烟尘。
涕泪溅衣裳，	涕泪流溅把衣裳沾湿，
悲风排帝阍。[6]	一阵悲风吹过，像要冲开天门。
郁陶抱长策，[7]	您心中积蓄智谋，有高明的策略，
义仗知者论。[8]	应该找有见识的人一起讨论。
吾衰卧江汉，[9]	我已经衰老，在这江边卧病，
但愧识玙璠。[10]	把我当作玙璠美玉使我惭愧万分。
文章一小技，	写诗文只不过是一种小技，
于道未为尊。	从治国救世的大道来看并不崇尊。
起予幸斑白，[11]	有幸在头发斑白时得到您的启发，
因是托子孙。[12]	还要趁这机会托您照顾我的子孙。
俱客古信州，[13]	我和您如今都在这古信州作客，
结庐依毁垣。	在倒塌的断墙边结座草庐栖身。
相去四五里，	两家相距只不过四五里路，

径微山叶繁。	窄窄的山路，树叶密密遮阴。
时危挹佳士，[14]	在危难的日子拜见好朋友，
况免军旅喧。	何况这里又没有过往的兵马喧纷。
醉从赵女舞，[15]	喝醉了酒，任听北国美女舞蹈，
歌鼓秦人盆。[16]	一边唱歌，一边敲击秦人瓦盆。
子壮顾我伤，[17]	您这样豪壮而我却暗自伤心，
我欢兼泪痕。	在欢乐时刻脸上还带着泪痕。
余生如过鸟，	我的残生将如小鸟一样飞逝，
故里今空村。	故乡如今只剩下一个空村。

注释：

① 唐朝的华阳县是成都府的一个属县，紧靠成都，现在是成都市的一部分。柳少府是华阳县尉，家住夔州。杜甫在一个清晨到他家中访问，情谊十分融洽，于是作了这篇诗赠给他。大概是大历元年夏秋间。

② 石堂下，一作“石下堂”。石堂，恐是石块垒墙建筑的厅堂；石下堂，则是建筑在山岩下的屋。

③ 火云，火红色的云，即朝霞。有朝霞的天气常是闷热的。月露，月夜之露。这句诗表示，虽季节已到初秋，但天气仍很热。

④ 暍，见本卷《雷》注⑰。

⑤ 指挥，指摘，挥斥，意思是批评性的议论。

⑥ 帝阍，指天宫的门。当时正有风吹过，所以诗中这样写，用来比喻两人都已感情激动。

⑦ 郁陶，按古汉语，“陶”应读“遥”（yáo），现代汉语除保留皋陶这人名中的 yáo 音外，一概读陶（táo）。见第十一卷《大雨》注②。这里指智谋的蓄积。

⑧ 义，宜、应。《诗·大雅·文王》：“宣昭义问。”

⑨ 江汉，杜甫在蜀地时，诗中之“江汉”多泛指蜀江，因嘉陵江古代也称西汉水。到夔州后的诗中又以“江汉”泛指长江，因唐时夔州属荆州，已近汉水流域。

⑩ 玙璠，是美玉之名，常用来比喻人才之美。

⑪《论语·八佾》："子曰：'起予者，商也。始可与言诗矣'。"后来多用"起予"来表示得到启发。

⑫ 杜甫因年老多病，自觉生命不会久长，见柳少府对他很友好，便想把后代托付他，请他照顾。

⑬ 夔州在南朝梁代曾名信州，隋代称巴东郡，后又一度改称信州。

⑭"挹"与"揖"通，见第十四卷《长江》第一首注④。

⑮ 这两句诗写柳少府宴会的盛况。从，当作"听从""任听"解为宜。赵女，泛指北方美人（歌舞妓）。

⑯ 秦人盆，指关中地方的敲击乐器"缶"，形状如瓦盆。

⑰ 壮，指情怀豪壮。顾，但，却，表示转折的连词。

◎ 七月三日亭午已后校热退晚加小凉稳睡有诗因论壮年乐事戏呈元二十一曹长[①]（五古）

今兹商用事，[②]	如今世界由秋天来统治了，
余热亦已末。	残余的暑热也已式微。
衰年旅炎方，	我暮年在炎热的南方旅居，
生意从此活。[③]	从现在起才觉得恢复了生机。
亭午减汗流，	正午时汗也流得少些，
比邻耐人聒。[④]	邻人絮聒不停，我还能耐住性子。
晚风爽乌匼，[⑤]	晚风吹过，戴着乌巾也觉得凉爽，
筋力苏摧折。[⑥]	被折磨得受不了的躯体缓了口气。
闭目逾十旬，[⑦]	防暑气，闭着眼睛已超过一百天，

大江不止渴。	哪怕喝尽大江的水，口渴也难止。
退藏恨雨师，	我恨那雨师，不知它躲到了哪里，
健步闻旱魃。[8]	好像听见旱魃的脚步声，步子迈得真够有力气。
园蔬抱金玉，[9]	园里的蔬菜当作金玉小心服侍，
无以供采掇。	可还是没有什么能供我采摘。
密云虽聚散，	密云聚集起来之后虽又消散，
徂暑终衰歇。[10]	可是盛暑终于渐渐消减衰退。
前圣慎焚巫，[11]	古代圣人不轻易焚巫求雨，
武王亲救暍。[12]	周武王曾亲自把中暑的人救治。
阴阳相主客，	阴气阳气总是轮番占据主客位置，
时序递回斡。[13]	季节一个接一个循环不止。
洒落惟清秋，[14]	只有清凉的秋天让人感到爽适，
昏霾一空阔。	天空中阴沉沉的云雾顿时消失。
萧萧紫塞雁，[15]	雁群在寒风萧萧的长城外面，
南向欲行列。	正排列成行将向南方迁移。
欻思红颜日，[16]	我忽然回想起青年时代的日子，
霜露冻阶闼。	当门外阶沿上的霜露已经冻结。
胡马挟雕弓，	乘上胡马，挟着雕弓，
鸣弦不虚发。	弓弦一响，箭镞准能中的。
长钺逐狡兔，[17]	长杆箭追逐着狡兔飞驰，
突羽当满月。[18]	急速的羽箭从满月般的弓上射出。
惆怅白头吟，[19]	如今只能惆怅地低诵白头吟，
萧条游侠窟。[20]	往日游侠聚居的地方如今只剩下凄凉空寂。
临轩望山阁，[21]	我在窗前眺望您住的山中楼阁，
缥缈安可越。	只见云烟缥缈，我怎能飞越山峰到您那儿去。
高人炼丹砂，	您这位出世的高人在忙着炼丹砂，

未念将朽骨。	没有把我这将衰朽的人放在心里。
少壮迹颇疏，[22]	年轻时您的行为举止也颇为疏放，
欢乐曾倏忽。	那欢乐的时光一眨眼就逝去。
杖藜风尘际，	如今我手扶藜杖走在风尘边际，
老丑难剪拂。[23]	又老又丑，难于再打扮修饰。
吾子得神仙，	如今您已得到神仙的法术，
本是池中物。[24]	而以往您也曾困处在浅水池。
贱夫美一睡，	我这贫贱老人却把睡一觉当成美事，
烦促婴词笔。[25]	只有被作诗的积习缠住时才产生烦躁不安的情绪。

注释：

① 据黄鹤注，七月三日是大历元年的立秋。这天正午以后，夔州的炎热稍退，傍晚已有凉意，能够安稳睡觉了。这时，杜甫心中舒坦了一些，有了作诗的雅兴，因而就写了这首回顾少壮时游乐生活的诗赠给元二十一曹长。这位元曹长，大概是杜甫过去的同事，曾在同一官曹任职，故尊称他为曹长，如同后来人们称同学为学长一样。元曹长是杜甫年轻时的朋友，现在热心修炼道术，隐居不仕。杜甫赠给他的这首诗中有些地方有着戏谑的意味，故说“戏呈”。

② 商，指秋气。参看本卷《毒热寄简崔评事十六弟》注②。

③ 这句诗是说，老年人在炎热的气候中过活，非常不适应，到秋凉后，才有了生意，恢复了生活的意趣。

④《楚辞·九思·疾世》：“鸲鹆鸣兮聒余。”注：“多声乱耳为聒”。这句诗是说，比邻人絮聒也能忍耐。

⑤ 匼，音“科”（kē），古代的一种丝织品制的帽子。乌匼，黑色便帽。

⑥ 筋力，即筋骨，指人的身体，体力。

⑦ 古代老人有闭目避暑气的习俗。“闭目”“大江”两句，写炎夏时畏热困苦的情况。

⑧ 雨师，司雨之神。旱魃，致旱之鬼。这两句诗借神话的形象写天气干旱的严重。

⑨《仇注》："抱金玉，贵如金玉也。"《读杜心解》："抱金玉，言园蔬俱荒。"据下一句诗的内容看，这句诗应指对蔬菜的种植、培育而言，把蔬菜当作金玉一般来侍弄。

⑩ 徂暑，《诗·小雅·四月》："四月维夏，六月徂暑。"传："徂，往也；暑盛而往矣。"笺："徂，犹始也，六月始盛暑。""徂"虽有"始""往"义，但"徂暑"多作盛暑解。

⑪ 这两句诗以古史、传说来说明自古以来就有旱灾和炎热的天气，并不是对这些事情有所论述。

⑫"暍"字，见本卷《雷》注⑰。

⑬"阴阳""时序"两句，说明季节的变换是自然之理，是合乎规律的。

⑭ 洒落，同"洒脱"，指人的行为自由自在，不受拘束。这句诗里指人感觉舒适。

⑮ 紫塞，指北方的长城，有时专指雁门关。鲍昭《芜城赋》："北走紫塞雁门。"《古今注》："秦筑长城，土色紫，汉塞亦然。一云雁门草皆紫色，故曰紫塞。"

⑯ 欻，音"须"（xū），忽然。红颜，指青壮年时期。

⑰ 鈚，音"披"（pī），箭名。兔类善奔多窟，故称"狡兔"。

⑱ 羽，指箭。《仇注》引赵曰："突羽，其羽奔突而疾也。"满月，指开满弓，使弓与弦成满月之形。

⑲ 白头吟，乐府楚调曲名。这里借来指诗人衰老白头，情绪消沉时作的诗。

⑳ 郭璞诗："京华游侠窟"。游侠，指豪放勇敢的年轻人，游侠窟指洛阳与长安。杜甫年轻时曾游洛阳与长安。萧条，指安史乱后，两京衰败冷落，已非昔日可比。

㉑ 轩，指杜甫住处的长窗。山阁，指元曹长所居的山中楼阁。

㉒ 这句诗承前面"高人炼丹砂"句，说的仍然是元曹长。迹，指形迹，行为举止。

㉓ 剪拂，参看第十四卷《遣闷奉呈严公二十韵》注⑫。在这里，只是指修饰打扮。这个词的本义是指对马匹鬃毛的梳理，这里用于人的外貌的修饰。

㉔《三国志·吴书·周瑜传》："恐蛟龙得云雨，终非池中物也。"后多以"池中物"来代表暂时受困的人。这里把元曹长今天的状况看作神仙的生活，而把往日他在官场时看作受困池中之时。

㉕ 最后两句诗的意思是：我（“贱夫”是杜甫自称）现在以一次安睡为美事，但有时也觉得烦促不安，那是由于被写诗的习惯束缚之故。词笔，指作诗。婴，束缚，缠绕。

◎ 牵牛织女[1]（五古）

牵牛出河西，	牵牛星总是在银河西面出现，
织女处其东。	织女星却永远处在银河之东。
万古永相望，	千年万世它们永远隔河相望，
七夕谁见同。	谁曾看见它们同在银河一边天空。
神光竟难候，[2]	传说中的白气、神光从来也等候不到，
此事终朦胧。	这些事情始终是恍惚朦胧。
飒然精灵合，[3]	神仙精灵相聚时该像一阵风，
何必秋遂逢。[4]	又何必到秋夕才如愿相逢。
亭亭新妆立，	那一天织女打扮一新，亭亭玉立，
龙驾具层空。[5]	牛郎备好龙马，等候在高高空中。
世人亦为尔，	世上的人们也为了你们忙碌，
祈请走儿童。[6]	儿童祈祷请求，来去匆匆。
称家随丰俭，	按家境的贫富，祭品的丰俭不同，
白屋达公宫。[7]	从住草屋的平民，到住宫殿的王公。
膳夫翊堂殿，	厨师也到殿堂上帮助照料，
鸣玉凄房栊。[8]	敲起玉磬，寂静的房里人都走空。
曝衣遍天下，	普天之下家家户户曝晒衣裳，
曳月扬微风。[9]	在月光下动荡着，飘拂着微风。
蛛丝小人态，[10]	蜘蛛丝像谄媚取宠的小人，

曲缀瓜果中。	弯弯曲曲缀在瓜果盘中。
初筵裛重露，	祭筵才摆出就沾上浓重的露水，
日出甘所终。	甘愿守到日出才算大事成功。
嗟汝未嫁女，	可叹你们这些没出嫁的姑娘，
秉心郁忡忡。[11]	心里却怀着郁闷，忧心忡忡。
防身动如律，	自己提防着，一举一动要合规矩，
竭力机杼中。	竭尽气力，在纺织机上劳动。
虽无舅姑事，[12]	虽然你们不用侍奉公婆，
敢昧织作功。	纺丝织绢的活哪里敢放松。
明明君臣契，	群臣间本来明明相互投契，
咫尺或未容。[13]	一有咫尺差错往往就不能宽容。
义无弃礼法，	论道理当然不能抛弃礼法，
恩始夫妇恭。[14]	相互恭敬，夫妇间恩爱才会深重。
小大有佳期，	不论大家小户，都要及时办喜事，
戒之在至公。[15]	要注意的是必须完全秉公。
方圆苟龃龉，	如果方枘圆凿不能相容，
丈夫多英雄。[16]	就会有许多大丈夫奋臂称雄。

注释：

① 这首诗写的是唐代民间七夕的风俗。从牛郎织女七夕相会的传说联想到由于战乱造成的未能及时出嫁的大龄女性的痛苦，并进一步议论了社会动荡的原因。诗中有些地方很难理解，语气似乎不连贯，又似乎故意隐约其词。这是杜甫诗中一首很特别的诗，值得注意。过去的注家有些意见十分迂腐，恐未尽符合杜甫原意。这诗是到夔州的那年七夕前后所作，旧编在大历元年诗中。

②《太平御览》引周处《风土记》，陈述七月七日设筵祀河鼓织女外，还说：“少年守夜者咸怀私愿，或云天汉中奕奕正白气，有光曜五色，以此为征，便拜而乞愿。”所谓“白气”“有光曜五色”，大概就是这诗句中所说的神光。

③ 飒然，风声。《文选·风赋》："有风飒然而至。"精灵，指包括牛郎、织女在内的各种仙灵。

④ 秋，指"秋期"，即七月初七，所谓"七夕"。遂，顺心，如愿。

⑤ 这两句诗分写织女与牛郎在聚会前的准备。层空，高空。

⑥"世人""祈请"两句，是以"互文"方式来表达世人为祭牛郎织女而忙碌的情况。"世人"与"儿童"，都是为了这件事而忙碌祈请。

⑦ 这两句诗是说的祭品，不言自明。丰富或简单，随家境贫富不一，但上自王公贵族，下至平民百姓都举行祭祀。

⑧ 这两句诗是写七夕设祭时的隆重，所说的情况是富贵人家的。翊，是辅卫，协助，指祭筵旁有厨工侍立。鸣玉，指奏乐，"玉"是玉磬一类乐器。房栊，泛称房舍（"栊"的本义为窗牖）。人都到院子里去祭祀祈请了，房里就显得寂静。

⑨ 曝衣，指七月七日的白昼，在阳光下曝晒衣服的习俗。崔寔《四民月令》："七月七日作面，合蓝丸及蜀漆丸，曝经书及衣裳。"可能到夜晚月出时，还要晾在户外，等完全凉后再收好，故下面一句说到月光与微风。

⑩《荆楚岁时记》："七月七日为牵牛织女聚会之夜，是夕，人家妇女结彩缕，穿七孔针……陈几筵酒脯瓜果于庭中以乞巧。有蟢子网瓜上，则以为符应。"又《天宝遗事》载："帝与贵妃至七月七日夜在华清宫游宴时，宫女辈陈瓜花酒馔列于庭中，求恩于牵牛织女也。又各捉蜘蛛闭于小盒中，至晓开，视蛛网稀密以为得巧之侯，密者言巧多，稀者言巧少，民间亦效之。"蛛丝，就是指"蟢子网"。诗中为何以"小人态"来比喻蛛丝之弯曲，也令人不解；如果以此喻世，又嫌牵强。

⑪ 秉心，心中有所操持，遵奉教训。下一句中的"防身"，防止自己的行为出格。这是写妇女的自我约束。

⑫ 舅姑，指公婆，即丈夫的父母。事，侍奉。

⑬ 这两句诗是以君臣关系来比喻夫妇关系。君臣本来相互投契，合作得很好，这是明明白白的事；但为了一点小事就不能相容，臣下就要受到国君的严厉处分。封建社会中，妇女的地位也像这样没有保障，常被丈夫遗弃。从这诗的后半篇来看，这诗似乎是以探讨妇女问题为主旨的。七夕，实际上是以女子为主体的节日，似乎是女儿节。

⑭ 礼法，规定君臣、夫妇关系的伦理规范。这是不能抛弃的。但夫妇间的爱情，必须以夫妇间的相互尊重为基础。

⑮ 这两句诗把议论的范围推广得更加广泛，从妇女的婚期问题（前面说的“未嫁女”，即过了适宜婚期而未婚的女性）推广到一切社会问题。要防止一切违反自然规律的“失时”（如因战争等原因耽误农时）和其他“失时”现象，必须一切出于公心，要公正、公平。

⑯ 旧注对于末两句诗的解释大都是不能令人满意的。当代曹慕樊在《杜诗杂说·论杜甫的思想》中提到这两句诗，他解释说：“‘方圆苟龃龉，丈夫多英雄。’意思是说，如果君臣不能投契如夫妇，那么造反的事就是不可避免的了。”（见该书第 33 页）这一见解是比较可取的。这首诗先以君臣喻夫妇，继又以夫妇喻君臣。思路活泼自由，不受任何拘束，殊不能以现代人的思想来揣度。方圆，指方圆不能相合，译诗用了“方枘圆凿”这个成语来表达这意思。英雄，指揭竿而起，反对统治者的人。译诗采取曹慕樊之说。

◎ 雨[①]（五古）

峡云行清晓，	清晨，峡江上布满阴云，
烟雾相徘徊。	烟雾在周围凝聚、徘徊。
风吹苍江树，[②]	秋风吹过苍江上的树林，
雨洒石壁来。	雨点向峭峻的石壁洒来。
凄凉生余寒，	天色凄凉，人们已感到轻寒，
殷殷兼出雷。	远处又传来隆隆响的闷雷。
白谷变气候，[③]	白谷中的气候变了，
朱炎安在哉。	那炎热的夏天已不存在。
高鸟湿不下，	地面潮湿，高飞的鸟雀不愿落下，

居人门未开。　　居人留在家里，连门也不开。
楚宫久已灭，④　　楚王的宫殿早就泯灭了，
幽珮为谁哀。⑤　　雨声像玉珮暗暗鸣响，是为谁致哀。
侍臣书王梦，⑥　　楚王的侍臣记下楚王的幻梦，
赋有冠古才。　　他作的赋显示出古代最高的文才。
冥冥翠龙驾，　　这冥冥之中行雨的翠龙大驾，
多自巫山台。⑦　　该多半来自巫山的阳台。

注释：

① 这首诗写初秋峡江上的雨，以及由雨而引起的关于楚宫和宋玉作高唐赋的联想。楚宫早已泯灭，但宋玉的文才流传了下来，他的赋里记载的神话也流传了下来，而且深入人心了。这诗当作于大历元年秋季。

② 苍江树，朱熹改“树”为“去”，为了与下一句的“来”字相对。董斯张则认为应改“树”为“澍”。《仇注》：“此乃古诗，作树字本合，言风先吹树，而继以雨来也。”仇说是可取的。

③ 白谷，夔州的一处山谷。有人说是东瀼水两侧山谷，第十九卷《课伐木》有“持斧入白谷”句，第二十一卷《白帝城楼》有“白谷会深游”句。

④ 传说夔州巫山县附近有楚王宫，早已无踪无影。

⑤ 幽珮，指珮玉发出的声音隐约可闻，这里用来比喻雨声。或者说是由于雨声，而联想到珮玉声，好像它是为已消逝的历史时代、楚宫、楚王和神女等表示哀悼。

⑥ 侍臣，指宋玉。他的《高唐赋》写楚王梦见巫山神女的事。参见第十四卷《雨》注⑥及本卷《夔州歌》第十首注②。

⑦ 翠龙驾，指巫山神女行雨时乘翠龙马驾的车。由于宋玉的赋，后来人们常把雨说成是巫山神女的化身，认为雨是从巫山来的。这表示宋玉在《高唐赋》里所说的巫山神女的故事已深入人心，和人们的思想感情紧紧联系在一起。这也正是诗中赞美宋玉“赋有冠古才”的原因。

◎ 雨[1]（五古）

行云递崇高，	空中的浮云一层层高高叠起，
飞雨霭而至。	接着就降下一场蒙蒙细雨。
潺潺石间溜，[2]	山石间雨水潺潺奔泻，
汩汩松上驶。[3]	松树枝梢上也不断流着水。
亢阳乘秋热，[4]	秋天十分炎热，又加上干旱，
百谷皆已弃。	百谷收获无望，人们已把它们抛弃。
皇天德泽降，	如今蒙老天的恩德降下一场雨，
燋卷有生意。[5]	焦枯卷缩的草木又恢复了生机。
前雨伤卒暴，[6]	前天一场雨嫌下得太猛烈，
今雨喜容易。[7]	今天这场雨舒舒徐徐叫人欢喜。
不可无雷霆，	当然也不能没有雷霆，
间作鼓增气。	过一会响几声，给雨鼓鼓气。
佳声达中宵，[8]	直到半夜那惹人喜的雨声还在响，
所望时一致。[9]	人们盼望的是气候和时令一致。
清霜九月天，	想到那降霜的九月晴朗天气，
仿佛见滞穗。[10]	我仿佛已看见禾秆上挂着谷穗。
郊扉及我私，[11]	这雨也落到我在郊外的家里，
我圃日苍翠。	我的园圃也一天天变得翠绿。
恨无抱瓮力，	可叹我没有凿井汲水的力气，
庶减临江费。[12]	这场雨可省了到江边挑水的花费。

注释:

① 这首诗是喜雨诗。大概也是大历元年秋到夔州不久后所作。主要写秋雨及时，收成有望。诗人和农民们一样，所盼望的首先就是风调雨顺，这是一种最朴素的和最普遍的情感。诗人能保持着这样的情感，是由于他生活在广大人民中过着普通人民的生活。

②《仇注》:“潺潺，声大而远；汩汩，声细而近。”

③“汩”音“古”(gǔ)。

④ 孙楚《云赋》:“嗟亢阳之逾时兮，情反侧以寝兴。”亢阳，指阳气太盛，岁旱，也称为“亢阳”。

⑤“燋”音“焦”(jiāo)，与“焦”字通。燋卷，指焦枯卷缩的禾苗茎叶。

⑥“卒暴”的“卒”，通“猝”，音“促”(cù)，猛烈。

⑦ 容易，从容方便。这里偏取从容义，即舒徐、不急促。

⑧ 佳声，指雨声的传来。

⑨ 时一致，气候与时序、节令的一致，即正常的气候。

⑩ 滞穗，《诗·小雅·大田》:“彼有遗秉，此有滞穗”。原来指遗漏未收尽的谷穗，常以此比喻丰收。

⑪ 郊扉，指城外的住宅。杜甫于大历元年秋初到夔州后，曾居住所谓“西阁”，并曾在郊外住过，有小园能养鸡种蔬菜，次年春才移居赤甲、瀼西等地。

⑫《庄子·天地》:“子贡至汉阴，见一丈人方为圃畦，凿隧而入井，抱瓮而出灌，搰搰然用力甚多而见功寡。”在这诗中，以“抱瓮”来比喻凿井灌溉。下了雨之后，既毋庸凿井抱瓮之劳，也可省下雇工到江边取水的费用。

◎ 雨二首[①]（五古）

青山澹无姿，	青山淡淡，它的姿容模糊，
白露谁能数。[②]	白露点点，谁能把它细数。
片片水上云，	一片片云飘过水面，
萧萧沙中雨。	萧萧作响的是洒向沙洲的雨。
殊俗状巢居，[③]	这里民俗真怪，住屋像巢一般搭得高高，
层台俯风渚。	我从高台上俯视风中的洲渚。
佳客适万里，[④]	我的好朋友要到万里外去，
沉思情延伫。	我深情地沉思着，停下脚步。
挂帆远色外，	看挂着帆的船向苍茫远处驶去，
惊浪满吴楚。[⑤]	惊涛骇浪一直连接到江南和荆楚。
久阴蛟螭出，[⑥]	长久阴雨，担心蛟螭出来肆虐，
寇盗复几许。	还有不知其数的盗寇盘踞各处。

注释：

① 这两首诗也咏雨，但与前面两首《雨》诗的情调大不相同，从雨景和雨中所见江上景物联想到动荡的时局，抒发了无可奈何的愁绪。作诗时间也应在大历元年秋。

② 这两句诗没有直接指明是写雨，但把雨天景象表现了出来。青山看不清，因有烟雨笼罩，雨点如白露，但太多了，无法计数。

③《仇注》引元稹《通州》诗："平地才应一顷余，阁栏都大似巢居。"自注："巴人都在山陂架木为居，自号阁栏头。"按通州，即今四川达县。元稹诗述通州情况，夔州也有类似的情况，大概是一种少数民族的住屋。

④ 佳客，《仇注》引《杜臆》："佳客必有所指。"应该是指杜甫的一位友人。本卷《贻华阳柳少府》中称柳为"佳士"，意思也一样。

⑤ 吴楚，包括了全部长江中下游地区。惊浪，喻时局动荡不安。"佳客"大概是到吴越

一带去的，楚，是出发处，吴，是终点，一路上都不平静。

⑥ 蛟螭，是在水中兴风作浪的凶猛动物，以此兴起下一句诗中的“盗寇”。

◎ 其二（五古）

空山中宵阴，	荒寂山中半夜天色转阴，
微冷先枕席。	从枕席上首先让人感到微寒。
回风起清曙，	清早起又卷起阵阵旋风，
万象萋已碧。	万物生长茂盛，绿色变得浓暗。
落落出岫云，[①]	从岩穴里飘出一团团云气，
浑浑倚天石。[②]	巨大的岩石倚靠在天边。
日假何道行，[③]	太阳不知错走到哪条道上去了，
雨含长江白。	细雨遮住长江，只见白茫茫一片。
连樯荆州船，	从荆州来的船桅杆挨着桅杆，
有士荷戈戟。	船上载着士卒，一个个戈戟在肩。
南防草镇惨，[④]	南面草镇的防军遭惨败，
沾湿赴远役。	官兵冒着雨远远前去增援。
群盗下辟山，[⑤]	还有壁山那里也来了盗群，
总戎备强敌。	统帅正对强悍的敌人加紧防范。
水深云光廓，	江水深深倒映的云光向外扩散，
鸣艣各有适。[⑥]	船队响着橹，驶向不同的口岸。
渔艇息悠悠，	小渔船悠闲地停泊在岸边，
夷歌负樵客。[⑦]	背柴的人唱着夷歌下山。
留滞一老翁，[⑧]	唯有我这个老人滞留在这里，

书时记朝夕。[9] 只能写些感叹时世，描绘早晚风景的诗篇。

注释：

① 古代人以为云是从“岫”中吐出来的。岫，音“袖”（xiù），山中洞穴。陶潜《归去来辞》：“云无心以出岫。”落落，这里作“众多”解。《老子》（河上公本）：“不欲琭琭如玉，落落如石。”

② 浑浑，巨大。原指水深，后来含意逐渐扩大，可用来表示对任何巨大体积事物的感觉。

③ 人眼所见太阳在天空运行的轨道称为黄道。太阳长久看不见，不知道它走到另外的哪一条轨道上去了。说的是长久阴雨，看不到太阳。

④ 草镇，不知在何处。旧注谓即黄草峡（见本卷《黄草》诗），那是在涪州西面，与此“南防”之说不合。

⑤ 辟山，即壁山，唐代属渝州（今重庆市）。壁山的“群盗”是怎么回事，史书无考。为了应付这样一些变故，所以江中有不少运兵的船在行驶。

⑥“艣”同“橹”。鸣艣，摇橹发出声音，借代船只，即上面注中所说的运兵船。

⑦ 夷歌，少数民族的山歌。

⑧ 老翁，作者自称。留滞，指停留在夔州不能出峡东下。

⑨ 时，指时事，政局变化和战乱等。朝夕，指早晚风景。这句诗是作者自述所写诗篇的内容，不外写时事和早晚风光。

◎ 江上[1]（五律）

江上日多雨， 江边一连下了几天雨，

萧萧荆楚秋。 荆楚已是凉风萧萧的秋天。

高风下木叶，　　高空吹来的风吹落树叶，
永夜揽貂裘。[②]　　我整夜把貂裘揽在身上睡眠。
勋业频看镜，[③]　　说什么建立勋业，一次次看见镜中容颜在改变，
行藏独倚楼。[④]　　还能有什么作为，只能独自远眺倚在楼前。
时危思报主，　　时局艰危，我想为皇上效力，
衰谢不能休。[⑤]　　年已老迈，仍然不能打消这心愿。

注释：

① 这首诗的题目取诗的前两字，写的是作者居住在江边时的情怀。似应是大历元年秋住在西阁时所作。秋风起了，季节催人年老，衰老无力的诗人空有报主的心，而无法实现心愿。诗中表现出了这种深刻的痛苦。

② 这句诗写夜晚天气骤冷。

③ 频看镜，暗示自己一直在担心老年的到来，而勋业却毫无成就。

④《论语·述而》："用之则行，舍之则藏。"后多用"行藏"一词来表示人的出处（出仕与隐居）。这里的"行藏"是偏义复词，指人的行为，作为。

⑤ 不能休，不能罢休，不能停止。

◎ 雨晴[①]（五律）

雨时山不改，　　下雨时，山的形状没有改变，
晴罢峡如新。　　天晴后，峡江两岸像新劈开一般。
天路看殊俗，　　在遥远的天边看不同的民俗，
秋江思杀人。[②]　　秋天的江上，思乡的愁苦摧人心肝。
有猿挥泪尽，[③]　　岸上有猿猴哀啼，我的眼泪已为它流尽，

无犬附书频。[4]　　却没有像陆机那样养头黄狗，让它常为我送信回故国。
故国愁眉外，[5]　　愁眉双锁，故国总是看不见，
长歌欲损神。[6]　　这样长久歌吟，要使我的精神受到摧残。

注释：

① 看到雨后初晴的秋江风光，诗人思乡的心激荡不已。这首诗抒写了心中的悲痛，取激起这情怀的自然景象《雨晴》为题。也当为大历元年秋作于夔州。

② 思杀人，意思是思念之情无法抑制。思，即“乡思”。

③《水经注·江水》引渔者之歌：“巴东三峡巫峡长，猿啼三声泪沾裳。”

④ 传说晋代陆机畜一黄犬名黄耳，常使之自洛中附书回江东家中。

⑤ 愁眉外，自己为思乡而愁苦，但故乡却不能看见。

⑥ 杜甫在夔州的时间不足两年，却留下了四百多首诗，占现存全部杜甫诗的三分之一。可见他在夔州时作诗之勤。这诗句中的“长歌”，意思是“长久歌吟”，即长久作诗，一篇接一篇地作诗，所以自己觉得“欲损神”。

◎ 雨不绝[1]（七律）

鸣雨既过渐细微，[2]　　哗哗响的暴雨过去了，雨渐渐变得细微，
映空摇飏如丝飞。　　在空中闪亮、摇荡，像细丝飘飞。
阶前短草泥不乱，　　阶前的短草虽沾上泥土却没有乱，
院里长条风乍稀。[3]　　院子里柳条长长，风声骤稀。
舞石旋应将乳子，[4]　　飞舞的石燕回来了，该带回雏燕，
行云莫自湿仙衣。[5]　　巫山来的浮云别在雨中淋湿仙衣。
眼前江舸何匆促，　　眼前的江船为什么这样匆匆来去，

未待安流逆浪归。[⑥]　　没等到江流平静就逆浪驶回。

注释：

① 这首诗的内容较难理解。据诗题《雨不绝》，当指雨下个不停的事，这在诗中有所描写；但后半篇中的“舞石”“行云”却是想象的形象，富于浪漫主义情调，但恍恍惚惚，不知其所指。黄生说“石燕乳子，神女湿衣，此严羽所谓趣不关理者”。朱瀚则认为这诗“少意味，此当系赝作也”。朱瀚之说显然太武断。这诗与上面几首以雨为题材的诗当为同时所作。

② 鸣雨，急雨。《仇注》：“风狂雨急，故鸣而有声。”

③ 长条，指柳条。《仇注》引庾信诗：“河边杨柳百尺枝，别有长条踠地垂。”

④《仇注》引罗含《湘中记》：“石燕在零陵县，遇风雨则飞舞如燕，止则为石。”又引《水经注》：“燕山有石，绀色，状燕，其石或大或小，及雷风相薄，小者随大者而飞，如相将乳子之状。”诗中的“舞石”大概就是这种“石燕”。石燕“将乳子”，表现出强烈的亲子之情。

⑤《仇注》引《杜诗演义》：“莫自湿，劝神女莫久行雨，而自湿其衣也。”行云，正是宋玉《高唐赋·序》中所说的“朝为行云，暮为行雨”的那种云。故译写为“巫山来的浮云”。

⑥《仇注》：“江舸逆浪，讥夔人冒险以趋利。”据诗前面的内容来看，似不应牵扯到夔人冒险趋利的事，江舸不待波涛停息而返航，一定有急事，但对于诗人来说，却可把这看作江船对故地的渴念，这正象征着人们的思乡之情。

◎ 晚晴[①]（五律）

晚照斜初彻，　　夕阳斜照，开始把天边照亮，
浮云薄未归。[②]　　薄薄的浮云还停留在半空未归。

江虹明远饮，[3]　　江上彩虹鲜明，像在远处饮水，
峡雨落余飞。　　山峡间还有残雨在飘飞。
凫雁终高去，　　野鸭和大雁终于高飞远去了，
熊罴觉自肥。[4]　　熊罴该感到自己已经长肥。
秋分客尚在，[5]　　到了秋分，我仍在这里流寓，
竹露夕微微。　　傍晚时，仿佛听到竹上的露珠轻轻下坠。

注释：

① 这首诗写秋分时节的晚晴风光，并表达出因久客夔州而产生的苦闷。诗中以鸟兽的自由自在来对比人的受羁束。杜甫在夔州原不打算久住，大历元年初夏到夔州，到秋末仍未离开，自不免惆怅。

② 参看本卷《雨二首》第二首注①。古人以为云从山岫中吐出，晚上又回到山岫中去。所以把夜晚天空的云看作“未归”的云。

③ 江虹，意思与“川霓”同，见第十四卷《奉观严郑公厅事岷山沱江画图十韵》注⑥。

④ 凫雁能高飞远去，熊罴得到充足的食料而长肥，它们都能依顺自己的天性而生存，而人却不能按照自己的心愿生活。

⑤ 这句诗点明诗人感到愁苦、寂寞的原因。

◎ 雨[1]（五律）

万木云深隐，　　千万株树木被阴云深深遮隐，
连山雨未开。　　连续不绝的山峦被烟雨掩盖。
风扉掩不定，　　风不停吹，门掩上又被吹开，
水鸟过仍回。　　水鸟从这里飞过又飞回来。

鲛馆如鸣杼，②	雨打在江水上，像水底鲛人住屋传来机杼声，
樵舟岂伐枚。③	樵夫困在船上，怎能上山砍柴。
清凉破炎毒，	顿时感到清凉，炎热已被消解，
衰意欲登台。④	我情绪颓丧，却还是想登临高台。

注释：

① 秋雨带来了清凉，心情萧瑟的老年人也觉得舒畅了一些，想登高远眺，看看秋天的风景，开阔一下襟怀。这首诗也当为大历元年秋在夔州所作。

②《述异记》："南海中有鲛人室，水居如鱼，不废机织，其眼能泣，则出珠。"这个传说在古代流传很广。这里从雨声联想到鲛人的机织声，借幻想的形象来描绘自然景物。

③《诗·周南·汝坟》："伐其条枚。"传："枝曰条，干曰枚。"这句诗是说因为天雨，樵人不能上山砍柴。

④ 登台所以望远，欲登台，欲登台远眺。

◎ 奉汉中王手札①（五排）

国有乾坤大，②	在天地间您的封国地域广大，
王今叔父尊。③	您是当今皇上的叔父，地位崇尊。
剖符来蜀道，④	皇上分给您符节派您来蜀任刺史，
归盖取荆门。⑤	如今大驾要回去了，将取道荆门。
峡险通舟峻，	在危险的峡江上，船行得急速，
江长注海奔。	长长的江水不停往大海灌注流奔。
主人留上客，⑥	归州刺史挽留住您这位贵客，

避暑得名园。	留您避暑，那里有园林名胜。
前后缄书报，[7]	我给您写信先后得到了回音，
分明馔玉恩。[8]	这是您的恩惠，是美玉一样的厚赠。
天云浮绝壁，	我看到绝壁上空飘浮着的云朵，
风竹在华轩。	就想到您在华厅里面对微风吹过的竹林。
已觉良宵永，[9]	您该已感到美好的夜晚多么悠长，
何看骇浪翻。[10]	怎奈还得登舟看惊涛骇浪的翻腾。
入期朱邸雪，	估计您走进朱门王邸时已经降雪，
朝傍紫微垣。[11]	还要上朝去，沿着宫墙走向朝廷。
枚乘文章老，[12]	我的诗像枚乘的文章一样已经陈旧，
河间礼乐存。[13]	您却像汉代的河间王一样，礼乐依靠您得到保存。
悲秋宋玉宅，[14]	您走过宋玉故宅时，也该会产生悲秋的情绪，
失路武陵源。[15]	我却迷失了道路，再也找不到武陵的桃源。
淹泊俱崖口，[16]	我们的船都停泊在山崖下的江口，
东西异石根。	一东一西，靠着不同的山根。
夷音迷咫尺，[17]	我听不懂夷语，眼前的事物使我迷惑不解，
鬼物倚朝昏。[18]	只有山鬼木魅伴我度过早晨黄昏。
犬马诚为恋，	我的心像犬马一样依恋着您，
狐狸不足论。[19]	不想谈起那些狐狸一般的小人。
从容草奏罢，	我想当您从容不迫地草拟好奏稿，
宿昔奉清樽。[20]	也该和往日那样捧起美酒一樽。

注释：

① 汉中王李瑀因故被贬为蓬州刺史。杜甫于宝应元年避乱到梓州，李瑀恰好也从蓬州来到梓州，两人常相来往。那时杜甫作了《戏题寄上汉中王三首》（第十一卷），可参阅该诗注①；后来又作了《戏作寄上汉中王二首》（第十二卷）。从这些诗中可看出杜甫与李瑀的友谊是很亲密的。李瑀于大历元年秋出峡归京，应归州刺史之请，暂在

归州停留。杜甫给他去信，他便给杜甫写了回信，这首诗是杜甫收到李瑀的信后，为答谢他而写。

② 李瑀封汉中王，汉中便是他的“封国”，虽然当时只是一种空的封号，但封国的名义仍保持着。

③ 当时的皇帝是代宗李豫，李豫是李瑀之侄，故说汉中王处于皇叔之尊位。

④ 剖符，指李瑀任蓬州刺史的事。参看第十三卷《将赴成都草堂途中有作先寄严郑公》第一首注②。

⑤ 归盖，指李瑀将回京。盖，表明李瑀的太守身份。古代常以“皂盖”作为对太守的尊称。参看第一卷《陪李北海宴历下亭》注②。荆门，见第九卷《桔柏渡》注⑦。

⑥ 据《仇注》引张远注：“主人，指归州守；上客，即汉中王。”

⑦ 缄书，寄信。报，回报，指回信。据诗题可知李瑀曾写信答复杜甫。

⑧“馔玉”之“馔”字，古汉语中有“选”（xuǎn）音，意思是六两重。馔玉，六两重的大玉。《仇注》：“馔玉，盖与缄书同赠者。”恐误。其实这只是一个比喻，把李瑀复信当作赠送馔玉一般。然而也有人认为“馔”仍应读“篆”（zhuàn），馔玉，即“玉馔”，指李瑀曾以美食招待杜甫。似仍以前一种理解为好。

⑨ 这句诗中的“良”一作“凉”，“永”一作“逸”。这句诗写李瑀在归州的游乐生活。通常，宴饮时人们常觉“良宵苦短”，作“永”字，意思是“长”，与通常的说法正相反。如“永”字不误，勉强可解释为虽是长夜，也觉得很可爱，而不觉得无聊。

⑩《仇注》：“良宵堪适，不必触浪前行。”何，当为“奈何”“无奈”之略语。

⑪“入期”“朝傍”两句，想象李瑀归京后的情况。朱邸，指李瑀的王府。紫微垣，原为星座名，简称“紫垣”，又称“紫微宫”，在北斗星东北，由十五颗星组成。象征皇帝所住的宫殿。“垣”的本义是“墙”，这句诗里，因前有“傍”字，把“紫微垣”解释为宫墙似更适宜。

⑫ 枚乘，汉初的赋家，历文帝、景帝和武帝三朝，曾在梁孝王刘武的宫廷做文学侍从之臣，在梁王门客中年事最高。在这句诗中，作者以枚乘自况，虽然能文，但已老迈不合时尚。

⑬《仇注》引《汉书》谓：“景帝子河间献王德，学举六艺，被服儒术，武帝时来朝，

献礼乐，对三雍宫。”诗中以河间王来比喻李瑀。

⑭ 传说宋玉的故宅在秭归（即归州）。宋玉名作《九辩》的第一句是“悲哉，秋之为气也”。因此，后世常把宋玉的名字与“悲秋”连在一起。李瑀在归州，他凭吊宋玉宅时可能会产生悲秋之情。

⑮ 武陵源，即陶潜《桃花源记》中所写的桃花源。曾到过桃源的渔人后来再去寻找，却迷了路，再也不能找到。杜甫想寻找避世隐居之地，但一直找不到，所以说如寻武陵源者之失路。

⑯ 李瑀和杜甫一在归州，一在夔州，两人都停留在山崖高耸的江边，故云“俱崖口”。

⑰ 夷音，指夔州附近的方言。

⑱ 鬼物，指作者主观想象的可怖之物。

⑲ 犬马，作者自称。杜甫对李瑀十分眷恋，如犬马之恋主人。以“犬马”自称，是古代很普通的谦语。如人们常说“愿效犬马之劳”就是一例。狐狸，指陷害正人君子的小人。《仇注》：“狐狸，指当时窃位者。”

⑳《仇注》：“王于草奏之余，应念宿昔交欢，嘱其去后不忘也。”这样来解释，这一句和前一句诗间的联系很勉强，不如说“草奏之余，也如往昔一样举杯痛饮”较为自然。据第十一卷《戏题寄上汉中王》第一首中“忍断杯中物”句，知李瑀在蓬州、梓州时曾戒酒，回京以后，应该恢复饮酒了。

◎ 返照[1]（七律）

楚王宫北正黄昏，[2]	楚王宫北面正是黄昏，
白帝城西过雨痕。[3]	白帝城西还留着陈雨的残痕。
返照入江翻石壁，[4]	夕阳斜照到江上，又反射向石壁，
归云拥树失山村。	归山的云围拥着树梢，遮没山村。
衰年病肺惟高枕，	我已衰老又有肺病只能躺卧床上，

绝塞愁时早闭门。　　住在这边城，担心时局不安，常早早关上大门。

不可久留豺虎乱，[5]　　这有豺虎侵扰的地方我不能久留，
南方实有未招魂。[6]　　在这南方，一定留下了我没招回的惊魂。

注释：

① 返照，夕阳的光。这诗写雨后初晴，看到夕阳光下的夔州风景时所产生的思绪。

② 夔州附近有楚王宫遗址，但究竟在何处却无可考。顾宸注谓楚王宫在巫山县西北。这句诗说的“楚王宫北”，指的是夔州城杜甫的住处。

③ 白帝城在夔州城东，白帝城西，指夔州城附近。

④《仇注》：“雨痕初过，故日照江而石壁之影摇动。”按“翻”字可与“反”通。这诗中所说的“翻石壁”是承“返照入江”而言，“返照”是射入江水，再反射到石壁上。

⑤ 豺虎，意思双关，唐代的夔州山中确实多虎患，同时又比喻当时在地方上横行的军阀。

⑥ 古代谓人受惊或生急病时往往会失去魂魄，须举行一种迷信仪式把它招回来，这是指生人之魂，并非死者之魂。这句诗是说，作者在西蜀和夔州，迭受惊恐，至今魂魄离失未能招回到身上来。

◎ 晴二首[1]（五律）

久雨巫山暗，　　雨下久了，巫山多暗淡，
新晴锦绣文。　　天晴了，它像锦绣般斑斓。
碧知湖外草，[2]　　洞庭湖那边的草也该这样绿了吧，
红见海东云。[3]　　那大海东面的云也该这样红艳。

竟日莺相和，　　　　黄莺整天地此唱彼和，
摩霄鹤数群。[④]　　　几群白鹤飞过，背擦蓝天。
野花干更落，　　　　野花干枯了又飘落，
风处急纷纷。　　　　有风的地方，落得更急，乱纷纷一片。

注释：

① 这两首诗描写了久雨初晴后的自然景物，并若明若暗地表达了作者的心愿。他向往到洞庭湖南去，到吴越去，也想回故乡，又盼望能回朝廷。这些愿望是矛盾的，但迫切想离开夔州的心意则是坚定的。这诗似为大历二年暮春所作。

②《仇注》：“湖外，谓洞庭湖之外。”其实是指湖南。

③ 海东云，大海东面的云，实际是指东海海边的地方，即吴越一带。这两处都是诗人想去的地方。

④“莺相和”“鹤数群”，可使人产生家人团聚，一起回故乡的联想。

◎ 其二（五律）

啼乌争引子，[①]　　　乌鸦啼叫，争着领雏鸦向巢外飞，
鸣鹤不归林。[②]　　　野鹤飞鸣，不再重返树林。
下食遭泥去，　　　　乌鸦向地面觅食碰上泥泞又飞走，
高飞恨久阴。　　　　野鹤高飞入云，埋怨着长久天阴。
雨声冲塞尽，[③]　　　冲向山城的急雨声早已完全停歇，
日气射江深。[④]　　　阳光穿过水汽深深射入江心。
回首周南客，[⑤]　　　我这洛阳来客不禁回首眺望故园，
驱驰魏阙心。[⑥]　　　一颗心像骏马驰驱只盼早回朝廷。

注释：

①一、三两句写啼乌引雏出巢觅食。

② 二、四两句写鸣鹤高飞不归，间接地反映出久雨初晴的特点。

③ 塞，边塞，指城墙和山峦。这里是指夔州的山和城池。

④ 久雨后，空气潮湿，日光透过水汽，呈现出光柱，故云“日气”，而不云日光。

⑤ 周南，指洛阳，参看第十卷《敬简王明府》注③。杜甫的故乡在河南巩县、偃师附近，是洛阳的郊区。

⑥ 魏阙，即宫阙，指宫门两边的高楼状建筑物，为宫门外悬法之所。《吕氏春秋·审为》：“身在江海之上，心居魏阙之下。”表示思念回到朝廷中任官职。杜甫虽有隐居江湖之心，但仍始终不忘朝廷，盼望能回朝任职。

◎ 雨[1]（五律）

始贺天休雨，	方才还在庆贺天不再下雨，
还嗟地出雷。	如今又惊叹平地响起闷雷。
骤看浮峡过，	突然看见雨雾从峡江上浮过，
密作渡江来。	接着变成密密雨点向江这边洒来。
牛马行无色，	路上行走的牛马已分辨不出颜色，
蛟龙斗不开。[2]	乌云滚滚，像蛟龙混战难分难解。
干戈盛阴气，	战争也会使阴气变得旺盛，
未必自阳台。[3]	云雨不一定都来自巫山的阳台。

注释：

① 这篇《雨》诗是嗟叹久雨初晴后又开始阴雨。大概是紧接以上两首诗后所作。诗中

写降雨过程层次清楚，使读者如亲睹雨景。诗人把雨多的原因归之于战争，虽不合科学，但在当时，这样的反战思想是符合于广大人民利益的。

②“牛马”句是写实，在雨中看不清来往的牛马，“蛟龙”句是以幻想形象来表示阴雨天气。

③ 末两句把云雨的原因归之于战争，按照我国古代阴阳五行的学说，经常有战争，故阴气盛，阴气盛，故多雨。古代也常以巫山神女的神话来说明云雨来由，这里并不否定这个说法，但认为云雨的产生，原因有多种，不止产生于巫山阳台这一种。参看本卷《雨》第一首注①、⑦。

◎ 殿中杨监见示张旭草书图[①]（五古）

斯人已云亡，[②] 这位大书家已经离开了人世，
草圣秘难得。[③] 草圣的作品被人们珍藏难得看见。
及兹烦见示， 如今有烦您拿出来给我赏鉴，
满目一凄恻。[④] 映在眼中，我心里充满凄惨。
悲风生微绡，[⑤] 这薄薄的绡绢上像卷起了悲风，
万里起古色。[⑥] 顿时使万里长空中古意出现。
锵锵鸣玉动，[⑦] 像骏马身上的玉珂在铿锵鸣响，
落落群松直。[⑧] 像一棵棵松树挺拔刚健。
连山蟠其间， 那里有连绵的山峦蟠绕，
溟涨与笔力。[⑨] 雄伟的笔力，像大海掀起波澜。
有练实先书，[⑩] 他把所有的白绸写过字后再染色，
临池真尽墨。[⑪] 字练得久了，洗笔池变成黑水潭。
俊拔为之主， 他把俊秀挺拔看作最重要的标准，
暮年思转极。[⑫] 到晚年他的神思妙想达到极点。

未知张王后，[13]	不知道在张芝和王羲之以后，
谁并百代则。[14]	谁能和他并驾齐驱，永作后代典范。
呜呼东吴精，[15]	啊，他真是东南地方的精英，
逸气感清识。	高逸的情致激发超凡脱俗的意念。
杨公拂箧笥，	杨公拂除竹箧上的灰尘把它拿出，
舒卷忘寝食。	打开卷轴欣赏，使我废寝忘餐。
念昔挥毫端，[16]	我想起往昔他挥毫作书的情景，
不独观酒德。[17]	他岂止饮酒量大值得人们称赞。

注释：

① 殿中监是殿中省的主要官员，负责管理皇帝的服御器用，与清代的内务府类似。殿中杨监是杜甫在夔州认识的官员，他向杜甫出示了他所收藏的珍贵书画，这首和下面一首诗所写的就是鉴赏这些书画珍品的感受和联想。张旭是唐代的著名书家，擅长草书。第二卷《饮中八仙歌》中有三句诗刻画这位草圣创作时的豪放形态，可参看该诗有关内容及注⑬。这诗及以后两首诗均为大历元年秋在夔州作。

② 斯人，指张旭。云亡，即亡故，死亡，加“云”字加强语气。《诗·大雅·瞻印》：“人之云亡，邦国殄瘁。”

③ 草圣，指张旭。秘，秘藏，指艺术作品之被珍藏不轻易给人看。

④ 张旭已死，见其遗作故感到凄惨伤感。

⑤ 微绡，即轻绡，薄的生丝织物，这里是指书画用的绢类。看到张旭的草书，感到好像有一股悲风生出。

⑥ 伟大的艺术作品在观赏者的面前展开了一个比原作品不知广阔多少的世界，这就是“万里”一词所表达的意思。古色，指远离凡俗的古雅意境。这句诗是赞美张旭草书的壮阔典雅的艺术风格。

⑦ 这两句诗是写张旭草书所引起的不同感性形象联想。鸣玉动，指马身上的饰物玉珂在响动，发出“锵锵”之声。

⑧ 落落，指松树之多，不是一株。参看本卷《雨二首》第二首注①。

⑨ 上一句的“连山”，这一句的“溟涨”，也都是比喻主观感受到的草书的艺术形象。溟涨，指大海涨水。“与笔力”的“与”字，作“如”字解。只有大海涨潮的力量和气势才能与张旭草书的笔力相比。

⑩ 这两句写张旭草书之成就由于练习之勤。练，与绢绡相似，是经过煮练的素绢，也是写字的材料。

⑪《仇注》引卫恒《书势》：“弘农张伯英（张芝）凡家之衣帛，必先书而后染之。临池学书，池水尽黑。”这里借用张芝的故事来表示张旭用功之勤。

⑫ 思转极，指艺术创作构思达到最高的境界。

⑬ 张王，“张”指东汉张芝，也是草书大家，世称草圣；“王”指晋代王羲之，世称书圣。

⑭ 谁并，谁能与他（指张旭）并列。百代则，世世代代的准则。

⑮ 张旭是东吴苏州人。《仇注》：“东吴精，禀东吴之精气。”我国古代有一种与欧洲近代的地理决定论类似而稍有不同的理论，以为人的聪明才智是土地的精气（或称“灵气”）集中在人的身上而产生的。

⑯ 从这句诗可看出，杜甫年轻时曾亲见过张旭作书。第二卷《饮中八仙歌》中所写或许是杜甫所亲见者。毫端，即笔端、笔尖，挥毫端，即挥笔作书。

⑰《书·无逸》：“无若殷王受之迷乱，酗于酒德哉。”刘伶有《酒德颂》。又王俭《褚渊碑文》：“参以酒德，闲以琴心。”后来有称人善饮酒、酒量大为有“酒德”者。

◎ 杨监又出画鹰十二扇[①]（五古）

近时冯绍正，[②]	当代有位冯绍正，
能画鸷鸟样。	善画猛禽的形象。

明公出此图，[3]	您拿出这些画，
无乃传其状。[4]	想必要让大家看看那些鸟的模样。
殊姿各独立，[5]	它们个个姿态不同都是一脚站立，
清心绝有向。	心中杂念排除，只有一个志向。
疾禁千里马，[6]	它们飞得多迅速，赛得过千里马，
气敌万人将。	气势豪雄比得上指挥万人的大将。
忆昔骊山宫，	回想当年的骊山宫，
冬移含元仗。[7]	冬天，皇上从含元殿启动仪仗。
天寒大羽猎，[8]	严寒的天气，举行大规模的围猎，
此物神俱王。[9]	这些禽鸟的精神都变得更加盛旺。
当时无凡材，[10]	当时没有一个平庸无能，
百中皆用壮。[11]	个个百发百中，个个勇壮。
粉墨形似间，[12]	对着这粉墨摹绘的写真图画，
识者一惆怅。[13]	知情人看了都感到惆怅。
干戈少暇日，	这年头战乱连年难得有空闲，
真骨老崖嶂。[14]	那些真雄鹰都老死在悬崖叠嶂上。
为君除狡兔，[15]	它们要为皇上除去狡兔，
会是翻韝上。[16]	该站在臂套上准备随时飞翔。

注释：

① 这首诗虽然是以看画为题材，但主要是写看到画上雄鹰时所引起的回忆和感想。在繁荣安定的开元、天宝年间，唐玄宗常举行狩猎，猎鹰充分发挥了它们的才能；而在战乱的年代，猎鹰被弃置不用了。这诗当然不是讴歌羽猎，而是借此表达出对往昔太平盛世的留恋与向往。另外，也是叹惜有才者得不到重用。这里所说的鹰，也是比喻人。作者为自己也为一切怀才不遇者而哀鸣。

② 冯绍正，唐代画家，《仇注》引《历代名画记》："冯绍正，开元八年为户部侍郎，善画鹰鹘鸡雉，尽其形态，嘴眼脚爪毛彩俱妙。曾于禁中画五龙堂，有降云蓄雨之感。"

③ 明公，对殿中杨监的尊称。此图，指十二扇（幅）鹰图。

④ 其状，指图上所画的雄鹰的形状。由于画上的这些雄鹰都是为唐玄宗所蓄猎鹰画的像，把这些画给客人看的目的不是为了欣赏艺术，而是为了回忆开元年间的盛事。

⑤ 独立，指鸟类于休息时一脚站立的姿态。

⑥ 禁，应读第一声（阴平），意思是“相当”。

⑦ 含元仗，含元殿的仪仗。据《旧唐书》含元殿是东内（大明宫）的正殿。移含元仗，指的是皇帝从含元殿出发到骊山去。

⑧ 羽猎，即射猎，羽，指箭。古代帝王举行围猎活动，含有检阅射箭技术的用意。

⑨ 此物，指猎鹰。王，同“旺”。《庄子·养生主》：“神虽王，不善也。”

⑩ 凡材，指才能平凡的猎鹰。

⑪ 百中，指猎鹰每次飞出，必有所获，有如善射者之百发百中。《易·大壮·九三》：“小人用壮”。在这里，用壮，指气势雄壮，奋勇出击。

⑫ 粉墨，借代绘画。形似间，指摹写的图形逼似真实事物。

⑬ 识者，知道画上的鹰是摹写唐玄宗所蓄猎鹰的人。

⑭ 真骨，指真的鹰（与画上鹰相对而言）。

⑮ 君，国君，皇帝。除狡兔，为皇帝除去奸狡小人。狡兔，喻奸狡小人，指皇帝身边的奸臣与割据地方的军阀。

⑯ 鞲，音“钩”（gōu），臂套，多为皮革制品。古代射箭者常于臂上着臂衣。出猎时，猎鹰常立于臂鞲上。翻，一作“飞”，飞翻，飞翔。

◎ 送殿中杨监赴蜀见相公[①]（五古）

去水绝还波，　　江水逝去，波浪不再往回驶，

原诗	译文
泄云无定姿。[②]	山里飘出的浮云一直在变化容姿。
人生在世间，	人们在世间生存，
聚散亦暂时。	聚会、分离也只是暂时的事。
离别重相逢，	别离之后又重新见面，
偶然岂足期。	那只是偶然的，怎能预期。
送子清秋暮，	在这清朗的秋天傍晚送你，
风物长年悲。	这里的风光景物整年总这样令人悲凄。
豪俊贵勋业，	英豪俊杰看重的是建立功勋，
邦家频出师。	国家出兵征伐，一次接连一次。
相公镇梁益，[③]	相公来镇守梁州、益州，
军事无孑遗。	懂得军事的人才都被网罗无遗。
解榻再见今，[④]	陈蕃解榻待贤的盛事今又再现，
用才复择谁？	不选您这样的人才还要选谁？
况子已高位，[⑤]	何况您已经有了很高的官位，
为郡得固辞？[⑥]	任命您做郡守又怎能坚决推辞？
难拒供给费，[⑦]	供给军事费用当然不能拒绝，
慎哀渔夺私。[⑧]	可一定要哀怜百姓，别让下属掠夺营私。
干戈未甚息，	战争至今还没有全停止，
纲纪正所持。	政纲风纪正该严格坚持。
泛舟巨石横，	在江里行船要当心巨石横在江里，
登陆草露滋。	上陆后还得提防草丛露水沾衣。
山门日易夕，[⑨]	高山对峙的地方黄昏来临得更早，
当念居者思。[⑩]	该想起留在这里的人会对您相思。

注释：

① 诗题中的“相公”，指杜鸿渐。大历元年二月，杜鸿渐以黄门侍郎为山南西道、剑

南、东西川等道副元帅，地位相当于宰相，故称他为相公。他于八月到达成都，杨监应杜鸿渐之召出任某一州郡的刺史，杜甫写这首诗赠给他，祝贺他得到重用，并劝告他要整顿纲纪、爱惜人民。

② 古人以为云从深山的石隙（岫）中泄出，故称“泄云”。第一、二两句诗以“去水”和“泄云”为比兴，喻人生之无常。

③ 这里的“梁州”是《禹贡》所说的九州之一，范围广大，与今之四川省及陕西省西南部相当。“益州”也是古地名，指成都附近地方。诗中以“梁益”来代表由杜鸿渐镇守的地方。

④ 解榻，用东汉豫章太守陈蕃爱才的典故。当家贫不仕的徐稺来访问时，陈蕃为他专设一卧榻，去则高悬，来则解下。这里用来比喻杜鸿渐之爱重人才。

⑤《仇注》：“《唐志》：殿中监，从三品，则其位已高。”

⑥ 为郡，意思是治郡，即任州郡长官职务。得固辞，反问语气，意思是不能固辞。

⑦ 供给费，指供给军需。

⑧《汉书·景帝纪》：“渔夺百姓”。注：“渔，言若渔猎之为也。”这句诗是节缩句，意思是要哀怜和防止百姓遭到营私官吏的渔夺。

⑨ 山门，指夔州。夔州地处三峡之口，山崖夹江对峙如门，故云“山门”。因此夔州也称夔门。

⑩ 居者，留在夔州的人，主要指作者自己。

◎ 赠李十五丈别[①]（五古）

峡人鸟兽居，[②]	峡江边的人像鸟兽一般居住，
其室附层巅。	他们的房屋依靠着高高的崖巅。
下临不测江，	下面是深不可测的江水，

中有万里船。	江中有远航万里的大船。
多病纷倚薄，[③]	多种疾病一起侵逼我的躯体，
少留改岁年。[④]	在改元的年头暂时停止向前。
绝域谁慰怀，	在这遥远的地方谁能使我的愁怀得到宽慰，
开颜喜名贤。	遇到您这位著名贤才露出了笑颜。
孤陋忝末亲，	我孤陋寡闻，有幸和您沾点亲，
等级敢比肩。	我的官职卑低，怎能和您并肩。
人生意气合，	人与人之间只要意气投合，
相与襟袂连。	就该亲密来往，襟袖相连。
一日两遣仆，	您一天两趟派仆役到我家来，
三日一共筵。	三天里就有一次你我都参加的宴筵。
扬论展寸心，[⑤]	您畅所欲言，把心意都吐尽，
壮笔过飞泉。	雄壮的文笔，迅疾喷溅赛过飞泉。
玄成美价存，[⑥]	您像韦玄成，和父亲一起受到世人的赞美，
子山旧业传。[⑦]	您像庾子山，父亲的旧业在您身上留传。
不闻八尺躯，[⑧]	难道没听说过，八尺高的男子汉，
常受众目怜。	常引得许多人的注视爱怜。
且为辛苦行，[⑨]	您还得辛辛苦苦去赶路，
盖被生事牵。	这是由于受生活琐事累牵。
北回白帝棹，	从北面的白帝城转过船头，
南入黔阳天。[⑩]	向南驶往黔阳的山川。
汧公制方隅，[⑪]	李汧公在那一片土地上督理军事，
迥出诸侯先。	他的才能远远超过一般州郡长官。
封内如太古，	管辖的地区民风像太古般淳朴，
时危独萧然。[⑫]	在危难的时刻只有那里清静、平安。
清高金掌露，[⑬]	他真清高，像承露金掌里的露水，

正直朱丝弦。[14]	他真正直，像一根朱丝弦线。
昔在尧四岳，[15]	他像古代帝尧的助手——四岳，
今之黄颍川。[16]	是人民爱戴的当代黄颍川。
于迈恨不同，[17]	可惜我不能和您同路，
所思无由宣。	心事也不能对我所思念的人畅谈。
山深水增波，	山这样深，水上波浪翻卷，
解榻秋露悬。[18]	为您解下的卧榻，早在白露凝结的秋天高悬。
客游虽云久，	我作客漂游虽然已经长久，
主要月再圆。[19]	主人邀我留下经过了一次次月圆。
晨集风渚亭，[20]	早晨在风渚亭上聚会，
醉操云峤篇。[21]	喝醉酒时吟唱着游山的诗篇。
丈夫贵知己，	大丈夫看重的是得到知己，
欢罢念归旋。[22]	您欢乐之后，盼您想到要早日归还。

注释：

① 李十五丈，即李文嶷，可参看本卷《奉寄李十五秘书文嶷二首》第一首注①。李文嶷住在夔州时，和杜甫常相往来，友谊颇笃厚。他将从夔州到黔阳（今四川省彭水县）去访问汧国公李勉，杜甫写了这首诗赠给他。

② 峡人，指峡江两岸的居民。鸟兽居，形容其居住在荒僻山地以及房屋十分简陋。

③ 倚薄，迫近，逼迫。《仇注》引谢灵运诗："拙疾相倚薄"。并解释说："倚薄，犹言交迫。"

④ 杜甫于大历元年春末夏初到达夔州。改岁年，指从永泰年号改为大历年号的第一年（即大历元年）。

⑤《仇注》："展寸心，其（指李文嶷）议爽快；过飞泉，其诗敏捷。"

⑥ 玄成，即韦玄成。其父为韦贤，参看第一卷《赠韦左丞丈济》注⑤。

⑦ 子山即庾子山，庾信的字。庾信的父亲是庾肩吾，也以诗文著名。参看第一卷《春

日忆李白》注②及第十一卷《戏为六绝句》第一首注②。李文嶷一定也是子承父业、父子齐名的人，所以用韦玄成、庾子山来作比。

⑧ 古代称人身材魁梧为“身长八尺”。这是古代的长度单位，比后代的“尺”短得多。这里是赞美李文嶷形体俊伟，能得到许多人的爱慕。

⑨ 辛苦行，指李从夔州到黔阳的旅途。

⑩ 黔阳，唐朝的黔阳即今之四川彭水县，为黔中道之首府，开元时析江南西道地置，管辖今湖北省西南部、湖南省西部、四川省东南部、贵州省北部之地。

⑪ 李汧公，即李勉，是唐宗室郑惠王孙。史书记载李勉生平事迹与这诗中所说的情况有很大差异，《旧唐书》不言李勉封汧国公事；《新唐书》则说在大历四年李勉自岭南节度召归后封汧国公。史书只说李勉曾任梁州都督、山南西道观察史、河南尹、江西观察使等职，没有说到他在黔阳的事。旧注家在这个问题上有许多争议。疑史书所载有误，或所谓“江西观察史”，即指以黔州（黔阳）为治所的黔中道的观察史。方隅，即指黔中道。有人说李勉当时在梁州（治汉中），或说在豫章（江南西道首府），俱不可信。

⑫ 萧然，意思有正相反的两种：一指清静寂寞，一指骚动。这里当指前者。黔中道当时未有兵乱。

⑬ 金掌露，一作“金茎露”，一作“茎掌露”。汉武帝信道术，立金茎承露盘，承受露水供服食，以求长生。诗中以金茎盘中之露水来比喻品格之高洁。

⑭ 朱丝弦，比喻人的正直。第十二卷《棕拂子》及第十三卷《送韦讽上阆州录事参军》等诗中都有以朱丝绳来比喻人品正直的诗句。

⑮《书·尧典》：“咨四岳”。“四岳”为羲和之四子，分掌四岳诸侯。按四岳是四方诸侯之长。这里以四岳比喻李勉。

⑯ 黄颍川，即汉代的黄霸，见第十一卷《送梓州李使君之任》注②。这里是称颂李勉之政绩优良，像黄霸一样得到人民爱戴。

⑰《诗·大雅·棫朴》：“周王于迈，六师及之。”于迈，行路。所思，指所思念、仰慕的人，指李勉。同时也可指作者自己所思考的问题。《仇注》：“所思，指汧公言。”

⑱ 解榻，见本卷《送殿中杨监赴蜀见相公》注④。《仇注》：“李丈盖尝设榻以待公，今

则解榻而悬诸秋露之旁矣。”

⑲ 主要，一作“主思”。《仇注》谓：“‘客游久’，言李丈行踪。‘月再圆’，订别后重逢。”如这样理解，则“主要”的“主”字无着落。“主”当指夔州的刺史或军事长官，“要”当读第一声（阴平），同“邀”。月再圆，指下一个月的十五日。“客游久”为作者自述。这样，这两句诗便不难理解。

⑳ 风渚，大概是夔州江畔一个亭子的名称。

㉑《仇注》：“王融诗：‘结赏自云峤，移燕乃方壶。’此游仙诗也。”醉后唱“云峤”之篇，指与夔州人士游宴唱和之乐。

㉒ 朱鹤龄注：“李往汧公，必有留连诗酒之兴，然为欢易尽，不可久游而忘返也。”

◎ 种莴苣（并序）[①]（五古）

既雨已秋，堂下理小畦，隔种一两席许莴苣。向二旬矣，而苣不甲拆，[②]独野苋青青。伤时君子，或晚得微禄，轗轲[③]不进，因作此诗。

下了一场雨，秋天就来了。在堂下整好了一小片菜畦，隔出一两席地种下莴苣籽。快二十天了，莴苣还没有出芽，而野苋菜却长得碧绿生青的。我同情当代的君子们，有些人年老了才得到些微薄俸禄，仕途坎坷，不能晋升，因此作了这篇诗。

阴阳一错乱，	阴气阳气一发生错乱，
骄蹇不复理。[④]	炎热和干燥就不能正常调理。
枯旱于其中，[⑤]	大地深处发生大旱，
炎方惨如毁。[⑥]	这南方的土地像惨遭焚毁。
植物半蹉跎，[⑦]	植物大半失去生长的良好时机，

嘉生将已矣。[8]	种的稻禾看来不会再有用处。
云雷欻奔命，[9]	忽然空中雷声震响乌云涌起，
师伯集所使。[10]	雨师风伯聚集一处听候驱使。
指挥赤白日，[11]	让红太阳变得苍白黯淡，
澒洞青光起。[12]	茫茫无边的青光笼罩大地。
雨声先以风，	雨声随着风声传来，
散足尽西靡。[13]	向西斜飞的雨点飘散聚不到一起。
山泉落沧江，	山泉奔涌，向大江泻下，
霹雳犹在耳。	霹雳的雷声仍留在人们耳里。
终朝纡飒沓，[14]	下了一整天的大雨渐渐舒缓，
信宿罢潇洒。[15]	又过了一夜，暴雨才停歇。
堂下可以畦，	堂下可以开辟菜畦，
呼童对经始。[16]	叫唤两个僮仆面对面动手整治。
苣兮蔬之常，	莴苣，这是多么平常的蔬菜，
随事蓺其子。[17]	掘开地面就能播下种子。
破块数席间，[18]	把几席地的土块掘松，
荷锄功易止。	扛来锄头，很快就能完事。
两旬甲不拆，	二十天了，还不见出苗，
空惜埋泥滓。	可惜这种子空埋在地里烂成泥。
野苋迷汝来，	野苋菜，真弄不懂你从哪里来的，
宗生实于此。[19]	一直聚生在这里。
此辈岂无秋，[20]	难道对于它们并没有什么秋季，
亦蒙寒露委。[21]	沾上寒露也不怕冻死。
翻然出地速，[22]	反而这么快长出地面，
滋蔓户庭毁。	到处滋生蔓延，门庭荒芜。
因知邪干正，[23]	看了这些使我想起小人妨害君子，

掩抑至没齿。[24]	使他们遭受压抑直到老去。
贤良虽得禄，	善良的贤才虽然能得到些俸禄，
守道不封己。[25]	但他们遵守正道，不谋私利。
拥塞败芝兰，[26]	像芳香的芝兰被密密包围窒息，
众多盛荆杞。[27]	周围繁茂地生长出众多的荆杞。
中园陷萧艾，[28]	园里的蔬菜如被艾蒿埋没，
老圃永为耻。[29]	老菜农一直把这当作羞耻。
登于白玉盘，[30]	蔬菜长大了放在白玉盘中，
藉以如霞绮。	下面衬垫着彩霞一样的罗绮。
苋也无所施，	野苋菜啊，这里可用不到你，
胡颜入筐篚。[31]	你哪里有脸进入蔬菜筐里。

注释：

① 杜甫于大历元年秋在夔州住的院子里种了些莴苣籽没有出苗，有感而作此诗。诗人不去探究不出苗的实际原因，而把种莴苣的失败完全归之于野苋菜的生长，并以此比喻正人君子被卑鄙小人排挤陷害的事，发出了深沉的感慨。

②《易解》：“雷雨作而百果草木皆甲拆。”郑注：“皮曰甲”。这里是说莴苣的芽没有能破种皮而出。

③ 轗轲，同“坎坷”。

④《仇注》引邵注：“骄谓日色骄亢，蹇谓雨水蹇涩。”前一句是说太阳太旺盛，天气太炎热，后一句是说长久不雨，发生旱情。

⑤ 其中，指大地中。

⑥ 炎方，南方。毁，原义是火或烈火。《诗·周南·汝坟》：“王室如毁”。引申为被火焚坏。

⑦ 这里的“蹉跎”指没有在有利季节生长，错过了时间。

⑧《汉书·郊祀志》：“故神降之嘉生，民以物序。”王先谦补注引王念孙曰：“‘序’当

依《楚语》作'享'。应劭曰：'嘉生，嘉谷也'。嘉谷既生，则民取之供粢盛。故曰'神降之嘉生，民以物享也。'"嘉生，即"嘉谷"，指麦稻等品质优良产量高的粮食作物。

⑨《仇注》："'奔命'，奉上帝之命；'所使'，为上帝所使。"奔命，原义是为急事奔走。《左传·襄二十六年》："吴于是伐巢取驾克棘入州来，楚罢于奔命。"后也用来表示奉上级的命令而奔忙。译诗中只写出"云雷"奔忙的情状，未写出"奔命"这个词。

⑩ 师伯，指雨师风伯。扬雄《河东赋》："叱风伯于南北兮，呵雨师于东西。"

⑪ 赤白日，疑应作"赤日白"，意思是太阳光变得黯淡。指挥，指雨师风伯发布指令。

⑫ 澒洞，见第四卷《自京赴奉先县咏怀五百字》注㊸。

⑬《仇注》引谢朓诗："森森散雨足"，并引旧注："西靡，言雨散而斜向西也。"雨足，即"雨脚"，靠近地面的雨丝。

⑭《仇注》："纡飒沓，风缓矣。"纡，"纡徐"之省言，意思是渐慢，渐徐缓。飒沓，繁盛。梁简文帝诗："云霞纷飒沓。"这里的"飒沓"是说雨密，似与风无关。

⑮《诗·豳风·九罭》："于女信宿。"传："再宿曰信，宿，犹处也。"潇洒，今多作洒脱无拘解。但这里的"潇洒"不是一个词，而是"潇"与"洒"两词连用。"潇"为"潇潇"之省略语，《诗·郑风·风雨》："风雨潇潇。"传："潇潇，暴疾也。"洒，降雨。潇洒，意思是大雨降落。罢潇洒，指大雨停止。

⑯ 经始，《诗·大雅·灵台》："经始灵台，经之营之。"后称事之开端为经始。

⑰"随事"的"事"，本作"傳"，后来多写作"事"。《汉书·蒯通传》："慈父孝子所以不敢事刃于公之腹者，畏秦法也。"李奇注："以物臿地中为事。"这里是指掘开土地，蓺，音"艺"（yì），亦作"艺"，种植，下种。

⑱ 破块，掘地，使土层疏松。

⑲《仇注》引《吴都赋》："宗生高冈，族茂幽草。"又引扬雄《蜀都赋》："其竹则宗生簇攒，俊茂丰美。""宗生""族茂"是拟人的表现手法。意思是"丛聚生长"。

⑳ 此辈，指野苋菜。无秋，意思是不怕秋季气候渐冷而凋枯，对它似乎没有秋季。

㉑ 委，与“萎”通。《文选·暂使下都诗》：“时菊委严霜。”

㉒ 翻然，反而。

㉓ 邪，邪恶的小人。正，正人君子。干，妨碍。

㉔ 没齿，没世，终身。《论语·宪问》：“没齿无怨言”。

㉕ 封己，见本卷《赠崔十三评事公辅》注⑯。

㉖ 芝兰，都是香草。

㉗ 荆杞，都是有刺的灌木。

㉘ 萧，即蒿草。

㉙ 老圃，种菜园的老农。

㉚ 这句诗的主语“蔬菜”（包括莴苣在内）省略了。

㉛“筐篚”之“篚”，音“匪”（fěi），方形竹筐。筐篚，这里指盛放蔬菜的竹筐。

◎ 白帝[①]（七律）

白帝城中云出门，	阴云从高高的白帝城门里飘出，
白帝城下雨翻盆。	白帝城下面顿时大雨倾盆。
高江急峡雷霆斗，	峡江里水涨流急雷霆不停震响，
翠木苍藤日月昏。[②]	苍翠的树木、野藤把日月遮得昏昏。
戎马不如归马逸，[③]	战马怎能如山野间牧放的马安逸，
千家今有百家存。	一千户人家里如今只剩百家残存。
哀哀寡妇诛求尽，	可怜的寡妇们也被捐税吸干骨髓，
恸哭秋原何处村。[④]	秋天的原野上，不知是哪个村里传来恸哭声。

注释：

① 这诗的题目是《白帝》，但不是咏号称“白帝”的公孙述，也不是专咏白帝城风景，而只是取诗的前两字为题。诗人从白帝城雨天的凄惨景象联想到人民在战乱中所受到的痛苦，盼望早日战乱停止、恢复和平的生活。黄鹤订此诗作于大历元年秋。

② 以上四句写白帝城的凄凉雨景。

③《书·武成》：“乃偃武修文，归马于华山之阳。”归马，指放牧在山野的战马，不再用于战事，表明战争已停。这句诗表达了诗人对和平的向往。

④ 秋原上处处村里传出哭声，就没法分辨哭声是从哪一个村里传出的。这句诗是说人民普遍遭受苦难，诗人为他们发出了呼吁。

◎ 黄草[①]（七律）

黄草峡西船不归，	黄草峡西面的船只不能东回，
赤甲山下行人稀。[②]	赤甲山下面行人寥落疏稀。
秦中驿使无消息，[③]	从关中来的驿使没有消息，
蜀道兵戈有是非。[④]	蜀道上又起了战乱，生了是非。
万里秋风吹锦水，[⑤]	万里外吹来的秋风吹过锦水，
谁家别泪湿罗衣？	谁家为离别流的眼泪沾湿了罗衣？
莫愁剑阁终堪据，	别为叛乱者长久占据剑阁忧虑，
闻道松州已被围。[⑥]	听说西面的松州又已经被包围。

注释：

① 诗题中的“黄草”即第一句诗中的“黄草峡”。《仇注》引《通鉴》胡三省注：“‘黄草峡’，在涪州之西。”当时，黄草峡附近发生了战事，长江航运受阻，但不知究竟是什么事件。自从崔旰作乱，郭英乂被杀后，崔据成都，柏茂林、杨子琳等出兵讨

伐，战事绵延不绝，蜀中大乱。这诗反映了这样的局势，又在诗末提出松州再度被围的事，可见吐蕃又乘机入侵，诗人对此十分忧虑。

② 赤甲山，在夔州之东北，南连白帝城。赤甲山下，就是指夔州。

③ 秦中驿使，指从长安来蜀送达朝廷命令的使者。当时蜀地官民都在等待皇上如何处理崔旰作乱的决定。

④ 杜鸿渐于大历元年八月至蜀后，奏请授崔旰西川节度使之职，而不治其杀郭英乂之罪，人们有不同看法，故诗中说“有是非”。

⑤ 这一句和下一句，想象成都又陷于混乱的情景。

⑥“莫愁”句说叛乱者据剑阁之险，局势一时不易平定；“闻道”句则提出吐蕃再围松州事，唤起人们的警惕。按松州等地于广德元年冬被吐蕃侵占，广德二年至永泰元年冬春间收复。

◎ 白盐山[①]（五律）

卓立群峰外，	白盐山在群山之上高高矗立，
蟠根积水边。[②]	山根蟠踞在深深的江水旁边。
他皆任厚地，	别的高山都依靠着深厚的大地，
尔独近高天。[③]	唯独你却紧紧挨近高远的青天。
白榜千家邑，[④]	千家居民的城邑家家悬着白匾，
清秋万估船。	高爽的秋空下停泊着万艘商船。
词人取佳句，	诗人挑选最美最恰当的语句，
刻画竟谁传？[⑤]	刻画出这里的胜景又传给谁看？

注释:

① 白盐山是夔州东面长江南岸的一座景色秀美的山峰，杜甫到夔州后远望此山曾写了《晓望白帝城盐山》一诗（见本卷）。这是杜甫于大历元年深秋到达白盐山下所写描述山景及夔州城市富裕情况的诗。

② 积水，即深水。这里是指长江。

③ 因山在水边，远看它不是从地面矗起，而只看到它的高峰摩天，所以诗中三、四句这样描写。

④ 千家邑，就是指夔州的市镇。第十七卷《秋兴八首》第三首：“千家山郭静朝晖”，“千家山郭”正是指夔州，可证此诗所指非其他市镇。白榜，即木匾，店铺的招牌之类。

⑤ 最后两句写诗人自己的孤独感。词人，作者自谓。作成此诗，把白盐山的特点刻画出来，诗人自己也颇得意，但缺少知己，无人可传。而作诗毕竟是要给人看的，因此当诗作成之后又突然产生寂寞之感。

◎ 谒先主庙[①]（五排）

惨澹风云会，[②]	每当阴沉沉的乌云在狂风中聚合，
乘时各有人。	就会出现乘时崛起的各种人们。
力侔分社稷，[③]	势均力敌的英雄们把天下瓜分，
志屈偃经纶。[④]	您壮志受挫，藏起了治世的才能。
复汉留长策，[⑤]	留下重振汉朝帝业的长远谋略，
中原仗老臣。[⑥]	收复中原的重任托付给老臣。
杂耕心未已，[⑦]	让兵士和居民杂居屯田的打算一直没停止，
欧血事酸辛。[⑧]	忙碌得呕血，真令人悲痛酸辛。
霸气西南歇，[⑨]	在西南方开创霸业的形势消失了，

雄图历数屯。[10]	雄伟的宏图终敌不过多难的命运。
锦江元过楚，[11]	锦江流水本来和荆楚连通，
剑阁复通秦。[12]	剑阁的道路又畅通三秦。
旧俗存祠庙，	这里依循旧俗保存着古代祠庙，
空山立鬼神。	在深山里立了牌位祀奉您的神灵。
虚檐交鸟道，[13]	寂静的屋檐刺入飞鸟往来的天际，
枯木半龙鳞。[14]	干枯的树干有一半像覆盖着龙鳞。
竹送清溪月，	从竹摇曳，送走清溪上的月亮，
苔移玉座春。	神像玉座上苔痕变化，迎来新春。
闾阎儿女换，[15]	家家户户的儿女们一代代长大，
歌舞岁时新。	祭礼的歌舞随着每年的节日更新。
绝域归舟远，	我的归舟停泊在远离故国的异地，
荒城系马频。	屡次在荒凉的城里系马暂停。
如何对摇落，[16]	对着纷纷落叶我将怀着什么心情，
况乃久风尘。	何况我已长久在风尘中飘零。
孰与关张并，[17]	这世上谁能和关羽张飞并驾齐驱，
功临耿邓亲。[18]	他们的功业和耿弇邓禹接近。
应天才不小，[19]	适应天命的人不会是平庸人才，
得士契无邻。[20]	得到贤良的臣下和他们意合情深。
迟暮堪帷幄，[21]	我年已迟暮，幕府的参谋怎能胜任，
飘零且钓缗。[22]	只能到处漂泊，钓钓鱼散散心。
向来忧国泪，	我一直为国家担忧流泪，
寂寞洒衣巾。	默默地让泪水洒湿衣巾。

注释：

① 现在夔州的白帝庙明良殿中供奉刘备、诸葛亮与关羽、张飞等人，殿右有武侯祠，祀

诸葛亮。但这诗中所写的“先主庙”（刘备庙）却不是白帝城中的刘备祠，下一篇诗中述及的“孔明庙”也不是上述的“武侯祠”，理由见本卷《上白帝城》第二首注①。这首诗是叹惜刘备与诸葛亮的失败并联想到时势和诗人自己所遭的厄运。尽管如此，诗人对刘备与诸葛亮的伟大志愿与才能还是深深眷慕。这诗当作于大历元年秋。

②《易·乾》：“云从龙，风从虎，圣人作而万物睹。”后代以“风云”来表示政治形势的巨大变化与英雄人物的聚合。《后汉书·耿纯传》：“以龙虎之姿，遭风云之时，奋迅拔起，期月之间，兄弟称王。”《后汉书·朱佑等传论》：“中兴二十八将……咸能感应风云，奋其智勇，称为佐命。”

③ 这句诗指魏、蜀、吴三国分立局面的形成。

④ 这句诗指刘备征吴失败，死于白帝城的事。

⑤ 蜀主刘备以汉朝的后代自居，他想以蜀地为基础，统一中国，恢复汉朝的统治。

⑥ 中原，黄河中游地区，这句诗指进军中原，恢复汉朝在中原的统治地位。老臣主要指诸葛亮。

⑦《仇注》引《三国志·蜀志》：“亮（诸葛亮）与司马懿对于渭南，每患粮不继，分兵屯田，为久驻之基。耕者杂于渭滨居民之间，百姓安堵，军无私焉。”“杂耕”为这一屯田策略的简称。

⑧《仇注》引《三国志·魏志》：“（诸葛）亮粮尽势穷，忧恚呕血，一夕烧营遁走，入谷道，发病卒。”欧血，同“呕血”。

⑨ 霸气，这是同我国古代天人相应的观念相联系的一种说法。如某一地区出现霸气，就会出现割据局面。霸气消歇，则割据必失败。这句诗其实说的是蜀国的衰亡。

⑩ 历数，前定的历史命运。《书·大禹谟》：“天之历数在汝躬。”孔传：“历数，谓天道。”屯，难也，见《说文》。《易·屯》：“屯如邅如”。疏：“‘屯’是屯难，‘邅’是邅回，‘如’是语辞。”形容处于困难不敢前进。这句是说刘备统一中国的雄图受命运限制阻碍。

⑪ 锦江，本来与长江相连，可通到荆楚之东。

⑫ 剑阁，原来有栈道通到关中，因蜀国与吴、魏鼎立，才断绝交通。蜀国灭亡之后，道路又告畅通。这两句诗说的是蜀国的灭亡。

⑬《仇注》引江总诗："虚檐静暮雀"，虚檐，指檐下无人，十分寂静。又说，"交鸟道，庙之高"。

⑭《仇注》："半龙鳞，木之古。"

⑮ 闾阎，这里指居民人家。见第四卷《后出塞》第一首注④及第十三卷《将赴成都草堂途中有作先寄严郑公》第一首注③。

⑯ 宋玉《九辩》："萧瑟兮草木摇落而变衰。"后世遂以"摇落"代表草木凋零的秋季。

⑰ 关张，指刘备的大将关羽、张飞。

⑱ 耿邓，见第十二卷《述古三首》第三首注⑤、⑥。"关张""耿邓"两句，既是称赞蜀国的人才很多，也是对当代武臣的期望。

⑲ 应天，指顺应天命为帝。

⑳ 得士，指能识别和利用人才。

㉑ 帷幄，指参谋军事。这句诗是反问句。

㉒ 钓缗，旧作"緍"，按"緍"字本应写作"缗"，唐代避李世民讳才写作"緍"。"缗"音"民"（mín）。钓缗，钓鱼线。这里指垂钓。《仇注》："今年齿迟暮，岂堪更参帷幄，只作磻溪钓叟已耳。"磻溪钓叟是姜尚，老年出仕，杜甫在这里似无以姜尚自比之意，而只是想安于隐居不仕的生活。

◎ 古柏行[①]（七古）

孔明庙前有老柏，	孔明庙前有棵老柏树，
柯如青铜根如石。	枝干像青铜，根像岩石。
霜皮溜雨四十围，[②]	它的皮经过霜打雨淋，四十个人才能合抱它的粗茎，
黛色参天二千尺。	两千尺高，深绿树冠伸进碧空里。
云来气接巫峡长，	浮云飘来，它的气势远连到巫峡，

月出寒通雪山白。	月光下面，好像散发出白皑皑的雪山寒气。
君臣已与时际会，[3]	蜀国君臣风云际会的时代已过去，
树木犹为人爱惜。	今天这祠庙里的树木仍受人们爱惜。
忆昨路绕锦亭东，[4]	回想往日我走过锦江亭东，
先主武侯同閟宫。[5]	在那里先主和武侯供奉在一个庙中。
崔嵬枝干郊原古，[6]	在那郊外的原野上，高峻挺拔的枝干多么古老，
窈窕丹青户牖空。	殿堂深邃，涂着丹青的门户里寂寞虚空。
落落盘踞虽得地，[7]	这里这棵雄伟的古柏虽然牢牢盘踞在坚实土地上，
冥冥孤高多烈风。[8]	可是太孤独，太高傲，茫茫高空常卷起暴风。
扶持自是神明力，	你被稳稳扶持，自然是靠神明力量，
正直元因造化功。[9]	长得这样正直，本来就是自然创造力的丰功。
大厦如倾要梁栋，[10]	如果大厦将要倾倒，需要栋梁，
万牛回首丘山重。	一万匹牛来拉你，也要回过头，说你像山丘那么沉重。
不露文章世已惊，[11]	你的细密纹理没有显露时，世人已对你感到惊异，
未辞剪伐谁能送。[12]	你愿意让人砍伐，剪去枝叶，不然有谁能把你运送。
苦心岂免容蝼蚁，[13]	你的心虽然苦，可又怎能避免蝼蚁打洞做巢，
香叶终经宿鸾凤。[14]	你的枝叶芬芳，总有一天会引来栖歇的鸾凤。
志士幽人莫怨嗟，	志向高远、才能被埋没的人们，请不必嗟伤怨叹，
古来材大难为用。[15]	从古来就是这样，巨大的材料总是难于被人使用。

注释：

① 这首诗咏夔州孔明庙（即武侯祠）前的古柏树，以夸大的表现手法形容其高大雄伟，并联想到成都武侯祠的古柏，赞颂自然力之非人所能估量。最后以大材难用比喻杰出人才之遭受困厄，为志士幽人慨叹。诗的形象粗犷雄浑，联想如行云流水，毫无挂碍，是杜甫歌行中的力作。黄鹤订此诗为大历元年在夔州所作。

②“霜皮”“黛色”两句，极言老柏之巨大。“四十围”之“围”，可指两人合抱，也可指大姆指食指尽量张开的长度。从“二千尺”这个极夸张的高度来看，“四十围”也应是“四十人合抱”这个极夸张的周长。

③ 君臣，指刘备与孔明、关羽、张飞。际会，即“风云际会”，参看前一首诗注②。

④《文苑英华》中，此诗之“锦亭东”作“锦城东”，显然错了。锦亭，指杜甫锦江草堂的亭子。

⑤ 閟宫，《诗·鲁颂》有《閟宫》一篇。閟，意思是深闭，指宗庙、祠堂等。

⑥《仇注》：“郊原古，有古致也。户牖空，虚无人也。”按“古”字，当承前面的“崔嵬枝干”一语，指柏树古老，而非指郊原古老。

⑦ 这里的“落落”，当作雄伟出群解，与本卷《雨二首》第二首注①对“落落”的解称不同，可参看。

⑧ 孤高，指古柏之性格与形状，是拟人，也是暗喻。

⑨“神明力”与“造化功”，意思相近，是说古柏长得这样高大，是依靠自然之力，合乎自然之理。

⑩ 大厦，喻国家。

⑪ 文章，指树木的年轮，同时也指人的文采。

⑫ 这句诗是说巨树宁愿被砍伐，为了运送到用材的地方去供人运用，同时也比喻人才为了被用，不怕受委屈和遭伤害。

⑬ 苦心，指古柏的茎干的心，也指志士幽人忧国忧民的苦心。蝼蚁，除实指虫蚁外，也比喻卑鄙小人。

⑭ 香叶，柏树叶有香气故称“香叶”。鸾凤，古代常用来指英俊而有才能的人。《后汉书·刘陶传》：“公卿所举率党其私，所谓放鸱枭而囚鸾凤。”这句诗是说人才总有希望得到合理的使用。

⑮ 材大难为用，是愤慨语。材大，应能得到重用。“难为用”者，由于受到排斥和诽谤，或不能得到理解。这正是杜甫自己和一切志士幽人感到痛苦的原因。

第十六卷

杜

◎ 诸将五首[1]（七律）

汉朝陵墓对南山，[2]　　汉朝的皇陵正对着终南山，
胡虏千秋尚入关。[3]　　千年后胡兵却依然能进入萧关。
昨日玉鱼蒙葬地，　　昔日曾把玉鱼埋藏在墓中，
早时金碗出人间。[4]　　不久前有金碗出土流散民间。
见愁汗马西戎逼，[5]　　西戎兵骑着汗血马进逼令人忧虑，
曾闪朱旗北斗殷。[6]　　他们的朱旗曾在北斗星下红闪闪。
多少材官守泾渭，[7]　　如今有多少武艺高强的将士在泾水和渭水上驻守，
将军且莫破愁颜。　　将军们，你们还不能把愁容消散。

注释：

① 这一组诗议论广德年间到大历初年两三年间唐朝的军事形势，对一些武将作出评价，提出希望并给予慰勉。这样的诗颇有政论的意味，但语言形象，感情深挚，是具有高度艺术性的诗篇，历来受到很高的评价。据第五首“巫峡清秋”句，知此诗大历元年秋作于夔州。

② 南山，即长安南面的终南山。西汉陵墓在长安城西北一带，与终南山相对。旧注多谓此“汉朝陵墓”是指唐朝陵墓，但诗中所说的确是指汉代事，汉代已经以长安一带为其中心地区，而近千年以后的唐朝，这个中心地带还受到吐蕃、回纥的侵扰，所以令人痛心和忧虑。

③ 胡虏，指回纥及吐蕃等族军队。关，指萧关，在今宁夏回族自治区固原县东南。《汉书·匈奴传》：“文帝十四年，匈奴入朝那萧关”，就指这里。《平凉府志》：“萧关襟带西凉，咽喉灵武，北面之险也。”唐代回纥、吐蕃屡次由此入侵。

④ 玉鱼、金碗，均为帝王陵墓中的殉葬物。蒙，意思是“蔽”，即藏于地下之意。出，被挖掘出土。两句以互文的方式表达昔日殉葬之物被发掘出来，暗示皇陵被掘之事曾多次发生。东汉初赤眉军曾发掘西汉诸陵，东汉末董卓曾使吕布发掘东汉诸陵。吐蕃兵于广德元年攻入长安，曾劫宫阙，焚陵寝，未闻掘墓事，但其为侮辱则一。

这两句诗依稀仿佛地写出国破家亡惨状，激励诸将的爱国心。

⑤ 西戎，指吐蕃军。见愁，同“现愁”，眼前值得担忧之事。

⑥“北斗殷”的“殷”字，多作“闲”，蔡兴宗《杜少陵正异》作“殷”。赵次公曰：“闪朱旗于北斗城中，闲暇自若。”《仇注》引张希良曰：“戎马之急如此，而我军旗帜高并北斗者，悠飏闪烁，如此闲暇，则其逗留玩寇可知矣。”钱笺则谓“愁汗马，指吐蕃入寇，闪朱旗，谓焚宫烟焰。”把“朱旗”说成是“烟焰”，过曲。旧注多相互抵牾，似乎把“朱旗”看作敌寇之旗帜为最妥。第十七卷《历历》诗中有“秦城北斗边”句，“北斗”应指北斗星下的长安城。

⑦ 材官，指精习武艺的军官。《史记·周勃世家》：“勃材官引彊”。注：“能引彊弓官，如今挽强司马也。”这句诗如理解为肯定句，则是指设防于泾渭，离京城长安太近；如为疑问句，则是指善战的武官不足。这些都是军事防务上的问题，负责军事的大将不能不为此忧虑。

◎ 其二（七律）

韩公本意筑三城，①	当初张韩公筑三座受降城的心意，
拟绝天骄拔汉旌。②	是想永远阻止突厥兵拔汉朝旗旌。
岂谓尽烦回纥马，③	谁料到后来竟然全靠回纥兵马，
翻然远救朔方兵。④	反而要靠他们远道来援救朔方兵。
胡来不觉潼关隘，⑤	胡兵来时丝毫不觉得潼关是险阻，
龙起犹闻晋水清。⑥	还听说皇帝一举兵，晋水就变澄清。
独使至尊忧社稷，	怎能只让皇帝一个人为国家烦忧，
诸君何以答升平？⑦	你们这些将军该怎样报答皇恩，永保国家太平？

注释：

① 韩公，指张仁愿。神龙三年（707 年，这一年改元景龙）张仁愿于黄河北岸筑三座受降城，拒突厥兵，向北拓地三百余里，从此朔方不再受突厥侵扰。景龙二年（708 年）拜左卫大将军，封韩国公。这行诗不能独立成句，必须与下行连读，意思才完整。

②“天骄拔汉旌”一起作为“绝”的宾语。汉代称匈奴为“天之骄子”，简称为“天骄”。这里是指突厥。

③ 唐朝中期以后，多次借回纥兵平乱，如至德二载收复两京，永泰元年击退吐蕃，都靠回纥兵的帮助。

④ 翻然，意思与“反而”相同。朔方兵，指朔方节度使郭子仪统率的军队。郭子仪在几次战役中，都求助于回纥兵。

⑤ 胡，指安禄山叛军。这句诗是说天宝十五载六月，哥舒翰战败，潼关失守的事。由于将军不善指挥作战，关隘失去作用，诗中以此批评诸将之无能。

⑥《仇注》：“按《册府元龟》，高祖（李渊）师次龙门县，代水清。赵次公云：至德二载七月，岚州合关河清三十里。此‘龙起晋水清’之一证也。诗盖以祖宗之起兵晋阳，比广平（广平王李豫，即后来的代宗）之兴复京师。”这句诗是说皇帝亲自统兵作战每次都能取得胜利。晋水清，是时局平定的象征。将军无能，取得胜利都要皇帝自己动手，诸将还有什么用处呢？

⑦ 诸君，指诸将。

◎ 其三（七律）

洛阳宫殿化为烽，①	洛阳的宫殿曾被烧得一片火红，
休道秦关百二重。②	别再说什么潼关险要，两人固守一百人也难攻。
沧海未全归禹贡，③	沧海边的土地还没有全部收复，

蓟门何处尽尧封。[④]	蓟州一带又哪里都在皇帝掌握中。
朝廷衮职谁争补，[⑤]	朝廷里的三公宰辅有谁向皇上力争进谏，
天下军储不自供。[⑥]	全国军队的给养粮草也不能自供。
稍喜临边王相国，[⑦]	到前线任统帅的王相国使我稍稍感到些欣慰，
肯销金甲事春农。[⑧]	他肯削减军备，已经让兵卒趁春季耕种。

注释：

① 天宝十四载（755 年）十二月，安禄山陷东都洛阳，焚烧宫殿，乾元二年（759 年）九月，史思明再度攻下洛阳，大肆焚掠。

②《仇注》引《汉纪》："秦得百二焉。"注："秦地险固，二万人足当诸侯百万人。"秦关，指潼关。"百二"是"一百人攻，两人即可防守"的节缩语。重，读"崇"（chóng），意思是险固。

③《仇注》引《十洲记》："沧海，在北海中，水皆苍色，神仙谓之沧海。"这里指渤海沿岸一带土地。即今山东北部、河北滨海地方。当时仍被安史余党所控制，表面上臣服唐朝，实际上是割据一方。禹贡，原是《书经》的篇名，这里代指中国的版图、领土。

④ 蓟门，指今河北省北部蓟州区、卢龙县一带，唐代称蓟州范阳郡，曾设置范阳、卢龙节度使，是安禄山发动叛乱的根据地。《仇注》引《史记》："周封尧后于蓟，故曰尧封。"在这里，指属于皇帝的土地。

⑤ 衮职，指三公，汉代为司徒、司空、太尉（大司马），唐朝为中书令、尚书令、同尚书平章事、左右仆射等最高级官员。故译诗中写成"三公宰辅"。补，向皇帝提出谏劝和建议。"谁争补"亦作"虽多预"，意思是当时的武将虽多兼朝廷的高级官吏，也并不能真正为国效忠。

⑥ 军储，主要指军队的粮草储备。《仇注》引焦竑曰："唐府兵之制，寓农于兵，军粮皆所自给。今府兵法坏，而兵饷多取之于馈饷，故云'军储不自供'。"

⑦ 王相国，即王缙。广德二年，拜同平章事，故称"相国"。同年八月，代李光弼都统河南、淮西、山南东道诸节度行营事，兼领东京留守，一年多后，迁河南副元帅。当

时实行屯田，自给军食者还有潞泽节度使李抱真和关内副元帅郭子仪等，诗中不言及而只提王缙。《仇注》引顾注解释说："诗但举王缙而不及李、郭，时缙为河南副元帅，特就河北诸帅而较论之耳。"河北诸帅，指安史余部，尚未尽听命于朝廷，王缙于河南，是对"河北诸帅"的监视，因而诗中称他"临边"。

⑧ 这句诗是说王缙统率的军队已开始从事春耕，也就是说河北一带战争已不会重新爆发，军队能恢复屯田，致力于农耕了。前一句说"稍喜"，旧时注家只注意"事春农"这一点，其实，河北边境平静无事，王缙才会"销金甲"，这一点虽非王缙之功绩，但从他的行动中可让人看出局势的稳定，所以"稍喜"。但仅仅是"稍喜"，毕竟河北诸将的态度还没有进一步明朗。可参看第十八卷《承闻河北诸道节度入朝欢喜口号绝句十二首》第一首注①。

◎ 其四 （七律）

回首扶桑铜柱标，①	回头看南方的海岛和铜柱界标，
冥冥氛祲未全销。②	昏暗的妖氛也还没有全消。
越裳翡翠无消息，③	越裳国没有向朝廷进贡翡翠，
南海明珠久寂寥。④	南海产的明珠也长久没有见到。
殊锡曾为大司马，⑤	受特殊恩宠的将军，有的曾被任命做大司马，
总戎皆插侍中貂。⑥	军队统帅个个兼任侍中，冠上插貂。
炎风朔雪天王地，⑦	多风炎热的南方和积雪的北国都是皇上的土地，
只在忠臣翊圣朝。⑧	得依靠忠心的臣下拥戴和辅佐神圣的大唐王朝。

注释：

① 古代文献中的"扶桑"，意思往往不相一致，多指东海上的仙岛，这里是指南海上的岛屿。汉代马援征交趾，立两桐柱为汉朝的疆界标志。唐玄宗曾令特进何履光出兵定南诏，复立马援铜柱。这一句的意思是说再回头看南方边境的局势。

② 氛祲，我国古代阴阳五行之说把人事与天象联系起来，认为战乱及其他灾难发生时，会出现一种“妖氛”。这句诗是说战争的危险尚未全部消除。

③ 越裳，是南方的古国名。南海，指今广东、广西沿海地方。翡翠、明珠，都是南方出产的珍宝。

④ 这两句诗是说南方的贡赋长久不能输送到朝中，表明南方边境局势也不稳定。

⑤ 唐代的副元帅、节度使、都督、都护等掌有一方兵权的将军与古代的大司马地位相当。殊锡，特殊的赏赐，指皇帝特殊信赖的将军。

⑥ 总戎，指节度使等统帅。侍中，是门下省的长官，正二品，冠上插貂尾，称为“珥貂”，是汉代侍中、常侍等官职的特殊服饰。这两句诗是说将军们都受到极尊贵的待遇。

⑦ 炎风、朔雪，以气候特征分指南方、北方。天王，即天子，皇帝。

⑧ 忠臣，一作“忠良”。翊，意思是辅卫，拥护。圣朝，指李唐王朝。武将受到优厚待遇，而边境仍不安定，正是缺少翊卫朝廷的忠良之故。

◎ 其五（七律）

锦江春色逐人来，	曾记得锦江边的春色紧紧跟着人，
巫峡清秋万壑哀。[①]	而这巫峡边的深秋，千山万壑传来的都是凄悲。
正忆往时严仆射，	今天我正思念严仆射在世的往日，
共迎中使望乡台。[②]	那时曾和人们一起欢迎这位皇帝使者在望乡台。
主恩前后三持节，[③]	皇帝宠爱、信任他，前后三次派遣他镇守蜀地，
军令分明数举杯。[④]	军令分明，曾多次和僚属共举庆功酒杯。
西蜀地形天下险，	西蜀的地势在全国称得上险要，
安危须仗出群材。[⑤]	维护这里的安全定要靠杰出人才。

注释：

① 一、二两句是诗人在巫峡边的夔州回忆锦江畔的成都往事。成都留给作者的记忆是无边春色，而夔州则充满悲凉的秋意。这正反映了作者在两个时期的两种不同情怀。

② 严武逝世后，赠左仆射。中使，指严武，他任成都尹和剑南、东西川节度使等职务都是以皇帝的使者的名义，故称他为“中使”。望乡台，成都的一处名胜古迹。

③ 严武初从京兆府少尹任出为巴州刺史，后改绵州刺史、东川节度使；上元二年（761年）十二月，以御史中丞兼成都尹、剑南节度使；宝应元年（762 年）六月，诏严武回京监修玄宗、肃宗山陵；广德二年（764 年）正月，再以严武为成都尹兼剑南东西川节度使。持节，奉皇帝派遣的官员持有代表王命的节仗，因而以“持节”代表皇帝使者的身份。这句诗是说严武三次镇蜀。

④ 数举杯，不是说严武在蜀时贪饮，而是指屡次庆祝战争胜利举杯。《八哀诗·赠左仆射郑国公严公武》中说“忧国只细倾”，那才是指平日的饮酒，“只细倾”是说饮酒有节制。由于“军令分明”，才取得胜利。严武镇蜀，外御吐蕃，内定叛乱，军功显著。正因为如此，在大历初年蜀境陷于混乱的局面下，杜甫才更加思念严武的业绩。

⑤ 安危，偏义复词，主要指“安”，“安定”。赵彦材云：“安危，安其危也。”出群材，超越一般将军的将材，这里指的是严武那样的人材。

◎ 八哀诗（一）：赠司空王公思礼[①]（五古）

伤时盗贼未息，兴起王公、李公，叹旧怀贤，终于张相国。八公前后存殁，遂不诠次焉。

有感于当前盗贼尚未平息，从王公、李公开始，抒发我叹惜往事、思念贤才的情怀，最后到张相国终止。八位大臣先后去世，但（这一组诗）并没有按照时间先后次序排列。

司空出东夷，[②]	司空王思礼，出生在高丽，
童稚刷劲翮。[③]	少年时代就已经练出一身力气。
追随幽蓟儿，[④]	他跟幽州、蓟州的健儿一起参军，
颖锐物不隔。[⑤]	早就露出锋芒，什么也不能把他阻止。
服事哥舒翰，	他曾在哥舒翰麾下服役，
意无流沙碛。[⑥]	沙漠戈壁简直不放在眼里。
未甚拔行间，	不久从行伍间得到提拔，
犬戎大充斥。[⑦]	那时吐蕃兵正到处侵袭。
短小精悍姿，	他身材不高，可是很壮实，
屹然强寇敌。	能抵挡得住强大敌寇，巍然屹立。
贯穿百万众，	在百万敌军中任意穿插，
出入由咫尺。[⑧]	进出敌阵好像只走过短短距离。
马鞍悬将首，	马鞍上挂着敌将的头颅，
甲外控鸣镝。[⑨]	披着铁甲能张弓把响箭射出。
洗剑青海水，	在青海湖水里他洗净利剑，
刻铭天山石。	在天山的岩石上铭刻下战绩。
九曲非外蕃，[⑩]	河西九曲不再让外邦吐蕃统治，
其王转深壁。[⑪]	逼使吐蕃王退守高壁深垒。
飞兔不近驾，[⑫]	他像骏马——飞兔不愿在近处奔驰，
鸷鸟资远击。	他像猛禽，气力足够向远方进击。
晓达兵家流，	他通晓兵家各流派的学说，
饱闻春秋癖。	熟悉《春秋》，对它喜爱成癖。
胸襟日沉静，	他的胸怀一天天深沉、镇静，
肃肃自有适。[⑬]	严正、端肃，有自己坚定的意志。
潼关初溃败，	当初潼关的溃败开始，
万乘犹辟易。[⑭]	前线虽有几万人马还是向后溃退。

偏裨无所施，[15]	他当时是低级军官实在无计可施，
元帅见手格。[16]	连元帅也活活被敌人掳去。
太子入朔方，[17]	后来太子到了朔方郡，
至尊狩梁益。[18]	皇帝前往梁州、益州巡视。
胡马缠伊洛，[19]	胡马盘踞了伊水和洛水，
中原气甚逆。	中原的形势极其不利。
肃宗登宝位，	肃宗终于登上了皇帝宝位，
塞望势敦迫。[20]	满足了众人的期望，那时万民恳求，群情急切。
公时徒步至，	王将军及时徒步赶到那里，
请罪将厚责。	向皇上请罪，准备受严厉责备。
际会清河公，[21]	正好遇到清河郡的房公，
间道传玉册。[22]	从小道赶来传送禅位玉册。
天王拜跪毕，[23]	皇帝接受册命跪拜礼毕，
谠论果冰释。[24]	听了房公一番宏论，怒气顿时雪融冰释。
翠华卷飞雪，[25]	皇帝的翠羽旗在飞雪中翻卷，
熊虎亘阡陌。[26]	将军的熊虎旗在道路上连绵不绝。
屯兵凤凰山，[27]	官兵驻扎在凤凰山上，
帐殿泾渭辟。[28]	皇帝的行宫在泾渭间建立。
金城贼咽喉，[29]	金城县是敌军的咽喉要地，
诏镇雄所搤。[30]	皇帝诏令王将军镇守武功把它扼制。
禁暴靖无双，[31]	打击暴敌，安定地方，立下举世无双的功绩，
爽气春淅沥。[32]	春雨飘洒，人们感到温暖爽适。
巷有从公歌，[33]	街巷里，人们唱起“从公于迈”的歌，
野多青青麦。	田野里，麦苗现出一片青色。
及夫哭庙后，	到皇帝还都哭祭太庙之后，
复领太原役。[34]	又奉诏去太原担负起镇守重责。

恐惧禄位高，	他怕的是自己的官位俸禄太高，
怅望王土窄。	愁的是皇上的土地太窄。
不得见清时，	他没有能看见天下太平，
呜呼就窀穸。[35]	可叹他就长眠地下，永离人世。
永系五湖舟，[36]	我的漂泊不定的小船长久系留在这里，
悲甚田横客。[37]	我的心里比田横的门客还伤悲。
千秋汾晋间，[38]	千年万世，在那汾水晋山之间，
事与云水白。	王将军的事迹像白云流水一样莹洁。
昔观文苑传，	我曾看过古代史书上的《文苑传》，
岂述廉颇绩。[39]	那上面当然不会记载廉颇的业绩。
嗟嗟邓大夫，	可叹哪，大夫邓景山来接任，
士卒终倒戟。[40]	士卒竟掉转长戟向他攻击。

注释:

①《八哀诗》是杜甫著名的叙事组诗，记述安史之乱前后唐代八位著名武将文官的事迹，并抒发赞颂哀悼之情。八人中的王思礼、李光弼是抗吐蕃、平安史的名将；严武、李琎、李邕、苏源明、郑虔是杜甫的知交，在政绩、德行和文学上盛负时誉；最后的张九龄是开元年间的贤相、诗人，曾预见安禄山之必反。杜甫选择了这几个人物的事迹作为诗的题材，决不是偶然的。这几个人或者是从这一方面或者是从那一方面显示出了杜甫生活年代的历史图景，揭示出时代的矛盾和某些本质；诗人深切地同情他们，为他们悲痛、愤慨和惋惜，才发而为诗。这不是历史，不是人物传记，而的确是诗，因为其中蕴含着诗人的激情。过去的评论家对这一组诗的毁誉不一，毁者毕竟是个别的人。他们认为诗句太累赘、芜杂，应大加删削。这种批评虽太偏激，但也不是完全没有道理。这一组诗过于庞大繁杂，其内容受到五言古诗形式的局限，很难处理得完美，它的缺陷是难免的（这些缺陷在译诗中当然显得更加突出）。不过，它的气度的宏伟博大，对繁芜素材恰当取舍以及某些表现手法的创造性和感情的沉挚深刻等优点是绝不该低估的。它应该被看作古代叙事诗（或史诗）、哀悼诗、颂诗中的瑰宝。诗前有小序，为了编排的方便，把它附在《八哀诗》第一

首的前面。

② 王思礼，高丽人，少随其任朔方军将之父王虔威居住在营州，习武艺。后参加哥舒翰的军队，随哥舒翰转战河西九曲，屡建功勋。潼关战败后，思礼奔灵武，追随肃宗，参加了收复两京的战役，除兵部尚书，封霍国公；后又为太原尹、河东节度使。不久后，加司空。上元二年四月，病逝。赠太尉。诗中仍称他为司空是按照当时群众的习惯称呼。诗中所说的“东夷”，指高丽，即今朝鲜半岛。

③ 刷劲翮，以鸟类之刷羽翮比喻人的锻炼体格与习武。

④ 这句诗是说王思礼少年时代在营州（今辽宁朝阳地区）跟着幽州、蓟州的健儿一起参加了唐朝的军队。

⑤ 战国时赵国的毛遂向平原君自荐说：“譬若锥处囊中，颖脱而出，其末立现。”后以“颖脱”或“颖锐”表示有才能的人终将显示出自己的才能。物不隔，指才能不会被遮隔，被隐盖。

⑥ 流沙，即现代所说的“沙漠”，碛，今称“戈壁”。这句诗是说在沙漠、戈壁上作战，毫无畏惧。

⑦ 犬戎，指吐蕃。大充斥，指河西地区被吐蕃占领，成了吐蕃人的地盘。

⑧ 由，与“犹”通。《荀子・富国》：“由将不足以免也。”注：“由与犹通。”出入，出入敌阵。

⑨《仇注》引鲜于注：“甲外，军阵之外，即游骑掠军，离什伍者。”施鸿保认为“甲，当甲胄之甲，句意犹言‘腰擐大羽箭也’。”译诗部分参照施说。但“控鸣镝”，应解释为张弓射箭，而不应解释为“擐”（意思是“披挂”）羽箭。

⑩ 九曲，指黄河九曲地，参看第十二卷《警急》注⑤、⑦及第十三卷《黄河》第一首注②。

⑪ 其王，指吐蕃的王。深壁，指深固的壁垒，即城堡。

⑫ 飞兔，古代的骏马名。近驾，“驾”的意思是“骑”，不近驾，不愿让人骑了在近处奔驰。

⑬ 肃肃，严正恭敬貌。《诗・小雅・黍苗》：“肃肃谢功。”“自有适”的“适”是“适从”的“适”，指所趋的方向，而不是“适意”的“适”。

⑭ 万乘，古代多指“万乘之君”，即皇帝。但这里的“乘”是用本义，指战车。万乘，指哥舒翰的骑兵。辟易，败退。

⑮ 偏裨，偏将和裨将，地位不高的将领，指王思礼。

⑯ 元帅，指哥舒翰。翰于灵宝大败后退守潼关，被部将火拔归仁骗诱出关，执以降安禄山。见手格，被生擒。

⑰ 太子，指李亨，就是后来的肃宗皇帝。朔方，朔方郡，指灵武一带。

⑱ 狩，巡狩，君主出巡。这句诗是说天宝十五载六月安史叛军攻破潼关直入长安时玄宗逃到成都的事。梁益，见第十五卷《送殿中杨监赴蜀见相公》注③。

⑲ 伊洛，伊水、洛水，指洛阳附近。

⑳《仇注》引王褒《四子讲德论》：“不足以塞厚望，应明旨”。塞望，满足众人的期望。又引《世说》：“昔安石在东山，缙绅敦迫”。敦迫，督促催请，群情急切。

㉑ 际会，遭遇。清河公，指房琯，房琯家族的郡望是“清河”，故称他为清河公。

㉒ 至德元载（即天宝十五载）八月，房琯从成都出发奉玄宗禅位太子的册命到达灵武，肃宗正责王思礼不能坚守，将斩之，遂谏肃宗留用王思礼。

㉓ 天王，指肃宗。跪拜，指接受玄宗的禅位册命。

㉔ 谠论，直言、善言。这里指房琯谏肃宗赦免王思礼的言论。冰释，意思是如冰之融化消失。《老子》“若冰之将释。”用在这诗中指肃宗认为王思礼有罪当斩这种看法和态度的消除。

㉕ 翠华，翠华旗，皇帝的仪仗。这里指至德二载冬肃宗向长安附近进军。

㉖ 熊虎，熊虎旗，军旗。这句诗是说肃宗统帅的军队在路上行进，络绎不绝。

㉗ 凤凰山，即岐山。

㉘ 凤翔县在岐山西南，已是渭水流域。“泾渭”常常连用，这里实际偏指渭水。帐殿，皇帝的行殿，行宫。至德二载二月，肃宗把行宫移凤翔，准备反攻。

㉙ 金城，京兆府之属县，至德二载改为兴平县。当时安禄山军驻此以御守长安，故称之为“贼咽喉”。

㉚《仇注》："诏镇，谓奉诏以镇武功。所搤，扼敌冲也。"

㉛《仇注》引《汉武帝诏》："禁暴止邪，养育群生。"在这诗中，禁暴，指制敌。靖，指绥靖地方。

㉜ 春淅沥，指春雨。爽气，天气温爽，也可指人感到舒适。

㉝《诗·鲁颂·泮水》："无小无大，从公于迈。"这句和下一句是说王思礼深得驻地人民拥护，人民安居乐业，生产恢复。

㉞ 指王思礼继李光弼为太原尹、河东节度使的事。"役"可作"使"字解。《文选·邻里相送方山诗》："只役出皇邑"。太原役，指奉使出守太原。

㉟ 窀穸，音"谆夕"（zhūn xī），墓穴。

㊱ 五湖舟，喻漂泊无定的船，这句诗是杜甫自述。

㊲ 楚汉相争时，田横自立为齐王，汉灭楚后，与其部属五百余人逃亡海岛上，高祖召田横，田横偕两人诣洛阳，于未到达时自杀。海岛上留下的五百人作悲歌后，皆自杀。传说古代的挽歌《薤露》《蒿里》为田横的五百客所作。这里以"田横客"之悲痛来比喻诗人对王思礼的哀悼。

㊳ 汾晋，指太原，太原位于汾水、晋山间，这两句诗写王思礼在太原的治绩永为后人怀念。

㊴《后汉书》有《文苑传》，这里是借用这篇名，来表示文臣与武将是两回事，所需才能迥然不同。因而不能以文才来要求王思礼这样的大将，同样，文才高的人也往往不能指挥军事，任命文人治军会遭到失败。下面两句诗是提出事实来证明。

㊵《仇注》："《唐书》：思礼薨，管崇嗣代为太原尹。数月，召邓景山代崇嗣。景山以文吏见称，至太原检覆军吏隐没者，军众愤怨，遂杀景山。"邓大夫，指邓景山。倒戟，指兵士杀长官。

◎ 八哀诗（二）：故司徒李公光弼（五古）

司徒天宝末，[1]	李司徒，在天宝末年，
北收晋阳甲。[2]	到北方聚集起晋阳一带的兵卒。
胡骑攻吾城，[3]	胡人骑兵来进攻我们的太原城，
愁寂意不惬。[4]	终于发愁失望，遭到挫折。
人安若泰山，	民心像泰山一样稳定，
蓟北断右胁。[5]	蓟北的敌人像被砍去右臂。
朔方气乃苏，[6]	这样，朔方郡才苏了口气，
黎首见帝业。[7]	百姓终于看到那里恢复了帝业。
二宫泣西郊，[8]	皇帝父子在长安西郊流着泪见面，
九庙起颓压。[9]	九代祖先的宗庙在断瓦残垣中重新建立。
未散河阳卒，[10]	那时郭子仪的大军还集中在河阳，
思明伪臣妾。[11]	史思明伪装投降自称臣妾。
复自碣石来，[12]	后来他又从碣石山卷土重来，
火焚乾坤猎。[13]	到处放火焚烧，争夺天下像进行一场围猎。
高视笑禄山，[14]	他高傲自大，嘲笑安禄山的失败，
公又大献捷。[15]	李公又打了一场大胜仗，向皇上献俘报捷。
异王册崇勋，[16]	封他异姓王，奖励他的巨大功勋，
小敌信所怯。[17]	尽管他遇到小敌时也曾显得畏怯。
拥兵镇汴河，[18]	他率领大军镇守汴河，
千里初妥帖。	千里之内开始出现稳定局势。
青蝇纷营营，[19]	诽谤者像青蝇嗡嗡叫不停，
风雨秋一叶。[20]	他像风雨中一片将飘坠的秋叶。
内省未入朝，[21]	他反省没有应诏入朝是终身恨事，

死泪终映睫。	临死时泪光还映照眼睫。
大屋去高栋，	好像殿宇失去了巨大的栋梁，
长城扫遗堞。[22]	好像长城余留的箭垛被一起拆毁。
平生白羽扇，	他富于将才的生命像一柄白羽扇，
零落蛟龙匣。[23]	片片飘散，落向蛟龙盘绕的玉匣。
雅望与英姿，	他的威望和英姿融合在一起，
凄怆槐里接。[24]	凄怆悲凉，和皇帝的陵墓相接。
三军晦光彩，	三军营寨里的光辉暗淡了，
烈士痛稠叠。[25]	感情强烈的人们长久哀痛不绝。
直笔在史臣，	史臣手里的笔自会照实书写，
将来洗筐箧。[26]	加在他身上的成筐诽谤，将来一定会被洗雪。
吾思哭孤冢，	我想到他的孤冢前去痛哭一场，
南纪阻归楫。[27]	可是在这南方的江上，我的船停留着不能北归。
扶颠永萧条，	挽救危亡的志愿永远不能实现了，
未济失利涉。[28]	还没有渡过河就遭到阻滞。
疲苶竟何人，	我瘦弱成这样，成了个什么人，
洒泪巴东峡。[29]	只能在巴东巫峡边挥洒泪水。

注释：

① 李光弼，营州柳城人（今辽宁省锦州市），是与郭子仪齐名的中兴名将。至德二载初守太原，大破史思明军，稳定了西北地区的局势，以功勋加检校司徒，不久又迁司空。乾元二年底至上元元年初，屡次大败史思明叛军，攻克怀州。上元二年，进位太尉，充河南副元帅，镇临淮。宝应元年，封临淮郡王。广德二年七月，死于徐州，赠太保。诗题中仍称他为司徒，因为他任司徒时，功勋最著，群众一直以李司徒称他。

② 晋阳，太原的旧名。甲，甲兵，兵卒。

③ 胡骑，指史思明部叛军。吾城，指太原城。

④ 这是指敌军情况而言。愁寂，指敌兵的心情。意不惬，指攻取太原的目的未能达到。

⑤ 右胁，即右臂。古代的“胁”是通名，《广雅·释亲》：“膀、胠、胉，胁也。”膀，即“臂”。依据当时战争的形势，幽蓟，是安史叛军的左翼，即左臂；而太原则在其右翼，即右臂。断其右臂，则中路的进军受到牵制。

⑥ 朔方，指灵武一带。当时肃宗已即位灵武，太原在唐军手中，则灵武无后顾之忧，所以说“气乃苏”。

⑦ 黎首，即“黎民”。见帝业，指又见唐朝的统治恢复。

⑧ 二宫，指肃宗、玄宗父子。这是指至德二载十二月，玄宗从成都回到长安，肃宗迎于西郊的事。

⑨ 从周朝起，帝王就有立九庙奉祀祖先的制度。这里的“九庙”是指唐王室奉祀历代祖先的宗庙。起颓压，指宗庙经安史叛军毁坏后的重建。

⑩ 收复长安和洛阳的军队主要是郭子仪部，大军驻屯在黄河北岸的河阳（今河南孟州市），表明有继续向河北范阳一带进军的打算。因而有下面一句诗所反映的事。

⑪ 至德二载十二月，在唐军反攻取得巨大胜利的形势下，史思明及其他叛军首领高秀岩等向唐朝投降，次年四月又叛变。伪臣妾，即伪称“臣妾”，暂时伪装投降。

⑫ 史思明于安禄山被安庆绪杀死后，受安庆绪的调遣归守范阳。范阳治蓟州，包括河北北部及辽宁一带，著名的碣石山在这一地区的东缘。故称从范阳来为“自碣石来”。

⑬ 乾坤猎，以天下为猎物，把天下的统治权当作猎物，与“逐鹿中原”意思相近。

⑭ 这一句承前面两句，说的是史思明的态度，主语省略。

⑮ 这是指乾元二年（759 年）十月史思明再度攻陷洛阳后，李光弼大败史军于河阳，以及次年（上元元年）初继续击破史军，收复怀州，擒安太清，献俘太庙的事。

⑯ 异王，即异姓王。李光弼于上元二年五月镇临淮，代宗即位后，于宝应元年五月封其为临淮郡王。

⑰ 上元二年二月，李光弼曾在北邙山（洛阳北）战败，怀州、河阳俱陷。这句诗就是指这次失败而言。

⑱ 汴河，一作“河汴”。唐代的汴水在荥阳受黄河水经商邱东南流，入今安徽省境，经

灵璧、泗州入淮。临淮郡，治泗州。“镇河汴”或“镇汴河”都是指镇临淮。

⑲《诗·小雅·青蝇》：“营营青蝇，止于樊，岂弟君子，无信谗言。”这句诗以“青蝇”喻鱼朝恩、程元振等宦官向代宗进谗言，诬陷李光弼。

⑳ 以秋风秋雨中的落叶，喻李光弼之死，也由于李正死在七月。

㉑ 广德元年秋冬间，吐蕃入寇，尽取河陇后，又进犯奉天、武功，代宗出奔，吐蕃入长安。敌军进攻时曾诏李光弼入援，光弼惧鱼朝恩陷害不敢入朝。后来，李为此忧虑成疾，终于在次年七月病死。李光弼一生为唐朝的中兴建立了丰功伟绩，但在晚年出于对自己的安全的考虑，未奉诏入援，遂引为终身恨事，以至死时为此而流泪。

㉒ 这两句诗比喻李光弼之死对于唐朝是如何重大的损失，也就是国家失去栋梁的意思。

㉓《仇注》引裴启《语林》：“诸葛武侯以白羽扇指挥三军。”又引《杜臆》：“羽扇零落，惜不尽其用也。”蛟龙匣，指金缕玉衣一类的葬具。参见第十四卷《哭严仆射归榇》注⑥。这两句诗是紧紧连在一起的。白羽扇，比喻李光弼指挥军事的谋略，译诗把它看作是李光弼生命的象征。“白羽”“零落”于“蛟龙匣”上，是哀悼李光弼的才能与躯体同朽。

㉔ 雅望，指人的品质崇高受人尊敬。英姿，指人的外表仪容之美，人死则两者俱消逝。但从古代灵魂不灭的观点看来，这样的整体仍存在，但不复在人世间，而是与埋葬在“槐里”的皇帝的灵魂朝夕相处。李光弼葬于富平县西北之檀山旁。距唐高祖李渊在三原县的献陵，以及唐中宗李显在富平县的定陵都比较近。槐里，在兴平县东南，是汉武帝茂陵的所在地。诗中所说的“槐里”，并非确指槐里，而是以它借代皇帝陵墓所在地。

㉕ 这两句诗是表达李光弼的部下及其他持正义者对李光弼的哀悼。烈士，古代指重义轻生之士。译诗据这词在诗句中的具体含义译写。

㉖《仇注》引《史记·甘茂传》：“文侯示之谤书一箧”。筐箧，指大批诽谤的奏文。

㉗《诗·小雅·四月》：“滔滔江汉，南国之纪。”后世遂称南方的江河为“南纪”，更进而以“南纪”代表南方。这句诗是作者自述困难处境。

㉘ 扶颠，扶颠济危，意思是挽救国家的危亡。萧条，指志愿之凋萎，不能实现。济，渡河。利涉，见第一卷《临邑舍弟书至苦雨黄河泛溢》注⑭。这两句是哀悼李光弼之

功业未能达到顶点，仍有遗憾。

㉙“疲苶”之“苶”音“聂（阳平声）”（nié），精神不振貌。这两句诗是诗人自谓。巴东峡，指“三峡”。古歌：“巴东三峡巫峡长。”这里特指巫峡，夔州位于巫峡之口。

◎ 八哀诗（三）：赠左仆射郑国公严公武（五古）

郑公瑚琏器，①	严郑公是国家的瑚琏宝器，
华岳金天晶。②	是司秋之神居住的华山的精英。
昔在童子日，	往年，当他在少年时代，
已闻老成名。③	就听说他以懂得人情世理著名。
嶷然大贤后，④	在德高望重的贤明人才后辈里，
复见秀骨清。	又看见他这样清峻秀逸的人品。
开口取将相，⑤	只要一开口，就能取得将相高位，
小心事友生。⑥	对待友人总是周到细心。
阅书百氏尽，⑦	诸子百家的著作都已读尽，
落笔四座惊。	下笔写诗文能引得满座宾客震惊。
历职匪父任，⑧	历次担任官职都不是靠父亲荐举，
嫉邪尝力争。	痛恨邪恶，曾对他们尽力抗争。
汉仪尚整肃，⑨	那时朝政还像往昔一样严正清明，
胡骑忽纵横。⑩	胡人骑兵突然到处横行。
飞传自河陇，⑪	严公从河陇得到告急的战报，
逢人问公卿。	逢人就探问公卿大臣的行踪。
不知万乘出，	那时他还不知道御驾已出了京都，

雪涕风悲鸣。	抹着眼泪，面对狂风发出悲鸣。
受辞剑阁道，[12]	他在通向剑阁的路上接到诏令，
谒帝萧关城。[13]	拜谒新登位的皇上，赶到萧关城。
寂寞云台仗，[14]	蜀道上太上皇的仪仗寂寞凄清，
飘飖沙塞旌。[15]	塞上沙漠边，飘着肃宗皇帝的旗旌。
江山少使者，	江山辽远，往来的使者稀少，
笳鼓凝皇情。	笳鼓声中，皇帝凝聚着忡忡忧心。
壮士血相视，	壮士们流着血，相互对看相互鼓励，
忠臣气不平。	忠臣抑制不住报国的壮志豪情。
密论贞观体，[16]	仔细研讨怎样恢复贞观朝的体制，
挥发岐阳征。[17]	从凤翔奋起出发，向东进兵。
感激动四极，	四面八方的人受到激励一起出动，
联翩收二京。	接连着收复了西京和东京。
西郊牛酒再，	在长安西郊一再摆出劳军的牛酒，
原庙丹青明。[18]	修复了祖庙，重新红绿分明。
匡汲俄宠辱，[19]	严公像匡衡、汲黯，宠辱时时改变，
卫霍竟哀荣。[20]	也像卫青和霍去病，终于能在死后得到哀荣。
四登会府地，[21]	他曾经四次担任大府的府尹，
三掌华阳兵。[22]	三次镇蜀，统帅剑南两川的大军。
京兆空柳色，[23]	如今空剩下京兆府的柳色青青，
尚书无履声。[24]	尚书省里不能再听见他的脚步声。
群乌自朝夕，[25]	御史台的群乌依旧朝夕聚集，
白马休横行。[26]	张湛那样的谏臣消失了骑白马上朝的形影。
诸葛蜀人爱，	严公像诸葛亮，受蜀地人民爱戴，
文翁儒化成。[27]	严公像文翁，用儒术教化人民使风俗淳清。
公来雪山重，	严公来了，雪山就显得端庄凝重，

公去雪山轻。[28]	严公去了，雪山仿佛顿时变轻。
记室得何逊，[29]	有何逊那样的才子做他的记室，
韬钤延子荆。[30]	有孙楚那样的俊杰做他的参军。
四郊失壁垒，[31]	西川的边境拆除了御敌的堡垒，
虚馆开逢迎。[32]	客馆大门敞开，盛情接待来宾。
堂上指图画，[33]	在大堂上指点着地图议论形势，
军中吹玉笙。[34]	军营里时时吹奏起玉笙。
岂无成都酒，	难道成都没有美酒，
忧国只细倾。	他忧心国事，一直不敢开怀痛饮。
时观锦水钓，	有时到锦水边来看我垂钓，
问俗终相并。	也总是同时问问风俗民情。
意待犬戎灭，[35]	他期待着吐蕃侵略者全被消灭，
人藏红粟盈。	让家家户户粮仓里红粟丰盈。
以兹报主愿，	凭这样报答皇上的愿望，
庶获裨世程。[36]	该能找到有益国家人民的纲领。
炯炯一心在，	他怀着一颗光明磊落的心，
沉沉二竖婴。[37]	却不幸得了沉重的疾病。
颜回竟短折，[38]	竟像颜回那样短命夭折，
贾谊徒忠贞。[39]	空怀着贾谊那样的一片忠贞。
飞旐出江汉，[40]	引灵的旗幡从蜀境的江面上飘出，
孤舟转荆衡。[41]	我的小船独自向荆州衡州航行。
虚横马融笛，[42]	像马融的门客那样横放下长笛不想再吹奏，
怅望龙骧茔。[43]	怀着怅恨，遥望将军的坟茔。
空余老宾客，	如今只剩下了我这个老幕客，
身上愧簪缨。[44]	想到身上的簪缨就感愧不尽。

注释:

① 严武是杜甫的朋友、同僚和上级，他在抗击吐蕃、治理地方等方面都有一定成绩，政治立场与杜甫相同，都属于拥护房琯的一派。杜甫在成都暂时得到安居，于广德二年六月除授了检校工部员外郎之职，都亏了严武的帮助。这诗中叙述了严武的主要业绩，对他作了很高的评价，表达出了沉痛的哀悼。瑚琏，是古代祭器，用于贮谷类祭品，平时视为国宝。这里用来比喻严武是国家的宝物，十分珍贵。

② 严武是华阴人，故称誉他是华山之晶（精英）。古代传说华山之神为少昊金天氏，并说他是司秋之神。唐玄宗先天二年封华岳神为金天王。

③《云溪友议》中述严武八岁时因生母受父亲严挺之冷落而怨恨父之妾玄英并把她槌杀的事。父以为他是误杀，而他承认是故意杀人，因妾不尊重其母。严挺之称赞他“真严挺之之子!”

④ 嶷，今音“疑”（yí），按古汉语应读“逆”（nì）。嶷然，德业崇高貌。大贤，当指严武父严挺之，曾任中书侍郎、丞相，杜甫与他相识。

⑤ 这句诗是夸张地形容严武的口才好，议论易得到皇帝赏识。

⑥《诗·小雅·伐木》:“矧伊人矣，不求友生。”友生，即朋友。

⑦ 百氏，指诸子百家之书。这句诗是说严武的知识广博。

⑧《前汉书·汲黯传》:“以父任为太子洗马”。孟康注:“大臣任举其子弟。”父任，指子弟依靠父兄的政治地位得到官职。

⑨ 汉仪，借代唐朝政情。这句诗指玄宗统治的前期直到天宝十四载安史之乱发生以前的情况。

⑩ 胡骑，指安史叛军。

⑪ 安史乱起时，严武任陇右节度使判官，治鄯州。严武闻玄宗奔蜀之讯后即赶赴蜀道扈从，擢谏议大夫。

⑫ 天宝十五载七月，太子李亨（肃宗）登位，改至德元载，八月，玄宗在蜀得到李亨登位的消息后，派遣韦见素、房琯、崔涣等送禅位册命和传国玉玺等到肃宗行在。严武也在当时派往肃宗行在的大臣之列。受辞，指受肃宗的诏令。

⑬ 谒帝，指谒肃宗。萧关，见本卷《诸将》（第一首）注③。萧关城，指原州，即今之

甘肃镇原县，在萧关内。当时肃宗行在已自灵武迁到原州。

⑭ 云台仗，见第八卷《寄岳州贾司马六丈巴州严八使君两阁老五十韵》注⑫。这里的“云台仗”，描绘玄宗在蜀境的情况。

⑮ 沙塞旌，指肃宗在灵武的行在。

⑯ 这句诗是说当时的朝臣主张效法唐太宗贞观之治。

⑰ 挥，振奋，奋起。发，出发。岐阳，即凤翔，为凤翔旧名。

⑱ 原庙，《汉书》：“叔孙通请立原庙。”注：“原，重也。先有庙，今更立之。”这里指唐王朝原有宗庙的修复。丹青明，谓油漆一新。

⑲ 匡汲，指汉代的匡衡和汲黯。匡衡于汉宣帝时为丞相，以明经著称，常引经议论朝政，成帝时坐事免为庶人。汲黯，历事景帝、武帝，常直谏廷诤，终被黜为东海太守。严武于收复长安后曾拜京兆少尹，受房琯牵连，贬巴州刺史。在仕途上曾受挫折，故以“匡汲”比喻严武。

⑳ 卫霍，指卫青、霍去病，俱为汉代名将，死后备极哀荣。严武于宝应元年被召还长安监修两帝山陵，封郑国公，迁黄门侍郎。永泰元年四月死后，赠尚书左仆射。灵柩归葬长安。他像卫、霍一样保持了荣名。

㉑《仇注》引朱注：“武初为京兆少尹，再为京兆尹，两镇剑南，皆兼成都尹，故曰‘四登会府地’。”会府，即大府，指京兆府（长安）、河南府（洛阳）、太原府、成都府等重要都城。

㉒ 华阳，古地名。《书·禹贡》：“华阳黑水惟梁州”，所指地区很广。晋常璩撰《华阳国志》，述巴蜀事，后遂称巴蜀为“华阳”。华阳兵，即唐朝之剑南、东西川节度使所统属的军队。严武于乾元元年贬巴州刺史后，可能一度任绵州刺史兼东川节度使（此事史书记载不很清楚）；上元二年十二月，擢严武为成都府尹、剑南节度使；广德二年，严武再入蜀为剑南东西川节度使兼成都府尹。三次节度剑南、东西川，故云“三掌华阳兵。”

㉓《仇注》引述《汉书·张敞传》：“敞为京兆尹时，罢朝会，走马章台街。”又云：“唐人诗有《章台柳》。”这句诗里以章台街的柳色曾引起人们对已故京兆尹张敞的怀念，来比喻京兆府人民怀念已逝世的府尹严武。

㉔《仇注》："汉哀帝时，尚书郑崇，常曳革履谏诤。帝曰：'我识郑尚书履'。"严武于广德二年九月大破吐蕃后，曾加检校兵部尚书。故这里以"尚书无履声"来表示对严武的悼念。

㉕《仇注》引述《朱博传》："御史府中列柏树，常有野乌数千栖集其上，晨去暮来，号曰朝夕乌。"诗中未提御史府，但"群乌"这典故与御史府有关。严武曾任御史中丞、御史大夫。这句诗是说物在人亡，也是表示悼念之意。

㉖ 朱注谓"白马"指与侯景类似的叛逆者，但这里一连四句诗都是表示对严武的缅怀，说"叛逆不再横行"与前文没有联系，而且也不合严武死后的蜀境局势的实际状况。因此，仍当依《仇注》所引"后汉张湛为光禄大夫，常乘白马。光武每有异政，辄曰：'白马生且复谏矣。'《上林赋》：'扈从横行'。"把"白马"看作比喻严武为宜。

㉗ 文翁，见第十三卷《将赴荆南寄别李剑州》注③。

㉘《仇注》："雪山轻重，言身系安危。"又谓："公三镇蜀中，故有去来之语。"按"雪山"两句，对严武镇蜀之功备极推崇，但对其确切意义则很难解说。这样的艺术表现手法完全诉之于人的模糊直感，而非诉之于理智，却能真切地传达作者极度推重严武的感情，取得理想的艺术效果。

㉙ 何逊，见第九卷《北邻》注⑥。记室，掌管上奏表章、书记等事务的官员，节度使幕府设有记室参军之职。

㉚ 韬钤，指军事参谋一类职务，古代传说太公兵法有《玄女六韬》及《玉钤篇》。子荆，是孙楚的字，已见第三卷《投赠哥舒开府翰二十韵》注㉖。这句诗和上一句诗是说严武幕府中任用了许多有才能的人。

㉛ 四郊，指成都以西的西山边防线。古时的封建主国家，以城邑为中心，城外五十里至百里之地称"四郊"，实际就是这个封建小王国的边境。《礼·曲礼》："四郊多垒，此卿大夫之辱也。"就是在这个意义上说的。后世统一中国的大封建王朝之边疆，有时也称"四郊"。严武镇蜀后，击退吐蕃之侵扰，故云"四郊失壁垒"。

㉜ 开，一作"间"。"虚馆"的"虚"与"虚席以待"的"虚"同意。这句诗是说严武热情接待宾客，网罗各地来的人才。

㉝ 图画，指地图，参看第十一卷《严公厅宴同咏蜀道画图》的内容。

㉞吹玉笙，指严武军中的宴乐。但严武军中并不酗饮，故有以下两句。

㉟犬戎，指吐蕃。

㊱《汉书·贾谊传》："可以为万世法程。"贾谊主张"至孝""至仁"，"立经陈纪"，这是他向汉文帝陈述的政治纲领。

㊲《左传·成十年》述晋景公病重，梦见两竖子（小儿）相问答，道及在体内所处之位置，医生乃知病已入膏肓，不能挽救。后世遂称病魔为"二竖"。

㊳颜回，即颜渊，死年三十二岁。

㊴贾谊，死年三十三岁。严武死年四十岁。这两句诗是惜严武之早逝。

㊵旐，即"丹旐"，即后世的"铭旌"，见第十四卷《承闻故房相公灵榇自阆州启殡归葬东都有作》第二首注①。出江汉，指从水路运严武灵柩出蜀境。

㊶这句诗是杜甫自谓，他当时有乘船去荆州、衡州的打算。

㊷马融《长笛赋序》："有雒客舍逆旅吹笛，融去京师逾年，暂闻甚悲。"这是说的思乡。但诗中说的是悼念严武，似不合。《仇注》解此句说："汉马融精覈术数，性好音律，尤耽于笛。及卒，客有吊者，诣灵横笛。"说的是马融门客因失去知音，不欲再奏笛，遂横笛于马融灵前，这与杜甫悼严武的感情相似。译诗据《仇注》。

㊸晋王濬拜龙骧将军。这里以"龙骧茔"借代严武之墓。

㊹末两句是说作者曾为严武的幕僚及感激严武荐举他检校工部员外郎的事。簪缨，借代官位。

◎ 八哀诗（四）：赠太子太师汝阳郡王琎（五古）

汝阳让帝子，①	汝阳郡王是让皇帝的儿子，
眉宇真天人。②	眉宇间英气流露真不是凡人。
虬髯似太宗，③	长着满腮虬髯像太宗皇帝，

色映塞外春。④	对人热情，如塞外春光照映。
往者开元中，	往昔在开元年间，
主恩视遇频。	皇帝常接见他，对他情长恩深。
出入独非时，	只有他能够随时进入皇宫，
礼异见群臣。	受到的待遇优厚，不同于群臣。
爱其谨洁极，	皇上爱他极其廉洁谨慎，
倍此骨肉亲。	对他比对骨肉还加倍亲近。
从容听朝后，⑤	皇帝退朝之后有时受人怂恿，
或在风雪晨。	甚至有时是在刮风下雪的早晨。
忽思格猛兽，	忽然想起要去捕猎猛兽，
苑囿腾清尘。⑥	于是放养禽兽的林苑里扬起灰尘。
羽旗动若一，⑦	羽旗整齐一致地移动，
万马肃駪駪。⑧	千万匹骏马迅猛奔腾。
诏王来射雁，	皇帝下诏让汝阳王来射雁，
拜命已挺身。	他拜谢受命之后就挺直了腰身。
箭出飞鞚内，⑨	箭从飞奔的马上射出，
上又回翠麟。⑩	皇上又掉转翠麟马往回奔。
翻然紫塞翮，⑪	那从紫塞飞来的大雁突然坠落，
下拂明月轮。	向地面落下，掠过明月的圆轮。
从人虽获多，	随从的人们虽然获得许多猎物，
天笑不为新。⑫	皇帝可不轻易对人接连露出笑容。
王每中一物，	每当汝阳王射中一只禽兽，
手自与金银。	皇帝都亲手赏给他金银。
袖中谏猎书，	他袖里却藏着劝谏围猎的奏书，
扣马久上陈。⑬	手拉住皇上的马久久向皇上陈情。
竟无衔橛虞，⑭	终于没有遇到意外的伤害，

圣聪矧多仁。[15]	皇上能听得进意见，何况他本来富于慈爱的心。
官免供给费，	地方官府节省了供给的费用，
水有在藻鳞。[16]	水里萍藻之间又繁生起鱼群。
匪惟帝老大，[17]	这不是因为皇帝年龄渐渐老了，
皆是王忠勤。	完全是由于汝阳王的勤恳和忠诚。
晚年务置醴，	他在晚年总是像楚元王那样吩咐在筵席上摆出甜酒，
门引申白宾。[18]	在王府里，把申公、白公那样的儒生当作上宾。
道大容无能，[19]	他气度宽宏，容得下我这无能的人，
永怀侍芳茵。[20]	我永远怀念曾随从他在芳草旁徐行。
好学尚贞烈，	他爱学习，尊崇正直刚烈，
义形必沾巾。[21]	每当被正义激动，总是流泪沾巾。
挥翰绮绣扬，[22]	挥动笔锋，如锦绣飘扬，
篇什若有神。	精彩的诗文迅速作成如有神灵。
川广不可泝，[23]	江这样广，我却不能顺流而下，
墓久狐兔邻。	多年的墓冢恐怕已与狐兔为邻。
宛彼汉中郡，[24]	想起汉中王和他多么相像，
文雅见天伦。	也那么文雅，看得出是亲弟兄。
何以慰我悲，	怎样才能使我们悲伤的心得到安慰，
泛舟俱远津。	我们的船都在远远的江上航行。
温温昔风味，[25]	往昔曾体验到那温厚可亲的风度，
少壮已书绅。[26]	我少壮时期就尊敬，牢记在心。
旧游易磨灭，	旧日的交谊游踪容易磨灭消失，
衰谢增酸辛。	我在衰老之年回想起就更加酸辛。

注释：

① 汝阳郡王李琎是让皇帝李宪之子。李宪是睿宗李旦长子，曾被立为太子，本应由他继

承帝位，后因其弟李隆基讨平韦后之乱，便让帝位给幼弟玄宗，他受封宁王，死后谥“让皇帝”。杜甫与李琎的交游约在天宝五载至九载之间，友谊颇深，可参看第一卷《赠特进汝阳王二十二韵》一诗。李琎于天宝九载逝世，十五六年之后，杜甫还在怀念这位友人，还对他感激不尽。

② 枚乘《七发》：“阳气见于眉宇之间。”后世常以“眉宇”称人之风貌。《唐书·元德秀传》：“房琯每见德秀，叹息曰：见紫芝眉宇，使人名利之心都尽。”天人，称赞人容貌、气度不同凡俗。

③《仇注》引《酉阳杂俎》：“太宗虬髯。”须之卷曲者曰“虬髯”。

④ 这句诗是说李琎对人态度温和、热情。

⑤ 这里的“从容”，与通常作舒缓不迫解的“从容”不同。《史记·吴王濞传》：“晁错数从容言吴过可削。”王念孙曰：“‘从容’即‘怂恿’。”这一句诗中，“从容”作“怂恿”解正合。

⑥ 苑囿，放养禽兽供皇帝观赏游猎的山林。

⑦ 羽旗，旗杆顶饰鸟羽的旌旗，指皇帝出猎时的旗帜。

⑧“骁”音“深”（shēn），骁骁，众多貌。《诗·小雅·皇皇者华》：“骁骁征夫”。肃，假借为“速”，《礼·礼运》“刑肃而俗敝。”《诗·召南·小星》：“肃肃宵征”。《尔雅·释诂》：“肃，疾也，速也。”

⑨ 鞚，马勒，飞鞚，是说正当马奔驰之际。

⑩ 翠麟，骏马名。

⑪ 紫塞，见第十二卷《官池春雁二首》（第二首）注②。翻然，飞动貌，倾覆貌。这里的“翻然”，意思是跌落。

⑫ 天笑，指皇帝的笑。不为新，不露第二次笑容。这句诗是说皇帝态度严肃，虽欣喜亦不常见笑颜。

⑬《左传·襄十八年》：“太子与郭荣扣马。”扣马，指牵马。

⑭《史记·司马相如传》：“清道而后行，中路而后驰，犹时有衔橛之变。”《索隐》：“张揖曰：‘衔，马勒衔也；橛，马口长衔也。’”《盐铁论》：“无衔橛而御捍马。”

《庄子·马蹄》："前有橛饰之患。""橛" 音 "掘"（jué），衔橛之变，指车马奔驰时有翻车摔伤的危险。这里指意外的危险，即引起皇帝发怒，受到惩罚。

⑮ 聪，本义是听觉敏锐，这里指能接受意见。

⑯ 这两句诗是说由于玄宗减少围猎的次数，既减少地方供给皇帝出行的费用，又利于鱼鸟繁殖。

⑰ 这句和下一句诗是把玄宗减少出猎的原因，归功于李琎的劝谏。

⑱ 据《汉书·楚元王传》，楚元王礼遇申公、白生、穆生等儒生，穆生不饮酒，元王每设酒筵，必为穆生备甜酒（"置醴"）。这两句诗说李琎晚年常宴请杜甫，对他十分优厚。

⑲ 道，这里指由于思想境界高而表现出的气度。无能，杜甫自谓。

⑳ 芳茵，指芳草地。茵，原义是垫子、褥子。

㉑ 义形，"义形于色" 的简语。

㉒ 这句诗赞李琎之书法；下一句赞李琎的诗文创作。

㉓ 泝，同 "溯"（遡），一般作逆水行舟解，但也可通用于逆水、顺水。如《诗·秦风·蒹葭》："遡洄从之"，指逆流而上；"遡游从之"，指顺水而下。这诗中指顺江水而下。

㉔ 汉中郡，指李琎之弟汉中郡王李瑀。参看第十一卷《戏题寄上汉中王三首》及第十二卷《戏作寄上汉中王二首》及诗中有关注解。

㉕ 昔风味，指过去杜甫与汝阳王、汉中王兄弟交往时的感受。温温，指对人热情、态度温和。

㉖《论语·卫灵公》："子张书诸绅"。疏："绅，大带也。子张以孔子之言书之绅带，意其佩服无忽忘也。" 书绅，是表示恭敬而牢记在心的意思。

◎ 八哀诗（五）：赠秘书监江夏李公邕[1]（五古）

长啸宇宙间，	我在宇宙间悲愤长啸，
高才日陵替。[2]	杰出人才一天天衰谢消逝。
古人不可见，[3]	已经逝去的古人不能再见到，
前辈复谁继？	这世上还有谁能继承前辈？
忆昔李公存，	回忆当年李公活在人世，
词林有根柢。[4]	他著述文章有深厚的根柢。
声华当健笔，	雄健的笔力当得起斐然声誉，
洒落富清制。[5]	文风洒脱，众多的作品清新秀丽。
风流散金石，[6]	他的美妙文采散布在碑刻上，
追琢山岳锐。[7]	为了刻碑，多少山岳被削得尖锐。
情穷造化理，	他深入探究自然变化的奥妙，
学贯天人际。	他的学识把天理人事连成了一体。
干谒走其门，[8]	请他写碑的人纷纷登门拜求，
碑版照四裔。[9]	他写的碑石在四方边境发出光辉。
各满深望还，[10]	人们深切的希望一个个满足了才回去，
森然起凡例。[11]	森严的风格为文章树立了范例。
萧萧白杨路，[12]	墓道旁白杨树风声萧萧，
洞彻宝珠惠。[13]	他写的墓碑像宝珠照亮幽冥，使死者受惠。
龙宫塔庙涌，[14]	在龙宫般的塔庙前涌现出他写的碑石，
浩劫浮云卫。[15]	经历过多少劫难，浮云飘来把它护卫。
宗儒俎豆事，	还为儒门记载祭祀大典，
故吏去思计。[16]	为人民铭刻怀念离任良吏的情思。
眄睐皆已虚，[17]	看了又看，看过碑的人终于离去，

跋涉曾不泥。[18] 跋山涉水来的又络绎不绝。
向来映当时，[19] 在当时早就已经光芒辉映，
岂独劝后世。 哪里会只是把劝诫留给后世。
丰屋珊瑚钩， 豪华宅第连带挂珠帘的珊瑚钩，
麒麟织成罽。 织出麒麟文的珍贵毛罽。
紫骝随剑几，[20] 还有紫骝骏马和配套的剑、几，
义取无虚岁。[21] 这些应得的报酬没有一年不收取。
分宅脱骖间， 住宅，马匹，他常赠送给别人，
感激怀未济。[22] 别人感激，他还觉得自己没尽力。
众归赒给美， 大家称赞他救苦济贫的美德，
摆落多藏秽。[23] 他却说这能让他摆脱收藏太多的坏名气。
独步四十年， 在文坛上称雄四十年，
风听九皋唳。[24] 名声远扬，像随风远传的九皋鹤唳。
呜呼江夏姿，[25] 可叹啊，这位祖籍江夏的人才，
竟掩宣尼袂。[26] 竟和绝望的孔子一样，用衣袖遮住脸悲泣。
往者武后朝， 在以往武后当朝的那些日子，
引用多宠嬖。 提升了许多她所宠爱的官吏。
否臧太常议，[27] 他驳斥太常博士的荒唐建议，
面折二张势。[28] 当面压住了张昌宗兄弟的气势。
衰俗凛生风， 在那正气衰颓的时代，他的言行像刮起凛凛的狂风，
排荡秋旻霁。[29] 扫荡了阴霾，让天空又像清秋一样晴霁。
忠贞负冤恨， 他忠诚正直却蒙受不白之冤，
宫阙深旒缀。[30] 皇宫那么深邃，又被冠冕上连缀的珠玉遮住。
放逐早联翩， 他一次又一次遭到放逐，
低垂困炎疠。 低垂着头，受够炎热疫疠磨折。
日斜鵩鸟入， 他像贾谊在日斜时看到鵩鸟入户一样悲凄，

魂断苍梧帝。[31]	心摧魂断，想起死在苍梧的舜帝。
荣枯走不暇，	忽而尊荣，忽而被斥，他一直在奔走不停，
星驾无安税。[32]	常常星夜赶路，得不到安息。
几分汉庭竹，[33]	曾经几次得到朝廷分给的符节出任刺史，
夙拥文侯篲。[34]	在任上像魏文侯一样爱惜人才，亲自拥篲迎接。
终悲洛阳狱，[35]	真可悲叹啊，他终于像蔡邕一样陷入冤狱，
事近小臣毙。[36]	像地位卑贱的小臣受杖身毙。
祸阶初负谤，	他的灾祸是从受诽谤开始，
易力何深哜。[37]	这本来就轻而易举，为什么紧咬住费这么大力气。
伊昔临淄亭，	记得那年和他在历下亭相会，
酒酣托末契。[38]	酒酣时和我这个晚辈缔结了友谊。
重叙东都别，[39]	又谈起在东都那次分别，
朝阴改轩砌。[40]	早晨的日影从窗下移向阶砌。
论文到崔苏，[41]	谈诗论文谈到崔融和苏味道，
指尽流水逝。[42]	屈指数去，一个个已如流水长逝。
近伏盈川雄，[43]	近代诗人里他佩服杨炯是位雄杰，
未甘特进丽。[44]	却不很欣赏李峤的绮丽。
是非张相国，[45]	对相国张说议论了一些是非，
相扼一危脆。[46]	竟遭到打击，使自己陷入危险地位。
争名古岂然，	难道自古以来文人就这样争名，
关键欻不闭。[47]	要害就在议论一开不能迅速关闭。
例及吾家诗，[48]	自然也要谈到我祖父的诗，
旷怀扫氛翳。	他赞美诗境宏阔，能扫清人们胸中的云翳。
慷慨嗣真作，[49]	说那篇和李嗣真的诗作情调高昂，
咨嗟玉山桂。[50]	连声赞叹它像玉山桂树一样珍贵。
钟律俨高悬，	他的评论像检验声律的歌钟高悬，

鲲鲸喷迢递。[51]	像喷水的巨鲸在大海中远游不止。
坡陀青州血，[52]	他的鲜血在丘陵起伏的青州流尽，
芜没汶阳瘗。[53]	他的坟墓埋没在汶阳的荒野。
哀赠竟萧条，	死后追赠的官位算不得显贵，
恩波延揭厉。[54]	皇上的恩波或深或浅，总算得到了延续。
子孙存如线，	传代的子孙像一根细线绵延不绝，
旧客舟凝滞。[55]	我这旧门客的船在途中停滞。
君臣尚论兵，[56]	如今君臣们还在忙着打仗，
将帅接燕蓟。[57]	归降的将帅仍靠近燕蓟驻节。
朗吟六公篇，[58]	我高声朗诵李公的《六公》诗篇，
忧来豁蒙蔽。	忧烦时靠它消除心头的蒙蔽。

注释：

① 李邕，广陵江都人，以文章、书法名重一时。他的父亲就是以注《文选》著名的李善。开元年间先后任户部郎中、括州司马、陈州刺史。因得罪宰相张说，被告发有贪赃事，减死贬为钦州遵化县尉。天宝初，先后任汲郡和北海太守。天宝五载，再次被人告发，李林甫便以朝廷名义派人到北海郡把他杖杀，时年七十余。李邕是一个才能很高的人，但负名使气，生活豪侈，终于遭祸。杜甫年轻时与李邕交游，对他十分钦佩，并对他的不幸遭遇十分同情，到老年时期，还在怀念这位死去多年的前辈和朋友。从这首诗中可以看出杜甫对他的深挚情谊。

② 陵替，一作“沦替”。《左传·昭十八年》：“下陵上替，能无乱乎。”后来多用“陵替”来表示颓倾不振和衰败。

③ 这句诗中的“古人”包括李邕在内。李邕是杜甫同一时代的人，称为“古人”，是指已逝世的人而言，不是说“古代的人”。

④ 梁昭明太子（萧统）《答晋安王书》：“殽核文史，渔猎词林。”词林，指文学著作。

⑤《仇注》：“健笔足副名声，言书法，起下‘金石’二句；制作恒多洒落，言文章，起下‘造化’二句”。

⑥ 风流，意思是流风余韵，也指文学艺术中含蕴的情趣。金石，原意是铜器上铸刻的铭文和石碑，这里是专指李邕撰书的碑刻。

⑦ 追琢，即雕刻。《诗·大雅·棫朴》：“追琢其章，金玉其相。”传：“追，雕也，金曰雕，玉曰琢”。徐灏《说文解字注笺》：“凡雕刻器物突起曰追，深入曰琢”。此又一说。山岳锐，是说因刻碑采石，致使山岳被削尖。

⑧ 干谒，指到李邕家来求撰书碑文的人。

⑨《仇注》：“碑乃石碑，版是金版。”按“碑版”一语，通常作碑志一类刻石解。《碑版广例》：“开元廿五年羊愉撰《景贤大师身塔记》，末有‘碑版所详不复多载’语；后魏《昌冯王新庙碑》有‘碑版湮灭’语；后人碑版称名，殆自此始。”四裔，指四境边远之处。这句诗是说李邕撰书的碑文流传极广。

⑩ 这句诗是说来求李邕写碑文的人都能得到满足。

⑪ 这句诗是说碑文体制严谨，创立了作碑文的典则和范例。杜预《左传序》：“发凡以言例。”后世常以“凡例”指对著作的主旨、体例的说明。

⑫ 白杨路，指墓道。

⑬《九家注》赵次公云：“墓间多种白杨，得邕之文，如明珠洞彻，所以为惠”。

⑭《仇注》引《洛阳伽蓝记》：“见浮图于海中，光明照耀，俨然如新。”并说：“此言塔庙如龙宫也。”

⑮《九家注》赵云：“塔庙得邕之文，亘历浩劫，而浮云护卫之也。”

⑯《九家注》本引赵次公曰：“上句言作《修学校记》《文宣王庙记》之属，语俎豆（祭祀）之事；下句言使者、太守、县令替罢而作颂政碑、颂功德碑之属。”

⑰《仇注》：“眄睐皆虚，前之看碑者已往；跋涉不泥，后之摩碑者复至。”眄睐，眷顾貌。张华《永怀赋》：“美淑人之妖艳，因眄睐而倾城。”

⑱“不泥”之“泥”，当读去声（nì），意思是阻滞。

⑲ 这句诗是说在李邕书撰碑文当时，即已普遍受到重视。

⑳ 这三句诗是列举李邕为人写碑文所得到的馈赠。罽，即“织成”，音“计”（jì），毛毯之类，参看第十三卷《太子张舍人遗织成褥段》注①，紫骝，骏马名，剑几，指

佩剑，坐几（马鞍）等随马同赠之物。

㉑ 义取，理应收取，因为这是撰写碑文的报酬。

㉒《九家注》本引赵次公曰：“邕虽以文受财，而气义好与，思古人分宅（指《吴志》载周瑜推道南大宅以舍孙策事）脱骖（指《史记》载晏婴解左骖为越石父赎身事）之事，其所感激，常以未有所济为怀。”《仇注》则说“人多感激，而心如未济，见其急于为（读去声）人。”译诗综合两家之说。

㉓ 李邕因受赠丰多，当时曾被人讥为“多藏”。他常舍财助人，因而可摆脱“多藏”之“秽”（“丑闻”）。

㉔《诗·小雅·鹤鸣》：“鹤鸣于九皋，声闻于天。”传：“皋，泽也。”九皋，言泽之深远。这句诗是赞美李邕文章书法名声远扬。

㉕ 江夏姿，指李邕，因李邕的祖籍为江夏。江夏，即今之武汉市江夏区。

㉖《公羊传》：“西狩获麟，孔子反袂拭面，涕泣沾袍。”这是表示孔子对周朝前途的绝望。这句诗用孔子的典故来比喻李邕的绝望与悲痛。

㉗ 据《旧唐书》，太常博士李处直议谥韦巨源曰“昭”，李邕反对，一再加以驳斥，受到士林的赞扬。“臧否”之“否”，音“疲”（pǐ），臧否，意思是褒贬，这里是指“贬斥”，用其偏义。

㉘ 据《唐书》，李邕拜左拾遗后，中丞宋璟劾张昌宗、张易之兄弟反状，武后不答，李邕在阶下大声说：“璟所陈，社稷大计，陛下当听。”武后终于对宋璟的奏状表示了同意。二张，指张昌宗、张易之兄弟。

㉙ 秋旻，即秋天，秋空。这句诗比喻唐朝的政局得到澄清。

㉚ 旒，冕旒，王冠前后所垂的珠玉串。深旒缀，喻皇帝的耳目受蒙蔽，不能了解真情。

㉛ 开元十三年，李邕受人揭发，说他于陈州刺史任内有贪赃事，定死罪，后免死，贬钦州遵化县尉。鹏鸟，见第六卷《题郑十八著作丈故居》注③。苍梧帝，指虞舜，传说他死于苍梧之野。这两句诗是写李邕被贬谪岭南时的痛苦心境。

㉜ 李邕一生屡次迁调（参看注①），故有上一句诗。这句诗进一步加以描述。星驾，指连夜赶路；税驾，犹言解驾，停车休息。税，古代可解释为“舍”，意思是“放置”。《文选·陆机·招隐诗》注：“脱与税古字通。”但用于“税驾”一类词中仍读

“税”，不读“脱”。

㉝ 汉庭，喻唐代朝廷。分竹，即“剖符”，参看第十三卷《将赴成都草堂途中有作先寄严郑公》（第一首）注②。这里是指李邕曾多次任刺史。

㉞ 春秋时魏文侯曾拥篲迎接子夏。拥篲，也写作“拥彗”，意思是抱着扫帚，这是古代迎客的礼节。这句诗是说李邕尊重和热爱人才。

㉟ 东汉蔡邕曾受诽谤下洛阳狱，这里以蔡邕事比喻李邕之蒙冤受刑。

㊱ 李邕与柳勣有交往，曾赠柳马一匹。后柳勣因被检举“妄称图谶，交构东宫，指斥乘舆”获罪，牵涉到李邕。李林甫乘机对李邕进行迫害，于天宝六载正月，派监察御史罗希奭到北海郡把李邕杖杀。这是一个大冤案，杜甫在诗中为他鸣不平。

㊲《仇注》引周甸注：“邕名位不为卑贱，而其死也竟与小臣无异，且其祸起负谤，非有实事，挤之亦易为力，何必深噬至此乎。”《易·系辞》：“乱之所生也，则言语以为阶。”哜，音“记”（jì），原义是“饮至齿也”。可作噬咬解。这句诗是说李邕受到的诬害特别狠毒。

㊳ 临淄，春秋战国时期齐国的都城，诗中借指齐州。李邕于天宝四载（745 年）从他任刺史的青州（治益都）来到齐州（今济南），与李之芳、杜甫等在历下亭宴饮。陆机《叹逝赋》：“托末契于后生”。参看第一卷《陪李北海宴历下亭》一诗。

㊴ 第一卷《奉赠韦左丞丈二十二韵》中有“李邕求识面”句，那可能是开元二十三年杜甫赴东都参加进士考试时的事。这诗中的“东都别”，则应指天宝三载春杜甫与李邕在东都会面后的那次分别。

㊵ 这句诗指两人会晤畅谈，不觉时光之逝去。

㊶ 崔苏，指崔融与苏味道。《朝野佥载》：“李峤、崔融、苏味道、杜审言为文章四友，世号崔李苏杜。”

㊷ 指尽，屈指数去，把手指数尽，指去世的人已很多。

㊸ 盈川，指杨炯。杨炯曾为盈川县令，逝世于盈川县令任内。关于杨炯，可参看第十一卷《戏为六绝句》（第二首）注①。

㊹ 特进，指李峤。他于神龙三年封赵国公，加特进。李峤富才思，有文名，与崔融、苏味道齐名。

㊺张说于唐玄宗时封燕国公，曾任中书令，尚书左丞相，故称“张相国”。张说是张垍、张均之父。能诗文，朝廷重要文章多出其手，与许国公苏颋齐名，时称“燕许大手笔”。

㊻相扼，“相”字在古汉语中并不一定是表示“相互”，有时是指单方面的行为。这里指张说对李邕的排斥。危脆，指危险、脆弱，易受伤害。

㊼《老子》：“善闭，无关键而不可开。”诗中的“关键”，是依《文苑英华》，他本作“关楗”。意思是说李邕的致祸之由在于任性，说话一开头便收刹不住，以致使事态尖锐化。

㊽吾家诗，杜甫对祖父杜审言所作诗篇的称呼。

㊾《千家注》本有“自注”：“甫有和李太守诗”，诸家皆认为此“自注”是伪托，不足信。嗣真作，当指杜审言《和李大夫嗣真奉使存抚河东》一诗。

㊿《晋书》：“郄诜对武帝曰：臣举贤良对策为天下第一，犹桂林一枝，昆山片玉。”这一句诗和上一句是对上述杜审言《和李嗣真奉使河东》一诗的赞美。

51这两句诗，旧注家也认为是赞美前面所说的杜审言的那篇诗，但作为自“论文到崔苏”起的一节诗的结束句，不应对杜审言的诗作进一步评论，而应归结到对李邕论诗的赞誉上。钟律，是判断音准的工具，这里借用为文学批评的准则，从而赞美了李邕的文学鉴赏力。“鲲鲸”句，赞美李邕评论诗文的语言畅达有力。

52坡陀，与“陂陀”同，音“坡驼”（pō tuó），地势高低不平。李邕任太守的北海郡治青州（今山东益都）。这句诗是说李邕被杖杀于青州。

53李邕葬于北海郡汶阳县（今山东省宁阳县北）。

54李邕死后十多年直到代宗时，才依例赠秘书监，官衔并不高，故诗中说“竟萧条”。《诗・邶风・匏有苦叶》：“深则厉，浅则揭。”这是指渡水之状。《仇注》：“揭厉，谓揭而扬厉。”又说“其哀赠恩典，尚待将来之揭厉。”这样来解释“揭厉”缺少根据。据《诗・邶风》中的用例，“揭厉”可借代“深浅”。在这诗中的意思是：不论深浅，终于沾到了皇上的恩波，受到了追赠。这是对死者的慰藉，并无寄希望于将来的意思。

55旧客，杜甫自谓。因为杜甫曾游于李邕之门，故自称“旧客”。舟凝滞，指在夔州的停留。

㊻ 论兵，在这里指从事研究与部署军事行动。当时吐蕃屡次入侵，已投降的安史余部随时可能死灰复燃，再度发生内乱。蜀境的兵乱也未完全平定。

㊼《仇注》："将帅，指河北降将。"河北一带，仍由称降之安史余党镇守，形势仍动荡不安。

㊽ 李邕作有《六公》诗，赞颂张柬之、桓彦范、敬晖、崔玄玮、袁恕己与狄仁杰六位大臣。

◎ 八哀诗（六）：故秘书少监武功苏公源明[①]（五古）

武功少也孤，[②]	苏公少年时就失去父母，
徒步客徐兖。[③]	徒步东行，寓居在徐州兖州之间。
读书东岳中，	在东岳山中读书学习，
十载考坟典。[④]	花十年光阴钻研三坟五典。
时下莱芜郭，[⑤]	有时下山来到莱芜城里，
忍饥浮云巘。	在浮云遮掩的山峰上常忍受饥寒。
负米晚为身，[⑥]	傍晚背米回家，只为自己一个人，
每食脸必泫。[⑦]	每当进餐时总流泪把双亲思念。
夜字照爇薪，[⑧]	夜晚靠燃烧薪柴照亮书上的文字，
垢衣生碧藓。	沾污的衣服上生出了绿色苔藓。
庶以勤苦志，	就以这样勤苦学习的决心，
报兹劬劳愿。[⑨]	来报答父母养育的辛劳和期盼。
学蔚醇儒姿，	他学识丰富，是一个正统的儒生，
文包旧史善。	文章里含有古代史家的优点。

洒落辞幽人，[10]	终于告别了自由自在的隐居生活，
归来潜京辇。[11]	回到京城里，在车马尘嚣中隐潜。
射君东堂策，[12]	在集贤院里回答圣上出的试题，
宗匠集精选。	许多著名学者聚在那里认真考选。
制可题未干，[13]	御批认可的墨迹还没有全干，
乙科已大阐。[14]	他的名字就在乙等榜上高悬。
文章日自负，	文章日益进步使他感到自豪，
掾吏亦累践。[15]	从低级的掾吏逐渐向上升迁。
晨趋阊阖内，[16]	每天清晨走进宫门里上朝，
足踏宿昔趼。[17]	脚底踏着往日步行磨厚的老茧。
一麾出守还，[18]	奉诏持旌麾出使后又回到朝中，
黄屋朔风卷。[19]	北方来的狂风把皇上的乘舆吹翻。
不暇陪八骏，[20]	苏公没赶上陪侍皇帝出巡的大驾，
虏廷悲所遣。[21]	陷在贼境受到驱遣感到悲痛难言。
平生满樽酒，	平常喜爱举起美酒满樽，
断此朋知展。	和朋友失去联系，友情不能伸展。
忧愤病二秋，	忧愁怨愤，生了两年病，
有恨石可转？[22]	怀着憎恨敌人的心，哪会改变？
肃宗复社稷，	肃宗恢复了唐朝的统治，
得无逆顺辨？	怎能不把忠贞和叛逆分辨？
范晔顾其儿，[23]	有些大臣像范晔那样在刑场上父子相见，
李斯忆黄犬。[24]	有些大臣像李斯，临刑想起带着黄犬打猎的安闲。
秘书茂松色，[25]	苏秘监却像松树一样茂盛苍翠，
再扈祠坛墠。[26]	又随从皇帝到郊坛上参加祭典。
前后百卷文，	前后写的文章有一百卷，
枕藉皆禁脔。[27]	堆叠在一起的文章篇篇都很精美。

篆刻扬雄流，[28]	扬雄之流的词赋不过是雕虫小技，
溟涨本末浅。[29]	看起来像大海涨潮，但根柢微浅。
青荧芙蓉剑，	他的文辞像青光闪闪的芙蓉宝剑，
犀兕岂独剸？[30]	岂但能把犀牛铠甲刺穿？
反为后辈亵，[31]	他这样的人反而受后辈侮蔑，
予实苦怀缅。	而我一直对他深深地怀念。
煌煌斋房芝，[32]	说什么斋房生出光明灿烂的灵芝，
事绝万手搴。[33]	千万双手伸出想捞点好处，他却站起阻拦。
垂之俟来者，	他说的话该留传后世让后人检验，
正始征劝勉。[34]	定能证明他的话是正始之音，能够给人劝勉。
不要悬黄金，[35]	他并不希望悬挂黄金印，
胡为投乳𪓈？[36]	又为什么触犯那些凶残的乳𪓈？
结交三十载，[37]	我和他结交三十年，
吾与谁游衍。[38]	如今我还能和谁一起交游往还。
荥阳复冥寞，[39]	荥阳郑公又已到黑暗的地下，
罪罟已横罥。[40]	法网已把他紧紧缠卷。
呜呼子逝日，	在您逝世的那天我发出了长叹，
始泰则终蹇。[41]	您早年虽然顺利，最后的遭遇却困苦悲惨。
长安米万钱，[42]	长安的一斛米竟卖一万个钱，
凋丧尽余喘。	您逐渐凋萎直到最后停止残喘。
战伐何当解，	战争什么时候才能完全停止，
归帆阻清沔。[43]	归舟受阻，我不能到清沔水边。
尚缠漳水疾，[44]	何况还有痼疾缠身，
永负蒿里饯。[45]	不能为您送殡，我永远感到抱歉。

注释：

① 苏源明，原名预，京兆府武功县人。曾任东平太守，国子监司业。安禄山陷京师时，未及逃走，称病不受伪职。两京收复后，擢为考功郎中，知制诰，迁秘书少监。广德二年长安缺粮，终因贫病饥饿而死。杜甫与苏源明为知交，这篇哀悼诗中赞美了苏源明早年读书的勤苦，在文学上的巨大的成就和高洁的品德，对他的不幸遭遇表示无限同情，为他发出了不平之鸣。

② 武功，以籍贯借代苏源明。古代称少年丧父曰“孤”，但这里已不受此本义限制，兼指父母双亡。

③ 徐兖，指徐州、兖州。苏源明流寓莱芜县，莱芜县属兖州。下面一句中的“东岳”，指泰山，莱芜县在泰山东面。

④ 坟典，指古代的书籍文献。据孔安国《书序》，伏羲、神农、黄帝之书谓之“三坟”，少昊、颛顼、高辛、唐、虞之书谓之“五典”。诗中以“坟典”借代古代传下的《诗》《书》等经籍。

⑤ 下莱芜郭，指从山上下来到莱芜城里。

⑥“负米为身”，意思是只为自身，言外之意是不是为了孝敬双亲。因而有下面一句。

⑦ 脸，即现代汉语中的“睑”字，音“检”（jiǎn），眼睑。泫，音“炫”（xuàn），流泪貌。

⑧ 爇，音“若”（ruò），点燃，焚烧。

⑨《诗·小雅·蓼莪》：“哀哀父母，生我劬劳。”后遂以“劬劳”指父母养育子女之劳。愿，指父母对子女之期望。

⑩ 洒落，指幽人（隐士）的生活，译诗中写成“自由自在”。

⑪ 京辇，意思与“辇毂下”相同，指京都。《汉书·司马迁传》：“仆赖先人绪业，得待罪辇毂下。”译诗稍作较具体的描写。

⑫ 按照唐代制度，进士及第后还要在集贤殿射策，由进士自抽密封的试题，当场回答。东堂，指集贤殿。

⑬ 制可，指皇帝的批准手续，通常写作“制曰：可”。题，题写。

⑭《仇注》引《唐书》：“诸进士试时务策五条，帖一大经。经策全得，为甲策；策得

四，帖过四以上为乙第。”乙科，即“乙第”。大阐，公布。

⑮ 掾吏，指掾曹一类低级官吏。累践，指“累官升迁”。

⑯ 阊阖，原义是天门，后常用来代指宫门。

⑰ 趼，音“检”（jiǎn），手掌或脚掌上因长久擦摩而生的硬皮，通常写作“茧”。

⑱ 一麾出守，指秉旌麾出任太守。颜延之《五君咏》：“屡荐不入官，一麾乃出守。”《梦溪笔谈》：“颜延之谓‘一麾出守’者，乃‘指麾’之‘麾’，非‘旌麾’之‘麾’。自杜牧之有‘儗把一麾江海去’，始谬用‘一麾’，自此遂为郡守故事。”杜甫在杜牧前，他所用的“一麾出守”，可能仍是“指麾”之“麾”，即“挥”。译诗从俗。

⑲ 黄屋，见第四卷《晦日寻崔戢李封》注⑨。朔风，比喻安禄山叛军。

⑳ 八骏，用周穆王御八骏巡行事。这里，以“八骏”代表唐玄宗避安史乱军出奔蜀境。

㉑《仇注》：“上皇幸蜀矣，源明失去陪从，致为贼驱遣而悲愤也。”

㉒ 这句诗是反问句，是说“心匪石”，故不可转。见第十五卷《催宗文树鸡栅》注⑳。

㉓《宋书》载：“范晔临刑，其子霭取地土及果皮掷晔，晔问曰：‘汝嗔我耶？’霭曰：‘今日何缘嗔，但父子同死，不能不悲。’”范晔为《后汉书》之著者，曾任尚书吏部郎、宣城太守、太子左卫将军，以谋逆罪被杀。

㉔《史记·李斯传》：“二世二年七月具斯五刑，论腰斩咸阳市。”顾谓其中子曰：“吾欲与若复牵黄犬俱出上蔡东门逐狡兔，岂可得乎？”这句和上一句诗都是以古代人物来借代唐代因投降安禄山伪政权而被处死刑者，说他们后悔已来不及。

㉕ 与投敌受刑罚者相对照，苏源明如松之苍翠茂盛，继续在朝中担任官职。秘书，秘书少监，指苏源明。

㉖“坛墠”之“墠”，音“善”（shàn），古代举行祭祀典礼的地方。堆土筑成的叫坛，平地上的叫“墠”。“坛墠”连用即祭坛。

㉗ 禁脔，指专供统治者享用之物。据《晋书·谢混传》，晋元帝时公私窘困，每得一豚，以为珍膳，项下一脔尤美，辄以荐帝，呼为禁脔。后来也以“禁脔”代表其他珍贵的物品。这里是指苏源明的著作。枕藉，原指人交横相枕而卧，这里指苏源明

著作之繁多。

㉘ 扬雄《法言》："或问'吾子好赋'？曰：'然。童子雕虫篆刻，壮夫不为。'"后代遂称作词赋为"雕虫小技"。这句是用反衬法赞美苏源明的著作意义重大，非词赋这类美文学可比。

㉙ 溟涨，指大海涨潮。沙滩上潮水来时似乎波澜壮阔，但实际水很浅。这句诗的作用与上一句相同。

㉚《仇注》引《越绝书·宝剑篇》："扬其华如芙蓉始出。"这是以"芙蓉"形容宝剑，后世亦有以"芙蓉"为宝剑名者。这里的芙蓉剑是借喻苏源明的著作。犀兕，指犀牛皮制的铠甲，剸，古音"斩"（zhǎn），割，截断。《文选·圣主得贤臣颂》："陆剸犀革。"这里是以剑的锋利比喻苏源明著作的力量。

㉛ 苏源明年老位卑，不免要受后辈轻视亵渎。

㉜ 汉武帝信道术，兴祠祀，元封中，斋房生芝，为此作歌。诗中以此比喻唐肃宗的崇信道术与淫祀。《旧唐书·肃宗纪》也载有上元二年七月延英殿梁上生玉芝的事。苏源明曾上书切谏。

㉝《仇注》："当时斋房渎祀，苏能苦口力诤，于万手欲搴者，竟阻绝而不行，足为将来劝勉矣。"这解释大体是对的，但对"万手搴"一语解释得含糊。万手搴，不是单独指欲拔取"斋房芝"，而是想从淫祀等迷信活动中得到好处。事绝，指苏源明上书切谏，制止迷信活动。

㉞《诗序》："周南、召南，正始之道，王化之基。"《晋书·卫玠传》："不意永嘉之末，复闻正始之音。"后世常以"正始之音"比喻符合于儒家正道的著述。又三国魏曹芳曾以正始为年号，相当于公元240—248年，这是曹魏后期，文学史上称为"正始时期"，这一时期的著名作者嵇康、阮籍等的诗歌，也称为"正始之音"，这诗中的"正始"恐仍指《诗序》中所说的"正始"。

㉟ 要，读阴平声，音"腰"（yāo），意思是"求"。悬黄金，悬黄金印，指做大官。

㊱ 甝，音"犬"（quǎn）。古书上所说的一种凶恶有力的兽，也可写作"甽"字。这句诗是说苏源明曾因切谏得罪某些权奸，因而受到排挤扼制，但史籍上没有明文记载。乳甝，指权奸。

㊲ 杜甫认识苏源明约在开元二十四年（736 年）前后游齐鲁时（苏源明当时读书东岳山中）。苏于广德二年（764 年）逝世，前后约三十年。

㊳ 游衍，交游，游乐。这句诗说苏源明既死，无人可与交游。

㊴ 荥阳，指郑虔，因“郑”姓之郡望为荥阳。冥寞，指人死后入于幽冥地下。

㊵ 罪罟，法网。这句诗是指郑虔因受伪职被贬谪的事。

㊶ 泰、蹇，都是《易》卦名。泰，意思是通达、顺利。蹇，意思是有阻碍，道路难行。

㊷《仇注》引《旧唐书》：“广德二年，自秋及冬，斗米千文，则一斛万钱矣。”苏源明以贫病绝粮而死，故在这里提到米价。

㊸ 清沔，汉水的上游称沔水。这里所指的就是汉水。杜甫乘舟东下，有到荆州或襄阳的意图。阻清沔，指停在夔州，不能东下荆襄。

㊹ 刘桢《赠五官中郎将》诗“余婴沉痼疾，窜身清漳滨。”漳水疾，指长久不愈的病症。杜甫患消渴（糖尿病）及肺部疾病，他的许多诗中都提到。

㊺ 蒿里，丧歌。蒿里饯，指出殡时的路祭。这里是指送殡而言。未能为苏源明送殡，永远觉得负疚。

◎ 八哀诗（七）：故著作郎贬台州司户荥阳郑公虔[①]（五古）

鶢居至鲁门，[②]	传说曾有只爰居鸟飞到鲁国城郊，
不识钟鼓飨。[③]	它不懂得击鼓鸣钟是对它祭飨。
孔翠望赤霄，[④]	孔雀和翡翠鸟仰望火红色的云霄，
愁思雕笼养。	愁苦的是被人们放进雕笼喂养。
荥阳冠众儒，[⑤]	荥阳郑公在儒生里要算最杰出，
早闻名公赏。[⑥]	早听说他曾受到著名的前辈赞赏。
地崇士大夫，[⑦]	在士大夫里，著作郎地位尊贵，

况乃气精爽。[8]	何况他的精神气度又特别清朗。
天然生知资，	他的资质生来就聪明智慧，
学立游夏上。[9]	他的治学以子游子夏做榜样。
神农或阙漏，[10]	神农的《本草》里或许还有些缺漏，
黄石愧师长。[11]	黄石公做他的师长怕也愧不敢当。
药纂西极名，[12]	他把辽远西方的药物编进书里，
兵流指诸掌。[13]	各派兵家的著作他都了如指掌。
贯穿无遗恨，	贯串了各种学识，没有遗漏缺陷，
荟蕞何技痒。[14]	撰述杂著，让他停止就会觉得技痒。
圭臬星经奥，[15]	洞悉用圭臬观察星象的奥妙，
虫篆丹青广。[16]	对古代虫篆和绘画涉猎宽广。
子云窥未遍，[17]	比起他，扬雄的考察还不够周到，
方朔谐太枉。[18]	东方朔的谐谑绕的弯路太长。
神翰顾不一，[19]	他通晓奇字，顾野王不能称独步，
体变钟兼两。[20]	他的书法体势有了创新，兼有钟繇父子的特长。
文传天下口，	他的诗文在世人口头传诵，
大字犹在榜。[21]	他写的大字还留在各处的匾额上。
昔献书画图，[22]	从前他曾经向皇帝进献过书画，
新诗亦俱往。	同时还献上新作的诗章。
沧洲动玉陛，[23]	幽深的山水在玉陛前出现，
寡鹤误一响。[24]	一只野鹤飞来，误对它发出叫响。
三绝自御题，[25]	皇上亲自题写了“郑虔三绝”，
四方尤所仰。	四面八方的人们就更加对他敬仰。
嗜酒益疏放，	他喜爱饮酒，这增加了他的疏放，
弹琴视天壤。[26]	常常弹着琴，远望地面和天上。
形骸实土木，[27]	他的形体像土木般静止，

亲近惟几杖。[28]	和他亲近的只有坐几和手杖。
未曾寄官曹，[29]	他没有官署可存身，
突兀倚书幌。[30]	只是端坐着、倚靠着书架前的幔幌。
晚就芸香阁，[31]	很晚才到芸香阁担任著作郎，
胡尘昏坱莽。[32]	这时胡尘卷来，大地暗淡无光。
反覆归圣朝，[33]	乱事平定后回到朝廷里，
点染无涤荡。[34]	身上沾的污点没法清洗涤荡。
老蒙台州掾，[35]	年老时被贬到台州做掾吏，
遐泛浙江桨。	在遥远的浙江上泛舟划桨。
履穿四明雪，	鞋子在四明山的积雪上磨破，
饥拾楢溪橡。	在楢溪边拾些橡栗充饥肠。
空闻紫芝歌，[36]	只听见深山里的《紫芝》歌声，
不见杏坛丈。	却看不见杏坛上端坐的老丈。
天长眺东南，	在辽阔的天空下我向东南眺望，
秋色余魍魉。[37]	秋色里还残余着害人的魍魉。
别离惨至今，	别离后直到今天我还感到惨伤，
斑白徒怀曩。	我头发斑白，苦忆过去的时光。
春深秦山秀，	暮春时节的终南山景色秀丽，
叶坠清渭朗。	树叶飘坠的秋天，渭水清澈明朗。
剧谈王侯门，	我们曾一起在王侯府里畅谈，
野税林下鞅。[38]	有时到野外，在林木间系住马缰。
操纸终夕酣，	整夜手里拿着稿纸，喝得酣醉，
时物集遐想。	对着当令的景物，凝聚起遐想。
词场竟疏阔，[39]	竟然不能再和他在诗坛上会见，
平昔滥推奖。	他在世时总是对我过于夸奖。
百年见存殁，[40]	人生百年，生死已把我们隔绝，

牢落吾安放。[41]	我的心空虚寂寞，哪里也难存放。
萧条阮咸在，[42]	他还有个弟弟凄凉地活在世上，
出处同世网。[43]	和我一样进退两难，逃不出尘网。
他日访江楼，	我将要到他住的江楼去拜访，
含凄述飘荡。	带着悲伤，相互诉说多年的飘荡。

注释：

① 关于郑虔，杜甫以前所写的诗中曾多次提到他。可以参看第三卷《醉时歌》，第五卷《郑驸马池台喜遇郑广文同饮》《送郑十八虔贬台州司户》，第六卷《题郑十八著作丈故居》，第七卷《有怀台州郑十八司户》，第十四卷《哭台州郑司户苏少监》及各篇中有关注释。

② 鶢居，即“爰居”。据《国语·鲁语》记载：“海鸟曰爰居，止于鲁国东门之外，三日”。

③《庄子·至乐》：“昔者海鸟止于鲁郊，鲁侯御而觞之于庙，奏九韶以为乐，具太牢以为膳，鸟乃眩视忧悲，不敢食一脔，不敢饮一杯，三日而死。”诗的一、二句用这个故事来比喻郑虔的放逸性格不适于官场，终遭摧伤而死，借以表达对郑虔的惋惜。

④ 孔翠，即孔雀和翡翠鸟。喻义与上两句诗相似。

⑤ 郑氏家族的郡望是荥阳。郑虔也是荥阳人。

⑥ 名公，指苏颋。有原注：“往者，公在疾，苏公颋位尊望重，素未相识，早爱才名，躬自抚问，临以忘年之契，远迩嘉之。”

⑦《仇注》：“地崇，指著作郎。”唐代著作郎属秘书省。这句诗是说著作郎的地位清高。

⑧ 气精爽，一作“气清爽”，一作“精气爽”，关于“精爽”，可参看第四卷《魏将军歌》注⑪。在这诗中主要是指郑虔的神态气度而言。

⑨ 游夏，指子游、子夏，都是孔子的学生，以善于文学著名。《论语·先进》：“文学，子游子夏。”疏：“若文章博学，则有子游、子夏二人。”

⑩ 古代有药物书籍名《神农本草》。据原注，郑虔著有《胡本草》。这书介绍西方传来的草药，作为《神农本草》的补充。

⑪ 黄石公，传说中的古代兵家，于秦汉之际授张良兵法。

⑫ 见注⑩。

⑬《仇注》引述《唐书》：“虔学长于地理，山川险易，方隅物产，兵戈众寡，无不详审。尝为《天宝军防录》。”

⑭ 郑虔著有《荟蕞》一书，他自称“著书虽多，皆碎小之事。”这句诗是说郑虔喜收集各种知识，著书立说，已成习惯。《仇注》引徐爰注：“有技艺欲逞，曰技痒。”

⑮ 圭臬，是观测日影的天文仪器。星经，泛指古代天文学著作。这句诗是说郑虔精通天文学。

⑯ 虫篆，是我国的一种古字体。丹青，指绘画。这句诗是说郑虔长于书画艺术。

⑰ 子云，扬雄。《仇注》引《扬雄传》：“雄少好学博览，无所不见。”这句诗赞郑虔博学，甚至超过扬雄。

⑱ 东方朔，汉武帝的侍臣，时以诙谐滑稽之谈，喻劝谏之意。太枉，说话绕弯子，绕得太远，因而有时会妨碍主要思想的表达。

⑲ 顾，指南朝梁陈时期的顾野王，通虫篆奇字，著有字书《玉篇》，善丹青，曾绘古贤像，王褒书赞，时称二绝。诗中称“神翰”，可能顾也善书。不一，谓郑虔可与顾野王并驾齐驱。

⑳ 钟，指魏钟繇及其子钟会。钟繇为大书法家，其子钟会也能书，有父风。体变，谓郑虔的书法有所创新。兼两，谓兼有钟氏父子之能。

㉑ 榜，即匾额。

㉒ 天宝九载郑虔授广文馆博士后曾向玄宗献诗书画，玄宗为之题“郑虔三绝”四字。

㉓ 玉陛，指御座。沧州，多指山水幽深处隐士所居之地。

㉔ 这两句诗是说郑虔所绘山水画如真的山水一样，引得野鹤飞过时叫了一声。

㉕ 见注㉒

㉖ 天壤，即天地。这句诗是说郑虔具有宽广的情怀，不蔽于世俗之见。《晋书·张华传》：“普天壤而遐观，吾又安知大小之所如。”《南齐书·高逸传序》：“示形神于天壤。”都与这里的意思相似。

㉗《仇注》引《嵇康传》："土木形骸，不自藻饰。"我国崇尚老庄之说的高人幽士常把自己的物质存在（即形骸）与自己的精神世界对立起来，精神遨游于广阔的领域，而形骸则如土一般静止不动。

㉘ 几杖，指座椅及手杖，老人随身常用之具。

㉙ 玄宗置广文馆，以郑虔为博士，但没有为广文馆建屋舍，附设于国子监中，因此说"未曾寄官曹。"

㉚《仇注》：突兀，端坐之貌。书幌，遮书架的帷幔。

㉛ 芸香阁，指秘书省。芸香可辟书蠹，故藏书的秘书省内多放置芸香，因此称之为芸省、芸台、芸阁。郑虔任著作郎，属秘书省。

㉜ 坱莽，尘埃蔽天，广阔无际貌。这句诗是说安禄山叛军的作乱，侵占了广大地区。

㉝ 反覆，回复原来的状态，指安史之乱的平定。

㉞ 点染，指郑虔曾被迫受安禄山政权伪水部郎中之职。

㉟ 从这一句往下四句想象郑虔贬台州后的生活情况。四明，指四明山。"楢"音"有"(yǒu)。四明山在今天台县北。楢溪在今临海县东。台州，即今之浙江临海县。

㊱ 紫芝歌，见第五卷《收京三首》第二首注②及第六卷《题李尊师松树障子歌》注⑦。这里是用商山四皓的隐居生活来比喻郑虔的放逐生活。下面一句中的"杏坛"，原来是指孔子讲学处。《庄子·渔父》："孔子游于缁帷之林，坐杏坛之上。"因郑曾为广文馆博士，广文馆设置在国子监中，任务也是教导后学，故以"杏坛丈"称郑。

㊲ 魍魉，指当时还在掌握军权的安史余党和割据一方的藩镇军阀等。

㊳ 税，见本卷《八哀诗（五）：赠秘书监江夏李公邕》注㉜。靮，络马头的皮绳之类的驾具。从"春深秦山秀"起的六句是回忆往日与郑虔在长安的交游。前两句述时令和地方景物，三、四句写在王侯家与野外的游乐，五、六句写饮酒作诗。

㊴ 词场，指诗歌唱和活动。疏阔，郑贬台州，诗人和他相互远隔。

㊵ 百年，指人生，人的一世。见存殁，出现了生死存亡的界限。

㊶ 牢落，可以指心境旷然无所寄泊。陆机《文赋》："心牢落而无偶。"

㊷ 阮咸，古代美称人的侄儿往往用"阮咸"之名，阮咸是阮籍之侄。在运用中往往与

美称人之幼弟为“阿戎”（即王思远，王晏从弟）相混淆。这里是指郑虔弟郑审。原注：“著作与今秘监郑君审，篇翰齐价，谪江陵，故有阮咸江楼之句。”《仇注》并引黄鹤语：“审，当与虔为兄弟，故比之阮咸，如杜位乃公从弟，而云阿咸也。”《仇注》本把第二卷《杜位宅守岁》一诗中“守岁阿戎家”句中之“阿戎”订为“阿咸”。这里作“阮咸”，也系误用，但无法改动。关于“阿戎”与“阿咸”的混用，还可参看第十二卷《答杨梓州》注④。

㊸ 出处，指出仕和退隐。杜甫在这个问题上一直犹豫不决。郑审，大概也存在这个问题。第十九卷《秋日夔府咏怀奉寄郑监李宾客》及第二十卷《秋日寄题郑监湖上亭三首》等诗可参阅。

◎ 八哀诗（八）：故右仆射相国曲江张公九龄[①]（五古）

相国生南纪，[②]	张相国出生在南方，
金璞无留矿。[③]	像黄金一样不会永在矿里留藏。
仙鹤下人间，[④]	他像仙鹤下降到人间，
独立霜毛整。	傲然独立，一身羽毛洁白如霜。
矫然江海思，	昂头眺望，想去远方的江海上，
复与云路永。	又飞上云端，在长空中翱翔。
寂寞想土阶，[⑤]	在孤独寂寞中他想念着朝廷，
未遑等箕颍。[⑥]	可还不能像巢父、许由一样隐居到箕山、颍水旁。
上君白玉堂，[⑦]	他登上皇帝的白玉堂，
倚君金华省。[⑧]	他来到金华省，紧靠着皇上。
碣石岁峥嵘，[⑨]	碣石山边的势力一天天扩大，
天池日蛙黾。[⑩]	天池里长久有蛤蟆青蛙潜藏。
退食吟大庭，[⑪]	散朝后，沉思申须、梓慎登上大庭氏库顶遥望的事迹，

何心记榛梗。[12]	却不把私怨当作刺人的榛梗记心上。
骨惊畏曩哲，[13]	古代圣哲的训诫使他深深惊惧，
鬒变负人境。[14]	黑发也愁得变白了，担心辜负在人世活了一场。
虽蒙换蝉冠，[15]	虽然被罢了相，换下了貂蝉冠，
右地恧多幸。[16]	降职的耻辱对他却像幸运一样。
敢忘二疏归，[17]	怎能忘记该像疏广叔侄那样归隐，
痛迫苏耽井。[18]	抑住心中哀痛，但不能学苏耽靠井里的神水把母亲供养。
紫绶映暮年，[19]	到晚年时又佩挂上紫色绶带，
荆州谢所领。[20]	报答皇恩，把荆州长史的重任担当。
庾公兴不浅，[21]	他依然兴致很高，像庾亮当年镇守武昌，
黄霸镇每静。[22]	他总想让人民过得安宁平静，学习黄霸治理地方的榜样。
宾客引调同，	他延请的幕客都和他志趣相同，
讽咏在务屏。[23]	排除冗务之后常吟咏诗章。
诗罢地有余，	诗写成了，还有未用尽的力量，
篇终语清省。[24]	每篇从头到尾，语言明晰，意味深长。
一阳发阴管，[25]	像律管中阴气开始变成阳气，
淑气含公鼎。[26]	像宰相调和鼎鼐，发出温馨芳香。
乃知君子心，	从这里才能了解他的崇高心意，
用才文章境。	他的智慧在诗文中显出力量。
散帙起翠螭，	打开卷帙，好像有翠龙腾空而起，
倚薄巫庐并。[27]	向高处逼近，和巫山、庐山并肩相望。
绮丽玄晖拥，[28]	诗句绮丽，拥有谢朓的辞藻，
笺诔任昉骋。[29]	书札诔辞，像任昉那样写得奔放。
自我一家则，	他有着自成一家的风格，

未阙只字警。	警辟的字眼，一个也不疏忽遗忘。
千秋沧海南，	千年万世，在南方的大海上，
名系朱鸟影。㉚	他的名字伴着朱鸟星座发光。
归老守故林，	当他回到故乡闲居养老，
恋阙悄延颈。	还眷恋朝廷，担忧地伸颈眺望。
波涛良史笔，	他那优秀史臣般的文笔像滚滚波涛，
芜绝大庾岭。㉛	终于止息了，永被大庾岭的荒草阻挡。
向时礼数隔，㉜	从前我没有机会拜见他向他致敬，
制作难上请。	不能请他批评指点我写的诗章。
再读徐孺碑，㉝	如今再一次诵读他写的《徐征君碣》，
犹思理烟艇。㉞	还想修整好我的小船，穿过烟霭到他的墓前拜望。

注释:

① 张九龄，字子寿，韶州曲江人，故称“曲江张公”。登进士第后，历任校书郎、左拾遗、中书舍人累官至中书令、迁尚书右丞相（诗题中的“右仆射相国”也就是指这个官职），继又贬荆州长史。他不但以诗文著名，且以正直著称，曾谏用李林甫、牛仙客，玄宗俱不听从。卒为林甫所扼，罢相。开元二十四年，安禄山为平卢讨击使，左骁卫将军，讨奚、契丹大败，幽州节度使张守珪欲斩之，后改为押送京师惩处。张九龄认为不宜免死。玄宗惜其才，免其死罪。张九龄力争说“禄山失律丧师，于法不可不诛。且臣观其貌有反相，不杀必为后患。”玄宗不听，仍赦其罪。根据相貌预言安禄山必反虽有迷信色彩，但他有过人的见识则是可信的。有人认为杜甫把张九龄列为《八哀诗》中的被哀悼者之一，原因就在于此。

② 南纪，见本卷《八哀诗（二）：故司徒李公光弼》注㉗。张九龄生于曲江，在今广东省，所以这样说。

③ 通常称未经雕琢，含在石中玉为玉璞；金璞，指金矿石。《说文》：“矿，铜铁璞石也。”译诗写成“黄金”，强调张九龄为人之可贵。

④ 仙鹤，比喻张九龄格调清高，人间稀少。以下三句是以对仙鹤的外形与精神描写来

表示张九龄的风貌。

⑤ 土阶,《汉书·司马迁传》:“墨者亦上尧舜,言其堂高三尺,土阶三等。”后遂有“尧阶三尺”之说。按《汉书·异姓诸王侯表》:“汉无尺土之阶,繇一剑之任,而成帝业。”可见“土阶”是指封建王朝的统治权,也可比喻朝廷。

⑥ 尧舜时著名隐士巢父、许由隐居于箕山颍水附近。见第四卷《自京赴奉先县咏怀五百字》注⑮。这句诗说张九龄忠君爱国,不忍心与朝廷决绝,隐居不仕。

⑦ 汉朝有“玉堂殿”,后遂以“玉堂”或“白玉堂”代表朝廷。

⑧ 汉朝有“金华殿”,是皇帝藏书、读书之地。唐代的秘书省属于“中书省”,故称“中书省”为“金华省”。张九龄进士及第后,拜校书郎,历中书舍人、秘书少监等职,俱属中书省。

⑨ 这句诗是说安禄山在范阳节度使任内扩张势力,做叛乱的准备。碣石山在范阳附近,故以“碣石”隐喻安禄山。

⑩ 天池,借代朝廷。蛙黾,青蛙蛤蟆一类动物。这里指李林甫等奸佞。

⑪《仇注》:“上古有大庭氏,公诗有‘大庭终反朴’”。《九家注》引赵次公曰:“大庭古至治之主,九龄思反淳复朴如大庭之世”。当代曹慕樊则说:“‘大庭’与上古大庭氏的传说不相干。杜盖用《左传·昭十七年》传文,据说那年冬天,鲁国的大夫申须和梓慎都从天象中预言‘诸侯有大火灾’。到昭公十八年五月,火星出现,有风。梓慎又预言大火将作。果然宋、卫、陈、郑四国都有火灾。‘梓慎登大庭氏之库以望之。’杜预注,望气以验前年之占。大庭氏,古国名,其地在鲁国城内。鲁因其地作库。势高可以望远。杜诗所谓‘吟大庭’,就是说张九龄能够高瞻远瞩,预见安禄山必反,正如梓慎之能预见大灾一样。‘曩哲’,指梓慎、申须等。”(《杜诗杂说》第217页)译诗从曹氏此说。吟,可作“沉吟”解。

⑫ 榛梗,指李林甫等人对张九龄的诽谤排挤。

⑬ 参看注⑪。

⑭ 鬒,音“诊”(zhěn),发黑而密。鬒变,指头发变白、变稀。负人境,《读杜心解》的解释是“带言禄山有负嵎之势。”《仇注》:“‘负人境’,恐为后患也。”意思大致相同。但这样解释与前文不连贯。《千家注》中赵云:“下句则忧其发白将老,伤功

名之不立。”译诗从赵说。

⑮ 据《旧唐书》，侍中中书令，加貂蝉，佩紫绶。貂蝉是帽上饰物，即貂尾与蝉形花文。换蝉冠，指张九龄于开元二十四年自中书令迁尚书右丞相罢政事的事。

⑯ 右地，指担任较低的官职，即降职。古代习惯以“左”为尊，“右”为卑。恧，读去声（nǜ），古代方言，意思是羞愧。由于李林甫极为狠毒，能保全性命即为幸事，故曰“多幸”。

⑰《汉书》载：“疏广为太子太傅，兄子受为少傅，俱上疏乞骸骨。上以其年笃老，皆许之。”张九龄于官工部侍郎知制诰时，曾乞归养亲，但未得允许，母死后才解职守孝。但未能尽丧，不久后又拜中书侍郎同平章事。

⑱ 据《神仙传》：苏耽，郴县人，养母至孝，忽辞母云：“受性应仙，当违供养。”母曰：“汝去，使我如何存活？”答曰：“明年天下疫疾，庭中井水，檐边橘树，可以代养。”至时，病者食橘叶饮井水而愈。诗中用这故事表明张九龄为国事操劳，不能顾及家庭，母亲在世时未能归养。

⑲《仇注》引朱注：“唐制，大都督府长史，从三品，应紫绶。”

⑳ 张九龄晚年又受牛仙客的陷害，贬荆州长史。

㉑ 庾公，指庾亮。《晋书》载：庾亮镇武昌，诸佐吏乘月共登南楼。俄而亮至，诸人将起避之，亮徐曰：“诸君且住，老子于此兴复不浅。”诗中以庾亮比喻张九龄之有雅兴。

㉒ 黄霸，字次公，汉武帝末官河南太守丞，政尚宽和，吏民爱敬。《汉书·曹参传》：“黄次公之治静。”镇每静，是说每次治理地方都采取宽和的方法，不苛扰人民。诗中以黄霸比张九龄之爱人民。

㉓《仇注》引谢朓诗“民淳纷务屏”。屏，音“丙”（bǐng），除去。务屏，指排除不必要的事务。

㉔《仇注》：“地有余，力厚也。语清省，词爽也。”这两句及以下两句诗是赞美张九龄的诗才。

㉕ 管，指律管，即作为乐音高低标准的管。我国古代音乐理论把阴阳五行、节气等与声音的高低联系在一起。《礼·月令》：“仲冬之月，其音羽，律中黄钟。”注：“黄钟者，律之始，九寸，仲冬气至，则黄钟之律应。”这句诗是说张九龄的诗是“黄钟”

之声，赞其声律之美。

㉖ 淑气，指清湛美善之气。古代以宰相治理天下，揆度百事，如鼎之调味，故以“调鼎”喻宰相治国，又取鼎有三足之义，称三公宰辅之臣为“鼎辅”。这里的“公鼎”，取“鼎”作为炊具的本义，同时又含有它的比喻义。这句诗是赞美张九龄诗歌的内容。

㉗ 这两句诗是进一步以想象的形象来比喻张九龄诗歌所达到的艺术高度。翠螭，意思与“翠龙”相同，巫庐，是指巫山和庐山。

㉘ 玄晖，谢朓字玄晖，南齐著名诗人，工五言诗，语言清丽。

㉙ 任昉，南朝梁代人，字彦升，以散文著名。笺诔，信札和哀悼文。

㉚ 朱鸟，即朱雀，南方七宿（井、鬼、柳、星、张、翼、轸）之总称。这句诗是赞颂张九龄之名声与朱雀星一样永在南方照耀。

㉛ 大庾岭，即“梅岭”，五岭之一。张九龄的家乡曲江在大庾岭的南面。这句诗是叹惜张九龄之逝世。

㉜ 这句诗是说张九龄在世时，杜甫未有机会与他交游。

㉝ 张九龄于开元十五年为豫章郡刺史时，曾作《徐征君碣》一文，缅怀后汉豫章的著名高士徐穉（孺子）。

㉞ 这句诗说作者还想乘船去曲江拜谒张九龄的坟墓，以表示自己的景慕。

◎ 夔府书怀四十韵[①]（五排）

昔罢河西尉，[②]	当年我被免去河西县尉，
初兴蓟北师。[③]	正碰上蓟北叛军开始兴师。
不才名位晚，	我没有才能，很晚才得到个官职，
敢恨省郎迟。[④]	怎能怨恨省郎的任命太迟。
扈圣崆峒日，[⑤]	还记得在崆峒山下随从圣驾进军，

端居滟滪时。[6]	如今却在这滟滪堆旁的夔州闲居。
萍流仍汲引，[7]	我像浮萍漂流，可也仍受到荐举，
樗散尚恩慈。[8]	虽懒散无用，还是蒙皇上的恩慈。
遂阻云台宿，[9]	竟不能再到宫中去值班宿卫，
常怀湛露诗。[10]	只是常常回忆起《湛露》古诗。
翠华森远矣，[11]	翠华旗离我是够遥远的了，
白首飒凄其。[12]	满头白发，感到颓丧孤凄。
拙被林泉滞，	我生性笨拙，每每因为爱林泉留滞，
生逢酒赋欺。[13]	这辈子又常由于饮酒作诗误事。
文园终寂寞，[14]	像文园令司马相如，卸任后默默无闻，
汉阁自磷缁。[15]	像扬雄从天禄阁跳下，玷污了自己。
病隔君臣议，	疾病阻挠我到皇上面前参与议事，
惭纡德泽私。[16]	圣恩反使我心里郁聚起羞耻。
扬镳惊主辱，[17]	听到主上蒙难，我像奔马受惊似把头颈高昂，
拔剑拨年衰。	不顾衰老，也想拔剑奋起。
社稷经纶地，[18]	谁想到大唐教化治理的土地，
风云际会期。[19]	又成了英雄崛起风云际会时期。
血流纷在眼，	到处都能看见鲜血流淌，
涕洒乱交颐。	一行行热泪在我腮边纵横流泻。
四渎楼船泛，[20]	江河上运兵的楼船在航行，
中原鼓角悲。	悲凉的战鼓震动着中原大地。
贼壕连白翟，[21]	叛军的壕堑连接到鄜州延州，
战瓦落丹墀。[22]	战火中迸飞的瓦片落向玉殿月墀。
先帝严灵寝，[23]	肃宗皇帝的遗体匆匆送入陵墓，
宗臣切受遗。	他留下的诏命交付大臣认真实施。
恒山犹突骑，[24]	恒山下面，还有一队队骑兵奔驰，

原诗	译文
辽海竞张旗。[25]	辽海上还在争着举起战旗。
田父嗟胶漆，	老农民嗟叹制作弓箭浪费胶漆，
行人避蒺藜。[26]	行人要躲避路上遍布的蒺藜。
总戎存大体，	统帅要维护全国统一的体制，
降将饰卑词。[27]	降将伪装卑顺，用假话来作掩饰。
楚贡何年绝，[28]	南方的贡赋不知从哪年起就断绝，
尧封旧俗遗。[29]	蓟州是否恢复原有的秩序令人怀疑。
长吁翻北寇，	北方的入侵者倒戈了，使人们长长吁了口气，
一望卷西夷。[30]	可是西方满眼是席卷而来的西夷。
不必陪玄圃，	不用陪在皇帝身边去游玄圃，
超然待具茨。[31]	且等待丢下一切的皇帝访问具茨归来。
凶兵铸农器，	该销毁杀人的武器来铸造农具，
讲殿辟书帷。[32]	在讲经殿上开辟书库，挂上布帷。
庙算高难测，[33]	朝廷高高在上，它的谋划真难猜，
天忧实在兹。[34]	我像杞人怕天塌下，对这事忧虑不止。
形容真潦倒，	我的身体看起来十分衰疲，
答效莫支持。	想报效皇上已感到气力不支。
使者分王命，	刺史们分担着皇帝托付的重任，
群公各典司。[35]	大臣们各有各的职务要管理。
恐乖均赋敛，	担心违背赋税均等的准则，
不似问疮痍。	不像把民众的疾苦放在心里。
万里烦供给，	万里外的军需也要靠这里供给，
孤城最怨思。[36]	夔州人心中最怨恨的就是这事。
绿林宁小患，[37]	绿林山豪杰聚集难道是小患，
云梦欲难追。[38]	等到云梦的变故发生就已经太迟。
即事须尝胆，[39]	眼前就该下决心卧薪尝胆，

苍生可察眉。[40]	难道人民的不满靠察眉就能防止。
议堂犹集凤，[41]	议事堂里仍有凤凰般的人才聚集，
贞观是元龟。[42]	一切该按照贞观时期的政策办事。
处处喧飞檄，[43]	如今到处喧嚷着飞速传送战报，
家家急竞锥。[44]	家家户户都忙着发财争刀锥利。
萧车安不定，[45]	用车迎萧育那样的太守来安抚，怕也不能使地方安定，
蜀使下何之。[46]	派到蜀地的使臣将采取什么措施。
钓濑疏坟典，[47]	我在江边垂钓，和典籍已疏远，
耕岩进弈棋。[48]	在山岩下耕种，却增进了棋艺。
地蒸余破扇，	这地方真热，幸好还有把破扇子，
冬暖更纤絺。[49]	冬天也温暖，过冬只要穿葛布衣。
豺遘哀登楚，[50]	在豺狼为患的时代，王粲曾登上荆州城楼哀叹，
麟伤泣象尼。[51]	看见麒麟被人捕获，孔子也不禁伤心流泪。
衣冠迷适越，[52]	想到吴越去，儒生衣冠又使我产生疑虑，
藻绘忆游睢。[53]	还记得曾到睢水上游历，看见那里的文采藻丽。
赏月延秋桂，	趁秋天桂花开放的时节赏月，
倾阳逐露葵。[54]	像露葵那样朝着太阳倾斜。
大庭终反朴，[55]	终将恢复上古大庭氏的淳朴风气，
京观且僵尸。[56]	可如今，那高大的土丘下面堆积的却是尸体。
高枕虚眠昼，	白昼，高枕而卧却不能入睡，
哀歌欲和谁？	我作这哀歌，是要和谁的诗？
南宫载勋业，[57]	南宫的云台上保存着建立勋业的功臣画像，
凡百慎交绥。[58]	在所有的事情里，最重要的是警惕战事重起。

注释：

① 这首长诗是大历元年秋季杜甫在夔州所作。诗中回顾了安史之乱发生以来的政局变化，对当时唐朝面临的许多问题表示了自己的忧虑和意见。由于杜甫不在朝中当权，也不是地方的长吏，只能空自苦恼而不能有任何作为。加上他年衰多病，自己的前途也不能确定，因此更加悲痛忧烦。诗中所表达的就是这样的心绪。

② 天宝十四载十月，杜甫授河西县尉，未到任；不久后罢县尉，改授右卫率府兵曹（一说胄曹）参军。

③ 天宝十四载十一月，安禄山反于范阳。蓟州，是范阳郡的治所。

④ 省郎迟，指广德二年六月杜甫授工部员外郎的事，这年杜甫已五十三岁。工部员外郎，属尚书省，简称“省郎”。

⑤ 这是指今甘肃省平凉县西之崆峒山，是肃宗自灵武到凤翔所经过的地方，借代肃宗在那时的行在所。杜甫于至德二载夏到达凤翔，授左拾遗。故云“扈圣崆峒”。

⑥ 滟滪堆在夔州。端居，指闲居无事，不任官职。

⑦ 这句诗是说杜甫于离乱后得到官职。汲引，喻荐举。有人认为是指房琯荐杜甫为左拾遗；也有人认为是指严武之荐杜甫为工部员外郎。

⑧ 樗散，见第五卷《送郑十八虔贬台州司户伤其临老陷贼之故阙为面别情见于诗》注②。这句诗是指授工部员外郎事。

⑨ 云台，后汉有南宫，其中有云台，绘邓禹等功臣像。这里借代唐代的宫中。宿，指宿卫。杜甫任左拾遗时曾在宫中值宿，参看第六卷《春宿左省》一诗及注①。

⑩《湛露》，是《诗·小雅》篇名。《诗序》：“《湛露》，天子燕诸侯也。”这句诗是说杜甫留恋在皇帝身边任侍臣的生活。

⑪ 翠华，指皇帝的仪仗翠羽旗。森，原义是繁多。这里既指“翠华”之繁，又形容其极遥远。

⑫ 凄其，意思就是“凄然”，寒冷的感觉。《诗·邶风·绿衣》：“凄其以风”。诗中喻忧伤凄凉之感。

⑬ 酒赋，《仇注》引《西京杂记》：“邹阳作《酒赋》。”显然错误。施鸿保说：“酒赋”言诗、酒二事也。欺，作“误”字解。杜甫曾向玄宗献《三大礼赋》等赋，想靠这

进身；并多方干谒献诗，求人援引，也都未能如愿。这句诗所指的就是这些事。

⑭ 文园，指司马相如，他曾为文园令，后因病免官。

⑮ 汉阁，指汉朝的藏书楼天禄阁。扬雄校书阁上，后畏罪投阁下，参看第三卷《醉时歌》注⑯。磷缁，《仇注》解释为："磨励"。施鸿保则认为"磷，损也，缁，犹沾污也。"《论语·阳货》："磨而不磷，涅而不缁。"当代曹慕樊认为："汉阁自磷缁"和"投阁为刘歆"（第二十三卷《风疾舟中伏枕书怀三十六韵》）是指的一回事。（《杜诗杂说》第219页）都是指杜甫为房琯辩解得罪肃宗，以至蒙受冤屈终生受了影响。

⑯ 惭纡，意思是心中郁结羞愧。德泽私，皇帝的恩及于自身，私，指"自己"。

⑰ 朱鹤龄注："'主辱'谓车驾幸陕。"指广德元年十月，吐蕃陷京师，代宗出奔陕州的事。镳，音"标"（biāo），马嚼子。扬镳，马昂起头，喻激昂愤慨之状。

⑱ 社稷，借代国家，这里是指唐王朝。

⑲ 风云际会，参看第十五卷《谒先主庙》注②。这里不是指开国时的状况，而是指安史之乱以后的唐朝局势。

⑳ 四渎，见第四卷《三川观水涨二十韵》注⑬。这里是泛指巨大的河川。

㉑《史记索隐》："唐鄜延二州即春秋白翟地。"天宝十五载，安禄山叛军曾攻到鄜州、延州一带。

㉒ 这句诗写两京陷后叛军纵火焚宫的情况。可参看下一首《往在》中"解瓦飞十里"之句。

㉓ 先帝，指肃宗。严，指事急。《孟子·公孙丑》："事严，虞不敢请。"赵注："丧事急。"下一句的"宗臣"，朝廷重臣。有人说是指郭子仪。郭曾炘《读杜劄记》中说："宝应元年建卯月，上（指肃宗）不豫，召子仪入卧内曰：'河东之事，一以委卿。'所谓切受遗也。"

㉔ 这两句诗是说肃宗死时的战局。恒山，"五岳"中的"北岳"。在今山西省东北部浑源县东南。

㉕ 辽海，指渤海东北部，今称辽东湾。是安史叛军的根据地。

㉖《仇注》引吕祖谦曰："胶漆所以为弓，诛求之多，则田父叹焉。铁蒺藜所以御马，所在布地，故行人避之。"

㉗《仇注》引朱注："《通鉴》：史朝义死，贼将田承嗣、薛嵩等降，副元帅仆固怀恩恐贼平宠衰，奏留承嗣等，分帅河北，自为党援，由是诸镇桀骜，遂不可制。公诗'总戎存大体，降将饰卑词'正纪其事。曰'存大体'，为朝廷隐也。"《九家注》本赵注："总戎，元帅也。代宗讨史朝义，以雍王适为天下兵马元帅。"

㉘ 据《九家注》赵注，"楚贡"是用《左传》载齐桓公伐楚，责"尔贡包茅不入，王祭不供"事，指河北、山东一带的贡赋多年未输送朝廷。

㉙ 尧封，指蓟州范阳郡。《史记·周纪》："封尧之后于蓟。"旧俗，指安史叛乱之前的旧风习、制度等。

㉚《仇注》："北寇，指回纥，西夷，指吐蕃。"又引《杜臆》："昔顺今逆，故曰翻；倾国而来，故曰卷。"但"翻"字应指永泰元年回纥兵受仆固怀恩之诱入侵，被郭子仪说服反而助唐击吐蕃的事。根据这一理解，"吁"字不是表示惊惧，而是指吁气，长吁一口气，心暂时宽了。

㉛"玄圃"见第十五卷《夔州歌》第十首注①。具茨，《仇注》引《庄子》："黄帝将见大隗于具茨之山，至于襄城之野，七圣皆迷，遇牧马童子问涂焉。"都是指道家求仙之事。曹慕樊认为这两句诗只是希望皇帝不要信道家求仙之说。《读杜心解》则以"谨抑侈心"来解释这两句诗。《九家注》赵注则谓"上句言己身以譬，不必在朝列"，下句言"公心激怒，望帝亲征"。《仇注》说后一句"但望求贤问道，如黄帝之下访具茨"。似以前面的两种解释较好。译诗照字面译写，含义请读者参考上述注解体会。

㉜ 这两句诗说的是对皇帝的希望。前一句易解，后一句的解说颇多分歧。有人据《东方朔传》所载汉文帝集上书囊为殿帷事，认为是主张崇尚节俭。《杜诗博议》引《通鉴》载永泰元年九月，吐蕃寇奉天前仍在资圣、西明两寺置百座讲《仁王经》的事，讽代宗之好佛。译诗据《八哀诗（七）：故著作郎郑公虔》一诗中"突兀倚书幌"之句，把"书帷"理解为"书幌"，兼采辟佛与崇儒两意，与诗句字面的意思较为接近。

㉝ 庙算，朝廷的策略、计划。高难测，指其政策多变，难以捉摸。

㉞《列子·天瑞》："杞国有人忧天地崩坠，身亡所寄，废寝食者。"

㉟这句和上一句诗是说地方的治理和朝政都有大臣分担，不须作者过问。但还有些事令人担心，就是后面一些诗句所述内容。

㊱孤城，指夔州。

㊲《后汉书·刘玄传》："诸亡命共攻，离乡聚藏于绿林中。"绿林，山名，在荆州当阳市东北，后常以之比喻起义反抗朝廷的武装。杜甫以它来指反抗朝廷的农民起义军。据《资治通鉴》："宝应元年八月，台州贼帅袁晁攻陷浙东诸州，九月陷信州，十月陷温州、明州。广德元年四月被平。"袁晁即为农民军之领袖。杜甫的基本政治立场是与唐王朝一致的，他把"绿林"当作国家的"忧患"是自然之事。

㊳《仇注》引卢注："《左传》，楚昭王涉睢济江，入云中，盗攻之。注：云中，云梦泽中也。时代宗幸陕，犹昭王出国，故引往事为鉴。'欲难追'，追悔无及矣。"

㊴即事，当前应做的事。尝胆，用越王勾践卧薪尝胆，誓雪国耻事，勉励代宗锐意革新图治。

㊵苍生，指广大人民。《列子》中载有晋国郄雍能察眉视盗的故事，晋侯使此人视盗，千百无遗一。因此"察眉"意味着统治者对人民的监视与镇压，郭沫若因此对杜甫的立场有微词。但《列子》中这个故事是告诫统治者，依靠"察眉"来监视人民无益，应举贤而任之，教明于上，化行于下，则可弥盗。由此可知此句诗实际上是反问句，并非赞成靠察眉来治理国家。

㊶议堂，即政事堂。唐代于中书省设宰相议事之所，号曰"政事堂"，后改称"中书门下"，世人仍多称之为政事堂，凤，指宰辅大臣。

㊷贞观，指唐朝初年李世民在位的贞观年间，当时政局安定，经济繁荣。元龟，即大龟。古代的统治者以大龟为卜，据卜辞以决定行动。这里是以"元龟"代表行动的指南。

㊸飞檄，指军情紧急，发出征召或调动军队的文书。

㊹竞锥，"竞锥刀之利"的简语。《左传·昭六年》："锥刀之末，将尽争之。"注：锥刀末喻小事，后世多以"竞锥刀之利"指经商谋利。

㊺《仇注》引《前汉书·萧育传》："南郡江中多盗贼，拜育为太守。上以育耆旧名臣，

乃以三公使车，载育入殿中受策。”这里是说镇蜀的使者面临复杂的混乱局面，很难安抚地方，使蜀境稳定。

㊻ 蜀使，就是上一句以“萧车”借代的使臣。大历元年二月，任命杜鸿渐为山西南道、剑南东西川副元帅，八月至蜀。蜀使，是指杜鸿渐。何之，有何去何从之意，是问将采用什么政策治蜀，而不是问所去的目的地。

㊼ 从这句以下，诗人开始诉说自己的情况。濑，原意是指湍急的水流。这里是指夔州的江边。坟典，三坟五典，见本卷《八哀诗（六）：故秘书监苏公源明》注④。

㊽ 进弈棋，指多闲暇，常以弈棋以娱，故使棋艺增进。实际上是慨叹自己被弃掷，无事可做。

㊾ 纤絺，音“先痴”（xiān chī），细葛布。

㊿ 豺遘，王粲《七哀诗》：“西京乱无象，豺虎方遘患”。这里的“遘”与“构”通。登楚，用王粲登荆州当阳城楼作《登楼赋》的事，参看第十卷《一室》注④及第十一卷《通泉驿山水作》注⑧，借以表示思乡和哀时的感情。

51 象尼，指孔子。据传说，孔子的头部形状像尼丘。孔子泣麟，参看第八卷《寄张十二山人彪》注㊲。用这典故来表示作者对时局的失望与伤心。

52 杜甫有去吴越的打算，但犹豫不决，故曰“迷”。

53 睢，音“虽”（suī），原是春秋宋国的地方，为睢水流经之地，唐代设有睢阳郡，治宋州，在今河南省商丘东南。杜甫于天宝三载春曾与李白高适等同游梁宋，这句诗就是指这一经历。这是古代文物荟萃之地，故留下“藻绘”的印象。

54 露葵，《颜氏家训》：“蔡郎父讳莼，遂呼莼菜为露葵”。这里的“露葵”是指终葵（冬苋菜）这种蔬菜。参看第四卷《自京赴奉先县咏怀》注⑩。这句诗寓意思君。

55 这句诗里的“大庭”与本卷《八哀诗（八）：故右仆射相国曲江张公九龄》一诗中所说的“大庭”用典不同，这里是指传说中古代大庭氏的国度，《左传》疏说炎帝号神农氏，一曰大庭氏，服虔、郑玄均认为大庭氏是黄帝以前的古帝。这句诗是希望社会风气恢复古代的淳朴。

56《左传·宣十二年》：“君盍筑武军而收晋尸以为京观。”注：“积尸封土其上，谓之京观。”积尸封土为“京观”的目的是夸耀武功。这句诗是谴责崇尚武功和一味迷信武力。

㊼ 南宫，东汉的宫室，其中的云台是图画功臣像的地方。参看第十二卷《述古》第三首注⑨。

㊽《诗·小雅·雨无正》："凡百君子，各敬尔身。"凡百，总括之辞。交绥，古代谓退兵为"绥"，后来多以"交绥"表示交战。这里是泛指战争。

◎ 往在[①]（五古）

往在西京日，　　往年，当时我在西京，
胡来满彤宫。[②]　　胡人侵入，塞满朱红色的皇宫。
中宵焚九庙，[③]　　半夜里放火焚烧太庙，
云汉为之红。[④]　　天河也被火光映红。
解瓦飞十里，　　烧得瓦片迸裂，飞到十里外，
穗帷纷曾空。[⑤]　　细纱灵帷纷纷飘到高空。
疚心惜木主，[⑥]　　我心中哀痛，叹惜太庙里的神主，
一一灰悲风。　　它们全烧成灰烬，旋飞在悲风中。
合昏排铁骑，[⑦]　　黄昏时披铁甲的战马蜂拥进城，
清晓散锦幪。[⑧]　　清早，披锦帕的马匹走得无影无踪。
贼臣表逆节，　　贼臣表彰叛逆的行为，
相贺以成功。　　相互庆贺得到了成功。
是时妃嫔戮，　　那时，许多妃嫔遭到杀戮，
连为粪土丛。　　尸体像粪土一样成堆成丛。
当宁陷玉座，[⑨]　　正对殿门的玉座被捣毁陷塌，
白间剥画虫。[⑩]　　白色宫墙上画的虫鸟剥落一空。

不知二圣处，[11]	不知两位圣上到了哪里，
私泣百岁翁。	百岁老人也暗自流泪哀痛。
车驾既云还，	等到皇帝的车驾返回京都，
楹桷欻穹崇。[12]	太庙的梁柱转眼又向天空高耸。
故老复涕泗，	老人们又一次激动得流下眼泪，
祠官树椅桐。[13]	管庙的官吏又种上椅树梧桐。
宏壮不如初，	规模的宏伟比不上以往那样，
已见帝力雄。	但已能看出皇帝力量的豪雄。
前春礼郊庙，[14]	那年春天祭祀太庙又祭天，
祀事亲圣躬。	皇上亲临，礼仪隆重。
微躯忝近臣，[15]	我当时是皇帝身边的侍臣，
景从陪群公。[16]	紧紧跟随着皇帝，陪着大臣王公。
登阶捧玉册，[17]	登上台阶，手里捧着玉册，
峨冕聆金钟。	头戴峨峨高冠，耳听齐鸣的金钟。
侍祠恧先路，[18]	侍奉皇上祭祀，惭愧我走在前面引路，
掖垣迩濯龙。[19]	在宫墙旁，靠近斋戒沐浴后的神龙。
天子惟孝孙，[20]	当时的天子是祖宗的孝孙，
五云起九重。[21]	五彩祥云升起，笼罩着九重深宫。
镜奁换粉黛，[22]	梳妆镜箱里换上了新置的粉黛，
翠羽犹葱胧。[23]	翠羽扇还是往日那样鲜明青葱。
前者厌羯胡，[24]	原先受到叛乱的羯胡骚扰，
后来遭犬戎。[25]	而后又来了残暴的犬戎。
俎豆腐膻肉，[26]	神圣的祭器被腥膻的肉类玷污，
罘罳行角弓。[27]	敌兵对着殿里雕花屏风射箭开弓。
安得自西极，	怎样才能从西京皇帝座前，
申命空山东。[28]	传个诏令把山东兵将调动一空。

尽驱诣阙下，[29]	把叛军都赶到宫门前面来服罪，
士庶塞关中。[30]	让士人百姓住满整个关中。
主将晓逆顺，[31]	主将把叛乱和归顺的利害说清楚，
元元归始终。[32]	善良的黎民都和原先一样务农。
一朝自罪己，[33]	自从那一天皇帝下诏责备自己，
万里车书通。[34]	全国平定，万里车书畅通。
锋镝供锄犁，[35]	刀锋箭镞都拿来制作锄犁，
征戍听所从。[36]	征戍的士兵要回哪里去一概听从。
冗官各复业，	多余的官吏都去从事原来的职业，
土著还力农。[37]	和土地连在一起的人民努力务农。
君臣节俭足，	君臣节俭，公私自然丰足，
朝野欢呼同。	朝野上下同声欢呼赞颂。
中兴似国初，	国家中兴，像开国初期那样繁荣，
继体如太宗。	政治体制继承太宗皇帝的传统。
端拱纳谏诤，	皇上拱手端坐，接受臣下的劝谏，
和风日冲融。[38]	每天到处飘拂温暖的轻风。
赤墀樱桃枝，[39]	丹墀下樱桃一串串，
隐映银丝笼。[40]	累累堆积映衬着银丝笼。
千春荐灵寝，	年年春天都向太庙献祭，
永永垂无穷。	世世代代相传，永远无穷。
京都不再火，	京都不再遭到烈火焚烧，
泾渭开愁容。	泾水渭水也消除了愁容。
归号故松柏，[41]	想回到祖茔的松柏下去号哭，
老去苦飘蓬。[42]	可叹我老了，还流落异乡像飘飞的枯蓬。

注释：

① 诗题《往在》，是取诗的最前两字。这首诗的内容是回忆在长安时亲见安史乱兵的烧杀惨状和肃宗还都后随从皇帝祭祀郊庙的情形，抒发了对太平盛世的向往。诗人自知年已衰老，看到这样的日子已很难了，于是在诗的结束处，又回复到留滞夔州、走投无路的苦痛现实中来，发出了哀音。

② 胡，指安禄山叛军。彤宫，指皇宫，因宫殿宫墙的基本色调是红色。

③ 九庙，见本卷《八哀诗（二）：故司徒李公光弼》注⑨。

④《诗·大雅·棫朴》："倬彼云汉，为章于天。"云汉，即天河。

⑤ 郑玄《礼记注》：凡布细而疏者谓之"穗"。穗帷，即灵帐、灵帷，灵位前挂的帐幔。

⑥ 木主，即神主，死者的灵位、灵牌。是以木制的，故称"木主"。这里指唐王朝宗庙内供奉的祖先灵位。

⑦ 合昏，原义是花名，即"合欢"花。借用指黄昏。排，可作推挤解，这里是指进入。这句诗是说叛军的骑兵傍黑入城。

⑧ 锦幪，一作"锦䑃"。《仇注》引《广韵》："驴子曰䑃。"又引钱笺："禄山陷两京，以橐驼（骆驼）运御府珍宝于范阳，故曰散锦幪。"又引郭知达本注："徐陵诗：'金鞍覆锦䑃'，'幪'，鞍帕也，公诗屡用'锦幪'，以'幪'为正。"

⑨ 宁，音"住"（zhù）。据《尔雅》，门屏之间谓之"宁"。《礼·曲礼》："天子当宁而立。"

⑩《文选·景福殿赋》："皎皎白间，离离列钱。"李善曰："白间，青琐（门）之侧以白涂之，今犹谓之白间。"即宫中门旁之白粉墙。画虫，是白粉墙上的壁画或装饰画。

⑪ 二圣，指玄宗和肃宗。

⑫"楹"即柱，"桷"为方椽。这句诗指被烧毁的太庙又迅速恢复。

⑬ 祠官，负责祭祀和管理太庙的官员。椅桐，指椅树和桐树。"椅"音"衣"（yī），是一种落叶乔木。

⑭ 前春，不是指"前年春天"，而是指以前的一个春天。这里是指乾元元年春天。礼郊

庙，是指祭九庙（太庙）和祀圜丘（天坛）。

⑮ 微躯，谦词，杜甫自称。近臣，指左拾遗之职。

⑯“景从”之“景”与“影”通。《汉书·陈胜项籍传赞》：“天下云合响应，赢粮而景从。”注：“景从，言如影之随行也。”

⑰ 玉册，指皇帝祭祀天地祖先时书写祷辞的册书。

⑱ 恧，见本卷《八哀诗（八）：故右仆射相国曲江张公九龄》注⑯。《楚辞·离骚》：“来吾道夫先路”。诗中的“先路”，意思是在前面领路。

⑲ 掖垣，见第六卷《春宿左省》注②。濯龙，汉朝有“濯龙宫”。又有濯龙厩、濯龙池。《仇注》：“诸书称濯龙不同，大抵以宫得名，而置监园厩，皆因之也。”承接上一句之后，濯龙，应理解为借代皇帝。古代以龙喻天子是习俗，濯龙，是新沐浴过的天子。因为要祭祀，故须先斋戒沐浴。

⑳ 因当时玄宗（李隆基）尚在世，天子（肃宗李亨）对睿宗（李旦）及其他祖先概可称“孙”。

㉑ 五云，即五色云，象征王业兴旺的“佳气”，参看第四卷《哀王孙》注⑫。九重，指天子居住处。《楚辞·九辩》：“君之门以九重。”这里的“九重”，是指太庙的享宫。

㉒ 这两句诗是说太庙恢复一新。“镜奁粉黛”指太庙中供所祀后妃使用的仿实物制作的“明器”。

㉓ 葱胧，今写作“葱茏”。

㉔ 羯胡，指安史叛军。

㉕ 犬戎，指吐蕃。两者都曾攻入长安。

㉖ 俎豆，祭器，“俎”用于放置牲口，“豆”用于盛放碎肉。这句诗是说太庙内的祭器被乱兵用作食具，遭到玷污。

㉗ 罘罳，见第四卷《大云寺赞公房四首》第一首注⑨。

㉘ 这里的“山东”，指太行山以东，主要指河北安史叛军降将所继续盘踞的地区，上一句诗所说的“西极”，是指位于西方的朝廷。极，皇帝的御座。两句诗是说当时朝廷必须设法把降将从原来的叛军根据地完全调走，才能防止降将拥军自重和伺机作乱。

㉙“尽驱”后省略了宾语。由于用贬义词“驱”，并联系到前面的“空山东”和后面的“晓逆顺”，可知所驱者是叛军投降的将士。

㉚古代的王朝都在国都及附近地区大量安置居民富户，加强对他们的控制，同时促进这一地区的经济繁荣。关中，指函谷关以西黄河两岸地区。

㉛见注㉙。

㉜元元，即黎民。《国策·秦策》：“制海内，子元元，臣诸侯。”注：“元，善也，民之类善，故称元。”《荀子·王制》：“天地者，生之始也。”始终，指根本。归始终，即归于其本业，主要是务农。

㉝《仇注》引黄鹤注：“永泰元年正月下制，劳还罪己之念。”但诗中似乎是表示希望。自此句以下，除篇末两句外，都是希望之词。但这希望是和赞颂合在一起的，这是诗人所不得不运用的一种含糊的表达手法。

㉞这句诗是说国内秩序恢复，交通正常。

㉟锋，刀锋。镝，箭镞。这句诗的含义与上一首诗中的“凶兵铸农器”相同。

㊱征戍，指征戍的兵卒。听所从，指听任他们往何处去。“所从”的“从”，是“何去何从”的“从”。

㊲土著，不是指“当地的居民”，而是与“地著”一词同义。《汉书·食货志》：“理民之道，地著为本。”地著，是使人民与土地紧紧联在一起，安居于故土，努力务农。

㊳冲融，弥漫，布满。见第三卷《渼陂行》注⑬。

㊴赤墀，即丹墀，指殿阶。

㊵银丝笼，是盛樱桃的容器。这两句诗写春日向太庙献祭樱桃。“隐映”之“隐”，与“殷”通，盛也。

㊶松柏，指祖茔上的树木。号，哀号，号哭。

㊷这句诗是抒述自己年老漂泊不定，不得回故乡之苦。

◎ 昔游[1]（五古）

昔者与高李，	往昔我和高适、李白同游，
晚登单父台。[2]	岁暮时曾一起登上单父台。
寒芜际碣石，[3]	寒冷荒芜的原野一眼可看到碣石，
万里风云来。	万里外的风云滚滚而来。
桑柘叶如雨，	桑柘树叶像雨点般坠落，
飞藿去徘徊。[4]	藿叶飘飞，在空中徘徊。
清霜大泽冻，[5]	浓霜覆盖地面，大泽已结冰，
禽兽有余哀。	山野里的禽兽似乎显出无尽悲哀。
是时仓廪实，	那时候，仓廒里粮食堆满，
洞达寰区开。[6]	道路畅通，全国各地向京都敞开。
猛士思灭胡，[7]	勇猛的战士想把边境的胡人消灭，
将帅望三台。[8]	将帅盼望登上三公的高位。
君王无所惜，	皇帝什么也不会吝惜，
驾驭英雄材。	只要英雄人物听他指挥。
幽燕盛用武，[9]	幽燕一带大规模使用兵力，
供给亦劳哉。	供给军需，人民够劳累。
吴门转粟帛，[10]	从东吴运来米粮绢帛，
泛海陵蓬莱。[11]	大船在海上航行，越过蓬莱。
肉食三十万，[12]	享受肉食的将士有三十万人，
猎射起黄埃。	打猎射箭，卷起一片黄色尘埃。
隔河忆长眺，	回忆当时隔着黄河远眺，
青岁已摧颓。	那青春年华已在我身上凋衰。
不及少年日，	再也不可能重回到少年时代，

无复故人杯。	也不可能再和老朋友们一起举杯。
赋诗独流涕，	我一面吟诗一面独自流泪，
乱世想贤才。	混乱的时代使人们想望贤良人才。
有能市骏骨，[13]	如果皇上像传说中的国王那样连骏马的遗骨也愿重金购买，
莫恨少龙媒。[14]	就不愁龙媒那样的天马不来。
商山议得失，[15]	汉高祖请商山四皓议论得失，
蜀主脱嫌猜。[16]	蜀主消除了孔明受的嫌猜。
吕尚封国邑，[17]	周武王把国土封给吕尚，
傅说已盐梅。[18]	殷高宗用傅说，让他登上相位。
景晏楚山深，[19]	时光不早了，楚山变得深沉阴暗，
水鹤去低回。	将离去的白鹤在水面上流连旋飞。
庞公任本性，[20]	我像庞德公那样顺应着自己的本性，
携子卧苍苔。	带着儿子闲躺着，枕藉着苍苔。

注释：

① 这首写作者青年时代与高适、李白一起在齐州畅游的事，那时是天宝三载（744 年）。回忆当年，国家仍很兴盛但已露出政治危机的迹象，从而想起统治者该如何爱才用才的问题，对自己一生的不幸遭遇深致感慨。这诗作于大历元年秋，在夔州时。

② 单父台，在单父县（今山东省单县）。孔子弟子宓子贱曾任单父宰，性仁爱，有“鸣琴而治”的传说。单父台是纪念宓子贱治单父的古迹。

③ 我国的碣石山有好几处。这里是指今山东省无棣县（古称海丰县）的马谷山，古代称碣石山。从单县看到无棣县是不可能的，这里是夸张的写法，喻原野之辽阔。

④ 飞藿，指飘飞的大豆枯叶。《广雅·释草》：“豆角谓之荚，其叶谓之藿”。

⑤ 宋朝以前，在今河南省商丘市、虞城县及山东省单县之间有面积广大的泽薮（水草滋生的沼泽），名孟诸。宋朝以后，渐淤塞不可复识。

⑥ 洞达，即通达。寰区，与“寰宇”意思相同，指全国土地。

⑦ 这里的“胡”，泛指唐代边境的外族。唐玄宗早年奉行用武力定边的政策，屡次进攻吐蕃，曾攻向中亚细亚，与大食国战争，并曾进攻南诏。因此军人想在这样的战争中立功邀封赏。

⑧ 三台，原为星名，古代把它们看作与人间三公地位相当的星，因而便以“三台”代替三公之位，指大司马等最高级的官位。

⑨ 幽燕，指安禄山任节度使的范阳、卢龙一带地方。天宝四载安禄山几次侵掠奚、契丹，逼使这些少数民族造反，天宝十一载，又大举进攻契丹。远在这以前张守珪为幽州节度使时，东北边境对少数民族的军事行动就接连不断。天宝元年，安禄山任平卢节度使，三载又任范阳节度使，边疆军事行动更加频繁。

⑩ 吴门，苏州，古代吴国的地方，常称东吴。这句诗和下一句诗具体说明供给燕蓟军需的情况。

⑪ 蓬莱，古代传说中海上仙山名，也是县名。今山东半岛最北端的蓬莱市，唐代即已设置。长山庙岛群岛在它北面的海中。这句诗中所说的蓬莱，应是指这一地区。

⑫《左传·庄十年》：“肉食者鄙”。注：“肉食，在位者。”这里指军队中的兵将，他们生活所需的一切均靠广大人民供给。这句诗是说人民负担十分沉重。

⑬ 骏骨，见第十五卷《赠崔十三评事公辅》注⑱。

⑭ 龙媒，见第三卷《沙苑行》注③。

⑮ 这一句以下的四句诗写古代国君善用贤才的事例，希望代宗能效法他们的榜样。商山，指商山四皓，见第五卷《收京》第二首注②。

⑯《三国志·蜀书·诸葛亮传》：“先主与亮（诸葛亮）情好日密，关羽张飞等不悦，先主曰：‘孤之有孔明，犹鱼之有水也。’”

⑰《仇注》引《史记》：“太公封于营丘。”营丘，在今山东省昌乐县东南，是古代齐国最早的都城。太公，即“吕尚”。

⑱ 傅说是殷高宗武丁的贤相，原来在傅岩下以版筑劳动为生。武丁发现他有才能，举以为相。《书·说命》记武丁命傅说作相之辞，其中有“若作和羹，尔惟盐梅”之句，以“盐梅”比喻国家极需要的人才。后代往往以“盐梅”喻宰相。

⑲ 景，指阳光，景晏，谓天色已晚。楚山，泛指夔州附近的山。

⑳ 庞公，即庞德公，见第七卷《遣兴五首》第二首注①、②、④。最后两句诗是说自己只能像庞德公那样过隐居的生活。

◎ 壮游[1] （五古）

往者十四五，　　那时候我才十四五岁，
出游翰墨场。　　就在词坛上和文人墨客来往。
斯文崔魏徒，[2]　　擅长文章的崔尚和魏启心这般人，
以我似班扬。[3]　　认为我和班固扬雄相像。
七龄思即壮，　　七岁时文思就雄健有力，
开口咏凤凰。[4]　　张开口就吟诗歌咏凤凰。
九龄书大字，　　九岁时就能写大字，
有作成一囊。　　作品收存起来盛满一囊。
性豪业嗜酒，[5]　　性情豪爽，已经喜爱饮酒，
嫉恶怀刚肠。　　憎恨邪恶，心肠坚定刚强。
脱略小时辈，[6]　　高傲任性，不把同辈人看在眼里，
结交皆老苍。　　结交的都是老人，白发苍苍。
饮酣视八极，　　酒喝足了向四面八方眺望，
俗物都茫茫。　　满眼是庸俗的人，昏昏茫茫。
东下姑苏台，[7]　　我往东方去，到姑苏台游览，
已具浮海航。　　已准备好大船，曾打算泛海远航。
到今有遗恨，　　到今天我还觉得遗憾，
不得穷扶桑。[8]　　那时没有能达到扶桑。

王谢风流远，[9]	王谢家族的流风余韵已经遥远，
阖闾丘墓荒。[10]	吴王阖闾的坟墓一片荒凉。
剑池石壁仄，[11]	剑池上的石壁多么陡峭，
长洲芰荷香。[12]	长洲苑的菱角和荷花在飘香。
嵯峨阊门北，[13]	高山一样的建筑在阊门北面耸起，
清庙映回塘。[14]	肃穆的庙宇倒映在曲折的池塘。
每趋吴太伯，[15]	每当我到这里来拜谒吴太伯，
抚事泪浪浪。	想起往古的遗事就泪水汪汪。
蒸鱼闻匕首，[16]	我听过鱼腹藏剑刺王僚的故事，
除道哂要章。[17]	嘲笑朱买臣向清扫道路的人炫耀腰悬的印章。
枕戈忆勾践，[18]	也曾想起了发奋枕戈的勾践，
渡浙想秦皇。[19]	还有那渡过浙江的秦始皇。
越女天下白，	越女多白皙，真是天下无双，
鉴湖五月凉。[20]	五月的鉴湖又是多么凉爽。
剡溪蕴秀异，[21]	剡溪上藏着秀美神奇的景色，
欲罢不能忘。	想抛开它，却总是不能把它遗忘。
归帆拂天姥，[22]	乘船北归时经过天姥山，
中岁贡旧乡。[23]	到中年了，得去应贡举赶回故乡。
气劘屈贾垒，[24]	那时我志气高昂，以为已经接近屈原、贾谊的高垒，
目短曹刘墙。[25]	把曹植、刘桢的成就只看成一道不难越过的围墙。
忤下考功第，[26]	遭到挫折，在考功员外主持的试场中落了榜，
独辞京尹堂。[27]	独自离开了东京府的大堂。
放荡齐赵间，[28]	在齐赵一带我随意漫游，
裘马颇清狂。[29]	披裘衣，跨骏马，颇显得狂放。
春歌丛台上，[30]	春天，在邯郸的丛台上高歌，
冬猎青丘旁。[31]	冬季参加围猎，在青丘山旁。

呼鹰皂枥林，[32]	在皂枥林里呼唤猎鹰，
逐兽云雪冈。[33]	追逐野兽，驰过云雪冈。
射飞曾纵鞚，[34]	也曾放马奔跑追射飞鸟，
引臂落鹙鸧。[35]	胳臂向后一拉，鹙鸧就被射落地上。
苏侯据鞍喜，[36]	苏公在马上露出喜色，
忽如携葛彊。[37]	他携带着我，好像山简带着葛彊。
快意八九年，	痛痛快快地过了八九年，
西归到咸阳。[38]	又回西方来，回到咸阳。
许与必词伯，[39]	当时和我交往，赞许我的都是文学巨匠，
赏游实贤王。[40]	邀我游宴玩赏的有一位贤明的亲王。
曳裾置醴地，[41]	在爱重人才的王府里拖着衣裾来往，
奏赋入明光。[42]	又制作辞赋送到明光宫献给皇上。
天子废食召，	皇帝暂停进餐把我召唤，
群公会轩裳。[43]	多少官位显赫的大臣会聚一堂。
脱身无所爱，[44]	摆脱官职我一点也不觉得可惜，
痛饮信行藏。[45]	只管痛饮，不计较出仕还是潜藏。
黑貂宁免敝，	黑貂裘穿久了怎能不破旧，
斑鬓兀称觞。[46]	鬓发斑白了，还是举着酒杯不放。
杜曲晚耆旧，[47]	杜曲老一辈的人都到晚年了，
四郊多白杨。[48]	四郊增添了多少墓道旁的白杨。
坐深乡党敬，	座次升高，受到了邻里的尊敬，
日觉死生忙。[49]	日益感到生死变化的匆忙。
朱门任倾夺，[50]	朱门权贵相互排挤争夺，
赤族迭罹殃。[51]	灭族的惨祸一场连接一场。
国马竭粟豆，[52]	国家养的马匹把农家种的豆粟吃光，
官鸡输稻粱。[53]	宫里斗鸡，还要供应喂鸡的稻粱。

举隅见烦费，	举出一个方面就可以看出多么浪费，
引古惜兴亡。	看看古代的事迹更令人叹惜兴亡。
河朔风尘起，[54]	河北的叛军卷起了风尘，
岷山行幸长。[55]	圣驾巡幸岷山，道路悠长。
两宫各警跸，[56]	两位皇帝各自清道走不同的路，
万里遥相望。	相距万里，遥遥相望。
崆峒杀气黑，[57]	崆峒山下杀气遮得天昏地暗，
少海旌旗黄。[58]	太子的旌旗颜色换成杏黄。
禹功亦命子，[59]	大禹也曾把帝位让给儿子，
涿鹿亲戎行。[60]	黄帝进攻蚩尤，在涿鹿也亲自带领兵卒上战场。
翠华拥吴岳，[61]	翠羽旗聚集在凤翔吴山，
貔虎啖豺狼。[62]	歼灭敌寇像猛虎吞噬豺狼。
爪牙一不中，[63]	运用武力偶然有一次没打中，
胡兵更陆梁。[64]	胡兵的气焰又变得猖狂。
大军载草草，[65]	大军不停奔走，慌慌忙忙，
凋瘵满膏肓。[66]	百姓疲惫孱弱，病入膏肓。
备员窃补衮，[67]	我空占了个谏臣的职位，
忧愤心飞扬。	忧愤焦急，心情激昂。
上感九庙焚，[68]	太庙焚毁已使我感到悲愤，
下悯万民疮。	千万人民遭害更使我哀悯忧伤。
斯时伏青蒲，[69]	那时我曾在青蒲垫上拜伏，
廷诤守御床。[70]	上朝时进谏，紧靠着御床。
君辱敢爱死，	皇帝还受屈辱，我怎能顾惜生命，
赫怒幸无伤。[71]	惹得皇上震怒，我侥幸安然无恙。
圣哲体仁恕，	天子圣明，对臣民仁慈宽厚，
宇县复小康。[72]	天下又恢复了局部的安康。

哭庙灰烬中，	皇上对着灰烬哭祭太庙，
鼻酸朝未央。[73]	我也含着辛酸走上朝堂。
小臣议论绝，	我这卑微的小臣不能再上殿议事，
老病客殊方。	又老又病，漂泊在异乡。
郁郁苦不展，	愁苦郁结，实在没法舒展，
羽翮困低昂。	翅膀受困，不能高飞向上。
秋风动哀壑，	秋风从凄凉的山谷中卷起，
碧蕙捐微芳。[74]	绿色的蕙草已失去微弱芬芳。
之推避赏从，[75]	介之推避入深山不愿受赏，
渔父濯沧浪。[76]	隐居的渔翁在沧浪江上濯足歌唱。
荣华敌勋业，	有些人的荣华富贵和功勋相当，
岁暮有严霜。[77]	到岁暮时也会遭到寒霜凋伤。
吾观鸱夷子，[78]	我看那功成身退的鸱夷子，
才格出寻常。	才识和格调才真是不比平常。
群凶逆未定，	凶恶的叛逆还没有完全平定，
侧伫英俊翔。	我且站在一边看英俊人才飞翔。

注释：

① 这也是大历元年秋在夔州所写的一首回忆往事的诗。诗中把诗人自己的经历遭遇和战乱及政局变化的情况联结在一起，反映出一个人从少壮时期的豪放、自信逐渐变化为老年阶段的颓唐、苦闷、悲愤的过程。这首诗不但能使我们对杜甫的一生有大致的了解，而且还把他的精神面貌的发展变化清晰地展示了出来，有助于对杜甫全部诗作的理解。诗题《壮游》的“壮”字，不是指壮年时期，而是指豪壮的心态和行踪的广阔。

② 斯文，原义是指一个时代的道德文化。“斯”是指示代词。《论语·子罕》：“天之将丧斯文也，后死者不得与于斯文也。”后来往往用来泛指儒生、文人。崔魏，据原注：“崔郑州尚，魏豫州启心。”按崔尚是武则天久视二年（701 年）进士，魏启心

是中宗神龙三年（707 年）进士，都是杜甫父亲一辈的人。

③ 班扬，指班固和扬雄，都擅长文章。班固，东汉人，是《汉书》的作者。扬雄，西汉末人，学者，辞赋家。

④ 咏凤凰的诗是杜甫七岁时的诗作，未传世。

⑤ 业，意思是“已经”。

⑥ 脱略，指任性不受拘束。江淹《恨赋》：“脱略公卿，跌宕文史”。

⑦ 姑苏台，春秋时代吴王阖闾在吴都（今苏州附近）姑苏山上造的一座高台。唐代已不存在，诗中用“姑苏台”来代表吴地。

⑧ 扶桑，原来是古代神话中所说的日出处的海上巨树，后来指东海上的仙岛。

⑨ 王、谢是东晋时代最著名的望族，出了许多人物，如王导、王羲之、谢安、谢玄等。

⑩ 阖闾，春秋时代吴王的名字。他的墓在苏州阊门外，即今之虎丘。

⑪ 剑池，苏州名胜，在虎丘。仄，倾侧之状，这里是用来形容石壁陡峭。

⑫ 长洲，是古苑名，在吴都西南，为吴王阖闾游猎处。唐代在该地置有长洲县。

⑬ 嵯峨，原用于形容山势高峻，这里是形容阊门北面的“清庙”建筑的宏伟高大。

⑭ 清庙，对吴太伯庙的尊称。清，意思是肃然清静。《左传・桓二年》：“清庙茅屋”。注：“清庙，肃然清静之称。”

⑮ 吴太伯，原名泰伯，姓姬，周太王的长子，其弟为仲雍、季历。太伯让王位给季历，季历的儿子姬昌，即后来的周文王。太伯偕仲雍到江南，受到当地荆蛮之民的拥戴，立为吴太伯，就是吴国的始祖。由于太伯让位的事迹使后人感动，所以有下一句诗“抚事泪浪浪。”

⑯ 这句诗是说吴公子光使剑客专诸刺吴王僚的故事。专诸藏匕首于鱼腹中，伪装献鱼的厨师在筵席上刺死王僚。古代盛赞专诸的事迹，认为是侠义的行为。杜甫在诗中提到他是出于对他的景仰。

⑰ 这句诗说的是汉代会稽太守朱买臣的故事。朱是吴郡人，好读书，家境贫穷，妻子辞去。后来得到严助推荐，召对称旨，拜中大夫，出为会稽太守，经过吴郡时，遇见其故妻与后夫在修治道路，故妻羞忿自缢。他于初到会稽时，有故人不知他已发迹，故

意对那位故人露出太守印，得意非凡。后为丞相张汤长史，发张汤隐事，逼张汤自杀，武帝怒而杀买臣。杜甫在诗中用一“哂”字，表示对他嘲笑轻蔑。这两句诗旧本在“秦皇”句后，《仇注》改置于此处始顺。

⑱ 越王勾践于亡国后奋发图强，有卧薪尝胆及其他故事流传。这里说“枕戈”，也是表明他不忘复国。

⑲ 秦始皇统一中国后曾游过江南，先后渡过长江、浙江（钱塘江）到达今之绍兴，祭大禹陵。想秦皇，也意味着对唐王朝兴盛时期的怀念。

⑳ 鉴湖，一名镜湖，在今浙江省绍兴。

㉑ 剡溪，在今浙江嵊州市，以风景秀丽著名。

㉒ 天姥，即天姥山。在今浙江新昌县东。“姥”音“母”（mǔ）。

㉓ 杜甫于开元二十三年（735 年），赴东都洛阳参加进士考试。杜甫故乡在巩县，由州县贡举（推荐）应考，故曰“贡旧乡”。那年杜甫二十四岁，按唐代习惯已称“中岁”。中岁，现称为“中年”。

㉔ 屈贾，指屈原、贾谊。“劘”音“摩”（mó），意思是切削，这里的“劘”与“摩”通，即接近。

㉕ 曹刘，指曹植、刘桢。这一句和上一句诗是说杜甫在青年时十分自负。诗中这样说，有自责少年气盛之意。

㉖ 忤，原来的意思是“逆”“触犯”，在这里是指遭受挫折。唐朝在开元二十三年以前，进士考试由吏部考功员外郎主持，故诗中这样说。从开元二十四年起，改由礼部侍郎主持。

㉗ 京尹堂，指东京（洛阳）府尹的大堂，进士考试在东都举行。离开东都，以“辞京尹堂”来表示。

㉘ 齐赵，指今山东省东北部和河北省中南部，杜甫于开元二十四年游齐鲁，次年起到开元二十八年左右游齐赵。诗中说的“齐赵”，包括了鲁地。

㉙ 清狂，原意是指白痴之类的轻微精神病。《后汉书・昌邑王传》：“察故王衣服言语跪起，清狂不惠。”即此意。后常用为放逸、疏放、放荡之意。诗中所用是后一种意思。

㉚ 丛台，战国时赵王筑的台，数台相聚，故称“丛台”。在今河北省邯郸东北。

㉛ 据《寰宇记》：“青丘，在青州千乘县，齐景公田于此。”这诗中的“青丘”可能只是借用典故，不是指实际地名。

㉜ 皂枥林、云雪冈，《仇注》引蔡梦弼曰：“皂枥林、云雪冈皆齐地。”这都是指打猎时经过的地点。

㉝ 两处名称可能只是按地方特色来称呼，不一定是专名，更不一定确有其地。

㉞“鞚”是马勒，纵鞚，放马奔跑。

㉟ 鹙鸧，音“秋仓”（qiū cāng），古代书上常说到的一种大型野鸟。

㊱“苏侯”下有原注：“监门胄曹苏预。”苏预即苏源明，是杜甫的知交，参看本卷《八哀诗（六）：故秘书少监武功苏公源明》一诗及有关注释。

㊲ 葛彊，是晋代山简的爱将，杜甫以葛彊自比，也就是推重苏预，把他比作山简。山简，见第九卷《北邻》注⑤。

㊳ 咸阳，指长安。秦代的京城在咸阳，长安是在其故址附近建成的都城，故杜诗中有时以“咸阳”代长安。

㊴ 许与，称许、赞赏。在这诗里，兼有相互交往之意。词伯，指大诗家。杜甫在这一时期，与高适、岑参、郑虔等人往来较频繁。

㊵ 贤王，指汝阳王李琎。可参看本卷《八哀诗（四）：赠太子太师汝阳郡王琎》及第一卷《赠特进汝阳王二十二韵》两诗。

㊶ 曳裾，多用于寄食或作客于王侯门下。《汉书・邹阳传》：“饰固陋之心，则何王之门不可曳长裾乎。”置醴，见本卷《八哀诗（四）：赠太子太师汝阳郡王琎》注⑱。

㊷ 明光，汉代宫名，这里借代唐代的宫殿。杜甫于天宝十载（751 年）作《三大礼赋》，投延恩匦献给唐玄宗。

㊸ 杜甫献赋后，得到玄宗的赏识，命待制集贤院，诏宰相面试文章，在场者有集贤殿学士、直学士等官员，济济一堂，故诗中说“群公会轩裳”。轩裳，犹言轩冕，大臣乘轩（车），服冕垂裳，故以“轩裳”借代大臣们。

㊹ 脱身，指杜甫授河西尉但不就之事。

㊺《论语·述而》："用之则行，舍之则藏。"后用"行藏"来表示人的出仕和归隐，或用于一般地表示人的行为。

㊻"兀"是发声词，即今之所谓"词头"。这里的"兀"是"兀自"的省略，"兀自"是唐代口语，意思是"还是"，"却是"。称觞，指饮酒。

㊼ 杜曲，即杜陵，在长安。见第二卷《曲江三章章五句》第三首注①及同卷《投简咸华两县诸子》注③。

㊽ 古代于墓道旁多种白杨。多白杨，指坟墓增多。

㊾《仇注》："耆旧渐已丧亡，则己之坐居上列者，日觉生死路迫矣。从外视内，位上者坐深。"吴见思《杜诗论文》："年齿日长，故坐次日高；凋谢既多，则死生可感。"

㊿ 朱门，指贵族、高官的府第。当时李林甫、杨国忠等相互倾轧排挤，争权夺利，官场风气极为险恶。

51 赤族，即灭族。《文选·解嘲》："客徒欲朱丹吾毂，不知一跌将赤吾之族也。"注："诛杀者必流血，故云赤族。"

52 国马，包括宫中养的马及军用战马。旧注多指御前的"立仗马"及供娱乐的舞马。

53 官鸡，则指专供娱乐的斗鸡。马料、鸡食，均取给于人民。以上各句所说的事都是下面两句诗中所说的"烦费"的例证，从古代历史上可看出这也是导致国家衰亡的原因。

54 河朔，即河北。风尘，指安禄山的叛乱。

55 岷山，从甘肃境延伸到四川境内的大山。行幸，皇帝出行。这句诗是说唐玄宗从长安向蜀境奔逃。

56 两宫，指玄宗及肃宗。警跸，皇帝出行前事先清道警戒。这句诗是说两位皇帝各自走着不同的道路，玄宗入蜀，肃宗去朔方。

57 崆峒，山名，见本卷《夔府书怀四十韵》注⑤。杀气黑，是说在酝酿、准备战争。那时，肃宗在凤翔集中兵力准备反攻。

58 唐代文献中有不少称太子为"少海"的例子。《旧唐书·音乐志》载《懿德太子庙乐章》（第四首）有"沧溟赴海还称少，素月开轮即是重"之句。骆宾王《自叙状》：

"沐少海之波澜。"卢僎《上皇太子新院应制》诗："前星迎北极，少海被南风。"这句诗是说太子做了皇帝。天子用黄旗，太子登位，故说"旌旗黄"。

(59) 这句诗以夏禹禅位给儿子夏启的历史来比喻玄宗禅位给肃宗。

(60) 这句诗用黄帝亲征蚩尤战于涿鹿之野的历史来比喻肃宗亲征叛军。

(61) 翠华，天子之旗。吴岳，凤翔附近有座吴山，肃宗在凤翔时曾封吴山，称之为吴岳。这句诗是说各路大军会聚到肃宗行在。

(62) 貙虎，旧本作"螭虎"，《仇注》认为"螭"不能食狼，据《列子》："黄帝与炎帝战于阪泉之野，帅熊罴豺豹貙虎为前驱"之句，改"螭虎"为"貙虎"。并引陆佃曰："虎五指为貙"。貙，音"渠"（qú）。貙虎，比喻唐官军。豺狼，比喻叛军。

(63) 爪牙，比喻皇帝指挥的军队。《诗·小雅·祈父》："祈父，予王之爪牙。"这句诗是指至德元载十月，房琯指挥反攻在陈陶斜遭到的失败。

(64)《文选·甘泉赋》："飞蒙茸而走陆梁。"善注引晋灼曰："飞者蒙茸而乱，走者陆梁而跳。"这里以"陆梁"表示叛军猖獗之貌。

(65) 草草，劳心之状，《诗·小雅·巷伯》："劳人草草"。但也可用来表示急促、忙乱之状。这诗句中宜理解为忙乱。

(66)"凋瘵"的"瘵"音"债"（zhài），病，《诗·大雅·瞻卬》："士民其瘵。"膏肓，指疾病严重。参看本卷《八哀诗（三）：赠左仆射严公武》注㊲。

(67) 补衮，称谏官。《诗·大雅·烝民》："衮职有缺，维仲山甫补之。"这里的"衮职"，喻王职，指国君而言。后遂以"补衮"称谏官。杜甫曾任左拾遗，是谏官，故自称"窃补衮"。用"备员"（不起作用，只能充数的人员）及"窃"字，是谦词。

(68) 九庙，指皇族的祖庙，见本卷《八哀诗（二）：故司徒李公光弼》注⑨。

(69)《汉书·史丹传》："丹直入卧内，伏青蒲上切谏。"青蒲，是用青蒲制的拜垫。

(70) 这两句诗是指至德二载房琯罢相时，杜甫为房琯辩护，冒犯肃宗的事。

(71) 为房琯事杜甫触怒了肃宗，诏下三司推问，张镐力救始解。

(72) 宇县，指国内各地。小康，当时全国范围敌寇仍势炽，只是收复了两京，唐朝的局面稍趋缓和，故称"小康"。按"小康"来源于《礼·礼运》："是谓小康"。是孔子语，以禹、汤、文、武、成王、周公之治与五帝大同之世相比而言。后世谓经济情况较好，可安然度日者为小康，与此诗中的用法均不同。

⑦③ 未央，汉代宫名，借代唐代的大明宫及内外朝正殿、紫宸殿、宣政殿等。这是指回京后杜甫上朝的情况。下一句的“议论绝”，指杜甫于乾元元年被贬为华州司功，从此离开朝廷。

⑦④ 蕙，香草。薰草及蕙兰均可称为“蕙”。碧蕙，杜甫自喻。前面两句，以鸟自喻，都是说离开朝廷后的不得志。

⑦⑤ 之推，介之推，参看第十二卷《送李卿晔》注⑥。

⑦⑥《楚辞》有《渔父》篇，托言于隐士渔父。又《孟子·离娄》引古歌“沧浪之水清兮，可以濯吾缨；沧浪之水浊兮，可以濯吾足。”杜甫以介之推和渔父比喻自己现在的情志。

⑦⑦ 这句和上一句的意思是说靠功勋而得到高官厚禄，享有荣华富贵者，也会有被凋伤摧残的时候，喻世事无常，衰颓败亡也有出于偶然的。

⑦⑧ 范蠡于越国被灭后，佐越王勾践忍辱复国，终于破吴雪耻，越国复兴以后，离开了国都会稽，改变姓名为鸱夷子，历齐至陶，经商致富，号陶朱公。有人认为这诗中借鸱夷子比喻李泌，他于肃宗破敌还都后，归隐衡山。参看第五卷《收京三首》第二首注②。从最后几句诗中，可看出杜甫对肃宗的不满，但又不能明言。

◎ 遣怀[1]（五古）

昔我游宋中，[2]	往昔我曾到宋国的故地游历，
惟梁孝王都。[3]	那里曾是一座都城，住着梁孝王。
名今陈留亚，[4]	它的名声如今虽然比陈留低一等，
剧则贝魏俱。[5]	可比得上贝州和魏州的热闹繁忙。
邑中九万家，	城里住着九万户人家，

高栋照通衢。　　高大的房屋排列在大道两旁。
舟车半天下，　　车船能通向半个中国，
主客多欢娱。　　主人和游客都那么愉快欢畅。
白刃仇不义，　　在那里，谁不义就用白刃报仇，
黄金倾有无。　　朋友需要黄金，马上慷慨解囊。
杀人红尘里，　　在尘土飞扬的闹市里杀人不眨眼，
报答在斯须。　　该报答就报答，不用拖延时光。
忆与高李辈，[6]　　回想当年和高适、李白他们，
论交入酒垆。[7]　　情投意合，到酒店里痛饮一场。
两公壮藻思，[8]　　这两位朋友才思敏捷豪放，
得我色敷腴。[9]　　见到我，喜悦浮上脸庞。
气酣登吹台，[10]　　慷慨激昂地登上吹台，
怀古视平芜。　　不禁怀想古代，向茫茫原野眺望。
芒砀云一去，[11]　　芒砀山上不再有彩云郁聚了，
雁鹜空相呼。　　只剩下大雁和野鸭呼叫翱翔。
先帝正好武，[12]　　那时玄宗皇帝喜欢用武力，
寰海未凋枯。　　全国的财力还没有枯竭凋伤。
猛将收西域，[13]　　猛将们收复了西域成片土地，
长戟破林胡。[14]　　挥动长戟的战士使契丹受到重创。
百万攻一城，　　动用百万大军才攻下一座城，
献捷不云输。　　也向皇帝报捷，却不提打过败仗。
组练去如泥，[15]　　身穿组甲练袍的精兵当泥土抛弃，
尺土负百夫。[16]　　夺取一尺土地不惜千百人伤亡。
拓境功未已，　　开拓国境的事业还没有完成，
元和辞大罏。[17]　　天地间失去了太平安乐的景象。
乱离朋友尽，　　在兵荒马乱中朋友们全都离散，

合沓岁月徂。[18]	岁月不断流逝，匆匆忙忙。
吾衰将焉托，	我这样衰老了，今后有谁能依靠，
存殁再呜呼。[19]	一次再次悲叹，哀悼友人的死亡。
萧条益堪愧，	家境这样清寒，更觉羞愧难当，
独在天一隅。	独自一人，流落在天的一方。
乘黄已去矣，[20]	乘黄那样的骏马已离开人间，
凡马徒区区。[21]	留下我这样一匹凡马有什么用场。
不复见颜鲍，[22]	不能再看见颜延之和鲍照，
系舟卧荆巫。[23]	只能系住船在巫峡边闲躺。
临餐吐更食，	吃饭时常常吐出又咽下，
常恐违抚孤。[24]	我一直惶恐不安，怕连朋友的遗孤也无力抚养。

注释：

① 这首诗也是写天宝三载青壮年时期的游历，但主要是悼念已故的诗友高适和李白。尽管这两位友人在世时对杜甫并没有什么帮助，而且分别后也很少来往，但杜甫对他们仍思念不已，一往情深。诗中谴责了唐玄宗的穷兵黩武所带来的危害，并体会到个人的不幸和国家的危难密切相关，因而诗中表现出的不是个人的哀痛，而是一种沉重的历史感。这诗为大历元年秋作于夔州。

② 宋中，指春秋时代的宋国国境，唐朝时属睢阳郡，曾名宋州，在今河南省商丘市一带。

③ 梁孝王（刘武），是汉文帝的第二子，曾封于睢阳。

④ 唐代的陈留郡在今河南省开封市。亚，次。

⑤ 剧，意思是繁华、热闹。在唐代贝州是清河郡治所，即今河北清河县；魏州为武阳郡治所，即今河北大名县。

⑥ 高李，指高适与李白。

⑦ 酒垆，酒店。古代酒店中放置酒瓮的地方累土为台，称为“垆”，因而称酒店为“酒垆”。《仇注》引《世说》：“王濬冲经黄公酒垆，顾谓后车客曰：‘吾昔与嵇阮共酣

饮于此垆’。”当时嵇康、阮籍已死，故此言含有悼亡的意思。这句诗也同样含有悼念高、李之意。

⑧ 壮藻思，指富于文才。藻思，指文辞华丽。古代常称文采、文辞为“藻”。如《汉书·叙传》：“摛藻如春华。”注：“藻，文辞也。”《文选·七启》：“华藻繁缛”，注：“藻，文采也。”

⑨《仇注》引《古乐府》：“好妇出迎客，颜色正敷腴。”敷腴，喜悦之色。

⑩ 吹台，即“繁台”，在今河南开封东南，传为始于师旷，后由梁孝王增筑的歌吹台（奏音乐的台）。

⑪《汉书·高祖纪》：“高祖隐于芒砀山泽间，所居上常有云气。”这句诗是怀念古代英雄人物。英雄人物消逝了，只剩下凡鸟喧呼。

⑫ 先帝，指唐玄宗。

⑬ 西域，指新疆及今中亚部分地方。开元二十七年，盖嘉运大破突骑施于碎叶城（在今哈萨克斯坦共和国巴尔喀什湖南），擒其王吐火仙。天宝六载，以高仙芝为安西四镇节度使，讨小勃律，虏其王归。

⑭《仇注》引《通鉴注》：“契丹即战国林胡地也。”诗中的“林胡”就是指契丹。开元二十年正月以信安王李祎为河东、河北两道行军副大总管，击奚、契丹，三月，大破之。开元二十二年、二十四年、二十六年，幽州节度使张守珪多次大破契丹。

⑮《左传·襄三年》：“楚子重使邓廖帅组甲三百，被练三千以侵吴。”杜预注：“组甲，漆甲成组文；被练，练袍。”后遂以“组练”代表军队。谢朓《和伏武昌登孙权故城》诗：“北据溺骖镳，西龛收组练。”

⑯ 负百夫，即牺牲战士百人。负，意思是“输”，“丧失”。

⑰ 元和，意思和“大和”“太和”相似。《旧唐书·郭子仪传》：“体元和之气，根贞一之德。”这里是指太平盛世的安乐生活。大罏，指天地，自然界。《仇注》引《庄子》：“以天地为大罏，以造化为大冶。”

⑱ 岁月徂，指时光之流逝。合沓，相继不绝。

⑲ 这句诗是慨叹李白、高适之死。李白死于宝应元年（762 年）十一月，高适死于永泰元年（765 年）正月。

⑳ 乘黄，骏马，喻高、李。

㉑ 凡马，杜甫自谓。徒区区，意思是说白忙，白费心。

㉒ 颜鲍，指颜延之和鲍照，都是南朝著名诗人，这里借代高适与李白。

㉓ 荆巫，指夔州。唐代夔州属山南东道荆州大都督府，位于巫峡之口，故称它为“荆巫”。

㉔ 抚孤，为高适和李白育子女。古代交友，崇尚义行，认为对朋友遗孤有抚养的义务。《仇注》：“末恐客死于夔，不及见两家子孙也。”

◎ 奉汉中王手札报韦侍御萧尊师亡[①]（五排）

秋日萧韦逝，	萧、韦两位都在今年秋天逝世，
淮王报峡中。[②]	汉中王把这噩耗传到峡中。
少年疑柱史，[③]	韦侍御年纪还轻，我将信将疑，
多术怪仙公。	萧尊师有仙术，难道不能升仙腾空。
不但时人惜，	不但世人惋惜，
只应吾道穷。[④]	也表明我们的道路走不通。
一哀侵疾病，	这一场哀痛侵入我的病体，
相识自儿童。	当年我和他们相识时还都是儿童。
处处邻家笛，	处处笛声传到我耳里，我像向秀听邻家笛声那样哀痛，
飘飘客子蓬。	我在异乡漂泊，如风中飘蓬。
强吟怀旧赋，[⑤]	强忍悲伤，吟诵着《怀旧赋》，
已作白头翁。	我如今已成了个白发老翁。

注释:

① 韦侍御和萧尊师是杜甫和汉中王李瑀的共同友人，李瑀写信给杜甫，告诉他两人逝世的消息，杜甫因此而十分感伤，便写了这首悼念友人的诗。韦官侍御史，萧是道士，不知其名。这诗大历元年秋冬间作于夔州。

② 淮王，汉淮南王刘安。这里用他来代汉中王李瑀。峡中，指夔州。

③ 韦侍御史年少而亡，故将信将疑。

④ 上一句“时人惜”，承韦侍御年少而亡；这一句，承萧尊师未能升仙。杜甫曾有修仙学道的打算，萧尊师之死，表明修仙学道也不能长生。

⑤ 向秀作有《思旧赋》，是为哀嵇康、吕安而作。其序曰：“于时日薄虞渊，寒冰凄然，邻人有吹笛者，发声寥亮，追想曩昔游谯之好，感音而叹，故作赋云。”诗中以“邻家笛”与吟《怀旧赋》表达了自己对韦、萧悼念之情如向秀之悼念嵇康、吕安。《怀旧赋》是潘岳为杨暨、杨潭而作。诗中的《怀旧赋》可能是《思旧赋》之误。

◎ 存殁口号二首[①]（七绝）

席谦不见近弹棋，[②]	好久没看见席谦玩弹棋，
毕耀仍传旧小诗。[③]	毕耀死后，世间还传诵他往日写的小诗。
玉局他年无限事，[④]	棋局旁有多少往事令我怀念，
白杨今日几人悲？[⑤]	死者墓前的白杨树下，有多少人悲凄？

注释:

①“口号”就是“口占”，即不需用纸笔起草，随口诵之而出的诗篇。存殁，指生者和死者，诗中的一、三句怀念生存在世的友人，二、四句哀悼已逝世的友人。这一形式是比较特殊的，但正能借此表达作者的“生死存亡”之感。本卷《壮游》一诗中“日觉死生忙”之句是“死生感”的直接表达，这里的两首《存殁口号》则是对“死生感”的具体刻画。题下有原注：“道士席谦，吴人，善弹棋；毕耀，善为小

诗。”又第十二卷《章梓州水亭》一诗原注也曾提到过席谦，当时杜甫与席谦、李瑀俱在章彝水亭席上。

② “近”字是“不见”的状语，倒置于“不见”之后。弹棋，是古代的一种棋戏，已失传。

③ 旧小诗，指往日所作之小诗。毕耀，一作毕曜。参看第六卷《逼侧行赠毕四曜》注①。

④ 玉局，弹棋的棋盘。他年，指往日杜甫与席谦在一起交游时。

⑤ 白杨，见本卷《壮游》注㊽。

◎ 其二（七绝）

郑公粉绘随长夜，①	郑公已带着他的绘画进入长夜，
曹霸丹青已白头。②	善于画马的曹霸也已经白发满头。
天下何曾有山水，③	如今世上哪里还有山水，
人间不解重骅骝。④	可惜人间却不理解该看重骅骝。

注释：

① 郑公，指郑虔，他擅长山水画。随长夜，指死去。参看第三卷《醉时歌》注①及第五卷《送郑十八虔贬台州司户》注①。

② 曹霸，善画马，杜甫写此诗还在世，当时他已很老。参看第十三卷《丹青引》注①。

③ 山水，既指山水画，也指真的山水。郑虔死后，没有人的山水画可比得上郑虔；也没有人真的理解山水之美了。

④ 骅骝，也有双关义。既指曹霸画的马，也指曹霸那样的人才。

第十七卷

◎ 赠李八秘书别三十韵[1]（五排）

往时中补右，[2] 往昔您在中书省任右补阙，
扈跸上元初。[3] 跟着皇帝出行，皇帝那时初登帝位。
反气凌行在， 叛逆的气焰逼近行都，
妖星下直庐。[4] 妖星射向值班宿卫的庐舍。
六龙瞻汉殿，[5] 玄宗的龙驾遥遥瞻望长安的宫殿，
万骑略姚墟。[6] 千乘万骑经过舜帝出生的姚墟。
玄朔回天步，[7] 肃宗在北方把国运扭转，
神都忆帝车。[8] 京都人民都在想念北斗星照临的日子。
一戎才汗马，[9] 大军出动，战马才开始流汗，
百姓免为鱼。[10] 百姓就不再像受殃的池鱼。
通籍蟠螭印，[11] 多少人列名宫廷册籍，系上螭纽印，
差肩列凤舆。[12] 肩靠肩随着凤舆排列。
事殊迎代邸，[13] 这件事和平常的太子继位不同，
喜异赏朱虚。[14] 您十分欣喜，尽管没有像朱虚侯那样得到厚赐。
寇盗方归顺， 叛军开始归顺朝廷，
乾坤欲晏如。[15] 天地间即将恢复安宁的岁月。
不才同补衮，[16] 我没才能，也和您一起担任谏官，
奉诏许牵裾。[17] 奉皇上诏令，进谏时允许牵裾。
鸳鹭叨云阁，[18] 我在黄阁的官员行列里虚占个位置，
骐驎滞石渠。[19] 您这麒麟般的人才任职秘书，留在石渠阁里。
文园多病后，[20] 自从我像司马相如那样多病之后，
中散旧交疏。[21] 老朋友们都疏远了，像嵇康和山涛不再往来。
飘泊哀相见， 我如今在漂泊中，蒙您哀怜，来和我见面，
平生意有余。 一时怎能倾诉完多年的情意。

风烟巫峡远，	巫峡上常有风烟，又这么遥远，
台榭楚宫虚。[22]	楚宫的楼台亭榭已完全消失。
触目非论故，[23]	满眼看到的都不是能交谈往事的人，
新文尚起予。[24]	而您的近作却能给我一些启示。
清秋凋碧柳，	秋色凄清，绿柳已经凋萎，
别浦落红蕖。	告别处的水面上红荷花在飘坠。
消息多旗帜，[25]	多少旗帜举起不久又倒下，
经过叹里闾。[26]	所有经过的街巷都有人们在叹息。
战连唇齿国，[27]	唇齿相连的州郡竟相互争斗，
军急羽毛书。	军情紧急，发出了插羽毛的文书。
幕府筹频问，[28]	元帅的幕府一次次请您参与筹谋，
山家药正锄。[29]	您却住在山里，正在锄药草圃。
台星入朝谒，[30]	如今相公已进京朝谒皇上，
使节有吹嘘。[31]	他一定会称赞您的才能优异。
西蜀灾长弭，[32]	等西蜀的灾难永远消除，
南翁愤始摅。[33]	我这飘流南国的老人心中的忧愤才能舒解。
对敭抏士卒，[34]	面奏皇帝时该提出裁兵减卒，
干没费仓储。[35]	粮饷中饱私囊会使仓库更空虚。
势藉兵须用，[36]	这样的形势怎能不依靠武力，
功无礼忽诸。[37]	即使没有功勋难道朝廷会忽略礼遇。
御鞍金騕褭，[38]	您将得到御鞍和騕褭宝马的赏赐，
宫砚玉蟾蜍。[39]	还会给您宫砚和玉雕的蟾蜍。
拜舞银钩合，[40]	拜舞谢恩之后，落笔留下银钩般的字迹，
恩波锦帕舒。[41]	承受皇上的恩波，把锦帕向马背上平铺。
此行非不济，[42]	您这次回京都将会对国事有益，
良友昔相于。[43]	但我却难忘往日亲切的友谊。

去棹依颜色，	您的船离去了，我好像还能看见您的容颜，
沿流想疾徐。[44]	想象着您顺流而下，有时缓慢，有时急速。
沉绵疲井臼，[45]	我被疾病纠缠，又忙于家务，
倚薄似樵渔。[46]	像樵夫渔人一样生活窘迫。
乞米烦佳客，[47]	依靠好朋友赠给我一些米粮，
钞诗听小胥。[48]	让小差吏给我抄录几首新诗。
杜陵斜晚照，[49]	您将在杜陵看到夕阳斜照，
潏水带寒淤。[50]	潏水萦绕充满寒意的洲渚。
莫话清溪发，	您别向人说我对着清溪水映照头发，
萧萧白映梳。[51]	把稀疏的白发慢慢梳理。

注释：

① 李八秘书，不知其名。至德年间，杜甫在凤翔任左拾遗时，他任右补阙，两人一起供职。后来两人分别多年。大历年间他接受邀请参加杜鸿渐的幕府，但那时杜已回朝，于是尾随其后回长安，途中在夔州又和杜甫相见。杜甫写这诗为他送别。诗中回顾了在凤翔时和归京的往事，以及两人在一起时的交谊，并对他加以勖勉。黄鹤认为这诗作于大历元年七月，但根据史书所载杜鸿渐回朝的时间来看，应作于大历二年七月。

②《钱笺》：“肃宗初，公拜左拾遗，此云‘中补右’者，必李秘书于是时官右补阙也。中者，右补阙属中书省。”按“中补右”即中书省右补阙之简称。

③ 扈跸，扈从皇帝出行。上元初，不是指上元初年，这里的“上元”不是年号。《仇注》：“‘扈跸上元初’，谓扈驾于主上建元之初。”

④ 妖星，即欃枪星。参看第四卷《魏将军歌》注⑮。《汉书・严助传》：“君厌承明之庐。”注：“承明庐在石渠阁外。直宿所止曰庐。”唐代，尚书省与门下省官员要轮流在省院中值班宿夜，“直庐”即值夜者所住的屋。

⑤ 这两句诗述玄宗于安禄山叛军侵入长安时向西蜀逃奔的情况。六龙，借喻皇帝的车驾。《易・乾卦》：“时乘六龙以驭天。”汉殿，喻长安的唐朝宫殿。

⑥《仇注》引《帝王世纪》：“瞽叟之妻握登，生舜于姚墟。”通常认为在今山东省濮县

南，但据《汉书注》所引《世本》：“妫虚，在汉中郡西城县。”又引《世纪》：“安原，谓之妫虚，或谓之姚墟。”这里的“姚墟”，是指汉中的姚墟，玄宗入蜀时，曾从那里经过。

⑦ 玄朔，指北方的朔方郡。玄，黑色，古代把颜色与方位联系在一起，常以“玄”表示北方。肃宗即位于灵武，灵武属朔方郡。天步，即国步，国运。《诗·小雅·白华》：“天步艰难。”

⑧ 神都，即京都，这里借代京都的人民。帝车，即北斗星。《春秋运斗枢》：“北斗有七星，天子有七政也。杓携龙角，衡殷南斗，魁枕参首，是谓帝车，运于中央，临制四乡。”这里以“帝车”喻皇帝。

⑨《书·武成》：“一戎衣天下大定。”《礼·中庸》：“一戎衣而有天下。”注：“戎，兵也，衣读如殷，声之误也。一戎殷者，一用兵伐殷也”。

⑩《仇注》引《左传》：“刘子曰：‘微禹，吾其为鱼乎’。”又引《光武纪》：“赤眉在河东，但决水灌之，可使为鱼。”从现代的观点来看，战争中人民受灾，是无辜的，因此似可据“殃及池鱼”典来理解。东魏杜弼《檄梁文》：“城门失火，殃及池鱼。”

⑪ 通籍，见第三卷《奉赠太常张卿垍二十韵》注⑮。螭印，雕刻有蟠螭形纽的官印。这句和下一句诗泛指肃宗朝中的官员。

⑫ 凤舆，皇帝的座车。

⑬ 吕后死后，周勃、陈平、刘章等迎代王于王邸，即汉文帝。这里以“迎代邸”代表皇帝死后迎立太子，而肃宗于玄宗奔蜀时称帝，在父死前代父为帝，与通常情况不同，故曰“事殊”。

⑭ 朱虚，即朱虚侯刘章，他因迎立文帝，增封两千户，赐黄金千金。李八秘书大概是宗室，故以朱虚侯相比。但他未得到朱虚侯那样的重赏，故诗中说“喜异赏朱虚”。

⑮ 乾坤，天下。宴如，安定、太平。

⑯ 不才，杜甫自称，谦词。补衮，见第十六卷《壮游》注⑰。

⑰ 据《三国志·魏书》，魏文帝欲徙冀州民十万户实河南，辛毗引帝裾而谏。这句诗里以“牵裾”代表直言进谏。

⑱“鸳鹭”与“鹓鹭”同。鹓与鹭飞行有次序，故用来喻朝臣的行列。《隋书·音乐

志》："怀黄绾白，鹓鹭成行。"云阁，意思是连云的高阁，这里是指门下省，唐代习惯称门下省为黄阁。这句诗是说肃宗还都后杜甫在门下省继续任左拾遗的职位。

⑲ 骐𬴂，"麒麟"的异写，比喻李八之多才。他于还都后留在秘书省任秘书郎，管理和校读藏书。石渠，是汉代藏书阁名。

⑳ 文园，借代司马相如。见第十六卷《夔府书怀四十韵》注⑭。司马相如患消渴病，杜甫也患同一病症，故以司马相如自喻。

㉑ 中散，指晋嵇康。他曾为中散大夫，愤世嫉俗，与原来的朋友山涛（巨源）绝交，在他的《与山巨源绝交书》中列举自己不能出仕的原因有"必不堪者七，甚不可者二"，从此离开所有身居高位的朋友。这句诗以嵇康自比，只是说自己与朝廷大臣隔绝，并不是说自己和嵇康思想完全一致。

㉒ 夔州传有楚宫遗址，但唐代已无迹可寻。

㉓ 论故，指能一起谈谈往事的人，也就是与自己年龄相近，有着类似经历的人。

㉔ 起予，《论语·八佾》："子曰：'起予者商也，始可与言诗已矣。'"疏："起，发也；予，我也；商，子夏名。孔子言能发明我意者，是子夏也。"新文，指李八的近作。

㉕ 消息，原义指有盛必有衰。《易·丰》："天地盈虚，与时消息。"《文选·七发》："消息阴阳。"注："李善曰：'消，灭也；息，生也。'济曰：'翻覆'也。"这句诗是说许多割据一方的军阀在争夺地盘，相互攻袭，时起时败。

㉖ 里闾，这里指街巷居民，代表广大民众。

㉗ 唇齿国，相互邻近的州郡。战，指当时蜀中握有兵权的将领崔旰、杨子琳、柏茂林、张献诚等人间的战争。

㉘ 原注："山剑元帅相公，初屈幕府参筹画，相公朝谒，今赴后期也。"又云"秘书比卧青城山中。"

㉙ 从这些原注和诗句内容可看出，李秘书原居住在蜀州青城县（今四川省灌县）之青城山中，隐居种药草。这两句诗写他出山前的情况。参看注①。

㉚ 台星，即三台星之简称，这里比喻宰相，指杜鸿渐。

㉛ 使节，副元帅是代表皇帝镇守一方的，也是皇帝的使节，因而也以"使节"称杜鸿

渐。吹嘘，《方言》："吹，助也。"注："吹嘘，相佐助也。"后来多用来指称道、宣扬别人的优点。

㉜ 灾，指兵灾，军阀混战造成的灾难。弭，同"弥"，止歇，消除。

㉝ 南翁，杜甫自称，因为他现在流寓南方。摅，音"抒"（shū），发泄，排遣。

㉞ 这两句诗及以下两句是对李秘书，同时也是间接对杜鸿渐的希望，请他们向皇帝提出裁军的建议。"对敭"的"敭"，同"扬"。《书·说命》："敢对敭天子之休命。"传："对，答也，答受美命而称扬之。"这里指的是在朝谒皇帝时向皇帝面奏与回答皇帝的询问。抏，音"万"（wàn），诗中旧作"坑"，是刊误。"抏士卒"见于《汉书·司马相如传》："抏士卒之精。"用在那里，意思是损伤士卒，用在这里意思不同，当另求解释。曹慕樊据《上林赋》注，"抏"的意思是"损"，并指出："损当读为《老子》'为道日损'的损。损，像现在说的精简。'抏士卒'就是精简士卒，就是裁兵。"（《杜诗杂说》第229页）这意见很对。

㉟ 干没，王先谦《汉书补注》："沈钦韩曰：'此言无所将而没取利'；或云'掩取货利，没为己有，如水尽涸也。'诸说以沈为长。"诗中的"干没"表示军费被侵吞，被贪污，因而更增加国家的开支，费尽仓储。

㊱"势藉"之"藉"，可理解为"凭借""依靠。"势藉，当前形势所需。

㊲ 礼忽诸，就是"礼忽之乎"，是反问语气。功，指建立功业。这句诗是说即使没有用兵，也会尊重将士，给他们优厚待遇。

㊳ 这两句诗是预祝李八随杜鸿渐朝谒皇帝后得到赏赐。金騕褭，指带有黄金装饰的骏马。

㊴ 玉蟾蜍，是玉制蛤蟆形的贮水器。

㊵ 这两句诗承接上面两句。银钩合，指如"银钩"一样秀劲的笔画组构成文字。

㊶ 锦帕舒，是指在马背铺上"锦帕"。

㊷ 济，是"济时""济世"之"济"，说的是在政治上能发挥有益的作用。

㊸ 相于，指朋友间的亲密交往。孔融《与韦端书》："不得复与足下岸帻广坐，举杯相于。"

㊹ 沿流，顺流而下。李八回长安，取道荆州，自蜀乘船东下，故曰"沿流"。

㊺ 沉绵，指病重长期不愈。井臼，喻家务，这里不是指家务劳动，而是指"生计"，即

生活来源。

㊻ 从句子的内容可看出这里的“倚薄”当作“窘迫”解。《九家注》赵云：“谢灵运诗云：‘拙疾相倚薄，还得静者便’。言留滞于夔即是依倚止薄如渔夫樵夫然也。”按谢诗中“倚薄”的意思是“逼迫”，而这诗中，“倚薄”已从“逼迫”明显转义为“窘迫”。

㊼“乞”字，《九家注》：“公自注去声。赵云：自我求人谓之乞（按古音读入声），自人与我谓之乞（古音读去声），则音‘气’也。”读去声的“乞”，逐渐被“给”所代替。现代汉语中“乞”作“求乞”解，不复有“给予”义。

㊽ 小胥，掌文书的小吏。杜甫在夔州有僮仆獠奴，此外尚有“小胥”，大概都是夔州都督柏茂林所派遣来的。

㊾ 这两句诗想象李八回长安后的生活。杜陵，即杜曲，在长安城南，杜甫家族有产业在那里。

㊿ 潏水，发源于长安城南之秦岭，为关中八川之一。“潏”音“预”（yù）。

51 这两句诗说自己的生活情况，表面上是说不必把他的衰老情况告诉长安的友人，但实际上正是想通过李八把近况告诉友人们。两句当连成一体来理解。

◎ 中夜[1]（五律）

中夜江山静，	已经半夜了，江山多么寂静，
危楼望北辰。[2]	我在高楼上眺望北极星辰。
长为万里客，	长久在离家万里的异乡作客，
有愧百年身。[3]	愧对自己不足百年的一生。
故国风云气，[4]	故国的天空风云变幻不定，
高堂战伐尘。[5]	华丽的厅堂上也弥漫着战争烟尘。
胡雏负恩泽，[6]	小胡儿辜负了皇上的恩泽，
嗟尔太平人。[7]	可怜啊，你们过惯了太平日子的人！

注释:

① 诗题《中夜》，取诗的前两字，也是指受到感触而构思这诗的时间及当时的情景。诗人在中夜寂静的瞬间，想起了自己的一生和所经历的国家变故，对战乱中受害的广大人民表示了深刻同情，对制造祸端的安禄山辈表示了强烈的愤恨。从这首诗起的一系列诗作均作于大历元年秋，时杜甫居夔州之西阁。

② 北辰，即北极星。诗中既指星，又指皇帝所在的京都。

③ 百年身，原诗指人的身躯。现代汉语习惯，当我们把人的身体和精神统一起来看时，大都说“一生”。用“一身”，则是强调个体的存在，因而译诗里用了“一生”这个词。

④ 故国，古代多指京城而言。因杜甫离长安多年，故称长安为故国。

⑤《仇注》：“（蔡）梦弼以高堂为杜陵屋庐，今按曹植诗‘乃为高会，宴此高堂’、沈约诗‘青鸟去复还，高堂云不歇’、刘孝绰诗‘长门隔青夜，高堂梦容色，此皆概言华屋。”译诗从仇说。

⑥《仇注》引《唐书》：“张九龄见禄山入奏，气骄蹇，曰：‘乱幽州者，此胡雏也。”这句诗中的“胡雏”，指安禄山等叛军首领。

⑦《仇注》：“盖自天宝初，而祸绵不息，致不能为太平之人也。”这句诗也意味着：过惯天宝末以前太平生活的人，经此十多年战乱，受够了苦，真是往事不堪回首了。

◎ 垂白[①]（五律）

垂白冯唐老，[②]	我像老冯唐那样披着满头白发，
清秋宋玉悲。[③]	却还像宋玉那样感到清秋的悲愁。
江喧长少睡，	江潮这样响，吵得我很少能安睡，
楼迥独移时。	在高楼上独自站着，一站就好久。
多难身何补，	国家多难，我能为它做些什么，

无家病不辞。[4]	连家也没有了，生病甘愿忍受。
甘从千日醉，	乐意一连一千天天天醉酒，
未许七哀诗。[5]	却不愿像《七哀诗》那样哀叹不休。

注释:

① 垂白，意思是白发下垂，老迈的形象。这诗写自己感到衰老，已无报国之力的深刻悲痛。

② 冯唐，以孝著称，白发满头时才作郎官。汉文帝时拜为车骑都尉，汉景帝时出为楚相，不久又被免官。汉武帝时求贤良，有人推荐他，但他已九十多岁，不能再出任官职。杜甫常以冯唐自比，他到五十三岁时才授工部员外郎，也可以说是“白首为郎”。

③ 宋玉悲，见第十五卷《奉汉中王手札》注⑭。

④ 无家，指家无定所。虽然全家人奔蜀，但离开成都草堂后就一直过着漂泊的生活，故云“无家”。

⑤《七哀诗》，曹植、王粲、张载都作有以《七哀》为题的诗，《文选》吕向注曰：“七哀谓痛而哀、义而哀、感而哀、怨而哀、耳目闻见而哀、口叹而哀、鼻酸而哀。”这些诗都是有感于时事而作，都有较高的思想艺术价值。杜甫在这诗中说“未许”，并不是否定这些诗的价值，而是说对唐代的现实已经看透，连对它表示哀痛也已觉得多余，不如永远沉湎于醉饮之中。这也是一种激愤之辞，实际上他的许多诗篇是和魏晋之际的《七哀诗》有共同点的。

◎ 中宵[1] （五律）

西阁百寻余，[2]	西阁建在几十丈高的山冈上，
中宵步绮疏。[3]	半夜了，我在雕花的窗棂下彷徨。
飞星过水白，	流星飞过，水面一片白色，

落月动沙虚。	落月的光影在沙洲上轻轻摇荡。
择木知幽鸟，	我知道，爱幽静的鸟会选择树木，
潜波想巨鱼。[④]	也能想象，波浪下有大鱼潜藏。
亲朋满天地，	天地之间亲友们到处离散，
兵甲少来书。	战乱的年代连书信也很少来往。

注释：

①《仇注》："中夜，指长夜言，中宵，尚在黄昏以后。"意思是说"中夜"是半夜，而"中宵"则是半夜以前，黄昏以后。这一解释似乎是为了有别于"中夜"，故作曲说。不合"中宵"的通常用法。通常，"中宵"也是指夜半，如《晋书·祖逖传》："中宵起坐"，就是指半夜而言。这诗所写的正是半夜不眠时的所见与所思。

②"西阁"是杜甫到夔州后暂住了一个时期的地方。似乎家属住在另一处地方，西阁则是单身所居。参看本卷《西阁三度期大昌严明府同宿不到》注①。关于这个"西阁"，杜甫曾写过许多首诗，本卷诗题中有"西阁"字样者有五首之多。其他还有不少未写明西阁，但也与西阁有关的诗。古代称八尺为"寻"。百寻余，八百多尺高，也就是八十多丈高。这西阁可不太高了？因此可断定这句诗是说"西阁"在山冈上，距山下平地"百寻余"。

③《文选·游天台山赋》："皦日炯晃于绮疏。"善注："刻为绮文，谓之绮疏。"向注："绮疏，窗也。"

④"择木""潜波"两句，是由于见林木和江波而产生的联想。显然有象征义，喻人也应如鸟之幽栖，如巨鱼之潜水。人处乱世，不得不如此。

◎ 不寐[①]（五律）

瞿唐夜水黑，	瞿塘峡的江水在夜晚显得深黑，

城内改更筹。②	城里又打更了，又换了一次更筹。
翳翳月沉雾，	模糊的月影沉没在浓雾里，
辉辉星近楼。③	闪烁的星星靠近我住的楼。
气衰甘少寐，④	气衰的老人宁愿睡得少些，
心弱恨容愁。⑤	心力疲弱，恨它容受的都是忧愁。
多垒满山谷，	山谷里到处有许多战垒，
桃源何处求？⑥	世外桃源到哪里去寻求？

注释：

① 这诗写的是住在西阁的一个不眠之夜。对老弱多病的人来说，更迫切盼望时局安定，战乱停止，但是诗人看不到太平的征兆。这种不安定的局面延长下去，将更促短衰老病弱者的生命，因而这诗的调子是低沉的。调子低沉，不一定就不健康，这正是对制造乱局的军阀和昏庸朝廷的控诉。

② “筹”是古代的计数器。改更筹，指每过一更，改变一次计数筹。也就是说又过去了一段时间。这是从打更的声音中听出的。

③ 翳月、辉星，都是西阁上所见。月落星低，说明夜已很深了。

④ 气衰，按照我国古代医学的说法，肺部有病就表现出“气衰”的症状。可能是指肺气肿、支气管炎之类的病症，患病的人有时坐躺着比平卧着反而要舒适些。

⑤ 心弱，由于容纳的忧愁太多，并以此为恨事。

⑥ 古代幻想的世外桃源是在幽深的山谷中，而在唐代的乱世，则连偏僻山谷也满处是战垒，即使有桃花源，也会被扰乱得失去安宁。这样说，就是谴责唐代的战乱比秦末的战乱还要严重得多。

◎ 送十五弟侍御使蜀[1]（五律）

喜弟文章进，	你的文章写得更好了，我真高兴，
添余别兴牵。[2]	可也增添我的别情和对你的挂牵。
数杯巫峡酒，	且饮下这几杯巫峡出产的美酒，
百丈内江船。[3]	再登上回内江去的长缆牵拉的船。
未息豺狼斗，[4]	豺狼争斗，至今没有停息，
空催犬马年。[5]	只是催促我的年华一天天衰残。
归朝多便道，[6]	你回朝有许多方便的道路，
搏击望秋天。[7]	希望你能狠狠抨击奸佞，像雄鹰搏击在秋天。

注释：

① 十五弟，不知其名，排行十五，是杜甫同族的兄弟辈，看来关系比较亲密。他任职侍御史，这次奉使入蜀经过夔州，将从成都回京，在夔州与杜甫恰好遇见。由于他是侍御，是掌监察的官吏，所以杜甫在为他送别而写的这首诗中，勉励他能行使职权，纠弹奸佞。

② 别兴，即别情。

③ 百丈，牵船的竹缆。内江，指唐代成都的内江，即当时经过成都大城东南流出的郫江，又名流江。内江船，即从成都驶来的船，“十五弟”从夔州去成都，乘的是驶回成都的船。

④ 主要指蜀境军阀间的争斗。从永泰元年西川节度使成都尹郭英乂被杀后，蜀境的混乱一直未停止。

⑤ 犬马年，是杜甫对自己年龄的谦称。

⑥ 便道，指安全的道路。当时蜀境局势混乱，交通有一定困难，但仍有安全方便的道路可通。

⑦《仇注》引师氏曰：“御史搏击奸回，如秋鹰之搏击鸟兽”。

◎ 江月[1]（五律）

江月光于水，[2]	江上的月亮光比水还莹明，
高楼思杀人。[3]	在高楼上望月，相思之情咬啮着我的心。
天边长作客，	在这遥远的天边长久作客，
老去一沾巾。	想起自己已衰老，不禁泪下沾巾。
玉露漙清影，	点点露珠在清朗的月光下凝聚，
银河没半轮。	天上的银河已吞没半轮月影。
谁家挑锦字？[4]	是谁家的妇女在挑锦绣字，
烛灭翠眉颦。	烛光灭了，黑暗中她该正皱着眉心。

注释：

① 这是杜甫在西阁上望月有感之作，描写了秋夜江上月景，抒发思念亲友之情。又由于从远处看到民家窗中烛灭，更推己及人，想起不能与亲人团聚的闺中妇女的痛苦。

② 光于水，一作“光如水”。用“于”字，有比较之意。

③ 思杀人，喻相思之深，心如刀割。译诗未照字面直译。

④ 挑锦字，《仇注》引《晋书·列女传》苏蕙织锦为《回文璇玑图》诗赠其夫窦滔的故事，并说：“挑锦字，挑锦线以刺字，欲寄征夫也。”

◎ 月圆[1]（五律）

孤月当楼满，	一轮满月正照到楼前，
寒江动夜扉。	寒江动荡，摇撼着黑夜里的门扉。
委波金不定，	月光落在波涛上，金光闪烁不定，

照席绮逾依。[②]	月光照映筵席，使它显得更华美。
未缺空山静，[③]	它还没有缺，无人的深山多寂静，
高悬列宿稀。[④]	它高悬在天上，星辰显得疏稀。
故园松桂发，[⑤]	故园的松、桂该在茂盛生长，
万里共清辉。	相距万里，我和它们共沐秋月清辉。

注释：

① 这也是一首咏月的诗，逐一描写月光与周围事物的关系，最后才说出月光引起的思乡之情。大概也是在夔州西阁望月所作。

②《诗·小雅·车舝》："依彼平林"。"依"的意思是树木茂盛。朱骏声认为这里是"借依为郁（鬱）。"通常形容筵席之华盛称"绮筵"，这诗句里把"绮"字游离出来，与"逾依"相连，强调筵席之美。

③ 缺，指月缺、月亏。月呈圆形前后可达两三日。这句诗是说在满月照耀下，空山寂静。

④ 高悬，是说满月在天空悬挂。月光朗照，光度较低的星看不见，故说"列宿稀"。

⑤《杜臆》："松桂发，犹言松菊犹存。"诗中以这样的想象来表达思乡之情。

◎ 夜[①]（七律）

露下天高秋水清，	露水凝结了，深秋的天多高，水多清，
空山独夜旅魂惊。	旅人独自在空山里宿夜心魂不定。
疏灯自照孤帆宿，	几盏疏灯照映着江上孤独的帆影，
新月犹悬双杵鸣。[②]	新月高悬，一对捣衣杵还在哀鸣。
南菊再逢人卧病，	又一次看见南国菊花时我正卧病，

北书不至雁无情。[3]	北方没有信来，大雁真太无情。
步檐倚杖看牛斗，[4]	倚仗站在宽阔的檐廊上，仰望天空的牛斗，
银汉遥应接凤城。[5]	思忖着这银河该流向遥远的西京。

注释：

①《九家注》："一云《秋夜客舍》"。这诗写的是新月下的夜景和思念故国之情。月光把若干影响人们情感的因素连接在一起，甚至突破了地域与时间的界限，于是我们听到了一首深沉的夜曲，感受到了一千多年以前诗人心脏的跳动。旧注认为"南菊再逢"，是就云安与夔州两地而言，到这一地区已经历第二个秋天，由此可知此诗作于大历元年秋。

② 古代制衣必须捣练，杵是捣练的工具，妇女常在秋夜晚捣练，赶制寒衣寄征人，因而杵声中凝聚着许多悲愁痛苦。

③ 北书，指北方来书，因杜甫亲友多在中原地区。雁无情，古代传说鸿雁能为人传书，无书信来，故对雁怨愤。诗中借以渲染人的思念故旧之情。

④ 牛斗，指斗宿和牛宿诸星。步檐，指檐下之宽阔走廊。《楚辞·大招》："曲屋步櫚"。"櫚"与"檐"同。注："步櫚，长砌也。"《仇注》引顾注："古者六尺曰步，今之廊檐，大率广六尺。"

⑤《仇注》引赵曰："秦穆公女吹箫，凤降其城，因号丹凤城。其后言京城曰凤城。"

◎ 草阁[1]（五律）

草阁临无地，[2]	这草阁下面不是陆地，
柴扉永不关。	这柴门永远也不用关。
鱼龙回夜水，[3]	夜晚，水下有鱼龙游回，
星月动秋山。[4]	星月的光影慢慢曳过秋山。

久露晴初湿，	晴天，露水长久才把土地沾湿，
高云薄未还。[5]	淡淡的云烟在高空飘浮还没消散。
泛舟惭小妇，	我看见一个乘船少妇羞惭的面容，
飘泊损红颜。[6]	怕漂泊长久凋伤她的容颜。

注释：

① 草阁，过去一些注家认为就是前面诗中提到过的“西阁”，但据杜甫诗在夔州住过的草阁似不只一处，如第十八卷《暮春》中有“沙上草阁柳新暗”之句。疑杜甫住西阁时，家属在草阁等房舍内居住。这诗抒写夜宿草阁的感受。旧编此诗在大历元年诗内。

②《仇注》：“阁临水，故下无地。”无地，意味着不是陆地。

③ 鱼龙，我国古代传说水中藏有能变化为龙的巨鱼，如《西京赋》云：“海鳞变而成龙”，故常“鱼龙”并称。诗中说的是秋天来了，故鱼龙游回来蛰伏。

④ 这句诗是说星月的光影在山上移动，借以表示时间的变化。

⑤《仇注》：“露久下而方湿，晴则易干也；云高举而未还，薄则易散也。”我国古代认为云早晨从山岫中飘出，夜晚又回去。实际上云不是“回去”，而只是飘散了。

⑥《仇注》：“公以旅泊损颜，故对舟妇而怀惭。”又引邵注：“蜀中多是妇人刺船。”《杜臆》则说：“盖初发巴渝，便拟下江陵，今飘泊于云、夔者久，妇之颜亦非其初矣，故以为惭，其意极悲。”这些解释都难使人满意。如认为“惭”者是作者自己，且是对“小妇”而惭，与经常称自己为衰白老翁的杜甫的心态不合。“泛舟”者，往往指乘船的人，而不是指驾船者。小妇，年轻妇女，少妇。她住在船上到处漂泊，以致红颜日损，引起自惭。杜甫在草阁上看到这个乘船的少妇，产生了这样的想象。这是为少妇诉苦，而不是为自己嗟伤。这少妇的不幸当然也是由社会的动乱而造成。

◎ 宿江边阁[1]（五律）

暝色延山径，	夜色在山路上扩展延伸，
高斋次水门。[2]	我住的高斋紧挨着水门。
薄云岩际宿，	浮云停留在岩顶上过夜，
孤月浪中翻。	翻腾的波浪中露出明月一轮。
鹳鹤追飞静，	飞翔的鹳鹤静静地相互追逐，
豺狼得食喧。[3]	豺狼得到食物，嚎叫着相争。
不眠忧战伐，	我不能入睡，一直为战伐担忧，
无力正乾坤。[4]	可是却没有力量把天地拨正。

注释：

① 江边阁，可能就是前一首诗所说的“草阁”。称它“草阁”是就其形制而言；称它“江边阁”，是就其地点而言。诗中又称这个江边阁为“高斋”，大概原来是作小客厅或书斋用的，杜甫住在这里有“休养”的意味，他暂时离开人多事杂的家，来到这高斋里独宿，但仍是为时世忧烦，不能入睡，就写了这样一首描述江边夜景的诗。这也是大历元年在夔州作的诗。

② 水门，不知其确指何种水利设施。《汉书·循吏传》：“召信臣开通沟洫，起水门”。诗中的“水门”或许就指这种闸门。高斋，已见注①。还可参见第四卷《白水崔少府十九翁高斋》注④。

③“鹳鹤”句是写视觉，也许有声音，但听不到；“豺狼”句写听觉，靠想象推断其活动的情况。这样的写法全从人的感受入手。“鹳鹤”和“豺狼”可能有所寓意，但不必拘泥于何人何事。

④ 当时杜甫所忧者不是一般的战乱，而是“战伐”。“战伐”含有“征伐”“伐罪”之意。当时蜀境的混战，有借王命进行者，是非难分，真假莫辨，故有“无力正乾坤”之句。

◎ 吹笛[①]（七律）

吹笛秋山风月清，	风清月朗的秋山上传来吹笛声，
谁家巧作断肠声？	是谁娴熟地奏出令人断肠的哀音？
风飘律吕相和切，[②]	风中飘荡着和谐准确的声调，
月傍关山几处明。	月亮斜挂，把几处关山照得通明。
胡骑中宵堪北走，[③]	入侵的胡骑半夜听见它，怕也会勾起乡思向北退走，
武陵一曲想南征。[④]	又吹奏起《武陵》曲，不禁使我想起马援的南征。
故园杨柳今摇落，	故国的杨柳如今该已枯萎凋零，
何得愁中却尽生？[⑤]	为什么在我思乡的哀愁中，它们却长得那么翠绿葱青？

注释：

① 这是一首描写音乐力量的诗，也是一首写思乡之情的诗。在简短的几句诗中，表现出了种种不同的感情活动，而且这些感情活动又都是从对象的感性形象上体现出来的。这种构思方式，大大增添了诗歌艺术形象的魅力，与杜甫的另一些诗篇迥然不同。旧注把“胡骑北走”句理解为永泰元年吐蕃之退兵，但“北走”前有一“堪”字，应理解为设想之语，不当看作已然之事。旧编在大历元年。

② 律吕，是音乐中乐音的性质、量度与其相互关系等等，它们必须准确、和谐，所以诗中以“相和切”来赞美。

③ 这句诗是说，月光下的笛声会引起人们的思乡之情，入侵的胡人也会因此而思乡，向北退去。

④《仇注》引《古今注》：“《武溪深》乃马援南征之所作也。援门生爰寄生，善吹笛，作歌以和之，名曰《武溪深》。《武溪深》词：‘嗟哉武溪一何深，飞鸟不敢度，走兽不敢临，嗟哉武溪多毒淫。’”由笛声联想到马援之南征，也就会想到汉代的强大，而当时唐朝却那样混乱，诗人自然不免感慨系之。

⑤ 最后两句诗反映了一个有趣的心理现象。从人们的意识中浮现出的想象的形象，是可以不受理性和客观状况支配的。这形象已经经过主体非意识的选择，而和一定的情感态度融合在一起。秋天故乡的柳已凋枯，但人在秋天思乡，故乡的柳树仍然一片青葱生机勃勃。这正是因为人热爱他的故乡，总是回忆起故乡美好的方面，总是把故乡和最美好的记忆联结在一起。生活中的记忆、联想是如此，艺术创作的想象更是如此。

◎ 西阁雨望[①]（五律）

楼雨沾云幔，[②]	雨点洒下沾湿楼上帷幔，
山寒著水城。[③]	带着寒意的山峰挨近临水的城。
迳添沙面出，	沙洲露出得更多，小路变宽，
湍减石棱生。[④]	急流减缓，看见了石棱。
菊蕊凄疏放，	凄凉的菊花开得疏疏落落，
松林驻远情。	远方的松林吸引住我的深情。
滂沱朱槛湿，	一阵滂沱大雨淋湿了朱红栏杆，
万虑倚檐楹。[⑤]	心中怀着万般忧虑，倚着檐楹。

注释：

① 这首诗写秋雨时在西阁上眺望到的风景以及心中放不下的无穷忧虑。

② 云幔，即帷幔，窗帘之类。称之为“云幔”，可能因为它如白云之轻柔，或如彩霞之繁缛。

③ 水城，水边的城，指夔州。

④ 三、四两句写秋天水落之景。江水落，故“沙面出”，“石棱生”。

⑤ 檐楹，即檐柱。

◎ 西阁三度期大昌严明府同宿不到[1]（五律）

问子能来宿，	我曾问过您，您说能来这里过夜，
今疑索故要。[2]	如今我怀疑，您是要我再次邀请。
匣琴虚夜夜，	我的琴在匣中空等了您好几夜，
手板自朝朝。[3]	您却天天拿着手板把贵客送迎。
金吼霜钟彻，[4]	金钟的吼声响彻了霜天，
花催蜡炬销。[5]	烛芯上结的花催促蜡烛更快燃尽。
早凫江槛底，[6]	盼望江边栏杆下野鸭早出现，
双影谩飘飖。	一双倩影轻盈地徐徐飘行。

注释：

① 严君是夔州大昌县（今为大宁河上的昌镇）县令，故称“大昌严明府”。“西阁”是杜甫在夔州时常常一人寓居的处所，和本卷《宿江边阁》注①所说的“高斋”相似，不是杜甫家庭所住的地方，所以才邀严明府来同宿，在这里弹琴、咏诗，享受一下幽静生活的乐趣。严明府未能如约前来，便写了这首诗去邀他。

②“故要”的“故”通“固”；“要”通“邀”。故要，即“固邀”，坚持邀请。在这诗中有再一次邀请之意。

③《仇注》引《晋书·舆服志》：“八座执笏，其余卿士但执手板。”又引《海录》：“今名刺（名片）也”。并解释说：“手板朝朝，明府别有迎谒矣。”

④ 金吼，即钟声。“钟”为铜质，古代的“金”，可指铜。

⑤ 花，指灯花，即灯芯或烛芯上所烧成的“花”。“霜钟彻”“蜡炬销”，谓天已将晓。

⑥ 最后两句的“早凫”和“双影”，所说的是一件事，用叶县令王乔双舄（履）化凫飞行的故事，希望严明府早早来到西阁。可参看第三卷《桥陵诗三十韵因呈县内诸官》注㉙。“谩飘飖”之“谩”与“慢”通。

◎ 西阁二首[1]（五排）

巫山小摇落，[2]　　巫山下的秋天已经过尽，
碧色见松林。[3]　　还显出绿色的只有松树林。
百鸟各相命，[4]　　各种鸟在啼叫，像在呼唤自己，
孤云无自心。　　孤云飞过天空可不是因为它有心。
层轩俯江壁，　　高高的轩厅建在江岸峭壁顶，
要路亦高深。[5]　　半山腰的路也够高够幽深。
朱绂犹纱帽，[6]　　我有朱红印绶却仍戴着纱帽，
新诗近玉琴。[7]　　新写的诗篇靠近常弹的玉琴。
功名不早立，　　我没有能趁年轻时得到功名，
衰疾谢知音。[8]　　如今衰老多病，只能愧对知音。
哀世非王粲，[9]　　我虽不是玉粲，可也为世事哀伤，
终然学楚吟。[10]　　竟然忘掉乡音，学会楚人的歌吟。

注释：

① 这两首以《西阁》为题的诗主要是写诗人自己的情怀，写景处也只是起比兴作用。严武死后，蜀中大乱，杜甫不得已留滞在夔州，生活虽暂时有依靠，但精神十分痛苦，已不再对前途抱有希望。两首诗所体现的正是这种绝望的心境。

②《杜臆》：“小摇落，秋尽日也。公后有《九月三十日诗》（即第二十卷《大历二年九月三十日》一诗）云：‘悲秋向乡终’，末云：‘年年小摇落，不与故园同’可证。”

③ 见，与“现”通。深秋树木凋零，唯余绿色松林。

④ 命，称呼事物之名。《国语·鲁语》：“黄帝能成命百物。”各相命，各自呼唤自己的名称。古代认为，鸟的名称多半据其鸣声来定。

⑤ 要，通“腰”。《墨子·兼爱》：“楚灵王好士细要。”毕沅注：“旧作‘腰’，俗写。”要路，即山腰的道路。前一句说山顶上的“层轩”俯瞰“江壁”，这一句则说山腰的

道路也很高，而且幽深。《仇注》引古诗“先据要路津”，与这里的用法不合。

⑥《仇注》引朱注：“《唐书》：隋贵臣多服乌纱帽，后渐废，贵贱通服，折上巾，在唐时以为隐居之服。”杜甫虽然已授员外郎，佩‘朱绂’，但在夔州时已离开官职，故说“犹纱帽”。

⑦《仇注》：“近玉琴，声清而悲也。”又说：“一说近玉琴，言日事于诗，惟与琴相伴耳。”译诗据后一种解说。

⑧ 知音，指了解杜甫的才能与抱负的友人，他们仍期望杜甫能有所作为，但杜甫自觉衰病之躯，已不能副友人厚望，只能向他们表示歉意了。谢，道歉。

⑨ 王粲，见第十卷《一室》注④。

⑩《史记·陈轸传》：“越人庄舄，仕楚执珪，有顷而病，楚王曰：‘舄故越之鄙细人也，今仕楚富贵矣，亦思越不？’中谢对曰：‘凡人之思故，在其病也，彼思越则越声，不思越则楚声’。使人往听之，犹尚越声。”王粲《登楼赋》：“庄舄显而越吟。”这句诗是反其意而用之，说自己飘流异乡多年，已学会用异乡语言，似乎已不像庄舄那样思乡了，其实这仍是反话，更衬托出乡思之深与内心的痛苦。

◎ 其二（五排）

懒心似江水，	我的懒散的心像江水一样，
日夜向沧洲。①	日夜流向东海上的沧洲。
不道含香贱，②	不必提员外郎的官位低贱，
其如镊白休。③	无奈年纪老了，一切只能罢休。
经过凋碧柳，	经过的地方绿柳都已凋残，
萧瑟倚朱楼。	对着萧瑟秋风倚着江楼。
毕娶何时竟，④	什么时候才能把儿女的婚事办完，
消中得自由。⑤	治好消渴病，让我行动自由。

豪华看古往，[6]	看往昔的豪华生活都已消逝，
服食寄冥搜。[7]	该服食丹药，致力仙境的追求。
诗尽人间兴，	我的诗已把人间的情思写尽，
兼须入海求。[8]	也要到大海上去寻找诗的源头。

注释：

①《仇注》引《神异经》："东海沧浪之洲。"古诗中常以"沧洲"代表隐士所居的水滨，有时也指仙境。在这句诗中，兼有以上两种意思。

②《仇注》引《汉官仪》："尚书郎，握兰，含鸡舌香奏事。"这诗中以"含香"代表作者所任的工部员外郎的官职。"贱"字意思本来是相对的，对于杜甫来说，工部员外郎的职官太低了。不过这一点还可以忍受。所以诗句以"不道"一词开端。

③ 镊白，见第七卷《秦州杂诗》第十五首注③。镊白，指镊去白发，年已衰老的人连白发也不必镊除了，自然也就不必再对前途抱什么希望。"休"字有双重含义，既指"休"镊白发，也指"休"作任何用世的打算。

④ 毕娶，指完成为儿子娶妻的任务。

⑤ 治好消渴病之后，才能如健康人一般行动自由。上一句的"何时"的意义一直延续到这一句。

⑥ 豪华，指富贵人的生活。看古往，从古昔往事中可看出一切终将消逝。因而有下一句服食求仙的打算。

⑦ 冥搜，可参看第二卷《同诸公登慈恩寺塔》注⑤。这个词的含意常可活用。这里指求仙。

⑧"入海求"什么？求"诗兴"。人间"诗兴"既尽，只能再入海去寻求了。实际上是说觉得人生已无意趣，只能归隐，脱离俗世去追求更高的精神境界。

◎ 西阁夜[1]（五律）

恍惚寒山暮，　　恍惚间暮色已把寒江遮住，
逶迤白雾昏。　　白雾沿江曲折延伸，天色昏昏。
山虚风落石，　　山里空寂无人，危石被风吹落，
楼静月侵门。　　静静的楼上，月光侵入窗门。
击柝可怜子，[2]　　多么可怜啊，你这个击柝的人，
无衣何处村？　　衣不蔽体，家住在哪个荒村？
时危关百虑，　　时势艰危，事事引起我千愁百虑，
盗贼尔犹存。[3]　　有盗贼存在，就会有你这样的人。

注释：

① 这首《西阁夜》写的是夜色降临时在西阁上所见，主要是写一个击柝人。这是战乱中不幸人民的另一个形象，杜甫向他倾注了深刻的同情。

② 柝，音“拓”（tuò），击柝，相当于后代的打更。

③《仇注》：“击柝、无衣，皆离乱所致，故有盗贼之慨。”

◎ 月[1]（五律）

四更山吐月，　　四更了，山岭把明月吐出，
残夜水明楼。　　夜晚即将消逝，水光照映着高楼。
尘匣元开镜，[2]　　原来像一面圆镜从打开的积满灰尘的匣里露出，
风帘自上钩。[3]　　现在它却像风中挂住窗帘的玉钩。

兔应疑鹤发，[4]　　月宫里的玉兔看见我满头白发，该不敢认我了吧，
蟾亦恋貂裘？[5]　　还有蟾蜍，它还会留恋我身上的破旧貂裘？
斟酌姮娥寡，[6]　　我却在思忖，孤独的姮娥多寂寞，
天寒奈九秋。[7]　　她怎样才能度过漫长的寒秋。

注释：

① 这首咏月诗与其他的咏月诗大异其趣。作者从自己的寂寞凄凉的心境出发来体验幻想世界中的姮娥、玉兔、蟾蜍的思想情绪。表面上是写月亮和月宫中的神仙、动物，实际上却是倾诉自己的痛苦。

② 这句诗是回忆月圆如镜的往日。“元”与“原”通。

③ 这句诗是写残月，月已如钩。

④ 我国神话，月宫中有白玉兔。鹤发，即白发。“玉兔”看到过青年时代的杜甫，现在他头发白了，将怀疑他不是杜甫了。从这句诗里流落出诗人晚年时凄凉的情绪。

⑤“貂裘”已敝，不如往日温暖了，月中蟾蜍还会对它依恋吗？体会蟾蜍的心态十分细致，从这里也可看出诗人的内心多么痛苦、愤慨。

⑥ 姮娥，即“嫦娥”，我国神话中的月中仙女。自己的困苦还忧虑不完的诗人却在为仙人担忧，因为诗人从姮娥身上看见了自己的影子。

⑦ 九秋，《仇注》引梁元帝《纂要》：“九秋，以九十日言之”。指整个秋季。

◎ 宗武生日[1]　（五排）

小子何时见，[2]　　你这小子是哪天出现的，
高秋此日生。　　就是出生在深秋的这一天。
自从都邑语，[3]　　自从府城里人们谈起你，

已伴老夫名。	已随着我的名字一起受到称赞。
诗是吾家事，[④]	作诗是我们杜家的老行业，
人传世上情。[⑤]	人们传扬也是世上的习惯。
熟精文选理，[⑥]	你得熟悉精通《文选》的义理，
休觅彩衣轻。[⑦]	别只学老莱子穿彩衣逗父母喜欢。
凋瘵筵初秩，[⑧]	酒筵刚摆好，我又感到衰病难支，
攲斜坐不成。	勉强歪斜地坐着也觉得坐不安。
流霞分片片，[⑨]	且把这流霞美酒分成一份份，
涓滴就徐倾。	慢慢倾杯，一滴滴送到唇边。

注释：

① 宗武是杜甫的次子。看来长子宗文，多从事家务管理，从第十五卷《催宗文树鸡栅》中可以看出这情况。次子宗武，则能继承父祖作诗的事业。这首诗勉励他努力读书，不要为少年时曾博得虚名而陶醉，甚至也不必以孝亲为念，而要努力上进。杜甫死后四十年，从湖南运杜甫灵柩回偃师故乡安葬，并请元稹作墓志铭的那个杜嗣业，就是宗武的儿子。这首诗的最后四句，写杜甫自己在庆祝宗武生日的筵席上的病弱之态，也颇真切。曹慕樊认为这最后四句诗与前文没有联系，它们“或是残句，抄者以其韵同，附缀在此，后混入正文。”并指出这四句诗可能是第二十卷《季秋苏五弟缨江楼夜宴三首》的第一首后半首的异文，或系初稿。（见《杜诗杂说》第223页）这个意见是否正确，有待讨论，附载于此供参考。

② 对这句诗历来有两种理解：一种是理解为“何时出现于世上”，是自设问答之辞，下一句加以回答，“见”字与“现”通；另一种理解为：当时杜甫与宗武不在一起，“见”是指“见面”。译诗从前说。

③《仇注》：“都邑语，成都人之夸语也。”第四卷《遣兴》有“骥子好男儿，前年学语时”句，骥子，即宗武。作诗时为至德二载（757年）春，当时约四五岁，至大历元年（767年）秋约为十四五岁。他在成都时已小有诗名，受到人们的夸赞是完全可能的。

④ 杜甫的祖父杜审言是著名诗人，杜甫也以诗享盛名，故说“诗是吾家事”。

⑤ 人传，指成都和别处人们传扬宗武能诗。世上情，指上述的“传扬”是世人常情，言外之意，宗武的诗并不真好，只是祖、父两代以诗名，世人就认为孙辈也必定能诗了。这句诗揭示出一种病态的社会心理。

⑥《文选》，梁昭明太子萧统编，选录秦汉至齐梁之诗文，不少古代作品赖以保存传留至今。理，指诗文的义理，主要指诗文内容与语言表达之间的关系。

⑦ 用老莱子彩衣娱亲故事。诗句中用“觅”字与“轻”字，含有深意。以孝取名，这是“轻易”事，“觅”求此成名捷径，不是杜甫对儿子的期望。

⑧ 筵，为宗武生日举行的家宴。凋瘵，指杜甫衰弱的病体。因体弱，故有下句“欹斜坐不成”。

⑨《仇注》引《抱朴子》：“项曼都，自言到天上，遇紫府仙人，以流霞一杯，饮之辄不饥渴。”流霞，仙酒名。这里借用这名称指筵上的美酒。因酒以“流霞”为名，故把分酒为几份说成“分片片”。

◎ 第五弟丰独在江左近三四载寂无消息觅使寄此二首[①] （五律）

乱后嗟吾在，	战乱过去了，叹自己还活在世间，
羁栖见汝难。	可是滞留在这里，要见你却很难。
草黄骐骥病，[②]	牧草枯黄，骏马骐骥都生了病，
沙晚鹡鸰寒。[③]	傍晚的沙洲上，鹡鸰感到天寒。
楚设关城险，[④]	南楚地方设置的关城多险峻，
吴吞水府宽。[⑤]	你那里，包围吴越的江湖又深又宽。
十年朝夕泪，	别后十年来我天天早晚流泪，
衣袖不曾干。	衣袖湿了从来也不曾干。

注释:

① 杜甫有弟颖、观、占、丰等。从这诗题可知杜丰是兄弟五人中最小的一个。他一个人在江左（即江东、江南），已三四年没有消息。杜甫托了一位到江南去的人带这两首诗去找他。

②“骐骥病”喻有用人才的受难（包括诗人自己在内）。

③ 鹡鸰，见第一卷《赠韦左丞丈济》注⑧。“鹡鸰寒”喻兄弟相思。

④ 楚，指夔州附近。参看第十五卷《客堂》注③。

⑤ 水府，泛指水面。吞，比喻水面占优势，比陆地多。这句和上一句是说两地相隔，交通困难，兄弟难以团聚。

◎ 其二（五律）

闻汝依山寺，	听说你寄居在一处山寺里，
杭州定越州。①	不是在杭州，就是在越州。
风尘淹别日，②	别离的日子被战争风尘拖延长久，
江汉失清秋。③	在这里的江边我度过了一秋。
影著啼猿树，④	我的身影落在山猿哀啼的树上，
魂飘结蜃楼。	你的心魂在那海市蜃楼中飘游。
明年下春水，	明年春天我将顺着江流东下，
东尽白云求。⑤	一直向东走，到白云下把你寻求。

注释:

① 邵宝注：“定越州，言不在杭州，定在越州。”越州，今绍兴市。

②“淹别日”之“淹”，意思是“淹留”，使别离之日淹留，也就是延长了别离的时日。

③ 江汉，泛指江水。这里是指夔州江边。失清秋，意思是度过了一个秋天。

④“影著”“魂飘”两句分指诗人兄弟寄寓之地，啼猿树，夔州峡江两岸；结蜃楼，东海之滨。

⑤ 顾注：“古人望白云而思亲，公于手足之谊亦然。”赵汸注：“‘尽’字正应‘定’字，惟传闻莫定，故须尽历云水以求之。”赵注似较佳。

◎ 听杨氏歌[①]（五古）

佳人绝代歌，	有一位绝代佳人在歌唱，
独立发皓齿。	她独自站立，张开两排洁白的牙齿。
满堂惨不乐，[②]	满堂的人听了感到凄惨不乐，
响下清虚里。	那歌声好像来自虚无缥缈的空际。
江城带素月，	淡淡的月色向江城垂泻，
况乃清夜起。	何况这歌声又划破夜晚的沉寂。
老夫悲暮年，	老年人悲叹自己已到暮年，
壮士泪如水。	壮士的眼泪像水一样流个不止。
玉杯久寂寞，[③]	玉杯久久没有人举起，
金管迷宫徵。[④]	金管的声调变了，分不清是宫是徵。
勿云听者疲，[⑤]	别说听歌的人都已疲惫，
愚智心尽死。[⑥]	不论愚智，人们的心都像寂然死去。
古来杰出士，	想古来那些杰出的人士，
岂待一知己。[⑦]	难道他们只有一个知己。
吾闻昔秦青，[⑧]	我听说古代有个歌手叫秦青，
倾侧天下耳。[⑨]	她一唱歌，天下人都侧耳倾听。

注释:

① 杨氏，是一位歌手，她的名字和事迹可惜未得留传。杜甫在这首诗中，通过听众的反应赞扬了她的高超的歌唱艺术。最后提出了艺术应以广大群众为对象的进步观点，与“曲高和寡”之说相抗衡。诗人自己也正是按照这样的观点从事诗歌创作的，他不以得到一二知己为满足，而要引起广大人民的共鸣。旧编此诗在大历元年，因诗中有“江城带素月”之句。

② 这句诗是说歌声哀伤，使听众深深受到感染。

③ 这句诗是说听歌的人被歌声吸引，注意听歌，久久不举杯饮酒。

④ 金管，指吹奏乐器。“宫徵”是我国古代乐律的音名和调式名称。“徵”应读“纸”(zhǐ)。迷宫徵，指听众之沉醉于歌声和乐曲声中。

⑤ 观众无声，十分寂静，并非由于疲倦，而是由于注意集中。

⑥ 愚智心尽死，喻愚人智人都同样被歌声吸引，尘俗的心事都消除尽净。

⑦ 这句和上一句诗说明了一个道理，即真正的杰出者必能为广大群众所理解。

⑧ 秦青，传说中的古代歌手。《列子》：“昔薛谭学讴于秦青，未穷秦青之技，自谓尽之，遂辞归。青弗止，饯于郊衢，抚节悲歌，声振林木，响遏行云。谭乃谢，求反，终身不敢言归。”

⑨ 使人们的“耳”“倾侧”，意思就是吸引人们注意地听。这句诗强调了“天下”两字，是说广大群众都爱听。

◎ 秋风二首[①]（七古）

秋风淅淅吹巫山，[②]	淅淅秋风吹过巫山，
上牢下牢修水关。[③]	上牢、下牢两处都在修筑水关。
吴樯楚舵牵百丈，[④]	吴越、荆楚的大船都用竹缆牵挽，

暖向成都寒未还。	天暖时节开往成都，到天寒时还没驶还。
要路何日罢长戟，⑤	那些重要路口什么时候不动刀枪，
战自青羌连白蛮。⑥	青羌、白蛮全都参加了战乱。
中巴不得消息好，⑦	中巴也没有好消息能叫人心宽，
暝传戍鼓长云间。	黄昏时长云那边戍鼓声又在飘传。

注释：

① 秋风，自古以来常使人感情激动，因而诗歌中多有吟咏。汉武帝有《秋风辞》之作，三国时代，吴国有以《秋风》为题的鼓吹曲。晋代的张翰因秋风起，思吴中莼羹鲈鱼，遂命驾东归，自古传为美谈。杜甫以《秋风》为题作歌二首，表达忧时、思乡之情，音调清越，辞深意切。黄鹤订此二诗作于大历元年。

② 淅淅，形容风声的词语。《文选·咏牛女诗》：“淅淅振条风”。

③《仇注》：“旧注：上牢巫峡，下牢夷陵（今湖北省宜昌市）。”又引《十道志》：“上牢下牢，楚蜀分畛。”上牢戍，下牢戍，唐朝是长江中流两处驻兵防守的重要关口。修水关，可能是出于军事防务的需要，而不是兴水利。

④ 樯、舵，借代大船。百丈即牵船的竹缆。

⑤ 要路，形势险峻的交通要道。长戟，武器名称，借代战争。

⑥“青羌”“白蛮”均为我国西南地区的少数民族。《杜臆》谓：“读公诗‘西历青羌坂，南留白帝城’（第二十卷《戏作俳谐体遣闷二首》第二首）自注云：‘顷岁自秦涉陇，从同谷县出游蜀，留滞巫山’。知青羌在秦陇间，旧注谓吐谷浑是已。”白蛮，即西爨。顾炎武《天下郡国利病书·爨蛮》：“唐自曲州、靖州西南，通谓之西爨白蛮”。这句诗透露出，大历初年，西南少数民族也有以武力与唐王朝对抗者。

⑦ 中巴，这里指夔州一带。下面一句诗中的“戍鼓”表明夔州附近也并不安宁。

◎ 其二（七古）

秋风淅淅吹我衣，　　淅淅秋风把我的衣衫吹起，
东流之外西日微。　　东流的江水那边，阳光黯淡西斜。
天清小城捣练急，[①]　　天空清朗，小城里传出急促捣练声，
石古细路行人稀。　　古老的山石旁，小路上行人疏稀。
不知明月为谁好，　　不知道这明月为谁这样美好皎洁，
早晚孤帆他夜归。[②]　　我早晚将驾着孤帆在夜色中驶回。
会将白发倚庭树，　　我将把满头白发倚靠在庭树上，
故园池台今是非。[③]　　但不知故园的池台如今是否还在。

注释：

① 捣练，古代用杵捣缣练（丝织品），使之柔软光滑，而后再用来制棉衣。"捣练声"也就是"杵声"，又称"砧声"。这句诗是说夔州城有许多征人远戍，秋风起时，妇女们忙着为征人捣练制寒衣。

② 早晚，指不久的将来。他夜，指未来的一个夜晚。

③ 这句诗的含意是担心故园被毁，池台已不存在。

◎ 九日诸人集于林[①]（五律）

九日明朝是，　　明天就是重九节，
相要旧俗非。[②]　　邀请我登高，同往日习俗已有区别。
老翁难早出，　　我这老翁清早不能出门，

贤客幸知归。[3]	我的好朋友希望你们早回。
旧采黄花賸，[4]	日前采的黄菊还剩下一些，
新梳白发微。	新近梳过的白发已变得更稀。
漫看年少乐，	只能看着年轻人高兴地游乐，
忍泪已沾衣。[5]	我强忍着，可眼泪还是把衣衫沾湿。

注释：

① 这首诗的题目引起一些注家的怀疑。黄鹤说："诗云'九日明朝是'，则此题应云《诸人约九日集于林》。"《仇注》："今按，集乃公会，是他人相约，而公先作诗以告之，盖因老年难于早出，故预道其意也。"施鸿保则说："公九日诗最多，或题登楼，或题登高，未有题'集'者，'林'字又空指，不言何林，（仇）注虽为之曲解，意终不合。疑题有脱字，林或地名中一字也。"看来只能存疑。撇开这个问题不谈，这首诗的内容也有值得注意处：以往的九日诗，都流露出欣赏自然景色的兴趣，而且还或说友谊，或思亲友，或感慨时事，但这首诗的情调全变了。可能这一年重阳杜甫身体特别衰弱，心情也特别不好，没有与约他出游的年轻人同去登高，这是一篇谢绝邀请九日同游的诗。旧编此诗于大历元年。然而从诗中所表现的情绪来看，与第二十卷五首《九日》诗颇相近（缺一首），疑为大历二年重阳作。

② 要，通"邀"。《仇注》采王洙之说："九日之期，明朝犹是，而相邀之地，旧俗已非，盖有怀于樊川故里也。"杜甫离故乡多年，一直在异乡度过"九日"，以往所作九日诗都未言及旧俗，疑"旧俗非"，不是指异乡习俗与故乡习俗不同。"旧俗"究竟指什么，只能存疑。

③ 这句诗是说希望九日的游客早早回家。前一句"难早出"是推辞之语，并不是要求迟一点出发。既要迟出，又要早回，年轻人就没法游玩得尽兴了。再看下面"旧采黄花賸"之句，更可明白，写这首诗的用意是拒绝邀请。

④ 古人九日登高活动有一附带的目的，即采菊。"旧采"是指不久前采的花。参看第三卷《九日寄岑参》："采采黄金花，何由满衣袖"。

⑤ 这句诗表示心中有无限痛苦，而最主要的是自己失去了青春，浪费了生命。

◎ 秋兴八首[①]（七律）

玉露凋伤枫树林，	晶莹的白露摧残枫树林使它凋萎，
巫山巫峡气萧森。	巫山和巫峡显得一片萧瑟凄清。
江间波浪兼天涌，	汹涌的波涛从江面一直卷上天空，
塞上风云接地阴。[②]	山城上风云连接地面，一片浓荫。
丛菊两开他日泪，[③]	在这里又一次看到丛菊开放，将来我想起它将会流泪，
孤舟一系故园心。	当孤舟系上这江岸时，就已激起我思念故园的心。
寒衣处处催刀尺，	要准备寒衣了，到处看见人们匆忙地拿起刀尺，
白帝城高急暮砧。[④]	高高的白帝城上，暮色里响动着急促的捣衣砧声。

注释：

①《秋兴八首》是杜诗中脍炙人口的杰作。这是一组抒情诗，诗中把对国事的愤懑和个人遭遇的不幸以及思念故国之情融合在一起，又通过对眼前萧条秋色和记忆中长安景象的描绘，把沉郁的情思凝定下来，构成色彩瑰丽，音调铿锵富于含蓄的语言艺术形象。这八首诗在内容和情感色彩上有着内在的联系，但又能各自独立。所谓“秋兴”，实际是指秋天这个季节所引起的观察、体验、回忆和思考。旧时订为大历元年（766 年）作，从“丛菊两开他日泪”一句看，似乎诗人已在夔州住了两年。然次年秋杜甫住东屯，忙于管理公田，不可能有此作诗闲情，参看注③。

② 塞上，指夔州附近的山与城，也就是白帝城、白帝山和巫山等。杜甫诗中的“塞”，有时是指城，有时是指山，或两者并指，只有少数场合是指边塞。

③ 杜甫于永泰元年秋到云安，大历元年夏自云安到夔州。云安，是夔州的属县，因此说，在夔州已看到菊花两次开放。

④ 急暮砧，傍晚时急促的砧声。砧声，即“杵声”，参看本卷《夜》注②及《秋风二首》第二首注①。

◎ 其二（七律）

夔府孤城落日斜，	夔府孤城正映照着落山的斜阳，
每依北斗望京华。[①]	我常按北斗星的方位，向京都遥望。
听猿实下三声泪，[②]	听到三声猿啼，我真的流出了眼泪，
奉使虚随八月槎。[③]	滞留在这里的船上，空想着是八月奉使乘槎出航。
画省香炉违伏枕，[④]	尚书省的画壁、香炉早已和我这伏枕的病人隔绝，
山楼粉堞隐悲笳。[⑤]	山楼和白色的城墙垛后面，隐隐响动的笳声真凄凉。
请看石上藤萝月，	请看吧，那原先透过藤萝照亮岩石的月光，
已映洲前芦荻花。[⑥]	如今已移到江边，照映在沙洲前的芦荻花上。

注释：

① 北斗，北斗星。京华，指京都长安。

②《水经注·江水》载民歌："巴东三峡巫峡长，猿鸣三声泪沾裳。"杜甫熟悉这首古歌，但过去未历其境；在夔州真的体验到了这样的感情，听了猿啼，真的是流下了眼泪。

③ 据张华《博物志》所载的传说，海滨有人见年年八月有浮槎来去不失期，试乘其槎，竟上了天河，看见了牛郎织女。又据《荆楚岁时记》，其中载张骞奉汉武帝命使大夏寻河源，也乘槎误入天河。这句诗把两个故事综合了起来，形成了一个八月奉使乘槎的幻想。因为杜甫在船上，便联想到乘槎（木筏），联想到作为皇帝使节的严武，如果严武还在世，当他回京时，杜甫就可以与他一起回朝。严武既死，这希望就成了空想。

④ 画省，指尚书省。《仇注》引《汉官仪》："尚书省中，皆以胡粉涂壁，紫青界之，画古列士，重行书赞……女侍史二人，皆选端正，执香炉烧薰。"香炉，也是显示尚书省特征的事物。杜甫任检校工部员外郎，属尚书省，本可回京任职，由于生病伏枕，就不能如愿了。

⑤ 隐，通"殷"。如《诗·召南·殷其雷》之"殷"，状声之词。然而也可理解为"隐

隐”，不分明貌。

⑥ 末两句诗通过月影之移动喻时间之流逝。诗人遥望京华，心潮激荡，不觉已过去了很长久的时间。

◎ 其三（七律）

千家山郭静朝晖，	这千家住的山城在朝阳下多宁静，
日日江楼坐翠微。①	我天天坐在江边楼上，对着山林的郁郁青青。
信宿渔人还泛泛，②	又一夜过去了，那渔人还驾船在江上漂游，
清秋燕子故飞飞。	燕子留恋着清朗的秋空有意来回飞个不停。
匡衡抗疏功名薄？③	我想起坚持谏诤的匡衡，他难道没有得到高官厚禄？
刘向传经心事违。④	还有那刘向，只让他传布经籍，也还是违背了他的本心。
同学少年多不贱，	少年时代的同学们名位大都已不算低贱，
五陵衣马自轻肥。⑤	那家住五陵的豪门子弟，依旧骑着肥马，皮裘又暖又轻。

注释：

① 翠微，见第一卷《重题郑氏东亭》注②。这里指江楼周围之青葱山色。

② 信宿，再宿。《诗·豳风·九罭》：“于汝信宿”。泛泛，迅疾不碍状。《诗·邶风·柏舟》：“泛彼柏舟，亦泛其流。”疏：“泛然而流”。陈奂《诗毛氏传疏》：“泛，犹泛泛也”。又《易林》：“泛泛柏舟，流行不休”。渔人泛舟，燕子飞飞，都是不受阻碍的自由状态，用以对照前面一句所写日日坐在江楼上的寂寞与不能乘舟东下的苦闷。

③《仇注》引《匡衡传》：“（汉）元帝初即位，有日食地震之变，上问以政治得失。衡

数上疏，陈便宜，上悦其言，迁衡为光禄大夫、太子少傅。”又引邵注：“公尝论救房琯忤旨，几被戮辱，此功名不若衡也。”劝谏皇帝的人并不一定得罪，也有得到重用的，匡衡就是一个例子。杜甫想到匡衡，对比自己的遭遇，不免感慨。曹慕樊的看法与此不同，他指出汉成帝即位后，匡衡先以奏劾石显得罪，后免为庶人。这样，匡衡的遭遇就与杜甫相似，诗句似乎更易理解。可参看《杜诗杂说》第 30 页。

④ 过去的注家多这样理解：刘向受汉宣帝赏识，令讲经于石渠阁，又领校中五经秘书，而杜甫则没有得到这样的赏识与任用。曹慕樊提出了一个值得注意的见解：“按汉儒引经奏事，比类时政，即是解经，即是为经作传。况刘向在成帝既诛恭显（弘恭、石显）之后，据《尚书·洪范》，集合上古以至秦汉符瑞灾异之记，‘推迹行事，连传祸福’，凡十一篇，号曰《洪范五行传论》奏之，意在攻外戚王氏权重。成帝虽知向忠精，然不能夺王氏权。诗所谓‘传经心事违’者，似实指此。”（《杜诗杂说》第 30—31 页）简言之，刘向传经，只是手段、方法，而目的不止于此，使用了手段，而目的未达到，故说他违反了本心。

⑤ 长安有五座汉代皇陵，即长陵、安陵、阳陵、茂陵、平陵，附近为豪富人家聚居处，其子弟生活奢华，以轻裘肥马相夸耀。这般人是不值得称许的，那些官场得意的少年同学也不过是他们一流人而已。这两句诗摅发了怀才不遇的愤慨。

◎ 其四（七律）

闻道长安似弈棋，①	听说长安城里的局面像下棋，
百年世事不胜悲。②	想起一生看到的事就觉得悲痛不堪。
王侯第宅皆新主，	王侯家的高房大屋都换了新主人，
文武衣冠异昔时。③	往昔的那些文臣武将已不再掌权。
直北关山金鼓震，④	正北方边关上金鼓震天响，
征西车马羽书驰。⑤	往西去的车马和羽书奔驰不断。
鱼龙寂寞秋江冷，⑥	鱼龙潜藏到水底，秋江寂寞寒冷，

故国平居有所思。[⑦]　　不禁想起居住在京都的往年。

注释:

① 弈棋，喻变化不定的政局，这里说的是政权机构中的人事变化。

② 百年，《仇注》引金俊明曰："自高祖开国，至大历之初，为百年。"解释得太死板。萧涤非注："百年是虚数，犹人生不过百年之百年，杜甫自谓平生经历。"译诗用萧说。

③ 衣冠，指朝廷大臣和士大夫阶层的人。前一句"第宅"易主，这一句"衣冠"异昔，既是指由于时间流逝而发生的变化，也是说政局与掌权者的变化。总的说来，今日的京都已非杜甫至德年间在朝廷任职时的京都，人事无常，实堪浩叹。

④ 直北，指长安的正北方。金鼓震，指抵御回纥的战争。

⑤ 征西，指抵御吐蕃的战争。这两句诗是说长安城的局势一直很紧张，迄未恢复往年和平安定的景象。

⑥《仇注》引《水经注》："鱼龙以秋日为夜，龙秋分而降，蛰寝于渊，故以秋为夜也。"这句诗形容诗人自己在夔州寂寞冷落，有如鱼龙秋蛰。

⑦ 因为寂寞，而思念往日在京都的生活。故国，指长安。平居，指平日所居，即过去在京都的生活。这一句诗，引出后面几首诗的内容。

◎ 其五（七律）

蓬莱高阙对南山，[①]　　蓬莱宫的高阙正对着终南山，
承露金茎霄汉间。[②]　　承露盘的金柱伸向云霄银河间。
西望瑶池降王母，[③]　　向西眺望瑶池，盼王母从那里降临，
东来紫气满函关。[④]　　紫气曾从东面浮来把函关塞满。

云移雉尾开宫扇，⑤　　雉尾宫扇分开了，像彩云移动，
日绕龙鳞识圣颜。⑥　　阳光萦绕着龙袍，在龙鳞的闪光中看见了圣颜。
一卧沧江惊岁晚，⑦　　想不到在这沧江边，我一躺下就躺到年底，
几回青琐照朝班。⑧　　可叹我一生中才几次走进青锁门列身朝班。

注释：

① 蓬莱，指蓬莱宫，见第六卷《宣政殿退朝晚出左掖》注⑥。阙，宫门两侧的高台式的建筑，常用来指宫门。南山，长安南面的终南山。

② 承露，承露盘。金茎，承露盘下的铜柱。汉武帝为了求长生，作柏梁，铜柱，承露仙人掌。班固《西都赋》："抗仙掌以承露，擢双立之金茎。"《仇注》引陈泽州注："汉武承露铜柱，在建章宫西。建章宫，在长安城外西北隅。唐东内在京城东北，不闻有承露盘事。此盖言唐开（元）（天）宝宫阙之盛。又以明皇（玄宗）好道，故以蓬莱承露，瑶池紫气连类言之，不必实有金茎。"第一、二句概言长安宫阙之繁盛景象。

③ 王母，即西王母，神话中的仙人，居于昆仑山之瑶池，传说周穆王曾去瑶池见到西王母。

④ 紫气，象征有圣人出现。《仇注》引《关尹内传》："关令尹喜常登楼望，见东极有紫气西迈，曰：'应有圣人过京邑。'乃斋戒。其日果见老君（老子）乘青牛车来过。"这两句诗反映开元天宝间玄宗朝的兴旺气象，同时也暗示了玄宗的迷信道教。于兴盛之中已含有导致衰颓的因素。

⑤ 这两句诗是写杜甫于天宝十载献赋，受到唐玄宗召见的事。雉尾宫扇，是皇帝的仪仗。

⑥ 圣颜，称皇帝的容貌。龙鳞，皇袍上的刺绣花纹。但也有人认为是指至德年间在肃宗朝任左拾遗时所见。

⑦ 沧江，指夔州的江边。岁晚，深秋季节，一年将尽，也暗示诗人的生命已到暮年。

⑧ 最后一句诗是叹惜自己任朝臣的时间太短，没有能让自己的才能发挥作用。

◎ 其六（七律）

瞿唐峡口曲江头，	在瞿塘峡口遥望长安的曲江池头，
万里风烟接素秋。①	连接两地的是万里风烟和寒秋。
花萼夹城通御气，②	花萼楼前的夹城通道常有皇帝游踪，
芙蓉小苑入边愁。③	边关战报曾给芙蓉小苑带来忧愁。
珠帘绣柱围黄鹄，④	黄鹄飞降池中，像被珠帘绣柱围绕，
锦缆牙樯起白鸥。⑤	锦缆牙樯的游船，惊起水面的白鸥。
回首可怜歌舞地，	回想那令人怜爱的歌舞升平之地，
秦中自古帝王州。⑥	长安自古来就是帝王住的城州。

注释：

① 瞿塘峡，在夔州东面，是杜甫所滞留之地。曲江，是长安城南的游览胜地，是杜甫所缅怀的地方。两地相距万里，但毕竟在中国大地上，风烟相接。素秋，即寒秋，寒秋季节，树木凋萎，按古代五行之说，其色尚“白”，其音为“商”，故有称秋季为“素商”者。梁元帝《纂要》：“秋曰素商”。

② 花萼，即花萼楼，在兴庆宫。夹城，从皇宫通向芙蓉苑的御道。

③ 芙蓉苑，又称“芙蓉园”，也称“南苑”。可参看第二卷《乐游园歌》注⑥、⑦。《钱笺》：“禄山反报至，帝欲迁幸，登兴庆宫花萼楼置酒，四顾凄怆，所谓‘小苑入边愁’也。”这两句诗写唐玄宗于天宝年间耽于游乐，在欢乐中已蕴藏着战乱的危机。但“边愁”不一定如钱笺所说是由安禄山举兵反叛引起，如在这以前的征吐蕃、征南诏的失败，也都可作为“边愁”传来芙蓉苑中。必如钱笺所说，则不应再有下面两句写宫苑盛事的诗。

④《仇注》引《西京杂记》：“昭帝始元元年，黄鹄下建章太液池中。”这是汉代的事。唐代也可能有黄鹄降于曲江池之事。《仇注》引顾注：“宫殿密而黄鹄之举若围”，译诗据此表述。

⑤ 锦缆牙樯，借代华丽的游船，船行水面，惊起水面白鸥，这是多么恬静优美的图画。

这两句诗是前面两句诗的补充，进一步写长安的盛事。

⑥ 秦中，指长安及其周围地区。这句诗慨叹作为“自古帝王州”的长安受到践踏、破坏，如今也仍旧危机四伏，风雨飘摇。这两句诗表达出了诗人的愤慨。

◎ 其七（七律）

昆明池水汉时功，	昆明池是在汉朝开凿成功，
武帝旌旗在眼中。[①]	汉武帝的旌旗好像还在人们眼中。
织女机丝虚夜月，	月夜，那织女雕像在没丝的空机上忙着织锦，
石鲸鳞甲动秋风。[②]	那石刻的巨鲸，秋风正把它身上的鳞片吹动。
波漂菰米沉云黑，	水波上飘浮的菰米像阴云一般黑，
露冷莲房坠粉红。[③]	露珠凝结在冰冷的莲蓬上，粉红花瓣已坠落在水中。
关塞极天唯鸟道，	这里高山摩天，只有鸟能飞过，
江湖满地一渔翁。[④]	大地上到处是江湖，我愿做一个到处飘流的渔翁。

注释：

① 昆明池在长安西南，为汉武帝元狩三年（公元前120年）所凿，故曰“汉时功”。凿池的目的在于演习水战，故提到“旌旗”。在眼中，是说人们还在想念着汉武帝时代国家的强盛。有人认为“武帝”也是指唐玄宗，但联系到以下四句，可看出这首诗主要摅写兴亡之感，而不是怀念玄宗这个对唐王朝的衰颓负有责任的皇帝。

② 织女与石鲸，是汉武帝时昆明池边的石雕。唐代是否还存在，有待考证。但汉武帝到唐玄宗，大约经过了九百年，加上战乱频仍，这种石雕要保存完好恐很困难。假若已荡然无存或已毁坏，则杜甫的这两句诗中所反映的就纯粹是幻想的形象。以往日的繁盛与今日的萧条对比，正所以体现兴亡之感。汉武帝那样的威震一代的雄主，九百年后也就难觅遗踪，而唐玄宗却在他尚生存的年代就把自己的英雄形象毁坏了，这是

多么可叹可悲。

③ 菰，即现在的日常蔬菜茭白，如令其正常生长，也能结出果实，名为“菰米”，唐代当作一种上等食品。菰米色黑。莲房，今俗称莲蓬，荷花结的果实。《仇注》：“波漂二句，想池景之苍凉。”这两句诗写的是杜甫所曾见到的昆明池秋季景色。与汉代的胜迹相比，终归萧条了。前面注中说过，诗中的“汉武帝”不一定是借代玄宗，但对汉代兴亡的回顾也意味着对唐代兴亡的回顾，这却是必须肯定的。

④ 关塞极天，是述夔州的地势。也比喻杜甫在夔州滞留，无路可走。末句说漂泊江湖是他唯一的出路。后来，杜甫果然走了这条路，直到死在湖南的船上。

◎ 其八（七律）

昆吾御宿自逶迤，[1]	昆吾亭，御宿川，一处处曲折相连，
紫阁峰阴入渼陂。[2]	紫阁峰的阴影落进渼陂池。
香稻啄余鹦鹉粒，[3]	香稻多美，是鹦鹉啄食余下的残粒，
碧梧栖老凤凰枝。[4]	古老的碧梧枝上曾有凤凰栖息。
佳人拾翠春相问，[5]	春游的佳人采拾翠羽相互馈赠，
仙侣同舟晚更移。[6]	神仙一般的伴侣同船泛游，天晚时又向另一处水面行驶。
彩笔昔曾干气象，[7]	我手里的彩笔，当年曾描绘过盛世的景象，
白头吟望苦低垂。[8]	如今吟诵着我的诗，抬起白头凝望又痛苦地低垂。

注释：

①《汉书·扬雄传》：“武帝广开上林，东南至宜春、鼎湖、昆吾、御宿。”晋灼曰：“昆吾，地名也，有亭。”颜师古曰：“御宿，在樊川西。”《三秦记》：“樊川，一名御宿川”。这些汉代地名，唐时可能仍在沿用。

② 紫阁峰，在渼陂之西南，故日西斜时，峰影投入渼陂池中。渼陂，见第三卷《渼陂

行》注①。

③ 啄余，一作“啄残”。

④ 这两句诗以其语言结构之奇特与形象之瑰丽脍炙人口。在诗中是称述渼陂附近景物之美。

⑤《仇注》引曹植《洛神赋》：“或采明珠，或拾翠羽”。又引蔡梦弼注：“‘相问’，乃诗人‘杂佩以问之’（见《诗·郑风·女曰鸡鸣》）之意。”这句诗写在长安春游之状。

⑥ 仙侣，指岑参兄弟。这句诗是回忆与岑参兄弟同游渼陂的事。参看第三卷《渼陂行》。

⑦《南史·江淹传》述：江淹尝宿冶亭，梦郭璞谓曰：“吾有彩笔，在卿处多年，可以见还。”乃探怀中，得五色笔以授之。嗣后有诗绝无美句。时人谓之才尽。彩笔，即五色笔，后来用来称善作诗文者之笔。干气象，指杜甫于天宝十年献赋事。气象，指唐代兴盛时期的盛大典礼等政治社会活动，如唐玄宗之“朝献太清宫、朝享太庙、有事于南郊”所谓“三大礼”等。干，意思是“参与”。为这“三大礼”作赋，铺陈赞颂其事，正就是“干气象”。杜甫并不认为这种文章作得无聊，而认为是有意义的事，并终生引以为荣。

⑧ 吟望，一作“今望”，与第二首之“每依北斗望京华”呼应。苦低垂，表示诗人内心十分痛苦。

◎ 咏怀古迹五首[①]（七律）

支离东北风尘际，[②]	东北卷来的战争风尘使我和亲戚朋友离散，
漂泊西南天地间。	长久漂泊在这南方的天地之间。
三峡楼台淹日月，[③]	三峡口的楼台上消磨了多少日月，
五溪衣服共云山。[④]	跟衣装不同的五溪蛮一起，面对着相同的云山。
羯胡事主终无赖，	羯人胡人为皇上效力到底靠不住，

词客哀时且未还。[⑤]　　诗人不能回乡，只能为时世哀叹。
庾信生平最萧瑟，　　庾信一生的遭遇真是凄惨，
暮年诗赋动江关。[⑥]　　可他晚年写的诗赋却震动了江关。

注释：

① 这一组诗借古人的事迹来抒发自己怀抱，故题为《咏怀古迹》，但与一般所说的“怀古诗”并不完全相同。“怀古诗”多从当代的环境出发来怀念与评论古人史迹，诗人只作为旁观者与评论者，即使有所感触，也不是主要的；而在这一组诗中，抒发自己的情怀却明显地占着主要地位。这组诗也是大历元年在夔州时所作。

② 支离，在这里应理解为分散，分离。《文选·鲁灵光殿赋》：“捷猎鳞集，支离分赴”。东北风尘，指安史之乱。

③ 这句是说作者在夔州的滞留。这诗中说的“三峡楼台”也就是本卷中多次提到的“西阁”。淹，不仅有“淹留”的意思，还含有消磨意志的意思。如《礼·儒行》：“淹之以乐好。”疏：“言乐好之事，易以溺人。”

④ 五溪，湖南、贵州交界处之沅溪、辰溪等五条溪。这诗中用来指溪边居住的少数民族。《后汉书·南蛮传》：“武陵五溪蛮，好五彩衣服。”这里以“五溪”借代夔州附近居住的少数民族。共云山，喻生活于同一自然环境中。

⑤ 羯胡，指北方的少数民族。在这句诗里，既指南北朝时后魏侯景之反复无常，降梁后又叛变；也指安禄山之叛唐。侯景，朔方人，先随尔朱荣，后归高欢，又降梁武帝。不久后举兵反，围建康，陷台城，武帝被逼饿死。庾信因侯景之乱奔江陵。杜甫则因安禄山之乱才四处漂泊，与庾信的事迹略同。杜甫随肃宗还长安后，被贬离朝，辗转到西南；庾信后来由梁元帝派往西魏出使，适值西魏攻梁，陷江陵，庾信就留在北朝，达二十七年之久。在北朝时，作《哀江南赋》，声誉广传。无赖，无可依赖，不能依赖。

⑥ 暮年诗赋，指庾信所作的《哀江南赋》，也暗指杜甫的后期诗作。江关，指荆门山与虎牙山所夹之长江，在江陵，梁朝的中心地区。动江关，指庾信的赋在南朝引起震动，到处传颂。从这首诗可以看出，杜甫已隐约认识到不幸的遭遇和艰苦的经历可以磨砺诗人，使诗人的创作更加成熟，更加有深度。

◎ 其二（七律）

摇落深知宋玉悲，①	草木枯萎凋零了，我深深体会到宋玉的悲凄，
风流儒雅亦吾师。②	论风格文采，他也配做我的导师。
怅望千秋一洒泪，	相隔虽已千年，我还是惆怅地想他，为他流泪，
萧条异代不同时。	我们同样凄凉寂寞只是生不同时。
江山故宅空文藻，③	在这山川间空留下他的故宅和文辞，
云雨荒台岂梦思？④	赋里的云雨荒台难道真的出现在楚王梦里？
最是楚宫俱泯灭，	最令人深思的是楚王宫室都已泯灭，
舟人指点到今疑。⑤	如今船工指点遗址，人们对它只是半信半疑。

注释：

① 摇落，指深秋草木凋谢。宋玉的《九辨》中曾说："悲哉秋之为气也，萧瑟兮草木摇落而变衰。"

②《仇注》引邵注："风流，言其标格，儒雅，言其文学。"宋玉是屈原同时稍晚的战国时期的楚国文学家，以辞赋著名。他的作品虽不如屈原的作品那样沉雄有力，深寄爱国之思，但也能细致地描绘风物人情，表现出某些正义感，同情被谗人陷害的贤才，语言婉转清丽，对后代的辞赋有着重大影响。杜甫把他看作导师，也是有道理的。对宋玉的文学成就评价过低或甚至加以蔑视是不客观的。

③ 传说宋玉有故宅在归州和荆州。归州距夔州较近，这里说的可能是指归州宋玉故宅。文藻，指宋玉留下的辞赋作品。这两者都存留着，但人早死了，所以用一"空"字。这句诗是对宋玉的缅怀。

④ 这句诗是对宋玉的名著《高唐赋》的赞美。赋中依托古代楚王的梦境来描写爱情生活，以幻想的形式反映了真挚与强烈的爱情。历代儒家都认为是托言讽谏，那时如不这样说就不能使这作品流传。这句诗不正面涉及这篇赋的价值，而只是以"岂梦思"一语来反问，肯定其非真是楚王所梦，而是宋玉的想象和创作，是人间真实生活的反映，这样正所以赞扬宋玉的创作才能。云雨荒台，是以原赋中的词语来代替

赋中所写的梦境；巫山神女曾说“妾在巫山之阳，高丘之岨，旦为行云，暮为行雨，朝朝暮暮，阳台之下”等语。

⑤ 据《寰宇记》：“楚宫在巫山县西二百步阳台古城内，即襄王所游之地。”最后两句以楚宫泯灭，连遗址也令人将信将疑的事实来对照宋玉的辞赋能传世之不易。艺术中的梦境甚至比历史现实更有价值，更受后世重视。从这里也可看出，杜甫虽在苦难中度过一生，仕途蹇厄，但他当时已对自己的价值有所认识，知道自己决不低于那些在政治上曾举足重轻、不可一世的人物。这种认识也许是模糊的，但决非虚语。杜甫自己对宋玉的评价就是一个证明。

◎ 其三（七律）

群山万壑赴荆门，[①]	千道山梁，万道山涧一起从这里走向荆门，
生长明妃尚有村。[②]	至今还留存着明妃生长的山村。
一去紫台连朔漠，[③]	她离开紫禁宫就去北方的广阔沙漠，
独留青塚向黄昏。	如今只剩下一座青草丛生的荒冢对着黄昏。
画图省识春风面，[④]	汉元帝如果从画像上看出她如春风一样惹人爱的美貌，
环珮空归夜月魂。[⑤]	她的魂魄就不用从塞上归来，在月光下飘散着环珮的响声。
千载琵琶作胡语，	千年来琵琶上弹的仍是异域音调，
分明怨恨曲中论。[⑥]	乐曲中表达的分明仍是明妃当年的怨恨。

注释：

① 荆门，见第九卷《桔柏渡》注⑦，这里泛指荆州一带。因王昭君的故乡在荆州所属的归州，所以诗这样开头。

② 明妃，即王嫱，通常称她王昭君。据石崇《明妃词序》：“明君，本昭君，触晋文帝

（司马昭）讳改焉。”晋代以后称其字为明君，尊称时自然就称她为明妃了。据《仇注》引《一统志》：“昭君村，在荆州府归州东北四十里”，即今湖北省秭归县东北香溪之畔。唐代时还有昭君故宅存在。

③ 紫台，指紫禁宫里的楼台。这句诗是概述王昭君于汉元帝竟宁元年（公元前33年）嫁给匈奴呼韩邪单于，随之去塞外的史实。成帝建始二年（公元前31年），呼韩邪死，从匈奴俗嫁继立之复株累若鞮单于，有传说谓昭君不愿从匈奴俗而自杀，实无其事。昭君死后，葬于今内蒙古境内，在呼和浩特城南二十里。《太平寰宇记》说“其上草色常青，故曰青冢”。

④《西京杂记》：“元帝后宫既多，不得常见，乃使画工图形，按图召幸。宫人皆赂画工，昭君自恃容貌，独不肯与，工人乃丑图之，遂不得见。后匈奴入朝，求美人，上案图以昭君行。及去，召见，貌为后宫第一，帝悔之，而重信于外国，故不复更人。乃穷案其事。画工毛延寿弃市。”省识，即“知道”，“认识到”。这两句诗是说，若汉元帝早知道昭君的美丽姿容，她就不会遭遇到远嫁匈奴、死于异域的不幸。

⑤ 空归夜月魂，是想象昭君之魂魄思乡，仍夜夜从塞上凌空归来。诗人以这样的语言为昭君倾吐无限辛酸，引起人们对她的同情。

⑥ 琵琶，本胡乐，传到中国后，一直流传至今。《乐府诗集》卷五十九《琴曲歌辞》有四言《昭君怨》一首，卷二十九《相和歌辞》《吟叹曲》有《王明君》《王昭君》《明君词》《昭君叹》等。可见后人对王昭君的悲剧普遍抱有深刻同情。杜甫写这首诗，除了为王昭君诉说不幸而外，也隐喻才士得到帝王了解与信用之难，为自己和其他被埋没、被摧毁的人才发出了不平之鸣。

◎ 其四（七律）

蜀主窥吴幸三峡，[①]　　蜀主袭击吴国时曾来到三峡旁，
崩年亦在永安宫。[②]　　他去世的那年就住在这永安宫。
翠华想象空山里，　　空山里仿佛还看得见他的翠羽旗，

玉殿虚无野寺中。③	如今只剩下荒山野寺，他的玉殿已无影无踪。
古庙杉松巢水鹤，④	古老的祠庙里，松树、杉树上有野鹤巢居，
岁时伏腊走村翁。⑤	每年三伏、腊月祭祀时，村里的老人常忙得来去匆匆。
武侯祠屋长邻近，	武侯祠一直在近旁给它做伴，
一体君臣祭祀同。⑥	在世时君臣一心一德，死后受人民祭祀也相同。

注释：

① 蜀主，指东汉末年三国分立时的蜀主刘备，他在晚年破坏诸葛亮制定的“联吴拒曹”的策略，沿江东下向吴国进攻，遭到惨败。这句诗是说在出发攻吴时曾住在三峡口的夔州。

② 刘备攻吴失败后退回蜀境，在白帝城暂住，不久后即病死在永安宫中。《仇注》引《寰宇记》：“先主改鱼复为永安，仍于州之西七里别置永安宫。”当时的夔州曾改名为永安州。

③ 这两句是说刘备死后，人们还常想着他，但他住的宫殿已不存在。翠华，作为皇帝仪仗的翠羽旗。玉殿，指永安宫。

④ 古庙，指先主庙，即祀刘备的庙。水鹤，不一定是指丹顶鹤，而只是指鹤类的某一种属。水鹤能在庙里的树木上建巢栖居，表明祠庙保存完好，受到人们的爱护。

⑤ 这句诗是说到每年夏季的伏天和冬季的腊月，村民仍到庙中来祭祀，表明人民对刘备的爱戴不衰。

⑥ 最后两句诗是这首诗的主旨所在。一体，是指“君臣一体”，紧密团结，同心同德。从杜甫的诗中可以看出，君臣遇合问题一直牵动着他的心，他认为刘备对诸葛亮的尊重和信任以及诸葛亮对刘备的鞠躬尽瘁、忠心耿耿，是君臣关系的楷模，歌颂这种关系，歌颂刘备，也就是谴责那些不爱贤才，弃贤才如敝屣，甚至对他们横加摧残的君主。

◎ 其五（七律）

诸葛大名垂宇宙，①	诸葛亮的大名在宇宙间永远传留，
宗臣遗象肃清高。	这位国家重臣的遗像，多么肃穆崇高。
三分割据纡筹策，②	为打开天下三分的局面，他周密地制定策略，
万古云霄一羽毛。③	千年万世，他永远像一只凤凰翱翔在云霄。
伯仲之间见伊吕，④	他和伊尹、吕尚相比像兄弟一样，
指挥若定失萧曹。⑤	如果在他的指挥下统一天下，萧何、曹参的名声决不比他高。
运移汉祚终难复，⑥	运数转移了，汉朝的统治毕竟不能再恢复，
志决身歼军务劳。	他的志向仍那样坚定，直到牺牲生命也不顾军务烦劳。

注释：

① 诸葛，指诸葛亮。夔州有武侯祠。第十五卷有《武侯庙》及《八阵图》等诗也是歌颂诸葛亮的。可参看。

② 这句诗赞颂三分天下策略的制定。纡，本义屈曲萦回，这里是指计划的周密。

③《仇注》："按俞氏（浙）云：'一羽毛，如鸾凤高翔，独步云霄，无与为匹也'。焦竑则云：'昔人以三分割据为孔明功业，不知此乃其所轻为，正如云霄间一羽毛耳。'此说非是。"高步瀛则解释说："《梁书·刘遵传》：'此亦威凤一羽，足以验其五德。'言武侯才德之高，如云霄鸾凤，世徒以三分功业相矜，不知屈处偏隅，其胸中蕴抱百未一展，万古而下，所及见者特云霄之一羽毛耳。"译诗仍从仇说。

④ 伊吕，指伊尹、吕尚。伊尹为商代贤相，佐汤王灭夏；吕尚，即姜尚，姜子牙，佐周武王灭商，被尊为"师尚父"。伯仲，兄弟。这句诗是说诸葛亮的才能与伊尹、吕尚相当。

⑤ 萧曹，萧何、曹参，佐汉高祖开国，前后相继任丞相。指挥若定，是说如果在他的

指挥下平定全国。《仇注》引俞浙曰："孔明人品，足上方伊吕，使得尽其指挥，以底定吴魏，则萧曹何足比论乎。"

⑥ 汉祚，指汉代的国运。最后两句诗是说，诸葛亮之所以没有成功，未能实现统一中国，复兴汉业的愿望，是受了客观条件的限制。再伟大的人才，如果生不逢辰，也会一事无成。杜甫在这首诗中通过对诸葛亮的评论为那些受时势限制而不能施展才能发挥作用的英雄和贤才惋惜慨叹，当然，其中也包括他自己。

◎ 寄韩谏议注[①]（七古）

今我不乐思岳阳，[②] 如今我感到郁郁不乐，不禁思念起岳阳，
身欲奋飞病在床。 想振翅飞翔，身体却卧病在床。
美人娟娟隔秋水，[③] 品德优美崇高的人远远隔在秋水那边，
濯足洞庭望八荒。[④] 他在洞庭湖里濯足，却眺望着八方遥远边疆。
鸿飞冥冥日月白， 鸿鹄在茫茫天际飞翔，日月吐发出白光，
青枫叶赤天雨霜。 青色枫叶变红，天空降下寒霜。
玉京群帝集北斗，[⑤] 天国的仙帝们聚集在北斗星座，
或骑骐驎翳凤凰。[⑥] 有的骑着麒麟，有的骑凤凰。
芙蓉旌旗烟雾落，[⑦] 绣着芙蓉的旌旗被烟雾笼罩，
影动倒景摇潇湘。[⑧] 映入潇水湘江的倒影，影影绰绰在不停动荡。
星宫之君醉琼浆，[⑨] 天宫里的星君醉了，他喝够了玉液琼浆，
羽人稀少不在旁。[⑩] 生长羽翼的仙人渐渐稀少，离开了这烂醉的星君身旁。
似闻昨者赤松子，[⑪] 我好像听说过往日有位赤松子，
恐是汉代韩张良。[⑫] 又恐是汉朝那位韩国后代张良。
昔随刘氏定长安， 当年随着刘氏攻下长安，

帷幄未改神惨伤。[13] 运筹帷幄的本领没有变，脸上的神色却显得忧伤。
国家成败吾岂敢，[14] 他说"国家成败的大事我怎敢担当"，
色难腥腐餐枫香。[15] 他怕看见腥腐的食物，宁愿把枫香树叶当食粮。
周南留滞古所惜，[16] 留滞在南方不能回京，古人也为这样的处境惋惜，
南极老人应寿昌。[17] 南极老人星出现了，预兆着人们长寿，国运繁昌。
美人胡为隔秋水， 品德优美崇高的人却为什么还隔离在秋水那边，
焉得置之贡玉堂？[18] 怎样才能把他送到皇帝的玉堂上？

注释：

① 谏议，指谏议大夫，唐代属门下省，掌侍从规谏。"谏议"下有一"注"字，似是谏议之名，然而也可能是衍文。从诗的内容来看，他早已离开了朝廷，隐居在洞庭湖南。诗中赞美他的才能和品德，并盼望他能再回到朝中任职。这诗的形象迷离恍惚，似乎有难言之隐，才运用了这样的艺术表现手法。但语言流畅铿锵，形象繁缛，情调高昂，能使读者得到审美享受和某些启发。旧注编此诗于大历元年秋。

② 岳阳，不是今日之岳阳市，而是指洞庭湖南一带地区。南朝梁代置岳阳郡，在今湖南省湘阴县南，隋代废，唐代仍常称其地为岳阳。今岳阳，唐代称岳州巴陵郡。

③ 美人，指韩谏议。古代诗中之美人，常指品德高尚的人。有些注家认为美人是指李泌，曾在肃宗朝任职，对唐朝之复兴，立有大功，后惧李辅国之陷害，到衡湘南岳一带隐居修道。但诗题既写明《寄韩谏议注》，似不应再引出另一人来作为主要赞美对象。隔秋水，是指隔着洞庭湖。

④ 八荒，与"八极"同义，指八方极远之处。这句诗是说韩谏议虽隐居洞庭湖畔，但眼观四面八方，关心天下大事。

⑤ 这两句及以下四句诗写仙境虚幻之景。玉京群帝，指道家所说的天界诸帝，如"五方之帝""三十二天之帝"等。北斗，即北斗星，又象征人间的京都。

⑥ "翳凤凰"之"翳"，旧解为"蔽"，如《甘泉赋》"登凤凰兮翳芝"。《杜臆》云："翳，助语词"，并解释这句诗说："言或骑麟，或骑凤"。也有注家不同意此说。译诗据《杜臆》。这句诗写天上的群帝，也可能是比喻许多人才聚集在京都。

⑦ 芙蓉，是旌旗上的图案。落，通“络”，《庄子·秋水》：“落马首，穿牛鼻。”“络”可释为蒙络，笼罩。

⑧ 影动，指旌旗隐现摇晃。倒景，指旌旗映在潇湘水中的倒影。潇湘，湖南水系之通称，其主要水流为湘江，潇水是其上流之一支。这两句诗似乎是说有仙人从天境来到洞庭湖南，但写得模糊隐约。

⑨ 星宫之君，隐喻人间的君主。醉琼浆，谓其失神丧态，不能明辨是非善恶。

⑩ 羽人，长着翅膀的仙人。这里比喻正直贤良的大臣。不在旁，谓其离开国君的身旁而去。

⑪ 张良是汉代开国功臣，字子房，是战国时期韩国王族的后代。他于汉朝统一中国之后，离开尘世，随仙人赤松子游，不知所终。

⑫ 这两句诗写得恍恍惚惚，似乎是说张良随赤松子修仙的事，又似乎说张良即赤松子之化身，或者说诗中所说的美人既像赤松子，又像张良。

⑬ 帷幄，指运筹帷幄，参谋军事的本领。这句和上一句诗表面上仍是说张良的事，但显然是比喻韩谏议于功成之后遭人谗毁，精神抑郁。有些注家猜测韩谏议可能对肃宗收复长安之役有重要贡献，后来受谗见疑而去职。

⑭ 这句诗是作者借诗中人物之口来说的，所以用代词“吾”，表示他不愿再干预国事，自愿回到草野。

⑮ 这句诗是表示这位诗中人物品德、操守之高洁。枫香，一作“风香”。枫香，树名，现在仍到处可见。《仇注》引张远注：“枫香，道家以之和药，故云餐。”《鹤林玉露》引佛书：“凡诸所嗅，风与香等”，《仇注》谓此说迂曲。译诗从《仇注》。

⑯ 周南留滞，见第十卷《敬简王明府》注③。这句诗既为韩谏议而发，也是作者自谓。在不能回朝尽力这一点上，两人是共通的。

⑰ 南极老人，星名，即南极星，一曰寿星。《晋书·天文志》说这星“见则治平，主寿昌。”按此星仅于二月顷现于南天地平附近，见此星之机会甚少。这诗中以“南极老人”隐喻韩谏议，说如果他回到朝廷上，则可使天下安宁，人人长寿。应，是“应验”之“应”，意思是“征兆”“预兆”。

⑱ 玉堂，汉未央宫有“玉殿”，后常以“玉殿”或“玉堂”代表朝廷。这句诗是说希望能让韩谏议回到朝中任职。

◎ 解闷十二首[①]（七绝）

草阁柴扉星散居，	草阁柴门，零零散散住着几户人家，
浪翻江黑雨飞初。[②]	江黑浪翻，秋雨开始飘洒。
山禽引子哺红果，	山禽引着雏鸟飞来啄食红果，
溪女得钱留白鱼。[③]	溪边的渔家女接过钱把白鱼留下。

注释：

①《杜臆》："非诗能解闷，谓当闷时，随意所至，吟为短章以自遣耳。"十二首诗的内容颇驳杂，有生活琐事，有一时感触，有怀念友人，有咏叹史事。虽只寥寥数语，亦能反映生活中的情趣，表达出意味深长的想法，启发读者对人生思考和体味。十二首诗可能非一时所作，而是后来编在一起的。黄鹤据第三首"一辞故国十经秋"，订为大历元年夔州作。

② 前两句诗写夔州江边普通人的生活环境和天气。此诗中之"草阁"与本卷《草阁》应指同一处住所，似与位于江边之"西阁"不同。

③ 后两句诗写禽鸟和人的活动，两者都是为了生存，但各有不同的方式。

◎ 其二（七绝）

商胡离别下扬州，[①]	胡商离开这里东下扬州，
忆上西陵故驿楼。[②]	想起往年曾登上西陵古代驿楼。
为问淮南米贵贱，[③]	请为我问一声淮南米价的贵贱，
老夫乘兴欲东游。	我也想乘兴东下远游。

注释:

① 商胡，经商的胡人，多称胡商。唐代商业发达，胡商遍布全国各地。

② 西陵，位于今杭州市萧山区西北浙江之滨。春秋越国范蠡筑城于此，原名固陵，后改称西陵；五代吴越时又改名为西兴。即今之萧山区西兴镇。杜甫于开元十九年到二十二年期间游吴越时曾到过西陵。

③ 唐代设有淮南道。今湖北省汉水以东、长江以北，直到今江苏、安徽两省江淮之间的广大地区均属此道，治扬州。问淮南米价，正是由于想到那里去住。

◎ 其三（七绝）

一辞故国十经秋，[①]	离开京城不觉已经十个春秋，
每见秋瓜忆故丘。[②]	每看到秋瓜就想起故乡林丘。
今日南湖采薇蕨，	如今他还在南湖上采薇蕨，
何人为觅郑瓜州？[③]	谁替我去访问一下这位郑瓜州。

注释:

① 杜甫于乾元元年（758年）贬华州司功时离开长安，到大历元年（766年）约计九年。说十年，举其成数。如订此诗作于大历二年，则满十年，但大历二年秋，杜甫已自瀼西迁居东屯，忙于管理百顷公田，不似有作这类“解闷诗”的闲情了。

② 故丘，即故国，这里指的是长安杜陵的老家。长安青门外以产瓜著名，秦亡后，故东陵侯召平曾种瓜于此，所产之瓜称“青门瓜”。

③“郑瓜州”下有原注：“郑秘监审”。《仇注》：“张礼《游城南记》：济潏水，陟神禾原，西望香积寺下原，过瓜州村。注：瓜州村在申店潏水之阴。《许浑集》有《和淮南相公重游瓜州别业》诗……朱注：‘瓜州村与郑庄相近。郑庄，虔郊居也，审为虔之侄，其居必在瓜州村，故有末语’”。《仇注》又云：“故丘有瓜州，即郑秘监所

居，今已谪居南湖，无复有访者矣，盖伤其寥落也。”南湖，指峡州（即今湖北省宜昌市）的南湖，郑审谪居峡州，住处有湖亭（参看第二十卷《秋日寄郑监湖上亭三首》）。采薇蕨，喻隐居不仕的生活。

◎ 其四（七绝）

沈范早知何水部，①	何水部早就受到沈约、范云的赏识，
曹刘不待薛郎中。②	曹植、刘桢却没等到您这位薛郎中。
独当省署开文苑，③	您独力在尚书省开辟了文坛，
兼泛沧浪学钓翁。④	又常在沧浪江上泛舟学钓鱼老翁。

注释：

① 何水部，即何逊，参看第九卷《北邻》注⑥。《梁书·何逊传》：“范云见其对策，大相称赏，因结忘年交好，一文一咏，云辄嗟赏。沈约亦爱其文，尝谓逊曰：‘吾每读卿诗，一日三复，犹不能已’”。这首诗主要是表达对薛璩的思念，薛璩任水部郎中，因而以何逊起兴。

② 原注：“水部郎中薛璩。”参看第六卷《偪侧行》注①及第八卷《秦州见敕目薛三璩授司议郎毕四曜除监察》一诗，可知杜甫与薛璩的交谊。

③ 水部属尚书省。当时薛璩在尚书省中以诗著名，故诗中这样说。开文苑，意思是在省署中推动了诗歌创作活动。

④ 这句诗是说薛璩虽居官位，但也过隐逸的生活。沧浪，泛指隐士所居之江滨。

◎ 其五 （七绝）

李陵苏武是吾师，①	该把李陵、苏武看作我们的导师，
孟子论文更不疑。②	孟云卿这样评论诗文我毫不怀疑。
一饭未曾留俗客，	他从来不曾留俗客吃过一顿饭，
数篇今见古人诗。③	如今流传的几篇佳作真像古人的诗。

注释：

①《文选》编选李陵、苏武诗共七篇；《古文苑》也载苏、李诗十首，大都是送别、怀人，游子思归之诗。据后人研究，这些诗是伪托苏、李之名的古代佚名诗人之作。写作时代在东汉后期，是较为成熟的五言古诗，语言朴素，情感深挚。诗中说“李陵苏武是吾师”，是主张以这些托名苏、李的古诗为写作五言古诗的榜样；同时，也是表明必须重五言古诗的创作，不应因为律诗的盛行而忽略古诗。

② 原注：“校书郎孟云卿”。孟云卿是比杜甫年轻十多岁的诗人，与元结、沈千运、张彪等交游。元结于乾元二年编《箧中集》，选七人诗二十四首，其中收孟云卿达五首之多。论文，主要就是指前一句诗的内容，那就是孟云卿“论文”的原话。《仇注》：“苏李吾师，此述其论诗”。有的杜诗版本中，一、二两句位置互换，更可看出前面的论断。

③ 第三句诗赞孟的人品，这一句赞孟诗风格。编《中兴间气集》的高仲武说孟云卿的诗“祖述沈千运，渔猎陈拾遗（子昂），词气伤苦，怨者之流。如‘虎豹不相食，哀哉人食人’，方于《七哀》‘路有饥妇人，抱子弃草间’，则云卿之句深矣。”并说：“当今古调无出其右者，一时之英也。”（据《唐诗纪事》）

◎ 其六（七绝）

复忆襄阳孟浩然，[1]　　我又想起了襄阳的孟浩然，
清诗句句尽堪传。　　他的诗句清新，句句都能流传。
即今耆旧无新语，[2]　　如今老一辈的诗人不能再写出有新意的诗句，
漫钓槎头缩颈鳊。[3]　　只能随意钓钓鱼，钓那“槎头缩颈鳊”。

注释：

① 孟浩然，襄阳人，隐居不仕，长期过田园生活，徜徉于山水之间。他的诗绝大多数是五言诗，格调雄浑蕴藉，清新隽永，是初唐与盛唐过渡时期的主要诗人。

② 孟浩然死于开元二十八年（740 年），他死后，老一辈的诗人在世的不多了，到大历初年前后，杜甫这一辈诗人也已进入老年。“耆旧”指比杜甫年长的以及同辈诗人，他自己也包含在内。

③ 缩颈鳊，一作“缩项鳊”，是一种鳊鱼。槎头，水上的木桩之类。《仇注》转引习凿齿《襄阳耆旧传》：“岘山下汉水中出鳊鱼，味极肥而美，襄阳采捕，遂以槎断水，因谓之槎头缩项鳊。”孟浩然诗有“鸟泊随阳雁，鱼藏缩项鳊”及“试垂竹竿钓，果得槎头鳊”之句。

◎ 其七（七绝）

陶冶性灵存底物？[1]　　我靠什么陶冶自己的品格和心灵？
新诗改罢自长吟。　　修改好新写的诗篇再反复诵吟。
孰知二谢将能事，[2]　　深知谢灵运和谢朓最擅长这本领，
颇学阴何苦用心。[3]　　可我愿学阴铿、何逊那样刻苦专心。

注释：

①《南史·文学传叙》："自汉以来，辞人代有，大则宪章典诰，小则申舒性灵。"性灵，指人的品质，包括思想情感诸方面，译为"品格和心灵"。底，古代方言，疑问词。

② 二谢，即谢灵运，谢朓。谢灵运是晋宋间最负盛名的诗人，长于五言山水诗；谢朓，南齐著名诗人，是谢灵运的同族后辈，也称小谢。《论语·子罕》："固天纵之将圣，又多能也。"旧注："将，大也"。将能事，即"大本领"。在唐代，"将能事"是常用语。用在这诗中含意是："二谢"有作诗的天赋，不费力气就能作出好诗。

③ 阴何，指南朝著名诗人阴铿、何逊。这句诗紧接在上一句诗之后，意思是尽管前代伟大诗人如"二谢"有很高天赋，但自己仍要像阴铿、何逊那样努力刻苦地从事诗歌创作。

◎ 其八（七绝）

不见高人王右丞，①	情怀高逸的王右丞再也见不到了，
蓝田丘壑蔓寒藤。②	如今蓝田别墅的山丘涧谷里爬满寒藤。
最传秀句寰区满，	他的秀丽诗句传遍全国，
未绝风流相国能。③	他的文采风流没有断绝，在王相国身上又显露出才能。

注释：

① 王右丞，指盛唐著名诗人王维。乾元中，转尚书右丞，世称"王右丞"。第六卷有《奉赠王中允维》一诗，又有《崔氏东山草堂》一诗，诗末也有问及王维之语，可参看。

② 蓝田，山名，在长安东南。王维晚年得宋之问旧居蓝田别墅，墅在辋口，与裴迪等同游乐其间，赋诗，名《辋川集》。王维死于上元二年（761 年），这句诗抒写了悼念之情。

③ 原注："右丞弟，今相国缙"。《仇注》引《金壶记》："王维与弟缙，名冠一时。时议云：论诗则王维、崔灏，论笔则王缙、李邕。"

◎ 其九 （七绝）

先帝贵妃今寂寞，[①]	先帝和贵妃都已离开了人世，
荔枝还复入长安。	荔枝还是照样送进了长安城。
炎方每续朱樱献，[②]	南方献过红樱桃后每每又献上它，
玉座应悲白露团。[③]	皇帝在玉座上看见这白露团似的荔枝肉应该伤心。

注释：

① 先帝贵妃，指唐玄宗（李隆基）和杨贵妃（玉环）。寂寞，指两人早已死去。

② 这句诗是说南方常在向皇上进贡过樱桃以后，接着就向皇帝进贡荔枝。原诗中省去了荔枝等字样。

③ 玉座，借代皇帝。白露团，指荔枝。白露团，有人认为是指凝聚着露珠的新鲜荔枝，但从遥远南方送来，不应这样描写，似乎是比喻荔枝肉之莹明。这诗隐喻皇帝应接受唐玄宗祸国的教训。

◎ 其十 （七绝）

忆过泸戎摘荔枝，[①]	记得我从泸州、戎州经过时曾经在树上采摘过荔枝，
青枫隐映石逶迤。[②]	青枫树隐隐衬映着山石蜿蜒。

京华应见无颜色，　　京城里人看到它时，该已失去这种鲜艳的颜色，
红颗酸甜只自知。[3]　　那一粒粒鲜红果实，只有尝过的人知道它的酸甜。

注释：

① 泸州、戎州，即今四川省之泸州市和宜宾市，都在长江沿岸，杜甫自成都东下时曾经经过。这两处地方都出产荔枝。

② 这句诗是描写去荔枝产地一路上见到的风景。

③ 后两句诗不只是说荔枝运到长安后失去鲜艳的色彩和风味，而且蕴含着更深的意思：皇帝深居京城，不能享受到人间最美好的东西，也不能了解世上的真情。

◎ 其十一（七绝）

翠瓜碧李沉玉甃，[1]　　翠瓜、碧李沉浸在玉缸水底，
赤梨蒲萄寒露成。[2]　　赤梨、葡萄经过寒露才长成。
可怜先不异枝蔓，　　可怜它们在枝藤上原都一样，
此物娟娟长远生。[3]　　只因为荔枝生在远方，人们就觉得它特别喜人。

注释：

① 甃，音“昼”（zhòu），陶缸。古人常置瓜李于冷水中浸之使凉。

② 北方天冷，有些晚熟的梨与葡萄要在秋季成熟，那时已经有露水。以上两句诗是称赞中原常食用的果品。

③ 第三句是通就以上两句诗中所述的果物和下一句诗中的“此物”（指荔枝）而言。当这些果物生于枝蔓上时，本没有多大分别，只是因荔枝来自远方，就使人们觉得更美更可爱了。这当然也不是“就果论果”，而是有所寓言，有着更深内涵的。长远，

不是指时间，而是指地点和距离。

◎ 其十二（七绝）

侧生野岸及江浦，[①]	它悄悄生在野岸上直长到江边，
不熟丹宫满玉壶。[②]	不是在宫里成熟却也把宫里玉壶盛满。
云壑布衣鲐背死，[③]	有才能的高士一辈子当个平民在高山野谷里默默老死，
劳人害马翠眉须。[④]	为了让美人满足，劳人害马谁也不会哀怜。

注释:

①《淮南子·原道》:"侧谿之间"。"侧" 即 "伏"。侧生，意思是生长在那里并不引人注意。但在这里同时也有借指荔枝之意。左思《蜀都赋》:"旁挺龙目，侧生荔枝"。张九龄《荔枝赋》:"彼前志之或妄，何侧生之见疵。"皆谓荔枝生于旁枝，后遂有"侧生" 作为荔枝别名者。江浦，一作 "江蒲"，《仇注》引赵曰:"自戎僰而下，以亩为蒲。"又引朱注:"或曰刘熙《释名》:草团屋曰蒲，又谓之菴。"作 "江浦"，较易解。

② 丹宫，意思与 "朱宫" "彤宫" 相同，因宫室多为朱红色。这里泛指皇宫。玉壶，宫中用来贮物的器皿。这句诗是说荔枝被重视，千方百计要从远处取来宫中，放在玉壶之内。

③ 云壑布衣，指隐居深山幽谷的隐士，无官位，故称 "布衣"。鲐，音 "台"（tái），一种海鱼，背上有黑斑，老人皮肤上有色素沉积之斑点，因而以 "骀背" 喻人之年老。这句诗是说隐士虽有才能也得不到重用，郁郁以死，不如荔枝受重视，从千万里外送到宫中。只要举出这样的事实，不须议论，诗人的愤慨和要表达的思想便都使人明白了。

④ 翠眉，借代宫中美人，如杨贵妃等。为了供她们的需要，不惜耗费人马劳力，从远

方把鲜荔枝运到长安。

◎ 洞房[①]（五律）

洞房环珮冷，[②]	深深的洞房里环珮冰冷，
玉殿起秋风。	秋风卷起一直卷上玉殿。
秦地应新月，[③]	长安该已升起了新月，
龙池满旧宫。[④]	旧宫龙池的水该已涨满。
系舟今夜远，	今夜，我的船系在远方，
清漏往时同。[⑤]	宫里时计的滴漏声该一如往年。
万里黄山北，[⑥]	万里之外的黄山宫北面，
园陵白露中。	白露该已把园陵的土地凝遍。

注释：

① 从这一首诗起的八首诗都是以诗的前两字为题，怀念故国，回顾开元天宝间旧事，从中探索教训。由于杜甫曾献赋玄宗，得到赏识，诏待制集贤院，对玄宗有感恩之意，于是对他统治后期的严重错误抱着原谅的态度。在这一组诗中怀旧之情是主调。旧编在大历元年。

② 洞房，重门深屋，这里指宫中后妃的住室。这一句和下一句，写玄宗旧居的宫中冷寂荒凉之状。

③《仇注》：旧注云：月虽新而宫则旧，有物是人非之感。新月，指月初初现之新月，又含有改换日月之意，暗指皇帝及后妃的更迭。

④ 龙池，在兴庆宫。玄宗为太子时，宅邸在兴庆里，至开元中，改为兴庆宫。称它为“旧宫”，因为是玄宗旧居之宫。

⑤ 清漏，指宫中计时的铜壶滴漏声。至德二载杜甫曾在门下省值宿，对宫中漏声很熟

悉，故有此语。

⑥《仇注》引晋灼曰："黄山，宫名，在槐里。"又引《钱笺》："汉武茂陵，在黄山宫北，盖借茂陵以喻玄宗泰陵。"下句中的"园陵"，就是指"泰陵"。

◎ 宿昔（五律）

宿昔青门里，①	往昔在长安城的东门里，
蓬莱仗数移。②	蓬莱宫的仪仗队屡次外移。
花娇迎杂树，	杂树开满娇艳的鲜花来迎接，
龙喜出平池。③	龙也欣喜，浮出涨满的水池。
落日留王母，④	太阳落山了，还让王母留下，
微风倚少儿。⑤	迎着微风，向少儿身上轻倚。
宫中行乐秘，	宫中行乐的事秘不外传，
少有外人知。	宫外很少有人能得知。

注释：

① 宿昔，往昔，指玄宗开元、天宝年间。这首诗回忆往年玄宗耽于逸乐的事。作者的态度似乎是客观的，但实际带有既谴责又宽容的态度。诗中所写到的事故意表现得依稀隐约。在唐朝写当代帝王的事也只能如此。

② 蓬莱，指蓬莱宫。仗，指皇帝的仪仗。数移，指皇帝屡次出宫游逛。

③ 这句诗里的"龙"，是指兴庆宫龙池中的"小龙"，据《仇注》引《明皇十七事》的资料，兴庆池常有小龙出游宫垣水沟中。古代常传说这类事，作为吉庆的象征。

④ 王母，《仇注》引卢注："杨妃曾度为道士，故唐人比为王母。"

⑤ 少儿，即卫少儿，是汉武帝卫皇后（卫子夫）之姊。借喻杨贵妃姊妹秦国夫人、虢

国夫人等得到唐玄宗的宠幸。倚，旧注有作“倚歌”（为歌唱伴奏）解者，《仇注》仍解为“风微起而凭倚少儿”，译诗从仇。

◎ 能画 （五律）

能画毛延寿，①	擅长绘画的有个毛延寿，
投壶郭舍人。②	擅长投壶的要算郭舍人。
每蒙天一笑，③	每次蒙皇帝赏脸笑一笑，
复似物皆春。④	真好像又是万物逢春。
政化平如水，	只要政治教化像水一样平，
皇明断若神。⑤	皇上聪明，决断有如天神。
时时用抵戏，	时时玩玩这些当作杂戏，
亦未杂风尘。⑥	也未必会引起动乱风尘。

注释：

① 毛延寿是汉元帝的画师，已见本卷《咏怀古迹》第三首注④。

② 郭舍人是汉武帝时人，善投壶。投壶是我国古代宴客时的一种高雅娱乐活动。诗中举这两个人的技艺比喻唐玄宗爱好这一类技艺娱乐。

③ 天，指皇帝。

④ 物皆春，喻皇帝喜悦，陪同游乐的臣下也就感到温暖幸福。

⑤“政化”与“皇明”两句提出治理国家最根本的两个条件，一是对臣下，对人民的赏罚要公平，负担要合理分配；二是皇帝要有正确决断。对皇帝只须要求做到这两点，不应有更多苛求。

⑥《杜臆》把“抵戏”理解为“用以当戏剧”，认为旧注引“角觝”解释“抵戏”是错

误的。译诗从《杜臆》之说。末两句诗是说以绘画、投壶等代替杂戏为娱乐，对皇帝来说没有什么不妥，并不会因此而导致丧乱。

◎ 斗鸡（五律）

斗鸡初赐锦，[①]	当年斗鸡胜利能得到锦缎赏赐，
舞马既登床。[②]	表演舞蹈的马也登上高架木床。
帘下宫人出，	宫女们从珠帘下走出，
楼前御曲长。[③]	在楼前把御制的歌曲曼声高唱。
仙游终一閟，[④]	皇上升仙了，一切终于停止，
女乐久无香。	久久闻不到女乐演奏时的馨香。
寂寞骊山道，[⑤]	骊山下的大道上行人稀少，
清秋草木黄。	深秋季节只见遍地草木枯黄。

注释：

① 据陈鸿《东城老父传》，玄宗喜爱斗鸡游戏，立鸡坊于两宫之间，养斗鸡千尾，并以贾昌为驯鸡小儿之长，屡得金帛赏赐，天下号为神鸡童。

② 据《明皇杂录》，玄宗曾令教舞马四百匹，衣以文绣，络以金铃，应节拍而舞，其乐名《倾杯乐》。又施三层板床，立马舞于床上。

③ 御曲，御制乐曲。《明皇杂录》谓“玄宗制新曲四十余”。前四句诗写玄宗耽于游乐太过，比前一首诗中所说的爱画、喜投壶要严重得多。逸乐无度，那就会导致恶果。这就是这首诗的言外之意。

④ 仙游，指玄宗逝世。閟，这里应解释为“尽”“止”。《左传·闵二年》：“今命以时卒閟其事也。”注：“冬十二月閟尽之时。”

⑤ 末两句诗表达玄宗死后的凄凉景象，促后人省悟，接受玄宗的教训。

◎ 历历（五律）

历历开元事，	开元年间一桩桩往事，
分明在眼前。	还清清楚楚在我眼前。
无端盗贼起，	盗贼突然起来作乱，
忽已岁时迁。	转眼又过去许多年。
巫峡西江外，[①]	巫峡远在长江的西端，
秦城北斗边。[②]	长安城紧靠北斗星旁边。
为郎从白首，[③]	我虽是郎官也只能闲居任白发满头，
卧病数秋天。[④]	生病躺着，默默数着逝去的秋天。

注释：

① 西江，指长江的西段。

② 秦城，指长安城。北斗边，在北斗星下面，指其位于北方。这两句诗是说作者远离京城。

③ 为郎，指杜甫任工部员外郎之职。从白首，任它头发变白，指无事做，使时光虚度，一天天老去。

④ “数秋天”既可理解为“几个秋天”，也可理解为“数”（上声，shǔ）过去了几个秋天。似以后一种理解为优。

◎ 洛阳（五律）

洛阳昔陷没，	那年洛阳被贼寇攻陷，
胡马犯潼关。	安禄山的兵马又进犯潼关。

天子初愁思，　　皇上开始忧愁焦虑，
都人惨别颜。　　京城里人们慌忙逃窜，神色凄惨。
清笳去宫阙，[①]　　尖锐的胡笳声终于离开了宫阙，
翠盖出关山。[②]　　太上皇的翠羽盖又出了蜀境关山。
故老仍流涕，　　长安城的老年人迎接时还在流泪，
龙髯幸再攀。[③]　　庆幸能再一次看见龙颜。

注释：

① 清笳，指高而嘹亮的胡笳声，喻安禄山的军队。去宫阙，离开皇宫。这句诗是说安禄山的军队自长安撤走。

② 翠盖，皇帝的翠羽伞。这句诗是说长安收复后，唐玄宗（当时已不做皇帝，成了太上皇）离开蜀境回京。

③ 古史传说谓黄帝乘龙升天，群臣争相随从骑上龙背，有些人拉着龙髯，髯断，众人落到地面，望空号哭。这里不是喻皇帝之死，而是表示见到了皇帝。这首诗着重反映群众对待唐玄宗的态度。人民始终对他表示敬爱，即使由于他的过失，遭受莫大灾难，但仍欢迎他的归来。古代人民对待君主的感情非现代人所能理解，杜甫这样来描写君民关系殊未可厚非。

◎ 骊山（五律）

骊山绝望幸，　　骊山再盼不到玄宗驾幸，
花萼罢登临。[①]　　花萼楼上，他也不会再登临。
地下无朝烛，　　地下自然不会有上朝的烛光照耀，
人间有赐金。[②]　　人间却仍留存着他赏赐的黄金。
鼎湖龙去远，[③]　　他像黄帝在鼎湖山乘龙去远，

银海雁飞深。④	陵墓深处，银海上雁飞冥冥。
万岁蓬莱日，	千年万世，蓬莱宫上太阳升起，
长悬旧羽林。⑤	永悬高空，照射旧日的羽林军。

注释：

① 骊山和花萼楼都是唐玄宗在开元天宝年间常临幸的地方。《仇注》：“明皇在日，每岁十月，必至骊山华清宫。又，友爱诸王，造花萼相辉之楼。”玄宗既死，不会再到这两处来了。

② 朝烛，清晨上朝时，须点蜡烛照明。无朝烛，谓玄宗死后地下不再有上朝这回事。但过去所赐臣下的黄金仍留在他们家里。这句诗是说玄宗有遗爱在人间，人们应该还记得他。

③ 鼎湖，传说中黄帝骑龙升天的地方。见第五卷《行次昭陵》注⑯。这句诗说的是玄宗之死。

④ 古代帝王墓中有贮水银之池，称为“银海”，往往以黄金为凫雁点缀其间。这句诗喻玄宗已埋葬在地下，与世隔绝。

⑤ 这两句诗以蓬莱宫上的太阳比喻玄宗，他虽已死去，但往日的羽林军仍想念着他。

◎ 提封（五律）

提封汉天下，①	综观大唐的天下，
万国尚同心。②	千万州郡仍然同德同心。
借问悬军守，③	试问派军队到遥远边疆驻守，
何如俭德临。	怎能比崇尚节俭，宽厚对待人民。
时征俊乂入，④	按时征选杰出的贤才进入朝廷，
莫虑犬羊侵。⑤	不用再担心吐蕃回纥入侵。

愿戒兵犹火，[6] 愿皇上儆戒，用兵像玩火般危险，
恩加四海深。 该向四海散布深厚的恩情。

注释：

① 封，原义是诸侯的封地。《汉书·刑法志》：“提封万井。”注：“李奇曰：‘提，举也，举四封之内也。’”《文选·西都赋》：“提封五万。”注：“臣瓒案旧说云：‘提，撮凡也，言大举顷亩也。’”王念孙谓“提封”即“都凡”之转，犹言“诸凡”“大凡”。根据这样的理解，可译“提封”为“综观”“总的看一看”。

② 万国，指全国各州郡。尚同心，指还接受朝廷的命令。这句诗的言外之意是，不服从中央命令，割据称雄的军阀毕竟是少数。

③ 悬军，一作“悬车”。“悬车”多用于不再做官，退休告老。如《后汉书·张俭传》：“阖门悬车，不豫政事。”《文选·陈太丘碑文》：“悬车告老。”“悬军”则指孤军深入，如张廷珪赋：“休石田之远境，罢金甲之悬军。”这里作“悬军”较合。

④ 乂，音“义”（yì），《书·皋陶谟》：“俊乂在官”，指才德过人的人。

⑤ 犬羊，指吐蕃、回纥等边疆民族。

⑥ 戒，儆戒，接受教训。末两句诗是对朝廷的建议，意思也就是不要轻易用武力，要行仁政，以德服人。这首诗也可看作是这一组八首诗的总结。

◎ 鹦鹉[1]（五律）

鹦鹉含愁思， 鹦鹉带着愁苦在深思，
聪明忆别离。 它天性聪明，还记得往昔的别离。
翠衿浑短尽，[2] 翠衣襟这样短，将要磨损尽，
红嘴漫多知。 红嘴话多，可哪里真的懂事。

未有开笼日，	不会有哪一天打开笼放你回去，
空残旧宿枝。	尽管你往日栖歇的树枝还在那里。
世人怜复损，	世人喜爱你又折磨你，
何用羽毛奇。[③]	谁让你身上的羽毛生得珍奇美丽。

注释：

① 从这一首起的八首诗是一组咏物诗。咏的是物，所比喻的却是人。寓意较为明显，但也不都是十分确定的，而只带着象征的意味。有些句子，即使在今日也仍然能打动人的心弦，使人如有所悟。旧编这些诗于大历元年。

② 翠衿，即绿衣衫。衿，原义与“襟”相同，后来多作衣领解，因古代衣衫之斜领下面与衣襟连成一体。“翠衿”使我们想起“青衿”，那是指“士子”，指读书人的。鹦鹉自己招惹来苦恼不是很像读书人吗？

③ 最后两句诗是能引人深思的。世人怜复损，实在说得好，但“何用羽毛奇”，却似乎是牢骚了。

◎ 孤雁 （五律）

孤雁不饮啄，	失群的孤雁不吃也不饮，
飞鸣声念群。	飞着叫着，思念着它的雁群。
谁怜一片影，	谁怜惜它孤单单一片身影，
相失万重云。	离开了同伴，相隔千万重云。
望尽似犹见，[①]	目力已尽，似乎我还看得见它，
哀多如更闻。	太悲痛了，好像又听见它在哀鸣。
野鸦无意绪，[②]	野鸦什么事情也不放在心里，

鸣噪亦纷纷。	也乱纷纷鸣叫个不停。

注释:

① 望尽，是说人向远处眺望的目力已尽，不能看得更远。似犹见，指人在心理上，在主观意识上好像还看得见。这句诗是喻人对孤雁关切同情之深。

② 孤雁之鸣，由于失群；野鸦之纷纷鸣噪则是毫无道理的，不值得一顾。不难看出，孤雁，比喻才德高而失侣的人，作者在它身上看到了自己的影子；而野鸦则指只顾自己，只知争名夺利的小人。

◎ 鸥（五律）

江浦寒鸥戏，	江岸边，寒鸥在嬉戏游遨，
无他亦自饶。①	尽管没有别的什么，可也自觉富饶。
却思翻玉羽，	却偏偏想扑动白翅膀翻飞，
随意点青苗。②	在青苗上随意飞翔，时低时高。
雪暗还须浴，	天色阴暗，将要落雪了，它还要在江水里洗浴，
风生一任飘。	起风了，就任随风力带着它飘。
几群沧海上，	一群又一群飞到大海上，
清影日萧萧。③	在日光下，俊逸的身影自在逍遥。

注释:

① 无他，指没有什么变故。自饶，自觉丰足。这句诗与杜甫在夔州的生活状况有相似处。夔州都督柏茂林对他有较多的照顾，生活颇安定，但他却仍想离去。这与下一句诗“却思翻玉羽”的意思颇相近。

② 青苗，旧作“春苗”，据卢注改为“青苗”。《仇注》引卢注：“春苗，当是青苗。夔

有青苗陂。公《夔州歌》：‘北有涧水通青苗，晴浴狎鸥分处处’”。但“青苗”指田间禾苗亦可，冬日麦苗、油菜苗、蚕豆苗俱可称“青苗”。《仇注》：“点，如点水蜻蜓之点”。

③《仇注》：“萧萧，闲暇之意。”又引罗大经曰：“此兴士当高举远引，归洁其身，不当逐逐于声利之场，以自取贱辱也。”杜甫常以“鸥”自喻，这诗里的“鸥”也不妨看作杜甫的自我写照。

◎ 猿（五律）

袅袅啼虚壁，①	你们在杳远崖壁上拉长声音啼叫，
萧萧挂冷枝。	又见你们垂挂在枝头，不顾冷风萧萧。
艰难人不免，	艰难的处境人也不免会碰上，
隐现尔如知。②	该隐身还是该显露你们全都知道。
惯习元从众，	你们的习惯本是紧跟着群体，
全生或用奇。③	有时为了保命，得用些惊人的技巧。
前林腾每及，	前面的树林，一跳就能跳到，
父子莫相离。	父子别离开，要紧紧相互依靠。

注释：

①《仇注》：“袅袅，声之长也。”

② 艰难，人与猿都可能遇到。隐现，对于人和猿来说意义有很大不同，但终究也有相似之处。猿能知道该“隐”还是该“现”，人反而不及猿，不能适时地退隐和出仕。杜甫在这诗中吐露出很深的感慨。

③ 全生，保全生命。用奇，改变常态，行动特别。

◎ 麂（五律）

永与清溪别，[①]　　永远和清清溪水告别了，
蒙将玉馔俱。　　和其他佳肴一起被送上宴筵。
无才逐仙隐，　　没有才能追随仙人和隐士，
不敢恨庖厨。　　可也不敢把庖厨埋怨。
乱世轻全物，　　在这世上，人们轻视保护生物，
微声及祸枢。[②]　　一点微小的声音就会招来祸患。
衣冠兼盗贼，　　官吏豪绅和盗贼简直一个样，
饕餮用斯须。[③]　　大吃大嚼，一眨眼把它吃完。

注释：

① 这诗中所咏的"麂"，在前四句诗中作为主语，省略。

② 祸枢，导致祸患的主要根由。枢，原义是能转动自如的轴，后引申为关键。如《管子·水地》："其枢在水。"

③ 饕餮，音"滔帖"（tāo tiè），古代传说中的一种凶恶野兽，常用来比喻贪吃的人，在这句诗中作动词用。这两句诗是说官绅与盗贼都很贪吃，麂很快被他们吃光。比喻人民受到残酷剥削、榨取，不能生存。

◎ 鸡（五律）

纪德名标五，[①]　　古人说它的德行有五种标帜，
初鸣度必三。[②]　　每天第一次啼叫总要啼叫三番。
殊方听有异，[③]　　我在异乡听这鸡鸣觉得有些异样，

失次晓无惭。[④]	发生差错，天明后也不感到羞惭。
问俗人情似，	问风俗人情也和别处相似，
充庖尔辈堪。	它被送到厨房里做菜佐餐。
气交亭育际，[⑤]	当半夜阴阳二气正孕育变化，
巫峡漏司南。[⑥]	这巫峡边只能靠滴漏来报时间。

注释：

① 古代有一种见解，认为“鸡有五德”，《仇注》引《韩诗外传》：“夫鸡，头戴冠，文也。足傅距，武也。见敌而斗，勇也。得食相呼，义也。鸣不失时，信也。”这诗里所着重的是最后一点，即“鸣不失时”，而夔州的鸡却“失时”了，这样就失去了固有的德行，受到了诗人的指责。诗人指责鸡的失德不过是寓言而已，人之失德者才是应受到谴责的。

② 度必三，意思是“一定（鸣）三次”。

③ 殊方，指夔州。有异，指鸡鸣失时，或“初鸣”未叫满三次。

④ 失次，指行为举止违反了常规。

⑤ 亭育，亭毒化育之简缩语。《老子》：“亭之毒之，盖之覆之”。王弼注：“亭，谓品其形，毒，谓成其质。”傅奕注：“《史记》云：‘亭，凝结也’，《广雅》云：‘毒，安也。’”气，指我国古代所说的阴阳两气。其实这句诗主要说的是半夜这个时辰，即“子时”。认为这个时辰关系到生命的孕育，故非常看重它。鸡不能准时啼叫，是重大的失职行为。诗中这样说，当然与古人对世界的认识有关，对理解诗的内在精神并不太重要。

⑥“漏”字，有两种截然不同的解释。一种是“遗漏”，一种是指古代的时计——“铜壶滴漏”。司南，原来是指日晷一类的时计，如《韩非子》：“先王立司南，以端朝夕。”这里指的是报时的功能。《仇注》不赞成采取“漏”字的第一种解释，因为那样就与前面的“失次”重复，而主张用第二种解释，如译诗所表述的意思。

◎ 黄鱼（五律）

日见巴东峡，	天天在巴东峡江里能够看见，
黄鱼出浪新。[①]	黄鱼从浪涛中露出光洁鲜明的形影。
脂膏兼饲犬，	它的脂膏还可以用来喂狗，
长大不容身。	身体这样长大，世上哪能容它活命。
筒桶相延久，[②]	用竹筒或木桶来捕捉，这方法已流传长久，
风雷肯为伸？[③]	风雷可肯帮助它，让它免除不幸？
泥沙卷涎沫，[④]	它伏在泥沙里，蜷缩在自己吐出的涎沫中，
回首怪龙鳞。[⑤]	回头看见飞龙，却感到可怪可惊。

注释：

① 第一、二句是不可分开的整体，应连在一起来理解。黄鱼，古代文献上称为鳣鱼，即今日被看作国宝的珍贵鱼类中华鲟，在唐代的长江上游却十分繁多，被当作普通的食物。《尔雅注》："鳣鱼，体有甲无鳞，肉黄，大者长二三丈，江东人呼为黄鱼"。在这首诗里，它被看作某一些人的象征，大而无能，受苦而不能自救，安于命运而不想斗争。

② 筒桶，竹筒和木桶两种捕黄鱼的工具，在这里兼指捕鱼的方法。

③ 风雷，古代认为鱼可变化为龙，龙则有风雷为伴。这句诗是说：黄鱼遭到如此不幸的命运，风雷能否帮助它脱身困境，使它变成龙呢？

④ 这句诗描写黄鱼受困之状。

⑤ 龙鳞，借代神龙。黄鱼自己不能变化为龙，反而觉得龙是可怪的事物。这句诗喻黄鱼之愚昧无知和缺少大志。

◎ 白小（五律）

白小群分命，[①]	一群“白小”有着共同的命运，
天然二寸鱼。	天生这么小，才两寸长的鱼。
细微沾水族，	虽然细小，也算是水族的一支，
风俗当园蔬。	当地民俗，把它们当作菜蔬。
入肆银花乱，	送到市场里像银花乱纷纷堆聚，
倾筐雪片虚。	从筐里倒出，赛似雪片轻轻落地。
生成犹拾卵，[②]	长成了还得像卵一样一粒粒拾取，
尽取义何如？	把它们一网打尽这算什么道理？

注释：

① 白小，是一种小鱼的名称。旧注有说就是今天某些地区所说的“面条鱼”。是近海江河所产银鱼一类的鱼。据夔州当地群众说，草堂河（即东瀼水）及梅溪河（即西瀼水）产“白鱼子”，长约两寸，可当菜肴。“白小”大概就是此物。古代迷信认为任何生物都有“命”，一物一命，“白小”太小，一群鱼才合有一条命。这句诗是说“白小”非常微小，不受人们重视。

② 生成，指已长成的鱼。犹拾卵，是说它还是那么小，捉它如“拾卵”一般。按张衡《西京赋》云：“上无逸飞，下无遗走，攫胎拾卵，蚳蝝尽取。”“拾卵”一语，也含有全部捕取尽灭其类的意思。这首诗提出了爱护微小生物的问题，捕捉鱼类应有限度，不能尽取，不能竭泽而渔。此外，“白小”可能也隐喻社会底层的贫苦百姓，反对官府对他们无止境地剥削榨取。

◎ 哭王彭州抡[1] （五排）

执友惊沦没，[2]	我的挚友逝世了，这使我震惊，
斯人已寂寥。[3]	像他这样的人世上已经很稀少。
新文生沈谢，[4]	新作的诗文像出自沈、谢的手笔，
异骨降松乔。[5]	风骨超凡，如降世的赤松子和王乔。
北部初高选，[6]	年轻时就高高中选做了县尉，
东床早见招。[7]	早被贵家当作东床快婿招邀。
蛟龙缠倚剑，[8]	他的佩剑上缠结着蛟龙，
鸾凤夹吹箫。[9]	两边是鸾凤，他在中间吹箫。
历职汉庭久，[10]	在朝廷里任职经过了多少年，
中年胡马骄。[11]	中年时遭逢胡人兵马骚扰。
兵戈暗两观，[12]	宫门前的双阙被战尘笼罩，
宠辱自三朝。[13]	在宠辱不同的境况中经历了三位皇上临朝。
蜀路江干窄，	蜀地江边的道路这样狭窄，
彭门地里遥。[14]	彭州距离这里又路程迢遥。
解龟生碧草，[15]	当年他解下龟印时正茁生碧草，
谏猎阻青霄。[16]	由于谏劝皇上围猎，从此离开朝廷，如隔云霄。
顷壮戎麾出，[17]	元戎出使蜀地时他也振奋起来，
叨陪幕府要。[18]	我随着他一起接受邀请担任幕僚。
将军临气候，[19]	将军注视着军情的变化，
猛士塞风飙。[20]	勇士们抵挡住朔风咆哮。
井渫泉谁汲，[21]	军营里的井水没人汲取已经污秽，
烽疏火不烧。[22]	烽火稀疏，已很久不烧。
前筹自多暇，[23]	一切已事先筹划好，自然多闲暇，

隐几接终朝。[24]　　常躺在椅上，整天相对闲聊。
翠石俄双表，[25]　　转眼间竖立起一对翠石墓表，
寒松竟后凋。　　耐寒的松树到后来终于还是枯凋。
赠诗焉敢坠，　　我怎能不作篇诗赠给您，
染翰欲无聊。[26]　　可提笔濡墨时却觉得失去依靠。
再哭经过罢，[27]　　您的灵柩经过夔州又引起我哀哭，
离魂去住销。[28]　　不论生死离别的痛苦总令人魂销。
之官方玉折，[29]　　当年您赴任所不能不对上级弯腰，
寄葬与萍飘。[30]　　寄葬异乡仍像浮萍在水面浮飘。
旷望渥洼道，[31]　　渥洼养育的龙马，前途宽阔辽远，
霏微河汉桥。[32]　　微云掩映架在天河上的鹊桥。
夫人先即世，[33]　　您的夫人在您之前已离开人世，
令子各清标。[34]　　公子们一个个都杰出才高。
巫峡长云雨，　　巫峡边长久阴雨连绵，
秦城近斗杓。[35]　　北斗星靠近长安，把它照耀。
冯唐毛发白，[36]　　我像冯唐那样已满头白发，
归兴日萧萧。[37]　　盼望回乡的心意也渐渐冷落萧条。

注释：

① 王抡，即第十卷《王十七侍御抡许携酒至草堂》及《王竟携酒高亦同过》两诗中所说到的王侍御。他曾与杜甫同参严武幕，在那以前，两人也有交往，是多年的老友。他后来任彭州刺史，死于任所。这首诗是当王彭州的灵柩运经夔州时所作，回顾王的一生经历和他与自己的交游，表示了深深的哀悼。这诗作于大历元年（多雨之时）。

② 执友，志同道合的朋友。《礼·曲礼》：“执友称其仁也。”注：“执友，志同者。”朱骏声谓“执”为“接”之借字，接友者，常相接近之友也。现代汉语中多以“挚友”一词表达相似的内涵。沦没，这里是指死亡。

③《仇注》：“斯人，指同辈。”除年龄相当外，还指思想志趣较接近的人们。

④ 沈谢，指沈约与谢灵运，都是南朝著名诗人。这句诗说王抡的诗像沈、谢的作品，是对王抡诗作的赞扬。

⑤ 松乔，指赤松子和王乔，都是仙人。这是赞美王抡的为人像道家所说的神仙那样超脱凡俗。

⑥《三国志·魏书》："（魏）武帝（曹操）年二十，举孝廉为郎，除洛阳北部尉，迁顿丘令。"在这句诗中，以"北部"借代县尉之职。王抡年轻时曾做过县尉。

⑦ 东床，旧作"东堂"，《杜臆》改为"东床"。因为后面有"鸾风吹箫"之句。用王羲之年轻时坦腹东床，被郗鉴看中，择他为婿的故事。王抡是贵家之婿，所以诗中才这样说。

⑧《九家注》赵云："今君王所佩之剑为倚剑。"佩剑上缠蛟龙，表明王抡是皇族的姻亲。

⑨ 用萧史妻弄玉的典故，见第一卷《郑驸马宅宴洞中》注⑥。从这句诗可进一步看出王抡的岳父家是皇族。

⑩ 汉庭，借代唐王朝。

⑪ 胡马骄，指安禄山的反叛。

⑫"两观"的"观"读去声，即宫门双阙，借代京都。

⑬ 三朝，指唐玄宗、肃宗、代宗三朝皇帝。宠辱，是说官位有升迁与贬降的变化。

⑭ 彭门，山名，在彭州西北，山两峰对峙如门。这里以"彭门"代表彭州。

⑮《仇注》引谢灵运诗："解龟在景平。"注："解去所佩龟印也。"并说"生碧草，犹云委之草莽。"按前引谢灵运诗句中的"在景平"，是指解除官职的时间，"景平"是南朝刘宋少帝年号。这一句的"生碧草"，也应是指春季碧草初生的时节。

⑯ 青霄，比喻朝廷。这句诗是说王抡因谏猎而贬官离京，与朝廷远隔。

⑰《仇注》"戎麾出，谓严武镇蜀。"顷壮，意思是不久后又壮盛起来，得到了官职，意译为"振奋"。

⑱ 叨陪，谦词。要，与"邀"通。这句诗是说杜甫与王抡同被邀入严武幕府。

⑲ 气候，指用兵的气候，即军事形势的变化。

⑳ 风飙，喻敌军的猛烈进攻。这两句诗是说严武镇蜀后，抵御吐蕃，取得军事上的胜利。

㉑《易·井》："井渫不食。"荀爽曰："渫，去秽浊，清洁之义也。"但"渫"字也可解释为"污"。如《汉书·王褒传》："去卑辱奥渫而升本朝。"渫，音"御"（xiè）。在这句诗里解释为"污"易通。

㉒ 指边境报警的烽火不举。这两句诗是说蜀地边境局势稳定，没有军情。

㉓《汉书·张良传》："请借前箸以筹之。"诗里的"前筹"是指事先的筹谋，即防患于未然之意。因为能"前筹"，所以严武的幕府中不忙乱，多暇日。

㉔ 隐几，躺靠在坐椅上。终朝，整天。接，朋友之间的"应接"，相互交谈。这句诗表明王抡与杜甫在严武幕府中的友好关系。

㉕ 双表，指墓前的一对石柱。这句诗是说王抡即将下葬。

㉖ 染翰，写诗时以笔濡墨。无聊，无依无靠，失去精神支柱。聊，意思是"赖"，即依靠。

㉗《仇注》引赵曰："昔尝哭抡之死，今榇过夔州而再哭也。"

㉘ 去住，是指死和生。这句诗是说生离死别，都令人悲痛欲绝。

㉙ 之官，指上任就职。玉折，即"折腰"。王抡也是喜爱修道隐居的人，做官对于他也是一种痛苦。

㉚ 寄葬，指王抡将暂时葬在长安，未能运回祖籍安葬，故说"与萍飘"，仍如浮萍之漂流不定。

㉛ 渥洼，见第三卷《沙苑行》注③。这句诗以在渥洼生长的龙马驹来比喻王抡的儿子们，预言他们定会前程远大。

㉜ 河汉桥，天河上的鹊桥。诗中以此比喻王抡死后将在天上与其亡妻相聚。

㉝ 即世，即"去世"。如《左传·成十三年》："无禄，献公即世。"

㉞ 清标，指人品才识杰出。

㉟"杓"音"标"（biāo），这里是指北斗星。王抡灵柩运到长安寄葬，故诗中这样说。

㊱ 冯唐，见本卷《垂白》注②。这里也是杜甫自谓。

㊲ 归兴，指归长安或回乡的愿望。日萧萧，日益萧条，指情绪低落，已不急切想回去。

第十八卷

杜

◎ 偶题[1]（五排）

文章千古事，	诗文是关系到千年万代的大事，
得失寸心知。	成功失败只有自己心里才能察知。
作者皆殊列，[2]	历代作者都得到特别高的地位，
名声岂浪垂。	他们的名声难道轻易传到后世。
骚人嗟不见，[3]	可叹远古的诗人已经不能再见，
汉道盛于斯。[4]	到汉代，辞赋诗歌又繁盛地兴起。
前辈飞腾入，	前辈的作者飞腾向上接近古人，
余波绮丽为。	余波传到后代，更崇尚文辞绮丽。
后贤兼旧制，[5]	后代的贤才同时继承往昔各种传统，
历代各清规。[6]	每个历史时期各有特色和风姿。
法自儒家有，[7]	诗文的法则从儒家起开始创立，
心从弱岁疲。[8]	我的心从少年时代就乐此不疲。
永怀江左逸，[9]	一直爱慕着晋代江东诗人的俊逸，
多病邺中奇。[10]	邺中奇才更使我痛感自己的欠缺。
騄骥皆良马，[11]	他们不论是騄是骥都是好马，
麒麟带好儿。[12]	还像麒麟那样能把才能传给儿子。
车轮徒已斫，[13]	我像个制车轮的工匠只会自己动手，
堂构惜仍亏。[14]	可惜不能教导儿子把堂构建立。
漫作潜夫论，[15]	我像王符写《潜夫论》，隐姓埋名随意写些诗文，
虚传幼妇碑。[16]	用“绝妙好辞”称赞并不符合实际。
缘情慰漂荡，	我顺着自己的情怀写诗，使自己在漂泊中能得到安慰，
抱疾屡迁移。	带着满身疾病还一再迁居。
经济惭长策，	惭愧我缺少治国救世的好策略，
飞栖假一枝。[17]	只能像飞鸟找一处栖居的树枝。

尘沙傍蜂虿，	我和野蜂毒虫做邻居住在尘沙里，
江峡绕蛟螭。[18]	这长江的峡口还盘绕着蛟螭。
萧瑟唐虞远，[19]	唐虞盛世衰颓了，成了遥远往事，
联翩楚汉危。[20]	割据称雄的人前后相继像楚汉相争的危乱时期。
圣朝兼盗贼，	圣主临朝的年代同时也有盗贼，
异俗更喧卑。	异乡风俗又加上喧闹凡庸的习气。
郁郁星辰剑，[21]	我的心胸郁闷，恨不得像剑气一样冲上星辰，
苍苍云雨池。[22]	又像不能兴云布雨的蛟龙被困在云气深浓的水池。
两都开幕府，[23]	东西两京都驻了兵，建立了幕府，
万宇插军麾。	满天下到处插遍军旗。
南海残铜柱，[24]	南海边的马援铜柱虽然还残存，
东风避月支。[25]	东风已经敌不过月支人的威势。
音书恨乌鹊，[26]	收不到亲友的书信，恨乌鹊报喜不真实，
号怒怪熊罴。	荒野里，熊罴怒号更使我骇异。
稼穑分诗兴，[27]	忙耕种收获，写诗不能专心专意，
柴荆学土宜。[28]	还要在家学习该种些什么到地里。
故山迷白阁，[29]	京城的白阁峰在我记忆中已模糊，
秋水忆皇陂。[30]	秋水该涨满了吧，我想起那皇子陂。
不敢要佳句，	如今我哪敢妄想写出什么好诗句，
愁来赋别离。[31]	只是愁闷时抒发一下离别的情思。

注释：

① 这首诗的题目虽然是《偶题》，实际上却不是漫不经心的作品，而是杜甫一生作诗经验的总结。前半论述了诗歌的继承与创新，后半以自己的经历和经验来论证诗歌创作与现实生活的关系。总的论旨是：作诗要学习古人的传统，但也要努力创造，不能一味追求佳句，而要从现实生活出发，顺应现实需要而创作。这篇诗以议论为主要内容，也反映了作者的生活、思想和情绪，因而不能完全以诗论视之。黄鹤订此诗作于

大历元年秋。杜甫在夔州生活的这些日子，作了许多诗歌，数量之多，艺术性之高都超过以往时期。这首《偶题》当作于《秋兴八首》《咏怀古迹五首》等诗之后，是诗人把目光从周围世界移向自身，对自己的创作活动进行反省的收获。

② 殊列，《仇注》："其所就虽不同，然寸心皆有独知者在也。"解释殊为模糊。古汉语用"殊"字，往往不仅指特殊，而且指特别优厚，如"殊遇"，就是这样。殊列，当指诗文作者之特殊光荣、特殊引人注意的社会地位。正因为这样，才有下面一句诗。

③ 骚人，这里泛指秦汉以前的诗人，包括《诗经》中那些诗歌的作者和作《离骚》的楚国屈原等人。由于《离骚》影响的巨大，后世常称诗人为骚人。

④ 汉代辞赋兴盛，同时也开始了五言诗的创作，到汉末，五言诗已到成熟的阶段。

⑤ 后贤，指汉代以后的诗人。旧制，指汉代以前的各种诗歌传统。兼，兼收并蓄，掩有众长。

⑥ 历代，从魏、晋、南北朝、隋、到唐代。清规，不是指现代汉语中的"清规戒律"，而是指各具特色的优美表现形式和格调，故意译为"特色"和"风姿"。

⑦ 这句诗把对诗的规律的研究说成是开创于儒家。这是有理由的，因为自古有孔子删诗之说，在《论语》中也有不少关于诗的论述，此外还传说《诗序》为孔子弟子子夏所作。

⑧ 弱岁，弱冠之年，即二十岁，古代青年举行"冠礼"之年。通常，近二十岁，也可称弱冠。原诗说，用心于诗艺，使心神疲乏。译诗用了"乐此不疲"一语，以说明作者虽疲而犹追求钻研不已的精神。

⑨ 江左逸，指东晋自中原移居到吴越一带来的诗人，如嵇康、阮籍、鲍照、谢灵运、谢朓、陶渊明等。

⑩ 多病，并非认为别人有许多缺点，而是当自己与别人相比时，感到自己有缺陷。联系后文，知作者所说的"病"主要是指未能把儿子培养成优秀诗人。参看注⑧、⑬、⑭。邺中奇，指曹操、曹丕、曹植父子，他们生活在魏国的邺都（今河北省临漳县），故称之为"邺中奇"。

⑪ 曹丕《典论》："今之文人，孔融、陈琳、王粲、徐幹、阮瑀、应玚、刘桢，斯七人者，于学无所遗，于辞无所假，咸自以骋騄骥于千里，仰齐足而并驰。"诗中以騄骥比喻上述汉魏作家。

⑫ 曹操父子能诗，故以“麒麟带好儿”比之。

⑬《庄子·天道》：“轮扁对齐桓公曰：‘夫斫轮，徐则甘而不固，疾则苦而不入，不徐不疾，得之于手，应之于心。臣不能以喻臣之子，臣之子亦不能受之于臣。是以行年七十而老斫轮。”这个寓言本来是说某些道理只能意会，不能以言辞表达。这里则用来表明作诗之法也只能自己明白，而不能传给儿子。

⑭《书·大诰》：“若考作室，既底法，厥子乃弗肯堂，矧肯构。”传：“以作室喻治政也。父已致法，子乃不肯为堂基，况肯构立屋乎。”这个典故主要说的是子不愿接受父的经验和教导，不肯建立事业。两句诗把两个典故结合起来用，表明杜甫深以子辈不能继承他写诗的本领为憾事。

⑮ 据《后汉书》，王符，字节信，少好学，有志操，愤世嫉俗，隐居著书三十余篇，以讥当时得失，不欲彰显其名，故号曰《潜夫论》。杜甫在诗中以王符自比，谓不欲显名。

⑯ 据《魏略》，蔡邕在邯郸淳作的《曹娥碑》后题“黄绢幼妇，外孙齑臼”八个字，杨修读之即解得，而曹操行三十里后始悟，曰：“黄绢，色丝，绝字也。幼妇，少女，妙字也。外孙，女子之子，好字也。齑臼，受辛之器，辞字也。言绝妙好辞。”这里以“幼妇碑”代表世人对杜甫诗的赞誉。

⑰ 这句诗表明杜甫在夔州，在柏茂林幕府中担任职务是无可奈何的事，只是为了得到一个栖身之地。

⑱ 上一句中的“蜂虿”和这一句中的“蛟螭”，都是比喻蜀境的军阀，甚至也包括杜甫在夔州所依靠的柏茂林在内。

⑲ 唐虞，古代的圣君唐尧、虞舜统治的时代。这里指唐朝的贞观、开元之治。

⑳“楚汉”之事在秦末，当时中国曾混战多年，诗中用来比喻唐代安史之乱后军阀混战的局面。

㉑ 星辰剑，见第八卷《秦州见敕目薛三璩授司议郎毕四曜除监察》注㉘。

㉒ 云雨池，指蛟龙之被困。据《三国志·吴书·周瑜传》：“刘备以枭雄之姿而有关羽张飞熊虎之将，恐蛟龙得云雨，终非池中物也。”这两句诗表述作者的愤懑和所处的困境。

㉓ 这句诗说两京（长安、洛阳）都曾经成为前线，成了大将驻军之地，言国内的混乱状况。

㉔ 铜柱，见第十六卷《诸将五首》第四首注①。

㉕ 月支，即月氏，又称大月氏，唐代西域国名，这里以“月支”代指吐蕃，“东风”代指唐王朝的势力。两句诗是说唐朝国势衰弱。

㉖ 古代民间传说乌鹊报喜。乌鹊虽鸣，而所盼的书信不到，所以“恨乌鹊”。

㉗ 稼穑，种植与收获，喻农业生产，指种粮食作物。

㉘ 柴荆，指家庭。土宜，俗称土产为“土宜”。原义是说土性不同，于人于物，各有其所宜。《周礼·地官·大司徒》：“以土宜之法，辨十有二土之名物。”孙贻让正义：“即辨各土人民鸟兽草木所宜之法也。”这两句诗是说杜甫在夔州时家中曾从事农业生产，种庄稼与蔬菜等。

㉙ 白阁，山名，见第三卷《渼陂西南台》注⑥。

㉚ 皇陂，即“皇子陂”，见第三卷《重过何氏五首》第二首注④，为长安南郊胜地。

㉛ 这两句诗是说作者不再追求写出好的诗句，不再以作出好诗为目的，已与往年不同。对照第十卷《江上值水如海势聊短述》的头两句：“为人性僻耽佳句，语不惊人死不休”，便可看出杜甫在创作思想上的鲜明变化。现在，他不再是为作诗而作诗，不再是为追求诗的美而作诗，而只是为了抒发生活中所郁结的感情，这样，也就是把作诗看成生活中的一个因素，看成自己的一种精神需要。对于诗人自身来说，这样的境界才是达到纯粹的，超脱的境界。但从另一方面来说，诗人已入老境，不复以诗名为念，也失去了过去的自信心与好胜心，因而也不再一心想着“惊人”的佳句了。

◎ 君不见简苏徯[①] （七古）

君不见道边废弃池，	您没看见路边废弃的池塘，
君不见前者摧折桐。	您没看见先前被砍断的梧桐。
百年死树中琴瑟，[②]	生长百年的树死了还适宜作琴瑟，
一斛旧水藏蛟龙。[③]	一泓陈腐的死水也能潜藏蛟龙。
丈夫盖棺事始定，	大丈夫到棺材盖上事情才算完，

君今幸未成老翁，	您如今幸而还没有变成老翁，
何恨憔悴在山中。	是怎样的愤恨使您憔悴地住在山中。
深山穷谷不可处，④	这深山野谷实在不能住下去，
霹雳魍魉兼狂风。	惊雷霹雳，魍魉横行，还常刮狂风。

注释：

① 从这一首诗起，一连三首诗都是赠给苏徯的。从诗的内容可看出苏徯也是杜甫的旧友，大概在成都附近的县里曾与杜甫同游。他年纪轻，也曾遭遇过挫折，一直没有官职。所以诗题中不写官职名称。朱鹤龄疑苏徯是苏源明之子，因《别苏徯》一诗有“故人有游子”句，但无佐证。这首诗是鼓励苏徯振作精神，有所作为，不要消沉绝望。诗中多为勉励语。作诗时间大概在大历元年秋冬间。

② 中琴瑟，适宜制作琴瑟。这句承第二句“摧折桐”。

③ 一斛，古代相当于十斗的容量。参看第八卷《盐井》注④。旧水，不流动的水，止水、死水。这首诗是说在狭小的池中蛟龙也能容身，与“大丈夫能屈能伸”的含义略同。这句承第一句“废弃池”。

④ 深山穷谷，指夔州的山水。这句是说自然环境不好，下一句比喻社会环境不好，劝苏徯离开。

◎ 赠苏四徯[1]（五古）

异县昔同游，	往年和你在一个县里同游，
各云厌转蓬。	都说已厌倦漂泊，不想再做转蓬。
别离已五年，	那次离别至今已有五年，
尚在行李中。②	我们都仍旧在旅行途中。
戎马日衰息，③	战乱渐渐停止，

乘舆安九重。[4]	皇上已能安安稳稳住在九重深宫。
有才何栖栖，[5]	你有才能，又何必惶惶不安，
将老委所穷。	我将老死，对困窘的命运只能顺从。
为郎未为贱，[6]	做了员外郎已算不得低贱，
其奈疾病攻。	怎奈疾病不断向我进攻。
子何面黧黑，	你的脸色为什么这样黝黑，
焉得豁心胸。	怎样才让你舒畅一下心胸。
巴蜀倦剽劫，[7]	巴蜀人民受够了劫掠，
下愚成土风。[8]	这种愚蠢的行为已相习成风。
幽蓟已削平，	幽州蓟州的叛乱已完全讨平，
荒徼尚弯弓。[9]	这荒僻的边地还在射箭开弓。
斯人脱身来，	你这次脱逃出来到达这里，
岂非吾道东。[10]	岂不是我也该继续往东。
乾坤虽宽大，	天地之间虽然十分宽广，
所适装囊空。[11]	可是不管到哪里，总是行囊空空。
肉食哂菜色，[12]	吃肉的人嘲笑别人面有菜色，
少壮欺老翁。	年轻力壮的人欺负老翁。
况乃主客间，	何况本地人对待异乡客，
古来逼侧同。[13]	向来是欺凌、排挤，从古相沿成风。
君今下荆扬，	你如今将东下荆州、扬州，
独帆如飞鸿。	扬起一片风帆，航船快如飞鸿。
二州豪侠场，	这两个州都是豪侠活动的地方，
人马皆自雄。[14]	都在积蓄力量，倚仗兵马称雄。
一请甘饥寒，	希望你一要甘心饥寒贫困，
再请甘养蒙。[15]	二要甘心默默地培养广阔心胸。

注释:

① 这首诗是给苏徯的临别赠言。苏徯离开夔州将到荆州、扬州去，杜甫赠这首诗给他，回顾往日的交游，分析当时的形势与社会状况，并对他提出恳切的劝告。据诗中所说的“异县昔同游”和“别离已五年”，可订此诗为大历元年（766 年）秋所作，五年前，是宝应元年（762 年）秋。当时杜甫已至梓州，诗中所说的异县当指梓州的属县。

② 行李，这里指行旅。《左传·僖三十年》：“行李之往来”。注：“行李，使人”。这里，以行李代替旅途。

③ 从全国范围来看，安史乱平后，战争渐渐停止。

④ 乘舆，皇帝的车马，借代皇帝。九重，九重深宫。

⑤《诗·小雅·六月》：“六月栖栖。”《后汉书·苏竟传》：“仲尼栖栖，墨子遑遑。”栖栖，不安貌。

⑥ 这是指杜甫授检校工部员外郎的事。

⑦ 这句诗是说巴蜀还常有抢掠人民的事发生。旧注认为是指盗匪，其实当时官军也横行不法，每逢战争，兵卒劫掠人民的事层出不穷。

⑧ 土风，地方风气。下愚，指无知识的人。这句诗与前一句紧紧相连，意思是说蜀地“剽劫成风”。而从事“剽劫”的人，都是愚不可及的人，可以是指一般群众，也可以是指官府、军队。

⑨ 上一句中的“幽蓟”是指安史叛乱的根据地以及余党盘踞之地，在全国范围内，曾是主要的战场。那些地方平定之后，蜀境仍未平定。荒徼，指荒僻的边界地区。弯弓，喻战斗。

⑩ 苏徯是从发生战乱的地方逃到夔州来的，所以说“脱身来”。《后汉书·郑玄传》：“西入关，事扶风马融。及辞归，融喟然谓门人曰：‘郑生今去，吾道东矣。’”“吾道东”原来是说自己所传授之道由弟子向东方传布，但在这句诗中并不是这个意思，而只是往东方的道路走的意思。杜甫早欲东行，因病及其他原因在夔州滞留了长久，这次看到苏徯经过夔州向东去，于是想到自己也该继续向东走了。

⑪ 唐代士人有依靠朋友资助旅费的习俗，杜甫在各处地方曾向人求助，但所得有限，不

够长途旅行之用，故曰“装囊空”。

⑫ 肉食，指“肉食者”，《左传·庄十年》：“肉食者谋之。”说的是享有俸禄的官吏。这诗中可能指得更广泛些，包括一切富贵的人。菜色，则是指“面有菜色”的缺乏营养的穷苦人。《礼·王制》：“民无菜色”，注：“食菜之饥色也。”

⑬ 逼侧，意思就是“逼迫”，如《文选·上林赋》：“偪侧泌㴸”。偪，通“逼”；侧，音“仄”（zè）。自“肉食”句至“古来”句，是说当时社会上人们相互欺凌的情况十分严重。

⑭ 这句和前一句，是说荆扬一带的政治、社会情况，似乎也有人在酝酿着制造动乱局面。正因为如此，杜甫才向苏徯提出最后的两点忠告。

⑮ 最后两句诗，劝告苏徯甘于贫困，甘于无名，也就是劝他不要急于想做官。养蒙，《易·蒙》：“蒙以养正，圣功也。”疏：“能以蒙昧隐默自养正道，乃成至圣之功。”在这句诗中是指不求闻名，而在默默中努力增进学识，提高修养。

◎ 别苏徯[①]（五排）

故人有游子，[②]	我的老朋友里有个到处飘流的人，
弃掷傍天隅。[③]	没有被朝廷任用，给抛弃在天边。
他日怜才命，[④]	我在往年就怜惜过他怀才不遇，
居然屈壮图。	想不到他的宏图壮志至今不能实现。
十年犹塌翼，[⑤]	过了十年了，还是垂着两翅，
绝倒为惊呼。[⑥]	不禁惊呼，他的遭遇使我惊讶到极点。
消渴今如此，	我患消渴病，如今病成这样，
提携愧老夫。[⑦]	真惭愧，我这老人不能把你扶搀。
岂知台阁旧，[⑧]	没料到往年门下省的老朋友，
先拂凤凰雏。[⑨]	已对你这个凤凰雏照顾在先。

得实翻苍竹，⑩	翻动苍翠竹枝，为你寻找竹实充饥，
栖枝把翠梧。⑪	攀着青桐枝，送你登上高高树颠。
北辰当宇宙，⑫	北极星在茫茫无际的天上照耀，
南岳据江湖。⑬	南岳山雄踞在江湖旁边。
国带烟尘色，⑭	多少州郡受到战争烟尘沾染，
兵张虎豹符。⑮	到处驻兵，多少使臣掌握了兵权。
数论封内事，⑯	境内的大事要多多讨论，
挥发府中趋。⑰	在幕府中奔忙，把你的才能施展。
赠尔秦人策，⑱	我要赠给你一根秦国大夫的马鞭，
莫鞭辕下驹。⑲	但不要鞭打马驹子，它们只是开始练习驾辕。

注释：

① 诗题下有原注："赴湖南幕"。前一首赠苏徯的诗写于苏徯打算去荆扬时，那时去向并未确定。不久后，有一位曾与杜甫同在门下省任职的友人为苏徯在湖南幕府找到了一个职务，苏决定到湖南去。于是杜甫又写了这首诗送别。

② 过去曾有人把"游子"理解为"故人（老朋友）漂流在外的儿子"，因此朱鹤龄才疑心苏徯是苏源明的儿子。但无确据。

③ 联系于上面所说的误解，有人把"弃掷"理解为"游子"被父亲所抛弃。这更是大错。"弃掷"即"弃置"之意，指士人未被朝廷任用。如第二卷《投简咸华两县诸子》中"自然弃掷与时异"，第八卷《寄彭州高三十五使君适虢州岑二十七长史参三十韵》中"诸侯非弃掷"，都是同一意思。

④ 他日，往日，指过去杜甫与苏徯交游的时候。才命，"才"指才能，"命"指命运。实际上是怜惜苏徯"有才无命"或"才高命薄"之意。

⑤ 塌翼，鸟类垂翅不能高飞的样子。这里是比喻苏徯未能被任用。十年，指十年前，大概是至德二载肃宗收京前后。由此可见杜甫与苏徯的认识最迟是在这个时期。

⑥"绝倒"一词，在古汉语中有种种解释，最常见的是作"大笑"解，见极有趣之事时常说"为之绝倒"。但这里只作"极度"解。在这句诗里，"绝倒"是"惊"的状语

或补语，“惊绝倒”的意思就是极端惊讶。

⑦ 这一句承上一句而言，补充自己老病的情况。因不能给苏徯以帮助，故自觉羞愧。

⑧ 台阁旧，指杜甫在门下省任左拾遗时的友人。门下省是朝廷的常设机构，俗称“黄阁”，又称“东台”（即“左省”）。又尚书省亦得称“台阁”。

⑨ 凤凰雏，指苏徯。其父也一定是能文的人，可能曾任职中书省。中书省在唐代常被人称为“凤凰池”。拂，照拂，照顾。这里是说有人推荐苏徯到湖南幕府任职的事。

⑩ 传说凤凰雏以竹实充饥。得实，即“觅得竹实”。

⑪ 传说凤凰栖居碧梧上，把翠梧，攀翠梧（青桐）之枝。这两句诗是以隐喻的手法来表述前面所说的“台阁旧”（台阁故人）对苏徯的帮助。

⑫ 北辰，北极星，这里指长安。

⑬ 南岳，在湖南，位于湘江、洞庭湖附近，这是苏徯将去的地方。

⑭ 国，指州郡。唐代湖南有岳、潭、衡、郴、邵、永、道、连等八州，至德二载以后，于衡州置防御使，八州改属江南西道。苏徯可能是去潭州（当时湖南观察使驻潭州）或衡州。“国”即是他所去的州郡。烟尘色，喻有战争气氛笼罩，局势紧张。

⑮ 虎豹符，古代皇帝分给大将虎符或豹符，凭符可以调兵，于是以“虎符”“豹符”喻兵权，即军事指挥权。兵张，分置军队。

⑯ 封内，州郡所管辖的地区内。

⑰ 府中，即“湖南幕府”。“挥发”即“发挥”。这里指施展才能。

⑱《左传·文十三年》：“秦伯使士会行，绕朝赠之以策，曰：子无谓秦无人，吾谋适不用也。”策，即马鞭。诗中说“赠尔秦人策”，是鼓励苏徯前往湖南。“策”除了指马鞭而外，还可引申为“鞭策”之意。

⑲《汉书·灌夫传》：“上怒内史曰：‘今日廷论，局促效辕下驹’。”正义引应劭曰：“驹马驾著辕下，局促，纤小之貌。”辕下驹，不是指靠它拉车出大气力的马，而是随车练习的小马。莫鞭辕下驹，是希望苏徯爱护年轻后辈。

◎ 李潮八分小篆歌[①]（七古）

苍颉鸟迹既茫昧，[②]	苍颉摹仿鸟迹的文字已经渺茫，
字体变化如浮云。	字体一直像浮云一般变化不定。
陈仓石鼓又已讹，[③]	陈仓县发现的石鼓文也已经变样，
大小二篆生八分。[④]	从大篆、小篆里又生出了“八分”。
秦有李斯汉蔡邕，[⑤]	秦代有个李斯，汉代有个蔡邕，
中间作者绝不闻。	中间却没有一个书家闻名。
峄山之碑野火焚，[⑥]	峄山碑已经被野火焚毁，
枣木传刻肥失真。[⑦]	流传的枣木刻本笔画肥胖失真。
苦县光和尚骨立，[⑧]	苦县光和年的碑上字迹还瘦骨嶙峋，
书贵瘦硬方通神。[⑨]	书法就是要瘦硬才能传出精神。
惜哉李蔡不复得，	可惜李斯蔡邕的书法不再能得到，
吾甥李潮下笔亲。	我外甥李潮的字还能和他们相近。
尚书韩择木，[⑩]	礼部尚书韩择木，
骑曹蔡有邻。[⑪]	骑曹参军蔡有邻。
开元已来数八分，	从开元年间到如今，数他们两个最擅长写“八分”，
潮也奄有二子成三人。[⑫]	李潮学到他们全部的技巧，成了他们之后的第三个人。
况潮小篆逼秦相，[⑬]	何况李潮的小篆直追秦丞相，
快剑长戟森相向。[⑭]	像利剑、长戟排列得整齐对称。
八分一字直百金，	这样的八分书一字能值一百金，
蛟龙盘拿肉倔强。[⑮]	像肌肉坚实的蛟龙缠绕盘萦。
吴郡张颠夸草书，[⑯]	吴郡的张颠以草书自矜，
草书非古空雄壮。	可是草书没有古趣只是显得雄壮。

岂如吾甥不流宕，[17]	哪里能像我外甥的书法凝重、端庄，
丞相中郎丈人行。[18]	把李斯、蔡邕这些前辈当榜样。
巴东逢李潮，[19]	我在巴东遇到了李潮，
逾月求我歌。	一个多月之前就求我为他作歌。
我今衰老才力薄，	我如今衰老了，才力已经减弱，
潮乎潮乎奈汝何！[20]	李潮啊李潮，我哪里能满足你的要求！

注释：

① 李潮是杜甫的外甥，唐代书法家。《仇注》：“周越《书苑》：李潮善小篆，师李斯《峄山碑》，见称于时。赵明诚《金石录》：《唐慧义寺弥勒象碑》，李潮八分书也。潮书初不见重于当时，独杜诗盛称之。今石刻在者，惟此碑与《彭元曜墓志》，其笔法亦不绝工。”唐代所谓八分书，是介于小篆与隶书间的书体，与小篆相近，有所谓“割程邈隶字八分取二分，割李斯小篆二分取八分，故名八分”（见《蔡文姬别传》）之说。现代所说的八分书是隶书的一个流派，如欧阳辅《集古求真》一书说八分即隶书。这种八分书，与李潮写的那种“八分小篆”完全不同。杜甫在夔州与李潮相见，求杜甫为他的书法作歌，杜甫推辞不得，就为他作了这样一首歌行体的诗。这诗中把李潮的书法说得异常完美，但主要是赞美小篆这种书体，所谓“书贵瘦硬”之说，大概也是就小篆而言。而且这诗既是应李潮之请而作，也就不免多说些赞美的话。但瑕不掩瑜，不应把这当作否定杜诗的根据。

② 传说苍颉是黄帝时代的人，是汉字的创造者。许慎《说文解字·自序》：“黄帝之史仓颉见鸟兽远蹏之迹，知分理之可相别异也，初造书契。”但这只是传说，是推想。茫昧，即渺茫难知之意，如陶潜诗：“天道幽且远，鬼神茫昧然”。

③ 石鼓文，是古代刻在鼓状石墩上的文字，隋代以前未见著录，唐代才闻名。最初发现于陈仓县（即今陕西省宝鸡市陈仓区），故诗中称为“陈仓石鼓文”。这种字体是从大篆（籀书）变化而来，接近小篆，但并不是小篆。又已讹，不论从大篆或小篆的观点来看，石鼓文的字形又有了改变，与它们都不相同。据历代学者和当代研究者的探讨，已大体确定石鼓文刻成于春秋战国之际的秦国，约相当于公元前四五世纪。

④ 石鼓文是从大篆演变而来，并非从小篆生出。杜甫当时，石鼓文发现不久，对它的研究不深，以致论断错误。

⑤ 李斯是秦始皇的丞相，制定统一文字的政策，以小篆为标准字体，后世遂称李斯作小篆。他也善书，秦代著名的峄山碑即为李斯所书。蔡邕是东汉学者，工八分书。这种八分书就是李潮所写的近于小篆的八分。

⑥《史记·秦始皇纪》："二十八年，始皇东行郡县，上邹峄山立石，与鲁诸生议刻石，颂秦德。"后代称之为峄山碑，为李斯所书，后有二世诏辞。其石久亡。有摹本翻刻传世。或曰此碑被曹操推倒，"火焚"之说，大概也是传说。

⑦ 据这句诗，可知《峄山碑》在唐代有枣木刻本流传。笔画太粗，与原本有出入，故曰"肥失真"。

⑧《仇注》引刘思敬《临池漫记》："老子，苦人也，今为亳州真县，县有明道宫，宫有汉光和年所立碑，蔡邕书，马永卿赞，字画遒劲。"按古代的苦县故城在今河南省鹿邑县东，在安徽、河南两省交界处。

⑨ 书贵瘦硬，参看注①。通神，与神灵相通，借喻书法之富于韵味，能传达出作者的精神。

⑩《宣和书谱》："韩择木，昌黎人，工隶，兼作八分，风流闲媚，世谓邕中兴焉。"韩于上元元年四月，授礼部尚书。

⑪《书史会要》："有邻，（蔡）邕十八代孙，官至右卫率府兵曹参军，工八分书，书法劲险。"诗中说是"骑曹"，与《书史会要》不同，不知孰是。

⑫ 奄，尽。《诗·大雅·皇矣》："奄有四方"。二子，指前面说的韩择木和蔡有邻。

⑬ 秦相，秦国丞相，指李斯。

⑭ 这句诗以"快剑长戟"比喻八分小篆的笔画，以"森相向"比喻其结构及整个字形。

⑮"拿"在古汉语中，作牵引解，盘拿，即缠绕盘踞。倔强，指坚强有力。这句诗以蛟龙的形体来比喻李潮八分书的雄健之美。

⑯ 张颠，即张旭，见第二卷《饮中八仙歌》注⑬。

⑰ 流宕，谓放荡不合中道。《后汉书·方术传序》："虽流宕过诞，亦失也。"不流宕，

“流宕”之反，即凝重、端庄。

⑱ 丞相，指李斯。中郎，指蔡邕，汉献帝初平元年，拜蔡中郎将，世称蔡中郎。

⑲ 巴东，即夔州。夔州在东汉时称巴东郡。

⑳ 奈汝何，对李潮的要求无可奈何，因而不能不答应写这首诗。同时又是说，这首诗虽写成了，但能不能使李潮满意，还不能肯定。

◎ 峡口二首[①]（五律）

峡口大江间，	这里的大江是三峡的入口，
西南控百蛮。[②]	百蛮聚居的丛山就在它的西南。
城敧连粉堞，	城墙连带白色城垛沿着山势倾斜，
岸断更青山。[③]	江岸断离的地方又有青山。
开辟当天险，	在这天然险要处把江水凿通，
防隅一水关。[④]	堤岸和山角构成了一道水关。
乱离闻鼓角，	在战乱流离中我听到了鼓角声，
秋气动衰颜。	秋天的萧瑟气氛扰动我衰老的容颜。

注释：

①《峡口》这个题目是诗的前两字，也是诗吟咏的对象。古代三峡的名称较混乱，巫峡、西陵峡、瞿塘峡随便说，后来才渐渐固定下来。瞿塘峡，在夔州东面，峡口，既是瞿塘峡的开端，也是整个三峡的开端。这两首诗写峡口的形势、风光和作者的感叹。旧编此诗于大历元年秋。

② 百蛮，一作白蛮。百蛮，见第十四卷《将晓二首》第一首注⑥。白蛮，见第十七卷《秋风二首》第一首注⑥。

③ 岸断，远看曲折江岸，有些地方江岸被青山遮住，有如离断。有些地方，江岸就是山麓。故诗中这样说。

④ 防，即“堤防”，也就是江岸。隅，指“山隅”，山的转角处。水关，通常指引水渠道的闸门，这里是指峡口，因为它的形势险要如关隘。

◎ 其二（五律）

时清关失险，	太平岁月不觉得关口险要，
世乱戟如林。	到了乱世，关口前长戟就像森林。
去矣英雄事，	英雄的事迹已成了历史陈迹，
荒哉割据心。①	真是迷乱啊，那些割据者的用心。
芦花留客晚，	天晚了，江畔的芦花还把我挽留，
枫树坐猿深。②	枝柯上坐着猿猴的枫林昏暗幽深。
疲苶烦亲故，	我身体疲软，要麻烦亲友照顾，
诸侯数赐金。③	州郡长官曾屡次分赠给我俸金。

注释：

①《仇注》：“英雄，承时清，如光武、昭烈之平蜀是也。割据，承世乱，如公孙述、李特之僭蜀是也。”在杜甫诗中，也把割据者公孙述看作英雄，如第十五卷《上白帝城》中说“公孙初恃险，跃马意何长”；而第十七卷《咏怀古迹》（第五首）中则说“三分割据纡筹策”，把蜀汉与吴、魏同看作“割据”。可见杜甫并没有把“英雄”与“割据者”对立起来，《仇注》并未揭示出诗句的原意。其实这两句诗都是针对割据者而发，说的是一切都会变成历史陈迹。但对当时的割据者则抱谴责的态度。

② 这两句诗写远眺峡口所见与所思。表达了想早日离夔而不可能的苦痛心情。

③ 诸侯，指夔州都督柏茂林。诗后原有自注：“主人柏中丞，频分月俸。”

◎ 南极[1] （五排）

南极青山众，　　在这南极星下，青山多得数不清，
西江白谷分。[2]　　西部长江上这段白色山谷看得分明。
古城疏落木，　　古城里树叶落尽，林木显得稀疏，
荒戍密寒云。　　荒凉的哨所上空布满了寒云。
岁月蛇常见，　　在平常岁月经常看得见蛇，
风飙虎忽闻。[3]　　狂风吹来，有时偶然听到虎啸声。
近身皆鸟道，　　身边的道路都高得只能通过飞鸟，
殊俗自人群。[4]　　居民风俗不同但毕竟都属人群。
睥睨登哀柝，[5]　　悲凉的击柝声升上城墙垛，
蝥弧照夕曛。[6]　　军旗上夕阳正照临。
乱离多醉尉，　　离乱时期喝醉酒的官吏到处都是，
愁杀李将军。[7]　　怕像李广遭到辱骂，我实在担心。

注释：

① 南极，星名，位于南方的天空；也可指南极星下的南方土地，这里是指夔州。这首以《南极》为题的诗抒写作者寄居夔州时的感受和心境。黄鹤订此诗为大历元年冬作于夔州。

② 白谷，指夔州附近江边的一段白色山谷。有人说是白帝山与赤甲山之间的山谷。第十五卷《雨》中有“白谷变气候”，第十九卷《课伐木》有“持斧入白谷”，第二十一卷《白帝城楼》有“白谷会深游”，“白谷”当为山谷的专名。据近人实地考察，“白谷”是指白帝山与赤甲山之间的山谷，即东瀼水（今俗名草堂河）。这句诗是说明夔州附近的地形，指出白帝城位于西江与白谷（东瀼水）分水之处。可供参考。

唐代习惯称长江西段为“西江”。

③ 上句的“蛇”，这句的“虎”，是说夔州地方荒僻，人与猛虎、毒蛇住得很近。

④ 这句诗以当地民俗与中原的不同，暗示自己的孤独感和思乡之情。

⑤ 睥睨，城上的女墙，即城垛。

⑥ 蝥，旧作“矛”，赵次公改作“蝥”。蝥弧，诸侯之旗。《左传·隐十一年》：“颍考叔取郑伯之旗蝥弧以先登。”这里是指地方驻军统帅的旗帜。曛，指日入时。

⑦《史记·李广传》：“（李）广屏居蓝田南山中射猎，尝夜出从人饮，还至亭，灞陵尉醉，呵止广。广骑曰：‘故李将军。’尉曰：‘今李将军尚不得夜行，何故也？宿广亭下。’”引用这个故事来表达杜甫寄居夔州时不安的心情。虽有柏茂林的庇护，但当时地方官吏气焰凶横，杜甫仍时时担心有被辱的危险。

◎ 瞿唐两崖[①]（五律）

三峡传何处，[②]	人们说的三峡究竟是在哪里，
双崖壮此门。	这里两道山崖像一座雄壮的关门。
入天犹石色，	耸入天空，还看得出岩石的颜色，
穿水忽云根。[③]	穿透江水，到水下不见了石根。
猱玃须髯古，[④]	崖上的猿猴生出长须，形貌古老，
蛟龙窟宅深。	水下蛟龙的洞窟像宅第一般幽深。
羲和冬驭近，	冬天，羲和驾的日车靠近地面驶过，
愁畏日车翻。[⑤]	我担心它碰在这崖顶上翻倾。

注释：

① 这首诗咏瞿塘峡两岸山崖景色，突出了景色之奇和山崖之高。这诗是大历元年冬在夔

州作。

②《杜臆》："三峡之名旧矣，所指颇有不同。故云'三峡传何处'。"参看本卷《峡口二首》（第一首）注①。

③ 古代常称"岩石"为"云根"。"忽"字，《杜臆》解释说"若素疑'云根'之名而偶征于此，故用'忽'字。"其实，这里的"忽"字是用其"灭"义，如《诗·大雅·皇矣》："是绝是忽。"山崖的"石根"穿入水中，自然看不见，故云"忽云根"。

④ 猱，音"挠"（náo），玃，音"决"（jué），皆为古汉语中猿猴的名称，"猱"是形体很小的猴，"玃"是老母猴。这句和下一句诗是说瞿塘两岸景色的奇特怪异。

⑤ 古代神话，谓羲和驾日车。冬季太阳斜射地球，从地面看来，太阳行经的道路（黄道）很低，故有"畏日车翻"的忧虑。

◎ 瞿唐怀古[①]（五律）

西南万壑注，	西南地区的千万条山涧注入，
劲敌两崖开。[②]	势均力敌的山崖，两面分开。
地与山根裂，	从山脚一直裂到地底，
江从月窟来。[③]	江水从遥远的昆仑山流来。
削成当白帝，	白帝城下，陡峭的江岸像刀削成，
空曲隐阳台。[④]	江流迷茫弯曲处隐藏着阳台。
疏凿功虽美，	大禹疏凿的功劳虽然值得赞美，
陶钧力大哉。[⑤]	大自然的创造力可不更加雄伟。

注释：

① 这是一首怀古诗，作者对历史事件的议论是很深刻的，而且超越出一般人的见解，对

过于相信主观能动性的时代来说，也会有促人清醒的作用。我国古代传说，把三峡的形成归功于大禹的疏凿，这是对人类劳动和人类改造自然的伟大成就的赞扬，但也不能不看到，自然地貌的形成毕竟主要是自然作用的过程，贪天之功，不过是自欺欺人之谈。

② 劲敌，是说两岸的山崖大小高低相当，可谓势均力敌。

③ 月窟，见第四卷《魏将军歌》注⑤。“月窟”常与“昆仑”并称，指极西之地。这里指长江发源地。

④ 空曲，沿江岸远眺所见渺茫曲折之处。阳台，巫山之山峰名，因宋玉之《高唐赋》而十分著名。

⑤ 郭璞《江赋》：“巴东之峡，夏后（夏禹）疏凿。”这是自古以来的传说。《史记·鲁仲连邹阳传》：“是以圣王制世御俗，独化于陶钧之上。”“钧”是制陶器用的转盘，这里借喻为自然界的创造力。黄生曰：“‘疏凿控三巴’（见第十四卷《禹庙》），专归功于神禹也；‘疏凿功虽美’，兼归功于造化也。”参看注①。

◎ 夜宿西阁晓呈元二十一曹长[①]（五律）

城暗更筹急，[②]	城头昏暗，传来急促的打更声，
楼高雨雪微。[③]	高楼外，雪花渐渐停止飘坠。
稍通绡幕霁，	霁色微微透过绡幕，
远带玉绳稀。[④]	遥远的天边，玉绳星稀稀地排列。
门鹊晨光起，	门前的喜鹊被晨光惊起，
樯乌宿处飞。[⑤]	船桅上的乌鸦从栖宿处腾飞。
寒流江甚细，[⑥]	寒天的江流变得缓慢狭窄，
有意待人归。[⑦]	好像想等待人们和它同归。

注释:

① 元二十一曹长，已见于第十五卷《七月三日亭午已后校热退……戏呈元二十一曹长》一诗。这首诗写作者与元曹长共宿西阁（参看《西阁三度期大昌严明府同宿不到》注①）天晓时的感受，表达了两人共同的思归之心。这诗当为大历元年冬在夔州作。

② 更筹急，打更声急促。以“更筹”代替打更声。

③ 雨雪，古汉语，“雨”读去声，可作动词，指降雨或降雪，如《诗·邶风·北风》：“雨雪其雱”。这句诗里当解作降雪。

④ 玉绳，星名，由两颗星组成。玉绳星现于远方，表示天色将晓。

⑤ 旧解有谓“门鹊”是大门上的装饰，“樯乌”是船桅上刻制的木乌者。这诗中以两种鸟类的飞动表示天晓的景象，因而仍以理解为真的鸟类为宜。

⑥ 细，指江水流量减小，表现为江面变窄和江流变慢。

⑦ 江流故意缓慢，似乎是在等待人同行。诗句运用拟人手法来表达作者与元曹长之思归。

◎ 西阁口号呈元二十一[①]（五律）

山木抱云稠，	满山稠密的林木抱着天上浮云，
寒空绕上头。[②]	寒冷的天空包围着高高山头。
雪崖才变石，[③]	山崖上积雪才融化露出岩石，
风幔不依楼。[④]	帷幔被风卷起，不再贴近山楼。
社稷堪流涕，	想起国家的灾难令人悲痛流泪，
安危在运筹。	安危全看大臣们怎样计划筹谋。
看君话王室，[⑤]	看您谈起朝廷时这样慷慨激昂，
感动几销愁。[⑥]	我被您感动，几乎消除了忧愁。

注释:

① 这首诗不待用笔写，口诵成章，故题《西阁口号》。诗的主旨是赞美元曹长之关心国事，这也正是杜甫与元曹长共同具有的品质。诗作于大历元年冬春间。

② 紧接上一句，上头，指山林之上。

③ 夔州冬日较温暖，降雪后不久就融化。

④ 楼上帷幔被风吹动，飘飏不下，故曰“不依楼”。

⑤ 王室，指唐王朝，即朝廷。这句诗中不用“听”，而“看”字，是强调看见元曹长“话王室”时激动的神情，由此表现出他对国事的关切。

⑥“几”字，《仇注》解释为“几度”。几，还可解释为“多么”，见第十二卷《题郪原郭三十二明府茅屋壁》注⑥。此外，“几”还可读阴平声，作“几乎”解。译诗用第三种解释，“愁”实际不能消解，只是“几乎”消解而已。

◎ 阁夜[①]（七律）

岁暮阴阳催短景，[②]	岁暮阴阳更迭，催促短短的白昼去得匆忙，
天涯霜雪霁寒宵。	天涯寒夜初晴，地面还有雪霜。
五更鼓角声悲壮，	五更天传来的鼓角声多么悲壮，
三峡星河影动摇。	星河映在三峡里，波光闪烁荡漾。
野哭千家闻战伐，	原野上千家哀哭，传来战斗的消息，
夷歌几处起渔樵。[③]	几处夷歌发出，渔人樵夫又起来为生活奔忙。
卧龙跃马终黄土，[④]	诸葛亮和公孙述最终同样化为黄土，
人事音书漫寂寥。[⑤]	交游和书信都很稀少了，任人们把我遗忘。

注释：

① 诗题下的原注说："即西阁"。这首诗抒写夜宿西阁，度过又一个不眠之夜的情怀。虽然结尾处的音调是低沉的，但整个诗篇展现的景象却十分壮阔、刚健，使读者感到人生的庄严，唤起人们勇敢地迎接现实，而不是沉浸在个人得失的思虑里。

② 我国古代学者认为阴阳二气的矛盾发展是一切事物产生的根源。岁暮时，阳气又开始逐渐战胜阴气，所谓"冬至一阳生"。阳气逐渐发展壮大，阴气逐渐衰退，最后春天就取代了寒冬。因此，阴阳之间关系的变化，催促着短景（白昼短的冬日）一天天过去，同时白昼也就一天天变长。

③ 夷歌，本应指夷族（今写作"彝族"）的民歌。唐代夔州附近有少数民族居住，现已难于考证是何民族，这里的"夷歌"以理解为泛指少数民族的歌为宜。再说，这里的"夷歌"，实际也就是指渔樵早晨出去劳动时唱的歌。对于作者来说，歌词是难懂的，曲调是陌生的，便以"夷歌"视之了。

④ 卧龙，指诸葛亮（孔明）。据《三国志・蜀书》，徐庶向刘备推荐诸葛亮时说："诸葛孔明，卧龙也。"跃马，指公孙述。《蜀都赋》有"公孙（述）跃马而称帝"之句。俱黄土，都要离开人世，都要死亡。这样说，与其说是对人生抱消极态度，倒不如说是敢于正视人生的有限，态度豁达。

⑤ 人事，与世人的来往，与朋友的交游。音书，与亲友的互通书信。寂寥，是指"稀少"。用了一个"漫"字，就表示并不介意，有任听生活摆布的意思。这句诗也在消沉中透露出积极的意念：不论环境如何，仍坚持自己的信念和操守。

◎ 瀼西寒望[①]（五律）

水色含群动，[②]	含着众多倒影的水光在动荡，
朝光切太虚。[③]	清晨的阳光射向无边天际。
年侵频怅望，[④]	岁月在催逼，我一次次惆怅眺望，
兴远一萧疏。[⑤]	满眼萧条景色带着我的兴致远去。

猿挂时相学，　　山猿时时垂挂在藤上相互学样儿，
鸥行炯自如。[⑥]　　飞行的沙鸥毛羽鲜明，自由得意。
瞿唐春欲至，　　瞿塘峡旁春天快要来到，
定卜瀼西居。　　我拿定了主意，今后就住在瀼西。

注释：

① 大历元年底诗人远眺瀼西景色，打算在那里定居。这诗主要写远眺时的思想活动。瀼西，指夔州城东西瀼水的西岸。参看第十五卷《夔州歌》（第五首）注①。

② 群动，许多正在动的物体，在这诗句中，是指岸边诸物的倒影。所谓“动”，指倒影随着水波动荡。

③ 太虚，指天空。《文选·游天台赋》：“太虚辽廓而无阂”。注：“太虚，谓天也。”切，逼近。扬雄《羽猎赋》：“入西园，切神光。”

④《仇注》：“年侵频望，点明寒望。”“年侵”意味着岁暮。

⑤ 萧疏，冬季萧条的景色。兴远，向往远方的雅兴。《杜臆》：“‘萧疏’从‘兴远’来；‘兴远’又从‘怅望’来。‘年侵’最是苦情；‘怅望’亦非乐事，乃因望频而起兴，遂有此一段光景。无边际，无挂碍，已不能喻，而借景以发之。”

⑥《仇注》在“鸥行”的“行”字后注“音杭”。鸥并不像鸿雁那样整齐地列队飞行，“行”恐不应读“杭”（háng），应仍读 xíng，作“飞行”解。

◎ 西阁曝日[①]（五古）

凛冽倦玄冬，[②]　　严寒的冬天使我感到厌倦，
负暄嗜飞阁。[③]　　就喜欢在这高阁上晒太阳。
羲和流德泽，[④]　　羲和向大地倾泻它的恩泽，

颛顼愧倚薄。[5]　　孟冬之帝颛顼该惭愧自己残忍的心肠。
毛发具自和，[6]　　我身上连毛发都感到温暖舒畅，
肌肤潜沃若。[7]　　肌肉皮肤从里到外暖洋洋。
太阳信深仁，　　太阳实在是仁慈万分，
衰气欻有托。　　我的衰老生命好像突然有了保障。
敧倾烦注眼，[8]　　我的身体已经站不正，有烦你对我关照、注视，
容易收病脚。[9]　　生病的腿脚也变得灵活便当。
流离木杪猿，[10]　　看猿群在树梢头熟练地攀跃，
翩跹山巅鹤。　　那越过山巅的鹤群正翩翩翱翔。
朋知苦聚散，[11]　　而我却为知己朋友的聚散苦恼，
哀乐日已作。　　每天都产生一些快乐和哀伤。
即事会赋诗，　　眼前发生的事情常促使我作诗，
人生忽如昨。　　一生的经历恍惚如昨天的事一样。
古来遭丧乱，　　自古来遭到战乱的人们，
贤圣尽萧索。　　连圣贤也都尝尽离别的凄凉。
胡为将暮年，　　为什么还要让我的暮年，
忧世心力弱。[12]　　为世事烦忧，使得心力凋伤。

注释：

① 这首诗从在西阁上晒太阳写起，从晒太阳的温暖舒适感一直写到对自己生活态度的反省。表面看来，诗中流露出的是消极情绪，但实际上却表达了不甘衰老、欲不忧世而不能的积极顽强态度。

② 我国古代常以一定的方位和颜色来象征季节的性质。这句诗中以黑色比喻冬天，故称冬季为“玄冬”。玄，黑色。

③《仇注》：“负暄，背向日也。”即晒太阳。暄，音“宣”（xuān），原义是太阳的温暖。

④ 羲和，日神，这里说的就是太阳。德泽，即恩情，这里是指温暖。

⑤ 颛顼，音“专需”（zhuān xū），原为古史传说中的帝王，后又被神化为掌管冬季的天帝之一。《礼记·月令》：“孟冬之月，其帝颛顼”。愧倚薄，《仇注》解释为“寒气不能侵入”。参照杜甫诗中其他一些用“倚薄”的诗句，如“多病纷倚薄”（第十五卷《赠李十五丈别》）、“倚薄似樵渔”（第十七卷《赠李八秘书别三十韵》）、“寒冰争倚薄”（第二十二卷《宿青草湖》）等，都是凌逼、逼迫的意思。太阳给人温暖，是给人们以“德泽”，而寒冬却在凌逼人，看到太阳的德行应自觉惭愧。因此译诗中以“残忍的心肠”来意译“倚薄”。

⑥ 具，一作“且”。“具”与“俱”通。

⑦《诗·卫风·氓》：“其叶沃若。”沃若，是润泽柔软的样子。肌肤的“沃若”，也当是指其光泽柔润，但导致“沃若”的原因则在于感到太阳的温暖，故意译为暖洋洋。

⑧ 攲倾，因病痛而体态不正。注眼，是太阳照临，用拟人手法来表示太阳对人的亲切。

⑨ 收病脚，有病痛的腿脚的运动。容易，即灵便。

⑩ 流离，一作“浏漓”。《仇注》引阮籍《鸠赋》：“终飘飘以流离。”并解释说：“流离，圆转貌”。这也就是意味着动作的熟练、连贯和流畅。因此意译为“熟练地攀跃”。

⑪ 聚散，指聚会后又要离散，所以说“苦”。下一句之“哀乐”即分指“聚”和“散”的活动引起的情感。

⑫ 这两句诗是自我宽解之辞。明知自己“忧世”并无用处，又何必徒然自寻烦恼，凋伤心神呢。

◎ 不离西阁二首[1]（五律）

江柳非时发，	江边的柳树没到季节已吐发新芽，
江花冷色频。	江边野花一次次流露出寒意。
地偏应有瘴，	这偏远的地方该有瘴疠，
腊近已含春。	才接近腊日，已含着春天的气息。
失学从愚子，[2]	我那笨儿子没读书只好由他去，
无家任老身。[3]	这样老了还没个家，一切任随自己。
不知西阁意，	不知道西阁究竟是怎样的想法，
肯别定留人？[4]	是让我离开还是留我住在这里？

注释：

① 这两首诗写冬日西阁上所看到的景色和作者当时心中的矛盾。气候温暖，风景秀丽，在这里长住是适意的，但却不知道能否在这里长住。诗题《不离西阁》，意思是模棱两可的：是抱怨不能离开西阁呢，还是表示决心不离开西阁？抑或是不能不离开西阁。作者故意不把它说清楚。这两首诗反映了杜甫在夔州进退两难的处境。这两首诗作于大历元年冬季。

② 第十七卷《宗武生日》一诗说次子宗武“自从都邑语，已伴老夫名”，又说“熟精文选理，休觅彩衣轻”等语，可知宗武并未“失学”，也不是“愚子”，“愚子”可能是指长子宗文。

③ 无家，非云无家室（无妻子），而是说没有一个全家人可一起安居的家。正因为这样，作者个人的行动反而自由些，当时杜甫的家属大概住在另一处地方，自己一人借住于“西阁”内。参看第十七卷《西阁三度期大昌严明府同宿不到》和本卷《夜宿西阁晓呈元二十一曹长》等诗。

④“定留人”的“定”字，和第十七卷《第五弟丰独在江左》（第二首）中“杭州定越州”中的“定”字一样，是表示选择的词。

◎ 其二（五律）

西阁从人别，[1]	要离开西阁，它自然随人便，
人今亦故亭。[2]	可这西阁，和我也有了交情。
江云飘素练，	江上的白云像飘浮的白绢，
石壁断空青。	遮断天空的峭峻石壁一片青。
沧海先迎日，	这阁上能先迎接沧海上升起的太阳，
银河倒列星。	银河向阁里倾倒下无数的星星。
平生耽胜事，	我向来喜爱欣赏美好的景物，
吁骇始初经。[3]	可是这里的景物却第一次使我这样赞叹震惊。

注释：

①“西阁”不是一个有意识的主体，因此，人离去或不离去它是管不了的。这样一说，这首诗和上一首诗就紧紧连接一起了。前一首诗问西阁是否留人，这一首诗回答：留人与否，不在西阁，而在于人自己。

② 这一句诗，主体转到人身上。对于人来说，这西阁已住惯了，成了熟悉的地方，好像成了老朋友一般。因此，人是不想离开它的。

③ 第三至第六句诗，写阁上所见天空景象。由于阁高，视野宽阔，对天、云、日、星都有特殊的感受，这样的审美经验诗人还是第一次获得，因此感到十分惊异。最后两句诗写出了这样的体验。

◎ 缚鸡行[1]（七古）

小奴缚鸡向市卖，	小奴捆起鸡要到市上去卖，

鸡被缚急相喧争。　　鸡被捆得太紧，一起喧闹啼叫。
家中厌鸡食虫蚁，　　家里人厌恶它们啄食虫蚁，
不知鸡卖还遭烹。　　像不知道鸡卖了也要被烧煮作菜肴。
虫鸡于人何厚薄，　　人对虫鸡的爱憎怎么相差这样大，
吾叱奴人解其缚。　　我呼唤小奴把捆鸡的绳子解掉。
鸡虫得失无了时，　　鸡虫谁得谁失计算起来没个了，
注目寒江倚山阁。　　我倚在山阁上注视着寒江的浪涛。

注释：

① 这首诗别有风趣，和杜甫的其他许多诗作迥不相同。诗人从卖鸡一事中看出了泛人道主义本身的矛盾，当人们把仁爱推广到一切生物时，就会遭遇到诗中所说的对于鸡、虫何厚何薄的问题。诗人对自己和家人的泛人道主义思想作了幽默的嘲讽，然而这种思想却是自发地产生出来的。该对这样的人道主义进行指摘吗？大可不必。这样的人道主义有意义吗？毫无意义。但诗中透露出了另外一种思想：对于人类来说，同情心、怜悯和对于受苦人的帮助却是很有必要的，因为人毕竟不是鸡、虫。

◎ 小至[1]（七律）

天时人事日相催，[2]　　变化的时令和纷繁人事天天都在催促光阴流逝，
冬至阳生春又来。[3]　　冬至过后阳气发生，春天又到来。
刺绣五纹添弱线，[4]　　刺绣五彩花纹，每天已经能多绣一条细线，
吹葭六琯动飞灰。[5]　　六对候气玉管，有一支已经吹飏起葭灰。
岸容待腊将舒柳，　　看光景岸上柳枝正等待腊日发芽，
山意冲寒欲放梅。　　山丘也在盼望梅花冲破严寒吐蕾。
云物不殊乡国异，[6]　　景物相同但这里不是我的故乡，

教儿且覆掌中杯。⑦　　　且让孩子们痛饮，喝干掌上酒杯。

注释：

① 我国唐、宋时民俗，有称冬至前一日或后一日为“小至”者，但唐代史书及文献均找不到关于“小至”的准确解说。旧注多曲为解说，无法使人相信。根据诗中所描述的天时、节候状况来看，说的正是冬至这一天的情况，看不出是冬至前一日或后一日的事。因此有人认为这首诗题《小至》是可疑的，或者是《冬至》之误。这诗当作于大历元年冬至前后。

② 天时，指自然界的气候变化。人事，指生产劳动及社会习俗等。相催，催促光阴迅速流逝。

③ 冬至，太阳经过冬至点之日，北半球白昼最短，黑夜最长，过了冬至，白天渐渐变长，故我国俗谚有“冬至一阳生”之说。按《易》卦象，十一月“复卦”，最下之象为阳，亦为“冬至一阳生”的根据。

④ 黄希注：“线有五色，故云‘五纹’。”《唐杂录》：“唐宫中以女工揆日之长短。冬至后，日晷渐长，比常日增一线之功。”因为冬至后白昼一天天变长，故刺绣的功效也随之慢慢增加。

⑤ 据《后汉书·律历志》，古代有候气之法，在关闭严密的候气室内置玉质“律管”（即诗中所说的“六琯”），实以葭灰。律管有六组，每组两根（阳为“律”，阴为“吕”），每根律管代表一个节气，到哪个节气，相应的律管中的葭灰就会飞扬起来。冬至之律为黄钟。这句诗是说又有葭灰飞动了，又到节气。但并非“六琯”中的灰都飞动，而只有一管中的灰动。

⑥《左传·僖五年》：“凡分至启闭，必书云物，为备故也。”所谓“分至启闭”，指八个主要节气（即春分、秋分、冬至、夏至、立春、立夏、立秋、立冬）。云物，指气象状况。古代常用“云物”来表示各个季节的景物。

⑦ 鲍照《三日》诗：“临流竟覆杯”，以及本卷《醉为马坠诸公携酒相看》：“喧呼且覆杯中渌”，“覆杯”均指痛饮。

◎ 寄柏学士林居[1]（七古）

自胡之反持干戈，[2]	自从胡兵造反拿起刀枪，
天下学士亦奔波。[3]	世上的学士也不免奔走流浪。
叹彼幽栖载典籍，[4]	可叹他幽居在山林里还带着典籍，
萧然暴露依山阿。	冷冷清清地在山头居住，破屋遮不住风雨和太阳。
青山万重静散地，[5]	千万重青山把他与世隔绝，丢了官住在这里多么清闲，
白雨一洗空垂萝。	一场白茫茫大雨冲洗后，只看见藤萝挂满山上。
乱代飘零予到此，	到处兵荒马乱，我也飘流到这里，
古人成败子如何？[6]	比起古人的成败您的遭遇又怎样？
荆扬冬春异风土，[7]	荆扬一带冬春天气很特殊，
巫峡日夜多云雨。	巫峡旁，白天夜晚常常阴雨。
赤叶枫林百舌鸣，	枫林的红叶丛中百舌鸟在鸣叫，
黄花野岸天鸡舞。[8]	开满黄花的野岸上天鸡在飞舞。
盗贼纵横甚密迩，	盗贼横行，离这里已经很近，
形神寂寞甘辛苦。	您甘愿身心寂寞，含辛茹苦。
几时高议排金门，[9]	什么时候您推开金门到朝廷上议论，
各使苍生有环堵。[10]	让天下黎民百姓都能有个家安住。

注释：

① 柏学士，不知其名。唐朝初年即设有学士的官职，受到皇帝的种种优待。后来分置承旨、侍读、侍讲、直学士等品秩。柏学士身居学士高位时，享受优厚待遇，但战乱发生后，也不能不到处流浪，在夔州一处山林中隐居。杜甫寄给他这首诗，赞美他的清贫好学，并希望他能回到朝廷任职，发挥作用，减轻人民的苦难。第二十一卷《题柏学士茅屋》也是为他所作。

② 胡，指安禄山。持干戈，指武装叛乱。

③ 这句诗的含意是：学士是天下最受优待的官员，如今也到处奔波，实在是令人感到意外。

④ 典籍，指儒家的经典著作，即五经等书。

⑤ 静散地，指环境的幽静，同时又是指不担任官职的闲散地位。

⑥《仇注》解释这句诗说："博观古来成败，今日当如之何。"这样说，是着眼于未来。但也可以理解为希望柏学士总结过去的经验，谈谈对当前处境的看法。杜甫的某些诗句往往有着多义性，而这种多义性恰恰可以丰富和深化诗句的内涵。

⑦ 荆扬，偏义复词，主要指荆州。夔州在唐代属荆州大都督府管辖。

⑧ 天鸡，是一种野鸡。《尔雅·释鸟》："鶾，天鸡"。郝懿行义疏："鶾当作翰。《说文》：'翰，天鸡赤羽也。'鶾是丹鸡，不名天鸡，此假借耳。今所谓天鸡，出蜀中，背文扬赤，膺文五彩，烂如舒锦，一名锦鸡。"这诗中所说的"天鸡"当为郝懿行所说的锦鸡。

⑨ 金门，即金马门，汉代宫门。排，推，推开金门，喻进入朝廷。

⑩ 环堵，指平民的住屋。《礼·儒行》："儒有一亩之宫，环堵之室"。诸家对"环堵"的解说不同，后世多指简陋居室。

◎ 折槛行[①]（七古）

呜呼房魏不复见，[②]	啊，房玄龄和魏徵那样的大臣这世上已经不能再看见，
秦王学士时难羡。[③]	秦王府学士受优待的时代真太难得，太令人艳羡。
青衿胄子困泥涂，[④]	如今青领书生、贵族子弟也在泥泞的道路上受困，
白马将军若雷电。[⑤]	只有骑白马的将军们到处横行，奔驰来往像雷电。

千载少似朱云人，⑥	一千年里朱云那样的人能有几个，
至今折槛空嶙峋。	到今天，他折槛强谏的精神还像峥嵘山峰矗立在人们眼前。
娄公不语宋公语，⑦	那时娄公不说话还有宋公说，
尚忆先皇容直臣。⑧	人们都还记得往昔那位皇帝能容直臣进谏言。

注释：

① 据《汉书·朱云传》：“汉成帝时，朱云为槐里令，上书言愿借上方剑斩佞臣张禹之头。帝怒，欲诛云，命御史将云下，云攀殿槛，槛折，后帝免云死。”后代因以“朱云折槛”作为直臣的典型。这诗以《折槛行》为题，也就是歌颂直谏精神，歌颂朱云一样的直谏之臣和能够容纳直谏的皇帝。反过来说，也就是批评了一味阿谀奉承皇帝、为非作歹的佞臣以及不纳忠谏的皇帝。

② 房魏，指房玄龄和魏徵，是唐太宗李世民时代的大臣，他们都以向皇帝直言进谏著称。

③ 秦王，即李世民。他未即帝位时封秦王，搜罗了许多有才能的人在府中，号称十八学士，其中有杜如晦、房玄龄、陆德明、孔颖达、虞世南等。

④《诗·郑风·子衿》：“青青子衿”。传：“青衿，青领也，学子所服。”诗中的“青衿”，指学子，士人。“胄子”指贵族子弟。

⑤《仇注》：“‘白马将军’当指鱼朝恩。时朝恩为左监门卫大将军兼神策军使也。‘若雷电’，言势焰惊人。”按“白马将军”当泛指当时拥兵自专、横行无忌的擅权武将。

⑥ 朱云，见注①。

⑦ 娄公，娄师德。宋公，宋璟。《仇注》引《容斋三笔》：“娄公既无语，何德称直臣。钱伸仲云：‘朝有阙政，娄公或不语，则宋公语之。’但师德乃武后时人，璟为相时，其亡久矣。”其实“娄公”“宋公”不过是借代朝中大臣，并不是确指某人。这句诗是说以前的皇帝临朝时总还有某些大臣能够直谏，不是“万马齐喑”的局面。

⑧ 先皇，旧注谓指唐玄宗。唐肃宗、代宗，俱不能如早年的唐玄宗那样能接受大臣意

见。但也未尝不是指更早的唐太宗。诗中这样说，主要是批评肃宗、代宗的不能纳谏。

◎ 览柏中丞兼子侄数人除官制词因述父子兄弟四美载歌丝纶[1] （五排）

纷然丧乱际，	在这到处动乱纷扰的年代，
见此忠孝门。	我却看到了这样一个忠孝的家庭。
蜀中寇亦甚，	蜀中的贼寇也闹得够凶，
柏氏功弥存。	这柏氏一家却立下不朽功勋。
深诚补王室，	怀着深深的忠诚为皇室效力，
戮力自元昆。[2]	长兄带头，全家勠力同心。
三止锦江沸，[3]	三次平定锦水旁发生的暴乱，
独清玉垒昏。[4]	独力扫除玉垒山上的阴云。
高名入竹帛，[5]	美名写进了永垂后世的史册，
新渥照乾坤。[6]	新近又蒙受皇上恩泽，享有光照天地的荣名。
子弟先卒伍，	柏家子弟冲杀在士卒之先，
芝兰叠玙璠。[7]	像芝兰美玉般光润芳馨。
同心注师律，[8]	一心倾注在治军的法度上，
洒血在戎轩。[9]	在战车上洒下鲜血淋淋。
丝纶实具载，[10]	这些都在诏书里一一写明，
绂冕已殊恩。[11]	赏赐印绶冠冕，受到特殊的厚恩。
奉公举骨肉，[12]	全心为公，不怕推举骨肉之亲，
诛叛经寒温。	经过一个寒暑把叛乱平定。

金甲雪犹冻，	光亮的铁甲上积雪凝结成冰，
朱旗尘不翻。[13]	红旗也沾了冰雪不能翻动。
每闻战场说，	每当我听到谈起战场上的事，
欻激懦气奔。	懦弱的性格顿时受激发变得振奋。
圣主国多盗，	圣主临朝，各州郡还有许多盗贼，
贤臣官则尊。	臣下只要有才能，官位就能崇尊。
方当节钺用，[14]	柏中丞正被当作大将任用，
必绝祲沴根。[15]	必定能使灾祸断根。
吾病日回首，[16]	我在病中天天回首遥望京城，
云台谁再论。[17]	朝廷里哪一位大臣再把他的功勋评论。
作歌挹盛事，[18]	我作这篇诗歌，希望引出更大的盛事，
推毂期孤鶱。[19]	希望他受到大将的任命，更高地向上飞腾。

注释：

① 柏中丞，即柏茂林。他当时任夔州都督，“御史中丞”是他的兼职，实际上是一个空的头衔。杜甫在夔州，受到柏茂林的多方照顾，后来又让他主管东屯的官田。杜甫曾在他的幕府中任职，为他写过一篇《谢上表》。这首诗是在看到皇帝授给柏茂林及其子侄官职的“制词”（诏令）后所作，赞美父子兄弟四人的功勋，同时也赞颂了皇帝的“制词”。丝纶，就是指“制词”。《礼·缁衣》：“王言如丝，其出如纶”。后世遂把皇帝的诏令称为“丝纶”。关于柏茂林这个人，新旧《唐书》及《通鉴》上虽提到，但说得不够详细，而且还有很多疑点和相互矛盾处。这里就不加征引了。这首诗及以下有关柏中丞诸诗都为大历元年冬所作。

②《尔雅》：“先生为昆，长谓之元昆。”《释名》：“非长兄不得呼元昆。”

③ 锦江沸，指成都附近的叛乱事件。柏茂林曾任牙将，为郭英乂之前军，崔旰叛乱时，柏茂林前后数次与崔军作战。三，是说多次，而非确数。

④ 玉垒山，在彭州、茂州之间，屏蔽成都西北。《仇注》谓杜鸿渐以茂州授（崔）旰，故曰“玉垒昏”。如这样解释，“独清”两字就不可理解。因崔旰并未被打败，且后

来受到朝廷任命。当时蜀境战乱纷起，史书未能尽载，以具体史实来印证这诗的内容是不可能的。这句诗大概是指柏氏在成都西北的一次战功。

⑤ 竹帛，喻史册。古代的历史写于竹简或绢帛上。

⑥ 渥，丰厚，常用于厚恩。这句诗分述两事，新渥，指皇恩厚。照乾坤，指柏氏名声高。

⑦ 芝兰、玙璠，多用于称美人才，芝兰，更多用于称美贵家子侄。《晋书・谢安传》："（谢）玄少为叔父安所器重，安尝戒约子侄，因曰：'子弟亦何豫人事，而正欲使其佳。'诸人莫有言者，玄答曰：'譬如芝兰玉树，欲使生于庭阶耳。'"玙璠，国君佩带的美玉。

⑧ 师律，指兵法，治军、用兵的法则。

⑨ 戎轩，兵车。这句诗是说柏氏子弟曾浴血作战，有人曾负过重伤。

⑩ 这句诗是说上述事迹在皇上诏书里都已写明。

⑪ 绂冕，印绶与冠冕，借代官位。

⑫ 古代推荐人才有"内举不避亲"之说。骨肉，即柏茂林之子侄。

⑬《仇注》："尘不翻，旗沾雨雪也。"按"尘"字，可作"污"字解，《诗・小雅・无将大车》："祇自尘兮。"

⑭《仇注》引《晋书》："汉魏故事：遣将出征，符节郎授节钺于明堂。"节钺，是兵权的象征物，通常借代大将，唐代指节度使以上的统帅。柏茂林任夔州都督，较节度使地位略低，但军事实力和在地方上的权力相似，故诗中这样说。

⑮ 祲沴，音"晋利"（jìn lì），古代从迷信观念出发，把世上的战乱、灾难归之于一种不祥的灾气，这种灾气称为"祲沴"。

⑯ 回首，指回顾朝廷，关心朝廷里的动态，从而引出下一句诗。

⑰ 云台，见第九卷《建都十二韵》注②及第十二卷《述古三首》第三首注⑨。云台，可指议论的地方，如《建都》中的"议在云台上"，指朝廷；也可指议论的内容，即评论和表彰功臣。这诗里的"云台"，两义均通。

⑱ 挹，本义为"汲引"，后引申为多种意义。这里以作"引导"解为宜。作者希望这篇

诗歌能引导出“盛事”，即下面一句诗所述内容。

⑲《史记·冯唐传》：“冯唐曰：‘上古王者之遣将也，跪而推毂，曰：阃以内者寡人制之，阃以外者将军制之。’”这里以“推毂”代表皇帝任命大将。骞，鸟高飞貌。

◎ 览镜呈柏中丞[①]（五律）

渭水流关内，	渭水在关中不停地流淌，
终南在日边。[②]	终南山就在皇帝身边。
胆销豺虎窟，[③]	记得我在豺虎窟里曾丧魂失胆，
泪入犬羊天。[④]	流着眼泪走进胡人占领的长安。
起晚堪从事，	如今我很晚才能起床，这样还能做什么事，
行迟更学仙。[⑤]	走路缓慢，更谈不上学道修仙。
镜中衰谢色，	从镜子里看见自己的衰老容颜，
万一故人怜。[⑥]	怀着万一的希望，想得到老朋友的爱怜。

注释：

① 柏中丞，见上一首诗注①。大概柏中丞不仅让杜甫参加幕府做个挂名的幕僚，而且要求他担任某种具体职务。杜甫对柏中丞虽怀感激之情，但对这个靠战争起家、在蜀境的混乱中取得重要地位的“故人”还有顾虑，想保持一段距离，因而借口年老力衰，婉言谢绝了他的要求。

② 开头两句诗述安史乱前在长安的踪迹。日边，皇帝身边。

③ 这两句诗自述被叛军俘获送到长安的往事。豺虎窟，指叛军军营。

④ 犬羊天，胡人支配的天地，指安禄山叛军占领下的长安。

⑤ 这两句诗以反问语气表示否定，表明自己不仅不能胜任官职，连学仙修道也已无力。

这样说暗示了不愿接受任命的坚决态度。

⑥ 故人，指柏中丞。大概杜甫以往在成都严武幕府中任职时就认识了他，所以称他为“故人”。求他“爱怜”，也就是求他不坚持要求自己出任官职。

◎ 陪柏中丞观宴将士二首[1] （五律）

极乐三军士，[2]	瞧三军将士们真是欢乐到极点，
谁知百战场。[3]	谁知道他们曾多少次战斗在沙场。
无私齐绮馔，[4]	没有偏爱，人人同样参加盛宴，
久坐密金章。[5]	佩金印的军官们长久坐在一起紧紧相互依傍。
醉客沾鹦鹉，[6]	喝醉酒的客人嘴不离鹦鹉螺酒杯，
佳人指凤凰。[7]	美人的手指不停地拂过凤凰琴上。
几时来翠节？[8]	什么时候将送来翠羽装饰的旌节？
特地引红妆。	为了祝贺，特地召来了美丽的姑娘。

注释：

① 柏茂林举行了一次犒劳三军将士的盛大宴会，杜甫陪着他参观了宴会进行的情况。这首诗虽然是应酬之作，但也反映出了地方军阀的挥霍奢豪，在赞颂之中含有讽喻之意。

② 三军，古代有多种意义，这里是泛指全军。

③ 百战场，即久经战场之意。

④ 绮馔，即盛宴，古代诗中常有“绮筵”“华宴”这类用语，都是指菜肴丰盛、布置华美的宴会。

⑤ 金章，金印，指将军印。密金章，指参加宴会的军官亲近地坐在一起。

⑥ 鹦鹉，指鹦鹉螺杯，古代诗文中，常说到这种珍贵的酒器。

⑦ 凤凰，指琴。古代的五弦琴多有以“凤凰”为名者。佳人，即后面所说的“红妆”。《仇注》：“指凤凰，弹琴也。”

⑧ 翠节，指节度使的旌节。《仇注》：“中丞未拜节度，故云‘来翠节’。唐人多用官妓，故得引红妆。”这两句诗是预祝柏中丞得到节度使的任命。

◎ 其二（五律）

绣段装檐额，①	檐上挂起了锦绣横幅，
金花帖鼓腰。	一朵朵金花贴在鼓身腰上。
一夫先舞剑，	有位勇士先站起来舞剑，
百戏后歌樵。②	表演过杂技又把樵歌演唱。
江树孤城远，③	江边树木丛生的这座城太遥远，
云台使寂寥。④	皇宫里派来授奖的使臣音讯渺茫。
汉朝频选将，⑤	朝廷一次又一次选拔将才，
应拜霍嫖姚。⑥	该任命霍嫖姚那样的人做大将。

注释：

①《仇注》：“装檐额，即今人宴会结彩于檐之类”。

② 古代的所谓“百戏”，相当于现代的杂技。歌樵，唱樵歌，樵歌即今山歌之类。

③ 孤城，指夔州，距京城遥远，故朝廷派来授奖与送“节钺”的使臣还没有到达。这是诗人的解释，柏茂林始终未能授节度使职当然还有更重要的原因。

④ 云台，参看本卷《览柏中丞兼子侄数人除官制词》注⑰。

⑤ 汉朝，借指唐代的朝廷。

⑥ 霍嫖姚，汉代名将霍去病，曾任“嫖姚校尉”。这里借代柏茂林。

◎ 奉送蜀州柏二别驾将中丞命赴江陵起居卫尚书太夫人因示从弟行军司马位[1]（七律）

中丞问俗画熊频，[2]	柏中丞屡次乘坐画熊车了解民情，
爱弟传书彩鹢新。[3]	如今又派遣他的爱弟乘着新制的彩船去传送书信。
迁转五州防御使，[4]	代表他那升迁五州防御使的兄长，
起居八座太夫人。[5]	去问候卫尚书府上太夫人贵体康宁。
楚宫腊送荆门水，[6]	楚宫前腊月的江水流向荆门，
白帝云偷碧海春。	碧海上的春意暗暗渗入白帝城上的浮云。
与报惠连诗不惜，[7]	请告诉我那聪明的堂弟，我并不是吝惜给他写诗，
知吾斑鬓总如银。[8]	他该知道我的鬓发都已斑白如银。

注释：

① 柏二别驾是柏中丞之弟，所任职务在蜀州，但人却在夔州。他奉中丞之命到江陵去探望荆南节度使检校工部尚书卫伯玉的母亲，问候她的健康和生活状况。起居，是“问起居”的简语。黄生说“柏与卫必中表之亲，故使弟起居其母”。但没提出证据。荆南节度使是夔州都督的上级，为了密切与上级的关系，以“起居太夫人”的名义去与上级官员交往，这是不难理解的。杜甫写这首诗为柏二送行，同时请他把这诗传给在荆州任行军司马的堂弟杜位看，告诉他自己衰老的状况。这首诗显然是一首官场的应酬诗，在思想内容上无足称道，但在语言形式上表现出熟练的技巧，这一点还是引人注意的。

② 画熊，指古代贵官所乘坐的车。因为车上绘有熊的图形，故名。据《后汉书·舆服制》：“三公列侯车，倚鹿较，伏熊轼，黑旛。”颜师古注：“倚鹿较者，画立鹿于车前两幡外也。伏熊轼者，车前横轼为伏熊之形也。”

③ 爱弟，指柏二别驾。彩鹢，指大船。古代习俗在船头画彩色鹢鸟。

④ 柏茂林以御史中丞名义兼夔州都督，同时领夔、峡、忠、归、万五州防御史，所以诗中这样来称柏茂林。

⑤ 八座，指在朝廷中占有重要地位的八个高级官职。各个朝代被列为八座的官职各不同。隋、唐都以六位尚书和左、右仆射合称“八座”。卫伯玉于大历元年五月加检校工部尚书，在“八座”之列，故可称其母为“八座太夫人”。

⑥ 荆门，山名，在荆州。楚宫，因传说夔州有楚宫遗址，故以“楚宫”代表夔州。这句诗和下一句诗，以描述景物的方式表述了柏二的行程、起讫地点和季节。

⑦ 惠连，谢灵运之族弟，以聪慧能文著称，后常用“惠连”来美称弟辈。这里用来指杜位。

⑧ 头发由“斑鬓”变得“如银”，更衰老了，所以没有精力另外专门给他作诗寄去。这显然也是托辞。杜位现在对自己的态度究竟如何，诗人不很清楚，所以不能贸然寄诗给他，请柏二传这诗给他看是试探的性质。

◎ 送鲜于万州迁巴州[①]（五律）

京兆先时杰，	您的长辈做过京兆尹，是往日的杰出人物，
琳琅照一门。[②]	全家像美玉使人感到满目琳琅。
朝廷偏注意，	朝廷对您也特别看重，
接近与名藩。[③]	调您到附近地方，也是个著名州城。
祖帐排舟数，[④]	饯行的帐幕旁，江船密密排列，
寒江触石喧。	寒江的波浪打在岩石上哗哗响。
看君妙为政，	我将看到您把地方治理得很出色，
他日有殊恩。	定有一天会得到皇上优厚的恩赏。

注释：

① 鲜于炅（音“贵”guì）是鲜于仲通的第三子。他先任万州刺史，后又调任巴州刺史。万州，属夔州都督管辖，到巴州，就不属夔州了，故杜甫写这首诗为他送行。

鲜于仲通曾任京兆尹，天宝十一载，杜甫曾作《奉赠鲜于京兆二十韵》（见第二卷）一诗向他求助。可参看该诗注①。这诗作于夔州，旧编在大历元年至二年之间。

②《仇注》引《唐书》："李叔明，本姓鲜于氏，与兄仲通俱尹京兆，兼秩御史大夫，并节制剑南，又与子升俱兼大夫。蜀人推为盛门。"又引卢东美《鲜于氏冠冕颂序》："仲通天宝末为京兆尹，弟叔明乾元中亦为之。炅兄昱为工部侍郎，炅子映为屯田郎兼侍御史，三世冠冕，为海内望族。"第一句诗述鲜于仲通兄弟之任京兆尹，第二句诗赞鲜于家族人才辈出，相互辉映。

③《仇注》引赵次公语："自万迁巴，故云接近。"因两地相去不远。藩，指"藩国"，即州、郡。与，都，共同。如《墨子·天志》："天下之君子与谓之不详。"

④ 祖帐，古代出行时先祭路神，称为"祖祭"，后来用"祖饯"一词来代表送别宴会，多在交通要道，码头等地进行，临时搭建设筵席的篷帐，称为"祖帐"。

◎ 奉送十七舅下邵桂[1]（五律）

绝域三冬暮，	这遥远的异域又到了冬末，
浮生一病身。	生命本来短暂，加上疾病缠身。
感深辞舅氏，	向舅父告别时我怀着无限感慨，
别后见何人？	和您分离后，还能遇见哪位亲人？
缥缈苍梧帝，[2]	您去的地方云烟飘渺，是舜帝崩逝的苍梧山，
推迁孟母邻。[3]	您这次迁居，难道像孟母为了择邻？
昏昏阻云水，	茫茫云水将把我和您阻隔，
侧望苦伤神。	转身远望，感到黯然伤神。

注释：

① 杜甫的舅氏姓崔，从他的诗集中可看出他有好几位舅父，曾作过许多篇给舅氏的诗，

如第四卷《白水明府舅宅喜雨》《白水崔少府十九翁高斋三十韵》（可参看前一首诗的注①，他们是同一个人还是两个人是有疑问的）以及第十二卷《阆州奉送二十四舅使自京赴任青城》《王阆州筵奉酬十一舅惜别之作》等。这位舅父排行第十七，是另一位。他迁居邵桂，并不是由于官职调动，诗题中也不称他的官职，不知究竟是怎么一回事。杜甫在这首送行诗中，除表达出惜别之情外，还流露出深深的感伤。在那个时代，士大夫们的遭遇是很难预料的，有时他们的处境十分艰难，其痛苦、不幸不是现代人所能料想的。这诗当作于大历元年年底。

② 苍梧帝，指古代的舜帝，传说他死于苍梧之野。苍梧，即苍梧山，又名九嶷山，在今湖南省宁远县东南。十七舅所去的邵州、桂州（即今湖南之邵阳、桂阳）分别在九嶷山的北面和东面，邵州较远，桂州较近。

③ 儒家传说，孟轲的母亲为了教育幼年的孟轲，曾三度搬家。最初，家住在墓地附近，孟轲就学堆土为坟墓，母曰："此非所以居"。后来搬到一处市场旁，孟轲又学做买卖。于是孟母再度迁居，迁到学宫旁，孟轲便学习儒家的礼法，最后终于成为大儒。《仇注》引朱注："时舅氏必奉母同往，故有孟母句"。

◎ 荆南兵马使太常卿赵公大食刀歌[1]（七古）

太常楼船声嗷嘈，[2]	太常卿的楼船开动了，船工的号子声嗷嗷嘈嘈，
问兵刮寇趋下牢。[3]	大军驶回下牢关，已经把贼寇横扫。
牧出令奔飞百艘，[4]	沿途州牧、县令迎接，飞一般驶出百艘船，
猛蛟突兽纷腾逃。	凶暴的蛟螭、野兽纷纷奔跳窜逃。
白帝寒城驻锦袍，[5]	身穿锦袍的太常卿在寒冷的白帝城暂时驻守，
玄冬示我胡国刀。[6]	冬季一个严寒的日子，让我看他收藏的胡国宝刀。
壮士短衣头虎毛，[7]	壮士穿着短袄，头戴虎皮帽，
凭轩拔鞘天为高。	倚着窗栏拔刀出鞘，青天也连忙避让，向上升高。
翻风转日木怒号，	骤然刮起大风，太阳被吹动，树木发出阵阵怒号，

冰翼雪澹伤哀猱。[8]
冰翼般薄的刀刃像用雪花擦过，猿猴看了也忧伤苦恼。

镌错碧罂䴙鹈膏，[9]
刻花镶金的碧瓷缸里盛着䴙鹈膏，

铓锷已莹虚秋涛。[10]
刀锋涂得晶莹透亮像秋天的波涛。

鬼物撇捩辞坑壕，[11]
鬼怪疾速地离开藏身的坑壕，

苍水使者扪赤絛。[12]
苍水使者想抓住刀头的红丝绦。

龙伯国人罢钓鳌，[13]
龙伯国的巨人也停止钓鳌，

芮公回首颜色劳。[14]
芮公回头往西看，脸上的神色显得疲乏辛劳。

分阃救世用贤豪，[15]
他分掌兵权为挽救乱世，举用了贤豪，

赵公玉立高歌起。
如今赵公在堂上挺立，四面歌声响起。

揽环结佩相终始，
他手把刀环，刀系在衣带上，和宝刀一刻也不分离，

万岁持之护天子。
千年万世手持它护卫天子。

得君乱丝与君理，[16]
皇上给他一把乱丝，让他从头整理，

蜀江如线针如水。
蜀江像根线，针就是这江水。

荆岑弹丸心未已，[17]
荆山像区区弹丸，他的心不会停止在这里，

贼臣恶子休干纪。
叛贼暴徒别想违犯法纪。

魑魅魍魉徒为耳，
你们像魑魅魍魉白白来送死，

妖腰乱领敢欣喜。[18]
作乱的骨干首领且别欣喜。

用之不高亦不庳，[19]
用这宝刀杀你们，不长不短正合适，

不似长剑须天倚。[20]
不像那倚天长剑没法使。

吁嗟光禄英雄弭，[21]
啊，您这位太常卿能把群雄削平，

大食宝刀聊可比。
只有您的这把大食宝刀勉强能和您本人相比。

丹青宛转麒麟里，[22]
您栩栩如生的画像，将悬挂在麟麟阁里，

光芒六合无泥滓。[23]
永远光照宇宙，不会沾上污泥。

注释:

①“赵公”有着太常卿（管理宗庙礼仪的官）的官衔，实际职务是荆南兵马使，受荆南节度使卫伯玉节制。他奉卫伯玉之命到蜀中平乱，乱平后在夔州暂时停留，把他所藏的“大食宝刀”给杜甫看，请杜甫为这宝刀写一首歌。“大食宝刀”是大食国出产的宝刀。这首诗本也是为应酬官吏所写，以“大食宝刀”来比喻赵公的忠勇。但作者能借宝刀为题，驰骋想象，把宝刀的锋利和功效写得瑰丽奇幻有声有色；全诗声调铿锵高昂，气势豪放，在艺术性上达到了较高水准。这诗当作于大历元年冬。

② 嗷嘈，是众口之声。“嗷”原义是叫苦声，“嘈”原义是应和声。这里用来指船工的号子声。

③ 下牢，即下牢关，在荆州西面的夷陵（即今宜昌），是荆南兵马使所部军队原来的驻地。趋下牢，是说回下牢去。问兵刮寇，兴师问罪与剿灭贼寇。

④《仇注》:“牧出令奔，谓官吏迎候；猛蛟突兽，比盗贼却走。”

⑤ 锦袍，借代太常卿赵公。

⑥ 玄冬，见本卷《西阁曝日》注②。胡国刀，即“大食宝刀”。

⑦《仇注》:“头虎毛，首蒙虎皮也。”疑指头戴虎皮帽。

⑧ 冰翼，喻刀刃之薄。雪澹，用雪花洗擦过。《文选 · 七发》:“澹澉手足”。“澹澉”的意思是洗涤。《仇注》引李奇《长门赋》注:“澹，犹动也。”用在这里似不够恰当。这句诗是说大食刀之锋利令人畏惧；猿猱哀伤，也正是怕被宝刀杀伤。

⑨ 鹏鹈膏，见第三卷《奉赠太常张卿垍二十韵》注⑫。碧罂，盛鹏鹈膏的绿玉缸。镌错，指玉缸上的雕刻和镶嵌。

⑩ 铓，刀尖。锷，刀刃的两侧。

⑪ 撇捩，见第七卷《留花门》注⑬。这句诗以鬼物之畏惧来衬托宝刀之锋利。

⑫《搜神记》:“秦时有人夜渡河，见一人丈余，手横刀而立。叱之，乃曰：‘吾苍水使者也。’”又云:“赤絛，刀头饰”。用“苍水使者”的神话故事，形容宝刀之可贵，“苍水使者”也想得到它。

⑬ 见第一卷《临邑舍弟书至苦雨黄河泛溢》注⑯。

⑭《仇注》："（卫）伯玉以大历二年六月封阳城郡王，或由芮公进封阳城，亦未可知，史失之不详耳。"《杜臆》："芮公，当作卫公。"译诗保持了"芮公"这一称呼，所指的是卫伯玉。

⑮分阃，见第十一卷《奉和严中丞西城晚眺》注⑨。这里指卫伯玉出镇荆州。用贤豪，指用赵公。

⑯这里以"理乱丝"比喻治理国事，主要指平乱。

⑰岑，音"涔"（cén），小而高的山。荆岑，即荆山，在荆州北面，今湖北省南漳县西。《史记·虞卿传》："此弹丸之地。"弹丸，喻地方之小。

⑱腰领，如现代汉语之"领袖"，指首领。

⑲古代"埤""痺""卑"三字通用。这里指短。

⑳宋玉《大言赋》："弯弓挂扶桑，长剑耿耿倚天外。""倚天剑"本是夸大的描述，这里用来反衬大食刀之合于实用。

㉑弭，指平定，消除。英雄，指拥兵割据称雄的人。光禄，指光禄寺卿，唐代朝中设九寺，其长官称"卿"。光禄寺卿掌管朝会，祭享等典仪中的膳馐供设。太常寺卿为九卿之首，光禄寺卿常由太常卿兼领。赵公任太常卿兼领光禄，故诗中也以"光禄"称他。

㉒麒麟，指麒麟阁。见第二卷《前出塞》第三首注②。

㉓六合，指天地四方。这里实际上只是指中国而言。泥滓，指沾染污秽。

◎ 王兵马使二角鹰[①]（七古）

悲台萧瑟石巃嵸，[②]　　巍峨高峻的石冈吹来凄凉的秋风，
哀壑杈丫浩呼汹。[③]　　幽深山谷里树木参差，波涛汹涌。
中有万里之长江，　　万里长江从高崖深谷间穿过，

回风滔日孤光动。[4]	旋风卷起滔天巨浪，一道阳光在水波上闪动。
角鹰倒翻壮士臂，	角鹰在壮士手臂上翻个身又站起，
将军玉帐轩翠气。[5]	将军绿沉沉的帐幕里透出勃勃英气。
二鹰猛脑絛徐坠，[6]	两只雄鹰猛然转过头，绦绳慢慢坠下地，
目如愁胡视天地。[7]	它们的眼睛像愁胡一样凝视天地。
杉鸡竹兔不自惜，[8]	杉鸡、竹兔没法保护自己，
溪虎野羊俱辟易。[9]	乳虎、野羊也吓得向后退避。
韝上锋棱十二翮，[10]	臂套上站着的雄鹰生着十二根刀箭般的翅羽，
将军勇锐与之敌。	将军的英勇猛锐正好和它们媲美。
将军树勋起安西，[11]	王将军开始树立功勋是在安西，
昆仑虞泉入马蹄。[12]	昆仑山和虞渊到处有他的马蹄痕迹。
白羽曾肉三狻猊，[13]	他的白羽箭曾经射死三头猛狮，
敢决岂不与之齐。	这样果敢，可不正和角鹰相似。
荆南芮公得将军，[14]	荆南芮公得到王将军这样的勇士，
亦如角鹰下朔云。[15]	也像角鹰从漠北的云端向下飞。
恶鸟飞飞啄金屋，[16]	那些恶鸟成群飞来想啄毁金屋，
安得尔辈开其群，	盼望有你们来把它们驱散，
驱出六合枭鸾分。[17]	把它们从世上赶走，让枭和鸾凤永远隔离。

注释：

① 这位王兵马使也是荆南节度使卫伯玉的部属，大概与前一篇诗中的赵公是同僚，一起从荆州到夔州以西平乱的。这首诗通过赞美两头角鹰来表达对平定蜀中混乱局面的渴望。角鹰是一种猛禽，鹫类，头的后部有白缘黑羽竖起，似冠似角，故称角鹰。古代有些评论家对这首诗的评论很高，如《杜臆》说：“此诗突然从空而下，如轰雷闪电，风雨骤至，令人骇愕”。这诗气势磅礴，可称佳作，但在杜诗中并不是很突出的，这诗作于大历元年年底。

②“悲台”之“台”，指山崖、山冈，如巫山阳台之“台”，似非指楼台之类。巃嵸，

山势高峻崔嵬貌。

③ 杈丫，同“楂丫”，树木参差貌。浩呼汹，水势盛大貌。

④ 滔日，与“滔天”同义，喻波涛汹涌，上薄天日。

⑤ 玉帐，主将的帐幕。参看第十一卷《奉送严公入朝十韵》注⑬。翠气，《九家注》引赵云：“帐之深邃含蕴翠气”。轩，高举，开豁之貌。

⑥ 猛脑，《九家注》引师云：“张绰诗：‘霜鹘猛转脑，狡兔避空谷。’”把“猛转脑”简称为“猛脑”，古今汉语均无此例，但除利用这条注解外，找不到其他理解的线索。

⑦ 愁胡，见第一卷《画鹰》注④。

⑧《仇注》引《临海异物志》：“杉鸡，头有长黄毛，冠颊正青，尝在杉树下。竹兔，小如野兔，食竹叶。”

⑨ 溪虎，一作“孩虎”。“孩虎”指初生之乳虎。《仇注》谓当作“骇虎”。译诗中写作“乳虎”。辟易，恐惧后退。见第三卷《夜听许十一诵诗爱而有作》注⑨。

⑩ 韝，臂韝，护臂的革套。锋棱，刀锋、剑棱，比喻翮羽的锐利。《仇注》：“十二翮，左右劲羽各六也。”

⑪ 安西，指安西都护府，至德年后，改称镇西都护府，管辖今新疆大部分地区。

⑫ 虞泉，即虞渊，唐代避李渊讳而改写。《淮南子·天文训》：“日至于虞渊是谓黄昏。”虞渊与昆仑山一样，是我国古代文献中所说的极西地区。

⑬ 狻猊，音“酸尼”（suān ní），古代狮子的异名。肉，当动词用，在这诗句中作“猎取”解。

⑭ 芮公，指卫伯玉，见前诗注⑭。

⑮ 朔云，一作“翔云”，通常指漠北的云。

⑯《杜臆》：“金屋，天子之居也。”恶鸟，喻叛逆者。

⑰ 六合，见前诗注㉓。枭鸾，古代把“枭”（猫头鹰）看作恶鸟，把“鸾凤”看作高贵的鸟。这里比喻叛逆者与皇族。

◎ 见王监兵马使说近山有白黑二鹰罗者久取竟未能得王以为毛骨有异他鹰恐腊后春生骞飞避暖颈翮思秋之甚眇不可见请余赋诗二首[①]（七律）

雪飞玉立尽清秋，	像雪一样飞，像玉一样站立，就这样它过完了整个清秋，
不惜奇毛恣远游。	不顾惜珍贵的羽毛，恣意去远游。
在野只教心力破，[②]	它就在这山野里，那些想捕捉它的人心力耗尽，
于人何事网罗求。	它同人有什么关系，要这样到处设下罗网搜求。
一生自猎知无敌，	自己捕猎了一辈子，深知所向无敌，
百中争能耻下鞲。[③]	落在人的臂套上比试百发百中的本领太可羞。
鹏碍九天须却避，[④]	九霄云上，遮天蔽日的大鹏鸟看见它也要退避，
兔藏三窟莫深忧。[⑤]	在洞里藏身的野兔却不必担忧。

注释：

① 诗题很长，简直是一篇短序，说明了作这首诗的缘由。“王监兵马使”当即前一篇诗中说的那位王兵马使。称他为“王监”，是简称他所兼的另一官职，不知究竟是何官。他告诉杜甫说：近山有两只野鹰，一白一黑，捕猎长久未能捕得。王兵马使认为这两只鹰是特殊的品种，担心腊日过后，渐渐接近春天，野鹰将远飞避暖，它们最盼望的是秋天。如今已不能再见到它们了，因此请杜甫作了这两首诗。前一首咏白鹰，后一首咏黑鹰。杜甫在诗中把这两只鹰比喻作理想的将才，对敌人凶狠，对人民慈爱，不畏强者，不欺弱者；它们还酷爱自由、不愿受人豢养、屈从于主人的意志。这样的将才是少有的，诗人只能创造出这样的艺术形象来自慰了。两诗当作于大历元年年底。

②《仇注》：“心力破，指虞人。”虞人，古代的看守森林兼捕猎者。在野，指白鹰。

③ 百中，是说鹰的捕猎本领百发百中，下鞲，站到人的臂套上，即受人驯养。白鹰不愿“下鞲”“争能”。

④“鹏”是巨大的猛禽。九天，高空。却避，退避。

⑤ 俗语云："狡兔三窟"。最后两句诗是说白鹰不畏大鹏，大鹏反而要避它；野兔虽弱小，却不须躲避，白鹰不会加害于它。

◎ 其二（七律）

黑鹰不省人间有，	从来不知道世上有这样的黑鹰，
度海疑从北极来。	怀疑它从遥远北方越过大海飞来。
正翮抟风超紫塞，①	张开翅膀对准方向，乘风飞越过雁门关，
玄冬几夜宿阳台。②	多少个寒冷的冬夜，它栖息在巫山阳台。
虞罗自觉虚施巧，③	猎人自知张设罗网是白费心思，
春雁同归必见猜。④	春雁同归定会猜疑它把自己伤害。
万里寒空只一日，	只要一天就能飞过寒空万里，
金眸玉爪不凡才。	金色的眼珠，玉一样的利爪，真是世上稀有的奇才。

注释：

①《仇注》："正翮，言直北正飞"。按当作"直南正飞"。这句诗想象黑鹰南来时的情景，并非说它北归。抟风，意思是乘风、驾风。《庄子·逍遥游》："抟扶摇而上者九万里。"紫塞，雁门关，参看第十二卷《官池春雁》第二首注②。

② 玄冬，见本卷《西阁曝日》注②。阳台，巫山的一座山峰。

③ 虞罗，虞人罗网之简语。参看前一首诗注②。这句诗说猎人张网猎捕，终于捉不到黑鹰。

④ 这句诗表示黑鹰的外形猛鸷可畏，但并不伤害其他善良的鸟类。这是借鹰喻人，并非写实。

◎ 玉腕骝[1]（五律）

闻说荆南马，	听说荆南有匹名马，
尚书玉腕骝。[2]	那就是卫尚书的玉腕骝。
骖驔飘赤汗，[3]	奔驰之后飘洒出红色汗水，
局蹐顾长楸。[4]	弯着腿小步走时还仰望着路边的长楸。
胡虏三年入，	胡兵侵扰了三年，
乾坤一战收。[5]	经过一场战斗已把失地尽收。
举鞭如有问，[6]	如果主人举起鞭子问它想些什么，
欲伴习池游。[7]	它将回答：愿伴主人到习池遨游。

注释：

① 玉腕骝，是骏马的名字。题下有原注："江陵节度卫公马也。"当时诗人尚未东下，大概是听到荆南兵马使赵公和王监述及这匹马的名贵，有感而作。在诗中，诗人委婉地向马的主人提出功成身退的建议。这诗也当作于大历元年冬。

② 尚书，指荆南节度使检校工部尚书卫伯玉。

③ 骖驔，通常作"𢹂𧾷覃"，音"参谭"（cān tán），亦写作"参谭"。《文选·吴都赋》："𢹂𧾷覃䠥䟹"。注："相随驱逐众多貌"。这诗里是指放蹄奔驰。飘赤汗，流红色的汗，这是"汗血马"的特征。

④ 局蹐，通常解作恐惧貌。但这里宜用"局"与"蹐"之本义。局，意思是"曲"。蹐，意思是"小步"。《诗·小雅·正月》："不敢不蹐"。传："累足也。"段玉裁云："累足者，小步之至也。"在这句诗中，局蹐，指骏马奔驰之后的散步。古代道旁多植"长楸"，顾长楸，还想继续奔驰的样子。

⑤ 广德元年（763 年）冬，吐蕃侵入长安，二年（764 年）十月，在仆固怀恩的勾引下

再次入侵，逼近奉天，长安戒严。永泰元年（765 年）九月，又一次与回纥、吐谷浑、党项等联兵入侵，被击退。大历元年（766 年）稍安。卫伯玉在这几次战斗中提出过有益的战略建议。所谓“三年”“一战”，大概是指以上史实。由于这些功勋，大历元年五月，加检校工部尚书，次年六月，又进位阳城郡王。

⑥ 诗人假设主人问马有何要求，并代马作答：要陪主人游憩。

⑦ 习池，见第九卷《北邻》注⑤。

◎ 醉为马坠诸公携酒相看① （五古）

原诗	译文
甫也诸侯老宾客，②	我杜甫在都督府里是个老宾客，
罢酒酣歌拓金戟。③	酒宴后尽情高歌，挥动金戟。
骑马忽忆少年时，	骑在马上忽然想起少年时代，
散蹄迸落瞿唐石。④	不觉放马奔跑，散乱马蹄踢坠瞿塘峡边的岩石。
白帝城门水云外，⑤	远看白帝城门在云水那边，
低身直下八千尺。⑥	我弯腰纵马一直冲了八千尺。
粉堞电转紫游缰，⑦	手挽着紫色的丝缰绳，闪电一样转过白色城垛，
东得平冈出天壁。	向东绕过陡峭石壁，一片平坦山冈在眼前涌出。
江村野堂争入眼，	江边村庄野外高堂，争先映入眼，
垂鞭亸鞚凌紫陌。⑧	我垂下马鞭，松开马勒，向紫色大路奔驰。
向来皓首惊万人，⑨	自古来多少白发将军曾使万人惊奇，
自倚红颜能骑射。⑩	我自恃年轻时就有骑射的本事。
安知决臆追风足，⑪	谁知道这快马竟奔跑，
朱汗骖驔犹喷玉。⑫	它奔驰着，流出了红汗，口里还喷吐出白沫。
不虞一蹶终损伤，⑬	一不提防马失前蹄竟把我摔伤，

人生快意多所辱。	正像人太得意时常常失败受辱。
职当忧戚伏衾枕，[14]	本当怀着忧伤躺在床上休息，
况乃迟暮加烦促。	何况已是迟暮之年，心里又焦急。
朋知来问腆我颜，	朋友们前来慰问，使我感到羞耻，
杖藜强起依僮仆。	勉强手扶藜杖，倚着僮仆站起。
语尽还成开口笑，	话说完了又都开口嬉笑，
提携别扫清溪曲。[15]	手拉手来到另一处扫净的清溪水曲。
酒肉如山又一时，	在堆成山的酒肉前又度过一段时间，
初筵哀丝动豪竹。[16]	开宴时还奏起弦管，悦耳的曲调先后相继。
共指西日不相贷，[17]	大家一起指着西斜的太阳，说时辰不会对人宽宏，
喧呼且覆杯中渌。	喧呼着："喝酒，喝酒，大家干杯！"
何必走马来为问，	其实你们又何必骑马来把我慰问，
君不见嵇康养生被杀戮。[18]	你们没看到，那善于养生的嵇康还是遭到残害被人杀死。

注释：

① 这首诗自述酒醉后乘兴骑马，不小心被马摔伤，夔州幕府同僚携酒肴来慰问的事。诗中对自己坠马前后的多种心理活动作了剖析，并从这一事件中得出关于人该怎样对待生活的某些教训。这诗作于夔州，根据诗的内容来看，也当于大历元年在柏茂林幕府时。

② 诸侯，这里指夔州都督柏茂林。宾客，即幕客，幕僚。

③ 拓，向四方推排，这里指"挥舞"。《仇注》引庾信诗："醉来拓金戟"。

④ 瞿唐石，指瞿塘峡畔的石砌道路。迸落，指马蹄散乱地踏下，而不是指山石迸裂。

⑤ 作者乘马从白帝城山高处往山下城门外跑，城门紧靠江边，从山上看来，城门远在云水之外。

⑥ 八千尺，指马奔跑的距离。

⑦ 紫游缰，一种紫色的丝质缰绳。这里用来代表奔马。粉堞，白色的城墙垛。

⑧ 亸，音"哆"（duō），垂下。亸鞚，放松马勒。紫陌，路面呈紫黑色的大路。

⑨ 向来，自古来。这句诗是说，自古来有不少年老的英雄，曾使众人惊异。这正是作者敢于放马奔跑的心理动机之一。

⑩ 红颜，喻年轻时期。这句诗表述了敢于放马奔跑的另一个心理动机。

⑪ 足，借代骏马。决臆追风，"足"的定语。《仇注》："决臆，纵意也。"追风，喻奔跑迅速。

⑫ 骖驔，见上一首诗注③。朱汗，汗血马所流的红汗。喷玉，喻口吐白沫，马疲劳之状。

⑬ 一蹶，指奔马偶然一次失蹄跌倒。

⑭ 职当，与职分、应分、本当同义。

⑮ 这句诗是说到另一处水边扫清地面举行野宴。

⑯ 这句诗的词序如按语言常规应为："初筵动哀丝豪竹"。丝竹，代表弦乐与管乐。哀丝、豪竹，喻音乐之美。

⑰ 贷，意思是宽假、容情。太阳西下，时间的流逝是不会因为人的要求而延缓的。

⑱ 嵇康著有《养生论》，他懂得如何养生，但他没想到自己会遭陷害被杀。这句诗的意思是：人的命运不是自己所能决定的，既然如此，堕马受伤这样的小事，不值慰问，自己也不必为此懊丧。这是自解之词，也流露出了对人生失望的情绪。

◎ 覆舟二首[1]（五律）

巫峡盘涡晓，[2]	黎明，巫峡里江水卷着漩涡，
黔阳贡物秋。[3]	黔阳运送秋季贡品的船只正驶过。

丹砂同陨石，[4]　　丹砂像陨石一样坠落到水底，
翠羽共沉舟。[5]　　翡翠羽毛随着船一起沉没。
羁使空斜影，[6]　　只见押船的使臣身影斜斜一闪，
龙宫闳积流。[7]　　深深江流下的龙宫就把他闭锁。
篙工幸不溺，　　只有撑船的篙工侥幸没有溺死，
俄顷逐轻鸥。[8]　　转眼不见了，好像随着轻鸥飞走。

注释：

① 这两首诗叙述运送黔阳贡品的船只在巫峡江面上沉没的事。第一首诗写押运的使臣葬身水底而篙工逃逸，不再多说什么。这事件造成的不幸最后仍会转嫁到人民头上。篙工如果不“逐轻鸥”而逃走，难免一场大祸。第二首诗揭露帝王求仙的迷信，说押运使者之死，是“上天”，极尽讽嘲之能事。杜甫自己也曾多次表白过有学佛、修道的愿望，但同样也曾多次表达了坚决反对迷信的思想，对这样的矛盾加以探索，将有助于对杜甫真实思想的理解。这两首诗是在夔州时所作，具体时间有待考订。

② 盘涡，《文选·江赋》：“盘涡谷转”。注：“盘涡，言水深风壮，流急相冲，盘旋而作深涡，如谷之转”。

③ 黔阳，见第十五卷《赠李十五丈别》注⑩。贡物，向皇帝进贡的物资。封建时代，地方必须定期向皇帝奉献特产，如后面的丹砂、翠羽等。

④ 这两句诗，述主要贡品之沉没。丹砂，多用于道家炼丹。

⑤ 翠羽，用于装饰奢侈品。从这贡物也可看出皇帝耽于逸乐和求仙的迷信。

⑥ 羁使，押运贡品的使臣。

⑦ 闳，关闭。积流，言深深的江水。龙宫，以神话中的世界代替水底。对于迷信者来说，这样的叙述也颇有讽刺的意味。

⑧ 逐轻鸥，谓篙工逃去，如轻鸥之飞逝。

◎ 其二（五律）

竹宫时望拜，①	汉帝常常在竹宫遥望叩拜，
桂馆或求仙。②	有时还在桂馆等候神仙。
姹女凌波日，③	年轻的仙女什么时候浮过水面，
神光照夜年。④	神光哪一年在夜空映现。
徒闻斩蛟剑，⑤	利剑斩蛟的事只是传闻，
无复爨犀船。⑥	世上不再有燃犀照见水底鬼怪的航船。
使者随秋色，	押运贡品的使臣已随秋光逝去，
迢迢独上天。⑦	走向遥远，独自上了天。

注释：

① 据《汉书·礼乐志》，汉帝祀圜丘，夜间有神光集于祠坛，天子自竹宫望拜。

② 据《郊祀志》，天子闻公孙卿说“仙人好楼居”，就在长安建飞廉桂馆，在甘泉建益寿延寿观，持节设具，候神人。这两句诗以汉代的事隐喻唐代宗求仙的迷信行为。

③ 姹女，少女，这里是指仙女。但据朱鹤龄注：“《参同契》：‘河上姹女，灵而最神，得火则飞，不染垢尘。’真一子注：‘河上姹女，即真汞也。’……”顾宸《辟疆园杜诗注解》：“姹女二字代丹砂，凌波二字代沉舟。”这一解释似颇恰当，但从整首诗来看，与前后文并不贴切。译诗不从此说。

④ 神光，见注①。这两句诗讽喻神仙之事是虚妄的。

⑤《吕氏春秋》：“荆人佽飞，得宝剑，渡江中流，两蛟绕舟，几没，佽飞拔剑斩蛟，乃得济。”

⑥《晋书·温峤传》：“峤至牛渚矶，水深不可测，世云其下多怪物，峤遂毁犀角照之，须臾见水族覆火，奇形异状，或乘马车著赤衣者。”毁犀，《元和郡县志》引用作“燃犀”。这两句诗是说虽然有这样的神话传说，但如今这“羁使”却没有斩蛟伏怪的本领，终于舟覆人亡。这也是对修仙迷信的揭露和讽刺。

⑦ 诗中以“独上天”来嘲讽“羁使”之死。

◎ 送李功曹之荆州充郑侍御判官重赠[①]（五律）

曾闻宋玉宅，[②] 早就听说那里有宋玉的故宅，
每欲到荆州。 因此我常常想前往荆州。
此地生涯晚， 我在这里度过晚年的生涯，
遥悲水国秋。[③] 却悲伤地怀念着远方水乡的清秋。
孤城一柱观， 遥想孤城上一柱观耸起，
落日九江流。[④] 落日照映着分成九道的江流。
使者虽光彩，[⑤] 您跟随一位使者虽然也光荣，
青枫远自愁。[⑥] 但青枫林那么遥远却令我哀愁。

注释：

① 李功曹将到荆州去充任郑侍御的判官，杜甫写这首诗给他送别。在这以前，已经写过一首，但未能留传，这里是另外一首，故云“重赠”。杜甫在这首诗中表达了对李功曹的关心和深厚的情谊，也表达了自己去荆州的愿望。这诗是在夔州时所作。

② 庾信于侯景之乱时，自建康逃到江陵，居于宋玉故宅，他在《哀江南赋》中说：“诛茅宋玉之宅，穿径临江之府。”杜甫十分崇敬宋玉，因此对荆州怀着特别的感情。

③ 水国，指荆州。宋玉的《九辩》中表达了悲秋之情，因此杜甫虽未到荆州，已体味到那里悲凉的秋意。同时，因李功曹到荆州去，这句诗也有表示思念之意。

④ 一柱观、九江，俱在荆州地区。参看第十卷《所思》注④⑤。

⑤ 郑侍御兼任刺史或其他使臣职务，所以这句诗这样说。

⑥ 这句诗是表示对李的关心。阮籍《咏怀》（其十一）有“湛湛长江水，上有枫树林。皋兰被径路，青骊逝骎骎。远望令人悲，春气感我心”之句。青枫林，指荆州附近

风景。诗人想到好友远去荆州，不禁悲从中来。

◎ 送王十六判官[①]（五律）

客下荆南尽，	寄居在这里的人几乎都已去荆南，
君今复入舟。	今天，您又跨进了航船。
买薪犹白帝，	买薪柴时，船还在白帝城，
鸣橹已沙头。[②]	在橹声中不觉已到沙头市前。
衡霍生春早，[③]	衡山的春天可来得早，
潇湘共海浮。[④]	湘江上的波涛和海浪一起翻卷。
荒林庾信宅，[⑤]	在那荒林里有庾信住宅遗址，
为仗主人留。[⑥]	你该依靠当地主人在那里流连。

注释：

① 王十六判官，不知其名。他离开夔州经过荆州到湖南去。杜甫写这首诗送他。

② 三、四两句形容舟行迅速，与李白诗中的“千里江陵一日还”有相似的意境。沙头，即今湖北沙市。

③ 衡霍，即衡山。在古代，衡山一名霍山，与安徽省之霍山同名。汉代以后，衡山、霍山之名才区分开来。一说“霍”的本义是大山围绕小山（据《尔雅·释山》），所谓“衡霍”“庐霍”实际上就是指衡山、庐山及其周围群山。

④ 潇水为湘水上游的支流，古代多以潇湘称湘水。这两句诗表明，王十六到荆州后还将转往湖南。

⑤ 庾信宅，在荆州宋玉故宅中。见上一首诗注②。

⑥ 主人，指荆州当地的主人。末两句诗是说荆州有庾信遗踪，经过那里值得去流连凭吊。

◎ 别崔潩因寄薛璩孟云卿[①]（五律）

志士惜妄动，	有志之士决不肯轻举妄动，
知深难固辞。[②]	但您不能拒绝知己的要求。
如何久磨砺，[③]	长久地磨砺自己又怎么着，
但取不磷缁。[④]	只要不受损伤，不沾染污垢。
夙夜听忧主，[⑤]	朝夕听见您在议论，为主上担忧，
飞腾急济时。	如今要飞腾了，快把这乱世拯救。
荆州遇薛孟，	在荆州如果遇见薛璩和孟云卿，
为报欲论诗。	请告诉他们，我真想和他们一起讨论诗歌。

注释：

① 原注："内弟潩，赴湖南幕任职。"此崔潩即长沙遇宝刺史崔瓘之子，则崔瓘亦杜甫之舅。崔潩，是杜甫的"内弟"，就是现代所说的"表弟"。他到湖南幕府去做幕僚，杜甫写了这首诗送行，给他以鼓励，并请他带这诗给在荆州的薛璩和孟云卿看，表达思念之情。薛、孟，见第十七卷《解闷》第四首注②，及《解闷》第五首注②。黄鹤编此诗于大历元年。

② 知深，指深知自己的人，即"知己"。

③ 如何，不是表示疑问，而是表示反问。这句诗的意思是长久磨砺也不可怕，也没有什么。

④ 磷缁，见第十六卷《夔府书怀四十韵》注⑮。

⑤《书·舜典》："夙夜惟寅"。夙夜，指朝夕、早晚。《仇注》："听忧主，常听其忧国之语。"

◎ 寄杜位[1]（五律）

寒日经檐短，	冬天的太阳在檐下停留得短暂，
穷猿失木悲。[2]	离开林木的山猿心里感到悲凄。
峡中为客久，[3]	我在三峡里作客已经长久，
江上忆君时。	这时，正在江边默默想念着你。
天地身何在，[4]	天地茫茫不知自己托身在哪里，
风尘病敢辞。	到处是战争风尘，还怕什么生病伤身体。
封书两行泪，	封信时不禁流下两行眼泪，
沾洒裛新诗。[5]	把我新作的诗篇都沾湿。

注释：

① 杜位是杜甫的堂弟，杜甫的诗中屡次提到他。本卷《奉送蜀州柏二别驾赴江陵》的诗题全文中就有“因示从弟行军司马位”等语。这首诗的题目下有原注：“顷者与位同在故严尚书幕。”可知杜位还曾与杜甫在成都严武幕府中同过事。杜位先去了江陵，后来杜甫到江陵去时，杜位对他并未表现出什么热情。而这首诗中，杜甫对他却表现出深挚的思念。黄鹤订此诗作于大历元年冬。

② 失木之猿，隐喻离乡的游子。

③ 峡中，指夔州，因它在三峡以西。

④ 这句诗不是问在哪个州郡，而是感到周围一片茫茫，自己孤独寂寞，不知身外是怎样一个世界。

⑤《仇注》：“裛新诗，手裛纸上泪也。”其实，这里的“裛”通“浥”，意思是“濡湿”。这句诗是说新诗被泪沾湿，无“手裛”之意。

◎ 立春[①]（七律）

春日春盘细生菜，[②]	春天盘里当令的生菜多精美，
忽忆两京全盛时。	看见它，忽然想起两京全盛的时期。
盘出高门行白玉，[③]	富贵人家捧出的菜盘是白玉器，
菜传纤手送青丝。	纤纤巧手递来的蔬菜细得像青丝。
巫峡寒江那对眼，[④]	看着这巫峡的寒江怎能称心意，
杜陵远客不胜悲。[⑤]	杜陵来的远客承受不了这悲思。
此身未知归定处，	我这人的归宿不知究竟在哪里，
呼儿觅纸一题诗。	唤儿子找张纸来让我写下新诗。

注释：

① 从诗中“巫峡寒江”一语可知此诗写于夔州，朱鹤龄定此诗作于大历二年。诗题为《立春》，当即是大历二年的立春。由看到春天的应时蔬菜联想到两京盛时的立春，于是兴起了乡国之思。

②《仇注》引《四时宝镜》：“唐立春日食春饼、生菜，号春盘。”又引黄生注：“生菜，韭也。”也有人认为第四句中的“青丝”指韭菜。这句诗所写的是唐代立春的习俗。“生菜”究竟是何种蔬菜，尚待考定。现代所说的生菜是类似莴苣叶的一种菜蔬，与古代生菜不是同一物。

③ 高门，富贵人家，即所谓高门大户。行白玉，用白玉之盘。

④《仇注》：“那对眼，那堪对眼。”现代汉语中的“看不入眼”可当之，但其内在含意则是看了不惬意，不称心。

⑤ 杜甫在长安的家在杜陵，故自称“杜陵远客”。参看第二卷《投简咸华两县诸子》注③。

◎ 江梅[1]（五律）

梅蕊腊前破，	腊日前梅花的蓓蕾就已绽破，
梅花年后多。	过了年之后梅花更开得繁多。
绝知春意好，	我深知春天的风光最可爱，
最奈客愁何。	可它偏偏最容易挑起思乡的忧愁。
雪树元同色，[2]	不论哪里的雪和树形色原都相同，
江风亦自波。	风吹过江面都自会掀起水波。
故园不可见，	可是我的故园却看不见，
巫岫郁嵯峨。[3]	眼前只有巫山重叠的高峰嵯峨。

注释：

① 诗人在夔州江边看见了梅花，春色不是吸引他欣赏，而只是逗起他的乡愁。江梅依靠它的美能吸引人的注意，但并不总是必然使人产生美感，人的情感往往被更强有力的客观原因支配着，人感受到美是需要一定条件的，反过来说，美丽的梅花在眼前而不觉其美，可见他的情感完全被另一些因素支配住了，在这里，这因素就是乡愁，可见乡愁之深。这诗作于大历二年春。

② 色，不仅是色彩，而且是指事物的整体形象。这句诗并不是说雪和树的形象相同，而是说夔州的雪和树，与故乡的雪和树形象相同。下面一句诗也是同样的意思，到处水面都会被风掀起波澜。正是这样的联想勾起了思乡之情。

③ 郁，指山峰密聚，故译写为“重叠的高峰”。嵯峨，山势险峻突兀貌。

◎ 庭草[①]（五律）

楚草经寒碧，[②]	楚地经历过寒冬的小草依然碧绿，
庭春入眼浓。	庭院里的春光映入眼帘已这样浓。
旧低收叶举，	旧年收敛低垂的老叶重又举起，
新掩卷牙重。	被它遮住的新芽卷曲一重一重。
步履宜轻过，[③]	人们走过时请把脚步放轻些，
开筵得屡供。	这里好摆筵席，如茵绿草能一次次供你享用。
看花随节序，	要看花，得随着节令时序，
不敢强为容。	怎么敢勉强为你显出芳容。

注释：

① 这首诗咏庭院中的小草。小草，至今仍是抒情诗吟咏的题材。一千多年前诗人的心和今天诗人的心毕竟是相通的，尽管在寓意上已大不相同。前四句诗写夔州初春小草发芽前后的状况，后四句诗写小草的心态。这诗中的小草，也和在现代诗歌中一样，也是人的象征。

② 楚草，指夔州的小草。因夔州冬季气温较高，冬草不凋。

③ 从这一句起，诗的抒情主体转移到小草身上，或者说，诗人开始借小草之口来为小草说话了。小草愿意为人效劳，但它也不能无条件地供人恣意利用甚至践踏，它不愿违反自然规律，人也不能迫使它违反自然规律。

◎ 愁[①]（七律）

江草日日唤愁生，	江边的春草天天唤起我的愁思，

巫峡泠泠非世情。②　　听见巫峡上风声泠泠，我想起的一切都不合世情。
盘涡鹭浴底心性，③　　鹭鸶戏水搅起了漩涡是什么用意，
独树花发自分明。　　那棵树虽孤独，花却开得够鲜明。
十年戎马暗南国，④　　十年战争烟尘把南国遮暗，
异域宾客老孤城。　　我这异乡客难道竟老死在这孤城。
渭水秦山得见否，　　真难料能不能再看见秦山和渭水，
人今罢病虎纵横。⑤　　如今我身体疲惫衰病，到处还有虎狼横行。

注释：

① 诗题下有原注："强戏为吴体"。《仇注》引黄生注："皮（日休）陆（龟蒙）集中，亦有吴体诗，乃当时俚俗为此体耳，诗流不屑效之。杜公篇什既众，时出变调，凡集中拗律，皆属此体，偶发例于此，曰戏者，明其非正律也。"这种意见是儒生的偏见与浅薄之说，非真正理解杜诗者之言。《杜臆》则曰："愁起于心，真有一段郁戾不平之气，因而以拗语发之，公之拗体大都如是。"这一看法比较有道理。杜甫曾尝试以各种民歌形式、俗语及传说入诗，不但在开拓诗歌的语言形式上有所创造，在扩大诗歌的内容上，也作了可贵的探索。但这首诗似乎纯属在形式上吸取吴地民歌的特点，打破了律诗的束缚，还运用了"底心性"这样的吴语方言词，使愁思表现得更深刻冷峻。这诗当是大历二年春日所作。

② 泠泠，多指泉水声、风声。也常用来泛指声音洋溢。陆机《文赋》："音泠泠以盈耳"。这里以理解为风声较好，因巫峡江流声如咆哮，不宜用"泠泠"来形容。非世情，自然不是说自然界，而只能是自然现象所引起的人的反省。

③ 底，在吴语方言中可作疑问词用。盘涡，见本卷《覆舟》第一首注②。

④ 自天宝十四载（755 年）十一月安史乱起到大历二年（767 年）一月，已逾十一年，诗中说"十年"，举其成数。

⑤ 罢，读"皮"（pí），与"疲"通。虎纵横，指军阀盗寇横行。

◎ 王十五前阁会[1]（五律）

楚岸收新雨，	楚江旁一场雨下过不久就停歇，
春台引细风。[2]	春天的楼台上吹来阵阵微风。
情人来石上，[3]	情投意合的朋友登上山岩，
鲜鲙出江中。	新鲜的鱼鲙出自江中。
邻舍烦书札，[4]	家住在邻近处还劳您写信邀请，
肩舆强老翁。	又派轿子来硬要抬我这个老翁。
病身虚俊味，[5]	我身体有病，美味对我只是虚设，
何幸饫儿童。[6]	孩子们怎么这样幸运，他们也得到一顿美餐享用。

注释：

① 第十二卷有《送王十五判官扶侍还黔中》一诗，《仇注》认为这首诗题中的王十五正是其人。但第九卷还有一首《王十五司马弟出郭相访遗营草堂赀》，诗中称王为“表弟”，这诗题中的“王十五”，也可能是他。无法确定。这位王十五对杜甫颇殷切，不仅请他赴宴，而且还请了他的儿子，因此诗中表达了诚恳的谢意。

② 春台，《仇注》说“此指阁下石台”。“春台”也可指诗题中所说的“前阁”。古代称为亭、台、楼、榭的，都是建筑物，“台”与“阁”常通称。

③ 情人，即友人、知心朋友。石上，指“前阁”所在的山岩。

④《仇注》引《杜臆》：“以邻舍而致札迎舆，见其殷勤。”（排印本《杜臆》）无此语。

⑤“俊味”的“俊”，本义是“大”，俊味，是指筵席的主菜。译诗中只是大体意译，写成了“美味”。

⑥ 饫，饱餐。

◎ 崔评事弟许相迎不到应虑老夫见泥雨怯出必愆佳期走笔戏简[①]（七律）

江阁邀宾许马迎，	您邀我赴宴，答应派马到江阁相迎，
午时起坐自天明。[②]	我坐着等到中午，起来时东方才明。
浮云不负青春色，[③]	浮云蔽天也不会使春光减色，
细雨何孤白帝城。[④]	细雨绵绵又怎能辜负这白帝城。
身过花间沾湿好，[⑤]	从花丛里走过，身上沾湿了反好，
醉于马上往来轻。	喝醉酒乘马来去反觉得更轻盈。
虚疑皓首冲泥怯，	您错疑我头发白了怕走泥泞道路，
实少银鞍傍险行。[⑥]	其实只是少了匹银鞍马，好让我在险道上骑行。

注释：

① 这位崔评事就是第十五卷《毒热寄简崔评事十六弟》所说的那位崔十六，是杜甫的表弟，也住在夔州。可参看该诗注①。崔评事原来答应派马来接杜甫，杜甫等了半天，未见派马来。可能是因雨后道路泥泞，崔评事怕杜甫不愿出门，将改期相会，所以才失约。杜甫写了这篇诗把他等候的情况告诉崔，语带诙谐，故称“戏简”。作诗时间当为大历二年春。

②《仇注》：“本是‘邀宾江阁许马迎’、‘天明起坐至午时’，两句皆用倒装法。”

③ 青春色，即春色。浮云，表明天气阴，虽天阴，但春光之美好并不受影响。负，可解释为“正负”之负。

④ 孤，即“孤负”。传为李陵所作的《答苏武书》中说：“陵虽孤恩，汉亦负德。”后代逐渐讹写为“辜负”。这句诗的意思与前一句诗相仿，虽雨，也不妨碍白帝城的美景和人们的活动。

⑤ 由于春花沾了雨更娇美，虽身体沾湿，但能看到更美的花，这不是更好吗？诗人爱春色，爱美，不惜沾衣。但也有人对此完全不能理解。有一位以指摘杜甫诗作闻名的朱瀚把这首诗说得一无是处。他评论这句和下一句诗说：“沾湿有好处？醉则龙钟，何得体轻？”朱瀚只知实际利害，不知审美，因而他不能领会诗的境界。这诗作

于大历二年春。

⑥ 关于最后一句，朱瀚评论说："马行何必银鞍？且马又何必傍险？赴燕（宴）岂逃难耶？"马鞍本不一定是"银鞍"，诗中用"银鞍"，是美称崔评事派来的马匹。诗中的"险"字是指容易使人跌倒的道路，天雨路滑，故云"傍险行"。说路滑为"险"等等，正是谐谑之语。从朱瀚对杜诗的批评中可以看出，不仅缺少唐代语言知识者不能读懂杜诗，缺少审美感者也是不能读懂杜诗的。

◎ 遣闷戏呈路十九曹长[①]（七律）

江浦雷声喧昨夜，　　昨夜江边雷声隆隆震响，
春城雨色动微寒。　　雨天又给春城带来了微寒。
黄鹂并坐交愁湿，[②]　　黄鹂并排坐着，个个愁羽毛淋湿，
白鹭群飞太剧干。[③]　　白鹭成群飞过，还嫌地面太干。
晚节渐于诗律细，[④]　　我年纪老了，琢磨诗律渐渐琐细，
谁家数去酒杯宽。　　谁家能让我常去走走，随意斟酒喝上几盏。
唯君最爱清狂客，[⑤]　　只有您最爱性情疏放的客人，
百遍相过意未阑。　　到您家一百回我的兴致也不衰减。

注释：

① 路十九，是杜甫在幕府中的同僚，因而以"曹长"来尊称他。雨日闷居家中，想到路十九家中去饮酒消遣，故戏作此《遣闷》诗呈路。这诗当作于大历二年春，既有雷鸣，大概在惊蛰以后。

② 交，都、俱。《书·禹贡》："庶士交正"。传："众士俱得其正。"

③ 太剧干，旧解作"太苦干"。《仇注》："今按：诗意恐是太难之意，如烦剧之剧"。《仇注》恐非。《杜臆》："'剧'乃已甚之意，谓苦其干也。"白鹭喜水，微雨仍嫌地

面太干，《杜臆》之说是合情理的。

④ 这句诗，引起的议论颇多，这里不能多讨论。应指出的是，这首诗是“戏”呈友人之作，不是认真的评论，而且主要是说自己晚年思想感情的颓唐不振，因而对所谓“诗律细”，不能简单地理解为对近体诗格律的严格遵守。杜甫中年前后的不少诗作以国家大事为题材，评论政局，大声为群众呼吁，晚年则多抒写个人的家国之思和生活中的辛酸，在诗的艺术形象和语言形式上下的功夫较多，因此自称“渐于诗律细”，恐这不是自诩，而是自贬之词。也正由于这样的理解，译诗中把“细”不译为“精细”，而译为“琐细”。

⑤ 清狂，见第十六卷《壮游》注㉙。

◎ 昼梦[①]（七律）

二月饶睡昏昏然，	二月里睡得长久又总是昏昏沉沉，
不独夜短昼分眠。	不仅是夜短的日子才在白昼睡眠。
桃花气暖眼自醉，	桃花开时天气温暖，我好像喝醉酒睁不开眼，
春渚日落梦相牵。	每当夕阳落在春天的洲渚上，幻梦就来和我纠缠。
故乡门巷荆棘底，	家乡的门巷已被荆棘埋没，
中原君臣豺虎边。[②]	中原的君臣仍生活在豺虎旁边。
安得务农息战斗，	怎样才能让人民务农让战争停息，
普天无吏横索钱。	普天下没有吏役横征暴敛。

注释：

① 这首诗写春暖人困的情景，在这头昏思睡的时候，仍念念不忘国事民生，显出了诗人忧国忧民的本色。这诗取《昼梦》为题，而不以“春困”为题，看来是有意突出后面一半的内容。这诗当作于大历二年二月。

② 这两句诗，可以说是写梦境，因为杜甫在故乡的老家不一定长了那么长的荆棘，朝廷里的君臣并不是真的与豺虎为伴；但也可以说不是写梦境，而只是以比喻的手法叙述了故乡的荒凉和君臣危险的处境。豺虎，隐喻掌握兵权的鱼朝恩等人。

◎ 暮春[①]（七律）

卧病拥塞在峡中，[②]	我生病躺着，滞留在三峡中，
潇湘洞庭映虚空。[③]	见不到潇湘洞庭，它们徒然映照着天空。
楚天不断四时雨，	楚地的天空四季不断下雨，
巫峡常吹万里风。	巫峡上常刮着万里外来的风。
沙上草阁柳新暗，	沙洲边草阁前的柳叶刚变得深暗，
城边野池莲欲红。	城墙旁野池里的莲花渐渐转红。
暮春鸳鹭立洲渚，	暮春到了，鸳鹭站在洲渚上，
挟子翻飞还一丛。	领着幼雏翩翩飞回一片草丛中。

注释：

① 诗人久欲东下，但因故不能成行，只能留在夔州沉湎于暮春景物的欣赏中。诗人描述了仔细观察到的暮春景色特点，自然界的欣欣生意正与他自己的一筹莫展相对照，诗人心头的痛苦不言而喻。这诗当作于大历二年暮春。

② 拥塞，字面上似乎是交通阻塞，但实际上有着其他原因使杜甫滞留在夔州。在诗中他常说因病不能不暂时住下，恐这也是托词。

③ 诗人想去洞庭湖南，但一直去不了，所以诗中才这么说。

◎ 即事[1]（七律）

暮春三月巫峡长，	暮春三月，巫峡里江水不停流淌，
皛皛行云浮日光。[2]	飘行的皎洁浮云映托着日光。
雷声忽送千峰雨，	忽然雷声一响，给千百山峰送来急雨，
花气浑如百和香。[3]	鲜花的芬芳四散，真像百和香。
黄莺过水翻回去，	黄莺飞过水面又飞回，
燕子衔泥湿不妨。	燕子衔泥做巢，泥土潮湿也不妨。
飞阁卷帘图画里，[4]	檐角翘起的楼阁珠帘卷起，简直像在一幅图画里，
虚无只少对潇湘。[5]	而我却感到空虚，因为眼前不是潇水、湘江。

注释:

① 这首诗和上一首诗所写的内容大致相同，也是抒发想去湖南而不能的惆怅，诗中主要写暮春雷雨时所见，一切都很美，但心境却空虚。原因就在于停留在夔州与心愿相违。诗作于大历二年暮春。

②“皛”音“皎”（jiǎo）。《广雅》:“皛，白也。”徐灏《说文段注》笺:“皛与皎音义相同”。

③“和”字读“或”（huò）。百和香，一种混合香料的名称。

④ 飞阁，《仇注》说就是“西阁”。据诗中所说这应该是诗人远眺所见之楼阁，飞阁，是指檐角翘起（即所谓“飞檐”）的楼阁。

⑤ 这句诗和前一首诗“潇湘洞庭映虚空”的含义相同。

◎ 怀灞上游[1] （五律）

怅望东陵道，[2]	惆怅地想起通往东陵的大道，
平生灞上游。[3]	我往日常在那灞桥旁遨游。
春浓停野骑，	在春意浓郁的野外停下马，
夜敞宿云楼。[4]	夜里住宿在门窗敞开的云楼。
离别人谁在？	友人们离别后如今还有谁在世？
经过老自休。[5]	一切已过去，人老了什么都罢休。
眼前今古意，	眼前的情景使我想起古今多少事，
江汉一归舟。[6]	可我却仍在江汉的归舟上滞留。

注释：

① 灞上，在长安东门外灞桥附近。灞桥跨于灞水上，唐代送别，常在此饯行。杜甫在长安时曾与友人在灞上游乐，年老时在夔州想起往事，不禁思念旧友，产生无限感慨。如今他困处夔州，抚今思昔，能不怃然。黄鹤编此诗于大历二年。

② 东陵道，长安东门外通往秦汉诸陵墓的大道。

③ 平生，通常作平时、一生解，这里专指往时、往常。

④ 原作“夜宿敞云楼”，《仇注》：“‘夜宿’对‘春浓’，不工，当云‘夜敞宿云楼’。”云楼，高楼。

⑤ 经过，指已成过去的往事。

⑥ 江汉，泛指江水。这里指夔州江边。参看第十五卷《贻华阳柳少府》注⑨。

◎ 入宅三首[①]（五律）

奔峭背赤甲，	宅后是奔腾陡峭的赤甲山，
断崖当白盐。[②]	宅前遥对白盐山的绝壁悬岩。
客居愧迁次，[③]	我在客居中常搬家感到羞愧，
春色渐多添。	好在这里的春色已渐渐增添。
花亚欲移竹，[④]	花被竹梢遮压，想把丛竹移远些，
鸟窥新卷帘。	小鸟向刚卷起的帘里窥探。
衰年不敢恨，	我已衰老了，哪里还有什么怨恨，
胜概欲相兼。[⑤]	只是想让更多的美景汇聚在窗前。

注释：

① 杜甫于大历二年春末，把全家迁居到夔州城北面的赤甲山下，他自己也从西阁移住家中。迁进新居后，不免要把庭院整治一下，也得考虑考虑今后的生活。这三首诗写迁入新居后的思想感情活动。

②《仇注》引顾注："背赤甲之奔峭，当白盐之断崖，以二山形势，明宅之向背。"赤甲、白盐俱山名。第十五卷《晓望白帝城盐山》《白盐山》及《夔州歌》（第四首）曾提到这两座山，可参看。奔峭，形容山势奔腾峻峭之状。

③ 暂时居住的地方叫"次"，迁次，就是搬家、迁居。

④ 亚，意思同"压"。《仇注》引《诗谈二编》："杜审言：'枝亚果新肥。'孟东野：'南浦红花亚水红。'包佶：'多年亚石松'。方干：'应候先开亚木枝'。'亚'意如'压'，言低披也。"杜甫《上巳日徐司录林园宴集》（第二十一卷）也有"花蕊亚枝红"之句。

⑤ 胜概，指美好的景色。相兼，谓同时占有几种美景。

◎ 其二（五律）

乱后居难定，	战乱后想住得安稳可真难，
春归客未还。	春已归去，异乡客还未返家园。
水生鱼复浦，①	鱼复浦边涨水了，
云暖麝香山。②	云层覆盖的麝香山，显得多温暖。
半顶梳头白，	梳梳半秃的头上白发，
过眉拄杖斑。③	高过眉头的手杖上斑痕点点。
相看多使者，④	不少来自京城的使者拜望我，
一一问函关。⑤	我向他们每个人询问函谷关里面是否平安。

注释：

① 鱼复浦，即夔州江边。夔州之奉节县，古称鱼复县。传说黄鱼（即今之中华鲟，见第十七卷《黄鱼》注①）溯游至此而东返。

② 麝香山，在夔州东北约三十里。据说古代山上多麝，故名。春末夏初，水涨山暖，是乘船东下的好时节，杜甫正迁居赤甲，暂时不能东下了，但东下之心犹存。

③ 过眉，说明手杖的长度。斑，手杖上的斑纹。这句诗和上一句诗，是说自己衰老。再不回故乡去，更老弱时又如何能成行？这就是诗句的言外之意。可见诗人当时是十分苦痛的，尽管赤甲新居还颇使他满意。

④ 使者，泛指因公务从长安来到夔州的官员。

⑤ 函关，函谷关。在这句诗中，以“函关”借代关中地方，主要就是指长安。这句诗表达了诗人对关中、对长安近况的关切，也还是表示想回长安去。

◎ 其三（五律）

宋玉归州宅，[①]	从归州，从宋玉的故宅，
云通白帝城。	云烟一直连接到白帝城。
吾人淹老病，[②]	我年老多病，滞留在这里，
旅食岂才名。[③]	寄食异乡，哪里有什么才名。
峡口风常急，	三峡口常常刮起狂风，
江流气不平。[④]	江流湍急，那气势从来不曾平静。
只应与儿子，	看来我只能带着儿子们，
飘转任浮生。[⑤]	任凭动荡不安的生活带着我飘零。

注释：

① 归州（秭归）有宋玉故宅，见第十七卷《咏怀古迹》第二首注③。

② 淹，滞留。

③《仇注》引《杜臆》：“‘淹老病’，久留白帝；‘岂才名’，不如宋玉。”

④“峡口”“江流”两句，不仅写实，也是比喻时局之动乱，不能早日东下，也与此有关。

⑤ 这两句诗是说自己不能根据自己的意愿行动，而被政局与其他条件支配，陷于被动，心中异常痛苦。

◎ 赤甲[①]（七律）

卜居赤甲迁居新，	决定住在赤甲刚把家搬定，
两见巫山楚水春。[②]	已经两次看见巫山楚水的春景。

炙背可以献天子，	太阳晒脊背的享受可以献给皇上，
美芹由来知野人。③	从来赞美芹菜滋味的人只有山野农民。
荆州郑薛寄诗近，④	荆州的郑审、薛璩曾寄诗来，那儿离这儿该很近，
蜀客郗岑非我邻。⑤	蜀中的郗昂、岑参已经不是我的近邻。
笑接郎中评事饮，⑥	带着笑容和郎中、评事一起饮酒，
病从深酌道吾真。	别管病且开怀痛饮倾吐我的真情。

注释:

① 杜甫的这首诗写自己迁居赤甲后的生活状况和心情。他记起自己的几个朋友，但不能在一起，从中也透露出想东下而不能的苦痛；同时也表达了暂时得到安居并和身边几个朋友不时往来的愉悦。这诗作于大历二年春末。

② 杜甫于大历元年春末到夔州，到大历二年春末，已经两次看到夔州春色。

③《列子》中记载了这两句诗中所引用的寓言：宋国有个农民晒了太阳觉得温暖舒适，便对妻子说："负日之暄，人莫知之，以献吾君，将有重赏"。有一个富人听了他的话又向他说了另一个故事："昔人有美戎菽甘枲茎芹萍子，对乡豪称之；乡豪取尝之，蜇于口，惨于腹，众哂而怨之。子此类也。"成语"曝芹之献"，就是从这两个寓言来的。这两句诗是说自己过着老农民的简朴生活，并以此为满足。

④ 郑薛，郑审、薛璩，都是杜甫的诗友。第十七卷《解闷》第三首是怀念郑审的，《解闷》第四首是怀念薛璩的，可参看。郑在峡州，属荆州；薛原在长安，当时也到了荆州。从夔州顺流下荆州，一天可达，故云"近"。

⑤ 郗、岑，据黄鹤注：指郗昂和岑参。朱注："《文苑英华》有苻载《志杨鸥墓》云：'永泰二载，相公杜公鸿渐，奏授鸥犀浦县令，僚友杜员外甫、岑郎中参、郗舍人昂，闻公殒落，失声咨嗟。'则郗为郗昂无疑。"黄鹤注谓郗昂是梓州使君。岑参任嘉州刺史后，与杜甫有过联系。第十四卷有《寄岑嘉州》诗，可参看。夔州，唐代属于荆州，故以蜀境为远。

⑥ 当时与杜甫常有来往的人中，官职为评事者有几个人，其中当以表弟崔十六评事来往最密，参看本卷《崔评事许相迎不到……走笔戏简》。郎中，可能是指第二十卷《简吴郎司法》《又呈吴郎》的吴郎。《仇注》引顾注："郎中，应是吴郎。司法，盖刑曹也。"

◎ 卜居[①]（五律）

归羡辽东鹤，[②]	我羡慕辽东的丁令威，他还能化成白鹤飞回，
吟同楚执珪。[③]	我像庄舄，在楚国做官时仍不忘记越语。
未成游碧海，	没有能乘船东下去游碧海，
著处觅丹梯。[④]	只能到哪里就在哪里寻觅仙梯。
云障宽江北，	江北连绵高山下一片开阔土地，
春耕破瀼西。	瀼水西面的田野上春耕已经开始。
桃红客若至，	如果客人正当桃花红时来到这里，
定似昔人迷。[⑤]	定像古人进入桃源时那样着迷。

注释：

① 大历二年春末，杜甫在赤甲住了不久又决定迁居瀼西，这是到瀼西实地考察后所写的一首诗。上一年冬天，杜甫就有卜居瀼西的打算（参看本卷《瀼西寒望》，不知何故又在赤甲住了一个时期），北归故乡、东下吴越的愿望既然都不能实现，看来在夔州还要将长久住下去，于是又另觅安身之地。这瀼西地方固然美好，但毕竟不是故乡，然而也只能聊以自慰。瀼西，西瀼水以西的地方，见第十五卷《夔州歌》第五首注①。

②《搜神后记》："丁令威学道于灵虚山，后化鹤归辽，徘徊空中而言曰：'有鸟有鸟丁令威，去家千年今始归。城郭如故人民非，何不学仙冢累累？'遂高上冲天。"这原是道家修仙的故事，这诗中借这典故来表示自己思乡之心切。

③《史记·陈轸传》："越人庄舄，仕楚执珪，有顷而病。楚王曰：'舄故越之鄙细人也，今仕楚富贵矣，亦思越不？'中谢（侍御之官）对曰：'凡人之思故，在其病也，彼思越则越声，不思越则楚声。'使人往听之，犹尚越声。"

④ 丹梯，登上仙境的梯级。上句“游碧海”，这句“觅丹梯”，都是说想离开人世隐居，学道求仙。著处，指所到之处，当时杜甫在夔州，也就是指夔州。

⑤ 这两句诗是以晋陶潜《桃花源记》中所说的“桃花源”来比喻瀼西环境的幽深秀丽。

◎ 暮春题瀼西新赁草屋五首[①]（五律）

久嗟三峡客，	可叹我在三峡里已长久寄居，
再与暮春期。	在这里又一次遇到暮春天气。
百舌欲无语，[②]	百舌鸟即将不再啼唤，
繁花能几时。	繁盛的花朵还能再开几时。
谷虚云气薄，	空旷山谷里淡淡云烟弥漫，
波乱日华迟。[③]	波光凌乱的江面上日色迟迟。
战伐何由定？	战争什么时候才能完全停止？
哀伤不在兹。[④]	可我今天的哀伤却不是由它引起。

注释：

① 这是大历二年春末杜甫从赤甲迁居到瀼西后，在新租赁的草屋里写的一组诗。闲适、恬静的生活掩不住内心的忧伤。杜甫在年轻时代一心想济世救民，后来却遭到许多挫折，壮志未酬，年已衰老，总是感到前途茫茫，十分痛苦。虽想以自然风景和诗酒自遣，但终于还是不能从抑郁愤懑中解脱。这五首诗深刻反映了诗人的这种心境。

② 百舌，鸟名。第十二卷有《百舌》诗，可参看该诗注①。

③ 从“谷虚”和“波乱”两句可看出这是写晨景。日华迟，指日光出现得晚。因有晨雾，太阳虽升起，仍不见阳光。

④《仇注》：“不在兹，言岂不在此战伐。”但从杜甫的遭遇和处境来看，即使战争完全停止，他也不会不悲伤。他已预见到唐朝今后将陷入更加混乱的局面，当前的战伐

正是政治腐败的结果，它并不是一切不幸的根源。这句诗所表达的忧愤是深长的。

◎ 其二（五律）

此邦千树橘，①	在这地方如果有一千棵橘树，
不见比封君。②	可不是能比得上一位千户封君。
养拙干戈际，	在战乱时期我宁愿不显露才能，
全生麋鹿群。	只盼保全性命，与麋鹿为群。
畏人江北草，③	我怕见人，在江北草野里藏身，
旅食瀼西云。	寄食异乡，伴着瀼西的浮云。
万里巴渝曲，④	在离家万里的地方听这巴渝曲调，
三年实饱闻。⑤	听了三年实在够了，真不愿再听。

注释：

① 此邦，指夔州地方。

② 封君，指在我国古代的封建制度下，得到帝王封赐土地及耕农的领主，他享有所封土地上农民缴纳的租税。《史记·货殖传》："封者食租税，千户之君岁率二十万。蜀汉江陵千树橘，此其人为与千户侯等"。这诗句中的"封君"实际即"千户侯"，译为千户封君。

③ 瀼西，在长江北岸。草，指草野，不做官的人所居之地，这里指与农民住在一起。

④ 巴渝，古代舞曲名。《晋书·乐志》："巴渝舞，汉高帝所作，舞曲有《矛渝》《弩渝》《安台》《行辞》。"与这诗中的"巴渝曲"无关，而是指夔州附近长江流域之地方曲调、民歌。

⑤ 这句诗实际上是说在夔州一带住了三年，太久了，想尽快离开。云安县，属夔州，杜甫于永泰元年（765 年）夏日到云安，大历元年（766 年）春末夏初到夔州，到大

历二年（767 年），已经三年。

◎ 其三（五律）

彩云阴复白，	彩云阴暗了又变白，
锦树晓来青。①	天明时，绚丽的树木一片青。
身世双蓬鬓，	我这一辈子只落得双鬓蓬乱，
乾坤一草亭。②	天地之间的寄身处只是一座草亭。
哀歌时自惜，	我常常唱起哀歌为自己惋惜，
醉舞为谁醒。③	醉了就手舞足蹈，何必清醒。
细雨荷锄立，	在细雨中扛着锄头站立，
江猿吟翠屏。④	听江边猿群在绿色山崖上哀吟。

注释：

①《仇注》：“‘阴复白’，云变态；‘晓来青’，雨后色。”

② 草亭，即草屋。从杜诗中可看出，草堂、草亭常可通指。这“草亭”就是“瀼西新赁草屋。”

③ 愿终日昏醉而舞，不愿有醒时，这是愤激之语。

④ 翠屏，山色翠绿，如屏风障蔽。

◎ 其四（五律）

少年学书剑，	少年时学读书又学舞剑，
他日委泥沙。[①]	后来像泥沙般被抛弃。
事主非无禄，[②]	侍奉皇上不是得不到俸禄，
浮生即有涯。[③]	可短暂的一生已快到边际。
高斋依药饵，[④]	住高爽的厅，靠服药延续生命，
绝域改春华。[⑤]	这遥远异乡的春天正在消逝。
丧乱丹心破，	遭到丧乱，我的一颗红心已破碎，
王臣未一家。[⑥]	皇上的臣子没有把心连在一起。

注释：

① 他日，与“少年”相对，指成长以后。委泥沙，有两解，一为抛弃到泥沙中喻死亡；一为弃如泥沙不被重视。译诗从后一种解释。

② 事主，做官。

③ 杜甫任工部员外郎有一定俸禄，但不能发挥自己的才能，实现匡世济民的抱负，而生命有限，衰老已临，故十分痛苦。

④ 高斋，见第四卷《白水崔少府高斋》注④。这里只是泛指住屋。杜甫在瀼西只租赁草屋数间，并无特殊的建筑物，可知“高斋”指一般居室。

⑤ 春季将尽，夏季即将来临，所以诗中这么说。

⑥ 这句诗是说王和臣“未一家”，还是说王的臣子们“未一家”，从语言结构上无法区别。考虑到代宗时蜀境政局动乱的具体情况，似以后一种解释较合理。

◎ 其五（五律）

欲陈济世策，　　想向皇上献上拯救乱世的策略，
已老尚书郎。[①]　　可我这个尚书郎已衰老不堪。
不息豺狼斗，[②]　　豺狼斗争至今还未停息，
空惭鸳鹭行。[③]　　不能追随大臣们上朝，我感到羞惭。
时危人事急，[④]　　时局危险，人际关系十分紧张，
风逆羽毛伤。[⑤]　　逆风飞行会使羽毛伤残。
落日悲江汉，[⑥]　　在这长江边上我对着落日悲叹，
中宵泪满床。　　半夜里，泪水流得满床湿遍。

注释：

① 杜甫为工部员外郎，是尚书省的郎官，故自称“尚书郎”。

② 豺狼斗，指各地方掌权军阀之间的斗争。

③ 鸳鹭行，见第十七卷《赠李八秘书别三十韵》注⑱。杜甫为工部员外郎，本应到朝廷任职。

④ 人事急，这里主要指蜀境与夔州官场的明争暗斗。

⑤ 杜甫怕因卷入这种斗争而被伤害，故有“风逆羽毛伤”之句。

⑥ 江汉，泛指江水。这里仍是指夔州的江边。

◎ 寄从孙崇简[①]（七排）

嵯峨白帝城东西，　　白帝城东西两面都有高山耸起，

南有龙湫北虎溪。②	南面是龙湫，北面是虎溪。
吾孙骑曹不记马，③	我侄孙身在骑曹却不知马有几匹，
业学尸乡多养鸡。④	只是学尸乡老人那样养了一群鸡。
庞公隐时尽室去，⑤	听说庞德公隐居时全家人都带去，
武陵春树他人迷。⑥	武陵源春天的桃树会使外人着迷。
与汝林居未相失，	你我都在山林住不会相互忘记，
近身药裹酒常携。	常常带着药囊提着酒来聚会。
牧竖樵童亦无赖，	放牧、砍柴的村童也够顽皮，
莫令斩断青云梯。⑦	别让他们斩断连接两地的登山梯。

注释:

① 第十九卷有《吾宗》一诗，原注："卫仓曹崇简"。这首诗题称他为"从孙崇简"，比杜甫晚两辈。据《唐书·世系表》，崇简，出襄阳房，益州司马参军。所谓"襄阳房"，是指杜预第四子杜尹的后代，杜甫也出于襄阳房，故两人有宗族关系，但已较疏远。由于杜崇简也在夔州山中隐居，住处距瀼西不很远，所以杜甫和他时有联系。在这首诗中，杜甫表达了与他常常相互来往的愿望。

② 龙湫、虎溪，并不是具体的地名，而只是借用这些名称来表示山水之幽深。杜甫诗中以龙虎称的地名颇多，如第七卷《寄赞上人》中有"徘徊虎穴上，面势龙泓头"，第九卷《发同谷县》中有"停骖龙潭云，回首虎崖石"等。以龙虎命名的山水多泛指幽景，即使可指出具体地名，多半也是出于附会。

③《世说新语·任诞》述王子猷为桓冲骑曹参军，桓问曰："卿何署?"曰："不知何署，时见牵马来，似是马曹。"又问"所管有几马?"曰："不知马，何由知数"。又问"马死多少"，曰"未知生，焉知死"。这诗中以王子猷比喻杜崇简不愿做官，不关心官务。

④ 尸乡，见第一卷《奉寄河南韦尹大人》注⑱、⑲。

⑤ 庞公，即庞德公，见第七卷《遣兴五首》第二首注①、②、④。

⑥ 武陵，指"武陵溪"，即陶潜在《桃花源记》中所述的通到桃花源的溪水。诗句的含

义与本卷《卜居》末两句相似，可参看。

⑦ 青云梯，指山路，通向高山的石级。这句诗实际上只是希望两人不要断绝联系。

◎ 江雨有怀郑典设[1]（七律）

春雨暗暗塞峡中，	昏昏茫茫的春雨把三峡里塞满，
早晚来自楚王宫。[2]	天天早晚飞来，来自楚王宫。
乱波纷披已打岸，[3]	散乱喷溅的波涛拍打着江岸，
弱云狼藉不禁风。	纤弱的云朵到处飘，禁不住狂风。
宠光蕙叶与多碧，[4]	它宠爱蕙草让它的叶片更亮更绿，
点注桃花舒小红。	它滴在桃花上，它刚吐发出微红。
谷口子真正忆汝，[5]	居住在谷口的郑子真啊，我如今正在想念你，
岸高瀼滑限西东。[6]	可是瀼溪的堤岸又高又滑，把我们隔绝在岸西岸东。

注释：

① 郑典设，曾任东宫典设郎之职，大历二年春，也住在夔州。据诗的内容可知他住在瀼水东面，如郑子真之隐居谷口，过着隐士的生活。这诗中描写了春天的雨景，由于多雨路滑，诗人不能过瀼溪与郑见面，只能写诗寄给他表达情意。

② 楚王宫，用宋玉《高唐赋》的典故，可参看第十七卷《咏怀古迹》第二首注④。

③ 纷披，意思是向四处散开，散布。《宋书·谢灵运论传》：“升降讴谣，纷披风什。”这诗句中指浪花四溅。

④《左传·昭十二年》：“宴语之不怀，宠光之不宣”。原指君主对臣下的宠爱及所给予的光荣、恩赐。这句诗中指春雨之加惠于蕙草。蕙草，一种香草，又名薰草、零陵香，今多称佩兰。

⑤ 谷口子真，见第一卷《郑驸马宅宴洞中》注⑥。因郑典设的姓恰与郑子真相同，他也过着隐居生活，故以郑子真来称他。

⑥ 杜甫住瀼西，郑典设住瀼东，故有“限西东”之语。

◎ 熟食日示宗文宗武[①]（五律）

消渴游江汉，[②]	我身患消渴病在江汉一带飘流，
羁栖尚甲兵。	战争不止，只能在这里暂时留停。
几年逢熟食，	已经在这里度过几个熟食节，
万里逼清明。[③]	离家万里，如今又逼近清明。
松柏邙山路，[④]	生长着松柏的祖茔在邙山路旁，
风花白帝城。[⑤]	我却在这风多花盛的白帝城。
汝曹催我老，[⑥]	你们一天天长大了，催我衰老，
回首泪纵横。	回顾往事，不禁流泪纵横。

注释：

① 熟食节，即寒食节。《荆楚岁时记》：“冬至后一百五日，谓之寒食，禁火三日。”注：“合在清明前二日，亦有去冬至一百六日者。”通常说寒食节在清明前一日。传说寒食节起于晋文公对在晋山上被火烧死的介之推的思念。介之推随文公流亡国外十九年，文公回国后赏从者，介之推不愿受赏，藏入晋山。为促他出山，文公令人举火焚山，之推竟不出，抱木而死。后遂以之推死之日为寒食节，不举火。宗文、宗武为杜甫的两子。这诗主要抒写不能回乡扫祖先坟茔而感到的悲痛。我国古代习俗：子孙把扫祖先的坟茔看作一件极端重要的事。我们今天已很难体验到那种深沉的感情。这诗作于大历二年清明节前。

② 江汉，泛指长江中上游地区。这里是指夔州。

③ 熟食节（即寒食节）停火三日，所以这个节日往往开始于清明前三日。逼清明，接近清明。清明节，是扫墓日，故从清明联想到以后诗句的内容。

④ 邙山，即北邙山，在今河南省洛阳市北，与偃师县接界，汉代以后，许多公卿的坟墓都在那里，杜甫家族祖先的茔墓也在那里。

⑤ 风花，是春季的特征。这句诗与上一句诗对偶，不仅是格律形式的要求，也是为了内容的需要：不能回乡扫墓，被迫停留在夔州，这正是引起诗人痛苦的原因。

⑥ 因儿童渐渐长成大人，而自己日益衰老，故有此句。

◎ 又示两儿[①]（五律）

令节成吾老，[②]	在今天这节日我感到自己真老了，
他时见汝心。[③]	到将来，这天将显出你们的孝心。
浮生看物变，	在短促一生中，看万物不停变化，
为恨与年深。	心里抱恨的事一年比一年加深。
长葛书难得，[④]	长葛的来信难得收到一封，
江州涕不禁。[⑤]	想起江州，眼泪就流淌不停。
团圆思弟妹，	一心想和弟妹团圆，
行坐白头吟。[⑥]	走着坐着都在把忧愁的诗篇诵吟。

注释：

① 这首诗是紧接着上一首诗写给宗文、宗武看的。在寒食节，不仅思念故乡祖先的坟墓，还思念活在世上的亲人。这首诗表达了对分散在各地的弟妹的怀念。

② 唐代的“令节”是指正月晦（月底）、上巳（后固定在三月三日）和九日。参看第二卷《乐游园歌》注①。这诗中的“令节”含意较广泛，是指熟食节（寒食节）。

③ 他时，将来。这里指杜甫夫妇更加衰老以及逝世以后，到那时更能显现出儿子们的心意（主要指孝心），主要指死后到清明节扫墓时便可看出他们是否尽孝。

④ 长葛，唐代属许州，今河南长葛市，在新郑、许昌之间。第十四卷有《送舍弟颖赴齐州三首》，《仇注》谓"长葛与齐州相近，故知'长葛'指弟。"缺少根据。另一弟杜观在蓝田，后到荆州，本卷有三首关于他的诗。又第二十一卷有《远怀舍弟颖观等》一诗，诗中说杜颖到了阳翟，阳翟县即今河南省之禹县，在长葛市西不远处。由此可确定在长葛市的弟即杜颖。

⑤ 江州，今江西省九江附近。杜甫有妹原在钟离（见第四卷《元日寄韦氏妹》及第八卷《同谷七歌》第四首），钟离即今安徽凤阳，大概后来又自凤阳迁到了九江。

⑥ 白头吟，乐府楚调曲名。传司马相如将聘茂陵人女为妾，卓文君作《白头吟》以自绝，相如乃止。后世以"白头吟"为题作诗自伤者颇多。这里是以"白头吟"喻哀愁之诗。

◎ 得舍弟观书自中都已达江陵今兹暮春月末行李合到夔州悲喜相兼团圆可待赋诗即事情见乎词[①]（五律）

尔过江陵府，	你过了江陵府之后，
何时到峡州？[②]	什么时候到达峡州？
乱离生有别，	在战乱中虽然活着但相互分离，
聚集病应瘳。	和你团聚后疾病该不会再把我折磨。
飒飒开啼眼，	在飒飒风雨中我止住哭睁开双眼，
朝朝上水楼。[③]	盼望你到来，天天登上江楼。
老身须付托，	我人老了得把自己托付给你，
白骨更何忧。[④]	将来运白骨回乡，哪里还要我担忧。

注释：

① 杜甫收到弟杜观的来信，知道他已从中都（即长安，至德二载后曾一度称京都长安为中京、中都）到达江陵，将在大历二年暮春（阴历三月底）到达夔州。得到这个消息后，杜甫悲喜交集，兄弟团圆的日子指日可待。就作了这首诗。

② 峡州，又名夷陵，今湖北省宜昌市。

③ 水楼，或即西阁。杜甫到瀼西定居后，有时仍去夔州江边的“西阁”暂住。这句诗是说天天到江边去等待杜观弟前来。

④ 古人死后，骸骨必须运回故乡，这样死者才能安稳。这句诗是说自己已无生还故乡之望，故以白骨相托。

◎ 喜观即到复题短篇二首[①]（五律）

巫峡千山暗，	巫峡上群山被乌云遮得昏暗，
终南万里春。[②]	从终南山到这里，万里江山都是春天。
病中吾见弟，	在病中我恍惚看见你的影子，
书到汝为人。[③]	收到你的信，才知道你真在世间。
意答儿童问，[④]	孩子们问起，我据信的大意回答，
来经战伐新。	你经过的地方刚发生过一场征战。
泊船悲喜后，	等你停下船，见面的悲喜过去后，
款款话归秦。[⑤]	让我们再慢慢商量怎样回长安。

注释：

① 这一组两首诗，紧接上一首诗而写。有许多情意在上一首诗里未能表达出来，所以又一连写了两首诗，表达的仍是悲喜交集的兄弟久别之情。

② 终南，指长安南面的终南山。万里，自长安到夔州的行程。

③《仇注》："病中见弟书到，知其身尚无恙，乃十字为句。"解说得牵强。"病中见弟"是幻觉或是做梦，因久未得杜观消息又对他十分想念，故有此想；等收到信之后，才确知杜观还活着。为人，即还是个"活着的人"。《仇注》又引谭元春云："'书到汝为人'，即'妻孥怪我在'（见第五卷《羌村三首》第一首）意。"这一解说是对的。

④《仇注》引黄生注："开书之时，其子在旁，询叔动定，且读且答，兄弟叔侄之情俱见。"

⑤ 款款，徐缓貌。归秦，归长安。杜诗中常称长安为秦城。

◎ 其二（五律）

待尔嗔乌鹊，①	我等待你来，嗔怪乌鹊叫得太早，
抛书示鹡鸰。②	真想把你的信丢给鹡鸰看个分明。
枝间喜不去，	乌鹊留在枝头不去又使我欣喜，
原上急曾经。	那鹡鸰曾在原上受过难，该懂得我这时的心情。
江阁嫌津柳，	在这江阁上我嫌水边柳树遮眼，
风帆数驿亭。③	你在挂帆的船上该在数一个个驿亭。
应论十年事，	想和你谈谈十年来发生的事，
愁绝始惺惺。④	悲愁痛苦将使我们失去神志然后才会渐渐清醒。

注释：

① 我国旧俗以为乌鹊叫是报喜讯的，有些地方至今仍传唱"喜鹊叫，行人到"的民谣。"乌鹊"即喜鹊。但叫了之后，行人仍未见到，所以迁怒于乌鹊；继而见乌鹊停在枝上不去，又终以为喜。一、三两句生动描写了等候亲人来到时的焦急心态。

②《诗·小雅·常棣》："脊令在原，兄弟急难。"陈奂《诗毛氏传疏》："脊令，俗作鹡鸰，脊令喻兄弟，飞行不舍。"这两句诗因鹡鸰懂得兄弟之情，且曾经历过危难，应

该能理解作者的心情，所以把杜观来信给鹡鸰看，希望得到它的同情与安慰。这两句诗的用意也在于显示渴望与弟弟见面的心意。

③ 作者在江阁上眺望远方，故“嫌津柳”碍目，行人在船上，希望快到目的地，故在数着江岸上的一个个驿亭。两句诗分别写两种不同心态，而希望尽快与亲人相见则一。

④“惺惺”旧作“星星”，从赵汸本，改作“惺惺”。《仇注》：“今得赵子常（汸）本，作‘愁绝始惺惺’。黄生云：‘愁绝，愁死也，惺惺，苏醒也，言死去复生也。’此解当从。”译诗把“愁绝”译写为“悲愁痛苦将使我们失去神志”，似较合原意。

◎ 晚登瀼上堂[1]（五古）

故跻瀼岸高，	故意登到瀼溪高高的岸上，
颇免崖石拥。[2]	这样就免得那些崖石遮挡我的眼。
开襟野堂豁，	在轩敞的野外高堂上解开衣襟，
系马林花动。	系马在林中，林梢繁花摇颤。
雉堞粉如云，	远看城头白色的城垛像白云朵朵，
山田麦无陇。	山田里麦苗茂盛，田垄都被遮掩。
春气晚更生，	傍晚时，更浓地散发出春的气息，
江流静犹涌。	江流比较平静时仍在向上翻卷。
四序婴我怀，	一年四季在我的胸怀中萦绕，
群盗久相踵。	群盗作乱长久前后接连不断。
黎民困逆节，[3]	在叛贼骚扰下黎民困苦万分，
天子渴垂拱。	天子渴望垂拱而治，国泰民安。
所思注东北，[4]	我的心关注着东北方，
深峡转修耸。[5]	从这深峡边转向高耸的群山。

衰老自成病,	衰老的人身上自然多病,
郎官未为冗。⑥	尚书省的员外郎并不是冗官。
凄其望吕葛,⑦	我悲凄地想念吕尚、诸葛那样的贤才,
不复梦周孔。⑧	周公、孔子已不再在我梦中出现。
济世数向时,⑨	救世的大臣还是得数往昔那几位,
斯人各枯冢。⑩	他们只剩下荒冢留在人间。
楚星南天黑,	楚地天空的星灭了,南方一片黑暗,
蜀月西雾重。⑪	蜀中的月光被西面的浓云遮拦。
安得随鸟翎,	怎样才能随着飞鸟高翔,
迫此惧将恐。⑫	在这里我心压抑,感到惶恐不安。

注释:

① 瀼上堂,是瀼溪岸上的一座高大建筑物,可以登临远眺。杜甫于大历二年春末夏初的夜晚,登堂看瀼溪夜景,思念国事和已逝世的贤才,心中凄惶忧虑。这诗抒写了登堂所见和当时的心情。

② 崖石拥,指崖石在眼前聚集重叠,遮挡住视线。

③ 逆节,《九家注》引赵云:"西戎、盗贼犯顺为逆节。"逆节,指叛逆的行为,包括一切反对朝廷的人。

④ 东北,《仇注》认为是"指洛阳,若长安,则在直北,旧注误。"《仇注》是从实际地理位置来说的,但通常人们的主观感觉往往以为夔州偏西。因此很难断定作者所想的究竟是洛阳还是长安。从后面的诗句看,思念长安和朝廷的可能性较大。

⑤ 深峡,指夔州附近的长江。修耸,指夔州北面的高山。

⑥ 冗,冗职、冗官,多余闲散的官员。这句诗的意思是说,工部员外郎有许多事可做,如果回朝任职,还是可以有所作为。可惜衰老多病,不能回京。

⑦ 吕葛,吕尚、诸葛亮,古代著名的政治家,在诗中借代唐玄宗、肃宗时代的一些有才能的大臣,如张镐、房琯、严武等人。因为他们都已逝世,故想念他们时心中

凄凉。

⑧《论语·述而》："甚矣吾衰也，久矣吾不复梦见周公。"疏："此孔子叹其衰老，言盛时尝梦见周公，欲行其道，今则久多时矣，吾更不复梦见周公，知是吾衰老甚矣。"儒家把周公、孔子看作圣人，因此杜甫把孔子与周公并列，增改孔子所说的"不复梦周"为"不复梦周孔"，表示自己年已衰老，不再有推行周孔政治理想的能力与信心，也就是已不能再像壮年时那样想以儒家学说来匡时救世。

⑨ 向时，往日。在这句诗中是"向时诸贤才"的省略。

⑩ 斯人，也是指这些贤才，即注⑦中所提到的那些人。

⑪"楚星""蜀月"两句，是夜晚登"瀼上堂"所见的景色，也象征着当时唐朝的政局。

⑫《诗·邶风·谷风》："将恐将惧。"将，用作连词"且"。

◎ 寄薛三郎中璩[1]（五古）

人生无贤愚，	世上的人们何必分什么贤愚，
飘飖若埃尘。[2]	还不都像随风飘飞的灰尘。
自非得神仙，	除非是成了神仙，
谁克免其身。	谁也难免灾难临身。
与子俱白头，	我和您都已经白发满头，
役役常苦辛。	还到处奔忙，尝尽苦辛。
虽为尚书郎，	虽然做尚书省的郎官，
不及村野人。	其实还比不上乡村种田的人。
忆昔村野人，	想起往昔的种田人，
其乐难具陈。	他们的快乐真难一一说清。

蔼蔼桑麻交，	当桑麻生长得正茂盛，
公侯为等伦。	他们简直和公侯同等。
天未厌戎马，	老天爷还没有厌倦战争，
我辈本常贫。	我们这般人本来常常贫困。
子尚客荆州，③	您如今还在荆州作客，
我亦滞江滨。	我也滞留在这里的江滨。
峡中一卧病，	自从我在三峡里生病睡倒，
疟疠终冬春。	疟疾缠着我从冬到春。
春复加肺气，④	到春天又增加了肺部的疾病，
此病盖有因。⑤	生这样的病自然有它的原因。
早岁与苏郑，⑥	我年轻时和苏源明郑虔交友，
痛饮情相亲。	和他们一起痛饮，意切情亲。
二公化为土，	这两位前辈都已化为粪土，
嗜酒不失真。	他们都爱饮酒，始终没失去纯真。
余今委修短，⑦	我如今已不把寿命长短放在心里，
岂得恨命屯。⑧	又哪里会怨恨不幸的命运。
闻子心甚壮，	听说您的心怀还很豪壮，
所过信席珍。⑨	您到哪里都受到人们珍爱尊敬。
上马不用扶，	您上马不用人搀扶，
每扶必怒嗔。⑩	每遇到有人扶您就生气骂人。
赋诗宾客间，	在宾客们之间即席赋诗，
挥洒动八垠。⑪	随意抒写，能使四面八方感奋。
乃知盖代手，	我从您身上看出，一代的名手，
才力老益神。	到老年时才力更能显出精神。
青草洞庭湖，⑫	青草湖、洞庭湖，
东浮沧海漘。⑬	再向东泛游就是沧海之滨。

君山可避暑，[14]	君山可以避暑，
况足采白蘋。[15]	而且还有足够您采撷的白蘋。
子岂无扁舟，	难道您没有一叶扁舟，
往复江汉津。[16]	在长江的渡口之间往来航行。
我未下瞿唐，	我至今还未出瞿塘峡东下，
空念禹功勤。[17]	只是空想念大禹开凿峡口的辛勤。
听说松门峡，[18]	听说有一处江面叫松门峡，
吐药揽衣巾。[19]	船上乘客经过那里，会把吃的药吐出，得手揽衣巾。
高秋却束带，[20]	我想趁高爽的秋天整好行装，
鼓枻视青旻，[21]	仰看秋季的蓝天摇起桨前进。
凤池日澄碧，[22]	凤凰池一天天澄澈清碧，
济济多士新。	那里人才济济都是新近任命。
余病不能起，	我患了病不能再起来，
健者勿逡巡。	希望健康的人别犹豫不定。
上有明哲君，	今天上有明哲的君主，
下有行化臣。[23]	下有推行教化的大臣。

注释：

① 薛璩，见第十七卷《解闷》第四首注②。薛璩为水部郎中，故称薛郎中。当时薛璩在荆州，杜甫与他是知交，所以作这首诗寄给他。从这诗中看出，杜甫由于衰老多病，屡遭挫折，颇为消沉，但仍希望薛璩奋发向上，在政治上有所作为，对他加以鼓励。

② 一、二两句诗把人生看得短暂无常，表示出消极的情绪。

③ 子，指薛璩。薛璩当时在荆州。本卷有《赤甲》诗，《仇注》引黄鹤注：“薛是石首薛明府璩”。恐不确。按第二十一卷有《秋日荆南送石首薛明府辞满告别》一诗，薛明府是检校户部尚书薛景仙之弟，不是薛璩。诗中说“客荆州”，显然不是在荆州做县令这样的父母官。

④ 肺气，指肺部疾病，可能是支气管炎、肺气肿之类。

⑤ 所谓“盖有因”，原因并未说明，大概是由于生活困苦、精神抑郁、哀悼故人所致。

⑥ 苏郑，指杜甫的好友郑虔与苏源明。参看第十六卷《八哀诗（七）：故著作郎郑公虔》及《八哀诗（六）：故秘书少监苏源明》等诗及有关注释。

⑦《仇注》：“委修短，寿夭听之于天也。”即王羲之《兰亭集序》所说的“况修短随化，终期于尽”之意。

⑧ 屯，困难。“屯”是《易》卦名，象征刚柔二气始交，未能通感，事物生成经历困难之意。

⑨ 席珍，参看第八卷《寄张十二山人彪》注⑱。

⑩ 这一句和上一句写老人自信、倔强的性格十分鲜明。

⑪ 八垠，即八方，指地域广袤。

⑫ 青草，湖名，在洞庭湖之南。《方舆纪要》引祝穆曰：“青草湖北连洞庭，南接潇湘，东纳汨罗，自昔与洞庭并称。”

⑬ 漘，音“唇”（chún），水边。

⑭ 君山，洞庭湖里的岛，有十二山峰，传说有尧女湘君之遗迹。

⑮ 白蘋，一种水上植物。采白蘋，可能是采来供食用的，这与“采薇”相似，表明过隐士生活。

⑯ 江汉，泛指江水。津，渡口，码头，泊船处。

⑰ 古代传说三峡为大禹所开凿，用来宣泄洪水。这里是说虽有三峡交通之便，但自己未利用此便利出峡东下。

⑱ 松门峡，《杜臆》：“‘听说松门峡’，至吐药而揽衣巾以拭之，其险不减瞿唐，然无可考。”观“松门似画图”（第二十卷《返照》）诗，知其去巫峡不远。“松门峡”可能是巫峡中某一段的名称。

⑲ 吐药揽衣巾，形容峡险流急，船行颠簸，乘客常会晕船呕吐。

⑳ 束带，即束装之意，准备行装。

㉑ 鼓枻，摇桨。枻，音“异”（yì）。

㉒ 凤池，凤凰池，指中书省。《晋书·荀勖传》：勖自中书监除尚书令，人贺之，勖曰：“夺我凤凰池，诸君何贺耶。”中书省地在枢近，与朝政关系重大，中书省用人得当，则朝政可望清明。日澄碧，赞中书省之得人；下一句诗“济济多士新”，对此作进一步的阐明。

㉓ 最后两句诗表明朝政的革新有良好条件，鼓励薛璩，应对从政的前途抱有信心。

◎ 送惠二归故居[①]（五律）

惠子白驹瘦，	惠二骑着一匹瘦弱的白马驹，
归溪唯病身。	只有一身疾病伴着他回溪畔故居。
皇天无老眼，	老天爷真是没长眼，
空谷滞斯人。[②]	让这样的人阻滞在荒山空谷里。
崖蜜松花熟，	山崖上野蜂巢里的松花蜜已成熟，
山杯竹叶新。	山村里新酿的竹叶酒斟满酒杯。
柴门了无事，[③]	在家里什么事情也不用操心，
黄绮未称臣。[④]	您就像那没有称臣做官的黄绮。

注释：

① 这首诗的题目一作《闻惠二过东溪》。旧注谓“东溪”即瀼东。“东溪”距杜甫居处不很近，否则可常常来往了。疑东溪，即东瀼溪，在西瀼水之东，杜甫住的瀼西是在西瀼水的西岸。参看第十五卷《夔州歌》第五卷注①。惠二不知何名，因仕途失意而归家隐居，作者故意把山居生活写得很丰足美好，并以“未称臣”的“黄绮”来相比，都是为了给他一些安慰。作诗时间大概是大历二年春夏间。

② 斯人，指惠二。滞，谓仕途不顺利，没有机会做官。空谷，指惠二归隐的溪畔。

③ 柴门，家中的房舍。

④ 黄绮，商山四皓中的绮里季及夏黄公，见第五卷《收京三首》第二首注②。未称臣，指四皓未出山以前的状况。这里以“四皓”来比喻惠二。

◎ 承闻河北诸道节度入朝欢喜口号绝句十二首[①]（七绝）

禄山作逆降天诛，[②]	安禄山造反作乱终于受到天诛，
更有思明亦已无。	还有那史思明也已经一命呜呼。
汹汹人寰犹不定，	人世间闹嚷嚷至今不能安定，
时时战斗欲何须？[③]	一直战斗不停还有什么谋图？

注释：

①《仇注》引朱注：“河北入朝事，史无明文。疑公在夔州，特传闻而未实耳。”河北诸道节度，指成德镇节度使张忠志（赐名李宝臣）、相卫节度使薛嵩、幽州节度使李怀仙、魏博节度使田承嗣等，都是安禄山、史思明之余党，虽已归降，接受朝廷的任命，但仍拥兵自重，成了国家的隐忧。杜甫当时听到他们亲自到长安朝见皇帝的消息，心中十分高兴，认为这样才真正得到安定与太平，因而怀着欢喜之情随口吟诵了这十二首绝句。这些诗的艺术性看来比较一般，但诗人关心国事，渴望安定的心情溢于言表，表现出情感的激动和天真。这诗作于大历二年春末。

② 古代的迷信观念把社会政治事件和天道连结在一起，因而称恶人之受惩罚为受“天诛”。

③ 三、四两句诗是针对一切割据地方的军阀们说的，包括河北降将和蜀中军阀。

◎ 其二（七绝）

社稷苍生计必安，	国家和黎民定能得到太平、安宁，
蛮夷杂种错相干。①	蛮夷外族干扰中国是做错了事情。
周宣汉武今王是，②	当今的皇上像周宣王和汉武帝，
孝子忠臣后代看。③	谁是孝子忠臣，该等后代来评定。

注释：

①《仇注》："杂种，指吐蕃、回鹘、党羌言"。则"蛮夷"应指安禄山与史思明的东胡叛军。这样分开恐太拘泥，似仍以笼统地理解为侵扰中国的诸少数民族为宜。

② 周宣王，是周朝在厉王统治下衰颓以后，重新振兴周室的君主；汉武帝是汉朝最兴盛时期的君主。诗中以此二君比喻唐代宗，杜甫对他还抱有希望，但他实际上却软弱无能，不配这样称颂。

③ 这句诗含有深意。孝子，指皇帝，能不能把前人传下来的基业管好，这是判别孝与不孝最重要的标志。忠臣，指唐朝的众臣，能维护国家统一的才是忠臣。当时还不能下结论，要等后代来评论。这多少表现出对掌权者的不信任，也是对他们的告诫与勖勉。

◎ 其三（七绝）

喧喧道路好童谣，①	路上喧喧嚷嚷，传唱的童谣真好听，
河北将军尽入朝。	河北的将军们一起来到朝廷。
自是乾坤王室正，②	天地自然是靠王室回复了正道，
却教江汉客魂销。③	可我这滞留在江边的游子仍在为不能回乡伤心。

注释:

① 古代十分重视童谣，认为童谣常能反映出人民群众的政治态度。这诗里所说的童谣不知究竟是怎样的辞句，但可肯定它的内容与河北降将入朝的传闻有关。

② 这句诗是说，河北诸将愿意入朝的原因在于朝廷对待降将的政策正确。

③ 江汉客，杜甫自称。魂销，因为不能回故乡和兄弟们团聚而悲痛伤心。

◎ 其四 （七绝）

不道诸公无表来，[①]	想不到当初将军们没把表章送来，
茫茫庶事遣人猜。[②]	种种事情迷迷糊糊令人疑猜。
拥兵相学干戈锐，	一个个拥有精锐大军却相互观望，
使者徒劳万里回。[③]	皇帝的使者白跑了万里路失望而回。

注释:

① 这首诗是追述以往河北诸将不肯入朝时的事。河北诸将归降后，却没有再向朝廷上奏表示忠诚，更谈不到进贡纳税。

② 庶事，众事，许多迹象。令人疑猜河北诸将是否真的忠于朝廷，是否仍将叛乱。

③ 使者，指皇帝派往河北宣慰降将的使者。使者去河北走了一趟，却仍未取得效果。

◎ 其五 （七绝）

鸣玉锵金尽正臣，[①]	响着玉佩鸾铃的都是正直大臣，

修文偃武不无人。[②] 停止用武，推行文教的不是没有人。
兴王会静妖氛气，一定能振兴王室，扫尽妖氛，
圣寿宜过一万春。[③] 皇上的圣寿该能超过千秋万春。

注释:

① 鸣玉，指大臣身上佩戴的玉珮鸣响。锵金，指大臣们乘的马上銮铃铿锵。

② 修文偃武，推行教化治理国家，避免依靠武力从而削减军队，这是我国古代贤明的统治者一贯提倡的政策，杜甫也持这样的主张。

③ 这句诗祝贺皇帝长寿，但长寿是有条件的，即必须“修文偃武”，因而这句诗并非完全是谀词。

◎ 其六 （七绝）

英雄见事若通神，[①] 英雄看事情看得深好像能够通神，
圣哲为心小一身。[②] 圣哲的心意不会只想自己一身。
燕赵休矜出佳丽，燕赵地方别矜夸多出美女，
宫闱不拟选才人。[③] 后宫并不打算挑选才人。

注释:

①《仇注》:“此因其朝献而规讽君心也。”传说河北节度入朝，他们会带来一些献给皇上的礼物，其中可能包括“燕赵佳人”，这诗正是针对这种可能性而发。《仇注》又云:“大历元年十月，上生日，诸道节度使献金帛、器服、珍玩、骏马，共直缗钱二十四万。常衮请却之，而帝不听……”诗云“英雄见事”，当指常衮而言。这解说可供参考，但不宜把“英雄”理解得太死。

② 圣哲，指皇帝。小一身，把自己一人的私事看得轻。这只是对于皇帝的期望，只是

一种幻想。

③ 才人，宫中的女官。唐代宫中置才人七人，正四品。实际上是嫔妃之类。“选才人”即选美。这句诗也只是诗人的主观愿望。

◎ 其七 （七绝）

抱病江天白首郎，[①]　　我这个白头郎官抱病滞留在这天边外的江滨，
空山楼阁暮春光。　　在空寂的深山里，登上楼阁对着暮春的风光。
衣冠是日朝天子，[②]　　大臣们今天正在朝拜天子，
草奏何时入帝乡。[③]　　我什么时候才能回到京城朝廷上草拟奏章。

注释：

① 江天，指江滨天空下。白首郎，杜甫自称。

② 衣冠，指朝廷里的大臣。河北节度入朝，大臣也必同时朝拜皇上。

③ 帝乡，指京城长安。草奏，草拟奏稿，向皇帝进言。杜甫的思想中始终存在矛盾，明知回朝无望，但又时时幻想有一天能回到长安恢复官职。

◎ 其八 （七绝）

澶漫山东一百州，[①]　　广阔辽远的华山东面有百来个州，
削成如案抱青丘。[②]　　像刀削成的平案，环绕着皇上住的青丘仙洲。
包茅重入归关内，　　如今各种贡品又重新往关中运送，

王祭还供尽海头。[3]　　一直到海边都按时进贡，满足太庙祭祀的需求。

注释：

①“澶漫”的“澶”旧音“渡岸切”，音“惮”（dàn），现代汉语中只保存“蝉”（chán）一个音，用于地名“澶渊”，与这里的“澶漫”一词不合。《文选·西京赋》：“于后则高陵平原，据渭踞泾，澶漫靡迤。”注：“澶漫、靡迤，宽长貌”。《仇注》：“山东诸州，即河北地。”但唐代河北道仅二十五州，诗中说“一百州”，可知不仅指河北而言。唐代的“山东”，常指华山以东的广阔土地，包括河北、河南、山南道等，这样才有一百个州。

②《山海经》：“泰华之山，削成而四方”。与诗中的用法不合。这句与上一句相连，“削成如案”是指“山东一百州”的平原。青丘，不是《仇注》引《寰宇记》所说的青州千乘县的青丘，而是《十洲记》中所说的神仙居住的地方：“长洲一名青丘，在南海辰巳之地，一洲之上，专是林木，故一名青丘。”诗中用来比喻唐朝皇帝所居住的关中、长安。

③《左传·僖公四年》：“齐桓公伐楚而责之曰：‘尔贡包茅不入，王祭不共，无以缩酒。’”在这诗中，以“包茅”喻贡品，以“王祭还供”喻诸侯的贡赋能正常输送朝廷，供应需要。这两句诗也是根据河北节度入朝的传闻而产生的联想与想象。

◎ 其九（七绝）

东逾辽水北滹沱，[1]　　东面过了辽水，北面过了滹沱河，
星象风云喜共和。[2]　　星辰、风云都喜庆全国统一共和。
紫气关临天地阔，[3]　　天地多开阔，紫气充满函谷关前，
黄金台贮俊贤多。[4]　　黄金台上招来的俊杰贤才真多。

注释：

① 辽水，今称辽河，在今辽宁省境，于营口西南入海；滹沱河，发源于山西省，横贯河北，汇流入子牙河、海河，在天津东入海。辽水远在滹沱河东北，但在古代人的观念中，辽河在东方，而滹沱河在北方。这句诗所指的地方即蓟州、范阳地区，曾为安禄山之根据地，后来成了河北诸节度使的势力范围。

② 我国古代有天人感应的观念，把人世的斗争和政局与星象、风云的变幻联结在一起，河北节度入朝，则唐朝实现统一，因而诗中说星象和风云变幻上也呈现出喜气。周朝厉王无道被国人逐走后，暂由周公与召公共同执政，号曰“共和”。这诗句里的“共和”，指国家的统一，各种政治势力的协调融和。

③ 紫气关临，是“紫气临关”的变格。“关”指函谷关。参看第十七卷《秋兴》第五首注④。紫气临关，喻国家兴旺。

④ 战国时期燕昭王于易水东南（在今北京市大兴区东南）筑黄金台，招延天下人才。后代遂以黄金台为重视人才、招纳贤才的象征。

◎ 其十 （七绝）

渔阳突骑邯郸儿，①	渔阳的猛勇骑将和邯郸健儿，
酒酣并辔金鞭垂。②	酒酣后垂着金鞭并辔前行。
意气即归双阙舞，③	他们意气扬扬，将到皇宫前拜舞，
雄豪复遣五陵知。④	还要向五陵少年露一手英雄本领。

注释：

① 渔阳突骑与邯郸健儿都是河北诸道节度使的部下，他们随着入朝的诸将来到长安城。诗中想象他们的雄豪气概以及对皇帝所表示的忠诚。

② 这句诗反映了河北诸将的部属在长安悠然自得的情态。

③ 拜舞于阙前，表示对皇帝的忠诚。意气，表示这些年轻将士十分自信、洋洋自得。

④ 五陵，长安城南有汉代的五座陵墓，称为五陵，是豪富人家聚居的地方。五陵少年，指富贵人家子弟。参看第十七卷《秋兴》第三首注⑤。

◎ 其十一（七绝）

李相将军拥蓟门，①	李相国的大军聚集在蓟州周围，
白头惟有赤心存。	头发全白，只留一颗红心在他胸中。
竟能尽说诸侯入，②	他终于说服河北节度都来入朝，
知有从来天子尊。③	让他们明白，从来只有天子尊荣。

注释：

① 李相，朱鹤龄曰："按史，李怀仙先以范阳归顺，是时为检校侍中，幽州、卢龙等军节度使，但未有说诸侯入朝。（蔡）梦弼谓是李光弼，近之。光弼在玄、肃朝，尝加范阳节度使，又尝兼幽州大都督府长史，虽止遥领其地，亦可谓之拥蓟门也。"李光弼，参看第十六卷《八哀诗（二）：故司徒李光弼》注①。李光弼早于广德二年七月病死于徐州，不可能再有说河北节度入朝事。因此，李相究竟是谁，尚待考证。蓟门，可指蓟州的外围地区，看来是指朝廷派去监视河北诸节度的军队驻地。

② 诸侯，指河北诸节度。参看这组诗的第一首注①。

③ 这句诗是说，让河北诸节度懂得中国只能有一个最尊贵的皇帝，全国必须在皇帝的统辖之下，不容许割据称雄。

◎ 其十二 （七绝）

十二年来多战场，[①] 十二年来中国到处都是战场，
天威已息阵堂堂。[②] 皇帝的堂堂军阵已经停止动刀枪。
神灵汉代中兴主，[③] 大唐的中兴圣主有神灵给的力量，
功业汾阳异姓王。[④] 最高功勋该归郭子仪这位汾阳郡王。

注释:

① 自天宝十四载（755 年）安史乱起到大历二年（767 年），共十二年。

②《孙子 · 军争》：“勿击堂堂之阵。”堂堂，意思是整齐、庄严、壮大。

③ 汉代中兴主，实际是说唐代中兴之主，指代宗。神灵，是说皇帝具有神灵给的力量。也就是“君权神授”之意。

④ 异姓王，指唐朝所封的非李姓的郡王，指郭子仪。宝应元年他进封汾阳郡王。

◎ 月三首[①] （五律）

断续巫山雨，[②] 从巫山飘来的雨时下时停，
天河此夜新。 今天夜里，天河却显得这样鲜明。
若无青嶂月， 如果那青峰顶上没挂着月亮，
愁杀白头人。 我这白发老人该不知怎样伤心。
魍魉移深树，[③] 魍魉向深深的树丛中移去，

虾蟆没半轮。[4]　　　　虾蟆藏身的月轮有一半已下沉。

故园当北斗，[5]　　　　故园正在北斗星下面，
直想照西秦。[6]　　　　我想这明月正照射着西秦。

注释：

① 这三首咏月诗，是思念故乡、悲痛身世之作，作于大历二年六月初。

② 认为雨是从巫山来的，是由于宋玉的《高唐赋》中的故事，参看第十七卷《咏怀古迹》第二首注④。

③ 由于月光明亮，故魍魉退入深林。魍魉，古代人们所信其存在的山泽之神。

④ 古代传说月中有虾蟆，这里以虾蟆来代替月亮。

⑤ 故园，指杜甫在长安城南杜曲的故居。

⑥ 西秦，指长安，故园在长安，故诗中这么说。

◎ 其二（五律）

并照巫山出，[1]　　　　月光也该照出巫山的倩影，
新窥楚水清。　　　　初窥见楚江的水波清清。
羁栖愁里见，　　　　我怀着忧愁在滞留的途中看见它，
二十四回明。[2]　　　　已经二十四回了，这样现出光明。
必验升沉体，　　　　它一定体验了升沉的滋味，
如知进退情。[3]　　　　也像懂得人间进退的心情。
不违银汉落，　　　　它不愿离开银河独自降落，
亦伴玉绳横。[4]　　　　还在陪伴着横列的玉绳星。

注释：

① 这诗中写的主体是月亮，但原诗句中未把这个词写出来。

②《仇注》："公客夔二年，故曰二十四回。"每月见一次月圆，二十四回，是两年中见月圆的次数。

③"升沉""进退"，一方面是指人们所看见的月亮在空中的运行，另一方面是比喻人生幸与不幸的遭遇和仕途的进退。作者把月亮当作人，从月亮身上发现人的情感体验，实际上是把人的体验外射于月。

④ 玉衡星北面的两颗星名"玉绳"。末两句诗是说月亮有情，愿与银河、玉绳作伴。从这样的形象中曲折表达出作者的孤独感和对友人的怀念。

◎ 其三（五律）

万里瞿唐月，	瞿塘峡上照临万里的明月，
春来六上弦。①	开春以来，已经六次上弦。
时时开暗室，②	它时时把我阴暗的房屋照亮，
故故满青天。③	又一次次把光辉洒满青天。
爽合风襟静，④	爽朗地静照我迎风敞开的衣襟，
高当泪脸悬。	高挂在天上，对着我流泪的脸。
南飞有乌鹊，⑤	有一群乌鹊正向南方飞去，
夜久落江边。	夜已长久，它们又降落在江边。

注释：

① 上弦，指每月（阴历）初八前后的月亮，西半明，东半暗。六上弦，已过了六个月。

② 开暗室，即照亮暗室，使暗室光亮。如"开颜"之"开"。

③ 故故，有两义，一为屡次，一为故意。这里似用前一义为合理。

④ 月光好像是人的知己，与人的心情相合。

⑤ 曹操《短歌行》（其一）：“月明星稀，乌鹊南飞，绕树三匝，无枝可依。”诗中以南飞的乌鹊来比喻人流落异乡不能归去。

◎ 晨雨[①]（五律）

小雨晨光内，	在晨光中，小雨悄悄地来了，
初来叶上闻。	它初来时，只听见树叶上有声音。
雾交才洒地，[②]	和雾气交合后才向地面洒落，
风折旋随云。[③]	风转了方向，随即又跟着云飘行。
暂起柴荆色，[④]	我住的草屋也暂时变得鲜明了，
轻沾鸟兽群。	还轻轻沾湿了山野里的鸟兽群。
麝香山一半，[⑤]	麝香山只剩下一半能看见，
亭午未全分。	直到中午还没有完全看清。

注释：

① 这是一首纯粹写景的诗，在古代诗歌中并不多见。在杜甫的诗中也是颇为别致。主体似乎只作为自然景色的感受者，并不是明显地借景抒情或有所寓意。但这诗毕竟也从主体观察到的客观景色中表现出心态的宁静、超脱，暂时摆脱了人世的种种烦恼。

② 雾交，（雨）与接近地面处的雾气交合。

③ 风折，风向转变。

④《仇注》：“柴荆，小木”。这里仍以指住的房舍为宜。

⑤《仇注》转引《夔州图经》，谓麝香山在夔州东南一百二十里。恐非此诗中所说的麝香山。明正德八年刊本《夔州府志》卷三：“麝香山，在府城东北三十余里。”与此诗相合。一半，谓一半可见。

杜诗全译

4

孙潜 著

东方出版中心有限公司

第十九卷

杜

◎ 过客相寻[①]（五律）

穷老真无事，	我这穷困老人实在没事做，
江山已定居。	总算依山傍水安下了个家。
地幽忘盥栉，	地方这样幽僻，常忘记洗脸梳头，
客至罢琴书。	客人来了，手里的琴书赶忙放下。
挂壁移筐果，	移下墙上挂的一筐果品，
呼儿间煮鱼。[②]	喊儿子把煮鱼拿来挨着它放。
时闻系舟楫，	时时听到系船的声音，
及此问吾庐。	来人总是到这里把我的草屋拜访。

注释：

① 杜甫移居瀼西后，虽然住得比较僻远，但还时时有友人来访问，这诗写村居生活的情趣，质朴而生动。当是大历二年作。

② 间，一作“问”。问煮鱼，易解，是问询鱼煮得怎样了；间煮鱼，《仇注》：“移果供客，间杂鱼旁。”并说：“今按张九成（宋人）诗：‘疏果间溪鱼’，可悟杜诗筐果‘间煮鱼’之语。”译诗从仇说。

◎ 竖子至[①]（五律）

樝梨才缀碧，[②]	楂梨树上才挂上绿色的果，
梅杏半传黄。	梅、杏有一半已经透黄。
小子幽园至，[③]	小子从深山里的果园来了，
轻笼熟柰香。[④]	携来一筐熟柰，发出阵阵甜香。

山风犹满把，	抓在手里好像还能感到凉爽的山风，
野露及新尝。	趁着新鲜，带着山野的露水品尝。
攲枕江湖客，⑤	我常斜靠在枕上，是个多病的飘流客，
提携日月长。⑥	今后漫长的岁月里还要靠你相帮。

注释：

① 竖子，即诗中所说的“小子”。他是杜甫住在夔州时临时用的年轻佣工，可能是夔州都督柏茂林派来侍候杜甫的官奴。第十五卷《示獠奴阿段》中说的那个阿段也属于这一类人。这首诗写这年轻人从深山果园采柰送来的事。诗人善于把握住生活中的新鲜感觉，并能以恰当的形象化语言来表达。如“山风犹满把”之句，与现代诗的风格何其相近。杜诗中这类极富诗意的语言颇多，古代的评论者对此往往不能觉察。黄鹤订此诗作于大历二年。

② 樝梨，亦写作“楂梨”，又称樝子，俗名木桃。李时珍曰：“樝子乃木瓜之酢涩者，小于木瓜，色微黄。蒂核皆粗。”

③ 幽园，从诗的内容来看，是指深山中的果园。

④ 柰，音“奈”（nài），我国古代称苹果一类果品为柰，据诗中所说，柰成熟略早于梅杏，与现代的苹果不同，当为“花红”“沙果”一类果品。

⑤ 攲枕，斜倚于枕上。江湖客，在江湖上飘流的人，杜甫自称。

⑥《仇注》：“提携，谓竖子勤于供事。黄生谓公素提携此子，故善会人意，与前说不同。”按“提携”原意是搀扶，可引申为帮助。日月长，指诗人今后将度过的漫长日月。

◎ 园① （五律）

仲夏流多水，	仲夏，溪里满满流着水，

清晨向小园。	我一清早就来到小园。
碧溪摇艇阔，	小艇摇过碧溪，它显得多么宽阔，
朱果烂枝繁。	枝头红果累累，多么明艳。
始为江山静，	当初选这里安家因为江山幽静，
终防市井喧。	果然终于避开了街市的繁喧。
畦蔬绕茅屋，	一畦畦菜地环绕着茅屋，
自足媚盘飧。[②]	足够充当盘里的蔬菜使我喜欢。

注释：

① 诗题中的“园”是菜园。杜甫从所住的草屋去那里须泛舟碧溪中。这诗写出了仲夏农村的幽静与乐趣，洋溢田园诗的风趣。这是大历二年夏日作。

② 盘飧，指以园蔬做成的菜。媚，使人感到可爱。

◎ 归[①]（五律）

束带还骑马，	系上腰带骑上了马，
东西却渡船。	东西来往还得乘渡船。
林中才有地，	只有这丛林中的土地才属于我，
峡外绝无天。[②]	在这三峡外面哪会有我的天。
虚白高人静，[③]	简陋的屋里一片虚寂，隐士心里才感到安恬，
喧卑俗累牵。	可是喧嚣琐碎的俗事却把我累牵。
他乡阅迟暮，[④]	就这样让我在异乡度过暮年，
不敢废诗篇。[⑤]	但不会停止作诗篇。

注释:

①《杜臆》认为这首诗是紧接着前一首诗而作，前一首诗是说往园中去，这一首则是自园中归。从杜甫的诗中可看出他的某些生活状况，但如要作十分确定的说明不尽可能。从这一首诗中只能看出是归瀼西住处有感之作，但自何处归来，却很难确定。到菜园中去，似乎不必骑马，也不会因此而有“林中才有地”之叹。瀼西住处，正是他的林中之“地”。诗中所说的“喧卑俗累牵”，可能正是指这次骑马离家外出的原因。诗以《归》为题，不仅指回家，而且指回到诗人能得到安宁恬静，能沉湎于诗境的那个小天地。

② 这两句诗中所说的“天”和“地”，不能简单地理解为自然界的天地，而应理解为诗人感到自由自在的天地，参看注①。

③《庄子·人间世》:“虚室生白，吉祥止止。”《释文》:“崔云:‘白者，日光所照也。’司马云:‘室比喻心，心能空虚，则纯白独生也。’”译诗把诗句中的含意较明显地表达了出来。

④ 阅，《说文》:“阅，具数于门中也”。这里是指一天天度过暮年时光。

⑤ 这句诗是说，在任何情况下，都把作诗看作最重要的事情。

◎ 园官送菜 （并序）[①] （五古）

园官送菜把，本数日阙。矧苦苣、马齿，掩乎嘉蔬。伤小人妒害君子，菜不足道也。比而作诗。

园官送来的成捆蔬菜，棵数一天比一天少了。而且，苦苣菜和马齿苋比好品种的菜还多。这使我想起卑鄙小人嫉妒陷害正人君子的事感到难过，其实菜是不值得一谈的啊。于是就把它当作比喻写成了这首诗。

清晨送菜把，　　清晨，一捆捆蔬菜送来了，

常荷地主恩。[2]	我常这样受到夔州主人的厚恩。
守者愆实数，[3]	管菜园的吏人克减了实际数量，
略有其名存。[4]	只是说起来还是大概那么多捆。
苦苣刺如针，	苦苣长着针一样的刺，
马齿叶亦繁。	马齿苋的叶子也繁乱纷纷。
青青嘉蔬色，	那些油绿碧青的好蔬菜，
埋没在中园。	却在菜园里埋没，看不见踪影。
园吏未足怪，	可也不要怪那管园的吏人，
世事固堪论。	世上的事情倒真该议论议论。
呜呼战伐久，	唉，战乱拖延了这么长久，
荆棘暗长原。[5]	荆棘把辽阔原野遮蔽得阴森森。
乃知苦苣辈，	我如今才知道正是这些苦苣菜，
倾夺蕙草根。	霸占住地盘，不让蕙草生根。
小人塞道路，	卑鄙小人充塞道路，
为态何喧喧。	那态度多么嚣张蛮横。
又如马齿盛，	又如那马齿苋长得旺盛，
气拥葵荏昏。[6]	把葵菜、紫苏遮得暗昏昏。
点染不易虞，[7]	被丑恶的事物玷污可不容易提防，
丝麻杂罗纨。	就像罗绫纨绮里有麻丝掺混。
一经器物内，[8]	篮筐里只要放过一次苦苣菜，
永挂粗刺痕。	就永远留下粗刺的痕迹一根根。
志士采紫芝，[9]	我该学那志向坚定的人去采紫芝，
放歌避戎轩。[10]	纵情歌吟，避开掌兵权的武臣。
畦丁负笼至，[11]	今天我看见园丁背着菜筐到这里，
感动百虑端。	触动心中千百种忧虑，感慨万分。

注释:

① 杜甫在夔州受到夔州都督柏茂林优待的情况从杜甫的一些诗篇中可以略窥一二。这首诗还反映了唐代社会的某些情况。当时有官地，还有官园，管理人员是园官和园吏，听命于地方的军政长官，按时送给杜甫一定量的蔬菜，当然也是出自柏茂林的指令。这种官田的性质究竟如何，当由经济史、社会史家研究。从文学的角度看，这首诗是寓言，主旨是以嘉蔬受苦苣、马齿的排挤比喻君子受小人妒害，同时也反映出杜甫思想深处的苦痛：一方面靠地方军阀的照顾来维持清贫生活，另一方面又深知不该托庇于这样的人，在诗中发出“放歌避戎轩”的心声。这一点可能比诗中的寓言更值得注意。这诗当作于大历二年。

② 地主，指照顾杜甫，为他安排生活的夔州地方当政者，应该是指柏茂林。

③ 愆，音“迁”(qiān)，这里作差错、短少解。

④ 这一句中的“名”与上一句中的“实”相对。名义上虽与原来规定的数量相同，但实际上却少了。

⑤ 荆棘，是实写也是隐喻：一方面是说因战争而田地荒芜，另一方面也是说到处布满残害人民的恶势力。

⑥ 葵，一种蔬菜，今称冬苋菜。荏，一种类似紫苏的植物，今称白苏或苏子，种子可榨油，也可供食用。

⑦ 虞，本义为“度”，即“预料”，引申为“备”“提防”。

⑧ 这句诗在结构上有所省略。因前面有“苦苣刺如针”之句，下一句又说“永挂粗刺痕”，故知省略去的是“苦苣”。

⑨ 紫芝，即灵芝。见第六卷《题李尊师松树障子歌》注⑦。采紫芝，喻类似商山四皓那样的隐士生活。

⑩ 戎轩，本义是兵车，见第十八卷《览柏中丞兼子侄数人除官制词》注⑨。这里借代武官，将帅。

⑪ 畦丁，园丁。笼，指菜筐。

◎ 园人送瓜[1]（五古）

江间虽炎瘴，[2]	这里的江边虽然潮湿炎热，
瓜熟亦不早。	可瓜果成熟也并不算早。
柏公镇夔国，[3]	柏公镇守夔州，
滞务兹一扫。	如今已把拖延的事情一下办好。
食新先战士，	新收的瓜果先给战士们吃，
共少及溪老。[4]	也分少许给我这个溪边野老。
倾筐蒲鸽青，[5]	整筐倒出，全都是蒲鸽青，
满眼颜色好。	满眼看到的颜色都那么美好。
竹竿接嵌窦，[6]	用竹竿一直连接到岩石上的泉眼，
引注来鸟道。	从只通飞鸟的山上把流水引到山脚。
浮沉乱水玉，[7]	瓜浸在水里有沉有浮真像碧玉，
爱惜如芝草。	人们爱惜它，把它当作灵芝草。
落刃嚼冰霜，	一刀切开，嚼它像嚼冰霜，
开怀慰枯槁。[8]	它使我胸怀舒畅，不再觉得枯槁。
许以秋蒂除，[9]	还答应我等秋瓜成熟，
仍看小童抱。[10]	再让童子给我送来满满一抱。
东陵迹芜绝，[11]	东陵侯种瓜的遗迹已埋没荒草，
楚汉休征讨。[12]	楚汉战争早就云散烟消。
园人非故侯，	如今瓜园里种瓜的人不是旧王侯，
种此何草草。[13]	他们把瓜种大可不也费尽辛劳。

注释：

① 这首诗是记柏茂林派种瓜园的人向杜甫送瓜的事。这自然也是对杜甫的优待。柏茂林这个军阀不知究竟为人如何，但他对杜甫的照顾真可谓无微不至。杜甫在夔州不过两

年多，留下的诗作有四百多首，约占现存杜诗三分之一，这创作上的丰收也许应归功于柏茂林吧。诗中表达出的欣慰是真实的，而且最后想到了平凡的种瓜人，尽管他们不像秦亡后种瓜为生的东陵侯那样是贵族出身，但杜甫对他们还是表达了尊敬与感激。这诗当作于大历二年夏日。

② 江间，指夔州江边。炎瘴，不仅指炎热，而且指潮湿。所谓“瘴”实际上是指雾气，由于空气中水分过多才形成。

③ 柏公，指柏茂林。夔国，即夔州，古代这里曾建立过“夔子国”。

④《仇注》引《通鉴·宋文帝纪》：“谢弘微曰：‘分多共少，不至有乏。’”按“共”可通“供”，意思是供给。《左传·隐十一年》：“寡人唯是一二父兄，不能供亿。”注：“供，给；亿，安也。”溪老，瀼溪边的野老，杜甫自称。

⑤ 蒲鸽青，瓜名，瓜皮青绿色，故有下一句诗。

⑥ 嵌，《说文新附》：“山深貌。”“窦”为洞穴。嵌窦，指深山泉水。下一句中的“鸟道”，喻山高，“注”谓流水。

⑦《仇注》把“水玉”解作“水精”（水晶），本郭璞《山海经注》，并引第三卷《与鄠县源大少府宴渼陂》中“瓜嚼水精寒”为证。这里是写瓜浸水中的视觉形象。“乱”是“以假乱真”之乱。说“水玉”是水晶，不如说“水玉”是水中之碧玉。

⑧ 古代人失意时多自称枯槁。由于地位低，生活贫困，容貌自然不会丰腴，故云“枯槁”。慰枯槁，使感到枯槁的人得到些安慰。

⑨ 秋蒂，指秋季成熟的瓜。除，指瓜蒂脱落，意思是瓜熟。

⑩ 小童抱，指小童送瓜来。诗中以“抱”表示携取、运送，不必拘泥为以两手持抱。《仇注》：“抱瓜来送，此园人预订之词”。这样说是对的，但转引邵注：“小童可抱，亦见瓜之大”却近于穿凿。

⑪ 东陵，见第四卷《喜晴》注⑦。

⑫ 楚汉，指秦亡后楚汉之争。这一句和上一句诗是说秦朝灭亡的历史已为陈迹。下一句中的“故侯”，即“东陵侯”。

⑬《诗·小雅·巷伯》：“劳人草草”。草草，意思是辛劳。这句诗是说尽管种瓜人不是没落的王侯，但他们的辛劳还是应该受到关心和尊敬的。

◎ 课伐木（并序）[①]（五古）

课隶人伯夷、辛秀、信行等，入谷斩阴木，人日四根止。维条伊枚[②]，正直挺然。晨征暮返，委积庭内。我有藩篱，是缺是补。载伐篠簜[③]，伊仗支持，则旅次小安。山有虎，知禁。[④]若恃爪牙之利，必昏黑撑突。[⑤]夔人屋壁，列树白菊，[⑥]镘为墙，[⑦]实以竹，示式遏。[⑧]为与虎近，混沦乎无良。[⑨]宾客忧害马之徒，[⑩]苟活为幸，可默息已。作诗示宗武诵。

我交待官奴伯夷、辛秀、信行等到山谷里去砍山北面的树木，每人每日四根算完成任务。要求所砍的树木都是枝干直挺的。早晨出发，傍晚归来，堆积在庭院里。我家的篱笆有缺损时，就用它们来修补。还要砍些箭竹和大毛竹，用它们来作支撑。这样，寄居在这里就能比较安全。山上有虎，知道该有所防备。如果它们倚仗爪牙锐利，就一定会在昏暗夜晚来侵扰。夔州人家的屋壁是排列白菊树干，抹上泥土作墙，又用竹竿填实，来防止虎患。因为住处与虎相近，人们就把虎和作恶的人看成一类东西。宾客们担心受害马的猛虎之类的东西伤害，把苟活在人间当作幸事，这真是令人无话可说而只能叹息了。于是作了这首诗给宗武读。

长夏无所为，	夏天的白昼漫长没事做，
客居课童仆。	在这寄居的地方，我给童仆们分配了一些活。
清晨饭其腹，	清晨让他们把饭吃饱，
持斧入白谷。[⑪]	拿起斧头前往白色的山谷。
青冥层巅后，[⑫]	接连爬过几个山头才看见绿树林，
十里斩阴木。	走了十里山路来砍这山北的树木。
人肩四根已，	每人扛上四根就行，
亭午下山麓。	到了正午就往回走下山麓。
尚闻丁丁声，[⑬]	我好像还听见铮铮伐木声，

功课日各足。	交给他们的任务天天都能做足。
苍皮成委积，	绿皮树干渐渐成了一堆，
素节相照烛。[14]	在它们旁边映照的还有光润的白皮竹。
藉汝跨小篱，[15]	得靠你们超越过低矮的篱笆，
当仗苦虚竹。[16]	还得用上空心苦竹。
空荒咆熊罴，	荒野里熊罴在咆哮，
乳兽待人肉。	吃奶的小兽正在等待吃人肉。
不示知禁情，	不让它们看出已经知道防御，
岂惟干戈哭。	人们岂仅是要为战乱哀哭。
城中贤府主，[17]	城里的府主是一位贤人，
处贵如白屋。[18]	身在富贵中却如平民居住茅屋。
萧萧理体净，[19]	治理地方公正清廉，
蜂虿不敢毒。[20]	野蜂毒虫不敢肆虐施毒。
虎穴连里闾，	这地方猛虎的巢穴和街巷相连，
隄防旧风俗。[21]	提防虎害是多年的旧俗。
泊舟沧江岸，	我的船停泊在江岸旁，
久客慎所触。	长久作客，向来谨慎地待人接物。
舍西崖峤壮，[22]	住屋西面是高峻山崖，
雷雨蔚含蓄。[23]	雷电云雨在那里郁聚蕴蓄。
墙宇资屡修，	墙壁屋顶需要一次次维修，
衰年怯幽独。[24]	寂寞和孤独使老人更加怯懦。
尔曹轻执热，[25]	你们不把炎热放在眼里，
为我忍烦促。	为我忍耐着烦躁、劳苦。
秋光近青岑，	秋天的景色已渐渐在青山上出现，
季月当泛菊。[26]	到九月就该饮菊花酒。
报之以微寒，[27]	等天气凉些我将给你们报答，
共给酒一斛。	你们这几个，一共赏酒一斛。

注释：

① 这也是一首反映田园生活的诗。杜甫在命令仆役们从事劳动时，对他们比较关怀，尊重他们的辛劳，表现出封建社会罕有的尊重劳动人民的态度。这些人被称为“隶人”，大概是柏茂林派来为杜甫服役的官奴。诗中说伐木是为了加固藩篱，以防虎患，这自然是事实，但同时也隐约地以虎比喻危害人民的恶徒。由于怕引起误解，又说明防虎患是夔州的旧俗，同时还对夔州的统治者歌颂了一番，不这样诗人便不能放心。由此可见，寄人篱下的杜甫是如何谨慎小心，朝夕怵惕了。诗的前面有一篇“序”，语言艰涩费解，勉强把它译为现代语。这诗作于大历二年夏日。

②《诗·周南·汝坟》：“伐其条枚”。传：“枝曰条，干曰枚。”“条”“枚”前的“维”和“伊”都是发语词，后面的“正直挺然”才是“条枚”的谓语。

③ 篠簜，音“小荡”（xiǎo dàng）。《书·禹贡》：“篠簜既敷”。郑注：“篠，箭（箭竹，小竹）；簜，大竹也。”

④ 禁，制止，防御。这里是指防御虎患。

⑤ 搪突，又作“搪突”，通常也写作“唐突”，意思是冒犯，侵犯。

⑥ 白菊，一作“白菊”，一作“白桃”，大概是一种小树木。

⑦ 镘，音“曼”（màn），《尔雅·释宫》：“镘谓之杇”，疏：“镘者，泥镘也，一名杇，涂工之作具也。”这里当作动词用，意思是在墙上抹泥。

⑧“式”是语助词。遏，制止，防止。

⑨《文选·江赋》：“或泛潋于潮波，或混沦乎泥沙。”混沦，混杂，搅混在一起。《诗·卫风·鹑之奔奔》：“人之无良，我以为兄。”笺：“人之行无一善者。”盖指恶人。

⑩ 害马之徒，指猛虎及与猛虎相似的恶人。《庄子·徐无鬼》：“牧马小童曰：‘夫为天下者亦奚以异乎牧马者哉，亦去其害马者而已矣。’”疏：“害马者谓分外之事也。”这诗中的“害马”，指“害马者”，而非谓“害群之马。”

⑪ 白谷，见第十八卷《南极》注②。这诗中的白谷是距瀼西十里的一处白色山谷。

⑫ 青冥，指树色，见第六卷《路逢襄阳杨少府入城戏呈杨四员外绾》注③。

⑬ 丁丁，见第一卷《题张氏隐居二首》第一首注②。

⑭《仇注》："苍皮，指木；素节，指竹。"照烛，喻竹之有光泽。

⑮ 跨，超越。《文选·西京赋》："跨谷弥阜"。注："越也。"这句诗是说用所伐之竹木可构筑高于原有小篱的高大的篱笆。

⑯《仇注》引赵注："苦虚竹，谓虚心之苦竹。"

⑰ 贤府主，幕府之主人，也就是当地军政首长。这里是指夔州都督柏茂林。

⑱ 白屋，指贫困人家的住屋。这句诗是说柏茂林生活俭朴。

⑲ 据《仇注》说，"理"当作"治"，因避唐高宗李治讳而改为"理"。

⑳《仇注》："蜂虿，比盗贼。"

㉑ 隄防，与"提防"通。

㉒ 峤，音"乔"（qiáo），高而尖的山。崖峤壮，谓山势高峻。

㉓ 蔚，本义为草木茂盛，这里引申为丰富。

㉔ 按照一般理解，这句诗的意思是老人怕孤寂，但这样的解释与前文连接不起来。这句诗的着重点在说"怯"字，老人因孤寂而更胆小，这样才能与前面的内容相贯串。

㉕ 执热，见第四卷《大云寺赞公房》第四首注⑩。

㉖《仇注》："泛菊，谓酒中泛花。"又引《风俗记》："重阳相会，登山饮菊花酒，谓之登高会，又谓之泛菊。"

㉗ 这一句与下一句紧紧连接，即所谓"十字句"。主要的意思是"报之以酒一斛。"微寒，指时节。

◎ 柴门[①]（五古）

泛舟登瀼西，	乘船泛江在瀼西登岸，
回首望两崖。	回头看山崖雄踞江水两边。

东城干旱天，[2]　　东面的城天气实在干旱，
其气如焚柴。　　像焚烧干柴一样热气冲天。
长影没窈窕，[3]　　长长的崖影在幽深的水面逝去，
余光散谽谺。[4]　　夕阳的余光在空谷中消散。
大江蟠嵌根，[5]　　大江在险峻的山岩下盘曲回环，
归海成一家。　　最后流回大海，那里汇聚着众川。
下冲割坤轴，[6]　　向下冲刷，把地轴割断，
竦壁攒镆铘。[7]　　崖壁耸立像一簇利剑刺天。
萧飒洒秋色，　　凄切的寒风散洒着秋色，
氛昏霾日车。[8]　　昏昏云霾把太阳遮掩。
峡门自此始，[9]　　从这里开始就是三峡的大门，
最窄容浮查。　　最窄的地方只能容木筏浮泛。
禹功翊造化，[10]　　大禹的功业帮助了自然的创造，
疏凿就敧斜。　　依着倾斜的山崖把岩石凿穿。
巴渠决太古，[11]　　巴江、渠江从上古起就这样奔泻，
众水为长蛇。　　千万条水流像长蛇一样蜿蜒。
风烟渺吴蜀，　　风烟渺茫，吴蜀相距多么遥远，
舟楫通盐麻。　　有了船只就能往来运输麻盐。
我今远游子，　　我如今是个远离故乡的游子，
飘转混泥沙。　　像泥沙一样混在水里漂转。
万物附本性，　　世上的万物都离不开它的本性，
约身不愿奢。　　我约束自己，不愿奢侈忘了节俭。
茅栋盖一床，　　茅草屋顶只能遮住一张床，
清池有余花。[12]　　清澈的池水中荷花开满。
浊醪与脱粟，[13]　　只要有些浊酒和糙米，
在眼无咨嗟。[14]　　看见它们我就不会嗟叹。

山荒人民少，	荒凉的山里人民稀少，
地僻日夕佳。	这幽僻地方最美的时光是傍晚。
贫贱固其常，	过贫贱生活本是人的常情，
富贵任生涯。	能不能富贵，得听从生活驱遣。
老于干戈际，	我在兵荒马乱中渐渐老去，
宅幸蓬荜遮。	总算有蓬门荜户把身体遮掩。
石乱上云气，	乱石上面升起了云气，
杉清延日华。⑮	高挺的杉树上日光缓缓收敛。
赏妍又分外，⑯	观赏美丽的风景已是过分的享受，
理惬夫何夸。⑰	情理通达又哪里值得夸赞。
足了垂白年，	能度尽白发垂披的残年也就满足，
敢居高士差。⑱	怎敢希冀和隐居的高士并肩。
书此豁平昔，	写这篇诗把我平日的思绪倾吐，
回首犹暮霞。	回头看时，那晚霞还留在天边。

注释：

① 杜甫定居瀼西后，一天傍晚，从夔州泛江回瀼西，登岸后观赏周围景色有所感触，于是写下了这首诗。可以看出，开始时诗人把自然景色当作观察的对象，对景色的描写也比较客观；后来逐渐联系到自己，把自己的生活和思想状况也当作对象来观察思考了。这时的杜甫已丧失了青壮年时期那种激昂慷慨的热情，而代之以冷静和深沉，但他仍然没有漠视生活，没有对人生采取冷淡的态度，正因为这样，他才能继续写诗，让我们看到生活中的另一种美：恬淡、静谧、质朴。这一类诗的审美价值也是不容忽视的。这诗作于大历二年夏日。

② 东城，指夔州城东一带地方，瀼西在东城更东的地方。

③ 长影，承接第二句诗所说的“望两崖”，可知它是崖影。窈窕，指深邃、幽静的事物，这里是指夹在两崖间的水面。崖影，正是在水面上映现出来的。

④ 余光，指落日余光。“谽谺”音“酣呀”（hān yā），也写作“唅呀”“峆岈”，山谷

口开豁貌，诗中指空阔的山谷。

⑤ 嵌，山深貌，也指高低不平的山。诗中的“嵌根”，是指江边的山根，山脚。

⑥ 坤轴，即地轴，见第二卷《冬日洛城北谒玄元皇帝庙》注⑬。

⑦ 镆铘，通常写作“莫邪”，据《吴越春秋》，干将、莫邪夫妇善铸剑，后人称他们所铸的剑为干将、莫邪。诗中以“镆铘”代表利剑，比喻高耸的崖壁。

⑧ 日车，我国古代神话中把太阳说成是羲和推的车。

⑨ 峡门，三峡之口。三峡的两端在夔州城东，就在瀼西附近。

⑩ 禹功，指大禹开凿山岩，使江水畅流入海的工程。翊，赞助。

⑪ 巴渠，指巴江及渠江。巴江发源于大巴山，上流名南江，东南流会巴水后称巴江，南流至渠县，会渠江，入嘉陵江。

⑫ 余花，足够多的花。池中的花，通常指荷花。

⑬ 脱粟，仅脱去壳的糙米。《晏子春秋》：“晏婴相齐，食脱粟饭。”

⑭ 这句诗与上一句紧紧相连，在眼，指“浊醪与脱粟”。

⑮ 清，在这里用其转义“高”，如“清要”之“清”。因树高，故夕阳余光能留得久些。

⑯ 赏妍，在这里指观赏美景。

⑰“理”指自然之理，也就是自然规律。“理惬”指人不但能了解自然规律，而且在情感上能接受它。

⑱ 高士，指隐居又仕的有才识的人。差，意思是“差等”，指差次等级。《旧唐书·韦思谦传》：“国家班列，自有差等。”敢居高士差，怎么敢自以为处于和高士相差不多的地位。

◎ 槐叶冷淘[①]（五古）

青青高槐叶，	高高的槐树上生满青叶，
采掇付中厨。	把它们采下来送进厨房里。
新面来近市，	从附近的集市上买来新麦面，
汁滓宛相俱。[②]	捣烂槐叶，连渣带汁拌在一起。
入鼎资过熟，	放在锅里煮得烂熟，
加餐愁欲无。	担心它吃完，心里还想多吃些。
碧鲜俱照箸，[③]	碧绿鲜明，照映着筷子，
香饭兼苞芦。[④]	滋味像香米饭就着芦笋吃。
经齿冷于雪，	牙齿咀嚼时觉得比雪还冷，
劝人投比珠。[⑤]	请人吃一顿抵得上用珍珠送礼。
愿随金騕褭，[⑥]	我希望它能和金鞍宝马一起，
走置锦屠苏。[⑦]	带到锦殿前献给皇帝。
路远思恐泥，[⑧]	路这样远，我的想法怕不能实现，
兴深终不渝。	但我始终不渝，深愿如此。
献芹则小小，[⑨]	献上它就像献上野芹十分卑微，
荐藻明区区。	向皇上奉献，表明我小小的心意。
万里露寒殿，[⑩]	在万里外的露寒殿里，
开冰清玉壶。[⑪]	正从清凉的玉壶中把冰块拿出。
君王纳凉晚，	当皇帝乘凉到深夜还没睡。
此味亦时须。	送上这槐叶冷淘也许正合时。

注释：

①“槐叶冷淘”是一种凉食，有人认为是冷面一类食品，只是在面粉中和有槐叶；但从诗中的描述来看，它要“入鼎”烧得“过熟”，与冷面的制作过程大不相同，无法确

定它是怎样一种食品。把一种特殊风味的食品当作诗的题材，而且一心想把它献给皇帝，以此表示对皇帝的眷恋和忠心，今天在我们看来无论如何会觉得可笑，但这也正鲜明地反映出了杜甫身上的书呆子气，而在当时，书呆子气与诗人气质是并不矛盾的。这诗作于大历二年夏。

②“宛”字，表示感受的真切。《诗·秦风·蒹葭》中“宛在水中央”的“宛”字也正是这样用，译诗中未写出。

③《仇注》：“碧鲜句，言色佳；香饭句，比味美。”这解释是对的。前一句没有什么问题，后一句旧注说法不一。

④“苞芦”指何物，诸说不同。《仇注》引蔡梦弼曰：“苞芦，芦笋也。”又引卢注：“芦荻之属，甲而未拆曰苞，公《出峡》诗‘泥笋初苞荻’（见第二十一卷《大历三年春白帝城放船出瞿唐峡》）可证。”译诗用蔡、卢之说。关于“芦笋”，参看第十五卷《客堂》注⑧。

⑤ 投比珠，意思就是“比投珠。”投，投赠。劝人，即劝人食用。

⑥ 金騕褭，见第四卷《天育骠图歌》注⑩。

⑦ 屠苏，建筑物名。萧子云《雪赋》：“韬罘罳之飞栋，没屠苏之高影。”又据服虔《风俗文》：“屋平曰廜苏”。“屠苏”即“廜苏”。这里是指皇帝的宫殿。

⑧ 泥，读去声。《论语·子张》：“致远恐泥。”注：“泥难不通。”这里指遇到阻碍不能达到目的。

⑨ 献芹，与“曝芹之献”相同。见第十八卷《赤甲》注③。

⑩ 露寒殿，见第十卷《入奏行赠西山检察使窦侍御》注③。

⑪ 古诗中常以“玉壶冰”比喻人格之高尚，但这里是用其本义，说的是帝王夏季消暑的生活。

◎ 上后园山脚[①]（五古）

朱夏热所婴，[②]	夏季被炎热包围得紧紧，
清旭步北林。	在朝阳下我散步到舍北的丛林。
小园背高冈，	小园的背后是高冈，
挽葛上崎崟。[③]	我攀着葛藤爬上高低不平的山顶。
旷望延驻目，	眼睛盯住远方久久眺望，
飘飖散疏襟。	迎着风解开我的衣襟。
潜鳞恨水壮，	潜游的鱼类怨恨水势太猛，
去翼依云深。[④]	向远处飞的鸟群紧紧贴着浓云。
勿谓地无疆，	别说大地广阔没有边际，
劣于山有阴。[⑤]	可惜有山峰向它投下阴影。
石榞遍天下，[⑥]	靠石榞充饥的流民遍布天下，
水陆兼浮沉。[⑦]	到处漂泊，水上陆上一样沉浮不定。
自我登陇首，[⑧]	自从我登上了陇首山，
十年经碧岑。	十年来走过多少绿色山岭。
剑门来巫峡，	又经过剑门关来到这巫峡边，
薄倚浩至今。[⑨]	生活长久窘困，一直挨到现今。
故园暗戎马，	故乡兵荒马乱，一片黑暗，
骨肉失追寻。	兄弟姊妹失散没法找寻。
时危无消息，	时势艰危，得不到他们一点消息，
老去多归心。	年纪渐渐衰老，常怀着归心。
志士惜白日，	志向远大的人爱惜光阴，
久客藉黄金。[⑩]	而我却作客长久，浪费时日简直像糟蹋黄金。
敢为苏门啸，[⑪]	我哪里敢学孙登那样在苏门长啸，

庶作梁父吟。[12]　　只能像未出草庐的诸葛亮那样把《梁父》诵吟。

注释:

① 这首诗是杜甫于清晨散步到后园山麓时，抚今追昔，慨而有作。由于时世混乱，杜甫遭多不幸，不论国事家事，都不能有所作为，白白把时间和生命浪费。这也正是杜甫所感受到的最大痛苦。这诗是大历二年夏在瀼西时所作。

② 朱夏，即夏季。《吕氏春秋·有始》:“西南曰朱天。”注:“西南，火之季也，为少阳，故曰朱天。”又《礼·月令》:“孟夏之月，天子衣朱衣。”盖古天子服色顺时而异，夏日尚朱。《尔雅·释天》:“夏为朱明。”因此，可称夏季为“朱夏”。

③ 山不平曰“崎崟”。崟，音“银”(yín)。

④“潜鳞”“去翼”，以鱼鸟比喻乱世人民的行旅往来。

⑤ 地无疆，喻人生道路宽广。山有阴，山的阴影，喻人生中的阴暗面。这两句诗是说尽管土地宽广，但由于有山的阴影，因而环境变得恶劣了。

⑥ 石榞，张远改作“石原”。《仇注》引张远注:“《尸子》:莒国有石焦原者，广五十步，临百仞之溪，莒国莫敢近也。有以勇见莒子者，却行齐踵焉。此诗借比世路之险窄也。”《仇注》又引沈括云:“石榞，木名，子如芎䓖，其皮可御饥。”石榞遍天下，喻饥民遍天下。译诗据沈括之说。

⑦ 水陆兼浮沉，谓饥民生活困苦，漂泊不定。

⑧ 陇首，即“陇首山”，又名陇坂，龙坻。这句诗是指杜甫于乾元二年(759年)秋西行到秦州的事。从那时到大历二年(767年)夏，进入第九个年头。下一句中的“十年”是约数。

⑨ 薄倚，一作“倚薄”，见第十八卷《西阁曝日》注⑤。这句诗里指生活窘困。浩，指时日之旷远、长久。

⑩ 藉，用其“践踏”义。《汉书·灌夫传》:“而人皆藉吾弟”。这句诗中的“黄金”，比喻时间。古代常以黄金比喻光阴之可贵。这句诗与上一句诗的内容恰恰相反，从而表达内心之痛苦。《仇注》引古诗“徒有万里志，欲行囊无金。”与这诗里的意思不合。

⑪《晋书·阮籍传》:“阮籍常登苏门山，遇孙登，与商略终古及栖神导气之术，登皆不应，籍因长啸而退，至半岭，闻有声若鸾凤之音响乎岩谷，乃登之啸也。”苏门，山名，在今河南省辉县西北，又称苏岭及百门山。魏晋间，隐士孙登曾居于此。这句诗是表示已知道不可能回到中原地区去隐居。

⑫ 诸葛亮居隆中时，常作《梁父吟》。这句诗是说只能在寄居的山中吟诗度日。《梁父吟》，借代伤时慨世的诗篇。

◎ 季夏送乡弟韶陪黄门从叔朝谒[①]（七律）

令弟尚为苍水使，[②]	我的弟弟如今还在做开江使，
名家莫出杜陵人。[③]	著名人家比不上杜陵咱们这家庭。
比来相国兼安蜀，	近来杜相国兼职镇抚蜀境，
归赴朝廷已入秦。[④]	他回朝廷去，已将进入三秦。
舍舟策马论兵地，[⑤]	他下船乘马在险要的路上驰驱，
拖玉腰金报主身。[⑥]	他悬挂玉珮，腰悬金印，是为皇上效忠的大臣。
莫度清秋吟蟋蟀，[⑦]	您别在途中度过秋天听蟋蟀哀吟，
早闻黄阁画麒麟。[⑧]	希望早日听说，麒麟阁里画上相国的图像。

注释:

① 乡弟韶，指杜甫族弟杜韶，因血统关系较疏远，只是由于都住在杜陵而仍算是一家人，故称之为“乡弟”。黄门从叔，指杜鸿渐，他是杜甫的族叔，于大历元年二月以黄门侍郎同平章事的身份镇蜀，诗中的“相国”“黄阁”都是指杜鸿渐。大历二年六月，杜鸿渐还朝，杜韶随行。杜甫写这诗为杜韶送行，并向杜鸿渐致意。杜鸿渐与杜甫虽然是叔侄关系，但并无往来，所以诗中只说了一般颂扬的话，没有值得注意的地方。

② 苍水使，见第十八卷《荆南兵马使太常赵公大食刀歌》注⑫。用在这诗里与那神话故事无关，只是借用这个名称来美称杜韶所任开江使之职。诗句下有原注："韶比兼开江使，通成都外江下峡舟船。"看来这是负责整顿水上交通的官员。

③ 杜甫老家在长安城南的杜陵。见第二卷《投简咸华两县诸子》注③，杜陵为杜氏聚居处，多出显贵，有"城南韦杜，去天尺五"之俗语。

④"已"在古汉语中有多种含义，不像现代汉语中之只作"已经"解。这里用如"旋即"。如《史记·夏本纪》："召汤而囚之夏台，已而释之。"已入秦，在这里指已将入秦。

⑤"论兵"通常是指议论军事，这里的"论兵地"，当指形势险峻的地带，兵家必争之地，指秦岭山区。

⑥ 这句诗是说杜鸿渐地位尊贵，是朝廷重臣。

⑦《仇注》："韶行在六月，嘱其勿逗留中途而听蟋蟀秋吟。"《九家注》赵云："阮籍咏怀诗云：'开秋兆凉气，蟋蟀鸣床帷，感物怀殷忧，悄悄令心悲'。此为吟蟋蟀也"。这诗中用"吟蟋蟀"，是勉杜韶不要在途中耽搁，感物殷忧，而要尽快回朝去处理国事。

⑧ 杜鸿渐任黄门侍郎，故称他为"黄阁"，"黄阁"是"黄阁老"的简称。按门下省曾称黄门省，黄门侍郎是门下省次官。麒麟，指汉代的麒麟阁，汉宣帝绘功臣像处。参看第二卷《前出塞九首》第三首注②。这句诗是预祝杜韶佐杜鸿渐建立功勋。

◎ 滟滪[①]（七律）

滟滪既没孤根深，	滟滪堆被江水淹没了，山根在水下藏得深深，
西来水多愁太阴。[②]	西面流来的水太多，阴气太重真令人担心。
江天漠漠鸟双去，	江水茫茫接天，一对小鸟向远方飞去，
风雨时时龙一吟。[③]	时时刮风下雨，好像还听得见龙吟。
舟人渔子歌回首，	船工、渔民一边唱歌一边回头看，

估客胡商泪满襟。④	贩货的客人和胡商泪水流满衣襟。
寄语舟航恶年少，	请传个话给那些船上的恶少年，
休翻盐井掷黄金。⑤	别想靠贩盐的暴利一掷千金。

注释：

① 滟滪，已见第十四卷《长江》第一首注⑥。还可参看第十五卷《滟滪堆》一诗。这首诗写长江暴涨水势盛大的景象，表现出忧虑的心情，并戒经商少年勿为图暴利而冒险。黄鹤据《旧唐书》大历二年有五十五州奏闻水灾的事，订此诗作于大历二年夏。

② 太阴，《九家注》："言阴气太盛。"

③ 江天、风雨，写江上涨水和阴雨时的景象。双鸟因江上水势太盛而离去，这是实写；潜龙因风雨和涨水而高兴地啸吟，这是想象的情景。

④ 舟人、渔子惯于行舟，过了险滩后轻松地回顾而歌，估客（汉人商贾）与胡商则因过险滩生命可危而哭泣。

⑤ 恶年少，因年轻人举止轻浮鲁莽，不尊重长者，故称之为"恶年少"，并不一定对这些青年人怀有很大恶意。翻，是"翻番""成倍增加"的意思。掷黄金，意思与"一掷千金"相似，指挥霍浪费无度。翻盐井，指靠经营盐井，贩卖食盐谋取暴利。

◎ 七月一日题终明府水楼二首①（七律）

高栋曾轩已自凉，	重重轩窗的高楼上已经够凉爽，
秋风此日洒衣裳。	今天秋风又吹拂着人们的衣裳。
翛然欲下阴山雪，②	感到寒嗖嗖，好像将从阴山上吹来雪片，
不去非无汉署香。③	我不想离开这里，并非缺少尚书省发的鸡舌香。
绝壁过云开锦绣，	彩云飘过崖壁像展开一幅幅锦绣，

疏松夹水奏笙簧。[④]	松树稀疏地排列在江两岸，风吹过时松涛声像吹奏笙簧。
看君宜著王乔履，[⑤]	我看您该穿上王乔那样的仙履，
真赐还疑出尚方。[⑥]	您将得到正式任命，那仙履将由尚方署给您送上。

注释：

① 七月一日，按照杜诗纪月日者必为节气的常规，这一天应为大历二年立秋，据旧本诗后原注："终明府，功曹也，兼摄奉节令。"奉节县为夔州属县，唐代奉节县城在今奉节县东北。诗中盛赞水楼风景之美和终明府的品德高洁。

② 翛，音"消"（xiāo），本为无拘碍貌；这里是用为"倏"的同义词，翛然，疾速貌。欲下阴山雪，是比喻，意思是说天气将转冷。

③ 汉署，借代唐代的尚书省。按古代的规矩，尚书郎奏事答对时口中含鸡舌香。这句诗是说杜甫身为工部员外郎，可以回朝在尚书省供职，他之所以没有回朝是由于其他原因。

④ 五、六两句写终明府水楼环境之美。

⑤ 王乔履，见第三卷《桥陵诗》注㉙。王乔为叶县令，故以王乔比喻终明府。

⑥ 真赐，又称"真除"，指代理职务的官员受到正式任命。尚方，汉朝少府属官之一，主管制作御用器物。唐代称为"尚署"。译诗中写成"尚方署。"

◎ 其二（七律）

虑子弹琴邑宰日，[①]	您像虑子贱做单父县令靠鸣琴而治，
终军弃繻英妙时。[②]	像终军，少年时代就立下大志。
承家节操尚不泯，[③]	从先辈继承来的品德至今未泯灭，
为政风流今在兹。[④]	施教化民的遗风如今又在这显示。

可怜宾客尽倾盖，[5] 在这里停车倾盖的贵宾都令人艳羡，
何处老翁来赋诗。[6] 我这老翁不知来历只能作诗。
楚江巫峡半云雨， 楚江巫峡有一半被云雨笼罩，
清簟疏帘看弈棋。[7] 坐在清凉的竹席上，挨着稀疏的竹帘看人下棋。

注释：

① 虙子贱常写作宓子贱，“虙”音“伏”（fú）。见第十二卷《赠裴南部》注③。终明府是县令，因而以这位春秋时代的著名县令来作比。

② 据《汉书》，终军于十八岁时被选为博士弟子，步行入函谷关，关吏给他“军繻”，以便回程验此“军繻”放行。终军弃“繻”而去，因为他自信能得到官职。后果为“谒者（秦汉时代的官职名称，唐代称通事舍人。）”，拿了皇帝赐给他的节杖出关。这诗里以终军比终明府，因为两人同姓。

③ 这句诗顶“终军”句，赞终明府能继承终军之品德。

④ 这句诗顶“虙子”句，赞终明府能发扬宓子贱为政的遗风。

⑤ 倾盖，谓“倾车盖”，宾客停车之状。凡“倾盖”者，都是乘车来的贵客。这句诗是赞美宾客。古语有“白头如新，倾盖如故”的说法，“倾盖”指新交的朋友，与这里的用法不合。

⑥ 老翁，杜甫自称。说“何处老翁”，是说自己衣着如平民，客人们都不认识，不知其来历。

⑦ 末句略写宾客们在终明府水楼从事娱乐活动的情景，以一斑概全貌。

◎ 行官张望补稻畦水归[1]（五古）

东屯大江北， 东屯在大江北岸，
百顷平若案。 一百顷田地，平平整整像桌面。

六月青稻多，	六月里，青青的稻禾长得繁盛，
千畦碧泉乱。	成千块田畦里，绿苗和水光错乱。
插秧适云已，	秧禾刚刚插完，
引溜加溉灌。[②]	要引流水来浇灌。
更仆往方塘，[③]	派遣仆役轮番去方塘，
决渠当断岸。[④]	去挖一道水渠还要掘断堤岸。
公私各地著，[⑤]	公私田地都得有水流过，
浸润无天旱。	土地被浸润，不再愁天旱。
主守问家臣，[⑥]	问问主管田地的家臣，
分明见溪畔。[⑦]	他说在那溪边，明明白白能看见。
芊芊炯翠羽，[⑧]	茂盛的秧苗像翠羽一般光艳，
剡剡生银汉。[⑨]	又像银河一样发出光亮闪闪。
鸥鸟镜里来，	鸥鸟飞过水田，像从明镜上飞过，
关山雪边看。[⑩]	看近旁的关山像矗立在积雪边。
秋菰成黑米，[⑪]	到秋天黑色的菰米成熟，
精凿传白粲。[⑫]	将送来舂熟的白米光灿灿。
玉粒足晨炊，[⑬]	白玉一般的米粒已足够早晨烧饭，
红鲜任霞散。[⑭]	那朝霞一样的红碎米就任它飘散。
终然添旅食，	终于使我旅居异地能增添些食粮，
作苦期壮观。[⑮]	辛苦劳动就盼八月的收获堆成山。
遗穗及众多，	散失的稻穗就让大家去拾拣，
我仓戒滋漫。[⑯]	该儆戒自己，别让粮食堆得太满。

注释：

① 唐代有屯田的制度，夔州的东屯是属于官府的屯田。东屯，位于长江北岸，在西瀼水与东瀼水之间。据说是前汉末公孙述屯田之所，土地面积号称百顷。杜甫受夔州都督

柏茂林之托经管这一片公田。东屯也有一些土地，其出产归由耕种的农民和管理者自种自收，因而杜甫能收到一些粮食，借以维持家庭生活。具体情况究竟如何，很难考查。行官张望，是受命于杜甫具体负责管理东屯田地耕作的人。“行官”这一名称，大概是唐代口语，不是政府官员，而是对吏役的一种称呼。这首诗反映了杜甫居住在东屯督促照管田地的情况，表现出期待丰收的欣悦之情以及关心穷苦百姓的仁者之心。这首诗作于大历二年。

②“引溜”的“溜”，读去声，指急速的水流。

③ 更仆，旧注多认为是指轮番劳动的仆役。译诗暂从旧说。汉代有所谓“更赋”，如《汉书·昭帝纪》：“三年以前逋更赋，未入者皆勿收。”那是一种代替徭役的赋税，服徭役称为“更”。服兵役的人中有所谓“更卒”，“一月一更”。则这诗中的“更仆”，也可能是指轮番服徭役的人。这一点颇值得注意。方塘，四方形的池塘，为了灌溉而挖掘的水塘。

④“决渠”的“决”，《说文》：“决，行流也”，也就是开渠引水。断岸，把堤岸掘开一个缺口。

⑤“地著”的本义已见第十六卷《往在》注㊲。但这里不是当作一个合成词来用的，著，是指渠水到达，“地”是“著”的宾语，提前置于动词前，“公私”“各”，俱为“地”的定语。

⑥“主守”“家臣”指谁，旧注有种种解释。其实，“主守”与“家臣”应都是指行官张望。下一篇诗中有“尚恐主守疏”之语，那里的“主守”明显是指张望。可为证据。“主守问家臣”的语序从“问主守家臣”转变而成，意思是问主管耕种的家臣。所问的内容略去，不外是问“补稻田水”的情况。

⑦ 从这句起的三句诗都是张望回答的话。“溪畔”是地点，即瀼溪之畔，下面两句说到的“翠羽”“银汉”都是比喻位于溪畔的水稻田。

⑧ 芊芊，据王念孙《广雅疏证》，“此谓草木之盛也。”翠羽，喻稻畦中的绿色秧苗，说的是稻禾长得壮盛。

⑨《仇注》引《玉藻》注：“剡剡，起貌”；又引《说文》：“剡，锐利貌。”均与诗中用法不合。当引《离骚》：“皇剡剡其扬灵兮”，剡剡，作发光解。这句诗是说稻田里水已灌足。

⑩“关山”句，旧注多误，应与前一句的用意相同。由于稻田中积水发光，故前一句把它比喻为“镜”，而这一句则比喻为“雪”。这两句诗是就行官张望的回答所作的想象。

⑪ 菰米，见第十七卷《秋兴八首》（第七首）注③。菰米产量极低，不若稻米之丰产。这里用来衬托下一句所说的白色稻米。

⑫ 精凿，原指舂糙米使之精白的工艺，后借来指精白米。《仇注》引《左传》注：“凿，谓治米使白，本作‘糳’。凡舂米，一石得三斗为精，得四为凿。”

⑬ 晨炊，煮饭。疑唐人早晨煮饭供一日之食，故往往以“晨炊”来代表煮饭。第七卷《石壕吏》也有“犹得备晨炊”的说法。

⑭《仇注》引鲜于注：“江浙人谓红米曰红鲜。”又引李百药诗：“羽觞倾绿蚁，落日照红鲜。”《仇注》又说“黑白红鲜，皆畦中所收者。玉粒自食，而红稻霞散，此即遗穗也。”

⑮《尔雅·释天》“八月为壮”。观，当读去声，指高台。壮观，指八月里收获的稻堆成高山。

⑯ 滋漫，《左传·隐元年》：“无使滋蔓。”本义是滋生、蔓延，后引申为增加，扩大。

◎ 秋行官张望督促东渚耗稻向毕清晨遣女奴阿稽竖子阿段往问[①]（五古）

东渚雨今足，	如今东渚的雨水已经足够，
伫闻粳稻香。	我在等待着闻嗅粳稻的清香。
上天无偏颇，[②]	老天爷可一点也不偏心，
蒲稗各自长。	也让野蒲稗草各自繁生滋长。
人情见非类，	依人看来它们不是稻谷的同类，
田家戒其荒。	种田人得防止它们把田地长荒。
功夫竟搰搰，[③]	大家争着出力劳动，

除草置岸旁。	除去杂草，把它们放在岸旁。
谷者命之本，	人的生命要依靠稻谷，
客居安可忘。	我虽客居异乡也不能把这遗忘。
青春具所务，	早已趁春天把一切该做的事准备好，
勤垦免乱常。	勤耕勤种，要提防误事失常。
吴牛力容易，④	水牛力大又听话，
并驱纷游场。⑤	驾起一对对水牛在地里纷纷奔忙。
丰苗亦已穊，⑥	茂盛的禾苗密密地生长，
云水照方塘。	天上的云彩映入水面平静的方塘。
有生固蔓延，	只要有什么生出来就会滋长蔓延，
静一资堤防。⑦	为了单独让稻禾生长就得提防。
督领不无人，	不是没有人负责督促管理，
提携颇在纲。	他能把最要紧的事情抓在手上。
荆扬风土暖，⑧	荆州地方天气温暖，
肃肃候微霜。⑨	不久之后就要降微霜。
尚恐主守疏，⑩	我还是担心管田的人疏忽，
用心未甚臧。	怕他想得不很完善周详。
清朝遣婢仆，	清早我派遣婢女和仆役前往，
寄语逾崇冈。	去送个口信，越过高山冈。
西成聚必散，⑪	秋天的收成聚集了总还要分散，
不独陵我仓。	不能只堆高我一家的粮仓。
岂要仁里誉，⑫	我哪里是想得对邻里仁爱的美名，
感此乱世忙。	只是感到世事纷乱动荡。
北风吹蒹葭，	北风吹过芦苇荡，
蟋蟀近中堂。⑬	蟋蟀的鸣叫声已渐渐靠近卧房。
荏苒百工休，⑭	一天天过去，各种劳动都要停止了，
郁纡迟暮伤。	我心里郁结着生命暮年的感伤。

注释:

① 东渚，即东屯，因为东屯在西瀼溪东面，故也可称东渚。耗稻，是指稻田除草，现代汉语中有称“薅（音‘蒿’hāo）草”的，“薅”与“耗”音近，意思也有关联。杜甫对稻田的管理工作不很放心，派一奴一婢清早前往探望，向在那里督促收获的行官张望传达他的指示。这首诗反映了杜甫管理东屯生产的情况和他的思想活动，为大历二年秋日作。

② 这句诗是说，天对一切生物都是同样的，稻禾和杂草，在天看来都是生命，都乐意让它们成长。诗中用这来对比人类根据自己的需要对生物的选择。下一句中的“蒲稗”，杂草名。

③《庄子·天地》:“搰搰然用力甚多而见功寡。”后世也就常以“搰搰”来表示用力的样子。

④ 吴牛，即水牛。《世说·言语》:“满奋畏风，在晋武帝坐，北窗作琉璃屏，实密似疏，奋有难色，帝笑之，奋答曰:‘臣犹吴牛，望月而喘’。”注:“今之水牛唯生江淮间，故谓之吴牛也。”容易，指役使水牛很方便，省劳力。

⑤ 并驱，我国古代农业早就盛行两牛并行共挽一犁的“偶耕法”，可使犁头入土较深。游场，到处行走的意思。

⑥ 概，或作“溉”。《仇注》引《汉书》:“深耕概种。”注:“概，稠也。”即今所谓“密植。”

⑦ 据《说文》，静，审也。静一，仔细观察，求其单一。在这里就是说只留下稻禾而除去其他一切杂草。

⑧ 荆扬，偏义复词，专指荆州。夔州在唐代属荆州大都督府管辖。

⑨ 肃肃，急速貌。这里是说时间迅速逝去。

⑩ 主守，指行官张望。

⑪《书·尧典》:“平秩西成。”孔颖达疏:“秋位在西，于时万物成熟。”西成，指秋天的收成。

⑫《论语·里仁》:“里仁为美。”梁昭明太子萧统诗:“筑室非道旁，置宅归仁里。”这句诗是说不是有意对邻里仁爱以求美誉。

⑬《诗·豳风·七月》："十月蟋蟀入我床下。"

⑭ 荏苒，时间渐渐消逝。《文选·励志诗》："日欤月欤，荏苒代谢。"百工，泛指各种劳动。

◎ 阻雨不得归瀼西甘林[①]（五古）

三伏适已过，[②]	才过了三伏天，
骄阳化为霖。	骄阳高照的日子又变成细雨纷纷。
欲归瀼西宅，	想回到瀼西的住宅，
阻此江浦深。	深深的江水阻碍了我的行程。
坏舟百板坼，	船已破旧，多少块木板裂开，
峻岸复万寻。[③]	峻峭的江岸又高达万寻。
篙工初一弃，[④]	当初船工决心停止渡江，
恐泥劳寸心。[⑤]	就是怕半路上耽搁叫我烦心。
伫立东城隅，[⑥]	我在东城角上久久站立，
怅望高飞禽。	惆怅地眺望高空的飞禽。
草堂乱玄圃，[⑦]	在我的心中，草堂就是玄圃仙境，
不隔昆仑岑。	虽然它并不隔着昆仑峰顶。
昏浑衣裳外，[⑧]	如今它昏昏茫茫，就在我的身外，
旷绝同层阴。[⑨]	又远远和我隔绝，溶入层层阴云。
园甘长成时，	等到那园里的柑子成熟时，
三寸如黄金。	三寸大小，颜色像黄金。
诸侯旧上计，[⑩]	按照州府原来记在账册的数字，
厥贡倾千林。	这里进贡的柑橘要采尽成千座橘林。

邦人不足重，[11]	本地人民并不把它们看重，
所迫豪吏侵。	有了它们反受贪暴官吏的逼迫侵凌。
客居暂封殖，[12]	我寄居在这里暂时来培育管理，
日夜偶瑶琴。[13]	日夜听见风吹树叶声像伴着瑶琴。
虚徐五株态，[14]	想起那一排排柑树舒徐的姿态，
侧塞烦胸襟。[15]	就感到烦恼郁塞在我的胸襟。
安得辍雨足，	怎样才能叫不断降落的雨快停，
杖藜出岖嵚。[16]	让我扶着藜杖走上崎岖的山岭。
条流数翠实，[17]	顺着一根根枝条去数翠绿的果实，
偃息归碧浔。[18]	再躺下休息，回到碧水之滨。
拂拭乌皮几，	把乌皮躺椅揩拭干净，
喜闻樵牧音。	欣喜地倾听樵夫牧童的歌声。
令儿快搔背，	背上痒，叫儿子替我抓挠个痛快，
脱我头上簪。	去掉头上的发簪，散开发鬓。

注释：

① 杜甫到夔州城里去，遇到大雨，江水暴涨不能回到瀼西，在城头上遥看住处，怀念在柑林旁居住的安闲生活，有感而作此诗。“甘”通“柑”。据南宋陆游的记载和近代人的记述，瀼西早已在夔州市区范围内，但唐代的瀼西阴雨之日，交通却很不便。“阻此江浦深”，“峻岸复万寻”，瀼西草堂渺若天涯。因诗中说“三伏适已过”，故知是大历二年七月作。

② 三伏，我国古代认为是一年中最炎热的日子。共约三十日。夏至后第一个“庚日”起的十天为“初伏”，第二个“庚日”起的十天为“中伏”，立秋后第一个“庚日”起的十日为“末伏”。“三伏”刚过的时间大概在阴历七月。

③ 万寻，约八千尺。诗中以此夸张地形容江岸高峻。

④ 一弃，指放弃渡江之行。

⑤ 泥，见本卷《槐叶冷淘》注⑧。

⑥ 东城隅，指夔州城的东门城角。

⑦ 玄圃，见第十五卷《夔州歌》第十首注①。乱，在这里用如“以假乱真”的“乱”。这是说瀼西草堂之生活，如在仙境；瀼西草堂之遥不可及，也如在仙境，故以“玄圃”相比。下一句“不隔昆仑岑”是补足这一句诗的含意。

⑧ 衣裳，这里指自己身上穿的衣裳，借代诗人自己。

⑨ 旷绝，远远隔绝。同层阴，与重重阴云混同一起。这句和上一句诗是说看不见瀼西草堂，只见满天阴云。

⑩ 诸侯，指治理州郡的长官。计，计簿。《左传·昭二十五年》：“计于季氏”：“送计簿于季氏。”《汉书·武帝纪》“计者，上计簿使也，郡国每岁遣诣京师上之。”计簿，即今之账册。在这里“上计”指账册上的记载。

⑪ 不足重，不把它（指柑园）看重。正因为这样，才归于杜甫的手中。下一句诗是说不看重柑园的原因：有了柑园反会受豪吏掠夺侵扰。

⑫ 封殖，意思就是培植。《左传·昭二年》：“敢不封殖此树以无忘《角弓》。”注：“封，厚也；殖，长也。”

⑬《仇注》引蔡梦弼曰：“偶瑶琴，谓听其风韵，若鼓瑶琴焉。”偶，伴。瑶琴，以琼瑶装饰的五弦或七弦琴。

⑭ 虚徐，舒徐。《尔雅·释训》：“其虚其徐，威仪容止也。”郝懿行义疏：“《诗·北风》作‘其虚其邪’，正义引孙炎曰：‘虚徐，威仪谦退也。’然则‘虚徐’犹‘舒徐。’”“五株”的“五”通“伍”，意思是“参伍”，五株，指柑树聚生。

⑮ 侧，近也，伏也。《仪礼·公食大夫礼》：“侧其故处”。《淮南子·原道》：“侧谿谷之间。”侧塞，即“充塞”，这句诗是说，由于天雨，不能回瀼西，心中惦记着柑林，感到烦闷。

⑯ 岖嵚，多写作“崎嵚”，山势高峻、不平。

⑰“条流”的“流”，当作“求”字解。《诗·周南·关雎》：“左右流之”。条流，指顺着枝条寻求。

⑱“偃”与“息”同义，“偃”也可解释为“倒”“卧下”。浔，水边。《淮南子·原道》：“游于江浔海裔。”

◎ 又上后园山脚[1]（五古）

昔我游山东，[2]	当年我到山东旅行，
忆戏东岳阳。[3]	记得曾在东岳南面游逛。
穷秋立日观，[4]	秋季将尽时站在日观峰上，
矫首望八荒。	抬头遥望四面八方。
朱崖著毫发，[5]	遥远的珠崖岛微细得像毫发，
碧海吹衣裳。[6]	碧海上卷起的狂风吹动衣裳。
蓐收困用事，[7]	孟秋之神蓐收已困惫不堪，
玄冥蔚强梁。[8]	孟冬之神玄冥正显得强壮。
逝水自朝宗，[9]	逝去的流水永远奔向大海，
镇石各其方。[10]	每个州的镇山守着它自己那片地方。
平原独憔悴，	唯有广阔平原显得那么憔悴，
农力废耕桑。	务农的劳力不再耕田种桑。
非关风露凋，	不是因为风霜寒露的凋残，
曾是戍役伤。	而是由于服役戍边受了损伤。
于时国用富，	那时国家的财力富足，
足以守边疆。	足能守卫住四方边疆。
朝廷任猛将，	朝廷任用猛勇的大将，
远夺戎马场。	在遥远的战场上争夺较量。
到今事反覆，	到如今事情完全颠倒变样，

故老泪万行。	经历过往事的老人眼泪不断流淌。
龟蒙不可见，[11]	在这里看不见龟山和蒙山，
况乃怀故乡。	更何况我心里还在怀念故乡。
肺萎属久战，	我肺气衰萎，肢体长久颤抖，
骨出热中肠。	瘦得看见骨头，内热煎熬肝肠。
忧来杖匣剑，	烦忧时把匣里的宝剑拿在手中，
更上林北冈。	又一次走上丛林北面的山冈。
瘴毒猿鸟落，[12]	瘴疠毒气熏得猿鸟跌落，
峡干南日黄。	峡里闹旱灾，南方的日色惨黄。
秋风亦已起，	如今又已经刮起秋风，
江汉始如汤。[13]	江上开始像水沸一样波涛激荡。
登高欲有往，	我登高远眺时就想离开这地方，
荡析川无梁。[14]	可是急流已冲毁了河川上的桥梁。
哀彼远征人，	可怜那些到远方作战的人们，
去家死路旁。	离开家乡死在道路旁。
不及祖父茔，	不能埋葬在祖辈父辈的茔地上，
累累冢相当。[15]	看这里累累坟墓，一个个相互依傍。

注释：

① 本卷有过一首《上后园山脚》，这是在同一处地方又一次攀登远眺时所写的诗，故题中说“又上”。前诗作于大历二年盛夏，这一首则作于同年秋季。这一首诗的内容是回忆青年时代在山东登泰山的游踪，并以当年国家的强盛和今日的衰颓对比，抒发了自己的苦痛和对被征从军者的同情，主旨在谴责不义的战争。

② 杜甫诗中的“山东”多指华山以东，但这里所说的山东和今天山东省的范围大致相当，指太行山以东。

③ 东岳，东岳泰山。阳，山的南面。

④ 日观峰，泰山的主峰。

⑤ 朱崖，即“珠崖”，汉代置珠崖郡，即今海南岛地方。

⑥ 碧海，专名，道家传说的东海外的海。《十洲记》：“东有碧海，广狭浩汗与东海等，水不咸苦，正作碧色。”“朱崖”“碧海”均非目力所及，诗中这样写是喻神游之远，以示青年时代之豪情。

⑦ 蓐，音“入”（rù）。

⑧《礼记·月令》：“孟秋之月，其神蓐收，孟冬之月，其神玄冥。”

⑨ 朝宗，指江河最后流入大海。见第十四卷《长江二首》第一首注④。

⑩ 镇石，即“镇山”。《书·舜典》：“封十有二山”。传：“每州之名山殊大之，以为其州之镇。”古代把每一州最大的山封为“镇山”。后代也有按方位封一些大山为“镇山”的。

⑪ 龟蒙，龟山与蒙山，均在今山东省，前者在泗水县，后者在蒙阴县。两山相连，是古代鲁国很有名的山。《诗·鲁颂·閟宫》有“奄有龟蒙”之语。

⑫ 古代以为南方天气湿热多雾，是人致病的主要原因，称之为“瘴气”。这句诗强调了南方气候不适合于动物生存。

⑬ 江汉，泛指江水。《仇注》：“如汤，言风涛相激，如汤之沸”。

⑭ 这句诗是说不能回故乡去。川无梁，是比喻。

⑮ 我国古代民俗，死后必须葬于祖茔，不能安葬在家乡的祖茔上是人生最大的不幸。看到累累坟墓，想起死在外乡的征人。

◎ 奉送王信州崟北归[①]（五排）

朝廷防盗贼，	朝廷为了防备盗贼窜扰，
供给愍诛求。	军需要供给，又怕对人民强迫刮求。

下诏迁郎署，②	皇帝下诏调您这位省郎出使，
传声典信州。③	声誉远播，自从您来治理这信州。
苍生今日困，	黎民如今这么贫困，
天子向时忧。	天子往日早就为这担忧。
井屋有烟起，	看市井房舍上有炊烟升起，
疮痍无血流。	创口不再有鲜血向外渗流。
壤歌惟海甸，④	老人能击壤欢歌的只有沿海，
画角自山楼。⑤	这里还时时有号角声传上山楼。
白发寐常早，	我这白发老人常常很早入睡，
荒榛农复秋。⑥	荒芜的田地上又得到了秋收。
解龟逾卧辙，⑦	人民躺在路上阻拦您，您还是解下龟印离去，
遣骑觅扁舟。	还派人骑着马来寻找我的扁舟。
徐榻不知倦，⑧	我像躺在为徐稚特设的卧榻上忘记了疲倦，
颍川何以酬。⑨	不知该怎样报答您这位黄颍川一样的王信州。
尘生彤管笔，⑩	朝廷赐给我的彤管笔上已生灰尘，
寒腻黑貂裘。⑪	我身上穿的是又冷又脏的黑貂裘。
高义终焉在，⑫	您的德义将永远在这里留传，
斯文去矣休。⑬	可人们作诗文的雅兴在您走之后就会罢休。
别离同雨散，	人们的离别如天空雨点飘散，
行止各云浮。	行踪就像一朵朵白云各自飘浮。
林热鸟开口，	瞧这树林里鸟儿都热得张开了口，
江浑鱼掉头。⑭	江水浑浊，鱼群也掉转了头。
尉佗虽北拜，⑮	尉佗那样的割据者虽然已经投降，
太史尚南留。⑯	我却像太史公仍在南方滞留。
军旅应都息，	一切征伐都应该停止，
寰区要尽收。	所有疆土都该收归皇帝所有。

九重思谏诤，	皇帝在九重深宫中盼望谏诤，
八极念怀柔。[17]	四面八方感念皇帝仁慈宽厚。
徙倚瞻王室，[18]	我怀着依恋的心情遥望着皇宫，
从容仰庙谋。[19]	期待着朝廷妥善的筹谋。
故人持雅论，[20]	我的老朋友能提出正确意见，
绝塞豁穷愁。	我在这边远处也就消除穷困烦愁。
复见陶唐理，[21]	只要能再看见唐尧时代的局面，
甘为汗漫游。[22]	我甘愿漫无止境地到处飘流。

注释：

① 夔州在唐代曾一度称作信州。《钱笺》："梁大同三年，于巴州郡治立信州，唐武德元年，改巴东郡为信州，二年又改信州为夔州。"诗题中所说的"王信州"，是夔州刺史王崟。称"信州"，是沿用旧名。他原来在朝廷里任尚书省的郎官，后外迁为刺史。这首诗是在王崟奉诏回京时，赠给他的送行诗。诗中追述了他出任外官的缘由，赞扬了他的政绩，并倾诉了对他的期望。因此可知这诗大概作于大历二年底三年初。至大历三年一月初，杜甫即离夔至荆州。诗中有"遣骑觅扁舟"句，杜甫似已准备登舟东下。

② 这句诗是追述王自朝廷调任地方的事。郎署，指尚书省的郎官官署。

③ 传声，声誉传播。典信州，即掌理信州政事。

④ 壤歌，"击壤而歌"的省略语。《帝王世纪》："帝尧之世，天下太和，百姓无事，有八九十老人击壤而歌。"歌辞是："日出而作，日入而息，凿井而饮，耕田而食，帝力于我何有哉。"后世遂以"壤歌"表示政治清明，人民生活安定。海甸，指沿海的国土。《王制》："天子之甸，方千里。"《周礼·夏官》："方千里曰王畿，其外五百里曰侯服，又其外五百里曰甸服。""甸"原义是指距国都最远的领地。唐安史之乱，对东南沿海一带影响较小，故诗中这样说。

⑤"自"不作"从"字解。画角自山楼，意思是"山楼自是闻画角。"山楼，指杜甫在夔州所住的楼，或即"西阁"。画角，军队的号角。这句诗是说夔州附近仍不安宁，时有战乱。

⑥ 秋，秋收。荒榛，指因战乱而荒芜的土地。

⑦ 解龟，解除龟印，指王信州之卸刺史之任。逾卧辙，《仇注》引《后汉书》："侯霸为临淮太守，被征，百姓相携号哭，遮使者车，或当道而卧。"从卧在道上的民众身上跨越而行，表示当地人民爱戴，不忍其离去。

⑧ 徐榻，徐稚的卧榻。见第十五卷《送殿中杨监赴蜀见相公》注④。

⑨《九家注》赵云："公（指杜甫）以徐稚自比，而指王崟为陈蕃也……稚之于颍川将何以酬之乎？颍川则陈氏之郡号也。"但通常"颍川"多指黄颍川，即黄霸。见第十一卷《送梓州李使君之任》注②。前后相连的两句诗，分别用不同的典故来表达同一思想内容的例子，在杜甫诗中是很普通的。译诗把"颍川"说成是"黄颍川。"

⑩ 彤管笔，即赤管笔，见第十四卷《春日江村》第三首注②。这里是说自从杜甫授工部员外郎的官职后，过了多年仍未能回朝就任。

⑪ 黑貂裘，第十四卷《村雨》有"开箱睹黑裘"之句。这是杜甫从故乡带出之旧物，穿得太久已不能御寒，且已垢腻。由此可见杜甫生活之清贫。

⑫ 高义，指王信州的高尚义行，除治理地方的功绩外，也是指他对杜甫的经济支援。焉，表示地点的代词。焉在，即"在焉"，在这里。

⑬ 斯文，出于《论语·子罕》："天之将丧斯文也，后死者不得与于斯文也。"本意是指古代儒家所尊崇的礼乐、法度教化等，后来逐渐扩大运用的范围，可指文人和文学活动。译诗中把它译写为"作诗文的雅兴"，是由于把这句诗理解为称赞王信州对夔州文人（包括杜甫自己）的支持。

⑭"林热""江浑"两句表面上是写自然景物，用意却在于指出周围环境之恶劣，鱼、鸟隐喻人民。

⑮ 尉佗，指西汉初的南越王赵佗，曾摄行南海尉事，故又称"尉佗"。秦亡后自立为南越武王，后又称武帝，对汉朝时服时叛。汉文帝时，使陆贾责备他，乃自去帝号，上书谢罪，仍为藩臣。诗中借代唐代违抗朝廷的割据者。旧注家有说是指崔旰。崔旰入朝在大历三年四月，离蜀时或在一月初。杜甫作此诗时应已知此消息，否则就不会这样写了。

⑯ 见第十卷《敬简王明府》注③。诗中以太史公之留滞周南比喻自己留在夔州。

⑰ 八极，指四面八方边远地区。

⑱《楚辞·哀时命》："然隐悯而不达兮，独徙倚而彷徉"。注："徙倚，犹低徊也。"低徊，表示依恋之情。

⑲ 庙，指庙堂，即朝堂，朝廷。庙谋，即朝廷所制订的政策。从容，据王念孙云："谓一举一动，莫不中道也。"中道，合于道理，事理。

⑳ 故人，指王信州鉴。雅论，正论。

㉑ 陶唐，指传说中的唐尧。这里是借代政治清明的时代。理，治理、政治。

㉒ 汗漫，喻无边际。《淮南子·道应》："吾与汗漫期于九垓之外。"注："汗漫，不可知之也。"

◎ 驱竖子摘苍耳[①]（五古）

江上秋已分，[②]	在这江边上秋分已经过去，
林中瘴犹剧。	树林里还有很浓的瘴气。
畦丁告劳苦，	种菜的园丁向我诉苦，
无以供日夕。	没有蔬菜能早晚供给。
蓬莠独不焦，[③]	只有飞蓬、莠草没有焦枯，
野蔬暗泉石。	野菜也算旺盛，遮住了流泉乱石。
卷耳况疗风，	卷耳还有治疗风痛的功效，
童儿且时摘。	童仆们也时时去采摘。
侵星驱之去，	天还没亮就赶他们出发，
烂熳任远适。[④]	随便他们跑到远方哪处山里。
放筐亭午际，	太阳正午时放下筐子，
洗剥相蒙幂。[⑤]	洗清剥净，再遮盖严密。

登床半生熟，[6]	一半炒熟，一半生拌送上桌，
下箸还小益。	动筷子吃它对身体也有些补益。
加点瓜薤间，[7]	在瓜薤里撒上些碎末，
依稀橘奴迹。[8]	仿佛是撒上了橘皮屑。
乱世诛求急，	在这战乱时期，征粮征税逼得急，
黎民糠籺窄。[9]	黎民们米糠麦麸也嫌不够吃。
饱食亦何心，	那些饱食终日的人是什么心思？
荒哉膏粱客。[10]	吃饱肥肉大米，还要放纵奢侈。
富家厨肉臭，	富人家厨房里的肉已经有臭气，
战地骸骨白。	暴露在战场上的骸骨一片白。
寄语恶少年，[11]	请为我转告那些恶少年，
黄金且休掷。[12]	不要把黄金任意抛掷。

注释：

① 诗题中称“苍耳”，诗中称“卷耳”，是指同一种植物。现代所说的苍耳，亦称葈耳（或枲耳），菊科，一年生草本，其种子可榨油，不是诗中所说的那种苍耳。诗中所说的苍耳又名卷耳，是越年生草本，石竹科，茎高尺许，嫩叶可食。杜甫在夔州的生活并不像现代某些研究者所想象的那样丰衣足食，仍然是相当困苦的，有时还需要采些野菜吃，就证明了这一点。诗题中用了一个“驱”字，易引起现代人的误解，其实这个字的意思不过是吩咐督促而已。第六卷《赠卫八处士》有“驱儿罗酒浆”之语，并无逼迫之意。这诗中发出贫富不均的感慨，指出“富家厨肉臭”，与第四卷《自京赴奉先县咏怀》中的“朱门酒肉臭”稍有不同。但这种细微的区别却值得注意：安史乱前，贵族豪门与平民的矛盾很突出，安史乱后，富者不一定是贵族豪门，往往是从事工商业者，他们趁战乱时期大发“国难财”，已成为引人瞩目的现象。下面一句诗“战地骸骨白”，是用来作对照。杜甫始终与大多数贫苦百姓有着共同的体会与共同的思想情感，这一点是许多古代诗人所不及的。黄鹤订此诗作于大历二年秋。

② 秋已分，把节气“秋分”拆开来说，意思与“过了秋分”相同。

③ 蓬、莠俱为野草。蓬，又称飞蓬。莠，音“有”（yǒu），俗称狗尾草。

④ 烂熳，在这里是不受拘束的意思。

⑤ 洗剥，是对卷耳的加工。蒙幂，覆盖，为了保持清洁。“相”字，古代汉语中用于某些动词前的语气助词。如“相帮”“相求”之类，并无“相互”之义。

⑥《九家注》赵云：“登床，登食床也。”古代安放器物的木架俱可称为“床”。译诗中写成“送上桌”，是为了符合现代语言习惯。

⑦“加”与“点”，都是动词，这里是并列的谓语，意思都是“放置”。点，表示所放置的事物体积十分微小。瓜薤，也是并列的词，是腌制的咸菜、渍菜之类。薤，即今之藠（jiào）头。

⑧ 橘奴，即柑橘。橘，古代又称木奴。《仇注》引《杜臆》：“古人用橘以调和食味，此以苍耳当橘奴也。杜预《七规》云：‘庶羞既异，五味代臻，糅以丹橘，杂以芳鳞。’”

⑨ 籺，音“纥”（hé），原指一种磨不开的硬麦。这诗里的“糠籺”指米糠、麦麸一类不能作粮食的谷物加工副产品，通常只用作饲料。

⑩“膏粱客”与上一句诗中的“饱食”（者）是指同一的人。荒哉，见第五卷《九成宫》注⑦。这里指奢侈浪费的生活。

⑪ 恶少年，指前面所说的“富家”的子弟。

⑫《仇注》引《杜臆》：“掷黄金，谓赌钱者。”通常说的“一掷千金”，固然可指赌钱，也可指奢侈浪费。这里似以指后者为宜。

◎ 甘林[①]（五古）

舍舟越西冈，	离开船，越过西面山冈，
入林解我衣。	到了柑树林里，解开我的衣衫。

青刍适马性，	青嫩的野草马最爱吃，
好鸟知人归。	可爱的小鸟好像懂得人已归山。
晨光映远岫，	清晨的阳光照映远处峰峦，
夕露见日稀。[②]	夜晚的露水在日光下已慢慢不见。
迟暮少寝食，	人到晚年不免少吃少睡，
清旷喜荆扉。	柴门对着开阔的山野使我喜欢。
经过倦俗态，	经历过的世俗情态使我厌倦，
在野无所违。	山野里的一切却不违反我的心愿。
试问甘藜藿，[③]	且访问一下甘于藜藿的老农，
未肯羡轻肥。	那些轻裘肥马的富人我决不艳羡。
喧静不同科，	喧闹和清静完全是两回事，
出处各天机。[④]	做官和退隐各有不同的机缘。
勿矜朱门是，	别矜夸朱漆大门里一切都好，
陋此白屋非。	也别把这简陋茅屋看得轻贱。
明朝步邻里，	明天早晨我将到邻舍门前走走，
长老可以依。	有位老年人家里可以盘桓。
时危赋敛数，[⑤]	在这危难的年头捐税收得频繁，
脱粟为尔挥。[⑥]	且把我家的糙米拿来供您吃几餐。
相携行豆田，	我们手挽手走过豆田，
秋花霭菲菲。	秋天开的花这么多这么鲜艳。
子实不得吃，	这田里结的豆子自己却不能吃，
货市送王畿。[⑦]	得卖了把钱送到长安。
尽添军旅用，	要全部拿去增添军队的费用，
迫此公家威。	公家用威力逼迫谁敢违反。
主人长跪问，[⑧]	那老人跪着挺起腰问我，
戎马何时稀？	到什么时候才能少些战乱？

我衰易悲伤，	我衰老了，容易悲伤，
屈指数贼围。[⑨]	有多少城池还在敌人包围中我得屈指算算。
劝其死王命，	我劝告他，该为皇上牺牲一切，
慎莫远奋飞。[⑩]	千万别逃亡，别飞得远远。

注释:

① 这一篇诗是紧接本卷《阻雨不得归瀼西甘林》而作。题目虽然是“甘林”（柑林），但并不是以甘林为描写对象，而是写自己回甘林山林中的喜悦心情，诗的后面大半篇写访问农家的见闻，为农民表达了心声，也表达了自己对农民的同情和希望。

② 见日，即“现日”。露水在日出后渐干，故说“见日稀。”

③ 问，访问。藜藿，指藜菜和豆叶，古代穷苦农民常用来当作蔬菜和食粮。甘藜藿，借代甘以藜藿为食的农民。下一句“轻肥”，指穿轻裘，骑肥马的富贵人。

④ 天机，古代把人所不能理解的自然之理与偶然性称为“天机”。《庄子·大宗师》：“其耆欲深者，天机浅。”这是说对自然之理理解得很少。译诗中用“机缘”代替了这个词。

⑤ 数，当读“朔”（shuò），屡次，频繁。

⑥《仇注》以及其他注解都认为这句诗的意思是“挥旧粟以供赋敛”。尔，指索赋者。曹慕樊指出这是错误的。他还指出陈衍《石遗诗话》（二四），据范彦龙诗：“恨不具鸡黍，得与故人挥”，释此句为“主人饭客”，也是错误的。曹的解释是：“疑此句乃杜甫以脱粟进主人，与之共食尽饮。杜甫以中朝官身份，颇有俸米，如云：朝班及暮齿，日给还脱粟。”（见第二十卷《写怀》第一首，曹的原文见《杜诗杂说》第26页，但把上面引的两句诗误注为《暮春题瀼西新赁草堂》五首之四。）译诗从曹说。

⑦ 王畿，本义是指天子都城附近的国土，这里是指京城长安。

⑧ 长跪，并非跪拜之礼，而是古代的一种“坐姿”。古人“席地而坐”，实际上是跪，全身重量置于小腿及足跟。长跪，则是腰部挺直，臀部离开脚跟。这是表示尊敬或集中的样子。这句诗表示主人发问时态度十分严肃。《仇注》：“中着‘跪问’二字，

见其势戚而情苦。”恐不确切。

⑨《仇注》：“屈指数，言不久贼平。”这是把“屈指数”理解为数日期；但诗中的“贼围”，是指“贼围”的城，数，应指被围的城池数目。这句诗所说到的局势似非就全国范围而言，因安史余党早已归降朝廷，恐是就蜀境的动乱而言。史书上对这时期蜀中情况记载不详，难以确定究竟是指怎样的乱局。

⑩最后两句诗体现了杜甫的政治态度，尽管对唐朝的社会现实和腐朽的政治有种种不满，但仍忠于唐王朝，忠于皇帝；尽管他理解而且同情人民的疾苦，但他还是劝告人民“死王命”，为朝廷牺牲一切。远奋飞，实际上是指逃亡。

◎ 暇日小园散病将种秋菜督勒耕牛兼书触目[1]（五古）

不爱入州府，	我不爱到州府里去，
畏人嫌我真。	怕人们嫌我太坦率天真。
及乎归茅宇，	当我回到自己的茅屋里时。
旁舍未曾嗔。	邻舍却从不对我怪嗔。
老病忌拘束，	年老多病的人忌受拘束，
应接丧精神。	和人们应酬实在太费精神。
江村意自放，	住在江边村庄里心情畅适，
林木心所欣。	这里的丛林树木使我感到欢欣。
秋耕属地湿，	秋天耕地时正是土地潮湿，
山雨近甚匀。	近来山里的雨水十分均匀。
冬菁饭之半，[2]	在喂牛的饲料里加上一半芜菁，
牛力晚来新。[3]	耕到傍晚，水牛好像新上了劲。
深耕种数亩，	种上几亩菜，把土地耕得深深，
未甚后四邻。	还不算太晚吧，比起我的四邻们。

嘉蔬既不一，	美味的蔬菜不只一个品种，
名数颇具陈。[④]	各种名目差不多样样齐全。
荆巫非苦寒，[⑤]	荆州巫峡边的天气不很寒冷，
采撷接青春。[⑥]	这些蔬菜能一直采摘到明春。
飞来双白鹤，	我忽然看见一对白鹤飞来，
暮啄泥中芹。	在暮色中啄食泥塘中的野芹。
雄者左翮垂，	雄鹤的左翅向下低垂，
损伤已露筋。	原来是受了伤，已经露出筋。
一步再流血，	走动一步就又流出鲜血，
尚惊矰缴勤。[⑦]	怕飞箭频频射来，还在惊魂不定。
三步六号叫，	走三步，发出六声号叫，
志屈悲哀频。	志向不能伸展，频频感到伤心。
鸾凤不相待，[⑧]	鸾凤已飞远了，不等待它们同行，
侧颈诉高旻。[⑨]	它们转侧头颈在向天空倾诉不幸。
杖藜俯洲渚，	我手扶藜杖低头看着水边沙洲，
为汝鼻酸辛。[⑩]	为了你们，我鼻里也觉得酸辛。

注释：

① 这也是一首写田园生活的诗。诗中表达了对田园生活的喜爱和自己管理、耕种菜园的乐趣。偶见负伤的白鹤，借此抒发了与旧友离散的哀伤之情。“督勒”的“勒”字，一作“勤”字。按“勒”字的本义是马头上的络衔，是控驭马用的，可引申为统御、指挥。这里的“督勒”与督促、管理同义，作“督勤”反而不可解。触目，指无意间映入眼帘的事物，也就是偶然看到的事物。这事物使人“触目生情”，因而也把它写进了诗里。这诗当为大历二年冬作于住瀼西时。

② 冬菁，《仇注》引《南都赋》：“秋韭冬菁。”注：“菁，蔓菁。”又引陈藏器《本草》：“芜菁，北人名蔓菁，蜀人呼为诸葛菜。”据此可知“冬菁”即今之芜菁，一种主要以块根供食用的蔬菜。这诗中所说的可能是以芜菁的茎叶作为喂牛的饲料。

③《仇注》解释说："饭之半，言佐饭牛之半。"以芜菁为牛饲料的一半，故牛有耐力。浦起龙《读杜心解》："'冬菁'，芜菁、蔓菁之属，盖约举秋菜之名。'饭之半'，谓其功可敌饭。"浦氏此说有两缺点：一是把诗中"饭"（意思是饲料）的含义弄错了；二是与后面的"嘉蔬既不一，名数颇具陈"犯重。故译诗取仇说。

④ 名数，即"名目"，各种（蔬菜）的名目。具，全部。具陈，在菜园里都可看到。

⑤ 夔州，在唐朝属荆州大都督府管辖，故称夔州之巫峡为"荆巫"。

⑥ 青春，即春日。

⑦ 矰缴，音"增啄"（zēng zhuó）。《淮南子·说山》："好弋者先具缴与矰。"注"矰，短矢；缴，所以系者。"矰缴，是古代射猎用的一种带绳的箭。勤，意思是频繁。

⑧ 所见到的白鹤是真实的存在，但在诗人的心目中，它成了有所比喻的形象，成了高士的象征。诗人自己与他们是同一类人，因而有"鸾凤不相待"的想象。鸾凤，比喻品德高尚，地位尊贵的人。

⑨ 旻，音"珉"（mín），有时专指秋天而言，这里则泛指天空。《书·大禹谟》："日号泣于旻天。"

⑩ 酸辛，是嗅觉器官鼻的感觉，但是从这种客观感觉中表达出了主观的情感体验。"为汝"的"汝"，指白鹤。指代白鹤的代词从第三人称转变为第二人称，诗人就从旁观者转化为参与者。

◎ 雨[①]（五古）

山雨不作泥，[②]	山里落了一阵雨，可是地面却没有泥泞，
江云薄为雾。	江上云那么薄，薄得像一层雾。
晴飞半岭鹤，[③]	天晴了，白鹤只飞到半山那么高，
风乱平沙树。	急风吹来，吹乱了平沙上的丛树。
明灭洲景微，	洲渚上的景物半明半暗看不清楚，

隐见岩姿露。[4]	山岩的形影隐约现出，终于渐渐全部显露。
拘闷出门游，	心情郁闷，出门去遨游，
旷绝经目趣。	我感到兴味盎然，当我看到无边无际的远处。
消中日伏枕，	消渴病害得我天天卧床伏枕，
卧久尘及屦。	睡得久了，麻鞋已蒙上了尘土。
岂无平肩舆，[5]	并不是没有肩抬的小轿乘坐，
莫辨望乡路。	远望分不出哪里是回乡的路。
兵戈浩未息，	战乱纷纷多年没有停止，
蛇虺反相顾。[6]	反而毒蛇又来光顾。
悠悠边月破，[7]	边地的天空，月亮又已残缺，
郁郁流年度。	我郁郁不乐地把岁月虚度。
针灸阻朋曹，	针灸不能停，不能和朋友们会聚，
糠籺对童孺。[8]	吃的是米糠麦粒，整天面对着童仆妇孺。
一命须屈色，[9]	见到地位不高的官员也得恭恭敬敬，
新知渐成故。	新结识的朋友渐渐变成故旧。
穷荒益自卑，	住在这僻远的地方我更自卑，
飘泊欲谁诉。	到处漂泊的痛苦能向谁倾诉？
尪羸愁应接，[10]	身体病弱，接待宾客也使我担忧，
俄顷恐违迕。	迟了片刻怕会得罪人，把人触怒。
浮俗何万端，	世上的旧习俗为什么这么多，
幽人有高步。	隐居的高人自有自己的道路。
庞公竟独往，[11]	庞德公终于独自离开了，
尚子终罕遇。[12]	尚子平那样的人毕竟是少数。
宿留洞庭秋，	我愿在洞庭湖上度过秋夜，
天寒潇湘素。[13]	在潇水湘江上经受寒冷的霜露。
杖策可入舟，	我拿起手杖就可以上船，

送此齿发暮。[14]　　在船上度过齿摇发秃的迟暮。

注释:

① 这首诗的题目虽然是《雨》，但所写的内容主要是雨后出门远眺时的内心活动：思乡而不能归；厌恶世俗，但又不能不和一些官场中的人敷衍；前途茫茫，似乎已预感到只能漂泊终生。诗中流露出的寂寞感和痛苦是十分深重的。作于大历二年冬。

② 泥，泥泞。这句诗表明雨下得不大。

③ 鹤飞得不高，表示空气中湿度仍很大。可能还要下雨。

④ “见”与“现”同。隐见，半隐半现。露，完全显露。

⑤ 平肩舆，即现代所仍可见到的肩抬小轿。唐代还有一种“步辇”，是由几个人垂着手提起的轿，座位距地面很近。为了表明与当时更普通的“步辇”有区别，故说明是“平肩舆”，这是为了远行而设的一种交通工具。

⑥ 虺，音“悔”（huǐ），古代文献中的一种毒蛇。在诗中用来隐喻某些恶势力。相顾，到人的身边来，如今日说的“光顾”之“顾”。

⑦ 月破，指月亮从圆到缺，由此可知诗写于阴历的月半以后的几天内。

⑧ 糠籺，见本卷《驱竖子摘苍耳》注⑨。童孺，奴仆与家属。“童”之本义为奴，后来才写作“僮”字。孺，据《礼·曲礼》注：“孺之言属也”，故知可兼指妇女与儿童。

⑨ 一命，指除授了最低官阶的人。周代的官员等级分为九命，“一命”是最低的一级。《周礼·春官·大宗伯》：“以九仪之命，正邦国之位：一命受职，再命受服，三命受位……九命作伯。”

⑩“尪”字，恐为“虺”之误字。这里当读如“挥”（huī），虺羸，与“虺隤”同义，指疾病。《尔雅》郭注：“虺隤，人病之通名，而说者（指释《诗·周南·卷耳》：‘我马虺隤’者）便谓之马病，失其义也。”“尪”字，“尫”字另一写法，见第十五卷《雷》注⑤。也可当作疾病的通名来理解。

⑪ 庞公，庞德公，见第七卷《遣兴》第二首注①、②、④。

⑫ 尚子，据《后汉书·逸民传》，尚长，字子平，隐居不仕，肆意游五岳名山，竟不知所终。

⑬ 洞庭湖和潇水、湘江一带是杜甫所欲前往的地方。素，与“素秋”之素相同，言其景物色彩素白，译诗中写出“霜露”的字样，把“素”的含意具体化了。

⑭ 齿发暮，表现在牙齿和头发上的衰老、暮年。

◎ 溪上[①]（五律）

峡内淹留客，	我这异乡人在三峡西面暂时住下，
溪边四五家。	这溪边的居民只有四五户人家。
古苔生迮地，[②]	多年的苍苔在狭窄的地面生长，
秋竹隐疏花。	秋天，竹林里掩映着稀疏野花。
塞俗人无井，	边远山地的习俗从来不挖掘水井，
山田饭有沙。	用山田米煮成的饭里夹着沙。
西江使船至，[③]	每当使者乘船来到这长江西段，
时复问京华。[④]	我常向他们打听京城里有什么变化。

注释：

① 溪上，指瀼溪边。这诗反映了杜甫在瀼西时的生活状况和对故园，对朝廷的关心，当作于大历二年秋住在瀼西时。

② “苔”一作“茗”，《仇注》：“苔可云古，茗不可云古，还作‘苔’为当。”迮，一作“窄”。“迮”音“择”（zé），原意是“迫促”，从空间关系上说，意思就是“窄”。

③ 西江，见第十七卷《历历》注①。

④ 问京华，询问京城情况，是对朝政的关心，也是对故园的思念。

◎ 树间[①]（五律）

岑寂双柑树，	这两棵柑子树多么沉静，
婆娑一院香。[②]	轻盈地摇摆着，满院生香。
交柯低几杖，[③]	交叉的枝柯伸向座椅旁，
垂实碍衣裳。	果实垂挂下碰着人的衣裳。
满岁如松碧，	一年到头树叶像松树一样碧绿，
同时待菊黄。	果实等待菊花开放，同时金黄。
几回沾叶露，	多少回我被叶上的露水沾湿，
乘月坐胡床。[④]	靠在交椅上对着月光。

注释:

① 树间，指两棵柑子树中间。杜甫常于月夜坐在这两株树下，享受生活的安闲恬静。黄鹤编此诗于成都诗中，朱鹤龄订为在夔州所作。

②《诗·陈风·东门之枌》：“婆娑其下。”传：“婆娑，舞也。”

③ 交柯，两树枝柯相交叉。几杖，见第一卷《赠韦左丞丈济》注⑩。这里用其偏义，专指座椅。

④ 胡床，即交椅，也就是前面说到的“几杖”之“几”。《演繁露》：“今之交床，本自虏来，始名胡床。”《清异录》：“胡床施转关以交足，穿绷带以容坐。”杜甫诗中说的“乌皮几”（见第十三卷《将赴成都草堂途中有作先寄严郑公》第五首注②）也就是这一类交椅。

◎ 白露[1]（五律）

白露团柑子，　　柑子上凝聚着点点白露，
清晨散马蹄。　　清晨我骑上马，让它随意散步。
圃开连石树，　　圃门打开就是山石连着树丛，
船渡入江溪。　　小船正在流入大江的溪上横渡。
凭几看鱼乐，[2]　　靠在马鞍上看喜悦的鱼群，
回鞭急鸟栖。　　又挥鞭赶马回去，比归鸟还急促。
渐知秋实美，　　我知道秋天的果实已渐渐甜美，
幽径恐多蹊。[3]　　怕会有许多人踏上我这幽僻小路。

注释：

① 用《白露》为诗题，也许仅仅由于这诗的最前面是“白露”两字，但也不能排除这诗作于白露节气的可能。诗中写了秋日清晨骑马出游的心情，从吸引诗人的景物上，体现出诗人超脱、静穆的精神境界。黄鹤订此诗于大历二年秋作于瀼西。

② “凭几”的几，指马鞍。如第十六卷《八哀诗（五）：赠秘书监李公邕》中有“紫骝随剑几”之句，那里的“几”也是指马鞍。《庄子·秋水》：“庄子与惠子游于濠梁之上，庄子曰：‘鯈鱼出游从容，是鱼之乐也。’惠子曰：‘子非鱼，安知鱼之乐？’庄子曰：‘子非我，安知我不知鱼之乐’。”诗中说“看鱼乐”，表明诗人如庄子那样从主观上来理解客观世界，而这正是一种审美境界。

③ 据《释名·释道》：“步所用道曰蹊”。由于采摘果实的人多了，故“多蹊”，并因此而打破了山村的幽寂。此“蹊”作动词，犹行也。《左传·宣十一年》：“牵牛以蹊人之田”，注“径也”，径，亦“行”义。

◎ 诸葛庙[①]（五排）

久游巴子国，[②]	在这巴子故国我已经住了长久，
屡入武侯祠。	曾多次走进这武侯祠。
竹日斜虚寝，[③]	日光穿过竹林斜照空空寝殿，
溪风满薄帷。	溪上吹来的风把薄薄帷幔扬起。
君臣当共济，	君主和臣下本该和衷共济，
贤圣亦同时。	您这位贤臣和圣主又恰好同时。
翊戴归先主，[④]	您受先主邀请，对他一心拥戴扶持，
并吞更出师。[⑤]	为了开拓疆域曾一再出师。
虫蛇穿画壁，[⑥]	如今蛇虫在这里的画壁上穿行，
巫觋缀蛛丝。[⑦]	走过的巫觋们身上也沾上蛛丝。
欻忆吟梁父，[⑧]	忽然想起您曾隐居南阳吟诵《梁父》，
躬耕也未迟。	提醒我如今做农民也不算太迟。

注释：

① 诸葛庙，即武侯祠。杜甫到夔州后，曾写过几首关于武侯祠的诗，如第十五卷《武侯庙》《古柏行》，第二十卷《上卿翁请修武侯庙遗像缺落》等。这一首吐露了效法诸葛亮青年时期隐居躬耕的心愿。诗人从诸葛亮的经历中竟找到了回到民间去的根据。然而，字里行间，仍洋溢着对诸葛亮与刘备君臣共济的羡慕。黄鹤谓此诗当作于大历二年。

② 巴人是古代居住在夔州以西汉中以南广大地区的一个民族，周武王时曾助周人伐商纣，后封为巴子（子是爵位名称）。战国时其国君也称王，称为“巴国”。巴子国，即古代的巴国。这里借指夔州。

③ 古代祠庙正殿后有寝殿，作为所祭鬼神生活起居之处，这诗中的“寝”，即指寝殿。三、四两句写武侯祠寂寞荒凉之状。

④ 先主，指刘备。归，臣下归附于君主。

⑤ 并吞，并吞他国所占的土地。古代的“并吞”一词，并无贬义。这里只是表示扩张土地而已，指诸葛亮屡次北伐的事。

⑥ 画壁，武侯祠内绘有壁画的墙壁。穿，穿孔，穿行。

⑦ 巫觋，女巫曰巫，男巫曰觋（音“习”xí），在祠庙中司祭祀之职的人。缀蛛丝，身上沾上蛛丝，可见庙中蛛网尘封，十分荒凉。

⑧《三国志·蜀书·诸葛亮传》谓诸葛亮躬耕陇亩，好为《梁父吟》（一作《梁甫吟》）。这里以此表示诸葛亮当时所过的隐居生活。由于想到这一点，使杜甫隐居山野务农为生的念头更加坚定。因此认为虽到老年，立志去耕种做个普通农民也还不迟。

◎ 见萤火[①]（七律）

巫山秋夜萤火飞，	巫山下，秋夜里，萤火虫飞来飞去，
疏帘巧入坐人衣。	它灵巧地钻进疏帘，贴近人衣。
忽惊屋里琴书冷，[②]	忽然惊奇地发现，屋里只有琴书，多么清冷，
复乱檐前星宿稀。[③]	又飞到檐前，和天空稀疏的星星混杂一起。
却绕井栏添个个，[④]	当它后来绕着井栏飞时，又增添了一个两个，
偶经花蕊弄辉辉。[⑤]	偶然经过花朵边，故意闪烁着光辉炫耀自己。
沧江白发愁看汝，	沧江边的白发老翁看见了你们却引起愁思，
来岁如今归未归。	明年这时候还不知道能不能回去。

注释：

① 这首诗咏萤火虫，凭想象写出它们的心理活动，实际上是借萤火虫来比喻社会上自鸣得意的宵小之辈，同时也以它们来反衬诗人自己的愁苦。这诗当作于大历二年秋。

② 诗人只有琴书为伴，在萤火虫看来，十分清冷，不愿久留。

③ 乱，混淆，混杂。星宿高高在天空，而自地面看来，飞得不很高的萤却与星星分不出了。诗人以萤星难分比喻君子小人之难辨。

④ 古代传说萤生于卑湿处，有“腐草化为萤”之说，故井栏边可以找到伴侣。

⑤ 弄辉辉，是自炫，为了和花朵争美。对萤的贬抑和萤的象征义几乎在每一句诗中都可看出。

◎ 夜雨[①]（五律）

小雨夜复密，	小雨到夜里更密了，
回风吹早秋。	风回旋着，吹拂着早秋。
野凉侵闭户，[②]	旷野上的凉气透进紧闭的门户，
江满带维舟。[③]	江水涨得满满，小船成排系在滩头。
通籍恨多病，[④]	名字写进了朝官名册，可恨我满身是疾病，
为郎忝薄游。[⑤]	做了郎官仍一直在异乡飘游。
天寒出巫峡，	就在这寒冷的季节里出巫峡吧，
醉别仲宣楼。[⑥]	还要乘醉告别王粲登临过的城楼。

注释：

① 杜甫于秋雨之夜思忖着自己的处境，决心在冬天出峡到荆州，再转陆路北归。但这只是在一时的激动中所作的决定，他北归中原、南去潇湘还是东下吴越，始终举棋不定，这也正反映了他处境十分困难，心中充满了矛盾。这诗作于大历二年秋。

②“野凉”一作“夜凉”。作“野凉”显然较好，含有更为丰富的内容。

③ 维舟，系舟，停船在江边。带，用作动词，在这里是表示停泊的船只排列如带。

④ 通籍，见第三卷《奉赠太常张卿垍二十韵》注⑮。

⑤ 为郎，指任工部员外郎的事。忝，是谦词，指“为郎”而言。薄，迫促。薄游，由于战乱等原因而飘流不定。

⑥ 仲宣楼，王粲曾登荆州当阳城楼，感慨而作《登楼赋》。仲宣，王粲字。这句诗是说，杜甫打算于到达荆州后，很快就离开荆州继续北上中原。

◎ 更题[①]（五律）

只应踏初雪，	本来打算该踏着初雪，
骑马发荆州。	骑马出发，离开荆州。
直怕巫山雨，	只是怕这巫山的雨耽误时间，
真伤白帝秋。[②]	竟要留在白帝城看着秋天发愁。
群公苍玉佩，[③]	我思念朝廷里佩着苍水玉佩的大臣，
天子翠云裘。[④]	思念皇上，他身上穿着翠云裘。
同舍晨趋侍，	我该和同舍的官员到朝廷去侍候，
胡为淹此留。[⑤]	为什么却仍然在这里长久停留。

注释：

① 诗题作《更题》，也就是《又一首》之意，是紧接前一首诗而作，诗的内容也相互紧密关联。前一首诗刚表示了出巫峡经荆州北上的决心，这一首诗就连忙改口，承认那只是打算，很难成为事实。诗人只能想象京城里上朝时的景象，想以此自慰，但这反而又增添了愁思。

② 真伤，与自己的打算相对照，滞留在夔州的境况肯定不会改变，所以用了“真”这个词。

③ 据《唐六典》：珮，一品山玄玉，五品以上水苍玉。苍玉佩，即水苍玉制的玉珮。

④ 宋玉《风赋》：“主人之女，翳承日之华，被翠云之裘。”翠云裘，贵重的裘衣，在诗人的想象中，天子于天寒时当着此裘。

⑤ 诗人应该自知滞留夔州的原因，这句诗用反问语气，表示自己之不走是出于无奈，是被动的，只是不愿把这原因和盘托出。

◎ 舍弟观归蓝田迎新妇送示二首[①]（五律）

汝去迎妻子，	你当初去迎接你的妻儿，
高秋念却回。	原来盼望你在深秋时返回。
即今萤已乱，	如今流萤已纷纷飞舞，
好与雁同来。	你该和南飞雁一起归来。
东望西江永，[②]	向东看这自西来的江水不断流淌，
南游北户开。[③]	我为南行的你把朝北的门打开。
卜居期静处，[④]	该选择一处幽静的地方安家，
会有故人杯。	在那儿将同老朋友们一起干杯。

注释：

① 第十八卷，有三首关于杜观的诗。从那些诗中可以看出杜观自中都（长安）已达江陵，后来又从江陵到夔州来。但杜观到夔州后的情况在现存的杜诗中却看不到一点痕迹。大概他到夔州后不久又回蓝田（在长安东南）去搬家，将迎妻子等到江陵；杜甫一家也将从夔州到江陵去团聚，在那里再商量定居的事。这两首诗是派人送给杜观看的，促他早日如约南下。新妇，就是“媳妇”，妻子。现代江南农村方言中，

还有称“媳妇”为“新妇”的。

② 西江，见第十七卷《历历》注①。

③《仇注》引朱注：“将卜居江陵，在蓝田之南，故言待汝（指杜观）南来，当为北户之开。望之切也。”

④ 卜居，指在江陵附近选择全家一起居住的地方。

◎ 其二（五律）

楚塞难为路，	楚地的关山道路难走，
蓝田莫滞留。	你在蓝田可别耽搁滞留。
衣裳判白露，①	哪怕衣裳沾上白露也得赶路，
鞍马信清秋。	任鞍马驮着你在清秋时节奔走。
满峡重江水，②	一道道江水已把三峡注满，
开帆八月舟。	我将在八月里扬帆放舟。
此时同一醉，③	到那时，和你一起痛饮，
应在仲宣楼。④	地点该在仲宣楼头。

注释：

① 判，古音读平声，多写作“拌”，俗写为“拚”。意思是下了决心，不顾一切。现代汉语中则写作“拚”。

② 重江，指注入长江上游的江水有多条，如岷江、沱江、嘉陵江、乌江等。重江，谓多重江水。

③ 此时，承上一句“八月”，自夔至江陵，顺流一日可达，开船之日，也就是在江陵兄弟见面之日。

④ 仲宣楼，见本卷《夜雨》注⑥，这里是以仲宣楼代表荆州（即江陵）。

◎ 别李秘书始兴寺所居[①]（七古）

不见秘书心若失，	没见到您我心惶惶像失去了什么，
及见秘书失心疾。	等看到您，我的心病马上就消失。
安为动主理信然，[②]	先安定而后才能有所作为，这个道理当然对，
我独觉子神充实。[③]	可我却觉得您的精神十分充实。
重闻西方止观经，[④]	又一次听到西方传来的《止观经》，
老身古寺风泠泠。	我身在古寺中，满耳是风声泠泠。
妻儿待米且归去，	妻儿还在家里等米下锅我得归去，
他日杖藜来细听。	过一天再扶着藜杖来仔细地听。

注释：

① 诗题中的李秘书大概是李十五文嶷。第十五卷有《奉寄李十五秘书文嶷二首》，还有《赠李十五丈别》一首，从那些诗中可看出杜甫与他的交谊颇深。李文嶷曾去黔阳一行，大概回夔州后住在始兴寺中。杜甫顺道来访问他，和他一起听佛寺里的讲经，由于家中等待米粮，所以又匆匆告别归去。当为大历元年秋作，如为二年秋，则已主管东屯不愁米粮矣。

② 安为动主，是所听到的佛经的内容。

③ 李秘书在流离漂泊之中，并不能“安”，而精神却十分充实。这句诗赞美了李的修养操守。

④ 西方，指印度及其附近诸地，因佛教从那一地区传来。据《九家注》引黄希语，《止观经》即《摩诃止观》，陈、隋间国师天台智者所说，凡十卷。按“智者”，即智顗，是天台宗的创始人。他确定了“定（止）慧（观）双修”的原则。据《大乘义章》：

"守心住缘，离于散乱为止，止心不乱，故复名定。于法推求简择名观，观达称慧。"

◎ 送李八秘书赴杜相公幕[①]（七律）

青帘白舫益州来，[②]	挂着青帘的白舫从益州驶来，
巫峡秋涛天地回。	天地回旋，巫峡里又是秋涛澎湃。
石出倒听枫叶下，	山岩凸出，听得见枫叶从上坠落的声音，
橹摇背指菊花开。[③]	船摇着橹向前行驶，您转身指说岸上菊花已开。
贪趋相府今晨发，	贪图早日到相府，您今天一清早就出发，
恐失佳期后命催。[④]	恐怕过了约定的日期又传话来催。
南极一星朝北斗，	天上那颗南极星正对着北斗，
五云多处是三台。[⑤]	彩云纷繁的地方就是三台。

注释：

① 李八秘书是杜甫任左拾遗时的同僚，于大历年间入杜鸿渐幕府。第十七卷《赠李八秘书别三十韵》是送李去长安的，那时杜鸿渐已先行，李自后赶去；这首诗应是同时之作，也作于大历二年秋。那首诗题下有原注："相公朝谒，今赴后期也。"所说明的正就是这情况。前一诗写得稍早，李的行期尚未定；这首诗则写于李出发之日。杜鸿渐当时仍以平章事身份领山南西道、剑南东川、西川诸道副元帅之职，故称他为"相公"。

②《仇注》引邵注："青帘白舫，官舟也。成都，即汉之益州"。这句诗指明李八秘书是乘船自成都来，经夔州东下荆州，而后转陆路去长安。

③ 三、四两句从简缩的语言表达了较复杂的情态，说的是在船上的感受。诗人当时也在船上，在船上伴李秘书走一段路程再上岸返夔州。古代送友远行往往如此。

④ 佳期，古代常称约定会面之期为"佳期"，并不一定如《楚辞·九歌·湘夫人》中

"与佳期兮夕张"那样，"佳"指湘夫人，指美人。这诗中是指李八与杜鸿渐约定的见面日期。

⑤《仇注》引毛奇龄曰："《汉·天文志》：南极星，在益州分野，觜参之傍，而三台三公，又在北斗傍。时杜相还朝，李从益州来赴京，故言南极而向北者，以三公在北斗傍也。"这两句诗以天象来象征人事，南极朝北斗，喻杜鸿渐之回长安。三台，喻宰相，指杜鸿渐，他已先行入朝，李八秘书该向五云（五彩云）下去会见杜相国。五云，即佳气，见第四卷《哀王孙》注⑫。

◎ 巫峡敝庐奉赠侍御四舅别之澧朗[①]（五律）

江城秋日落，	秋阳从这江边的城上沉落，
山鬼闭门中。[②]	屋里皆暗，像有山鬼关在门中。
行李淹吾舅，[③]	我的舅父在旅途中暂时停留，
诛茅问老翁。[④]	斩除茅草开路，来访问我这老翁。
赤眉犹世乱，[⑤]	世上仍有赤眉军在作乱，
青眼只途穷。[⑥]	对人青眼相看，也依然水尽山穷。
传语桃源客，[⑦]	请带个信给住在桃花源里的人们，
人今出处同。[⑧]	如今归隐和出仕已没有什么不同。

注释：

① 这位"四舅"，大概姓崔，因杜甫生母为崔氏。他曾任侍御，在去属于江南西道的澧州（今湖南省澧县）和朗州（今湖南省常德市）前到杜甫住的瀼西山村，杜甫写了这首赠送给他。

② 这一句诗是表示居住的地方荒僻，日落后室内昏暗可怖。山鬼，是想象的事物。《楚辞·九歌》有《山鬼》一篇，所写为神女形象，由女巫扮演，自述其情思。与这诗

中的“山鬼”无关。《淮南子·汜论》注：“枭阳，山精也，人形长大，面黑色，身有毛，反踵，见人而笑。”“山鬼”殆传说中的“山精”之类，即今所说的野人一类动物。

③ 行李，即行旅，崔侍御是去澧、朗时路过夔州。

④ 诛茅，通常用于在荒地上建房舍，辟田地，这里则是指清除途中的障碍物，可见居住处之偏僻荒凉。这位“四舅”虽然辈分高于杜甫，但年龄却较轻，所以诗人自称老翁。

⑤ 赤眉，西汉末，琅玡樊崇等起兵于莒，号为赤眉军，势力很盛，后为刘秀所败。古代史书上把农民起义称为作乱，诗人也接受这种看法。故用“赤眉”借代唐代的作乱者（主要是军阀）。

⑥ 对人“青眼”，表示对人尊敬；对人白眼，表示对人轻蔑。此说起源于阮籍。见第八卷《秦州见敕目薛三璩授司议郎毕四曜除监察》注⑨。这句诗是说，尽管不傲俗嫉世，处世随和，也仍旧得不到出路。

⑦ 晋代陶潜所作《桃花源记》中的世外桃源即在武陵郡，也就是朗州，正是“四舅”所将去的地方。所以诗中这样说。在这里，重要的是下一句诗中所表达的思想，说给谁听反而不是重要的。

⑧ 出处，指出仕与退隐。这句诗的意思是说，政局这样腐败，即使出仕，也不能发挥作用，挽回这个局面。

◎ 孟氏[①]（五津）

孟氏好兄弟，	孟家的兄弟都这么好，
养亲惟小园。	孝养双亲就靠一个小菜园。
承颜胼手足，	为了侍奉父母手脚都生了老茧，
坐客强盘飧。	请我坐下还硬留我进餐。

负米夕葵外，[2] 傍晚从锦葵丛那边背米回来，
读书秋树根。[3] 读书就坐在秋空下树根旁边。
卜邻惭近舍， 住在他们家邻近我心里感到惭愧，
训子学谁门。[4] 教育儿子不学他家还学谁家的风范。

注释：

① 第二十卷有《九月一日过孟氏十二仓曹十四主簿兄弟》一诗，这首诗所说的“孟氏”就是这两兄弟的家。孟氏就住在瀼西杜甫家附近，虽然曾经做过小官，但现在却靠种菜园生活；在劳动之暇，仍不忘诗书，孝养亲长，笃守儒家礼教。因此杜甫对他们备极称许。这诗当作于大历二年秋。

②③ 五、六两句具体描绘孟氏兄弟的日常生活，只取两个镜头，一个是负米，一个是读书。其背景“夕葵”与“秋树”把清贫生活烘托得更鲜明。“夕葵”的“葵”，大概是长得较高的锦葵，开花艳丽，是一种著名的观赏植物，又有蜀葵、秋葵，也与此类似。而不是“葵藿”并称的那种也名“葵”的蔬菜。

④ 这句诗是反问句，译诗把问话的内容和反问语气更显著地表达了出来。

◎ 吾宗[1]（五律）

吾宗老孙子， 你是我们杜家年长的孙辈，
质朴古人风。 生活质朴，保存着古人遗风。
耕凿安时论，[2] 安于耕田而食、凿井而饮，不管世人的议论，
衣冠与世同。[3] 穿戴打扮也和世俗人们相同。
在家常早起， 家居过活常常清早起床，
忧国愿年丰。 忧国忧民，更盼望岁足年丰。
语及君臣际，[4] 闲谈时他常提起君臣相处的事，

经书满腹中。	儒家的经典塞满他的腹中。

注释：

① 诗题下有原注："卫仓曹崇简。"第十八卷《寄从孙崇简》，也是给这位同族侄孙杜崇简的诗。他也在夔州山村中居住，过着平民生活。这首诗以简朴的语言，刻画出了这位安于贫贱、忧国忧民的儒生形象。

② 耕凿，耕田、凿井之节缩语。这是一种自给自足，不求于人的生活。古代儒家对这种生活十分向往。参看本卷《奉送王信州崟北归》注④。安时论，是说安于俭朴生活，不顾别人的议论。

③ 这句诗的意思是，杜崇简虽不愿做官，甘愿从事劳动自食其力，但并不放逸怪诞，表现出与众不同令人侧目的狂人形态。这也正表示，杜崇简是一个正统的儒生。

④ 这两句诗是杜崇简为人的进一步揭示，他仍十分关心国家大事，常"语及君臣际"；他饱读诗书，并不是无才。

◎ 奉酬薛十二丈判官见赠[①]（五古）

忽忽峡中睡，	我在三峡里昏睡，时间匆匆逝去，
悲风方一醒。	直到悲凉的秋风吹来我才苏醒。
西来有好鸟，	西方飞来一只可爱的鸟，
为我下青冥。	它为我从高空向下飞行。
羽毛净白雪，	羽毛洁净得像白雪，
惨澹飞云汀。	辛苦地飞过云端，飞过沙汀。
既蒙主人顾，	受到了主人接待之后，
举翮唳孤亭。	就在这座孤亭里振翅长鸣。

持以比佳士，	我用这样一只鸟来比喻才高的人，
及此慰扬舲。[2]	他到这里来慰问，当我的船正将启程。
清文动哀玉，	他的清新诗句像佩玉凄切地鸣响，
见道发新硎。	像新磨的刀一样锋利，把深刻的道理阐明。
欲学鸱夷子，[3]	他要学范蠡复兴越国的榜样，
待勒燕山铭。[4]	要像窦宪那样立功，在燕山上刻石记载功勋。
谁重斩邪剑，[5]	可是这世上谁看重斩邪的利剑，
致君君未听。	愿为皇上效力，皇上却听不见他的声音。
志在麒麟阁，[6]	他的志向是在麒麟阁上留下图像，
无心云母屏。[7]	却不想留恋云母屏前夫妻恩爱情深。
卓氏近新寡，[8]	有位卓文君那样的少妇新近寡居，
豪家朱门扃。[9]	她出身朱门紧闭的豪富家庭。
相如才调逸，[10]	有位才子像司马相如一样俊逸，
银汉会双星。[11]	他们聚在一起，像银河上会聚的双星。
客来洗粉黛，[12]	新郎君来了，她却洗去了脂粉黛青，
日暮拾流萤。[13]	每天傍晚到处捕捉流萤。
不是无膏火，	并不是家里没有点灯用的油膏，
劝郎勤六经。[14]	这样做是勉励郎君勤苦攻读六经。
老夫自汲涧，	我这老人如今还亲自到涧边汲水，
野水日泠泠。	山野里的溪水每天潺潺流个不停。
我叹黑头白，	我在为头上黑发变白叹息，
君看银印青。	您不久定能绾系上青绶银印。
卧病识山鬼，[15]	我卧病长久，眼里好像看得见山鬼，
为农知地形。[16]	常做些农活，学会识别不同地形。
谁矜坐锦帐，[17]	坐在郎官的锦帐里谁会骄矜，
苦厌食鱼腥。[18]	我如今倒是十分嫌恶吃鱼腥。

东西两岸坼，[19]	东西两岸像裂开了一样，
横水注沧溟。	滔滔洪水向大海注倾。
碧色忽惆怅，[20]	那一片碧绿的颜色顿使我感到迷惘，
风雷搜百灵。	狂风、迅雷正在搜聚各种仙灵。
空中右白虎，[21]	西边的天空出现了白虎，
赤节引娉婷。[22]	红色的旌节引导来美丽的女神。
自云帝季女，	她说自己是天帝最小的女儿，
噀雨凤凰翎。[23]	喷射着雨点，张开凤凰的羽翎。
襄王薄行迹，[24]	那楚襄王的行为太薄幸，
莫学令威丁。[25]	也别学丁令威那样抛弃家人。
千秋一拭泪，	千年前的事还使我伤心拭泪，
梦觉有微馨。	梦醒时好像仍嗅到淡淡芳馨。
人生相感动，	人们在世上情感常相互激发，
金石两青莹。[26]	像黄金宝石的青荧光辉相互照映。
丈人但安坐，	请您只管安稳地坐着，
休辨渭与泾。[27]	别去辨别泾水渭水谁浊谁清。
龙蛇尚格斗，[28]	长龙巨蛇依然在拼死搏斗，
洒血暗郊坰。[29]	鲜血洒向郊野投下了阴影。
吾闻聪明主，	我听说过，那些聪明的君主，
治国用轻刑。	治理国家总是从轻量刑。
销兵铸农器，	销毁兵器铠甲来制造农器，
今古岁方宁。	不论古今，只有这样才能安宁。
天王日俭德，	皇帝天天把节俭放在心上，
俊乂始盈庭。[30]	英豪俊杰才会充满朝廷。
荣华贵少壮，	荣华富贵得趁青壮年时期争取，
岂食楚江萍。[31]	哪里该服食这楚江上飘的巨萍。

注释：

① 薛十二判官是一位比较年轻的官员，杜甫与他相交不深，对他表示客气故尊称他为“丈”。薛十二到杜甫的住处访问，并赠诗给杜甫，可见他对杜甫是很崇敬的。杜甫写了这首诗来回答他，称赞了他的才学品德，祝贺他的新婚，并鼓励他努力仕进，把国家引向正道，不要有出世隐居的想法。杜甫的这首诗大概是针对他所赠诗的内容而发，诗的开头以白鸟来比喻并起兴，诗中有一段通过梦境来赞坚贞的爱情，在艺术形式上比较特殊。这首诗表现出杜诗的另一种风格，幻想，超脱尘世，但实际上又不远离现实，而是向现实生活挑战，提出一种要求植根现实的理想。这首诗在语言上也突破了五言古诗的框架，表现出近于七言歌行的风格，这在我国古代诗歌中也是少见的。作诗时间在大历二年秋，黄鹤谓当作于住东屯时。

② 扬舲，《仇注》引刘孝威诗：“扬舲濯锦流，”并解释说：“扬舲，行船也。”杜甫当时正准备乘船出峡，但后来未能成行。

③ 鸱夷子，即助越王勾践复国的范蠡，见第十六卷《壮游》注⑱。这里主要指学习范蠡复兴越国的业绩。

④ 据《后汉书·窦宪传》：“永元元年（89 年），窦宪大破北单于于稽落山，命中护军班固作《燕然山铭》，勒石纪功。”燕然山，今称杭爱山，在蒙古人民共和国境内。

⑤ 斩邪剑，比喻直言进谏、弹劾奸佞的直臣。

⑥ 麒麟阁，见第二卷《前出塞九首》第三首注②。诗中以“麒麟阁”代表建立功勋。

⑦ 云母屏，是古代富贵人家内室常用的摆设。这里借代夫妇家居燕尔的生活。

⑧ 卓氏，卓文君。这里隐喻薛十二的新婚夫人，她也是新寡，与卓文君相似。关于卓文君与司马相如的故事，可参看第十卷《琴台》注②。

⑨ 扃，音迥，阴平声（jiōng），闭门。

⑩ 相如，即司马相如。诗中以他隐喻薛十二判官。

⑪ 银汉，即银河。双星，牛郎、织女。这诗里以此隐喻薛十二判官与其新夫人。

⑫ 客，新客，即新郎。粉黛，化妆品。洗粉黛，谓过朴素生活；同时也是为了使丈夫安心读书上进，不以粉黛取媚，免得丈夫分心。“洗粉黛”用梁鸿事。东汉平陵女子孟光年三十嫁梁鸿为妇，装饰甚盛，七日而鸿不答，光乃椎髻布衣，操作而前。鸿喜

曰："此真梁鸿妻也。"

⑬《晋书・车胤传》："胤博学多通，家贫，不常得油，夏月则练囊盛数十萤火以照读书，以夜继日焉。"拾流萤，意思是劝勉丈夫努力向学。

⑭ 六经，指儒家经典，《诗》《书》《易》《礼》《春秋》及已佚失的《乐》。

⑮ 关于"山鬼"，可参看本卷《巫峡敝庐奉赠侍御四舅别之澧朗》注②。这里的山鬼也是指想象之物。

⑯ 地形，与今日地形的概念不同，是关于土地的种种实际知识。

⑰ 据《汉官仪》：尚书郎入直，官供锦绫被、给帐帏、茵褥、通中枕。诗中以"锦帐"借代尚书郎所住的地方，也就是借代尚书郎的职位。

⑱ 夔州盛产鱼类，居民多以鱼类佐餐。第二十卷《戏作俳谐体遣闷二首》第一首有"家家养乌鬼，顿顿食黄鱼"之句。厌食鱼腥，实际上是厌倦在夔州生活下去。

⑲ 东西两岸，当指瀼溪的东西两岸。从这句诗开始到"噀雨凤凰翎"，都是述梦中所见。

⑳ 碧色，指天空。惆怅，据《集韵》，可作"失志"解，即迷惘，不知所措。

㉑《礼・曲礼》："行前朱鸟而后玄武，左青龙而右白虎。"疏："朱鸟、玄武、青龙、白虎，四方宿名。"道家神话把这些星都说成是神仙。

㉒ 娉婷，美好貌。这里借代为美女，指仙女或女神。下一句中的"帝季女"，天帝的小女，也就是这"娉婷"女。

㉓"噀"音"巽"（xùn），喷水。噀雨，即"行雨"。凤凰翎，"帝女"的装饰物。这几句诗的形象类似宋玉《高唐赋》中所说的巫山神女"旦为行云，暮为行雨"的形象。隐喻人世间男女间的爱情。

㉔ 襄王，宋玉的《高唐赋》假托宋玉与楚襄王的对话，引出一段巫山神女的故事来。故事中的楚王并不是襄王，但后世多把襄王与故事中的楚王混为一谈。薄行迹，即稀形迹。《仇注》："襄王稀迹，此寡情者。"故译诗中写成"行为太薄幸。"

㉕ 令威丁，即"丁令威"。见第十八卷《卜居》注②。这句诗是戒人离乡不归。

㉖ 刘向《新序》："楚熊渠子见其诚心，而金石为之开。"《后汉书・光武纪》："精诚所

加，金石为开。”这句和上一句诗似为上面关于男女爱情的几句诗的总结，金石，喻男女双方，两相照映，即心心相印之意。故译诗把“金石”译为“黄金、宝石”。

㉗俗云“清渭浊泾”，又云“泾渭分明”，这里说“休辩”（按古汉语中“辩”与“辨”通），当有所指。可能与蜀境崔旰与柏茂林等人之间的争斗有关。杜鸿渐以副元帅的高位出镇蜀地，到蜀后采取不分是非，息事宁人的态度，大历元年二月奏请授杀害蜀帅郭英乂的汉州刺史崔旰为茂州刺史兼剑南西山防御使；后又改为成都尹兼剑南、西川节度观察等使，同时也授进攻崔旰的柏茂林为邛南防御使、剑南西山兵马使，后改为夔州都督。大历三年五月，又以“崔旰检校三部尚书，赐名崔宁”。崔与柏茂林及其他将领之间的战斗时息时起，蜀境十分混乱。这句诗可能是反语，暗示对杜鸿渐所采取的策略的不满；也可能是劝薛十二勿卷入蜀境军阀的派系斗争。

㉘龙蛇格斗，大概是指崔旰与柏茂林之间的战斗，及与此有联系的军阀混战。除此而外，他处也可能有军阀间的争权战斗。《仇注》引黄鹤注：“时吐蕃寇邠、灵州，京师戒严”，故有这两句诗。那是大历二年九十月间的事，杜甫住在夔州山中，在秋季还不大可能得知这一消息，联系上文的内容来看，也不应牵涉到外族侵略上去。何况，反对外族入侵的战争，更不能说成是“龙蛇格斗”。

㉙郊坰，见第三卷《沙苑行》注⑨。暗郊坰，指京郊阴暗，喻朝廷受蒙蔽对蜀境等地战乱的情况不了解。

㉚“俊乂”之“乂”，音“义”（yì），治理，安定。《书·皋陶谟》：“俊乂在官”，俊乂，谓才德过人。

㉛《孔子家语》：“楚昭王渡江，有一物大如斗，圆而赤，取之以问孔子。曰：‘此萍实也。吾昔过陈，闻童谣曰：‘楚王渡江得萍实，大如斗，赤如日，剖而食之甜如蜜’。”在这诗中，只是借这典故来表示漂泊夔州的生活，劝薛十二勿在夔州一带逗留。夔州，唐代属荆州，是古代楚国地方。

◎ 寄狄明府博济[1]（七古）

梁公曾孙我姨弟，	您是狄梁公的曾孙，是我的姨弟，
不见十年官济济。[2]	已经十年没见到您了，您的官位也并没有连连升级。
大贤之后竟凌迟，	伟大贤才的后代竟这样式微，
浩荡古今同一体。	从茫茫远古到如今都这么回事。
比看伯叔四十人，	以往曾看见您的伯叔辈四十多位，
有才无命百僚底。	都有才无命，在百僚中地位很低。
今者兄弟一百人，	如今你们兄弟有一百个，
几人卓绝秉周礼。[3]	有好几位能继承祖先德业、出人头地。
在汝更用文章为，	在您身上还有作诗文的本领，
长兄白眉复天启。[4]	您的大哥天资又高，才能最优异。
汝门请从曾翁说，[5]	要谈你们这家人，还得从您的曾祖父谈起，
太后当朝多巧诋。[6]	太后当朝时盛行诬陷诋毁。
狄公执政在末年，[7]	狄公在世风日下的年代掌握政权，
浊河终不污清济。[8]	黄河混浊毕竟染污不了清清济水。
国嗣初将付诸武，[9]	当年曾打算把帝位授给武氏兄弟，
公独廷诤守丹陛。[10]	只有狄公坚持谏诤，守着丹陛不肯离去。
禁中决策请房陵，[11]	后来宫里又决定请中宗复位，
前朝长老皆流涕。	前朝的元老大臣们都激动得流泪。
太宗社稷一朝正，	太宗开创的国家终于走上正路，
汉官威仪重昭洗。[12]	许多大臣受到昭雪，恢复了荣誉。
时危始识不世才，	在艰危年代才看得出谁是世上少有的卓越人才，
谁谓荼苦甘如荠。[13]	人们说他吃尽苦，他却把这种苦看得甘甜如荠。
汝曹又宜列鼎食，	你们这一辈人又该享受荣华富贵，列鼎而食，

身使门户多旌棨。[14]	靠自己能在门前多竖些旌节、棨戟。
胡为漂泊岷汉间，[15]	为什么您在岷江、嘉陵江上漂泊，
干谒王侯颇历抵。[16]	到处拜谒，到过许多王侯家里。
况乃山高水有波，	何况山高难攀，水上波涛连天，
秋风潇潇露泥泥。[17]	秋风萧萧，到处都是露水。
虎之饥，	老虎饥饿了，
下巉岩；	奔下险峭的山岩；
蛟之横，	蛟龙想放纵肆虐，
出清泚。[18]	就冲出清清水底。
早归来，	早些回来吧，
黄土污衣眼易迷。[19]	黄土会玷污您的衣衫，眼睛也容易被迷。

注释：

①狄博济，是梁国公狄仁杰的曾孙，杜甫姨母之子。他的官职是县令，故称他为“明府”。这首诗歌颂了狄仁杰的品德和功绩，并对狄博济官职低下、怀才不遇表示深切的同情。诗中一方面肯定他有才能，应过富贵生活，另一方面又劝他不要到处漂泊，到处干谒侯王。最后的“早归来”的呼唤，又好像是劝他安于贫贱，归老林丘。这诗中所表现出的矛盾也正是杜甫思想中矛盾的反映。梁国公狄仁杰在武后朝曾为鸾台侍郎同平章事，在武、李两族的争权斗争中，他起了某种调节作用，但归根到底是维护李唐王朝的政权。迎中宗复位也是出于他的主张。黄鹤谓此诗作于大历二年。

②“不见”一词的作用一直延伸到“官济济”。《杜臆》：“‘不见十年官济济’，谓其早罢官，在仕途不十年济济上进也。”《诗·齐风·载驱》：“四骊济济”。“济济”是赞美之词。不断升官则可谓为美事，因而说“官济济”。

③《左传》：“齐仲孙湫来省难，及还，公问鲁可取乎？对曰：鲁秉周礼，未可动也。”秉周礼，指坚守周代文物制度。这诗中以“秉周礼”代表继承祖先的道德修养。

④ 据《三国志·蜀书·马良传》，马良，字季常，兄弟五人，皆以“常”为字，并有才名。而以良为最。良眉中有白毛，乡里为之谚曰：“马氏五常，白眉最良。”后世常以“白眉”美称人的长兄。天启，受天的启发，喻天资聪慧。

⑤ 曾翁，指狄仁杰，他是狄博济的曾祖父。

⑥ 诋，一作“计”。《仇注》引杨慎云：“计不在韵，当作诋。”又引《前汉书》：“深文巧诋。”诋，诋毁。

⑦ 末年，即“末世”。《易·系辞》：“易之兴也，其当殷之末世，周之盛德耶？”“末世”与“盛德”相对，指政治腐朽、社会风气败坏的时代。

⑧ 河，黄河。济，济水。古代江、淮、河、济并称，后济水渐枯竭。济水以清澈著名。这句诗以“浊河”“清济”比喻人品之卑污与高洁。

⑨ 国嗣，指皇帝的继位者。诸武，武则天家族的武三思兄弟等。武则天于废中宗后，曾欲立其侄武三思为太子，经狄仁杰数谏始罢，后终迎中宗复位。

⑩ 丹陛，天子座前的红色台阶。

⑪ 房陵，汉代县名，唐代称房州，武则天当政，中宗李显曾被废，禁锢于此。诗中的房陵借代李显。

⑫ 武则天统治时期，曾诛杀唐宗室贵戚数百人及大臣数百家。神龙元年（705年）中宗复位后，政局仍动荡不安，但对一部分被杀害、被贬官的宗族、大臣进行了昭雪。汉官威仪重昭洗，就是指这些人的荣誉和社会地位的恢复。

⑬《诗·邶风·谷风》：“谁谓荼苦，其甘如荠。”荠，即荠菜。诗中以“荼苦”比喻狄仁杰从事政治斗争所经受的痛苦，但他却不以为苦。

⑭ 旌棨，指旌节及棨戟。“旌节”在汉代以前，是指天子赐给使者象征权力的带牦牛尾的竹杖；唐代则以“旌”与“节”分称两物，是赐给节度使的仪仗。棨戟，带赤黑缯套的戟，专作仪仗用。门列旌棨的府第都是官位很高的人家。

⑮ 岷汉，指岷江与嘉陵江。唐代也称嘉陵江为汉水。

⑯ 李白《与韩荆州书》：“十五好剑术，遍干诸侯；三十成文章，历抵卿相。”“遍干”与“历抵”，都是指普遍拜谒有权势者，希望得到援引吹嘘，使自己能入仕途或升迁高位。

⑰《诗·大雅·行苇》："维叶泥泥"。又《小雅·蓼萧》："零露泥泥"。泥泥，盛貌、沾濡貌。

⑱ 泚，音"此"(cǐ)，清澈。

⑲ 最后几句诗言世道险恶，易受伤害，或被沾染，劝狄博望洁身自爱。

◎ 同元使君春陵行有序[①]（五古）

览道州元使君结《春陵行》兼《贼退后示官吏作》二首，志之曰：当天子分忧之地，效汉官良吏之目。[②]今盗贼未息，知民疾苦，得结辈十数公，落落然参错天下为邦伯，[③]万物吐气，[④]天下少安可待矣。不意复见比兴体制，微婉顿挫之词，感而有诗，增诸卷轴，[⑤]简知我者，不必寄元。

我看了道州元结使君的《春陵行》和《贼退后示官吏作》两首诗后这样写道：处在该为天子分忧的地位上，应仿效汉代优良官吏的眼光。如今盗贼骚乱尚未止息，深知人民生活十分痛苦。如果有十几位元结这样的人，一个个分散在全国各地担任州郡长官，使世上的一切生灵都能舒口气，就能指望天下稍为安定一些了。没想到又看到了这种有所比兴的构思和含蓄婉转、曲折有致的文词，我有感而作了这首诗，增附在元结诗篇的卷后，寄给理解我的人，倒不一定再给元结寄去了。

遭乱发尽白，	我遭到战乱，头发已完全变白，
转衰病相婴。	身体转弱，又有疾病缠身。
沉绵盗贼际，	盗贼纵横时病更重了，又长期拖延，
狼狈江汉行。[⑥]	进退两难地在长江上航行。
叹时药力薄，[⑦]	为时世感叹，好像药效也变小，

为客羸瘵成。[⑧] 在旅途中形成亏损难治的病根。
吾人诗家秀，我们诗人中的杰出者，
博采世上名。都从世上著名作品中博采精英。
粲粲元道州，[⑨] 元道州的诗篇辉煌灿烂，
前圣畏后生。[⑩] 连前代圣人也觉得后来者值得赞赏畏敬。
观乎春陵作，看了他作的《春陵行》，
欻见俊哲情。一下就看出他睿智深思的心。
复览贼退篇，[⑪] 又看了他的《贼退》篇，
结也实国桢。[⑫] 不禁要叫一声——元结，你真是国家栋梁之臣。
贾谊昔流恸，[⑬] 当年贾谊曾为国事痛哭不息，
匡衡尝引经。[⑭] 匡衡也曾经引证经文议论朝政。
道州忧黎庶，元道州关心黎民百姓，
词气浩纵横。诗篇的字里行间正气纵横。
两章对秋月，这两篇诗能和秋月辉映，
一字偕华星。每个字像天空灿烂的星辰般光明。
致君尧舜际，他辅佐皇帝要让他成为尧舜般圣君，
淳朴忆大庭。[⑮] 世风淳朴，使人想起大庭氏的人民。
何时降玺书，皇帝的玺书什么时候降下，
用尔为丹青。[⑯] 任命你在朝廷上做公卿大臣。
狱讼永衰息，诉讼案件不断减少、直到止息，
岂惟偃甲兵。岂仅是不再动刀兵。
凄恻念诛求，我想起对人民的横征暴敛感到凄恻，
薄敛近休明。[⑰] 只有减轻赋税，才能使政治开明。
乃知正人意，我这才明白，正人君子的心意，
不苟飞长缨。[⑱] 决不随随便便戴上冠冕飘着长缨。
凉风振南岳，[⑲] 像一阵凉风从南岳山卷起，

之子宠若惊。[20]	他这个人，得到荣誉反觉得心惊。
色沮金印大，[21]	面对巨大的金印他反而神色沮丧，
兴含沧浪情。[22]	在他作的诗里，含有盼望归隐沧浪的心情。
我多长卿病，[23]	我像司马相如一样多病，
日夕思朝廷。	日日夜夜思念着朝廷。
肺枯渴太甚，[24]	肺叶萎缩，消渴病又很严重，
漂泊公孙城。[25]	在公孙述遗留下的古城附近飘零。
呼儿具纸笔，	唤儿子给我准备好纸笔，
隐几临轩楹。	靠在椅子上，对着庭柱窗棂。
作诗呻吟内，	一边呻吟一边作诗，
墨淡字欹倾。	墨迹淡薄，字迹歪斜看不清。
感彼危苦词，[26]	我的诗被他的苦词激起，
庶几知者听。	写出来也让理解的人听一听。

注释：

① 元使君，即元结，当时任道州刺史，故称元使君，字次山，号漫叟，天宝十三载进士，与孟云卿、沈千运等交游，诗文简淡高古，一变排偶绮靡之习。乾元三年（760年）编孟云卿、沈千运、张彪、王季友等七人的五言古诗二十四首为《箧中集》。著有《次山集》。他的名作《春陵行》和《贼退后示官吏作》作于广德二年（764年），大历年间，杜甫在夔州看到《春陵行》后十分感动，就和了这篇诗，对元结的诗和为人备极推崇赞誉。诗前有序，把写这诗的动机和自己当时的情绪活动直接表达了出来。春陵，道州之旧名。

②“效汉官良吏之目”一作“效汉朝良吏之目”。旧注对“良吏之目”无解。“目”即今日所谓“目光”“眼光”“见识”之意。《公羊传·桓二年》：“内大恶讳，此其目言之何。”注：“目，见也。”

③ 落落，众多貌。邦伯，即诸侯，指刺史等地方官。

④“万物吐气”一作“万姓壮气”。万物，主要也是指人民。吐气，即苏息、舒气。

⑤ 卷轴，喻卷末。唐代书籍皆长卷，以贯轴卷舒，因称书卷为“卷轴”。卷末在近轴处，故“卷轴”也可指卷末。

⑥ 江汉，泛指巫峡以西的长江及其支流。

⑦ 药力薄，故病难治愈。但病难治愈的更重要的原因却是忧时叹世。

⑧ 羸瘵，音“雷寨”（léi zhài），外部瘦弱，内部亏损的疾病。

⑨《诗·小雅·大东》：“粲粲衣服”，传“粲粲，鲜盛貌。”

⑩《论语·子罕》：“后生可畏”。这是盛赞元结的诗。古代圣人说过“后生可畏”，元结正是这样的后生。

⑪ 春陵作，指《春陵行》。贼退篇，指《贼退后示官吏作》。

⑫ 国桢，国家桢干之臣。《诗·大雅·文王》：“维周之桢。”传：“桢，干也。”笺：“周之干事之臣。”与通常所说的“栋梁之臣”同义。

⑬ 贾谊痛哭，见第十四卷《别蔡十四著作》注②。

⑭ 据《汉书·匡衡传》，匡衡在汉宣帝时即以说《诗》著名，汉元帝时，官至太子少傅、丞相，常上疏指陈施政得失，多引《诗经》大义。

⑮ 大庭，见第十六卷《夔府书怀四十韵》注㊺。

⑯《仇注》引《盐铁论》：“公卿者神，化之丹青。”又引《庄子》：“为丹青则藻缛王猷，粉饰治具。”这里的“丹青”原来是以绘画比喻治国，后来引申用于借代公卿大臣。

⑰《左传·宣三年》：“德之休明，虽小，重也。”这里的“德”，指统治者而言。休明，是赞美政治教化美善开明之词。

⑱ 长缨，系冠之丝绳。飞长缨，喻居高官之位。

⑲ 道州，今湖南道县，距南岳不很远，这里以南岳上刮起凉风来比喻元结诗篇中的新意。

⑳《老子》：“宠辱若惊”。这句诗表示元结不把个人的荣誉放在心上。

㉑ 金印大，指位高权重。《仇注》引《晋书·周顗传》：“取金印如斗大，系肘后。”

㉒ 兴，这里指诗中蕴含的思想感情。沧浪情，归隐之心。元结的《贼退后示官吏作》中有“思欲委符节，引竿自刺船。将家就鱼麦，穷老江湖边”等语，可看出他也很想归隐江湖。

㉓ 长卿，司马相如之字。第十卷《琴台》一诗有“茂陵多病后”之句，参阅该诗注②。

㉔ 肺枯，即肺萎。渴，即消渴，今称糖尿病。

㉕ 公孙城，指西汉末公孙述据蜀时所建之城，即白帝城，这里指夔州。

㉖ 彼危苦词，指前面所说的元结写的两首诗，因其内容反映人民的苦难，故称“危苦词”。

◎ 秋日夔府咏怀奉寄郑监李宾客一百韵[①] （五排）

绝塞乌蛮北，[②]	在偏远的乌蛮山区北面，
孤城白帝边。	靠近孤寂的白帝城边。
飘零仍百里，[③]	我又漂泊了百来里路程，
消渴已三年。[④]	三年来一直被消渴病纠缠。
雄剑鸣开匣，[⑤]	雄剑在长鸣，催我打开剑匣，
群书满系船。	各种书籍把系在岸边的船堆满。
乱离心不展，	战乱、离散使我的心不能舒展，
衰谢日萧然。	一天天衰老，感到寂寞愁惨。
筋力妻孥问，	身体状况常引起妻儿担心询问，
菁华岁月迁。[⑥]	随着岁月流逝，精力一天天在消减。
登临多物色，[⑦]	登上高楼眺望，美丽的景物纷繁，
陶冶赖诗篇。	陶冶我的心灵就全靠写作诗篇。

峡束沧江起，	峡谷夹着沧江，两岸山崖耸起，
岩排古树圆。	山岩上排列的古树树冠都那么圆。
拂云霾楚气，[8]	树梢拂动云雾，楚地一片阴暗，
朝海蹴吴天。	流向大海的江水冲激着吴天。
煮井为盐速，	这里的盐井煮水制盐多迅速，
烧畬度地偏。[9]	这里的土地偏僻，把草木烧了种田。
有时惊叠嶂，	有时那重重叠嶂使我惊怵，
何处觅平川。	不知到哪里才能找到平原。
鸂鶒双双舞，[10]	一对对紫鸳鸯在飞舞，
猕猴垒垒悬。[11]	成串的猕猴从高处往下垂悬。
碧萝长似带，	碧绿的藤萝那么长真像衣带，
锦石小如钱。[12]	五彩的卵石小得像铜钱。
春草何曾歇，	春天茁发的小草一直不停地生长，
寒花亦可怜。	寒风中瑟缩的小花也叫人爱怜。
猎人吹戍火，	守夜的猎人吹旺了篝火，
野店引山泉。	野外的小客店为饮水引来山泉。
唤起搔头急，[13]	早晨靠人唤醒，急忙把乱发搔理，
扶行几屐穿。[14]	步履艰难地走路，也把多少双木屐磨穿。
两京犹薄产，	还有些薄产留在东西两京，
四海绝随肩。[15]	四海之内，没有谁愿追随我身边。
幕府初交辟，[16]	当初我应征聘进入了幕府，
郎官幸备员。[17]	总算幸运，做了个挂名的郎官。
瓜时犹旅寓，[18]	卸任之后仍寓居在异乡，
萍泛苦夤缘。[19]	像浮萍一样飘泛，还要为求托人情愁烦。
药饵虚狼藉，	杂乱地服用了多种药饵也没效验，
秋风洒静便。[20]	秋风吹拂后才觉得行动稍稍灵便。

开襟驱瘴疠，	敞开衣襟，让体内毒气被风驱走，
明目扫云烟。	眼光也明亮了，好像扫清了云烟。
高宴诸侯礼，㉑	州郡长官举行盛宴款待宾客，
佳人上客前。	美女们来到尊贵客人的座前。
哀筝伤老大，	凄凉的筝声使我为衰老伤感，
华屋艳神仙。	华丽的厅堂里，神仙一般的美人令人艳羡。
南内开元曲，㉒	演奏的是开元年间兴庆宫的乐曲，
当时弟子传。	这是当年的梨园弟子所传。
法歌声变转，㉓	法曲伴唱的歌声随后变了音调，
满座涕潺湲。	满座的客人听了都泪水涟涟。
吊影夔州僻，	在偏僻的夔州我形影孤单，
回肠杜曲煎。㉔	想起杜曲的家园，肝肠如受熬煎。
即今龙厩水，㉕	如今流经龙厩门的渭水里，
莫带犬羊膻。㉖	可不还带着胡人的腥膻。
耿贾扶王室，㉗	幸亏有那些武将像耿弇、贾复一样拱卫王室，
萧曹拱御筵。㉘	还有萧何、曹参一样的文臣，环绕在御席旁边。
乘威灭蜂虿，	凭借天威消灭了胡蜂毒虫，
戮力效鹰鹯。㉙	同心合力，像雄健的鹰隼一般。
旧物森犹在，㉚	故国众多的文物依然存在，
凶徒恶未悛。	凶恶的匪徒仍旧怙恶不悛。
国须行战伐，	对这些人，国家该用武力讨伐，
人忆止戈鋋。㉛	可是人们却记得当年曾停止征战。
奴仆何知礼，㉜	当奴仆的人哪里懂得治国的礼法，
恩荣错与权。	错给了他们恩宠、荣誉和兵权。
胡星一彗孛，㉝	当胡星一翘起扫帚星的尾巴，
黔首遂拘挛。㉞	黎民百姓可就遭受摧残苦难。

原文	译文
哀痛丝纶切，[35]	皇上罪己的诏书哀痛恳切，
烦苛法令蠲。[36]	废除了各种暴政和苛捐。
业成陈始王，[37]	向新登位的皇上陈述创业的经过，
兆喜出于畋。[38]	出都狩猎，好的兆头终于出现。
宫禁经纶密，	宫廷里的筹划周详严密，
台阶翊戴全。[39]	辅佐皇帝的各级官员都已齐全。
熊罴载吕望，[40]	吕望那样的谋略家已派车载来，
鸿雁美周宣。[41]	人民高唱《鸿雁》诗把皇上比作周宣王来颂赞。
侧听中兴主，	我远远谛听着皇上中兴的消息，
长吟不世贤。[42]	还在吟咏长诗，把你们这两位世上难得的贤才思念。
音徽一柱数，[43]	屡次接到一柱观下寄来的音讯，
道里下牢千。[44]	从这里到下牢关，路程有千里远。
郑李光时论，[45]	如今世上的舆论都赞美你们郑李两位，
文章并我先。	你们写诗文的才能都在我之先。
阴何尚清省，[46]	像阴铿、何逊那样着重清新简练，
沈宋欻联翩。[47]	像沈佺期、宋之问那样敏捷、精彩的诗句联翩不断。
律比昆仑竹，[48]	节律像昆仑竹制的律管一样准确，
音知燥湿弦。[49]	音韵谐调，连琴弦干湿也能分辨。
风流俱善价，[50]	你们的文采保存着古代遗风，都得到很高评价，
惬当久忘筌。[51]	读者只是感到合于自己心意，早把语言形式丢到一边。
置驿常如此，[52]	你们像郑当时那样，常常备好驿马迎接宾客，
登龙盖有焉。[53]	受到你们接待就像登上龙门一般。
虽云隔礼数，[54]	虽然我不能和你们常常见面，
不敢坠周旋。[55]	可也不敢疏忽和你们书信往还。
高视收人表，[56]	你们放眼远望，聚集了许多优秀人物在身边，
虚心味道玄。	虚心把玄妙的道理体味钻研。

马来皆汗血，[57]	跑到你们那里的马都流淌血汗，
鹤唳必青田。[58]	向你们那里鸣叫的鹤都来自青田。
羽翼商山起，[59]	李公将像走出商山辅佐太子的“四皓”，
蓬莱汉阁连。[60]	郑公在秘书省，好像在汉代的东观。
管宁纱帽净，[61]	郑公像退休的管宁，戴着纱帽，生活清闲，
江令锦袍鲜。[62]	李公像尚书令江总，身上穿的锦袍色彩鲜艳。
东郡时题壁，[63]	住在江陵郡的李公常在壁上题诗，
南湖日扣舷。[64]	郑公在南湖上遨游，天天边吟诵边扣击船舷。
远游凌绝境，	你们两位都离开了京都远游到遥迢的边地，
佳句染华笺。	都把精美的诗句写上了彩色的诗笺。
每欲孤飞去，	我常常打算独自一人飞逝，
徒为百虑牵。	只是有无数忧虑把我的心挂牵。
生涯已寥落，	我的生命已到衰萎的晚年，
国步尚迍邅。[65]	国运还在困境中徘徊不前。
衾枕成芜没，[66]	祖先的坟墓已经被杂草埋没，
池塘作弃捐。	故园的池塘被丢弃在那里没人管。
别离忧怛怛，	和兄弟们离散，常为他们担忧，
伏腊涕涟涟。[67]	伏天腊日该祭祖时就泪水涟涟。
露菊斑丰镐，[68]	带着露水的斑斓菊花还该在丰邑镐京盛开，
秋蔬影涧瀍。[69]	秋季蔬菜的影子该落在涧瀍水面。
共谁论昔事，	往年的事情能和谁一起谈论，
几处有新阡。	许多地方又有新墓道增添。
富贵空回首，	回顾已消失的富贵荣华只是徒然，
喧争懒著鞭。[70]	人们喧嚷着相互夺取，我却懒得和他们争先。
兵戈尘漠漠，	战乱卷起的烟尘到处弥漫，
江汉月娟娟。[71]	长江上的月色却这样柔和素艳。

局促看秋燕，	看飞燕到秋天已局促不安，
萧疏听晚蝉。[72]	听晚蝉稀疏凄切地叫唤。
雕虫蒙记忆，[73]	我的诗只是雕虫小技，蒙你们还记在心间，
烹鲤问沉绵。[74]	得到你们来信，问我的病体是否恢复康健。
卜羡君平杖，[75]	我羡慕严君平在街头卖卜为生，
偷存子敬毡。[76]	小偷如来光顾，请给我留下家里的青毡。
囊虚把钗钏，	钱袋空了只得把钗钏拿去卖，
米尽拆花钿。[77]	米吃完了就拆开花钿去换。
甘子阴凉叶，	在阴凉的叶簇下面藏着柑子，
茅斋八九椽。	茅草盖的小屋有八九间。
阵图沙北岸，[78]	八阵图就在江北岸的沙滩上，
市暨瀼西巅。[79]	泊船的码头和集市在瀼西堤巅。
羁绊心常折，	滞留在这里我心中一直很痛苦，
栖迟病即痊。	但闲散生活也使得疾病渐渐好转。
紫收岷岭芋，[80]	收获了一些著名的岷山紫芋，
白种陆池莲。[81]	还在池里种上了一些陆家白莲。
色好梨胜颊，	颜色漂亮的梨比人的面颊还好看，
穰多栗过拳。[82]	板栗比拳头还大，又是个丰收年。
敕厨惟一味，	叫厨房里做饭只要一盘菜肴，
求饱或三鳣。[83]	有时想吃饱些，要三条鳝鱼佐餐。
俗异邻鲛室，[84]	捕鱼为生的邻居和我们的风俗两样，
朋来坐马鞯。[85]	朋友来了就坐在马鞍下放着的草垫上。
缚柴门窄窄，	荆柴扎的门真太狭窄，
通竹溜涓涓。	竹筒连通，引来涓涓不断的山泉。
堑抵公畦棱，[86]	壕沟一直挖到公家的菜园畦埂边，
村依野庙堧。[87]	村庄紧紧靠着野庙的外院。

缺篱将棘拒，　　篱笆缺了，就用些荆棘遮拦，
倒石赖藤缠。[88]　　堆叠的石块将要倾倒，靠藤萝来把它们缠绊。
借问频朝谒，　　请问你们频频上朝拜谒皇帝，
何如稳醉眠。　　怎比得上喝醉酒安稳地睡眠。
谁云行不逮，　　谁说我走路赶不上别人，
自觉坐能坚。　　自己觉得这样坐着坚稳如山。
雾雨银章涩，[89]　　久经雨露，我的银印已不再光润，
馨香粉署妍。[90]　　白粉墙的尚书省里飘出的馨香和我又有什么相干。
紫鸾无近远，[91]　　紫鸾在天空翱翔不顾路程远近，
黄雀任翩翾。[92]　　黄雀却随自己的意飞旋。
困学违从众，　　我困守原来的学识不跟随众人走，
明公各勉旃。[93]　　请你们有学问的人各自奋勉。
声华夹宸极，[94]　　你们声誉双双传到御座两边，
早晚到星躔。[95]　　登上宰辅高位就在早晚。
恳谏留匡鼎，[96]　　恳切进谏，要留下匡衡般的大才，
诸儒引服虔。[97]　　在儒生中该引用的是饱学的服虔。
不过输鲠直，　　重要的事莫过于举荐耿直的大臣，
会是正陶甄。[98]　　还应该端正陶冶教化的规范。
宵旰忧虞轸，[99]　　皇上早起晚食，常常忧虑交集，
黎元疾苦骈。[100]　　黎民身上仍压着双重苦难。
云台终日画，[101]　　功臣的画像整天可在云台上看见，
青简为谁编？[102]　　往古的史册又是为谁编撰？
行路难何有，　　行路难又算得什么，
招寻兴已专。[103]　　我一心追求寻觅的目标专一不变。
由来具飞楫，[104]　　早就准备好能够飞驶的快船，
暂拟控鸣弦。　　只是暂时停下，像掌控弓上的箭。

身许双峰寺，[105]	我愿把这身躯奉献给双峰寺，
门求七祖禅。[106]	要到七祖的门下去学禅。
落帆追宿昔，[107]	落下帆，回想往昔的心愿，
衣褐向真诠。[108]	身穿粗布衣衫，决心把真理求探。
安石名高晋，[109]	谢安石在晋代有着崇高的声誉，
昭王客赴燕。[110]	燕国的昭王曾把许多贤才招揽。
途中非阮籍，[111]	我虽在旅途上，可并不像阮籍那样途穷痛哭，
查上似张骞。[112]	倒有些像乘槎寻找河源的张骞。
披拂云宁在，	在微风披拂下，浮云怎能静止，
淹留景不延。[113]	再耽搁下去吗？光阴可不会迟延。
风期终破浪，	终于能期待到乘风破浪的那一天，
水怪莫飞涎。[114]	水上的鬼怪可别喷洒馋涎。
他日辞神女，[115]	到那一天我将和神女峰告别，
伤春怯杜鹃。	可能正当暮春，我心中忧伤，怕听见杜鹃。
淡交随聚散，	交情淡如水的朋友们随聚随散，
泽国绕回旋。[116]	将到荆州水乡和你们交游往还。
本自依迦叶，[117]	我本来就信奉迦叶比丘，
何曾藉偓佺。[118]	哪里曾想依靠仙人偓佺。
炉峰生转眄，[119]	转瞬间庐山香炉峰就将在眼前，
橘井尚高褰。[120]	连苏耽的橘井我也将断然离开不会留恋。
东走穷归鹤，[121]	像丁令威那样化鹤东归根本不行，
南征尽跕鸢。[122]	到南方去吗？只见那里的飞鸢尽都坠入深渊。
晚闻多妙教，[123]	我在暮年常聆听精微的佛教教义，
卒践塞前愆。[124]	弥补往日过错的愿望终将实现。
顾恺丹青列，[125]	顾恺之画的佛像留在瓦棺寺壁上，
头陀琬琰镌。[126]	头陀寺镌刻的碑文如美玉一般，

众香深黯黯，[127] 焚烧各种异香烟气浓密深黯。
几地肃芊芊。[128] 多少处寺院里草木长得青葱一片。
勇猛为心极， 要在心里积蓄起大无畏的勇气，
清羸任体孱。 身体孱弱消瘦尽可不必去管。
金篦空刮眼，[129] 可惜佛理也只像金篦一样刮去我眼上的翳膜，
镜象未离铨。[130] 我还不能把世上一切都当作镜中幻影，不去衡量识辨。

注释：

① 这首百韵排律是杜诗中最长的一篇。郑监，即秘书少监郑审，是郑虔之弟，因为郑虔是杜甫的老友，杜甫对郑审也怀着深厚的感情。李宾客，即太子宾客李之芳，曾于开元末自驾部员外郎出任齐州司马，杜甫在青年时代即与他交游。第一卷《同李太守登历下古城员外新亭》诗题中的“员外”，就是指李之芳，可见杜甫与李之芳的友谊也非比平常。大历二年秋，当杜甫在夔州时，郑审在峡州（今湖北省宜昌市），李之芳在江陵（今湖北省江陵县），两人相去不远，因此杜甫写这诗寄给他们两人。这首诗的内容十分丰富，从诗人在夔州的近况写起，涉及夔州景色，官场宴乐；又思念起国家大事，回顾了政局的发展；并称颂郑、李的文才、品德，抒发了对他们的怀念。诗中主要写诗人自己的生活、处境以及思想深处所发生的变化，对自己的心态作了透彻的剖析。诗的结束处表示决心皈依佛教禅宗，把人生的一切都当成幻影。但这也仍只是杜甫一时的思想活动，并不表明他真的以这样的方式最后解决了思想中的种种矛盾，而只是反映了诗人的痛苦极为深刻。在他所处的那个时代、那个具体的环境中，一个善良的、以仁爱为怀的儒家诗人只能以这样的方式来表明他对儒家学说的怀疑和对历史进程的无能为力。也正因为如此，杜甫才成为一个伟大的诗人，而不可能成为一个政治家或一个哲学家。为了理解杜甫的思想和他的诗艺特色，这一篇长诗是不能忽视的最重要的资料之一。这诗作于大历二年秋。

② 乌蛮，本是一个部族，后来成了乌蛮族人聚居地方的名称，即今云贵两省边境的乌蒙山区。唐代乌蛮族有酋长名乌蒙，其部落为乌蒙部，聚居处遂称乌蒙山。诗中的“绝塞”与“乌蒙”为同位语。

③ 杜甫在大历元年春到达云安，那时可能曾与郑审、李之芳有过书信往还，这句诗所说的“仍百里”是指云安到夔州的路程。

④ 消渴，消渴病，即今所谓糖尿病。据此诗，杜甫得此病当在广德二年（764 年），寓成都时。

⑤《仇注》引鲍照诗："双剑将别离，先在匣中鸣。雌沉吴江里，雄飞入楚城。"古代铸剑，常铸一双剑，一称雌剑，一称雄剑。这里说"雄剑"，是据上面的引诗而言，因夔州属古楚地，长久不舞剑，壮志已蹉跎，故剑鸣于匣中。

⑥ 菁华，与"精华"同，指物之精纯者。这里指人体的"菁华"，是指与前一句诗中"筋力"（体力）相对的"精神"。

⑦ 物色，参看第十二卷《倚杖》注③。

⑧"拂云"者，是秋风，是秋风吹动的树梢；朝海者是长江，是长江的波涛。霾楚气，是说楚地空中阴云堆积。蹴，形容波浪滔天。

⑨"烧畬"的"畬"，音"奢"（shē），是古代的一种种地的方法，焚烧地面草木，以其灰为肥料，不待翻耕土地就进行种植，即所谓刀耕火种之法。度，音"铎"（duó），《仇注》："度地偏，言不遗僻壤也。"

⑩ 鸂鶒，见第十卷《江头五咏之四：鸂鶒》注①。

⑪ 这里的"垒"同"累"。"垒垒"即"累累"。

⑫ 锦石，带彩色斑纹的卵石，如"雨花石"之类。

⑬《仇注》："心烦闷，故搔头。"其实这里的"搔头"，是实指；随便用手指爬搔一下头发，就算梳过头了。这句诗写生活懒散，行旅匆忙之状。

⑭ 扶行，是"扶服（扶伏）而行"的简语。《礼・檀弓》："凡民有丧，扶服救之。"《左传・昭二十一年》："扶伏而去之。"扶服、扶伏，多写作"匍匐"，意思是急忙而艰难地行走。几屐，《九家注》："公自注云：'诸阮云一生能著几屐。'"又引《晋书》："阮孚性好屐，客有诣孚，正见自蜡屐，因叹曰：'未知一生能著几两屐。'神色闲畅。"几两屐，即几双木屐。这句诗表达了对生命匆匆消逝的感慨。

⑮ 上一句"两京"，指东京洛阳与西京长安。杜甫老家在洛阳附近的偃师，筑有陆浑山庄；在长安杜曲有祖遗桑麻田及旧居。这一句的"随肩"，出于《礼记》："五年以长，则肩随之。"《九家注》："'绝随肩'言无故旧相随也。"

⑯⑰ 这两句诗是回忆在成都时参加严武幕府及被推荐授检校工部员外郎的事。

⑱《左传·庄八年》："齐侯使连称、管至父戍葵丘，瓜时而往，曰'及瓜而代'。"后遂以"瓜时"或"瓜代"来表示官职的交接，这里的"瓜时"是指离开官职。

⑲"夤"音"寅"（yín)。《韵会》"夤缘，连络也。"即今之所谓"托人情""拉关系""依靠关系网"之类。

⑳静便，见第八卷《寄岳州贾司马六丈巴州严八使君两阁老》注64。这里着重"便"字，指疾病稍愈，肢体已能稍稍活动。

㉑诸侯礼，州郡首长对宾客的礼遇，款待。

㉒南内，即兴庆宫。原注："都督柏中丞筵，闻梨园弟子李仙奴歌"。当时弟子，指李仙奴。

㉓据《唐会要》，唐玄宗于开元二年在梨园自教"法曲"。"法曲"是我国古代的一种乐曲，不同于西方传入的"胡乐"。

㉔杜曲，在长安城南，少陵原以东。杜甫家有祖遗产业在杜曲。第二卷《曲江三章》第三首："杜曲幸有桑麻田"。

㉕原注："西京龙厩门，苑马门也，渭水流苑门内。"

㉖莫，疑似之词，如现代汉语之"可不"。犬羊膻，指回纥、吐蕃等胡人遗留的气味。

㉗耿贾，指后汉开国功臣耿弇、贾复，都在云台上留有图形。见第十二卷《述古三首》第三首注⑥。这里借代唐肃宗朝的诸武将如郭子仪、李光弼等。

㉘萧曹，指前汉开国功臣、宰相萧何、曹参。参看第十七卷《咏怀古迹》第五首注⑤。这里指唐肃宗朝的宰相房琯、张镐等。

㉙鹯，音"沾"（zhān)，一种猛禽，与隼相似。《左传·文十八年》：见无礼于君者，诛之如鹰鹯之逐鸟雀。

㉚《左传·哀元年》："祀夏配天，不失旧物。"谓旧日之典章文物也。

㉛《说文》："鋋，小戈也。"《仇注》引王道俊《博议》："公以代宗不能往问河北之罪，而但慕止戈之名，养成祸乱，故曰：'国须行战伐，人忆止戈鋋'，盖伤之也。"

㉜奴仆，指宦官程元振等。《仇注》引卢注："程元振以奴仆而错与大权，致将士懈心，外夷入寇，而生民困苦。"

㉝ 胡星，即旄头星，昴宿。《仇注》引张晏曰："彗，所以除旧布新，孛气似彗也。"胡星发出彗星一样的光尾，比喻外族势盛及入侵。广德元年、二年，吐蕃屡次入寇。元年十月，代宗曾出奔陕州，吐蕃一度攻入长安。

㉞《史记·秦始皇本纪》："更名民曰黔首。"拘挛，喻人民生活困苦。

㉟ 丝纶，指皇帝的诏书，见第十八卷《览柏中丞兼子侄数人除官制词》注①。据《旧唐书·代宗纪》：永泰元年春正月，代宗下诏罪己说："朕以薄德，承兹艰运。军役屡兴，干戈未戢。茫茫士庶，斃于锋镝。皇穹以朕为子，苍生以朕为父，至德不能被物，精诚不能动天，俾我生灵，沦于沟壑，非朕之咎，孰之过欤。"

㊱ 蠲，音"捐"（juān），免除。烦苛法令，指超过人民承受力的徭役和苛捐杂税。

㊲ 业成陈，即"陈王业"创立之经过，《诗序》："《七月》，陈王业也。周公遭变，陈后稷先公风化所由，致王业之艰难也。"始王，《钱笺》谓"指代宗初政"。

㊳ 兆喜，古代迷信以龟甲兽骨烧出裂纹求卜未来的事，这能预言吉凶的裂文称为"兆"。出于畋，《钱笺》"喻代宗幸陕。"可参阅注㉝。

㊴ 台阶，星名，即"三台"。《晋书·天文志》："三台六星……三公之位也，在人曰三公，在天曰三台"。又曰"三台为天阶……一曰泰阶。上阶上星为天子，下星为女主，中阶上星为诸侯，下星为卿大夫。下阶上星为士，下星为庶人。"这里指辅佐皇帝的高级官员。翊戴，辅助、拥护。

㊵ 熊罴，比喻吕望。吕望，即吕尚、姜尚。参看第三卷《投赠哥舒开府翰二十韵》注⑲。

㊶ 鸿雁，《诗·小雅》篇名，《诗序》谓"美宣王能安集离散。"

㊷ 长吟，就是指作者写这篇长诗。不世贤，指郑审和李之芳。

㊸ 音徽，本来是指古琴上系弦之绳，后用以指琴弦旁按弦处标志。这里以"音徽"代替音讯，书信。一柱，一柱观，荆州名胜，这里用来代替荆州。数，音"朔"（shuò），屡次频繁。

㊹ 下牢，下牢关，在夷陵（即峡州）。原注："郑在江陵，李在夷陵。"（应为"李在江陵，郑在夷陵"，原注误。）

㊺ 光时论，意思是"为时论所光"，即为舆论所称誉。

㊻ 阴何，阴铿、何逊。阴铿，见第一卷《与李十二白同寻范十隐居》注③。何逊，见第九卷《北邻》注⑥。

㊼ 沈宋，沈佺期、宋之问，唐初著名诗人，受六朝诗风影响较深，讲究音韵对仗，对律诗的形成有重要贡献。两人齐名，世称“沈宋”。

㊽《汉书·律历志》记载古代创制乐律的传说，谓黄帝遣伶伦去大夏之西、昆仑之阴取竹为律管，定黄钟之宫。诗中说“昆仑竹”，指音高符合标准的律管，比喻诗歌之合于声韵格律的要求。

㊾ 琴弦燥湿，会影响声音高低，能辨明燥湿变化引起的音高的不同，表明精通音律。这里所指的也是诗歌音韵的准确性。

㊿ 风流，指流风遗韵，即古代诗歌流传到后代的优良传统。《汉书·赵充国辛庆忌传赞》：“其风声气俗自古而然，今之歌谣慷慨，风流犹存耳。”

51《庄子·外物》：“筌者所以在鱼，得鱼而忘筌；言者所以在意，得意而忘言。”筌，本意是一种捕鱼工具——鱼笱。后遂以“言筌”表示语言形式。诗中的“筌”，即“言筌”。

52置驿，见第十三卷《赠王二十四侍御契》注㊱。这句诗赞美郑审之好客像郑当时一样。这样比喻也由于两人同姓“郑”。

53 据《后汉书》，李膺性行简亢，风裁峻想，士被容接者称为“登龙门。”李白《与韩荆州书》：“一登龙门，则声誉十倍。”

54 古代社会因人的地位高低不同，接待他们的礼节也有差别，这就是“礼数”。《左传·庄十八年》：“王命诸侯，名位不同，礼亦异数。”这诗句里似乎不是指地位的高低，而只是指未能相见。礼数，指见面时的礼节。

55《仇注》：“周旋，公（指杜甫）愿与往来也。”这里的周旋不仅指直接来往，也包括书信来往。

56 人表，指品行足为众人表率的人。《三国志·魏书·刘靖传》：“宜高选博士，取行为人表，经任人师者，掌教国子。”

5758“汗血”之“马”，“青田”之“鹤”，是马与鹤中之珍贵者，这里用以喻郑审、李之芳的宾客。

⑲ 商山，指“商山四皓”，见第五卷《收京三首》第二首注②。据《旧唐书》，广德元年李之芳兼御史大夫，使吐蕃，被留两年乃得归，拜礼部尚书，改太子宾客，故以“四皓”比喻他。

⑳《后汉书·窦章传》：“是时学者称东观（汉代的藏书著述之所）为老氏藏室，道家蓬莱山。”李贤注曰：“言东观经籍多也。蓬莱，海中神山，为仙府，幽经秘录并皆在焉。”唐代秘书省为藏书之所，故称郑审任职之秘书省为“蓬莱”。汉阁，指汉之东观。

㉑《三国志·魏书·管宁传》：“宁常著皂帽布襦袴布裙，随时单复，出入闺庭，能自任杖，不须扶持。”说的是管宁的隐居生活。皂色（黑色）纱帽，是隐士之服饰。诗中以此比喻郑审在峡州的退隐生活。

㉒ 江令，指江总。江总初仕梁为太子中书舍人，入陈为太子詹事，后主即位，擢江总为仆射尚书令，故世称“江令”。诗中以他来比喻曾任礼部尚书的李之芳。

㉓ 东郡，在夔州之东，故称东郡。犹言东面的郡城。这句诗说李之芳在江陵的生活。

㉔ 南湖，在峡州。第二十卷有《秋日寄题郑监湖上亭三首》。南湖是郑审在峡州的游赏之地。

㉕ 迍邅，见第八卷《寄岳州贾司马巴州严使君两阁老五十韵》注㉓。

㉖《诗·唐风·葛生》：“角枕粲兮，锦衾烂兮。予美亡此，谁与独旦。”后世遂常以“衾枕”代表墓葬，这里是指祖先的坟墓。

㉗ 伏腊，三伏及腊日，都是古代祭祀祖先的日子。

㉘ 丰镐，都是周朝的故都。按文王的都邑在丰，在今陕西户（鄠）县东；武王的都邑在镐，在长安西南。这里以此两地代表长安及关中地方。

㉙ 涧瀍，指涧水、瀍水，都在洛阳附近。

㉚《仇注》引《世说》：“刘琨曰：‘常恐祖生（祖逖）先我著鞭’。”后世遂以“先鞭”“著鞭”表示有大志者的竞赛与相互争先。

㉛ 这句诗反映杜甫在夔州的情况，故“江汉”仍如前面多次注解过的一样，是泛指长江上流。这里是指夔州境内的长江。

㉒ 晚蝉，指到秋季仍在鸣叫的蝉。前一句和这一句诗是写秋天景色，并借以象征作者在夔州之凄凉、清冷的生活。

㉓ 雕虫，指诗赋创作。《北史·李浑传》："尝谓魏收曰：'雕虫小技，我不如卿；国朝典章，卿不如我'。"

㉔ 烹鲤，代表得到书信。古诗："呼童烹鲤鱼，中有尺素书。"沉绵，指拖延长久的重病。

㉕ 君平，即严君平，汉代蜀人，卜筮成都市上，藉卖卜以孝义教人，日得百钱，即闭肆而读《老子》。杖，指"杖头钱"。《晋书·阮修传》："常步行，以百钱挂杖头，至酒店，便独酣畅，家无担石，晏如也。"王勃诗："不应长卖卜，须得杖头钱。"就已把"卖卜"和"杖头钱"连在一起。诗中"杖"字，暗示君平"日得百钱"，靠它为生。

㉖ 子敬毡，见第一卷《与任城许主簿游南池》注②。这句诗用这个典故来表示家境贫穷，别无长物。

㉗ 上一句的"钗钏"，这一句的"花钿"，都是妇女头饰。两句诗也是说家境穷困的状况。

㉘ 阵图，指诸葛亮以乱石垒砌的"八阵图"，见第十五卷《八阵图》一诗。

㉙ 市暨，原注："峡人目市井泊船处曰市暨，江水横通山谷处，方人谓之瀼。"

㉚《史记·货殖传》："吾闻汶山之下沃野，下有蹲鸱。"正义："蹲鸱，芋也。"汶山，即岷山。诗中的"岷岭芋"，不是说产于岷山的芋，而是以产地来称其种，是说紫芋很大。

㉛《太平御览·述异记》："吴中有陆家白莲种。"诗中所说的莲花是白色的，故以"陆池莲"称之，并非必定是吴中陆家的名种。

㉜ 穰，音"瓤"（ráng）。《史记·天官书》："所居野大穰。"正义："丰熟也。"

㉝"鳣"同"鳝"，古汉语中，也写作"鱓"。

㉞ 鲛室，鲛人之室。古代有鲛人织绡和泣珠的故事。鲛人是传说的一种人鱼。诗中用来代指渔民。

⑧⑤《仇注》引《晋书》："范逵尝过陶侃家，时大雪，乃撤所卧薦自剉给其马。"则"坐马薦"，当作"剉马薦"。旧注谓苏秦激张仪令相秦，以马薦席坐之，但史书上并无此事。两说都是表示杜甫家中清贫。译诗据字面译写。

⑧⑥原注："京师农人指田远近，多云几棱。棱，岸也，音去声。"朱注："按韵书，'棱'字无去声，盖方言也。"从诗中的内容看"棱"是指田埂之类。

⑧⑦壖，音"阮（阳平声）"（ruán）。本来指城郭旁或河边空地。诗中"野庙壖"的"壖"，是指"壖垣"，《汉书·申屠嘉传》："南出者，太上皇庙壖垣。"服虔注："宫外垣余地也。"

⑧⑧倒石，指垒石的围墙上将倾倒落下的石块。

⑧⑨银章，官印。这里是指杜甫的工部员外郎官印。涩，不滑润，没有光泽。

⑨⓪粉署，唐代尚书省的墙壁上涂白粉，故称"粉署"。《说文》："妍，不省录事也。"段注："省录，谓检点收录也。《魏书》刘祥言事蒙逊曰：刘裕入关，敢妍妍然也，斩之。此正谓其不晓事也。"这句诗末的"妍"字，旧注无解，然用段说正合。妍，意思是不理睬，不买账。

⑨①紫鸾，喻郑审、李之芳。

⑨②黄雀，杜甫自喻。"翩翾"的"翾"，音"宣"（xuān），飞翔。

⑨③旃，音"粘"（zhān），助词，"之焉"的合音。勉旃，即"勉之焉。"

⑨④宸极，御座，借喻君位。刘琨《劝进表》："陛下宜遗小礼，存大务，援据图录，居正宸极。"

⑨⑤星躔，《仇注》引洙曰："郎官象列星，诸侯象四七，宰相法三台，皆'星躔'也"。指高级的官职。

⑨⑥匡鼎，即匡衡。《汉书·匡衡传》："诸儒为语曰：'无说诗，匡鼎来；匡说诗，解人颐。'"张晏曰："衡，少时字鼎，长乃易字稚圭。"匡衡，参看第十七卷《秋兴八首》第三首注③。

⑨⑦服虔，旧作"伏虔"，传写错误。服虔是东汉名儒，作《春秋左氏传解》。也有人认为"伏虔"为"伏生"之误。

⑱ 陶甄，也作“甄陶”。《后汉书·郅恽传》：“甄陶品类”。注：“甄者，陶人旋转之轮也。”古代常以“陶甄”来比喻教化。

⑲ 宵旰，“宵衣旰食”之节缩语。宵衣，指天未明而衣。“旰”音“干”（gàn），旰食，后时而食。宵衣旰食，多用于颂扬国君勤劳政务。“忧虞”的“虞”，意思也是忧虑。轸，音“枕”（zhěn），用在这里，意思是“盛”。《史记·律书》：“轸者，言万物益大而轸轸然。”

⑩ 骈，音“胼”（pián），并列，双重，并生都可说“骈”。

⑩ 云台，见第十二卷《述古三首》第三首注⑨。

⑩ 青简，青史，简册，都是指史籍。《仇注》解释说：“今上方宵旰，民多疾苦，云台虽有功臣，而青简垂名，非二公其谁属耶。”说得不够准确。云台、青简，给人们以榜样和经验教训，这两句诗不是赞颂郑、李，而是希望朝廷大臣努力为国效劳，使政治走上正道，虽然其中也包括对郑、李的勖勉。

⑩“招寻”的“招”，意思是吸引，自对象方面招引主体。这一句诗说的是思想信仰。下面说的是宗教，但对于儒家来说，宗教信仰主要是对某种哲学思想的信仰和与此相应的人生观的建立。兴已专，是指这样意义上的宗教信仰的专一。

⑩ 飞楫，即快船。下一句说暂把船停下。这是指杜甫的船在夔州停泊不前的事。

⑩ 双峰寺，佛教著名寺院。《仇注》：“双峰有两处。《旧唐书》：道信与弘忍，并住蕲州双峰山东山寺故谓其法为东山法门。姚宽《西溪丛语》引《宝林传》云：能大师传法衣，在曹溪宝林寺。宝林后枕双峰，则曹溪亦称双峰矣。”

⑩ 七祖禅，指佛教禅宗大师的七世相承，通常说六祖，即达摩、慧可、僧粲、道信、弘忍及南宗之慧能或北宗之神秀。七祖，包括了慧能大师的下一代，神会或神秀下一代普寂。七祖禅，指禅宗的南宗或北宗难于确定。这两句诗表明，杜甫晚年在思想上倾向于皈依佛教。

⑩ 落帆，停船，暂止前进。但这里还隐喻在人生道路上停下来从事反省、对前途加以抉择。追宿昔，指回忆往日的思想信仰，进行自我反省。

⑩ 衣褐，表示甘心过艰苦朴素的生活。真诠，对人生意义的正确解释，生活的真理。

⑩ 安石，即谢安，安石是他的字。

⑩ 昭王，即燕昭王。原注："郑高简，得谢太傅之风；李宗亲，有燕昭之美，燕，周之裔。"据原注，可知"安石""昭王"是比喻郑审与李之芳。

⑪《仇注》："有地主，可免途穷；驾浮舟，有似乘槎。公诗'穷途阮籍几时醒'，又云'奉使虚随八月槎'皆属自言"。"途中阮籍"可参看第十一卷《早发射洪县南途中作》注⑥。

⑫"查"同"楂""槎"。"查上张骞"可参看第十七卷《秋兴八首》第二首注③。

⑬ 淹留，指杜甫在夔州的长期停留。景，日光，这里是指时间，光阴。

⑭ 水怪，隐喻人间的邪恶势力。

⑮ 神女，巫山的神女峰。这句诗是指离夔东下。

⑯ 泽国，指荆州。回旋，指与郑、李的交游。

⑰ 迦叶，释迦牟尼佛的大弟子，佛教天竺二十五祖之首，世多称他为"迦叶比丘"。比丘，梵语译音，出家受具足戒者之通称，通常人们把"和尚""僧人""比丘"当作同义语来使用。

⑱《列仙传》："偓佺者，槐山采药父也。好食松实，形体生毛长数寸，两目更方，能飞行逐走马。"这是道家所说的仙人。杜甫年轻时曾有修道炼丹的愿望，从他的许多诗篇中可以看出。但到晚年转向佛教。

⑲ 炉峰，指庐山香炉峰。庐山上的东林寺是著名佛寺，晋代高僧慧远（世称远公）在该寺修行，与隐士刘遗民、雷次宗等结白莲社，后世奉为莲宗初祖。又唐代高僧道一（世称马祖）也曾在庐山修行。这句诗也表示对佛教圣地的向往。

⑳ 橘井，即苏耽仙井，在郴州，参看第十六卷《八哀诗（八）：相国张九龄》注⑱。为道教信徒向往之地。高步瀛在《唐宋诗举要》中注此诗云："'褰'当如《尚书大传》中《卿云歌》'褰裳去之'之'褰'，承上不学仙。"译诗从高说。

㉑ 归鹤，用丁令威化鹤东归事，见本卷《奉酬薛十二丈判官见赠》注㉕。

㉒ 跕，音"跌"（diē），《后汉书・马援传》："援谓官属曰：'当吾在浪泊西里间，下潦上雾，毒气熏蒸，仰视飞鸢，跕跕堕水中。'"李贤注："跕跕，堕貌也。"这句诗和上一句诗都是说在人间找不到出路，也正是因此而要皈依佛门，以求解脱。

⑫③ 妙教，指佛教。佛教常以“妙”字来形容其学说。如《圆觉经》：“如来圆觉妙心”；《三藏法数》：“自觉觉他，觉行圆满，不可思议，故名妙觉性。”佛教经典《释典》，也称“妙典”，如梁简文帝文：“极修治之妙典”，其精深之义称“妙门”，如唐译《华严经》：“普应群情阐妙门”。

⑫④ 前愆，以前的过失、错误，指不信佛而尚儒信道等等。卒践，指终于走上修佛法的路。

⑫⑤ 顾恺，顾恺之，丹青，指顾恺之所绘维摩诘像。参看第六卷《送许八拾遗归江宁觐省》注⑪。

⑫⑥《文选》有王简栖《头陁寺碑》（“头陁”即“头陀”），碑文巧丽，为世所重。琬琰，俱为美玉，赞碑文之美。顾恺之画，王简栖文，使佛教对杜甫产生了更大的吸引力。

⑫⑦ 众香，各种香料。

⑫⑧ 几地，指佛教圣地，著名寺院。芊芊，草盛貌。这句和上一句诗写佛教之旺盛，传播广远，深入人心。

⑫⑨ 我国古代医家有以金篦刮除眼上翳膜之法，今称为金针拨治白内障法。佛经中有以金篦刮眼喻佛学之觉人心者。如《涅槃经》：“如目盲人为治目，故造诸良医，即以金篦刮其眼膜。”

⑬⓪ 佛经中常把现实生活中的一切事物比为“镜象”，以说明其虚幻。未离铨，仍把“镜象”当成实有之物，对它们的价值加以“铨衡。”《仇注》引朱注：“《说文》：‘铨’，衡也，一曰度也。言金篦虽可刮去眼膜，而执镜像以为实有，则犹未离铨量之间也。”末两句诗是杜甫的自我剖析，尽管皈心佛法，但仍留恋尘世，不能把现实生活中的利害关系全部抛弃不顾。由此可见，杜甫心中的矛盾并未解决，而这篇诗的重要意义也正在于如实地把这种复杂矛盾揭示了出来。

◎ 寄刘峡州伯华使君四十韵[①]（五排）

峡内多云雨，　　三峡里的云雨真多，

秋来尚郁蒸。	秋天到了还这么闷热炎蒸。
远山朝白帝，	远方的山峦向白帝城会集，
深水谒夷陵。	深深地江水流向夷陵。
迟暮嗟为客，	可叹我到了晚年还客居异乡，
西南喜得朋。②	欣喜的是在这西南地区得到了友人。
哀猿更起坐，	我像哀啼的山猿坐下又站起，
落雁失飞腾。③	又像降落地面的孤雁不再能飞腾。
伏枕思琼树，④	伏枕生病时还在思念您玉树般的高洁人品，
临轩对玉绳。⑤	对着窗遥望天上的玉绳星。
青松寒不落，	您像青松，寒冷的冬天也不落叶，
碧海阔逾澄。⑥	您像碧海，愈是辽远处愈是清澄。
昔岁文为理，⑦	往年朝廷崇尚文治，
群公价尽增。⑧	一些前辈们的声价全都大增。
家声同令闻，⑨	我祖父的声望和令祖的美名同时传闻，
时论以儒称。	当时的舆论都把他们当大儒尊称。
太后当朝肃，⑩	太后临朝时纲纪整肃，
多才接迹升。	多才的人一个接一个提升。
翠虚捎魍魉，⑪	把魍魉都从碧空中驱除，
丹极上鲲鹏。⑫	登上丹墀的大臣人人都是鲲鹏。
宴引春壶酒，	御宴上，传递着一壶壶春酒，
恩分夏簟冰。⑬	夏天，恩赐的竹席凉得像冰。
雕章五色笔，⑭	文辞华美，像得到江淹的五色笔，
紫殿九华灯。⑮	紫殿上多璀璨，像点起了九华灯。
学并卢王敏，⑯	才学敏捷，比得上王勃和卢照邻，
书偕褚薛能。⑰	书法和褚遂良、薛稷齐名。
老兄真不坠，	您老兄实在没有让家学衰颓，

小子独无承。　而我却并没有继承祖父的才能。
近有风流作，[18]　您近来写下继承前辈传统的诗作，
聊从月窟征。[19]　我想到明月峡外把它们求寻。
放蹄知赤骥，[20]　看放蹄奔跑的姿态就知道是赤骥，
捩翅服苍鹰。　那扭转翅膀的模样就令人佩服苍鹰的本领。
卷轴来何晚，[21]　您的诗卷为什么这么晚才送来，
襟怀庶可凭。[22]　我的情怀在您诗里也能得到共鸣。
会期吟讽数，　今后我将要频频把它们吟诵，
益破旅愁凝。　一定更能把我心中的旅愁消尽。
雕刻初谁料，[23]　开始时，谁能预料将雕琢得怎样，
纤毫欲自矜。[24]　纤细微妙的地方自己也感到骄矜。
神融蹑飞动，[25]　心神融和在诗里了，随着它高飞，
战胜洗侵陵。[26]　战胜一切，把侵扰的杂质洗清。
妙取筌蹄弃，[27]　捕捉精妙的意趣，却不把言辞放在眼里，
高宜百万层。[28]　向高处攀登，该达到一百万层。
白头遗恨在，[29]　我头发已白，作诗仍有遗憾，
青竹几人登？[30]　能在青史上留名的又能有几人？
回首追谈笑，　回忆往年我们曾在一起谈笑，
劳歌局寝兴。[31]　生活艰困，早晚却苦苦歌吟。
年华纷已矣，　青春年华已一去不能再回，
世故莽相仍。[32]　世间的俗务纷纷，还不断来扰人。
刺史诸侯贵，　您任刺史，和古代诸侯一样尊贵，
郎官列宿应。[33]　又是尚书郎，和天上星宿相应。
潘生云阁远，[34]　您远离了潘岳描述过的连云高阁，
黄霸玺书增。[35]　却像黄霸那样，皇上慰勉您的玺书在加增。
乳贙号攀石，[36]　我眼前只看见乳贙号叫着攀上岩石，

饥鼯诉落藤。[37]	饥饿的鼯鼠哀唤着跳下野藤。
药囊亲道士，[38]	我携着药囊和道士们往来，
灰劫问胡僧。[39]	看到乱世的劫难就询问胡僧。
凭久乌皮折，[40]	躺靠久了的乌皮椅已经坼裂，
簪稀白帽棱。	头发太稀了，发簪把白帽顶出了锋棱。
林居看蚁穴，	住在树林边，闲看蚂蚁的洞穴，
野食待鱼罾。[41]	在野外进食，等待游鱼落入网罾。
筋力交雕丧，	筋骨、体力相继衰减丧失，
飘零免战兢。[42]	到处飘流，怎能不害怕担心。
皆为百里宰，[43]	我和您同样有着郎官的职位，
正似六安丞。[44]	却像桓谭遭到贬斥做个六安县丞。
姹女萦新裹，[45]	水银刚刚被层层包裹好，
丹砂冷旧秤。	丹砂早放在秤上变冷。
但求椿寿永，[46]	只希望能像椿树那样长寿，
莫虑杞天崩。[47]	可别忧天塌，像古代的杞人。
炼骨调情性，	锻炼筋骨，先要调节情欲心境，
张兵挠棘矜。[48]	就像发扬武威，先要挫败举起短戟的叛兵。
养生终自惜，	保养生命总得自己爱惜，
伐叛必全惩。	讨伐叛乱者必须让他们全部受惩。
政术甘疏诞，[49]	治理地方的本领我甘愿荒疏放任，
词场愧服膺。	惭愧的是在诗歌创作上您对我这样赞许倾心。
展怀诗诵鲁，[50]	当我读您的诗时我就心胸舒畅，
割爱酒如渑。[51]	美酒虽如渑水源源而来，我却坚决戒除，不再沾唇。
咄咄宁书字，[52]	我不愿像殷浩那样连连在空中书写“咄咄怪事”，
冥冥欲避矰。[53]	可还得提防着冥冥中暗箭伤人。
江湖多白鸟，[54]	江湖上虽然有许多洁白的飞鸟，
天地有青蝇。[55]	可是天地间还有许多企图玷污别人的青蝇。

注释:

① 刘伯华是峡州（夷陵）刺史。据前人的研究，他的祖父是刘允济，与杜甫的祖父同是武则天当政时的朝臣，两人都能诗善文。由于长辈相互熟悉，他们在蜀中结识后，就建立了深厚友谊。杜甫是在看到刘伯华的诗作以后寄给他这首诗的。诗中称颂了两人祖父的才能和交谊，并倾诉了诗歌创作的甘苦，表达了自己的心境。其中关于诗歌创作心理的描绘，颇为深刻生动，曾引起古代论者的注意。这诗作于大历二年在夔州准备东下江陵时。

②《仇注》引《易》:“西南得朋。”又引朱注:“夔州在中州之西南。”朋，朋友，指刘伯华。西南，宜指蜀地，从杜甫故乡洛阳一带来看，蜀地在西南方。由这一句诗可知杜甫与刘伯华之结交是到了西南地区以后。

③ 哀猿、落雁，都是杜甫自喻，借以比喻自己痛苦与困厄的处境。

④ 琼树，喻人品高洁的人，这里是指刘伯华。古代诗文中常以“琼树”来称誉友人。如古诗:“思得琼树枝，以解长渴饥。”江淹赋:“愿一见颜色，不异琼树枝。”

⑤ 玉绳，星名。见第十八卷《月三首》第二首注④。

⑥“青松”“碧海”两句诗比喻刘伯华的品德、节操，是对刘的推崇与赞扬。

⑦ 昔岁，指武则天当政的年代，武则天爱好文学，任用了许多文人。

⑧ 群公，指武则天称帝前后受到重用的文人，其中也包括杜甫和刘伯华的祖父杜审言、刘允济，此外还有著名诗人陈子昂、宋之问等。

⑨ 家声，杜甫称自己家族的声誉，主要是指杜审言的诗名。令闻，是美称刘伯华祖父的文名。

⑩ 太后，武则天。

⑪ 翠虚，意思是“碧空”，指朝廷。捎，《文选·西京赋》:“捎魑魅。”朱骏声谓借“捎”为“箾”，箾，击也。

⑫《仇注》:“捎魍魉，小人远遁；上鲲鹏，贤士登朝。”

⑬ 夏簟冰，夏天竹簟（竹席）如冰一般凉。这句和上一句是说文人受到恩遇。

⑭ 雕章，与“雕篆”同指文章。《文选·头陀寺碑》:“敢寓言于雕篆。”五色笔，指天

赋的文才。《仇注》引《南史》："江淹尝宿野亭，梦一丈夫，自称郭璞，谓淹曰：'吾有笔在卿处多年，可以见还。'淹乃探怀中，得五色笔一，以授之。"

⑮ 紫殿，汉代殿名，喻唐朝廷。九华灯，喻文才荟萃，光辉照耀。

⑯ 卢王，指卢照邻和王勃，初唐著名诗人。参看第十一卷《戏为六绝句》第二首注①。

⑰ 褚薛，褚遂良、薛稷，唐代著名书家。薛稷，可参看第十一卷《观薛稷少保书画壁》注①。

⑱ 风流，见前一首诗注㊿，这里指刘伯华的诗篇。

⑲"月窟"的"窟"，旧本讹作继，《九家注》本谓杜田《杜诗补遗》作"窟"，师作"窟"，赵作"峡"。窟，音"萃"（cuì），洞穴。《仇注》引赵曰："恭州有明月峡，今三峡亦有之。"又云："又近志载夷陵州有明月峡。"

⑳ 赤骥、苍鹰，喻刘伯华的诗才敏捷、雄健。赤骥，骏马名，据《列子》，周穆王有赤骥马。

㉑ 卷轴，指刘伯华寄给杜甫的诗卷。参看本卷《同元使君舂陵行》注⑤。

㉒ 这句诗的意思是说自己的思想情感在刘的诗中也体现了出来，表明两人志趣相投。译诗中用了"共鸣"一词，是意译。

㉓ 雕刻，指作诗的过程。开始时，诗人自己也还不能预见诗将写成什样子。近代人多强调文艺创作的有计划的构思，强调"胸有成竹"的一面，但也必须重视另一面：当文艺作品没有全部表达出来时，它的形象终不免是模糊的，不确定的。杜甫的诗自白了他作诗的体会。

㉔ 在文艺创作过程中，作者对每个细节，每一言词都经过仔细斟酌考虑，选择自认为最好，最合适的。因而对这些细节，对这些言词都很自矜。

㉕"神融"后面省略了宾语——诗，全副精神融合在诗中，追随着诗的想象飞翔。

㉖ 战胜，指诗歌创作在思想中压倒一切，最后完成了创作，把一切妨碍诗意和诗意表达的因素都加以排除。

㉗ 筌蹄，《弘明集》："不求鱼兔之实，竞攻筌蹄之末。"筌，取鱼具。蹄，捕兔器。参看前一首诗注51。

㉘ 这句诗是说诗艺无止境，可以精益求精。

㉙ 遗恨，指在诗歌创作上有遗憾，杜甫不以自己的诗歌创作成就为满足。

㉚ 青竹，即青简、青史。这句诗是说靠作诗而在历史上留下名字的人不多。

㉛《韩诗·伐木序》：“饥者歌食，劳者歌事。”劳歌，原指“劳者之歌”，即为劳动、劳苦而歌。但这诗里是指为作诗而劳苦，也就是指“苦吟”。跼，受困。寝兴，睡眠、起身，借代生活。全句诗的意思是生活尽管艰困仍不忘勤苦作诗。

㉜ 相仍，见第六卷《早秋苦热堆案相仍》注①。

㉝ 据《后汉书》，馆陶公主为子求郎，汉明帝不许，赐钱一千万，曰：“夫郎官上应列宿，出宰百里，非其人，则民受其殃。”刘伯华，大概是由郎官出任刺史的，所以诗中提到郎官十分尊贵重要。古代有天人相应之说。列宿，天上的星宿。

㉞ 潘岳《秋兴赋序》：“余以太尉掾兼虎贲中郎将，寓直于散骑之省。高阁连云，阳景罕曜。”诗中的潘生，指潘岳。云阁，即前面引文中的连云高阁，指宫廷建筑。

㉟ 黄霸，见第十一卷《送梓州李使君之任》注②。《汉书·循吏传》：“二千石有治理效者，辄报玺书勉励，增秩赐金。”

㊱ 乳贙，也可写作“乳畎”。见第十六卷《八哀诗（六）：故秘书少监苏公源明》注㊱。

㊲ 鼯，音“吾”（wú），一种腹旁有飞膜与上肢连接的小动物。这句和上一句诗描写自己所处环境之荒凉可怖。

㊳“药囊”中的药，指道家修炼服食的药物，而不是治病的药。这句诗表示杜甫当时仍常与道士往来，相信服食修炼。

㊴《仇注》引曹毗《志怪》：“汉武帝穿昆明池极深，悉是灰墨，无复土，以问东方朔，曰：‘臣愚不足以知之，可问西域僧。’后汉明帝时，外国道人来洛阳，有忆朔言者，试以灰墨问之，其人曰：‘经云，天地大劫将尽，则劫烧。此劫烧之余也。’”又引朱注：“按《高僧传》，西域国人乃竺法兰。”并解释说：“劫灰，忧世乱。”按“劫灰”为佛家语，诗中以此喻世上的重大变乱。

㊵ 乌皮，指乌皮儿，见第十三卷《将赴成都草堂途中有作五首》第五首注②。下一句中的“簪稀”，谓簪稀发。白帽棱，因簪露于发外而使白帽呈棱状突起。

㊶ 罾，音“曾”（zēng），一种渔网。一边守着罾捕鱼，一边吃饭，故云“野食”。

㊷《仇注》：“免战兢，不免战兢也。”

㊸ 百里宰，指郎官的职位，参看注㉝。

㊹ 据《后汉书》：桓谭字君山，于光武朝任给事中时，帝欲以谶书，疑，桓力言谶之不经，帝怒，出为六安郡丞，意忽忽不乐，道病卒。这里杜甫以桓谭自比。杜甫因谏罢房琯事触怒肃宗，乾元元年，自左拾遗任贬华州司功，有类于桓谭之被贬为六安丞。

㊺ 道家称所炼的“汞”（水银）为“姹女。”《周易参同契》：“河上姹女，灵而最神，得火则飞，不见埃尘。”下一句中的“丹砂”是炼丹的原料。这两句诗写从事炼丹的情况。

㊻《庄子·逍遥游》：“上古有大椿者，以八千岁为春，八千岁为秋”。后世常以“大椿”“椿寿”作为祝人长寿之词。

㊼《列子》有“杞人忧天”的寓言。诗中把忧民忧国说成是杞人忧天之崩，谓自己不在其位，大可不必为国事忧心。实际上杜甫不能忘忧，故作自嘲语。

㊽《汉书·徐乐传》：“陈涉起穷巷，奋棘矜。”颜师古注曰：“棘，戟也；矜者，戟之把。”在这里说的是养生的事，棘矜，比喻人体自身有害自己的冲动和活动等。后面说到的“伐叛”，也是比喻。

㊾ 这句诗是说自己不想在治理国家的方法上下功夫研讨，也就是说不想做官。

㊿ 诗诵鲁，一作“诗颂鲁”。前者较易理解。鲁诗，指汉代鲁儒申公培所传的《诗经》。杜甫把刘伯华的诗比喻为鲁诗，是对刘伯华所作的诗的极高评价。

51 原注：“平生所好，消渴止之”。割爱，指戒酒。酒如渑，谓酒之多。《左传》：“有酒如渑，有肉如林。”

52《世说新语·黜免》：“殷中军（浩）被废，终日恒画空作字。窃视，唯作‘咄咄怪事’四字而已。”殷浩这样的表现，是表示内心的愤慨。诗中说不会像殷浩那样“画空作字”，写“咄咄怪事”，但实际上正是表示心中有着殷浩那样的愤慨。

53 赠，见本卷《暇日小园散病督勒耕牛兼书触目》注⑦。

⑭ 白鸟，指鸥鹭之类，比喻贤者之洁白。

⑮ 青蝇，《诗·小雅·青蝇》中以“青蝇”比喻谗人。这里是表示担心受人诬陷。

◎ 秋清[1]（五律）

高秋苏肺气，	凉爽的秋天来了，我的肺也感到舒畅些，
白发自能梳。	已经能自己动手把白发梳理。
药饵憎加减，	厌恶药料老是那样几味，只是有时稍加增减，
门庭闷扫除。	烦闷时就在门前庭院里扫扫地。
杖藜还客拜，	客人来拜望，我得扶着藜杖回礼，
爱竹遣儿书。[2]	我爱这丛竹，叫儿子书写几首咏竹诗。
十月江平稳，	十月里，江水流得平静，
轻舟进所如。	就开船吧，让轻舟载着我去。

注释：

①《仇注》：“秋清与清秋不同。清秋者，秋气肃清也；秋清者，谓身逢秋候，得以清爽也。”这首诗反映杜甫在秋季天气凉爽以后的自我感觉与心情，想趁江水平静时离夔东下。大历二年深秋将出峡时作。

② 赵次公解释说：“遣儿书，谓题字竹上。”《杜臆》则谓“遣儿代书乞竹以栽。”两说俱不可取。原诗句过于简略，表达的内容的确不清楚，译诗只能借助想象来表述。

◎ 秋峡[1]（五律）

江涛万古峡，	千年万世，这三峡里一直波涛汹涌，
肺气久衰翁。	我长久患肺气病，已成白发老翁。
不寐防巴虎，	怕巴山上有猛虎下来我不能入睡，
全生狎楚童。[2]	保全下一条性命只能逗弄楚地儿童。
衣裳垂素发，	白头发垂挂到衣裳上面，
门巷落丹枫。	红枫叶飘坠在门前巷中。
常怪商山老，[3]	那商山四皓常使我感到奇怪，
兼存翊赞功。	那么老还能建立辅佐皇室的大功。

注释：

① 这诗写诗人秋天居住峡江旁边的生活和思想状况：已衰病长久，即使能活下去也不能辅佐皇上治理国家，所以心中十分痛苦。这诗是大历二年秋在夔州作。

② 狎楚童，指逗弄楚地的儿童。不能从事有益于人民的事，只能这样混日子。

③ 商山老，指“商山四皓”，见第五卷《收京三首》第二首注②。

◎ 摇落[1]（五律）

摇落巫山暮，	树叶凋零，暮色笼罩巫山，
寒江东北流。	寒冷的江水向东北奔流。
烟尘多战鼓，	到处是烟尘，到处是战鼓，
风浪少行舟。	风狂浪高，难得看见行舟。

鹅费羲之墨，[2] 王羲之爱鹅，他费了多少笔墨，
貂余季子裘。[3] 苏秦奔波多年，只剩下旧貂裘。
长怀抱明主， 我一心想望报答圣明的皇上，
卧病复高秋。[4] 可是卧病在床，又到了深秋。

注释：

① 摇落，见第十七卷《咏怀古迹》第二首注①。这首诗也如宋玉的《九辩》那样表达了悲秋的情怀。最后两句诗，把不能为国效力的苦痛心情明显地表达了出来。这诗作于大历二年深秋。

② 王羲之爱鹅，有写《黄庭经》换鹅的故事。

③ 季子，即苏秦，据《战国策》，苏秦仕赵，赵王负貉裘黄金使说秦，书十上而说不行，黑貂之裘敝。这两个故事都表示志向之坚定不移。以羲之作书，比喻自己作诗，以苏秦之游说，比喻自己之漂泊。

④ 杜甫于大历元年夏初到夔州，肺部有病，只能停留在夔州，到大历二年秋，在夔州已度过了两个秋天。

◎ 峡隘[1]（五律）

闻说江陵府， 听说那江陵府——
云沙静眇然。[2] 白云下静静的沙洲一望无边。
白鱼如切玉， 白鱼像白玉切成的片，
朱橘不论钱。[3] 朱红的橘子多得不用讲价钱。
水有远湖树， 水上看得见远处湖边的丛树，
人今何处船。[4] 我如今却在哪里停泊着小船。

青山各在眼，	一座座青山在我的眼前，
却望峡中天。⑤	只能空望着这峡里狭窄的青天。

注释：

①《杜臆》："公心欲出峡，故觉其隘也。"这固然对，但三峡两崖之间也的确是狭窄的。因此，这诗题既是抒怀，也是实写，是两者的统一。诗的前半写江陵之美，心向往之；而诗人的船仍滞留夔州，望群山四起，崖间天窄，却无可奈何，因而更觉"峡隘"，感受到压抑。这诗当作于大历二年秋出峡前。

②《楚辞·哀郢》："眇不知其蹠。"眇然，在这诗中是指遥远。

③"白鱼""朱橘"两句，写江陵之富庶。

④ 人，作者自谓，心向往江陵，而人（身体）却在夔州，所以兴叹。何处船，反问句，怨不能离夔东下。

⑤ 末一句表达了无可奈何的神情。

第二十卷

◎ 秋日寄题郑监湖上亭三首[①]（五律）

碧草违春意，	碧草已不像春天那样充满生意，
沅湘万里秋。[②]	清秋万里，一直伸向沅水湘江。
池要山简马，[③]	您那池边，常邀山简那样的人骑马来游，
月净庾公楼。[④]	您那亭子，像庾亮的楼，该洒满了皎洁月光。
磨灭余篇翰，	生命消磨尽了，只留下诗篇上的记忆，
平生一钓舟。	我这一辈子，总是乘着钓舟漂荡。
高唐寒浪减，[⑤]	高唐观前的寒江上浪涛已平缓，
仿佛识昭丘。[⑥]	我仿佛看见楚昭王的墓在近旁。

注释：

① 郑监，即秘书少监郑审。在他峡州（即夷陵，今湖北省宜昌市）新建的宅旁园林中有一处湖亭。大历二年秋，杜甫在离夔东下前先寄给他这一组诗，想象湖亭的风光和游湖情趣，表达了到峡州暂住的愿望。

② 沅湘，指沅水、湘江。这句诗是说自夔州直到沅水、湘江一带整个广大楚地都洋溢着秋意，其中也包括峡州在内。

③ 山简在襄阳时，常游习家池。参看第九卷《北邻》注⑤。

④ 庾公，指庾亮，见第十六卷《八哀诗（八）：故右仆射张九龄》注㉑。这两句诗赞郑监湖亭的美以及同游者之高才。

⑤ 宋玉《高唐赋序》："楚襄王与宋玉游于云梦之台，望高唐之观。"据《汉书注》："高唐，在云梦华容县。"后人因赋中述巫山神女事，遂传说高唐观在巫峡，在夔州境内。这诗中以高唐观代表巫峡。

⑥ 王粲《登楼赋》："北弥陶牧，西接昭丘。"李善曰："《荆州图记》：'当阳东南七十里有楚昭王墓，登楼则见所谓昭丘。'"昭丘，即楚昭王墓。这句诗是表示杜甫希望早日到荆州去。

◎ 其二（五律）

新作湖边宅，	听说您在湖边新建了一所住宅，
还闻宾客过。	还听说已有宾客前来拜访。
自须开竹径，	我想您定会在竹林中，开条迎客小径，
谁道避云萝。[①]	谁说您想借密密藤萝把自己隐藏。
官序潘生拙，[②]	您像潘岳那样不善攀登高位，
才名贾傅多。[③]	可才名像贾谊一样传遍四方。
舍舟应卜地，	我该离开船找一处地方定居，
邻接意如何？	就和您做邻居吧，您看怎样？

注释：

①《仇注》引王融诗："萝径若披云。"云萝，指藤萝长得茂盛，如密密云雾遮住小径。

② 官序，官阶，官位。潘岳《闲居赋序》："自弱冠达于知命之年，八徙官而一进阶，再免，一除名，一不拜职，迁者三而已。虽通塞有遇，亦拙者之效也。""官序拙"指此。

③ 贾傅，指贾谊。贾谊年十八，即以能诵书属文著称于郡中，后出为长沙王太傅。

◎ 其三（五律）

暂阻蓬莱阁，[①]	您在秘书省时受到阻碍，
终为江海人。	终于离开官位，在江海上闲居。
挥金应物理，[②]	您说："舍得花钱才合乎物情事理，

拖玉岂吾身。	我这个人哪里配悬挂珮玉。”
羹煮秋莼滑，	秋莼煮的羹汤多么腻滑，
杯凝菊露新。	杯中新酿美酒像菊花上露水凝聚。
赋诗分气象，[3]	主客赋诗，分别写出湖上的景象，
佳句莫频频。[4]	您的诗里一定会频频出现佳句。

注释：

① 蓬莱阁，是秘书省的美称，见第十九卷《秋日夔府书怀奉寄郑监李宾客》注⑥⓪。

② 三、四两句是假设郑审说的话，从他的行为中可看出他有这样的思想。拖玉，指做官。如第六卷《宣政殿退朝晚出左掖》中的“宫草菲菲承委珮”，委珮，就是“拖玉”。

③ 气象，即今日所谓“景象”“景色”。

④“莫”字，不是表示否定，而是表示反问语气，实际上是肯定。

◎ 秋野五首[1]（五律）

秋野日疏芜，	秋天的郊野一天天萧条荒芜，
寒江动碧虚。[2]	碧空下，寒江正掀起波浪。
系舟蛮井络，[3]	在蛮人住处的井架上系住船，
卜宅楚村墟。[4]	选择一个住处在这楚地村庄。
枣熟从人打，	枣子成熟了，随便谁都让他打，
葵荒欲自锄。[5]	我想去葵菜地锄草，那里野草太长。
盘飧老夫食，	这盘子里的饭菜是我吃的，
分减及溪鱼。	减少些吧，分给溪里的鱼群尝尝。

注释:

① 诗题《秋野》，取第一首的前两字。从五首诗的内容来看，主要不是写秋天野外的景色，而是写秋天居住在山村中的悠闲生活和疏放、旷逸的情思。这组诗作于大历二年秋住在夔州瀼西时。

② 碧虚，蓝天、碧空。《仇注》:“碧虚，波光相荡，水天一色也。”

③ 蛮，指夔州境内的少数民族居民。井络，一作“路”，黄生作“落”。络，井绳。这里是指井架、井栏之类。

④ 墟，《广雅·释诂》谓“墟，居也。”古籍中所谓“姚墟”“殷墟”等都是指所居之地。“村墟”即“村庄”。

⑤ 葵，不是观赏植物锦葵、蜀葵，也不是向日葵，而是葵菜，是唐时重要蔬菜，即今湖南等地所说的冬苋菜。

◎ 其二（五律）

易识浮生理，[①]	认识短暂生命的本性并不难，
难教一物违。	每一种生物都不能违背它。
水深鱼极乐，	鱼在深水里面最快乐，
林茂鸟知归。	鸟儿要归巢，茂密树林是它们的家。
衰老甘贫病，	衰老和贫病我都甘愿忍受，
荣华有是非。	将惹是生非，如果想望富贵荣华。
秋风吹几杖，[②]	当秋风吹拂过我的躺椅和藜杖，
不厌北山薇。[③]	天天吃北山采来的薇菜也不嫌怕。

注释:

① 理，自然的规律，或者说是各种自然物之间的关系。据三、四两句，可看出这里的

“理”，主要是指事物的本性。

② 几杖，见第一卷《赠韦左丞丈济》注⑩。这里以“几杖”代替老年人，是作者自谓。

③ 周武王灭商以后，反对武力征服的伯夷叔齐隐于首阳山，不食周粟，采薇而食。薇，后代常泛指野菜。北山，指杜甫在瀼西住宅北面的山。即第十九卷《上后园山脚》中所说的“后园山”。

◎ 其三（五律）

礼乐攻吾短，[①]	说我不遵守礼乐，那正说在我的短处上，
山林引兴长。	在山林里过活，我就兴味深长。
掉头纱帽侧，[②]	蓦一转头，头上的纱帽歪斜，
曝背竹书光。[③]	让脊背晒太阳，手上的竹简正对着日光。
风落收松子，	风已把松子吹落，快去采集吧，
天寒割蜜房。[④]	寒冷的季节到了，正好割取贮满蜜的蜂房。
稀疏小红翠，	地面还有些稀疏的小红花和绿草，
驻屐近微香。	让木屐停下，走近它们嗅嗅淡淡的芳香。

注释：

①《仇注》：“攻，治也。”又说“掉头”两句，言检身之疏，所谓短于礼乐也。既以“掉头”两句来证明“短于礼乐”，那么，“攻”字就不应解释为“治”。攻吾短，意思应为“揭吾短”。杜甫隐居山野，生活疏散，自然不必受“礼乐”的束缚。

② 纱帽，隐居者的服饰。这句诗具体地描写衣冠不正，这正是违礼乐处。

③ 竹书，竹简。唐代纸写的手卷已通行，“竹简”恐已不常用。诗中的“竹书”，应泛指一切书卷。背对日，日光正照在手中书上，炫人眼目。这句诗写出了这种体验。

④ 蜜房，指野蜜蜂的巢，割蜜房是为了取蜂蜜。

◎ 其四 （五律）

远岸秋沙白，	秋天的沙岸远看一片白色，
连山晚照红。	连绵的山峦被夕阳映红。
潜鳞输骇浪，①	江上惊涛骇浪，鱼在水底潜游，
归翼会高风。	归林的鸟群聚集，迎着疾风。
砧响家家发，②	家家户户传出捣衣砧声，
樵声个个同。	樵夫唱的山歌人人曲调相同。
飞霜任青女，③	任随司秋女神把霜花飞撒，
赐被隔南宫。④	我远离尚书省，不能分享皇上赐被的光荣。

注释：

① 张衡"《南都赋》：'川渎则箭驰风疾，长输远逝。'注：'输，泻也'，是泻去之意。""输"在诗里指鱼游。

② 砧响，即"砧声"。参看第十七卷《夜》注②及《秋风三首》第二首注①。秋日家家赶制寒衣，故砧声发自每一人家。

③《淮南子·天文》："至秋三月，青女乃出，以降霜。"高诱注"青女，天神，青霄玉女主霜雪。"

④ 古代星象之说谓尚书省象列宿之南宫（朱鸟、权衡、太微）。诗中以南宫借代尚书省。杜甫为尚书省工部员外郎，如在朝中，秋日可依例赐被，远离京都，就不能享受这种待遇。

◎ 其五（五律）

身许麒麟画，[①] 我曾想献身国家，在麒麟阁上留下画像，
年衰鸳鹭群。[②] 如今年纪老了，已不能再到朝廷里与大臣们同行。
大江秋易盛， 大江上，秋意最容易显得深浓，
空峡夜多闻。 峡谷空阔，夜晚能听到各种声音。
径隐千重石， 小路隐藏在千重山石后面，
帆留一片云。 我的船帆停在这里，像一片白云。
儿童解蛮语，[③] 家里的儿童们已学会蛮语，
不必作参军。[④] 可并不一定要作蛮府参军。

注释：

① 麒麟画，麒麟阁上的画像。见第二卷《前出塞》第三首注②。

② 鸳鹭，见第十七卷《赠李八秘书别三十韵》注⑱。

③ 蛮语，应指少数民族语言，但这里很可能是指夔州方言。

④《世说新语·排调》：“郝隆为桓公南蛮参军，作诗云：‘娵隅跃青池’。桓公问娵隅是何物，答曰：‘蛮名鱼为娵隅。’温曰：‘何为作蛮语？’隆曰：‘千里投公，始得蛮府参军，那得不蛮语也。’”这是一个笑话，是借笑话来表示对所任官职的不满。杜甫用了这个笑话，以诙谐的语气表达了对自己当时处境的不满，但同时又显得通脱，能看得开，不怨天尤人。

◎ 课小竖锄斫舍北果林枝蔓荒秽净讫移床三首[①]（五律）

病枕依茅栋， 在茅屋下面我伏在枕上生病，

荒鉏净果林。[2] 看僮仆们锄杂草，把果林锄净。
背堂资僻远，[3] 床朝向北面，为了能看到僻远处，
在野兴清深。 我的心向往山野的幽深和清静。
山雉防求敌， 山雉提防着，搜寻着敌人，
江猿应独吟。 江畔猿啼，和我孤独的吟声呼应。
泄云高不去， 山谷里泻出的云浮在高空不飘去，
隐几亦无心。[4] 我靠在椅上，也像它一样无所用心。

注释：

① 杜甫在瀼西的屋舍后面有果园，枝叶丛杂，杂草芜没，因此叫僮仆们把树枝修整一下，把杂草锄净。果园整治好以后，又把床移向北面，对着朝北的门窗，便于看远处的风景。这一组诗反映了诗人这种生活情趣，尽管生活十分清苦，但心境却很安恬。诗中的思想，明显受庄周的影响，而诗的语言形式则酷似陶渊明。这组诗当作于大历二年深秋住在瀼西时。

②“鉏”同“锄”，荒鉏，即鉏荒，锄去荒草。

③《诗·卫风·伯兮》：“焉得谖草，言树之背。”注：“背，北堂也。”即朝北的堂。诗中的“背堂”，即面朝堂北的意思。

④ 陶渊明《归去来辞》：“云无心以出岫。”上一句诗的“泄云”，正是指这“无心出岫的云”，因而诗人产生联想，觉得自己也像云一样“无心”。所谓“无心”，也就是摆脱俗事和个人私念的超脱境界。隐几，《孟子·公孙丑》：“隐几而卧”，倚靠在交椅上。

◎ 其二（五律）

众壑生寒早， 在那许多山谷里寒意生得最早，

长林卷雾齐。[①]	雾气收卷起来，露出高高的林木，整整齐齐。
青虫悬就日，	丝上悬挂下来的青虫迎着日光，
朱果落封泥。[②]	红果落下，遮盖住树根旁堆的泥。
薄俗防人面，[③]	这地方民俗浇薄，得随时提防人家变脸色，
全身学马蹄。[④]	要保全生命，得学习《庄子》的《马蹄》。
吟诗重回首，	我吟诗时又一次从头吟起，
随意葛巾低。[⑤]	任随头上的葛巾向前倾低。

注释:

① 一、二句写向远处眺望所见的景色。卷雾，雾收、雾散。

② 三、四句写果园中的景物。封泥，植株下堆高的泥土。

③ 人面，人的脸色，即面部表情，指本地人对异乡人的鄙薄和歧视等。

④ 马蹄，《庄子》篇名。论述人应顺乎自然之真性，始能“全身”。全身，即保全自己的生命。

⑤ 由于吟诗十分专心，所以葛巾低倾下来也不觉得。这表示生活疏放，不受礼法拘束。

◎ 其三（五律）

篱弱门何向，[①]	管什么篱笆不牢，大门朝哪边开，
沙虚岸只摧。[②]	任沙土疏松的堤岸自行塌毁。
日斜鱼更食，	太阳西斜了，鱼又浮出来觅食，
客散鸟还来。	客散之后，小鸟也飞了回来。
寒水光难定，	寒冷的水面上反光闪烁不定，

秋山响易哀。	秋山上传来的响声容易引人悲哀。
天涯稍曛黑，	天边落日余晖渐渐昏暗，
倚杖独徘徊。[3]	我扶着手仗独自徘徊。

注释：

① 这句诗表示诗人对自己的居住条件不多去考虑，虽知“篱弱”，门的方向不理想，但也不去管它。

② 这句诗和上一句诗的精神一致：一切任其自然。“岸只摧”一作“岸自摧”，意思相去不远。

③ 独徘徊，并不是犹豫不决，而是流连暮景，意与境惬，深得顺乎自然的理趣。

◎ 返照[1]（五律）

反照开巫峡，	反射的夕阳把巫峡照亮，
寒空半有无。[2]	寒空一半消失，一半还能看见。
已低鱼复暗，[3]	低平的鱼复浦已经黑暗，
不尽白盐孤。[4]	白盐山还露出超然独立的峰巅。
荻岸如秋水，	芦荻丛生的江岸像秋水茫茫一片，
松门似画图。[5]	松门峡像一幅图画高悬。
牛羊识僮仆，	牛羊已熟悉放牧的僮仆，
既夕应传呼。	一到傍晚就回来，它们听见了呼唤。

注释：

① 返照，指夕阳的余晖。因为是从余晖处向原来经过的地方照射，故称反照或反射，与

现代所说的“反射”意思完全不同。这首诗写夕阳下所看到的夔州景色。诗人眼睛所见并不同于一般的视觉，它从一个很高的观察点来看世界，所看到的景物超出了目力所及，形成一幅极为广阔的画面。这当然是靠了想象的助力，因而也能唤起读者的想象，在自己的意识中形成鲜明的形象感受。这样的诗是纯粹的写景诗，好像与人的情感无关。诗的境界有如王国维《人间词话》中所说的“无我之境”。然而这也毕竟是人所达到的境界，只是完全摆脱了尘俗之想而已。这诗作于大历二年秋。

② 古代评论家把“半有无”和后面几句诗连在一起，认为那些景物都呈半有无的状态。这样看是有道理的，然而还应指出，半有无，首先是寒空的半有半无。夕阳发光的西方天空是明亮可见的，而东方半个天空却是暗淡的，在这样的背景下，一切才显得半有半无。

③ 鱼复，即鱼复浦，指夔州江边。

④ 白盐，即白盐山，见第十五卷《晓望白帝城盐山》注①。

⑤ 松门，松门峡，见第十八卷《寄薛三郎中璩》注⑱。

◎ 向夕[①]（五律）

畎亩孤城外，	一块块田地在这座城外，
江村乱水中。[②]	江边村落周围是溪流交错的水网。
深山催短景，	冬天白昼短，在深山里黑得更快，
乔木易高风。	高高的乔木容易从空中招来风响。
鹤下云汀近，[③]	云端野鹤落下，沙汀就在近处，
鸡栖草屋同。[④]	鸡栖歇了，我的草屋也就是鸡房。
琴书散明烛，	烛光下，散放着琴和书，
长夜始堪终。[⑤]	有它们作伴，我才能挨过长夜等到天明亮。

注释：

① 这首诗写江村中傍晚的景色和诗人的心境。尽管杜甫很想学习《庄子》中所说的“全身”之道，逍遥物外，但毕竟不能真正超脱人世，内心仍十分痛苦。这首诗里就透露出了这种心情。这首诗作于大历二年初冬。

② 乱水，指许多条溪流在村外交错围绕。

③ 云汀，天空的云与水畔沙汀。

④《仇注》引黄注：“曰近，曰同，即麋鹿共为群意。”恐不当作如此解。鹤近沙汀，能自由高下，求食不难；与它对比，人处于卑位即难高飞，且求食十分不易。人与鸡同栖草屋，则人的住所简陋可知。这两句诗流露出诗人的怨愤不平。

⑤ 这两句诗是说夜晚不能入睡，靠琴书来消磨时光。为什么这样，自是不言而喻。

◎ 天池[①]（五排）

天池马不到，	人间的骏马走不到这天池旁，
岚壁鸟才通。	山顶的峭壁只有鸟才飞得上。
百顷青云杪，[②]	这百顷池塘在高高的青云端，
曾波白石中。	白色的岩石环绕着重重波浪。
郁纡腾秀气，[③]	蕴含灵秀的水汽郁聚，向上升腾，
萧瑟浸寒空。[④]	寒空浸在水里显得萧条凄凉。
直对巫山峡，	它正对着巫山下的峡江，
兼疑夏禹功。[⑤]	我猜想，它的开凿也该归功夏禹王。
鱼龙开辟有，[⑥]	这池潭开辟时该就有鱼龙生长，
菱芡古今同。	还出产菱芡，从古到今都一样。
闻道奔雷黑，[⑦]	听说雷霆震响时它一片漆黑，
初看浴日红。	我初次看到它时，正映照着红太阳。

飘零神女雨，[8]	这里飘洒的该是巫山神女化身的雨，
断续楚王风。[9]	断续吹过的风当年该曾吹过楚王。
欲问支机石，[10]	我想询问能不能找到织女的支机石，
如临献宝宫。[11]	到这里就像到了龙宫献宝的殿堂。
九秋惊雁序，[12]	看到行列整齐的雁群，惊诧地发现秋天已经来到，
万里狎渔翁。	我却仍然在这万里外，和渔夫们亲昵地来往。
更是无人处，	这里更是没人到的地方，
诛茅任薄躬。[13]	可以让我随意锄草开荒。

注释：

① 我国自古相沿，凡高山顶上的池潭概可称为天池，至今天山上的天池仍为极有名的游览胜地。夔州的天池在白帝城东北六十余里的高山峡谷中。旁有摩天岭，地处半山腰。称为“天池”，是因水池非人工开挖，而是由泥沙冲积堵塞溪水造成。奇特的自然景色，使诗人产生奇特的遐想，但使诗人最满意的却是这地方远离人境，可以自由自在地生活。不过这也依旧是幻想，因为山再深再高，毕竟还在人间。诗中表现的幻想只不过是诗人自我安慰而已。这诗作于大历二年秋。

② 杪，音“秒”（miǎo），树梢，树的最高处。青云杪，青云的最高处。这句诗是形容天池地势之高。

③ 秀气，灵秀之气。我国古代认为人的聪明才智决定于地理条件，地理本身具有灵秀之气。这种灵秀之气是不可见的，但诗人看到了它，或者说，诗人把池上的水汽看成了“灵秀”的体现。

④ 说寒空浸在水里，是表示天空的倒影映在水中；也可以是指天的最低处与水相接，直接浸入水中。由于这里是咏天池，后一种理解更符合天池地势高的特点。

⑤ 夏禹功，天池是夏禹所凿。因为传说巫峡是夏禹所凿，因而联想到这天池可能也是夏禹所凿。前一句“直对巫山峡”，又作“直对巫山出”。据实地考察者云，天池水西流至双河口，转向西南，再向正南流入长江。因而可以这样说。

⑥ 鱼龙，泛指各种水生动物。

⑦ 奔雷黑，是说雷霆轰鸣时，天池水黑。下句的“浴日”，指水中的太阳倒影。

⑧ 宋玉《高唐赋》中说巫山雨是巫山神女所变化，参看第十七卷《咏怀古迹》第二首注④。

⑨ 宋玉的《风赋》中说：“楚襄王游于兰台之宫，宋玉、景差侍。有风飒然而至，王迺披襟而当之，曰‘快哉此风！寡人所与庶人共者耶?’”由于有雨有风，故有这样的联想。

⑩《荆楚岁时记》所述张骞寻河源的故事（参看第十七卷《秋兴八首》第二首注③）中还说到他在天河边见到织女，织女取一支机石给他带回去，作为到过天河的证据。

⑪ 献宝宫，可参看第十三卷《韦讽录事宅观曹将军画马图歌》注⑳。古代有河宗氏献宝之说，后来在民间传说中又发展成龙宫聚宝的故事。这两句诗是说天池在深山中，有如仙境。

⑫ 古代常称秋季为“九秋”，因秋季三个月约九十日。张衡《南都赋》：“结九秋之增伤。”曹植诗“丹唇含九秋。”义均同。

⑬ 诛茅，古代多称开辟荒地造屋舍为诛茅，开荒种植也可说是“诛茅”。躬，自己。薄躬，作者自称，谦语。

◎ 复愁十二首[①]（五绝）

人烟生处僻，[②]　　这里虽有炊烟升起地方却很偏僻，
虎迹过新蹄。　　虎刚走过，留下的蹄迹还新。
野鹘翻窥草，[③]　　野鹘又飞回来向草丛中窥探，
村船逆上溪。　　村民的小船正逆着溪水上行。

注释：

①“复愁”的意思是“又发愁了”，经历过许多灾难之后，战乱稍稍平定，杜甫在夔州瀼西也住得比较安稳，但又发生了意外，因而重又陷入忧愁。据黄鹤注，这一组诗

作于大历二年秋，当时吐蕃又入侵邠州与灵州，京师戒严，恐怕这就是“复愁”的原因。诗歌从自然景物、时事、日常生活琐事和主观情绪上反映出时局的不安。

② 人烟生处，指炊烟升起的地方。通常，“人烟”已抽象化，只是表示有人居住。这里用“生”作谓语，便使“人烟”回复到具体的“炊烟”。

③ 鹘，一种猛禽，即隼。翻，通“反”，飞回来。窥草，探看草中有无野兔、鸟雀，准备猎取。

◎ 其二（五绝）

钓艇收缗尽，①	钓鱼船上的钓丝已完全收起，
昏鸦接翅稀。②	黄昏，急速拍着翅膀的归鸦渐渐疏稀。
月生初学扇，③	月亮升起了，才像一把扇子，
云细不成衣。④	云片纤细，还不够裁制一件云衣。

注释：

① 一、二两句写黄昏时的寂寞情景。

②“接”通“捷”，速也。《荀子·大略》：“先事虑事谓之接”。注：“接读为捷”。

③ 学扇，这扇子是折扇，打开时，呈半圆形，准确地说是数学上说的“扇形”。暗示时间是上半月。

④ 李白诗：“云想衣裳花想容。”云细，还不能产生这样的联想，暗示出一种不满足之感。

◎ 其三（五绝）

万国尚戎马，	各处州郡依然兵荒马乱，
故园今若何？[①]	故乡如今又变得怎样？
昔归相识少，[②]	那年回乡时已没几个人相识，
早已战场多。	许多人早就上了战场。

注释：

① 故园，指杜甫在洛阳附近的故居，偃师县的陆浑山庄。

② 乾元元年（758 年）冬，杜甫贬华州司功后，曾回到偃师一行，住到次年二月，经东京洛阳再回华州任所。从第六卷《忆弟二首》《得舍弟消息》《不归》诸诗中可看出那次回乡的情况和当时心情。有助于理解这首短诗蕴含的深意。

◎ 其四（五绝）

身觉省郎在，[①]	说起来我还是个员外郎，
家须农事归。	提起家就想起早该回去种田。
年深荒草径，	年代久了，杂草该已把小径遮没，
老恐失柴扉。[②]	到老年还在担心失去家园。

注释：

① 身，自身、自己。杜甫曾授工部员外郎，这个官衔还在自己身上。但实际上连生活也没有着落，所以有下一句回家种田的想望。

② 人老了，早应该有个家能安居，但由于时局动荡，不能回乡，担心失去家园。柴扉，

借代家园。

◎ 其五 （五绝）

金丝镂箭镞，	金线在箭镞上镶嵌，
皂尾制旗杆。[1]	皂尾旗装上了旗杆。
一自风尘起，	自从战争的烟尘卷起，
犹嗟行路难。[2]	到如今还为行路难慨叹。

注释:

①《仇注》:“箭饰金丝，旗装皂尾，贼恃利器以作逆者。”这两句诗说的是安禄山叛军。由于唐朝政府多年来大量以财力物力供应安禄山所部军队，武器的装饰也极奢华，用“金丝镂箭”。“皂尾”是军旗名，竖皂尾旗于杆，表示开始作乱。制，一作“掣”。掣旗杆，意思是在旗杆上飘扬。用“掣”字似较好。

② 至今仍在到处漂泊，故叹行路难。

◎ 其六 （五绝）

胡虏何曾盛，[1]	胡兵的势力哪里算得强盛，
干戈不肯休。	可战争就是不能止休。
闾阎听小子，[2]	在街头我听到小伙子们闲话，
谈笑觅封侯。[3]	说谈笑之间就能立功封侯。

注释:

① 胡虏，指安史余部，虽然归降朝廷，但仍霸据一方；同时，吐蕃仍频频入侵，但毕竟已不像以前几年那样对唐朝形成重大威胁。

② 闾阎，据《汉书·异姓诸侯王表》颜师古注："闾，里门也，阎，里中门也。"后指民间为"闾阎"，也可指街头巷尾。

③ 封建王朝对立有重大军功者封侯。"谈笑"一作"谈话"，这句诗是说当时局势混乱，恃武力者容易得到立功封侯的机会，言外之意是，文人自然不免仕途坎坷。

◎ 其七 （五绝）

贞观铜牙弩，[①]	贞观年间看重铜牙弩，
开元锦兽张。[②]	开元年间看重绘锦兽的弓。
花门小箭好，[③]	如今只夸回纥的小箭好，
此物弃沙场。[④]	往日的弓弩丢在沙场上没人用。

注释:

① 弩，是古代一种带有发矢机关的弓，有些弩一次可发数矢。铜牙，是发矢机关的主要部件，故以它做弩名。

② 锦兽张，《仇注》引师氏之说，认为是"射侯"（即箭靶），与诗的内容不合。《诗·小雅·吉日》："既张我弓"，"张"的本义是施设弓弦。《汉书·申屠嘉传》："屠嘉以材官蹶张。"注："今之弩以手张者曰擘张，以足蹋者曰蹶张。"可知"弩"又可名为"张"。锦兽张，大概是漆绘锦兽图案的弩。

③ 花门，指回纥，见第七卷《留花门》注①。

④ 此物，指一、二两句诗中所说的"铜牙弩"与"锦兽张"。由于唐朝在安史乱中武力大大削弱，多次借回纥兵平乱，世人因此看重回纥的武器而不重视唐朝原来用的武器

了。这也许是军队装备上的一种进步，但诗人在感情上不能接受这样的变化，表现出惋惜之情。

◎ 其八 （五绝）

今日翔麟马，[①]	如今那些翔麟紫一般的骏马，
先宜驾鼓车。	该先让它们去把鼓车挽驾。
不劳问河北，[②]	河北的事不用费心过问，
诸将角荣华。[③]	降将们一个个在比赛富贵荣华。

注释：

①《仇注》引《唐书·回鹘传》："贞观二十一年，骨利干献良马百匹，帝取其异者，号十骥，皆为美名，九曰'翔麟紫'。"这诗中的"翔麟马"是指受到皇帝喜爱和优待的骏马。《仇注》引罗大经《鹤林玉露》："此诗言虽翔麟之马，亦必先使之驾鼓车，由贱而后可以致贵。今诸将骤登显贵，如马之未驾鼓车而遽驾玉辂，安于荣华，志得意满，无复驱攘之志，河北叛乱，决难讨除，无劳问也。"不少注家认为"翔麟马"指郭子仪，其威名足以慑服降将，今闲置不用，如翔麟马不用于作战而用于驾鼓车。这样解释则"先宜"一词无着落，恐不合原意。

②《仇注》把三、四两句联成一气理解，"彼河北诸将，竞相角胜荣华，谁复起而问之乎。"

③ 诸将，指安史叛军降将，乱平后仍盘踞河北诸州郡。而注①所引罗大经语，则把"角荣华"的"诸将"，指"今日翔麟马"，即受到皇帝恩宠而无战功的将军们。两种解释截然不同，有待进一步研究。

◎ 其九（五绝）

任转江淮粟，	江淮的粟米转运到哪里都方便，
休添苑囿兵。[①]	京城里的禁卫军可不能再增添。
由来貔虎士，	从来像貔虎般的战士，
不满凤凰城。[②]	不该把京城里住满。

注释：

① 苑囿兵，指驻守在京城里的禁卫军。代宗时，鱼朝恩统领的神策军屯驻禁中。杜甫反对在京城里再增驻军，认为江淮出产的粮食可以调运到任何地方以充军粮，不必把大量军队驻在京内。京内驻兵多，掌兵权者往往能左右政局，所以杜甫十分反对。

② 貔，音“皮”（pí），一种凶猛的野兽。貔虎，比喻勇猛的军队。凤凰城，喻京城，指长安。

◎ 其十（五绝）

江上亦秋色，[①]	江上已是秋天景色，
火云终不移。[②]	空中的火云却依然不散。
巫山犹锦树，	巫山上的树木还像锦绣一般鲜艳，
南国且黄鹂。	南国仍听得见黄鹂啼啭。

注释：

① 这首诗是说：只有江水看得出已到了秋天，但其他自然景色，如“火云”“锦树”

“黄鹂”等仍是夏日景象。这是反常的气候，诗人以此为忧。

② 火云，红色的云，天气炎热时则出现。

◎ 其十一（五绝）

每恨陶彭泽，[①]	常为陶潜的遭遇怅怨，
无钱对菊花。[②]	他对着菊花竟没有买酒的钱。
如今九日至，	如今重阳节到了，
自觉酒须赊。	看来如今我买酒也得赊欠。

注释：

① 陶潜曾为彭泽令，故诗中称他为陶彭泽。恨，怅怨，不满意。

②“无钱”的“钱”是指买酒所需的钱。这从后面两句诗中可以看出。这首诗是为自己的贫穷发愁。

◎ 其十二（五绝）

病减诗仍拙，	病减轻了些，但诗仍写不畅达，
吟多意有余。[①]	吟了多少首，还没有吐尽心意。
莫看江总老，[②]	别看我已像江总那样老了，
犹被赏时鱼。[③]	还得到过“银鱼袋”的赏赐。

注释：

① 意有余，指心中的意思还未全部表达出来。前两句诗是自觉诗才不如以往。

② 江总，南北朝时著名文人，善五七言诗。历仕梁、陈、隋三朝，日侍皇帝游宴，不理政务，人多责其昏聩。

③ 时鱼，是指唐代才开始有的赏赐大臣“鱼袋”的制度，鱼袋原为放置“鱼符”用，分玉、金、银三等，以明官位之高低，后来成为官服上表明官阶的饰物。杜甫任工部员外郎，服绯，佩银鱼袋。这两句诗中，杜甫以江总自比，承认自己已如江总老年时一般昏聩，但还被授任工部员外郎，稍稍感到一些安慰。

◎ 自瀼西荆扉且移居东屯茅屋四首[①]（五律）

白盐危峤北，[②]	在白盐山峻峭的高峰北面，
赤甲古城东。[③]	古城赤甲山之东。
平地一川稳，	一条河川在平地上静静流过，
高山四面同。	四面一样，都是高耸的山峰。
烟霜凄野日，	寒霜，烟霭，荒野上日色凄凉，
秔稻熟天风。[④]	粳稻成熟了，迎着秋风。
人事伤蓬转，	像飞蓬一样飘转不定的生活真令我伤心，
吾将守桂丛。[⑤]	从此后我将长守在这里不动。

注释：

① 杜甫在夔州曾迁移三次，这次是从瀼西迁往东屯。在迁移之前，选好住处后写了这四首诗，称赞东屯环境之优美，说明迁居的原因并表述自己的心境。作诗时间是大历二年秋。

② 峤，音“乔”（qiáo），高而尖的山头。白盐，山名，参看第十五卷《晓望白帝城盐

山》注①。“危峤”就是指这山。

③ 赤甲，山名，见第十五卷《夔州歌》第四首注①。一、二两句诗说明东屯的地理位置。

④ 秔，“粳”字之古代异体字，音“经”(jīng)。

⑤ 刘安《招隐士》：“桂树丛生兮山之幽。”桂丛，指山中隐居处，这里就是指东屯。

◎ 其二（五律）

东屯复瀼西，	不论是住在东屯还是住在瀼西，
一种住清溪。	都同样是住在清清溪水旁边。
来往皆茅屋，[①]	这里、那里都是茅草屋，
淹留为稻畦。	我留在这里是因为这里有稻田。
市喧宜近利，[②]	瀼西市集喧闹适宜买卖人住，
林僻此无蹊。	这里山林偏僻，人迹也看不见。
若访衰翁语，	如果想来找我这衰朽老人谈谈，
须令賸客迷。[③]	恐怕多事的客人连道路也难认辨。

注释：

① 来往，来这里，去那里，两处分指东屯与瀼西。

② 第十九卷《秋日夔府咏怀》有“市暨瀼西巅”之句，可知这句是说瀼西的情况。近利，指谋利的买卖人。

③ 賸客，指来东屯访问杜甫的客人，賸，多余，杜甫不希望有客人来访，因而称来访者为“賸客”。

◎ 其三（五律）

道北冯都使，[①]	住在大路北面的冯都使，
高斋见一川。[②]	从高斋里能看见整条河川。
子能渠细石，[③]	您能用小石块砌成水渠，
我亦沼清泉。[④]	我也想掘个池塘积蓄清泉。
枕带还相似，[⑤]	两家房舍依傍的山川相似，
柴荆即有焉。[⑥]	在我这柴门里也能把美景赏玩。
斫畬应费日，[⑦]	开荒种地自然要费不少时日，
解缆不知年。	反正我不知到哪年才能开船。

注释：

① 冯都使，住在东屯的一位邻人。都使，官职名称，是诸道都团练使、都防御使或州刺史下属的都教练使、都指挥使的简称，是武官。冯都使大概是退职在家的武官。

② 高斋，住宅中的书斋或小客厅，这是指冯都使家中高斋。

③ 从这句起，“冯都使”从第三人称转为第二人称。子，指代冯都使。渠细石，以细石砌渠。

④ 沼清泉，蓄清泉为池沼。

⑤ 枕带，意思是依傍和沿靠。这里是指所依傍的山和沿靠的河川。

⑥ 第二句诗说冯氏的高斋可见一川，这一句则说自己的家（柴荆）也可看到房舍所枕带的山川，表明两家房舍有同样优点。

⑦ 斫畬，开荒种地。畬田，见第十九卷《秋日夔府咏怀》注⑨。

◎ 其四（五律）

牢落西江外，[1]	在辽远的西部长江旁边，
参差北户间。[2]	和南方人民错杂住在一起。
久游巴子国，[3]	我已长久漂泊在这古代的巴子国，
卧病楚人山。	在这楚人山中长久卧病不愈。
幽独移佳境，	我将迁移到幽静少人的佳境去，
清深隔远关。[4]	和瞿塘峡口的清深江水远离。
寒空见鸳鹭，[5]	看见寒空中有鸳鹭飞过，
回首忆朝班。	回忆起往年排班上朝的往事。

注释：

① 西江，见第十七卷《历历》注①。从中原的人来看，长江上游距离遥远，故称其地“牢落”。

②《仇注》引顾注：“公之北户，与冯都使居参差相对。”解释很牵强。按《尔雅·释地》：“觚竹、北户、西王母、日下谓之四荒。”疏：“北户者，即日南郡是也。”颜师古曰：“言其在日之南，所谓北户以向日者。”由此可见，“北户”可代表南方地区的人民。虽然夔州距日南郡（在今越南境）还很远，但从中原人看来，已是南方，因而诗中称夔人为“北户”。

③ 巴子国，见第十九卷《诸葛庙》注②。

④ 陆游《入蜀记》：“瞿唐关西门，正对滟滪堆，自关而东即少陵东屯故居。”远关，即瞿塘峡东口。故译诗中以“瞿塘峡口”代替了“远关”。

⑤ 这里的鸳鹭，是天空飞的鸳鹭，但由此产生联想，想起了上朝时朝臣列队的情景。可参看第十七卷《赠李八秘书别三十韵》注⑱。

◎ 社日两篇[1]（五律）

九农成德业，[2]	九农之神的功业已经告成，
百祀发光辉。[3]	祭祀山川众神的大典发出光辉。
报效神如在，[4]	向神灵答谢好像神灵就在眼前，
馨香旧不违。[5]	祭品散发馨香，这个老规矩怎能违背。
南翁巴曲醉，	南方的老人在巴曲声中喝醉，
北雁塞声微。	北来的雁群还像在塞外一样鸣叫，声音轻微。
尚想东方朔，	我却想起了东方朔的故事，
诙谐割肉归。[6]	自己动手割了祭肉回去，那是多么诙谐、滑稽。

注释：

① 社，社神，即土地神。社日，祭土地神的日子。古代有春秋两社，这两首诗写秋社日农村祭神的盛况和作者当时的感受。大概是大历二年秋社日。据《正字通》："立秋后五戊为秋社"，则当在立秋后五十余日。

②《左传·昭十七年》："九扈为九农正，扈民无淫者也。"在《尔雅·释鸟》中，"扈"皆作"鳸"。看来"九农"或"九扈"是古代某些部族所信奉的司农之神。

③《仇注》："百祀，即社祭。"引《史记·秦纪》："山川百祀之礼。"

④ 报效，指以祭祀的形式来报答、感谢神灵。神如在，表示祭祀的虔诚。

⑤《仇注》："馨香，言祭品之洁。"馨香，也常用来比喻德行。《书·酒诰》："黍稷非馨，明德为馨。"

⑥《汉书·东方朔传》："伏日诏赐从官肉，朔拔剑割肉，谓同官曰：'伏日当早归，请受赐。'即怀肉去。大官奏之诏朔自责。朔曰：'拔剑割肉，一何壮也；割之不多，又何廉也；归遗细君，又何仁也。'"《仇注》引此并解释说："东方割肉，因社事而念颁赐也。"

◎ 其二（五律）

陈平亦分肉，[①]	陈平年轻时也曾分过祭肉，
太史竟论功。[②]	太史公从这看出他将来定会立功。
今日江南老，	今天我这个身在南方江边的老翁，
他时渭北童。[③]	往日曾是渭水北岸的一个儿童。
欢娱看绝塞，	看遥远边地人民的欢乐，
涕泪落秋风。	我的眼泪洒落，对着秋风。
鸳鹭回金阙，[④]	这时，朝廷里大臣们该正走出宫门回家去，
谁怜病峡中。	有谁会哀怜我生病滞留在峡中。

注释：

①陈平，佐汉高祖定天下，后封曲逆侯。吕后死，陈平与周勃合谋诛诸吕仍为相。年轻时曾在社日祭祀后掌秤分胙肉甚公，受到人们称赞。

② 太史公（司马迁）论陈平时曾说："当割肉俎上时，意已宏远矣。"因为是社日，所以联想及陈平的故事。诗中提到陈平，暗含以陈平与自己对比的意思，陈平终于能建功立业，而自己则至老仍在漂泊，所以为恨。

③ 江南老、渭北童，俱为杜甫自称。转眼之间，童稚已成老翁，能不怅然。

④ 鸳鹭，指朝中大臣，见第十七卷《赠李八秘书别三十韵》注⑱。金阙，指皇宫。回金阙，《杜臆》："谓廷臣分肉而归也。"

◎ 八月十五夜月二首[①]（五律）

满目飞明镜，	满眼看见的都是它，像飞上天空的明镜，

归心折大刀。[②]	想起“何当大刀头”那句诗，刺痛了我思归的心。
转蓬行地远，	我像飞蓬在大地上飘转得远远，
攀桂仰天高。[③]	手攀桂树，仰看高高天顶。
水路疑霜雪，	光照水面，疑心路上铺着霜雪，
林栖见羽毛。[④]	多么亮，连栖息在林中的鸟雀也看得分明。
此时瞻白兔，[⑤]	这时遥望月宫中的白兔，
直欲数秋毫。	哪怕最纤细的毫毛也能数清。

注释：

① 这两首咏月诗与后面的《十六夜玩月》《十七夜对月》两诗，俱为大历二年秋在夔州所作。月亮一直是我国人民寄托情思的景物。这几首咏月诗反映了杜甫在夔州时的情怀：思乡，伤老，也念及军营中的征人和在大江上行船的舟子。但悲哀的心境并没有把月色之美冲淡，而是使它显得更凄清动人。

② 古乐府：“藁砧今何在？山上复有山。何当大刀头，破镜飞上天。”这是一首隐语民歌。藁砧，即“砆”，与“夫”（丈夫）字同音；两山相重隐“出”字；“大刀头”有“环”，与“还”字同音；“破镜”喻缺月，指月亮未圆时。诗的意思是说：丈夫出门何时回？大概在月半前后回来。由于第一句诗以“飞明镜”喻月，故联想及此民歌，遂以“大刀”（“大刀头”之节略语）代表“还乡”的心愿。但归心已“折”（摧折），十分痛苦。

③ 桂树秋日开花，秋日天高气清。这句诗写手攀桂枝，仰看秋空明月之态。

④ 羽毛，借代鸟雀。五、六两句诗极写月光之皎洁明亮。

⑤ 古代传说月中有白兔，也有以白兔、玉兔代表月亮的。月亮中的所谓白兔及他物都是由月中暗影引起的想象，能数清兔身毫毛，则明亮可知。这里的表现手法既是想象，又是极度的夸张。

◎ 其二（五律）

稍下巫山峡，	已经向巫峡那边降低一些了，
犹衔白帝城。	可是还在照射着白帝城。
气沉全浦暗，[①]	夜气沉沉，整个鱼腹浦没入黑暗，
轮仄半楼明。[②]	偏斜的月轮依然把半座高楼照明。
刁斗皆催晓，[③]	处处兵营中的刁斗声都在催促黎明到来，
蟾蜍且自倾。[④]	可是这月亮却自管慢慢下倾。
张弓倚残魄，[⑤]	残月下多少战士张着弓仰着头看，
不独汉家营。[⑥]	该知道，不只是汉家兵营有这样的情景。

注释：

① 全浦，整个鱼腹浦，指夔州江边。半夜，偏西的月亮已照不到江边低处，而高处的白帝城仍承受着月光的照射。

②“轮”即月轮，月亮。仄，倾侧，倾斜。

③ 刁斗，《史记·李将军传》：“不击刁斗以自卫。”集解：“孟康曰：‘刁斗以铜作鐎，受一斗，昼炊饭食，夜系持行。’”古代军营以敲击刁斗为打更的信号。

④ 古代传说月中有蟾蜍（虾蟆），因而常以“蟾蜍”代替月亮。第十八卷《月三首》第一首中“虾蟆没半轮”，以“虾蟆”代替月亮，与此同例。

⑤ 古代称新月之光为“魄”。《礼·乡饮酒义》：“让之三也，象月之三日而成魄也。”释文：“魄，《说文》作‘霸’，云‘月始生魄然也’。”这里以“残魄”代表残月。

⑥“汉家营”与“虏营”“胡营”相对。末两句诗是说，不仅汉家兵士望月思乡，胡兵在自己的军营中也会望月思乡。从这两句诗表明诗人不仅同情唐朝的军民，也同情异族军民，可见他已打破了狭隘民族主义的局限。

◎ 十六夜玩月（五律）

旧挹金波爽，	昨夜曾受明朗的金光照耀，
皆传玉露秋。[①]	处处都知道已是玉露晶莹的中秋。
关山随地阔，	月光下的关山在广阔大地上伸展，
河汉近人流。	银河好像就在离人不远处奔流。
谷口樵归唱，	山中归来的樵夫在谷口歌唱，
孤城笛起愁。	笛声引起孤城里多少人哀愁。
巴童浑不寐，[②]	巴地的少年人简直整夜没睡觉，
半夜有行舟。	半夜里江面上还有行舟。

注释：

①《仇注》："旧，指昨宵；秋，指中秋。"这两句诗是说，看见了昨夜的明月，人们都知道已到中秋。同时也暗示，下面所写的景色，是八月十六日的夜景。

② 巴童，指下面一句中的"行舟"者。《仇注》："未见行舟而思出峡也。"其实，因有月光，故有人乘月行船，这里表达的是杜甫对半夜行船者的关心与同情，半夜还在行船，这是多么辛苦。

◎ 十七夜对月（五律）

秋月仍圆夜，	今天夜晚，秋月仍这么圆，
江村独老身。	我这个老人，孤独地住在这江村。
卷帘还照客，	卷起竹帘，月光还照着异乡人，
倚杖更随人。[①]	我扶着手仗走，它在我后面紧跟。

光射潜虬动，	月光射入水底，惊动潜伏的虬龙，
明翻宿鸟频。[2]	太明亮了，栖宿的鸟雀一次次扑动翅膀不得安稳。
茅斋依橘柚，[3]	我的茅舍紧靠着橘柚林，
清切露华新。	清朗的月光把月上露珠照得颗颗明亮晶莹。

注释：

①“照客”“随人”的，都是月光，但诗句中省略了。

② 潜虬动，是想象的形象；翻宿鸟，则是写实景。写这两者，都是为了烘托人在月光照耀下激动的心情。

③ 下面一句中之“露华”，是指橘柚叶上的露珠反映月光。

◎ 晓望[1]（五律）

白帝更声尽，	白帝城里打更的声音停止了，
阳台曙色分。	曙光里，巫山阳台峰已看得分明。
高峰寒上日，	寒冷的高峰上升起了太阳，
叠岭宿霾云。	层层叠叠的山岭上停聚着浓云。
地坼江帆隐，[2]	在大地低陷处，江上帆影渐渐隐灭，
天清木叶闻。	空中多清静，听得见风吹树叶声。
荆扉对麋鹿，	从柴门里能看见山上的麋鹿，
应共尔为群。[3]	我真应该加入它们这一群。

注释：

① 这是一首写清晨景色的抒情诗。能够意识到自己所见景物之美，也就表明体验到了自

己对周围环境欣赏观照的态度。诗人究竟想到些什么呢？在最后两句诗中终于透露了出来。从这一首开始的五首写早晚情景的诗俱作于大历二年深秋。

② 地坼，指地面低陷处。因地球是球体，远处景物如陷入地底，故诗中用了“地坼”一语。

③ 第二人称代词“尔”，指麋鹿。译诗中以第三人称“它们”来表达。愿与麋鹿为群，可见人类社会实在太使诗人失望了。

◎ 日暮[①]（五律）

牛羊下来久，[②]	牛羊早就从山上下来了，
各已闭柴门。	家家户户的柴门都已关上。
风月自清夜，[③]	这是多么美好的风清月明之夜，
江山非故园。	可惜这里的山川不是我的故乡。
石泉流暗壁，[④]	阴暗的石壁上流淌着泉水，
草露滴秋根。	露珠滴向秋草根，把它们滋养。
头白灯明里，	在明亮的灯下，我的头发更白了，
何须花烬繁。[⑤]	灯花又何必这样对我结得繁忙。

注释：

① 这首诗写日暮思乡的悒郁心境。

②《诗·王风·君子于役》：“日之夕矣，羊牛下来”。这是一首思妇想念在外服劳役的丈夫的民歌。杜甫套用这句诗，也蕴含着思念亲人的感情。

③ 风月自清，是说夜色优美，但却与人无关，不能使人感到愉快。下一句说明了原因，从而表达了苦痛的心情。

④ 五、六两句进一步以自然景物之美来对照人的痛苦。

⑤ 俗谓灯芯上结花则人有喜事，人在愁苦中，而且明知不可能有什么喜事将发生，故对频繁结灯花有反感。

◎ 暝[1]（五律）

日下四山阴，	太阳落下，四面山峰都已阴暗，
山庭岚气侵。[2]	迷蒙雾气侵入山上的庭院。
牛羊归径险，	牛羊经过险峻的山路归来，
鸟雀聚枝深。	鸟雀群栖在丛密的枝间。
正枕当星剑，[3]	伸手拉正枕头，摸着了七星剑，
收书动玉琴。	收起书卷时，碰响了玉琴的弦。
半扉开烛影，	烛影前看见门扇半开着，
欲掩见清砧。[4]	起来想去关门，看见砧石光闪闪。

注释：

① 暝，指日暮以后的昏暗夜色。这首诗与前一首《日暮》所写的题材大体相同，前一篇以写主观活动为主，而且有直接抒情的句子；这一篇则纯粹写客观景物，人的活动也当作客观过程来描述。然而，正是从这样的客观形象中，体现出了人的思想活动和情感。

② 山庭，山中庭院，指杜甫在东屯的住处。岚气，山腰、山顶的雾气。

③ 星剑，七星剑，剑上镂北斗七星之纹，故名。当，遇，正碰上。杜甫诗中常提到剑，缘唐代儒生多有学习剑术，随身佩剑者。如杜诗中就有“壮年学书剑”（第十八卷《暮春题瀼西新赁草屋》第四首）、“气冲看剑匣”（第二十一卷《遣闷》）、“雄剑鸣开匣”（第十九卷《秋日夔府咏怀》）、“独坐亲雄剑”（本卷《夜》）等。

④ 砧，捣衣石，参看第十七卷《夜》注②及《秋风二首》第二首注①。捣衣的“砧”能引起多种联想，如想到离家的征人，想到自己的亲人、故园，想到自己的漂泊生活等等。

◎ 晚[①]（五律）

杖藜寻巷晚，	天晚了，我扶着藜杖摸索回小巷，
炙背近墙暄。[②]	背靠近墙时还觉墙壁上好温暖。
人见幽居僻，	人们都以为我的幽静住处太偏僻，
吾知拙养尊。[③]	我却知道守拙养生该放在最前面。
朝廷问府主，[④]	朝廷向州郡长官询问我的近况，
耕稼学山村。	他说我在山村里学习种田。
归翼飞栖定，	鸟雀都回了林，已栖息安稳，
寒灯亦闭门。[⑤]	我在寒夜里点上灯，把门关掩。

注释:

① 这首抒情诗也是写居住山村，夜色降临时的生活情况和感受。诗中表明住在幽僻的山村主要是为了“拙养”，实际上也就是为了避祸全生。

②《仇注》引黄生注：“初贪曝背，傍晚始归。起二用倒装。”这句诗有两种解释，一种如黄生之说，“炙背”即晒太阳，是说晚归以前的事；另一种是把“炙背”理解墙壁上犹留着太阳照射的温热，晚归近墙行，犹觉背暖，如晒太阳一样。

③ 拙养，即“养拙”，参看第二卷《冬日洛城北谒玄元皇帝庙》注㉓。养拙，也就是“守拙”，拙，指拙于处世，不善与世人周旋。陶潜《归田园居》诗：“守拙归田园”，与这诗中的意思较相近。

④ 府主，通常指地方长官。但这里究竟是指夔州都督柏茂林还是夔州刺史则不明确。

这句诗表示朝廷还在关心杜甫的情况，通过地方长官来了解，但并没有诏他回京的打算。这一点，对于杜甫来说，可能也是投向他心头的一个阴影。

⑤ 末两句，表达出与鸟兽为伍的慨叹。孔子说过“鸟兽不可与同群”，而杜甫却把自己的“寒灯闭门”生活与“归翼栖定”的情景并列，其愤懑可见。参看本卷《晓望》末两句，亦有与麋鹿为群的话，但感慨却不尽相同。

◎ 夜[①]（五律）

绝岸风威动，	陡峭的岸上狂风开始逞威，
寒房烛影微。	寒冷的房舍里烛影微微。
岭猿霜外宿，	岭上的猿猴冒着严霜栖宿，
江鸟夜深飞。	夜深时鸟群还在江上翻飞。
独坐亲雄剑，[②]	我独自坐着，和雄剑相亲，
哀歌叹短衣。[③]	唱着哀歌，慨叹身上穿着短衣。
烟尘绕阊阖，[④]	战争尘烟还环绕着宫门，
白首壮心违。	头发白了，仍和当年的壮志相违。

注释：

① 夜已渐深，诗人仍不能入睡，听到风声和猿鸟声，对着残灯与匣剑，看身上穿的短衣，不禁想起国家的危难，而自己却藏身山野，不能有所作为。这与诗人年轻时立的壮志相差多么远，痛苦之情从诗中深刻地表达了出来。

② 雄剑，见第十九卷《秋日夔府咏怀》注⑤。

③ 短衣，表示不在官位，生活清苦，衣着随便。

④ 阊阖，见第二卷《乐游园歌》注⑧。《仇注》引黄鹤注：“大历二年九月，吐蕃寇灵州、邠州，郭子仪屯泾阳，京师戒严，故有末二语。”

◎ 九月一日过孟十二仓曹十四主簿兄弟[①]（五律）

藜杖侵寒露，	手里的藜杖被寒露浸湿，
蓬门起曙烟。	蓬门外，曙光中升起炊烟。
力稀经树歇，	体力衰减了，每走过树下就要歇脚，
老困拨书眠。	年老易困倦，常常推开书卷睡眠。
秋觉追随尽，[②]	追随在你们兄弟身边，不觉秋季已将过去，
来因孝友偏。[③]	到你们家来访问，因为你们把孝友放在最先。
清谈见滋味，	和你们闲谈觉得挺有滋味，
尔辈可忘年。[④]	和你们结交，可以把年龄差别不放在心间。

注释：

① 第十九卷《孟氏》诗中所写的孟氏兄弟，就是这诗中所说的孟十二、孟十四兄弟，一个任仓曹参军（掌管州郡里的仓库钱物），一个任主簿（州县长官的佐官）。两人官位都不高，又都已离开官职在家务农，与杜甫的住处相距不远。杜甫在这篇诗中又一次表达了对他们孝友质朴品格的爱重。诗题中的“九月一日”，是寒露。杜甫诗题中写明日期者，一般都是节令。这诗作于大历二年。

② 这句诗的正常语序应为：“追随觉秋尽”。追随，指与孟氏兄弟的交游。尽，指秋季将过尽。

③《仇注》引黄注：“地一隅曰偏，人一意曰偏，言不他往也。”

④《后汉书·祢衡传》：“（祢）衡始弱冠而（孔）融年四十，遂与为交友。”这是“忘年交”最早的例子。孟氏兄弟的年龄较杜甫轻，故说“可忘年”，也就是“可为忘年交”的意思。

◎ 孟仓曹步趾领新酒酱二物满器见遗老夫[①]（五律）

楚岸通秋屐，[②]	您穿着木屐走过秋天的楚江堤岸，
胡床面夕畦。[③]	我正坐在交椅上面对夕阳下的田畦。
籍糟分汁滓，[④]	酒糟下垫着席，让酒汁和渣滓分开，
瓮酱落提携。[⑤]	还有一瓮酱，网络着提在手里。
饭粝添香味，[⑥]	从此我的糙米饭里将增添香气，
朋来有醉泥。[⑦]	朋友来了，也就能喝得烂醉如泥。
理生那免俗，	为了生活哪里能免除俗事，
方法报山妻。[⑧]	这制酒酱的方法我将告诉老妻。

注释：

① 步趾，步行。领，提挈，与现代某些方言中的“拎”字同义。这首诗叙述孟十二仓曹步行到杜甫家中访问，并提来新制的酒和酱各一瓮赠给杜甫。为了感谢这种情谊，杜甫写了这首诗。这诗也当作于大历二年秋。

②“楚岸”句，写孟仓曹之来访。

③“胡床”见第十九卷《树间》注④。“胡床”句写诗人之闲居。

④ 籍，据《仇注》，是滤酒的工具。嵇康《哀乐论》：“箎酒之囊，笮具不同。”徐灏《说文解字注笺》：“屋上薄，以竹为之，略如帘薄，故谓之薄，亦谓之笮（音‘窄’（zhǎi））。”这诗中的“籍”，与“笮”相似，垫在酒糟下，使酒汁与酒滓分开。

⑤《仇注》：“凡新酱入瓮，有时浮溢，故提携而来，常有旁落者。”这是把“落”解释为“落下”“散落”，恐误。《庄子·秋水》：“落马首，穿牛鼻。”“落”与“络”通，这里用此义正合。

⑥“饭粝”“朋来”两句述孟仓曹所赠之物可增添生活乐趣。

⑦ 醉泥，“烂醉如泥”这一俗语的节缩表达。

⑧ 方法，与现代汉语的“方法”含义不尽相同。古代汉语中“方法”常指专门的技术。这里指酒酱的酿造技术。

◎ 送孟十二仓曹赴东京选[①]（五律）

君行别老亲，	您走了，离别了衰老的尊亲，
此去苦家贫。	这次去，是因为家里清贫。
藻镜流连客，[②]	去应选不免要在异乡作客，流连，
江山憔悴人。[③]	对着江山胜景您依然是这样一个憔悴的人。
秋风楚竹冷，[④]	秋风吹过，楚地的竹林已有寒意，
夜雪巩梅春。[⑤]	您将在巩县的雪夜看到梅花报春。
朝夕高堂念，[⑥]	高堂尊亲早晚都在想念您，
应宜彩服新。[⑦]	您该穿上新的彩衣回来让他欢欣。

注释：

① 唐代的科举制度分“常举”和“制举”两种。“制举”不定期举行，有多种名目，其中有“博学通艺”“才高未达”“沉迹下僚”等，平常人和官吏都可应考，考中者可立即授官职或升级。这种考试多在东京洛阳举行，称为“东选”。孟仓曹所参加的“东京选”，就是这种考选。孟十二本为低级官吏，应考选中后，能得到较高官职，因此不顾路程遥远，自夔州前去洛阳应选。杜甫与他已成知交，故赠诗送行。这诗作于大历二年秋。

② 藻镜，与“藻鉴”同，见第三卷《上韦左相二十韵》注⑰。这里就是指到东京接受考选。因为要等候考选结果，就得在东京暂住，故称孟十二为“留连客”。

③ 憔悴人，指孟十二仓曹，因为他家境清寒，在京都繁华之场不免显得憔悴。

④“秋风”句，指孟仓曹离夔州时的季节。

⑤“夜雪”句，想象孟仓曹在东京的游览。巩县在唐朝属东都河南府，离洛阳不远。杜甫的曾祖父杜依艺曾为巩县令，后代就在巩县定居。巩县是杜甫的老家所在地。诗中提到“巩梅春”，也表达出杜甫对故园的怀念。

⑥ 高堂，通常用来指父母，也就是指第一句中的“老亲”。但不知是父还是母，或父母双全，故译诗中写成“尊亲”。

⑦ 彩服，意思双关，既是用老莱子彩服娱亲典（见第十卷《送韩十四江东省觐》注②）；也是以“彩衣”喻官服，祝孟仓曹得到新的官职。

◎ 凭孟仓曹将书觅土娄旧庄[①]（五律）

平居丧乱后，[②]	战乱之后我仍在南方定居，
不到洛阳岑。[③]	没有再回到洛阳城外的山岭旁。
为历云山问，	请您为我走过座座高耸入云的山去探问，
无辞荆棘深。	不顾那里丛生的荆棘又密又长。
北风黄叶下，	北风把黄叶一片片吹落，
南浦白头吟。[④]	在南方江畔，我这白头老人正把悲歌吟唱。
十载江湖客，	在江湖上做了十年流浪客，
茫茫迟暮心。	到了暮年仍然思绪茫茫。

注释：

① 土娄旧庄，在今河南省偃师县杜楼村，在首阳山下。杜甫诗中所说的“陆浑庄”“尸乡土室”，都是指这处住宅。是开元二十九年（741 年）杜甫经手建筑。孟仓曹到东京考选，杜甫托他带封信去探访土娄庄故居，诗中表达了对那个地方的深情怀念。这诗与上一首诗为同时所作。

② 丧乱后，指安史之乱平定后。虽然乱定了，仍未能回家乡。

③ 洛阳岑，洛阳附近的山岭，这里是指偃师县的首阳山。

④ 南浦，古诗赋中常说的送别处，如《楚辞》：“送美人兮南浦。”江淹《别赋》：“送君南浦，伤如之何。”王勃《滕王阁诗》：“画栋朝飞南浦云”等。这里指夔州鱼复浦。白头吟，是古乐府诗题，这诗中只是表示作者已年衰发白，与古代流传的几首《白头吟》没有直接关系。

◎ 简吴郎司法[①]（七律）

有客乘舸自忠州，	有位客人从忠州乘船来到夔州，
遣骑安置瀼西头。	派人骑马接他安置在瀼水西头。
古堂本买借疏豁，	我买下那古厅，本想在那里散心，
借汝迁居停宴游。	先暂时借给你，供你居住宴游。
云石荧荧高叶曙，	云边的岩石微微发光，高树的枝叶上已显出曙色，
风江飒飒乱帆秋。[②]	秋风飒飒吹动，扬帆的船在江中到处飘流。
却为姻娅过逢地，[③]	如今成了姻亲来往见面的地方，
许坐层轩数散愁。[④]	该允许我常坐在这长窗前散散愁。

注释：

①“吴郎”是杜甫的一位姻亲，年龄、辈分小于杜甫，故称他为“郎”。有人说他可能是杜甫的女婿，但无确证。司法，司法参军的简称，唐朝的州郡设有司法参军的官职。吴郎从忠州来到夔州，杜甫把瀼西草堂的正厅借给他暂住。这是一首用来代替书信的诗。这诗作于大历二年秋。

②“云石”“风江”两句写厅上能看见的景色。《仇注》引顾注：“云石之间，光彩闪动，以高叶当曙也；风江之上，气象肃森，以乱帆逢秋也。”

③《左传·昭二十五年》：“为父子兄弟姑姊甥舅昏媾姻亚，以象天明。”注：“婿父曰

姻，两婿相谓曰亚。”姻亚，一作“姻娅”，指因通婚而构成的亲戚关系。

④“古厅”既借给吴郎，就把吴郎当作厅的主人，所以诗中这样说。

◎ 又呈吴郎[①]（七律）

堂前扑枣任西邻，	西面那邻居来堂前打枣子，请你千万不要阻止，
无食无儿一妇人。	那是一位没粮食、没儿子的妇女。
不为困穷宁有此，	要不是贫困，她哪里会这样做，
只缘恐惧转须亲。	正因为她害怕，更加要对她亲切。
即防远客虽多事，[②]	虽然我提防你这位远客也许是多事，
便插疏篱却任真。[③]	但你已插上稀疏篱笆，似乎对这很重视。
已诉征求贫到骨，[④]	她曾向我诉说，繁重的捐税使她穷得承担不起，
正思戎马泪盈巾。	那时我正想起战乱，手巾全被泪水沾湿。

注释：

① 这首诗在杜甫诗中很有名，许多杜诗选本都选了这篇。从诗中可看出，杜甫对贫苦的人民十分关心，但这关心并不仅仅出于一般同情心，而是把人民的贫困和繁重的赋敛及战乱联系在一起，看出了人民痛苦的根源；在对人民深表同情的同时，也表示了对唐代政治的深刻不满。可见这种同情心正体现出了儒家的仁政思想。这首诗作于大历二年秋，比上一首诗稍后。

② 这两句诗该怎样理解向来是有分歧的。“防远客”是指妇人防远客，远客防妇人，还是指诗人防远客阻止妇人扑枣，莫衷一是。译诗采取最后一种看法，似乎最合原意。

③ 任真，一作“甚真”，都是很重视的意思。

④ 征求，指各种赋税。贫到骨，指剥削、榨取已尽，再不能承受沉重的负担。末两句诗揭示出人民贫困的原因。

◎ 晚晴吴郎见过北舍[1]（五律）

圃畦新雨润，	刚下过雨，园圃里菜畦润湿，
愧子废锄来。[2]	多谢你放下锄头到我家来。
竹杖交头拄，	手里拄的竹杖斜靠在我的头旁，
柴扉扫径开。	扫净小径后把柴门打开。
欲栖群鸟乱，	将栖息的鸟群在喧闹骚动，
未去小童催。	还没走，跟你来的童子就相催。
明日重阳酒，	明天请你来吃重阳酒，
相迎自酦醅。[3]	我将用自酿的美酒招待。

注释：

① 雨过天晴的一个傍晚，吴郎到杜甫住的北舍来访问，这首诗生动、细致地描绘了两人友好交往的神态。据《简吴郎司法》一诗，可知吴郎住在瀼西的“古堂”，而“北舍”，就在“古堂”之北。这诗作于大历二年秋，杜甫住在瀼西时。

② 这句诗中的“愧”字，与现代汉语的“羞愧”完全不同，而是与某些方言中的“得罪”“罪过”相似，意思是感谢。

③ 酦醅，音“泼胚”（pō pēi），酿酒的发酵过程，诗中用来代表酿酒。

◎ 九日五首（缺一首）[1]（七律）

重阳独酌杯中酒，	重阳节我独自酌饮杯中美酒，
抱病起登江上台。	带着病勉强起来登上江边高台。
竹叶于人既无分，[2]	这竹叶酒既然没有人和我同饮，

菊花从此不须开。[3]	从此菊花也就不须再开。
殊方日落玄猿哭，	这异乡日落后听得见黑猿哀哭，
旧国霜前白雁来。[4]	故国的白雁霜降前就已经飞来。
弟妹萧条各何在，	不知弟妹们各自流落在什么地方，
干戈衰谢两相催。[5]	战乱和衰老都在催我离开这世界。

注释：

① 这是重阳节作的一组抒情诗。题称五首，但实际只有四首。赵次公把后面一首《登高》移来补足，凑成五首，《仇注》本仍保持缺一首的原貌。第一首是七律，与《登高》相同，内容也颇有相近处，如抱病登台、独自悲秋等；但前者称“独酌杯中酒”，后者说“新停浊酒杯”，又不似一时之作。另外三首是五言诗，风格比较一致，视为一组或可无疑。又如根据诗中所写断酒情况来看，除此一首外，其他三首和《登高》似为一时所作，可订为大历二年重阳。而这第一首则为未戒酒时作，而且当时尚不知弟妹消息，与大历二年春得杜观书知其已到江陵的情况（见第十八卷《得舍弟观书》《喜观即到》等诗）不合。这诗可能是大历元年重九作，在《秋兴八首》等诗之后。

② 竹叶，酒名。于人无分，意思是心中所思念的人（主要指弟妹），不能欢聚同饮。

③ 古代有于重阳日家人团聚，赏菊饮酒之俗，家人既不能团聚共饮，又何须此菊花盛开，这是愤慨沉痛之语。

④《仇注》引顾注：“殊方猿哭，益增独处之悲；故国雁来，适动雁行之念。”古人常以雁行比喻兄弟，见雁来，故更增思念弟妹之情。

⑤ 这句诗的意思是怕自己活不长久，不能与弟妹聚会，情怀极为悲痛。

◎ 其二（五律）

旧日重阳日，	往昔的重阳节，
传杯不放杯。	传杯痛饮不肯放下酒杯。
即今蓬鬓改，	如今我的蓬乱鬓发已经变白，
但愧菊花开。	对着盛开的菊花只觉得惭愧。
北阙心长恋，[①]	我的心一直眷恋着北方的宫阙，
西江首独回。[②]	在长江上游我独自遥望把头回。
茱萸赐朝士，[③]	皇上在这天要赏赐茱萸给朝臣，
难得一枝来。	怎么可能也寄一枝到这里来。

注释：

① 北阙，指朝廷。

② 西江，见第十七卷《历历》注①。

③ 茱萸，是一种药用植物。唐代习俗，重阳日佩茱萸囊，以茱萸子贮囊中，也有插茱萸叶的，谓可避邪恶。朝士，指朝臣。杜甫为员外郎，如在朝中，当可得赐，今在夔州，自然无望。这首诗着重写对朝廷、对皇帝的思念，表明杜甫虽老病、颓唐，但为国效力的志向仍然未改。

◎ 其三（五律）

旧与苏司业，[①]	往昔我和苏司业交友，
兼随郑广文。[②]	也常跟郑广文同游。
采花香泛泛，[③]	重阳节，采来的菊花香喷喷，

坐客醉纷纷。　　座上的客人纷纷喝醉了酒。
野树攲还倚，　　那时我倚在野外一棵倾斜的树上，
秋砧醒却闻。[④]　　酒醒时听到捣衣的秋砧声悠悠。
欢娱两冥漠，[⑤]　　跟他们两位一起欢乐的日子不会再有，
西北有孤云。[⑥]　　只见一片白云在西北空中停留。

注释：

① 苏司业，即苏源明，参看第十六卷《八哀诗（六）：故秘书少监苏源明》及其注①。

② 郑广文，即郑虔，参看第十六卷《八哀诗（七）：故著作郎郑虔》及其注①。

③《素问·脉要精微论》："夏日在肤，泛泛乎万物有余。"注："在于皮肤，浮在外也，泛泛，充满之象。"这诗里用来形容香气飘泛弥漫。花，指菊花。

④ 秋砧，秋天的砧声，参看第十七卷《夜》注②及《秋风二首》第二首注①。

⑤ 冥漠，一作"冥寞"，都是指幽暗。常用来指死者所居处。这句诗是说两人都已离人世，不再能一起欢娱。

⑥ 有孤云，谓有孤云停留于空中。陶潜《停云诗序》："停云思亲友也。"西北，《仇注》："长安在夔州之西北"。

◎ 其四（五排）

故里樊川菊，[①]　　樊川旁我的故园有美好的菊花，
登高素浐源。[②]　　那里重九登高总是在浐水源头。
他时一笑后，　　自从那一次的欢笑以后，
今日几人存。　　到今天，朋友们还有几个存留。
巫峡蟠江路，　　巫峡边的江上通路盘曲逶迤，

终南对国门。[③] 终南山对着长安南门城楼。
系舟身万里， 船系在这江边，人离家万里远，
伏枕泪双痕。 伏在枕上，常常两行热泪横流。
为客裁乌帽，[④] 我作客异乡，还裁制了一顶乌帽，
从儿具绿樽。[⑤] 任随儿子给我准备一些美酒。
佳辰对群盗，[⑥] 在这美好节日却面对群盗骚扰，
愁绝更堪论。 怎能说得尽我的深重忧愁。

注释：

① 樊川，指潏水的中段，流经长安城南杜甫故居所在的下杜城（即杜曲）。杜甫于天宝十三载秋携家人居住在那里，但只住了一年不到的时间，就迁家白水县。

② 素浐，即“浐水”。流经长安城南的浐水原来名“长水”，自后魏起，民间一直称之为“浐水”。它的源头在下杜城附近的白鹿原。

③ 国门，指长安城门，这里指南门。

④ 乌帽，即乌纱帽。隐居者日常所服。见第十七卷《西阁二首》第一首注⑥。又第十九卷《秋日夔府咏怀》有“管宁纱帽净”之句，可参看该诗注61。

⑤ 绿樽，即“醁樽”，见第三卷《奉陪郑驸马韦曲》第一首注③。

⑥ 群盗，恐是蜀境或夔州附近发生的暴力事件，对交通有影响，故使杜甫“愁绝”。《仇注》引黄鹤注，说“群盗”指大历二年吐蕃再度入侵事，恐非，吐蕃不应称“群盗”。

◎ 登高[①]（七律）

风急天高猿啸哀， 在这风急天清的日子，山猿的叫声多么悲哀，

渚清沙白鸟飞回。	岸边水清沙白，鸟群从远方飞回。
无边落木萧萧下，	无边无际的林木黄叶纷纷飘坠，
不尽长江滚滚来。	无穷无尽的长江浪涛滚滚卷来。
万里悲秋长作客，	长久离家万里作客，到秋天心里就更悲痛，
百年多病独登台。②	拖着多病的身体独自登上这高台。
艰难苦恨繁霜鬓，	人生道路多艰难，最怅恨鬓发已像霜一般白，
潦倒新停浊酒杯。③	身心更加衰颓了，近来戒了酒，已不再举起酒杯。

注释：

① 这首诗是杜甫最著名的诗篇之一。过去的评论家从律诗的音韵格律上着眼，极为推崇。《仇注》引胡应麟曰："此章五十六字如海底珊瑚，瘦劲难移，沉深莫测，而精光万丈，力量万钧。通章章法、句法、字法，前无昔人，后无来学，此当为古今七言律第一，不必为唐人七律第一也。"这样评价虽未免太过，但也不是没有道理的。诗题为《登高》，似乎与重九日的登高习俗有关，故赵次公曾把它列入前面的一组《九日五首》诗内，补足五首。但这诗与其他以"九日"为题材的诗都不同，不涉及赏菊、采菊，没有怀念亲友，故虽题为《登高》，但并不一定作于"九日"。诗人登高台，望长江，心怀开旷，与自然界融合为一体；而一想到自身的渺小存在，则又烦忧哀痛，不能自已。正是在这样的矛盾中，普通的人才上升为诗人，碌碌于世俗琐事的人才能上升为审美者。也正是这样的诗，具有最强大的力量，把读者带入诗的、审美的境界。旧编在成都诗内，朱鹤龄订为夔州之作。据诗中所说的"新停浊酒杯"的情况看，应为大历二年秋日所作。

② 百年，指"百年之身"，人类通常只能活到一百岁。在这诗中，实际上是作者自谓，因此译诗中没有一个词可与此对应。"登台"之"台"，是什么台，在何处，俱难确定。

③ 潦倒，有多种含意，这里主要是指身体的病弱。李华《卧疾舟中赠别序》："潦倒龙钟，百疾丛体"，与这诗中的用法完全一致。但也不能排除其中所包含的精神上的颓丧，故译为"身心衰颓"。本卷《季秋苏五弟缨江楼夜宴三首》第一首末有"老人困酒病，坚坐看君倾"，及第十九卷《寄刘峡州伯华使君》有"割爱酒如渑"，俱透露出杜甫在大历二年秋曾戒过酒。

◎ 覃山人隐居[①]（七律）

南极老人自有星，[②]	这里的天空还闪亮着南极老人星，
《北山移文》谁勒铭。[③]	谁会在这里刻上讽刺假隐士的《北山移文》。
征君已去独松菊，[④]	隐士已应征离去只剩下松树菊花，
哀壑无光留户庭。	凄凉山谷失去光辉留下空空门庭。
予见乱离不得已，[⑤]	在我看，在这兵荒马乱的年头您离开这里也是不得已，
子知出处必须经。[⑥]	或者您认为做官和归隐是同样必须经历的事情。
高车驷马带倾覆，[⑦]	乘四匹马拉的大车往往和翻车的不幸相连，
怅望秋天虚翠屏。[⑧]	我惆怅地看着翠屏风似的山岭耸入秋云。

注释：

① 覃山人，是一位曾经在夔州隐居的人，年老时应征出山做官，离开了原来隐居的地方。杜甫参观了覃山人的故居，对覃山人的隐居和出仕进行了思考，从这首诗中表达自己的体会。他对覃山人先隐居后出仕的行为不是一味指责，而是同情他的遭遇，担心他的未来，表现出儒家诗人温柔敦厚的风度。

② 南极星，又名老人星。见第十七卷《寄韩谏议注》注⑰。当覃山人住在夔州时，南方的南极星正与这位老隐相应；当他被征召出仕以后，那颗南极星还留在原有的地方。这也就意味着，覃山人一出仕，对他的评价就降低了。

③ 南朝的孔稚圭为了讽刺假隐士周颙，写了一篇著名的《北山移文》。这句诗是说这位覃山人的事迹与周颙颇为相似，但并没有人写篇《北山移文》那样的文章来讽刺他。这也就是表明，杜甫写这篇诗和孔稚圭写《北山移文》的态度不同。作于夔州，可能是大历二年秋。

④ 对受过皇帝征召的隐士，不论是否应诏出仕，都可称为“征君”。这里的“征君”是指覃山人。《北山移文》中有“诱我松桂，欺我云壑”之句，这诗中说得比较含蓄，有对覃山人惋惜之意。

⑤《仇注》：“因叹乱离以来，予不得已而奔走。”这是把这句诗理解为杜甫的自解。这

诗的内容是对覃山人行迹的议论，诗人不会把自己的事牵涉进去。予见，就是“我认为”，“我的看法是……”；乱离不得已，是指覃山人于乱离中不得已而接受征召。这是杜甫对覃山人出仕的一种宽宏谅解的态度。

⑥ 出处，指出仕和退隐两种情况。必须经，意思是不免都要经历到。这句诗是为覃山人设想，也许他没有把出仕和退隐的区别看得过于严重，而把它们看成都是自己所该经历的道路。

⑦ 高车驷马，古代贵官乘的四匹马拉的车。《玉篇》：“驷，四马一乘也。”这一句诗是为覃山人的未来担忧。

⑧ 末句诗表达诗人参观覃山人的故居后所产生的惆怅心情。

◎ 东屯月夜[①]（五排）

抱病漂萍老，	我这个一身病的老人像水面浮萍，
防边旧谷屯。[②]	飘流到这古代边防军的谷屯。
春农亲异俗，[③]	春天，亲眼看见异乡农忙的风习，
岁月在衡门。[④]	日子总还算过得安安稳稳。
青女霜枫重，[⑤]	青女在枫树上撒下厚厚的寒霜，
黄牛峡水喧。[⑥]	黄牛峡的流水喧呼沸腾。
泥留虎斗迹，	泥地上留着猛虎争斗的痕迹，
月挂客愁村。	月亮挂在引起远客忧愁的荒村。
乔木澄稀影，	乔木的稀疏树影沉落在地面，
轻云倚细根。[⑦]	轻柔的浮云垂下纤细的根。
数惊闻雀噪，	好几次雀噪声使我惊悸，
暂睡想猿蹲。[⑧]	只能短暂地睡一下，像山猿蹲着睡觉不得安稳。

日转东方白，[9]	太阳转到东方，天空开始发白，
风来北斗昏。	一阵风吹过，北斗星暗昏昏。
天寒不成寐，	天这样冷，我睡不着觉，
无梦寄归魂。[10]	连回家乡的好梦也做不成。

注释：

① 这是杜甫迁居到东屯后，写的一篇反映东屯生活的诗。诗句十分质朴，但读者会感到东屯深秋月夜的荒凉恐怖，真如亲历其境。这诗当作于大历二年秋。

② 旧谷屯，即东屯。东屯是以前驻军屯田的地方，有积谷的仓库（唐代称为“屯”，与现代的“囤”意思相近）。

③ 这句诗是指这年春天，杜甫到东屯检查春耕情况的事。

④《诗·陈风·衡门》：“衡门之下，可以栖迟。”这古代民歌称赞隐士以清贫生活为乐，与杜甫的思想正合，所以用“衡门”一词来比喻当时他的生活状况。

⑤ 青女，见本卷《秋野》第四首注③。

⑥ 黄牛峡，在夷陵（今湖北宜昌）西。但这里是说东屯附近的江水。也许夔州也有名为“黄牛峡”的地方。

⑦ 古代称石为“云根”。这诗中说“细根”，似乎不像说山石。疑因云的下部纤细，与地面相连，故称“倚细根”。

⑧《仇注》引《杜臆》：“猴性动，猿性静，静必善睡，故睡时想之。”解说迂拙。想，意思是引起联想，因两者有相似之处。“猿蹲”而睡，睡不能长久，今只能暂睡，故觉得像猿蹲着睡一样。

⑨ 古代认为太阳绕地球运行，故诗中这样说不足为奇。

⑩ 译诗与原诗不能逐词相对应，但表达出了诗句的含意。

◎ 东屯北崦[1]（五律）

盗贼浮生困，[2]	盗贼骚扰，我一生受尽厄难，
诛求异俗贫。	租税繁重，这异方人民多贫困。
空村唯见鸟，	空村里只看得见鸟雀，
落日未逢人。	直到日落时也没遇见人。
步壑风吹面，	在山谷里走着，山风扑面吹来，
看松露滴身。	仰头看松树，露水滴了我一身。
远山回白首，[3]	我这白发人回头眺望远山，
战地有黄尘。[4]	战场上还有黄尘升腾。

注释：

①“崦”音“淹”（yān），某些方言称山头、山冈为“崦”。第七卷《赤谷西崦人家》一诗中也曾有这样一个地名。杜甫从东屯住处到附近村庄中访问，竟阒无一人；又经过山谷走上东屯北面的山头眺望，关心着不远处的战乱，为人民的困贫慨叹不已。这首诗作于大历二年秋住在东屯时。

② 浮生，指诗人自己的生活。由于战乱，杜甫才困处在夔州，来到东屯。下面一句诗“异俗”，指夔州人民。

③ 远山，是从东屯北崦所眺望到的山。是诗人视力所及之处，而非所站立的山头。

④ 战地，是距夔州不远处发生战乱的地方。但“黄尘”也并非一定能为视觉所见，而只是凭想象推测。这句诗的用意是指责军阀：人民已够苦了，还在制造战乱，增加人民苦难。

◎ 从驿次草堂复至东屯茅屋二首[①]（五律）

峡内归田客，	我这在三峡西面务农的异乡客，
江边借马骑。[②]	从江边驿站借了匹马骑。
非寻戴安道，	不像王子猷雪夜去访问戴安道，
似向习家池。[③]	却有些像山简去游习家池。
山险风烟僻，[④]	山路险峻偏僻，升起阵阵风烟，
天寒橘柚垂。	天气寒冷，橘柚还悬挂在树枝。
筑场看敛积，	修筑晒场，好把粮食收起贮积，
一学楚人为。[⑤]	这一切我得向楚地人民学习。

注释：

①《仇注》引黄鹤注："此从驿借马，暂次瀼西之草堂，而复至东屯也。"浦起龙则认为"草堂，即驿次之舍也。旧谓瀼西之草堂，将'次'字活看，诗中无此意。"浦说较优。这两首诗叙述从驿站借马骑到东屯以及回东屯后的事。本卷《暂住白帝复还东屯》一诗所写大概是同一时的事，所谓"驿次草堂"，当指白帝城（夔州城）驿站之草堂。杜甫虽迁居东屯，但夔州城里还有事务要处理，或有应酬活动要参加，因此还常常到城里去，有时还要住上几天。正因为这样，回东屯才会产生更多的感触，并感到与质朴的农民们生活在一起的可贵。

② 江边，指夔州江边的驿站，可参看注①。

③ 王子猷雪夜访戴逵（即戴安道）的故事，见第九卷《卜居》注⑤，山简游习家池，见第九卷《北邻》注⑤。因为杜甫向往于古代文人的放逸情趣，所以想起了这两个故事。"寻戴"是乘舟，故不相似；"游习池"是乘马去的，与杜甫乘马回东屯有相似处，故与之相比。

④"风烟僻"一作"风烟合"，谓风烟聚合，也是描写山路险僻，山风猛烈，云烟笼罩。这句和下一句诗写途中所见。

⑤ 杜甫回东屯是为了忙秋收，他对此完全无经验，得学习夔州农民的所作所为。

◎ 其二（五律）

短景难高卧，	白昼短，不能起身太迟，
衰年强此身。	年纪衰老了还得勉强撑持。
山家蒸栗暖，	山里农家蒸熟的板栗暖暖的，
野饭射麋新。[①]	在田野边进餐，吃的是新射的麋。
世路知交薄，[②]	这世上和我有深交的人太少，
门庭畏客频。[③]	上门访问的客人多反使我畏惧。
牧童斯在眼，[④]	我愿意常常和牧童们相见，
田父实为邻。	还有那些老农民，我就是想和他们做邻居。

注释：

① 三、四两句称羡山中农民的生活，虽然粗简，但也能吃得饱，吃得有滋味。

② 世路，指社会上的人际关系。来往的人虽多，但知交很少。

③ 到东屯来访问的客人往往又是杜甫所不愿见的，故诗中这样说。

④ 斯，一作“须”。也可作“其”字用，是表示期望的助词。斯在眼，是希望常看到的意思。末两句诗表示杜甫看出农民之朴质可爱，愿与他们来往而鄙弃官场中的人。从这些地方可知杜甫的思想情感在长期困苦生活中的确有了深刻变化，从过去的同情、怜悯农民进一步认识了他们的可贵品质，对他们渐渐产生了敬爱之情。

◎ 暂住白帝复还东屯[①]（五律）

复作归田去，	我又要去过务农的生活了，

犹残获稻功。	那里还有些收稻的活没做完。
筑场怜穴蚁，	筑场时毁了蚂蚁穴，心里惋惜，
拾穗许村童。	儿童要来拾散落的稻穗当然听便。
落杵光辉白，[②]	一杵杵把稻米舂得又白又亮，
除芒子粒红。[③]	除去芒壳的糙米粒红光闪闪。
加餐可扶老，	多吃些饭能让老人强健些，
仓廪慰飘蓬。	这粮仓使漂泊异乡的人感到慰安。

注释:

① 这首诗反映了杜甫在东屯的生活状况，住在那里主要是为了收获稻谷。从表面上看来，他得到了收成，看到粮仓满了感到安慰，但这样的生活仍然是对于夔州地方官的依赖，杜甫心中当然还是很痛苦的。何况，他远离故乡和亲人，往年的雄心壮志终无实现之日，他所说的“慰飘蓬”，只不过是强作欢颜而已。有人说杜甫在夔州过的是地主的生活，恐怕并没有深入了解杜甫的心意。这首诗与前两首诗为同时所作。

② 落杵，指舂米，把糙米舂得精熟。

③ 除芒，并非专除“芒”，而是指除去稻壳，“芒”连在壳上。除去稻壳的糙米带着种皮，故显出红色。

◎ 茅堂检校收稻二首[①] （五律）

香稻三秋末，[②]	稻谷在秋末散发出芳香，
平田百顷间。	上百顷的田地一片平坦。
喜无多屋宇，	我喜爱这里没有多少高大屋宇，
幸不碍云山。	幸好它们还遮挡不住云山。
御夹侵寒气，	穿起夹衣，寒气还是往里钻，

尝新破旅颜。　　　　　尝到了新米，我脸上破了愁颜。
红鲜终日有，[3]　　　　鲜红的糙米整天往仓里送，
玉粒未吾悭。[4]　　　　玉一样的米粒对我也并不吝悭。

注释：

① 茅堂，指东屯茅屋。检校，即督促检查的意思。这两首诗也是写东屯秋收的情况和当时的喜悦心情，作于大历二年秋末。

② 三秋，即孟秋、仲秋、季秋。三秋末，整个秋季的末尾。

③ 红鲜，旧注说是稻种的名称，恐不一定正确，因为下面一首诗中明显地提出了几个稻种的名称。第十九卷《行官张望补稻畦水归》一诗中亦有“红鲜”一词，可参看该诗注⑭。又因前一首诗中有“除芒子粒红”之句，子粒红，正是指“红鲜”而言，因而可知“红鲜”是指糙米。

④ 未吾悭，意思是对我不悭吝。这句诗中的“玉粒”拟人化了，白米丰收，在诗中说成是白米对人慷慨不悭，愿意多多给人。

◎ 其二（五律）

稻米炊能白，[1]　　　　稻米煮成的饭这么白，
秋葵煮复新。　　　　　秋葵做羹汤也很新鲜。
谁云滑易饱，　　　　　谁说滑腻的菜饭容易使人吃饱，
老藉软俱匀。[2]　　　　要又软又匀，老人才能下咽。
种幸房州熟，[3]　　　　幸好是房州的稻种才得到丰收，
苗同伊阙春。[4]　　　　禾苗茂盛时，像伊阙山下的春天。
无劳映渠碗，[5]　　　　这米饭不须用车渠碗来盛，

自有色如银。　　　　它自己的颜色就已经像白银一般璀璨。

注释：

① 能，这里用作指示代词，意思与“恁”“这么”相同。

②《仇注》：“滑，指葵；软，指饭。俱匀，言二物配食。”按新米饭也可称滑糯，在这诗中，秋葵是稻米的陪衬，故“滑”，应指新米饭而言，当然也兼指秋葵。老人吃的饭，要多放些水煮，使饭软一些，与葵同煮更要处处均匀。

③ 房州熟，稻的品种名。房州，今湖北省房县，盛产稻米。在这诗中，以“房州熟”代表良种，是否真的是房州之种则非主要之点。

④ 旧注认为“伊阙春”也是良种名。伊阙，即龙门伊阙，是山名，在洛阳。洛阳也种水稻，杜甫年轻时住在巩县，熟悉洛阳郊区农村情况，故以伊阙山下之春苗来比喻东屯之稻禾。恐非指稻种名。

⑤ 渠碗，“车渠碗”之简称。车渠是热带海洋中的巨型瓣鳃类软体动物，壳的内壁色白有光泽，古代印度称之为“七宝”之一。以车渠壳制的碗十分珍贵。诗中以“渠碗”来烘托稻米之洁白可爱。

◎ 刈稻了咏怀[①]（五律）

稻获空云水，[②]　　　　稻割完了，只剩白云下空空水面，
川平对石门。[③]　　　　平静的流水正对着高高石门。
寒风疏草木，　　　　寒风下，草木稀疏零落，
旭日散鸡豚。　　　　鸡、猪到处跑，旭日正在上升。
野哭初闻战，　　　　当初听到野外哭声才知道战乱发生，
樵歌稍出村。[④]　　　　如今已有些樵夫唱着歌走出山村。

无家问消息，	我没有家，到哪里去探问家的消息，
作客信乾坤。	只好任天地安排做个客居异乡的人。

注释：

① 这首诗是紧接在前面几首关于秋收的诗之后作的。忙碌的收割时期过去了，劳动的兴奋、丰收的欢乐也渐渐平歇，农村里显得安宁、清静，诗人思乡之心又苏醒过来，于是诗里又出现了愁思。

② 稻收割完毕后，田野空空，只有云水相对，更无他物。

③《仇注》引黄生注："水中对立如门，水落而后石出，故曰'川平对石门'。"又引赵曰："石门，即所谓'双崖壮此门也'。"

④《仇注》："稍出村，农毕始樵。"

◎ 季秋苏五弟缨江楼夜宴崔十三评事韦少府侄三首[①]（五律）

峡险江惊急，	险峭的山峡中江水湍急惊人，
楼高月迥明。	月亮向高楼遥遥洒下清辉。
一时今夕会，	今夜的聚会只是短暂的一刻，
万里故乡情。	但我们都有着思念万里外故乡的情怀。
星落黄姑渚，[②]	天河畔的星星已经落下了，
秋辞白帝城。	秋天向白帝城告别，它就要离开。
老人困酒病，[③]	我这老人受到酒病困扰，
坚坐看君倾。[④]	只能坚持坐着看你们干杯。

注释：

① 在夔州，杜甫与亲戚苏缨等暂时聚首了，苏缨在夔州的一处江楼上宴请杜甫和崔、韦等人。杜甫在这几个人中年龄最长，与亲戚相见更增添了思乡之情。从这诗中可看出其他几个人在宴会中是比较欢乐的，而杜甫心境颓唐，愁思难遣，只能借这三首诗来舒解心中郁闷。第十五卷有《赠崔十三评事公辅》一诗，这诗中的崔评事当即为崔公辅。又第九卷《凭韦少府班觅松树子栽》一诗，这诗中的韦少府可能是指韦班。

②《仇注》引方以智《通雅》："黄姑当为河鼓，见《天官书》。《说文》引'河鼓是荷负也'，故俗名担鼓星。古乐府《东飞伯劳歌》：'黄姑织女时相见。'杜诗用'星落黄姑渚。'盖因河鼓音近，而讹为黄姑耳。"《读杜心解》："按黄姑即河鼓。三星如担，在天河东渚。此云星落，谓河鼓没也。季秋河转西南，河鼓没，则夜半矣。"

③ 老人，杜甫自谓。杜甫当时患消渴病及肺部病症等，不能饮酒，又因为归病因于饮酒，故称这些病为"酒病"。

④ 自己不饮，只陪坐席上，看苏、崔、韦等饮，故自称"坚坐"。

◎ 其二（五律）

对月那无酒，	对着月亮怎么能没有酒，
登楼况有江。	何况登楼远望，楼下就是大江。
听歌惊白鬓，[1]	听歌时才惊觉头发已白，
笑舞拓秋窗。[2]	边笑边舞，推开通向秋空的窗。
樽蚁添相续，[3]	浮着泡沫的美酒一杯接一杯痛饮，
沙鸥并一双。	江面上一对沙鸥在并翅飞翔。
尽怜君醉倒，	我羡慕你们个个都喝得醉倒了，
更觉片心降。[4]	更佩服你们的胸怀比我宽广。

注释：

① 杜甫诗中屡次提及自己的白发，不会不知道自己头发早白。这里是说听歌而豪兴激发，但体力已衰，因而惊觉自己已到衰年。

② 拓，本义正是以手推物。

③ 樽蚁，即樽中酒。曹植《七启》：“盛以翠樽，酌以雕觞，浮蚁鼎沸，酷烈馨香。”浮蚁，指酒面浮的泡沫。

④《诗·召南·草虫》：“我心则降”。“传：下也”。心降，是心悦诚服的意思。译诗把诗句的含意写出，语言与原诗差别较大。杜甫对这几位年轻人心悦诚服的原因是：由于他们酒量大，能豪饮；同时，在这乱离中，他们仍能保持乐观态度，不像杜甫那样忧伤不已。

◎ 其三（五律）

明月生长好，[①]	明月出来时总是那么美好，
浮云薄渐遮。	浮云渐渐把它遮上薄薄一层。
悠悠照远塞，[②]	它静静地照耀着遥远的边塞，
悄悄忆京华。[③]	我心中却忧伤地回忆着京城。
清动杯中物，[④]	清光照在杯里，酒波轻轻动荡，
高随海上槎。[⑤]	清光射向海上，是要跟随乘槎上天的使臣。
不眠瞻白兔，[⑥]	我不能入睡，遥看着月亮，
百过落乌鸦。[⑦]	乌鸦飞过百次，终于落下栖稳。

注释：

①《杜臆》对此诗被编入这一组诗中提出疑问说：“单咏月，无关于江楼之宴，岂误入耶？”这怀疑是很有道理的。从诗的内容来看，的确与前面两首诗没有关系，而是单

纯咏月，表达了望月思念京华的情感。

② 远塞，是指夔州，还是泛指边塞，意思不明确，但也可兼言。但从下一句来看，理解为指夔州较好。月亮照到夔州边城，而在夔州的远客却在思念月亮同时照临的京华。

③ 悄悄，意思不是指静悄悄，而是用《诗·邶风·柏舟》："忧心悄悄"。"悄悄"是忧愁貌。

④ 杯中物，指酒。如第十二卷《巴西驿亭观江涨》第二首中有"赖有杯中物"，第十一卷《戏题寄上汉中王三首》第一首中有"忍断杯中物"，都是指酒。

⑤ 见第十七卷《秋兴八首》第二首注③，诗人有这样的联想，是由于使臣将回到京城去，从而曲折地表达了思念朝廷的心意。

⑥ 白兔，指月亮。见本卷《八月十五夜月》第一首注⑤。

⑦"乌鸦"一作"乌纱"。作"乌鸦"，"百过"后才落下，与曹操的"绕树三匝，无枝可依"相似，隐喻作者到处漂泊，不能安居。作"乌纱"，谓千百次望月，月光落于"乌纱"上。

◎ 戏寄崔评事表侄苏五表弟韦大少府诸侄[①]（五律）

隐豹深愁雨，[②]	隐藏在山里的玄豹愁雨水太多，
潜龙故起云。[③]	潜伏在水底的蛟龙故意兴起阴云。
泥多仍径曲，	归路满是泥泞，又弯弯曲曲，
心醉沮贤群。[④]	对你们几位贤才我如酒醉般倾心。
忍对江山丽，[⑤]	阳光照临下的江山使我不能冷静，
还披鲍谢文。[⑥]	又来阅读你们作的鲍照、谢灵运似的诗文。
高楼忆疏豁，[⑦]	回忆那天在高楼上你们豪放豁达的情怀，

秋兴坐氤氲。[⑧]　　　　顿时激起我浓厚的秋兴。

注释:

① 这首诗显然是继前一首诗之后而作。参加了苏缨款待崔、韦等的宴会后，杜甫回到了山村茅屋中，想着崔、苏、韦等表现出的豪情，又读起他们写的诗文，心中仍很激动，于是又作了这首寄给他们的诗。诗的开头几句有谐谑意味，故在题目中称“戏作”。

②《列女传·贤明》有陶答子妻谏夫语：“南山有玄豹，雾雨七日而不下食者何也？欲以泽其毛而成文章也，故藏而远害。”在这诗中，杜甫有以“玄豹”自喻之意，但同时也是对崔、苏、韦诸人的委婉告诫。

③ 古代常以“潜龙”比喻未能得到重用的人才。这里是以此称誉崔、苏、韦等。杜甫回山村时适逢阴雨，故戏称“潜龙故起云”。

④ 心醉，这里是指被才学气度高的人所吸引，对之敬佩爱慕不已。如《仇注》引《晋书》：“太原郭奕、高爽为众所推，见阮咸而心醉。”沮，自觉不如别人。贤群，指苏、崔、韦。

⑤ 忍对，一作“忍待”。丽，指阳光照耀。《易·离》：“日月丽乎天。”丽，原义为“附着”，后转化为“丽日”之略语。

⑥ 鲍谢，著名诗人鲍照与谢灵运。诗中以“鲍谢”比喻苏、崔、韦。

⑦ 疏豁，一作“疏阔”。作“疏豁”较适宜。这句诗是说回忆日前在江边高楼上的聚会以及苏、崔等的豁达豪放的情怀。

⑧ 坐，表明上一句诗所说的回忆和这一句诗所说的秋兴之间的因果关系。氤氲，音“因晕”（yīn yūn），原来是指烟气很盛，这里用来形容兴致浓厚。

◎ 季秋江村[1]（五律）

乔木村墟古，	古老的乔木在这村落外围绕，
疏篱野蔓悬。	野藤悬挂在稀疏的篱笆上。
素琴将暇日，	靠弹琴来度过闲暇的日子，
白首望霜天。	常常仰起白头向霜天凝望。
登俎黄甘重，[2]	放在木盘里的黄柑子分量多重，
支床锦石圆。[3]	圆圆的锦石，用来支垫卧床。
远游虽寂寞，	远游异乡虽然感到寂寞，
难见此山川。	这样美丽的山川却不容易遇上。

注释：

① 这首诗写秋天将尽时在江村中生活的情趣。虽然杜甫思乡之心很急切，但这异乡的景物也令他留恋。诗人意识到了自己的这种矛盾心情。这诗作于大历二年秋。

② 俎，木制的放置食物的器具。“黄甘”的“甘”与“柑”字同。

③ 锦石，见第十九卷《秋日夔府咏怀》注⑫。

◎ 小园[1]（五律）

由来巫峡水，	从来，这巫峡的江水旁边，
本是楚人家。	一直是楚人居住的家。
客病留因药，[2]	我这异乡人因为生病服药才在这里留下，
春深买为花。	春深时看见园里花生得好把它买下。

秋庭风落果，　　　　如今秋风把果实吹落庭前，
瀼岸雨颓沙。　　　　瀼水岸边的沙土被暴雨冲塌。
问俗营寒事，[3]　　　问问习俗，把过冬的用物准备好，
将诗待物华。[4]　　　先写下这篇诗，等冬天再把这小园的景色描画。

注释：

① 诗中说到“瀼岸”，可知这小园是在瀼西。看来杜甫迁居东屯后，也没有放弃瀼西草堂，而是来往于两处，住在瀼西的时间更多些。前一首诗所写的“江村”，这首诗写的“小园”都是居住在瀼西所写。两诗中所表现出的思想情绪也较接近，看来又打算在瀼西安住下去了。作诗时间仍为大历二年秋。

② 根据这句诗的语言结构来看，留下的原因不是因为“病”，而是因为“药”，可能这里适宜种药或容易得到治病所需药材。

③ 寒事，《仇注》引陆倕诗“江关寒事早”，并解释说：“寒事，御寒之事。”

④ 物华，自然界的各种景物。诗中已提到春、秋景色，所等待的“物华”，当指冬季景色。

◎ 寒雨朝行视园树[1]　（七排）

柴门拥树向千株，　　　我家柴门里长的树木近千株，
丹橘黄甘此地无。[2]　　长得这样好的红橘黄柑，这一带真难得看见。
江上今朝寒雨歇，　　　今天清早，江上的寒雨停止了，
篱中秀色画屏舒。　　　篱笆里的秀丽景色像画屏般展现。
桃蹊李径年虽古，[3]　　桃树、李树下的小径虽然年代古远，
栀子红椒艳复殊。[4]　　栀子、红椒还是长得特别美艳。

锁石藤梢元自落，[⑤]	锁插在岩石缝隙里的藤梢自己落下，
倚天松骨见来枯。	倚天的老树现出枯骨一样的枝干。
林香出实垂将尽，	林里散发着芳香，结的果实垂下，都将采尽，
叶蒂辞枝不重苏。[⑥]	叶柄离了树枝，不能再苏生复原。
爱日恩光蒙借贷，	仁爱的太阳曾把恩慈的光辉借给你，
清霜杀气得忧虞。	令人忧虑的却是肃杀的秋霜将把你摧残。
衰颜动觅藜床坐，	我容颜已衰老，动不动就找藜床坐下休息，
缓步仍须竹杖扶。	缓缓地移动脚步，手里还得扶着根竹竿。
散骑未知云阁处，[⑦]	我该像潘岳那样到散骑省直宿，可不知道连云高阁在哪里，
啼猿僻在楚山隅。	如今却在楚山偏僻角落里伴着猿啼。

注释：

① 秋天寒雨后的一个早晨，诗人在园中散步，观看了园中各种树木，感受到生命的荣枯变化，联想到自己的衰老和仕途遭受的挫折，不禁悲从中来。这首诗反映了诗人的这种情绪体验，并把引起体验的景物细致地摹写出来。这诗是大历二年秋末所作。

② 旧注家中有人认为，这诗所写的“园”不是柑园，所以说“丹橘黄甘此地无”。还有人认为，这“园”中既有各种果树，又有柑橘，说“此地无”，是指柑橘生长得十分良好，为当地所罕见。译诗从后一种说法。因为第九句诗“林香出实垂将尽”中的“实”，就是指柑橘，而不可能是其他果物。

③ 这句诗是说这个“园”是多年的古园，园树中有许多已很古老，而不只是说桃李古老。

④ 栀子，指栀子树的果实，黄褐色，可为黄色染料，也可药用；红椒，指红色的花椒果实，香料，也可药用。

⑤ 这句诗表示园中很少有人来，有些变化，也是自然而然的，不是人力所为。

⑥ 从这一句起的三句诗，把园内的树木拟人化，树木有荣有枯，有悲有喜，从而联想到诗人自己。

⑦ 用潘岳《秋兴赋序》语，见第十九卷《寄刘峡州伯华使君四十韵》注㉞。晋代设有散骑省，属门下省，潘岳以太尉掾的身份到散骑省直宿，有感而作《秋兴赋》。杜甫任工部员外郎，如在朝中任职，也应入禁省直宿，现在远在夔州，与宫中之连云高阁完全隔离，故有此慨叹。

◎ 伤秋[①]（五排）

村僻来人少，	山村荒僻，很少有人来，
山长去鸟微。[②]	山峦绵延，只见模糊鸟影远飞。
高秋收画扇，	秋深了，画扇已该收藏起来，
久客掩柴扉。	在这里客居已久，柴门常常掩闭。
懒慢头时栉，[③]	我懒散成习，随时梳篦头发，
艰难带减围。[④]	艰难的岁月里人更瘦了，衣带减少了几围。
将军思汗马，[⑤]	将军还想到战场上去骑马驰骋，
天子尚戎衣。[⑥]	天子身上至今还穿着戎衣。
白蒋风飙脆，[⑦]	狂风中的白菰容易折断，
殷柽晓夜稀。[⑧]	红杨树的枝叶日夜变得疏稀。
何年灭豺虎，[⑨]	哪年才能把豺虎全都消灭，
似有故园归。[⑩]	我似乎也还有个老家能回。

注释：

① 题目是《伤秋》，意思是到了秋天，看到秋季萧条的景色而引起哀伤之情。诗中所抒发的哀伤，主要还是国家多难，有家难归。这诗作于大历二年秋。

② 鸟沿着山峦飞去，山峦未尽，而鸟影已模糊难辨。

③ 头时栉，表示头发一直披散着，没有束发插簪，可见诗人疏懒之状。

④ 带减围，表示人渐消瘦。古代之所谓“围”，有各种不同含意，所表示的长度也迥不相同。《韵会》：“一围五寸”，又云“一围三寸，又一抱谓之围”。大体有两种意思，一种是指拇指与食指尽量分开所构成的弧长；一种是伸开两臂所构成之弧长。这里指衣带长度，即腰围，是指前一种。

⑤ 汗马，喻骑马奔驰，也就是指作战，立战功。只考虑个人升官封侯的将军不顾国家安危，一心盼望打仗，得到立战功的机会。

⑥ 天子戎衣，表示国家局势仍极不稳定。

⑦ 白蒋，即菰，是茭白一类的水生植物，古代食其实，名为菰米或雕胡米，菰的茎叶极脆，易折。

⑧ 殷柽，即柽柳，又名红杨、河柳、观音柳。这两句诗写秋日萧条景物。

⑨ 豺虎，喻危害国家安全残害人民的内外敌人。

⑩ 多年流离漂泊，不能回家，好像已没有家，一旦乱定，才想起该回故园去，表达出了长久流亡者的心态。

◎ 即事[①]（七律）

天畔群山孤草亭，	天边外的丛山中孤单单一个草亭，
江中风浪雨冥冥。	江上狂风巨浪，蒙蒙细雨下个不停。
一双白鱼不受钓，	一对白鱼游过，却不上我的钓钩，
三寸黄甘犹自青。	黄柑有三寸长了，可颜色还青。
多病马卿无日起，[②]	我像司马相如一样多病，不知哪天才能痊愈。
穷途阮籍几时醒。[③]	又像无路可走的阮籍，喝醉酒不知几时才醒。
未闻细柳散兵甲，[④]	仍没听到细柳营解甲休兵的消息，
肠断秦川流浊泾。[⑤]	我的肝肠寸断，想起那流过三秦的清渭浊泾。

注释：

① 这首《即事》与第七卷《即事》及第十卷《即事》等不同，不是有感于时事或某种社会现象而作诗，而是写自己眼前的生活，通过一些平凡琐碎的事情来表达自己的思想情感。黄鹤谓“此亦大历二年秋作”，但“黄柑犹青”，恐是仲秋。

② 马卿，司马相如，字长卿。多病，见第十卷《琴台》注②。杜甫在诗中屡以司马相如自喻。

③ 阮籍穷途痛哭，见第二卷《敬赠郑谏议十韵》注⑯。阮籍极爱饮酒，以沉醉避祸。这里的阮籍也是杜甫自喻。

④ 细柳营，汉代著名兵营，在咸阳西南，周亚夫曾驻兵于此。在这句诗中以“细柳营”泛指兵营，表示当时唐朝政府仍无销兵归农的迹象。《仇注》：“多病穷途，而当秦地用兵，则归京无日，所以肠断耳。”把“细柳营”理解为长安附近驻兵，因当时长安附近仍有战事。

⑤ 秦川，指关中渭水、泾水流过的平原。渭水流经长安，至高陵县境，泾水流入渭水，古代泾浊、渭清，界线分明。原诗中只说“浊泾”，实际把“清渭”一齐说在其中了，故译诗中把两水俱写出。这句诗表达了思乡的沉痛。

◎ 耳聋[①]（五律）

生年鹖冠子，[②]	我生活着，像隐居深山的鹖冠子，
叹世鹿皮翁。[③]	感叹时事，像卖药的鹿皮翁。
眼复几时暗，	不知什么时候我的眼睛就将失明，
耳从前月聋。[④]	从上个月起我的耳朵已经变聋。
猿鸣秋泪缺，	秋天的猿啼声已不能再使我流泪，
雀噪晚愁空。[⑤]	也听不见傍晚雀噪，愁思一扫而空。
黄落惊山树，	山树枯黄的枝叶飘坠使我惊动，

呼儿问朔风。[⑥] 唤儿子来问一声：可是起了北风。

注释：

① 这首写诗人耳聋以后的感触。旧注多认为这诗作于大历二年晚秋。那时他耳朵已聋了一个月，又担心眼瞎，身体衰弱日甚一日，心情的抑郁痛苦可以想见。

②《仇注》引刘向《七略》：“鹖冠子，常居深山，以鹖为冠。”又引袁淑《真隐传》：“鹖冠子，或曰楚人，衣敝履穿，因服成号，著书言道家事。”传说的鹖冠子为周代人，以鹖羽为冠，因以为号，著书十九篇，名曰《鹖冠子》，其中多为后人伪托者。杜甫以鹖冠子自比，是说自己生活十分贫困，居于深山，和鹖冠子有相似处。

③ 鹿皮翁，见第七卷《遣兴三首》第三首注③。

④ 前月，上一个月，与“前日”指昨日的前一日者不同。

⑤ 因为耳聋，再听不见猿鸣、雀噪，因而诗中这样说。

⑥ 因为耳聋，风声也听不见了，故见叶落而问儿是否刮起了北风。

◎ 独坐二首[①]（五律）

竟日雨冥冥， 整天阴雨连绵不停，
双崖洗更青。[②] 两岸山崖被雨水洗得更洁净。
水花寒落岸，[③] 天寒了，岸边的野花飘落在水面，
山鸟暮过庭。 傍晚时，山鸟飞过院庭。
暖老思燕玉，[④] 老年图暖和些，想服食燕玉，
充饥忆楚萍。[⑤] 为了充饥，记起果实巨大的楚萍。
胡笳在楼上，[⑥] 吹胡笳的人就在这近处楼上，
哀怨不堪听。 多么哀怨，我不忍心再听。

注释：

① 这两首诗也是杜甫耳聋后写的，当为大历二年秋所作。诗中表达了诗人心情平静时的观察和思想活动，虽然努力自制使自己安于命运，但仍不免有所希冀，有所痛苦。

②《仇注》引朱注："双崖，瞿唐两崖。"

③《仇注》引张远注："水花，乃岸间所落之花，非荷也。"这个解释是对的。写此诗时已在暮秋，荷花早已枯萎。这句诗如按通常语序来写应为："岸花寒落水。"

④《仇注》引旧注："古诗：'燕赵多佳人，美者颜如玉'。'须燕玉，所谓八十非人不暖也'。"宋、元以后，始有此说，以"燕玉"当作"小妾"的代称。曹慕樊力斥此妄说，指出"吃玉屑可以使人发热，可以御寒……老年无衣，就想吃玉屑来抵抗一下寒冷"。杜甫在夔州生活困苦，身心疲惫，绝对不会有如旧注所说的那种思想。可参看《杜诗杂说》第249页至252页。至于"燕玉"之"燕"字，则是指玉的产地，《淮南子》有"蓝田出美玉，燕口出璧玉"之语。《搜神记》中说雍伯种玉于无终山中，无终，古属燕地。

⑤ 楚萍，当作"楚苹"。见第十九卷《奉酬薛十二丈判官见赠》注㉛。楚王得苹实的故事本来是说这是楚国能称霸的吉兆，但诗中只把它看作是能充饥的东西。这句和上一句诗，表明杜甫始终受到饥寒的威胁，尽管当时生活还能维持。

⑥《仇注》："楼上，指城楼"。杜甫耳已聋，远处传来笳声不可能听到。说"胡笳在楼上"，是说在近处的楼上吹胡笳，所以杜甫听到了，并因此而烦恼。

◎ 其二（五律）

白狗斜临北，	白狗峡在北面稍稍偏些，
黄牛更在东。[①]	黄牛峡还要从那儿向东。
峡云常照夜，	峡江上的云彩常常照映着夜空，
江日会兼风。	江上出太阳的日子又往往刮风。

晒药安垂老，	已将老死，就安下心晒晒药，
应门试小童。	不知道守门能不能尽责，我想试试我的小童。
亦知行不逮，[②]	也知道走路已赶不上别人，
苦恨耳多聋。	更使我苦恼的是耳朵实在太聋。

注释：

①《仇注》引《杜臆》："白狗峡，在归州。黄牛峡，在夷陵，又在归州之东矣。"这两句诗是说常常想着三峡上的这些地名，设想着沿江东下的情况。

②《仇注》："黄注：'行不逮'，本《论语》'耻躬不逮。公以济世自命，而衰瞶如此，是行不逮其言矣。'今按：公诗言容易收病脚，作足行不逮为平顺。"译诗从仇说。

◎ 云[①]（五律）

龙以瞿唐会，[②]	神龙在瞿塘峡上空聚会，
江依白帝深。	江水流过白帝城显得更幽深。
终年常起峡，	云气一年到头从峡里升起，
每夜必通林。	每天夜里都笼罩着整个树林。
收获辞霜渚，	收获时辞别这凝结寒霜的江岸，
分明在夕岑。	傍晚又出现在山头上，看得分明。
高斋非一处，[③]	我住过的高斋不只一处，
秀气豁烦襟。	秀淡的云气能开阔我烦闷的胸襟。

注释：

① 这首诗咏峡江上空的浮云。在诗人的笔底下，云成了深谙人情的仙灵，以时来去，关

心着人的生活，给人以慰藉。这诗当作于夔州，黄鹤谓为大历二年作于东屯。可能是由于“收获辞霜渚”一句，但辞霜渚者是云而非诗人自己，故不能据此订写作时间。

②《仇注》：“《易》：‘云从龙’。龙以江为窟也。”诗咏的对象是云，云与龙有联系，故说到龙。

③ 高斋，泛指居室，见第四卷《白水崔少府高斋》注④。

◎ 大历二年九月三十日[①]（五律）

为客无时了，　　作客异乡的日子没有个尽头，
悲秋向夕终。[②]　　悲凉的秋季在今晚就将告终。
瘴余夔子国，　　夔子国里还残余着瘴气，
霜薄楚王宫。[③]　　微霜已在迫近楚王故宫。
草敌虚岚翠，[④]　　野草仍然和山岚一般绿，
花禁冷叶红。[⑤]　　野花也和霜叶同样鲜红。
年年小摇落，[⑥]　　年年都这样，草木只稍稍零落，
不与故园同。　　这景象和我的故乡完全不同。

注释：

① 古代以七、八、九三个月为秋季，到九月三十日夜，秋季终结。第二天就要到冬季了，但夔州的气候尚温暖，花红草绿，虽树木略呈凋残之态，但毕竟与中原不同。诗人不禁又产生了乡思，就写成了这样一首诗。

② 悲，在这里是“秋”的修饰语，“悲秋”不是动宾关系。

③“夔子国”“楚王宫”，都是指夔州。“霜薄”之“薄”，依诗句的语言结构来看，宜作动词看，应理解为“迫近”；从诗的内容看，应为形容词，意思是轻微。但也可兼取两义。

④ 岚，郁聚在山上的烟气，呈翠绿色，故诗中以它与绿草作比较。

⑤ 禁，当读平声，意思是“当”，相当，相似。

⑥ 摇落，是指草木凋零落叶。小摇落，指草木凋零的状况不严重，仍有许多植物充满生意。

◎ 十月一日[①]（五律）

有瘴非全歇，	瘴气还存在，还没有完全消歇，
为冬亦不难。[②]	看来过冬天也并不令我作难。
夜郎溪日暖，[③]	夜郎国溪水上的太阳温暖，
白帝峡风寒。	白帝城下峡里的风才显出冬寒。
蒸裹如千室，[④]	我家像这里千家万户也做了蒸裹，
焦糖幸一柈。[⑤]	拌和上焦糖，幸好能装满一盘。
兹辰南国重，	这一天在南方算个重要节日，
旧俗自相欢。	依照古老风俗，我自然得欢乐一番。

注释：

①《仇注》：“此章云‘为冬亦不难’，是日立冬也。”尚有待于查证。说九月三十日为秋尽，不是依节气说的，只是说七、八、九秋季三个月过完，与节气并不一定相切合。十月一日，近代有些地区仍当作节日来过，称为“十月朝（读 zhāo）”，甚至有在这一天迎神赛会的。唐代夔州以十月一日为节日，不足为异。这首诗里表达出异乡人看到当地人民过节时产生的特殊心情。

② 关于这句诗《仇注》举出了三种解释：一、“瘴未全消，而忽焉交冬，记节候也。”二、“冬而有瘴，不亦难乎为冬，乃怪叹之词。”（按此说，原诗句“亦不”作“不亦”。）三、“冬初有瘴，则过冬不见苦难，乃欣幸之词。”《仇注》认为第一种解释

最好。译诗则与第三种解释相近。

③ 夜郎，古代国名，在今贵州省北境。这里借南方古国名来代表夔州地方。

④《齐民要术》有制蒸裹法，有些像现代的粽子。广东至今仍称粽子为“裹蒸”。

⑤ 焦糖，大概是“蒸裹”的调料。柈，音“盘”（pán），“盘”字的古代异体字。

◎ 孟冬[①]（五律）

殊俗还多事，	按照这异乡的习俗过活还真够忙，
方冬变所为。[②]	一到冬天，事情才有了改变。
破甘霜落爪，[③]	剥开柑子，霜花沾上了手指，
尝稻雪翻匙。[④]	尝尝新稻米，饭匙像在雪里搅翻。
巫峡寒都薄，	巫峡一带都只有轻微的寒意，
黔溪瘴远随。[⑤]	黔溪的瘴气从远方向这里扩散。
终然减滩濑，	可是滩濑的湍流毕竟消减了，
暂喜息蛟螭。[⑥]	蛟螭也暂停活动，这可叫人喜欢。

注释：

① 孟冬，阴历十月，开始进入冬季，一切情况与夏秋已有所不同。令杜甫高兴的是江上的险滩急流水势稍稍消减，波涛渐平，乘船东下也比较安全了。诗中写出了这些，透露出仍是思归之意。这诗为大历二年十月初作。

②《仇注》解释一、二两句诗说：“在殊俗而犹多事，前此课督田园也。冬变所为，则喜于无事，惟破甘尝稻而已。”

③ 霜落爪，柑皮上已有霜迹，天已较寒冷了。爪，指甲。

④ 雪翻匙，比喻稻米之洁白。

⑤ 黔溪，指黔江（今称乌江）及其支流，在今川、黔、滇三省交界处。古代认为这一带是多瘴疠的地区。诗人也认为夔州的瘴气是从这一带传来的。

⑥ 古代人认为江上的险滩、急流都是由于蛟螭作怪，蛟螭在冬日停止活动，故险滩急流也随之消减。濑，原指水流浅沙上造成的湍急水流，后专指“石濑”，与“滩”并称，俱为航道上流急危险处。《楚辞·九歌·湘君》：“石濑兮浅浅。”注：“濑，湍也。”

◎ 雷[①]（五律）

巫峡中宵动，	半夜里，巫峡间响动了——
沧江十月雷。	这沧江上十月的惊雷。
龙蛇不成蛰，[②]	龙蛇受扰，不能安稳蛰伏，
天地划争回。[③]	它们突然惊起，在天地间争逐旋回。
却碾空山过，	隆隆地从空山上碾压而过，
深蟠绝壁来。	又紧紧盘绕着悬崖绝壁滚来。
何须妒云雨，[④]	你又何必嫉妒云雨，
霹雳楚王台。[⑤]	霹雳一声，震动着巫山阳台。

注释：

① 十月有雷，这是异常的气候，但也是由于一定气象条件所造成。古人对此不能理解，就产生种种迷信的说法，而诗人却另有一种联想，把雷在冬季的出现看作是对云雨的嫉妒，冬雷便成了一个骄纵、任性的人。这诗究竟有着怎样的寓意，不宜牵强附会地加以解说，但诗人这样写必然是有着某种潜伏的心理动机的。

② 古代人认为春雷惊蛰。冬雷响动，刚蛰伏不久的龙蛇等生物就不免受到惊扰。

③ 划，古音读“霍”（huò），意思是突然。这句诗是说龙蛇不能蛰伏，惊起后就在天

地间你来我往，争斗不休。

④ 前两句诗是描写雷的活动，这一句诗进一步说明雷的心理状态。冬日无雷但有云雨，诗人把雷想象得像人类一样，它对仍然活动的云雨怀有妒意，故又来到世间逞威。

⑤ 楚王台，指巫山阳台。据宋玉《高唐赋序》，云雨为巫山神女所化，朝夕出现于阳台（参看第十七卷《咏怀古迹》第二首注④）。雷妒云雨，故对着楚王台逞威。

◎ 闷[①]（五律）

瘴疠浮三蜀，[②]	瘴气飘浮在三蜀之间，
风云暗百蛮。[③]	风云使荆楚一带变得阴暗。
卷帘唯白水，	卷起窗帘，只看见茫茫白水，
隐几亦青山。[④]	躺在靠椅上也能看见青山。
猿捷长难见，	猿猴敏捷，总难得看见，
鸥轻故不还。[⑤]	沙鸥轻灵，飞去了就不再飞还。
无钱从滞客，[⑥]	滞留在这里的异乡人身上没有钱，
有镜巧催颜。	却有面镜子巧于催老我的容颜。

注释：

① 杜甫长期停留在夔州不能回乡，也不能东下，终日对着夔州的山水感到异常郁闷。不能走的原因，主要是因为没有足够的路费。这诗真率地表达了这种苦闷的心情。旧编这诗于大历二年。

②《寰宇记》：“蜀郡、广汉、犍为为三蜀。”这诗中以三蜀称蜀地全境。

③ 这诗中所说的“百蛮”，就是指夔州一带，见第十四卷《将晓二首》第一首注⑥。

④ 隐几，见本卷《课小竖锄斫舍北果林枝蔓》第一首注④。

⑤ 以猿、鸥与“滞客”对比，喻人不如鸟兽之轻捷、自由。

⑥《仇注》:“从，随也。谓钱不随旅客。”滞客，杜甫自称。

◎ 夜二首[①]（五律）

向夜月休弦，[②]	月牙儿，你别在夜晚出现，
灯花半委眠。[③]	任灯花半落，我将要睡眠。
号山无定鹿，	来去不定的鹿群在深山里号叫，
落树有惊蝉。	蝉受了惊吓，从树梢落向地面。
暂忆江东鲙，[④]	我一时想起了江南的鱼鲙，
兼怀雪下船。[⑤]	又想起王子猷雪夜访友乘的小船。
蛮歌犯星起，[⑥]	蛮歌冲着星空响起，
空觉在天边。[⑦]	我徒然感到这里是远离故乡的天边。

注释:

① 这是两首夜歌。夜晚该是沉静的，但诗人感受到了世界的动荡不安，诗人的心也动荡了起来。上半夜，难以入睡，夜深了，天已将明了，诗人还没有睡着。诗人的忧愁是无尽的，忧愁在诗人心里化成了哀歌。这两首诗是大历二年秋末作。

②《仇注》:“无心看月，故云‘休弦’。”弦月，即月牙儿。

③ 半委眠，一作“委半眠”。《仇注》:“待灯花半落，身方就眠。”这解说似是而非。灯花自结自落，不必去管它，因为人已半醒半睡了。人当然不必“待灯花半落”。

④ 江东鲙，晋张翰在洛阳于秋风起时思故乡的莼羹、鲈鱼鲙而归江东，但这里用这典故不完全是表达思乡之情。杜甫年轻时曾游吴越，故偶尔想起游吴越时的往事；同时，他也有到江南去的打算。

⑤ 雪下船，见第九卷《卜居》注⑤。这句诗是表示杜甫一时也有乘船访友的想法，流露出对友人的思念。

⑥ 蛮歌，是指作者听来不熟悉、不理解的当地山歌、民歌，恐不一定真是少数民族之歌。译诗中保存了“蛮歌”这个词。

⑦ 这句诗是说，从回忆、思虑中醒来时，有空虚失落之感，自己并没有离此而去，仍在这远离故乡的天边。

◎ 其二（五律）

城郭悲笳暮，	傍晚的城头上，传来悲笳声，
村墟过翼稀。	稀疏零落的鸟群经过山村飞回。
甲兵年数久，	战乱的年代太长久了，
赋敛夜深归。①	去缴捐税的农民夜深才归来。
暗树依岩落，	黑暗中，岩边的树木枝叶飘坠，
明河绕塞微。	淡淡的银河在边塞上萦回。
斗斜人更望，②	北斗星已倾斜，人还在对它凝望，
月细鹊休飞。③	月牙这样细，乌鹊啊请别再飞。

注释:

① 赋敛，指“赋敛者”，即去州府交纳赋税的农民。

② 斗，北斗。斗斜，夜已将尽。

③ 暗用曹操《短歌行》“月明星稀，乌鹊南飞。绕树三匝，无枝可依”意。乌鹊飞，使人感到不安，更增人之烦忧，故嘱乌鹊“休飞”。

◎ 朝二首[①] （五律）

清旭楚宫南，[②]　　明亮的旭日在楚宫南面升起，
霜空万岭含。　　霜空里孕含着万岭千山。
野人时独往，[③]　　山里人时时独自走向远处，
云木晓相参。　　清晨，树木间参错着云烟。
俊鹘无声过，　　雄健的鹰隼无声地飞过，
饥乌下食贪。　　落下来觅食的饥鸦多贪婪。
病身终不动，　　我这个生病的人始终动不了，
摇落任江潭。[④]　　像棵树在江潭边任寒风凋残。

注释：

① 这是两首写早晨景物的诗。诗人自己似乎已融合在这些景物中，他感到自己的存在也就和这些景物一样，已失去了自主的力量。诗中虽没有抒发情感，但情感自在其中。旧编此二诗在大历二年。据第二首“昨夜有奔雷”句，可知是大历二年十月所作。

② 楚宫，指夔州的东面，传说楚宫遗址在夔州巫山县。

③ 野人，农民，山野之人。

④ 末一句和前面一句紧紧相连。“病身”“摇落”，是把人比拟为“树木”。江潭，江水和池潭，指杜甫居住的地方。庾信《枯树赋》：“昔年杨柳，依依汉南；今看摇落，凄怆江潭”。

◎ 其二 （五律）

浦帆晨初发，[①]　　早晨，江边的船升起帆开始出发，

郊扉冷未开。　　　　怕寒冷，郊野的柴门还没打开。
林疏黄叶坠，　　　　林木稀疏，黄叶飘坠，
野静白鸥来。　　　　静静的田野上，白鸥飞来。
础润休全湿，[②]　　　柱下潮润的石础，已再不全湿，
云晴欲半回。　　　　天晴了，浮云多半已经飘回。
巫山终可怪，　　　　这巫山下的天气到底古怪，
昨夜有奔雷。[③]　　　昨天夜里竟响起隆隆巨雷。

注释：

① 浦，鱼复浦，指夔州江边。

② 础，柱下石础。自古有“础润而雨”之说。润而不全湿，由阴雨转晴天的征兆。

③ 大概即本卷《雷》一诗所写的事。

◎ 戏作俳谐体遣闷二首[①]（五律）

异俗吁可怪，[②]　　　啊，这异乡的风俗真叫人奇怪，
斯人难并居。[③]　　　和这样的人们实在难住在一起。
家家养乌鬼，[④]　　　家家供养大嘴乌鸦，
顿顿食黄鱼。[⑤]　　　顿顿饭都吃鲟鳇鱼。
旧识能为态，[⑥]　　　对原来认识的人惯会装腔作势，
新知已暗疏。　　　　对新交的朋友暗中保持距离。
治生且耕凿，[⑦]　　　为了谋生，暂时在这里耕田凿井，
只有不关渠。[⑧]　　　就不用去管这些邻居。

注释:

① 所谓俳谐体，大概有以下几个特点：一、打破了一般诗歌题材的局限，什么琐事俗事都能写；二、诗句含有谐谑趣味，讽刺别人或自嘲均可，但多不带恶意；三、常用方言俚语，风格率直明快。这两首诗表现了杜甫对夔州风俗的不习惯，有些意见是对的，但也有些属于儒生的褊狭之见。又由于思乡心切，留滞夔州太久，而迁怒于地方习俗。但杜甫在诗中也声明不能判断谁是谁非，从而把自己的褊狭态度也当作嘲讽的对象了。这样，这两首诗中也就有了自嘲的意味。这两首诗当作于大历二年。

② 吁，表示惊讶的语气词。

③ 斯人，指夔州居民。

④“乌鬼”究竟是什么，说法很多。曹慕樊根据所搜集的十余种资料归为六种：一、以乌鬼为乌神，即事大嘴鸦；二、“养乌鬼”指正月禳灾之俗；三、鸬鹚的别名；四、养鸦雏以献神；五、猪的别名；六、四川的“坛神”。曹慕樊认为第一说最可信。他引证了元稹诗集中的《大嘴乌》一诗，其中有：“……其一嘴大者，攫搏性贪痴……巫言此乌至，财产日宜丰……专听乌喜怒，信奉若神龟……”可参看《杜诗杂说》(第252—253页)。

⑤ 黄鱼，见第十七卷《黄鱼》注①。该鱼又名“鲟鳇”。

⑥“旧识”“新知”并不是指杜甫的旧识新知，两句诗是说当地居民相互间的关系。

⑦ 耕凿，指“耕田而食，凿井而饮”的生活，参看第十九卷《奉送王信州崟北归》注④。

⑧ 渠，代词，他。不关，不管。

◎ 其二（五律）

西历青羌坂，[①]	当年往西走曾经过青羌坂，
南留白帝城。	后来到南方，留在这白帝城。

於菟侵客恨，[②]	这里有猛虎侵人，使远客心中的怨恨更增，
粔籹作人情。[③]	这里吃粔籹，还把它当作礼物送人。
瓦卜传神语，	巫人烧瓦卜卦来传达神意，
畬田费火耕。[④]	开荒种田，靠焚烧山林代替牛耕。
是非何处定，[⑤]	谁是谁非，该按哪里的规矩判断，
高枕笑浮生。	还是安稳地躺着，笑看这变化莫测的短暂人生。

注释：

① 原注："顷岁，自秦涉陇，从同谷县去游蜀，留滞于巫山。"据此，青羌坂当在秦陇道上。旧注所指出的青羌坂地点有多处，都不合杜甫所走的路线。按羌族散居陇蜀各地，以"青羌"命名的地方很多，疑诗中的"青羌坂"指陇山，陇山又称"陇坂"。第八卷《青阳峡》诗："昨忆逾陇坂"，青羌坂可能就是陇坂。

② 於菟，音"乌图"（wū tú），虎之别名。《左传·宣四年》："楚人谓虎於菟。"

③ 粔籹，音"巨女"（jù nǚ），古代的一种油炸食品，呈环形。《楚辞·招魂》："粔籹蜜饵，有餦餭些。"可见其由来已久。

④ 瓦卜，是一种迷信行为。畬田，是落后的耕种方式，参看第十九卷《秋日夔府咏怀》注⑨。

⑤ 这句诗的意思是问民俗的是非，该以哪一地区的民俗作为标准来判断。实际上杜甫已看出民俗是从各地的具体环境里产生的，判断其是非，往往因判断的人而异，因此杜甫在这两首诗中对待夔州民俗的态度，他自己也产生了怀疑。

◎ 昔游[①]（五古）

昔谒华盖君，[②]	当年我曾去拜谒华盖君，

深求洞宫脚。[③]	到那山脚下，深入岩洞去寻求。
玉棺已上天，[④]	听说藏殓他的玉棺已飞升天空，
白日亦寂寞。	尽管太阳明亮，我仍感到寂寞哀愁。
暮升艮岑顶，[⑤]	傍晚登上崎岖难攀的山顶，
巾几犹未却。[⑥]	看到他的头巾、座椅仍然存留。
弟子四五人，	他的门徒有四五个，
入来泪俱落。	走进来时个个眼泪往外流。
余时游名山，	我当时正在游历著名的山川，
发轫在远壑。	出发的地方在遥远的谷口。
良觌违夙愿，[⑦]	多年来拜见华盖君的愿望没实现，
含凄向寥廓。	怀着悲凄又向辽阔的天地间投奔。
林昏罢幽磬，	从林昏暗，清幽的磬声已停歇，
竟夜伏石阁。	整夜伏在山上石阁里栖息。
王乔下天坛，[⑧]	仙人王子乔从天上下来到达天坛，
微月映皓鹤。	微茫的月光照映着他的白鹤翔飞。
晨溪响虚駃，[⑨]	清晨的溪水轻快地响着，
归径行已昨。	沿着昨天来的道路走回。
岂辞青鞋胝，[⑩]	哪怕青麻鞋把脚掌磨出老茧，
怅望金匕药。[⑪]	我向往金丹，又怀着惆怅、犹疑。
东蒙赴旧隐，[⑫]	到东方的蒙山去吧，去寻找早就住在那里的隐士，
尚忆同志乐。[⑬]	我还记得志同道合的朋友们曾在那里欢乐相聚。
伏事董先生，[⑭]	该去追随董炼师，做他的弟子，
于今独萧索。	如今我却孤独寂寞地留在这里。
胡为客关塞，	为什么我要在这边城寄居，
道意久衰薄。	求仙学道的意愿早就淡薄消退。
妻子亦何人，[⑮]	妻子儿女究竟为什么舍不得抛弃，

丹砂负前诺。	以前炼丹的诺言我终于违背。
虽悲发鬓变，[16]	虽然头发由黑变白使我悲伤，
未忧筋力弱。	可是还不用为筋力衰弱忧虑。
杖藜望清秋，	扶着藜杖遥望秋季清朗的天空，
有兴入庐霍。[17]	还有到庐山霍山去游历的兴致。

注释：

① 这是追忆年轻时游历名山，醉心修道的往事，反省当时思想状况的一篇诗。这诗作于何时，较难确定。据《仇注》说，旧编在乾元二年的秦州诗内，范元实编在大历二年夔州诗内。《仇注》赞同范元实的看法，他认为："秦州与衡岳绝远，岂得云清秋入衡霍（当为庐霍）。"《仇注》的观点不一定对。因为诗中有"未忧筋力弱"之句，与杜甫在夔州时体力衰朽、耳朵变聋的状况显然不合。又诗的原句是"有兴入庐霍"，并不是实际上作去的打算。入庐霍，主要是表示改变信仰，想投向佛教，庐山、霍山是著名佛教圣地。再说，自秦州到汉中后，本有两条路可走，一条路沿汉水入长江，即可去衡霍，另一条路才是经栈道入蜀。由于这些理由，旧编此诗在秦州诗内较为妥当。

② 华盖君，据诗中所写，是一位道士的名号。《仇注》引《神仙传》："昔周王子乔养道于华盖山，后升仙，号华盖君。"大概后代道士多有袭用此名号者。《洞天福地记》谓华盖山，在温州，显然不是杜甫所游之处。至于王子乔的天坛遗址有两处，一在王屋山，一在缑氏山。前者在今山西、河南两省边界，位于洛阳北面，后者在洛阳东南。据第二十一卷《忆昔行》"忆昔北寻小有洞"之句，可知杜甫所游历之山是指前者。

③ 洞宫，依岩洞所建的道教宫观。洞在山脚下，故诗句中说"洞宫脚"。

④ 据《神仙传》及《后汉书·王乔传》，王乔死前，有玉棺从天上降于堂上，王乔沐浴服饰卧棺中。这是道家神话。这里用来表明华盖君在杜甫来访问前已死去。

⑤ 艮岑，《仇注》引远注，说是"东北之岑"。因"艮"表示东北方。按"艮"作为《易》的卦名，有"艮上艮下，其象为山，为径路"之说。又《说文》："艮，很也。"段注："很者，不听从也，一曰行难也……"因而把"艮岑顶"译为"难攀的

山顶”。

⑥ 未却，未撤除。《仇注》解释说：“览物尚存也”。

⑦ 良觌，古人称愉快的会面为“良觌”。如与亲友的会见等。觌，音“狄”（dí），会面。第四卷《白水崔少府十九翁高斋三十韵》中有“逍遥展良觌”之句。

⑧ 天坛，王子乔成仙的遗迹，见注②。

⑨ 虚駃，形容溪流声的词。駃，音“快”（kuài），与“快”同。《仇注》：“响虚駃，水声急泻也。”

⑩ 青鞋，青麻编的鞋，行路、登山时所著。胝，老茧。

⑪ 金匕药，道家炼的仙丹。《仇注》引鲍照乐府：“金鼎玉匕合神丹。”匕，小匙。这句诗和上一句诗的意思是：求仙本不怕辛苦，但这次未见到华盖君，心中不免感到失望，有些怀疑动摇。

⑫ 东蒙，东方的蒙山。在今山东省临沂附近。旧隐，可能是指曾隐居于徂徕山的“竹溪六逸”，其中有张叔明、孔巢父等。徂徕山在蒙山北面，与蒙山相连。参看第一卷《题张氏隐居二首》第一首注①。

⑬ 所忆的“同志乐”，大概就是指开元年间杜甫游齐赵时与张叔明、孔巢父以及李白等的交往。

⑭ 董先生，名奉先，唐代著名道士，天宝年间到衡阳朱陵后洞修炼，人称董炼师。伏事，意思是奉之为师。

⑮《仇注》：“‘妻子亦何人’，即公诗‘笑为妻子累’（见第八卷《寄岳州贾司马巴州严使君五十韵》）；‘丹砂负前诺’，即‘未就丹砂愧葛洪’（见第一卷《赠李白》）。”作为问句，“妻子亦何人”含有为何不舍的意思，是自责语。

⑯ 鬓变，见第十六卷《八哀诗（八）：故右仆射张九龄》注⑭。

⑰ 庐霍，指庐山与霍山。霍山，又称天柱山，在今安徽省霍山县，在庐山正北约三百里处。两山俱有佛教著名寺院。也有人认为庐霍，指的是庐山。据《尔雅》“霍”的意思是大山四周有小山围绕。

◎ 雨四首[①]（五律）

微雨不滑道，　小雨洒在地上，连路面都没滑，
断云疏复行。　长长的云离断后又继续飘行。
紫崖奔处黑，[②]　紫色山崖指向的天空一片暗黑，
白鸟去边明。　白鸟飞去的那一边仍露出微明。
秋日新沾影，[③]　秋天的阳光下，还看得见被雨水新沾湿过的痕迹，
寒江旧落声。　寒冷的江面，似乎仍响着先前落雨的声音。
柴扉临野碓，　我家的柴门正对着野外水碓，
半湿捣香粳。　还带着潮湿，又在舂捣香粳。

注释：

① 这是一组写寒雨景色的诗。前两首写农村生活的幽闲静谧，后两首中又浮起了怀人思家的哀愁。作诗时间是大历二年秋冬间。

② 把山峦看成是奔跑的巨兽，在杜诗中多有此写法。于是把山崖所指的方向，写成了山崖奔往的方向。

③ 秋日，指秋日投到地面的光。阳光照在潮湿处，在诗人的眼里，阳光被沾湿了。

◎ 其二（五律）

江雨旧无时，　江边落雨向来是时落时止，
天晴忽散丝。　晴朗的天气忽然又飘洒起雨丝。
暮秋沾物冷，　暮秋的景物沾上雨就带着寒意，

今日过云迟。　　今天空中的行云偏慢慢飘移。
上马回休出，[①]　　上了马，又折回来不再想出去，
看鸥坐不移。　　久久坐着不动，在堂前看鸥飞。
高轩当滟滪，[②]　　我的书斋正对着滟滪堆，
润色静书帷。[③]　　雨水滋润过的山色把书架前的帷幔映得更静谧。

注释:

① 因为怕下雨，故想出门又不敢出门。

② 滟滪堆，见第十四卷《长江》第一首注⑥。

③ 润色，指前一句所说的滟滪堆雨后山色。

◎ 其三（五律）

物色岁时晏，　　看周围景色，知道一年已到年底，
天隅人未归。　　天边的漂泊者至今仍没有归去。
朔风鸣淅淅，　　北风在淅淅地响动，
寒雨下霏霏。　　寒雨向下飘洒，又密又细。
多病久加饭，[①]　　满身病，长久勉强自己多吃些饭，
衰容新授衣。[②]　　面容消瘦，却也添置了寒衣。
时危觉凋丧，[③]　　时局艰危，发觉老一代人已逐渐逝世，
故旧短书稀。　　旧友们给我的短信也日益疏稀。

注释:

① 古代大概把“加餐”当作增强体质、抵御疾病的一种方法。如本卷《暂往白帝复还

东屯》"加餐可扶老"，第九卷《水会渡》"衰疾惭加餐"，都显示了同样的意思。

②《诗 · 豳风 · 七月》："七月流火，九月授衣。"本来是指把制寒衣的任务交给妇女们，这里借用此语来表示已做好了新的寒衣。

③ 凋丧，喻人的死亡。陆机《叹逝赋序》："同时亲故，或凋落已尽，或仅有存者。""凋丧"与"凋落"同义。

◎ 其四（五律）

楚雨石苔滋，	久雨后，楚山岩石上苔藓滋生，
京华消息迟。①	京都却迟迟没有传来消息。
山寒青兕叫，②	山里寒冷，青色野牛在鸣叫，
江晚白鸥饥。	傍晚，饥饿的白鸥还在江上翔飞。
神女花钿落，③	行雨的巫山神女把头上的花钿也洒下来了，
鲛人织杼悲。④	水底织绡的鲛人流这么多眼泪，这么伤悲。
繁忧不自整，⑤	他们的忧愁多得没法理出头绪，
终日洒如丝。	就整天喷洒出这无尽的雨丝。

注释：

① 从杜甫在夔州所写的其他一些诗来看，这句诗中所说的消息大概主要是指弟妹及友人的消息。

②"青兕"的"兕"，音"四"（sì），本义是指雌犀牛，这里指野牛。这句和下一句诗描写了寒雨中的凄凉景象。

③ 据宋玉《高唐赋序》，行雨的女神即巫山神女。参看第十七卷《咏怀古迹》第二首注④。花钿落，想象神女行雨时匆遽之态。

④《述异记》:“南海中有鲛人室，水居如鱼，不废机织。其眼能泣则出珠。”诗中借巫山神女和南海鲛人的神话来发挥想象，既说明雨的来源，又加深了悲凉的气氛。

⑤ 整，意思是“理”。《仇注》引黄生注:“忧不自整，则心乱，故接以雨洒如丝”。

◎ 大觉高僧兰若[1]（七古）

巫山不见庐山远，	庐山太遥远了，我在这巫山旁不能看见，
松林兰若秋风晚。	这松林里的寺院，秋风正吹拂，天色又已傍晚。
一老犹鸣日暮钟，	一位老僧还在敲击着暮钟，
诸僧但乞斋时饭。[2]	一群僧人只是等着到时候吃斋饭。
香炉峰色隐晴湖，[3]	晴天，鄱阳湖水把香炉峰的山色遮掩，
种杏仙家近白榆。[4]	仙人种杏的地方紧挨在星星旁边。
飞锡去年啼邑子，[5]	去年您乘锡杖飞去，这城邑的人们为您哀啼，
献花何日许门徒？[6]	您答应您的门徒，献花迎接您归还是哪一天？

注释:

① 大觉，是夔州的一位高僧。兰若，是从梵语音译的词，意思是佛寺。这诗是在大觉离夔州以后，杜甫访问他住过的寺院时所写。诗中描写了寺中冷落的情景，并想象庐山高入天际的香炉峰以及它和鄱阳湖水光山色相映的风光，对大觉僧表达了怀念之情。旧编在大历年间夔州诗内。

② 乞，当读去声，是“被给予”的意思。这句和上一句诗叙述了寺中所见。

③ 晴湖，指晴天的鄱阳湖。湖水碧绿，庐山的香炉峰岚气远看也是一片翠绿，山色与湖光相混，故说“隐晴湖”。这样的写景法值得注意，与现代诗人的构思颇为相似。

④ 据《庐山记》及《神仙传》，汉代董奉在庐山为人治病，要求病家于愈后种杏，数年之间，蔚然成林。《仇注》引古诗:“天上何所有，历历种白榆。”又引朱注:“《春

秋运斗枢》：‘玉衡星散为榆。’近白榆，言其高近乎天。”

⑤ 古代称高僧出行为“飞锡”。锡，指僧人手持的锡禅杖。佛教有高僧乘锡飞行的神话故事。邑子，指夔州居民。

⑥ 献花，指献花迎接高僧归来。佛经中有献花迎佛的故事。

◎ 谒真谛寺禅师[①]（五律）

兰若山高处，[②]	寺院，在山峰的高处，
烟霞嶂几重。	烟霞掩映的山岭一重又一重。
冻泉依细石，	细小的卵石上流过冰冷的泉水，
晴雪落长松。[③]	天晴了，积雪还盖着高大的青松。
问法看诗妄，[④]	请教了佛经的道理，把作诗也看得虚妄无益，
观身向酒慵。[⑤]	观照自己，对着酒也懒得不想动。
未能割妻子，[⑥]	毕竟舍不得抛妻弃子遁入空门，
卜宅近前峰。	只能选处住宅靠近寺院的前峰。

注释：

① 这诗是杜甫拜谒过真谛寺一位深通禅理的高僧后写的。诗中表白了自己皈依佛门和留恋人世的矛盾。这矛盾随即就解决了，那就是不皈依佛门，不做和尚，继续做一个世俗的人，继续喝酒作诗。爱佛教的某些道理，不一定就要为这宗教献出一切。这就是杜甫对佛教的基本态度。近年不少论杜甫宗教信仰的文章都忽略了这首诗中所表达的思想。这诗著作年代颇难确定，旧编列入夔州诗内。

② 兰若，见前面一首诗注①。

③ 落，通“络”，参见本卷《孟仓曹步趾领新酒酱二物满器见遗老夫》注⑤。

④ 法，佛法。妄，虚妄。佛教把“妄语”作为“十恶”之一。《大乘义章》：“言不当实，故称为妄。妄有所谈，故名妄语。”

⑤ 观身，观照自己，反省自己的一切行为。慵，懒。

⑥ 割妻子，指抛妻弃子出家，皈依佛门为僧。

◎ 上卿翁请修武侯庙遗像缺落时崔卿权夔州[①]（七绝）

大贤为政即多闻，[②]　　大贤治理地方自会四方闻名，
刺史真符不必分。[③]　　不一定要得到刺史官职的正式任命。
尚有西郊诸葛庙，　　还想请您过问一下西郊那座诸葛庙，
卧龙无首对江濆。[④]　　卧龙先生的无头塑象对着江滨。

注释：

①“卿翁”是夔州的代理刺史。杜甫想请他发起整修西郊的一所武侯祠，把残缺的诸葛亮像修好。因此写了这首诗赠给他。卿翁，姓崔，疑为杜甫的舅父（参看下一首诗注①）。下面一首诗题中的“卿二翁”，大概也就是这位崔卿。他统率江陵节度使部下的军队回江陵去，不再代理夔州刺史了。唐代对武将常以“卿”尊称。崔卿大概是以驻军长官的身份兼代夔州刺史的。作诗时间在大历二年。

② 为政，指治理地方。

③ 朝廷正式任命刺史，发给皇帝除授官职的制诏，赐符节。代理刺史就没有这些手续。真符，指赐给刺史的符节。

④ 卧龙，诸葛亮号卧龙先生。濆，音“坟”（fén），江濆，江边。无首，指诸葛亮的塑像失去了头颅。

◎ 奉送卿二翁统节度镇军还江陵[①]（五律）

火旗还锦缆，[②]	锦缆牵引的船上飘着火红的旗，
白马出江城。[③]	将军骑着白马走出了江城。
嘹唳吟笳发，[④]	悦耳动听的吟笳开始吹奏，
萧条别浦清。	送别处景色凄凉，岸边江水清清。
寒空巫峡曙，	巫峡上的寒空已现出曙光，
落日渭阳情。[⑤]	甥舅间的深情像落日依恋山顶。
留滞嗟衰疾，	可叹我又老又病仍在这里滞留，
何时见息兵。	什么时候才能看到不再动刀兵。

注释：

① 诗中有“落日渭阳情”之语，知“卿二翁”是杜甫的舅父（参看注⑤），他应姓崔。夔州在唐朝属荆州大都督府管辖，因而荆州节度使所属军队可派驻夔州，“卿二翁”是荆州军的将领。当他率军还江陵时，杜甫到江边送行，并赠给他这首诗。作诗时间大概是大历二年初冬。

② 火旗，《仇注》谓即朱旗、红旗。

③ 白马，“卿二翁”乘白马。出江城，出夔州城。

④ 嘹唳，通常多用于形容虫鸟鸣叫。如陈子昂诗“嘹唳白露蝉”、黄庚《孤雁诗》“长空独嘹唳”，这里用来形容“吟笳”声之悦耳。吟笳发，大概是指将军出行时所奏的乐曲。

⑤《渭阳》是《诗·秦风》的篇名。秦康公送舅父晋公子重耳于渭水之阳，因作是诗。后遂以“渭阳”表示甥舅之间的情谊。“落日”是比喻，不是实写。

◎ 久雨期王将军不至[①]（七古）

天雨萧萧滞茅屋，	雨潇潇不停，我只能滞留在茅屋，
空山无以慰幽独。	这空山中没什么能安慰我寂寞孤独。
锐头将军来何迟，[②]	锐头将军您为什么迟迟不来，
令我心中苦不足。	使我感到心意深深得不到满足。
数看黄雾乱玄云，	看了又看，天空仍是黑云黄雾混杂，
时听严风折乔木。	时时听到一阵暴风吹来折断乔木。
泉源泠泠杂猿狖，[③]	泠泠的泉声中夹杂着猿猴啼叫，
泥泞漠漠饥鸿鹄。	到处泥泞，饥饿的鸿鹄找不到食物。
岁暮穷阴耿未已，	岁暮的浓厚阴云覆盖着大地不散，
人生会面难再得。	人生在世竟不易得到又一次会晤。
忆尔腰下铁丝箭，[④]	想起您腰下悬挂的铁丝箭，
射杀林中雪色鹿。	曾在森林里射死雪色一般的白鹿。
前者坐皮因问毛，[⑤]	以前看见座席上的鹿皮曾问起它，
知子历险人马劳。	知道您为它冒过危险，人困马劳。
异兽如飞星宿落，	奔跑如飞的奇异野兽像星星坠落，
应弦不碍苍山高。[⑥]	哪怕有高峻的青山遮隔，弓弦一响就应声跌倒。
安得突骑只五千，	怎能得到勇猛的骑兵哪怕只五千，
崒然眉骨皆尔曹。[⑦]	个个像您这样眉骨耸得高高。
走平乱世相催促，	催促他们赶快驰去平定祸乱，
一豁明主正郁陶。[⑧]	让圣主心头郁聚的忧愁顿时全消。
恨昔范增碎玉斗，[⑨]	您像当年范增撞碎玉斗一样怅恨，
未使吴兵著白袍。[⑩]	没有能让您的部下都像陈庆之的吴兵一样穿起白袍。
昏昏阊阖闭氛祲，[⑪]	天色昏暗，妖氛把大地遮蔽，

十月荆南雷怒号。[12]　　荆南十月的天空，奔雷正在怒号。

注释：

① 王将军，杜甫在夔州结识的一位武官。本来与杜甫约定，将到杜甫家访问。因为久雨，不能如期而来，杜甫十分思念他，就写了这首诗。据末句“十月雷号”，知此诗与本卷《雷》作于同一时期。

②“锐头将军”是战国时秦国名将白起的别号。白起，深知兵法，善用兵。王将军的头颅形状可能像白起，以白起来比喻他，是对他称颂。

③ 狖，音“又”（yòu），与猿相类似的动物。这句和下一句诗是描绘初冬阴雨天气的凄凉景象，也是暗示作者生活困苦、寂寞，希望有朋友来看他。

④ 通常箭杆以竹制作，“铁丝箭”可能是当时的先进武器。从这一句起的六句诗是称赞王将军的武艺精娴。

⑤ 毛，即“毛物”，指兽类之细毛者。这里指的是前一句所说的“雪色鹿”。

⑥ 应弦，“应弦而毙”之节略语。

⑦ 崒，音“卒”（zú），原意是形容山势高峻。这里是说眉骨高。王将军可能是少数民族血统的人，因而突出地描写了这一容貌特征。

⑧ 郁陶，本义是指烧制陶器的窑上烟气聚集之状，参看第十一卷《大雨》注②。后用于指人的精神郁结。古代文献中有用于喜者，有用于悲者。这里是指忧愁的聚集。

⑨ 范增碎玉斗事，见于《史记·项羽本纪》。项羽未用范增在鸿门之宴上击杀刘邦的计谋，纵刘邦归，范增拔剑撞碎刘邦赠送的玉斗，来表示他的愤慨。王将军当时可能曾提出某一重要军事行动建议，未被采纳，故如范增之怅恨。

⑩《仇注》引《南史》：“陈庆之麾下悉着白袍，所向披靡。先是，洛中谣曰：‘名军大将莫自牢，千兵万马避白袍’。”这句诗以吴兵（陈庆之麾下的兵）未着白袍来比喻王将军未能实现率兵进攻的计划，以致未能建立殊勋。

⑪ 旧注多以这里的“阊阖”借代宫门，其实这里是说夔州的天气情况，并以此来比喻夔州及其附近地方（包括整个蜀境）的政治、军事形势。阊阖，用其本义“天门”，代表天空。氛祲，妖气。

⑫ 夔州属荆州大都督府，夔州十月雷鸣（见本卷《雷》），也可说是荆南十月雷鸣。这是天气异常的表现，古代迷信认为这与妖气有关，预兆人世的灾难与动乱。

◎ 虎牙行[①]（七古）

秋风欻吸吹南国，[②]	秋风迅疾地吹向南国，
天地惨惨无颜色。	天地间惨淡无光，一切色彩都不能看见。
洞庭扬波江汉回，	江汉回流，洞庭湖上浪涛翻卷，
虎牙铜柱皆倾侧。[③]	虎牙山和铜柱山都偏倾到一边。
巫峡阴岑朔漠气，	巫峡北面的山峰迎受着漠北寒气，
峰峦窈窕溪谷黑。	峰峦和溪谷伸向深远的黑暗。
杜鹃不来猿狖寒，	杜鹃不向这里飞，猿猴也畏寒，
山鬼幽阴霜雪逼。	霜雪侵逼，山鬼藏身处幽暗阴惨。
楚老长嗟忆炎瘴，[④]	有位楚地老人长长嗟叹，回忆起炎热多瘴疠的往年，
三尺角弓两斛力。[⑤]	那时他背着三尺长的角弓，能张开两斛力的弓弦。
壁立石城横塞起，[⑥]	像崖壁一样的石城沿着边塞矗起，
金错旌竿满云直。	镶金旗杆竖在城头，刺向云端。
渔阳突骑猎青丘，[⑦]	安禄山的骑兵曾从渔阳打到关中，
犬戎锁甲围丹极。[⑧]	吐蕃的铁甲兵也曾包围住宫殿。
八荒十年防盗贼，[⑨]	各处边疆防御盗贼，战斗了十年，
征戍诛求寡妇哭，	征兵戍边，横征暴敛，寡妇伤心哭泣，
远客中宵泪沾臆。[⑩]	半夜想起这些，我这远客的眼泪沾满胸前。

注释：

①《仇注》引谢省曰："因篇内有虎牙二字，摘以为题，非正赋虎牙也，下《锦树行》亦然。"虎牙是山名，在夷陵西北江边，与荆门山隔江对峙，因石壁红色，间有白纹，类似牙齿，故名虎牙山。这诗前半描写秋冬间天色阴暗，寒气逼人的阴惨景色；后半借楚老之口回忆往年戍边的经历，沉痛地回顾了十年来国家的灾难和人民的痛苦，倾吐了诗人的悲愤。

②《文选·杂体诗》："欻吸鹍鸡悲。"善注：欻吸，疾貌。欻，音"须"（xū）。

③ 虎牙，见注①。铜柱，旧注说是滩名。但据诗中"皆倾侧"的说法，也应是山名。

④ 楚老，大概是杜甫在夔州结识的一位本地老人。忆炎瘴，忆往昔某年炎夏时的事情。

⑤ 古代弓的硬度以"斛"来计量。《南史》载齐鱼复侯子响勇力绝人，开弓四斛。这位"楚老"当年能开弓两斛，表明当时尚年壮力强。

⑥ 石城，指西北边境的石砌城堡，"楚老"往昔戍边之地。

⑦ 青丘，见第十八卷《承闻河北诸道节度入朝》第八首注②。渔阳突骑，指安禄山的叛军。猎，猎取，指进攻。

⑧ 犬戎，指吐蕃。丹极，原意是皇帝的御座，这里用来指皇帝的宫殿。

⑨ 八荒，指距京都极远的四面八方边疆。十年，指至德二载（757 年）打败安史叛军收复长安至大历二年（767 年）的十年。十年间，内战未停，外患不止。

⑩ 从"渔阳突骑"句至"征戍诛求"句，是作者对国家灾难、人民痛苦的回顾，中宵想起这些，因而泪沾胸臆。

◎ 锦树行[①]（七古）

今日苦短昨日休，	今天的时光太短促，昨天已经逝去不能再回头，
岁云暮矣增离忧。	到了年底，更增加了我的离愁。

霜凋碧树作锦树，	绿树受寒霜侵凋，变成斑斓锦树，
万壑东逝无停留。	千万条河川一刻不停地向东流。
荒戍之城石色古，②	荒凉的边城戍地岩石颜色古老，
东郭老人住青丘。③	我这城东老人住在青色山丘。
飞书白帝营斗粟，	飞快送封信到白帝城借一斗粟米，
琴瑟几杖柴门幽。	家里除了琴瑟几杖，就只有柴门外一片景色清幽。
青草萋萋尽枯死，	茂盛的青草全部枯萎死去，
天马跛足随牦牛。④	大宛天马跛着脚，跟随在牦牛后面慢慢走。
自古圣贤多薄命，	从古来许多圣贤都遭到厄运，
奸雄恶少皆封侯。	那些奸雄恶少都一个个封了侯。
故国三年一消息。⑤	故国三年来只传来一次消息，
终南渭水寒悠悠。	终南山和渭水上的严寒没有尽头。
五陵豪贵反颠倒，⑥	往日住在五陵的豪贵人家反而颠倒过来受欺压，
乡里小儿狐白裘。	地方上的无知青年穿上了珍贵的狐白裘。
生男堕地要膂力，⑦	生个儿子呱呱坠地只盼他有力气，
一生富贵倾邦国。	就能一辈子富贵荣华全国少有。
莫愁父母少黄金，	父母黄金少也不用发愁，
天下风尘儿亦得。⑧	只要天下战乱风尘不停止，孩子们也不难把黄金捞到手。

注释：

① 诗中有“霜凋碧树作锦树”句，因以“锦树”为题。杜甫在夔州曾管理过东屯稻田，本卷《茅堂检校收稻二首》等诗中曾为秋收而兴高采烈地歌唱，而一到冬天，就为缺少斗米犯愁，可见杜甫遭到了不小的麻烦，仓中的粮食已不再为他所有了。但究竟发生了什么事，从他的诗中却看不出一点蛛丝马迹。这篇诗主要是表达对社会腐朽、丑恶现实的不满，尽管还是唐王朝统治，尽管还是封建专制制度，但居于统治地位的人变了，一切也跟着变了，诗人对这种变化是不理解的，他愤懑地提出了控诉。这诗

作于大历二年冬。黄鹤说是作于东屯，但恐未必。杜甫已在前一个时期迁回瀼西。参看注③。

② 荒戍之城，指夔州城，因为夔州是白帝城的所在地，地势险要，是兵家必争之地。又因年代久远，有许多历史古迹，故说“石色古”。

③ 黄鹤订这首诗作于东屯，可能是根据诗人自称“东郭老人”这说法。但朱鹤龄注云：“东郭，公所居。观《阻雨》（即第十九卷《阻雨不得归瀼西甘林》）诗‘伫立东城隅’，可见瀼西在夔州东郭也。”朱注是对的。青丘，在这里不是专名，与前一首诗注⑦所释“青丘”的含意也不相同，而只是指“青色山丘”。第十九卷有《上后园山脚》诗两篇，可见瀼西草堂在山下，青丘，当即指此。

④ 天马，大宛出产的名马。比喻有才能的人，如下一句中的“圣贤”之类。牦牛，西南地区出产的一种长毛牛，在这诗中喻无才者。当然，诗中所写也可能是诗人在山野中实际所见，但由此而产生了联想，便引进了寓意，不复是纪实。

⑤ 这句诗是说很少得到从京都长安传来的消息。

⑥ 五陵豪贵，是指安史乱前居住在五陵一带的富贵人家。颠倒，指社会地位的颠倒，失去了原有的地位和财富。

⑦ 这句诗是反映当时世人对生儿子的希望，盼一生下来就有大力气，就是一个武将的材料，表明当时文人很难有进身的机会，而武人则很容易升官发财。

⑧ 亦得，指也能得到黄金。这句诗也是说武人易发财。由此可见当时社会的混乱状况与恶劣风气。

◎ 自平[①]（七古）

自平中宫吕太一，[②]	自从宦官吕太一的叛乱被讨平，
收珠南海千余日。[③]	朝廷曾到南海征收珍珠一千多天。
近贡生犀翡翠稀，	近来犀牛、翡翠又很少进贡，

复恐征戍干戈密。	恐怕又要大动干戈，兴兵征战。
蛮溪豪族小动摇，④	蛮族地区的土豪又挑起小小纷扰，
世封刺史非时朝。⑤	他们世世代代封作刺史，还可以不按时入朝。
蓬莱殿前诸主将，⑥	奉劝蓬莱殿前的各位主将，
才如伏波不得骄。⑦	即使才能比得上马援也不该骄傲。

注释：

① 这诗反映了南方少数民族聚居处动荡不安的情况，诗人对此表达了忧虑并谴责了掌握兵权者的骄横。黄鹤据吕太一之乱为广德元年，平定于广德二年（764 年），自此起三年（千余日），当为大历二年（767 年），故订此诗作于大历二年。

② 吕太一，是宦官。广德元年十二月，他于市舶使任内叛变，赶走了广南节度使张休，纵兵大掠广州，后被官军讨平。

③ 这句诗是说，平定吕太一之乱后，南海一带曾有三年（千余日）左右的安宁时期，州郡能按时进贡。

④《仇注》：“《旧唐书》：‘大历二年九月，桂州山獠陷州城，刺史李良遁去。’故曰小动摇。”

⑤《仇注》引《唐书》：“太宗时，溪洞蛮酋归顺者，皆世授刺史”。又说：“世封刺史，其于朝贡，则不责常期。”

⑥ 蓬莱殿，蓬莱宫（即大明宫，参看第六卷《宣政殿退朝晚出左掖》注⑥）之后殿名蓬莱殿。蓬莱殿前诸主将，指掌管禁军的宦官。

⑦ 伏波，指汉伏波将军马援，曾平定交趾，以军功著名。

◎ 寄裴施州[1] （七古）

廊庙之具裴施州，[2]	裴施州是做宰相的大材，
宿昔一逢无比流。	往年曾见过一面，就觉得能和他相比的人简直没有。
金钟大镛在东序，[3]	他像太学里的巨大金钟，
冰壶玉衡挂清秋。[4]	像冰壶、玉衡高高悬挂在清秋。
自从相遇减多病，	自从见过他，我身上许多疾病都已减退，
三岁为客宽边愁。	还宽解了我三年作客边地的烦愁。
尧有四岳明至理，[5]	他像唐尧的四岳，懂得治国的最好方法，
汉二千石真分忧。[6]	像汉朝的郡守，真能为皇上分忧。
几度寄书白盐北，	好几次给我信，寄到白盐山北，
苦寒赠我青羔裘。[7]	当我正怕寒冷时赠给我黑色羔裘。
霜雪回光避锦袖，	锦袖闪闪发亮，能使霜雪退避，
龙蛇动箧蟠银钩。[8]	箧里藏着他的书信，字迹像龙蛇飞舞，像盘曲的银钩。
紫衣使者辞复命，[9]	紫衣使者向我告辞要回去复命，
再拜故人谢佳政。	我再三揖拜，感谢老朋友治理地方的优良政绩。
将老已失子孙忧，[10]	我这行将老死的人，已不用再为子孙担忧，
后来况接才华盛。[11]	何况后辈还能和您这样才华杰出的人家交往。

注释：

① 裴施州，指一位姓裴的施州刺史。施州即今湖北省恩施县。旧注家有人认为裴施州即裴冕，但《唐书》中所记裴冕贬施州的时间与此诗不相符，而且，诗中称颂施为“廊庙之具”，只说他有宰相之大才，而裴冕早已任右仆射，如赞颂裴冕，不应仅以“廊庙之具”称之。这位裴施州几次寄信到夔州，赠给杜甫青羔裘，可见他对杜甫情谊很深。杜甫作这首诗寄给他，向他表示感谢，情感十分真挚。作诗时间大概在大历二年冬。

②《陈书·杜之伟传》："强识俊才，有名当世，吏部尚书张缵深知之，以为廊庙器也。"廊庙之具，即"廊庙器"，指治国之大才，能胜任宰相等职务者。

③ 大镛，是古代的钟名。金钟大镛，即以"镛"命名的古代铜钟。这是古代传下来的宝器。东序，本义是堂之东厢，夏代称大学为"东序"，后遂以"东序"作为国子监、太学等学校的名称。诗中以此来比喻裴施州的器宇恢弘，是国家的宝物。

④ 玉衡，星名，也是古代天文仪器。冰壶，古代贮冰之玉器。诗中以此两物比喻裴施州的人品高洁，识鉴清朗。

⑤ 四岳，是唐尧时代主管四方诸侯之事的高级官员。

⑥ 汉代郡守的俸禄为二千石，故称郡守一级的官为"二千石"。唐代的刺史，与汉代郡守相当。

⑦ 青羔裘，即黑色羔裘。古代说的"青"色，往往是指黑色。现代汉语方言中也仍有以"青"表示"黑"的。

⑧ 龙蛇动、蟠银钩，都是比喻书法字迹之遒劲多姿。

⑨ 紫衣使者，指裴施州派遣到夔州送信件给杜甫的使者。

⑩ 这两句诗表示杜甫托付子孙于裴施州，请他照顾。施已答应照顾杜甫的子孙，故杜甫说"已失子孙忧"。不但子孙有托，而且子孙的后代也能和多才华的裴家后代世代结交来往，因而感到欣慰。

⑪ 后来，即"后来者"，指子孙及其后代。

◎ 郑典设自施州归[①]（五古）

吾怜荥阳秀，[②]	我怜惜您这位荥阳郑家的杰出人才，
冒暑初有适。	当初冒着暑热前去施州。
名贤慎出处，	著名的贤才出仕退隐都很谨慎，

不肯妄行役。	不肯轻易离家长途奔走。
旅兹殊俗远，	您旅居在这风俗不同的遥远异乡，
竟以屡空迫。[③]	竟被贫困逼得出外飘流。
南谒裴施州，	您到南方去拜谒裴施州，
气合无险僻。	不怕道路险僻难走，只因为他和您意气相投。
攀援悬根木，[④]	手攀着那气根悬空的榕树，
登顿入天石。[⑤]	走走停停，登上高入云端的岩头。
青山自一川，	青山环绕，围成一片平川，
城郭洗忧戚。[⑥]	看见了城郭，洗净心中烦忧。
听子话此邦，	听您介绍这地方的情况，
令我心悦怿。	使得我的情绪也变好。
其俗则淳朴，	人民的习俗淳朴，
不知有主客。	不讲主人、客人那些俗套。
温温诸侯门，[⑦]	刺史的家里使您感到温暖，
礼亦如古昔。	还像古代那样重视礼貌。
敕厨倍常羞，	吩咐厨师准备比平常加倍的菜肴，
杯盘颇狼藉。	杯盘在桌上摆得乱糟糟。
时虽属丧乱，	虽然是兵荒马乱的年代，
事贵当匹敌。[⑧]	和配得上的人交游仍值得珍视。
中宵惬良会，	欢会一直延续到半夜，心怀欢畅，
裴郑非远戚。	裴郑两家并不是疏远的亲戚。
群书一万卷，	家藏各种图书有一万卷，
博涉供务隙。	能供你闲暇时广泛翻阅。
他日辱银钩，[⑨]	前些时我收到他字迹秀劲的书信，
森疏见矛戟。	疏密适当，像排列的矛戟。
倒屣喜迎归，[⑩]	您回来了，我高兴得没穿好鞋就出来迎接，

画地求所历。	一面画着地图，一面询问您的经历。
乃闻风土质，	于是我知道了那里的风土质朴，
又重田畴辟。	又很重视农田的开辟。
刺史似寇恂，⑪	刺史像寇恂一样受人民爱戴，
列郡宜竞借。⑫	许多州郡该都争着借他去治理。
北风吹瘴疠，	北风吹散炎热瘴疠，
羸老思散策。⑬	我这病弱老人也想扶着手杖出来走走。
渚拂蒹葭塞，	分开岸渚边寒冷的芦苇丛，
峤穿萝茑幂。	穿越过遮盖着山崖的藤萝。
此身仗儿仆，	我这身体得靠儿子和僮仆搀扶，
高兴潜有激。	兴致却很高，好像暗中有什么在激励着我。
孟冬方首路，	要到初冬我才能上路，
强饭取崖壁。	勉强多吃些饭，好攀登上崖壁。
叹尔疲驽骀，⑭	可叹你们这些老马太疲弱无力，
汗沟血不赤。⑮	汗不是血红色，却常常流满脊背沟。
终然备外饰，	毕竟只是外表打扮得好看，
驾驭何所益。	驾驭这样的马有什么好处。
我有平肩舆，⑯	我有一顶平肩轿，
前途犹准的。⑰	乘它上路还不会有差错。
翩翩入鸟道，	它能像鸟雀翩翩飞过高险山道，
庶脱蹉跌厄。	该能让我免除失足跌跤的灾祸。

注释：

① 第十八卷有《江雨有怀郑典设》一诗。郑典设住在夔州，与杜甫时有交往。后来郑到施州去访问他的亲戚裴施州，回来后把在施州的情况告诉杜甫，杜甫听了很高兴，为他作了这首诗。诗中盛称裴施州对郑的热情接待，并表示自己也想到施州去。

② 荥阳在洛阳西面，是郑姓的郡望。郑典设的籍贯也是荥阳，故诗中称他为“荥阳秀”。

③《论语·雍也》中述颜回之贫困状况云：“一箪食，一瓢饮，在陋巷。”陶潜《五柳先生传》述自己生活窘迫之状说：“箪瓢屡空”。屡空迫，就是说为生活所迫。

④ 悬根木，即榕树，有无数气根悬于空中。

⑤ 登顿，见第十一卷《通泉驿南去通泉县十五里山水作》注③。

⑥ 城郭，指施州城。忧戚，行人在途中因为道路险阻而产生的忧虑不安的情绪。

⑦ 诸侯，指裴施州。

⑧ 这句诗的意思较难理解。《仇注》引《杜臆》解说云：“往事尊贵，适当匹敌之人。一说，时虽值乎丧乱，而事则贵与匹敌者相赏。”译诗从后说。匹敌，在诗中是说郑典设与裴施州两人才德相当。

⑨ 银钩，指裴施州写给杜甫的信上字迹劲秀如银钩。参看前一首诗注⑧。

⑩《仇注》引《崔骃传》：“骃见窦宪，宪倒屣迎。”注：“倒屣，不上踵也。”倒屣，指没拔上鞋后跟，慌忙急促之状。

⑪ 东汉光武帝时，寇恂任颍川守，有政声。将调任时，颍川人民向皇帝要求借寇君一年，乃留颍川。

⑫ 这里是以寇恂比喻裴施州，颂扬他的政绩。

⑬ 羸老，杜甫自称。散策，指杖策出行。这是指杜甫想离开夔州到施州去。

⑭ 尔，指“驽骀”。诗中说的是出行时对乘马乘轿的选择。似乎也有较广泛的寓意。

⑮《文选·赭白马赋》：“膺门沫赭，汗沟走血。”注：“汗沟，马中脊也。”这句诗是说老马多汗，但并非汗血马，言其不能胜任远行。

⑯ 平肩舆，见第十九卷《雨》注⑤。

⑰ 准的，形容行为正确，合乎准则。这里指不会发生差错。

◎ 观公孙大娘弟子舞剑器行（并序）[①]（七古）

大历二年十月十九日，夔州别驾元持宅[②]，见临颍李十二娘舞剑器[③]，壮其蔚跂[④]。问其所师，曰："余公孙大娘弟子也。"开元三载，余尚童稚，记于郾城观公孙氏舞剑器浑脱[⑤]，浏漓顿挫，独出冠时。自高头宜春、梨园二伎坊内人，洎外供奉舞女[⑥]，晓是舞者，圣文神武皇帝[⑦]初，公孙一人而已。玉貌锦衣，况余白首[⑧]。今兹弟子，亦匪盛颜。既辨其由来，知波澜莫二。抚事慷慨，聊为《剑器行》。昔者，吴人张旭，善草书书帖，数尝于邺县见公孙大娘舞西河剑器[⑨]，自此草书长进，豪荡感激，即公孙可知矣。

大历二年十月十九日，在夔州别驾元持君家中，观看了临颍李十二娘表演的剑器舞，她的丰富多彩的舞步使我赞叹。问她是跟谁学的，她回答说："我是公孙大娘的弟子。"开元三年，我还是个孩子，记得曾在郾城看到过公孙大娘表演剑器浑脱，动作连贯流利，疾徐有致，在当时是最杰出最著名的。从御前的宜春、梨园两个教坊到宫外的供奉舞女，通晓这种舞艺的，在玄宗皇帝初年，只有公孙大娘一人而已。当时她面颜白皙，服饰华丽，恍惚之间，我的头发已白了。如今她的弟子也已不算年轻。我了解了她的舞艺的来源以后，便知道她的技艺和公孙大娘当然不会有什么不同。体味往事和眼前所见，心情激动，就写了这篇《剑器行》。听说往昔吴郡人张旭善于以草体作书法，曾多次在郾县观看公孙大娘舞西河剑器，从那以后，草书就大有进步，表现得雄豪逸放，能使人激动振奋。公孙氏舞艺的高超也就由此可知了。

昔有佳人公孙氏，	从前有位美人姓公孙，
一舞剑器动四方。	一表演起剑器舞就震动四方。
观者如山色沮丧，[⑩]	观众像群山一样聚集，看了之后个个像愣住了一样，

天地为之久低昂。	连天地也被激动得长久起伏激荡。
㸌如羿射九日落，[11]	灼亮地画过天空，像后羿射坠下九个太阳，
矫如群帝骖龙翔。	多么矫健，像天帝们驾龙翱翔。
来如雷霆收震怒，	向前来，势如震怒的雷霆突然收住，
罢如江海凝清光。	猛停止，像江海上凝聚起清亮辉光。
绛唇珠袖两寂寞，	她的绛唇和缀满珍珠的舞袖都已经寂然消逝，
晚有弟子传芬芳。[12]	近年来有个弟子能继承和发扬她的艺术芬芳。
临颍美人在白帝，	这位临颍的美人如今来到白帝城，
妙舞此曲神扬扬。	随着这乐曲精妙舞蹈，神采飞扬。
与余问答既有以，[13]	回答我的问题，把根由都说出，
感时抚事增惋伤。	感慨时事，回顾往昔，更增添我心头的惋惜哀伤。
先帝侍女八千人，[14]	玄宗皇帝的侍女有八千人，
公孙剑器初第一。	公孙大娘的剑器舞当年数第一。
五十年间似反掌，	五十年一反掌之间就已过去，
风尘澒洞昏王室。[15]	战争风尘塞满天地，遮暗了宫室。
梨园弟子散如烟，	梨园弟子像一阵烟四处飘散，
女乐余姿映寒日。	剩下这位女艺人的舞姿映着寒日。
金粟堆南木已拱，[16]	金粟山南面的陵墓上，树木已长得合抱粗，
瞿唐石城草萧瑟。[17]	瞿塘峡边的石城头，荒草在寒风中凄楚萧瑟。
玳筵急管曲复终，[18]	豪华的宴会上急速吹奏的乐曲也已停止，
乐极哀来月东出。[19]	欢乐到极点，悲哀涌上心来，这时月亮正从东方升起。
老夫不知其所往，	我这老人真不知道该往哪里去，
足茧荒山转愁疾。[20]	脚掌在荒山里磨出了老茧，反而又担心走得太急。

注释：

① 这首诗也是杜甫诗中的名篇。大历二年十月，杜甫在夔州，看到了公孙大娘弟子李十

二娘表演的剑器舞，想起儿童时代在偃城看到的公孙大娘的舞蹈，联想起唐玄宗统治早期的兴盛繁荣局面，抚今追昔，十分激动，就作了这首诗。诗中描写了剑器舞的雄健舞姿，从李十二娘的舞姿里看见了五十年前公孙大娘的舞姿，看见了开元盛世和唐玄宗英俊的往年，看见了自己的童稚时期。如今强大的唐王朝变成一个战乱连年、烟尘不息的残破国家，玄宗皇帝的英名也随着他的衰老昏聩和死亡而消失，杜甫也从一个孩子变成一个衰弱的老人。而艺术，却仍这么年轻，这么充满活力。这诗的主旨也许就在这里。

② 别驾，刺史的佐吏。元持，又作“元特”，这是夔州别驾的姓名，无可考。

③ 剑器，是古代的一种舞曲和舞蹈的名称。除少数人认为是一种剑舞而外，多数资料都说不是舞剑，而是用另一种舞具表演或者说是空手舞。说法虽有种种不同，但都承认是一种雄健的舞蹈。

④ 蔚，草木繁盛，引申为文采繁富。跂，音“奇”（qí），行貌。意译为“丰富的舞步”。

⑤ 浑脱，舞曲与舞蹈名称，有人说“浑脱”即“剑器浑脱”，两者分不开；有人认为是两种舞蹈，但相互有关联。

⑥《仇注》引崔令钦《教坊记》：“妓女入宜春院，谓之内人，亦曰前头人，以常在上前也。”高头，也是指常为皇帝表演的意思。又引《雍录》：“开元二年正月，置教坊于蓬莱宫侧，上自教法曲，谓之梨园弟子。”洎，及也。外供奉舞女，指州郡各地献给皇帝的舞女，而非教坊培训的歌舞艺人。

⑦ 圣文神武皇帝，即玄宗。《旧唐书·玄宗纪》：“开元二十七年二月己巳，加尊号为开元圣文神武皇帝”。

⑧“况”字，历来注家无法解释，疑有脱漏或错误。按此“况”字可能是“怳”字的误刻，怳，即“怳忽”，也就是“恍惚”。译诗按这样的理解译写，似可通。

⑨ 西河剑器，西河地方的剑器舞，是别具特色的一种舞蹈。西河，有数义，古代称今陕西、山西边界的黄河为西河，黄河西岸地方的地名也称西河。又今山西省西北部及内蒙古南缘一带，古代也曾称为西河郡。“西河剑器”之“西河”不知究竟是哪一处。

⑩ 沮丧，现代多作灰心失望、颓唐不振解。古代也多作这样的理解，但与这诗中所用

之义不合。沮丧，当分作两个词来理解。沮，意思是"止"，如《诗·小雅·巧言》："乱世遄沮。"丧，是"丧失"，即丧失自己，忘我。沮丧，在这里是形容观众看得出了神，动也不动一下。

⑪ 㸌，音"霍"（huò），灼也。火光明亮貌。《淮南子·本经训》："尧之时十日并出，焦禾稼，杀草木，尧乃使羿上射十日，万民皆喜。"高诱注补充说："十日并出，射去其九。"

⑫ 弟子，指李十二娘。芬芳，喻剑器舞的艺术美。

⑬《诗·邶风·旄丘》："何其处也，必有以也。"以，指原因、缘由、缘故等。

⑭ 先帝，指唐玄宗。

⑮ 澒洞，见第四卷《自京赴奉先县咏怀》注㊸。

⑯ 金粟堆，见第十三卷《韦讽录事宅观曹将军画马图歌》注㉒。

⑰ 瞿唐石城，指夔州。

⑱ 玳筵，《仇注》引江淹诗："玳筵欢趣密。"玳，指玳瑁，可制器皿。玳筵，以玳瑁器皿为酒器餐具之筵席，喻筵席之华贵。

⑲"乐极哀来"与通常所说的"乐极生悲"大异其趣，是指心情的变化。

⑳ 末两句诗的意思是：杜甫当时正感到无路可走，前途茫茫。足掌生了老茧，走路不便，但反而仍嫌走得快，因为不知道该往哪儿走。诗句里表达出了深沉的痛苦。《仇注》说"足茧行迟，反愁太疾，临去而不忍其去也"。恐未尽诗中深意。

◎ 写怀二首[①]（五古）

劳生共乾坤，	住在同一天地之间，人们生活着，忙忙碌碌，
何处异风俗。[②]	什么地方会有完全两样的风俗。
冉冉自趋竞，[③]	人们只管争着不停向前走，

行行见羁束。	可不管走到哪里也摆脱不了拘束。
无贵贱不悲，	如果没有贵人，地位再低的人也不会悲怨，
无富贫亦足。	如果没有富人，贫穷的人们也会觉得满足。
万古一骸骨，	千年万世都一样，人们总得变成一副骸骨，
邻家递歌哭。④	瞧我这些邻居——一家欢歌之后，接着一家哀哭。
鄙夫到巫峡，	自从我来到这巫峡旁边，
三岁如转烛。⑤	三年时光迅速闪过，好像转烛。
全命甘留滞，	为了保全性命，甘愿滞留在这里，
忘情任宠辱。	我已不再有感情的激动，不管是享受荣华还是受辱。
朝班及暮齿，⑥	到晚年还能在朝官行列里挂个名，
日给还脱粟。⑦	按日发给当口粮的脱壳粗粟。
编蓬石城东，⑧	在夔州城东搭了座茅屋居住，
采药山北谷。	常常到北面山谷里采集药物。
用心霜雪间，	在那霜雪覆盖的地方用心搜索，
不必条蔓绿。	并不一定要等待藤蔓枝条翠绿。
非关故安排，⑨	这一切并不是我有意安排，
曾是顺幽独。	只不过顺着我的性情，我就是喜爱清幽、孤独。
达士如弦直，	一切看得开的人像丝弦一般直，
小人似钩曲。	阴险小人像钩子一样弯曲。
曲直吾不知，	可是我连什么是曲直也不明白，
负暄候樵牧。	只是边晒太阳，边等待樵夫、牧人回他们的茅屋。

注释：

① 这两首《写怀》，是以议论为主的诗，夹有一些叙述，但这叙述也是为了议论。这种议论与一般议论不同，它所阐述的是一种生活哲学，是一种人生观。杜甫在这两首诗中表达的思想与庄周的学说很相近，对于某些人来说，是一种能聊以自慰的解说，但与广大人民群众的思想却迥然不同。诗中所表达的这种思想也并不能代表杜甫自己的

思想主流，而只是一时的感触。如第二首诗末，又把学佛当作对最高真理的追求，与前面表达的思想已不完全一致。诗的语言十分质朴，意思的表达也极为鲜明，毕竟是大诗家的手笔。

② 这句诗是反问句。尽管各地风俗不同，然而主要的却是共同的一面，即社会的生产方式。杜甫虽不能理解社会结构，但他直观地看到了这种共同性。

③ 冉冉，渐进貌，也含有不停歇之意。

④ 歌哭，指欢乐歌唱与哀哭。这句诗说，人世间，各个人家的遭遇不同，悲欢不同。

⑤《仇注》引庾肩吾诗：“聊持转风烛”。转烛，喻时间之迅速流逝。

⑥ 这句诗是指杜甫于广德二年除授工部员外郎官职的事。

⑦ 脱粟，见第十九卷《柴门》注⑬。

⑧ 编蓬，搭建草屋。石城，指夔州。

⑨ 这两句诗是说杜甫在夔州的生活状况并非他自己有意安排的，而是顺乎自然，随意而得。

◎ 其二（五古）

夜深坐南轩，	夜深了，我还坐在南窗前，
明月照我膝。	明亮的月光照到我的膝上。
惊风翻河汉，	狂风猛吹，银河好像要被吹翻，
梁栋日已出。	不觉太阳已经升起，照上了栋梁。
群生各一宿，	一切生命又各自度过了一夜，
飞动自俦匹。	又都飞动起来，各自找到了伴当。
吾亦驱其儿，	我也催促儿子们起床，

营营为私实。[1]	为了自己一家的利益去奔忙。
天寒行旅稀，	天气寒冷，路上行人稀少，
岁暮日月疾。	年底，日月似乎转得更匆忙。
荣名忽中人，[2]	荣华和名声，不知不觉吸引住人，
世乱如虮虱。	在纷乱的世间，人们像虮虱一样扰扰攘攘。
古者三皇前，	古时候，在三皇之前，
满腹志愿毕。	人们只求肚子饱，没有别的欲望。
胡为有结绳，[3]	为什么要发明结绳记事，
陷此胶与漆。[4]	害得人们陷入胶漆一般黏的泥塘。
祸首燧人氏，[5]	祸首要算是燧人氏，
厉阶董狐笔。[6]	还有那正直的史臣董狐，一步步地把荣华和名声张扬。
君看灯烛张，	你看那灯烛愈是点得明亮，
转使飞蛾密。	就引得更多的飞蛾扑向火光。
放神八极外，	我的心神放纵奔驰到八方之外，
俛仰俱萧瑟。	低头看，仰头望，到处一片凄凉。
终然契真如，[7]	要想最终和永恒的真理契合，
得匪金仙术。[8]	除了拜佛，还有什么别的方法可想。

注释:

① 私实，一作“私室”，都是指一家的利益。营营，忙碌貌。

② 荣名，荣华富贵与名声，简言之，就是“名利”。中，当读去声。

③ 在有文字以前，古代人类曾以结绳记事。这是人类文明的开端。而这诗则把文明的开端与发展当作人类一切烦恼痛苦的根源。

④ 胶漆，比喻社会生活中种种无法排除的烦恼。

⑤ 燧人氏，我国古史传说中的三皇之一，火的发明者，也就是文明的创始者。

⑥ 董狐，春秋时代晋国史官，坚持按正统观点来记述史实。由于他对是非的明确判断，促使后人更重视道德规范和名誉，因而促进了社会生活中的斗争。这是杜甫在这诗中所持的观点。厉阶，意思是使罪恶得到发展。《诗·大雅·瞻印》："妇有长舌，维厉之阶。"厉，恶。前诗："降此大厉。"

⑦ 真如，佛学概念，与真理的意思相近。

⑧ 金仙术，指佛学。《仇注》引《释典》："佛号大觉金仙。"

第二十一卷

杜

◎ 冬至[1]（七律）

年年至日长为客，	年年冬至我总是在异乡作客，
忽忽穷愁泥杀人。[2]	糊糊涂涂在穷愁中生活真闷煞人。
江上形容吾独老，	住在江边的人们里，唯独我的容颜最衰老，
天涯风俗自相亲。[3]	和这遥远地方的人民一起过活，渐渐不觉得陌生。
杖藜雪后临丹壑，[4]	雪后，我扶着藜杖，散步到红色的幽谷边，
鸣玉朝来散紫宸。[5]	这该正是紫宸殿上响着玉佩散早朝的时辰。
心折此时无一寸，	这时我的一颗心裂成了碎片，
路迷何处见三秦。[6]	眼前一片迷茫，分辨不出哪里是三秦。

注释：

① 这诗作于大历二年的冬至日，表达了哀怜自己晚年的漂泊生活和思念朝廷、思念故乡的心情。

② 忽忽，兼指精神恍惚和时间飞逝。泥，当读去声，滞陷不通貌。《论语·子张》："致远恐泥。"这诗中指精神之受压抑，故译为"闷"。

③ 天涯风俗，原意是指遥远地方人民的不同风俗习惯，诗中代指异乡人民。

④ 丹壑，《仇注》引鲍照诗"妍容逐丹壑"，那是指产丹砂的山谷，与这诗句不合。这里是泛指夔州红色岩石的山谷。巫山附近有丹山。《水经·丹水》注："郭景纯云：'丹山在丹阳，属巴；丹山西即巫山。'"这丹山距夔州不远，称夔州之山谷为丹壑也可能因为这山名的缘故。

⑤ 紫宸，即紫宸殿，参看第六卷《紫宸殿退朝口号》注①。鸣玉，指朝臣所佩戴的玉珮击撞声。

⑥ 三秦，大致与今陕西省全境相当。秦帝国灭后，项羽曾把秦国关中地方分为三部分分封给三个王，故称三秦。诗中主要是指长安。

◎ 柳司马至[①]（五排）

有客归三峡，	有位客人回到三峡里来了，
相过问两京。	我去访问他，询问两京的情形。
函关犹出将，[②]	他说还在派遣武将往函谷关外，
渭水更屯兵。[③]	渭水上又驻扎了大军。
设备邯郸道，[④]	通往邯郸的道路设了防，
和亲逻逤城。[⑤]	还派了使臣到拉萨城去和亲。
幽燕唯鸟去，	只有鸟群还能飞往幽燕，
商洛少人行。[⑥]	商山洛水间少有人行。
衰谢身何补，	我这衰弱老人对国家有什么用处，
萧条病转婴。	到萧条秋天，疾病把我缠得更紧。
霜天到宫阙，	高爽的霜空遥遥和皇宫相连，
恋主寸心明。	我眷恋皇帝的一颗心也这样澄明。

注释：

① 柳司马大概是夔州司马，他从京都回到了夔州，杜甫向他探问了西京和东京的情况。这首诗就是记述所听到的事，并抒写了对国事与皇帝的关切之情。大历二年九月，吐蕃寇邠州、吴州，十月被朔方节度使路嗣恭击败退走，驻在河北的安史叛军降将（参看第十八卷《承闻河北诸道节度入朝十二首》第一首注①）也蠢蠢欲动。诗中所写的形势大概是指这些。因此可知此诗作于大历二年冬。

② 函关，即函谷关，自函谷关往东，可通向河北诸州，为了防备河北降将乘机骚扰，所以派遣将领出函谷关。

③ 渭水，在长安附近。屯兵渭水，是为了防御吐蕃，保卫京师。

④ 邯郸道，指直接通向河北诸州的道路；防叛将，故设防。

⑤ 逻逤，也写作“逻娑”，吐蕃的都城，即今之拉萨城。和亲，恐仅仅是传闻，史籍未

载当时有公主嫁吐蕃事。

⑥ 商洛，商山、洛水一带，今陕西南部与河南交界，当时可能也不安定，故云“少人行”。“幽燕”“商洛”两句，概述了密云不雨的紧张气氛。

◎ 别李义[1]（五古）

神尧十八子，[2]	高祖皇帝有十八个儿子，
十七王其门。[3]	封王的有十七个人。
道国洎舒国，[4]	道王和舒王，
实维亲弟昆。	原来是亲弟兄。
中外贵贱殊，[5]	虽然皇族和内戚贵贱不同，
余亦忝诸孙。[6]	可我也算舒王后代的外孙。
丈人嗣三业，[7]	您父亲是道王的第三代，
之子白玉温。[8]	您自己，像白玉一样温和可亲。
道国继德业，	道王家的德业代代相承，
请从丈人论。[9]	让我且从您父亲一辈来谈论。
丈人领宗卿，	您父亲任职宗正卿，
肃睦古制敦。	提倡肃敬、友爱，把往古传下的规矩崇尊。
先朝纳谏诤，	先帝能虚心接受大臣的谏劝，
直气横乾坤。	他直言不讳，正气在天地间纵横。
子建文章壮，[10]	像曹子建一样，诗文写得雄健，
河间经术存。[11]	又像汉代河间王，把经术保存。
尔克富诗礼，[12]	您能饱学儒家的诗书礼乐，
风清虑不喧。	风骨清峻，思虑静穆深沉。

洗然遇知己，[13]	对待知己平易、随和，
谈论淮湖奔。[14]	发表议论像淮水太湖波涛奔腾。
忆昔初见时，	回想我当年初次看见您，
小襦绣芳荪。[15]	短衫上绣着香草花纹。
长成忽会面，	这回偶然遇见您，您已长大成人，
慰我久疾魂。	真使我这个久病的人快慰万分。
三峡春冬交，	三峡里正是冬末春初的时节，
江山云雾昏。	江面和山里到处云雾昏昏。
正宜且聚集，	正该和您暂时团聚在一起，
恨此当离樽。	可惜如今又举起送别的酒樽。
莫怪执杯迟，	别怪我手拿酒杯这么缓慢，
我衰涕唾频。	我太衰弱了，流涕咳痰频频。
重问子何之，	再一次问您将到哪里去，
西上岷江源。[16]	您说要向西去，到岷江源头访问。
愿子少干谒，	希望您少去拜谒权贵，
蜀都足戎轩。[17]	蜀地都城里住满了武臣。
误失将帅意，	不小心冒犯了将帅，
不如亲故恩。[18]	哪怕是亲戚故旧，翻脸就不认人。
少年早归来，	少年啊，您还是早些回来吧，
梅花已飞翻。	这里的梅花已开得很旺盛。
努力慎风水，	一路上要留心提防风浪，
岂惟数盘飧。	不仅是饭菜要多吃几顿。
猛虎卧在岸，[19]	您可看见江岸上躺着猛虎，
蛟螭出无痕。	潜藏的蛟螭会突然现形。
王子自爱惜，[20]	王子啊王子，您要自爱自珍，
老夫困石根。	别像我这老人在这山脚下受困。

生别古所嗟，	自古就为人世间离别嗟叹，
发声为尔吞。[21]	我想痛哭，为了您且忍泣吞声。

注释：

①《仇注》所引《杜诗博议》驳斥了王应麟《困学纪闻》中所说的“义盖微之子”，论证了李义是李铢之子、李微之孙，这是可信的。李铢是道王李元庆五世孙，李义则是第六世孙。杜甫在夔州时偶然与李义相遇，李义还将溯江西上，于是作这首诗为他送行。杜甫是李义的长辈，在诗中对他多所赞誉，但更主要的是劝告他不要热衷于干谒权贵，要谨慎小心，以防祸患。由此可看出唐代安史乱后藩镇跋扈，武将专权的严重情况，即使宗室王子也有求于他们，而且动辄得祸。杜甫对此十分痛心，对李义的前途也特别关心。这表现出杜甫的王权观念和门阀观念很浓，同时也反映出当时的社会动荡，对唐王朝统治的动摇以及所引起的惶惑。这诗作于大历二年冬。

② 神尧，指唐高祖李渊，他死后被谥为“神尧大圣光孝皇帝”。李渊原有子二十二人，其中李元霸、李智云早死，建成、元吉被李世民杀死，除籍，故止言“十八子”。

③ 十八子中，李世民继承帝位，其他十七人封王。

④ 道国，指道王李元庆。舒国，指舒王李元明。他们都是李渊之子，故诗中说他们是“亲弟昆”。

⑤ 中外，指宗室和非宗室。

⑥ 杜甫的外祖母是舒王李元明的外孙女。因此杜甫是舒王李元明的外孙女的外孙。故诗中说“余亦忝诸孙”。忝诸孙，是说自己是在舒王孙辈之列。

⑦ 丈人，指李义的父亲李铢，他与杜甫同辈，但年龄较长，故称“丈人”。嗣三业，一作“嗣王业”。王业，即王位。三业，指嗣道王的第三代。据《新唐书·宗室世系表》，道王李元庆以下，临淮王李诱为第一代，其弟为李询，询子李微，神龙初封嗣道王，为第二代，开元二十五年微子李铢袭封嗣道王，为第三代，李义为第四代。

⑧ 之子，这一位，指李义。白玉温，言性情温和。《诗·秦风·小戎》：“言念君子，温其如玉。”

⑨ 李义父李铢，于广德年间官宗正卿。宗正卿是掌管宗族事务的官。

⑩ 子建，曹植的字。这句诗是赞李鍊的诗文有如曹植。

⑪ 河间王，指刘德，汉景帝之子。修学好古，多得先秦旧书，被服儒术，山东诸儒多从之游。武帝时曾入朝献雅乐。

⑫ 从这句起的四句诗赞美李义的学识修养。诗礼，指儒家的典籍与道德规范。

⑬“洗然”的“洗”，在古汉语中与“洒”通，旧读为“史矮切”（shǎi），或“苏很切”（sěn），现代汉语普通话无此读音，或可借读“哂”（shěn）。洗然（洒然），形容人所表现出的随便、自然的态度。《仇注》引潘岳诗：“吾子洗然，恬淡自逸。”

⑭ 淮湖，借淮河与湖，泛指大水，诗中以“淮湖”波涛奔腾的气概来比喻李义言论内容丰富，流畅有力。

⑮ 襦，音“儒”（rú），短衫。荪，音“孙”（sūn），在古汉语中通“荃”，香草名。《楚辞·九章·抽思》：“数惟荪之多怒兮。”王注：“荪，香草也，以喻君，一作荃。”诗中指香草的图案。

⑯ 岷江，发源于岷山，流经灌县、成都、乐山等地，至宜宾入长江。诗中所说的岷江源，当指成都而言。

⑰ 蜀都，指成都。戎轩，兵车，借代武将。

⑱ 不如，一作不知。意思是那些将帅绝对不会像亲故那样对你有情分。作“不知”，含意即如译诗所述。

⑲ 猛虎、蛟螭，比喻拥兵自重，随时可能作乱的地方军阀。

⑳ 王子，称李义为王子，因他的父亲李鍊袭封“嗣道王”。

㉑ 这句诗是说想哭出声，但为了不使李义也悲痛起来，所以强忍吞声。

◎ 送高司直寻封阆州[1] （五古）

丹雀衔书来，[2]	丹雀曾经给皇上衔过天书，
暮栖何乡树？	夜晚它在哪里的树上栖停？
骅骝事天子，[3]	骅骝曾经事奉过天子，
辛苦在道路。	如今仍在道路上忍受苦辛。
司直非冗官，	司直并不是个多余的职位，
荒山甚无趣。	您到这荒山里一定不会感到高兴。
借问泛舟人，	请问您这位乘船来的客人，
胡为入云雾。	为什么到这多云雾的地方航行。
与子姻娅间，[4]	我和您是姻亲，
既亲亦有故。	既是亲戚，又有老交情。
万里长江边，	在这万里长江旁边，
邂逅亦相遇。[5]	这样偶然见面也真令人欢欣。
长卿消渴再，[6]	我像司马相如那样又患了消渴病，
公干沉绵屡。[7]	像刘桢那样屡次重病缠身。
清谈慰老夫，[8]	您的高论使我这老人得到安慰，
开卷得佳句。	打开您的诗卷觉得句句优美新颖。
时见文章士，	我在这里也时时见到有文才的人，
欣然谈情素。	总是高兴地向他们倾诉衷情。
伏枕闻别离，	当我卧病在床时听说您将离去，
畴能忍漂寓。[9]	谁能忍受在异乡这样长久飘零。
良会苦短促，	这次珍贵的会晤实在太短促，

溪行水奔注。	像溪水奔泻，时间一刻也不停。
熊罴咆空林，	熊罴在空旷的森林中咆哮，
游子慎驰骛。⑩	到处飘流的人赶路时要谨慎小心。
西谒巴中侯，⑪	您要向西去拜谒封阆州，
艰险如跬步。⑫	把艰险长途看作迈步就到的短程。
主人不世才，⑬	那里的主人是世上难得的人才，
先帝常特顾。	先帝在世时对他常特别关心。
拔为天军佐，⑭	他被提拔，做羽林军大将的辅佐，
崇大王法度。⑮	皇上的法度他尽力倡导推行。
淮海生清风，⑯	在淮海一带留下清正的名声，
南翁尚思慕。⑰	南方的老人思慕他直到如今。
公宫造广厦，⑱	皇宫里正在建造宏伟的大厦，
木石乃无数。	需要大量木材石料简直算不清。
初闻伐松柏，	当初听说到处砍伐松柏，
犹卧天一柱。⑲	还有一根擎天巨柱躺在山中。
我病书不成，	我病得连字也写不成，
成字读亦误。	就是写了也会害得人看不分明。
为我问故人，	请为我向老朋友问候，
劳心练征戍。⑳	多费些心为国家训练征戍的兵丁。

注释：

① 司直，属大理寺，是参议司法之官。高司直经过夔州到阆州去访问阆州的封使君，杜甫赠了这首诗给他。诗中抒发了对高的友情，嘱他小心谨慎，并赞颂封阆州的才德，请高向他问候。黄鹤谓此诗是大历二年夔州作。

②《仇注》引《周礼疏》：“《中候我应》云：‘季秋甲子，赤雀衔丹书入丰，止于（姬）昌户，昌拜稽首，受其文。’”赤雀，即“丹雀”，后世用来比喻为天子传书的使者，在这诗中，指高司直。衔书来，并非指为天子传书来蜀，而是说“曾衔过书

来”（“来”字是表明已然的语气词），指高曾为天子传过诏书。

③ 骅骝，骏马，也是比喻高司直。

④ 姻娅，见第二十卷《简吴郎司法》注③。

⑤ 邂逅，不仅是不期而遇的意思，还含有喜悦的情绪。《诗·唐风·绸缪》：“见此邂逅”，释文：“邂逅，解说（即‘悦’）也”。意思是与人会面，解抒离别之苦而相悦。

⑥ 长卿，司马相如的字。消渴，今称糖尿病。

⑦ 公干，刘桢的字。刘桢，建安七子之一，长于诗歌。有诗云：“余婴沉痼疾，窜身清漳滨。”故杜甫引以自比。

⑧ 清谈，非“清谈误国”之“清谈”，而是对高司直言论之赞美。

⑨ 畴，在古代汉语中可用为疑问代词“谁”。《书·尧典》：“畴咨若时登庸。”

⑩“驰骛”的“骛”音“务”（wù），原义为马驰，后多用于人的奔走，这里是指高司直的奔走干谒。

⑪ 巴中侯，指阆州刺史。阆州，古名巴西郡。

⑫ 跬步，旧解释为半步，所谓“半步”，就是“一次举足”，“迈出一步”。这当然不是难事。

⑬ 主人，指封阆州。

⑭ 天军，指禁军，通常也称羽林军，皇帝的宿卫部队。

⑮《仇注》：“言王朝法度，能尊崇而扩大之。”

⑯ 淮海，《书·禹贡》：“淮海惟扬州。”古代称扬州为“淮海”，指淮河下游到海滨一带。这是封阆州曾任官吏的地方。

⑰ 南翁，指淮海地区的老人。

⑱ 公宫，指皇帝的宫室。诗中的“造广厦”，比喻建立政治机构。

⑲ 天一柱，比喻支撑国家的栋梁之材。这里是比喻封阆州。作者认为封阆州的才能不仅能做刺史，任刺史仍应视为弃大材于地。

⑳ 蜀境多战乱，故对封阆州的练兵忙碌表示慰问。

◎ 可叹[1]（七古）

天上浮云似白衣，　　天上的浮云像一件白衣裳，
斯须改变如苍狗。　　转眼间变得像一只苍狗。
古往今来共一时，　　过去的和未来的都是一时的事，
人生万事无不有。　　世上无论什么事情都会有。
近者抉眼去其夫，[2]　　听说不久前，有个妇女和丈夫反目，离家出走，
河东女儿身姓柳。[3]　　那女子出身河东，娘家姓柳。
丈夫正色动引经，　　丈夫板着面孔，动不动引经据典，
酆城客子王季友。[4]　　他就是客居在丰城的那个王季友。
群书万卷常暗诵，　　家藏各种书籍一万卷，他常常反复背诵，
《孝经》一通看在手。　　那《孝经》，更是经常看上一遍不离手。
贫穷老瘦家卖屩，[5]　　他家境贫穷，靠卖草鞋过活，人长得又老又瘦，
好事就之为携酒。　　有些热心人去他那里给他送些酒。
豫章太守高帝孙，[6]　　高祖皇帝有个孙子做了豫章太守，
引为宾客敬颇久。　　请他去做幕僚，对他厚待颇长久。
闻道三年未曾语，[7]　　听说他一连三年不说一句话，
小心恐惧闭其口。　　总是怀着恐惧，小心翼翼不开口。
太守得之更不疑，　　太守既任用了他对他就毫不怀疑，
人生反覆看已丑。[8]　　人世反复无常的丑事他已看透。
明月无瑕岂容易，[9]　　没有瑕疵的明月珠哪里容易寻求，
紫气郁郁犹冲斗。[10]　　宝剑埋在地下，它的紫气还郁聚冲向牛斗。
时危可仗真豪杰，　　艰危时期能倚靠的人才是真豪杰，
二人得置君侧否？　　把这两位举荐到皇帝身边可能够？
太守顷者领山南，[11]　　李太守以前曾镇守山南，

邦人思之比父母。	那里人民思念他，把他比作父母。
王生早曾拜颜色，	王君我早就和他见过面，
高山之外皆培塿。[12]	他们像两座高山，别人都是小土丘。
用为羲和天为成，[13]	把他们当作羲、和任用，老天也会帮助人得到丰收，
用平水土地为厚。[14]	用他们来治水土，大地会变得更加深厚。
王也论道阻江湖，	王君懂得治世之道，可惜在江湖上困阻得太长久，
李也疑丞旷前后。[15]	李公这样的天子辅佐，旷古少有。
死为星辰终不灭，	死后也会变成星辰，永远不灭，
致君尧舜焉肯朽。	使皇帝成为尧舜的志愿怎能衰朽。
吾辈碌碌饱饭行，[16]	我这样的人庸庸碌碌只会吃饭，
风后力牧常回首。[17]	那些风后、力牧般的人才，引我思念，使我频频回首。

注释：

① 这首诗叹惜有大才的人未能得到重用，故题为《可叹》。诗中主要叙述王季友的不幸遭遇和耿介得近于怪僻的性格，同时也歌颂了唐王朝的宗室李勉。李勉曾任河南尹、京兆尹、御史大夫，官位很高。王季友曾任司议郎、监察御史等职，有诗名，元结所编《箧中集》中收有他的诗作，但家境清贫。杜甫在夔州听到了这两个人在豫章郡（洪州）的情况，十分感慨，就作了这首诗。诗中用了一些口语，句法近于民间唱词，似乎嫌不雅驯，因而古代有些论者对此诗颇有微词。其实，以民间口语和俗文学形式入诗，正是杜甫诗作可贵处之一。他从不装腔作势，即使用生僻之典，也是他所十分熟悉而不觉其生僻的。杜甫重视的是思想内容的表达，在诗的语言上博采众长，而没有清规戒律，这与另一些重雕饰的诗人迥然不同。如果说这诗有什么缺点，那首先是思想内容上的缺点，把所谓“人才”的作用看得太高，流于夸诞，评价不免主观、片面。

②《杜臆》：“抉眼，犹云反目。”

③《仇注》：“河东，乃柳氏郡名。”古代贵族名门，除“姓”而外，还有郡望名称，以显示其出于名门。

④ 酆城，即丰城，县名，属洪州豫章郡。王季友，见注①。

⑤ 屩，音“撅”（juē），草鞋。

⑥ 豫章太守，指李勉，他的曾祖父是唐高祖（即诗中的“高帝”）李渊之子郑惠王李元懿，因此说他是“高帝”的孙辈。

⑦ 这句诗是说王季友入李勉幕三年不说话。李勉任洪州刺史，从广德二年九月到大历二年初，约三年。这大概是指不随便发表有关政治方面的议论，不是不同李勉说话，如果是那样，就显然是不愿为李勉效力，那么李勉就不会信用他，杜甫也就不会这样赞美他，把他和李勉相提并论了。

⑧ 看“人生反覆”“已丑”者，也是王季友，反覆，指其妻反目事。

⑨ 明月，指“明月珠”，比喻王季友。这句诗是说“人无完人”，王季友也有一些缺点。

⑩ 用丰城剑气上冲牛斗的典故，见第八卷《秦州见敕目薛璩授司议郎毕曜除监察》注㉘。这句诗是比喻王季友的大才像丰城宝剑一样不会被埋没。

⑪ 顷者，指过去的事。近代文言文中，顷者多指现在、当前，与诗中用法不同。李勉任梁州刺史、山南西道观察使是在肃宗宝应元年。山南，唐代道名，指终南、太华两山南面。

⑫ 高山，比喻李勉和王季友。培塿，原作“附娄”或“部娄”，《左传·襄二十四年》“部娄无松柏。”《文选·魏都赋》李善注引作“培娄”。在古汉语中“培塿”的“培”当读“泊藕”切，音“剖”（pǒu），上声；塿，当读为“罗藕”切，音“蒌”（lǒu），上声。培塿，意思是土丘。

⑬ 羲和，指羲氏、和氏。《书·尧典》：“乃命羲和”。传：“重黎之后，羲氏、和氏，世掌天地、四时之官。”天为成，《书·大禹谟》：“地平天成。”诗中是指天助人得到丰收。

⑭ 平水土，治水，兴修水利。地为厚，大地因此而变厚，施厚恩于人。

⑮《书·大传》：“古者天子必有四邻：前曰疑，后曰丞，左曰辅，右曰弼。”四邻，指最亲信的大臣，即后代之宰相。

⑯ 行，读“杭”（háng），意思是“一般人”“一类人”。

⑰《仇注》引《帝王世纪》:“黄帝得风后于海隅,进以为相;得力牧于大泽,进以为将。”诗中用“风后力牧”比喻李勉和王季友,这句诗是表示对他们怀有厚望。

◎ 奉贺阳城郡王太夫人恩命加邓国太夫人[①]（五排）

卫幕衔恩重,[②]	像卫青在营幕中接受皇帝恩命,
潘舆送喜频。[③]	像潘岳请母亲登车,频送喜讯。
济时瞻上将,	人们都仰望大将解脱乱世的苦难,
锡号戴慈亲。	皇帝赐给尊号来表彰他的慈亲。
富贵当如此,	他应当享有这样的富贵,
尊荣迈等伦。	他得到尊荣该超过同辈的人们。
郡依封土旧,	仍然把原来的封地作为他的郡号,
国与大名新。[④]	可是又赐给太夫人新的国名。
紫诰鸾回纸,[⑤]	紫泥封的诰书,好像有鸾凤在纸上回旋,
清朝燕贺人。	一清早,燕子就飞来祝贺贵人。
远传冬笋味,	远远送来美味的冬笋,
更觉彩衣春。[⑥]	穿上彩衣,更使人温暖如春。
奕叶班姑史,[⑦]	像继承父兄续著《汉书》的班昭,
芬芳孟母邻。[⑧]	像善于择邻的孟母永留芬芳美名。
义方兼有训,[⑨]	能用正义的行为教训后辈,
词翰两如神。[⑩]	文词和翰墨两样都神妙超群。
委曲承颜体,	郡王孝敬慈亲多么体贴入微,
鶱飞报主身。	他忠诚报效皇帝,展翅飞上青云。
可怜忠与孝,	又忠又孝真令人爱重,

双美画麒麟。[11]　　　　凭这双重美德该在麒麟阁上留下图形。

注释：

① 原注："阳城郡王，卫伯玉也。"据《旧唐书·代宗纪》："大历二年六月，荆南节度使卫伯玉封阳城郡王。"在卫伯玉封王以后，其母又被加封为邓国太夫人。杜甫听到这消息，特地写了这首诗来表示祝贺。诗的内容除了颂扬之辞外没有任何值得注意之处。在杜诗中，这类诗恐是最无价值者。这诗当作于大历二年秋。

② 卫幕，原指卫青之幕府，诗中用来借代卫伯玉的幕府。《仇注》引《汉书》："卫青征匈奴，大克获，帝就拜大将军于幕中。"这句诗是以卫青拜大将军的事比喻卫伯玉受到皇帝的恩宠。

③ 潘舆，潘岳《闲居赋》："太夫人乃御板舆，升轻轩，远览王畿，近周家园。"诗中以潘岳之孝敬事母比喻卫伯玉把母亲迎到府中奉养。送喜频，指卫伯玉封阳城郡王与卫太夫人封邓国太夫人两件喜事接踵而来。

④ 这两句诗是说，卫伯玉所封的阳城郡王依旧不变，但卫伯玉的母亲则加了邓国太夫人这新的称号。

⑤ 紫诰，指皇帝加封邓国太夫人的诰书，上有紫泥封印，故称紫诰。鸾回纸，比喻诰书上的字迹如鸾凤飞旋，形容其书法美妙。

⑥ 冬笋味，用孟宗事。三国时吴国孟宗事母至孝，母嗜笋，冬日笋尚未生，宗入林哀叹，笋忽从地下迸出。彩衣春，用老莱子彩衣娱亲事，见第十卷《送韩十四江东省觐》注②。这两句诗都是赞美卫伯玉的孝亲。

⑦ 奕叶，见第二卷《冬日洛城北谒玄元皇帝庙》注⑨。这里是指世代相承。班姑，指后汉班昭，继父班彪、兄班固未竟之志，最后完成了《汉书》的著作。和帝数召入宫，令皇后诸贵人师事之，号曰"大家"（"家"读如"姑"），世称"班大家"。

⑧ 孟母，指孟子（孟轲）之母。她为教育好孟轲曾三迁其居，择邻而居。这句诗赞卫伯玉母善于教子。

⑨ 义方，《左传·隐三年》："石碏谏曰：'臣闻爱子教之以义方，弗纳于邪。'"义方，指正确行为规范。

⑩ 词翰，文词与书翰，即文学才能与书法技巧。这句和上一句是称颂卫母的，下面两句，则称颂卫伯玉。

⑪ 麒麟，麒麟阁，汉代绘功臣像处。参看第二卷《前出塞》注②。这句诗是说卫伯玉忠孝双全，当流芳百世。

◎ 送田四弟将军将夔州柏中丞命起居江陵节度使阳城郡王卫公幕[①]（五律）

离筵罢多酒，	筵席上酒喝得够多了，终于结束了送别的宴会，
起舵发寒塘。[②]	开始起舵，船离开了寒冷的堤塘。
回首中丞座，[③]	在船上还回过头遥望中丞大驾，
驰笺异姓王。[④]	奉命飞速送封信去呈给异姓郡王。
燕辞枫树日，	燕子正向照临枫树的太阳告别，
雁度麦城霜。[⑤]	雁群该已越过麦城霜空向南飞翔。
定醉山翁酒，[⑥]	您到荆州，那位郡王定会像山简请您喝个大醉，
遥怜似葛彊。[⑦]	我在这里遥想，他一定会喜欢您，像山简喜欢葛彊。

注释：

① 柏中丞，即夔州都督柏茂林，他兼御史中丞官职，故称“柏中丞”。田四将军，年纪较轻，故诗题中称之为“弟”。他奉命送信给江陵节度使阳城郡王卫伯玉，表示问候。柏茂林特地置酒为田四送行，杜甫也参加了宴会，并写了这首送别的诗。这诗当作于大历二年秋。

② 塘，据《说文新附》，本义是“堤”。现代汉语中，也有称“堤”为“塘”的。寒塘，指秋日天寒时的夔州江堤。

③ 中丞座，对柏中丞的尊称。《仇注》：“御史中丞，谓之独座。”意译为“中丞大驾”。

④ 异姓王，指非宗室而封王的人。这里是指卫伯玉。

⑤“燕辞”“雁度”两句表明时令。《杜臆》：“时必八月，是玄鸟（燕子）归，鸿雁来之候。”麦城，江陵附近之著名古城，在今当阳市东南。

⑥ 山简是晋代名臣，永嘉中累官尚书左仆射，领吏部，后出为征南将军镇襄阳。参看第九卷《北邻》注⑤。

⑦ 葛彊是山简的爱将，并州人。

◎ 题柏学士茅屋[①]（七律）

碧山学士焚银鱼，[②]　　这位住在碧山上的学士已把他的银鱼袋焚毁，
白马却走身岩居。　　骑着白马回来，在这山岩上隐居。
古人已用三冬足，[③]　　古人认为读三个冬天书就足够用，
年少今开万卷余。[④]　　府上的年轻人如今读书已万卷有余。
晴云满户团倾盖，[⑤]　　晴空的白云团团遮满门户，像车辆停下把篷盖倾斜，
秋水浮阶溜决渠。　　阶前秋水涨得高高，迅速流泻，像决开水渠。
富贵必从勤苦得，　　富贵必须靠勤苦求取，
男儿须读五车书。[⑥]　　男子汉读完五车书才算有志气。

注释：

① 柏学士，见第十八卷《寄柏学士林居》注①。这诗是在柏学士所居住的茅屋中所题，与后面两首题壁诗大概是同时作的。这篇诗，是为勖勉柏学士的后辈而写，赞扬他们在山村茅屋中苦读的精神。

② 银鱼，指贮银印的鱼袋，见第二十卷《复愁十二首》第十二首注③。焚银鱼，谓在战乱中把鱼袋丢失，诗中以此来表述柏学士离开官职隐居山中。

③《仇注》引《东方朔传》："臣年十二学书，三冬文史足用。"三冬，古代士人似乎并不单纯以读书为业，而是从事各种活动、学习乃至生产劳动，只有冬日才主要用于读书。但也可能是以"三冬"代表"三年"。

④ 年少，指柏学士家中的晚辈，可能就是指后面两篇诗题目中所说的"柏大兄弟"。据第十八卷《寄柏学士林居》所说"自胡之反持干戈，天下学士亦奔波"，柏于天宝十四载前即已为学士，到大历二年又过了十五年，柏学士的年龄不会很轻，故可断定"年少"不是指柏学士本人。

⑤"晴云""秋水"两句描写茅屋景色。

⑥《庄子・天下》："惠施多方，其书五车"。后称赞人读书多者曰"学富五车"。

◎ 题柏大兄弟山居屋壁二首[①]（五律）

叔父朱门贵，[②]	你们的叔父是家住朱门的贵官，
郎君玉树高。[③]	你们两位郎君像玉树一样高洁。
山居精典籍，[④]	居住在山里，精心研读典籍，
文雅涉风骚。[⑤]	也喜爱文辞，《国风》《离骚》都曾涉猎。
江汉终吾老，[⑥]	我在这里的江边度过残年，
云林得尔曹。	在美丽的云林中和你们相识。
哀弦绕白雪，[⑦]	《白雪》的动听曲调在这里萦绕不绝，
未与俗人操。	却不愿对世俗的人们演奏这乐曲。

注释：

① 这两首诗是题在柏大兄弟山居内壁上的。诗中对这两兄弟隐居读书的行为备极赞赏，因为这样的生活也正是杜甫自己所向往的。柏大兄弟究竟是谁，没有材料可以证明。有人认为是夔州都督、御史中丞柏茂林之侄。黄生认为"柏大乃柏学士子侄"，这说

法较合情理。参看前一首诗注④。

② 叔父，据注①，大概是指前面一首诗中所说的柏学士。参看第十八卷《寄柏学士林居》注①，“学士”官位不低，自然可说是“朱门贵”。

③ 郎君，指柏大兄弟。玉树，与“琼树”相同，是称誉人的文才、人品时常用的词，参看第二卷《饮中八仙歌》注⑨及第十九卷《寄刘峡州伯华使君》注④。

④ 典籍，指儒家的经典如《书经》《春秋》《礼记》等。

⑤ 风骚，指《诗经》中的《国风》和《离骚》等文学作品。

⑥ 江汉，泛指江水，这里指夔州的长江。

⑦ 白雪，是古代曲名，在《宋玉对楚王问》中，把它和《阳春》同列，视为高雅的曲调，与通俗的民间歌曲《下里巴人》相对立。

◎ 其二（五律）

野屋流寒水，	山野住屋旁寒凉的秋水流过，
山篱带薄云。	山边的篱笆映带着天空薄云。
静应连虎穴，	这么寂静，恐怕离虎穴太近，
喧已去人群。	可是离开了喧闹的人群。
笔架沾窗雨，	飘进窗牖的雨点把笔架沾湿，
书签映隙曛。①	阳光透过门缝，书签被映得莹明。
萧萧千里足，②	你们像萧萧长鸣的千里马，
个个五花文。③	每个人身上都现出了五色花纹。

注释：

① 前六句诗写柏大兄弟山居的环境，从室外写到室内，突出了幽、静两字。

② 千里足，一作“千里马”，意思一样，都是以骏马比喻柏大兄弟。萧萧，马鸣声。《诗·小雅·车攻》：“萧萧马鸣。”

③ 五花文，指马毛有五色。五花马是良马，如第二卷《高都护骢马行》中赞美马的诗句：“五花散作云满身。”

◎ 白帝楼[1]（五律）

漠漠虚天里，	在虚无缥缈的茫茫天际，
连连睥睨侵。[2]	一个连一个的城垛向上矗起。
楼光去日远，	城楼上映照着遥远的日光，
峡影入江深。	峡江崖岸把阴影深深投入水底。
腊破思端绮，[3]	才进腊月，我已在思念一段单薄的罗绮，
春归待一金。[4]	想乘春天回去，路费得设法筹集。
去年梅柳意，[5]	去年梅柳时节也曾有过这想法，
还欲搅边心。	提起它又扰乱我这边城远客的心意。

注释：

① 第十五卷中有几首关于白帝城的诗，那是杜甫到达夔州后不久写的。流连风景，凭吊古迹，自有一番情意。而这首和下面一首咏白帝城楼的诗虽然也写景，但所表达的心情同那时已大不一样，作者心中所想的似乎只是怎样能早日离开夔州。按杜甫本意，是不愿困处夔州的，但这却不能由他自己决定，他被命运播弄着，被那个动荡不安的时代播弄着，因而才表达出诗中这种痛苦不安的心情。这诗和下一首诗当作于大历二年年底。

② 睥睨，《释名·释宫室》：“城上垣曰睥睨，言于其孔中睥睨非常也。”“睥睨”本义是目斜视貌，转义为城上的短垣，又称女墙、雉堞，俗名为城墙垛、城垛。

③ 腊破，指腊月（十二月）开了头。“端绮”之“端”是古代的长度单位，实际长度诸说互异，如《小尔雅·度》：“倍丈谓之端。”《集韵》：“布帛六丈曰端。”《六书故》：“布帛一丈六尺曰端。”这可能有错误或由于时代和地区的不同。思端绮，意思是想要一段罗绮来制作春衣。

④ 一金，见第一卷《刘九法曹郑瑕丘石门宴集》注③。这里的“一金”，是指一笔路费。

⑤ 这两句诗是说去年也曾有明春归去之意，但未能实现；如今又在打算明春归去，但想起去年归乡打算的破灭，心里就感到不安。

◎ 白帝城楼[①]（五律）

江度寒山阁，	江水从这寒冷的山阁前流过，
城高绝塞楼。	高楼，建在这遥远边塞的城上。
翠屏宜晚对，	最好在傍晚眺望这翠屏般的远山，
白谷会深游。[②]	那幽静的白谷我曾深入探访。
急急能鸣雁，	雁群飞过，它们在急切地哀鸣，
轻轻不下鸥。	轻捷的沙鸥却不肯向下飞翔。
夷陵春色起，[③]	夷陵的原野上春色已经出现，
渐拟放扁舟。[④]	我产生了放船东下的强烈愿望。

注释：

① 这首诗大概作于766年冬住西阁时，杜甫离夔东下的打算已渐渐确定了下来，这时，又对白帝城前的风光有些留恋了。

②“会”字，如作“会当”解，认为它是表示预期之词，则与诗的内容不合。杜甫在夔州写的诗中曾多次提起“白谷”，如第十五卷《雨》有“白谷变气候”，第十八卷

《南极》有“西江白谷分”，第十九卷《课伐木》有“持斧入白谷”等等。这里的“会”字当作“适”字解，如司马迁《报任少卿书》中的“会东从上来”的“会”。会深游，意思是“正从那里深游过出来。”意译为“曾深入探访”。

③ 夷陵，峡州，即今之湖北宜昌。杜甫东下，将经过夷陵到江陵。

④ 渐，这里不当作“徐缓”解，“渐”可释为“剧”。如《书·顾命》：“疾大渐。”

◎ 有叹[①]（五律）

壮心久零落，	我的雄心壮志早已颓萎凋零，
白首寄人间。	如今成了个白头老翁寄居人间。
天下兵常斗，	全国各地还常常发生战斗，
江东客未还。[②]	江水往东流去，游子却仍未归还。
穷猿号雨雪，	像绝望的猿猴在雨雪中哀号，
老马怯关山。	像老马看见重重关山就胆寒。
武德开元际，[③]	回顾武德直到开元年间，
苍生岂重攀。[④]	那样的太平岁月黎民怎能再追攀。

注释：

① 诗题作《有叹》，意思是有所叹惜。一叹壮志未酬头已白；二叹战乱未平不能回乡；三叹困难重重，旅途可畏；四叹太平岁月一去不返，人民的苦难日子过不完。从为自己叹惜开始，到为苍生叹息结束。这首诗作于大历二年冬。

②“江东客”作为一个词组，在这里很难讲得通。古代注家费了不少心思，仍未觅得合理的解释。《仇注》举出诸说：“鹤注：‘江东客，公自谓。’卢注：‘《水经》云，江水东经赤甲，又东经鱼复，又东经巫峡，又东经夔城。故曰江东客，非弟丰在江左之谓。’朱注引《元日》诗：‘不见江东弟’为证，非是。”其实，这句诗当分作两

截，即“江东”与“客未还”两个分句。“江东”者，江水东流也。如此则诗意自明。

③ 武德，唐高祖（李渊）的年号（公元618年—626年）；开元，唐玄宗（李隆基）的年号（公元713年—741年）。这一段时期中包括唐太宗（李世民）的“贞观之治”，是唐朝最兴盛、最安定的年代。

④ 苍生，即黎民，想再过那样的生活而不可能了。

◎ 舍弟观赴蓝田取妻子到江陵喜寄三首[①]（七律）

汝迎妻子达荆州，	你迎接妻儿到了荆州，
消息真传解我忧。	确实消息传来消除了我的忧愁。
鸿雁影来连峡内，[②]	我仿佛看见鸿雁飞来，影子一直投到三峡西面，
鹡鸰飞急到沙头。[③]	还有鹡鸰也飞得快，已到达沙头。
峣关险路今虚远，[④]	蓝田关的艰险道路如今已不能再阻拦你，
禹凿寒江正稳流。	大禹开凿的长江正在寒空下平稳地流。
朱绂即当随彩鹢，[⑤]	我马上要穿上官服随着彩船出发，
青春不假报黄牛。[⑥]	你不用再派年轻人送信经过黄牛滩头。

注释：

① 杜观是杜甫之弟，在战乱中移居蓝田。大历二年春曾到夔州来看杜甫，夏季，离夔州到蓝田去接妻儿，准备到江陵定居，杜甫也将到江陵与他团聚。可参看第十八卷《得舍弟观书自中都已达江陵》《喜观即到复题短篇二首》、第十九卷《舍弟观归蓝田迎新妇送示二首》等诗。这里三首诗是得到杜观到达江陵的消息后所作，杜甫决定携家人东下到江陵与杜观相会，表达出非常高兴的情绪。古人大家庭观念和手足之情的深厚，从这些诗中可以看出。这三首诗作于大历二年冬。

②“鸿雁”“鹡鸰”都是比喻兄弟，两句诗表达了兄弟急待会面的心情。杜观虽只到了江陵，但鸿雁影已投到峡内，这是杜甫的想象。

③鹡鸰，可参看第一卷《赠韦左丞丈济》注⑧，这里是隐喻杜观。沙头，又称沙头市（即今之沙市），在江陵附近。

④“峣关”的“峣”，音“尧”（yáo），本义是高峻。峣关，在蓝田县南，又称蓝田关，蓝关，古代著名的险路。

⑤朱绂，红色官服。彩鹢，彩绘的大船。这句诗是说作者将乘船东下。其实并不一定穿“朱绂”、乘“彩鹢”，诗中这样写，表达出了喜悦、兴奋的心情。

⑥青春，指青年人。黄牛，指黄牛峡。黄牛峡，在今宜昌市西，长江北岸。这句诗是叫杜观不必再送信到峡内来，因为杜甫马上就离夔出发了。

◎ 其二（七律）

马度秦山雪正深，	你乘马越过秦岭时那里积雪正深，
北来肌骨苦寒侵。	从北方来的人肌骨一定受够了严寒的侵凌。
他乡就我生春色，	你来到异乡我的身边，将使我感到春意盎然，
故国移居见客心。①	可是迁离故土，总不免要产生作客的心情。
欢剧提携如意舞，②	欢欣到极点，我手拿起如意挥舞，
喜多行坐白头吟。③	喜事真多，我这白头人行坐都在歌吟。
巡檐索共梅花笑，	沿着檐前走着，想让梅花和我一起欢笑，
冷蕊疏枝半不禁。④	它那冰冷的花蕾、稀疏的花枝好像也忍不住要笑出声音。

注释：

①“他乡”句，表达诗人自己的欣悦之情；“故国”句设想杜观离开故土，移居异乡的思想情绪活动。

② 如意，玉制或铁制的器具，本为一种实用工具，后演变为供摆设和把玩的工艺品。古代贵官、文人多喜手持如意；有持如意舞蹈者，称为“如意舞”。《仇注》引《世说》：“王戎好作如意舞”。

③ 白头吟，原为乐府楚调曲名，但在这诗中，是说白发满头的人仍在吟诵不绝，也是表达喜悦兴奋的心情。

④ 末两句诗中，对梅花作拟人化的描写；“半不禁”的“禁”，意思是“忍”。不禁，忍不住。这是借客观对象来表现人的主观情感。

◎ 其三（七律）

庾信罗含俱有宅，[1]	庾信、罗含都有故宅在江陵，
春来秋去作谁家？	春来秋去多少年了，那儿如今成了谁的家？
短墙若在从残草，	如果还剩下短墙，该有凋零的小草伴着它，
乔木如存可假花？[2]	如果还生长着乔木，那上面可攀附着野花？
卜筑应同蒋诩径，[3]	要找处地方建屋，得学蒋诩那样开辟三径迎客，
为园须似邵平瓜。[4]	经营园圃就该像邵平那样种出好瓜。
比年病酒开涓滴，[5]	近年来因病戒酒，如今又开始稍微沾几滴，
弟劝兄酬何怨嗟。	我们兄弟相互劝饮，何必提起那些令人嗟叹的话。

注释：

① 庾信，见第一卷《春日忆李白》注②。庾信有故宅在江陵（即荆州），即宋玉故宅原址。见第十八卷《送李功曹之荆州充郑侍御判官重赠》注②。罗含，东晋人，任桓温别驾，曾在江陵城西构茅屋居住，过隐居生活。这句诗和下一句诗是说自古以来，人们都是到处为家，人生本来变幻不测，不必以迁离故乡为念。这是安慰杜观的话。

② 假，借。假花，指有些植物攀附在别的树木上生长开花。

③ 据《仇注》：蒋诩，前汉人，为兖州刺史，于王莽篡权后称病回乡，在舍前竹林中辟三径，唯求仲、羊仲从之游。这句诗是说将辟三径迎客，与知己交游。

④ 邵平瓜，秦东陵侯邵平于秦亡后在长安青门外种瓜为生，瓜质优良，名传远近，称为“邵侯瓜”或“邵平瓜”“青门瓜”。这句诗是说打算像邵平那样种瓜为生。

⑤ 比年，一作“比因”。病酒，一作“断酒”。病酒，本来是指因多饮而得病以致不能饮酒，故也可直接理解为“断酒”，“戒酒”。开涓滴，又开酒戒，稍稍喝一些。

◎ 夜归[①]（七古）

夜半归来冲虎过，	半夜回家，冲着猛虎出没处走过，
山黑家中已眠卧。	山里漆黑一片，家人都已睡眠。
傍见北斗向江低，	从侧面看见北斗星落近江面，
仰看明星当空大。[②]	抬头看见巨大的金星正在中天。
庭前把烛嗔两炬，[③]	庭前举起两支烛火迎我，引起我叱责，
峡口惊猿闻一个。	峡口传来啼叫，那是一只哀猿。
白头老罢舞复歌，	我这白头人已老朽了，仍然又是跳舞又是唱歌，
杖藜不睡谁能那。[④]	扶着藜杖不睡觉，谁能这样不知疲倦。

注释：

① 这首诗写诗人半夜回到山村家中的情景。前半写深夜行路时的主观感受，把夜空写得恐怖、空阔而又森严；后半写自己的精神状态，敏锐、兴奋、豪放，使读者如见其人。从诗中看不出为什么夜归，又为什么如此兴奋，但诗中所反映出的心态却是常可见到的。这诗大概作于大历二年。

②《仇注》引《尔雅》：“明星谓之启明。”启明星，即金星。

③ 诗人夜半回家，家人在庭前点起两支烛迎接，但诗人却嫌点两支烛太费，因而加以

叱责。一句诗写出了够复杂的事和十分生动的情态。

④ 据诗所押的韵是仄声，可知“那”字古代读“诺饿”切（nuò），箇韵。在古汉语中，可用作语气助词，如《后汉书·逸民传》：“公是韩伯休那，乃不价乎。”或者，读“傩我”切（nuǒ），哿韵，用作代词，即“那个”“那样”，亦能说得通。

◎ 前苦寒行二首[①]（七古）

汉时长安雪一丈，	听说汉代长安落雪曾有一丈深，
牛马毛寒缩如猬。	冻得牛马竖起毛来像刺猬竖起刺。
楚江巫峡冰入怀，[②]	如今在这楚江的巫峡边，冷得我像冰雪侵入怀里，
虎豹哀号又堪记，[③]	连虎豹也冻得哀号，这事也真该在史书上记一笔。
秦城老翁荆扬客，[④]	我这长安老人来到荆楚作客，
惯习蒸炎岁絺绤。[⑤]	已习惯炎热天气，一年到头穿身葛布衣。
玄冥祝融气或交，[⑥]	严寒和酷暑，说不定会相互转变，
手持白羽未敢释。	我手里拿的白羽扇仍然不敢丢弃。

注释：

① 这两首诗记述了夔州少见的严寒天气。后来又写了同样题材的两首诗，故称此为《前苦寒行》。诗中刻画了南方异常寒冷天气的特点，并暗含对广大人民疾苦的关切。这诗是大历二年冬作。

② 楚江，指荆州一带的长江。夔州，在唐代属荆州管辖，故夔州的长江也可称“楚江”。

③ 第一句诗所说的汉代长安严寒，是从古代的记载中看到的。《仇注》引《西京杂记》：“元封二年大寒，雪深五尺，野中鸟兽皆死，牛马蜷局如猬，三辅人民冻死者十有二三。”由此推论，这次夔州的严寒也该载入史册。又堪记，就是指此。

④ 秦城，长安城。秦城老翁，杜甫自称。荆扬，偏义复词，指荆州。

⑤ 絺绤，音“痴细”（chī xì），细葛布和粗葛布。

⑥ 玄冥，水神，又为冬神，《礼·月令》：“孟冬之月，其神玄冥。”祝融，火神，《礼·月令》：“孟夏之月，其神祝融。”诗中以两个神名代表寒冷和炎热。

◎ 其二（七古）

去年白帝雪在山，	去年的白帝城只有山顶上积雪，
今年白帝雪在地。	今年的白帝城雪在平地上堆起。
冻埋蛟龙南浦缩，	蛟龙冻得蜷缩在南面江边水底，
寒刮肌肤北风利。	北风寒冷，刮在肌肤上像刀般锐利。
楚人四时皆麻衣，	楚地人民一年四季都穿麻布衣，
楚天万里无晶辉。①	如今万里楚天看不到太阳光辉。
三尺之乌足恐断，②	我担心太阳里的金乌脚已折断，
羲和送之将安归。③	不知羲和将把它们送到哪里。

注释：

① 晶辉，指太阳的光辉。姚希孟《日升月恒赋》：“望澄鲜于霄汉兮，眺晶莹之未央。”“晶莹”“晶辉”皆可形容日、月的光辉。这句诗是说夔州天空全被阴云遮盖，看不见日光。

② 我国古代神话中说太阳中有“三足乌”。也有的神话说太阳原是乌鸦，飞在天空即灿烂发光，成为太阳，故太阳又称“金乌”。三尺之乌，可能从“三足乌”演变而来。三尺，指乌鸦的大小。足恐断，担心太阳受了创伤。

③ 羲和，传说中驾日车的神。

◎ 晚晴[①] （七古）

高唐暮冬雪壮哉，[②]	暮冬的高唐观前雪下得可真大，
旧瘴无复似尘埃。[③]	原来的瘴气不再浓密得像尘埃。
崖沉谷没白皑皑，[④]	高崖深谷都被遮盖，一片白皑皑，
江石缺裂青枫摧。	江边岩石冻裂，青枫树也折摧。
南天三旬苦雾开，	在南国天空笼罩了三十天的云雾终于散开，
赤日照耀从西来，	鲜红的太阳光照耀，从西方射来，
六龙寒急光徘徊。[⑤]	受严寒侵逼的六龙拉着光辉的日车在空中徘徊。
照我衰颜忽落地，[⑥]	照映着我衰老容颜的太阳忽然又向地面落下，
口虽吟咏心中哀。	我虽然口里吟咏着诗篇，心里却涌起一阵悲哀。
未怪及时少年子，[⑦]	那些正当令的年轻人我毫不责怪，
扬眉结义黄金台。[⑧]	他们扬眉吐气，同心同德一起登上了黄金台。
汩乎吾生何飘零，[⑨]	我的生命像流水，为什么长久飘零，衰谢得这么快，
支离委绝同死灰。[⑩]	它已支离破碎了，被永远抛弃像一堆死灰。

注释：

① 这诗是一曲生命的哀歌。大概是在大历二年夔州冬季苦寒久阴之后写的，傍晚时太阳刚露出，很快就落山了。诗人从这样的自然景象中看到了自己的命运。他从少年时代就盼望着“致君尧舜上，再使风俗淳”（第一卷《奉赠韦左丞丈二十二韵》），而现在却落得个“壮心久零落，白首寄人间”（本卷《有叹》）。他生活在那样一个时代里，有良心的人、有正义感的人不免常常要碰壁，杜甫的悲剧是时代、社会、历史造成的。他的悲歌是为自己而发的，然而也正是时代的悲歌。我们不但不能要求他写出“满目青山夕照明”（叶剑英）这样的诗句，此时此地，连“夕阳无限好”（李商隐）

也唱不出来。然而，诗中所写的自然景象却是雄伟的，充满强大的生命力，使诗的格调不溺于凄婉而呈现出庄严悲壮。

② 高唐，高唐观。宋玉所写的《高唐赋》中的巫山神女的故事就发生在那里。在诗中，以它来代表巫山和夔州附近的地方。

③ 古代认为南方天气炎热，又多瘴疠，从而把炎热和瘴疠联结在一起。因为天气阴冷，瘴疠之气消减了。

④ 崖沉，原意是说山崖沉降，实际上由于平地因积雪而升高，故觉山崖向下沉。

⑤ 六龙，古代神话说日车是由六条龙拉的，故诗中以“六龙”借代太阳。

⑥ 忽落地，指太阳忽然落山了。因为是晚晴，故太阳出现不久即降落。

⑦ 及时，正赶上时代，正合时代需要。少年子，指仕途顺利、登上高位的青年人。

⑧ 扬眉，得意之状。结义，指朋友的交谊。《仇注》引挚虞《答杜育》诗：“好以义结，友以文会。”黄金台，燕昭王为广求人才所建造的台。见第十八卷《承闻河北诸道节度入朝欢喜口号》第九首注④。这里是借它来表示得到重用，登上高的官位。

⑨ 汩，音“古”（gǔ），水流貌。

⑩ 支离，与第十七卷《咏怀古迹》（第一首）“支离东北风尘际”的“支离”不同，意思是说人体的病残、畸形。《庄子·人间世》：“夫支离其形者，犹足以养其身，终其天年，又况支离其德者乎。”诗中用这个词表示身体的残疾病弱。死灰，在这里不是比喻“心死”，而是指自己的生命被人们看作没有一点用处。

◎ 复阴[①]（七古）

方冬合沓玄阴塞，[②]	才进入冬季，阴云就密密聚合把天空闭塞，
昨日晚晴今日黑。	昨天傍晚现出晴天，今天又变得一片昏黑。
万里飞蓬映天过，[③]	万里外飘来的蓬草映着天空飞过，

孤城树羽扬风直。[④]	孤城上竖的羽旗被风吹得笔直。
江涛簸岸黄沙走，	江涛冲击着江岸把黄沙卷走，
云雪埋山苍兕吼。[⑤]	云雪掩盖深山，青色野牛在狂吼。
君不见夔子之国杜陵翁，[⑥]	你可看见，困在夔州的杜陵老翁，
牙齿半落左耳聋。	牙齿落了一半，左耳已经变聋。

注释：

① 晚晴后第二天又成了阴天，象征着人们最后一线希望的熄灭。这首诗的色彩更阴暗了，但音调却从短促、低沉逐渐变得响亮。这反映了人的情绪悲痛到极点之后，心情反而转为平静。这诗是在作上一首诗的次日所写。

② 玄阴，指冬天的阴云。合沓，密密聚合貌。如贾谊《旱云赋》："遂积聚而合沓兮，相纷薄而慷慨。"

③ 飞蓬，蓬草随风飘转，又名转蓬，诗文中常用来比喻漂泊无定的生活。

④ 羽，即羽旗，军旗。这两句诗形容风势猛烈，天气阴冷。

⑤ "江涛""云雪"两句进一步表现环境之荒凉恐怖。

⑥ 夔子之国，即夔州。杜甫长安的家在杜陵（又名少陵），故常自称"杜陵野老"或"少陵野老"。杜陵翁，也是杜甫自称。参看第二卷《投简咸华两县诸子》注③。

◎ 后苦寒行二首[①]（七古）

南纪巫庐瘴不绝，[②]	南方的巫山、庐山终年炎瘴不绝，
太古以来无尺雪。	太古以来从没下过一尺深的雪。
蛮夷长老畏苦寒，	如今蛮夷老人畏惧这严寒，

昆仑天关冻应折。[3]　　昆仑山这座天门怕也要冻得断折。
玄猿口噤不能啸，　　黑猿冻得张不开口不能啼啸，
白鹄翅垂眼流血。[4]　　白鹄冻得垂下翅膀眼睛流血。
安得春泥补地裂？[5]　　从哪里能得到春泥，来填补大地裂开的缝隙？

注释：

① 这两首诗与《前苦寒行》相比，想象、象征的成分更重一些，还表现出一些天人相应的观点，但出发点仍是对广大人民命运的关切。写作时间也是大历二年冬。

② 南纪，泛指南方，见第十六卷《八哀诗（二）：故司徒李公光弼》注㉗。巫庐，指巫山与庐山。在诗中主要指巫山附近的夔州，庐山只是陪衬。瘴，炎瘴，主要指炎热。

③《仇注》引《长杨赋》李善注："《天官星占》云：北辰，一名天关。"并说："昆仑、天关欲折，言天上地下皆冻也。"这是把"昆仑"和"天关"看作两物。《杜臆》引《山海经》："天不足西北，故烛龙衔火以照天门"，谓"天关"即"天门"，昆仑山，即"天关"，又称"天柱"。说"天门"或"天柱""折"似较妥。译诗从《杜臆》之说。

④"玄猿""白鹄"两句，形容天寒所带来的惨状，有比喻人民困苦之意。

⑤ 古代神话有女娲氏补天的故事，这里想象以春泥补地裂，也有喻拯救人民脱离苦难之意。

◎ 其二（七古）

晚来江门失大木，[1]　　傍晚江边一棵大树被刮倒，
猛风中夜吹白屋。　　半夜，暴风又向我的茅屋吹得猛。
天兵斩断青海戎，[2]　　皇上派兵把青海的戎兵截断，
杀气南行动坤轴，[3]　　杀气移向南方，地轴也受到震动，

不尔苦寒何太酷。	不然为什么这里寒冷得这么严重。
巴东之峡生凌澌，[4]	巴东峡江里流着冰凌碎片，
彼苍回斡人那知。[5]	苍天的这种回转变化谁能懂。

注释：

① 江门，一作“江边”，一作“江间”。江门，指山谷中对着江面的一边。径译作江边，较易理解。

② 天兵，指唐朝的官军。青海戎，指占据青海附近地方的吐蕃兵。

③ 坤轴，即“地轴”，见第二卷《冬日洛城北谒玄元皇帝庙》注⑬。杀气，是从我国古代天人相应学说中产生的一个概念，由于人类的战争行动而引起的自然变化，被看作是一种天象、气候。诗中说它的运行影响了“地轴”的变化，于是发生了异常的天气。这当然不是科学的。但这也反映了当时人民反对战争、反对动乱的思想。

④ 凌，积冰。澌，流冰。

⑤ 彼苍，“彼苍天”之简缩语，把天当作了有意识的神灵。回斡，回旋、旋转，诗中指天道的运动变化，包括各种自然现象的产生。

◎ 元日示宗武[1]（五排）

汝啼吾手战，[2]	我的手颤动时你看了啼哭，
吾笑汝身长。	我高兴得笑起来，看到你身材变长。
处处逢正月，	正月，不管在哪里都能遇上，
迢迢滞远方。	偏偏如今滞留在这迢迢远方。
飘零还柏酒，[3]	尽管飘零异乡，还有柏叶酒可喝，
衰病只藜床。	我这衰病的身体只能倚靠着藜床。

训谕青衿子，[④]	在家里教导穿青领衫的儿子读书，
名惭白首郎。	惭愧郎官官衔还挂在我这白发老人头上。
赋诗犹落笔，	今天我还能动笔写诗，
献寿更称觞。[⑤]	你向我祝酒，举起酒觞。
不见江东弟，[⑥]	却不能看见流落在江东的五弟，
高歌泪数行。	我一面高歌，一面眼泪流下几行。

注释：

① 元日，就是元旦。这是指大历三年的正月初一。宗武，杜甫的小儿子。这首诗反映了父子一起过元旦的情景，表达出诗人的苦痛和在家庭生活中得到的安慰。

② 手战，指手颤抖的疾病。宗武见父病而哀啼，可见父子情深。

③ 柏酒，一作“柏浆”，一作“柏叶”。古代有元旦饮柏叶酒的习俗，谓可以长寿。

④ 青衿，见第十八卷《折槛行》注④。这里是指宗武。下一句的“白首郎”，是杜甫自称，因为他身上还挂个工部员外郎的官衔。

⑤ 觞，古代的酒器名。这句诗是说宗武举杯祝父亲长寿，如同现代的祝酒一样。

⑥ 原注：“第五弟漂泊江左，近无消息。”第五弟，即杜丰。可参看第十七卷《第五弟丰独在江左近三四载无消息觅使寄此二首》。

◎ 又示宗武[①]（五排）

觅句新知律，	你新近懂得按照格律来构想诗句，
摊书解满床。[②]	自己翻书看，常会把书摊了一床。
试吟青玉案，[③]	你试吟一首《青玉案》，
莫羡紫罗囊。[④]	别羡慕贵家子弟的紫罗囊。

暇日从时饮，[5]	有闲空时和逢年过节可以饮杯酒，
明年共我长。	明年你就要和我一样长。
应须饱经术，	应该饱读经书，把经义弄懂，
已似爱文章。[6]	你似乎已经喜爱上文采辞章。
十五男儿志，	十五岁了，男儿应该确立志向，
三千弟子行。[7]	该学习孔子的三千弟子那样。
曾参与游夏，	其中也只有曾参和子游、子夏，
达者得升堂。[8]	真正通晓儒学能入室升堂。

注释：

① 题目是《又示宗武》，看来与上一诗是同日所作，只是在题目里略去“元日”两字。这首诗主要是勖勉宗武努力读书向学，希望他不仅能写诗文，而且要能精通儒术。

② 解，用作动词，但意思不是理解，而是分散。解满床，即散满床。

③ 张衡《四愁诗》有“何以报之青玉案”之句。宋代以后，成为词牌名。这诗里可能是指杜甫曾以“青玉案”命题，令宗武作诗的事，勉宗武认真学习作诗。

④《仇注》引《晋书》：“谢玄少好佩紫罗香囊。叔父安患之而不欲伤其意，因戏赌取之，遂止。”佩紫罗囊是富贵人家子弟奢靡生活的表现，因而戒宗武不可羡慕。

⑤ 这句诗是说，饮酒有两条件，一个是“暇日”（一作“假日”），另一个是要在逢年过节之时。

⑥ 文章，指诗赋一类纯文学作品。

⑦ 据《史记·孔子世家》的记载，孔子有弟子三千人。从诗的节律来看，这一句诗的意思应该已经完整，但实际上却是为后面两句诗开了头，说明了努力向学的必要性。译诗只能把这句诗当成一个完整的句子来处理。

⑧ 曾参、子游、子夏都是孔子的杰出弟子。《仇注》引《孔子家语》：“卫将军文子问于子贡，曰：‘入室升堂者七十有余人。’”《论语·先进》：“由也升堂矣，未入于室也。”朱注：“升堂入室喻入道之次第，言子路之学已造乎正大高明之域，特未深入

精微之奥耳。”后常以“升堂入室”喻学问精通、深入的程度。最后四句诗，是勉宗武努力求学，要精通儒术，不可浅尝辄止。看来当时杜甫还是希望宗武走仕进之路。

◎ 远怀舍弟颖观等[①]（五排）

阳翟空知处，[②]	颖弟在阳翟，我只知道这个地名，
荆南近得书。[③]	观弟在荆南，近来曾得到来书。
积年仍远别，	已经这么多年，仍分离得远远，
多难不安居。	在多难的年头，当然还不能安住。
江汉春风起，	江面上春风已开始吹拂，
冰霜昨夜除。	从昨夜起冰霜已经消除。
云天犹错莫，[④]	天上的阴云还来去不定，
花萼尚萧疏。	枝头的花朵仍冷落稀疏。
对酒都疑梦，	如今对着酒还疑心是在梦里，
吟诗正忆渠。[⑤]	一边吟诗，一边想他们想得好苦。
旧时元日会，	往年我们全家人在元旦相聚，
乡党羡吾庐。[⑥]	邻居们都羡慕我们这家人幸福。

注释：

① 第十四卷有《送舍弟颖赴齐州三首》。从那一组诗中可看出，杜颖曾于广德二年（764 年）秋到成都探望过杜甫，后来又回齐州去了。大概后来旅居在阳翟（古代县名，今河南省禹县）。第十八卷《又示两儿》一诗中曾说“长葛书难得”，长葛距阳翟较近，所怀念的大概也是杜颖。杜观不久前曾来过夔州，回蓝田去取妻子，并已约定与杜甫在荆州一带见面（见本卷《舍弟观赴蓝田取妻子到江陵》诸诗）。这诗也是在大历三年元旦所写，所谓“每逢佳节倍思亲”也。

② 阳翟，见注①。空知处，只知颖弟在阳翟这个地方，其他情况一概不了解。

③ 荆南，指荆州。当时驻荆州的节度使也称荆南节度使。指杜观到荆州（江陵）后来信的事。

④“错莫”的“错”字，是《易·离》“履错然”之错，疏：“错然者，是警惧之状，其心未宁，故错然也。”朱骏声谓“‘错’假借为‘踖’，即‘踧踖’义。”《论语·乡党》朱注：“踧踖，恭敬不宁之貌。”这诗中的“错莫”，是比喻天气阴晴不定之状。

⑤ 渠，古汉语第三人称代称，指代颖、观两人。

⑥ 乡党，《论语·雍也》：“以与尔邻里乡党乎。”注：“万二千五百家为乡，五百家为党。”通常用来指邻里、邻居。

◎ 续得观书迎就当阳居止正月中旬定出三峡① （五排）

自汝到荆府，	自从你到了荆州府，
书来数唤吾。	曾多次来信叫我上路。
颂椒添讽咏，②	在元旦颂椒的时刻曾咏过几篇诗，
禁火卜欢娱。③	预计到寒食节就能欢聚在一处。
舟楫因人动，	船得靠船工才能行动，
形骸用杖扶。	我这身体也得靠手杖扶助。
天旋夔子峡，④	夔州的峡江上，天空在旋转，
春近岳阳湖。⑤	春天已渐渐接近洞庭湖。
发日排南喜，	提起在南方出发的日期我就欣喜，
伤神散北吁。⑥	可想到北方离散的亲人又不禁哀呼。
飞鸣还接翅，⑦	我羡慕空中翅膀挨着翅膀飞鸣的鹡鸰鸟，

行序密衔芦。[8]	我羡慕提防着敌人的雁群，排着整齐队伍。
俗薄江山好，	这里的江山虽美好，人情却淡薄，
时危草木苏。	时局虽然艰危，草木却照样复苏。
冯唐虽晚达，[9]	我虽然像冯唐那样到年老时得到个较高的官位，
终觊在皇都。[10]	毕竟还是盼望能回到京都。

注释：

① 杜甫又收到了杜观来信，他已到达荆州的当阳，在那里等候杜甫前去定居。杜甫决定在大历三年正月中旬出峡东下，并作了这首诗。诗中表现出欣喜之情，但同时又感到神伤，在荆州寄居毕竟不合他原先的意愿。

② 颂椒，指元旦日饮椒酒，颂椒花的习俗，见第二卷《杜位宅守岁》注③。这句诗是说元旦作诗的事，参看本卷《元旦示宗武》等诗。

③ 禁火，指寒食节，清明节前一两日。参看第四卷《一百五日夜对月》注①。欢娱，指亲人团聚的欢乐。

④ 夔子，古代国名，在夔州。夔子峡，夔州的峡江。天旋，古人认为整个天空在地球上面旋转，因而有四时。

⑤ 岳阳湖，即洞庭湖。

⑥ 这两句诗是节缩构成的句子，只能大致意译。《仇注》："发日，发行有日，排舟而南，则离散于北矣。"但江陵在夔州以东，不当谓"排舟而南"。《杜臆》："'排南'散北句难解，余臆解之：谓发有日矣，'排南'犹云并飞而南，以此为喜。公北人，则以江陵为南也。但聚于南则散于北，去故乡远矣，故所伤者以'散北'为吁，而结以'终觊在皇都'，意可见矣。"这样的解说也不能使人满意，录供参考。译诗与上两说均不同，似尚合原意。

⑦《诗·小雅·小宛》："题彼鹡鸰，载飞载鸣。"又《诗·小雅·常棣》："脊令（同'鹡鸰'）在原，兄弟急难。"这诗中未写出"鹡鸰"这词，实际上是用鹡鸰比翼飞鸣之状来比喻兄弟相亲。

⑧"行"音"杭"（háng），行序，是说雁群有秩序地排列成行飞行，比喻兄弟同行。

衔芦，《文选·蜀都赋》："候雁衔芦。"刘注："候雁衔芦以御缯缴，令不得截其翼也。《淮南子》曰：'雁衔芦而翔，以备缯缴。'"

⑨ 冯唐，见第十七卷《垂白》注②。

⑩ 末句诗是表示杜甫虽已决定迁居荆州，但始终希望能回到长安，回到朝中，他也知道这是难以如愿的，所以十分悲痛。

◎ 太岁日[①]（五排）

楚岸行将老，	我在这楚江岸旁一天天老去，
巫山坐复春。	眼看巫山下春天又已经来临。
病多犹是客，	身体多病，仍在异乡作客，
谋拙竟何人。[②]	实在不会打算，我究竟成了怎样的一个人。
阊阖开黄道，[③]	宫门打开了，皇帝临朝，像太阳在东方升起，
衣冠拜紫宸。[④]	紫宸殿前跪拜的是文武大臣。
荣光悬日月，[⑤]	神圣光辉和日月一起悬挂在天上，
赐予出金银。	赏赐臣下，从国库里搬出金银。
愁寂鸳行断，[⑥]	我在这里忧愁寂寞，离开了朝臣的行列，
参差虎穴邻。[⑦]	心里像塞着乱丝，和虎穴为邻。
西江元下蜀，[⑧]	这西来的江水原是从蜀地往外流，
北斗故临秦。	天上的北斗星一直照临着长安城。
散地逾高枕，[⑨]	处在闲散的地位，比高枕而卧还要安适，
生涯脱要津。[⑩]	离开了官职，这样我也能生存。
天边梅柳树，	这天边的梅花和柳树，
相见几回新。[⑪]	我已经几度看见它们开花吐青。

注释：

① 我国古代称木星为岁星，十二年绕天一周，因而可根据它的位置来纪年。通用的干支纪年法，“天干”十个字代表“岁阳”，“地支”十二个字代表岁阴。一般把地支看作太岁所在方位的标志。太岁日是指一年中第一个地支与纪年地支相同的日子。比如这诗写于大历三年，那是戊申年，那么，这年的第一个申日便是太岁日。据黄鹤注，大历三年正月丙午朔（初一），当年第一个申日是正月初三（戊申），因而太岁日就是正月初三。唐朝可能以太岁日为喜庆之日，皇帝于此日接受群臣朝拜，并赏赐金银。杜甫僻处夔州山村，想到朝廷中这一天的盛况，不无感触，就写了这首诗。虽然有些自慰的话，但哀怨之情仍十分强烈。

② 竟何人，是反问句，表示自己成了一个与自己原来志愿完全不同的人。是自怨未能施展才能，实现抱负，碌碌终身。

③ 阊阖，本义是天门，后常用来比喻宫门。黄道，指人在地球上所见太阳在天空中运行的轨迹。持地球中心说的古代人便以为这是太阳在天球上运行的道路，称之为“黄道”。诗中说“开黄道”，是比喻皇帝临朝。

④ 紫宸，紫宸殿，在宣政殿后，是唐朝内衙正殿。参看第六卷《紫宸殿退朝口号》注①。衣冠，指文武大臣。

⑤ 荣光，指一种特殊天象，古代把它当作吉祥之兆。《尚书中候》：“帝尧之时，荣光出河，休气四塞。”

⑥ 鸳行，喻上朝的朝臣行列。参看第十七卷《赠李十八秘书别》注⑱。

⑦ 据《韵会》，“参差”可作乱丝解，在这里是指心中不安貌。虎穴邻，指夔州山野荒僻时常有虎出没。

⑧ 西江，指长江的西段，也可看作西来之江水。元下蜀，本来从蜀境向外流，暗喻诗人也盼望随江水出蜀东下。下面一句诗则以“北斗临秦”喻诗人思乡。秦，秦城，即长安。

⑨《仇注》：“高枕，谓多病。”又云：“旧注：散地，闲散之地。”按“高枕”与“伏枕”不同，“伏枕”才是指生病，“高枕”当指“高枕无忧”，心中安宁，因为身处“闲散之地”。

⑩ 古诗有“先据要路津”之句，后遂以要津表示重要的官职。脱要津，即不在官位。

⑪ 末两句是说在夔州已住了几年，曾见过几次梅树开花和柳树吐发新叶。几回新，几次重新开花、发芽。

◎ 人日二首[①]（五律）

元日到人日，	从元旦直到初七，
未有不阴时。	没有一天不是阴沉沉的天气。
冰雪莺难至，	还满地冰雪，黄莺不能飞来，
春寒花较迟。	春寒料峭，开花的日子怕要推迟。
云随白水落，[②]	阴云随着白茫茫的流水向下沉落，
风振紫山悲。	紫色山峰上，悲风骤然卷起。
蓬鬓稀疏久，	我的蓬乱鬓发早就变得疏稀，
无劳比素丝。	不必再把它和白色的蚕丝相比。

注释：

①《北史·魏收传》引董勋答问礼俗曰："正月一日为鸡，二日为狗，三日为猪，四日为羊，五日为牛，六日为马，七日为人。"称初七日为人日，是古代民俗，这一天也是一个节日。《荆楚岁时记》："人日剪彩为人，或镂金箔为人，以贴屏风，亦戴之头鬓。"杜甫在这天写了五律、七律各一首，前一首情感较低沉，后一首情绪转为开朗，对东下荆州之行又表现出有信心。人的情感是变化不定的，在某一瞬间表现出的情绪往往并不能与这个人在某一段较长时期中的心境相合。诗中反映了这种复杂的变化，才使得诗的内容丰富、生动。

②"白水""紫山"，《仇注》均指为专名。其实这里是通名，指诗人眼前所见的山水及其主观感受。

◎ 其二（七律）

此日此时人共得，[①]	今天这个节日属于每一个人，
一谈一笑俗相看。[②]	人们有说有笑，这种习俗我只能从旁观看。
樽前柏叶休随酒，[③]	樽前放着柏叶，可不再想随着酒服食它。
胜里金花巧耐寒。[④]	头上戴的“胜”里，精巧的金花不怕天寒。
佩剑冲星聊暂拔，[⑤]	且拔出气冲星斗的佩剑来挥舞，
匣琴流水自须弹。	也该从匣里拿出琴把《流水》奏弹。
早春重引江湖兴，	早春又激起我漫游江湖的兴致，
直道无忧行路难。[⑥]	简直以为不必担心行路的艰难。

注释：

① 人日，是为人而设的节日，故云“人共得”。

② 一谈一笑，指民俗的具体表现；诗人对此却处于观察者的地位。因为阅历多了，已不再像一般妇女儿童那样忘其所以地投身于节日活动之中。

③《仇注》：“柏叶休随，言元日已过。”又引崔寔《四民月令》云：“元日进椒柏酒……柏是仙药，能驻年却病。”如除了元旦外，俱不饮柏叶酒，那么为何又置柏叶于樽前？可见“柏叶休随酒”并非习俗，而是诗人自己的取舍。在这里，有两种可能，一种是心境较好，身体也觉得健康，不想再饮柏叶酒；一种是反正身体衰病已久，饮柏叶酒亦无用，不必再饮了。

④ 胜，是古代的一种首饰，有“金胜”“银胜”“方胜”之类。“胜”是一种复合的饰物，有图案、文字等形状，也常与“金花”等配在一起。金花，是金箔所制，故可耐寒。

⑤ 古代有剑气上冲牛斗的传说，参看第八卷《秦州见敕目》注㉘。这里说拔出佩剑来

舞，取出琴来弹奏，都表现出一种兴奋的情绪，与平日的消沉、颓唐的情绪大不相同。

⑥ 季节、天气的变化对人的情绪常能起较大影响。最后两句诗所反映的就是这一情况。直道，旧注有解释为“直道处世”的，《仇注》指出，“用之此诗，却非本意”。仇说甚是。这里也是写一时的心理状态，把实际上存在的行路之难忘却了。

◎ 喜闻盗贼总退口号五首[①]（七绝）

萧关陇水入官军，[②]	萧关、陇水一带，官军已经进驻，
青海黄河卷塞云。	青海、黄河的边塞上空收卷起乌云。
北极转愁龙虎气，[③]	人们的忧虑转向北极星下龙虎营的气焰，
西戎休纵犬羊群。[④]	西戎别再放出犬羊一样成群的兵。

注释：

① 这组诗的最后一首中写明了“今春”和“大历三年”的字样，由此可知作诗的时间。据《旧唐书》，大历二年九月，吐蕃寇灵州，进寇邠州。又据《资治通鉴》，大历二年十月，朔方节度使路嗣恭破吐蕃于灵州城下，吐蕃引去。杜甫大概在大历三年春才听到胜利的消息，十分欣悦，于是脱口成诗，歌颂这次胜利，并评论唐朝对吐蕃的政策。这诗中的盗贼，是指入侵唐朝的吐蕃兵。

② 萧关，见第十六卷《诸将》第一首注③。陇水，泛指陇州（今陕西陇县）附近的河流。这一地区，大致相当于今宁夏、甘肃东南、陕西西部，在唐朝时屡次被吐蕃侵占。

③《仇注》引张远注：“龙虎军，盖禁旅也。此时鱼朝恩掌禁兵，中外受制，公故深愁之。”《读杜心解》批评这一见解说：“诗正以歼贼而喜，鲠入此意，则文气不属。盖愁乃愁惨之义，见我军杀气方盛，贼不得犯也。”这一看法似与诗句中所用的“北极”和“转愁”等语不合。译诗仍从张远之说。

④ 犬羊，《九家注》引赵云：“旧注云以畜待夷狄耳。《晋·陶侃传》曰‘贼寻犬羊相结，并力来攻’是也。”以“犬羊”喻敌兵，是取犬羊成群之义，喻其人数众多。西戎，即吐蕃。

◎ 其二（七绝）

赞普多教使入秦，[①]	吐蕃赞普曾多次向长安派遣使臣，
数通和好止烟尘。	一再通好，制止住战争烟尘。
朝廷忽用哥舒将，[②]	后来朝廷忽然任命哥舒翰做大将，
杀伐虚悲公主亲。[③]	真令人悲叹啊，竟又挑起战争，白白送了公主去和亲。

注释：

① 赞普，藏语的译音，指吐蕃的王。唐朝建立后曾多年奉行对吐蕃友好的政策，吐蕃也多次遣使入唐，并向唐朝请婚。贞观十五年（641 年），唐太宗遣文成公主入吐蕃，嫁给赞普松赞干布；景云元年（710 年），唐又遣金城公主嫁给赞普尺带丹珠。

② 天宝六载，唐玄宗任用哥舒翰为陇右节度使，多次向吐蕃进攻。当时河西九曲一带已作为金城公主嫁奁赠给了吐蕃，唐朝想用武力收回这一地区，但有许多大臣不赞成这一决策。哥舒翰不顾牺牲数万士卒生命，终于天宝八载（749 年）攻克石堡城（在今青海境内）。从此吐蕃与唐朝之间屡次发生战争，成为唐朝的一大祸患。

③ 这句诗是指摘唐朝放弃对吐蕃的友好政策，从而使过去几次和亲换来的友好关系和边境和平丧失。

◎ 其三（七绝）

崆峒西极过昆仑，[①]　　过了崆峒山再向西一直通往昆仑，
驼马由来拥国门。[②]　　那儿来的骆驼、骏马往日曾塞满长安城。
逆气数年吹路断，[③]　　几年来的战争烟尘把道路隔断，
蕃人闻道渐星奔。[④]　　听说如今吐蕃兵正在溃散逃奔。

注释：

① 崆峒，山名，在今甘肃平凉市西北。昆仑，我国最大的山脉之一，自帕米尔高原之葱岭向东延伸，经过新疆入青海。从崆峒山经昆仑山北向西的道路就是著名的丝绸之路。

② 驼马，指骆驼与马匹，都出产在西部地区。国门，指京都长安城。这句诗是说往日东西通商往来十分繁盛。

③ 逆气，指唐朝与吐蕃之间连年战争的局势。

④ 星奔，古代用得很多，通常解释为星夜奔驰。如刘琨诗："裹粮携弱，匍匐星奔。"《广绝交论》："靡不望影星奔。"但"星奔"也有"星散奔走"之意，像星一般分散开奔逃。《仇注》："自逆命数年，而今乃奔散，喜之也。"

◎ 其四（七绝）

勃律天西采玉河，[①]　　遥迢西方的勃律国有条采玉河，

坚昆碧碗最来多。[②]	坚昆人的碧玉碗运到中国一向很多。
旧随汉使千堆宝，	往昔成千堆宝物随汉使运送回朝，
少答胡王万匹罗。[③]	回赠给胡王的至少也得万匹绫罗。

注释：

① 唐朝西域诸国中有大勃律及小勃律。勃律在帕米尔高原以南地区。

② 坚昆为部落名，亦译为结骨、黠戛斯，元代以后称吉尔吉斯。在今新疆哈密以西，焉耆以北地区，唐代曾置坚昆都督府。这两句诗是回顾唐朝强盛时西域珍宝流入的情况。

③ 胡王，泛指西域诸国国王。少答，亦作“小答”。《仇注》说“来多答少，此朝廷羁縻远夷之法。”《读杜心解》：“‘小答’，不作轻微解，言少酬其礼，亦必万匹。”译诗据此说。

◎ 其五 （七绝）

今春喜气满乾坤，	今年开春天地间喜气充盈，
南北东西拱至尊。	南北东西都把大唐皇帝崇尊。
大历三年调玉烛，[①]	是谁把大历三年的气候调理和顺，
玄元皇帝圣云孙。[②]	他是玄元皇帝圣明的云孙。

注释：

①《尔雅·释天》：“四气和谓之玉烛”。这里借“调玉烛”一语不仅表示天气正常，风调雨顺，而且表示政局的安定。

② 玄元皇帝，是唐朝给老子李耳上的尊号，把他奉为唐王朝皇室的始祖。云孙，是距离始祖七八代以上的后裔，这里是指唐代宗李豫。这首诗把唐朝当时取得的胜利归功于皇帝。

◎ 送大理封主簿五郎亲事不合却赴通州主簿前阆州贤子余与主簿平章郑氏女子垂欲纳采郑氏伯父京书至女子已许他族亲事遂停[1]（五排）

禁脔去东床，[2]　　您这位最俊秀最可贵的青年离开了选婿的东床，
趋庭赴北堂。[3]　　回家去把高堂老母探望。
风波空远涉，　　历尽风波，从远方到这里竟是一场空跑，
琴瑟几虚张。[4]　　琴瑟没有调好，算是白忙。
渥水出骐骥，[5]　　渥洼水边出产骐骥，
昆山生凤凰。[6]　　昆仑山上生长凤凰。
两家诚款款，[7]　　两家人确实都是诚心诚意，
中道许苍苍。[8]　　议亲途中曾经允诺，心意像青天一般明朗。
颇谓秦晋匹，[9]　　我看两家正像秦晋两国相互配得上，
从来王谢郎。[10]　　您就像向来著名的王谢两家儿郎。
青春动才调，[11]　　您在青年时期就显露出才能，
白首缺辉光。[12]　　我这白头人事没办好，自己也觉得脸上无光。
玉润终孤立，[13]　　您像光润的美玉，可惜仍旧是孤独一人，
珠明得暗藏。[14]　　珍珠虽明亮，却要在暗中隐藏。
余寒折花卉，[15]　　春天还有余寒，花朵也已开放，
恨别满江乡。[16]　　我在送您离去时，心中的遗憾塞满江岸两旁。

注释：

① 从本卷《送高司直寻封阆州》一诗中可看出这位姓封的刺史正在阆州任上，杜甫为他的儿子、任大理寺主簿的五郎介绍了一位郑氏女联姻。正要下聘礼时，郑氏女的伯父自京都来信，说已把他的侄女许给别的人家，于是议亲的事被打断了，封五郎就回到通州（今四川达县）去探望老母。杜甫为他送行，不免感到遗憾，就作了这篇送行诗安慰他。“平章”一词，是古代口语，意思是“办理”“处理”，也常用于

介绍婚姻的事。《仇注》引《太平广记》："天宝中，范阳卢子梦谒其从姑，姑访卢未婚，曰：'吾有外孙女，姓郑，甚有容质，当为儿平章'。"

② 禁脔，喻最理想的女婿，是古代的谐谑语。《晋书·谢混传》中述：晋孝武帝曾欲以女妻混，未几，帝崩，袁崧又欲以女妻混，王珣曰："卿莫近禁脔。"禁脔，原来是指猪项下的一脔肉。晋元帝初镇建康时，公私窘困，得到一头猪即当作珍肴。项下一脔肉专供元帝食用，时称"禁脔"。东床，用王羲之坦腹东床，被郄鉴选中为女婿的事。《晋书·王羲之传》："郄鉴使门生求婿于王导。导令就东床目遍观子弟。生归谓鉴曰：'王氏诸少并佳，然闻信至，咸自矜持，惟一人在东床，坦腹食，独若不闻。'鉴曰：'此正佳婿耶？'访之，乃羲之也，遂以女妻之。"后来遂称女婿为"东床快婿"，也可以"东床"借代女婿。

③ 趋庭，指省亲。北堂，指母亲。

④《诗·周南·关雎》："窈窕淑女，琴瑟友之"，《诗·小雅·常棣》："妻子好合，如鼓琴瑟。"后代遂以"琴瑟之好"作为祝贺婚姻之语。这里以"琴瑟"代表婚姻。儿，《仇注》："音'洎'"，并解释为"及也"。

⑤ 渥水，即渥洼水，汉代著名的良马产地，见第三卷《沙苑行》注③。骐骥，喻封五郎。

⑥ 昆山，即昆仑山。古代有凤凰生于昆仑之说。诗中的"凤凰"，喻郑氏女。

⑦ 款款，诚恳。《楚辞·卜居》："吾宁悃悃款款，朴以忠乎？"洪兴祖补注："款，诚也。"

⑧《仇注》，"苍苍，指天以誓也。"译诗大体按字面译意。

⑨ 春秋时代，秦晋两国世通婚姻，后人因称婚姻为秦晋之好。又秦晋俱为大国，势力相当，后人也以"秦晋之匹"一语比喻婚姻双方门当户对。

⑩ 王谢，这两个家庭是晋代的望族，出了许多人才，其中最著名的有王导、王羲之、谢安、谢玄等。诗中称誉封五郎如王谢两家的青年人一样杰出。

⑪《隋书·许善心传》："徐陵大奇之，谓人曰：'才调极高，此神童也。'"才调，后代多称"才气"。

⑫《读杜心解》："白首，公自谓。"又解释说："'缺辉光'者，为人平章婚事，而虚费

往来，故觉减色。”

⑬《仇注》引《晋史》：“乐广，人谓之冰镜。婿卫玠，时号玉人。议者以为妇公冰清，女婿玉润。”后“玉润”成为年轻人品貌的赞语。这句是说封五郎之婚事未成。

⑭《后汉书·邹阳传》：“明月之珠，暗投于道。”这里用“明珠暗藏”一语，喻郑氏未允封五郎婚事。

⑮ 拆花卉，即开花。《易解》：“雷雨作，而百果草木皆甲拆。”甲拆，指草木发芽与花朵绽开。

⑯ 江乡，江边的一带地方。恨别，不是通常所说的离别之恨，而是指送别时双方心中感到的遗憾。古代所谓“恨”，多指愿望之不能得到满足。如《文选·恨赋》注：“尝谓古人遭时否塞，有志不申，而作是赋也。”

◎ 将别巫峡赠南卿兄瀼西果园四十亩[①]（五排）

苔竹素所好，	我素来爱好苍苔和翠竹，
萍蓬无定居。	可惜我像飘蓬浮萍不能一处长住。
远游长儿子，[②]	远游异乡，不觉儿子已经长大，
几地别林庐。[③]	曾经舍弃了几个地方的园林、草庐。
杂蕊红相对，	从杂的鲜花在我眼前红成一片，
他时锦不如。	过些时还会更绚丽，连锦绣也不如。
具舟将出峡，	我已准备好小船，将要驶出三峡，
巡圃念携锄。[④]	希望您常携柄锄头巡视园圃。
正月喧莺末，[⑤]	正月底，该已有黄莺喧啼，
兹辰放鹢初。[⑥]	到那天，我就将开船上路。
雪篱梅可折，	残雪未消的篱边，梅花已能采折，

风榭柳微舒。	迎风的水榭前柳枝正轻轻展舒。
托赠卿家有，	把这果园赠给您，托您爱护，
因歌野兴疏。[7]	顺便吟唱几句，这田园野趣对我将渐渐生疏。
残生逗江汉，[8]	我的残生看来只能停留在水上，
何处狎樵渔。	将不知在哪里和渔、樵为伍。

注释：

① 杜甫在决定离开夔州以后，把瀼西四十亩果园赠给了“南卿兄”。不知这位“南卿兄”究竟是谁。有人认为就是第二十卷《简吴郎司法》里提到的那位“吴郎”，但既称吴郎，就知他年纪轻，是杜甫的后辈，不当再称之为“兄”。杜甫的生平事迹并不能详尽无遗地从他的诗歌中看出来，这不免是遗憾，然而诗毕竟是诗，并不是自传或日记，这一点，在读杜诗时应时时想起。这诗未直接说到对果园的留恋，而留恋的深情却洋溢于字里行间。杜甫似乎对自己的命运是很明白的，他不仅将与这瀼西果园分别，而且也将与安闲的田园生活告别了，他从此将成为一个名副其实的漂泊者。他把自己的前途置之度外，或者说是委之于天命，而为这果园的前途，却向这位“南卿兄”叮咛不已。这大概就是诗人之心，仁者之心吧。这诗当作于大历三年正月。

② 远游，指远离故乡的飘流生活。长，当读“掌”（zhǎng）。

③ 林庐，指杜甫在成都、阆州及夔州瀼西、东屯等地经营和借住过的园林草堂。

④ 这句诗有人认为是指诗人怀念自己往日巡视园圃的情况，但理解为对“南卿兄”的希望似乎更合诗意。

⑤《仇注》：“喧莺末，谓喧莺正月之末。末字属月，不属莺。”

⑥ 鹢，借代船只，因古代船头常有画鹢鸟者。兹辰，不是说作诗的这天，而是承上一句，指正月底的一天。

⑦ 野兴，指在山林田园中生活的情趣。疏，疏远，隔离，不能再过这种生活。

⑧ 逗，《仇注》引《说文》：“逗，投合也。”并引阴铿诗：“行舟逗远树。”其实，这诗中的“江汉”，仍如前面许多诗中的用法一样，是泛指江水，则“逗”字作“逗留”

解释也未尝不可。事实上，杜甫自从离开夔州以后，一直是以船为家，长期在水上漂流，相对于陆地而言，就是一直逗留在水上。

◎ 巫山县汾州唐使君十八弟宴别兼诸公携酒乐相送率题小诗留于屋壁[①]（五律）

卧病巴东久，[②]	我在巴东卧病已经长久，
今年强作归。	今年勉强起来走向归程。
故人犹远谪，[③]	我的老朋友还贬谪在远方，
兹日倍多违。[④]	这一天该有着加倍的怨情。
接宴身兼杖，	我扶着手杖来参加宴会，
听歌泪满衣。	听到歌声时泪水流满衣襟。
诸公不相弃，	承蒙诸公看得起我这老人，
拥别借光辉。[⑤]	这么多人一起来送别，借你们的光辉照我远行。

注释：

① 唐十八原任汾州（今山西省汾阳市）刺史，因故贬谪到施州（今湖北恩施）。他与杜甫是旧交，杜甫很想与他见面叙旧，他就到巫山县来与杜甫会面并设宴饯行。还有一些官员和朋友们也带了酒和乐伎来送别。这是杜甫在举行宴会处的壁上匆匆留下的一首短诗。这诗主要是为唐十八而作。在这以前，杜甫还作一较长的古诗寄唐，即下面的一首。

② 巴东，指夔州。东汉刘璋分巴郡为三巴，夔州及附近的云阳、巫山等地均属东巴，也可称巴东。

③ 故人，指唐十八使君。远谪，指唐使君贬谪到施州清江县的事。

④《文选·幽通赋》："违世业之可怀。"李善注："违，恨也，违或作愇。"这诗句中的"违"字作"恨"字解正合。

⑤ 拥别，《仇注》解释为“会别者多人也”。借光辉，是答谢之辞。现代汉语中仍有“借光”这一说法。

◎ 敬寄族弟唐十八使君[①]（五古）

与君陶唐后，	我和您都是唐尧的后代，
盛族多其人。	繁盛的家族自然会有许多人。
圣贤冠史籍，[②]	出了个圣贤，史书上记载在首位，
枝派罗源津。[③]	分支各族在许多地方担负重任。
在今气磊落，[④]	如今您的气度仍这样光明、坦荡，
巧伪莫敢亲。	弄巧作伪的人不敢亲近。
介立实吾弟，[⑤]	我的老弟您为人实在耿直，
济时肯杀身。	为了挽救乱世不惜生命牺牲。
物白讳受玷，[⑥]	清白的事自然要避免玷辱，
行高无污真。	真正高尚的德行也不会被污损。
得罪永泰末，[⑦]	您在永泰年底受到惩罚，
放之五溪滨。[⑧]	被放逐到五溪之滨。
鸾凤有铩翮，[⑨]	鸾凤的翅膀有时也会折断，
先儒曾抱麟。[⑩]	孔子曾经悲痛地抱着死去的麒麟。
雷霆霹长松，	高大的松树会被雷霆劈裂，
骨大却生筋。[⑪]	可是却能长得骨骼粗大，生出筋。
一失不足伤，	受一次挫折不必哀伤，
念子孰自珍。[⑫]	希望您多多保重，自知爱珍。
泊舟楚宫岸，[⑬]	当您的船停在巫山县岸边，

恋阙浩酸辛。	心里留恋着宫阙，感到无限酸辛。
除名配清江，[14]	免除了官名流配到清江县，
厥土巫峡邻。	这地方和巫峡邻近。
登陆将首途，	当您登上岸从陆路出发时，
笔札枉所申。	还承蒙您写给我一封书信。
归朝局病肺，	我想回朝廷，肺病却阻止我成行，
叙旧思重陈。	还想再一次和您谈谈往事和旧情。
春风洪涛壮，	春风鼓起的浪涛也够强大，
谷转颇弥旬。[15]	江上涨水，转着漩涡已不止一旬。
我能泛中流，	我将乘船在江心航行，
唐突鼋鼍獭嗔。[16]	冒犯鼋鼍、水獭，不怕它们怪嗔。
长年已省舵，[17]	船工们已经检查过船舵，
慰此贞良臣。[18]	先写封信安慰您这位正直的良臣。

注释：

① 杜甫称唐十八使君为“族弟”，视唐为同族人，因为古代文献中把杜氏看作陶唐氏的后代，与唐氏的祖先是一个来源。据《新唐书·宰相世系表》：“杜氏出自祁姓，帝尧裔孙刘累之后，在周为唐杜氏。成王灭唐，以封弟叔虞，改封唐氏子孙于杜城，京兆杜陵县是也。”这样溯源寻根，不一定可靠，但杜甫称唐十八为族弟，可看出他的确是把唐十八看作同族人的。杜甫在诗中对唐十八的获罪遭贬，表示了深刻的同情。黄鹤认为这首诗写在前一首诗之后，但浦起龙却认为写在前一诗之前，先寄此诗，而后会于巫山。浦的看法是正确的。但他又认为“唐以永泰末诖误，至是（指大历三年初）被谪施州……唐自北到施，必经巫山，公自夔出峡，亦必经巫山，故约晤于此。”这见解却是错的。因为从这诗中可看出，唐去清江经过巫山登陆走旱路时曾“笔札枉所申”（写信给杜甫），杜甫离夔州时还想与唐见面“叙旧思重陈”。因此唐又自清江来巫山相会。

② 圣贤，指唐尧。在我国古史传说中，比较可靠的最早的氏族首领是唐尧，因而说他“冠（读去声）史籍”。

③ 罗，罗列，分布。源津，指“源”与“津”，都指重要的官位。“源”为“上游”，地势重要，“津”为渡口，与《古诗》中的“先据要路津”之“津”同义。

④ 磊落，指心地光明，胸怀坦荡。如《古乐府·善哉行》：“磊磊落落向曙星。”

⑤ 介立，《仇注》引颜延之《陶征士诔》：“物尚孤生，人固介立”。张衡《思玄赋》已有“孑不群而介立”之语。介立，指立身行事时坚持自己观点、主张，也就是所谓“耿介”“耿直”。

⑥ 讳，避也。《战国策·秦策》：“罚不讳强大。”这一句诗是对唐十八的劝告；下一句则是对他的安慰。

⑦ 永泰年号，只用了一年多，始于公元765年。次年十一月，即改元大历。永泰末，当指永泰二年（766年）十一月或稍早。得罪，指被定罪受罚。

⑧ 五溪，原指湖南西部山区（参看第十七卷《咏怀古迹》第一首注④），施州距五溪地区不远，所以称施州为“五溪滨”。

⑨ 颜延之《五君咏》：“鸾翮有时铩。”这里是以贤人也有遭挫折的事来安慰唐十八。

⑩ 孔子作《春秋》，于鲁哀公十四年（公元前481年）见获麟而绝笔。先儒，指孔子。抱麟，指孔子见麒麟被获事。这句诗是说“仁兽”麒麟也会遭遇不幸，以此慰勉唐十八。

⑪ 前一句“长松”也是比喻贤人。骨大却生筋，就是“却骨大生筋”。松树被劈伤了，却长得更强健有力。这也是慰勉语。

⑫ 子，指唐十八。孰，同“熟”。

⑬ 楚宫岸，指巫山县江边。传夔州有楚宫遗址，其址当在巫山县，因其距离巫山神女的故事发生的地方较近。

⑭ 除名，削除官职。配，流配，即流放。清江，唐朝县名，属施州，在今恩施东面。

⑮ 郭璞《江赋》：“盘涡谷转”，指水涨流急，漩涡转动，中心低而周围高之状。

⑯ 这句诗是想象在水中兴风作浪的鼋鼍之类的动物会对江中航船责怪，但诗人也不畏惧，意思是说在江中航行不怕风涛危险。

⑰ 长年，见第十四卷《拨闷》注④。省，察看。

⑱ 这句诗是说，以“此”（指这篇诗）“慰贞良臣”。贞良臣，正直的贤良大臣，指唐十八。

◎ 春夜峡州田侍御长史津亭留宴[1]（五律）

北斗三更席，	三更天，在北斗星下摆开筵席，
西江万里船。	迎候着西来大江上的万里航船。
杖藜登水榭，[2]	我扶着藜杖登上水榭，
挥翰宿春天。[3]	挥笔题诗，度过这春天的夜晚。
白发烦多酒，	麻烦您为我这白发老人备这么多酒，
明星惜此筵。	怎能不珍惜这星光下的酒筵。
始知云雨峡，[4]	到这里才知道，那多云雨的巫峡，
忽尽下牢边。[5]	不觉已经走尽，已到下牢关边。

注释:

① 峡州，即夷陵，今湖北省宜昌市。田侍御，当时任峡州长史，在峡州的江边津亭（渡口的亭）宴请乘船路过的杜甫。这是一首抒写参加宴会时心情的诗。作诗时间在大历三年春。

② 水榭，一种水边建筑，这里即指“津亭”。

③《仇注》:“挥翰，同赋诗也。”

④ 最后两句诗紧紧相联，合为一句。云雨峡，多云雨的峡江，即巫峡。

⑤ 下牢，下牢关，在峡州，是巫峡的终点。

◎ 大历三年春白帝城放船出瞿唐峡久居夔府将适江陵漂泊有诗凡四十韵[①]（五排）

老向巴人里，[②]	我年老时和巴地人民生活在一起，
今辞楚塞隅。[③]	如今开始向楚地偏僻的边城告辞。
入舟翻不乐，	上了船，心中反而闷闷不乐，
解缆独长吁。	解缆启程了，独自深深叹息。
窄转深啼狖，	崖岸狭窄曲折的深处猿在哀啼，
虚随乱浴凫。[④]	我的心随着纷纷浴水的野鸭嬉戏。
石苔凌几杖，[⑤]	山石上的苔痕侵逼着我的几杖，
空翠扑肌肤。	林木翠绿空明，扑向我全身躯体。
叠壁排霜剑，	峭壁重重叠叠，如霜剑排列，
奔泉溅水珠。	山泉奔泻，点点水珠溅起。
杳冥藤上下，	野藤挂在渺远的山崖上，高高低低，
浓淡树荣枯。	树色浓淡错杂，有的茂盛，有的已枯萎。
神女峰娟妙，[⑥]	那神女峰多么娟秀俏丽，
昭君宅有无。[⑦]	昭君宅却似隐似现，不知在哪里。
曲留明怨惜，[⑧]	留下了一曲《昭君怨》，表明她的怨恨和后人的惋惜，
梦尽失欢娱。[⑨]	神女随着梦境幻灭了，欢乐也随着消失。
摆阖盘涡沸，[⑩]	在沸腾似的漩涡里巧妙地驾驶，
欹斜激浪输。[⑪]	船身倾斜着，在激起的浪涛上飞逝。
风雷缠地脉，[⑫]	涛声像风雷缠着地脉震荡不止，
冰雪曜天衢。[⑬]	浪花像冰雪照耀着天上的街市。
鹿角真走险，[⑭]	驶过鹿角滩可真是冒一场危险，
狼头如跋胡。[⑮]	驶过狼头滩简直像一步步往前移。
恶滩宁变色，	难道险滩能叫我心惊色变，

高卧负微躯。[16]　倒是觉得，清闲地躺着实在辜负了我这卑微身躯。

书史全倾挠，[17]　身边的图书史册都翻倒搅乱，

装囊半压濡。　藏在布袋里的有一半压在下面被水浸湿。

生涯临臬兀，[18]　这样生活着时刻面临着危险不安，

死地脱斯须。　可是一瞬间终于又逃出了死地。

不有平川决，[19]　要不是看到平原上大江迅疾奔泻，

焉知众壑趋。　哪里知道有千万道溪涧往这大江里汇集。

乾坤霾涨海，[20]　天地间好像被大海填塞得昏暗，

雨露洗春芜。　有时又像春天的草地经过雨露清洗。

鸥鸟牵丝飏，　鸥鸟飞翔，像有根细线把它们整整齐齐地连在一起，

骊龙濯锦纡。[21]　巨浪翻腾，像黑色的龙身上被洗濯过的彩锦盘纡。

落霞沉绿绮，　傍晚的落霞沉向绿绮似的水面，

残月坏金枢。[22]　夜深了，残月在西方天空隐灭。

泥笋苞初荻，[23]　沾着泥的笋尖苗生出新芦荻，

沙茸出小蒲。[24]　柔嫩的蒲芽一丛丛长出沙际。

雁儿争水马，[25]　雏雁在争食水面浮游的小虫，

燕子逐樯乌。[26]　桅杆上的占风木乌，引来了成群的燕子。

绝岛容烟雾，[27]　江心的孤岛容纳下茫茫烟雾，

环洲纳晓晡。[28]　环形的沙洲朝夕把阳光吞吸。

前闻辩陶牧，[29]　不久前听到人们在指认陶牧村，

转盼拂宜都。　转眼间船就将掠过宜都城下驶。

县郭南畿好，[30]　南都江陵府的郊县城郭多么整齐，

津亭北望孤。[31]　向北看去，孤独的渡亭在江边矗立。

劳心依憩息，[32]　疲乏的心神得休息一下才能恢复，

朗咏划昭苏。[33]　高声吟咏，顿觉心胸开阔畅适。

意遣乐还笑，　情意倾吐出来，快乐，而且嬉笑，

衰迷贤与愚。　　人衰老了，分不出什么贤愚。
飘萧将素发，　　任头上的白发稀疏散乱，
汩没听洪炉。[34]　　听从自然的巨大熔炉把我的生命渐渐融解荡涤。
丘壑曾忘返，　　幽静的山丘溪谷曾使我流连忘返，
文章敢自诬。[35]　　自己写的诗篇又怎能自吹自擂。
此生遭圣代，　　我这一生遭逢到圣明的朝代，
谁分哭穷途。[36]　　谁料到竟会为无路可走哭泣。
卧疾淹为客，　　卧病在床，长期滞留异乡作客，
蒙恩早厕儒。[37]　　可是我早就蒙受皇恩和儒臣同列。
廷争酬造化，[38]　　在朝廷上直言谏诤，想报答天地养育之恩，
朴直乞江湖。[39]　　可我的心地单纯耿直，为了生活只能在江湖上乞取。
滟滪险相迫，　　滟滪堆多危险，它威胁着我，
沧浪深可逾。[40]　　蓝色的江水再深也能横渡过去。
浮名寻已已，　　人世间的名声是空的，转眼就消失，
懒计却区区。　　怎样安排好懒散的生活，心里却一直在考虑。
喜近天皇寺，[41]　　快到江陵的天皇寺了，真令我欣喜，
先披古画图。[42]　　到那里先把古代的图画见识见识。
应经帝子渚，[43]　　前面该经过湘夫人曾降临的洲渚，
同泣舜苍梧。　　该和她们一起哀哭死在苍梧的舜帝。
朝士兼戎服，　　朝廷上的大臣们还没有脱去戎衣，
君王按湛卢。[44]　　皇帝还手按湛卢宝剑不忘警惕。
旄头初俶扰，[45]　　当年那旄头胡星开始骚扰，
鹑首丽泥涂。[46]　　三秦人民陷入泥泞，痛苦无比。
甲卒身虽贵，　　穿上铠甲的武士虽然能得到富贵，
书生道固殊。　　可是书生的道路不同，身不由己。
出尘皆野鹤，[47]　　只有野鹤才能飞出尘世，

历块匪辕驹。[48]	跟在车辕旁的马驹怎能电掣风驰。
伊吕终难降，[49]	伊尹、吕尚那样的贤臣世上实在难得，
韩彭不易呼。[50]	韩信、彭越那样的大将不易驾驭。
五云高太甲，[51]	五彩云在高空把商王太甲护持，
六月旷抟扶。[52]	六月里，骄悍的气焰却受到鼓励。
回首黎元病，[53]	回头看黎民百姓还在受苦受难，
争权将帅诛。	那些争权夺利的将帅该定罪处死。
山林托疲苶，[54]	我的疲病的身体只能托付给山林，
未必免崎岖。	恐怕我前面的道路仍不免崎岖。

注释：

① 杜甫在夔州停留了大约两年，终于在大历三年春出瞿塘峡，前往江陵。这首诗是在途中所写，故诗题中说“漂泊有诗”。这首诗实际上有四十二韵，共八十四行，诗题说“凡四十韵”，是述其整数，或传写错误。作者在诗中以大量篇幅描写途中风景和行船的艰险，并感慨自己身世，思虑国家前途，表现出诗人包罗万象和忧国忧民的博大胸怀。

② 巴人，指夔州当地的居民。

③ 从中原地区来看，夔州是偏僻的边塞。又由于唐代的夔州属山南东道荆州大都督府，故称夔州为楚地。

④ 这句诗是说看江上戏水的野鸭出了伸，似乎自己也在随着它们一起嬉戏。

⑤ 几杖，指座椅、手杖，是老人随身的用具，见第一卷《赠韦左丞丈济》注⑩。译诗中保留了这一词语。

⑥ 巫山有神女峰，在巫山县东南，从江中可以看见。

⑦ 昭君宅，在归州（今湖北秭归县）香溪附近。只是听说过，在江上不可能看见，故诗中以“有无”称之。

⑧ 这句诗承“昭君宅”句。曲，指后代广泛流传的《昭君怨》曲。怨惜，分别指昭君

之愤怨与世人之叹惜。

⑨ 这句诗承“神女峰”句。宋玉《高唐赋》中述楚王梦见巫山神女的故事，参看第十七卷《咏怀古迹》第二首注④。

⑩ 摆阖，同“捭阖”，当读“摆合”（bǎi hé）。《鬼谷子·捭阖篇》：“捭之者，开也，言也，阳也。阖之者，闭也，里也，阴也。”后多用来比喻政治活动中的玩弄手腕和谋略，这里指驾船使舵的熟练技巧。盘涡，即漩涡。

⑪ 输，原义指运送，这里指船在水上行驶。

⑫ 这句诗描写江上涛声如雷吼。地脉，是我国古代对大地深层结构的一种设想。《史记·蒙恬传》中述秦筑长城事：“起临洮属之辽东，城堑万余里，此其中不能无绝地脉。”也有称地下水为地脉的，如《研北杂志》：“吴兴人说久雨遇雷，地脉必开，山为之发洪。”

⑬《易·大畜》：“何天之衢亨。”《文心雕龙》：“驭飞龙于天衢。”以通衢大道比喻天空之宽广。

⑭ 鹿角、狼头，都是险滩名，在夷陵（宜昌）境内。

⑮ 跋胡，“狼跋其胡”的简语。《诗·豳风·狼跋》：“狼跋其胡。”注：“跋，躐也”，即“践踏”。“胡，颔下悬肉。”这句诗喻行船艰难之状。

⑯《仇注》解释此句云：“过鹿角、狼头，宁免变色，诚恐猝罹水患，负此残躯也。”这样的解释，把“高卧”两字忘记了，也与杜甫的崇高人格不合。是由于“高卧”（闲躺着不干事），才觉得有负于此身。微躯，是谦词，实际上就是说自己这个人的存在。船工辛苦地行船，与险滩斗争，而自己却高卧，故觉于心不安。这句诗也隐喻诗人对国事的态度，国家有危难，而自己不能为国出力，因而把这当作恨事。

⑰ 倾挠，指书籍在颠簸中翻倒搅乱之状。

⑱ 臬兀，与“臲卼”同，音“涅勿”（niè wù）。《易·困》：“困于葛藟，于臲卼。”疏：“臲卼，动摇不安之辞。”

⑲ 决，一作“快”，旧读“旭决切，屑韵”，疾速貌。《庄子·逍遥游》：“我决起而飞，枪榆枋。”

⑳《文选·芜城赋》：“南驰苍梧涨海。”李善注引谢承《后汉书》：“陈茂常渡涨海。”

《初学记·地部》："南海大海之南，别有涨海。"这"涨海"原是专名，诗中泛指大海，形容水势盛。

㉑ 骊龙，即黑龙。濯锦，在水中漂洗过的织锦。这句诗也是形容江上浪涛翻滚，波光闪耀之状。

㉒ 金枢，指西方月亮下落处。《文选·海赋》："大明㩟辔于金枢之穴。"李善注："言月将夕也。大明，月也。金，西方也。"坏，原义为毁败，这里是说降落。

㉓ 笋，不是指竹笋，而是指芦荻之笋芽。苞，据《尔雅·释诂》疏："苞者，草木丛生也。"

㉔ 许慎《说文》："蒲，水草也。"《诗·大雅·韩奕》："其蔌维何，维笋及蒲。"《本草》称之为香蒲，以别于菖蒲。茸，《说文》王注："《玉篇》：'草生也。'《广韵》：'草生貌'，盖草初生之状谓之茸。"

㉕ 雁儿，小雁。水马，一种在水面浮游的小虫。

㉖ 樯乌，古代船桅上常置能旋转之木乌，用来测风向。

㉗ 绝岛，江心孤岛。

㉘ 晓晡，指朝夕的日光。

㉙ 王粲《登楼赋》："北弥陶牧。"注："陶，乡名，郭外曰牧。"陶牧，乡村地名。辩，同辨。

㉚ 南畿，南都的郊畿，指江陵府所管辖的境域。唐肃宗曾以江陵府为南都。县郭，县城。原注："路入松滋县。"

㉛《仇注》引朱注："此云津亭，疑即江津之亭，公有《春夜峡州津亭留宴》诗（见本卷）。"此注显误。前诗中之"津亭"为峡州津亭，这句诗所说的"津亭"是船过宜都附近所见江北某地津亭。前一句"县郭南畿好"中之"县郭"即宜都城郭。

㉜ 劳心，指一路上观看江面及两岸风光所引起的精神疲乏。

㉝ 划，古汉语读入声，今当读去声。意思是忽然，顿时。昭苏，指精神振作，心胸舒畅。

㉞ 汩没，原义是被水冲毁漂没，诗中指生命的消逝。洪炉，喻天地，大自然。贾谊

《鹏鸟赋》："天地为炉。"

㉟ 诬，《方言》："吴越曰诬，荆齐曰谂与，犹秦晋言阿与。"阿与，即阿谀。自诬，即阿谀自己，自夸，自吹。

㊱ 分，当读去声。意思是"应分"，含有预料、估计之意。如曹植《上责躬应诏诗表》："自分黄耇，永无执珪之望。"

㊲ 厕，参与，列于（其中）。儒，指儒臣。古称博士官曰儒臣。扬雄《博士箴》："儒臣司典。"因朝臣多为儒学之士，故可称朝臣为儒臣。

㊳ 廷争，同"廷诤"。在朝廷上面谏皇帝。指至德二载杜甫在左拾遗任内疏救房琯，触犯了肃宗的事。造化，指自然力。因为人的生命是"造化"所给予，故诗中说要有以酬报。

㊴ 乞江湖，求生于江湖，漂泊江湖以求生，也就是不能回朝廷任官职。

㊵ 沧浪，这里指江水，不是专名。可指水的青色。《吕氏春秋·审时》毕沅注："苍狼，青色也；在竹曰苍筤；在天曰仓浪；在水曰沧浪"。

㊶ 天皇寺，在江陵。

㊷ 原注："此寺有晋王右军书，张僧繇画孔子及颜子十哲形象。"

㊸《楚辞·九歌·湘夫人》："帝子降兮北渚。"注："帝子，谓尧女也。"传说尧两女为舜妃，舜死后，投水而死，世称之为湘妃、湘夫人。帝子渚，有湘夫人遗迹的沙洲。《仇注》："经渚泣帝，伤圣治难逢。"

㊹ 这句和上一句诗都是说时局仍不安定，战乱未止。湛卢，古代宝剑名。按湛卢，仍警惕着，提防发生变故。

㊺ 旄头，胡星，喻安禄山叛军。俶扰，《书·胤征》："俶扰天纪。"疏："俶始扰乱天之纪纲。"俶，意思是"始"。后多以"俶扰"表示骚乱。"俶"字的"始"义渐消失，因而诗中说"初俶扰"，表示"开始骚扰"。

㊻ 鹑首，星次名，相当于黄道十二宫之巨蟹宫。《晋书·天文志》："自东井十六度至柳八度为鹑首，于辰在未，秦之分野，属雍州。"因此，可以鹑首代表三秦地方，即关中一带，包括长安城。诗中以"鹑首"借代秦地人民。

㊼ 诗中以“野鹤”比喻真正的隐士。

㊽ 王褒《圣主得贤臣颂》：“过都越国，蹶如历块。”这里的“蹶”，意思是疾速。参看第六卷《瘦马行》注⑧。《汉书·灌夫传》：“局趣作辕下驹。”辕下驹，力量不足的小马。这句诗是说“书生”（儒生）中有些人飞黄腾达，青云直上，如骏马之“历块过都”，迅速奔驰。

㊾ 伊吕，指伊尹、吕尚，商、周两代的重臣。这句诗是感叹唐代宗身边缺少有杰出才能的辅弼之臣。

㊿ 韩彭，韩信、彭越，都是汉初名将，屡建殊勋，后均以反叛罪被诛。呼，意思是“使唤”，听命于君王。不易呼，也就是不易驾驭。唐朝在安史乱后，藩镇跋扈，将帅争权，屡次发生割据作乱之事。

51 古代注家对这两句诗未能作出较好的解释。当代学者曹慕樊对此作的解释是正确的，可用。他认为“卢德水以为伊吕指李泌，其说可信。”“李泌是代宗的保护人，好像伊尹对于太甲一样。”诗中的“五云高太甲”，是说商王太甲（商汤之孙）受到五彩云气的护佑，暗喻李泌之保护代宗（李豫，当时为广平王），可参看第五卷《收京》第二首注②。

52 旧注多引《庄子·逍遥游》：“抟扶摇而上者九万里，去以六月息者也。”以为这是杜甫自喻，出峡东下如大鹏鸟之“图南”。曹说力斥其误，认为“抟扶”应作“搏扶”。他说：“搏扶是用《汉书·天文志》语，意在刺杜鸿渐。《天文志》说：‘太岁在未，曰协洽，六月出，在觜、觿、参。’按太岁即木星，觜、觿、参，益州分野。意思是木星在未年六月当出现在益州方向上。查大历二年是辛未，其年六月，山南西道、剑南东西川等道节度使兼副元帅杜鸿渐还朝，不敢请正叛将崔旰擅杀成都尹郭英乂的罪，反而请以旰为留后。杜诗‘六月’二字，大书以正大臣不讨贼之罪，是《春秋》的‘微辞’。‘搏扶’者，《天文志》说：‘凡望云气，骑气卑而布，卒气搏。’又说，‘晷（日影），长为潦，短为旱，奢为扶。扶者，邪臣进而正臣疏，君子不足，小人有余。’按之杜诗，则崔旰的杀郭英乂，于云气当为搏。杜鸿渐的进崔旰，于日影当为扶。总起来说，‘六月旷搏扶’的意思是，杜鸿渐六月还朝后的处置，助长了四川骄兵（搏）悍将（扶）的气焰。这样解释，意承上联‘韩彭不易呼’，脉络分明。”译诗悉采曹说。（详见《杜诗杂说》第233—235页。）

53 黎元，《汉书·谷永传》：“天下黎元，咸安家乐业。”这里是指唐朝百姓。看到人民如此痛苦，认为应该把挑起战乱的争权将帅定罪正刑。

㊹ 疲苶，是作者自谓。苶，音 nié，精神不振貌。

◎ 行次古城店泛江作不揆鄙拙奉呈江陵幕府诸公[1]（五排）

老年常道路，	我年纪这样老了，还常在旅途上，
迟日复山川。	在迟迟的春日下又看见美好山川。
白屋花开里，	盛开的花丛里露出了茅屋，
孤城麦秀边。[2]	一座古城出现在已抽穗的麦田边。
济江元自阔，[3]	渡过这自古宽阔的大江，
下水不劳牵。	顺水行船，也不用拉纤。
风蝶勤依桨，	迎风的蝴蝶不停地挨着桨飞，
春鸥懒避船。	春天的鸥鸟懒得避开航船。
王门高德业，[4]	荆州的阳城郡王德业崇高，
幕府盛才贤。	幕府里有许多才德兼备的官员。
行色兼多病，	我带着旅途的疲倦和一身疾病，
苍茫泛爱前。[5]	在苍茫暮色中，和怜爱我的诸公相见。

注释：

①《仇注》引《荆州图记》："夷陵县南对岸有陆抗故城，周回十里，即山为墉，四面天险。"过去的注家似乎认为古城店就是指这座古城。按此诗当为到达江陵前不久所作，船早已过夷陵。诗题中之古城店恐是另一古城。江陵附近多春秋战国时代楚国古城遗址，非必为夷陵江南之陆抗故城。诗的前八句写在古城店附近泛舟所见春日江上风景，由于到江陵时，江陵幕府中有一些官员来迎接，于是又增添了后四句赞美卫伯玉和幕府诸公的诗。

② 孤城，指古城，参看注①。

③ 船横渡大江时想到江面从古来就宽阔，由于前一句所说的古代“孤城”而引起怀古之想。

④ 原注：“卫伯玉为江陵节度，时封阳城郡王，故称王门。”王门，原意是指王府，这里借代阳城郡王。

⑤《仇注》引荀悦《汉论》：“观其温良，泛爱赒急。”又引殷仲文诗：“广筵散泛爱。”并解释说：“此指幕府诸公也。”

◎ 泊松滋江亭[①]（五律）

纱帽随鸥鸟，[②]	我头戴纱帽，跟随着鸥鸟航行，
扁舟系此亭。	扁舟的缆绳暂时系上了这座江亭。
江湖深更白，[③]	江湖水深就显得更白，更洁净，
松竹远微青。	松竹从远处看只见淡淡青色的影。
一柱全应近，[④]	看来一柱观无疑已经不远，
高唐莫再经。[⑤]	从此不会再经过高唐观航行。
今宵南极外，[⑥]	今夜在这极遥远的南方，
甘作老人星。[⑦]	我想，就永远在这里，作南方天空的老人星也甘心。

注释：

① 这是杜甫乘船经过松滋县，停泊在一座江边亭时所写的一首诗。唐代的松滋县属江陵府，那时的县城在今松滋市北面，紧靠江边。如订前一首诗为到达江陵前不久所作，是正确的，则此诗当作于前一首诗之前。

② 纱帽，见第十九卷《秋日夔府咏怀一百韵》注㊶。这句诗主要是描写闲适的心境。

③ 这句诗是看到澄清江水有感而发，江湖并言，显然是抒发感触，寓有漂泊江湖之意。

④ 一柱，即一柱观，见第十卷《所思》注⑤。应近，预期之词。全，谓预计之准确无疑。

⑤ 高唐，即高唐观，由于宋玉的《高唐赋》而著名，现多以“高唐”作巫山之代称。这句诗是说已驶过巫山，从此不可能再西行重见该山。

⑥ 古代所说的南极是指遥远的南方，位于南极星下面的地方。杜甫当时在江陵附近，从长安或其故里洛阳看，已是遥远的南方。

⑦ 老人，星名，又称“南极老人”，距地平线已很近，每年仅于二月可见。甘作老人星，意思是甘愿永远生活在南方，不打算北归故乡。杜甫后来果然没有北归，继续南行，最后死于湘江旅途中，大概是有隐衷的。

◎ 乘雨入行军六弟宅[①]（五律）

曙角凌云乱，	黎明的号角声响彻纷乱云层，
春城带雨长。	春城的路在雨里显得更长。
水花分堑弱，[②]	城壕里新荷的嫩芽刚抽出，
巢燕得泥忙。	衔泥做巢的燕子来去匆忙。
令弟雄军佐，[③]	多才的六弟在雄武的大军里做佐官，
凡才污省郎。[④]	而我却无能，玷辱了省郎的荣光。
萍漂忍流涕，	像浮萍一样漂流，强忍着眼泪，
衰飒近中堂。[⑤]	颓唐憔悴地走近你家的中堂。

注释：

① 杜位，是杜甫的堂弟，排行第六，故称“六弟”。第二卷有《杜位宅守岁》，第十卷及第十八卷各有一首《寄杜位》，可看出杜甫对杜位一直怀有深厚的情谊。但杜位对

杜甫似乎态度冷漠，杜甫到江陵后，虽冒雨访杜位宅，看来，也未得到什么帮助。杜甫不久后又匆匆离江陵南下，可能与杜位对他的态度有关。这首诗中只表达了自己颓丧的情绪，而无一字述及兄弟相见欢忭之情，由此可见一斑。这诗作于大历三年初到达江陵时，约在三月初。

② 水花，这里可能是指荷。《仇注》：“分堑弱，荷初抽叶也。”堑，城壕，护城河。

③ 令弟，对杜位的美称。雄军佐，雄军之佐官。那时，杜位在卫伯玉幕府中任行军司马之职。

④ 这句诗是杜甫自谦之辞。省郎，指尚书省工部员外郎之职。

⑤ 衰飒，衰弱和凄凉，兼指身心两个方面。中堂，住宅里的厅堂。

◎ 上巳日徐司录园林宴集[①]（五律）

鬓毛垂领白，	白色的鬓发一直垂到衣领上，
花蕊亚枝红。[②]	枝梢被丛丛红花压弯。
欹倒衰老废，	走路歪歪倒倒，已经衰老无用，
招寻令节同。[③]	到了佳节，还邀请我一起赏玩。
薄衣临积水，	穿着单薄的衣衫，对着深深池水，
吹面受和风。	风吹到脸上，也感到温暖。
有喜留攀桂，[④]	能留下来和你们这些俊秀人才在一起已使我欢喜，
无劳问转蓬。	更不必询问我像飞蓬一般将往何处漂泛。

注释：

① 上巳日，三月初三日，我国自古以来以“上巳日”为春游之佳节，唐代犹有此风俗。司录，司录参军之简称。这位徐司录参军于上巳日在自己家中的园林里举行宴会，也邀请杜甫参加。这首诗表达了诗人参加宴会时的心情。当时杜甫正处于走投无路的困

境，还不能不强颜欢笑，陪着江陵的官员们游乐。这种痛苦之情在诗中隐隐流露了出来。

② 亚，意思与“压”相同。见第十八卷《入宅三首》第一首注④。

③ 令节，指上巳日，见注①。

④ 刘安《招隐士》：“攀援桂枝兮聊淹留。”桂枝，喻俊秀的人才，这诗里的“攀桂”，是说和参加宴会的人们交往。“桂”是对徐司录等人的美称。

◎ 宴胡侍御书堂[①]（五律）

江湖春欲暮，	江湖上的春天又到傍晚，
墙宇日犹微。	墙头和屋顶还留着落日微光。
暗暗书籍满，[②]	堂上书籍堆满，光线昏暗，
轻轻花絮飞。	落花、飞絮在轻轻飞扬。
翰林名有素，[③]	在文坛上你们几位早就有名望，
墨客兴无违。[④]	我这舞文弄墨的人诗兴也没凋丧。
今夜文星动，[⑤]	今夜，擅长诗文的人都来了，
吾侪醉不归。	我们都喝得大醉，不回家也不妨。

注释：

① 原注：“李尚书之芳，郑秘监审同集。”胡侍御家住江陵，在读书堂上宴请杜甫和李、郑等人。由于李、郑都和杜甫是旧交，又都是诗友，因此杜甫情绪较好，作了这首反映宴会情况的诗。这诗是大历三年春在江陵时所作。

② 这句诗写书堂内的情况，书籍堆得很多，天色又已傍晚，所以更显得昏暗。

③ 这里的“翰林”，不是指翰林院和以翰林为名的官职，而是“文翰之林”，即文人聚

集之地，与今日所谓“文坛”相近。

④ 墨客，指文人、诗人。这诗里是杜甫自谓。

⑤ 文星，又称文曲星，即文昌星，位于北斗魁前。古代迷信认为是主文运的星宿。常用来比喻擅长诗文的人。诗中以“文星动”喻李、郑等在胡侍御书堂的聚会。

◎ 书堂饮既夜复邀李尚书下马月下赋绝句[①]（七绝）

湖月林风相与清，	湖上的月光和吹来的林风一样清，
残樽下马复同倾。	樽里还有残酒，且请下马同饮。
久拼野鹤如双鬓，[②]	早就不顾双鬓像野鹤羽毛一样白，
遮莫邻鸡下五更。[③]	哪怕邻家的鸡已在啼叫五更。

注释：

① 这诗和上一首诗是同时之作。宴饮到深夜，李之芳尚书已欲乘马归去，杜甫又请他下马继续饮酒，一直饮到五更鸡啼时。这首短诗真切地反映了杜甫当时的豪情，这豪情则是由于与故友李之芳等相逢所引起。

② 野鹤如双鬓，即“双鬓如野鹤”，谓双鬓白得像鹤羽一般。

③《鹤林玉露》：“诗家用‘遮莫’字，盖俗语所谓尽教也。杜诗‘已判（拼）野鹤如双鬓’，言鬓如野鹤，已判（拼）老矣。‘遮莫邻鸡下五更’，言日月逾迈，不复惜也。”《仇注》还转引了其他一些例子，如李白诗“遮莫枝根长百尺，不如当代多还往。”又“遮莫亲姻连帝城，不如当代自簪缨。”又唐郑綮《传信记》云刘朝霞献《明皇幸温泉词》：“遮莫你古时千帝，岂如我今日三郎？”都可证明“遮莫”与现代汉语之“尽管”同义，大概是唐代口语，译诗中写作“哪怕”。

◎ 奉送苏州李二十五长史丈之任[①]（五排）

星折台衡地[②]，	当年您父亲解除了宰相职位，
曾为人所怜。	人们曾经对他怜惜，为他惋叹。
公侯终必复，[③]	您家里一定能恢复公侯地位，
经术竟相传。[④]	终于让儒家经术世代相传。
食德见从事，[⑤]	受到祖上功德的庇荫，又在官府担任职务，
克家何妙年。[⑥]	已能继承家业，当时还是个少年。
一毛生凤穴，[⑦]	您是凤凰巢里生出的一只雏凤，
三尺献龙泉。[⑧]	您是三尺长的龙泉宝剑，该向皇上贡献。
赤壁浮春暮，[⑨]	暮春时节，您的船将驶过赤壁，
姑苏落海边。[⑩]	再驶向姑苏城，一直驶向海边。
客间头最白，	在客人里面我的头发最白，
惆怅此离筵。	在这送别的筵席上感到惆怅忧烦。

注释：

① 李二十五被任命为苏州长史，离开江陵前往苏州赴任。杜甫参加了为他举行的送行宴会，写了这首送别诗，称赞他继承了父辈的德业和才能，为他的赴任感到高兴，同时也表达了离别的惆怅之情。

②《仇注》引《晋书·张华传》：“华为司空，少子韪以中台星拆，劝华逊位。华不从，未几被害。”台衡，星名，喻尚书令、宰相一级大官，“中台”也是指此。古代惯常以天象来说明人事，这句诗就是以星象来隐喻宰相失去官位。由此可见，李二十五长史的父亲曾任宰相之职，后来被撤去职位，有人说是天宝五载被贬的左相李适之，但无确据。

③《仇注》引《左传》："公侯之子，必复其始。"李二十五的祖先曾为公侯，或许也是王室。因而诗中这么说。

④ 汉代韦贤、韦玄成父子先后以明经位至丞相，一家数代都以精通经术著名。这句诗是说李二十五也是以经术传家，深明经义。

⑤《易·讼》："食旧德，贞厉终吉，或从王事。""旧德"指祖先的德泽。食旧德，即依靠祖先的德泽。从事，指担任官职。

⑥《易·蒙》："子克家。"原来是指能负担家庭生活，后称能继承家业为"克家"。如《金史·世宗纪》："但能不坠父业，即为克家子。"

⑦ 一毛，指凤穴中的雏凤。

⑧ 龙泉，宝剑名。这里是以雏凤、宝剑来比喻李二十五，赞美他有才干。

⑨ 赤壁，指长江南岸今湖北省嘉鱼县附近之赤壁山，三国时吴孙权大败曹操处，自江陵去苏州，必经此江边。

⑩ 姑苏，即苏州，因苏州有姑苏山，故名。唐代的苏州距海岸线较现代为近。

◎ 暮春江陵送马大卿公恩命追赴阙下[①]（五排）

自古求忠孝，	自古重视推举忠孝两全的大臣，
名家信有之。	著名的家族里的确有这样的人。
吾贤富才术，	您这位贤人富有治国的才能，
此道未磷缁。[②]	忠孝之道在您身上没有一点亏损。
玉府标孤映，[③]	在群玉之中您独特的光辉映照，
霜蹄去不疑。[④]	像骏马踏过冰霜，坚定奔向前程。
激扬音韵彻，[⑤]	您的诗歌音调高昂，声韵合律，
籍甚众多推。[⑥]	受到众人赞许，已得到很大名声。

潘陆应同调，[7]	您的才气和潘岳、陆机相同，
孙吴亦异时。[8]	您能比得上孙武、吴起，只不过是不同时代的人。
北辰征事业，[9]	皇上考察了您的业绩，
南纪赴恩私。[10]	对您加恩，命令您从南方去京城。
卿月升金掌，[11]	您这位卿士将到承露金掌旁任职务，
王春度玉墀。[12]	这春天就会在玉墀下把皇上朝觐。
薰风行应律，[13]	温暖的南风到时节就要吹拂，
湛露即歌诗。[14]	在皇帝的筵席上该把《湛露》诗歌吟。
天意高难问，[15]	天这么高，它的心意无从去询问，
人情老易悲。	人到了老年就容易引起哀伤之情。
樽前江汉阔，	举起酒樽，对着宽广的江面，
后会且深期。	盼今后能和您再相见，这愿望深藏在我的内心。

注释：

① 马大卿公，即马卿。大，指排行第一。公，尊称。杜甫诗中称“卿”者，均指武官。这位马卿本是江陵节度使卫伯玉的属下，奉皇帝命令赴京接受新的任命。杜甫赠给他这首诗，对他的文武才能都给予很高评价，诗末也流露出较深的感情。马卿可能在杜甫困难时对杜甫有过一些帮助。这诗作于大历三年春。

② 磷缁，见第十六卷《夔府书怀四十韵》注⑮。

③《仇注》引《穆天子传》：“天子至于群玉之山，四彻中绳，先王之所谓策府。”诗中以“玉府”比喻人才集中的地方。标，喻杰出者。孙绰《游天台山赋》：“赤城霞起以建标”。

④《仇注》：“霜蹄，比其才敏。”去不疑，喻志向坚定。

⑤ 这里的“激扬”不是“激浊扬清”的节缩语，而是指音调的高昂。音韵彻，意思是音韵通达。这句和下一句诗是对马卿诗才的赞美。

⑥ 籍甚，指名声远扬。见第十一卷《送梓州李使君之任》注②。

⑦ 潘陆，指晋代的潘岳与陆机。钟嵘《诗品》把两人都列为上品，并称“陆才如海，潘才如江”。“同调”之“调”是指“才调”，即“才气”“才情”。

⑧ 孙吴，指孙武、吴起，春秋、战国时代的两大兵法家。这句诗赞美马卿的深知兵法。他毕竟是个武官。

⑨ 北辰，北极星，借代皇帝。征，征验、考查。

⑩ 南纪，南方。见第十六卷《八哀诗（二）故司徒李公光弼》注㉗。恩私，偏义复词，主要是指“恩”，“恩命”，即皇帝对臣下的命令。

⑪ 卿月，《书·洪范》：“卿士惟月”。注：“卿士各有所掌，如月之有别。”因“马卿”的官位是“卿”，故用此语。金掌，指汉代宫中的“承露金掌”。参看第十七卷《秋兴八首》第五首注②。诗句以月亮升于金掌之旁，比喻马卿入宫中任职。

⑫《春秋》：“春王正月”。因而用“王春”这一词语，正好与前一句的“卿月”对偶。玉墀，是皇帝的座前玉阶。这句诗是说马卿可望于春季受到皇帝的接见。

⑬ 薰风，指东南风，春夏间多东南风。《吕氏春秋·有始》：“东南曰薰风”。传舜帝有《南风》之歌，其辞曰：“南风之薰兮，可以解吾民之愠兮。”这里以“薰风”比喻皇帝的恩惠。

⑭ 湛露，见第十六卷《夔府书怀四十韵》注⑩。这里借此表示预料皇帝将赐御宴款待马卿。

⑮ 这句诗是杜甫为自己的前途而发。当时他正处在走投无路的困境中，故作此语。

◎ 和江陵宋大少府暮春雨后同诸公及舍弟宴书斋[①]（五律）

渥洼汗血种，[②]	你们都是渥洼长大的汗血马，
天上麒麟儿。[③]	都是天上麒麟的后裔。
才士得神秀，	你们是天生的聪明才子，

书斋闻尔为。[④]	听说你们曾在书斋里饮酒赋诗。
棣华晴雨好，[⑤]	棠棣花不论晴雨都一样盛开，
彩服暮春宜。[⑥]	暮春天气，年轻人正该穿起彩衣。
朋酒日欢会，	你们几个天天宴饮欢聚，
老夫今始知。	我这老人直到今天才知道这事。

注释:

① 这首诗的题目应这样理解：杜甫看见了江陵宋少府写的一首暮春雨后与诸公（其中包括杜甫弟杜位）一起宴饮于书斋的诗，就和作了一首。同诸公，是指宋少府与诸公同用一个题目写诗。和，指杜甫“和”宋少府的诗。杜位和宋少府等年轻官员在书斋里举行宴会，并一起作诗，杜甫却不知道有这样的事；直到看了宋少府写的诗才知道。于是杜甫写了这首“和诗”。不难看出，杜甫的心里是很不愉快的。他到荆州后，他的堂弟并没有把他当成兄长或朋友看待，只能在诗中曲折表达了遗憾。这诗作于大历三年暮春。

② 渥洼，见第三卷《沙苑行》注③。以渥洼出产的汗血名马来比喻宋少府及杜位等人。

③ 麒麟儿，用徐陵故事，见第十卷《徐卿二子歌》注④。

④ 这句诗是说“听到你们在书斋里做的事”。指在书斋中的宴饮、作诗。

⑤ 棣华，即“常棣之华”。《诗·小雅·常棣》：“常棣之华，鄂不韡韡，凡今之人，莫如兄弟。”这句诗暗示：杜甫不会因为杜位不尊重他而责备杜位，仍照常保持兄弟之情。

⑥《仇注》：“彩服，有职者之服。”《九家注》：“老莱子斑衣。”都没接触到诗句的内涵。这句诗是说暮春天气，正是年轻人游乐的时候。用《论语·先进》：“暮春者，春服既成，冠者五六人，童子六七人，浴乎沂，风乎舞雩，咏而归。”“彩衣”正是指年轻人的“春服”，春游之行，可比拟书斋之宴。

◎ 暮春陪李尚书李中丞过郑监湖亭泛舟[1]（五律）

海内文章伯，[2]　　你们两位是国内诗人的权威，
湖边意绪多。　　在这湖边自会产生更多的意绪。
玉樽移晚兴，　　傍晚，雅兴随着玉樽在水面漂移，
桂楫带酣歌。　　摇着桂桨，一阵阵酣歌升起。
春日繁鱼鸟，　　春季，许多鱼鸟都在繁殖。
江天足芰荷。　　水连天的江面上长满荷芰。
郑庄宾客地，[3]　　这湖亭像郑庄接待宾客的驿馆，
衰白远来过。　　我虽衰老头白，也从远处来到这里。

注释：

① 郑审的湖亭在峡州，已见第二十卷《秋日寄题郑监湖上亭三首》，可参看该诗注①。杜甫到江陵后，又于暮春陪李尚书之芳及李中丞（不知其名）专程去峡州访问。这是一首记游诗。

② 文章伯，称颂李尚书与李中丞。

③ 郑庄，即郑当时，见第十三卷《赠王二十四侍御契四十韵》注㊱。这里以郑庄比喻郑审，称颂他的好客。

◎ 宇文晁崔彧重泛郑监前湖[1]（七律）

郊扉俗远长幽寂，　　郊外的房舍，远离尘俗总这样幽静，
野水春来更接连。　　春天，原野上湖河水网更连成一片。
锦席淹留还出浦，　　在华筵上坐久了，又来到湖上，

葛巾攲侧未回船。	头上的葛巾歪斜还不想掉转船。
樽当霞绮轻初散，	举起酒樽，对着开始消散的彩霞，
棹拂荷珠碎却圆。	被船桨撼动，荷叶上的水珠碎了又聚成团。
不但习池归酩酊，[2]	不但我这老人像从习池归来的醉山简，
君看谷口去夤缘。[3]	看你们也像郑子真的客人在谷口往还。

注释：

① 这是又一次在郑审湖上的宴游，同去的是宇文晁、崔彧等人。《仇注》在两个人名下分别注有“尚书之子”“司业之孙”的字样，并说明：“原本‘孙’字下，重出‘尚书之子’，必题内脱一姓名。今依《杜臆》，并削去。”可见这次同游者可能是三个人。这首诗不但写景物颇细致，写人的情趣也极生动。

② 习池，用山简游习家池事，见第九卷《北邻》注⑤。这句诗是杜甫自述醉态。杜甫年老，故以山简作比。

③ 谷口，郑子真隐居的地方。见第一卷《郑驸马宅宴洞中》注⑥。这里是以“谷口”代表郑审的住处。夤缘，在这里不是拉关系、求助于人的意思，而只是指与友人交游。“夤缘”的原义是攀附草木登山，因而用在这里也有游览山水之意。

◎ 归雁[1]（五律）

闻道今春雁，	听说今年春天的雁群，
南归自广州。	是来自南方的广州。
见花辞涨海，[2]	看到花开了，就辞别南海，
避雪到罗浮。[3]	去年冬天，为避雪飞到了罗浮。
是物关兵气，[4]	雁的飞行该有关战争的征兆，
何时免客愁。	什么时候我这异乡客才能免愁。

年年霜露隔，[5]	它们每年只飞到没有霜雪的地方，
不过五湖秋。[6]	不到五湖南面去度过冬秋。

注释：

① 据我国古代文献记载，北雁南飞，不过五岭，也有说不过衡阳的，这大概是一般的情况。在特殊的气候条件下，雁群也有飞到南海过冬的。大历二年冬，就发生过一次雁群飞到岭南的事。这种少见的情况，有人说是吉兆，是祥瑞，《唐会要》载，大历二年，岭南节度使徐浩就曾把这事奏闻皇帝，要求载入史册。但也有人认为这种情况是灾异之象，预兆战乱。杜甫相信后一种说法，因此更增添了忧虑。这诗作于大历三年春。

② 涨海，见本卷《大历三年春白帝城放船出瞿唐峡》注⑳。这里的涨海，是指南海。

③ 罗浮，山名，在今广东省增城市东。诗中以此代表岭南地区。

④ 是物，指雁及其飞行。兵气，古人从阴阳五行的学说出发，把人世间的战争归因于自然界中“兵气”的存在。

⑤ 霜露隔，指雁南飞的目的是与霜露隔绝，即避寒，因此飞到“五湖”一带就行，不须更向南飞行去度冬秋。

⑥ 五湖，据《史记索隐》，是具区、洮滆、彭蠡、青草、洞庭等五个湖。实际上是以洞庭和鄱阳（彭蠡）两个大湖为主。

◎ 短歌行赠王郎司直[1]（七古）

王郎酒酣拔剑斫地歌莫哀，	王郎酒酣后拔剑砍向地面，啊，你唱歌别唱得这样悲哀，
我能拔尔抑塞磊落之奇才。	我能解除你受到的压抑，让你显露出杰出超群的奇才。

豫章翻风白日动，[②]	你看高大的樟树在空中摇摆，连太阳也被它摇动，
鲸鱼跋浪沧溟开。[③]	鲸鱼凌越浪涛，深不可测的大海也会被它劈开。
且脱剑佩休徘徊。[④]	你还是先把佩剑解下，别再徘徊。
西得诸侯棹锦水，[⑤]	你往西去吧，那里的刺史将赏识你，快乘船驶向锦水，
欲向何门趿珠履。[⑥]	不知你要到哪一家朱门里接受优厚待遇，穿上珠履。
仲宣楼头春色深，[⑦]	王粲当年作赋的城楼上春色已深，
青眼高歌望吾子。[⑧]	我高声歌唱，怀着怜爱的眼光望着你。
眼中之人吾老矣。[⑨]	我眼中的人啊，我如今已到了衰老的年纪。

注释：

① 短歌行，是乐府平调曲名。《乐府题解》：“魏武帝（曹操）‘对酒当歌，人生几何’，晋陆机‘置酒高堂，悲来临觞’，皆言当及时为乐。”杜甫的这首诗虽用乐府曲名，但在形式和内容上都突破了旧框架，对人才难于得到重用深致慨叹，既是安慰王郎，也是自诉愤怨。司直，官职名，唐代的大理寺和东宫都有“司直”官。《仇注》引《钱笺》：“《赠友》诗‘官有王司直’，即其人也。”按《赠友》即第十一卷《戏赠友二首》，是宝应元年四月在成都所作，那位王司直是否是这诗中所说的王司直，尚为疑问。这诗中有“仲宣楼头春色深”之句，当为大历三年春作于荆州。

②“豫”与“章”，本是两种树木，但十分相似。“豫”即枕木，“章”即“樟木”。这诗里以“豫章”代表巨大的树木。喻有才干的人具有巨大的潜在力量。

③ 沧溟，指大海。这句诗寓意与上句相同。

④ 这句诗是对王郎的慰抚。尽管他有才能，有巨大的潜力，但在未得到发挥的机会时还是要忍耐着。脱剑佩、休徘徊，都是劝王郎不要烦躁。

⑤ 诸侯，指刺史。锦水，即流经成都的锦江。棹锦水，喻乘船入锦江。这句诗是指出王司直将前往的地方，在成都及其附近州郡或可遇到能赏识他的刺史或权力相当的官员。

⑥ 现代汉语中，“趿”音“它”（tā），与“拉”字连用为“趿拉”（tā la）。古汉语

中，“跋”字与“靸”字同，音“洒”（sǎ），拖着鞋，鞋跟不拔上。跋珠履，喻在王侯贵官之门为上等门客。《史记·春申君传》：“春申君客三千余人，其上客皆蹑珠履。”

⑦ 仲宣，王粲字。王粲的《登楼赋》是为在荆州登城楼远眺而作。据《荆州记》，那是当阳县城楼。这句诗是说春色已暮，时不待人，亟宜奋发进取。

⑧ 青眼，用阮籍善作青、白眼事，参看第八卷《秦州见敕目薛璩授司议郎毕曜除监察》注⑨。这句诗是说对王郎抱有厚望，对他怀着怜爱之情。

⑨ 眼中之人，指王郎司直。诗中表示自己已年老，只能把希望寄托在年轻人的身上。

◎ 忆昔行[①]（七古）

忆昔北寻小有洞，[②]	回想当年向北走去寻找小有清虚洞天，
洪河怒涛过轻舸。	渡过浪涛滚滚的黄河，乘着轻捷的小船。
辛勤不见华盖君，[③]	辛辛苦苦走了一程却没有见着华盖君，
艮岑青辉惨幺幺。[④]	那艰险难登的山岭上，微弱的青光惨淡。
千崖无人万壑静，	千崖万壑看不见人，都那么安静，
三步回头五步坐。	走三五步就要坐下休息，回头看看。
秋山眼冷魂未归，	看着那秋山，眼睛发冷，神魂好像已经失去，
仙赏心违泪交堕。[⑤]	求仙愿望没满足，两眼泪水交堕。
弟子谁依白茅屋，	是哪一位弟子住在旁边白茅屋里，
卢老独启青铜锁。	原来是卢老，是他单独一个，他为我们打开了青铜锁。
巾拂香余捣药尘，	拂扫尘埃的布巾上残留着药屑和芳香，
阶除灰死烧丹火。	台阶上一堆灰烬，早就熄灭了炼丹的炉火。

玄圃沧洲莽空阔，⑥	昆仑山和海上的仙洲渺茫空阔，
金节羽衣飘婀娜。⑦	仙人手持金色节杖，身上的羽衣迎风飘扬多婀娜。
落日初霞闪余映，	落日在初升的云霞中闪着余光，
倏忽东西无不可。	来去迅速，忽东忽西多自由。
松风涧水声合时，	那时，松涛和涧水声融合在一起，
青兕黄熊啼向我。⑧	野青牛和黄熊在啼叫，眼看着我。
徒然咨嗟抚遗迹，	回想起往昔的行踪徒然感慨叹息，
至今梦想仍犹左。⑨	如今魂萦梦想也仍然把它错过。
秘诀隐文须内教，⑩	修仙的秘诀和难解的符箓得在道教内部传授，
晚岁何功使愿果。⑪	我已到晚年，怎样下苦功修炼，才能使多年的愿望得到结果。
更讨衡阳董炼师，⑫	还得到衡阳去，去寻找董炼师，
南浮早鼓潇湘舵。	快向南航行吧，早些向着潇水湘江划桨使舵。

注释：

① 这首诗是杜甫回忆起年轻时期入王屋山寻找道士华盖君的往事时所写。第二十卷《昔游》写的是同一题材。黄鹤谓此诗为大历三年出峡后作，根据最后的一句诗“南浮早鼓潇湘舵”，可知其在荆州时所作。

②《太平御览·名山记》：“王屋山有洞，周回万里，名曰小有清虚之天”。诗中的“小有洞”，就是指这山洞，是道教的修炼地，即所谓“洞天”。

③ 华盖君，见第二十卷《昔游》注②。

④ 艮岑，见第二十卷《昔游》注⑤。幺么，繁体字写作“幺麽”，意思是微细，细小。《文选》李善注引《通俗文》：“不长曰‘幺’，细小曰‘麽’。”

⑤ 前一句诗和这一句都是写求仙未遇的失意、悲痛心情。魂未归，《仇注》解释为“时华盖君已亡矣”，恐有误。魂未归，意思就是“丧魂失志”，是失意恍惚状，乃作者自谓。仙赏心违，《仇注》说：“求仙之志不遂也”。可从。

⑥ 玄圃，即昆仑山，道教传说之仙境。沧洲，指道教传说的海上仙山。这句和下句诗是通过幻想而显现的仙境。

⑦ 金节，金黄色的“节杖”，仙人所持。羽衣，仙人的衣衫。

⑧ 这句诗写黄昏时深山中可怖的景象。

⑨《左传 · 昭四年》：“不亦左乎？”左，指不能达到目的。这句诗是说虽然很想修仙学道，仍是失去机会。

⑩ 秘诀，指道教的咒语。隐文，指符箓。内教，道教传授咒语、符箓，只能传给道教徒，不能外传，因而称为“内教”。

⑪ 愿，指修仙学道的愿望。果，指愿望的满足。

⑫ 董炼师，见第二十卷《昔游》注⑭。最后两句诗是说决心到湖南修仙学道。杜甫在他的诗中多次表达了这样的愿望，但也同样多次地表达过学佛的想法。可见他的这种宗教热情并不是出于笃信，而只是反映了由于仕途坎坷、前途无望而产生的一种消极出世思想。不能据此确定杜甫的宗教信仰。

◎ 惜别行送向卿进奉端午御衣之上都[①]（七古）

肃宗昔在灵武城，	当年肃宗皇帝在灵武城，
指挥猛将收咸京。[②]	指挥猛将收复了咸阳旧京。
向公泣血洒行殿，	向公在行都殿上慷慨泣血，
佐佑卿相乾坤平。	辅助卿相大臣把天下平定。
逆胡冥寞随烟烬，	叛乱的胡兵随着战争的烟烬消灭，
卿家兄弟功名震。	向卿兄弟的功名使人们震惊。
麒麟图画鸿雁行，[③]	麒麟阁上该画上你们兄弟俩，
紫极出入黄金印。[④]	出入宫禁，身上都佩戴着金印。

尚书勋业超千古，[5]	卫尚书的勋业超越千古，
雄镇荆州继吾祖。[6]	威武地镇守着荆州，远继我们杜家的远祖。
裁缝云雾成御衣，[7]	把云雾一般的轻绸裁制成御衣，
拜跪题封贺端午。	拜跪题封后献给皇上祝贺端午。
向卿将命寸心赤，	向卿怀着一颗丹心接受进奉御衣的重任，
青山落日江湖白。	在旅途上奔波，天天看见青山落日，茫茫江湖一片白色。
卿到朝廷说老翁，	请您到朝廷上提一提我这个老翁，
漂零已是沧浪客。[8]	说我一直在漂泊，已成水上常客。

注释：

① 向卿，不知其名。从诗中可看出，他是荆南节度使卫伯玉麾下的武将，至德年间，曾在灵武与杜甫相识，收京时建立过功勋，兄弟两人齐名。大历三年春夏间，奉卫伯玉之命护送御衣到长安，作为端午节的贡品送给皇帝。杜甫写了这首诗为向卿送行，并请他把自己的近况报告朝廷，希望能引起朝廷对自己的关注。上都，指京都长安。

② 咸京，即长安。因唐代的京都长安是在秦国故都咸阳的基础上扩建的，故称为咸京。

③ 麒麟，指麒麟阁，见第二卷《前出塞》第三首注②。鸿雁行，比喻弟兄。

④ 紫极，《仇注》引陆机诗："弈世台衡，扶帝紫极。"又引黄鹤注："紫极，比王居为北极紫微垣。"

⑤ 尚书，指卫伯玉，他于大历元年授检校工部尚书。

⑥ 吾祖，指杜甫的远祖晋朝的杜预。他曾驻节荆州，任镇南大将军都督诸军事。

⑦ 云雾，喻轻如云雾的极薄丝织物。《仇注》："谓衣上织文"。似乎以前一种理解为宜。

⑧ 沧浪，泛指江湖。沧浪客，即江湖客。

◎ 夏日杨长宁宅送崔侍御常正字入京[1]（五律）

醉酒扬雄宅，[2]	在这里喝醉酒像在扬雄家里，
升堂子贱琴。[3]	在这里听弹琴像登上宓子贱大堂。
不堪垂老鬓，	我的鬓发垂下，已衰老不堪，
还对欲分襟。[4]	即将分别的朋友又正在我的身旁。
天地西江远，[5]	天地间，长江的西段真够遥远，
星辰北斗深。[6]	北斗星，那么高的挂在天上。
乌台俯麟阁，[7]	从御史台上能俯视秘书省，
长夏白头吟。[8]	而我这白头老人只能靠吟诵诗篇来消磨长夏的时光。

注释：

① 长宁，县名，有好几个县以长宁命名，这里是指位于今湖北省荆门市西北的长宁县，隋朝始设县，久废。杨长宁，杨姓，长宁县令。他在宅中设宴送崔侍御、常正字两位官员入京，杜甫参加了这次宴会，有感而作了这首诗。正字，官职名，掌勘正文字，属秘书省。这诗当为大历三年夏作。

② 因为杨长宁姓杨，故以扬雄相比。在古代，姓氏“扬”与“杨”通。

③ 宓子贱是单父宰，有“鸣琴而治”之誉。见第十二卷《赠裴南部》注③。因为杨长宁是县令，故又以宓子贱相比。

④ 分襟，指朋友的分别。诗中以“欲分襟”借喻将分别的友人。

⑤ 西江，见第十七卷《历历》注①。

⑥ 北斗，喻京都长安。《仇注》：“公在江陵，故曰西江；崔、常赴京，故曰北斗。”

⑦ 乌台，指御史府。《汉书·朱博传》：“御史府中列柏树，常有野乌数千栖宿其上，晨

去暮来。”故世称御史府为乌府，亦称乌台。麟阁，指秘书省。唐代武后朝天授年间（690—691 年）曾改秘书省为麟台。神龙初复旧名，但世人仍常称秘书省为麟台。回京的崔侍御应该到御史府任职，常正字应该到秘书省任职，两人的官署相距不远，仍可经常相互见面，故诗中这样说。

⑧ 白头吟，是杜甫自谓，与作为乐府诗题的《白头吟》无关。这句诗是表示，崔、常两位去后，杜甫将感到十分寂寞。

◎ 夏夜李尚书筵送宇文石首赴县联句[1] （五排）

爱客尚书重，	您是李尚书爱重的客人，
之官宅相贤。[2]甫	这位上任去的外甥真是位才贤。杜甫
酒香倾坐侧，	在筵席旁倾酒，酒香四散，
帆影驻江边。之芳	船停在岸旁，帆影落在江边。李之芳
翟表郎官瑞，[3]	雉鸡来了，是祝贺郎官喜瑞，
凫看令宰仙。[4]彧	看那飞凫，是县令成仙上天。崔彧
雨稀云叶断，[5]	雨渐渐稀了，如叶簇相连的云朵已经断离，
夜久烛花偏。甫	黑夜降临长久，烛花向下斜偏。杜甫
数语攲纱帽，[6]	有许多话倾谈，纱帽也碰歪了，
高文掷彩笺。[7]之芳	且把美妙的诗句写上彩笺。李之芳
兴饶行处乐，	只要兴致高，到哪里都一样快乐，
离惜醉中眠。彧	珍惜这离别的时刻，不舍得醉眠。崔彧
单父长多暇，[8]	您向单父宰学习就会常有闲暇，
河阳实少年。[9]甫	您像河阳令潘岳，正是个青年。杜甫
客居逢自出，[10]	在异乡遇到了我家的近亲，
为别几凄然。之芳	分别时心里感到多么伤惨。李之芳

注释：

① 收在杜甫诗集中的这首诗是首联句，是在李尚书之芳送宇文晁赴石首县令任的筵席上作的，分别由杜甫、李之芳、崔彧即兴轮流各吟诗一联组成。诗句后注的人名，就是这一联诗句的作者。这样作诗，实际上是一种娱乐，没有什么价值。既然唐宋以来一直保存在杜甫诗集中，也就不把它删去，同样译写了出来。

② 之官，上任，指宇文晁赴石首县令任。宅相，称自己或别人的外甥。见第一卷《赠比部萧郎中十兄》注⑦。宇文晁是李之芳的外甥，故这么说。

③《仇注》："翟，雉名。萧广济《孝子传》'萧之至孝，除尚书郎，有雉数十飞鸣车前。'"这句诗是崔彧对工部员外郎杜甫的祝贺。

④ 这句诗用叶县令王乔故事，见第三卷《桥陵诗》注㉙。喻宇文晁赴县令任。

⑤ 陆机《云赋》："金柯分，玉叶散"。以"叶断"比喻阴云分开，露出青天。

⑥ 这句诗描写友人促膝倾谈，纱帽靠得很近，因而碰歪。

⑦ 高文，指这首联句诗中的各个联句。

⑧ 单父，见第十二卷《赠裴南部》注③。

⑨ 河阳，指河阳令潘岳。潘岳于青年时代任河阳县令，这里用来比喻宇文晁年轻时担任石首县令。

⑩ 自出，《尔雅》："男子谓姊妹之子为'出'。"《左传》："康公，我之自出。"李之芳是宇文晁的舅父。

◎ 多病执热奉怀李尚书[①]（七律）

衰年正苦病侵凌，	我这老人正受疾病折磨，痛苦难忍，
首夏何须气郁蒸。	刚到夏天怎么就这样闷热炎蒸。
大水淼茫炎海接，	茫茫大水，和南海连接，

奇峰硉兀火云升。[②]	火云像突兀的奇峰向上升腾。
思沾道暍黄梅雨，[③]	路上受了热，盼望淋一场黄梅雨，
敢望宫恩玉井冰。[④]	岂敢奢望皇上恩赐宫中玉井的藏冰。
不是尚书期不顾，	尚书邀请我，不是我不愿意来，
山阴夜雪兴难乘。[⑤]	我虽然有兴致，但这里不是夜里落雪的山阴。

注释：

① 李之芳邀请杜甫去他家聚会，杜甫身体正感到不适，又遇到特别炎热的天气，因此谢绝了李的邀请。这诗是为了说明情况，表示歉意而作。当作于大历三年夏日。

② 硉兀，音“律勿”（lǜ wù），崖峰突兀之状。这里是以山势来形容火云之堆积。

③ 暍，音“谒”（yè），中暑，热病。这句诗的正常语序是：“道暍思沾黄梅雨”。

④ 古代帝王生活奢侈，冬季藏冰于深井供夏日享用，有时也赏赐给朝臣。杜甫不在朝中，故不敢有此奢望。

⑤“山阴夜雪”用王徽之（子猷）雪夜访戴逵（安道）的事，见第九卷《卜居》注⑤。

◎ 水宿遣兴奉呈群公[①]（五排）

鲁钝仍多病，	我生性愚钝加上身体多病，
逢迎远复迷。[②]	在这远方和客人交往感到迷离。
耳聋须画字，	耳朵聋了，和人谈话得靠手画文字，
发短不胜篦。	头发短秃，已经不起梳篦。
泽国虽勤雨，	这里虽然是水乡又常下雨，
炎天竟浅泥。	夏天的岸边江水竟浅得露出淤泥。
小江还积浪，	小江上还掀起层层高浪，

弱缆且长堤。　　缆绳虽不结实，还是把船系泊在长堤。
归路非关北，　　我不是向北回到故乡去，
行舟却向西。[3]　　而是让小船向西方行驶。
暮年漂泊恨，　　我心中怨恨，到晚年还漂泊不定，
今夕乱离啼。　　今夜还曾为战乱和别离悲啼。
童稚频书札，[4]　　一连叫儿子代写了几封信，
盘飧讵糁藜。[5]　　盘里尽是野菜，没掺一点碎米。
我行何到此，　　我怎么会落到这样的境地，
物理直难齐。[6]　　世上万物各种各样，实在难把一切看成一样高低。
高枕翻星月，　　我靠在枕上，仰看天上星月转动，
严城叠鼓鼙。[7]　　防卫严密的城头传来阵阵鼓鼙。
风号闻虎豹，　　狂风呼号中听见虎豹的吼声，
水宿伴凫鹥。[8]　　住在水边，只能和野鸭鸥鸟同栖。
异县惊虚往，[9]　　到外县去，想不到竟是空跑一趟，
同人惜解携。[10]　　和朋友们暂别又使我感到可惜。
蹉跎长泛鷁，[11]　　我长久乘船漂泛，是在浪费生命，
展转屡鸣鸡。[12]　　翻来覆去睡不着，一次又一次听见鸡啼。
嶷嶷瑚琏器，[13]　　你们都是德行崇高的大才，
阴阴桃李蹊。[14]　　像茂密幽深的桃李树下引来许多人的足迹。
余波期救涸，[15]　　本来盼望有些剩余的水能救我这涸辙中的鱼，
费日苦轻赍。[16]　　费了多少时日，路费已渐渐耗去。
杖策门阑邃，[17]　　扶着手杖拜谒，门庭那么深邃，
肩舆羽翮低。[18]　　想乘轿子，翅膀又无力高举。
自伤甘贱役，　　自己怨叹，甘心做低贱的差事，
谁愍强幽栖。　　谁怜悯我，只能强忍着默默栖居。
巨海能无钓，　　广阔的大海上怎么会钓不着鱼，

浮云亦有梯。[19]	浮云飘得再高，也有通天的云梯。
勋庸思树立，[20]	我本来也想建立功勋业绩，
语默可端倪。[21]	如今不出声也能透露出一些心意。
赠粟囷应指，[22]	该有人指着仓囤赠给我粟米，
登桥柱必题。[23]	我一定像司马相如那样，走过升仙桥时题柱立志。
丹心老未折，	我的一颗红心到老年仍没改变，
时访武陵溪。[24]	还想着及时去访问武陵溪。

注释：

① 杜甫的江陵之行非常不顺利，陷入了困境，又到江陵附近的几个县城去找朋友帮助，也未能如愿。这是他在途中泊船夜宿水上时写的一首诗，诉说自己的苦况，希望得到江陵幕府诸公的接济。诗中反映的情况是凄惨的，但杜甫还有着信心，希望能争取到一个较好的前途。

② 逢迎，指与官场中人物的交际。迷，指迷惘，失去了精神支柱。

③ 行舟向西，和杜甫东下的旅程方向相反。这是到外县去的行程，既不是回故乡（该往北），也不是继续东下或南行。

④ 叫孩子代写书信，也是为了求友人在经济上给予帮助。

⑤ 这句诗是反问句。讵，音“拒”（jù），专用来表示反问语气。糁藜，在野菜中掺和碎米。参看第二十三卷《风疾舟中伏枕书怀》注⑰。糁，音“深”（shēn），米粒，掺和米粒。

⑥《庄子》有《齐物论》一篇，主张抛弃从主体发出的判断，泯绝彼此，排遣是非。按照这样的观点，穷困也和富贵相同，不必为衣食匮乏而苦恼。杜甫经历了生活的困难，故觉“齐物理”实在太难，简直违背人情。

⑦ 严城，戒备严密的城，指江陵城。鼓鼙，指军营中的鼓声。当时蜀地军阀之间的战争仍在进行。

⑧ 凫，野鸭。鹥，音“依”（yī），与鸥相似的水鸟。

⑨ 惊虚往，表示出乎意料，竟未能达到目的。

⑩ 解携，即分离。《仇注》引证了宋之问诗“骨肉初分爱，亲朋忽解携。”张九龄诗“义玷投分末，情及解携初。”

⑪ 泛鹢，指乘船航行。参看本卷《将别巫峡赠南卿兄瀼西果园》注⑥。

⑫ 展转，现代汉语写作“辗转”，这里指辗转难眠。

⑬ 嶷，在古汉语中当读“逆”（nì），现代汉语中只保留“移”（yí）一个读音。嶷嶷，形容德高。《史记·五帝纪》：“其德嶷嶷。”瑚琏，原为宗庙祭祀盛黍稷之器。在古代视为宝器，这里用来比喻江陵幕府诸公的大才。

⑭《汉书·李广传赞》：“谚曰：‘桃李不言，下自成蹊。’”桃李由于有果实，能把人招来，德行高超的人也如桃李一样能吸引人崇敬、膜拜。这里是赞美江陵幕府诸公，并表示自己要向他们求助。

⑮ 涸，指“涸辙之鱼”。《庄子·外物》讲述了一个涸辙鲋鱼向人求助的寓言。后来遂以“救涸”来比喻救人的急难。

⑯ 赍，音“饥”（jī），《汉书·食货志》：“行者赍”。“赍”指行路所携带的粮食、衣物等。后来也引申用为路费。轻赍，指路费及粮食等消耗很多，所存已不敷应用。

⑰ 门阑，即门户。“阑”的原意是指门之遮蔽物。门阑邃，指富贵人家深邃的门院。

⑱ 这句诗是说无财力供乘轿之需。

⑲“巨海”“浮云”两句是自慰之辞，往乐观处想。

⑳ 勋庸，即勋业。“庸”的本义是用、功劳。《诗·王风·兔爰》：“我生之初尚无庸。”

㉑ 端倪，原意是指事物的开端。《庄子·大宗师》：“反覆终始，不知端倪”。这里是指人的行为的思想根源，是说对人的思想行为有全盘的了解。

㉒《仇注》引《三国志·吴书》所述鲁肃资助周瑜的事。周瑜为居巢长时，借粮于鲁肃，肃有米二囷，各三千斛，直指一囷给与周瑜。诗中用此来表示希望幕府诸公能借给他一些粮食。

㉓ 题柱，见第三卷《投赠哥舒开府翰二十韵》注㉓。这句诗表明，杜甫当时尚未死心，仍希望有所建树。

㉔ 晋代的武陵郡，唐代称朗州，在洞庭湖南面。武陵溪，指朗州。第十九卷有《巫峡敝庐奉赠侍御四舅之澧朗》，杜甫可能是有意到澧州朗州一带投奔他的四舅。

◎ 遣闷[1]（五排）

地阔平沙岸，	平坦的沙岸上土地宽广，
舟虚小洞房。	船舱里空荡荡，像狭小的洞房。
使尘来驿道，	驿道上尘土飞扬，那是使臣来往，
城日避乌樯。[2]	从城头上斜射的夕阳，已照不到桅顶的木乌上。
暑雨留蒸湿，	夏天的阵雨后留下湿热，
江风借夕凉。	江风吹动，靠它暂时送来晚凉。
行云星隐现，	星星隐隐从飘浮的云层后现出，
叠浪月光芒。	重重叠叠的波浪里明月闪动光芒。
萤鉴缘帷彻，[3]	流萤沿着帷幔飞，把帷幔照亮，
蛛丝罥鬓长。	鬓发粘挂着蛛丝，拉得够长。
哀筝犹凭几，	当远处传来哀筝鸣响，我还靠在椅上，
鸣笛竟沾裳。	又听见笛声，终于流出眼泪沾湿了衣裳。
倚著如秦赘，[4]	我依靠别人生活就像秦地的赘婿，
过逢类楚狂。[5]	遭遇到的一切使我变得像“楚狂”。
气冲看剑匣，[6]	我看着剑匣，似有剑气冲出，
颖脱抚锥囊。[7]	希望能脱颖而出，我手抚着锥囊。
妖孽关东臭，[8]	关东作乱的妖孽已经腐烂发臭，
兵戈陇右疮。[9]	陇山西面到处还是战争的创伤。
时清疑武略，	时局平静时人们怀疑兵法无用，

世乱局文场。[10]	战乱的年代，文坛上不再能徜徉。
余力浮于海，[11]	我想趁残年余力去到大海上漂泛，
端忧问彼苍。[12]	想问问苍天，为什么我的忧患一桩接连一桩。
百年从万事，[13]	我这一生中，万事听任自然，
故国耿难忘。	可是故国却总在我心中耿耿难忘。

注释：

① 这也是生活在狭窄的船上，心中烦闷时写的一首遣闷诗。但这烦闷却不是直接写出，而只是写傍晚所见的江边景色和一些思想活动，从而体现出精神的苦痛。

② 乌樯，带着木乌的桅杆。见本卷《大历三年春白帝城放船出瞿唐峡》注㉖。

③ 萤鉴，谓萤光如鉴（明镜），这里用来指流萤。

④《汉书·贾谊传》：“秦人，家富子壮则出分，家贫子壮则出赘。”可见秦地（关中）自古有赘婿的习俗。这里以此比喻依靠别人为生，精神十分痛苦。

⑤《高士传》载春秋时有楚人陆通，字接舆，佯狂不仕，时人谓之“楚狂”。后世往往以“楚狂”代表嫉世愤俗之人。杜甫并不自认是楚狂，但他的遭遇使他失去官职，生活无着，到处飘零，而有些像“楚狂”了。

⑥ 以剑自比，似乎有一股豪气冲向天空，这是说自己还具有潜在力量，希望能发挥出来。这句诗用丰城剑气上冲牛斗的典故，参看第八卷《秦州见敕目薛璩授司议郎毕曜除监察》注㉘。

⑦ 颖脱，用毛遂自荐事。平原君门客毛遂自荐，平原君因其三年中无所表现，认为他无能，并比喻说：“夫贤士处世，若锥处囊中，其末立现。”毛遂回答说：“使遂早得处囊中，乃颖脱而出，非特其末见而已也。”诗中是说自己无显露才能的机会，实在遗憾。

⑧ 妖孽，指安史叛军。关东，指山海关东北的地方，唐代曾是安史叛军的根据地。臭，喻其久已败亡。

⑨ 陇右，陇山西面一带地方，指今陕甘边境及宁夏青海等地，当时屡遭吐蕃侵占，人民备受创伤。

⑩ 文场，指文学活动，主要指作诗和诗人间的相互交流，由于战乱，这种活动的开展受到妨害。

⑪《论语·公冶长》："道不行，乘桴浮于海。"孔子这样说，是说还想到海外去寻求实现理想的地方，但这实在是不得已的事。杜甫也有到沿海一带去的打算，但那也是迫于不得已时才将采取的。

⑫ 彼苍，指"苍天"。端忧，谓多忧。

⑬ 百年，指人的一生。末两句诗是说，一生当中，许多事都可听其自然，但故国之思却不能改变。

◎ 江边星月二首[①]（五律）

骤雨清秋夜，	阵雨过去了，这秋夜多么清朗，
金波耿玉绳。[②]	玉绳星在月亮的金波中荡漾。
天河元自白，	天河原来就那样白茫茫，
江浦向来澄。	近岸的江水总这么澄澈明亮。
映物连珠断，[③]	照映万物的玉绳星像连珠断散，
缘空一镜升。[④]	月亮像一面明镜，沿着天空向上。
余光隐更漏，	打更声开始响起，余光渐渐隐藏，
况乃露华凝。	露珠也悄悄凝聚，闪闪发光。

注释：

① 这两首咏星月的诗是纯粹的写景诗，人的感情被美丽的景色遮掩着，直到第二首的结束处才显示出来。然而这里的景并不是为情而设，自然景物在宇宙间也自有其生命，人的情感活动归根到底也不过是物质的一种表现而已。诗人在对星月、对自己的观照中使精神超脱了凡庸的世界而上升到审美之境。这两首诗作于大历三年秋。

② 金波，月光。玉绳，星名。《春秋纬 · 元命苞》：“玉衡北两星为玉绳。”

③ 连珠断，比喻玉绳星。

④ 一镜升，比喻月亮。

◎ 其二（五律）

江月辞风缆，	江上的月亮向风中的缆绳告辞，
江星别雾船。	江上的星星和雾里的小船别离。
鸡鸣还曙色，	鸡啼了，曙光又已出现，
鹭浴自清川。	晴朗的水上鹭鸶又在洗浴嬉戏。
历历竟谁种，[①]	那一颗颗星星究竟是谁种的，
悠悠何处圆。[②]	那悠悠运行的圆月如今到了哪里。
客愁殊未已，	漂泊的异乡客有无尽的愁思，
他夕始相鲜。[③]	要等另一个夜晚才能再看见星月相辉。

注释：

①《古诗》：“天上何所有？历历种白榆。”指天空的星辰清晰可见。诗中也以“历历”表示星星分布之状。

② 谢庄《月赋》：“升清质之悠悠。”悠悠，有忧思、眇远、闲静等义，这里是运行貌。

③ 郭璞《游仙》诗：“翡翠戏兰苕，容色更相鲜。”相鲜，相互辉映。

◎ 舟月对驿近寺[①]（五律）

更深不假烛，	夜深了，却不用借助烛光，
月朗自照船。	清亮的月光已把小船照亮。
金刹青枫外，[②]	青枫林那边露出佛塔的金顶，
朱楼白水边。	红色高楼挨在白茫茫的水旁。
城乌啼眇眇，[③]	隐约听见城头上乌鸦啼叫，
野鹭宿娟娟。[④]	鹭鸶在野地过夜，正睡得甜香。
皓首江湖客，	我这个白发人多年飘流在江湖上，
钩帘独未眠。	一个人睡不着，钩起竹帘远望。

注释：

① 这首咏月诗的题目已把望月的环境交待清楚：人在舟中望月，对着驿站，靠近佛寺。而这些也就构成了月光下的景色。由于月光明亮，金刹、青枫、朱楼、白水等色彩鲜明，清晰可见。加上城乌远啼，鹭鸶野宿，使深夜更显得幽静。这深夜月景，只有船上的失眠人才能看见。至于人为什么失眠，他的心情又如何，那就都不必说了。这诗也是大历三年夏秋间在荆州附近舟中作。

② 刹，梵语的音译，有多种含义，可指庙、塔和塔顶。这诗中的“金刹”，当指佛塔之金顶。

③ 眇眇，通常用来形容微小，但也可指高远，《文选·文赋》：“志眇眇而凌云。”也可表示模糊不清，《楚辞·哀郢》：“眇不知其所蹠。”

④ 娟娟，美好貌。这里是说鹭鸶睡得好，睡得香甜，以此对比人之未眠。

◎ 舟中[①]（五律）

风餐江柳下，	在江边柳树下顶着风进餐，
雨卧驿楼边。	落雨天，只能整天躺在船上，在离驿楼不远的江边。
结缆排鱼网，[②]	系住了船缆，轻轻推开渔网，
连樯并米船。	桅杆紧挨着桅杆，并排停着米船。
今朝云细薄，	今天早晨的云又细又薄，
昨夜月清圆。	昨夜的月亮却曾经又亮又圆。
飘泊南庭老，[③]	我这个久在南国漂泊的老人，
只应学水仙。[④]	只该学那水仙，永远在水上漂转。

注释：

① 这首诗是紧接在前一首诗之后所作，写次日清晨船上的生活和心情。

② 排，推开。三、四两句诗是说江边繁忙的景象。停靠着许多渔船、米船，得把渔网推开一些才能把船缆系在岸上。

③ 南庭，“庭”与“廷”通。《史记·天官书》：“南宫，朱鸟、权衡、太微三光之廷。”以天上的“南宫”喻南方的土地，故称南方为“南庭”。

④ 水仙，水上的仙人。古代有多种神话传说，最流行的传说是河伯冯夷为水仙。《清泠传》：“冯夷服八石而得水仙。”也有称伍子胥、屈原、郭璞为水仙的。这诗中只是泛指水上仙人。

◎ 江陵节度使阳城郡王新楼成王请严侍御判官赋七字句同作[①]（七律）

楼上炎天冰雪生，	炎热的天气，这楼上也清凉得像有冰雪凝生，
高飞燕雀贺新成。	燕雀在高处飞翔，祝贺这座新楼落成。
碧窗宿雾濛濛湿，[②]	碧纱窗还沾着昨夜的雾，像被蒙蒙细雨淋湿，
朱栱浮云细细轻。[③]	浮云掠过朱红的斗拱，它多么纤细轻盈。
仗钺褰帷瞻具美，[④]	掌兵权的大将把帷幔拉开，人们仰看那里一切美事具备，
投壶散帙有余清。[⑤]	投壶的，打开书帙的，一个个显得才逸神清。
自公多暇延参佐，	公余有许多闲暇常延请僚佐来这里游乐，
江汉风流万古情。[⑥]	这样的风流事迹将在江汉一带万古留名。

注释：

① 这首诗是为祝贺卫伯玉新楼落成而作。从诗题中可看出，卫伯玉并没有请杜甫为他的新楼作诗，而只是请自己的判官严侍御作诗。杜甫主动地和了这首颂诗。这大概也和杜甫早年向唐玄宗献赋一样，是盼望得到赏识和任用，然而这又是多么不切实际的幻想。这诗作于大历三年夏日。

② 碧窗，指碧纱窗。这是夏季的设备。

③ 栱，斗栱，现代多写作“斗拱”，是宫殿式的屋盖下起承托作用的木质构件。这句诗夸大地形容楼房的高峻。

④ 仗钺，借代有指挥权的大将，这里是指江陵节度使卫伯玉。褰帷，指拉起窗帘。《仇注》引《后汉书·贾琮传》：“琮为冀州刺史，之部，升车言曰：‘刺史当远视广听，纠察美恶，何反垂帷裳以自掩塞乎？’命御者褰之。”这故事里，“褰帷”是为了了解

民情，而诗中用此语则是说可使人民能看到卫伯玉与僚属同乐的情况。具美，可以理解为“才具之美”，指卫伯玉之才具。但也可理解为“美具”，即《滕王阁序》中所说的“四美具”（即谢灵运《拟魏太子邺中集诗序》中的“良辰、美景、赏心、乐事”四者皆备）。后一种理解，与下一句诗中所述的游乐之事相合。

⑤ 投壶，古代的一种高雅娱乐活动。散帙，指翻阅书籍。清，指情趣高尚。

⑥ 这里的“江汉”，与前面杜诗中屡次出现的“江汉”一语不同，专指荆州一带地方，与现代所说的江汉（长江、汉水）较接近。

◎ 又作此奉卫王[①]（七律）

西北楼成雄楚都，[②]	西北的高楼建成了，它雄踞在楚国的古都，
远开山岳散江湖。	远方展现出山岳，散列着江湖。
二仪清浊还高下，[③]	天清地浊，在这里高低分得清楚，
三伏炎蒸定有无。	三伏天的炎热，在这里难说它究竟是有是无。
推毂几年惟镇静，[④]	几年来，皇上派您镇守一方，靠的是您的宽厚镇静，
曳裾终日盛文儒。[⑤]	许多儒生受到厚待，垂着长裾，整天优游在您的王府。
白头授简焉能赋，[⑥]	您授给我简册叫我作诗，我这白头老人怎能作得出，
愧似相如为大夫。	真惭愧，我不是司马相如那样有才华的大夫。

注释：

① 上面的一首诗大概传到了卫伯玉的面前，于是传话给杜甫，让他再写一首咏新楼的诗，于是又写成了这一首。但不知是怎么回事，杜甫始终未得到卫伯玉的青睐，郁郁不乐地离开了荆州。这诗也作于大历三年夏。

② 江陵距春秋、战国时期楚国国都郢遗址不远，故称江陵为“楚都”。

③ 二仪，也称“两仪”，指天和地。《易·系辞》：“易有太极，是生两仪。”成公绥《天地赋》：“何阴阳之难测，伟二仪之奓阔。”京房《易传》：“天地清浊，阴薄阳消。”

④ 推毂，喻皇帝任命大将。见第十八卷《览柏中丞兼子侄数人除官制词》注⑲。镇静，见第十六卷《八哀诗（八）：故右仆射张九龄》注㉒。

⑤ 曳裾，见第十六卷《壮游》注㊶。

⑥《仇注》引《雪赋》：“梁王游兔园，授简于司马大夫曰：‘为寡人赋之’。”又引《汉书·艺文志》：“登高能赋，可以为大夫。”相如，即司马相如。这两句诗写的是杜甫谦虚的态度。以梁王比阳城郡王卫伯玉，并自愧文才不如司马相如。

◎ 秋日荆南述怀三十韵[1]（五排）

昔承推奖分，[2]	往昔蒙受大臣的赞誉推荐，
愧匪挺生材。[3]	可是心中惭愧，我并不是生得挺直的大材。
迟暮宫臣忝，[4]	很迟才得到个宫臣的职位，
艰危衮职陪。[5]	时局艰危，在皇帝身边做拾遗。
扬镳随日驭，[6]	皇帝驾车的马高昂着头，我紧跟在车驾后面奔走，
折槛出云台。[7]	我像朱云那样折槛谏诤，终于离开了云台。
罪戾宽犹活，	有了罪过，还得到宽恕留下性命，
干戈塞未开。	可是连年战乱，阻塞难开。
星霜玄鸟变，[8]	星霜改变，燕子已经南归，
身世白驹催。[9]	光阴像白驹过隙，催我生命颓衰。
伏枕因超忽，[10]	生病躺在床上，日子过得更快，
扁舟任往来。	任扁舟载着我在江湖上往来。

九钻巴噀火，[11]	在巴蜀度过了九个清明节，
三蛰楚祠雷。[12]	在楚国的神祠前经历过三次蛰雷。
望帝传应实，[13]	望帝化为杜鹃的传说该是真的，
昭王问不回。[14]	周昭王巡行南方为什么不再北归。
蛟螭深作横，[15]	蛟螭在世上一味横行，
豺虎乱雄猜。	豺虎扰乱人间，相互嫌猜。
素业行已矣，[16]	我家世代相传的事业将要终结了，
浮名安在哉。	虚传的名声又哪里能存在。
琴乌曲怨愤，[17]	《乌夜啼》的琴曲声调怨愤，
庭鹤舞摧颓。	庭前白鹤翔舞，也显得沮丧、颓萎。
秋水漫湘竹，[18]	秋水泛滥，漫过湘水边的丛竹，
阴风过岭梅。	北风阵阵，吹过大庾岭的寒梅。
苦摇求食尾，	我在世间苦苦地摇尾乞食，
常曝报恩鳃。[19]	像跳不上龙门的鲤鱼那样，为了报恩还得露出两鳃。
结舌防谗柄，	舌头不敢动，怕被抓住把柄遭诬陷，
探肠有祸胎。[20]	对人剖肝沥胆反埋下了祸胎。
苍茫步兵哭，[21]	我像阮籍在苍茫的旷野上痛哭，
展转仲宣哀。[22]	像漂泊异乡的王粲感到无限悲哀。
饥借家家米，	饥饿时得靠一家家借来的米，
愁征处处杯。	烦愁时到处讨酒吃，举起酒杯。
休为贫士叹，	别为我这贫困的书生叹息，
任受众人咍。[23]	我甘愿受众人的嘲笑和轻蔑。
得丧初难识，	利害得失开始时总难于分辨，
荣枯划易该。[24]	荣华、枯槁截然不同，聚集在一个人身上也容易。
差池分组冕，[25]	一点细微差别，官阶就高低悬殊，
合沓起蒿莱。[26]	在混乱的年代，草野间的平民也能崛起。

不必伊周地，	不一定所有登上伊尹、周公那样地位的大臣，
皆登屈宋才。[27]	全都是屈原、宋玉一样的高才。
汉庭和异域，[28]	汉朝那样强大，还要跟外国和亲，
晋史坼中台。[29]	张华任晋朝的中书令还无辜受害。
霸业寻常体，[30]	出身平民的人也能开创霸业，
宗臣忌讳灾。[31]	负担重任的大臣触犯了忌讳也会遭灾。
群公纷戮力，	盼望诸位大臣一个个能同心合力，
圣虑窅徘徊。[32]	皇上心中在思虑，正在惆怅徘徊。
数见铭钟鼎，	屡屡看见在钟鼎上铭刻功勋，
真宜法斗魁。[33]	真该效法拱卫北极星的斗魁。
愿闻锋镝铸，[34]	我盼望听到销熔兵器的消息，
莫使栋梁摧。[35]	千万别把朝廷的栋梁摧毁。
磐石圭多剪，[36]	要让国家安如磐石，多封宗室，赐给土地玉珪，
凶门毂少推。[37]	领兵出凶门的大将要少遣派。
垂旒资穆穆，[38]	皇帝的冠冕上垂缀珠玉只是为了增添威仪，
祝网但恢恢。[39]	商汤让网开三面，是要对黎民百姓宽厚仁爱。
赤雀翻然至，[40]	衔丹书的赤雀自己会往宫殿飞，
黄龙讵假媒。[41]	负河图的黄龙不用诱媒也会来。
贤非梦傅野，[42]	我不是殷帝梦见的傅说那样的在野贤才，
隐类凿颜坏。[43]	却像凿墙逃走的鲁国隐士颜阖。
自古江湖客，	自古来飘流在江湖上的人们，
冥心若死灰。	他们的心都已冷漠得像一堆死灰。

注释：

① 这首长诗是大历三年秋杜甫在离开江陵往公安时所作，抒写了心中的苦闷和对人生，对朝政的见解。尽管诗中所提出的设想有些不切实际，其中关于加强宗室的地位、分封土地的建议更是十分迂腐，但他的态度却十分诚恳。杜甫把个人的得失置之度外，念念于国家的兴盛和人民的安宁，这样的胸怀仍很令人感动。

② 推奖分，推荐、奖掖的情分，这是指至德二载，杜甫到灵武后受到房琯荐举的事。诗句表达了对房琯的感激之情。

③ 挺生材，生得挺直的、有用的木材，比喻有用的人才。

④ 迟暮，迟暮之年，老年。至德二载，杜甫才四十六岁，但古人却认为这年龄已是老年。译诗中用了“很迟”这样的词语，以求缩短古今观念的差距。宫臣，指左拾遗一职。

⑤ 衮职陪，即“陪衮职”。衮职，可以指三公之职，但也能指帝王。《诗·大雅·烝民》：“衮职有缺，维仲山甫补之。”疏：“衮职，实王职也，不言王而言衮，不敢指斥而言，犹律谓天子为乘舆也。”“陪衮职”的官员就是指随侍皇帝的拾遗、补阙一类官员。

⑥ 扬镳，马疾走貌。镳，音“标”（biāo），辔头，马嚼子。日驭，太阳车，比喻皇帝的车驾。

⑦ 用朱云直谏的典故，见第十八卷《折槛行》注①。云台，汉代宫殿名，这里用来代表朝廷。这句诗喻杜甫谏玄宗罢房琯相，为房琯辩护得罪的事。

⑧ 玄鸟，指燕子。“星霜”变换，比喻年岁改易。从燕子南归看出一年将尽。张九龄诗：“但恐星霜改，还将蒲柳衰。”

⑨《庄子·知北游》：“人生天地之间，若白驹之过郤（隙），忽然而已。”《汉书·魏豹传》：“人生一世间，如白驹过隙耳。”注：“白驹，谓日影也，隙，壁际也。”

⑩《仇注》：“超忽，言时光倏忽。谢灵运诗：‘虚舟有超忽’。”

⑪《仇注》：“九钻句，即钻燧改火意，兼用栾巴噀酒为雨灭火成都事。”古代有钻燧改火的习俗，燧，指取火用的木材，四季用不同的木材钻火。魏晋以后渐废。九钻，谓九次钻火，大概唐代每年改火一次，指寒食节后的重新举火。栾巴是东汉人，博

览经典，好道术。葛洪《神仙传》中有传，说他曾于正旦日朝会时，赐酒不饮，向西南方噀酒（喷酒），化雨扑灭成都火灾。这诗中借此来表示钻火的地点是在巴蜀。诗人用这样的语言表达了他曾在巴蜀（包括在成都、梓、阆等地）度过了九年时光，即乾元二年（759 年）十二月至大历三年（768 年）正月。

⑫ 蛰雷，指不再听到雷声。秋季，是蛰雷之时。楚祠，借喻夔州和荆州。夔州，古代也属楚国，楚国尚祠鬼，可参看第十五卷《雷》一诗中所述夔州祭神祈雨之俗。这句诗是说在夔州江陵共度过三个秋天，即大历元年（766 年）夏初至大历三年（768 年）秋。

⑬ 望帝，古代蜀帝，传说他自悔过失，化为杜鹃，参看第十卷《杜鹃行》注①。诗中隐喻唐玄宗晚年受到其子李亨（肃宗）及宦官李辅国等迫害的事。

⑭《左传·僖四年》载齐侯伐楚，问昭王南征不返之罪。楚子回答说："昭王之不复，君其问诸水滨。"按周昭王是成王之孙，晚年荒于国政，人民对他很厌恶，后于南巡渡汉水时，舟覆而死。诗中以周昭王之死喻玄宗之死可疑。唐代有玄宗被暗害致死的传说。

⑮"蛟螭""豺虎"喻叛军和割据的军阀。

⑯ 素业，即旧业，世业。这里主要指杜甫家庭世代奉儒守官之业，杜甫在《进雕赋表》中说："自先君恕、预以降，奉儒守官，未坠素业矣。"可证，但也包括杜甫祖父杜审言擅长作诗这一旧业。

⑰ 古乐府及琴操都有《乌夜啼》这一曲名。《韩非子》中有师旷鼓琴，玄鹤鸣舞之事。这句及下一句诗是以此表示杜甫当时的怨愤和自觉衰老颓丧的心境，主要是反映了在江陵的五六个月时间到处碰壁，陷入绝境的失望和愤慨。

⑱"湘竹""岭梅"两句诗，以景物表示杜甫将要去的地方及预计到达的时间。

⑲《仇注》引辛氏《三秦记》："鱼集龙门下，登者化为龙，不登者点额曝鳃而退"。这就是民间所传"鲤鱼跳龙门"的故事。常用来比喻古代的应试。"曝鳃"的鱼，喻应试不第者，也可泛指遭受困厄的人。诗人以此喻自己求助于人的徒劳并深以为耻。

⑳ 上一句诗的"结舌"，指不敢说话；这一句诗是说坦率也会招祸。《仇注》引庾信诗："探肠见胆无所惜。""探肠见胆"与今之"披肝沥胆"含意相似。

㉑ 步兵，指阮籍。阮曾为步兵校尉。《世说新语》谓“阮籍时率意独驾，不由路径，车迹所穷辄痛哭而返。”这句诗以阮籍穷途之哭比喻诗人自己的无路可走。

㉒ 仲宣，王粲的字。王粲有《七哀诗》，写关中遭受战祸之惨及在荆州漂流思乡之情。诗人以王粲的悲痛来比喻自己在荆州水上漂寓时的痛苦心情。

㉓ 咍，音 hāi。据《说文新附》，可作嗤笑解。

㉔ 荣枯，指人的得意与失意的遭遇。“划”读去声，截然有别，即“划分”之“划”。该，意思是兼备。《楚辞·招魂》：“招具该备”。注“该，亦备也。”《太玄图》：“旁该终始”。注：“该，兼也。”

㉕《左传·襄二十二年》：“而何敢差池。”注：“差池，不齐一。”组，印绶，借代官印。冕，冠，不同的冠冕代表不同的官阶。

㉖ 合沓，杂乱貌。贾谊《旱云赋》：“遂积聚而合沓兮。”这里比喻乱世。蒿莱，原义是杂草。可比喻草野、民间。

㉗ 这句和上一句紧紧相连，十字构成一句。伊周，谓伊尹、周公。屈宋，谓屈原、宋玉。这两句诗是说，登上国家最高地位的大臣，不一定有才学。反过来说，就是有才学的人不一定能做大官。

㉘《汉书·匈奴传》载有汉高祖（刘邦）在白登被围，与匈奴结和亲之约的事。唐代也屡与吐蕃和亲，唐肃宗曾于乾元元年（758 年）七月以幼女宁国公主妻回纥可汗。

㉙ 中台，三台星（共三对）中的一对，古代借以比喻尚书令。晋武帝时张华拜中书令，后为赵王伦所杀。《晋书》以“中台星坼”来称这一悲剧。

㉚ 寻常体，指出身微贱的平民。霸业，指统一中国，开创一个王朝的事业。

㉛ 宗臣，国家负重要责任的大臣。忌讳灾，触忌讳而得祸。从“得丧初难识”一句开始，直到这一句，共十句，都是说世间的一切常常出于偶然，并非都能按常理来推断。既是有感于唐朝的政局变化，也是为自己的遭逢不幸找到解释，使自己得到宽慰。有人认为这一句的“宗臣”是指房琯，为房琯之获罪而发。但把它理解得更广泛一些较好，才能与前面的九句诗贯串一气。

㉜ 窅，音“杳”（yǎo），窅然，怅惘貌。《庄子·逍遥游》：“窅然丧其天下焉。”徘徊，犹豫不决。

㉝ 斗魁，指北斗七星中构成斗状的四颗星（即天枢、天璇、天玑、天权），遥遥对着北极星，似乎在拱卫着它。北极星是皇帝的象征，故诗人希望大臣像“斗魁”一样拱卫皇帝，忠于皇帝。

㉞ 锋镝，指刀锋箭镝（镞），借代各种兵器。铸，熔铸。锋镝铸，指熔铸兵器为农具，喻不再需要动用武力。

㉟ 栋梁，指支撑朝廷的大臣。

㊱ 磐石，喻如磐石之安，指分封宗室以巩固王朝的统治。《史记》载周成王戏剪桐叶为圭，封弟唐叔事。这里以“圭多剪”喻多封宗室为王。这是主张靠封建制来巩固统治，是一种违反历史发展规律的政治主张。

㊲ 推毂，喻皇帝任命大将，见第十八卷《览柏中丞兼子侄数人除官制词》注⑲。《淮南子・兵略》：“将已受斧钺，辞而行，乃翦指爪，设明衣，凿凶门而出。”注：“凶门，北出门也，将军之出，以丧礼处之，以示必死也。”这句诗是说应少遣将出征，少发动战争，也是说应少任命掌握重兵的藩镇，以免军阀割据，导致内乱。

㊳ 旒，冕旒，指帝王冠冕上悬垂的珠玉饰物。穆穆，《礼・曲礼》“天子穆穆”。疏：“威仪多貌。”这句诗是说应提高皇帝的威望，加强中央集权。

㊴《史记・殷本纪》述汤外出见有设网捕鸟者张网四面，并祝祷曰：“自天地四方，皆入吾网。”商汤去其三面之网，只留一面，也祝祷道：“欲左，左；欲右，右；不用命，乃入吾网。”诸侯闻之，曰“汤德至矣，及禽兽。”后以“网”喻“法”，网开三面，喻不苛罚人民，对百姓仁爱。恢恢，宽广貌。《老子》：“天网恢恢，疏而不失。”

㊵ 赤雀，见本卷《送高司直寻封阆州》注②。赤雀衔书，喻祥瑞，国家将有喜庆。

㊶《仇注》引《尚书中候》：“舜沉璧于河，荣光休至，黄龙负卷舒图，出入坛畔。”媒，媒孽。《文选・射雉赋》济注：“媒者，少养雉子，至长狎人，能招引野雉，因名曰媒。”这句诗是说征兆祥瑞的黄龙，不须引诱而自来。也是比喻国家自会有喜庆。这句和上一句诗是说按照前面所说的几点来改革政治，就能使国家兴旺发达。

㊷ 傅，指傅说（读如“悦”），殷高宗（武丁）的贤相，初隐于傅岩之野，武丁曾梦见傅说，终于求得此人。杜甫写这句诗，承认自己不是傅说那样的治国能臣。

㊸《汉书·扬雄传》："或凿坏以遁。"注："应劭曰：'凿坏，谓颜阖也。鲁君闻颜阖贤，欲以为相，使者往聘，因凿后垣而亡。坏，壁也。'"坏，不是简体字"坏"，是另一字，音"裴"（péi），也写作"坯"，墙壁。这句诗是表明，他已决心不作官，将以颜阖的行为为榜样。

◎ 秋日荆南送石首薛明府辞满告别奉寄薛尚书颂德叙怀斐然之作三十韵[①]（五排）

南征为客久，[②]　　到南方漂泊寓居已经长久，
西候别君初。[③]　　如今又在这城西亭和您告别。
岁满归凫舄，[④]　　您做县令的任期满了，将要回去，
秋来把雁书。[⑤]　　秋天开始时，您曾得到北方来书。
荆门留美化，[⑥]　　您在荆州地区留下淳美的教化，
姜被就离居。[⑦]　　将回去和久别的兄长团聚。
闻道和亲入，[⑧]　　听说他去吐蕃和亲已经归国，
垂名报国余。　　这样为国尽力的人将垂名万世。
连枝不日并，[⑨]　　你们弟兄如连理枝即将聚在一起，
八座几时除。[⑩]　　不知您什么时候也升上八座的位置。
往者胡星孛，[⑪]　　往昔安禄山的胡兵猖獗一时，
恭惟汉网疏。[⑫]　　想来是由于朝廷的法网太稀疏。
风尘相澒洞，[⑬]　　战争风尘到处弥漫扩散，
天地一丘墟。　　天地之间都成了废墟。
殿瓦鸳鸯坼，　　殿顶鸳鸯瓦被烧得碎裂横飞，
宫帘翡翠虚。[⑭]　　翡翠帘遮掩的宫殿里渺无人迹。
钩陈摧徼道，[⑮]　　禁卫军在行军的路上溃乱，

原文	译文
枪櫐失储胥。[16]	皇帝的行宫失去了栅垒护卫。
文物陪巡狩，[17]	精通文史的大臣们陪着皇帝出走，
亲贤病拮据。[18]	宗亲和贤才把困难局面苦苦撑持。
公时呵猰貐，[19]	那时，尚书愤怒地惩罚了吃人的凶猛怪兽，
首唱却鲸鱼。	首先作出榜样，奋起抵抗强敌。
势惬宗萧相，[20]	形势好转，大家把他看得像萧何一样，
材非一范雎。[21]	他的才能不是一个范雎所能相比。
尸填太行道，[22]	敌人的尸体阻塞了太行山的道路，
血走浚仪渠。[23]	敌人的鲜血流满了浚仪渠。
滏口师仍会，[24]	各路大军又在滏口会师，
函关愤已摅。[25]	函谷关前溃败的耻辱终于消雪。
紫微临大角，[26]	紫微星正对着天王座，
皇极正乘舆。[27]	御驾又回京城登上皇位。
赏从频峨冕，	随从的臣下受到恩赏，接连升迁，
殊恩再直庐。[28]	对尚书更加优厚，让他重新担任羽林军的统帅。
岂惟高卫霍，	不仅他的武功超过卫青和霍去病，
曾是接应徐。[29]	他的文才也能和应玚徐干相比。
降集翻翔凤，	像飞翔的凤凰从空中降落，
追攀绝众狙。[30]	推开纷纷前来攀附的蠢蠢猿狙。
侍臣双宋玉，[31]	作为侍臣，抵得上两个宋玉，
战策两穰苴。[32]	指挥军事，抵得上两个司马穰苴。
鉴彻劳悬镜，[33]	有劳您像高悬的明镜，对我有深刻透彻的了解，
荒芜已荷锄。[34]	我像一片荒芜的田地，还费您的力气来锄犁。
向来披述作，	不久之前拜读了您的大作，
重此忆吹嘘。	使我又回忆起往日曾经蒙您赞美。
白发甘凋丧，	我如今已满头白发，甘心凋萎，

青云亦卷舒。	你们兄弟正青云直上，随意卷舒。
经纶功不朽，	尚书谋划国家大事，功垂不朽，
跋涉体何如？	连年跋涉，身体可还康泰？
应讶耽湖橘，[35]	您该奇怪，为什么我这么爱湖橘，
常餐占野蔬。[36]	平常吃的多半是些野菜。
十年婴药饵，	十年来一直离不开药饵，
万里狎樵渔。	漂流万里，到处和渔民樵夫为侣。
扬子淹投阁，[37]	我想像扬雄那样投阁，只是长久犹豫不决，
邹生惜曳裾。[38]	也像邹阳那样，不愿在王门曳裾。
但惊飞熠耀，[39]	只是看见了流萤闪烁才惊醒过来，
不记改蟾蜍。[40]	竟没留意月亮多少次圆了又缺。
烟雨封巫峡，	迷蒙的烟雨把巫峡锁闭，
江淮略孟诸。[41]	长江和淮河把孟诸大泽隔绝。
汤池虽险固，[42]	京城的金城汤池虽然险要坚固，
辽海尚填淤。[43]	辽海还被厚厚的淤泥填塞。
努力输肝胆，	盼望你们竭尽忠诚为皇上效力，
休烦独起予。[44]	不要只是把推荐我的事放在心里。

注释：

① 石首县薛县令因任期届满，将回到长安家中去，他向杜甫告别，杜甫写了这首诗，请他带给他的哥哥薛尚书。这位薛尚书就是薛景仙。天宝十五载长安被安史叛军侵占时，他任陈仓县令，陈玄礼所部士卒发动马嵬兵变，诛杨国忠兄妹，杨国忠妻裴柔及虢国夫人等逃到陈仓，俱被薛景仙捕杀，一时人心大快；继又兴兵御敌，收复了长安附近的扶风郡（后改名凤翔），稳定了形势，使唐朝赢得了时间，得以调动大军，扭转战局。他曾任扶风太守、太子宾客、南山五谷防御使等职，后任检校吏部尚书，赴吐蕃和亲。大历二年十一月，自吐蕃回京。杜甫与薛景仙曾同在肃宗朝任职，相互有过一些来往，因此杜甫对薛仍怀有希望，盼他加以援引，使自己能回到朝廷。在这诗

中，回顾往事，详细追述薛的功绩，对他深致颂祝，也表达了自己的生活情况和思想活动。诗题中称这诗是“斐然之作”，《仇注》解释说：“犹云文思勃然而有作。”按《论语·公冶长》中“斐然成章”之语，原也只是指能以文辞来表达，并非很高的赞誉。说自己的诗是“斐然之作”，也不过是说以诗来表达自己的思想感情而已。这诗作于大历二年秋。

② 南征，指杜甫于乾元二年年底自秦州南下以及在巴蜀、荆楚的全部行程。

③ 候，本义是迎送宾客的官吏，如《左传·襄二十一年》：“使候出诸轘辕。”后引申为迎送宾客的地点、场所，与“亭”同义。晋孙楚有《征西官属送于陟阳候》一诗，注：“陟阳，亭名。”

④ 岁满，指官吏任职期满。凫舄，用叶县令王乔双舄化凫飞翔故事，见第三卷《桥陵诗》注㉙。因为薛是石首县令，故用此。

⑤《仇注》：“雁书，寄薛尚书。”施鸿保据诗中“向来披述作”句断定“雁书”“必薛尚书寄石首之书”。信是写给薛明府的，杜甫曾看到信中所附寄的诗作。

⑥ 石首县属荆州，荆门，通常指荆州及其属县，这里特指石首县。美化，指教化人民的优良政绩。

⑦ 姜被，喻兄弟友好。参看第八卷《寄张十二山人彪》注⑧。

⑧《仇注》引《旧唐书·吐蕃传》：“大历二年十一月，和蕃使检校户部尚书薛景仙自吐蕃使还，首领论泣陵随景仙入朝。”

⑨ 连枝，谓“连理枝”，喻兄弟关系。

⑩ 八座，见第十八卷《奉送蜀州柏二别驾将中丞命赴江陵》注⑤。

⑪ 胡星，喻安禄山、史思明等东胡族叛将。孛，原意指光芒四射，这里比喻叛军之猖獗。

⑫《仇注》：“禄山称乱，由朝廷过宠，故曰汉网疏。”恭惟，古代臣下向皇帝提出建议及议论朝政常用此语。

⑬ 风尘，指战争引起的混乱。澒洞，见第四卷《自京赴奉先县咏怀》注㊸。

⑭《仇注》引《洞冥记》：“汉武帝甘泉宫，起招仙阁，编翠羽麟毫以为帘。”又解释

说："帘虚，为嫔妃皆走。"

⑮ 钩陈，星名。见第四卷《魏将军歌》注⑲，这里以"钩陈"借代天子殿前护卫皇帝的羽林军。"徼道"的"徼"，音"教"（jiào），《文选·西京赋》："徼道外周，千庐内附。"注："徼道，巡更之道。"这里是说帝王出巡时施警戒的道路。这一句诗暗指唐玄宗于天宝十五载自长安出奔时，途中军士哗变的马嵬坡事件。

⑯《汉书·扬雄传》："木雍枪纍，以为储胥。""枪纍""储胥"是指木栅一类部件构成的防御工事。

⑰ 古代"文物"一词与现代汉语中"文物"的概念相差很大。古代的"文物"多用于指礼乐制度。《左传·桓二年》："文物以纪之，声明以发之。""文物"意义十分广泛，也可指文人。

⑱ 亲贤，指宗室及贤才。《仇注》："拮据，谓宗室忧劳。"

⑲ 猰貐，音"亚雨"（yà yǔ），古代文献中所说的一种凶恶的食人怪兽。这里是指杨国忠的党羽。呵，愤怒责斥。这句诗暗指薛景仙在陈仓县捕杀杨国忠妻、子及虢国夫人事。

⑳ 萧相，指汉丞相萧何。宗，意思是"尊敬"。《仪礼·士昏礼》："宗尔父母之言。"

㉑ 范雎，秦昭王的丞相。魏国人，入秦后以远交近攻之策说昭王，得到了重用。

㉒ 至德元载至二载初，史思明部将蔡希德进攻太原，遭到薛景仙部的阻击，未能得逞，"尸填太行道"指此。

㉓ 浚仪渠，《仇注》引《水经注》："禹塞荥泽，淫水于荥阳下，引河通淮、泗，名浪荡渠，一名浚仪渠。"浚仪渠在今河南省内。这句诗写收复洛阳、汴州的战役。

㉔ 滏口，在今河北省磁县、武安县之间，在滏山（今名"鼓山"）上，是太行山南端的要隘。至德二载九十月间西京、东京相继收复后，唐官军会师于此，准备进攻河北。

㉕ 函关，即函谷关。天宝十五载六月，哥舒翰在函谷关附近的灵宝与安史军激战，溃败后，潼关失守。

㉖《仇注》："《隋志》：紫微，大帝之座也。又大角一星，在摄提，天王座也，又名天栋。"并解释说："紫微临，帝星复明也。"

㉗ 皇极，指皇位。极，意思是君位。“乘舆”的“乘”字，读“盛”（shèng），皇帝乘坐的车，借代皇帝。

㉘ 上一句“赏从”，指皇帝奖赏随从逃亡以及随他一起返京的人员。峨冕，借代高的官位。这一句的“直庐”，原指在宫中值班守卫的地方，这里借代禁军的首领。原注：“薛旧执金吾，新授羽林军，前后二将军也。”

㉙ 卫霍，汉代大将卫青、霍去病，上一句诗颂薛景仙的武功。应徐，应旸、徐干，三国时魏国的著名文人，曾为魏太子宾客。薛景仙也曾任此职，故以应、徐相比。

㉚《庄子·齐物论》曾以狙公养狙为喻，分荍给众狙，朝四暮三则喜，朝三暮四则怒。后遂以“众狙”喻愚蠢者。狙，音“居”（jū），古籍中所说的一种猴子，有说是猕猴，有说是大母猴。

㉛ 宋玉为战国时期楚王侍臣，著名辞赋家。

㉜ 穰苴，音“瀼居”（ráng jū），姓田氏，春秋齐人。曾为大司马，故称司马穰苴。善用兵，后人称其兵法理论为“司马兵法”。

㉝ 悬镜，以明镜为喻，赞扬薛景仙有识别人才的能力。参看第三卷《上韦左相二十韵》注⑰。

㉞《仇注》：“言尚书有知人之鉴，惜已之荒芜，不足有为也。”荒芜，杜甫自喻。锄，喻薛景仙对他的关心、开导。

㉟《仇注》：“潭州（今湖南长沙）有橘州。”这样解释，就是说杜甫将有湖南之行。但这里应该是说在夔州淹留得太长久。杜甫有橘园在夔州。“橘”称“湖橘”，不知其出处。

㊱ 占，当读阴平声，意思是“看”。占野蔬，眼前尽是野菜。

㊲ 扬子，指扬雄。投阁，见第三卷《醉时歌》注⑯。淹，意思是迟延。

㊳ 邹生，指邹阳。曳裾，见第十六卷《壮游》注㊶。这句诗暗示未能在阳城郡王卫伯玉府中得到接待。

㊴《诗·豳风·东山》：“熠耀宵行。”熠耀，萤火虫。“惊飞熠耀”喻秋季已临。

㊵ 蟾蜍，指月亮。改蟾蜍，指月亮在一个月中的圆缺变化。这句诗是说时间过得快，不

知过了多少月。

㊶ 孟诸，古代宋国著名的大泽，参看第十六卷《昔游》注⑤。杜甫举出这一古代名泽代表中原地区。略，这里不作攻略、略取、取道解，而是作界限、隔绝解。《左传·僖十二年》："赂秦伯以河外列城五，东尽虢略。""虢略"者，虢国的边界。略孟诸，即"限孟诸""隔开孟诸"的意思。

㊷ 汤池，金城汤池，喻防御工事十分牢固。这一句诗是说的长安城。

㊸ 这句诗隐喻安史降将仍盘踞河北辽东一带，唐朝政令还不能在那里通行无阻，故引以为忧。

㊹《论语·八佾》："起予者，商也。始可与言诗已矣。"疏："起，发也；予，我也；商，子夏名。孔子言能发明我意者，是子夏也。"这诗里的"起予"是活用，不当按《论语》中的用法理解。这里的"起予"，意思是"起用我"，指举荐杜甫。《仇注》采取《杜臆》的见解解释说："时幽蓟尚有不顺命者，故劝其努力报君，不必专以'起予'为念。"

第二十二卷

杜

◎ 暮归[①]（七律）

霜黄碧梧白鹤栖，	白鹤栖歇的绿梧桐经霜变得枯黄，
城上击柝复乌啼。	城头上传来击柝声又传来鸦啼。
客子入门月皎皎，	异乡游子进门时只见月色皎皎，
谁家捣练风凄凄。	是谁家捣练，砧声伴着风声凄凄。
南渡桂水阙舟楫，[②]	想南渡桂水，我却没有舟楫，
北归秦川多鼓鼙。[③]	想北归秦川，那里战鼓仍不停止。
年过半百不称意，	年纪过了半百，一切事情不如意，
明日看云还杖藜。[④]	明天还是扶着藜杖看浮云自由来去。

注释：

① 这首诗写日暮还家所见的景色，景色凄凉，诗人的心境则更为凄苦。出门，是为生活奔忙，求人每每失望，因而诗中有“年过半百不称意”之语。这诗大概作于大历三年秋，时在公安。

② 桂水，在今湖南南部，发源于南岭北麓，在郴州耒阳间流入耒水。诗人不一定真的要到桂水之南去，只是以此表示有南行的愿望。阙舟楫，从字面上看与实际情况不符合，杜甫离夔州后主要生活在船上，看来是以此比喻无人招邀，因此去向难定。

③ 秦川，指西安附近之关中平原。《仇注》引《通鉴》：“大历三年八月，吐蕃复寇灵（州）邠（州），京师戒严。”

④ 黄生注：“起一‘复’字，结一‘还’字，见日日如是，无可奈何之词。”又云：“陶潜《停云》，为思友也。”这句诗中的“看云”，究竟何所指，不宜看得太死，总之是郁闷无聊之意。

◎ 哭李尚书[1]（五排）

漳滨与蒿里，[2]	从您卧病到如今为您唱挽歌，
逝水竟同年。	时间像流水一样，都在这一年。
欲挂留徐剑，[3]	我想像季札，到徐君墓前挂上宝剑，
犹回忆戴船。[4]	却竟像王子猷访问戴逵，半路上掉转了小船。
相知成白首，	早年和您结交，一直到白发满头，
此别间黄泉。[5]	这次和您别后，竟永远被黄泉隔断。
风雨嗟何及，[6]	在风雨中思念您，嗟叹已来不及，
江湖涕泫然。	漂泊在江湖上，止不住泪水涟涟。
修文将管辂，[7]	在地下您也该做修文郎和管辂一起，
奉使失张骞。[8]	皇帝如果派遣使臣，再也找不到您这样一个张骞。
史阁行人在，[9]	史官著作里将留下您出使的事迹，
诗家秀句传。	作为诗人，您也有精彩诗句流传。
客亭鞍马绝，	您的鞍马不会在驿亭边再度出现，
旅榇网虫悬。[10]	启运途中您的灵柩上已有蛛丝缀悬。
复魄昭丘远，[11]	魂魄从昭丘北归多么遥远，
归魂素浐偏。[12]	您终于要回到清清的浐水旁边。
樵苏封葬地，[13]	斫去杂树，锄去草，堆起高高坟茔，
喉舌罢朝天。[14]	尚书已不再能向天子朝见。
秋色凋春草，	春草凋萎了，换成秋色一片，
王孙若个边。[15]	王孙啊，如今有谁陪在您身边。

注释：

① 李尚书，即李之芳，杜甫早在天宝年间于游齐州时就和他交友。杜甫到江陵后，也屡次与他一起游宴，第二十一卷中有好几首与李之芳有关的诗，从诗中可看出杜甫和他

的友谊是很深的。李之芳于广德二年兼御史大夫，使吐蕃，被留两年才得归来，拜礼部尚书，后改任太子宾客。大历三年秋死于江陵。杜甫在公安得此噩耗，写了这首哀悼的诗。

② 刘桢诗有“余婴沉痼疾，窜身清漳滨”之句，后遂以“漳滨”隐喻病重。刘桢当魏文帝（曹丕）任太子时，曾任太子宾客，李之芳死前的职务也正是太子宾客，故用“漳滨”一语于李。蒿里，是古代挽歌名。崔豹《古今注》：“薤露、蒿里并丧歌……亦谓人死魂魄归于蒿里。”《乐府诗集》“蒿里，山名，在泰山南。”开头两句诗是说李之芳病重与死亡是在同一年内，杜甫与李在江陵相见时，没想到李这么快就离开人世。

③“挂剑”的故事，见第十三卷《别房太尉墓》注⑤，诗中以此表达诗人欲报答李之芳对自己的友情而未遂。

④“忆戴船”的故事，见第九卷《卜居》注⑤。这里指杜甫未能从公安回江陵吊祭李之芳。

⑤ 间黄泉，喻死生之隔。黄泉，地下。喻人死亡后归宿之处。《左传·隐元年》：“不及黄泉，无相见也。”

⑥《诗·郑风·风雨》：“风雨凄凄。”这是思念友人的诗篇。悼亡之诗多用此。

⑦ 修文，指“修文郎”，见第十四卷《闻高常侍亡》注⑤。管辂，三国时代魏国人，幼嗜天文，长通周易，能预卜未来之事，自知寿不过四十七八，果于四十岁病死。管辂死后，是否有为“修文郎”之说，未见记载，但此诗中谓“将管辂”，是说与管辂为伴。也许李之芳死前，说过自己活不长久的话，与管辂预知死年相似，故以管辂相比。

⑧ 张骞，出使西域的著名汉代大臣。李之芳曾出使吐蕃，且被留在吐蕃两年，故以张骞相比。

⑨ 史阁，指收藏典籍书史之秘阁。行人，指使臣。《九家注》：赵云：“‘行人’，又申言其奉使，‘阁’，则言其书之史册也。”

⑩ 网虫，即蜘蛛，因为它能结网捕虫。网虫悬，可想见其寂寞凄凉之状。

⑪ 昭丘，楚昭王墓，在荆州。见第二十卷《秋日寄题郑监湖上亭》第一首注⑥。复魄，与下一句的“归魂”意思相同。古人迷信，以为人死后尚存魂魄，都要回故乡去。

⑫ 素浐，即浐水，在长安附近。见第二十卷《九日五首》第四首注②。李之芳是皇族，世代住在长安，故“归魂素浐”。

⑬《史记·淮阴侯传》：“樵苏后爨。”注：“苏，取草也。”封，指“封墓”，《书·武成》：“封比干墓。”传：“封，益其土。”即增加坟冢上土堆的厚度。

⑭《后汉书·李固传》：“斗为天之喉舌，尚书亦犹陛下之喉舌。”后遂以“喉舌”代称尚书。李之芳曾拜礼部尚书。

⑮ 李之芳是唐宗室，为蒋王李恽之孙，故称他为“王孙”。若个，唐代口语，意思同“哪个”“谁人”。

◎ 重题[①]（五律）

涕泗不能收，	我的眼泪不能停止，
哭君余白头。	为您哭，也为我自己，这个留在世上的白头人。
儿童相识尽，	儿童时期相识的人都已逝去，
宇宙此生浮。	我的生命还在这宇宙间浮沉。
江雨铭旌湿，[②]	江上的雨会淋湿您的铭旌，
湖风井径秋。[③]	湖上秋风，将吹过您墓边的小径。
还瞻魏太子，[④]	回头遥望魏太子的身边，
宾客减应刘。[⑤]	他的宾客里不再有应玚、刘桢。

注释：

① 这是又一首哭李之芳的诗。前一首诗，诗人还没有把哀悼之情充分表达出来，于是又写了这首悼诗。不妨比较一下这两首诗：前一首多用典故，语多赞颂，是典雅堂皇之作，悲痛之情不免受到限制；而这一首则语言质朴，直抒胸臆，更为感人。诗人有意“重题”，不是无缘故的。

② 铭旌，是古代丧礼用的竖直狭长的旗幡，原先只在上面写出死者的姓名，后来逐渐演变为列举官职头衔，出殡时以引导灵柩。

③ 井，即“金井”，指墓穴，参看第四卷《苏端薛复延简薛华醉歌》注⑮。《仇注》引鲍照《芜城赋》：“边风起兮城上寒，井径灭兮丘垄残。”引文中的“井径”是指居民住的地方，不是这诗中所说的“井径”。又引黄生注：“井径，似指隧道，今形家目穴内为金井。”

④ 魏太子，指未登帝位时的曹丕。

⑤“应刘”指当时任太子宾客的应玚、刘桢。曹丕《与吴质书》中有“徐、陈、应、刘，一时俱逝”，对已死的文友徐干、陈琳、应玚、刘桢深致悼念。与哀悼李之芳的意思相合。诗句后有原注：“李公薨于太子宾客”。以“应刘”相比自为适宜。

◎ 哭李常侍峄二首[1]（五律）

一代风流尽，	您同辈的风流人物已将逝尽，
修文地下深。[2]	都做了修文郎，在地下藏得深深。
斯人不重见，	您这个人，我已不能再看见，
将老失知音。	我临近老死时又失去您这位知音。
短日行梅岭，[3]	在夜长昼短的季节，您的灵柩经过了梅岭，
寒山落桂林。[4]	在寒冷的山路上桂树林已凋零。
长安若个伴，[5]	到了长安，将有谁和您作伴，
犹想映貂金。[6]	我还在想着您那戴着金蝉冠和珥貂辉映的身影。

注释：

① 李峄，是唐朝宗室，曾在门下省任散骑常侍，那时杜甫任职左拾遗，故与他熟识。后来李死于岭南，归葬长安，杜甫在荆州遇见他归葬途中的灵柩，就写了这两首悼诗。

黄鹤谓此两诗于大历三年冬江陵作。

② 修文，见第十四卷《闻高常侍亡》注⑤。

③ 梅岭，即大庾岭，自岭南北归，经过此山。

④ 桂林，《九家注》赵注引《山海经》：“桂木八树，在贲禺东。”注云：“八树成林，言其大也。贲禺在广州。”贲禺，即番禺，诗中之“桂林”，指广州所属之地。这句诗是说明李峄死亡的地点。但“桂林”，也可喻人才荟萃之地，“落桂林”似亦可比喻人才之萎谢。译诗照字面译写。

⑤ 若个，见本卷《哭李尚书》注⑮。

⑥ 貂金，是常侍的服饰，起源于后汉。《后汉书·舆服志》：“武弁大冠，诸武官冠之。侍中、中常侍加黄金珰，附蝉为文，貂尾为饰。”据《唐书·百官志》，显庆二年，分散骑常侍为左右，冠饰亦为“金蝉珥貂”。

◎ 其二（五律）

青琐陪双入，①	当年我曾陪伴着您，两个人一起走进青琐门，
铜梁阻一辞。②	后来您在铜梁，我却没去看您，失去和您畅谈的机会。
风尘逢我地，③	如今在旅途的风尘中和我相遇，
江汉哭君时。	只能在江汉旁对着您哭泣。
次第寻书札，④	挨着日期前后寻找您给我的书信，
呼儿检赠诗。	又叫儿子翻找出您赠给我的诗。
发挥王子表，⑤	在王子中间，您发挥了杰出作用，
不愧史臣词。⑥	不会愧对史臣们赞颂您的言辞。

注释：

① 青琐，即青琐门。从门下省到宣政殿上朝，要经过青琐门。

② 铜梁，唐代县名，属渝州（今重庆市）。当李峄在铜梁时，杜甫在梓州一带，相距不太远，但终未能一见，故云“阻一辞”，深表惋惜。

③ 风尘逢我，指这次在江陵遇见李峄之归棕。风尘，不是喻战乱，而是指旅途风尘仆仆。

④ 次第，次序、按照次序。

⑤ 李峄是宗室，故称之为“王子”。表，有杰出、表率等含意。发挥，《易·乾》：“六爻发挥，旁通情也。”《周易姚氏学》：“发挥，犹发动，六爻发挥，谓由六画而发动为六爻也。”在这诗中，与现代汉语中的“发挥”意思相近。

⑥ 这句诗是赞美李峄对国家有贡献，史册上将记载他的事迹。

◎ 舟出江陵南浦奉寄郑少尹审[1]（五排）

更欲投何处？	我又将投奔哪里去？
飘然去此都。[2]	像被风吹走一样离开这古都。
形骸元土木，[3]	我的躯体早已像土木一样，
舟楫复江湖。	任听我的船再把我带往江湖。
社稷缠妖气，[4]	国家依然被妖气缠绕，
干戈送老儒。	连年战乱，断送了我这个老儒。
百年同弃物，[5]	这一生像废物一样被人抛弃，
万国尽穷途。	随便哪个州郡都找不到我的出路。
雨洗平沙净，	平坦的沙洲被雨水洗净，
天衔阔岸纡。	和天空连接的江岸宽阔、纡曲。

鸣螀随泛梗，[⑥]	哀叫的寒蝉随着水面树枝飘浮，
别燕起秋菰。	燕子将离去，从秋菰丛中飞出。
栖托难高卧，	依靠别人生活怎能睡得安稳，
饥寒迫向隅。[⑦]	受到饥寒逼迫，只能独自向隅。
寂寥相呴沫，[⑧]	水干后，群鱼相濡以沫的事世上已很少看见，
浩荡报恩珠。[⑨]	我恐怕已难实现夙愿，献给您一颗报恩的明珠。
溟涨鲸波动，	大海涨潮了，鲸鱼鼓着波浪前进，
衡阳雁影徂。[⑩]	雁群投下影子，正向衡阳飞去。
南征问悬榻，[⑪]	我要到南方去，可不知那里是否悬挂卧榻在等待我，
东逝想乘桴。[⑫]	又想往东走，到大海上去乘桴。
滥窃商歌听，[⑬]	承蒙您听我歌吟，可我怎能和唱商歌的甯戚相比，
时忧卞泣诛。[⑭]	却时时忧虑为献玉而哀泣的卞和会被诛。
经过忆郑驿，[⑮]	我走到哪里都会想起在您府上受到的盛情款待，
斟酌旅情孤。[⑯]	您在斟酌自饮时，大概也会想起我旅途的孤苦。

注释：

① 大历三年秋，杜甫乘船离开江陵，从江陵城南江边出发，在船上写了这首寄给郑审的诗。郑审这时已任江陵府少尹，故称之为郑少尹。在这以前的诗中，都称他为郑秘监。尽管郑审和杜甫有较深的友谊，但也不能让杜甫在江陵得一栖身之地，大概有什么难言之隐。杜甫在这诗中表白了自己的痛苦，但也对郑审的隐衷表示理解，并感谢他的友情。

② 飘然，常因使用的情境不同而有迥然不同的含意。有时形容行动自由不羁；有时则形容漂泊不定。在这诗里当指后者。

③《晋书·嵇康传》：“……有风仪而土木形骸，不自藻饰。”土木形骸，原指人不修饰仪容，保持本来面目。也常用于指人的内心已如死灰，故外形也如土木，不受外物激动。这句诗是表示诗人已对一切绝望。

④ 缠妖气，喻战乱未平，社会仍动荡不安。

⑤ 百年，指人的一生。

⑥ 蛩，即寒蛩，又名寒蝉，至秋深天寒始不鸣。这句诗和下一句诗既写深秋景物，又隐喻诗人自己的处境。

⑦ 向隅，《说苑·贵德》：“今有满堂饮酒，有一人独索然向隅泣，则一堂之人皆不乐。”后多用于指个人独特的不幸。《文选·笙赋》：“众满堂而饮酒，独向隅以掩泪。”这诗中用“向隅”一语与此相类。

⑧《庄子·天运》：“泉涸，鱼相与处于陆，相呴以湿，相濡以沫，不若相忘于江湖。”这句诗是说，这样的事少见了，比喻人世间在困境中相互帮助的事已少有，流露出抱怨的情绪。

⑨《淮南子·冥览》：“隋侯之珠”注：“隋，汉东之国……隋侯见大蛇伤断，以药傅之。后大珠以报之，因曰隋侯之珠，盖明月珠也。”这句诗是表示，杜甫对郑审感恩图报，但无此能力，不能如愿。

⑩ 徂，音“粗（阳平）”（cú），往，去。古代有北雁南飞不过衡阳之说。这句和上一句诗都是暗示诗人可能前往的地方，预示下面两句诗所述的内容。

⑪ 悬榻，用陈蕃为徐稚专设一榻的典故，见第十五卷《送殿中杨监赴蜀见相公》注④。但湖南有没有这样尊重杜甫的人尚不可知，故说“问悬榻”。

⑫ 乘桴，到海上漂游，见第二十一卷《遣闷》注⑪。

⑬ 商歌，见第十二卷《与严二郎奉礼别》注③所引《淮南子》语。甯戚喂牛时唱“商歌”，引起齐桓公的注意，举以为相。这句诗的意思是：如把杜甫的诗当作甯戚的“商歌”来听，以为杜甫是治国的人才，那就错了，请郑审不要对他谬奖，更不要推荐他任官职。

⑭ 据《韩非子·和民》，战国时楚国卞和得璞玉于楚山中，以献厉王，王以为诳，刖其左足；武王即位，复献之，又以为诳，刖其右足，及文王立，乃抱璞哭于荆山之下。王使人问之，曰：“臣非悲刖，宝玉而题以石，贞士而名之为诳，所以悲也。王乃使人理其璞，果得玉。”诗中说，在今天，献璞玉的人或不仅受刖刑，说不定还要被诛。劝郑审谨慎，不要受自己的连累。由此也可看出，当时杜甫不知又得罪了什么人，不能留在荆州，必有缘故。

⑮ 郑驿，见第十三卷《赠王二十四侍御契》注㊱。这里以郑庄（郑当时）之驿馆代表郑审之湖亭，回忆在峡州受到郑审款待的事。

⑯《仇注》："每有经过，便思郑尹，为其能酌酒以慰旅情。"《九家注》赵云："'斟酌旅情孤'言郑监必测度我旅情之孤也。"斟酌，赵理解为"测度"，不如仇直接看作饮酒好；但"旅情孤"则以赵说为合。译诗兼采两家之长处。

◎ 移居公安山馆[①]（五律）

南国昼多雾，	南方的白昼也常常大雾弥漫，
北风天正寒。	又正是刮北风，天气严寒。
路危行木杪，	山路高危，人像在树梢上走，
身迥宿云端。	人住在高处，像住宿在云端。
山鬼吹灯灭，[②]	灯灭了，是被山鬼吹熄，
厨人语夜阑。	夜已很深，还听见厨役在闲谈。
鸡鸣问前馆，	鸡叫时出发，问前面在哪里过夜，
世乱敢求安。[③]	在兵荒马乱的年头，谁敢求安住一地不搬迁。

注释：

① 这首诗是描述在公安县境赶路，在一处山馆中过夜的情景。诗中表达出深山中恐怖的气氛和旅人惊惶不安的心情，使读者如历其境。当作于大历三年冬。

②《仇注》谓："因手灯吹灭，戏语为鬼所吹。"

③《仇注》："安，谓安眠也。"恐误。前一句"问前馆"，可看出正在旅途中，明日尚不能到达目的地。这句诗中的"安"，是指安居，而非安眠明甚。

◎ 醉歌行赠公安颜十少府请顾八题壁[1]（七古）

神仙中人不易得，[2]	人世间神仙一般的人物不易见到，
颜氏之子才孤标。[3]	这位颜家的后代才能杰出孤高。
天马长鸣待驾驭，	像天马在长嘶，等待人骑上奔跑，
秋鹰整翮当云霄。	像秋鹰在整理羽翅，将飞上云霄。
君不见东吴顾文学，[4]	您可看见，这位是东吴的顾文学，
君不见西汉杜陵老。[5]	您可看见，我就是长安杜陵野老。
诗家笔势君不嫌，[6]	诗篇和书法您都不嫌弃，
词翰升堂为君扫。[7]	让我们到您的堂上题写诗篇，拿起笔为您挥扫。
是日霜风冻七泽，[8]	今天，霜风凛冽，七个湖泽都被吹得冻结，
乌蛮落照衔赤壁。[9]	乌蒙山上的落照一直射向长江边的赤壁。
酒酣耳热忘头白，	酒喝得酣畅了，耳朵已发热，忘记了我们两个头发已变白，
感君意气无所惜，	感谢您对我们的真情实意，我们一切都不会吝惜，
一为歌行歌主客。[10]	为您作这篇歌行来歌唱今天的主客会集。

注释：

① 这首歌行是应公安县颜县尉之请而作，同时并请顾戒奢（关于他，见注④及下一篇诗注①）题写于壁上。杜甫是大诗人，顾戒奢是大书家，当时恰好都在公安，颜少府爱重这两位大家，就宴请他们，并请他们进行了一次有意义的合作。诗中表达出了沉醉于友谊之中、忘去一切烦忧的豪情。这样的欢聚和豪情虽然是短暂的，然而却是可贵的，是对卑鄙俗态的冲击。这样的精神状态是一种审美境界，诗人和艺术家珍惜它，自然会乐意使它凝聚在语言文字上。这诗当作于大历三年冬。

② 神仙中人，称赞年轻人品貌俊美的用语。《仇注》引《世说》："杜乂，预之孙，美姿容，王逸少目之曰：'肤如凝脂，眼如点漆，神仙中人也。'"

③ 颜氏之子，指颜少府，因为他比杜甫年轻，故这样称他。孤标，喻才能突出、杰出。

④ 顾戒奢，曾任"太子文学"。"文学"是官职名称，掌校典籍，侍奉文章。顾是苏州人，故称他为"东吴顾文学"。

⑤ 长安是西汉京城，故可以"西汉"代"长安"；杜甫家住长安杜陵，故自称"西汉杜陵老"。参看第二卷《投简咸华两县诸子》注③。

⑥ 诗家，擅长作诗的人。笔势，指书法家运笔的力度特征。诗中兼用人与事来代表诗歌与书法两种艺术和两位艺术家。

⑦ 词翰，分别以"词"指诗歌，以"翰"指书法。

⑧ 七泽，指古代楚境的七个大湖。《文选·子虚赋》："臣闻楚有七泽，尝见其一，未睹其余也。臣之所见盖特其小小者耳，名曰云梦。"这里泛指荆州附近的湖泊。

⑨ 乌蛮，指乌蒙山，在荆州西南。赤壁，在荆州以东。这句诗以远远超过实际视野的广阔图景来展示诗人的襟怀和兴奋、豪放之情。

⑩ 主，指颜少府；客，指顾戒奢和作者。歌主客，歌颂这样的主客欢会之情。

◎ 送顾八分文学适洪吉州[①]（五古）

中郎石经后，[②]	从蔡邕的石经往后数，
八分盖憔悴。[③]	世传的八分书体已缺少生意。
顾侯运炉锤，[④]	顾公使出巨大的力量像挥动铁锤，
笔力破余地。[⑤]	遒劲的笔力突破书艺留下的余地。
昔在开元中，	往昔，在开元年间，
韩蔡同赑屃。[⑥]	他和韩择木、蔡有邻一起书写碑文有着同等名气。

玄宗妙其书，	玄宗皇帝也擅长这种书体，
是以数子至。	因此几位书家聚集到京城里。
御札早流传，	皇上手写的书札早就流传各地，
揄扬非造次。[7]	他对书法的赞美绝不是随便提起。
三人并入直，[8]	三个人一起进宫侍奉皇帝，
恩泽各不二。	得到了同样优厚的待遇。
顾于韩蔡内，	顾公在韩蔡等几位书家里面，
辩眼工小字。[9]	眼力最好，擅长写小字。
分日侍诸王，	定期分别陪同几位王子，
钩深法更秘。[10]	探讨精湛技法，更深入书法奥秘。
文学与我游，[11]	顾公常和我一起来往，
萧疏外声利。	喜爱清静逸致，不求名利。
追随二十载，	我和他相处二十年，
浩荡长安醉。	曾经在长安宽阔的大道上喝醉。
高歌卿相宅，	在卿相大臣的住宅里放声高歌，
文翰飞省寺。[12]	在省署官舍里到处题字。
视我扬马间，[13]	他把我看成扬雄、司马相如一流人，
白首不相弃。	一直到头发白了，也没把我抛弃。
骅骝入穷巷，	他乘着骏马来到我住的小巷里，
必脱黄金辔。[14]	总要停下马，把黄金辔头脱卸。
一论朋友难，[15]	朋友们有了困难，他一律看待，
迟暮敢失坠。	哪怕他年已衰老，也决不忽视。
古来事反覆，	自古以来，人间的事情翻覆不定，
相见横涕泗。	我们这次相见不禁横流涕泪。

向者玉珂人，[16] 当年那些马头上鸣响玉珂的官员，
谁是青云器。[17] 哪几位仕途通达，有做大官的才具。
才尽伤形骸， 我如今文才枯竭，身体衰残，
病渴污官位。[18] 又患消渴病，真是玷辱了官位。
故旧独依然， 只有您这位老友和往昔一样，
时危话颠跻。[19] 听我诉说危难中不幸的遭遇。
我甘多病老， 我甘愿这样在多病中老死，
子负忧世志。 您却仍怀抱着忧时救世的大志。
胡为困衣食， 怎么您竟然也这样困于衣食，
颜色少称遂。 从脸色上我能看出您也很少称心如意的事。
远作辛苦行， 您如今辛辛苦苦要到远方去，
顺从众多意。 是为了顺从多数人的心意。
舟楫无根蒂， 船底下没有根蒂和大地相连，
蛟鼍好为祟。 蛟螭鼋鼍便于骚扰作祟。
况兼水贼繁， 何况水路上盗贼又多，
特戒风飙驶。 特别要注意别在刮大风时行驶。
崩腾戎马际，[20] 战争时期会发生意外骚乱，
往往杀长吏。 往往杀死地方上的负责官吏。
子干东诸侯，[21] 您到东方去拜谒州郡刺史，
劝勉防纵恣。 要劝勉他们提防部下放纵骄恣。
邦以民为本， 邦国得依靠人民作根基，
鱼饥费香饵。[22] 人民像饥饿的鱼群，得多费些香饵养饲。
请哀疮痍深， 请哀怜人民，他们的创伤太深重，
告诉皇华使。[23] 人民的苦况该让皇帝的使臣得知。
使臣精所择， 使臣该慎重精选下属官吏，
进德知历试。 要通过多次考验提拔德高的贤士。

恻隐诛求情，[24]　　对人民遭受苛征暴敛是不是怜悯，
固应贤愚异。　　贤人和庸才态度当然有差异。
烈士恶苟得，　　有志之士痛恨轻易得到名利，
俊杰思自致。　　杰出的人总是刻苦自厉。
赠子猛虎行，[25]　　赠给您这篇《猛虎行》一样的诗，
出郊载酸鼻。　　送您到城郊，感到辛酸往鼻里刺。

注释：

① 顾八分文学，即顾戒奢，曾任太子文学翰林待诏，故称“顾文学”。称他为“顾八分”，大概是由于他擅长八分书体，故以“八分”称之。“八分”书体，见第十八卷《李潮八分小篆歌》注①。前一首诗中，又称顾戒奢为“顾八”，八，应是他的排行，但也可能是脱漏了“分”字，难作断论。“洪吉州”是指唐代江南西道的两个州：洪州（豫章郡，即今江西南昌）和吉州（庐陵郡，即今江西吉安）。顾戒奢将去投奔那里的刺史，经过公安。杜甫与他是旧友，安史乱前在长安时常相互往来。杜甫在这诗里盛赞顾的书法和他对自己的友谊，为时局与好友的遭遇感叹，并对他多所慰勉，请他告诫江南西道的州郡长官们关怀人民，尽力解除人民的苦难。这诗与上一首诗为同时之作。

② 中郎，指蔡邕。见第十八卷《李潮八分小篆歌》注⑤、⑱。他曾于东汉灵帝熹平四年书写儒家的《六经》，即《诗》《书》《易》《乐》（缺）《礼》《春秋》。刊于碑石，这就是“石经”。

③ 憔悴，指书法作品缺少内在精神，萎靡不振。故译为“缺少生意”。

④ 炉锤，与“炉捶”同。《庄子·大宗师》：“皆在炉捶之间耳。”成玄瑛疏训“炉捶”为炉冶打锻。这里用来比喻书法家以巨大力量运笔。

⑤ 余地，指当时一般书法家未能到达的艺术境界。

⑥ 韩蔡，指韩择木和蔡有邻，见第十八卷《李潮八分小篆歌》注⑩、⑪。“赑屃”音“壁系”（bì xì），是传说中的龟一类的动物。《升庵外集》谓龙生九子，各有所好，其一曰赑屃，好负重。古代石碑下所刻驮碑的龟状动物就是它，这里以“赑屃”代

表石碑、碑刻。

⑦ 这句诗是说唐玄宗善于八分书，他对顾戒奢的赞扬不是随便提出的。造次，仓卒、急遽。

⑧ 入直，到宫里侍奉皇帝。

⑨ 辩眼，通常口才好称为“辩口”，由此类推，“辩眼”则可理解为眼力好。“辩”与“辨”通。

⑩《易·系辞》：“探赜索隐，钩深致远。”钩深，喻深入钻研，探求奥秘。

⑪ 文学，指顾戒奢。

⑫ 省寺，泛指省署及官舍。《汉书·元帝纪》注：“凡府廷所在皆谓之寺。”唐代中央官署有尚书省、门下省及大理寺、光禄寺等。

⑬ 扬马，指汉代大辞赋家司马相如及扬雄。

⑭ 上一句和这一句诗是回忆安史乱前两人在长安的交游。穷巷，指杜甫在长安的住所。脱黄金辔，是说停留一段时间以叙友情。黄金辔，对马衔的美称。

⑮ 一论，意思与“一律”相同。论，有比、列之义。

⑯ 玉珂，见第六卷《春宿左省》注⑥。玉珂人，指至德二载、乾元元年间，与杜甫、顾戒奢同在肃宗朝任职的官员。

⑰ 青云器，具有做高级官吏的才能和道德修养的人。青云，喻仕途通达，步步高升。器，喻人才。

⑱ 病渴，患消渴病（今称糖尿病）。污官位，自谦不能胜任工部员外郎官职。

⑲ 颠，跌倒。跻，攀登。这里指仕途的艰难。

⑳ 崩腾，形容骚乱。

㉑ 干，干谒、拜谒。东诸侯，指江南西道洪、吉两州的刺史。因地处荆州之东，所以这样称呼。

㉒ 这句诗以“饥鱼”比喻受苦的人民。乱世人民多流亡逃散，须加以招抚，故以“香饵”比喻招抚的优待政策。从现代观点来看，可能会认为是对人民的侮辱，但在古

代封建社会中，能对人民的疾苦有所关怀，已是难能可贵的了。

㉓ 皇华使，皇帝的使者。《诗·小雅》有《皇皇者华》篇，《诗序》谓："君遣使臣也，送之以礼乐，言远而有光华也。"这诗中指洪、吉两州的刺史。

㉔ 恻隐，怜悯、同情。诛求，苛征暴敛。

㉕《猛虎行》是晋陆机作的诗篇名，其中有"渴不饮盗泉水，热不息恶木阴。恶木岂无枝，志士多苦心"。这是一首劝勉官吏的诗，因用它来比喻这一篇诗。

◎ 官亭夕坐戏简颜十少府[①]（五律）

南国调寒杵，[②]	南国的杵声在寒风中有节律地响，
西江浸日车。[③]	太阳已落下，浸入西来的大江。
客愁连蟋蟀，	思乡的哀愁与蟋蟀叫声相连，
亭古带蒹葭。	古老的官亭旁，一片芦苇苍苍。
不返青丝鞚，[④]	您乘坐系着青丝缰的马一去不回，
虚烧夜烛花。	我在夜晚点上蜡烛，对着灯花空等了您一场。
老翁须地主，	我这老翁期待着您这位主人来，
细细酌流霞。[⑤]	要和您一杯杯饮流霞酒饮个酣畅。

注释：

① 官亭，即驿亭。杜甫在公安时，暂住在江边的驿亭内。公安县颜十少府曾到驿亭来拜望杜甫，并允诺再来看他，杜甫等候自夕至夜，未见其人，于是戏作这诗送给颜少府。这诗当为大历三年秋在公安作。

② 杵，捣衣工具，见第十七卷《夜》注②。用一"调"字，表示杵声节奏鲜明，如有意调声者。《杜臆》："捣衣之杵有音节，吾乡所云花练槌是也。故云'调寒杵'。"

③ 西江，长江之中上游，杜甫诗中俱称为西江。太阳西沉，如落入江中，故云“浸日车”。

④ 鞚，原指马勒，这里兼指缰绳。诗中以“青丝鞚”代表颜少府的坐骑，实际上是说颜少府未乘马来。

⑤ 流霞，酒名，见第十七卷《宗武生日》注⑨。

◎ 移居公安敬赠卫大郎[①]（五排）

卫侯不易得，	卫君这样的人真难得遇见，
余病汝知之。	我身上有病，您竟能知情。
雅量涵高远，	您气度宽广，包容高远，
清襟照等夷。[②]	襟怀清逸，照映同辈人的心。
平生感意气，[③]	您对人情意深厚，使我感动，
少小爱文词。	年纪轻轻，诗写得这样好使我高兴。
江海由来合，	长江总要汇流到海里，
风云若有期。[④]	风云总要聚合好像事先约定。
形容劳宇宙，[⑤]	在这宇宙间生活劳苦，我的容颜已经衰老，
质朴谢轩墀。[⑥]	过着简朴生活，不再回朝廷。
自古幽人泣，[⑦]	自古来受压抑的人常伤心悲泣，
流年壮士悲。	有志之士常为逝去的年华哀吟。
水烟通径草，	水面的烟霭通向小径旁的草地，
秋露接园葵。[⑧]	园里的葵菜上秋露晶莹。
入邑豺狼斗，[⑨]	城邑里闯进了相互格斗的豺狼，
伤弓鸟雀饥。[⑩]	鸟雀被箭射伤，正饥饿难忍。

白头供宴语，	您陪着我这白头人宴饮谈天，
乌几伴栖迟。[11]	伴在我的乌皮几旁，使我感到安宁。
交态遭轻薄，[12]	和别人来往常遭到轻蔑侮慢，
今朝豁所思。[13]	今天可舒畅了，愁思都已消尽。

注释：

① 据诗题下的注，可知卫大名钧。排行第一，故称“卫大”，因为年龄还轻，故称之为“郎”。他是杜甫在公安时认识的青年。他对杜甫很尊敬，使杜甫感到欣慰，所以赠给他这首诗。作诗时间为大历三年秋。

②《史记·留侯世家》：“今诸将皆陛下故等夷。”如淳注：“等夷，言等辈。”

③ 这四句诗，《仇注》解释说：“且感其平时意气，如江海之流易合；又爱其少而能文，知风云之会有期也。”这样解释，是把作者看作这句诗的主体，“感”与“爱”两词，都是作者的意识活动，但也可以理解为纯粹是作者所述卫大郎的情况。卫大郎平日常为意气感发，热情助人；他从小就喜爱诗文。这样似也能通，甚至更加合于情理。

④ 风云有期，《仇注》认为这是说卫大郎将来能在政治舞台上大显身手，这是“风云会”的通常的理解。但在这里，也可能与前一句“江海由来合”一样，只是比喻卫钧与杜甫一见面就能合得来，相互理解，友谊深厚。译诗的前两句根据《仇注》的解释。

⑤《庄子·大宗师》：“夫大块载我以形，劳我以生，佚我以老，息我以死。”这句诗中的“宇宙”与《庄子》中所说的“大块”相当，即自然界。在宇宙中辛劳地生活，使人形容（容貌）衰老。

⑥ 轩，车驾。墀，宫殿的台阶。这里以此两字借代在朝廷里任职的官员。

⑦ 这里的“幽人”，不是指隐士，而是指被压抑的人，怀着满腔幽愤的人。

⑧“水烟”“秋露”两句，描写诗人住处环境凄凉。

⑨ 豺狼，喻在地方作乱骚扰的武人。“入邑”的“邑”，可能就是指公安县。当时到处一片混乱，豺狼当道，相互争斗不已。

⑩ 伤弓鸟雀，是杜甫自况。在这情况下，卫大郎热情招待杜甫，故更感到他的盛情可贵。

⑪ 乌几，即乌皮几，杜甫随身带的坐具。杜甫诗中许多地方提到它。参看第十三卷《将赴成都草堂途中有作五首》第五首注②。伴，是说卫大郎作伴，坐在杜甫坐的乌皮几旁。栖迟，指安稳的生活。

⑫ 交态，指人与人之间的交往，即人际关系。

⑬ 思，指忧思、愁思。古汉语的“思”字，可直接用来指“悲思”。

◎ 公安送韦二少府匡赞[①]（七律）

逍遥公后世多贤，[②]	逍遥公的后代中曾有许多贤才，
送尔维舟惜此筵。	我系住船送您走，在筵席上别意绵绵。
念我能书数字至，	您如想念我就给我写几个字寄来，
将诗不必万人传。[③]	带去我的诗却不必传给许多人看。
时危兵革黄尘里，	这艰危的年头兵荒马乱，黄尘四起，
日短江湖白发前。	我这江湖上流浪的白发人对着日益变短的白天。
古往今来皆涕泪，	古往今来都有伤心事令人流泪，
断肠分手各风烟。	我们也只能悲痛地离别，各自隐入无际风烟。

注释：

① 唐代，每个县通常设县尉两人，前面的诗中提到的是颜少府，这首诗中说的是韦少府，都是公安县的县尉。韦少府名匡赞，将离公安回京，杜甫参加了送别的宴会，并赠给他这首诗。

② 逍遥公，指南北朝时期北周的韦夐，高蹈不仕，明帝时（557—558 年）被封为逍遥公。唐中宗时，韦嗣立亦曾被封为逍遥公。据旧注，嗣立后为小逍遥公房。韦匡赞

属大逍遥公房，是韦夐的后代。

③ 这句诗中的“诗”，是指杜甫赠给韦匡赞的诗。不必万人传，是表示诗人不欲显扬其名声。《仇注》引《杜诗演义》：“公诗多伤时语，故嘱其不必浪传。”亦可参考。

◎ 公安县怀古[①]（五律）

野旷吕蒙营，[②]	在这广阔的原野上吕蒙曾扎过营，
江深刘备城。[③]	这深江畔有刘备住过的古城。
寒天催日短，	天气寒冷，催白昼渐渐变短，
风浪与云平。	风卷起巨浪，和天空浮云相平。
洒落君臣契，[④]	刘备和臣下融洽相处，无拘无束，
飞腾战伐名。[⑤]	吕蒙指挥作战以迅猛英勇闻名。
维舟倚前浦，	我系住船，把船停靠在前面水边，
长啸一含情。	长啸一声，倾吐心中怀古之情。

注释：

① 公安县，即今湖北省公安县，在三国时代属吴国，有吴国的古迹留下，杜甫有所感触，便写了这首怀古诗。这诗作于大历三年冬杜甫泊船公安时。

②《仇注》引《寰宇记》：“公安县有孱陵城。”又引《十三州志》：“吴大帝（孙权）封吕蒙为孱陵侯，即此地。”吕蒙是吴国名将，曾定计取荆州，擒关羽。

③《仇注》引《荆州记》：“吴大帝（孙权）推刘备为左将军，荆州牧，镇油口，即居此城。时人号为‘左公’，故名其城‘公安’也。”

④ 这一句诗是由刘备的遗迹想到刘备的为人，想到后来他据蜀称帝后的君臣关系。

⑤ 这一句诗是赞扬吕蒙的军事才能。

◎ 呀鹘行[①]（七古）

病鹘孤飞俗眼丑，	在俗人眼里这孤飞的病鹘真丑陋，
每夜江边宿衰柳。	每天夜晚，它栖息在江边衰柳梢头。
清秋落日已侧身，[②]	清凉秋天的夕阳下，它身体已站不直，显得歪斜，
过雁归鸦错回首。[③]	飞过的大雁、归鸦，还错被它吓得回头向它瞅。
紧脑雄姿迷所向，[④]	它往日雄姿勃勃，如今却缩着头不知该往何方，
疏翮稀毛不可状。	羽毛稀疏零落，真不堪想象。
强神非复皂雕前，[⑤]	勉强振作精神仍比不上皂雕凶猛，
俊才早在苍鹰上。	谁想到它的本领原先在苍鹰之上。
风涛飒飒寒山阴，[⑥]	风涛飒飒响，寒山阴森森，
熊罴欲蛰龙蛇深。[⑦]	熊罴将要蛰伏，龙蛇深藏在江心。
念尔此时有一掷，	盼望你这时突然奋身一飞，
失声溅血非其心。	你的本心哪里甘愿这样鲜血流溅，痛苦得发出哀音。

注释：

① 据《说文新附》，呀，张口貌。这只张着口的鹘，是一只受了伤的病鹘。鹘，是一种猛禽，又名隼，爪喙锐利，飞行迅速，猎人多豢养用以捕猎。伤病的鹘失去了原有的优越性，诗人对它十分同情，盼望它能振作精神，冲天奋飞，并借这形象隐喻对于失败英雄的惋惜和慰勉。这诗的写作年代难以确定，蔡梦弼据诗中“江边宿”及“清秋落日”语，编在大历三年江陵诗中。

② 侧身，是衰病之态，身体站不正了。

③ 这句诗表达了鹘平日的威风。过雁、归鸦不知它已衰病，仍十分惧怕它，对它保持警惕。

④ 紧脑，缩着头颈，一种病态。

⑤ 强神，勉强振作精神。皂雕，也是一种猛禽。

⑥ 飒飒，通常指寒风声，这里兼指深秋风涛。

⑦ 这句诗描写深秋天寒的景象。

◎ 宴王使君宅题二首[1]（五律）

汉主追韩信，[2]	当年汉高祖曾把韩信追回，
苍生起谢安。[3]	晋朝的百姓曾盼望谢安出山。
吾徒自漂泊，	我这样的人只能这样漂泊，
世事各艰难。	世上的人们各有各的艰难。
逆旅招要近，	蒙您邀请，好在旅舍离您家不远，
他乡意绪宽。	流亡异乡的愁思暂时得到宽散。
不才甘朽木，	我没有才能，甘心以朽木自居，
高卧岂泥蟠。[4]	这样闲躺着，并不是潜龙屈蟠泥潭。

注释：

① 王使君，邵宝注："王必荆州人，闲居邑中者。"不知是何州郡的刺史，那时已失去职位，在家中闲住。他在家中宴请杜甫，杜甫为他题写了这两首诗。都是在仕途上遭到挫折的人，尽管王使君的家境较好，但两人之间还是有共同的语言，因而诗中表达的情意真切。

②《仇注》引《史记》："高帝入关，诸将多道亡者，萧何闻韩信亡，自追之。"京剧《萧何月下追韩信》亦是据此史实编写。

③ 据《晋书·谢安传》：谢安高卧东山，世人都说："安石不出，其如苍生何！"后来谢安终于出仕，位登台辅。因此而有"东山再起"的成语。开头两句诗以历史故事证明真正的人才总会由于社会的需要而得到重用。这是勉励王使君的话，也是自慰之辞。其中含有双重意义：一是说有才者必能得到重用（对王使君而言），一是说不能

被重用者因为无才（对自己而言）。

④ 这句诗以“泥蟠”代表潜伏泥潭中的龙，喻未得重用时的杰出人才。杜甫强调了自己的无才，所以不能得到任用。

◎ 其二（五律）

泛爱容霜鬓，[①]	在您的博爱的心里，还容下我这鬓发如霜的人，
留欢卜夜闲。	留我欢饮，趁着这闲适的夜晚。
自吟诗送老，	我常独自吟诗来消磨老年岁月，
相对酒开颜。	和您对饮时，喜悦又浮上面颜。
戎马今何地？[②]	如今兵马纷扰，混乱到什么地步？
乡园独在山。	您却独自留在故乡，隐居山园。
江湖堕清月，	清朗的月亮落下了，落进江湖，
酩酊任扶还。[③]	我喝得酩酊大醉，任人把我扶着送还。

注释：

① 泛爱，见第二十一卷《行次古城店泛江作》注⑤。在那一篇诗里，“泛爱”借代“幕府诸公”，而在这一篇诗里则是指一种仁慈品质，与现代汉语中“博爱”一词相近。

② 何地，表面上是指战乱的范围，问战乱蔓延到了什么地方，但实质上着重说的是战乱的严重程度，是反问句。

③ 酩酊，大醉貌。

◎ 送覃二判官[①]（五排）

先帝弓剑远，[②]	先帝离开尘世已经遥远，
小臣余此生。	我这个小臣还留下活在人间。
蹉跎病江汉，	在江汉上生病，浪费了多少日月，
不复谒承明。[③]	不能再到承明庐去值班。
饯尔白头日，	我今天为你饯行时，已满头白发，
永怀丹凤城。[④]	可是丹凤城却仍永远令我怀念。
迟迟恋屈宋，[⑤]	我的心久久地眷恋着屈原和宋玉，
渺渺卧荆衡。[⑥]	卧病在荆衡之间，离京都远远。
魂断航舸失，	当你的航船在江上消失，我的心魂悲怆欲断，
天寒沙水清。	只见一片寒空，澄清的江水流过沙洲旁边。
肺肝若稍愈，	如果我肺肝的疾病稍稍痊愈，
亦上赤霄行。[⑦]	我也想回京城，去看看赤霄殿。

注释：

① 覃，姓氏，有的读“谈”（tán），有的读“勤”（qín），是两个不同的姓。这位“覃二判官”的姓，不知应读何音。他从荆州回长安去，杜甫为他送行，赠给他这首诗。杜甫在诗中表明了对皇帝与朝廷的眷恋之情，仍盼望着回到京城去。这诗当作于大历三年秋冬间。

②《仇注》引《前汉书·郊祀志》：“黄帝鼎成，骑龙上天，小臣持龙髯，拔堕，堕黄帝之弓。”又引《列仙传》：“黄帝葬桥山，山崩，空棺无尸，唯剑舄在焉。”诗中根据这些关于黄帝逝世的传说称皇帝之死为“弓剑远”。先帝，指唐肃宗李亨。

③ 承明，即承明庐，是汉代侍臣所居之宫室名。诗中用来比喻门下省官员值宿之所。

④ 丹凤城，京城之美称，又称“凤城”或“凤凰城”。

⑤ 屈宋，指屈原和宋玉。两人都是战国时期楚国的大臣和辞赋家，夔州、荆州一带有

他们的遗迹。这一句诗说作者在夔州、荆州耽搁了很长的时期是由于“恋屈宋”，这显然是托词。

⑥ 荆衡，指从荆州通往衡州的旅途。渺渺，是说距离京城遥远。

⑦ 唐太宗的九成宫中有赤霄殿，诗中用“赤霄”来代替朝廷。

◎ 公安送李二十九弟晋肃入蜀余下沔鄂[①]（五律）

正解柴桑缆，[②]	当我解缆开船驶往柴桑，
仍看蜀道行。	又遇见您正往蜀中航行。
樯乌相背发，[③]	我们两艘船将相背出发，
塞雁一行鸣。	塞外飞来的一行大雁在哀鸣。
南纪连铜柱，[④]	这南方的江水一直通向铜柱，
西江接锦城。[⑤]	这西来的长江连接着锦城。
凭将百钱卜，[⑥]	请您为我带一百个钱去卜卦，
飘泊问君平。[⑦]	我究竟将漂泊到哪里，请替我问问严君平。

注释：

① 李晋肃，排行第二十九，是著名诗人李贺的父亲。他将去成都，在公安与正将放船东下的杜甫相遇。这首诗是为送行与告别而作。诗题中写的是“余下沔鄂”，指的是沔阳、鄂城，俱在今湖北省境内。诗中却写作“正解柴桑缆”，目的地似乎是江州（今江西九江）。看来杜甫将离开公安时去向仍未确定，可见他当时实在无路可走，几乎是任凭命运来安排，这实在是莫大的痛苦。从诗的末句“飘泊问君平”中，也可看出这种隐情。这诗作于大历三年冬泊船公安时。

② 柴桑，山名，汉代在其附近置柴桑县，唐代的江州就是古代的柴桑。

③ 樯乌，见第二十一卷《大历三年春白帝城放船出瞿唐峡》注㉖。

④ 南纪，见第十六卷《八哀诗（二）：故司徒李公光弼》注㉗。这诗中是泛指南方的江河。铜柱，据《杜臆》所引《名胜志》："衡阳城北百二十里有铜柱。吴黄武二年，程普与蜀关羽分界，立铜柱为誓。"杜甫将南下衡州，诗中所说的"铜柱"应指此。译诗中仍写出"铜柱"这一名称。

⑤ 西江，屡见前诗，指长江中上游。锦城，锦官城，即成都。

⑥ 末两句紧紧相连，谓请李晋肃代为问卜，求神明预示前去的地方。

⑦ 君平，严君平，是汉代著名的卜人。传说他在成都卖卜，日得百钱即闭肆而读《老子》。诗中这样说，并非真欲问卜，而只是感到前途渺茫，自己无从决定。

◎ 留别公安太易沙门[①] （七律）

隐居欲就庐山远，[②]	我想隐居，到庐山去追随慧远，
丽藻初逢休上人。[③]	却认识了您这位擅长诗文的惠休般的高僧。
数问舟航留制作，	您几次到我船上访问，还留下了您作的诗文，
长开箧笥拟心神。[④]	我打开藏诗的竹箧，就能感受、体会到您的心神。
沙村白雪仍含冻，	沙洲上的村落边，冻结的白雪还未消融，
江县红梅已放春。	江边的县城里，初开的红梅已在报春。
先踏垆峰置兰若，[⑤]	您该先到香炉峰上选择一处地方建立起寺院，
徐飞锡杖出风尘。[⑥]	再驾起锡禅杖缓缓飞出凡尘。

注释：

① 沙门，梵语的音译，谓出家修道者，我国通常称"僧人""和尚"。"太易"是法名。他是杜甫在公安结交的朋友，能作诗，有去庐山的打算。杜甫在离开公安前，留下这首诗赠给他作别。这诗与上一首诗是同时所作，因都说到去九江（庐山在九江）附近的事。这诗中有"江县红梅已放春"之语，可知已到大历三年底冬尽春来之日。

② 庐山远，指庐山的慧远上人。这是位晋代的高僧，见第十一卷《题玄武禅师屋壁》注⑥。在诗中，以远上人借代庐山上的高僧。这句诗是说，杜甫有到庐山去学佛的打算。这当然也只是一时的想法而已，因为这诗是赠给僧人的，故强调学佛的心意。

③《文选·文赋》："嘉丽藻之彬彬。"诗中以"丽藻"来赞美太易作的诗篇。休上人，即惠休，又称汤休，见第四卷《大云寺赞公房》第一首注⑩。诗中以"休上人"比喻太易沙门。

④ 开箧笥，指打开贮诗的筐箧看到太易的诗稿。拟心神，想象诗篇作者的精神面貌、思想感情等等。

⑤ 踏，踏勘。垆峰，指庐山的香炉峰。兰若，梵语音译，指佛寺。

⑥ 锡杖，僧人所用之锡质禅杖，佛门传说有高僧驾锡杖飞行的故事。这两句诗是建议太易到庐山建佛寺修行，以求最终成佛脱离凡尘（人世）。

◎ 久客[1]（五律）

羁旅知交态，	耽搁在旅途上才知道人际关系本来的面目，
淹留见俗情。	在一处停留久了就会看出世俗的真情。
衰颜聊自哂，[2]	容颜衰老惹人嫌，我只能用这话来自嘲，
小吏最相轻。	那些小官吏向来最会把人看轻。
去国哀王粲，	我像王粲离开故国一样哀痛，
伤时哭贾生。[3]	也像那为时世哀伤痛哭的贾生。
狐狸何足道，[4]	那些狐狸一样的人又算得什么，
豺虎正纵横。[5]	残暴的豺虎正在到处横行。

注释：

① 这首诗写由于长久作客所体验到的人情冷暖。杜甫在公安肯定也受到了冷遇，甚至有

些小吏的言语行为侮辱了杜甫。但杜甫对于个人的恩怨是不计较的，他所关心的还是国家的安危和人民的疾苦。这诗当为大历三年在荆州所作。

② 衰颜，暗示了“老人惹人嫌”这一“俗情”（见于上一句诗中），既是“俗情”，因而也就只能一笑置之。

③ 诗人以王粲与贾谊的悲痛比喻自己的悲痛，表示自己并不因个人的受苦和受侮辱而伤心。王粲，见第十卷《一室》注④及第十一卷《通泉驿南去通泉县十五里山水作》注⑧。贾生，即贾谊，见第十四卷《别蔡十四著作》注②。

④ 狐狸，喻卑鄙小人，即前面所提到的“小吏”。

⑤ 豺虎，指割据一方，不遵法度，残害人民的军阀。

◎ 冬深[①]（五律）

花叶惟天意，[②]	花叶的荣枯只能听从天意，
江溪共石根。	大江小溪都得紧挨在山下岩石旁。
早霞随类影，	朝霞模拟着各种事物的形影，
寒水各依痕。	寒冷的流水沿着旧痕迹流淌。
易下杨朱泪，[③]	我常像杨朱那样，在岔路口流泪，
难招楚客魂。[④]	恐怕已难把我流失在楚地的魂魄招回故乡。
风涛暮不稳，	黄昏时江上又起了风浪，
舍棹宿谁门。[⑤]	我想离开船到谁家去住一个晚上。

注释：

① 这首诗写深冬旅途中的情景。又题作《即日》，这可能是原来的题目，表明诗的内容是写当日所见和当时的心情。诗人在诗中以自然景物的不能自由来比喻自己，并诉说了心中深刻的痛苦。当为大历三年冬荆湘途中之作。

②“惟天意”的“惟”，《仇注》：“诸本作‘随’犯重，当是‘惟’字，盖声近而讹。”译诗从《仇注》。

③ 杨朱，战国时人。《淮南子·说林》：“杨子见逵路而哭之，为其可以南可以北。”逵路，也就是通常所说的歧路，旧说谓指交叉的四条道路之外又有小道枝出。杜甫当时也正在歧路旁徘徊，不知往何处才好，因此以杨朱泣歧自况。

④ 楚客魂，指杜甫自己丢失在楚地的魂魄。古代认为人在异乡受惊吓或遇到危险不幸，会丢失魂魄，必须把魂魄招回故乡去。杜甫久在楚地漂流，屡经苦厄，魂魄不知失落了多少次，故云“难招”。

⑤ 深冬天寒，在船上过夜更冷，想上岸过夜，但又担心找不到可供宿夜的人家。这句诗是自忖之语。

◎ 晓发公安[①]（七律）

北城击柝复欲罢，[②]	北城上的击柝声又将停止了，
东方明星亦不迟。[③]	东方的启明星也快要升起。
邻鸡野哭如昨日，	邻家的鸡在啼，远处传来哭声，这些都和昨天一样，
物色生态能几时。[④]	这景物和人世情态能够留存几时。
舟楫眇然自此去，	我的船离开这里向渺茫中驶去，
江湖远适无前期。	到遥远的江湖上，将到哪里却不能预计。
出门转眄已陈迹，	出门前的事，转瞬成了过去，
药饵扶吾随所之。	靠药饵维持生命，随便让我漂泊到哪里。

注释:

① 原注：“数月憩息此县。”杜甫于大历三年秋到公安，暮冬离去，前后停留不到半年。这诗是离开公安时所作，前途茫茫，境况凄楚，诗中流露出无限悲痛。

② 公安县城在长江南岸，故在江边船上听到北城击柝声。

③ 天拂晓时，东方的明星即启明星，也就是金星。

④《仇注》："物色指物，生态指人。"这句诗是说自然界和人生变化不停，时时刻刻都在消逝。人的意志对这一切无可奈何，只能顺从天命。这是杜甫在悲痛绝望时所产生的思想情绪。

◎ 发刘郎浦[①]（七古）

挂帆早发刘郎浦，	清早挂起帆从刘郎浦出发，
疾风飒飒昏亭午。	正午时狂风飒飒，吹得天昏地暗。
舟中无日不沙尘，[②]	船上没有一天不是尘沙扑面，
岸上空村尽豺虎。[③]	岸上的村落空空，都被豺虎侵占。
十日北风风未回，[④]	一连十天刮北风，风向不转，
客行岁晚晚相催。	岁暮时人还在旅途上，天又将晚。
白头厌伴渔人宿，	我这白头老人，天天陪伴渔人宿夜真令人厌烦，
黄帽青鞋归去来。[⑤]	不如头戴黄帽，脚穿青鞋，快快回返我的家园。

注释：

① 刘郎浦，是公安县与石首县之间的一处地名。《仇注》引《江陵图经》："刘郎浦，在石首县，先主纳吴女处。"先主，指刘备，刘备曾娶孙权之妹，这地方与此事件有关，故名"刘郎浦"。诗中写到沿途农村荒凉之状，反映出战乱对人民生活破坏的严重，也表达了诗人厌倦行旅、思归故乡的心情。这诗作于大历三年年底。

② 由于冬季干旱以及农田荒废等原因，大风起处便尘沙飞扬。

③ 空村，人民逃亡殆尽。豺虎，谓野兽横行。

④ 从公安到刘郎浦，决不需要航行十日。这句诗中的“十日”是从开始刮北风那天起计算的日子。

⑤《仇注》：“黄帽、青鞋，野人之服。”野人，指山野之人，主要指农民。这句诗表达了杜甫归乡做个平民的愿望。

◎ 别董颋[1]（五古）

穷冬急风水，	冬天将尽时风狂水急，
逆浪开帆难。[2]	逆着浪涛扬帆开船可真难。
士子甘旨缺，[3]	您这位书生缺少粮肉供养父母，
不知道里寒。	要出门去，不顾旅途严寒。
有求彼乐土，[4]	您要到那片乐土去寻求些什么，
南适小长安。[5]	从南方出发，前往小长安。
别我舟檝去，	您离开我的船走了，
觉君衣裳单。	我觉得您身上的衣服太单。
素闻赵公节，[6]	向来听说赵公节操高尚，
兼尽宾主欢。	又是个热情的主人能使客人心欢。
已结门闾望，[7]	恐怕您的父母早就在门前盼望，
无令霜雪残。[8]	早早回来吧，别等霜雪消残。
老夫缆亦解，	我的船也将解缆出发，
脱粟朝未餐。[9]	早晨到现在还没吃过顿糙米饭。
飘荡兵甲际，	在兵荒马乱的人世间漂泊，
几时怀抱宽。	什么时候才能让我情怀舒展。
汉阳颇宁静，[10]	听说汉阳一带颇为安宁，

岘首试考槃。[11]	在岘首山下也许能够生活得安闲。
当念著皂帽，[12]	您该会想起我，我将头戴黑帽，
采薇青云端。[13]	在高山上采野菜度日，隐身云端。

注释：

① 这是当董颋来杜甫的船上告别时，杜甫为他作的一首诗。董颋要到邓州去谋生，将乘船逆汉水上行，杜甫则将继续沿长江下行，两人都为生活所迫而奔波。诗中表达了杜甫对董颋的关心和依依惜别之情。估计这诗于大历三年冬作于公安。董颋的家大概就住在公安。

② 这句诗是写董颋逆汉水北行的困难。

③ 甘旨，指美味。《韩诗外传》："鼻欲嗅芬香，口欲嗜甘旨。"多用来称养亲的食物。任昉《上萧太傅启》："饥寒无甘旨之资。"译诗中，以"粮肉"来代表"甘旨"一词。士子，指董颋。他是一个书生，为供养父母，才出门谋生。

④《诗·魏风·硕鼠》："适彼乐土"。乐土，指人所向往的地方。这里是指董颋所将要去的邓州。

⑤ 小长安，《仇注》："《光武纪》：'战于小长安'。"注："《续汉书》：'淯阳县有小长安聚，古城在邓州南阳县南'。"董颋的目的地可能是邓州，"小长安"是邓州境内的古城。诗中以此借代邓州。

⑥《仇注》："赵公，邓州守也。"邓州，今河南省邓州市、南阳一带。赵公，依古代惯例，当指邓州刺史。董颋去邓州，正是去投奔他，向他求助。节，节操，指品德高尚，言行严格遵守道德准则。

⑦ 门闾望，指父母对外出儿女的盼望。《国策·齐策》述王孙贾母谓王孙贾语："女朝出而晚来则吾倚门而望；女暮出而不还，则吾倚闾而望。"董颋刚离开家，父母就一心在盼望他回来，故云"已结"。

⑧《仇注》："霜雪残，老人易凋残于冬日也。"如果这样理解，那么就等于说"别等您父母去世后再赶回来"。这样的劝告语太不合人情。这句诗的意思应是盼董颋在冰雪消融之前回来。董颋此去并非求职，而是筹些钱财养亲，冬末去，春末回来，并非不可能之事。

⑨ 脱粟，见第十九卷《柴门》注⑬。

⑩ 从这两句诗可看出杜甫又有在汉阳、襄阳一带定居的打算。汉阳，唐代属鄂州（今湖北武昌），即今武汉市之汉阳。

⑪ 岘首，即“岘山”，在襄阳，是杜甫祖籍所在之地，杜甫曾多次想到襄阳居住。考槃，见第十四卷《营屋》注⑨。

⑫ 末两句诗是杜甫想象自己在岘山隐居的生活。当念，请董颋想念自己。皂帽，即“乌帽”（乌纱帽）、“黑帽”，见第十七卷《西阁二首》第一首注⑥。

⑬ 采薇，采野菜。薇，是野菜名。青云端，谓藏身于高山云深处。

◎ 夜闻觱篥[①]（七古）

夜闻觱篥沧江上，[②]	夜晚在沧江上我听到觱篥声，
衰年侧耳情所向。[③]	我这么老了，侧耳倾听时，还引起情感激荡。
邻舟一听多感伤，	听到它从邻船传来，我心中顿时涌起无限感伤，
塞曲三更欻悲壮。	这塞上曲调深夜听来更显得悲壮。
积雪飞霜此夜寒，	这是个地面积雪、天上飞霜的寒夜，
孤灯急管复风湍。	在孤灯下，这急促的管乐伴着狂风和急流一起作响。
君知天地干戈满，	啊，吹觱篥的人，您只知道天下到处动刀枪，
不见江湖行路难。	您还没看见，江湖上的行人也困苦难当。

注释：

① 觱篥，音“必栗”（bì lì）。这是古代的一种竹管乐器，汉朝时自西域传入我国。也写作“觱栗”“篳篥”“筚篥”，又称“笳管”。声音悲壮凄凉。杜甫在船上听到了邻船吹奏觱篥的声音，被它吸引住了。他从乐曲声里听出了战争的苦难，可是他现在却正在经受着不受人们注意的人生旅途上的另一种艰难，便通过咏觱篥，抒发了自己

心中的感慨。这诗当作于大历三年冬从公安出发以后的旅途中。

② 沧江，泛指江水。这时当指杜甫离开公安后所经过的某处江面。

③ 情所向，指听觉被觱篥声吸引，情感随之激荡。

◎ 衡州送李大夫七丈赴广州[①]（五律）

斧钺下青冥，[②]	您手持皇帝赐的斧钺从天上下来，
楼船过洞庭。	您乘的楼船驶过了洞庭。
北风随爽气，[③]	北风随着您的英豪气概向南吹，
南斗避文星。[④]	天上的南斗，也要避开您这位文曲星君。
日月笼中鸟，	我困苦地度过日月像关在笼里的鸟，
乾坤水上萍。	在天地间漂泊，像一叶水面浮萍。
王孙丈人行，[⑤]	您这位王孙是我的长辈，
垂老见飘零。[⑥]	您看，我已这么老了，还在到处飘流不定。

注释：

① 李大夫，指李勉。他曾任江西观察使，后入京为京兆尹兼御史大夫。诗题中称他“大夫”，就是指这一官衔。大历三年十月，李勉拜广州刺史、岭南节度使。《仇注》采朱鹤龄之说，认为这诗应作于大历三年冬，正当李勉赴广州经过衡州之时。但根据杜甫冬季离开公安的行程来看，这时他还在岳州附近，不可能已经到衡州。因此，有些杜甫诗集编此诗于大历四年。

② 斧钺，也写作“鈇钺”。《礼·王制》：“诸侯赐弓矢然后征，赐鈇钺然后杀。”李勉任广州刺史兼岭南节度使，有征伐、生杀大权，故以“斧钺”代表他。青冥，天空，喻从朝廷上奉诏出使。

③《仇注》引《世说》：“王子猷曰：‘西山朝来致有爽气’。”那里的“爽气”谓得之

自然界的清爽高逸之气，这里则指英雄飒爽高迈不群的气概，如人们常说的“俊爽”“豪爽”。

④ 南斗星，即二十八宿之斗宿，有六颗星。随着它的位置的不同，有时被称为南斗，有时被称为北斗。“文昌”是斗宿的第一颗星。文星，即“文昌星”，又称为“文曲星”。诗中以“文曲星”比喻李勉，他向南行，斗宿的其他五颗星要为他让路。

⑤ 王孙，称李勉。李勉是唐宗室（参看第二十一卷《可叹》注⑥），故称他为“王孙”。“行”当读“杭”（háng），丈人行，指前辈、长辈。

⑥ 这句诗含有请李勉怜惜给予帮助的意思。

◎ 岁晏行[①]（七古）

岁云暮矣多北风，	一年又到年底了，常常刮北风，
潇湘洞庭白雪中。	潇湘水，洞庭湖，都在一片茫茫白雪中。
渔父天寒网罟冻，	天这么寒冷，渔翁的捕鱼网上也结了冰，
莫徭射雁鸣桑弓。[②]	莫徭在射雁，拉响了桑木弓。
去年米贵缺军食，	去年米价昂贵，军粮也缺乏，
今年米贱太伤农。	今年米价低贱，又害得农民困穷。
高马达官厌酒肉，	贵官骑着高头大马，吃饱了酒肉，
此辈杼柚茅茨空。[③]	农民的布机上和茅屋里被搜刮一空。
楚人重鱼不重鸟，[④]	荆楚人民爱吃鱼不爱吃鸟，
汝休枉杀南飞鸿。[⑤]	你别白白射死向南去的飞鸿。
况闻处处鬻男女，	还听说处处有人卖儿卖女，
割慈忍爱还租庸。[⑥]	割断亲子间的恩爱为了缴纳租庸。
往日用钱捉私铸，[⑦]	往昔私铸铜钱的人要捕捉，

今许铅铁和青铜。	如今准许铸钱，任你把铅、铁和入青铜。
刻泥为之最易得，[8]	用泥刻块模型浇铸铜钱真容易，
好恶不合长相蒙。	好坏不分，怎能容许长久混蒙。
万国城头吹号角，	到处州郡城上号角吹动，
此曲哀怨何时终。[9]	这哀怨的曲调什么时候才告终。

注释：

① 大历三年年底，杜甫的船已到岳州附近，这诗写当时的见闻，并抒发感慨。诗中反映了农民生活的困苦以及铸钱开禁后货币混乱的情况。杜甫晚年的诗中常流出哀伤绝望的调子，但一提起人民的苦难，他就疾言厉色地发出呼吁，抨击那些“厌酒肉”的“高马达官”。杜甫毕竟是人民的诗人。从这首诗歌里，我们重又听见了揭露“朱门酒肉臭，路有冻死骨”的那种强音。

② 莫徭，《仇注》引《隋书·地理志》：“长沙郡杂有夷蜑，名曰‘莫徭’。自言其先祖有功，尝免征役，故以为名”。大概是古代居住在中南地区的一种少数民族。桑弓，桑木制的弓。

③ 此辈，承“太伤农”而言，指农民。“杼柚”之“柚”，是“轴”字的异体字。杼柚，指古代的织布机。茅茨，即茅屋，指农民的住处。

④ 楚人，泛指居住荆楚一带的人民。诗中的“重”与“不重”是指对于食物的嗜爱和选择而言。

⑤ 鸿，白色的天鹅。

⑥ 租庸，据《唐书·食货志》，凡丁男授田一顷，岁输粟两斛，稻三斛，称为“租”。又每年服劳役二十日，不役者日为绢三尺，称为“庸”。诗中以“租庸”泛指农民负担的各种捐税。

⑦《仇注》：“《旧（唐）书》：天宝数载之后，富商奸人渐收好钱，潜将往江淮之南，每钱货得私铸恶者五文，假托官钱，将入京。”又引洙曰：“唐制盗铸者死，没其家属。至天宝间，盗铸益甚，杂以铅锡，无复钱形，号公铸者为官炉钱。”这是指安史乱前的情况，安史乱后，准许民间铸钱，钱的质量当更恶劣。这一句和下一句诗反映

了这种情况。

⑧《仇注》:“刻泥，以泥为钱模也。”

⑨ 此曲，有双关的含意，一方面是承接上一句，谓画角之哀音，同时也指这首哀歌。总之是慨叹人民之苦难何时告终。

◎ 泊岳阳城下[①]（五律）

江国逾千里，[②]	这临江的州邑方圆千里也不止，
山城近百层。[③]	这座山城和一百层楼高度相仿。
岸风翻夕浪，	傍晚，江岸边掀起了波浪，
舟雪洒寒灯。[④]	雪花般的浪潮打进舱，洒在寒灯旁。
留滞才难尽，[⑤]	纵然留滞异乡也难磨尽我的才华，
艰危气益增。	经历过艰危，我的志气更坚强。
图南未可料，[⑥]	怎能预料到南方去定能施展才能，
变化有鲲鹏。	可是鲲鹏变化又有谁能想象。

注释:

① 这是大历三年年底，杜甫乘船到达岳阳城下时所作的诗。岳阳，即岳州，唐代称岳州巴陵郡，属江南西道。诗中描述了岳阳城的雄伟景象，更重要的是表达了诗人在岳阳城雄壮山川之前所产生的豪迈情绪。诗人仿佛又变得年轻了，重新有了信心，对前途怀抱着希望。

② 江国，指岳州巴陵郡这一位于长江中流的地区。千里，指其周围的长度，古代称为“方圆”。

③ 百层，百层高的楼，这是夸张之词，喻高楼。从江面上仰眺岳阳城，有这样的主观感受。

④ 这里的“雪”隐喻浪花。

⑤ 以前的一诗中，杜甫的情绪很消沉，而这诗中，却突然振奋起来。下一句诗也是这样。人的情绪由于所处具体环境的影响有时会有突然的变化。但杜甫的这种豪情，并没有维持多久。

⑥《庄子·逍遥游》：“北冥有鱼，其名为鲲。鲲之大不知其几千里也，化而为鸟，其名为鹏。”“背负青天而莫之夭阏者，而后乃今将图南。”图南，是说鲲化为鹏后展翅飞往“南冥”。这是一次宏伟的远征，因而“图南”一语含有“大展鸿图”的意味。诗中用它来表示到南方后的有所作为，得以施展才能等等。鲲鹏变化是难以逆料的，杜甫到南方后改变往日困境的可能性也会出人意外地化为现实。这是杜甫头脑中一时出现的乐观设想。

◎ 缆船苦风戏题四韵奉简郑十三判官[①]（五律）

楚岸朔风疾，　　　楚江岸上阵阵北风猛烈，
天寒鸧鸹呼。[②]　　　寒空中，鸧鸹在哀呼。
涨沙霾草树，[③]　　　沙滩涨高了，埋住了岸边的草树，
舞雪渡江湖。　　　雪花飞舞着横渡过江湖。
吹帽时时落，　　　我头上的帽子时时被风吹落，
维舟日日孤。　　　天天都这样，把孤舟靠岸系住。
因声置驿外，[④]　　　请带个信送到郑家驿馆那边，
为觅酒家垆。[⑤]　　　麻烦您为我们找一处共饮的酒垆。

注释：

① 据诗题下的旁注，郑十三名泛，任职判官，家住岳州，是杜甫的旧友。杜甫的船到岳州时，遇到大风，在岳州停几天避风，写诗送给郑泛，希望和他一起饮酒。诗中戏把

阻他航行的风说成是传递信息的使者，故称“戏题”。这诗当为大历三年冬在岳阳作。

② 鸧鸹，音“仓刮”（cāng guā），古代的一种鸟名，身体约如鹤一般大，灰色。

③“涨沙”“舞雪”都是狂风时的景象。

④“置驿”之“置”，据《广雅释诂》，也作“驿”解。如《汉书·刘屈牦传》：“乘疾置以闻。”朱骏声说：“单骑，如今日之马递也。”但《汉书》言郑当时置驿四郊，接待宾客。“置”不当作“驿”解，意思是“设置”。郑驿，以郑当时的驿馆比喻郑泛接待客人的地方。《仇注》谓“因声，犹言寄语”，并释“人递曰置、马递曰驿”。

⑤ 酒家垆，即“酒垆”，指小酒店。这句诗是说要郑泛觅一酒店共饮，以度此冬日。

◎ 登岳阳楼[①]（五律）

昔闻洞庭水，	从前我只听说过洞庭湖的名字，
今上岳阳楼。	今天我终于登上了这岳阳楼。
吴楚东南坼，[②]	大地从这里裂开了，东面是吴，南面是楚，
乾坤日夜浮。[③]	日、月每天早晚从这里升浮。
亲朋无一字，	亲友们长久没写给我一个字，
老病有孤舟。	如今又老又病，只剩下这艘孤舟。
戎马关山北，[④]	北望遥远的关山，那里还腾扬着战争风烟，
凭轩涕泗流。	我倚在栏杆上禁不住热泪横流。

注释：

① 岳阳楼，是岳阳的西城楼，下临波涛浩渺的洞庭湖。大历三年岁暮，颠沛流离的杜甫，登上了这著名的高楼。他的心旌被洞庭湖宽广磅礴的气势撼动了，胸怀顿觉舒畅宽广，个人好像和大自然融合为一体，体验到宇宙的脉搏和呼吸。但这种物我同

一的境界一瞬间就被打破，诗人一回到现实里，又不胜家国之悲。这首诗，主要不是描绘岳阳楼和洞庭湖的风景，而是表达了诗人登楼眺望时的审美体验。

② 坼，裂。我国古代传说中有“天倾西北，地坼东南”之语。从岳阳楼上看宽广的湖面，大地像裂开一个大口子似的，东面的吴，南面的楚，似乎都低陷了下去。这句诗写出了诗人的感受。

③ 乾坤，通常指天地、阴阳，日、月也称太阳、太阴，故“乾坤”也可指日、月。《水经・湘水》注：“洞庭湖水广圆五百余里，日月若出没其中。”

④《通鉴》：“大历三年八月，壬戌，吐蕃十万众寇灵武。丁卯，吐蕃尚赞摩二万众寇邠州，京师戒严。邠宁节度使马璘击破之。九月，命郭子仪将兵五万屯奉天以备吐蕃。朔方骑将白元光破吐蕃二万众于灵武。”“十一月，郭子仪还河中，元载（当时的宰相）以吐蕃连岁入寇，马璘以四镇兵屯邠宁，力不能拒，乃使子仪以朔方兵镇邠州。”由此可见大历三年冬季吐蕃仍然威胁着西北边境，甚至时时窜犯到长安西面不远的州郡。诗人对此抱有深忧。这自然也会影响到他的家庭，不能回乡，不能与兄弟团聚，想起这些就不能不涕泗横流了。

◎ 陪裴使君登岳阳楼[①]（五律）

湖阔兼云雾，	湖面宽阔，又弥漫着云雾，
楼孤属晚晴。	眼前这唯一的高楼正遇到晚晴。
礼加徐孺子，[②]	您热情接待我，胜过陈蕃对徐孺子的礼遇，
诗接谢宣城。[③]	您的诗篇，接近谢朓的明丽清新。
雪岸丛梅发，	积雪的岸上丛丛梅花吐发，
春泥百草生。	初春的泥土里百草已在茁生。
敢违渔父问，[④]	我决心违背渔父对屈原的劝告，
从此更南征。	还要从这里继续南行。

注释：

①“裴使君”是岳州刺史，他请杜甫登岳阳楼游宴。这首诗是向他表示了感谢并表达了继续南行的愿望。这首诗作于大历四年春初。

② 徐孺子，即徐稺，用陈蕃厚待徐稺的事，参看第十五卷《送殿中杨监赴蜀见相公》注④。

③ 谢宣城，即谢朓，他曾任宣城太守，故称谢宣城。参看第十四卷《寄岑嘉州》注⑦。

④《楚辞》有《渔父》篇，言屈原放逐后忧愁吟叹，与渔父问答，表明了坚持信念，不与世俗同流合污的决心。屈原正是违反了渔父的劝告的。《仇注》：“公旅况依人，故不敢违渔父之问更欲南征。”恐误解诗人之意。杜甫不愿随便依附于人，才决心南征，如听从渔父的劝告，何处不能忝颜曳裾以求酒醉饭饱呢？“敢”字，有正反两种含义，可以理解为“不敢”“岂敢”，也可理解为“敢”。译诗按后一种理解。

◎ 南征[①]（五律）

春岸桃花水，	春天的江岸下涨起了桃花水，
云帆枫树林。	远方只见白云般的帆影和枫林。
偷生长避地，	为了保全生命，一直在异乡逃难，
适远更沾襟。	如今往更远处走，泪水沾湿衣襟。
老病南征日，	启程南行的今天，我既老且病，
君恩北望心。	向北遥望，心中难忘皇上的恩情。
百年歌自苦，	这一辈子我总是这样苦苦歌吟，
未见有知音。[②]	却没有遇见我的真正知音。

注释：

① 这诗大概是写于大历四年初自岳阳南下途中。诗中所写初春景色与痛苦的心情与杜甫从岳阳南下时的情况相合。

②《仇注》引古诗："不惜歌者苦，但伤知音稀。"这里说"未见有知音"，可知杜甫的孤独感更深。他一生虽有不少友人，但真正理解他的思想和他的诗作的人却很少。这恐怕不是一时愤慨之词，而是实话。

◎ 归梦[①]（五律）

道路时通塞，	道路有时阻塞有时通，
江山日寂寥。	我对着这江山，感到日益孤寂。
偷生唯一老，[②]	友人里只剩下我一个偷生在世上，
伐叛已三朝。[③]	从讨伐叛乱开始到如今，已换了三位皇帝。
雨急青枫暮，	急雨打在青枫林上，暮色已降临，
云深黑水遥。[④]	阴云深浓，黑色的江水向远方流去。
梦魂归未得，	魂魄连做梦也不能回到故乡，
不用楚辞招。[⑤]	也不用招魂了，用不着《楚辞》里那些招魂的词句。

注释：

① 这首题为《归梦》的诗并不是写在梦中回到故乡，而是写连归梦也难成。似乎杜甫已料到此生断无归故乡的可能，因而沉浸在极端的悲痛中。

② 一老，是针对杜甫同辈人而言。在杜甫同一辈的挚友中，如李琎、李白、郑虔、严武、李之芳、苏源明、高适等俱已先后逝去，还活在世上的人只有他一个了。

③ 从安史之乱开始到大历年间，唐朝已经历了玄宗、肃宗、代宗三个皇帝，故谓"三朝"。

④ 黑水，不是专名。而是说天色已晚，江水显得漆黑。

⑤《楚辞》中有一篇《招魂》，传为宋玉所作。这句诗的意思是：人的肉体既然不能回到故乡，就不再有招魂回故乡的必要。正是从这里看出，杜甫此时已知不可能回到故乡，将在流亡途中死去。

◎ 过南岳入洞庭湖[1]（五排）

洪波忽争道，	忽然看见一片洪波和江水争流，
岸转异江湖。	转过堤岸，才分隔开长江和大湖。
鄂渚分云树，[2]	鄂州岸渚上的云树能分得清楚，
衡山引舳舻。[3]	远方的衡山召唤着船只驶往南下的航路。
翠芽穿裛蒋，[4]	翠绿的嫩芽从瘦细的菰丛中伸出，
碧节吐寒蒲。	水边吐出一节节绿茎的草是寒蒲。
病渴身何去，	我身患消渴病还能到哪里去，
春生力更无。	春天虽到，我却更是气力全无。
壤童犁雨雪，[5]	农家少年在耕翻雨雪浸透的泥土，
渔屋架泥涂。	岸边的淤泥上架着渔民的小屋。
欹侧风帆满，	船斜侧着向前走，风帆鼓得满满，
微冥水驿孤。	苍茫暮色中出现了一个水边驿站，它看来那么孤独。
悠悠回赤壁，[6]	绕过赤壁山，想起那悠悠往事，
浩浩略苍梧。[7]	还要向前走，去访问浩渺的苍梧。
帝子留遗恨，[8]	舜帝逝去了，娥皇女英留下遗恨，
曹公屈壮图。[9]	东征失败，曹操不再能实现雄图。
圣朝光御极，[10]	圣明的皇帝重新登上京都的御座，

残孽驻艰虞。	叛贼余孽还在使艰危的局面留驻。
才淑随厮养，⑪	美善的人才当作杂役使唤，
名贤隐锻炉。⑫	著名贤臣像嵇康，隐身于打铁的锻炉。
邵平元入汉，⑬	邵平住在青门，他原就是长安人，
张翰后归吴。⑭	张瀚在洛阳，后来终于回到东吴。
莫怪啼痕数，	别怪我脸上一次次留下泪痕，
危樯逐夜乌。⑮	我的船一直跟随着到夜晚仍无枝可依的群乌。

注释：

① 南岳，应指衡山。从杜甫自荆州南下的行程来看，不应先“过南岳”而后入洞庭湖。《杜臆》谓：“南岳乃岳州，今作南岳（嶽），误。”这样来解决问题最为方便。《读杜心解》则认为：“过者，将然之事，入者，现在之事。题意盖谓将欲过彼，故入此湖也。”稍嫌纡曲，但也可通。这诗先写所见到的湖边景象，后驰骋想象于有关历史传说，最终回到现实中，又陷入无法排遣的悲痛。这诗当作于大历四年初。

② 鄂渚，指鄂城（今武昌）之岸渚。从岳阳不可能看见武昌，这诗句把所见的远方云树与想象中的“鄂渚”联结了起来。

③ 舳舻，大船，这里指杜甫乘的船。引，招引。衡山，是作为五岳之一的南岳衡山。

④《仇注》引《唐雅》：“裛蒋，蒋之瘦而未壮者。”蒋，即菰，与今之茭白为同类，不食其茎，而食其实，即菰米，亦称雕胡米。

⑤ 据《帝王世纪》，唐尧时代有一位玩击壤游戏的老人，他唱着“凿井而饮、耕田而食”的歌。后遂称他为“壤父”。也有人说他姓“壤”。他是一位自食其力的农民。这里的“壤童”，无疑是一位农家少年，这样的称呼显然是从“壤父”得名。

⑥ 赤壁，在长江南岸，在武昌与岳阳之间。这是曹操东征被吴军击败的地方。悠悠，喻历史古远。

⑦ 略，巡行，这里指远行。苍梧，苍梧山，在今湖南省南部。传说舜帝南巡时，崩于苍梧之野。

⑧ 帝子，见第二十一卷《大历三年春白帝城放船出瞿唐峡》注㊸。

⑨ 曹公，指曹操。壮图，指下江东，进而统一中国的打算。

⑩ 极，指帝座。御极，登帝位。光，光复，恢复统治权的意思。

⑪ 淑，美善。厮养，《汉书·淮南王传》注："厮，析薪者。"又据《集韵》，析薪养马者称为"厮"。《公羊传·宣十二年》注："炊烹者曰养。""厮养"一般作执贱役者解。《魏书·孝文帝纪》："诏厮养之户不得与士民婚。"

⑫ 用嵇康隐居山阳，以锻铁为乐的事。见第一卷《赠比部萧郎中十兄》注⑪。

⑬ 秦东陵侯邵平于秦亡后种瓜于长安之青门，瓜质优良以"青门瓜"著称。

⑭ 张翰，见第一卷《与李十二白同寻范十隐居》注⑦。

⑮ 曹操《短歌行》有"月明星稀，乌鹊南飞，绕树三匝，无枝可依"之句。诗人活用，喻自己之漂泊无依。

◎ 宿青草湖[①]（五律）

洞庭犹在目，	洞庭湖还在眼里，
青草续为名。[②]	又到了相连的青草湖。
宿桨依农事，	在农民耕作的地方停下船，
邮签报水程。[③]	凭驿站发的邮签知道走过了多少路。
寒冰争倚薄，	水上漂浮的寒冰相互撞击，
云月递微明。	月亮一次又一次钻出云层把微光显露。
湖雁双双起，	湖面上，大雁一对对飞起，
人来故北征。[④]	它们可是看见人来了才故意向北飞向归途。

注释：

①《仇注》引《名胜志》介绍"青草湖"说："湖，北连洞庭，南接潇湘，东纳汨罗之

水。每夏秋水泛，与洞庭为一。水涸，此湖先干，青草生焉，故名。”这诗写在青草湖中宿夜的情景，并隐隐表达了思乡之情，当作于大历四年初。

②《仇注》：“南有青草，北有洞庭，一湖两名，故曰‘续为名’。”这句诗是说，由于两湖相连，到青草湖时，只是听说湖名变了，而不觉进入了另一个湖。译诗只把意思大概写出。

③《仇注》引朱注：“邮签，驿馆更筹也。”通常，“更筹”指报时辰的竹签，这里是指驿站发的里程签。

④ 湖中宿雁被人惊起而飞向天空，本来没有什么奇怪，但诗人说它们是有意飞起，而且是向北飞，它们好像是向人们夸耀自己的自由，而流亡在南方的人却不能按自己的愿望回乡。

◎ 宿白沙驿[①]（五律）

水宿仍余照，	在水边停船过夜时还有夕照，
人烟复此亭。	又见到了人烟，这里是个驿亭。
驿边沙旧白，[②]	驿站外的沙洲一直这样白，
湖边草新青。	湖岸那边的野草方才发青。
万象皆春气，	一切景物都现出蓬勃春意，
孤槎自客星。[③]	我乘在小船上像独自闯进天河的客星。
随波无限月，	月光随着水波，照到无限远处，
的的近南溟。[④]	我心中明白真的是向南溟靠近。

注释:

① 杜甫在湖中航行几天后，终于又到了一处驿亭，又看见了人烟。旅途中很少见人，感到寂寞，但一天天向南走，行程该快到终点了吧，这毕竟是令人宽慰的。这诗反映了杜甫这种急切入湘的心情。这诗作于大历四年春初。

② 停泊的这个驿站叫“白沙驿”，可见这地方正是以沙滩色白而得名。诗中说“沙旧白”，是强调沙滩原来就这样，不是月光照了才这样白。这样说时，也就暗示了月光很明亮。

③ 用张骞乘槎误入天河事。参看第十七卷《秋兴八首》第二首注③。在这里，表现出诗人从周围环境的陌生、静谧中感受到的孤寂之情。

④ 的的，读“狄狄”（dí dí），可作“明亮”解，如梁简文帝（萧纲）《水月》诗：“溶溶如渍璧，的的似沉钩。”何逊《望新月》诗：“的的与沙静，滟滟逐波轻。”宋之问《寒宵引》：“明月的的寒潭中”，亦可解释为真切、确实，现代汉语词“的确”由此来。这诗中有双关意。南溟，南海。诗中以此代表南方的广大土地。

◎ 湘夫人祠[①]（五律）

肃肃湘妃庙，	庄严肃穆的湘妃庙，
空墙碧水春。	春水碧绿，环绕着空墙。
虫书玉佩藓，[②]	玉佩上的苔藓像古代虫书，
燕舞翠帷尘。	燕子在尘灰布满的翠幔上飞翔。
晚泊登汀树，	傍晚船靠岸，登上树木掩映的沙洲，
微馨借渚蘋。[③]	想借岸旁蘋草作祭品，献给湘妃微微馨香。
苍梧恨不尽，	舜帝死在苍梧，遗恨永远存留，
染泪在丛筠。[④]	泪痕点点染在丛竹枝上。

注释:

① 据旧注，湘夫人祠在湘阴县，位于湘江与洞庭湖相连处。这是祀奉帝尧二女娥皇、女英的庙。二女为舜妃，舜死于苍梧之野后，二女投湘江而死，后人奉之为湘江之神，称她们为湘妃或湘夫人。杜甫于大历四年春南行途中，经过湘夫人祠，写了这首诗。古庙荒凉残破，但流传千年的爱情故事却仍然有生命力，在诗人的心里搅起微微波澜。

② 虫书，又称鸟虫书。《说文叙》段注：“秦八体有虫书”，“鸟虫书，谓其或象鸟，或象虫，鸟亦称羽虫也。”这句诗是说神像戴的玉佩上苔藓滋生，象虫书之状。

③ 古代祭祀用“黍稷馨香”，并常以蘋蘩等草类作为祭品。这句诗是说想以渚上的蘋草作祭品献给湘妃。

④《仇注》引《博物志》：“舜南巡，崩于苍梧，二妃泪下，染竹成斑。”由于这个传说，斑竹被称为“湘妃竹”。

◎ 祠南夕望[1]（五律）

百丈牵江色，[2]	竹缆牵着船，也牵动江上景色，
孤舟泛日斜。	我的小船在斜阳下孤独地漂荡。
兴来犹杖屦，[3]	一时兴起，穿上鞋扶着手杖登岸，
目断更云沙。	放眼向无尽的云彩、沙洲眺望。
山鬼迷春竹，	春竹丛里，山鬼可感到迷惘，
湘娥倚暮花。[4]	在这傍晚，湘娥可倚靠在花旁。
湖南清绝地，	洞庭湖南面这样凄清幽绝，
万古一长嗟。	千年万世，经过的人都感叹嗟伤。

注释：

① 杜甫离开湘夫人祠后，小船继续南行，到傍晚时回头向湘妃祠遥望，似乎还隐约可见祠边的云沙。便想起屈原在《九歌》中所歌唱的“山鬼”“湘娥”（湘夫人）等形象，心中产生了深深的感伤。这诗当为紧接上一首诗后所作。

② 百丈，竹缆，牵船的缆索。入湘江后，船向南行是逆水，故须拉纤。船被牵动，船上的人却感到两岸景色在移动，故云“牵江色”。

③ 屦，音“巨”（jù），麻鞋。杖屦，表示将上岸步行。

④ 屈原《九歌》中有《山鬼》《湘夫人》等章。因回顾湘夫人祠，而有这些联想和想象。湘娥，即湘夫人。

◎ 上水遣怀[①] （五古）

我衰太平时，	太平岁月到来时我年已衰老，
身病戎马后。	战乱之后又受到疾病折磨。
蹭蹬多拙为，[②]	行动笨拙，一再遭到挫折，
安得不皓首。	怎能不叫我白发满头。
驱驰四海内，	在国内各地不停地奔走，
童稚日糊口。[③]	为了让孩子们天天能勉强糊口。
但遇新少年，	平常见到的都是新认识的青年，
少逢旧亲友。	难得遇见亲戚和老朋友。
低头下邑地，	来到州县里我得低着头，
故人知善诱。[④]	熟识的人都给我指点，循循善诱。
后生血气豪，	有些年轻人轻浮、急躁，
举动见老丑。	看不惯我的一举一动，嫌我老丑。

穷迫挫曩怀，	窘困的处境使我往日的怀抱受挫，
常如中风走。[5]	常像精神错乱的人一样乱奔狂走。
一纪出西蜀，[6]	到西蜀至今已经快有十二年，
于今向南斗。[7]	如今又来到这南方漂流。
孤舟乱春华，	乘在孤舟上，见满岸春花零乱，
暮齿依蒲柳。[8]	我这么老了，还要依靠别人，像柔弱的蒲柳。
冥冥九疑葬，[9]	舜帝远远埋葬在九嶷山中，
圣者骨已朽。	这位圣人的骸骨早已腐朽。
蹉跎陶唐人，[10]	陶唐氏的子孙虚度过多少时光，
鞭挞日月久。[11]	日月天天升起落下，历史悠久。
中间屈贾辈，	其中有屈原、贾谊这样的人，
谗毁竟自取。[12]	他们遭到中伤、诋毁，难道是自取其咎。
郁悒二悲魂，	这两个抑郁痛苦的悲哀精魂，
萧条犹在否。	可还在哪里忍受着凄凉哀愁。
崷崒清湘石，[13]	澄清的湘水旁，岩石峻峭峥嵘，
逆行杂林薮。[14]	小船在草丛林泽中逆水往上走。
篙工密逞巧，	撑船的篙工施展出一身技巧，
气若酣杯酒。	看那豪迈的神气，像喝足了酒。
歌讴互激越，	对唱着山歌，歌声更加清亮高亢，
回斡明授受。[15]	掉头，转弯，配合真是得心应手。
善知应触类，[16]	深明事理的人该能触类旁通，
各借颖脱手。[17]	每个人都靠自己独特的长处出头。
古来经济才，	自古来治理国家的干才，
何事独罕有。	为什么偏偏这样少有。
苍苍众色晚，[18]	一切景物都染上苍苍暮色，
熊挂玄蛇吼。[19]	黑熊像蛇挂在树上一样站着狂吼。

黄罴在树颠，	黄罴攀登上了树梢头，
正为群虎守。	正警惕着虎群的守候。
羸骸将何适？	我拖着瘦弱的躯体将到哪里去？
履险颜益厚。	面临着艰险，脸皮也就变得更厚。
庶与达者论，	我这些话只能对洞察世情的人说，
吞声混瑕垢。⑳	混在污浊的人群中，只能把痛苦和怨愤默默忍受。

注释：

① 上水，指逆湘江上行的航程。由于船行很慢，杜甫更感到寂寞无聊，于是写了这首遣怀诗，对自己的经历、遭遇以及自己立身处世的态度作一番反省，表达了愤懑之情和无可奈何的心态。这诗于大历四年春作于湘江航程中。

② 蹭蹬，见第一卷《奉赠韦左丞丈二十二韵》注⑱。

③ 糊口，勉强有口饭吃。

④ 善诱，与现代汉语中仍通用的成语“循循善诱”相同，指对人的开导、教育、劝告。杜甫在言行上屡次得罪有权势者，恐在夔州、江陵、公安都曾发生过一些不愉快的事，有些朋友曾劝他容忍或改变态度，故诗中有此语。

⑤ 这里的“风”字与“疯”字通，中风，即发了疯病，精神失常。《韵会举要》云：“风，狂疾也。”现代汉语中用“疯”字表示。

⑥ 一纪，指十二年。古代谓岁星（木星）一周天为一纪，需十二年。杜甫于乾元二年（759 年）十二月自同谷出发往成都，至大历四年（769 年）春，前后才十一年，“一纪”是约数。

⑦ 南斗，见本卷《衡州送李大夫七丈赴广州》注④。这里借“南斗”指南方。

⑧ 蒲柳，即水杨，易凋，常用以喻人之易衰老。《晋书·顾悦之传》：“松柏之姿，经霜犹茂；蒲柳常质，望秋先零。”在这诗中是比喻自己要依人为生。

⑨ 传说舜死于苍梧之野，葬于九嶷山，即苍梧山。在今湖南宁远县境。冥冥，昏暗、杳远之貌。

⑩ 陶唐人，指唐尧的后代。《仇注》引《元和郡县志》："尧先居唐，后居陶丘，故曰陶唐氏。"

⑪《仇注》："鞭挞日月，犹云驱送岁月。"古代把"日"说成是日车。日神羲和驾日车，因此谓日月之流逝为"鞭日月"。第二卷《同诸公登慈恩寺塔》有"羲和鞭白日"之句。

⑫ 上一句"中间"之"间"，当读去声，是动词，意思是"处于其间"。屈贾，指屈原、贾谊。他们都遭到谗毁，但并不能怪他们自己有过失。他们都是著名的忠臣、贤士。为"屈贾"辩护，也正是为诗人自己辩护。

⑬ 清湘，指湘江。崷崒，音"求族"（qiú zú），山势险峻貌。

⑭"林薮"的"薮"音"叟"（sǒu），草泽，杂草丛生的湖泽。在古汉语中，"薮"与"泽"同义或近义，有时也加以区别：水多的称"泽"，水少的称"薮"。

⑮"回斡"的"斡"，音"握"（wò），意思是转。回斡，在这里是指航船转弯、掉头等动作。授受，指授意与受意，即相互交流思想和配合行动。

⑯ 触类，成语"触类旁通"之略语。这里指善于类推。

⑰ 颖脱，出自"毛遂自荐"的故事，见第二十一卷《遣闷》注⑦。颖脱手，指有杰出才能与独特长处的人。

⑱ 众色，各种物色，即各种景物。

⑲ 熊挂玄蛇，谓熊攀树站立如玄蛇垂挂。这句和下面两句诗写环境荒凉恐怖，喻人世艰险。

⑳ 瑕，玉上的瑕疵。垢，人体的污垢。用在这里喻人品行的秽浊。吞声，不出声，默默忍受。最后的几句诗表明了杜甫晚年的处世态度和内心的痛苦。

◎ 遣遇[1]（五古）

磬折辞主人，[2]	我弯下腰向主人告辞，
开帆驾洪涛。	船启行了，又驶向汹涌的波涛。
春水满南国，	南国处处涨满春水，
朱崖云日高。	红色的山崖上太阳和浮云高高。
舟子废寝食，	船工们连吃饭睡觉也顾不上，
飘风争所操。[3]	在旋风中挣扎着掌舵撑篙。
我行匪利涉，[4]	我这次旅行不是顺水行船，
谢尔从者劳。	感谢你们跟随着我为我操劳。
石间采蕨女，	看见岩石上有个妇女在采蕨菜，
鬻市输官曹。[5]	说要拿到集市上卖钱缴纳官曹。
丈夫死百役，	丈夫在做不完的劳役中累死，
暮返空村号。	夜晚回到空村里只能独自哀号。
闻见事略同，	耳闻目见的事情差不多都这样，
刻剥及锥刀。[6]	锥尖大的一点薄利也要上缴。
贵人岂不仁，	贵人哪里会这样不讲仁爱，
视汝如莠蒿。[7]	竟把你们看作莠草蓬蒿。
索钱多门户，	索取钱财的人来自各个官府，
丧乱纷嗷嗷。	在兵荒马乱中，众口纷纷哀号。
奈何黠吏徒，	无奈那般奸狡的吏役，
渔夺成逋逃。[8]	侵占，掠夺，逼得百姓往外乡奔逃。
自喜遂生理，	我自觉幸运，日子总算过得去，
花时甘缊袍。[9]	甘愿在春暖开花的季节还穿着一件旧棉袍。

注释:

①“遭遇”的“遇”，是遭遇，境遇，这里是指杜甫当时的生活状况。尽管在艰难的旅途上，生活困苦，前途莫卜，但当他看到黎民百姓所遭受的更深重的苦难时，感到自己的生活已很适意，便不再有所怨恨了。把这些认识写在诗里，以排遣自己的痛苦怨愤，因而称这诗为《遣遇》。但杜甫绝不是只顾自己活命而不顾人民疾苦的人，他的诗表面上是个人的“遣遇”，实际上却在为人民控诉呼吁，揭露了唐朝当时的政治黑暗。这诗于大历四年春作于湘江旅途中。近人据诗中“朱崖云日高”句，订此诗作于离开潭州南行途中。因今株洲县赤石村与衡山县隔江相望处有长达两百余米的红色崖石。疑此即诗中所说的“朱崖”。

② 磬，古代的一种乐器，用石或铜制造，形状如折线，夹角达一百多度。人行礼时弯下腰，其形如“磬”，古代称之为“磬折”。《礼·曲礼》：“立则磬折垂佩。”疏：“身宜偻折如磬之背，故云磬折也。”

③ 飘风，旋风。《尔雅·释天》：“回风为飘。”《诗·大雅·卷阿》：“飘风自南。”《诗·桧风·匪风》：“匪风飘兮。”传皆训为“回风”，即旋风。但在《诗·小雅·何人斯》中，“其为飘风”，传训为“暴起之风”。在这诗中，两训俱可适用。

④《易》：“利涉大川。”这诗中的“匪利涉”，意思是航行不便，指逆水行舟而言。

⑤ 官曹，官府、官署。

⑥ 刻剥，意思同“剥削”。刻，有深求苛刻之意。锥刀，亦作“刀锥”，指锥刀之利，喻微小的利润。参看第十二卷《述古》第二首注①。陈子昂《感遇》：“务光让天下，商贾竞刀锥。”这里是说人民辛辛苦苦谋得的微薄利润，无丝毫贬义。

⑦ 莠蒿，两种常见的杂草，前者俗名狗尾草，后者指蓬蒿、艾蒿等。这里用来比喻“贵人”眼中的黎民百姓，揭露其轻视人民的态度。

⑧ 渔夺，指对百姓的掠夺。《汉书·景帝纪》：“渔夺百姓。”注：“渔，若渔猎之为也。”渔，喻剥削者如捕鱼者之所为。“逋逃”的“逋”字，音“晡”（bū），逃亡。

⑨ 花时，指春日。“缊袍”的“缊”，音“运”（yùn），古代一种用新旧丝绵混合制的棉袍。译诗中写作“旧棉袍”。到了春天，仍穿着过冬的旧棉袍，可见无春衣可更换。

◎ 解忧[①]（五古）

减米散同舟，	省下些米散给同船的人，
路难思共济。	路上遇到艰难时想到该同舟共济。
向来云涛盘，[②]	每一次在汹涌的浪涛上向前挣扎，
众力亦不细。	众人齐心合力，就有了很大力气。
呀坑瞥眼过，[③]	凹坑般的漩涡一眨眼就驶过，
飞橹本无蒂。[④]	飞快摇着橹，它原没有根连着地。
得失瞬息间，	成功还是失败，在瞬息间见分晓，
致远宜恐泥。[⑤]	走长途到远方去要提防阻滞。
百虑视安危，	决定安危时必须千百次反复思索，
分明曩贤计。	事情分明，古代圣贤都这么考虑。
兹理庶可广，	该把这个道理推广运用，
拳拳期勿替。[⑥]	时时刻刻放在心上不能抛弃。

注释：

① 这首诗中所记“减米散同舟”的情况与杜甫乘船南下的情况不合。诗中所写的情况是搭乘载客的航船，而从离开成都以后，杜甫所乘的都是一家专用的较小船只，不可能有“散米同舟”的事。因此《杜臆》说这诗是追记往事，但在这里，只是泛言必须同舟共济的道理，不是叙事。《杜臆》还把诗题《解忧》解释为“幸忧之得解”，却可商榷。综观诗的内容，是借行舟须得众力之助一事说明居安思危的必要，由此可看出，《解忧》之“解”意思是“理解”“懂得”，“忧”就是“思危”。诗的主旨是劝人要懂得居安思危。诗中所说的“致远宜恐泥”“百虑视安危”也是这个意思。这诗作于大历四年春湘江航程中。

② 云涛，指高浪。盘，是指强渡险滩。《仇注》：“赵注：‘云涛盘，言云涛之间盘转未出，方言所谓盘滩也。’旧注以云涛盘为滩名，恐是误会。”

③ 呀坑，《仇注》：“呀坑者，淤坑，如口之呀开也。”《说文新附》谓“呀”是张口貌。

这里是以张开大口的土坑比喻漩涡。

④ 无蒂，没有根蒂连接在地上，喻可以顺利前进，不受羁绊。

⑤ 宜，意思是应该。泥，应读“逆”（nì），阻滞。恐泥，意思是担心阻滞。应把“恐泥”看作“宜”的宾语。

⑥ 拳拳，奉持不失之貌。《礼·中庸》：“得一善则拳拳服膺，而弗失之矣。”替，意思是“废”“忽视”。《书·大诰》：“不敢替上帝命。”传：“不敢废天命。”

◎ 宿凿石浦[①]（五古）

早宿宾从劳，	随从们劳累了，该早些停船过夜，
仲春江山丽。	看仲春时光江山多么秀丽。
飘风过无时，[②]	暴风什么时候袭来可说不定，
舟楫敢不系。[③]	航船怎敢不找处江边泊系。
回塘澹暮色，[④]	弯弯的堤塘边暮色在荡漾，
日没众星嘒。[⑤]	太阳下山后无数星星光芒微细。
阙月殊未生，[⑥]	连月牙儿还没有出现，
青灯死分翳。[⑦]	青色的灯火灭了，才看出天空薄薄云翳。
穷途多俊异，[⑧]	有许多杰出人物无路可走，
乱世少恩惠。	在混乱的世上得不到优厚待遇。
鄙夫亦放荡，[⑨]	我这没用的人也太放逸散漫，
草草频年岁。[⑩]	马马虎虎让一年一年时光逝去。
斯文忧患余，[⑪]	有知识的人如果在患难中保住性命，
圣哲垂彖系。[⑫]	该学习圣人写部《易经》那样的书传世。

注释：

① 凿石浦，黄鹤谓浦在洞庭湖上，近潭州。邵宝谓在长沙府湘潭县西。在今株洲市境内。据嘉庆《湘潭县志》，曾有宋米芾书“怀杜处”（一说为“怀杜崖”）三大字镌于岩上，20 世纪 50 年代因修水利被炸去。杜甫的船经过那里时，停泊在附近弯曲的堤下过夜。月黑灯尽，诗人在寂静的夜里想到了生命意义的问题，写下了这首诗。据诗中“仲春江山丽”句，可知此诗作于大历四年二月。

② 飘风，见本卷《遣遇》注③。

③ 敢不系，《仇注》：本作“不敢系”，并解释说：“江边风狂浪急，故不敢系舟，而移入回塘以避之。他本作敢不系舟者，非是。”仇说偏执。风浪大必须系舟，系舟地点即下一句诗中之“回塘”。此时当考虑的是系舟地点问题，而不是“敢系”与“不敢系”的问题。

④ 澹，音“淡”（dàn），水摇貌。这里以水来比喻暮色。

⑤ 嘒，音“会”（huì），微弱貌。《诗・召南・小星》：“嘒彼小星。”

⑥ 阙月，同“缺月”，不圆的月亮。这里当是指二月初未见新月之时。

⑦《仇注》：“灯死无光，故分夜色之阴翳。”

⑧《杜臆》解释此句说：“俊异因穷途而多，见穷之有益于人；恩惠因乱世而少，见处穷途者又当自安，不应以少恩责备乎人。”这样的解说恐与杜甫当时的思想活动不合。“穷途多俊异”的意思实际上是“俊异多穷途”，倒装句法，杜诗中随处可见。

⑨ 放荡，不务世事，放逸自适。《论语・微子》：“隐居放言”，包注：“放，置也，不复言世务。”《论语・阳货》：“其蔽也荡。”孔注：“无所适守”，即放逸之意。这诗中之“放荡”是合此两义言，与现代汉语中“放荡”一词意义有较大差别。

⑩ 草草，有两种解释，一是劳心之状，如《诗・小雅・巷伯》：“劳人草草”；二是杂乱不齐、潦草、马虎。这诗中当用第二种解释。

⑪ 斯文，《论语・子罕》：“天之将丧斯文也，后死者不得与于斯文也。”原义指礼乐法度教化之迹，也就是现代汉语中所说的“文明”。后世常用来称儒生。实际上，也就是指有一定文化和知识的人。这句诗中的“斯文”，不专指作者自己，但包括作者在内。

⑫ 圣哲，指作《易》的周文王及孔子等人。“彖”音“团（去声）”（tuàn），彖系，指《易》的“彖辞（卦辞）”及“系辞传”，以此代表《易经》。《仇注》：“《易传》：作《易》者其有忧患乎？文王蒙难而作彖，孔子莫（暮）容而赞《易》，皆从忧患得之。彖谓卦辞，系谓系辞传。”这句诗表示，杜甫在多难的暮年，有著书立说之志。这是指他作的诗而言还是想另有著述，殊难断言。

◎ 早行[①]（五古）

歌哭俱在晓，[②]	清早听见悲歌又听见哭声，
行迈有期程。	可是我要赶路，一天有一天行程。
孤舟似昨日，	我在小船上和昨天一样，
闻见同一声。[③]	听见的也是同样的悲音。
飞鸟数求食，	飞鸟一次次飞到船上来求食，
潜鱼何独惊。	为什么水底潜鱼却这样惊慌不定。
前王作网罟，	古代的圣王发明了捕鱼的网，
设法害生成。	想出这法子来残害生灵。
碧藻非不茂，	水里的绿藻并非不繁茂，
高帆终日征。[④]	可是高挂布帆的船整天在航行。
干戈未揖让，[⑤]	靠武力争夺，不是选贤让贤，
崩迫关其情。[⑥]	纷乱危急的人世时时令我担心。

注释：

① 这首诗写清早出发时听到歌哭声而产生的感想。歌哭者是痛苦的，乘船的旅人是痛苦的，惊慌不定的鱼群也是痛苦的，而痛苦的根源则是战乱。这诗当作于大历四年春。

②《杜臆》：“哭因兵乱，歌亦悲歌，非乐而歌也。日出后各有所事，故‘歌哭俱在

晓'。"按"歌"的本义是"引长其声"，指富于感情的语言。这样的语言不管是乐是悲俱可称为"歌"。这里则是指哀号，哀诉。

③ 同一声，指同一的"歌哭"之声。

④ 这句诗也是说明"潜鱼独惊"的原因。鱼不仅担心网捕，而且还要避让行船。而终日有船只来去的原因则由于战乱和人们的逃难。可见战乱不仅害苦了人，也殃及鱼鳖。

⑤ 干戈，指战争。揖让，指古代君位禅让制度。但这句诗主要是控诉各道州郡军阀间的相互争夺，动辄兵戈相向，百姓无安宁之日。

⑥ 崩迫，喻发生巨变，形势危急，也可形容人的情绪不安。这句诗是说形势危急，引起诗人的不安和关切。

◎ 过津口[①]（五古）

南岳自兹近，	走到这里，离南岳已不远，
湘流东逝深。[②]	向东流逝的湘水深深。
和风引桂楫，[③]	和暖的风牵引着我的船，
春日涨云岑。[④]	春天的阳光下，升起山峰般的云层。
回道过津口，	船随着江水转个弯，驶过了津口，
而多枫树林。	这里有这么多的枫树林。
白鱼困密网，	密布的渔网把白鱼围困住，
黄鸟喧嘉音。	黄鸟喧鸣，发出欢乐歌声。
物微限通塞，[⑤]	微小的生命也有幸运和不幸之分，
恻隐仁者心。	心存仁爱的人对谁都怀着同情。
瓮余不尽酒，	我的瓮里还有没吃完的酒，
膝有无声琴。[⑥]	我膝上搁着弹不出声的琴。

圣贤两寂寞，[7]	在这世上，圣人贤人都无声无息，
眇眇独开襟。[8]	我遥看远方，独自敞开衣襟。

注释：

① 津口，地名，仍在湘江沿岸，距衡山不很远了。但究竟在长沙南面还是北面，不能确定。近人谓“津口”可能是“渌口”之误，在株洲境，今为株洲县治所在地。诗中反映了江畔的风光，主要仍是抒发感慨，召唤仁者的博爱精神。这诗也当作于大历四年春。

② 湘水主要是向北流。诗中说“东逝”，因湘水流入洞庭湖，通往长江，最后东流入海。

③ 桂楫，桂树制的桨，借代船只。这是指杜甫乘的船。

④《仇注》引陶潜诗“近憩云岑”，并解释说：“云岑即云峰。”也就是像山峰一样的云。涨，指“云岑”而言，谓云峰不断升高。

⑤ 通塞，指人的命运通达或受阻塞。

⑥ 无声琴，谓琴无弦或已损坏不能弹奏。《仇注》引《晋书》：“陶潜常蓄无弦琴一张。”

⑦ 圣贤，谓圣明的君主与贤臣。可以指古时历代的圣君和贤臣，也可指当代的皇帝和大臣。这里故意含糊其词，似乎只是怀古而已，实际上是倾诉对唐代统治者的不满。

⑧ 眇眇，常用来形容人的精神境界高远。陆机《文赋》：“志眇眇而凌云。”

◎ 次空灵岸[1]（五古）

沄沄逆素浪，[2]	迎着汹涌的白浪行船，
落落展清眺。[3]	许多美景在我眼前展现。

幸有舟楫迟，	幸好我的船行驶得缓慢，
得尽所历妙。	所过江岸的风光才能让我饱览。
空灵霞石峻，[④]	空灵岸朝霞般鲜艳的岩石峻峭，
枫栝隐奔峭。[⑤]	枫树、栝树隐在势如奔马的山岭后面。
青春犹无私，[⑥]	到处春意盎然，连它也没有私心，
白日已偏照。	可太阳却已偏斜到一边。
可使营吾居，	如果能在这里营建我的住宅，
终焉托长啸。	我愿在这里悠闲长啸，度过余年。
毒瘴未足忧，	南方的瘴气我倒不担心，
兵戈满边徼。[⑦]	担心的是边塞上到处有烽烟。
向者留遗恨，[⑧]	已往的事使我留下了遗憾，
耻为达者诮。[⑨]	受到达观的人责难，我觉得羞惭。
回帆觊赏延，[⑩]	掉转船帆，想多观赏一下山川，
佳处领其要。	把最幽美的胜境仔细领略赏玩。

注释：

① 当杜甫的船经过一处叫空灵岸的景色秀异江边时，诗人被美丽的江山胜景吸引，停下船来观赏，甚至希望在那一带营宅定居，但这只是一时的想法而已，他当然明白是不可能实现的。即使在近于绝望的艰苦的旅途中，自然美依然使诗人得到很大的安慰。蔡梦弼谓“空灵，当作‘空舲’。”《水经注》《十道四蕃志》及《一统志》均谓湘水有“空舲峡”或“空舲滩”。近人谓空灵岸在湖南株洲境内，在渌口南二十余里。这诗作于大历四年春。

②“沄沄”的“沄”，音“云”（yún），流水多浪貌。《楚辞·九思·哀岁》：“流水兮沄沄。”

③ 落落，形容众多，繁多。《老子》（河上公本）：“不欲琭琭如玉，落落如石。”注：“落落，喻多。”

④《仇注》引《湘中记》：“赤崖如朝霞。”

⑤ 栝，音“瓜”（guā），桧树的异名。

⑥ 青春，指春季、春天。无私，谓大地回春是自然规律，对任何事物都无私心。

⑦ 徼，音“叫”（jiào），边徼，边塞、边境。

⑧ 向者，指往事，即作者过去的经历与行为。留遗恨，很难确定是什么事，从下面一句诗来看，可能还是指为房琯辩护触怒肃宗以及在夔州、江陵一带冒犯了某些军阀的事。

⑨ 达者，通常指“达生”者，指老庄思想的奉行者，但这里不一定是指真正的“达生”者，而是指圆滑处世的人。诮，音“俏”（qiào），责难。

⑩ 回帆，掉转帆往回走。船已驶过空灵岸，再回过头驶到空灵岸边来仔细观赏一下风景。诗题中的“次”字，是指停靠。回驶到空灵岸后，又把船停下。

◎ 宿花石戍[①]（五古）

午辞空灵岑，	中午告别了空灵岸上的山峰，
夕得花石戍。	傍晚小船到达了花石戍。
岸疏开辟水，[②]	两岸远隔，从太古起就有洪水流过，
木杂古今树。	从林里杂生着古老的和新长的树。
地蒸南风盛，	地气湿热，南风强烈地吹，
春热西日暮。	夕阳西斜时，春天竟热得像炎暑。
四序本平分，[③]	一年四季本来分配得很均匀，
气候何回互。[④]	这里的气候怎么这样错乱差误。
茫茫天造间，[⑤]	天地间的一切真令人茫然难解，
理乱岂恒数。	合乎常理和发生混乱哪里有定数。
系舟盘藤轮，[⑥]	把船缆系在盘结如轮的野藤上，

杖策古樵路。	扶着手杖，走上古老的樵路。
罢人不在村，[⑦]	疲惫的居民没有留在村中，
野圃泉自注。	山泉还在流进田野里的菜圃。
柴门虽芜没，	柴门虽然被杂草遮住，
农器尚牢固。	种田的器具看来还算牢固。
山东残逆气，[⑧]	太行山东，叛军的气焰尚未消尽，
吴楚守王度。	吴楚一带，还能遵守朝廷法度。
谁能叩君门，[⑨]	有谁能去敲叩宫门向皇帝进谏，
下令减征赋。	请他下一道诏令减轻田赋。

注释：

① 花石戍，也是湘江沿岸的地名，近人谓在今湖南省的株洲市境内，距离前一篇诗写到的“空灵岸”只有半天路程。杜甫在这里停船过夜，发现附近的山村中农民已逃亡一空，于是在这诗中描绘了荒村的凄凉情景，发出了减轻农民负担的呼吁。这诗是紧接前一首诗之后作。

② 开辟，指古史传说中开天辟地的时期。

③ 四序，指四季。平分，指每季各占三月，各自表现出不同的气候。

④“回互”与“回穴”相通。《文选·风赋》：“回穴错迕。”注：“凡事不能定者曰回穴。”

⑤ 天造间，一作“天地间”，又作“天地开”。天造，天造地设，指自然界的创造力。

⑥《仇注》：“舟缆盘岸，圆若藤轮也。”这是臆测。藤轮，是以藤编制的圆形坐垫之类。诗中的“盘藤轮”当指盘结如轮的野藤。

⑦ 罢，通“疲”。罢人，指战争时期因赋税劳役而困苦不堪的人民。不在村，指已逃亡。从后面几句诗所述情景可看出。

⑧ 山东，指太行山东，即河北。当时安史余部虽已归降，但仍不听朝廷调遣，气焰嚣张。参看第十八卷《承闻河北诸道节度入朝》第一首注①。

⑨ 叩君门，喻入宫见帝，向皇帝提出告诫。

◎ 早发[①]（五古）

有求常百虑，	有所企求心里就会思虑纷繁，
斯文亦吾病。[②]	会作文吟诗也成了我的缺点。
以兹朋故多，[③]	因此也就有了许多朋友，
穷老驱驰并。[④]	到晚年还要这样赶路，两天路程要在一天走完。
早行篙师怠，	清早开船，篙师也提不起劲，
席挂风不正。	挂起帆，风却不能正合人的意愿。
昔人戒垂堂，[⑤]	古人告诫，别坐在檐下，要提防檐瓦飘坠伤人，
今则奚奔命。	如今我为什么这样奔忙，不怕危险。
涛翻黑蛟跃，	波涛翻滚，像黑蛟腾跃，
日出黄雾映。	太阳升起，把雾气映照得黄灿灿。
烦促瘴岂侵，	心里烦躁，难道是瘴疠侵入身体，
颓倚睡未醒。	低头倚靠着，睁不开惺忪睡眼。
仆夫问盥栉，	仆役催我洗脸梳头，
暮颜靦青镜。	我却怕在青铜镜里看见自己衰老的容颜。
随意簪葛巾，	随便戴上葛巾插上簪，
仰惭林花盛。[⑥]	仰看岸上繁盛的林花心里羞惭。
侧闻夜来寇，[⑦]	听说昨天夜里有盗贼，
幸喜囊中净。[⑧]	幸喜我囊中空空没有钱。
艰危作远客，	在遥远异乡旅行冒着危险，
干请伤直性。[⑨]	到处拜谒求情，使我耿直的天性受到伤残。
薇蕨饿首阳，[⑩]	该学伯夷、叔齐那样采薇采蕨，直到饿死首阳山，
粟马资历聘。[⑪]	还是该学苏秦和张仪，带着粟米乘着马，把六国跑遍。

贱子欲适从，	我究竟该走哪一条路，
疑误此二柄。[12]	心中怀疑这两条路都不妥善。

注释：

① 这首诗从清早出发赶路说起，反映了作者遑急疲惫之状，并表达出内心的疑虑和犹豫不决。这诗大概也是大历四年春逆湘江上行时所作。

② 斯文，见本卷《宿凿石浦》注⑪。这里，主要指能文善诗这一点。

③《杜臆》解释这一句和前后几句诗说："以斯文而朋故多，以朋故多而驱驰并。意在有求，一有求便须百虑，是反以斯文受病也。"

④ 驱驰并，意思和"兼程"相同，即两天路程一日走。

⑤ 垂堂，见第十五卷《滟滪堆》注⑧。

⑥ 诗人见林花盛，对照自己的衰老，故感到羞惭。

⑦"寇"的本义是劫掠，暴乱为害。《书·尧典》："寇贼奸宄。"《书·费誓》："无敢寇攘。"《吕氏春秋·贵公》："大兵不寇。"与后起的引申义指外国武力的入侵不同。

⑧ 净，不是指洁净，而是指空无一物。

⑨ 干请，干谒和请求，指干谒权贵和州郡长官等，以求帮助。

⑩ 用伯夷、叔齐耻食周禄采薇首阳山事。这诗中以夷、齐事迹代表坚持自己的主张，甘心受苦、至死不渝的操守。

⑪ 用战国时苏秦、张仪游说诸侯，谋求高官厚禄的事。这两个人的行迹与夷、齐正相反，以干谒为能事，投诸侯之所好，两人在某种意义上都达到了目的。

⑫ 二柄，与"二端""二者"同，指"饿首阳""资历聘"两种行迹。《仇注》："进退两无所适，几疑误于此二柄矣。"这样解释，是把"疑误"理解为因犹疑不决而耽误，但杜甫却是对这两条路都不满意，想另外走一条路。那么，"疑误"就是疑此二柄俱误的意思。

◎ 次晚洲[①]（五古）

参错云石稠，	江岸上，这么多岩石和稠密的乱云交错在一起，
坡陀风涛壮。	狂风怒涛，向岸坡猛烈冲撞。
晚洲适知名，	我刚才听说，这地方名叫晚洲，
秀色固异状。	秀丽的景色和别处真不一样。
棹经垂猿把，	船从山猿攀挂的野藤下经过，
身在度鸟上。[②]	人却在飞过的鸟群上方。
摆浪散帙妨，[③]	波涛摇撼着船身，妨碍我打开书帙，
危沙折花当。	驶近高高沙岸，想折花只要一伸手，它就在身旁。
羁离暂愉悦，	在离乱中只能暂时感到愉悦，
羸老反惆怅。	想到衰老病弱的身体心里就惆怅。
中原未解兵，	中原的战斗还没有完全停止，
吾得终疏放。[④]	恐怕我将一直这样在江湖上漂荡。

注释：

① 晚洲，地名，湘江里的一处沙洲，近人据今湖南省的实际情况指出在今株洲市与衡东县交界的湘江中、在花石戍上游。这地方风景也很有特色，杜甫在这诗中把它反映了出来。欣赏风景的愉快是不能持久的，一想起国家多难和自己的衰老就又陷入惆怅。诗中表达了这种思想情绪的变化。这诗也作于大历四年春湘江途中。

② 度鸟，飞度的鸟。这是指飞鸟在江中的倒影，故在人看来，自己在飞鸟的上面。

③《仇注》：“散帙在船，浪动则看书有碍；花发沙前，舟近则折之为便。以‘当’对‘妨’，乃‘便当’之当。”

④ 疏放，指远离朝廷，在外地过闲散生活。杜甫已估计到这种处境将终生不会改变，故云“终疏放”。

◎ 清明二首[①]（七古）

朝来新火起新烟，	清早新点起火苗，冒起了新烟，
湖色春光净客船。	湖上景色和春光把我的小船也映照得光鲜。
绣羽衔花他自得，[②]	羽毛如锦绣的小鸟口衔鲜花，显得多么得意，
红颜骑竹我无缘。[③]	孩子们骑竹马嬉戏，我再不能回到童年和他们同玩。
胡童结束还难有，[④]	穿着打扮像胡人的儿童在这里已难得看见，
楚女腰肢亦可怜。	楚女纤细的腰肢也同样惹人爱怜。
不见定王城旧处，[⑤]	定王城在哪里，已经找不到遗址，
长怀贾傅井依然。[⑥]	贾谊却永远令人怀念，他开凿的水井还和当年一般。
虚沾周举为寒食，[⑦]	该能沾周举的光吃热饭了，可是我却还是吃冰冷的干粮，
实藉君平卖卜钱。[⑧]	看来我真的得学严君平那样靠卖卜挣钱。
钟鼎山林各天性，[⑨]	爱钟鸣鼎食，还是爱隐居山林，各人有各人的天性，
浊醪粗饭任吾年。	我只想靠粗饭浊酒度过我的残年。

注释：

① 这是杜甫在大历四年清明节到潭州（今湖南省长沙市）时所写的两首诗。诗中反映了潭州清明节的民俗和自己的情怀。以苛责杜甫诗作著名的清代朱翰把这两首诗说得一无是处，他主要是从语言形式和格律上来评价的，忽略了诗的内容方面，更不理解诗的语言平易近人，适当运用俗语之可贵，因而作出极不公允的判断。

② 绣羽，喻羽毛美丽，借代小鸟。

③ 红颜，这里是指幼儿。骑竹，是指骑竹马的游戏。

④ 杜甫旅居西北地区时，诗中时有描绘少数民族风貌衣装的。如第五卷《送韦十六评事充同谷防御判官》有“羌父豪猪靴，羌儿青兕裘”，第七卷《寓目》有“羌女轻烽燧，胡儿掣骆驼”等。唐朝时北方地区生活习俗受外族影响较大，汉族儿童穿着

如胡人者也颇多。在吴楚一带就很少见到这种情况，因此这诗中说“胡童结束还难有”。结束，指衣装。而《仇注》却说“楚杂苗蛮，故有胡童之服”。恐误。

⑤《仇注》引《寰宇记》：“潭州长沙县定王庙，在县东一里，庙连冈高七丈，俗谓之定王冈。”汉景帝之子刘发，封为长沙王，号定王。长沙城亦称“定王城”，但这句诗中所说的“定王城”是指汉城遗址，在唐代已荡然无存。

⑥“贾谊”曾为长沙王太傅，故称“贾傅”。《仇注》引盛弘之《荆州记》：“湘州南市之东，有贾谊宅，宅中有井，小而深，上敛下大，状似壶，即谊所穿也。”

⑦《后汉书·周举传》述周举任并州（今山西省太原市）刺史时曾提出废除寒食节的倡议，使人民能在寒食节时按正常习惯举炊熟食。因此后代虽保留寒食节之名，而不行寒食之实。这句诗是说“虚沾周举”废除寒食旧习的恩德，在船上生活，仍是吃干粮冷食。从这句诗中可见行旅之苦况。

⑧ 君平，即“严君平”，见第十九卷《秋日夔府咏怀》注⑮。

⑨ 钟鼎，指“钟鸣鼎食”这种富贵人家的生活。张衡《西京赋》：“击钟鼎食。”王勃《滕王阁序》：“闾阎扑地，钟鸣鼎食之家。”这句诗和下一句诗表示杜甫不愿过富贵奢豪的生活，甘于粗粝。

◎ 其二（七古）

此身飘泊苦西东，	我尝够漂泊的辛苦，走遍南北西东，
右臂偏枯半耳聋。	右臂偏枯萎缩，耳朵也已半聋。
寂寂系舟双下泪，	默默系住船，流下两行热泪，
悠悠伏枕左书空。[1]	长久躺在床上，左手画字在空中。
十年蹴踘将雏远，[2]	看人们踢球游戏，想起带着孩子逃到远方已经十年，
万里秋千习俗同。	这万里外也玩秋千，习俗和我的故乡相同。
旅雁上云归紫塞，[3]	迁徙南方的雁群飞上云端回到紫塞去，

家人钻火用青枫。[④]	家人钻火用的木材是南方的青枫。
秦城楼阁烟花里，[⑤]	长安城的楼阁该已被烟花环绕，
汉主山河锦绣中。[⑥]	皇上的山河像围在锦绣帷幔之中。
春水春来洞庭阔，	春天来了，春水涨了，洞庭湖多么宽阔，
白蘋愁杀白头翁。[⑦]	看见水上的白蘋，真愁煞我这个白头老翁。

注释：

① 书空，见第四卷《对雪》注③。

② 蹴踘，是我国古代的踢球游戏。诗中所写的是在长沙清明节所见，这是全国各地都有的习俗。十年，指乾元二年（759）逃难到秦州及入蜀以来的时间，约数。

③ 紫塞，雁门关，这里泛指塞北。

④ 古代在清明节有钻木取新火的风俗。北方多用榆柳钻火，南方多枫树，说用“青枫”钻火，正是表达了思乡之情。

⑤ 秦城，指长安。

⑥ 汉主，借代唐朝皇帝。这两句诗是想象长安清明节时的景象。

⑦ 末两句是睹异地景物，发思乡之情。洞庭春水，楚地白蘋，都促使诗人思乡，但不能归去。白蘋，即“蘋”。《诗·召南》有《采蘋》篇，是与祭祀祖先有关的诗，见白蘋而思祭祖，不能回到祖先坟墓旁，是以悲愁。

◎ 发潭州[①]（五律）

夜醉长沙酒，	昨夜在长沙喝酒喝醉了，
晓行湘水春。	今早又在春天的湘江上航行。
岸花飞送客，	岸上的落花飞来送远客离去，

樯燕语留人。	桅杆上的燕子想留人一直呢喃不停。
贾傅才未有，[②]	贾谊那样的大才世上少有，
褚公书绝伦。[③]	褚遂良的书法杰出超群。
名高前后事，	大名鼎鼎的这两位先后在长沙住过，
回首一伤神。	一想起往古的事我就伤情。

注释：

① 潭州，即长沙。杜甫自荆州南行，到长沙后没有多停留，随即继续南下。到衡州附近后，又转向北行，回到潭州。直到大历五年夏初潭州发生臧介之乱，才再度离潭到衡。这次“发潭州”，是指大历四年暮春时的事。

② 贾谊曾为长沙王太傅。关于他的事迹可参看第十四卷《春日江村五首》第五首注②及《别蔡十四著作》注②。

③ 褚遂良，唐代大书法家，传世的碑帖很多。他也是直言敢谏的大臣，曾谏唐高宗立武则天为后。后来因此被贬官，忧愤而卒。

◎ 发白马潭[①]（五律）

水生春缆没，	春水涨高了，缆绳被浸在水里，
日出野船开。	太阳升起时，船才从野岸离开。
宿鸟行犹去，[②]	停下过夜的鸟又排成行飞去了，
丛花笑不来。[③]	岸上丛花似乎笑逆水行船难上来。
人人伤白首，	人人都为我的满头白发哀叹，
处处接金杯。[④]	处处有人请我饮酒，常接过金杯。
莫道新知要，[⑤]	别说有新认识的朋友邀约我，

南征且未回。[⑥]　　我一直向南走，未必再回来。

注释：

① 白马潭，也是湘江上的地名，究竟在何处，旧注诸家说法不一。这首诗透露出了杜甫南行的苦衷：并没有朋友邀请他停下暂住，只是一路上有人请他喝喝酒，说说客套话而已。他的南行几乎是无目的的，因为他无路可走才不得已而南行。

② 上海古籍出版社排印本《杜臆》："宿鸟必水宿之鸟，鸟虽步行，犹先我舟而去。"而《仇注》所引《杜臆》却说："此时宿鸟之成行者，犹且先我而去。"前者，把"行"理解为"步行"，后者，把"行"理解为"成行"。鸟之来去，应飞行，涉水是为捕食，不是为来去，因此，译诗据《仇注》所引之说。

③ 笑不来，是笑逆水船慢，迟迟不来。

④ 金杯，即酒杯，由于对偶的需要才写作"金杯"。伤白首、接金杯，都是世俗的应酬，人们不是真的对杜甫关心爱护。

⑤ 要，通"邀"。新知要，大概是请杜甫饮酒的人们所说的话，祝贺他应新知的邀请南下，用意是堵住杜甫请求援助的话。

⑥ 末句诗也表示杜甫预知前途难料，已无回到故乡的可能。

◎ 野望[①]（五律）

纳纳乾坤大，[②]　　天地这么潮湿，又这么广大，
行行郡国遥。[③]　　越走越远了，离郡城已遥迢。
云山兼五岭，[④]　　这里的云山一直通往五岭，
风壤带三苗。[⑤]　　这里的风土人情已接近三苗。
野树侵江阔，　　江水宽阔，一直涨到野树旁边，
春蒲长雪消。　　春蒲生出水面，霜雪全消。

扁舟空老去，	我将一无所成地在小船上老死，
无补圣明朝。	对圣明的皇朝没有任何补报。

注释：

① 这是大历四年春在潭州南面的旅途上所作的诗。天地宽阔，春满人间，但诗人的天地却只是一叶扁舟，生命已到暮年，仍一筹莫展。除了怨叹，又能有什么话可说呢。

② 纳纳，《楚辞·九叹·逢纷》："衣纳纳而掩露。"注："纳纳，濡湿貌。"

③ 郡国，即郡城、州。这里是指潭州（长沙）。

④ 五岭，南岭山脉之总名，有几种不同说法，最通行的是指大庾、骑田、都庞、萌渚、越城等五岭。

⑤ 三苗，原为古代民族的名称，后演变成为地名。《书·舜典》："窜三苗于三危。"三苗，曾在长沙建国，统治今长江中游，西起岳阳，东至九江一带地方。所谓"三苗之地"，就是指这一地区。

◎ 入乔口[①]（五律）

漠漠旧京远，[②]	古老京城多遥远，对于我已经渺茫，
迟迟归路赊。[③]	迟迟没有开始的归途实在漫长。
残年傍水国，	在我的暮年还要托身这南方水乡，
落日对春华。	夕阳下，对着春天的繁花凝望。
树蜜早蜂乱，	早苏的野蜂乱纷纷在树丛中采蜜，
江泥轻燕斜。	轻捷的燕子在江边衔泥又斜飞向上。
贾生骨已朽，[④]	贾谊的骸骨虽然早已腐朽，
凄恻近长沙。	但我走近长沙时心里还充满凄凉。

注释:

① 原注:“长沙北界”。根据诗的内容来看,这诗写于大历四年春初入长沙境时。从这首诗中可以明显地看出,杜甫身虽南行,心却仍向往北归,因此情绪异常低沉凄恻。

② 旧京,指长安。这是一个古老的都城,又是杜甫的第二故乡,杜甫对它怀有特别深厚的感情。因此“旧京”之旧,非仅新旧之“旧”,而具有特殊的内涵。

③ 南行不是“归路”,但杜甫的最终目标是北归,南行是为北归创造条件。故于南行时说“归路赊”。

④ 贾生,即贾谊,参看第十四卷《春日江村》第五首注②及《别蔡十四著作》注②。

◎ 铜官渚守风[①] (五律)

不夜楚帆落,	天还没黑就把船帆在楚江边落下,
避风湘渚间。	为了避风,停船在湘水的洲渚间。
水耕先浸草,	这里种水田,先把杂草浸在水中,
春火更烧山。[②]	种坡地,在春天还得放火烧山。
早泊云物晦,[③]	尽管船停得早,云底下的一切已经晦暗,
逆行波浪悭。[④]	逆水行船,波浪也不肯助我一把力,像有意作难。
飞来双白鹤,	瞥见一对白鹤翩翩飞来,
过去杳难攀。	瞬息间又飞远,我可没法追攀。

注释:

① 铜官渚,也在长沙以北。《仇注》引《水经注》:“湘水右岸,铜官浦出焉。”又引《一统志》:“铜官渚,在长沙府城北六十里。”这首诗写异乡风俗,并寄寓思乡之情。作诗时间在上一首诗稍后。

② 这两句诗写春种前的准备工作,“浸草”“烧山”都是为了增强土地肥力。这种耕作

种植方法也与北方不同。

③ 云物，泛指自然景物。译诗故意照字面直译，更觉具体。

④ 波浪悭，是指波浪悭于助人。《仇注》：“悭，阻滞难行也。”

◎ 北风[1]（五排）

春生南国瘴，[2]	南国的春天刚来到就发生炎瘴，
气待北风苏。[3]	得等北风吹来，万物才畅苏。
向晚霾残日，	傍晚，残阳被浓云遮没，
初宵鼓大垆。[4]	上半夜起风了，像风箱吹鼓着巨大熔炉。
爽携卑湿地，	把凉爽带到低下潮湿的地方，
声拔洞庭湖。	声震天空，像要卷走洞庭湖。
万里鱼龙伏，	万里之内，鱼龙都潜藏到水底，
三更鸟兽呼。	三更天还听得见鸟兽在喧呼。
涤除贪破浪，[5]	炎热被冲洗干净，想赶紧开船，乘风破浪，
愁绝付摧枯。[6]	又万分担心，把性命向这摧枯拉朽的大风托付。
执热沉沉在，	当炎热正沉沉地压住大地，
凌寒往往须。	承受些寒气往往也有好处。
且知宽病肺，	似乎觉得肺部的疾病已得到宽解，
不敢恨危途。	更不该埋怨这艰危的旅途。
再宿烦舟子，	住了两夜，又要麻烦船工开船，
衰容问仆夫。[7]	不知我的面容怎样憔悴，这得问问随从的仆夫。
今晨非盛怒，[8]	今天早晨，风势已不太猛烈，
便道却长驱。[9]	正好趁机迅速前进，驶过这比较平静的水路。

隐几看帆席，	我靠在椅上仰头看船帆，
云山涌坐隅。	云影山色接连涌向我的坐处。

注释：

① 原注："新康江口，信宿方行。"《仇注》引《水经注》："晋改益阳曰新康。"今湖南省湘江畔有新康镇，在铜官稍南，有水流入湘江，或即诗中所说的"新康江口"。杜甫航行到新康江口，遇猛烈北风，停了两天才开船。这场北风使春日的暴热消减，风势稍小后正好顺风航行，诗人的心情也稍稍舒畅些，于是写了这首诗。作诗时间在大历四年春到达长沙之前。

② 瘴，指"炎瘴"，这里是指春天异常的暑热天气。

③ 苏，指苏息，透过一口气。

④ 初宵，指半夜以前。鼓大垆，以风箱鼓风吹炉火，比喻大风。《仇注》引《庄子》："以天地为大垆。"

⑤ 涤除，是说涤除了炎热。破浪，乘风破浪。

⑥ 摧枯，"摧枯拉朽"之略语，喻巨大的风力。乘巨大北风行船，等于把生命托付给它，这是冒险的事，因而"愁绝"。

⑦ 旅途劳顿，故有衰容。因途中没有铜镜可以自照，只能向仆夫询问。

⑧ 非盛怒，喻风势不很猛烈。

⑨ 便道，指易于行船的水路。虽是逆水，但是顺风，浪也不很大，故称为"便道"。

◎ 双枫浦[①]（五律）

辍棹青枫浦，	我的船停泊在青枫浦，
双枫旧已摧。	这里的两棵枫树早已折断倒毁。

自惊衰谢力，[2]	使万物衰谢的自然力量令人惊异，
不道栋梁材。[3]	如今人们不会再称它们栋梁之材。
浪足浮纱帽，	浪这样高，树冠像纱帽一样浮起，
皮须截锦苔。[4]	还有一截树干，色如锦绣，那是树皮上的斑斓莓苔。
江边地有主，	这江边的土地也该有个主人，
暂借上天回。[5]	我想借这两棵树作浮槎，到天上航行个来回。

注释：

① 双枫浦，即青枫浦。也应在湘江畔。旧注谓在浏阳，近人有谓在株洲境者。江边之双枫树已折断倾倒在水中，诗人看到它们有所感触，便写了这首诗，惜大材之被摧残，隐喻人才也常遭到双枫同样的命运。这诗亦当作于大历四年春。

② 衰谢力，指促使生物衰老死亡的自然力。

③《仇注》："双树久摧，自从衰谢以后，人但惊其筋力已竭，又谁道其未衰之先，材堪栋梁乎？"

④ 这两句诗写浸在水中的枫树的形态。枫树虽折倒水中但并未枯死；树冠浮在水面，有如纱帽，树干上生着色彩斑驳的苔藓。

⑤ 末两句是说，江边土地应有其所有者（即土地之主人），则双枫也应属他所有。诗人想向他借此双枫作为浮槎，到天上去航行。诗人在穷途末路时还有这样的幻想，要像传说中的张骞那样乘槎上天（参看第十七卷《秋兴八首》第二首注③）。他上天是要向上帝倾诉人世黎民的痛苦，还是自己的不幸遭遇？也许他是乞求天帝改变人间的现状，或仅是求他赐给人间一个圣明的君主。这些后人当然不能臆测。

◎ 咏怀二首[1]（五古）

人生贵是男，	人世最宝贵的是男子汉，

丈夫重天机。[2]	大丈夫要重视天赐的机缘。
未达善一身，[3]	如不能仕途通达，也得让自己完善，
得志行所为。	志向如能实现，就该好好干。
嗟余竟轗轲，[4]	可叹我的道路总是坎坷不平，
将老逢艰危。[5]	年纪将老时又遭到艰危厄难。
胡雏逼神器，[6]	胡儿想侵夺国家的统治大权，
逆节同所归。[7]	叛逆者跟着他一起作乱。
河洛化为血，[8]	黄河、洛水里流的都是鲜血，
公侯草间啼。	公侯啼哭着在草莽中逃窜。
西京复陷没，	接着西京又被贼寇攻陷，
翠盖蒙尘飞。[9]	皇上奔逃，翠羽盖蒙上了尘烟。
万姓悲赤子，	千万百姓悲啼，像被抛弃的婴孩，
两宫弃紫微。[10]	皇上和太子匆匆离开了紫微殿。
倏忽向二纪，[11]	转眼间过了十多年，
奸雄多是非。[12]	还有些奸贼不断在制造骚乱。
本朝再树立，	大唐朝终于又树立起威信，
未及贞观时。	可是还赶不上贞观年间。
日给在军储，	每天要供应军队的消耗和储备，
上官督有司。	上级长官不断督促下级官员。
高贤迫形势，	身居高位的贤才被形势逼迫，
岂暇相扶持。[13]	哪有空闲来扶危济难。
疲苶苟怀策，	我这孱弱疲惫的人纵然有什么谋略，
栖屑无所施。[14]	天天奔走不停又怎能施展。
先王实罪己，	先帝曾经下诏责备自己，
愁痛正为兹。[15]	我正是为这事愁苦愤怨。
岁月不我与，	我这一生不可能再有多少岁月，

蹉跎病于斯。	还在这里浪费生命，被疾病纠缠。
夜看鄷城气，	夜晚我遥望酆城冲天的剑气，
回首蛟龙池。⑯	回头看池里蛟龙，它该腾飞上天。
齿发已自料，⑰	从齿发的变化上我已知生命将尽，
意深陈苦词。	为了表达深深的心意，才写出这苦切的诗篇。

注释：

① 这两首《咏怀》是直接表达思想情感的诗。我国古代诗歌中，有许多名作都是以“咏怀”为题的。如阮籍和庾信都有《咏怀》诗。流传至今的汉代五言古诗也大都是咏怀诗。在我国古诗中这是一个重要的类型。虽然其中议论的成分很多（与一般抒情诗不同），但也充满作者的自我剖析和内心情感的流露。通过作者的主观世界反映了现实生活。对这类诗也决不能忽视。在第一首诗中，杜甫剖析了自己的思想变化，联系到引起这种变化的重要历史事件；他虽然自知死期不远，仍关心着国家的命运和人民的苦难，寄殷切希望于后来者。第二首更多地陈述自己的处境、心意以及为求取精神平衡所作的自解。要了解杜甫的思想、世界观，特别是杜甫晚年的思想活动，这两首诗是重要的资料。据第二首中的“逆行值吉日”，可知这两首诗作于大历四年三月初一或稍后。

②《庄子·大宗师》：“其耆欲深者，其天机浅。”成玄英疏：“天然机神浅钝”。与这诗中的“天机”不是同一的概念。《三国志·吴书·孙权传》：“君临万国，秉统天机。”这“天机”是指天赐的掌管国家社会的权力，与诗中的含义也不全相合，但有些关系。诗中的“天机”，是指人力所不能及的一种偶然性以及它所造成的境遇，主要是指得到官位与权力的机遇。

③ 达，指仕途通达，即能顺利地得到适合的官位和即时升迁。

④ 轗轲，同“坎坷”。

⑤ 艰危，指安禄山叛乱，那年是天宝十四载（755 年），杜甫年四十四岁，在古人看来，已是“将老”之年。

⑥ 胡雏，指安禄山。参看第十七卷《中夜》注⑥。神器，统治国家的最高权力。《文选·东京赋》：“巨猾闲亹，窃弄神器。”综注：“神器，帝位也。”

⑦《仇注》："逆节，指附逆者。"

⑧ 河洛，指黄河、洛水。这句诗是说东都洛阳的失陷。

⑨ 翠盖，皇帝的车盖以翠羽为饰，故名"翠盖"，这里借代皇帝。蒙尘，指皇帝出京奔逃。

⑩ 紫微，原为星座名，后常用来比喻皇帝所居的宫殿。

⑪ 十二年为一纪，见本卷《上水遣怀》注⑥。自天宝十五载（756 年）安禄山入长安到大历四年（769 年），约十四五年，不到二纪。向二纪，是说已进入第二个十二年，逐渐靠近"二纪"。

⑫ 奸雄，指掌握兵权而心蓄异志的武将。

⑬ 这句和上一句诗透露出杜甫曾向一些身居高位的旧友求助，但没有得到帮助。他在诗中为那些友人寻找一些不予援助的理由，对他们表示谅解。

⑭ 栖屑，犹言"栖遑"。《魏书・裴安祖传》："且京师辽远，实惮于栖屑耳。"栖，在古汉语中当读"西"（xī），"栖遑"与"恓惶"同义。栖屑，亦作不安解。这诗中的"栖屑"当指旅途中的恓惶不安。

⑮ 先王，指唐肃宗。他于即帝位后曾几次下诏罪己。见第五卷《收京三首》第二首注①。杜甫曾立志"致君尧舜上"，皇帝有过失，朝政混乱，杜甫感到自己有责任，因此说"愁痛正为兹"。但杜甫诗中常有隐曲的深刻内涵，有时一个词语有两种含意，以致整句诗也可有两种截然不同的解释。这里的"罪己"如不用前面的那种解释，而解释为"对自己（指杜甫）的处罚"，指至德二载为房琯辩护获罪，次年被贬为华州司功的事，那么，后一句诗就更易理解。也许这才是杜甫所要表达的真意。

⑯ 酆城气，即"酆城剑气"，见第八卷《秦州见敕目薛璩授司议郎毕曜除监察》注㉘。蛟龙池，见第十七卷《洞房》注④。前一句是希望贤才得到重用，后一句希望有英明的皇帝出现。两句诗都是寄希望于未来者，而诗人自己已经无能为力。

⑰ 齿发，借代年龄。

◎ 其二（五古）

邦危坏法则，	邦国危殆，法规制度遭到破坏，
圣远益愁慕。[①]	离古代圣人愈久远，愈增加我的愁思和爱慕。
飘飖桂水游，[②]	我想乘风到桂水上去航行，
怅望苍梧暮。[③]	惆怅地眺望暮色笼罩的苍梧。
潜鱼不衔钩，	潜游水底的鱼不会贪食钓饵，
走鹿不返顾。[④]	旷野上逃奔的鹿不会掉头回顾。
皦皦幽旷心，[⑤]	我幽远旷达的心光明皎洁，
拳拳异平素。[⑥]	坚定不移，更超过平素。
衣食相拘阂，[⑦]	衣食困难使我事事受到阻碍，
朋友限流寓。	总是这样漂泊不定，不能和朋友知己们相聚。
风涛上春沙，	冒着风涛向春天的沙洲上行，
千里浸江树。	千里江水浸润着岸边丛树。
逆行值吉日，[⑧]	逆水开船的日子正好是初一，
时节空复度。[⑨]	美好的时节竟又这样虚度。
井灶任尘埃，[⑩]	任故乡的井灶上堆积起尘埃，
舟航烦数具。	却一再忙着准备船只赶路。
牵缠加老病，	又加上受到衰老疾病纠缠，
琐细隘俗务。	琐碎俗事更使我的心不能宽舒。
万古一死生，	从古至今，人们都一样有生有死，
胡为足名数。[⑪]	为什么让我也在这人群里凑数。
多忧污桃源，[⑫]	想去武陵，怕玷污了那世外桃源，
拙计泥铜柱。[⑬]	实在没有好办法，只能在这衡州一带徘徊瞻顾。
未辞炎瘴毒，	我甘愿不避炎热和瘴疠，

摆落跋涉惧。	也不再惧怕山高水深的旅途。
虎狼窥中原，[14]	虎狼侵犯中原——我的故土，
焉得所历住。[15]	哪里有地方能让我长久居住。
葛洪及许靖，[16]	晋朝的葛洪和更早的许靖，
避世常此路。[17]	为了避世，常走过这条道路。
贤愚诚等差，	贤才和愚人的确有差别，
自合受驰骛。[18]	我只配这样不停奔走长途。
羸瘠且如何，	身体瘦弱得成了什么样子，
魄夺针灸屡。	屡次针灸，把我吓得丧魂失魄。
拥滞僮仆慵，	道路常常阻塞，僮仆也变得懒惰，
稽留篙师怒。	耽搁太久又惹得船工们发怒。
终当挂帆席，	到底还是要挂起帆出发，
天意难告诉。	不知道天意怎样，我的痛苦却没法向它倾诉。
南为祝融客，[19]	到南方去，到祝融氏那里去作客，
勉强亲杖屦。	我一定要勉力扶着手杖，穿着麻鞋上路。
结托老人星，[20]	把自己托付给南极老人星，
罗浮展衰步。[21]	在罗浮山下迈开衰弱的脚步。

注释：

① 圣，指古代的圣王，如唐尧、虞舜等人。不满现实，便向往古代，这是古人，特别是老年人的常情。

② 桂水，见本卷《暮归》注②。这句诗是说要到湖南的南面去，包括广州在内，不是专指桂水附近。

③ 苍梧，指苍梧山，在湘南，是舜帝逝世和埋葬处。这句诗和第二句“圣远益愁慕”呼应。

④ 潜鱼、走鹿，比喻离开官场隐居山野的人。这里是作者自喻。

⑤ 皦，音“皎”（jiǎo），意义同“皎”，皎洁明亮。

⑥ 拳拳，见本卷《解忧》注⑥。《仇注》解释前后几句诗说：“我亦本有幽旷之心，今拳拳屈身于人，而异于素志者，只为衣食所驱，朋知远隔耳。”恐不合作者原义。杜甫之所以漂泊不定，正是由于不愿“屈身于人”，要坚持“幽旷”的志向。“拳拳”不宜解释为“屈身于人”之状；“异”不只有“不同”这一意义，也可作“优异”“异常”解。异平素，应理解为“超过平素”，“甚于平素”。

⑦ 拘阂，限制、阻碍。

⑧ 吉日，《仇注》：“吉日，谓清明令节”，不知何据。可能只是因为有下面一句“时节”之故，他把“时节”确定为“令节”了。按“吉日”只有两种解释，一种是“佳日”，即“良辰”。《仪礼·士冠礼》：“令月吉日。”注：“令、吉皆善也。”一种是指“朔日”，即每月之初一。《周礼·地官·党正》：“四时之孟月吉日。”注：“四孟之月（指一、四、七、十等四个月）朔日。”

⑨ 时节，指季节，这里是指春天。译诗取“吉日”之第二义。

⑩ 井灶，喻故乡的家园。

⑪《汉书·高帝纪》：“民前或相聚保山泽，不书名数；今天下已定，令各归其县，复故爵田宅。”注：“名数，户籍也。”诗中借用此语，但意思稍有改变，指一个时代的人口总数。这诗中是说自己不愿作一个乱世的臣民，但又无法避免。

⑫ 桃源，在武陵。杜甫曾有去武陵的打算，但未如愿。第十九卷有《巫峡敝庐奉赠四舅别之澧朗》一诗，朗州，即武陵郡。

⑬ 铜柱，指衡阳附近的铜柱，见本卷《公安送李二十九弟晋肃入蜀余下沔鄂》注④。

⑭ 虎狼，喻吐蕃。中原，兼指河南洛阳及关中长安，两地都有杜甫的故园。

⑮ 曹慕樊说：“焉得所，犹何处。历，久也。见《小尔雅·广诂》。意言何处得久住也。”（见《杜诗杂说》第258页）。

⑯ 葛洪，晋代人，曾为句漏（今广西北流市）令。后到罗浮山（今广东增城市东）炼丹，死时颜色如生，人以为尸解登仙。他是古代著名的炼丹家。许靖，于三国初期从会稽南走交州（今广东、广西地方）避难，后入蜀，任太傅。这两个人都曾到过南方，故杜甫在南行途中想起这两个人。

⑰ 此路，指自潭州往南的道路。

⑱ 驰骛，原意是骑马急驰。这里是指奔走长途。

⑲ 南岳衡山有祝融峰，祝融是传说中的古代圣皇。《白虎群儒通义》中把祝融氏与伏羲氏、神农氏并列为三皇。又有传说，谓“祝融”是火神。这句诗也与第二句“圣远益愁慕”相照应，到祝融氏那里去，也是出于对“远圣”的爱慕。

⑳ 老人星，见第十七卷《寄韩谏议注》注⑰。这里是说，打算在南方衡州、广州一带长住，以度余年。

㉑ 罗浮，罗浮山，见注⑯。

◎ 酬郭十五判官[①]（七律）

才微岁晚尚虚名，	我的才识微薄，到老年还留下一点虚名，
卧病江湖春复生。	在江湖上漂泊卧病，不觉又到初春。
药裹关心诗总废，	总是关心着药囊，长久把吟诗放在一边，
花枝照眼句还成。	如今花枝映入眼帘，才算又把诗句写成。
只同燕石能星陨，[②]	我的诗像那被当成陨星的燕石，
自得隋珠觉夜明。[③]	您的诗像隋侯珠，自从得到它夜晚也觉得光明。
乔口橘洲风浪促，[④]	乔口、橘子洲的风浪催促着航船，
惊帆何惜片时程。[⑤]	船速快得惊人，我哪会吝惜多走片刻的航程。

注释：

① 据题下小注，知郭判官名受。《唐诗纪事》：“郭受，大历间为衡阳判官。”杜甫在南下途中曾寄诗给郭受，郭受作了一首诗寄杜甫，题目是《杜员外兄垂示诗因作此寄上》。杜甫又写了这首诗答郭受。郭受是一个颇爱诗歌的人，但杜甫此时正处于栖惶不安之中，写诗只是为了排遣忧闷，怎能如郭受之有闲情。爱诗和尊敬诗人的人，

也未必真正能理解诗人，给他一些实际的帮助，实在可叹。看诗中“卧病江湖春复生”及“乔口橘洲风浪促”句，知此诗大概作于大历四年春，在离长沙不远的湘江旅途中。

②《仇注》引《韩非子》：“宋之愚人得燕石于梧台之侧，藏之以为大宝，周容闻而观焉，掩口笑曰：‘此燕石也，与瓦甓等。’”这句诗是说自己的诗只与“燕石”相同，不是宝物，没有什么价值。陨星，是从天上落下的，古代视作贵重之物。能，意思是“哪能”“怎能”，是否定的语气。

③ 隋侯珠，见本卷《舟出江陵南浦奉寄郑少尹审》注⑨。这诗里只取隋侯珠是夜明珠，十分珍贵这一点，用来比喻郭受的诗，表示称赞。

④ 乔口，在长沙北郊，本卷有《入乔口》一诗。橘洲，长沙湘江中的一个沙洲，今称“橘子洲”。

⑤ 这句诗是说，诗人的船还要继续南行，衡州离长沙不远，暗示有到衡州的打算。

◎ 望岳[①]（五古）

南岳配朱鸟，[②]	南岳和天上的朱鸟七宿相当，
秩礼自百王。[③]	举行祭祀大典，创始于古代帝王。
欻吸领地灵，[④]	瞬息之间领受了大地的灵秀，
鸿洞半炎方。[⑤]	云气弥漫，塞满大半个南方。
邦家用祀典，[⑥]	朝廷派人来对它祭祀，
在德非馨香。[⑦]	该用自己的德行，不在于黍稷馨香。
巡狩何寂寥，	皇帝已经长久没有来巡行，
有虞今则亡。[⑧]	那伟大的舜帝早已死亡。
洎吾隘世网，	自从我感到尘世罗网对我太狭窄，
行迈越潇湘。	就向南走，走过潇水湘江。

渴日绝壁出，[9] 干热的太阳从悬崖绝壁上升起，
漾舟清光旁。 我的船在明亮的阳光旁荡漾。
祝融五峰尊，[10] 祝融峰在衡山五峰中最尊贵，
峰峰次低昂。 一座座山峰依次高低俯仰。
紫盖独不朝，[11] 只有紫盖峰不向它朝拜，
争长嶫相望。[12] 巍峻地站在对面像要和它争短长。
恭闻魏夫人，[13] 我听说有位神仙魏夫人，
群仙夹翱翔。 成群仙人围在她身旁翱翔。
有时五峰气， 有时五座山峰上云气泱泱，
散风如飞霜。 随风飘散像飞下一阵清霜。
牵迫限修途，[14] 我要长途奔波，时间很紧迫，
未暇杖崇冈。 没有闲空扶杖攀登高峻的山冈。
归来觊命驾， 希望回来时能专程拜访，
沐浴休玉堂。[15] 沐浴斋戒，瞻仰神仙的玉堂。
三叹问府主，[16] 再三感叹，想问问衡州刺史，
曷以赞我皇。[17] 将拿什么给南岳大帝献上。
牲璧忍衰俗，[18] 难道随着旧俗献上牲璧，
神其思降祥。 神灵就会赐给人们幸福吉祥。

注释：

① 从长沙到衡州须经过南岳衡山附近，杜甫在船上远望衡山，有感而作这诗。杜甫诗集中的《望岳》诗，一共有三首，黄生评论说：“衡、华、岱，皆有望岳作，岱以小天下立意，华以问真源立意，衡以修祀典立意，旨趣各别，而此作尤见本领。文士无其学，儒者无其才，故须两让之。”现代学者多注意望岱岳的一首，其余两首都较少注意。黄生说这一首诗的立意是“修祀典”，其实，细玩诗意，可知是反对按旧俗祭祀，地方长官不应只以献牲璧、馨香、祝祷为务，而应造福人民，关心人民疾苦。这种思想的进步性是显然的。作诗时间当为大历四年春夏间。

② 朱鸟，是南方七宿（井、鬼、柳、星、张、翼、轸）的总称。《书·尧典》："日中星鸟"传："鸟，南方朱鸟七宿。"《史记·天官书》："南宫，朱鸟、权衡、太微三光之庭。"《索隐》云："南宫赤帝，其精为朱鸟也。太微，天帝之南宫也。"南岳衡山在我国古代被视为南方的天帝之都，与天上的朱鸟七宿相对应。故诗中说"南岳配朱鸟"。

③《书·舜典》："咨伯，汝作秩宗。"孔传："秩，序；宗，尊也。主郊庙之官。"秩礼，谓按照一定规格的典礼来祭祀。自百王，从古代的帝王开始。百王，强调年代的久远，经历了许多帝王。

④《仇注》："江淹诗：'欻吸鹍鸡鸣。'注：'欻吸，犹俄顷也。'"领地灵，领受大地的灵秀之气。古代把一切事物的本质归之于阴阳两气。地灵，大地的灵气，即"阴气"。这句诗是从阴阳五行之说来解释壮丽的衡山形成的原因。

⑤ 鸿洞，见第四卷《自京赴奉先县咏怀》注㊸。这里是指南岳衡山云气弥漫之状。

⑥ 邦家，指国家、王朝。译为"朝廷"。

⑦《书·酒诰》："黍稷非馨，明德惟馨。"

⑧ 有虞，即有虞氏，舜帝。

⑨ 渴日，《仇注》："谓旱日"。

⑩《仇注》引《长沙记》："衡山轩翔耸拔九千余丈，尊卑差次七十二峰，最大者五，芙蓉、紫盖、石廪、天柱，祝融最高。"

⑪《仇注》引《树萱录》："岳之诸峰皆朝于祝峰，独紫盖一峰势转东去。"

⑫ 嶫，音"业"（yè），山势高峻貌。

⑬ 据《仇注》引《南岳魏夫人传》，知魏夫人原为晋司徒魏舒之女，后修道成仙，道教尊为"紫虚元君""上真司命南岳夫人"。

⑭ 修途，即长途，指南下的旅途。杜甫当时赶路去衡阳，十分急迫，故无暇登南岳。

⑮ 沐浴，古代在举行祭祀及其他大典前必须沐浴斋戒，以表示虔诚。休，意思是美善，喜庆，可引申为赞美、瞻仰的意思。玉堂，仙人所居之堂，这里指南岳庙。

⑯ 府主，指衡山刺史。

⑰ 赞，可解释为“进”“进献”。我皇，指南岳大帝。

⑱ 牲璧，祭品。牲，祭祀用的牲畜。璧，指与天地四方相应的带色彩的玉器，据《周礼·春官》，南方当用赤璋。末两句诗是表示怀疑祭祀是否有用。讽喻地方长官应修德爱民，不能全靠祭祀求得神灵之佑护。与开头的“邦家用祀典，在德非馨香”的意思相似。

◎ 岳麓山道林二寺行[①]（七古）

玉泉之南麓山殊，[②]	玉泉寺以南，要数岳麓山寺最突出，
道林林壑争盘纡。	道林寺四周，盘纡着山林涧谷。
寺门高开洞庭野，	高高的寺门打开，正对着洞庭湖畔的沃野，
殿脚插入赤沙湖。[③]	殿宇的墙基深厚，直插入赤沙湖。
五月寒风冷佛骨，[④]	这里五月的风也有寒意，能把佛骨吹冷，
六时天乐朝香炉。[⑤]	佛曲昼夜奏鸣，对着香炉。
地灵步步雪山草，[⑥]	土地灵秀，脚下步步都是雪山香草，
僧宝人人沧海珠。[⑦]	深谙佛法的僧人，个个像沧海明珠。
塔劫宫墙壮丽敌，[⑧]	两座寺院的围墙、佛塔同样壮丽，
香厨松道阴凉俱。[⑨]	还有同样清凉的香积厨和松树遮阴的道路。
莲花交响共命鸟，[⑩]	共命鸟在莲花丛里齐声歌唱，
金榜双回三足乌。[⑪]	两座大殿的金匾上都回映着金光灿灿的三足乌。
方丈涉海费时节，[⑫]	渡海到方丈仙岛去太费时间，
玄圃寻河知有无。[⑬]	想沿着黄河去找昆仑山，不知道它究竟是有是无。
暮年且喜经行近，	我在暮年时走过这附近心中欢喜，
春日兼蒙暄暖扶。	又正是春天，有温暖阳光把我慰抚。

飘然斑白身奚适，	我这头发斑白的老人将漂泊到何处，
傍此烟霞茅可诛。[14]	在这山上的烟霞旁可以盖座草庐。
桃源人家易制度，[15]	桃花源里人家那样的房屋容易建造，
橘洲田土仍膏腴。	橘子洲的田野又是肥美沃土。
潭府邑中甚淳古，[16]	潭州这座府城民风十分淳厚古朴，
太守庭内不喧呼。[17]	太守的大堂上听不到喧呼。
昔遭衰世皆晦迹，	往古的人们经历乱世都只能隐遁，
今幸乐国养微躯。	我如今希望能养活自己，靠这片乐土。
依止老宿亦未晚，[18]	跟年老的高僧学佛也不算太迟，
富贵功名焉足图。	富贵功名哪里值得贪图。
久为谢客寻幽惯，[19]	我早就像谢灵运那样习惯寻幽探胜，
细学何颙免兴孤。[20]	如今再好好学习周颙，学他那样信佛就不觉孤独。
一重一掩吾肺腑，[21]	这里重重山岭、层层绿树都契合我的心意，
山鸟山花共友于。[22]	这里的山鸟、山花，我该把它们当兄弟来称呼。
宋公放逐曾题壁，[23]	宋之问当年放逐南方，经过这里曾在壁上题诗，
物色分留待老夫。[24]	好像等待我也来题写，有意留给我一些景物。

注释：

① 唐朝的潭州（今湖南长沙）岳麓山有两座佛寺，山上的是岳麓山寺，山下的是道林寺。杜甫经过长沙时曾去游览，写了这首记游诗。这诗的表现手法很特殊，形象多半出于想象，充满主观幻想色彩，把佛教寺院的宏伟壮观和佛教神话中的一些事物糅杂在一起，令人眼花缭乱。诗的主旨似乎是赞美佛寺的胜概，宣扬佛法之可以给人安慰，但也透露出乱世流离之苦和诗人走投无路的窘境。这诗当作于大历四年春杜甫第一次到达长沙时。

② 旧注说“玉泉”是荆州的一座著名佛寺。浦起龙《读杜心解》并解释说：“玉泉去二寺殊远，举玉泉者，见丛林之盛，自玉泉以南，唯此二寺足与相敌也。”译诗大体从浦说。

③ 赤沙湖，据《仇注》所引《岳阳风土记》，是华容县南的一个湖泊，夏秋水涨时与洞庭湖相通。上一句和这一句诗都是以夸张的手法来描写佛寺建筑的宏伟气势。

④ 冷佛骨，一作“冷拂骨”。佛寺多以贮佛骨、佛牙为荣耀，我国有不少古寺有这一类藏品。杜甫游两寺时在春天，这句诗说“五月”，是设想之词，即使在仲夏，寺院中也一定很清凉。

⑤《仇注》引《阿弥陀经》：“极乐国土，常作天乐，昼夜六时，天雨曼陀罗华。”古代天竺国把一昼夜划分为六个时辰，故诗中之“六时”，即一昼夜。这句诗描写寺中唪经、奏乐、焚香的繁盛之状。

⑥《仇注》引《楞严经》中“雪山大力白牛食其山中肥腻香草”之语，说明“雪山草”一语的来源。这句诗是以“雪山草”比喻两寺芳草鲜美。而芳草鲜美的原因则由于“地灵”，即土地的灵秀。

⑦ 沧海珠，比喻僧人品德高洁可贵。

⑧ 塔劫，梵语音译，即佛塔。宫墙，指寺院的围墙。敌，谓相匹敌，相媲美。

⑨ 香厨，又称“香积厨”，指佛寺之厨房。《维摩诘经·香积品》谓“有国名众香，佛号香积”，香积如来曾以众香钵盛香饭给化身为僧的维摩诘，故称佛寺厨房为“香积厨”。

⑩ 共命鸟，是佛经神话中所说的一种两头怪鸟。诗中用这一名称，是为了渲染佛寺的神秘气氛。实际是反映众鸟和鸣之状。

⑪ 金榜，寺庙建筑上的匾额。三足乌，指太阳，这是中国神话中的事物。《淮南子》：“日中有踆乌。”注：“三足乌也”。译诗中为了押韵，保留了这一名称。这句诗是说两座寺院的金色门匾上反映着阳光。

⑫ 方丈，海上仙山名，这是道家的传说。见第三卷《奉赠太常张卿垍二十韵》注②。

⑬ 玄圃，即昆仑山。见第十五卷《夔州歌十绝句》第十首注①。寻河，指张骞寻河源入天河的神话，见第十七卷《秋兴八首》第二首注③。这一句和上一句诗是说求仙之路十分渺茫，不如佛教寺院的幽境就在眼前。

⑭ 诛茅，指从杂草丛生的荒地中开辟一片宅基建屋。

⑮ 这句诗和下一句诗紧紧连接为一体。人家，指居民住的房屋。易制度，指房屋结构简单，容易制造。

⑯ 潭府，指潭州，即长沙。唐代的潭州为中都督府所在地。

⑰ 这句诗是说潭州政治清明，人民生活安定，很少有争讼事件，故刺史官府里无喧呼之声。

⑱ 老宿，指知识经历丰富的老人，这里是指老僧。

⑲ 谢客，谢灵运小名为“客儿”，故称“谢客”。谢灵运以性好山水著名。在这句诗中，诗人以“谢客”自比。

⑳ 据旧注，“何颙”当为“周颙”之误。译诗中径写作“周颙”。周颙，南齐人，精研佛理，曾在蜀建立草堂寺。《南史·周颙传》中说他“清贫寡欲，终日长蔬，虽有妻子，独处山舍”。杜甫想学佛，又不愿出家，故有学习周颙的念头。

㉑《仇注》：“一重一掩，言山形稠叠；肺腑，比其关切。”吾肺腑，意思当为合乎自己的心意。

㉒《书·君陈》：“惟孝友于兄弟。”后遂以“友于”指兄弟情谊。

㉓ 宋公，原注指出是宋之问。宋之问是初唐著名诗人，武后时，依附张昌宗、张易之，睿宗即位后流放岭南的钦州。道经长沙，有诗留寺壁。据杨慎云，宋之问的这诗已失传。

㉔ 物色，指两寺风景。老夫，杜甫自称。

◎ 奉送韦中丞之晋赴湖南[①]（五律）

宠渥征黄渐，[②]	您受到恩宠厚遇，将像黄霸那样被征到长安，
权宜借寇频。[③]	又像寇恂，地方屡次要求再借用一年。
湖南安背水，[④]	湖南在江湖的南面，局势安定，
峡内忆行春。[⑤]	还记得在三峡里，春耕前您曾到处巡行察看。
王室仍多故，	王朝如今仍然有许多灾难，

苍生倚大臣。	黎民百姓得倚赖大臣保全。
还将徐孺榻，⑥	希望您像陈蕃接待徐稺那样，专设下一张卧榻，
处处待高人。	好随时随地把才高的贤人招揽。

注释：

① 韦之晋是杜甫在青年时期结交的友人，曾在蜀境任刺史。他与杜甫的交游从本卷《哭韦大夫之晋》一诗中大略可以看出。据《旧唐书》，大历四年二月以湖南都团练观察使、衡州刺史韦之晋为潭州刺史。杜甫到长沙时尚不知有此事，故匆匆南下衡州想会见韦之晋；到衡州前不久得到韦已离衡赴潭州的消息，随即转向北行。杜甫未回到潭州时，之晋已死。韦之晋之死，对于杜甫是一个重大的打击，使杜甫在湖南失去了一个知友，一个可以倚赖的人。《仇注》编这首诗在大历四年春，认为是在衡州送韦北上时所作，与诗的内容不合。浦起龙谓："两人两地同在湖南，题不得泛云赴湖南。"考《湖南哭韦》诗：犀牛蜀郡怜，乃知韦先官川峡之间，此盖送韦由川迁衡诗，亦是峡内作也。或为在荆州作，既云"峡内忆行春"，则不在峡内，故订为荆州作，这样的推断是合理的。因此编此诗于大历二年春。

② 征黄，见第十一卷《送梓州李使君之任》注②。这里是以黄霸比喻韦之晋，说他将调入朝廷任宰相一类重要职位。

③ 借寇，见第十二卷《述古三首》第三首注⑤。这里比喻韦之晋在衡州、潭州等处任刺史如寇恂任颍州太守一样受到人民欢迎。

④ 湖南，指洞庭湖南面的地区。安背水，谓潭州在洞庭湖、长江以南，因而与骚乱不安的地区隔离。

⑤ 行春，指古代刺史等地方长官于春日出巡，督促农民春耕的活动。峡内，三峡以西的地区。

⑥ 徐孺榻，是豫章太守陈蕃为接待徐稺专设的卧榻，见第十五卷《送殿中杨监赴蜀见相公》注④。末两句诗是勉韦之晋招揽人才，其中也含有希望自己能受到接待之意。

◎ 湘江宴饯裴二端公赴道州[1]（五古）

白日照舟师，	灿烂的阳光照映着船队，
朱旗散广川。	广阔的江面上点缀着红旗。
群公饯南伯，[2]	诸位大人为道州刺史送行，
肃肃秩初筵。[3]	摆开了整整齐齐的筵席。
鄙人奉末眷，[4]	我也承蒙您关心照顾，
佩服自早年。	从青年时期就对您十分敬佩。
义均骨肉地，[5]	我和您的友谊如骨肉一般亲密，
怀抱罄所宣。	什么话都对您说，一点不留在心里。
盛名富事业，	您负有盛名，事业卓著，
无取愧高贤。	和才高的贤人相比您丝毫也不惭愧。
不以丧乱婴，	不因为遭到丧乱就改变，
保爱金石坚。[6]	您守护着志向，像金石般坚定不移。
计拙百僚下，	比起同僚们我的本领最低下，
气苏君子前。	只有在您面前我感到舒坦畅适。
会合苦不久，	可惜和您聚会的时间太短暂，
哀乐本相缠。	从来悲哀快乐总相互纠缠在一起。
交游飒向尽，	过去交游的朋友们凋零将尽，
宿昔浩茫然。	往昔的事情已茫然难于追忆。
促觞激百虑，	举杯劝酒时激起我许多思绪，
掩抑泪潺湲。	强行忍着，不让眼泪流出。
热云初集黑，	热云开始聚集成漆黑的一堆，
缺月未生天。	没圆的月亮还未出现在天际。
白团为我破，[7]	白团扇竟被我扇破，

华烛蟠长烟。	花烛上长长的白烟在摇曳。
鸹鹖催明星，[8]	鸹鹖在啼叫，催促着明星降落，
解袂从此旋。	将从此分手了，且各自回去。
上请减兵甲，	希望您向皇上请求削减兵甲，
下请安井田。[9]	让农民安心回家耕种田地。
永念病渴老，[10]	也请您永远记得我这个患消渴病的老人，
附书远山颠。[11]	请给我写信，往远处山巅寄递。

注释：

① 裴二，指裴虬。大历四年为著作郎兼侍御史、道州刺史。旧注谓这诗当为大历四年春作于潭州。近人研究其内容，认为应编入大历五年秋所作诗内，是裴虬参与平定臧玠之乱以后，送裴回道州时所作。《通典·职官典》："侍御史之职，台内之事悉主之，号为台端，他人称之曰端公。"故诗题称裴虬为"端公"。潭州的官员们在湘江上设宴送裴虬，杜甫也参加了宴会，并写了这首诗赠给裴虬。杜甫与裴虬在安史乱前就是好友，天宝十三载曾赠诗裴虬，见第三卷《送裴二虬尉永嘉》一诗。

② 因为道州位于潭州的西南方，故称道州刺史为"南伯"。

③《诗·小雅·宾之初筵》有"左右秩秩"之语。这句诗是说酒宴丰盛整齐。

④"末眷"之末，是自谦之词。张綖注："奉末眷，蒙眷顾也。"

⑤《诗·大雅·文王》："宣昭义问。"传："善也。"这里，义，指友善、友爱。均，意思是"同等"。骨肉，喻兄弟。

⑥ 上一句和这一句紧紧相连，意思是不因时代的混乱而改变初衷，志向坚定不移。

⑦ 白团，谓白团扇。这句诗是说天气炎热。

⑧ 鸹鹖，是两种鸟名。鸹是鸹鸧；鹖是鹖旦。《礼记·月令》："孟冬之日，鹖旦不鸣。"注："求旦之鸟。"这两种鸟都是夜鸣的鸟。这句诗是说夜已很深。

⑨ 井田，我国周朝以前的一种田地公有与使用制度。这里借代农业生产。

⑩ 病渴，患消渴病（糖尿病）。

⑪《杜臆》："'解袂从此旋'，谓归襄阳；而'附书远山颠'，谓岘山也。"杜甫当时南下北归似犹未定，《杜臆》这一说法，虽无确据，但可能与原意相合。

◎ 哭韦大夫之晋[1]（五排）

凄怆郇瑕邑，[2]	回想和您在郇瑕古城的交游，我心头就感到凄怆，
差池弱冠年。[3]	那时我们才是二十岁上下的青年。
丈人叨礼数，[4]	论辈分惭愧我还算您的丈人行，
文律早周旋。[5]	早就和您一起交流诗艺，把诗律探研。
台阁黄图里，[6]	后来您在京城里的御史台任职，
簪裾紫盖边。[7]	又荣任衡州刺史，来到紫盖峰边。
尊荣真不忝，	您真该享受这样的尊贵荣耀，
端雅独翛然。[8]	您是那样的端肃严正，心中没有私虑挂牵。
贡喜音容间，[9]	虽然音容隔绝，听说您升迁，我喜悦得像贡禹，
冯招疾病缠。[10]	虽然像冯唐那样白首为郎，但我已被疾病纠缠。
南过骇仓卒，[11]	南行时突然听到噩耗，十分震惊，
北思悄联绵。[12]	我的心又转向北方，哀思连绵。
鹏鸟长沙讳，[13]	贾谊在长沙看见鹏鸟，曾预感不幸，
犀牛蜀郡怜。[14]	李冰在蜀郡治水，留下的石犀至今令人爱怜。
素车犹恸哭，[15]	我将像范式哀悼张劭，乘着白马素车前来痛哭，
宝剑欲高悬。[16]	也想学习吴季札，在徐君墓上把宝剑高悬。
汉道中兴盛，[17]	如今大唐正走向中兴圣世，
韦经亚相传。[18]	韦贤父子的经术，曾靠您这位御史大夫流传。
冲融标世业，[19]	您家世代相承的事业广泛传布，名声卓著，

磊落映时贤。[20]	许多俊秀人物映照着当代的高贤。
城府深朱夏，[21]	这时，潭州城里已是盛夏，
江湖眇霁天。	我在这江湖上漂泊，却盼不到雨后的晴天。
绮楼关树顶，[22]	结扎着白绮的高楼紧靠树顶，
飞旐泛堂前。[23]	飘扬的铭旌轻拂堂前。
帟幕旋风燕，[24]	灵幕上燕子迎着风旋飞，
笳箫咽暮蝉。[25]	笳箫声幽咽，和着傍晚的鸣蝉。
兴残虚白室，[26]	阳光照亮你往日住的空屋，我可不忍心再来访问，
迹断孝廉船。[27]	也不会有人像刘惔找张凭那样，再到江边来寻找我的小船。
童儒交游尽，	少年时代交结的朋友几乎都已经离开人世，
喧卑俗事牵。	喧嚣卑琐的俗事还在把我牵绊。
老来多涕泪，	人到老年就会常常流泪，
情在强诗篇。	情感还激动着我勉强写下这诗篇。
谁继方隅理，[28]	是谁来继承您治理这遥远的州郡，
朝难将帅权。[29]	朝廷也很难决定，只能让统兵的将帅代理职权。
春秋褒贬例，[30]	按照《春秋》褒善贬恶的准则，
名器重双全。	重要的是名声和实际才能双全。

注释:

① 韦之晋调任潭州刺史，到任后不久就死去。杜甫那时还在潭州以南的湘江船上，得知韦的死讯后作了这首悼诗。韦原先是御史中丞，后来升任御史大夫，故诗题中称他为“韦大夫”。参看本卷《奉送韦中丞之晋赴湖南》注①。这诗当作于大历四年夏。

② 郇瑕，音“旬霞”（xún xiá），周朝的国名，春秋时为晋地。《左传·成六年》：“必居郇瑕之地。”在今山西省临猗县西南。杜甫于开元十八年左右曾北游郇瑕，在那里与韦之晋结交。韦死讯传来，想起郇瑕之游就十分哀伤。

③《曲礼》："二十曰弱冠。"差池，稍有差别。《左传·襄二十二年》："而何敢差池。"注："差池，不齐一。"差，应读"参差"的"差"（音"疵 cī"）。

④"叨"是谦词。礼数，泛指礼节。这里主要是指亲族的辈分，即所谓长辈、晚辈之类。丈人，长一辈的人的通称。杜甫与韦之晋年龄相仿，但论辈分高于韦之晋。

⑤ 文律，指诗的格律，这里借代诗篇。这句诗是说杜甫与韦之晋在年轻时代就相互交流诗艺。周旋，在这里是指相互赠诗，讨论诗篇的写作技法等等。

⑥ 台阁，指韦之晋任职的御史台。黄图，指京都，如《仇注》引江总赋："览黄图之栋宇。"因古代有一部记述汉代长安宫殿及古迹的书名《三辅黄图》，故后世可以"黄图"代表长安。

⑦ 紫盖，南岳衡山五峰之一，参看本卷《望岳》注⑩、⑪。簪裾，指官服，借代韦之晋。这句诗是说韦之晋任衡州刺史的事。

⑧"翛然"的"翛"，音"消"（xiāo），无拘碍貌。《庄子·大宗师》："翛然而往。"成玄英疏："翛然，无系貌也。"

⑨ 贡喜，汉元帝时，贡禹与王吉（字子阳）同被征为谏议大夫，两人意见相同，世称"王阳在位，贡公弹冠。"弹冠，表示欣慰。这句诗是表示，杜甫的政见与韦之晋相同。"间"读去声，意思是隔绝。

⑩《仇注》："冯招，韦方招用"，恐误。韦之晋一直在担任重要职务，不会以"冯招"来比喻。冯招，指冯唐白首被招为郎官的事。见第十七卷《垂白》注②。在这句诗里应是杜甫自喻。

⑪"仓卒"之"卒"，同"猝"。这里是指韦之晋之死。这是出乎意外的令人悲痛的事，故以"仓卒"来暗示。

⑫ 悄，忧思貌。《诗·邶风·柏舟》："忧心悄悄。"这句诗是指韦之晋的死讯引起作者的忧思。

⑬ 贾谊在为长沙王傅时，曾作《鵩鸟赋》。鵩鸟，形状与鸮（猫头鹰）相似的鸟，传说见此鸟者不祥，将早死。贾谊见此鸟，作赋自解。后多用来哀悼文人之死。这里用来哀悼韦之晋。

⑭ 秦李冰为蜀郡守时，兴修水利，作石犀以镇压水怪，到唐代仍有部分保存着，见第十

卷《石犀行》。这句诗是比喻韦之晋在蜀任刺史时受到人民爱戴。

⑮《后汉书·范式传》述范式、张劭交友事。劭死，式梦劭告以死日及葬期。范式遂于葬日乘素车白马号哭而来。后来“素车白马”就成为哀悼友人的习用语。

⑯ 这句诗用吴季札挂剑于徐君墓树的典故，见第十三卷《别房太尉墓》注⑤。这里用这典故表达想报答友情而不可能的悲痛。

⑰ 汉道，比喻唐朝的统治。

⑱ 用汉代韦贤、韦玄成父子以经术相承的典故，见第一卷《赠韦左丞丈济》注⑤。亚相，《仇注》说：“韦贤少子玄成复以明经为相，故曰亚相。”郭曾炘《读杜劄记》引钱竹汀云：“汉以御史大夫为亚相，之晋官湖南观察使，兼御史大夫，故以亚相目之。”译诗从钱氏之说。

⑲ 世业，指韦之晋家的治经术、奉儒守官之业。标，指名声高举。冲融，弥沦布濩之状，也就是“遍布各地”的意思。

⑳ 磊落，意思是众多，也有仪容俊伟之意。

㉑ 朱夏，见第十一卷《大雨》注②。深朱夏，就是“朱夏深”，即盛夏。

㉒ 绮楼，结绮之楼。与下一句“飞旐”对偶，当为举行丧礼时厅屋之饰物，故译为“结扎白绮的高楼”。关，连接。或谓“绮楼”指绮窗，“树”为墙壁。过曲，不从。

㉓ 旐，即铭旌，参看本卷《重题》注②。

㉔ 帟，音“亦”（yì），张挂在顶上的小幕。这里是指张挂在灵柩上的幕，故译为“灵幕”。

㉕ 咽，低泣时呼吸暂时阻塞之声。

㉖ 虚白室，《庄子·人间世》：“虚室生白，吉祥止止”。释文：“崔云：白者，日光所照也。司马云：室比喻心，心能空虚，则纯白独生也。”这句诗中活用这一句词语，以“虚白”一起作为“室”的定语，表示人去室空，是悼亡之语。《仇注》转引《愤赋》：“弃虚白之室，归长夜之台。”正是用于悼亡。这句诗中的“兴”，是说心情的激动。具体指到长沙来祭吊韦之晋的愿望。

㉗ 见第十卷《得广州张判官叔卿书》注⑥。杜甫在这诗中以刘惔比喻韦之晋，以张凭

自喻，谓不可能再有韦之晋在江边寻找自己的事发生。

㉘ 方隅，指远离京城的州郡，这里指潭州。理，谓“治理”，指做州郡的长官。

㉙ 朝难，朝廷难于作出决定。权，指代理职务。后来，朝廷决定以澧州刺史崔瓘为潭州刺史，至次年四月，就发生湖南兵马史臧介杀崔瓘据城作乱的事。从杜甫这句诗中可看出，当时他已多少预见到湘中军阀引发战乱的可能。

㉚《春秋·序》：“推变例以正褒贬。”末两句诗是讽谏朝廷应该像《春秋》一样正褒贬，要分清善恶，用人要名实相副，要重视实际的才干。

◎ 江阁卧病走笔寄呈崔卢两侍御[①]（五律）

客子庖厨薄，[②]	我这远来的客子厨房里没有存储，
江楼枕席清。	住在临江的高楼上感到枕席清凉。
衰年病祇瘦，	老年生病看来只该一天天消瘦，
长夏想为情。[③]	在漫长的夏日，全靠回想消磨时光。
滑忆雕胡饭，[④]	还记得雕胡饭吃在嘴里真腻滑，
香闻锦带羹。[⑤]	仿佛嗅闻到莼羹的清香。
溜匙兼煖腹，	想让它们从我的匙里流过，也让我的肚子感到温暖，
谁欲致杯罂？[⑥]	你们哪一位送一杯一壶给我尝尝？

注释：

① 杜甫在韦之晋死后终于又来到长沙，住在湘江边一所楼上。崔、卢两侍御大概是韦之晋的下属，杜甫于贫病交迫时不得不写诗向他们求助。这样的诗等于一封乞求的信，信中把苦况描写得十分真切，令人同情。这诗作于大历四年夏秋间。

② 庖厨薄，指缺少食物储藏。

③《仇注》:“为情,犹云用情。”这样,“想为情”可理解为:我有着怎样的精神状态、怎样的情绪,你们可以想象得出。但“想为情”作为“病祗瘦”的对偶,“想”应作名物化的动词来看待,意思是“回想”,“想为情”的意思是借回想往事来消遣。译诗用后一种解释。

④ 雕胡饭,即菰米饭,参看第十七卷《秋兴八首》第七首注③。

⑤《仇注》引朱注:“锦带,即莼丝,《本草》作莼,或谓之锦带,生湖南者最美。”

⑥ 罂,音“婴”(yīng),陶器,腹大口小者。译诗中把“杯罂”译作“一杯一壶”。

◎ 潭州送韦员外迢牧韶州[①] (五律)

炎海韶州牧,	您如今到南海韶州做刺史,
风流汉署郎。[②]	往日在朝廷里是擅长文辞的尚书郎。
分符先令望,[③]	您德高望重,先得到刺史的任命,
同舍有辉光。	和您同一个官署的人都觉得辉光。
白首多年疾,	我这个白发人多年来一直生病,
秋天昨夜凉。	昨夜才感到秋季的清凉。
洞庭无过雁,[④]	没有雁群往洞庭湖南面飞,
书疏莫相忘。	信虽不常通,可也别把我遗忘。

注释:

① 韦迢的官衔和杜甫相同,也是尚书省的员外郎。他原在潭州刺史幕中,后被任命为韶州刺史。在离开潭州去韶州前,曾赠杜甫《潭州留别杜员外院长》一诗。唐代朝廷的各官署都可称“院”,“院长”是对同一官署中同事的尊称。杜甫写这首诗回答他,为他送别。

② 风流,这里是指善于诗文。汉署郎,指唐朝尚书省的郎官。

③ 分符，指任命为刺史。“分符”即“剖符”，见第十三卷《将赴成都草堂途中有作先寄严郑公五首》第一首注②。令望，称颂人的才富德高为人仰慕。《诗·大雅·卷阿》：“如圭如璋，令闻令望。”

④ 秋雁南飞，到洞庭湖附近过冬。这句诗是隐喻从长沙到南方去的信使不多，书信难通。

◎ 酬韦韶州见寄[①]（五律）

养拙江湖外，[②]	我太无能，只好在江湖上游荡，
朝廷记忆疏。	朝廷里记得我的人已很稀疏。
深惭长者辙，[③]	您乘车来看我使我深深惭愧，
重得故人书。	如今又得到您这位老友的来书。
白发丝难理，	我头上白发如丝难梳理，
新诗锦不如。	您寄来的新诗作比锦绣还美丽。
虽无南去雁，	虽然没有往南飞的雁给您捎信，
看取北来鱼。[④]	却还有从您那里到北方来的游鱼。

注释：

① 韦迢在去韶州途中经过湘潭时写了一首《早发湘潭寄杜员外院长》的诗寄给杜甫，杜甫写了这首诗作答，时在大历四年秋。

② 养拙，犹言守拙，与世无争。潘岳《闲居赋》：“仰众妙而绝思，终优游以养拙。”

③《仇注》引《陈平传》：“门外多长者车辙。”这句诗是说韦迢在潭州时曾到杜甫的住处访问。

④ 古人常以鱼雁比喻送信使者。

◎ 楼上[①]（五律）

天地空搔首，[②]	在天地间我无事可做只能空搔首，
频抽白玉簪。[③]	一次次抽掉白玉簪让头发披散。
皇舆三极北，[④]	皇帝御驾在遥遥的北方，
身事五湖南。[⑤]	我却漂泊在五湖南面。
恋阙劳肝肺，[⑥]	眷恋宫阙，我的肝肺劳伤，
抡材愧杞楠。[⑦]	要挑选人才，我自惭不是杞楠。
乱离难自救，	在这乱离的世间我不能自救，
终是老湘潭。[⑧]	看来只能一直到老死困守在这潭州的湘江旁边。

注释：

① 杜甫于大历四年夏秋间，曾住在潭州（长沙）湘江边的一座楼上。本卷《江阁卧病走笔寄呈崔卢两侍御》诗题中说的“江阁”也就是这座楼。这篇《楼上》是抒发寄居江楼时情怀的诗。诗人眷恋朝廷，但困在潭州江边，一筹莫展，五内俱摧。

② 空搔首，无计可施之貌。

③ 抽白玉簪，是为了让头发披散。这也是无事可做，不与他人来往的表现。

④《仇注》：“地有四极，皇舆在东西南之北，故云三极。”皇舆，借代皇帝。

⑤ 据《史记索隐》，古代所谓“五湖”，是指“具区、洮滆、彭蠡、青草、洞庭”。这里以五湖代表长江中游洞庭湖附近的多湖地区。

⑥ 恋阙，思念朝廷和皇帝。这样的感情，现代人不能理解，但对于封建社会的士大夫阶级来说是十分自然的。

⑦ 抡，选择。抡材，即选材。“杞楠”是建筑宫室的良材。这句诗以选建筑用的木材比喻朝廷选拔大臣。杜甫认为自己不是做大臣的材料。

⑧ 湘潭，不是指湘潭县，而是指湘江旁边的潭州。这句诗也表明杜甫已预见北归无望。

◎ 远游[①]（五律）

江阔浮高栋，	高高的栋宇好像从宽阔江上浮起，
云长出断山。	山峦离断处飘出连绵的云烟。
尘沙连越巂，[②]	漫天尘沙，一直连到越巂郡，
风雨暗荆蛮。	风雨一大片，荆州一带也变得昏暗。
雁矫衔芦内，[③]	大雁到苇丛里衔苇枝把自己伪装，
猿啼失木间。	猿猴啼叫着，消失在林木中间。
敝裘苏季子，[④]	我像古代身穿破皮裘的苏秦，
历国未知还。[⑤]	走过多少郡国还没有回乡的打算。

注释：

① 杜甫在安史之乱发生后，长期漂流在异乡，可以说一直是在“远游”。这种日子过久了，纷扰的生活常会使人忘记现实，而每当人们想起自己所处的境遇时，就会感慨万分。这首诗以《远游》为题，正是当杜甫意识到自己过着长久漂泊生活时所作，时间大概在大历四年。疑为在荆州或公安时作。

② 汉武帝在西南夷邛都地方设置越巂郡，即今四川省西部地区。这句诗是以古代地名指称西蜀一带。下一句中的“荆蛮”泛指荆州一带地方。

③ 见第二十一卷《续得观书迎就当阳居止》注⑧。

④ 苏季子，即战国时的苏秦，游说六国，裘敝粮绝。杜甫以苏秦周游六国比喻自己的漂泊生活。

⑤ 国，指苏秦所游的国家，同时也是指杜甫所经历过的各地州郡。

◎ 千秋节有感二首[①]（五排）

自罢千秋节，	自从停止千秋节的庆典，
频伤八月来。	每年八月来了我就感到悲哀。
先朝常宴会，	玄宗皇帝当年总在这天举行宴会，
壮观已尘埃。	那盛大的场面如今已化作尘埃。
凤纪编生日，[②]	凤凰历上还记载着这个圣诞日，
龙池堑劫灰。[③]	兴庆宫的龙池已深陷地下成了劫灰。
湘川新涕泪，	我在湘江畔新近还流过眼泪，
秦树远楼台。[④]	遥遥思念着长安的树木和楼台。
宝镜群臣得，[⑤]	群臣已不再把宝镜献给皇上，
金吾万国回。[⑥]	禁卫军的将领在各处州郡巡回。
衢樽不重饮，[⑦]	在大道上饮御酒的事不会再有，
白首独余哀。	只有我这白头人把哀痛暗自藏埋。

注释：

①“千秋节”在八月五日，是唐玄宗的生日，后来曾改名为“天长节”。玄宗死后，不再庆祝这个节日。杜甫回想起往年这个节日的盛况，抚今追昔，不胜感慨。杜甫的这种悲痛，固然有思念唐玄宗的成分，但主要是为国家兴衰、人事嬗变和自己的衰老而发，这悲痛是有深刻含意的。作诗时间参看下一首诗的注⑥。

② 凤纪，指历书。参看第三卷《上韦左相二十韵》注②。

③ 龙池，见第十七卷《洞房》注④；劫灰，见第十九卷《寄刘峡州伯华使君四十韵》注㊴。这句诗是比喻玄宗死后唐朝政治状况发生了巨大变化。

④ 秦树，长安城的树木。这句诗和上一句诗表示诗人在湘江边远怀长安。

⑤《仇注》解释这两句诗说：“得宝镜者旧臣凋谢，为金吾者各国散归。”按《九家注》：“赵云：《旧唐书》千秋节群臣皆献宝镜，今公千秋节有感之句而云‘宝镜群

臣得’，追忆宝镜每至此节于群臣得之也。”《杜臆》的解说则是：“‘宝镜’‘金吾’两句盖隐语。昔当千秋节，群臣献金镜以媚主，及乱后，天子倾府库以赏战功，上反媚其下，而无复金镜之献，是宝镜反为群臣所得矣。金吾主徼循，备盗贼，在天子左右；今万国皆盗贼，皆须警备以翼天子，则金吾若自万国回矣。”译诗大致依《杜臆》之说。

⑥ 金吾，指左右金吾卫，是禁卫军的一部，自肃宗朝宦官李辅国掌禁军军权后，地方军队也有划归禁军管辖的，禁军势力逐渐从京城扩散到各州郡。

⑦ 衢樽，指千秋节在长安街头赐百姓饮酒的事。

◎ 其二（五排）

御气云楼敞，[①]	云楼敞开门窗，皇上驾临了，
含风彩仗高。	仪仗队的彩旗迎风高飘。
仙人张内乐，[②]	仙女们演奏起宫廷里的乐曲，
王母献宫桃。[③]	王母娘娘献上祝寿的仙桃。
罗袜红蕖艳，	罗袜像红荷花一样鲜艳，
金羁白雪毛。[④]	黄金马勒映照着雪白的马毛。
舞阶衔寿酒，	殿阶前舞马衔杯献上寿酒，
走索背秋毫。[⑤]	走绳的技人背靠背走过相距秋毫。
圣主他年贵，	当年的圣主多么尊贵，
边心此日劳。	今天皇上的心却要为边防操劳。
桂江流向北，[⑥]	桂江向北面不停地流逝，
满眼送波涛。	我满眼看到的是滚滚波涛。

注释:

① 御气，指皇帝所到之处的肃穆气氛。这首诗的前八句是回忆在长安时所目睹的千秋节盛况。

② 内乐，谓宫内乐队所奏的乐曲。

③ 唐代常以“王母”隐喻杨贵妃。《汉武内传》有王母献仙桃的故事。“献仙桃”是祝寿的礼节。

④ 这句诗和下一句诗是写“舞马献寿”的事。这是唐玄宗时宫廷中的一种娱乐。《仇注》引《通鉴》:“明皇教舞马百匹，衔杯上寿。”

⑤《仇注》指出黄生欲改“背”字为“罥”字，并引黄生注:“以绳挂兽足曰‘罥’。‘秋毫’，言所缘之少。‘土门’诗‘微径缘秋毫’（见第九卷《飞仙阁》)，此在索上，非罥字不足以发其意。”黄生把这句诗当作写舞马的表演，实际上却是描写走绳的表演。施鸿保在《读杜诗说》反对黄生之说，他指出“今按作‘背’字是。即《通典》所云，两人各从绳头上相逢，比肩而过之意。”译诗从施说。

⑥ 桂水在郴州北面流入耒水，再汇入湘江。从这最后两句诗看，杜甫作此诗时应在郴州、耒阳之间的船上。按照一般说法，这诗作于大历四年秋，杜甫在长沙时；如为在湘南时作，则应订此诗作于大历五年秋。

◎ 奉赠卢五丈参谋琚[①]（五排）

恭惟同自出，[②]	看见您就想起我母亲也姓卢，
妙选异高标。[③]	您被挑选上，因为您才能杰出高超。
入幕知孙楚，[④]	在幕府里您一定被看成孙楚那样的参谋，
披襟得郑侨。[⑤]	我遇见您像季札遇见子产，想敞开胸襟，吐尽怀抱。
丈人借才地，	您的成就是靠自己的才能和素质，
门阀冠云霄。	您家的祖上，德业名望高入云霄。

老矣逢迎拙，	我年纪老了，又不善于逢迎，
相于契托饶。[⑥]	您对我的友谊和信任却这样深饶。
赐钱倾府待，[⑦]	您请旨赐钱，全州的人都在等待，
争米驻船遥。	争着领米，一艘艘运粮船远远排好。
邻好艰难薄，	邻人和朋友，在艰难中情谊也会变得淡薄，
甿心杼柚焦。[⑧]	百姓家里布机空空，怎能不心焦。
客星空伴使，[⑨]	我和天上的客星一样，只能空伴着您，看着您忙，
寒水不成潮。	寒天的江水浅，不会涨大潮。
素发干垂领，	我头上干燥的白发一直垂到衣领，
银章破在腰。[⑩]	银鱼袋磨破了仍悬挂在腰。
说诗能累夜，	您要和我谈诗能够谈上几夜，
醉酒或连朝。	有时喝醉酒也能接连睡上几天觉。
藻翰唯牵率，[⑪]	要有人催逼，我才动笔作诗，
湖山合动摇。[⑫]	头晕目眩，自然觉得湖山在动摇。
时清非造次，[⑬]	这安定的局面不是轻易得到，
兴尽却萧条。	我的兴致一过，却觉得一切都萧条。
天子多恩泽，	皇上的恩泽十分深厚，
苍生转寂寥。[⑭]	可黎民的声音皇上却难得听到。
休传鹿是马，[⑮]	别传说又出现指鹿为马的权臣，
莫信鵩如鸮。[⑯]	别相信鵩和鸮同样是不祥的鸟。
未解依依袂，	将分手了，我感到依依不舍，
还斟泛泛瓢。[⑰]	再斟上浮着泡沫的浊酒一瓢。
流年疲蟋蟀，[⑱]	年华流逝，蟋蟀已叫得疲惫，
体物幸鷦鷯。[⑲]	看看万物，还庆幸自己是有一枝可寄居的鷦鷯。
孤负沧洲愿，[⑳]	我没有能实现到海边隐居的夙愿，
谁云晚见招。[㉑]	谁说人老了还会受到朝廷征召。

注释：

① 卢琚是杜甫的远亲，在江陵幕府任参谋，因公事到潭州来，与杜甫相遇，杜甫赠给他这首诗。诗中有不少应酬话，但其中描述自己生活状况和心境的部分却颇为生动，对理解杜甫晚年的思想有一定价值。诗题下有原注：“时丈人使自江陵，在长沙待恩旨，先支率钱米。”《仇注》引朱注：“时必有长沙钱米应输江陵者，卢为之请旨支给本郡也。”按“率钱米”当为应纳缴率府的钱米，安史乱起之后，地方应缴纳之率钱米因地方军事需要也可留在地方使用。潭州之“率钱米”由江陵都督府督征，因潭州地方有特殊困难，便奏请朝廷把这笔钱米留在潭州支用济急。卢琚到潭州，就是为办理这件事来的。这诗于大历四年秋在潭州作。

②《仇注》引朱注：“‘同自出’，盖参谋之母与公母，皆崔氏也。”自出，见第二十一卷《夏夜李尚书筵送宇文石首赴县联句》注⑩。在那首诗里，李之芳称宇文晁为“自出”，同时，从“宅相”一词的运用可看出李之芳是宇文晁的舅父。按杜甫生母为崔氏，继母为卢氏，“同自出”可表明两人的母亲出于同一家，即崔家（朱注的意思就是这样），也可表明杜甫之继母卢氏，与卢琚是一家人。从称卢琚为“丈”这一点来看，卢琚的辈分可能高于杜甫，但亲戚关系已疏远，故不称他为“舅”。

③《仇注》引《语林》：“琅琊王镇广陵，妙选僚佐。”可知“妙选”是指卢琚被挑选为幕僚的事。高标，指才能杰出。

④ 孙楚，见第三卷《投赠哥舒开府翰二十韵》注㉖。这诗中以孙楚之多才来比喻卢琚。

⑤ 郑侨，即子产。《仇注》引《左传》：“季札聘郑，见子产，如旧相识。”从这句诗可知，杜甫与卢琚虽是远亲，但见面却是第一次，两人情意相投，故以季札与子产见面相比。

⑥ 相于，见第十七卷《赠李八秘书别三十韵》注㊸。这里指卢对杜甫十分亲密。契托，谓情意契合，并相互信赖。

⑦ 赐钱，指准许在潭州支用率府钱米的事，参看注①。

⑧ 甿，音“萌”（méng），指农民，这里泛指百姓。杼柚，见本卷《岁晏行》注③。

⑨ 我国古代天文学称在某一空域新发现的星为“客星”，又常把“客星”的出现与人世的状况联系在一起。这句诗作为下一句的对偶，应为写景之句，是说天上出现客星，陪伴着奉使来潭州的卢琚。但同时，“客星”又是杜甫自喻，他作为一个远来的流浪

客，故可自称“客星”。使，指卢琚。

⑩ 银章，指杜甫穿着官服时所佩的银鱼袋。这句诗是说表明他的官阶的鱼袋虽佩挂在腰上，但已破旧，过去所除授的工部员外郎之职只剩下虚名。

⑪ 美称人的诗文作品为“藻翰”。这里指作诗。牵率，《左传·襄十年》：“牵帅（率）老夫以至于此。”在这诗里是“强使”“催逼”的意思。

⑫ 因为头晕，故说“湖山合动摇”。

⑬ 造次，一般多作“仓卒”“急遽”解，在这里应解释为“轻易”。

⑭ 苍生，指广大人民。寂寥，没有声息。其实不是没有声息，而是陷入更深的苦难，皇帝听不到人民的声音。

⑮ 秦末赵高专权，对秦二世“指鹿为马”。这句诗是暗示宦官专权，朝政黑暗。

⑯《仇注》引《鹏鸟赋序》：“鹏似鸮（枭），不祥鸟也。”鹏鸟似鸮（枭），但不是鸮（枭），而只是不祥之鸟；鸮（枭）则是凶恶之鸟，古代传说它食母，与食父的兽“獍”并称“枭獍”。这里以“鸮”（枭）暗示拥兵割据与作乱的军阀（“枭”与“鸮”，原是两种鸟，但两字常相混用，这里应该用“枭”字）。

⑰《仇注》：“《周礼》：‘酒有五齐，一曰泛齐。’注：泛者，成而浮滓泛泛然。”

⑱ 流年，指不断流逝的岁月。《诗·豳风·七月》有“十月蟋蟀入我床下”之句，蟋蟀因季节变化而迁移住处，故言“疲蟋蟀”。

⑲《庄子·逍遥游》：“鷦鷯巢于林，不过一枝。”“鷦鷯”音“交辽”（jiāo liáo），小鸟名。这句诗以鷦鷯自比，庆幸自己还有一枝可寄。这是自慰之语。

⑳ 孤负，即背负、违反。《李陵答苏武书》：“陵虽孤恩，汉亦负德。”又云“孤负陵心”。后世才逐渐通行“辜负”一词。沧洲，指海边隐士居住的地方。

㉑ 见招，指受到朝廷的征召任用。晚，指老年。这句诗是说，杜甫已不再抱有朝廷召他回京任职的幻想。

◎ 惜别行送刘仆射判官[①]（七古）

闻道南行市骏马，	听说您到南方来收购骏马，
不限匹数军中须。	不管多少匹都是军中所需。
襄阳幕府天下异，	襄阳的幕府真是天下少有，
主将俭省忧艰虞。	主将节俭，时时为时局忧虑。
只收壮健胜铁甲，	只要收健壮的马匹，能禁得起披挂铁甲，
岂因格斗求龙驹。[②]	能战斗就行，哪里要寻求龙驹。
而今西北自反胡，[③]	如今，在胡人造反之后的西北，
骐驎荡尽一匹无。[④]	骐驎骏马全都散失一匹也不剩余。
龙媒真种在帝都，[⑤]	真正的龙媒马本来一直在京都，
子孙未落东南隅。	它的子孙后代没流落到东南地区。
向非戎事备征伐，	如果不因为往年打仗和准备征伐，
君肯辛苦越江湖？	您怎肯这样辛辛苦苦渡越过江湖？
江湖凡马多憔悴，	江湖一带的凡马多半瘦弱憔悴，
衣冠往往乘蹇驴。[⑥]	官吏豪绅也往往只骑匹跛脚驴。
梁公富贵于身疏，[⑦]	梁公虽然是富贵之身，自己的生活却省俭朴素，
号令明白人安居。	号令严明能让百姓安居。
俸钱时散士子尽，	常把自己的俸钱一起散给儒生，
府库不为骄豪虚。	从不奢侈浪费，使府库空虚。
以兹报主寸心赤，	用这样的行为报答皇帝，表现出一颗红心，
气却西戎回北狄。[⑧]	打退西戎北狄就靠这样一股正气。
网罗群马籍马多，[⑨]	收罗成群的马匹，府里马匹增多，
意在驱除出金帛。[⑩]	拿出金银绢帛是为了把敌人驱逐。
刘侯奉使光推择，	刘判官这次奉命出使，使举荐您的人也感到光辉，

滔滔才略沧溟窄。	您这滔滔大才，让大海来容纳也嫌太狭窄。
杜陵老翁秋系船，	我这杜陵老翁秋天停船在这里，
扶病相识长沙驿。	带着病在长沙驿馆里和您相识。
强梳白发提胡卢，⑪	勉强梳梳白发，提着葫芦，
手把菊花路旁摘。	手里拿着菊花，刚从路旁采摘。
九州兵革浩茫茫，⑫	全国各地的战事不知哪天才停歇，
三叹聚散临重阳。	重阳节快到了，我们为这次匆匆的聚散再三叹息。
当杯对客忍流涕，	对着酒杯、贵客我强忍着眼泪，
不觉老夫神内伤。	您看不出我这老人心里十分悲切。

注释：

① 刘判官是驻襄阳的山东南道节度使梁崇义的判官。梁崇义原为来瑱部将，随从来瑱镇襄阳。瑱诛，自立为留后，代宗不能讨，就拜他为山东南道节度使。这是广德初年（763 年）的事。后来，直到建中元年（780 年），终于被诛。梁崇义当时除任节度使外，还有过御史大夫、检校尚书、同中书门下平章事等官衔。诗题中称他为“仆射”，就是指最后的那个官衔而言。刘判官奉梁崇义之命到湖南来收购军马，杜甫与他结识了。当杜甫在潭州遭受许多人的冷遇时，刘判官对他还比较尊敬，可能还给了他一些帮助。因大历四年秋近重阳节时，刘判官将离开潭州，杜甫便作了这首诗赠给他。

② 根据上一句和这一句诗来看，可知刘判官这次收购马匹，只要求其健壮能用作军马，能够战斗，而不求其必须是“龙驹”（著名的良种马）。

③ 自反胡，自胡人造反，指安禄山之作乱。

④ 骐驎，通常写作麒麟，指骏马。

⑤ 龙媒，见第三卷《沙苑行》注③。

⑥ 衣冠，指地方上担任官职的人及豪绅。蹇驴，跛足驴。《楚辞·七谏·谬谏》：“驾蹇驴而无策兮。”“蹇”音“俭”（jiǎn）。

⑦ 梁公，指梁崇义，见注①。疏，意思是“粗”，本义指糙米。《诗·大雅·召旻》：

"彼疏斯稗。"笺:"疏，粗也，谓粝米也。"这里指粗陋、简朴的生活。

⑧ 西戎、北狄，泛指边境地区民族。气，指忠勇的气概。

⑨ 籍马，节度使府养育供用的官马，曾登记入册，故称"籍马"。

⑩"驱除"后省略了"入侵的敌人"。

⑪ 胡卢，容器。这里很难确定是酒葫芦还是药葫芦。

⑫ 九州，借代全国州郡。

◎ 重送刘十弟判官① （五排）

分源豕韦派，②	我们两家的祖先都是从豕韦氏分支，
别浦雁宾秋。③	如今，在雁群飞临的秋江边分手。
年事推兄忝，④	论年纪，我要比您大几岁，
人才觉弟优。	可是论人才，觉得还是您优秀。
经过辨丰剑，⑤	您不论走过哪里，都要分辨是否像丰城一样有剑气冲天，
意气逐吴钩。⑥	您志气豪壮，比得上吴钩。
垂翅徒衰老，	我年纪衰老了，只能垂下翅膀，
先鞭不滞留。⑦	您扬鞭先驱，永不滞留。
本支凌岁晚，⑧	看到同一根源的人暮年受困，
高义豁穷愁。⑨	您的崇高义行消除了我的穷愁。
他日临江待，	盼将来有一天在江边等待您，
长沙旧驿楼。	和您再相聚在长沙的古老驿楼。

注释:

① 刘十弟判官，即前一首诗题中所说的“刘仆射判官”。在上一首诗中，有些心意还未吐尽，所以又作了这首诗来补充，因而题目中说“重送”。作诗时间紧接在上一首诗之后。

②《仇注》引《左传》：“范宣子曰：‘昔匄之祖，自虞以上为陶唐氏，在夏为御龙氏，在商为豕韦氏，在周为唐杜氏。’”又引蔡墨曰：“‘陶唐氏既衰，其后有刘累，学扰龙于豢龙氏，事孔甲，以更豕韦之后。’”“豕韦氏”等都是古代氏族部落的名称。后代的杜氏、刘氏，都是陶唐氏的后代，直接从豕韦氏这一氏族中分支形成。这句诗是表示，杜甫与刘判官是同一远祖的后代。

③《礼记·月令》：“季秋之月，鸿雁来宾。”雁宾，指鸿雁等候鸟向南方迁徙。别浦，告别的水边，指长沙的湘江边。

④ 年事，年龄。忝，谦词，这里指年龄稍大几岁。

⑤ 丰剑，“丰城剑气”之略语，见第八卷《秦州见敕目薛璩授司议郎毕曜除监察》注㉘。这句诗赞美刘判官有识别人才的能力。

⑥ 吴钩，宝剑名。这里用来比喻刘判官的豪迈性格。

⑦ 先鞭，《晋书·刘琨传》：“琨少负志气，有纵横才，与祖逖为友。及逖被用，与亲故书曰：‘吾枕戈待旦，常恐祖生先吾著鞭’”。后多用“先鞭”来表示走在别人的前面。这句诗是赞美刘判官年轻做官，仕途通达。

⑧ 本支，指同一族系出身的人，这里是杜甫自谓。

⑨ 从这句诗可以看出，刘判官一定在经济上给了杜甫帮助，使杜甫暂时减少了困难。

第二十三卷

杜

◎ 湖中送敬十使君适广陵[1]（五排）

相见各头白，	我们这次相见时都已白发满头，
其如离别何。	无奈别离的日子实在太长久。
几年一会面，	隔几年才能会一次面，
今日复悲歌。	今天又唱起送别的悲歌。
少壮乐难得，	少壮时的欢乐已不能再得到，
岁寒心匪他。[2]	虽然天气严寒，坚定的意志却始终没有消磨。
气缠霜匣满，[3]	您的豪壮意气，在贮藏霜剑的匣外缠满，
冰置玉壶多。[4]	您的高洁品格，像玉壶里放进冰块繁多。
遭乱实漂泊，	遭到战乱，一直在到处漂泊，
济时曾琢磨。	济世救民的策略我们曾相互琢磨。
形容吾较老，	从形貌看我比您衰老，
胆力尔谁过。	您的胆识气魄有谁能比得过。
秋晚岳增翠，	秋天的傍晚，南岳更绿得深浓，
风高湖涌波。[5]	狂风吹过，洞庭湖涌起洪波。
骞腾访知己，[6]	您高高腾飞，去远方访问知己，
淮海莫蹉跎。[7]	盼您到淮海后不再让岁月蹉跎。

注释：

① 据本卷《追酬故高蜀州人日见寄》序："今海内忘形故人，独汉中王瑀与昭州敬使君超先在。"可知"敬使君"即敬超先，曾任昭州（今广西平乐县）刺史。他与杜甫结交较早，相互友谊深厚。这次敬超先经过潭州到广陵（扬州）去，杜甫与他暂时聚会，并赠给他这首送别诗。诗题中的"湖中"一作"湖南"。作诗时间为大历四年秋。

② 岁寒，比喻国家丧乱，环境险恶。匪他，与"靡它"意思相似，《诗·鄘风·柏舟》：

"之死矢靡它"。表示志向坚定。

③ 霜匣，指藏霜剑的匣子。霜，霜剑，喻锋利的宝剑。这句诗是形容敬使君意气豪壮。

④ 玉壶冰，形容人品高洁的常用语。

⑤"秋晚""风高"两句写秋景的诗，眼界扩大到北起洞庭，南达衡山的广阔范围。使诗的境界更宏阔、高远。

⑥ 骞腾，高飞貌。比喻敬使君的长途旅行和远大前程。

⑦ 淮海，见第十三卷《奉寄章十侍御》注②，这诗中确指扬州（广陵）。

◎ 晚秋长沙蔡五侍御饮筵送殷六参军归澧觐省① （五律）

佳士欣相识，	真高兴，认识了您这位优秀人物，
慈颜望远游。	您母亲正盼望异地远游的儿子还乡。
甘从投辖饮，②	我们愉快地陪殷勤留客的主人痛饮，
肯作致书邮。③	您可肯给我带封信，不像殷羡那样。
高鸟黄云暮，	高飞的鸟群从黄色的暮云旁经过，
寒蝉碧树秋。	秋天的寒蝉在碧树枝头歌唱。
湖南冬不雪，④	洞庭湖南面冬天也不会落雪，
吾病得淹留。	我有疾病，得在这里停留些时光。

注释:

① 殷六参军，是杜甫在潭州新认识的一位官员。他将回澧州去省亲，蔡五侍御为他设酒筵送行，杜甫也参加了这次宴饮，并作了这首诗。时间是大历四年秋冬间。

② 据《汉书·陈遵传》，西汉末的陈遵（字孟公）好客，每次宴饮，把客人的车辖投入井中，使不得归。这句诗中以陈遵之"投辖"比喻蔡侍御之殷勤好客。

③ 据《世说新语》，晋代殷羡（字洪乔）任豫章太守时，把别人托带的信都抛入水中，并说："沉者自沉，浮者自浮，殷洪乔不能作致书邮。"这是一种任诞的行为。诗中反用这个典故，盼望殷参军（他正与殷羡同姓）不拒绝带信。

④ 湖南的冬天也下雪，本卷《舟中雪夜有怀卢十四侍御弟》及《对雪》就都是证据。这里说"不雪"，是强调南方天气暖，有益于病人。

◎ 别张十三建封[①]（五古）

尝读唐实录，[②]	我曾经读过唐朝的几部《实录》，
国家草昧初。	了解了开国的历史那草创之初。
刘裴首建议，[③]	刘文静和裴寂首先提出建议，
龙见尚踌躇。[④]	高祖起兵创业时还有些踌躇。
秦王拨乱姿，[⑤]	秦王显露出拨乱世的雄姿，
一剑总兵符。[⑥]	凭他手里的一把宝剑掌握了兵符。
汾晋为丰沛，[⑦]	把汾州、晋州当作根据地，像汉朝从丰县、沛县崛起，
暴隋竟涤除。	暴隋的统治终于被荡涤铲除。
宗臣则庙食，[⑧]	开国重臣刘文静在宗庙里享受祭祀，
后祀何疏芜。	他的后代却萧条冷落，门庭荒芜。
彭城英雄种，[⑨]	这位彭城英雄世家的子孙，
宜膺将相图。	该能担负重任，实现将相的宏图。
尔惟外曾孙，	您是他的外曾孙，
倜傥汗马驹。[⑩]	像汗血马驹，豪放不受拘束。
眼中万少年，	我眼见过千千万万少年人，
用意尽崎岖。[⑪]	他们对人处世心意险曲难弄清楚。

相逢长沙亭，	我和您在长沙驿亭相见，
乍问绪业余。[12]	就冒昧问起您家长辈的功业。
乃吾故人子，	原来您是我老朋友的儿子，
童丱联居诸。[13]	时光流逝得真快，那时您头上还留着发髻两束。
挥手洒衰泪，	我挥手洒去沾在指上的衰年泪水，
仰看八尺躯。[14]	仰起头看看您八尺高的身躯。
内外名家流，[15]	您的父母两家都是名门望族，
风神荡江湖。	您的风貌神采摇撼着长江大湖。
范云堪结友，[16]	您像范云一样是乐于助人的义友，
嵇绍自不孤。[17]	我的儿子托付给您，一定能得到可靠的照顾。
择材征南幕，[18]	南方主将的幕府选中了您这位人才，
潮落回鲸鱼。[19]	如今潮水退了，鲸鱼又游了回去。
载感贾生恸，[20]	您正像贾谊那样感到巨大的哀痛，
复闻乐毅书。[21]	又听说您像乐毅那样得到了旧主的来书。
主忧急盗贼，	盗贼作乱，皇上十分忧虑，
师老荒京都。	军队长久作战，京城已一片荒芜。
旧丘岂税驾，[22]	您怎么能回到故园去隐居，
大厦倾宜扶。	大厦将倾倒，您该去持扶。
君臣各有分，	国君和臣下各有各的命运，
管葛本时须。[23]	管仲和诸葛亮得到重用，原本是时势所需。
虽当霰雪严，	即使是霰雪飘飞的严寒天气，
未觉栝柏枯。[24]	我也不觉得桧树柏树会凋枯。
高议在云台，[25]	您该到朝廷上发表高见，
嘶鸣望天衢。[26]	希望看见您嘶鸣天路。
羽人扫碧海，[27]	那些羽化登仙的人们在碧海上谁也见不到，
功业竟何如。	比起世上建立功业的人，他们的行为又该怎样评估。

注释：

① 张建封，兖州人。父亲是张玠，曾举兵抗御安禄山。杜甫于开元二十四年左右在他父亲杜闲任兖州司马时与张玠结识。四川文史研究馆所编的《杜甫年谱》认为第一卷《题张氏隐居二首》诗题中的“张氏”，即张玠。张建封应韦之晋之招，到他的幕府中任参谋。《旧唐书》说他“不乐职，辄去”。《杜臆》据这诗的内容也肯定了这一点。但《唐书》记载失实之处颇多，张建封在韦之晋死后，仍在潭州，并未离去。杜甫是在衡阳附近得知韦之晋死讯的，他赶到潭州吊韦之晋之丧，才与张建封见面。诗中说“潮落回鲸鱼”“载感贾生恸”，看来张建封是由于韦之晋死才离开潭州的。张建封后来得到唐德宗的重用，曾任徐州刺史兼徐泗濠节度使，进位检校礼部尚书，加检校右仆射，声名显赫。那时杜甫已去世多年了。

②《唐书·艺文志》列有《高祖实录》《太宗实录》等书目，书中述唐代建国前后的史实。

③ 刘裴，指刘文静和裴寂。刘文静于隋末任晋阳令，裴寂任晋阳宫监。唐高祖李渊当时镇太原，刘、裴首先建议李渊起兵反隋。

④“见”与“现”通。龙，喻皇帝。这句诗是说李渊在举兵反隋之前曾经过一番踌躇犹豫。

⑤ 秦王，指李世民。《汉书·高帝纪》：“拨乱世，反之正。”这里是指李世民平定当时同时起来反隋的军队。

⑥ 这句诗是说李世民掌握兵权，指挥了统一中国的战争。

⑦ 汾晋，指晋阳（今山西太原）及附近地方，因汾水流经这一带，故称“汾晋”。李渊起兵于晋阳，正像刘邦起兵于丰县、沛县一样。故以“丰沛”比喻“汾晋”。

⑧ 前面“刘裴”并称，但着重指刘文静。这句诗中的“宗臣”是指刘文静。下一句中的“后祀”，即后代，指刘文静的子孙。疏芜，谓流落草野之间，没有做官。

⑨ 刘文静是彭城人，其父刘韶，仕隋战死，赠仪同三司。刘家堪称英雄世家。张建封的祖母是刘文静之女，故称他是“英雄种”。后面的诗句“尔惟外曾孙”，进一步把这关系指明。

⑩ 汗马驹，汗血马的马驹。倜傥，洒脱，不受拘束。司马迁《报任少卿书》：“惟倜傥非常之人称焉”。

⑪ 崎岖，这里用来比喻人心险恶深隐，难于测知。

⑫ 绪业，即世业。绪业余，指世业传到后一代的状况。这句诗是问询张建封家族前辈的状况。

⑬ 丱，音“贯”（guàn），古代儿童把头发束成两髻如角状，分绾在头的两侧，称为“丱”。童丱，指头发束成“丱”的儿童。居诸，本为语助词，见于《诗·邶风·日月》：“日居月诸”，后来借代光阴和光阴的流逝。

⑭ 古代称人长得高多用“八尺之躯”一语。由于古代长度单位“尺”比现代的“尺”小，故有“八尺”之说。

⑮“内”指父亲的家族，“外”指母亲的家族。

⑯ 南北朝时期梁朝的范云以乐于助人见称。他与王畡友善，王死于官舍，贫无居宅，范云迎丧还家，亲为营殡葬事。这诗中，杜甫以范云比喻张建封，想把自己的身后事托付给他。

⑰ 嵇绍，是嵇康之子。嵇康临刑时，对嵇绍说：“巨源在，汝不孤矣。”巨源，即山巨源（山涛）。这句诗是把张建封比喻为山巨源，把自己的儿子（指宗武）比喻为嵇绍，意思是请张建封照顾宗武。

⑱ 征南幕，指湖南都团练观察史、潭州刺史韦之晋的幕府。择材，喻张建封得到韦之晋的聘用。

⑲《仇注》：“潮落鲸回，韦卒而张北归也。”

⑳ 载，语助词，表示正在进行的动作。贾生恸，指贾谊因梁王坠马死而痛哭，参看第十四卷《别蔡十四著作》注②。比喻张建封因韦之晋的死而哀痛。

㉑《仇注》引《史记》：“乐毅降赵，燕惠王遗毅书，且谢之，毅亦作书报焉。”燕惠王是乐毅的旧主，乐毅虽离开了他，但两人还保持正常的关系。《仇注》并解释说：“乐毅书，不忘旧帅。”有的注家认为张建封在韦死前已离开韦的幕府，“旧帅”就是指韦之晋。这句诗在“载感贾生恸”之后，不应再提韦生前的事，“旧主”应指张建封以前任职的幕府之主。

㉒ 旧丘，指张建封在兖州故乡的园林。税驾，即解驾，指退休，辞官隐居。《史记·李斯传》：“物极则衰，吾未知所税驾也。”《文选·招隐诗》注：“‘脱’与‘税’古

字通”。

㉓ 管葛，指春秋时期齐相管仲与三国时期蜀相诸葛亮。

㉔ 栝，即桧树。桧树、柏树，都是耐寒的常青树木。这句和上一句诗是勉励张建封不要因遇到暂时挫折而灰心。

㉕ 云台，比喻朝廷。第九卷《建都十二韵》有“议在云台上”之句，意思和这句相同。

㉖ 天衢，天街，这里比喻仕途。这句诗是盼望张建封回到京城后能得到重用。

㉗ 羽人，道家所说的仙人。扫，指“扫迹”，看不到踪迹，因为他们已到碧海上（道家的所谓仙山大多数在海中）去了。末两句是说修道成仙，只剩一己，无助于人世的安定和人民安居乐业，怎如在人世间立功业有价值。这是勉励张建封积极进取，建立功业的话。

◎ 送卢十四弟侍御护韦尚书灵榇归上都二十四韵[①]（五排）

素幕度江远，　　白布幔在江上将向远处航行，
朱幡登陆微。[②]　　一些送行的人举着红旗登上江岸。
悲鸣驷马顾，　　拉车的马悲鸣着，回过头看，
失涕万人挥。　　成千成万的人强抑住悲痛，泪水涟涟。
参佐哭辞毕，　　您的僚佐属官向您哭别之后，
门阑谁送归。　　是谁把您的灵柩一直送回家园。
从公伏事久，　　他跟随者您，为您办事已经长久，
之子俊才稀。[③]　　他这样的优秀人才世上已不多见。
长路更执绋，[④]　　他还将在漫长的陆路上牵挽灵车，
此心犹倒衣。[⑤]　　这时刻，他的心仍很昏乱，像颠倒穿着衣衫。
感恩义不小，　　他永远感激您的恩情，这德行不能小看，

怀旧礼无违。[6]　　他怀念旧情，古礼丝毫也不违反。

墓待龙骧诏，[7]　　等皇帝的诏令颁下就建造坟墓，

台迎獬豸威。[8]　　御史台也将迎接你这位头戴獬豸冠的威严御史归还。

深衷见士则，[9]　　您情感深挚，能为人表率，

雅论在兵机。[10]　　高超的议论，常针对当前的征战。

戎狄乘妖气，[11]　　戎狄乘国内的叛乱入侵，

尘沙落禁闱。　　战斗扬起的尘沙飞落在宫廷里面。

往年朝谒断，[12]　　往年皇帝曾被迫停止了朝见，

他日扫除非。[13]　　过去扫荡残敌的决策也曾经失算。

但促铜壶箭，[14]　　其实只要抓紧时间料理政事，

休添玉帐旂。[15]　　不再增添幕府，分散兵权。

动询黄阁老，[16]　　我想问问主持朝政的门下省大臣，

肯虑白登围。[17]　　汉高祖在白登被围的耻辱心里可常常思虑。

万姓疮痍合，　　百姓身上的疮痍连成了片，

群凶嗜欲肥。　　那些凶残的人贪欲却没法填满。

刺规多谏诤，　　只要大臣多进谏言对皇帝讽劝，

端拱自光辉。　　皇帝就能端拱而治，光辉的时代自然会出现。

俭约前王体，　　古代的帝王都把节俭看成大事，

风流后代希。[18]　　后代的国君该让这样的风气流传。

对敭期特达，[19]　　希望您拜谒皇帝时受到特别的赏识和重用，

衰朽再芳菲。[20]　　让我这衰朽老人再看到群芳吐艳。

空里愁书字，[21]　　我心中忧愁时常在空中写字，

山中疾采薇。　　身上有病，还要到山里采薇供餐。

拨杯要忽罢，[22]　　想邀您同饮，蓦然省悟把酒杯推开，

抱被宿何依。　　抱着被衾想找个地方过夜，却没有人能留我作伴。

眼冷看征盖，[23]　　看着您走远了，我眼中感到寒冷，

儿扶立钓矶。	儿子扶我站在钓鱼岩旁边。
清霜洞庭叶，	洞庭湖畔的树叶遭到寒霜正在凋谢，
故就别时飞。	故意在别离的时刻飘飞到我眼前。

注释:

① 韦尚书，即韦之晋，“尚书”是韦的官衔，不详是何时所加。“卢十四弟侍御”原在韦之晋幕府任职，是杜甫的表弟。韦死后，灵柩由卢十四护送回长安。杜甫在潭州送行，并写了这首诗。诗中除赞扬卢的才能品德外，还对朝廷的政策有所建议，表现出对国事民瘼的关切。这诗作于大历四年冬。

② 前一句的“素幕”，船上遮蔽灵柩的白色帷幔；这一句的“朱幡”，指送行官员的仪仗队中的红旗。

③ 之子，指卢十四侍御。

④ 绋，是挽灵车用的绳索，执绋，挽灵车。用一“更”字，表明在航行之后还要转上陆路，用车运灵柩。

⑤ 倒衣，谓“颠倒衣裳”，喻极度悲痛引起的精神恍惚之状。

⑥ 在这句诗中，“怀旧”既指怀念旧情，也指怀念古代的礼法，不违旧礼。

⑦ 龙骧，将军的名号。《仇注》：“晋王濬为龙骧将军，卒葬柏谷中，大营茔域。”这里以“龙骧诏”代表皇帝为韦之晋建墓的诏令。

⑧《仇注》引《旧唐书·舆服志》：“法冠，一名獬豸冠，以铁为柱，其上施珠两枚，为獬豸之形，左右御史台服之。”这句诗中的“台”，即御史台；卢十四是侍御史，回京后当回到御史台任职。

⑨ 士则，士人的准则，规范。这是对卢的品德的赞颂。

⑩ 雅论，是对议论谈吐的称赞之语。兵机，指军事策略。

⑪ 戎狄，指吐蕃、回纥等民族。妖气，喻安禄山、史思明及其余孽的叛乱。

⑫ 这句诗说的是广德元年十月吐蕃侵犯长安，代宗奔陕州，停止在京都上朝的事。

⑬ 扫除，指扫除敌军，具体指哪一次事件，很难确定。乾元二年，九节度使围攻邺城遭

到大败，“扫除非”可能是指这次军事行动的失策。

⑭ 铜壶箭，古代的计时器具。铜壶为“滴漏”贮水之器，箭，是标志水位高低，表示时辰的箭杆。这句诗是说要抓紧时间。

⑮ 玉帐，指军队统帅的营帐。旂，指挥旗。这句诗是主张少设“节度使府”“都督府”这一类掌握军权的机构。

⑯ 黄阁老，唐代门下省称为“黄阁”。久任中书舍人的官员及给事中等均可称“阁老”。这里是泛指朝廷中的大臣。

⑰ 汉高祖（刘邦）于即位第七年（公元前200年）至平城，匈奴兵三十万人把他围困在白登达七日，用陈平计始得出。这里比喻吐蕃对唐朝的严重威胁。

⑱ 这里的“风流”，是指前一句所说的“俭约”之风的流传。

⑲ 对敭，见第十七卷《赠李八秘书别三十韵》注㉞。

⑳《九家注》：“衰朽之人再获芳菲，言同受其荣也。”

㉑ 用殷浩“书空”事，见第四卷《对雪》注③。

㉒ 要，同“邀”。想邀卢侍御同饮，省悟到他已离去，便“拨杯”作罢。拨杯，《杜臆》谓“抛杯不饮”，当即推开酒杯之意。近人有谓“拨杯”意思是“治杯”，不从。

㉓ 盖，原义指车篷，征盖，喻旅途上的人，这里指正在离去的卢侍御。

◎ 苏大侍御访江浦赋八韵记异[①]（五古）

苏大侍御涣，静者也[②]。旅于江侧，不交州府之客，人事都绝久矣。肩舆江浦，忽访老夫舟楫。已而[③]，茶酒内，余请诵近诗，肯吟数首。才力素壮，辞句动人。接对明日，忆其涌思雷出，书箧几杖之外，殷殷留金石声。赋八韵记异，亦见老夫倾倒于苏至矣。

苏涣侍御是一位爱清静的人。他寓居在湘江旁，不和州府中的人来往，同官场完全隔绝已很久了。他忽然乘着小轿来到江边，上船来访问我。接着，在品茶、饮酒之间，我请他朗诵他近来写的诗篇，他答应了，读了几首。他本来富于诗才，文辞语句都很动人。和他会晤的第二天，回想起他的诗思涌出如雷声震响，在我的书箧几杖旁留下殷殷然金石般的声音。因而我写了这八韵来记苏君的奇才，由此也可看出，我对他真是佩服极了。

庞公不浪出，④	听说庞德公是个不轻易出门的隐士，
苏氏今有之。⑤	当代这位苏君也正和他相似。
再闻诵新作，	又听他朗诵新近作的诗篇，
突过黄初诗。⑥	简直超越了黄初年间的诗。
乾坤几反覆，	天地几乎被震动得翻覆，
扬马宜同时。⑦	他真该和扬雄、司马相如同时。
今晨清镜中，	今天早晨我从明镜里发现，
白间生黑丝。⑧	白发丝中生出了几茎黑发丝。
余发喜却变，	我的头发由于欣喜才发生这样的变化，
胜食斋房芝。⑨	真是胜过服用斋房里生的灵芝。
昨夜舟火灭，	昨夜，船上的灯火熄灭之后，
湘娥帘外悲。⑩	好像听见湘娥在帘外悲泣。
百灵未敢散，	千百种精灵也没有敢随便散去，
风破寒江迟。⑪	风浪顿歇，寒江在缓缓流逝。

注释：

① 苏涣，在杜甫所结交的友人中是极特殊的一个。年轻时曾被巴中人称为“白跖”，把他和古代的“盗跖”相比。后来行为突然改变，努力读书，乡赋及第，累迁至侍御史，佐湖南幕。在这篇诗的序中，说苏涣“不交州府之客，人事都绝久矣”。大概那时虽住在潭州，但已脱离了幕府，成了一个隐身于城市的人物。次年（大历五年）

四月，湖南兵马使臧玠作乱，杀潭州刺史兼湖南观察使崔瓘，苏涣就离开潭州，南下广州。大历八年九月，他与岭南节度使吕崇贲的部将哥舒晃合谋，杀吕崇贲，据广州造反。大历十年，兵败被杀。郭沫若在《李白与杜甫》一书中称苏涣是“人民诗人”。由于缺乏更详尽的资料，很难全面评价苏涣这个人物。但杜甫对他的诗的确是十分赞赏的，从这篇诗中也可以看出。杜甫对苏涣这个人也十分器重，在下面的一篇给裴虬和苏涣的诗中有“致君尧舜付公等，早据要路思捐躯”等语，可见杜甫对苏涣期望之深。这句诗题目中说“赋八韵”，而实际上只有七韵。有人认为脱落了两句，也有人认为诗题及序有误。从现存的这首诗来看，意思完整，语气也连贯。诗中描写苏涣诵诗的巨大力量奇诡夸诞，实开李贺诗风的先河。这诗作于大历四年秋。

②《九家注》引赵云：“静者本于谢灵运诗：拙疾相倚薄，还得静者便。”从序中以下几句话来看，“静者”之称是由于苏涣不与州府中人来往，大概也就是“隐士”一类人。

③“已而”原作“而已”，紧接前句，“肩舆江浦，忽访老夫舟楫而已”。这殊无意义。《仇注》据阎若璩语改正为“已而”，便能令人理解。译述从阎说。

④ 庞公，即庞德公，见第七卷《遣兴》第二首注①、②、④。

⑤ 这句诗是说苏涣也有着庞德公“不浪出”的习惯。

⑥ 黄初，魏文帝（曹丕）的年号，220 年至 226 年。黄初诗，指曹丕、曹植、王粲、刘祯、应瑒、徐干等人的诗。通常包括在“建安文学”中。不称“建安诗”，而称“黄初诗”，据郭沫若说，是为了把曹操、孔融等老一辈诗人排除在外。

⑦ 扬马，指扬雄与司马相如。这句诗说苏涣的诗作具有这两位汉代大赋家的雄伟博大的气魄。

⑧ 以往的杜诗版本中，“白间”与“胜食”两句的位置互换，《仇注》本改订成现在这样。这样似乎语气较顺，译诗从《仇注》。

⑨ 斋房芝，见第十六卷《八哀诗（六）：故秘书少监苏公源明》注㉜。这里只不过把它当作一种能使人返老还童的仙药来看。

⑩ 湘娥，即湘妃，见第二十二卷《湘夫人祠》注①。

⑪ 风破，一作“风浪”，一作“风波”。风破，可作风骤止解，因风止，故寒江流速变慢。

◎ 暮秋枉裴道州手札率尔遣兴寄递呈苏侍御[①]（七古）

久客多枉友朋书，	我长久作客，常得到朋友的来信，
素书一月凡一束。	一个月就能收到一捆信函。
虚名但蒙寒暄问，	挂虚名的朋友只不过寒暄一番，
泛爱不救沟壑辱。[②]	泛泛之交不能解救我使我免受饥寒。
齿落未是无心人，[③]	我的牙齿落了，但我还是有心人，
舌存耻作穷途哭。[④]	只要舌头还在，就把穷途痛哭看作羞惭。
道州手札适复至，	裴道州的来信又刚刚收到，
纸长要自三过读。[⑤]	纸那么长，在手里挪移三回才能把它读完。
盈把那须沧海珠，[⑥]	我哪里需要满把的沧海明珠，
入怀本倚昆山玉。[⑦]	和我的心怀投合，就像倚靠在昆山美玉似的朋友身边。
拨弃潭州百斛酒，	我激动得推开潭州的百斛美酒，
芜没潇岸千株菊。[⑧]	任潇水两岸千株菊花开了又凋残。
使我昼立烦儿孙，	白昼我一直站着，烦儿孙搀扶，
令我夜坐费灯烛。	夜里一直坐着，多费灯烛点燃。
忆子初尉永嘉去，[⑨]	回想您当初到永嘉去做县尉，
红颜白面花映肉。	青春的容颜像鲜花映照白面。
军符侯印取岂迟，	您得到兵符、侯印不算迟，
紫燕騄耳行甚速。[⑩]	将像紫燕、騄耳那样奔跑像飞一般。
圣朝尚飞战斗尘，	这圣明朝代，战争尘烟仍在飞扬，
济世宜引英俊人。	要救世济时该提拔英俊才贤。
黎元愁痛会苏息，	黎民百姓一定会消除愁苦得到苏息，
戎狄跋扈徒逡巡。[⑪]	猖狂入侵的戎狄一定会退得远远。
授钺筑坛闻意旨，[⑫]	我将听说皇帝颁下筑坛拜将的旨意，

颓纲漏网期弥纶。[13]	败坏了的纲纪法制，有待您来弥补修缮。
郭钦上书见大计，[14]	您将像郭钦，上书提出重大建议，
刘毅答诏惊群臣。[15]	将像刘毅，回答皇上的询问吓得群臣心惊胆战。
他日更仆语不浅，[16]	记得有一次和您深谈谈到半夜，
明公论兵气益振。	议论起兵法您的言辞就更加雄健。
倾壶箫管动白发，	在箫管声中倾壶痛饮，我的白发轻轻飘动。
舞剑霜雪吹青春。[17]	您舞剑时，青春豪气随着霜雪一般的剑光飘散。
宴筵曾语苏季子，[18]	在那次筵席上我曾谈到苏季子，
后来杰出云孙比。[19]	杰出的后辈比得过他这位祖先。
茅斋定王城郭门，[20]	苏君的茅斋靠近潭州的城门，
药物楚老渔商市。[21]	我像个楚地老人在渔商集市上摆个草药摊。
市北肩舆每联袂，	他常乘小轿到市北和我亲切会面，
郭南抱瓮亦隐几。[22]	我也到城南他家里，和他一起躺在椅上休息，或汲水灌园。
无数将军西第成，[23]	多少将军已建造起豪华的府第，
早作丞相东山起。[24]	希望您早日作丞相，像东山再起的谢安。
鸟雀苦肥秋粟菽，	秋天的鸟雀吃足了粟米小豆，长得太肥胖，
蛟龙欲蛰寒沙水。[25]	蛟龙却躲在寒冷的水底沙中深潜。
天下鼓角何时休，	天下的战鼓、号角声什么时候能停止，
阵前部曲终日死。[26]	战阵前，将军的部下整天走向死亡线。
附书与裴因示苏，	我给裴虬写封信顺便也给苏涣看，
此生已愧须人扶。	这一辈子算完了，惭愧我已经要人扶搀。
致君尧舜付公等，	辅佐皇上，让他成为尧舜，这责任只能托付给你们，
早据要路思捐躯。[27]	盼你们早些掌大权，把生命奉献。

注释：

① 大历四年秋，杜甫接到道州刺史裴虬的来信，十分激动，便匆匆写了这首诗准备寄给裴虬，并先给苏涣看了。杜甫在长沙生活十分困苦，很少与人来往，只有裴虬和苏涣对他怀着深情，因此裴虬的信给他很大的安慰。这首诗反映了杜甫在长沙的生活状况和心境，表达了对裴、苏两人的友情和希望。

② 泛爱，见第二十二卷《宴王使君宅题二首》第二首注①。但这一句诗中的“泛爱”与以往所见的几处又不同，这里是“泛泛之交”的意思，指很表面的友情。沟壑辱，指饿死沟壑之辱。第三卷《醉时歌》有“但觉高歌有鬼神，焉知饿死填沟壑”之句。

③ 无心人，指思想感情麻木的人。齿落，喻年老。

④ 舌存，用张仪事。张仪到楚国游说时，曾受楚相笞挞，他回家后对妻子说：“视吾舌尚在否?”妻笑曰：“在。”仪曰：“足矣。”这诗里用这典故是表明意志坚决，仍要为人民呼吁，仍要吟诗，不作“穷途之哭”，不灰心绝望。

⑤《仇注》引《王筠传》：“筠于书三过五抄”，意思是要读三遍。但“三过读”前有“纸长”之语，是因“纸长”，才要“三过读”。看来这里是说信写得长，信纸也就很长，读完一部分，卷起一部分，再往下读，再继续卷，继续读，这样要进行三次，才能把信读完。

⑥ 沧海珠，指贵重的赠品，这倒不是杜甫所需要的，他重视的是知友，需要得到朋友的关怀。

⑦ 昆山玉，喻裴苏两位友人品德高洁如玉。我国古代谓玉出昆仑山，因称美玉为“昆山玉”。

⑧“拨弃”“芜没”两句是写得到裴虬信后激动之情，无心饮酒赏菊。以下两句也是表达同样的心理状态。

⑨ 参看第三卷《送裴二虬尉永嘉》一诗。

⑩ 紫燕，汉文帝良马名。騄耳，周穆王八骏之一。诗中用这些著名的骏马来比喻裴虬的才能。

⑪ 戎狄，指吐蕃、回纥，主要指前者。跋扈，猖狂侵略。逡巡，退却貌。《公羊传·宣六年》：“赵盾逡巡北面再拜稽首，趋而出。”

⑫ 授钺筑坛，指任命大将。意旨，指皇帝的诏令。这句诗是期望裴虬能被任命为将帅。

⑬ 纲，指纲纪。网，指法网。弥纶，弥缝、修补。

⑭ 郭钦，是晋代的侍御史。太康元年，郭钦上疏曰："戎狄强犷，历古为患。宜及平吴之威，谋臣猛将之略，渐徙内郡杂胡于边地，峻四夷出入之防，明先王荒服之制，此万世之长策也。"提起郭钦，是希望裴虬能如郭钦一样向皇帝提出安定国家的大计。

⑮ 据《晋书·刘毅传》，晋武帝有一次曾问刘毅，该把晋武帝与汉朝的哪位皇帝相比，刘毅回答说：可与桓、灵二帝相比。桓、灵二帝是东汉后期的昏庸皇帝，卖官鬻爵，政治混乱。晋武帝认为这太过分了，刘毅却进一步批评晋武帝把卖官的钱归为私有，连桓、灵二帝也不如。对皇帝说这样的话，自然会"惊群臣"。杜甫希望裴虬能像刘毅一样直谏。

⑯ 更仆，更换在一旁伺候的仆役，表示时间过了很久。《礼记·儒行》："孔子对鲁哀公曰：'遽数之，不能终其物；悉数之，乃留，更仆，未可终也。'"注："更之者，为久将倦，故使之更代也。"

⑰ 霜雪，喻剑光。青春，指裴虬充满青春活力。

⑱ 苏季子，即苏秦。"苏季子"既借代苏涣，又直接指苏秦本人。

⑲ 云孙，第七代孙，也可泛指距祖先很远的子孙。这两句诗是说苏涣的才能可与他的远祖苏秦比肩。

⑳ 定王城，指长沙城。见第二十二卷《清明二首》第一首注⑤。茅斋，苏涣的住处。

㉑ 药物楚老，当为杜甫自称。渔商市，湘江边的市集。杜甫也常把襄阳当成自己的故乡，因此可自称"楚老"。他在早年作的《进三大礼赋表》中曾说他自己"顷者卖药都市，寄食友朋"。

㉒ 隐几，躺在椅上休息。抱瓮，指抱瓮汲水灌园。《庄子·天地》："汉阴丈人方将为圃畦，凿隧而入井，抱瓮而出灌。"

㉓《后汉书·马融传》谓马融曾作《大将军西第颂》，因以"西第"代表武官所营建的豪华宅第。

㉔ 东晋谢安初隐于会稽东山，后入朝，位登台辅。这里以谢安为喻，盼裴虬、苏涣再到朝廷里任重要官职。

㉕ 鸟雀，喻小人，指当时窃据高位的奸佞。蛟龙，喻贤才，指裴虬、苏涣等。

㉖ 部曲，见第二卷《故武卫将军挽词三首》第三首注③，这里泛指将军部下的兵卒。

㉗《古诗》：“何不策高足，早据要路津。”这里的“要路”指朝廷中重要官位。捐躯，牺牲生命。

◎ 奉赠李八丈曛判官[1] （五古）

我丈特英特，	您是位特别杰出的俊秀人物，
宗枝神尧后。	是高祖皇帝的后代，宗室的分支。
珊瑚市则无，	是宝贵的珊瑚，街市上买不到，
騄骥人得有。[2]	在人世间，却能找到这样的骐骥。
早年见标格，[3]	青年时代就表现出高尚风范，
秀气冲星斗。	秀逸的才气，直冲上星斗罗列的天际。
事业富清机，[4]	您树立许多功业，富于智慧，
官曹贞独守。	在官署里独自坚贞不移。
顷来树佳政，	近年来又建立了优良的政绩，
皆已传众口。	众口同声，到处传诵不止。
艰难体贵安，[5]	在艰难时刻，国策贵在安定，
冗长吾敢取。[6]	您怎能做个挂名官员不管事。
区区犹历试，[7]	您连小小的判官也愿担任，
炯炯更持久。	心地光明，又能长久坚持。
讨论实解颐，[8]	和您一起谈论真是令我欢喜，
操割纷应手。[9]	您办事总能得心应手，一切顺利。
箧书积讽谏，	您的箧里积存着谏劝皇帝的奏书，

宫阙限奔走。	可是您受到限制，不能回宫阙去。
入幕未展材，	进入幕府也不能施展您的才能，
秉钧孰为偶。[10]	要论治国的本领，有谁能和您并驾齐驱。
所亲问淹泊，	和我亲近的人慰问我的漂泊羁旅，
泛爱惜衰朽。[11]	许多朋友都为我的衰朽惋惜。
垂白辞南翁，[12]	我披着白发将向南方的府主告辞，
委身希北叟。[13]	盼望北方有位老丈能容我寄居。
真成穷辙鲋，[14]	我真成了干涸车辙里的鲋鱼，
或似丧家狗。	或许也已经和丧家之狗相似。
秋枯洞庭石，	秋天水落，洞庭湖露出水底巨石，
风飒长沙柳。	寒风飒飒，凋伤了长沙的柳枝。
高兴激荆衡，[15]	在荆州衡州之间，我的诗兴激起，
知音为回首。[16]	盼我的知音朋友回头看看我这里。

注释:

① 李曛，是唐朝的宗室（诗中说他是“神尧后”，就是说他是唐高祖李渊的后代），但官位不高，只在幕府中任判官之职。他大概有事到潭州来，杜甫赠给他这首诗，对他的品德才能作了颂扬，并表达了想离开南方回到北方去的愿望，希望能得到他的引荐。

② 騄骥，是“騄耳”“骐骥”的简称，都是传说中穆天子（周穆王）的骏马。译诗中只写出“骐骥”这个人们较熟悉的名称。前一句中的“珊瑚”，这一句中的“騄骥”，都是比喻李曛是极为难得的人才。

③ 标格，高出于众人的榜样，多指人的优秀品格、作风等。

④ 清机，指智慧、卓越的见识。

⑤ 体，喻国家的总方针、基本国策。

⑥《仇注》引陆机《文赋》：“固无取乎冗长”。这里如用此义，则是指政治措施不宜繁

苛琐细。但从下一句看，“冗长”之“长”应读为“掌”（zhǎng），意思是多余的官员。吾，李曛自称，这句诗是为李曛设想之词，译诗中改用第二人称，指明是李曛有这样的想法。

⑦ 区区，指小的事物，这里指“判官”这一官职。

⑧ 解颐，开口笑的样子。《汉书·匡衡传》：“匡说诗，解人颐。”这里是指喜悦，因而笑口常开。

⑨《左传·襄三十一年》：“犹未能操刀而使割也。”操割，常用来指做具体工作。《庄子·天道》：“不徐不疾，得之于手，应之于心。”后来多说成“得心应手”。

⑩ 秉钧，执掌国政，通常多指宰相而言。

⑪ 泛爱，见第二十二卷《宴王使君宅题二首》第二首注①。

⑫ 南翁，当指潭州刺史。

⑬ 北叟，不知确指何人，大概是指李曛任职的幕府府主，是节度使、刺史一级的官员。杜甫想通过李曛的推荐，托身于他。

⑭《庄子·外物》：“庄周家贫，往贷粟于监河侯曰：周昨来，有中道而呼者，顾视车辙中有鲋鱼焉，曰：‘君岂有斗升之水而活我哉?’周曰：‘诺，我且南游吴越之王，激西江之水而迎子，可乎?’鲋鱼曰：‘吾得斗升之水然活耳，君乃言此，曾不如早索我枯鱼之肆。’”穷辙鲋，即“涸辙之鲋”，杜甫以此比喻自己所处之困境。

⑮ 高兴，指高涨的诗兴。这句诗说的就是这一首诗写作时的状况。

⑯ 知音，指李曛，这句诗是希望李曛对自己关心、帮助。

◎ 奉送魏六丈佑少府之交广[①]（五古）

贤豪赞经纶，[②]	贤能的英豪辅佐皇上创业治国，
功成名空垂。	立下丰功伟业之后只白白留下美名。
子孙不振耀，	子孙后代不能倚仗祖先的荣耀向上腾飞，
历代皆有之。	每个朝代都有这样的事情。
郑公四叶孙，[③]	您这位魏郑公的四世孙，
长大常苦饥。	长大后竟常常饥寒难忍。
众中见毛骨，	在人群里看到您的相貌，
犹是麒麟儿。	还看得出您是一匹小麒麟。
磊落贞观事，[④]	贞观年间国事纷繁，
致君朴直词。[⑤]	靠郑公坦率正直的言词谏劝，皇帝才成了圣君。
家声盖六合，[⑥]	您家的声望充满天地之间，
行色何其微。[⑦]	可是我看您的行装却这样清贫。
遇我苍梧阴，[⑧]	在苍梧山北面和我遇见，
忽惊会面稀。	会面竟这样稀少，一时使我心惊。
议论有余地，[⑨]	您的议论还是滔滔不绝说不尽，
公侯来未迟。[⑩]	暂时没有封公封侯也不焦心。
虚思黄金遗，[⑪]	您幻想要赠给我黄金，
自笑青云期。[⑫]	我笑自己还曾经盼望登上青云。
长卿久病渴，[⑬]	司马相如被消渴病折磨长久，
武帝元同时。[⑭]	汉武帝竟不知他是自己同时的人。
季子黑貂敝，[⑮]	苏秦的黑貂裘穿破了仍没被重用，
得无兄嫂欺。[⑯]	兄嫂怎能不欺侮他，把他看轻。
尚为诸侯客，	您如今还在刺史幕府作宾客，

独屈州县卑。	独自受委屈在州县卑下职位上栖身。
南游炎海甸，[17]	您将去炎热的南海之滨，
浩荡从此辞。	从此和您分别，相距无际无垠。
穷途仗神道，[18]	人们走投无路时才想依靠神道，
世乱轻土宜。[19]	在兵荒马乱的世上不会再看重乡土之情。
解帆岁云暮，	您落帆到达目的地该已是年底，
可与春风归。[20]	希望明年春风吹拂时能踏上归程。
出入朱门家，	您今后将在富贵人家进出，
华屋刻蛟螭。	那里华丽的大屋上刻着蛟螭纹。
玉食亚王者，	吃的美食比帝王只差一等，
乐张游子悲。	奏起音乐时会引起游子伤心。
侍婢艳倾城，	连侍婢们也都是艳色倾城，
绡绮轻雾霏。	身上穿着绡绮，像烟雾般轻盈。
掌中琥珀钟，	手掌上拖着琥珀杯，
行酒双逶迤。[21]	斟酒时排成长长两队在席间巡行。
新欢继明烛，[22]	为新交结的友人又续上明烛，
梁栋星辰飞。[23]	梁栋上点点灯火，像飞动的星星。
两情顾盼合，[24]	在相互顾盼中，两人情投意合，
珠碧赠于斯。[25]	这时就拿出珍珠碧玉来作馈赠。
上贵见肝胆，	最高的友谊要能肝胆相照，
下贵不相疑。	至少也得相互信任，不起疑心。
心事披写间，[26]	把自己的心事全都抒写出来，
气酣达所为。	意气酣畅，一切都做得顺心。
错挥铁如意，	来回挥动着铁如意，
莫避珊瑚枝。[27]	别避开珊瑚枝，打碎它也不要紧。
始兼逸迈兴，	开始时放逸和豪迈之情就都兴起，

终慎宾主仪。㉘	结束时宾主间的礼貌还是谨严分明。
戎马暗天宇,	整个天空都被战争烽烟遮暗,
呜呼生别离。㉙	啊,就这样分别了,我真伤心。

注释:

① 魏佑曾任县尉,故称他为“少府”。交广,指广州。汉朝的交州领南海、郁林、苍梧、交趾、合浦、九真、日南等七郡,相当于今之广东、广西及越南地方。隋朝改交趾郡为交州总管府,后改安南都护府。这诗题中虽以交州广州并举,实际上只是指广州而言。魏佑是魏徵的四世孙,他虽出身名门,仕途却不很得意。他前去广州,希望有所遇合。杜甫对他的处境十分同情,但对他的交游和所想望的事却有些怀疑,劝他举止慎重。这首送别诗前面两个部分称赞魏佑的家声、才能,同情魏佑的处境;最后想象魏佑在广州的交游,极写奢豪的宴会场面,借寓讽劝之意。在诗的结构与风格上颇具特色。这诗作于大历四年冬。

② 赞,意思是佐助。经纶,以缫丝比喻政治的规划、治理。在这句诗里包含有创业和治国两方面的意思。

③ 郑公,指唐朝开国功臣魏徵。他于贞观七年,进左光禄大夫、郑国公。

④ 磊落,形容繁多。贞观,唐太宗(李世民)的年号,自 627 年至 649 年。

⑤ 致君,尽自己的力量辅佐皇帝。魏徵以直言进谏著称,他前后陈两百余事,唐太宗对他也十分敬惮。

⑥ 家声,指魏徵家族的声望。六合,天地四方。《庄子·齐物论》:“六合之外,圣人存而不论。”

⑦ 行色,原指长途旅行者的外貌状况。《庄子·盗跖》:“车马有行色。”这里指行装,即为长途旅行所作的物质准备。

⑧ 苍梧阴,苍梧山的北面,指潭州(长沙)。

⑨ 有余地,通常指人的行为、语言留有分寸,有一定的灵活性。这里指心中要说的话很多,没有全部说出,是称赞人的思想学识丰富。

⑩ 这句诗是说,魏佑有很高的才能,一定能封公封侯,劝他不要嫌这些来得太迟,不

要焦急。

⑪ 黄金遗，即“遗黄金”，思赠黄金。这是记魏佑的话，他见杜甫贫困，故“思黄金遗”。但魏佑也同样困难，只能“虚思”（幻想）而已。

⑫ 青云，“登青云”之略语，借代仕途通达，登上高位。这句诗是杜甫自嘲，过去曾有“青云之期”，现在已衰老，一切绝望，觉得过去的幻想可笑。

⑬ 长卿，司马相如的字。

⑭ 汉武帝读司马相如的《子虚赋》十分赞赏，以为是古人所作，就说：“朕独不得与此人同时哉。”武帝身边的狗监杨得意是蜀人，知司马相如其人，向武帝介绍了他的情况，武帝才召见相如。这两句诗是以司马相如的事为例，说明君臣遇合之难，尽管有才能，要得到皇帝的赏识与重用还是很不容易的。

⑮ 季子，苏秦的字。

⑯ 苏秦游说失败归家，黑貂裘也破旧了；妻子织布，不停下来迎接他；嫂子也不肯为他烧饭。这两句诗是说有才能的人在未做大官时，连家人也会轻视。

⑰ 海甸，见第十九卷《奉送王信州崟北归》注④。这里的“炎海甸”，指广州。

⑱《仇注》引《后汉书·隗嚣传》：“方望曰：‘所谓神道设教，求助人神者也。’”并解释为“仗神以庇”。这句诗是说人在世间无路可走时只能求助于神道，听从天命。

⑲ 土宜，见第十八卷《偶题》注㉘。在这句诗里，是说人在故乡生活最宜，轻土宜，即不把离开故乡当作一回事，轻易离乡。

⑳ 有些注家认为，岁暮离潭州，望其春日即归，似乎太急促，于是作出种种解释，曲解“归”字的意义。其实“解帆”，不是指出发，而是到达。年底到达，春天再动身回来，不是不可能。从这诗后面的部分来看，杜甫对魏的广州之行是持有保留态度的，因而盼其速归。

㉑ 逶迤，这里是形容前述“侍婢”的行列。从“出入朱门家”这句开始，想象魏在广州的交游。

㉒ 新欢，指魏与广州新交朋友的欢聚。

㉓《仇注》：“星辰，指梁上之灯。”

㉔ 两情，也是指朋友之情。顾盼合，在顾盼之间便能相互理解，从目光眼神一直看到内心深处。

㉕ 珠碧，指朋友间的相互赠予。说这里写的是友情而不是男女之情，是根据下面的两句诗，即“上贵见肝胆，下贵不相疑”。

㉖ 披写心事，即抒发思想情感，指在筵席上赋诗。

㉗ 古代有“如意舞”，手持铁如意舞蹈。第十四卷《宴忠州使君侄宅》有“昔曾如意舞，牵率强为看”；第二十一卷《舍弟观赴蓝田取妻子到江陵喜寄三首》第二首有：“欢剧提携如意舞”。《晋书·石崇传》述石崇与王恺炫富，各自展示所藏珍贵珊瑚树的故事。王恺得晋武帝所赐珊瑚，高两尺许，以此骄人。石崇看见后，以铁如意击之，应手而碎；并使人取出高达三四尺的珊瑚树六七株任王挑选。这句和上一句诗是借想象来描写广州贵官家的富贵豪华。

㉘ 这两句诗是劝诫魏佑，不论广州官场的游宴如何豪华快意，但要注意保持宾主间的距离，要有分寸，以免发生意外事件。

㉙ 这句诗是慨叹人生离别之可悲，表现出对魏佑的无限深情。

◎ 北风[①]（五律）

北风破南极，[②]	北风把遥远的南方土地吹裂，
朱凤日威垂。[③]	衡山上的朱凤一天天衰弱萎靡。
洞庭秋欲雪，	洞庭湖上刚到秋天就像要落雪，
鸿雁将安归。	那北方来的鸿雁将要往哪里飞。
十年杀气盛，[④]	十多年来，杀气郁聚得旺盛，
六合人烟稀。[⑤]	四面八方的人烟都变得稀疏。
吾慕汉初老，[⑥]	我敬慕汉朝初年的商山四老，
时清犹茹芝。[⑦]	太平盛世还隐居深山采食紫芝。

注释：

① 杜甫在湖南的时间还不长，对湖南的天气情况还不够了解，以为这里是南方，不会有严寒，当他在深秋经受了一次猛烈北风袭击时，才担心冬天难过，于是写了这首《北风》诗。他把自然气象和人事联结起来，盼望着时局的安定和安稳的生活。黄鹤编此诗于大历三年，按杜甫于大历三年冬才自公安南下岳州，而这诗中有"洞庭秋欲雪"之句。朱鹤龄订为大历四年秋在潭州作。但也很可能是大历五年秋北归，过洞庭湖时所作。

② 南极，这里是指湖南一带地方。参看第二十一卷《泊松滋江亭》注⑥。

③ 本卷《朱凤行》一诗说南岳衡山上有朱凤，魏代的刘祯也有"凤凰集南岳"之句。南岳有朱凤居住大概是远古时期就有的一种传说。威垂，《仇注》引赵汸注："无气象也。"是萎靡不振之状。

④ 十年，约数。杀气，见第二十一卷《后苦寒行》第二首注③。

⑤ 六合，见本卷《奉送魏六丈佑少府之交广》注⑥。

⑥ 汉初老，指商山四皓。见第五卷《收京》第二首注②。

⑦ 茹芝，指采食紫芝。见第六卷《洗兵行》注㉙。

◎ 幽人[1]（五古）

孤云亦群游，	孤独的云朵也结成群漂游，
神物有所归。[2]	神物也要有个地方回归。
灵凤在赤霄，[3]	灵凤在红色的云霄飞翔，
何当一来仪。[4]	它什么时候向人间飞来。
往与惠询辈，[5]	往昔我同惠远、许询一流人交游，
中年沧洲期。[6]	中年想到沧海上和神仙相聚。

天高无消息，	天那么高，得不到他们的消息，
弃我忽若遗。	他们遗忘了我把我抛弃。
内惧非道流，	我内心怕自己不是道教徒，
幽人见瑕疵。	出世的幽人看出我身上有瑕疵。
洪涛隐笑语，[7]	他们隐身在大海的洪涛中笑语，
鼓枻蓬莱池。[8]	摇着桨，把船驶向蓬莱仙池。
崔嵬扶桑日，[9]	太阳升上了巍巍高峻的扶桑树，
照耀珊瑚枝。	照耀着大海里的珊瑚树枝。
风帆倚翠盖，[10]	他们把风帆靠在扶桑树的翠绿树顶，
暮把东皇衣。[11]	傍晚，手拉着东皇太一的仙衣。
咽漱元和津，[12]	我也想学道家那样修炼，咽漱自己口中的津液，
所思烟霞微。[13]	可我想望的仙境烟霞又在哪里。
知名未足称，	一个人有点名声并不值得一提，
局促商山芝。[14]	徘徊犹豫，不能下决心到商山上去采紫芝。
五湖复浩荡，[15]	五湖又是这样浩茫无际，
岁暮有余悲。	在这岁暮时，心中感到无限悲凄。

注释：

① 幽人，指翔游世外的道家神仙。从表面上看，杜甫在诗中表达了求仙的愿望，羡慕神仙的自由飞翔，为自己的不能超脱人世而悲哀。但诗中显然有寓意，幽人在蓬莱、扶桑间遨游，手把“东皇衣”等等，可能是比喻身在京都朝廷中的大臣；“弃我忽若遗”“幽人见瑕疵”等等，可能是杜甫的愤怨语，那些大臣把他遗忘了，或认为他有种种缺点，因而不向皇上推荐，把他召回朝廷。回朝廷任职的幻想，他自己又不能决心打破，因此徘徊瞻顾，感到前途茫茫，十分悲痛。据诗末“岁暮有余悲”语，知为深冬所作，大概在大历四年，逗留潭州时。

② 神物，指直接体现出神灵力量的事物。如前一句诗中的“云”及下面一句中的“灵凤”等都是。归，指归依、归宿的地方。

③ 灵凤，一作“麟凤”。《仇注》：“‘麟’亦可在云霄，然不可云‘来仪’，当依（蔡）梦弼作‘灵凤’为是。”灵凤，即凤凰。

④《书·益稷》：“箫韶九成，凤凰来仪。”疏：“箫韶之乐，作之九成，以致凤凰来而有仪容也。”按“仪”字，也有“来”“来归”的意思。以上四句诗是说一切神物均“有所归”，如“云”及“灵凤”，都有一个藏身之所，并不总是出现在人世间。以此为“兴”，引起下面关于神仙的想象，人为了有所归依，因而才学道修仙。

⑤ 惠询，指惠远（应作“慧远”）、许询。见第十一卷《题玄武禅师屋壁》注⑥，及第一卷《巳上人茅斋》注③。惠远是东晋高僧，许询兼通佛学和道家学说。

⑥ 沧州，指海上仙山。这句诗是说中年后曾决心学道修仙。

⑦ 从这句起的六句，借助想象描写仙人的生活。

⑧ 蓬莱池，指蓬莱仙境之池。《雍录》：“大明宫本太极宫之后苑，（唐）高宗改名蓬莱宫，取后蓬莱池为名。”这里用“蓬莱池”之名，是明指仙境，隐喻宫阙。

⑨ 扶桑，见第七卷《遣兴二首》第一首注③。《仇注》引《山海经》：“大荒之中，旸谷上有扶桑，十日所浴，九日居下枝，一日居上枝，皆载乌。”

⑩ 翠盖，一作“翠巘”。翠盖，可作翠羽伞解释，也可理解为扶桑树的绿色如盖的树冠。译诗用后一种解释。

⑪ 东皇，即“东皇太一”，日神。《楚辞·九歌》有《东皇太一》篇。

⑫《黄庭经》：“口为玉池太和官，漱咽灵液灾不干。”注：“口中液水为玉津”。《中黄经》：“但服元和除五谷，必获寥天得真箓。”注：“服元和，谓咽津液。”这句诗是说要学习道家“服元和”“漱咽灵液”的修仙方法。

⑬ 这句诗的意思是说仙境渺茫难觅。

⑭ 商山芝，见第五卷《收京三首》第二首注②，及第六卷《洗兵行》注㉙。“局促”与“跼蹐”通，见第十八卷《玉腕骝》注④。这里指心中恐怖，不敢前进之态。

⑮ 五湖，见第二十二卷《楼上》注⑤。这句诗是说在江湖上漂泊，感到前途渺茫，心中不安。

◎ 江汉[1]（五律）

江汉思归客，	我是个在江汉间漂泊想回故乡去的游子，
乾坤一腐儒。[2]	是一个没用的迂腐儒生，寄居在天地之间。
片云天共远，	天空那片浮云和我一样离家多遥远，
永夜月同孤。	夜晚漫长，月亮同我一样感到孤单。
落日心犹壮，	我像落山的太阳仍怀着雄心壮志，
秋风病欲苏。	秋风一起，身上的疾病似乎已消灭。
古来存老马，	自古来，人们喂养老马，
不必取长途。	并不是靠它们长途跋涉山川。

注释：

① 这首诗取开头的两个字“江汉”为题。这里的江汉也是泛指中国南部江河，写的是乘船漂泊时的感触。这首诗中表达出的情绪比较乐观，与旅居湖南时不同。旧编在夔州诗中，《仇注》本据蔡梦弼之说把它编在湖南诗内。诗末提出了一个老年人该起什么作用的问题，对现代研究老龄问题者当有所启发。旧编在夔州诗内，因诗以“江汉”为题。蔡梦弼认为此诗与下一首诗为同时之作，俱为湖南诗，大概是因为下一首诗中有“年年非故物”之句，把“非故物”理解为不在同一地方，从而认为与在夔州时的情况不合。但“非故物”不一定非这样理解不可。按大历三年秋，杜甫自荆州到公安，疑这两首诗是在公安时所作。

② 乾坤，指天地。腐儒，杜甫自称。

◎ 地隅[1]（五律）

江汉山重阻，	江汉一带被重重山岭隔断，

风云地一隅。	我在大地上的一个角落里遥望漫天风云。
年年非故物，[②]	年年我看见的都是不同的事物，
处处是穷途。	处处我都感到无路走，路已穷尽。
丧乱秦公子，[③]	我像乱世中奔波的秦川公子王粲，
悲凉楚大夫。[④]	也像悲愤孤独的楚国大夫屈平。
平生心已折，	活了一辈子，心已破裂成碎片，
行路日荒芜。	道路上长满杂草，荒芜难行。

注释：

① 诗题《地隅》，有两层含义：一层是指诗人处在大地一角，远眺风云变幻；另一层是指距离京城和故乡十分遥远，自己已被人遗忘。尽管这诗当作于前一首诗之后不久，但诗中表达的情绪和前一首已有明显的差异。一时出现的乐观情绪不复存在，对前途表示悲观。

② 这句诗是说自己一直在漂泊，世事又变化多端，故说，所见非“故物”。

③ 秦公子，指王粲，对于他的简略介绍可参看第十卷《一室》注④。谢灵运《拟魏公子邺中诗序》：“王粲家本秦川贵公子孙，遭乱流寓，自伤情多。”

④ 楚大夫，指屈原，他曾任楚国的三闾大夫。屈原名平。

◎ 舟中夜雪有怀卢十四侍御弟[①]（五律）

朔风吹桂水，[②]	北风吹过桂水，
大雪夜纷纷。	半夜里，大雪纷纷。
暗度南楼月，[③]	照到南楼上的月光悄悄隐灭，
寒深北渚云。	密云笼罩北渚，寒意更深。

烛斜初近见，	烛光斜照，才发现飞到近处的雪片，
船重竟无闻。④	船渐渐重了，却听不见雪花飘坠声。
不识山阴道，⑤	不知道您住的山阴道究竟在哪里，
听鸡更忆君。	听见鸡啼，对您的思念更添增。

注释：

① 卢十四侍御弟，即本卷《送卢十四弟侍御护韦尚书灵榇归上都》一诗题目中的那位卢侍御。卢离潭州后，杜甫在一个冬雪之夜怀念他，写了这首诗。这既是一首怀念友人的诗，也是一首咏雪诗，在刻画对夜雪的感受上颇具特色。作诗时间当为大历四年冬。

② 杜甫于大历四年秋冬间回潭州后，直到次年四月臧玠之乱发生才离开潭州，因此这诗写于潭州应无疑问，而“桂水”，则在湘南。可见这句诗不是直接实写眼前所见，而是想象朔风势力所及的广大范围。

③ 南楼，《仇注》：“卢注据柳子厚《长沙驿前南楼感旧》诗为证，是南楼即在潭州。”许多州郡都有南楼，通常指南城楼。如第一卷《登兖州城楼》“南楼纵目初”，第三卷《夏日李公见访》“僻近城南楼”等。

④“烛斜”“船重”两句都是写夜雪，原诗中没有把“雪”字写出。

⑤ 用王子猷雪夜乘舟赴山阴访问戴逵（安道）事，见第九卷《卜居》注⑤。这里是以王戴间的友谊比喻自己与卢十四的友谊，表示对他深深怀念。

◎ 对雪① （五律）

北雪犯长沙，	北国的雪侵入南方的长沙，
胡云冷万家。②	塞外的阴云给千家万户送来严寒。
随风且间叶，③	随着风飘转，还有落叶夹杂其间，

带雨不成花。[4]	带着雨点落下，像散落的花瓣。
金错囊垂罄，[5]	囊里的金错刀钱将要用尽，
银壶酒易赊。	凭这把银壶去赊酒倒不会作难。
无人竭浮蚁，[6]	没人陪我把这浮着泡沫的酒喝完，
有待至昏鸦。[7]	我等待着，等到鸦群归来等到傍晚。

注释：

① 这首诗是诗人对雪饮酒，感到孤独时所写。他受到穷困的威胁，但更痛苦的是缺少知友，甚至有约也不来，因此感到失望空虚和寂寞。

② 胡云，指从塞北吹来的云。

③ 这两句诗没有写明是“雪花”，但所描绘的正是雪花飘落的形状。“间叶”的“间”，应读去声（jiàn），指雪花随风夹杂落叶。

④ 不成花，指花瓣零落。

⑤ 金错，金错刀，王莽时代所铸的一种钱币名，这里泛指钱币。

⑥ 浮蚁，浮着泡沫的浊酒。无人，指友人未来，可能是有邀约而不至。

⑦ 有待，也是指等待这个友人。

◎ 冬晚送长孙渐舍人归州[1]（五排）

参卿休坐幄，[2]	我也是个参谋，却不坐在幕府里，
荡子不归乡。	成了一个浪子，至今还不回乡。
南客潇湘外，	旅居在南方，漂泊在潇水湘江上，
西戎鄠杜旁。[3]	入侵的西戎仍留在户县、杜陵近旁。

衰年倾盖晚，[④]	我年已衰老，很迟才遇见您，
费日系舟长。[⑤]	船系在一起，度过了不少时光。
会面思来札，	希望得到您的来信，再和您见面，
销魂逐去樯。[⑥]	我茫然若失，心魂追逐着您远去的帆樯。
云晴鸥更舞，	天晴了，沙鸥又在云下飞舞，
风逆雁无行。	逆着风飞的雁群排不成行。
匣里雌雄剑，	我的匣里藏着一对雌雄剑，
吹毛任选将。[⑦]	它们吹毛可断，请任意选一把带上。

注释:

① 长孙渐是杜甫在潭州停留时结识的友人。舍人，官名，唐代中书省有舍人、起居舍人、通事舍人等职。长孙渐曾在朝中任舍人之职，现在在湖南某州任职。他从长沙回州去，杜甫写了这首诗送他。这诗当于大历四年冬作于长沙。

② 参卿，指幕府中的参谋。杜甫曾在严武幕任节度参谋。幄，帐幕。现已不再在幕府供职，故说“休坐幄”。

③ 西戎，指吐蕃。鄠杜，都是长安附近的地名。鄠，鄠县。杜，即杜陵。大历四年十一月，吐蕃又进犯灵州。

④ 倾盖，原指在路上与人相逢，两人各倾车盖（车篷）相互交谈。后多用来指新结交的友人。

⑤ 系舟长，指船只停泊长久。

⑥ 销魂，由于悲痛而精神恍惚。樯，帆樯，借代船只。

⑦ 吹毛，喻刀剑之锋利，俗谓于剑刃上吹毛试之，其毛自断者为利剑。将，携带。末两句表示愿赠剑表示友谊。

◎ 暮冬送苏四郎徯兵曹适桂州[①]（五排）

飘飘苏季子，[②]	您像在风尘中漂游的苏季子，
六印佩何迟。[③]	佩上六国相印的日子怎么这么迟。
早作诸侯客，	您早就在刺史幕府里作宾客，
兼工古体诗。	又擅长创作古体诗。
尔贤埋照久，[④]	你这多才的人已埋没长久，
余病长年悲。	我多年患病，心里总感到悲凄。
卢绾须征日，[⑤]	这正是该对卢绾征讨的日子，
楼兰要斩时。[⑥]	到了该斩楼兰的时期。
岁阳初盛动，[⑦]	如今阳气已开始旺盛，
王化久磷缁。[⑧]	朝廷的教化长久废弛。
为入苍梧庙，[⑨]	请为我到苍梧山的舜庙拜谒，
看云哭九疑。	看着天空的云，对着九嶷山哭泣。

注释：

① 苏徯，见第十八卷《君不见简苏徯》注①。他于大历元年在夔州与杜甫曾经见面，杜甫赠给他上述诗篇及《赠苏四徯》《别苏徯》等诗。可见杜甫对他的情谊颇深厚。桂州，在湘南，治所在今湖南省桂阳县。据旧注，大历四年十二月，桂州人朱济（一作朱济时）反。苏徯当时任兵曹参军，奉命赴桂州平乱。杜甫为他写了这首送行诗。

② 苏季子，即苏秦。

③ 苏秦经过多年游说，“连横”抗秦之策才被六国接受，并佩上六国相印。这诗中以苏秦比喻苏徯。

④ 颜延之《五君咏·阮步兵》诗：“沉醉似埋照，寓辞类托讽。”埋照，与韬晦同义，不使才能显露。

⑤ 卢绾，丰县人，随从汉高祖刘邦起兵，为将军，以破臧荼功封燕王，陈豨反，刘邦疑卢绾与陈豨有勾结，派樊哙进攻他，乃遁降匈奴。这里是以卢绾比喻叛军首领。

⑥ 楼兰，西域国名。汉武帝遣使通大宛，楼兰国常攻击汉朝使臣。昭帝立，遣傅介子斩楼兰王，威震西域。这句诗是预祝苏徯取得平叛的胜利。

⑦ 这里的“岁阳”，指年底初生的阳气。《尔雅·释天》：“十月为阳”。又有“冬至一阳生”之说，我国古代阴阳五行学说以“阳气”代表正气，可象征统治者的势力。

⑧ 王化，指朝廷对人民的治理教化。磷缁，见第十六卷《夔府书怀》注⑮。这里意译为“废弛”。

⑨ 苍梧庙，指舜庙，传说舜死于苍梧之野。苍梧山即九嶷山，在今湖南宁远县，唐代属桂州。由于政治混乱，故缅怀古代的圣王。

◎ 客从[1]（五古）

客从南溟来，	有位客人从南海边来，
遗我泉客珠。[2]	赠给我鲛人眼泪变成的珍珠。
珠中有隐字，	珍珠上隐隐现出字迹，
欲辨不成书。	想仔细辨识，字迹却看不清楚。
缄之箧笥久，	把它们放在竹箧里长久收藏，
以俟公家须。	等待公家需要时把它捐输。
开视化为血，	有一天我打开箧见它已化成血，
哀今征敛无。[3]	真可悲痛啊，如今再不能用它来交纳租赋。

注释：

① 诗题《客从》，取诗的前两字。这是一首寓言诗。诗中的“我”，不是作者，而是虚构的人物；诗中所说的“泉客珠”上有字，以及珠化为血等等都不是真实的事，而

只是诗人的想象与自由创造。诗的用意很明显，是为人民呼吁，租税太重，人民已不胜负担。旧注据史载大历四年三月遣御史税商钱事，订此诗作于大历四年。

② 泉客珠，即鲛人珠。《仇注》引《述异记》：“鲛人，即泉先也，又名泉客。”鲛人泣泪成珠，见第十五卷第三首《雨》注②。

③ 征敛无，谓已无珠可供征敛，隐喻人民膏血已被吸尽，统治者将不能再剥削到什么。

◎ 蚕谷行[①]（七古）

天下郡国向万城，[②]	全国的州郡将近有一万座城，
无有一城无甲兵。[③]	没有哪座城里没有武装的兵丁。
焉得铸甲作农器，[④]	怎样才能把兵甲熔铸成农具，
一寸荒田牛得耕。	让每一寸荒田上都有牛耕。
牛尽耕，	让牛把田地耕遍，
蚕亦成，	让蚕茧全都结成，
不劳烈士泪滂沱，[⑤]	让仁人志士不再热泪滚滚，
男谷女丝行复歌。	男耕女织，处处又都是歌声。

注释：

① 这是一首呼吁裁减军队、恢复农业生产的诗，直接唱出了广大人民的心声。

② 郡国，原指汉朝统一中国后，兼采郡县制与封建制的两种行政区域名称，直属天子的是“郡”，分封王侯的是“国”。后沿用此名称泛指州郡。

③ 甲兵，武装战士。

④“铸甲”的“甲”，指铁铠甲，在这诗中，兼含武器在内。

⑤ 烈士，原指重义轻生之士，这里强调指那些热爱人民，关心人民疾苦，热心改革政

治的人。滂沱，原义为多雨貌，后引申用于多泪貌。《诗·陈风·泽陂》：“寤寐无为，涕泗滂沱。”

◎ 白凫行[①]（七古）

君不见黄鹄高于五尺童，[②]	你可看见那黄鹄，高于身长五尺的儿童，
化为白凫似老翁。[③]	它变成了一只白凫，像个老翁。
故畦遗穗已荡尽，	故园稻畦上的遗穗已被水冲尽，
天寒岁暮波涛中。[④]	天寒岁暮，它漂游在波涛之中。
鳞介腥膻素不食，	鱼蚌这些腥膻食物从来不吃，
终日忍饥西复东。	整天忍饥挨饿，走西奔东。
鲁门鶢鶋亦蹭蹬，[⑤]	鲁国的东门有只鶢鶋也曾受困厄，
闻道于今犹避风。[⑥]	听说到现在，它还在哪里躲避狂风。

注释：

① 这是一首寓言诗，以黄鹄比喻品德高洁的人，由于遭受困厄变化为衰老的白凫，忍饿挨饥，穷途末路。显然，这白凫正是诗人自己的影子。他应该是一只黄鹄在天际飞翔，但竟陷于到处漂流、无衣无食的境地。这是一首伤悼自己的哀歌，也是对当时不公平社会的控诉。这诗当作于大历四年冬。

② 黄鹄，古代所说的一种类似天鹅的鸟，常用来比喻品德高洁的人。

③ 白凫，白色野鸭。似老翁，是说白凫的形体姿态像一个年已衰老的人。

④ 这句诗的主语是“白凫”，在原诗中省略了。

⑤“鶢鶋”的事，见第十六卷《八哀诗（七）：故著作郎郑公虔》注②、③。蹭蹬，见

第一卷《奉赠韦左丞丈》注⑱。

⑥ 犹避风，是说还没有飞回天空去翱翔。

◎ 朱凤行[1]（七古）

君不见潇湘之山衡山高，	你可看见潇水湘江旁的丛山中衡山最高，
山巅朱凤声嗷嗷。	山顶上有只朱凤，正在嗷嗷哀叫。
侧身长顾求其曹，	它转过身长久眺望，想把伙伴寻找，
翅垂口噤心劳劳。[2]	翅膀垂下，有口难言，心里却在不停地思考。
下愍百鸟在罗网，	它怜悯陷在罗网里的各种小鸟，
黄雀最小犹难逃。	连最小的黄雀也没法潜逃。
愿分竹实及蝼蚁，[3]	它愿分些竹实让蝼蚁一样的弱小者都吃饱，
尽使鸱枭相怒号。[4]	却不理睬那些鸱鸮，任它们朝自己凶恶地狂叫。

注释：

① 杜甫对于现实几乎完全绝望了，但理想还支撑着他。他幻想有一只朱凤，坚持仁爱，正义，保护和救助弱小者，对残害弱小者的恶鸟则怒目相对。于是这只朱凤就出现在衡山顶上了。这首寓言诗中的“朱凤”正是诗人理想的化身。作诗时间大概是大历四年冬。

② 心劳劳，指心里不停地想，在从事思维和体会等等。

③ 凤凰以竹实为食，分竹实，指把它自己的食物分给蝼蚁等。

④ 鸱枭，即“鸱鸺”，猛禽，俗名猫头鹰，通常多与“枭”相混。见第二十二卷《奉赠卢五丈参谋琚》注⑯。这句诗表现出了“横眉冷对千夫指”的气概。“相怒号”是指鸱鸮恶鸟对着朱凤怒号。

◎ 追酬故高蜀州人日见寄（并序）[1]（七古）

开文书帙中，检所遗忘，因得故高常侍适（往居在成都时，高任蜀州刺史）《人日相忆》见寄诗，泪洒行间，读终篇末。自枉诗已十余年，莫记存殁又六七年矣。[2]老病怀旧，生意可知。今海内忘形故人，独汉中王瑀与昭州敬使君超先在，爱而不见，情见乎辞。大历五年正月二十一日却追酬高公此作，因寄王及敬弟。

我打开收藏文稿书信的函帙，检点一下遗忘的材料，从而发现了已去世的高适常侍（往日我住在成都时高任蜀州刺史）寄给我的《人日相忆》一诗。我的眼泪洒落在诗行间，一直读到篇末。自从蒙他寄这诗给我已十多年，不曾想到他过世也六七年了。我如今年老多病，常想念过去的事，心境于此可见。如今还在世的不拘形迹的知己朋友，只剩汉中王李瑀和昭州刺史敬超先，我和他们情谊深笃却不能相见，便把思念之情借语言表达出来。大历五年正月二十一日，作这诗追答高公《人日》诗，并寄给汉中王和敬弟。

自蒙蜀州人日作，	自从蒙您在蜀州寄给我《人日相忆》的诗篇，
不意清诗久零落。[3]	没想到您的这首大作竟长久被搁在一边。
今晨散帙眼忽开，	今晨打开书帙时眼前突然一亮，
迸泪幽吟事如昨。	我的泪水迸流，想起您吟诗的事好像就在昨天。
呜呼壮士多慷慨，	啊，您真是一位激昂慷慨的壮士，
合沓高名动寥廓。[4]	纷至沓来的声誉在辽阔的天地间传遍。
叹我凄凄求友篇，[5]	您看到我凄惶不安的求友的诗篇不禁惋叹，
感君郁郁匡时略。	您提出深刻周到的救世策略我也有同感。
锦里春光空烂熳，[6]	锦城的春色徒然繁盛绚烂，
瑶墀侍臣已冥寞。[7]	玉阶前的侍臣已离开人世杳远。

潇湘水国傍鼋鼍，[8]	我在潇湘水国和鼋鼍靠在一起，
鄠杜秋天失雕鹗。[9]	长安城南户县杜陵的秋空中不会再有雕鹗出现。
东西南北更谁论，[10]	我这样东南西北漂流的生涯还能和谁谈论，
白首扁舟病独存。[11]	满头白发满身病，独自守着这小船。
遥拱北辰缠盗寇，[12]	遥向北方的京都注视，那里还常受盗寇侵扰，
欲倾东海洗乾坤。	我真想倾倒东海的水洗净天地之间。
边塞西羌最充斥，[13]	边塞上西羌人最多，到处都是，
衣冠南渡多崩奔。[14]	仕宦人家像晋室南渡时那样，纷纷慌忙逃难。
鼓瑟至今悲帝子，[15]	湘江上，人们至今好像还看见鼓瑟悲啼的湘妃，
曳裾何处觅王门。[16]	我想再到王府里走走，却找不到王府的门院。
文章曹植波澜阔，	他的文章像曹植那样波澜壮阔，
服食刘安德业尊。[17]	也像刘安爱服食修仙，尽管他的德业尊显。
长笛邻家乱愁思，[18]	听到邻家的长笛声，我的哀愁、思念乱成一团，
昭州词翰与招魂。[19]	还请敬昭州作首诗，把我迷失的魂魄招还。

注释：

① 上元二年（761 年），高适在蜀州刺史任内时，曾于人日（正月初七，见第二十一卷《人日二首》第一首注①）作了一首诗寄给杜甫，表示怀念之情。永泰元年（765 年）正月高适卒，杜甫曾有诗哀悼（见第十四卷《闻高常侍亡》）。大历五年（770 年）正月，杜甫于无意间发现了高适寄给他的那首《人日相忆》诗，不禁悲从中来，思念起故人与往事，并想念起仍在世的友人李瑀和敬超先。便写了这首诗。既是对死者高适的酬答，也是寄给生者李、敬两人看的诗篇。敬超先，参看本卷《湖中送敬十使君适广陵》注①。

② 所谓“十余年”“六七年”都是约数，实际年数不足，参看注①中提到的那些年份。

③ 清诗，对高适所作《人日相忆》诗的美称。零落，意思是散失。这里指不知放在何处。

④ 合沓，众多、重叠。贾谊《旱云赋》：“遂积聚而合沓兮。”寥廓，指广阔的天空。

⑤《仇注》："求友篇，公向以诗寄高。"这是把"求友篇"理解为杜甫往日赠给高的诗。可能是指高适任彭州刺史时，杜甫寄给他的一首求助的诗（见第九卷《因崔五侍御寄高彭州一绝》），与"凄凄求友"之情颇合。《九家注》赵云："高君叹我而凄凄，所以有人日之寄，斯谓求友篇也。"把高适的诗看成"求友篇"，当代学者也有这样理解的。诗译从前一种看法。

⑥ 锦里，指锦城（锦官城），即成都。这是杜甫曾住过的地方，也是高适任成都尹时所住过的地方。

⑦ 瑶墀，与玉墀、丹墀相似，指宫殿。高适于广德二年（764 年）自成都调回长安，后为左散骑常侍，故可称高为"侍臣"。冥寞，喻离开人世。

⑧ 鼋鼍，喻居心叵测的武官。这句诗是说自己处于局势不稳、令人担心的环境中。

⑨ 鄠杜，见本卷《冬晚送长孙渐舍人归州》注③。雕鹗，都是猛禽，喻高适。《唐书·高适传》："适负气敢言，权幸惮之。"

⑩《礼记》："孔子曰：'丘也东西南北之人也'。"第十一卷《谒文公上方》有"甫也南北人"之句。高适的《人日相忆》诗的最后一句是"愧尔东西南北人"。东西南北人，意思就是到处漂泊的人。

⑪ 独存，这是对于朋友们来说的，有的死了，有的远离，因而感到孤独。

⑫ 拱北辰，即拱卫北辰。北辰，北极星，喻京都。《论语·为政》："为政以德，譬如北辰，居其所而众星共（与'拱'通）之。"缠盗寇，指吐蕃连年侵扰。从这一句起的四句诗中，依次用了"北、东、西、南"四个指方向的字，与前面所说"东西南北"相应。

⑬ 西羌，借代吐蕃。

⑭ 衣冠南渡，用晋元帝南渡的事，比喻安史乱后，中原一带官宦人家大批迁居南方。崩奔，形容惊惶奔走之状。

⑮ 帝子，指舜妃，帝尧之二女。《楚辞·远游》："使湘灵鼓瑟兮"。湘灵，也是指舜帝的二妃，即湘娥、湘夫人。这句诗是以"帝子"的悲痛隐喻乱世广大人民的悲痛。

⑯ 曳裾，见第十六卷《壮游》注㊶。这里的"王门"，是指汉中王李瑀的王府。杜甫往

日常与李瑀交游。

⑰ 刘安，就是汉代有名的淮南王，他好神仙之术，有白日升仙的传说。这里以他来比喻李瑀，因为李瑀是宗室，也是好道术的人，正如前一句以善诗文的曹植（魏宗室，封陈王）来比喻李瑀一样。

⑱ 晋向秀与嵇康为好友，嵇康被杀后，向秀经过其山阳旧宅，闻邻人吹笛，发声嘹亮，追想昔日宴游之旧好，乃作《思旧赋》，对故友嵇康、吕安等人表示深切怀念。这里以向秀当时的心境来比喻自己作诗时的心境。

⑲ 昭州，指昭州刺史敬超先。旧注家多认为这句诗是请敬作诗为高适招魂，这是一个错误。古代的招魂是为挽救失去魂魄的生者而从事的巫术活动。病人、受惊恐者、神志昏迷者常须为之“招魂”。前一句诗说自己“乱愁思”，心魂已迷乱，故须请敬使君作诗为自己“招魂”，实际上是请敬作诗来安慰自己。第五卷《彭衙行》“剪纸招我魂”，第八卷《乾元中寓居同谷作歌七首》第五首“魂招不来归故乡”，及第十一卷《寄高适》：“难招病客魂”等句中的“招魂”，都是指招生人之魂而言。

◎ 送重表侄王砅评事使南海[1]（五古）

我之曾老姑，	我的曾祖姑，
尔之高祖母。	是你的高祖母。
尔祖未显时，	当你的高祖还没有显贵时，
归为尚书妇。[2]	她就嫁到王家做尚书的新妇。
隋朝大业末，	隋朝大业末年，
房杜俱交友。[3]	房玄龄、杜如晦都是尚书交的朋友。
长者来在门，[4]	有一天几位客人来到家里，
荒年自糊口。	那灾荒的年头，人们只能勉强糊口。

家贫无供给，	家里贫穷，没有什么东西待客，
客位但箕帚。[5]	客人的座旁只有畚箕、扫帚。
俄顷羞颇珍，	过不久，却摆出了珍馐，
寂寥人散后。	客人散了，家里又寂静如旧。
入怪鬓发空，	进屋看见夫人头发短了觉得奇怪，
吁嗟为之久。	事情弄明白了，尚书嗟叹了长久。
自陈剪髻鬟，	夫人告诉他自己怎样剪下髻鬟，
市鬻充杯酒。	到市上卖钱买回了佳肴美酒。
上云天下乱，	她先说："如今天下大乱，
宜与英俊厚。	该和英雄豪杰结交深厚。
向窃窥数公，	刚才我曾偷看几位客人，
经纶亦俱有。	治国的才能他们个个都有。"
次问最少年，	接着又问起那最年轻的一个，
虬髯十八九。	"他满腮胡须，年纪才十八九。
子等成大名，	你们几个将来功成名就，
皆因此人手。	都倚靠这位青年的贵手。"
下云风云合，[6]	最后她说，"如今风云聚会，
龙虎一吟吼。[7]	英雄们将发出龙吟虎吼。
愿展丈夫雄，	但望你们男子汉施展雄才，
得辞儿女丑。	我这妇女怎能顾什么容貌美丑。"
秦王时在座，[8]	原来秦王那时就在座上，
真气惊户牖。[9]	真命天子的气概震动了户牖。
及乎贞观初，[10]	后来到了贞观初年，
尚书践台斗。[11]	尚书做了宰相，登上台斗。
夫人常肩舆，	夫人常常乘着轿子进宫，
上殿称万寿。	到殿上祝贺皇上万寿。

六宫师柔顺，	六宫美人都要向她学习柔顺，
法则化妃后。	她还用礼法来教化妃子皇后。
至尊均嫂叔，	皇帝和她以叔嫂相称，
盛事垂不朽。	这样的盛事将永垂不朽。
凤雏无凡毛，[12]	凤凰的后代不会是平凡的鸟，
五色非尔曹。[13]	你们身上长的不正是五彩羽毛。
往者胡作逆，[14]	往昔胡人造反作乱，
乾坤沸嗷嗷。	天下沸腾，人民嗷嗷哀号。
吾客左冯翊，[15]	我正避难到长安城东的同州，
尔家同遁逃。	和你们全家一起奔逃。
争夺至徒步，[16]	我慌忙夺路来不及备马只得徒步，
块独委蓬蒿。	疲惫不堪，独自在蓬蒿丛中摔倒。
逗留热尔肠，[17]	在半路上耽搁了，使你感到心焦，
十里却呼号。[18]	回头跑了十里路，边跑边呼叫。
自下所骑马，	你亲自从马上下来，
右持腰间刀。	右手抓着挂在腰上的刀。
左牵紫游缰，	左手拉着紫丝缰，
飞走使我高。	让我骑上马奔跑，像飞上云霄。
苟活到今日，	我好歹总算活到今天，
寸心铭佩劳。	你对我的帮助，我一直在心里记牢。
乱离又聚散，	一次次乱离聚散，
宿昔恨滔滔。	想起往昔，多少事令人恨恼。
水花笑白首，	水边的鲜花笑我满头白发，
春草随青袍。[19]	路旁的春草跟随你身上的青袍。
廷评近要津，[20]	你做评事，离重要官位已经不远，
节制收英髦。[21]	节度使又邀请了你这位英豪。

北驱汉阳传，[22]　　你曾经乘驿车到过北面的汉阳，
南泛上泷舠。[23]　　又乘船逆水南行，迎着急流狂涛。
家声肯坠地，　　你当然不会让家族的声誉坠落，
利器当秋毫。[24]　　办事坚决，像利剑削断秋毫。
番禺亲贤领，[25]　　广州刺史是由宗室的贤才担任，
筹运神功操。　　精心筹划，建立了巨大功劳。
大夫出卢宋，[26]　　他的德行比卢奂、宋璟还高，
宝贝休脂膏。[27]　　不谋私利，不贪爱财宝。
洞主降接武，[28]　　叛乱的洞主一个接一个投降，
海胡舶千艘。　　成千艘胡商船舶从海外来到。
我欲就丹砂，[29]　　我也想到南海去就地用朱砂炼丹，
跋涉觉身劳。　　怕长途跋涉又会使我觉得辛劳。
安能陷粪土，[30]　　我怎能就这样逐渐陷入粪土，
有志乘鲸鳌。[31]　　还想乘着鲸鱼、巨鳌到海上逍遥。
或骖鸾腾天，　　或者驾着鸾鸟腾飞上高空，
聊作鹤鸣皋。[32]　　如今且学白鹤那样在深沼里鸣叫。

注释：

① 砅，音“例”（lì），通“厉”，意思是履石渡水。王砅，是杜甫的表侄，《仇注》说他们之间有双重表亲关系，故称“重表侄”。他的官衔是“评事”，这是掌平决刑狱的官。当时他在某一节度使幕府任职，奉命到广州办事，在潭州与杜甫见了面，杜甫作了这首诗送他。诗中叙述了两件往事：一件事是王杜两家祖先的一段佳话，隋朝末年，嫁给王砅高祖王珪的杜甫曾祖姑看出了年轻的李世民将来会成大事，剪发买酒来款待（这件事的真实性是令人怀疑的，但在唐代曾经流传过）；另一件事是安史乱起时，在逃难途中，王砅曾救助过杜甫。通过这两件事，表明了杜、王两人之间有着不平凡的关系，并激励两人的家族自豪感。诗末，对王砅将去谒见的广州刺史兼岭南节度使李勉加以赞颂，并表达了自己的希望。李勉于大历四年任岭南节度使，可知此诗当作于大历五年年初。

② 尚书，指王珪。贞观十一年，王珪为礼部尚书。诗中以王珪后来的官职称王珪。

③ 房杜，指房玄龄和杜如晦，都是唐朝的开国功臣。

④ 长者，对客人的尊称。这几位客人就是房玄龄、杜如晦以及后面指出的李世民。

⑤ 古代迎接客人到家里，有“拥彗却行”的习俗。置“箕帚”于客位也是同样的意思，喻清扫门户，迎接客人。这句诗也是表示，家中清贫，别无长物待客。

⑥ 风云合，即“风云会”，喻政局将发生巨大变化。

⑦ 龙吟虎吼，喻英雄逞能，在风云际会时发生重大作用。

⑧ 秦王，即李世民，在登帝位前，他受封秦王。

⑨ 真气，《仇注》引《马援传》：“始知帝王，自有真也。”又解释说“真气，谓真人气象”。真人，是道教对能登仙界的人的一种称呼。译诗按照民间俗语，译写成“真命天子的气概”。

⑩ 贞观，唐太宗（李世民）的年号，自公元627年至649年。

⑪ 台斗，台星与斗星，比喻宰相一级的官位。贞观四年二月，王珪以黄门侍郎迁侍中，参预朝政。

⑫《仇注》引《南史》：“帝谓谢庄曰：‘超宗殊有凤毛’。”超宗是谢凤子，称人子有才能不减其父，常称“有凤毛”。这句诗说“无凡毛”，与“有凤毛”意思相同。

⑬ 这句诗是反问句，是肯定王砅等有“五色毛”，即“有凤毛”。

⑭ 胡作逆，指安禄山的叛乱。

⑮ 左冯翊，汉郡名，长安东面的地方，在唐代称同州。奉先、白水等县都属同州。杜甫于天宝十三载秋移家到奉先，以后数次来往于长安、奉先、白水等地。天宝十五载六月，安禄山入潼关，玄宗出奔，关中大乱。杜甫全家当时在白水县，闻讯也仓皇奔逃。这一时期杜甫的行踪从第四卷的若干诗篇如《白水崔少府十九翁高斋》《三川观水涨》等中可以看出。这诗中所说的情况发生于那年从同州白水县向北奔逃时。

⑯ 争夺，指仓皇中夺路奔走，此外没有其他的意思。

⑰ 热尔肠，与“热心”意思不同，而是指如火烧肝肠，十分焦急。

⑱ 却，指回头走，从“退后”这一意义引申而来。

⑲ 青袍，指王砅身上穿的官服。前一句诗的“白首”，是杜甫自谓。王砅向南行，愈走天气愈暖，到处都是青草，故诗中这样说。

⑳ 廷评，廷尉评（平）之简称，唐代的“评事”，汉代称为廷尉评。这里是用古代的名称。要津，指朝廷中的重要官职。

㉑ 节制，指节度使。但究竟是何处的节度使，很难确定。归注说是指岭南节度使李勉，恐不确。这句诗说“节制收英髦”，表明王砅已在节度使幕府任职；而诗题中又说他“使南海”，这表明他以节度使使者的身份去广州办事，可见他的长官并非岭南节度使李勉。

㉒ 驱汉阳传，意思是乘传到汉阳。乘传，乘驿车，指走陆路。王砅从节度使驻地先从陆路到汉阳，后来又由水路往南，向广州进发。

㉓ 舠，大船。《仇注》引《释名》：“船三百斛曰舠。”泷，音“龙”（lóng），指湍急的河流。

㉔ 利器，指刀剑等锋利武器。秋毫，秋天兽毛的尖端，喻极细的毛。这句诗是比喻王砅的果断、坚决。

㉕ 亲贤，指李勉，他是唐朝宗室。当时任广州刺史兼岭南节度使。

㉖ 大夫，也是指李勉，他在任京兆尹时兼御史大夫。卢宋，指卢涣与宋璟，俱曾任广南节度使、南海太守等官，清廉有政声。这句诗是对李勉的赞美。

㉗ 脂膏，古代多用来比喻富裕。《后汉书·孔奋传》：“身处脂膏，不能以自润，徒益辛苦耳。”这诗里的“宝贝”指南海物产丰富，多珍宝。脂膏，指人民富裕，多钱财。休，兼对“宝贝”“脂膏”而言。这句诗是赞美李勉处脂膏、宝贝之地而能保持廉洁。

㉘ 洞主，指南方少数民族之首领。接武，一个接一个。武，本义是“足迹”。足迹相连，也就是接连不断地走来。

㉙ 广州、交趾一带出产朱砂，可供炼丹。就丹砂，是说到朱砂产地，就地去炼丹，目的是修仙。

㉚ 粪土，喻最无价值的事物。这句诗是说不愿无所作为地死去，归于粪土之中。道家认

为人可修炼成仙，长生不老，就不会“陷于粪土”。这句诗的意思与上下两句都有联系。

㉛“乘鲸鳌”与下一句的“骖鸾”，都是想象中仙人的生活。杜甫不愿向比自己年轻的表弟王砅流露出颓唐失望的情绪，但又没有什么令人鼓舞的话可说，只能借夸诞言词聊以自慰和慰人。

㉜鹤鸣皋，见第十六卷《八哀诗（五）：赠秘书监李公邕》注㉔。这里以“鹤鸣皋”比喻自己在湖南水乡泽国作这首诗，希望王砅理解自己的心意。

◎ 清明[1]（七古）

著处繁华矜是日，[2]	到处鲜花盛开，这一天真令人欢喜，
长沙千人万人出。	成千成万的长沙人出城来嬉戏。
渡头翠柳艳明眉，	渡口旁的翠柳映照着人们眉宇，
争道朱蹄骄啮膝。[3]	争先的骏马奋力奔跑，马嘴几乎碰上了双膝。
此都好游湘西寺，	这个都城里的人们爱到湘江西岸去游佛寺，
诸将亦自军中至。	许多武将也从军营中来到这里。
马援征行在眼前，[4]	主将出发征讨就在眼前，
葛彊亲近同心事。[5]	亲信的部将和他该想着同样心事。
金镫下山红日晚，	踏着金镫骑马下山，红色的夕阳渐渐暗淡，
牙樯捩舵青楼远。[6]	游船的桅杆尖尖，拨转舵离开青楼远去。
古时丧乱皆可知，[7]	古代的战乱我们今天都已深知，
人世悲欢暂相遣。	人世的悲欢暂时抛开不用去理。
弟侄虽存不得书，	弟侄们虽然还活着但都不来信，
干戈未息苦离居。	战争没停，苦的是不能住在一起。

逢迎少壮非吾道，[⑧]　　讨好年轻人我可不愿意，
况乃今朝更祓除。[⑨]　　何况今天又是祓除不祥的佳节上巳。

注释:

① 第二十二卷有《清明二首》，那是写大历四年在长沙过清明节的事，这首《清明》是大历五年清明节在长沙所写。从这首诗中可看出，在节日的欢乐背后，隐隐透露出一种紧张气氛，是战争，是政局的动荡，虽不很清楚，但令人忧虑。诗中所表达的思念家人之情也显得更悲痛，调子更加低沉。

② 繁华，同"繁花"。"矜"字，蔡兴宗《杜诗正异》，一作"务"。自然用"矜"字较好。"矜"有爱怜、自豪之意，用在这里是合适的。

③ 朱蹄，借喻骏马。啮膝，《文选·圣主得贤臣颂》："驾啮膝骖乘旦"。注引孟康曰："良马低头，口至膝，故曰啮膝"。张晏认为"啮膝"是马名。应劭则曰："马怒有余气，常啮膝而行也。"有的注家认为这诗中的"朱蹄"也是马名。其实这句诗是说两匹骏马争道。把"朱蹄"理解为泛指骏马，"啮膝"为马疾行之状似较好。

④ 马援，汉代名将，以征交趾，立铜柱著称于世。这里借代驻在潭州的主将。

⑤ 葛彊，晋代山简的爱将。见第二十一卷《送田四弟将军将夔州柏中丞命起居江陵节度使阳城郡王卫公幕》注⑦。这里借代驻潭州主将的部将。同心事，指与主将考虑同样的事——出征作战。但前面说诸将也在春游，这是与主将不"同心事"的表现。杜甫在诗中对这些现象委婉地加以批评。

⑥《仇注》，樯尾锐如牙。诗中以"牙樯"代表游船。青楼，指湘江西岸的青灰色砖瓦建造的楼房。这句诗是说游人乘船渡江归去。

⑦ 这句诗是说，古代的丧乱，历史上都有记载，人们都知道其历史、原因、结果和教训等，按理应对当代的丧乱有所认识，力求避免。但人们竟不能如此，依旧在扰攘不止，因此诗人深为感慨。

⑧《仇注》："少壮，指当日同游之辈。"解说得太狭窄。少壮，当指潭州有权势的年纪较轻的人。杜甫不愿逢迎他们以求得个人的利益。

⑨ 今朝，据诗题可知为清明节，又恰恰是三月初三，这也是唐朝的令节之一——"上

巳”日。上巳日，是祓除不祥的节日，自古相传，由来已久，原在三月上旬的巳日举行；魏代以后固定在三月三日。这句诗的意思，“上巳”节日，更应避开一切秽恶的事物，更不应与德行恶劣的人们来往。诗的最后两句表达了杜甫洁身自好，嫉恶如仇的傲岸性格。

◎ 风雨看舟前落花戏为新句[1] （七古）

江上人家桃树枝，	江边人家院子里有一株桃花，
春寒细雨出疏篱。[2]	春寒细雨中，几枝桃花伸出疏篱。
影遭碧水潜勾引，	它的倩影暗暗受碧水勾引，
风妒红花却倒吹。	风却在嫉妒它，把几瓣桃花吹得向上飞去。
吹花困懒傍舟楫，	吹散的花瓣懒洋洋飘近船边，
水光风力俱相怯。	闪闪波光和强劲风力都使它畏怯。
赤憎轻薄遮入怀，[3]	最憎恶人们轻薄地把它揽入怀里，
珍重分明不来接。[4]	它分明懂得珍惜自己，不肯上前和人亲昵。
湿久飞迟半欲高，	长久被沾湿，飞得缓慢，还想稍稍飞高，
萦沙惹草细于毛。[5]	萦绕着沙洲，逗弄比牛毛细的小草。
蜜蜂蝴蝶生情性，[6]	看见了这些，蜜蜂、蝴蝶的心上有些感触，
偷眼蜻蜓避伯劳。[7]	蜻蜓在一旁偷瞧，它飞走了，避开想捕它的伯劳。

注释：

① 这是一首以风雨中的落花为题材的诗。但诗人完全摆脱一般咏落花的窠臼，把桃花、蜂、蝶及蜻蜓等都看成有思想、有情感的精灵，它们生活在一个充满生气的世界中，像人，但又不是人。长久困处船上的诗人似乎暂时忘记了他的穷愁，也打破了常规，作成了这样一首新奇的诗，因此诗题中说是“戏为新句”。这诗为大历五年春末在潭

州作。

② 译诗把原诗的一二两句糅合在一起，再分写成两句，与原诗句的语言结构稍有出入。

③ 赤憎，即憎恶。与“生憎柳絮白于绵”（见第十二卷《送路六待御入朝》）中的“生憎”相同，都是唐代口语。遮，阻拦，阻止。《说文》训“遮”为“遏也”“要也”。在这诗中有“揽取”之意。

④《仇注》解说这一句为“珍重不肯近人”。接，指与人接触亲近。成善楷《杜甫湘湖诗笺记》（《杜甫研究月刊》1989 年第 1 期）意译此句为：“多谢（或难得）你们那么清楚地知道我们快要掉水里而不肯来接！”并解释说“同一落花，当其盛开时随风飘飏，就那样殷勤地追逐、遮拦，揽取入怀；当其凋零时，困傍舟楫，行将委于波流时就袖手不接，而且态度那么分明。诗人就是用如此鲜明的对比手法来嘲讽那些轻薄儿的。”分析诗句的内涵十分细腻，但“同一落花”硬分为“盛开”者和“凋零”者，似不能使人信服。译诗仍从《仇注》。

⑤ 这句诗的主语与前几句相同，仍是落花。但“细于毛”与落花没有直接关联。撇开语言结构规律，只谈意思，似乎是指春天的细雨；但语言结构毕竟不能置之不理，因此只能把“细于毛”当作“草”的形容语来看。

⑥ 生情性，《仇注》谓“生”字，“乃生熟之生”，并解释说：“蜂蝶素恋花香，今见堕于沙草，则性情顿觉生疏”。解说得很勉强，而且把“萦沙惹草”误当作“堕于沙草”了。《读杜心解》则认为：“生情性，言若装模作态者，惟其花片纷飞，是以物情撩乱。”“装模作态”之说，恐不确切，但后一半的解说与诗意吻合。译诗与这一解说较接近。情性，是指某种不很清楚的情绪活动，是由于看见落花飘坠而起，故译为“感触”。

⑦“蜻蜓”也是蜂蝶一样的旁观者，但它还注意到周围的动静，见伯劳飞来，便逃避飞走了。伯劳，性猛悍的鸣禽，捕食虫鱼及小鸟。

◎ 奉赠萧十二使君[1] （五排）

昔在严公幕，[2]　　往昔我们在严公的幕府里，
俱为蜀使臣。[3]　　都是皇上驻蜀使节的僚臣。
艰危参大府，[4]　　在艰危时刻参谋成都府的军政大事，
前后间清尘。[5]　　我前后两次接触您扬起的清尘。
起草鸣先路，[6]　　您走在前面，率先负起草拟诏令的职责，
乘槎动要津。[7]　　又乘槎出使，承担了重要使命。
王凫聊暂出，[8]　　您后来像王乔暂时出任县令，
萧雉只相驯。[9]　　又像萧芝那样招来驯服的雉群。
终始任安义，[10]　　您重义气，像任安一样有始有终，
荒芜孟母邻。[11]　　一直到野草长满的贤如孟母的严太夫人的坟茔。
联翩匍匐礼，[12]　　您一连两次经办悲痛的丧礼，
意气生死亲。　　情义深重，对生者和死者同样有情。
张老存家事，[13]　　您像张孟，能为赵氏照料家事，
嵇康有故人。[14]　　像山涛，嵇康信赖他照顾子孙。
食恩惭卤莽，[15]　　我却辜负了严公厚恩匆匆辞去，
镂骨抱酸辛。　　如今还悔恨，感到刻骨酸辛。
巢许山林志，[16]　　我有意学巢父、许由到山林隐居，
夔龙廊庙珍。[17]　　而您却是朝廷珍贵的夔、龙那样的重臣。
鹏图仍矫翼，　　您像大鹏，仍将展翅飞向远大前程，
熊轼且移轮。[18]　　还将乘坐熊轼车，继续前行。
磊落衣冠地，[19]　　而我在众多官员聚集的地方，
苍茫土木身。[20]　　却形如土木，对着苍茫的黄昏。
埙篪鸣自合，[21]　　我和您相处像埙和篪一样和谐，

金石莹逾新。[22]	多年的友谊像金石般莹明如新。
重忆罗江外，[23]	不禁又想起我们曾同在罗江城外，
同游锦水滨。	也曾一起游宴，在锦江之滨。
结欢随过隙，[24]	交游的欢乐随着匆促的光阴逝去，
怀旧益沾巾。	缅怀往事，更使我泪下沾巾。
旷绝含香舍，[25]	那含香郎官的官舍和我远远隔绝，
稽留伏枕辰。	如今滞留在这里，伏枕生病。
停骖双阙早，	停车在宫门前的日子还早着呢，
回雁五湖春。	春天已到五湖上，雁群正飞向归程。
不达长卿病，[26]	司马相如因为生病长久不能显达，
从来原宪贫。[27]	原宪本来就一直那样清贫。
监河受贷粟，[28]	我把您当作监河侯，请答应借些米给我，
一起辙中鳞。[29]	请您挽救我这涸辙里鲋鱼的性命。

注释：

① 这位萧十二使君是杜甫在严武幕府时的同事，两人曾在成都等地有过交游。大历五年春杜甫在潭州与萧使君相遇，赠给他这首诗，赞颂他为严武料理丧事和照顾严武家属的义行，并向他求助。

② 严公幕，严武的幕府。

③ 蜀使，指严武。上元二年十二月，严武为成都尹兼御史大夫镇蜀；宝应元年六月，召还监修玄宗、肃宗山陵；广德二年，严武为剑南、东西川节度使再度镇蜀。

④ 大府，指成都府。

⑤ 原注："严再领成都，余复参幕府。"因此诗中说"前后"两度。清尘，古代对人的尊敬语。《汉书·司马相如传》："犯属车之清尘。"注："尘谓行而起尘也。言清尘者尊贵之意也。"间，旧注多理解为"间隔"，其实"间"也有"居于其中"的意思，这句诗里可理解为接触。

⑥ 唐代负责起草诏令的官员有中书舍人等。大概萧使君曾任中书舍人，他得到朝廷的任命在杜甫之先，故云“鸣先路”。

⑦ 乘槎，指出任使臣，究竟是指什么官职，不能确定。

⑧ 王凫，用王乔履化为仙凫的事，见第三卷《桥陵诗》注㉙。

⑨《仇注》转引萧广济《孝子传》：“萧芝至孝，除尚书郎，有雉数十头饮啄宿止。当上值，送至歧路；下值入门，飞鸣车侧。”这诗中以“萧雉”来表示萧使君受到郎官的任命。

⑩《仇注》引《汉书》：“霍去病为骠骑将军，禄秩与大将军卫青等。青故人门下多去事去病，辄得官爵，唯任安不去。”这里以任安比喻萧使君，他自始至终在严武的幕府中任职。

⑪ 孟母邻，赞美严武的母亲贤如孟母，因而称她为“孟母邻”。荒芜，谓坟墓上生满杂草，指营葬已久。

⑫ 匍匐礼，指丧礼。萧使君于严武死后为严武料理后事；严武母后死，萧使君又为严母料理丧事。两次丧事接连着操办，故说“联翩”。

⑬ 张老，即春秋时晋国的张孟。赵朔被屠岸贾杀害后，其子赵武在晋国一些大夫的保护与教育下成长，张孟是这些大夫中的一个。《国语·晋语》述赵文子（即赵武）成人后见几位前辈，接受教诲。在见过栾武子、范文子等人后，“见张老而语之，张老曰：‘善矣，从栾伯之言可以滋；范叔之教，可以大；韩子之戒，可以成。物备矣，志在子。’”这诗中以“张老”比喻萧使君能为严武照顾后代。

⑭ 嵇康临刑托子嵇绍于山涛，见本卷《别张十三建封》注⑰。

⑮“食恩”之“食”，与“食言”之“食”同义。说了话不算谓之“食言”，受了恩不报谓之“食恩”。杜甫于永泰元年正月不知何故辞职离开了严武幕府。事情发生得很突然。卤莽，指匆促离开严武幕的事（同年四月，严武卒）。

⑯ 巢许，指巢父、许由，都是古代的隐士。见第四卷《自京赴奉先县咏怀五百字》注⑮。

⑰《书·舜典》：“夔典乐，龙纳言。”“夔”和“龙”是舜的两位大臣。这里用来比喻萧使君，说他的才能适合在朝廷任重要的大臣。

⑱《后汉书·舆服志》：“公列侯安车，朱班轮，倚鹿较，伏熊轼。”这里以“熊轼”代

表公侯所乘的车。这句诗是预言萧使君将登公侯之位。

⑲ 磊落，意思是多。衣冠，指贵官豪绅。

⑳《晋书·嵇康传》："嵇康土木形骸。"参看第二十二卷《舟出江陵南浦》注③。"土木身"在这里指形如土木，枯立不动，茫然若失。

㉑ 埙，同"壎"。《诗·小雅·何人斯》："伯氏吹壎，仲氏吹篪。"后世多以"壎篪"喻兄弟和睦。这句诗是说杜甫与萧使君如兄弟一样相互理解、和谐。埙篪，音"勋池"（xūn chí），前者是陶质乐器，后者是竹管乐器。

㉒ 莹逾新，比新的还要明亮。

㉓ 罗江，县名，唐代的罗江县属绵州。

㉔ 过隙，"白驹过隙"之略语，指光阴之飞逝。见第二十一卷《秋日荆南述怀》注⑨。

㉕《汉官仪》："尚书郎含鸡舌香奏事。"后因称尚书省郎官官署为"含香舍"。这句诗是说，杜甫虽然是工部员外郎，但远离朝廷，不能回京。

㉖ 长卿，司马长卿，即司马相如。不达，旧注有两种解释，一种是认为司马相如因多病而不能仕途通达；一种是认为杜甫过去未把自己生病的事告诉萧使君，因而他不了解这情况。译诗从前说。

㉗ 原宪，见第一卷《奉寄韦左丞丈二十二韵》注㉑。

㉘ 见本卷《奉赠李八丈曛判官》注⑭。在这里，以"监河侯"喻萧使君，作者则以庄周自喻。

㉙ 用庄周所述"涸辙之鲋"的故事来比喻自己的处境，要求萧使君救急。

◎ 奉送二十三舅录事之摄郴州[①]（五排）

贤良归盛族，[②]	许多贤良都出在你们这个大族，
吾舅尽知名。	我的舅父们一个个都很著名。

徐庶高交友，[3]	徐庶交的朋友都是高士，
刘牢出外甥。[4]	刘牢之的外甥也该有才能。
泥涂岂珠玉，	我久陷在泥泞中哪里会是珠玉，
环堵但柴荆。[5]	四面屋壁都是柴荆编成。
衰老悲人世，	衰老的人常会悲叹人世的酸辛，
驱驰厌甲兵。	到处奔走，自然厌恶这连年的战争。
气春江上别，	温暖的春天，我和您在江上告别，
泪血渭阳情。[6]	流泪出血，感念甥舅情深。
丹鹢排风影，[7]	乘风前进的红色鹢船投影在江面，
林乌反哺声。[8]	林中乌鸦正发出反哺的叫唤声。
永嘉多北至，[9]	这年头真像永嘉年间，许多人从北方来到这里，
勾漏且南征。[10]	您还要像勾漏令葛洪继续南行。
必见公侯复，	你们崔家一定能恢复公侯的地位，
终闻盗贼平。	最后终将听到荡平盗贼的音讯。
郴州颇凉冷，[11]	听说郴州天气颇为凉冷，
橘井尚凄清。[12]	苏耽留下的橘井依旧凄清。
从事何蛮貊，[13]	要做一番事业哪管什么夷蛮地域，
居官志在行。	做官就该一心使教化推行。

注释：

① 二十三舅，据本卷《入衡州》《仇注》所引卢注，是指崔伟。原为录事参军，现在去郴州（今湖南郴县）代理刺史的职务，杜甫作了这首诗为他送行。黄鹤谓这诗为大历五年春作。

② 盛族，旺族、大族。指崔氏家族。

③ 东汉末，徐庶与诸葛亮、庞统、司马徽、崔州平等友善，这些人那时都是隐士，以才德著称。

④ 刘牢之，东晋名将，曾征苻坚，平刘黎，所向皆捷，官征北将军。《晋书》载有桓玄说刘牢之外甥何无忌酷似其舅的话。这句诗是说，杜甫原也该像他的舅父崔录事那样有才能，但处处碰壁，无路可走。

⑤“泥涂”句，进一步证实自己的无能；“环堵”句，述自己的家境贫困。

⑥ 渭阳情，喻甥舅之情，见第二十卷《奉送卿二翁统节度镇军还江陵》注⑤。

⑦ 丹鹢，指崔录事所乘坐的官船，因船首画红色鹢鸟。排风，喻船帆借风力推进。

⑧ 古代传说乌鸦中有一种叫慈乌，衰老之后，其子反哺养母。这里从“林乌反哺”联想到人的孝亲。

⑨ 永嘉，晋怀帝（司马炽）年号，公元307年至313年。这是北方民族入侵中原的动荡年代，晋室开始南渡，大批士族南迁。这句诗以晋室南渡前后的情况比喻唐朝安史乱后的动荡局面。

⑩ 勾漏，指勾漏令葛洪。勾漏县在今广西壮族自治区北流市境。

⑪ 这句诗是说，郴州在南方的州郡中还是比较好的，气温不太高，用以安慰崔录事。

⑫ 橘井，是传说的仙人苏耽的遗迹。见第十六卷《八哀诗（八）：故右仆射张九龄》注⑱。

⑬《仇注》引《论语》：“虽蛮貊之邦行矣”。貊，音“末”（mò），古代的一种少数民族。末两句诗鼓励崔录事去郴州，不要畏惧地方偏僻难治。

◎ 送魏二十四司直充岭南掌选崔郎中判官兼寄韦韶州[1]（五排）

选曹分五岭，[2]	皇上把岭南选才的事分开管理，
使者历三湘。[3]	派遣的使者要经过三湘前往。
才美膺推荐，	您的才能优秀，受到推荐，
君行佐纪纲。	这一次去将辅佐使臣整顿纪纲。

佳声斯共远，[4]	你们的美名将从此一起远扬，
雅节在周防。	高尚的节操离不开平日严密提防。
明白山涛鉴，[5]	要像山涛是非分明地鉴别人品，
嫌疑陆贾装。[6]	要避免嫌疑，别像陆贾那样带回价值千金的行装。
故人湖外少，[7]	留在洞庭湖南的友人更少了，
春日岭南长。	岭南的春天该更悠长。
凭报韶州牧，	请您带个信给韶州刺史，
新诗昨寄将。	我昨天已把新诗给他寄上。

注释：

① 岭南掌选，指岭南选补使。据《旧唐书》，高宗上元三年（676 年），决定在岭南、黔中地区可于本地人中任命官员，为了选才，特地设置选补使的官职，由朝廷任命郎中、御史一级官吏担任，也称为“南选”。当时，任岭南掌选的是崔郎中，魏司直受聘去任他的判官。杜甫作了这首诗为魏司直送行，并请他带给韶州刺史韦迢看。司直，官职名称，见第十一卷《戏赠友二首》第二首注②。韦韶州，指韦迢，见第二十二卷《潭州送韦员外迢牧韶州》注①。

② 选曹，掌管选才的官署，这里是指岭南选补使署。五岭，借代五岭以南的地方，即岭南。

③ 古代所说的“三湘”有几种不同的含义，有就湘江汇流的水系说的，如说“三湘”是指“沅湘、潇湘、蒸湘”；也有就几个城市的名称说的，如说“三湘”是指“湘潭、湘阴、湘乡”等；也有就方向位置来说，如说“三湘”是指湘北、湘中、湘南等。这里是指自洞庭湖而南直到五岭这一广泛地区而言。

④ 斯共远，一作“期不远”。共远，兼指崔郎中与魏司直。斯，已然之词，期，预测之词。

⑤ 据《晋书》记载，山涛典掌选举事十余年，甄别选拔人才很认真，为每个被选中的人才编写“题目”（即简介），时称“山公启事”，深得世人重视。这句诗是勉励魏司直协助崔郎中做好岭南选补工作。

⑥ 陆贾是汉高祖派到南越王赵佗那里去的使臣。他奉汉高祖命把“南越王印”赐给赵佗。赵佗赠给陆贾财物价值千金，南越其他一些官员也送了他价值千金的厚礼。这句诗是勉魏司直和崔郎中清廉自守，不受贿赂。

⑦ 末四句诗是请魏司直传给韦迢的话。第二十二卷《酬韦韶州见寄》是答韦迢《早发湘潭寄杜员外院长》一诗的。在那首诗中，有“故人湖外客，白首尚为郎”之句。这里的“故人湖外少”，是针对韦迢的诗而发。最后一句是说杜甫在作这诗的前一日已托人把近作的诗带给了韦迢。

◎ 送赵十七明府之县[①]（五律）

连城为宝重，[②]	价值连城的玉璧值得爱重，
茂宰得才新。[③]	更可贵的是这个县有了位多才的新县令。
山雉迎舟楫，[④]	山里的雉鸡飞来迎接您的船，
江花报邑人。	江边野花向人民报告您来的喜讯。
论交翻恨晚，	可惜我和您结交太晚，
卧病却愁春。	生病躺着反而愁春天来临。
惠爱南翁悦，	您爱护人民，使南方老人们喜悦，
余波及老身。[⑤]	连我这个老翁，也得到了您的一些恩情。

注释：

① 赵明府是一位新授职的县令，他将从潭州前去任所，杜甫赠了他这首诗。作诗时间大概是大历五年春。

② 连城，指战国时赵惠王得到的楚和氏璧。参看第二十二卷《舟出江陵南浦》注⑭。秦王愿以十几座城来交换，故又称“连城璧”。这诗中用这来比兴赵明府人品之可贵。

③ 茂宰，县令官职的美称。宰，就是县令。

④ 据《后汉书》，鲁恭为中牟县令，以德化为治，不任刑罚。建武七年（公元 31 年）螟虫害蔓延，而不入中牟县境。河南尹袁安遣使去视察，发现雉亦避儿童，儿童亦不捕雉，问之，答曰："雉方将雏。"可见儿童也受他感化，有仁爱之心，爱护动物。这句诗是称赞赵明府的仁爱，他到县任职，连山雉也会欢迎他。

⑤ 余波，指赵明府惠爱人民的"余波"。大概这位赵明府了解杜甫困难的处境后，曾给了他一些帮助。

◎ 同豆卢峰贻主客李员外贤子棐知字韵[①]（五排）

炼金欧冶子，[②]	欧冶子擅长炼钢铸剑，
喷玉大宛儿。[③]	大宛马驹也能喷出白沫如玉。
符彩高无敌，[④]	这位少年的辞彩无人能比，
聪明达所为。	又这样聪明，干什么都通达顺利。
梦兰他日应，[⑤]	往日梦见兰草的吉兆已经应验，
折桂早年知。[⑥]	这么年轻就看得出他一定能折得桂林一枝。
烂熳通经术，	熟读经书，全都能通晓，
光芒刷羽仪。[⑦]	堪作人们的仪范，像刚刷洗过的光芒白羽。
谢庭瞻不远，[⑧]	这里将成为谢安那样的门庭，
潘省会于斯。[⑨]	潘岳一样的省署官员在这里会聚。
唱和将雏曲，[⑩]	我也和上一首《将雏曲》，
田翁号鹿皮。[⑪]	我这个老农民外号就叫"鹿皮"。

注释：

①"豆卢"是姓氏。鲜卑族慕容苌归降北魏后，赐姓"豆卢"，拓跋族语"豆卢"的意

思是“归义”。豆卢峰是鲜卑族慕容氏的后代。李棐是李主客员外郎的儿子，豆卢峰赠给李棐一首押“知”字韵的诗，杜甫用相同的韵和了豆卢峰一首，也是赠给李棐的。赞颂别人家的儿子，当然也就是赞颂那儿子的父亲，唐代有这样的习俗，杜甫也不能免俗。旧编此诗于大历五年潭州诗中。

② 欧冶子是春秋时代善于铸剑的名手。金，指各种金属的合金，译诗中写成“炼钢铸剑”。这句诗是用“欧冶子”来比喻“李员外贤子”，似乎把“欧冶子”当作“欧冶之子”来用了，不知是根据什么。也许只是在语言形式上借用“欧冶子”的“子”字来和下面一句“大宛儿”的“儿”字作对偶。

③ 大宛儿，大宛马的马驹。大宛马即汗血马，口喷白沫如玉。这句诗是说大宛马驹必然具有大宛马的特点。这一句和上一句诗都是赞美李棐继承了父亲李员外的优秀才能。

④ 符彩，多用来指文辞华丽。原义是玉石的横纹。《文选·蜀都赋》：“符采彪炳。”这里是赞美李棐能作辞藻华丽的诗文。

⑤ 据《左传》，郑文公妾梦见天使给她兰草，后文公果真赠给她兰草，并与她同房，生了一个儿子，便取名为“兰”；后来继郑文公位，即郑穆公。这句诗是说李棐的出生是天使所赐，一定有才能和远大前程。

⑥《晋书·郤诜传》：“诜对（晋武帝）曰：‘臣举贤良，对策为天下第一，犹桂林之一枝，昆山之片玉。”后世便以“折桂”代表登科。《避暑录话》：“世以登科为折桂，此谓郤诜对策自谓桂林一枝也。自唐以来用之。”

⑦《易·渐》：“上九，鸿渐于陆，其羽可用为仪，吉。”意思是天鹅羽毛洁白，可为人的仪范。这里是赞美李棐品德高洁，可做人的模范。

⑧《晋书》：“谢太傅（安）诸子，若芝兰玉树生于庭阶。”这诗中以谢安家中子弟多贤才比喻李员外子弟之多贤才。

⑨ 潘省，指潘岳及其同僚。潘岳曾官散骑常侍，晋代的散骑省属门下省。参看第十九卷《寄刘峡州伯华使君四十韵》注㉞及第二十卷《寒雨朝行视园树》注⑦。诗中以潘岳比喻当时一起宴饮的有文才、能诗赋的省郎们，其中包括工部员外郎杜甫和李主客员外郎等人。

⑩ 据《晋书·乐志》，吴歌杂曲中有《凤将雏》曲。这诗是赠给李员外子李棐的，同

时，李棐又是跟随父亲同参加宴会的，因而称这首诗为《将雏曲》。

⑪ 鹿皮翁，曾为汉代小吏，后隐居成仙。杜甫常以“鹿皮翁”自况。由于李棐年幼，对杜甫这个人可能不了解，这是杜甫的自我介绍，不以员外郎自居，而只说自己是个老农，是个隐士。

◎ 归雁二首[①]（五律）

万里衡阳雁，[②]	从万里外飞到衡阳来的雁群，
今年又北归。	今年又向北方飞回。
双双瞻客上，	看见人就一对对腾空而起，
一一背人飞。	背对人一个接一个往前飞。
云里相呼疾，	它们在云端焦急地相互叫唤，
沙边自宿稀。	稀疏地分散在沙洲上各自栖歇。
系书元浪语，[③]	雁足系书原是随意编造的故事，
愁寂故山薇。[④]	想起故乡首阳山的薇菜，我心里就感到寂寞悲凄。

注释：

① 这两首咏归雁的诗是抒发思乡之情之作。前一首着眼于雁群年年北归，而游子飘零异地，不能回乡，可见人不如雁。后一首着眼于雁群长途旅行的辛苦和遭遇到的危险，以衬托人的飘流比雁的迁飞还要苦痛，还要悲惨。作诗时间当为大历五年春。

② 古代传说北雁南飞到衡阳为止。因而以“衡阳雁”代表南迁的雁群。

③《汉书·苏武传》述匈奴强留苏武，不令归汉达十九年之久，后汉使到匈奴来，匈奴诡称苏武已死。汉使者得知真相后，诈称汉天子射雁，得雁足上所系苏武帛书，知武未死。匈奴不能再隐瞒，乃遣苏武归汉。从此就有了“雁足系书”的传说。这句诗是说故乡音讯隔绝，而大雁实际上并无传书的本领。

④ 周武王灭殷后，孤竹君之二子伯夷、叔齐不食周粟，采薇于首阳山（在今甘肃陕西边界）。偃师县西北也有一座首阳山（其实并非伯夷、叔齐采薇处，但也有过“夷齐庙”），杜甫的陆浑庄就在其附近，因称“首阳山”为“故山”。这句诗是说故乡遥远，不能归去，因此感到愁苦寂寞。

◎ 其二（五律）

欲雪违胡地，	将要降雪时你们离开了塞外，
先花别楚云。	在开花之前又辞别楚地烟云。
却过清渭影，	清清的渭水上曾掠过你们的影子，
高起洞庭群。	也曾从洞庭湖畔高高飞起一群。
塞北春阴暮，	塞北春天的黄昏阴沉沉，
江南日色薰。	江南阳光照耀，一片暖熏熏。
伤弓流落羽，[①]	被弓箭射伤的雁坠落到地面，
行断不堪闻。[②]	雁行断了，那悲啼声我真不忍心听。

注释：

①《战国策·楚策》：“雁从东方来，更羸以虚发而下之。”古代有不少类似的传说。雁和其他鸟类因为受过弓箭之惊，听到弓弦一响，就被吓得跌落。这里并不是指这样的事，而是实指雁被箭射落。雁会遭到被射死伤的危险，与人在世间受到伤害相似，所以诗人对雁抱有很深的同情。

② 行，应读“杭”（háng），指雁的行列。有一雁被射落，故“行断”，并同时发出惊叫声。

◎ 江南逢李龟年[1] （七绝）

岐王宅里寻常见，[2]　　往昔在岐王宅里常常看见您，
崔九堂前几度闻。[3]　　在崔九家堂前也听您唱过几回。
正是江南好风景，　　如今江南正风光秀丽，
落花时节又逢君。[4]　　我又遇见了您，在这落花时节。

注释：

① 李龟年是唐朝著名的歌手，曾受到唐玄宗的赏识和厚遇。安史乱后，流落在江南。诗题中的“江南”，是指潭州（长沙）。钱笺：“《史记》：王翦定荆州江南地。又项羽徙义帝于江南。《楚辞章句》：襄王迁屈原于江南，是江南在江湘之间，龟年方流落江潭，故曰江南。”这首诗以极简练的文笔点出一代著名歌手的踪迹，反映出唐朝时局的动乱和人事沧桑。蘅塘退士（孙洙）评这首诗说：“世运之治乱，年华之盛衰，彼此之凄凉流落，俱在其中。少陵七绝，此为压卷。”古今都有人怀疑这诗非杜甫所作，但证据都不足服人，甚至有否认此诗艺术价值者，显然太主观不足为训。这诗当作于大历五年暮春。

② 岐王，即李范，是睿宗之子，玄宗之弟。死于开元十四年。

③ 崔九，原注：“即殿中监崔涤，中书令湜之弟。”

④ 落花时节，指暮春。落花，使人联想起国家的衰落，人的衰老，以此自然景象来作时节的标志，便使这句诗的内涵更隽永沉郁。

◎ 小寒食舟中作[1] （七律）

佳辰强饮食犹寒，[2]　　天气这么好，勉强喝些酒，吃的还是冷餐，

隐几萧条戴鹖冠。[3]	心境寂寞凄凉，靠在椅上，头上戴顶鹖冠。
春水船如天上坐，	春水涨得高，船也浮得高，人在船里像坐在天上，
老年花似雾中看。[4]	岸上春花开遍，可是在我这老人眼里却像隔着雾看。
娟娟戏蝶过闲幔，	嬉戏的蝴蝶翩翩飞过静静的帷幔，
片片轻鸥下急湍。[5]	轻捷的沙鸥飞向湍急江水，一片又一片。
云白山青万余里，	隔着白云青山，隔着一万多里路，
愁看直北是长安。[6]	带着忧愁向正北遥望，那儿是长安。

注释:

① 寒食节，见第十卷《寒食》注①。小寒食，是寒食节的次日。杜甫在潭州湘江边的船上度过了大历五年的这个节日。诗人深深体验到一个走投无路的老人春天在江上漂泊的感受：眼前的景物是模糊的，身体像悬浮在空中，欢乐完全与他无缘了，只剩下哀愁，远离故国的哀愁。

② 佳辰，是指“小寒食”这节令，也是指天气的晴好。食犹寒，倒不是因“寒食节”必须冷食，这规矩实际上早就废除了，只是由于生活在船上，一切不方便，才常进冷餐的。参看第二十二卷《清明二首》第一首注⑦。

③ 鹖冠，《汉书·艺文志》载有《鹖冠子》一书，传说作者为周代楚人，不详姓氏，隐居深山，以鹖羽为冠，因以为号。于是后人以“鹖冠”为隐士的服饰。

④ 这两句诗描写头昏眼花的老人坐在船上的感受十分真切，从来被看作名句。

⑤ 尽管心中痛苦，但诗人仍有观照自然景物的情怀。虫鸟翔飞，充满生意，对比诗人的愁苦心情，更令人悲惋。

⑥ 末两句进一步把诗人的痛苦表露出来。远离故国，是心中痛苦的根源，但这却是现实的安排，诗人还能再多说什么呢。

◎ 燕子来舟中作[①]（七律）

湖南为客动经春，	旅居湖南不觉又经过第二个春天，
燕子衔泥两度新。	燕子衔泥做巢我已看见过两回。
旧入故园尝识主，[②]	往日曾到我故园来认识我这个主人，
如今社日远看人。[③]	如今却远远看着我，当它们在这春社日飞来。
可怜处处巢屋室，	可怜它们到处造巢当房屋居住，
何异飘飘托此身。	我到处漂泊，和它们又有什么差异。
暂语船樯还起去，	它们在桅杆上叫了几声又飞去了，
穿花贴水益沾巾。	穿过花丛，贴着水面，惹得我巾帕上沾了更多泪水。

注释:

① 杜甫在船上看见燕子飞来，不免又产生许多感慨。但同一般咏燕诗很不相同，在这诗中，燕子只是投向诗人的一个偶然刺激物，他心中原来存储着的伤心事，一受到触动，深深的伤痛之情就被唤起了。这诗是诗人生命的哀歌，是热爱生命却又不能左右自己命运的诗人的哀歌。这诗作于大历五年暮春。

② 这里的“故园”，是指杜甫在偃师陆浑山庄或长安城南杜陵的故园。主，是诗人自称。

③ 社日，古代祭土地神的日子，有春秋两社，这里是指春社。具体日期历代有所不同，唐代以春分前后的戊日为春社日。

◎ 赠韦七赞善[①]（七律）

邻里衣冠不乏贤，	故乡邻里的仕宦人家常有贤才出现，

杜陵韦曲未央前。[②]	杜陵和韦曲都在未央宫前面。
尔家最近魁三象，[③]	你们家最接近斗魁下的三台星，
时论同归尺五天。[④]	世人都说我们韦杜两族离天只有一尺半远。
北走关山开雨雪，	您往北走，关山渐渐从雨雪中显露，
南游花柳塞云烟。[⑤]	我向南行，一路上红花绿柳被云烟遮掩。
洞庭春色悲公子，[⑥]	对着洞庭湖上的春色，您这位公子心中可觉得悲凄，
虾菜忘归范蠡船。[⑦]	我在船上天天吃鱼虾，像范蠡一样忘记了回到故园。

注释：

① 韦七，任赞善大夫，故称他为“韦七赞善”。他与杜甫的老家都在长安城南，都是有名的家族后代，因而杜甫与他有许多共同的语言。韦七正走向北归之途，而杜甫则将继续往南方漂泊。在这首赠韦七的诗中，杜甫强忍着欲诉不能的悲痛。这诗当为大历五年春作于潭州。

② 杜陵，见第二卷《投简咸华两县诸子》注③。韦曲，见第三卷《奉陪郑驸马韦曲二首》第一首注①。未央，指长安汉朝未央宫的遗址。

③ 原注：“斗魁下两两相比为三台”。参看第十六卷《昔游》注⑧及第二十一卷《秋日荆南述怀三十韵》注㉝。魁三象，就是指斗魁下面三台星这一天象。喻三公宰相之位。最近，最接近。这句诗是说韦家做宰相的人最多。

④ 唐代俗语：“城南韦杜、去天尺五。”比喻韦、杜两家地位十分高，常有位登宰辅的人。

⑤ 北走，指韦七的北归。南游，指杜甫自己将继续南行。

⑥《仇注》：“悲公子，韦北还而不得见。”这是认为感到悲哀的人是作者，公子，当指韦七，他的北归是引起杜甫悲哀的原因。但“悲公子”，也很可能是指韦七感到悲凄。北归，不一定就高兴；即使高兴，有时也会悲从中来。人的感情是复杂的，《仇注》的解释太简单。《读杜心解》中说：“结本欲言去者喜，留者悲耳，诗反以‘悲’字嵌在‘公子’边，以‘忘归’贴在己‘船’边（见下句），转饶别趣。”译诗参照后一种解释并结合译者的体会译写。

⑦ 虾菜，以鱼虾为菜。范蠡船，传说春秋时范蠡事越王勾践二十余年，助勾践灭吴复国后辞去，变易姓名，乘船游于五湖之上。这里以范蠡的船比喻诗人自己乘的小船。杜甫迫于环境，不能归故乡；诗中故意说成“忘归”，是从不了解其内情的人的观点来说的。不但不能归去，而且还引起别人误解，这不是更可悲叹的事吗？

◎ 奉酬寇十侍御锡见寄四韵复寄寇[①]（五律）

往别郇瑕地，[②]	往昔我们在郇瑕分别，
于今四十年。	到现在已经四十年。
来簪御府笔，[③]	您头上插着御史的白笔来到这里，
故泊洞庭船。[④]	故意在洞庭湖南面停下您的船。
诗忆伤心处，[⑤]	您的诗使我记起那令人伤心的旧游之地，
春深把臂前。[⑥]	当我们挽着臂见面时，深浓的春色正在我们眼前。
南瞻按百越，[⑦]	我向南遥望着您到百越去巡视，
黄帽待君偏。[⑧]	在这里等待您回来，等得头上的黄帽斜偏。

注释：

① 寇锡，是杜甫年轻时在晋南猗氏结交的友人。四十年后，在长沙再次见面。这时寇锡任侍御史，到岭南一带去巡视按察，在长沙稍停后即继续南行。这次分别后，寇锡寄给杜甫一首律诗，于是杜甫也酬答他一首诗给他寄去，时间是大历五年暮春。

② 郇瑕，见第二十二卷《哭韦大夫之晋》注②。

③《仇注》引《魏略》：“殿中侍御史，簪白笔，侧陛而坐。帝问左右此何官，辛毗曰：‘此谓御史，旧时簪笔以奏不法，今直备位，但珥笔耳。’”《汉书注》：“簪笔者，插笔于首。”这句诗表明了寇锡的身份，他是为执行御史的任务而来的。

④ 这句诗是说，寇锡在洞庭湖（实际上指洞庭湖南）停留是有意和杜甫见面，以叙旧情。

⑤ 伤心处，指年轻时两人同游的“郇瑕地”。第二十二卷《哭韦大夫之晋》中也有类似的说法：“凄怆郇瑕邑。”

⑥ 把臂，指这次两人互作诗相赠前的会晤。

⑦ 百越，泛指岭南地方。南瞻，向南遥望，表示对寇锡的关切，并等待他回来。

⑧ 黄帽，《仇注》引赵曰：“《汉书》邓通以棹船人为黄头郎。注云：‘土胜水，故刺船之人皆着黄帽。”又说：“顾氏以黄帽为公自称，引前《发刘郎浦》诗（第二十二卷）‘黄帽青鞋归去来’为证，谓待其再至也。”《仇注》不赞成顾说，认为杜甫在湖南急于北归，不可能久留待他回来。从语言形式和杜甫当时的心情来看，仍以顾说较为确切，译诗从顾说。

◎ 入衡州[①]（五古）

兵革自久远，	从古远的年代起就有战争，
兴衰看帝王。	兴盛还是衰微，要看是怎样的帝王。
汉仪甚照耀，[②]	朝廷的仪范也曾经光辉照耀，
胡马何猖狂。	胡人的兵马怎么会这样猖狂。
老将一失律，	老将偶尔犯了一点错误，
清边生战场。	安宁的边疆就可能变成战场。
君臣忍瑕垢，[③]	君臣蒙受了奇耻大辱，
河岳空金汤。[④]	纵有大河高山也不能固若金汤。
重镇如割据，	地方将帅的兵权太重就会像割据，
轻权绝纪纲。[⑤]	中央权力太小自然不能坚持纪纲。
军州体不一，[⑥]	军队、州府没有统一的体制，
宽猛性所将。[⑦]	宽严全看个人性格是柔是刚。

嗟彼苦节士，[8]	可叹那死死坚持节操的人，
素于圆凿方。[9]	素来不随机应变，哪管凿圆枘方。
寡妻从为郡，[10]	寡妇愿到他治理的州郡来居住，
兀者安堵墙。[11]	肢残人在家里也能生活得稳当。
凋弊惜邦本，[12]	人民太贫困，该爱惜国家的根基，
哀矜存事常。[13]	他心存怜悯，让人民的负担维持正常。
旌麾非其任，	可是指挥军队却不是他所能胜任，
府库实过防。	府库管得太紧，不肯给部下重赏。
恕己独在此，[14]	只有这一点，他对自己太宽容，
多忧增内伤。	竟招来许多忧患，增添了内伤。
偏裨限酒肉，[15]	限制供给偏裨将领的酒肉，
卒伍单衣裳。	士兵们穿的是单薄的衣裳。
元恶迷是似，[16]	罪魁用似是而非的话迷惑人心，
聚谋泄康庄。[17]	聚众密谋之后就闹到街上。
竟流帐下血，[18]	鲜血竟在营帐里流淌，
大降湖南殃。	湖南地方遭到惨烈祸殃。
烈火发中夜，	半夜里烈火突然燃烧，
高烟燋上苍。[19]	浓烟冲天，把天空烤得焦黄。
至今分粟帛，	至今还在私分府库里的粟米布帛，
杀气吹沅湘。	杀气一直在沅水湘江上飘荡。
福善理颠倒，[20]	行善的人遭到恶报，是非完全颠倒，
明征天莽茫。	这表明天理难测，使人感到迷茫。
销魂避飞镝，	我丧魂失魄地提防着飞箭，
累足穿豺狼。[21]	赤着脚奔跑，避开周围的豺狼。
隐忍枳棘刺，[22]	被荆棘刺伤了也只能忍耐着，
迁延胝研疮。[23]	拖延得太长久，脚底的老茧成了烂疮。

远归儿侍侧，[24]	从远道归来的儿子跟随着我，
犹乳女在旁。[25]	还在哺乳的女儿也伴在我身旁。
久客幸脱免，	漂泊多年，这次总算又幸免了一场灾难，
暮年惭激昂。[26]	我这暮年人真惭愧，已不能再像往日慷慨激昂。
萧条向水陆，	凄凉、颓丧地沿着水路陆路逃窜，
汩没随鱼商。	混在人群中，跟随着渔民和行商。
报主身已老，	想为皇上效力，但我年已衰老，
入朝病见妨。	要回朝廷去，无奈疾病把我阻挡。
悠悠委薄俗，[27]	只得随着浇薄世俗一天天混日子，
郁郁回刚肠。[28]	满腔郁闷，不断回转着刚肠。
参错走洲渚，[29]	乱纷纷走过多少处江边洲渚，
舂容转林篁。[30]	来来去去转过多少处竹丛林莽。
片帆左郴岸，[31]	我的小船向东南往郴州进发，
通郭前衡阳。	前面有座大城郭，那正是衡阳。
华表云鸟阵，[32]	华表耸立，群鸟在云烟中飞翔。
名园花草香。	名园处处，送来花草芳香。
旗亭壮邑屋，[33]	高高的旗亭在市镇房屋上多么壮观，
烽橹蟠城隍。[34]	烽火台和守望楼一座座环绕着城墙。
中有古刺史，	这州城的刺史还保存着古风，
盛才冠岩廊。[35]	在人才繁多的朝廷里，他最有威望。
扶颠待柱石，	挽救危亡要倚仗国家的柱石，
独坐飞风霜。[36]	他一人坐镇，威风凛凛，像飘飞风霜。
昨者间琼树，[37]	昨天我在州府琼树林般的贤才群里，
高谈随羽觞。[38]	一边畅谈，一边传递着羽觞。
无论再缱绻，	且不说又和朋友们亲密相聚，
已是安苍黄。	我终于安下心来不再惊惶。

剧孟七国畏，[39]	像汉朝的豪侠剧孟，七国听见他的名字就畏惧，
马卿四赋良。[40]	像司马相如作了四篇名赋，文才受到人们夸奖。
门阑苏生在，[41]	刺史门里有这样一位苏生，
勇锐白起强。[42]	他的勇猛连秦国的白起也比不上。
问罪富形势，	讨伐叛逆的形势十分有利，
凯歌悬否臧。[43]	赏罚分明，凯歌即将高唱。
氛埃期必扫，	叛逆的尘埃一定会被扫清，
蚊蚋焉能当。[44]	这样强大的力量，蚊蚋怎能抵挡。
橘井旧地宅，[45]	郴州的橘井是苏耽在人间的旧宅，
仙山引舟航。[46]	那里的仙山吸引我驾船前往。
此行怨暑雨，	这次旅途上炎热多雨令人怨烦，
厥土闻清凉。	听说郴州那地方却比较凉爽。
诸舅剖符近，[47]	我的舅父不久前到那里做刺史，
开缄书札光。	打开他的来信觉得满眼辉光。
频繁命屡及，	一次次叫我去他那里，
磊落字百行。	俊秀的字迹写了上百行。
江总外家养，[48]	我像江总那样感谢在外婆家寄养，
谢安乘兴长。[49]	也将像谢安那样乘着兴致去他那里拜望。
下流匪珠玉，[50]	我是个卑微的人不是贵重的珠玉，
择木羞鸾凰。[51]	自愧不是鸾鸟凤凰，择木而栖自然谈不上。
我师嵇叔夜，[52]	我把嵇康当作榜样，
世贤张子房。[53]	世上的人们却赞美多才的张良。
柴荆寄乐土，[54]	我将把家寄居在这片乐土，
鹏路观翱翔。[55]	眼看你们像大鹏一样展翅翱翔。

注释:

① 大历五年四月，潭州发生了兵马使臧玠杀死潭州刺史崔瓘的兵变，杜甫一家人匆匆南逃，打算到郴州投靠舅父崔伟（参看本卷《奉送二十三舅录事之摄郴州》注①）。到达衡阳时，曾应衡州刺史阳济的邀请参加了宴会，与阳济及先到达衡阳的苏涣（见本卷《苏大侍御访江浦》注①）等会晤。这首诗先论列潭州兵变的原因和教训，再记述旅途情况，赞扬阳济、苏涣等的才能，最后说明了去郴州的缘由。

② 汉仪，借代唐朝的政治制度、礼法。这句诗实际是反衬，不敢直接指斥朝廷，只能靠下面一句诗把真相揭出。

③ 瑕垢，在这里指耻辱。垢，同“诟”，意思是羞耻。《左传·宣十五年》：“瑾瑜惹瑕，国君含垢。”

④ 金汤，“金城汤池”之简语，喻城防的牢固。尽管如此，也不能抵御入侵之敌，故诗中说“空金汤”。

⑤ 轻权，指中央权力削弱。绝纪纲，指地方军政首长不遵法令。

⑥ 军州，地方驻军的营帐和州郡的府署。体不一，指规章制度与措施不统一，军政不能团结一致。

⑦ 宽猛，指治理的宽松和严厉。性所将，是说一切由长官的性格（刚、柔等）决定。

⑧ 苦节士，指被臧玠杀害的潭州刺史崔瓘。《仇注》引《旧唐书》：“瓘以士行闻，莅职清谨，迁潭州刺史，政在简肃，恭守礼法。”可见崔瓘是个不谋私利，严格遵守规章制度的官员，所以称他为“苦节士”。

⑨《楚辞·九辩》：“圆凿而方枘兮，吾固知其龃龉而难入”。凿，指在木料上所凿的孔；枘，音“瑞”（ruì），指揳入木孔内的木端，即现代汉语所说的“榫头”，“接榫”。方枘圆凿，常指事物不能相互配套或比喻人不能灵活地采取措施与外界适应。

⑩ 寡妻，有两义，一指“嫡妻”，即所谓“正室”。《诗·大雅·思齐》“刑于寡妻”，就是用这个意义。《仇注》据此解释这句诗说：“寡妻从郡，谓瓘无姬妾之好。”此外又引赵注：“自崔为郡之后，寡妻亦得其所。”这是用“寡妻”的另一义，即寡妇。译诗取赵说。

⑪ 兀者，原义是刖足者，引申指肢残人。

⑫ 邦本，指人民。《书》："民惟邦本。"凋弊，指人民生活因捐税太重而极端贫困。

⑬ 事常，指政治措施的常态，诗中实际上是指按常规征收捐税，不无限制地增加人民负担。

⑭ 恕己，原谅自己。这句诗是说，对其他方面都严格要求自己，而在这一点上没有看出自己有错误。

⑮ 偏裨，偏将、裨将，泛指低级军官。限酒肉，喻物质待遇上受到过多的限制。

⑯ 元恶，首恶、罪魁祸首，指作乱的湖南兵马使臧玠。迷是似，以似是而非的，即似乎有道理的错误言论来迷惑人心。

⑰ 康庄，大路，《尔雅·释宫》："五达谓之康，六达谓之庄。"《史记·孟荀传》："为开第康庄之衢。"泄，指发泄愤怨。

⑱ 流帐下血，指潭州刺史崔瓘之被杀。

⑲ 燋，音"焦"（jiāo），意思也与"焦"相同。上苍，指天空。

⑳ 福善理，"行善得福"之理的简语。

㉑ 累足，就是裸足，赤脚。豺狼，喻叛乱的军队。

㉒"枳"是一种果树，叶如橙而多刺。枳棘，与荆棘意思相似。

㉓ 胝，音"知"（zhī），脚掌的厚皮，俗称老茧。研，通"趼"，也就是"老茧"。

㉔ 杜甫死后，次子宗武住在湖南。四十多年后为杜甫迁葬并请元稹作墓志铭的杜嗣业就是宗武之子。宗文的下落不明，有人说留在蜀境。这里说的"远归儿"很难确定是谁。

㉕ 有的注家认为"犹乳女"是杜甫的幼女，尚在食母乳。但杜甫当时五十九岁，估计杜甫杨氏夫人年龄不会小于四十五岁（按十六岁结婚计算），似乎不应有这样小的女儿。也许"犹乳女"是指正在为婴儿（杜甫的外孙）哺乳的女儿，女儿出嫁后，女儿、女婿跟随在他的身边。这些都是臆测之语。杜甫诗中反映了许多历史事件和不少友人行踪，但家庭中有不少情况却未提及，使后人无法弄清楚。

㉖《仇注》："曰惭激昂，恨不讨贼。"惭激昂，是说感到惭愧，由于不再有慷慨激昂的杀贼报国之志。

㉗ 悠悠，喻时光之流逝。委，据《说文》，意思是随从。

㉘ 刚肠，喻人之正直。回刚肠，喻心中愤怒。

㉙ 这两句诗描写登船南行以前在江边一带逃难的状况。参错，指一家人前后参错不齐地奔走。

㉚ 舂容，同“从容”，按本义，撞钟一来一回，谓之“舂容”，这里正是指跑来跑去，而非通常所说的“从容不迫”之意。

㉛《仇注》：“郴在衡之东南，故云‘左郴岸’。”郴州位于郴水东岸，故以“左郴岸”指代郴州。按“左”，有“下”之义，“左郴岸”，即“下郴岸”，谓将去郴州也。

㉜“云鸟阵”之“阵”，旧作“埤”，蔡梦弼本作“阵”。《仇注》引朱注：“《韵会》：‘埤，增也，厚也。’于‘云鸟’难通。公诗‘共说总戎云鸟阵’（见第十三卷《将赴成都草堂途中有作先寄严郑公》第五首），作‘阵’字是。”在这诗中，作“云鸟阵”仍不可解。按“埤”字与“堁”字形状接近，“埤”字可能是“堁”字之讹。“堁”音“课”（kè），《淮南子·主术》：“扬堁而弭尘”，高诱注：“堁，尘塺也，楚人谓之堁，动尘之貌。”似乎能通。

㉝《仇注》引《西京赋》：“旗亭五里，府察百隧。”注：“旗亭，市楼。”大概是一种街市房屋建筑形式。

㉞ 烽，指烽火台，为报警用来燃烧烽火的建筑物。橹，即楼。《后汉书·匈奴传》：“橹，即楼也。《释名》曰：‘楼无屋为橹也。’”隍，护城河。城隍，泛指城墙。

㉟《文选·游蒜山诗》：“空食疲廊肆。”李善注：“廊，岩廊也，朝廷所在也。”岩廊，殿旁的建筑，借喻朝廷。

㊱ 独坐，原指在朝中设有专座的大臣。这里是说刺史在州府中独居高位。飞风霜，喻威风凛凛。

㊲《仇注》引古诗：“安得琼树枝，以解长饥渴。”又如江淹诗：“愿一见颜色，不异琼树枝。”诗中以“琼树”比喻贤才。

㊳ 羽觞，古代一种形状似鸟的酒器，在酒筵上依次传递而饮。

㊴ 剧孟，汉代人，以任侠著名。吴楚等七国反，周亚夫为太尉，乘传车将至河南，得剧孟，喜曰：“吴楚举大事而不求孟，吾知其无能为也。”诗中以他比喻苏涣，因苏涣

年轻时也以任侠著名。

㊵ 马卿四赋，指司马相如和他的四篇著名的赋：《子虚》《上林》《哀二世》及《大人》。这句诗是赞美苏涣像司马相如一样富于文才。

㊶ 门阑，这里指衡州刺史阳济的门下，也就是府里。苏生，指苏涣，见本卷《苏大侍御访江浦》注①。

㊷ 白起，战国时秦国的名将。这里用来比喻苏涣，赞美他的军事才能。

㊸ 否臧，出于《易·师》："初六，师出以律，否臧凶。"《释文》："否，恶也；臧，善也。"把"恶"当作"善"，当然不吉。这也就是说进行征伐，必须善恶分清，赏善罚恶。所谓"悬否臧"，也就是"赏罚分明"的意思。

㊹ 蜹，音"瑞"（ruì），吃人畜血的小虫。诗中以"蚊蜹"比喻叛军。

㊺ 橘井，指苏耽井，在郴州。苏耽成仙后，他的故居留在人世间，故称为"地宅"。参看第十六卷《八哀诗（八）：故右仆射张九龄》注⑱。

㊻ 仙山，据《后汉书注》，指郴州的马岭山，山上有苏耽坛。

㊼ 据本卷《奉送二十三舅录事之摄郴州》，崔是代理郴州刺史；但这里用了"剖符"（分给代表权力的符节）一语，似乎已正式任命为郴州刺史。近，指时间而言。

㊽《仇注》引《陈书》："江总七岁而孤，依于外氏（外祖父家），聪敏有至性。"杜甫幼年丧母，曾寄养于姑母家，根据这句诗，可看出杜甫也曾在外祖父家寄养过。因而对舅父有着特别深厚的感情。

㊾ 谢安爱山水，曾隐居会稽东山。这句诗是以谢安比喻自己，到郴州去是为了游山玩水与隐居，而不是为了做官。

㊿ 下流，犹言"下品"，不是珠玉一般的宝贵人才，这是杜甫自谦之语。

51 鸾凤择木而栖，但杜甫此行不是为"择木"而来；用一"羞"字，表示自己并非鸾凤。这句诗以及前后几句都是表明心迹的话，他是逃难来的，只想有个地方能栖居，没有任何其他要求。说这些话都是为了让崔录事放心，不会使他作难，只求收留暂住。但杜甫并未停留在郴州，他大概受到了冷遇；或者发生了其他意外，又掉转船头向北航行了。

㊷ 嵇叔夜，即嵇康，以疏放见称。师嵇叔夜，就是学他那样脱离官场，过放逸的生活。

㊸ 子房，张良的字。原注："彼掾张劝。"这句诗是称赞郴州掾（刺史的属吏）张劝的话。以张良相比，是赞美他的才能很高。据《通鉴》，张劝在德宗建中年间官至陕虢节度使。

㊹ 柴荆，指家庭。乐土，指郴州地方。

㊺ 这句诗是祝贺崔伟和张劝前程远大。

◎ 逃难[1] （五古）

五十白头翁，[2]	我这个五十多岁的白头老翁，
南北逃世难。	匆匆南来北往，逃避人世的灾难。
疏布缠枯骨，	粗布衣衫缠裹一身瘦骨头，
奔走苦不暖。	奔走不停，还觉得身上不暖。
已衰病方入，	已经衰老了，疾病又上了身，
四海一涂炭。[3]	各地都这样，人民困苦不堪。
乾坤万里内，	在天地间跑了万里路程，
莫见容身畔。	也没有找到一处能容身的地面。
妻孥复随我，	妻子儿女又都跟在我身边，
回首共悲叹。	回顾往事，全家人一起悲叹。
故国莽丘墟，	故乡成了一片荒芜的废墟，
邻里各分散。	邻里乡亲都四处逃散。
归路从此迷，[4]	从今起，连回去的路也迷失了，
涕尽湘江岸。	在湘江旁，我的眼泪已流干。

注释：

① 诗人从当前的一次逃难（指大历五年四月，避臧玠之乱，逃出潭州的事，见上一首诗注①）想到安史之乱发生以来的逃难。从天宝十五载以来，杜甫一直是在过逃难的生活，远离故乡，不能归去，在异乡又无处可容身，真是太痛苦了。这首诗直接抒发了自己遭受的痛苦，而这也正是广大人民遭受的痛苦。作于逃难途中。

② 作这诗时，杜甫已五十九岁。五十，是指过了五十岁。

③ 涂炭，出自《书·仲虺之诰》："有夏昏德，民坠涂炭。"喻人民困苦不堪，如陷入泥淖，落入火坑。

④ 这句诗是说，回乡的希望也已渺茫，完全陷于绝望。

◎ 白马[①]（五古）

白马东北来，	从东北方跑来了一匹白马，
空鞍贯双箭。	马鞍上没有人，却被两枝箭射穿。
可怜马上郎，	可怜原来那骑在马上的少年，
意气今谁见。	他的英雄气概谁还能看见。
近时主将戮，[②]	日前有位主将被杀戮，
中夜伤于战？[③]	难道他也是在半夜混战中遭难？
丧乱死多门，	战乱的年头死的危险各种各样，
呜呼泪如霰。	我长叹一声，泪水像雪珠般迸散。

注释：

① 这是在潭州发生兵变后，杜甫所写直接反映战乱惨状的一首诗。骑马的人不见了，空鞍已被双箭贯穿。骑马的人究竟是谁呢？又为什么失踪了呢？在混乱的年代，人的生命是得不到任何保障的。诗人还能说些什么呢？除了慨叹和眼泪。

② 主将戮，是指潭州刺史崔瓘被杀的事。

③ 伤于战，一作“商於战”。黄鹤用大历三年三月商州兵马使刘洽杀防御使殷仲卿的事来解释“商於战”。商州即古“商於之地”。显然是牵强的。仍以作“伤于战”为宜。由于诗中所写的主要对象是死去的“马上郎”，这一句也应是对他而发，不是说主将的死。译诗以疑问句的方法来表达，表示这是目睹空鞍白马者的猜测。

◎ 舟中苦热遣怀奉呈阳中丞通简台省诸公[①]（五古）

愧为湖外客，	真惭愧，我作为一个远客来到洞庭湖南，
看此戎马乱。[②]	亲眼看见这次军队暴乱。
中夜混黎甿，[③]	半夜和黎民百姓混在一起，
脱身亦奔窜。	逃出了性命，又一起奔窜。
平生方寸心，[④]	我素来有一颗报国的心，
反当帐下难。[⑤]	没想到竟遇见主将部下发动的叛乱。
呜呼杀贤良，	可叹那叛将杀害了贤良的官员，
不叱白刃散。[⑥]	竟没有人大喝一声，把手持白刃的乱兵驱散。
吾非丈夫特，	我不是杰出的男子汉，
没齿埋冰炭。[⑦]	一辈子心中藏着互不相容的冰炭。
耻以风病辞，[⑧]	我因风痛病辞了官职自觉可耻，
胡然泊湘岸。	自己也不明白，怎么会把船停泊在湘江岸边。
入舟虽苦热，	在船舱里虽然闷热得难受，
垢腻可溉灌。[⑨]	却还能天天把身上的垢腻洗盥。
痛彼道边人，[⑩]	那些倒在路边的人才真令人悲痛，
形骸改昏旦。[⑪]	他们的形骸早晚之间就完全改变。

中丞连帅职，[12]	阳中丞负起州郡联军统帅的重任，
封内权得按。[13]	在您管辖的地界内该由您来掌权。
身当问罪先，	您走在伐叛部队的前列，
县实诸侯半。[14]	您一个州的属县占几个州属县总数的一半。
士卒既辑睦，[15]	部下战士原来就和睦团结，
启行促精悍。	出发行军就使他们更加猛锐勇悍。
似闻上游兵，[16]	似乎听说湘江上游的军队，
稍逼长沙馆。[17]	也已经稍稍推进，逼迫长沙驿馆。
邻好彼克修，	他们和邻郡部队一定能友好相处，
天机自明断。[18]	对变化莫测的局势作出英明决断。
南图卷云水，[19]	在南方大展雄图，一举平定云水茫茫的江湘，
北拱戴霄汉。[20]	拱卫北方，使朝廷安全。
美名光史臣，	这位大臣的美名将光照史册，
长策何壮观。	他的远大策略是多么宏伟壮观。
驱驰数公子，[21]	几位公子来往奔走联络，
咸愿同伐叛。	都愿意齐心合力，讨平叛乱。
声节哀有余，[22]	可是却有人抑制着悲愤声，不让哀痛完全发出，
夫何激衰懦。	这样又怎能使沮丧怯懦的人奋发勇敢。
偏裨表三上，[23]	用低级将领的名义再三上表朝廷，
卤莽同一贯。[24]	轻率的举动显然前后一贯。
始谋谁其间，[25]	当初是谁参与了叛乱的密谋，
回首增愤惋。	回顾那时情况更加令人愤怒。
宗英李端公，[26]	李端公是宗室的英才，

守职甚昭焕。	忠于职守的美名远传。
变通迫胁地，[27]	在危急的形势下能出奇应变，
谋划焉得算。	他的谋略计划谁能事先推算。
王室不肯微，	王室的权力决不容许削弱，
凶徒略无惮。	凶暴的叛徒却一点也不畏惮。
此流须卒斩，	这些家伙最后一定会斩除干净，
神器资强干。[28]	巩固政权要靠宗室强有力的骨干。
扣寂豁烦襟，[29]	敲扣寂寞的夜空，使我烦躁的胸襟得宽舒，
皇天照嗟叹。	老天爷一定能明白我为什么嗟叹。

注释：

① 这是大历五年四月臧玠之乱发生后，杜甫逃到衡阳，在船上所写议论时局的诗，呈献给御史中丞兼衡州刺史阳济及出兵参与伐叛的朝廷台省（主要指御史台）官员裴虬（侍御史兼道州刺史）、李勉（御史大夫兼广州刺史）等人。诗中勉励他们平定乱事，保卫唐朝政权；并对某些暗中和叛军勾结，并借下级军官名义胁迫朝廷的人痛加揭露、指摘。“阳中丞”一作“杨中丞”，那应指杨子琳（一说是杨琳），他是澧州刺史，这与诗中所说情况不合，恐为刊误。况且杨子琳正是诗中所抨击的那个未指名的人（参看注㉒），杜甫更不可能献诗给他。

② 此戎马乱，指大历五年四月发生的潭州叛乱事件。

③ 甿，音“萌”（méng），农民。这里泛指黎民。

④《三国志·蜀书·诸葛亮传》徐庶语：“本欲与将军共图王霸之业者，以此方寸之地也；今已失老母，方寸乱矣。”以“方寸”指心。这诗中说的“方寸心”是指藏在心中的某种思想、意志等，译诗中写成“一颗报国的心”。

⑤ 帐下，军营中，主将的部下也常称“帐下”。帐下难，即部下叛乱的事件。

⑥ 这一句诗的主语是谁，不明确。有人理解为被杀的刺史崔瓘，说他在叛军前面没有威望，无力制止叛乱；有人认为是杜甫自责之语，但杜甫并不是刺史的僚属。其实，应指变故发生时在潭州刺史崔瓘身边的官员，很难说是哪个具体的人，因此译诗把这

句诗处理为不定主语句。

⑦ 没齿，《仇注》引《汉书·萧望之传》注："没齿，终身也。"冰炭，不能相容之物，可比喻内心矛盾，心怀愤郁。译诗按这词语的表面意思译写，以免片面或简单化地理解这句诗的内容。

⑧ 风病，古代多指神经痛、神经麻痹等病。第二十二卷《清明二首》第二首有"右臂偏枯耳半聋"之句，可见杜甫患神经系统的疾病由来已久。辞，辞去官职。这是指永泰元年（765 年）杜甫辞去严武幕府职务的事。可知当时是以风病为理由辞职的。

⑨ 溉灌，本义是浇灌农田、园圃，这里是指洗盥沐浴。"溉"通"摡"，意思是洗涤。管礼耕《操敦斋文集·摡溉辨》："涤器用手亦用水，摡溉互用，义固可通。"

⑩ 道边人，指战乱中被杀死在路边的人。

⑪ 形骸改，指从生存到死亡、腐朽的变化。

⑫ 中丞，指御史中丞兼衡州刺史阳济。《仇注》引《礼记·王制》："十国以为连，连有帅。"连帅，作名词用。臧玠叛变后，湖南诸州郡联合讨伐臧玠，阳济为伐叛联军的统帅。

⑬ 封内，指刺史所辖州郡内的地方。当时的伐叛军在衡州境内集中，故诗中这样说。按，意思是控制，管理。

⑭ 上一句"问罪先"，指担任伐叛军的先锋。这一句的"县"，指衡州所辖属县。诸侯，指参加伐叛的各州郡所有的属县。这句是说衡州是一个大州郡，实力比其他州郡雄厚。

⑮ 辑，在古汉语中有"和"的意思，指人们相互团结友好的关系。《诗·大雅·抑》："辑柔尔颜。"

⑯ 上游，指湘江上游，这里是指道州。道州在潇水畔，是湘江上游的主要支流。上游兵，指道州刺史裴虬所统率的军队。

⑰ 长沙馆，长沙的驿馆，借代潭州境域。

⑱ 天机，指由多种因素造成的变化莫测的局势，因为它不是人们所能左右的，也不是人们所能完全预测的，故称之为"天机"。

⑲ 卷云水，席卷云水，喻平定湖南的局势。这句诗是向裴虬提出的希望。

⑳ 北拱，拱北辰，见本卷《追酬故高蜀州人日见寄》注⑫。霄汉，也是比喻皇帝。戴霄汉，指拥戴唐朝政权。

㉑ 数公子，指参与平叛的几个刺史。古代称诸侯之子为“公子”；诸侯之子，能继承诸侯的地位，具有诸侯的身份。后代称刺史为“诸侯”，因而也可用“公子”称诸侯。据下一句诗的内容，知此“驰驱”主要是指几位刺史之间的来往协商、联络。

㉒ 从这句诗开始的六句诗，是对无伐叛决心者的指摘与揭露。《仇注》：“《通鉴》谓杨子琳起兵讨（臧）玠，取赂而还。”

㉓《仇注》引钱笺：“唐时藩镇有事，俱用偏裨将上表，假众论以胁制朝廷。”

㉔ 卤莽，今多写作“鲁莽”，行动轻率。这里是指澧州刺史杨子琳的中途撤兵和臧玠叛乱的行为同样是错误、轻率的，故说“同一贯”。

㉕ 这里的“间”读去声。意思是“厕身其中”，也就是“参与”的意思。始谋，指臧玠叛乱前的密谋。这句诗是揭露杨子琳与臧玠叛乱事件有牵连。

㉖ 李端公，指御史大夫兼广州刺史李勉。端公，对御史台官员之尊称，参看第二十二卷《湘江宴饯裴二端公赴道州》注①。宗英，“宗室精英”的简语。

㉗ 变通，指灵活、随机应变地决策。迫胁地，喻危险、紧迫的环境。

㉘ 神器，国家统治权。强干，指宗室中有能力的人。

㉙ 扣寂，有寻求知音的意思。陆机《文赋》：“叩寂寞而求音。”这句诗是说，想借这篇赠阳中丞等人的诗来求得人们对自己的理解，并排解胸中的郁闷。

◎ 江阁对雨有怀行营裴二端公[①]（五律）

南纪风涛壮，[②]	南国的江河上风狂浪大，
阴晴屡不分。	时阴时晴，天气变化不定。

野流行地日，　　原野上，阳光刚贴着地面流过，
江入度山云。　　江面上又飘来越过山岭的阴云。
层阁凭雷殷，　　我倚在高阁上听远处雷声不停，
长空面水文。[3]　　长空下，水面现出一圈圈波纹。
雨来铜柱北，[4]　　大雨从铜柱北面猛然袭来，
应洗伏波军。[5]　　该把伏波将军的甲兵冲洗干净。

注释：

① 裴二端公，即侍御史、道州刺史裴虬，见第二十二卷《湘江宴饯裴二端公赴道州》注①。江阁，指衡州江边的驿楼。裴虬当时率兵伐叛，正在半途，故诗中说他在“行营”中。

② 南纪，见第十六卷《八哀诗（二）：故司徒李公光弼》注㉗。

③ 水文，水上的波纹。这里是说因雨点大而在江面溅起波纹。

④ 铜柱，不是指马援铜柱，而是指衡阳北面的铜柱。见第二十二卷《公安送李二十九弟晋肃入蜀余下沔鄂》注④。

⑤ 伏波军，东汉马援封伏波将军。这里以“伏波军”代替裴虬统率的军队。洗，指“洗甲兵”“洗兵马”，见第六卷《洗兵行》注㉞所引《仇注》。用在这里，赞美军事行动出于正义，符合天意。

◎ 题衡山县文宣王庙新学堂呈陆宰[1]（五古）

旄头彗紫微，[2]　　当旄头妖星扫过紫微星座，
无复俎豆事。[3]　　谁还再重视礼乐，举行祭祀。
金甲相排荡，[4]　　接连几次遭到战乱的冲击，

青衿一憔悴。[⑤]　　儒生学子尽都容颜憔悴。
呜呼已十年，[⑥]　　啊，一转眼已经过了十年，
儒服弊于地。[⑦]　　穿儒服的人被看得一钱不值。
征夫不遑息，　　应征当兵的人长久得不到休息，
学者沦素志。　　读书人原来的志愿都已丧失。
我行洞庭野，　　我走在洞庭湖南面的原野上，
欻得文翁肆。[⑧]　　忽然发现这座学堂，像继承文翁治蜀的遗意。
侁侁胄子行，[⑨]　　这么多世家子弟聚集一起，
若舞风雩至。[⑩]　　像孔门弟子登舞雩祭坛，迎着春风来到这里。
周室宜中兴，[⑪]　　唐朝应该能够中兴，
孔门未应弃。　　孔子开创的学业不该被抛弃。
是以资雅才，　　因此要倚仗有才能的学者，
涣然立新意。　　发扬儒学的光辉，创立新意。
衡山虽小邑，　　衡山虽然是个小县城，
首唱恢大义。[⑫]　　却首先倡导复兴这样的大事。
因见县尹心，[⑬]　　从这里能看出县令的心思，
根源旧宫閟。[⑭]　　根源是古老的儒学奥秘。
讲堂非曩构，　　这讲堂不是往昔的旧建筑，
大屋加涂塈。[⑮]　　巨大的屋顶笼罩涂灰泥的四壁。
下可容百人，[⑯]　　下面能容纳成百的人，
墙隅亦深邃。　　墙角落里也那么深邃。
何必三千徒，[⑰]　　哪里一定要有三千个生徒，
始压戎马气。[⑱]　　才能压制住战争的妖气。
林木在庭户，　　庭院里种的树木已长大成林，
密干叠苍翠。　　密密的枝干，一层层苍翠。
有井朱夏时，[⑲]　　还有一口水井，当炎夏来临时，

辘轳冻阶戺。[20]	好用辘轳汲起的凉水洒遍阶砌。
耳闻读书声，	当琅琅读书声传进人们耳里，
杀伐灾仿佛。[21]	战伐的灾难该会逐渐消弭。
故国延归望，	我不禁遥想故国，引起还乡的愿望，
衰颜减愁思。	衰老的容颜上也消减了愁思。
南纪改波澜，[22]	这南方土地上世风在开始改变，
西河共风味。[23]	已有了子夏在西河讲学的风气。
采诗倦跋涉，	我感到疲惫，不能再跋涉山川去民间采诗，
载笔尚可记。[24]	可是拿起笔杆还能记事。
高歌激宇宙，	我放声歌唱，让歌声激荡着宇宙，
凡百慎失坠。[25]	在一切事情里，最重要的是千万别让儒学荒废。

注释：

① 大历五年春夏间杜甫在臧玠兵变后自潭州南奔逃难，经过衡山县，参观了陆县令倡建的学堂，作了这一首诗。这学堂附设在孔子庙内。唐贞观四年，诏州县皆作孔子庙，开元二十七年谥孔子为文宣王。文宣王庙，即孔子庙。这首诗中议论了提倡儒学的重要意义，描述了学堂的宏伟建筑和幽静的环境，并对陆县令的提倡儒学热情加以赞扬。

② 旄头，胡星，象征叛乱者。紫微，即紫微宫，象征帝王的宫殿。彗，指彗星尾部发出的光，参看第十九卷《秋日夔府咏怀奉寄郑监李宾客》注㉝。这句诗是说安禄山发动叛乱。

③《论语·卫灵公》：“俎豆之事，则尝闻之矣；军旅之事，未之学也。”这是孔子说的话。俎豆，是两种祭器，俎豆事，指祭祀大典，这是古代维系社会机制的重要手段，儒家对此十分重视。

④ 金甲，即兵甲，喻战争。

⑤ 青衿，指学子，读书人。见第十八卷《折槛行》注④。

⑥ 自安禄山开始叛变的天宝十四载（755 年）十一月至大历五年（770 年），已十五年。

说“十年”，似乎是从杜甫入蜀时（上元元年，760 年）算起。那么，这诗中所说的“青衿”，也可能是杜甫自谓。

⑦ 弊于地，与“斯文扫地”之“扫地”同义，意思是在社会上地位极低，受人轻视。

⑧ 文翁，见第十三卷《将赴荆南寄别李剑州》注③。“肆”与“肄”通。《礼·玉藻》：“肆束及带。”注：“肆读为肄。肄，余也。”《诗·周南·汝坟》：“伐其条肄。”传：“肄，余也，斩而复生曰肄。”儒学因战乱而摧残殆绝，陆宰兴建学堂，如恢复文翁治蜀时提倡儒学的事业一样。

⑨《楚辞·招魂》：“往来侁侁。”注：“侁侁，众多貌。”侁，音“身”（shēn）。胄子，贵族、世家子弟。

⑩ 舞风雩，把“舞雩”及“风乎舞雩”两语结合为一体。舞雩，古代的一种祈雨舞蹈，后代也用来指舞雩的地方。“风乎舞雩”则见于《论语·先进》：“春服既成，冠者五六人，童子六七人，浴乎沂，风乎舞雩，咏而归。”这是儒家学子一种理想的生活境界。这里用来比喻衡山学堂中士子的学习生活。

⑪ 周室，借代唐室，唐王朝。

⑫《仇注》：“刘歆《移太常书》：‘夫子没而微言绝，七十子终而大义乖。此诗正指建学为‘大义’。”

⑬ 县尹，即县令，县宰。心，指用心，思想。

⑭ 旧宫阃，比喻深奥的旧学，指儒学。

⑮ 大屋，巨大屋顶。涂塈，见于《书·梓材》：“惟其涂塈茨”。《释名·释宫室》：“塈，细泽貌也。”塈，音“既”（jì）。涂塈，是指墙上涂泥、石灰一类涂料作为装饰。

⑯《仇注》本作“万人”，《九家注》本等作“百人”。建“万人”大厦，古代无此可能。据下面的“何必三千徒”，可断言其能容的人数远在三千人以下。因此作“百人”较为合理。

⑰ 古代传说孔子有生徒三千人。《书·伪孔传》：“三千之徒，并受其义。”

⑱ 戎马气，指战乱的气氛。

⑲ 朱夏，即炎夏。

⑳ 辘轳，为汲井取水的转轴。冻，寒凉。阶戺，即“阶砌”。“戺”音“士”（shì）。《广雅·释室》：“戺，砌也。”张衡《西京赋》：“金戺玉阶。”

㉑ 仿佛，原意是“疑是”，这里是作“虚存”解，由实际存在变成“虚存”，即“消弭”之意。

㉒ 南纪，见第十六卷《八哀诗（二）：故司徒李公光弼》注㉗。这里指衡山县境。波澜，可用来比喻从同一根源上发展起来的事物，如某种学问、技艺等；也可比喻世事的继承和发展。这里是指因多年战争而扰乱的世风。改波澜，指“改变世风”。

㉓《仇注》：“《史记》：‘子夏居西河教授，为魏文侯师。’《索隐》：‘西河，在河东郡之西界，盖近龙门。’”西河风味，即崇尚儒学的世风。

㉔ 古代有“采诗”的官，以搜集民谣、民歌为任务。这句诗是说，杜甫自觉年老，已无力到处巡行采集民歌。但所遇见的事却可以记下来，写进诗里。这一点颇值得注意，杜甫对诗歌的反映现实（记事）的职能是很重视的，诗并不只是“言志”，抒情，也可以“记事”。但这与现代“叙事诗”的概念完全不同，强调纪实，杜甫被后世称为“诗史”，绝不是偶然的。

㉕《诗·小雅·雨无正》：“凡百君子，各敬尔身。”凡百，是总括之词。这诗里是指“一切事”。

◎ 聂耒阳以仆阻水书致酒肉疗饥荒江诗得代怀兴尽本韵至县呈聂令陆路去方田驿四十里舟行一日时属江涨泊于方田[①]（五古）

耒阳驰尺素，　　您从耒阳城派人送来一封信，
见访荒江渺。　　到这洪水渺茫的荒江上把我寻访。
义士烈女家，[②]　　您是义士烈女家族的后代，

风流吾贤绍。　侠义助人的风格在您身上得到发扬。
昨见狄相孙，[3]　日前我曾遇到狄仁杰宰相的贤孙，
许公人伦表。　他称赞您，说您是同辈人的榜样。
前朝翰林后，[4]　您是前朝翰林的后人，
屈迹县邑小。　在小县做县令真是大才派了小用场。
知我碍湍涛，　您听说我被洪水急流阻挡，
半旬获浩溔。[5]　整整五天，除了浩浩洪水，我什么也没有遇上。
孤舟增郁郁，　独自守着小船，更增添了郁闷，
僻路殊悄悄。[6]　忧心悄悄，在这偏僻的地方。
侧惊猿猱捷，　岸旁猿猴腾跃那么轻捷使我惊异，
仰羡鹳鹤矫。[7]　抬头仰望，羡慕鹳鹤在云端高翔。
礼过宰肥羊，[8]　您的礼品比宰头肥羊还厚重，
愁当置清醥。[9]　正当我愁苦时给我送来清醇佳酿。
麾下杀元戎，　部下作乱杀死了主将，
湖边有飞旐。[10]　洞庭湖边，战旗在飘扬。
方行郴岸静，[11]　我正向那宁静的郴州江岸驶去，
未话长沙扰。　人们也没提起长沙的混乱扰攘。
人非西谕蜀，[12]　人们反对像汉朝安抚西蜀那样安抚叛乱者，
兴在北坑赵。[13]　恨不得像白起活埋赵卒，把叛军全部消灭光。
崔师乞已至，[14]　听说崔侍御请的救兵已经到达，
澧卒用矜少。　可惜澧州的兵卒太少，独力难当。
问罪消息真，　伐叛问罪的消息千真万确，
开颜憩亭沼。[15]　我露出笑容，停歇在驿亭池沼旁。

注释：

① 杜甫在衡阳作了短暂停留之后继续南下，想到郴州去依崔伟（参看本卷《入衡州》

注㊼及《奉送二十三舅录事之摄郴州》注①），在耒阳县北面被暴发的洪水困住，停留在方田驿，几至绝食。五天后，耒阳县聂县令得知这一情况后派人送了酒肉到方田驿，并给杜甫写了信。于是杜甫作了这首表示感谢的诗准备到达耒阳后送给聂县令，从方田驿到耒阳城陆路四十里，水路乘船要一天。这首诗押了十三个韵，一韵到底，没有换韵，诗题中的“兴尽本韵”指此。传说杜甫在方田驿吃了聂县令送的酒肉后生了病，就死在耒阳。耒阳留下了杜甫的坟墓，至今仍保存着。《新唐书·杜甫传》采取这一传说。《旧唐书》也有类似的记载，但时间误作永泰二年。四十三年后，即唐元和八年（813 年），杜甫的孙子杜嗣业（宗武子）为杜甫迁葬，把杜甫柩运回故乡偃师县首阳山安葬，请元稹作了一篇墓志铭。其中说杜甫“扁舟下荆楚间，竟以寓卒，旅殡岳阳。”历代研究者多认为杜甫后又回舟北驶，到达了长沙，在长沙还留下几篇诗；又继续北上，卒于旅途，故有“旅殡岳阳”之说。郭沫若则认为《唐书》所载的事是可信的，这首诗当为杜甫最后的一篇诗作。其说见《李白与杜甫》一书。但近年来，杜诗研究者多信元稹的记载，因今湖南省平江县有杜甫墓，旧县志所载事亦与元稹所著的杜甫墓志铭相合，按平江唐代未设县在岳州境内。旅殡岳州当无可疑。

②《史记·刺客列传》载有战国时聂政刺杀韩相侠累的事迹。聂政刺侠累后自杀，并自毁面容，以免牵累别人。聂政姊聂荌为了使聂政之名留传后世，伏尸痛哭曰：“此吾弟轵深井里聂政也。”自杀弟尸侧。由于聂令与聂政姊弟同姓，故称他出身“义士烈女”的家族。

③ 狄相孙，指狄博济，他是唐代名相狄仁杰的曾孙，与杜甫有交谊。第十九卷有《寄狄明府博济》一诗。

④ 前朝，指唐中宗、睿宗在位时期。《九家注》赵注疑“聂之父祖尝为翰林之职”。“前朝”一作“前期”，恐误。

⑤《汉书·司马相如传》：“然后灏溔潢漾。”灏溔，也写作“浩溔”，溔，音“杳”（yǎo），王先谦补注：“《玉篇》：‘浩溔，水无际也’。”

⑥ 悄悄，忧愁貌。《诗·邶风·柏舟》：“忧心悄悄。”

⑦《仇注》：“矫，矫翼而飞也。”

⑧ 古礼称牛、羊、豕三牲具备为“太牢”，无牛，只有羊豕为“少牢”。礼过宰肥羊，也就是指“牛肉”。《旧唐书》中的有关记载也说是“牛肉”。

⑨ 醥，音“缥”（piǎo），酒清谓之醥。清醥，指清酒，即今之所谓白酒、蒸馏酒。

⑩ 旐，可以指送殡时作为灵柩前导的幡，也可指一般旗帜。《仇注》：“湖边旐，崔瓘之丧。”当臧玠还在占据着长沙时，似不可能为崔瓘营葬事。飞旐，也可解释为军旗翻飞，是指军队的调动。译诗用后一种解释。

⑪ 这句诗是说杜甫正向郴州前进，所以才经过耒阳县境。

⑫ 汉代唐蒙通夜郎时，征发巴蜀吏卒，诛其渠帅，激怒了巴蜀人民。汉武帝使司马相如作檄晓谕安抚蜀人，使事态归于平静。

⑬ 战国时期秦将白起破赵后，活埋赵降卒四十万人。这两句诗是说，当时的舆论不赞成招抚臧玠，而主张严惩。

⑭ 原注：“闻崔侍御潩乞师于洪府（洪州，今江西南昌），师已至袁州（今江西宜春）北。杨中丞琳问罪将士，自澧上达长沙。”这两句诗叙述了长沙附近的局势。从语言表达的内容来看，是说澧州兵不够多，又请来洪州的援兵。本卷《舟中苦热遣怀奉呈阳中丞通简台省诸公》一诗中曾暗示杨子琳（一作杨琳）与叛军有勾结（参看该诗注㉒、㉕），这里所说的“澧卒”，就是澧州刺史杨琳的部下，说“澧卒用矜少”，也可能有讽刺之意。

⑮ 亭沼，指方田驿的馆亭和池沼。

◎ 回棹[①]（五古）

宿昔试安命，[②]	往昔我曾试着安于天命过活，
自私犹畏天。[③]	只顾保全自己，可也还畏惧苍天。
劳生系一物，[④]	人生忙碌为的是衣食，
为客费多年。	我在异乡漂泊，竟虚度了许多年。
衡岳江湖大，	衡山下的江湖多么辽阔，
蒸池疫疠遍。[⑤]	蒸池旁边疫疠到处蔓延。

散才婴薄俗，[6]	我本来是无用之才，又困在这风俗浇薄的地方。
有迹负前贤。	这样的行迹真对不起前代圣贤。
巾拂那关眼，[7]	手巾和拂帚都不放在眼前，
瓶罂易满船。[8]	酒瓶、酒瓮却易把船上堆满。
火云滋垢腻，	在火红的热云下，身上污垢多，
冻雨裛沉绵。[9]	夏季的暴雨淋得我多年的老病更加沉重绵延。
强饭莼添滑，	勉强进餐，靠莼羹把饭拌得滑些，
端居茗续煎。	安稳坐着煎茶喝，一碗接一碗。
清思汉水上，	我想起汉水上的爽适，
凉忆岘山巅。[10]	还有那风凉的岘山之巅。
顺浪翻堪倚，	顺水行船，反能倚仗浪涛的力量，
回帆又省牵。	转帆向北，又省得要人拉纤。
吾家碑不昧，[11]	我们杜家先祖的那块纪功碑至今仍没磨灭，
王氏井依然。[12]	王粲遗留的水井一直保存到今天。
几杖将衰齿，[13]	我这衰老的人随身带着靠椅手杖，
茅茨寄短椽。	托身一座小屋，茅草覆盖着短椽。
灌园曾取适，[14]	我往年也曾灌园种菜安闲度日，
游寺可终焉。	再到佛寺去逛逛，就这样，一辈子好过完。
遂性同渔父，[15]	要像渔父那样随着自己性情生活，
成名异鲁连。[16]	不想像鲁仲连那样博取美名流传。
篙师烦尔送，	篙师们哪，还得麻烦你们送一程，
朱夏及寒泉。[17]	盼望夏季未尽能到达故乡寒泉旁边。

注释：

① 杜甫决定从湖南北归，掉转船头，驶向襄阳。襄阳是杜甫家族的远祖杜预曾镇守过的地方，他的后代曾在襄阳定居，因而襄阳也可以算是杜甫的故乡。杜甫进入湖南后，

曾两次到过衡阳以南。大历四年春天，到达湖南后，在潭州稍停，便南下衡阳，当时曾写过《望岳》一诗（见第二十二卷），后来又回潭州；大历五年初夏，长沙发生臧玠之乱，又一次乘船到达衡阳，一直上行到耒阳附近。这首《回棹》诗究竟是写在第一次转向北行时，还是写在第二次北行时，历来有争议。仇兆鳌等认为是大历五年所作，黄鹤、浦起龙以及郭沫若等认为是大历四年所作。从诗的内容来看，完全未提及长沙臧玠作乱的事，与大历五年秋日始自湖南北归的情况不合，而且打算在夏日回到襄阳附近，因此，黄、浦、郭之说较为可信。

② 安命，“安于天命”的简语。这句诗的意思是，杜甫曾放弃过主观努力，过顺从天命、随遇所安的过活。

③ 自私，只顾自己活命，放弃了过去救世济民的大志。畏天，担心遇到危险，因为诗人把一切意外事归之于天意，故说“畏天”。

④《仇注》：“前《咏怀》诗（第二十二卷《咏怀二首》第二首）云‘衣食相拘阂’，即所云‘劳生系一物’。”“衣”“食”虽为两端，其为物则一。译诗从此说。

⑤《仇注》引《元和郡县志》：“衡阳城东傍湘江，北背蒸水。”又引《寰宇记》：“衡州衡阳县蒸水，源出县西。名蒸水者，其气如蒸也。”但“蒸池”仍不知何指。译诗中仍保留“蒸池”这一词语，姑且把它当作地名来理解。

⑥ 散才，指“樗散之才”，见第五卷《送郑十八虔贬台州司户》注②。第十六卷《夔府书怀》中也有“樗散尚恩慈”之句。

⑦ 巾拂，都是清洁用具。那关眼，问句，意思是不在眼前。在船中生活，一切从简，故巾、拂不放在身边。

⑧ 瓶罍，俱为盛酒的容器。常饮酒，船又狭小，故空酒瓶、空酒瓮易把船放满。

⑨ 冻雨，夏天的暴雨。裛，沾湿。

⑩ 岘山，在襄阳。《仇注》：“《晋书》：‘杜预平吴后，刻二碑纪绩，一立万山之上，一沈万山下潭中，曰：焉知此后不为陵谷乎’。”

⑪ 吾家碑，指杜预纪功碑。

⑫ 王氏井，王粲故居之井。见第十卷《一室》注⑤。

⑬ 几杖，见第一卷《赠韦左丞丈济》注⑩。

⑭ 灌园，指种蔬菜。杜甫在成都、夔州，都曾种过菜园，享受过田园之乐，故说“曾取适”。

⑮ 这里的“渔父”是泛称，不是《楚辞》里的那位“渔父”。

⑯ 鲁连，即“鲁仲连”，战国时期齐国人。秦军围攻赵国时，他在赵国，竭力反对尊秦为帝，宣称“彼即肆然称帝，连有蹈东海而死耳。”秦将闻之，为退兵五十里，后得平原君之救，终解赵围。这里是说，鲁仲连立了功，虽未受千金之赠，但还是为了博取义名，而杜甫则连名声也不想要了。故有异于鲁连。

⑰ 寒泉，指襄阳的井泉。

◎ 过洞庭湖[①]（五律）

蛟室围青草，[②]	蛟窟外面围绕着青草湖，
龙堆隐白沙。[③]	龙堆消失在白沙驿那边。
护堤盘古木，	盘曲的古老树干护卫着堤岸，
迎棹舞神鸦。[④]	神鸦飞舞着，迎接航船。
破浪南风正，	正南方吹来的风鼓帆破浪前进，
回樯畏日斜。	掉转船头时，炽热的太阳已快落山。
湖光与天远，	湖光连着天，一望无际，
直欲泛仙槎。[⑤]	我真想乘坐仙槎驶上蓝天。

注释：

①《仇注》引潘子真《诗话》：“（宋）元丰中，有人得此诗刻于洞庭湖中，不载名氏，以示（黄）山谷。山谷曰：‘此子美（杜甫）作也。’今蜀本收入。”按此诗所写过洞庭湖时的情绪颇为高昂，与杜甫北返时病情严重的状况不合，恐难确定为杜甫的作品。《仇注》本收存了这首诗，因而也把它保留在这里。如果真是杜甫所作，从诗中

"破浪南风正"可订为作于大历五年秋自湖南北归时。

② 青草，洞庭湖南面的青草湖。古代以为湖泽是蛟龙所居之地，故说"蛟室"。

③《仇注》引《一统志》："金沙洲在洞庭湖中，一名龙堆，延袤数里。"白沙驿，地名，第二十二卷有《宿白沙驿》一诗。

④《仇注》引《岳阳风土记》："巴陵鸦甚多，土人谓神鸦，无敢弋者。"

⑤ 仙槎，上天的木筏。参看第十七卷《秋兴八首》第二首注③。

◎ 登舟将适汉阳[①]（五排）

春宅弃汝去，	春天住的这住房我又将抛下它离去，
秋帆催客归。	秋天到了，船帆在催促我北归。
庭蔬尚在眼，	庭院里的蔬菜还映在我眼里，
浦浪已吹衣。	江边的浪花已喷溅上我的外衣。
生理飘荡拙，	到处漂泊，我不会为生计打算，
有心迟暮违。	年纪老了，想干什么也不能如意。
中原戎马盛，	中原如今战乱正紧张，
远道素书稀。	远方亲友的书信也很少寄来。
塞雁与时集，	塞外的雁群按时往南方聚集，
樯乌终岁飞。	一年到头乌鸦随着船桅杆翔飞。
鹿门自此往，[②]	我将从此到鹿门山去居住，
永息汉阴机。[③]	汉阴丈人说的那种心机将永远停息。

注释：

① 这首诗是在湖南时所写，想北上到汉阳去。杜甫晚年的行踪不定，他自己对未来的去

向也迟疑不决，但归隐不仕之意已确定了，在这首诗里又重申了这个决心。黄鹤说这诗作于大历四年秋，杜甫欲北上但未能成行；多数注家认为作于大历五年秋。从诗中所述将归汉阳的意愿看，与《回棹》应为同时之作。其著作年月当依《回棹》而定。

② 鹿门，即鹿门山，在襄阳东南，庞德公隐居处。杜甫在诗中屡次提及。

③《庄子·天地》："汉阴丈人曰：'有机械者必有机事，有机事者，必有机心'。"机心，机变之心，指人在世上生活为应付人事所不能缺少的思虑。这句诗的意思是永远不再为和世人打交道而费心机。

◎ 暮秋将归秦留别湖南幕府亲友[①]（五律）

水阔苍梧野，	江湖宽阔，一直连接到苍梧之野，
天高白帝秋。[②]	西方白帝送来天高气爽的清秋。
途穷那免哭，	我走投无路，怎能不痛哭，
身老不禁愁。	可身体衰老了，已禁不起悲愁。
大府才能会，[③]	这么多有才能的人聚集在幕府里，
诸公德业优。	诸公的德行事业又都这么优秀。
北归冲雨雪，	我将冒着雨雪北归故乡，
谁悯敝貂裘。[④]	谁怜悯我身上的貂裘已这么破旧。

注释：

① 这是杜甫在离开长沙前向湖南幕府亲友告别的诗。诗中表白自己的苦况，希望得到帮助。

② 据《晋书·天文志》："西方白帝"，白帝是司秋的天帝。这里是以"白帝"来表示时令，而不是指白帝城。

③《仇注》引《通鉴注》："唐时道属诸州，以节度使府为大府，亦谓之会府。"

④ 敝貂裘，用苏秦事，见第十九卷《摇落》注③。这里也可能是反映了杜甫当时的实际情况。

◎ 长沙送李十一衔[1]（七律）

与子避地西康州，[2]　　当年和您一起逃难到同谷县，
洞庭相逢十二秋。[3]　　在洞庭湖上和您相逢时，已过了十二个秋天。
远愧尚方曾赐履，[4]　　惭愧我曾经遥遥接受尚方履的赏赐，
竟非吾土倦登楼。[5]　　这里毕竟不是我的故乡，连登楼远眺我也厌倦。
久存胶漆应难并，[6]　　像我们这样长久保持胶漆般的友谊世上大概少有，
一辱泥涂遂晚收。[7]　　而我一陷入泥淖，就迟迟不能使这处境改变。
李杜齐名真忝窃，[8]　　都说李杜齐名，我实在配不上您，
朔云寒菊倍离忧。　　看着这阴云寒菊，使我更成倍增添思乡的愁怨。

注释：

① 李衔，是杜甫早年结交的友人。他们曾一起逃过难，分别十二年后又在长沙相遇。这次见面引起了杜甫许多感触，在分别时写了这首诗送他。这是大历五年秋在长沙作的诗。

② 西康州，即同谷县。杜甫于乾元二年秋离开秦州到同谷县（今甘肃成县）。

③ 自乾元二年（759 年）秋至大历五年（770 年）秋，经过了十二个秋天。

④ 汉代少府设“尚方令”，负责制造皇帝的衣物及用具。唐代称为“尚署”。诗中的“尚方履”，指皇帝赏赐的履。杜甫于广德二年（764 年）曾受严武推荐为检校工部员外郎，赐绯鱼袋。这里以“赐履”代表这件事。因为不是进京做官，故用“远”字。

⑤ 王粲在《登楼赋》中说：“虽信美而非吾土兮，曾何足以少留。”杜甫与王粲有同感，

但比王粲的悲痛更深，连登楼远眺也厌倦了。从这句诗里也间接表达了急切思归之意。

⑥ 胶漆，喻友谊之深厚、牢固。这句诗是说两人的友谊世上少有。

⑦ 泥涂，喻困苦的生活境遇。晚收，喻年老而无所成就。

⑧ 汉代以来，李杜并称的知名人物颇多，如后汉的李固和杜乔，李膺和杜密，李云和杜众等都是。这诗里杜甫把李衔和自己并称，但又自谦不能当此美誉，这实际上是赞美李衔才能、品格的一种说法。

◎ 风疾舟中伏枕书怀三十六韵奉呈湖南亲友[①] （五排）

轩辕休制律，[②] 轩辕氏制定的乐律，我已不须遵循，
虞舜罢弹琴。[③] 虞舜发明的琴我也不能再奏弹。
尚错雄鸣管，[④] 那些雄管还参差错杂地排列着，
犹伤半死心。 我的心已半死，却仍然感到伤惨。
圣贤名古邈， 古代被称为圣贤的人们离今天已经渺远，
羁旅病年侵。 滞留在旅途上，我连年受疾病磨难。
舟泊常依震，[⑤] 我的小船总是靠着东边停泊，
湖平早见参。[⑥] 在开阔的湖面上参星很早就出现。
如闻马融笛，[⑦] 我仿佛听见了马融听过的笛声，
若倚仲宣襟。[⑧] 又好像王粲当年迎风敞开衣衫。
故国悲寒望， 对着寒空遥望故国，满怀悲凉，
群云惨岁阴。 岁暮时阴云群集，天色惨淡。
水乡霾白屋， 水乡浓厚的云雾把茅屋遮没，
枫岸叠青岑。 枫树丛生的岸上是重重叠叠青山。

郁郁冬炎瘴，	冬季到了，还郁结着浓浓炎瘴，
濛濛雨滞淫。	蒙蒙细雨，长久笼罩着湖面。
鼓迎非祭鬼，⑨	敲着鼓迎祭的不是祖先的魂灵，
弹落似鸮禽。⑩	弹弓打落的鸟是枭是鹏没法分辨。
兴尽才无闷，	要让情怀全抒吐出来才不会郁闷，
愁来遽不禁。	忧愁突然来了，真没法把它阻拦。
生涯相汩没，⑪	我的一生随着时间的波涛流逝，
时物正萧森。	眼前的当令景物又这样萧瑟阴暗。
疑惑樽中弩，⑫	有时我怀疑杯中的弓影是毒蛇，
淹留冠上簪。⑬	在江湖上耽搁长久却还插着冠簪。
牵裾惊魏帝，⑭	我曾像辛毗一样牵裾直谏，冒犯了皇帝，
投阁为刘歆。⑮	也想投阁自尽，怕像扬雄那样受刘歆牵连。
狂走终奚适，	发狂似地奔走，不知到底要走向哪里，
微才谢所钦。⑯	才能微薄，愧对我所敬佩的高贤。
吾安藜不糁，⑰	我安于吃野菜，连米粒也不掺，
汝贵玉为琛。⑱	而你们却把我看作宝玉毫不轻贱。
乌几重重缚，	我的乌皮几已破损，扎了又扎，
鹑衣寸寸针。⑲	衣衫上补丁重叠，缝了无数针线。
哀伤同庾信，⑳	我像庾信那样哀伤地思念故国，
述作异陈琳。㉑	作的却是和陈琳檄文大不相同的诗篇。
十暑岷山葛，㉒	在岷山下穿葛衣度过十个夏天，
三霜楚户砧。㉓	在楚江上过了三个秋冬，民家的捣衣砧声常在我耳边。
叨陪锦帐坐，㉔	有幸陪着同僚们在幕府的锦帐里占个席位，
久放白头吟。㉕	后来长久闲散，《白头吟》写了一篇又一篇。
反朴时难遇，㉖	想回到古代的淳朴社会却机会难得，

忘机陆易沉。[27]　忘记应付世俗的机心，就容易做到随处都能隐潜。
应过数粒食，[28]　好在我每餐吃的粮食还不用一粒粒地数，
得近四知金。[29]　还能得到一些廉洁官员馈赠的钱。
春草封归恨，[30]　春草丛生，增添我思归的怨情，
源花费独寻。[31]　独自寻求，终究找不到那桃花源。
转蓬忧悄悄，　像蓬草到处飘转，心里暗藏着忧愁，
行药病涔涔。[32]　服了药之后，更感到头晕目眩。
瘗夭追潘岳，[33]　埋葬了早死的孩子，体验了潘岳的悲痛，
持危觅邓林。[34]　强撑着病体，想到邓林去找一根手杖把自己扶搀。
蹉跎翻学步，[35]　浪费了多少光阴，反而要从头学习走路，
感激在知音。　我深深被激动，当知音们给我一些称赞。
却假苏张舌，[36]　倚仗你们苏秦、张仪一样的口才，
高夸周宋镡。[37]　过高的夸奖却使我感到羞惭。
纳流迷浩汗，　容纳无数河流的大海才这样迷茫浩瀚，
峻趾得嶔崟。[38]　在深厚的基础上，才能耸立起峻峭的高山。
城府开清旭，　宏壮的城府在旭日清朗的光辉中展现，
松筠起碧浔。[39]　松树、青竹，生长在澄碧的水边。
披颜争倩倩，[40]　一个个笑逐颜开，春风满面，
逸足竞骎骎。[41]　像骏马放蹄奔跑，争着向前。
朗鉴存愚直，[42]　你们洞察一切，该能包涵我的愚顽憨直，
皇天实照临。[43]　皇天在上，它什么都清清楚楚看见。
公孙仍恃险，[44]　如今还有人像公孙述那样倚仗险要地势拒抗朝廷，
侯景未生擒。[45]　侯景那样的叛将还没有活活捉住送往长安。
书信中原阔，　中原距离这里太远，难得接到亲友的来信，
干戈北斗深。[46]　京城上空，还笼罩着浓厚的战争烽烟。
畏人千里井，[47]　在千里旅途上，处处井水也令人担心，

问俗九州箴。[48]	到了每个州郡，还得问问风俗，听听人们的诫劝。
战血流依旧，	如今依旧在打仗，在流血，
军声动至今。	战争的声音响起就一直延续到今天。
葛洪尸定解，	我一定会像葛洪那样死在异乡，
许靖力难任。[49]	没有力气像许靖那样再回蜀地。
家事丹砂诀，	我的家事和我学习炼丹秘诀一样，
无成涕作霖。[50]	都没有成功，想起这些就泪水涟涟。

注释：

① 杜甫早就得了风疾，参看本卷《舟中苦热遣怀奉呈阳中丞通简台省诸公》。第十四卷《遣闷奉呈严公二十韵》中也有过“幼女问头风”的话。这诗题中所说的“风疾”是一次更严重的发作，很可能是“中风”。杜甫出瞿塘峡以后，经常住在船上，以船为家，到湖南后，上陆的时间更少。这次发病后，杜甫仍住在船上，他自觉体力实在支撑不住了，伏枕写了这首给湖南亲友的诗，对他们表示感谢，有最后赠言的意味。过去研究杜诗的人多数认为这首诗是杜甫的绝笔。但也有人反对此说，说这诗作于《聂耒阳以仆阻水书致酒肉》一诗以前。但从这诗所写到的湖上晨景（如“湖平早见参”“水乡霾白屋”等句）来看，是从耒阳回到长沙再向北行入洞庭湖途中所作。这时杜甫已失去任何希望，回顾一生蹉跎，怅恨不已。杜甫一生的悲剧到此无疑要落幕了。尽管在杜甫遗留下来的全部诗作中，这首诗算不得最优秀的作品，但作为一系列哀歌的终曲，它毕竟是宏阔庄严的。西方常称艺术家临终前的作品为“天鹅之歌”，这首诗大概也就是杜甫的“天鹅之歌”了。作诗时间为大历五年冬，在从长沙去岳州途中。

② 我国古代传说轩辕氏（黄帝）制乐律，虞舜作琴（另有一说，谓伶伦作琴）。

③《仇注》解释这两句诗说：“从风疾叙起，身疾而气失调，故难制律，弹琴。”我国古代的律学，既与音乐有关，又与气候、风有关。参看第十八卷《小至》一诗中“吹葭六琯动飞灰”之句和有关注解就能略知一二。据说轩辕制律就是为了“调八方之风”，而舜弹五弦琴时唱的也正是《南风》（“南风之熏兮，可以解吾民之愠兮”）。可见仇氏之说是有根据的。但如果说这两句诗的意思仅仅为了表示生了风疾这一点，则失之太凿。“制律”“弹琴”必然会引起关于诗歌的联想，杜甫把一生献给诗歌创

作，这两句诗也透露出杜甫自觉生命垂危，今后不能再作诗的那种绝望、悲痛的感情。

④《汉书·律历志》："黄帝使伶伦制十二筒以听凤之鸣，其雄鸣为六，雌鸣亦六。""雄管"即"雄鸣管"，是能发出一定音高的标准音管。错，有人理解为"错乱"，其实是把六管所发之音参差错杂地排列，以组成乐曲。这句诗隐喻诗人生命垂危时，仍勉力按照一定音韵格律来作这首诗。下一句的"半死心"，《仇注》引《七发》："龙门之桐，高百尺而无枝，其根半死半生"，并说"半死心，借琴以喻己"。其实不妨直接把"半死心"理解为杜甫自谓。

⑤ 据《易·说卦》，震，指东方。

⑥ 湖，指青草湖或洞庭湖。参，参星。

⑦ 见第十六卷《八哀诗（三）：赠左仆射严武》注㊷。这里是比喻自己产生了急切的思乡之情。

⑧ 王粲（仲宣）《登楼赋》："凭轩槛以遥望兮，向北风而开襟。"也是喻思乡之情。

⑨ 儒家也重视祭鬼，但那鬼是指家族的祖先。因此，《论语·为政》中说："非其鬼而祭之，谄也。"这诗中说的"非祭鬼"，正是从儒家观点出发的。所见湖边居民击鼓迎接的鬼是按楚俗祭祀的鬼神。这句诗以见异俗反衬对故乡的思念。

⑩《庄子·齐物论》，"见弹而求鸮炙"。此句写见以弹弓猎鸟者，然非谓"鸮禽"而曰似鸮禽，或亦犹贾谊《鹏鸟赋·序》所谓："鹏，似鸮，不祥鸟也。"参看第二十二卷《奉赠卢五丈参谋琚》注⑯。这句诗暗示杜甫也怀着贾谊看见鹏鸟时的心情，担心生命不长久。

⑪ 汩没，除了沉沦的含意而外，这个词也与"汩汩"同义，指水流，这里有时间流逝之意。

⑫ 应劭《风俗通》载有杯弓蛇影的故事，有个人叫杜宣，在应郴家中饮酒，把壁上挂的弓弩落在杯中的影子当成了蛇，吓出了病，后来知道了真相，病也就痊愈了。这句诗是说自己屡次受惊，已有惊恐病。这反映出了唐朝局势之乱和杜甫所受苦难之深。

⑬ 为了戴冠，必先簪发。冠簪，表示有官职在身。

⑭《三国志·魏书·辛毗传》载辛毗谏魏文帝曹丕的事。曹丕欲徙冀州士家十万户实河

南，辛毗反对，向曹丕力争，曹丕不答，将入内宫，辛毗拉住了他的衣裾。诗中用这个故事比喻杜甫自己为房琯辩护，得罪唐肃宗的事。

⑮ 投阁，指扬雄投阁自杀未遂事。见第三卷《醉时歌》注⑯。这句诗隐喻杜甫受房琯牵累而失去唐肃宗的信任，以致贬官离京。

⑯ 前一句诗的“狂走”，指杜甫离开朝廷后的奔走、飘流。所钦，有人认为是反语，指朝中的权贵。但既称“所钦”，应指朝廷中爱护杜甫的大臣如张镐等人，及同时受贬但仍居较高官位的贾至等人。这样“所钦”就不能视为反语。

⑰《庄子・让王》：“孔子穷于陈蔡之间，七日不火食，藜羹不糁。”糁，音“深”(shēn)，米谷碎粒。这句诗是说甘于极贫苦的生活。

⑱《晋书・宋纤传》：“（纤）少有远操，酒泉太守马岌造焉，纤不见。岌铭诗于石壁曰：其人如玉，维国之琛。”琛，珍宝。玉，指人才。贵玉为琛，应为珍爱人才，视为国宝之意。有人认为这句诗是对“湖南亲友”说的，感谢他们看重自己。然承上句而言，“汝”亦可指前面“所钦”之人而言。也有人认为这句诗是反语。

⑲“乌几”已断折破损，所以要重重捆扎。鹑衣，指破衣服，所谓“鹑衣百结”。这两句诗是描述生活的贫困状况。

⑳ 庾信流落北朝，作《哀江南赋》。参看第一卷《春日忆李白》注②、第十一卷《戏为六绝句》第一首注②。

㉑ 东汉末，陈琳为袁绍草檄文讨曹操，曹操正发头风病，读陈琳檄文，翕然而起曰：“此愈我病。”这句诗是杜甫自谦同时又是自负之语。他的诗不像陈琳的文章直接为政治服务，自谦作诗是雕虫小技；但同时也显出自己的清高，是不以文章侍奉权贵的人。

㉒ 葛，指葛布衣，一种野生纤维织物所制之衣。岷山，在今四川北部。这句诗是说杜甫在蜀境生活了十年。实际上从上元元年（760 年）一月入蜀到大历三年（768 年）正月出瞿塘峡，只有八年。

㉓ 三霜，指三个秋冬，三年。以“楚户砧”，表示在楚地。自大历三年正月到大历五年秋，近三年。

㉔ 锦帐，指严武幕府。这句诗承“十暑”句，是说在蜀境时曾经入严武幕。叨陪，

谦语。

㉕ 久放，指长久未做官。白头吟，古乐府诗题，但在这里与原义无关，只是借以表示自己年老时仍常作诗抒情言志。

㉖《老子》："还淳返朴"。这句诗表示对古代淳朴生活的向往，但不能如愿。

㉗ 忘机，参看本卷《登舟将适汉阳》注③。《庄子·则阳》："方且与世违，而心不屑与之俱，是陆沉者也。"注："人中隐者，譬无水而沉也。"这句诗是杜甫自述心态，虽然没有离开人群隐居，但没有机心，也就可以在人群中过隐居生活，虽身不在山林，也和身在山林无异。

㉘ 张华《鹪鹩赋》："巢林不过一枝，每食不过数粒。"这诗中的"数粒食"，形容粮食缺乏，生活十分贫困。

㉙ 后汉杨震不受王密贿赂，王密说："暮夜无知者。"杨震说："天知，地知，子知，我知，何谓无知。"《仇注》解释说："四知金，言金之廉洁。"

㉚《礼·乐记》："封王子比干之墓。"封，义为增添积土，《国语·楚语》："是聚民利以自封也。"义为富厚。此句中之"封"从此二义来，意思是"增添"。

㉛ 源花，指桃花源，喻与世隔绝，不受战乱影响的地方。杜甫南行想觅一能安居之地，竟不可得。

㉜ 行药，指服药后的反应。《汉书·外戚传》："霍光夫人显，使女医淳于衍投毒药以饮许后，有顷，曰：'我头涔涔也，药得无有毒乎？'"涔涔，指头部的沉重，晕眩。

㉝ 潘岳《西征赋》："夭赤子于新安，坎路侧而瘗之。"夭，通常指未成年人的死亡。杜甫在湖南时不知家里谁过世了，黄鹤以为"瘗夭"是指葬宗文，恐不确。还有人认为是指《入衡州》一诗中"犹乳女在旁"所说的那个还在吃奶的婴儿。不论是谁，总是杜甫的一个亲人，这对杜甫无疑是一个沉重的打击。

㉞《仇注》引《山海经》："夸父与日逐走，道渴死，弃其杖，化为邓林。"这是我国古代的一个著名神话。觅邓林，指觅手杖，但这手杖不是一般的手杖，而是可以帮助杜甫度过艰难困苦的手杖。可能是比喻能给他巨大帮助，提供给他一个安身立命之地的友人。持危，指扶持病弱的身体，用《论语·季氏篇》"危而不持"语。

㉟《庄子·秋水》中说了一个寿陵余子的故事，这人到邯郸去学习一种优美的走路姿

态，结果不但没有学会，反而把原来走路的方法也弄丢了，只能匍匐而归。在这诗中用来比喻杜甫的湖南之行，奔走数年，一无所获，反而失去了原来借以维持生活的一切。

㊱ 苏张舌，指战国时期著名说客苏秦、张仪之舌，喻口才好，能言善辩。

㊲《庄子·说剑》："天子之剑，以燕谿石城为锋，齐岱为锷，晋卫为脊，周宋为镡，韩魏为铗。"镡，音"新"，阳平声（xín）；剑柄的顶端，古代又称"剑鼻""剑环"。这句诗和上一句紧紧相连，是说杜甫的诗受到湖南亲友的高度赞美。周宋为镡，这样的赞美是极度夸张的赞美，言过其实。杜甫在诗中这样说，是强调赞美过分，暗含自觉惭愧之意。

㊳ 这两句诗是以大海高山为喻，来赞美湖南亲友。

㊴ 城府、松筠，是湖南的景物，也是比喻湖南亲友的品格。

㊵ 披颜，开颜。倩倩，笑容。《诗·卫风·硕人》："巧笑倩兮"。

㊶ 逸足，指骏马。骎，音"侵"（qīn），骎骎，马疾行貌。《诗·小雅·四牡》："载骤骎骎"。

㊷ 朗鉴，即"清鉴"，对别人鉴别力和认识力的敬语。这里也是指湖南亲友而言。愚直，杜甫自谓。存，意思是"包涵""宽容"。

㊸ 杜甫认为自己的一切言行都问心无愧，老天爷是什么都清楚看见的。这句诗实际是希望湖南亲友能理解自己。

㊹ 公孙，指公孙述，见第十二卷《送元二适江左》注③。

㊺ 侯景，见第十二卷《遣忧》注④。"公孙"与"侯景"，是隐喻当时叛乱的藩镇和将领。

㊻ 北斗，比喻京城长安。见第十六卷《诸将》第一首注⑥。

㊼《仇注》引《金陵记》："南朝计吏止于传舍，将去，以剉马草泻井中，谓无再过之期矣。不久复至，汲水递饮，遂为昔时之剉刺喉而死。故后人戒曰：千里井，不泻剉。"这句诗是说在旅途中一切行动要十分小心，心中时时存着戒惧。

㊽《礼·曲礼》："入竟（境）而问禁，入国而问俗。"九州，喻中国各地。箴，古代以

某种行为准则告诫人们的文章。

㊾ 见第二十二卷《咏怀二首》第二首注⑯。

㊿ 末两句诗是一个整体。家事，指家庭的生活来源，儿女的婚嫁与出路等。丹砂诀，指杜甫学道修仙的愿望。杜甫在这两方面都没有成功，因此临死前感到十分悲痛。

后　记

本书作者一生酷爱读书，虽曾遭受重大磨难，但长期来研读了大量哲学（尤攻美学）、历史、文学、艺术等著作，一直有全译杜甫诗的愿望，先是用业余时间，退休后更是全身心地扑在本书的创作中。凭借扎实的文学、历史、美学、文字功底，又有坚韧的毅力，历经近二十年，四易其稿，1998 年 6 月作品脱稿，作者完成了自己全译杜诗的夙愿。三年后作者逝世。又二十年后，在作者一百周年诞辰之际，他的后代在东方出版中心的支持下替他完成了另一个愿望：把这部作品奉献给热爱文学、喜爱杜诗的广大读者朋友。在此向东方出版中心领导和为这部书的出版付出大量智慧和精力的责任编辑李琳同志以及本书的美编、校对、排印、发行者表示真挚的感谢！

作者长子孙之宜

次子罗之建

2021 年 3 月